U0008603

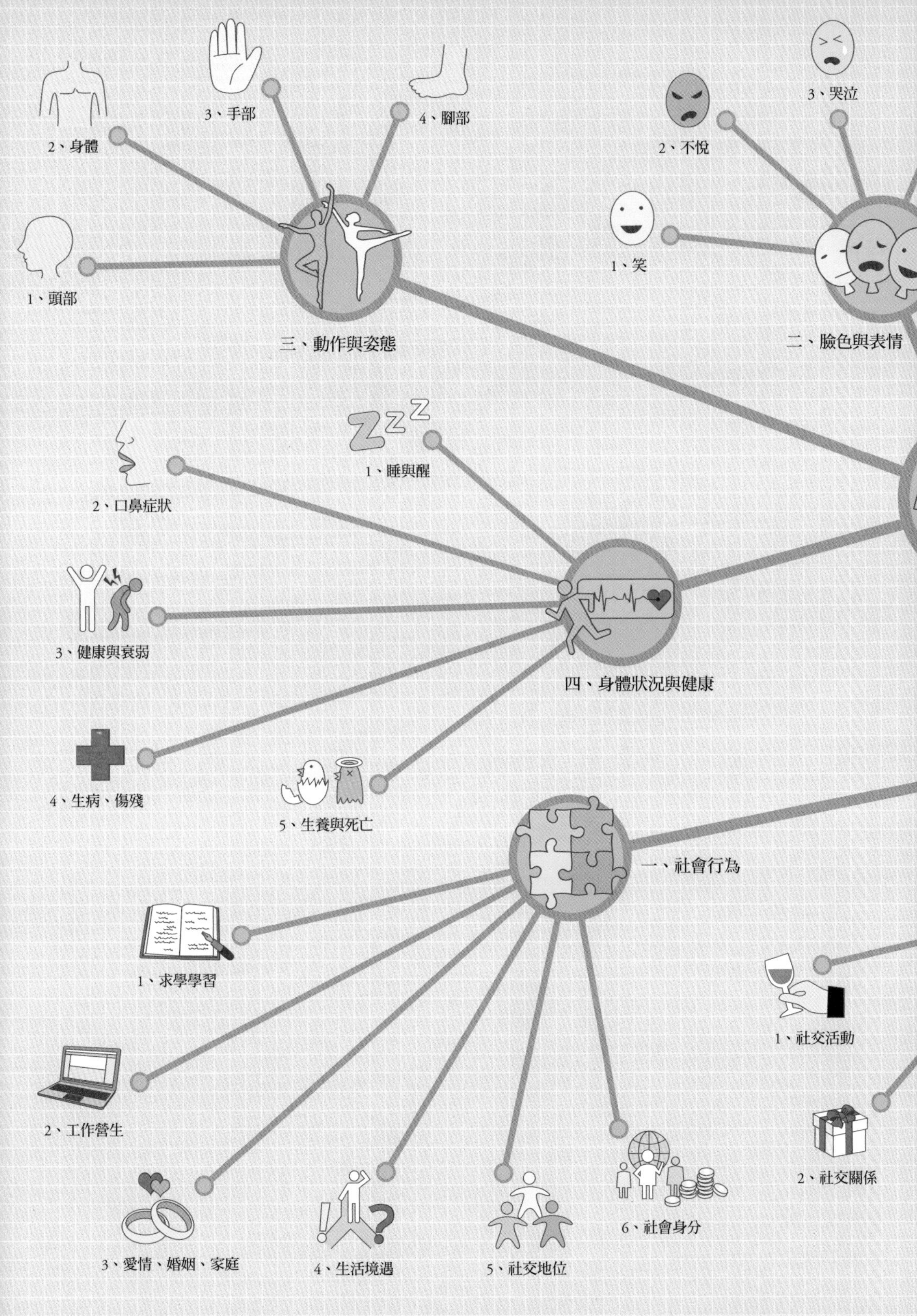

3、手部
4、腳部
2、身體
1、頭部
三、動作與姿態
3、哭泣
2、不悅
1、笑
二、臉色與表情
1、睡與醒
2、口鼻症狀
3、健康與衰弱
四、身體狀況與健康
4、生病、傷殘
5、生養與死亡
一、社會行為
1、求學學習
2、工作營生
3、愛情、婚姻、家庭
4、生活境遇
5、社交地位
6、社會身分
1、社交活動
2、社交關係

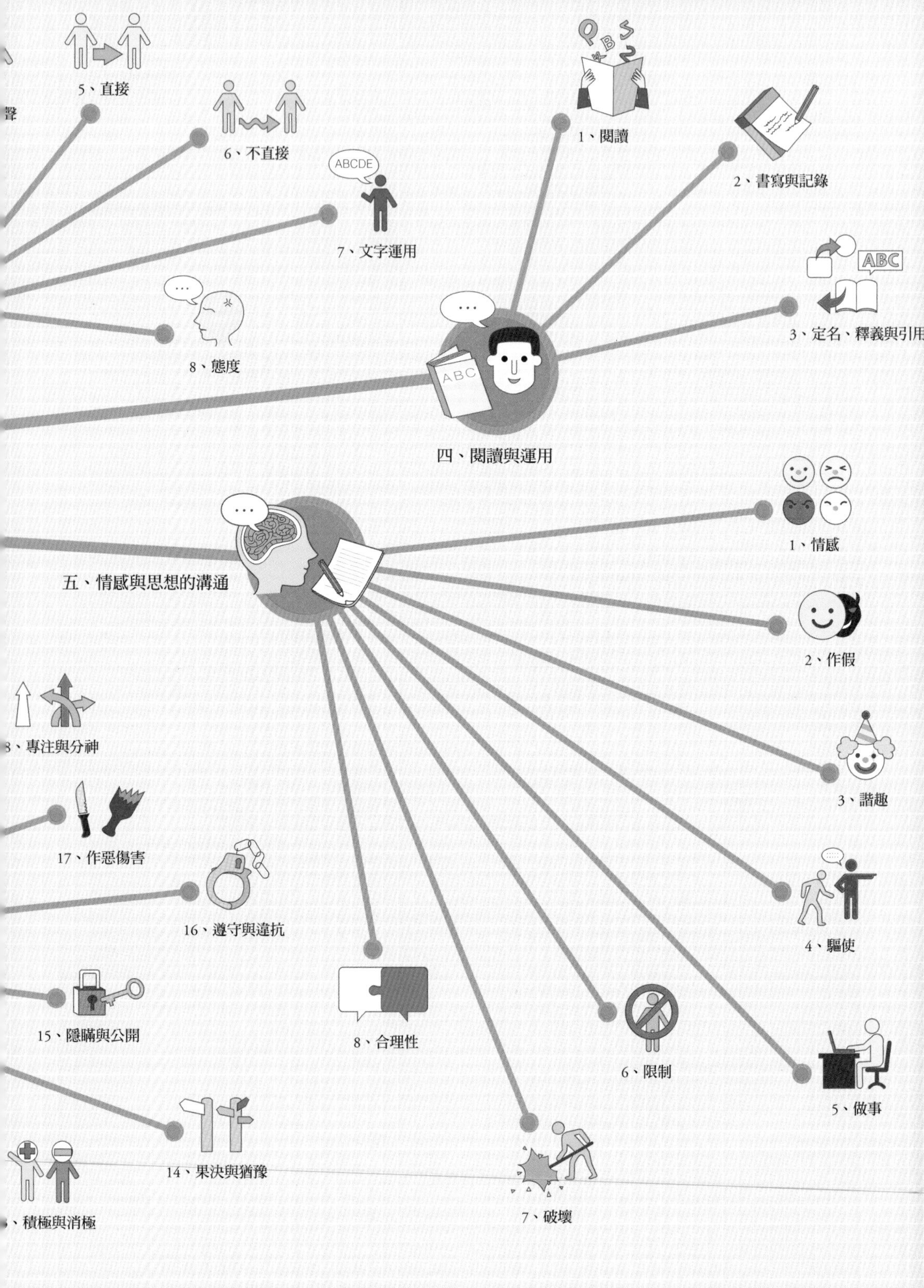

5、直接
6、不直接
ABCDE
7、文字運用
8、態度
1、閱讀
2、書寫與記錄
ABC
3、定名、釋義與引用
ABC
四、閱讀與運用
五、情感與思想的溝通
1、情感
2、作假
3、諧趣
4、驅使
5、做事
6、限制
7、破壞
8、合理性
、專注與分神
17、作惡傷害
16、遵守與違抗
15、隱瞞與公開
14、果決與猶豫
、積極與消極

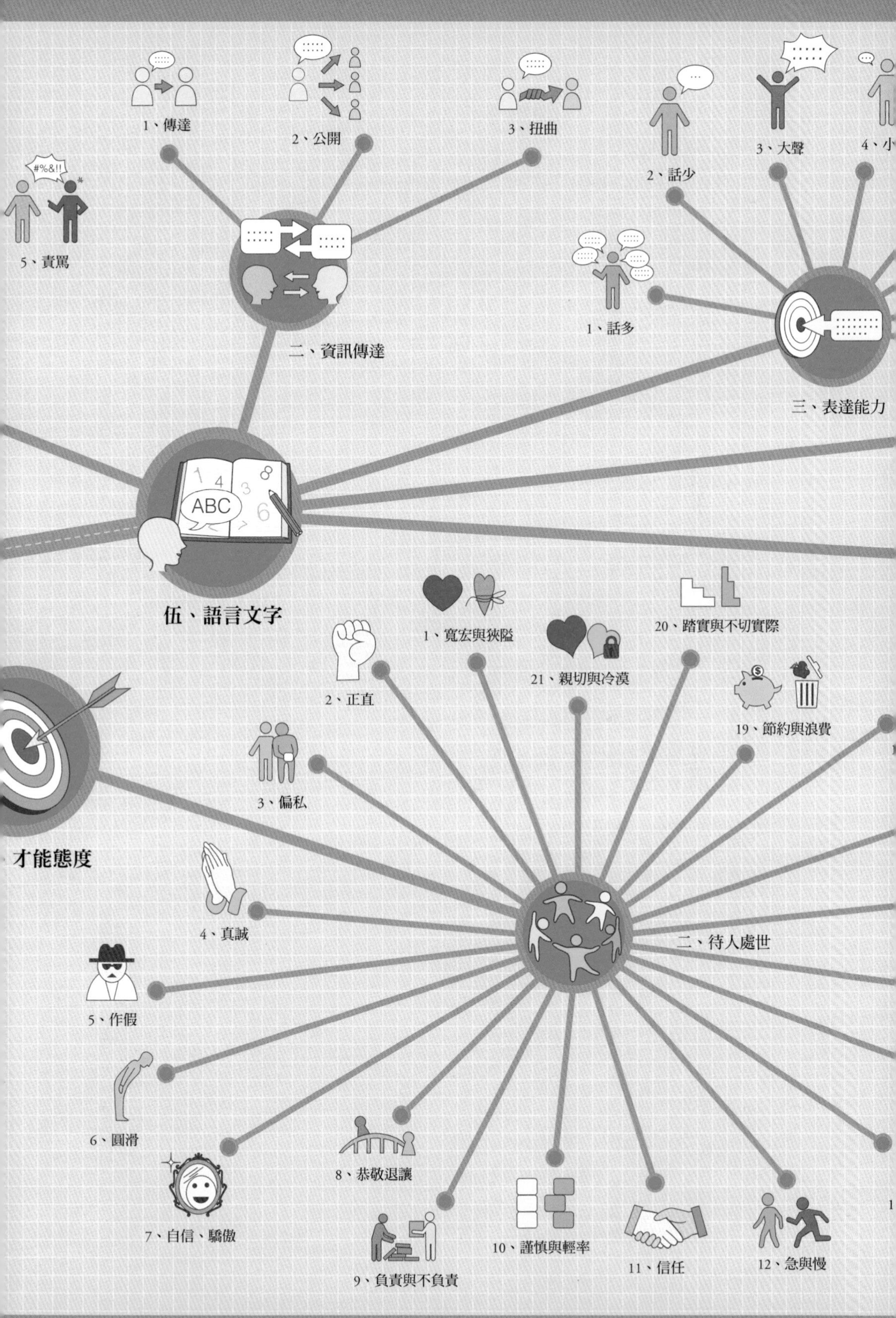
1、傳達
2、公開
3、扭曲
2、話少
3、大聲
4、小
#%&!!
5、責罵
1、話多
二、資訊傳達
三、表達能力
ABC
伍、語言文字
1、寬宏與狹隘
20、踏實與不切實際
21、親切與冷漠
2、正直
19、節約與浪費
3、偏私
才能態度
4、真誠
二、待人處世
5、作假
6、圓滑
8、恭敬退讓
7、自信、驕傲
10、謹慎與輕率
11、信任
12、急與慢
9、負責與不負責

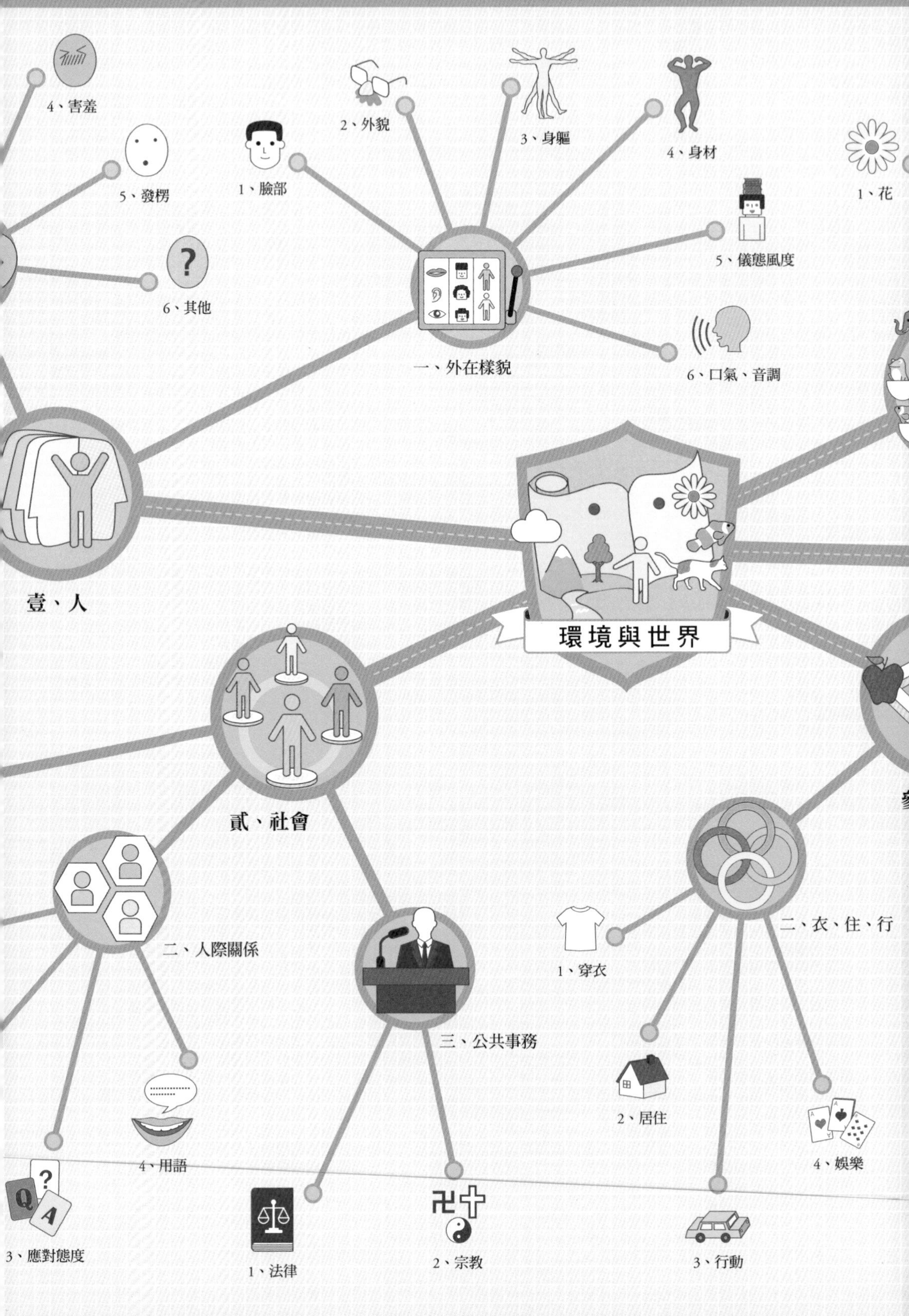
4、害羞
2、外貌
3、身軀
4、身材
5、發楞
1、臉部
1、花
5、儀態風度
6、其他
一、外在樣貌
6、口氣、音調
壹、人
環境與世界
貳、社會
二、衣、住、行
二、人際關係
1、穿衣
三、公共事務
2、居住
4、用語
4、娛樂
3、應對態度
1、法律
2、宗教
3、行動

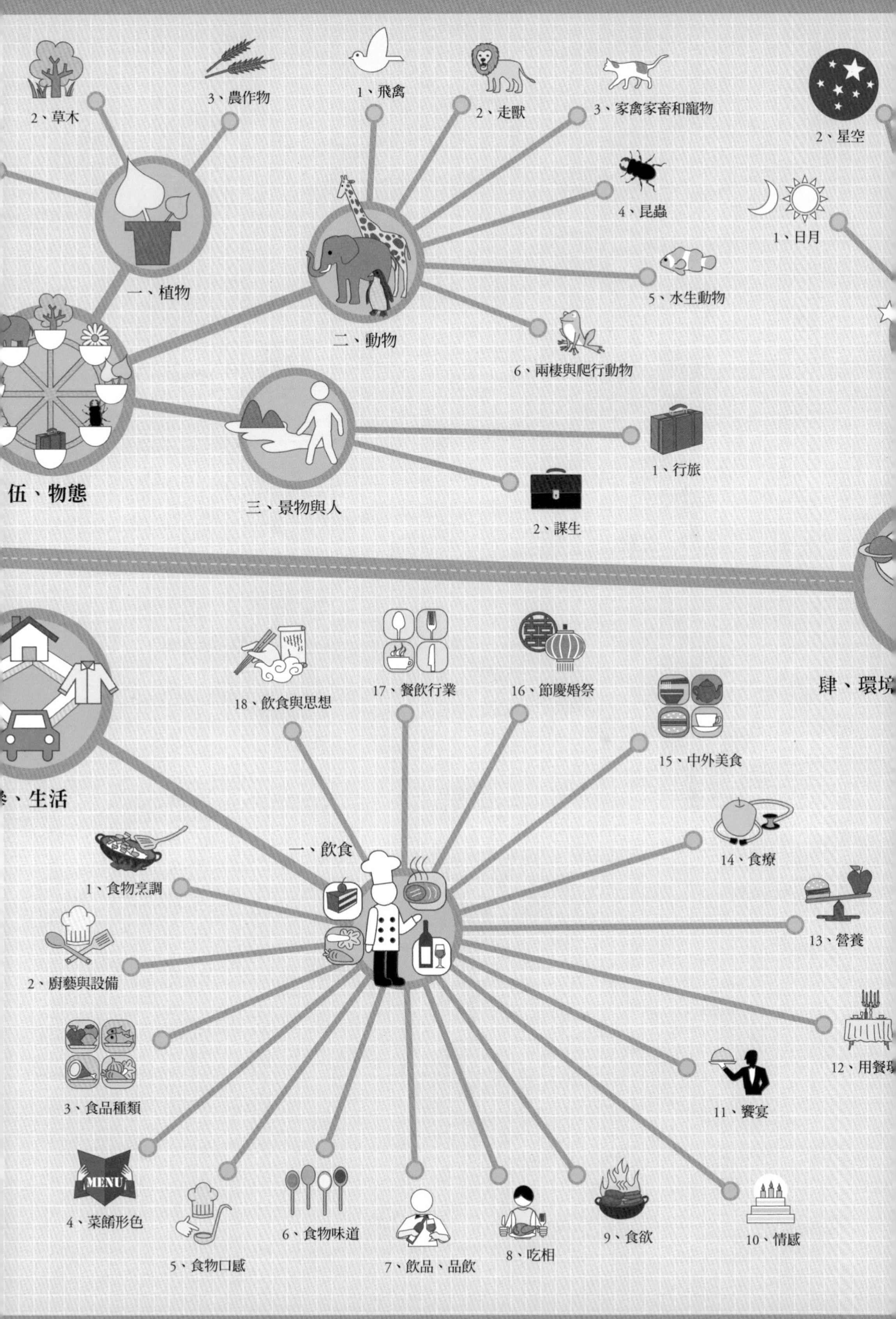
2、草木
3、農作物
1、飛禽
2、走獸
3、家禽家畜和寵物
2、星空
4、昆蟲
1、日月
一、植物
5、水生動物
二、動物
6、兩棲與爬行動物
1、行旅
伍、物態
三、景物與人
2、謀生
肆、環境
18、飲食與思想
17、餐飲行業
16、節慶婚祭
15、中外美食
參、生活
14、食療
一、飲食
1、食物烹調
13、營養
2、廚藝與設備
12、用餐環
11、饗宴
3、食品種類
MENU
4、菜餚形色
5、食物口感
6、食物味道
7、飲品、品飲
8、吃相
9、食欲
10、情感

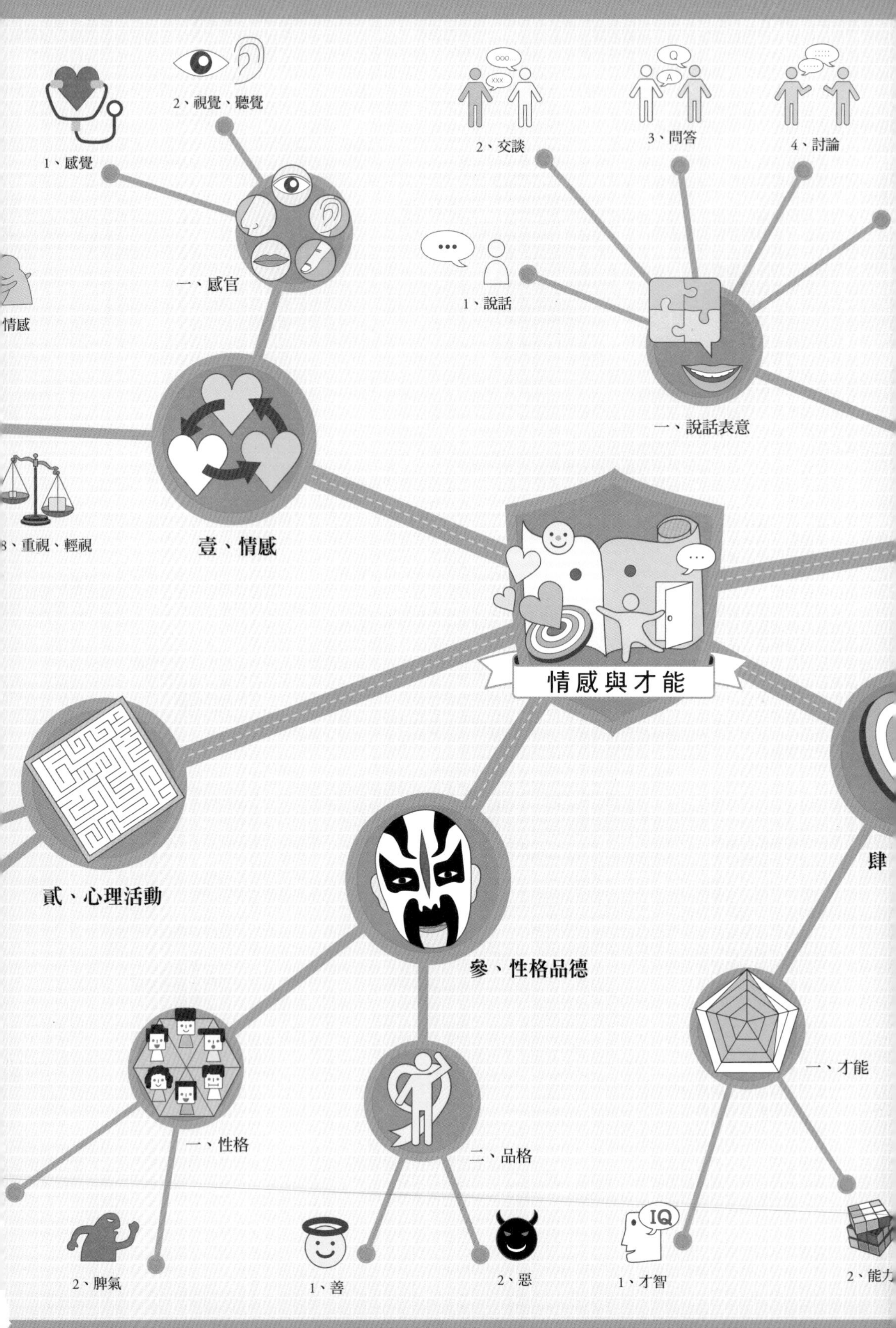

2、視覺、聽覺
1、感覺
一、感官
情感
8、重視、輕視
壹、情感
2、交談
3、問答
4、討論
1、說話
一、說話表意
情感與才能
貳、心理活動
參、性格品德
肆
一、性格
二、品格
一、才能
2、脾氣
1、善
2、惡
1、才智
2、能力

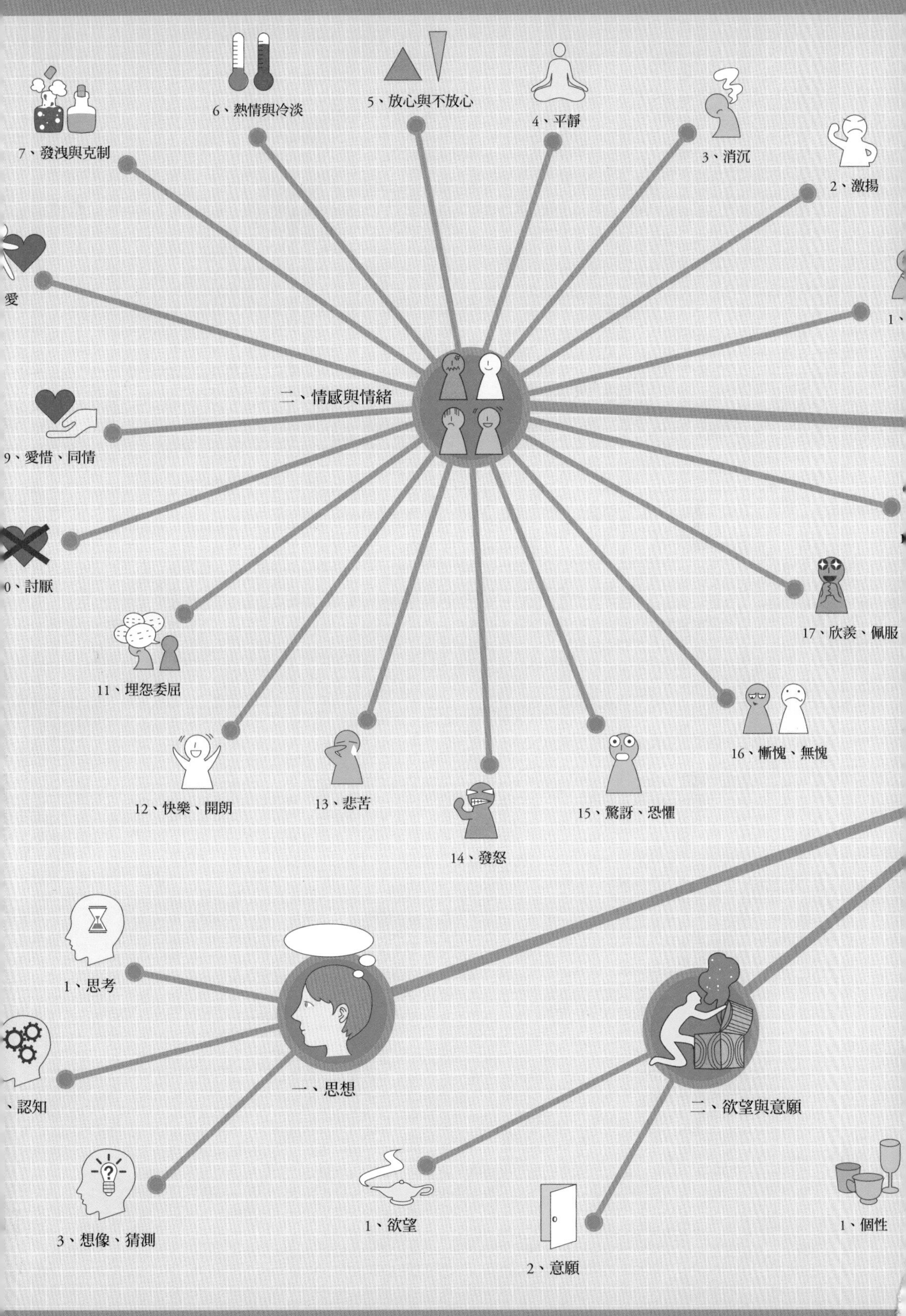

7、發洩與克制
6、熱情與冷淡
5、放心與不放心
4、平靜
3、消沉
2、激揚
愛
1、
二、情感與情緒
9、愛惜、同情
0、討厭
17、欣羨、佩服
11、埋怨委屈
16、慚愧、無愧
12、快樂、開朗
13、悲苦
15、驚訝、恐懼
14、發怒
1、思考
、認知
一、思想
二、欲望與意願
3、想像、猜測
1、欲望
2、意願
1、個性

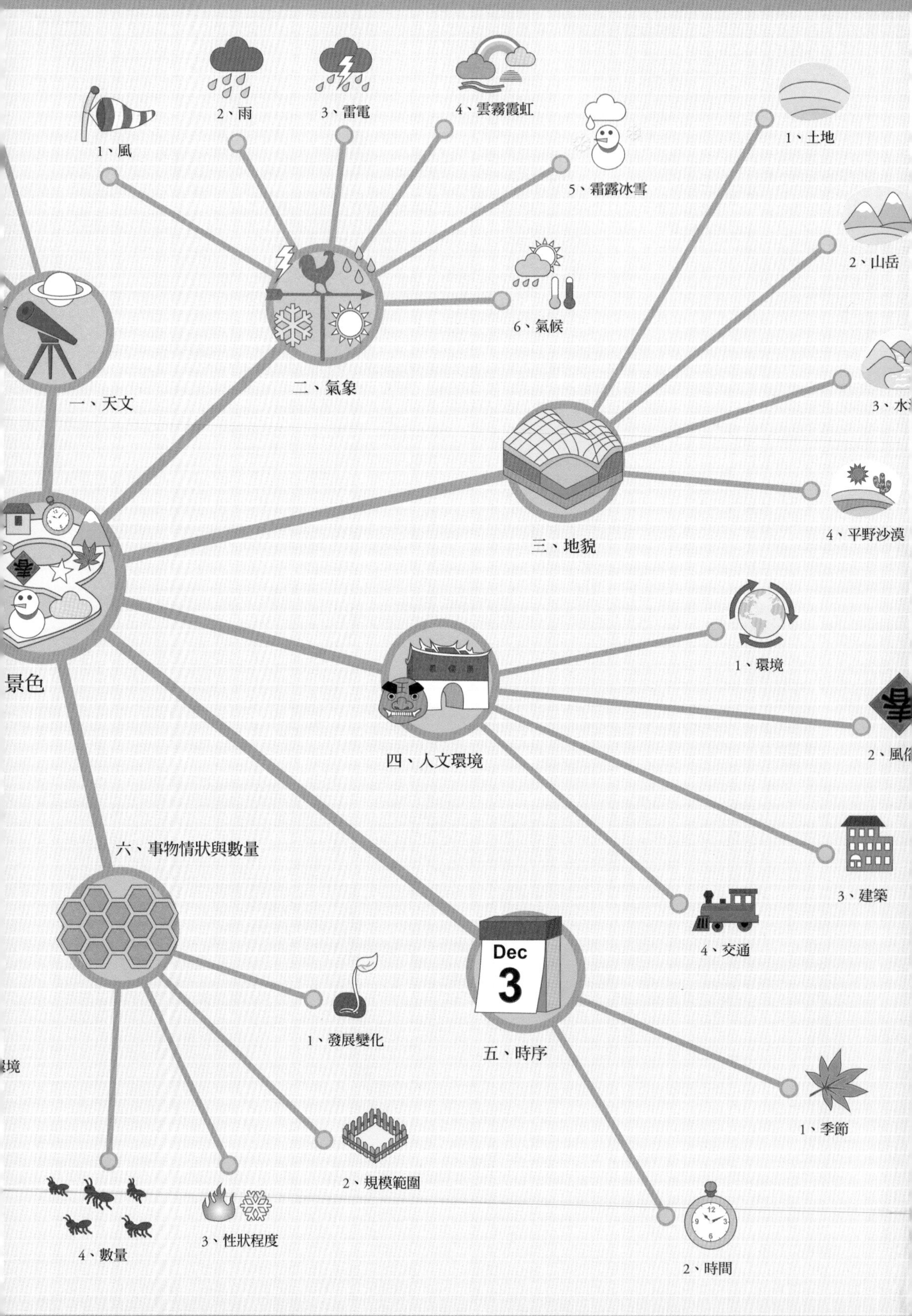
1、風
2、雨
3、雷電
4、雲霧霞虹
5、霜露冰雪
6、氣候
1、土地
2、山岳
3、水
一、天文
二、氣象
三、地貌
4、平野沙漠
景色
1、環境
2、風俗
四、人文環境
六、事物情狀與數量
3、建築
4、交通
Dec
3
1、發展變化
五、時序
境
1、季節
2、規模範圍
4、數量
3、性狀程度
2、時間

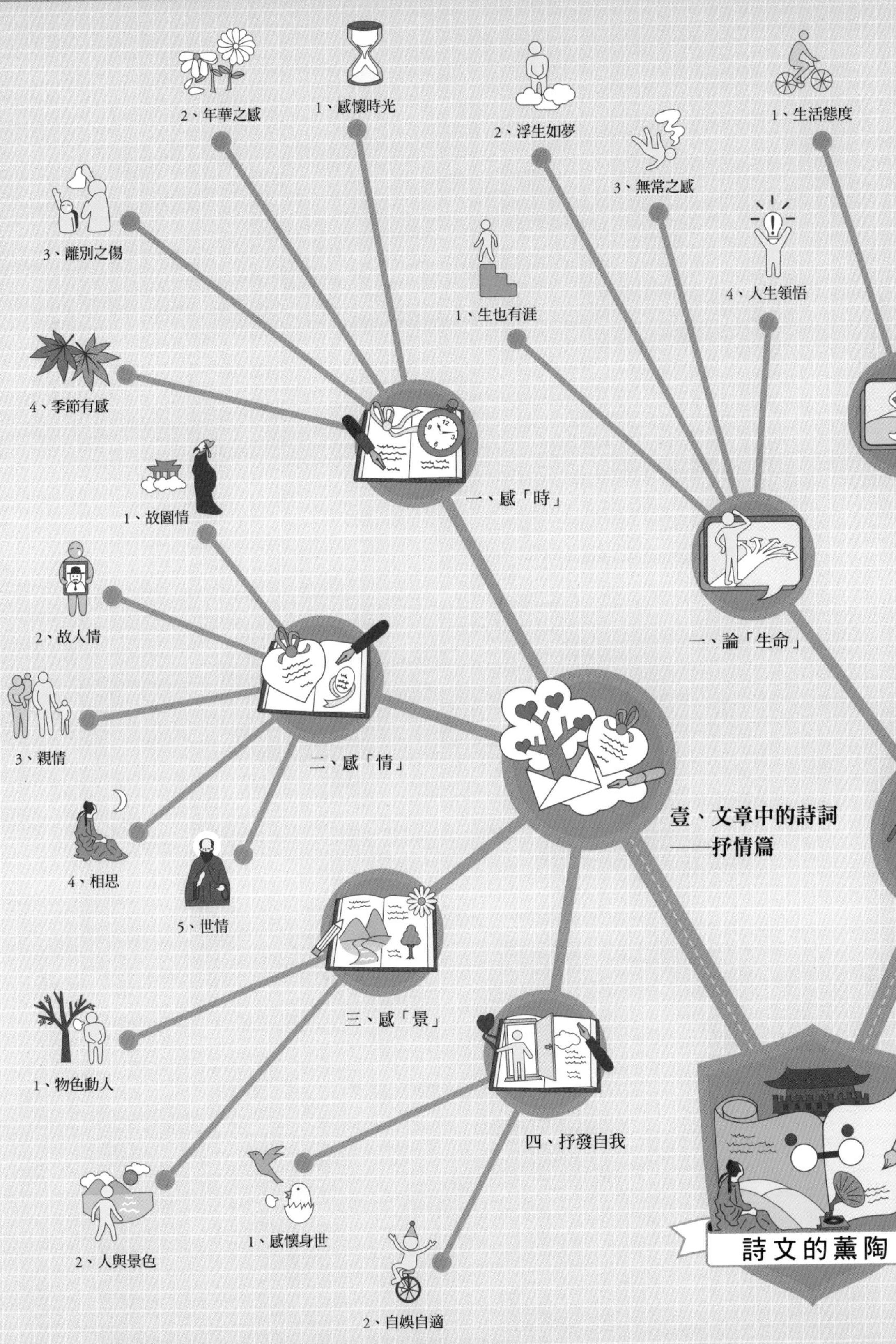
2、年華之感
1、感懷時光
2、浮生如夢
1、生活態度
3、無常之感
3、離別之傷
4、人生領悟
1、生也有涯
4、季節有感
一、感「時」
1、故園情
2、故人情
一、論「生命」
3、親情
二、感「情」
壹、文章中的詩詞
——抒情篇
4、相思
5、世情
三、感「景」
1、物色動人
四、抒發自我
2、人與景色
1、感懷身世
詩文的薰陶
2、自娛自適

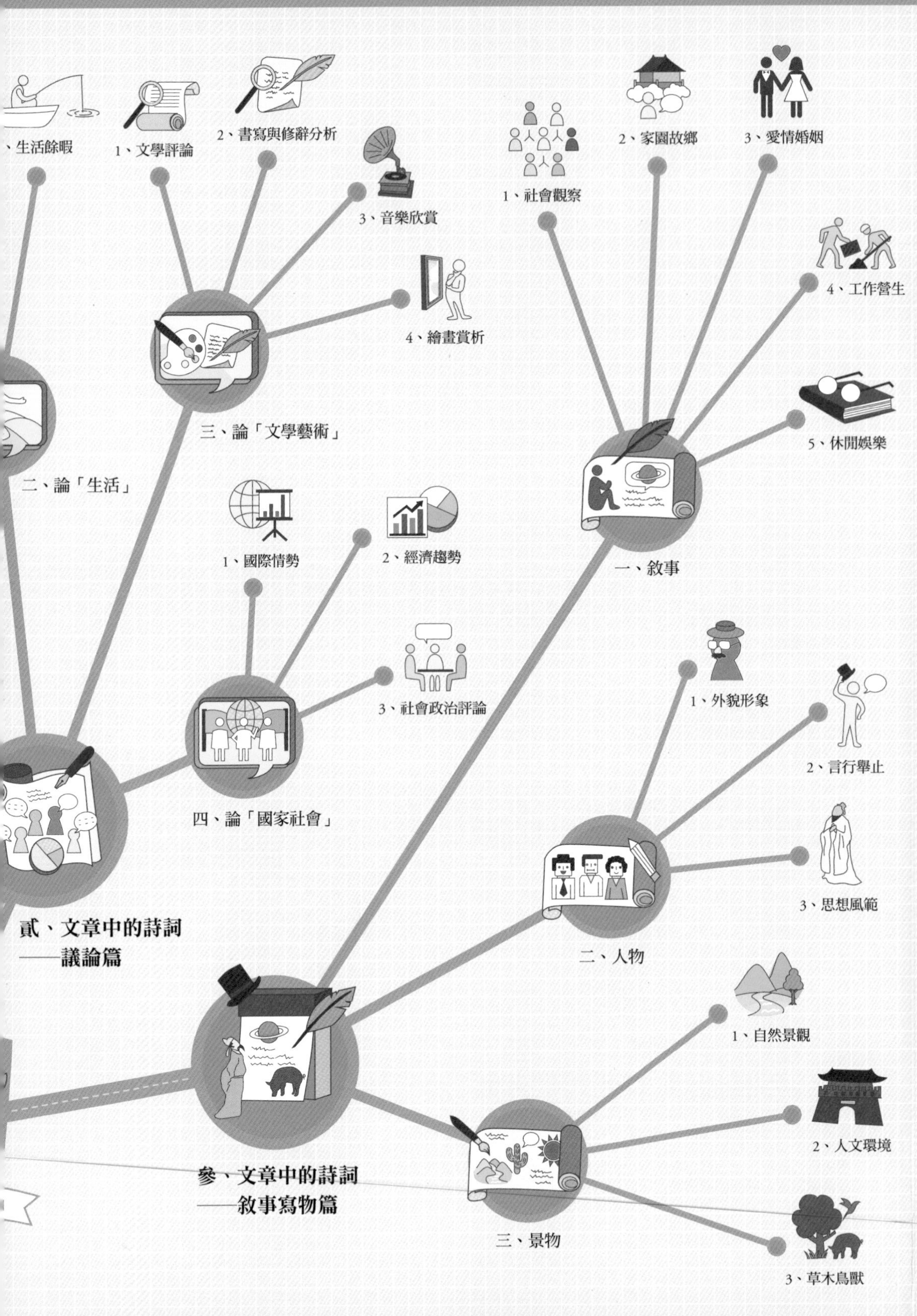
、生活餘暇
1、文學評論
2、書寫與修辭分析
3、音樂欣賞
4、繪畫賞析
三、論「文學藝術」
二、論「生活」
1、國際情勢
2、經濟趨勢
3、社會政治評論
四、論「國家社會」
貳、文章中的詩詞
——議論篇
1、社會觀察
2、家園故鄉
3、愛情婚姻
4、工作營生
5、休閒娛樂
一、敘事
1、外貌形象
2、言行舉止
3、思想風範
二、人物
1、自然景觀
2、人文環境
3、草木鳥獸
三、景物
參、文章中的詩詞
——敘事寫物篇

完全捷進寫作詞彙

2020
全新增訂版

黃淑貞、謝旻琪、林湘華、馮昭翔 編

強化作文、創作、編輯、撰稿、文案寫作等詞彙使用的案頭必備工具書

編者簡介

黃淑貞／淡江大學中文系、玄奘大學中文研究所畢業。曾任《文訊》雜誌社文字編輯、崇右技術學院系助教、國科會研究計畫助理、國小作文班指導老師。著有《地球的孩子系列——聽見最美麗》、《擁抱大文豪》。長期參與「中文經典一〇〇句」系列寫作。

謝旻琪／二〇一〇年淡江大學中國文學研究所博士，為新一代的年輕學者。喜歡研究與創作，浸淫於古典與現代文學中。曾任國小、國中作文班指導老師，以及高中國文科教師，在大學任教已六年餘。在數年來的教學與研究經驗中，發現學子們往往在用詞遣字方面深感挫折，因此積極於增進學子的詞彙能力，培養對文學美感的敏銳度，進而提升寫作技巧。現職為淡江大學中文系、元智大學中語系兼任助理教授。

林湘華／台灣台南人，成功大學中文博士班畢業。曾任大專國文科教師。專長領域是詩詞、文學、美學、禪宗與佛學思想等。喜歡思考和寫作。希望透過本書的編寫，展示古典詩詞如何與現代明敏開通的心靈相互交流，啟示當代寫作可以從傳統中採擷的靈感活泉。

馮昭翔／一九九四年生，國立中正大學中國文學系學士，國立臺灣師範大學國文研究所碩士。目前研究方向為中國古典神話與小說。

編輯說明

一、本書是寫作參考的案頭工具書，依照事物的概念類別以及實用原則，分為向外界探索的「環境與世界」、向個人內在搜尋的「情感與才能」，和取法經典的「詩詞的薰陶」、「成語的應用」。四大部之下，細分為十五大類，五十一中類和兩百三十九小類；每一個小類再根據語義相近或對立關係，列出共一千一百六十六個詞組，和近四百句的古文詩詞名句。每一詞組均有代表性詞語或詩文，以表明收詞的範圍。由此路徑查詢，可找到適切的詞彙。

二、詞組之下所搜羅的詞彙和詩文，共約兩萬兩千條，盡可能根據詞義正反、褒貶，程度淺深、輕重，順序發展變化等方式加以排列，並附有說明解釋，方便讀者了解字義、辨析差異、擇選用詞。

三、除詞彙和詩文之外，又精選了近七千多筆的實用名家範例，供讀者在欣賞觀摩之餘，能從中學習到詞彙的運用方法與巧妙變化，體會語境，提高自己的寫作與表達能力。

四、附錄一蒐集成語同義詞約兩千條，以人、事、狀物為大類，細分出七十六個細項，將相近的成語詞彙羅列其中，有助於讀者在用字遣詞時，替換使用，加強學習。

五、附錄二精選中國古文經典名句三千四百句，選句範圍包括四書五經、諸子百家、唐詩宋詞、佛道經典與四大奇書等在內，共三十四本古文名著。除了以書籍為大分類之外，並按照名句內容主旨細分項目，將主題相近的佳句歸類。讀者在寫作或撰文時，可依照需求選擇應用。

六、附錄三選輯中外名人佳言，按主題分類，便於使用時信手揀選，強化文章內容，更具說服力。

七、閱讀是增進詞彙的不二法門。期望本書除滿足查詢功能之外，更有助於學生與讀者從平日閱讀工夫中，強化運用詞彙的敏感度，在捷進寫作詞彙上更有方法與心得。

八、此外，本書概念分類可參照彩色拉頁心智圖。並在詳細目錄的代表性詞語下方，列有關鍵詞和詩詞名句供讀者參考，加速正確查詢。

編者黃淑貞、謝旻琪、林湘華、馮昭翔與商周出版編輯部

目錄

第一部 環境與世界

關鍵詞

第三部 詩文的陶冶

第四部 成語的應用

二、心理活動 1282

關鍵詞

三、性格品德 1292

關鍵詞

四、才能態度 1301

關鍵詞

第一部

環境與世界

人》一、外在樣貌

1 臉部

臉

【臉】面部。

【臉龐】臉蛋。

【臉蛋】臉頰部分。

【面頰】臉部。

【面龐】面貌、面孔。

【面目】面貌、容貌。

【臉頰】臉的兩邊。

【臉皮】臉部的皮膚。

【臉腦】面容、面孔。

【臉膛兒】臉的形狀。

【腮】兩頰。

【酒渦】說話或笑時，面頰上顯現的圓窩。亦作「酒窩」、「梨渦」。

【靨】面頰上的小酒渦。

臉型

【圓臉】圓形的臉。

【大餅臉】臉又圓又大。

【國字臉】正方的臉型。

【巴掌臉】形容臉很小，大小跟手掌一樣。

【鵝蛋臉】上圓下尖的臉型。

喜歡讀人的臉，不同的臉形眼睛鼻子嘴巴組合成不同的形貌與氣質，每個部位都很重要，我從不覺得眼睛是靈魂之窗，那窗子太小了，臉才是靈魂之窗，它記錄了人的一切，包括情緒、個性、喜好與背景。（周芬伶〈雲朵〉）

可是母親烏油油的柔髮卻像一匹緞子似的垂在肩頭，微風吹來，一綹綹的短髮不時拂著她白嫩的面頰。她瞇起眼睛，用手背攏一下，一會兒又飄過來了。她是近視眼，瞇縫眼兒的時候格外的俏麗。（琦君〈髻〉）

難得畢媽媽也笑，實在因為太瘦白了，笑一下兩腮就泛出桃花紅，多講兩句話也是，平日則天光底下站一會兒，頰上和鼻尖即刻便浮出了一顆顆淡稚的雀斑。如今回想，畢媽媽的桃花紅其實竟像是日落之前忽然輝燒的晚霞。（朱天文〈小畢的故事〉）

那媳婦是個矮小鈍重的女人，身軀相當肥滿，但很結實，背著陽光走來，實實在在的一團。她原戴的斗笠已摘下，夕照下可見一張褐色的圓臉，五官極為周正，只不過眉眼間因為常年迎著海風，密集的向鼻梁縮皺起來。她迎著走來，顯然看到榕樹下的阿罔官，卻沉沉不作聲，若無其事的走過。（李昂《殺夫》）

【瓜子臉】面龐微長而窄，上圓而尖。多用以形容女子臉型之美。

【娃娃臉】面容較實際年齡看起來年幼。

【骨查臉】形容人顴骨高且臉型尖削。或作「骨撾臉」。

【弧拐臉】形容人的臉顴骨高。

【尖嘴猴腮】指人嘴尖頰瘦，長相醜陋。

【杏臉桃腮】女子臉白腮紅，容貌美。

【蟹殼臉】形容人的臉形如蟹殼般方正。

【容長臉】形容人的臉顴骨高。

【凹心臉兒】指人臉兩顴之間微凹的面型。

面色

【紅潤】皮膚有血色而滋潤。

【蘋果臉】形容人的臉兒像蘋果一般豐滿紅潤。

【煞白】面色極白無血色。

【蒼白】臉上沒有血色。

【慘白】面色蒼白。

【蒼老】面容、姿態上顯示出衰老的樣子。

【鐵青】青黑色。形容人在恐懼、盛怒或患病時的臉色。

【青面獠牙】臉色青綠，長牙外露。形容面貌猙獰。

【死色】死氣沉沉的面色。

【黑黝】膚色或臉面黑亮。

【黎黑】面色黑。

【堂堂】容貌莊嚴大方。

【猙獰】面目凶惡。

【齜牙咧嘴】❶形容面目凶狠。❷形容因痛苦或驚恐而面部扭曲變形。

木婉清吃了一驚，心道：「哼，你要打斷段郎的雙腿，就算你是他的父親，那也決計不成。」只見這紫袍人一張國字臉，神態威猛，濃眉大眼，肅然有王者之相，見到兒子無恙歸來，三分怒色之外，倒有七分喜歡。木婉清心道：「幸好，段郎的相貌像他媽媽，不像你；否則似你這般凶霸霸的模樣，我可不喜歡。」（金庸《天龍八部》）

「黑牡丹」的臉型是比較含蓄的豔麗，通常是小巧的鵝蛋臉，面上有笑靨，上眼皮略有些腫，就像戲臺上特意在眼皮上打點胭脂的旦角。這種面相似乎比前邊那種「歐化」的臉型，更容易和一些風化故事聯繫起來，而前種臉型卻是比較單純，也比較堂皇，不像後者那樣，帶著些曖昧的氣息。（王安憶〈尋找上海〉）

在某一個瞬間裡，店堂裡來了兩個面色蒼白的男人，他們從落日時分一直閒坐到午夜。兩人間或低聲交談幾句，但他們悠閒得幾近神祕的神色使他們在壁燈的暗影裡顯得高深莫測。（葉兆言〈飲酒者〉）

我來到衛生間用熱水洗了洗臉。幾年來，我第一次認真地在鏡子裏看了看自己。我看見了一張陌生的臉。兩鬢竟然有了那麼多的白髮，整個臉蒼老得像個老人，皺紋橫七豎八，而且憔悴不堪。（路遙《早晨從中午開始》）

你看那女人「咬你幾口」的話，和一伙青面獠牙人的笑，和前天佃戶的話，明明是暗號。我看出他話中全是毒，笑中全是刀，他們的牙齒，全是白厲厲的排著，這就是吃人的家伙。（魯迅《狂人日記》）

兩人雖則說是已經相識了，可是我每次去看他，驟然見面，那一種不安疑懼的神象，總還老是浮露在他的面上，和初次在西園與他相

【麻胡著臉】臉上因尚未梳洗上妝而脂粉脫落。

【滿臉飛紅】形容人因害羞而面紅。

【面紅耳赤】形容人在焦急、憤怒或羞愧時臉紅的樣子。

【臉黃皮寡】面黃肌瘦的樣子。

見的時候相差不多。非但如此，到了八月之後，他的那副本來就不大健康的臉色，越覺得難看了，青灰裡且更加上了一層黑黝黝的死色。（郁達夫〈十三夜〉）

鬢髮

【綁】此指綑紮。

【挽】繫，盤結。

【繫】綁，結。

【紮】纏束，捆綁。

【綰】ㄨㄢˇ。繫，盤結。

【盤】此指纏繞。

【攏】此指整理、梳理。

【青絲】烏黑而柔軟的頭髮。

【烏亮】頭髮烏黑、油亮而有光澤。

【絲髮】形容頭髮光澤柔細。

【油亮】光亮。

【烏黑】純黑，深黑。

【綠鬢】光亮烏黑的鬢髮。

【雲鬢】捲曲如雲的鬢髮。可形容婦女濃黑而柔美的鬢髮。

【鬢染如漆】指人鬢髮鬍鬚如漆般黑。

【少白頭】人未老但頭已變白。

【染霜】形容頭髮變白。李煜〈病中感懷〉：「夜鼎唯煎藥，朝髭半染霜。」

【霜白】髮色如霜一樣白。

【斑白】頭髮花白，常指年老的人。《三國演義．第五十四回》：「吾年已半百，鬢髮斑白。」也作「頒白」。

【華髮】花白的頭髮。

【暮雪】形容髮白。

【皤然】形容頭髮斑白的樣子。皤，ㄆㄛˊ。白居易〈白髮詩〉：「白髮生來三十年，而今鬚鬢盡皤然。」

【黃髮】形容老人高壽，髮色由白轉黃。

伍先生進來時沒見女人，進屋才又倒出來看見她蹲在花草間。女人頭髮攏在腦後，紮一條大紅巾，漂亮的曲線沿頸脖滑下肩背。伍先生口中讚美花草，心中讚美女人。（張讓〈黃昏之眼〉）

查這刻工當前清同治十二年慎獨山房刻本，無畫人姓名，但是雙料畫法，一面「詐跌臥地」，一面「為嬰兒戲」，將兩件事合起來，而將「斑斕之衣」忘卻了。吳友如畫的一本，也合兩事為一，也忘了斑斕之衣，只是老萊子比較的胖一些，且綰著雙丫髻，不過還是無趣味。（魯迅《朝花夕拾．後記》）

母親年輕的時候，一把青絲梳一條又粗又長的辮子，白天盤成一個螺絲似的尖髻兒，高高地翹起在後腦，晚上就放下來掛在背後。（琦君〈髻〉）

曾經多麼烏黑豐饒的長髮，如今卻變得如此稀薄，只餘小小一握在我的左手手掌裡。（林文月〈給母親梳頭髮〉）

小女孩和昨天判若兩人，頭髮烏亮，臉色紅潤，只是臉上的表情一樣陰沉。她只露了一下臉，什麼話都沒說，也幾乎沒看林德生一眼，就轉身回房間。（月藏〈鬥法〉）

望著天上的月亮及燦爛的星斗，王貴生說，如果用他家的金條兒能夠搭成一道天梯，他願意爬上天空去把那彎月牙兒掐下來，插在尹雪豔的雲鬢上。（白先勇〈永遠的尹雪豔〉）

【素髮】白髮。

【鶴髮】老年人的滿頭白髮。

【銀髮】白頭髮。

【兩鬢飛霜】形容人年老而鬢髮發白。

【白髮紅顏】髮白臉紅，形容老人精神好，容光煥發。

【鬢髮皓然】指人年老，鬢髮蒼白。

【龐眉皓首】形容老人眉髮盡白的樣子。亦作「尨眉皓髮」。

【捲髮】捲曲的頭髮。

【捲曲】頭髮彎曲成圓弧型。

【鬈曲】捲曲。

【波浪】形容呈波浪狀的髮型。

【直順】可形容髮直且質地柔順。

【削薄】打薄。

【茸茸】柔密叢生的樣子。

【蓬鬆】鬆散、不夠密實。

【劉海】垂在額頭的短髮。

【齊耳】高度與耳朵齊。

【清湯掛麵】直而齊耳的短髮髮型。

【披肩】指頭髮披垂在肩上。

【瀑垂】可形容長髮如瀑布般直瀉而下。

【散髮】將頭髮披散，引申有儀容不整的意思。

【虬髯】捲曲的連鬢鬍鬚。亦作「虯髯」。髯，ㄖㄢˊ

【絡腮鬍】長在兩頰下，連著鬢角的鬍子。亦作「落腮鬍子」。

【鬍子拉碴】形容滿臉鬍子，未加修飾。

【八字鬍】男性上脣所蓄的八字型鬍子。

【蓬亂】蓬鬆散亂。

【稀疏】稀少疏落。

【禿髮】頭髮脫落。

【禿頭】頭髮脫落的現象。

【童山濯濯】指無草木的樣子。後多用以形容人禿頭、無髮。濯，ㄓㄨㄛˊ。

【微禿】頭髮略有脫落。

所有明治年間的美麗青絲豈不早成為飄飛的暮雪，所有的暮雪豈不都早已隨著蒼然的枯骨化為滓泥？獨有這利剪切截的願心仍然千迴百繞，盤桓如曲折的心事。（張曉風〈眼神四則〉）

如今說東京汴州開封府界，有個員外，年逾六旬，鬚髮皤然。祇因不伏老，亢自貪色，蕩散了一個家計，幾乎做了失鄉之鬼。（明．馮夢龍《警世通言》）

日本語彙裏發現有一種灰色，浪漫灰。五十歲男人仍然蓬軟細貼的黑髮但兩鬢已經飛霜，喚起少女浪漫戀情的風霜之灰，練達之灰。米亞很早已脫離童騃，但她也感到被老段浪漫灰所吸引，以及嗅覺，她聞見是只有老段獨有的太陽光味道。（朱天文〈世紀末的華麗〉）

另外一位女同學，是東南亞中的一國人。她略棕色，黑髮捲曲著長到腰部，身材好，包在一件黑底黃花的連身裙裡，手上七個戒指是她特別的地方。眼窩深，下巴方，鼻子無肉，嘴唇薄……是個好看的女人。（三毛〈春天不是讀書天〉）

秋心也忘了跟著大家下去，她只凝注著這歡樂的一群。遠的夫人很年輕，很苗條，頭髮燙得鬈曲著，髮的兩旁露著一對大珠耳環，豐豔的臉上，施著脂粉，身上是白底大紅花的綢長衣，這一切只襯出她的年輕，並不顯得俗氣。（冰心〈西風〉）

她燙得極其蓬鬆的頭髮像一盤火似的冒熱氣。如同一個含冤的小孩，哭著，不得下台，不知道怎樣停止，聲嘶力竭，也得繼續哭下去，漸漸忘了起初是為什麼哭的。（張愛玲〈紅玫瑰與白玫瑰〉）

她斜倚在前排座椅歇息，瀑垂的長髮披過椅背，髮間別著一只鑲有粉紅色碎琉璃的髮夾，直直鋪在他的視線前，有如流瀑飛洩。（田運良〈真的深刻嗎〉）

【花白】鬚髮黑白相間。

【蒼蒼】鬚髮斑白的樣子。

【蒼髯】灰色鬚鬢，形容年老。《三國演義．第九十三回》：「皓首匹夫！蒼髯老賊！」

【鬚髯如戟】形容男性髭鬚多且直，雄健威武的面貌。

眼睛

【眼眸】眼睛，眼球。

【目眥】眼眶。

【目波】形容眼睛視線，或指眼波晶瑩如水。

【眼神】眼睛的神態。

【眼色】用眼睛示意的動作。

【晶亮】明亮光潔的樣子。

【汪汪】淚水盈眶或眼中明亮的樣子。

【眼波】形容目光流盼如水波。多用於指女子目光。

【橫波】目光流動如水波一般。傅毅〈舞賦〉：「眉連娟以增繞兮，目流睇而橫波。」

【秋波】形容女子的眼睛明亮清澈，有如秋水。

【秋水】比喻如湖水般清澈明亮的眼睛。

【朗星】如星星般的明亮，眼睛有神。

【目光如炬】形容人目光有神。

【眇眇】眼睛美麗動人的樣子。眇，ㄇㄧㄠˇ。

【杏眼】形容女子圓大而美的眼睛。

【美目】美麗的眼睛。「美目盼兮」。

【柳眼】美人細長的眼睛。

【吊梢】眼角往上斜。

【丹鳳眼】眼角往上斜的眼型。

再過了幾年，我回小鎮，被幾個同學拉去參加了一個聚會，會上不期而遇的見到魏黃灶。魏黃灶已變得難以認識，也只不過三十多歲，卻成了個禿髮沒脖子的胖漢，最不可思議的是還腆了個大肚皮，笑著說連皮帶都快買不到了。（周志文〈魏黃灶〉）

她並沒有大聲說話，也不曾笑，偶然看見她和近旁的女伴耳語，一低頭，一側面，衹覺得她眼睛很大，極黑，橫波入鬢，轉盼流光。（冰心〈我的同學〉）

王佐既有錢，又傲慢，自誇要娶北京最漂亮的小姐。結果，果然娶到了，至少這是他自己的看法。素丹蒼白得像個鬼，但是卻美得出奇，像一朵外國花兒，兩隻眸子猶如一池秋水，勾魂攝命。（林語堂《京華煙雲》）

帝子降兮北渚，目眇眇兮愁予，嫋嫋兮秋風，洞庭波兮木葉下。（戰國．屈原《九歌．湘夫人》）

每當這個時候，岳母終年平板的臉，也有了歡顏起伏，因著兒女們充滿在她眼睛可以看見的範圍內，她那雙年輕時吊梢的單眼皮，遂像初五的月牙，彎彎的帶著笑意，墜掛在那張原野黃沙般的臉上。（朱天文〈炎夏之都〉）

我沒辦法跟著唱，我彷彿受了意外的震撼，淚眼模糊，我全身緊繃拚命忍住眼淚，彷彿化為一塊礁石抵著眾人的歌聲。（柯裕棻〈太平洋的浪〉）

蓋瑞有一張令人難忘的臉。深深的皺紋基本上是縱向的，那是烈

【桃花眼】形容善於傳情，使人入迷的眼睛。

【醉眼】醉後視線模糊的眼睛。

【淚眼】含著淚水的眼睛。

【賊眼】閃爍而鬼祟，不正派的目光。

【瞇縫】眼睛微閉成一條細縫。

【深邃】深沉，幽深。

【窅冥】深邃的樣子。窅，ㄧㄠˇ。

【灼灼】眼神明亮。

【炯炯】眼神明亮。「炯炯有神」。

【懸珠】目光明亮有神。《漢書．東方朔傳》：「目若懸珠，齒若編貝。」

【犀利】形容目光尖銳鋒利。

【星眼】形容眼睛明順亮麗。

【水汪汪】形容目光明亮靈活。

【水靈靈】明亮有神。

【骨碌碌】滾動的樣子。

【明眸善睞】目光流轉動人。睞，ㄌㄞˋ。曹植〈洛神賦〉：「明眸善睞，靨輔承權。」

【透水似的】形容眼珠明亮如透澈澄淨的水。

【雙瞳翦水】眼睛清澈明亮。周履靖《錦箋記．第九齣》：「不要說甚麼，你只看他雙瞳翦水迎人灩，風流萬種談笑間。」也作「雙瞳剪水」。

【顧盼生輝】眼睛左右環顧，目光動人。也作「顧盼生姿」。

【迷濛】朦朧不清。

【惺忪】剛睡醒，眼神迷茫的樣子。

【渙散】散漫不集中。

【餳澀】形容眼神朦朧、無神。餳，ㄒㄧㄥˊ。

【直勾勾】形容眼神呆滯。

【紅眼】形容人哭泣或憤怒而眼紅。

【怒目】因憤怒而睜大眼睛。

【瞠目】因生氣或震驚等情緒反應而睜大眼睛。

日暴雨雕刻成的。若不笑，給人的印象多半是嚴厲的。但他很愛笑，笑把那些縱向皺紋勾聯起來，像個慈祥的祖父。他的眼睛總是瞇縫著，似乎有意遮住其中的光亮，那眼睛是用來眺望的，屬於水手和守林員。（北島〈蓋瑞．施耐德〉）

穿一身羅斯福呢戎裝的那人，清瘦，沉靜，薄唇高鼻梁，蒼白俊秀的臉上就只見一雙深邃不可測的眸子，彷彿能夠穿透人心。一股觸電的感覺，細妹子受到了震驚。（劉慕沙〈出奔〉）

她略帶怒意的一抬眼，正遇見他探尋的眼睛。那透視的灼灼逼人的眼光像一種壓迫，又像一種撫慰；像火又像水，他看見了連她自己都看不見的——那是什麼？（吉錚〈偽春〉）

同時相近的別的船上也似乎有許多眼睛炯炯的向我們船上看著。我真窘了！我也裝出大方的樣子，向歌妓們瞥了一眼，但究竟是不成的！（朱自清〈槳聲燈影裡的秦淮河〉）

吳金水那如鷹隼一般的犀利的目光，瞬都沒瞬一下。半晌，只是以一種奇異的眼光盯著地上的兒子。（王湘琦〈沒卵頭家〉）

這女子問的是倩，免得說他女人或是他老婆，那雙水靈靈的鳳眼勾勾望住他，隨後便擰擰衣服角，低頭看鞋。（高行健《一個人的聖經》）

回頭看時，卻原來正是璵姑，業已換了裝束，僅穿一件花布小襖，小腳褲子露出那六寸金蓮，著一雙靈芝頭扱鞋，愈顯得聰明俊俏。那一雙眼珠兒，黑白分明，都像透水似的。（清．劉鶚《老殘遊記》）

她醉眼惺忪，可還起價錢來，還是精神抖擻。那些四川的店舖伙計，頂喜歡為了爭價錢吵得面紅耳赤，二奶奶也覺得討價還價是件有滋有味的事兒。（老舍《鼓書藝人》）

【鼠目】指人眼小外凸，亦用以形容人目光短淺。

【仄目】因恨或畏懼，斜著眼睛看。

眉毛

【掃】畫，塗抹。可形容眉毛濃得像畫過的。

【畫】以眉筆修飾眉毛。

【描】描畫眉毛。

【翠黛】黛色深青，古代用來畫眉，眉又稱「翠黛」。

【春山】形容婦女的眉毛，如春色妝點的山容。

【柳眉】形容女子的眉毛細如柳葉。

【遠山眉】原指卓文君眉色如望遠山，後用以形容女子秀麗的眉毛。

【柳葉眉】女子的眉毛細長而彎曲，像柳葉的形狀。

【娥眉】形容女子眉毛細長彎曲而美好的樣子。

【蛾眉】細長而彎曲的眉毛，如蠶蛾的觸鬚。

【臥蠶眉】像臥蠶形狀的眉毛。

【新月眉】形容眉型細彎如月初時的鉤月。

【濃眉】又黑又密的眉毛。

【單眉】指眉毛稀疏。也作「眉單」。

【虎眉】眉形如虎，形容人樣

燈光所以映她的穠姿，月華所以洗她的秀骨，以蓬騰的心燄跳舞她的盛年，以餳澀的眼波供養她的遲暮。（俞平伯〈槳聲燈影裡的秦淮河〉）

忽見她雙眼直勾勾地，瞪著她那堆珍藏的故物，丟魂失魄，灰白的臉罩上死光，如荒寺裡的石燈，僵在寒夜中。（李碧華〈雙妹嘜〉）

那曹氏只是緩緩地搖了搖頭，仍舊沒有做聲。她看過去不過年屆三十，容貌甚美，但由於總是顰蹙兩道柳葉眉，眉心一道淺淺的皺紋已經刻下，且體態頗顯柔弱。（朱秀海《喬家大院》）

美人捲珠簾，深坐顰娥眉。但見淚痕濕，不知心恨誰？（唐．李白〈恨情〉）

那一天大約剛是舊曆的初三、四的樣子，同天鵝絨似的又藍又紫的天空裡，灑滿了一天星斗。半痕新月，斜掛在西天角上，卻似仙女的蛾眉，未加翠黛的樣子。（郁達夫〈沉淪〉）

官樣孩子的基本條件是多肉；有眉毛與否總是次要的。況且「孩大十八變」，焉知天賜一高興不長出兩條臥蠶眉呢。（老舍《牛天賜傳》）

她墨黑的新月眉將略略上挑的眼睛烘托出一股凌厲風味。只不過眼梢末的魚尾紋清楚可見，又眼皮微微凹陷，眼神就顯得暗淡而深沉。（王禎和〈鬼．北風．人〉）

忽見草坡左側轉出一個少年將軍，飛馬挺槍，直取文醜。公孫瓚

貌威武。

【濃眉大眼】形容人的眉目分明，帶有英氣。

【軒眉】揚眉。

【劍眉】平直且末端翹起如劍的眉型。

【劍眉星眼】眉毛筆直，末端翹起，眼睛明亮有神。

【八字眉】眉毛外端略為下垂，呈「八」字型。

【倒掛八字】反向上豎成倒八字的眉形。

【吊客眉】八字眉。

【一字眉】眉型像「一」字。

【愁眉】發愁時皺著眉頭。

【愁眉淚眼】眉頭緊鎖，雙眼含淚。形容愁苦悲傷的樣子。

【愁眉不展】雙眉緊鎖，很憂愁的樣子。

【愁眉苦眼】緊鎖著眉，苦喪著臉。形容神色憂傷愁苦。亦作「愁眉苦目」。

【蹙額愁眉】皺著眉頭，形容憂愁的樣子。

【橫眉豎目】面貌凶惡的樣子。

【清朗】清淨明朗。

【眉宇舒坦】眉額之間平坦而無皺紋，適意的樣子。

【眉清目秀】形容眉目俊秀清明。

【眉立】因憤怒生氣，眉毛豎立的樣子。

【眉橫丹鳳】形容女子美麗的眉毛。

【秋眉】指老人的眉毛。

扒上坡去，看那少年：生得身長八尺，濃眉大眼，闊面重頤，威風凜凜，與文醜大戰五六十回合，勝負未分。瓚部下救軍到，文醜撥回馬去了。那少年也不追趕。瓚忙下土坡，問那少年姓名。那少年欠身答曰：「某乃常山真定人也，姓趙，名雲，字子龍。……」（明・羅貫中《三國演義》）

我寫著寫著，忽然抬眼，看見你兩道羊毫筆掃出來的濃眉，還有長睫下鋒芒的眼。（方娥真〈水仙操〉）

小凱同樣有阿部寬毫無脂粉氣的濃挺劍眉，流著運動汗水無邪臉龐，和專門為了談戀愛而生的深邃明眸。小凱只是沒有像阿部寬那樣有男人儂儂或集英社來做大他，米亞抱不平想。（朱天文〈世紀末的華麗〉）

方欲走時，猛抬頭見窗內有人，敝巾舊服，雖是貧窘，然生得腰圓背厚，面闊口方，更兼劍眉星眼，直鼻權腮。（清・曹雪芹《紅樓夢》）

婁太太戴眼鏡，八字眉皺成人字，團白臉，像小孩學大人的樣捏成的湯糰，搓來搓去，搓得不成模樣，手掌心的灰揉進麵粉裡去，成為較複雜的白了。（張愛玲〈鴻鸞禧〉）

晨勉第一次看到祖，直覺他更像音樂家，眉宇舒坦，神色自若，內心有一小節奏章。（蘇偉貞《沉默之島》）

鼻子

【鼻梁】鼻的上端。

【鼻頭】鼻梁下端高起處。

【鼻翼】鼻尖的兩側。

【挺】鼻子高直。

【秀挺】秀麗高挺。

【高峙】高挺。

【鼻正口方】形容人口鼻方正，面容端正。

【端正闊大】挺直寬大。

【齊勻高整】形容鼻梁勻稱高挺。

【塌】鼻子凹陷。

【塌鼻子】鼻梁不高。

【趴鼻子】鼻子扁平。

【蓮霧】可形容鼻梁短而低陷，鼻肉肥大呈扁倒圓錐形。

【懸膽】形容鼻子的形狀直垂而圓。

【扁】鼻型寬而薄。

【朝天】可形容鼻孔朝向上方。

【朝天鼻】鼻孔略為朝天的鼻型。

【鉤鼻子】形容鼻型彎曲如鉤狀。

【鷹勾鼻】如同鷹嘴般鉤曲的鼻子。

【蒜頭鼻】鼻形圓而扁，有如蒜頭。

【酒糟鼻】鼻部及周圍有紅色斑點，並有無數微血管分布，形成結節及腫瘍。

【鼻凹】鼻翼兩側下凹的部位。也作「鼻洼」。

【獅鼻】指人鼻梁較短，鼻翼開闊。

【直鼻權腮】形容人面頰寬闊，鼻子陡直。

他同他的爺爺一樣，也是瘦型的臉，卻不如他爺爺的端正，並且個性化。好像在遺傳中受到了一種不幸的影響，他的輪廓有失均衡。臉型是窄長條的，中間部分凹了下去，鼻子則有些大，鼻梁倒是直挺的，全靠了它，整個面相不至於塌下。下巴也是抄的，卻比較長，就有些誇張，加上倒掛眉和抬頭紋，不由地有些滑稽了。（王安憶〈尋找上海〉）

我和阿月各自依在母親懷中，遠遠地對望著，彼此都完全不認識了。我把她從頭看到腳，覺得她沒我穿得漂亮，皮膚比我黑，鼻子比我還扁，只是一雙眼睛比我大，直瞪著我看。（琦君〈一對金手鐲〉）

她仰了仰秀挺的小鼻子，側著頭望我，眼睛深得像那口潭，我猜不透她到底信不信我的話，〔……〕（鍾玲〈大輪迴〉）

我可以看到他被太陽曬成黝黑的側臉上高峙的鉤鼻子和因臉頰下陷而拉下的薄唇的嘴角，他的額頭高潔，上有深刻的皺紋，眼睛埋在還算黑的眉下，映著太陽，似乎還閃著光。（李昂〈花季〉）

他那鎮定而並不機靈的眼睛，刺虎魚般壓在厚嘴唇上的端正闊大的鼻子，都顯示出堅強的決心；這決心是牛也拉不動的了。（高曉聲〈李順大造屋〉）

她的臉部，於是也就被他看見了。全體是一張中突而橢圓的臉，鼻梁的齊勻高整，是在近代的東洋婦女中少見的典型。而比什麼都還要使他驚嘆的，是她臉上的純白的肉色和雪嫩的肌膚。（郁達夫〈十三夜〉）

接下來看看鼻子吧。有的如懸膽，有的如朝天煙囪，有的如半個蓮霧，有的如峭拔峰岳，有的如饅頭小山……看來看去，人間果然沒有一座相同的山巒。（蔡碧航〈心不歡，且行行〉）

【薄】不厚。

【肥厚】肥而厚實。

【溫軟】溫暖柔軟。

【嫩膩】細嫩滑潤。

【櫻桃小口】形容女子的嘴唇小巧而紅潤，如同櫻桃一般。

【唇紅齒白】唇色朱紅，牙齒雪白。形容美貌。

【唇如塗朱】形容嘴唇的豔紅。

【抹硃】嘴唇豔紅。《三國演義．第五十八回》：「又見馬超生得面如傅粉，唇若抹硃；腰細膀寬，聲雄力猛。」

【朱唇】紅唇，對女子嘴唇的美稱。

【丹唇】紅唇。

【絳唇】紅唇。

【檀口】紅豔的嘴唇。王實甫《西廂記．第四本》：「又驚又愛，檀口搵香腮。」

【櫻唇】嘴唇像櫻桃般小巧紅潤。

【嬌紅欲滴】形容唇色嫩紅，彷彿飽含水分一樣。

【唇若施脂】形容嘴唇鮮豔。

【朱唇皓齒】唇紅齒白。形容美人面貌姣好。

【朱唇榴齒】嘴唇紅潤，牙齒像石榴子那樣整齊。形容女子容貌美麗。

【齒若編貝】牙齒如編排的海貝般潔白整齊。亦作「齒如含貝」、「齒如齊貝」。

【大口】大嘴。

【血盆大口】形容像盆口一般血淋淋的大嘴。

【兔唇】一種先天的臉部畸形，上嘴唇縱裂或缺損，多有顎裂。也作「兔缺」、「唇裂」。

【豁唇子】指天生嘴唇缺裂的人。

【缺唇】一種先天性的臉部畸

嘴唇倒是不大，只是有些過於肥厚了。特別是月前拿掉了他們之間的第一個孩子，伊的嘴唇似乎因此更見肥厚。老是含著一種母親的寂寞和憂愁似地，重重地下垂著。（陳映真〈那麼衰老的眼淚〉）

他也許忽略了我的眼淚，以為他的嘴唇給我如何的溫軟，如何的嫩膩，把我的心融醉到發迷的狀態裡罷，所以他又挨我坐著，繼續說了許多所謂愛情表白的肉麻話。（丁玲〈莎菲女士的日記〉）

前些年，我飛越太平洋參加中美作家對話時，曾在幾個大都市裡聆聽過洋小姐清唱的蘇三唱段。金髮碧眼的女郎們啟動的雖不是櫻桃小口，唱起來也不會字正腔圓，對戴枷蘇三的心境更不可能有真正的體味，但通過她們那濕潤豐腴的紅唇，卻使「洪洞」這個縣名，在異邦傳揚流播。（李存葆〈祖槐〉）

那女子嫣然一笑，秋波流媚，向子平睇了一眼。子平覺得翠眉含嬌，丹唇啟秀，又似有一陣幽香，沁入肌骨，不禁神魂飄蕩。（清．劉鶚《老殘遊記》）

她很費力地拉著絲線，緊緊地，澀澀地，真是太滯手，有時絲線又滑脫了針眼。她咬緊了她的櫻唇而覺得煩惱，她沉浸於愛的波濤中。（林語堂〈戀愛和求婚〉）

這廂崇光百貨巍峨的白，像雷峰塔一樣鎮住了整個東區來去的妖嬈女子，週年慶心甘情願魚貫而入的白蛇與青蛇們，爭購保養品化妝品乳液與面膜，從那些唇紅齒白鶴童鹿童手中接過靈芝草，敷抹塗推的手勢像煉丹提藥，更像許仙將再也無能見著蛇妖真身那樣的喜不自勝。（羅毓嘉〈大東區〉）

酷烈的光與影更托出佳芝的胸前丘壑，一張臉也禁得起無情的當頭照射。稍嫌尖窄的額，髮腳也參差不齊，不知道怎麼倒給那秀麗的

形，上嘴唇縱裂或缺損，多有顎裂。

【癟嘴子】通常指年老之人，一口中無牙，嘴部皺癟的樣子。

2 外貌

美貌

【靚】ㄐㄧㄥˋ，漂亮、美麗。「靚女」。

【妍】豔麗、美好。

【姝】音ㄕㄨ，容貌美麗。美女。《詩經．邶風．靜女》：「靜女其姝，俟我於城隅。」

【玉人】美女。元稹〈鶯鶯傳〉：「待月西廂下，迎風戶半開，拂牆花影動，疑是玉人來。」

【佳人】美女。蘇軾〈和秦太虛梅花〉：「萬里春隨逐客來，十年花送佳人老。」

【佳麗】貌美女子。白居易〈長恨歌〉：「後宮佳麗三千人，三千寵愛在一身。」

【姝麗】美麗。美女。

【紅顏】美人。

【粉黛】婦女畫眉的青黑色顏料，比喻美女。白居易〈長恨歌〉：「回眸一笑百媚生，六宮粉黛無顏色。」

【美貌】美麗的容貌。

【正點】容貌端正標致。

【標致】形容女子美麗動人。也作「標緻」。

【漂亮】美麗、好看。

【甜美】形容女子秀美可人。

【帥】面容俊俏或舉止瀟灑、有風度。

六角臉更添了幾分秀氣。臉上淡妝，只有兩片精工雕琢的薄嘴唇塗得亮汪汪的，嬌紅欲滴。（張愛玲〈色，戒〉）

浴梅宜隱士，浴海棠宜韻客，浴牡丹芍藥宜靚妝妙女，浴榴宜豔色婢，浴木樨宜清慧兒，浴蓮宜嬌媚妾，浴菊宜好古而奇者，浴臘梅宜清瘦僧。（林語堂〈袁中郎的《瓶史》〉）

我下樓到客廳裡時，一看見站在矮子舅媽旁邊的玉卿嫂卻不由得倒抽了一口氣，好爽淨，好標致，一身月白色的短衣長褲，腳底一雙帶絆的黑布鞋，一頭烏油油的頭髮學那廣東婆媽鬆鬆的挽了一個髻兒，一雙杏仁大的白耳墜子卻剛剛露在髮腳子外面，淨扮的鴨蛋臉，水秀的眼睛，看上去竟比我們桂林人喊作「天辣椒」如意珠那個戲子還俏幾分。（白先勇〈玉卿嫂〉）

誰知自娶了他令夫人之後，倒上下無一人不稱頌他夫人的，璉爺倒退了一射之地：說模樣又極標致，言談又爽利，心機又極深細，竟是個男人萬不及一的。（清．曹雪芹《紅樓夢》）

這偏遠的高山，竟有如此瑩麗清純的女子啊！她雙手交叉地攤放在粗劣的百褶裙上，顯得羞怯而又可人，縱然她年輕的雙掌呈現著從事耕種或摘取的勞動工作，而變得粗礪、褐黃，但她那種纖柔並且異於塵俗的姿質，是令我訝異非常的。（林文義〈昨日的登山鐵道〉）

我是一個敏感又內向的孩子，對於冶豔妖嬈的女人，心中存著懼怕的心念，只喜歡那容貌善良的女人（唉，到今天還是這樣），裁縫

【俊美】俊俏美麗。

【俊俏】容貌俊美秀麗。

【俊秀】容貌秀美。

【俊逸】容貌俊秀，才藝超群。

【俏麗】容貌、體態輕盈美好。

【俏皮】容貌或衣著漂亮美好。

【娟秀】美好秀麗。

【清秀】秀美不俗氣。

【秀氣】氣質優雅。

【秀麗】清秀美麗。

【秀美】清秀美麗。

【秀媚】秀麗嫵媚。

【姣好】容貌美麗。

【姣美】容貌美好。

【姣麗】姣好、美麗。

【姣豔】美好、豔麗。

【瑩麗】明亮美麗。

【妖豔】美麗而不莊重。

【冶豔】美麗異常。

【妖冶】❶美好。❷形容女子美麗，但舉止欠端莊，慣於賣弄服飾容貌。

【妖媚】輕佻嫵媚。

【妖嬈】ㄧㄠ ㄖㄠˊ，形容美麗而輕佻的樣子。曹植〈感婚賦〉：「顧有懷兮妖嬈，用搔首兮屏營。」

【嫵媚】姿態嬌美可愛的樣子。司馬相如〈上林賦〉：「柔橈嫚嫚，嫵媚纖弱。」

【嬌媚】嬌豔嫵媚。

【嬌娃】美女。

【英俊】容貌俊秀有精神。

【英爽】英偉爽朗且豪邁。

【嬌逸】俊美的樣子。

【嬌憨】天真可愛的樣子。

【好看】看起來舒適、美觀。

【中看】好看、順眼。

【可愛】討人喜愛。

【妙麗】美麗。

【妍麗】美豔。

【水靈】形容豔麗動人，明亮有神。

【窈窕】❶幽靜美好的樣子。❷

店的這位女主人便是我最易傾心的那類。（王文興〈欠缺〉）

這得意，似乎便能減少他的嫵媚，他的英爽。要不，為什麼當他顯出那天真的詫愕時，我會忽略了他那眼睛，我會忘掉了他那嘴唇？否則，這得意一定將冷淡下我的熱情。（丁玲〈莎菲女士的日記〉）

這兩部小說，雖然粗製，卻並非濫造，鐵的人物和血的戰鬥，實在夠使描寫多愁善病的才子和千嬌百媚的佳人的所謂「美文」，在這面前淡到毫無蹤影。（魯迅〈關於翻譯的通信〉）

只恐多情損梵行，入山又恐負傾城。世間哪得雙全法，不負如來不負卿。（清．倉央嘉措）

在接下來的時間中，小寶一直目不轉睛，打量米博士，最後感嘆：「古人形容美男子，用『玉樹臨風』這樣的句子，真是確切。」米博士笑：「當然確切，我本來就是一棵樹啊！」（倪匡《遺傳》）

她的聲音好聽得不得了，宛若牛奶流過琴絃，面頰又鮮嫩又豐潤，好似兩片四季常熟的水蜜桃，而最可貴的還是那份氣質，我敢保證你跑上天宮都找不到對兒。有時她也會露出一點嬌憨的模樣，叫人看得真會疼得跳起來。（郭箏〈好個翹課天〉）

白也詩無敵，飄然思不群。清新庾開府，俊逸鮑參軍。渭北春天樹，江東日暮雲。何時一樽酒，重與細論文。（唐．杜甫〈春日憶李白〉）

那些被外國男人挽著的中國女人清一色地年輕俏麗風姿綽約，頻頻地和熟人彬彬有禮地握手，或者優雅地貼臉相吻。我恍惚進入了一部戲劇，是在哪部電影裡看到過的場景，卻又比任何一部電影中的場面還要獨特，因為在非常西方化的情景中，居然多數是中國的面孔。（趙長天〈歌劇〉）

在監獄的接待室中，我第一次見到了駱致遜的妻子，柏秀瓊女士。

妖冶的樣子。

【絕色】形容女子姿色極美。

【婷婷】美好的樣子。多用來形容女子的姿態。

【尤物】誘人的美貌女子，有貶抑之意。

【水蕙兒】聰穎秀麗。

【嬌滴滴】嬌媚可愛。

【小家碧玉】年輕貌美女子或平常人家的女兒。

【千嬌百媚】形容美好的容貌和體態。

【仙姿玉色】容貌美麗，光潤如玉，有如神仙。

【國色天香】指容貌美麗的女子。

【紅粉佳人】容貌美麗的女子。

【風姿綽約】形容人的風采姿容非常優美。

【如花似玉】有如花和玉般的美好，比喻女子姿容絕美。

【天生麗質】形容女子容貌美麗，氣質優雅。

【明眸皓齒】形容美人容貌明麗。

【絕代佳人】姿容出色的美女。

【眉清目秀】形容面貌清明俊秀，長相美麗。

【傾國傾城】形容女子極為美麗動人。「傾城」可代指美人。《漢書．外戚傳上．孝武李夫人傳》：「北方有佳人，絕世而獨立，一顧傾人城，再顧傾人國。」

【臉欺膩玉】臉比美玉還細膩柔滑。形容容貌極細緻柔美。

【麗質天生】容貌美麗，氣質優雅。

【玉樹臨風】年少才貌出眾。

【面如冠玉】男子面貌俊美，如鑲飾帽上的美玉。

【憨態可掬】形容嬌痴單純的樣子充溢在外。

【平頭整臉】相貌端正。亦作「平

她的照片我已看過不止一次了，她本人比照片更清瘦，也更秀氣。她臉色蒼白，坐在一張椅上，在聽著一個律師說話。我和傑克才走進去，有人在她的耳際講了一句話，她連忙站起來，向我迎了上來。（倪匡《不死藥》）

面目姣好素淨，不能確切說出她給我怎樣的感覺，有些熟悉，但說不上來地帶點距離。她的平底鞋是百貨公司一樓女鞋部門陳列的款式，褲裝裏的她，綁著公主頭髮式。她一直抿著下唇。列車門打開，便警醒把身子往壓克力隔板縮了縮。猜想她低下臉來是盯著鞋。瀏海稍稍垂下，遮住她的妝。她的妝在淺金框眼鏡後頭，有些疲憊。（羅毓嘉〈偶遇〉）

那娘子和丫鬟艙中坐定了。娘子把秋波頻轉，瞧著許宣。許宣平生是個老實之人，見了此等如花似玉的美婦人，傍邊又是個俊俏美女樣的丫鬟，也不免動念。（明．馮夢龍編《警世通言》）

有人認為，天生麗質，不需依靠化妝品，這種說法，只對極少數真正麗質天生的美女有效——極少這樣的美女，而就算有，這樣的美女，也是化妝打扮了，比不化妝打扮好看。所以，普通婦女對化妝品那麼熱愛，不會無緣無故，事實是，化妝打扮，卻然能使女性看起來美麗得多，一個很平凡的女性，化妝得宜，可以變得艷光四射，令人目為之眩，神為之奪。（倪匡〈化妝〉）

「新娘子真不容易，看上的果然是青年才俊！」位與老董相熟的水泥公司老闆這麼說：「她爸爸為她安排了許多和企業家第二代的相親機會，她都看不上眼，原來眼光獨具，偏偏喜歡……」還好他也知道，後面那個形容詞恐怕不太好聽，馬上拐個彎：「……喜歡這個長春藤名校碩士，今天看來，果然玉樹臨風、一表人才，真是郎才女

頭大臉」、「平頭正臉」。

【正妹】現代用語，指容貌美麗的女子。

【辣妹】現代用語，指性感、動人的女子。

貌……相信他一定不會辜負岳父的期望！」轉彎轉得漂亮，但仔細聽來，還是有新郎高攀的意思。（吳淡如《租來的人生》）

醜陋

【醜】形貌陋劣、難看。

【媸】ㄔ，相貌醜陋。與「妍」相對。

【不颺】颺，ㄧㄤˊ，相貌醜陋。《幼學瓊林・身體類》：「貌醜曰不颺，貌美曰冠玉。」

【仳倠】ㄆㄧˇ ㄏㄨㄟ，面貌醜陋。

【奇醜】非常醜陋。

【難看】不好看；醜陋。

【麻胡】面麻多鬍，形貌醜陋、不清爽。

【寒磣】形容醜。有醜陋、難看的意思。磣，ㄔㄣˇ。

【猥瑣】容貌鄙陋煩碎。《三國演義・第六十回》：「操先見張松人物猥瑣，五分不喜。」

【寢陋】容貌醜陋。

【醜陋】容貌難看。

【醜婦】指面目醜陋的婦女。也作「醜婦效顰」。

【醜丫頭】長相難看的女孩子。

【醜八怪】稱人容貌十分難看。亦作「醜巴怪」。

【其貌不揚】面貌醜陋、難看。

【面目可憎】容貌令人討厭。

【蹇傴】形容人的身形醜陋，又跛又駝。蹇，ㄐㄧㄢˇ，跛腳。傴，ㄩˇ，駝背。

【臼頭深目】頭頂凹入，兩眼深陷。形容面貌極為醜陋。劉

憑雲卿驀地叫起來，樣子很興奮。他不住地點著頭，似乎幸而弄明白了一個疑難的問題。一會兒後，他轉臉仔細看著女兒，似乎把想像中的劉玉英和眼前的他的女兒比較妍媸。（茅盾《子夜》）

蘇小姐一向瞧不起這麼寒磣的孫太太，而且最不喜歡小孩子，可是聽了這些話，心上高興，倒和氣地笑道：「讓他來，我最喜歡小孩子。」（錢鍾書《圍城》）

自從武大娶得那婦人之後，清河縣裏有幾個奸詐的浮浪子弟們，卻來他家裏薅惱。原來這婦人見武大身材短矮，人物猥瑣，不會風流；他倒無般不好，為頭的愛偷漢子。（明・施耐庵、羅貫中《水滸傳》）

我們的先生自然不能同太太擺在一起，他在客人的眼中，至少是猥瑣，是市俗。誰能看見我們的太太不嘆一口驚慕的氣，誰又能看見我們的先生，不抽一口厭煩的氣？（冰心〈我們太太的客廳〉）

有時候，他們假裝打扮得面目可憎、俗不可耐，為的就是讓什麼人誤讀他們。他們討厭淺薄無聊的人，對世界的未來總是憂心忡忡。他們的生活就像是一首歌曲，需要許多樂器的伴奏來烘托一下，他們已習慣置身於吵吵嚷嚷之中。（孫甘露〈卡拉OK〉）

那計氏雖身體不甚長大，卻也不甚矮小；雖然相貌不甚軒昂，卻也不甚寢陋；顏色不甚瑩白，卻也不甚枯黧；下面雖然不是三寸金

向《列女傳．辯通》：「鍾離春臼頭深目，長指大節，卬鼻結喉，肥項少髮，折腰出胸，皮膚若漆。」

【尖嘴猴腮】尖嘴巴瘦面頰，形容長相醜陋。

【獐頭鼠目】獐頭小而尖，鼠目小而凸。形容相貌鄙陋，教人生厭。

【貌似無鹽】形容女子相貌醜陋，有如戰國著名醜女鍾離春。

【鼻偃齒露】鼻子扁，鼻孔向上，牙齒暴露，形容面貌十分醜陋。

【青面獠牙】臉色青綠，長牙外露，相貌非常凶惡可怕。

【醜頭怪臉】容貌醜陋。

【燒糊了的捲子】烤焦的饅頭。後用來比喻貌醜。

【醜惡】醜陋惡劣。

【夜叉】容貌醜陋或性情凶暴的人。

【猙獰】面貌凶惡的樣子。

【橫肉】面貌凶惡。

【鬇鬡】ㄓㄥ ㄋㄧㄥˊ，面貌凶惡的樣子。

【生毛帶角】身上長毛頭頂生角，形容人的面貌極醜，或比喻很厲害的人。

【蛇頭鼠眼】指人的面目小頭小眼，貌醜。亦可用來形容人心術不正、態度鬼祟。

【鬼酉上車】此為歇後語，鬼酉二字合為「醜」字。上車指古時候用手推的車子。推是忒的雙關語。結合起來，形容人極醜。

【疢頭怪腦】形容人長相怪異且醜陋。疢，ㄔㄣˋ，疾病。

【惡眉惡眼】形容面貌凶惡猙獰。

【鳩形鵠面】指人因為飢餓憔悴，過於枯瘦，容貌醜陋的樣子。

蓮，卻也不是半朝鑾駕。（清．蒲松齡《醒世姻緣傳》半朝鑾駕，形容古代婦人纏得不大不小的腳）

這些中老爺的，都是天上的文曲星；你不看見城裡張府上那些老爺，都有萬貫家私，一個個方面大耳。像你這尖嘴猴腮，也該撒泡尿自己照照；不三不四，就想天鵝屁吃！（清．吳敬梓《儒林外史》）

周學道坐在堂上，見那些童生紛紛進來，也有小的，也有老的，儀表端正的，獐頭鼠目的，衣冠齊楚的，襤褸破爛的。（清．吳敬梓《儒林外史》）

賈母笑道：「你帶了去，給璉兒放在屋裡，看你那沒臉的公公還要不要了！」鳳姐兒道：「璉兒不配，就只配我和平兒這一對燒糊了的捲子和他混罷。」說的眾人都笑起來了。（清．曹雪芹《紅樓夢》）

粗糙的黃標紙上，印著簡單的圖畫。是陰間十座閻王殿裡，面目猙獰的閻王，牛頭馬面，以及形形色色的鬼魂。（琦君〈母親的書〉）

阿Q疑心他是和尚，但看見下面站著一排兵，兩旁又站著十幾個長衫人物，也有滿頭剃得精光像這老頭子的，也有將一尺來長的頭髮披在背後像那假洋鬼子的，都是一臉橫肉，怒目而視的看他。（魯迅〈阿Q正傳〉）

引人注意

【搶眼】耀眼奪目，惹人注意。

【迷人】具有吸引力。

【引人】吸引他人，使人起心動念。

【引人注目】引起他人的注意。亦作「引人矚目」。

【出眾】水準、程度等超越眾人。

【不凡】不尋常、不平凡。

【亮眼】搶眼。

3 身軀

皮膚

【皺】臉上或皮膚因鬆弛而有摺紋。

【皺紋】皮膚或物體的摺紋。

【皺巴巴】不舒展，不平整的樣子。

【鬆弛】放鬆。

【垮】坍塌、往下。

【鬆垮】不緊實而往下。

【緊實】緊繃、結實。

【細膩】細緻光滑。

【細嫩】形容皮膚光滑潤澤。

【光滑】光澤滑潤。

【粉嫩】皮膚像粉一樣的細白柔軟。

【緊緻】皮膚緊實細緻。

【吹彈可破】皮膚嬌嫩。

【凝脂】凝固的油脂。形容皮膚如油脂般光滑柔白。語出《詩經．衛風．碩人》：「手如柔荑，膚如凝脂。」

【粗糙】不光滑、不細緻。

【乾皺】皮膚乾燥、鬆弛而生出皺紋。

離開展場，我的眼睛一直沒有離開過一位亮眼的中年女人，紅禮帽下的網紗蓋住一半的臉，白得像雪的皮膚襯托了香奈兒的經典毛料套裝。她的頸部緩慢轉動著，使得禮帽上的小碎花，像是咖啡杯裡旋轉的奶泡。她獨自一人，彷彿走錯了時空。（阿尼默〈有時身在小人國，有時我是格列佛〉）

尹雪艷著實迷人。但誰也沒能道出她真正迷人的地方。尹雪艷從來不愛擦胭抹粉，有時最多在嘴唇上點著些似有似無的蜜絲佛陀；尹雪艷也不愛穿紅戴綠，天時炎熱，一個夏天，她都渾身銀白，淨扮的了不得。（白先勇〈永遠的尹雪艷〉）

現在，年輕的豐實飽滿的手臂上刺上的刺青，等到二、三十年後，或許皮膚變得鬆弛乾燥，那蔓延的藤蔓，依舊停留在皮膚上，停留在或許骨節增大的，不那麼平整華美的手背上，不知道會是如何的景象。（袁瓊瓊〈生活裡看見的〉）

奶奶的臉色不是城裏人那樣的白，也不是鄉下人的黑，而是黃白的。臉盤比較豐滿，皮膚繃得很緊，但並不是細嫩的，有些老，不是蒼老的「老」，而是結實的意思。奶奶的手也是這樣，骨節略有些粗大，皮膚也有些老。（王安憶《富萍》）

原來世上真有俊男美女，倒叫他自慚形穢，他只覺得男的有一股書卷氣，溫文爾雅，女的有一張凝脂般小面孔，可是配一雙大眼睛，面頰上不知什麼閃閃生光，煞是好看。（亦舒《蟬》）

這來自第三世界芳醇的黑色飲品——我凝視牆上那醒目的「公平

【乾皺】乾皺；過分乾燥而裂開。皺，ㄘㄨㄣ。

【疙瘩】皮膚上突起的小顆粒。

【細皮嫩肉】指皮膚嬌嫩細緻。也作「嬌皮嫩肉」。

【雞皮】指皮膚粗糙鬆弛，通常用於指稱老人的皮膚。「雞皮鶴髮」。

【炙膚皸足】皮膚曬焦、足部凍裂的樣子。常用以形容人勞苦艱辛。皸，ㄐㄩㄣ，皮膚因受凍或乾燥而裂開。

【細緻】精細雅緻。

【乾燥】皮膚缺乏水分。

膚色

【白淨】皮膚潔白。

【白皙】膚色白淨。

【白裡透紅】白皙的皮膚裡透出紅潤的光澤。

【白潤】潔白潤澤。

【白嫩】皮膚又白又細嫩。

【冰雪】比喻晶瑩純潔。

【雪白】潔白如雪。

【紅潤】紅而潤澤。

【酡紅】紅潤、泛紅貌。

【紅撲撲】臉色紅潤。

【古銅色】可形容膚色深褐似古銅。

【黝黑】膚色黑。

【黧黑】黑色。

【乾黃】形容臉色枯黃，毫無血色。

【蠟黃】面色像蠟一樣黃。

貿易」標籤，開始思索——是出自一雙如何粗糙多皺的手？而這雙手，又是經由怎樣播種、耕耘、照顧、把紅櫻桃似咖啡豆摘下來、水洗、揀選、曬乾、裝袋、交給收購商？而在並無公平貿易的年代，那些如苦力般弱勢的咖啡農，又是如何毫無招架之力地，在跨國集團嫻熟運作的議價過程中含淚賤賣，然後，這凝聚了無數辛酸的所謂「血汗咖啡」，才終於抵達我們細緻光滑漂亮的骨瓷杯裡，點綴了無數寧靜美好的午後時光，讓我們得以享受這舒適優雅的閒情？（陳幸蕙〈咖啡・蝴蝶・我〉）

老通寶哭喪著乾皺的老臉，沒說什麼，心裡卻覺得不妙。（茅盾〈春蠶〉）

一座老宅，斑駁的外牆上嵌了許多窗戶，其中最小的窗口，有個男子坐在其中。他臉上的肌肉隨著手上的小說情節忽高忽低，皮膚白皙細嫩，且透著光亮，還可以看到毛細孔整齊排列，像極了向日葵的花蕊。（阿尼默〈有時身在小人國，有時我是格列佛〉）

原先黑白分明的大眼睛，已經布滿了紅絲絲，色澤濁黃。原先好看的雙眼皮，已經隱現一暈黑圈，四周爬滿了魚尾紋。原先白裡透紅的臉蛋上有兩個逗人的淺酒窩，現在皮肉鬆弛，枯澀發黃……（古華《芙蓉鎮》）

而且，倘在路上遇著與她同年的我，她精緻的小臉蛋，會很快地為一份酡紅充滿著，那樣當然很美，像似一把小火，豔麗而溫熱，一直燒到她的耳根。（渡也〈歷山手記〉）

【醬黃】形容人的面色暗黃。

【暗沉】膚色不潔白、明亮。

【慘白】蒼白。

【面如死灰】臉色慘白，像灰燼一樣。

【玉肌】形容女子膚色潔白，帶有光澤。

【明肌雪】指肌膚光澤如雪。李煜〈玉樓春〉：「晚妝初了明肌雪，春殿嬪娥魚貫列。」

【珠輝玉麗】指女子肌膚潔白，如珠玉般帶有光澤。洪昇〈長生殿・第二十一齣〉：「只見你款解雲衣，早現出珠輝玉麗，不由我對你、愛你、扶你、覷你、憐你！」

【冰肌玉骨】形容美人的身體皮膚如冰雪或美玉般晶瑩潤白。

【粉妝玉琢】形容皮膚白皙美麗。

【泛紅】指人因生氣或害羞，皮膚呈現紅色。

【面青】形容人面目蒼白，沒有血色的樣子。

【黑甜】形容女子的膚色黑亮俏麗。

【黑裡俏】指女子膚色黑但帶有風韻。

【紫癜】身體皮膚呈現暗紅色或紫色出血性斑點或瘢塊。

【明亮】發亮的。

【小麥色】膚色健康。

太陽像一爐熊熊的烈火，傾倒在沙灘上，林剛已經被曬得汗如雨下，草帽裡全汪滿了汗水。沙灘上年輕人占多數，他們修長結實的身體都曬成了發亮的古銅色。（白先勇〈火島之行〉）

他們家裡的頂小的一位苗裔年紀比我大一歲，名字叫阿千，冬天穿的是同傘似的一堆破絮，夏天，大半身是光光地裸著的；因而皮膚黝黑，臂膀粗大，臉上也像是生落地之後，只洗了一次的樣子。（郁達夫〈我的夢，我的青春！〉）

尤其當他緊咬著牙，從防空壕裡艱辛的爬上來時，我總注意到豆大的汗珠，在他黧黑的臉上迸落，而急促的喘息更使他口唇大張，彷彿斷了氣般的戛然有聲。（鍾延豪〈金排附〉）

我在心裡說很晚了，得快些回去侍候媽——媽皮包骨蠟黃沒神的形象，倏地湧現腦際；一句向薇抱歉的話，快擠出喉頭，又使勁吞回肚裡。（李喬〈飄然曠野〉）

一般富貴閒人的文藝青年前進青年雖然笑他俗，卻都不嫌他，因為他的俗氣是外國式的俗氣。他個子不高，但是身手矯捷。晦暗的醬黃臉，戴著黑邊眼鏡，眉目五官的詳情也看不出個所以然來。但那模樣是屹然；說話，如果不是笑話的時候，也是斷然。（張愛玲〈紅玫瑰與白玫瑰〉）

【水蔥】形容女子的樣子纖長好看，可用於身軀、容貌、鼻子、手指等。

【玉指】形容女子的手指頭修長細緻，有如美玉。

【酥胸】柔膩光潔的胸部。

【細腰】纖細的腰。

【水蛇腰】形容腰肢纖細婀娜。

【水桶腰】形容腰部肥胖，有如水桶般粗大。

【鮪魚肚】形容中年男性腹部肥胖。

【啤酒肚】男性步入中年時，由於新陳代謝變差，導致脂肪大量囤積於腹部，所形成的腹部肥大現象。

【游泳圈】游泳時為增加浮力所使用的橡皮圈。用來戲稱人腰部肥胖。

【身懷六甲】女子懷孕。

【大腹便便】形容肚子很大的樣子。

4 身材

【頎】音ㄑㄧˊ，身材修長、高大的樣子。

【頎頎】身材高大的樣子。

【壯碩】高大、強壯。

【頎長】細長，修長。《詩經．齊風．猗嗟》：「猗嗟昌兮，頎而長兮。」

【高大】身材又高又大。

蘭仙、玳珍便圍著桌子坐下了，幫著剝核桃衣子。雲澤手酸了，放下了鉗子，蘭仙接了過來。玳珍道：「當心你那水蔥似的指甲，養得這麼長了，斷了怪可惜的！」雲澤道：「叫人去拿金指甲套子去。」蘭仙笑道：「有這些麻煩的，倒不如叫他們拿到廚房裏去剝了！」（張愛玲《金鎖記》）

米姬說，有一天早上她從製作先生的鼾聲中醒來，發現他起伏有致的啤酒肚，發現鏡裏她退妝後的臉，「這裏，這裏，都是皺皮，之可怕！」而她只不過是能在劇裏混到一兩個特寫就很不錯的米小牌。她嚎啕痛哭一場，就決定接受阿冬的追纏。（朱天文〈伊甸不再〉）

這時候便聽到一個大姐嬌滴滴地叫道：「睇睇，客廳裏坐的是誰？」睇睇道：「想是少奶娘家的人。」聽那睇睇的喉嚨，想必就是適才倒茶的那一個，長臉兒，水蛇腰；雖然背後一樣的垂著辮子，額前卻梳了虛籠籠的頭。（張愛玲《沉香屑——第一爐香》）

固然，他的頎長的身軀，白嫩的面龐，薄薄的小嘴唇，柔軟的頭髮，都足以閃耀人的眼睛，但他卻還另外有一種說不出，捉不到的丰儀來煽動你的心，〔……〕（丁玲〈莎菲女士的日記〉）

四點半太陽快不見了，我走過檢查哨，有位身材高䠷的老哨員走出哨亭，看起來就是患肺結核的樣子，軟骨發育不良的塌鼻被凹陷的兩頰挺高，兩個眼窩深得沒有精神。（拓拔斯〈拓拔斯．搭瑪匹瑪〉）

【高䠷】形容身材高而修長。䠷，ㄊㄧㄠˇ。

【高壯】高大健碩。

【偉岸】壯大奇偉的樣子。

【健壯】強壯矯健。

【健碩】健壯魁梧。

【碩實】高大壯實。

【魁梧】體貌高大雄偉。

【魁偉】體貌高大雄偉。

【魁岸】高大魁梧。

【修長】身材細長。

【挺拔】直立高聳。

【英挺】英偉挺拔。

【瑰瑋】形容相貌魁梧美好。《聊齋志異．席方平》：「仰見車中一少年，丰儀瑰瑋。」

【矯健】魁梧強健的樣子。

【虎背熊腰】背寬厚，腰粗壯，體型魁偉。

【彪形大漢】形容身材高大，健壯如虎的男子。

【高頭大馬】形容人身材高大。

【人高馬大】形容個子高大。

【高挑子】指身材高大的人。

【魁梧奇偉】形容男子身材高大雄偉，具有非凡的風格。

【高個子】身材高大的人

【高個兒】指身材高的人。

【巍然】形容高大、壯觀的樣子。《三國演義．第十回》：「韋下馬，喝退眾軍，一手執定旗桿，立於風中，巍然不動。」

【挺然卓立】站得直挺挺的樣子。

【精壯】精力健壯。

【壯實】強健結實。

【粗壯】粗大而健壯。

皮耶跳上一張椅子，右手搭住高大老闆娘的肩膀，左腳跨在矮小老闆的頭上，開始吐出一連串字詞。這些字詞語調變化劇烈，在我的聽覺稜鏡裡散出各種色帶，每一個顏色上頭有不同的抑揚頓挫舞動著，直到他說出我聽懂的字詞，我才發現他已經用了好幾國的語言向各個來自不同國家的團員問好。（陳思宏〈彩虹馬戲團〉）

她正待走開，曼青卻已回到她跟前，有那位西裝紳士很偉岸地站在背後。（茅盾《蝕三部曲．追求》）

拉著曹先生出去，曹先生的服裝是那麼淡雅，人是那麼活潑大方，他自己是那麼乾淨俐落，魁梧雄壯，他就跑得分外高興，好像只有他纔配拉著曹先生似的。（老舍《駱駝祥子》）

儘管他已成為一個魁梧男子漢，我的印象仍是童年時，他在自己房中欠缺安全感，夜深以後，悄悄潛進我房裡，蜷在鞋櫃上睡覺的瘦小孩子。（張曼娟〈青青子衿〉）

直到三年多後，福成唸完研究所考上博士班時，才又收到她的「信」：那是一張喜帖。她身旁的他，英俊挺拔，比自己高二十公分。原來心靈相通是不夠的。（吳淡如〈賠錢貨〉）

離土岡腳還有十幾步，林子裡便竄出五個彪形大漢來，頭包白布，身穿破衣，為首的拿一把大刀，另外四個都是木棍。一到岡下，便一字排開，攔住去路，一同恭敬的點頭，大聲吆喝道：「老先生，您好哇！」（魯迅〈采薇〉）

矮

【矮】身材短小。

【矮小】低小、短小。

【短小】身材矮小。

【矬】音ㄘㄨㄛˊ，矮小。

【矬矮】身材短小。亦作「矮矬」。

【侏儒】身材過度矮小者。

【三寸丁】身材矮小。

【矮胖】矮小肥胖。

【矮墩墩】形容身材矮胖的樣子。

【矮冬瓜】指身材既矮小又肥胖的人。

【五短】形容四肢和身軀都很短小的身材。

【五短身材】形容人的四肢、身軀都很短小。

【矮不隆咚】形容人的身材矮小。

【矲矮】形容人身材短小。矲，ㄅㄚˋ。

【矮個兒】指人身材短小。

【矬個兒】身材短小的人。

【矬子】矮個子。

【矮小精悍】形容人身材雖矮，但精明強悍。

胖

【胖】身體豐肥、脂肪多。

【胖大】肥壯。

【肥】脂肪多，肌肉豐滿。

【肥大】肥胖壯實。

【肥壯】肥胖健壯。

【肥胖】脂肪多形體粗大。

他解釋說這訓導主任是很合適的人選，肯定可以擔任這變化學員氣質，提高學員品格的重要課程。他人雖長得矮矮，對學生可凶悍極了，又是打又是吼，把學生個個管得服服貼貼嚴守禮節。（王禎和《玫瑰玫瑰我愛你》）

她梳著辮子頭，腦後的頭髮一小股一小股恨恨地扭在一起，扭絞得它完全看不見了為止，方才覺得清爽相了。額前照時新的樣式做得高高的；做得緊，可以三四天梳一梳。她在門背後取下白圍裙來繫上，端過凳子，踩在上面，在架子上拿咖啡，因為她生得矮小。（張愛玲〈桂花蒸　阿小悲秋〉）

來得最早的是劉寶利。他是個唱戲的。坐科學的是武生。因為個頭矬點，扮相也欠英俊，缺少大將風度，來不了「當間兒的」。（汪曾祺〈八月驕陽〉當間兒，中間之意，此指成為戲班的重要角色）

那魔王伸手架住道：「你這般矬矮，我這般高長，你要使拳，我要使刀，使刀就殺了你，也吃人笑，待我放下刀，與你使路拳看。」（明．吳承恩《西遊記》）

他真是沒什麼好的，每天從早忙到晚，長相不夠英俊，身材恰是五短，我是做太太的看先生愈看愈不得意。（蔣曉雲〈隨緣〉）

我們總有某個部分是肥胖的／這個沒人敢多吃的年代／你是豐滿得太寂寞了／有人就是這麼喜歡／巨大草莓蛋糕般的女孩啊（鯨向海〈多脂戀情〉）

十年了，發福的他，勻稱的在各部位長肉。指頭慢慢變粗，第一指節剛好把戒指卡在指根上。不痛不癢，他也懶得動它。（鄒敦伶〈戒

【肥碩】肥大豐碩。

【肥實】肥胖。

【發福】稱人發胖的客氣用語。

【大腹便便】形容肚子很大的樣子。便，ㄆㄧㄢˊ。

【胖嘟嘟】形容身材圓胖。

【胖墩墩】形容人身材肥胖的模樣。

【胖乎乎】形容人肥胖的樣子。

【豐滿】體貌豐盈，多用以形容女子形貌豐潤健美。

【豐盈】身材豐腴，碩美。宋玉〈神女賦〉：「貌豐盈以莊姝兮，苞溫潤之玉顏。」

【豐腴】豐厚碩美。

【圓潤】體貌圓滿豐潤。

【虛胖】不結實的胖，因體內脂肪異常增多所致。

【臃腫】笨重、肥胖、不靈巧的樣子。

【擁腫】形容笨重、肥胖、不靈巧。

【笨重】身材粗重不輕巧。

【痴肥】形容人肥胖臃腫，遲鈍不靈。

【富態】體態豐腴。

【富泰】即「富態」。形容體態豐腴。

【水桶身材】身形肥胖，毫無曲線，有如水桶。

【肥頭大耳】體態肥胖。

【腦滿腸肥】形容飽食終日，無所用心，養尊處優，有壯盛的外表，而無實學。

【敦實】健壯篤實。

【五大三粗】形容膀闊腰圓，身材魁梧，力氣大。

【心寬體肥】指人因心情開朗，生活無憂慮，而身體自然發胖的樣子。

【矮胖】矮小且肥胖。

【白白胖胖】指人膚白體肥。

【豐乳肥臀】形容女子體型豐滿肥胖。

指〉）

巧得很，蓀亞和木蘭第一天在古玩鋪時，正好遇見老畫家齊白石。齊先生正坐在藤椅上打盹，鼾聲大作，大腹便便，時起時伏，在肚子上的鬍子也隨之上下。（林語堂《京華煙雲》）

阿朱在他臉上塗些麵粉，加高鼻子，又使他面頰較為豐腴，再提筆改畫眉毛、眼眶，化裝已畢，笑問王語嫣：「姑娘，你說還有什麼地方不像？」（金庸《天龍八部》）

他個子不高，然而結實豐滿。因為長得敦實，有時顯得遲鈍、笨拙。不過要是他願意的話，也能像猴兒一樣的機靈、活躍。（老舍《鼓書藝人》）

老女人包塊灰布頭巾，一身青灰棉襖，免襠老棉褲，臃臃腫腫紮的褲腳，穿雙髒得發亮的黑布棉鞋，一個道道地地的老農婦，難道就是當年上過高等學府傳遞情報的那位革命女英雄？（高行健《一個人的聖經》）

他的頭顱也十分胖大，一頭焦黃乾枯的短髮，差不多脫落盡了，露出了粉紅的嫩頭皮來。臉上兩團痴肥的腮幫子，鬆弛下垂，把他一徑半張著的大嘴，扯成了一把彎弓。（白先勇〈思舊賦〉）

她比從前胖了一點。脖子上圍著一條狐皮，更顯得富泰一點。她穿著一身藍呢的衣裙，加著一頂青絨軟帽，帽沿自然的往下垂著些，看著穩重極了。（老舍《二馬》）

一般中年婦人，因為自己的水桶身材，多著寬鬆的洋裝，而尤青青卻穿薄薄的貼身旗袍，耀眼的竹青色裹住她腰是腰身是身的豐盈體態。（鍾玲〈四合院〉）

湯升回道：「這女人來了整整有五六天了，住在衙門西邊一爿小

【胖子】肥胖的人。

【胖墩兒】通常用來指身材肥胖的兒童。如「小胖墩兒」。

【便便】形容人肥胖的樣子。

【肥盛】形容肥壯而大的樣子。

【肉山】形容贅肉堆積如山。對體胖之人的謔稱。

【大塊兒】指人身體臃腫肥大。

【膔滿】指肥胖。膔，ㄅㄧㄠ。

【婠妠】ㄨㄢˇ ㄋㄚˊ，形容小孩胖且美好的模樣。

【膗】ㄔㄨㄞˊ，形容人肥胖而肌肉鬆弛。

【膆】ㄙㄨˋ，胖。

瘦

【瘦小】身形細瘦短小。

【瘦削】身形消瘦。

【瘦弱】消瘦而衰弱。

【瘦巴巴】非常乾瘦的樣子。

【苗條】體態細長曲線美。

【細挑】身材苗條。

【精瘦】非常瘦。

【乾癟】形容枯瘦、乾縮。癟，ㄅㄧㄝˇ。

【乾瘦】身形削瘦，缺乏脂肪。

【纖巧】細緻小巧。

【纖細】細長柔美。多形容女子身材。

【纖瘦】形容身材細長瘦弱。

【纖弱】細弱無力的樣子。

【羸】ㄌㄟˊ，瘦弱。

【羸弱】瘦弱。《史記·匈奴傳》：「漢兵逐擊冒頓，冒頓匿其精兵，見其羸弱。」

【羸瘠】瘦弱疲病。《史記·劉敬傳》：「今臣往，徒見羸瘠老弱，此必欲見短，伏奇兵以爭利。」

【羸瘵】瘦弱。瘵，ㄓㄞˋ。杜

客棧裡。來的那一天，先叫人來找小的，小的沒有去。第二天晚上，他就同了孩子一齊跑了來。把門的沒有叫他進來，送個信給小的。小的趕出去一看，那婦人倒也穿的乾乾淨淨，小孩子看上去有七八歲光景，倒生的肥頭大耳。」（清·李寶嘉《官場現形記》）

裡面一間花廳，人比較少，也比較安靜，三張桌子旁，坐著的大都是腦滿腸肥的大富賈，整堆整堆的花花銀子，在一雙雙流著汗的手裡轉來轉去。（古龍《楚留香傳奇之血海飄香》）

（鏡頭拉近。）男人十分瘦削，四肢幾乎僅存枯骨，顯然有病在身。（鏡頭橫搖。）他蒼白的小腿上有個明顯的爛瘡。痂皮、膿頭與鮮紅色的血凍共生於壞死的黑色組織之上。細小的蛆蟲們彼此攀附吸食。（伊格言《噬夢人》）

那賈芸口裡和寶玉說著話，眼睛卻溜瞅那丫鬟：細挑身材，容長臉面，穿著銀紅襖兒，青緞背心，白綾細折裙——不是別個，卻是襲人。（清·曹雪芹《紅樓夢》）

我記得高中時老師也曾叫大家在週記上寫下我們對學校的看法。我笨到老實地寫了幾頁。結果我被禿頭戴著厚黑鏡框的乾瘦男老師叫去，看著他把我幾頁的週記全撕下來，他告訴我，不可以寫任何批評文章。（李維菁〈藝術史之誠實課程〉）

還好，她還不怎麼老。她那一類的嬌小的身軀是最不顯老的一種，永遠是纖瘦的腰，孩子似的萌芽的乳。（張愛玲《傾城之戀》）

長老又謝恩坐了，只見那國王相貌尪羸，精神倦怠，舉手處，揖

甫〈同元使君春陵行〉：「歎時藥力薄，為客羸瘵成。」

【尪羸】瘦弱。尪，ㄨㄤ。

【削瘦】纖細瘦弱。

【枯瘦】乾枯消瘦。

【消瘦】消減瘦弱。

【清瘦】瘦弱。

【清癯】清瘦。癯，ㄑㄩˊ。

【單薄】身體薄弱、瘦弱。

【孱弱】瘦弱。孱，ㄔㄢˊ。

【孱羸】瘦弱。方孝孺〈栽柏〉：「我生素多病，中歲早孱羸。」

【嶙峋】形容清瘦見骨的樣子。

【皮包骨】形容很瘦。

【形容枯槁】外貌乾瘦，神情憔悴。

【形銷骨立】極其瘦弱。

【面黃肌瘦】形容人消瘦、營養不良的樣子。

【鳩形鵠面】形容飢餓枯瘦，面容憔悴。

【瘦骨嶙峋】形容身體枯瘦、骨骼突出可見。

【骨瘦如柴】形容非常消瘦的樣子。亦作「瘦骨如柴」、「骨瘦如豺」。

【弱不禁風】形容身體虛弱，連風吹都禁不住。

【弱不勝衣】體弱無力，連衣服的重量都承受不住。

【蜂腰削背】形容身材瘦弱細腰。

讓差池；開言時，聲音斷續。（明．吳承恩《西遊記》）

他不願意圖個人的安適，他要和幾個朋友支持著「文協」，但是，他已不是青島時的老舍了，真個清癯，蒼老了，面上更深刻著苦悶的條紋了。（臺靜農〈我與老舍與酒〉）

背後是昏憒胡塗的皇帝、屈殺忠良的權奸、嫉功妒能的言官；手下是一批飢餓羸弱的兵卒和馬匹，將官不全，兵器殘缺，領不到糧，領不到餉，所面對的敵人，卻是自成吉思汗以來，四百多年中全世界從未出現過的軍事天才努爾哈赤。（金庸《碧血劍．袁崇煥評傳》）

我哀痛王國祥如此勇敢堅忍，如此努力抵抗病魔咄咄相逼，最後仍然被折磨得形銷骨立。（白先勇〈樹猶如此〉）

安南人鳩形鵠面，皮焦齒黑，天生的鴉片鬼相，手裡的警棍，更像一支鴉片槍。（錢鍾書《圍城》）

這「兩人」顯然是一雙孿生兄弟，兩人俱是瘦骨嶙峋——雙顴凸出，一人手裡拿著個算盤，一人手裡拿著本帳簿，穿著打扮，雖像是買賣做得極為發達的富商大賈，模樣神情，卻像是一雙剛從地獄逃出來的惡鬼。（古龍《絕代雙驕》）

她知道她兒子女兒恨毒了她，她婆家的人恨她，她娘家的人恨她。她摸索著腕上的翠玉鐲子，徐徐將那鐲子順著骨瘦如柴的手臂往上推，一直推到腋下。（張愛玲〈金鎖記〉）

【苗條】形容體態細長，曲線優美。

【纖纖】體型細而尖。

【婀娜】輕盈柔美的樣子。

【輕盈】形容女子體態纖秀，動作輕快。

【裊娜】柔美纖細的樣子。

【裊裊婷婷】形容女子體態纖秀柔美。亦作「嫋嫋婷婷」、「孅孅婷婷」。

【嫋嫋娉娉】女子體態輕盈柔美的樣子。嫋，ㄋㄧㄠˇ。娉，ㄆㄧㄥ。

【亭亭玉立】形容女子身材修長苗條，體態秀美。亦作「婷婷玉立」、「玉立亭亭」。

【丰姿綽約】形容女子體態柔美。

適中

【勻稱】均勻、合適。

【均勻】身材勻稱。

【合宜】適合、恰當。

【停勻】勻稱。

【肥勻明秀】肥瘦均勻，明亮秀麗。

【穠纖合度】形容身材適宜，胖瘦恰到好處。

【凹凸有致】形容女子的身材曲線完美。

【減一分則太瘦，增一分則太肥】表示體態完美。

我忍不住好奇，轉過頭去，那位女士已經走到入口處，我只能看到她的背影。她身形高而苗條，長髮蓬鬆地披著，她的雙手白皙，或許是由於她一身衣服，全是黑色的緣故。（倪匡《茫點》）

楊過道：「古人說一笑傾人城，再笑傾國，其實是寫了個別字。這個別字非國土之國，該當是山谷之谷。」那女郎微微彎腰，笑道：「多謝你，別再逗我了，好不好？」楊過見她腰肢裊娜，上身微顫，心中不禁一動，豈知這一動心不打緊，手指尖上卻又一陣劇痛。（金庸《神鵰俠侶》）

毓老師上課時也時常提到師母，說：「這一百年都是狗打架，現在倒想寫《新浮生六記》，寫和老太婆認識經過，年輕時候剛到台灣倒不想，老了才想得越仔細。」接著又說師母是蒙古格格，自幼兩人訂婚，皇族婚姻自六歲就不讓見面，要結婚時已經亭亭玉立。（張輝誠〈毓老師與我——悼毓老師〉）

她們三個人中間，算陳蓮奎身材高大一點，李蘭香似乎太短小了，不長不短。處處合宜的，還是謝月英，究竟是名不虛傳的超等名角。（郁達夫〈迷羊〉）

美麗有許多方面，容顏底姣好固然是一重要素，但風儀底溫雅，肢體底停勻，甚至談吐底不俗，至少是不惹厭，這些也有著分兒……（施蟄存〈梅雨之夕〉）

幾乎沒有例外的，鳥的身軀都是玲瓏飽滿的，細瘦而不乾癟，豐腴而不臃腫，真是減一分則太瘦，增一分則太肥那樣的穠纖合度，跳盪得那樣輕靈，腳上像是有彈簧。（梁實秋〈鳥〉）

粗大

【粗壯】粗大而健壯。

【粗大】又粗又大。

【粗笨】笨重、不靈巧。

【粗重】粗大沉重。

【笨重】沉重；不靈巧。

【肥大】肥碩胖大。

【肥碩】肥大豐碩。

【臃腫】形容人笨重、肥胖不靈巧的樣子。

【痴肥】形容人臃腫肥胖，行動遲鈍不靈。

【大塊兒】人身體肥大、臃腫。

駝背

【駝背】背部彎拱。

【駝子】駝背的人。

【僂】ㄌㄡˊ，彎曲的背部。

【佝僂】背部向前彎曲。佝，ㄎㄡˋ。

【僂行】彎著背走路。

【踽僂】彎曲、駝背。踽，ㄐㄩˇ。

【傴僂】背脊彎曲的病。傴，ㄩˇ。

【痀僂】駝背。痀，ㄐㄩ。

【彎腰駝背】弓著身子，彎曲脊背。

【僂俯】曲著背。

話說劉姥姥兩隻手比著說道：「花兒落了結個大倭瓜。」眾人聽了哄堂大笑起來。於是吃過門杯，因又逗笑道：「實告訴說罷，我的手腳子粗笨，又喝了酒，仔細失手打了這瓷杯。有木頭的杯取個子來，我便失了手，掉了地下也無礙。」眾人聽了，又笑將起來。（清．曹雪芹《紅樓夢》）

不肯相信自己的眼睛，可是那把柄千真萬確的在轉動。有人正在進來。一個影子，黑人，高大、粗壯，戴一頂鴨舌帽，穿桔紅夾克、黑褲子、球鞋，雙手空著，在朦朧中站了幾秒，等他找到了我的床，便向我走來。（三毛〈老兄，我醒著〉）

夏季，父親的襯衫薄而透汗，突出的駝背彷彿扭壓的肉塊，不協調地埋在他四十來歲的背上。穿梭的人群如同川流不息的流域，佔據城市的一切；而我夾在現實的潮流中，遠遠看著父親的形影淡出又淡入。也許由於惶恐，在找尋慰藉的情況下，洶湧的記憶潮水，把我帶回隔了臺灣海峽的海港。父親，從金黃亮麗的海潮中涉水而來，從各種切面進入我的意識。（吳鈞堯〈駝背記錄〉）

車輪慢慢滑動，從照後鏡裡瞥見身材魁梧的臺先生正小心攙扶著清癯而微僂的鄭先生跨過門檻。那是一個有趣的形象對比，也是頗令人感覺溫馨的一個鏡頭。臺先生比鄭先生年長四歲，不過，從外表看起來，鄭先生步履蹣跚，反而顯得蒼老些。（林文月〈從溫州街到溫州街〉）

5 儀態風度

得體、不得體

【得體】合宜，恰如其分。

【俐落】敏捷、爽快。

【整潔】乾淨有條理。

【爽利】爽快利落。

【體面】整齊、好看。

【花俏】妝扮鮮豔、活潑。

【難看】不好看、醜陋。

【邋遢】ㄌㄚˋ‧ㄊㄚ，不整潔。

【邋裡邋遢】不整潔。

【齷齪】ㄨㄛˋㄔㄨㄛˋ，不乾淨。

【蓬頭垢面】頭髮散亂、面容骯髒，形容人不修邊幅的樣子。

文雅

【文雅】優美、不粗俗。

【風雅】文雅、儒雅。

【嫻雅】沉靜文雅。

【儒雅】學養深厚，氣度雍容。

【大雅】風雅。

【俊雅】俊秀風雅。

【文靜】閑雅安靜。

【文氣】文雅。

【嫻靜】文靜。

【秀氣】氣質優雅。

【斯文】舉止文雅有禮。

【書卷氣】讀書人溫雅的氣質。

【文謅謅】形容人舉止、談吐溫文儒雅。

大約過了半個月——我的腳拇指已經透過鞋底的破洞磨去了幾層皮，這雙皮鞋終於出售，恰好五元。我第一次從新膠鞋的氣味裡意識到了「體面」這個概念。（南帆〈新膠鞋〉）

他實在無法想像那樣的畫面：他無法想像他母親這樣一個邋遢骯髒的老太太竟曾經是個第一名畢業的小學女生？那是什麼樣的一個年代？為什麼區區幾個第一名畢業的小孩，便可以蒙市長陪伴一道搭機升空？（駱以軍《遺悲懷．運屍人》）

大四以來，同學們忙著就業、出國、考研究所，我卻仍像個無事人般盡是晃盪，及至畢業了，還覺得是在放暑假，日子過得像窗外覆滿牆頭綠蔭蔭的爬山虎，糊里糊塗，就只是漫漫伸延著，散懶得差不多成了蓬頭垢面。（朱天文〈牧羊橋．再見〉）

母親有時候，會對我嘲笑那些小姐們的吃相，她們帶著文雅的敷衍的神情，然後冷不防地，張大嘴，送進一叉肉，再閉上，不動聲色地咀嚼著。這城市的淑女們，胃口真是很好的。（王安憶〈吃西餐〉）

娟娟長得很美，性情很文靜，白白胖胖，明眸皓齒，神態自若，秀外慧中，充沛著少女所獨有的那一股青春活力；顯然，她也不知道這個宴會正是一個「相親」的場合；所以她無拘無束的與我們談笑，很親切的照應著我們。（張天心〈相親記〉）

事實上她每夜晚歸。有幾次我或因第二日要請假或因一些企劃案的細節，打電話到她家，總是一個斯文的男人的聲音，像生自己悶氣

【文質彬彬】文采和實質均備，配合諧調。

【玉樹臨風】形容男子儀態美好的樣子。

【風度翩翩】儀態美好、文雅。

【彬彬有禮】形容人的禮貌恰到好處，不至於矯情多禮，也不至於粗魯無禮。

【溫文爾雅】形容人文質彬彬，態度溫和典雅。

【雍容爾雅】神態自若，舉止儒雅。

柔美婀娜

【柔美】柔和優美。

【柔媚】溫和嫵媚。

【輕盈】形谷女子姿態輕柔優美。

【旖旎】ㄧˇ ㄋㄧˇ，柔媚的樣子。

【嫵媚】形容女子姿態嬌美可愛。

【優雅】優美高雅。

【嬋娟】可形容姿態曼妙優雅。沈禧〈一枝花．天生瑚璉套．梁州曲〉：「腰肢嫋娜，體態嬋娟。」

【曼妙】姿態輕靈柔美。

【娉婷】輕巧美好的樣子。

【凌波】形容女性步履飄逸輕盈的樣子。賀鑄〈青玉案〉：「凌波不過橫塘路，但目送、芳塵去。」

【蓮步】形容女子的步態婀娜多姿。

【窈窕】儀態美好。《詩經．周南．關雎》：「窈窕淑女，君子好逑。」

【玲瓏有致】形容女子身材曲線完美。

【娉娉婷婷】體態輕巧美好的樣子。娉，ㄆㄧㄥ。

自言自語地，噢，她還沒回來。聲音那邊的人像隱沒在一個全黑不開燈的房間裏。（駱以軍〈摺紙人〉）

少年生得玉樹臨風的，比一七〇公分的頌主要高半個頭來；一張人見人喜的鵝蛋臉，曬得又黑又亮，將頌主底顏臉襯得越發粉白；又濃眉大眼，挺鼻秀嘴，著實是個很上鏡頭的少年家。（王禎和《玫瑰玫瑰我愛你》）

一步一徘徊／一粒埃塵也不曾驚起／如此輕盈，清清淺淺的一分光／雖然只有——／一流盼／便三千復三千了（周夢蝶〈所謂伊人——上弦月補賦〉）

恰便似嚦嚦鶯聲花外囀，行一步可人憐。解舞腰肢嬌又軟，千般裊娜，萬般旖旎，似垂柳晚風前。（元．王實甫《西廂記》）

紫薇看到小燕子長得濃眉大眼，英氣十足，笑起來甜甜的，露出一口細細的白牙。心裡就暗暗喝采，沒想到，「女飛賊」也能這樣漂亮！小燕子看到紫薇男裝，仍然掩飾不住那種嬌柔嫵媚，心想，所謂「大家閨秀」，大概就是這個樣子了！兩人對看半晌，都有一見如故的感覺。（瓊瑤《還珠格格》）

她身法之輕靈，固是驚人，舉手投足間姿態之曼妙，更如仙子凌波，輕歌妙舞，手揮五弦，目送飛鴻，絕不帶半分凶霸氣，直瞧得豪傑一個個眼花繚亂，目定口呆，連采聲都忘了發出。（古龍《浣花洗劍錄》）

今天晚上，你試穿剛做好的晚禮服，娉娉婷婷走到我們面前，月白色的絲緞旗袍發出銀波般的光采，你的眼眸亦如銀波，那是溫柔星

【丰姿綽約】形容女子體態柔美。

【亭亭玉立】形容女子身材修長苗條，體態秀美的樣子。亦作「婷婷玉立」。

【婀娜多姿】形容儀態柔美貌。

【嬝嬝娜娜】姿態柔美的樣子。「嬝」通「嫋」、「裊」。

【翩躚】形容女子行動或舞蹈時輕快的樣子。

【綽約多姿】形容女子身形婀娜婉約，柔美的樣子。

【淑姿】形容儀態優雅。

雄壯與委靡

【壯闊】雄壯寬廣。

【昂昂】志節高尚，氣度不凡。「氣宇昂昂」。

【昂揚】激昂、奮發。

【威武】氣派、威風。

【威風】煊赫的氣勢。

【威猛】威武勇猛。

【英武】英明勇武。

【英發】英氣風發的樣子。蘇軾〈念奴嬌〉：「遙想公瑾當年，小喬初嫁了，雄姿英發。」

【勃發】形容精神煥發。「英姿勃發」。

【威猛】威武勇猛。

【凌厲】形容豪氣干雲，奮行直前。

【堂堂】可形容人相貌端正莊嚴，或志氣宏大。

光的組合啊！（周芬伶〈東西南北〉）

韓小瑩昨晚在王府中與梅超風、歐陽克等相鬥時，已自留神到了黃蓉，見她眉目如畫，丰姿綽約，當時暗暗稱奇，此刻一轉念間，又記起黃蓉對他神情親密，頗為迴護，問道：「是那個穿白衫子的小姑娘，是不是？」郭靖紅著臉點了點頭。（金庸《射鵰英雄傳》）

她在北方還沒見過那樣的竹子，她很喜愛那竹枝的嬌秀苗條。那竹葉特別的形狀和竹竿的纖弱細長，總是使她聯想到一個少女，婀娜多姿，面帶微笑，而且前額上還飄動著一綹秀髮。（林語堂《京華煙雲》）

客廳裡幾隻喇叭形的座燈像數道注光，把徐太太那窈窕的身影，嬝嬝娜娜地推送到那檔雲母屏風上去。（白先勇〈遊園驚夢〉）

太太真是很老了，耳聾，眼花，牙齒幾乎全掉完了，背駝得厲害。可她就是有一股威風。她一個人在房間裏摸摸索索地活動，那蒼老，萎縮，畸形的身體，很奇怪的，有一種凜然。（王安憶《富萍》）

錢夫人看見他笑起來時，咧著一口齊垛垛淨白的牙齒，容長的面孔，下巴剃得青亮，眼睛細長上挑，隨一雙飛揚的眉毛，往兩鬢插去，一桿蔥的鼻梁，鼻尖卻微微下佝，一頭墨濃的頭髮，處處都抿得妥妥帖帖的。他的身段頎長，著了軍服分外英發，可是錢夫人覺得他這一聲招呼裡卻又透著幾分溫柔，半點也沒帶武人的粗糙。（白先勇〈遊園驚夢〉）

所以他的書既富於自己的個性，一面也富於他人的個性，無怪乎他自己也會覺得他的富有了。他的分析的描寫含有論理的美，就是精

【赫赫】顯盛的樣子。

【雄壯】威武勇壯。

【雄大】雄偉高大。

【雄偉】雄壯高大。

【雄健】強勁有力。

【英姿】英俊威武的風姿。

【颯爽】矯健強勁的樣子。

【悲壯】悲慘雄壯。

【赳赳】雄壯勇武的樣子。

【雄赳赳】雄壯勇武的樣子。

【氣昂昂】形容精神振奮，氣勢非凡。

【虎虎生風】形容雄壯威武，氣勢非凡。

【威風凜凜】形容聲勢壯大，氣勢逼人。

【八面威風】比喻聲威浩大，神氣十足的樣子。

【英姿煥發】英俊神武，精神煥然。

【颯爽英姿】英挺矯健，神采煥發。

【氣宇軒昂】形容人的神采洋溢，氣度不凡。亦作「器宇軒昂」、「軒昂氣宇」。

【氣壯山河】形容氣勢如高山大河般雄壯豪邁。

【氣吞山河】氣勢能吞沒高山大河，形容氣魄極大。

【氣沖牛斗】形容氣勢極盛，上沖星空。

【氣沖霄漢】氣勢充盛，直上雲霄。形容大無畏的精神和氣魄。

【氣貫長虹】形容氣勢旺盛，彷彿能貫穿長虹。

【叱吒風雲】大聲怒喝，就可使風雲變色。形容威風凜凜，足以左右世局。

【意氣風發】精神振奮，志氣昂揚的樣子。

【龍騰虎躍】如龍飛騰，如虎跳躍。形容精神奕奕、威武雄壯的姿態。

【英氣】英勇、豪邁的氣概。

【豪氣】豪邁的氣概。

【銳氣】旺盛的氣勢。

嚴與圓密；像一個扎縛停當的少年武士，英姿颯爽而又嫵媚可人！又像醫生用的小解剖刀，銀光一閃，骨肉判然！（朱自清〈山野掇拾〉）

卓文君所進行的革命，恐怕是比項羽、荊軻更難的。我們看到男性的革命者總會以決絕的姿態出走，情緒非常悲壯，得到許多人的認同；而女性的革命少了壯烈的氣氛，卻是加倍困難，因為綑綁在女性身上的枷鎖遠多於男性，當她要顛覆所有的禮教、道德加諸在她身上的束縛時，是一場偉大卻不容易被理解的革命。（蔣勳《孤獨六講・革命孤獨》）

他到了京都的清水寺前，一直上門來求見方丈。方丈出來接見的時候，看見他從看門人的木屐底下走了出來，大大地吃了一驚！但是看他身材雖小，卻是氣宇軒昂，談吐不凡，方丈十分喜愛，把他留下，讓他在大殿裡做些雜務。（冰心〈一寸法師〉）

左手那一個，烏紗帽，白羅襴，胸藏錦繡，筆走龍蛇，乃是梁山泊掌文案的秀士「聖手書生」蕭讓；右手那一個，綠紗巾，皁羅衫，氣貫長虹，心如秋水，乃是梁山泊掌吏事的豪傑「鐵面孔目」裴宣。（明・施耐庵、羅貫中《水滸傳》）

喬峰皺起眉頭，臉色尷尬。不久之前，他還是個叱吒風雲、領袖群豪、江湖第一大幫的幫主。數日之間，被人免去幫主，逐出丐幫，父母師父三個世上最親之人在一日內逝世，〔……〕如此重重打擊加上身來，沒一人和他分憂，那也罷了，不料在這客店之中，竟要陪伴這樣一個小姑娘唱歌講故事。（金庸《天龍八部》）

畫像不過寥寥幾筆，但畫中人英氣勃勃，飄逸絕倫。楊過幼時在重陽宮中學藝，這畫像看之已熟，早知是祖師爺的肖像，這時猛地想起，古墓中也有一幅王重陽的畫像，雖然此是正面而墓中之畫是背

【正氣】正大光明的氣概。

【浩氣】正大剛直的氣概。

【氣沮】氣勢餒弱。

【氣索】精神委靡，餒弱。

【氣餒】氣勢餒弱；洩氣。

粗野

【粗】魯莽、不文雅。

【野】粗鄙無禮，放縱不馴。

【粗野】粗魯野蠻。

【粗魯】粗暴魯莽。

【粗鄙】粗俗鄙陋。

【土氣】形容人鄉土味濃厚，不時髦。

【村野】比喻粗鄙野蠻。

【粗獷】粗野狂放。獷，ㄍㄨㄤˇ。

【獷悍】粗野蠻橫。

【無禮】不懂禮法、禮數。

【俚俗】鄙俗、粗野。

【庸俗】平凡而俗氣。

【傖俗】粗鄙、庸俗。

【俗不可耐】形容言語舉止庸俗得使人難以忍受。

【粗暴】鹵莽暴躁。

【野蠻】蠻橫而不講理。

庸俗

【俗】粗鄙。

【庸俗】平凡而俗氣。

影，筆法卻一般無異。（金庸《神鵰俠侶》）

我母親驀然抬起頭來這麼問道，眼中又閃出那種我所熟悉的淩厲的眼光。從前一看到她這種眼光，就叫我聲咽氣餒，可是現在我居然覺得在我心中滋生了一種以前所欠缺的勇氣，……（馬森《夜遊》）

馬超見張飛軍到，把槍望後一招，約退軍有一箭之地，張飛軍馬一齊紮住；關上軍馬，陸續出來。張飛挺槍出馬，大呼：「認得燕人張翼德麼！」馬超曰：「吾家屢世公侯，豈識村野匹夫！」張飛大怒。兩馬齊出，二槍並舉。約戰百餘合，不分勝負。玄德觀之，嘆曰：「真虎將也！」恐張飛有失，急鳴金收軍。兩將各回。（明．羅貫中《三國演義》）

寶樹和苗若蘭都是外客，雖聽他說話無禮，卻也不便發作。曹雲奇最是魯莽，搶先問道：「是誰說謊了？」那僕人道：「小人是低三下四之人，如何敢說？」苗若蘭道：「若是我說得不對，你不妨明言。」她意態閒逸，似乎漫不在意。（金庸《雪山飛狐》）

那知韋小寶是個庸俗不堪之人，週身沒半根雅骨，來到花棚，第一句便問：「怎麼有個涼棚？啊，是了，定是廟裡和尚搭來做法事的，放了焰口，便在這裡施飯給餓鬼吃。」（金庸《鹿鼎記》）

我又喜讀木心的貴族氣，理直氣壯，理所當然，所以對傖俗反感，對拿腔做勢、魚目混珠反感，「曲學阿世，得有點本領，學太差勁，阿起來就蹩腳。但遇上了混亂的無知的『世』，倒也用不著講究

【粗俗】粗鄙庸俗。

【粗鄙】粗俗鄙陋。

【鄙俗】鄙陋、庸俗。

【鄙陋】見識淺薄。

【俗氣】粗俗、庸俗。

【俚俗】鄙俗、粗野。

【傖俗】粗鄙、庸俗。傖，ㄘㄤ。

【村俗】粗野鄙俗。

【俗豔】雖豔麗動人，卻顯出俗氣

【俗不可耐】形容言語舉止庸俗得使人難以忍受。

嚴肅莊重

【老成】穩重，持重。

【岸然】形容莊重、嚴正。

【稜稜】ㄌㄥˊ，此形容氣勢威嚴的樣子。《新唐書．崔融傳》：「從為人嚴偉，立朝稜稜有風望。」

【穩重】沉著莊重。

【穩健】穩重健壯。

【沉穩】沉著穩重。

【持重】行事穩重，舉止不輕躁。

【莊重】莊嚴鄭重。

【莊嚴】端莊肅穆。

【尊嚴】尊貴嚴肅、崇高莊嚴。

【敬穆】態度恭敬肅穆。

【端凝】莊重。

【鄭重】莊重。

【威嚴】嚴肅、莊嚴。

【肅穆】嚴肅、莊重。

【凜然】莊嚴、肅穆。

【端莊】端正莊重。

【端重】端莊穩重。

【凝重】莊重嚴肅的樣子。

【嚴肅】態度嚴正莊重。

【雍容】溫和莊重、從容不迫的樣子。

【安詳】形容人舉止從容不迫。

『學』，隨便曲『曲』，這個『世』就被『阿』得渾陶陶了」。（楊佳嫻〈被秋風善記憶的木心〉）

振保這才認得是嬌蕊，比前胖了，但也沒有如當初擔憂的，胖到癡肥的程度；很憔悴，還打扮著，塗著脂粉，耳上戴著金色的緬甸佛頂珠環，因為是中年的女人，那豔麗便顯得是俗豔。（張愛玲〈紅玫瑰與白玫瑰〉）

三公子似乎也察知前廳發生的事，帶著他那把慣常把玩的鑲玉小匕首，飛也似地由長廊跑上大廳，未乾透的頭髮尚貼黏在額上，臉上透出稜稜的殺氣，五官的形狀都變了，眼睛斜撐著，好怕人。（奚淞〈封神榜裡的哪吒〉）

那老人說的膽大心細，倒是對生命態度做了最簡單而明確的闡述了，當然不僅止於漁撈，一個人要走他自己的路程，必須先具備熱烈而堅強的膽識，在莫測的前程上奔跑、衝刺；具備冷靜而莊嚴的心智，去分辨複雜的歧路和岔口。（向陽〈歸航賦〉）

她像是一位幼小的公主，忽然要被盛裝起來登上寶座，執行皇后的職務。她那端莊、敬穆的樣子就叫人又放心、又嘆息。（鹿橋〈幽谷〉）

爸爸只要求死時是在一個台灣的高山區。有鷦鷯那樣孤獨的小鳥旁陪著，簡單地躺在那兒，在感覺著霧聲的到來，以及很安靜的肅穆中，慢慢地，感知世界的遠離。（劉克襄〈死亡之書〉）

他圍巾裹得嚴嚴的，脖子縮在半舊的黑大衣裡，厚實的肩背，頭臉相當大，整個凝成一座古銅半身像。我忽然一陣凜然，想著：原來是真像人家說的那樣。（張愛玲〈憶胡適之〉）

【矜重】矜莊持重。

【矜莊】端莊穩重。

【安穩】沉靜而不受干擾。

【不苟言笑】不隨便說笑。通常用來形容人一板一眼，嚴肅而不易親近。

【道貌岸然】學道的人容貌莊嚴。亦指外表莊重嚴肅的樣子。後用以形容外表故作正經，心中實非如此。

【老成持重】形容人個性沉著穩重，處事不輕率浮躁。

【冠冕堂皇】形容表面莊嚴體面、高貴氣派的樣子。

【一板一眼】本為民族音樂和戲曲中的節拍，二拍子的叫一板一眼。後借喻言語行為有條理，合規矩。

沉默

【安靜】❶安穩無聲。❷氣度沉穩。

【沉靜】沉穩閒靜。

【沉默】❶不說話、不出聲。❷深沉閒靜。

【緘默】閉口不說話。

【默默】沉靜不說話。

【暗啞】❶沉默不語。❷口不能言。

【悄然】寂靜無聲的樣子。

【肅靜】嚴肅寂靜。

【含蓄】藏於內，不露於外。

【木訥】質樸遲鈍，沒有口才。

【沉默寡言】性情沉靜，鮮少說話。

【默默無言】一句話都不說，亦作「默默無語」。

【默不作聲】沉默而不說一句話。

【悶不吭聲】閉著嘴不出聲。

一切總和過去的印象不同，她的長髮已剪短及頸，燙著端莊的髮型。圓圓的臉上，淡施脂粉。一襲杏黃色的洋裝，寬大的荷葉領，掩到頸下的鎖骨。袖口及肘，只裸露著粉藕似的小臂。裙襬則剛剛垂過膝蓋，在風中微微搖曳。腳上穿的是全包的白色皮鞋，鞋面濺著一兩點泥垢。啊！這樣鄉村的、家庭沉默不語的、平實的、傳統的少婦，就是小蘭麼！（顏崑陽〈小蘭〉）

我凝視遠方，在漫天煙霧中，我看到一個穿著青色長袍的高瘦老人，用他智慧的手，牽領著妻兒走出這片廢墟。他雖步履緩慢，卻神色安詳。他沒有回首，因此也沒有一聲嘆息。（童真〈失落的照片〉）

永康街，世界級的飲食商圈，日本話在信義路轉角口的「鼎泰豐」前面排隊，英文則在靠近師大圖書館後門的小酒吧裡喧嘩，而在一條暗巷裡的印度餐廳，總有幾位皮膚黝黑的印度人坐在那裡，不過他們很沉默，只聽著熱烈奔放的印度歌而不說話，我不知道他們的語言，他們都用銀色的刀叉吃咖哩飯。（徐國能〈石榴街巷〉）

雨輕輕飄著，橋靜靜立著，四周的山沉沉睡著，霧氣則時厚時薄，我們三人悄然無語。他們雖然是陪我，但這夜景卻是完全意外的豔遇，他們想必一下子也不知該如何調整自己被美景迎面撞擊的錯愕，只好沉默。（蔡詩萍〈我要和你說的不是想念〉）

我被母親責罵了一頓，就悶不吭聲地跟著他們穿過保安宮緊側一條又窄又長的巷子，可以聽得見廟中和尚唸經的聲音，可以嗅得到燃燒的佛香的氣息，光從兩面高牆上斜灑下來，我被母親拉著手，所以雖然四顧，卻走得很快。（蔣勳〈大龍峒的童年往事〉）

大方

【大方】態度自然不拘束。

【瀟灑】形容人清高絕俗、灑脫不羈。

【灑脫】態度自然大方，不受拘束。

【灑落】神態自然大方，不受拘束的樣子。

【倜儻】卓越豪邁，灑脫而不受約束的樣子。

【跌宕】行為放縱不拘。

【風流】瀟灑不羈的樣子。

【翩翩】舉止灑脫的樣子。

【飄逸】灑脫自然，超凡脫俗。

【自然】不勉強、不拘束。

【大大落落】態度大方。

【落落大方】舉止自然坦率，毫無扭捏造作。

【大大方方】態度自然從容。

【大度】形容人度量宏遠。

輕浮

【輕浮】舉止隨便不端莊。

【輕佻】舉止不莊重。

【輕薄】言行輕浮不莊重。

【輕狂】輕佻、狂放。

【癲狂】瘋癲發狂。

【張狂】慌張忙亂的樣子。

煙鸝在旁看著，著實氣不過，逢人就叫屈，然而煙鸝很少機會遇見人。振保因為家裏沒有一個活潑大方的主婦，應酬起來寧可多花兩個錢，在外面請客，從來不把朋友往家裏帶。難得有朋友來找他，恰巧振保不在，煙鸝總是小心招待，把人家當體己人，和人家談起振保。（張愛玲〈紅玫瑰與白玫瑰〉）

當我看著楚留香破空而去，從書頁之間飄到港劇裡，鄭少秋瀟灑的身影飄到每個人的家庭，他的彈指神功如此輕盈而又威力無限，每到星期天晚間八點鐘，街上看不見行人，商店直接拉下門打烊，喜宴也總是匆匆結束。當「湖海洗我胸襟」的歌聲響起，整座島上的人都整齊劃一地集合在電視螢光幕前。就像童年時集中在廣場的小板凳俱樂部。（張曼娟〈小板凳俱樂部〉）

黃昏的時候，有一群人圍坐在花園裏聽飛浦吹簫。飛浦換上絲綢衫褲，更顯出他的倜儻風流。飛浦持簫坐在中間，四面聽簫的多是飛浦做生意的朋友。這時候這群人成為陳府上下關注的中心，僕人們站在門廊上遠遠地觀察他們，竊竊私語。其他在室內的人會聽見飛浦的簫聲像水一樣幽幽地漫進窗口，誰也無法忽略飛浦的簫聲。（蘇童〈妻妾成群〉）

盈盈噗哧一笑，想起初識令狐沖之時，他一直叫自己為「婆婆」，神態恭謹之極，不由得笑靨如花，坐了下來，卻和令狐沖隔著有三四尺遠。令狐沖笑道：「你不許我對你輕薄，今後我仍是一直叫你婆婆好啦。」盈盈笑道：「好啊，乖孫子。」（金庸《笑傲江湖》）

好個美人！真像個病西施了。你天天作這輕狂樣兒給誰看？你幹

【佻巧】輕薄取巧。

【佻薄】輕薄。

【佻脫】輕薄浮蕩。

【躁佻】輕浮，不穩重。

【儇薄】形容人輕佻無行。儇，ㄒㄩㄢ。

【佻達】ㄊㄧㄠ ㄊㄚˋ，輕薄放蕩、不莊重。

【媟黷】ㄒㄧㄝˋ ㄉㄨˊ，行為放蕩不莊重。或作「媟狎」。

【調戲】用輕佻的言語行為調引戲弄。

【浮滑】輕浮油猾。

【浮薄】不誠實而又輕薄。

【沒正經】沒規矩。

【狎昵】過於親近而態度不莊重。昵，ㄋㄧˋ。

【油頭滑腦】形容人既狡猾又輕浮。

【輕浪浮薄】形容人的行為輕浮莽撞不莊重。

【油嘴滑舌】形容說話油滑、輕浮不實。

【輕薄無行】舉止輕佻，品德低下。

【撒風撒痴】恣意輕佻放肆。

【撲花行徑】比喻男子的輕薄行為。

【油頭粉面】形容男子流裡流氣，油嘴滑舌。

【毛手毛腳】動手動腳。多指男女間輕浮的行為。

風騷

【騷】淫蕩的，輕佻的。

【風騷】輕佻的樣子。多指婦人而言，兼有俏麗之意。

【妖嬈】美麗而輕佻。

的事，打量我不知道呢！我且放著你，自然明兒揭你的皮！（清．曹雪芹《紅樓夢》）

錢夫人又打量了一下天辣椒蔣碧月，蔣碧月穿了一身火紅的緞子旗袍，兩隻手腕上，錚錚鏘鏘，直戴了八隻扭花金絲鐲，臉上勾得十分入時，眼皮上抹了眼圈膏，眼角兒也著了墨，一頭蓬得像鳥窩似的頭髮，兩鬢上卻刷出幾隻俏皮的月牙鈎來。任子久一死，這個天辣椒比從前反而愈更標勁，愈更佻達了，這些年的動亂，在這個女人身上，竟找不出半絲痕跡來。（白先勇〈遊園驚夢〉）

教授對於莎士比亞的女人雖然是熱烈、放肆，甚至於佻達的，對於實際上的女人卻是非常酸楚，懷疑。（張愛玲〈殷寶灩送花樓會〉）

中國民族也有優點，也有劣處，若儉樸，若愛自然，若勤儉，若幽默，好的且不談，談其壞的。為國與為人一樣，當就壞處著想，勿專談己長，才能振作。有人要談民族文學也可以，但是誇張輕狂，不自檢省，終必滅亡。最要緊是研究我們的弱點何在，及其弱點之來源。（林語堂〈中國人的國民性〉）

三月底巴黎的天氣已不嚴寒，女人露出的修長美臂與黑白相間的長貂皮，有一種說不出的人與獸之間的狂野性感，施施然走過真的是艷光四射。相形之下後面跟著的一位瘦高的中年男士，也很稱頭，就沒那麼顯眼了。（李昂〈迪奧先生的魚子醬蛋〉）

【嬌嬈】嫵媚而美麗。

【性感】富有性的誘惑力。

【水性】比喻易變。

【水性楊花】水性隨勢而流，楊花隨風飄浮。比喻女子用情不專，淫蕩輕薄。

【搔首弄姿】形容故意賣弄風情。

【眉來眼去】形容男女之間以眉目傳情。

嚴肅、威武

【嚴肅】態度嚴正莊重。

【嚴正】莊嚴端正。

【嚴整】嚴肅整齊。

【整肅】紀律整齊嚴肅。

【肅穆】嚴肅莊重。

【凝重】莊重嚴肅。

【凝肅】凝重嚴肅。

【鄭重】慎重、謹慎。

【威嚴】嚴肅、莊嚴。

【儼然】矜持而莊重的樣子。

【凜然】態度正直，人格嚴正。

【凜凜】態度嚴肅，令人敬畏。

【正色】嚴正的態度。

【下馬威】比喻一開始便向對方示威，以挫其銳氣。

【一本正經】一部正規的經典。形容人態度莊重認真。

【正襟危坐】整理服裝儀容，端正坐好。形容莊重嚴肅的樣子。

氣質

【典雅】舉止間所散發出的高雅氣質。

【含蓄】藏於內不露於外。

【高貴】高雅尊貴。

二姐又是水性的人，在先已和姐夫不妥，又常怨恨當時錯許張華，致使後來終身失所，今見賈璉有情，況是姐夫將他聘嫁，有何不肯，也便點頭依允。當下回覆了賈蓉，賈蓉回了他父親。（清・曹雪芹《紅樓夢》）

後來她又帶來那張唱片，在我家的唱機上放了幾次。她聽音樂的時候，神情凝肅，每當第一樂章那個長笛的主題出現時，她眼睛就會閃出奇異的光輝，但因為那個主題不長，那光輝一會兒就過去了，我知道她心裡有事。（周志文〈紫荊花〉）

為人父的不明白世上何以會有英文這種字，看起來既像長排短排的稻秧，又像一堆高低不同的豆芽菜。小心小聲的問小孩：這叫英文？爾認得英文？小孩眨眨眼：是啊，這，也斯，這，洞特，這，波矣，這，各囉。大人雙眉舒展：現在還教蟋蟀的算術嗎？小孩露齒笑：那太簡單，學校不教了。大人正色警告：莫太驕傲喔，上初中，作文還有嗎？會寫到叩叩鵝嗎？小孩咬嘴唇忍住笑：不寫灶雞子了，隨便寫，比如清理狗屎牛屎保持衛生等等。（阿盛〈蟋蟀戰國策〉）

外表永遠保持高貴的人，必有其低下之處；外表永遠保持典雅的人，必有其野性之處。（隱地〈人啊人〉）

定哥道：「那人生得清標秀麗，倜儻脫灑，儒雅文墨，識重知輕，

【斯文】舉止文雅有禮。

【雍容】溫和莊重、從容不迫的樣子。

【端莊】端正莊重。

【嫻雅】沉靜文雅。

【嫻靜】文靜。

【儒雅】風度溫文爾雅。

【蘊藉】蘊含不露。

【文質彬彬】人舉止文雅有禮。語出《論語．雍也》：「質勝文則野，文勝質則史。文質彬彬，然後君子。」

【明媚閑雅】形容女子相貌端莊，體態優雅。

【林下風範】形容女子舉止嫻雅，風韻脫俗。

【清風明月】比喻人高雅清爽。

【彬彬有禮】形容禮貌恰到好處。

【溫文爾雅】形容人文質彬彬，態度溫和典雅。

【落落大方】舉止自然坦率，毫無造作。

【雍容華貴】溫和大方，端莊華麗。

【蕙質蘭心】比喻女子芳潔的心地、高雅的品德。

【高逸】清高脫俗。

【脫俗】不沾染庸俗之氣。

【脫灑】超脫；無所拘束的樣子。

【超逸】超然逸俗。

【逸氣】超脫塵俗的氣質。曹丕〈與吳質書〉：「公幹有逸氣，但未遒耳。」

【絕塵】超脫塵俗的氣質。

【飄逸】灑脫自然，超凡脫俗。

【靈秀】清新脫俗的氣質。

【超塵拔俗】超脫塵世，不同於流俗。

【不食人間煙火】形容具有仙氣或靈氣的人。

【風流】風雅瀟灑。

【倜儻】ㄊㄧˋ ㄊㄤˇ，卓越豪邁，灑脫不受約束貌。

這便是趣人。那人生得醜陋鄙猥，粗濁蠢惡，取憎討厭，齷齪不潔，這便是俗人。我前世裡不曾栽修得，如今嫁了這個濁物，那眼稍裡看得他上！到不如自家看看月，倒還有些趣。」（明．馮夢龍《醒世恆言》）

這我們但需看今日紅白喜喪中，有人到殯儀館談笑風生，如參加交遊會者然。又有人參加婚禮，在交錢如儀後即各就各位，好像他來的目的就是吃飯。中國人中固大不乏內外一致，文質彬彬者，但奉行故事，有「禮」無德者亦比比皆是。（金耀基〈中國的傳統社會〉）

這女子何以如此大方，豈古人所謂有林下風範的，就是這樣嗎？（清．劉鶚《老殘遊記》）

看戲去的姑娘，個個都打扮得漂亮。都穿了新衣裳，擦了胭脂塗了粉，劉海剪得並排齊。頭辮梳得一絲不亂，紮了紅辮根，綠辮梢；也有紮了水紅的，也有紮了蛋青的。走起路來像客人，吃起瓜子來，頭不歪眼不斜的，溫文爾雅，都變成了大家閨秀。（蕭紅《呼蘭河傳》）

可是細心打量一下，他渾身上下沾滿顏色，新的痕跡壓在舊的痕跡上邊。還有種散漫的、不經意的、脫俗似的氣息，不知從他身上還是臉上散發出來。（馮驥才〈感謝生活〉）

好容易盼至明日午錯，果報：「璉二爺和林姑娘進府了。」見面時彼此悲喜交接，未免又大哭一陣，後又致喜慶之詞。寶玉心中品度黛玉，越發出落的超逸了。（清．曹雪芹《紅樓夢》）

娃媞娜凝目看他一陣，然後點點頭，他這是第一次仔細看眼前這位曹族少女。嗯，真美。那是一種絕塵的，自然的，真正純潔無邪的美啊。（李喬〈泰姆山〉）

項少龍不自覺地朝她移近了點，俯頭細審她像不食人間煙火的清麗容顏，沉聲道：「琴太傅給了她甚麼意見呢？」（黃易《尋秦記》）

【翩翩】形容舉止瀟脫。

【瀟灑】風度大方、瀟脫。

【風流蘊藉】形容人風流瀟灑，含蓄有致。

神情

【自在】隨己意而無礙。

【安逸】安樂、舒適自在。

【恬然】安然自得的樣子。

【悠然】自在閒適的樣子。

【悠哉】悠閒自在的樣子。

【逍遙】自由自在、不受拘束的樣子。

【從容】舒緩悠閒的樣子。

【閒舒】安閒舒暢。

【翛然】自由自在、無所牽掛的樣子。翛，ㄒㄧㄠ。《莊子．大宗師》：「翛然而往，翛然而來而已矣。」

【愜意】滿意、舒適。

【寫意】舒服愜意。

【優游】閒暇自得的樣子。

【好整以暇】形容在紛亂、繁忙中，仍顯出從容不迫的樣子。

【神清氣朗】神氣清朗，心情舒暢。

【奕奕】煥發的樣子。

【容光煥發】臉上呈現閃耀的光彩。

【神采飛揚】活力充沛，神色自得的樣子。

【神采奕奕】形容人精神飽滿，容光煥發。

【精神抖擻】精神飽滿。

周瑜的瀟灑得之於他的資質風流。儀容秀麗，能文能武，還精通音律，「曲有誤，周郎顧」。他是瀟灑人的經典類型。（莫言〈雜感十二題〉）

老二莊因則以詩書知名，嗜杯中物，風流蘊藉，最肖乃父。（楊牧〈六朝之後酒中仙〉）

為什麼大家都哭喪著臉，表現出一種極度的消沉呢？為什麼大家都不注意他照片上恬然的表情呢？為什麼那個讀祭文的人硬要拖著長長的嗓音，逗得大家流淚呢？我真是不懂。（王尚義〈祭〉）

以前我是會做秋夢的，以為身為士大夫，四民之首，好神氣！但現在不是了，〔……〕因此你們可以說：殷海光，你的夢可以醒了！這樣我們便要面對現實了。當時朱熹可不如此，好愜意哦！到山上開家書院，自任山長。But now all gone! 現在時代不同了，生活的需要多了。（殷海光〈人生的意義〉）

我最初記得是在七友畫展中見到的，印象極深。如今張在壁上，我仍能朝夕相對，令人翛然心遠，俗慮頓消。（梁實秋〈青衣與花臉〉）

余魚同見公差逃走，也不追趕，將笛子舉到嘴邊。李沅芷心想這人真是好整以暇，這當口還吹笛呢。（金庸《書劍恩仇錄》）

柳媽的打皺的臉也笑起來，使她蹙縮得像一個核桃；乾枯的小眼睛一看祥林嫂的額角，又釘住她的眼。祥林嫂似乎很局促了，立刻斂了笑容，旋轉眼光，自去看雪花。（魯迅〈祝福〉）

海萍拉著蘇淳從售樓處出來，神采奕奕，笑靨如花。「哈哈！

【局促】不安適的樣子。亦作「侷促」。
【恍惚】神志模糊不清。
【枯槁】形容憔悴。
【憔悴】枯槁瘦病的樣子。
【無精打采】沒精神，提不起勁的樣子。

6 口氣、音調

好聽

【好聽】❶聲音悅耳。❷話語內容精彩動人。
【動聽】聽起來使人感動、喜愛，而覺得有興趣。
【中聽】好聽，聽來悅耳。
【受聽】中聽。
【悅耳】言語或聲音美好動聽，使人感到愉悅。
【入耳】悅耳、中聽。
【順耳】和順悅耳。
【清脆】聲音清晰響亮。

難聽

【難聽】不好聽、不悅耳。
【刺耳】聲音尖銳或吵雜。
【聒耳】聲音吵雜刺耳。
【扎耳朵】刺耳、不中聽。使人

再過一年我就有自己的房子啦！」海萍歡呼，然後跟蘇淳規劃：「我想，等明年寶寶一來，咱們就送他上幼稚園。咱們最好改天抽空到附近來看看，有什麼好點的幼稚園。你說呢？」蘇淳有心事地沉思，低頭走路。（六六《蝸居》）

宛兒低頭走到兩人桌前，低聲問道：「要甚麼酒？」聲音雖低，卻十分清脆動聽。那年輕漢子一怔，突然伸出右手，托向宛兒的下頦，笑道：「可惜，可惜！」宛兒吃了一驚，急忙退後。另一名漢子笑道：「余兄弟，這花姑娘的身材硬是要得，一張臉蛋嘛，卻是釘鞋踏爛泥，翻轉石榴皮，格老子好一張大麻皮。」那姓余的哈哈大笑。（金庸《笑傲江湖》）

游坦之從面具的兩眼孔中望出來，見到阿紫笑容滿臉，嬌憨無限，又聽到她清脆悅耳的話聲，不禁呆呆的瞧著她。阿紫見他戴了面具，神情詭異，但目不轉睛瞧著自己的情狀，仍然看得出來，便問：「傻小子，你瞧著我幹什麼？」游坦之道：「我……我……不知道。你……你很好看。」（金庸《天龍八部》）

那時，坐在我對面始終沒有表情的一位老先生，領先呀的一聲衝出來。他的聲音沙啞，好似水鴨似的。這時全班就像得了傳染病的聯合國一般：哈哈哈哈……哈哈哈哈……哈哈哈哈……「好——不要再笑了。」老師喊。（三毛〈你從哪裡來〉）

聽了感覺不舒服。

【沙啞】聲音低沉嘶啞。

【嘶啞】聲音沙啞。

【嘔啞嘲哳】形容聲音刺耳雜亂，吵雜不和諧。白居易〈琵琶行〉：「豈無山歌與村笛，嘔啞嘲哳難為聽。」

【鬼哭狼號】形容哭叫聲悽慘。

低聲、柔聲

【低聲】輕聲的說話。

【柔聲】說話時聲低氣柔。

【悄聲】低聲。

【悶聲】聲音不響亮。

【沉聲】壓低聲音說話。

【低語】低聲說話。

【細語】小聲說話。

【喃喃】低聲說話的聲音，如「喃喃細語」。

【呢喃】不斷地小聲說話。

【喁喁】ㄩˊ，低語聲。

【輕聲細語】說話聲音細小。

【嬌聲細語】形容聲音輕柔、微細。

【嬌聲細氣】聲音輕柔，口氣溫和。

【嗲聲嗲氣】聲音或姿態嬌媚造作。

【噥噥喃喃】聲低且不斷的叨唸。

【呢喃細語】不斷的小聲說話。

葉翔已從樹上滑了下來，倚著樹幹，帶著微笑，瞧著孟星魂。孟星魂卻不去瞧他。以前見過他的人，誰也想不到他會變得這麼厲害。他本是個很英俊、很堅強的人，全身都帶著勁，帶著逼人的鋒芒，就好像一把磨得雪亮的刀。但現在，刀已生鏽，他英俊的臉上的肌肉已漸漸鬆弛，漸漸下垂，眼睛已變得黯淡無光，肚子開始向外凸出，連聲音都變得嘶啞起來。（古龍《流星蝴蝶劍》）

長夜已將過去。主人還坐在屋子裡，屋子裡還沒有燃燈。黑暗中，慢慢地現出了一條纖小朦朧的人影，慢慢地走到他身後，輕輕的替他捶著背，柔聲道：「你看來也有些累了。」語聲柔和而甜美，帶著種無法形容的吸引力。主人既沒有說話，也沒有回頭。（古龍《蕭十一郎》）

我是一半正經、一半玩笑地問著：「你看我是先讓你抱個孫子呢？還是先寫一本兒關於你的書呢？」老人睜開因糖尿病而對不大正的兩顆眼珠子，看著我、又垂下臉埋在枕頭裡，悶聲說道：「我看啊！你還是先幫我把尿袋倒一傢伙罷！」（張大春《聆聽父親》）

那是一張張面具。活著的、有生命的面具。面具或微笑或皺眉，或嗔怒或嚎啕。它們或輕聲細語，或粗聲詈罵，或淚流滿面。它們擠壓、翻轉著自己的表皮或內部結構，做出各式各樣不存在於人類臉上的表情。它們彼此傾聽、交談、爭辯、駁火。眾多細碎的語音匯聚成嘈雜的，滿是飄浮物的河流……（伊格言《噬夢人》）

嚴肅

【厲聲】言詞清峻，語氣嚴厲。

【厲色】面色嚴肅。

【疾言厲色】言語急迫，神色嚴厲。形容發怒或激動時的神情。

【正言厲色】言詞鄭重，神色嚴厲。

【聲色俱厲】說話時的聲音和臉色都很嚴肅。

【冷若冰霜】態度極為冷淡。

此言一出，李鵬兒立知不妙，正待招呼高戰留意，那青木老人厲聲道：「好小子，原來是辛捷這廝鳥侄兒，老子先抓起你，再去找辛捷算賬。」高戰李鵬兒對辛捷都是敬仰非常，尤其是李鵬兒，當年辛捷曾為他卻敵救了他的小命，此時聽他辱罵辛叔叔，再也忍耐不住。（上官鼎《長干行》）

若是有外系的學生膽敢踐踏系館前的草坪，不管是男是女，他都會聲色俱厲的怒吼：「快離開，你要開一條路嗎？」常使得那些被罵的人在眾目睽睽下落荒而逃。但是每天中午我們在同一塊草坪上，打球追逐，他卻視若無睹地毫不以為意。（李天翎〈滬伯甯神父〉）

響亮

【響亮】聲音宏亮。

【嘹亮】聲音清澈而響亮。

【洪亮】聲音宏大而響亮。亦作「宏亮」。

【清亮】聲音清脆嘹亮。

【厲聲】淒厲的聲音。

【粗聲】大聲。

【洪鐘】形容人聲音響亮。

【朗朗】形容聲音清晰響亮。

【響徹雲霄】形容聲音響亮。也作「響徹雲漢」、「響徹雲際」。

【粗聲粗氣】形容說話聲音大且粗魯。

臺先生前前後後地翻動書頁，急急地誦讀幾行詩句，隨即又看看封面看看封底，時則又音聲宏亮地讚賞：「哈啊，這句子好，這句子好！」（林文月〈從溫州街到溫州街〉）

「我的中文名字叫范安強，」安東尼介紹自己說：「我是墨西哥裔，在洛杉磯長大。我曾經在山東濟南留學一年，那段日子裡，我跟朋友們四處旅行……」他從容不迫地說著，純正，清亮，有磁力，簡直是完美無缺。說完笑了，一臉的燦爛，露出一口整齊的白牙。（朱琦〈明亮的世界〉）

她總以為祇要聲若洪鐘，就必有說服力。她什麼也不大懂，特別是不懂怎麼過日子。可是，她會瞪眼與放炮，於是她就懂了一切。（老舍《正紅旗下》）

人》二、臉色與表情

1 笑

笑

【笑】因欣喜而在臉上露出快樂表情，或發出喜悅的聲音。
【笑盈盈】笑的樣子。
【笑吟吟】笑的樣子。
【樂】笑。
【發笑】笑。
【失笑】不由自主的忽然發笑。
【含笑】面帶笑容。
【嘻笑】歡笑。
【嬉笑】嬉戲歡笑。
【開顏】臉上露出笑容。
【歡笑】快樂地笑。
【解頤】頤，下巴。解頤，指笑得下巴脫落，形容人開懷地笑。
【笑容】含笑的面容。
【笑意】笑容。
【笑顏】笑臉。
【笑靨】笑容。
【噗嗤】形容突然發出的笑聲。也作「噗哧」。
【發噱】發笑。噱，ㄐㄩㄝˊ。
【囅然】笑的樣子。囅，ㄔㄢˇ。
【喜氣】快樂的神色或氣氛。
【喜色】歡悅的表情。
【嫣然】嬌媚的笑態。宋玉〈登徒子好色賦〉：「嫣然一笑，惑陽城，迷下蔡。」
【巧笑倩兮】女子美好的笑容。《詩經．衛風．碩人》：「巧笑倩兮，美目盼兮。」
【和顏悅色】和藹喜悅的臉色。
【喜眉笑眼】形容滿面含笑，

祖父的眼睛是笑盈盈的，祖父的笑，常常笑得和孩子似的。祖父是個長得很高的人，身體很健康，手裡喜歡拿著個手杖。嘴上則不住的抽著旱煙管，遇到了小孩子，每每喜歡開個玩笑，說「你看天空飛個家雀。」趁那孩子往天空一看，就伸出手去把那孩子的帽給取下來了。（蕭紅《呼蘭河傳》）

今天買冰淇淋運氣很好，贈送一塊巧克力烘餅，義美小姐笑吟吟的遞過來，我折了一半給老師，吃著脆脆的響。看義美小姐包裝盒子，手指那樣伶俐，頭上斜斜的覆一頂船型小帽，而王老師立在旁邊，手裡提著零零七，我莫名其妙的非常快樂，嘻笑個不住。（朱天文〈有一段路像這樣〉）

當生命的冬天來臨，常想，我們能不能有不一樣的生活法？能不能仍在心頭升起如春陽煦日般的溫暖？在眼神中仍透露如初夏微風般的笑意？並且，仍能赤字如初般地去細細體會、品味、甚至創造這生命中另一個截然不同的階段，做最後也是最精彩的完成呢？（陳幸蕙〈預約一個晴美的冬季〉）

他雖是地主之子，卻樸實自愛，全無紈袴惡習，性情在爽直之中蘊涵著詼諧，說的四川俚語最逗我發噱。（余光中〈思蜀〉）

不說話女人的嫣然一笑更令人賞心悅目、心領神會。你願意說話也可以，但無數的目光會注視著你，使你自己都感到無趣。（莫言

十分愉悅的表情。

【滿面春風】形容心情喜悅，滿臉笑容。

【笑逐顏開】心中喜悅而眉開眼笑的樣子。亦作「喜逐顏開」。

【喜形於色】喜悅之情流露臉上。

【眉開眼笑】滿臉笑容，十分愉快。

【忍俊不禁】忍不住的笑。

【破涕為笑】停止哭泣，轉為喜笑。比喻轉悲為喜。

【啞然失笑】情不自禁的發出笑聲。啞，ㄜˋ。

【滿臉堆笑】滿臉洋溢著笑容。

微笑

【哂】ㄕㄣˇ，微笑。「哂笑」、「微哂」。

【粲】笑。徐珂《清稗類鈔．譏諷類》：「今之弄筆，意在一粲。」

【微笑】不出聲音，略露出一點笑容。

【淺笑】微笑。

【含笑】面帶笑容。

【莞爾】微笑的樣子。屈原〈漁父〉：「漁父莞爾而笑，鼓枻而去。」

【嫣然一笑】形容女子甜美嫵媚的笑容。

〈會唱歌的牆〉）

在兩條繩上，串出種種把戲，有時疾走，有時緩行，有時似穿花蝴蝶，有時似倒掛鸚哥；一會豎蜻蜓，一會翻筋斗，雖然神出鬼沒的搬演，把個達小姐看得忍俊不禁，竟濃裝豔服地現了莊嚴寶相。（曾樸《孽海花》）

仔細一看，只見藍布上有一條白紙條兒，便伸兩個指頭進去一扯，扯出紙條。仔細看時，不看時萬事全休，看了時，卻如半夜裡拾金寶的一般。那王觀察一見也便喜從天降，笑逐顏開。（明．馮夢龍《醒世恆言》）

k微笑望了我一眼，慢慢答道：「我知道你要打聽的是什麼人。可是你將來一定能夠明白，我沒有在你面前撒過謊。」我們四目對射，忽然同時都啞然失笑。（茅盾《腐蝕》）

華夫人掐下一枝並蒂的菊花，一對花苞子顫裊裊的迎風抖著，可是她知道萬呂如珠最是個好虛面子，嘴上不饒人的女人，花苞子選小些給她，恐怕都要遭她哂笑一番呢。（白先勇〈秋思〉）

紳士聽到這個話莞爾而笑了，他說，「能夠這樣子是好的。因為年輕，凡是年輕，一切行為總是可愛的，我並不頑固以為那是糊塗，我承認那個不壞。你怎麼樣犧牲？是演戲還是別的？」（沈從文〈一個女劇員的生活〉）

「好玩啊，才台幣兩三千，這買回去當禮物多有趣啊，」小范微笑地說，並把迷你假 iPhone 翻過來給我看。那不鏽鋼的機背上面鐫刻著咬了一口的蘋果，英文 logo 則寫著：「iPhne」。我不禁莞爾，

【笑咪咪】微笑的樣子。亦作「笑迷迷」。

【笑嘻嘻】微笑的樣子。

【抿嘴而笑】指笑容含蓄。

【偷笑】暗地裡笑。

【憨笑】傻笑、痴笑。

【笑哈哈】笑的樣子。

【笑盈盈】笑的樣子。

【色笑】和悅親切的容貌。

【輕笑】微微而笑。

大笑

【大笑】痛快、大聲的笑。

【狂笑】縱情放聲大笑。

【噱】ㄐㄩㄝˊ，大笑。

【絕倒】大笑而傾倒。

【解頤】開懷而笑。

【捧腹】手捧著肚子，形容大笑的樣子。

【粲然】大笑的樣子。《聊齋志異．嬰寧》：「滿室婦女，為之粲然。」

【噴飯】吃飯時突然發笑，把嘴裡的飯都噴了出來。比喻失笑不能自禁。

【笑哈哈】大笑的樣子。

【哈哈大笑】張口大聲笑。

一番嚴肅大道理頓時顯得大而無當：也不知道是故意還是粗心拼錯，人家可從來沒說他們是 iPhone 呢，我們又正經八百地較什麼勁呢？（余光照〈山寨〉）

紫衣少婦微微一笑，道：「我是七娘，這是我六姊……這是八妹。」她身旁的兩位少婦也嫣然一笑，年紀較大的那人道：「你雖未見過我們，我們卻久已知道你了。」那黑瘦漢子的臉色忽又變成蒼白，腳下一步步向後退。（古龍《絕代雙驕》）

卓瑪不耐煩了，說：「看你傻乎乎的樣子吧。」一雙眼睛卻不斷溜到銀匠身上。銀匠也從院子裏向上面的我們張望。我看見他一錘子砸在自己手上，忍不住笑了。我好久沒有笑過了，好久沒有笑過的人才知道笑使人十分舒服，甚至比要一個女人還要舒服。於是，我就乾脆躺在地上大笑。看見的人都說，少爺真是病了。（阿來《塵埃落定》）

不羨其得豔妻，而羨其得膩友也。觀其容，可以忘飢，聽其聲，可以解頤。（清・蒲松齡《聊齋志異》）

那是你以前最愛講的一個冷笑話，不是嗎？聽到救護車的鳴笛，要分辨一下啊，有一種是有醫～有醫～，那就要趕快讓路；如果是無醫～無醫～，那就不用讓了。一干親戚朋友被你逗得哈哈大笑的時候，往往只有我敢挑戰你：如果是無醫，幹嘛還要坐救護車？（劉梓潔〈父後七日〉）

笑（開心之外的笑）

【傻笑】無緣由、無意義地笑。
【憨笑】傻笑、痴笑。
【痴笑】憨痴的傻笑。
【呆笑】傻笑。
【乾笑】不想笑而勉強裝出笑臉。
【苦笑】心情不愉快而勉強作出笑容。
【強笑】勉強地笑。
【強顏歡笑】勉強裝出高興、歡樂的樣子。
【慘笑】心中悲傷痛苦卻勉強裝出笑容。
【冷笑】輕蔑、諷刺、不滿、或無奈地笑。
【暗笑】偷偷譏笑。
【竊笑】暗中譏笑。
【匿笑】竊笑、偷笑。
【獰笑】邪惡地奸笑。
【奸笑】陰險地笑。
【嬌笑】嫵媚地笑。
【諂笑】為諂媚而強作笑容。
【陪笑臉】對人裝出笑臉。亦作「賠笑臉」。

一天，一道狂厲的嘶喊聲自老闆家傳出，大兒子智障最嚴重出門走失了，女子邊哭邊狂捶老兵：「你載去哪裡放下他的？他會餓死啊！求求你去找回來啊！不能這樣就丟掉啊！」竟說得一句是一句，你們全聽傻了，老闆光傻笑，那笑有點說不出的悲哀。（蘇偉貞〈拾荒者〉）

摩亞只是向我苦笑了一下，沒有說甚麼，他的神情十分古怪，我立時又向麥爾倫望去，他的神情和摩亞是一樣的。（倪匡《沉船》）

那模範的警察，慘笑著交了槍；亡了國家，肩上反倒減輕了七八斤的分量——一種無可如何的幽默正配合著那慘笑。（老舍《蛻》）

當初，他還只是冷笑，隨後眼光便凶狠起來，一到說破他們的隱情，那就滿臉都變成青色了。大門外立著一伙人，趙貴翁和他的狗，也在裏面，都探頭探腦的挨進來。（魯迅《狂人日記》）

聽見了嗎？混濁的音樂溶解了，／又在不透明的黃昏的杯盞裏沉澱著，／有一群小精靈們舞蹈於流浪者的破帽簷上，／因縱情的戲謔而在吃吃地竊笑。（楊喚〈八月的斷想〉）

2 不悅

不笑

【臉子】不悅的臉色。
【不悅】不喜歡、不高興。
【含臉】板著面孔。
【倥臉】繃著臉。倥，ㄎㄨㄥˇ。
【冷臉子】嚴肅、冷漠的神情。
【拉長臉】不高興的樣子。

夢梅聽到可航提起以前那件事，臉上出現不悅之色；那時，剛結婚不久，可航對她說有個調升的機會，要她請她姨父去和他們總經理談談。她支吾著不肯答應，心裏極為難過；她覺得她的丈夫應該是那種靠自己力量奮鬥、人格無疵的男人。（康芸薇〈兩記耳光〉）

我如今回憶起那個畫面：在我身旁的盧歸真仍舊是板著臉，但她

【板著臉】因不愉快而表情淡漠、嚴肅。

【長著臉】拉長著臉，形容不高興的表情。

【頇臉】繃著臉不笑。頇，ㄏㄢ。

【臭臉】不悅的臉色。

【撲克臉】原指玩撲克牌遊戲的人，無論手中拿的牌好或壞，都能不動聲色，面無表情。後引喻喜怒不形於色的面部表情。

的嘴角微微上抿。那樣的一張在光線裏微微上抿。那樣的一張在光線裏微微閃動的側臉在此刻想來真是清晰無比，即是：其實這個美麗的女孩亦是極在乎我的。她在矜持等著我充滿誇張華麗修辭的道歉信。（駱以軍《遺悲懷》）

變臉

【變臉】臉上的表情突然改變，表示與對方生氣決裂的態度。

【變色】因恐懼或憤怒而面色失常。

【勃然變色】形容人因發怒生氣而臉色大變。

【作色】改變臉色。指神態嚴肅或發怒。

【佛然作色】因憤怒而改變臉色。佛，ㄈㄟˋ。

【愀然】臉色突然改變。愀，ㄑㄧㄠˇ。

【翻臉】生氣變臉。

【板起臉】形容人刻意裝出一副冷淡、嚴肅的模樣。

【馬起臉】把臉拉長，表示生氣、不高興。

【拉下臉】變臉色，露出不高興的神情。

【沉下臉】形容生氣而變了臉色。

【斂容】端正容貌，表現嚴肅的神色。

【臉都綠了】情緒受到刺激而導致臉色改變。多指驚嚇或羞怒。

林震南道：「對頭是誰，眼下還拿不準，未必便是青城派。我看他們不會只砍倒兩根旗竿，殺了兩名鏢師，就此了事……」王夫人插口道：「他們還待怎樣？」林震南向兒子瞧了一眼，王夫人明白了丈夫的用意，心頭怦怦而跳，登時臉上變色。（金庸《笑傲江湖》）

伍次友勃然變色，盯著鄭春友，一字一板地說：「好一個西選官！」鄭春友挑起兩道細眉，語帶譏諷地笑著說：「先生誤會了。學生十載寒窗，兩榜進士，殿試選在二甲十一名，雖不及先生尊貴，也是斯文中人！先生不必驚惶，請放懷入座，我們還是邊吃邊談吧。」（二月河《康熙大帝》）

楚留香大笑道：「今夜我已另有他約，不能再陪你喝酒，過兩三天再說吧。」他突然說出這句話，黑珍珠聽得莫名其妙，正想作色，誰知楚留香已壓低語聲，匆匆道：「帶你的馬，在南外等我，此事關係重要，能否揭開所有的祕密，就全都在此一舉了。」（古龍《血海飄香》）

愁容、懼色

【愁容】愁苦的面容。
【愁眉苦臉】眉頭緊皺，苦喪著臉。形容憂傷、愁苦的神色。
【愀然】憂愁的樣子。
【苦相】愁苦哀傷的表情。
【哭喪著臉】臉色難看、愁苦的樣子。
【苦瓜臉】形容愁苦的神色。
【愁眉不展】雙眉緊鎖，很憂愁的樣子。
【淚眼愁眉】含淚的眼，愁苦的眉。形容極為痛苦悲傷的樣子。
【懼色】害怕的神色。
【難色】為難的表情。

怒容

【怒容】憤怒的表情。
【怒色】憤怒的表情。
【瞪眼】睜大眼睛直直的看。
【怒目】瞪大眼睛表示發怒。常帶有憤恨、發怒之意。
【決眥】眼眶睜張，形容盛怒。眥，ㄗˋ。
【目眥盡裂】眼眶裂開，形容怒目而視。
【橫眉】形容人憤怒的樣子。
【髮指】頭髮上指，形容盛怒。
【紅臉】發怒、鬧彆扭。
【紫脹】形容人氣憤無處發洩，致胸中鬱恨而臉色難看。
【落著臉】形容生氣的樣子。
【滿臉通紅】形容整個臉通紅起來。
【凶相】凶惡的面貌。

這是一九七四年，或者一九七五年時期的事，文革進入了後期，生活在愈來愈深的壓抑和平庸裡，一成不變地繼續著。我在上數學課的時候去打籃球，上化學或者物理課時在操場上遊蕩，無拘無束。然而課堂讓我感到厭倦之後，我又開始厭倦自己的自由了，我感受到了無聊，我愁眉苦臉，不知道如何打發日子。（余華〈音樂課〉）

薛令超和蔡仲勉也有點這種意思，尤其是薛令超，他家本來是在昆明的。後來他父親為了職務的遺調才搬到雲南西部一個縣份不久，這次對他說尚是離家第一次。他本想熱鬧一下，來排遣感懷的，聽了這話就不覺難過起來。小童說：「還是范寬怡厲害！她看準了這一點便把她哥哥拖走了。咱們別這麼哭喪著臉行不行？又不是開追悼會來了！」（鹿橋《未央歌》）

當叔叔的妻子對他說：看書吧！叔叔突然地勃然大怒。他抬起胳膊將桌上的書掃到地上，又一腳將桌前的椅子踢翻，咬牙切齒道：看書，看，看你媽的書！看他橫眉瞪眼的樣子，似乎面前的書桌不是書桌，而是牢籠了。開始，叔叔的妻子驚呆了，嚇壞了，因為她沒有想到叔叔還會有這麼大的火氣，且又發作得很突兀，便不知說什麼好。（王安憶〈叔叔的故事〉）

晴雯見他呆呆的，一頭熱汗，滿臉紫脹，忙拉他的手，一直到怡紅院中。襲人見了這般，慌起來，只說時氣所感，熱汗被風撲了。無奈寶玉發熱事猶小可，更覺兩個眼珠兒直直的起來，口角邊津液流出，皆不知覺。給他個枕頭，他便睡下；扶他起來，他便坐著；倒了茶來，他便吃茶。眾人見他這般，一時忙亂起來，又不敢造次去回賈

【凶相畢露】凶惡的面貌完全顯露。
【凶光】凶惡的眼神。
【直眉瞪眼】形容生氣發怒。
【臉白氣噎】臉色發白，喘不過氣來。形容極度憤怒的樣子。
【臉紅脖子粗】面部、頸項脹紅，形容人發怒、急躁或情緒激動的樣子。

嘆息

【嘆息】心中憂悶而呼出長氣。
【感嘆】心中因有感慨而發出喟嘆。
【慨嘆】有所感觸而嘆息。
【喟嘆】感慨、嘆氣。
【嘆惋】嘆息、惋惜。
【嗟嘆】感嘆。嗟，ㄐㄧㄝ。
【太息】大聲嘆氣。
【欷歔】悲泣抽噎的樣子。
【咨嗟】嘆息。

3 哭泣

哭泣

【哭】因傷心或情緒激動而流淚。
【啼】號哭。
【啼哭】因悲傷或過分激動而
放聲哭泣。
【聲淚俱下】邊說邊哭。形容沉痛悲傷的情狀。

母，先便差人出去請李嬤嬤。（清・曹雪芹《紅樓夢》）

一日早自習，當我正趁著四下無人，好把信準確塞進他抽屜的時候，模範生男孩出現了。彷彿少女漫畫的心跳場景，他伸手將抽屜裡的信紙拉出瘋狂大力撕掉，片片我愛你飛舞在空中，他滿臉通紅的吼叫出聲：對，就是妳！不要，不要再靠近我了！聽懂沒有！（神小風〈親愛的林宥嘉〉）

杜鵑的膽子，與其智能、體形均不相稱。牠們一般隱匿於稠密的枝隙，且飛行迅疾，使人聞其聲卻難見其形。華茲華斯即曾為此感嘆：「你不是鳥，而是無形的影子，是一種歌聲或者謎。」迄今我只觀察到過一次杜鵑，當時牠在百米以外的一棵樹上啼鳴。我用一架二十倍的望遠鏡反覆搜尋，終於發現了牠。（葦岸〈大地上的事情〉）

在面對人生的命遇時，我們既不能挑選，也無從迴避，與其嗟嘆「古來才命兩相妨」，或努力做「君子居易以俟命」的工夫，終不如順情、因境、承命而起興。貞下起元，否則有泰，情往如答，興來似贈。生命乃於此生姿采、動觀聽，而也因此才有了趣味。（龔鵬程《龔鵬程四十自述・感興》）

我們剛到台灣，曾在上岸的基隆待過幾天，就「住」在基隆火車站的月台上，同屬軍眷的一位婦人，就在火車站月台生下她的第一個小孩，是個男孩，大家幫她用白布與床單遮著。我聽到小孩初次啼哭的聲音從布幕後面傳出來，感覺很近，又像很遠，有點像貓叫，只

【哭哭啼啼】不停哭泣。

【哭天抹淚】哭哭啼啼的樣子。

泣

【泣】只掉眼淚而不出聲的哭，或指低聲的哭。

【哭泣】哭。

【涕泣】流淚哭泣。

【哀泣】悲傷哭泣。

【悲泣】哀傷的哭泣。

【飲泣】悲哀到了極點，哭不出聲來。司馬遷〈報任少卿書〉：「然陵一呼勞軍，士無不起，躬自流涕，沬血飲泣，更張空拳，冒白刃，北嚮爭死敵者。」

【啜泣】抽噎、哭泣。

【抽泣】哭泣、啜泣。

【抽咽】低聲哭泣。也作「抽噎」。

【抽搭】哭泣後一吸一頓的聲音。

【哽咽】悲泣，不能成聲。

【幽咽】低微的哭聲。

【悲咽】悲聲嗚咽。

【嗚咽】悲傷哭泣。也作「嗚唈」。

【凝咽】哽咽不止。

【吞聲】無聲的悲泣。

【泣不成聲】十分悲傷，哭得發不出聲音。

【痛哭失聲】因悲傷過度以致泣不成聲。

是更急切些。（周志文〈風的切片〉）

紫色向晚　向夕陽的長窗／儘管荷蓋上承滿了水珠　但你從不哭泣／仍舊有蓊鬱的青翠　仍舊有妍婉的紅燄／從澹澹的寒波　擎起。（蓉子〈一朵青蓮〉）

我燃起了第二根菸，試圖透過雲煙裊裊和父親溝通：思緒繼續在過往中打轉，將父親送回大陸老家的事情後來怎麼發展了？我想了好久，腦海中出現的是妹妹的不滿叫罵、母親的沉默不語和父親同袍的低聲啜泣，那些和父親一樣蒼老的遊子為什麼哭泣呢？想不起來的焦慮，讓我忍不住也點了根菸自己抽著。（利格拉樂．阿𡠄〈夢中的父親〉）

鈴又響了起來。她不去接電話，讓它響去。「的鈴鈴……的鈴鈴……」聲浪分外的震耳，在寂靜的房間裏，在寂靜的旅舍裏，在寂靜的淺水灣。流蘇突然覺悟了，她不能吵醒了整個的淺水灣飯店。第一，徐太太就在隔壁。她戰戰兢兢拿起聽筒來，擱在褥單上。可是四周太靜了，雖是離了這麼遠，她也聽得見柳原的聲音在那裏心平氣和地說：「流蘇，你的窗子裏看得見月亮麼？」流蘇不知道為什麼，忽然哽咽起來。淚眼中的月亮大而模糊，銀色的，有著綠的光棱。（張愛玲〈傾城之戀〉）

什麼時候你成了一隻白天的夜鷹，／而開始追憶夜晚的歌唱？／什麼時候你開始懼怕淒楚的曲調，／而垂首無語凝咽？（張錯〈紅顏〉）

嚎

【號】放聲大哭。

【哭號】放聲大哭。亦作「號哭」。

【嚎】有聲無淚的哭號。《西遊記．第三十九回》：「哭有幾樣，若乾著口喊，謂之嚎。」

【乾嚎】哭時有聲而無淚。

【哭嚎】放聲大哭。

【嚎啕】大聲地哭。

【號啕】大聲哭泣。

【呼號】因極端悲傷、無助而叫喊哀哭。

【哀號】悲痛號哭。

【悲啼】悲傷的哭啼。

【痛哭】極為傷心的大哭。

【慟哭】非常哀傷的大哭。

【鬼哭狼嚎】形容哭叫聲淒厲。

【泣血漣如】悲痛異常。

【椎心泣血】自捶胸脯，哭到眼睛流血，哀痛到了極點。

【呼天搶地】搶地，用頭撞地。呼天搶地，形容極度的哀傷、悲痛。

【稽顙泣血】形容悲痛到極點，以額觸地。稽，くーˇ；顙，ㄙㄤˇ。

【撫膺大慟】拍胸痛哭，悲傷至極。

流淚

【噙】くーㄣˊ，含著，指眼裡含著淚水。

【簌簌】ㄙㄨˋ，紛紛墜下的樣子。

【撲簌】落淚急而多的樣子。

那樣悲慘淒苦無所告訴的一張老臉，枯髮蓬飛，兩手扒心，五官扭曲如大地震之餘的崩癱變形，她放聲的哭號破紙而出，把一條因絕早而尚未醒透的大街哭得痙攣起來。（張曉風〈觸目〉）

我還看見一些面熟和面生的婦人，村裡的和遠處來的，去那裡哭哭泣泣，有的還紅了眼睛。她們哭得一點也不躲閃，一點也不忸怩，其中張家坊一位胖婦甚至一屁股坐在地上猛拍大腿，把萬玉嚎啕成她的肝她的肺，痛惜她的肝和肺窮了一輩子，死的時候自己只有三顆蠶豆。（韓少功《馬橋詞典．龍》）

黃油烙餅發出香味，和南食堂裏的一樣。媽把黃油烙餅放在蕭勝面前，說：「吃吧，兒子，別問了。」蕭勝吃了兩口，真好吃。他忽然咧開嘴痛哭起來，高叫了一聲：「奶奶！」媽媽的眼睛裏都是淚。爸爸說：「別哭了，吃吧。」蕭勝一邊流著一串一串的眼淚，一邊吃黃油烙餅。他的眼淚流進了嘴裏。黃油烙餅是甜的，眼淚是鹹的。（汪曾祺〈黃油烙餅〉）

一日，到了都門，先奔入鐵檻寺。那天已是四更天氣，坐更的聞知，忙喝起眾人來。賈珍下了馬，和賈蓉放聲大哭，從大門外便跪爬進來，至棺前稽顙泣血，直哭到天亮，喉嚨都啞了方住。（清．曹雪芹《紅樓夢》）

你三次出現在天鵝絨帷幕前，眼裡噙著閃的淚花，點頭、鞠躬，從歡騰的掌聲裡、人群中，尋找著你的親愛的又欣喜若狂的哥哥……（朱谷忠〈等你……〉）

「阿爸——到底怎樣？」「說是救火車急駛翻覆，詳細，阿舅亦

【撲簌簌】形容眼淚紛紛落下的樣子。

【漣漣】哭泣流淚貌。《詩經．衛風．氓》：「不見復關，泣涕漣漣。既見復關，載笑載言。」

【漣洏】流淚的樣子。洏，ㄦˊ。

【涕零】流淚。《詩經．小雅．小明》：「念彼共人，涕零如雨。」

【潸然】潸，ㄕㄢ。流淚的樣子。

【泫然】流淚的樣子。

【涔涔】ㄘㄣˊ，流汗或流淚的樣子。

【汍瀾】流淚、哭泣的樣子。汍，ㄨㄢˊ。陸機〈弔魏武帝文〉：「氣衝襟以嗚咽，涕垂睫而汍瀾。」

【潸潸】ㄕㄢ，淚流不止的樣子。

【汪然】淚流不止的樣子。柳宗元〈捕蛇者說〉：「蔣氏大慼，汪然出涕。」

【揮淚】落淚。

【灑淚】揮灑眼淚。

【落淚】眼淚掉落。

【拭淚】擦拭眼淚。

【熱淚】心情激動所流下的眼淚。

【淚汪汪】淚水充滿眼眶，形容非常傷心。

【涕泗滂沱】滂沱，雨下很大。涕泗滂沱指鼻涕眼淚流得像下大雨一樣。

【涕泗橫流】哭得很傷心。也作「涕泗縱橫」、「涕泗交頤」。

【熱淚盈眶】心情激動得眼眶充滿了淚水。

【淚如雨下】哭得非常傷心，淚水如同下雨一般。

【淚流滿面】淚水布滿整個臉龐，形容非常傷心。

【眼淚洗面】淚流滿面，極度憂愁悲傷。

【老淚縱橫】形容老人家哭得很傷心的樣子。

不知——」就在此時，前座的司機忽然回頭看了她一眼，就在這一眼裡，她看出一個雙親健在的人，對一個孤女的憐憫之情——貞觀的眼淚又撲簌落下；……早知道這樣，她不應該去嘉義讀書，她就和銀蟾在布中唸，不也一樣？（蕭麗紅《千江有水千江月》）

想來想去，活又活不成，死又死不得，不知不覺那淚珠子便撲簌簌的滾將下來，趕緊用手絹子去擦。（清．劉鶚《老殘遊記》）

我拿出一捲中文音樂卡帶送她時，那雙老花眼鏡背後不可抑遏的淚水潸潸流下。（褚士瑩〈另一個春天〉）

我不知道他們給了我多少日子，但我的手確乎是漸漸空虛了。在默默裡算著，八千多日子已經從我手中溜去，像針尖上一滴水滴在大海裡。我的日子滴在時間的流裡，沒有聲音，也沒有影子。我不禁汗涔涔而淚潸潸了。（朱自清〈匆匆〉）

他用兩手攀著上面，兩腳再向上縮；他肥胖的身子向左微傾，顯出努力的樣子。這時我看見他的背影，我的淚很快地流下來了。我趕緊拭乾了淚，怕他看見，也怕別人看見。我再向外看時，他已抱了朱紅的桔子往回走了。過鐵道時，他先將桔子散放在地上，自己慢慢爬下，再抱起桔子走。（朱自清〈背影〉）

《巨流河》中的父親，可能是中國現代文學作品中最成功的形象，齊老一生率領志同道合的人出生入死，國而忘家，最後都被大浪淘盡，書中說「這些當年舉杯給我祝福的人，也就是我父親晚年縈繞心頭，使他端起酒杯就落淚的人。」這句話我拭淚重讀，暗想今世何處再找這樣重道義而有性情的領導人。（王鼎鈞〈1949三稜鏡〉）

我這樣想著，心上覺得蒼涼，隱隱作痛起來。這四周的熱鬧景致我是置身其中，卻又好像與之完全無關。到底你們是你們，我是我。

【唏噓】ㄒㄧ ㄒㄩ，抽噎、嘆息聲。

【泫然欲泣】流淚而將哭泣的樣子。

但我仍是和你們同生於這風日裡的，仍是一個愛穿漂亮衣裳的女孩呀。我熱淚盈眶，可是這淚水是天地的，你們無份，不能替我拭淚。（朱天文〈牧羊橋．再見〉）

4 害羞

害羞、臉皮薄

【害羞】不好意思、難為情。

【臊】ㄙㄠˋ，害羞。

【害臊】怕羞。

【怕羞】害羞、難為情。

【羞澀】因害羞而舉止不自然。

【羞人】使自己感到羞恥慚愧。

【羞怯】因害羞而心怯。

【含羞】表情嬌羞。

【靦腆】ㄇㄧㄢˇ ㄊㄧㄢˇ，害羞、不自然、慚愧的樣子。亦作「腆」。

【忸怩】ㄋㄧㄡˇ ㄋㄧˊ，難為情或不大方的樣子。

【扭捏】羞慚不大方的樣子。

【嬌羞】害羞可愛的樣子。

【紅臉】害羞的樣子。

【羞赧】害羞而臉紅。

【羞靨】形容害羞時面頰泛紅。靨，ㄧㄝˋ。

【腆然】害羞臉紅的樣子。

【臉皮薄】比喻容易害羞。

【尷尬】處境困窘或事情棘手，不好應付。

【赧然】形容羞慚、難為情的樣子。赧，ㄋㄢˇ。

【訕訕】ㄕㄢˋ，難為情的樣子。

【羞答答】害羞難為情的樣子。

【磨不開】難為情，不好意思。

【難為情】羞慚，沒有面子。

【不好意思】羞澀、害羞。

【面紅耳赤】形容羞愧、焦急

我年輕時曾認識一個女孩。我不知道我們算不算男女朋友。她是個甜美害羞的姑娘。可是記憶裏所有我和她獨處的時光總是那麼貧乏無趣。她總是拉著我陪她到建國高架橋下的假日玉市（我們總在週末或週日約會），一個攤位一個攤位地逛晃賞玩。（駱以軍《遣悲懷》）

大劉姐臊得滿面通紅，趕緊朝著牆角裡躲起來了。她認為真當開玩笑，並不十分在意；誰知這件小事卻幾乎決定了她的一生。（師陀〈一吻〉）

隔日再訪，店主人是一對中年夫婦，有著京都人慣有的靦腆與沉默，不太理會客人，安靜地埋首工作。（曾郁雯〈京都之心〉）

當時在場的很多村人的臉上都赧然失色，像是天送伯就真正在場接受火樹伯的道歉，也在挨阿盛伯的責罵一樣。（黃春明〈溺死一隻老貓〉）

王雄訕訕的瞅著麗兒，說不出話來，渾黑的臉上竟泛起紅暈來了，好像麗兒把他和她兩人之間的什麼祕密洩漏了一般。（白先勇〈那片血一般紅的杜鵑花〉）

她媽領着她替她的祖母看墳地來的。看地不是她的事；她這來一半天的工夫見識可長了不少。真的，你平常不出門你永遠不得知道你自個兒的見識多麼淺陋得可怕，連一個七八歲的鄉下姑娘都趕不上，你信不信？可不是我方才拿着麥子叫稻，點着珍珠米梗子叫芋頭，招人家笑話。難為情，芋頭都認不清，那光頭兒的大荷葉多美；撿錢兒

或發怒時的樣子。

【滿臉飛紅】形容害羞得紅了臉。

【愧色】慚愧、羞愧的表情。

【拉不下臉來】與顏面有關而不肯說或不肯做。

【紅臉兒漢】臉皮薄的人。

不知羞

【沒羞】不害羞。

【好意思】不害羞，不怕難為情。

【臉皮厚】比喻不怕羞、不害臊。

【厚臉皮】無羞恥之心。

【厚顏】不知羞恥。

【老臉】厚著臉皮，不顧羞恥。亦作「老著臉」。

【皮臉】形容人臉皮厚，不知恥。

【腆臉】厚臉皮。

【涎臉】厚顏賴皮，惹人厭煩的態度。涎，ㄒㄧㄢˊ。

【涎皮賴臉】罵人無賴、不知羞恥。

5 發愣

發呆

【怔】呆愣的樣子。

【發怔】心神不貫注而眼睛呆視的樣子。

【呆】發愣。

【發呆】心裡想著其他事情而茫然出神的樣子。

【發怔】因心神不貫注而眼睛呆視的樣子。

好玩，真像小錢，我書上念過，可從沒有見過，我撿了十幾個整圓的拿回去給妹妹看。（徐志摩〈船上〉）

「打完了戰，不是有許多和平軍都給收編了？他要是還活著，也說不定他在國民黨那邊當兵，」老頭子說。譚大娘嚇怔住了，半天說不出話來。如果是這樣，那他們就是反革命家屬了。但是她不久就又抖擻精神，老著臉說，「誰知道呢？也說不定他給共產黨擄了去，當了解放軍了。那我們就是軍屬了。我們也該拿到半隻豬，四十斤年糕。」「說的都是些什麼瘋話，」譚老大不屑地喃喃說著。「想吃肉吃年糕，都想瘋了！」（張愛玲《秧歌》）

寶玉見她摔了帕子來，忙接住拭了淚，又挨近前些，伸手拉了林黛玉一隻手，笑道：「我的五臟都碎了，你還只是哭。走罷，我同你往老太太跟前去。」黛玉將手一摔道：「誰同你拉拉扯扯的。一天大似一天的，還這麼涎皮賴臉的，連個道理也不知道。」（清．曹雪芹《紅樓夢》）

這裡寶釵只剛做了兩三個花瓣，忽見寶玉在夢中喊罵說：「和尚道士的話如何信得？什麼是金玉姻緣，我偏說是木石姻緣！」薛寶釵聽了這話，不覺怔了。（清．曹雪芹《紅樓夢》）

時常，我會找到她，和她一起發呆，各自將世界瞧得喑啞了。（童偉格〈餘光〉）

高三時，教室就在三樓，正對著樹林濃密部，那年我十八歲，還

【發痴】發呆。

【出神】注意力集中，以致面容呆愣。

【愣】失神、發呆。

【發愣】發呆。

【愣怔】呆住。

【打愣】發呆、發愣。

【愣神】發呆的樣子。

【愣神兒】發呆的樣子。

【愣頭愣腦】痴呆的樣子。

【出神】精神專注於某事而發怔。

【傻眼】看呆了、愣住了。多用於無法置信的震驚。

【若有所思】發愣不語，好像在想些什麼似的。

沒戀愛過。我常常瞪著大眼睛，出神的看著蟬鳴深處發呆。未來我會愛上什麼樣的人呢？那時我當然不可能知道會遇上妳，但我總是遇上妳了。（蔡詩萍〈但我總是遇上妳了〉）

外婆愣了愣，看著母親又將一個紙箱往外扔，轉身氣咻咻的往冰箱跑去，我望著外婆蹲下身子，深埋在冰箱裡挑挑揀揀的背影，冰箱門對比著外婆的身子顯得很巨大，幾乎可以把外婆整個都藏進去了也綽綽有餘，在一堆臭掉的菜和水果禮盒掩蓋下，我看見那個裝著外公的瓶子，正安穩的飄浮著。（神小風〈上鎖的箱子〉）

每次，盡我可能地待得愈晚愈好，享受或者忍受那裡的音樂。啤酒，牌戲，衣著入時的男女，空氣中香水、髮膠、菸草和德國甜品的氣味混合著。客人們互相似看非看地散坐著，若有所思地交談著，或者無所思慮地等待著當晚的最後一支歌。（孫甘露〈酒吧〉）

木然

【木然】形容一時痴呆，不知所措的樣子。

【眼睜睜】張著眼睛，形容發呆、無動於衷或無可奈何。

【呆若木雞】形容愚笨或受驚嚇而發愣的樣子。

【呆頭呆腦】形容言行遲鈍、不靈活的樣子。

【咋舌】嚼咬舌頭，形容因害怕、悔恨而說不出話的樣子。咋，ㄗㄜˊ。

【目瞪口呆】受驚或受窘以致神情痴呆的樣子。

【張口結舌】結舌，舌頭打結。張口結舌形容恐懼慌張，或理屈說不出話的樣子。

我伸出雙手，讓它們在地上形成各種形狀的陰影，我用這個陰影覆蓋已無動靜的蜜蜂，像一片黑雲……此刻，我突然想喝一點冰涼的酒，聽一曲激昂的馬祖卡舞曲，或是讓細沙一樣的情感流到我的心中，讓木然許久的心為狂喜、哀慟、憫然、悒鬱這些情緒所深深占有，在樹還沒有倒下以前。（徐國能〈夕照樓隨筆二則〉）

他木然地望著他們，這群狂樂的人：他們嚷著，笑著，搖著，圍困住他，如非洲野人歡跳祭神舞一般。他們對他嚷些甚麼，他卻聽不見。（王文興〈玩具手槍〉）

世上無聊的事很多，陪配偶的老同學吃飯大概也算一樁吧？今天的晚宴，她想像起來，也不覺得會有什麼樂趣。所謂「老友」，本來

【瞪目結舌】瞪大眼睛說不出話，形容吃驚、受窘的樣子。

【目瞪舌僵】形容因極度驚愕恐慌而睜大眼睛，口舌僵滯。

【直眉瞪眼】形容呆滯發楞。

【啞口無言】遭人質問或駁斥時，沉默不語或無言以對。

6 其他

做作

【忸怩】ㄋㄧㄡˇㄋㄧˊ，慚愧難為情或不大方的樣子。

【作態】故作某種姿態。

【拿喬】擺架子刁難。亦作「拿翹」。

【造作】故作不自然舉動。

【賣俏】做嬌俏狀誘惑人。

【矯揉】做作、不自然。

【擺樣子】故意做好看的外表給別人看。

【做張做致】裝模作樣。亦作「做張做勢」。

【惺惺作態】故意裝模作樣，虛情假意。

【喬模喬樣】假模假樣。

【裝腔作勢】故意裝出某種腔調或姿勢。

【搔首弄姿】形容故意賣弄風情。

【矯揉造作】裝腔作勢，刻意做作。

【虛情假意】虛偽做作，而無真實的情意。

【矯情立異】故意違反常情，以表示自己的超凡脫俗。

天經地義，就該有點排外。老友聊天如果不能令別人目瞪口呆，片言隻語也插不進，那也不叫「老友」了。（張曉風〈別人的同學會〉）

小魚兒呆了半晌，竟又笑了，笑嘻嘻道：「女人聲音喊得越大，說的往往越不是真話，你這樣說，我反而認為你不是故意害我了，你一定別有苦衷，也許我真該原諒你才是。」鐵萍姑張口結舌，倒反而怔住了，只覺得這個人所做所為，所說的話，簡直沒有一件不是要大出人意外的。（古龍《絕代雙驕》）

上大旅館去擇定了一間比較寬敞的餐室，一我請她上去，她只在忸怩著微笑，我倒被她笑得難為情起來了，問她是什麼意思。（郁達夫〈迷羊〉）

的確，這年頭組織吃香。甚麼人都組織了，阿貓阿狗都有紅袖章戴，你沒有，就被動。起碼是氣短一截，連醬油店的麻嫂不屑對你賣俏。（李杭育〈阿三的革命〉）

她的「傾城之戀」裡的男女，漂亮機警，慣會風裡言，風裡語，做張做致，再帶幾分玩世不恭，益發幻美輕巧了，〔……〕（胡蘭成〈民國女子〉）

因他自幼生得有些姿色，纏得一雙好小腳兒，所以就叫金蓮。他父親死了，做娘的度日不過，從九歲賣在王招宣府裡，習學彈唱，閑常又教他讀書寫字。他本性機變伶俐，不過十二三，就會描眉畫眼，傅粉施朱，品竹彈絲，女工針指，知書識字，梳一個纏髻兒，著一件扣身衫子，做張做勢，喬模喬樣。（明．蘭陵笑笑生《金瓶梅》）

【虛偽】虛假不真實。

【矯言偽行】矯飾虛偽的言論行為。

【矯飾偽行】假裝掩飾，言行虛偽。

【偽君子】表面像是好人，其實是欺世盜名的人。

我們不能扣留住閃電來代替高懸普照的太陽和月亮，所以我們也不能把笑變為一個固定的、集體的表情。經提倡而產生的幽默，一定是矯揉造作的幽默。這種機械化的笑容，只像骷髏的露齒，算不得活人靈動的姿態。（錢鍾書〈說笑〉）

人》三、動作與姿態

1 頭部

眼睛

【瞧】看；偷看。

【盼】看。

【視】看，見。「正視」、「直視」。

【瞅】ㄔㄡˇ，看。「不瞅不睬」。

【覷】ㄑㄩˋ，看；偷看；瞇眼注視。

【瞄】注視。「瞄準」。

【凝睇】注視。白居易〈長恨歌〉：「含情凝睇謝君王，一別音容兩渺茫。」

【矚目】注視。

【瞵視】瞻望注視。瞵，ㄌㄧㄣˊ。

【盯】集中精神或目光，注意的看。「盯梢」。

【觀】察看，審視。

【望】向遠處或高處看。

【放眼】放眼遠望。

【眺望】遠望。

【飽覽】暢快的看。

【憑眺】憑高遠望。

【臨眺】登高遠望。

【騁目】縱目眺望遠處。

【覽】觀看；眺望。「一覽無遺」。

【瀏覽】大略看看。

【寓目】注目，過目。《左傳·僖公二十八年》：「請與君之士戲，君馮軾而觀之，得臣與寓目焉。」

【觸目】目光所及，眼睛所看到的。

方抬起頭來，向台下一盼。那雙眼睛，如秋水，如寒星，如寶珠，如白水銀裡頭養著兩丸黑水銀。（清·劉鶚《老殘遊記》）

李先生，我……我，我知道銀行待我不錯：我不是不領情。可是……您是沒有瞅見我家裡那一堆孩子，活蹦亂跳的孩子，我得每天找東西給他們吃。銀行辭了我，沒有進款，沒有米，他們都餓得只叫。並且房錢有一個半月沒有付，眼看著就沒有房子住。（曹禺《日出》）

「洋爐子」太高了，父親得常常站起來，微微地仰著臉，覷著眼睛，從氤氳的熱氣裡伸進筷子，夾起豆腐，一一地放在我們的醬油碟裡。我們有時也自己動手，但爐子實在太高了，總還是坐享其成的多。〔……〕我們都喜歡這種白水豆腐；一上桌就眼巴巴望著那鍋，等著那熱氣，等著熱氣裡從父親筷子上掉下來的豆腐。（朱自清〈冬天〉）

我想見我媽，想要她比夢中立體，我想睜眼作夢。我照著網路上寫的說明，把室內燈禁了，燒亮一根蠟燭，為了增加陰氣，還戴了一頂長假髮裝女人，我盡力把眼睛睜大，不料蠟燭打翻，假髮燒了，蠟油還灑進湯裡，接下來涮的肉都片著蠟，皮脆心軟好難吃。（何景窗〈年菜圖鑑〉）

從那四方形如城堡的樓塔，展望環繞金山四周的環境。在這兒鳥瞰，並不只是在享受一種登高望遠的樂趣而已，還有更多思古的情緒，以及歷史的困惑，都會伴隨著景觀，自腦海浮升。（劉克襄〈金

【眈眈】ㄉㄢ，眼睛向下注視的樣子。

【俯視】從高處往下看。曹丕〈雜詩〉：「俯視清水波，仰看明月光。」

【俯瞰】意指由高處往下看。瞰，ㄎㄢˋ。

【鳥瞰】從高處往下看。

【仰望】抬頭向上看。

【舉目】抬起眼睛看。《晉書・王導傳》：「風景不殊，舉目有江山之異。」

【瞻仰】仰望，觀看。

【眨】眼瞼一開一閉。

【閉】合上。

【瞇】眼瞼上下微閉。

【睜】張開眼睛。

【睜開】張開眼睛。

【圓睜】眼睛睜得圓大。

【流盼】眼睛轉動的樣子。

【瞪】❶惡意的看人。常表示憤恨或不滿。❷睜大眼睛直視。

【瞪視】瞪眼直視。常用於指怒目而視。

【張目】睜大眼睛，怒目而視。

【瞪著眼】睜大眼睛直直看著。

【眼瞪瞪】瞪大著眼睛。形容發呆或無可奈何。

【直瞪瞪】形容眼神因急怒、驚恐、痴傻而顯得呆滯。或作「直楞楞」、「直勾勾」。

【白瞪眼】張大眼睛直看。比喻沒有辦法。

【勾勾】目光直視的樣子。

【注視】集中視線而望。

【定睛】集中視線。

【停睇】目不轉睛的看。《聊齋志異・青鳳》：「生談竟而飲，瞻顧女郎，停睇不轉。」

【凝眸】目不轉睛的看。

【凝視】目不轉睛的看著。

【目不轉睛】眼睛不動，凝神注視的樣子。

【端量】端詳，打量。

山小鎮〉）

我只知道，你這一天會回來。不管三拜九叩、立委致詞、家祭公祭、扶棺護柩，（棺木抬出來，葬儀社部隊發給你爸一根棍子，要敲打棺木，斥你不孝。我看見你的老爸爸往天空比畫一下，丟掉棍子，大慟。）一有機會，我就張目尋找。（劉梓潔〈父後七日〉）

我是最小的孩子，我的碗也是最小的。每次我都勾勾地盯著哥哥姐姐的大碗，覺得母親對他們偏心，讓他們吃得多。其實後來我也慢慢看出來了，哥哥姐姐也都眼勾勾地盯著我的碗，在羨慕嫉妒我碗裡的豐滿。（韓少功〈饑饉〉）

浣芳在玉甫懷裡，定睛呆臉，口咬指頭，不知轉的甚麼念頭。玉甫不去提破，怔怔看他。祇覺浣芳眼圈兒漸漸作紅色，眶中瑩瑩的如水晶一般。（清・韓邦慶《海上花列傳》）

已瞥見，這人走出來之後，雪地上竟全無腳印，〔……〕這人居然踏雪無痕，雖說多少占了些身材的便宜，但輕功之高，也夠嚇人的了。（古龍《多情劍客無情劍》）

若有人兮山之阿，被薜荔兮帶女羅，既含睇兮又宜笑，子慕予兮善窈窕。乘赤豹兮從文狸，辛夷車兮結桂旗。（戰國・屈原《九歌・山鬼》）

錢夫人睇著蔣碧月手腕上那幾隻金光亂竄的扭花鐲子，她忽然感到一陣微微的暈眩，一股酒意湧上了她的腦門似的，〔……〕。（白先勇〈遊園驚夢〉）

伊在鏡子裡瞟了我一眼。伊的極深而大的眼睛，會使你那麼微微地怵然一驚。（陳映真〈一綠色之候鳥〉）

喜妹是個極肥壯的女人，偏偏又喜歡穿緊身衣服，全身總是箍得

【諦視】仔細察看。
【審視】詳細察看。
【瞠】ㄔㄥ，瞪著眼睛直看。
【瞠視】睜眼直視。
【瞠目】睜大眼睛。形容憤怒、驚訝、無奈的樣子。
【瞋目】瞪大眼睛怒視。
【眥目】瞪大眼睛。
【怒目而視】發怒而圓睜兩眼瞪視對方。
【虎視眈眈】如老虎般貪狠的注視。語出《易經．頤卦》：「虎視眈眈，其欲逐逐。」
【目睹】親眼看見。
【目擊】親眼所見。
【面面相覷】互相對視而不知所措。
【視若無睹】當作沒看到。「視而不見」。
【目送】目光隨著離去的人或物轉動。
【迎睇】以目迎接。劉晝《劉子．因顯》：「來而迎睇之，去而目送之。」
【逼視】逼近觀看。
【睽睽】張眼注視。「眾目睽睽」。
【瞥】眼光掠過，很快看一眼。「匆匆一瞥」。
【睇】ㄉㄧˋ。❶微微斜視。❷看、注視。陶淵明〈閑情賦〉：「仰睇天路，俯促鳴絃。」
【瞟】ㄆㄧㄠˇ，斜著眼睛看。
【乜斜】眼睛瞇成一條縫或斜視。乜，ㄇㄧㄝ。
【側目】斜眼看人，不以正眼看人。「引人側目」。
【睥睨】ㄅㄧˋ ㄋㄧˋ，斜眼看人，輕視或瞧不起。
【睇眄】斜視。斜眼注視；顧盼。眄，ㄇㄧㄢˇ。王勃〈滕王閣序〉：「窮睇眄於中天，極娛遊於暇日。」
【窺伺】窺探他人動靜，找機會下手。

肉顫顫的，臉上一逕塗得油白油白，畫著一雙濃濃的假眉毛，看人的時候，乜斜著一對小眼睛，很不馴的把嘴巴一撇，自以為很有風情的樣子。（白先勇〈那片血一般紅的杜鵑花〉）

笑聲中，一個顴骨高聳，面如淡金，目光睥睨如鷹的獨臂老人，已大步自左面的雪林中走了出來。右面的雪林中，也忽然出現了個人，這人幹枯瘦小，臉上沒有四兩肉，係是一陣風就能將他吹倒。（古龍《多情劍客無情劍》）

妳盤腿而坐，特別引起我的愛意，同時妳像在冬天時一樣地盛裝，一切都像是知道我會來窺視。（七等生〈隱遁者〉）

袁氏第二大怕，是怕虎視眈眈的帝國主義，尤其是日本。他怕他把民國改成帝國之後，列強拒不承認，甚或乘機渾水摸魚，出兵干擾，助長地方叛亂，那他可就無法應付了。（唐德剛《袁氏當國》）

有一次，在一家出版社的聚餐場合中，在座都是文化界的朋友，談到《易經》時，難免有算命之譏。我說：「《易經》占卦不是算命，而是古人智慧所提供的生活參考。若是不信，請在座有問題的人給我三組三位數，我來示範一下。」此話一出，大家都安靜下來，面面相覷。一位女士鼓起勇氣說：「我來試試，我下個月要結婚，請試一占。」我聽了反而有些猶豫，因為擔心結果會讓人掃興，但是這時我已經沒有退路了。（傅佩榮《不可思議的易經占卜》）

傑克中校在警界的地位之高，是人人皆知的，這時，我在眾目睽睽之下，一腳將他踢倒在地上，一時之間，所有的人都停止了動作，向我望來。而不等傑克爬起身來，已經有三個身形高大的武裝警員，向我衝了過來。我身形微微一矮，準備大鬧一場，但是傑克中校卻已佔了起來，喝止了那三個警員，向我冷笑一下，道：「衛斯理，我會

【窺視】暗中偷看。

【探頭探腦】四處窺探。

【四顧】環視四周。李白〈行路難〉：「停杯投箸不能食，拔劍四顧心茫然。」

【眄睞】環顧。

【掃視】目光向四周掠過。

【張望】從隙縫中看或四處遠望。

眉毛

【皺眉】雙眉緊蹙，表示不滿、不悅或憂愁。

【顰】皺眉。李白〈怨情〉：「美人捲珠簾，深坐顰蛾眉。」

【顰眉】皺著眉頭。

【蹙眉】皺眉。蹙，ㄘㄨˋ。

【攢眉】皺緊眉頭。攢，ㄘㄨㄢˊ。

【深鎖】蹙緊，緊皺。「愁眉深鎖」。

【擰緊】可形容眉間緊皺。

【滿目】形容充滿視野。

【彌望】一望無際。潘岳〈西征賦〉：「黃壤千里，沃野彌望。」

【環顧】觀察周遭的動靜。

【顧盼】觀看。

【左顧右盼】東張西望；猶豫遲疑的樣子。

【顰眉蹙額】皺著眉頭，愁苦或憂傷的表情。

【舒眉】舒展眉頭，形容適意而無憂的樣子。

【低眉】眉目低垂。

【斂首低眉】垂頭皺眉。形容失意的樣子。

【挑眉】引動眉毛。

【擠眉弄眼】擠弄眉眼向人示意或傳情。亦作「擠眼弄眉」。

記得你這一腳的。」我狠狠地回答他：「我也會記得你剛才那句話的。」（倪匡《透明光》）

宋秘書在辦公室畢恭畢敬站著接電話，陳寺福在門外探頭探腦，等宋秘書放下電話，陳寺福進去：「大哥！」「跟你說了不要叫大哥，這是在辦公室。什麼事？」「沒事！特地過來謝謝大哥。」「天大置業的事情，你辦得怎麼樣了？」「我今天來就是跟您商量這事兒呢！原想著有錢還不能使鬼推磨？哪想到現在的鬼很難對付啊！有幾家真是很窮的刁民，無論軟硬都不吃。你嚇唬也好，不理也好，耐心做工作也好，人家動都不動。」（六六《蝸居》）

若遇著陰天或者下小雨，湖上迷迷濛濛的，水天混在一塊兒，人如在睡裡夢裡。也有風大的時候；那時水上便皺起粼粼的細紋，有點像顰眉的西子。（朱自清〈瑞士〉）

千百個櫥窗中我看到妳眩人心神的笑彷彿未笑／寬鬆衣擺下搖蕩一奧祕的天體／蹙眉思考如聖經紙印的字典。（陳義芝〈住在衣服裡的女人〉）

一身樸素衣衫的他走上台來，攏一支笛子，吹奏了幾首曲子。燈光集中在他身上，她的眼光集中在他的側臉，他看起來如此陶醉，旁若無人，輕輕闔上眼，時而蹙眉哀愁，時而舒眉微笑。（張曼娟〈欲說還休，卻道天涼好個秋。〉）

一個俊俏的姑娘人群中游動，栗色的頭髮似乎隨意挽個髮髻，眉心擰緊，面容愁悵得令人心動，垂下的寬眼瞼顯得有些憔悴，〔……〕（高行健《一個人的聖經》）

段譽回過頭來，只見湖面上一艘快船如飛駛來，轉眼間便已到了

【丟眉弄色】以眉目挑逗傳情。亦作「丟眉丟眼」、「丟眉弄眼」。

【橫眉】眉毛橫豎，形容憤怒的樣子。

【擰眉瞪眼】緊皺眉毛，瞪大雙眼。形容非常生氣。

【怒目橫眉】瞪大眼睛，眉毛橫豎。形容滿臉怒容。

【立眉嗔目】豎眉瞪眼。形容非常的憤怒、生氣。

【柳眉倒豎】形容女子發怒的樣子。

【鋪眉蒙眼】擠眉弄目，裝模作樣。

【眉頭不展】憂悶的樣子。

近處。快船頭上彩色繽紛的繪滿了花朵，駛得更近些時便看出也都是茶花。阿朱和阿碧站起身來，俯首低眉，神態極是恭敬。（金庸《天龍八部》）

他那胖得像一條毛毛蟲的手指一直朝我鼻梁衝來。然後，又把胳膊盤在胸前，撇著嘴岔，對我橫眉豎眼。（蕭乾《夢之谷》。嘴岔：指嘴角。）

寶玉在車上見這般醉鬧，倒也有趣，因問鳳姐道：「姐姐，你聽他說『爬灰的爬灰』，什麼是『爬灰』？」鳳姐聽了，連忙立眉嗔目斷喝道：「少胡說！那是醉漢嘴裏混，你是什麼樣的人，不說沒聽見，還倒細問！等我回去回了太太，仔細捶你不捶你！」唬的寶玉忙央告道：「好姐姐，我再不敢了。」（清・曹雪芹《紅樓夢》）

耳朵

【聽見】聽到。

【聽聞】以耳聽之。

【靜聽】安靜的聽著。

【竊聽】暗中偷聽。

【聆聽】注意聽聞。

【諦聽】仔細的聽。

【細聽】仔細傾聽。

【凝聽】全神貫注的聽著。

【傾聽】側耳細聽。

【傾耳】十分專心的聽。

【側耳】傾著耳朵聽，表示專注。

【傾耳】十分專心的聽著。《史記．淮陰侯傳》：「農夫莫不輟耕釋耒，褕衣甘食，傾耳以待命者。」

【聆賞】聆聽、欣賞。

【洗耳恭聽】專心、恭敬的聆聽。

【耳聞】聽說。

我們漸長，國家漸老，它變得陌生而猙獰，早已不是昔日叫我疼惜的那小黑狗小破布娃娃，就像月亮的正面背面，你聽聞甚至也窺過它向其他人顯露出的大惡狼、鬼娃的那一面，你慢慢認知，不該把它視為父兄、視為永遠不可能害你、只會愛你為你著想的親人。（朱天心〈不會是一場百年孤寂〉）

許多年前，有一次，我借來醫生的聽診器，聆聽自己的心跳，那一聲一聲沉穩而規律的跳動，給我極深的撼動，這就是我的生命，單單屬於我的（杏林子〈生命生命〉）

窗外有淒切的蟲鳴和清冷的月光，窗內流轉著柴可夫斯基〈如歌的行板〉。此時的我富有得像一個女王，擁有整座夜的王國，能諦聽所有精靈的耳語。（彭樹君〈最愛清歡〉）

【風傳】風聞，輾轉流傳。

【風聞】傳聞。

【探悉】打聽清楚。

【探聽】訪察打聽。

【壁聽】伏在牆角偷聽。

【面聽】當面聽見。

【側聽】❶側耳而聽。❷指偷聽。

【聽聞】耳朵所聽到的。

鼻子

【嗅】用鼻子聞氣味。

【聞】用鼻子嗅。

【擤】ㄒㄧㄥˇ，捏住鼻子，排除鼻涕。

【喘】急促呼吸。

【喘氣】急促的呼吸。

【喘吁吁】呼吸短而急促的樣子。也作「喘噓噓」。吁，ㄒㄩ。

【氣咻咻】大聲喘氣的樣子。

【氣喘咻咻】形容呼吸急促、大聲喘氣的樣子。

【歙張】收縮，張大。吸氣或縮鼻的樣子。歙，ㄒㄧˋ。

【嬌喘】柔弱無力的喘息。

【呼吸】生物體與外界環境進行氣體交換的過程。

【鼻息】鼻中呼吸的氣息。

【嗤之以鼻】從鼻子裡發出冷笑。表示不屑、鄙視。

【憋氣】將氣憋住不呼出。

夏季，是屬於荷花的季節，如果你側耳傾聽，便不難發現，植物園裡的荷花們早就已經笑成一團了。（張騰蛟〈荷〉）

我可以泡壺茶，坐在樹下聽一下午，耳鼓貫滿高頻顫音，澎湃迴盪，嗡嗡作響，比什麼樂團都過癮。聽得興起，獨樂樂不如眾樂樂，我到處打電話，讓朋友越洋聆賞，話筒傳來驚喜叫聲，偶爾也會被罵：「這裡半夜兩點耶，聽什麼鬼？You are totally cuckoo！」（蔡珠兒〈魔幻四韻〉）

他曾對我說過，這馬克思主義的理論，他一輩子也學不到手。本來，在反右以後，也風傳著要罷掉他的縣長官位。（陳若曦〈尹縣長〉）

就這樣醒了，在自家的床上。在中壢，一個絕對聞不到油棕焦香的地方。額頭濕的，心臟狂跳。突然明白，那輛偽裝的油棕卡車絕對回不了家，大概也回不到現實，所以，睡夢中過世的人，心肌梗塞或者宣稱睡眠中安詳離世的，可不可能就是這樣去了夢土？夢土和死亡如此相似，它們可是以假亂真的雙胞胎？（鍾怡雯〈昨夜你進入我的夢境〉）

火車在長江北岸的一個小站夜裡臨時停車，人關在悶熱不堪的車箱裡，車頂上電風扇嗡嗡直轉，發餿的汗味更讓人難以喘氣。一停幾個小時，廣播裡解釋說，前方站發生了武鬥，路軌上堆滿了石頭，甚麼時候通車還不知道。車裡的人圍住乘務員抗議，車門這才打開，人都下了車。（高行健《一個人的聖經》）

她奮力推開這個痴纏的男人，一直往前跑了好一陣。急風急火，失魂落魄，跑得氣喘咻咻。（李碧華〈素卿〉）

【屏息】抑止呼吸，止住聲息。屏，ㄅㄧㄥˇ。

【屏氣】抑止呼吸不出聲。

【掩鼻】掩住鼻子以免聞到濁臭之味。

【擁鼻】掩鼻。

【搯鼻皺眉】捏著鼻子，皺著眉頭。形容忍耐或痛苦的樣子。

【攢眉蹙鼻】緊皺眉頭和鼻頭。形容神情痛苦的樣子。

嘴巴

【抿】輕輕合上雙唇。

【抿嘴】輕輕的合上嘴。

【鼓】凸起，漲大。「鼓腮幫子」。

【撇】下唇伸出，嘴角向下。

【撇嘴】❶下唇伸出，嘴角向下，表示輕視、不相信。❷形容不高興欲哭的樣子。

【咂嘴】以舌尖和上顎接觸，發出聲音，表示羨慕、讚美、驚嘆或驚慌。

【努嘴】翹起嘴唇示意。

【噘】ㄐㄩㄝ，嘴唇圓合而向上翹。通「撅」。

【噘嘴】兩唇閉合而翹起的動作。

【嘟嘴】使性子或撒嬌時，將嘴向前噘起。

【咧嘴】嘴微張，嘴角向兩邊伸展。

【呲牙裂嘴】咧嘴露齒。

唯獨一人是海底的暗礁，沉穩的一塊，移近我時，我鼻孔歙張，呼吸聲與心跳聲海葵似的放大。（林俊穎〈夏夜微笑〉）

當下金、玉姊妹每人喝了約莫也有一小盅酒，那杯裡還有大半杯在裡頭，便遞給長姐兒。他拿起來，一憋氣就喝了個酒乾無滴，還向著太太照了照杯，樂得給太太磕了個頭，又給二位奶奶請了倆安。（清．文康《兒女英雄傳》）

大鵬屏息凝神，躡著腳走出房房間——大鵬屏息凝神，躡著腳走出房間，穿越陰暗的客廳，走進廁所。他關上廁所門，打開電燈，輕輕地撥開抽水馬桶水箱蓋，從水箱裡撈出了濕答答的塑膠袋，解開橡皮圈，取出了裡面的牛皮紙袋。（侯文詠《帶我去月球》）

有酒渦的抿著唇嚼，看她那種閃著淚光的癡態，忽然禁不住的笑了；酒渦陷得深深的。「哼！」她從鼻子哼出一聲嬌嗔，嘴唇噘得高高的。（楊青矗〈在室男〉）

致庸看著她由遠而近地奔過來，饒他一直嬉皮笑臉慣了，也不自禁地微微漲紅了臉，但他仍裝出一副滿不在乎的樣子，繼續鼓著腮幫子學蛐蛐叫，還微微背轉過身去。（朱秀海《喬家大院》）

火車站前的廣場上，竟然聚集了許多人，迴環排成長蛇陣，起端在售票處緊閉的窗口，都是等車票的旅客。他問前面的人，甚麼時候開始賣票？那人也不知道，噘噘嘴，他還是排上了。不一會，背後又接上一串人，也不知從哪裡冒出來的。（高行健《一個人的聖經》）

每次憶起母親鎮日匆忙的身影，幾乎早餐來不及吞嚥完便出門去，中午為了填飽我的肚子，時間越形窘迫，真不知她是怎麼撐過來的？

【抹嘴】擦嘴。

【滿嘴】❶充塞整個口內。❷嘴裡盡說著。

【巴噠著嘴】形容淺嚐食物時嘴巴張合的動作，表示東西好吃。

【吞嚥】吞食，下嚥。

【狼吞虎嚥】形容吃東西又猛又急。

【含】東西銜在嘴裡，不吐出也不吞下。

【銜】用嘴巴含物或叼物。

【叼】用嘴銜物。

【親嘴】接吻。

【咬】用牙齒切斷、壓破或夾住東西。

【咀嚼】用牙齒咬碎與磨細食物。

【咬牙】咬著牙齒，形容極為憤怒，或表示忍受極大的痛苦，堅持到底。

【切齒】咬緊牙齒，使其相摩擦。形容十分痛恨。

【啃】咬。

【吐】使東西從口中出來。

【嘔吐】胃壁收縮異常，食物逆出口外。

【啐】ㄘㄨㄟˋ，用力吐出。亦指發出唾聲，表示鄙夷或憤怒。

【唾】吐口水。有輕視、鄙棄的意思。

【舐】用舌頭舔東西。

【舔】用舌頭觸碰或沾取東西。

【舔嘴咂舌】吃完東西時，伸出舌頭舔舔嘴，吸吸牙縫中的餘味，並發出嘖嘖聲。表示吃得很飽且感到相當滿意。

【噦】ㄩㄝ，乾嘔；因胃氣不順而打嗝。

【作嘔】噁心想吐。

母親的青春歲月好像就這樣，被我一口一口啃掉的。（薛好薰〈想念的滋味〉）

蘇州河上的煙霧，如此迷濛，帶著硫磺和肉體的氣息，漂浮著紙幣和胭脂。鐵橋和水泥橋的兩側布滿了移動的人形，銜著紙菸，在雨天舉著傘，或者在夕陽中垂蕩著雙手，臂膀與陌生人相接，擠上日趨舊去的電車。（孫甘露〈城市〉）

如果你將櫻桃含在口中，爽快啖去飽實的果肉，最後那堅硬的核，便光滑地留在你的舌尖了。這時不必急著將它吐棄，慢慢地把硬核放在臼齒間磨咬，當它碎裂開一個細縫，一種前所未有的酸甘將布滿整個口中，那是真正難忘的櫻桃滋味。（徐國能〈櫻桃心〉）

范進因沒有盤費，走去同丈人商議，被胡屠戶一口啐在臉上，〔……〕（清．吳敬梓《儒林外史》）

閉了眼睛，一件黑乎乎脹鼓鼓的物體便湧上腦海，使胃裡泛酸作嘔，想一吐為快，偏又吐不出來。慢慢的，我也習慣了，知道這不是生理的反應，而是盤據在我心頭的一種感覺，像鉸鏈一樣，今生怕是解不開。（陳若曦〈任秀蘭〉）

韋小寶心想：「我跟胖頭陀說的話，除了那部經書之外，他都稟告了教主和夫人，眼下只好死挺到底，反正胖柳燕已經死了，這叫做死無對證。」便道：「正是，這個柳姑姑是我叔叔的好朋友，白天夜裏，時時到我家裏來的。」洪夫人笑吟吟的問道：「她來幹甚麼？」韋小寶道：「跟我叔叔說笑話啊。有時他們還摟住了親嘴，以為我看不到，我可偷偷都瞧見了。」（金庸《鹿鼎記》）

【仰】仰起頭，臉朝上。
【仰頭】仰起頭。
【仰首】抬起頭。
【仰面】將臉向上。
【抬頭】把頭仰起。
【昂首】抬頭。
【翹首】抬頭。
【俯】低頭。
【低頭】將頭低下，臉向下。
【垂頭】低頭。
【俯首】低頭。
【垂首】低下頭。
【俯仰】低頭與抬頭。
【回頭】把頭向後轉。
【回首】回頭。亦作「迴首」。
【掉頭】回頭。
【轉臉】將臉轉過去。
【叩首】以頭叩地，伏地跪拜。也作「叩頭」、「扣頭」。
【頓首】❶低頭叩地敬拜。❷古代書信中，常用尊敬對方的敬語。
【磕頭】以頭著地或近地的跪拜禮。
【稽首】一種低頭至地的最敬禮。

甚至連風也不敢咳嗽。他們／砍伐了自高自大的樹木，修剪／枝葉分歧的花草，最後一致／仰首搖頭，身為地上的園丁／當然制服不了空中幻化的雲朵（向陽〈制服〉）

丹錐山，妳雖然不是百嶽，也沒有開拓好的步道可以輕鬆而上，但每當在空閒片刻，忽然抬頭看向妳，就會提醒我，現在正在這片捲走時光而去的立霧溪旁，學習如何和紛亂的心情對抗，學習在無路燈的中橫中路旁靠著月光行走，學習如何在原始的地方用尊敬的態度，安安靜靜地生活。（張英珉〈丹錐山下〉）

空空洞洞的午後。滿懷希望的傍晚。在萬家燈火之間腳步匆匆，在星光滿天之下翹首四顧。目光灑遍所有的車站。看盡中年人漠然的臉——這幫中年人怎都那樣兒？（史鐵生〈比如搖滾與寫作〉）

翹首回望，已看不到雷克雅維克的任何印痕。車是租來的，在雪地裏愈開愈艱難。滿目銀白先是讓人爽然一喜，時間一長就發覺那裏埋藏著一種危險的視覺欺騙，使得司機低估了山坡的起伏，忽略了輪下的坎坷。於是，我們的車子也就一次次陷於窮途，一會兒撞上高凸，一會兒跌入低坑。（余秋雨〈生命的默契〉）

2 身體

坐、蹲、跪、臥

【坐】彎曲下肢，臀部附著在座位上休息。
【趺跏】ㄈㄨ ㄐㄧㄚ，盤腿端坐，即打坐之姿。
【落座】坐到座位上。
【端坐】端正身體而坐。

但我最羨慕的是那能安然受死的人，像面臨著持槍的洋兵的虛雲大師，像大居士龐蘊同他的女兒靈照。像許多知道自己行將入滅，趺跏而坐，猶諄諄不忘弟子的求佛悟道的大師們。（孟東籬〈死的聯想〉）

至於跪在平滑瓷磚的擦地板——不知為什麼，她就是喜歡那樣如老農在清淺的水田裡插秧般，匍匐虔誠的跪姿，因為那也是一種工作

【箕踞】ㄐㄧ ㄐㄩˋ，兩腿舒展而坐，形如畚箕，是隨意不拘禮節的坐姿。《儒林外史．第三十三回》：「或據案觀書，或箕踞自適，各隨其便。」也作「箕倨」、「箕坐」。

【踞坐】伸開兩腳，雙膝弓起坐著。是倨傲不恭、旁若無人之姿勢。

【盤腿】兩腿交叉彎曲平放在地面的坐姿。

【蹲坐】曲膝而坐。

【正襟危坐】整理服裝儀容，端正的坐好。蘇軾〈赤壁賦〉：「蘇子愀然，正襟危坐而問客曰：『何為其然也？』」

【席地而坐】古人鋪席於地坐臥。後指就地坐下。

【蹲】彎曲兩腿，臀部虛坐而不著地。

【鴟蹲】如鴟鳥蹲伏般，蜷縮傴促的坐著。李之儀〈浣溪沙〉：「酒量羨君如鵠舉，寒鄉憐我似鴟蹲。」

【蹲踞】張開雙腿蹲著。

【跪】屈膝著地。

【屈膝】下跪。

【卑躬屈膝】低身下跪去奉承別人。

【膝行】跪地用膝蓋支撐身體前進，表示恭敬或屈服。

【匍匐】ㄆㄨˊ ㄈㄨˊ，手足伏地爬行。《莊子．秋水》：「不聞夫壽陵餘子之學行於邯鄲與？未得國能，又失其故行矣！直匍匐而歸耳。」

【躺】平臥。

【臥】躺下。

【癱】此指躺坐。

【俯伏】趴在地上。

【偃臥】仰臥。

的姿勢，而只要是工作的姿勢，都是美的。（陳幸蕙〈女作家的私生活〉）

那些明星楊紅一個也不認識，一個也沒聽說過，她即使看外國電影，也只記得劇中人的名字，不知道演員是誰，她只覺得崔西談論這些明星時的口氣，就像那些明星都排成一列隊伍，老老實實、卑躬屈膝地等著她挑一樣。（艾米《山楂樹之戀2》）

我和工藤紀夫（九段）去拜見恩師吳清源先生。當時恩師深居在箱根仙石原山區。周邊曠無人煙，恰逢隆冬時節，寒氣襲人，特別到了晚上更令人倍感蕭索。師母熱情地把我們安排在他們隔壁的房間住下。時近午夜，朦朧中欲去洗手間，經過恩師房間猛然全醒，只見剃著光頭的他在籐方凳上正襟危坐，置身於微弱的燈光下，凝固在冰冷的空氣中，半閉雙眼，兩手自然垂放在兩膝上，恍如一位高僧在打坐，令人敬畏；又儼然是位學者在思索，神情專注；更像是位嚴師，在默默地注視著弟子學棋。（林海峰〈五十年前恩師與我〉）

商人從來都會做生意，做科舉考試的生意在當時是一筆不少的買賣，於是後來市面上有一種可以摺疊的桌子。應試的人買一張這樣的桌子，自己把它背到保和殿。寫的時候，把桌子搭好，原來的矮桌子就當凳子。參加殿試的人都戴著大帽，穿著大褂，堂皇得很，可是背上背著一個桌子，雖是摺疊的，看著也很不雅觀。說到這桌子，馮友蘭就想起自己家裏有這種可摺疊的桌子，據說就是其父參加殿試用的。這種桌子，現在南京的貢院博物館中也有展出。中國早在宋代已經沒有席地而坐的習慣，唐代也坐床，何以清代殿試卻有這席地而坐的制度？三年一試，例行公事，備一批桌子究竟難在何處呢？而總之就是沒有，官僚到甚麼地步可以想見。（張倩儀《另一種童年的告別：消逝的人文世界最後回眸》）

靠、偎

【靠】倚傍，挨近。

【倚】靠，依仗。「倚傍」。

【倚靠】靠在某一物體上。

【猴】指側身依偎、糾纏。

【憑】靠、依靠。

【趴】身體向前彎曲靠在物體上。

【伏】身體前傾靠在物體上。

【偎】靠著，傍著。

【依偎】彼此靠在一起。多為親密的舉動。

【挨】依靠。

【扭股糖】用麥芽糖製成的兩股或三股扭在一起的食品，用來形容人撒嬌或害羞時身體扭動、糾纏的樣子。

【傍】依附、靠近的意思。

【小鳥依人】形容女子或孩子依傍著他人，模樣可愛嬌弱的樣子。

摔、撲、倒

【摔】身體失去平衡而跌倒。

【跌】失足傾倒。

【摜】ㄍㄨㄢˋ，跌倒。

【跐】ㄘ，腳下滑動而使身體傾跌。

【摔倒】跌倒。

【摔跤】跌倒。亦作「摔交」。

【跌倒】失足而摔倒。

那應該是個薄夏的午後，我仍記得短短的袖口沾了些風的纖維。在課與課交接的空口，去文學院天井邊的茶水房倒杯麥茶，倚在磚砌的拱門覷風景。一行瘦櫻，綠撲撲的，倒使我懷念冬櫻凍唇的美，雖然那美帶著淒清，而我寧願選擇絕世的淒豔，更甚於平鋪直敘的雍容。（簡媜〈四月裂帛——給憂情〉）

寶玉聽說，便猴向鳳姐身上，立刻要牌，說：「好姐姐，給出牌子來，叫她們要東西去！」鳳姐道：「我乏得身子上生疼，還擱的住揉搓。你放心罷，今兒才領了紙裱糊去了，她們該要的還等叫去呢，可不傻了！」寶玉不信，鳳姐便叫彩明查冊子與寶玉看了。（清．曹雪芹《紅樓夢》）

我想起小時候依偎在母親的身旁，聞她散發出來的體熱氣味，還想起在某個夏日的午後，經歷了長久的睡眠，我張開雙眼，躺在床上，身體雖然汗濕了，卻感到無比的清爽（……）（郝譽翔〈生產前後〉）

外面舞池裡老早擠滿了人，霧一般的冷氣中，閃著紅紅綠綠的燈光，樂隊正在敲打得十分熱鬧，舞池中一對對都像扭股糖兒似的粘在一起搖來晃去。（白先勇〈金大班的最後一夜〉）

賣饅頭的老頭，揹著木箱子，裡邊裝著熱饅頭，太陽一出來，就在街上叫喚。他剛一從家裡出來的時候，他走的快，他喊的聲音也大。可是過不了一會，他的腳上掛了掌子了，在腳心上好像踏著一個雞蛋似的，圓滾滾的。原來冰雪封滿了他的腳底了。他走起來十分的不得力，若不是十分的加著小心，他就要跌倒了。（蕭紅《呼蘭河傳》）

【跌跤】跌倒摔跤。亦作「跌交」。

【顛仆】失去平衡而跌倒。

【撲】向前猛衝。

【撲跌】猛然向前跌倒。

【失腳】走路不小心而跌倒。

【失足】走路不小心而摔倒。

【倒仰】仰面向後跌倒。

【摔跟頭】跌倒。

【栽跟頭】跌倒、摔跤。亦作「栽觔斗」。

【倒栽蔥】戲稱人摔倒時，雙腳朝上的姿勢。

【狗吃屎】身體向前摔倒的姿勢。

【仰八叉】四腳朝天的仰倒在地上。

【仰八腳兒】四腳朝天仰倒在地上。

【四腳朝天】手足向上、仰面跌倒的樣子。

【趴】身體向下倒伏。

【俯伏】趴在地上。

他見那些小妖齊上，慌了手腳，遮架不住，敗了陣，回頭就跑。原來是道路不平，未曾細看，忽被蓏蘿藤絆了個踉蹌。掙起來正走，又被一個小妖睡倒在地，扳著他腳跟，撲的又跌了個狗吃屎。被一群趕上按住，抓鬃毛，揪耳朵，扯著腳，拉著尾，扛扛抬抬，擒進洞去。（明．吳承恩《西遊記》）

看貓睡覺，／你要有一定的修養——／首先，你必須尊重／尊重貓有各種不雅的睡姿，／因為牠會四腳朝天／露出肚臍眼；／其次是，你必須不可發出聲音／因為牠的甜蜜睡姿／會讓你忍俊不住，撲哧撲哧／爆笑如雷；／再其次是，你不可以去觸摸牠／小心有人會告你，性騷擾／因為牠的性感睡態／實在太迷人！（林煥彰《關於貓的詩（一）：貓，有不理你的美》）

挺、負、欠、躬、轉身

【挺】伸直或突出身體的一部分。

【挺身】直起身軀。

【挺立】直立。

【挺胸】挺起胸膛。

【挺腰】撐直腰舒活筋骨。

【伸腰】挺直腰桿。

【伸懶腰】伸展疲倦困乏的腰身。

【僵直】身體僵硬。

我全身緊繃，拖著腳步，想安全地走過那兩隻小白狗前，但恐懼讓我腦子一片空白，最後僵直地站在兩隻狗前方，跟牠們對視。幾秒鐘後，我的求生本能發作，轉身拔腿就跑，可能是腎上腺素分泌反而刺激狗，兩隻狗發瘋似地狂吠追殺我。（李維菁〈怕狗〉）

隨著高昂的聲音出現的是祁雙發的兒子天星，揹著大把長長的乾竹枝，低著頭，彎著腰，一領汗衫已全部汗濕，水淋淋的好像剛從水裡爬出來一樣，而且半身泥土。（鍾鐵民《雨後》）

【直挺挺】形容身體僵直。

【抬頭挺胸】身體直立。

【挑】用肩擔物。

【掮】ㄑㄧㄢˊ，用肩扛東西。

【駝】背負，背載。此通「馱」。

【欠】肢體稍微抬起或移動。

【欠身】身體稍斜傾向上，好像要站起來的樣子。多用以表示對人恭敬的樣子。

【躬身】彎屈身體以示恭敬。

【弓背】彎著背。

【哈腰】彎腰。

【彎腰】弓著身子。

【鞠躬】彎腰行禮。

【佝僂】ㄎㄡˋ ㄌㄡˊ，背部向前彎曲。

【轉身】轉動身軀。

【翻身】翻轉身體。

翻滾、搖動、扭動

【打滾】躺在地上翻滾。

【翻滾】不停的滾動。

【折跟頭】頭手著地，使身子翻轉過來的一種動作。

【翻筋斗】以頭頂地，翻身而過。亦稱「翻跟頭」。

【折騰】反覆，翻轉。

【輾轉】翻來覆去睡不著覺。

【扭動】左右擺動。

【搖擺】搖蕩，擺動。

【蜷】身體縮伏、屈曲。

【蜷伏】彎曲縮伏。

【蜷縮】彎曲收縮。

去年夏天我去爬黃山。山很陡，全是石階，遠望像天梯，直直通進雲層裡。我們走得氣都喘不過來，但是一路上絡繹不絕有那駝著重物的挑夫，一根扁擔，挑著山頂飯店所需要的糧食和飲料。（龍應台〈兩種道德〉）

總是被那嗚呀嗚呀一聲高一聲低的紡車搖醒；睜開眼從灰黯的蚊帳透視出來，一盞黃昏疲憊的清油燈，正照著母親佝僂著的一團影子，影子忽兒長、忽兒短，皮影子戲一樣的貼在地板上。（張拓蕪〈紡車〉）

天還沒有亮的時候，張三睡得正香，母親起來，熱了泡飯，來叫張三。「三兒！三兒！」張三聽見了，但不想說話，翻身朝裏又睡。母親又叫「三兒！」張三很不情願地睜開半隻眼睛，看看老虎窗外黑黑的天，又閉上了眼睛。（陳村〈一天〉）

蜷在計程車後座，用雙臂環抱著自己，望著街旁一座又一座飛掠而過的公用電話。如果我能下車，撥通電話，找到任何一個朋友，發洩這似乎永遠不能痊癒的痛楚，是否能有些幫助？（張曼娟〈明月明年何處看〉）

當扮鬼的同伴處心積慮地想找出我們，我們卻在黑暗的角落裡蜷縮著身體，緊繃著神經，盯著向我們尋來的同伴時，我總是感到自己深陷在一股漆黑的幸福之中無法自拔。（袁哲生〈寂寞的遊戲〉）

發抖

【發抖】身體因寒冷或恐懼、憤怒而顫抖。

【打顫】發抖。亦作「打戰」。

【哆嗦】因寒冷或恐懼而身體發抖。

【顫慄】因恐懼、寒冷或激動而顫抖。亦作「戰慄」。

【顫抖】因驚懼或生病而發抖。亦作「戰抖」。

【顫動】顫抖、振動。

【觳觫】ㄏㄨˊ ㄙㄨˋ，因恐懼而顫抖的樣子。

【寒噤】因受冷或受驚嚇，身體不自覺地顫抖。噤，ㄐㄧㄣˋ。

【寒顫】因寒冷而顫慄。亦作「寒戰」。

【打哆嗦】身體顫抖。

【打寒戰】因寒冷或恐懼而身體顫抖。亦作「打冷戰」、「打冷顫」。

【打寒噤】因寒冷或害怕，身體不自覺的打顫。

【股慄】腿部發抖。蘇軾〈教戰守策〉：「論戰鬥之事，則縮頸而股慄。」

【篩糠】用篩子篩糠，來回搖晃，比喻身子因寒冷或受驚嚇而發抖。

【顫巍巍】抖動搖晃的樣子。巍，ㄨㄟˊ。

【顫抖抖】顫抖的樣子。

【捉顫】身體發抖。

【凜慄】因酷寒而顫抖。

【寒慄】因為寒冷或內心畏懼害怕而發抖。

【發顫】因寒冷、恐懼或神經失常所引起的顫抖。

【震顫】指通常因為罹病、過於恐懼或焦慮而引發的肌肉不自主顫動。

風寒惻惻，夜雨簌簌，一開始我還有點哆嗦，沒多久就全身發熱，汗珠和雨絲披頭蓋臉，眼鏡水霧迷離。春雨如油，酥潤萬物，萵苣憋了幾天，現在正好舒枝展葉，飽飲雨露，一定很開心。（蔡珠兒〈夜耕〉）

而在那炙熱的七月十七普渡下午，林市乍看到阿罔官朝著走來，不知怎的一陣陰寒的顫慄湧上，身子不能自禁的起了雞皮疙瘩，腦皮轟的一聲痠麻麻的腫脹起來。（李昂《殺夫》）

那逝去的像流水，像雲煙，多少繁華的盛宴聚了又散散了又聚，多少人事在其中，而沒有一樣是留得住的。曾先生談興極好，用香吉士的果汁杯倒滿了白金龍，顫抖地舉起，我們的眼中都有了淚光，「卻憶年年人醉時，只今未醉已先悲」，我記得「樂遊園歌」是這麼說的，我們一直喝到夜闌人靜。（徐國能〈第九味〉）

眾妖道：「唐僧在那裡？」二魔道：「好人頭上祥雲照頂，惡人頭上黑氣沖天。那唐僧原是金蟬長老臨凡，十世修行的好人，所以有這祥雲縹緲。」眾怪都不看見。二魔用手指道：「那不是？」那三藏就在馬上打了一個寒噤；又一指，又打個寒噤。一連指了三指，他就一連打了三個寒噤。（明．吳承恩《西遊記》）

忽然，謝醫生失了重心似地往前一衝，猛地又覺得自己的整個靈魂跳了一下，害了瘧疾似地打了個寒噤，卻見她睜開了眼來。（穆時英〈白金的女體塑像〉）

剛開始的時候，孫玉亭嚇得渾身像篩糠一樣，但王彩娥立即制止了他的慌亂。彩娥骨子裏有她母親的那種吃鋼咬鐵勁。她吼著讓玉亭不要害怕，先把衣服穿好再說。孫玉亭這才像死人緩過了一口氣，趕忙手腳慌亂地穿衣服，結果把褲子前後都穿反了，又被彩娥罵著調了

【汗洽股慄】形容人因為害怕或恐懼，致使兩腿顫抖，汗流浹背。

【亂抖】指人的身體不由自主的顫動。

【抖腿】腿部顫動。

3 手部

常見手部動作

【拿】用手取物或持物。

【拎】提。

【秉】用手執握。〈古詩十九首．生年不滿百〉：「晝短苦夜長，何不秉燭遊！」

【執】拿著，握著。

【掂】ㄉㄧㄢ，用手估量物體的輕重。「掂量」。

【掇】ㄉㄨㄛˊ。拾取，「拾掇」。

【搦】ㄋㄨㄛˋ，握，拿。曹植〈幽思賦〉：「搦素筆而慷慨，揚大雅之哀吟。」

【搆】伸手拿東西。

【摘】用手取下。

【摭】ㄓˊ，撿起來。「摭取」。

【攜】拿，帶，提，拉。

【攫】撲取，奪取。

【抬】舉起。

【挈】ㄑㄧㄝˋ，提，舉。《荀子．勸學》：「若挈裘領，詘五指而頓之，順者不可勝數也。」

【掄】ㄌㄨㄣ，揮動，旋動。「掄拳」。

【揮】搖動，擺動。

【揭】舉，高舉。

【舉】抬起，往上托。

【擎】高舉。

【攀】抓住物體往上爬。

過來。（路遙《平凡的世界》）

那時祖母臉上的笑容，小雪不曾看見過。小雪的祖母顫巍巍地從椅子上站了起來。「真好聽。真好聽。」她說，笑著搖動手臂。（張惠菁〈小雪〉）

小姐現在是她唯一的親人；她就為這個女孩子活著。早晨一塊兒拾掇拾掇屋子，吃完了早飯，一塊兒上街散步，回來便坐在飯廳裡，說說話，看看通俗小說，就過了一天。（朱自清〈房東太太〉）

汪處厚見了他，熱情地雙手握著他的手，好半天搓摩不放，彷彿捉搦了情婦的手，一壁似怨似慕的說：「李先生，你真害我們等死了，我們天天在望你——〔……〕」（錢鍾書《圍城》）

故人賞我趣，挈壺相與至。班荊坐松下，數斟已復醉。父老雜亂言，觴酌失行次，不覺知有我。安知物為貴，悠悠迷所留，酒中有深味。（東晉．陶淵明〈飲酒詩二十首之十四〉）

但是體仁很高興，也學會了把兩隻手插進褲兜兒裡走。也繫顏色鮮豔的領帶，背心上還有個表兜兒！裡頭放著懷表，有時候兒一隻手插進衣襟裡，一隻手掄著一根手杖，就像他所看見的瀟灑的歸國留學生和洋人一樣。（林語堂《京華煙雲》）

他衝著對手沈長發吼出最後一聲，擎起了雙手托起的鐵漿臼，擎得高高的，高高的。人們沒有誰敢搶上前去攔阻，那樣高熱的岩漿有誰敢不顧死活去沾惹？鑄鐵的老師傅也愣愣的不敢近前一步。（朱西甯〈鐵漿〉）

【振臂】舉臂，揮臂。

【托】用手掌承舉。

【捧】用兩手托物。

【掬】用兩手捧取。「掬水而飲」。

【攬】提，牽。〈古詩十九首．明月何皎皎〉：「憂愁不能寐，攬衣起徘徊。」

【拄】支撐。

【挽】拉，引。「挽手」。杜甫〈前出塞〉：「挽弓當挽強，用箭當用長。」

【牽】拉，挽引。

【擦】摩，揩拭，塗抹。

【捋】ㄌㄩˇ，手指順著摸過，如「捋平紙張」；音ㄌㄨㄛ，手握著東西，向一端抹取，如「捋起袖子」。

【揩】ㄎㄞ，擦，抹。

【搵】ㄨㄣˋ，按，擦拭，通「抆」。辛棄疾〈水龍吟〉：「倩何人，喚取盈盈翠袖，搵英雄淚。」

【攘】ㄖㄤˊ，捋，捲袖露出手臂的動作。「攘臂」。

【拂拭】擦去塵埃。

【捏】用手指夾住，或將軟東西搓成某種形狀。

【捻】用手指搓揉。

【掐】以手指或指甲用力夾。

【撚】ㄋㄧㄢˇ，用手指捏取，夾取。「撚花」；彈奏琵琶的手法，撥弄。白居易〈琵琶行〉：「輕攏慢撚抹復挑，初為霓裳後六么。」

【撮】抓取。

【擰】絞，扭轉，以手指夾住皮肉旋轉。

【按】用手向下壓。

【捺】用手用力按下。「捺手印」。

【摁】ㄣˋ，以手按壓。「摁電鈴」。

【撳】ㄑㄧㄣˋ，用手按。「撳門鈴」。

司馬溫公看書也有考究，他說：「至於啟卷，必先几案潔淨，藉以茵褥，然後端坐看之。或欲行看，即承以方版，未曾敢空手捧之，非惟手汙漬及，亦慮觸動其腦。每至看竟一版，即側右手大指面襯其沿，隨覆以次指面，撚而夾過，故得不至揉熟其紙。每見汝輩多以指爪撮起，甚非吾意。」（見《宋稗類鈔》）我們如今的圖書不這樣名貴，並且裝訂技術見進步，不像宋朝的「蝴蝶裝」那樣的嬌嫩，但是讀書人通常還是愛惜他的書，新書到手先裹一個包皮，要曬，要揩，要保管。（梁實秋〈書〉）

燈光下，一切都發出清冷的腥氣。抽水馬桶座上的棕漆片片剝落，漏出木底。瀠珠彎腰湊到小盆邊，掬水擦洗嘴脣，用了肥皂，又當心地把肥皂上的紅痕洗去。（張愛玲〈創世紀〉）

我們互相攙扶著前進，有時背著風走，我緊緊拉緊前面小彭的衣服，頭低著，心在緊縮，一步步吃力地向前衝。……這是我第一次在和風沙搏鬥。我從來沒見過這樣的情景，連太陽都被颳得只賸了昏黃的一團，〔……〕（周競〈戈壁灘上〉）

春桃注神聽他說，眼眶不曉得什麼時候都濕了。她還是靜默著。李茂用手捋捋額上底汗，也歇了一會。（許地山〈春桃〉）

說著老和尚竟哽咽起來，掉下了幾滴眼淚，他趕緊用袈裟的寬袖子，搵了一搵眼睛。秦義方也掏出手帕，狠狠擤了一下鼻子。（白先勇〈國葬〉）

母親說話時緊緊捏著我凍得冰冷的手，可是我覺得母親的手也不暖，被風吹得乾枯的手背上隆起了青筋。（琦君〈毛衣〉）

鄰居道：「你中了舉了，叫你家去打發報子哩。」范進道：「高鄰，你曉得我今日沒有米，要賣這雞去救命，為甚麼拿這話來混我？我又

【壓】由上往下施力。
【搔】以指甲或器物輕抓。
【撓】抓，搔。「撓癢」。
【扔】拋，投，擲。
【甩】投擲，丟擲。
【拋】投擲。
【摺】ㄌㄧㄠˋ，放，扔，撇開，捽。
【摜】ㄍㄨㄢˋ，摔，扔。
【摔】用力扔，丟。
【擲】丟扔，拋投。
【攛】ㄘㄨㄢ，拋擲。
【扳】ㄅㄢ，向某一方向拉。
【拽】ㄓㄨㄞˋ，拖拉。
【揪】ㄐㄧㄡ，扭扯，抓住。
【掣】ㄔㄜˋ，拉，抽取。「掣肘」。
【抻】ㄔㄣ，拉長，拉扯。「把衣服抻平」。
【撏】ㄒㄩㄣˊ，拉扯，拔取。「撏綿扯絮」。

【拉扯】抓住不放。
【拖曳】拉著走。
【死拉活拽】強拉，硬拖。
【挖】掘；掏取。
【掏】伸進去拿；從某空間中取出東西；挖。
【揠】ㄧㄚˋ，拔起。「揠苗助長」。《孟子．公孫丑上》：「宋人有閔其苗之不長而揠之者，芒芒然歸。」
【搴】ㄑㄧㄢ，拔起，扛舉。「斬將搴旗」。
【摳】提挈，撩起；用手或手指挖。
【撥】橫向推開；用手轉動、挑動或拉動。
【掰】以手用力將東西分開。
【撩】提，掀，揭。
【攪】用手或器具調勻物品。
【指】用手指示。
【捂】ㄨˇ，遮掩，遮擋。

不同你頑，你自回去罷，莫誤了我賣雞。」鄰居見他不信，劈手把雞奪了，摜在地下，一把拉了回來。（清．吳敬梓《儒林外史》）

小孩兒似乎都喜歡過年，但是「年」對於我，自小就不是什麼值得興奮的事。身為獨子，過年並不是能夠盡情放炮的，一方面怕危險，一方面得跟著大人四處拜年。那代表穿著漿燙板硬的新衣服，踩著足夠把腳跟磨出水泡的新皮鞋，無論高興不高興，總要堆上滿臉笑容，把那叔叔、伯伯、嬸嬸、阿姨的名號弄得清清楚楚，並且在大人的拉拉扯扯之下，惶然失措地收下紅包，並在回家之後全數繳出。（劉墉《抓住屬於你的那顆小星星》）

男國藩跪稟父母親大人萬福金安。乙巳十一月廿二日，同鄉彭棣樓放廣西思恩府知府，廿四日陳岱雲放江西吉安府知府，岱雲年僅三十二歲，而以翰林出為太守，亦的來所見者，人皆代渠慶幸，而渠深以未得主考學政為恨。且近日外官情形，動多掣肘，不如京官清貴安穩，能得外差，固為幸事，即不得差，亦可讀書養望，不染塵埃。（曾國藩〈曾國藩家書．道光二十六年正月初三日〉）

「他叫什麼名字？」杭夫人問兒子。「你叫什麼名字？」他問流浪漢。「名字不問就帶進來！」母親喉嚨就響了。「我要我要，我要他！」兒子喊。「我叫撮著。」撮著誠惶誠恐。「奇怪，倒是這輩子沒聽過」。少年便放下風箏，兩隻手做撮的動作，斜著眼睛：「是這樣撮啊撮啊把你撮出來的嗎？」「勿是的，勿是的，」撮著覺得少爺理解得不對，有必要作出重新解釋，「是姆媽在屋裡頭生我，阿爸在門檻上搓稻草繩，三把稻草搓完，我在裡頭哭了，阿爸問：『男的女的？』姆媽說：『帶把的。』阿爸就高興，說，托稻草繩的福，我撮

【摀】ㄨˇ，遮掩。

【打】攻擊，敲擊。

【扣】敲，擊，通「叩」；抓，牽，扳。

【砸】丟；打壞。

【捶】敲打。

【搗】搥打。

【敲】叩，擊。

【擂】搥打，敲擊。

【擊】敲打。

【擣】搥擊。

【交手】打鬥。

【扭打】互相揪握毆打。

【格鬥】打鬥，拚鬥。

【動武】指打架。

【搏鬥】指徒手或用刀棍激烈對打。

【摔打】形容憤怒時動作的粗野放肆。「摔打砸拉」。

【撲打】拍打。

【毆打】擊，打。

【廝打】相打。

【鞭撻】用鞭子抽打。撻，ㄊㄚˋ。

【左右開弓】形容雙手同時或輪流做某一動作。

【揎拳捋袖】伸拳頭，捲衣袖。形容粗野、準備動武的樣子。揎，ㄒㄩㄢ。

著一個兒子，就叫『撮著』吧。」（王旭烽《南方有嘉木》）

霸槽一直在抓撓著身子，他在講述著目前的革命形式，形式可以說是嚴峻的，洛鎮聯指一失利，必須要影響到古爐村，很可能紅大刀就要張狂了。紅大刀已經控制了瓷窯，如果他們燒出窯，賣了瓷貨，為姓朱人家分了錢，那是會渙散姓夜的和雜姓的人心。當然，這麼些日子因他不在村，榔頭隊沒有活動，紅大刀活躍了，活躍了也好，讓他們充分表演麼，這就像蘇聯修正主義要侵略，放開新疆這個口袋讓狗日的進來吧，進來了就紮住口袋打！（賈平凹《古爐》）

許多人的另一種煩惱，是時常與人比高低、爭長短，由於好勝心的驅使，每當自己的成績不如別人時，便心生懊惱，不斷地鞭撻自己，強迫自己拚命努力，以至於疲於奔命，為的就是要跟人家一較高下。一旦失敗，便自怨自艾，痛苦不堪，一生陷於自我的煩惱之中而無法自拔。得勝之時，狂傲驕縱；失敗之後，怨天尤人，不論成敗，都是在煩惱中打滾。（聖嚴《活用》）

猶太店員告訴我為什麼那巧克力形狀怪異，像做壞了的山東大餅。因為那是最便宜的原料巧克力，所以沒有切割。那些年的冬天，媽媽都會寄來聖誕包裹，裡面有給我們四個小孩的美國大衣，每一件都大了好幾號，讓我們可以穿許多年。大衣沾染了巧克力的香氣，包裹下層放的就是這種原盤狀的巧克力。我們搶著掰開小塊放入口中，味道苦極了，難以下嚥。（陳俊志《台北爸爸，紐約媽媽》）

扶、抱、攜手

【扶】用手支持，使人、物、自己不倒或起立。
【攙】牽挽、扶持。
【攙扶】以手支住對方胳膊。
【扶持】攙扶。
【扶掖】攙扶。掖，ㄧㄝˋ。
【抱】雙手合圍摟著。
【摟抱】用手圍抱。
【擁抱】摟抱。
【攬】提、牽。
【攜手】手牽著手。
【牽手】手牽著手。
【拉手】牽手。
【執手】握手、拉手。
【摽】ㄅㄧㄠˋ，彼此胳膊相互鉤在一起。
【挽】拉、引。
【挽手】手牽著手。
【抱】摟持，以雙手合圍。
【摟】用手臂攏抱著。
【掖】攙扶。
【撐】支持，抵住。
【扶掖】攙扶。

擦、摸、搔、撫

【撫摩】用手輕觸並來回移動。
【撫摸】用手撫弄輕觸。
【摩挲】用手撫摩。
【摸】用手接觸或撫摩。
【捫】撫、摸。
【揉】反覆摩擦、搓動。
【胡嚕】撫摸。
【搔】以指甲或器物輕劃。
【抓】搔。
【撓】抓、搔。

因此我最喜歡「海上生明月，天涯共此時。情人怨遙夜，竟夕起相思」的句子，好像一輪明月將情人所有的思念團聚在一起，超越了時空阻隔而攜手於清輝之下。（徐國能〈月的聯想〉）

寒蟬淒切。對長亭晚、驟雨初歇。都門帳飲無緒，方留戀處，蘭舟催發。執手相看淚眼，竟無語凝噎。念去去、千里煙波，暮靄沉沉楚天闊。（宋・柳永〈雨霖鈴〉）

孩子：無常的黑夜會吸去我的魂魄，生命的屍衣終將上身，我怕我見不到你的榮華，來不及扶掖你穿越荊棘迷林了。（吉廣輿〈父難〉）

韋小寶道：「你娘倒沒危險，我卻有大大的危險。」阿珂奇道：「怎麼危險到你身上了？」韋小寶道：「胡大哥跟我八拜之交，是結義兄弟。倘若他在兵荒馬亂之中，卻跟你娘摟摟抱抱，勾勾搭搭，可不是做了我岳父嗎？這輩分是一塌糊塗了。」阿珂啐了一口，白眼道：「這位胡伯伯是最規矩老實不過的，你道天下男子都像你這般，見了女人便摟摟抱抱、勾勾搭搭嗎？」韋小寶笑道：「來來來，咱們來摟摟抱抱、勾勾搭搭！」說著張臂向她抱去。（金庸《鹿鼎記》）

街道始終是寧靜的。如果冥想和緬懷不能濾去喧囂的聲音，那麼像書頁一般單薄脆弱的記憶只能留住指紋而非目光了。人們在這裡出生，玩耍，上學，戀愛，謀生，用眼睛撫摸了它的整個外觀。四季中的每一天，一天中的每一分鐘，在暮色和晨曦中辨認它。（孫甘露〈城市〉）

除了當兵的弟弟還無法從牛飲階段升入「文明的領域」外，一年來家人都已逐漸適應了那種慢條斯理地「涓滴之聲」，懂得盡力展露

【抓撓】搔。

【扒】抓、搔。

【撫摸】用手撫弄輕觸。

【撫揉】搓揉輕撫。

【愛撫】❶一種性行為的前奏，撫弄身體敏感部位，以刺激性慾。❷撫慰關愛。

【搓】兩手反覆相揉、磨擦。

【摶】ㄊㄨㄢˊ，捏聚搓揉成團。「摶弄」、「摶麵」。

【抑搔】按摩抓癢。

【搔首】用手抓搔頭髮。

【撓癢癢】以手搔人癢處，逗人發笑、開玩笑。

【摸索】❶用手接觸，撫摸。❷探索尋求。

【擦】摩、揩拭、塗抹。

出很有教養的舉止，靜靜地看著父親像摩挲珍玩似地埋首於茶具中。（王定國〈盆榕〉）

孫悟空在旁聞講，喜得他抓耳撓腮，眉花眼笑，忍不住手之舞之，足之蹈之。忽被祖師看見，叫孫悟空道：「你在班中，怎麼顛狂躍舞，不聽我講？」悟空道：「弟子誠心聽講，聽到老師父妙音處，喜不自勝，故不覺作此踴躍之狀。望師父恕罪。」（明．吳承恩《西遊記》）

揮手、舉手、抄手、背手

【揮手】舉手揮動，表示告別或者見面打招呼。

【招手】揮動手臂。

【搖手】把手左右擺動，以示再見、阻止或否定。

【擺手】搖手。

【甩手】手前後擺動。

【振臂】舉起、揮動手臂。表示奮發的樣子。

【舉手】舉起手臂。

【揚手】舉手。

【擎】高舉、支撐。

【攘】捲袖露出手臂的動作。

【攘臂】捲起袖子、伸出胳膊。形容激動奮起的樣子。

【掄】揮動、旋動。

【交手】雙手交疊。

【抄手】兩臂交叉於胸前。

【袖手】手藏在袖子裡。指在旁觀看而不肯參與其事。

輕輕的我走了，／正如我輕輕的來；／我輕輕的招手，／作別西天的雲彩。（徐志摩〈再別康橋〉）

暖暖的陽光，涼涼的空氣，肥肥的土地，清清的流水；這是一塊適於花族們群居生聚的地方。金針、向日葵、波斯菊、野百合……一季季一批批的，自地層下冒了出來，並急急忙忙的，陣仗中的旗幟般，擎舉起了它們那豔麗的花朵。（魯蛟〈風景花束〉）

包太太進去推拿，一時大家都寂靜無聲。童太太交手坐著，是一大塊穩妥的悲哀。她紅著眼睛，嘴裏只是吸溜溜吸溜溜發出年老寒冷的聲音，腳下的地板變了廚房裏的黑白方磚地，整個的世界像是潮抹布擦過的。（張愛玲〈等〉）

等寶慶和秀蓮走出了戲園子，街上已經沒有什麼行人了。大多數鋪子都已經上了門板，街燈也滅了。寶慶慢慢地走，垂著頭，背著

【籠著手】兩隻手交互插在袖筒裡。

【背手】雙手放在背後交握著。

【反剪】雙手反綁於背後。

【回手】轉過身體去伸手。

4 腳部

走、跑

【走】步行。

【步履】行走。

【跋】在陸地行走。「跋涉」、「跋山涉水」。

【蹔】ㄒㄩㄝˊ，來回地走。《老殘遊記·第二回》：「搖著串鈴滿街蹔了一趟，虛應一應故事。」

【踽踽】孤單行走的樣子。《詩經·唐風·杕杜》：「獨行踽踽，豈無他人，不如我同父？」

【徒步】步行。「徒步當車」。

【漫步】隨意走走。

【閒步】散步。

【緩步】走路時腳步舒徐。形容從容、不慌張。

【信步】漫無目標任意行走。

【散步】隨意走走。

【安步】慢慢的走。

【慢步】走路遲緩。

【方步】大而慢的步子。

【踱】一步一步慢慢的走。常用來表示處在悠閒或思慮的狀態中。

【踱方步】一步一步的走來走去。亦作「踱步」。

【徘徊】來回走動。

【鵝行鴨步】比喻走路緩慢。

手。他覺得鬆快極了。街道很暗，這使他很高興——這樣就沒人會認出他來了。非常清靜。他用不著每走幾步就跟什麼人打招呼。他越走越慢，想讓這種不用跟人打招呼，非常輕鬆的愉快勁兒，多維持一會兒。（老舍《鼓書藝人》）

當你不在那片土地，當你不再步履於其上，俯仰於其間，你只能面對一張象徵性的地圖，正如不能面對一張親愛的臉時，就只能面對一幀照片了。（余光中〈地圖〉）

正嘰嘰咕咕策劃躲到廁所裡去吸煙的王春保們急急回過頭去時，滿臉的頑皮陡然消散，脅肩勾頭，灰溜溜地蹔進了教室，彷彿幾隻水鴨，被人攆上了岸似的。（何立偉〈花非花〉。脅肩勾頭：聳肩低頭之意。）

太原王生，早行，遇一女郎，抱襆獨奔，甚艱於步。急走趁之，乃二八姝麗。心相愛樂，問：「何夙夜踽踽獨行？」女曰：「行道之人，不能解愁憂，何勞相問。」生曰：「卿何愁憂？或可效力，不辭也。」（清．蒲松齡《聊齋誌異》）

他一個人踱踱的向前走著，腳下不知踏著什麼東西。……走出約有二十步的光景，他又頓然停住了，然後大步的轉回來。（端木蕻良〈鷺鷥湖的憂鬱〉）

穿越過追風逐浪的旅途，從異鄉到故鄉，從少年到暮年，這些文字已完成空間與時間的雙軌旅行。它們既是肉體的化身，也是精神的延伸，錯落地烙下多少年前的腳印。風雪裡的跋涉、沙灘上的散步、山谷中的攀行、高樓下的倉皇，已都幻化成泛黃紙上的漫漶文字。（陳

亦作「鴨步鵝行」。

【凌波微步】指女性步履輕盈。後亦指物體徐緩輕逸的移動。

【躡】放輕腳步行走。

【蹀躞】ㄉㄧㄝˊ ㄒㄧㄝˋ，小步行走的樣子。溫庭筠〈錦鞵賦〉：「凌波微步瞥陳王，既蹀躞而容與。」

【碎步】小而快的步伐。

【飛步】速度極快的走。

【疾步】快速的步伐。

【趲步】急走。趲，ㄗㄢˇ。

【健步】步行快而有力。

【健步如飛】形容人步行的速度像飛行一般快速。

【箭步】一下子竄得很遠的腳步。比喻移動身體的速度極快。

【步趨】步，徐步。趨，疾步。步趨指行走。引申有追隨的意思。

【拔步】拉開腳步走或跑。

【跑步】兩腳加快前進。

【趨步】急走。

【跨】舉步移動。

【跨步】邁開步伐。

【闊步】大步走。

【邁步】提起腳向前大步走。

【舉步】邁開腳步。

【放步】放開大步。

【躩步】走很快。躩，ㄐㄩㄝˊ。

【三步兩步】三步併成兩步。形容急急忙忙。

【奔】急走。

【跑】快步走。

【奔跑】快速的跑。

【奔馳】快速的奔跑。

【狂奔】疾速奔走。

【疾走】快跑。

【飛奔】形容跑得很快，像飛一樣。

【拔腿】邁開腳步。

【拔腳】邁開腳步。

【撒腿】放步奔逃。

芳明〈書寫就是旅行〉）

許多巷子或許珍藏過這個城市的古老歷史片段。深宅大院，名門望族。老爺在書房的長案上起草奏摺，姨太太們坐在回廊裡就著陽光繡花，少爺徘徊在庭院之中觀賞金魚——這些片段如今已經變成遙遠的傳說，如同窗櫺上木刻的鏤花一樣殘缺不全了。（南帆〈巷子〉）

窗口亮光不太一樣了，原來居然滲進了曙色。譚教授還是沒有睡著。他覺得胸口緩和得多了，便輕輕下床，躡足走進書房裡。破曉的霞光在窗外布局著。（李黎〈譚教授的一天〉）

他大聲地斥責一個士兵，隊伍底行進便完全停息。然後，隊伍底先頭，轉移了一個方向，繼續開始進行。他們底步履仍舊是蹀躞，雜亂，因為腳底下所踩著底地面是崎嶇而不平坦。（王文興〈草原底盛夏〉）

此時正值暮春天氣，只見一路上有的是紅桃綠柳，燕舞鶯啼。白氏貪看景致，不覺日晚，尚離開陽門二十餘里，便趁著月色，趲步歸家。（明．馮夢龍《醒世恆言．獨孤生歸途鬧夢》）

他等著。等客人多到阿媽一個人能應付的極限，沒時間找他算帳，他便一個箭步飛身跳下海，游回沙灘。果然當他出現在澡室門口，阿媽只是瞪了他一眼，什麼也沒說就把水管塞給他，閃身走開忙她自己的。（花柏容〈龜島少年〉）

見他們嘻嘻哈哈的擦身而過，四周都是學士服跑來跑去，我又沒緣故的非常快樂，想著我正年輕，高跟鞋敲在大道上，一步是一步，青春呵，即使是什麼內容都沒有的，也這樣光是不勝之喜就夠了。（朱天文〈牧羊橋．再見〉）

她趁著謙田不注意，立刻轉身拔腿狂奔，跨出玄關階梯，猛力推開拉門，那推門的力道掀起一陣反彈的風，屋外陽光霎時奔灑進來，

【涉】徒步渡水。

【跋涉】跋，指陸上行走。涉，指水上行走。跋涉，形容旅途艱辛。

【蹚】ㄊㄤ，行走於有水草或泥巴的地面。

【踏步】一種體操或軍操的操練動作。身體站直，兩腳在原地交替抬起、著地而不前進。

【止步】停止腳步不再前進。

【留步】停下步伐。亦用來作為主人送客時，客人請主人不必遠送的謙詞。

腳步不穩、摔倒

【踉蹌】ㄌㄧㄤˋ ㄑㄧㄤˋ，走路歪斜不穩。

【跌跌撞撞】走路搖晃不穩的樣子。

【磕磕絆絆】跌跌撞撞。

【蹀里蹀斜】走路歪歪斜斜、搖晃不定的樣子。

【蹣跚】形容步伐不穩，歪歪斜斜的樣子。或作「盤跚」、「蹣跼」。

【趔趄】ㄌㄧㄝˋ ㄐㄩ，腳步不穩，身體歪斜的樣子。

【迤邐歪斜】形容走路不穩、歪斜的樣子。迤邐，ㄧˇ ㄌㄧˇ。

【摔倒】跌倒。

【仆跌】向前跌倒。

【失足】走路摔倒。

【撲跌】猛然向前跌倒。

【倒栽蔥】人摔倒時，雙腳朝上的姿態。

【四腳朝天】手足向上，仰面跌倒的樣子。東倒西歪：形容搖晃欲倒的樣子。也作「東歪西倒」、「西歪東倒」。

幸子望著街景，猶如全身穴位都被點死，愣在原地，驚愕失措，完全無法移動。（米果〈朝顏時光〉）

到水源地方去的路程，出乎意外的遙遠，因為大河源於小溪，小溪來自高山，但老人一點也不怕苦，他懷著極為感恩的心，千里跋涉去拜謝水賜給他的恩典。（藍蔭鼎〈飲水思源〉）

正淒惶時，忽見糜芳面帶數箭，踉蹌而來，口言：「趙子龍反投曹操去了也！」玄德叱曰：「子龍是我故交，安肯反乎？」張飛曰：「他今見我等勢窮力盡，或者反投曹操，以圖富貴耳！」玄德曰：「子龍從我於患難，心如鐵石，非富貴所能動搖也。」（明．羅貫中《三國演義》）

每次從書店出來，我都像喝醉了酒似的，腦子被書中的人物所攫，踉踉蹌蹌，走路失去控制的能力。「明天早些來，可以全部看完了。」我告訴自己。想到明天仍可以占有書店的一角時，被快樂激動的忘形之軀，便險些撞到樹幹上去。（林海音〈竊讀記〉）

他後面跟著一個個子比他矮，但比他壯碩的男人，那個男人年齡比他年輕約莫十歲，可是也顯出老態了，由於那個高瘦的老人走得快而不猶疑，後面跟的男子就顯得有些蹣跚了。（周志文〈將軍〉）

追上來的孫福揮手打去，打掉了男孩手裡的蘋果，還打在了男孩的臉上，男孩一個趔趄摔倒在地。（余華〈黃昏裡的男孩〉）

走廊中也會有障礙物，冒失的過路人也許會失足跌倒，在完整的

【跌倒】指失足而摔倒。

【顛仆】❶失去平衡而摔倒。❷指人遭遇挫折，一蹶不振。

【跌跤】❶摔跤跌倒。❷指人犯錯或者受了挫折。也作「跌交」。

【絆跤】行動時，因腳碰到障礙物而使身體喪失平衡摔倒。

【一跤】摔跤、跌倒。也作「一交」。

跳

【跳】以腳蹬地，使身體往上或向前的動作。

【躍】跳動。《易經．乾卦》：「或躍在淵。」

【跳躍】跳起來。

【蹦】跳躍。

【蹦跳】跳躍。

【蹬】腳底踩在某物，用力往前跳。

【跳踉】跳動、跳起。

【躩躍】跳躍。躩，ㄐㄩㄝˊ。

【躍起】跳起。

【騰越】跳躍越過。

【騰躍】向上跳躍。《莊子．逍遙遊》：「我騰躍而上，不過數仞而下。」

【一躍而起】一下子跳起來。

【蹦蹦跳跳】形容走路跳躍的樣子。

踩、踮、踢、踱

【踩】用腳在物體上蹬踏。

【踏】用腳踩著地或東西。

【跐】ㄘˇ，踩踏。

【踹】以腳底用力踢。

靜謐中注入了噪音，然後更有游離的回聲。你會站起身來，摸摸衣襟，拍拍灰塵，驚魂甫定，你四顧無人，不禁失笑起來。比起人生戰場上的仆跌來，這只不過是一次輕鬆的餘興節目吧。（張健〈走廊〉）

那老怪聽得人哼，轎子裡伸出頭來看時，被行者跳到轎前，劈頭一棍，打了個窟窿，腦漿迸流，鮮血直冒。拖出轎來看處，原是個九尾狐狸。行者笑道：「造孽畜，叫甚麼老奶奶。你叫老奶奶，就該稱老孫做上太祖公公是。」（明．吳承恩《西遊記》）

有些腿在桌子底下跳舞了。皮靴的頓蹴的聲音更增濃幾分狂亂。突然錢麻子怪叫起來，兩手在左右鄰坐者的肩膀上猛拍一下，霍地站在椅子上，高喊踢球時的「拉——拉」調，亂舞著一雙臂膊，像兩支槳。（茅盾《虹》）

過不多時，懸崖背後一條黑影騰躍而上，月光下長髮飛舞，正是鐵屍梅超風。那崖背比崖前更加陡峭，想來她目不見物，分不出兩者的難易。幸而如此，否則江南六怪此時都守在崖前，要是她從正面上來，雙方一動上手，只怕六怪之中已有人遭到她的毒手了。（金庸《射鵰英雄傳》）

不一樣的是眼光，我們／同時目睹馬路兩旁，眾多／腳步來來往往。如果忘掉／不同路向，我會答覆你／人類雙腳所踏，都是故鄉（向陽〈立場〉）

【踮】抬起腳跟，以腳尖著地。
【蹈】踩踏、踐踏。
【蹺】ㄑㄧㄠ，將腿或指頭抬起、舉起。
【踢】用腳觸擊。
【敲】可指踩、踏。
【跺】ㄉㄨㄛˋ，以腳用力踏地。
【蹴】❶踏踩。❷踢。
【踐踏】踩踏。
【踩踏】踐踏。
【踹踏】用腳踩踏。
【蹬腳】以腳跺地。
【踢蹬】用腳亂踩、亂動。
【跺腳】憤怒、著急等情緒激動時，提腳連連用力踏地。
【躐】ㄌㄧㄝˋ，踹；踏。
【頓】可指以足叩地。「頓足」。
【頓足】以足跺地。
【跳腳】因焦急或發怒而跺腳。

李逵把這夥人打得沒地躲處，便出到門前，把門的問道：「大郎那裏去？」被李逵提在一邊，一腳踢開了門，便走。那夥人隨後趕將出來，都只在門前叫道：「李大哥，你恁地沒道理，都搶了我們眾人的銀子去！」只在門前叫喊，沒一個敢近前來討。（明・施耐庵、羅貫中《水滸傳》）

我一聽，高興得簡直要瘋了，呼踏踏跑過去，就要上轎。誰知管事的大人硬是不讓我上，而把我的堂弟推進轎門。我於是躺在地上，打滾搏躐地哭鬧起來。（劉成章〈壓轎〉）

人人看剔紅哭得死去活來，死來活去，尤其見她捶胸頓足的情形，便聯想到戲上哭孝的苦旦；跪下腳，用膝蓋爬行快走的樣子。她哭得愈慘切，心裡愈感到痲木，不是不傷心；她已哭得嘶聲喉破，然而卻是厭了。（蕭麗紅《桂花巷》）

站、坐、跪、蹲

【站】直立。
【立】直身站著。
【站立】直立。
【站住】停止進行。
【佇立】長時間站立。
【肅立】恭敬的站立。
【起立】起身站立。
【起來】坐起或站起。
【企】踮著腳尖，把腳後跟提起來。
【踮】抬起腳跟，以腳尖著地。
【企踵】提起腳跟，形容急切盼望。
【落座】坐下。
【正襟危坐】整理服裝儀容，端正的坐好。莊重嚴肅的樣子。

我又好像能夠在沒字碑面前坐下，慢慢地去冥想這塊石板的深意，簡直是個蒲團已碎，呆然趺坐著的老僧，想趕快將世事了結，可以抽身到紫竹林中去逍遙，跟把世事擱在一邊，大隱隱於市，就站在熱鬧場中來仰觀天上的白雲，這兩種心境原來是不相矛盾的。（梁遇春〈春雨〉）

連那澡間也是有七八個水龍頭的長方形大敞間，這比較叫人害怕，屋角散溢著青苔木耳蜘蛛網味兒，你蹲踞在任一水龍頭前洗浴，拘謹得不敢左顧右盼，覺得左右一起蹲了六七個和你一樣在洗浴的身形。（朱天心〈遠方的雷聲〉）

那同樣是一張以人體側面為主題的照片。一個年輕男子的裸身。

【席地而坐】古人鋪席於地坐臥，後指就地坐下。

【二郎腿】一條腿擱在另一條腿上的坐姿。

【盤腿】坐時兩腿交叉彎曲平放在地面的姿勢。

【跏趺】ㄐㄧㄚ ㄈㄨ，指盤足而坐，腳背放在股上。即打坐的坐姿。

【趺坐】兩腳盤腿打坐。

【蹲】彎曲兩腿，臀部虛坐而不著地。

【半蹲】比全蹲高的姿勢。

【蹲坐】曲膝而坐。

【盤蹲】兩腿交叉彎曲，臀部虛坐而不著地。

【蹲踞】張開雙腿蹲著。

【箕踞】兩腿舒展而坐，形如畚箕，是一種隨意不拘禮節的坐法。

【猴】像猴子般蹲坐著。

【跪】屈膝著地。

【跪下】將兩膝著地，腰骨伸直。

【單跪】屈一足下跪。

【跪伏】兩膝著地伏在地上。

【跪坐】曲膝著地，並將臀部坐靠在腳上。

【屈膝】下跪。指屈服、投降。

【低頭屈膝】低頭彎曲膝蓋，指卑屈順從。

他弓背**屈膝**，雙手輕輕拳起環抱著自己的胸口。一種胎兒般的姿勢。儘管蜷縮著身形，那男子的肢體並不瘦弱，微光下隱約可見部分筋肉虬結的紋理。而在那裸身四周，則是一整片膠質泥濘般暗紅色的背景。（伊格言《噬夢人》）

祥子準知道自己不在吃完就滾之列，可是他願意和大家一塊兒吃。一來是早吃完好去幹事，二來是顯得和氣。和大家一起坐下，大家把對劉四的不滿意都挪到他身上來。剛一**落座**，就有人說了：「哎，您是貴客呀，怎麼和我們坐在一處？」祥子傻笑了一下，沒有聽出話裡的意味。這幾天了，他自己沒開口說過閒話，所以他的腦子也似乎不大管事了。（老舍《駱駝祥子》）

有一次，我在紐約地下車裏看到一個黑人高高地蹺著**二郎腿**，那時是晚上，車上乘客並不多，並不妨礙別人行動。但一個警察走到他面前加以干涉，兩人都很不愉快，那人就說了一句：「這是我的腿！」（我的腿放在哪裡有我的自由！）他不買那警察的賬，**二郎腿**還是照蹺在那裡。那個警察也只好默默地走了。（柏楊《柏楊全集》）

人》四、身體狀況與健康

1 睡與醒

睡覺

【睡】閉目安息，使身心凝定沉靜，休養精神。

【眠】睡覺。

【睏】睡。

【寐】ㄇㄟˋ，睡。

【宿】住夜。「食宿」。

【睡覺】進入睡眠狀態。

【睡眠】眼睛閉上，身體鬆弛的一種休憩狀態。

【入睡】睡覺。

【睏覺】睡覺。也作「困覺」。

【睡著】入睡。

【合眼】閉上眼睛。常用於指睡眠、休息。亦作「閤眼」、「闔眼」。

【就寢】上床睡覺。或作「就眠」。

【安歇】就寢。

【成眠】入睡，睡著。

【夙興夜寐】早起晚睡，比喻勤勞。《詩經．小雅．小宛》：「夙興夜寐，毋忝爾所生。」

【打鼾睡】熟睡打呼。

【立盹行眠】無論站著或行走，皆昏昏欲睡。形容極度疲累。

【安眠】安穩熟睡。

當夜色攏起宇宙的寂寥，我熄燈咀嚼一種陌生孤單的情緒，輕巧精緻的心思，然後就在偉大的寧靜裏，彷彿沉落睡眠，又在有意無意之間，聽憑赤壁江山緩緩推過我的眼瞼，但丁的弗洛冷斯，華滋華斯的湖水區域，交錯進出，忽然間整個人彷彿被夢的精靈合力擁升，在高空飛行，大河在地面洶湧，瀑泉山脈一字排開，先是枯黃淡綠的色調，接著是冰雪的峯巒向遠方延長，最後是無盡的針葉林，緩緩落向山坡，直到海岸線上緊急剎住。（楊牧《一首詩的完成．大自然》）

當年我讀司馬相如的〈上林賦〉，暑氣騰騰，昏睏得簡直無法。那些描寫水流的情狀，水中生物的種類，稀怪到必須一字字錄寫，否則根本映不進眼睛裏。胡老師過來望望，見紙上歪歪倒倒的佈滿了瞌睡字，哈哈笑起來，掏出陳皮梅給我吃。（朱天文《花憶前身．黃金盟誓之書》）

大概是睡眠不足還有早餐又沒吃的關係，所以上班時老覺得昏昏欲睡。還好今天並沒有比較重要的事，勉強可以邊工作邊打瞌睡。不過我常會聽到身後傳來主管的咳嗽聲，然後就會驚醒。如果今天讓我設計跨海大橋的話，很可能會變成海底隧道。總之，我一整天都是渾渾噩噩的。（痞子蔡《夜玫瑰》）

小睡

【小睡】短暫休息、睡覺。

【盹兒】小睡片刻。

【假寐】閉目養神。《詩經・小雅・小弁》：「假寐永歎，維憂用老。」

【打瞌睡】坐著打盹。

【打盹兒】閉目小睡、瞌睡。亦作「打盹」。

【衝盹兒】打盹、假寐。

【瞇盹兒】小睡一會兒。

【瞇】小睡；眼瞼上下微閉。

【午睡】睡午覺。

【歇晌】午飯後休息片刻。晌，ㄕㄤˇ。

【睡中覺】睡午覺，午休。

【午覺】中午的小睡。

【晌覺】午覺。

【晌午覺】指午覺。

【睡晌覺】午睡。

【盹睡】小睡。

【打了個盹兒】閉著眼睛小睡。

熟睡、夢中

【熟睡】睡得很沉。

【香】睡得很沉。

【甜】睡得很沉。

【睡海】比喻沉睡狀態。

【黑甜鄉】夢鄉，意指沉睡。馬致遠《陳摶高臥・第四折》：「笑他滿朝朱紫貴，怎如我一枕黑甜鄉。」

【沉睡】熟睡。

【酣睡】熟睡。

【鼾睡】熟睡而發出鼾聲。

【安眠】安穩熟睡。

中午小睡過後，緩緩穿過西式洋樓的長廊，看著榕樹傘蔭底下綠草如茵，草地上有人著西洋騎士服在擊劍。我的腳步，則與午後熏風一齊飄過廊廡，一點也不驚動正在廊下臺階擁抱接吻的年輕男女。這是多麼美好的感覺！（龔鵬程〈執教〉）

祥子可是一夜沒睡好。到後半夜，他忍了幾個盹兒，迷迷糊糊的，似睡不睡的，像浮在水上那樣忽起忽落，心中不安。（老舍《駱駝祥子》）

覺慧定睛望著這個在假寐中的老人。他惶恐地站在祖父面前，不敢叫醒祖父，自己又不敢走。起初他覺得非常不安，似乎滿屋子的空氣都在壓迫他，他靜靜地立在這裡，希望祖父早些醒來，他也可以早些出去。（巴金《家》）

媽媽坐在床沿，就著小几上暈黃的燈光，編織著髮網，手裡竹製的梭子，飛快的穿梭著。半夜醒來，瞧見媽累極打盹的臉，總會扯著她的衣角，央求著說：「媽，不要再打了，快睡嘛！」（封德屏〈夜空下的羽翼〉）

今天，小艇載旗艦人員登岸未趕回船，繫靠在棧橋旁過夜。而我，因已完成了加油任務，且儎來的補給品已完全下卸。船在深水下錨，不再緊貼珊瑚礁盤，所以晚上第一次沉沉熟睡了。值更官絲毫未驚擾我。（大江〈南沙裝儎〉）

蘆溝橋打起來了。那夜我睡得甜，起得晚，走在路上，聽到朝會的鐘聲。這天，鐘響得很急促，好像撞鐘的人火氣很大。到校後，才知道校長整夜守著收音機沒合眼，他抄錄廣播新聞，親自寫好鋼板，喊醒校工，輪流油印，兩人都是滿手油墨，一眶紅絲。（王鼎鈞〈紅

【鼻鼾如雷】睡覺時鼾聲如雷。指熟睡的樣子。

【入夢】進入夢境，指睡覺。

【夢寐】睡眠中，夢中。

【夢話】睡夢中說的話。

【夢囈】說夢話。囈，ㄧˋ。

【囈語】說夢話。

【呼呼大睡】熟睡而發出鼻鼾。

【一夜無夢】形容睡得安穩。

【夢魘】夢中受驚。

【酣夢】沉睡。

【沉酣】形容熟睡、沉睡。

【濃睡】指睡得很沉、很久。

【囫圇睡】睡得很安穩。

【睡語】夢話。

【睡鄉】指睡夢中的世界。

【作夢】❶睡覺時，身體因為內外刺激而引起腦部作用，產生的幻象。❷幻想、空想。也作「做夢」。

【夢魘】指夢中受到驚嚇。

【好夢】甜美的夢。引申為美好的理想或憧憬。

【惡夢】壞的夢，不祥之夢。也作「噩夢」。

【觭夢】怪異的夢。觭，ㄐㄧ。

【寤夢】因白天所見而引發的夜來之夢。

頭繩兒〉）

浣芳因阿姐、姐夫同在相陪，心中大快，不覺早入黑甜鄉中。玉甫清閑無事，敲過十一點鐘，就與漱芳並頭睡下。（清．韓邦慶《海上花列傳》）

這樣的夜晚適宜窩在床上，和眾生同在睡海裡載浮載沉。或許粗心的我弄丟了開啟睡門的鑰匙吧！又或者我突然失去了泅泳於深邃睡海的能力；還是我的夢囈干犯眾怒，被逐出夢鄉。（鍾怡雯〈垂釣睡眠〉）

車還在深林平疇之間穿行著。車中底人，除那孩子和一二個旅客之外，少有不像他母親那麼鼾睡底。（許地山〈疲倦的母親〉）

如果夢境是歡愉的，醒來後心裡挺甜蜜，翻個身還可以呼呼大睡，如果夢境是悲傷的、恐懼的，那就很難再安心入眠，心裡渴望能知道這個夢主何吉凶，以便避凶趨吉。就像晉文公的那個懼夢，不但使得晉文公再也睡不著，簡直連次日和楚軍一決勝負的鬥志都動搖了。（葉慶炳〈夢話連篇〉）

睡意

【睡意】倦極想睡的感覺。

【瞌睡】因困倦而想睡。

【渴睡】想睡、瞌睡。

【睡魔】比喻強烈的睡意。

【睡眼惺忪】剛睡醒，神智模糊，眼神迷茫的樣子。

【睏】❶疲倦想睡。❷睡覺。

【愛睏】閩南方言。形容疲倦想睡的樣子。

【昏昏欲睡】形容疲累、精神恍惚，很想睡覺的樣子。

他去稻田邊的水塘裡洗了洗，然後躺在田埂上，看滿天的星，抱怨的人聲也平息了，一片蛙鳴，瞌睡來了。他想起小時候躺在院子裡的竹床上乘涼，也這麼望過夜空，那童年的記憶比天上明亮的啟明星還更遙遠。（高行健《一個人的聖經》）

樹縫裡也漏著一兩點路燈光，沒精打采的，是渴睡人的眼。這時候最熱鬧的，要數樹上的蟬聲與水裡的蛙聲；但熱鬧是牠們的，我什麼也沒有。（朱自清〈荷塘月色〉）

醒、起床

【醒】睡眠狀態結束，或尚未入睡的狀態。

【驚醒】人在睡夢中突然受驚而醒。

【警醒】睡眠中易醒。

【醒盹兒】睡醒。

【起來】起床。

【甦】醒過來。「甦醒」。

【寤】ㄨˋ，睡醒。

【起床】早晨睡醒下床。

【起身】早晨睡醒離床。

【晏起】晚起床。

【半睡半醒】人剛從睡夢中醒來，神智尚未清醒的狀態。

【清醒】醒過來。

【惺忪】剛睡醒時，眼神迷茫的樣子。

【起早】早起。

【雞鳴而起】早起，雞啼時起床。後用以形容人勤奮不懈怠的樣子。

【未明求衣】天還沒有亮，就起身穿衣準備上朝。用以形容勤於政事。

【晨興夜寐】早起晚睡，形容辛苦勞作。

【起夜】夜間因便溺而起床。

【晚起】起床晚。

【起早貪黑】人起床早，睡覺晚，形容工作勤奮的樣子。

【起床氣】指人起床時，情緒不佳，無緣無故生氣。

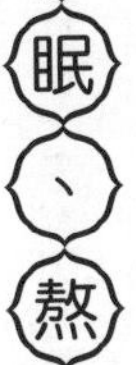

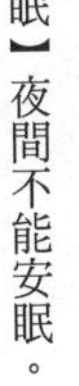

失眠、熬夜

【失眠】夜間不能安眠。

【警醒】睡得不熟，容易醒來。

你便十分吃驚，甚至感動著那熱，那手心的熱，那臉頰、那胸口的熱，因此拖延著、應付著住院醫師開出的心電圖死亡證明，以及護士頻頻前來催促的趕緊更衣以免待會兒僵硬了會很不方便，你害怕這整個只是一場誤會，他還會醒來，而你們竟將他活埋或置之太平間冷凍去了。（朱天文〈出航〉）

蘇家的子瞻和子由，你說／來世仍然想結成兄弟／讓我們來世仍舊做夫妻／那是有一天凌晨你醒來／惺忪之際喃喃的癡語（余光中〈找到那顆樹〉）

越過窗外暗雲湧動的天空／我正列車向南，你正起床／也許我們視線中都排列著／陳年的電桿，電桿上，一隻大捲尾／啄食空氣中的雨粒（楊佳嫻〈旅次〉）

那時睡神可憐他們，漸漸誘他們入夢。但伊這瞬間的心是世界上最不容易被誘惑的東西之一，所以伊不久便又從夢中哭醒；他也驚覺。大黑暗間微睜著惺忪的兩眼，告訴朝陽便將到來了。（朱自清〈別〉）

我因為出了神呆立在那裡盡在望他，所以連叫他坐下的話都忘記說了，看到了他的眼淚，才神志清醒了一下，就走上前去了一步，拉了他的冰陰冰陰同鐵也似的手，柔和地對他說：「陳君，你且坐下吧，有什麼話，落後慢慢的再談。」（郁達夫〈十三夜〉）

我睜著眼睛等天亮，惡性失眠像鬼一樣佔住了我。我開始增加安眠藥的份量，一顆、三顆、七顆，直到有一夜服了十顆，而我不能入睡。我不能入睡，我的腦傷了，我的心不清楚了，我開始怕聲音，我

【目不交睫】眼皮不合攏，意指完全不睡覺。

【輾轉反側】形容因心事而翻來覆去睡不著。亦作「展轉反側」、「轉輾反側」。

【輾轉不寐】形容因心事而翻來覆去，不得安眠。

【轉側不安】輾轉反側，睡不安穩。

【翻來覆去】輾轉不安，睡不著覺。

【一夜無眠】整夜都無法成眠。

【熬夜】夜間支撐不睡。

2 口鼻症狀

【噴嚏】鼻子受刺激，產生急遽噴氣出聲的反射動作。

【呃逆】喉間氣逆出聲。由於橫膈膜收縮過急，空氣入肺，顫動聲帶而發出聲音。

【打嗝】噎氣或吃得太飽時，橫膈膜做間歇性吸氣收縮，自咽喉發出響聲。為「呃逆」的通稱。

【咳】氣管受到痰或氣體的刺激，引起反射作用，把氣體用力排出而發聲。

【咳嗽】喉部或氣管的黏膜受痰或氣體的刺激，引起反射作用，把氣體用力排出而發出聲音。

【嗆】因異物進入氣管，引起噴出、猛烈咳嗽等動作。

【嗆咳】呼吸器官因吸入刺激的氣味而咳嗽。

控制不住的哭——沒有任何理由。（三毛〈我要回家〉）

關關雎鳩，在河之洲。窈窕淑女，君子好逑。參差荇菜，左右流之。窈窕淑女，寤寐求之。求之不得，寤寐思服。悠哉悠哉，輾轉反側。（《詩．周南．關雎》）

話說小紅心神恍惚，情思纏綿，忽朦朧睡去，遇見賈芸要拉他，卻回身一跑，被門檻絆了一跤，唬醒過來，方知是夢。因此翻來覆去，一夜無眠。至次日天明，方纔起來，有幾個丫頭來會他去打掃屋子地面，舀洗臉水。這小紅也不梳妝，向鏡中胡亂挽了一挽頭髮，洗了洗手臉，便來打掃房屋。（清．曹雪芹《紅樓夢》）

「雅舍」共是六間，我居其二。篦牆不固，門窗不嚴，故我與鄰人彼此均可互通聲息。鄰人轟飲作樂，咿唔詩章，喁喁細語，以及鼾聲、噴嚏聲、吮湯聲、撕紙聲、脫皮鞋聲，均隨時由門窗戶壁的隙處蕩漾而來，破我岑寂。入夜則鼠子瞰燈，才一合眼，鼠子便自由行動，或搬核桃在地板上順坡而下，或吸燈油而推翻燭台，或攀援而上帳頂，或在門框桌腳上磨牙，使得人不得安枕。（梁實秋〈雅舍〉）

這小嬰兒會打鼾，小嗓子眼兒裏咕嚕咕嚕響。她吃足了奶會打嗝，會伸個懶腰打呵欠，還會打噴嚏。我們放在床頭的育嬰書上說這一切都是正常的。我們享受她給我們的一切聲音，這聲音使我們的房間格外溫暖。我們偷看她安靜時候臉上的表情，這表情沒有一絲愁苦的樣子。（林良〈小太陽〉）

李尋歡又彎下腰，不停的咳嗽，又咳出了血！他心裡又何嘗不想去看看她？他的人雖然站在這裡，心卻早已飛上了小樓。他的心雖然

【齉】ㄋㄤˋ，鼻子阻塞，發音不清楚。

【齆】ㄨㄥˋ，因鼻孔堵塞而發音不清楚。

呼嚕、呻吟、嘔吐

【打呼嚕】熟睡時發出的呼吸響聲。

【打鼾】睡覺時，由於喉頭肌肉鬆弛，而發出粗重的呼吸聲響。

【鼾聲】熟睡時發出的鼻息聲。

【呻吟】因痛苦而發出的聲音。

【哼】痛苦呻吟所發出的聲音。

【哼哼唧唧】形容痛苦時呻吟的聲音。唧，ㄐㄧ。

【呵欠】人在疲倦或想睡覺時，因血液中二氧化碳增加，刺激腦呼吸中樞，張口深深吸氣，然後呼出的反射動作。亦作「哈氣」、「哈嗤」、「哈欠」。

【吧唧】形容雙唇開合的聲音。

【嘔吐】胃壁收縮異常，食物逆出口外。

【作嘔】噁心想吐。

【哇】❶嘔吐。❷嘔吐聲。

【噁心】想吐的感覺。

3 健康與衰弱

健康、強壯

【健康】生理及心理機能正常，強壯安適，沒有缺陷和疾病。

已飛上了小樓，但他的人卻還是不得不留在這裡。（古龍《多情劍客無情劍》）

楊過緩緩又翻了個身，見郭靖仍無知覺，於是繼續發出低微鼾聲，一面走下床來。原來初時他想在被窩中伸手過去行刺，但覺相距過近，極是危險，倘若郭靖臨死之際反擊一掌，只恐自己也難逃性命，便想坐起之後出刀，總是忌憚對方武功太強，於是決意先行下床，一刀刺中郭靖要害，立即破窗躍出，又怕自己鼾聲一停，使郭靖在睡夢中感到有異，因是一面下床，一面假裝打鼾。（金庸《神鵰俠侶》）

且讓我們掛上無害的微笑，讚嘆晴空燦爛，這個月的戀情多麼愁煞人，世界大可繼續轉動，而我們將會別過頭去，假裝聞不到它正在腐爛的氣味，也聽不見它困難翻身的呻吟，我們想抓在手裡的只是一堆無傷大雅的可愛回憶。（胡晴舫〈當我們討論食物〉）

又過一會，袁承志忽然打個呵欠，躺臥在地，雙手疊起放在頭下當枕頭，顯得十分悠閒舒適。外面八卦陣的十六名弟子游走良久，越奔越快，功力稍差的人已額角見汗，微微氣喘。五老也真耐得，仍不出手。（金庸《碧血劍》）

他今生要享有絕頂的聰明，他健康，永不生病，他體力雄壯，又仁慈勇敢。他英明、果斷、幻想豐富而又極端地理智堅強。更叫這些小精靈愛稱讚的是這個小孩長大時是一個世上從未見過的美男子！

【康健】身體安好強健。
【健壯】強健有力。
【強健】強壯、健碩。
【強壯】健壯有力。
【結實】強健。
【壯實】強健結實。
【硬實】強壯結實。
【皮實】強健。
【健全】生理及心理健康無異狀。
【健旺】健康強壯，精力旺盛。
【茁壯】壯大、強壯。
【茁實】健壯堅實。
【硬朗】身體健康。多指老人家而言。或作「硬浪」。
【矯健】勇武強健。
【虎勢】形容強壯健碩。
【粗壯】粗大而肥壯。
【肥壯】肥胖壯大。
【精壯】精力健壯。
【雄健】強勁有力。
【頑健】稱自己身體強健的謙詞。
【身強力壯】體格強壯，精力充沛。
【銅筋鐵骨】筋骨如銅鐵所製，比喻身體強壯。
【虎背熊腰】背寬厚如虎，腰粗壯似熊，形容人的體型魁偉。
【虎頭虎腦】憨厚雄健的樣子。

體弱、軟弱

【衰頹】頹喪、不振作。
【虛弱】身體虧損衰弱。
【單薄】身體薄弱、瘦弱。
【薄弱】柔弱。
【脆弱】身體瘦弱。
【軟弱】體質虛弱。

大家說著，說著，感情的使者就又放聲大哭了起來：「偏偏像這樣的一個人連一點感情都沒有！一息息，一絲絲感情都沒有！」（鹿橋〈忘情〉）

原來他就是皮耶，我今後的表演搭檔。他身形清瘦，但是肌肉結實分明，身上的破爛背心印著大象圖樣，明顯過大的牛仔褲上面許多破洞，一條白色領帶繫在腰間，脖子掛了一塊大玉佩。大象原地轉圈，興奮的腳步震醒馬戲團的所有成員。（陳思宏〈彩虹馬戲團〉）

他精壯得像一隻硬梆梆的老甲魚，五十歲了，卻還有小伙子們那種荒唐勁頭，還能憑這點兒勁頭搞上個把不大規矩的婆娘。他的赭紅色的寬得像一扇櫥門似的脊背，暴起一稜稜筋肉，像是木匠沒把門板刨平；在他的右邊肩胛骨下，那塊暗紅色的疤痕又恰似這櫥門的拉手。這塊傷疤是早先跟人家搶網幹起仗來，被對方用篙子上的矛頭戳的。（李杭育〈最後一個漁佬兒〉）

保羅說他要去買本雜誌，這是一件最平常的事。華苓看著他虎背熊腰、偉壯的身軀背影，在視線中大踏腳步消失，她沒有什麼預感，即令十五分鐘後，航空站廣播催促登機時，她也沒有任何預感，「……」（柏楊《柏楊全集》）

她的孩子都逐年成長，過了幾十年，她也從青春步入衰頹的老年，幾乎忘了她曾有過燦如黃金的歌唱歲月呢。偶爾我們會提醒她一首她曾唱過的歌，她也跟著唱，但一首歌常弄得支離破碎，像一片一片拼湊不全的拼圖模樣，她記憶原來不很好，而越老又越退化。（周志文〈花樣年華〉）

【孱羸】ㄔㄢˊ ㄌㄟˊ，瘦弱。

【孱弱】瘦弱、虛弱。

【羸弱】瘦弱。

【柔弱】軟弱。

【瘦弱】消瘦而衰弱。

【嬌弱】嬌嫩柔弱。

【嬌嫩】嬌弱細嫩。

【單弱】柔弱、不強壯。

【荏弱】軟弱。荏，ㄖㄣˇ。

【軟綿綿】軟弱無力。

【憔悴】枯槁瘦病的樣子。

【枯瘠】枯槁貧瘠。

【枯槁】形容憔悴、消瘦。

【病病歪歪】久病而衰弱的樣子。

【弱不禁風】形容身體虛弱，連風吹都禁不住。

【未老先衰】還不到老年，體力精神就已衰頹。

【面有菜色】形容人營養不良，臉色青黃。

年輕、成長

【年幼】年紀小。

【年少】年紀輕。

【赤子】初生的嬰兒。

【乳臭】口中尚帶奶味。

【孩提】需人提攜、懷抱的幼兒。韓愈〈祭十二郎文〉：「少而強者不可保，如此孩提者，又可冀其成立邪！」

【童稚】孩童。

【童蒙】年幼無知的兒童。

【孺子】幼童的通稱。《孟子・公孫丑上》：「今人乍見孺子將入於井，皆有怵惕惻隱之心。」

【黃口小兒】幼兒。

【少年】❶年輕。❷年輕男子。

【少小】年幼的時候。

【少壯】年輕力壯。

【年輕】年紀不大。

【青年】年少、年輕。

【青春】年輕。

那個下午，送電報的彼得洛的大兒子來，推走了我的腳踏車。二十三號的瑞典鄰居，接受了我全部古典錄音帶。至於對門的英國老太太，在晚風裡，我將手織的一條黑色大披風，圍上了她瘦弱的肩。（三毛〈隨風而去〉）

我略作收拾，才在鏡中看到自己。我多麼吃驚我整個樣子的巨大改變，我本來就不是一個美麗的女孩，這幾天以來大量的淚水與不得片刻安寧的心神，使我失去了僅有的少女的光彩。我枯槁憔悴，但在其時，我沒有能力顧及這些，僅有的心意是無論如何能再見到你。（李昂〈一封未寄的情書〉）

「近年魔教立了一個新教主，名叫張無忌，本幫有人參與圍攻光明頂之役，曾見到此人是個無知少年。諒這等乳臭未乾、黃毛未褪的小兒，成得甚麼大事？（……）」（金庸《倚天屠龍記》）

你一個人漫遊的時候，你就會在青草裡坐地仰臥，甚至有時打滾，因為草的和暖的顏色自然的喚起你童稚的活潑；（……）（徐志摩〈翡冷翠山居閒話〉）

春天像剛落地的娃娃，從頭到腳都是新的；生長著。春天像小姑娘，花枝招展，笑著，走著。春天像健壯的青年，有鐵一般的胳膊和腰腳，他領看我們上前去。（朱自清〈春〉）

即使明天早上／槍口和血淋淋的太陽／讓我交出青春、自由和筆／我也決不會交出這個夜晚／我決不會交出你／讓牆壁堵住我的嘴唇吧／讓鐵條分割我的天空吧／只要心在跳動，就有血的潮汐／而你

【芳華】比喻青春年華。

【華年】如花盛開的年紀。指少年。

【韶華】青春年華。

【花樣年華】如花朵般的年紀。指青春年少。

【妙齡】女子的青春時代。

【出落】少年男女到了青春期間，體態容貌轉為美好出眾。

【發育】指人自初生至成年，身體逐漸壯實。

【成熟】達到完全成長的階段。

【茁壯】壯大、強壯。

【成材】比喻可以造就的人。

【翅膀硬】比喻長大獨立後，不服管教。

【小夥子】年輕的男子。或作「小伙子」。

【崽子】年幼的人。

【小姑娘】小女孩。

【小蘿蔔頭】對小孩的暱稱。

【少女】年輕未婚的女子。

【年輕力壯】形容人年輕且身體強壯。

【年輕氣盛】年紀輕，血氣強勁。

【韶顏稚齒】比喻青春年少，容貌美麗。

【弱冠】古代指男子年滿二十歲加冠，後泛指男子二十歲左右的年紀。

【而立】到三十歲而有所成就。「三十而立」。

【壯齒】三十歲至四十歲之間，身體正強壯之時。

【不惑】孔子自稱四十不惑，後人稱四十歲為「不惑」。「不惑之年」。

【盛年】年輕壯盛的時期。陶淵明〈雜詩〉：「盛年不重來，一日難再晨。」

【春秋鼎盛】壯年正值一生最旺盛的時期。

的微笑將印在紅色的月亮上／每夜升起在我的小窗前／喚醒記憶（北島〈雨夜〉）

福生嫂長得雖然說不上甚麼了不得的標致，卻倒是五官端端正正，沒斑沒點的，而且眉眼間還帶幾分水秀，要是認真打扮起來，總還脫不了一個「俏」字，又因她從小多操勞的原故，身材也出落得非常挺秀，〔……〕（白先勇〈悶雷〉）

胚珠欲著床的那一刻，在鴻冥的宇宙裡碰撞，有的在不被期待裡靠岸，生命在幽暗裡成長、發育；有的在無數次的期待和盼望裡消亡；生命的著床有著種種的條件與困難，但成功的並不都是想要的或被祝福的。（凌拂〈歲末〉）

按說，他年輕力壯，一年四季在山裏掙命勞動，從來也沒有虧過土地，可到頭來卻常常是兩手空空。他家現在儘管有三個好勞力，但一家人仍然窮得叮噹響。當然，村裏的其他人家，除過少數幾戶，大部分也都不比他們的光景強多少。農民的日子，難道就要永遠這樣窮下去？這世事難道就不能有個改變？（路遙《平凡的世界》）

且道那女子遇著甚人？那人是越州人氏，姓張，雙名舜美。年方弱冠，是一個輕俊標致的秀士，風流未遇的才人。（明．馮夢龍《喻世明言》）

名企業管理講師莫西．費理斯也曾說，事業愈忙得一團亂，愈需要運動來挑戰自己，讓每天一點點的「小贏」幫助維持心理平衡。可能我的生活已經忙到這個境界，也可能是一種變相的中年危機。步入不惑之年，我要還給自己一個「而立」的身體。（劉軒《跳痛人生》）

年老

【年老】年紀老大。

【衰弱】身體機能衰退。

【衰老】年老而身體、精力衰退。

【蒼老】形容老態。

【年邁】年老、年紀大。

【遲暮】年老、晚年。

【老邁】年老體能衰弱。

【老朽】老邁衰朽。

【朽邁】年老無用。

【高邁】年老，老邁。

【龍鍾】年老體衰行動不便的樣子。

【老態龍鍾】形容年老體衰，行動遲緩不靈活。亦作「老邁龍鍾」。

【皓首】年老而頭髮變白。

【老耄】年紀很大。耄，ㄇㄠˋ，七十歲。

【耄耋】指年紀很大的人。耋，ㄉㄧㄝˊ，約八、九十歲。曹操〈對酒歌〉：「耄耋皆得以壽終，恩澤廣及草木昆蟲。」

【晚歲】晚年。

【暮年】老年。

【色衰】容顏衰老。

【人老珠黃】比喻婦女年老色衰，像珍珠年久變黃而失去價值。

【美人遲暮】美女晚年，比喻年華老去，盛年不再。

【春歸人老】女子青春消逝，容顏蒼老。

【矍鑠】ㄐㄩㄝˊ ㄕㄨㄛˋ，形容老人精神健旺。《後漢書．馬援傳》：「援據鞍顧眄，以示可用。帝笑曰：『矍鑠哉！是翁也。』」

【老當益壯】年紀雖大，但志氣更加豪壯。王勃〈滕王閣序〉：「老當益壯，寧移白首之心？窮且益堅，不墜青雲之志。」

他客客套套地掛斷電話，趕緊爬起床，貧血似的頭昏讓他走都走不穩，歪七扭八地走進廁所。他想仔細的梳洗，可是卻從鏡子裡看到一張疲憊衰老的臉，像是十年後才會出現的一張臉，而他驚訝沮喪的表情卻是再適合那張臉不過了。（月藏〈鬥法〉）

日月忽其不淹兮，春與秋其代序。惟草木之零落兮，恐美人之遲暮。不撫壯而棄穢兮，何不改乎此度？乘騏驥以馳騁兮，來吾道夫先路！（戰國．屈原《離騷》）

可是想起雪萊的時候，我似乎總是看到一位英姿勃發的青年，因為他從來沒有老過，即使我努力要想像一個龍鍾的雪萊，也無從想像起。（余光中〈論夭亡〉）

童蒙一段時期，說它是天真未鑿也好，說它是昏昧無知也好，反正是渾渾噩噩，不知不覺；及至壽登耄耋，老詩聾瞑，甚至「佳麗當前，未能繾綣」，比死人多一口氣，也沒有多少生趣可言。（梁實秋〈談時間〉）

到台北後的婆婆，顯示了意外的精神矍鑠，連睡午覺都不必。白日裡，除了吃飯、上洗手間外，一逕安靜地坐在客廳。（廖玉蕙〈緩步走進恍惚的世界〉）

老當益壯，是那些極少數老運奇佳的人，自勉勉人的說辭。許多人堅持不肯退休，卻在沒有心理準備下，被時運裁了員，這可要比自動還要難堪。尤其是男人，遠比女人更難適應老年生活。這也不難理解，不曾叱吒風雲，也就少了幾分失落感，就如美女要比醜女更無法接受紅顏已老。原本相對於勝極的韶華，遲暮已然堪憐。（曹又方〈人間夕照〉）

也許妳也該去走一走，東京有我在，無論如何幫助不了妳解決內

【老而彌堅】年紀愈老而身體愈健康，精神愈旺盛。

【老驥伏櫪】好馬雖老了，伏在馬槽邊，仍想奔跑千里的路程。比喻年雖老而仍懷雄心壯志。語出曹操〈步出夏門行〉：「老驥伏櫪，志在千里。烈士暮年，壯心不已。」

【寶刀未老】人的精神或技能不因年紀大而衰退。

【日薄西山】人已衰老或事物衰敗腐朽，臨近死亡。

【老樹枯柴】比喻年紀大，青春年華已逝。

【行將就木】比喻年紀已大，壽命將盡。

【風燭殘年】形容人已衰老，不久於世的晚年。

【桑榆暮景】日暮時夕陽照在桑榆間，比喻晚年。

【半百】五十，多指歲數。

【花甲】年滿六十歲。

【古稀】指七十歲。語本杜甫〈曲江〉：「酒債尋常行處有，人生七十古來稀。」

【耆老】老人，多指德高望重者。耆，ㄑㄧˊ。

【耆宿】年高有德望的人。

【耆碩】年高有德望的人。

【老頭】年老的男子。

【糟老頭兒】鄙稱外貌老醜的男性。

【老東西】罵老人的話。

【老廢物】譏諷人老而無用。

【老貨】對老人的蔑稱。

在問題，妳只會更哀怨我不能陪妳，只會更陷溺。而我是個日薄西山的人了，而妳的日出才悄悄露臉而已。（鍾文音〈白晝蒼蒼〉）

段譽「啊」了一聲，「聾啞先生」的名字，他在大理時曾聽伯父與父親說起過，知道是中原武林的一位高手耆宿，又聾又啞，但據說武功甚高，伯父提到他時，語氣中頗為敬重。（金庸《天龍八部》）

方冀聽到這句似乎又熟悉又遙遠的話，心中感慨萬千。自從明教慘遭巨變後，自己從堂堂軍師一夕之間變成韜光養晦、無人知曉的村塾夫子，自己也樂於被稱為夫子、先生，若有人稱他軍師反而要覺得不自在了。然而就在這次出山，明教章逸的刺朱大計、陸鎮的義薄雲天，還有小傅翔似乎也以明教人自居，一時之間，心中隱約覺得明教那一把火似乎又要燃燒起來。此時聽到天慈法師這句話，一聲軍師，一句過去身為軍師時最熟悉的話，竟然使方冀胸中熱血澎湃，一種「老驥伏櫪，志在千里；烈士暮年，壯心不已」的心情充滿胸懷。（上官鼎《王道劍》）

李嬤嬤道：「你可仔細！今兒老爺在家，提防著問你的書！」寶玉聽了此話，便心中大不悅，慢慢的放下了酒，垂了頭。黛玉忙說道：「別掃大家的興。舅舅若叫，只說姨媽這裡留住你。——這媽媽他又該拿我們來醒脾了！」一面悄悄的推寶玉，叫他賭賭氣；一面咕噥說：「別理那老貨！偺們只管樂偺們的！」那李媽也素知黛玉為人，說道：「林姐兒，你別助著他了。你要勸他，只怕他還聽些。」（清．曹雪芹《紅樓夢》）

飢餓與飽足

【飢餓】不飽；很餓。飢，通「饑」。

【飢餒】飢餓。

【飢腸】飢餓的肚子。

【飢腸轆轆】轆轆為狀聲詞，形容空腹的鳴叫聲。飢腸轆轆，形容非常飢餓的樣子。

【忍飢挨餓】忍受飢餓。也作「忍饑受餓」。

【飢火中焚】形容飢餓的感覺像火一般在體內燃燒，難以忍耐。

【飢火燒腸】形容飢餓的感覺像火焰燃燒肚腸一般令人難以忍受。

【餒餓】飢餓。餒，ㄋㄟˇ。

【肚飢】肚子餓。

【飢寒】飢餓寒冷。

【飢困】因飢餓所困擾。

【挨餓】受餓。

【果腹】填飽肚子。

【充飢】進食解餓。

【飽腹】吃飽、填滿肚子。

【飽啖一頓】暢快的飽吃一餐。

【飽食】吃得很飽。

【飽餐】吃得很飽。

【饜飫】ㄧㄢˋ ㄩˋ，飽食。也作「厭飫」。

【酣飫】形容酒醉飯飽。

【大飽口福】指飲食味覺上得到充分的滿足。

【飫甘饜肥】飽食甘甜美味的食物。

【酒足飯飽】形容吃飽喝足。

【舔嘴咂舌】吃飽飯後，伸舌舔嘴，吸牙縫中的餘味，發出嘖嘖的聲音。用以形容吃得很飽，非常滿意。

困難時期，到處都在議論糧食短缺的問題，不時聽說有些人餓死了，有些人被飢餓所逼而逃荒他鄉，更多的人被餓出水腫病——父親就患了這種病。他臉色蒼白，全身浮腫，用指頭在他的肌膚上戳一下，戳出的一個小小肉窩，久久不能恢復原狀。（韓少功〈饑饉〉）

念小學時每晚都要上補習課，一天要在學校吃兩次便當。便當集中用大蒸籠蒸熱，再由值日生拿回來。只怪家裡給我準備的便當太過豐盛，被喜歡惡作劇的同學發現了大驚小怪。我最擔心的就是便當被人藏起來。尤其晚上那一頓，飢腸轆轆到處找尋便當，表面上還要裝作若無其事，那個痛苦滋味到現在都無法忘記。（張系國〈以孫為師〉）

在我成長的過程裡，沒有玩偶，也沒有寵物。那個年代，物資匱乏，人們忙於衣食猶自無暇，貓固然絕無主人，狗也多用來看門，牠們的果腹，只能靠時時等待人們的殘羹剩飯，俗話說的「狗吃屎」是確然有的，而且還頗常見；在這樣的環境裡，「寵物」之名與其概念，自然完全無法想像。（何寄澎〈玩偶與寵物〉）

最先挨餓的人類，多半祇知道搶，不知道偷，偷大約是人類羞恥心增進了以後，一面又感到怎麼辦穩健一點的智育發達以後的事。說到約翰．儺喜先生所採取的方法，當然是一種頂率真的方法——他去搶。（沈從文〈阿麗思中國游記〉）

飯的確不壞，各位掌櫃的暫時拋開關於作買賣的討論，誠心的吃了個酒足飯飽，個個頭上都出著熱汗，然後牙上插著牙簽，騰出手來用熱手巾板狠命的擦腦門子。腦門擦亮，撲過煙筒去，吸著煙三三兩兩的偷著往外溜。（老舍《牛天賜傳》）

旺盛、有力

【旺盛】生命力強，精神飽滿。

【充沛】精神力量充足旺盛。

【飽滿】充足、豐富。

【勃勃】旺盛的樣子。

【精神】活躍、有朝氣。

【矍鑠】指老年人身體強健，精神旺盛。

【穩健】穩重健壯。

【有力】強勁有力氣。

【帶勁】有力量、有活力。

【生氣勃勃】形容充滿生命活力，朝氣蓬勃。

【精神煥發】精神振奮，情緒高昂。

【精神抖擻】精神飽滿。

【精力充沛】精神體力非常充足。

【容光煥發】臉上閃耀著光彩，形容人精神飽滿，生氣蓬勃。

【生龍活虎】比喻活潑矯健，生氣勃勃。

【神采奕奕】形容人精神飽滿，容光煥發。

【神采飛揚】活力充沛，神色自得的樣子。

疲勞、無力

【疲勞】腦力、肌肉或其他器官因過度消耗而機能反應減弱，感到無力。

【疲憊】極為疲勞困倦。

【疲乏】指人的體力和精神的疲勞困乏。

【疲倦】勞累困倦。

【倦怠】疲倦怠惰。

【委靡】頹喪，不振作。

【委頓】疲倦沒有精神。

在台灣的文學閱讀史上，若要舉三位女性作家，從創作力之旺盛，從原先被定位成通俗作家而後因緣際會轉入正典化，亦即成為一個世代或幾個世代的讀者記憶，我一定會想到張愛玲、瓊瑤與三毛。（蔡詩萍〈多年後回想三毛——難以理解的時代之歌〉）

爸爸說是生長在小康人家，七歲以前還好。七歲以後是在耐饑耐凍，耐勞耐苦的磨練裡度過。……一過夏曆元宵節，上學就不許穿棉褲，說是怕養得「骨寒」（不耐冷），所以爸爸習慣於慢太陽，遇著朔風飛雪，就感到精神抖擻。（梁容若〈母親節〉）

今天這套剪裁合身，背後平整不見一絲皺紋的新西裝，襯得黃理查神采飛揚，連代表買家的律師在簽完合約後，也特地上來和他握手道賀，又壓低聲來問他的裁縫店家。人逢喜事精神爽，黃理查自負地挺起胸膛，發現已經來到般含道的家門口。（施叔青《寂寞雲園》）

也許有一天／太空的遨遊使我疲倦／在一個五月燃著火焰的黃昏／我醒了／海也醒了／人們與我重新有了關聯／我將悄悄地自無涯返回有涯，然後再悄悄離去（林泠〈不繫之舟〉）

「給我挑，姊姊，我要挑嘛，我會呀姊姊……」那根細細的扁擔，在天真的孩童面前，似乎與勞頓無關。妹妹尖細的嘰喳聲，叫煩了姊姊的心緒。「妳挑不了，等下弄翻怎辦，別討厭啦，趕快走。」瘦削的姊姊不耐地快步走，姊姊走得越快，妹妹追趕越急：「快到家了，

【困乏】疲乏。

【困頓】疲困勞累。

【勞乏】疲勞、疲倦。

【勞頓】勞累疲倦。

【疲頓】疲乏勞累。

【疲困】疲勞困頓。

【疲累】疲倦困怠。

【無力】沒有力氣。

【懶洋洋】倦怠、無精打采的樣子。

【綿軟】形容身體無力。

【酥軟】身體疲軟無力。

【欲振乏力】想要振作，卻缺乏勁道。

【筋疲力盡】筋肉疲憊，氣力耗盡。形容非常疲累。亦作「精疲力竭」。

【意態消沉】神情姿態衰頹不振。

【委靡不振】形容精神不振作。

【無精打采】沒精神，提不起勁的樣子。亦作「沒精打彩」。

【人困馬乏】人和馬都疲倦困乏。形容因奔走而勞乏困倦。

【心力交瘁】精神和體力都已疲弊。比喻非常勞苦。

4 生病、傷殘

生病、罹病

【生病】身體有了疾病。

【害】染病、得病。

【害病】生病。

【患】得、遭逢。

【罹患】染病。

【罹病】染病、患病。

【鬧病】生病。

【得病】患病。

我挑挑看嘛……」話沒說完，一隻手強拉住姊姊的裙子，踩起腳哭了。（楊蔚齡《知風草之歌．小挑夫》）

讀書如果不是一種消遣，那是相當熬人的，就像長時間不間斷地游泳，使人精疲力竭，有一種隨時溺沒的感覺。書讀得越多，你就越感動眼前是數不清的崇山峻嶺。（路遙〈早晨從中午開始〉）

去搶佔一些有利的觀察位置，說點歡喜的話吧，你怎麼就擱淺在這些欲振乏力的片段裡。你何嘗不也從中攫取了成長的教訓嗎？回到明信片上，你一連寫了三張，記錄橫斷山脈的萬般氣象，記錄與路邊的藏民憨暢地飲食，記錄一次危難之際獲得的援助。雖然你意識到這些話語裡不免含著些美化與造作的成分，但究竟甚麼是真的，甚麼又是假的？（謝旺霖《轉山》）

這些年來父親常常身體不適，好幾次住院開刀，孝順的淑慧不時面臨的狀況是：爸爸病倒後，換成媽媽病倒，最後輪到她自己病倒——只因到頭來照顧兩個老人，讓她心力交瘁。（吳淡如《善待你的桃花運》）

且說董承自劉玄德去後，日夜與王子服等商議，無計可施。建安五年，元旦朝賀，見曹操驕橫愈甚，感憤成疾。帝知國舅染病，令隨朝太醫前去醫治。此醫乃洛陽人：姓吉，名太，字稱平，人皆呼為吉平，當時名醫也。平到董承府用藥調治，旦夕不離；常見董承長吁短歎，不敢動問。（明．羅貫中《三國演義》）

我也是智識愈開流淚愈少的一個人，但這一次卻也真的哭了好幾

【染病】生病。
【受病】得病、生病。
【犯病】舊病復發。
【發病】生病、害病。
【犯節氣】在節氣轉換時生病。
【臥病】因病躺臥在床。
【抱病】身上有病。
【扶病】支撐病體，帶病工作或行動。劉禹錫〈送裴處士應制舉〉：「老大希逢舊鄰里，為君扶病到方山。」
【託病】假託生病而推辭。
【謝病】以生病為藉口來推託。
【病魔】比喻疾病纏身，好像魔鬼侵襲。
【頑症】難以治療或久治不癒的病症。
【痼疾】久治不癒的疾病。痼，ㄍㄨˋ。
【宿疾】原有的疾病。
【沉痾】久治不癒的沈重疾病。痾，ㄜ。

【病病歪歪】久病的樣子。或作「病病殃殃」、「病病恙恙」。
【病篤】病勢沉重。
【微恙】小病痛。
【老毛病】長期的疾病。
【病根兒】沒有完全治癒的舊病。
【隱疾】不易看到或不可告人的疾病。亦稱「暗疾」。
【嬰疾】受疾病之苦。
【小疾】小病痛。
【細疾】小病痛、小毛病。
【疾患】病。
【風寒】傷風感冒。
【疫氣】指流行性的傳染病。
【時疫】流行性傳染病。
【暴疾】指疾病突然發作、來勢洶洶的疾病。
【風疾】❶痲瘋病。❷半身不遂的病症。
【腹疾】腹瀉的疾病。
【重疾】重病。
【篤疾】不治之病。

次。一次是伴我的姑母哭的，她為產後不曾復元，所以祖母的病一直瞞著她，一直到了祖母故後的早上方才通知她。她扶病來了，她還不曾下轎，我已經聽出她在啜泣，我一時感覺一陣的悲傷，等到她出轎放聲時，我也在房中歔欷不住。（徐志摩〈我的祖母之死〉）

布視之，乃司徒王允也。相見畢，允曰：「老夫日來因染微恙，閉門不出，故久未得與將軍一見。今日太師駕歸郿塢，祇得扶病出送，卻喜得晤將軍。請問將軍，為何在此長嘆？」（明．羅貫中《三國演義》）

日復一日，不覺又捱了二年有餘。醫家都說是個痼疾，醫不得的了。（明．馮夢龍《醒世恆言》）

以後女兒像蝴蝶一樣的飛去了。兒子又像小兔似的跑走了。燕子來了去了，葉子綠了紅了。時光帶走了逝者如斯的河水，也帶走沉痾不起的丈夫。（陳之藩〈寂寞的畫廊〉）

有的呢，一手錢包，一手藥袋（成大病院前幾日開的頭痛藥好像無效，今日來去奇美掛號拿藥單好了，順勢看看腰痛的老毛病，無代誌拿一些藥先放著預備也好）；零星三兩位穿得正式拘謹些的（大兄伊們阿嫂的小弟伊牽手月前過身，欲來去參加伊們的告別式……）。或許是，剩下的這麼一點，鎮民們還搭公車的理由。（許正平〈客運站〉）

雖然一直沒離開病床，可是姚老先生似乎克服了病魔。他感冒漸好之後，還堅持屋裏要新鮮空氣和充分的光線。他的聲音低弱，胃口一直衰弱下去，腸子失去了功能。他躺在床上，又看見兩個女兒，蓀亞，孫子在旁，頗為歡喜。（林語堂《京華煙雲》）

休養、康復

【休養】休息調養。
【調攝】調養。
【好】痊癒。
【見好】病情減輕。
【好轉】情況（多指沉重的疾病或做不好的工作）變好。
【起色】情形（多指沉重的疾病或做不好的工作）好轉。
【痊癒】疾病治好。或作「全愈」、「全癒」、「痊可」、「痊愈」。
【大好】疾病痊癒。
【癒】病好了。
【治癒】將疾病治療痊癒。
【癒合】傷口復元。
【平復】疾病或創傷痊癒。
【康復】病癒，恢復健康。
【復原】恢復元氣。亦作「復元」。
【霍然】疾病突然快速消除。

病重

【病重】病情沉重。
【病篤】病勢沉重。
【病危】病重而危急。
【危篤】病況非常危急。
【危殆】情勢或病情危險、不安全。
【垂危】病重即將死亡。
【危淺】性命垂危。
【垂死】接近死亡。
【臨危】瀕臨病危時。

她阿母的症狀，卻不見一點起色；認真去煩惱，又不覺得怎樣，待她人倦怠，放鬆了，才看出情形更沉重：半夜裡，不時無端吵嚷，忽而平靜，忽而與人爭論……真正說了什麼，她是一句不能懂，害得她一顆心，經常提著，彷彿含在口裡相似。（蕭麗紅《桂花巷》）

臺老師八十歲以後腦疾開刀，病癒之後，很擔心寫字受影響，一連臨寫了好幾次東坡的〈寒食帖〉。〈寒食帖〉像文人給自己的一次又一次考試，看手中的筆還能不能聽自己使喚。這一支筆也就是「此身」，在通過一切艱難、困頓、折辱、劇痛、磨難之後，還要在「營營」的吵雜喧譁裡堅持回來做自己，留下如血如淚的墨跡。（蔣勳〈東坡臨江仙〉）

事實上，衰老與退化，真的就是以各種細微、羞恥，一開始甚無覺察的模式緩慢發生。不一樣了，晚了，忍不住了，損壞了，遲疑了。傷口癒合得慢了，白天也開始倦了。本來緊實的肌膚、肌肉、器質，本來轉運順暢的臟膛腺體，卡卡的，塞塞的，然後什麼都不對了。（祁立峰〈三十自述〉）

我記得那天夜裏，家裏人吩咐祖父病重，他們今夜不睡了，但叫我和我的姊妹先上樓睡去，回頭要我們時他們會來叫的。我們就上樓去睡了，底下就是祖父的臥房，我那時也不十分明白，只知道今夜一定有很怕的事，有火燒，強盜搶，做怕夢，一樣的可怕。（徐志摩〈我的祖母之死〉）

鴿子們的咕咕鳴叫，喚醒了奶奶，奶奶非常真切地看清了鴿子的模樣。鴿子也用高粱米粒那麼大的、通紅的小眼珠來看奶奶。奶奶真

【瀕危】接近危險的境地。

【瀕死】瀕臨死亡的階段。

【彌留】病重將死之際。

【臨終】將死。

【奄奄】氣息微弱將絕。

【病入膏肓】指人病重，無藥可救。語本《左傳．成公十年》：「醫至，曰：『疾不可為也，在肓之上，膏之下，攻之不可，達之不及，藥不至焉。』」

【迴光返照】人死前精神呈現短暫的興奮。亦作「回光返照」。

【氣息奄奄】呼吸極其微弱，快要斷氣的樣子。

【奄奄一息】僅存微弱的一口氣。形容生命或事物已到了最後時刻。

【氣若游絲】呼吸微弱，將要斷氣的樣子。

【命在旦夕】形容生命垂危，很快就會死去。

【藥石罔效】形容病情非常嚴重。

【回天乏術】比喻無法挽救嚴重的情勢或病情。

【群醫束手】形容病重到所有的醫生都無法醫治。束手，無計可施。

【不治之症】醫治不好的病症。

痛

【痛】疼。

【刺痛】像針扎入皮肉般的疼痛。

【疼痛】痛。

【陣痛】斷斷續續的疼痛。多指產婦分娩過程中，因子宮規

誠地對看鴿子微笑，鴿子用寬大的笑容回報著奶奶彌留之際對生命的留戀和熱愛。奶奶高喊：我的親人，我捨不得離開你們！鴿子們啄下一串串的高粱米粒，回答著奶奶無聲的呼喚。（莫言〈紅高粱〉）

今天看到妳喜氣如水，明明朗朗站在我面前，真是歡喜。我是忍住游絲般的奄奄氣息微弱將絕的樣子。一口氣，忍住馬上就會來到的死亡來看妳啊。（詹西玉〈仙山人家〉）

一位長輩偶然的聽說了她的病，只說，從今以後，再也不可以吃芒果了，連碰一下都不行。我們聽說都嚇了一跳，因為她平常是全家小孩裡最不饞嘴的一個，卻偏偏最愛吃芒果，病中問她想吃什麼，「芒果……」她氣息奄奄的回應，我就為她剝芒果，刮下果汁，一匙一匙的餵她。想不到罪魁禍首是這味兒好吃得出奇的水果。（亮軒〈甜美烈陽〉）

中午時分，到了一處大鎮甸上，青城人眾在酒樓中吃喝，恆山派群徒便在對面的飯館打尖。隔街望見青城師徒大塊肉大碗酒的大吃大喝，群尼都是默不作聲。各人知道，這些人命在旦夕，多吃得一頓便是一頓。（金庸《笑傲江湖》）

阿義隨即放下大背包，抽出兩截式雨衣，躲在樹蔭下穿了起來。大雨落下的速度比想像中快，原先國興還想往前再推進幾百公尺，但是當針刺似的小雨從濕漉的嗅覺，轉變成某種實體式的碰觸，隨著颳起的冷風騷動皮膚，國興感到被某種割裂的刺痛。（連明偉〈刀疤〉）

但他立刻轉敗為勝了。他擎起右手，用力的在自己臉上連打了兩

則收縮所造成的疼痛。

【酸痛】肌肉酸麻疼痛。

【痠痛】肌肉痠軟疼痛。

【絞痛】內臟的激烈疼痛。

【傷】使受傷。

【受傷】受到傷害。

【負傷】受傷。

【掛彩】受傷。

【損害】損壞、傷害。

【損傷】損壞、傷害。

【傷害】使身體或心理受到損害。

【扭】因用力過猛而使筋骨或肌肉折轉而受傷。

【閃】扭傷、挫傷。

【蹉】ㄨㄛ，又讀ㄨㄛˋ，指跌傷腳、跌斷腳。

【火辣辣】形容難受或疼痛的感覺。

【熱剌剌】灼熱、刺痛的感覺。剌，ㄌㄚˋ。

【誤傷】不小心使人受傷。

【果子鋪】比喻挨打後紅腫的樣子。

【體無完膚】身上沒有一塊皮膚是完好的，形容受傷慘重。

【遍體鱗傷】滿身都是傷痕。

【皮開肉綻】形容皮肉裂開的樣子。亦作「皮開肉破」、「皮開肉裂」。

【傷痕累累】形容受傷後留下許多傷痕。累，ㄌㄟˇ。

昏迷、暈眩

【昏】神志不清、喪失知覺。

【暈】昏迷。

個嘴巴，熱剌剌的有些痛；打完之後，便心平氣和起來，似乎打的是自己，被打的是別一個自己，不久也就彷彿是自己打了別個一般——雖然還有些熱剌剌——心滿意足的得勝的躺下了。（魯迅〈阿Q正傳〉）

「豆官，你是豆官吧，你看看大叔的頭還在脖子上長著嗎？」「在，大叔，長得好好的，就是耳朵流血啦。」王文義伸手摸耳朵，摸到一手血，一陣尖叫後，他就癱了：「司令，我掛彩啦！我掛彩啦，我掛彩啦。」余司令從前邊回來，蹲下，捏著王文義的脖子，壓低嗓門說：「別叫，再叫我就斃了你！」王文義不敢叫了。（莫言《紅高粱》）

眾官扶起黃蓋，打得皮開肉綻，鮮血迸流，扶歸本寨，昏絕幾次。動問之人，無不下淚。魯肅也往看問了，來至孔明船中，謂孔明曰：「今日公瑾怒責公覆，我等皆是他部下，不敢犯顏苦諫。先生是客，何故袖手旁觀，不發一語？」孔明笑曰：「子敬欺我。」肅曰：「肅與先生渡江以來，未嘗一事相欺。今何出此言？」孔明曰：「子敬豈不知公瑾今日毒打黃公覆，乃其計耶？如何要我勸他？」肅方悟。（明・羅貫中《三國演義》）

分別二十年後的中秋節，我站在爸爸媽媽的身邊，每天夜裡去看一次那幢即將成為我們的家。我常常有些恍惚，覺得這一切，都在夢

【昏迷】失去知覺、意識。

【昏厥】因心情緊張、悲痛或疾病大量出血而暫時失去知覺。

【暈厥】昏厥。

【眩】眼睛昏花，看東西晃動不定。

【眩暈】頭暈，感覺自己或周圍的東西在旋轉。

【昏眩】神智模糊，眼睛昏花。

【發昏】昏迷。

【昏亂】神智不清。

【昏沉】神智不清，眼睛昏花。

【昏倒】失去意識而癱倒。

【迷糊】神智或視線模糊不清。

【恍惚】神志模糊不清。

【神智不清】意識模糊不清，沒有判斷能力。

【暈頭轉向】頭腦發昏，辨不清方向。亦作「昏頭轉向」。

【天旋地轉】天地轉動，用以形容頭暈眼花。

【頭昏目眩】頭腦昏沉，視覺模糊。

【頭昏腦脹】頭部昏暈，心思不清。

【頭昏眼花】頭腦昏沉，視覺模糊。亦作「頭昏眼暗」、「頭暈眼暈」。

【頭懸目眩】頭腦昏沉，視覺模糊。

【昏昏沉沉】形容昏迷不清醒的樣子。

【不省人事】昏迷不醒，失去知覺。

中進行。而另一種幸福，真真實實的幸福，卻在心裡滋長，那份滋味，帶看一種一切已經過去了的辛酸，疲倦、安然的釋放，也就那麼來了。（三毛〈重建家園〉）

人們在將軍活著的最後兩年裡始終無法了解他言行異常的原因，還以為他難耐退休的冷清寂寞，又經常沉湎於舊日的輝煌彪炳之中，以致神智不清了。於是有人怪罪將軍的獨子，認為他沒有克盡孝職，害得老人家幽居日久，變得瘋瘋癲癲的。也有人熱心籌畫些同鄉會、基金會之類的機構，敦請將軍出任理監事或者顧問等等，免得他「閒慌了」。（張大春〈將軍碑〉）

與電話相依為命的日子裡／我漸漸了解／孤獨地蹲在茶几上的電話／早已不省人事／而世界不接電話／因為這個世界／早已空空洞洞（渡也〈不省人事的電話〉）

這台電視機還是十年前的老古董，在福民出國前，也曾經要去買一架彩色的來，想讓老爸晚年享受些，結果還是被老徐一口拒絕了。彩色的會使我頭昏眼花，還是黑白的好。他總是這樣說，其實真正的理由，也許和那張舊睡椅差不多吧？老徐對他身邊的舊東西、舊事情，似乎特別珍惜，珍惜得近乎頑固。（小野《蛹之生》）

麻木、癱瘓

【麻】知覺喪失或變遲鈍。

【木】沒有知覺的。

我小時候就喜歡躲在廁所。在臥室、客廳或者餐廳都必須應付他人說話或走動。進了廁所，就沒人會侵擾。我蹲坐裡頭，一個人靜靜地微笑。小時候住的透天厝廁所在天井邊，陽光從窗戶照進廁所，溫

【麻木】身體的一部分或全部，對於外界刺激反應喪失知覺。

【麻木不仁】麻木沒有感覺。也用來比喻對事物漠不關心或反應遲鈍。

【麻痺】因神經或肌肉受傷而失去知覺，或導致動作功能的障礙。亦作「痲痺」。

【痙攣】肌肉發生急遽而不自主的收縮。多由中樞神經受刺激所引起。

【抽搐】肌肉發生急遽而不自主的收縮。多見於四肢和顏面。

【抽筋】筋肉痙攣作痛。

【抽動】肌肉一縮一伸的顫動。

【抽瘋】口眼歪斜或手足痙攣。亦用來斥人舉動縱恣無節。或作「抽風」。

【癱】肢體發生麻痺現象。

【癱瘓】因神經機能發生障礙，使肢體麻痺、不能行動的病症。或稱為「風癱」。

【癱軟】肢體麻木綿軟，難以動彈。

【風癱】半身不遂。

【偏癱】身體一側麻痺癱瘓，失去自主的活動能力。

【截癱】下肢全部或部分癱瘓。

【半身不遂】身體一側麻痺癱瘓，多屬中風或脊椎受損的後遺症。

精神狀態

【發瘋】因精神受到嚴重刺激，而使言行失去常態。

【發狂】精神錯亂，行為失常。

【發痴】發瘋。

【發癲】發狂。

【瘋癲】形容精神錯亂，言語

暖透亮。我在裡頭蹲到腳麻，就是不想出去，乾脆直接坐在廁所地上享受這午後時光。（李維菁〈廁所〉）

第二天，她不想去影院了。幹嘛要跟個麻木不仁的人一塊坐著看電影？他從來就不樂意跟她一起在街上走，幹嘛還那麼賤，要去會他？他為什麼從來不請她吃飯？她怒氣衝天，不過到了兩點，還是匆忙趕到電影院，在往常的座位上坐下。不管怎麼說，他是她第一個感興趣的人，雖然衹會木頭人似地坐著，他可挺漂亮呢。（老舍《鼓書藝人》）

k沉默下來。他感覺自己的臉頰與手指輕微抽搐著。像是夢境或其中暴烈情緒的殘餘，無數青白色的電流正自體內空間穿行而過。（伊格言《噬夢人》）

我一直記得那段路程：整個身體癱軟在室友的背上，他騎著鐵馬，疾速前行，風聲在我耳邊呼嘯嘶叫，我覺得背部極涼，但胸部極溫暖，腦海一片空白，只是不斷在問，到了嗎？怎麼還未到？到底還有多久才到？重複地問，不知道問了多少遍，問到幾乎放棄了，電單車便停下來，室友扶我進屋，小狗吠吠地叫，四周因是假日所以異常寧靜，我鬆了一口氣，感覺這就叫做「快樂」。（馬家輝〈宿舍歲月長〉）

那就讓我瘋狂想妳一整天吧，從黑夜到天明，再從天明到黑夜，讓整個世界徹底翻轉，硬著用理性下一個非理性的決心，再用非理性的情緒支撐一個理性的抗拒，當瘋狂到瘋狂的盡頭時，我會不會就此停下腳步？也許，但我依然深信我是不能不想妳的。（蔡詩萍〈那就讓我瘋狂想妳一整天吧〉）

行動失常。

【瘋狂】因精神錯亂而舉止失常。

【瘋魔】瘋子。有時指入迷如同瘋子。

【躁鬱】為一種精神疾病，發病時情緒可由高度憂鬱轉變為極端興奮，憂鬱期與狂躁期常常混合存在或交替出現。常用來指人的情緒暴躁憂慮。

【暴躁】急躁、魯莽，無法控制感情。

【癲狂】瘋癲發狂。

【瘋瘋癲癲】精神或舉止不正常的樣子。亦作「瘋瘋顛顛」。

【瘋頭瘋腦】精神失常的樣子。

【歇斯底里】一種常見的精神疾病，為英語 hysteria 的音譯。此病是由潛意識中思想感情的矛盾衝突所引起的心理疾病。常用來形容人情緒激動，舉止失常。

【神經兮兮】容易緊張、不安或歇斯底里。

【神經質】行為具有精神官能症傾向的性格。往往對事情容易敏銳、反應過度。

【狂人】瘋狂的人。

【白痴】智力低下，行動遲鈍，不能辨別事物的人。

【傻子】痴愚不懂事理的人。

【痴人】呆子、傻子。

殘疾

【殘疾】殘廢。

【傷殘】身體官能有殘缺。

【廢人】因殘廢而沒有工作能力的人。

顛簸路上飛揚的沙塵，很快就掀起鋪天蓋地的蒼茫，情境太逼真了，引出沿途積聚的怨氣，我因而與同夥像對決的荒野大鏢客，無情天地之間相俾倪叫囂。不一會兒即離開淒絕之境，這裡的人就同景致，看不出多少生機，或如其他印第安保留區，醞釀某種無言的躁鬱陰沉，多少讓人悲哀。（林郁庭〈千里猶他行〉）

萊頓的住處實在太小，根本沒地方遛達，我成了那些陳舊家具中一員。房東瑪瑞亞住二樓，是個神經兮兮的老寡婦。她有個兒子，極少露面。她每年都要去修道院做心理治療。這位眼見要全瘋的老太太，這回可抓住我這根稻草，一逮著機會就跟我東拉西扯，沒完沒了。（北島〈搬家記〉）

我啊喂哎喊叫著，我沒有問過領我一路上山來的人的姓名，祇能歇斯底里這樣叫喊，像一頭野獸，這聲音聽起來也令我自己毛骨悚然。（高行健《靈山》）

她身邊還有一個空位，傳慶隔壁的一個男學生便推了傳慶一下，攛掇他去坐在她身旁。傳慶搖搖頭。那人笑道：「就有你這樣的傻子！你是怕折了你的福還是怎麼著？你不去，我去！」說罷，剛剛站起身來，另有幾個學生早已一擁而前，其中有一個捷足先登，占了那座位。（張愛玲〈茉莉香片〉）

你怔望著正對你同情一笑的賣咖啡的老人，具有典型日耳曼人的高壯，擦肩而過時個個臂部齊你肩膀，你何只顯得瘦小，根本殘疾、發育未全似的，總之，你們根本就不同國。（朱天文〈出航〉）

它等待我出生，然後又等待我活到最狂妄的年齡上忽地殘廢了雙

【殘廢】❶肢體殘缺，並失去功能。❷有殘疾的人。

【跛】腳有殘疾，走起來身體不能平衡。

【跛子】跛腳的人。

【跛腳】腳有殘疾，不能正常走路。

【瘸】跛腳、行動不便的樣子。

【瘸腿】腳有疾病，行走不便。

【瘸子】跛足的人。

【一瘸一簸】形容足跛不便行走的樣子。或作「一瘸一點」、「一瘸一拐」。

【拐】瘸腿走路。

【一拐一拐】形容跛腳走路不平穩的樣子。

【拽】ㄓㄨㄞ，胳膊受傷而無法靈活伸動的樣子。

【瞎】眼睛失去視力，看不見。

【瞎子】失去視覺能力的人。

【瞎眼】失明。有時也用來比喻人不明事理、莽撞。

【獨眼龍】瞎了一隻眼睛的人。

【盲】眼睛看不見的。有時也用來比喻不明事理。

【眇】原指瞎了一隻眼。後亦指全盲。

【失明】眼睛喪失了視力。

【聾】聽覺遲鈍或聽不見。

【聾子】聽力喪失或聽不清楚的人。

【背】聽力不好。

【耳背】聽覺不靈敏。

【啞】因生理缺陷或疾病而喪失語言的功能。

【啞巴】失去語言功能，無法說話的人。

【聾啞】聽覺和說話均有障礙。

【口吃】一種語言缺陷。說話不流利，常有字音重複或中斷的現象。亦稱為「結巴」。

【結結巴巴】形容說話不流利。亦作「巴巴結結」。

【咬舌】說話時舌尖常接觸牙

腿。四百多年裏，它一面剝蝕了古殿簷頭浮誇的琉璃，淡褪了門壁上炫耀的朱紅，坍圮了一段段高牆又散落了玉砌雕欄，祭壇四周的老柏樹愈見蒼幽，到處的野草荒藤也都茂盛得自在坦蕩。（史鐵生〈我與地壇〉）

晚上補課補數學。任教老頭爽朗無比，就是耳背——不過當老師的耳背也是一種福氣。他是退休下來的高級教師——不過說穿了，現在有個「高級」名義算不得稀奇，上頭還有「特級」呢，興許再過幾天，「超級老師」都快有了。高級老師深諳數學，和數學朝夕相伴，右眉毛長成標準拋物線；左眉毛像個根號，眉下眼睛的視力被那根號開了好幾次方，弱小得須得八百度眼鏡才能復原。（韓寒《三重門》）

盛彥字翁子，廣陵人。母王氏，因疾失明，彥躬自侍養。母食，必自哺之。母疾既久，至於婢使數見捶撻。婢忿恨，聞彥暫行，取蠐曹炙飴之。母食以為美，然疑是異物，密藏以示彥。彥見之，抱母慟哭，絕而復蘇。母目豁然即開，於是遂瘉。（晉．干寶《搜神記》）

話說襲人見了自己吐的鮮血在地，也就冷了半截。想著往日常聽人說，少年吐血，年月不保，縱然命長，終是廢人了。想起此言，不覺將素日想著後來爭榮誇耀之心，盡皆灰了，眼中不覺的滴下淚來。（清．曹雪芹《紅樓夢》）

自治州首府吉首，有一條美麗小河，連接新舊兩區，巴渡船的一天到晚守在船中，把萬千下鄉入市的人來回渡過，自己卻不聲不響。我曾在河岸高處看了許久，祇覺得景象動人。近來才知道弄渡船的原來是個雙目失明的人。（沈從文《大山裡的人生》）

「那些沒有良心的，還不是跟著金二奶奶一個鼻孔出氣，就算有幾個有良心，為著飯碗，也不敢說什麼話。唉！我實在可憐她。」順

齒，使發音不清。

【咬舌子】說話咬舌的人。或作「咬舌兒」。

【弱智】智力低於正常人。

【低能兒】智能不足的兒童。常用來譏諷人能力不足。

5 生養與死亡

誕生

【誕生】出生。

【分娩】母體產出嬰兒的動作或過程。娩，ㄇㄧㄢˇ。

【出世】出生，誕生。

【坐草】婦女生產、分娩。

【臨盆】婦女分娩。

【呱呱墜地】比喻誕生。

【襁褓】背負幼兒的布條和小被。借指嬰幼兒。

養育

【養育】扶養教育。

【拉拔】撫養長大。

【哺育】餵養培育。

【栽培】比喻教養人才。

【豢養】養育。豢，ㄏㄨㄢˋ。

【調教】指導教育。

【撫育】撫養教育。

【鞠養】養育。《西遊記·第三十七回》：「你既然認得白玉珪，怎麼不念鞠養恩情，替親報仇？」

【孝順】侍奉父母盡孝。

【伺候】侍候，服侍。

【侍奉】服侍，伺候。

【奉養】侍養父母。

【承歡】順從父母，使父母歡

嫂嘆了一口氣。兩個小皮球是消掉了，可是一對眼眶卻漸漸的紅了起來。我看見順嫂滿面充滿著憐憫的神態，我也似乎覺得金大奶奶那雙假眉及一拐一拐的小腳雖然看著彆扭，但是怪可憐的。（白先勇〈金大奶奶〉）

蕭蕭次年二月間，十月滿足，坐草生了一個兒子，團頭大眼，聲響洪壯。（沈從文〈蕭蕭〉）

雨說：我來了，我來的地方很遙遠／那兒山峰聳立，白雲滿天／我也曾是孩子和你們一樣地愛玩／可是，我是幸運的／我是在白雲的襁褓中笑著長大的（鄭愁予〈雨說〉）

不過，心中總是疑惑著怎樣的部落能夠豢養出排灣族人的尊貴？怎樣的土地能夠豢養出嚴謹有序的排灣族社會組織？（霍斯陸曼·伐伐〈戀戀舊排灣〉）

賈政朝罷，見賈母高興，況在節間，晚上也來承歡取樂。設了酒果，備了玩物，上房懸了彩燈，請賈母賞燈取樂。（清·曹雪芹《紅樓夢》）

下午放學後，方燈和阿照一塊去看了傅鏡殊。他已經能活動自如，雖然還是咳個不停，正打算提水去澆幾日未曾照拂的花花草草。阿照主動包攬了全部的活，吃力地提著比他自己輕不了多少的水桶，眼睛卻忙不過來一般環顧著從未曾踏足過的傅家園。（辛夷塢《蝕心者》）

世間有運氣找到所愛的工作，從事所愛的工作的人，還不到百分

喜。「承歡膝下」。

【供養】提供生活上所需要的物品、金錢。

【看顧】照應，照顧。

【照拂】照顧。

【贍養】供衣食生活所需。

生存

【存】活著、生存。

【在】生存、活著。

【在世】活在世上。

【健在】健康的活著。

【苟全】苟且保全。諸葛亮〈出師表〉：「苟全性命於亂世，不求聞達於諸侯。」

【苟活】屈節辱身，苟且偷生。

【偷活】苟且求生。

【偷生】苟且求生。

【貪生】過於眷戀生命，不肯犧牲就死。

【貪生】對生命過於眷戀，而不肯犧牲就死。

【倖存】僥倖存活。

【餘生】倖存的生命。

【殘生】老年。亦指剩餘的生命。

【苟延殘喘】勉強延續生命。

死亡

【致死】導致死亡。

【垂死】接近死亡。

【死亡】喪失生命。

【亡故】死亡、去世。

【去世】死去，離開人世。

【逝世】離開人世。

之五，可是覺得養育子女是最深刻最有興趣的人生動力的父母，卻有百分之百（……）（林語堂《人生的盛宴》）

如果爸爸還在世，一百歲的他一定會感到很寂寞吧，因為媽媽已經不在了。他的兩個妹妹，一個早在廿多年前病故，另一個也在前年過世。他那一輩的人只剩下三個比他年輕許多的堂弟。他的老友們還健在的可能性更是微乎其微了。（李黎〈我帶爸爸回家〉）

唉，人誰能夠不死，死的遲早，又有什麼相干，我豈是個貪生怕死的小丈夫！……可是，可是，像我這樣的死去。造物也未免有點浪費，我到今日非但事業還一點兒也沒有做成，就是連生的享樂，生的真正的意味都還沒有嘗到過。（郁達夫〈蜃樓〉）

對別人生命的冷漠，恰恰說明了人們對自己苟延殘喘的生命的珍愛，這就是「文革」形成的文化生態。對別人生命的冷漠已經成了我們民族的文化取向，滲入我們的血液以至骨髓。（張賢亮〈美麗〉）

父親的憂傷已然隨著他的虹膜死去，而我則放棄了走出那個空間。（或者說，時間？）甚至在祕密的時刻，還常藉著憂傷為引，跟逝去的父親數度長談。上帝曉得在他生前，是對十六歲以後的我多麼陌生，而我也從不認得心臟衰弱、腦血管壁逐漸變薄變脆的父親。（吳明益〈死亡是一隻樺斑蝶〉）

【過世】死去。

【卒】死亡。

【逝】死亡。

【歿】死。韓愈〈祭十二郎文〉：「中年，兄歿南方，吾與汝俱幼。」

【薨】ㄏㄨㄥ，古代諸侯或大官之死稱為「薨」。《禮記．曲禮下》：「天子死曰崩，諸侯曰薨。」

【崩】古稱天子之死。如：「駕崩」、「崩殂」。

【晏駕】皇帝駕崩。

【崩殂】天子死亡。諸葛亮〈出師表〉：「先帝創業未半，而中道崩殂。」

【駕崩】尊稱天子死亡。

【殂】ㄘㄨˊ，死亡。

【故】死亡。

【喪】死亡。

【斃】死。

【大故】死亡；死期。

【大限】年壽已盡。即死期。

【大去】去世。

【亡歿】去世、死亡。

【喪命】失去性命。

【喪生】失去生命。

【殞命】喪失生命。

【隕滅】比喻喪命。或作「殞滅」。

【溘逝】死亡。溘，ㄎㄜˋ。

【斷氣】氣絕死亡。

【氣絕】呼吸停止，死亡。

【氣盡】氣絕。

【絕氣】氣息斷絕。

【嚥氣】斷氣。

【伸腿】兩腿伸直。人死。

【物故】死亡。

【身故】死亡。

【故世】去世。

【辭世】去世、死亡。

【棄世】離開人世。《三國演義．第三回》：「兄醉矣！先父棄世多年，安得與兄相會？」

面對生命的大限，任何人都卑微而無奈，生死離別的分際，只有情愛的光輝分外耀眼。（鄭明娳〈讀人如讀書〉）

但最近兩年不見，他終於忘卻我的不好，只是惦記著我，惦記著我的兒子。我北來後，他寫了一封信給我，信中說道，「我身體平安，惟膀子疼痛利害，舉箸提筆，諸多不便，大約大去之期不遠矣。」我讀到此處，在晶瑩的淚光中，又看見那肥胖的，青布棉袍，黑布馬褂的背影。唉！我不知何時再能與他相見！（朱自清〈背影〉）

差不多先生差不多要死的時候，一口氣斷斷續續地說道：「活人同死人也差……差……差……不多，……凡事只要……差……差……不多……就……好了，何……必……太……太認真呢？」他說完了這句格言，就絕了氣。（胡適〈差不多先生傳〉）

讖語成真，父親棄世，想不到侍養母親的妹妹也天不假年，一家四口，如今只賸得我與年邁母親相依為命。即使如此，就更珍惜每一段相聚時光。母與子，本不多話，然而許多相聚沉默，竟也溫馨如許。一世一條路，母子一起走，從不知路有多長多短，也不可回頭走，多走一天算一天。（張錯〈小時候〉）

貼在您耳邊細訴，如溪水向東款流／您已過身了，必須把渡海的竹筏拋棄了／如拋棄您沉重的肉身／拋棄月色般的夢和記憶／如拋棄您認為已變異的窳瓜那麼果斷（詹澈〈河間人亡於瓜月——祭父〉）

前年戒煙，乃是柏楊夫人一句話，她曰：「你這麼大歲數啦，來日苦短，死在旦夕，仍吸那麼多煙，一旦得了砍殺爾，在床上翻來覆去，可沒人伺候，而且你萬一伸腿，家裡老的老，小的小，將靠何人？」（柏楊《柏楊全集》）

清太宗皇太極溘然長逝，令八旗王公大臣們錯手不及，憂心忡忡。

【謝世】死亡。

【下世】去世。

【過身】過世，逝世。

【殞命】喪失生命。

【物化】死亡。杜甫〈天育驃騎歌〉：「年多物化空形影，嗚呼健步無由騁。」

【客死】死於異國或他鄉。

【圓寂】修行人滅除煩惱，不再生死輪迴的境界。一般習慣用來指出家人的去世。

【永訣】生死離別，即今生無法再見面。

【一命嗚呼】生命結束。

【撒手人寰】人去世。

【與世長辭】去世，與人世永遠告別。

【溘然謝世】辭別人世，指死亡。

【殤】未成年而夭折。

【夭折】年少而亡。

【早逝】年紀很輕就去世。

【香消玉殞】女子死亡。

【珠沉璧碎】女子殞亡。

【蘭摧蕙折】女子夭逝。

【天年不遂】人沒有終壽而早死。

【瞑目】閉目。比喻人死的時候無所懸念。

死的婉辭

【仙逝】成仙升天。指人死亡。

【仙遊】稱人死亡。

【歸天】人死。因不忍直言死亡而改以委婉之辭替代。

【歸西】稱人死亡的委婉之語。

【升天】稱人死亡。

【千古】哀悼死者的話，為永別的意思。

暴卒的皇太極沒有留下任何遺囑，也從未指定過其身後的繼承人。於是，歷史似乎又重演了。「先帝上賓，諸王兄弟，相爭為亂，覬伺神器」，這一幕與當年英明汗去世時驚人的相似！更有甚者，後宮裏傳出了又一個震驚朝野的消息：永福宮莊妃願以身為皇上殉葬！（樸月《順治皇帝》）

我曾和我的父親永訣，曾和我的母親永訣，也曾和我的姊弟及親戚朋友們永訣，如今和房子永訣，實在值不得感傷悲哀。故當晚我躺在床裡所想的不是和房子永訣的悲哀，卻是毀屋的火的來源。（豐子愷〈還我緣緣堂〉）

講起話來喜歡支支吾吾的人，全是這種脾氣，你愈是催他，他講得愈是慢，索性不催他，他倒反而一五一十講出來了。我看看她，只見他大口地吞了一口酒，臉上也因之稍微有了一點血色，然後又聽得他道：「我父親，是三年前故世的。」我的忍耐力再好，到這時候，也忍不住頂了他一句：「鄭先生，另尊在三年前故世的，這一點，全世界都知道。」（倪匡《屍變》）

只見武大老婆，穿著些素淡衣裳，從裡面假哭出來。何九叔道：「娘子省煩惱。可傷大郎歸天去了！」那婦人虛掩著淚眼道：「說不可盡！不想拙夫心疼症候，幾日兒便休了，撇得奴好苦！」（明．施耐庵、羅貫中《水滸傳》）

在德國我見過一座墓，墓石兩邊浮雕一雙巨大的耳朵。死者長眠地下，還要傾聽世間的萬籟，這才叫不甘寂寞。這一雙石耳線條渾厚

【作古】做了古人，為死亡的婉辭。

【歸西】稱人死亡的婉辭。

【不在】死亡的諱詞。

【過去】死去。

【凋謝】枯萎、零落。常用來比喻人事的衰老死亡。

【永眠】永遠安睡。為死亡的代稱。

【長眠】死亡。

【安息】表示死亡或悼念死者的婉轉用語。

【長逝】一去不返，比喻死亡。

【永別】永遠離別，指死亡。

【永訣】永遠分別，指死亡。

【不諱】死亡。

【見背】指尊親去世。李密〈陳情表〉：「生孩六月，慈父見背。」

【棄養】父母逝世，子女不得奉養，泛指長者的死亡。

【丁憂】遭遇父母的喪事。

【遭家不造】家庭遭遇不幸的事。後借為居父母之喪的用語。

【斷弦】古代以琴瑟比喻夫妻，稱喪妻為「斷弦」。

【圓寂】出家人的去世。

【入滅】佛教謂達到不生不滅的境界。指僧尼死亡。

【坐化】佛教指高僧端坐安然而死。

【涅槃】梵語意為滅、滅度、寂滅。一般也尊稱出家人去世。

【撒手人寰】比喻人去世。

【三長兩短】意外的變故。多指死亡。

【善終】指能享天年，安詳而逝。

【正寢】在家中自然死亡。

【壽終正寢】人享盡天年，在家中自然死亡。

【壽滿天年】人活滿自然壽數而去世。

而洗練，和胖墩墩墓石諧調為一個渾厚的整體。墓碑上刻著一行字：「我帶不走的只有愛。」（馮驥才〈墓地——海外趣談〉）

狄金遜先生，請安息吧！亞當‧史密斯誓言為他的上司復仇。他向遺體深深鞠了一躬，他白睫毛的眼睛閃著異光，抬起烈日炙烤的紅色下巴，一雙下令封釘疫屋變得孔武有力的手緊握蓄勢待發。（施叔青《她名叫蝴蝶》）

當我死時，你的催眠中我將不再甦醒／不笑，不皺眉，不為誰偏執／沉靜如聆聽水聲的僧人／在落葉中坐化（楊佳嫻〈五衰〉）

在歷經人世的苦難和折磨之後，我早已學習堅強與不哭泣。八年前，一場意外奪走了父親的生命，那樣生猛的莊稼人，一家生活之所寄，就此撒手人寰，留下長年臥病的母親，以及我這未經社會歷練的孩子。（吳鳴〈最後的溫柔〉）

我們從搖籃到墳墓也不過是一條道路，當我們正寢以前，我們可說是老在途中。途中自然有許多的苦辛，然而四圍的風光和同路的旅人都是極有趣的，值得我們跋涉這路程來細細鑒賞。（梁遇春〈途中〉）

臣以險釁，夙遭閔凶。生孩六月，慈父見背。行年四歲，舅奪母志。祖母劉愍臣孤弱，躬親撫養。（晉‧李密〈陳情表〉）

「有三長兩短，」這句話像一柄鐵錘在覺新的腦門上打擊了一下。覺新痴呆地站在房中，過了半晌，才辯駁似地說道：「不會的。至少將來小少爺生出來，大小姐就可以過好日子了。」他說完聽不見應聲，覺得房裏很空闊。他驚覺似地四下一看，才知道他正對著這個空屋子講話，楊嫂已經不在這裡了。（巴金《春》）

死的蔑辭

【翹辮子】俗稱死亡。

【嗝屁】死亡的戲稱。

【見鬼】指毀滅或死亡。

【倒頭】指去世、死亡。

【伸腿】兩腿伸直。比喻人死。

【兩腿一伸】比喻死亡。

【回老家】死亡。

【上西天】死亡、去世。

【一命嗚呼】指生命結束。

為正義而死

【犧牲】為了某種崇高目的，付出自己的生命或權益。

【捨身】為事物盡力而不惜犧牲自己。

【就義】為義而死。

【捐軀】捨棄身軀。比喻為國家或為公務而犧牲生命。

【隕首】犧牲生命。

【殉】ㄒㄩㄣˋ，為達某種目的、理想而犧牲生命。

【殉國】為保全國家而奉獻生命。

【殉難】為拯救危難而犧牲生命。

【殉節】為保全志節而死。

【殉職】為公務犧牲生命。

【授命】獻出生命。

【陣亡】在作戰中死亡。

【玉碎】比喻為保持氣節而犧牲。

【成仁】完成、實踐仁德，多指為正義而犧牲。

【殺身成仁】指為正義而犧牲生命。

拉上簾子換注射管的時候，他小聲告訴我：他懷疑這間病房是末期病人在住的，他才進來四天，隔鄰那張病床便推進推出換了三個不同的病友。（不是出院，是嗝屁了。）我問他說到底檢查說是怎麼回事？他茫然地說誰知道。（駱以軍〈大麻〉）

若是子彈不會轉彎，你的伙伴就不會一命嗚呼。你記得他身穿防彈衣、頭戴防彈頭盔、手拿防彈盾牌追緝歹徒進入死巷底，為了安全，他背靠一堵牆。豈料，一顆從高處射下的子彈打在牆上，反彈斜角，自他腋下防彈衣空隙鑽入他心臟。（李順儀〈用槍的時機〉）

英英烈烈從容就義，大聲疾呼痛論淋漓那有什麼稀罕。但耐久地慘憺辛苦，走充滿荊棘的苦難之道，都不是容易的。路是明而且白。只是能夠不怕嶮岨崎嶇，始終不易，勇往直進的現在有幾個人？自己已是宣告自己的無能了。（王詩琅〈沒落〉）

當年錢牧齋也曾立定主意殉國，他雇了一隻小船，滿載著他的親友，搖到河身寬闊處死去，但當他走上船頭先用手探入河水的時候，他忽然發明「水原來是這樣冷的」的一個真理。他就趕快縮回了溫暖的船艙，原船搖了回去。他的常識多充足，他的頭腦多清明！（徐志摩〈論自殺〉）

離開棋盤／等於離開戰場，離開了／家鄉，他神色倉皇／弟兄們一定在尋找他／馬炮兵一定／有的被困，有的／受傷，有的含笑／陣亡。（渡也〈俥〉）

迫害與被迫害，或者倒置，或者共生，這便是德國民族的命運原型。當年，希特勒屠殺數百萬猶太人，怎麼沒人反抗？有的，索菲

【捨生取義】指為正義真理不惜犧牲生命。

【馬革裹屍】比喻英勇作戰，不惜在沙場上犧牲性命。

【肝腦塗地】比喻竭力盡忠，不惜犧牲生命。

【死得其所】形容人死得有意義有價值。

【粉身碎骨】比喻犧牲生命。亦作「粉骨碎身」、「粉身灰骨」、「碎骨粉身」、「碎身粉骨」。

（Scholl）兄妹在慕尼黑大學散發傳單，史陶芬伯格以行動暗殺希特勒，他們皆未成功，且很快便成仁。但他們讓我們知道，這個世界不是那麼冷漠無情，這個世界也不是完全沒有理想。（陳玉慧〈我的德意志生活〉）

死於非命

【非命】非壽終正寢。一般指因意外而死。

【死於非命】遭意外危害而喪生，不是自然死亡。

【橫死】因自殺、被害或意外事故等原因而死亡。

【凶死】遭殺害或自殺身亡。

【斃命】死去、喪命。「一刀斃命」。

【畢命】結束生命，多指橫死。

【暴卒】突然去世。

【暴斃】突然死亡。

【屈死】含冤受屈而死。

【瘐死】泛稱因病死於獄中。

【溺斃】淹死。

【滅頂】溺水而死。

【猝死】身體內潛伏的疾病突然發作，讓人在短時間內死亡。

畢竟老叔，那是我們的家人，那是多少個家庭無法釋懷的悲傷與難以釐清的謎團，毛澤東與蔣介石在爭奪政治勢力與江山而精精算計時，他們曾經算過天下蒼生將有多少人死於非命，多少破碎一如我們的家庭，要過了幾代才能弭補這樣的傷痕嗎？（師瓊瑜〈百年無愛〉）

王雄之死，引起了舅媽家中一陣騷動。舅媽當晚便在花園裏燒了一大疊錢紙，一邊燒，一邊蹲在地上念念喃喃講了一大堆安魂的話。她說像王雄那般凶死，家中難保乾淨。我告訴舅媽，王雄的屍首已經爛得發了臭，下女喜妹在旁邊聽得極恐怖地尖叫了起來，無論舅媽怎麼挽留，她都不肯稍停，當場打點行李，便逃回她宜蘭家中去了。（白先勇〈那片血一般紅的杜鵑花〉）

昨夜我一人／被拋擲到彼處／感覺到一種／滅頂前的悲傷（許悔之〈亮的天〉）

自殺

【自殺】自己殺死自己。
【自盡】自殺。
【引決】自殺。
【尋死】意圖自殺。
【尋短見】自殺。
【輕生】不愛惜生命。指人自殺。
【自戕】自殺或自己傷害自己。戕，ㄑㄧㄤˊ。
【自裁】自殺。
【上吊】將繩子吊在高處，套住脖子自殺。
【懸梁】上吊。
【投繯】上吊自殺。
【自縊】上吊結束自己的生命。
【自刎】自殺，割喉嚨結束自己的生命。
【抹脖子】拿刀割脖子。比喻自殺。
【服毒】服食毒物自殺。
【蹈海】投海、跳海。
【送死】自取滅亡。
【送命】斷送生命。
【凶死】遭殺害或自殺身亡。

夭折

【夭折】短命、早死。
【夭亡】短命早死。
【夭殤】短命早死。
【早逝】年紀很輕就去世。
【早夭】未成年即死去。
【殤】未成年而夭折。
【短命】壽命不長。
【短折】夭亡。

北歐人有理性的思維，卻是全世界自殺率最高的地區，我問一個很要好的丹麥朋友：「你們的社會福利那麼好，為什麼還那麼多人自殺？」他說：「就是因為太好了。人沒有困難也就不想活下去了。」（蔣勳《孤獨六講》）

老師翻到最後一頁的最後一幅畫——萬鴉飛過麥田，泥褐色翻滾的麥浪中，有萬鴉嘎然飛過，把顫抖的、氣絕般的落日遮滿。這幅畫是離開阿爾，搬到精神療養院後畫的最後一幅，畫完後，梵谷在麥田間舉槍自戕。（洪素麗〈萬鴉飛過廢田〉）

鄉下總傳說著這樣一個故事：一個年青漢子打生僻的小路上經過，看見一個女孩兒坐在路邊哭著。青年漢子動了惻隱之心，一問之下，無非是那女孩兒身世淒涼，走投無路，準備尋死，他帶她回家，才發現接了一個女鬼回來。然後道士來唸咒捉妖，硬生生的將夫妻拆散了。小時候在路上碰見漂亮些的陌生女人，便認為定是形跡可疑的鬼狐妖，總是遠遠地避開。（李藍〈山靈〉）

直到而立之年，才知道我有兩個夭折的哥哥，一次村裡拜拜，專程與父親回鄉參加遶境，問父親哥哥們可有墳塚，葬於何處？父親搖頭，說他不記得了。（吳鈞堯〈身後〉）

那邊，一幀髮型、衣著俱古舊的年輕男子和一幀白髮婆婆緊緊地併立同一相框裏，姓名是：李金同與李王秀英，不知何以，無需解釋便明白是英年早逝的丈夫和長壽卻茹苦含辛一生的妻。（愛亞〈大家〉）

社會》一、社會行為

1 求學學習

教育

【教育】教導培育。

【教導】訓誨指導。

【教養】教導培養。

【教化】教導感化。

【教誨】訓導教誨。

【教訓】教導訓誡。

【訓示】教訓指示。

【訓誨】訓導教誨。

【訓誡】訓誨告誡。

【訓導】訓誨教導。

【訓話】上級對下級作教導、告誡性的談話。

【說教】以言語教訓他人。

【言教】以言語教示他人。

【受教】接受他人的教誨。

【承教】接受教誨。

【親炙】親承教誨。

【雅誨】稱人教誨的敬詞。

【循循善誘】循序漸進地教育、誘導。

【諄諄善誘】誠懇耐心地啟發、引導他人。

【諄諄教誨】懇切耐心地指導、教誨。

【耳提面命】當面叮嚀教誨。指教誨殷勤懇切。

【耳提面訓】懇切地教誨。

【金玉良言】比喻非常珍貴的勸告或教誨。也作「金玉之言」、「金石良言」。

【言者諄諄，聽者藐藐】教導者有耐心而不知疲倦，聽者卻心

是的，讀懂黑土地這部博大恢弘、幽遠深邃的自然、歷史和人生的巨卷，需要時間的穿鑿和精神的反芻。如今，我頭上的野草榮而又枯，年已不惑，似乎才領略了一點她的教誨。她從我呱呱墜地的一刻起，就用日出日落、陽春嚴冬和風霜雨雪教導我。她要我生來就成熟，就懂得什麼是滄桑，什麼叫堅韌，什麼叫忍耐，什麼叫不屈。（韓靜霆〈黑土地〉）

前面的是二十六，後頭是二十八，她正是二十七。而且，大家也確實想起這個年輕女人一直老老實實地站著，連窩都沒挪。掌秤的女人把魚倒給她，一邊教訓道：「以後曉得了哦？別把號頭寫在衣服裡面，要什麼好看？要好看就不要吃魚。」（王安憶〈流逝〉）

老太婆出門，全身整齊乾淨，她們一律纏過足，醬菜車再慢，也往往追不上，這時候她們急了，擠尖嗓音：「喂——賣醬菜的——」，十幾戶以外的人都聽見了，醬菜販當然不例外，停車，等著看著，老太婆這又悠閒踱步了，她們從小被訓示要細步緩行的。「老祖太康健哪，」醬菜販在與老太婆相距十步時大男人就喊了：「康健多子孫哪。」他是認清來人才這麼稱讚的，來人若是兒孫少或子不肖孫不賢，他可沒膽量隨便阿諛，他會說：「老祖太愈老愈精神，走路真穩哩。」決不提子孫兩字。（阿盛〈煙火醬菜〉）

我自己從被父母耳提面命：「不准碰政治」，到在巴黎時，聽到

不在焉。形容白費脣舌，徒勞無功。

【誨爾諄諄，聽我藐藐】教導者有耐心而不知疲倦，聽者卻心不在焉。形容白費脣舌，徒勞無功。

【傳授】將知識、技能教給他人。

【面授】當面授予。

【口授】口頭傳授。

【教授】傳授知識、技藝。

【授課】講授課業。

【講課】講授功課。

【講授】講解傳授。

【講解】講論、解釋。

【講學】有關學術方面的講授。師生或朋友間，相聚研討學問。

【講習】共同討論，互相研習學問。

【教書】教導學生學習知識。

【口授心傳】教者以口頭傳授，受者用心中悟解。

【函授】用通信的方式授課。

【指授】指點教導。

【講座】大學或學習單位中對於某一個學術專題或範疇，所設立的定期或不定期、臨時或永久性的講學。

每一個人在午餐、晚餐、下午茶時間都在談政治，感受到六八年後法國人對政治的熱烈激昂，隨時可能會有一個同學站起來高聲朗誦出聶魯達的詩。我突然發現，革命是一種激情，比親情、愛情、比世間任何情感都慷慨激昂。（蔣勳《孤獨六講．革命孤獨》）

戴老師一上課就引了陶成章的話做開場白，然後談義和團的形成和白蓮教源流，把中國的祕密社會和宗教做了一個概略的介紹。我坐在方型桌靠右的位置，聽著戴老師講授從未接觸過的祕密社會和宗教史，腦子一團胡纏亂結，有一點茫然。（吳鳴〈春雨〉）

鄭先生具有文人特有的敏感稟質，他看來倒是不像一位膽量特別大的人，但我又記得在講解詩鬼李賀的作品時，因話題及於鬼而告訴過我們：「你們不必怕鬼。若真遇著鬼時，只要想一想：我頂多變成跟他一樣！」這雖是說笑的話，但對於膽小的我，一直是很好的信條。其實，凡事只要有最壞的打算，也就沒有什麼得失的計較。（林文月〈因百師側記〉）

大抵山水佳處，總是自然景物的美點發揮得最完美，最深刻的地方；孔夫子到了川上，就覺悟到了他的栖栖的一代，獵官求仕之非；太史公遊覽了名山大川，然後才死心塌地，去發憤而著書，從知我們平時所感受不到的自然的威力，到了山高水長的風景聚處，就會得同電光石火一樣，閃耀到我們的性靈上來；古人的講學讀書，以及修真求道的必須要入深山傍大水去結廬的理由，想來也就在想利用這一點山水所給與人的自然的威力。（郁達夫〈山水及自然景物的欣賞〉）

【指導】指引；教導。

【開導】勸解、引導。

【指示】對下屬或晚輩說明處理的原則和方法。

【指點】指示、引導。

【指引】指示、引導。

【引導】領導。

【誘導】勸誘開導。

【調教】指導、教育。

【點撥】指點。

【指揮】發號施令，指示別人行動。

【輔導】輔助及引導。

【領導】統率、引導。

啟發

【啟發】誘發開導，使人明白事理。

【啟蒙】開導無知的人，使明白事理。也指教導初學者。

【啟示】經由某些事的引發而領悟通曉。

【啟迪】啟發引導。

【提示】把別人沒有設想到的地方提出來，以啟發思考。

【提醒】從旁叫人注意，或加以指點。

【當頭棒喝】佛教禪宗接引弟子時，常用棒一擊或大聲一喝，使其領悟。後比喻使人立即醒悟的教訓。

記者問話：「是市長要你們來的嗎？」這人一臉落腮，穿吊帶牛仔褲，看起來像四十幾的三十幾歲人。「難道是你祖嬤叫我來的哩？」隊長心裡這麼想，嘴巴那麼說：「是的，我們奉市長指示。市長很關心這隻鱷魚，他焦慮得快要變成一隻恐龍了。」（林宜澐〈惡魚〉）

我好多次看到他讀起同時代的人的詩文，不免大罵「簡直胡說霸道！」「這真是豈有此理！」「他根本不懂，儘管亂寫！」給他一指點，我真的發現他所讀的那篇東西或者是文字上念不下去，結構上重複零亂，或者是前後矛盾，立意有不妥當等等的毛病。他很直率地說，「我是講究風格的。」他讀到好的詩文，那種奮激不下於他讀到劣作，「沒有話說！沒有話說！好極了！」然後他詳細說出那些妙處來。（思果〈藝術家肖像〉）

我們如真能夠像盧先生那麼靜觀默會天空的雲彩，雲物的美麗，也許會慢慢的陶冶我們，啟發我們，改造我們，使我們習慣於向遠景凝眸，不敢墮落，不甘心墮落。我以為這才像是一個藝術家最後的目的。（沈從文〈雲南看雲〉）

嚴老先生是到英國學習海軍軍事科學的，他卻自己研讀了哲學和社會科學。林老先生為了介紹西方的文學和文化，他不懂外文，只得請人口述，而自己執筆。這兩位老先生，在當時，都起了啟蒙和溝通中西文化的作用。（冰心〈漫談「學貫中西」〉）

……當太陽西傾，突出的樹杪紛紛將形象拋落那危亢的山頭，我獨坐高處，雙手抱膝，懷裡有些奇怪的心事，如絃琴緩緩訴說——樹

學

【自學】自我學習。

【自習】在課外或空閒的時間自己學習。

【預習】事前的準備學習。

【練習】反覆的熟練學習。

【自修】自己溫習功課。

【溫習】複習學過的功課。

【複習】溫習已學課程。

【討教】請教。

【就教】前往他人處受學。

【請教】請問、請求指導。

【切磋琢磨】切、磋、琢、磨是對玉石象牙的加工方法。比喻互相研究討論，以求精進。

【研習】研究學習。

【進修】進一步研究學習。

【實習】實地練習及操作。

【攻讀】致力讀書。

【深造】深入精微的境界。

【博學多聞】學問廣博，見識豐富。

【篤學好古】專心勤學古代典籍。

【獨學孤陋】比喻無人可切磋，學識有限。

影在游移，時間以它不平凡的耐心對我啟示著什麼，而我愚頑不能理會。（楊牧〈藏〉）

耶誕節的前夜，上午照常上課。言教授想要看看學生們的功課是否溫習得有些眉目了，特地舉行了一個非正式的口試。（張愛玲〈茉莉香片〉）

以學問說，他是博士，已到了最高的地步，不用再和任何人討教；以生活說，他不應當這樣自足自傲。是的，無論怎麼說，自己的身分滿夠娶個最有學問的女子，麗琳不是理想的人物；但是她有她的好處，她至少在這些日子中使他的生活豐富了許多，這樣總得算她一功。（老舍〈文博士〉）

人的性格也難免有瑕疵稜角，如私心、成見、驕矜、暴躁、愚昧、頑惡之類，要多受切磋琢磨，才能洗刷淨盡，達到玉潤珠圓的境界。（朱光潛〈談交友〉）

他自以為這信措詞淒婉，打得動鐵石心腸。誰知道父親信來痛罵一頓：「吾不惜重資，命汝千里負笈，汝埋頭攻讀之不暇，而有餘閑照鏡耶？〔……〕且父母在，不言老，汝不善體高堂念遠之情，以死相嚇，喪心不孝，於斯而極！當是汝校男女同學，汝睹色起意，見異思遷；汝拖詞悲秋，吾知汝實為懷春，難逃老夫洞鑒也。若執迷不悔，吾將停止寄款，〔……〕」（錢鍾書《圍城》）

熟練與生疏

【嫻】熟練。「嫻熟」。

【諳】ㄢ，熟練。

【純熟】熟練。

【圓熟】純熟，熟練。

【熟稔】熟悉。稔，ㄖㄣˇ。

【輕車熟路】熟習某事。

【駕輕就熟】比喻對事情很熟悉，做起來很容易。

【巧手】技藝精巧、高明。

【通曉】精通。

【善於】某方面有特長。

【精通】深入瞭解而貫通。

【擅長】專長，專精於某種技藝或學術。

【心手相應】指技藝的得心應手。

【遊刃有餘】對於事情能勝任愉快，從容而不費力。

【目無全牛】比喻技藝純熟高超。典出《莊子．養生主》：「始臣之解牛之時，所見無非牛者；三年之後，未嘗見全牛也。」

【鬼斧神工】形容技藝精巧，非人力所能及。

【爐火純青】學問、技術等到達精純完美的境地。

【老馬識途】經歷豐富練達的人。

【斲輪老手】技藝精練純熟或經驗豐富的人。斲，ㄓㄨㄛˊ。

【薑是老的辣】年長者經驗豐富，辦事歷練。

【手生】不熟練。

【生澀】不流暢、不熟。

【荒廢】荒疏。

【疏棄】疏遠嫌棄。

【不到家】技能或功夫不具備應有的水準。

我那時不諳花事，種過一盆據說最好養的黃金葛，居然被我種得奄奄一息，便以為自己的手指最好不要碰植物。（宇文正〈那房子，那時光〉）

她留給我的第一印象不算好，過於拘謹彷彿懼怕什麼以至於表情僵硬。她留下來了，很熟稔地進廚房——出於一種本能，無需指點即能在陌生家庭找到掃把、洗衣粉、菜刀、砧板的位置。（簡媜〈母者〉）

千手觀音，祢的千手真能翻雲覆海，普渡眾生嗎？人們只交口不絕地禮讚祢超俗非凡的形象，卻從不問及：是誰巧手地將一塊巨大的檀香木雕琢成今日，輝煌而又壯觀的神祇。（林文義〈千手觀音〉）

據聞用隕石做墓碑的詩人／能在死後通曉天文／死前所寫的詩句／都可以上奏到三十三天／成為一千年後／再生為人的註記（詹澈〈隕石碑〉）

琴言不得已，雙鎖蛾眉，把弦和起來。這邊漱芳依譜吹簫。琴言一來心神不佳，而且手生，生生澀澀的彈了一套《平沙》。（清．陳森《品花寶鑑》）

其實我寧可多情的少年勤寫情書，那樣至少可以練習作文，不致在視聽教育的時代荒廢了中文。（余光中〈我的四個假想敵〉）

石樑是個小鎮，附近便是爛柯山。相傳晉時樵夫王質入山採樵，觀看兩位仙人對弈，等到一局既終，回過頭來，自己的斧頭柄已經爛了，回到家來，人事全非，原來入山一去已經數十年。爛柯山上兩峰之間有一條巨大的石樑相連，鬼斧神工，非人力所能搬上，當地故老相傳是神仙以法力移來，石樑之名，由此而起。（金庸《碧血劍》）

見莊生已死，口稱：「可惜！」慌忙脫下色衣，叫蒼頭於行囊內取出素服穿了，向靈前四拜道：「莊先生，弟子無緣，不得面會侍教。願為先生執百日之喪，以盡私淑之情。」（明．馮夢龍《警世通言．卷二．莊子休鼓盆成大道》。蒼頭，指僕役。）

天公一枝筆，在一大地上塗抹，塗一次綠一分，直到夏初綠得透不過氣來為止。中國的山水畫不是青綠，就是赭，師法的是自然。（思果〈春至〉）

我們要揮著慧劍，割去陳腐。我們要廓清因循、頹廢、軟弱、倚賴、卑怯，和一切時代錯誤的思想——生命的毒菌。（羅家倫《新人生觀．自序》）

我看到京劇的危機，每一位同行都要有夸父追日的精神，才能與時代賽跑，毀滅是為了創新，創新是為了傳承，所以，傳承不是全盤的沿襲，傳承會帶來毀滅，毀滅也會帶來傳承。（吳興國〈自我學戲的那一天起〉）

這些廢話最見出所謂無用之用；那些有意義的，其實也都以無用為用。有人曾稱一些學者為「有用的廢物」，我們也不妨如法炮製，稱這些有意義的和無意義的廢話為「有用的廢話」。廢是無用，到頭來不可廢，就又是有用了。（朱自清〈論廢話〉）

【模擬】模仿。

【仿效】依樣效法。

【仿照】按照已有的或他人的方式去做。

【套用】模仿著應用。

【援例】引用過去的例子。

【私淑】未親受業而宗仰其學，並以之為榜樣，作為學習的對象。語出《孟子．離婁下》：「予未得為孔子徒也，予私淑諸人也。」

【取法】仿效，當作模範。

【師法】效法。

【踵武】跟前人足跡走。

【因循】遵循舊習而無所改動。

【因襲】守舊而不知改變。

【守舊】因襲舊法不變。

【沿襲】依循舊例來處理。

【效尤】故意仿他人過錯。

【效顰】不衡量本身條件，盲目模仿他人，以致效果很壞。「東施效顰」。

【生搬硬套】不考慮情況，機械化套用別人方法。

【亦步亦趨】形容事事仿效或追隨別人。

【如法炮製】依照往例或現有的方法辦事。

【有樣學樣】仿照既有的模式行事。

【步人後塵】追隨效仿。

【照貓畫虎】照樣子模仿，沒有創意。

【依樣畫葫蘆】比喻一味模仿，毫無創見。

創新

【首創】最先開創。

【開闢】開拓，闢建。

【創舉】前所未有的舉動或事業。

【絕活】絕招；一般人所不具備的技藝。

【獨創】獨特的創造。

【自成一家】別出心裁創新，而自成一種風格。

【匠心獨運】心思巧妙，創作不同流俗。

【別出心裁】獨出巧思，不流俗。

【別開生面】創新風格、形式。語本杜甫〈丹青引贈曹將軍霸〉：「凌煙功臣少顏色，將軍下筆開生面。」

【革故鼎新】革除舊弊，建立新制。

【推陳出新】除去老舊的，創造新事物或方法。

【創格趨新】開創新的風格，傾向新的法式。

【標新立異】創新奇的名目或主張，表示與眾不同。

2 工作營生

謀生

【上工】開始工作。

【從事】將某類事情當作職業般去做。

【就業】任職工作。

【謀生】找工作維持生活。

【謀事】謀求職業。

【討生活】過日子。

【謀食】謀求生計。

我沒享受過什麼好日子，也沒煮過什麼好菜，可是既然來到這裡，還是得拿出生平唯一的絕活兒，向大家請教請教。（郝譽翔〈餓〉）

以前我跟旁人一樣，只佩服他能利用廢物，匠心獨運地做出清幽可愛的煤渣盆景，何嘗知道這正是藝術修養的一種細微的表現呢？（鍾梅音〈煤渣盆景〉）

翻譯霍普金斯尤難，因為他遣辭造句殊為大膽，志在創格趨新，每每逸出常態，所以語言次序可能顛倒相反，非入神揣測是無從領略的。（楊牧〈疑神〉）

小盤還是初次主持這麼大場面又是別開生面的宴會，正襟危座，神情有點不大自然。但最緊張的仍要數坐在朱姬後側侍候的嫪毐，因為朱姬剛告訴他：待會儲君會公布擢升他為內史的事了。不過最慘的卻是項少龍，被安排到小盤右側呂不韋那第一席處，一邊是呂不韋，另一邊則是木無表情的呂娘蓉和管中邪，莫傲則照例沒有出席，既因職份不配，也免惹人注目。（黃易《尋秦記》）

長久謀食於異地，謹慎的求自保已成為他無需思索的求生原則。（黃錦樹〈魚骸〉）

耕種無非為了餬口養生，故而村人積數十年甚或幾百年將可耕土地擴充，他們努力並刻意，能挖掉一方石頭就挖掉一方石頭，能保住一分水氣即保住一分水氣。（舒國治〈村人遇難記〉）

站在旁邊的我們，除了萬分的疼惜，更有無限的敬佩，禁不住替

【餬口】填飽肚子。比喻勉強維持生活。

【奔波】形容人勞碌奔走。

【作嫁】比喻徒然為他人辛苦。

【拚搏】打拚、鬥搏。形容全心、努力在工作上。

【勞碌】辛勞忙碌。

【闖江湖】離家出外謀生，尋求發展。

【陳力就列】各人在自己的工作崗位上施展才能。陳，施展。列，職位。

【做牛做馬】工作勞苦。

【櫛風沐雨】以風梳髮，以雨沐浴。比喻在外奔走，極為辛勞。

【持祿】保祿位，無建樹。

【尸位素餐】佔著職位享受俸祿卻不做事。

【無功受祿】沒有功勞而接受賞賜。

【拔擢】提拔，升用。

【晉升】晉級擢升。

【獎掖】獎賞提拔。

【加官晉祿】晉升官職，增加俸祿。

【魚躍龍門】登上高位。

【降職】貶低職位、等級。

【貶謫】降低官等職位，並調派到遠方就任。

失業

【免職】免除職務。

【革職】免職。

【開除】取消職務。

【裁員】削減工作人員。

【解聘】雇主與受聘者間解除聘用關係。

【解僱】停止雇用。解除約雇關係。

【遣散】解散。解除職務。

【罷黜】免職。

【辭退】免除他人的職務。

這位心甘情願為文藝作嫁的編輯人鼓舞打氣。（鄭明娳〈側寫封德屏〉）

在夜以繼日的拚搏過程中，我們往往沉淪在意氣用事和爭長護短的泥沼之中，忘卻原則，忘卻自省，忘卻冷靜，忘卻虛心長進。（董橋〈是心中掌燈的時候了〉）

那時他是福建省政府的參議，有很多人不諒解他，說他平時寫文章老是罵做官的人尸位素餐，只拿乾薪，不替老百姓做事，如今他自己也做起官來了。（謝冰瑩〈郁達夫〉）

老黃急急：「三少爺，三少爺。」我說：「我一直令他失望，我不是一個好兒子，我不是一個好兒子。」老黃細細聲說：「三少爺，現在發奮還來得及。」我把頭靠在小曼肩上，小曼一言不發，緊緊摟著我。我猜就是在這一剎那，我對小曼有了真心。我發誓如果爹爹可以康復，我會做他的好兒子，做牛做馬，在他寫字樓做後生，此後年年月月日日，孝敬他，不再往外國流浪逍遙。（亦舒《玫瑰的故事》）

我實在不願意去記掛早晨那件事情，那只是個意外，我說它是意外，一點也錯不了。他們要裁員，很不幸地裁到我了，它不是意外是什麼？（吳國棟〈解雇日〉）

新上任的改革家，鐵腕人物，第一招就是對那些調皮搗蛋的人物實行「炒魷魚」。你不好好幹？你改不改？你還搗亂？好，請你捲鋪蓋卷，滾蛋！（劉心武〈公共汽車咏嘆調〉）

等到楊鄉長連任兩期即將退任之前，一個真實的消息走漏，一夜

【炒魷魚】魷魚一炒便捲起，比喻被辭退、解雇。

【捲鋪蓋卷】收拾行李。比喻遭解雇。

【退任】離職、卸任。

【告老】年老而辭職。

【倦勤】厭倦辦事。

【賦閑】沒工作閑在家。

【致仕歸鄉】辭官退休回歸故鄉。

【掛冠求去】自動辭職。

交易

【採辦】採購各類物品。

【置辦】購置。

【收購】大量或各處收買。

【批購】大批購買。

【販賣】商人買入貨物而轉售給消費者。

【行銷】銷售。

【銷售】出售，販賣。

【出脫】賣出、脫手。

【出讓】轉讓財貨或出售。

【變賣】出售產業或物品。

【惜售】捨不得把產品或商品輕易賣出。

【躉賣】整批出售。躉，ㄉㄨㄣˇ，成批的。

【拋售】將大量物資出售，減低損失或平穩價格。

【傾銷】以低價大量銷售。

【供銷】供應和銷售產品的商業性活動。

【招徠】吸引人群目光，以招攬生意。徠，ㄌㄞˊ。

【展銷】展示推銷。

【兜售】向人兜攬出售。

【仲介】從中為買賣雙方介紹、提供資訊等，並於成交後抽取部分佣金的行為。

【拉縴】拉攏、撮合。

之間，全村子裡的人都知道，姓楊的退任之後，馬上就轉入工廠的公司內部當一個高級主管。（黃春明〈放生〉）

回家變賣典質，父親還了虧空；又借錢辦了喪事。這些日子，家中光景很是慘澹，一半為了喪事，一半為了父親賦閑。（朱自清〈背影〉）

就是孩子能掙到錢，我也不要置辦那中看不中用的東西，家裡許多正經事還得他辦了呢。唉，他爹的，他爺爺奶奶的靈柩，還都沒下土……（凌叔華〈楊媽〉）

這是一對賣草的夫婦，但這職業是從他們搬到這間屋子來時纔開始的。房屋只有一間，原不是他們的產業，當他們出脫了原有的幾畝地和一幢平房時，一個鄰人正要把這房屋拆了搬往別處去。（羅淑〈生人妻〉）

有這麼幾回都急得要去找老梁想辦法替伊留意個像他女人所做的那一類洗衣幫傭的工作，或者覓個地方讓伊也像老梁那模樣能夠在晚上擺地攤躉賣外銷剩下的成衣，棉被什麼的。（王禎和〈素蘭要出嫁〉）

然後是賣青菜和賣花兒的。講究把挑子上的貨品一樣不漏地都唱出來，用一副好嗓子招徠顧客。白天就更熱鬧了，就像把百貨商店和修理行業都拆開來，一樣樣地在你門前展銷。（蕭乾〈吆喝〉）

但是，如果像多數同伴那樣，祇是坐在地上，伸出手，那是不會有多大入息的，阿枝也曾試過，就是不能像阿普哥那樣呼天嗆地，頭如搗蒜。（鍾肇政〈阿枝和他的女人〉）

其實，我長大後才曉得，祖母的養蠶並非專為圖利，葉貴的年頭

【轉手】間接經手。

【糴糶】ㄉㄧˊ ㄊㄧㄠˋ，買賣糧食。

【成交】買賣、交易成立。

【兩訖】買賣雙方將貨物與貨款同時付清，完成交易手續。「銀貨兩訖」。

【開價】要價，賣主提價格。

【討價還價】賣方索價，買方還價，以達理想價錢。

【賺】獲得、贏得。

【掙】努力獲取；賺取。

【獲利】取得利益。

【分紅】雇主將事業單位獲得的利潤，依照事業訂定的比率，與被雇人共享。

【牟利】獲取利益。

【漁利】用不當手段獲利。

【圖利】圖謀利益。

【暢銷】商品銷路旺盛。

【穩賺不賠】一定賺錢。

【薄利多銷】以低價刺激購買，達到多銷目的。

【蠅頭小利】微少利益。

【賠】虧損、損失。

【認賠】承認賠償或寧願損失。

【蝕本】虧損。

【滯銷】貨物不易銷售。

【虧空】現金比帳面短少，或入不敷出，以致負債。

【入息】收入、利潤。

借還

【告貸】請求借錢。

【求借】向別人借貸財物。

【通融】暫時借貸，以補款項的不足。

常要蝕本，然而她喜歡這暮春的點綴，故每年大規模地舉行。（豐子愷〈憶兒時〉）

到了這時，明珠和索額圖才知道康熙接見卓索圖的真實用意，心裡佩服得五體投地。索額圖便道：「他如今結交你們東蒙各位王公，是怕將來他進攻漠南，懼怕你們派援兵相抗！」明珠也道：「對，等收拾了他們，就輪到你了！貪他這點蠅頭小利，卻忘掉了君臣大義，身死家亡，值嗎？」卓索圖喃喃說道：「這，這是真的？……」康熙朗聲大笑：「一點不錯！卓索圖，葛爾丹由于你離得太遠，鞭長莫及，所以用女子玉帛來攏絡你，由著他在西邊折騰。待到他兵臨科爾沁時，你明白過來也遲了！」（二月河《康熙大帝》）

乃意實在按捺不住好奇，「能否告訴我，甄先生，你為何懼內？」甄佐森一怔，苦笑連連，仿佛想開口傾訴，卻又再苦笑起來，如此這般，幾次三番，作不得聲，終於啞口無言。十多年夫妻，無數糾葛，千絲萬縷的關係，都還不算，事實上他根本離不了她，每次虧空，都由妻子搬出娘家有力人士把數目填回去，他應當感激她，不知恁地，卻越來越恨她，她每付出十塊錢，勢必取回他價值一百元的自尊，然後仍然以他的恩人自居，又諸般恫嚇，聲聲要在祖母跟前拆穿他，好讓老太太在遺囑上剔除他的名字。（亦舒《痴情司》）

有人天天喊窮，不是今天透支，就是明天舉債，數目大得都驚人，然後指著身上衣服的一塊補綻或是皮鞋上的一條小小裂縫做為他窮的鐵證。這是寓闊於窮，文章中的反襯法。（梁實秋〈窮〉）

十二歲那一年春節前，母親最後一次走進當舖，那是為了清償二

【舉債】借錢。

【清償】償還債務。

【歸還】還給、償還。

【奉還】歸還，報答。

【璧還】完整無缺的退還。

【完璧歸趙】物歸原主。典出《史記．廉頗藺相如傳》。

3 愛情、婚姻、家庭

愛戀

【動情】發生情感。

【懷春】春情發動，思及婚嫁。語出《詩經．召南．野有死麕》：「有女懷春，吉士誘之。」

【情竇初開】初通情愛的感覺。

【一見鍾情】形容初次相見就彼此愛悅。

【求愛】向人表示愛意。

【相思】戀愛相思慕。

【愛慕】喜愛仰慕。

【單戀】單方面的愛戀。

【單相思】單方面的愛戀思慕。

【浪漫】富有詩意，充滿感性氣氛。

【多情】富於感情。

【初戀】第一次的戀愛。

【相戀】互相愛悅的行為。

【熱戀】完全投入於彼此互相愛慕的情況。

【墜入情網】情愛似網，一旦墜入，便難以擺脫。

【含情脈脈】用眼神表達內心的感情。

【兩情相悅】彼此情投意合。

【眉目傳情】以眉毛和眼睛傳達情意。

哥在賭場欠下的債務。她賭氣不蒸年糕，不買新衣，不辦祭神供物，祇用素果清香禱拜祖先。（阿盛〈娘說的話〉）

女孩兒情竇初開，平時對二人或嗔或怒，或喜或愁，將兄弟倆擺弄得神魂顛倒，在她內心，卻是好生為難，不知該對誰更好些才是，〔……〕（金庸《神鵰俠侶》）

維持著浪漫的情調，我頗感興趣，我很願意把自己比做小說或電影裡的男主角，我是王子，而青青是平民的女兒；越受阻礙，我們的感情越濃厚，越受壓制，我們的感情越深切。（郭良蕙《感情的債》）

茶沒有喝光早變酸　從來未熱戀已相戀／陪著你天天在兜圈　那纏繞／怎麼可算短　你的衣裳今天我在穿／未留住你　卻仍然溫暖（林夕〈曖昧〉）

這個靈魂赤裸的男人，長處、短處、大處、小處，處處斑斑點點，他又是哪一份魅力使另一個女子如此鍾情並傷情於他，使我從此也小看他不得？（傅天琳〈我也這樣叫他：惠〉）

而在寒冷的冬夜裡啊／我癡情的隔著一層冰雪輕輕吻妳／隔著夢／我把妳吻成一座青山／吻成一條河流／含著淚／我把妳吻成一隻蝴蝶／吻成一朵／帶血的玫瑰（杜十三〈妳〉）

燭啊越燒越短／夜啊越熬越長／最後的一陣黑風吹過／哪一根會

【眉來眼去】形容男女之間以眉眼傳情。

【柔情密意】親密、溫柔的深切情意。

【卿卿我我】親密貌。

【談情說愛】雙方傾訴愛慕之意。

【幽期】男女間祕密約會。

【幽會】男女間祕密約會。

【調情】男女挑逗行為。

【鍾情】感情專注。

【癡情】多情而痴迷。

【迷戀】入迷難捨。

【眷戀】思戀愛慕。

【依偎】彼此靠在一起的親暱動作。

【擁抱】相擁而抱。

【親吻】以嘴脣觸接，表示親密喜愛。

【雲雨】比喻男女歡合。

【綢繆】親密、纏綿。

【繾綣】情意纏綿不忍分離的樣子。

【纏綿】不忍分離的樣子。

【恩愛】彼此真切的相愛。

【山盟海誓】對山、海盟誓，表示愛情真誠不變。

【耳鬢廝磨】耳旁的鬢髮相互摩擦，親暱的樣子。

【如膠似漆】像漆和膠黏著，比喻感情投合親密。

【色授魂與】彼此神交心會，情投意合而不著痕跡。

【連枝比翼】男女感情深厚，形影不離。

【魚水和諧】比喻夫婦好合，和樂融融。

【畫眉之樂】夫妻恩愛，有閨房之樂。

【舉案齊眉】夫妻相敬如賓。典出《後漢書．逸民傳．梁鴻傳》。

【鶼鰈情深】夫婦愛情深厚，相處融洽。

先熄呢，曳著白煙？／剩下另一根流著熱淚／獨自去抵抗四周的夜寒／最好是一口氣同時吹熄／讓兩股輕煙綢繆成一股／同時化入夜色的空無（余光中〈紅燭〉）

那寶玉恍恍惚惚，依警幻所囑之言，未免有兒女之事，難以盡述。至次日，便柔情繾綣，軟語溫存，與可卿難解難分。（清．曹雪芹《紅樓夢》）

昔有夫妻二人，各在芳年，新婚燕爾，如膠似漆，如魚似水。剛剛三日，其夫被官府喚去。原來為急解軍糧事，文書上金了他名姓，要他赴軍前交納。如違限時刻，軍法從事。（明．馮夢龍《醒世恒言》）

蘇櫻卻忽然不哭了，道：「你我萍水相逢，總算還很投緣，我希望你以後能想法子用石塊將這一山洞填滿，免得有別人再來打擾我們。」鐵萍姑道：「你……你怎麼能死呢。據我所知，你和小魚兒又沒有什麼山盟海誓，你為什麼要為他死。」蘇櫻淡淡道：「我並不覺是要為他死，我只覺得活著沒什麼意思了。」（古龍《絕代雙驕》）

他一直對自己這樣說：「他會來的，噢，怎麼不可以呢？不，不，他一定會的，我老想著他，不斷的念著他，他就會回來的了。」這麼多年來，他一直在尋找著，無論在街上，在醫院裏，在任何地方，只要碰到一個跟靜思相像的人，他就會生出無限的眷戀來。他會痴痴的纏著那個人，直到對方嚇得避開了為止，每一次他受了冷落，就一個人躲著傷心好幾天，好像他心裡那份感情真的遭了損害一樣。（白先勇《眷戀》）

【作媒】替人撮合婚姻。

【牽線】居中使雙方發生接觸或關係。

【撮合】從中介紹說合。

【執柯作伐】為人作媒。

【同居】男女生活在一起。

【試婚】男女雙方於結婚前先同居一段時間，然後再做結婚的決定。

【定情】訂定婚約，結婚。

【許配】女方應允男方的求親而訂立婚約。

【匹配】相配，結婚。

【婚配】結親、結婚。

【迎娶】新郎到女家迎接新娘行婚禮。

【娶親】男子結婚，也指男子前往女家迎親。

【出閣】古時公主出嫁稱「出閣」，今指女子出嫁。

【過門】俗稱女子出嫁。

【招贅】招進門納為婿。

【拜堂】新婚夫婦跪拜禮。

【合巹】結婚之禮，婚禮中新人交杯共飲。巹，ㄐㄧㄣˇ。

【立室】娶妻成家。

【完婚】完成終身大事。

【新婚】剛結婚。如「新婚燕爾」。

【結褵】結婚。褵，ㄌㄧˊ。

【圓房】新夫婦實行同宿。

【耦合】結合，結婚。耦，ㄡˇ。

【歸宿】可指結婚。

【明媒正娶】經過公開儀式的正式婚姻。

【悔婚】訂婚後一方反悔背棄婚約。

【退婚】解除婚約。

【仳離】分離或離婚。仳，ㄆㄧˇ。

【休】丈夫主動提出與妻子解除婚約。

【再婚】婚姻效力消失，再與他

她注意鏡子裡的自己，覺得過於精神了，不像是剛受到打擊的女人。可是為什麼要把這件事當做是打擊呢？她覺得自己並沒那麼愛良三。他們的婚姻是媒人撮合的。是很平靜不費力的婚姻。（袁瓊瓊〈自己的天空〉）

那天下午，新郎新娘飲「合巹杯」時，木蘭曾經和蓀亞說了幾句簡短的話。在別人散去之後，忽然就剩他倆在屋裡了，這時，他們沒有普通新郎新娘相對如陌生人那份兒尷尬拘束。（林語堂《京華煙雲》）

新婚夫妻總把吃飯的家伙靠邊放在屋子角落裡，他們不會考慮到人首先要吃飯，而只是想到要有愛情。（王安憶〈小院瑣記〉）

由於景明的敘述，我明白父親和母親，一對結褵三、四十年平日相敬如賓的老夫妻，時常為了我的事而口角；〔……〕（鍾理和〈奔逃〉）

既然這姻緣是她篤定要走的路，她就立了志向要在這路上找到她的歸宿。現在愛情是跟在她後頭跑的累贅，她來不及等它了。（蔣曉雲〈姻緣路〉）

然則，在那年的冬天，這一對偉大的試婚思想的實踐者，終於宣告仳離了。關於這仳離的理由，據我們的讀書界的消息說，則是因為他們要去「不斷地追索，以實現自我」底緣故。（陳映真〈唐倩的喜劇〉）

他自然也揣摸到慧美的私心。讓他和寧靜嫌隙加深，把寧靜休了，她好扶正。名為側，實為正，當然比不上名實皆正來得誘惑。（鍾曉陽《停車暫借問》）

周教官的女兒來台南探望父親，見田英體貼，父親高興，也就放心，反倒心存感激，覺得兩個弟弟和自己都在父親年邁時未能親盡孝道，現在有個貼心的填房，多少也減少些罪惡感。（馬森〈黑輪．米血．

人結婚。

【改醮】婦女再嫁。也作「改嫁」、「再醮」。醮，ㄐㄧㄠˋ。

【扶正】將妾升格為正妻。

【填房】妻子死後，再續娶的妻。

【續弦】男子喪妻再娶。

【鰥寡】年老而失去配偶的人。鰥夫，老而無妻之人。寡婦，丈夫已死的婦女。

【嫠】ㄌㄧˊ，寡婦。

【孀】寡婦。「遺孀」。

不合

【分手】別離，分開。

【失戀】戀愛中的男女，失去了對方的愛情。

【劈腿】比喻人用情不專，腳踏兩腳船或多條船。

【另結新歡】另外結交新識而喜愛的人。

【喜新厭舊】多指愛情不專一。

【楊花水性】比喻女子用情不專。

【負心】背棄恩義、情誼。

【絕裾】形容決意離去。裾，ㄐㄩ。

【捐棄】捨棄、拋棄。

【薄倖】薄情，無情。杜牧〈遣懷〉：「十年一覺揚州夢，贏得青樓薄倖名。」

【始亂終棄】男子誘惑女子做出違背禮法的行為，最後卻將她棄而不顧。

【外遇】有配偶而與人有超友誼關係。

【出軌】超出常規，外遇。

【戴綠帽】指妻子有外遇。

【下堂】女子被丈夫拋棄或與丈夫離婚。

關東煮〉）

姨太太賣給一個久鰥的小商人，算是續弦。孩子給前巷一家人家抱去，那家夫婦兩個守了十幾年不見一個孩子，這樣也算嘗嘗當父母的滋味。（葉聖陶〈遺腹子〉）

譬如說，一個失過戀的男人談到女人的時候便說楊花水性。反之，失過戀的女人則說癡心女子負心郎。（胡品清〈女人〉）

也許亞陶已經知道妳躺在醫院裡，預訓班裡臺北的消息傳得很快，難怪他不寫信來了，他說他最討厭扭扭捏捏病病哼哼林黛玉型的女孩子，他會毫不留情絕裾而去的，〔……〕（水晶〈愛的凌遲〉）

這段時間有人介紹一個寡婦給他。寡婦帶有一個男孩，同居了兩個月，嫌日子過的窮苦，帶著男孩下堂求去。（楊青矗〈低等人〉）

苦過、淚盡之後，我不能想像擁抱。人的一生只能浪漫一次，最初也是最後，哪怕是對同一個人，黃金時代只允許一次，破鏡不能重圓。（簡媜〈水經注——訣別〉）

木婉清續道：「我們下山之時，師父命我立下毒誓，倘若有人見到了我的臉，我若不殺他，便須嫁他。那人要是不肯娶我為妻，或者娶我後又將我遺棄，那麼我務須親手殺了這負心薄倖之人。我如不遵此言，師父一經得知，便立即自刎。我師父說得出，做得到，可不是隨口嚇我。」（金庸《天龍八部》）

啟事登報之後，第二天，曾文璞接到牛思道的一封信，信內措詞

【破鏡】夫妻分散或決裂。

【離異】離婚。

【勞燕分飛】伯勞和燕子離散分飛，比喻別離，而多用於夫妻、情人之間。

【同床異夢】共同生活或一起做事的人意見不同，各有打算。

【琴瑟失調】夫妻不和。

【貌合神離】表面上彼此很切合，實際上心思不同。

4 生活境遇

幸福、享福

【幸福】生活愉快，順遂圓滿。

【幸運】運氣好。

【福分】有享有幸福生活的運氣。

【福氣】福分。

【造化】福氣、運氣。

【甜蜜】親愛美滿。

【美滿】美好圓滿。

【圓滿】完滿而無所欠缺。

【甜美】美滿、幸福的生活。

【甜絲絲】感覺幸福甜美。

【享福】生活安樂適意。

【納福】享福。

【享樂】享受快樂。

【享用】享受應用。

【享受】安樂、舒適。

【消受】享用、享受。

【安享】安定的享受。

【坐享】不出勞力，就享受現成的獲利。

的語氣，比所預期者緩和得多。當然，老牛若像當年在職時，曾先生不會采取這樣強硬行動；不過，即便如今，他也預料素雲家不會沒有麻煩，至少也不愉快。出乎他預料而且使他放了心的是，牛思道信裏說小女不肖，貽羞兩家，他本打算私下商談離異，而不必見諸報端，因為如此使他有傷顏面等語。曾先生對來信的溫和極其滿意，又口授了一封語氣極其謙恭的信，大意為：若不是素雲的讕言蜚語已然在報上登載，曾家為維護家庭清譽外，決不會在報上登此啟事，實為不得已，萬分抱歉，務請原諒等語。（林語堂《京華煙雲》）

木屐已經在我們的生活裡走遠了，但我也能明白那古韻般的節奏是如何敲打著一個父親已入中年的木頭心。而我漸能體會，原來幸福都只是一種體驗的過程，而不可能直到永遠；或者說，一定要等到失去了某種關係後，在追悔中才能明白原來那就是所謂的「幸福」。（徐國能〈木頭心〉）

在北平住了兩年多了，一切平平常常地過去。要說福氣，這也是福氣了。因為平平常常，正像「糊塗」一樣「難得」，特別是在「這年頭」。（朱自清〈一封信〉）

除夕當天，母親要蒸好幾百個饅頭。數量多到這樣，過年以後一兩個月，我們便重複吃著一再蒸過的除夕的饅頭。而據母親說，我們離開故鄉的時候，便是家鄉的鄰里們匯聚了上百個饅頭與白煮雞蛋，送我們一家上路的。饅頭蒸好，打開籠蓋的一刻，母親特別緊張，她

【百福】祝福人家有福氣。

【平安就是福】指生活平穩沒有任何病痛危險就是福氣。

【福庇】敬詞，表示受人庇佑。

【福慧】福德和智慧。

悲慘

【悲慘】悲傷慘痛。

【悽慘】悲傷慘痛。

【悲涼】悲哀淒涼。

【淒涼】悲苦。

【淒清】悲傷淒涼。

【悽楚】淒涼悲苦。也作「淒楚」。

【慘痛】悲慘傷痛。

【慘然】憂戚哀傷的樣子。

【慘苦】悲慘憂苦。

【悲壯】悲慘雄壯。

【命苦】命運不好。

【苦命】指命運乖舛不順利。

【慘絕人寰】慘狀幾乎為世間所無，形容悲慘到了極點。

【慘不忍睹】形容情狀悽慘，令人不忍心看。

【傷心慘目】極為悲慘，使人不忍心看。

【天昏地慘】天地一片昏暗。形容淒黯愁苦的景況。

【愁雲慘霧】沒有色彩的雲霧。比喻淒涼，使人發愁。

的慎重的表情也往往使頑皮的我們安靜下來，彷彿知道這一刻寄托著她的感謝、懷念，她對幸福圓滿簡單到不能再簡單的祝願。（蔣勳〈過年是父母的鄉愁〉）

祂們是「神的戲班」。每到一處，在黑暗曠野中搭起的小戲台，篝火照明之處，空無一人，卻擠滿了悲慘臉孔的男鬼女鬼。祂們的戲就是演給這些怨靈和無主之鬼看。孤魂野鬼就是祂們的觀眾。祂們照著傀儡師的旁白動作，男歡女愛，孤臣孽子，千古冤案，孤騎護嫂，撞山救母。（駱以軍〈神戲〉）

辦完喪事後的黃昏，我們都回到母親的臥室，悽楚地清理她的遺物。「但餘平生物，舉目情淒洏」。那個黃昏，夕陽冉冉，猶有些許燠熱，但失去母親的子女，心中只有一片冰寒。我們銜悲默默，分頭清理，沒有費多少時間就做完了工作。（林文月〈白髮與臍帶〉）

阿瑄很焦慮，堅持要逃離日本兵經過的路線再遠一點兒。聽說幾里地之外，有一個村子，隱避在幽深的山谷裏。一天，他自己去看，好安排睡覺的地方兒。他出了一個高價錢，一家人願意讓他們去住。黃昏時節他趕回來，遇見同村住的一群人，哭喊著說日本兵已經進了村子。父親背著祖父，丈夫背著受傷的女人，說出慘絕人寰的遭遇。阿瑄問：「我們家的人在哪兒？」大家說：「誰知道？各人祇願自己逃命。」（林語堂《京華煙雲》）

光榮

【光榮】光耀榮顯。
【榮耀】光采顯耀。
【光耀】光榮、顯耀。
【光華】光榮、榮耀。
【風光】光采、榮耀。
【體面】面子、光采。
【好看】體面、光采。
【榮光】榮耀。
【榮幸】非常光榮、幸運。
【光彩】榮耀。亦作「光采」。

北平是很大的。以它的謙讓與偉大，它是可以擁抱下一切。但假若你被人曉得了是臺灣人，那是很不妙的。那很不幸的，是等於叫人宣判了死刑。那時候，你就要切實的感覺到北平是那麼窄，窄到不能隱藏你了。因為，它——只容許光榮的人們。因為，你——是臺灣人。然而悲哀是無用的。而悲憤，怨恨，於你尤其不配。（鍾理和〈白薯的悲哀〉）

那次婚禮很特別，就在東海大學的陽光草坪上，不過是簡單輕鬆的露天茶會，沒有請帖，也沒有主婚人，趙滋蕃老師暫充介紹人。聽說這個婚姻並沒有得到父母的同意。她的父母希望她嫁得更風光更體面，而她選擇的是，一個英俊卻一無所有的男人。（周芬伶〈閣樓上的女子〉）

丟臉

【丟臉】出醜、失面子。
【出醜】丟臉、失體面。
【糗】形容當場出醜而感到羞愧、不知所措。
【丟人】丟臉、出醜。
【可笑】形容人的言語或動作非常滑稽。
【坍臺】在眾人面前丟臉出醜。
【現眼】丟臉，當眾出醜。
【現世】丟臉、出醜。
【出洋相】出醜、鬧笑話。
【鬧笑話】因才能不足、經驗不夠而舉止失措，引人發笑。
【出乖露醜】在眾人面前丟臉、出醜。
【名譽掃地】身家名譽，一敗塗地。
【身敗名裂】事業、地位喪失，

斯文的語氣相當興奮。後面的一句話他著意說得頂慢，好讓別人聽明他話裏的幽默；還頓了一下，讓聽眾有時間來一下會意的微笑。可真糗！竟沒有一個在場的人發笑或會心微笑。（王禎和《玫瑰玫瑰我愛你》）

比如昨天早上你不來電話，從九時半到十一時，我簡直像是活抱著炮烙似的受罪，心那麼的跳，那麼的痛，也不知為什麼，說你也不信，我躺在榻上直咬著牙，直翻身喘著哪！後來再也忍不住了，自己拿起了電話，心頭那陣的狂跳，差一點把我暈了。誰知你一直睡著沒有醒，我這自討苦吃多可笑。（徐志摩〈愛眉小札〉）

後悔生下陶陶的日子終於來臨。我儲蓄半輩子就是為了她將來升學的費用，但是她偏偏不喜讀書，出盡百寶來出洋相，一波未平，一

名譽毀壞。比喻人失敗得很徹底。

【當場出彩】古時戲劇表演，用紅色水塗抹，裝做流血的樣子，稱為「出彩」。今多用來比喻當場敗露祕密或顯出醜態。

波又起。（亦舒〈胭脂〉）

走運

【走運】運氣好，行事順心。

【交運】走運，運氣好。

【得時】時運正好、走運。

【僥倖】意外地得到好處或免去災禍。

【萬幸】極僥倖、非常幸運。

【有幸】幸運、好運。

【時來運轉】遇到機會，由逆境轉順境。

【得運】獲得好運。

【行大運】碰到好運。

【走紅運】碰上好運，萬事皆能如意。也作「走好運」或「走時氣」。

【鴻運當頭】好運當頭，形容人碰上好的機會和運氣。

【天降洪福】形容好運從天而降，運氣極佳。

【時運亨通】運氣正好，做什麼事情都順利。

【財運亨通】形容人財運好，財源滾滾而來。

【否極泰來】情況壞到極點後，逐漸好轉。也作「否極泰至」、「泰來否極」或「否終而泰」。

【走順風】比喻諸事如意。

當坤樹走近來，他覺得還不適於說話的距離時，阿珠搶先的說：「我就知道你走運了。」她好像恨不得把所有的話都說出來。坤樹卻真正的嚇了一跳。（黃春明〈兒子的大玩偶〉）

他說：「那就再見吧。」我說：「好，再見。」便互相笑笑各走各的路了。但是我們沒有再見，那以後，園中再沒了他的歌聲，我才想到，那天他或許是有意與我道別的，也許他考上了哪家專業文工團或歌舞團了吧？真希望他如他歌裏所唱的那樣，交了好運氣。（史鐵生〈我與地壇〉）

這天匆匆出門時我看天色是陰的，一時心存僥倖想，也許今天不下雨吧，也就不帶傘了。說也奇怪，這麼多年了老學不會，台北的雨沒有僥倖，它是比八字更注定的事。果然午後就下雨了，比雨絲更大一點兒的雨，慢吞吞的，像是這雨自己下不了決心要不要作為一場雨。（柯裕棻〈冬雨〉）

這時候，我的心情可想而知：當你不幸在海上遇到風暴，而你所搭乘的又是一艘毫無抵抗風暴能力的小帆艇，那已夠糟糕的了；有幸你遇到了一艘船，可是船上人竟不講理到這種程度，竟要命人將你趕下海去，你會有甚麼感覺呢？（倪匡《屍變》）

【倒楣】運氣不好、遇事不順。亦作「倒煤」、「倒霉」。
【倒運】倒楣。
【倒灶】倒楣、時運不濟。
【蹭蹬】ㄘㄥˋㄉㄥˋ，倒楣、失勢、不得意。
【背】運氣不好。
【背時】倒楣、時運不濟。
【背運】命運或時運不佳。
【背興】倒楣、運氣差。
【觸霉頭】碰到倒楣、不愉快的事。
【不幸】倒楣、運氣不好。
【不祥】不吉利。
【晦氣】遇事不順利。
【乖舛】不順利。舛，ㄔㄨㄢˇ。
【喪氣】倒楣，不吉利。
【時運不濟】氣運不佳，無法如願以償。
【屋漏偏逢連夜雨】倒楣事接二連三不斷發生。
【流年不利】一年中運氣不好，行事不順利。
【無妄之災】意外的災禍。
【沒時沒運】運氣不好，時運不濟。
【命乖運拙】運氣不好，命不順。
【緣慳命蹇】機緣不濟，命運不順利。蹇，ㄐㄧㄢˇ。
【所謀輒左】策劃的事情經常不順利。
【四處碰壁】到處都遭遇到挫折。
【青白晦氣】沒有理由或原因，就碰上倒楣和不吉利的事情。
【惡運當頭】正碰上惡劣的命運。
【牽牛拔樁】繫在道路上的牛被人牽走，而附近無辜的鄰居卻平白受到懷疑和搜捕，比喻遭遇無妄之災。

我回到家裡甫卸行裝，哥哥便指點著被燒成灰燼的黑色山岡，向我述說。他搜羅盡所有最惡毒的詞彙，把那些至今尚不能查出姓名來的縱火燒山的人，罵入十八層地獄，永不超生，然後連帶把周圍幾十里地那些倒楣的居民，也拉進裡面去。他那映著深刻憎惡的眼光，和繃得緊緊的臉部肌肉，強有力地表示著蘊蓄在他內心的疾恨和忿怒。（鍾理和〈山火〉）

騙與被騙是一個很微妙的關係：有一種時候，即使明知是騙局，還欣然上當，樂在其中，那可真是最幸福的；其次是被騙了，但是終其一生都不知道，那就無所謂幸或不幸可言；而在上當的一秒鐘後或是數年後才驚覺，並因此產生憾恨，那就是人生的痛苦根源之一。人的一生，可能都是一部漫長的受騙史，「防人之心不可無」，或許就是防治詐騙的最初警語。（徐國能〈欺之以方〉）

傍晚六點半，我準時到達。停好車子，步行到我們約定會合的一家百貨公司門口之前，我遠遠地就辨識出陳子魚穿在身上的那件班尼頓針織線衫，游妙也有一件。浮現在腦海裡的，不是我對游妙的想念，而是很大的憤怒：「妳說，妳到底是誰？難道你是調查局還是情報局的人？妳偷看了我的相本嗎？妳為什麼和游妙一樣，一直給我很不祥的預感？為什麼，為什麼，妳們陰魂不散？這其中到底有什麼陰謀？」（吳若權〈蛋糕核桃燒〉）

她原來是關南人，也是受苦人。從前那個丈夫被日本抓去當兵，走了後就沒信來。她還有一個兒子，丈夫走後家裏就更沒法過活，過不下去，又遭年饉，沒有法，公公把她賣給一個跑買賣的了。她跟著他離開了家鄉，後來時運不濟，他又病死了，她才隨著幾個逃荒的到了這裡。（冰心〈太陽照在桑乾河上〉）

平安

【安】平穩、安全、舒適的狀況或環境。
【平安】平穩而沒有危險。
【安好】平安無恙。
【無恙】無疾、無憂。
【安康】安定、健康。
【安定】平安穩定。
【安生】安靜、安寧。
【安然】平安無事。
【安全感】安全無虞之感。

困苦

【困苦】貧困、艱苦。
【困難】窮困、艱難。
【困乏】貧困窘迫。
【困頓】困苦窘迫。
【困厄】處境艱難、困苦。
【辛苦】身心勞累困苦。
【磨難】在逆境中遭遇折磨、苦難。
【蹇】ㄐㄧㄢˇ，困苦、艱難。
【蹇促】處境困窘不順遂。
【顛連】非常困苦。
【艱難】艱辛困難。
【艱苦】艱辛困苦。
【艱辛】困難辛苦。
【艱困】艱難困苦。
【難過】不容易度過。
【顛躓】跌倒。多比喻處境艱苦、窮困。躓，ㄓˋ。
【屯邅】ㄓㄨㄣ ㄓㄢ，處境險厄，前進困難。比喻困頓不得志。

家家小紅門，門戶緊閉，小院內外草木清華，或有青苔覆瓦，亦十分清潔，無破落相。一眼看去，那景象是道地的「人家」，可以想見他們的生活，從容而謹約，早餐有牛奶或荷包蛋，晚餐四菜一湯有一小缽紅燒肉或獅子頭。小狗有排骨小貓有魚。守著一方晨昏，一方平安。（柯裕棻〈七月〉）

黛玉被寶玉纏不過，只得起來道：「你的意思不叫我安生，我就離了你。」說著往外就走。寶玉笑道：「你到哪裏，我跟到那裏。」一面仍拿起荷包來帶上。黛玉伸手搶道：「你說不要了，這會子又帶上，我也替你怪臊的！」說著，「嗤」的一聲又笑了。（清．曹雪芹《紅樓夢》）

如果妳可以選擇在一個比較年輕的媽媽肚子裡出生，妳或許就不會被迫及早「面世」，躺在保溫箱裡，全身插著管子，接受各種檢查，不需要一降落在地球上時，就奮鬥得那麼辛苦。問題始終在我，不在妳。妳是不能選擇的，而我是選擇者。（吳淡如〈不要效順我〉）

她閉眼盤坐在雲的頂端／看（寫）盡浮世間男女磨難／冰雪聰明 欲死欲仙／她每次凝神傾聽／那風，在時代後面惶惶追趕。（夏宇〈另眼相看歌贈張愛玲〉）

那劉姥姥先聽見告艱難，只當是沒有，心裏便突突的；後來聽見給她二十兩，喜的又渾身發癢起來，說道：「噯！我也是知道艱難的。但俗語說：『瘦死的駱駝比馬還大』，憑他怎樣，你老拔根寒毛，比我們的腰還粗呢！」（清．曹雪芹《紅樓夢》）

醫學院裡的行者應該是勇敢的，無懼於課業上最大的難關，無懼

【餐風露宿】在風中用餐，在野外過夜。形容生活或行旅的辛勞。

【飽經風霜】歷經許多艱辛困苦。

【水深火熱】比喻處境艱困、痛苦。

【一籌莫展】一點辦法也沒有。

【山窮水盡】比喻陷於絕境，窮困之至。

【走投無路】無路可走。形容處境窘困。

【釜中之魚】比喻處在絕境中的人。

【窮途末路】形容走投無路，處於十分窮困的境況。另有「日暮途窮」。

【油麻菜籽命】比喻女人的命運像油麻菜籽隨風飄散，落到哪裡長到哪裡，僅能隨遇而安，逃脫不了宿命。

安樂、悠閒

【安樂】安寧喜樂。

【安適】安穩舒適。

【安逸】安樂、舒適自在。

【康樂】安樂。

【清閒】清靜閒適。

【安閒】安靜悠閒。

【輕閒】輕鬆悠閒。

【閒適】悠閒安適。

【閒散】清閒少事。

【逸樂】閒適快樂。

【散逸】閒散安逸。

【悠閒】閒適自得，無所牽掛。

於漫漫長途間的困頓顛躓，勇於在礫土上生根，敢於把自己豁向茫茫大荒。（張曉風〈誰敢〉）

他的舊法蘭絨外套經過浸濕烤乾這兩重水深火熱的痛苦，疲軟肥腫，又添上風癱病；下身的褲管，肥粗圓滿，毫無折痕，可以無需人腿而卓立地上，（……）（錢鍾書《圍城》）

曹操下令軍中曰：「今劉備釜中之魚，阱中之虎；若不就此時擒捉，如放魚入海，縱虎歸山矣。眾將可努力向前。」（明．羅貫中《三國演義》）

查某囡仔是油麻菜籽命，落到那裡就長到那裡。沒嫁的查某囡仔，命好不算好。媽媽是公平對你們，像咱們這麼窮，還讓你唸書，別人早就去當女工了。你阿兄將來要傳李家的香煙，你和他計較什麼？將來你還不知道姓什麼呢？（廖輝英〈油麻菜籽〉）

偶爾會有外籍年輕人彈著吉他，吉他的盒子呈露在外，總有幾個硬幣瑟縮在盒裏，那是走唱的賣藝人。漠漠的行人匆匆走過，沒有人有那種閒適的心情駐足聆賞，只讓樂符隨意飄揚在走道和聽道裏。這時我總要想起小時侯看過的彈月琴的老婦人：「我來念歌囉——給您聽啊咿——」那樣淒涼的調子，一拉好像就是一條水流瀉出來。（蕭蕭〈月琴變吉他〉）

這時候蟋蟀在田裡，也在童年裡／菊花神陶淵明在家家戶戶，悠然／舉著黃色火焰／不見南山（渡也〈霜落下來〉）

養尊處優的土司一家，也變得十分關心農事。每天，我們一家，

【悠悠】安然閒適的樣子。

【悠然】閒適自得的樣子。

【優游】閒暇自得的樣子。

【陶然】形容舒暢快樂，怡然自得的樣子。

【悠然自得】神態從容，心情閒適。

【怡然自得】欣悅自得的樣子。

【養尊處優】自處尊貴，生活優裕。

【髀肉復生】漢末時代，劉備寄住荊州多年，因見自己久不騎馬，大腿上的肉已經長了出來，於是發言感嘆。後用以比喻或自嘆久處安逸，壯志未酬，虛度光陰。髀，音，ㄅㄧˋ。

受苦

【受苦】吃苦。

【吃苦】遭受痛苦。

【含辛茹苦】受盡各種辛苦。

【受難】遭到災難。

【受累】勞神費力。

【受罪】忍受痛苦。

【遭罪】吃苦、受罪。

【遭劫】遭遇劫難。

【遭殃】遭遇災禍。

【窮途潦倒】走投無路，失意不得志。

【在劫難逃】指無法避免的災難。

帶著長長一隊由侍女、馬夫、家丁、管家和各寨前來聽候隨時調用的值日頭人組成的隊伍巡行到很遠的地方。罌粟還未長成，就用無邊魔力把人深深吸引住了。（阿來《塵埃落定》）

寶玉因自來從未在平兒前盡過心——且平兒又是個極聰明、極清俊的上等女孩兒，比不得那起俗拙蠢物——深為恨怨。今日是金釧兒的生日，故一日不樂。不想落後鬧出這件事來，竟得在平兒前稍盡片心，亦今生意中不想之樂也。因歪在床上，心內怡然自得。（清．曹雪芹《紅樓夢》）

這青年生性溫和，他對幼時的好日子全無記憶，其實是在困頓中長大的。受苦是最普通的事情，受苦中些微的溫煦，倒給他留下深刻和豐富的印象。所以，他對六合的回憶，並不像他母親那麼黯然。（王安憶《富萍》）

我們愛上一個人，總要感到孤獨，那是命定的際遇，在愛中我們看到自我，看到自我原來可以那樣愛一個人，為他吃苦為他歡笑，在愛中看到自我的那一刻，也是我們看到自我能為戀人犧牲一切的時刻。（蔡詩萍〈孤獨，尤其讓我愛戀你〉）

四海不止一次遇到這種事，窮途潦倒的白人坐舊金山北上溫埠找工作，吃不了苦，流落酒館，喝上兩杯，例找比他們地位更低的人生事出氣。（亦舒《縱橫四海》）

【奔忙】奔走忙碌。
【奔波】勞碌奔走。
【奔走】為某事奔波、忙碌。
【奔命】為完成某件事情而奔走忙碌。
【闖蕩】離家出外謀生以尋求發展。
【走南闖北】往來各地，到過很多地方。
【忙碌】事情太多，不得休息。
【忙亂】忙碌煩亂。
【瞎忙】無條理的亂忙。
【繁忙】事情多而忙碌。
【操勞】勞苦工作。
【勞瘁】辛苦、勞累。
【勞碌】辛勞忙碌。
【勞苦】勞累辛苦。
【辛勞】辛苦勞累。
【勞頓】勞累疲倦。
【勞累】因過度勞動而疲倦。
【辛苦】身心勞累困苦。

遊蕩苟安

【遊蕩】閒遊不務正業。
【浪蕩】行為放蕩不檢。
【閒晃】無所事事，到處遊蕩。
【鬼混】不做正事，到處遊蕩。
【吃閒飯】不付出勞力，卻坐享其成。

停下來，停下你長途的奔波，／進來，這兒有虎皮的褥你坐，／讓我燒起每一個秋天拾來的落葉，／讓我低低唱起我自己的歌。／那歌聲將火光一樣沉鬱又高揚，／火光將落葉的一生訴說。（何其芳〈預言〉）

午飯前這一小時非常忙亂。首先要接連抽三五支香煙。我工作時一天抽兩包煙，直抽到口腔舌頭發苦發麻，根本感覺不來煙味如何。有時思考或寫作特別緊張之際，即使顧不上抽，手裏也要有一支燃燒的煙捲。因此，睡眠之後的幾支煙簡直是一種神仙般的享受。（路遙《早晨從中午開始》）

我不知道，最終我逐漸萎縮而腐敗的身體會先棄守，還是母親長年操勞而日漸衰老的身體先離去？我們擱淺，也許日子沒有變化，剩下等待，但至少現在還活著，無論活著的理由是什麼，我還擁有對方能一起等著最終的日子來臨。（林徽俐〈擱淺〉）

我這一時在鄉下，時常揣摩農民的生活，他們表面看來雖則是繼續的勞瘁，但內心裏都有一種涵蓄的樂趣，生活是原始的，樸素的，但這原始就是他們的健康，樸素是他們幸福的保障。（徐志摩〈青年運動〉）

在夜幕降臨的時分，會有一些無業的男孩女孩，幽靈般地遊蕩。他們逃離了社會正常的秩序，自己集合起部落式的集團，做些與這公認秩序不相投合的行徑，這又可否算是城市的故事？抑或只是城市外的故事，因他們是背叛城市又為城市背叛的生不逢時的原始部落民，最終是反城市的故事。（王安憶〈城市無故事〉）

【東轉西晃】形容到處走動、閒晃。

【吃現成飯】比喻不費辛勞，坐享其成。

【尸位素餐】佔著職位享受俸祿而不做事。尸，ㄕ。

【遊手好閒】遊蕩貪玩，無所事事的樣子。

【無所事事】閒蕩無事的樣子。

【苟安】苟且偷安。

【苟全】苟且保全。

【苟活】苟且偷生。

【偷安】貪圖眼前的安逸，不顧將來可能的危難。

【瓦全】自損氣節，以忍辱求全。

【混日子】沒有理想、沒有責任感，過一天算一天。

【苟延殘喘】勉強存續生命。

我就是那時候開始寫作的。我在「牙齒店」幹了五年，觀看了數以萬計的張開的嘴巴，我感到無聊之極。當時，我經常站在臨街的窗前，看到在文化館工作的人整日在大街上遊手好閒地走來走去，心裡十分羨慕。（余華〈拔牙〉）

在本城，去歌劇院或音樂廳，都像是出席儀式——一個社交儀式，看表演聽演奏只是典雅的藉口。在那些無所事事的夜晚，人們穿戴停當，顯得體面而富有教養。他們從四面八方聚攏來，在歌劇院或音樂廳裡見面了。（吳亮〈唱片〉）

我原是大時代的小人物，生命彷彿蜉蝣塵埃，漂流浮動於風雨煙火之間。苟全於此不知究係盛世抑或亂世的靈魂，為了排遣生涯之枯澀與無聊，必須自我說服，告訴自己：並不只是來此人間吃喝拉撒一番，我的存在，還有一點點超乎豬狗般動物性的價值與意義。（龔鵬程〈藏史〉）

得志

【否極泰來】情況壞到極點後逐漸好轉。

【得志】達到自己的志願。

【得勢】獲得有利的形勢。

【亨通】通達順利。

【順當】順適如意。

【順遂】稱心如意。

【飛黃騰達】飛黃，神馬名。騰達，形容馬的飛馳。飛黃騰達，比喻仕途得意。

【得意】達成其志，有所成就，或引以自豪。

我妹的小孩讀美國「小哈佛」，學校很小只有大學部，這學校以文科取勝，許多作家與學者群聚這裡當老師，小班教學，師生關係緊密，才念一年，浮華的個性全改了。他高中就得文學獎，劇作在大劇院演出，春風少年志得意滿，愛穿名牌，到這學校後，發現每個學生都一樣厲害，連樣子也接近，老師得的獎更多，彼此激勵，他每天埋頭在寫作與讀書，穿什麼也不在乎了。（周芬伶〈有放光的種子嗎？〉）

平亞細聲說：「我不能起來跟你一同行婚禮，心中真覺得對不起你。你看，我這麼軟弱。」曼娘說：「你不要想這個。」「一切都順當吧？」她回答：「一切都順順當當的。」「妹妹，為難了你。」「你

【稱心】如意、滿意。

【志得意滿】既得意又滿足的樣子。

【扶搖直上】自下急遽盤旋而上。比喻仕途得志。語本《莊子．逍遙遊》。

【青雲直上】順利迅速升到高位。青雲，顯要地位。

【平步青雲】順利無阻，迅速晉升高位。

【天從人願】事態發展順心如意。

【無往不利】做每件事都很順利。

【左右逢源】左右兩邊都能夠得到水源。比喻辦事得心應手或處事圓滑。

靜靜的躺著，什麼都會平平安安的。」（林語堂《京華煙雲》）

遯翁聽柔嘉要做事，就說：「我有句話勸你。做事固然很好，不過夫婦倆同在外面做事，『家無主，掃帚倒豎』，亂七八糟，家庭就有名無實了。我並不是頑固的人，我總覺得女人的責任是管家。現在要你們孝順我們，我沒有這個夢想了，你們對你們的夫總要服侍得他們稱心的。可惜我在此地是逃難的局面，房子擠得很，你們住不下，否則你可以跟你婆婆學學管家了。」柔嘉勉強點頭。（錢鍾書《圍城》）

失意

【失意】不如意、不得志。

【失勢】失去權勢。

【落魄】窮困潦倒而不得志。

【落拓】失意、不得志。

【落泊】潦倒失意。

【潦倒】不得志或生活貧困。

【蹭蹬】倒楣、失勢、不得意。

【坎坷】潦倒，不得志。

【寒酸】形容寒士的窮態或畏縮、不大方的姿態。

【失勢】失去權勢。

【不得志】不得意。

【坐冷板凳】比喻受冷落。

【懷才不遇】懷有才能卻際遇不好，未能受到重用。

【侘傺】ㄔㄚˋ ㄔˋ，失志喪氣的樣子。

【泥蟠】龍困於泥塗之中，比喻人不得志。

【鎩羽】鳥羽殘落，鳥雀無法高

某個星期六中午放學之後，不知道是什麼樣的衝動，我竟然跳上開往臺北的火車，下車後從後火車站不斷地問路走到那家外科醫院，然後在擠滿六張病床和陪伴家屬的病房裏，看到一個毫無威嚴、落魄不堪的父親。（吳念真〈只想和你接近〉）

他著著實實罵了個夠，看來就那麼容易的，僅僅一根火柴，就給這批流浪的葉子找到了棺材。也好，省得這裡潦倒，那裡落拓，就是走到天邊也不會再輝煌。說得定！樹是壓根兒也不教枯葉回到身上去。（管管〈歌和太陽和花和男子〉）

試想一想，如有銀錢經手的事，你信得過的朋友能有幾人？在你蹭蹬失意或疾病患難之中還肯登門拜訪乃至雪中送炭的朋友又有幾人？（梁實秋〈談友誼〉）

他能把別人的命運說得分明，／他自己的命運卻讓人牽引：／一

飛的樣子，形容人失志。鎩，ㄕㄚ。

【池中蛟龍】指英雄受困於形式或環境，不得發展。

【龍困淺灘】有才華的人被困在難以發展的環境中，形容人不得志。

【遭時不遇】活在一個無法伸展抱負的時代裡，表示時勢不可為。

【有才無命】指人有才幹卻因時運不濟，無法施展。

【身不遇時】沒有遇到好機會。

【龍游淺水遭蝦戲】比喻人身處逆境或困厄的環境，不得發展，反而遭到庸人的欺侮。

【受冷落】比喻人不被重視，才華能力遭到忽略。

【命途坎坷】命運不好，不順利。

【呵壁問天】用以形容文人失意的悲憤無奈。

個女孩伴他將殘年踱過，／一根拐杖嘗盡他世路的坎坷！（余光中〈算命瞎子〉）

我小時候沒有趕上念古書，可是老師希望我們讀讀《古文觀止》，因此對於列在陶淵明的〈歸去來辭〉後面的〈滕王閣序〉非常熟悉。這篇文章對於孩子們來說太深了一些，當時的我參不透王勃懷才不遇的感覺，對地理形勢的描寫也引不起我的共鳴，可是在我童年的心靈中，已經可以在老師的帶領下，體會到「落霞與孤鶩齊飛，秋水共長天一色」的詩情畫意。（漢寶德〈秋水共長天一色〉）

有成

【有為】有所作為。

【成功】成就事業；達成目標。

【成材】天資好，可以造就成有用的人才。

【成器】成材、可造就。

【勝任】能力足以擔當。勝，音ㄕㄥ。

【稱職】才能足夠勝任所擔負的職務。

【大有作為】有一番大的成就和貢獻。

【大器晚成】本指大的器具非一朝一夕可完成。引申指一個人的成就較晚。

成功時，身旁擠滿了人，每個人都對我們很好，很容易讓自己誤以為大家是喜歡我們這個「人」。其實，大家只是喜歡我們的「成功」。一旦這「成功」沒了，人潮就散了。一旦別的人有了這「成功」，人潮就向別人那裡湧去。（王文華〈別再祝他們鵬程萬里〉）

我想，江建一定是樂於和我一起去的，但是，出乎我的意料之外，江建竟一口拒絕，甚至連考慮也沒有考慮，便道：「我不去。」我一時之間，想不透他為甚麼回絕得如此之快，而江建自己，似乎也感到回絕得太突兀了，以是他忙又解釋道：「我要多加注意王振源，所以……我才不想去了，你一個人也足可勝任。」我沒有再說甚麼，而在那一剎間，我忽然感到，江建似乎正在掩飾著甚麼。（倪匡《湖水》）

無成

【無成】沒有成就。
【失敗】不成功。
【挫折】事情進行不順利。
【挫敗】挫折失敗。
【一事無成】沒有任何成就。
【沒出息】不上進、不成材。
【不成材】才能平庸，不堪造就。
【不成器】不能成為有用的器物。比喻人才能凡庸，不能有所成就。
【無所作為】沒有做出成績、沒有成就。
【不郎不秀】郎，平民子弟。秀，貴族子弟。不郎不秀，原指不高不下，後比喻不成材、沒有出息。
【不稂不莠】稂，ㄌㄤˊ，狼尾草。莠，ㄧㄡˇ，狗尾草。不稂不莠，本指田中沒有野草，後指既不像稂，又不像莠，比喻不成材、沒出息。
【不堪造就】比喻素質不佳，無法成器的人。
【糞土之牆不可杇】用穢土築成的牆難以粉刷好。比喻劣質之物，難以造就。杇，ㄨ。
【高不成，低不就】高水準的做不到，低水準的又看不上。比喻不合適而難有成就。

勝利

【勝】佔優勢，制服。
【遂】成功、成就。
【贏】勝。
【力勝】努力戰勝。

就在他感覺到沒有成績、失敗的時候，他忽然發現自己的智慧增長了。那個不留情地催他衰老的時光，這時忽然攜起他的手，拉了他作一個旅伴，與他訂交、作忘年的朋友；就在他眼前化成一位仁慈的長者，手中展開一幅航海圖來遞給他看。（鹿橋〈汪洋〉）

是的。回憶使回憶者當下的現實顯得不再那樣沉重，也使逝去的現實顯得輕盈許多。無論多麼深的挫折、刺痛相傷害在留待回憶重述的時候，都會使那消逝在時間裡的當下失去一點點重量。我們回憶、我們歎息，我們回憶、我們嗤笑，我們回憶、我們斥罵，我們回憶、我們輕嘲。（張大春《聆聽父親》）

從這笑中，海雲幾乎大喜過望地發現，卡羅也有著與健將相等的沒出息。那種公然對學問和才能的輕蔑，就在這笑容中。不同的是卡羅對這分沒出息是認清的，健將卻毫無認識，因此卡羅的沒出息表現出來便是一種脫俗，一種迷人的頹唐情調。（嚴歌苓〈紅羅裙〉）

九難見他與「神行百變」這項輕功頗有緣份，倒也大出意料之外，說道：「看來你天生是個逃之夭夭的胚子。」韋小寶笑道：「弟子練不成『神行百變』，練成『神行抹油』，總算不是一事無成。」（金庸《鹿鼎記》）

今天的美術比賽，成績空前好，我們學校得了一個亞軍，三個殿軍，團體成績是第四名。校長要我們盛大歡迎凱旋回來。（鍾肇政《魯冰花》）

我們看韓愈的「氣盛言宜」的理論和他的參差錯落的文句，也正

【求勝】爭取勝利。

【決勝】取得勝利。

【取勝】獲得勝利。

【大捷】取得大勝利。

【告捷】取得勝利。

【奏捷】獲勝。報告戰勝。

【凱旋】獲勝歸來。

【百戰不殆】多次戰爭都不失敗。

【攻無不克】只要進攻，沒有不打勝的。

【克敵制勝】戰敗敵人，贏得勝利。

【所向披靡】比喻力量所到之處，敵人紛紛潰退。另有「所向無敵」。

【連戰皆捷】接連數次都獲勝。

【屢戰屢勝】每一次戰爭或競爭都獲得勝利。

【戰無不勝】百戰百勝，無往不利。

【出奇制勝】指用奇特、創新的方法取勝。語本《孫子．勢》：「凡戰者，以正合，以奇勝。故善出奇者，無窮如天地，不竭如江河。」

【決勝千里】形容將帥謀劃得當，在千里之外，指揮若定而取得勝利。

【勝券在握】比喻很有把握，相信可以成功。

【穩操勝算】形容做事時，很有成功獲勝的把握。

【馬到成功】征戰時戰馬一到便獲得勝利。比喻成功迅速而順利。

【旗開得勝】一開戰就取得勝利。比喻事情一開始就獲得成功。

是多多少少在口語化。他的門下的「好難」、「好易」兩派，似乎原來也都是在試驗如何口語化。可是「好難」的一派過分強調了自己，過分想出奇制勝，不管一般人能夠瞭解欣賞與否，終於被人看做「詭」和「怪」而失敗，於是宋朝的歐陽脩繼承了「好易」的一派的努力而奠定了古文的基礎。（朱自清〈論雅俗共賞〉）

莊襄王望往項少龍，龍顏大悅道：「太傅先送回樂乘首級，又擒來趙穆，大大洩了寡人鬱在胸口怨氣，呂相國認為寡人該怎麼賞他呢？」項少龍忙謙讓道：「今趟之能出師告捷，全賴呂相國奇謀妙算，使人為我們造了四塊假面具，才能馬到功成。呂相國才是真正立了大功的人，少龍只是依命行事吧了！」（黃易《尋秦記》）

陝西某公，任鹽秩，家累不從。值姜瓖之變，故里陷為盜藪，音信隔絕。後亂平，遣人探問，則百里絕煙，無處可詢消息。會以復命入都，有老班役喪偶，貧不能娶，公賚數金使買婦。時大兵凱旋，俘獲婦口無算，插標市上，如賣牛馬。遂攜金就擇之。自分金少，不敢問少艾。（蒲松齡《聊齋志異》）

乾隆笑道：「這不應是罰酒，該是賀酒。白雲觀有個紅盔將軍，我們朝廷有兆惠，海蘭察，號稱『紅袍雙將軍』，家也在北京，所以不錯。他們兩個現在西邊冰天雪地裏出兵放馬。叫我說，除了太后，我們都舉杯，替他們納福，祝他們旗開得勝，馬到成功！」太后忙道：「這個如何輕慢得？我也舉杯！」（二月河《乾隆皇帝》）

【輸】失敗。

【失利】戰敗，打敗仗。

【披靡】潰敗逃散的樣子。

【挫敗】挫折失敗。

【敗北】戰敗而逃；失敗。

【落敗】失敗，被打敗。

【塌臺】比喻事業瓦解失敗，「垮臺」。

【潰敗】戰敗。

【覆滅】滅亡。

【顛覆】翻倒使其覆滅。

【鎩羽】鳥羽殘落，不能高飛。比喻人失志不得意。鎩ㄕㄚ。

【大勢已去】整個局勢已經無法挽回。

【付諸東流】比喻希望落空或前功盡棄。

【功敗垂成】事情在即將成功時失敗了。

【功虧一簣】堆一座九仞高的土山，差最後一筐而失敗。比喻事情不能堅持到底，功敗垂成。語出《書經．旅獒》：「為山九仞，功虧一簣。」

【潰不成軍】軍隊潰敗得不成個軍隊。遭到慘敗。

【一敗塗地】戰敗身死肝腦散落滿地。失敗到無法收拾的地步。語本《史記．高祖本紀》：「今置將不善，壹敗塗地。」

【片甲不留】軍隊打敗仗，全軍覆沒。

【折兵損將】戰敗損失了兵將。也作「損將折兵」。

【反敗為勝】從敗勢中得到勝利。

人一旦對他的一生發生了反觀，就像發現了鏡子一樣，發生了可怕的戰爭——對自己的老、醜、死的注定敗北的戰爭。（孟東籬〈生活〉）

我很滿意我井裡滴水不剩的現狀／即使淪為廢墟／也不會顛覆我那溫馴的夢（洛夫〈向廢墟致敬〉）

華山腳下一場大戰，魔教十長老多數身受重傷，鎩羽而去，但岳肅、蔡子峰兩人均在這一役中斃命，而他二人所筆錄的《葵花寶典》殘本，也給魔教奪了去，因此這一仗的輸贏卻也難說得很。（金庸《天龍八部》）

校醫發現我的肺部有些毛病，學醫於我不宜，勸我轉系。這真是一個晴天霹靂！〔……〕在醫預科三年，成績還不算壞，眼看將要升入本科了，如今竟然功虧一簣！從班導師的辦公室裡走出來的時候，我幾乎是連路都走不動了。（冰心〈我的同班〉）

葛停香冷笑道：「鐵打的人，也一樣有價錢的。」蕭少英恨恨道：「只恨我們一直都沒有找出他來，否則雙環門也不致一敗塗地。」葛停香道：「所以現在你就算已知道他是誰，也已太遲了。」蕭少英道：「還不太遲。」葛停香道：「現在你已有把握擊敗我？」蕭少英道：「現在我已擊敗了你！」葛停香冷冷道：「這句話你說得未免太早了些。」（古龍《七種武器》）

我一點兒沒有存心討好勖聰恕。在球場把他殺得片甲不留，面無人色。他打得不錯。我的球技是一流的，痛下過苦功。我做事的態度便如此，一種賭氣。含不含銀匙出生不是我自己可以控制，那麼網球學得好一點總不太難吧。（亦舒《喜寶》）

福氣

【吉祥】吉利祥瑞。
【享福】生活安樂適意。
【僥倖】意外成功或免於災禍。
【萬幸】極僥倖、幸運。
【百福具臻】形容各種福分一齊來到。
【吉人天相】上天幫助善人安度困境。
【吉星高照】比喻交好運，萬事順遂。
【洪福齊天】福氣與天等高。稱頌人福氣極大。

災禍

【災厄】災難，禍患。
【遭劫】遭遇劫難。
【肇禍】闖禍，引起事故。
【橫事】凶事，意外禍事。
【飛來橫禍】突然降臨意料之外的災禍。
【無妄之災】比喻意外的災禍。古時一人把牛繫在路上，卻被路人牽走，使當地人受到懷疑和搜捕。
【禍從天降】災禍的到來非常突然，出乎意料。
【趨吉避凶】避開凶險，尋求吉祥。
【報應】種善因得善果，種惡因得惡果。

體仁要站起來，但是父親不許。「你這個孽障！你這個敗家之子！丟祖宗的臉！人和禽獸的分別就在知恥不知恥，就在要臉不要臉。你也是個人，可是死不要臉，我就沒辦法對付你。姚家現在是完蛋了。你妹妹她們嫁出去之後，我就把整個家當兒生意都賣光，捐給學校，捐給寺院，我到山上去出家當道士。等你出去拉洋車，你就知道如今在家是享福了。」（林語堂《京華煙雲》）

鳳姐見了賈璉，忽然想起來，便問平兒：「拿出去的東西，都收進來了麼？」平兒道：「收進來了。」鳳姐道：「可少什麼沒有？」平兒道：「我也怕丟下一兩件，細細的查了查，一點兒也不少。」鳳姐道：「不少就好，只是別多出來罷？」平兒笑道：「不丟萬幸，誰還多添出些來呢？」（清．曹雪芹《紅樓夢》）

故鄉的神，常南北奔馳於高速公路上，遠在都市的故鄉人，有了疑難雜症，或是官司災厄，便會想到故鄉的神，千里迢迢，或回鄉問乩，或請駕南北，總要求神開示一條明路。（履彊〈鄉關何處〉）

啊！這險惡的亂世，沒有錢要餓死，有了錢要遭劫，叫人怎樣活下去！（高曉聲〈錢包〉）

太宗正色喜問道：「你那大乘佛法，在於何處？」菩薩道：「在大西天天竺國大雷音寺我佛如來處，能解百冤之結，能消無妄之災。」太宗道：「你可記得麼？」菩薩道：「我記得。」太宗大喜道：「教法師引去，請上台開講。」（明．吳承恩《西遊記》）

此時哄動了獅子街，鬧了清河縣，街上看的人不計其數，多說西

【自食惡果】自己吃到自己所種的惡果。
【咎由自取】所有的責難、災禍都是自己找來的。
【罪有應得】所有的責難、災禍都是自己找來的。
【含冤】蒙受冤屈。另有「蒙冤」。
【抱冤】含冤，受屈。
【負屈】蒙受冤屈。
【頂罪】代人承受罪行。
【頂缸】代人受過。
【墊背】比喻充當犧牲品，代人受過。
【背黑鍋】代人受過頂罪。
【代人受過】代替別人承受責難。
【平反】洗清冤屈。
【昭雪】洗清冤枉。

門慶不當死，不知走的那裡去了，卻拿這個人來頂缸。正是：張公吃酒李公醉，桑樹上吃刀柳樹上暴。（明．蘭陵笑笑生《金瓶梅》「張公」一句，比喻一方取得實質利益，一方空有虛名。亦可比喻一人作惡，卻由他人代為受罪。「桑樹」一句，比喻代人受過）

隨後不久看到各界為孫將軍祝九十大壽，盛況足可視為非官方的平反，將軍重新出現在眾人面前，也許百感交集，也許，對歷史的公正更增了信心，減低了憾恨吧。（黃碧端〈孫將軍印象記〉）

老殘頗想再往下問，因那人顏色過於淒慘，知道必有一番負屈含冤的苦，不敢說出來的光景，也祇好搭訕著去了。走回店去就到本房坐了一刻，看了兩頁書，見老董事也忙完，就緩緩的走出，找著老董閒話，便將剛才小雜貨店裏所見光景告訴老董，問他是甚麼緣故。（清．劉鶚《老殘遊記》）

自由

【自由】隨自己的意志行事，不受外力拘束或限制。
【自在】任意、自由。
【自由自在】形容隨心所欲，不受拘束。
【逍遙】自由自在、不受拘束。
【翛然】毫無牽掛、自由自在的樣子。翛，ㄒㄧㄠ。
【輕鬆自如】輕快愜意的樣子。
【神態自如】神情態度從容不迫，一如往常的樣子。亦作「神態自若」。

翻開自己的小記事簿，上面一排排西班牙朋友的電話。猶豫了一會兒，覺得還是不要急著打過去比較清靜。老朋友當然是想念的，可是一個人先逛逛街再去找朋友，更是自在些。雖然，午睡醒了也不知要到哪裡去。（三毛〈星石〉）

如果你有逸興作太清的逍遙遊，如果你想在十二宮中緣黃道而散步，如果在藍石英的幻覺境中，你欲冉冉昇起，蟬蛻蝶化，遺忘不快的自己，總而言之，如果你不幸患上，如果你不幸患了「觀星癖」的話，則今夕，偏偏是今夕，你竟不能與我並觀神話之墟，實在是太可惜太可惜了。（余光中《逍遙遊》）

【獨立】不倚靠他人而能自立。

【自立】以自己的力量立身於世。

【自主】能依自身的意志、權力行事，不受他人干涉。

【自食其力】憑藉自己的力量養活自己。

【自給】自己供給自己的生活所需。「自己自足」。

【立足】站得住腳，生存下去。

【立身處世】修養自身，為人處世。指在社會上自立以及與人們相處往來。

依賴、依附

【依賴】倚靠。

【依附】憑依、倚靠、從屬。

【仰人鼻息】依靠別人鼻子裡呼出的氣息勉強存活。比喻依靠他人生活，或看別人的臉色行事，不能自主。

【寄人籬下】寄居他人屋下生活。比喻依附他人，而不能自立。

【俯仰由人】形容一舉一動都受他人支配。

【受制】受人支配、管制。

【附屬】附設、隸屬。

【寄生】依附他物生活。

【投靠】依靠別人，以求生存。

【投奔】前往依靠。

【求靠】請求投靠他人。

【求人】請求他人。

就在手腳美妙的運動之間，她三個半月就能翻身，四個多月就能爬行，五個多月就攀著床欄站立起來，不到周歲便跨出生命的第一步。她一直那麼獨立而認真地體驗著生命成長的每段歷程，從不變成黏手而依賴的小孩。（顏崑陽〈手拿奶瓶的男人〉）

那時醫院制度比較紊亂，有一次不知怎的，試管搞錯了，發現時已經太遲，事後當然另外再製造了一個嬰兒給顧客。因弄錯而生下的金小姐，就成了名符其實的孤兒。她十七歲就當了婦產護士。好在她生性達觀，很能隨遇而安。她這樣自食其力的生活，明年就可畢業了。（張系國〈歸〉）

博士候選人說，喜歡說我們的人，可能出自兩種心理。一個的確是製造距離感。另一種則可能出自沒自信與依賴，這種人的主詞總用我們，因為他喜歡自己依附於屬於某一群人的想法。（李維菁〈主詞的使用〉）

一直在忍耐，屈辱向肚裡吞嚥，常常給自己說一句莫名其妙的箴言：「萬事留一線，日後好相見。」寄人籬下，什麼苦得過仰人鼻息？貪圖不過是一個安身之所，別人不知，都說老太太妳有福了，兒子孝順奉養，子孫、曾孫四代同堂，尚有何求？（張錯〈母與子〉）

她們投奔了常熟的一個親戚。一直等到了常熟，老姨太太方才告訴她，父親早先丟下話來，遇有亂事，避難的路上如果碰到了兵匪，近邊總有河，或有井，第一先把小姐推下水去，然後可以自盡。無論如何先把小姐結果了，「不能讓她活著丟我的人！」（張愛玲《創世紀》）

獨自

【獨自】自己一個人。
【獨自個】一個人。
【獨身】單獨一個人。
【隻身】獨自一人。
【單獨】獨自一人。
【單身】獨自一人。
【落單】離開團體，單獨一個人。
【獨處】獨自居處。
【獨居】獨自一人居住。
【孤獨】孤立無援。
【寂寞】孤單冷清。
【孤身隻影】孤單一人。

流浪

【流浪】沒有固定的居所。
【飄泊】隨水飄流無定所。比喻生活流離失所。
【流蕩】閒遊不做正事。
【浪跡】行蹤無定，到處流浪。
【飄零】生活無依，四處流浪。
【流離】流亡離散。
【失所】無處安身。
【離亂】離散紛亂。
【流徙】流離遷徙，生活不得安定。
【流落】飄泊流浪，無處安身。
【流亡】離開固定的住所四處逃亡。
【流離顛沛】遭受挫折，生活困迫不安。

這樣的玩頂好是不要約伴，我竟想嚴格的取締，只許你**獨身**；因為有了伴多少總得叫你分心，尤其是年輕的女伴，那是最危險最專制不過的旅伴，你應得躲避她像你躲避青草裏一條美麗的花蛇！（徐志摩〈翡冷翠山居閒話〉）

不論她跑到那個角落，她早註定孤獨活著的命；她親近的人，一個個先後離開，先是父喪，而後送母出殯，接著是剔江出事，嫁到辛家，一下又**落了單**。只這麼個兒子，又得跑到天遠地闊的異邦來。（蕭麗紅《桂花巷》）

路上只我一個人，背著手踱著，這一片天地好像是我的；我也像超出了平常的自己，到了另一世界裡。我愛熱鬧，也愛冷靜；愛群居，也愛**獨處**。（朱自清〈荷塘月色〉）

一個，三兩個，五六七個，比肩坐在船頭的兩旁，也無非多添些淡薄的影兒葬在我們的心上——太過火了，不至於罷，早消失在我們的眼皮上。誰都是這樣急忙忙的打著槳，誰都是這樣向燈影的密流裏沖著撞；又何況久沉淪的她們，又何況**飄泊**慣的我們倆。（余平伯〈槳聲燈影裏的秦淮河〉）

我又猜她是個國際刑警，到歌舞伎町來辦案的。也猜她是個**浪跡**天涯的藝術家，來此尋找靈感、發掘題材。也猜她是部裡派來查訪我行蹤是否逾越公務人員權限的密探。也猜她是妻喬裝改扮、故意來誘試我的出軌動機的……（張大春〈長髮の假面〉）

我想祖先原居河南汝南，承續了中原文化。五胡亂華時民不聊生，

【萍蹤浪跡】浮萍隨水漂流，蹤跡難料。比喻人四處飄泊，行蹤不定。

【萍蹤不定】行蹤如浮萍。比喻四處飄泊，行跡不定。

他們在戰亂中往外避難，也許還曾四處流離，最後有人指向南方閩越之地。在想像中祖先應是農人或軍人，因為只有農人才有粗壯的腳可以跋涉千山萬水，也只有軍人才有百折不回的頑強生命力。（周芬伶〈東西南北〉）

惹禍

【惹禍】引起禍事。

【闖禍】惹起禍端。

【肇禍】引起災禍。

【召禍】招來災禍。

【出事】發生事故。

【出亂子】形容闖禍、出錯、發生變故。

【出岔子】發生意外事故、出了差錯。

【出差錯】發生錯誤，出意外。

【生事】引發事端，製造糾紛。

【闖事】惹是生非，引發禍端。

【滋事】惹禍鬧事。

【鬧事】惹禍，滋生事端。

【捅婁子】惹麻煩。

【惹麻煩】引出麻煩的事情。

【惹是生非】惹出事端，引發麻煩。

【惹禍招災】招引災禍。也作「惹禍招殃」。

【禍發齒牙】因言語不謹慎而引發災禍。

【引火燒身】比喻招惹災禍，造成自身的傷害。也作「惹火燒身」。

【惹禍上身】比喻招惹災禍害了自己。

今天早上，那位設計師來看看他設計的架子。然後他告訴我，黃師傅逢人就說，千萬不要和李教授聊天，這是非常危險的事，可能惹禍上身。大家都不懂他為什麼如此說。我想我現在一定惡名昭彰了，大家都說我話多，但是我至少通過了黃師傅的測試，仍保住了我的好人頭銜。（李家同〈多話的黃師傅〉）

鮑小姐從小被父母差喚慣了，心眼伶俐，明白機會要自己找，快樂要自己尋。所以她寧可跟一個比自己年齡長十二歲的人訂婚，有機會出洋。英國人看慣白皮膚，瞧見她暗而不黑的顏色、肥膩辛辣的引力，以為這是道地的東方美人。她自信很能引誘人，所以極快、極容易地給人引誘了。好在她是學醫的，並不當什麼一回事，也沒出什麼亂子。（錢鍾書《圍城》）

黃天霸叫了六太保梁富雲過來吩咐道：「你是個伶俐的，跟他們去。要遇到人硬搶什麼的，你只用黏住他們跟定了就是，不要死拚。」梁富雲忙道：「是，師父！不過這大白天兒，出不了差錯的。」（二月河《乾隆皇帝》）

為難、窘迫

【為難】對不易解決的事，感到苦惱。
【作難】為難、受窘。
【刁難】故意為難。
【兩難】左右為難，不知如何選擇才能使事情圓滿。
【窘迫】困窘急迫。
【受窘】感到困窘。
【尷尬】為難、困窘，或事情棘手，很難處理。
【疙瘩】比喻難解的麻煩。
【狼狽】比喻情勢窘迫進退兩難。
【難堪】尷尬、窘迫。
【好看】難堪、出醜。
【下不來】受窘，難為情。
【無所適從】猶豫、為難，不知道如何是好。

【進退維谷】處於進退兩難的境地。
【騎虎難下】騎在老虎的背上，害怕被咬而不敢下來。比喻事情迫於情勢，無法中止，只好繼續下去。
【左右為難】處境難堪，使人無所適從。
【左支右絀】本指射箭時以左臂將弓撐直，曲右臂以扣弦。後用來形容顧此失彼，窮於應付的窘況。
【捉襟見肘】衣衫破敗，比喻生活極為窮困，或是無法顧及整體，窮於應付的窘態。

但一個人要寫他最心愛的對象，不論是人是地，是多麼使他為難的一個工作？你怕，你怕描壞了它，你怕說過分了惱了它，你怕說太謹慎了辜負了它。我現在想寫康橋，也正是這樣的心理，我不曾寫，我就知道這回是寫不好的——況且又是臨時逼出來的事情。但我却不能不寫，上期預告已經出去了。（徐志摩〈我所知道的康橋〉）

最後我什麼都沒說，選擇乖乖的跟著我爸一起坐上往北的火車，和來的時候不同的是，這次我們坐的是區間車，那是一種座墊比鋼板還硬，速度比駱駝稍微快一點的列車。我跟我爸抱怨，只不過是一個便當，有需要把自己弄這麼狼狽嗎？我爸敲了我的腦袋，說：你以為錢很好賺嗎，等你窮到連魚飼料都覺得好吃的時候，我看你還能多高尚。（李儀婷〈想念的記憶〉）

吃談到中途，我突然注意到她正用著塑膠免洗刀叉，行禮如儀地細切著雞排，優雅地送到口中，又拿起鋪在膝頭的餐巾紙沾沾唇角。天啊！她以為她在法國餐廳嗎？頓時我為她感到一種說不出的難堪：老了的時候可不要像她一樣啊！一個人在速食店裡，艱難地為進食的那點自尊奮鬥——（郭強生〈紐約的單身食譜〉）

有一陣校方雷厲風行在鳳山從未聽說過的「說國語」運動：輪流選派一批學生做「國語糾察隊」，下課時間在校區各處巡邏，聽到有說「方言」的同學就記下班級和名字。我也被指派擔任過糾察隊，覺得無所適從，因為有時實在聽不清楚那個同學究竟是在說「方言」呢，還是只是說國語的口音特別重。（李黎〈告別童年〉）

自作自受

【自作自受】自己造成了自己無法承擔的後果。

【自討苦吃】自己替自己找麻煩、惹災禍。

【自食其果】自己吃到自己所種的果實。比喻做了壞事，由自己承擔後果。

【咎由自取】所有的責難、災禍都是自己找來的。

【玩火自焚】比喻做壞事的人最後將自食惡果。

【作法自斃】比喻自作自受。

【飛蛾撲火】比喻自尋死路、自取滅亡。

【庸人自擾】指庸碌的人無端自尋煩惱、自找麻煩。

【自取滅亡】因自己的作法不當，而導致滅亡。

【自掘墳墓】比喻自取滅亡、自毀前程。

【搬石頭砸自己的腳】比喻自找麻煩或弄巧成拙。

墮落

【墮落】指人由好變壞，不求振作。

【腐化】沉迷於某種享受，不思振作。

【腐敗】思想或行為腐爛敗壞。

【腐朽】腐爛敗壞。

【腐蝕】思想或行為逐漸被壞環境汙染而變質。

【蛻化】本指昆蟲等在生理期間的脫皮現象。因其形態會產生變化，故後常用以比喻一切事物的變化、變質。

因而，我們誰要當作家覺得苦，那是自找的，因為沒有一個民意代表是作家或詩人，可以在朝發聲；又不屬於三百六十行任一行業，沒工會組織，可以帶領走上街頭抗議。總之自作自受，怨不得人，那就自力救濟吧。（向明〈歲尾結算談稿費〉）

說老實話，我也漂泊了很久。倦飛而知返的時候，我卻飛遠了，遠到非常陌生的地方來了。還沒搬遷的時候，這一趟南遷，甚以為一種放逐，放逐到人生地疏的地方，這不是一種自討苦吃，甚至不是自走絕路呢？不過，既然搬來了，除了面對青山之外，的確少多了車馬的喧擾，就是少多了敲門聲與電話鈴了。（許世旭〈租駕馬車〉）

白素的話，其實也不樂觀——實在是由於世上不知死活的人太多，其中更有一大部分是手中有權的狂人：又愚蠢、又黑心的政客，例如不斷進行核爆，又例如企圖改變大江大河的自然狀態，無一不是在自掘墳墓。他們自己找死，還要拉上不知道多少人陪葬，真正是混蛋透頂！（倪匡《洪荒》）

首先拆掉門前的霓虹燈，拆掉櫥窗裡的紅綠燈。我對這種燈光的印象太深了，看到那使人昏旋的燈便想起舊社會。我覺得這種燈光會使人迷亂，使人墮落，是某種荒淫與奢侈的表現。燈紅酒綠的時代早已一去不復返了，何必留下這醜惡的陳跡？拆！（陸文夫〈美食家〉）

曾經相信過理想主義者，後來知道，理想主義者往往經不起權力的測試：一掌有權力，他或者變成當初自己誓死反對的「邪惡」，或者，他在現實的場域裡不堪一擊，一下就被弄權者拉下馬來，完全沒有機會去實現他的理想。理想主義者要有品格，才能不被權力腐化；

【失足】因不慎而墮落、失節或誤入歧途。
【落水】比喻墮落。
【沉溺】因過度沉迷而難以自拔。
【沉淪】沉溺。
【花天酒地】沉迷於聲色場中。形容荒淫腐化的生活。
【紙醉金迷】比喻奢侈浮華的享樂生活。
【醉生夢死】形容人糊裡糊塗地活著，如在醉夢之中。

悔悟

【悔悟】後悔、覺悟。
【悔改】承認自己的錯誤並加以改正。
【悔過】對自己的過失感到後悔，想要改正。
【悔罪】悔改過失。
【回頭】有所覺悟，改邪歸正。
【改過】改正過失。
【自新】自己改正過失，重新做人。
【幡然悔悟】徹底的悔改、醒悟。
【懸崖勒馬】瀕臨懸崖而能及時勒住奔馬。引申為人們能夠悔悟，及時回頭。
【回頭是岸】意指做壞事的人，如能及時悔過向善，仍可重新作人。
【改邪歸正】改正錯誤，回到正確的道路上。
【去邪歸正】捨棄惡行，回歸正道。亦作「棄邪歸正」。
【迷途知返】覺察自己步上錯誤之途，而能加以改正。
【敗子回頭】墮落的人迷途知返，改過向善。

理想主義者要有能力，才能將理想轉化為實踐。（龍應台〈（不）相信〉）

遺老家的男人大多敗德，霸著祖產不事生產：吸鴉片，賭錢，納妾，花天酒地。她母親憤而離家去國，她姑姑直到一九七九年七十八歲才與張愛玲在港大讀書時的監護人李開第結婚；她們都是不甘於接受遺老傳統的現代女性。（季季〈張子靜的張愛玲〉）

巨人乃以利刃畫婦心，而數之曰：「如某事，謂可殺否？」即一畫。凡一切凶悍之事，責數殆盡，刀畫膚革，不啻數十，末乃曰：「妾生子，亦爾宗緒，何忍打墮？此事必不可宥！」乃令數人反接其手，剖視悍婦心腸。婦叩頭乞命，但言知悔。俄聞中門啟閉，曰：「楊萬石來矣。既已悔過，姑留餘生。」紛然盡散。（清．蒲松齡《聊齋誌異》）

高老見這等去邪歸正，更十分喜悅，遂命家僮安排筵宴，酬謝唐僧。八戒上前扯住老高道：「爺，請我拙荊出來拜見公公、伯伯，如何？」行者笑道：「賢弟，你既入了沙門，做了和尚，從今後，再莫題起那『拙荊』的話說，世間只有個火居道士，那裡有個火居的和尚？我們且來敘了坐次，吃頓齋飯，趕早兒往西天走路。」（明．吳承恩《西遊記》）

家鄉父老常說「一分材料一分福」，團政委口才好，勝過連指營指。他稱讚我們都是人才，可惜走錯了路，迷途知返不嫌晚，誰願意參加解放軍，他伸出雙手歡迎。（王鼎鈞〈天津戰俘營半月記〉）

5 社交地位

【名聲】名氣、聲譽。
【名頭】名聲、名譽。
【名氣】聲譽。
【知名度】名聲為人聞知的程度。
【美名】美好的名聲。
【盛名】很大的聲望。
【大名】享有極高的名譽聲望。
【令名】美好的聲譽。
【威名】威盛的名聲。
【威望】威嚴的聲名，為眾人所仰望。
【威信】威嚴、信用。
【聲威】名聲威望。
【聲譽】聲望、名譽。
【身價】社會上的地位、評價。
【英名】美好的聲名。
【德望】道德與聲望。
【資望】資格與聲望。
【權威】權勢威望。
【惡名】不好的名聲。
【汙名】不好的名聲。
【臭名】惡名。
【罵名】被人唾罵的惡名。
【虛名】與事實不符的聲譽。
【空名】虛有的名聲。
【浮名】虛名。
【醜聞】不名譽的事情。

憂鬱目前，乍看之下，似乎已有比較好的名聲？憂鬱症患者像是新的種族開疆闢地，某些藝人不介意公開宣稱他們得了憂鬱症；不少更嚴重的精神疾病譬如精神分裂症患者，也寧可說自己是憂鬱症。猶如X戰警一般，憂鬱也可能是某些人的超能力？（鯨向海〈憂鬱的召喚〉）

我在一個農業科學研究所下放勞動，已經兩年了。有一天生產隊長找我，說要派幾個人到張家口去掏公共廁所，叫我領著他們去。為什麼找到我頭上呢？說是以前去了兩撥人，都鬧了意見回來了。我是個下放幹部，在工人中還有一點威信，可以管得住他，云云。究竟為什麼，我一直也不太明白。但是我欣然接受了這個任務。（汪曾祺〈七里茶坊〉）

以後，惠池日漸長大，她又不願隨便挑剔下人，只怕傳什麼惡名，於是剔紅請了戲班來，閉門看戲，日日好戲連場，家中比得戲園子般鬧熱。（蕭麗紅《桂花巷》）

黎美秀——黃蝶娘總是對她的祖母直呼其名——這使我想起外邊傳說有關她親生母親的種種，使我不得不相信她們黃家的確隱藏了不可告人的醜聞以及仇恨。（施叔青《寂寞雲園》）

【成名】因事業有成而得名。

【著稱】見稱，顯揚於世人。

【馳名】名聲遠播。

【馳譽】聲名遠播。

【揚名】名聲遠播。

【蜚聲】揚名。

【顯揚】稱揚。

【流芳】美名流傳後世。

【專美】獨得美名。

【附驥】攀附他人而成名。

【一鳴驚人】平常不鳴叫的鳥，一鳴叫就使人震驚。比喻平時沒有特殊表現的人，突然做出驚人的表現或成就。

【平地一聲雷】平地上響起了一聲雷，比喻聲名陡起。

有名

【有名】頗有名聲，為社會人士熟知。

【著名】名聲響亮。

【出名】很有名聲。

【聞名】著名。

【飲譽】享有名譽。

【知名】名聲很大。

【烜赫】形容名聲、威望顯盛。烜，ㄒㄩㄢˇ。

【大牌】在某一行業中，擁有傑出的成就或名望。

【有頭臉】有身分地位。

【名不虛傳】名聲與實際相符合。

【舉足輕重】所居地位極為重要，一舉一動皆足以影響全局。

【赫赫有名】形容聲名顯揚。

【大名鼎鼎】形容人的名氣聲望很大。

【如雷貫耳】好像雷聲傳入耳朵

遊記這種體裁是我多年以來辛勤從事、賴以成名的拿手絕活兒。台北藝文界就曾經盛傳過我的名言：「遊記要當小說來寫，小說要當劇本來寫，劇本要當遊記來寫。」要問這話有什麼真義？我自己也不頂明白，反正話傳開了，大家都信得過。（張大春〈自莽林躍出〉）

且說關勝回到寨中，下馬卸甲，心中暗忖道：「我力鬥二將不過，看看輸與他，宋江倒收了軍馬，不知主何意？」卻叫小軍推出陷車中張橫、阮小七過來，問道：「宋江是個鄆城小吏，你這廝們如何伏他？」阮小七應道：「俺哥哥山東、河北馳名，都稱做及時雨呼保義宋公明。你這廝不知禮義之人，如何省得！」（明・施耐庵、羅貫中《水滸傳》）

他又說：「你母親生性要強，我卻一生沒有烜赫功名。」他又咳嗽了，我放下扇子，他那時敞著上衣，只見他胸前根根肋骨畢露。（徐鍾珮〈父親〉）

當夜過了一宿，次早起來，吃了早飯，阮家三弟兄分付了家中，跟著吳學究，四個人離了石碣村，拽開腳步，取路投東溪村來。行了一日，早望見晁家莊，只見遠遠地綠槐樹下晁蓋和劉唐在那裏等，望見吳用引著阮家三兄弟直到槐樹前，兩下都廝見了。晁蓋大喜道：「阮氏三雄名不虛傳，且請到莊裏說話。」（明・施耐庵、羅貫中《水滸傳》）

韋小寶隨著關安基，李力世等群豪來到大門外，只見二三百人八字排開，臉上均現興奮之色。過了一會，兩名大漢抬著擔架，抬了茅十八出來。李力世道：「茅十八，你是客人，不用這麼客氣。」茅

那樣響亮。比喻人名氣響亮。

【聞名遐邇】形容聲名遠播，遠近皆知。

【有頭有臉】有名譽、體面榮耀。

【眾望所歸】眾人所景仰、寄望的對象。

【德高望重】德行高，聲望隆。多用以稱頌年高德劭，且有聲望的人。

【成名立萬】名聲流傳於萬世；即顯揚名聲。

無名

【無名】沒有名聲。

【默默無聞】平凡、沒有名氣。亦作「沒沒無聞」。

【無聲無臭】沒有聲音、氣味。表示沒沒無聞、湮沒不彰。語出《詩經．大雅．文王》：「上天之載，無聲無臭。」

【湮沒無聞】被埋沒，無人知曉。

【籍籍無名】不為人知。

【名不見經傳】形容平凡，沒有名氣。

十八道：「久仰陳總舵主大名，當真如雷貫耳，今日得能拜見，就算……就算即刻便死，那……那也是不枉了。」他說話仍是有氣沒力，但臉泛紅光，極是高興。（金庸《鹿鼎記》）

我乘搭張泰豐的車子，一路上，我們的話題不離法醫師公。在張泰豐的口中，我知道廉不負在警界堪稱德高望重，而且他和黃堂的關係非常密切——這一點，令我感到很奇怪。因為我和黃堂相識甚久，可是在我記憶之中，黃堂從來也沒有向我提起過他和廉不負之間的交情。黃堂顯然是有意要隱瞞這一點（倪匡《洪荒》）

李平有充分的理由喫驚，因為坐在辦公桌後面的老人，不是別人，正是夢幻天視發明人陳一麟教授。李平每天經過天視公司正門，都會看到掛在大廳裏陳教授的巨大肖像。眼前的老人雖然顯得比肖像衰老，李平仍然一眼就認出他就是陳教授。大名鼎鼎的陳教授，為甚麼會差人綁架他這個無名小卒？李平完全迷惑了。（張系國〈翦夢奇緣〉）

考試有滿分，但人生沒有滿分。學測有排名，但幸福沒有排名。你有權有勢，幫你打掃的阿姨默默無聞，你們倆誰幸福？我常聽到富翁憂鬱，很少聽到阿姨失眠。（王文華〈向下開的櫻花〉）

在黃沙梁，每個人都是名人，每個人都默默無聞。每個牲口也一樣，就這麼小小的一個村莊，誰還能不認識誰呢。誰和誰多少不發生點關係，人也罷牲口也罷。（劉亮程〈人畜共居的村莊〉）

【尊貴】高尚、顯貴。

【尊榮】尊貴榮顯。

【上流】社會地位尊高。

【聞達】被稱揚薦拔。

【高貴】❶指顯貴的人。❷氣質高尚尊貴。

【顯貴】顯要富貴。

【顯達】顯耀通達。

【顯赫】聲名顯要。

【榮華】顯達富貴。

【貴勢炎炎】形容身分地位尊貴顯赫到極點。

【富貴】有錢又有地位。

【富豪】有錢有勢的人。

【富人】有錢的人。

【富翁】有錢的人。

卑賤

【卑賤】身分卑微低賤。

【卑瑣】卑賤、微賤。

【微賤】卑微低賤，地位低下。

【低賤】身分低微卑賤。

【貧賤】貧苦而身分低微。

【下賤】出身卑賤，或等級卑下。

【卑微】低下卑賤。

【卑下】低賤的身分或地位。

【低微】身分、地位低賤卑微。

【下流】卑微的地位。

【低三下四】地位卑微低賤。

【沒來歷】沒身分背景。

【沒頭沒臉】沒有地位。

【卑陋】形容人的命運坎坷，所處地位卑賤。

列車順軌而下／我還是想回家／隱姓埋名／你不求聞達／我又怎好意思成名立萬。（鍾曉陽〈出門〉）

轎夫吹鼓手們發聲喊，一擁而上，圍成一個圈圈，對準劫路人，花拳繡腿齊施展。起初還能聽到劫路人尖利的哭叫聲，一會兒就聽不見了。奶奶站在路邊，聽著七零八落的打擊肉體沉悶聲響，對著余占鰲頓眸一瞥，然後仰面看著天邊的閃電，臉上凝固著的，仍然是那種粲然的、黃金一般高貴輝煌的笑容。（莫言〈紅高粱〉）

一個來自長江邊岸的女子，只因愛上一個瘦瘦的臺灣青年，進入一個古老的家族，因而在一張複雜而細密的人際網中掙扎。然而她要的人生只是一點點愛情，一點點溫暖與夢想，這些都跟這間古厝無關，跟榮華富貴無關。她甚至連一句臺灣話也不會說，從此，她更沉默了。（周芬伶〈浮塵筆記〉）

我漸漸明白牆裡的世界都寫在一本本精裝或平裝的書中，有些哀戚卑瑣像白先勇〈金大奶奶〉；有些則明媚荒涼如〈牡丹亭〉。（徐國能〈哭．牆〉）

梭羅接著說：「每個人都在建一座廟。這座廟就是他的身體……我們都是畫家和雕刻家，所用的材料就是自己的血肉骨頭。一個人去改良他的身體是高貴的，破壞它則是低賤的。」半夜兩點，我熬夜破壞身體，讀到這一段話，為自己二十年的「低賤」行為流下冷汗。（王文華〈Body〉）

刻意保持卑微、壓抑身段、「帝力於我何有哉？」、把頭垂得更低一些、承認自己的渺小。這一整套列祖列宗的德行提供給張家門的

【卑人】卑賤的人。
【賤役】指卑賤的人或是聽從使喚的僕役。
【寒賤】出身貧寒卑賤。
【賤業】指低賤的工作。
【小賤】卑微下賤。
【粗賤】粗野卑賤。

富裕

【富裕】錢財充足。
【富饒】財物多而充裕。
【富足】富裕充足。
【豐足】富足，充足。
【富有】充裕，財物豐富。
【寬裕】財物富足豐裕。
【裕如】富足、充足貌。
【充裕】富足豐裕。
【豪闊】寬裕，出手豪闊。
【殷實】充足、富裕。
【餘裕】充裕而有餘。
【優渥】優厚、豐厚。
【優裕】充足、富裕。
【豐衣足食】衣食充足。形容生活富裕。
【家給人足】家家豐衣足食，人人生活富足。
【富貴逼人】財富地位勝過人。
【腰纏萬貫】財富之多。
【金玉滿堂】極為富有。
【富可敵國】個人擁有的財富可與國家資財相比。形容極為富有。

子孫絕佳的嫉妒位置。我們嫉妒這世界上淨是些比我們偉大的人、比我們偉大的事、比我們偉大的力量，於是我們祇好與這一切無關，甚至與嫉妒這樣一種認真、細膩、深刻又豐富的情感本身亦無關。（張大春《聆聽父親》）

請你家老爺出來！我常州姓沈的，不是甚麼低三下四的人家！他既要娶我，怎的不張燈結彩，擇吉過門，把我悄悄的抬了來，當做娶妾的一般光景？（清．吳敬梓《儒林外史》）

她有兩個女兒；大女兒嫁到鄰村，兩口子耕六七分田，孩子又多，日子過得很勉強。二女兒嫁在鎮裡，家裡開一間小店，女婿在國校教書，家道比較富裕。每年逢她生日，二女兒固不必說，大女兒也不甘落後，二人必定要給她老人家送點禮物過生日。（鍾理和〈耳環〉）

滕有楊某，從白蓮教黨，得左道之術。徐鴻儒誅後，楊幸漏脫，遂挾術以遨。家中田園樓閣，頗稱富有。至泗上某紳家，幻法為戲，婦女出窺。楊睨其女美，歸謀攝取之。（清．蒲松齡《聊齋誌異》）

總之，他是一望而知的沒有受過生活鞭撻的人，在一個陌生人的眼中，正如一般生活優裕的人，往往多受人們尊敬。（陸蠡〈獨居者〉）

而在我們的有生之年，的確在台灣見到過好幾班這樣夢一般的列車，土地的，股票的，電子的，後來還一班半途拋錨車毀人傷的網路的，搭上的人富貴逼人，沒搭上的人很遺憾卻也不抱怨，因此想說一定還會有下一班，那真的是人人都幸福極了的老日子。（唐諾〈記憶中那一班夜間進站的富貴列車〉）

【貧窮】缺乏錢財，生活拮据困乏。

【貧乏】因貧窮而物資匱乏。

【匱乏】不足、貧乏。

【貧苦】貧窮困苦。

【貧困】貧窮困乏。

【貧寒】貧乏窮困。

【貧窶】貧困。窶，ㄐㄩˋ，貧陋。語本《詩經．邶風．北門》：「終窶且貧，莫知我艱。」

【窘蹙】困窮急迫。

【拮据】ㄐㄧㄝˊ ㄐㄩ，經濟困難，境況窘迫。

【孤寒】貧窮無依，寒微。

【清貧】形容非常窮苦。

【清寒】貧寒窮困。

【清苦】清寒貧苦。

【寒傖】形容窮困、寒酸的樣子。傖，ㄘㄤ。

【窮酸】對貧寒文士的輕蔑形容。

【窮乏】貧窮、匱乏。

【窮困】生計窘迫，境遇艱難。

【告罄】財物用完或售完。

【困頓】困苦窘迫。

【窘困】窘迫困難；拮据。

【赤貧】窮得什麼都沒有。

【入不敷出】收入少而支出多。

【左支右絀】形容財力或能力不足，顧此失彼，窮於應付。絀，ㄔㄨˋ。

【捉襟見肘】生活窮困，或是無法顧及整體，照顧不周的窘態。

【寅吃卯糧】寅年就吃掉了卯年的食糧。比喻入不敷出，預支以後的用項。

【一文不名】非常窮困，一文錢都沒有。另有「不名一錢」。

【一貧如洗】形容人一無所有，十分貧困。

小鎮的居民其實看來並不窮困。沒有基本的匱乏，生活簡單樸素，就不覺窘困。生活產生難堪的窘困之感，常常因為來自比較。（蔣勳〈小鎮商店〉）

今天是三姨太的生日，僕人們輕快地忙碌著，他們打心眼裏喜歡這位年輕的三姨太，他們覺得三姨太是那麼勤勞、善良、美麗和聰慧，她從來都不對他們發火，還經常幫著下人們做事，尤其是在目睹了容家發生的那麼多是是非非後，就更同情這位貧苦人家出身又死去了親娘的姑娘來。（琦君《橘子紅了》）

上衣與迷你裙是深淺不一的粉紅色，大約是來自不同的瑕疵品貨源。顏色的差距很輕微，正好說明了它們是廉價的拼湊品，正好凸顯了它們主人的寒傖。（朱少麟《傷心咖啡店之歌》）

當時的父親，正埋頭苦讀準備考清華工科，為能參與日後可比田納西河谷水利計畫的揚子江水利計畫，但見四下裡處處歌舞昇平紙醉金迷，父親寄居六姊家的南京新街口附近便開了一家遠企般的新型大商場，其氣派奢華幾近威嚇，走在其中令人覺得寒傖和渺小無力，數日後，父親棄筆從軍。（朱天心〈《華太平家傳》的作者與我〉）

聽到這裏，少尉感到呼吸痙攣了。他沒料到這痛苦和恐怖竟如此地大。他也沒料到自己會對充滿饑饉、窮困的這段生命如此貪戀。他更沒料到他對自己生命的難捨程度竟超過了對於饑饉。一段嘈雜的默想之後，少尉又提出其他一些請求，但都被一一拒絕了。（嚴歌苓〈少尉之死〉）

他在阿枝的床頭看見一個粉紅絨布絲的洋娃娃沾滿了歲痕，臆想她童年的赤貧。他的人生鍛鍊是不斷地尋找出口，他當下了然這個已在他心頭生根的女子同樣需要。（鍾文音〈慾海浮沉〉）

【囊空如洗】口袋空空像洗過一樣。比喻沒錢。

6 社會身分

偉人、要人

【偉人】偉大的人物。

【大人物】有地位有名望的人。

【風雲人物】指才情豪邁，或出類拔萃，足以左右世局的人。

【要人】顯貴、有權勢的人。

【要員】重要的人員。

【聞人】有名望的人。聞，ㄨㄣˊ。

【巨頭】重要的領導人物。

【巨子】指學術或事業有重大成就，且具有影響力的人。亦作「鉅子」。

聖賢

【聖賢】聖人與賢人。

【貧無立錐之地】窮得連插錐子的地方都沒有。形容非常貧窮。

【巨擘】大拇指。比喻傑出人才。

【大亨】有錢財、有權勢的人。

【巨人】指偉人。

【新秀】新近崛起的優秀人才。

【新星】新崛起的傑出人物。

【頭面人物】有權勢、有名氣的人物。

【大腕】有權力、有影響力的人。

【聖人】有完美品德的人。

就以你我而論，辦了多少年糧臺，從九品保了一個縣丞，算是過了一班；講到錢呢，還是囊空如洗，一天停了差使，便一天停了飯碗。如果不是用點機變，發一注橫財，哪裡能夠發達。（清．吳沃堯《二十年目睹之怪現狀》）

假如這個生人是你所敬仰的或未必敬仰的「大人物」，你記住，更不可不沉默！大人物的言行，乃至臉色眼光，都有異樣的地方，你最好遠遠地坐著，讓那些勇敢的同伴上前線去。（朱自清〈沉默〉）

而奇怪的是，這些浪漫派的巨擘，沒有一個不推崇巴哈的，李斯特寫過一個名叫《以 B-A-C-H 為主題的幻想與賦格曲》（Fantasie und Fuge uber das Thema B-A-C-H），這 B-A-C-H 是指音樂的四個調性，並不是指音樂的主題來自巴哈，但無疑對巴哈表現了凜然的敬意。（周志文〈聽巴哈〉）

《論語》中有幾個箭垛型的學生，他們沒事不多喝水，也不常發言，卻飽滿負面意向，就像子張或宰予。子張在《論語》記載不過就三次，向孔子諮詢關於「干祿」和「達」的議題。用當代複製鏡城語彙來翻譯，子張像極藝能圈的通告小模、浮華塵世的酒促妹，或文壇新秀，以一夕暴紅為己任。（祁立峰〈我愛樊遲〉）

可是，我不能如古聖賢大德一般，良知發用，立地成佛，立刻轉生滅為真如，頓然斬盡虛情妄念。也不能存天理去人欲，克己以復禮。因為這個「己」或「人欲」，對我而言，也就是生命本身，拋不

【賢人】志行崇高、才德兼修者。

【哲人】賢明而智慧卓越的人。

【完人】人格完美無缺的人。

【賢達】有才能、品德及聲望的人。

【賢能】有品德有才能。

【賢哲】德智兼備、術德兼修者。

【先知】知覺智慧比一般人高的人。

【先覺】較常人先覺悟的人。

【先賢】已故的賢哲。

【前賢】前代修德的賢士。

【先哲】已故的前代哲人。

【泰斗】負有聲望的人，或學術高深的人，為人景仰。

【泰山北斗】泰山為五嶽之首，北斗星為眾星中最明亮之星。泰山北斗，比喻負有聲望或學術高深的人。

【長者】言行仁厚或有學問、德行的人。

【君子】才德出眾的人。

【正人君子】品行端正的人。

【謙謙君子】謙虛有禮的君子。

【仁人君子】德行寬厚的人。

【志士】有理想、抱負的人。

【仁人志士】有德行、有志向且寬厚的人。

英雄

【英雄】才能超群出眾的人。

【豪傑】才智出眾的人。

【英豪】英雄豪傑。

【英傑】才智出眾的人。

【俊傑】形容人風姿瀟灑，才智出眾。

【人傑】人中豪傑。

【無名英雄】姓名不為人所知的

掉的。（龔鵬程〈困知〉）

真正的「人」是獨立的、不依仗別人的，道德之所以高貴是因為道德來自於自覺，而不是來自於他人或他物的規範，孟子說「我善養吾浩然之氣」，這浩然之氣是在我自覺的心中油然而起的，不是受聖人的指引，也不是受「完人」的影響啟發而來的，君子獨立蒼茫，沒人值得效法，也沒人可以依傍，真正的「英雄」是前不見古人，後不見來者。（周志文〈外雙溪〉）

擁有「皇家花園」一半以上資本的張季常，身居東南亞電影製片業的泰斗，儘管他旗下出品的拳頭枕頭片，只注重票房掛帥，本是不折不扣的商品，由於勢大財雄，張季常還是此間靠募捐來維持演藝機構所拉攏的對象。（施叔青〈一夜遊〉）

提到諾貝爾，也讓我想到一度傳聞曾被提名諾獎的沈從文先生。沈先生謙謙君子，胸襟寬厚，既是文壇前輩，更是藝術器物專家。一九八一年我在北京隨卞之琳、巫寧坤兩位先生拜訪他時，門口貼著一張閉門謝客字條，屋子裡都是字畫，沈先生每日仍執筆臨書不懈。（張錯〈拾貝心情〉）

內野的紅土乾燥而粗糙像一首沙啞的詩，外野的綠草綿綿，正適合放牧一段英雄的夢想。在天色尚明的晚風中，白雲舒卷，水銀燈一盞一盞亮起，主審拉下面罩，高喊「Play Ball」，熱浪、吶喊與無以名之的感動澎湃而來，那些尾勁刁鑽的球路，飛向天際優雅的弧線……。（徐國能〈夏日球場〉）

話說婁府兩公子將五百兩銀子送了俠客，與他報謝恩人，把革囊

英雄，今多指默默奉獻、不為人知的人。

【俠客】仗義助人的豪俠之士。

【豪俠】有膽識才能，行俠仗義的人。

【劍俠】精於劍術而行俠仗義的人。

【壯士】豪壯而勇敢的人。

【義士】有節操、講道義，能明辨是非的人。

【烈士】堅貞不屈的人，或指重義輕生而願殺身成仁的人。

名門、貴族

【名人】有盛名的人。

【名士】名望高的人士。

【名流】名士之類的人物。

【貴族】貴顯的世族。

【紳士】地方上有身分、有名望的人。

【士紳】紳士。

【富豪】有錢有勢的人。

【縉紳】地方上的紳士。

【鄉紳】鄉里中有學問、有道德或作過官的人。

【豪紳】指地方上有聲望但仗勢欺人的人。

【紳衿】鄉居的退休官員或讀書人。泛指地方上有地位、有權勢的人。

人頭放在家裡。兩公子雖係相府，不怕有意外之事，但血淋淋一個人頭丟在內房階下，未免有些焦心。四公子向三公子道：「張鐵臂，他做俠客的人，斷不肯失信於我。我們卻不可做俗人。我們竟辦幾席酒，把幾位知己朋友都請到了，等他來時開了革囊，果然用藥化為水，也是不容易看見之事。我們就同諸友做一個『人頭會』，有何不可？」（清・吳敬梓《儒林外史》）

我們只記得林覺民是個烈士，卻沒有想到他也是一個年輕的爸爸。他十九歲時生下長子依新，二十四歲死前太太已有身孕。他死後一個月，意映早產生下第二個男孩仲新。兩年後意映抑鬱而終，不久後，長子依新也因病過世。一個家庭，就這樣破碎了。（王文華〈他也是一個爸爸〉）

每當聽到有人誇耀哪個大官名流是他的小時班上同學，我就想到鳳山的小學同學們。他們似乎都沒有那麼風光，也許是小鎮沒有給赤腳的他們那些條件和機會。（李黎〈赤腳的同學〉）

總之，一九四九年後曾與「地富反壞右」一樣被視為棄屣的「貴族」二字，到了二十世紀八十年代以後，又陡然時興起來，頓時身價百倍。而我真正懂得什麼是「貴族」，是在認識了康同璧母女以後。其實，它根本不是什麼用來炫耀、用以兌換到各種利益或實惠的名片，也非香車寶馬、綾羅綢緞、燈紅酒綠的奢華生活。（章詒和〈最後的貴族：康同璧母女之印象〉）

發條有著相當古典的美感，不僅是它的動力結構，同時由發條所製造出來的物品與使用該物的人，都有深邃的氣質：穿著深墨條紋西

【紳耆】紳士與長老。指地方上有名望的人。

【仕紳】地方上有地位且具有相當知識水準的人。

【劣紳】行為惡劣的士紳。

【土豪】鄉里間仗勢欺人的人。

【貴冑】名門貴族的後代。

【紈褲】古代貴族子弟所穿的華麗服裝。泛指富貴人家的子弟。

【闊少】有錢人家的子弟。

【千金】指富貴人家的女兒。

【大家閨秀】出身於世家貴族，有教養、有風範的未婚女子。

【權貴】掌握權勢的人。

【顯貴】顯要富貴。指聲名顯赫的人。

【顯要】居於顯赫重要地位的人。

【貴人】顯貴的人。

【朱紫】朱衣紫綬，古代顯貴者的服色。比喻高官。

【權門】握有權勢的顯貴望族。

【朱門】古代王侯貴族的府第大門漆成紅色，以示尊貴，後泛指富貴人家。

【侯門】貴宦人家。

【豪門】位高權重的富家。

【王族】皇帝的宗族。

【皇族】皇帝的宗族。

常人

【常人】尋常的人，一般人。

【凡人】尋常的人、塵俗的人。

【俗子】凡俗的人。

【村夫】鄉下人。

【村夫野老】指一般的鄉民百姓。

服抬眼望倫敦塔鐘為古董錶上發條的老紳士、坐在妝鏡前凝思看著音樂盒上芭蕾舞者旋轉的少女、趴在下午陰影的紫檀木地板上，孤獨地旋緊玩具車發條的小男童……。（徐國能〈發條〉）

每次經過，我自車窗看那不遠不近的綠蔭轉成蓬蓬勃勃的金色皇朝，似一個新崛起的小國，準備慶典，頒布曆法。從多層次的黃褐顏塊中，我遠遠辨識出有一棵巨樹氣派地站著，璀璨閃亮，金黃得高雅純粹，在微風中威武不動卻又有淺淺搖曳的風采。他必是金色皇朝中的貴冑，不，他或許就是皇。（簡媜〈小徑〉）

立夫，本來會成為一個孤獨的書呆子，本來會以與草木，鳥獸，農夫，樵叟相處為樂，而不喜居於城市的；並且會對富有之家有反感，但是如今卻有一個富足美滿的家，有一個穩健實際的妻子，精於規劃善理家事。這些都硬是送上門來，不求而至。他始終不習慣於富有之家的生活，他覺得自己腐化了。他並沒有真正仇視朱門富戶的生活，因為他在過去生活上一直順遂，但是他卻一直對童年時他家所不屬於的那個富有的階級，保持鄙視的態度。這種態度最好的表現莫過於他藐視飯桌上的禮貌規矩，厭惡在宴席開始前的洗手梳頭，他不肯改正當眾咬指甲的習慣，還有別的粗野不夠斯文的地方。（林語堂《京華煙雲》）

再讀〈與妻訣別書〉，我最感動的不是林覺民超越凡人的大情懷，而是夫妻之間的小甜蜜。他十八歲時娶了小他一歲的陳意映，回憶新婚，「窗外疏梅篩月影，依稀掩映。吾與汝並肩攜手，低低切切，何事不語？何情不訴？」（王文華〈他也是一個爸爸〉）

【凡夫俗子】指普通人。

【小人物】在社會上沒有名、沒有影響力的人。

【匹夫】平民、百姓。

【無名小卒】品位低而無足輕重的人。

【無名氏】指稱隱沒或亡失姓名的人。

【小家碧玉】指年輕貌美的婢妾，或平常人家的女兒。

隱士、遺民

【隱士】隱居避世的人。

【隱者】隱居的人。

【隱逸】隱居的高士。

【山人】隱居山中的士人。

【遺民】改朝易代後的前朝百姓。

【遺老】前一朝代的舊臣。

【遺少】前一朝代遺留下來的年輕人。用以戲稱年少而篤守舊風的人。相對於遺老而言。

好人

【好人】品性端正、善良的人。

【善類】良善的人。

【明人】心地光明的人。

【本分人】謹守本分的人。

張飛挺槍出馬，大呼：「認得燕人張翼德麼！」馬超曰：「吾家屢世公侯，豈識村野匹夫！」張飛大怒。兩馬齊出，二槍並舉。約戰百餘合，不分勝負。（明・羅貫中《三國演義》）

她是本地人，京戲的唱詞與道白根本聽不大懂，但是剛巧唱花旦的那身打扮也就是她自己從前穿的襖，頭上的亮片子在額前分披下來作人字式，就像她年輕的時候戴的頭面。臉上胭脂通紅的，直搽到眼皮上，簡直就是她自己在夢境中出現，看了很多感觸。有些玩笑戲，尤其是講小家碧玉的，伶牙俐齒，更使她想起自己當初。（張愛玲《怨女》）

一個曠世的天才，一個狂放不羈的書法家，一個獨具慧眼的淵博學者，一個特立獨行的思想者，一個滿懷羞恥而又傲視天下的遺民，終於「真返自然」。（李銳〈傅山們的羞恥心〉）

我遠比同年紀時候的我的父母輩少了慷慨和活力，他們似乎從來不知虛無為何物。我也預見在胡老師還會脫口說出殺字的那個年紀，我已鋒芒斂盡，成了個孤僻隱者，唯一是寄望那時候臉上尚不致露出犬儒的嘲諷皺紋。（朱天文《花憶前身》）

這世界需要聰明人，否則我們都還住在山頂洞中。大多數人，包括我在內，都想變成聰明人，因為那通常會帶來名利。大部分聰明人，都是好人。他們都在努力，努力放鬆自己，努力「克服」自己的聰明。為什麼要「克服」？因為好多聰明的朋友告訴我：他們並不快

【老好人】脾氣隨和厚道，較沒個性的人。

【濫好人】不問是非曲直，只求和氣沒有爭執的人。常含有譏貶之意。亦作「爛好人」。

【好好先生】為人平和，不議論別人是非的人。亦稱不分是非、到處討好，但求相安無事的人，含有貶義。

樂。（王文華〈聰明人〉）

殷梨亭最怕二哥，知道大哥是好好先生，容易說話，二哥卻嫉惡如仇，鐵面無私，生怕他跟五嫂為難，一直在提心吊膽，卻不知俞蓮舟早已知道此事，也早已原宥了殷素素。（金庸《倚天屠龍記》）

壞人

【壞人】惡人。

【惡人】壞人。

【歹徒】為非作惡的壞人。

【歹人】壞人、惡人。

【壞東西】壞人。

【壞蛋】惡人、壞人。

【渾蛋】罵人糊塗或卑劣的話。亦作「混蛋」。

【小人】無德智修養、人格卑劣的人。

【禽獸】比喻沒有人性的人。

【衣冠禽獸】空有外表而行為有如禽獸。比喻品德敗壞的人。

【跳梁小丑】慣於興風作浪，卻成不了大氣候的卑鄙小人。

【魑魅魍魎】「魑魅」，山中精怪。「魍魎」，水中怪物。魑魅魍魎，指傳說中的鬼怪。後用以比喻各式各樣的壞人。

【落水狗】比喻失勢的壞人。

【癩皮狗】不要臉、卑鄙無恥的人。

【妖魔鬼怪】怪異鬼物的總稱。比喻邪惡之人。

【狐群狗黨】比喻相互勾結、為非作歹的人。

【餘孽】殘留的壞分子或惡勢力。

接了宋江的銀子，便去裏面舀一桶酒，切一盤牛肉出來，放下三隻大碗，三雙箸，一面篩酒。三個人一頭吃，一面口裏說道：「如今江湖上歹人，多有萬千好漢著了道兒的。酒肉裏下了蒙汗藥，麻翻了，劫了財物，人肉把來做饅頭餡子。我只是不信，那裏有這話！」那賣酒的人笑道：「你三個說了，不要吃，我這酒和肉裏面都有了麻藥。」宋江笑道：「這個大哥瞧見我們說著麻藥，便來取笑。」（明・施耐庵、羅貫中《水滸傳》）

但自戀刻薄的崇禎自以為是，認為天下只有他是對的，別的人都不盡忠報國，於是他連國家最後的名將熊廷弼、袁崇煥這種人都敢殺。他在位十七年，只相信自己和身邊一群新的奸臣小人，搞到國事日非，民生更苦，最後是貧苦農民造反所形成的流寇，在李自成率領下攻入北京。（南方朔〈崇禎併發症：自戀型領袖的誤國〉）

我曾經一夜在PUB和人渣朋友們三人拚掉兩打台啤，然後搖搖晃晃提著一整尿泡的冰騷液體，開著我那破車載他們上山。那蜿蜒山路只有車前燈反覆在黑裏左右搖擺的恍惚時刻；後座兩個人渣早已爛醉熟睡（如此安心），車廂裏飽和著我們鼻腔噴出的酒精呼息。那時

【敗類】道德敗壞、墮落的人。

【人渣】對社會敗類的鄙稱。

【殘渣餘孽】未被剷滅、剷除的壞人。

骨幹、中堅

【骨幹】比喻機關團體的重要人物。

【臺柱】本指支撐戲臺的主要柱子，後借指戲班中重要的演員。亦引申為團體中的重要人物。

【柱石】支撐屋梁的柱子和柱下的基石，比喻擔負國家重任的大臣。

【支柱】用來比喻組織中的重要人物。

【主心骨兒】能夠依賴信任的人或事物。

【棟梁】建造房屋的大材，比喻能擔負重責大任的人。

【中堅】團體組織當中的重要人物。

【龍頭】領袖人物。

【中流砥柱】比喻能支撐大局的堅強力量。

【活動分子】團體中活躍的人。

模範、先鋒

【模範】榜樣、典範。

【榜樣】模範，行為處事可為大眾所效法。

【標兵】比喻可以作為他人榜樣的人。

【表率】模範。

我突然頭痛欲裂地萌出一個想法：「這就是所謂的年輕時代吧，媽的我正在經歷它。」（駱以軍《遣悲懷》）

那時我家的家境似乎愈來愈差。父親在西安有時寄些錢來，有時就不寄。母親每月都在愁著家裡的開銷，當時我的舅舅一個在果園裡工作，一個還在念書，對家裡貼補有限，母親成了主要的經濟支柱。（陳思和〈困難時期〉）

「先知不愧是先知，每次他將我們的夢做了一遍後，就會躺在紙箱裡將他最新的思考填進紙箱，賄賂獄方將看起來無害的空紙箱寄還給我們。」前輩悠然神往：「於是我們也能夠在鐵絲網外，持續接受先知的啟迪，也讓更多的後進小輩成為黨外運動的中堅。」（九把刀〈偷渡進監獄的夢〉）

他和大李這幫哥們喝著黑幫分子的妻子革命幹部王琦同志家的茶，臨時開了個會，決定成立個敢死隊，以在場的這幾個哥們作為骨幹，對方組織如果揪鬥傾向他們這一派的幹部——立即趕赴現場保護。（高行健《一個人的聖經》）

我奶奶是否愛過他，他是否上過我奶奶的炕，都與倫理無關。愛過又怎麼樣？我深信，我奶奶什麼事都敢幹，只要她願意。她老人家不僅僅是抗日的英雄，也是個性解放的先驅，婦女自立的典範。（莫言〈紅高粱〉）

【師表】可以讓人效法，為人表率的人。
【典型】模範。
【典範】學習的榜樣。
【楷模】模範、榜樣。
【先鋒】指一切事物的開創者或領先者。
【先驅】在前開創或領導的人物。
【先行者】先驅。
【急先鋒】在戰場上衝鋒陷陣，打頭陣者。積極帶頭去做的人。

奸徒

【奸徒】奸詐陰險的人。
【奸佞】奸邪諂媚的人。
【奸邪】奸詐邪惡的人。
【漢奸】為了自己的利益而出賣國家的人。
【佞人】有口才但心術不正的人。
【禍水】害人的東西。多指女色而言。
【害人精】罵人的話。指專門損害別人的人。
【害人蟲】指損害人的人。
【害群之馬】比喻危害大眾的人。
【笑面虎】面善心惡的人。
【中山狼】忘恩負義之人。
【奸雄】有才智而狡詐欺世的人。亦作「姦雄」。

暴徒

【暴徒】行為強暴，擾亂社會安寧的人。

當問「你的人生典範是誰？」時，絕大多數回答「沒有」，其次才是父親、自己、母親，或老師（以自己作典範，有點怪怪的）。這一題的回答似乎替前面一題找到了答案，如果心中無人生的楷模，當然不知道自己將來要做什麼，就難怪學生會感到迷惘、痛苦。（洪蘭〈大學生 你知道自己要做什麼嗎〉）

我後來才知道，在馬橋人的語言裡，如果他父親是漢奸，那麼他也逃不掉「漢奸」的身分。連他自己也是這樣看的。知青剛來的時候，見他牛欄糞挑得多，勞動幹勁大，曾理所當然地推舉他當勞動模範，他一愣，急急地搖手：「醒呵，我是個漢奸，如何當得了那個？」（韓少功《馬橋詞典》）

馮雲卿是有名的「笑面虎」，有名的「長線放遠鷂」的盤剝者，「高利貸網」布置得非常嚴密，恰像一祇張網捕捉飛蟲的蜘蛛，農民們若和他發生了債務關係，即使祇有一塊錢，結果總被馮雲卿盤剝成傾家蕩產，做了馮宅的佃戶——實際就是奴隸，就是牛馬了！（茅盾《子夜》）

汝南許劭，有知人之名。操往見之，問曰：「我何如人？」劭不答。又問，劭曰：「子治世之能臣，亂世之奸雄也。」操聞言大喜。（明・羅貫中《三國演義》）

王夫人因說：「你舅舅今日齋戒去了，再見罷。只是有一句話囑咐你：你三個姊妹倒都極好，以後一處念書認字學針線，或是偶一頑笑，都有儘讓的。但我不放心的最是一件：我有一個孽根禍胎，是家

【強暴】以暴力行為犯罪的人。

【豪強】強橫而有權勢的人。

【豺狼】豺和狼是兩種貪狠殘暴的野獸。比喻狠毒的惡人。

【魔王】比喻極端殘酷、人性盡失的人。

【虎狼】比喻殘酷凶暴的人。

【混世魔王】擾亂世界，帶來煩惱、災難的人。

【蛇蠍】指極為狠毒可怕。

【亡命之徒】犯罪不怕死的人。

【梟雄】狡詐凶狠的領導人物。

裏的『混世魔王』，今日因廟裏還願去了，尚未回來，晚間你看見便知了。你只以後不要睬他，你這些姊妹都不敢沾惹他的。」（清・曹雪芹《紅樓夢》）

香玉山絕非不自量力的人、要趁機殺徐子陵卻是別無選擇，因與香家的存亡極有關係。照徐子陵的推想，香玉山的手段不外是招攬大批亡命之徒，以種種下作卑鄙的手段設伏，趁其不備施以暗算。（黃易《大唐雙龍傳》）

流氓、惡霸

【流氓】不務正業、為非作歹、擾亂社會秩序的人。

【太保】不良少年。

【潑皮】流氓、無賴。

【地痞】地方上不務正業、欺壓百姓、為非作歹的人。

【無賴】品性不良、放蕩撒野的人。

【二流子】遊手好閒、不務正業的人。

【混混】不務正業遊手好閒的人。

【光棍】地痞流氓等無賴之徒。

【阿飛】不良少年。

【壞分子】犯法作亂的人。

【痞子】惡人、流氓。

【地頭蛇】地方上蠻橫的惡霸。

【惡棍】具威勢，為害鄉里的人。

【土棍】地方上的無賴、惡霸。

【惡人】壞人。

【惡霸】在地方上為非作歹，欺壓民眾的人。

【霸王】行為專橫的人。

【土皇帝】盤據一方的惡霸。

【賭棍】以賭博為業的人。

流氓到學校附近閒逛，身上帶錢帶零食，對那些非升學班的高年級男生哄誘：來，吃一點庶羞，免客氣。次數多了，小學生上鉤，流氓按照課表上課，起先教導去偷些小物件，再來偷些大物件，再來偷些小錢，再來偷些大錢，再來教導威嚇同學，再來教導吵打，再來——再來小學生就畢業了，流氓身邊的幫手也訓練結業了。（阿盛〈蟋蟀戰國策〉）

每個人都很納悶，真不曉得甘澤為什麼還要來學校上課？像他那種壞學生應該趁機要求請病假在家瞎混才是，幹嘛要來學校驚嚇大家呢？難道連甘澤那種不把人看在眼裡的混混，也會害怕一個人獨處嗎？（九把刀《精準的失控・心碎的九九乘法表》）

他嗓音裏沒有急躁，仍是如常的柔弱、多禮。對比之下，叫喊不止的女人顯得那麼蠢，那麼強悍霸道。人們開始相信這個惡棍了，只要女人一叫喚，人群中就有哄笑。（嚴歌苓〈搶劫犯查理和我〉）

【走狗】甘願供人使喚驅遣作壞事的人。

【狗腿子】譏罵專為惡勢力跑腿、辦事的人。

【腿子】仗著他人勢力的小嘍囉。

【鷹犬】供人指使為非作惡的人。

【幫凶】幫助行凶作歹的人。

【打手】受人雇用、幫人打架的人。

【走卒】供人差遣奔走的奴僕。

【爪牙】比喻仗勢欺人的走狗。

【嘍囉】盜匪的部下。泛指惡人的手下。

浪子、公子哥

【浪子】不務正業的遊蕩青年。

【惡少】品行不良、為非作歹的少年。

【敗家子】不務正業、傾家蕩產的不肖子。

【公子哥】不知人情世故的富貴人家子弟。

【花花公子】衣著華麗、不務正業、只會吃喝玩樂的富貴子弟。

【紈褲子弟】浮華不知人生甘苦的富家子弟。

【膏粱子弟】只知飽食，不理世務的富家子弟。

【公子王孫】指官僚、貴族的子弟。

【衙內】對貴族子弟、官僚子弟的稱呼。

【大少爺】富貴人家的長子。用來譏稱不知世事、好逸惡勞的青年男子。

大家的怒氣忽然找到了出路，都瞪著祥子的後影。這兩天了，大家都覺得祥子是劉家的走狗，死命的巴結，任勞任怨的當碎催。祥子一點也不知道這個，幫助劉家作事，為的是支走心中的煩惱；晚上沒話和大家說，因為本來沒話可說。他們不知道他的委屈，而以為他是巴結上劉四爺，所以不屑於和他們交談。（老舍《駱駝祥子》）

所以，若要認真究責錯別字之氾濫成災，政府單位以滿街招展的活動旗幟領頭示範，堪稱幫凶。孔子「惡紫之奪朱」，憂心且厭惡以邪代正、以異端充當正理，恰恰道出了許多文學教育工作者對錯別字日增所造成文字災厄的憂心。（廖玉蕙〈喧賓奪主的錯別字〉）

那段時間有人在台北天母遇見阿普，據說他拉著人家去他們家玩，說是租了一個公寓月租就要六萬塊。他且花了兩百多萬裝潢添購家具。公子哥的調調完全沒改，不過已開始在託問看看能否幫忙在台化介紹工作？還神祕兮兮地對遇見的那傢伙大吐苦水，說他們夫妻這樣侵蝕老本跑來台北闖，就是為了擺脫娘家的糾纏……（駱以軍《遣悲懷・產房裏的父親a》）

江湖老了一條漢子，教學老了一隻書蠹。我前幾世一定都是紈褲子弟或之類人，如果是，認了。只希望，不久後得遂田園夢，屆時再度回看一九九四，應該心情會大不同於現在。（阿盛〈老了一隻書蠹〉）

偽君子

【偽君子】表面像是好人，其實是欺世盜名的人。

【假道學】偽君子。滿口仁義道德，而實際行為相反的人。

【假正經】故意裝出一副正派的樣子。

【兩面派】周旋於對立雙方之間，既討好一方，也不得罪另一方的人。

【投機分子】善於迎合時機，為自己謀利的人。

【鄉愿】外貌忠厚老實，討人喜歡，實際上卻不能明辨是非的人。

【滑頭】狡猾、不老實的人。

【老江湖】常年行走於外，閱歷豐富、老於世故的人。

【老狐狸】比喻世故老練、狡猾至極的人。

【老油條】經驗老到、處事滑頭的人。

【油子】指閱歷豐富，且熟悉情況的狡詐人物。

「馮樂山，他又跑來做什麼？」覺民忽然冷笑道。馮樂山，著名的紳士，孔教會會長，新文化運動的敵人，欺負孤兒寡婦、出賣朋友的偽君子（他已經知道這件事了）！他恨這個六十一歲的老頭子比恨別的保守派都厲害。（巴金《春》）

倘若有幸面對二八佳人，那問題可就複雜了：不是不想再睹丰姿，就怕剛好人家抬起頭來，真真不成體統；再說此佳人身邊或許有騎士護駕，弄不好會上來要求決鬥；把頭扭向一邊裝作若無其事，或者閉上眼睛裝作養神，則有漠視美貌因而得罪佳人的危險；讓視線越過佳人頭頂並固定在對面牆上，作沉思狀，則又有假道學的嫌疑……如此心猿意馬，焉能念得好書？（陳平原〈圖書館〉）

這種層出不窮的狀況要說他心裡沒有疙瘩沒有埋怨是騙人的，可是即便每次弟弟出現在公司都讓他煩躁甚至不悅，但他總還是鄉愿地告訴自己以及公司其他人說：如果困擾是可以用金錢解決的話，就不要把金錢這件事當作困擾。（吳念真〈遺書〉）

社會》二、人際關係

1 社交活動

【來往】交際往來。

【往來】交往、交際。

【交往】交際往來。

【過從】相往來。

【交流】相互來往。

【通好】彼此往來交好。

【社交】人與人的交際往來。

【交際】人與人之間彼此往來、應酬聚會。

【應酬】交際往來。

【酬酢】交際應酬。

【酬應】交際應酬。

【應接】應酬交際。

【周旋】原指古代行禮時進退揖讓的動作，後引申為應酬、交際。

【張羅】招待。

【聯繫】連絡。

【連絡】連繫、往來。

【聯絡】連繫。

【聯誼】聯絡交誼。

【蹀躞】ㄉㄧㄝˊ ㄒㄧㄝˋ，往來頻繁的樣子。

【打交道】彼此接觸往來、交際協商，處理事務。

【送往迎來】迎接來的，送走離去的。形容忙於應酬的情形。

【你來我往】形容往來非常頻繁的樣子。

【禮尚往來】他人以禮相待，同樣也以禮回報。

【不相往來】彼此互不交往。也

獄中十年，我曾一千遍地想：父親淒苦而死，母親悲苦無告。有誰敢到我那屈死的父親跟前，看上一眼？有誰敢對我那可憐的母親，說上幾句哪怕是應酬的話？我遍尋於上上下下親親疏疏遠遠近近的親朋友好，萬沒有想到張伯駒是登門弔慰死者與生者的第一人。（章詒和《往事並不如煙：君子之交——張伯駒夫婦與我父親交往之疊影》）

有人擦肩而過，嘴裡支吾一句「嗨——」，表示在此處，立足地幾乎平等之意。似曾相識的就要機械地和你握手了。在「好久不見」這句後面，究竟是表示慶幸，可惜，或者根本就不表示什麼，是應該有各色各種註解的。更有好事之徒，周旋於各界人士之間，惟恐某名士對另一名媛，或某聞人對另一學者，失此良機，未遂識荊之願。不免「來來來，我來介紹某某……」，結論當然是皆大歡喜，因為彼此都過了某種癮了。（吳魯芹〈雞尾酒會〉）

兩年來，在臺灣交的新朋友，寄來的信已經塞得滿滿一抽屜。臺北的電話太少，本市的朋友也要靠綠衣人聯絡，所以寫信也成了伏案生活的一部分。寫信有好處，「物證」在手，閑時可供消遣，必要時也可資覆按，比起話說過了不存形跡的，另是一番趣味。將來「王師北定」之後，把這些信整理發表的話，也稱得起是「避秦書簡」呢。（林海音〈友情〉）

和同世代的摩登少女一樣，陳文茜的生命中不單有一個三毛，也

作「不相來往」。

【不相聞問】斷絕往來。

【老死不相往來】直到老死，都不來往。比喻人與人相距很近，卻互不來往，也互不干擾。

問好

【問好】問候人家是否安好，常用的客套話。

【問安】問候起居安好。

【請安】問候人是否安好。

【問候】探問人的起居。

【探問】探望問候。

【致意】表達思慕、問候、感謝等的情意。

【問訊】問候。

【寒暄】見面時彼此問候起居，或泛談氣候寒暖之類的應酬話。

【招呼】以言語、手勢彼此寒暄、問候。

【打招呼】遇到熟人時，寒暄或打手勢，互相致意。

【打照會】打招呼。

【別來無恙】從別離到現在一切順利平安，通常作為問候語。

【晨參暮省】早晚敬拜問候。

【晨昏定省】夜晚服侍父母就寢，早晨向父母問安。

【存問】問候、慰問。

【存候】問候、慰問。

【關照】關心通知。

有一個叫張愛玲的東西，也就是說，出身法學院的陳文茜，當年是在一面閱讀著張愛玲的同時，學會跟馬克思、韋伯、格瓦拉勾搭、打交道的。（楊澤〈悄悄告訴你〉）

我也向這老闆娘問好。我一開口說早哇，那老闆娘忽然說你缺了兩顆門牙為什麼不去補，這樣太不好看了。我並非不補牙，而是裝了假牙就渾身不自在。食物也咬不動，生怕假牙忽地掉下來的緣故。這位老闆娘真是眼明手快，一瞥就發現我沒有門牙，真令人驚訝。（葉石濤〈舊城一老人〉）

搭乘這條支線，我經常靜靜觀察著客運車裡的鄉人，大都是上了年紀的公公婆婆。在每一個小站停留時，車上的人總是很熱情的向上車的人問安致意，整個車廂裡閒話家常的談話不斷，似乎都由於同鄉之誼或搭乘這條支線而熟稔，成為很好的朋友。（林文義〈瑞平海邊〉）

台階築在門內，主人必須親自開門迎接訪客，再與訪客一道走過台階。無論多熟的朋友，在台階也免不了生疏地寒暄，我看她忙著觀照腳下的苔階和身旁久違的臉孔，不知道這兩者給她什麼樣的聯想。（陳淑瑤〈苔階〉）

在威尼斯本島，可從未見過這麼開朗熱情的歐巴桑。在水都，通常是我先主動跟對向而來的老太太老先生打招呼，對方才回禮。看來威尼斯深層的那股陰鬱和哀傷氣息，並未感染到這個漁業小島。（韓良憶〈把顏色灑遍布拉諾〉）

訪問、探望

【訪問】拜訪。
【拜訪】拜候、探望。
【拜候】拜訪問候。
【拜望】拜訪問候。
【拜謁】拜見。
【過訪】來家訪問拜訪。
【造訪】探訪。「登門造訪」。
【看望】探訪問候。
【探望】拜訪看望。
【探訪】拜訪探問。
【探問】探望問候。
【尋訪】尋找探問。
【會晤】見面。
【串門子】俗稱到他人家中閒坐、閒談。
【探視】探望訪視。
【訪謁】拜訪。

【造訪】探訪、拜訪。
【探視】訪視探望。
【探親】探訪親戚。
【探友】拜訪朋友。
【訪友】訪問朋友。
【探班】在別人上班時做的探訪，通常用於朋友、情侶夫妻之間，或指演藝人員拍片時，接受親友或媒體的訪問。
【探監】探望在監獄中遭監禁的人。
【探病】探訪病人。
【家訪】家庭訪問。
【登門拜訪】指人親自上門拜望。

那是一個大家都沒電話的年代，不像現在，想去朋友家拜訪要先撥個電話，人家表示歡迎，才可過去，這叫注重隱私權，也是一種禮貌。（隱地〈餓〉）

東北面山下，是一片桑麻沃地，有一條長蛇似的官道，隱而復現，出沒盤曲在桃花楊柳槐榆樹的中間，繞過一支小嶺，便是富陽線的境界，大約去程明道的墓地程墳，總也不過一二十里地的間隔。我去拜謁桐君，瞻仰道觀，就在那一天到桐廬的晚上，是淡雲微月，正在作雨的時候。（郁達夫〈釣台的春晝〉）

美國近百年來的都市文明，製造了一批定期造訪酒店的飲者。他們多半是低薪工人、學生、單身者、婚姻不滿者，他們企圖在酒中忘卻白日，於是一些鄙俚的歌也隨之產生，幫助他們度過漫漫長夜。（陳芳明〈流浪的吉他〉）

教室木造的講台是我的最愛，走起來吱吱作響，有古風遺味，身後國父遺像在記憶中倒也從未變過，一貫的莊嚴肅穆，緊盯著每個上課的學生和老師。我們的教室夏時稍熱，南風極難探訪我們的緣故，冬時北風不請自來，山區的濕冷，即使把門窗全關也是擋不住寒的。來此多年，教了三個班，竟然全在這個教室裡。（王文華〈孩子〉）

北方有句話，串門子，這往往是信步闖到一家人家，敲門而入。主人呢，「咦，你來啦！」——這就是現代時髦人說的「我真高興看見你！」（思果〈談話的趣味〉）

邀請

【邀請】約請他人參加聚會。
【邀約】邀請、約請。
【約請】邀請。
【特約】特別約請或約定。
【面邀】當面邀請。
【力邀】大力邀約。
【敦請】誠懇地邀請。
【遍請】邀請所有相關的人。
【函請】以信件邀請。
【邀集】招集。
【約同】邀約偕同。
【不請自來】未受邀自行來到。
【不速之客】不請自來的客人。
【三顧茅廬】敬賢禮士，誠意地邀請。
【卻之不恭】指拒絕他人邀請是不恭敬的事。

待客

【迎迓】迎接。迓，ㄧㄚˋ。
【客氣】表現謙虛禮讓的態度。
【客套】彼此謙讓、問候。會客時表示謙讓、問候的應酬話。
【歡迎】高興地迎接他人到來。
【招待】接待賓客。
【接待】招待。
【款待】殷勤招待。
【待承】招待、看待。
【挽留】留住使不離去。
【款留】殷勤勸留賓客。
【謝客】謝絕賓客。答謝賓客。
【待慢】招待不周到。
【輕慢】對人輕忽簡慢。
【冷落】冷淡、不親近。
【失敬】待人不周，有失禮數。多為對人自責疏忽的客套話。
【下逐客令】主人暗示或明示客人該告辭離去。

「告訴我那座樓的故事，」我說。我和我的朋友坐在塘邊，已把釣絲抛了出去，望著漂在水上的白色浮標。在一個沙漠地方住了幾年，我變得固執又傷感，但這個夏天卻無法謝絕這位朋友的邀請，他說旅行和多雨的氣候會使我柔和、清爽、有生氣些，於是我到了他的家鄉。（何其芳〈樓〉）

接近了鏢丁挽季節，海湧伯經常邀約我和粗勇仔一起吃飯，就是在港邊也常常拉住我倆坐在港邊地上聊天。海湧伯的壞脾氣我倆都領教過，如今他一反常態，使得我和粗勇仔都顯得拘束不安。（廖鴻基〈丁挽〉）

輕啟窗框，嘹亮的蟬聲立即溢進車內，透著窗玻璃，我看見一株株滿布皺紋老幹的樟樹，在車行之外，起勁地搖曳著滿樹的蓊鬱，歡迎我們到來，也舞起一陣又一陣悠揚的樂音，給酷炎夏日注一劑清涼。（李儀婷〈啊，流年〉）

這是一個虔誠信仰天主的家庭，從她們飯前禱告的容顏裡我領會了許多這一民族因著被侮蔑的過去而來的滄桑和心懷。誰說這些島的原住民的秉性是凶悍野蠻的呢？他們對於一個陌生的、浪遊的男子的熱誠招待的背後那種對人濃厚不疑的人情味又豈是過度世故的都市人內裡的巧詐所可比擬的？（藍博洲〈旅行者〉）

介紹

【介紹】為人引見。居中接洽，牽合雙方。

【引見】介紹、相見。

【說合】居間介紹，以促成某事。

【推薦】推舉引薦。

【引薦】引進推薦。

【舉薦】保舉推薦。

【推舉】推薦、選拔。

【引介】引見、介紹。

【推介】推薦介紹。

【媒介】介紹。

【簡介】簡明扼要介紹。

【拉攏】籠絡對自己有利的人。

【攏絡】使用手段拉攏別人。

【籠絡】籠與絡都是縛住動物的器具，引申為用權術或手段拉攏他人。

【撮合】拉攏雙方在一起。

【牽合】牽線撮合。

【引線】為人介紹、拉攏。

【毛遂自薦】戰國時，秦兵圍攻趙國，平原君欲向楚國求救，其門下食客毛遂自薦前往，說服楚王同意趙楚合縱。後用來比喻自告奮勇，自我推薦。

【牽線】比喻居間介紹，使雙方產生接觸或關係。

【牽線搭橋】替雙方面作聯繫工作。

【牽紅線】比喻促成姻緣。

人群從牌坊下湧出，簇擁著八、九個老人步下階來，笑語喧闐，神情興奮。明蓉立刻為我們「介紹」。老同學面面相覷，我的雙手都來不及握。大家的表情，驚喜裡有錯愕，親切中有陌生，忘我的天真中又有些尷尬。歲月欺人，大家都老了，可堪一嘆。不過都還健在，而且不怎麼龍鍾，也無須攙扶，又值得高興。（余光中〈片瓦渡海——跨世紀的重逢〉）

不知道高漸離舉著筑撲向秦王時，他究竟有過怎樣的表情。那時人們議論勇者時，似乎有著特殊的見地和方法論。田光向太子丹推薦荊軻時曾闡述說，血勇之人，怒而面赤；脈勇之人，怒而面青；骨勇之人，怒而面白。那時人們把這個問題分析得入骨三分，一直深入到生理上。田光對荊軻的評價是：神勇之人，怒而色不變。（張承志〈清潔的精神〉）

聽到她只十八歲時，他突然將舌頭一伸，跳起來道，「可惜我早有了我那太太！要不然，我準得想法子娶她！」「你娶她就好了；現在不知鹿死誰手呢？」我倆默默相對了一會，陸忽然拍著桌子道，「有了，老汪不是去年失了戀麼？他現在還沒有主兒，何不給他倆撮合一下。」（朱自清〈阿河〉）

相聚

【相逢】相遇。

【偶遇】偶然相遇。

【邂逅】沒約而偶然相遇。

【不期而遇】未經約定而相遇。

【萍水相逢】比喻人素不相識，因機緣偶然相逢。

【會面】見面。

【晤面】當面相見。

【會晤】見面。

【碰頭】見面。

【聚首】會面。

【雲集】如雲般密集群聚。

分離

【別離】分離，不能相聚。

【分袂】離別。

【告辭】告別。

【辭行】行前告別親友。

【辭別】辭行，告別。

【告別】辭別。

【作別】辭別、道別。

【道別】以動作或言語表達將與某人分別。

【話別】臨別前的談話。

【敘別】話別。

【握別】握手道別。

【惜別】不忍分別。

【臨別依依】即將離別時卻依依不捨。

【歡送】高興、誠懇地送別。

【送別】送人離去。

【送行】送人遠行。

【折柳】長安東有座灞橋，古人送友朋到此，常折柳贈別。後借指送別或餞行。

【餞別】設酒食送別。

烏舍凌波肌似雪，親持紅葉索題詩。還卿一缽無情淚，恨不相逢未鬀時。（蘇曼殊〈本事詩〉鬀，剃髮。此詩含有相識恨晚之意，因作者作詩時已經出家）

在機場聽了鐵天音說了一個梗概之後，我感到事態嚴重，所以立時離開了機場，約鐵天音一起到那家療養院去，會晤那個法國護士——那是一個很美麗的法國女郎，態度親切而溫柔。（倪匡《圈套》）

這席話將來春姨的辛酸和悲憤都引上來。眼淚雖力忍住了，她兩眼紅潤，彷若哭過一般。當著阿福伯，她怎說得出她和阿登叔的情分如何如何？她和阿登叔是如何的無法分袂？她如何能夠向阿福伯提這些？捨此之外，她又能講什麼？（王禎和〈來春姨悲秋〉）

差人惱了道：「這個正合著古語，『瞞天討價，就地還錢！』我說二三百銀子，你就說二三十兩！『戴著斗笠親嘴，差著一帽子』！怪不得人說你們『詩云子曰』的人難講話！這樣看來，你好像『老鼠尾巴上害癤子，出膿也不多』！倒是我多事，不該來惹這婆子口舌！」說罷，站起身來謝了擾，辭別就往外走。（清．吳敬梓《儒林外史》）

那年頭，有誰能到美國，可是天大的事，光到松山機場送行，經常是親朋好友三、五十人，圍住一個要去美國的人，幾乎是集體叮嚀，弄到後來，淚灑機場，彷彿天人永隔。（隱地〈一條名叫時光的河〉）

【契闊】久別，別離。

【暌違】分離，別離。

【闊別】久別，遠別。

【久違】久別。後多用在久別重逢的客套語。

【風流雲散】比喻人飄零離散。

【訣別】永別、辭別。

【生離死別】生時的分離與死亡時的永別。

【不告而別】沒有道別便離去。

【拜辭】告辭道別的敬詞。

慶祝

【祝賀】致送恭賀之意。

【祝福】本指求神賜福，今多指希望對方得到福分。

【道賀】用言語向人表示祝賀之意。

【慶賀】向有喜慶之事的人道賀致慶。

【稱賀】恭賀、祝賀。

【道喜】向有喜慶之人表示祝賀之意。

【賀喜】祝賀、道喜。

【恭喜】賀人喜事之詞。

【祝壽】祝賀人生日。

【拜壽】慶賀生日。

【賀年】慶賀新年。

【賀歲】慶賀新年。

【拜年】新年期間，親友彼此往來，登門道賀。

【拜節】節慶時，親友彼此來往道賀。

【舉手加額】舉手與額頭相齊。表示祝賀慶幸的意思。

契闊死生君莫問，行雲流水一孤僧。無端狂笑無端哭，縱有歡腸已似冰。（蘇曼殊〈過若松町有感示仲兄〉）

像最近蘇雪林先生自南洋大學回來，就特別在臺北多住了兩天，就為的是參加了慶生會和久違的大家見見面再回臺南去。（林海音〈慶生會就是慶生會〉）

當年南京有虞博士在這裡，名壇鼎盛，那泰伯祠大祭的事，天下皆聞。自從虞博士去了，這些賢人君子，風流雲散。（清．吳敬梓《儒林外史》）

想來想去，人最是念舊的，儘管地牛搗亂，仍然不肯離開，繼續扎根於此，渴望重生。一張張曾經哭喪的臉，一群群曾經落魄的人，都在永平村努力工作著呢。祝福你們，我還會回來。（許世旭〈台灣老家〉）

於是，午飯的時刻，桶裡的穀被挖進籮筐；滿載的籮筐在扁擔的兩端，應著挑擔人的步子，一沉一躍。把新穀倒在院裡的曬穀坪上，讓七月的太陽曝曬，人則息入堂屋，那裡有巴掌大塊的粉蒸豬肉，慶賀一年的豐收。（顏元叔〈堯水之頭〉）

這個小天使和她的姊姊們跟媽媽來我們這一席了。大家忙不迭地向著女主人說恭喜的話，並稱讚著小嬰孩的好看。繼而客人們都去逗趣著這個小姊姊，她畏羞地放開姊姊們的手，躲到母親的背後去了。（王文興〈黑衣〉）

他心中早已盤算定當，在英雄大宴之中，由張翠山說明不能出賣朋友的苦衷。凡在江湖上行走之人，對這個「義」字都看得極重，張

【額手稱慶】舉手齊額，祝賀慶幸之意。

【致辭】集會時發表歡迎、祝賀、答謝等言辭。

2 社交關係

交往

【結交】與人結識相交。

【交際】人與人之間彼此往來、聚會應酬。

【社交】社會中人與人的交際往來。

【結識】認識交往。

【相交】相互交往。

【締交】結交。

【訂交】結交為朋友。

【交好】往來密切，結成知己或友邦。

【交往】交際往來。

【交結】交際，往來。

【交遊】交往，交際。

【往來】交往、交際。

【過從】相往來。

【神交】彼此心意投合，但憑精神相交，不涉形跡。

【相知】彼此相交而能相互了解。

【和睦】彼此親密和善。

【融洽】彼此感情和睦。

【投機】意見相合。

【投合】合得來。

【投契】情意相合。

【投緣】情意相合。

【談得攏】談得投機。

【契合】情志相投。

翠山只須坦誠相告，誰也不能硬逼他做不義之徒。便有人不肯甘休，英雄宴中自有不少和武當派交好的高手，當真須得以武相見，也決不致落了下風。哪料到對方已算到此著，竟以祝壽為名，先自約齊人手，湧上山來，攻了武當派措手不及。（金庸《倚天屠龍記》）

荊軻也曾因不合時尚潮流而苦惱。與文人不能說書，與武士不能論劍。他也曾被逼得性情怪僻，賭博奢酒，遠遠地走到社會底層去尋找解脫，結友朋黨。他和流落市井的藝人高漸離終日唱和，相樂相泣。他們相交的深沉，以後被驚心動魄地證實了。（張承志〈清潔的精神〉）

第一型，高級而有趣。這種朋友理想是理想，只是可遇而不可求。（……）高級的人使人尊敬，有趣的人使人歡喜，又高級又有趣的人，使人敬而不畏，親而不狎，交結愈久，芬芳愈醇。（余光中〈朋友四型〉）

有時候和朋友講得投機，他就任了一時的熱意，把他的內外的生活都對朋友講了出來，然而到了歸途，他又自悔失言，心裡的責備，倒反比不去訪友的時候，更加厲害。（郁達夫〈沉淪〉）

當家熊還害他媽用顫動的聲調央求著「熊兒，你別又給我惹禍嘍」的時候，我們便已經是「莫逆」朋友了。自然，這份友誼是幾番廝打的結果，而且是在相持不下的廝打中成長的。（蕭乾〈一隻受了傷的獵犬〉）

二人談談說說，大是情投意合，常言道：「酒逢知己千杯少，話不投機半句多」，楊過口齒伶俐，言辭便給，兼之生性和黃藥師極為

【莫逆】比喻朋友要好，彼此心意相契合。

【知己】相互了解而友誼深厚的人。另有「知心」、「知交」、「知音」。

【一言訂交】指雙方情投意合，才一交談，就成了至交。也作「一言定交」。

【一見如故】初次見面就相處融洽，像老朋友一樣。

【相得甚歡】彼此相處極為愉快。

【焦孟不離】相傳焦贊與孟良二人交情很好，幾乎天天在一起。比喻感情深厚，形影不離。

【志同道合】彼此的志趣、理想一致。

【氣味相投】雙方志趣、性情相投合。

【握手言歡】互相握手，交談甚歡。一是形容有深厚交情的朋友見面時的情況；另一是盡釋前嫌，歸於友好。也作「把手言歡」。

【斷交】斷絕交往。

【絕交】斷絕友誼。

【棄絕】唾棄斷絕。

【破臉】不顧情面，當面爭吵，破壞了原有的情分。

【撕破臉】指感情或關係破裂。

【君子交絕，不出惡聲】君子絕交，也不會口出惡言。

【交淺言深】與相交不深的人說親密話。指說話不得體。

【走動】指親友間彼此往來酬應。

【結夥】結伴，夥同。

【勾結】暗中結合、串通。

【串通】彼此溝通聯結。

【拉攏】籠絡對己有利者。

【籠絡】以權術或手段統御他人。

【物以類聚】原指性質相近的東西常聚集在一起。多比喻壞人相近，說出話來，黃藥師每每大歎深得我心，當真是一見如故，相遇恨晚。他口上雖然不認，心中卻已將他當作忘年之交，當晚命程英在楊過室中加設一榻，二人聯床共語。（金庸《神鵰俠侶》）

黃昏裡，歸途中，走入自己的巷道，戶戶是滿門滿窗的柔黃燈火，照著庭前的尤加利樹，鳳凰樹，而燈下的竹葉特別嫩綠明亮。竹葉背後傳來小孩子的叫聲，狗的叫聲，炒菜的喧囂聲。長長巷道兩側的門，不時開著，放去一陣燈光，納入回家的人。隔著牆收音機裡傳來「以阿和談有進展」：願他們早日握手言歡。長長的狹巷，剎那間又似乎和整個世界發生了勾連，無可豁免的勾連！（顏元叔〈行走在狹巷裡〉）

這些電子科技拉近了遙處地球兩端的人們，卻拉遠了同處一室的情人。人們現在不再跟近在眼前的這個人相處，而拚命跟遠在天邊的人拉攏關係。真是令人抓狂。（胡晴舫〈繁花如夢〉）

乃是朋友中間應有之義，但是談何容易。名利場中，沆瀣一氣，自己都難以明辨是非，哪有餘力規勸別人？（梁實秋〈談友誼〉）

白開心道：「你可聽見他說起過我麼？」小魚兒呆了呆，道：「沒……沒有。」白開心道：「這祇因他與我仇深似海，他將我恨之入骨，連我的名字都不願提起，又怎會將我當做朋友，和我在一張桌子上喝酒。」他大笑接道：「你以為『十大惡人』既然都是惡人，大家臭味相投，想必全是朋友，卻不知『十大惡人』中也有互相恨得入骨的冤家對頭……你千算萬算，終於還是算錯了一著，這一著就夠要你的命了！」（古龍《絕代雙驕》）

紳士們平常到別人家的客廳去拜訪的時候，絕不能夠看上了人家的小姐就不住地看，那該多麼不紳士，那該多麼不講道德。那小姐若

互相勾結。語本《易經·繫辭上》。

【臭味相投】譏諷人的興趣、性情相合。

【同流合汙】隨世浮沉。多指跟壞人一起做壞事。語本《孟子·盡心下》：「同乎流俗，合乎汙世。」

【沆瀣一氣】形容氣味相投的人勾結在一起。沆瀣，ㄏㄤˋ ㄒㄧㄝˋ。

【朋比為奸】彼此勾結做壞事。也作「狼狽為奸」。

【結黨營私】互相勾結以謀求私利。

慰問

【安慰】安撫勸慰。

【安撫】安慰、撫慰。

【慰問】安慰問候。

【寬慰】安慰他人使其寬心。

【撫慰】安撫慰勉。

【宣慰】安撫慰勞。

【告慰】安慰他人使其滿意、安心。

【慰藉】安撫。

【慰勞】用言語或物質撫慰勞苦的人，使其心中安適。

【慰勉】慰勞勉勵。

【勸慰】勸說慰解。

【撫卹】安慰、救濟。

【道乏】向他人道謝或慰問。

【噓寒問暖】形容對人關懷愛護十分周到。

【存候】慰問、問候。

【存問】問候、安慰。

【存慰】省視慰問。

一告訴了她的父母，她的父母立刻就和這樣的朋友絕交。絕交了，倒不要緊，要緊的是一傳出去名譽該多壞。紳士是高雅的，哪能夠不清不白的，哪能夠不分長幼地去存心朋友的女兒，像那般下等人似的。（蕭紅《呼蘭河傳》）

將近三更，鳳姐似睡不睡，覺得身上寒毛一乍，自己驚醒了。越躺著越發起滲來，因叫平兒、秋桐過來作伴。二人也不解何意。那秋桐本來不順鳳姐，後來賈璉因尤二姐之事，不大愛惜她了，鳳姐又籠絡她，如今倒也安靜，只是心裏比平兒差多了，外面情兒。今見鳳姐不受用，只得端上茶來。（清·曹雪芹《紅樓夢》）

「不得了！」老頭兒說。「我夢見中央軍打敗了！」那時，人們相信夢境是神的預言，對這個傷心驚恐的老人，都有些手足無措。倒是他的老伴兒有個主意，安慰他：「不要緊，夢死得生，你夢見中央軍打敗了，那一定是中央軍打勝了。」全家附和，老翁漸漸鎮靜下來，再度睡去。（王鼎鈞〈天才新聞〉）

回國後這一年來，他跟他父親疏遠得多。在從前，他會一五一十，全稟告方遯翁的。現在他想像得出遯翁的回信。遯翁的心境好就撫慰兒子說：「尺有所短，寸有所長，學者未必能為良師」，這夠叫人內愧了；他心境不好，準責備兒子從前不用功，急時抱佛腳，也許還來一堆「亡羊補牢，教學相長」的教訓，更受不了。（錢鍾書《圍城》）

女人們就圍著這口水井，挑水、洗衣服、說笑、訴苦、爭吵、唱歌……有委屈，彼此勸慰；有好事，大家高興。而幾十年來，這口井一直默默地聆聽著女人們悲悲喜喜的心事。（顏崑陽〈水井邊的女人〉）

【存撫】省視撫慰。
【撫存】慰問安撫。
【弔問】去喪家弔祭、慰問。
【弔死問疾】弔祭死者，慰問病人。也作「弔喪問疾」。

幫助

【援助】援救幫助。
【扶助】幫助，援助。
【臂助】助以一臂之力。
【幫襯】幫助，贊助。
【贊助】幫助。
【拉拔】扶助、提拔。
【扶掖】此作扶助、提攜。
【提掖】提拔。
【提挈】提拔，照顧。
【提攜】照顧栽培晚輩。
【眷顧】十分關愛照顧。
【照拂】照顧。
【關懷】關心，牽掛。
【體恤】體諒而憐憫。
【接濟】救助，支援。
【餉】ㄒㄧㄤˇ，送食物給人。
【遺】ㄨㄟˋ，贈送，給予。
【布施】將自己所擁有的東西，施捨給人。
【周恤】體恤，幫助。
【周濟】接濟救助窮困的人。
【施捨】送人財物，布施恩德。
【捐輸】將財物捐助繳納給公家。
【賑濟】以財物救濟。
【濟助】接濟，幫助。
【幫補】在經濟上資助。亦作「幫貼」、「幫錢」。
【齎發】贈與；給人錢財幫助。齎，ㄐㄧ。

小黑的帳戶增加了很多錢，可是小黑的生活一如往常，只是週末有時北上台北，有時南下屏東，他的親生母親一開始時每天打電話來噓寒問暖，他只好求饒，因為同學們已經開始嘲笑他了。（李家同〈苦工〉）

故賈瑞也無了提攜幫襯之人，不說薛蟠得新棄舊，只怨香、玉二人不在薛蟠前提攜幫補他，因此賈瑞金榮等一干人，也正在醋妒他兩個。（清．曹雪芹《紅樓夢》）

從這觀念來看，當我們在生活中遭受困頓和苦難，那在身邊好心拉拔一把的人，其實正是混跡人世的觀音菩薩。（奚淞〈說觀音〉）

A果然是一位十分熱心的婦人，她較我年長十餘歲，待我如長姊，照拂我生活起居的細節，無微不至。（林文月〈A〉）

只有等孩子上學去了（她怕孩子知道，傷了自尊），厚著臉皮，躊躇又躊躇，挨門挨戶看看是否有誰可以濟助一點的。她怕我們不相信，還把戶口名簿、眷補證、孩子的成績單都拿出來給我們看。（杏林子〈母親的臉〉）

這李小二先前在東京時，不合偷了店主人家財，被捉住了，要送官司問罪。卻得林沖主張陪話，救了他，免送官司。又與他陪了些錢財，方得脫免。京中安不得身，又虧林沖齎發他盤纏，於路投奔人；不想今日卻在這裡撞見。（明．施耐庵、羅貫中《水滸傳》不合，不該）

福康安訕訕地還要下跪，太后卻一把攬了他起來，撫摸著他的髮辮，笑道：「免了吧！徽班子進京，和二黃臺起來，北京城都瘋了，走哪裡都是戲！上回你十六叔進來，我說叫他查查滿州老人家兒沒差

【疏財仗義】肯施捨錢財而重視義氣。

【解囊相助】拿出錢財幫助所需的人。

【施惠】給予恩惠、德澤。

【造福】為人創造幸福。

【拯救】援救，救助。

【援救】救助，援助

【奧援】內援，通常又用以稱有力而可靠的後援。

【搭救】幫助、拯救。

【解救】使脫離危險困境。

【營救】設法施救。

【挽救】設法從險難中挽回或竭力補救。

【搶救】在緊急危險的情況下迅速救護。

【相濡以沫】泉水乾涸，魚兒以口沫互相潤濕。比喻同處困境，互相以微力救助。語出《莊子．大宗師》。

【雪中送炭】在艱困危急之時，給予適時的援助。

【濟困扶危】救濟困苦，幫助危難。

使的，或那些沒指望的孤兒寡母，要恤賞一點錢糧。跟著傳恒出兵放馬的旗下家屬，也得周濟一下。他也是一嗓門子『領懿旨』！——咱們愛新覺羅家是天家，有定國王，有趙子龍，也是件好事兒嘛！」說得眾人都笑了。（二月河《乾隆皇帝》）

且說這唐二亂子二十一歲上丁父憂，三年服滿，又在家裡享了年福。這年二十四，忽然想到上海去逛逛，預備化上一二萬玩一下子，還想順便在堂子裡討兩個姨太太。到了上海，雖然同鄉甚多，但因他一直是在外頭隨任，平時同這般同鄉並沒有甚麼來往，所以彼此不大接洽。恰巧他列兄何孝先新過道班，總辦山西捐輸，場面很大，唐二亂子於是找到了他。（清．李寶嘉《官場現形記》）

碧溪岨的白塔，與茶峒風水有關係，塔圮坍了，不重新作一個自然不成。除了城中營管，稅局以及各商號各平民捐了些錢以外，各大寨子也有人拿冊子去捐錢。為了這塔成就並不是給誰一個人的好處，應盡每個人來積德造福，盡每個人皆有捐錢的機會，因此在渡船上也放了個兩頭有節的大竹筒，中部鋸了一口，盡過渡人自由把錢投進去，竹筒滿了馬兵就捎進城中首事人處去，另外又帶了個竹筒回來。（沈從文《邊城》）

感謝

【感謝】接受他人恩惠而表示謝意。

【感激】衷心感謝。

【道謝】用言語表示謝意。

【稱謝】道謝；答謝。

【致謝】表示謝意。

房門不能開，高高百思不得其解的結論是，打一些獵物獻給天文以換取門票，她打來壁虎，完完好好一條放在天文房門口，打來麻雀、蚱蜢、大蜘蛛、紋白蝶、飛蟻……，總是總是，我聽到天文在樓上聞聲開門的高聲感謝：「謝謝你、謝謝你。」我次次都被天文充滿驚喜感動的語調感染得忍不住大聲問：「今天是什麼禮物？」「唉呀

【答謝】受人利益或招待而表示謝意。

【申謝】表明謝意。

【鳴謝】表達感謝之意。

【酬謝】以財物或行動來答謝。

【酬答】以財物或行動來答謝。

【叩謝】叩首道謝。表達非常深切的謝意。

【拜謝】態度恭敬的表示謝意。

【報謝】答謝。

【敬謝】此作恭敬的答謝之意。

【重謝】厚禮致謝。

【酬報】以財帛或行動表示謝意。

【酬金】做為酬勞或報答所給付的金錢。

【謝儀】表達謝意所致贈的財物。也作「謝禮」。

【千恩萬謝】再三的道謝。

【謝詞】表達謝意的文字或言詞。也作「謝辭」。

【謝函】表示感謝的書信。

諂媚

【諂媚】以言語或行為奉承取悅他人。

【諂佞】巧言逢迎，以討人歡心。

【諂諛】諂媚阿諛。

【阿諛】阿附諂諛。

【巴結】奉承、討好。

【獻媚】為了討好別人而露出諛媚姿態。

【便佞】諂媚、討好。

蟑螂啦。」怕高高聽懂人言因此低聲回答，天知道天文的天敵就是蟑螂。（朱天心〈只要愛情，不要麵包的貓〉）

伐木季節裡，當巨大的裁切好的相思樹幹從對岸的流籠運過來、再一次壓在搬運工人的肩上時，我記得他們胸口與喉間不由自主地發出「呃」的一聲，那聲音既像由衷感激又像對命運的哀嘆。（林銓居〈我的里山二坪〉）

我在隧道口拍照，養路工人騎著老機車挨近，笨拙地停好車走過來說，雨後上坡易落石，不宜久留，叮嚀與道謝，各走交叉路。山中人多祥和親切，因為空間夠大，眼界寬廣，每回遇見同類，螞蟻似的交換費洛蒙。（陳玉峰〈南橫數帖〉）

我們這一代是被很多賣力演藝的小人物養大的，他們展示了人生的瘡孔又宣傳足以治癒的靈藥，三言兩語之間啟動幻想，鼓舞意志。有時，我放任自己買一些根本不需要的小玩意，單純地只是要向記憶裡那些賣力演藝的小人物致謝，感謝他們用才華給窮村的孩童餬口。（簡媜〈聖境出巡——菜市場田野調查〉）

曾先生說用辣宜猛，否則便是昏君庸主，綱紀淩遲，人人可欺，國焉有不亡之理？而甜則是后妃之味，最解辣，最宜人，如秋月春風，但用甜則尚淡，才是淑女之德，過膩之甜最令人反感，是露骨的諂媚。曾先生常對我講這些，我也似懂非懂，趙胖子他們則是在一旁暗笑，哥兒們幾歲懂些什麼呢？父親則抄抄寫寫地勤作筆記。（徐國能〈第九味〉）

日本茶道算是現代最講究喝茶氣質的了。先是四周的竹圍就能清

【夤緣】攀附權貴，以求進身。

【吹噓】吹捧、稱揚。

【攀附】巴結、投靠有權勢的人往上爬。

【趨附】趨承巴結有權勢的人。

【趨奉】迎合、奉承。

【奉承】諂媚討好他人。

【逢迎】在言語行動上奉承討好別人。

【迎合】逢迎，揣測人意而投其所好。

【迎阿】逢迎阿諛。

【阿附】巴結奉承，以迎合他人。

【恭維】奉承、阿諛。

【曲筆】因阿諛或畏懼而未能根據事實直書。

【拍馬屁】比喻諂媚阿諛，討好他人。

【戴高帽】用好聽的話奉承人。

【灌迷湯】恭維、奉承他人，使人心神迷醉。也作「灌米湯」

【抱粗腿】比喻喜歡拍馬屁，攀附權貴。

【違心之論】違背本意的言論。

【搖尾乞憐】本指狗搖著尾巴以討主人歡心，後用來形容人有所請求，卑躬屈膝討好對方。

【打勤獻趣】阿諛奉承。

【夤緣攀附】形容人攀附權貴，拉攏關係。

【攀龍附鳳】趨附權貴，以謀取個人名利。

【諂諛取容】阿諛獻媚以討好別人。

【屈意奉承】低聲下氣，委屈自己，去討好別人。

【趨炎附勢】比喻依附權勢。

心寡慾，加上一大套進退舉止，讓誰都不敢輕舉妄動。茶宴上禁論世俗之事，例如政治或某人醜聞，同時也不許主客互相讚美阿諛。喝茶喝到這樣素心，也差不多像喝惠山茶一樣教人挺難受。（盧非易〈來，唸一下詩篇第五十一——茶〉）

經筵的著眼點在發揮經傳的精義，指出歷史的鑒戒，但仍然經常歸結到現實，以期古為今用。稱職的講官務必完成這一任務，如果只據章句敷衍塞責或以佞辭逢迎恭維，無疑均屬失職，過去好幾個講官就曾因此而被罷免。（黃仁宇《萬曆十五年》）

段譽只給他抓得雙肩疼痛入骨，仍然強裝笑容，說道：「誰說的？『岳老大』三字，當之無愧。」心中暗暗慚愧：「段譽啊段譽，你為了要救木姑娘，說話太也無恥，諂諛奉承，全無骨氣。聖賢之書，讀來何用？」又想：「倘若為我自己，那是半句違心之論也決計不說的，貪生怕死，算甚麼大丈夫了？只不過為了木姑娘也只得委屈一下了。……」（金庸《天龍八部》）

我越想越覺得整件事滑稽之極，忍不住笑了起來：「天下竟然會有這樣的事情！上百億美元，交給人會被人拒絕！」萬夫人道：「天下只有衛斯理會做這種滑稽事情，這也是為甚麼我非要把事情交到你手上的緣故。」我搖頭：「你不必給我戴高帽，我說不理就不理。」萬夫人一副胸有成竹的模樣，又笑咪咪地道：「現在你說不理，到時候你一定會改變主意。」（倪匡《未來身份》）

【失和】不再和睦相處。
【彆扭】意見不合而吵鬧賭氣。
【鬧彆扭】彼此有意見而合不來，因而乃採不合作態度或故意為難對方。
【鬧意見】意見不合起爭執。
【齟齬】牙齒上下不齊，比喻彼此的意見不相合。
【一言不合】形容一句話說得不投機的場面。
【話不投機】談話時，彼此意見不相合。
【話不投機半句多】談話時彼此意見不合，無法繼續交談，連半句都嫌太多。
【扞格】比喻性情不相投。扞，ㄏㄢˋ。
【不和】不和睦、不融洽。
【不睦】感情不和諧，相處不融洽。
【隔閡】彼此情意不相通，思想有距離。
【衝突】意見不同起爭執。
【翻臉】生氣變臉。
【反目】不和。
【交惡】感情破裂，彼此憎恨仇視。
【作對】敵對，故意跟人為難。
【仇視】以仇敵相待。
【敵視】以對抗、仇視的態度相對待。
【敵對】因利害衝突，或立場不同，採取對抗仇視的態度。
【仇隙】因怨恨生裂痕。
【結仇】結下仇恨。
【反目成仇】從和睦的關係轉變成仇視敵對狀態。
【決裂】破裂。
【絕交】斷絕友誼。
【割席】比喻朋友絕交。三國魏管寧發覺朋友華歆貪鄙，便分開坐席與他絕交。

今天淡水的街上，已經到處可以見到齒科醫生的招牌了。聽說馬偕有紀念醫院在臺灣。他建的醫院和教堂還留在原地。這些實際的建設留下，至於那些中外接觸初期的傳聞逸事，現在人們都當笑話來說了。種種不同的接觸，和更現實的齟齬，何嘗不是到處可見。（也斯〈佛塔與十字架〉）

大嫂是個最無能而又最不懂事的人，二嫂是個很能幹而氣量很窄小的人。她們常常鬧意見，只因為我母親的和氣榜樣，她們還不曾有公然相罵相打的事。她們鬧氣時，只是不說話，不答話，把臉放下來，叫人難看；二嫂生氣時，臉色變青，更是怕人。她們對我母親鬧氣時，也是如此。我起初全不懂得這一套，後來也漸漸懂得看人的臉色了。我漸漸明白，世間最可厭惡的事莫如一張生氣的臉；世間最下流的事莫如把生氣的臉擺給旁人看，這比打罵還難受。（胡適〈我的母親〉）

她知道自己的微笑能溶化人與人之間的隔閡，她一笑，就像初日射在雪白的花瓣上，她的面容旋即流轉著光輝和溫煦。（鍾玲〈刺〉）

孩子群奉行的道理是弱肉強食，總是有人帶頭起鬨，仗著人多勢眾就欺侮落單的那個，而且沒什麼道理。我生存的方法通常是依靠一個小團體，以免遭到孤立和排擠，雖然誰也不知道自己什麼時候會遭到來自團體內部突然的排擠。（柯裕棻〈裸露的腳〉）

人總是要鬥的，總是要鉤心鬥角的和人爭逐的。與其和人爭權奪利，還不如在棋盤上多占幾個官；與其招搖撞騙，還不如在棋盤上抽上一車。（梁實秋〈下棋〉官，即官子，圍棋術語）

你記得寫給我的最後一封信嗎？你說：「這是一個比賽傷痛的遊戲麼？妳憑什麼認為憂傷由妳獨享？」往後日子裡我試圖通過蛛絲馬

【決絕】堅決斷絕。
【一刀兩斷】斷絕關係。
【排斥】排除駁斥。
【排擠】用手段排斥人。
【排擯】排斥擯棄。擯，ㄅㄧㄣˋ。
【傾軋】互相毀謗排擠。
【擯斥】排除，斥退。
【擠撮】排斥輕視。
【針鋒相對】兩針尖鋒相互對立。比喻人與人之間的對立。
【鉤心鬥角】比喻彼此明爭暗鬥，各用心機。也作「勾心鬥角」。
【爾虞我詐】互相詐騙。形容人際間的鉤心鬥角。
【黨同伐異】結合同黨，攻擊異己。指一切團體之間的鬥爭。
【水火不容】形容互相對立，不能相容。
【冰炭不洽】比喻對立的雙方無法調和或不能相容。
【冰炭不相容】對立雙方無法調和或不能容忍。
【不共戴天】不願與仇人共生於世間。
【勢不兩立】發誓絕對不和敵對的人並立於天地之間，形容仇恨極深。
【比劃】較量切磋。
【角力】較量勝負。
【爭逐】競相追逐、爭奪。
【較量】以競賽的方式比高下。
【競逐】爭相追逐。
【一決高下】比喻互相較量以決定輸贏、勝負。
【爭霸】爭取霸權。
【零和】指兩數相加為零。在棋賽或牌賽中，一方之得恰為一方之失，其和為零，故稱。形容對立雙方採你死我活的強硬態度。
【攆】ㄋㄧㄢˇ，趕走。
【轟】驅逐，驅趕。
【驅離】趕走。

跡來理解你。有些場景我三番兩次提起，因為那是關鍵，按下了就一吋一吋照亮這零和的棋局。（楊佳嫻〈零和〉）

一個白髮蒼蒼的老侍從嘍，還要讓自己長官這樣攆出門去。想想看，是件很體面的事嗎？（白先勇〈國葬〉）

也許真要等到最小的季珊也跟著假想敵度蜜月去了，才會和我存並坐在空空的長沙發上，翻閱她們小時的相簿，追憶從前，〔……〕。人生有許多事情，正如船後的波紋，總要過後才覺得美的。這麼一想，又希望那四個假想敵，那四個生手笨腳的小伙子，還是多吃幾口閉門羹，慢一點出現吧。（余光中〈我的四個假想敵〉）

紀嫣然道：「嫣然明白夫君大人的心情，人是很奇怪的，有時千辛萬苦的想完成某一個目標，可是當大功告成時，反有空虛失落的感覺。但幸好不是所有事情都是那樣了，像人與人間的感情交流就可與時並進，日趨深刻。當然呢！也免不了會有反目成仇的情況出現。」項少龍點頭道：「只是聽嫣然說話，已是我人生的一大享受，能與嫣然終老塞外，夫復何求？」（黃易《尋秦記》）

他很有耐心聆聽。他的耐力感動我，我把細節說得更詳細，活了二十六歲，還未有人對我發生過這麼大的興趣，我的配偶是個粗心的人，我與他水火不容，他的力氣全部花在事業上，家庭只是他的陪襯品，他不解風情，他自以為是，他完全看不到我的需要。我知道這種困難存在已有數百年歷史，但不知恁地，女人一直嚮往有個體貼的配偶。（亦舒《朝花夕拾》）

那個「平安小客棧」對我們可真不平安！每五天必須結一回帳，照例是支吾過去。欠賬越積越多，因此住宿房間也移來移去，由三面大窗的「官房」，遷到祇有兩片明瓦作天窗的貯物間。總之，儘管藉

【下逐客令】主人暗示或明示客人，該告辭離去。

【吃閉門羹】被摒拒在門外，被拒絕。

故把我們一再調動，永不抗議，照棧規彼此不破臉，主人就不能下逐客令。至於在飯桌邊當店東冷言冷語譏誚時，祇裝作聽不懂，也陪著笑笑，一切用個「磨」字應付。（沈從文〈大山裏的人生〉）

挑撥、計算

【挑撥】搬弄是非。

【挑動】引起、觸發。

【挑唆】挑撥、教唆。

【挑釁】故意引起爭端。

【挑弄】挑撥、搬弄。

【調撥】搬弄是非。

【調唆】挑撥、教唆。

【調弄】調唆。

【離間】從中挑撥，使人不合。

【鼓搗】撥弄、擺布。

【撥弄】挑撥。

【搬弄】挑撥是非。

【播弄】挑撥。

【遇事生風】搬弄是非，興風作浪。

【搬弄是非】蓄意挑撥雙方，或在他人背後隨意加以評論，以引起糾紛。

【搬脣弄舌】故意調唆、搬弄是非。

【調嘴學舌】說長道短，搬弄是非。亦作「調嘴弄舌」。

【搖脣鼓舌】鼓動嘴脣與舌頭，指利用口才搬弄是非。也作「鼓舌搖脣」。

【搖吻鼓舌】逞口舌之能，搬弄是非。

【調三窩四】搬弄口舌、挑撥是非。亦作「調三斡四」、「挑三豁四」、「挑三窩四」。

在顫抖的長歲月中，不知有多少江河帶著黃河污染你的蔚藍，不知道有多少狂風帶著大陸的塵埃挑釁你的壯麗，也不知道有多少巨鯨和群鯊的屍體毒化你的芬芳，然而，你還是你，海浪還是那樣活潑，波光還是那樣明豔，陽光下，海水還是那樣清。不是嗎？我明明讀到淺海的海底，明明讀到沙，讀到礁石，讀到飄動的海帶。（劉再復〈讀滄海〉）

他們鄰居之間，雖然沒有圍牆，但彼此頗知尊重對方的自由。他們不隨便闖人家，使你沒有不設防或客人隨時入侵的威脅；也不喜歡搬弄是非，更不會反賓為主。夜深以後，不會打電話去吵鬧別人，更不會以無線電、打小孩、呼么喝六來騷擾鄰居。美國人居家雖無形式上的籬笆，心中卻有籬笆；中國人則反之。（夏菁〈籬笆〉）

鴉片戰爭結束後，殖民者限制被殖民者的行動自由，嚴格規定晚上十時以後，華人不准外出閒遊街上，違者警察即行拘捕。禁止夜行的理由是認準華人趁黑夜圖謀不軌，盜竊滋事，遺害閭里。（施叔青《她名叫蝴蝶》）

曹公用賈詡謀，離間超、遂，更相猜疑，軍以大敗。超走保諸戎，曹公追至安定，會北方有事，引軍東還。（西晉．陳壽《三國志》）

祝志強萬料不到會在這時候給這個毫不起眼的馬夫暗算，根本完

【算計】暗中圖謀他人。

【計算】暗中謀劃，對付他人。

【暗算】祕密地設計害人。

【圖謀不軌】意指謀劃不法叛逆的事。

全沒有想到要避開，加上王浩然身為三姓桃源第二高手，刀法何等之高，這一招有個名堂，叫「白駒過隙」，可知其快，敵人除非武功極高，而早有防避，否則勢難避過。只聽得「戳」一響，祝志強悶哼一聲，右胸鮮血如泉湧，已然受了極重的傷。（倪匡《天外桃源》）

調解、和解

【調解】調停雙方意見，平息紛爭。

【調停】居中調解，排除糾紛。

【調和】居中協調，平息爭端。

【調處】調停處理。

【協調】協力調和，使意見一致。

【勸解】勸人和解。

【排解】居中調停，解決紛爭。

【說和】調解雙方的爭執。

【講和】起衝突的雙方，共同商議和解。

【談和】說和，解決彼此敵對的狀態。

【言和】談和、講和。

【和解】停止爭執，重歸於好。

【和好】恢復和睦親善的感情。

【說服】用言語使對方信服。

【斡旋】居中調解、周旋。

【疏通】調解雙方的爭執。

【和稀泥】把爛泥巴攪和在一起。多用來指不分青紅皂白，毫無原則的為人調解紛爭。

【打圓場】替人調解紛爭。

【言歸於好】和好如初。

【息事寧人】原指為政者不生事擾民，後指調停紛爭，使彼此相安。

於是這個說，「我坐這兒！」那個說，「大哥不讓我！」大哥卻說，「小妹打我！」我給他們調解，說好話。但是他們有時候很固執，我有時候也不耐煩，這便用著叱責了；叱責還不行，不由自主地，我的沉重的手掌便到他們身上了。於是哭的哭，坐的坐，局面才算定了。（朱自清〈兒女〉）

母親晚年信了佛教，她最得意的事是說服了一些信佛教的有錢人，湊足了一百萬台幣，捐給天主教辦的孤兒院，捐贈的那一天，她也親自去了。（李家同〈車票〉）

一個小小的，寂寞的女孩兒，自轉學到城裡後，一腳踩空，便掉入舊雨新知眾叛親離的窘境，原本只能躲在閣樓窗簾後，和路上指天畫地、自言自語行走的瘋婦遙遙招手，進行自認的通關密語對話遊戲，而因為街角的那間租書店，自憐被同儕孤立的孩子，偷偷和母親搶看同一窗口，也以那小小的租書店為根據地，似懂非懂地鯨吞蠶食，書本成了她和寂寞握手言和的仲介。（廖玉蕙〈開窗放入大江東〉）

我們看氣氛就要變僵，趕緊起來打圓場。有人講起林志玲，有人說他認識林志玲。在故意營造起來的熱鬧中，我知道這兩個同學以後不會講話了。他們高中時曾是橄欖球隊最好的搭檔，一起衝過大半場，一起受過傷。（王文華〈我四十歲，我迷惑〉）

【商量】交換意見。
【商討】商量討論。
【商談】商議談論。
【商議】商量、議論。
【商計】商量、計劃。
【商榷】商量、討論。
【商酌】商量、斟酌。
【協商】共同商量。
【洽商】接洽商量。
【磋商】互相商量。
【諮商】商議。
【協議】共同商議討論。
【面議】當面討論。
【蹉議】商量、商議。
【洽談】接洽商量。
【接洽】與人商議事情。
【面洽】當面商量。
【談判】商議解決重大問題。
【情商】以私人交情商請對方同意。

【婉商】婉轉商量。
【交涉】雙方協商，共同解決相關問題。
【計較】計劃、商量。
【討價還價】賣方索價，買家還價，以達到各自理想的價錢。比喻談判時雙方各提條件，反覆爭議。
【從長計議】慢慢地仔細商議，不急著決定。
【共商大計】共同商議，籌劃重要計策。
【免談】沒有商量的餘地。
【不謀】不商量。
【不謀而合】沒有事先商量，但意見、行為一致。也作「不謀而同」。
【不相為謀】彼此立場、觀點差異太大，無法商量。

他迷戀陸小曼已經是家喻戶曉的了，值得注意的是徐志摩也把這件事情看得完全妥當，他跟他的元配一定也商量了，離婚後兩人還跟好朋友一樣來往，我們也無從得知他第一位夫人張幼儀女士當時的感受，不過不得不佩服她的雅量和同情。而徐志摩心願得償之後怎麼樣呢？據梁實秋先生說：「浪漫的夢經不起打擊。志摩是一個絕頂聰明的人，並且不是一個沒有膽量認錯的人，所以他很快的承認了他的失敗。」（思果〈惑〉）

畢伯伯一直很堅強，把喪事辦得整齊周到，待出殯完回家，來跟父親商談一些善後瑣事，談著談著竟至慟哭流涕，念來念去還是怪畢媽媽糊塗，夫妻十年，他不曾有過重話，怎麼這氣頭上話就當真了呢！（朱天文〈小畢的故事〉）

許褚至，見嚴兵整甲，乃下馬入營見玄德。玄德曰：「公來此何幹？」褚曰：「奉丞相命，特請將軍回去，別有商議。」（明．羅貫中《三國演義》）

伊不是只能跟我在一起的嗎？伊不是只適合我嗎？除了我還有誰能夠忍受伊的嘮嘮叨叨……但是協議分手後，伊連電話也沒來過一通，兩人都認識的某朋友不經意間透露，很快伊又有了新男友，還同居，這就更使我難堪了。（王盛弘〈花盆種貓〉）

他喃喃自語：都說我林三好賭。我林三才不愛賭呢！我恨這三色牌。我恨死賭場了。只要再贏一次。我今後再也不賭了。再賭就把手剁掉。只要贏一次就好。好好地贏一次。我林三死也不賭了……。他閉著眼，滿臉虔誠，好像在和上天談判。（荊棘〈白色的酢漿草〉）

媽的脾氣倔直，最懶得理睬動不動愛討價還價的顧客。不過吧女們的直截了當有時也帶來可怕的後果。遇有爭執時，她們往往不像家

3 應對態度

贊同

【贊同】贊成、同意。

【贊成】對他人的主張或行為表示同意、肯定。

【同意】對某種主張表示相同的意見。

【算數】確認有效力。

【響應】以言語、行動贊同，支持某種號召或行動。

【支持】贊同並給予鼓勵或贊助。

【擁護】贊成並支持。

【採納】採用、接受他人的意見或建議。

【附和】自己未有定見，追隨、應和他人的行動和言語。

【苟同】隨意地贊同。

【首肯】點頭表示同意。

【稱是】表示肯定、贊成。

【唯唯】恭敬應諾之詞。

【唯諾】順從他人的意見，沒有違逆。也作「唯唯諾諾」。

【幫腔】附和別人做事或發言。

【一呼百應】一人召喚，百人響應。贊同回應的人很多。

【一呼百諾】一人呼喚，眾人應諾。形容反應熱烈，聲勢浩大；或是形容權勢顯赫，奉承應和的人眾多。

【一唱百和】一人提倡，百人附和。附和的人很多。

【搖旗吶喊】揮動軍旗，大聲喊叫以助聲威。比喻助人威勢。

庭主婦般保有最基本的儀節規範，可以破口從店裡罵到街上。如果發生這種事，我們一家一連幾天都會沉陷在惡劣的低氣壓裡不能動彈。（楊照〈謎與禁忌〉）

對「成功」和「快樂」有個簡短的定義我很贊同：success is to have what you want, happiness is to want what you have（擁有了你所想要的，是成功；滿足於你所擁有的，是快樂）。有了還會想再有，沒有就不快樂；可是珍惜喜歡自己所擁有的，即使很少、很短暫，在別人眼中無足輕重，但只要是自己覺得「這正是我要的」，這就是快樂了。（李黎〈有沒有，要不要——快樂的十大法則〉）

那些像海象、海龜的巨石只露出脊背，兩岸植物都飽吮水分，不需灌溉，溪流儘管一路歡暢奔放，不時捲著幾片落葉沖浪，撞到石頭激起密麻麻雪白的泡沫，串成數不清的一條條銀鰻騰躍翻滾，我上半身俯臥在綠欄杆上，雙頰沾濺，深深被吸引融入，感到生命的歡欣在心中澎湃，活力在血液中提升，思想活潑起來。溪流傳遞了春的音訊，響應春的感召，人和自然萬物再重新出發。（艾雯〈人在磺溪〉）

我喜歡女兒，漸漸有了一群乾女兒。朋友說，如果你自己有女兒，又怎會有這麼多乾女兒？她們都叫你「媽」，跟親生一樣，她說我「賺了」。我連聲稱是，心中暗想，朋友借給你一張畫，讓你在客廳裡掛幾天，跟你自家的收藏能一樣嗎？（王鼎鈞〈四月的聽覺〉）

胡屠戶道：「我自倒運，把個女兒嫁與你這現世寶，窮鬼，歷年以來，不知累了我多少。如今不知因我積了甚麼德，帶挈你中了個相公，我所以帶個酒來賀你。」范進唯唯連聲，叫渾家把腸子煮了，盪

【眾口一詞】大家意見相同，說的話都一樣。

【異口同聲】大家都說同樣的話。形容眾口一詞，意見相同。

【隨聲附和】自己沒有定見，只迎合或追隨他人的主張。

【人云亦云】別人說什麼，就跟著說什麼。沒有獨立的見解，只會盲從跟隨。

【拾人牙慧】比喻蹈襲別人的言論或主張。

【拾人涕唾】比喻蹈襲別人的言論或主張。

【鸚鵡學舌】比喻人云亦云，搬嘴弄舌。

【馬首是瞻】作戰時，士兵依主將的馬頭決定前進的方向。比喻毫無主見，服從指揮或跟隨他人進退。

反對

【反對】對他人的言語或行動表示不贊成。

【否決】對事物表示不同意。

【抗議】對他人的意見或措施表示強烈的反對。

【抵拒】抵禦、抗拒。

【杯葛】集體抵制。

【拒卻】拒絕、推卻。

【觝排】拒絕、排斥。觝，ㄉㄧˇ。

【駁回】不答應、不承認。

【謝絕】推辭、拒絕。

【反動】對現實的政治或社會運動表示反對意見，或採取反對行動。

【唱反調】提出相反的意見、論調，或者採取相反的行動。

【不同意】不認可、不贊成。

【澆冷水】打消他人興致。也作

起酒來，在茅草棚下坐著。母親自和媳婦在廚下造飯。（清・吳敬梓《儒林外史》）

這群詩人以趙樣超為首，果然也在討論如何抵制金大悲等人。趙樣超大罵金大悲不學無術，居然敢編什麼詩選，其餘眾人也隨聲附和。（張系國〈翦夢奇緣〉）

不會人云亦云，隨波逐流。不會時間到了叫吃飯就吃飯、叫洗澡就洗澡，完全不傾聽自己的靈魂深處叫喚。不會睡覺睡到沒自然足夠便爬起來。睡眠是任性的最佳表現，人必須知道任性的重要。豈不聞日諺：「愈是惡人，睡得愈甜。」吾人有時亦須做一下惡人。（舒國治〈一個懶人的生活及寫作〉）

或許因為叛逆期，我欲抗議，卻又懼怕而止步，開始選擇以沉靜來抗爭。那時爸載我回家的路上，我們是兩座堅硬的岩層；稀少的對話，總是翻挖不出潛藏的礦脈。爸的醫師長袍在後座飄盪出藥水、消毒水味，營造出一片更加封鎖、冰涼的氣味。（黃信恩〈肚痛帖〉）

後來，我們兩個人都渴了，甚至也有些餓了，便下樓去翻找食物。你倒了兩杯蜂蜜加冰水，又找到了一些菠蘿麵包。我們的話題也就無所不包，而且變得更為細膩。我們談到愛的問題。你問：「別人都說愛是給予，不是接受。這話對嗎？」不是我要故意唱反調，只是我越來越不同意從前理所當然人云亦云的說法。大人也還是在不停成長的。（林文月〈生日禮物〉）

孫柔嘉在訂婚以前，常來看鴻漸；訂了婚，祇有鴻漸去看她，她

「潑冷水」。

【不以為然】不認為是這樣，表示不同意。

【依違兩可】不贊成也不反對。對事情表現的態度不明確，模稜兩可。

答應

【答應】允許、同意別人的要求。

【答允】答應、應允。

【許可】允准、答應。

【允許】准許、許可。

【允准】答應、許可。

【允承】承諾、答應。

【允諾】答應、同意。

【應允】答應、允許。

【應承】應允、承諾。

【應許】承諾、許可。

【應諾】答應、允諾。

【應昂】答應。

【許諾】答應、應承。

【准許】同意別人的要求。

【容許】允許。

【默許】不明說，在心中表示許可。

【概允】沒有條件、爽快地答應。

【概諾】爽快地承諾。

【接受】收受，接納。

輕易不肯來。鴻漸最初以為她祇是個女孩子，事事要請教自己；訂婚以後，他漸漸發現她不但很有主見，而且主見很牢固。她聽他說準備退還聘約，不以為然，說找事不容易，除非他另有打算，別逞一時的意氣。（錢鍾書《圍城》）

許多古老的故事／在沒有許諾中食言／在沒有發誓時背叛／世界的苦痛是／雙手被捆綁／躺在女人的胴體旁（李敏勇〈在葡萄牙歌聲裡的即興筆記——薩拉馬戈，我記得你的詩〉）

我真的撐不下去了，精神和肉體都被這失眠蠶食得差不多了。我將手臂伸長在骯髒的桌上，頭埋在它們之間，搖滾把這個咖啡室弄成了鍛造車間。出校門我見「老美」等在風裡。一點兒不忍和感動，使我幾乎又要答應他陪我回家。我還是請他離開了我。我眼裡脹著淚，他也是。可他連伴兒也不是；他不能把無眠的長夜分走一半。（嚴歌苓〈失眠人的豔遇〉）

你侮慢了祂原本應允你在（有限）青春正盛時該去謙卑體驗的感官冒險、激情瞬間，或是，除了妳之外的，我們後來退化的審美能力與另外的，另外的身世之詩意辯證。（駱以軍〈啊，我記得……〉）

次日天未明，劉姥姥便起來梳洗了，又將板兒教訓了幾句。那板兒才五六歲的孩子，一無所知，聽見帶他進城逛去，便喜的無不應承。（清・曹雪芹《紅樓夢》）

拒絕

【拒絕】不接受、不答應。

【回絕】答覆對方，表示拒絕。

【不准】不允許、不答應。

【不許】不允許。

【駁回】不答應、不承認。

【推託】藉故推辭拒絕。

【推辭】拒絕。

【推拒】推辭、拒絕。

【推卻】推辭。

【謝絕】推辭、拒絕。

【謝卻】婉謝、拒絕。

【辭謝】婉言推辭、不接受。

【辭退】推辭、拒絕。

【婉拒】委婉拒絕。

【婉謝】委婉地謝絕。

【婉辭】婉言拒絕。

【遜謝】謙虛地推讓不接受。

【堅拒】堅定地拒絕。

【堅辭】堅定地推辭、拒絕。

【峻拒】嚴厲地拒絕。

【拒卻】拒絕、推卻。

【推三阻四】用各種藉口推託阻攔。

【敬謝不敏】恭敬地表示不能接受，或者能力不行的客氣話。

【拒人於千里之外】斷然拒絕他人的請求，沒有轉圜餘地。

【來者不拒】原指對所要求的一概不拒絕。後指送上門來的全部接受。

做父母的怎麼看都覺得對方人品好外形靚前途光明，用對待未來女婿的方式對待他們。愛爬樹的女兒卻用一個可笑的藉口拒絕了，這兩個男人都有懼高症，對高高在上的女人充滿無法控制的不安全感。（鍾怡雯〈位置〉）

蘇說：「你不能再喝了！我不准你喝了，想想你的身體。」仲偉平感激的拍拍蘇的手，有人對你說「我不准你」也是一種享受啊！（愛亞〈脫走女子〉）

若是人生真正苦海，也不應該酒菜吃一半，難道莫替我想，我不過是一個查某人，好歹嘛是遵守婦道的查某人，聽到你忽然間講「我要去釣魚」這款推辭的話語，我請問你啦，恐怕你在苦海比我較快樂啦，你莫替我想，我是不是還有面子活落去「……」（王定國〈苦花〉）

這河不知到底繞過了多少山的阻攔，謝絕了多少山的挽留，只在一路歡唱向前。它唱得歡樂而堅韌，不達目的決不回頭。只有展開一張山區地圖，你才能看清，這河像是誰的手任意畫出來的一團亂線。（鐵凝〈河之女〉）

送父親上山以後，大伯父和二伯父說父親的一生給書誤了，如今落到這種地步，他們願意資助，勸母親將風樓讓出去，我們都小，未來的日子也長，不能沒有打算。母親毅然婉拒了，她幾乎是悲憤的告訴我們，你們父親喜歡讀書有什麼錯？他只是生錯了一個時代，他的魂還在這幢樓，不能讓，我們餓死也在這幢樓。（白辛〈風樓〉）

請求

【要求】求索、請求。
【請求】向別人提出要求，希望能得到實現。
【懇請】誠懇地請求或邀請。
【懇求】誠懇地請求。
【哀求】悲哀痛苦地乞求。
【哀告】哀求、央告。
【央求】懇求、請求。
【央告】懇求。
【哀求】悲哀痛苦地乞求。
【哀告】哀求、央告。
【央求】懇求、請求。
【央告】懇求。
【祈求】懇切地請求，深切期盼能得償所願。
【求告】請求別人幫忙或原諒、寬恕。
【求情】乞求給予情面。
【討情】請求人寬恕。
【說情】代人請求通融或原諒。
【講情】為他人說情，請求能得到通融。
【求饒】請求饒恕。
【討饒】請求別人寬恕。
【告饒】請求寬恕。
【美言】為他人說好話。
【關說】請人代為請託遊說。
【緩頰】和婉勸解或替人求請。
【請託】以某事相託付。
【請命】代人求情以保全其性命。
【求助】請求幫助、救助。
【乞憐】求他人的憐憫。
【乞求】懇切地請求。
【啟齒】形容開口說話。多指有求於人。
【乞哀告憐】乞求別人的憐憫同情。

雁不像燕子一樣玲瓏多姿，不像燕子一樣地在你堂前呢喃多語，雁永遠是離你遠遠的，孤獨高傲地飛過，不給你帶來什麼麻煩，也不向你乞求任何施捨，當雁群來時，牠的鳴聲告訴你秋天來了，叫你好及早準備迎接將來的寒冬，當雁北歸時，你也不必因為牠而惆悵，因為歸雁已經告訴了你，春天到了。（王孝廉〈雁〉）

等一下，媽媽進來了。她看見我還沒起床，嚇了一跳，催促著我，但是我皺緊了眉頭，低聲向媽哀求說：「媽，今天晚了，我就不去上學了吧？」媽媽就是做不了爸爸的主意，當她轉身出去，爸爸就進來了。他瘦瘦高高的，站在床前來，瞪著我：「怎麼還不起來，快起！快起！」「晚了！爸！」我硬著頭皮說。「晚了也得去，怎麼可以逃學！起！」（林海音〈爸爸的花兒落了 我也不再是小孩子了〉）

歸有光四十三歲喪子，哀痛至極，先作〈亡兒壙誌〉，再建思子亭，留下〈思子亭記〉一文。他因為鍾愛的兒子十六歲時與他同赴外家奔喪，突染重病而亡，歸有光常常想著出發那天，孩子明明跟著出門，怎料到足跡一步步就消失在人間。此後，不論在山池、台階或門庭、枕席之間，他總是看到兒子的蹤跡，「長天遼闊，極目於雲煙杳靄之間」，做父親的徘徊於思子亭，祈求孩子趕快從天上回來。這是邦兒走後，我讀之最痛的文章。（陳義芝〈為了下一次的重逢〉）

近來呢，我更不知為了什麼祇能焦急。想得點空閒去思慮一下我所做的，我所想的，關於我的身體，我的名譽，我的前途的好歹的時間也沒有，整天把紊亂的腦筋放到一個我不願想到的去處，因為是我想逃避的，所以越把我弄成焦煩苦惱得不堪言說！但是我除了說「死了也活該！」是不能再希冀什麼了。我能求得一些同情和慰藉嗎？然而我又似乎在向人乞憐了。（丁玲《莎菲女士的日記》）

要求

【要求】提出條件或要求。
【苛求】嚴苛地要求。
【力求】努力追求。
【力求上進】形容人努力求取，以求進步。
【訶求】責備要求。
【求取】爭取追求。
【求成】爭取成功。
【求仕】求取官職。
【求全】苛求完美無缺。
【奢求】過度的要求。
【妄求】非分的要求。
【務求】一定要求，絕對的要求。

陳俠君早吃完那塊糕，嘆口氣說：「聚卿，你眼睛終是太高呀！我們上半世已過的人，假如此心不死，就不能那樣苛求。不但對相貌要放低標準，並且在情感方面也不宜責備求全。十年前我最瞧不起那些眼開眼閉的老頭子，明知他們的年輕姨太太背了自己胡鬧，裝傻不管。現在我漸漸了解他們，同情他們。除非你容忍她們對旁人的愛，你別夢想她們會容忍你對她們的愛〔……〕」（錢鍾書〈貓〉）

稱讚

【讚】稱讚。
【譽】稱譽、讚美。
【誇】誇獎。
【稱讚】稱揚讚美。
【稱美】讚美。
【稱許】稱讚嘉許。
【稱道】讚揚述說。
【稱揚】稱讚褒揚。
【稱譽】稱揚、讚譽。
【讚譽】稱讚、稱譽。
【讚美】稱讚。
【讚嘆】讚美、驚嘆。
【讚賞】欣賞讚美。
【激賞】極為讚賞。
【驚嘆】驚奇、讚嘆。
【溢美】過分地讚美。
【喝采】大聲稱好。
【叫好】對於精彩的表演大聲喝采、喊「好」，表示讚賞。
【盛讚】非常稱讚。
【讚許】讚美、稱讚。
【嘉許】誇獎、讚許。

路過食品部門的大冰櫃，我忽發奇想，想要請她們兩人吃一根我情有獨鍾的冰棒，結果真的給我買到了「伊利」酸奶冰棒。葉老師和怡真欣然接受，那又甜又酸又濃醇的奶味兒，讓她們讚賞不已。（席慕蓉〈天穹低處盡吾鄉〉）

而每次相約，她總是能讓我發出無數驚嘆，不是因為衣裝越來越摩登，不是談吐越來越有範兒，而是眼神，流轉之間一季一滄海，我記得的還是那個秋天的少女，但她這次登場，毫無懸念就變成了個女人，未滿三十，怎能就在少女與女人之間，清清楚楚不帶一絲曖昧？（馬念慈〈女人的眼神〉）

鑼鼓點有如萬馬奔騰，趙公明和白虎廝打正酣，白虎扭動著，漸漸處於敗勢，甩著虎爪，不支的癱軟下來。趙公明拿鐵鍊鎖住虎頭，倒騎跨上垂頭喪氣的虎背，揚長下場。在台口，虎臉被一塊布蒙住了，綠熒熒的暴睛吊眼消失了。黃得雲忘情的拍手叫好，心中感到莫

【推許】推崇讚許。

【誇獎】稱讚。

【誇讚】誇獎讚美。

【標榜】宣揚、誇獎。

【揄揚】稱揚、讚譽。

【稱羨】稱揚羨慕。

【嘆羨】讚嘆羨慕。

【嘆服】讚嘆佩服。

【讚佩】讚嘆佩服。

【過獎】自謙之詞，指過分地誇獎獲表揚。

【過譽】自謙之詞，指過分稱讚。

【讚不絕口】口中不停地稱讚。

【嘖嘖稱奇】咂嘴作聲，表示驚奇、讚嘆。

【拍案叫絕】拍著桌子大聲叫好。形容非常讚賞。

【嘆為觀止】形容事物極為美好，讓人讚嘆不止。

罵

【罵人】以惡言加於人。

【責罵】指責謾罵。

【辱罵】汙辱責罵。

【笑罵】譏笑與辱罵。開玩笑地罵。

【嘲罵】嘲笑辱罵。

名的痛快。（施叔青《她名叫蝴蝶》）

摩爾也許太誇張了，他對巴爾扎克和屠格涅夫揄揚備至，一度說，除了這兩人，世上就沒有會講故事的人了。但他的看法、觀察都有意思，他從說故事的角度切入，捻出「生活」與「生活感」的標準，尤具參考價值。（楊澤〈閱讀輕經典——初戀——文學的與人生的〉）

從神化的角度而言，寓言是使神話石化的因素之一，然而從文學的角度而言，寓言卻是重建文學與神話想像力的橋梁，生在冷硬的二十世紀而能從事神化思考與寓言寫作，的確要有極難得的稟賦和生命處境。這是胡蘭成對鹿橋最嘆羨的地方。（王文進〈南方有佳人，遺世而獨立〉）

我們正在讚不絕口，發現已經來到了座石橋跟前，自己還不清楚怎麼一回事，細雨打濕了渾身上下。原來我們遇到另一類型的飛瀑，緊貼橋後，我們不提防，幾乎和它撞個正著。（李健吾〈雨中登泰山〉）

米飯難煮，現代人大概不大覺得了。從前的「大同」，今日的「象印」，簡直是食米者的救星。到現在，留學生出國也都是幾乎人手一個大同電鍋，過海關時，看得那些美國關員嘖嘖稱奇。（盧非易〈好野蠻的西方女人——米〉）

然而秋確有另一意味，沒有春天的陽氣勃勃，也沒有夏天的炎烈迫人，也不像冬天之全入於枯槁凋零。我所愛的是秋林古氣的磅礴氣象。有人以老氣橫秋罵人，可見是不懂得秋林古色之滋味。（林語堂〈秋天的況味〉）

十歲那年吧，長年在外的父親有一天突然回家，他要母親做午餐，

【臭罵】狠狠地罵。
【咒罵】用惡毒的話斥罵。
【斥罵】大聲責罵。
【叱罵】咒罵、責罵。
【謾罵】肆意亂罵。也作「漫罵」。
【唾罵】鄙棄辱罵。
【詛罵】咒罵。
【詛咒】祈求鬼神降禍所恨之人，或以惡毒的言語詛罵他人。
【罵詈】罵人。詈，ㄌㄧˋ，責罵。
【詈辱】責罵侮辱。
【啐罵】口中發出唾聲地罵，表示鄙夷和憤怒。
【詬罵】辱罵。
【詬讓】責罵。
【詬誶】責罵。
【詆誚】侮辱責罵。
【破口】口出惡言咒罵他人。
【破口大罵】以惡言大聲咒罵。
【千咒萬罵】百般咒罵。
【粗聲厲語】大聲責罵的樣子。
【指桑罵槐】指著桑樹罵槐樹，比喻拐彎抹角地罵人。
【惡言詈辭】辱罵、中傷他人的言語。
【痛毀極詆】極力地毀謗辱罵。
【笑罵從汝】對方譏笑辱罵，但無動於衷。
【笑罵由他】對方譏笑辱罵，但無動於衷。
【開罵】開口謾罵。
【訶詬】責罵。
【痛罵】嚴厲的責罵。
【嗔詬】怒罵。
【怒罵】因發怒而大聲責罵。
【忿詈】因憤怒而大聲叫罵。
【怨詈】心中身懷怨恨，口中咒罵不停。
【罵罵咧咧】言語中夾雜罵人的話。
【罵爺罵媽】胡亂咒罵。
【肆言詈辱】無所顧忌的辱罵。
【罵街】當眾謾罵。

他先是埋怨母親動作太慢，又責罵她廚藝不精，最後，他要我把飯從電鍋中取出，因太燙我將煮熟的飯鍋倒在地上，父親沒有打我，他說我可以走了，我以為他要我回我的房間，但他跟著我到房間門口，他一字一字地告訴我，我必須離開這個家，必須滾出去，我走的時候腳上連鞋子也沒穿。（陳玉慧〈父親〉）

路口四周的忠孝東路和敦化南路上的霓虹燈已經陸續燦爛起來，而這路口卻是全然黑暗的，捷運施工的木板圍牆隔斷了一切光源，圍出的狹窄人行步道上，川流不息的行人靠著快車道上擠滿的汽車車燈往前奔去，車子擠滿了每一寸可行之路，喇叭聲和咒罵聲摻著雨聲，令人不知置身何地之感。（齊邦媛〈失散〉）

在學校裡，校長對學生很嚴厲，包括對自己的女兒。他要我們跑得快，站得穩，動作整齊畫一。如果我們唱歌的聲音不夠雄壯，他走到我們面前來叱罵：「你們想做亡國奴嗎？」對犯規的孩子，他動手打，挨了打也不准哭。（王鼎鈞〈紅頭繩兒〉）

在城市裡，就講台北市吧，如果你是那種走走看看比方說必須等公車因此閒著也是閒著的人，你並不難注意到而且一定會記得一些，有特定幾個店面，總像遭到詛咒一般開什麼賣什麼都不成，它們對景氣的僅有貢獻是裝潢業，拆了建建了拆，你習慣繞過滿地電線、菸蒂、木頭木屑的濘濕地面，總忍不住猜猜下一個英勇不信邪的倒楣鬼接下來又想賣什麼。（唐諾〈找尋一間玻璃屋子〉）

抽痰機又轟隆隆響起。轟隆隆聲中忽然間拔起婆婆尖銳筆直的啐罵：阿麗啊，你抽那麼久，阿公會很痛耶，一直抽一直抽，不然妳抽妳自己看看……接著，啪拉啪拉拍背聲繼續響了半個鐘頭。（鄭麗卿〈想去遠方〉）

【罵坐】咒罵同座的客人。也作「罵座」。

【相罵】互相咒罵。

【素口罵人】吃齋唸佛的人，卻破口罵人。後比喻為人偽善。

【指雞罵狗】拐彎抹角的罵人。

【打罵】責打咒罵。

【笞罵】又打又罵。

【毆罵】毆打謾罵。

【罵戰】叫罵挑戰。

頌揚

【頌揚】稱頌褒揚。

【讚揚】讚美稱揚。

【褒揚】讚美表揚。

【傳頌】廣為流傳、稱讚。

【稱頌】稱讚頌揚。

【讚頌】讚美頌揚。

【歌頌】以詩歌、言語文字來頌揚、讚美。

【頌讚】頌美稱讚。

【謳歌】歌頌、頌揚。

【表彰】表揚、獎勵。

【表揚】公開表彰顯揚。

【歌功頌德】歌頌功績和恩德。

【有口皆碑】人人都稱頌。

【口碑載道】形容人人到處稱頌讚美。

【可歌可泣】使人感動而歌頌。

責備

【責備】批評、責怪。要求做到盡善盡美。

【責難】非難、詰難。

【責怪】責備、怪罪。

詩人畫家為著要追求自己的幻夢，實現自己的癡願，甯可犧牲一切物質的快樂，受盡親朋的詬罵，他們從藝術裡能夠得到無窮的安慰，那是他們真實的世界，外面的世界對於他們反變成一個空虛。（梁遇春〈「春朝」一刻值千金（懶惰漢的懶惰想頭之一）〉）

一個有了工作能力的女人，而還能犧牲自己的事業去作為一個賢妻良母的時候，未始不被人所歌頌，但在十多年之後，她必然也逃不出「落後」的悲劇。即使在今天以我一個女人去看，這些「落後」份子，也實在不是一個可愛的女人。她們的皮膚在開始有褶皺，頭髮在稀少，生活的疲憊奪去她們最後的一點愛嬌。（丁玲〈三八節有感〉）

你再往上瞧，她的兩肩又多麼亭勻呢！像雙生的小羊似的，又像兩座玉峰似的；正是秋山那般瘦，秋水那般平呀。肩以上，便到了一般人謳歌頌讚所集的「面目」了。我最不能忘記的，是她那雙鴿子般的眼睛，伶俐到像要立刻和人說話。在惺忪微倦的時候，尤其可喜，因為正像一對睡了的褐色小鴿子（朱自清〈女人〉）。

三十年裡，我們共同寫出了六百種書，彷彿一個寫字工廠。你寫，我寫，他也寫。時間，我不應該總是怨你，責怪你，其實也該感謝你，要不是你的慷慨，給我們三十年時間，我們怎麼可能寫成六百種書。（隱地〈今昔〉）

【嗔怪】責怪。

【指責】責備、怪罪。

【叱責】大聲責罵。

【斥責】嚴厲地責備。

【呵斥】大聲斥責。也作「呵叱」。

【呵責】大聲斥責。

【怒斥】因發怒而大聲斥責。

【申斥】對屬下或晚輩的責備與告誡。

【申飭】對屬下的責備。

【貶斥】斥責、非議，給予不好的評價。

【訓斥】嚴厲地訓誡與斥責。

【苛責】過分嚴厲地責備。

【譴責】責備。

【痛責】嚴厲地斥責或責罰。

【痛斥】深切嚴厲地斥責。

【痛喝】大聲斥責。

【非議】反對、指責的言論。

【訾議】非議；指責。

【誚讓】譴責責問。誚，ㄑㄧㄠˋ，責怪。

【見怪】埋怨、責怪。

【數落】指責。

【搶白】當面責備與嘲諷。

【聲討】公開譴責他人罪狀。

【自責】自我譴責、責備。

【自譴】自我譴責。

【問罪】指出對方的罪過，加以嚴厲責備。

【詰難】詰問非難。

【興師問罪】出兵討伐有罪的人，後指宣布他人罪狀，嚴加譴責。

【口誅筆伐】用言語和文字揭發、譴責他人罪狀。

【無可非議】沒有什麼可以讓人批評、指責的。

何太太自廚房中出言制止，沒人理會，最後鬧得太不像樣，她從廚房中跑出來，以嘹亮的女高音叱責之：「別鬧啦！你爸爸在睡午覺哪！」（王正方〈老街坊〉）

母親厲聲呵斥，命令我改掉獄中惡習。我乖乖地躺下，望著漆黑的天空，最後一次見到的羅儀鳳那燈乾油盡的樣子，就在眼前晃來晃去。我心想，如果羅儀鳳像我能學會罵人，她一定會像我一樣活著。（章詒和《往事並不如煙：最後的貴族——康同璧母女之印象》）

大人們聞之色變的風災水患，對兒童而言確是神祕節慶。你記得做孩童的你們雀躍地喊：「風颱來囉！大水來囉！」時，總遭到大人怒斥：「呷到憨米是莫？做大水會淹死人你知莫？」（簡媜〈河川證據〉）

林震出了廠子再騎上自行車的時候，車輪旋轉的速度就慢多了。他深深地把眉頭皺了起來。他發現他的工作的第一步就有重重的困難，但他也受到一種刺激，甚至是激勵——這正是發揮戰鬥精神的時候啊！他想著想著，直到因為車子溜進了急行線而受到交通民警的申斥。（王蒙〈組織部來了個年輕人〉）

蒙泰紐卻又進一步說，不獨賣葬具者為然，凡天下之得利者，都該痛斥。商人利用青年的無節制，農夫只想抬高穀價，建築師希望人家屋倒，訟師唯恐天下沒有事，就是善譽者以及牧師，也是因為我們作惡或死人時纔有實用。醫生決不喜歡人的健康，兵士沒有一個是愛和平的。（郁達夫〈清貧慰語〉）

真奇怪，人老了，反而熱愛叨絮別人的生活，卻忽略自己怎麼活。阿嬤數落他人瑣事的神情彷若有光，一下子青春二十年。或許關心別人比較沒有負擔，一關心起自己，煩惱就紛至沓來。（李進文〈老〉）

批評、抨擊

【批評】評論是非好壞。
【批判】對錯誤的思想和言行進行分析，加以否定。判斷是非優劣，加以評價。
【指謫】指出錯誤並加以批評。
【非難】指責別人的過失。
【詬病】批評、指責。
【訾詬】批評、指責。
【訾病】批評別人的缺失。
【褒貶】批評是非優劣。
【抨擊】用言語或文字攻擊、糾責他人。
【抨彈】抨擊彈劾。
【批駁】批評、駁斥。
【攻擊】以武力或語言對人施加傷害。
【攻訐】舉發他人過失，加以抨擊。訐，ㄐㄧㄝˊ。
【開炮】對人嚴厲批評。
【譏評】譏諷批評。
【微詞】隱晦的批評。
【指點】此作為批評、挑毛病之意。
【群起攻訐】形容多人一起指責攻擊。
【褒貶與奪】對於人或事物加以讚揚或貶抑的評價。
【指手畫腳】說話時忍不住揮動手腳，表示指點、抨擊或批評的意思。
【大肆抨擊】用文字或言語猛烈攻擊。
【直諫】以直接的言語批評。
【講評】講解批評、評論。
【褒善貶惡】表揚好、批評壞，批評的意思。
【駁正】糾正錯誤。
【彈駁】彈劾駁斥。

那年，念園藝的哥哥回鄉，批評父親許多種植的方法錯誤，土壤過度耕作，肥力濕度都嚴重不足，表土且因坡地長期沖刷呈沙質化。父親默然。許多年前，念土木工程學成歸國的兄長，當面批評父親只會死守土地。如果早早賣了轉投資，資產不知道已經翻了幾倍，何苦一家人困守膠園。父親也是默默無語。（黃錦樹〈流淚的樹〉）

您鄙視唾棄和批判的，是所有的獨裁暴政，無論它是共產黨還是法西斯。更重要的是，您選擇經由文學這樣的藝術形式來表達您對生命經驗、對一個時代和歷史的深思細索，呈現您幽微的情懷、觀察和洞視。您不可能為任何藏汙納垢的權力當局講話；您關心的是更久遠的東西。（陳列〈我們曾經如此靠近〉）

現在有些人非難著新詩的晦澀，不知道這種非難有沒有我的份兒。除了由於一種根本的混亂或不能駕馭文字的倉皇，我們難於索解的原因不在作品而在我們自己不能追蹤作者的想像。（何其芳〈夢中道路〉）

如果你是個天真無邪的人，或者說，你是台灣諺語中所形容的「天公所疼愛」的那種憨憨楞楞的人，如果你並不覺得對女孩子說「呀！你英風颯颯，真是女中丈夫」是讚美，也不認為對男人說「你看你！一副娘娘腔」是訾詬，那麼，你自自然然不費吹灰之力就已經達到了范仲淹所說的「寵辱皆忘」的境界。（張曉風〈如果有人罵你「隔聊」〉）

如果作家上了班，他很可能會寫不出東西來，這是普遍的說法。因為生活的機械化，周圍缺乏富有智力的談話，作家的創造力將為了趕上進度、完成工作而衰竭，而貧乏，而枯朽。就算有一些異質天賦的作家掙脫了這套陳腔濫調，證明一個人可以一邊上班一邊寫作，他寫出來的東西不是關於一個人如何早上起床發現自己蛻變成一條巨

【舉劾】列舉罪狀，加以彈劾批評。

【參劾】批評、彈劾官吏的失職。

爭吵

【口角】爭吵。

【口舌】言語上的爭吵、爭執。

【爭吵】爭執吵鬧。

【吵架】爭執，以言語相鬥。

【吵嘴】爭吵、拌嘴。

【拌嘴】爭吵、鬥嘴。

【鬥嘴】吵架，互相爭辯。

【破臉】不顧情面，當面爭吵，破壞了原有的情分。

【勃谿】家人互相爭吵。

【扯皮】無理取鬧。

【鬧口舌】吵架、發生糾紛。

【扯破臉皮】互相堅持己見，而做出不顧對方顏面的事情。

【蛤蟆吵坑】北平方言，意指一片吵鬧喧囂的叫喊聲。

【吵吵鬧鬧】形容爭吵不停。

【吵窩子】家人間互相爭吵。

蟲的故事，就是充滿激情地抨擊官僚制度的腐化與人性的險惡。（胡晴舫〈辦公室是一座瘋人院〉）

在三十年代的作家中，張愛玲是作品中流露出最多中國感情的作家，她的中國，不是歌頌讚美，也不是謾罵批駁，而是一種深深的惋惜，一種無法說，說出來也不見得有人聽的絞痛。（周志文〈張愛玲〉）

她呆呆的看他，不敢出聲，好像不能那樣隨隨便便打擾人家似的。如果老派跑來，一定會發生事情，他們可以吵架，可以互相罵些髒話，最後鬧得不可開交。但是，她若同他這樣安靜，便沒有什麼事情好發生。（于墨〈圓形〉）

小朋友互相炫耀他們的梅爾魁德斯魔術禮物：魔術杯子，可以折疊三層而不會漏水的；魔術墊板，輕輕晃動時漫畫小人兒會眨眼睛的；魔術湯匙，遇水會從紅色變成藍色的。一樣樣巧妙玩具，成為小朋友相互炫耀和鬥嘴的話題，整個校園散佈著耳語，只要把梅爾魁德斯的藥袋子吃光，就可以憑藥盒換神祕禮物，諸如會放屁的猩猩、永遠不必充墨水的鋼筆、只要吃一粒就可以取代整個便當的健素糖。（莊裕安〈魔術師的藥包〉）

胞有重閬，心有天遊。室無空虛，則婦姑勃谿；心無天遊，則六鑿相攘。（《莊子．外物》）

頂撞

【頂撞】用強硬的話回嘴。

【頂嘴】和尊長爭辯。

【回嘴】受到指責時辯解，或者回罵對方。

【還嘴】回嘴。

【反脣】回嘴、反駁。

【應口】頂嘴、辯駁。

【嘴硬】態度強硬，就算自知理虧也不肯認輸或認錯。

【強嘴】強辯、嘴硬。

【鐵齒】閩南方言。形容人嘴硬。

反駁

【辯駁】據理力爭地駁斥。

【反駁】提出相反的意見加以辯駁。

【駁斥】反駁、斥責。

【駁難】反駁質難。

【駁倒】辯論的理由勝過對方。

【駁詰】反駁、質疑。

【回駁】反駁他人的意見。

【貶駁】反駁，糾正錯誤並給不好的評價。

【批駁】批評、駁斥。

【闢邪】駁斥邪說。

【操戈入室】根據對方論點，找其紕漏，反駁對方。

辯解

【辯解】對於他人的責問或批評，加以分辯解釋。

我總覺得他愛找我的碴兒，因為我不像那些學生那麼聽話。一次他改我的簿子，自己拼錯了注音，反而把我對的畫了叉，我和他頂撞了幾句。從此，他看見我就會紅眼睛。（李藍〈誰敢惹那傢伙〉）

雖說前後兩個教室都是男生，可見了我們也有些畏縮。只是每當上課鈴一響，大家往教室裡去的時候，他們就「嗷嗷」地喊著，把同伴往我們身上推，惹得我們紅著臉罵「畜牲」，「不要臉」，他們並不回嘴，我們則凜凜然地進到教室，沖鄰座得意地歪嘴一笑。（蘇葉〈總是難忘〉）

「哇！」貴仔一聽，忘了抽菸，伊揉一揉眼睛說：「哇，你說二塊錢。」「是的。」金牙齒把菸灰彈到他的破褲腳上。「頭仔，」貴仔忙來辯駁說：「你不要講故事好不好，從沒有這麼賤的價。」「你不知道，」山水走過來：「你看這堆青黃不一的瓜仔，運到市場去，能賣一塊半就好了。」「你們不要吃人。」貴仔有點火氣，他說：「我又沒叫你們把綠色的也摘下來。」「但是，我們已經摘了。」金牙齒說。（宋澤萊《打牛湳村系列》）

莫駁斥她好，火裡火發氣著，什麼齷齪底都會命拚著往外吐；萬發一大聲地「啊」起，示意聽不清楚，多少遮蓋過去了。能夠恰當地運用聾耳，也是殘而不廢底。（王禎和〈嫁粧一牛車〉）

在將軍仍能開口說話的時候，他總是禮貌地向這些偶爾來表達關切的人士道謝，並且為兒子維揚辯解。早幾年裡他還知道自己會在訪客面前撒些小謊——比如說虛報維揚回淡泊園來探視的次數或逗留

【辯護】為維護自己或他人權益，提出事實或理由，進行辯解。

【辯白】說明事情的真相或理由，以消除誤解或指責。

【答辯】答覆他人的批評、指責或控告，為自己的意見或行為提出解釋。

【強辯】自己理屈，卻強為辯解、辯論。

【分辯】說明、辯白。

【抗辯】對於他人的指責提出辯解。

【辯說】辯解說明。

【申辯】根據事實加以辯解。

【聲辯】公開辯解。

【狡辯】狡猾強辯。

【巧辯】強辯。

【詭辯】詭異狡猾地辯說。

【強詞奪理】雖然理虧，卻強行狡辯。

【不由分說】不容許分辯、解釋。也作「不容分說」。

辯論

【爭論】爭相辯論，不肯退讓。

【爭執】各持己見，互不相讓。

【爭辯】爭吵、辯論。

【計較】爭辯、爭論。

【抬槓】各執一詞，互相爭辯、鬥口。

【辯論】爭論辯駁；為維護自己的主張而反駁他人看法。

【激辯】激烈地辯論。

【雄辯】強而有力的辯論。

【辯證】辯析論證。

【辯駁】據理爭辯反駁。

的時日；可是日子一久，將軍就真的弄不清；究竟維揚是「前天上午剛走」？還是「昨兒晚上才回來過」？（張大春〈將軍碑〉）

我漲紅了臉試圖辯白，詩不是這樣讀的，文字、語言、敘述、結構，並不模仿現實，而是創造另一序的意義空間，那種有明確指涉的情詩浪漫，是最等而下之的……（楊照〈浪漫之闕如〉）

當我們在「輕信」的時候，會替錯誤強辯，會睜眼說瞎話，惡就是這樣被鼓勵出來的。（南方朔〈替自由派正名〉）

那麼，法官，我還有什麼可申辯的？法律和人情或許會原諒棄老的兒子，但他們永遠不會原諒殺嬰的母親。我應該去死，我應該走向荒草沒脛的刑場，我應該俯下我可恥的臉，倒在染著我自己血液的土地上。（張曉風〈訴〉）

座上一人忽曰：「孔明所言，皆強詞奪理，均非正論，不必再言。且請問孔明治何經典？」孔明視之，乃嚴畯也。（明．羅貫中《三國演義》）

我同自己爭執了一天一夜，終還是敵不過心頭重重想見你的渴望，最後，我告訴我自己（雖然多少知道在欺瞞自己），我只想再見你最後一次。我略作收拾，才在鏡中看到自己。我多麼吃驚我整個樣子的巨大改變……（李昂〈一封未寄的情書〉）

虎妞更喜歡這個傻大個，她說什麼，祥子老用心聽著，不和她爭辯；別的車夫，因為受盡苦楚，說話總是橫著來；她一點不怕他們，可是也不願多搭理他們；她的話，所以，都留給祥子聽，當祥子去拉包月的時候，劉家父女都彷彿失去一個朋友。（老舍《駱駝祥子》）

【理論】據理力爭。

【論戰】對哲學、科學、文學、政治等領域的問題，因意見不同而有理論上的爭議。

【論爭】爭辯是非曲直。

【舌戰】激烈地辯論。

【嚼舌】沒有意義地爭辯。

【針鋒相對】兩針尖鋒互相對立。雙方的勢力、言語、行為等尖銳地對立，不相上下。

【脣槍舌劍】脣如槍，舌如劍。比喻爭辯激烈，言詞犀利。

【脣槍舌戰】辯論時言語鋒利，爭辯十分激烈。

【辯口利舌】形容人長於辯論。

【據理力爭】根據事理，竭力爭辯。

【能言善辯】善於辭令辯論。

【高談雄辯】言詞豪放不羈，辯論堅強有力。

承認

【承認】對某事實、言論或行為表示同意、認可。

【公認】大家都承認。

【供認】承認所做的事情。

【默認】心裡已承認，而不說出來。

【確認】明確、肯定地承認。

【追認】事後承認。

【認同】承認與贊同。

【認可】承認、同意。

【認定】承認並確定。

【認帳】承認自己說過的話或做過的事。

【肯定】承認事物的價值。

【坦承】坦白承認。

其後就是一個下午的激辯，諸般不潔的顯示／語言只是一堆未曾洗滌的衣裳／遂被傷害，他們如一群尋不到恆久居處的獸／設使樹的側影被陽光所劈開／其高度便予我以面臨日暮時的冷肅（洛夫〈石室之死亡〉）

記得一次討論的進行，學生們已經掌握到反覆辯證探索的方向與方法。在圍坐成馬蹄型面面相向的研究室，一張張年輕的臉，為求知識真理的雄辯而漲紅，一雙雙眼睛亦隨亢奮而充滿炯炯的光彩。傳鐘響起，三個小時的課程已過。冬陽微煊，而辯論未已。（林文月〈在臺大的日子〉）

「意」，不太容易言傳，等於品味、癖好之微妙，總是孕含一點「趣」的神韻，屬於純主觀的愛惡，玄虛不可方物，如聲色之醉人，幾乎不能理論。（董橋〈說品味〉）

相信我，文學裡頭有太多太多你意想不到的苦難敘述，令你髮指，令你切齒。最終你不得不承認，作家們果真隱藏了一座喧囂的地獄，在叫人喊痛的字裡行間。（陳大為〈細節〉）

青少年視成人為寇仇，故而要做出一些背逆的事，並尋求認同。（周芬伶〈青春一條街〉）

因為其變更是漸進的，一年一年地，一月一月地，一日一日地，一時一時地，一分一分地，一秒一秒地漸進，猶如從斜度極緩的長遠的山陂上走下來，使人不察其遞降的痕跡，不見其個階段的境界，而似乎覺得常在同樣的地位，恆久不變，又無時不有生的意趣與價值，於是人生就被確實肯定，而圓滑進行了。（豐子愷〈漸〉）

否認

【否認】不承認。

【否定】不承認事物的存在或真實性。

【抵賴】推脫過錯，不肯承認。

【狡賴】狡辯抵賴。

【悔賴】反悔抵賴。

【耍賴】賴皮不認帳，或是蠻橫不講理。

【賴帳】欠債不還，也指企圖抵賴自己做過的事，或說過的話。

【翻悔】因後悔而不承認之前允諾的事，或說過的話。

【推翻】否認既定的局勢，或者既有的說法、決定。

【翻口】推翻之前說的話而不承認。

【不認帳】不承認這事。

【矢口否認】完全不承認。

【全盤否定】完全不予肯定。

【一筆抹煞】輕率地全盤否定。

【一棍子打死】指全盤否定。

【無可否認】不得不承認。

選擇

【選取】挑選取用。

【抉擇】選擇。

【拔取】選拔、任用。

【物色】挑選；尋找。

【挑揀】挑選。

【採用】挑選取用。

【採擇】選用。

【推選】推薦選拔。

我真的從不尊視別人的感情，所以我們過去的有許多事我們不必說它，我們只說我和也頻的關係。我不否認，我是愛他的，不過我們開始，那時我們真太小，我們像一切小孩般好像用愛情做遊戲，我們造作出一些苦惱，我們非常高興的就玩在一起了。我們什麼也不怕，也不想，我們日裡牽著手一塊玩，夜裡抱著一塊睡，我們常常在笑裡，我們另外有一個天地。（丁玲〈不算情書〉）

那時你對我說：「生、老、病、死苦嗎？這就是生命的全部意義，面對生活吧，生命是一件事實，也是一樁工作，要談到真正的解脫，恐怕除了死之外，沒有其他的辦法。何必呢？到宗教裡去尋求麻痺？」我知道你的意思，活著就勇敢地活，否定生活，就乾脆死去。（王尚義〈超人的悲劇——悼一位朋友的死〉）

歷史和舊文化，我們應該批判的接受，作為創造新文化的素材的一部，一筆抹煞是不對的。其實青年人也並非真的一筆抹煞古文古書，只看《古文觀止》已經有了八種言文對照本，《唐詩三百首》已經有了三種（雖然只各有一種比較好），就知道這種書的需要還是很大——而買主大概還是青年人多。（朱自清〈文物．舊書．毛筆〉）

三年前，她生父過世，母親託幾個媒人物色，總算嫁上一個走江湖的，他的確壯，至少看起來不會像她的短命老子死得太快；〔……〕（張瀛太〈飛來一朵蜻蜓花〉）

想起自「小豆子」搖身變了「程蝶衣」，半點由不得自己作主：命運和伴兒。如果日子重頭來過，他怎樣挑揀？（李碧華《霸王別姬》）

你和某個農村或城市的關係，你和大自然的關係，能最直接的交

【揀選】挑選，選擇。

【篩選】原指利用篩子選揀。後指在同類事物中淘汰不需要的，留下需要的。

【擇優】選擇優異、傑出的。

【拔尤】選取才能特出的人。

【抉擿】選取精要。擿，ㄊㄧˋ。

【達德】選拔錄用有才德的人。「尊賢達德」。

【選拔】挑選優秀的人才。

【去蕪存菁】去除雜亂，保留菁華。

【爬羅剔抉】蒐集極廣博，選擇極正確。爬羅，蒐集。剔抉，經過篩選後，選擇精良的。韓愈〈進學解〉：「爬羅剔抉，刮垢磨光。」亦作「爬梳剔抉」。

【舉要刪蕪】選取重要的，而去除冗雜無條理者。意指應抓住重點。

流，沒有任何的中介，這樣，一切都經過你頭腦的篩選和儲存，顯然，這種記憶會深刻、連續而富有立體感。（劉湛秋〈單人旅行〉）

游坦之道：「貴幫大智分舵聚會，商議推選幫主之事，兄弟恰好在旁，聽得有人稱呼全舵主。兄弟今日失手傷了貴幫幾位兄弟，實在……實在不對，還請全舵主原諒。」全冠清道：「大家誤會，不必介意。莊兄，你頭上戴了這個東西，兄弟是決計不說的，待會兄弟吩咐手下，誰也不得洩漏半點風聲。」游坦之感激得幾欲流淚，不住作揖，說道：「多謝，多謝。」（金庸《天龍八部》）

康熙微微一笑，緊盯一句：「嗯？怎麼，你張廷玉也和朕耍滑頭嗎？」張廷玉忙說：「臣不敢。臣幼年讀古書，見有人議論三國，說孫、劉、曹三家，都有開國的氣象，衹可惜同時生在漢末。如果換個時代，他們都能統一全國。這與諸皇子如今的情形相同。他們個個俱是英才。所以冊選太子，要精中選精，優中擇優，不可不慎。」（二月河《康熙大帝》）

去除

【勾消】勾除取消。亦作「勾銷」。

【扼殺】抑制，使其無法生存、發展。

【抹煞】消除，勾消。

【芟除】除去，消滅。芟，ㄕㄢ。

【拋卻】拋棄，放棄。

【拔除】拔掉，去除。

【革除】消去。

【消弭】消滅，停止。

【祛除】除去，消除。祛，ㄑㄩ。

【除汰】除去、淘汰。

眼見得這人也結連梁山泊，通同造意，謀叛為黨，若不祛除，必為後患。（明．施耐庵、羅貫中《水滸傳》）

若我們兩人之間，只有一個夢能夠成真，我願意那是你的夢。如此，則我的夢縱然憔悴、滅絕，我也心甘情願。（鍾曉陽〈哀歌〉）

一到家，他母親大聲宣布蠲免媳婦當天的各項任務，因為她丈夫回來了。媳婦反而覺得不好意思。她大概因為不確定他回來不回來，所以在綢夾襖上罩上一件藍布短衫，隱隱露出裡面的大紅緞子滾邊。（張愛玲〈五四遺事——羅文濤三美團圓〉）

【淘汰】經由選擇或競爭，剔除無用低劣的人或物。

【棄捨】放棄丟開。

【摒棄】比喻排除、捨棄。摒，ㄅㄧㄥˋ。

【肅清】完全清除。

【滅絕】消滅、斷絕。

【撇棄】丟開、拋棄。

【撤銷】撤回，取消。

【滌盡】去除淨盡。

【蕩滌】清洗，洗除。

【蠲免】免除。蠲，ㄐㄩㄢ。

【打退堂鼓】比喻放棄、半途而廢。

認錯

【認錯】承認錯誤。

【認罪】承認所犯下的罪行。

【引咎】承認自己有過失。

【招認】承認罪狀。

【招供】承認罪狀。

【抱歉】心中不安，感到過意不去。

【道歉】表示歉意。

【致歉】表示歉意。

【賠禮】向人施禮道歉。

【賠話】說道歉的話。

【賠罪】向人認罪道歉。也作「陪罪」。

【賠不是】道歉。也作「陪不是」。

【請罪】承認自己的過錯，主動請求處分。

【謝罪】承認自己的錯誤，請求原諒。

【負荊請罪】戰國時趙國大將廉

願意陪我吃晚飯的有兩位先生：藝術家張允信先生與老實人陳總達先生。我取老實人，藝術家慘遭淘汰。活到三十四歲，作為超級茶渣，倘能挑選晚上的約會，我自己都覺得受寵若驚。（亦舒《我的前半生》）

他轉向戈壁沙漠：「你們剛才拍了心口，說要找人，包在你們身上？」戈壁沙漠神色尷尬，想打退堂鼓，可是說什麼也拉不下這個臉來，只好結結巴巴地道：「有衛斯理和他夫人在，事情總有商量。」天工大王毫不留情地嘲笑他們：「好嘛，事情還沒有開始，話就走了樣兒！」戈壁沙漠滿面通紅，索性不再開口。天工大王用力在他們肩頭拍了一下：「開個玩笑，請勿見怪。」（倪匡《洪荒》）

過了許久，大家勸阿芝嬸端了一杯茶給本德婆婆吃，並且認一個錯，讓她消氣了事。「大事化小事，小事化無事，媳婦總要吃一點虧的！」「倒茶可以，認錯做不到！」阿芝嬸固執地說。「我本來沒有錯！」「管它錯不錯，一家人，日子長著，總得有一個人讓步，難道她到你這裡來認錯？」於是你一句，我一句，終於說得她不做聲了。人家給她煮好開水，泡了茶，連茶盤交給了她。（魯彥〈屋頂下〉）

到了賈母跟前，鳳姐笑道：「我說他們不用人費心，自己就會好的。老祖宗不信，一定要我去說合。我及至到那裡要說合，誰知兩個人倒在一處對賠不是了。對笑對訴，倒像黃鷹抓住了鷂子的腳，兩個人都扣了環了，那裡還要人去說合。」（清．曹雪芹《紅樓夢》）

一疊未回的信，就像一群不散的陰魂，在我罪深孽重的心底幢幢作祟。理論上說來，這些信當然是要回的。我可以坦然向天發誓，在

頗與上卿藺相如不和，想汙辱相如。後來知道相如為社稷著想，每每退讓，廉頗深覺自己無知，便袒衣露肉，背負荊條，隨賓客到藺相如居所謝罪。後世用來形容向對方認錯，請求責罰和原諒。

【引咎責躬】承認過錯並自我責備。

【俯首認罪】低頭認罪。

【俛首自招】低頭招認罪狀。

【觳觫伏罪】惶恐地認罪。

【引頸受戮】伸長脖子等被殺。指不作抵抗，認罪就死。

【不見棺材不掉淚】比喻人非常頑固，在嚐到失敗的結果之前，是不會認錯或改正。

我清醒的時刻，我絕未存心不回人信。問題出在技術上。給我一整個夏夜的空閒，我該先回一年半前的那封信呢，還是七個月前的這封？隔了這麼久，恐怕連謝罪自譴的有效期也早過了吧？在朋友的心目中，你早已淪為不值得計較的妄人。（余光中〈尺素寸心〉）

楊過見他正氣凜然，不自禁的起敬，說道：「柯老公公，是我楊過的不是，這裡向你謝罪了。只因你言語中辱及先父，這才得罪。柯老公公名揚四海，楊過自幼欽服，從來不敢無禮。」（金庸《神鵰俠侶》）

悔悟、反省

【悔悟】追悔前非，覺悟改過。

【悔過】悔改過失。

【後悔】事後悔悟。

【追悔】後悔。

【懺悔】悔過。

【痛悔】非常後悔。

【自悔】後悔、反悔。

【悛改】悔悟改過。

【反省】省察自己過去言行的是非好壞。

【反思】反省，自我檢討。

【自問】自省，自我檢討。

【自省】自我省察。

【悔過自責】後悔自己犯的過錯，並感到自責。

【悔過自懺】後悔自己犯的過錯，並感到慚愧。

【幡然悔悟】徹底地悔改醒悟。

【捫心自問】自我反省檢討。

【反躬自問】反過來責問自己。

我怎麼能再流浪下去？詩人，我怎麼能再幻想蘋果樂園裡，異國的院子，也會有一個子夜尋訪的連瑣？大理石砌起的廣廈裡會不會生長一株懺悔流淚的絳珠草？（楊牧〈作別〉）

我傾聽著一些飄忽的心靈語言。我捕捉著一些在剎那間閃出金光的意象。我最大的快樂或酸辛在於一個嶄新的文字建築的完成或失敗。這種寂寞中的工作竟成了我的癖好，我不追問是一陣什麼風吹著我，在我的空虛裡鼓弄出似乎悅耳的聲音，我也不反省是何等偶然的遭遇使我開始了抒情的寫作。（何其芳〈夢中道路〉）

有回少年興致高昂回顧硬碟裡江湖行走的照片，只覺得不同城市不同高樓的不同地景裡，表情總歸是微笑著，卻再回憶不起旅行當下真切的情緒。這才怵然自問，你為何能隨時保持微笑？（羅毓嘉〈側臉45度〉）

【撫躬自問】反省。

【責躬省過】凡事責求己身，反省過錯。

【面壁思過】面牆反省過錯。

【後悔莫及】事後懊悔，來不及了。事情已經無法挽回。

【死而不悔】指死了也不後悔。

【死而無怨】就算死了也不怨恨後悔。

【九死不悔】歷經多次巨大危險，仍不後悔。比喻意志堅定，不動搖退縮。

我意外的接過卷子，一節課，心潮都在翻湧著，他對學生要求的嚴是出了名的，如今卻那麼留給學生自勵自省的餘地，我呢？我呢？就在今天早上，孩子們考試差了，我惱怒極了，還對著他們咆哮，責罵他們不該如此辜負了老師的苦心，為什麼我沒有想過，他們這次考不好，或許另有原因？（白辛〈星光〉）

隱瞞

【瞞】欺騙、隱藏事實的真相。

【隱瞞】瞞住不讓別人知道。

【隱諱】有所忌諱而隱瞞。

【掩瞞】隱瞞事實，不讓人知道。

【瞞住】隱藏真相。

【遮掩】掩飾，隱瞞。

【遮瞞】隱藏事實。

【諱言】有所忌諱而不敢明說。

【匿情】隱瞞實情。

【欺隱】欺騙隱瞞。

【口緊】說話嚴謹小心。

【忌諱】避忌、隱諱某些言行舉止。也作「避諱」。

【禁忌】忌諱。

【避忌】有所忌諱而迴避。

【守口如瓶】嘴像瓶口一樣封得嚴緊。比喻嚴守祕密。

【祕而不宣】隱瞞所知的事實，不說出來。也作「祕而不泄」。

【諱莫如深】隱瞞得非常嚴密。

【隻手遮天】隱瞞事情的真相。

【謾天昧地】隱瞞真相或以謊言騙人。也作「瞞天昧地」。

阿君雙親早早離異，全託阿嬤拉拔長大，這回阿君病況，至今仍盡力瞞著老阿嬤，白髮人送黑髮人的悲哀，明天得靠那畸零人似的父親來登場承受。這個婚姻失敗、職業不定四處漂泊、在阿君生命裡單薄得像隻影子的父親，對於阿君跟他在一起，結不結婚，去不去日本，請不請客，生不生小孩，從來沒表示過贊同也沒表示過反對，但那陰鬱的表情、骨肉親情也化解不了的疲憊，總讓他感到背脊發涼。（賴香吟〈暮色將至〉）

他名正言順開始流露隱瞞多年的溫柔，買菜洗衣煮飯，細心地為母親擦身梳髮，黑高的一個大男人在屋裡輕手輕腳端茶送水，好天氣不忘體貼地抱母親到院裡曬去些藥霉味。父親幾乎不進母親的房間，一輩子的婚姻到了最後一程竟如此漠然平靜，他不懂。晚飯後父親在客廳看他的清裝連續劇，他踞坐在母親床邊的板凳上，打開收音機找警廣老歌節目陪母親一塊兒聽。聽到鳳飛飛唱的「相思爬上心底」，他不經意跟著嬝嬝哼唱——相思好比小螞蟻，爬呀爬在我心底，啊尤其在那靜靜的寂寞夜裡……（郭強生〈君無愁〉）

【實不相瞞】開誠布公，沒有欺騙隱瞞任何事實。

【諱飾】遮掩隱瞞。

【掩瑕藏疾】掩飾缺點。

【諱過稱善】遮掩過失，稱揚優點。

【瞞騙】用欺騙的方式隱瞞。

【瞞哄】哄騙隱瞞。

【東遮西掩】利用各種方式隱瞞遮掩事實。

【瞞人】欺騙，對人隱瞞事實。

【瞞親】隱瞞長輩。

【瞞卻】隱瞞事實。

【廝瞞】欺騙。

【瞞人眼目】掩人耳目，欺騙他人。

【欺三瞞四】隱瞞實際情況，欺騙他人。

【欺上瞞下】對上欺騙，博取信任；對下隱瞞，掩蓋真相。

【顧左右而言他】閃避問題，討論別的事情。

【欲蓋彌彰】想要遮掩，但反而更加明顯。

【閃爍其詞】說話吞吞吐吐，試圖遮掩，不直接說出實情。

【含糊其詞】話說得不清楚、不明白。

【直言不諱】有話直說，不避諱。

【直言無忌】無所顧忌，有話直說。

【直言無隱】說話直接，沒有隱藏。

李卓吾並不隱諱他的大愛大恨的處世立場和思想情緒，他自己之所以老是用那種「暴怒」方式來對待世人，並不是沒有其中的因果作用的。因為眼前總是那些「欺天罔人之徒」，而不見有「光明正大之夫，言行相顧之士」，所以他真是欲愛不能，唯有痛恨了，所謂「暴」而至於「手刃」者，是恨到了極致。（費振鐘〈思想的黃昏．高潔之思〉）

我很清楚那是鄉間用來收容孤魂野鬼的小廟，如果在海邊想必是安慰海難的無主孤魂吧！氣氛奇異得很，我謹遵外地人不可隨便膜拜的禁忌，略過它，轉個彎，便撞見兩座爬滿馬鞍藤的大沙丘，從兩座沙丘中間的凹處走出來，視野頓時開闊起來。（王家祥〈無來無去〉）

那娼婦毫無心機，不懂避忌，直言不諱她的生肖。屈亞炳翻閱婚配生肖八字的相書，……相書上白紙黑字，娼婦腮邊那顆美人痣生的位置主殺五夫。屈亞炳心中一懍，相書一丟，雙膝落地跪在亡母影容前拜了又拜，感謝亡母庇護，令他免遭剋死之劫。（施叔青《遍山洋紫荊》）

重溫這些舊作，我又是如何的追想當年戴起眼鏡，含笑看稿的母親！我雖然十年來諱莫如深，怕在人前承認，怕人看見我的未發表的稿子。而我每次做完一篇文字，總是先捧到母親面前。她是我的最忠實最熱誠的批評者，常常指出了我文字中許多的牽強與錯誤。（冰心〈《冰心全集》自序〉）

透露

【透露】顯露、洩漏。

【表露】流露、顯示。

諺曰：三世做官，才曉著衣吃飯。不自禁透露出舊日備豪筵及吃館子概屬官家之況。傳統上常民不但少上館子，也少講究穿衣。穿衣為了蔽體保暖，一如吃飯為了充飢及解饞，近年來講求時尚風格與名

【吐露】說出來。
【坦露】透露，顯露。
【顯露】明顯地表現出來。
【顯示】明白表示。
【洩漏】不該讓人知道的事情傳出去。也作「洩露」。
【走漏】洩漏。
【洩底】洩漏祕密隱情。
【洩密】洩漏祕密。
【漏風】消息走漏。
【透風】透露消息、風聲。
【放風】有意地散布、透露消息。
【鬆口】不再堅守原有的祕密。
【失密】走漏消息或祕密。
【走漏風聲】洩漏消息。
【通風報信】暗中把消息或祕密告知別人。
【和盤托出】端東西連盤子一併托出，指毫無保留全部說出來。也作「全盤托出」。
【據實以告】根據實際情形說出真相。
【走風】消息洩漏。
【漏風聲】洩漏消息。
【漏泄天機】走漏了重要不可外傳的消息。

牌崇認，又挑選館子及各國菜餚，這套「生活格調」（lifestyle），老年代裡是沒有的。（舒國治〈粗疏談吃〉）

我曾愛在聊天或寫稿中備讚有些遊經的山村，用的句子大約像是「這裡的村民幾百年來不知道什麼叫咖啡，也一輩子沒喝過一杯咖啡」來吐露我無盡的羨戀。而今，不敢說自己能達簡樸之境，但生活上大可拋忘之物事的是頗有，咖啡絕對是。它令我太像假都市人。（舒國治〈癮〉）

他的口，他的眼，都洩漏著他內裡強自抑制，魔與佛交鬪的痕跡；說他是放過火殺過人的懺悔者，可信；說他是個回頭的浪子，也可信。他不比那鐘樓上人的不著顏色，不露曲折；他分明是色的世界裡逃來的一個囚犯。（徐志摩〈天目山中筆記〉）

人權叔叔問我為什麼不到別的地方去，我告訴他爸爸說我們在別的地方反正找不到工作，如果到城裡去，我們孩子一定只好做乞丐。幾天以後，老闆找我去，問我那位外國人和我談了什麼？我據實以告。老闆告訴我這位人權叔叔不是好人，他會對我們不利的。可是我的感覺卻不同，我覺得他非常同情我們這些做工的小孩子。（李家同〈善意的人權〉）

揭露

【揭露】顯露、揭示。
【揭示】顯露、明示。
【揭發】把事情揭露舉發出來。
【揭穿】表露、顯示。
【揭底】揭露底細。
【坦白】毫無隱瞞。

如果文學不僅是描述，而在其中揭示了道德、美感與理想，那麼就文學與藝術而言，孤獨是必要的。人必須陷入極度的孤獨感之中，那種「前不見古人，後不見來者」的孤獨是絕對的，除了忘卻不可能消失，人必須將自己放在這個境地，才可能得到提升與救贖。（周志文〈溪山行旅圖〉）

【說穿】坦白說出真相。

【說破】說出隱情。

【道破】說破、說清楚。

【拆穿】揭穿、識破。

【戳穿】說破、揭開。

【戳破】說破。

【詰發】揭發人的隱私。

【揭破】使隱藏的真相顯露出來，說破。

【道著】說清楚、說破。

【發露】揭發洩漏。

【揭短】直指他人的短處缺陷。

【揭挑】揭發他人的短處錯誤。

【揭醜】直指他人的缺失錯誤。

【揭老底】翻舊帳，將過去的事情揭露出來。

【發奸擿伏】舉發隱藏的惡人或惡事，後用來形容吏治的清明。擿，ㄊㄧˋ。也作「發姦擿伏」、「發奸摘隱」。

【訐發】揭露他人隱私。

【口誅筆伐】用言語或文字揭露、譴責他人罪責。也作「筆誅口伐」、「口伐舌擊」。

【直言】有話直說，不加以遮掩隱瞞。

【曝光】形容隱瞞的事情被揭露。

【點破】拆穿、揭露。

【捅開】將事情揭露開來。

【公開】揭露實情。

【紙包不住火】比喻醜惡的事情終究會被揭露，無法隱藏，如同紙張無法包住火一樣。

【拆穿西洋鏡】諺語，比喻識破騙局，揭發真相。

【揭底牌】賭博時將底牌掀開，比喻揭發事物的內情真相。

我在台中，最惦念的就是祖母多咳的病，屢屢讓我想到鞭炮，爆裂後肉身即將支解的恐懼。每次我回家時，她總是隱忍在我的面前不咳，或許是相思使然吧！看到她倚門淒遲等待我回家的臉孔，實在不忍揭發她的濃痰隨處可見的事實，心知肚明祖母的病情，只是，我們之間有一個共同的默契，便是相互隱瞞，不讓對方增加負擔。（葉國居〈暗夜娑摩〉）

那又是一個各趨極端的時代。政治與家庭制度的缺點突然被揭穿。年輕的知識階級仇視著傳統的一切，甚至於中國的一切。保守性的方面也因為驚恐的緣故而增強了壓力。（張愛玲〈更衣記〉）

我倚著亭柱，默默地在咀嚼著漁洋這首五言詩的清妙，尤其結尾兩句，更道破了雪景的三昧。但說不定許多沒有經驗的人，要妄笑它是無味的詩句呢。（鍾敬文〈西湖的雪景〉）

一個矮瘦的中年人攔住我，靦腆地向我伸手。我沒說什麼，給了他十五塊錢。半個多鐘頭後，回途再經過那兒，竟然發現他以同樣的說詞，向一位年輕小姐伸手要錢。我沒有拆穿他的騙局，說實在我怕他另一隻手正藏著一把「惱羞成怒」的尖刀。（顏崑陽〈陽光下的自囚者〉）

在隆重而無趣的場合，例如紀念週會上，那麼肅靜無聲，他會側向我的耳際幽幽傳來一句戲言，戳破台上大言炎炎的謬處，令我要努力咬脣忍笑。（余光中〈思蜀〉）

勉勵

【勉勵】勸勉鼓勵。

【勸勉】勸告勉勵。

【嘉勉】嘉許勉勵。

【期勉】期許勉勵。

【勗勉】勉勵。勗，ㄒㄩˋ

【訓勉】教導勉勵。

【鼓舞】鼓勵。

【鼓勵】鼓舞、激勵。

【自勵】自我勉勵、鼓舞。

【互勉】互相勉勵。

【打氣】激勵他人使其增加信心和勇氣。

【激勵】激發、鼓勵。

【策勵】督責勉勵。

【惕勵】心存危機感而自我激勵。

【砥礪】砥、礪都指磨刀石。引申為磨鍊之意。

【有則改之，無則加勉】有缺失就改正，沒有就勉勵自己不要犯錯。

【獎勉】獎賞勉勵。

【期勉】期許勉勵。

【自勉】自我勉勵。

【慰勉】慰勞勉勵。

【勗勵】勉勵。

【飭厲】勸誡勉勵。也作「敕厲」。

【獎勵】給予榮譽或財物作為鼓勵。

【獎勸】獎賞勉勵。

五十周年過後一年半，老先生辭世，前一年，他已把棒子交給他的兒子；他的最後遺言中有一句話是「要勇敢」，勉勵他的子女與報館記者，他的最後遺墨中也有一句話是：「放眼前瞻，國事蜩螗，同仁要有抱負，無私無懼，留下一部百年青史」。我這幾年常常在想：老先生在講那句話寫那行字時，心裡究竟在想什麼？為什麼「勇敢」與「無懼」會成為他對報館的最後叮嚀？難道他憂心一旦他離開後，「勇敢」與「無懼」也將隨他而去、及身而止？（王健壯〈那些星星還掛在天上〉）

古代的詩詞作家曾經創造出來許多優美的音節之圖案，這是後人所應當充分欣賞，極端敬仰，並且因之鼓舞前進而努力於新的同等優美的創造的——填詩，填詞這一類的行為我們應該深惡痛絕。新詩的讀法異於舊詩，所以舊時平仄的律法不能應用到新詩的上面；新詩作者應當自家去創造平仄的律法。（朱湘〈詩的產生〉）

到渭水濱，那水，是我從來沒有看見過的，我只感覺它古老，並不感覺陌生；到咸陽城，那城，是我從來沒有看見過的，我只感覺它古老，並不感覺傷感。我曾在秦嶺中撿過與香山上同樣紅的楓葉；我也曾在蜀中看到與太廟中同樣老的古松，我並未因此想起過家，雖然那些時候，我窮苦的像個乞丐，但胸中卻總是有嚼菜根用以自勵的精神，我曾驕傲的說過自己：「我，可以到處為家。」（陳之藩〈失根的蘭花〉）

譏諷

【譏】用尖刻的話指責挖苦別人。

【譏笑】諷刺嘲笑。

世間立德者少有，而立功、立言者多見。最可笑的是，百無一能者也想功德圓滿，不學無術者也想著作等身，儘管他們最終被譏為

【譏諷】以尖刻的話指摘、挖苦或嘲笑別人。

【譏刺】譏笑諷刺。

【譏嘲】譏諷嘲笑。

【譏誚】以譏諷的話責問他人。

【嘲弄】調笑戲弄。

【嘲笑】諷刺譏笑。

【嘲諷】譏笑、諷刺。

【嘲謔】嘲笑、戲謔。

【諷刺】用隱微、含蓄或者比喻、誇張的方式譏諷或批評他人。

【調侃】嘲諷、挖苦。

【嘲侃】嘲笑、調侃。

【反諷】言語字面與真正意念相反，用以諷刺或加強語文力量。

【笑話】嘲笑。

【取笑】嘲弄、開玩笑。

【嗤笑】譏笑、嘲笑。

【見笑】被人譏笑。恥笑，多用於自謙之詞。

【訕笑】譏笑。

【誚訕】譏笑和毀謗。

【揶揄】嘲弄。

【奚落】譏笑嘲弄。

【挖苦】意指用尖酸刻薄的話譏笑別人。

【解嘲】因被人嘲笑而以言語或行動掩飾或解釋。

【齒冷】開口笑久了，牙齒變冷，譏笑之意。

【夾槍帶棒】言語中暗藏諷刺。

【冷言冷語】諷刺、譏笑的話。

【謔浪話頭】帶有挑逗意味、戲謔放蕩的話。

【冷譏熱嘲】尖酸、刻薄地嘲笑和諷刺。

【冷嘲熱諷】尖酸刻薄地嘲笑諷刺他人。

【反脣相稽】受到指責不服氣，反過來譏諷對方。

【譏評】諷刺批評。

【譏呵】諷刺責難。

不自量力和糟蹋斯文，卻使塵世添出了許多喧囂與煩聒。（王開林〈入世之惑〉）

當我們逐步走入枯槁年歲，眼睛除了佈滿世俗血絲已找不到無邪的水波；我們臃腫了，攤在床上大口咀嚼肉體的滋味，譏笑宛如百靈鳥般在高空鳴唱的戀歌；我們也變成精算家，懂得追求情感裡的「利潤」。（簡媜〈雪夜，無盡的閱讀〉）

好生動的敘述，簡直是一幅幻麗的現代畫呢。我內心卻譏嘲道，笑死人，哪裡是教室的光暗，分明你眼中無物，就只看見她一個人罷。橫豎你們社、來了位漂亮女孩，又干我什麼事。（朱天文〈花問〉）

他一方面扮演著嘲弄者，成一個反面英雄；一方面又使被嘲弄者低估了這個小丑般的悲劇角色。（張大春〈牆〉）

他嗓子有點兒沙啞，平緩的聲調中有一種嘲諷，但十分隱蔽，不易察覺。他注重詞與詞之間的距離，好像行走在溪流中的一塊塊石頭上。（北島〈藍房子〉）

菜剛上滿了，魯迅先生就到竹躺椅上吸一支菸，並且闔一闔眼睛。一吃完了飯，有的喝多了酒的，大家都亂鬧了起來，彼此搶著蘋果，彼此諷刺著玩，說著一些刺人可笑的話，而魯迅先生這時候，坐在躺椅上，闔著眼睛，很莊嚴的在沉默著，讓拿在手上紙菸的菸絲，慢慢的上升著。（蕭紅〈回憶魯迅先生〉）

小蠟燭明看乃「生命之光」，燭與年俱增，壽則隨歲遞減，一燭一華年，這種反諷未免殘酷強烈。（莊因〈春愁〉）

要是以這園子裡的聲響來對應四季呢？那麼，春天是祭壇上空漂浮著的鴿子的哨音，夏天是冗長的蟬歌和楊樹葉子嘩啦啦地對蟬歌的取笑，秋天是古殿簷頭的風鈴響，冬天是啄木鳥隨意而空曠的啄木

【劖言訕語】言語譏笑嘲諷。劖，ㄔㄢ。

【居下訕上】下屬暗地裡嘲笑長官。

【話中帶刺】言語中藏著諷刺的意味。

【竊笑】暗中譏笑。

【暗笑】暗中譏笑。

【竊笑】嘲諷譏笑，看不起。

【嘲罵】譏笑謾罵。

【冷嘲熱罵】形容言語譏諷的嘲笑和謾罵。

【嘲戲】戲謔嘲笑。

【嘲訕】譏笑。

【嘲詼】戲謔。

【調謔】嘲笑戲弄。

【姍笑】嘲弄譏笑。

【哂笑】譏笑、嘲諷的笑。

聲。（史鐵生〈我與地壇〉）

我從來不相信魚是快樂的，現在我想，哲學家的聲辯和詰難算什麼呢？我現在想，那些反反覆覆的討論，帶著輕重的揶揄和嘲弄，是不真實的。（楊牧〈水蚊〉）

有時，從廈門街到師大，在他的幻想裡，似乎比芝加哥到卡拉馬如更遙更遠。日近長安遠，他常常這樣挖苦自己。（余光中〈地圖〉）

人造毛皮成為九年冬裝新寵，幾可亂真，又不違反保護動物戒令。但是何苦亂真呢，豈非蠢氣。不如贗品自我解嘲，倒更符合現代精神，一點機智一點cute。（朱天文〈世紀末的華麗〉）

去年暑天我穿的幾套舊的汗褂褲，與幾雙縫上底的線襪，已交給我的妻放在深山塢裡保藏著——怕國民黨軍進攻時，被人搶了去，準備今年暑天拿出來再穿，那些就算是我唯一的財產了。但我說出那幾件「傳世寶」來，豈不要叫那些富翁們齒冷三天？！（方志敏〈清貧〉）

侮辱

【侮辱】欺侮羞辱。

【羞辱】侮辱。

【汙辱】羞辱、恥辱。

【欺辱】欺壓侮辱。

【凌辱】欺負、侮辱。

【屈辱】受人侮辱。

【受辱】受人侮辱。

【輕侮】輕視侮辱。

【卑侮】鄙視侮辱。

【自侮】自己招來侮辱。

【侮蔑】輕視、怠慢。

【輕瀆】輕慢侮辱。

【唾面】吐口水在別人臉上，表示非常鄙棄和侮辱。

石壙上松柏的陰森影子遮住我一切年少的心情，「春秋多佳日，山水有清音」，這二句詩冷嘲地守在那兒。十年前第一次到鄉下掃墓，見到這兩句對於死人嘲侃的話，我模糊地感到後死者對於泉下同胞的殘酷。自然是這麼可愛，人生是這麼好玩，良辰美景，紅袖青衫，枕石漱流，逍遙山水，這那裡是安慰那不能動彈的骷髏的話，簡直是無緣無故的侮辱。（梁遇春〈壙〉）

朱厚熜坐朝近半個世紀，對於臣下，殺、關、放逐、廷杖，無所不用其極，獨對如此羞辱他的海瑞，卻一根手指頭也不碰，令我詫異，後讀魯迅給曹聚仁信：「古人告訴我們唐如何盛，明如何佳，其

【蹧蹋】侮辱、嘲罵、蹂躪。

【討沒趣】自取侮辱。

【公然侮辱】意指在公開場合侮辱他人。

【胯下之辱】韓信在微賤時，受到淮陰無賴少年的侮辱，逼迫他由胯下爬過。後世比喻人尚未顯達時，曾被人鄙視、受辱。

4 用語

迎送

【久仰】仰慕已久。初次見面時的客套話。

【慢走】對將離開者說的客套話語。

【拜辭】告辭道別的敬詞。

【再會】再見，為臨別時的客套詞語。

【留步】主人送客時，客人請主人不必遠送的謙詞。

請託

【勞煩】勞動煩擾，請人幫忙的客套話。

【勞動】勞累、煩勞，感謝他人為自己做事的客套話。

【勞駕】勞動大駕，請人做事或事後道謝的客套話。

【勞神】耗費心神，請人幫忙做事的客套話。

【有勞】感謝他人幫忙，有所勞累的客氣話。

【費神】耗費精神，託人或謝人幫忙的客氣話。

實唐室大有胡氣，明則無賴兒郎。」便恍然大悟，明代很有幾位皇帝，愛跟臣下玩心思，逗咳嗽，耍無賴，搞小動作，頗具乃祖朱元璋的流氓作風。（李國文〈從嚴嵩到海瑞〉）

於是我們開始寒暄。某君是久仰我的「大名」而且也曾拜讀過我的「大作」。「淺薄得很，先生不要見笑。」我照例恭恭敬敬的回答。但是這句話剛出口，我登時就覺得不妙。我得了一種感覺，我們還得互相回敬十五分鐘，大繞大彎，才有言歸正傳的希望。到底不知他有什麼公幹。（林語堂〈冬至之晨殺人記〉）

「你不用著急，我來是為你好！」偵探露出點狡猾的笑意。趕到高媽把門開開，他一腳邁進去：「勞駕勞駕！」沒等祥子和高媽過一句話，扯著他便往裡走，指著門房：「你在這兒住？」（老舍《駱駝祥子》）

牛老心裡著實不安，請他坐下，忙走到櫃裡面，一個罐內倒出兩塊橘餅和些蜜餞天茄，斟了一杯茶，雙手遞與卜誠，說道：「卻是有勞的緊了，使我老漢坐立不安。」卜誠道：「老伯快不要如此，這是我們自己的事。」（清・吳敬梓《儒林外史》）

【費心】請託別人或謝人出力幫忙的客氣話。

【難為】感謝人費事或安慰人受委屈的客套話。

【不勞】不用勞煩。為謙詞。

請問

【請問】詢問的敬辭。

【借問】請問，向人打聽情況的客氣話。

【煩問】請問。

【動問】請問。

【敢問】表示冒昧的問。

【試問】請問，為懷疑用語。

【請教】請問、請求指導。

【求教】懇請他人指教。

【討教】請教。

【賜教】請人指教的敬辭。

【指教】指正教導。

【就教】前往他人處受學。

【領教】接受別人的指導。

【叨教】蒙受教誨。

【請示】請求給予指示。

【請益】請求給予詳細的指導。

【扣問】向他人請問求教。

【啟問】請問。

溫侯呂布挺身出曰：「父親勿慮。關外諸侯，布視之如草芥；願提虎狼之師，盡斬其首，懸於都門。」卓大喜曰：「吾有奉先，高枕無憂矣！」言未絕，呂布背後一人高聲出曰：「『割雞焉用牛刀』？不勞溫侯親往。吾斬眾諸侯首級，如探囊取物耳！」卓視之，其人身長九尺，虎體狼腰，豹頭猿臂；關西人也；姓華，名雄。（明・羅貫中《三國演義》）

寶玉聽了這話，不覺轟了魂魄，目瞪口呆。心下自思：「這話他如何知道？他既連這樣機密事都知道了，大約別的瞞不過他。不如打發他去了，免的再說出別的事來。」因說道：「大人既知他的底細，如何連他置買房舍這樣大事倒不曉得了？聽得說他如今在東郊離城二十里有個什麼紫檀堡，他在那裡置了幾畝田地幾間房舍。想是在那裡也未可知。」那長府官聽了，笑道：「這樣說，一定是在那裡。我且去找一回，若有了便罷；若沒有，還要來請教。」（清・曹雪芹《紅樓夢》）

「雅堂書局」開辦之初，外祖父每日上午十時左右到店，略事巡察後，若無顧客，即取書埋首研讀。店內的新舊書籍各種，他都興味盎然地飽覽，遇有疑處，必查究字書類書。有時買書的青年人請益討教，也會熱心指導。（林文月〈莊子〉）

邀請

【屈駕】委屈大駕。邀請人來臨的敬詞。

【枉駕】屈尊以相訪，稱人到訪的謙詞。

【有請】有人謁見時，請人進入相見的客套話。

【賞臉】請對方接受自己的要求或餽贈的客套話。

【光臨】稱賓客來訪的敬語。

【光顧】光臨、來訪。

【恭候】等候的敬詞。

【大駕光臨】歡迎賓客來訪。

感謝、抱歉

【承蒙】受到別人幫忙、款待或重視時所用的客套話。

【失禮】對人表示禮貌不周到的客氣話。

【失敬】待人不周，有失禮數。對人自責疏忽的客套話。

【心領】婉拒他人好意的客套話。

【托福】仰賴他人福氣，使自己幸運。多用於答覆他人問安，表示謙遜。

【不敢當】承受不起、不敢接受。表示謙讓的客套話。

原來牠不是死貓，是活貓，不但是活貓，更是野貓，趁人不備，溜進我家後院，單憑自己的本事，單憑自己的機智，「荒野求生」，果腹充飢。我有些歉意，難道垃圾也不分牠一杯羹？臺灣富庶，有的是垃圾；我家雖不富庶，養活一頭貓的垃圾還不缺。歡迎你隨時光臨：我向消失在蒼茫世界的「瓦上飛」，無聲地喃喃著；卻也無法忘記牠臨去時那一眼凶光，那挑戰性的一聲「貓武」。（顏元叔〈懶貓百態〉）

楊康在燕京時未曾聽說完顏洪烈要與丐幫打甚麼交道，此時急欲知道他的用意，問道：「不知趙王爺對敝幫有何差遣，要請老幫主示下。」裘千仞笑道：「差遣二字，決不能提。趙王爺只對老朽順便說起，言道北邊地瘠民貧，難展駿足……」楊康接口道：「趙王爺是要我們移到南方來？」裘千仞笑道：「楊幫主聰明之極，適才老朽實是失敬。趙王爺言道：江南、湖廣地暖民富，丐幫眾兄弟何不南下歇馬？那可勝過在北邊苦寒之地多多了。」楊康笑道：「多承趙王爺與老幫主美意指點，在下自當遵從。」

（金庸《射鵰英雄傳》）

社會》三、公共事務

1 法律

指控

【指控】指出某人的罪行並且加以控告。

【控告】告狀、投訴。在法律上指向法院提出告訴，指控某人的罪證。

【控訴】受害人向社會大眾或司法機關指陳事實，揭發罪行。

【告訴】被害人或者有告訴權人，向司法機關申告某人的犯罪事實，並提出請求訴追意思。

【告狀】向人訴說自己的委屈或他人的不是。向上級或司法機關投訴，以揭發某人罪行。

審訊

【審訊】審查偵訊。

【審問】詳細地查究訊問。

【受審】接受訊問。

【訊問】審問追究。

傷痛並無明確體積，但卻有其龐大沉甸的迫人重量！這幾個月以來，陽光風雨交替，每當我一想起判決書上那冰冷嚴峻的文字，是如此強烈地指控著你曾經道德缺席、加害這個人間的事實，每一個字，甚至每一枚標點，都如此揪心地重挫著我對愛情的全部綺想、對一名偉岸英挺男子的深厚信心時，我便墜入一種前所未有的衰弱虛無裡。（陳幸蕙〈相聚，是我們對天堂的全部了解——試擬一名新婚妻子的心情〉）

陽光很強烈，從頭頂上灑過來，茶園的泥土熱得燙人。從茶樹蒸發出來的氣息，幾乎使人窒息。寶島的夏天來得快，而這山上的茶園，儼然已是仲夏的溽暑時節了。這時候，春茶剛摘完，夏茶又還沒開始，因此園裡很靜。「噗咕咕——噗咕咕——咕——」班鳩的啼聲也是那麼懶洋洋的。遠近的蟬聲時斷時續。一切都彷彿在控訴著這天氣太熱了。（鍾肇政《魯冰花》）

如果有陽光，從西邊牆壁上方的花磚間射入的幾塊菱形光線，現在應該落在第七條地板的橫木上了。那也就是老林右腿附近的位置。等到陽光移到第八條地板，有時候會聽到獄吏的鐵底皮鞋在長廊上的聲音，而後是某個鐵門開啟和關閉的轟然撞擊聲。我們知道，下午的審訊和工作又開始了。（陳列〈無怨〉）

【問案】審訊案件。

【對證】為了證明事實而相互比對言詞。

【對質】數人共同犯案，預審時令各犯及證人互相質問應答，以證明是否同謀。也泛指與問題有關連的各方當面對證。

【提訊】將犯人自關押處提出來審訊。

【偵訊】為找出犯罪行為的事實真相而進行偵察訊問。

【拷問】用刑審問。

【逼供】強迫嫌犯招認。

【辯護】訴訟進行時，律師或經法院許可的辯護人，依據證據調查、事實認定等，為被告作有利的防禦論述。

【對簿公堂】打官司。對簿，依據文狀審問，以使符合事實。

【候審】等候審問。

【鞫審】審問。鞫，ㄐㄩˊ

【庭訊】指開庭時，法官與承辦檢察官和當事人及其關係人的訊問。

【熬審】官吏苦審犯人。

【拷訊】用行拷問。也作「考勘」。

【訊辦】審問犯罪事實，以定刑罰。

【訊供】審問口供。

【覆審】再次審訊或審判。

【歷審】經過多次審問。

【聽審】聆聽審訊或裁判過程。

【會審】兩個以上的人或機關共同審理案件。

【更審】重新再審理。在民事或刑事訴訟中，當事人若不服二審法院的判決，依法提出上訴，由第三審法院審理，如認為上訴由理由，就該不服原審判決提起上訴之第三審部分予以廢棄，將案件發還給原二審法院，重新審理。

當年大家都在穿拖屐的日子，生活都過得艱窘，但監獄的牢飯更差。不過，嘉義的牢飯大概還保留日治時代的遺風，是一木製小飯盒，人各一份，是雜加著番薯簽的糙米飯，飯上有塊鹹魚和一撮菜脯，或醬黃瓜之類。最初常被提審，往往誤了飯頓，同室難友憐我年幼，把飯盒留下，等我受審回來吃。他們圍坐我身旁，關心地摸摸我，問我受刑了沒有，我扒著滿嘴的冷飯，搖搖頭，眼淚落在飯盒裡。（遠耀東〈餓與福州乾拌麵〉）

「公館」一方面是軍民情報搜集單位，一方面也是個準司法單位。在裡面可以問案、可以羈押人犯，也可以求處刑罰。主事的特務非但能通中國話、還能說在地方言，他們也有中國同僚，所謂應犬爪牙者流，像馬群空就是其一。（張大春《聆聽父親》）

借錢，需要勇氣，不借，恐怕需要更大的勇氣吧。這時「受害人」的貸方，惶恐觳觫，囁嚅沉吟，一副搜索枯腸，藉詞推託的樣子。技巧就在這裡了。資深的借錢人反而神色泰然，眈眈注視對方，大有法官逼供犯人之概。（余光中〈借錢的境界〉）

侯迪士先生替人辯護的時候固然厲害，他如果是控方，更是永遠是勝訴，他所提出的證據，往往出乎對方意料之外。他的兒子認為侯迪士先生看到自己的兒子受傷得如此嚴重，絕對會控告狄克森先生的，因此他一開始就不肯說出他父親是誰，後來決定親筆寫下車禍的經過，使狄克森先生免於被控。（李家同〈無名氏〉）

供認

【供認】承認所做的事情。

【招認】承認罪狀。

【招供】承認罪狀。

【認罪】承認自己有罪。

【服罪】承認自己所犯下的罪行。

【伏罪】承認自己的罪。

【串供】同夥的嫌犯彼此串通，商定供詞，捏造一樣的假話，以掩蓋事實真相。

【翻供】犯人已經承認其罪，後又改變供詞。

【翻案】推翻前人定論；或推翻已判定的罪案。

【不打自招】未經用刑，就自己招認罪狀。也用來比喻主動或無意洩漏自己的祕密或虧心事。

判決

【判決】法院對訴訟事件，根據法定程序作出裁定。

【裁定】審判機關對訴訟事件作出斷定，是否合法或正當。

【裁判】審判機關依照事實和法律，對訴訟事件作出決定，包括判決與裁定。

【宣判】審判單位在雙方言詞辯論終結後，宣告對於受裁判者的判決。

【論處】判定處分。

那時節老婆偷人是天下第一大新聞，而且還是結婚不久的新娘子，旺村兄這一氣之下把老婆揍的半死不活，雖然沒當場逮住那萬惡的偷香賊，依新娘子自己招的供，想不到竟然是那位相親迎親時旺村兄借了他的小白臉去展露的那位仁兄。旺村兄一聽之下，整個人都愣了，也不知道是氣是恨是惱是怒，只是傻木木地僵立著。（沈萌華〈鬼井〉）

「回聖上，臣自獲罪以來，從沒有見過什麼欽差大人。每次審訊都由總督府司官代傳問話。因此臣的父親才讓臣拚死熬刑，留得一命進京。如果上天有眼，或許可以面見聖上說出此案的實情。所以臣被解到刑部之後，立刻翻供，抵死不認一罪，以求得見聖主，求皇上洞鑒臣之苦衷。」（二月河《康熙大帝》）

他被他人欺侮的時候，每把他兄長拿出來作比：「自家的弟兄尚且如此，何況他人呢？」他每達到這一個結論的時候，必盡把他長兄待他苛刻的事情，細細回想出來。把各種過去的事蹟列舉出來之後，就把他長兄判決是一個惡人，他自家是一個善人。（郁達夫《沉淪》）

這天，一個喝醉了的駕駛者，以六十哩的速度，對準樹幹撞去。於是人死。於是交通專家宣判那樹要償命。於是這一天來了，電鋸從樹的踝骨咬下去，嚼碎，撒了一圈白森森的骨粉。那樹僅僅在倒地時呻吟了一聲。這次屠殺安排在深夜進行，為了不影響馬路上的交通。夜很靜，像樹的祖先時代，星臨萬戶，天象莊嚴，可是樹沒有說什麼，上帝也沒有。（王鼎鈞〈那樹〉）

追究

【追究】事後深入調查。

【查究】查明罪狀，予以懲罰。

【盤究】仔細、反覆地追查究竟。

【深究】明察詳情，探求真象。

【追查】追究調查事故的原委。

【追根究柢】追查、探究事物的根本。

檢舉

【檢舉】舉發他人行為的過失或違法情事。

【告發】檢舉揭發。

【告密】告發他人的祕密。

【舉發】檢舉揭發。多指揭露私密不法的事。

【彈劾】監察或民意機關，對違法、失職的政府官員提出控訴，以監督其行為。

【自首】犯罪者於犯罪事實尚未被舉發之前，自行向偵查機關坦承，表明願意接受制裁。

誣陷

【誣告】以虛構不實的事控告他人，企圖使無罪者受到刑責或懲處。

【誣陷】捏造罪狀以陷害他人。

她或者以為我現在必定是哭喪著臉，像個到刑場的死囚，萬不會想到我正流連著這葉尚未凋，草已添黃的秋景。同情是難得的，就是錯誤的同情也是無妨，所以我就讓她老是這樣可憐著我的僕僕風塵；並且有時我有什麼逆意的事情，臉上露出不豫的顏色，可以借路中的辛苦來遮掩，免得她一再追究，最後說出真話，使她平添了無數的愁緒。（梁遇春〈途中〉）

在萬曆十二歲的那一年，他幾次接到彈劾張居正的本章。有人說他擅作威福，升降官員不是以國家的利益為前提，而是出於個人的好惡。有人更為尖銳，竟直說皇帝本人應對這種情況負責，說他御宇三年，聽信阿諛之臣，為其蒙蔽，對盡忠辦事的人只有苛求而沒有優待，這不是以恕道待人，長此以往，必將導致天意的不再保祐。（黃仁宇《萬曆十五年》）

律師將蓋上血紅大印的起訴書給我們看。起訴書指控的罪刑是說，公公於三十六年在上海就讀大學期間，曾參加非法組織，並且參與策動學潮，來臺潛伏多年而不肯自首，經人檢舉，依法偵訊後提出公訴。（莘歌〈畫像裡的祝福〉）

黃蓉聽他們胡亂猜測，心中暗自好笑：「我爹爹和老毒物只是和老頑童比賽腳力，又不是打架。若真打架，你們這幾個臭牛鼻子上去相幫，又豈是我爹爹和老毒物的對手？」她適才聽丘處機大罵自己爹

【誣賴】誣指他人有罪。

【栽贓】將贓物放在他人處，以誣陷入罪。泛指偽造證物陷害別人。

【構陷】設計陷人於罪。

【讒害】以讒言陷害他人。

【反咬】被控告的人反過來誣賴檢舉人或是控告人。

【嫁禍】將自己應負的罪責，轉移給他人。

【欲加之罪，何患無辭】存心誣陷別人，不怕找不到藉口。

爹，自是極不樂意，至於楊康誣陷她爹爹殺了郭靖，反正郭靖好端端的便在身邊，她倒並不在乎。（金庸《射鵰英雄傳》）

老殘道：「你們受這麼大的屈，為什麼不告他呢？」魏老兒說：「官司是好打的嗎？我告了他，他問憑據呢？『拿奸拿雙』，拿不住雙，反咬一口，就受不得了。天爺有眼，總有一天報應的！」（清．劉鶚《老殘遊記》）

申冤

【申冤】說明冤屈。

【訴冤】對人陳述自己所受到的冤屈。

【喊冤】申訴冤情。

【叫屈】喊訴冤屈。表示遭受冤屈。

【鳴冤】申訴冤屈。

【辯冤】用言語申訴冤情。

【告冤】陳述冤情。

【雪冤】洗刷冤枉。

【銜冤】受了冤屈無法申訴。

【含冤負屈】受了冤枉，但無處可申訴。也作「銜冤負屈」。

【洗刷】此指洗除冤屈、恥辱。

【昭雪】洗清冤枉。《儒林外史．第五十四回》：「那也是他學裡幾個秀才誣賴他的，後來這件官事也昭雪了。」

【湔濯】洗刷、洗雪，經常用來指昭雪冤屈。湔，ㄐㄧㄢ。

還有未開之蕊，隨花而去，此蕊竟槁滅枝頭，與人之童夭何異。又有原非愛玩，趁興攀折，既折之後，揀擇好歹，逢人取討，即便與之。或隨路棄擲，略不顧惜。如人橫禍枉死，無處申冤。花若能言，豈不痛恨！（明．馮夢龍《醒世恆言》）

人生原是這樣，從醜和惡裡提煉出美和善。就像桌子上新鮮的奶、雪白的糖、香噴噴的茶、精美可口的點心，這些好東西入口以後，到我們腸胃裡經過生理化學的作用，變質變形，那種爛糊糟糕的狀態簡直不堪想象，想起來也該替這些又香又甜的好東西傷心叫屈。（錢鍾書《貓》）

我要為過去那無數的無名的犧牲者「喊冤」！我要從惡魔的爪牙下救出那些失掉了青春的青年。這個工作雖是我所不能勝任的，但是我不願意逃避我的責任。（巴金《春》）

2 犯罪

貪賄

【貪汙】利用職務上的便利而非法取得錢財。

【中飽】官吏侵吞公款、壓榨人民而獲巨利。

【分羹】從他人那裡分享利益。「分一杯羹」。

【私肥】便宜自己。指貪汙中飽。

【侵吞】非法佔有公物或他人財產物品。

【剋扣】扣減該付的財物，據為己有。

【貪贓】貪取不應得的。

【盜用】指非法使用他人或公眾財物。

【揩油】比喻公家或別人的便宜。

【暗扣】私自扣減應發的財物，據為己有。

【霸佔】強行佔有。

【假公濟私】形容以公家名義謀取私利。

【賄賂】以財物買通他人。

【行賄】以財物賄賂他人。

【受賄】收受賄賂。

【打點】送人財物以求疏通關係，託人照顧。

【買通】用財物收買別人使其受利用。

【走後門】用不正當手段達到某種目的。

原來中國人很可以自殺，大規模的相約投入東海，以免身受亡國之痛。但自殺團亦必舉出幾位委員，辦理該團旅行購票事項。然而自殺委員如果是中國人，定必大做其中飽、剋扣、私肥、分羹的玩意起來，因此自殺委員之旅費亦無著落，並自殺亦不得。（林語堂〈粘指民族〉）

起初是兩三天她就來他家檢查一遍，說是看秀枝這小畜牲怎麼理家？其實是來尋找有什麼好揩油的——廚房裡有一斤半斤肉類，她就不客氣地全部拿走。（李喬〈凶手〉）

馮舅爺說：「我們在警察方面花了五百塊錢。你現在還想得出甚麼別的主意呢？各部門的官兒都得打點打點。」（林語堂《京華煙雲》）

她們是愛他的。西門慶心裡想——就算有人不明白這件事，那也無所謂。他的錢會買通一切，直到最後她們都理解到這件事為止。（侯文詠《沒有神的所在》）

劉玉英是一個聰明的女子。十七歲前讀過幾年書，中國文字比她的朋友馮眉卿高明些。對於交易所證券市場的經絡，那她更是「淵源有自」。她的父親在十多年前的「交易所風潮」中破產自殺；她的哥哥也是「投機家」，半生跑著「發橫財」和「負債潛逃」的走馬燈，直到去年「做金子」大失敗，侵吞了巨款吃官司，至今還關在西牢裏；她的公公陸匡時，她已故的丈夫，都是開口「標金」，閉口「公債」的。（茅盾《子夜》）

3 宗教

祈禱

【祈禱】禱告求福。

【禱祝】祈求、祝告。

【禱告】祝告鬼神或上帝，以求福佑。

【默禱】不發出聲音，在心中禱告。

【祈禳】祈禱上天降福，並消除災禍。

【禱求】向神祈求。

【祝告】對神明禱告祈求。

【企禱】盼望祈禱。

【祈願】祈求許願。

【對天祝告】對天祈禱。

【馨香禱祝】焚香祈禱。形容真誠盼望。

【祈禳】祈禱上天賜福消災。

【祝讚】向神祈禱，求上天降下福祉。

【祈雨】祈禱上天降雨，以解除乾旱。

【祈晴】因久雨不晴而祈禱天晴。

【祈年】祈禱能擁有豐年。

【詛祝】祈禱神明降禍給仇恨的人。

祝福

【祈福】祈求上天賜予福祉。

【祈願】祈求許願。

【祝告】向神明禱告。

【祝禱】祝告神靈以祈福保平安。

我的確是有點在意與那初戀情人般的北淡線的劫後重逢。雖然已是不易動情的風霜中年，但是我怎能忍心讓自己夾在觀光團似的人潮中去會晤那些珍藏二十多年的祕密和矜持呢？所以我決定第一次重新搭上北淡列車時，一定要選一個寂寥人稀的午後。然後我還要在車中祈禱：當列車從關渡隧道豁然衝出來時，希望左岸的觀音山能夠依然圈繞著那海拔三百公尺高的被自己年輕歲月癡迷簇擁過的霧樣的山嵐。（王文進〈北淡線拾憶〉）

她仰起那又美麗又哀愁的臉，看了月亮好像是問月亮，她為什麼這麼不快樂？好像是求月亮反過來告訴她應該禱告甚麼，應該怎麼祈求。（鹿橋《人子．皮貌》）

想到這裡，我從衣袋裡掏出一張自己的名片，對著滾滾東去的黃河低頭默禱了一陣，右手一揚，雪白的名片一番飄舞，就被起伏的浪頭接去了。大家齊望著我，似乎不覺得這僭妄的一投有何不妥，反而縱容地贊許笑呼。（余光中〈黃河一掬〉）

八點多，隨著桂川河中流滿的水燈，遠處嵐山山頭也「轟」的一下，燃起了火光。火光蔓延，燒成一個「大」字，霸佔了整個山頭。燒「大」字也是一種祈願，由願主各買一尺長的木柴，上書「息病無災」等字樣，為某某人送疫或祈福，上千上萬的木柴積疊成「大」字，在山頭

【祝願】向神明禱告，以祈求實現願望。

【祝福】本指求神賜福，今多指希望對方得到福分。

【祝讚】向神明禱告，以祈求福祉降臨。

【善頌善禱】稱頌善於寓規勸於祈福之中。

【企禱】盼望祈禱。

拜懺

【拜懺】佛教徒誦經拜佛、懺悔業障。

【禮懺】禮拜佛、法、僧三寶，懺悔所造的罪業。

【懺悔】佛教用語，指請他人容忍、寬恕自己的悔罪。

【拜禱】跪拜祈禱。

【告解】天主教的一項儀式。教徒為自身過錯，單獨向神父表示懺悔，神父代表天主，赦免過錯。

燃燒。每年盂蘭盆節，京都五處山頭都有這種燒字的習俗，卻不一定限於「大」字，也有燒成船形，鳥居形的。（蔣勳〈緣起〉）

但那名燃煙祝禱的老婦人畢竟曾帶來短暫的感動，我懊悔自己太過鄙吝。我自責不該因為先前經歷而全然抹殺人性的真善美好。在瓦拉那西住過幾天，這愧疚卻像胸口的汗漬，在暑天裡很快便揮發乾淨，只殘留淡淡的黏膩感。（林志豪〈異地眾生〉）

長老聞言，滿眼垂淚道：「可憐，可憐！這才是人離鄉賤。我弟子從小兒出家，做了和尚，又不曾拜懺吃葷生歹意，看經懷怒壞禪心；又不曾丟瓦拋磚傷佛殿，阿羅臉上剝真金。噫！可憐啊！不知是那世裡觸傷天地，教我今生常遇不良人。……」（明．吳承恩《西遊記》）

有一次和他談到了祈禱和懺悔，我說：我們的愁思，可以全部說出來全交給一個比我們更偉大的牧人的，因為我們都是迷了路的羊，在迷路上有危險，有恐懼，是免不了的。只有赤裸裸地把我們所負擔不了的危險恐懼告訴給這一個牧人，使他為我們負擔了去，我們才能夠安身立命。（郁達夫《迷羊》）

生活》一、飲食

1 食物烹調

選材

【辦貨】採購貨物。

【打理】準備；處理。

【採選】挑選。

【挑選】從若干人、事或物中選出合乎要求的。

【揀選】挑揀選擇。

【嚴選】嚴格篩選。

【挑精揀肥】比喻挑挑揀揀，光挑對自己有利的。

【精挑細選】仔細的選擇。

【真材實料】材質原料真實不假。

【剔】ㄊㄧ，把不好的挑出來。將骨頭上的肉刮除下來。

【分離】從混合物中隔離出來。

【下腳】原料在加工、切割、剔除的過程中，所剩餘下來的渣滓或廢料。也作「下腳料」。

【當令】合時令。

【時鮮】應時的鮮味。

【旺季】出產旺盛的季節。

【盛產】產量多。

【旬之味】在日本指的是食材盛產上市時的滋味。

而大約在臘月二十八開始先打理乾貨，其實不過買些糖果、瓜子、香菇、海帶，哪裡稱得上「打理」，但因為得有光明理由去迪化街，便也得說得像樣子！（愛亞〈買呀！買呀！辦年菜〉）

白白胖胖的蒜頭們也是這道菜重要的賣點。阿村蒜頭魚所使用的蒜頭可都是精挑細選，個個精壯結實。也唯有如此健康好看的蒜頭才能襯出海魚的鮮美。（劉富士〈蒜頭〉）

每次要吃火鍋之前，主動幫著把豆腐乳調淡一些，把芝麻醬調稀一點，把蒜泥擣出來，將香菜剔好洗乾淨。可是，氣味最濃烈的韭花是最難應付的，因為它太鹹，卻又不能稀釋，必須保持原味。每一種調料都加一些，卻又能把味道調得剛剛好，是需要經驗的，我的成功率愈來愈高，年紀也愈來愈大。（張曼娟〈涮出來的年味〉）

日本人講究旬之味，永遠有著時令的美味。雖然還是落入一種套裝公式，但日本社會競爭激烈，每年總有好多旬之味的產品推陳出新，讓人眼睛一亮，味蕾跟著飛揚。其中最為瘋狂的就是每年三、四月的櫻花季限定食品。（王宣一〈櫻花前線，春天的味道〉）

【饌】準備、陳置食物。

【弄飯】準備飯食。

【整飯】準備飯食。

【擺飯】放置飯菜，準備用餐。

【拉】使延伸或延長。

【扯】牽、拉。

【捵】ㄔㄣ，用手拉長。

【抻】ㄕㄣˋ，以輾壓的方式將東西拉長。

【捏】握。用手指將軟的東西捻成某種形狀。「捏餃子」。

【摁】ㄣˋ。用手按壓。

【揉】搓成團狀。反覆摩擦、搓動。

【捻】用手指搓揉。

【軋】ㄧㄚˋ，碾壓。

【摶】ㄊㄨㄢˊ，捏聚搓揉成團。

【碾】ㄋㄧㄢˇ，滾壓、軋碎。

【擀】ㄍㄢˇ，用棍棒碾壓。

【搓動】用手反覆揉擦、滾動。

【揉搓】用手來回地壓按摩。

【揉醒】此指搓揉麵團和醒麵的動作。搓揉麵團是為了讓麵團的筋性釋放，醒麵是讓揉過的麵團靜止一段時間，使筋性鬆弛。

【擠壓】推擠壓迫。

【壓滾】碾壓滾動。

【搗】撞擊、捶打。

【擣】舂、撞擊。

【灌】注入。

【磨】將物研細。另作摩擦而使物品光滑或銳利。

【研磨】細磨使粉碎或光滑。

【蘸】ㄓㄢˋ，把東西沾在液體或其他物質上。

【嵌】把東西填入縫隙裡。

【攙】雜入、混合。

【糝入】摻入、加入。糝，ㄙㄢˇ。

【泡】用水沖浸。

【浸】將東西漬泡在液體中。也

拉麵是山西的傳統美食，故臺灣的拉麵多標榜「山西」招牌，拉麵即北京的「捵條麵」，又名甩麵、抻麵、扯麵，從這些動詞可見此物充滿動作性。（焦桐〈論吃麵〉）

若企圖想要讓披薩的生命情調顯現緩慢悠長的一面，那麼試著去尋找在城市褶縫的個性小店罷。從點餐開始，一個手做的披薩即為你一個人甦活，開始它的一生——從揉醒麵糰開始，擀成一個餐盤大小的滿月狀，接著，加上新鮮配料，蘑菇、番茄、燻雞絲、德國香腸、黑橄欖……，再擇一淋上紅（蕃茄）、白（奶汁）、青（羅勒）醬汁，撒上帕瑪善起司，也許補一點現刨粗粒黑胡椒提味，最後放入烤箱烘焙。（王文娟〈披薩〉）

在這過程中，我不斷聽到料理檯上傳來咻咻作響的聲音，過了好一會兒才領悟，這是麵棍在麵皮上來回壓滾搓動而製造的聲響。我似乎這才領悟到，為什麼手工製作的蕎麥麵，在日語中稱作「手打」——蕎麥麵條彈牙的口感，竟真的是用手「打」出來的。（韓良憶〈本來只想吃碗麵〉）

軟綿綿的糯米糰被阿婆輕輕搓揉，一下子，團塊中心摁出一個酒窩，填上磨得細細的黑芝麻（超甜的喔），幾秒鐘俐落捏出一顆白色小宇宙。送入口中，香Q彈牙，釋放咀嚼的快感，一股熱流推動它慢慢滑進體內幽暗的腔道，腸胃緊縮興奮著。（高自芬〈麻吉的最後一天〉）

把豆腐打碎成漿，竹籮篩濾，另取肥雞脯肉搗碎加入拌勻，然後按照蒸雞蛋糕的方式上火蒸透，冷卻後，用刀沏成骰牌大小，於鍋內以雞油略炸，接著取出用瓦缽加雞高湯蒸熟，臨上桌前，再用雞湯收作滲入。

【淘洗】洗濯。

【涮】ㄕㄨㄢˋ，清洗。也作「涮洗」。

【澆】液體由上往下淋灌。

【刮】用刀子削去物體表面的物質或表皮。

【舀】一ㄠˇ，用瓢、勺取物。

【擒】拿。

【宰】殺牲畜。

【劏】ㄊㄤ，宰殺。

【甩】丟擲。

【拋】甩落。

【擲】拋、投。

【瀝】過濾使滲出。

【過篩】通過篩子，過濾東西。也可比喻仔細選擇。

【潷】ㄅㄧˇ，壓榨以去汁。

【包】裹。

【手打】手工製作。

【手感】手撫摸時的感覺。

【出籠】從蒸籠裡取出來。

【篩】此作用篩子過濾東西。「篩米」。

【拌】調和。「拌菜」。

【抹】敷塗。

【拍】用手掌輕輕打。

【切】用刀子切斷。

【撕】用手指將東西扯裂，或使它離開附著之物。

【捆】用繩子綁拴。

【掬】用雙手捧取。

【採】用手採取。

【掰】雙手用力，將東西分開。

【榨】此指擠出汁液。

汁上盤。姑不論是用哪一種作法，其結果必是入口腴潤，柔而不膩，鮮美無比。（朱振藩〈「畏公豆腐」典故與作法〉）

母親說那時候最盼望著聖誕大餐，餐廳裡烤好許多馬鈴薯，熱騰騰地，從中間切開來，澆進一種奶油醬，香味四溢，用湯匙挖著吃，拌進奶油醬裡的馬鈴薯泥，就像是凝固起來的牛奶一般，柔綿醇厚。（張曼娟〈怎能缺少馬鈴薯〉）

包括最家常的新竹米粉如何讓我一面擒著大竹筷翻炒一面吞掉半鍋米粉，好似遇到烈火情人；〔……〕（簡媜〈肉慾廚房〉）

以前我都是晚上淘洗好米，浸於水中。次日清晨，由阿婆把水瀝乾，送到附近的豆腐店，花一些工錢請他們磨成米漿；再把那變成稠濃的米漿放入麵粉袋中，上置重物，令多餘的水分擠壓出來，方可備用。（林文月〈蘿蔔糕〉）

所謂蛇王是劏蛇的專業者，劏即粵語生殺之意。這些蛇品專賣店裡，裝蛇的鐵絲籠子層層堆積，籠內的蛇或盤臥而眠，或蠕蠕欲動，或昂首吐信。蛇本來是種可嫌的動物，但擁擠籠裡待宰，卻有些可憐。（逯耀東〈太史蛇羹〉）

迴轉壽司基本上是一種手工藝與機械大量生產的結合，原本壽司就是日本傳統引以為傲的料理，壽司師傅十分重視「手感」，因此製作握壽司是不能戴手套的，紐約的衛生局曾經要求壽司店師傅，在製作握壽司時，必須戴手套以保持食物的衛生，卻引起壽司師傅的群起抗議，因為戴上塑膠手套，壽司師傅失去手感，就無法捏出完美的壽司。（李清志〈迴轉壽司新幹線〉）

【炒】將食物放在鍋裡攪拌至熟。

【煸】ㄅㄧㄢ，把食物放在熱油裡炒到半熟，再放入佐料加水煮熟。

【爆】用大火熱油快炒，並以鍋鏟頻頻翻攪，食物剛熟即起鍋。

【煎】將食物放入少量油中，加熱至表面成金黃色。

【炸】把食物投入多量的沸油中，直至外皮成金黃色撈起。

【烹】將食物先用熱油半煎炸至熟，再加入佐料後迅速攪拌即可盛出。

【烤】將食物置於炭火等熱源附近，使其變熟。

【炙】燒烤。

【炕】ㄎㄤˋ，烤；烘乾。

【烙】將食物放在預先燒熱的鍋上烤熟。

【炮】燒、烤。

【焗】ㄑㄩ，薰。

【燒】加熱。也作燒烤之意。

【燔】ㄈㄢˊ，炙烤、焚燒。

【燻】以松枝、木炭或茶葉等的火煙燒烤食物。

【烘焙】用火烘乾。

【燒烤】用火烘烤。

【汆燙】將食物放進沸水中稍微燙煮，隨即取出。汆，ㄘㄨㄢ。

【焯】把食材放進沸水中略煮後便取出，再進行烹調。

【涮】將薄肉片放入滾湯中，燙一下即刻取出，沾佐料而食。

【生燙】將滾燙的水或清湯直接淋進碗裡切好的生食材上。

【火鍋】在沸湯中加入各種菜餚，可隨煮隨吃。

【滷】用醬油、蔥、薑、酒等佐料，加水烹煮食物，使之入味。

【熗】ㄑㄧㄤˋ，將食材用沸水略

加茉仔的梗柄粗大，葉片寬闊，全身油亮，總是霸氣的吸住人的目光。母親先將蓬鬆的葉子切好，入水汆燙，撈起再下到蒜蓉爆香的油鍋裡，大火快炒幾下，體積大幅變小後，成了萎縮深綠的一盤。（沈花末〈米粉芋〉）

吃這種魚，也需要一點技術。如果煮湯，湯味便苦而難嚥；如果乾煸，則骨未酥而皮已焦。清燉每嫌肉少，紅燒又怕浪費了作料。因此，我們作出了最智慧的選擇，裹上一層厚厚的麵粉油炸。（劉大任〈魚香〉）

爆肚也是北京人的大眾食品。當年東安市場西德順的爆肚王，譽滿京華。爆肚是水爆，爆時的水溫與火候，都得拿捏得恰到好處，都是一份一爆，且不可大鍋分盤，爆妥上桌沾紅豆腐汁加香油，即食。（逯耀東〈豆汁爆肚羊頭肉〉）

有時，我會將秋葵汆燙，之後拌醬油、黑醋，益增鮮味，它那黏滑汁液，據說含有水溶性纖維果膠、半乳聚糖，以及阿拉伯樹膠、鈣、鎂跟鉀也很多，有益身心健康。（歐銀釧〈秋葵來敲門〉）

河豚也是在日本領教的。神戶北方六甲山有馬溫泉旅舍裡，從榻榻米房間眺望窗外，漫山遍野嫣紅燦金的秋色，正是吃河豚的季節。面前矮桌上，雅樸的瓷碟裡花瓣狀陳列著河豚刺身，切片薄得半透明，入口微覺甘甜——但還不至於欲仙欲死。下火鍋略涮一涮，滋味不及生吃；尤其日式火鍋的醬汁帶酸，對本味並無助益。（李黎〈食有魚〉）

秦菜在西安形成後，其熗拌腰絲又是一絕，是將腰子洗淨，切成如粉絲細長的條狀，入沸水快速攪拌而成。這是秦菜中熗菜的一種，

煮，與醬油、醋等調味料攪拌。

【熬】用小火慢煮、乾煎。

【煉】用火燒或用高溫加熱等方法使物質精純、堅硬、濃縮。

【封】密閉，使與外面隔絕。

【油封】把食材浸泡在油脂中，隔絕與空氣的接觸，用低溫小火慢慢將其煮熟。

【炆】ㄨㄣˊ，用微火燉或熬煮食物。

【煲】ㄅㄠ，用慢火熬煮食物。

【煨】ㄨㄟ，以微火慢慢燒煮，至食物熟而軟。把生食埋在火灰中燒熟。

【爊】ㄠ，用小火將食物煨熟。

【㸆】ㄎㄠˇ，將食材經過煎或炸後，加入適量的水或調味湯汁，以小火慢慢將食材煨到爛熟而汁乾。

【扒】ㄆㄚˊ，用慢火將食物煨爛。

【燜】緊蓋鍋蓋，用鍋內的蒸氣和溫度將食物煮熟或燉爛。

【焗】將食物與調味料置於密閉容器中，用蒸氣讓食物變熟。

【燉】食物加水，用文火慢煮使爛熟。將食物裝入盅或陶罐中，隔水慢火煨煮到熟軟。

【焢】ㄎㄨㄥ，閩南語意指用慢火長時間燉煮。

【爌】ㄎㄨㄤˋ，閩南語意指用慢火長時間燉煮。

【燜】用火將食物悶熟。

【炊】燃火煮食物。閩南語意指以隔水加熱的方法把食物蒸熟。

【扣】將食材放入碗裡，再加入佐料等，蒸或燉熟之後，再倒蓋於碗盤中。

【清蒸】用水的熱氣蒸熟食物。

【粉蒸】以蒸肉粉加入蒸食。

【勾芡】烹調時，將芡粉用水調勻，加入材料，使成濃稠狀。

【羹】將材料加水煮滾，再以芡粉勾芡成糊狀。

【熘】ㄌㄧㄡ，將炒過或炸好食

所謂熗有兩個要素。一是將加工成的材料，入沸水或滾油，急速燙過，其動作要快、要速，即湯或油滾沸後投入材料，再滾，立即出鍋。火候一定要拿捏得準，否則全盤皆輸。其二是以滾燙的花椒油激淋，拌以三末（蒜、薑、醬萵筍末）或三米（蒜、薑、胡椒），快速調拌。（逯耀東〈燈火樊樓〉）

於是，她將紅豆熬了又熬，煮了又煮，緊緊的摶上糯米，熬出上海的燦亮，煮出霞飛路的甜香。這一顆入口即化，香味竄逸的豆沙粽，包裹的不只是紅豆沙，而是往昔的繁華舊夢啊。（張曼娟〈繁華舊夢一豆紅〉）

不過，自從大同電鍋上市，天然氣普遍使用後，灶腳的情況改變。使用大同電鍋，家庭主婦無須晨間引火，煲粥煮飯，只要將米掏妥，置於內鍋之中然後外鍋添水覆蓋，最後，像彈鋼琴似的將鍵向下一按，即可，〔……〕（逯耀東〈灶腳〉）

婚後團圓飯的重任落在公公身上。公公年輕時跑過遠洋捕魚、上岸耕種，陸海食材皆能掌握特性，他反而將金門的炸物、蚵煎、爌封肉、煎魚等料理帶到圓桌上；味道不同，但那團圓氣氛是一樣的。近年來，體恤公公的辛苦，改訂大飯店的外燴，不需要守著灶腳的火候、省去宰鴨殺雞、洗腸灌血糕拔菜炊煮等種種手續，團圓吃飯雖進化了，但只要圓桌上的菜跟人團圓了，一起從舊年跨到新年，除夕飯的味兒便持續飄香。（顏艾琳〈灶腳與圓桌〉）

然而這火悶的花生，卻有一切砂炒的、鹽水炒的和蒜泥炒的花生所沒有的香味：新鮮，帶著一股生豆的香味，和被燒焦了的花生殼燻出來的獨特的芬芳。（陳映真〈鈴璫花〉）

有時為了取雞湯，我用電鍋不加水也不加任何蔥薑作料，隔水蒸三、

物，勾芡後速炒成熟，使汁液黏裹住食物。通「溜」字。

【燴】將湯汁加入材料以慢火煮，至湯汁不太多時勾芡即成。

【白斬】一般水煮，配上特製醬料作為蘸料來吃，以不破壞食物原味為主。也作「白切」。

【手扒雞】將雞烤熟後，用手撕其肉而食之。

【三杯】將食材加入水、酒、醬油各一杯炒熟，再放入九層塔燜燒而成。

【叉燒】粵菜中一種燒烤成的熟肉。將肉條塗上醬料，以明爐或叉放炭火上燒烤即成。可以入菜，也可以做成點心。

【鐵板燒】將調味過的肉塊與其他佐菜依次放到高溫的鐵板上煎炙而成的菜餚。

【明爐烤】以臨時搭製的敞口火爐烤製食品，多以木炭做燃料。也作「明烤」或「叉燒烤」。

【宮保】用熱油爆香乾辣椒，蔥、薑等調味料，與食材稍加炒勻。

【紅燒】將魚、肉加油，放蔥、蒜略炒，再加醬油、冰糖等調味料，燜熟至肉色呈褐色。

【糖醋】酌加糖、醋，使食物帶有酸甜味道。

【回鍋】將煮熟的食物重新放回鍋中烹飪。

【回燒】煮過的食物再煮一次。

【拔絲】把糖加熱製成食品的方法。因糖液濃稠，拉而見絲，故稱之。

【冷卻】使物體的溫度降低。

【冰鎮】冷卻食物。

【風乾】將食物置於戶外任風吹乾。

【晒】把東西放在太陽光下使其乾燥。也有「晒乾」、「晒曝」。通「曬」字。

【發】用水泡發，體積會比原本

四十分鐘，倒出湯汁，涼了放冰箱隔天刮去上面一層油脂（可用來炒菜），加熱就是好喝的純雞湯。女兒最愛趁熱撕著雞胸肉，不沾任何醬料吃，味道鮮甜，其實不輸給燜煮的白斬雞。我不擅刀工，對於白斬雞經常是剁得「纏綿悱惻」，三、四刀後雖是斷離卻常是「支離破碎」，而且大小不一，當然就更不用提擺盤了，不請客自家人食用時，乾脆就用「手扒雞」的方式吃。（方梓〈也是一種後現代飲食：白斬雞〉）

這道溜魚理應色澤柿紅，油重不膩，甜中透酸，酸中微鹹，魚肉鮮嫩，用的是黃河的活鯉魚。溜魚和焙麵同時上桌，焙麵用的是現拉的龍鬚麵，先吃溜魚，然後以魚汁回燒，再將焙麵傾入。酥香適口，一餚兩種不同的風味。河南有句俗話，「鯉吃一尺，鯽吃八寸。」但這種鯉魚還不到八寸，縮在大魚盤裡，色澤黯褐，上面灑著一層白素素的龍鬚麵，別說吃了，真的連筷子也不想舉。（逯耀東〈燈火樊樓〉）

當然，隆冬深夜，靜靜啜飲一壺溫暖的鐵觀音，可以享受「以茶當酒」的寒夜之樂；但炎炎夏日，手捧一甌冰鎮透心的菊花清茗，涓滴品賞，卻另有一番幽趣。（陳幸蕙〈飛昇的菊花〉）

那時候早上起床，看見黃魚洗乾淨了一尾尾掛著風乾，再看見蠶豆和酸菜，就覺得好幸福。我在廚房轉來轉去，等著酸菜黃魚起鍋的一瞬間，噴發而起的熱騰騰香氣。黃魚的鮮美與酸菜的醒胃，加上蠶豆的清潤，混合成不可思議的美味。（張曼娟〈黃魚聽雷〉）

蘿蔔的最大好處，不是因為它可以生吃、可以熟食，而是因為它可以醃製、曬乾、久藏，無論什麼蔬菜瓜果，以生吃為主，「生吃不夠，那能曬乾？」只有蘿蔔，卻以曬乾為重。每年冬天一到，城裡的人曬臘肉，灌香腸，家家戶戶，一排肉林，我們朝興村卻忙著選蘿蔔買粗鹽，也準備過冬。（蕭蕭〈蘿蔔與蘿蔔乾〉）

更大。

【發酵】醣類被菌類或細菌在無氧情況下代謝後，變成另一種有機物的過程。

【醒麵】指麵團筋性鬆弛的時間，使其不致變硬。

【醃製】以醃漬方法所製成。

【醃漬】將食物加鹽、糖、醬或各種佐料加以浸泡調理。

【菹】ㄐㄩ，醃菜。另有剁成肉醬之意。

【糟】以酒或酒糟漬物。

【鯗】ㄒㄧㄤˇ，剖開晒乾醃製過的魚干。

【鮓】ㄓㄚˇ，用鹽、椒等醃製的魚類製品。也可泛指醃製品。

【醃臘】將肉品以醬汁、鹽浸漬，然後燻乾或風乾。

【上菜】把煮好的菜端到桌上。也有「起菜」。

【起鍋】把炒煮好的食物從鍋中盛起。另作準備炊具上灶。

【炊事】與烹飪有關的事務。

【中饋】婦女在家中專供膳食之事。另有代指妻室之意。

佐配

【吊】提取。

【拌】調和。

【攪】用手或器具調勻。

【佐拌】搭配調理。

【拌勻】攪拌均勻。也有「拌合」。

【涼拌】食品加佐料冷拌。

【提味】增加佐料而使食物可口、好吃。

家人不知我也不說明，我去了東門菜市場！路途滿遠，反正公車也一路便到，去東門菜市場主要的是去買東北酸白菜，年前工作太多，否則自己菹一些會更過癮！（愛亞〈買呀！買呀！辦年菜〉）

一般人可能不知道，壽司的元祖是中國食品：鮓。中國古時把魚貯藏起來的方法叫作「鮓」，據說日人遣唐使於七世紀歸回時，帶回了「鮓」的做法，逐漸演變成為各色各樣的壽司。（韓良露〈體會壽司的季感心〉）

母親對於北方過年的講究十分堅持。一進臘月，各種醃臘風乾的食物，便用炒過的花椒鹽細細抹過，浸泡了醬油，用紅繩穿掛了，一一吊曬在牆頭竹竿上。（蔣勳〈無關風月〉）

劉保琪一頭笑著坐了，口裏道：「今兒見了稀罕！」便把方才的事說了。丁伯熙道：「這不算什麼，眼不見為淨就是了，尿裏頭原也就有硝——你沒見六花春貢的點心，那是怎樣好看可口？和麵時都是徒弟們上去用腳踹！」眾人一邊說笑一邊吃飯，飯沒吃完就聽院裏曹嘉禾又趕來催肉，聽那高師傅高聲答應：「好了，貨起鍋了！娃子們備好涼開水淬肉！」（二月河《乾隆皇帝》）

一年盛夏，梁實秋要店家做涼拌海參一品：海參切絲放入冰櫃，吃時下蔥絲、芝麻醬、蒜泥、芥末、醬油和醋一拌，說是消暑下酒的佳餚。（董橋〈大將軍的涼拌小菜〉）

九層塔確實妙招，若少了這九層塔的提味，鹽酥雞免不了油腥氣噁心。（柯裕棻〈鹹酥雞〉）

此菜創於光緒丙子年，當時福州官銀局的長官，在家宴請布政司楊

【調味】調和味道。加入調味料使食物味美。

【調製】調配製造。也有「配製」。

【特調】特地調配。

【蘸】ㄓㄢˋ，沾液體或其他物質。

【就】搭著吃。

【配合】搭配。

【親和力】親近與結合的力量。

【相得益彰】互相配合更顯光彩。

【稀釋】在溶液中加入溶劑，以減低溶液的濃度。也可作在食材中加入水，使食材的味道變淡。

【澥】ㄒㄧㄝˋ，北平話指加水使糊狀物或膠狀物由稠變稀。

【下酒】適合和酒一起吃的菜餚果品。

【下飯】適宜用來佐餐。

【澆頭】指加上米飯或麵條上的配菜。也作「交頭」。

【俏頭】烹飪時加入的香菜、木耳、辣椒等配料，增加菜餚的滋美或色澤。

【緊湯】湯少加些。

【寬湯】湯多加些。

【過橋】意指配料和主食分開盛。

【去腥添香】去除腥味，增加香氣。

【點鐵成金】原指用手指一點，就可將鐵點化成黃金。也可用來比喻將食材稍作變化，就可以變得比原先更美味。另可用來比喻善於運用文字，就可以使文章更出色。也作「點石成金」。

【畫龍點睛】原形容南朝梁畫家張僧繇作畫的神妙，其為壁上所畫的龍點上眼睛後，龍即破壁乘雲飛去。後多用來比喻繪畫、寫作時在關鍵處加上一筆，使之更加生動傳神。也可比喻做事把握要點。

蓮，長官的夫人是浙江人，為烹飪的高手，以雞、鴨、豬肉置於紹興酒罈中煨製成餡，布政司楊蓮吃了讚不絕口，回到衙內，要掌廚的鄭春發如法調製，幾經試驗，總不是那種味道。（逯耀東〈「佛跳牆」正本〉）

我坐在捷運車廂裡，提袋裡有一塊熱騰騰的嫩豆腐，那是用許多配料熬煮出來的。只這麼一點點，要給父親就清粥吃一整天，他只被允許吃這麼一點點。（宇文正〈來自大食帝國的人〉）

櫻桃是夏天的主角，我甚至認為，打開冰箱要能一眼就望得見。它是一種風味獨特，又親和力十足的水果；在沙拉中，無論口味或色彩，輕易可以混合其它蔬菜、水果，跟蝦、蟹和肉類也能快樂地結合在一起。（焦桐〈論櫻桃〉）

我想全天下，沒有比芋頭和排骨更好的配合了，唯一能相提並論的是蓮藕排骨，但一濃一淡，風味各殊，人在貧苦的時候，毋寧是更喜愛濃烈的味道。母親在紅燒鰱魚頭時，燉爛的芋頭和魚頭相得益彰，恐怕也是天下無雙。（林清玄〈冰糖芋泥〉）

那跑堂的為什麼要稍許一頓呢，他是在等待你吩咐做法的——硬麵，爛麵，寬湯，緊湯，拌麵，重青（多放蒜葉），免青（不要放蒜葉），重油（多放點油），清淡點（少放油），重麵輕交（麵多些，交頭少點），重交輕麵（交頭多，麵少點），過橋——交頭不能蓋在麵碗上，要放在另外的一隻盤子裡，吃的時候用筷子搛過來，好像是通過一頂石拱橋才跑到你嘴裡……如果是朱自治向朱鴻興的店堂裡一坐，你就會聽見那跑堂的喊出一大片：「來哉，清炒蝦仁一碗，要寬湯、重青，重交要過橋，硬點！」（陸文夫《美食家》）

要色香味俱全，總不免要加些肉末湯汁，姑且不論以火腿豬腳鮑魚等調製濃羹以膾魚翅的精細做法，即使一碗二十五元的擔仔麵，也憑那麵垛上的一尾鮮蝦來點鐵成金，〔……〕（徐國能〈食髓〉）

【吱吱】形容尖細的聲音。

【嗶啵】形容爆肉的聲音。

【篤篤】形容剁食材的聲音。

【匆匆】此形容切菜時所發出的聲音。

【倏倏】形容刀子切食物時急速起落的聲音。

【乒乓】形容炒菜食材在鍋中翻滾的聲音。

【啪啪】形容水分入熱鍋中的聲音。

2 廚藝與設備

刀工

【切】用刀分割食材。

【拍】用刀敲打食材。

【磨】摩擦而使物品光滑或銳利。另作將物研磨變細。

【剁】用刀斬、切。

【膾】切割。也指細切的肉。

若煮港式煲飯，則米水比例約3：5，還得視米之新舊、長短，用細砂鍋，鼓猛火燒到米脹水乾，才放下臘腸臘肉，改文火細燒，直到臘味的油脂消溶，煲底的吱吱聲傳響飯的焦香。（焦桐〈論吃飯〉）

前些日子回家看看，臨了返校的前一晚，媽又依例包了水餃給我吃；水餃依舊是媽包的水餃，端上桌的餃兒也還是從前的樣兒，可是那「匆匆匆匆」的切菜聲聽起來卻微弱了，沒有從前那樣剁起來的板眼了。（方杞〈母親的切菜聲〉）

炒飯不需要大油，可是飯要炒得透，要把飯粒炒得乒乓的響，才算大功告成，炒飯的蔥花一定要爆焦，雞蛋要先另外炒好，然後混在一起炒。（唐魯孫〈雞蛋炒飯〉）

爸爸在煎蛋時，不放任何調味，只待蛋起鍋前的一秒鐘，從鍋邊嗆下一匙醬油，當醬油啪啪延著鍋邊順勢而下，熱的鑊氣已將醬油香提到最高點，當冒著泡的醬油一沉到鍋底，蛋與醬油的接觸僅在髮指瞬間，即刻將蛋滑進便當盒，蓋上蓋子，那便當的米飯，會浸淫出一股非常有意思且不易形容的香氣！（梁幼祥《滋味．梁幼祥說食話》）

按字面翻譯，Pot-au-feu可直譯成「火鍋」，這從而勾起我強烈的興趣，因為我本來就愛吃熱騰騰的火鍋。冷颼颼的冬日，和三五好友圍鍋而坐，一邊涮著各式各樣片得飛薄的肉片、海鮮，一邊天南地北地聊著，在我看來是人生一大樂趣。（韓良憶〈品嘗簡單的快樂〉）

所謂的滑刀工夫（前→後），其實就是利用刀刃滑曳的時間來進

【切丁】將食材切成小塊狀適口大小。

【連刀】切菜時刀尖不離砧板，快速切割。

【滾刀】將食材邊切邊轉，切成大小相近的不規則塊狀。

【片】將厚物以刀橫著或斜著切成薄片狀。

【剞】ㄐㄧ，刻鏤。也作雕刻用的刀具。

【斬】劈砍。

【砍】用刀劈開。

【捶】敲打撞擊食物。

【刮】用刀削去物體表面的東西。

【剜】ㄨㄢ，用刀挖取。

【滑刀】在食材表面快速溜動切割。

【滑曳】以刀來回溜動。

【削】以鋒刀切割成薄片。

【剉】砍。

【銼】用銼刀磨物。

【刨】削刮。通「鉋」、「鑤」字。

【鉋】裝有利刃可刮削食材的工具。

【掄】ㄌㄨㄣ，揮動、旋動。

【開膛】剖開胸膛腹腔。多指宰殺牲畜。

【如斬亂草】形容切菜時的刀法凌亂快速。

【陽刀】用來宰殺活的禽畜的刀。

【陰刀】用來切割已宰殺完成的食材。

【生刀】切劈上砧而未煮之物。

【熟刀】分剖已熟之菜

【文刀】料理無骨肉與蔬果，也作「批刀」。

【武刀】專門料理帶骨或特硬之物。也作「斬刀」。

【剖】中分，破開。

【批】一種烹飪刀法，橫面薄削。

【利索】利落。

【手起刀落】手一提起，刀就落下。形容用刀動作迅速。

行切片。總而言之，如果要切的魚肉大小相同，垂直（上↓下）切片的時間一定是最短的。當然也可以採用滑刀，以刀刃滑曳十公分、或是二十公分進行切片。簡單來說，滑曳的距離越長，就等於用越鋒利的刀刃切片。距離越長，從下刀的那一刻到切完所需的時間就越長，這樣一來，就可降低刀刃對魚肉本身的壓力，不用刻意施加壓力也可輕鬆將魚肉切斷。（小山裕久〈如何講究「刀工」〉）

他削鳳梨的功夫堪稱巧手天工，削、修、轉、挖，每道工序俐落有致，幾乎看不到多餘的動作。他先是自豪地挑出口味甜美的鳳梨，然後把鳳梨托握在手，接著起刀去頭切蒂，開始削轉起來。仔細計算的話，他前後只需三刀，即可把每個切面修飾到完美，絕不會把鳳梨削得肉消型塌，削得如狗嘴啃過。第一刀去皮，第二刀刨肉，第三刀微修，特別是在收刀的剎那，芳香的汁液早已淌流而下。（邱振瑞〈削鳳梨的男人〉）

珊珊念小學時，有一回在家裡開睡衣派對，邀了幾個同窗小女生來住，我感染了她們歡樂的情緒，無法閒著，剛好家裡有鳳梨，遂使用一整顆鳳梨作了原盅鳳梨炒飯——將鳳梨對切，剜起果肉，切丁；拌炒青豆、火腿丁、腰果、蝦仁等等食材。（焦桐〈論炒飯〉）

蘿蔔糕，另外有一種作法，上不了場面，卻是我最喜歡的一種吃法。那就是將蘿蔔銼成條狀，與蝦米等佐料炒至半熟為餡，而後以米漿凝成的糕皮，隨意包起來，蒸熟，趁熱吃，完全保住了蘿蔔的原味，十分香醇，祖母最拿手，稱之為「菜頭包」。（蕭蕭〈蘿蔔與蘿蔔乾〉）

刀工雖然被視為雕蟲末技，但自古也有其承傳，基本上，以用刀的順序來說，廚刀有陽刀與陰刀之分，陽刀宰殺活的禽畜，而陰刀則割分已宰殺完成的食材，接著又有生刀與熟刀之別，生刀切批上砧而

【刀起刀落】形容用刀動作乾淨俐落。

【俐落有致】動作爽快、敏捷，又富有韻味。

火候

【慢火】微火或小火。

【文火】火力較小且緩的火。

【輕火】小火。

【溫火】燉煮東西時用較弱的小火。

【中火】中等火候。

【武火】指猛烈的大火。

【大火】猛火、烈火。

【旺火】同大火。

【猛火】最大火力。

【強火】極強的火力。

【鑊氣】指由鑊所烹調的食物，運用其猛烈的火力並配合適當的烹調時間，帶出食物的味道及口味的精華。

【拿捏】衡量輕重。

【拿捏恰到】控制得恰如其分。

【控制精準】節制得宜符合範圍標準。

【封火】蓋住爐火，以減漫燃燒速度，使其不滅也不旺。

【熄火】關火。

【封了火】熄了廚房的火，準備休息。

末煮之物，而熟刀則分剖已熟之菜。（徐國能〈刀工〉）

生熟刀中若再細分，其用途又有文刀武刀，文刀或稱批刀，料理無骨肉與蔬果；武刀則又稱斬刀，專門對付帶骨或特硬之物，現今家常多備一柄文武刀，前批後斬，利索痛快，惟無法處理大型物件，是為一憾。（徐國能〈刀工〉）

熟物之法，最重火候。有須武火者，煎炒是也，火弱則物疲矣。有須文火者，煨煮是也，火猛則物枯矣。有先用武火而後用文火者，收湯之物是也；性急則皮焦而裡不熟矣。有愈煮愈嫩者，腰子、雞蛋之類是也。有略煮即不嫩者，鮮魚、蚶蛤之類是也。肉起遲則紅色變黑，魚起遲則活肉變死。（袁枚《隨園食單》）

順德菜是構成廣府菜的一支，其所售皆家鄉俚味，有缽仔鵝、焗魚腸、焗禾虫、韭菜豬紅，冬天有薑蔥鯉魚，還有寫在牆上玻璃鏡中的時菜和撚手小炒，這些小炒都是很夠鑊氣。粵人稱鑊氣，就是我們說的火候。（逯耀東〈飲茶及飲下午茶〉）

火候的拿捏，最為重要。先猛火，後中火的煎魚次序，是被硬性規定的。可是爸爸總是無法確定火苗的橙藍色度和切換火勢的時機，一如他花了半個世紀都抓不準的人生母火。（高翊峰〈料理一桌家常〉）

所以炎仔家的三層肉，在三層瘦肉的中間接連的是二層薄薄的脯狀薄網，而不是油滋滋的肥膩白肉，累積多年經驗，他煮肉的火候拿捏恰到、不生、不老，起鍋後切上一盤猶帶肉汁血絲的夾心三層肉，蘸著他自調醬酒，吃在嘴裡，咬勁韌嫩適當，口感鮮腴不膩，寫著、想著口水已不由得流出來。（楊健一〈賣麵炎仔〉）

技藝

【成熟】經過時間醞釀完善。

【熟成】同成熟。

【熟練】技術純熟。

【遊刃有餘】本指好的廚師宰殺牛時，刀子在骨節間的空隙運轉，覺得空隙還很大。後多用來比喻對事情熟練，處理起來輕鬆自如。語本《莊子．養生主》：「彼節者有間，而刀刃者無厚。以無厚入有間，恢恢乎，其於遊刃必有餘地矣。」也作「游刃有餘」。

【拿手】擅長的。也有「拿手菜」。

【鎮店】此形容店家的招牌菜。

【招牌菜】拿手好菜。

【拴住胃】比喻善於做菜，使人愛吃。

【絕活】絕招。獨特而無人能及的本領。

【絕響】比喻技藝失傳。指最高的技藝或學問。

【佼佼】美好出眾。

【精湛】精深。

【頂尖】最好、最優秀的。

【經典】具有權威、典範性的。

【極致】最高的造詣。

【出神入化】形容技藝高超已達到絕妙的境界。

【一般】普通；平常。

【普通】平常、沒有特別之處。

【水準平平】普通。

【半吊子】技藝還不熟練。另指對某種知識僅粗略了解或一知半解的人。

人人心目中皆有幾家好餐館，都有一些想到即垂涎的靚菜，諸如「點水樓」的叫化雞、紅糟香辣酥魚、八寶肥鴨，「宋廚」的烤鴨，「天香樓」的龍井蝦仁、東坡肉、雞絲豌豆，「銀翼」的文思豆腐、砂鍋獅子頭和蔥開煨麵，「尚林」的山藥湯、松阪牛肉和甜點，「天然臺湘菜館」的如意湘蹄、左宗棠雞，「食方」的翠玉瓠瓜，「榮榮園」的醬爆蟹燒年糕，「上享」的臘味堡仔飯……好餐館必有這樣的鎮店餚饌。（焦桐〈論餐館〉）

「羊眼羹」是唐宋時的名菜，據說食畢可明目或治眼疾，效果顯著。只是羊眼甚難羅致，各飯館、酒店無法及時供應。於是創製此一構思巧妙的「假羊眼羹」，居然把圓圓的螺片夾在羊白腸中，薄切以後，一圈白眼框中一團黑，真個「儼然羊眼」，使人真偽莫辨，這種以假亂真的手法，可謂巧奪天工，進而出神入化了。（朱振藩〈古菜中的山寨版〉）

但阿公儘管在外面風流，晚上都還會回家吃宵夜，據說是因為阿嬤的手藝很好，拴住了他的胃，等於拴住了他的人。（韓良露〈阿嬤的滋味〉）

一盤好的炒飯像一首意象準確的詩，有效召喚飢餓感。炒飯是基本功，一個能炒出好飯的廚師，等於具備深厚的內力，有什麼功夫他學不精湛？（焦桐〈論炒飯〉）

廚房與廚具

【庖】廚房。另指廚師。也有烹調之意。

【火房】廚房。另指炊事員。

【伙房】學校、工廠、軍隊等團體中的廚房。

【灶腳】指廚房。

【庖廚】指廚房。

【鬲】一種古代的炊具。圓口，似鼎有三足，足部中空，便於加熱炊煮。

【鼎】古代用來烹煮食物的金屬器具，多為三足兩耳。通「金鼎」字。

【鑊】烹煮食物的大鍋。

【甑】ㄗㄥˋ，古代蒸煮食物的瓦器，底部有許多小孔，放在鬲上，有如現代的蒸籠。

【釜】古代烹飪器具，即今之鐵鍋。

【爐】燃燒的器具設備。

【鐺】帶把的金屬器具用以撮取東西。

【勺】舀東西的器具。

【盅】無把手的小杯子。

【簍】用竹或荊條等編成有孔的盛物器具。

廚人與侍者

【掌灶的】指廚師。也作「灶上的」、「掌勺兒的」。

【掌勺者】專司烹調的廚師。

【跑堂】在酒店飯館中招待客人的侍者。也作「跑堂兒的」。

【打荷】廚房裡的學徒、幫工助手。打荷的「荷」原指「河」，有流水的意思，意即掌握流水速度，以協助廚師迅速完成菜餚。

灶腳，廚房之謂。舊時有家就有灶腳，灶腳必有灶。灶腳供應全家的飲食，是家的心臟，生活的依賴。（逯耀東〈灶腳〉）

姑不論其與出自何者？想燒好這道菜，首在選對豬肉。根據前人經驗，此豬鬃肉（又稱枚頭肉、梅頭肉、梅花肉）最佳，其肉質鬆軟腴滑，經油炸後，仍肉汁充盈，不肥不膩。如想吃瘦點的，可改用豬沙脯（即小排上的脯肉），肉之纖維細緻，沒有豐厚脂肪，肉味亦足。接著將肉切成方塊，氽水，漂去表面浮油，待瀝乾後，上蛋液再裹生粉（即太白粉），置油鍋肉炸至微黃，最後再用紅鑊（燙熱鐵鍋）勾甜酸之芡汁即成。（朱振藩〈夏令名食咕咾肉〉）

在海拔兩千五百公尺觀察大熊貓的營地，到處在滴水，被褥都是潮溼的。我已經住了兩夜，白天穿著這營地裏的羽絨衣，身上也總潮呼呼的。最舒服的時候，是在火堆前吃飯，喝著熱湯。一口大鋁鍋用鐵絲吊在伙房棚子的橫梁上，底下架著的樹幹不用鋸斷，架起在灰燼上順著燒，火苗冒起足有一兩尺高，又可以照明。（高行健《靈山》）

古時候，華人餐飲服務原非這麼無禮的，孟元老《東京夢華錄》記載北宋京城食店的行菜（即後世之跑堂），「百端呼索，或熱或冷，或溫或整，或絕冷、精燒、臕澆之類，人人索喚不同」，這跑堂一一記在心裡，再報知掌灶。菜餚準備妥當，「行菜者左手杖三碗，右臂自手至肩，馱疊約二十碗，散下盡合各人呼索，不容差錯：一有差錯，坐客白之主人，必加叱罵，或罰工價，甚者逐之」。我們從未奢望服務員具備這類的技藝，我們又沒做錯什麼事，似賞賜一點和顏

【店小二】舊時稱旅店或酒店中服務的侍者。

【堂倌】舊時對於茶樓、酒鋪、飯館或澡堂的服務人員的稱呼。

【侍者】西方人對酒館或旅館中侍者的稱呼。

【侍役】舊時在旅社、餐館中服務的僕役。

【茶房】此指舊時茶館餐廳或旅館劇場中，服務人的僕役。

【茶博士】舊時對茶館主人或伙計的稱呼。

【量酒人】舊時稱酒店裡的伙計。

【大廚】主廚，大廚師。

【廚夫】舊稱烹調食物的廚師。

【御廚】此指專為皇帝或宮廷製作膳食的廚師或廚房。

【女廚】女廚師。

【廚娘】專職負責烹飪的婦女。

【侍應生】負責茶水、上菜或聽顧客差遣的服務人員。

【侍酒師】指高級餐廳中，受過專業訓練，對酒類有廣博知識，並將酒與食物做完美搭配的服務人員。

【總鋪師】臺灣餐飲業的特殊職稱，原出於閩南語。指負責外燴服務，主導宴會流程和菜色的大廚師。

悅色。（焦桐〈論餐館〉）

有時也看得出掌勺者其實非常不擅割烹之道，家常口味都力有未逮，只是賣油湯大概是相對容易的小本生計，你要吃飯，我要吃飯，所以硬著頭皮也得上，油一點鹹一點，芡水勾得稠一點，看看能不能把粗礪多渣的現實，一時勺過去。（黃麗群〈難吃〉）

其實，這個「荷」字是由「河」轉化而來，「河」，有流水的意思，所謂「打荷（河）」，即掌握流水速度，協助炒鍋師傅將菜餚迅速、利落、精美的完成。打荷的人員配置因炒鍋師傅的數量而定，一般一個炒鍋師傅配備一個打荷，大型酒樓的打荷會多一兩個，作為機動人員便於調配。按工作能力，打荷也是依次分為：頭荷、二荷、三荷直至末荷。（胡元駿〈廚房江湖〉）

3 食品種類

穀物

【粒粒分明】形容米粒顆顆不沾黏。

【角黍】意指粽子。

【湯餅】湯煮的麵食。

北平人吃燒餅果子，要喝點兒稀的，主要是喝粳米粥。賣這種粥的有粥鋪，也有挑著粥鍋下街的。這種粥，仿佛跟廣東的煲粥近似，雖然粥裡的米粒，粒粒分明，可是都接近溶化程度。（唐魯孫〈故都的早點〉）

【餺飥】ㄅㄛˊ ㄊㄨㄛ，湯餅。或指湯麵。

【餑餑】北平方言。指糕點或饅頭一類的食品。

【餅餌】以麵或米製成的餅類食物。

【餌塊】雲南特有的傳統小吃，以米磨粉加工製成。

【粿】為臺灣民俗食品，以糯米製成。

【麻糬】糯米製成的食品，口感軟韌。

【糌粑】西藏主要食品，將青稞炒熟，磨成粗粉，以茶與酥油合拌而食。

【粖】ㄇㄛˋ，粥。

【糕】以米、麥或豆磨粉，摻和水、雞蛋或牛奶等調製成糊，經蒸煮或烤所製成的塊狀食物。

【饃】餅類食物。

葷食

【臕】ㄅㄧㄠ，肥肉。

【海味】海洋裡出產的食品。多指經過乾燥脫水處理的海產類食品，如鹹魚、蝦米、乾貝、魚翅等。

【雜膾】以各種肉類食品做成的菜餚。

【河鮮】河中新鮮的魚蝦。

【死白】蒼白、沒有血色。

【胭脂】一種用於化妝和繪畫的紅色顏料。也指鮮豔的紅色。

中國人為了紀念戰國時代三閭大夫屈靈均五月五日縱身汨羅江而死，全國各地無論南北，都用粽葉裹了角黍（俗稱粽子），端午節吃粽子。這個習俗，由來已久，惟獨北平除了包粽子外，還要吃五毒餅。這是過五月觀北平獨有的小吃，其他省份恐怕都沒有呢！（唐魯孫〈五毒餅〉）

據說滿清自從東北進關，奠都北京，歲時郊天祭祖，一仍舊貫按照滿州習俗，做一種奶油餑餑上供，尤其是春夏宗社大祭，一份餑餑桌子，就有幾百上千塊奶油餑餑，祭祀完了之後，要送神散福，祭品裡的餑餑，就散福給掖延上下人等。（唐魯孫〈白菜包和生菜鴿鬆〉）

先是兩三家，懸掛著鹹魚的鋪子，店門口貼著鮮紅色的告示，寫著「酬賓特賣」之類的大字，門口的夥計賣力吆喝著。接著愈來愈多密集的海味鋪子，鹹魚的與各種風乾的海鮮氣味撲鼻而來。我選擇鋪子最集中的那一站下車，先拐進旁邊的小巷子裡，食一盅手磨核桃露，再展開海味之旅。（張曼娟〈相親相愛小蝦米〉）

慢慢地，聲音平靜了，鍋蓋也不必按住了，陶媽媽在一旁準備薑、蔥、醬酒等佐料。等鍋子冒出大煙時，我也聞到了河鮮的香味。（韓良露〈陶媽媽的泥鰍鑽豆腐〉）

前幾天跟朋友開了老遠的車遠征宜蘭，還去吃一家號稱自己養魚、養雞、種菜的農家餐廳，那雞肉以我的直覺根本不像土雞，而且肉色死白完全不像當天料理的雞肉，〔……〕（梁瓊白〈農場餐廳走了味〉）

蔬食

【茹素】茹素，食齋。

【素齋】素食、僧侶的飲食。

【廟菜】寺廟內的素菜。

【素飯】蔬飯。

【素食】菜裡沒有葷腥的蔬食，也指符合宗教戒律的食物。

【素油】從植物提煉的油。

【白齋】除葷腥與酒、五辛等一般吃齋的限制之外，菜色中連鹽、醬等佐料也不放的食物。

【蔬食】❶素食。❷粗食。

【蔬糲】野菜和糙米。糲，ㄌㄧˋ。

湯品

【靚湯】香港流行用語，意指滋補又美味的湯。靚，ㄐㄧㄥˋ，美麗的。

【水席】全部熱菜皆是湯湯水水

延吉街「翠滿園」餐廳醃漬蒸豬腳改變了我對蒸豬腳的偏見——先醃漬一星期，再蒸兩三個小時，使豬腳有了含蓄的鹹味，皮和肥肉飽滿彈性，瘦肉交錯著筋絡，很有咬勁；色澤如胭脂，透露著誘人的香氣，那香氣又帶著一種木訥性格，不浮誇，不炫耀，只有在咀嚼時，沉穩地散發出來。（焦桐〈論豬腳〉）

先師閻蔭桐夫子隸籍山西祁縣，同文館卒業後，雖外放海參崴總領事，因體弱多病，不耐邊塞苦寒，經范冰澄丈介紹來舍課讀，乃子乃女亦來附讀。閻師雖非茹素，但不進肉食。先祖慈告誡庖人，對於老師三餐。每日需請老師點菜。（唐魯孫〈書僮的故事〉）

我想起媽媽的葬禮，凌晨四點開始，念經祭奠跪拜，扶柩上山落葬，直到黃昏，一整天被儀式塞滿，嚴苛、繁縟、厚重，那麼真實確切，眼睛痠澀膝蓋作痛，然而我還是覺得空盪，虛幻感像氣泡，不斷從丹田冒出，把悲傷圈在裏面，沒法破碎迸裂。那天只吃了一頓飯，還是在開往山頭的靈車上，是個豐盛的素齋便當，但我已忘了有什麼菜，只記得高速公路向後急退，暗青的雲色迎面湧來，把飯也染灰了，冰冷無味。（蔡珠兒〈他吃大豆腐去了〉）

「靚湯」一詞是香港流行用語，以廣東湯的標準而論，靚湯不但要滋潤有益，而且必須美味；有滋補或潤澤之功而味不美，只能算是藥湯或食療湯。靚湯除了選料好，配料適當，還要用慢火熬，四、五小時熬一鍋湯幾乎是必要的，故名老火湯。（吳瑞卿〈溫馨滋潤阿二靚

的菜餚。另一是吃完一道，撤後再上一道，像流水一樣不斷更新。

【湯湯水水】形容料少、湯多的食物。

【掛碗】形容湯汁濃稠，飲用完後湯汁會黏附一層在碗面上。

【粉湯】以粉絲和蔬菜為材料，製作成的湯品。是舊時宴會中常見的菜餚。

【和合湯】一種意喻吉祥和諧的甜湯。

【汆湯】把菜餚在沸水中略煮取出的湯。

【雜燴湯】將多種菜餚混雜在一起，燴製而成的菜湯。

【老火湯】指經過長時間燉煮的湯品。

點心

【雜嚼】點心。

【從食】副食；意指點心之類的食品。

【閑食】消閒的食品。

【零嘴】正餐以外的零星食品。

【零吃】正餐之外的食物。

【零食】同零嘴。

【小點】小點心。

【小食】零食

【甜點】甜味的點心。

湯〉）

我自小不愛麵食，尤其是煮的麵條之類的東西，更是敬謝不敏。孩子卻完全和他們的父親是一國的，到了店裡總是要吃麵，湯湯水水的一碗吃下來就很滿足了。（席慕蓉〈劉家炸醬麵〉）

河南有句土話：「唱戲耍腔，做菜耍湯。」河南對於製湯非常講究，分頭湯、白湯、毛湯、清湯、套湯、追湯。所謂套湯是清湯臨時加厚，用雞帚，即胸肉剁泥，再套清一次。至於追湯，則是製好的清湯，再加入雞、鴨、微火慢慢煮，以補追其鮮味。製成的湯，清可見底或濃似白乳。味美清醇，以濃湯製扒菜，是豫菜的一絕，所謂「扒菜不勾芡，湯汁自來黏。」這些不同的湯是洛陽水席的基礎。（逯耀東〈燈火樊樓〉）

冬月盤兔、旋炙豬皮肉、野鴨肉、滴酥水晶鱠、煎夾子、豬臟之類，直至龍津橋須腦子肉止，謂之雜嚼，直至三更。（宋・孟元老《東京夢華錄》）

我們這些小孩感興趣的卻是那些染成紅色的豆絲，吃在嘴中甜甜的，央求媽媽買一些，包在一個小紙袋中，當場就可以當成零嘴吃起來〔……〕（韓良露〈童年流動的味道〉）

進入二十一世紀，食不果腹早已成為歷史，零食的概念對於我們來說，也已經不再僅僅是一粒酸梅糖或者一塊巧克力那麼簡單。它更像是衣服上的漂亮花邊，不能禦寒遮羞，卻是必不可少的點綴。（張愛玲〈吃〉）

4 菜餚形色

豪華

【澎湃】比喻聲勢、氣勢浩大。也可形容食物準備豐盛。

【大盤大碗】比喻酒食豐盛。

【鼎食】吃飯時排列很多鼎。形容富貴人家飲食豪奢。

【聲勢浩大】聲威、氣勢非常壯大。可形容食物量多且外觀壯盛。

【華麗】豪華美麗。

【豪華裝飾】盛大華麗的美化修飾。

【華而不實】只開花而不結果。比喻外表華美而內容空虛。

精緻、美味

【玉食】珍貴美味的食物。「錦衣玉食」。

【玉餔】珍貴美味的食物。

【美味】美好的滋味或指鮮美的食品。

【佳餚】美好的菜餚。

【厚味】美味，滋味極好的食物。《莊子・至樂》：「所苦者，身不得安逸、口不得厚味。」

【珍饈】珍奇美味的菜餚。

【美饌】珍美的食品。

【盛饌】豐盛甘美的酒食。

【餚羞】佳餚；美食。

【甘旨】美味。汪中〈先母鄒孺人靈表〉：「迨中入學宮，游藝四方，稍致甘旨之養。」

泉州是商人城，商人習慣現金交易，做菜不怕花錢買食材，泉州的潤餅、魯麵的食材動輒十幾樣。但漳州人務農為主，最好以農家自己種養的食材為主，切仔麵就很漳州，不像泉州魯麵那麼花俏澎湃。潤餅很泉州，但刈包卻符合漳州的農家本色。（韓良露〈泉州既河洛又海上〉）

仕宦大族稱之為「鐘鳴鼎食」之家，語出王勃《滕王閣序》。以鼎為食器，至唐猶然；今之「一品鍋」為其遺制。鼎鑊並稱，據周禮〈天官〉注，以大鍋煮魚肉，既熟，分盛於鼎，「齊多少之量」；則鼎有量的功用（高陽〈鐘鳴鼎食〉）

在這三天之中，洪七公又多嚐了十幾味珍饈美饌，黃蓉卻沒再磨他教甚麼功夫，只須他肯盡量傳授郭靖，便已心滿意足。（金庸《射鵰英雄傳》）

伯牙道：「下官傷感在心，不敢隨老伯登堂了。隨身帶得有黃金二鎰，一半代令郎甘旨之奉，一半買幾畝祭田，為令郎春秋掃墓之費。待下官回本朝時，上表告歸林下。那時卻到上集賢村，迎接老伯與老伯母同到寒家，以盡天年。〔……〕」（明・馮夢龍《警世通言》）

饞，據字典說是「貪食也」，其實不只是貪食，是貪食各種美味之食。美味當前，固然饞涎欲滴，即使閑來無事，饞蟲在咽喉中抓撓，迫切的需要一點什麼以膏饞吻。三餐時固然希望膏粱羅列，任我下箸，三餐以外的時間也一樣的想饞嚼，以鍛煉其咀嚼盤。（梁實秋〈北

【膏粱】肥肉與美穀。指精美的食物。
【山珍海味】水陸出產的珍美菜餚。
【水陸雜陳】水陸所產的各種美味無不具備，形容豐盛的佳餚。
【方丈之饌】形容飯菜滿滿的擺了一桌。
【活色生香】形容色彩鮮麗，香味濃郁。
【奇珍美味】罕見而珍貴的味美食物。
【饌玉炊金】用以形容飲食的豐盛美味。
【殊滋異味】特別的滋味，指佳餚美食。
【鳳髓龍肝】比喻極為珍稀的食物。也有「龍肝鳳髓」、「麟肝鳳髓」。
【妙品】極為精美。
【上品】上等品級。
【上乘】上品；上等。
【極品】最高級、最上等。
【珍品】珍貴的物品。
【人間至味】形容美味的極至。
【滿漢大餐】清代宮廷最隆重的公宴。
【桌邊料理】由主廚在客人桌旁現場烹飪。
【懷石料理】從菜餚到盤飾都極端講求精緻的日式料理。
【擺盤】將食物作精美裝飾與排列組合，融合色彩、平衡等視覺美感呈現於盤子上。
【擺飾】陳設、布置用的裝飾。
【細緻】細密精緻。
【精細】精緻細密。
【費工】耗費工時和工夫。也作「費功」。
【講究】力求事物之精美。
【繁複】繁多複雜。
【動腦筋】思量主意。
【精雕細琢】精心細緻的雕刻琢

平的零食小販〉）

法式榨鴨是典型的法式「桌邊料理」，也就是說，客人點了這道菜之後，大部分的烹調與製作過程，都在餐桌邊即席演出。——這是法國高級餐廳特有的排場與氣派，讓吃這回事，除了味蕾的愉悅之外，還有高潮迭起的戲劇化享受。（葉怡蘭〈引人入勝的法式榨鴨饗宴〉）

法式甜點這些年幾乎是全世界當夯走紅，馬卡龍 macaron，火山熔岩巧克力是其中的明星。世界知名的大師 Pierre Hermé 的作品無論是設計，創意還是製作技術，都臻出神入化，已成法式精品甜點的代名詞。這位大師自然有無數的粉絲與追隨者，但是這幾年巴黎出現幾位新的甜點師傅，他們不再追求新奇詭異的口味組合，也不將功夫盡下在表面的雕琢擺飾上（然而刀工技巧仍是一流），卻不約而同地朝一個新的方向：重新詮釋改良傳統的法式甜品。（謝忠道〈你還在喫 Pierre Herm 嗎？〉）

「鈺善閣」的用餐空間以竹、花、草、石布置，帶著輕度的禪意。店家強調食材新鮮，且不使用化學添加物烹調。菜色多用季節時蔬來創作，並採懷石料理的呈現方式，做工細緻，我每次去一定要吃的是「胡汁猴排」，此菜製作費時：猴頭菇先用水沖泡一整天，以消除其苦澀味；再醃製一天，拍打成排後入鍋油煎，成品淋上黑胡椒、迷迭香調製的醬汁。猴排的旁邊綴飾著用梅子醋漬過蜜番茄，頗有解膩之效。服務員會伴著一杯「天醋香草」送上桌，並解說番茄如何飽含對人體有益的胺基酸，而那杯醋飲又怎樣以薰衣草、蜂蜜調製，能夠中和血液的酸鹼值，還可以舒鬆壓力。（焦桐〈論素食〉）

日本料理有三大流派，懷石料理原本是配合著茶道吃的小食，講究食的意境而不是飽腹，叫「懷石」即暗喻這種料理吃不飽的，好像

磨。

【慢工出細貨】精工細作，才能產生精細的成品。也作「慢工出細活」。

【食不厭精，膾不厭細】米麥碾舂得愈精白愈好，魚肉切得愈細愈好。比喻食品精緻，飲食講究。

奇特

【獨到】獨特、與眾不同。

【獨特】獨有的、特殊的。

【獨門】特殊、獨有的技巧或本領。

【獨一無二】只此一個，別無其他。

【獨創】獨特的創造。

【創意】創立新意。

【不落俗套】風格創新，不流於陳舊的模式。

【新奇大膽】新鮮奇妙，與眾不同。

【花俏】色彩鮮豔，樣式新穎。

【光怪陸離】奇異而色彩繽紛。

【私房菜】屬於個人特有的菜餚。

【風味殊勝】味道特別。

【別有風味】形容食物味道美好。一種特色，不同尋常。另可比喻事物具有特殊的風采或味道。

【別樹一格】具有獨特的風格。也有「別具一格」、「獨樹一格」。

修行的和尚抱著溫熱的石塊忍腹中之饑。但今天懷石料理卻變成了高級料理的同義詞，但仍強調中看甚過中吃。（韓良露〈日本料理的四季味覺〉）

大約也在此時，漸不管事的父親忽然養成一種嗜好——藉著巡視工地或出遊之便，寄情於一處又一處口味獨特的小吃。每回見面，總是興奮地宣佈新發現的「美食」（……）（高自芬〈地圖〉）

我曾跟一個一向以「高品質加美食的旅遊」聞名的旅遊團，在老闆溫業濤的引領下，我在西班牙吃到米其林入選餐廳的烤乳豬——那能用瓷盤切開的乳豬，肥嫩別樹一格，與中式脆皮乳豬頗不同。（李昂〈黑手黨與提拉米蘇〉）

五十多年前，「粿錦仔」獨創碗粿自成一家，後來傳給鄭志強的父親，店面同時移到法華街口，舊城小南門附近，所以定名「小南碗粿」。（王浩一〈碗粿的故事〉）

香港最近流行「私房菜」，是最時髦的去處。比如說，一位初識友人，是知名文人，偏愛美食，便曾夥同一位與蔣介石家族有多年往來的蔣姓女士，推出當年與蔣家共享的私房菜，以二百五十元港幣一位為價，每天客滿，然不敵SARS，只好暫停營業。（李昂〈香港三部曲〉）

這是一家能夠遠眺紐約無限壯麗景致的超級著名餐廳，尤其在天黑了之後，華爾街區金融大廈群與布魯克林大橋的耀眼光輝盡入眼

【自成一家】指在學術或技藝上有所創新，而自成一種風格。

平常

【平易】平和溫厚。

【平實】不浮誇虛飾。

【尋常】平常普通。

【素樸】質樸無華。

【淳樸】單純樸素。

【樸實】樸素儉實

【家常】尋常。家庭日常的。

【常民】普通百姓家的。

【普羅】為「普羅列塔利亞」的簡稱，本指古羅馬社會的最低階層，後多指無產階級，也常被引申作多數普通大眾。

【單純】簡單不繁瑣。

【簡單】單純而不複雜。

【自成流派】指在學術或技藝上獨自形成一種派別。

【極簡】極為簡單。

【大眾化】與廣大群眾一致。

【家常便飯】家中的日常飯食。

【村野俚食】形容一般鄉野人家吃的食物。

【鄉野食品】鄉野人家吃的食物。

【千篇一律】形式或內容陳舊呆板、毫無變化。

底，再加上據說風格極「新奇大膽」的菜色，幾乎，每一本指南都將此地列為紐約必訪的餐廳之一。（葉怡蘭〈紐約 River Cafe 餐廳的英國早餐茶包〉）

我想是因為，從事美食報導與寫作領域多年，漸漸地，益發能體會，「簡單」，其實才是美食裡最引人入勝的最高境界。（葉怡蘭〈梅子茶泡飯的幸福時刻〉）

一路吃將下來；結果，竟是在下町某個深巷小食店裡，一碗再簡樸不過的蛤蜊飯，真摯淳樸滋味，輕柔撫慰了我在連串豪宴中其實早已疲憊的味覺，頓時不禁，悸動下淚……（葉怡蘭〈味蕾的返樸〉）

臺鐵雖則請回退休的高齡老師傅督導製作，這種便當的內容依然千篇一律：滷排骨、滷蛋、炒雪裡紅等物。在貧困的年代，便當裡有一大塊排骨，堪稱有點奢華的享受；如今到處都是排骨，我們已經不能滿足於吃得飽的層次。（焦桐〈論便當〉）

斑魚，吳地俗稱泡泡魚，諺曰：「秋時享福吃斑肝。」是一種村野俚食。斑魚入饌，由來已久。袁枚《隨園食單》「江鮮」條下有斑魚一味：「斑魚最嫩，剝皮去穢，分肝、肉二種，以雞湯煨之，下酒二分，水二分，秋油一分，起鍋時加薑汁一大碗，殺去腥氣。」（逯耀東〈多謝石家〉）

粗簡

【藿食】以豆葉為食。指粗食。

【蔬食】粗食。

【糟糠】比喻粗食。糟，酒滓；糠，穀皮。

【菲酌】粗劣的酒食，常用作自謙之辭。

【疏糲】粗糙的飯食。

【糲粢】粢，ㄗ，黍、稷、稻、粱、麥、菰等六種穀物的總稱。指粗劣的飯食。

【食不重味】飲食時不用兩樣菜餚。形容生活儉樸。也作「食不二味」。

【粗茶淡飯】粗糙簡單的飲食。

【清茶淡飯】茶水和清淡的飯食。泛指簡陋的飲食。

【濁酒粗食】混濁的酒和粗糙的食物，指不精緻的飲食。

【糲食粗餐】以粗劣的食物為餐飯。形容生活清苦。也有「粗蔬糲食」。

【簞食豆羹】一竹器飯食，一木碗羹湯，謂少量飲食。可指簡陋的食物。

【一簞食，一瓢飲】每天吃一簞飯，喝一瓢湯，比喻生活貧寒。

日常飯菜

【生食】未煮或未煮熟的飯菜。

【飧】ㄙㄨㄣ，煮熟的飯菜。也指晚餐。

【腍】ㄖㄣˇ，煮熟。

【饔】ㄩㄥ，熟食。也指早飯。

【熟食】經烹煮後的食品。

【饔飧】熟食。

【冷盤】各式調理過的小菜，經

原來本地向無此國。只因三代以後，人心不古，撒謊的人過多，死後阿鼻地獄容留不下；若令其好好托生，恐將來此風更甚。因此冥官上了條陳，將歷來所有謊精，擇其罪孽輕的俱發到此處托生。因他生前最好扯謊，所以給一張豬嘴，罰他一世以糟糠為食。（清．李汝珍《鏡花緣》）

以蔬菜作羹，雖然韓非子有「堯之王天下也，糲粢之食，藜藿之羹」的話；但直到東晉開發江東後，以菜做羹，方始盛行。其時最著名的菜羹，即是羹。張翰的「鱸之思」，是個很通俗的典故。此外又有陸機所說的兩句話：「千里羹，未下鹽豉。」已敵北方的羊酪。（高陽〈古今食事〉）

就有家的典章制度，我是鍋鏟新手，但非常奮力學習，供應三餐。我母親留給我熱灶熱鍋印象，「美食」就是媽媽做的、有感情的家鄉菜。外面餐館名菜，就像一夜情，多吃對身體不好，還是回家吃粗茶淡飯，滋味綿長。（簡媜〈我那粗勇婢女的四段航程〉）

江浙館有所謂的「盆頭菜」，是將菜餚烹燒多量，置放小陶盆、小鋼盆中，吃時裝小碟，冷食亦不損鮮香。（愛亞〈白果菜〉）

北平人哥兒幾個一湊合，講究下小館樂和樂和，花錢不多，還得充腸適口。所以進飯館吃飯，無論是整桌的燕翅席，或者是叫兩個小炒兒，會吃的都有個一定之規，讓堂口到灶上都知道您是位吃客，灶上的調和不敢隨便亂配，堂口的堂倌更不敢欺生慢客。（唐魯孫〈北

冷卻後再裝入盤中。

【盆頭菜】即上海話的小菜、前菜。

【餚饌】飯菜。

【口食】膳食。飯食。

【膳食】日常吃的飯菜。飲食。

【小炒兒】普通菜。

【伙食】指集體的飯食。

【派飯】團體生活中酌量分配飯菜。

【搭伙】個人不煮飯，搭附在他人處一同吃飯。也作「搭飯」。

【團膳】團體一起吃飯。

【吃大鍋飯】多數人合夥吃的普通飯菜。

【包飯】雙方約定，一方按一定標準供給飯菜，另一方按月付其伙食費。

【廩膳】公家所給的膳食。

【斷頭食】古時犯人在受死刑前所吃的一頓飯食。

剩菜

【餕】ㄐㄩㄣˋ，吃剩的食物。

【冷炙】剩餘的冷飯菜。

【菜尾】將剩菜加熱而成的大雜燴。

【殘食】吃剩的食物。

【餕餘】吃剩或祭拜過的食物。

【雜合菜】攙和在一起的剩菜、殘餚。

【殘餚剩羹】意指吃剩的菜餚、羹湯。

平上飯館的訣竅〉）

潔西從新近紐約調來香港，剛搬來島上住，單身一人清鍋冷灶，常上我們家搭伙，我通常很歡迎，今天卻突然覺得心虛，像被人抓個正著，可又不知做錯什麼。放下電話，我趕緊追加預算，拌了盆怪味雞，煸了碟蝦籽茭筍，煎了個菜脯蛋，又撈出自醃的四川泡菜。電鍋裡的蓮子眉豆粥早已煮好，只能往裡攪些燕麥糊，灌水加碼。（蔡珠兒〈一頓喝三碗〉）

桌上擺了六盤四碗的菜：冷盤是香腸滷肝，金鉤拌萵筍之類；熱菜是燜兔肉，炒辣子醬，萵筍炒肉絲幾樣，都是他們愛吃的。大家就動起筷子來。（巴金《春》）

發展至今一百多年，佛跳牆材料迭有變化，豐儉隨人。雖僅一百多年，起源卻眾說紛紜，其中之一，傳說有個乞丐，將討來的殘羹冷炙，在某佛寺牆角升火燴煮，香味飄散，誘引寺廟內的和尚忍不住翻牆過來索食。（焦桐〈佛跳牆〉）

阿嬤每端上一道菜，就唸出吉祥字句來催眠大家非吃不可，否則一年好運就會少了一樣，因此每道菜至少得吃上一口。而除夕飯菜最後還變成「菜尾飯」，說是吃得越久越有福氣。（顏艾琳〈灶腳與圓桌〉）

唐魯孫雖家住北京，可是他先世遊宦江浙、兩廣，遠及雲貴、川黔，成了東西南北的人。就飲食方面，嘗遍南甜北鹹，東辣西酸，口味不東不西，不南不北變成雜合菜了。這對唐魯孫這個饞人有個好處，以後吃遍天下都不挑嘴。（逯耀東〈饞人說饞——閱讀唐魯孫〉）

5 食物口感

可口

【爽口】清爽可口。

【利口】爽口。

【清口】清爽可口。

【清爽】清淡爽口。

【合口】適合口味。

【適口】食物合於口味。

【順口】適口合味。

【對口】適口合味。

【對味】合口味。

【對胃口】合口味。

柔嫩

【嫩】柔軟。另指某些食物烹調時間短，容易咀嚼。

【幼嫩】細嫩。

【細嫩】柔嫩。

【細軟】細緻柔軟。

【細緻】細密精緻。

【細膩】細密。也作細潤光滑。

【軟嫩】柔軟細嫩。

【膩軟】細膩柔軟。

【爽嫩】爽口鮮嫩。

【爽軟】爽口柔軟。

【柔綿】柔軟細密。

【綿密】細密。

【綿細】細密；細微。

【軟綿綿】柔軟。

【外焦裡嫩】食物外面焦酥，裡頭軟嫩。

【融化】融解。

非洲雞原來叫「安哥拉雞」，外表金黃油亮，強調碳烤味，和脆香的表皮；因此需有細膩的炭烤作工，才能表現雞肉的順口滑嫩，乃至醬汁的濃郁香醇；劣廚輒烤得像黑炭。（焦桐〈非洲雞〉）

父親不愛吃閩南菜，卻很喜歡閩北的福州菜，不知是不是因為福州菜早就融合了南北之味，如福州酒席菜中的瓜燒大白菜就很對味，煎漬黃魚也和浙江之味相去不遠，燕丸湯更是古代中原燕地的遺味，紅燒羊肉是蒙古屯兵留下來的食風……（韓良露〈福州的公家官府大菜〉）

朋友說這是七月裡才有的，直接從潮州運來，一到八月便完全絕跡，薄蜆的殼薄到透明，卻有著一隻蝴蝶圖形，裡面的肉幼嫩多汁，柔滑順口，我用舌尖一舔就落進齒間。（張曼娟〈貝上的一隻蝴蝶〉）

結果後則是套袋，一般有套二層袋與四層袋之分，套四層袋，果皮細緻、果色柔黃，外觀極美，肉質幼嫩細軟；套二層袋，則因少少仍能受到些許陽光照拂，遂而果皮雖較粗糙、果色微綠，但肉質清脆、酸甜均衡，各有愛好擁護者，所以目前兩種套袋法在三星地區都十分時興。（葉怡蘭〈八月宜蘭三星上將梨〉）

男的蹲在地上攪拌魚丸漿，是新鮮海鰻身上刮下來的，然後填餡浮於水中，他家的魚丸完全手工打成，爽嫩，餡鮮而有汁，吃福州乾拌麵應配福州魚丸湯，但好的福州魚丸湯也難尋。（逯耀東〈餓與福州乾拌麵〉）

【軟塌易碎】柔軟凹陷又容易碎開。

【入口即化】形容進入口中隨即化開。

【綿軟】柔軟。

【軟柔柔】形容很柔軟的樣子。

【齒頰留香】形容食物味道鮮美，令人回味無窮。

滑潤

【光潤】光滑潤澤。

【滑嫩】柔滑細嫩。

【柔滑】柔軟潤滑。

【滑溜】光滑。

【滑膩】光滑潤澤。

【潤滑】溼潤滑溜。

【軟滑】柔軟光滑。

【綿潤】細密滑潤。

【鮮潤】新鮮潤澤。

【潤透】形容被汁液充分滲透。

【豐潤】飽滿滑潤。

【順潤不滯】形容順口潤滑，沒有阻礙。

【瘦而不柴】雖瘦但不乾瘠。

【十分多汁】水分很多。

【入口如滑梯】形容滑順的口感。

色澤豔紅、肉質爽軟、滋味香醇的爽口牛肉丸，可與瀨粉、河粉、米粉、伊麵等搭配食用，可以當成正餐，亦可權充貼心，爽口彈牙，無以上之。（朱振藩〈牛肉丸彈跳爽口〉）

中國人春天會吃艾草，製成艾草團、艾草糕、艾草粿，也可讓身體淨化；法國人春天一到就等著吃白蘆筍，形狀很性感的白蘆筍蒸熟了，澆熱奶油吃下去入口即化，像春天的吻。（韓良露〈春膳〉）

雙色令劍荷花凍，倒扣盛在小白瓷盤內，上層白瑩如水晶剔透，下層紅豔如鮮血欲滴，銜接之處浮現一紋淺淺的淡紅色澤。花凍入口冷涼沁香，甜潤軟滑。（丘彥明〈吃花〉）

總之，冰淇淋一入口，我的味蕾立刻被豐潤的奶香和濃醇的巧克力滋味徹底收服，長途旅行的疲憊，霎時消散在亞得里亞海畔溫煦的空氣裡。（韓良憶〈亞得里亞海的Gelati〉）

杏仁米漿在台南稱之「杏仁茶」，製程簡單，但是火候還是濃醇香順最主要的關鍵，「阿卿」選用新疆的甜杏仁和台東的蓬萊米磨漿、熬煮、少糖，輕火慢煮之中，隨時攪動讓米香隱身在杏仁獨特的香味裡，讓口感順潤不滯，在唇齒間有多層次和韻味散發。（王浩一〈漿汁的故事〉）

韓式冷麵要將煮好的細蕎麥麵過冰水，麵嚼起十分有勁，入口如滑梯，有一種十分過癮的口感。而酸酸甜甜辣辣的佐料配料，吃來爽口又開胃，是夏季的良伴。（韓良露〈把酒豪情吃韓菜〉）

鬆散

【鬆軟】鬆散綿軟。也作「鬆鬆軟軟」。

【鬆潤】鬆散潤滑。

【鬆沙】口感鬆散，像細沙一樣。

【沙楞楞】像含沙子般的口感。

【鬆脆】酥鬆香脆。

【疏鬆】鬆散不緊密。

酥脆

【清脆】清香鬆脆。

【爽脆】脆而爽口。

【脆嫩】鮮嫩易咬碎。

【香酥】香脆酥鬆。

【酥軟】香酥柔軟。

【鬆脆】酥脆。

【焦脆】食物焦黃酥脆。

【薄脆】又薄又脆。

【滑裡帶脆】滑溜又帶有爽脆的口感。

【外酥內嫩】外皮鬆脆，內裡軟嫩。

【迸脆】口感爽脆。

【香脆】食物口感酥鬆且味道香。

而最近這趟，還偶然發現了該商場地下樓的西式食品雜貨鋪與西點舖也一樣頗有可觀，尤其是「Mrs. Elizabeth Muffin」的奶茶口味Muffin，非常濃醇馥郁的奶香與鬆軟的口感，很適合外帶一兩只上飛機充當餐後甜點。（葉怡蘭〈莎喲娜啦～羽田機場和菓子〉）

同樣三層肉換個做法，又是另一番滋味，紅糟三層肉講究的是外焦裡嫩，每次看他做這道紅糟肉，先把十來條尺來長三層肉〔……〕放入臉盆裡，倒入糟料，加上自配佐料用力搓揉約五到六分鐘，待盆裡三層肉肉質揉到鬆鬆軟軟再下鍋爆炸〔……〕（楊健一〈賣麵炎仔〉）

他的豌豆黃保證新鮮，沒有隔夜貨，豆泥濾得極細，吃到嘴裡絕對沒有沙楞楞的感覺。而且水份用的更是恰到好處、不乾不稀，進嘴酥融。（唐魯孫〈北平的甜食〉）

炒飯倒是一定要用冷飯，而且用較鬆脆的在來米飯更適合，炒飯只宜用長筷攪，不宜用鍋鏟壓擠，才能炒得粒粒分明而不碎、米心透熟、鬆脆可口。（韓良露〈秋收米食豐煮飯學問大〉）

那雞腿肉充分吸收醃料，表皮炸酥脆，內裡堅定地挽留肉汁，洋溢著熱情，活潑，結合了詩意和力量，充沛有力。那是味蕾的舞蹈吧，緊張，劇烈，直率，我們似乎聽見原始的鼓點，繁複的氣味在舌頭上盡情律動，生命情調則演奏著命運交響。（焦桐〈逼淚的椒麻雞〉）

黑毛、馬頭、紅尾鳥（或稱紅雞公）、紅魚、紅喉、石斑、軟絲、小管、蛤蜊、鮮蝦等，所有海產都是當天現釣的，老闆煎魚功力一流，煎出來的魚外酥內嫩，鮮味絕不流失。蒸魚的火候也是恰到好處，肉剛離骨，調味也淡雅。（王宣一〈小斟之家〉）

肥厚

【肥腴】肥厚潤滑。另有味道濃厚之意。

【肥膩】肥厚油膩。

【腴厚】肥厚。

【腴潤】豐美滋潤。

【鮮腴】新鮮肥美。

【酥肥】香酥肥美。

【豐厚】密而厚。豐滿肥厚。

【肥而不膩】肉質肥厚而不油膩。

熟爛

【爛】形容食物熟透而鬆軟。另有腐敗之意。

【糊】煮爛；燒焦。

【稀爛】極爛。熟得很徹底。

【軟爛】又軟又爛。

【綿爛】綿柔鬆軟。

【爛軟】熟透而鬆軟。

【粉粉爛爛】形容食物煮得過熟，口感軟爛而無嚼勁。

【爛糊】食物燒煮得極熟爛，如黏糊狀。

【糜爛】碎爛。另有腐爛、腐化之意。也作「爛糜」。

【燋爛】燒焦熟爛。燋，ㄐㄧㄠ，火燒。

【鬆軟】口感鬆散柔軟。

爆皮之後的淨肉茄子，在醬料中燒煮透了，漾出一股肉香，入口即化，猶存茄子的野味。圓茄子的水份更多，在嘴裡的感覺很腴厚。（張曼娟〈茄子種在大觀園〉）

廈門人喜歡吃的蠔煎，可說是臺灣蚵仔煎的前身，只是廈門用的是臺灣人俗稱的石蚵（盛產於福建金門、廈門一帶），石蚵顆粒較小，不肥膩，吃起來較清甜，廈門人作蠔煎，會放幾十粒石蚵、番薯粉漿只放一點點，再加韭菜一起煎，如果放幾十粒臺灣東石蚵那就太濃郁了，臺灣蚵仔煎放個十來粒蚵，加比較多漿，再打顆蛋放一點青菜吃起來有台式的清爽。（韓良露〈廈門的漳泉合味〉）

我喜歡任何稀爛不整齊的食物，沒法兒分剖是非黑白的食物，藕粉，麵茶，芝麻糊，剩菜剩飯倒在一鍋煮成粥。一口是一混沌，天地七竅，要開不開，我也無所謂。（黃麗群〈亂著〉）

以大鍋加水煮兩、三斤紅肉李，煮到果肉軟爛，用大匙瓢壓成泥，加粗砂糖融攪，熱吃香甜，冰飲歡暢。（愛亞〈梅桃李杏〉）

地鐵裡的失物無奇不有，手機、假牙、活魚、盆栽、老人和小孩，有一次還撿到一大袋山東饅頭，某大嬸氣急敗壞趕到招領處，千恩萬謝領了去，〔……〕香港只有蝦餃和叉燒包，買不到山東饅頭，市面賣的那種鮮奶小饅頭，柔若無骨綿爛如絮，大嬸吃了怕要頭暈腿軟。（蔡珠兒〈山東饅頭〉）

把茄子一剖兩半，挖一鼻屎大豬油乾煎，一邊用鍋鏟把它壓扁，慢慢煨得綿爛，吃在嘴裡原汁原味，比都市什麼魚香茄煲都正宗。（舒婷〈醉人的酒，養人的飯〉）

韌性

【彈牙】形容食物富有彈性、嚼勁十足。
【Q彈】軟而耐咀嚼。
【Q潤】Q彈而滑潤。
【Q韌】Q彈又帶有韌性。
【拉力】物體所受的拉牽之力。
【咬勁】富有彈性和韌性。
【有勁】有力氣。
【帶勁】有力量。
【勁道】韌勁有力。
【彈跳】彈起；跳動。
【嚼勁】咀嚼的力道。
【嚼感】耐咀嚼，帶有韌性的口感。
【嚼感十足】非常富有彈性。
【艮】ㄍㄣˇ，食物堅韌不脆。
【柔韌】柔軟而富有韌性，不易斷裂。
【軟韌】軟而富韌性
【綿韌】綿密又有韌性。
【滑韌】柔滑而帶韌性。
【筋道】指食物富有韌性，耐咀嚼。

而魚蛋河粉則是最普遍的麵點，每家茶餐廳和粉麵店，幾乎都有自製魚蛋，有的更標榜人手攪打，打得愈久愈彈牙。（蔡珠兒〈彈牙魚蛋〉）

製作祖庵豆腐極費功夫，經過數十道繁複的工序，去皮泥、蒸煮煨等等，據說做出來的豆腐口感柔順且彈牙，滋味香濃。（王宣一〈譚府家菜與隨園食單菜譜之比較〉）

好朋友來了，好客的族人拿出一些圓糯米，泡水、蒸熟，然後以木頭的臼盛住，用石板打爛，扁扁一大塊，擱在桌子中央，雪白、有彈性、咬勁夠，眾人圍攏了你掐一片，我抓一塊，豪邁粗獷，完全展現山民本色。（高自芬〈麻吉的最後一天〉）

剝除魚皮，取下兩片背肉，切成厚塊丟進鍋裡，加生薑、大蒜、洋蔥，再淋醬油，上下搖晃翻動攪拌均勻，放置半小時入味後食用。彈跳的嚼勁和辛辣的清甜一直無法淡忘，如今景象重現腦中，唾液隨即泉湧。（林嘉翔〈夢幻岩魚骨酒〉）

我們正喝著驢湯，師傅放下筷子問我要不要加點驢血，我點頭說：「中」。於是他端著碗到灶上去，加了驢血回來，我看碗裡好像沒有血，祇有像涼粉似的白色的小塊，吃在嘴裡，非常滑韌，師傅說這就是驢血了。（逯耀東〈燈火樊樓〉）

黏性

【黏密】黏稠而濃密。

【黏稠】濃稠有黏性的。

【黏糊】黏膩濃稠。

【黏滑】又黏又滑。

【黏膩】黏糊。

【膠稠】膠著黏稠。

【軟糯】形容柔軟而帶黏性的。

【濃稠】深濃而厚密。

【爆漿】可形容食物中的濃稠液體向外迸出。

【黏勁】黏而堅韌。

【黏牙】沾黏牙齒。形容食物的黏性很高。

【黏合】黏結在一起。

堅實

【挺】堅硬。

【厚實】厚而結實。

【結實】堅固紮實。

【緊實】密合、密實。

【緊緻】緊實細密。

【密實】組織細密、堅實。

【紮實】穩固結實。

【硬實】結實。

【硬邦邦】形容堅硬、強硬。

【老】與「嫩」相對。指食物過硬或過熟。

貢糖是一種花生酥糖，名稱的由來和「貢丸」一樣。為求糖質綿密細緻，製作過程需加以搥打，閩南語搥打音「貢」。貢糖就是打出來的花生糖，反覆搥打碾壓……最後，脫膜的熟花生倒入膠稠的糖漿中攪拌混合。（焦桐〈臺灣甜品貢糖〉）

這罐車輪鮑真不錯，巨碩完整，裙邊平齊少皺，鮑肉豐肥有彈性，中央的肌理稠厚軟糯，「糖心」呼之欲出，我用斜刀把它切成寬滑的薄片，排在燙過的芥菜膽上，再淋上蠔汁勾成的紅芡，做成碧綠鮮鮑。（蔡珠兒〈黑貓飯店〉）

為了適合熱帶人的口味，娘惹粽子還加了辣椒的辣味。所以娘惹粽子熱帶風味十足，只要嘗一口，除了班蘭葉的清香，鹹中帶甜，甜裡帶辣，很有口感軟糯香醇不膩，讓人吃了意猶未盡。（王潤華〈鄭和登陸馬六甲以後的「娘惹」粽子〉）

有人豔稱北平的「大八件」、「小八件」，實在令人難以苟同。所謂「大八件」無非是油糕、蓼花、大自來紅、自來白等等，「小八件」不外是雞油餅、卷酥、綠豆糕、槽糕之類。自來紅、自來白乃是中秋上供的月餅，餡子裡面有些冰糖，硬邦邦的，大概只宜於給兔兒爺吃。（梁實秋〈味至濃時即家鄉〉）

然而那晚，坐在衣香鬢影觥籌交錯、排場架勢不凡的River Cafe裡，除了的確迷人的紐約夜景之外，嘗過了一道道太老的牛排、太甜的鴨胸，以及費力搭蓋成布魯克林橋形狀但滋味真的沒什麼特別的巧克力甜點後，附餐的紅茶端上來了——（葉怡蘭〈紐約 River Cafe 餐廳的英國早餐茶包〉）

乾澀

【枯】沒有水分。

【柴】乾瘦。

【澀】不滑潤。另有味道微苦不甘滑之意。

【柴硬】乾瘦又堅硬。

【乾澀】乾硬，不滑順。

【枯澀】粗糙不潤滑。另有乾燥苦澀之意。

【粗澀】粗糙不光滑。

【粗糙】毛糙、不光滑。

【灰澀】口感粗澀像含了灰塵一樣。

【摻了灰似的】摻雜了灰塵顆粒般的口感。

6 食物味道

滋味

【味蕾】指接受味覺刺激的感受器。分布在舌頭的表面，用來辨別食物的滋味。也作「舌乳頭」。

【可口】飲食味美合口。

【入味】有滋味。

【夠味】味道充足。也有菜餚精緻，口味道地的意思。

【豐富】充裕、富厚。

【豐滿】豐富、充足。達到所需的程度。

【飽滿】充足。另有吃飽之意。

【多層次】形容滋味多元豐富。

【交匯纏綿】形容多種滋味匯合

社會富足以後，許多北方家庭過年，仍認為餃子是最大主題。哪怕雞鴨魚肉、山珍海味要堆滿飯桌，但餃子總是最當一回事。怎麼說呢？雞肉一嘗，老了；鴨肉一嘗，柴了；魚一筷戳下，怎麼乾乾的；這些竟然都不打緊，乃它們一道一道做出來，一道一道先放著，不可能不老不柴不乾，大夥壓根不介意，只當它們是布滿繁華桌面的重要配角。（舒國治〈過年與吃餃子〉）

君達菜？名字很陌生，可是這菜明明似曾相識……請阿婆摘了一斤，拎到小店，交代用蒜蓉清炒，不一會熱氣騰騰上了桌，油綠愈發深濃。一筷入口，先是柔滑綿潤，繼而有股淡淡的澀感在舌後漾開，摻了灰似的。當年的滋味油然重現，終於想起來了，這不就是我小時候常吃的「厚帽仔菜」嗎？（蔡珠兒〈甜菜正傳〉）

一個中年婦人推著車，將摶好的油麵團在熱鍋上煎成餅，然後將香蕉切片裹在裡面，很快的把兩面煎黃煎脆，撒上白糖，澆上煉乳，熱騰騰地送進嘴裡，頭一次發現香蕉是甜中帶酸的，麵皮上的糖和煉乳附著在軟綿綿的香蕉肉，多層次的滋味在唇舌間像瀑布似的流瀉而下。（張曼娟〈蕉裡的快樂〉）

菜料經炒香且略軟爛後，拌上煮至彈牙的尖管麵，以及厚厚一層乾酪，熱呼呼上桌，入口蒜香、菜香和乳酪香在唇舌之間交匯纏綿，美味極了，讓我忍不住一口麵尚未下喉，又趕忙再取了一叉子，不一會兒就吃個精光。（韓良憶〈羅馬媽媽的味道〉）

使用的米果，不論品式，均須在八種，或者倍數，以符「八」數，

在一起，綿長不斷。

【津津有味】滋味令人喜愛的。

【奪味】蓋過食物原來的味道。

【侵略】此指影響食物原本的味道。

【回味】食後的餘味。也可引申在回憶中細細體會。

【雋永】甘美而意義深長，值得讓人探索玩味。

【耐人尋味】意味深長。

【餘味深長】留下來的耐人回想的深刻味道。也有「餘韻悠長」。

【野味】採集得來的野蔬瓜果。也可形容天然蔬果的風味。另指從山林中獵取得來的可食鳥獸。

【草菁味】新鮮摘取下的菜葉或茶葉，因含有水分，葉子的草味會更加強烈。

【草腥味】蔬菜獨有草澀味。

【天然】自然生成的。

【原味】原有的風味。

【正味】純正的滋味。

【純正】純粹不雜。

【七味八滋】此七味指的是甜、酸、麻、辣、苦、香、鹹七種味道。八滋則是指乾燒、酸辣、麻辣、魚香、宮保、乾煸、紅油、怪味。

【九味】指辣、甜、鹹、苦四主味以及酸、澀、腥、沖四賓味之外，另一種只可意會而不可言說的味道。

【呆板】死板。

【僵直】單調呆板。

【不夠味】不能完全表現出物質的特色。

【不是味】意指味道不正、火候不夠。

據說，粥中切忌用蓮子、薏仁、枸杞、桂圓、黨參及當歸，用則奪味。使粥的身價，有所貶損，反而不美了！（陸家驥〈過年活動臘八始〉）

吃蟹佐以薑醋大抵是合理的，可平兒剔來一殼子蟹黃，鳳姐未嘗就說：「多倒些薑醋」，寶玉吃蟹時也作詩：「潑醋擂薑興欲狂」，殊不知醋用多了，會侵略蟹味。這只是不識蟹味，令人髮指的是丫頭們拿著滿黃的螃蟹戲耍，以蟹黃抹臉玩樂，無異拿頂級紅酒潑灑，天物暴殄至此，我讀了心疼不已。（焦桐〈論螃蟹〉）

山茼蒿顧名思義和茼蒿屬性必然相近，同為菊科，只是山茼蒿是未經「馴化」的野蔬，草菁味濃烈，對於不常吃也不喜歡野蔬的人，是難以下嚥的。（方梓〈春膳〉）

維揚風味的揚幫菜，製作精細，甜鹹適中重本味，擅長燉燜的火工菜是其特色，與川味的「七味八滋」完全不同。所謂七味，是甜、酸、麻、辣、苦、香、鹹，至於八滋則是乾燒、酸辣、麻辣、魚香、宮保、乾煸、紅油、怪味，與淮揚風味完全不搭調，而且一在長江頭，一在長江尾，各行其是，但兩種風味絕殊的菜餚，卻在上海結合在一起，真是個異數。（逯耀東〈海派菜與海派文化〉）

我指著招牌問他「九味」的意思，曾先生說：辣甜鹹苦是四主味，屬正；酸澀腥沖是四賓味，屬偏。偏不能勝正而賓不能奪主，主菜必以正味出之，而小菜則多偏味，是以好的筵席應以正奇相生而始，正奇相剋而終……突然我覺得彷彿又回到了「健樂園」的廚房，滿鼻子菜香酒香，爆肉的嗶啵聲，剁碎的篤篤聲，趙胖子在一旁暗笑，而父親正勤作筆記。（徐國能〈第九味〉）

美味

【甘旨】美味。

【清潤】清爽鮮潤。

【清醇】乾淨純正。

【清鮮】清淡鮮美。

【清釅】清醇有味。

【誘人】美味。

【鮮美】滋味美好。

【鮮極】滋味極為鮮美。

【醍醐】原指由牛奶精煉出的油脂。後泛指食物最美好、精髓的味道。

【易牙之味】食物味道鮮美，有如經過易牙調味，也稱「易牙難傳」。

【齒頰留香】形容食物味美，令人回味無窮。

【肥鮮】指新鮮肥美的魚肉。

【甘鮮】食物新鮮美味。

【鮮味】美味。

【有味兒】指食物滋味鮮美，有味道。

【醇釅】此指食物味道醇美濃厚。

【釅釅】食物的味道濃香醇厚。

【炮鳳烹龍】奢華的珍饈美食。

【甘旨肥濃】美酒佳餚，泛指美味的食物。

天津旭街桂順齋的蜜餡兒元宵，純用蜂蜜加上白葡萄乾、青紅絲，甘旨柔滑，別有一種風味。以上兩種元宵，算是北方元宵的雋品。（唐魯孫〈閑話元宵〉）

乃此店的湯頭，色較清亮，有椒香氣，有薑沖氣，亦有近似淺淺沙茶的藥香氣；簡言之，清鮮也。（舒國治〈延平北路汕頭牛肉麵〉）

終於，登上馬拉邦山頂，卸下裝備，開始煮水泡茶。喉舌極度渴望清釅茶香，爐火未沸，連眼睛遠眺，四周的山形也恍如竄高竄低的綠色火燄，參差凝固。（薛好薰〈茶色罪愆〉）

年歲漸增，童年的片段越發湧現，孩提的品味只是純真，時空的距離才是堆疊了無法超越的美味。不管我如何用心烹調，那一口鮮極的薑絲雞肉絲菇湯，不復重返。（方梓〈樹的精靈〉）

在重新加溫的過程裡，香膩的滷汁，會二度溶入ＱＱ的皮脂和順舌的瘦肉裡。一而再、再而三加溫燉煮，可以讓原本冰冷的蹄膀，滷成透心的醍醐味。（高翊峰〈料理一桌家常〉）

廣東是對外最早的通商口岸，省垣華洋雜處，艫舳雲集，豪商巨賈，囊橐充盈，口腹恣饗，所出菜式，自然精緻細膩，力求花樣翻新，調羹之妙，易牙難傳，要說南嶺風味，足堪味壓江南，也不為過。（唐魯孫〈話嶺南粥品〉）

我新近在香港的「杭州酒家」，嘗到其招牌名饌「東坡肉」，但見色澤紅潤，入口汁濃味醇，肉酥爛而不柴，皮爽糯而不膩，取此下飯佐酒，好到齒頰留香，無法形容其美，難怪見重食林，甚為饕客喜愛。（朱振藩〈千古絕唱東坡肉〉）

【芬芳】香氣。

【清香】香味清淡。

【清雋】香氣清新，意味深長。

【清芬】清香。

【湛香】清新獨特的香味。

【馨香】芳香。

【馨逸】香氣噴溢。

【噴香】散發香氣。

【飄香】氣流中飄送著能被感覺的香味。

【陳香】陳年的香氣。

【味香而雋】味道芳香且深長。

【焦香】食物稍微有點焦之後出來的香味。

【香醇】香味醇厚。

【香郁】香氣濃厚。

【芳醇】香氣醇厚。

【濃郁】香氣濃烈。

【馥郁】香氣濃厚。

【芬鬱】香氣盛烈。《荀子．正名》：「甘苦鹹淡辛酸奇味以口異，香臭芬鬱腥臊洒酸奇臭以鼻異。」

【馥郁】香氣濃厚。

【馥馥】香氣很濃。

【香噴噴】香氣濃厚。

【香馥馥】形容香氣濃厚。

【噴香】形容味道很香。

【郁馥】香氣濃厚。

【飄香十里】形容食物味道極香，引人食慾。

當然，蛋炒飯是很清雋的一種炒飯，不宜摻入太多的配料。且看有人覺得火腿極蘊鮮味，便火腿丁切好；接著覺得芹菜丁增脆度，又增綠色，也切小丁；甚至胡蘿蔔也切丁，配成紅色；更一想菜脯炒過，最增鮮甜，於是也切成丁。這些佐料全炒進炒飯裡，這一下吃在嘴裡，太繁複矣，也破壞了專心咬嚼蛋與飯的簡單又鮮香又清美風味。（舒國治〈也談炒飯〉）

張北和的滷汁裡還加入陳皮、福州紅糟、甘草，陳皮有消除脹氣的功能，加上紅糟，使牛肉散發出特殊的湛香味；〔……〕（焦桐〈論牛肉〉）

端上來頗不起眼，灰黯無光爛糊如漿，像鄉間辦桌後剩下的「菜尾」，只是氣味清怡雅潔，舀起一勺入口，頓時舌咽生津，那種甘甜不似肉的濃馥，也不比果和蜜的鮮銳，溫潤柔厚，是瓜蔬從陽光和地肉吸來的靈秀之氣，配以馨逸的印度長米，愈發醞藉悠遠。（蔡珠兒〈地中海燉菜〉）

侍者端著一大盤烤得焦香四溢的牛肉來，一一詢問每個人喜愛的部位和熟度。我隨興點了一塊不知部位的肉，一刀下去就感受到肉質的柔嫩多汁，一口咬下，牛肉的滋味馥郁豐滿，已經很久沒有嘗到如此美妙的牛肉了。（謝忠道〈智利美食撼動我的嘴巴〉）

其實，母親經常都做各種香噴噴的餅。到了中秋節，她就說自己手裡捏的是「團圓餅」，她並不稱它為「月餅」。她說月亮是高高在天上，放光明照亮世間的「月光菩薩」，怎麼可以摘下來吃呢？（琦君〈團圓餅〉）

甜味

【飴】ㄧˊ，味道甘美的。

【甘甜】甜美。

【清甜】清潤甘美。

【芳甘】芳香甘甜。

【甜滋滋】形容味道甘甜。也作「甜絲絲」。

【甜而不呆】味道不會過甜。

【甜而不膩】甜而不膩口。

【回甘】味道由澀變甜。

【糯甜】形容又黏又甜。

【甜郁】很甜。

【甜膩】濃郁的甜味。

【死甜】非常甜。

【怪甜】怪異的甜味。

【甜裡帶辣】味道甜甜辣辣。

【甜蜜】味道香甜如蜜。

【甜美】味美而甜。

【甜甘】甘甜的味道。

【酸甜】酸中帶著甜味。

【苦甜】苦澀中帶有甜味。

【甜津津】形容味道甘甜。

酸味

【酸中帶甜】味酸而帶甜。

【酸溜溜】形容味道酸。

【酸不溜丟】形容味道極酸。

【酸厚濃郁】味酸而濃烈。

【酸利】酸味尖銳。

【尖利】尖銳、鋒利。

【銳利】尖銳。

【酸得可以割舌】形容酸味刺

桂花元宵是在元宵的餡裡，攙和著桂花。吃起來，甘甜之中有一股沁人的馨香，那香味絲絲地穿入你的胃腸，能使你久久回味著。（王尚義〈桂花元宵〉）

春天也是吃嫩豌豆和蠶豆的好季節，和白蘆筍一樣，這兩樣豆類也僅限春季當令，盛產期亦不長，往往就兩三個星期，之前或之後吃到的，不是進口的冷藏貨就是冷凍貨，乃至罐頭，味道哪裡比得上前一天採收、今日就上市的新鮮貨色那般清甜。（韓良憶〈荷蘭四季餐桌〉）

還有一種味覺叫「回甘」。我們會說這個茶好好喝，用「回甘」。回甘的意思是，一開始有點澀、有點苦，可是慢慢地從口腔起起來一種淡淡的甜味。（蔣勳〈教育的美學〉）

我深深驚嘆讚嘆著，從此一腳跌入這甜絲絲香馥馥蜜池裡，再無能自拔〔……〕（葉怡蘭〈蜂蜜多麼甜蜜〉）

帶著濃郁黑糖香氣的黑糖原味粉粿，甜而不膩，也沒有一般糖汁吃完之後的酸澀味。（王宣一〈小酌之家〉）

豆汁可以說是北平的特產，除了北平，還沒有聽說哪省哪縣有買豆汁的，愛喝的說豆汁喝下去酸中帶甜，越喝越想喝。不愛喝的說其味酸臭難聞，可是您如果喝上癮，看見豆汁攤子無論如何也要奔過去喝他兩碗。（唐魯孫〈北平的獨特食品〉）

每年一到春季，新蒜上市，爸爸就會親自上市場買蒜，沖洗乾淨，去除最外層的粗皮，稍加晾曬後，將蒜頭置入大玻璃罐中，倒進加了

激，讓舌頭刺痛。

【牙齒要軟掉】形容非常酸，讓牙根發麻。

【酸甜兒】酸中帶甜。

【酸澀】口感酸中帶著澀味。

【酸苦】酸中帶著苦味。

【酸嗆】酸中帶嗆的味道。

【酸辣】形容酸中帶著辣味。

【酸臭】食物腐敗的時候，味酸且帶有臭味。

鹹味

【死鹹】味道鹹又呆板。

【鹹重】鹽味重的。也有「重鹹」。

【鹺鹹】鹹味。鹺，ㄘㄨㄛˊ。

【鹹津津】味道略帶點鹹。

【鹹篤篤】味道死鹹。

【鹹中帶甜】鹹味中摻雜了一點甜味。

砂糖的醋，封存起來醃漬至少兩三個月，等到了夏天，糖蒜就醃好了，酸酸甜甜很開胃，生蒜原有的那股辛辣味也淡多了。（韓良憶〈爸爸的糖蒜〉）

葡萄柚更慘，光有個美麗的外表，味道比白醋更單調尖利，怪不得有人發明許多吃法，加糖淋蜜，灑鹽摻水，只為豐富它的味道。但我已發誓去接受它，嘗試第一個葡萄柚時，對半切開，用湯匙挖幾口就放棄了，果肉酸腐糟爛，酸得可以割舌，最後轉成無盡的苦味。（周芬伶〈酸柚與甜瓜〉）

薑絲大腸的材料都很廉價，世俗般的本質，窮人和富人都為之著迷。炒製時一定要用醋精，才有那獨特的酸嗆味，一般白醋無法表現這種味道。醋精是一種合成醋，道地的客家口味，極酸，想起來都覺得牙齒要軟掉了。（焦桐〈客家味道〉）

各式煲湯用火的時間不一，少則兩小時，多則三小時，收火起鍋時才可以下鹽提味，如此湯味才會圓潤，不致死鹹僵直。（林詮居〈煲湯〉）

因為形成時間相較下更長，較之海鹽來，陸上的鹽在滋味上也往往更為鹹重、雄渾有力。（葉怡蘭〈說鹽〉）

當他撕下一片鹹薑嘗個味兒；鹹篤篤、麻辣辣，口感並不很好。以此獻給皇帝，不異自討苦吃，挨頓排頭不說，甚有不測之災，心裏好生苦惱。（朱振藩〈長泰明薑通神明〉）

苦味

【清苦】淡淡的苦味。

【辛澀】辛麻苦澀，也做生澀。

【澀苦】味道又澀又苦。也有「苦澀」。

【麻嘴】味道生澀。

【麻徹舌根】苦味讓舌根發麻。

【味似黃蓮】形容味道似黃蓮一樣的苦。

辣味

【辛辣】味辣。

【甘辣】辣中點有甜味。

【香辣】味香而帶辛辣。

【糊辣】川菜味型，香辣鹹鮮略帶甜酸，如宮保味。

【麻辣】又麻又辣的滋味。

【辣實】味道辛辣。

【辣乎乎】形容非常辣。

【熱辣辣】溫度高，口味辣。

【打翻辣缸】形容非常辣。

【紅海浮沉】形容菜餚加了很多辣油辣椒。

【葷辛】指味道辛辣、刺激的蔬菜。如蔥、蒜、韭菜等，佛家按戒律禁食。

此菜的奧妙在於蒸熟的過程冬瓜會吸乾火腿之蜜汁，所以上桌後火腿已淡乎寡味，而冬瓜則具有瓜蔬的清苦之風與火腿的華貴之氣，心軟邊硬，汁甜而不膩，令人傾倒。（徐國能〈第九味〉）

似醒非醒，緩緩的柔光裡／似悠悠醒自千年的大寐／一隻瓜從從容容在成熟一隻苦瓜，不再是澀苦／日磨月磋琢出身孕的清瑩／看莖鬚繚繞，葉掌撫抱（余光中〈白玉苦瓜〉）

人生果然像茶葉蛋，偶有傷痕與毀壞，像烹煮的茶葉，略帶苦澀；苦中帶甘，苦中作樂。微笑中閃著淚光。（焦桐〈日月潭味道〉）

只知蓮心苦，不知荷葉苦起來也夠厲害，我捏著鼻子喝幾口，辛澀直衝咽頭麻徹舌根，味蕾像通電般發震。（蔡珠兒〈自討苦吃〉）

我難忘這種深植在記憶泥土裡的作物，當那強烈辛辣的味道吞進肚子裡，就好像有一股熱流在心窩盤旋，復升了上來。（焦桐〈大蒜〉）

而川廚對用辣，顯有獨到之處，其菜餚中，鮮少辭單一的辣味，而是經過精心配製，已與鹹、甜、麻、酸等熔鑄一爐的複合味，像習見的麻辣、紅油、酸辣、怪味、魚香、薑汁、蒜泥、芥末、宮保等，均是其中的佼佼者，每讓食者印象深刻，食罷津津。（朱振藩〈四川菜還在嗎？〉）

剛到成都的前幾天，頓頓辣，在城隍廟前吃黃白涼粉，辣汁澆了半碗湯，在青羊宮旁吃粉蒸小籠，花椒下得如雪花片片，在寬窄巷吃夫妻肺片；辣子紅油如紅海浮沉。到了都江堰附近吃農家菜，不管是麻婆豆腐或蒜泥白肉或辣瓣鯰魚，全像打翻辣缸似。（韓良露〈成都好辣〉）

味淡

【寡】清淡。
【口輕】口味淡。
【平淡】平常清淡。
【平板】平淡呆板。
【淡薄】不濃厚、稀薄。
【淡泊】清淡寡味。
【清淡】氣味不濃。形容食物菜餚等含油量不多。
【清寡】味道清淡。
【薄薄】味道很淡。
【單調】簡單而少變化。
【乏味】無味。
【了無滋味】一點味道也沒有。
【味同嚼蠟】比喻沒有味道。
【味如雞肋】味兒與雞的肋骨一樣無味。
【清湯寡水】比喻沒有味道。
【寡淡無味】平淡沒有味道。
【食之無味，棄之可惜】吃起來毫無滋味，丟棄又覺得可惜。

味濃

【口重】口味重。
【口沉】口味重。
【釅】一ㄢˋ，味道濃厚。蘇軾〈正月二十日與潘郭二生出郊尋春，忽記去年是日同至女王城作詩，乃和前韻〉：「江城白酒三杯釅，野老蒼顏一笑溫。」
【厚味】很濃的味道。
【醲肥】厚味；美味。也作「肥醲」。
【濃醇】味道濃厚香醇。
【濃重】形容氣味、色彩、煙霧等深厚而顯著。
【醇厚】味道濃厚。也有「厚醇」。
【濃腴】形容食物的味道厚重，含油量高。

晶瑩剔透的米飯，吸取了材料的精華後，滋味並非如之前所想像的、飽含了湯汁的濃郁鹹重，而是在淡泊的芬芳米香裡，每一入口，都延伸著一種綿長而雋永的鮮美。（葉怡蘭〈香港廟街的香Q煲仔飯〉）

西遊記裡都是出家人，只能在水果素齋上做文章，害孫悟空闖下大禍的是蟠桃與人參果，如今市場上也有兩樣水果叫這名字，人參果出乎意料地寡淡無味，蟠桃味道還好，只是扁扁的，一點也不像圖片上紅潤豐盈的樣子。（閆紅〈誤讀紅樓〉）

李漁顯然內行多了，他深諳品蟹三味，「凡治他具，皆可人任其勞，我享其逸。獨蟹與瓜子、菱角三種，必須自任其勞，旋剝旋食則有味；人剝而我食之，不特味同嚼蠟」。味鮮常不免事繁，剝蟹食蟹乃美好的生活風格。（焦桐〈論螃蟹〉）

日人極喜愛中國明代之書「菜根譚」，書云「醲肥辛甘非真味，真味只是淡；神奇卓異非至人，至人只是常。」我仍愚鈍，只因與京都結食緣，略識真味只是淡之道，但尚味通解至人只是常之理。（韓良露〈真味只是淡〉）

夜晚的佳美，隱隱道出了白天炎陽之烈悍。金門的陽光，亦是一寶，何不用來曬蘿蔔乾？還不只是古諺說的「後好菜脯，榜林水查某」而已。哪怕是曬臺灣運來的菠蘿、梅子、高麗菜，或是金門自產的花生（花生米先曬再炒，香味更醇厚），這兒都充滿燙騰騰的石板廣場。（舒國治〈幾受人遺忘的世外桃源——金門〉）

不過，這幾味綠蔬到底質地瘠薄，難以原味本色見人，無怪乎上

【釅釅】形容醇、濃、香。

【掛味兒】形容韻味或滋味濃厚。

【重油】形容含油量很高。

【油膩膩】含油過多。

【油滋滋】非常油膩的樣子。

【膩人】食品的油脂過高，使人不想吃。

【膩味】油膩的食品。

【濃膩】味道厚重且油膩。

【臭油味】油脂長時間暴露在溫熱、潮溼的環境所產生的不好聞的味道。

【濃烈】味道強烈。

【嗆】受到味道或煙氣的刺激，而使人感到難受。

【沖】猛烈的。

【嗆鼻】氣味刺激鼻腔。

【刺鼻】氣味強烈。

腥臭

【腥臊】魚肉的腥臭味。

【腥羶】肉類刺鼻的腥味。羶，ㄕㄢ。

【羶氣】羊的臊臭味。

【油腥氣】意指魚、肉類所發出的腥味。

【腐漬味】此形容魚經過醃漬後所散發出的腐臭腥味。

【古怪】怪異；異於尋常。

【陳倉味】存放倉庫多年的怪味。

【油耗味】油脂氧化後所產生的異味。

【霉味】因潮溼腐壞所發出的氣味。

【掩鼻】摀住鼻子。表示對聞到骯髒、濁臭之味的厭惡。

【走味】食物失去原本的味道。

【難以下嚥】無法吃下去。

【噁心】味道令人作嘔。

海人要想方設法變著花樣，其實是吃個感覺意思，也許寬油厚醬的濃腴之物吃多了，要嚐點清寡口味醒醒神吧。（蔡珠兒〈濃腴與清鮮〉）

濃縮咖啡是否真的有助消化，我不敢肯定，但是飯後不喝卡布奇諾或拿鐵，的確有其道理，畢竟在塞了一肚子義大利麵、乳酪和魚或肉類主食後，還喝含有許多油脂的牛奶咖啡，真的滿膩人的。（韓良憶〈要牛奶，還是咖啡？〉）

年少的我，對烈酒向來敬謝不敏：不喜歡那嗆鼻微苦的辛辣、不喜歡那從味蕾到喉嚨到胃的燒灼感；在素來飲食崇尚清淡的我而言，過往，相較下顯得更恬靜優美些的葡萄酒與日本清酒等發酵酒類，著實對味對胃得多了。（葉怡蘭〈沉醉，威士忌〉）

總要有點滄桑才懂得吃鹹魚，經過打磨有過閱歷的舌頭，才能披沙瀝金醜裡識美，析破那腥臊渾沌的味覺迷陣，咂吮出鮮滋美韻。世上有多少種鹹魚，就有多少種滄桑。（蔡珠兒〈哈鹹魚〉）

我必須習慣橫衝直撞的賓士計程車，我必須接受度假公寓附近日常生活用品顯然是超高價格的雜貨鋪，我必須接受家家戶戶都是烤羊肉串的腥羶騷味，啊——！這是怎麼一回事，我的希臘生活才要真正開始呢！（師瓊瑜〈我的希臘生活，才要開始〉）

更有個性的是鹹魚蒸草魚——先用麻油將草魚塊稍煎過，再加鹹魚、薑絲清蒸。重點是以鹹魚蒸草魚的創意，鹹魚的腐漬味，準確提升了草魚的新鮮，強調了草魚的甘甜，那草魚雖然等閒，卻因為一小塊鹹魚的提醒，產生了戲劇性的張力。（焦桐〈論吃魚〉）

炒麵茶有幾個緊要事要守住，首先炒麵茶鍋要全乾，因此要先把

【發嘔】想吐的感覺。

【酸腐】腐敗而發出酸臭之味。

【餿腐】食物腐敗而變味。

【糟爛】敗壞腐爛。

【臭烘烘】形容很臭。

7 飲品、品飲

製茶

【一心二葉】一心剛長出的新芽，二葉指的是新芽下的兩片嫩葉，意指以手工採收特別挑選的茶葉。

【春摘】大吉嶺茶葉分四季採摘，三月到五月為春摘茶，七到八月夏摘茶，九到十月為秋摘茶。

【凋萎】將摘下的茶葉在陽光下曝曬，再移置室內，使其水分減少而枯萎。

【殺青】以高溫讓茶葉中的酵素停止作用，使茶葉保持應有的色澤。

【揉捻】搓揉殺青後的茶葉，擠出茶汁並定型茶葉。

【手揉】用手揉捻茶葉。

【機揉】用機器揉捻茶葉。

【發酵】揉捻後的靜置，各類茶多酚藉由空氣中的氧氣進行酵素氧化作用。

【半發酵】茶葉經過不同發酵輕重衍生不同滋味，半發酵一般為烏龍茶類。

鍋加熱冒煙後熄火，之後再下麵粉，不斷用中火翻炒，炒製麵粉變成棕黃色為止，炒麵茶可以乾炒，也可以用白芝麻油或豬油炒，不放油的麵茶粉可以儲藏較久，豬油炒很香但不耐放，放久了會有油耗味，〔……〕（韓良露〈暖和人心的麵茶，功夫了得〉）

豆汁兒之妙一是在酸，酸中還帶著餿腐的味道；二是在燙，只能吸溜著喝，越喝越燙，最後直到滿頭大汗。（梁實秋〈豆汁兒〉）

在魚池鄉有個叫仙楂腳村落的地方，有一些都已六七十歲的老人，砍除了村子裡的檳榔園，開始用自然農法種起阿薩姆種的森林紅茶和台茶十八號的新茶，以人工採摘一心二葉並且用最講究的自然萎凋與揉捻、發酵、焙茶的過程，終於在二六年種出了茶葉改良場評定的台茶十八號的紅玉冠軍茶。（韓良露〈魚池紅茶〉）

大吉嶺茶一年收成約三次。春摘（稱之為First Flush）時間約在每年的五月初以前，早春溫柔蘊藉的雨水和霧氣籠罩下，使第一摘的大吉嶺往往有著極纖細的茶色與清香，口感輕柔。夏摘茶，亞洲季風吹拂下，香氣與滋味既纖細精雅、卻也同時豐碩飽滿有個性；故而在各季節大吉嶺紅茶中，向來評價最高、也最受茶饕們的肯定與喜愛。而除了素負盛名的夏摘與春摘茶之外，秋摘的大吉嶺茶也極富特色，需得等到當地雨季過後的九到十月間才能採收製。（葉怡蘭〈茶中藍山大吉嶺〉）

也有人講究明前茶，即清明之前的茶，但茶葉並非愈小愈好，太小但還沒茶青之味也不適合，像江浙附近是溫帶氣候，明前茶恐怕太

【全發酵】茶葉經過全面發酵後，由全綠色轉變為全紅色，即「紅茶」。

【乾燥】降低茶葉的水分。

【烘焙】以火烘製茶葉，去除水分，提高香味和保存時間。

【焙火】焙烘的火力。

【茶到立夏一夜粗】形容夏季茶樹生長迅速，但一到立夏茶葉很容易變粗、老化。

製酒

【蒸餾】指葡萄、麥芽、米等經過醱酵後，再蒸餾而取得的酒。酒精含量較高，顏色淡白，香味濃郁。

【醱酵】利用穀類或水果中的糖分，培養酵母菌使之生長轉化成酒。

【釀造】利用酵素醱酵作用，將農作物製成酒。

【釀製】同釀造。

【酒造】釀酒廠。

【杜氏】周代釀酒名家杜康之簡稱，意指釀酒人。

【醇化】將威士忌或葡萄酒注入橡木桶內貯藏，增加酒的香氣和複雜性，

【封瓶】葡萄酒最後裝瓶包裝的動作。

【熟成】酒釀好後，等待進入適飲期的過程。

早，還是雨前茶較適宜；但若換到閩南、臺灣是亞熱帶氣候區，明前綠茶或碧螺春就極適合；但如果是製作半發酵茶，恐怕還是得等到雨前茶才宜。（韓良露〈穀雨〉）

「焙」與「培」是二個音義皆異的字。「烘焙」一詞是「用火烘烤」的意思，常因口語誤讀「焙（ㄅㄟˋ）」為ㄆㄟˊ音，而訛寫為「烘培」，但「培」從土字旁，是滋養、培養之義，與烘乾、烘烤義無關。（蔡珠兒〈饕餮書〉）

據說為蘇格蘭地區第二細長的長頸蒸餾器（一般而言，矮胖型蒸餾器所蒸餾出的威士忌味道濃厚、細長型蒸餾器則偏向清雅）與美國波本橡木桶精釀而成，前者在似有若無煙燻氣息間，洋溢著纖細的花香果香與既優雅又複雜的口感，後者則除花香果香之外，更多了老年份酒特有的堅果、果乾與蜂蜜等甜潤柔美香氣；〔……〕（葉怡蘭〈沉醉．威士忌〉）

在釀酒廠中，還有農人用傳統的踩皮方式，赤腳踩在葡萄堆中。這些榨好的葡萄汁會先在釀酒廠中存放過冬靜待發酵。（韓良露〈在波特酒鄉放慢腳步〉）

日本，吟釀通常不做一般性銷售，僅只是各酒造（釀酒廠）與杜氏（釀酒人）為了彰顯其在釀酒技術與思維所能達致的極限與可能性時，方才精工釀製的藝術之作。（葉怡蘭〈如水．吟釀〉）

最初發酵出來的酒都是甜的，像我們的糯米酒，甜分很高。此時砵酒製作人在酒中加了劇酒，這麼一來，發酵過程停止，酒停留在糖分高的狀態，才放進橡木桶中去醇化。（蔡瀾〈砵酒〉）

製作咖啡

【日曬法】採收果實鋪放在平坦的空地上日曬。

【水洗法】採下的果實放入水槽內浸泡柔軟果肉，清掉果肉再將種子浸水使殘留的果肉發酵並完全掉落。

【研磨】將咖啡豆磨成粉，以便沖泡。

【炒】指烘焙咖啡豆的過程。

【淺焙】咖啡焙炒在一爆密集至二爆之前，咖啡會有明亮的果酸風味，不同產區咖啡豆獨特風味明顯。

【重烘焙】咖啡進入二爆之後，顏色也隨著焙炒而越接近黑色，味道厚實甘甜。

烹煮

【沏】ㄑㄧ，用煮開的水沖茶。

【煎】煮、烹。

【治茶】烹煮茶湯。

【沖泡】用水沖澆浸泡。

【泡】計算茶葉沖泡次數的單位。

【舒卷】張開或捲起。

【舒展】伸展。

【如針狀直立漂浮】形容茶葉泡開的姿態。

【像許多小小的風帆】此形容杭州龍井茶的茶葉泡開之後的樣子，就像一艘艘張帆乘風而行的船。

【溫壺】先以熱水沖過煮茶的器具。

【除沫】去除茶湯上的細沫。

白色杯中的液體，陽光下呈顯出猶如濃茶般深釅卻隱隱透著亮澤的褐色；稍微搖晃杯身，隨著溫度的緩降與氣味的飄散，花生、核桃、紅色漿果、蔓越莓乾、黃豆、壺底油，花的水果的乾果的堅果的……，各種各樣不同的氣息，一層層，悠然綻放；而一飲入口，透亮的微酸裡，愉悅的甘、柔柔的苦、多元紛呈的香，整個兒將味蕾嫵媚包裹起來——這是，以來自我個人極偏愛的咖啡豆產區衣索比亞「Yirgacheffe 耶加雪菲」的咖啡豆、淺焙後沖成的單品咖啡。（葉怡蘭〈在一杯咖啡的時光裡〉）

若說威士卡是黃金之水，一杯上好的手工精品咖啡就稱得上是黑金了。以前我只是喝咖啡，現在，我會聞研磨後的咖啡乾香，感受手工沖製咖啡時的撲鼻香氣，最後再細細體會咖啡豐富多層次的味道……（花柏容〈我和咖啡認識的地方〉）

我來正在清明前，在西山石公山上的茶亭，沏新焙的碧螺春一杯，當時細雨初止，亭外的桃花沾滿雨珠，山下岸旁新柳如洗，在微風中飄蕩，煙波的太湖濛濛，此情此景可以入詩入畫。（逯耀東〈多謝石家〉）

欲治好茶，先藏好水。水求中泠、惠泉。人家中何能置驛而辦？然天泉水、雪水，力能藏之。（袁枚《隨園食單．茶酒單》）

我曾過洞庭，舟泊岳陽樓下，購得君山茶一盒。沸水沏之，每片茶葉均如針狀直立漂浮，良久始舒展下沉，味品清香不俗。（梁實秋〈喝茶〉）

龍井葉片是細長的，泡在熱水裡都豎立起來，像許多小小的風帆。

【淨器】煮茶的步驟，以熱水沖過茶器。

【點茶】又稱抹茶法，是煮茶方式之一，風行於宋代。

【鬥茶】比賽烹茶技術的優劣。

【工夫茶】考究的煮茶方式。一般步驟為點火燒水，置茶備器，沖水、洗茶、洗杯（俗稱第一沖），再次沖水、浸泡、沖茶，稍候片刻才端杯慢慢細飲。

【濾泡】手工沖泡咖啡，將熱水沖過咖啡粉和濾紙，萃取出咖啡。

【虹吸】也稱賽風，利用水沸騰時產生的壓力烹煮萃取咖啡。

【冰滴咖啡】也稱冰釀咖啡，使用冰水、冷水或冰塊萃取咖啡，需要較長時間萃取。

【打發】將鮮奶快速攪拌至膨鬆，呈奶泡狀。

【羼】ㄔㄢˋ，本義為群羊雜居，後多引申攙雜、混雜。

【參混】將東西摻雜在一起。

美酒

【酳】ㄒㄩˇ，美酒。

【佳釀】好酒。

茶湯的顏色淡一點也混一些，喝進嘴裡，竟然有著雞湯的味覺。（張曼娟〈如果你來，泡茶招待〉）

北宋時候，上自皇室貴族與士大夫，下至市井中的販夫走卒，幾乎人人喜歡「鬥茶」，宋人除了在形式上較量茶器茶碗的精美之外，實質上更注重茶色與茶碗釉色的關係、茶香的品鑑等等，終於鬥出了福建茶產最輝煌的一段歷史，〔……〕（林詮居〈煲湯〉）

宋代點茶，在品嘗之前，還有一道視覺藝術的工序，用的是碾成粉狀的茶末，放在建窯紺青黑釉的茶盞中，拂擊成白色的沫餑，有點像現代人喝卡布奇諾那樣，上面要浮著一層濃郁的泡沫。（鄭培凱〈宋徽宗飲茶〉）

現在流行的拿鐵、卡布奇諾，無非都是「加牛奶」的外來語，說明的只是一種調理方法；你當然也可以問是用濾泡式、滴泡式、虹吸式，還是氣壓式所沖泡而成。（詹宏志〈咖啡應有的樣子〉）

咖啡裡頭加酒，其實並不罕見，歐式咖啡比如 Cafe Brolot 也以加白蘭地著名，效果一樣刺激，並且還甜一些，尤其又羼進肉桂丁香橘皮，一小小杯不加水，濃縮得像喝川貝枇杷膏。（盧非易〈尋找杯底的祕密〉）

這種以煉乳打底，褐色咖啡與紅茶參混，呈褚紅色的飲料，入口有點苦有點澀，且飄著淡淡乳香，甘濃香滑，甚有回味。（逯耀東〈飲茶及飲下午茶〉）

蘇格蘭威士忌迷倒眾生，如果你是個酒鬼，不管你在哪裡出生，喝慣任何佳釀，到了最後，總要回到蘇格蘭的單麥芽威士忌的懷抱。（蔡瀾〈威士忌之旅〉）

【芳醴】芳香的美酒。

【綠螘】螘，ㄧˇ。一種美酒。

【歡伯】酒的別名。《易林．坎之兑》：「酒為歡伯，除憂來樂。」

【金波】泛指美酒。

【般若湯】僧徒稱呼酒的隱語。

【三酉】指酒，因酒字由三和酉組成，故得稱。《留青日劄．酒名》：「今人稱酒曰三酉，皆言三點水加酉也。」

【醇醪】濃烈精純的美酒。醪，ㄌㄠˊ。

【凍醪】冬季釀造、及春而成的酒。

【瓊漿】香醇的美酒。也有「瓊漿玉液」、「瓊漿玉露」。

【金波玉液】名貴的美酒。

【杜康】酒的代稱。因周代杜康善於釀酒，後人以其名代稱酒。

【黃湯】指酒。

【杯中物】指酒。

【白乾】白酒。酒精含量高的蒸餾酒。

【二鍋頭】酒在蒸餾時，除去最初和最後流出的酒，留下的中間部分，也是酒的精華部分。

【開瓶】意指喝酒。

【醒酒】葡萄酒透過快速氧化，讓口感柔和。

【單寧】英文 Tannin 的譯名。是葡萄酒中所含有的二種酚化合物其中的一種物質，尤其在紅葡萄酒中含量較多，有益於心臟血管疾病的預防。一般是由葡萄的皮、籽、梗浸泡發酵而來，或是因存於橡木桶內而萃取橡木中的單寧而來。

【狂藥】酒的代稱。因飲酒後經常使人神智失常，恍惚如狂，故得此稱。

【忘憂物】酒的代稱。因酒後常使人忘記煩惱，因得此稱。

【醍醐】特指美酒。白居易〈將

如果你歡喜／請飲我／一如月色吮飲著潮汐／要多少次春日的雨／多少次／我原是為你而準備的佳釀／請把我飲盡吧／我是那一杯／波濤微微起伏的海洋（席慕蓉〈佳釀〉）

中國的酒有很多綽號：歡伯、杯中物、金波、忘憂物、般若湯、三酉、綠螘、杜康、凍醪、狂藥，從名稱看來，大抵具正面意義。也許酒能暫時忘憂解煩，帶來歡樂，所以叫「歡伯」、「忘憂物」；酒在杯中浮動小波，色澤如金，遂稱「金波」；新釀未漉的酒漿上，漂浮著渣滓，狀若螞蟻，故名「綠螘」、「浮蟻」、「素蟻」；寒冬釀造供來春飲用的春酒喚「凍醪」；和尚不好意思直呼酒名，隱語「般若湯」，其實出家人將自己的一生奉獻給神，需要讓奉獻的身體喝點佳釀，才夠敬意。（焦桐〈論醉酒〉）

郭靖也就住口，從說話人變成了聽話人。這一席話黃蓉足足說了大半個時辰，她神采飛揚，妙語如珠，人人聽得悠然神往，如飲醇醪。（金庸《射鵰英雄傳》）

晴天一碧，萬里無雲，終古常新的皎日，依舊在她的軌道上，一程一程的在那裡行走。從南方吹來的微風，同醒酒的瓊漿一般，帶著一種香氣，一陣陣的拂上面來。（郁達夫〈沉淪〉）

你看紅酒文化在臺灣成形不過是最近兩、三年的事，但已經有人刻意用昂貴的年分的酒在做政治饋贈，豪飲之際，餐桌上的紅酒才開瓶，還來不及透氣甦醒過來，便被乾杯到肚子裡去了。（林詮居〈煲湯〉）

富有的買家標下這意義非凡的酒，舉辦一場盛大的餐宴，遲了將近一世紀的開瓶，蜷伏在750ml的玻璃空間的液體，接觸到新鮮的空氣，像是睡美人般，膠捲格放式地甦醒過來，一層一層的氣味如同滴

歸一絕〉：「更憐家醞迎春熟，一甕醒醐待我歸。」

【麴生】酒的別稱。因釀酒用麴，故有擬人稱呼。

【麴秀才】酒的別稱。因釀酒用麴，因得此擬人稱呼。

【掃愁帚】酒的別稱。因酒能掃除憂愁，故得此稱。蘇軾〈洞庭春色〉：「應呼釣詩鉤，亦號掃愁帚。」

【釣詩鉤】酒的別稱。因喝酒能引發詩興，故得此稱。

【蓮花白】酒名。約產於晚清年間，以白蓮花蕊、蓮子等藥材配製釀成。

【白酒】酒精含量高的蒸餾酒，主要以高粱、米、麥等原料釀製而成。也稱為「白干」、「白乾」、「燒酒」、「燒刀子」。

【黃酒】色黃，酒精含量較低的酒。主要以糯米、大米、黃米或麥等原料釀製而成，可加熱飲用。

飲酒

【喝】飲用液體、飲料或流質食物。

【呷】ㄒㄧㄚˊ，喝。鄭震〈飲馬長城窟〉：「朝呷一口水，暮破千重關。」

【啜】ㄔㄨㄛˋ，吃，喝。陸游〈睡鄉〉：「有酒君勿啜，入腸作戈矛。」

【啜飲】小口吸、喝。

【酌】飲酒。

【小酌】少量飲酒。

【淺酌】同小酌。

入水中的水彩顏料，姿態優雅地暈染開來，像是某種無以名之的舞蹈，氣泡不再青春活躍，取而代之的是光陰流逝的華麗嘆息。（杜祖業〈滋滋作響的微醺記憶〉）

沒事喜歡喝兩盅的朋友，不管南路也好，北路也好，（北平白酒分南路北路兩種）一定要喝白酒的二鍋頭，酒是醇厚湛冽，好在酒不上頭。再不就是蓮花白，同仁堂的綠茵陳啦，夏天喝這一白一綠兩種白酒，既過酒癮、還帶療疾。（唐魯孫〈白酒之王屬茅臺〉）

醒酒的過程，葡萄酒將與大量的空氣接觸，透過氧化，可以讓口味堅硬的葡萄酒變得更柔和順口一些，透過快速的氧化，酒香較封閉簡單的年輕酒款也常能散發出較多樣的香氣。（林裕森〈醒酒的意義〉）

單寧是紅葡萄酒的主要成分之一，來自葡萄的皮、籽、莖梗和橡木桶，它能引起口腔組織的收斂感，在波爾多、勃艮地、隆河河谷的名酒中含量偏高，葡萄酒醞釀陳年時，酒變得越來越精緻，單寧也會因沉澱作用而變得柔和。（焦桐〈論酒食〉）

夏季天黑得晚，落地長窗外的小花園在淡淡的暮色中散發入夜前瞬息的繽紛。我們喝了好多種餐酒，微醺之際，有人低聲唱出一支芬蘭情歌，悽切而深幽。（董橋〈晚風中的薔薇〉）

我遺傳了父親的易醉體質，酒量很差，再醇再香的美酒，都只能淺嘗輒止。出外用餐時，菜慢慢吃，酒慢慢喝，兩三個小時下來，最多能喝兩三杯葡萄酒，再多肯定醉，搞不好還會皮膚過敏，弄得渾身發癢，不抓難受，抓了難看，實在兩難。（韓良憶〈酒是為了食物而存在〉）

其實啤酒之為物，人多一起暢飲為佳，和一二良朋對酌也有其無

【淺嘗輒止】稍微嘗試一下就停止了。

【當壚】煮酒；飲酒。也作賣酒。

【獨飲】一個人喝酒。

【獨酌】獨自飲酒。

【行酒】酌酒奉客。依次斟酒。

【對酌】相對飲酒。

【會飲】聚飲；一塊喝酒。

【酬酢】筵席中賓主互相敬酒。泛指交際應酬。酬，向客人敬酒。酢，向主人敬酒。酢，ㄗㄨㄛˋ。

【行酒令】古代宴席中助酒興的一種遊戲。常是以輪流說詩詞或做動作，違反規定或依令該飲者都要飲酒。

【勸酒】勸人飲酒。

【佐歡】助興。

【侑酒】勸酒。

【佐觴】勸酒。

【灌酒】強迫他人喝酒。

【酒勁】酒力；酒意。

【暢飲】盡情地飲酒。

【牛飲】狂飲。

【狂飲】縱飲。

【痛飲】盡情的喝酒。

【酣飲】痛飲。

【豪飲】縱情飲酒。

【杯觥交錯】酒席間舉杯互敬暢飲。形容酒席的氣氛熱烈。

【酒酣耳熱】指酒喝得意興正濃的暢快神態。曹丕〈與朝歌令吳質書〉：「每至觴酌流行，絲竹並奏，酒酣耳熱。」

【觥籌交錯】酒器和酒籌錯雜相交。比喻暢飲。

【飛觥走斝】不斷傳杯，比喻暢飲。斝，ㄐㄧㄚˇ，古代盛酒的器具。

【貪杯】貪戀杯中之酒。

【嗜酒】酷愛喝酒。

【酗酒】飲酒無節制。

窮的趣味，等而下之才是獨飲。在西雅圖，暢飲的機會不多，和友人對酌的機會可待而不可求，無奈只好一邊看書一邊自斟，是為獨飲。（楊牧〈六朝之後酒中仙〉）

吃的人也言笑晏晏，神態如常，就像普通的宴席聚餐。忽然傳來哄堂大笑，繼而是吆喝和碰杯聲，轉頭看看鄰座那幾桌，已吃到杯觥交錯，酒酣耳熱，嘻哈笑鬧，推來搡去的，簡直像喜宴，有個女人甚至穿著棗紅套裝。這裡不太講究服色，除了黑衣，還可穿著青藍黃綠等色，看來更不像弔喪。（蔡珠兒〈他吃大豆腐去了〉）

《海上花》裡的長三書寓歌妓和客人的酬酢往來，我每每讀了感到一種瑣碎人世的動容，覺得人的感情和情義在某種狀態裡可以達到那麼深，深到沒有身分地位，只是交心，只是把酒言歡，〔……〕（鍾文音〈梧桐樹下吃路邊攤〉長三，舊時對上海高等妓女的稱呼。書寓，指高等妓院）

話說劉姥姥兩隻手比著說道：「花兒落了結個大倭瓜。」眾人聽了哄堂大笑起來，於是吃過門杯。「門杯」是行酒令的時候，每人面前擺一杯酒，輸了就要喝掉。我覺得劉姥姥聰明極了，就是民間常說的「傻人有傻福」的那種。憨憨的，可其實憨裡有一種福氣，憨裡也有一種通達。所以在這樣一個大場面裡，她很清楚自己扮演的角色，從賈母到傭人都在她有趣的逗笑中開心得不得了，因為他們忽然覺得好像來了一個跟他們完全不同調性的生命。（蔣勳〈說紅樓夢〉）

我因此在那十八個月的坑道生活，養成睡前小酌的習慣，不知不覺遂與高粱結下感情。高粱這種酒，性情不很友善，容易讓初嘗的人膽怯，但唯其酒勁十足，更見飲者的豪邁，豪邁中的深情；〔……〕（焦桐〈論飲酒〉）

醉酒

【醉】飲酒過量以致神志不清。蕭統〈陶淵明傳〉：「淵明若先醉，便語客：『我醉欲眠，卿可去。』」

【醺然】感覺微微的酒意。

【微醺】輕微的醉意。

【薄醺】輕微的醉意。

【酩酊】大醉貌。

【爛醉】大醉。

【發酒瘋】喝了酒後而言行失常的行徑。

【不醉不歸】酒興大發，一定要喝醉。

【宿醉】酒醉隔天仍未清醒。

【醒酒】解酒；使酒醉清醒。

【解酒】解除酒醉的狀態。

【解醒】消解酒醉的狀態。

【戒酒】戒除喝酒的嗜好。

【止酒】戒酒。

【斷酒】戒酒。另有禁止造酒之意。

【酗酒】飲酒無節制。

【薄醉】微有醉意。

【半醉】有點醉酒，神智有些不清。

【半酣】酒意正濃，半醉。

【大醉】酒喝太多，嚴重酒醉。

【泥醉】大醉。泥，形容癱軟的樣子。

【醉如泥】喝醉酒後身體無力癱軟，倒臥如泥的樣子。形容大醉。也有「爛醉如泥」。

【酣醉】大醉。

【轟醉】爛醉、大醉。

【霑醉】形容人飲酒大醉。

【醺醺】形容飲酒酣醉時愉悅的樣子。

【醉醺醺】形容酒醉的樣子。也作「醉薰薰」、「醉熏熏」。

【玉山將崩】形容人喝醉酒後傾倒不穩的樣子。玉山，指儀容美好的人。也作「玉山傾倒」、

每到夏天，我就會喜歡喝白酒，總覺得白酒讓夏天變得特別清涼明亮。尤其喜歡在夏天的午後，躺在大樹下，看著白花花的光影和樹葉嬉戲著，微風吹起，此時從野餐籃中拿出冰鎮的白葡萄酒，配上乳酪、水果，覺得幸福無比。入夜後，喜歡在正式的晚餐前，喝上一杯透涼的白葡萄酒，站在有風的陽臺上，享受夏日的醺然。（韓良露〈德國萊茵高和莫塞爾河：尋覓莉絲玲情人〉）

蒸餾過的紹興酒酒質透明，沒有黃酒特有的酸味。古城區倉橋直街上有幾處可以品嘗多種黃酒的小酒館，我們逛了一圈後，選了狀元樓歇歇腳，因為狀元樓一面臨小街，一面臨水，波光瀲灩的午後，不喝酒已微醺。（楊明〈微醺紹興〉）

酒徒求醉無非希望暫離現實，轉換觀看的態度和角度，或解除情感上的戒嚴，那是一種茫茫惘惘的境界，適合遺忘，適合吐露真性情。真正懂酒者都有高度自制力，懸崖勒馬般止於酩酊之前，免啟悲懷。（焦桐〈論醉酒〉）

吳漢魂走到街上，已是淩晨時分。芝加哥像個酩酊大醉的無賴漢，倚在酒吧門口，點著頭直打盹兒，不肯沉睡過去，可是卻醉得張不開眼睛來。街上行人已經絕跡，只有幾輛汽車，載著狂歡甫盡的夜遊客在空寂的街上飛馳而過。（白先勇〈芝加哥之死〉）

中國人之間很少有真正怪癖的。脫略的高人嗜竹嗜酒，愛發酒瘋，或是有潔癖，或是不洗澡，講究捫虱而談，然而這都是循規蹈矩的怪癖，不乏前例的。他們從人堆裡跳出來，又加入了另一個人堆。（張愛玲〈洋人看京戲及其他〉）

啤酒節（Oktoberfest）自九月底開跑，逐步邁入尾聲，一天比一天白熱化，幾百萬公升泛著乳白泡沫與麥香的流金深棕歡愉，源源泉湧

「玉山傾頹」。

【酒狂】因喝酒過量，無法控制自身言行，舉止失常的樣子。

【醉意】喝醉酒後的感覺或狀態。

【酒酣】指盡興飲酒後，呈現半醉的狀態。

【醉態】喝醉酒後，舉止失常、神智不清的樣子。

【醉眼】喝醉酒後，眼睛視線模糊。

【醉鄉】指酒醉之後，神智進入昏沉迷糊的境界。

【醉臥】醉酒後倒頭大睡。

【醉鬼】對醉酒之人的諷稱。

【醉貓兒】對酒後因醉舉止失常的人的諷稱。

【酒鬼】對貪杯嗜酒之人的蔑稱。

【醉墨】飲酒之後寫的文字。

而出；這幾天秋老虎大發威，不醉不歸的更多了，不少也真的一如所願，醉死了就沒再醒來，加入祭典上愈堆愈高的啤酒屍（Bierleichen）行列。（林郁庭〈幕尼黑啤酒節〉）

「西班牙酒就像西班牙男人一樣，入口時強烈帶勁，喝完後卻頭痛欲裂。」這是什麼道理？原因是當年西班牙酒不注重品質，大部分酒的雜質太多，才會造成痛苦的宿醉。（韓良露〈里奧哈的新與老〉）

我戒除溫柔的方式按部就班，腳踏實地，正如戒酒戒藥戒哀愁，一分一分算，一秒一秒計，戒一天是一天。今天可以自主不依賴，或者這一秒想念顫抖抽搐，仍能堅持自己，不要伸手找你。一日的最後一秒滑過，躺在床上輕輕撫著自己，這次我又多戒了一天。（李維菁〈小小六月〉）

香氣

【佳茗】好茶。

【聞香】用鼻子感受香氣。

【賞茶】品味茶的滋味。

【溫潤】溫和瀅潤。

【回甘】回味甜美。滋味由澀變甜。

【香韻】香氣。

【清逸靈通】清新舒適，美好通暢。

【甘味深沉】甘甜滋味深厚。

【清冽】氣味清淡、清醇。

【清雅】清新、淡雅。

【清芬】清香。

【清甘】清冽甘甜之味。

【淡雅】清淡高雅。

【寒香】清冽的香氣。

【澹香】淡淡的香氣。

茶店裡經常是茶香花香，郁郁菲菲。父執有名玉貴者，旗人，精於飲饌，居恆以一半香片一半龍井混合沏之，有香片之濃馥，兼龍井之苦清。吾家效而行之，無不稱善。茶以人名，乃徑呼此茶為「玉貴」，私家祕傳，外人無由得知。（梁實秋〈喝茶〉）

茶碗懷念烈火之前的陶泥／茶葉嚮往尚未烘焙的滿山綠意／水，想重溫雲的飄逸／我則躲在你舌尖的回甘裡／淺淺呼吸（蕭蕭〈茶與呼吸〉）

然而在喝過的茶中，某年的冠軍茶，傳統的貢茶，極難得的陳年普洱茶等，都是感官的宴饗，包種茶的清逸靈通，鹿谷茶的甘味深沉，都有一種難言的美感悸動。然而極令我難忘的，卻並非這類色味傾城的名茶，而是一杯平凡、卻讓我對飲茶一事有了另一種見解的粗

【清淡芳甜】淡雅美好的香味。
【沁香】透出香氣。
【暗香浮動】飄著清幽的花香。
【芬芳】香氣。
【芬馨】芳香。
【芳菲】芳香。
【芳蘭】香氣。
【舒坦】舒服。
【飽滿】充足、豐富。
【解膩】解除食物中的油脂。
【中和油膩】以茶的苦味去除油脂。
【刮油】解除食物中的油脂。
【香澤褭褭】形容香氣襲人的樣子。褭，ㄧˋ。
【噴鼻】香氣撲鼻。
【馡馡】ㄈㄟ，香氣四處散逸。也作「菲菲」。
【撲鼻之香】香氣衝鼻而來。
【異香】濃烈奇特的香味。

【濃郁】香氣濃厚。
【濃馥】濃郁香味。
【膩香】濃郁的香氣。
【馥郁】香氣濃厚。
【馥馥】香氣濃厚。
【味濃猶清】濃郁的香味中還帶有一股清新的芳香。
【餘香】殘留的香氣。
【野氣】山野氣息。
【香留舌本】香氣停留在舌根久久不散。
【放肆】本指放縱、不受約束。也可形容香氣任意飄散。
【果香濃郁】酒香味帶有水果香氣。
【森林苔蘚】清新而帶有木頭的味道。
【苦清】苦澀清香之味。
【臭青味】腥味。

茶。（徐國能〈飲饌之間〉）

茶的部分，我們一時玩心大起，像在正式餐廳裡和葡萄酒侍酒師討論佐餐酒一樣，請餐廳經理根據菜色為我們做搭配建議；結果配出來的都是一些如大吉嶺、越南等不過於濃烈但芳香的茶類。尤其用Mariage Freres 非常專業的手法與壺具沖泡出來，滋味舒坦飽滿，十分宜人。（葉怡蘭〈巴黎 Mariage Freres 茶店的早午餐〉）

普洱富茶鹼，口味乾澀，的確能中和一嘴油膩。入腹之後如何，就不得而知。如果能說刮油，那未免有點像浴廁裡使用的除垢劑。（盧非易〈尋找杯底的祕密〉）

據傳沉老說，西南出產的茗茶，沱茶、普洱都能久藏，可是沱茶存過五十年就風化，祇有普洱，如果不受潮氣，反而可以久存，愈久愈香。等到沏好倒在杯子裡，顏色紫紅，豔瀲可愛，聞聞並沒有香味，可是喝到嘴裡不澀不苦，有一股醇正的茶香，久久不散，喝了這次好茶。才知道什麼是香留舌本，這算第一次喝到的好茶。（唐魯孫〈談喝茶〉）

品酒家自有一番形容酒的說詞，有的是很抽象的形容，像是「有若既柔軟又緊繃的肌肉」、「絕佳而有礦物質味地彷若壽司刀般銳利的果味」等層次的潤飾」、「微妙優雅的潤飾」、「豐富、平衡而多等。談酒有若作詩，辭藻意象豐富，但到底是什麼意思就要靠讀者自己思量了。有的則很白描，像是「果香濃郁」、「暗藏有梨子汁味道的乾澀果味」、「成熟的櫻桃香」等等。（迷走〈玩葡萄酒的方式〉）

一飲入口，柔和清新的口感，以及覆盆子、烏梅、與森林苔蘚般的獨特芳香，搭配所點的，烤得皮酥肉嫩多汁可口的鵪鶉佐無花果大茴香果醬與炸春捲，二十幾個小時飛機舟車往返疲憊，彷彿剎時消逝大半……（葉怡蘭〈沉醉，加拿大酒鄉〉）

【前味】酒剛進嘴裡的味道。

【主味】真正喝酒時的味道。

【後味】酒吞下後留在口中的餘韻。也作「尾韻」。

【醇厚】濃厚的。

【醇醪】濃烈精純的美酒。醪，ㄌㄠˊ。

【純醪】醇厚的美酒。

【沁人心脾】指喝了清涼飲料時，感到舒適、愉快。

【清爽】清淡、爽口。

【爽口】清脆、可口。

【清韻】清雅的韻味。

【瑰麗】奇特、絢麗。

【成熟】溫和平衡不青澀。

【高雅】高貴、風雅。

【優雅】優美、高雅。

【細緻】細密精緻。此形容口感細密。

【溫馥】溫暖濃郁。

【豐潤】豐美、潤澤。

【飽滿】豐滿；充實。

【像蜂蜜一樣】此形容水果流出的汁液如蜂蜜一樣的甜稠。

【濃烈】氣味厚重強烈。

【濃異】氣味厚重特異。

【氣息橫溢】意指味道充分散發出來。

【深沉】深邃厚實。

【平凡】普通；平常。

【淺薄】輕微；微薄。

【乏層次】形容口感單調、平淡。

【了無餘韻】一點餘留的韻味都沒有。

【祛寒保暖】酒氣去除寒意。

【陳腐】因時間過久而腐敗。

他的酸梅湯的祕訣，是冰糖多、梅汁稠、水少，所以味濃而釅。上口冰涼，甜酸適度，含在嘴裡如品純醪，捨不得下咽。很少人能站在那裡喝那一小碗而不再喝一碗的。（梁實秋〈酸梅湯與糖葫蘆〉）

Barolo 是酒名，指的是用內比奧羅葡萄在 Barolo 村莊釀造的酒，Barolo 酒一直被酒界人士形容為口味很高尚的酒，酒齡不夠的 Barolo 會有單寧硬口之感，但經過時間的沉澱與催化，味道會變得柔美、溫和，此時入口就會感到如義大利北方的仕紳般有種成熟、優雅的風韻。（韓良露〈義大利皮埃蒙特：美食美酒之鄉〉）

波爾多也許是全世界最知名的紅酒產區，但如果要論優雅細緻，布根地產的黑皮諾（Pinot Noir）紅酒毫無爭議的，是全球第一。（林裕森〈布根地式的美味〉）

索諾瑪並不小，整個面積和東岸的羅德島差不多，說起來索諾瑪也像個半島，她的西邊有長長海岸線臨東太平洋，鹹澀的太平洋海風與潮水，也豐厚了索諾瑪獨特的風土，釀出的葡萄酒裡會帶種深沉的韻味。（韓良露〈索諾瑪之約〉）

我素來不喜甜酒。品酒學稱糖分較高為「過熟」（surmaturite），這種酒的氣味通常比較淺薄，平凡，乏層次，了無餘韻，像滿嘴甜言蜜語的人，很容易擄獲人心。（焦桐〈論酒食〉）

英國咖啡沒落，愛爾蘭倒還保留一點成績，至少翻開飲品單，還可以發現「愛爾蘭咖啡」。「愛爾蘭咖啡」的特色在加入一小杯的威士忌，想必是強調祛寒保暖的功用，就連特別盛用的高腳杯也都是先溫過的。（盧非易〈尋找杯底的祕密〉）

口感

【甘甜】甜美。

【甘芳】芳香甜美。

【沁涼】透出涼意。

【舌有餘甘】舌頭留有淡淡的甜味。

【輕盈靈巧】口感輕爽。

【乾瘦】帶酸且清爽的口感。

【酸瘦高挺】低酒精、酸度高，口感清爽。

【厚實澀口】酒體厚，帶有單寧的澀味。

【澀】味道微苦不滑潤。

【生澀】形容辛麻苦澀的味道。

【青澀】生澀尚未成熟。

【苦澀】既苦又澀。

【濃苦如飲藥】形容苦味極濃。

【澀刺刺】形容味道苦澀。

【辛】辣味。或含有刺激味道。

【辛烈】辣味強烈。或帶有濃烈辛辣刺激味道。

【辣實】辛辣。

【辣絲絲】形容味辣。

【燒喉嚨】灼熱辣喉。

【舌尖發麻】舌頭的尖端部分產生麻木的感覺。

【像酒精點了火般】形容喝酒後興起燃火般的灼熱感。

【沖鼻竄肺】形容酒味刺激直衝鼻腔肺腑。

【穠纖合度】大小、胖瘦適中。

【肥潤】酒體厚實。

【甜潤圓碩】酒精度高而且酸味極低帶甜味。

【絲滑勻稱】酒剛喝進嘴裡的口感。

【味濃而釅】酒味濃醇。

【在味蕾上跳耀】形容氣泡在口中滾動。

【味薄】形容味淺，不夠厚重。

【韻遜】指口感不夠醇厚，餘韻

如果你也嘗過了一些葡萄酒了，喝上一口，酒液含在口中，如此親密相接的時刻，也能分得出它們之間的不同體型嗎？或如酸瘦高挺的夏布利 Chablis 白酒那般輕盈靈巧又如甜潤圓碩的阿根廷 Malbec 紅酒那般高大肥壯。（林裕森〈葡萄酒的重量感〉）

余向不喜武夷茶，嫌其濃苦如飲藥。然丙午秋，余游武夷到曼亭峰、天游寺諸處。僧道爭以茶獻。杯小如胡桃，壺小如香櫞，每斟無一兩。上口不忍遽咽，先嗅其香，再試其味，徐徐咀嚼而體貼之。果然清芬撲鼻，舌有餘甘，一杯之後，再試一二杯，令人釋躁平矜，怡情悅性。始覺龍井雖清而味薄矣；陽羨雖佳而韻遜矣。（袁枚《隨園食單》）

我想大多數人小時候都有這納悶：有時它看起來色如蜜糖，有時偽裝成琉璃露水那樣清涼，有時冒出歡喜踴躍紛紛氣泡，但總是只有看上去是那樣。其實味道從來不真的好，燒喉嚨，聞上去也嗆，血壓升高，眼裡麻痹不清醒，真不懂大人們何必自取其苦？（黃麗群〈喝一點的時候〉）

誰知道一口就叫我作聲不得。這酒像酒精點了火般，直向我喉頭燒過來。一時舌尖發麻，七竅冒煙似的，不好意思吐出來，但又怎麼咽得下去呢？（陳若曦〈酒和酒的往事〉）

家家都自製米酒。有一斤穀加一斤水的烈酒，有兩斤穀兌三斤水的家釀，還有一斤穀加兩斤水的寡湯。用錫壺燙得熱氣騰騰，白米湯似的沖鼻竄肺，順喉豪灌，只覺痛快。（舒婷〈醉人的酒，養人的飯〉）

產自西班牙南部的 Fino 類型雪莉酒，雖是酒精度15 %的加烈酒，卻是我心中僅次於香檳的最佳開胃選擇，雖屬個人偏好，但亦非無所本，其培養過程中有稱為 flor 的酵母菌，吸收酒中大部份甘油，酒喝

不足。

【七竅冒煙】此用以形容酒精濃度高，味道嗆辣，有如火燒。

【均衡】形容各種特色兼顧，達到口感的平衡。

【爽口】形容味道清爽可口。

【優雅】形容酒的口感沉穩溫和。

【細膩】形容酒入口後的口感。

【如絲綢般】形容飲料入口後口感的細膩。

色澤

【盈盈】水清澈的樣子。

【純淨】無汙染的。

【透明】能透過光線的。

【清冽】清澄而寒涼。亦作「清洌」。

【清澄】清澈、明亮。

【清瑩】潔淨、透明。

【清澈】清淨、透明。

【湛湛】清明、澄澈。

【澄湛】純淨、清晰。

【澄瑩】清澈、透明。

【澄澈】清澈、明亮。

【清洌】清澈晶瑩的樣子。

【洌】清澈。

【透亮】明亮。

【晶瑩剔透】光亮透明的樣子。

【金黃】黃金般的色澤。

【深黃】較深的黃色。

【橙色】橘黃色。

【琥珀】形容像是松柏等樹脂的化石的顏色，大多為淡黃色、褐色或紅褐色。

來特別乾瘦，不帶肥潤，且相當均衡爽口，帶有優雅的杏仁與flor酵母香氣。（林裕森〈Bon appetit 最開胃的葡萄酒〉）

Colheita就不一樣了，釀成之後會一直存在橡木桶中培養，幾十年的時間，氧氣不斷地從桶壁滲入酒中，透過氧化的過程熟化單寧，口感質地變得絲滑勻稱，且常散發乾果與香料的豐盛酒香，風格較Vintage細膩許多〔……〕（林裕森〈時光交錯的波特滋味〉）

冰涼的香檳入口後，微微的果香酸味和鮮活優雅的氣泡彷彿在味蕾上跳耀，閉上眼睛，一幅幅電影中描寫西方上流社會派對的情景如幻燈片一般在腦海中掠過。（杜祖業〈滋滋作響的微醺記憶〉）

父親釀酒的過程看起來挺戲劇化，因為當年的葡萄比較酸，便以三斤葡萄一斤糖的比例，一層層鋪進罈裡，盛裝七分滿之後，加入適量的高粱，給葡萄一些提示，這是要釀酒的，可不是擺著腐爛的。緊緊密封之後，約莫等待半年以上才開封，用紗布過濾，將酒液分裝在玻璃瓶中。這些酒汁晶瑩清澈，有著琥珀的色澤，香味四溢，朋友來我家酌一杯，臉上便綻出幸福的微笑。（張曼娟〈葡萄成熟時〉）

我試嘗了才剛剛蒸餾完成的酒液，透明如水嗆辣無味，真真是要等到注入木桶，等待木桶裡長時間的漸次催化作用後，才竟然能夠一點一點散發出如是迥然不同的、美麗的金黃顏色，綻放出如是複雜而多元多樣多丰姿的香醇。（葉怡蘭〈蘇格蘭 Speyside 酒鄉之旅〉）

我常喝日月老茶廠產製紅玉紅茶「台茶18號」，乃臺灣原生種山茶和緬甸大葉種育成，發酵夠，收斂佳，入口微現澀感，瞬即轉化為甘潤；茶湯明亮，清澈，豔紅；韻味沉穩而含蓄，若沖泡得宜，更能表現淡淡的薄荷和肉桂氣息。（焦桐〈日月潭味道〉）

【橘紅】像橘子黃裡透紅的顏色。

【血紅】鮮紅。

【猩紅】鮮紅。

【茜紅】絳紅色。

【殷紅】深紅。

【絳紅】深紅色。

【緋紅】深紅色。

【赭紅】紅褐色。赭，ㄓㄜˇ。

【紅彤彤】形容顏色極紅。也作「紅通通」。

【紅豔豔】形容紅到鮮豔奪目。

【豔紅】形容紅茶茶湯深紅清澈的色澤。

【豔俏】形容紅極近豔的色澤。

【紅寶石光】色澤豔紅而透亮。

【淡紫羅蘭色】一種如紫羅蘭花的淡紫色。

【暗濁】形容昏暗不清。

【暝暗】顏色暗沉。

【漠楞楞】模糊不清的樣子。

【黯】深黑色。

【烏黑】純黑。

【漆黯】漆黑昏暗。

【黝黑】青黑色；深黑色。黝，ㄧㄡˇ。

【黑沉沉】形容黑暗。

【黑黝黝】黑到發亮

【黝黑如暗夜】形容咖啡的深黑色澤。

酸梅湯料其實很簡單，基本上是烏梅加山渣，甘草可以略放幾片。但在臺灣，卻流行在每付配料裡另加六、七朵洛神花。酸梅湯的顏色本來只是像濃茶，有了洛神花便添幾分豔俏。如果真把當年北京的酸梅湯一盞來和今日臺灣的並列，前者如俠士，後者便是俠女了。（張曉風〈戈壁 酸梅湯 和低調幸福〉）

有人認為這裡出品的黑皮諾是紐西蘭最優秀的，釀出的酒帶有高雅華麗的黑皮諾風味，色澤泛紅寶石光，帶紅醋栗、覆盆子等紅果氣息，如絲綢般的口感是紐西蘭黑皮諾的特徵。（韓良露〈紐西蘭長相思的魔力〉）

在紐約的一些頂級法國餐廳，我輕易可以點到單杯香檳。望著高腳水晶杯中或略帶橙色、或淡紫羅蘭色的香檳，細密的泡泡串串上升，含到嘴裡，綿綿的細氣泡布滿嘴裡，嗯！所謂的瓊瑤玉露，大概就是如此吧！（李昂〈醉愛香檳〉）

西方人在提到他們的日常飲料時，有一句俏皮話形容咖啡應有的面貌說，它應該「黝黑如暗夜，炙熱如地獄，甜蜜如愛情。」這裡說的是，當咖啡烹煮調理恰適時，水熱、色黑、味甜，缺一不可。（詹宏志〈咖啡應有的樣子〉）

量詞

【盅】沒有把手的小杯子，用以盛裝茶酒。

【甌】盆、盂等瓦器。

【壺】小口大腹的容器，通常用來盛裝酒漿、茶水。

【斛】古代計算容量的單位。十

這一頓飯吃了一個多時辰，我也等於上了一堂茅臺新解的品酒課。加上他令弟雲伯兄在旁加枝添葉的一敲邊鼓，害得我饞涎三尺，可是聽醪畫餅，既不能止渴充，有徒殷遐想，有一天能踐後約一解萬斛的渴塵罷了。（唐魯孫〈白酒之王屬茅臺〉）

與啤酒同樣引人入勝的，是那些忙碌穿梭的女侍，我必須雙手合

斗為一斛。

【醆】通「盞」字。

【罈】口小肚大的瓦製容器。

【半打】一打十二瓶，半打為六瓶。

8 吃相

進食

【吃】口中咀嚼食物後嚥下。

【服】吃；進食。《史記．扁鵲倉公傳》：「即令更服丸藥，出入六日，病已。」

【咬】用牙齒切斷、壓碎或夾住東西。

【嗑】用上下門牙咬有殼的或硬的東西。

【嚼】咬碎食物。

【咀嚼】用牙齒咬碎與磨細食物。

【細嚼慢嚥】把食物嚼碎，慢慢吞下去。

【噬】ㄕˋ，咬；吞。

【茹】吃；咀嚼；吞咽。《孟子．盡心下》：「舜之飯糗茹草也，若將終身焉。」

【啃】吃。

【啖】ㄉㄢˋ，吃。

【噉】ㄉㄢˋ，吃。通「啖」字。

【啜】吃；喝。

【嗑】ㄎㄜ，用上下門牙咬有殼的或硬的東西。

【舔】用舌頭觸碰或沾取東西。

【舐】ㄕˋ，用舌頭舔東西。

【餔】ㄅㄨ，吃。另有傍晚進食之意。

【餐】吃；食。

持方能舉起的一公升啤酒節馬克杯，她們渾厚的胸脯，起碼能挺住半打以上。那頭有酒客滿臉驚歎地輕觸啤酒小姐的酥胸玉臂——醉翁之意大約是有的，但更為折服的，恐怕是何等強健的胸肌臂力，一口氣撐起十公升啤酒的份量。（林郁庭〈慕尼黑啤酒節〉）

咬到蘋果的人，一時也說不出什麼，總覺得沒有想像那麼甜美，酸酸澀澀，嚼起來泡泡的有點假假的感覺。但是一想到爸爸的話，說一隻蘋果可以買四斤米，突然味道又變好了似的，〔……〕（黃春明〈蘋果的滋味〉）

接著，她坐在餐桌前，細緻地品嘗每一道菜的滋味，用嘴唇測溫，放入嘴裡，咀嚼，吞嚥，感受食物滑入體內，沿著食道進入胃所引起的那股電流；她完全熟悉胃部蠕動的節奏，有時像被微風拂動的一只絲綢小袋，有時——特別貪婪的時候，她覺得自己的胃不僅安了磨豆機，而且還帶了齒輪。（簡媜〈肉慾廚房〉）

回到自己的孤零世界，啖畢早餐，咬下最後一口棗泥酥，酥皮零零落落地掉在木板上，飽食後睡意才來，倒頭昏睡一陣，再醒已是陽光滿室。（鍾文音〈咿咿呀呀吊著嗓〉）

何平叔美姿儀，面至白，魏文帝疑其傅粉；正夏月，與熱湯餅，既噉，大汗出，以朱衣自拭，色轉皎然。（南朝宋．劉義慶《世說新語》）

還記得小時候吃完荔枝捨不得，就把子放在桌上，沒事拿來吮一吮。圓圓的荔枝子在桌上排成一整列，媽媽看到還以為是德國蟑螂。（郝譽翔〈餓〉）

【嘗】以口辨別滋味。亦作「嚐」。
【餵】將食物送進人的嘴裡。
【咂】ㄗㄚ，品嚐，吸吮。「咂一口」。
【吮】ㄕㄨㄣˇ，用口吸取。「吮指」、「吮癰舐痔」。
【啜】ㄔㄨㄛˋ，以口吸吮。
【饌】吃喝；飲用。《論語．為政》：「有酒食，先生饌。」
【挾】從兩旁鉗住。通「夾」字。
【拈】夾取、捏取。
【搛】ㄐㄧㄢ，夾取。
【落箸】用筷子夾食物。也有「下箸」。
【扒飯】用筷子把碗裡的飯往嘴裡送。也有「扒食」。
【扒拉】迅速撥進。也有「扒摟」。
【爬拉】用筷子將食物快速撥入口中。可形容吃飯極迅速草率。
【划】原指撥水前進。此指用筷子迅速地連湯帶料撥入口中。
【用膳】舊時指稱吃飯的意思。
【進餐】用餐；吃飯。
【沾牙】飲食。
【品味】品嚐食物的味道。
【品嘗】辨別、品評食物的味道。
【淺嘗】稍微的品嘗。
【捲舒舞動】形容舌頭品嘗食品的動作。
【染指】品嘗某種食品。另有分取非分之利的意思。
【嚥】吞食。
【下嚥】吞下去。
【吞咽】吞食；不加咀嚼而將食物吞下。
【爆撮】形容毫無節制地猛吃。
【生啃活吞】形容不論是看到未煮的或活體的都拿來食用的樣子。
【囫圇吞棗】吃東西不加咀嚼直接吞入肚。

捧上沾露滴翠，現摘現做的鮮蔬，舉座翹首以待，落箸紛紛如急雨，歡嚼快啖，風捲殘雲，我這農婦兼廚娘最樂，笑不攏嘴，飄飄然差點飛起來。（蔡珠兒〈紅鳳碧莕〉）

第二節下課，休息二十分鐘，值日生收取便當盒，準備送到伙房蒸飯。「鬼頭」叫我跟他學——別送便當去蒸，要善用時間吃飯。眾目睽睽下扒飯之際，「鬼頭」瞅一眼我的飯盒，不以為然的撇撇嘴，挾了一大筷子榨菜炒肉絲給我。（李繼孔〈三「菜」一生〉）

土魠魚粥以抹鹽煎炸過的土魠魚剁碎一起入飯下湯，上頭再灑一點炸透的蔥酥或芹末韭末油條末，感覺上，似乎又多了一點噴香的油鑊氣；更不用像吃虱目魚時得要時時留心著以筷子剪拈魚肉剔挑魚刺，只消一手捧起大碗，一筷子連湯連料連飯划入口中，酣暢淋漓痛快爽氣，〔……〕（葉怡蘭〈台南人的鹹粥早餐〉）

照片這東西不過是生命的碎殼；紛紛的歲月已過去，瓜子仁一粒粒嚥了下去，滋味個人自己知道，留給大家看的唯有那滿地狼藉的黑白的瓜子殼。（張愛玲〈對照記〉）

中午的一頓飯他們是以品味為主，用他們的術語來講叫「吃點味道」。所以在吃的時候最多只喝幾杯花雕，白酒點滴不沾，他們認為喝了白酒之後嘴辣舌麻，味覺遲鈍，就品不出那滋味之中千分之幾的差別！（陸文夫〈美食家〉）

那次，記憶猶新的是，課堂上做好了蛋糕，捨不得一頓吃完，切一點帶回家去，隔日午后，冬日難得的晴天氣裡，沏一壺茶，細細品嘗著戚風蛋糕極素樸卻也極細緻的風味，那樣淡泊清雅的閑情，今日回想來，仍舊刻骨銘心。（葉怡蘭〈雲朵般的戚風蛋糕味兒〉）

其實彈丸之地的曼哈頓，竟然涵括了全世界，以其飲饌之博大精

【大快朵頤】飽食愉快的樣子。朵，動；頤，下巴。

【狼吞虎嚥】形容吃東西急猛、粗魯的樣子。

【粗獷】粗野狂放。

【粗野】粗魯。

【大吃大嚼】大口吃，大口咬，形容大吃大喝的樣子。

【大塊吃肉，大碗喝酒】形容吃喝時的豪邁情狀。

【覓食】找食物吃。

【打油飛】閑逛、滿街找食物。

【搶吃】搶食物吃。此形容店家的生意好到顧客必須眼明手快，先搶到座位後，才有坐下來點菜吃的機會。

【秒殺】本指以壓倒性的優勢，在極短的時間內贏過對手。此形容菜餚一上桌便立刻便搶空。

【一掃而光】全部清除掉，形容將食物全部清除乾淨。也有「一掃光」。

【咀嚥】咀嚼吞嚥。

【吞食】形容大口吞吃食物的樣子。

【吞吃】形容進食時不經咀嚼，大口吃下的樣子。

【飢不擇食】原是比喻事情急迫時無法從容選擇。在此可用以形容人因過於飢餓，不挑選食物好壞。

【惡虎吞羊】形容因為飢餓，進食動作迅速貪婪的樣子。

【風捲殘雲】比喻一下子就消失乾淨。可形容進食速度之快。

【津津有味】形容吃東西時食物味道好，吃得很起勁。

【淺嘗輒止】原指做事態度不徹底，不肯深入研究。也可用以形容進食時稍微吃一點味道就不再吃。

【食不下咽】因為憂愁煩惱或悲傷等心理因素，導致吃不下飯，不思飲食。

深，同理，人的一根小小舌頭在捲舒舞動之間，也不斷吞吐著整個世界的物質精華與文明。（陳建志〈紐約，美食共和國〉）

各大觀光飯店也推出各式的佛跳牆，有藥膳佛跳牆、養生滋補佛跳牆、九華佛跳牆、魚翅佛跳牆，名目繁多，售價驚人，一罐售價竟至兩萬五千元，就不是我們小民可以染指的了。（逯耀東〈「佛跳牆」正本〉）

有時還可回得早一些，偷偷地在廚房的蒸鍋裡端出一小碗豆豉蒸肉，趁大家還沒回，關起門來吞咽。（韓少功〈藍蓋子〉）

挨餓的味，可不好受，心裡油煎火燎，坐也不是，站也不是，睡也不是，走又走不動，餓得前胸貼後心，不是人受的。見啥吃啥，生啃活吞，草根、柳葉、樹皮、老鼠、知了猴（蟬），沒有不吃的，到過後連人都吃。（逯耀東〈臉膛〉）

大吃大嚼的人速度太快，他的味覺其實十分混亂，所以給他再好的食物都沒有用。有時候在一個宴席當中，你會看到大家在狼吞虎嚥的狀況，我們說狼「吞」虎「嚥」「吞」跟「嚥」都沒有咀嚼的過程，所以缺乏了品嘗食物本身的一個美感。（蔣勳《天地有大美》）

德國人大塊吃肉，大碗喝酒，令人驚訝的是那裡的女人纖秀嬌小，身高不足一百六十公分，體重不足一二〇磅。（周芬娜〈德國菜之旅〉）

在她的半脅迫下，我也曾「捨命陪君子」的數度光顧那家排骨麵店「搶吃」。說「搶吃」是一點也不過分。前去吃麵的人，非得眼明手快難為功。（廖玉蕙〈排骨麵的魅力〉）

「像你這麼老實巴交的，安安頓頓的在這兒混些日子，總比滿天打油飛去強。我一點也不是向著他們說話，我是為你，在一塊兒都怪好的！（老舍〈駱駝祥子〉）

從前菜滑嫩粉肝到皮爽肉滑蔥油雞和香Q彈牙的香蒜中卷，肥美

【蝗蟲過境】原指大批蝗蟲掠食而過，毀壞莊稼，造成災害。

在此可用以形容進食時狼吞虎嚥吞吃食物的樣子。

飲用

【喝】飲用液體、飲料或流質食物。

【吮】ㄕㄨㄣˇ，用口吸取。

【呷】ㄒㄧㄚˊ，喝。

【咂】ㄗㄚ，品嘗，吸吮。

【啜】ㄔㄨㄛˋ，吃，喝。

【嘬】ㄗㄨㄛˋ，以口吸吮。

【酌】斟酒、飲酒。

【斟】往杯盞裡注入飲料。

【汲飲】吸取而飲。

【乾杯】飲盡杯中的飲料。

【呼乾啦】閩南語意指將杯子裡的酒喝光。

【酒到杯乾】酒剛倒入杯中便立刻一飲而盡。

【滑入咽喉】快速飲用。

貪吃

【饞】貪吃。

【口滑】因口味適合而飲食無法

汁甜的炒海瓜子，更不得了是華麗高調的紅蟳米糕，一登場就秒殺的烏魚子炒飯，還有姍姍來遲但也一掃光的皮脆肉滑的燒豬腳——儂來這名字也夠台的，生猛鮮活自有勢頭。（歐陽應霽〈好呷台菜〉）

報名處的兩個老師坐在一扇開著的窗戶前面，每人面前放著一杯茶。「外地來的？」其中一個慢吞吞地呷了一口茶，然後客客氣氣地問那藍布小褂兒。（徐星〈無主題變奏〉）

我恆探險於幽古的井底，汲飲著清冽冽的，冬暖夏涼的井水，吐些餘瀝，用多耳聽取它神妙的叮咚。（司馬中原〈黑陶〉）

藏の町的酒香，也讓一期一會，又到終局的旅程，有了「呼乾啦」的心情。（蕭蔓〈一期一會，呼乾啦〉）

每遇有喝酒的場合，總忍不住要練習一下酒到杯乾的豪氣。可是結果總是慘不忍言。（柯翠芬〈酒與補品的故事〉）

有酸梅湯？我一激靈，不信今天的上海居然還能喝到這老古董級的經典冷飲。馬上要了一杯，一咂嘴，果然是久違的滋味，那種熟悉的冰涼的酸甜感一下子滑入咽喉，直沁肺腑，渾身舒坦，於是大家伙每人都要了一杯來喝，喝了一口也像我一樣尖叫起來。（沈嘉祿〈大隱於市的酸梅湯〉）

從來不知道賣餛飩的車停在那兒，卻永遠聽得見那有韻律的敲擊節奏，更驚於那總是熱騰騰、香噴噴的餛飩。常常熬到很晚都不肯去睡，為的就是饞那碗熱餛飩，〔……〕（楊小雲〈時代的軌跡〉）

自我控制。

【好吃】饞嘴。

【狂吃貪食】好吃不知節制。

【啖啖】貪吃的樣子。

【流涎】流口水，比喻嘴饞。

【老饕】貪吃的人；講究美食的人。饕，ㄊㄠ。也作「老饞」。

【饕餮】比喻貪吃。饕，貪財。餮，ㄊㄧㄝˋ，貪食。

【饕饕】比喻貪吃。

【饞嘴】貪食、好吃。

【咂嘴弄舌】形容好吃貪嘴。

【垂涎三尺】口水流下三尺長，形容貪饞的樣子。也有「垂涎欲滴」、「饞涎欲滴」。

【唾沫直嚥】形容嘴饞想吃東西。

【暴飲暴食】飲食不知節制。

【促進唾液分泌】此形容增加想要吃東西的渴望。

【著魔似的停不了嘴】此形容食物好吃到無法控制讓嘴巴中止下來。

【食髓知味】食過一次骨髓，便知曉其美味。也可比喻人得到一次好處後便貪得無厭。

【貪饞】貪吃。

【貪嘴】貪吃。

【口饞】貪嘴。

【貪杯】貪飲背中之物，比喻愛喝酒。

【貪酒】貪好喝酒。

【吃嘴】指人愛吃美食或奇特的食物。

【夯吃】拚命大吃。

【饞涎欲滴】看到食物口水都快流下來，形容貪食的樣子。也作「垂涎欲滴」、「饞涎欲垂」。

【饕口饞舌】形容貪吃。

【饞獠】指貪食的人。

幾天不見肉，他就喊「嘴裡要淡出鳥兒來！」若真個三月不知肉味，怕不要淡出毒蛇猛獸來？有一個人半年沒有吃雞，看見了雞毛帚就流涎三尺。（梁實秋〈男人〉）

我不必被送去戒勒爆米花，可是在技術上，已經觸犯了七宗罪裡的饕餮罪，用狂吃貪食來轉移煩惱，填補壓力在生活中碾出來的坑坑洞洞。（蔡珠兒〈我們的饕餮時代〉）

人潮與車潮是九十年代的繁華風景，「西雅圖咖啡」的濃香盤據街口，日式迴轉壽司的火車響起了氣笛，雲滇料理的門口聚集了一群年輕人，顯然對重口味有一試的決心，而隔壁越南館正有上了年紀的老饕杓起一匙清淡甘醇的牛肉湯汁……。（徐國能〈石榴街巷〉）

現在的鹹菜大都是民工在地下工廠醃製的，時間短而求成色好看，故而加了做傢俱的黃鈉粉，吃進肚裡對健康大大有害，嚴重的話，兩三天後眼珠子都黃了。那麼，鹹菜滷與土豆、與花生、與豆腐、與烏賊魚以及它的蛋共煮一鍋的美味就只能在童年的回憶裡咂嘴了。（沈嘉祿〈頹廢的鹹菜滷〉）

中國文人吃魚以白居易最獲我心，他也有南人「飯稻羹魚」的飲食習慣，並留下許多吃飯配魚的詩，讀了會促進唾液分泌〔……〕（焦桐〈論吃魚〉）

「松鼠黃魚」上桌了，外表看起來就是一隻金黃色頗有精神的松鼠黃魚，我的筷子破了魚身，外酥內軟，連觸感都這麼神似，放進嘴裡一嘗，外面是類似豆皮炸透了的酥脆，內裡則是細膩到極點的芋泥，竟有著鮮美如魚的滋味。我就這麼著魔似的停不了嘴，吃到頭暈眼花，席末，學佛的同事諄諄告誡，吃素的目的就是要清簡，絕不是鋪張，這是罪孽〔……〕（張曼娟〈甜蜜的毒藥〉）

挑食

【挑嘴】偏食特定喜好食物。

【挑剔】對食物吹毛求疵。

【偏嗜】嗜好。特殊的偏好。

【刁鑽】嗜好習慣怪僻。

【嘴刁】味覺敏銳，不易滿足。

【刁嘴尖舌】挑吃揀食。

【揀飲挑食】挑嘴。

【上癮】特別喜愛某種事物或食物而成了癖好。

【中蠱】受了以毒蠱咒詛害人的巫術，形容受到控制，難以自拔。

【用情之專】在此意指對事物一心一意的喜愛。

【情有獨鍾】特別鍾愛某一事物。

【酷嗜】非常喜歡。

【挑食】意指偏食自己喜歡吃的食物。

【偏食】只吃某些食物。

【挑肥揀瘦】原用來比喻人為了自身利益，反覆挑選對自己最有好處的。在飲食上可用以形容對食物的挑剔。

我記得幾乎不下廚的媽媽為小時候因挑嘴而任性著不想吃飯的我親手下廚煎的那一枚蔥花蛋，台南本色，加了許多糖，是一種甜滋滋的溫暖。（葉怡蘭〈那一道飲食記憶的長河〉）

這兒有太多太多的美味小餐廳，可以讓人任意挑選，要吃義大利菜、法國菜、日本料理，甚至希臘餐、古巴菜，應有盡有，全看個人口味偏嗜。（韓良憶〈蘇活的提拉米蘇〉）

至於菜色，蟹黃湯包不錯，其他只是持平，只記得湖州粽子做不過台北九如。這是因為自己懂得中國菜嘴就刁了，也許在此間能維持這種水準已非易事了。（陳建志〈紐約，美食共和國〉）

超市有各色現成的湯塊粉粒，罐頭和鋁箔湯包，牛羊雞魚俱全，滋味飽和鮮明，我偏要捨易就難，究竟是閒得發慌，還是刁嘴尖舌，追求味覺的優越感？（蔡珠兒〈鬱藍高湯〉）

真的，人的感情往往並不持久，上個月猶深愛著某一個人或某一種食物，這個月忽然移情別戀了，毫無歉疚地愛上另一個人或另一類食物。可我對虱目魚用情之專，似乎歷久彌堅。（焦桐〈論早餐〉）

口味習慣和一個人的母語一樣，永生難忘，全然不會因為環境、文化改變而忘記；它可以像多元聲帶，能講各國語言，能吃各種菜餚，但對它最草根性的家鄉菜，則情有獨鍾。（心岱〈口味胎記〉）

【奢侈】揮霍浪費。

【豪侈】豪華奢侈。

【鋪張】布置、張羅。

【揮霍】恣意浪費，毫無節制。

【暴殄】不珍惜，任意糟蹋。

【暴殄天物】比喻糟蹋食物，不知珍惜。

【鋪張揚厲】形容張大其事，講究排場。

【朱門酒肉】形容富貴人家的生活奢華。

【糟蹋】損壞拋棄，不加愛惜。

【糜費】浪費。

【窮極奢侈】指人揮霍無度，極其浪費。

【食前方丈】吃飯的時候，食物擺滿眼前一丈見方那麼廣的空間，形容飲食或生活極其奢侈浪費。也作「方丈盈前」、「食味方丈」。

【酒池肉林】原是形容商紂王放縱淫樂，以酒為池，懸肉為林。後比喻生活享受上窮極奢侈浪費，沒有節制。

【朱門酒肉臭】比喻富貴人家生活奢華浪費。也作「朱門酒肉」。唐・杜甫〈自京赴奉先縣詠懷五百字〉：「朱門酒肉臭，路有凍死骨。」

【鼎食】鼎裝盛食物，餐時列鼎而食。指豪奢之家飲食奢侈。唐・王勃〈滕王閣序〉：「閭閻撲地，鐘鳴鼎食之家。」

【鼎食鳴鐘】用餐時，用鼎裝盛食物，鳴鐘為號。形容生活的豪華奢侈。也作「擊鐘鼎食」。

一整櫃子一整櫃子的紅底鞋或柏金包不是奢侈，那只是買了很多東西。沒落的少爺在過年時，傾其所有，講講究究，跟家裡人吃一頓好飯，算是奢侈。奢侈不一定是壞事，好比一個孩子小時候，坐在父執輩的膝上學認字，長大後才明白那是一代大儒。（黃麗群〈有點奢侈的事〉）

奢侈帶來奢侈，願意花兩到三百歐元吃一餐的客人，當然希望美味精緻的菜餚是放在最昂貴的名牌骨磁餐盤裡端上桌的；昂貴的五大酒莊當然要酙在璀璨閃亮如鑽的水晶杯裡喝才過癮；地毯要綿厚軟柔，窗簾要華貴沉重。（謝忠道〈米其林之後〉）

京都人特別喜歡需要花長時間手工做出的手前膳，食材不必太昂貴鋪張，重要的是過程的心思，像京菜中重要的流派惣菜，即一物有一心〔……〕（韓良露〈京都尋慢味〉）

覆水難收，流失的光陰也不可能回頭，達觀的中國人也許早就想通，既然生命避不了浪費，與其被人虛擲，還不如自己下手，痛快揮霍。（蔡珠兒〈瓜子與時間〉）

至賤莫如醃蛋，其佳處雖在黃不在白，然全去其白而專取其黃，則食者亦覺索然矣。且予為此言，並非俗人惜福之謂，假使暴殄而有益於飲食，猶之可也；暴殄而反累於飲食，又何苦為之？（清・袁枚《隨園食單》）

又譬如說你喫的太慢，許多冰淇淋融成液狀流於盃底，那平口匙是絕對撈不起來的，這時為了不暴殄天物，你也不用不好意思，儘管伸長舌頭去舔，這樣才能享受那種快樂，得到那層滋味。（徐國能〈街角的冰淇淋小店〉）

【白嚼人】白吃白喝。另有胡亂批評人之意。

【吃白食】吃東西不付錢。

【擤嘴】白吃別人的食物。

【抹嘴吃】比喻白吃一頓。

【抹油嘴】白吃。

【浮頭食】不固定的、白吃的飯食，閒飯。

【拖狗皮】比喻吃白食。另有糾纏不休、死皮賴臉之意。

【白吃白喝】吃喝東西不給錢。

【到處打游擊】形容飲食或住宿無固定處所，四處混吃混住。

【嘴上抹石灰】白吃。

【白吃】吃東西不付錢。

【白食】吃東西不付帳。

【吃白飯】指人光吃飯但不做事。

乞食

【討飯】乞討飯食。

【討吃】向人乞食。

【討口】乞食。

【乞食】乞討食物。

【丐食】向人乞討食物。

【抱瓢】舊時乞丐行乞時，手裡經常拿著瓢，故稱之。

【假食】乞食。

有一孫真人，擺著筵席請人，卻叫座下老虎去請。那老虎把客人一個個路上吃了。真人等至天晚，不見一客到。人都說，你那老虎都把客人路上吃了。不一時，老虎來，真人便問：「你請的客人都到哪裡去了？」老虎口吐人言：「告師父得知，我從來不曉得請人，只會白嚼人，就是一能。」（明．蘭陵笑笑生《金瓶梅》）

有一富豪請客，我吃白食，當每人一盅由香港廚師做的蟹粉魚翅上桌時，服務小姐發現少了一份。富豪笑著說：「沒事，我要一碗正宗的陽春麵。」並再三關照：「一定要放豬油！」（沈嘉祿〈偷吃豬油渣〉）

不久高媽媽的「小上海」被拆了。所有植物園門前兩旁的違章建築全被拆了，我失去固定吃飯的地方，只好東一頓西一頓到處打游擊。（隱地〈餓〉）

最初太監時常把這種「體己」送給王公大臣，勳戚親貴嘗嘗新，可是誰又能嘴上抹石灰白吃呢，往往厚賞有加，變成了太監們一項大的收入，〔……〕（唐魯孫〈白菜包和生菜鴿鬆〉）

品味人和貪吃人不同，貪吃的人只用一張嘴到處乞食，只是囫圇吞味，眼鼻心都忘了開。味道，是品味的旅途，也是品味的驛站。（游惠玲〈美食，不只吃而已〉）

沿街托缽，呼天搶地也沒有用。人都窮了，心都硬了，耳都聾了。偌大的城市已經養不起這種近於奢侈的職業。不過，乞丐尚未絕種，在靠近城根的大垃圾山上，還有不少同志在那裡發掘寶藏，埋頭苦

【叫街】在街上大聲喊叫向人乞討食物。

【托缽】手托缽盂。指僧人赴

齋堂吃飯或向施主乞討食物。

缽，出家人的食器。

幹，手腳並用，一片喧逐。（梁實秋〈乞丐〉）

聲音

【呼呼】形容喝東西的聲音。

【噓噓】形容喝東西的聲音。

【唼唼】ㄕㄚˋ，形容吃東西的聲音。

【咕嚕】形容滾動聲。形容飢餓時腸子所發出的聲響。

【唏哩咕嚕】此形容大口吞食時所發出的聲音。

【嗞嗞咂咂】形容吃東西所發出的聲音。

【喀哩喀啦】形容吃酥脆食物所發出的聲音。

【嘎繃嘎繃】此形容吃酥脆食物的聲音。

【托缽】手托缽盂。指僧人赴齋堂吃飯或向施主乞討食物。

他老人家喜食佳餚，而魚翅軟、羹湯鮮，甚得父親鍾愛。我有時特別為他留存一碗孝敬，看老人家呼呼地食畢不留一絲餘翅，心中便有很大的安慰。（林文月〈潮州魚翅〉）

此外，大凡美食，多需細嚼慢嚥，才能品味，似乎只有吃麵，從食具到吃相都不必追求細緻，恐怕得唏哩咕嚕大口吞食，大汗淋漓才是吃麵的文法〔……〕（焦桐〈論吃麵〉）

有人拿了一條巧克力來，剝去半段金紙，塞到孩子的手裡。果然，這孩子拿了就往嘴裡送，吃的嗞嗞咂咂地流口水。（陸文夫《美食家》）

我最快樂的，是看著乾如木屑的棕色蝦片，經油一炸，快速的膨脹開來，顏色變淡，如一朵迸裂的鮮花，在熱油裡綻放。撈起來瀝乾油，便送上桌了，大人小孩都搶著吃，喀哩喀啦的聲響，此起彼落。（張曼娟〈蝦餅的膨脹儀式〉）

9 食慾

胃口

【開胃】增進食欲。

【醒胃】幫助消化，增進食欲。

【口福】飲食的享受。

【飯欲】形容對米飯的食欲。

許多黃豆芽，配上胡蘿蔔、芹菜、金針花、香菇、冬筍，加上蔥、薑和其他的調料，總之是要湊成十樣燴炒在一起，討個吉利。這是一道素菜，在年菜油膩塞胃的時刻，人們便要尋一點如意菜來醒胃了。（張曼娟〈棉花上的沉睡者〉）

【勾引饞念】挑動食欲。

【垂釣食慾】引起飲食的欲望。

【蠢動】本指像蟲子一樣蠕蠕爬動。後多指意圖搗動為亂。此指食欲受到撩撥而興起。也有「蠢蠢欲動」。

【口腹之欲】飲食的欲望。

【食指大動】預感將有美味的食物可吃。也可形容看見美食而食欲大增。語出《左傳・宣公四年》：「楚人獻黿于鄭靈公，公子宋與子家將見，子公之食指動。」

【解饞】滿足口腹之欲。

【差堪入口】略可讓人有胃口吃得下去。

【吃膩】厭煩不想再吃。

【胃呆】沒有食欲。

【膩口】因過油或太甜而讓人不想多吃。

【膩味】多油的食物讓人毫無胃口。

【食慾不振】沒有進食的胃口、慾望。

【反胃】咽下食物後，胃裡不舒服，出現噁心、嘔吐等症狀。也可比喻膩煩、厭惡。也作「翻胃」。

【作嘔】噁心欲吐。

【發嘔】感覺要嘔吐。噁心、厭惡感。

【噁心】想吐。厭惡到難以忍受。

【難以下嚥】食物雖在口中但吞不下去。

【食不下嚥】食物雖在口中但吞不下去。多形容憂心忡忡，不思飲食。

【茶飯不思】沒有胃口。

【茶飯無心】心思煩亂而無意於飲食。

【沒胃口】缺乏食欲。

【倒胃口】吃多或吃膩，或者看到噁心的東西，導致缺乏食欲。

【食慾】想吃東西的慾望。

領薪日來臨，父親跨上自行車直奔夜市，用生平第一次掙來的錢，品嘗了當時被視為莫大口福的魷魚羹——「可是袋裡的錢剛好只夠一碗，怕它掉了，就這樣緊緊捏住，等到吃完，五毛錢都冒汗啦。」（高自芬〈地圖〉）

從烏油、蜜褐、金紅到米黃，棕色食物牽動火燄的記憶，勾引饞念垂釣食慾，各種焦糖色素構成美味光譜，模擬出釀造、熬煮或者烤炙的色香，配製愉悅幸福之感。（蔡珠兒〈慾望焦糖〉）

例如〈義大利魚市場〉，是一篇優美的散文，描寫黎明前的威尼斯市場，場景恍如「欣賞一齣前所未有的精采芭蕾舞劇」，各種活蹦亂跳的海產，魚身的條紋、色澤，閃著新鮮的光芒，我們彷彿聽聞嘈雜的吆喝、交易，與海洋的氣味，不僅令人食慾蠢動，也令人精神感動。（焦桐〈論廚師〉）

開口跟服務員討飯吃，有點像擲骰子，幸運時會碰到差堪入口的；運氣背的話，會遭遇已然面貌模糊的飯粒，非但不忍多看一眼，也無心再吃菜餚。（焦桐〈論吃飯〉）

描寫餚饌之美有各種各樣詩文成語形容詞，天女散花似的。就算是醜陋也有恆河沙數說法。可是難吃這回事，講來講去，竟也就是兩字「難吃」，頂多加一句食之無味，或再加一句難以下嚥（若說粗茶淡飯，就不能算。粗茶淡飯有時最好味），它從舌尖起就全面解散了想像的可能，〔……〕（黃麗群〈難吃〉）

見慣看膩，賤就不好，無色無香，再加上家鄉豆腐常有的滷水苦澀味兒，所以我從小就不喜歡吃豆腐。七八歲的時候，聞到磨豆腐的氣味就要發嘔。菜裡有了炸豆腐，一定要一塊塊的揀出來。（梁容若〈豆腐的滋味〉）

【食慾不振】胃口不佳，不思飲食。

【厭食】沒有食欲，不想吃飯。

飽食

【飫】ㄩˋ，飽食；飽足。

【飫饜】飽食。也作「饜飫」、「厭飫」。

【果腹】填飽肚子。

【楦飽】填飽。楦，ㄒㄩㄢˋ。

【填填】滿足貌。

【饜足】滿足。

【飽足】充分滿足。

【飽實】飽滿充足。

【粗飽】隨意食用簡單的食物又能感到飽足。

【大快朵頤】飽食愉快的樣子。朵，動。頤，下巴。朵頤，指動著腮頰，嚼食的樣子。

【飽脹】吃得過多而肚子發脹。

【撫著嚴重腫脹的肚皮】比喻吃得很飽。

【撐破肚皮】比喻吃得極多極飽。

【打飽嗝】吃得太飽，而發出特殊聲音。

【飽嗝兒】橫膈膜間歇性吸氣收縮發出的聲音。

【腆著肚子】形容吃得很飽的樣子。腆，ㄊㄧㄢˇ，凸著、挺著。

【一飽口福】味覺得到充分的滿足。

【大飽口福】味覺得到充分的滿足。

炎炎長夏，茶飯不思，只能以粥度日。週一苦悶，要吃粥解壓；週二下暴雨，要吃粥去溼熱；週三中午有餐會，晚上要吃粥消膩；週四買到鮮嫩蠶豆，燒雪菜下粥最妙；週五有鹽水鴨，怎可不吃粥；好不容易到了週末，更要吃粥消閒，從早到晚都不厭。（蔡珠兒〈一頓喝三碗〉）

一口咬下去，吃到了肉塊，再一口咬下去，又吃到了香菇或蝦米……，那種口腹之饜足與心情的興奮，便即是節慶的歡愉；而如今回想起來，則又羼雜著許多人與事的記憶。流水一般逝去不回的記憶，竟又帶給我甜蜜中羼和著感傷的複雜情緒！（林文月〈臺灣肉粽〉）

每隔一段時日，總會刻意到南機場公寓的路邊攤，坐下來痛快地吃虱目魚粥、魚肚湯、滷魚腸和魚頭，才撫著嚴重腫脹的肚皮，步履遲緩地離去。（焦桐〈論吃魚〉）

中國人過節，突出一個吃字。這是長期以來處於落後的農業經濟模式的後遺症，平時沒啥可嚼的，弄不好還要撿點野菜剝點樹皮挖點觀音土對付對付，好不容易熬到過節，就想吃到撐破肚皮。（沈嘉祿〈湯團的手藝精神〉）

食黃皮猶如食厚皮少肉而多核的酸葡萄，然而往日小孩缺乏果物，甘之如飴。黃皮狀如雞心，一手用指拈住，另一手用指甲剔去末端一圈果皮，將黃皮置於齒舌之間，牙齒壓出果肉，鼓腮啜入，舌頭旋即退出三數果核。食來舔嘴咂舌，殊不好看。（陳雲〈黃皮〉）

許多商家的老闆欣賞父親的手藝，經常三五結夥來打牙祭，或是預訂一桌酒席，由店裡送達。（賴瑞卿〈新生食堂〉）

【酒足飯飽】飯後心滿意足的神態。

【舔嘴咂舌】吃完東西後，伸出舌頭舔嘴，吸取食物的餘味，並發出嘖嘖的聲音。表示吃飽且感到很滿足。

【打牙祭】原指每逢月初、月中才吃到有葷食的飯菜。後泛指偶爾才吃到豐盛的菜餚。

【吃到飽】每位顧客只要付出一個既定的消費金額，即可在一定時間內無限量的享用各種食物。

【河落海乾】河川流盡，大海枯竭。比喻吃得一點也不剩。也作「河涸海乾」。

【飽食】吃得很飽。也作「飽餐」。

飢餓

【挨餓】受餓。

【凍餒】受凍挨餓。

【飢寒】飢餓、受寒。

【飢寒交迫】飢餓寒冷交相逼迫。

【啼飢號寒】因飢餓寒冷而啼哭，極為貧困。語本韓愈〈進學解〉：「冬暖而兒號寒，年豐而妻啼飢。」

【飢渴】飢餓。

【餓極了】非常餓。

【唱空城計】比喻肚子餓。

【喝西北風】比喻生活困頓，沒有飯吃、挨餓。

【飢火燒腸】比喻飢餓如火燒肚腸般難以忍耐。

【飢腸轆轆】非常飢餓的樣子。轆轆，形容空腹的鳴叫聲。亦作「饑腸轆轆」。

【枵腹】形容空著肚子；飢餓。

鳳姐笑道：「虧了你是個大嫂子呢！……這會子你就每年拿出一二百兩來陪著他們玩玩兒，有幾年呢？他們明兒出了門子，難道你還賠不成？這會子你怕花錢，挑唆他們來鬧我，我樂得去吃個河落海乾，我還不知道呢！」（清．曹雪芹《紅樓夢》）

大聖道：「勝負乃兵家之常。古人云：『殺人一萬，自損三千。』況捉了去的頭目乃是虎豹狼蟲、獾獐狐狢之類，我同類者未傷一個，何須煩惱？他雖被我使個分身法殺退，他還要安營在我山腳下。我等且緊緊防守，飽食一頓，安心睡覺，養養精神。天明看我使個大神通，拿這些天將，與眾報仇。」（明．吳承恩《西遊記》）

傳說古早時候有個乞兒，將從富人家分得的殘羹冷炙在抹所佛寺牆角冷僻處生火燴煮起來準備充飢，結果香味溢播，竟引得廟內的和尚垂涎欲滴，翻牆出來向乞兒索食。這個說詞顯然屬望文生義，也無從考查；但這一道菜餚多聚山珍海味之葷食，竟能令「佛」跳牆，可見其味美自有源由了。（林文月〈佛跳牆〉）

往日居家過年，二姊和我時常被指派烤烏魚子。樓上美食盈桌，其餘的家人已多就席，我們倆仍與女傭在廚中慢烤細切，餓腸轆轆，而母親又頻頻催促，心中實在焦急懊惱。（林文月〈烤烏魚子〉）

我也試了只能棲息在非常純淨的河川中的石伏魚生魚片和魚骨清湯，只吃了一小枚魚，連塞牙縫都不夠，但也不想吃太多，只吃個當地還有好河川的心意，畢竟石伏魚很珍貴，少吃多保育。（韓良露〈雅野相融的金澤加賀料理〉）

一說起粥，就不免想起從前北方的粥廠，那是慈善機關或好心人

梈，ㄒㄧㄠ。

【塞牙縫】比喻東西小或分量極少，根本不足夠。

【食不果腹】吃不飽。

【饘粥不繼】形容連粥都沒得喝。饘，ㄓㄢ，濃稠的粥。粥，稀飯。

【饔飧不繼】三餐不繼，生活十分困頓。饔，ㄩㄥ，早餐；飧，ㄙㄨㄣ，晚餐。饔飧，指熟食。

【止飢】進食而解除飢餓。

【解飢】解除飢餓。

【點飢】解餓。

【充飢】吃東西解餓。

【療飢】解除飢餓。

【焦渴】極為口渴。

【解渴】消除口渴。《紅樓夢・第四十一回》：「豈不聞一杯為品，二杯即是解渴的蠢物，三杯便是飲牛飲騾了。」

【望梅止渴】想像前有梅林而可以解渴。典出《世說新語・假譎》：「魏武行役失汲道，軍皆渴，乃令曰：『前有大梅林，饒子，甘酸可以解渴。』士卒聞之，口皆出水，乘此得及前源。」後多用此典故來比喻用空想來安慰自己實不可得。

10 情感

【安撫】安頓、撫慰。

【犒賞】慰勞、賞賜。

【慰藉】安撫。

【填補】補償。

士施捨救濟的地方。每逢冬天就有不少鶉衣百結的人排隊領粥。「饘粥不繼」就是形容連粥都沒得喝的人。「饘」是稠粥，粥指稀粥。喝粥暫時裝滿肚皮，不能經久。喝粥聊勝於喝西北風。（梁實秋〈粥〉）

終極美味是什麼？最重要的條件當然是餓。所有的食物都有可能成為終極美味，只要吃者餓極了。永遠不餓的美食家，其實被剝奪了品嘗食物時最大的樂趣。天可憐他們。（韓良露〈什麼是終極美味？〉）

其實每天的生活也真像一杯茶，大部分人的茶葉和茶具都很相近，然而善泡者泡出更清香的滋味，而善飲者飲到更細膩的消息。依照我的經驗，只有在無事時泡出的茶最甘美，也唯有無事時喝的茶最有味。可惜的是，大部分人泡茶時是那麼焦渴，在生命裡也一樣的焦渴呀！（林清玄〈無事最可貴〉）

暑天之冰，以冰梅湯最為流行，大街小巷，乾鮮果鋪的門口，都可以看見「冰鎮梅湯」四字的木檐橫額。有的黃底黑字，甚為工緻，迎風招展，好似酒家的簾子一樣，使過往的熱人，望梅止渴，富於吸引力。昔年京朝大老，貴客雅流，有閒工夫，常常要到琉璃廠逛逛書鋪，品品骨董，考考版本，消磨長晝。天熱口乾，輒以「信遠齋」的梅湯為解渴之需。（徐凌霄〈舊都百話〉）

這季節，特別夜深時刻就寢之前，總忍不住想要來一杯甜甜熱熱的什麼，暖了味蕾暖了身體暖了心，方才能夠，安安心心一夜好眠。（葉怡蘭〈懷念肉桂蘋果茶〉）

經濟不景氣讓全民愈發把吃食當作集體紓解情緒的一味良藥！餅的滋味特好，想來也會和其他的普羅美味一般，不但遊走在市井，也

【彌補】補足。

【排遣】排除、遣去。

【抒解】抒發排解。

【紓解】解除。

【解憂】解除憂愁。

【暖心】安慰心靈。

【君子之交】看起來像水一樣淡的交情，比喻對食物的情感。

【借酒澆愁】指人藉由喝酒來排遣愁悶。

【深情】深厚的感情。

【盡情】盡量抒發自己的情感，不受拘束。

【季感心】指對季節感觸的心情。

【優越感】自覺超越他人。

【自暴自棄】本指言行違背仁義。後多指不求上進，自甘墮落。

【墮落感】感覺趨於沉淪。

【聊勝於無】意指比完全沒有略微好些。

會遊走、傳承到下一個世代去，我是真確地如此相信的。（愛亞〈這些那些好吃的餅〉）

一些五星大飯店，如老爺飯店、遠東飯店的日本料理館，都曾嘗試推出不同的四季饗宴，如春之櫻席、夏之鯛季、秋之楓宴、冬之雪會，雖然價錢不低，但偶爾當我大發「季感心」（所謂對季節感觸的心思）時，就會忍不住去吃一番季節的滋味。（韓良露〈日本料理的四季味覺〉）

高級印度菜如君子之交，那麼較庶民化的印度菜和斯里蘭卡菜，則有如打得火熱的姘頭，當下一口即愛得死去活來。（韓良露〈在台北生活〉）

其實我吃便利商店的便當總是自暴自棄的心情，無奈中帶著墮落感。試想那便當並非即食便當，須經過烹煮、冷卻、包裝、冷藏、運送、上架，再微波後食用，防腐劑的含量令人不敢想像。（焦桐〈論便當〉）

庭前菊花已綻，想起當年東籬賞菊，把酒持螯之樂，心中正感到悵惘空虛，有一種說不出來的滋味在心頭滋擾，忽然想起長腳蝦肉細而甜，拿他蒸熟蘸薑醋來吃，其味可能跟大閘蟹彷彿。……現在既然吃不到大閘蟹，能吃到長腳蝦代替，可算慰情聊勝於無啦。（唐魯孫〈賞菊何需羨持螯〉）

懷念

【回味】吃過之後，回想甘美的味道。

【古意】古代的風格、趣味。懷舊之情。

【懷舊】懷念往昔。

【古早味】多用來形容食物用傳統做法、有傳統風味的意思。

【舊時味】從前的滋味。

中國之吃，恆與記憶相佐，頗賴一種叫「回味」的東西。即使這當兒下口的是酸豇豆炒辣椒，是饅頭就著鹹菜，是薄餅夾大蔥；〔……〕（舒國治〈粗疏談吃〉）

八〇年代雅痞風起，飲食日漸精細，連對臺灣味的品嘗也是如此，朋友之中有不少身家職業都是高薪雅痞者，都紛紛開始吃起「古意」的臺灣料理，尤其是那些經日據影響及日本觀光客濡沫的和漢料理。

【舊時風味】昔日的風情與滋味。

【人情味】人與人之間溫暖情感的流露。

【人情呵護】人與人之間在感情上的照顧。

【悠閒】從容閒適無所牽掛。

【無私的愛】沒有偏私的情感。

【母親的滋味】此形容食物中帶有母親親手烹調出來的味道。也作「媽媽的味道」。

【懷鄉】思念故鄉。

【鄉思】思鄉之情。

【鄉愁】思念家鄉而引起的愁緒。

【蓴羹鱸膾】比喻歸隱故里之思。晉人張翰因見秋風起，乃思念起家鄉吳中的菰菜、蓴羹、鱸魚膾。

【家鄉味】故鄉口味的食物。

【家鄉俚味】形容帶有家鄉一般食物的質樸味道。

【故鄉的風味】家鄉食物特有的滋味。

【味覺上的還鄉之旅】吃到家鄉的食物，就像回到家鄉一樣。

【貧窮的滋味】童年缺乏飲食的味道。

【回味無窮】吃過之後，細細玩味體會，越想越有意思。

【走味】食物喪失原本的味道。

【走味兒】食物喪失了原有的味道。

【餘味無窮】原指事物意趣無窮，讓人不斷回味。在此可用於形容吃過之後，不斷懷念該食物的味道。

（韓良露〈臺灣之味〉）

「小時候，我喜歡吃蛋和魚丸。然而飯桌上這兩樣東西，卻經常是看得多，吃得少。」原來，她想把從前只能「看在心裡」的東西吃得夠。這也算是另一種懷舊吧！（顏崑陽〈魚丸、煎蛋與夢想〉）

我邊吃邊想人生的飄忽和無常，突然想念起咖啡又黑又苦又悠閒的滋味，於是點了一杯睽違已久的咖啡。經過這麼多年，媽媽終於教會我了我喝咖啡的道理。（陳文玲〈台北廚房筆記〉）

母親的愛就表達在那些看起來微不足道的食物裡面；一碗冰糖芋泥其實沒有什麼，但即使看不到芋頭，吃在口中，可以簡單的分辨出那不是別的東西，而是一種無私的愛，無私的愛在困苦中是最堅強的。（林清玄〈冰糖芋泥〉）

有此馬薩拉甜酒，有黑手黨的操控，香軟滑膩的提拉米蘇，挑起了味蕾中的甜蜜與慰安，是遙遠故鄉的永恆召喚，終極的「媽媽的味道」，安撫了多少「漂泊迢迢人」。（李昂〈黑手黨與提拉米蘇〉）

在兩岸還未開放之時，南門市場裡販售的不只是南北家鄉食材食物，其實賣的是抒解慰藉遊子鄉愁的良方妙藥。（歐陽應霽〈戀戀菜市場〉）

「鱸魚蓴菜」因為張翰這一段故事成為文化符號，一千多年來，文人做官，一不開心就賦詩高唱「蓴菜鱸魚」。（蔣勳《手帖：南朝歲月》）

他家的燙麵餃兒，尤其做得精巧，皮薄邊窄，鮮腴可口，頗有故鄉的風味。（馬逢華〈餛飩，燙麵餃兒，粉漿麵〉）

一個經年離家的人，在嘗到純正的家鄉口味之後，味覺記憶的甦醒喚回過往的感情，在靈魂與肉體之間引發一場激蕩，正是味覺上的還鄉之旅。（黃寶蓮〈腸胃走私〉）

那湯味濃稠、黏膩，略了帶苦澀，現在的孩子恐怕不會喜歡。它

食趣

【助興】提高興致。

【慶祝】對可喜或值得紀念的事進行某些活動以表慶賀祝福。

【樸趣】簡單純樸的樂趣。

【酣暢舒爽】舒暢愉快。

【歡樂的滋味】形容歡喜快樂的感受。

【無肉不歡】形容嗜食肉類食物，沒有吃肉便感到不快樂。

【放縱的樂趣】放任而不受拘束的快樂情趣。

【甜蜜溫暖如光暈層層擴散】食物帶來的美好久久不散。

【柔美的陷阱】比喻食物的誘人。

【耽溺的幸福喜感】內心沉溺在一種感到舒暢滿足的喜悅。

【快樂指數忽然上升】形容歡樂愉悅的程度突然升高。

【飽足】充分滿足。

【心滿意足】心中非常滿足。

【酒酣耳熱】形容酒喝得意興正濃的暢快神態。

【暢快】舒暢快樂，稱心如意。

卻是童年的代表食物，貧窮的滋味，一輩子都提醒自己來自那裡。（劉克襄〈黃麻〉）

熱飲的蘋果茶，在暖烘烘的濃濃蘋果香裡，還透著絲絲馥郁的肉桂氣息；山中難免的早晚微寒天氣裡來上一杯，真有說不出的酣暢舒爽。（葉怡蘭〈懷念肉桂蘋果茶〉）

因此只有在旅行的時候，我會比較放鬆，或者應該說是放縱自己，盡情大啖美味又「罪惡」的炸薯條。或許，吸引我的，其實不是炸薯條，而是放縱的樂趣。（韓良憶〈放縱的樂趣〉）

沒有東西像焦糖，如此平易簡單，不過是把糖水煮成稠漿，卻帶來巨大的幸福之感，甜蜜溫暖如光暈層層擴散，由口腔溢滿身心，在周遭氤氳飄盪，把人領回童稚的初始時光。（蔡珠兒〈慾望焦糖〉）

或者因為麵包店的燈光太柔和，佈出了柔美的陷阱，它使得任何事物在這種光底下看來都散發奶油的光澤，飽滿而且秀色可餐。（柯裕棻〈奶油麵包〉）

夏日午後的空氣瀰漫著蘋果派的月桂香，冬夜濃郁的巧克力甜馨，有些事關於食欲，有些事關於記憶，所有的甜食給我耽溺的幸福喜感。（黃寶蓮〈司命灶君〉）

我通常點食「青蟳套餐」或「小牛排套餐」，那蟹、蛤蜊十分新鮮，小牛排的油脂分布如霜花，非常美麗，滋味自然鮮嫩至極，力追日本的神戶牛。一種套餐吃了一半，快樂指數忽然上升。（焦桐〈論火鍋〉）

11 饗宴

宴會

【燕】宴飲。通「讌」、「宴」字。

【筵】鋪設坐席。

【饗】盛宴款待賓客。指供人享用。

【饗宴】招待賓客的宴席。

【酒筵】酒席。

【飲宴】設宴飲酒。

【盛宴】盛大的宴會。

【開宴】舉行宴會。

【遊宴】嬉遊宴飲。

【歡宴】愉快地宴請。

【流水席】酒菜不斷供應，客人隨到隨吃，吃飽便離開的宴客方式。

【宴饗】古代天子大集群臣賓客宴會。或作「燕享」。

【瓊林宴】宋代皇帝於瓊林苑設宴款待進士。後泛指在禮部宴請新科進士的宴會。亦稱為「恩榮宴」、「聞喜宴」。

【千叟宴】始於清朝康熙年間，盛於乾隆時期，是宮廷中規模最大、與宴者最多的御宴。

【鹿鳴宴】舊時科舉考試後，由州縣長官宴請主考官、學政及中式考生的宴會。因在宴會上歌詩經小雅鹿鳴篇，故稱為「鹿鳴宴」。

【滿漢全席】清代宮廷最隆重的公宴。

【精饌華宴】精美的飲食，華麗的宴席。

【派對】一種非正式的舞會或聚會。為英語 party 的音譯。

【辦桌】閩南語意指請外燴者到家裡掌廚，宴請客人。

在廚房轉來轉去，等著酸菜黃魚起鍋的一瞬間，噴發而起的熱騰騰香氣。黃魚的鮮美與酸菜的醒胃，加上蠶豆的清潤，混合成不可思議的美味。多年之後，父親才說那時候黃魚多半不新鮮，只好這樣做來吃，酸菜和蠶豆也都是很便宜的，正好可以遮掩魚的腥味。但我總以為，那是我吃過最豐盛的黃魚饗宴。還記得那時候，我津津有味的配著白飯吃，心中想著，這些小黃魚到底聽過雷聲沒有？（張曼娟〈黃魚聽雷〉）

在北方除了燕菜席、魚翅席、海參席等高貴的酒筵之外，最起碼的有種「九大件」，窮一點的人家，紅白事情，多所採用。而這九大件也有粗細之分，細緻的包括全鴨全魚，粗糙的菜餚原料大都是出自豬身上，故又有「豬八件」之稱，豬八件的音一轉也就成了「豬八戒」了。（劉枋〈豬八戒〉）

那時候，兩位老師都還健壯，常參與我們的宴會，他們智慧而雋永的言談，有如今版《世說新語》，令人百聞不饜。而今，臺先生離去已經五載餘，孔先生深居不甚參與飲宴之事。美和那一晚到底做了多少佳餚呢？我反而只記得她那一道不小心燒糊了的蹄膀的美味，以及那一晚師生不醉無歸的情誼興致。（林文月《飲膳札記》）

那種長夜不斷的喫食，從薄暮時分開始，隨著夜氛愈深，興致愈濃。自敞開的門戶窗口飄出食物的香味，猜酒拳與主客互喚之聲，喧喧嚷嚷溢出街頭；而街頭則見步伐不穩的醉客三五蹣跚。那種長夜飲宴，稱為「流水席」。（林文月〈五柳魚〉）

考中的人，姓名一筆一畫寫在榜單上，天下皆知。奇怪的是，在

【慶功宴】為了慶祝成功或表彰功績而舉行的宴會。

【外燴】設宴款客的一種做菜安排，請專人到家中做菜，所有食材由外燴服務供應者包辦。

【排席】排下筵席。

【席面】酒席。也指筵席上的酒菜。

【氣派】表現出來的氣勢、派頭。

【架勢】場面；擺出的樣子。

【排場】鋪張奢侈的形式和場面。

【體面】格局漂亮、好看。

【擺門面】講究排場，追求氣派或體面。

【壓桌】宴席中預先擺定的菜，多為冷葷之類。也作「押桌」。另指人在宴席上最後離開，用來譏其貪吃。

【菲酌】粗劣的酒餚。

【酒過三巡】宴會中向同桌的人敬酒三遍；意謂宴會已進行一段時間。

【杯盤狼藉】形容宴飲完畢或將畢，杯盤散亂的情景。

【殘餚將盡，杯盞狼藉】比喻筵席將要結束之時。

【完席】吃完宴席。

【打包】客人在餐廳用餐完畢後，請服務生將未吃完的菜餚包好帶走。

【飫宴】宴飲。

【大宴】豐盛豪華的宴席。

【國宴】由國家元首舉辦，為款待外賓或重要人士，舉辦的隆重宴會。

【探花宴】唐朝時制度，進士及第者，於杏園宴飲，稱為「探花宴」。

【家宴】家人親朋聚餐飲宴。

【壽宴】為了慶祝生日而舉辦的宴會。

【婚宴】結婚時招待親友賓客的宴席。也作「喜宴」。

【疊席】結婚的喜宴。

他的感覺裡，考不上，才更是天下皆知，這件事，令他羞慚沮喪。離開京城吧！議好了價，他踏上小舟。本來預期的情節不是這樣的，本來也許有插花遊街、馬蹄輕疾的風流，有衣錦還鄉袍笏加身的榮耀。然而，寒窗十年，雖有他的懸樑刺股，瓊林宴上，卻沒有他的一角席次。（張曉風〈不朽的失眠〉）

趙不爭師傅說：「滿漢全席，真正是靈困蟠木，山珍海錯，包羅萬有，以類別來分，大致可分為『飛』『潛』『動』『植』四大類：『飛』是飛禽，包括有白鶴、鴛鴦、山雞、水鴨……。『潛』是指海產，包括龍蝦、大蝦、網鮑、排翅……。潛類裡最難得的是鱘龍魚，而且是滿漢全席裡的必需品，因為菜式裡有道菜叫龍運吉祥，是用巨大的鱘龍的腸子做的。」（唐魯孫〈華嚴餕餘〉）

辦桌是臺灣特殊的外燴文化，連接著風俗禮儀和人情掌故，無論結婚、滿周歲、生日、新居、尾牙、選舉……都要辦桌，它能有效營造歡喜鬥鬧熱的氛圍，親和力強強滾。辦桌不講究用餐環境的氣派或雅緻，用心計較在菜餚的貨真價實，頂級的筵席一桌六千元就包含了龍蝦、鮑魚、干貝、海參、佛跳牆、明蝦。（焦桐〈永寶餐廳〉）

同樣的，如果館子對氣派和排場的重視超過了對烹飪水準的要求，也不足取。法國菜之精緻是不容置疑的，可是帳單可怕，跑堂的嘴臉尤其可厭，領教了幾次，胃口倒盡，如今是每逢閏年光顧一次，聊饗饞蟲罷了。（遠人〈口腹〉）

她上桌進食，通常是別人已酒過三巡，但她飛紅酡頰，彷彿偷喝過半瓶紹興。她坐下來第一個聲息，往往是嘆一口大氣，欸，人是會老的，說一些蒙田或培根說過的陳腔雋語。只有積勞的農夫，抱著秋天金黃色的麥穗，才會出現的疲憊夾雜喜悅。（莊裕安〈野獸派丈母娘〉）

【弔宴】喪禮後，喪家為來弔祭者準備的宴席。
【祖宴】為送別而舉辦的宴會。
【還席】受人宴請後，為表謝意或答禮，還設酒席回請。
【素席】素菜宴席。
【淨筵】素齋宴席。

宴請

【接待】招待。
【款待】殷勤接待。
【餉】送食物給人。
【餉客】以食物款待賓客。
【餉饋】贈予糧食。
【請客】宴請賓客。
【洗塵】設宴招待遠來或歸來的人。也作「洗泥」。
【接風】設宴款待遠來或歸來的親友。
【作東】作主人或請客。
【設宴】設置宴席請客。
【敦請】誠懇的邀請。
【款待】殷勤接待。
【款留】殷勤勸留賓客。
【好客】喜愛接納和款待客人。
【公請】大眾聚資宴請。
【饋饌】進獻尊長飯食。
【候光】敬候光臨；為邀人前來的敬語。
【賞光】請求對方接受邀請的客套語。
【光顧】賞光照顧；為歡迎顧客的敬語。
【餞行】設酒食替人送行。
【回請】受人招待後還請對方。
【還席】受人邀宴後，設酒席回請對方。

主人笑著說我們這裡的羊肉最好吃，沒臊味，因為喝的是天山的礦泉水，吃的是天山的草藥。接著又輪番上菜，麵條、馬奶、八卦雞肉、野味、自種的韭菜、豆子、青椒，痛快地喝當地伊力老窖濃香白酒，觥籌交錯，杯盤狼藉，一片歡樂。（張輝誠〈遙遠特克斯〉）

前天晚上曾家已經設宴為姚思安「洗塵」，所以不必再回請。過了三天，姚思安要走了，曾家才回請，算做餞行。（林語堂《京華煙雲》）

要是雅馨還在，晚上她一定會親自下廚去做出一桌子吳柱國愛吃的菜來，替他接風了。那次在北平替吳柱國餞行，吳柱國吃得酒酣耳熱，對雅馨說：「雅馨，明年回國再來吃你做的掛爐鴨。」哪曉得第二年北平便易幟了，吳柱國一出國便是二十年。（白先勇〈冬夜〉）

當時，以京點為號召的「京兆尹」初張，大夥每次吃完大餐，必來此嘗點心，討論下回由誰作東，並點些自己愛吃的玩意兒。（朱振藩〈食積胃呆宜金糕〉）

偶爾有個把月，未見到「五時半至七時半酒會候光」的傳票，心中不免有如釋重負的感覺，好像這世界光明多了。（吳魯芹〈雞尾酒會〉）

但是我們中國的一切禮節都把「吃」列為最重要的一個項目。一個朋友遠別，生怕他餓著走，餞行是不可少的，恨不得把若干天的營養都一次囤積在他肚裡。（梁實秋〈送行〉）

被請的人有時候也很苦：明知受人錢財就得與人消災，但是又沒有拒絕的勇氣，於是計劃「還席」或「回客」。受了人家的好處，再奉還若干好處給人家，這樣就算兩相抵銷，不再負報答的責任。（王力〈請客〉）

12 用餐環境

人潮

【客滿】人數已經額滿，無法再容納多餘的人。

【洶湧】喧鬧。

【熙攘】人來人往，熱鬧擁擠的樣子。

【簇聚】簇集會聚。

【車水馬龍】形容人潮紛雜眾多。

【人馬雜沓】形容人潮紛雜眾多。

【人聲鼎沸】人眾會聚，喧嘩熱烈，像水在鼎裡煮沸一般。

【人潮洶湧】人潮眾多喧鬧。

【賓客如雲】形容來客很多。

【門庭若市】來往的人很多，像市集一般熱鬧。

【座無虛席】坐滿了人。

【戶限為穿】踏穿門檻。形容來訪人數眾多。

【往來如織】往來頻繁。

【大排長龍】形容隊伍排得很長。

【川流不息】人潮連綿不絕，往返不斷。

【絡繹不絕】往返不斷。

【接踵而至】一個接著一個，形容連續不斷。

【紛至沓來】接連不斷的到來。

【熙來攘往】人潮連綿不絕，往返不斷。

【門庭冷落】人潮稀少冷清。

【稀疏】稀少疏落。

【寥落】冷清，不熱鬧。

【零落】稀疏零散樣子。

【門可羅雀】門前冷落，可張網捕雀。

【接踵比肩】形容人潮洶湧，絡繹不絕。

燈節期間，南門市場旁一家小吃店生意興隆，客滿了，桌椅竟排到人行道上，恐怕同時有七十、八十個客人在用餐吧。其實我常散步來這裡吃滷肉飯和鼎邊趖。這晚也許客人太多了，店家應付的能力未逮，侍者個個臭著一張臉，好像被所有上門的顧客得罪了。（焦桐〈論餐館〉）

已婚的朋友說起買菜，都有些無奈。在大賣場或超市採購固然還不至於弄得灰頭土臉，但提提拎拎的也很費力氣。而有些食物就是要在人馬雜沓的傳統市場才買得到，魚蝦未經保麗龍包裝，也才看得出是不是真的新鮮。（劉靜娟〈上市場的好男人〉）

葛元祥聰明機敏，在王府傳統技藝的基礎上，大膽創新，精選五花三層大肉，切成五分見方，佐以優質香料，再加豆腐乳等，旺火煮開，文火慢燉，炭火均勻，以致肥肉不膩，瘦肉不柴，腴香適口，味醇而正。一家不起眼的小館子，居然天天人聲鼎沸，聞者紛至，門庭若市。（朱振藩〈罎肉燜餅風味足〉）

貓下去開幕時期就座無虛席。其實一家餐館不論大小，經營者是否用心客人真的吃得出來。把每一位客人當做貴客般尊重，才更能尊重自己的作品。（王宣一〈貓下去 MEOWVELOUS CAFE：有靈魂的小餐館〉）

半年以後，店門關了幾天，貼出了條子：修理爐灶，停業數天。重新開張後，飯鋪氣象一新，一早上就坐滿了人，人來人往，川流不息，揚州人聽從有人的建議，請了個南京的白案師傅來做包子下麵，帶賣早晚市了。（汪曾祺〈落魄〉）

【捱肩擦背】人潮擁擠，人與人的肩膀、背脊相互摩擦。

【捱三頂五】形容人流穿梭，多而擁擠。

【賓客如市】光顧者眾，賓客雲集的樣子。

【熙熙攘攘】形容人來人往的人潮，既熱鬧又擁擠。

【小貓兩三隻】形容光顧的客人少。

氛圍

【時髦】今稱趨於時尚、流行。

【時興】流行。

【流行】盛行一時。

【摩登】現代的、時髦的。

【現代感】切合當代。

【親和】親近和諧。

【居家感】像在家裡的感覺。

【溫馨可喜】氣氛親切溫暖，令人喜歡。

【醒目】形象鮮明，引人注意。

【淡雅】清淡高雅。

【典雅】高雅而不鄙俗。

【雅緻】美觀而不落俗套。

【大雅之堂】高尚雅緻的地方。也可借指高雅的境界。

【優雅】優美高雅。

【豪華】富麗堂皇。

【富麗】盛大而華麗。

【華美】光彩美麗。

【美侖美奐】華美壯觀。

微雨從福德祠往南一路飄落／閭巷內仍微溫著百年前的香火／簷下的石獅炯炯注視／頭圍第一街熙來攘往的商販／幾步路就進入了十三行／烏石港運來絲羅綾緞瓷器雜貨／蘭陽平原生產的稻穀苧麻樟腦／都在行倉內論斤論兩價售／嘉慶年間十三行前的門庭／連土地公都得歡羨〔……〕（向陽〈頭城十三行〉）

轉角咖啡館的落地窗上寫著店名：「熱鬧」。為了找到那間沒有明確地址、沒有名字的秘室，我步入店內，卻發現門可羅雀，酒保不停地擦拭啤酒杯以打發時間。（彭怡平〈絲襪雞尾酒爵士俱樂部〉）

比方說，美食的氛圍。店貌時髦優雅服務無微不至料理新奇大膽是一種氛圍、路邊攤轟轟作響的火爐邊揮汗大快朵頤是一種氛圍、又舊又小又難找老闆脾氣又大但料理超級好吃也是一種氛圍……。每一種，都一樣迷人一樣引人入勝。（葉怡蘭〈乘著味蕾自在飛〉）

不多時，便忽然發現一家帶著一點點現代感、卻十分溫馨可喜的小餐館「CASCABEL」。從大面玻璃窗往內張望，少少不過七、八張桌子，卻有將近一半的空間留給了半開放的廚房以及陳列著各種冷盤前菜、麵包、火腿與甜點的外賣區。（葉怡蘭〈哥本哈根的無國界美食饗宴〉）

果真如朋友所說，小店從裝潢、氣氛、待客之道到飲食口味，都沒有任何矯飾，講求料好實在，處處洋溢著豪爽中不失親切的居家感，有十足十的羅馬媽媽味。（韓良憶〈羅馬媽媽的味道〉）

這幾年，食養山房在兩岸已成為一個傳奇的人文空間。傳奇來自它的訂位，例假日都說要兩三個月前才訂得到位；傳奇也來自它的菜

【傳奇】超乎尋常。

【市井小攤】意指城市中一般的小攤販。

【小家碧玉】原指小戶人家的美貌少女。此可形容規模雖小但使人感覺美好的店家。

【食肆比鱗】形容餐廳排列密集前樣子。

【紙醉金迷】本指絢爛奪目、繁華富麗的境況。後多用來比喻豪奢享樂的生活。混合著市井與貴族氣質的迷幻氣氛。

【簡樸】簡單質樸。

【陽春】沒有多餘的裝飾或配件。

【其貌不揚】本形容人的相貌醜陋。此形容店面外觀簡陋。

【老舊】年久陳舊。

【破舊】老舊、破爛。

【土】不合潮流的。

【落伍】跟不上時代潮流。

【老土】土氣；不合潮流的。另指沒見過世面的人。

【沒落】消逝、落伍。

【衰落】沒落。

【式微】衰微。

餚，複合式的料理幾乎沒有哪道有固定的名字，卻清爽而豐富；傳奇更來自它的地理位置，總離人居有一段長距離，也總讓人初次找路很難一步到位，餐館怎會開在這麼遠離人煙的地方？（林谷芳〈一方天地〉）

連忙拾步向希望之地走去，一連經過好幾家大紅燈籠高高掛、活像武俠片佈景的豪華餐廳，我都不為所動，直到來到一家門面看來小家碧玉的館子，我才停下腳步。（韓良憶〈給我一碗牛肉河粉〉）

這間擠在蛇店與藥店中間的豪華餐廳，除了供應美味的海鮮，還提供了一種混合著市井與貴族氣質的迷幻氣氛。在這個紙醉金迷的餐廳裡（這一點是從價格看出的），什麼都很放肆，什麼都有可能〔……〕（陳文玲〈台北廚房筆記〉）

起菜了，當季最佳食材靈活搭配出的招牌絕活怎會讓大家失望：清水筍爽脆鮮甜、炸蚵酥香、白斬雞別有鹹香、開胃下飯的薑絲炒小卷、白菜滷材料豐盛飽滿，最後來一盤軟韌多汁炒米粉——其貌不揚的五十年老店果然厲害！（歐陽應霽〈好呷台菜〉）

但以今日標準來看，「隆記」實在是很老土的店，但由於保持老土，今日看來卻十分好看，有老式的純正簡單的風味，不像一般不新不舊的店，常常佈置得很俗氣。（韓良露〈西門町飲食記憶〉）

13 營養

養生

【保健】保護和增進人體健康。

【養老】適合老人家食用。

【將養】休養身體。

【調養】調理保養。

【駐顏】使容顏不衰老。

【養顏】保養容顏，使保持青春。

【提升免疫力】提高身體抵抗某病原體或毒素的能力。

【卻病延年】形容去除疾病，延長壽命。

【慢食】放鬆心情，慢慢地進食。也可說是一種生活態度，主張從食物的種植、生產到取得都不追求快速，以及肯花時間和用心來感受美食，並學習和尊重美食背後的飲食生態和文化傳統。

【樂活】意指重視環保和健康，崇尚自給自足的生活型態。樂活為LOHAS的音譯，是英語Lifestyles of Health and Sustainability的縮寫。

【有機】原指與生物體有關的或從生物體而來的。現指除了一氧化碳、二氧化碳、碳酸、碳酸鹽和某些碳化合物之外含有碳原子的。

【五行養生】中醫有所謂五行，是把身體五臟分為金木水火土相生相剋，所以飲食也要以五行的觀點配合。

【五色】此指青、赤、黃、白、黑等五種顏色的食物。傳統中醫認為食五色食物有利於調整體內五種臟器，如青色利肝、

數不清有多少華人都深信粥食有益健康。早在夏、商、周三代，中國人便有以粥養老、養生的制度和觀念，《禮記》中即有不少有關粥的記載，好比《養老篇》中就說：「仲秋之月，養衰老，授幾杖，行糜粥飲食。」（韓良憶〈以粥養生〉）

事實上，蟒蛇滋味甚佳，且富含蛋白質、脂肪、礦物質等多種營養素，印度人至今仍飼蟒以供食用。……由上觀之，遍擦各式各樣的保養品或化粧品，還不如多食蟒蛇肉，一飽口福外，青春永駐顏。（朱振藩〈韓世忠食蟒治瘡〉）

蓋僧人只吃蔬果，又多幽居深山，環境優美，空氣清新，他們在大自然的懷抱中清修，復參加生產活動，氣血循環、呼吸功能俱佳，身體的新陳代謝也增強，又鮮少惱人的政治鬥爭，自然卻病延年。（焦桐〈論養生飲膳〉）

為何要慢慢種植、養殖、費時製作？因為這需要誠懇、不取巧；因為不用農藥、化學藥物來養育，就是得花比較長的時間與心力。這與速成的加藥食物一比，自然就變成「慢食」了。因此「慢食」有三慢：慢養、慢做、慢吃。（陳建志〈慢食有三慢〉）

在政府帶動下，這兩年老店新生的「樂活市場」逐漸在全臺各地熱鬧開張。位於北市忠孝東路一段捷運善導寺站出口的華山市場，就是打破過去傳統市場老舊形象，再現光芒的例子。（張瓊方〈樂活菜市仔〉）

六月長夏本來就是五行五時之中的土用之時，而在長夏中逢地支丑日，因丑為土，即土用之日，在六月丑日多吃土用之物，如鰻魚，

紅色利心、黃色利脾、白色利肺，以及黑色利腎。

【彩虹飲食】主張多方攝取各種顏色的蔬果，可改善生理機能和預防疾病。

【忌口】禁吃不相宜的食物。

【禍從口入】意指食物不可多吃。

【食療】指將中藥與食物一起烹調，製作成佳餚，吃後具有預防、治療疾病、保健和益壽的功效。

【藥食同源】在中醫的概念裡，食物和藥物是相同的，許多食物同樣具有藥物的功效，沒有絕對分界線。

【生機飲食】一種飲食方法，講求不吃經過農藥、化學肥料或添加物，以及防腐處理或污染的食物，盡量避免烹煮時損害食物的原本營養，強調增進營養素吸收、排除體內毒素，達到治病或強身的效果。

【冬令進補】於冬令時節，利用飲食補品增強體力、抵禦寒氣。

瘦身

【養瘦】調養身體以達到瘦身的目的。

【輕食】吃富含高纖維、低熱量且營養的食物。

【高纖】指纖維含量很高的食品。

【低卡】指卡路里很低的食品。

【易飽足】吃一點就能有吃飽的感覺。

也就成了五行養生的食俗。漢醫的飲食五行之道，是把身體看成一個整體的養生之道，五臟相生相剋，不能單獨看待。（韓良露〈長夏五行養生之道〉）

漢學中醫素來講究五色養生，五種顏色的食物利於五種人的臟器：青色，利肝，我們有豌豆仁；紅色，利心，鯛魚排是紅尼羅魚；黃色，利脾，竹筍屬黃色。蛋黃屬黃色；白色，利肺，洋蔥半個啦！還有雞蛋白；黑色，利腎，香菇。呵，胡蘿蔔是橘色，橘色利什麼哩？利眼！身體健康，什麼病都比較不易上身！就養生吧！（愛亞〈葷腥加素意〉）

由於植化素是形成植物色彩的主要成分，因此在色彩鮮豔的蔬菜和水果中含量特別豐富，這也就是我們一直強調「彩虹飲食」觀念很重要的原因之一。（楊定一〈彩虹飲食的觀念〉）

酷暑時節一定要忌口，千萬別禍從口入，油炸物、辛辣刺激物、火鍋等一定要少吃，否則等於把熱暑吃進肚，體內一火爐，體外又是火爐，誰人受得了；炎夏漫漫難度過，只能清涼過長夏。（韓良露〈清潔過長夏〉）

「試試荷葉白菜？」我這次的回答很具誠意，且沒蠢到提「減肥」兩字，但強調依「規畫性營養分配」的角度，這款蔬菜每一百克含二十五大卡熱量，高纖低卡易飽足，可生吃可熱炒，有趣又美味。（徐仲〈評食材——荷葉白菜〉）

「我相信你們都是好人，都想幫我達成減重的目的，所以我不怪你們早上六點叫我起床運動，不在乎你們帶著微笑叫我多吃蔬菜，然後搶走我的肉排，但是，我絕對無法接受將全脂奶換成脫脂奶，

【去脂】除去脂肪。

【脫脂】除去脂肪。

【減肥】減輕肥胖的程度。也作「減胖」。

【減重】減去多餘的重量。

【怕胖】擔心肥胖。

【卡路里】計算熱量的單位。

【膽固醇】一種人體內脂肪分解時所釋放的針狀晶體物質，過多則會堆積於動脈壁上，造成血管硬化，有害健康。

【碳水化合物】構成澱粉的主要成分，是生物體內的重要成分。

【代謝】生物體內所進行的物質分解及與合成有關的化學變化。

【燃燒】意指將食物轉變為能量的動作。

【熱量】食物經消化吸收後，在體內部分轉變為能量，然後以熱的形式，或以能的形式被利用。

這太超過了。」（徐仲〈牛奶〉）

文明進步得太快，生活形態像骰子不停翻轉，體質演化遠遠追不上，我們的味覺還眷戀著古老的肥潤，理智卻急忙避禍求生，在卡路里和膽固醇的撕扯中，年味愈發苦澀無奈。（蔡珠兒〈鴨肝肥腸〉）

毛肚、豬腰與豬肝都是昔日沙茶火鍋必備，老西門也沒有捨棄的好東西，只是年輕人都不懂得點，也不會吃，不是把毛肚煮成橡皮筋，就是怕內臟的膽固醇太高不敢吃。（王瑞瑤〈老西門，沙茶火鍋也有春天〉）

就占星學的觀點，二十九歲前後是土星回歸的一年，在這時生命會來一場大總結或大變動。而我在進入三十歲之前，成功拋卻了那個一不留神就會往過多碳水化合物和高熱量食物靠攏、困陷遲緩滯礙情境卻不自知的身體。（劉梓潔〈這不是瘦身指南〉）

她減肥。年紀大了比較難，因為代謝緩慢的關係。她吃得非常少，忌澱粉類，忌油脂，忌甜食。她吃纖維素，青菜，熱量低的水果。一個月吃一次肉。（袁瓊瓊〈發生〉）

14 食療

食補

【補】添足所缺少的。

【滋補】供給身體養分。

【滋養】滋補保養。

【溫補】用溫性藥物來補充養分。

【補冬】於冬令時節吃滋補食品。

【冬令進補】於冬令時節吃滋補食品，藉此增強體力，抵抗寒氣。

【藥膳】以中醫藥材配合食物調理成的補品。

【增熱】增強體內氣血循環，使

四臣湯是窮人的補品，湯裡的中藥材和那些豬內臟都很便宜。窮人需要滋補，窮人也往往缺乏滋補；貧窮的時候用美味進補，感情特別深刻。很多臺灣人小時候都吃過媽媽煮的四臣湯，每一追憶不免是盈眶的眼淚。這碗湯，給黑白的記憶注入了色彩，給平淡的生活蓄滿感動；這碗湯，帶著健康和祝福，盛入窮人的碗。（焦桐〈四臣湯〉）

立冬又稱交冬，民間有「入冬日補冬」之食俗，像薑母鴨、麻油雞、羊肉爐等等具療效之食物，看重時令時序的人是不會在交冬前食用

身體感到溫熱而不致畏寒。

【抗寒】抵抗寒氣。

【散寒】散除寒邪。

【解寒】去除寒氣。

【補血】使體內的紅血球或血紅素增加，以滋養血氣。

【活血】使血脈運行順暢。

【調血】調理血氣，使運行通暢。

【調經】調理婦女子宮機能，改善月經失調、經血不順等症狀。

【調氣養血】調養呼吸，滋養血氣。

【以形補形】以外形、機能相似的食物來補充人體相對的器官與功能。

【去虛】消除身體虛弱、四肢冰冷無力等代謝機能不佳的症狀。

【益氣】增加元氣。

【補充元氣】增補精氣。

【滋陰】滋補陰虛。

【強精】補充使精子活動旺盛的養分。

【補腎】補益腎臟，以治療腎虛的症狀。也作「益腎」。

【催情】促使發情。或加速性成熟。

【壯陽】用溫熱藥物強壯人體的陽氣。

【補品】指滋補身體的食品或藥。

【補劑】補養身體虛弱症狀的藥品。也作「補藥」。

【虛不受補】指人在虛弱的時候，醫藥和食物都無法達到調補身體的效益。

【降火氣】中醫認為人體內燥熱氣息過重時，會造成發炎、紅腫或情緒煩躁等症狀，此時服用性質清平溫和的食物或藥物，以達到清熱降火的效果。

【補氣固表】中醫學中認為，如果人體心氣或肺氣虛，會產生自汗現象，因此選用能夠補氣虛的藥品或食物，以停止自汗。

的，不像現在的人竟會在大熱天身在冷氣房中大啖。（韓良露〈立冬「儒道節氣生活薑宴〉）

臺灣的民眾本重食補，故藥膳在其飲食上，一直是重要的一支。時當二十世紀四〇年代，中醫師薛騫為改善體質，在精心研究下，選用二十幾種中藥材調配，久熬成汁，再將之融入食品中，食罷有活筋骨、行氣血之功，加上藥性溫和，即使炎炎夏日，進食調養亦宜，成為家傳藥膳。（朱振藩〈東門當歸鴨一絕〉）

其實，「當歸」係由功效得名。宋代醫家陳承說：「當歸」因能調養氣血，使氣血各有所歸，所以叫「當歸」。（王浩一〈當歸的故事〉）

螺頭冬瓜荷葉煲老鴨，夏天可以消暑，小赤豆葛菜煲鯪魚，可以去溼。而且以形補形，北姑花膠煲鳳爪，可以助足勁，腐竹白果煲豬肺，可以化痰潤肺，天麻燉豬腦，可以補腦。港人隔水蒸稱燉，如燉水蛋就是蒸蛋。（逯耀東〈飲茶及飲下午茶〉）

原來四川菜其來有自！自古早便懂得拿辣椒增熱去虛除溼產生胃口加強體力，而又因辣太烈便以花椒抑制辣椒，更加散寒除溼之外，還抵制辣椒的傷胃、易產生胃液、氣逆及瀉肚，並且花椒能生麻醉作用，順便止了疼鎮了咳，原來是這樣的，哇、哇！（愛亞〈重慶麻辣菜〉）

日本有食烤鰻的風俗，日本各大市場、餐館凡有賣鰻者，都會掛上用書法寫的「土丑日の鰻」的布條，據說這一天吃烤鰻，最能增進身體的元氣對抗漫漫長夏。（韓良露〈長夏五行養生之道〉）

豆油清淡，麻油太補易上火；米酒味道節儉，高粱價高易醉。這是媽媽的主論。爸爸也會說，麻油入肉能強精補腎、補建男人地位；高粱氣味才撐得起舊時面子，米酒只能煮出寒酸湯頭，引不起別人稱羨。（高翊峰〈料理一桌家常〉）

【去火】消除體內的火氣。

【退火】使人或動物體內的火氣減退。

【消暑】降溫消熱。

【去暑】去除暑氣。也作「祛暑」。

【清熱】清除體內熱氣。

【解暑】解除暑熱。

【涼血】中醫上指清解血熱的方法。

【生津】分泌唾液。

【明目】眼睛明亮。

【振氣】使精神振作起來。

【提神】提振精神。

【醒腦】使頭腦清醒。

【安神】使心神安定。

【鎮心】使精神狀態安定、平靜。

【助足勁】增加腳的力量。

【淨化】清除不好的使純淨。

【排毒】排除體內的毒素。

【解毒】解除上火、發熱等症狀。

【治瘴】治療罹患了山林間因溼熱蒸鬱致人疾病的毒氣。也有「治瘴氣之毒」。

【以毒攻毒】以含有毒的藥物來治療中毒等疾病。

【利水】通暢小便。

【利尿】用水或其他溶質使排尿量增加，以暢通排洩。

【利溼】促進體內水氣、溼氣排出來。

【消腫】消除腫脹。

【潤喉】潤澤喉嚨，使不乾渴。

【潤燥】用滋潤藥物治療燥症。

【保護氣管】養護氣管，使不受病菌感染。

【鎮咳】抑制咳嗽。

【化痰潤肺】化除痰液，滋潤肺部。

【去痰化熱】去除痰液，化解熱氣。

【去溼】除去體內過多的溼氣。

溼，中醫上認為溼氣過甚會阻

春天時日頭回到人間，大地百草回生，都需要日光之善；春膳亦可從自然生態的觀點來看，就是要善食，所謂食之有善即依節氣而生長的食物，一定符合天地之膳，例如春天宜種豆，因此吃各種的豆芽，如黃豆芽、黑豆芽、蠶豆芽、綠豆芽都有利於身體的平衡，春天生長的薺菜、馬蘭頭、枸杞菜、香椿頭、蒲公英都是可以清熱解毒、滋補肝腎、涼血明目的春之善食。（韓良露〈春饍〉）

原來老天爺自有其安排，從食補的角度來看，當令的農產往往是最適合那個季節攝取的食物。好比說，秋冬天乾物燥，芒果、漿果和西瓜等水果退場，取而代之的柿、蘋果和柑橘等水果，不是有生津、潤肺之效，就是可以清熱降火、化痰止咳，正是秋冬餐桌上的聖品。而我打算用來煮湯的南瓜亦可防燥，也是秋季恩物，它金黃帶橘紅的色澤和樸實悠長的滋味，不也正代表了秋天？（韓良憶〈養生秋宴〉）

在禮記月令中小滿的三候現象為「一候苦菜秀，二候靡草死，三候麥秋至」，夏天苦菜盛產，因苦菜可清心明目，是解夏熱的當令食物；而夏陽充沛，喜陰的各種野草此時開始枯死，要小心引發野火，但來年春風吹又生，展現大自然的循環現象；早收的麥子此時快要收割，小滿也有心靈小小滿足之意。（韓良露〈小滿〉）

蘇東坡深諳飲食之道，對食物療法也很內行，偶爾也親自製作食療菜餚，尺牘〈與徐十二〉告訴朋友如何煮薺菜羹，以治瘡疥、養肝；〈與王敏仲十八道〉之十三也說，「治瘴止用薑、蔥、豉三物濃煮熱呷，無不效者」，僅僅用三種調味品煮濃湯，竟可治瘴氣之毒。（焦桐〈論養生飲膳〉）

各家治癌各家偏方，由「喝癩蛤蟆尿」到「百花蛇舌草熬半支蓮」由「蜈蚣熬蠍湯以毒攻毒」到「斷食只飲清水菜湯餓死壞細胞」……

滯身體氣的活動。也作「除溼」、「驅溼」。

【袪風溼】袪除因風溼而引發肌肉、關節的疼痛。風溼，結締組織呈現發炎的疾病，

【防關節炎】預防因關節發炎而引起疼痛、腫脹等病症。

【降血壓】降低血壓偏高的症狀。

【降低血脂肪】減低血液中低密度的脂肪沉積過多。血脂肪，即膽固醇的俗稱。

【健胃】指加強胃的消化功能。

【健脾】中醫上指治療脾臟虛弱、營養吸收障礙的方法。

【消食去滯】幫助消化，解除身體不通暢的不適。

【下氣】中醫指放屁。

【新陳代謝】生物體不斷以新物質替換舊物質的過程。

【止嘔】停緩嘔吐的現象。

【止痛】使疼痛停止。

【防癌】預防惡性腫瘤發生。

【飲食有節】吃東西有所節制。

【忌嘴】因治療的需要，要求病人不吃某些食物。也作「忌口」。

【戒口】禁食。

【斷食】中斷飲食一段時間。

【食醫同源】醫藥的來源，和食物是如出一轍的，又稱「醫食同源」。

【藥膳同功】藥物的療效，和食物是相同的。

疾病

【藥引】輔助主藥的副藥，能調節藥性，加強藥效。也作「藥

我們選取或許一試的辦法，數種併用，除醫藥之外，飲食力量是驅走癌病的一劑好方！在這期間一再閱讀的書籍及一再耳聞的語言都說：起碼生食、素食可以洗淨全身的血液、血管、肌肉及感覺。（愛亞〈生素情事〉）

從日治時期開始，臺灣糖類都要管制公賣，民間在祭送灶王爺時，已少有人以麥芽糖當祭品了。反倒是拿它當是「藥用」。簡單的做法，就是以麥芽糖沖泡熱牛奶，裡面加顆蛋黃（不能有蛋白），據聞有保護氣管和潤喉之效。（王浩一〈送灶的故事〉）

薄荷也是好東西，酒足飯飽吃完甜點，沖一壺新鮮薄荷茶，沁碧清芬，最能消食去滯，漱齒滌心。而且是好玩的餐後餘興，挽個小籃，去菜園折枝現採，客人好奇跟來，幫手掐摘，馨香盈袖沾身，沖出來的薄荷茶，就更香美有味。（蔡珠兒〈紅鳳碧葵〉）

回台後，稍微查了一下資料，發現二者都有類似消炎、鎮靜、止痛、助消化、安撫心神的療效。想起之前看過的一篇文章，說傳統德國家庭裡，婆婆媽媽們幾乎人人都有一套神秘的藥草配方，健身治病無所不行。（葉怡蘭〈飯後來杯花草茶〉）

飲食直接關係健康，甚至壽命；飲食失當，將導致各種疾病。正確的飲膳有養生保健的功能，「食醫同源」、「藥膳同功」的道理人盡皆知，神農嘗百草即是以人體實驗各種植物的療效。（焦桐〈論餐館〉）

端午節前幾天，我家前後就飄著一股粽葉香，記得有一年我帶了兩串粽子去學校送給老師。不料第二天老師慎重地把我找去，說她婆婆吃得極合口味，趁大家不注意多喫了兩個，一時間不消化，飣了

引子」。

【飣】ㄉㄧㄥˋ，堆積食物。

【噎】食物塞住了喉嚨，使氣透不過來。

【哽】噎住。

【鬱燥】感到煩悶熱燥。

【心悸】因病理或過度勞累而引起心臟跳動加速、心律不整等症狀。

【流鼻血】鼻子因外傷、腫瘤或發炎等情況，導致出血的現象。

【衄血】鼻出血，也可泛指人體各部位的出血。衄，ㄋㄩˋ。

【喉痛】喉嚨疼痛。

【口乾舌燥】嘴因缺乏水分而感到乾燥口渴。

【過敏】對某些物質，如細菌、藥物或食物等，所產生的不正常的反應。

【反胃】食物咽下後，胃裡難受，出現噁心、嘔吐的症狀。也作「胃反」、「翻胃」。

【噁心】感覺反胃想吐。

【傷胃】損傷胃部構造和機能。

【胃絞】胃部產生劇烈疼痛。

【腹瀉】因大腸感染，消化機能障礙引起糞便迅速排出的現象。也作「拉肚子」、「拉稀」。

【上吐下瀉】嘔吐和腹瀉同時發生的病症。

【氣逆】氣上衝而不順。

【脹氣】胃內充滿氣體而膨脹的現象。

【便祕】糞便在大腸停留時間過久，以致大量乾硬糞便堆積在降結腸，造成大便不暢。也作「便閉」。

【食而不化】吃了東西而無法消化。

【消化不良】由於飲食過度或消化機能衰退等因素，導致消化功能無法發揮，造成噁心、腹瀉、脹氣或食慾不振等。

食，老人家竟送了急診。（徐國能〈媽媽的竹葉舟〉）

這種香辣的上乘功夫，就像吃最好的、全由中藥食材提煉的麻辣火鍋，雖然舌頭辣，但入喉卻十分潤滑，食後也不會鬱燥；反之，碰到不好不純的麻辣鍋或冬蔭功湯，食後卻會全身不安，口乾舌燥、喉痛、心悸、胃絞。（韓良露〈吃香喝辣泰菜迷〉）

錦荔枝或癩葡萄其實都美，一個外在美，一個內在甘甜。苦瓜既然解暑，怎麼會食之多衄血？衄血是流鼻血的毛病，吃多了苦瓜是否會流鼻血？恐怕就要問中醫師了。（方梓〈錦荔枝與癩葡萄〉）

我從小就崇拜紅肉西瓜，崇拜他曲線完美巨無霸，紅通通透心涼，像一座行動水庫，救遍天下口乾舌燥之人。（簡媜〈好一座浮島〉）

福州人是「重湯」一族，閩菜中最具代表性的「佛跳牆」不就是湯菜？外來客遊福州喝下一肚子湯湯水水，很容易感到胃脹或胃酸過多，這時只要來上一顆青橄欖，脹氣全消。（蘇冠昇〈福州古早味〉）

我阿母牙齒掉得只剩四顆，偏偏戴不慣假牙，加上愛吃雞肉，便祕情況嚴重程度日甚一日。為了不讓我阿母患上痔瘡，我便擬定各種「便宜之計」。（張輝誠〈阿母的便宜之計〉）

作為香藥，丁香可以消炎止痛，治療牙疼，風溼，關節炎等症狀。它的抗毒性強；據說，荷蘭人燒燬了印尼諸島的丁香樹後，傳染病在當地急遽上升。丁香屬溫性藥物，對消化不良，腸胃虛弱，嘔吐惡心等症狀皆有助益。飲酒前嚼一粒丁香，可以增加酒量，不易喝醉。（奚密〈丁香〉）

那湯頭香郁濃厚，乃是用雞骨、豬骨熬製，我明明知道罹痛風的人不宜輕嘗，每次還是把湯喝光。（焦桐〈論吃麵〉）

其實，獎勵或懲罰，本質上都是同一種儀式，正如厭食症和暴飲

【病灶】疾病的始發部位。

【痛風】由於體內尿酸生成過多，或尿酸排泄受阻，以致有過多的尿酸、尿酸鹽等結晶體積存在關節或血液組織中，進而引發關節腫痛。

【高血脂】血液中低密度的脂肪沉積過多，容易發生動脈血管硬化。

【高血壓】血壓偏高症。成年人的收縮壓及舒張壓若超過160/95Hg，即可診斷為此症。患者容易產生疲勞、頭昏、心悸等症狀，進而引發腦血管硬化、心冠狀血管硬化等併發症。

【慢性病】病理變化緩慢且在短時間內不易痊癒的疾病。

【厭食症】由於病患對自我形象的扭曲，或在心裡上產生障礙或鬱結，無法排解，故而排斥飲食的病症。

【暴食症】由於病患對自我形象的扭曲，或在心裡上產生障礙或鬱結，無法節制飲食的病症。

安全

【衛生】清潔。

【黑心食品】是指原材料有害人體，製作過程不合格，只以大量生產謀取暴利的商品。

【防腐劑】一種殺滅細菌以防止腐敗的藥劑。

【鹼粉】主要成分為碳酸鈉的物質，溶在水裡會成為強鹼。常被添加在中式的麵食、鹼粽、粉粿等食物裡，使口感更加彈牙，但添加過量也會對腸胃造成損害。

【脆劑】可增加食物脆性的一種食品添加劑。

【重金屬】高比重的金屬，如鎘、鉛、汞等。食品中受到天

暴食乃同一病灶的兩種爆發方式。像已故英國王妃戴安娜那樣同時患上厭食症和暴食症，也並非罕見的病例。厭食和暴食看似自我懲罰，本質上也是社會性的壓迫。人莫不飲食，人莫不受惠同時也受制於飲食。食物的暴力品質若比之於瘋癲，同樣會像福柯所說的那樣，不可能發現在蠻荒狀態，只能存在於社會之中。（沈宏非〈暴力飲食〉）

史湘雲道：「阿彌陀佛，冤枉冤哉！我要這樣，就立刻死了。你瞧瞧，這麼大熱天，我來了必定趕來先瞧瞧你。不信，你問問縷兒，我在家時時刻刻哪一回不念你幾聲。」話未了，忙得襲人和寶玉笑道：「說玩話你又認真了。還是這麼性急。」史湘雲道：「你不說你的話噎人，倒說人性急。」一面說，一面打開手帕子，將戒指遞與襲人。（清．曹雪芹《紅樓夢》）

生活的革命，需要的就是一點點的溫柔，將心比心，愛人如己。如此一來，人們慢慢地覺醒了，不再賣黑心油、黑心奶粉、黑心菜、黑心水果、黑心南北貨等等，人們懂得要尊重民以食為天的自然之道。（韓良露〈溫柔的生活革命〉）

最近胡天蘭介紹我吃青島東路「中原製麵店」的麵條，說是臺北碩果僅存的手工麵條專賣店，保留純樸古風，沒加添防腐劑、鹼粉、脆劑，或其它化學藥劑。天蘭送我一斤，我當晚即煮來吃，果然好樣的，彈勁中飽含了麵香。（焦桐〈論吃麵〉）

大自然有它的節奏和韻律，萬物生長自有其定時，農民只要順應季節來栽種蔬果，不必施太多化肥、農藥和生長劑，應時的蔬菜水果

然存有或受土壤、空氣、水所汙染而含有重金屬，若含量輕微，會經由新陳代謝排出，但若含量過高，則難以排出，長期累積體內將形成慢性中毒。

【化學藥劑】運用化學物質、方式所製成的藥物。

【化學肥料】以化學方法所製成的肥料。相對於堆肥、糞肥等天然肥料而言。

【農藥】農業生產過程中所使用的藥劑，用來殺蟲、殺菌、除草等，以促進作物生長。

【有毒】添加了對健康或生命有危害的物質。

【雙氧水】過氧化氫的水溶液，用來漂白食物。

【去水醋酸鈉】防腐劑的一種。

【福馬林】甲醛的水溶液，用以防腐、消毒和漂白。

【黃麴毒素】一種由黃麴黴菌分泌的毒素。性喜高溫多溼，毒性極強，即使少量，也會引起肝功能和中樞神經障礙，為致癌物質。花生、玉米、米、麥等是主要受害的農作物。

【硫化物】硫形成的化合物，因為有燻過硫磺的中藥材顏色會更顯鮮豔，常會殘留有毒物質。

15 中外美食

地方名產

【本土】本地、當地。

【在地】本地、當地。

【在地食材】在當地生產的農作物。意即講求環保，以盡量不破壞自然環境的方式購買在地生產的食材。

便生機不絕、欣欣向榮，故而多多食用當令農產，不但省了荷包，而且不會毒害自己的身體和孕育生命的土地。像這樣多少服膺慢食文化的理念，是我近年來在日常生活中儘量實踐的主張。（韓良憶〈季節的廚房〉）

如今食品有毒，即代表人類品格的墮落，不再有崇敬的心思去造物，人品決定食品，現在人們人品不好了，食品也當然跟著沉淪。中國的古諺說民以食為天，不僅在說人不可能餓肚子，也在表明食道和天道的關係。（韓良露〈食品即人品〉）

市場裡到處可見漂白水與防腐劑處理過的食品與食材，泡過雙氧水的磨菇與大腸，漂白又加藥的麵條與魚丸，怎麼煮都不會破、咬下去滿嘴鮮的水餃，放再久也不會長霉的麵包，加了去水醋酸鈉的豆干和豆腐（或是福馬林），另外還有黃麴毒素污染的雜糧，含有硫化物的中藥材，農藥過高的茶葉，身邊的恐怖食物數也數不完。該怎麼辦？老話一句，千萬不要獨沽一味，否則會比較快死。（王瑞瑤〈請均衡攝取毒素〉）

肩扛著一袋菜，懷裡捧著一束花，看到水果攤上的的草莓和藍莓，忍不住各買了一盒當飯後水果，再過一兩星期就吃不到荷蘭本土產的新鮮漿果了，這夏季的滋味可得及時把握。（韓良憶〈季節的廚房〉）

早在二〇一〇年之首度初訪廈門，便已對這兒的在地市井美味一嘗傾心。（葉怡蘭〈重溫，廈門小吃〉）

【在欉紅】讓果實在植株上成熟紅透後方才採收，此狀態瞬乎即過，故通常只有產地的人有口福享用。

【名產】著名的特產。

【土產】本地所生產。

【特產】某地特有的或特別著名的產品。

【特色】獨特優異的地方。

【原汁原味】第一次燉的湯。指味道純正，毫不摻假。

【恪守古法】謹守前人制訂的方式。

【古法釀造】謹守前人的方式醞釀製作的食物。

【就地取材】在當地選取材料而不假外求。

【一枝獨秀】比喻最為傑出。

【獨一無二】比喻最突出或極少見，沒有可比或相同的。

【魚米之鄉】盛產魚和米等的富庶地方。

【伴手禮】是出門到外地時，為親友買的禮物，一般是當地的特產。

【手信】旅遊時為親友買的禮物，多為當地的特產。

【天產】天然的產物。

【盛產】出產量豐富。

【稀有】罕見、不常有，數量稀少。

【獨有】僅有、只有。

【特有】獨特、特別具有。

【本地貨】本地出產的產品。

【產地直送】指產地生產的當季農牧產品，直接送達指定地點或商店進行販售。

【土貨】本地生產的商品。

【土物】指本地所生產的物品。

【道地】實在、真正的。

【地道】❶東西的產地。❷真實，不虛偽。「地道貨」。

【土法】指符合民間傳統，流傳沿用的舊方法。

沒有任何遠渡而來的水果，可以像在地的、在叢紅的時令鮮果那般地香甜圓熟，那般毫無顧忌地美味多汁。也沒有其他地方，像臺灣這般，在一個狹迫的島嶼上，盛產著如此繁多，跨越緯度、季節與洲際的水果種類。（林裕森〈遠來水果的臺灣滋味〉）

龍井茶不產自西湖龍井，鎮江醋不來自蘇州鎮江，龍口粉絲當然也不見得是山東龍口來的，這些其實都是臺灣土產（除了少數從中國大陸進口外）。也不是只有臺灣複製它地的土產，據說福建也出現凍頂烏龍茶，海南也有玉井芒果。（謝忠道〈誰的紹興，誰的龍井？〉）

讓我驚訝的是，原本以為鄉村小店，頂多賣些簡單家常菜或農村菜，可是菜單上卻是「山珍海味」，有秋季當令的野味、鴨胸、本地特產的生火腿、肝醬等，也有大西洋的比目魚和來自挪威的鮭魚，以及這裡盛產的河鱒。（韓良憶〈小村之味〉）

這提醒我們，改善臺灣的鐵路便當首先要加入地方特色，例如基隆站可以賣天婦羅啊；臺北站可賣紅燒牛肉乾拌麵，或加入阿婆鐵蛋；新竹站可以賣炒粉、貢丸飯，苗栗站不如賣一點艾草粿、炒粄條；臺中站可以附贈一塊太陽餅；彰化站的便當內容可以是肉圓；臺南站不如推出肉粽、碗粿；花蓮站的便當則附贈麻糬……（焦桐〈論便當〉）

眾說紛紜不知孰為可信，但其本質心態則如出一轍，都在爭奪炒飯的歷史詮釋權，透過史料軼聞尋求正當性與「道地性」，確立「原汁原味」的真品地位。（蔡珠兒〈炒飯的身世之謎〉）

東京有家「志滿草餅」，是明治初年的老鋪，迄今一百多年，依然恪守古法，用新鮮艾草揉製，做出來腴軟豐盈，蒼翠芳馨，是我吃過最美味的草餅，那艾香淡苦微辛，幽沁不盡，依稀還在唇邊盤桓。（蔡珠兒〈艾之味〉）

【遵循古法】指按照傳統的生產方式製作。

【伴手】原指拜訪親友時，攜帶的餽贈禮品。現多指出外旅遊時，為親人朋友採購，作為禮品的當地特產。

【市井】街道或市集。

【食物里程】指食物生產出來，直至運送到消費者手中的運輸距離。食物里程越高，表示食物運輸的距離越遠，消耗的化石燃料越多，製造出較多的溫室氣體，不利於地球的永續經營。

【禮行貨】舊稱商店裡販售，作為平常餽贈之用的商品，通常外表精美，但質料較粗。

各地風格

【交融】融合一起。

【融合】融化匯合，合成一體。

【混血】由不同民族所生育的後代，借指不同文化交融的結果。

【混融】混和融合。

【多元】呈現多種的樣式。

【多樣】多種樣式。

【薈萃】匯集、聚集。

【中西兼備】比喻兼有中國與西方的特點。

【中西合璧】比喻在某種事物中，把中國和西方的精華合在一起。

【舶來品】由外國進口的貨物。

【洋貨】外國貨。

【東西攜手】兼有中國與西方的優點。

【西風東漸】西方人的流行風潮

臺灣的小米酒中我最欣賞宜蘭「不老部落」所釀，號稱以古法釀造，百分之百小米釀製三個半月而成。（焦桐〈小米酒〉）

宋五嫂的魚羹是北味南烹。宋室南渡，在汴京經營飲食營生，以調治魚羹著名的宋五嫂，也隨著南來臨安，選了蘇堤熱鬧處，就地取材，用湖裡鮮花魚作羹出售。（逯耀東〈又見西子〉）

曼谷水果的種類，跟臺灣差不多，可是水分甜度都趕不上臺灣，祇有椰子水是一枝獨秀，那是臺灣萬萬不及的。（唐魯孫〈曼谷的水果〉）

鍋巴菜可以說是天津衛獨一無二的一種吃食。不但天津人愛吃，就是外地人在天津住久了，也會慢慢的愛上這種小吃。（唐魯孫〈津沽小吃〉）

臺灣幾乎每一家泰式餐館都供應椒麻雞，很容易誤會它就是泰國菜；其實椒麻雞是出身雲南的混血菜，表現多元文化融會之美。滇、緬、泰、越、寮地理位置鄰近，料理自然而然地互相滲透，彼此影響；這道滇菜傳到泰北，再帶來臺灣，背景是烽火連天的歷史舞台。（焦桐〈逼淚的椒麻雞〉）

〔……〕許多我們根深蒂固地認為絕對原汁原味日本血統、且早已各自發展得自成學問自成體系的食物，例如拉麵（來自中國）、天婦羅（來自從早年從長期上岸的葡萄牙人）、可樂餅與蛋包飯（來自歐洲）……，實際上都是混血產物；並因了這些外來新勢力的加入，而使得日本美食因而有了更加創意豐沛、多元多樣的正向提昇。（葉怡蘭〈哥本哈根的無國界美食饗宴〉）

逐步影響東方社會的現象。

【橘化為枳】比喻同樣的東西會因環境的不同而引起變化。

【飄洋過海】渡過海洋。

【清簡纖細】清新細緻簡練。

【禪境深遠】如同禪修境界一樣深微遠大。

【陽光般的明亮繽紛】光線充足而繁盛的樣子。

【精工打造的優雅細緻感】比喻極為用心營造的環境。

【不討好】不迎合人意，以博得他人歡心。

【有個性】具特殊的特性。

【融會】融合的意思。

【滲透】比喻逐漸侵入或影響其他範圍或領域。

【影響】指對他人或周遭事物產生作用，或引發的作用。

【兼容並蓄】將不同的事物、特色、觀念包含在一起，全部收羅。

【外國貨】外國進口的商品。

【來頭貨】不是本地製造的商品。通常是指外國商品。也作「來路貨」。

【水貨】指以走私方式輸入國內的海外貨物。

【大陸貨】特指中國大陸地區出產的商品。

【洋廣貨】舊稱外國商品及廣東貨。

【越洋】跨越海洋，後引申為跨國的意思。

薈萃眾鮮之味，烹出來當然甜冽芳美，但美得渙散凌亂，各種鮮香喧囂吵鬧，紛然雜陳，毫無焦距與光譜，因而也像佛跳牆，發出駁雜儈俗的氣味。以集體主義入廚上桌，少有好下場。（蔡珠兒〈冬瓜盅〉）

香港的茶餐廳中西兼備，以早餐為例是火腿通粉（或雞絲、沙爹牛肉麵、雪菜肉絲麵）、西煎雙蛋、牛油方飽、咖啡、當然也可以換成鴛鴦。下午茶兩點鐘開始，各式麵包與蛋撻隨時出爐，還有燒味、百搭茶餐、干炒牛河、三絲炒瀨粉、雪菜肉絲炆米粉、上海粗炒麵等等〔……〕（逯耀東〈飲茶及飲下午茶〉）

泉州人是中國人最早愛吃花生的，當年從呂宋傳到中國的花生可是珍貴的舶來品，臺灣人迄今愛喝花生湯也是泉州移民帶來的影響。（韓良露〈泉州既河洛又海上〉）

東亞茶裡比例極低的加味、混合動作，一旦飄洋過海來到歐陸，倒是十足風行。例如添了櫻花瓣與莓果香的日本煎茶，添了玫瑰、茉莉、蘋果的龍井，泛著濃重的松木燻香的中國紅茶……。（葉怡蘭〈歐洲茶吹東亞風〉）

也就在這逐一品嘗的過程裡，我越來越覺得，和日本料理的清簡纖細、禪境深遠，義大利料理陽光般的明亮繽紛大相逕庭，法國料理總帶有著一種非常精工打造的優雅細緻感；那種運用完美食材結合絕佳烹調理念和技巧所層層疊疊創造醞釀而成的，非常豐富深刻層次多元、卻又能將材料的本來味道本來面目完整保留傳達出來的奇妙滋味，每一次，都讓我為之震懾傾倒不已。（葉怡蘭〈前進！巴黎大餐！〉）

聖彼得堡這名字顯得嚴肅，列寧格勒則斬釘截鐵，無論哪一個名字，它的氣質都如此陽剛，連黑麵包都是硬的，帶酸，味道和口感一點都不討好。（鍾怡雯〈地鐵與黑麵包〉）

16 節慶婚祭

【鄉飲】周代鄉學三年業成，由諸侯之鄉大夫向其君舉薦賢能之士。將行之時，由鄉大夫設宴並以賓禮相待，與之飲酒。歷朝後來也沿用，成為地方官按時在儒學舉行的一種敬老儀式。也作「鄉飲酒」、「鄉飲酒禮」。

【三朝】即嬰兒出生三日當天，產家以油飯、雞酒、米糕等物祭拜祖先，之後再將這些供品分送外家、鄰居跟親朋，告知外家已有外孫的喜訊。

【滿月酒】嬰兒出生滿一個月所舉行的宴會。亦作「彌月酒」。

【紅蛋】所謂紅蛋，就是將普通的雞蛋染浸成紅色的蛋（一說為大紅花），又稱喜蛋。紅色表示吉祥喜慶；蛋則有繁殖、圓滿無缺、豐饒和再生等象徵意義之意。

【大拜拜】廟宇謝神或建醮等重要慶典時所舉行的儀式，也多有宴請流水席等。

【吃拜拜】指前去參加祭神節慶並受邀宴。拜拜，祭神節慶所設的筵席。

【豬腳麵線】傳統有吃豬腳麵線去除霉運的習俗。

【祛除晦運】去除不好的運氣。

【去霉運】去除不好的運氣。

【消災解厄】消除災厄。

【祝福】本指求神賜福。今多指希望對方得到福分。

【長壽】長命、高壽。

【長壽麵】過生日時所吃的麵條。

【做壽】舉行生日的慶祝活動。

都記在帳簿：五席滿月酒，一百粒紅蛋，二十斤糯米油飯。就你媽，吃去三十隻麻油雞（我嚼雞胸脯）喝乾一罈當歸紅棗泡枸杞（我飲藥酒渣）。雖然外婆打了金戒如意鎖，你將來算算，是賠賺？哪哪哪！小子！別儘瞧你媽，我是你爸。（簡媜〈瓶與罍〉）

傍晚六點多鐘的時分，三重鎮的大街小港，老早塞得滿滿的了。吃拜拜的人從各處蜂擁而至。做拜拜的人家，酒菜擠到屋外來，騎樓下，巷子裡，一桌連著一桌，大塊大塊的肥豬肉，顫抖抖的，堆成一座座小肉山，油亮亮、黃晶晶的豬皮，好像熱得在淌汗。（白先勇〈孽子〉）

瑞典語的 Kalas 打牙祭，完全像臺灣人吃拜拜那樣「澎湃」。我甚至懷疑所有飯店吃到飽的 Buffet 吃法，分明是維京人集體海航打劫回來以後的盛餐，自然演變為過年與聖誕節的宴儀，絕不是英國人聖誕節的火雞餐，男主人片下十二塊火雞餐，一人一塊標準公平這回事，全看個人真事，你能吃進多少算多少。（陳文芬〈瑞典年菜吃到一月底〉）

除了消災解厄，豬腳還帶著祝福的意思。簡媜二十歲生日時，簡媽媽滷了一鍋豬腳，從宜蘭搭火車提到臺大宿舍，要為女兒「做二十歲」，簡媜不在，簡媽媽就站在外面等女兒回宿舍……（焦桐〈論豬腳〉）

我現年近望八，已經是鹹鴨蛋開水泡飯，清淡得接近淡而無味的時光，從童年、中年、老年都是給人張羅做生日，現在垂老之年實在不願做生日，以免打擾親友跟晚輩太多。（唐魯孫〈過生日漫談〉）

老太爺過生日，招待了客人，老太太過生日，也不好意思不招待，可是老太太心裡怨著，面上神色也不對。她以為她這是敷衍人，一班小輩買了禮物來磕頭，卻也是敷衍她，不然誰希罕吃他們家那點麵與

【做生日】舉行生日的慶祝活動，也做「過生日」。

【慶生】慶祝生日。

【慶生會】為祝賀生日而舉行的慶祝會。

蛋糕，十五六個人一桌的酒席？（張愛玲〈創世紀〉）

當天晚上，住宿的四組客人都在餐廳裡用餐，電燈忽然熄滅，老闆、老闆娘與他們的兒女和服務生，並排站好，端出兩個蛋糕，說是今夜有兩位客人過生日，要替他們慶生，兩個蛋糕是老闆娘親手烘焙的。燭光中，這一家子捧著蛋糕唱生日快樂歌，那景象彷彿在拍偶像劇。（張曼娟〈夢，當然得自己做〉）

【婚禮】男女結婚時公開舉行的儀式。

【喜酒】結婚時，宴請賓客的酒或酒席。

【喜筵】為喜慶之事而擺設的筵席。

【婚宴】結婚時招待親友賓客的酒席。

【喝喜酒】參加結婚喜宴。

【喜餅】男女訂婚時，由男方贈送給女方，以分贈親友的糕餅。

【喜糖】訂婚或結婚時，招待賓客或分送親友的糖果。

【送大餅】大餅是六件禮之一，依本省習俗，嫁女兒吃大餅，數量越大越體面。

【姐妹桌】女生出嫁當天，出門前要與姐妹一起吃姐妹桌，是姐妹們歡送新娘的筵席。

【奉茶】出門前新人先奉茶女家父母長輩，入門男家再奉給男家父母長輩。

【合巹】婚禮中，新郎新娘兩人交杯共飲。

【交杯酒】舉行婚禮時新婚夫婦飲的酒，把兩個酒杯用紅絲線

他決定去吃她的喜酒，吃得酩酊大醉。他沒有想到沒有酒吃。俄國禮拜堂的尖頭圓頂，在似霧非霧的牛毛雨中，像玻璃缸裡醋浸著的淡青的蒜頭。禮拜堂裡人不多，可是充滿了雨天的皮鞋臭。神甫身上披著平金緞子台毯一樣的氅衣，長髮齊肩，飄飄然和金黃的鬍鬚連在一起，汗不停地淌，鬚髮兜底一層層溼出來。（張愛玲〈年青的時候〉）

新娘子打扮定當，被伴娘扶到喜筵的首席上。這一晚，她是貴賓，父母都得坐在兩旁次席相陪。伴娘坐在新娘旁邊，每上一道菜，伴娘都得高唱：「請吹打先生奏樂。新娘舉筷啦！」舉酒杯時也一樣要喊。其實新娘心裡悲悲切切，根本吃不下。（琦君〈故鄉的婚禮〉）

台式湯圓較小，無餡料，做法是捏搓糯米糰成小球，有些染成紅色；以紅糖水熬煮成甜湯圓，或加入蔬菜、肉類等材料做成鹹湯圓。閩南人吃湯圓以甜為尚，近年婚宴流行炸紅白湯圓沾花生粉，表示人好事圓。（焦桐〈客家三味〉）

今年中秋節前，我接到杜麗電話說是要送餅來給我，忙碌之中我以為是月餅，沒有太在意。結果送餅來的人是春和，他說：「我幫杜麗送喜餅來給老師。」我驚喜的接過來：「杜麗要結婚啦？新郎是

繫在一起，新婚夫婦交換著喝兩個酒杯裡的酒。

【子孫餑餑】舊時婚禮儀式中給新娘、新郎做的餑餑。舊時以為新婚夫婦食後可多子多孫。

【喜果】訂婚或結婚時，用來招待賓客親友的乾果。

【吃喜】參加喜宴，或者指吃喜慶人家的糖果。

【壓茶甌】新娘入門後向男方長輩奉茶，男方親屬將紅包壓在茶杯底下，並以吉祥話祝福。

【龍鳳餅】結婚送禮時，由男方贈給女方家印有龍鳳花紋的喜餅。

【茶餅】婚禮納綵時，由男方致贈女方家庭的禮品，中包括茶葉和龍鳳餅、脂粉等物，統稱為茶餅。

【離娘飯】舊時傳統婚禮中，結婚當日，男方致贈給女方家的酒席。

【圓飯】舊時傳統婚禮習俗中，婚後第二天新婚夫妻的同席宴飲。

祭祀

【把齋】回教奉行的齋戒。在回教曆九月裡，每日從黎明至黃昏不進飲食。也作「封齋」。

【齋戒】在祭祀或舉行重要典禮之前，沐浴更衣，不飲酒，不吃葷，夫妻不同房，嚴守戒律，以示虔誠莊敬。

【供】奉祀。

【蜜供】一種食品。以麵粉製成小條，油炸後拌以蜜汁，堆積略似塔形，多用為祭供神佛。亦稱為「供尖」。

【擺供】陳列供品。

【供饗】陳列供品，以饗先人。

誰？」我看見喜餅上的小卡片，寫著春和的名字，一時之間簡直說不出話來。（張曼娟〈只能相信他〉）

我問阿嬤什麼是姐妹桌，阿嬤告訴我這是台南民間婚嫁古俗，由於昔日女性出嫁都是坐大紅花轎，由轎夫抬進男方家，女方親友怕新娘子嫁過門後會被欺負，就想出了「拱轎腳」的食俗，〔……〕（韓良露〈食姐妹桌〉）

合巹禮開始後，在一旁侍候的福晉、夫人們指導皇帝、皇后一起用膳，要求年輕的夫妻一同舉筷。這種行動的統一，寓有夫唱婦隨之意。當福晉、夫人們送來子孫餑餑後，皇后用筷子夾起一隻子孫餑餑來吃，在一旁的福晉、夫人們大聲地問皇后：「生不生？」皇后應聲答道：「生！」接著，皇帝、皇后再用連著紅絲線的筷子吃長壽麵、飲交杯酒。飲完交杯酒後，合巹禮就可以結束了。（姚偉鈞〈琴瑟和鳴的婚宴〉）

曾經在齋戒月到土耳其旅行的Fa說：「跟著當地人不吃不喝，特別能感受在地人的心情，不過天一黑，大夥都衝去清真寺，因為清真寺外頭擺滿了食物，像辦桌一樣，免費提供人吃喝。」入夜的齋戒月有如一場嘉年華會，覓食的、逛街的全部出籠，杜拜的購物中心包括世界最大的Dubai Mall，〔……〕（黃麗如〈齋戒月遇上鬼門關〉）

北平一般人家到了過年，拿蜜供來上供，可是一樁大事。供灶王，供神佛，供祖宗，最少也要三堂，這三堂蜜供，價錢可相當可觀，所以點心鋪就動腦筋，想出打蜜供會的辦法來。（唐魯孫〈北平的甜食〉）

祭法、祭典除了記載祭祀的儀式，並詳細記載祭祀所用的供品，

【供品】祭拜祖宗、神明用的瓜果酒食。

【祭】對死者致敬追思。

【祭祀】禮拜祖先神靈。

【祭品】祀神供祖所用的物品。

【丁祭】舊時於仲春、仲秋的上旬丁日祭祀孔子。

【臘祭】古代於冬至後第三戌日，祭百神。

【路祭】出殯時，在靈柩所經處設祭哀悼。俗語考原・路祭：「殯時設於路旁之祭筵也。唐語林嘗記明皇時路祭事，備誌其盛，是唐時已有之。」

【瓜祭】古人於瓜熟將食時，必先以祭祖。因食瓜薦新，以示不忘本。

【上供】用物品祭祖或敬神。

【祭拜】祭祀禮拜。

【祭獻】供奉物品祭祀。

【祭享】陳設祭品，敬神供祖。

【酹】ㄌㄟˋ，以酒灑地而祭。

【胙肉】ㄗㄨㄛˋ，祭拜鬼神用的牲肉。

【尚饗】舊時多用作祭文的結語，表示希望死者來享用祭品。

【酬神】報謝神祇。

【歲時伏臘】夏之伏日及冬之臘日，或曰夏祭與冬祭。

【秋社】古代農家於立秋後第五戊日，舉行酬祭土神的典禮。

【豆腐飯】上海習俗送葬後的喪席。

【食三角肉】臺灣習俗中喪事桌的第一道菜，將肉切成不規則的稜角狀，以示粗簡與哀傷。

【封山酒】四川習俗葬禮完成後，親友會攜帶香燭及酒食，前往新墳致祭，喪家也會帶同酒食過來，雙方同在墳頭飲宴。

【解穢酒】廣東習俗中發葬時舉行法事的喪席。

【英雄飯】廣東習俗中發葬時的喪席。

這些供品最普遍的是食物，多是死者生前嗜食之物，而且四時不同。盧堪有《雜祭法》六卷，其中若干供饗，同時也出現在崔浩的《食經》之中，所以，《崔氏食經》有些菜餚，是祭祀時的供饗。（逯耀東〈中國第一本食譜〉）

中國人嗜好狗肉，蓋有年矣。西周時狗肉已是宴席的常饌，宮廷燕飲，祭祀大典，必有狗肉。天子所食的「八珍」，其中即有一味，以狗網油包裹浸過作料的狗肝，在火上炙之，名為「肝背」，見於《周禮》。（逯耀東〈不是掛羊頭〉）

每一年過年，母親要蒸一百個饅頭，發麵的麵頭要特別挑選過，蒸鍋裡的水，大火煮沸，蒸氣白煙繚繞，饅頭要蒸得白胖圓滿，用來在年夜祭拜祖先，也象徵預兆一年的平安祥和。母親在揭開蒸籠的蓋子時，慎重莊嚴肅穆的表情，使我難忘，她沒有任何宗教信仰，但是她有生活的虔誠。（蔣勳〈恆久的滋味〉）

摸著滿頭花白頭髮的東坡，看清楚人生如夢的東坡，一杯酒祭奠江水，祭奠月光，詩人以酒還江，以酒還月，也以此身還諸天地。「還酹」，「還」是感恩，「酹」與「淚」同音，詩人有淚，可以祭奠美，也祭奠歲月。感恩之時，詩人也是熱淚盈眶吧。（蔣勳〈多情應笑我「朗讀東坡」〉）

按照滿洲的習俗，凡是郊天釋奠，享用祭品一律都用刀子，所以吃萬曆媽媽祭肉，也是捨筷子而不用。大陸變色，談到吃胙肉，早已成為歷史名詞，不過偶然在此間四川館吃到大片的蒜泥白肉的時候，又不禁引起思古之情了。（唐魯孫〈乾清門「進克食」記〉）

後來「時」也「趨」了過來，他們就成為活的純正的先賢。但是，晦氣也夾屁股跟到，康有為永定為復辟的祖師，袁皇帝要嚴復勸進，

【祭物】祭祀神明祖先時所用的物品，如食物或酒等。

【襯飯】祭祀用的飯食。

【齋供】祭祀神明用的食品。

【供果】祭拜祖宗或神明的瓜果。

【炸供】油炸的供品。

【供茶】祭祀上供時使用的茶。

【供碗】祭祀時用來裝供品用的碗。

【祭桌】祭祀神明或供祖時，擺設祭品用的桌子。

【祭酌】祭神或供奉祖先時用的酒和酒杯。

【薦新祭】將首次收穫的五穀或蔬果祭祀神明與祖先，已表示感謝的祭典。

【供月兒】古早的習俗中，在陰曆八月十五日的晚上，擺設供品、月餅和水果，祭拜月亮。

【胙】祭祀時使用的肉。

【丁祭肉】古時在仲春與仲秋上旬丁日，祭祀孔子，稱為丁祭。丁祭的胙肉，稱為丁祭肉。

【福酒】祭祀過的酒。

【奠酒】將酒灑在地上祭神。

【祭酒】古代饗宴時祭祀時，由尊長或主持點裡的人，酹酒祭神。

【紅圓】臺灣傳統習俗中，正月初九天公生，祭祀天公用的圓形糯米製品，內包豆餡，或以紅麵皮包裹甜綠豆餡。中央加一小圓點，象徵圓滿。

【紅牽】臺灣傳統習俗，正月初九天公生，祭拜天公時使用的紅皮古錢紋糯米製品。

【糖塔】臺灣傳統民俗，正月初九天公生時，祭祀天公的塔型堂製供品。

【搶孤】臺灣宗教民俗活動。在中原普渡後，或農曆七月三十日鬼門關後，在道士敲鑼撤除供品為號，民眾搶奪祭拜過野鬼的供品。

孫傳芳大帥也來請太炎先生投壺了。原是拉車前進的好身手，腿肚大，臂膊也粗，這回還是請他拉，拉還是拉，然而是拉車屁股向後，這里只好用古文，「嗚呼哀哉，尚饗」了。（魯迅〈趨時與復古〉）

為了怕瀆犯財神，因此臺灣祭祖先、謝神祇，一律不用烏魚，南部漁村中父老相傳，海裡管理魚類的尊神，就是農曆十月十日壽誕，民間焚香膜拜的水仙尊王，背後也有人稱祂為萬魚王，因為每年歲時伏臘，人人都得購辦年貨，添置衣物，在在需錢。水仙尊王於是在過年前，把大批烏魚趕來，讓漁民盡量捕捉，大家好過個肥年，漁民也為了仰答天庥，選擇水仙尊王誕辰那天舉行大祭，酬神謝臘。（唐魯孫〈北平的甜食〉）

秋社也成了民間祭拜土地公（社公）的日子，後來人們怕土地公寂寞，才又有了土地婆（社婆）的出現，藉著祭拜土地公婆的名目，秋社也成了人們在秋天請客吃飯的日子（否則祭品誰吃？）。（韓良露〈秋分〉）

上海習俗，送葬後要吃「豆腐飯」，宴席就設在館裏的酒樓，幾層樓偌大的地方，十點多已坐滿了人，都是當日出殯的人家。名叫豆腐飯，我還以為是素宴，然而除了素鵝和豆腐羹，還有鹹雞、油爆蝦、糟門腔、煮干絲、紅燒蹄膀、清炒蝦仁、雪菜黃魚、豆板米莧、醬爆青蟹和肉絲年糕；總之，和一般菜色沒有兩樣，飯照吃，酒照喝。（蔡珠兒〈他吃大豆腐去了〉）

【應景】適應當前的節令。

【食尾牙】農曆十二月十六日俗稱尾牙，行號商家此時會宴請員工，用來犒賞過去一年的辛勞。

【刈包】一種小吃。習俗上是在農曆十二月十六日尾牙時吃。將半圓狀的特製包子割開，夾入豬肉、醃菜、花生粉等餡料。也作「虎咬豬」、「割包」。刈，ㄧˋ。

【臘八粥】臘八日時，用雜米豆果所煮成的稀飯。

【圍爐】圍著火爐。也指一家人的團聚用餐；華人社會多指在除夕夜的團圓飯或年夜飯。

【團圓飯】一家人的團聚用餐，多半指除夕夜。

【年夜飯】除夕夜家人團聚所吃的餐宴。

【年糕】用糯米蒸成的糕。是過舊曆年的應節食品。

【包餃子】又名歲更交子，過年時的食物。

【人日】農曆正月初七。

【七樣菜】客家人在正月初七的飲食習俗。在這一天要吃七種不同的菜，不同地區的用料也有所不同，但都是用其諧音以求吉利和平安。主要有芹菜（寓意勤勞）、蒜（寓意精打細算）、蔥（寓意聰明）、韭菜（寓意長久）；此外還有芥菜（寓意長年平安）、芫荽（寓意緣分）、豆腐（寓意富裕）和魚（寓意年年有餘）、肉丸（寓意團圓）等說法。也有稱「七菜」、「七樣羹」、「七菜粥」等。

【元宵】將餡放在鋪有糯米粉的竹籃上，再用雙手搖晃竹籃，使糯米粉均勻的黏在餡上，如

舊曆年，是華人延續幾千年的無形文化資產。從舊年的十二月十六到除夕，是舊年時光，有食尾牙、送神日、挽面日、小年夜、大年夜，舊年的除夕等，也有不少重要的風俗，如祭祖先、吃團圓飯、發壓歲錢、貼春聯、堆柑塔、守年夜、放鞭炮除舊、敲除夕鐘等等活動。（韓良露〈舊曆年是珍貴的無形文化資產〉）

「刈包」又因形狀似錢包，所以象徵發財的意思。包著滿滿的餡料，像一個飽滿的錢包，取其財富滿足的喻意。尾牙吃刈包，象徵來年發大財。錢包滿滿用不完。（王浩一〈尾牙的故事〉）

當年在故都過年，是一件重大的事情，一進臘月門，大家就忙活起來了。北平有一首民謠：「送信的臘八粥，要命的關東糖，救命的煮餑餑。」就是說，一吃臘月初八熬的臘八粥，就告訴您年盡歲逼啦。臘月二十三祭灶王，吃了關東糖，帳單子就陸續而來，您準備還帳吧。（唐魯孫〈談談故鄉的年俗〉）

我們家圍爐吃的，總是六嬸當天下午拜公媽的雞肉魚肉三層肉，煮得老老的，擺在高低有落差兩張方形摺疊桌上，飯後撤掉食物，一張收起，一張鋪上牛皮紙可以打麻將。（王盛弘〈清靡〉）

年菜起於農業社會中一年之終祭天地送神拜祖的祭品，也是家族團圓的年夜飯，準備的都是有吉祥意義的食物，如什錦如意菜、年年有魚（餘）、雞（吉）湯、紅燒元寶（蹄膀）、髮菜（發財）羹等等，都是一些高熱量、高膽固醇、高蛋白質的食物，剛好供農業時代一年吃不到多少油水的農民在年終大補之用。（韓良露〈年菜文化生活〉）

而中國人過年，在許多的喫年菜之中，最不可或缺的，恐怕是年糕吧。帝京景物略載：「正月元旦，夙興盥，啖黍糕，曰：年年糕。」

此重複數次而製成的球形食品，稱為「元宵」。為元宵節的應時食品。

【中和節】傳統節日之一，流行於華北地區，相傳每年農曆二月初一為太陽真君的生辰，民間習以「太陽鳩糕」祀日，祈求農作物豐收。

【立春】通常在國曆二月三日、四日或五日。

【春盤】古代習俗於立春日時做春餅、生菜。古代帝王於立春日的前一天，會以春盤並酒賜與臣子。

【春餅】以麵糰薄烙熟的麵皮，捲包五花肉絲、豆芽、香菜、紅蘿蔔絲、豆乾等而製成的餅。為臘月十六、立春日的應節食品。亦稱為「潤餅」。

【咬春】舊時中國北方等地在立春日有吃春餅和生食蘿蔔的習俗。

【寒食】吃冷的食物。寒食節約在每年清明日的前一、二日。古時晉文公為求介之推出仕而焚林，介之推抱木而死，舉國哀悼，故禁火寒食。

【清明】二十四節氣之一，國曆四月五日或六日。國人習在此日祭祖。

【清明粿】南方有習俗於清明製作，用以祭祖後食用。以艾草或鼠麴草擣成汁混入糯米為皮，內餡有甜有鹹，甜多為豆沙，鹹的則用菜脯切丁炒成餡。

【端午】端午節為每年農曆五月初五，又稱端陽節、午日節、五月節、五日節、艾節。

【食艾】艾草可清熱解毒，端午民間有「懸艾人，戴艾虎，飲艾酒，食艾糕，熏艾葉」的民俗。

【粽子】用竹葉等包裹糯米和作料，蒸煮熟的角形食品。俗稱為「粽子」。通常在端午節時包食。

又湖廣書德安府云：「元旦比戶，以爆竹聲角勝，村中人必致糕相餉，俗曰：年糕。」（林文月〈蘿蔔糕〉）

正月初七，古稱人日。南朝梁．宗懍《荊楚歲時記．正月》記載：「舊以正月七日為人，故名人日，翦綵鏤金箔為人，皆符人日之意。」按照日子來說，初一到初八，分別是：雞、犬、羊、豬、牛、馬、人、穀之日，如果當天風日晴朗，則該物一年平安豐暢，無病無災。因此在剪裁人形紙片為「人勝」，祝禱遠遊的人平安早歸，是「人日」多情的祈福活動。（徐國能〈人日〉）

七樣菜指的是舊曆年正月初七，媽媽們以菠菜、芹菜、茴香、芥菜、韭菜、蔥、蒜等七樣蔬菜共煮一鍋，名字就稱「七樣菜」。（愛亞〈人日七樣菜〉）

農曆正月十五日上元節，又叫「元宵節」。中國的習俗，從北到南，元宵節那天都要吃元宵，吃元宵來源甚古，據說從北宋時代就頗為盛行，不過最初不叫「元宵」而叫「浮圓子」，到明朝才改叫「元宵」的。（唐魯孫〈談談故鄉的年俗〉）

臺灣民間最重要的食饍即清明的潤餅，亦是源自於唐人春日吃五辛春盤的食俗，在春天時吃蔥蒜蕗蕎食饍的五辛加上芽菜、高麗菜、豆乾絲、蛋絲、肉絲等等捲起來的潤餅春捲，是最富春天意境的春饍。（韓良露〈春饍〉）

清明節除吃春捲外，農村也習慣製做一種「清明粿」，粿如碗面大小，狀如龜背，頗似一個縮小的飛碟。用「艾葉」或「鼠麴草」為粿皮主要原料，製作好的粿品呈綠色，是地地道道的綠色食品。節日前夕，村人將野地的艾葉和鼠麴草採摘回家後，將葉片煮熟搗爛，拌和大米（糯米與秈米按一定的比例混合）磨成的米漿做粿皮。餡料多

【立夏】國曆五月六日或七日，我國以立夏為夏季的開始。《雲林縣采訪冊》：「立夏日，家食麭子和大麵作羹，俗以食之令人肥白。」

【七夕】農曆七月七日夜晚。相傳天上牛郎織女於這晚相會，後世以此日為情人節。

【重陽】九為陽數，俗稱農曆九月九日為「重陽節」。習俗多於此日相率登高、飲菊花酒。

【感恩節】美國人為感謝上帝恩典所訂定的節日，同時也是重要的家庭團圓日，通常會全家共聚吃火雞。

【中秋節】農曆八月十五日。因居秋季三月之中，故稱為「中秋節」，民俗於是日全家團聚，吃月餅賞月。

【月餅】一種包餡的糕餅點心，為中秋節應時的食品。

【祭月】古代重要的祭祀。天子於每年秋分設壇祭祀月神，以表對天地賜與豐收的感恩之心。

【祭灶】五祀之一。古於夏祭，漢改臘祭，民間則習於農曆十二月二十三或二十四日祭祀灶神，賄賂灶神在天帝面前多加美言，以求來年好運，又稱為「送灶神」。

【冬至】傳統時令節慶之一。南方的應節食物為湯圓，北方為餛飩。

【年菜】過年期間烹調的菜餚。

【春飯】過年祭祀祖先和神明時，供奉的菜餚。也作「隔年飯」。

【湯圓】糯米製成的米食，由糯米粉揉製成圓糰狀，分有餡和無餡兩種。也做「湯糰」。

【粿】糯米製成的臺灣民俗食品，摻和不同材料，口味多種，多以蒸熟可食。

用綠豆、花生、芝麻、蘿蔔絲等，甜鹹皆可，隨各人喜愛。包好後，放入刻有花草圖案的粿模裡，壓出花紋，然後墊上竹葉，入籠蒸上十五分鐘左右即可食用。（林博專〈清明粿——祭祖饋贈兩相宜〉）

每年端午節接近的時候，外婆就開始忙著做煎餅，她一邊攪著麵泥一邊說：「這是為了補天。」（卓玫君〈食事〉）

而春夏之交的端午，也要食艾，洛陽人飲艾酒以防暑熱，韓國人吃艾草粥和艾草汁以健腸胃，臺灣人則在門楣懸掛榕樹和艾草。小時候我問媽媽，為什麼要掛草？她總是回答，「插艾卡勇健啦。」但除了諧音，艾草和勇健有什麼相干呢？多年之後我才知道，插艾象徵避毒健身〔……〕（蔡珠兒〈艾之味〉）

端陽是個大節，也是母親大忙特忙、大顯身手的好時光。想起她靈活的雙手，裡著四角玲瓏的粽子，就好像馬上聞到那股子粽香了。母親包的粽子，種類很多。蓮子紅棗粽只包少許幾個，是專為供佛的素粽。葷的豆沙粽、豬肉粽、火腿粽可以供祖先，供過以後稱之謂「子孫粽」。吃了將會保佑後代兒孫綿延。（琦君〈粽子裡的鄉愁〉）

以前家在彰化時，每年立夏這天，母親都會用蝦米炒蒲仔麵，大把去皮刨絲的蒲仔炒入麵中，幾隻紅紅的蝦米，點綴在水漾般的綠色蒲仔絲間，淡淡的香氣更襯出蒲仔的清甜無比。（陳淑華〈立夏要吃蒲仔麵〉）

在七夕節的前幾天，從朝廷到黎民百姓，都在為乞巧做準備。王公貴戚們都會在樓庭裡張燈結彩，稱之為「乞巧樓」。乞巧樓上擺放著磨喝樂、花果酒宴、筆硯、針線；而一般百姓，雖無錢紮乞巧樓，卻也不甘落後，家家戶戶用竹木或麻稈紮成「乞巧棚」，從自家樹上和田裡採摘來時鮮瓜果，手巧的少女還會在上面刻上和七夕有關的圖

【糕元寶】作成元寶狀的年糕。

【發糕】以在來米粉和麵粉等發酵蒸製成的傳統糕點，混合糖與紅棗等材料，味道香甜。常做為春節祭祖的祭品，有大發好運的暗喻。

【尖餅】北方人在過年的時候，以稷米麵粉做成的餅食。

【花糕】重陽節特製的糕點。又稱「重陽糕」。

【菊花酒】舊日習俗，重陽節飲用以菊花莖葉和黍米釀製而成的酒，相傳有延年益壽的益處。

【禊飲】舊時古人在陰曆三月上旬的巳日，到郊外水邊洗濯，清除宿垢後，共聚飲宴的聚會。

【雄黃酒】舊時傳統習俗，在端午節時飲用摻有雄黃的酒，或將酒灑在牆角、牆壁，傳說可以驅除蛇虺解諸毒和避邪。

【青粄】傳統習俗中，清明節時製作摻有時令青草或艾草而成的糯米食品。

【粑粑】ㄅㄚ，以糯米或一般食用米為材料，製成的米類食品。通常將米泡軟擣碎，或磨成米汁，瀝乾煮熟後，做成扁圓形。食用時可蒸、炸、煮或以油煎、碳烤等方式加熱。是中國南方長江流域，於清明、三月三或春節時的應景食品。

【馬蹄糕】以荸薺粉製成的糕點，顏色金黃，晶瑩剔透，通常凍食，或煎熟而食。是中國南方春節應景的糕點，有馬到成功的吉祥寓意。

【蛋黃酥】臺灣食品，月餅的一種，以熟鹹蛋黃和紅豆沙為餡。

案，被稱為「花瓜」、「巧果」，供七夕夜乞巧之用。（常書偵〈宋代七夕堪比年〉）

重陽亦有食花糕之食俗，糕同高音，吃的是菊花糕或桂花糕，吃糕亦有消災之意，但後人逐漸忘了重陽登高吃糕的原意，反而視吃糕可步步高升，熟不知古人官愈大愈危險，步步高升最後反有殺頭之禍。（韓良露〈秋分〉）

一六二一年的這場聚會後來被稱為美國的第一個感恩節。Thanksgiving是thanks和giving兩個字的組合，標誌著感謝印地安人給予生存協助，感恩上蒼賦予土地食物，感激家人合作度過困境。兩百多年後，林肯總統明訂感恩節為國定假日，是要後人永誌不忘感恩之情。（張至璋〈歡樂感恩節，悲情印地安：火雞大餐桌上的故事〉）

每年的中秋節，我家從城裡朋友送來的月餅，種類繁多。除了面上撒芝麻的月光餅以外，還有蘇式月餅、廣式月餅。哪一種母親也不愛吃。她的興趣是切月餅，厚厚的廣式月餅切開來，裡面是各種不同的餡兒。母親只看一眼，聞一下就飽了。她總是說：「這種月餅，滿肚子的餡兒，到底是吃皮還是吃心子呢？連供佛也不合適，因為都是葷油和的。」所以她都是拿來送左鄰右舍。（琦君〈玉蘭酥〉）

正好在中秋節前後成熟下來，個個大如拳頭。中秋的石榴長熟後，在我們那裡不叫「摘石榴」，而是叫「卸石榴」。語氣加重。卸下的石榴先裝到明淨的盤子裏，上供，祭月。然後，一家再分吃。在鄉村，石榴是吉果，它代表長壽，團圓，多子。它夢幻一樣。我們家院子裏，姥爺先後種有兩棵石榴樹：白石榴，紅石榴。我曾專門寫過一篇晶瑩透亮的「石榴志」。紀念那些飛翔的石榴。石榴來自西方波斯，最後成為東方華夏一員。它年年沉浸在東方月光裏。它在我們村深處的月

17 餐飲行業

【市集】在固定時間、地點，進行貨物買賣的場所。
【食肆】飲食店。
【賣油湯】閩南語，意指做餐飲的小店。
【糴】ㄉㄧˊ，買入穀物。
【糶】ㄊㄧㄠˋ，出售穀物。
【交易】泛指買賣。
【販賣】商人買進貨物再轉售賣出。
【外送】提供客人將貨品送達指定地點的服務。
【外賣】餐廳提供客人購買餐點而後帶走的服務。
【行街】香港語意指外賣。
【開市】開始營業，進行買賣。
【開張】商店開始營業。
【招攬】吸引兜攬。
【招徠】招引延攬。
【吆喝叫賣】高聲呼喊著招攬生意。
【促銷】企業運用廣告宣傳、減價、附贈物品等各種方法，刺激消費者的購買意願，進而促成其產品大量銷售。
【賣點】商業經營或廣告訴求的

光裏瞌睡。它在月光的裙子裏。（馮傑〈中秋節的吃與歌〉）

我鄉送灶神在廿四夜（杭州是廿三），灶神吃飽了糖果、年糕，上天傳好事，下地降吉祥。母親會念灶神經，我也念，念完一遍，拜三拜，把塵灰滿面的灶神像火化了，待來年迎接它回來時再貼上新的。小小典禮過後，就正式進入年景了。（琦君〈有頭有尾，年年有餘〉）

國中畢業後，我離家去幫傭，因為做不慣，幾個月後返家。父親在夜市賣油湯，我日夜幫忙出攤、掌攤。一日在家中裝填筒仔米糕，父親、祖母、母親一起忙碌著。（楊索〈惡之幸福〉）

這一天的生意，總算不壞，到市散，亦賺到一塊多錢。他就先糴些米，預備新春的糧食。（賴和〈一桿秤仔〉）

一晚倦遊歸來，已近午夜，想喝杯鴛鴦，進得茶餐廳，竟座無虛席，祇好對坐在檯裡的老闆說：「鴛鴦行街，走糖。」此處行街是外賣，意思是鴛鴦外賣，不要加糖。（逯耀東〈飲茶及飲下午茶〉）

鎮上有一家羊肉店叫「戴長生」，這個買賣已經有一百多年歷史，算是鎮上最具規模的羊肉店，他家從上代流傳下一個不成文的規定，每天只宰二十頭湖羊，絕不多殺，每天清晨一早開市，賣到日將近午，大概就盆空釜淨，清潔溜溜，後來的顧客只好空手而回，明日請早啦。（唐魯孫〈湖州的板羊肉和粽子〉）

海南雞飯是新加坡而非海南島的特產，但卻被海南拿來大做旅遊招徠。香港人常吃「馬來炒貴刁（粿條）」、「星洲炒米（粉）」，在香港去了新加坡卻遍尋不著，而新加坡人吃慣的「香港炒麵」，在香港

重點。

【逢迎】接待。另有奉承討好別人之意。

【滯銷】不易銷售。

【打烊】商店晚上收市。

【收攤】收起販賣的物品。

【歇業】停止營業。

【倒閉】因經營不善或財務虧空而停業。

服務態度

【殷勤】懇切、周到。

【親切】和善熱誠。

【熱情】待客真摯熱切。

【體貼】體貼。

【周到】面面俱到；周全。

【賓至如歸】本指客人來此，就如同回到自己家裡一樣舒適。後多用來形容招待親切、熱情周到。語本《左傳・襄公三十一年》：「賓至如歸，無寧菑患，不畏寇盜，而亦不患燥溼。」

【不周】不周到。

【冷落】冷淡、不親近。

【臭臉】擺出令人厭惡的臉色。

【傲慢】驕傲無禮。

【無禮】不懂禮法、禮數。

【店大欺客】店家的生意好、勢力大後，開始不尊重或欺負客人。也可比喻商業活動中財勢

也不存在。福建人對香港的「福建炒飯」、「廈門炒米」十分陌生，而這「福建炒飯」的確也與他們無關，指的是和揚州炒飯相對的溼炒飯，臺灣叫燴飯，上海叫「蓋澆飯」。（蔡珠兒〈炒飯的身世之謎〉）

當我還不是一個成年人，最喜歡陪母親去市場買菜了，看著菜販與顧客熱烈的交易，聽著聲嘶力竭的吆喝，黏在母親身邊，把乾乾的錢遞出去，再接過溼溼涼涼的錢幣來。（張曼娟〈上好大白菜〉）

若非身上背負著失戀的傷感，她也會像其他人一樣匆匆來去，不會留到餐館打烊後，看見那一整個無人聞問、像被失約了的藍莓派。最終是人與人、或人與物，種種設定之間的交互折射與繞射，形成了故事。藍莓派也有它的戲份。（張惠菁〈一塊藍莓派的戲份〉）

就像法國許多知名老牌餐館一樣，侍者亦是餐館文化與氣氛的一部分，眼尖的顧客會發現，巴黎廳有許多資深的侍者，他們與老客人的互動，除了具有亞都麗緻飯店聞名的殷勤有禮外，還有一種體貼的互動，他們會知道老客人喜歡或不喜歡什麼，他們會記得老客人特別的需要，這種人的交流才是老字號餐館最令人動心之處。（韓良露〈向美食致敬〉）

池波正太郎偏愛創業立號的第一代，尤其老闆終生經營的老店，愛它時光深刻的滋味，我有同感。第一代都最勤奮工作，也最珍惜創業成果，他們總是努力營造賓至如歸的用餐條件。（焦桐〈論廚師〉）

我們雖然口袋裡確實無誤地揣著足夠買碗大光麵的錢，但走到它那紅漆的大門口還是有點氣餒，俗話說店大欺客，真是一點都不錯！（莫礪鋒〈朱鴻興的麵條〉）

大的往往欺壓財勢小的。

【挨宰】比喻購物或接受服務時被索取高價而遭受經濟損失。

【道地】真正是有名產地出產的。真實的。也作「地道」。

【正宗】道地的。

【著稱】著名；出名。

【號稱】以某種聲名著稱。

【標榜】提出某種好聽的名義加以宣揚。

【火紅】比喻人氣旺盛。

【通灶】指名氣高且身兼數家餐廳的大廚。

【老字號】開辦多年，聲名遠播且著名的商店。

【重量級】比喻有極重的分量、地位。

【赫赫有名】形容聲名顯著。

【名震四方】形容名聲威震四處各地。

【如雷貫耳】像雷聲傳入耳朵那樣響亮。比喻名氣很大。

【聲勢烜赫】名聲或威望盛大。

【聞名遐邇】形容聲名遠播，遠近皆知。

【遠近馳名】在相當大的範圍內非常有名氣的。

【聲譽鵲起】聲望突然崛起，如鵲驚飛。

【譽滿天下】美好的名聲，天下皆知。

【驚人口碑】使眾人驚奇的議論或口頭讚頌。

服務是文化水準的指標。除非大飯店，臺灣的小吃店通常這樣無禮；只要生意稍微興隆，店家的態度總是傲慢的，忘了自己從事的是服務業。反而食客多相當溫順，謙卑而沉默地低頭嚼食，我尚未見過有人因遭店家怠慢而掀桌咆哮。（焦桐〈論餐館〉）

愛麗斯在我的國中母校任教，對我是件美事，每逢過年前夕校工陳先生照例送給愛麗斯一些自製的花生糖，她總會借花獻佛，寄一點來給我。多麼珍貴的禮物，用道地澎湖花生做的花生糖，這是僅存於記憶中的絕版品了。（陳淑瑤〈花生糖〉）

他們的菜羹是非常地道的鄉土口味。前去吃飯的都是些附近上班的人。三十年後這家小館還在，卻被擠到附近的一條巷子裡去，在一個違章建築裡撐挺著。（逯耀東〈祇剩下蛋炒飯〉）

週末晚上帶父親去近幾年好久不曾去過的西門町的老福州菜館，這家開了六十年的老飯館，在我的飲食記憶中也已存在了四十多年了，從六、七歲開始，是每個月都至少會和父母去外食的地方，這家以標榜正宗閩菜的餐廳，和另兩家賣淮揚菜和平津菜的餐廳一直是我的時光旅社中記憶最深的地方。（韓良露〈城市是我們的時光旅社〉）

稍具規模的餐廳都有大廚，有些名氣高的廚師身兼數家「大廚」，謂之「通灶」，曾先生不是「通灶」，但絕不表示他名氣不高。「健樂園」的席有分數種價位，凡是掛曾先生排席的，往往要貴上許多。外行人常以為曾先生排席就是請曾先生親自設計一桌從冷盤到甜湯的筵席，其實大非，菜色與菜序排不排席誰來排席其實都是差不多的，差別只在上菜前曾先生是不是親口嘗過。（徐國能〈第九味〉）

【獨占鰲頭】泛指在競賽中獲得第一名。舊時科舉時代，進士在中狀元後，立於殿階中浮雕巨鰲頭上迎榜，故稱之。

【獨領風騷】形容表現特出，超越群倫。

【傲視群倫】指人才華出眾，成就非凡。

【碩果僅存】僅存留下來的大果實。多用來比喻經過長時間淘汰而仍然存在的極少的人或物。

【朝聖地一般】此形容店家的食物好吃到讓客人又敬又愛，想去吃的心情就好像是信徒至宗教聖地朝拜一樣。

【折服】心服、信服。

【差強人意】勉強說得過去。

【說得過去】差強人意。

價格

【天價】極高的價格。

【不菲】不微薄；不便宜。

【昂貴】價格很高。

【高貴】高超珍貴。

【高檔】質好而價錢貴的。

【豪奢】豪華奢侈。

【中檔】品質與價格中等的。

【公道】公平；公正。

【平價】不高不低的普通價格。

【平易】平實近人。

【平實】平易實在。

【合宜】合適；恰當。

母親說這些往事時，我們已從「高記」出來，口中茶香未散，正準備去嘗一嘗近年來聞名遐邇的芒果冰。（徐國能〈石榴街巷〉）

姑姑做的蘿蔔乾遠近馳名，以前日子壞，鄉下女人都學會曬蘿蔔乾、豆腐乳、醬瓜的手藝。現在不需要咬蘿蔔乾了，吃膩大魚大肉，反而分外懷念清粥小菜。（簡媜〈古意〉）

康氏品嘗之後，不禁拍案叫好，稱其「骨酥肉爛，香味醇厚」，乃引漢代名饌「五侯鯖」作比喻，即興題寫了「味烹侯鯖」的條幅，贈給店主錢永陞留念，以示對味美的讚賞。更破天荒地邀黃廚小敘，並贈題寫「海內存知己」的摺扇一把，聊表感謝之忱。此菜從此聲譽鵲起，盛名迄今不衰。（朱振藩〈煎扒鯖魚的傳奇〉）

後來，則愛上了對於酸菜白肉鍋愛好者來說簡直朝聖地一般的「勵進」。記憶裡，勵進似乎是永遠都得排隊的。還記得有回寒流來襲，一路瑟縮冒著冷雨趕到現場，晚上九點時間，門外頭依舊一片黑壓壓的人群，撐著傘發著抖誰也不肯離去。（葉怡蘭〈最愛酸菜白肉鍋〉）

有一段相當長的時間，吃黃魚總令我有一點罪惡感，因為牠是那樣昂貴的食材。……那尾黃魚確實很好吃，筷子一下去，魚肉便崩裂開來，充滿彈性，大約是我兩隻手掌長度的魚，竟然吃得只剩魚頭和魚骨。買單的時候，我正好瞄到價錢，乾燒黃魚，二千四百元。不會吧？一條黃魚要兩千多元？就在我微笑著點點頭的剎那，就花費兩千四百元？（張曼娟〈黃魚聽雷〉）

在我的感覺，大概很少有一個地方能夠像日本一樣，整國整城無論是高貴是平價、是豪奢餐廳或市井小攤，街巷裡俯拾即是盡是美食

【低廉】價位低。

【便宜】價錢低廉，尤指與現行價格或實際價值相比較時。

【廉宜】便宜。

【廉美】便宜又質量好。

【價廉物美】價格低廉，品質又好。

【經濟實惠】耗費少而利益多，具有實際的好處。

【俗又大碗】閩南語意指價錢便宜量又多。

【大碗閣滿墘】閩南語意指物美價廉。也可指人心不足，貪得更多。

【賤賣】低價出售。

【跌價】價格降低。

【檔次】品質的高低。

【划算】指價格合理。

【合算】指價格有利，不吃虧。

【豐奢】豐裕奢華。

【平民價格】形容價格平實，是一般人能夠輕鬆負擔得起的。

【半價】一半的價格。

【不二價】商人將價格確實標明，不因人講價而增減。

【破價】打破正常的價格。

【大廉價】指價格很便宜。

【大減價】大幅度降低商品的價格，吸引消費，獲取現金的商業手法。

【公價】公定價格。

【淨價】商品實際的價格。

的。（葉怡蘭〈東京美食之旅〉）

是以，稍能飲酒的人，到了荷蘭的咖啡館，翻開飲料單，面對這麼多琳瑯滿目的啤酒名稱，哪能不心動？何況啤酒和其他酒精飲品的價格都頗公道，最便宜啤酒甚至只是一杯濾泡咖啡的價錢，比卡布奇諾還低廉。（韓良憶〈啜飲陽光與和風〉）

不過，經過這十幾年上海的經濟開發與轉變，上海本幫菜也陷入轉變的漩渦中，難以自拔，再去上海老飯店或老正興，已不是上海本幫菜價廉物美、經濟實惠的特色了，而且去吃的也不是一般平常百姓家。（逯耀東〈來去德興館〉）

那天在夜市，我和朋友吃了好久，「俗又大碗」的炸鮮蚵還沒吃完，我們的讚美聲漸漸沉默，舉箸的速度愈來愈慢，互相推讓，最終全然放棄。（張曼娟〈蚵仔的陽光〉）

雖是廢料下貨，亦有檔次之別。若以豬腸而言，較好的部分灌血腸，次等的即廢腸，通常棄而不用。有的小販腦筋動得快，收集這些廢腸，另加些下水料，經煮熟之後，加澱粉勾成滷，多加蒜末，頗引食慾。（朱振藩〈祭肉下貨炒肝兒〉）

18 飲食與思想

諺語智慧

【正月蔥，二月韭】出自農諺：「正月蔥，二月韭，三月莧，四月蕹，五月匏，六月瓜，七月筍，八月芋，九芥藍，十芹

「正月蔥，二月韭」，大自然有著一種和諧的規律，順著時令吃，變成了養生之道。我家特別喜歡吃小韭菜，包在水餃裡細軟而鮮香，但是小韭菜愈來愈難買到，大約就是在春天剛剛開啟之際。我常看見路邊賣小韭菜的老婦人，她們彷彿定格在時間裡，永遠不會改變，也

菜，十一蒜，十二白（指白菜）」，前人累積了長期的農事經驗，依循節氣變化種植蔬果。

【天下無不散的筵席】比喻世事無常，有聚必有散，分離是不可避免的。

【天下沒有免費的晚餐】比喻做什麼事都得付出勞動，不要想著不勞而獲。

【拿人手軟，吃人嘴軟】吃過人家請的東西以後，不好意思說他的壞話；拿了人家的好處以後，受人牽制矮他一截。

【癩蝦蟆想喫天鵝肉】比喻人痴心妄想。

【開門七件事，柴米油鹽醬醋茶】古代中國平民家庭一天正常運作都離不開七件維持日常生活的必需品。

【看菜下碟】指挑人做事。

【巧婦難為無米之炊】即使是聰明能幹的婦女，沒米也做不出飯來。

【生米煮成熟飯】比喻事情已經做成了，不能再改變。

【豬八戒吃人參果】飲食粗魯，不懂品嘗滋味。

【薑是老的辣】人老智慧深。

【蘿蔔青菜，各有所愛】人各有所好。

【偷雞不著蝕把米】前功盡棄、人財兩空。

【吃柿子撿軟的吃】喻人欺軟怕硬。

【吃碗裡看碗外】形容貪心不足。

【惦惦吃三碗公半】形容人看似平凡，毫不起眼，但卻做出出人意料之外的事情。

【食緊弄破碗】意指吃飯太急，一不小心摔了碗。勸人凡事按部就班，以免得到反效果。

【吃巧不吃飽】意指食物吃得精巧細緻，不是只為了求飽足感。

不凋零，臉上和手上都刻著深深的，風霜日曝的痕跡，花布衫褲，塑膠拖鞋，腳根沾著泥土，已經走了三十年、五十年，從一個古老的春天走來。（張曼娟〈韭韭長長的春天〉）

曹雪芹深知「你怎麼吃決定你是什麼人」的道理，《紅樓夢》的飲食男女，亦是世態、人情、生命的滋味。在《紅樓夢》中，深知「拿人的手軟、吃人的嘴軟」三昧的是王熙鳳。雖說王熙鳳是大家管，管的是曹府公資源，但自古以來凡接近公器者，往往也最有機會公器私用。（韓良露〈紅樓夢的美味情事〉）

在中國，喫字的意義特別複雜，甚麼都會帶了「喫」字來說，被人欺負曰「喫虧」，打巴掌曰「喫耳光」，希求非分曰「想喫天鵝肉」，訴訟曰「喫官司」，……相見的寒暄，他民族說「早安」「午安」「晚安」，而中國人則說「喫了早飯沒有？」「喫了中飯沒有？」「喫了晚飯沒有？」。（夏丏尊〈談喫〉）

品味學在晚明至清初有了廣泛的發展，晚明如張岱《陶庵夢憶》、《西湖夢尋》或明末清初李漁的《閒情偶寄》，不僅對中國的琴棋書畫詩酒茶著墨甚深，且兩人都以吃蟹品蟹聞名，李笠翁的《閒情偶寄》中亦有飲饌部專談飲食。至於盛清時以《小倉山房詩集》聞世的袁枚，對柴米油鹽醬醋茶開門七件事更是講究，使得後代對其《隨園食單》印象更深。（韓良露〈五四文學與當代小品〉）

「我家裏下三等奴才也比你高貴些的，你都會看人下菜碟兒。寶玉要給東西，你攔在頭裏，莫不是要了你的了？拿這個哄他，你只當他不認得呢！」（曹雪芹《紅樓夢》）

晨起宿酒猶自胸口塊壘跌撞而出／門外那五株綠柳竟一夜之間／為酩酊秋風所灌醉，而落得／鬢髮零亂，衣衫不整了／獨東籬下眾菊

【酒肉朋友，柴米夫妻】享榮華非朋友，共患難真夫妻。

【狡兔死，走狗烹】狡猾的兔子死了，獵狗就沒用了，就被人烹食。比喻事成後，有功之人被拋棄或殺害。

【夫妻夫妻，吃飯穿衣】男女結婚成家，就要解決吃飯、穿衣、住房、贍老扶幼等相關的生活問題。

【吃飯皇帝大】形容吃飯的重要。

【誠意食水甜】形容具有誠意的招呼，即使是清水的招待，也充滿了香甜的人情味。

【吃飯別忘了種穀人】吃飯時飲水思源，比喻莫忘他人給予的恩惠。

【一個鍋裡吃飯的】比喻待遇平等，沒有差別，不分彼此。

【吃飯防噎】吃飯時要小心別在吞嚥時哽到喉嚨。比喻做事謹慎。

【扒自飯碗兒】比喻為人自私，只圖自利。

【匙大碗小之事】湯匙碗盤大小的問題。用以形容家中大小瑣碎的事情。

【吃若牛，做若龜】吃飯時像牛一樣埋頭大嚼，工作時卻如烏龜一樣慢吞吞。形容人好吃懶作。

【吃飯鍋中央】形容人命好，沒有煩惱。

【敬酒不吃吃罰酒】比喻好言語相勸不聽，必須以強迫的手段才能服從。

【飽當知人飢】人在自己吃飽的時候，也該想到別人遭遇的飢寒。指執政者應該有胸懷人民，為人民謀福利的仁愛之心。

善飲／昨宵俺是獨飲東籬擁群菊而歸的／敗某酒興的依然是拙荊／言道：相公，甕中已無粟，巧婦難為無米之炊。／醉眼中見南山／一團漆黑／悠然何處？／驀見／俺那方紫方巾／尚高掛於柳枝之上。（管管〈五柳先生〉）

俗語說的豬八戒吃人參果，是笑人飲食粗魯，不懂品嘗滋味的意思。本人小的時候被家裡的人笑說是個「豬八戒」，和上面的意思略有出入。也許這樣一說，大家會想到那一定是因為長得醜陋，而有此雅號，其實絕對非也。原來為的是我生來嘴饞，每餐非葷不飽，而又不吃雞鴨魚蝦，專門吃豬之故。（劉枋〈豬八戒〉）

因為強調吃巧不吃飽，所以不是用餐時間，食客也是不絕於途。當點了需要的麵食，坐在小椅凳的師傅，便俐落地抓麵、下麵、起麵，輕巧地不斷用小長匙撥灑上肉臊汁，再加入鮮美的蝦頭湯，湯不能多，否則味道便變淡了。（王浩一〈擔仔麵的故事〉）

狗不再流浪以後，對主人一腔忠誠，俗話說兒不嫌母醜，狗不嫌家貧，自來沒有狗厭棄主人的。於是，狗成為人的好朋友。不過，人有個習慣，歡喜吃朋友，越親近的朋友吃得越香，往往連皮帶骨吞，渣都不吐。當年蒯通說韓信：「狡兔死，走狗烹」，就是這個道理。（逯耀東〈不是掛羊頭〉）

所謂「夫妻夫妻，吃飯穿衣」，張愛玲喜歡洋派肉食，甚至想過去賣肉的鋪子打工，沒事和胡蘭成逛到市場去看看肉販，居然也開心滿意；她又酷食西式奶油甜點，與胡蘭成的鄉土口味自是難以搭調；婚，雖然未必是這樣離的，生活卻有這樣的瑣碎；人世還需有牽繫的情緣，與共守的堅貞。（黃寶蓮〈魚和婚姻〉）

飲食思想

【割不正不食】語出《論語・鄉黨》，殺豬、羊時割肉不合常度，是失禮的，食物形態也被弄壞了，所以不吃。

【食不言，寢不語】吃飯睡覺時不要多說話。

【君子遠庖廚】比喻君子有仁心。

【食色性也】人都有最低需求，一個是食欲，一個是男女關係。

【茹毛飲血】指原始人類不知用火，捕到禽獸便連毛帶血生食。

【民以食為天】人民以糧食為生存的根本。形容民食的重要。

【飲食男女】泛指人的本性中含有對食物和性的欲求與需要。語出《禮記・禮運》：「飲食男女，人之大欲存焉。」

【飲食之道，膾不如肉，肉不如蔬】語出李漁《閑情偶寄》，膾指精細烹調、切割成細絲的肉食。全句意思表示飲食的真味不在精緻烹調的食物，而是在質樸的蔬食。

【人莫不飲食也，鮮能知味也】語出《中庸》，意指人們每天都要吃喝，卻少有人能夠真正品嘗滋味。

【如人飲水，冷暖自知】就像喝水一樣，冷熱只有自己心中明白，形容只有親身經歷，才能自知甘苦，體會事理。

【飽暖思淫欲】食飽衣暖之時，則生淫欲之心。

【五味令人口爽】每天食用各種不同食物，會變得不吃口味更重的食物就覺得食不知味。

【治大國者若烹小鮮】好比燒煮一條小魚那樣，不可任意翻攪。語本《老子・第六十章》：「治大國者若烹小鮮。」後多用於比喻輕而易舉。

古代祭祀用的豬肉必須切得方方正正，孔老夫子說的「割不正不食」。作法則必須細火慢燉，遵循蘇軾〈豬肉頌〉所示：「少著水，柴頭罨煙焰不起，待他自熟莫催他」。這幾乎就是製作封肉的方程式了，唯有如此，肉質才滑嫩富彈性，肥肉幾乎入口就化，瘦肉也軟爛、不塞牙。袁枚在《隨園食單》記載三種紅煨肉的燒法，類似東坡肉的作法。（焦桐〈客家味道〉）

這在傳統社會頗有一些禁忌，譬如《論語・鄉黨》篇中便記錄孔子「割不正，不食」，一般人妄解切割得不方正，孔夫子便不喫，其實大非，「割不正」者，乃肢解獸體未依禮法，其實就是刀具不對，庖人用了血釁的刀具來分割食材，孔子便不忍下嚥，善哉此心！仁者家風所遺，故孟子見齊宣王才說：「見其生不忍見其死，聞其聲不忍食其肉，是以君子遠庖廚」。（徐國能〈刀工〉）

這平生耗在廚房的時日很多，總被先進的女性主義朋友不齒，以為我耗費心智才智在無益的家事上，還不如讀書做學問，好女子當遠離廚房，如孔老夫子之「君子遠庖廚」。（黃寶蓮〈司命灶君〉）

討論中國人的社會與生活，飲食無疑足一個重要的環節，也就是食的問題。孟子說：「食色，性也。」即所謂「人之甘食慾色者，人之性也」。人的本性都是好吃好色的，食和色是人類基本的慾望。這種基本的慾望是構成人類社會發展的基礎。如果從這個基點出發，討論中國歷史文化的發展，將會發現許多過去忽略，但卻非常重要的層面和因素」。（逯耀東〈中國第一本食譜〉）

「民以食為天」，但看大餅油條的精緻，就知道「食」不光是填飽肚子就算了。燒餅是唐朝自西域傳入，但是南宋才有油條，因為當時對奸相秦檜的民憤，叫「油炸檜」，至少江南還有這名稱。我進的

【調和鼎鼐】在鼎鼐中調味。意指處理國家大事，就好像在鼎鼐中調味一樣。多用來比喻宰相的職責。鼎、鼐，是古代烹調器具。

【食日萬錢，猶曰無下箸處】滿桌的菜餚，仍嫌沒有好吃的菜可食。比喻生活驕奢。語出《晉書・何曾傳》。

【庖丁解牛】語出《莊子・養生主》，指戰國梁惠王時期有位擅長宰殺牛隻的廚師，其技巧極為熟練。後用來比喻對事物瞭解透徹，做事得心應手。

【越俎代庖】指掌管祭祀的人放下祭器代替廚師下廚。後多用來比喻踰越自己的職分而代人做事。俎，古時祭祀用來盛祭品的禮器。語本《莊子・逍遙遊》：「庖人雖不治庖，尸祝不越樽俎而代之矣。」

【肉食者鄙】指有權位的人眼光短淺。肉食者，比喻享有厚祿的高官。語出《左傳・莊公十年》：「肉食者鄙，未能遠謀。」

【刀三火五吃一生】意指刀工或許三年可以學成，但火候的精準則要花至少五年的時間，但能吃出真味，則要用一輩子去追求，不是輕易可以練就的。

【一飯三吐哺】指周公在吃一頓飯的過程中，三次吐出口中的食物，迫不及待的要趕去接待賢士。後多用來比喻求取賢士的心非常殷切。見《史記・魯周公世家》：「然我一沐三捉髮，一飯三吐哺，起以待士，猶恐失天下之賢人。」

【飯蔬飲水】形容人生活簡單，吃蔬菜，喝冷水，清心寡欲，安貧樂道。

【飲水曲肱】喝白水，彎曲胳膊當枕頭躺著。形容人清心寡欲自得的生活。語出《論語・述

學校，宿舍裡走私販賣點心與花生米的老女傭叫油條「油炸檜」，我還以為是「油炸鬼」——吳語「檜」讀作「鬼」。（張愛玲〈談吃與畫餅充饑〉）

古人說：「飲食男女人之大欲」這句話證明了飲食在我們日常生活，是佔有極重要地位的。歐美人士，一談到割烹之道，總認為飲食能達到藝術境界，必須有高度文化做背景，否則就不能算吃的藝術呢！（唐魯孫〈中國菜的分佈〉）

在一旁的父親插嘴道：「你這便有所不知了，古人說的：『五味令人口爽』，要矯正那因徵逐美味而差池了的舌頭，便要歸返自然本源，如此便是老莊的道，達摩老祖的禪……」大家都搖頭說這是書生一之見，太過迂腐，有人便問起那婆娘如何能有這層識見、這般工夫？（徐國能〈食髓〉）

有回在「健樂園」，酒餘飯後，論起食道，父親說：古代名庖中，取材調味以殺子入菜的易牙排第一，論刀工則屬莊子筆下的無名庖丁，庖丁善解牛的關鍵是「以神遇而不以目視」，這話說穿了並不特別，只是庖丁對於獸類的筋骨結構比一般人了解更多而已，可能是早先研究過牛隻的生理構造，有點像西方文藝復興時代的繪畫，對於人體的肌肉、骨骼了解透徹，所以畫作中的肢幹比例、細部表情能更準確而栩栩如生。（徐國能〈刀工〉）

如今有時不得已越俎代庖為父親料理食材，我用大碗公注水加鹽，放進文蛤，父親則負責起火熱鍋。文蛤一接觸到鹽水，約莫以為回到天下太平的海中世界，多半立時露出潤白舌頭，貪婪地吐沙、喝水、吐沙，我數著那些從水面下緩緩浮出的氣泡，一顆兩顆三四顆，爐火高溫使廚房裡溫度漸升。（蔡佩均〈人間食客〉）

而》：「飯疏食飲水，曲肱而枕之，樂亦在其中矣。」

【一簞食，一瓢飲】形容讀書人安於貧窮的清高生活。

【一飲一啄，莫非前定】人的生活際遇，都是命中注定。

【其為食也，足以增氣充虛、彊體適腹而已矣】語出《墨子．辭過》，指飲食的目的只是為了能夠補氣益虛，強身飽腹罷了。

【食無定味，適口者珍】食物的味道隨個人的偏好，沒有一定的標準。

【咬得菜根，則百事可做】出自宋儒汪革之口，「人能夠嚼得菜根，則百事可成」。比喻一個人如能吃苦，則可成就任何事。

【率獸食人】形容虐政害人，如同率領野獸吃人一樣。語出《孟子．梁惠王》。

【易子而食】形容天災人禍時，因飢餓，將孩子交換了煮食充飢的慘狀。語出《左傳．宣公十五年》：「敝邑易子而食，析骸以爨。」

【因噎廢食】因為害怕噎到，所以不肯吃飯。形容人做事本末倒置。語本《呂氏春秋．孟秋紀．蕩兵》。

【飽食終日，無所用心】形容人整天吃飽，卻什麼也不做，無所事事的態度。語本出《論語．陽貨》。

【飲灰洗胃】吞食草木所燒成的灰，用以洗清腸胃。表示一個人改過自新。語本《晉書．卷一〇七．石季龍載記下》：「吾欲以純灰三斛洗吾腹，腹穢惡，故生凶子，兒年二十餘便欲殺公。」

曾先生好賭，有時常一連幾天不見人影，有人說他去豪賭，有人說他去躲債，誰也不知道，但經常急死大家，許多次趙胖子私下建議父親，曾先生似乎不大可靠，不如另請高明，但總被父親一句「刀三火五喫一生」給回絕，意謂刀工三年或可以成，而火候的精準則需時間稍長，但真正能喫出真味，非用一輩子去追求，不是一般遇得上的，父親對曾先生既敬且妒自不在話下。（徐國能〈第九味〉）

周公一飯三吐哺而天下歸心，自問才幹責任不如周公的人要是也那麼緊張，平白糟蹋一頓好飯而已。老實說，認真吃飯還很有安定社會的功能呢。一個酒足飯飽，正在捫腹剔牙的人，一定對生命充滿了感激，還能起什麼壞念頭？（遠人〈口腹〉）

鐵大人聽說有河豚，說：「那得有炒蔞蒿呀！——『竹外桃花三兩枝，春江水暖鴨先知，蔞蒿滿地蘆芽短，正是河豚欲上時』，有蔞蒿，那才配稱。」有有有！隨飯的炒菜也極素淨：素炒蔞蒿薹、素炒金花菜、素炒豌豆苗、素炒紫芽姜、素炒馬蘭頭、素炒鳳尾——只有三片葉子的嫩萵苣尖、素燒黃芽白……鐵大人聽了菜單（他沒有看）說是「這樣好，『咬得菜根，則百事可做』。」他請金冬心過目，冬心先生說：「『一簞食，一瓢飲』，儂一介寒士，無可無不可的。」（汪曾祺〈金冬心〉）

《邵氏聞見錄》：「汪信民常言，人常咬得菜根則百事可做，胡康侯聞之擊節歎賞。」俗語亦云：「布衣暖，菜根香，讀書滋味長。」明洪應明遂作《菜根談》以驕語述格言……咬得菜根，吾鄉的平民足以當之，所謂菜根者當然包括白菜芥菜頭，蘿蔔芋艿之類，而莧菜梗亦附其下。（周作人〈莧菜梗〉）

古典詩詞

【一碗喉吻潤，兩碗破孤悶。三碗搜枯腸，唯有文字五千卷】出自盧仝的〈走筆謝孟諫議寄新茶〉「文字五千卷」，是指老子五千言《道德經》。三碗茶後，腹笥所有，唯存道德。

【白雲峰下兩旗新，膩綠長鮮穀雨春】穀雨茶有一芽一嫩葉的茶葉，泡在水裡像展開的旌旗，因穀雨前採摘的茶細嫩清香，最宜品新茶賞新春。出自蘇軾〈白雲茶〉。

【白雲滿碗花徘徊，悠揚噴鼻宿醒散】意指茶香悠揚噴鼻，清峭切骨，連宿醉都醒了。出自劉禹錫〈西山蘭若試茶歌〉

【芳茶冠六清，溢味播九區】西晉張載〈登成都白菟樓〉詩，稱讚成都茶之美勝過周禮中的六清之飲，更香味更遠播各地城鎮。

【試酌百情遠，重觴忽忘天】出自陶淵明的詩〈連雨獨飲〉，意指嚐一小口美酒，一切煩惱俗情都遠離了；再喝一杯，連天地都忘卻了。

【三杯和萬事，一醉解千愁】招人飲酒可以化解不少紛爭，借由酒醉可以忘卻許多煩惱。見元代武漢臣《生金閣．第三折》：「可不道三杯和萬事，一醉解千愁。」

【何以解憂，唯有杜康】語出曹操〈短歌行〉，面對譬如朝露、去日苦多的生命真相，只能飲酒澆愁。

【葡萄美酒夜光杯】用上等白玉做成的晶瑩如夜光的酒杯，斟滿了用葡萄釀成的美酒。形容酒杯的高貴以及酒的美好。語

雨時節的無邊春色惹人醉，有著說不盡的妖嬈，也有道不完的浪漫快意，採茶煎茶便是。宋代大詩人蘇軾有詩云：「白雲峰下兩旗新，膩綠長鮮穀雨春。」茶煎穀雨春，古人青睞「雨前茶」。穀雨茶也就是雨前茶，是穀雨時節採製的春茶，又叫「二春茶」。（張海法〈穀雨——雨生百穀喝春茶〉）

我在清明前一日，和朋友到西山去賣茶。在鳳凰村一戶茶農家裡，看碧螺春炒製的經過，讓我大有啟發，想起了劉禹錫當蘇州刺史時（公元八三二～八三四）到西山試茶，寫的《西山蘭若試茶歌》：「山僧後簷茶數叢，春來映竹抽新茸。宛然為客振衣起，自傍芳叢摘鷹嘴。斯須炒成滿室香，便酌砌下金沙水。驟雨松風入鼎來，白雲滿碗花徘徊。悠揚噴鼻宿醒散，清峭切骨煩襟開……。」我們看到剛採下的茶芽，嫩綠纖幼，真如鷹嘴雀舌一般。茶農就像劉禹錫見到的山僧，滿面笑容，說要炒茶給我們看，炒碧螺春的方法，是一個小炒焙，另一人添柴草管灶。茶農夫婦兩人頗有默契，隔著一面灶壁，炒起清明前一日的新芽。大約十五分鐘左右，經過翻炒，搓揉，碧螺春就製作完畢，滿室芳香。隨即在杯中沖上熱水，再投茶其中，就看到蜷曲的茶芽逐漸展開，還有雲霧一般的白色茸毛在杯中浮沉上下。輕啜一口，真是悠揚噴鼻，清峭切骨。（鄭培凱〈茶亦有道乎？〉）

西晉張載《登成都白菟樓》詩稱讚川茶說：「芳茶冠六清，溢味播九區」。六清是古代六種飲料。《周禮．天官．膳夫》稱：「膳用六牲，飲用六清」，但其中卻沒有茶。魏晉以後，茶成為六清之外的一種新飲料。（逯耀東〈知堂論茶〉）

「來，一盃和萬事，一醉解千愁！」「酒逢知己少，詩向會人吟。」古詩的浮憶益令我們氣壯，一瓶高粱被我們用喝啤酒的方法解決後，

出唐人王翰〈涼州詞〉：「「葡萄美酒夜光杯，欲飲琵琶馬上催。」

【酒逢知己少】形容性情相投的人聚在一起總不厭倦。

【玉碗盛來琥珀光】蘭陵美酒散發出醲醇的鬱金香味，用晶瑩的玉碗盛來，呈現出琥珀光彩的色澤。語出唐人李白〈客中作詩〉。

【酒入愁腸，化作相思淚】出自范仲淹的〈蘇幕遮〉。斜陽芳草，明月秋風，隨著舉杯飲入愁腸，一時鄉魂旅思，隨之湧上心頭。

【晚來天欲雪，能飲一杯無】出自白居易〈問劉十九〉，寫出喝酒的情境。

【一觴雖獨進，杯盡壺自傾】出自陶淵明的詩〈飲酒（二十首之七）〉，雖然這樣一壺好酒只有我獨飲，卻也一杯一杯地不知不覺中把整壺酒喝光了。

【天若不愛酒，酒星不在天，地若不愛酒，地應無酒泉。天地既愛酒，愛酒不愧天】出自李白〈月下獨酌〉，意思是不光是人喜歡酒，連天地都喜歡酒，否則，天上就不會有酒旗星，地上也不會有酒泉的存在了。天地既然同時愛酒，那麼好酒好飲就自然不愧對天地了。

【豈無青精飯，令我好顏色】青精飯相傳是道家所創的飯食，主要是為滋補身體，祭祀祖先。此句意指何不吃青精飯，讓臉色好一些。出自杜甫〈贈李白〉。

【夜雨翦春韭，新炊間黃粱】在夜雨時分剪來春天的韭菜，趁著剛煮好的熱飯食用。出自杜甫的詩〈贈衛八處士〉。

【我得宛丘平易法，只將食粥致神仙】意思是說學道成仙並不

立刻就歪倒在地板上，直到第二天近午才昏沉沉趕到學校：宿醉的痛苦使我好久不敢再惹這種白乾。（焦桐〈論飲酒〉）

「玉碗盛來琥珀光」，是琥珀沉鬱的光，是糾結著黃金色澤與濃烈酒香的光，使人陶醉沉迷。像青春到了韶華盛極，無奈裡一聲輕輕的喟嘆，在光裡像一縷煙，飄忽逝去了。（蔣勳〈光的文學書寫〉）

年輕時在金門服兵役，發現女朋友移情別戀，我幾乎每一分鐘都在想念她，每天深夜都希望喝高粱酒醉給他死，每天清晨都不知道用什麼勇氣醒過來。雖然「酒入愁腸化作相思淚」，然則年輕時偶爾喝醉有什麼要緊？喝醉總比發瘋好。（焦桐〈論醉酒〉）

杜甫有詩謂：「豈無青精飯，令我好顏色。」那是用名青精樹的南天燭葉莖染粳米製成的。這種黑米就是《紅樓夢》所謂的「胭脂米」。由於這種米無黏性，所以摻糯米加豬油和糖同煮，其味糯而爽，是《紅樓夢》裡一味小食。（逯耀東〈從城隍廟吃到夫子廟〉）

穰皮子是現在夏天吃的涼麵的一種。涼麵源于唐代的「冷淘」。杜甫《槐葉冷淘》詩：「青青高槐葉，采掇付中廚，新面來近市，汁滓宛相俱。入鼎資過熟，加餐愁欲無。碧鮮俱照筋，香飯兼苞蘆，經齒冷於雪，勸人投此珠。」（逯耀東〈近上長安〉）

這款槐葉冷淘，本身是一種以槐葉和麵為之的熟麵。其具體製作方法，載之於宋人王禹偁〈甘菊冷淘〉一詩中，寫道：「淮南地甚暖，甘菊生籬根。長芽觸未嘗，小葉弄晴暾。采采忽盈把，洗去朝露痕。俸麵新加細，溲牢如玉墩。隨刀落銀縷，投煮寒泉盆。雜此青青色，芳香獻蘭蓀……。」指出它以甘菊汁和麵，用刀切成細條，在煮熟之後，再放入注寒泉的水盆中浸透即成。由於麵包已滲進甘菊汁，所以其顏色青碧，且「芳香敵蘭蓀」了。（朱振藩〈暑食冷淘透心涼〉）

難，平時只要多多吃粥便可以了。出自陸游的詩〈食粥〉。

【青青高槐葉，采掇付中廚】樹上的翠綠的槐葉，正好採下做冷淘。出自杜甫〈槐葉冷淘〉。

【芳香獻蘭蓀】出自王禹偁〈甘菊冷淘〉。意指由於麵條已滲進甘菊汁，芳香如蘭。

【亦有和羹，既戒既平】出自《詩經．商頌．烈祖》，和羹指為羹湯調味，要持中庸之道不過量。和羹舊時比喻宰相輔佐帝王處理朝政。

【誰謂荼苦，其甘如薺】誰說荼菜苦？比起我來甜如薺菜。出自《詩經．谷風》。

【薺糝芳甘妙絕倫，啜來恍若在峨嵋】出自陸游的〈食薺糝甚美蓋蜀人所謂東坡羹也〉，這是陸游在四川吃了「東坡羹」所寫，對此羹讚賞不已。

【煮豆為乳脂為酥】出自蘇軾〈蜜酒歌〉，意指磨豆煮漿似牛乳，而豆漿做成的豆腐如同酥酪一般味美。

【其簌維何，維筍維蒲】出自《詩經．大雅．韓奕》意指山餚野蔬，以筍蒲最佳。

【嫩籜香苞初出林，於陵論價重如金】出自唐代詩人李商隱的〈初食筍呈座中〉，形剛挖出的嫩筍鮮嫩，價值千金。又引為年少才高恃才而沽的心態。

【久拋松菊猶細事，苦筍江豚哪忍說】出自蘇軾〈初到黃州〉，詩人愛筍連苦筍也念念不忘。

【可齏可膾最可羹，繞齒蔌蔌冰雪聲】出自楊萬里〈煮筍〉，說出竹筍可煮粥可炒肉絲，更可以煮成羹，嚼來清脆如夏日冰雪般快意。

【藜藿盤中生精神，珍蔬長帶色勝銀】出自黃庭堅〈謝楊履道送銀茄四首〉，書寫白茄的外

東坡羹有多好吃？陸游〈食薺糝甚美蓋蜀人所謂東坡羹也〉贊道：「薺糝芳甘妙絕倫，啜來恍若在峨嵋。蓴羹下豉知難敵，牛乳抨酥亦未珍。異味頗思修淨供，祕方常惜授廚人。午窗自撫膨脝腹，好住煙村莫厭貧」。世人多覺得清淡則寡味，因此素不如葷，其實清淡之味與美食並不衝突，反而更能貼近原味。關鍵在廚師的手段。（焦桐〈東坡羹〉）

東坡豆腐是否為蘇軾所創，有待查證。不過蘇軾與豆腐倒是挺有淵源的，曾撰詩云：「煮豆為乳脂為酥。」還喜歡吃蜜漬豆腐。而用榧子同煎滾的豆腐偏甜，至少應是合其脾胃的。江蘇常州的豆腐甚佳，皮蛋拌豆腐尤有名。近人伍稼青的《武進食單》，收有「蔥煎豆腐」一味，其做法為：「將多量胡蔥切斷，在沸水中炒半熟，用鏟撥置一邊，再將豆腐下鍋煎至微黃與蔥相混合，加鹽及醬油、糖，數沸起鍋。」而在冬至前夕，人家準備肴巷餚、酒過節，必備有這道菜。鄉諺且云：「若要富，冬至隔夜吃塊胡蔥燒豆腐。」（朱振藩〈東坡豆腐有真味〉）

「嶺南市裡筍如酥，筍味清絕酥不如，帶雨斲來和籜煮，中含柘漿新甘露，可齏可膾最可羹，繞齒蔌蔌冰雪聲。」——楊萬裡〈煮筍〉夏日做竹筍粥尤好，湯飯菜蔬共治一爐，省事減勞，卻又清新可口，爽利開胃。「可齏可膾最可羹」，看樣子，楊萬裡也最愛筍湯呢。（蔡珠兒〈夏小餜——清蔬竹筍粥〉）

「鐵甲長戈死未忘，堆盤色相喜先嘗。螯封嫩玉雙雙滿，殼凸紅脂塊塊香。多肉更憐卿八足，助情誰勸我千觴。對茲佳品酬佳節，桂拂清風菊帶霜。」黛玉的這首不僅比寶玉的那首高雅多了，而且也寫出了當時的情景與蟹的形象和色香。至於寶釵的那首：「桂靄桐蔭坐

觀色澤。

【醉死糟丘終不悔，看來端的是無腸】無腸意指螃蟹，出自陸游〈糟蟹〉，有酒有蟹，詩人自況醉死又何妨。

【鐵甲長戈死未忘，堆盤色相喜先嘗】出自《紅樓夢》中林黛玉之口，形容螃蟹在盤，一嘗為快的心情。

【眼前道路無經緯，皮裡春秋空黑黃】出自《紅樓夢》中薛寶釵之口，形容被人煮食的螃蟹眼前，橫豎已無路可走，螃蟹雖然詭計多端，也無法逃脫被人煮食的命運。

【味尤堪薦酒，香美最宜橙，殼薄脂胭染，膏腴琥珀凝】出自宋朝劉攽的詩〈蟹〉，形容蟹肉鮮美配酒最佳，佐配香橙味道香美，煮好的蟹殼呈胭脂般的紅色，肥美的蟹膏如同凝結的琥珀一般。

【一腹金相玉質，兩螯明月秋江】出自黃庭堅之聯，寫出蟹黃和蟹螯之形色味美。

【執螯更喜桂陰涼，潑醋擂薑興欲狂】語出紅樓夢中賈寶玉之口，吟詠食蟹之樂。

【搖扇對酒樓，持袂把蟹螯】語出李白〈送當塗趙少府赴長蘆〉，寫出飲酒食蟹之美。

【千里蓴羹，未下鹽豉】出自《世說新語．言語》。陸機回答王武子的詢問，家鄉千里湖裡蓴菜做的湯，味道鮮美，不必用鹽豉做調味，

【休說鱸魚堪鱠，盡西風，季鷹歸未】不要說家鄉的鱸魚膾多麼味美，儘管現在西風已經吹起，張翰可曾歸去？言外之意是：我不願學張翰那樣忘懷時事，心系桑梓，見西風起就棄官歸鄉。出自辛棄疾的詞〈水龍吟〉。

舉觴，長安涎口盼重陽；眼前道路無經緯，皮裡春秋空黑黃，酒米滌腥還用菊，性防積冷定須薑，於今落斧成何益，月浦窄餘禾黍香」。寶釵的「皮裡春秋空黑黃」雖然世故了些，但也道出食蟹的整個過程。食畢淨手是必須的。（逯耀東〈看來端的是「無腸」〉）

執螯賞菊的確是人間的風雅韻事，當然不能無詩。於是，寶玉先來了一首：「執螯更喜桂陰涼，潑醋擂薑興欲狂。」寶玉的詩雖無境界，但「潑醋擂薑」卻道出食蟹的最基本方法，醋薑不僅可以提味壓腥，而蟹性寒，薑可以祛寒。在此間飯店食蟹，食罷，夥計就奉一盅紅糖薑茶，意亦在此。（逯耀東〈看來端的是「無腸」〉）

唐宋的文人多嗜蟹，李白有「搖扇對酒樓，持袂把蟹螯」之句，已寫出他那種急不可待的精神了。黃山谷有「一腹金相玉質，兩螯明月秋江」，把蟹的美味與詩意都表現出來了。唐人吃蟹與橙並食，所謂「味尤堪薦酒，香美最宜橙，殼薄脂胭染，膏腴琥珀凝」。不知這是否就是糟蟹、蜜蟹的食法。（逯耀東〈看來端的是「無腸」〉）

「休說鱸魚堪鱠，盡西風，季鷹歸未？」辛棄疾重寫了這個因思及家鄉美食而辭官的典故。但對辛棄疾來說，張翰回得去，但他回不去了。（祁立峰〈飲食南北〉）

乾元元年（七五八）六月，杜甫由左拾遺貶官華州匡司功參軍。這一年冬天有洛陽之行。路經閿鄉，受姜七少府的款待，並由姜少府的妻親自操刀制膾饗客。閿鄉當時屬陝州，杜甫出潼關去洛陽，為必經之地。閿鄉所產的鱣鯉可以制膾。杜甫灑足飯飽之餘，寫下《閿鄉薑七少府設鱠戲贈長歌》，其中有：饔人受魚鮫人手，洗魚磨刀魚眼紅；無聲細下飛碎雪，有骨已剁觜春蔥。偏勸腹腴愧年少，軟炊香粳緣老翁；落砧何曾白紙溼，放箸不覺金盤空。描繪制膾過程非常傳

【無聲細下飛碎雪，有骨已剁觜春蔥】出自杜甫〈閿鄉薑七少府設膾，戲贈長歌〉。描寫無聲之間魚肉已用快刀片成細雪片入盤中，骨頭亦剁成像春蔥尖尖的形狀置於盤邊。

【齏臼方見金屑作，膾盤已見雪成堆】才聽到用來搗碎辛辣食物的石臼搗擊聲，盤中的生魚片已如雪成堆。出自黃庭堅詩〈謝榮緒惠贈鮮鯽〉。

【苦筍鰣魚鄉味美】出自北宋賀鑄的詞〈夢江南〉，見景不禁想起當年家鄉嘗到苦筍鰣魚的美味。

【西塞山前白鷺飛，桃花流水鱖魚肥】西塞山邊，空中有白鷺高飛，而山下的小溪邊，盛開著叢叢鮮豔的桃花，溪水中是一條條鮮活肥美的鱖魚，出自唐朝張志和的詩〈漁父〉。

【江南鮮筍趁鰣魚，爛煮春風三月初】這是清朝著名詩畫家鄭板橋對江陰鰣魚的詩讚，寫出鮮筍燒鰣魚的美味。

【如罽鱖魚如鮒櫛，髻張腮呷跳縱橫】出自徐文長〈雙魚〉，以詩點題，說出鱖魚直挺的形貌和張口飛躍的姿態。

【湧身既入蓮房去，好度華池獨化龍】出自林洪〈山家清供〉，寫蓮房包魚這道菜，其中另有寓意。鯉魚跳龍門就是所謂的魚化龍，此處蓮房借喻蓮幕，恭賀友人既入蓮幕，不愁無飛黃騰達之日。

【鮮魚鸞切盡玲瓏】出自汪兆餘〈羊城竹枝詞〉，形容鮮魚切片的形色。

【蜀酒濃無敵，江魚美何求】出自杜甫〈戲題寄上漢中王三首〉，寫四川當地的酒美魚鮮。

【長江遶郭知魚美，好竹連山覺

神。後來杜甫流寓巴蜀近十年，雖然心情蕭瑟，卻有食膾的歡娛。因此，有「蜀酒濃無敵，江魚美何求」之句。（逯耀東〈鸞切玉玲瓏〉）

倒是新竹竹科廣播電台的田麗雲總監曾提供我一首北宋賀鑄的詞：「九曲池頭三月三，柳毿毿。香塵撲馬噴金銜，涴春衫。苦筍鰣魚鄉味美，夢江南。閶門煙水晚風恬，落歸帆。」道盡了豪門子弟思念在策馬春遊後，倚坐柳絲飄飄的河畔酒樓，品嘗春筍鰣魚的美好時光。而最好的吃法，就是以網油包裹著清蒸，既保有每一滴原汁原味，魚肉入口清新甜腴，又有淡淡的動物油脂香，再加上爽脆的筍絲，確是絕品。（方力行〈春筍鰣魚滋味長〉）

可以和石斑相媲美的淡水魚，其謂鱖魚乎？張志和《漁父》詞：「西塞山前白鷺飛，桃花流水鱖魚肥」，一經品題，身價十倍。〔……〕鱖魚肉細，是蒜瓣肉，刺少，清蒸、湯、紅燒、糖醋皆宜。蘇南飯館做「松鼠鱖魚」，甚佳。一九三八年，我在淮安吃過乾炸鯚花魚。活鱖魚，重三斤，加花刀，在大油鍋中炸熟，外皮酥脆，魚肉白嫩，蘸花椒鹽吃，極妙。（汪曾祺〈魚我所欲也〉）

讀《徐文長佚草》，有一首《雙魚》：「如罽鱖魚如鮒櫛，髻張腮呷跳縱橫。遺民攜立岐陽上，要就官船膾具烹。」青藤道士畫並題。鱖魚不能屈曲，如僵蹶也。罽音計，即今花毬，其鱗紋似之，故曰罽魚。鯽魚群附而行，故稱鮒魚。舊傳敗櫛所化，或因其形似耳。這是一首題畫詩。（汪曾祺〈鱖魚〉）

林洪的即席詩云：「錦瓣金蓑織幾重，問魚何事得相容？湧身既入蓮房去，好度華池獨化龍。」詩中所引用的是西王母瑤池中植蓮養魚，其魚可在華池裡修行成龍的神話故事。口采既好，立意又妙，難怪李春坊樂不可支，慷慨致贈厚禮，傳為食壇佳話。（朱振藩〈蓮房

筍香】出自蘇軾〈初到黃州〉，因為長江環繞而想到可有鮮美的魚吃，因當地多竹而猶如聞到竹筍的香味。

【寒夜客來茶當酒】出自杜耒〈寒夜〉，寒冬夜裡，客人到訪，以茶代酒請他品嘗。

【有兔斯首，炮之燔之】《詩經．瓠葉》寫朋友飲酒同樂，並以烤兔肉款待朋友的情境。

【慢著火，少著水，火候足時他自美】出自蘇東坡的〈食豬肉詩〉，也是後世東坡肉做法的由來。

【紅顆珍珠誠可愛，白鬚太守亦何癡】像一顆顆豔紅珍珠一般的荔枝真是可愛啊，但那個白髮白鬚的老太守也未免太癡心了吧？出自白居易〈種荔枝〉，寫出熱愛荔枝的自況。

【龍綃殼綻紅紋粟，魚目珠涵白膜漿】出自唐人徐夤的詩〈荔枝〉，形容荔枝的外觀和果肉極為傳神。

【皮龍鱗以駢比，膚玉英而含津】出自張九齡的〈荔枝賦〉，外皮像龍鱗一樣緊密排列，內膜像潤潔的玉一樣含著水分。

【剝之凝如水晶，食之消如絳雪】出自蔡襄《荔枝譜》，形容荔枝的形色和味道。

【日啖荔枝三百顆，不辭長作嶺南人】出自蘇東坡的〈食荔枝〉，寫盡對荔枝的偏愛。

【一騎紅塵妃子笑，無人知是荔枝來】出自杜牧〈出華清宮〉，打開要塞城牆大門的守衛們，必然以為帶回的是重要軍機密報，無人知道帶回的卻是荔枝。

【無竹令人俗，無肉令人瘦】出自蘇軾的〈於潛僧綠筠軒〉。

【紅豆生南國，春來發幾枝】出自王維的〈相思〉。生長於南方的紅豆，入春以來不知長出多少枝條。

魚包有別趣〉）

汪兆餘《羊城竹枝詞》談到魚生：「冬至魚生處處聞，鮮魚鸞切轟玲瓏，一杯熱酒聊消冷，猶是前朝食膾風。」廣東的魚生，以新鮮的活鯇魚切薄片，和以蔥薑絲，點豉油食之。現在廣州、香港市面的粥麵店有售，隨時可以吃到，不限於冬至。所謂魚生是前朝食膾的遺風。中國人食膾的習慣由來已。（逯耀東〈鸞切玉玲瓏〉）

竹筍要選肥短略彎形狀，若系綠竹筍，則宜避免筍籜尖端有綠色者，才不至於帶有苦味。竹筍屬山珍，自古文人多喜愛其形且喜食其味，以之入畫又入詩。東坡初到黃州詩云：「長江遶郭知魚美，好竹連山覺筍香。」筍的香味清美自是不凡，不過，冬筍處理不當，往往澀麻令舌難堪，故宜乎先於冷水中煮沸過，再切片切絲。（林文月〈扣三絲湯〉）

宋代詩人杜耒的《寒夜》詩，有「寒夜客來茶當酒，竹爐湯沸火初紅」之句。詩中提到的「茶當酒」，是魏晉至唐宋間文學領域裡很大的轉變，這種轉變所發生的影響，不僅限於文學領域一隅。魏晉文化與隋唐不同，雖然有很多原因，但飲茶風氣的普及，而且由於這種新飲料的流行，改變了當時的生活習慣，並且引起社會經濟以及文化意以形態領域的變化，可能也是原因之一。（逯耀東〈寒夜客來〉）

炙，是人類開始用火後，首先出現的烹飪方法。《說文》解釋炙，從肉，置火上，是炙肉的意思。炙肉，就是將肉放置在火上燒烤。《詩經》有「有兔斯首，炮之燔之；有兔斯首，燔之炙之」之句，道出了炮、燔、炙三種不同燒兔子的方法。這三種方法據毛注的解釋：「將毛曰炮，加火曰燔，抗火曰炙。」也就是用泥裹起來燒稱炮，連毛帶皮投入火中燒稱燔，舉在火上燒稱炙。這三種不同將食物燒熟的方

【蓼茸蒿筍試春盤。人間有味是清歡】出自蘇軾〈浣溪沙〉，一盤新鮮的蓼茸蒿筍助興，人間的情味正不過如此！

【天下風流筍餅餤，人間濟楚蕈饅頭】出自蘇軾〈約吳遠遊與姜君弼喫蕈饅頭〉。

【鳧茈小甑炊，丹柿青篾絡】鳧茈在瓦甑上炊蒸著，青色竹籃裡還擺著豔豔的紅柿子，出自陸游〈野飲〉。

【烹羊宰牛且為樂，會須一飲三百杯】出自李白〈將進酒〉，形容人且圖眼前歡樂，宰殺牛羊，端出美食，痛快豪飲三百杯美酒。

【紫駝之峰出翠釜，水精之盤行素鱗】出自杜甫〈麗人行〉，以翡翠鍋裝盛紫駝峰，以水晶盤呈送清蒸魚，形容宴會的豪華奢侈。

【古來聖賢皆寂寞，惟有飲者留其名】出自李白〈將進酒〉。表示古來的聖賢百年後恐怕都無人所知，然而酒徒的芳名卻永遠流傳人間。

【故人具雞黍，邀我至田家】出自孟浩然〈過故人莊〉。描寫朋友準備好款客的飯菜，邀請詩人到他的田園之家一遊。

【食罷一覺睡，起來兩甌茶】飯後小睡，醒來喝茶。出自白居易〈食後〉。

【春風小榼三升酒，寒食深爐一碗茶】在春風中喝上三升酒，在寒食節喝上一碗茶。出自白居易〈自題新昌居止因招楊郎中小飲〉。

【起嘗一碗茗，行讀一行書】出白居易〈和楊同州寒食〉。形容起床時喝一碗茶茶，行動時讀書。形容茶激發詩興。

【素瓷雪色飄沫香，何似諸仙瓊蕊漿】銚煎黃蕊色，碗轉曲塵

法，總稱之為炙。（逯耀東〈燒豬與掛爐鴨子〉）

「淨洗鍋，少水，柴頭罨煙焰不起。待他自熟莫催他，火候足時他自美。黃州好豬肉，價錢賤如土。貴人不肯喫，貧人不解煮，早晨起來打兩碗，飽得自家君莫管。」燒豬肉的廚藝表現首先是火候——須用文火，不可躁進，這是製作東坡肉最要緊的精神。次要訣竅是鍋裡的水要少。這篇文章猶有未言明的佐料——酒和筍。豬肉要燒得好，鍋子裡可以沒有水，卻不能省略酒，這一點，知酒愛酒如東坡居士不可能不清楚。（焦桐〈東坡肉〉）

出自張九齡的〈荔枝賦〉是第一篇出自南方人的荔枝文學，打破北人的擬狀臆想，以親身經驗描摩荔枝「皮龍鱗以騈比，膚玉英而含津」的形色滋味，「心恚可以蠲忿，口爽可以忘疾。」的消暑功能。（蔡珠兒〈南方絳雪〉）

關於荔枝，它那「剝之凝如水晶，食之消如絳雪」的丰姿和滋味，不知吸引了多少文人雅士，蘇東坡即為其一，他膾炙人口的〈食荔枝〉詩云：「日啖荔枝三百顆，不辭長作嶺南人。」更用鮮干貝和河豚來形容其美味，「似開江瑤斫玉柱，更洗河豚烹腹腴」，描繪傳神，極有新意。（朱振藩〈勾人饞涎玉荷包〉）

到了宋朝的蘇東坡，初到黃州立刻就吟出「長江繞郭知魚美，好竹連山覺筍香」之句，後來傳誦一時的「無竹令人俗，無肉使人瘦。若要不俗也不瘦，餐餐筍煮肉。」更是明白表示筍是餐餐所不可少的。不但人愛吃筍，熊貓也非吃竹枝竹葉不可，竹林若是開了花，熊貓如不遷徙便會餓死。（梁實秋〈筍〉）

我俯身看著那盅睡著的紅豆，看著水中映照自己朦朧的臉龐，忽然，聽見了孩子稚氣的吟唱著：紅豆生南國，春來發幾枝。勸君多採擷，此

花：本出唐代元稹〈一字至七字詩〉。形容烹茶時，先在銚中將查水煮成黃蕊色，飲用前旋轉茶碗，欣賞著乳白色的茶沫所形成的花樣。

【午茶能散睡，卯酒善銷愁】午後的茶能令人清醒，早酒可使人驅走憂愁。出自白居易〈府西池北新葺水齋即事招賓偶題十六韻〉。

物最好吃……吟唱中還混合著快樂的笑聲。（張曼娟〈繁華舊夢一豆紅〉）

陸游的〈野飲〉詩有「鳧茈小甑炊，丹柿青篾絡」之句，說春雨行路難，但是野外孤店裡，尚有村酒可小酌，鳧茈在瓦甑上炊蒸著，青色竹籃裡還擺著豔豔的紅柿子呢！人生本多憂患，「野飲君勿輕，名宦無此樂」，這簡單的野飲您不要輕視，高官名宦卻難得此樂啊。

（文正〈庖廚偶記／荸薺〉）

生活》二、衣、住、行

1 穿衣

剪裁

【補】修好破裂、破損處。

【綴】縫補。

【熨】藉熱力把衣物壓平。

【縫】以針線綴補。

【繡】用彩色絲線在綢緞上刺上各種花紋。

【挑花】在布的經緯線用彩線挑出小十字，構成圖案。

【穿針】將線穿入針孔。

【裁剪】縫製衣服時，把衣料按照一定尺寸裁開剪斷。

【補綴】修補裂縫。

【縫紉】剪裁、縫合、補綴衣服的工作。

【織補】依原織布方式縫補紡織品上的破洞。

【鑲滾】以布條鑲邊。

【打皺褶】做出褶紋。

穿戴

【別】用別針等固定物品。

【披】將衣物搭在肩背上。

【套】加罩。

【配】搭配。

【兜】圍繞。

【圍】環繞。

【罩】套在外面。

【搭】掛；配合。

這一件毛衣是母親留給我唯一的紀念品。我穿起一根絨線，慢慢兒縫著破了的扣子眼。忽然想起用紫紅絨線，沿著邊綴上一道細花。這樣不但別緻，而且可以使它煥然一新，我就這樣興匆匆地做起絨花來了。（琦君〈毛衣〉）

身著淺藍色西裝，裁剪合身，泰綢襯衫領子翻在外面的韓先生從化妝室走出來。（黃凡〈賴索〉）

正說著，薩黑荑妮又下樓來了，已經換了印度裝，兜著鵝黃披肩，長垂及地。披肩上是二寸來闊的銀絲堆花鑲滾。（張愛玲〈傾城之戀〉）

黃蓉望了望樓中的酒客，見東首一張方桌旁坐著三個乞兒打扮的老者，身上補綴雖多，但均甚清潔，看模樣是丐幫中的要緊人物，是來參加今晚丐幫大會的，此外都是尋常仕商。（金庸《射鵰英雄傳》）

他很瘦，很小，穿一件褪了顏色的碎花黃緞袍，外面套上一件嶄新的黑緞子馬褂。（曹禺《日出》）

姨奶奶唐玉芝來自守舊的家庭，纏過腳，雖然放了，仍舊不大點兒。她罩一襲寶藍綉字福綢旗袍，一個個「壽」字困在一框框圓圈裡，整個的也是一軸裱得直挺的仿古百壽圖。（鍾曉陽《停車暫借問》）

他剁皮洗菜，她就切肉煮飯，一邊作事，一邊找著話跟他說。她

【襯】烘托；襯墊於內的。
【上身】衣服初穿在身上。
【打扮】衣著穿戴。
【更衣】換衣服。
【佩帶】物品繫掛身上。
【趿拉】把鞋子後幫踩在腳後跟下拖拉。趿，ㄊㄚ。
【裝束】穿著打扮。
【脫】卸下，解下。
【褪】ㄊㄨㄣˋ，脫下，脫掉。「褪衣」。
【解帶】解開衣帶。
【寬衣】脫去衣服。
【赤】裸露。
【袒】赤裸。
【跣足】光著腳，沒穿鞋襪。跣，ㄒㄧㄢˇ。
【裸露】沒有東西遮蔽。
【赤條條】赤裸著身體。
【一絲不掛】赤身裸露。
【袒裼裸裎】赤身露體。裼，ㄒㄧˋ。《孟子．公孫丑上》：「雖袒裼裸裎於我側，爾焉能浼我哉？」

潮流

【入時】合乎時尚，趕上潮流。
【流行】盛行一時。
【風靡】隨風傾倒，流行。
【前衛】站在時代尖端且最富革新性。
【時尚】正在流行的事物。
【時新】及時新出的。
【時興】流行。「時興式樣」，或作「興時」。
【熱門】眾人爭相獲取或談論的。
【摩登】時髦；指打扮、穿著合乎時尚。
【趕時髦】追求時尚。
【復古】恢復古代的制度或習俗。

穿著件粉紅的衛生衣，下面襯著條青褲子，腳上趿拉著雙白緞子繡花的拖鞋。祥子低著頭笨手笨腳的工作，不敢看她，可是又想看她，〔……〕（老舍《駱駝祥子》）

往往，為了生活奔馳了一天之後，從燈火輝煌的城市歸來，卸去西裝，脫了革履，在未扭亮電燈的室內，面壁靜坐了半晌，〔……〕（顏崑陽〈傳燈者〉）

我獨坐在前廊，偎坐在一張安適的大椅內，袒著胸懷，赤著腳，一頭的散髮，不時有風來撩拂。清晨的晴爽，不曾消醒我初起時睡態；但夢思卻半被曉風吹斷。（徐志摩〈北戴河海濱的幻想〉）

迎面遇見一群西洋紳士，眾星捧月一般簇擁著一個女人。流蘇先就注意到那人的漆黑的頭髮，結成雙股大辮，高高盤在頭上。那印度女人，這一次雖然是西式裝束，依舊帶著濃厚的東方色彩。（張愛玲〈傾城之戀〉）

我是典型的南方女子，一向穿著時新，但這麼鮮豔的顏色可還是第一次見到呢。（陳若曦〈晶晶的生日〉）

比如都是窮姑娘，誰也穿不起綢裙子，光皮鞋，可是其中有一兩個突然的摩登起來，手錶也有了，綢衣服也有了，絲襪子也有了。大家都少不得研究研究，這東西由那裡來的呢？（張恨水《小西天》）

為了彌補衣色的單調，母親還別出心裁地在這件式樣老氣的新衣的前胸從左肩到右腋下斜縫了一道寬闊的白色的抽紗花邊。（朱秀海《穿越死亡》）

教授的衣服也多殘破了。聞一多先生有一個時期穿了一件一個親

【老氣】形容服飾等的樣式顏色陳舊。

【冷門】受人漠視、乏人問津的事物。

【陳舊】過時而不合時宜。

【過時】陳舊而不合時宜。

【落伍】跟不上潮流。

【不合時宜】不適合時下的潮流、趨向。

樣式

【光鮮】鮮明、漂亮。

【別致】新奇，與眾不同。亦作「別緻」。

【合身】大小適合身材。

【貼身】衣服緊挨身體。

【緊身】衣服十分合身而緊貼身體。

【花俏】色彩鮮豔、活潑。

【炫麗】華美豔麗。

【畢挺】形容衣服熨燙後布面平順，折疊的痕跡很直。

【盛裝】正式華麗的服裝。

【華美】光彩美麗。

【齊楚】整齊華美的樣子。

【熨貼】妥貼舒適。

【簇新】極新，嶄新。

【豔服】服裝鮮豔。

【奢華】奢靡華麗。

【性感】富有性的誘惑力。

【暴露】身體露在外面。

【混搭】不同風格混合搭配。

【俐落】自然簡單、不俗。

【好體面】光鮮華美。

【衣冠楚楚】整齊鮮麗。

【花枝招展】比喻女子打扮美麗、婀娜多姿的樣子。

【周周正正】形容衣著整齊、端正。

戚送給他的灰色夾袍，式樣早就過時，領子很高，袖子很窄。朱自清先生的大衣破得不能再穿，就買了一件雲南趕馬人穿的深藍氆氌的一口鐘（大概就是彝族察爾瓦）披在身上，遠看有點像一個俠客。（汪曾祺〈不衫不履〉氆氌，西藏及中國西北地區所生產的手工羊毛織品。一口鐘，指一種沒有開衩的長袍，形狀上窄下寬如似鐘）

樊素就這樣無法遁逃地，混亂虛空的站立。當他大澈大悟，大慈大悲地出現；她卻敷著庸脂俗粉，穿著炫麗戲服，將自己裝裹成俗不可耐的浮華意象。（張曼娟〈儼然記〉）

青木胸前佩滿勳章，神采奕奕。不單荷槍，還有豪華軍刀，金色的刀帶，在黯黑的台下，一抹黃。戎裝畢挺無皺折，馬刺雪亮。（李碧華《霸王別姬》）

汪二也穿了一件藍布大褂，將過年的洋緞小帽戴上，帽上小紅結，繫了幾條水紅線；因為沒有紅絲線，就用幾條綿線替代了。汪大嫂也穿戴周周正正地同了田大娘走出來。（臺靜農〈拜堂〉）

子富一見翠鳳，上下打量，不勝驚駭。竟是通身淨素，湖色竹布衫裙，蜜色頭繩，玄色鞋面，釵環簪珥一色白銀，如穿重孝一般。（清．韓邦慶《海上花列傳》）

像舊時約會一樣／說些傻氣又好聽的話兒／我繡滿詩句的雙人枕／才容許你醉臥／容許你高歌／容許你得意地發現一行小註／荊釵布裙也願相隨終生（洪淑苓〈合婚〉）

那雪越下的猛，林沖投東走了兩個更次，身上單寒，當不過那冷。在雪地裡看時，離得草料場遠了。只見前面疏林深處，樹木交雜，遠

【珠翠羅綺】形容華麗的服飾或盛裝的婦女。
【素裝】淡雅的裝扮。
【淡雅】清淡高雅。
【淨素】裝扮潔淨樸素。
【衣不完采】衣服簡單樸素，不加彩飾。
【荊釵布裙】形容貧家女子的樸素裝扮。
【褪色】顏色脫落或變淡。
【單寒】衣服單薄，不足以蔽寒。
【襤褸】衣服破爛的樣子。
【不修邊幅】不講究衣飾儀容。
【奇裝異服】衣著式樣特異。
【衣不蔽體】衣服破爛，遮不住身體。非常窮困。
【鶉衣百結】鶉鳥尾巴禿，像多次縫補的破衣。衣服破爛不堪。鶉，ㄔㄨㄣˊ。

2 居住

居住環境

【熱鬧】人群聚集、吵雜。
【喧囂】喧譁吵鬧。
【稠集】人口稠密聚集。
【熙攘】人來人往而忙碌。
【繁華】繁榮熱鬧。
【車水馬龍】形容車馬絡繹不絕，繁華熱鬧的景象。
【櫛次鱗比】建築物排列密集。櫛次，像齒梳般緊密排比。鱗比，像魚鱗一樣相次排列。也作「櫛比鱗次」。
【清幽】清靜幽雅。

遠地數間草屋，被雪壓著，破壁縫裡透出火光來。（明．施耐庵、羅貫中《水滸傳》）

他忘了一切困苦，一切危險，一切疼痛；不管身上是怎樣襤褸汙濁，太陽的光明與熱力並沒將他除外，他是生活在一個有光有熱力的宇宙裡；他高興，他想歡呼！（老舍《駱駝祥子》）

李侍堯默默點頭，映襯著雪光打量劉墉，這是個長相十分像他父親劉統勛的人，只是劉統勛精幹利落，他卻顯得有點不修邊幅。上次進京劉墉出差沒能見面，算來已經七年沒見，劉墉面相幾乎毫無變化，只瘦了許多，古銅色的方臉腮頰陷凹了不少，原來的雪雁補服已換了錦雞補子，寬大得有點像套在身上的一條大布袋子，半瞇著眼睛凝望雪景，有點像凍河沿上雪地裏覓食的一隻老鸛，不知他在想些什麼。（二月河《乾隆皇帝》）

人也必自稠集狹囿的城市重返曠野鄉郊，才可在寧靜祥和的環境裡暫忘營營，浸享雨的豪爽情誼。（莊因〈雨天〉）

歲月流變，大稻埕早非舊貌，曾經叱吒風雲的郊商洋行褪了色，櫛次鱗比的老街，販賣的是南北匯集的乾、濕貨；〔……〕（劉還月〈你問，淡水河有多長？〉）

這地點離街約有里許，小徑迂迴，不易尋找，來客極稀。杜詩「幽棲地僻經過少」一句，這屋可以受之無愧。風雨之日，泥濘載途。狗也懶得走過，環境荒涼更甚。（豐子愷〈沙坪小屋的鵝〉）

【幽棲】隱居。
【偏靜】偏僻安靜。
【僻壤】偏僻的地方。
【冷清】荒涼寂靜的地方。
【蕭條】寂寥冷清的樣子。
【曠野】空曠荒野。
【蠻荒】偏遠荒涼的地方。
【門可羅雀】做官的人離開政治中心後賓客稀少的景況。
【安家】安排家事。
【卜居】選擇居住的地方。
【落戶】在異鄉定居。
【安家落戶】到新地方建立家庭，長期居住。

【幽居】隱居。
【豹隱】比喻隱居山林。
【蟄居】隱居。蟄，ㄓˊ。
【搬家】遷移居所。
【移居】遷居。
【搬遷】搬家，遷移居所。
【遷徙】搬移，遷移。
【喬遷】由低處遷到高處。後祝賀升遷或搬家。語本《詩經．小雅．伐木》：「出自幽谷，遷于喬木。」
【安土重遷】久居故土，滋生情感不肯輕易遷徙。

修蓋裝潢

【整治】整頓治理。
【修葺】修築整治。葺，ㄑㄧˋ。
【修繕】修理，修復。
【翻修】重新修造。
【翻新】把舊的拆了重做。

【大興土木】大規模興建土木工程。通常指蓋房子。
【裝修】裝飾、整修。
【布置】分布安排。
【陳設】陳列、擺設。

大陸的一切，對台灣人的眼光來說，就是一個特色：大。即使是這地處丘陵僻壤的平和，隨便一個縣也是片大剌剌的土地養了五十一萬多人。（王浩威〈陌生的方向〉）

她也從不諱言曾祖母年輕時千里迢迢從挪威飄洋過海，落戶在澳門碼頭討生活的那一段歷史。（施叔青〈尋〉）

鳥畫家何華仁，戴著野鳥學會的迷彩帽，站在一座小橋，等候我們。瘦小的他，才在六龜蟄居一年，如今卻是最熟悉這裡動物地理相的人。（劉克襄〈茗濃溪畔的六龜〉）

卻聽任我行道：「這位左大掌門，咱們以前是會過的。左師父，近年來你的『大嵩陽神掌』又精進不少了罷？」令狐沖又是微微一驚：「原來嵩山派掌門左師伯也到了。」只聽一個冷峻的聲音道：「聽說任先生為屬下所困，蟄居多年，此番復出，實是可喜可賀。在下的『大嵩陽神掌』已有十多年未用，只怕倒有一半忘記了。」（金庸《笑傲江湖》）

我父親不精明，買下了這宅沒人要的破房子，修葺了一部分，拆掉許多小破房子，擴大了後園，添種了花樹，一面直說：「從此多事矣！」（楊絳〈回憶我的父親〉）

十年之內，我能夠弄他多少錢！我一輩子都是財神了。想到這裡，洋樓、汽車、珠寶，如花似錦的陳設，成群結隊的佣人，都一幕一幕在眼面前過去。（張恨水《啼笑因緣》）

我們四個人鑽進車廂，車就飛馳而去。我們被帶進一個陳設豪華

【裝飾】裝點、修飾。
【擺列】擺置陳列。
【粉刷】用石灰或油漆等物塗刷牆壁。
【塗飾】粉刷美化。
【垮】坍塌，倒塌。
【坍毀】倒塌毀壞。
【倒塌】傾倒、塌下來。
【傾圮】倒塌毀壞。圮，ㄆㄧˇ。
【年久失修】建築物年代久遠，缺乏維修而損壞。
【斷垣殘壁】毀壞倒塌的牆。形容建築物倒塌殘破。
【豪華】指建築、裝飾或設備十分華麗。
【堂皇】氣勢宏偉。
【富麗】盛大華麗。
【金碧輝煌】裝飾華彩炫爛。多指宮殿等建築物。
【美輪美奐】形容房屋裝飾得極為華美。語本《禮記．檀弓下》：「晉獻文子成室，晉大夫發焉。張老曰：『美哉輪焉，美哉奐焉，歌於斯，哭於斯，聚國族於斯。』」
【雕梁畫棟】有彩繪雕刻的梁柱。用來形容建築物的富麗堂皇。
【瓊樓玉宇】形容精美華麗的樓閣。
【簡約】簡單樸素。
【樸質】樸素實在。
【破陋】破舊簡陋。
【簡陋】簡單鄙陋。
【斗室】形容狹小的房屋。
【陋室】簡陋狹小的房子。
【蝸居】謙稱自己的居舍窄小。
【家徒四壁】家中只剩四面牆壁。貧困，一無所有。
【蓬門蓽戶】用草、樹做成的簡陋門戶。
【環堵蕭然】除了四面土牆，家中別無他物。居室簡陋，十分貧窮。

的小客廳。我從未坐過小轎車，更從未見過這樣的堂皇富麗，又不知道為什麼來到這裡，心裡真是又好奇，又慌亂，又興奮。（樂黛雲〈初進北大〉）

我從破碎的窗口伸出手去，把兩枝漿液豐富的柔條牽進我的屋子裡來，教它伸長到我的書案上，讓綠色和我更接近，更親密。我拿綠色來裝飾我這簡陋的房間，裝飾我過於抑鬱的心情。（陸蠡〈囚綠記〉）

這時，我也看到桌上的紙張上，滿是我所絕對看不懂的符號。但是，卻意外地有著一大疊英文報紙。英文報紙的年份，是一九〇六的，我連忙走了過去，略翻了一翻。幾乎所有的報紙，全是記載著那一年美國三藩市大地震的事情的，有圖片，有文字，那種房屋傾圮，傷者斷腿折臂，死者被人從瓦礫堆中掘出來，死者的家屬，僥倖生還者搶天呼地的號哭著，總之，一切悲慘的鏡頭，全看得人心情沉重之極。（倪匡《地心洪爐》）

一九八〇年我生病以後，中島夫人每次來華，必到醫院或家中來看我。還有井上靖先生的夫人，也是多次在井上先生的書室裏以最精美的茶點來招待我，也曾在我病中到醫院或我蝸居來探問我。她們兩位的盛情厚意，都使我感激，也使我奮發，我願自己早早康復起來，好和她們一起多做些有益于中日友好的工作。（冰心《蝸居》）

寶慶加快了腳步。他不敢住下腳來張望，怕看到他所怕見的東西。一具屍體倒也罷了，燒焦了的屍體就可怕得多，幾百具燒焦了的屍體，實在無法忍受。光看看那些斷垣殘壁，也叫他發抖。他起了一種念頭，覺得在這一場毀滅之中，全手全腳地活著就是罪過。他忽然感到罪孽深重。（老舍《鼓書藝人》）

居無定所

【栖身】暫居，託身。栖，通「棲」。
【寄寓】暫時寓居。
【棲身】停留，居住。
【寓居】寄居。
【落腳】停留；暫住。
【客居】作客異鄉。
【旅居】客居異地。
【羈旅】寄居他鄉。
【流浪】飄泊，居無定所。
【流徙】四處流離遷徙，生活不安定。
【浪跡】行蹤無定，流浪。
【漂泊】居無定所，猶在水上漂流。亦作「飄泊」。
【不繫之舟】飄泊不定。
【四海為家】稱人漂泊無定所。
【流離失所】轉徙離散，沒有安身住所。
【斷梗飄萍】飄泊不定。
【顛沛流離】遭受挫折，生活困迫不安。

父母是工人不說，祖父母也是貧苦人民，是蘇北逃難過來的漁民，在閘北用蘆蓆捲起滾地龍棲身，然後才修起了這兩間草房。（王安憶〈阿曉傳略〉滾地龍，指上海解放前窮苦百姓的住宅）

家父生前經營糖果作坊，祖父一代還是做農，先人一直居在學甲中洲，是十七世紀隨大將軍家眷落腳島上的那批移民。（舞鶴〈調查：敘述〉）

天涯盡頭　滿臉風霜落寞／近鄉情怯的我　相思寄紅豆　相思寄紅豆／無能為力的在人海中漂泊　心傷透／娘子她人在江南等我淚不休　語沉默（方文山〈娘子〉）

沒有甚麼使我停留／——除了目的／縱然岸旁有玫瑰，有綠蔭，有寧靜的港灣／我是不繫之舟（林泠〈不繫之舟〉）

3 行動

往返

【上路】動身出發。
【前往】往，去。
【首途】動身，出發。
【啟程】動身前往。
【登程】上路，起程。
【動身】起程。
【路過】順道經過。
【取道】選取經由的道路。
【途經】路過，中途經過。
【改道】改變前進的路線。

但想到回家，竟是千難萬難，平常時候，那三十里路，好像經不起腳板一顛，現在看來，真如隔了十萬八千里，實難登程。（高曉聲〈陳奐生上城〉）

交卸次日，帶領家眷上船，用小輪船拖到上海，然後取道天津，遵旨北上。（清．李寶嘉《官場現形記》）

後來也登過東海的勞山，上過安徽的黃嶽，更在天台雁宕之間，逗留過一段時期，每到一處，總沒有一次不感到人類的渺小，天地的

【停歇】停止，歇息。

【逗留】暫時停留。

【滯留】停滯留止不前。

【盤桓】徘徊、留連不前。

【羈留】滯留在外。

【趕路】加快速度，期望在時限內到達。

【兼程】不分晝夜，加倍速度的趕路。

【順道】順路。

【繞道】放棄近路走遠路。

【抄近路】走捷近的路。

【到達】到了某一地點。

【安抵】安全到達。

【折返】半途轉回。

【重返】回到原來的地方。

【還鄉】返回家鄉。

【滿載而歸】裝載得滿滿的回來，比喻收穫豐富。

路況

【平整】將凸凹不平的地方整治得平坦整齊。

【坦途】平坦的道路。

【康莊】平坦寬廣、四通八達的道路。

【通達】交通通暢無阻。

【通衢】四通八達的道路。

【筆直】形容很直的樣子。

【暢通】無礙，順暢通達。

【堵塞】阻塞不通。

【梗塞】阻塞不通。

【擁擠】群聚密集。

【壅塞】淤滯不通。也作「壅閉」、「壅滯」。

【熙來攘往】形容行人來往眾多，非常熱鬧。

【曲折】彎曲迴轉。

【迂迴】曲折迴旋。

悠久的；〔……〕（郁達夫〈山水及自然景物的欣賞〉）

林如海已葬入祖墳了，諸事停妥，賈璉方進京的。本該出月到家，因聞得元春喜信，遂晝夜兼程而進，一路俱各平安。寶玉祇問得黛玉「平安」二字，餘者也就不在意了。（清・曹雪芹《紅樓夢》）

他本來自西北向東南行，現下要與這些人離得越遠越好，反而折返西北。心中混亂，厭憎塵世，摘下面具，只在荒山野嶺間亂走，肚子餓了，就摘些野果野菜裹腹。（金庸《神鵰俠侶》）

十九年後重返部落，部落的建築變化很大，草屋、石板屋大都翻成了鋼筋水泥的洋式住居，唯一不變的是布農的純樸勤勉。（吳錦發〈重返部落〉）

在月光中，那黃土的甬道筆直的在眼前伸展著。轉一個彎，還是那月光中的黃土甬道，永遠走不完，像在朦朧的夢境中一樣。（張愛玲《赤地之戀》）

人生之路是那麼長，我還不能說什麼樣的路都經見過了，可我畢竟走過高原上泥濘的小土路，惱人的沙路，灰塵僕僕的山路，渺無人煙的林中路，從幾十丈深的黃土溝壑裡蜿蜒上下的羊腸小路……一程連一程，沒完沒了。（李天芳〈呼喚〉）

像是給誰當胸猛捶了一拳，他定睛再看一遍。是長城。雉堞儼然，樸拙而宏美，那古老的建築物雄踞在萬山脊上，蟠蟠蜿蜿，一直到天邊，是長城，未隨古代飛走的一條龍。（余光中〈萬里長城〉）

在阿福來和他的車同樣遭到震動和顛簸之後，車輪就像在一次柔

【逶迤】ㄨㄟ ㄧˊ，彎曲回旋的樣子。

【蜿蜒】曲折延伸的樣子。

【盤陀】曲折回旋。也作「盤蛇」。

【羊腸小路】形容狹小而曲折的路。

【蟠蟠蜿蜿】迴旋曲折的樣子。蟠，ㄆㄢˊ。

【難行】不容易行走。

【坎坷】地不平，不好走。

【泥濘】雨後爛泥淤積，難於行走。濘，ㄋㄧㄥˋ。

【阻隔】阻礙、隔絕。

【崎嶇】山路艱險峻峭，高低不平。

【窪陷】地面凹陷。

【險阻】地勢艱險阻塞，崎嶇難行。

【顛簸】上下振動；不平穩。簸，ㄅㄛˇ。

【寸步難行】一小步也行走不得，形容行走困難。

【跋山涉水】形容走長遠路途的艱苦。

【翻山越嶺】翻越許多山嶺。長途跋涉，旅途辛苦。

行駛

【開】發動，啟行，駕駛。

【划】用槳撥水使船行動。

【乘】駕騎，搭坐。

【駕】乘，騎，駕駛。

【駛】使開動，操縱。

【騎】跨坐在動物或其他物體上面。

【驅】駕駛或搭乘。

【行車】駕駛車輛。

【駕御】操縱車馬的前進。

滑和天鵝絨上平滑地馳輾。（七等生〈阿水的黃金稻穗〉）

邵陽到學校全是山路，得換坐轎子。他們公共汽車坐膩了，換新鮮坐轎子，喜歡得很。坐了一會，才知道比汽車更難受，腳趾先凍得痛，寧可下轎走一段再坐。一路上崎嶇繚繞，走不盡的山和田，好像時間已經遺忘了這條路途。走了七十多里，時間仿佛把他們收回去了，山霧漸起，陰轉為昏，昏凝為黑，黑得濃厚的一塊，就是他們今晚投宿的小村子。（錢鍾書《圍城》）

兆惠下令道：「各隊趕速上馬，向南撤退，不許發出一點聲息。」命令傳了下去，眾兵將不及吃飯，立即上馬。和爾大道：「據嚮導說，這裡向南要經過英奇盤山腳下，大雪之後，山路甚是難行。」兆惠道：「敵兵聲勢如此浩大，你瞧到處都是他們的隊伍。富德將軍有一支兵越戈壁而來，咱們只有向東南去和他會師。」和爾大道：「大將軍用兵確然神妙。」兆惠哼了一聲，大敗之後再聽這些諂諛之言，臉皮再厚，可也不易安然領受。（金庸《書劍恩仇錄》）

船頭在漂浮的樹莖樹葉中間，急速地划過去，發出滑刺的聲響；船身兩旁不斷濺起水花。船後傳來船槳尖銳的碰擦聲音。（李永平〈圍城的母親〉）

苦騎了三天白馬雪山，衣服乾了又濕，濕了又乾，下胯的傷口結瘡了又發膿。儘管你還是掛著兩行鼻涕，胸口仍舊咳得發疼，但越過這一刻，你知道這一切暫時都不需擔憂了，只需要乘著單車一直朝下快速俯衝，像一支銳利的箭矢，時速保持四十，好好享受著迎風忘情

【駕駛】操縱交通工具。
【操縱】駕駛，駕控。
【驅車】駕車或乘坐車輛。
【開航】船隻下水航行。
【拔錨】起錨開航。
【起錨】吊起海底的鐵錨，準備開航。可指船啟航。
【引航】船舶進出港口或在江河航行時，由熟悉航道的人員引領。也稱為「引水」。
【停泊】船靠岸停住。
【飛航】空中航行。
【出航】船離開港口，或飛機駛離機場出去航行。
【航行】船在水上行走；飛機在空中飛行。
【領航】引導船隻或飛機到達指定地點。
【導航】導引航向。
【乘坐】搭乘，騎坐。
【搭乘】乘坐交通工具。
【橫渡】從海洋、江河的此岸渡到彼岸。

交通意外

【撞】碰擊。
【衝】碰撞。朝向前直行。
【爭道】爭搶行進道路。
【急轉】緊急的轉彎。
【蛇行】指汽、機車在道路上作S狀的急行。
【誤點】延誤規定的時間。
【出軌】火車、電車等行駛脫離軌道。
【拋錨】此指車輛發生故障，無法行駛。
【翻覆】傾倒，翻轉。
【沉沒】沒入水中。
【迷航】飛機、船隻等迷失航行

的愜意。（謝旺霖《轉山》）

百年之前，當我們的祖先橫渡萬頃波濤，駕著移民船緩緩駛向西海岸，他們沒有看見巨大的女神，卻看見婆娑的綠樹和豐饒的大地，〔……〕（楊渡〈西海岸：汙染工業的見證〉）

接著又想起學生時代特別使人懷戀的，桃花開時和要好的朋友驅車往士林或草山，那時候的情景像走馬燈般一幕一幕重現眼際。（吳濁流〈菠茨坦科長〉）

船夫不論晴雨，必守在船頭。有人過渡時，便略彎著腰，兩手緣引了竹纜，把船橫渡過小溪。有時疲倦了，躺在臨溪大石上睡著了，人在隔岸招手喊過渡，翠翠不讓祖父起身，就跳下船去，很敏捷的替祖父把路人渡過溪，一切皆溜刷在行，從不誤事。（沈從文《邊城》）

砰！畫面渙散，這次扎扎實實的，左臂猛然一道重壓，你連人帶車撞上臨崖邊緣半個人高的岩塊上，前輪死死卡在岩縫下，〔……〕一邊是緊迫充血的心跳，另一邊則是斷崖下依稀傳來那被你的身軀滑掃而墜落的細碎砂石，還有一隻掛在車上的鋁製水壺，沿著崖壁滾撞的無助回聲。它們此刻都成為你的代罪羔羊，替你摔下山谷。（謝旺霖《轉山》）

車子陷在泥裡拋錨不能動彈，又改乘前往高雄的遊覽車，車到臺南的交流道，把我們放下來，在那裡揚手叫計程車，〔……〕（龍瑛宗〈兩個臉龐——往訪鹽分地帶〉）

的正確方向。

【擱淺】船進入水淺的地方，無法行駛。

【觸礁】船航行時撞上暗礁。

【失事】發生意外的事故。

4 娛樂

玩樂

【行樂】作樂、享受歡樂。

【作樂】取樂。

【取樂】尋取快樂。

【消磨】排遣時光。

【排遣】排除，解決。

【散心】排遣使心情舒暢。

【解悶】消解愁悶。

【狂歡】瘋狂的盡情歡樂。

【盡興】盡量滿足興致。

【遊戲】嬉笑娛樂。

【嬉戲】遊戲玩耍。

藝文

【沉浸】沉潛漸漬。

【沐浴】比喻蒙受、承接。

【陶冶】怡情養性。

【濡染】濕潤。常指提筆寫字作畫。

【薰陶】因長期接觸某人、某事，在生活、思想、品行等方面，得到好影響。

【引吭】放開喉嚨吟唱。

【吟詠】吟誦詩歌。

我很想告訴他，三十年前夜航之後的第二年，搭乘的「花蓮輪」就宣告觸礁，擱淺；青春旅人亦被年華耗損、折逆。（林文義〈島嶼回看〉）

當夜五更時候，船已近曹操水寨。孔明教把船隻頭西尾東，一帶擺開，就船上擂鼓吶喊。魯肅驚曰：「倘曹兵齊出，如之奈何？」孔明笑曰：「吾料曹操於重霧中必不敢出。吾等只顧酌酒取樂，待霧散便回。」（明．羅貫中《三國演義》）

易先生她見過幾次，〔……〕雖然他這時期十分小心謹慎，也實在憋狠了，蟄居無聊，心事重，又無法排遣，連酒都不敢喝，防汪公館隨時要找他有事。（張愛玲〈色，戒〉）

倘能多造幾個簡易而高尚的胡琴曲，使像〈漁光曲〉一般地流行於民間，其藝術陶冶的效果恐比學校的音樂課廣大得多呢。（豐子愷〈山中避雨〉）

突然，有個船伕引吭，其餘的船伕就都輕輕地哼。散塔路琪亞，「何處歌喉悠遠，聲聲逐風轉」。尤其唱到那「散塔路琪亞」時，大家一起高歌。（劉墉〈夢中之夢〉）

在靜僻的道上你就會不自主的狂舞，看著你自己的身影幻出種種

【高歌】大聲歌唱。
【謳歌】唱歌。
【婆娑】舞蹈的樣子。
【翩翩起舞】輕盈愉快的跳起舞來。
【塗鴉】幼兒隨意塗寫，墨色一片如烏鴉般。泛指隨心書寫或作畫。
【素描】用單色描繪而不敷彩的畫。
【寫生】直接描繪實物。
【對弈】下棋。
【撫琴】彈琴。

【𨑨迌】ㄓˋ ㄊㄨˋ，遊玩。
【蹓躂】閒逛，散步。
【郊遊】遊覽郊外的名勝或風景區。
【遠足】短程徒步郊遊。
【踏青】春日到野外郊遊。
【探勝】尋求。
【尋幽】探尋美景。
【攬勝】欣賞勝景。
【旅行】作客出行。
【遠行】出遠門。
【周遊】四處遊歷。
【雲遊】行跡無定，遨遊。
【遊歷】考察遊覽。
【遊覽】遊逛參觀。
【漫遊】隨意遨遊。
【暢遊】盡興的遊玩。
【遨遊】逍遙自在的遊玩。
【遊山玩水】遊覽山水。
【臥遊】不能親身旅遊，從遊記、圖片中去想像。
【神遊】足跡未到，而心神如遊其地。

詭異的變相，因為道旁樹木的陰影在他們于徐的婆娑裡暗示你舞蹈的快樂；〔……〕（徐志摩〈翡冷翠山居閒話〉）

從小就喜愛文學與繪畫，又由於個性比較內向，所以覺得一個人躲在房內，不論看書寫文章或信筆塗鴉，都最自在而且充實。（林文月〈我的三種文筆〉）

在鄉下，農人每每在田裡勞作累了，赤腳出來，就於埂頭對弈。那赫赫紅日當頂，頭上各覆荷葉，殺一盤，甲贏乙輸，乙輸了乙不服，甲贏了欲再贏，這棋就殺得一盤未了又復一盤。（賈平凹〈弈人〉）

𨑨迌——這兩個字美不美？一個人孤零零在外面漂泊流浪，白天頂著大太陽，晚上踏著月光，多逍遙自在，可又多麼的淒涼。（李永平〈雨雪霏霏，四牡騑騑〉）

鄉下人逛街是一隻耳朵當先，一隻耳朵殿後，兩隻眼睛帶著千般神祕，下死勁地釘著商店的玻璃櫥；城裡人蹓躂只是悠游的自得地，信步而行，乘興而往，興盡則返。蹓躂雖然用腳，實際上為的是眼睛的享受。（王了一〈蹓躂〉）

下午我們繞過美濃／直趨六龜／迎面而來的，／就是潑墨般的十八羅漢山／掩映在青翠的竹林。／如此的漫遊或攀登，／只宜在一個清涼的午後，／攜一瓶酒，／下一局棋。（張錯〈檳榔花開的季節〉）

敲門聲響，進來的是肖月潭。項少龍跳了起來，把地勢圖遞給他，轉述姚勝的報告。肖月潭指著稷下宮外西南方一處道：「明天我會將遠行裝備和雪板放在這個小山丘上，就在這道向西的斜坡頂，方便你滑下來。」項少龍喜道：「製造好了嗎？」肖月潭道：「還差一晚工夫，今晚我不赴壽宴，免得給呂不韋認出來。」（黃易《尋秦記》）

環境景色》一、天文

1 日月

太陽

【白日】太陽。

【日頭】太陽。

【日華】太陽的光華。

【日陽】太陽。也指日光、陽光。

【日精】太陽的精光。

【日晏】日光晴朗。另指太陽升得很高，天色已晚。

【赤蓋】比喻太陽。

【火輪】太陽。也作「火輪子」或「日輪」。

【炎精】太陽。

【飛輪】太陽。

【紅輪】太陽。

【金烏】神話傳說太陽中有三足鳥，故以此代稱太陽。

【陽烏】太陽。也作「暘烏」。

【陽彩】指日光。

【曜靈】太陽。

【曦軒】太陽。也作「曦馭」、「曦輪」。

【日輪滿滿】形容圓而滿的太陽。

【皦日】明亮的太陽。皦，ㄐㄧㄠˇ。

【麗日】耀眼的太陽。

【豔陽】豔麗的陽光。

【火傘】比喻烈日。

【烈日】炎熱的太陽。

【驕陽】強烈逼人的陽光。另有「炎陽」。

【毒日頭】形容太陽非常熾熱。

【統御著宇宙】此形容陽光普照天下。統御，統領、控制。

在河邊一個人呆著，時間長了，就終於明白為什麼總是有人會說「白花花的日頭」了，原來它真的是白的！真的，世界只有呈現白的質地時，才能達到極度熱烈的氛圍，極度強烈的寧靜。這種強烈，是人的眼睛、耳朵，以及最輕微的碰觸都無力承受的。（李娟〈河邊洗衣服的時光〉）

車隨坡轉，我戀戀回顧酣熟的落日，才一瞬間，咦，怎麼日輪滿滿竟變成了月鉤彎彎，缺了三分之二，唯有金輝不改。驚疑間，過了五秒鐘才回過神來。「是日蝕！快停車！」大家一齊回頭，都看見了，一時嗟嘆連連，議論紛紛。（余光中〈雁山甌水〉）

海潮依然平靜地拍打著山嶺俯瞰下的小城，結著一條又一條永恆的白紗帶，在麗日下，風雨中，不斷地湧來，升起又落下。（楊牧〈接近了秀姑巒〉）

路上偶有走過的士兵，投過來好奇的眼光。烈日發狠的曬著熱，投照出兩個緩緩挪動的影子。（黃驗〈冷熱胸膛〉）

盛夏的天氣，烈火般的陽光，掃盡清晨晶瑩的露珠，統御著宇宙一直到黃昏後，這是怎樣沉重悶人的時光啊！（盧隱《象牙戒指》）

四點鐘，太陽掛在西山上面的晴空；隨著雲兒的濃淡，有時四周有一圈暈黃，有時像君臨大地似地普照萬物，〔……〕（阿圖〈含笑看我〉）

【君臨大地似地】此形容陽光如君主統馭天下般普照到每個地方。君臨，君主統轄，後泛指統治。

【日蝕】月球運行到太陽與地球的中間，此時太陽的光為月球所遮蔽，無法照射到地球上的現象。也作「日食」。

【朝日】清晨升起的太陽。

【日烏】古人傳說，太陽中有三足烏，故稱太陽為「日烏」。

【九曜】道教傳統，稱太陽為九曜。

日光

【照耀】光線照射。

【西曬】指房屋朝西的門窗，在午後受到陽光的照射，使屋內相當炎熱。

【折射】光線或能量從一種介質射入另一種介質，而改變行進方向的一種現象。

【投照】照射。

【投影】光線將物體的影子投射到另一個面上。

【投擲】投射。另有向一定的目標拋或扔之意。

【映照】光線照射。

【映射】映照；照射。

【穿過】穿透、通過。

【穿照】穿透、照射。

【朗照】明亮的照射。

【透射】光線穿過孔洞或縫隙照射。

【普照】普遍照耀。

我呆立著，任由塵土向我蓋下來，心中委曲和憤怒交集，驚訝和傷心交織，不知是甚麼滋味，也不知如何才好，更不知呆立了多久。等到我又定過神來，日頭已經斜了，我一低頭，看到地上，除了我的影子之外，身邊還有另外一個細長的影子在——那也就是說，就在貼近我的身後，另外有人！（倪匡《少年》）

循著陡路上嶺，約莫走了一個時辰，道路更窄，有些地方郭靖須得將黃蓉橫抱了，兩人側著身子方能過去。這時正當七月盛暑，赤日炎炎，流火鑠金，但路旁山峰插天，將驕陽全然遮去，倒也頗為清涼。（金庸《射鵰英雄傳》）

他眼光望向門外，正好迎上了西曬進來的日頭，那時四月底五月初，花蓮一年當中氣候最溫宜適切底時陣，連要下山底的太陽也紅橙得特別豔麗，把小全一張清淨底小臉都給耀映得有如鍍了一層金，〔……〕（王禎和〈香格里拉〉）

約在連鎖速食店裡，太陽很大，整片陽光穿過落地窗走進來，如家外不遠處的綻綠光的樹種，篩落的陽光愈往外緣融入更完整的金黃，看起來很溫暖，溫度很適合曬衣服。（周紘立〈分離事〉）

下班的交通是谷底川流，遇到高樓空隙之間穿照而出的陽光，就在川面折射著金屬片燐燐的閃跳。碰到十字路口紅燈，又像大江橫阻，西邊望去，熔熔斜陽裡市景都曝了光，東邊是金色沙礫裡的一座海市蜃樓。（朱天文〈炎夏之都〉）

一抬頭，眼前出現陌生的景象，無數銀絲從樹葉間垂下，滲透樹的陽光把它們照得閃閃發亮，銀絲的盡頭是一隻一隻的毛毛蟲，像空降傘

【滲透】滲入、透過。也可作液體從物體的細小空隙中慢慢穿透或沁出。
【輝映】景致、光彩相互照映。
【篩透】孔隙中透穿而過。
【篩落】從孔隙中落下。
【篩漏】從孔隙中漏下。
【耀映】照耀、映射。
【流洩】流淌。
【流淌】流動。
【流瀉】流散、傾瀉。
【傾瀉】流失；倒出。也作液體大量從高處傾倒流瀉。
【潑灑】灑向空中使散開。
【灑落】分散地落下。
【灑瀉】潑灑、傾瀉。
【光燦】光輝、燦爛。
【杲杲】ㄍㄠˇ，日光明亮。
【明豔】明亮、豔麗。
【金燦】形容光芒閃耀、燦爛。
【瑰麗】奇特、絢麗。
【暵暵】ㄏㄢˋ，陽光普照。
【暾暾】ㄊㄨㄣ，日光明亮的樣子。
【燁燁】明亮；燦爛。
【錯落】閃爍、閃耀貌。
【燦亮】光燦、明亮。
【燦麗】燦爛、耀眼。
【耀眼】光線或色彩強烈，使人目眩。
【爛漫】形容光彩四射。也作「爛熳」、「爛縵」。
【豔麗】鮮明、華麗。
【豔豔】光彩燦爛。
【白花花】白得耀眼。
【亮澄澄】形容光亮耀眼的樣子。
【不可逼視】可形容陽光亮眼到令人無法直視。
【白熾白熾】形容陽光耀眼強烈。白熾，物體加熱至產生白色光亮的現象。熾，ㄔˋ。
【光輝燦爛】色彩鮮明，光芒耀眼。
【澄金耀亮】形容光芒金黃耀眼明亮。

兵從天而降，小里低頭一看，地上也爬滿朝同一個方向前進的毛毛蟲，好像要趕赴去一個神祕的地點，執行蛻變的任務。（花柏容〈龜島少年〉）

煙霧在草原上，在我的眼前飄飛輕舞。陽光篩透而過，亮光和淡影貼著草地流動變化追逐。我拿起筆記本，低頭寫下我的感動。（陳列〈八通關種種〉）

然而，留在麗江的那些天，只是炎熱，亮澄澄的陽光流瀉，手臂被曬脫了一層皮。（鹿憶鹿〈那一年夏天在麗江〉）

北歐冬日黃昏很快就來了。燃起的煙，很快就撲向瑰麗陽光的大氣層，若不大口一吸，很快就火花熄滅於一瞬。陽光吃掉冰山一角，那陽光的最後燦麗使我有種錯覺，以為那海邊一角應該很溫暖。實則那是極地的雪獄方向，很像愛情，光色予我們幻覺。（鍾文音〈在奧斯陸〉）

一到了下午，太陽就顯得格外炎熱，白熾白熾的，一點都不像已過了中秋的天氣。（王拓〈金水嬸〉）

在光輝燦爛的太陽底下散步的白白鵝子真是美極了。牠們不理睬孩子們的取笑，很高興這毫無拘束的草地，越來越靠得緊緊地吃著青草。（楊逵〈鵝媽媽出嫁〉）

下了課，沿河邊走回家，順便在土堤上看黃昏。日落的方向恰巧是觀音山，一輪紅黃的太陽，呼呼而下，澄金耀亮的光，逼出了山勢的暗影。（蔣勳〈山盟〉）

十點多，天上陰霾裂出微陽，雨點收束，陽光亮點熾熾閃閃浮上海面。（廖鴻基〈黑與白——虎鯨〉）

這裡的男人孔武有力，善於煉油、拆船，任憑太陽在肌肉上抹辣，盡責地養家餬口。（簡媜〈天涯海角——給福爾摩沙〉）

九月的太陽在天空縱火，把天空熔成薄薄的半透明晶體。雲絲早

【熾熾閃閃】形容陽光耀眼閃亮。
【炎炎】火光猛烈的樣子。
【炎熱】極熱。
【抹辣】形容皮膚曬在熾熱的陽光下。
【毒烈】極為猛烈。
【烈火】形容天氣炎熱，陽光猛烈。也作炎熱、猛烈的火焰。也有「烈焰」。
【縱火】放火。此形容陽光炙熱的程度像是在天空放火般。
【發狠】橫了心；惱怒生氣。可形容太陽發出猛烈熾熱的狠勁。
【溶溶】陽光暖熱的樣子。晏殊〈採桑子〉：「陽和二月芳菲遍，暖景溶溶。」也可形容月光淨潔或水流盛大的樣子。
【熔熔】形容陽光非常強烈。熔，用高溫使固體物質轉變為液態。
【赫赫】形容陽光熾盛。
【赤燄燄】形容陽光火熱。

【毒花花】形容陽光非常酷烈。
【毒辣辣】形容陽光非常強烈。也有「火辣辣」、「火刺刺」。
【火紅】像火一樣紅的顏色。
【輝紅】光輝燦爛的紅色。
【紅橙】帶紅色的橘黃色。
【紅黃】帶有紅色的黃色。
【橙黃】像橙一樣黃裡帶紅的顏色。
【通黃】顏色十分黃。
【金黃】像金子般的黃色。
【金輝】金光輝煌。
【淡白】淺白色。此形容陽光微弱。
【菴菴】ㄢˋ，黯淡無光。
【澹澹】淡而不濃。可形容日光微弱。也作水波蕩漾貌。另作風吹拂貌。
【收殺】收場；結束。此指陽光完全為樹木所遮蔽而不見。也作「收煞」。
【收斂】減弱或消失。

已化成煙散。（簡媜〈陽光不到的國度〉）

雖說是九月底，但還是很熱。被製糖會社經營的五分仔車搖了將近兩個小時，步出小車站，便被赫赫的陽光刺得眼睛都要發痛似的暈眩。街道靜悄悄地，不見人影。（龍瑛宗〈植有木瓜樹的小鎮〉）

大片的玻璃窗外，是無盡的天空，有時蔚藍、有時灰白，夏日的黃昏還可以看到斜前方一輪橙黃的太陽逐漸隱匿進天際。（廖玉蕙〈只好繼續坐下去〉）

陽光尾隨雨雲之後，掙脫出來，密林中斑斑淡白色的陽光，像失色的菌菇蕈。（洪素麗〈惟山永恆〉）

印象裡外婆是跟白山茶連在一起的，從院中剪來插在瓶中，客廳裡一室冬陽澹澹，迎光只見枝葉的剪姿很雅致，堂楣上一副匾額「壽世壽人」。（朱天文〈家，是用稿紙糊起來的〉）

我抱著孩子，往路的盡頭跑去，那兒一彎就是「澳洲動物區」。那兒種了一些欒樹或雜葉林植物，算是園區較偏僻的角落。陽光收殺而去。（駱以軍〈長頸鹿〉）

太陽更向西轉，忽然，靜靜的天空飛捲著大團灰霧，而收斂的陽光使湖面變成黑色，震顫出長長的漣漪。（劉白羽〈天池〉）

三個女孩子到附近旅館裏更換衣服，林剛換好衣服後便走到沙灘上去等候她們，林剛背著一架照相機，左手提著一個收音機，右手抱著一大包鋪地的毛巾毯，脅下還夾著一大瓶的冰果汁。太陽像一爐熊熊的烈火，傾倒在沙灘上，林剛已經被曬得汗如雨下，草帽裏全汪滿了汗水，沙灘上年輕人占多數，他們修長結實的身體都曬成了發亮的古銅色。一堆堆半裸的人體，仰臥在沙灘上，放縱的在吸取太陽的熱力。（白先勇〈火鳥之行〉）

月亮

【鉤】形狀彎曲，用來懸掛或探取東西的器具。可形容月亮的外形細而彎。

【鐮】形狀彎曲如鉤的鐮刀。形容月亮的形細而彎。

【弓】形容月亮的外形像弓箭一樣。

【彎刀般的】形容月亮好像一把形狀彎曲的刀似的。

【一彎快鐮】形容月亮好像一把外形細彎，可供快速割草的鐮刀。

【月鉤彎彎】形容月亮如鉤般細長彎曲。

【月牙】形狀似鉤的新月。也作「月牙兒」。

【眉月】形狀如眉的月亮。

【新月】陰曆每月初時所見的細彎形月亮。另可指陰曆十五日新滿的月亮。

【纖月】月牙；未弦之月。

【纖細】細長；細微。

【弦月】呈弓弦狀的月亮。

【上弦】陰曆每月初七、八日前後，月形如弓，弓形偏西，弦口向東。

【下弦】陰曆每月二十二、二十三日前後，月形如弓，弓形偏東，弦口向西。

【一丸鵝蛋似的】此形容月亮像是上圓下尖的鵝蛋形狀般。

【圓月】滿月。也指陰曆每月十五日夜晚的月亮。

【滿月】圓月。

【望月】滿月。

【肥圓】形容月亮圓滿。

【渾圓】形體很圓。

【圓圓】極圓。

【團團】圓貌。指圓月。

【盈缺】月亮盈虧變化。

【盈虧】指月的圓缺。

月如鉤嗎？鉤不鉤得起沉睡的盛唐？月如牙嗎？吟不吟得出李白低頭思故鄉？月如鐮嗎？割不割得斷人間癡愛情腸？（簡媜〈月牙〉）

那晚上天空拎著一鉤眉月，又大又黃，我問阿丁為甚麼會那麼黃，他說是剛昇起的緣故。（鍾曉陽〈月亮像一根眼睫毛〉）

十一月尾的纖月，僅僅是一鉤白色，像玻璃窗上的霜花。然而海上畢竟有點月意，映到窗子裡來，那薄薄的光就照亮了鏡子。（張愛玲〈傾城之戀〉）

清冷的月牙兒像一彎快鐮，收割一簇一簇浪花，波濤吃吃地笑著，糾纏著蒼白的石階。（舒婷〈到石碼去〉）

猶未下弦，一丸鵝蛋似的月，被纖柔的雲絲們簇擁上了一碧的遙天。冉冉地行來，冷冷地照著秦淮。（俞平伯〈槳聲燈影裡的秦淮河〉）

從小店的窗口望出去，山林沐浴在溶溶的月光下，像敷著一片銀霜。尤其是那翠峰湖，光滑平靜若一面明鏡，圓圓的月亮孤懸在山顛，倒映在湖面之上，不見一絲波紋。（古蒙仁〈異象〉）

直到昏多於黃，洩漏出星光／敻遼的冷輝壁照著天穹／似乎在探索落日的下落／而無論星光怎樣地猜疑／或是濤聲怎樣地惋惜／落日是喊不回魂了（余光中〈西子灣的黃昏〉）

「如今您有什麼打算？」「沒什麼打算。」紀昀鬆鬆項間鈕扣，嘆道，「事情既然出來，衹合聽天由命。我自從中科甲入仕，一直都是春風得意——」他自嘲地一笑，「自負太甚了，還起了個號叫『春帆』！——一帆風順不曉得收斂，忘了日月盈虧這個大道理，在皇上跟前賣弄學問，睥視同僚目無下塵，垮台只是早晚的事。所以，我不怨恨有人彈劾我，只恨自己不知機。」（二月河《乾隆皇帝》）

【皓月】明月。

【宵月】夜晚的月亮。

【殘月】將落的月亮。

【曉月】拂曉的月亮。

【煙月】朦朧的月色。或雲霧籠罩的月亮。

【冷月】月亮，因月光給人清涼的感覺，故稱之。

【玉盤】月亮的代稱。另有「玉輪」。

【玉蟾】傳說月宮中有蟾蜍，故以此代稱月亮。也作「玉蟾蜍」。

【金兔】月的別稱。

【桂輪】月亮。

【寒璧】比喻月亮。

【銀幣】銀質的錢幣。可比喻月亮。

【嬋娟】明月。也可形容月色明媚。

【碧華】月亮。

【冰盤】比喻月亮。

【水鏡】比喻月亮。

【孤懸】孤立。

【高掛】在高遠處懸掛著。

【月華】月光。

【冷光】月光。

【冷輝】月光。

【寒光】月光。

【流光】如水般流動的月光。

【蟾光】月光。亦作「蟾彩」。

【月蝕】地球運行到太陽與月球中間時，三者正好成一直線，此時太陽的光為地球所擋，無法射到月球，而使月球出現黑影的現象。也作「月食」。

八月十三的那一天晚上，月光分外的亮，天空裏一點兒雲影也沒有，連遠近的星宿都不大看得清楚，我吃過晚飯，滅黑了電燈，一個人坐在房間外面的走廊上，抽著煙在看湖面的月華和孤山的樹木。這樣的靜坐了好久，忽而從附近的地方聽見了一聲非常悲切，同半夜裡在動物園邊上往往聽得見的那一種動物的嘯聲。已經是薄寒的晚上了，突然聽到了這一聲長嘯，我的毛髮竟不自覺地竦豎了起來。叫茶房來一問，才曉得附近的一所廟宇，今天被陸軍監獄占領了去，新遷入了幾個在入監中發了瘋的犯人，這一聲長嘯，大約是瘋人的叫喚。（郁達夫〈十三夜〉）

從黃鶴樓散筵出來，傅恒摒去眾人，只約了勒敏一道兒江岸散步。此刻已是亥正時分，武漢是有名的「天下火爐」，雖已八月初，江岸吹來的風還微微帶著熏熱。從黃鶴樓畔江堤四望，天上繁星點點，周匝萬家燈火，龜蛇二山和江中的鸚鵡洲黑黝黝地峙矗著，仿佛連綿跳動，一江秋水泛著白色的流光向東滑去，寬闊的堤兩邊栽滿了子孫槐，像兩縷濃紫的霧，沿江直到極目處，一陣一陣的流螢在「霧」中飄忽起落……這樣的夜色中，漫步在長嘯不止的揚子江畔，恬適中略帶著點神秘的感覺。兩個人一時都沒有說話。（二月河《乾隆皇帝》）

月色

【明朗】明亮貌。

【玲瓏】明亮的樣子。也可比喻人靈活、聰明貌。

【盈盈】清澈貌。

【炯炯】光亮。

【閃耀】光亮、耀眼。

【耿耿】明亮貌。白居易〈長恨歌〉：「遲遲鐘鼓初長夜，耿耿星河欲曙天。」

【皎皎】明亮的樣子。

【皎然】明亮、潔白貌。

【皎潔】光明的樣子。

【清光】清亮的光輝。

【清亮】清淨，明亮。

【清柔】清明、柔和。

【清朗】清淨、明朗。

【清輝】明亮、澄淨的光輝。

【溶溶】形容月光明淨、潔白的樣子。

【瑩光】澄澈透明，光采煥發。

【白光光】潔白、明亮的樣子。

【明月光】明亮的月光。

【亮晃晃】明亮、閃爍的樣子。也有「明晃晃」。

【月光如水】形容月色皎潔柔和。

【月光如洗】月色潔淨得像洗過一樣。形容月色皎潔明亮。

【月色如練】月光像一匹柔軟潔白的絲綢。

【月明星稀】月色皎潔明亮，星星顯得稀疏不明。

【夜月如鏡】夜晚的月亮像鏡子一樣明亮。

【娟娟】柔美的樣子。或可形容細長、彎曲的樣子。

【暖暖】柔順的樣子。可形容月光柔和的樣子。

【皓白】雪白；潔白。

【青白】白色。亦作灰白。

顫抖，在山與海的交響之下。然後，太陽落下，黑夜悄悄地覆蓋了大地，月亮高掛在空中，在太平洋上形成了一道皎潔的光帶。（郝譽翔〈山與海的賦格曲——東海岸鐵路〉）

在籃球場上躺臥的次數較多，因為此處視野開闊，周圍是透著遠處燈光的大樹，大樹之間圍成的天際，可以觀星待月。地處台北近郊的山區，雖然很少繁星燦亮，但有星可看，已屬慶幸，而月亮不論盈缺，則常現清輝。（孟東籬〈草山三疊〉）

但燈光究竟奪不了那邊的月色：燈光是渾的，月色是清的。在渾沌的燈光裡，滲入一脈清輝，卻真是奇迹！（朱自清〈槳聲燈影裡的秦淮河〉）

我們就又仰起頭來看天上的月亮，月亮白光光的，在天空上。我突然覺得，我們有了月亮，那無邊無際的天空也是我們的了：那月亮不是我們按在天空上的印章嗎？（賈平凹〈月跡〉）

滑行，下到接近谷底，兩山窄處牽有一線吊橋。吊橋不長，十餘公尺。有懼高的朋友，抓著鋼索，閉著眼睛，摸索前行。膽大的人在橋中仰面看山峰飛升而去，一線天上一輪亮晃晃的滿月，整個峽谷都是月光。（蔣勳〈風景〉）

明月之升，可以是「月出驚山鳥」，這是王維在〈鳥鳴澗〉詩中鉤繪的景致；明月之亮，可以是「月光如水水如天」，這是趙嘏〈江樓感舊〉詩裡慨歎的心景。暖暖的明月，兩者皆得，月亮由東方的山中升起之後，倦鳥醒然歸巢，天心澄明，一輪明月，照亮暗鬱的群山，也照亮寂靜的山村，彷如水色的月光，清洗著路樹、山徑、小溪、屋舍、野地，清洗在五樓陽台上觀月的我的心。（向陽〈山村明月〉）

【水色】淡青色；近白色。

【銀白】白中略帶銀光的。

【閃爍】光線不定的樣子。

【昏黃】光線昏暗貌。韓偓〈曲江晚思〉：「水冷鷺鷥立，煙月愁昏黃。」

【迷離】模糊不明。

【淡淡】光線微弱迷茫。

【疏明】疏淡的光輝。

【暗淡】昏暗。也作「暗澹」。

【蒼茫】模糊不清的樣子。也作廣闊無邊的樣子。

【朦朧】月色昏暗的樣子。

【藹藹】月光微暗的樣子。

【黯淡】灰暗、不明亮。

【影影綽綽】似隱似現、模糊不清的樣子。

【晦冥】月色昏暗。

【晦暗】形容月色昏暗陰沈的樣子。

【灰暗】暗淡、昏暗。

【黯黮】昏暗不明。黮，ㄊㄢˇ。《楚辭・九辯》：「彼日月之照明兮，尚黯黮而有瑕。」

【暗色】比正色較濃或暗的顏色。

【昏慘慘】形容月光昏暗不明的樣子。董解元〈西廂記諸宮調〉：「燈兒一點甫能吹滅，雨兒歇，閃出昏慘慘的半窗月。」

【月白】月色皎潔明亮。

【晶瑩】形容月色明亮透澈。

【澄瑩】透明而清亮。

【瑩光】形容明澈晶瑩、光亮煥發。元稹《鶯鶯傳》：「微月透簾櫳，瑩光度碧空。」

【嬋娟】形容明媚的月色，也指明月。

【光綽綽】光明、明亮的樣子。

【明月光】明亮的月光。

大理城的元宵夜，月光如洗，照著古城的石板路面，卻不見有人吃湯圓。（劉梓潔〈雲南書簡〉）

幽獨的屋角有蜘蛛在補綴／永遠補綴不完的暴風雨的記憶；／今夜十字架上月色如練……（周夢蝶〈無題　之三〉）

夕照下　曾經／濃美的樹　已／瘦成乾禿的影／哦、夜月如鏡／釋出悲涼。（蓉子〈悲愴雨帖〉）

早晨時她不能更向玫瑰色的朝陽微笑，夜深時不能和娟娟的月兒談心，她的明澈瑩晶的眼波，漸漸變成憂鬱的深藍色，時時淒咽著幽傷的調子，她是如何的沉悶呵！在夏天的時候。（蘇雪林〈溪水〉）

更詭異的是，沿公路幹線兩邊建成的這座小鎮，似乎只有東西兩個出口。東西兩個出口看起來，尤其在那天青白的月光下，完全一樣；一座教堂，加上一片墳地。我們從墳地進來，又從墳地出去，始終沒找到一個歇腳的地方。（劉大任〈嗨！你在哪裡？〉）

當這松杉挺茂嘉樹四合的山砦，以及砦前大地平原，整個為黃昏占領了以後，從山頭那個青石碉堡向下望去，月光淡淡的撒滿了各處，如一首富於光色和諧雅麗的詩歌。（沈從文〈月下小景〉砦，ㄓㄞˋ，通「寨」字）

起坐間的簾子撤下送去洗濯了。隔著玻璃窗望出去，影影綽綽烏雲裡有個月亮，一搭黑，一搭白，像個戲劇化的猙獰的臉譜。一點，一點，月亮緩緩的從雲裡出來了，黑雲底下透出一線炯炯的光，是面具底下的眼睛。（張愛玲〈金鎖記〉）

2 星空

星辰

【星斗】星的總稱。

【星辰】星的通稱。

【天河】銀河。

【河漢】天河、銀河。

【星河】銀河。

【星象】指星體的明暗及位置等現象。古人常據此來占測人事的吉凶禍福。

【雲漢】銀河。

【銀河】天空聯亙如帶的星群。

【鵲橋】指銀河。民間傳說每年農曆七月初七晚上，為了讓天上織女渡銀河與牛郎相會，喜鵲會飛來搭成跨越天河的橋道，故稱之。

【流星】夜晚快速飛越天空的輝亮星體。原為太空中漂浮的塵埃、碎片，當其落到地球大氣層內時，與空氣摩擦燃燒而形成一道如箭般的亮光。

【寒星】寒夜的星星。或指天上高遠孤冷的星星。

【曉星】天將亮時，猶在天空的星星。

【晨星】清晨天空稀疏的星星。

【滿天星】夜晚天晴時，天空遍布星星。也有「滿天星光」。

【繁密】多而密。

【星布】天星密布。

【棋布】棋子般密布。

【擁擠】群聚密集。

【迢迢】遙遠的樣子。

【迢遙】遙遠的樣子。

【幽遠】深遠。

【疏遠】有距離而不親近。

【深邃】幽深。

當時台北的夜空，大氣尚未汙染，光害也還不劇，星象有時歷歷可見。我們不一定要去開曠的河堤才能觀星，就算廈門街的巷子裡，也可以在冬夜仰望獵戶星座，像天啟神諭一般，那麼壯闊而璀璨，堂堂自東南方升起。（余光中〈銅山崩裂〉）

晨鳥輕啼，雲嵐自在飄流，氣象晴朗的夜空，山頂流星劃出一道道耀眼的夢境圖形，使人覺得好似那夜空住著神仙。（陳銘磻〈花心那羅〉）

這並不是背棄啊／我只是替你去走／你不願走的那一條路而已／就像你／不也留在了／我不願留的那一隅／這也不是分離啊／相信我／當晨星初熠／我的證悟／就是你的菩提（扎西拉姆．多多〈我輪迴中的愛人〉）

在迢遙的星空上／我是妳的　我是妳的／永遠的流浪者／用漂泊的一生　安靜地／守護在妳的幸福　和／妳溫柔的心情之外（席慕蓉〈永遠的流浪者〉）

天上的星星　為何？／像人群一般的擁擠呢？／地上的人們　為何？／又像星星一樣的疏遠？（羅青〈答案〉）

仰望深邃的星，視線幾乎不能企及。眼神投注在夜空的那個光點，猶似在黑板上畫出一條幾何學的輔助線。沿著那細緻的虛構線條，失魂的心靈意外地開啟年少時期的天空。（陳芳明〈書寫就是旅行〉）

低低星垂這是燦爛無比的夜／到底是愛上了還是微微地醉／狂喜翩飛我覺得暈眩／燦爛無比的夜啊低低星垂／移動流浪旋轉勇敢溫暖慈悲（夏宇〈低低星垂〉）

【壯闊】雄偉壯觀。

【壯觀】雄偉美盛貌。

【星垂】因地面遼闊而顯出星空低垂。

【疏落】稀少零落；稀稀落落。

【稀疏】稀少疏落。

【寥落】稀疏。

【寂寥】稀疏；稀少。也有冷落、蕭條之意。

【疏朗朗】稀疏的樣子。也作「疏疏朗朗」。

殷素素初嘗情滋味，如夢如醉，不願去想這些煞風景的事，說道：「曾聽人說，東海上有仙山，山上有長生不老的仙人，我們說不定便能上了仙山島，遇到了美麗的男仙女仙……」抬頭望著天上的銀河，說道：「說不定這船飄啊流啊，到了銀河之中，於是我們看見牛郎織女在鵲橋上相會。」（金庸《倚天屠龍記》）

星光

【熠】ㄧˋ，光耀。

【明星】明亮的星。

【明亮】發亮；光亮。

【烺烺】ㄌㄤˇ，明亮。

【晶燦】明亮燦爛。

【璀璨】光彩絢麗。

【燦亮】明亮。

【燦燦】光亮耀眼。

【燦爛】明亮貌。

【珠斗爛班】形容滿天星光燦爛。

【晶亮如鑽】明亮光潔如鑽石般的光芒。

【如凝睇的眼】形容星星光亮耀眼，像是眼睛在凝目注視著。

【明滅】忽隱忽現的閃動著。

【閃亮】一閃一閃地發亮。

【閃閃】閃爍不定的樣子。

【閃熠】閃閃發光。

【閃爍】亮度忽明忽暗。

【熒熒】光閃爍貌。

【熠然】閃爍貌。

【熠熠】閃爍貌。也作鮮明貌。

【熠爍】光彩閃耀。

滿天星斗晶燦，照耀著堤外的珊瑚海洋，也照耀著堤內滾滾奔流的熱廢水。這是一個令人心痛卻只能徒嘆無奈的畫面。（杜虹〈珊瑚戀〉）

我們的山誼，起源於七十年代之初，在往後二十多年的山中歲月裡，我們一起探索危稜，深入古部落廢墟、古戰場遺址，在每一個星光燦燦的夜晚，圍在火堆旁，沉浸在原住民幽遠的傳說裡……（楊南郡〈燦燦星空下〉）

近三十年後，午夜夢迴，偶會閃眨過阿富汗的剎那片景，一生至此，依然不曾仰首見過晶亮如鑽的滿天星光，閃亮得令我幾乎泫然淚下般的純淨，卻很少在自我的文學上詳細書寫；〔……〕（林文義〈光影迷離〉）

彎刀般的下弦月以傾斜的姿勢向天際下墜，在它的下方不遠，是一顆明亮的小星星，如凝睇的眼，看守著西邊的天空。（彭樹君〈草原與星原之間〉）

新的轉機和閃閃的星斗，／正在綴滿沒有遮攔的天空，／那是五千年的象形文字，／那是未來人們凝視的眼睛。（北島〈回答〉）

天空

【灼亮】明亮。

【朗朗】明亮貌。另有聲音清脆、響亮之意。

【純淨】純粹而潔淨。

【透明】光線能穿過的；透亮。

【澄淨】澄澈、明淨。

【清空】明朗的天空。

【高碧】晴空。

【澄空】明淨的天空。

【靚空】美麗的天空。靚，ㄐㄧㄥˋ。

【天頂】天空。

【天穹】天空。或謂天空高遠。

【天幕】以天為帳幕。指天空。

【碧落】指天空。白居易〈長恨歌〉：「上窮碧落下黃泉，兩處茫茫皆不見。」

【玉宇】宇宙；太空。

【長空】遼闊的天空。

【旻天】泛指天。旻，天空。

【昊天】蒼天。昊，廣大無邊際的天。

【穹蒼】蒼天。亦作「蒼穹」。

【皇天】對天的尊稱。

【紫虛】天空。因雲霞映空而呈現紫色。

【蒼天】天，上蒼。

【蒼宇】上天。

【蒼昊】上蒼。

【蒼冥】蒼天。

【碧落】天空。

【顥穹】蒼天。

【天際】天邊。

【雲霄】天際。

【霄漢】天際。

【高曠】高遠、空曠。

【遼敻】遼闊寬廣貌。也有「敻遼」、「敻遙」。敻，ㄒㄩㄥˋ，本指營求，可引申作遼闊遙遠。

【一線天】兩崖相夾或洞穴深邃，僅可透出一線天光者。

六月的南台灣，夏天的氣息已很濃郁了。灼亮的天空，濃綠的稻田，從原野拂過來的溼濡的南風，教人感到燠熱、慵懶。（古蒙仁〈重返蕉鄉〉）

上天啊，能否容我為山作箋，為水作注，為大地繫傳，為群樹作疏證。答應我，讓我站在朗朗天日下為乾坤萬象作一次利落動人的簡報。（張曉風〈杜鵑之箋注〉）

那是海水退潮後、黃昏漸漸來臨的一種寧靜和平和，天空和海水一樣的藍，藍得透明藍得純淨，空氣中沒有海邊慣有的腥羶，反而有一種淡淡的清香。（小野〈海星的故鄉〉）

那曾經共坐的溪畔，也不再是不堪碰觸的傷感。尤其在天涼的秋季裡，天空特別澄淨，很有「同來玩月人何在？風景依稀似去年」的情調。（張曼娟〈月光如水水如天〉）

旭日自海面露臉以前，曙光已擦亮了海平線，把擁抱成同一種黑色的海與天，輕脆地掰開。在靚空中不斷變幻色彩的積雲，以及在海面上繼續擁戴著光的羽翼，向八方旅行的波峰，將大自然的意志自闇夜的斗篷中釋放出來，整個世界在金色和橙色的氛圍間甦醒。（林燿德〈海〉）

現在連秋雲黃葉都已失落去／遼遠裡，剩下灰色的長空一片／透徹的寂寞，你忍聽冷風獨語？（林徽音〈時間〉）

仰望星空，人立即覺悟自己的渺小。像莽莽地平線上一粒黑點，獨對穹蒼。（龍應台〈致命的星空〉）

遠望著片片的白雲，休息在淺藍的蒼穹下，太陽的金光，從葉縫裡灑在我們的身上，快樂啊，歡暢，我們都愛在天高氣爽，紅葉如花

【天穹】高遠空闊的天空。
【天日】天空與太陽，指天空。
【天宇】天空。張九齡〈西江夜行〉：「悠悠天宇曠，切切故鄉情。」
【藍天】藍色的天空。
【青天】晴朗無雲的天空。
【晴天】此處指晴朗的天空。
【穹天】蒼天。
【九重】指天的最高處。也作「九天」、「九霄」。

天色

【血紅】鮮紅。
【猩紅】鮮紅。
【茜紅】絳紅色。
【殷紅】深紅。
【赭紅】紅褐色。赭，ㄓㄜˇ。
【橘紅】像橘子黃裡透紅的顏色。
【暈黃】中心顏色較濃，而四周漸淡的黃色。暈，光影、色澤四周模糊的部分。
【蒼黃】灰黃色。
【湖色】近淡藍而微綠的顏色；湖水的顏色。
【碧空】青天；淡藍色的天空。
【碧藍】青藍色。
【青天】蔚藍色的天空。或晴朗無雲的天空。
【澄藍】純淨的藍色。
【青冥】藍天；蒼天。
【奧藍】深藍色。奧，深。
【蔚藍】深藍色。也作像晴朗天空的顏色。
【靛青】深藍色。
【墨藍】深藍色。
【深靛】深藍紫色。

的秋光中歌唱、徜徉。（謝冰瑩〈故鄉〉）

雁子們也不在遼敻的秋空／寫牠們美麗的十四行了／暖暖（瘂弦〈秋歌　給暖暖〉）

「鬼斧神工」是我看到中虎跳的第一個感覺，中虎跳因高山峽谷深割，宛如利刃將藍天畫開成一線，從江底仰望，「一線天」的稱呼名副其實，難怪當地流傳「望天一條線，看地一個溝，猴子見了掉眼淚，老鷹見了繞道飛」的諺語。（邱常梵〈重慶大哥〉）

在夜晚，映著溪水遠遠望去，便可以看到幾根燃燒廢棄的火炬，投影在水面誘人的晃動。黃昏時那火苗就同著晚霞一起在天際血紅的染燒。（王幼華《兩鎮演談》）

到達山頂，天色暈黃。大家站著跳躍驅寒，不知零下幾度了？（洪素麗〈惟山永恆〉）

頓然，碧空縱來一匹揚鬣飛蹄的雪駒朝我奔馳！那一驚不小，趕忙倏坐探眼，一眨，可把眼睛眨清了，眼界霎時縮小，原來只不過是，南台灣某一個下午的堆雲！（簡媜〈行經紅塵〉）

不論看那一邊，都是一色澄藍的天展開著，真有這樣不可議的天色、陽光、大地？除非是一種特殊的水晶或什麼寶玉，怎可能鑄造成這樣晶瑩發亮的奇境？（陳冠學〈十月二十六日〉）

在黑色的大地與／奧藍而沒有底部的天空之間／前途只是一條地平線／逗引著我們／我們將緩緩地在追逐中死去，死去如／夕陽不知不覺的冷去。仍然要飛行／繼續懸空在無際涯的中間孤獨如風中的一葉（白萩〈雁〉）

【灰白】淺灰色。

【鴿灰】銀灰色。

【鉛灰】青灰色。

【蒼灰】青灰色；淡黑色。

【昏暝】光線昏暗不明。也作傍晚。

【晦暝】光線昏暗。

【暗濁】形容天色昏暗不清。

【瞑暗】天色昏暗。

【闇昧】昏暗不明貌。

【灰茫茫】暗淡不清的樣子。

【灰撲撲】灰暗貌。

【昏濛濛】昏暗、模糊不清。

【昏黯黲】形容天色昏暗不明。黲，ㄘㄢˇ，昏暗或指淺青黑色。

【漠楞楞】模糊不清的樣子。

【昏昏慘慘】昏暗不明。

【黯】深黑色。

【烏黑】純黑。

【漆黯】漆黑昏暗。

【黝黑】青黑色；深黑色。黝，ㄧㄡˇ。

【黑沉沉】形容黑暗。

【黑朧朧】天色朦朧不明貌。

【黑黝黝】黑到發亮。或光線昏暗，看不清楚。

【風雨如晦】形容風雨交加，天色昏暗，猶如黑夜般。也作「風雨晦冥」。

【晴朗】天色清朗，沒有雲霧遮蔽，陽光普照。

【灰濛濛】此處可用以形容天色暗淡無光、模糊不清的樣子。

【變陰】天氣從晴朗轉化到陰暗欲雨的樣子。

【昏黃】形容天光昏暗。

【陰晦】形容天色陰沈晦暗。

【灰暗】暗淡、不鮮明的樣子。

【昏暗】形容陰暗不明的樣子。

【晝暝】白日天色昏暗。

【天昏地暗】此處指天色昏暗沒有亮光。

【烏雲蔽日】濃黑的烏雲遮住了陽光。形容天空陰霾，天光不明。

她入境隨俗，也給我捎來一張明信片。圖繪是五彩花火在深靛夜空中盛綻，占了畫面十之八九的河面紫色降幕，泊著船隻兩兩三三。古雅，幽遠。（王盛弘〈夏日風物詩〉）

看是就要下雨的天氣，天空霧般均勻整片灰白，港灣灰沉沉的到處起伏黑色波紋，靠岸的輪船輕緩的隨波搖擺像是一個個酣睡的搖籃。對他來說，這卻是新鮮開闊的畫景。（東年〈初旅〉）

報端刊出圓環露店的全面歇業，於我，不知怎麼的浮出卅多年前清晨鉛灰的天空，以及剛剛填飽熱甜湯的肚腹的感覺，似乎當時已預見自己青春的訣別呢。（雷驤〈青春圓環〉）

然後在那個於她而言再熟悉不過，而今折散天光，每一事物皆投下素描似的暗影的大廳底，閉上眼，側耳傾聽——有時，靜靜望向窗外——重溫這座引渡她由青春到耄耆的家屋，每一刻度的變化，任憑日頭一寸一寸落下去，最終漆闇。（張耀仁〈自己的房間〉）

上官金虹的眼睛就仿佛藏著雙妖魔的手，能抓注任何人的魂魄。這人的眼睛卻如同浩瀚無邊的海洋，碧空如洗的穹蒼，足以將世上所有的妖魔鬼怪都完全容納。上官金虹的眼睛若是刀。這人的眼睛就是刀的鞘！看到了這雙眼睛，沒有一個人再認為他是平凡的了。有的人已隱隱猜出他是準。只聽上官金虹一字字道：「你的刀呢？」這人的手一反，刀已在指尖！小李飛刀！（古龍《多情劍客無情劍》）

我抬頭向上看去，只見在蔚藍色的天空中，有著一大團白雲。那一大團白雲，停在空中，而我們的飛機，已迅速地向那團白雲接近。我連忙問道：「張堅，南極上空，可是有帶極強烈磁性的雲層麼？」張堅道：「在我的研究中，還未曾有過這樣的發現。」（倪匡《地心洪爐》）

環境景色》二、氣象

1 風

風向

【東風】春風。

【谷風】東風。也作「穀風」。

【條風】本指立春時所吹的東北風。後多指春風。也作「融風」。

【南風】夏天從南方吹來的風。

【薰風】和風，尤指夏天由南向北吹的風。

【凱風】南風。

【西風】秋風。

【金風】秋風。古人常以陰陽五行解釋季節變化，秋天在五行中屬金，故稱之。

【素風】秋風。

【商風】秋風。秋天在五音中屬商，故稱之。

【商飆】秋風。

【清商】借指秋風。

【閶風】西風；秋風。也稱「昌風」、「昌盍風」、「閶闔風」。

【終風】終日颳著大風。另有西風之意。

【颯飂】大風。

【北風】冬天由北方吹來的風。

【胡風】北風。

【朔風】北方吹來的寒風。

【陰風】陰冷的寒風。

【焚風】氣流沿山坡下降而形成的一種暖而乾燥的風。

【九降風】臺灣地區氣象用語。為臺灣居民對於東北季風所造成之強烈陣風的稱呼，約發生

東風不來，三月的柳絮不飛／你底心如小小的寂寞的城／恰若青石的街道向晚／跫音不響，三月的春帷不揭／你底心是小小的窗扉緊掩（鄭愁予〈錯誤〉）

紛紜台北亂樓，人步行其間，有時走經莫名一巷，忽見一樹，枝垂牆頭正是那式斜度，午後日影，暑中薰風，依稀是四十年前你兒時舊家形樣，此一刻也，幾乎是如見故人，卻又是別過頭去，不忍睹也。（舒國治〈我的舊台北導遊路線〉）

金風換成了北風，秋去冬來了。冬天剛剛冒了個頭，落了一場初雪，我滿庭門豔爭嬌的芳菲，頓然失色，鮮紅的老來嬌，還有各色的傲霜菊花，一夜全白了頭。（臧克家〈爐火〉）

島嶼地處亞熱帶，終年日照時間長，多半時節高溫炎熱，但午後又常有雷陣雨，可說是夏天易受炎陽、雷雨之侵，而秋後，更常吹起九降風，飛砂走石難以躲避。（李昂〈不見天的鬼〉）

落山風嗚咽／聲音消失在環繞的海／一把月琴／思想起（李敏勇〈故鄉〉）

始，澎湖的東北季風就像一頭發瘋的野牛，憤怒的從台灣海峽這又深又長的喉嚨裡鑽著來，把海洋裡最邪門、最令這個小小的澎湖島感到恐懼的「鹹水煙」，統統帶了來。它就像是這頭發瘋的野牛鼻孔裡呼嘯出來的，以及嘴裡氾濫出來的毒液。（呂則之《海煙》）

在每年陰曆九月下旬。九降，指的是二十四節氣中霜降（秋季最後一個節氣）之後吹的強風。

【落山風】臺灣恆春半島對東北季風的稱呼。每年秋、冬時東北季風盛行，恆春因受地形的影響，遇到強烈冷空氣南下時，由於中央山脈的阻隔擠壓，形成寒烈的強風，故稱之。

【鹹水煙】帶有鹽分和飛沙的海風，容易使植物焦枯而影響生長。

【鹹海風】帶有鹽分的海風。

【風化】地殼表面和各種岩石經過長期風吹、日晒或雨水沖刷等而受到破壞或發生變化。

【風蝕】地表被風力逐漸破壞。

風勢

【掠】輕拂、輕拭而過。

【颺】風吹。

【颸】風吹。「颸乾」。

【飉】ㄌㄧㄠˊ，風勢微弱。

【吹拂】微風拂拭。

【拂盪】吹動。

【風剪】兩股風的風力、風向或風速不同因而產生不同的切力。也作「風切」。

【飛動】飛揚、飄動。

【徐徐】緩慢的樣子。

【習習】形容微風吹拂。

【軟拂】形容風柔和地輕輕掠過。

【惠風】柔和的風。

【嫋嫋】風動的樣子。亦作「裊裊」。另有搖曳不定之意。

【颭拂】拂動。颭，ㄓㄢˇ，吹動。

【翦翦】風吹的樣子。

終於，我遙遙地看見南仁灣小村，一位帶著斗笠的中老年人騎著摩托車過來，看著車手把及輪圈斑剝的鐵鏽，可以知道它已受鹹海風侵蝕不少歲月，〔……〕（徐仁修〈簡單卻難忘的旅行〉）

一座座墓碑的刻文已被風蝕磨滅不知葬者是誰的老墳，上頭卻堆著一顆顆一排排親人祭拜留下的石頭，風吹不走，〔……〕（王家祥〈眠夢之島〉）

若夫霪雨霏霏，連月不開，陰風怒號，濁浪排空，日星隱曜，山岳潛形；商旅不行，檣傾楫摧；薄暮冥冥，虎嘯猿啼。登斯樓也，則有去國懷鄉，憂讒畏譏，滿目蕭然，感極而悲者矣！（宋・范仲淹〈岳陽樓記〉）

有時一夜的落花飛散窗前，在結霜的窗台上留下粉脂冰瑩的印記，有時細雨風剪，徒增了一地落花，而芳塵且莫掃，就讓它留下一院繽紛吧！（呂大明〈絕美三帖〉）

溪澗縱橫，百泉奔流，在這高曠涼爽的氣候裡，翠綠的樹梢上飄浮著雪白的雲朵，清涼的溪水，習習的山風……這長白山裡的夏日真是夠安閑幽美了！（梅濟民〈長白山之夏〉）

我更記得埋葬你時，忘記了為你穿雙小襪子，任你赤裸著一雙小腳去了，地上有萎落的松針同棘刺枯枝，會刺疼了你的腳掌吧，你哭了嗎？從那簌簌的雨聲，習習的風聲裡，我似聽到那悠的江水混合著你的嗚咽。（張秀亞〈寫給小若瑟〉）

可是生機與殺機在遠方同時奔來，隱隱鬱鬱的憂容爬上它們的老

【撲面】撲打臉部。

【澹澹】吹拂貌。

【飁飁】ㄒㄧˊ，風吹拂貌。

【飄拂】輕輕飄動。

【飄舉】因風而飄動、飛揚。

【刮】吹襲。「刮」風，通「颳」風。

【颳】吹襲。

【刷】刮。

【削】本指用刀斜著去除物體的表層。可形容風力尖銳。

【勁】猛烈；強烈。

【颲】ㄌㄧㄝˋ，風勢強勁。

【尖削】尖銳如刀削過一樣。

【尖勁】形容風勢的力道尖銳、強勁。

【狂飆】狂風；暴風。

【冷厲】風冷而猛烈。

【直貫】徑直穿過。

【直馳】此形容風直面奔騰而來之勢。

【奔狂】又急又猛的風。

【怒號】形容大風狂吹。

【急掠】迅速掃過。

【浩浩】風勢強勁的樣子。

【浩蕩】形容強風從遠處猛撲而來。也可形容水勢洶湧壯闊。也有廣博浩大之意。

【勁烈】猛烈。

【勁厲】風勢猛烈而強冷。

【疾走】快跑。此指風勢強勁。

【疾風】猛烈的風。

【疾疾】快速貌。

【疾厲】形容風勢猛烈。另有因疾病而疲憊，導致內心驚懼之意。

【席捲】好像捲草席一樣，把全部的東西都捲走。可形容氣勢迅猛。也作「席卷」。

【凌厲】形容風勢猛烈。也有高飛之意。

【罡風】指天空極高處的風。今多用來形容強烈的風勢。罡，ㄍㄤ。

【涼勁】涼寒而強勁的風。

臉和新顏。在軟拂的風中，它們嗡嗡喁喁，低聲討論著前途，交相猜測安慰。（蔡珠兒〈樹殤〉）

兩千多少年過去了，汨羅的水聲不斷，洞庭的落葉不斷、龍舟招魂的鼓聲不斷，嫋嫋兮吹起的秋風不斷，湘夫人渺渺兮愁予的眼波不斷，〔……〕（高大鵬〈汨羅江與桃花源〉）

風只管他自己嫋嫋的吹／月只管他自己溶溶的白；／小舟搖搖。不比蚱蜢大的／我自製的小舟搖搖／在水上，在水底的天上：／天有多高，我的小舟就有多高！（周夢蝶〈垂釣者之二〉溶溶，月色明淨潔白貌）

東風翦翦漾春衣，信步尋芳信步歸。紅映桃花人一笑，綠遮楊柳燕雙飛。徘徊曲徑憐香草，惆悵喬林掛落暉。記取今朝延佇處，酒樓西畔是柴扉。（清・紀昀《閱微草堂筆記》）

海波平泛，南風飁飁遊走海面陽光間隙，吹送船頭迎面一絲清涼，天頂白雲颳成棉絲，朵狀積雲全給掃落在天邊海面，黑潮受南風撩撥，汩汩湍急，天色沉藍反照，南風的手掌像是隨手抓了幾把化不開的憂鬱灑在海面。（廖鴻基〈你們四個〉）

正說著，一陣風颳來，泥沙紙屑都捲起在空中翻騰，太陽早不知被驅趕到何方去了，滿天昏昏慘慘，一片黃濛濛。我瞇緊眼，頭順著風勢躲，臉皮被風沙刷得麻癢癢的。（陳若曦〈尹縣長〉）

那裡的風差不多日日有的，呼呼作響，好像虎吼。屋宇雖係新建，構造卻極粗率，風從門窗隙縫中來，分外尖削。把門縫窗隙厚厚地用紙糊了，椽縫中卻仍有透入。（夏丏尊〈白馬湖之冬〉）

突然一股尖勁的涼風，穿透了重悶的空氣，從窗外吹進房來，吹得我們毛骨悚然，滿身煩膩的汗，幾乎結冰，這感覺又痛快又難受；〔……〕（徐志摩〈雨後虹〉）

【亂卷】此形容風勢強大，能任意把東西捲去帶走。

【颮飆】風狂暴貌。

【熛風】疾速的風。熛，ㄅㄧㄠ。

【橫掃】迅猛的掠過。

【瀏瀏】風疾貌。也有水流清明之意。

【蠻野】野蠻。此形容風力強勁。

【土飛塵揚】塵土因風吹而飛揚。

【直馳橫捲】形容強風一下從直面奔騰而來，一下從橫向席捲過來。

【飛砂走石】砂土飛揚，小石翻滾。形容風力猛烈。也作「飛砂轉石」。

【風靜】風靜止。

【徐風】指和緩吹拂的微風。

【暴風】風勢急驟而強勁。

【疾風】形容猛烈的風。

【扶風】迅疾的風。

【熛風】吹拂速度疾快的風。

【贔風】暴怒的風。

【闌風】吹而不止的風。

【流風】流動的風勢。

【狂暴】形容粗野狂暴。

【風厲】形容風勢猛烈。

【翻騰】形容風勢上下翻滾。

【還飆】旋風。

【長風】大風。

【狂風大作】飆起速度猛烈的強風。

【粗風暴雨】形容狂風暴雨，風雨很大。

【騰騰落落】形容風忽高忽低地吹著。

風吹彎了路旁的樹木，撕碎了店戶的布幌，揭淨了牆上的報單，遮昏了太陽，唱著，叫著，吼著，迴盪著！忽然直馳，像驚狂了的大精靈，扯天扯地的疾走；忽然慌亂，四面八方的亂卷，像不知怎好而決定亂撞的惡魔；忽然橫掃，乘其不備的襲擊著地上的一切，扭折了樹枝，吹掀了屋瓦，撞斷了電線；〔……〕（老舍《駱駝祥子》）

窗外奔狂的風真令他想到那些稻草一旋一旋翻著風，翻得老遠，還有莽原英雄的傳奇。然而說也奇怪，號號風聲下一切竟顯得如此靜謐，靜謐到令人不安起來；〔……〕（丁亞民〈冬祭〉）

你毅然返身往來路大步走去，風厲嘯著自你腋下頸下自耳傍踝間急掠而過，你整個人浮在風中。（溫瑞安〈龍哭千里〉）

故鄉一向風勁，到了這個時分，便尤其的疾厲了，即使是高高地堵著圍牆的我們的家，也抵擋不住這初冬的凌厲。（陳映真〈文書〉）

它來了。它從蒼白的遠處，席捲而來，浩蕩而來。它削著山梁，刮著溝窪，騰騰落落，直馳橫捲，奏出一首恐怖的樂曲。它把成噸的土和沙，揚得四處都是。（劉成章〈老黃風記〉）

外面罡風勁烈，一陣捲來，像刀割一般，玫寶覺得滾燙的面頰上，頓時裂開似的，非常痛楚，剛才的睡意，全被冷風吹掉了，頭腦漸漸清醒過來。（白先勇〈上摩天樓去〉）

這十年，我常去的地方之一是七星山東峰。我喜歡那裡的石階坡道、那裡無樹的芒草地，開闊，乾淨。一種蠻野的風勁，使五節芒與稀疏的樹枝都呈現著艱困環境所特有的蒼勁。（孟東籬〈草山三疊〉）

【沙沙】風吹草木所發出的細微聲音。

【唏嗦】風吹過竹林所發出的聲音。

【策策】風吹落葉聲。韓愈〈秋懷詩〉：「秋風一拂披，策策鳴不已。」

【嗚咽】形容風聲、水聲等低沉淒切。

【號號】風發出的聲響。

【颯颯】ㄙㄚˋ，形容風吹樹葉聲。也可形容風聲、水聲。

【窸窣】ㄒㄧ ㄙㄨˋ，形容細碎、斷續的摩擦聲。

【蕭蕭】形容風聲、落葉聲。《史記．荊軻傳》：「風蕭蕭兮易水寒，壯士一去兮不復還。」杜甫〈登高〉：「無邊落木蕭蕭下，不盡長江袞袞來。」

【簌簌】風吹物體發出的聲音。

【獵獵】形容風的聲音。也作風吹動旗幟所發出的聲音。

【颼颼】形容風吹、雨打的聲音。

【瀟瀟】形容風雨聲。「瀟瀟淅淅」。

【蓬蓬然】形容風聲。

【如海螺或是鬼魅一般哭號】形容海風的聲音聽來淒厲悲切。海螺，一種水生動物，其殼可作成號角。

【呼呼】形容風聲。

【呼嘯】形容尖銳的聲音。

【虎虎】形容聲音猛烈。

【咆哮】風浪、雷雨所發出呼嘯聲。

【咻咻】形容各種聲響，如喘息聲、砲彈飛落聲。此形容風聲有如槍炮聲。

【訇哮】形容疾風或雷轟鳴怒號。訇，ㄏㄨㄥ。

五節芒隨風搖曳，新穗如麥浪沙沙作響。在秋陽溫煦地烘曬下，池塘又傳來一陣一陣地野薑花的香味，我突然覺得今天是這個城市最幸福的人。（劉克襄〈發現池塘〉）

天未明，雞就啼叫了／我在曬穀場中靜靜躺臥／唏嗦的竹林帶來一陣微涼的晨風／唧唧的蟲聲在輕霧中傳遞一段／宿命的信息。（楊子澗〈笨港小唱〉）

秋風起時，樹葉颯颯的聲音，一陣陣襲來，如潮湧，如急雨，如萬馬奔騰，如銜枚疾走；風定之後，細聽還有枯乾的樹葉一聲聲的打在階上。（梁實秋〈音樂〉）

我像個爬行的嬰兒在大地母親的身上戲耍，我偶爾趴下來聽風過後稻葉窸窸窣窣的碎語，當它是大地之母的鼾聲。（簡媜〈漁父〉）

你突然發現原來周遭如此安靜，細微的風搖晃樹梢，在嘈雜喧鬧的水聲中依然可以分辨出來，風聲、水聲、樹葉摩擦的窸窣聲、蟲族拍翅鳴叫聲，因為安靜，細小的差異也可以輕易分辨。（楊明〈在山與水之間〉）

在一個有月光的晚上，我悄然登上靈塔，一株株的龍柏，像沉默的哨兵，在寂靜的晚風中簌簌抖動，我驚喜發覺，夜的靈塔柔美如詩，遠方，街市迷濛的燈火，像星群閃動；「……」（馮輝岳〈橫崗背之夢〉）

晚上天變了，刮起獵獵的北風，每個房間的玻璃窗都發抖震顫，我像是睡在玻璃瓶裡。（鍾玲〈逸心園〉）

而當風生雲湧，冷氣颼颼刺痛著我寒凍的臉孔，所有的景物和生命跡象又都急急隱沒了，甚或細密的雨陣排列著從某個方位橫掃而

【渢渢】ㄈㄥˊ，形容宏大的聲音或風聲、水聲等。

【厲嘯】形容風大時發出的高亢聲響。

【淅零淅留】形容風雨、霜雪的飄打聲。周文質〈叨叨令〉：「滴滴點點細雨兒淅零淅留，瀟瀟灑灑梧葉兒失流疏剌落。」

【忽魯魯】形容風聲。

【忒楞】形容風聲或鳥飛的聲音。

【寥戾】形容呼嘯的風聲。

【瑟瑟】形容風聲。

【瀝瀝】形容水聲或風聲。「山風瀝瀝」。

【霎霎】形容雨聲或風聲。韓琦〈春霖〉：「樓迥昏昏霧，窗寒霎霎風。」

【颼颼】ㄙ，形容風聲。

【梢梢】形容風聲。常建〈空靈山應田叟〉：「曳策背落日，江風鳴梢梢。」

【剌剌】ㄌㄚˋ，形容風聲或拍擊聲。

【騷騷】形容風吹樹葉的聲音。

來，夾著風與霧，消失了一座又一座的山谷和森林。（陳列〈玉山去來〉）

依稀聽見窗外下起了雨，雨點打在小旅店的瓦簷和周圍的樹草上，聽來就像催眠的音樂。因為夜雨瀟瀟，也因為有了一個旅伴，我睡得很好，甚至夢見了那隻美麗的紫線鳳蝶。（蘇童〈蝴蝶與棋〉）

入夜的海風吹過某些尖銳的牆角，發出如海螺或是鬼魅一般哭號的聲音。（林詮居〈海隅隨想十則——馬祖芹壁村〉）

尖銳的海風好像從那些裸枝縫裡吹襲過來一般，時不時吼的一聲呼嘯著颳過去。每當這樣的時候，田邊的一片樹林也一齊彎下腰，看去水田也彷彿忽然變低了。（呂赫若〈風頭水尾〉）

這時風更緊了，呼呼地吹著，我們坐在平台上已經頹敗的殘壘上，打開了地圖，它像一片金屬葉子似的在風裡振動著響。我大聲地叫喊，然而耳朵裡只聽到虎虎的風聲。（黃裳〈白門秋柳〉）

咻咻不絕的風聲和轟轟大響的浪濤聲，宛若槍砲聲，震動了整個龍門漁港。（呂則之《海煙》）

2 雨

雨水

【春雨】春日的雨。

【春霖】春雨。

【催花雨】春雨。

【榆莢雨】春雨。

【溟濛】ㄇㄥˊ ㄇㄥˊ，小雨。

【零雨】小雨。

【霢霂】ㄇㄛˋ ㄇㄨˋ，小雨。

【毛毛雨】密而細的小雨。

隔年春天重返京都，這次雖不住錦小路的老旅館，依舊摸黑尋了去，蔦家果然又早早打烊。春雨綿綿，走在光滑溼亮的石板路上，空氣中彷彿飄著去年春天咖啡的香味……（曾郁雯〈京都之心〉）

晨餐後，覓貴溪舡。甚隘，待附舟者，久而後行。是早密雲四布，時有零雨。（明．徐弘祖《徐霞客遊記》）

一場為時一小時的大西北雨，到底下了幾公釐的水，雖然沒做過

【雨季】雨水多的季節。

【梅雨】初夏時節陰雨的天氣較長，此時正值梅子黃熟，故稱「梅雨」、「黃梅雨」、「黃梅天」。這段期間又因空氣潮溼，東西容易發霉，又稱「霉雨」。

【暑雨】盛夏所下的雨。

【秋霖】秋日霪雨。

【甘霖】甜美的雨水。指解除旱象的雨。

【喜雨】及時所下的雨。

【及時雨】指正需要雨水時所下的雨。也可用來比喻能及時解決問題或困難的事物。

【西北雨】太陽西斜後所降的雨。降雨時間通常只有數分鐘，最長大約一小時，之後便雨過天青。

【雷陣雨】伴有閃雷和電鳴的陣性降雨，雨勢時大時小，時有時無。也作「雷雨」。

【宿雨】下不停的雨。也作前夜的雨。

【霏霏】形容雨下不止。亦可形容雨、雪、煙、雲盛密的樣子。

【積雨】久雨。

【霪雨】久雨。也作「淫雨」。范仲淹〈岳陽樓記〉：「若夫霪雨霏霏，連月不開。」

【行潦】因下大雨而匯聚於路旁的流水。潦，ㄌㄠˇ，指積水或形容雨下得很大。

【雨腳】形容成線狀密集落地的雨點。

【驟雨】暴雨；忽然降落的大雨。

【像穿飛的針】此形容大雨打在身上的刺麻，就像是被從天空穿過飛落下來的針刺到一樣。

【豪雨成災】因雨量過大而造成嚴重的災害。

【澇害】因降水量過多，土壤含水量過大，使作物受到損害的現象。澇，ㄌㄠˋ。

實驗，只覺好像天上的水壩在洩洪似的，是整個倒下來的。每一雨粒，大概最小還有拇指大，像這樣大的雨粒，竹葉笠是要被打穿的，沒有蓑衣遮蔽，一定被打得遍體發紅。（陳冠學〈九月七日〉）

兩、三點左右天色突然昏暗，烏雲迅速從山中、海上彷彿部隊緊急集合，大塊湧現；接著雷電交加、大雨傾盆，我們立刻成了潑墨山水中的煙雨牧童。對這樣突如其來的變化，像是老天厚賜的恩典，為我們多采多姿的遊俠歲月，平添宇宙性的布景。雷雨愈大，我們的吶喊也愈大；拉扯追打甚至索性剝掉全身的衣服，追趕雷雨。午後雷陣雨，玩伴是大自然，我們玩得更投入，玩得出神。（孫大川〈午後雷陣雨〉）

在日式的古屋裡聽雨，聽四月，霏霏不絕的黃霉雨，朝夕不斷，旬月綿延，濕黏黏的苔蘚從石階下一直侵到他舌底，心底。（余光中〈聽聽那冷雨〉）

我每天必看氣象，喜歡陽光與夏天，非常討厭冬的陰霾。霪雨不開的春日昏沉天，同樣討人嫌，左盼右盼大晴天不得，一切都看不順眼。（鍾怡雯〈天這麼黑〉）

雨像穿飛的針，從髮間到臉頰，到頸項，掌傘的雙手刺得發麻。外衣幾乎要掀飛，長髮糾結盤亂，涼鞋陷入溼沙裡，寸步難行。（簡媜〈海路〉）

新晴的天氣，街上的水還沒退，黃色的河裡有洋梧桐團團的影子。對街一帶小紅房子，綠樹帶著青暈，煙囪裡冒出溼黃煙，低低飛著。（張愛玲〈紅玫瑰與白玫瑰〉）

那天下午他帶著個女人出去玩，故意兜到家裏來拿錢。女人坐在三輪車上等他。新晴的天氣，街上的水還沒退，黃色的河裏有洋梧桐團團的影子。對街一帶小紅房子，綠樹帶著青暈，煙囪裏冒出濕黃

【雨霽】雨停後天氣放晴。霽，ㄐㄧˋ，雨霧霜雪過後轉晴。

【清霽】雨止霧散，天氣晴朗。

【新晴】雨後天剛放晴。

【如絲】形容雨細如絲。

【星星】形容零星而細小的點兒。

【斜織】形容斜下的雨有如織物表面的斜向紋路。

【細碎】細小而零碎。

【稀微】隱約；微弱。

【瀟瀟】小雨貌。「細雨瀟瀟」。或形容風狂雨驟。「風雨瀟瀟」。

【瀧瀧】下雨貌。

【細雨濛濛】像霧般的小雨；毛毛細雨。

【綿綿】形容雨連續不斷下著。

【涔涔】ㄘㄣˊ，雨水不止的樣子。另有天色陰晦之意。

【漏天】久雨。或雨多貌。

【潸潸】雨水不止的樣子。另有流淚不止之意。

【盤桓】逗留。此作久雨。

【遲滯】緩慢不動，滯留不前。此作久雨。

【霂霂】雨不止貌。

【霢霢】ㄇㄛˋ，意指小雨不止的樣子。

【纏綿】綿綿；連續不斷。

【沛然】盛大的樣子。

【奔騰】可形容雨勢盛大。

【淋漓】溼透的樣子；流滴貌。

【滂沱】雨勢盛大貌。另有酣暢之意。

【滂濞】雨水多的樣子。另可形容水流衝擊的聲音。濞，ㄆㄧˋ。

煙，低低飛著。振保拿了錢出來，把洋傘打在水面上，濺了女人一身水。女人尖叫起來，他跨到三輪車上，哈哈笑了，感到一種拖泥帶水的快樂。（張愛玲〈紅玫瑰與白玫瑰〉）

春寒料峭，春雨如絲，深夜漫步臺北街頭，確實別有一番風味，市聲漸隱，計程車馳過，黃色螢光燈燦現在乳白色霧靄深處。一切顯得有些漂浮靡定，在風絃上震顫。我開始領略到這蒼白而無重量的夜色，竟存在著一種朦朧的美。（趙滋蕃〈夜遊〉）

早晨醒來，雨還是星星地落著，我心裡很不愉快。我永久嚮往一個夜雨之朝晴的境界。（李廣田〈雨種念頭〉）

她停下來，乾脆把傘收了，滿頭的飛髮亂草一般，立刻蓬了起來，斜織的雨絲不斷打在她身上。（王拓〈望君早歸〉）

飽餐後，終究是要往雨中走的，幸好此時晴空半朗，細碎雨絲像一襲簾幕，遮得兩人並肩，可以什麼都不聽，可以什麼都不看。（羅毓嘉〈香江拾遺〉）

那時他們既疲倦又洩氣，後來，他們坐上車，從窗口望著這個細雨濛濛的城市和騎樓下躲雨的行人，一個不停揮動手臂的交通警察，車子停在他身邊時，看到他臉上全是水。（黃凡〈雨夜〉）

近窗的樹木，雨後特別蒼翠，細草綠茸的可愛。細雨濛濛的幾乎看不見，只聽見草葉上及田陌上渾成一片點滴聲。（林語堂〈杭州的寺僧〉）

整個雨季遲滯下來，盤桓不去：K南下台中來接我，我緊緊地抱住他一直哭一直哭。即使淋溼是生來就該擔待的宿命，K也還勇敢地

【霈霈】密雨貌。

【瀌瀌】ㄅㄧㄠ，雨或雪盛大貌。

【豐注】豐沛。

【瀧漉】下雨淋漓的樣子。

【滂滂沛沛】雨勢盛大的樣子。也作「滂沛」。

【濃濃稠稠】多而密的樣子。也作「濃稠」。

【凶猛】此形容雨勢猛烈。

【狂瀉】水勢強勁，直流而下。也可形容雨勢猛烈。

【傾盆】比喻雨勢急暴，像從盆中傾倒而出。

【覆盆】雨勢急暴，傾盆而下。

【傾瀉】形容雨水如傾倒、流瀉。

【瓢潑】像用瓢勺潑水一樣。形容雨勢很大。

【大雨如注】形容雨勢如灌注般落下。

【大雨如潑】形容雨勢如潑水般倒下。

【雨勢如幕】從天降落的雨水，密集到像是覆蓋了一大面的帳幕般。形容雨勢盛大。

【急灌而下】形容雨水急速流下，就像是用灌入的一樣。

【風馳電掣】像颳風、閃電一樣。此形容雨勢迅速凶猛。掣，ㄔㄜˋ。

【銀河倒瀉】形容雨下得極大，像銀河裡的水瀉下來一樣。

【雷雨交加】閃電加大雨。形容雨勢之大。

【大雨如瀉】雨勢一瀉而下。形容雨大且急。

【暴風疾雨】來勢急遽而猛烈的風雨。

站在雨裡等我。水淹及膝。（劉祐禎〈六色的原罪〉）

所以，第一聲雷乍響時，我心便似虛谷震撼！好一陣奔騰的雨，這山頓時成了一匹大瀑布，泉源自天！（簡媜〈天泉〉）

大雨滂沱，氤氳的水霧裡，祖父模糊的身影潛身在漂滿綠萍的沼塘，沼塘的周圍，一棵棵椰樹、菠蘿蜜叢高聳蔽天，雨水從樹隙裡急灌而下，淅瀝啪啦響著暴烈的節奏。（李志薔〈奔跑的少年〉）

到七月，聽颱風颱雨在古屋頂上一夜盲奏，千噚海底的熱浪沸沸被狂風挾來，掀翻整個太平洋只為向他的矮屋簷重重壓下，整個海在他的蝸殼上嘩嘩瀉過。不然便是雷雨夜，白煙一般的紗帳裡聽羯鼓一通又一通，滔天的暴雨滂滂沛沛撲來，強勁的電琵琶忐忐忑忑忐忐忑忑，彈動屋瓦的驚悸騰騰欲掀起。（余光中〈聽聽那冷雨〉）

後來，後來就下了一陣雨，濃濃稠稠的雨，沾黏所有記憶和當下，像時間已濃稠到分解不開，在一鍋沸滾的漿液裡攪拌銅鏽和鮮血，像雨落在沒有名字的墳墓，卻淋醒了安睡的魂靈。（呂政達〈避雨〉）

而一聲聲迅雷震耳，一陣陣豪雨瓢潑似的往下澆。林木狂舞，山洪如飛瀑。賞西山之雨景，洵淋漓而盡致。（徐遲〈鄂州市西山記〉洵，確實。文中「淋漓」非溼透之意，而是形容酣暢、盡情的樣子。）

那幾天，離島每到黃昏便下起一場雨，雨勢如幕，黃昏結束，雨也結束。（蘇偉貞《沉默之島》）

可是春雨有時也凶猛得可以，風馳電掣，從高山傾瀉下來也似的，萬紫千紅，都付諸流水，〔……〕（梁遇春〈春雨〉）

雨聲

【淅淅】形容風、雨的聲音。

【滴答】形容水滴落下的聲音。另可形容馬蹄聲或鐘擺晃動的聲音。也作「滴答滴答」、「滴滴答答」。

【滴瀝】雨水滴下的聲音。

【嘩啦】形容雨聲。或東西流下、倒塌散落的聲音。

【嘩啦啦】形容雨聲。東西流下、倒塌散落的聲音。也作「嘩啦啦」、「嘩喇喇」。

【嘩嘩】形容雨聲。

【劈啪】常用於形容燃燒時爆裂的聲音或撞擊拍打的聲音。此形容大雨落在地面石板的聲音。也作「劈劈啪啪」、「劈劈拍拍」。

【霎霎】ㄕㄚˋ，形容雨聲。

【瀝淅】形容雨聲。也作「淅瀝」。

【淅零零】形容風雨、霜雪的飄打聲。

【刷啦刷啦】形容下雨的聲音。

【淅淅颯颯】形容風雨細微的聲音。

【淅淅瀝瀝】形容下雨的聲音。淅瀝，可形容風雨、霜雪、落葉等聲音。

【淅零淅留】形容風雨、霜雪的飄打聲。也有「淅留淅零」。

【淅瀝啪啦】形容大雨的聲音。

【劈里啪啦】形容爆裂、拍打等的連續聲音。此形容大雨落在芭蕉葉上所發出的聲響。也作「劈哩啪啦」。

【清碎如弄珠玉】此形容大雨落在芭蕉葉上，有如把玩細小玉石發出的清脆、細碎聲音。

【彷彿馬蹄在那裡踢踏】形容雨聲像是馬在行走時的腳步聲。

雨滴答滴答的落著，這時就會有一股寂寞襲上心頭，原始的慾望昇起，所以人常在雨天做出奇怪的行為。（隱地〈雨聲及其他〉）

這時嘩啦一聲，大雨潑了下來，打在窗外的芭蕉葉上，「劈哩啪啦」、「劈哩啪啦」，一陣急似一陣，一陣響過一陣，雨點隨著風捲進窗子裡來，斜打在福生嫂的身上。（白先勇〈悶雷〉）

同時沉悶的雷聲，已經在屋頂發作，再過幾分鐘，只聽得庭心裡石板上劈啪有聲，彷彿馬蹄在那裡踢踏；重複停了；又是一小陣瀝淅；如此作了幾次陣勢，臨了緊接著坍天破地的一個或是幾個霹靂！（徐志摩〈雨後虹〉）

雨刷啦刷啦地下著。眷屬區的午後本來便頗寧靜的，何況又下著雨。（陳映真〈一綠色之候鳥〉）

黛玉一翻身，卻原來是一場惡夢。（……）扎掙起來，把外罩大襖脫了，叫紫鵑蓋好了被窩，又躺下去。翻來覆去，那裡睡得著？只聽得外面淅淅颯颯，又像風聲，又像雨聲。（清．曹雪芹《紅樓夢》）

而今確實要登泰山了，偏偏天公不作美，下起雨來，淅淅瀝瀝，不像落在地上，倒像落在心裡。（李健吾〈雨中登泰山〉）

後來船到石山寺，我們便捨舟登岸，向寺直奔。此寺也在高山之巔，彷彿中國西湖之靈隱寺。中多獨幹老木，高齊廟閣。院中滿植芭蕉，被急雨敲擊，清碎如弄珠玉。（廬隱〈蓬萊風景線〉）

天黑了，忽然下起雨來，那雨勢來得猛，嘩嘩潑到地上，地上起了一層白煙。小寒回頭一看，雨打了她一臉，嗆得她透不過氣來，她掏出手絹子來擦乾了一隻手，舉手撳鈴。（張愛玲〈心經〉）

3 雷電

雷電

【劈】雷電擊打。
【疾雷】急雷；迅雷。
【震霆】疾雷。
【迅疾】迅速快捷。
【崩動】崩裂變動。
【暴雷】突然響的雷。
【掣電】閃電。
【雷殛】遭雷擊打。殛，ㄐㄧˊ。
【雷擊】受雷電擊打。
【搏擊】衝擊；奮力搏鬥。
【霍霍】可形容電光閃亮貌。另形容磨刀急速之聲。
【鞭裂】形容閃電如長鞭狀分裂海面或天際。
【索落落】此形容電光閃動的樣子。
【雷電交加】同時打雷和閃電。
【雷鳴電閃】打雷閃電。
【白蛇一般】此形容閃電像一條白色的長蛇般。
【閃電交迸】此形容一道又一道的閃電在天空迸發而出。
【電光閃閃】閃電打下呈現出的閃爍亮光。
【從空中直竄】此形容閃電從天空急速奔向地表。
【雷轟電擊】意指雷聲轟鳴，電光閃動。
【赤電】紅色的電光。
【暴雷】突然而起的響雷。
【霹雷】來勢急聲音響的雷。
【焦雷】晴天響起的巨雷。
【蟄雷】春天第一次發聲的春雷。因能驚醒蟄伏的蟲豸，故得此稱。也稱「春雷」。
【炸雷】聲音響亮的雷。

果然一道長長的閃電劈了下來，雷聲又作了！漫天漫地地傾下了如潑的暴雨！嘩嘩嘩，轟轟轟，砰砰砰……到處是急雨，到處是積水。（斯妤〈小窗日記〉）

我懷想著故鄉的雷聲和雨聲。那隆隆的有力的搏擊，從山谷返響到山谷，彷彿春之芽從凍土裡震動，驚醒，而怒茁出來。（何其芳〈雨前〉）

雷，在高空崩動，閃電鞭裂海面，長鯨已清理海路，殷紅之嬰將破海騰空而來，振翅，俯吻，他鍾愛的父母城邦。（簡媜〈天涯海角——給福爾摩沙〉）

只見天的北邊，漫天彤雲，倏的，白蛇一般索落落竄出了一道電光，只歇了半晌，又一陣悶雷咕嚕著滾動了過去。剎那間，縣倉屋頂上，閃電交迸，終於掙破了那一重重的天際，雷聲，一陣趕著一陣，翻翻騰騰地在吉陵鎮天心響了起來。（李永平〈日頭雨〉）

她曾經在一次大雨將來之前，看到上游山頭的電光閃閃，溪水的先頭部隊已到，直如要馳赴沙場，趕著黃褐色的泥沙，席捲而至。她感到無比的驚駭，卻有有莫名的感動。（林韻梅〈利吉的青春〉）

一到夏天，對流旺盛、夏日烈焰的午後，隨時會來一曲奏鳴曲。怎麼說？晴空萬里烈日囂張，其實是不懂風情男人的調情動作；接下來，所有雲朵快速集結，彷彿演員就位一般，神祕預告的電音大鼓，沒有節奏地開展出來——「轟隆！轟隆！」這時要注意了，音樂接下來是特效，閃電無預警地，從空中直竄平原中，在東邊、在西邊，無法預知總帶來驚奇與震撼。（李永豐〈布袋是平的〉）

雷聲

【輕雷】響聲不大的雷。

【霆】突然暴起的雷聲。

【軯】ㄆㄥ，形容車聲或雷聲。

【打雷】閃電後的雷聲。

【奔雷】突然響的雷聲。也作「犇雷」。犇，通「奔」字。

【訇訇】ㄏㄨㄥ，大聲。

【訇然】巨響聲。

【訇磕】形容大聲。另有名聲極大之意。

【砰訇】形容巨大的聲響，如雷聲、鼓聲等。

【隆隆】形容很大的聲音。常指雷聲。

【雷訇】隆隆的雷聲。

【雷鼓】雷聲。

【雷霆】又大又急的雷聲。

【隱隱】雷聲。另也形容車行的聲音。

【轟隆】形容雷聲或爆炸聲。也作「轟隆隆」。

【霹靂】又急又響的雷聲。也作「落雷」。

【轟轟】形容震耳的巨響。如雷聲、爆炸聲等。

【響雷】很響的雷聲。

【訇雷震】雷聲轟然巨響。

【辟歷施鞭】指打雷的聲音，好像是用鞭子鳴擊空中而發出隆隆聲響。也作「霹靂施鞭」。

【震耳欲聾】形容聲音大到快要把耳朵震聾。

【悶雷】聲音沉悶、不響亮的雷。

我正要擱筆，忽然西外黑雲彌漫，天際閃出一道電光，發出隱隱的雷聲，驟然灑下一陣夾著冰雹的秋雨。（豐子愷〈秋〉牕，ㄔㄨㄤ，古通「窗」字）

霍！霍！霍！巨人的刀光在長空飛舞，轟隆隆，轟隆隆，再急些，再響些罷！（茅盾〈雷雨前〉）

半夜果然雷電大作，橫風暴雨，一聲大霹靂，寧靜夢裡乍醒，擁被坐起，一室的白電光，彷彿這房間在眨眼，眼瞼一升就大放光明。轟隆的雷聲迢遞傳來，一級一級的，像在下天梯。（鍾曉陽《停車暫借問》）

夜裡，遙遠得失去空間感的天邊，打起了響雷，夢因此被截割成片段。（黃克全〈生死簿〉）

這時一個雷真的劈了下來，令我目眩的電光後是一連串震耳欲聾的聲響，我想我一定得死了，我等了很久，結果發現我並沒有死。（周志文〈風的切片〉）

天上的烏雲愈集愈厚，把伏在山腰上的昏黃日頭全部給遮了過去，大雨快要來了，遠處有一兩聲悶雷，一群白螞蟻繞著芭蕉樹頂轉了又轉，空氣重得很，好像要壓到額頭上來一樣。（白先勇〈悶雷〉）

那船張起風帆，順風順水，斜向東北過江，行駛甚速。航出里許，忽聽遠處雷聲隱隱，轟轟之聲大作。俞岱巖道：「艄公，要下大雨了罷？」那艄公笑道：「這是錢塘江的夜潮，順著潮水一送，轉眼便到對岸，比甚麼都快。」（金庸《倚天屠龍記》）

4 雲霧霞虹

雲朵

【疊】雲氣密布。

【迷茫】模糊不清。

【冉冉】迷離；迷漫。另有漸進地、慢慢地之意。

【空濛】迷茫貌；縹緲貌。

【茫漠】迷茫模糊。也有廣闊無邊之意。

【渺茫】遼遠而不易見。

【菴藹】雲氣迷茫。菴，ㄢˋ。

【濛昧】昏暗不明貌。

【縹緲】高遠隱忽而不明。

【雲湧】雲彩翻湧突兀。

【滃渤】雲蒸霧湧貌。滃，ㄨㄥˇ。

【滃滃】雲氣湧起的樣子。

【翻攪】翻滾。

【騰捲】翻騰捲起。

【噴湧似地】翻騰洶湧。

【柔和似絮】此形容雲柔軟得像是綿絮一樣。

【輕勻如綃】此形容雲輕盈勻稱得有如絲縷般。綃，ㄒㄧㄠ。

【雲海】蒼茫如海的雲層。

【雲靉】雲盛貌。或形容雲多而昏暗不明。靉，ㄞˋ。

【鱗鱗】形容雲層或水波像魚鱗般層層排列。

【靉靆】雲盛貌。靆，ㄉㄞˋ。

【靉靉】雲多的樣子。

【氤氳】ㄧㄣㄩㄣ，形容煙雲瀰漫的樣子。

【薈蔚】雲霧瀰漫貌。

【籠罩】覆蓋。

【煙嵐雲岫】比喻山間雲霧瀰漫。岫，ㄒㄧㄡˋ，山巒。

雲湧在山凹裡像一條條白色的天河，源頭在天外的雲海，黑色的山峰是海中的蓬萊。那天河綿綿柔柔的流下，流到那望得清楚的杉林山頭，化成了曉霧迷離，是杉尖上的白紗，造就了一林的新嫁娘；〔……〕（蔣曉雲〈春山記〉）

大幅大幅的長條狀的雲，薄薄的，像卷絲，像散髮，灰褐乳白相間混，襯著灰藍色的天，噴湧似地源源不絕從東方急速翻攪飛奔而來，在我的頭上，在玉山的這個主峰上不斷地糾纏變化，〔……〕而奇妙的是，這些雲，這些放肆的亂雲，到了我站立的稜線上方，因受到來自西邊的強大氣流的阻擋，卻全部騰捲而上逐漸消散於天空裡。（陳列〈玉山去來〉）

柔和似絮，輕勻如綃的浮雲，簇擁著盈盈皓月從海面冉冉上昇，清輝把周圍映成一輪彩色的光暈，由深而淺，若有若無，不像晚霞那麼穠豔，因而更顯得素雅；沒有夕照那麼燦爛，只給你一點淡淡地喜悅，和一點淡淡地哀愁。（鍾梅音〈鄉居閑情〉）

海天一色的讓你們不辨方向的往往不知不覺就走到公司田溪口，被阻攔了，才回頭，於是照眼便會看到觀音山了。天氣再好時，山頂常常有雲靉，風強的時候，雲走得疾，就很像觀音靜靜的在練吐納。（朱天心〈古都〉）

那靉靆的雲朵，無邊的夕照在波濤上輝煌：流水的奔流，石頭間迸生的野草，唱歌的星子，和永遠不變的河漢！（楊牧〈自然的悸動〉）

太陽的觸鬚開始試探的時候，第一步就爬滿了土堤，而把一條黑

【霧鎖雲埋】形容雲霧籠罩、遮護的樣子。

【翠微】淡青色的山嵐。也作青翠的山色。

【彤雲】紅色的雲彩。或下雪前密布的灰暗濃雲。

【彩雲】絢麗的雲彩。

【雲蒸霞蔚】雲霧彩霞升騰聚集。比喻絢麗燦爛。也作「雲興霞蔚」。

【煙靄】雲霧；雲氣。

【瑞靄】對煙霧的美稱。也指吉祥的雲氣。

【暮靄】傍晚的雲霧。柳永〈雨霖鈴〉：「念去去、千里煙波，暮靄沉沉楚天闊。」

【暖靄】春日的雲彩。

【烏雲】黑雲。

【雲翳】陰暗的雲。

【愁雲慘霧】色彩暗淡的雲霧。也可用來比喻令人憂愁的景象。

【雲腳長了毛】雲的末端散成棉絮一般，為颱風要來的前兆。也作低垂的雲。

霧氣

【裊裊】煙氣繚繞升騰。也作「嫋嫋」。

【飽滿】此指水氣充足。

【輕煙】淡淡上升的煙霧。

【輕籠】輕柔地籠罩。

【漫漫】遍布貌。也有廣遠無際之意。

【縷縷】接連不絕的樣子。

黑的堤防頂上鑲了一道金光，堤防這邊的稻穗，還被罩在昏暗的氤氳中，低頭聽著潺潺的溪流沉睡。（黃春明〈青番公的故事〉）

溪山縹遙無盡。天水林木都化作了氤氳，變成混沌眾世的一部分。在這恆久的混沌裡，千億人生活著；故事進行著。（李渝〈江行初雪〉）

當落日沉沒，周圍雪峰的紅光逐漸消褪，銀灰色的暮靄籠罩草原的時候，你就可以看見無數點點的紅火光，那是牧民們在燒起銅壺準備晚餐。（碧野〈天山景物記〉）

其時落日將沉，雲蒸霞蔚，照得窗櫺几案，上下通明。大家徘徊欣賞，同進軒中。（清．韓邦慶《海上花列傳》）

緘默是好的，關於小河／可無庸我們多說／烈日當會指證：遠處／雲和雲翳的不安。垂首／而髮即覆藏整座山整座林的／暗影，而暗影裡唯一閃爍／右前方枝梢間聳立的鐘樓／猶諸我們瞬然擴放的瞳孔／為逃逸的鳥翼爭辯不休／小河到此，請勿多說（向陽〈小河請勿溜走〉）

愁雲慘霧的清晨，寒風咻咻地吹著走向漁人部落的族人的臉頰。虔誠的天主教徒邁開輕鬆愉快的步履，一身穿著傳統服飾參加教堂的落成彌撒。（夏曼．藍波安〈浪人鰺與兩條沙魚〉）

看吧，烏雲像漲潮的海濤，一陣接一陣地席捲過來、瀰漫過來了，匯成了一支宏大浩蕩的部隊，那排山倒海、雷霆萬鈞的氣勢，顯然要一掃天地間的全部抑鬱與沉悶；〔……〕（斯妤〈小窗日記〉）

白濛濛蒸氣在車頭被山嵐吹散，復又自斜斜上爬的車廂鑽入，我們車窗崁著一扇扇傾斜的綠林風景，於是被白蒸氣蒸發掉，成一幅幅朦朧的米芾水墨淋漓的山水畫。白蒸氣消失，山景再度聚攏，滴水的

【繚繞】環繞；一圈圈向上飄起。

【瀰漫】遍布。也作「彌漫」。

【騰騰】氣體盛大、升騰貌。

【纖柔】纖細、柔軟。

【靄靄】聚集的樣子。

【鬱律】煙氣上升的樣子。

【白濛濛】形容淡白迷濛一片。

【薄紗般】形容輕霧籠罩，宛如披上一層輕薄透明的紗。

【霧茫茫】形容霧氣濃厚、朦朧模糊的樣子。

【如紗如幕】形容霧氣如一層輕薄的紗幔籠罩著。

【含煙籠霧】籠罩著煙與霧。

【煙霏霧集】煙霧迷漫集結的樣子。

【煙籠霧鎖】形容煙霧濃密。

【霧重惡寒】濃霧瀰漫，寒氣籠罩。惡寒，怕冷、畏寒。

【霧靄沉沉】霧氣低沉。

【迷離】模糊不清。

【迷霧】濃霧。能見度很差的霧。

【蒼茫】模糊不清的樣子。也作曠遠迷茫的樣子。

【蒼霧】灰茫茫的濃霧。

【霏微】霧氣、細雨朦朧的樣子。

【山嵐】山中的霧氣。

【嵐氣】山中蒸發的霧氣。

【曉霧】清晨的雲霧。

【霧鎖雲埋】被雲霧遮蔽籠罩。

【雲消霧散】天氣轉晴後，雲霧消散。通常用來形容彼此的猜忌或怨怒化解消失。

【朝霧】早晨的霧氣。

【晨霧】早晨的霧。

【濃霧】濃密的霧氣。

【煙嵐】山中蒸騰的雲氣。

【冷霧】寒冷的霧氣。

【海霧】海上因海面上冷空氣南下而起的大霧。

【宿霧】前夕的殘霧。

【霧茫茫】煙霧四起，模糊朦朧的樣子。

山霧飽滿，薄溫的陽光微燙。（洪素麗〈惟山永恆〉）

窗外　夜霧漫漫／所有的悲歡都已如彩蝶般／飛散　歲月不再復返（席慕蓉〈致流浪者〉）

武陵地處雲霧帶，遠山雄渾卻終年煙霧繚繞，近處反而陽光燦亮。你偏著頭，以目光臨摹山嶽奔馳之姿及岩脈驛動之法，又放眼細數色彩繽紛的濱溪植物，見落葉在風中閒飛，終於隨流水。（簡媜〈水證據〉）

其時朝暾初上，白霧瀰漫，樹梢上煙霧靄靄，極目遠眺，兩邊大路上一個人影也無。（金庸《笑傲江湖》）

抬頭，彎月已過頭頂，霧氣如紗如幕，濃濃地將我整個包圍起來了。（鍾鐵民〈霧幕〉）

那年夏天第一次過拍片人的馬戲團生活，偶然總有流離失所的錯覺。譬如拍特早班的外景戲，霧重惡寒，一群人遊魂一樣，瞌睡擠上遊覽車，顛簸著突然就有淒迷的歌聲漂來，傀儡懸絲一般揪著心。（陳俊志〈流浪楚浮少年路〉）

金門橋的景色，千變萬化，在晴朗的日子裡，抬頭可看見白雲冉冉飄過，穿越紅橋的鋼架，從橋東飄到橋西。這天卻霧靄沉沉，天厚雲低。（鍾曉陽〈哀歌〉）

你的手輕拭我墓石的青苔／也擦去那長年深沉的憂傷／我的小花暗自微笑／欣喜你攜來了陽光／踮起腳的蕈菇與蕨類植物／紛紛撥開霧的蒼茫（陳芳明〈墓前花〉）

我們是唱著進山的。九重葛、脆柿子，都看不見了，祇剩下推翻了綠色調色盤之後的各種顏色，遠處的綠海裡，簪上了幾朵薄柔的白紗花。有人在感謝那片片的山嵐，將畫面裝飾得那般雅逸巧妙。（趙淑俠〈靈山夜雨〉）

【粉霞】淡紅的雲霞。霞，指日出或日落時，陽光映照雲層所呈現的光彩。

【彤霞】紅色的雲霞。

【火燒雲】紅色的雲霞。

【紅彤彤】形容顏色極紅。也作「紅通通」。

【紅煌煌】紅到發亮的顏色。

【紅豔豔】形容紅到鮮豔奪目。

【絳紅】深紅色。

【緋紅】深紅色。

【斑斕】色彩錯雜燦爛。

【絢麗】燦爛美麗。

【綺麗】鮮豔美麗。

【錦霞】色彩鮮豔的雲霞。

【霞暈】彩霞。另指臉上的紅暈。

【穠豔】豔麗。

【五彩紛披】形容雲霞色彩錯雜繽紛。

【彩霞野紅】雲霞色彩絢麗火紅。

【餘霞成綺】形容晚霞色彩絢麗，好像錦緞一樣。

【燦若錦繡】雲霞燦爛如鮮明豔麗的織錦刺繡般。

【霞光豔豔】形容雲霞的光彩燦爛耀眼。

【彩緞般的紅霞】像色彩絢麗的緞帶般的紅色雲霞。

【霞光】陽光穿透雲層所映射出的光彩。

【朝霞】太陽升起時映照的雲彩。

【晚霞】日落時的雲霞。

【落霞】晚霞。

【霞蒸】雲霞蒸騰貌。

【殘霞】殘餘的晚霞。

一九一〇年初期的一個黃昏，在日本殖民地台灣北部一寒村的火燒雲，紅煌煌地熱鬧起來了。夕陽照耀橙黃色的鱷魚狀彩雲呈現著鮮豔地明亮，隨著夕陽的遷移，不知不覺地變了茜草色，而逐漸形成老鼠色，村道排行著木麻黃樹和土磚矮矮的民家，也被灰暗色黏滿了。（龍瑛宗〈夜流〉）

萬物都活了起來，緋紅的霞光，將沙漠染成一片溫暖，野荊棘上，竟長著紅豆子似的小漿果，不知名的野鳥，啪啪的在低空飛著。（三毛〈寂地〉）

下班以後，便是黃昏了／偶爾也望一望絢麗的晚霞／卻不再逗留／因為你們仰向阿爸的小臉／透露更多的期待（吳晟〈負荷〉）

我們在黎明的曙色中等待了大約半個鐘頭，才看到旭日露出小小的一角，輝映著朝霞，賽似剛從高爐裡傾瀉出來的鋼水，光芒四射，令人不敢張開眼睛直視，過了一會兒，紅日冉冉上升，光照雲海，五彩紛披，燦若錦繡。那時恰好有一股強勁的山風吹來，雲煙四散，峰巒松石，在彩色的雲海中時隱時現，瞬息萬變，猶如織錦上面的裝飾圖案，每幅都換一個樣式。這樣的影色霞光，我們就是在彩色圖片和彩色電影中也很難看得到的。（黃秋耘〈黃山秋行〉）

即使是在三十年後，開車走過幾百趟也還無法通透，只覺得「九彎十八拐」要從石牌站起算，但數著數著總會忘掉數字，因為山下的蘭陽平原太誘人，無論是在海水正藍的白晝、彩霞野紅的黃昏，或是燈火星亮的夜晚。（羅葉〈像個老朋友〉）

造船廠過去了，煉油廠過去了，他突然在製冰會社前駐足；彩緞般的紅霞裹住運河岸，夕陽餘暉在河面上鋪染，好魔豔的赤紅天地！（陳燁《烈愛真華》）

【虹】雨後天空出現的彩色圓弧形光圈，由外圈到內圈呈現紅、橙、黃、綠、藍、靛、紫七色。是大氣中的水氣受日光照射發生折射或反射作用而形成的，出現在和太陽相對的方向。也作「彩虹」。

【七彩】七種顏色。多指彩虹所呈現的紅、橙、黃、綠、藍、靛、紫七色。也可形容色彩繁多。

【虹彩】虹的光彩。

【長虹】彩虹。另有比喻長拱橋。

【殘虹】未消盡的彩虹。

【霓】大氣中有時與虹同時出現的彩色圓弧外圈，色彩較虹暗淡不明顯。形成原因與虹相同，只是光線在水珠中的反射比虹多了一次，色彩排列順序與虹相反，紫色在外，紅色在內。也稱「副虹」。

【霓虹】雨後天空的彩色圓弧。外環暗淡較不清楚的是霓，內環鮮麗較明豔的是虹。也有「虹霓」。

遠處如練一條浮著的，正是長江。這時彩虹一道，掛上了天空。七彩鮮豔，銀海襯底。妙極！妙極了！（徐遲〈黃山記〉）

季風吹著石縫裡的小油菊／魚群洄游，輕唱採鹽之歌／陽光追逐青石街道上的虹彩／小小的廟宇彷如拜占庭修道院（謝昭華〈節日——馬祖北竿島芹壁午後〉）

我向虹起處方向走去，到了一個小小山頭上。過一會兒，殘虹消失到虛無裡去了，祇剩餘一片在變化中的雲影。那條素色的虹霓，若干年來在我心上的形式，重新明明朗朗在我眼前現出。（沈從文《大山裡的人生》）

你是我生命海岸上一絲破曉的金色的微光，第一朵潔白秋花上的一滴珠露。你是俯在塵土上的遠天的一彎虹彩，一個烘托著白雲的新月的夢，你是偶然向世間呈露的一個樂園的秘密。你是我的詩人的幻象，從我忘卻的出生的日子裏顯現出來，你是永不為言說而有的言語，是以枷鎖的形象來到的自由，因為你為我開啟了門戶進到活生生的光明的美中。（冰心〈泰戈爾詩節選〉）

5 霜露冰雪

露水

【朗潤】明亮、潤澤。

【晶明】明亮。

【珊珊】晶瑩明潔的樣子。

【清露】潔淨的露水。

【瑩瑩】明亮光潔。

【晶亮圓潤】光亮圓滿而潤澤。

那就是蝶花，後來我才知道，它的學名叫野薑花，長劍般的綠葉、蝶翼似的白蕊全都噙著晶亮圓潤的露珠。（林彧〈蝶花〉）

樹林靜得很，一根針掉下來都可以聽到它的聲音，整個世界像停在這一刻裡，竹葉上排滿了晶瑩渾圓的露珠，有時掉下來，聲音好清脆，滴滴答答的，彷彿好多的手指，不斷地按在不同的琴鍵上，彈奏

【晶瑩剔透】光亮而透明。

【晶瑩渾圓】光亮透明且形體很圓。

【繁露】露水很多。

【溰溰】ㄧ，露水濃厚的樣子。

【湛露】濃厚的露水。

【點點】小而多。

【瀼瀼】ㄖㄤˊ，露濃貌。

【露重霜冷】指露水濃厚，霜氣冰寒。

【露華漸濃】露氣漸漸濃厚。

【白露】秋天的露水。

【玉露】秋天清晨晶瑩如玉的露水。謝眺〈泛水曲〉：「玉露霑翠葉，金鳳鳴素枝。」

【零露】降落的露水。

【零零】滴落的樣子。

【露點】露珠、露水。

【露華】露珠、露氣。

【露水】指近地面的水蒸氣，因遇冷而形成的小水滴。即露珠。

【露珠】露水凝結，有如珠子。也作「露水珠兒」。

寒霜

【凝結】液體遇冷變成固體。也作氣體因壓力增加或氣溫降低變成液體。

【凝霜】凝結成霜。

【雰雰】ㄈㄣ，霜凝結的樣子。也作雨雪飄落貌。

【皜皜】ㄏㄠˋ，光明潔白的樣子。

【霜寒】寒光閃閃貌。

【冷霜】寒霜。

【冽霜】寒霜。

【霏霜】飛霜；厚霜。

出一曲充滿田園的美妙音樂。（林佛兒《北回歸線》）

早晨的竹篁裡，初醒的葉尖上點點圓露，輕輕走過，總有一兩個漏了的音符掉在髮上、衣襟。（簡媜〈竹枝詞〉）

我沿著屋後的小徑走向附近的土地公祠；土地公祠就在離我家不到兩百公尺遠的溪畔；祠前有空曠的祠坪，坪邊有一棵百年的老榕，枝葉滿滿覆蓋著祠坪的上空，我坐在祠坪的石階上，感到深秋的夜裡，露重霜冷，把夾克拉鍊拉上，輕輕吹奏起一些哀傷的曲調，〔……〕（吳錦發〈秋菊〉）

夜已深，露華漸濃，侵得人四肢冰冷，我們還盡管絮絮叨叨沒個底兒。（朱天文〈之子于歸〉）

時值八月中秋。是夜銀河耿耿，玉露零零；旌旗不動，刁斗無聲。（明．羅貫中《三國演義》刁斗，古代行軍用具，斗形有柄，白天用來燒飯，晚上用來敲鑼巡更）

冬日的早晨，我們躡著腳跟去上學，路面已凝結了薄薄的霜粉；每一步，腳板也都明白地感覺到泥土飽蓄著霜氣的冰冷。（顏崑陽〈故鄉那條黃泥路〉）

那離視線稍遠的柿樹，煞似燒焦了，真真的化成了炭。是啊，那燈籠一般的果實摘去了，又接來嚴霜染紅了自己的葉子，濃霧的清晨，溫靄的晚暮，那葉子像一片熾熱的花，老遠就送來一樹呼喚，但大風又折斷了它的細枝，只剩下幾根粗大的枝椏。（郭建英〈秋潮〉）

持身涉世，不可隨境而遷。須是大火流金而清風穆然，嚴霜殺物而和氣藹然，陰霾翳空而慧日朗然，洪濤倒海而坻柱屹然，方是宇宙

【霜威】寒霜肅殺的威力。

【霜氣】刺骨的寒氣。

【霜黯】霜濃。

【嚴霜】寒霜。

【冰封】被冰雪覆蓋。也有「雪封」。

【封凍】江河湖泊或土地因嚴寒而凍結。

【凍結】凝結。

【冰晶】露水因低溫而結成冰珠。

【結晶】指物質從液態或氣態形成晶體的過程。

【凝凍】凝固凍結。

【淞】水氣遇冷凝結成的冰花。

【冬凌】指冰。

【冰河】結冰的河流。也作「冰川」。

【冰原】高緯度地區的冰層，因終年積雪不消，且占地廣大，宛如一大片平原，因此得「冰原」之稱。

【冰雕】此指冰河的冰塊經過長時間的壓擠，形成各種形狀與多面角度，就像是被雕塑而成的藝術品。本指以冰塊為材料的雕刻作品。

【玉雪】白雪。

【白皙】潔白乾淨。

【珂雪】白雪。

【皎潔】潔白的樣子。

【皚白】雪潔白貌。

【皚皚】潔白的樣子。也有「白皚皚」。

【白茫茫】形容一望無際的白。常用來形容雪、霧、大水等。

【如光點】此形容雪好像會發出光亮的點般。

【碎瓊亂玉】形容雪花潔白散碎。

內的真人品。愛是萬緣之根，當知割舍。識是眾欲之本，要力掃除。（洪應明《菜根譚》）

為了追逐一場想像中溫柔的飛雪，我踏上冰封的東北大地。自大連到旅順，始終是雪霽天晴朗。抵達瀋陽以後，往故宮駛去。（張曼娟〈關雎宮〉）

在南極這樣森嚴無情的自然景觀中，存活著幾千萬隻各式有如卡通動物一般的企鵝，我覺得是南極最有趣的對比。而這些充滿喜感的黑袍小紳士，也為封凍的南極帶來些許熱鬧與歡愉。（羅智成〈南方以南——南極之旅〉）

極冷的時候，冰雪霜風，我裹著厚厚的冬衣，看地表冰晶的翠葉，凋萎在日出日落極大的溫差之中，對不慣霜雪的闊葉植物而言，這真是一種嚴酷的考驗。（凌拂〈深入與遠離〉）

冰河裡的冰結構，已經喪失水的特性，而是接近金屬品的特性。原因是冰河累積的時間太長太長，從數十年至百年、千年的時間，雪在不同時候落下來，經壓縮，擠出空氣，結晶成各種形狀、各種角度的多面型冰雕建築。（洪素麗〈過境鳥〉）

人多走路是有趣的，特別是走在皎潔綿軟的雪上。（穆木天〈雪的回憶〉）

鷹崖也是我常去採集的地方，立在岸上，面臨宛地弗克海峽，海峽彼岸是奧林匹克山脈，山頂終年積雪，白皚皚的山峰，山峰上層層的雪，我曾坐在鷹崖的石頭上，做過很多夢。（賈福相〈我不認識海〉）

檐陰裡有未遭人跡的茸茸厚雪，我湊近去，食指摸摸，並不綿密，

【茸茸】柔細的樣子。

【細雪】柔細的雪。

【綿密】細密。

【綿軟】柔軟。

【如綿絮】形容雪好像柔軟的綿花般。

【棉花糖似的】此形容雪片與外觀像是一團柔細棉絮的棉花糖相似。

【飛雪】飛散的雪花。

【鵝毛】鵝的羽毛。可形容像鵝毛一樣的飛雪。

【空中撒鹽】形容雪花飄在空中的樣子。

【柳絮飛舞】形容雪花飄在空中的樣子。

【積雪】積聚未融的雪。

【霏霏】雨、雪、煙、雲盛密的樣子。亦可形容雨下不止。

【雪虐風饕】下大雪，颳大風。形容風雪交加。饕，ㄊㄠ，凶惡貪婪。

【鋪天蓋地】形容來勢猛烈，聲勢浩大。此形容積雪遍布。

【雪花】雪。

【六出】雪花。因雪似花瓣分成六片，故稱之。也作「六出花」。

【天花】雪花。也作「天華」。

【雪霰】雪和霰。也偏指雪。亦稱「雪子」。霰，ㄒㄧㄢˋ，高空中的水蒸氣遇到冷空氣凝結成的小冰粒，多在下雪前或下雪時出現。

【瑞雪】冬季應時的好雪。因可以殺死害蟲，使作物豐收，多視為豐年的預兆，故稱之。

【凝雨】雪的別稱。因雪為雨凝結而成，故稱之。

【雪線】終年積雪區域的最低高度。雪線的高低與緯度、季節、坡向有關。如赤道附近的雪線比兩極地區的高。

【雪晴】雪止後放晴。

仔細瞧瞧，並不乾淨，塵灰一顆顆自白色背景裡凸顯而出，黑芝麻撒上了白米飯一般。（王盛弘〈雪的可能〉）

雪如綿絮，又如光點，在光影交織下，消散無蹤，只在地面上留些殘白與溼漬。（黃光男〈東京初雪〉）

這時鵝毛細雪又飄了下來，能見度非常低，山道很窄，一個不慎，就會失足掉入山谷中，你一再提醒我要小心。強風夾著細雪迎面吹來，走一步差點退兩步，不由得想起小時候讀過的納爾遜雪中上學的故事。（林滿秋〈跌入溪谷〉）

開學後不久，一天下午忽然飄起了雪片。那棉花糖似的雪片，靜靜地落下，又靜靜地融化。（夏菁〈落磯山下〉）

雪，是越下得大越好，只要是不成災。雨雪霏霏，像空中撒鹽，像柳絮飛舞，緩緩然下，真是有趣，沒有人不喜歡。有人喜雨，有人苦雨，不曾聽說誰厭惡雪。（梁實秋〈雪〉）

也因此，當巴士一路慢慢的駛向裡磐梯大片白皙的雪地時，那鋪天蓋地的蒼茫雪色，美得使我差些叫出聲來。（陳銘磻〈雪落無聲〉）

祭灶那天下午，溜溜的東風帶來一天黑雲。天氣忽然暖了一些。到快掌燈的時候，風更小了些，天上落著稀疏的雪花。賣糖瓜的都著了急，天暖，再加上雪花，大家一勁兒往糖上撒白土子，還怕都粘在一處。雪花落了不多，變成了小雪粒，刷刷的輕響，落白了地。七點以後，鋪戶與人家開始祭灶，香光炮影之中夾著密密的小雪，熱鬧中帶出點陰森的氣象。（老舍《駱駝祥子》）

待太后笑呵呵叫起來賜坐，乾隆問道：「說是外頭下雪了，妨礙不妨礙？人多不多？」「回主子話，」阿桂在椅中一欠身說道：「只是稀稀落落，楊花兒似的，地下還蓋不滿一層兒。下頭外城的人約有

【雪霽】雪止後放晴。也作「霽雪」。

【新霽】雨雪止後放晴。

【殘雪】尚未化盡的雪。

【融化】變成液體。

【消融】融化。

【開河】冰封的江河解凍。

【融解】融化。物體由固體變成液體的過程。

【冰消雪化】冰雪融化。

【雪崩】高山上積雪過多，或融化的雪水在雪層下方滑動，造成積雪崩落的現象。

6 氣候

乾燥

【乾爽】乾燥、清爽。

【枯燥】乾枯；乾燥。

【天乾物燥】物體以及空氣中的水分含量少，因而呈現乾燥的狀態。

【燥熱】氣候乾燥炎熱。

【乾烈】乾燥、熾熱。

【枯旱】乾旱。

【乾旱】土壤或氣候太過於乾燥。

【乾枯】水一點也不剩。也可形容草木缺水而枯黃。

【渴旱】乾旱。

【苦旱】非常乾旱。

【天旱】長久不雨的天氣。

【久旱不雨】長久乾旱不下雨。

【乾坼】乾裂。坼，ㄔㄜˋ，裂開。

【乾裂】因乾燥而裂開。

【乾熱】既乾燥又炎熱。

【旱天】天氣乾燥不雨。

【亢旱】長時間不下雨。

十萬，內城有七八萬，都還忙著領老佛爺的賞。這回是裡裡外外都熱鬧，老天爺也湊趣兒，給場小雪。雪地裏看燈，一來沒火災，二來關防也好辦，瑞雪兆豐年——都喜到一處了！」（二月河《乾隆皇帝》）

這時何鐵手的幫手來者愈多，仙都派眼見抵擋不住，長鬚道人發出號令，眾人登時收劍後退。仙都門人對群戰習練有素，誰當先，誰斷後，陣勢井然。何鐵手身上受傷，又見敵人雖敗不亂，倒也不敢追趕，嬌聲笑道：「暇著再來玩兒，小妹不送啦。」仙都派眾人來得突然，去得也快，霎時之間，刀劍無聲，只剩下朔風虎虎，吹捲殘雪。（金庸《碧血劍》）

大雨來得正是時候，八月底，急水溪拖走了少少幾隻鴨，一小片地瓜田，倒是滋潤了嘉南平原上渴旱已久的稻畝。（阿盛〈急水溪事件〉）

而苦旱的面積繼續擴大／災情逐漸蔓延／休耕限電不足懼／可怕的是／我家的水管／已數日乾枯無水／那進口的閃亮水龍頭／裝飾著／空寂的廚房／毫無用武之地（彭選賢〈苦旱〉）

連著幾星期的久旱不雨，球場上的土乾裂著，草也焦萎著，有些細細的塵沙，讓人錯覺是大地烘烤出來的煙氣。（小野〈封殺〉）

我在後院整院子時，發現地上插了許多沖天炮的細竹條，才知道你居然趁父母不在的時候，請妳的朋友凱尼來放炮。你明知道在紐約放炮是違法的，也知道這種處處朽葉、天乾物燥的冬天容易失火，卻答應朋友用我們鄰接樹林的院子做掩護。（劉墉《超越自己》）

潮溼

【潮溼】溼潤，含水量高。

【微濡】稍微潮溼。濡，ㄖㄨˊ。

【浥浥】溼潤的樣子。浥，ㄧˋ，通「裛」字。

【滋潤】溼潤；不乾燥。

【溼冷】潮溼寒冷。

【溼濡】潮溼。也作「濡溼」。

【潮潤】潮溼；溼潤。也有「潮潤潤」。

【潤澤】滋潤；不乾枯。

【飽和】泛指事物達到的最高限度。

【蒸騰】熱氣上升。

【潮氣】空氣水分含量。

【陰溼】陰暗、潮溼。

【悶溼】悶熱、潮溼。

【悶熱】溼熱悶人。

【湫溼】低窪、潮溼。湫，ㄐㄧㄠˇ。

【發霉】東西受潮後，表面滋生出霉菌。

【溼熱】潮溼、悶熱。

【暖溼】和暖、潮溼。

【溽暑】夏季潮溼悶熱的氣候。溽，ㄖㄨˋ。

【溽蒸】溼熱。

【溽熱】潮溼而悶熱。

【蒸悶】悶熱。

【膠著】黏住。也可比喻相持不下或工作無法順利進行。

【膠凝】黏合凝結。可形容悶熱、空氣不流通。

【霉溼】受潮溼而發霉。

【歷沴】因長時間下雨而潮溼、發霉的情況。沴，ㄌㄧˋ。

【黏稠】形容空氣潮溼到發黏的樣子。

【溼漉漉】非常潮溼的樣子。也有「溼答答」、「溼澾澾」。澾，ㄊㄚˋ。

【黏答答】溼溼黏黏的樣子。也

台灣黏稠的溼冷令人厭倦，像剪不斷的人際網路，逼人逃離。（鍾怡雯〈夜色漸涼〉）

三貂角在漸去漸遠的茫霧遠方，充滿溼濡、鹹味的空氣像一隻堅硬、稜角稜線的拳頭，猛力壓迫著已然崩潰的腹間，手腳些微痙攣，眼皮痠疼得不由然咬緊牙齦……（林文義〈三貂角以北〉）

當森林中的溼氣達到飽和時，過多的水分會自然流失，緩緩由莖葉、根系、腐植層中泌出，集聚成小水流，進入溪溝之中。（王家祥〈候鳥旅館〉）

在經過一個個熱氣蒸騰，燠悶炙人的夏天，被一曲又一曲男聲女聲牽引，走入一處處分不清日與夜的地方，我好像體質變得更為堅強，〔……〕（楊索〈熱與塵〉）

這一段日子潮溼得很。幾乎每天晚上睡覺蓋被保暖的人，都變成烘焙棉被的人炭。因為那溼冷又重的被子一蓋上去，人自然就縮成一團。等到覺得暖和舒適，天正好也亮了。除此之外，村子裡很多東西也都發霉。（黃春明〈銀鬚上的春天〉）

說來可憐，這乾枯的山地，不宜繁花密柳；春天到了，也沒個寄寓處。祇憑一個陰溼蒸悶的上元節，緊跟著這幾天的好太陽，在山城裡釀成一片春光。（錢鍾書〈紀念〉）

初秋的澤西城和紐約一樣，白日晴空萬里，太陽白花花的在赫德遜河上閃閃爍爍，溽熱便如潮水般的一波一波湧了過來，一早便把澤西城給吞噬了。（潘貴昌〈鄉關〉）

因為那面神祕之門斑馬牆，彷彿阿拉丁的芝麻開門，讓通過這道門的人都會不自覺的留下了部分的靈魂。直到現在還分不清是真實還是虛幻，就像熱帶氣候又悶溼又膠著，怎麼也釐不清溼與熱的比例。

有「黏涎答答」。答答，液體滴落的聲音。

【黏膩膩】形容非常溼黏、含水分過多的樣子。

【悶悶黏黏】悶熱又溼黏的樣子。

【像是蒸籠】形容空氣又悶又熱，就像置身在蒸籠中。

【溼悶】潮溼且悶熱。

【溼津津】溼潤的樣子。也作「溼浸浸」。

【礎潤而雨】建築的基石被水器所溼潤，是要下雨的前兆。也指從微小的跡象中，探知事物的真相和未來發展。

【潤溼】潮溼。

【濛濛】水氣細密連綿的樣子。

【瀧漉】形容下雨淋漓。

【蒸暑】形容夏天的悶熱潮溼。

陰天

【晻】ㄢˇ，陰暗。

【闇】陰暗。通「暗」字。

【輕陰】天色微陰。

【陰晦】天氣陰沉、晦暗。

【重陰】雲層密布的陰天。

【陰沉】天色陰暗，雲層厚重。也有「陰沉沉」。

【陰霾】形容天氣陰沉、晦暗。

【晦昧】天色陰沉、昏暗。

【暡曚】天氣陰暗不明的樣子。暡，ㄨㄥˇ。

【陰灰灰】形容天氣陰沉、灰暗的樣子。

【陰慘慘】陰森貌。

【烏雲密布】黑雲布滿天空，天氣陰霾。

（江秀真〈赤道上的雪山〉）

夜空的一角，一團肥圓的大月亮，低低浮在椰樹頂上，昏紅昏的，好像一隻發著猩紅熱的大肉球，帶著血絲。四周沒有一點風，樹林子黑魆魆，一棵棵靜立在那裡。空氣又熱又悶，膠凝了起來一般。（白先勇《孽子》）

最近，台北老是下雨，我坐在窗檯前，收拾床底下的雜物時，撿出一本兩年前的舊筆記本，封面有老鼠咬嚙的痕跡，隨手翻翻，除了撒落幾粒塊狀的老鼠屎外，還散出一股衝鼻的霉溼，這股霉溼味使我中輟下翻閱的動作。（平路〈玉米田之死〉）

林中非常潮溼、悶熱，一點最輕微的風也沒有，簡直像是蒸籠，而這正是自然學家稱的「大自然的溫室」。（徐仁修〈未知的叢林〉）

出門便聽見濤聲，新雨初過，天上還是輕陰。曲折平坦的大道，直斜到山下，既跑了就不能停足，祇身不由己的往下走。（冰心〈父親的「野」孩子〉）

在陰晦的日子，看迷迷濛濛的遠山，真能體味到「數峰淒苦，商略黃昏雨」的意境，而「山雨欲來風雨樓」更是這小樓的寫真，因為華崗原是風崗，而我的小樓也就是風樓了。（胡品清〈我藏書的小樓〉）商略，為醞釀之意

晨起陰晦，微風小有春寒；在羅素廣場車站前購日報數份，回旅次喝咖啡讀報：新聞沉悶，社評清新，副刊一塵不染，大報書評版大致可觀。（董橋〈英倫日誌半葉〉）

我到烏江的發源地草海邊上去，那天陰沉沉的，好冷，海子邊上

【沉陰】天氣久不放晴。

【變天】天氣由晴轉陰。

【變陰】天氣由晴轉為陰暗欲雨的樣子。

【鬧天氣】變天。通常指天氣忽晴忽雨。也作「鬧天兒」。

【陰晴不定】天氣不穩定。

【連陰】連日天氣陰沉，或指連續陰雨的天氣狀況。

【連陰天】連續數天天氣陰雨。

【陰天】雲霧重，不見陽光。

【陰冷】指天氣陰沉且寒冷。

【陰晦】天氣陰沉、天光晦暗。

【霾晦】因大風揚塵，造成天光晦暗。

有一幢新蓋的小樓，是剛設立的自然保護區管理處，屋基用石塊砌得很高，獨立在這一大片泥沼地上。（高行健《靈山》）

自隨波潮輕晃的甲板步下梯口，站在碼頭上，抬頭纔發現面前群山訇訇向我逼來，滿天陰霾靜靜向遠處推廓而去。（林耀德〈海〉）

花無缺到達花林時，錦繡般的紫花，已被昨日的劍氣摧殘得甚是蕭索，陰霾掩去了日色，風中已有涼意。花無缺想到自己又要和燕南天相對，嘴角的笑容竟瞧不見了，但他縱然明知此行必有凶險，也是非來不可。（古龍《絕代雙驕》）

晴天

【好天】晴朗宜人的天氣。

【晴和】天氣晴朗，氣候溫和。也作「風日晴和」。

【晴朗】天氣清朗無雲，陽光普照沒有雲霧。

【妍暖】晴朗暖和。

【清霽】天氣晴朗。

【暉暉】晴朗的樣子。

【響晴】晴朗高爽。

【天清氣朗】天候狀況良好，晴朗清新。

【風恬日朗】沒有風，天氣晴朗。

【朗朗雲天】天空晴明。

【晴空萬里】晴朗的天空，萬里無雲。

【響天大日】天氣晴朗。

沒有聽見房東家的狗的聲音。現在園子裡非常靜。那棵不知名的五瓣的白色小花仍然寂寞地開著。陽光照在松枝和盆中的花樹上，給那些綠葉塗上金黃色。天是晴朗的，我不用抬起眼睛就知道頭上是晴空萬里。（巴金〈靜寂的園子〉）

對於一個在北平住慣的人，像我，冬天要是不刮大風，便覺得是奇蹟；濟南的冬天是沒有風聲的。對於一個剛由倫敦回來的人，像我，冬天要能看得見日光，便覺得是怪事；濟南的冬天是響晴的。（老舍〈濟南的冬天〉）

他們回家的時候兒，木蘭跟他們一齊去的。她看見曼娘正逗著一歲大的小孩子玩兒。那天下午天氣晴朗，幾盆菊花兒，快要凋謝了，挺立在屋子裏冬天光亮的日光之中，使那間屋子有一種幽靜出塵冷若冰霜的華美。孩子躺在曼娘母親屋裏的床上，床上放著幾雙緞子鞋頭兒，她們來以前，曼娘正繡那些鞋幫子。（林語堂《京華煙雲》）

寒冷

【微涼】帶有略微涼意。

【嫩涼】天氣初涼。

【涼絲絲】形容天氣稍涼。

【涼爽】清涼舒爽。

【清冷】清涼而略帶寒意。

【清涼】涼爽。

【爽颯】涼爽。也作「颯爽」。

【蔭涼】因物遮蔽而感到涼爽。

【涼森森】清涼貌。

【春寒料峭】早春薄寒侵人肌骨，微寒。料峭，形容風冷。

【沁寒】透出寒意。

【冰涼】很涼。

【冷冽】寒冷。

【冷峭】寒氣逼人。也作「寒峭」。

【峭冷】寒冷。

【冽冽】寒冷貌。

【哆嗦】因天氣寒冷或害怕而身體顫抖。

【荒冷】荒涼又寒冷。

【陰冷】氣候陰沉、寒冷。

【陰寒】天陰而寒冷。

【森冷】形容陰森寒氣。

【森然】陰森寒冷。

【森薄】陰涼逼人。

【瑟爽】寒涼清爽。

【瑟瑟】寒涼貌。

【溘溘】ㄎㄜˋ，寒冷的樣子。

【寒浸浸】寒冷。

【刺骨】形容非常寒冷。「寒冬刺骨」。

【砭骨】直鑽入骨子裡。形容非常寒冷。也可比喻非常痛苦。砭，ㄅㄧㄢ。

【透骨】透徹入骨。可形容很冷。也可比喻極為深切。也有「徹骨」。

【酷寒】天氣極冷。也有「酷冷」。

【慘慄】酷寒。

【凜冽】寒冷刺骨。

脫下疲倦的高跟鞋／赤足踩上地球花園的小台階／我的夢想不在巴黎　東京或紐約／我和我的孤獨／約在微涼的　微涼的九月（陳克華〈九月的高跟鞋〉）

這季節的維也納一片空濛。陽光還沒有除淨殘雪，綠色顯得分外吝嗇。我在多瑙河邊散步，從河口那邊吹來涼絲絲的風，偶爾會感到一點春的氣息。（馮驥才〈維也納春天的三個畫面〉）

這是夏天，氣溫約十七、八度，十分爽颯，野外踏行整天回來而不能洗澡感到痛苦。（雷驤〈沐浴綺譚〉）

屋外霧濃，寒氣冷冽，我決定出門買杯咖啡喝。每天穿衣脫衣，每天穿鞋脫鞋，出門進門，連生活在他鄉的新奇，都無法挽救生活無可奈何地必然墜向無聊的流沙。（鍾文音〈我恰巧厭倦了旅行〉）

由於沒有了樹林的遮擋，風稍大了，夾著凌晨近四時的森冷寒氣，從難以辨認的方向綿綿襲滲而來。（陳列〈玉山去來〉）

一個十二月的清晨，天色陰霾，空氣冷峭，寒風陣陣的吹掠著。（白先勇〈國葬〉）

海邊的風有點峭冷。海的外面無路可尋。孩子捧著空的貝殼，眼淚點點滴入海中。第二天，人們發現了手中捧著貝殼的孩子的冰冷的身體。第二夜，人們看見海中無數的星星。（陸蠡〈海星〉）

他們穿過了大路，走到野地裡，外面的陽光這樣的明亮，使他們覺得很詫異，那陽光雖然溫暖，一陣秋風吹上身來，卻又寒浸浸的。（張愛玲《赤地之戀》）

悲慘的一九四八年整個過去了。一九四九年一月二十七日，除夕的前一夜，冷得刺骨，天剛黑，太平輪駛出了黃浦港。（龍應台〈大出走〉）

【凜寒】寒冷。

【凜凜】寒冷。也有具有威嚴而使人敬畏的樣子之意。

【凝寒】嚴寒，非常寒冷。

【嚴寒】特別寒冷。亦有「嚴冷」。

【肅殺】形容秋冬天氣寒冷，草木枯落的蕭條氣象。

【冷丁丁】非常寒涼。也作「冷冰冰」。

【冷霜霜】形容極為寒冷。

【針尖似地刺著】形容冷風像細微的針一樣扎人。

溫暖

【回暖】天氣由冷轉暖和。

【乍暖還寒】形容氣候忽冷忽熱，冷熱不定。也有「乍暖還涼」。

【和暖】天氣溫暖。

【和暢】和暖舒暢。

【和煦】和暖的樣子。

【溫宜】溫暖宜人。

【溫煦】和暖。

【溫潤】溫和溼潤。

【溫暾】和暖而不熱。也有「暖暾」。

【煦煦】暖和。

【煦暖】溫暖。

【熙和】暖和。

【熏暖】暖和。

【融融】和暖的樣子。

【暖洋洋】溫暖、舒適。

【暖烘烘】溫暖的樣子。也作「暖融融」、「暖溶溶」。

【風和日暖】微風和暢，日光溫暖。

【火傘】比喻熾熱的陽光。

【火毒】形容酷熱。

【炙熱】炎熱。

【暍暍】ㄏㄜˋ，極熱。

若遇到風和日暖的午後，你一個人肯上冬郊去走走，則青天碧落之下，你不但感不到歲時的肅殺，並且還可以飽覺著一種莫名其妙的含蓄在那裡的生氣；（……）（郁達夫〈江南的冬景〉）

北風根根針尖似地刺著施老伯的喉頭，他忙著把藍棉襖的領口扣上。（鍾玲〈永遠不許你丟掉它〉）

然而古人食艾，非僅為其綠意香氣，更因為它能祛毒鎮邪，去瘟避疫，防範換季時乍暖還寒，忽溼忽乾，令人失調生病的各種「邪症」。（蔡珠兒〈艾之味〉）

清明已過，天氣乍暖還寒，春雨灑過後的草地上，萬頭鑽動，當陽光一露臉，粉紅、淡紫、嫩黃、雪白的小草花，齊綻歡顏，大地充滿了跳躍音符，真是撲朔的天氣，迷離的心情。（周艾〈春日的邀宴〉）

我站在約莫是從前六號的遺址。定神凝睇，覺得那粗糙的水泥牆柱之間，當有一間樸實的木屋書齋；又定神凝睇，覺得那木屋書齋之中，當有兩位可敬的師長晤談。於是，我彷彿聽到他們的談笑親切，而且彷彿也感受到春陽煦暖了。（林文月〈溫州街到溫州街〉）

門前一片草坪，人們日間為了火傘高張，晚上嫌它冷清清，除了路過，從來不願也不屑在那裡留連。惟其如此，這才成了真正是「屬於我」的一塊地方；（……）（鍾梅音〈鄉居閑情〉）

搬到這房子天天躺在床上呻吟，其時還是夏末秋初，天氣蒸熱，房間到了下午嚴重西曬，我感到身體日漸朽壞乾枯，如同這個行將朽

【蒸熱】炎熱。

【酷熱】炎熱；極熱。

【熱浪】熱的輻射如波浪般湧來。形容天氣炎熱。

【曛赫】暑氣炎熱逼人。

【熾熱】很熱；酷熱。

【燠熱】炎熱。燠，ㄩˋ或ㄠˋ。

【爍爍】酷熱貌。

【鬱蒸】盛熱。

【鬱燠】炎熱。

【火燒火燎】形容天氣非常酷熱。燎，ㄌㄧㄠˋ。

【流金鑠石】形容天氣非常炎熱，彷彿能把金、石鎔化。鑠，ㄕㄨㄛˋ，鎔化。

【焦金流石】將金屬或石頭燒焦、鎔化。形容天氣極度乾旱炎熱。也作「燋金流石」、「燋金爍石」。

【像鍋爐一樣】形容天氣非常炎熱。

壞乾枯的老屋。（周芬伶〈蘭花辭〉）

有人說法國的今夏曾熱浪襲人，於是伸手測溫，不覺有異，莫非天象已過生死鏈，只在石城上，那偶見索索相繫的電線，穿梭在歲月與人情的煎熬上。（黃光男〈馬賽組曲〉）

颱風來臨之前，天氣總是特別熱，熱到鳥都飛不起來的燠熱。黃昏時候，天空一片燒紅。（鄭麗卿〈迷途的鴿子〉）

那個黃昏，夕陽冉冉，猶有些許燠熱，但失去母親的子女，心中只有一片冰寒。（林文月〈白髮與臍帶〉）

這時正是三月天氣，杏花夾徑，綠柳垂湖，暖洋洋的春風吹在身上，當真是醺醺欲醉。段譽不由得心懷大暢，脫口吟道：「波渺渺，柳依依，孤村芳顫遠，斜日杏花飛。」（金庸《天龍八部》）

環境景色》三、地貌

1 土地

幅員廣大

【氾博】廣大。

【壯闊】雄壯寬廣。也有雄偉而壯觀之意。

【芒芒】廣大的樣子。

【空廓】空廣、寬闊。

【空曠】開闊。

【恢廓】廣大。

【旁魄】廣大宏偉。亦作「旁薄」、「傍薄」。

【訏訏】廣大。

【莽蕩】遼闊無際。

【無垠】遼遠而無邊際。

【無限】沒有盡頭。

【無盡】沒有邊際，沒有窮盡。

【一望無際】一眼望去看不著邊際。寬廣、遼闊。

【漫無邊際】非常寬廣，一眼望不到盡頭

【開曠】開闊、空曠。

【博大】廣大。

【滂浩】廣大的樣子。

【溟漭】廣大無際。

【溥博】廣大周遍。

【廓落】廣大遼闊的樣子。

【漭瀁】廣大貌。瀁，ㄧㄤˋ。

【廣闊】廣大寬闊。

【廣袤】廣闊。廣，東西向。袤，ㄇㄠˋ，南北向。

【廣遠】廣闊、遼遠。

【廣漠】廣大、空曠。

【敻遼】廣闊、遙遠。也作「遼敻」。

這是一塊鹹土地，一釐一畦的鹽田圍拱小村三面，站在村子口的廟堂往無垠的四周眺望，鹽田一方格一方格綿延到遠方與灰綠的樹林共天色。（蔡素芬《鹽田兒女》）

我們雙手接過，達娜說，這是蒙古傳統習俗，即將出遠門的遊子喝下一碗熱騰騰的新茶，就一定能夠克服萬難，平安歸來。我們端起碗一飲而盡，熱淚盈眶，相信自己一定會再會到這片藍色長空之下的廣袤大地！（杜蘊慈〈草原上的歡聚——那慕達〉）

在那麼廣袤的中國大西北的黃土地上，閉上眼只會想到那麼悲傷的荒瘠與愁苦，〔……〕（李黎〈城的記憶〉）

廣漠曠遠的八百里秦川，只有這秦腔，也只能有這秦腔，八百里秦川的勞作農民只有也只能有這秦腔使他們喜怒哀樂。秦人自古是大苦大樂的民眾，他們的家鄉交響樂除了大喊大叫的秦腔還能有別的嗎？（賈平凹〈秦腔〉秦川，指陝西、甘肅的秦嶺以北平原一帶）

不再流浪了　我不願做空間的歌者，／寧願是時間的石人。／然而，我又是宇宙的遊子，／地球你不需留我。／這土地我一方來，／將八方離去。（鄭愁予〈偈〉）

從千古到萬古／從東方以東　西方以西到八極之極／然而那其實是多麼不情願的藏匿／多麼不應該的隱祕（扎西拉姆．多多〈從此我是你的赤子〉）

【駘蕩】廣大。另有形容春日景色舒放之意。駘，ㄉㄞˋ。

【蕩蕩】廣大。

【薄薄】廣大貌。

【藐藐】廣大。

【曠遠】遼闊貌。

【曠曠】廣大貌。

【天高地闊】天地廣大遼闊。

【天覆地載】指天地範圍極為廣大。

【橫無際涯】廣大而沒有邊際。

【垓】荒遠之地。

【八方】東、南、西、北、東南、西南、東北、西北八個方向。泛指各方。

【八極】八方極遠之地。

【八埏】八方邊遠之地。

【九垓】中央至八極之地。

【垓埏】指至遠之地。

【方州】指大地。

【后土】對大地的尊稱。

【浩壤】廣大的土地。

【輿地】指土地。

【幕天席地】以天為幕，以地為席。也可比喻胸襟高曠開朗，不拘行跡。

地方狹小

【片席】一張坐席。比喻狹小。

【咫尺】形容地方狹小。

【迫窄】狹窄；狹隘。

【偪促】空間狹小。另有不安適或器量狹小之意。

【狹隘】寬度窄小。

【狹仄】狹窄。

【彈丸】比喻地方狹小。

【褊小】土地狹小。褊，ㄅㄧㄢˇ。

【褊狹】土地狹小。另有心胸狹小之意。

【蕞爾】形容地域很小。

詩人去了，帶走了他的心靈，這世界失去了全部的色彩和意義。她久久凝望著那黑沉沉的無垠夜空。群星閃爍，銀色的光芒宛若一種燦爛的語言，億萬年來訴說著，那麼神秘，那麼寂寞，那麼悲哀。她感到，她與他之間，有著一層障帷，也許薄如翳膜，一捅就破；也許厚如廣宇，兩顆心靈就像在不同軌道上運行的兩個星球。（王蕙玲《人間四月天》）

傅恒點頭起身，向前看時已是暮色蒼茫，西邊血紅的晚霞早已不再那樣燦爛，變成鐵灰色，陰沉沉壓在起伏不定的崗巒上，近前廣袤的大草原水沼上，西北風無遮無擋掠空漫地而過，寒意襲得人身上發瘆。炸得稀爛的大纛旗也在簌簌不安地抖動。他再三斟酌，無論如何不宜夜戰，掏出懷表看看，說道：「放紅色起火三枝，各營收軍待命！」便見後隊馬光祖大跨步趕上來，因問：「甚麼事？」「岳老軍門趕上來了。」馬光祖道：「聖上有旨給您。」（二月河《乾隆皇帝》）

香港是東方的珍珠，我到現在仍認為它是不愧如此被稱呼的。了不起的中國人，彈丸之地發展得如此繁華。（三毛〈赴歐旅途見聞錄〉）

當美國全境只有六百多種鳥類時，彈丸之地的台灣，竟擁有近五百種，地理位置的得天獨厚自然是絕對的因素。（劉克襄〈天下第一驛〉）

不錯，做為一個多黨制及議會制國家，新加坡從建國迄今，人民行動黨已經在新加坡連續執政三十七年，的確罕見。可是，如果一個政黨能長期造福人民，使蕞爾小國蛻變為富國強邦，又有什麼理由要去「輪替」她呢？（鄭明娳〈小國翻身成強邦〉）

蕞，ㄗㄨㄟˋ。如「蕞爾小國」。

【湫隘】居處低溼狹小。湫，ㄐㄧㄠˇ。

【地狹人稠】土地窄小，人口稠密。

【一方】一邊；一處。

【畸零地】土地零散、不規則或面積狹小。

【一隅之地】地域狹小。

【盈尺之地】比喻極小的地方。

【置錐之地】比喻極小的地方。亦作「立錐之地」。

臺灣地狹人稠，高溫而又潮溼，夏秋颱風頻繁。臺北食衣住行的生活指數，據報紙上公開報導，已高居全世界第三位。〔……〕但是如果人人無視自己的責任，只想偷懶，挑一個進步美好的社會去「寄生」，都去選擇臺灣以外的那些先進國家，臺灣這個地方就永遠無有希望了。（韓韓〈回來一年〉）

來自台北的年輕女老師在這畸零地荒島上頗為突出，她們不僅是島上稀有的都會年輕女子，也是島上少有的知識分子。（鄭鴻生〈夏末誘惑〉）

土壤肥沃

【堉】肥沃的土壤。

【沃土】肥美的土地。

【沃腴】肥美。

【沃然】肥美貌。

【沃實】土地肥沃，物產豐盛。

【沃饒】土地肥潤、豐厚。亦作「饒沃」。

【沃疇】肥沃的田地。

【肥沃】土質養料多，生產力大。

【肥美】肥沃、美好。

【肥饒】肥沃、富饒。

【美田】肥沃的田地。

【息土】指平坦肥沃，能自生自長，永不耗減的土壤。亦稱「息壤」。

【溼地】富含土壤水分的土地。因蘊含豐富的物種，成為水生、兩棲、爬蟲以及鳥類喜愛的生活環境。

【奧壤】肥沃的土壤。

【膏腴】形容土地肥美。

【膏壤】肥沃的土地。

【豐沃】肥沃。也可指肥沃的土地。

你看到農村中的青年技術員在改變土壤的場面嗎？有時他們把幾千年未曾見過天日的沃土底下的礫土都翻動了，或者深夜焚起篝火燒土，要使一處處的土地都變得膏腴起來。（秦牧〈土地〉）

武洛原是荖濃溪河床中浮出的河川地平原，先民們發現這個地方土地肥沃容易開發後，很快的就落腳定居了。（鍾鐵民〈月光下的小鎮〉）

不禁令我懷念起太湖邊的洞庭西山，即使農家小館所吃一盤白切土雞、一條蒸白魚、一碟雪菜炒銀魚，再加三數盤蔬菜如此所費一百多元人民幣的每餐所吃，其風格何其不同。西山為江南豐美地不說，便是廣西桂林這土瘠人貧之地，所吃亦甚好。（舒國治〈京都之吃〉）

江南的地質豐腴而潤澤，所以含得住熱氣，養得住植物；因而長江一帶，蘆花可以到冬至而不敗，紅葉亦有時候會保持得三個月以上的生命。（郁達夫〈江南的冬景〉）

從兩年前這一天起，我們驚奇我們也能和東亞的強敵抗戰，我們也能迅速的現代化，迎頭趕上去。世界也刮目相看，東亞病夫居然奮起了，睡獅果然醒了。從前祇是一大塊沃土，一大盤散沙的死中

【豐美】豐富、茂美。

【豐腴】土地豐饒。另有體態豐滿之意。

【豐饒】豐足、充實。

土壤貧瘠

【不毛】荒涼貧瘠，不生草木的土地。

【土瘠】土地貧瘠。

【乏地】瘠薄的土地。

【赤地】災荒後的不毛之地。

【赤貧】此指土地貧瘠。也作貧窮到一無所有。

【荒瘠】荒蕪、不肥沃。

【荒廢】荒蕪不用。

【荒蕪】土地因無人管理而雜草叢生。

【貧瘠】土地不肥沃。

【瘦瘠】土壤貧瘠。

【蕪穢】土地荒廢，雜草叢生。

【沃野】肥沃的田野。

【沃野千里】形容肥沃的土地極為廣闊。

【瘠薄】土地缺乏養分而不肥沃。梁肅〈通愛敬陂水門記〉：「化磽薄為膏腴者，不知幾千萬畝。」

【磽禿】貧瘠多石，不生草木之地。磽，ㄑㄧㄠ，地堅硬不肥沃。

【磽确】土地堅硬、瘠薄。确，ㄑㄩㄝˋ，通「埆」字。

【磽瘠】土地不肥沃。

【磽薄】土地堅硬、不肥沃。

【醜地】貧瘠的土地。

【瀉土】草木不生的鹹地。

【礫土】土地堅硬。礫，小石、碎石。

國，現在是有血有肉的活中國了。從前中國在若有若無之間，現在確乎是有了。（朱自清〈這一天〉）

車又在河裏顛簸著。桑乾河流到這裡已經是下游了，再流下去十五里，到合莊，就和洋河會合；桑乾河從山西流入察南，滋養豐饒了察南，而這下游地帶是更為富庶的。（丁玲《太陽照在桑乾河上》）

百年來，恆春人在赤貧的這塊土地上奮鬥，這些拓荒者從來沒有想到在披荊斬棘的時候，要保留一部分森林，當時森林是他們的大敵，農業才是目標，〔……〕（心岱〈美麗新世界〉）

城市的土地是世界上最貧瘠的土地，我們這繁華街道的土地又是城市土地中最貧瘠的一塊。（王安憶《紀實與虛構》）

渭河北岸的故鄉，地土瘠薄，生活一向很是簡樸。（和谷〈遊子吟〉）

香港雖是地磽土薄的蕞爾小島，但植物種類卻相當豐富，〔……〕（蔡珠兒〈紫荊與香木〉）

黃河流域文化的衰落，兩河流域文明古國的滅亡，皆可說明一個事實，從荒野的墾伐殆盡，水土流失，生態平衡破壞，以致影響農業生產，良田變劣田，土地耗竭，最後文明衰亡。（王家祥〈文明荒野〉）

玫瑰十八歲生日那天，我電匯了玫瑰花到紐約，又附上一筆現款。我對更生表示擔心玫瑰，「她怎麼可以忍受那份寂寞呢？」「她不會寂寞的，外國年輕人玩得很瘋，況且她又不是在阿肯色、威斯康辛這種不毛之地，她是在紐約呀。」（亦舒《玫瑰的故事》）

一扇半掩著的門裏一個潮溼的天井。一個荒蕪的庭院，空寂無人，牆角堆著瓦礫。你記得你小時候你家邊上那個圍牆倒塌的後院讓你畏

【不食之地】不宜耕種或開墾的土地。
【地磽土薄】土地堅硬、貧瘠。
【赤地千里】形容災荒後廣大土地寸草不生、人煙荒涼的景象。
【掏空】耗盡；竭盡。
【耗竭】消耗完。
【耗盡】消耗、淨盡。

懼還又向往，故事裏講的狐仙你覺得就從那裡來的。放學之後，你總提心吊膽止不住一個人去探望，你未見過狐仙，可這種神秘的感覺總伴隨你童年的記憶。（高行健《靈山》）

兩人沿著岷江南下，這一日到了敘州，川中民豐物阜，景象自然又和貧瘠的西北一帶不同。小魚兒望著滾滾江流，更是興高采烈，笑道：「咱們坐船走一段如何？」江玉郎附掌道：「妙極妙極，小弟也正想坐船。」只見一艘嶄新的烏篷船駛了過來，兩人正待呼喚，船上一個蓑衣笠帽的艄公已招手喚道：「兩位可是江少爺？有位客官已為兩位將這船包下了。」（古龍《絕代雙驕》）

地勢

【形便】地理形勢便利。
【形勝】地理位置優越。或指險要之地。
【低窪】地勢凹陷。
【汙庳】低窪、凹下。庳，ㄅㄟ。
【低凹】低下、凹陷。
【坑坎】窪地；坑穴。
【卑下】此處指地勢低窪；低矮。
【卑溼】地勢低下、潮溼。
【窊下】低陷；低窪。窊，ㄨㄚ。
【窏洝】低下不平。洝，ㄜˋ。
【湫凹】低窪。
【甌臾】甌、臾原義瓦器；多比喻低窪不平的地面。
【平展】平坦、寬敞。
【平緩】地勢或水流平穩緩慢。
【坦緩】地勢平坦，坡度較小。
【廣衍】博大而低平之地。
【地平線】向水平方向望去，天和地交界的線。
【高平】高而平。
【高敞】高大、寬敞。

天龍寺在大理城外點蒼山中岳峰之北，正式寺名叫作崇聖寺，但大理百姓叫慣了，都稱之為天龍寺，背負蒼山，面臨洱水，極佔形勝。（金庸《天龍八部》）

群雄魚貫入內，地道掘得甚深，杭州地勢卑溼，地道中水深及踝，等到鑽過大石時，泥水更一直浸到胸前，走了數十丈，已到盡頭。（金庸《書劍恩仇錄》）

海拔逐漸提高，我們已接近冰河源。源頭三面環繞冰峰，好像一只巨大的冰碗，反射出的炫目白光令人無法正視，這裡是崑吉山脈的山脊，阿克蘇冰河就是由這萬年不融的冰雪堆積擠壓而成。（杜蘊慈〈登上四千一百公尺〉）

據說回疆邊外，有地名帕米爾，山勢回環，發脈蔥嶺，雖土多磽薄，無著名部落，然高原綿亙，有居高臨下之勢，西接俄疆，南鄰英屬阿富汗，東、中兩路則服中國。（曾樸《孽海花》）

【海拔】指陸地或山岳高出海平面的高度。

【墳起】凸起、高起。

【臺地】地勢高度在數百公尺以下，邊緣為陡坡的寬敞平坦的高地。

【陡峻】地勢高而陡。

【擎天】托住天。比喻高大有力。

【居高臨下】處在高處，俯臨下方。多形容處於有利的地位。

【高屋建瓴】指從高處往下傾倒瓶中的水。比喻居高臨下的形勢。瓴，ㄌㄧㄥˊ，盛水的瓶子。

【險要】地勢險阻的重要地點。

【險隘】地勢險要的關口。

【咽領】咽喉和頸部。比喻地勢險要的地方。

【衿喉】衣領和咽喉。比喻關鍵、險要之處。

【隘險】地勢險要。

【山河襟帶】比喻山河地勢險要，如同人衣服上的襟帶。

【咽喉之地】比喻地勢險要，就像咽喉是人十分要害的地方。也作「咽喉要路」、「咽喉要地」。

【表裡山河】有山河天險作為屏障。形容地勢險要。

【龍盤虎踞】像龍盤繞，像虎蹲踞。形容地勢險要。亦作「龍蟠虎踞」、「虎踞龍盤」。

【天險】天然地勢險峻的地方

【天阻】天險；地勢險峻。

【凶險】地勢危險。

【奇險】非常險要。

【幽險】幽遠、險阻。

【絕地】極險惡之地。

【險惡】險阻、惡劣。

【鎖鑰】比喻險要之地或事物的關鍵。

【地窄路險】形容地勢的艱險。

這山海關，就聳立在這萬里長城的脖頸之上，高峰滄海的山水之間，進出錦西走廊的咽喉之地，這形勢的險要，正如古人所說：兩京鎖鑰無雙地，萬里長城第一關。（峻青〈雄關賦〉）

謖大笑曰：「汝真女子之見！兵法云：『憑高視下，勢如劈竹。』若魏兵到來，吾教他片甲不回！」平曰：「吾累隨丞相經陣，每到之處，丞相盡意指教。今觀此山，乃絕地也：若魏兵斷我汲水之道，軍士不戰自亂矣。」（明・羅貫中《三國演義》）

所有投向胖子的目光，由駭然變成了鄙夷，胖子陡然發出了一下尖銳之極的慘叫聲，仰天跌倒，一陣抽搐，就此不動了。人叢中許多人叫：「鐵血鋤奸團！」我也立刻明白，那是鐵血鋤奸團的又一次成功，處決了一個罪該萬死的奸人。站在大石上，居高臨下看過去，在眾人的驚呼聲中，我看到大胖子的身子在迅速地發青，而他挺著的那個大肚子，更極快地變成了深紫色！陡然，我想起了那隻一下子被螯死的癩蝦蟆，灰白的肚子在死後變成了深紫色的情景。（倪匡《少年》）

清兵只安逸了一天，第二天凌晨，張廣泗便被潮水一樣的吶喊聲驚醒。蹬上靴子便見鄭文煥和張興兩個將軍急步進來，後頭跟著買國良，卻是氣急敗壞，也不及行禮便指著外邊，說道：「大帥，敵軍攻上來了，現在城北的敵人正在集結，已經由東路向城南行動。孟臣帶著一棚人駐在外面，天險可守，請示大帥，要不要撤進城來？」「全部撤進城！」張廣泗已全無睡意。他情知事有大變，但仍鎮靜如常，發一道令便停住了，問道：「攻城的敵兵有多少，打的誰的旗號？都有什麼裝備？」張興道：「城東城北的敵兵不足兩千人，打的是『大清金川宣慰使莎』帥旗。約有五百弓箭手，三四枝獵火槍，其餘都是尋常兵器！」（二月河《乾隆皇帝》）

地震

【地坼】地面崩裂。

【地動】地震。

【坼裂】裂開。

【推擠】此指可移動的地殼板塊因受海底擴張推力的影響而相互擠壓，擠壓時會產生地震等現象。板塊就是構成地球的外殼岩層。

【掀裂】掀翻裂開。

【碎裂】破碎。

【震動】受到外力影響而搖動。

【震盪】震動、擺盪。

【餘震】主要地震發生後，緊接發生的一連串規模較小的地震。也作「後震」。

【撼動】搖動；震動。

【翻攪】上下、來回攪動。此形容地震時地層的翻動。

【斷層】因地殼變動而斷裂，沿著斷裂面發生相對位移的地層。

【擺盪】搖擺、晃動。

【顛簸】忽上忽下的震盪、搖動。

【騰躍】向上升起。

【天搖地動】形容震動得非常厲害。

【天崩地裂】形容巨大的聲音。也有「天崩地坼」。

【地牛翻身】俗稱地震。也作「地牛發威」。

【地殼變動】地球的表層，因地球內部作用力的影響所造成地殼結構的改變。也作「地殼運動」或「地殼改造運動」。其可以引起岩石圈的演變，也可以導致地震、火山爆發等。

【地龍翻身】此形容發生地震。地龍，本意指的是地上的龍或蚯蚓。

【轟然垮下】形容物體隨著巨大聲響之後倒塌下來。

在那些人類還來不及參與的歲月裡，一座座火山噴濺出遮蔽天空的灰燼，大陸和大陸互相推擠，閃電、鳴雷、洪水和宏偉的地殼改造運動，億萬種類的族群分分秒秒向衰亡接近，又有億萬新生的品種在冰雪、沙漠、莽原、叢林或者肥沃的沖積三角洲中不斷誕生。（林耀德〈魚夢〉）

花蓮就在中央山脈與海洋的環抱中繼續安詳地沉睡著，墜入另一場夢境的深處，渾然不知翻過山的那一邊，堅硬底地層如何被翻攪上來，掀裂，成千上萬的人就在黑暗中驚惶的哀嚎起來，正當我們悠悠駛過馬路，航行於東岸靜謐的小城。（郝譽翔〈那年夏天最寧靜的海〉）

對那些餘震的感應是一種天人交涉的經驗，使我真正發覺蒼茫不可辨識的太空之外，顯然存在著一個（或者多個）超凡的神。大地震雖然停止了，在那以後半個月裡，這濱海的小城持續地擺盪著，顛簸著。（楊牧〈詩的端倪〉）

上一個世紀的最後一年，「九二一大地震」地龍翻身，牠的頭部正好從烏石坑騰躍而起，或許是族民柔軟的心志安撫了碎裂的山岩，或許是土地公憐憫苦難的命運，幾年之後，滿山遍植了日本甜柿，甜度與硬脆媲美隔座山甜柿專業區的摩天嶺，〔……〕（瓦歷斯．諾幹〈烏石柔軟〉）

據聞，在一道強烈的藍光，沿著斷層帶迅猛地穿越過來之後，瞬時間，屋毀橋斷，竟連堅如石壁的水壩，也在強烈的撼動中轟然垮下。（鍾喬〈飛到天空去旅行〉）

阿姨目睹著眼前這一切，突然有一種極大的、極不可置信的震動——才不過是她搜尋老夫婦的短短幾秒時間，原先還置身其中的那

【夷為平地】形容徹底的摧毀。

【山崩地坼】山岳崩塌，大地裂開。也可形容聲勢浩大。

【海震】因地震或海底地震，引發的海水震動。

【震宕】震動擺盪。

大地無聲

【死靜】異常寂靜。

【安謐】安定、平靜。謐，ㄇㄧˋ。

【岑寂】寂靜。岑，ㄘㄣˊ。

【沉寂】寂靜。

【沉靜】寂靜；沒有動靜。

【幽寂】清幽、寂靜。

【悄然】寂靜無聲的樣子。

【寂寂】寂靜無聲貌。

【寂然】沉靜無聲的樣子。

【寂靜】安靜無聲。

【寥寂】寂靜無聲。

【寧謐】寧靜。

【靜美】寧靜、優美。

【靜謐】安靜。

【凝靜】寧靜；寂靜。

【闃然】靜無人聲。闃，ㄑㄩˋ。

【闃寂】寂靜無聲。

【闃靜】寂靜。

【闃黯】寂靜而昏暗。

【靜落落】靜謐、冷清的樣子。

【悄悄冥冥】靜寂的樣子。

【渺無聲息】沒有任何的聲音。

【萬籟俱寂】萬物無聲，一片寂靜。

【鴉雀無聲】形容非常寂靜。

【寂若死灰】寂靜無聲如同燃燒

座實在建築便這麼嘩嘩夷為平地（……）（張耀仁〈大旅社〉）

孔四貞當日辭了出去，自回了她東華門外的官邸。因餘震不止，康熙不想來回搬動，第二日仍在儲秀宮召見索額圖，熊賜履議事。魏東亭等幾個侍衛在外邊侍候，也覺十分方便。太皇太后因沒地方去，閑坐著又覺氣悶，便帶著蘇麻喇姑踱至前邊儲秀宮看康熙辦事。（二月河《康熙大帝》）

我寄情山水，自然不慕榮利，讀書與爬山一般，致心其中，渾然忘我。我愛山之靜中有動，它靜得那麼安謐，動得那麼和諧。（王昶雄〈身在此山中〉）

每一扇窗都封鎖著冷寒和岑寂／到晴朗的南方去／七月蔭穠葉密／我鬱鬱的夢魂日夜縈戀／如斯不可企及的豐盈！（蓉子〈七月的南方〉）

松林裡的雨夜，格外沉靜，溫泉水煙貼伏著坡地，如湖波緩緩湧去，五里外的小鎮燈火，在松針稀疏處閃爍；我不曾見過這般靜美的景象，凝視中，彷彿信手掀開落地帷幕；原以為舞臺上空無一物，誰知布景早已妥當；一時仍不相信，只有失措張望。（李潼〈瑞穗的靜夜〉）

我躺在枕上，睜開雙眼，望著灰濛濛天光從窗簾的縫隙依稀流入，流到我的指尖。就在這一個光明與黑暗交相滲透的曖昧時刻，四周悄然無聲，生存這一件事卻變得非常不可靠起來。（郝譽翔〈追憶逝水空間〉）

你步行牽著單車，讓感官嘗試去習慣深山黑暗的長度，所有生靈彷彿都寂滅了，然而，四周卻傳來各種奇異的聲響，潛伏著騷亂和躁動，你的呼吸，草的窸窣，林木間的開闔，黑暗把這一切都增強，放大，甚至那汗水滴落，脈搏顫動的回音。原來寂靜的世界裡，竟有那

後的灰燼。形容非常寂靜。

【嗼】ㄇㄛˋ，寂靜沒有聲音。《楚辭・嚴忌・哀時命》：「聊窴端而匿兮，嗼寂默而無聲。」

【無聲】沒有聲音。唐・韓愈〈送孟東野序〉：「草木之無聲，風撓之鳴。」

【死寂】毫無聲息，安靜無聲。

【幽寂】清幽安靜。唐・長孫佐輔〈山居〉：「看書愛幽寂，結宇青冥間。」

【冥寂】幽冥安靜。

【嗼寂】安靜無聲。

【靜巉巉】安靜、寂靜。巉，ㄔㄢˊ。清・孟稱舜〈桃花人面・第三齣〉：「嬌滴滴日暖笑花顏，靜巉巉人去思花面。」

【闃寂無聲】形容沒有一點聲音，極其安靜。

【寂若無人】彷彿沒有人一樣，毫無聲音，非常的安靜。

【闃寂無聲】形容非常的安靜，完全沒有聲音。

【萬籟無聲】萬物無聲，大地一片寂靜。

【眠鷗宿鷺】海鷗和鷺鷥都處於睡眠中，形容環境安靜，沒有聲音。

【夜深人靜】深夜裡非常安靜，沒有人聲。

【夜闌人靜】深夜人聲寂靜，沒有聲音。

【寂歷】空曠而寂靜。唐・張說〈灄湖山寺〉：「空山寂歷道心生，虛谷迢遙野鳥聲。」

麼多不為人知的喧嘩。（謝旺霖〈梅里雪山前的失足〉）

晚上，看不清周遭景色，彷彿是一座林中木屋。次日清晨起床，悄悄推門出來，一片寧謐，整個青山都還在靜憩中。（袁鷹〈楓葉如丹〉）

流動的光輝之中，一切都失了正色：松林是一片濃黑的，天空是瑩白的，無邊的雪地，竟是淺藍色的了。這三色襯成的宇宙，充滿了凝靜，超逸與莊嚴；〔……〕（冰心〈往事〉）

匆匆我已邁入中年，午夜夢迴，四壁闃然，唯時聞誦經聲如絲如縷，穿牆而來。我常凝神諦聽，若有還無，乃知那是父親的魂魄，化為梵唱，正在庇蔭他的子孫，也為眾生而祈福。（古蒙仁〈梵唱〉）

滿江的漁火都幡然醒來／漫天的海鳥都低旋傾聽／隨著一顆辛酸的熱淚墜落／北方的天空昇起一顆熾亮的新星／岸上所有的燈火一一熄滅／海上所有的漁船紛紛遠揚／闃靜的天地／只留下對岸傳來的鐘響／響著／空！空！空！（杜十三〈傳說〉）

深巷黑漆而闃靜，我看看麗明，她失神落魄的態度令我吃驚。（蓬草〈黑暗的靈魂〉）

入夜，山中萬籟俱寂。借宿寺旁客房，如枕泉而眠。深夜聽泉，別有一番滋味。（謝大光〈鼎湖山聽泉〉）

我不知自己是難過還是喜悅。四野無聲地滑著輕柔的潮，像在傳遞著生動的咒語。一切都在屏息，注視我再生時的優美。萬籟俱寂，萬里無聲，只有一支神曲在沉思著漫遊徐行。（張承志〈海騷〉）

2 山岳

【峰】山頂。
【崖】陡峭的山壁。
【嶂】形容高險像屏障的山。
【嶠】ㄐㄧㄠˋ，高而尖的山。
【嶺】有道路可通的山頂。
【嶽】高山或山的最高峰。
【巔】山頂。
【巖】高峻的山崖。
【山脈】依一定的方向延展，狀似脈絡的群山。
【山椒】山頂。
【山壁】陡立似壁的山崖。
【岣嶁】ㄍㄡˇㄌㄡˇ，山巔。
【絕頂】山的最高峰。
【雲根】深山雲起之處；亦即山的高處。
【稜線】物體兩面相交所形成的線。常使用在地形學上，即山的最高點連接成的線。
【丘】小土山。
【崗】較低的山。
【陵】大土山。
【巒】尖銳的小山。或連綿不斷的山群。
【崗子】不高的山。或稍高的土坡。
【山腰】山腳和山頂大約一半的一方。
【⿱山弟】山腰上的路。
【山腹】山腰。
【峰脅】山腰。
【山腳】山下靠近平地之處。
【阯】地基、山腳。通「址」字。
【趾】山腳。
【陬】ㄗㄡ，山腳。或指角落。
【麓】山腳。

路彎轉，拉出層層山稜線，深淺綠色混著枯黃，新春已在路上。中央山脈盤踞，村落集聚島嶼外圍。（方秋停〈兩面海洋〉）

從那裡回望，可以看到鹿窟坪密植著杉樹、時有白雲徘徊的山坳，斑鳩與白頭翁不時從喬木深處發出幽遠的啼叫聲，如我小時候聽到的那樣。（林詮居〈二坪：我的里山〉）

在山裡頭步行，是很享受而且奇妙的經驗，眼裡望去盡是大自然的開闊、峽谷的鬼斧神工，而耳朵聽到的，卻只有自己的呼吸聲。（嚴長壽〈慢遊，花蓮〉）

令狐沖走近幾步，月光下只見兩隻極大的酒罈之上，果然貼著「謫仙酒樓」的金字紅紙招牌，招紙和壇上篦箍均已十分陳舊，確非近物，忍不住一喜，笑道：「將這一百斤酒挑上華山絕頂，這份人情可大得很啦！來來來，咱們便來喝酒。」從洞中取出兩隻大碗。田伯光將壇上的泥封開了，一陣酒香直透出來，醇美絕倫。酒未沾唇，令狐沖已有醺醺之意。（金庸《笑傲江湖》）

我們走到一幢頹敗的石頭房子跟前。快快說：「這也許原來是個別墅。」從它毀壞的樣子看，我們推測，是戰爭中炮擊或是飛機轟炸時被摧毀的。它修建在半山腰上是很奇怪的，按常理，不會有人把一個別墅修在這樣的深山裏。總之，誰也琢磨不出這所房子的來歷。正凡突然發現了一個角度，斜陽照在山腰上幾棵姿態優美的松樹上，給松樹染上了一層金黃，再加上這棟頹敗了的房屋的殘跡，構成了一幅非常憂鬱的畫面。（高行健《有隻鴿子叫紅唇兒》）

【山根】山腳。

【山谷】兩山之間的低窪地方。或山中的溪谷。

【壑】山谷；山溝。

【山凹】兩山間低下的地方。

【山岬】兩山間的峽谷。岬，ㄐㄧㄚˇ。

【山坳】兩山間凹下之處。或指山間平地。

【山溝】兩山間低窪、狹窄的部分。

【峽谷】兩坡陡峭，中間狹而深的谷地。

【浚壑】深谷。

【山曲】山中彎曲隱蔽處。

山景

【連綿】連續不斷。

【陁靡】連綿不斷。

【坦迤】平坦連綿貌。

【延屬】相連。

【拱抱】環繞，環抱。

【拱衛】環繞在周圍護衛。

【迤邐】連綿不斷的樣子。邐，ㄌㄧˇ。

【施靡】連綿不斷貌。

【峮嶙】山相連貌。峮，ㄑㄩㄣˊ。

【連亙】接連不斷。亙，ㄍㄣˋ。

【連綿】連續不斷。

事實上，在森林中根本就沒有道路，我和祝香香只能踩過足足有人高的荊棘野草，翻過一座又一座的大山，如果不是香媽所繪的地圖十分仔細，相信我們早已在這窮山惡水中迷失路途。那天晚上，我們在一個小山坳中露宿，我問祝香香：「還要走多久？」祝香香似笑非笑地反問：「你想呢？」我給她若有深意的眼神望著，立即又產生那種難以形容的感覺：心跳加速，臉頰發燙，手心出汗，呼吸急促，差點滾了下山。（倪匡《天外桃源》）

土匪借糧原也是尋常事，這個「四不管鎮子」地處沂山老山溝裏。自己的佃戶裏也有不少人和寨上劉三禿子常來常往，寨裏一句話傳下來，借個三千兩千斤糧，二話不說就叫長工送上去了。他自認是土匪的「窩邊草」，既通匪，又通官府，兵來支兵，匪來資匪，四面通融，幾十年來，與官匪相處平安無事，劉三禿子總不至於連這窩邊草也不要吧。想不到這次竟這麼不講情面，一張口就是七百石！（二月河《乾隆皇帝》）

當旭日昇起，在澄淨的蒼穹下，臺灣五大山脈中，除了東部的海岸山脈之外，許多名山大嶽，此時都濃縮在我四顧近觀遠眺的眼底，所有的那些或伸展連綿的曲扭褶疊的嶺脈，或雄奇或秀麗的峰巒，深谷和草原，斷崖和崩塌坡，都在閃著寒氣，變動著光影，氣象萬千，〔……〕（陳列〈玉山去來〉）

第一次是出門往右走，山迤邐於地平線上，彷彿已經有丹佛那麼高那麼驚人了。此後在路上走，開車，都忙於看山；那麼專注地看山，有時回憶起來，就怕這樣看山是危險的。（楊牧〈一九七二〉）

【綿亙】連續不絕。
【綿延】連續延長。
【盤山】沿山盤繞。
【橫亙】綿延橫列。
【環拱】圍繞。
【如屏如障】形容群山相連，好像屏風一樣具有遮蔽、保護的作用。
【回環層疊】層層環繞重疊。
【岡連嶺屬】山嶺相連，綿延不絕。
【峰巒起伏】形容大小山峰隆起與低伏，有如波浪般。
【峰巒疊翠】形容山色層疊翠綠。
【群峰羅列】形容山連著山羅布排列。
【橫陳屏阻】群山橫列，形成遮蔽、阻隔的屏障。
【渾沌】模糊不分明。
【渾渾】廣大貌。
【山翠】翠綠的山色。

【翠微】青翠的山色。
【蒼肅】山色青黑而靜肅。
【秀麗】清秀、美麗。
【怪麗】奇異、絢麗。
【幽奇】幽雅、奇妙。
【靈秀】清秀、美好。
【靜定】平靜、安定貌。
【靜肅】寧靜、肅穆。
【磊磊】石頭眾多的樣子。
【嵾嵯】山石不整齊的樣子。
【磈磊】石頭高低不平。磈，ㄎㄨㄟˇ。
【礧磈】形容高低不平的樣子。礧，ㄌㄟˇ。
【曲扭褶疊】形容彎曲折疊狀。
【糾扭褶皺】形容山石呈現連續波狀彎曲貌。
【鬼斧神工】形容工程或製造的技藝高超，非人力所及。也可形容自然美景乃人力斧鑿不出的，而是大自然的力量所創造而成的。也作「神工鬼斧」。

車往北穿過一片紅色砂岩地形，漸漸往上爬。天放晴了，四周開始出現樹林與草地，已進入橫亙新疆的天山山脈。（杜蘊慈〈去時雪滿天山路〉）

這條路順著河谷蜿蜒而下，不時出現地震造成的山崩裂痕，裸露的黃土宛如條條傷痕，望之令人心疼。好在瑕不掩瑜，群山峰巒疊翠，鬱鬱蒼蒼，一路桃花和櫻花盛開，彩蝶飛舞其間，點綴得埔霧公路美麗繽紛，好不熱鬧。（陳若曦〈重返桃花源〉）

山後較遠處群峰羅列，如屏如障，煙雲變幻，顏色積翠堆藍。早晚相對，令人想像其中必有帝子天神，駕螭乘蜺，馳驟其間。（沈從文〈沅陵的人〉）

新店溪行經海會寺，山巒橫陳屏阻，溪水迴繞而過，形成灣潭後，依然向北流去，從空中鳥瞰，是一條碧綠的靈蛇，蜿蜒的穿梭於谷壑，又像一塊綴有翠絲線的玉玦，遺落在山的膝腳下。（路寒袖〈守護灣潭的燈〉）

看到紗帽山的靜定，看到花開泉流，看到山色變幻，有無之間，愛恨之際，原來它的渾沌中滿是殺機，有從蛹眠中醒來的蛇與蝴蝶，有血點的櫻花與杜鵑，滿山撒開，殺機與美麗都不可思議，我懂了一點「齊物論」，懂了一點生命飛揚的喜悅與酸辛，要俯首謝它，而紗帽山，只是無動於衷，依然渾渾兩大堆土。（蔣勳〈山盟〉）

也許我該這麼說，未染俗塵的那羅部落，山翠撲面，風來捲成一片綠葉芳影，日華澹澹，千山萬水中一幅好畫圖的人間仙境，〔……〕（陳銘磻〈花心那羅〉）

此際溪水無聲泛著銀光，四山蒼肅，深淺濃淡各有遠近高低，薄薄地覆著一層清柔的月光。（凌拂〈深入與遠離〉）

【像被刀削成一道道綠色的皺摺】此形容山壁呈現一層層彎曲折疊的紋路。

【光禿】裸露。無天然覆蓋物。

【禿頂】形容整座山光禿禿的，沒有草木生長。

【禿山】不生草木的山。

【荒悍奇禿】形容山的景貌荒涼原始，草木不生。

【濯濯童山】不生草木的山。濯濯，明淨貌；也可作光禿的樣子。

【千山萬壑】形容高山深谷極多。

【梯山】在山麓之間闢有梯田的山。

【童山】草木不生的山。《荀子‧王制》：「故山林不童而百姓有餘材也。」

【靈山】❶山岳靈秀奇異的樣子。❷建有佛寺或道觀的山。

【孤山】孤立的山頭。

【空山】形容山谷空曠。

【青山】形容山上草木茂盛，青綠色的山脈。

【桐生茂豫】形容山中草木茂盛，帶有光澤。

【春山如笑】比喻春天的山水明媚美好，如微笑般動人。

【千巖競秀】形容山中眾峰奇石相互爭美。

【千巖萬壑】高山與低谷交疊群聚。形容山勢起伏的樣子。也作「千巖萬谷」。

【神秀】形容山勢秀麗神奇。杜甫〈望嶽〉：「造化鍾神秀，陰陽割昏曉。」

山是寂寞而靜肅的，像個博愛的哲人，那是做為一個常常沉思的人的恩物。它跟大海不一樣，大海廣曠而深沉，有若燈塔一般，它迸射著光芒，但給人類的最大用處是溝通情感，供人遨遊。（林佛兒《北回歸線》）

台東市在陰霾的雲層底下縮成灰灰扁扁的一圈，對面的岩灣山層像被刀削成一道道綠色的皺摺。（林韻梅〈利吉的青春〉）

比起太過偉大的阿爾卑斯山，我印象更深的倒是橫阻法國與西班牙邊界的庇里牛斯山，荒悍奇禿，有一種原始的野性，處處是紅褐的土塊、倔強深沉，是佛拉明哥舞中鬱苦與狂歡的混合。（蔣勳〈山盟〉）

我對於這濯濯童山的裕廊，不但沒有覺得枯燥，反而倒慶幸它還保存無邪的單純，這裡既嗅不到歷史的血腥氣味，又聽不到庸俗的浮誇。它的稍帶洪荒狀況的草莽，它的單調粗野的森林，卻代表了永恆的素樸。（凌叔華〈愛山廬夢影〉）

我一面被處罰跪在房中的一隅，一面便記著各種事情，想像恰好生了一對翅膀，憑經驗飛到各樣動人事物上去。按照天氣寒暖，想到河中的鱖魚被釣起離水以後撥刺的情形，想到天上飛滿風箏的情形，想到空山中歌呼的黃鸝，想到樹木上累累的果實。（沈從文《大山裡的人生》）

山勢高聳

【高聳】聳立。

【兀立】矗立，直立。

【陡立】直立。

【屴崱】ㄌㄧˋ ㄗㄜˋ，形容山峰高聳。或形容山相連綿不斷。

【屹立】聳立不動。

【岧岧】ㄊㄧㄠˊ，高貌。

【岪蔚】高起突出貌。岪，ㄈㄨˊ。

【突兀】高聳貌。也作「兀突」。

【挺立】聳立。也作直立之意。

【峨然】高聳的樣子。

【崇阿】高山。

【竦峙】ㄙㄨㄥˇ ㄓˋ，聳立。

【嵎嵎】ㄩˊ，山高貌。

【嶫峙】聳立。另有「嶫豎」。

【嶊嶉】ㄗㄨㄟˇ ㄨㄟˇ，高聳。

【嶪嶭】ㄧㄝˋ ㄋㄧㄝˋ，高聳。

【嶾嶙】ㄧㄣˇ ㄌㄧㄣˊ，高聳突兀貌。

【嶽嶽】高聳挺立貌。

【聳立】高立。

【峻拔】高聳挺拔。

【巑岏】ㄘㄨㄢˊ ㄨㄢˊ，聳立。或形容山高銳貌。

【巍峨】高大聳立的樣子。

【矗立】高聳直立。

【矗矗】高聳的樣子。

【高入雲霄】形容山勢或建築物極高。也有「高插雲霄」。

【插入雲峰】形容山峰高聳入雲。

【挺然獨秀】挺拔高聳，特別突出。

【壁立千仞】形容岩壁矗立之勢極高。

【尖峭】尖而陡。

【危峭】高峻峭拔。

【岌岌】高峻貌。

【岑崟】ㄘㄣˊ ㄧㄣˊ，山勢高峻貌。

【峌嵲】ㄉㄧㄝˊ ㄋㄧㄝˋ，高峻貌。

最裡層高峰屹立，籠著紫色嵐氣，彷彿仙人穿在身上的道袍，峰頂裹在重重煙靄中，看上去莊嚴，縹緲而且空靈。（鍾理和〈做田〉）

南太武山主峰高高聳立在群山之中，天上是陰灰慘慘的雲氣，平時常常半隱半現的高峰，這時卻出奇的清明。（鍾鐵民《雨後》）

山是自地面上傲然而起的，這猛烈的一挺一拔，便是千丈的陡峭與萬尺的巍峨，以及凝凝濃濃的一片青翠。（張騰蛟〈風景滿山〉）

從淡水河關渡方向看八里鄉的觀音山，山勢峭秀，有特別靈動的線的起伏；如果換一個方向，站在八里鄉，隔著淡水河，瞭看對岸的大屯山系，則氣勢磅礴，一派大好江山的樣子。（蔣勳〈山盟〉）

他們把天空的圓月望了好一會兒，忽然埋下頭來，才看見四圍的景色變了。一面是一座峻峭的石壁，一面是一排臨湖的水閣。湖心亭已經完全看得見了，正蒙著月光和燈光。（巴金《家》）

爬上墾丁望海樓，海風撲面，極目眺望，遠處近處山巒崢嶸，海水碧藍，海浪如千層雲捲，水天一線。（韓韓〈鄉愁的換轉〉）

南峰則是另一番形勢：呈現弧狀的裸岩稜脊上，數十座尖鋒並列，岩角崢嶸，有如一排仰天的鋸齒或銳牙。白絮般的團團雲霧，則在那些墨藍色的齒牙間自如地浮沉游移，陽光和影子愉快地在猙獰的裸岩凹溝上消長生滅。（陳列〈玉山去來〉）

懸崖崚嶒，石縫滴滴答答，泉水和雨水混在一起，順著斜坡，流進山澗，涓涓的水聲變成訇訇的雷鳴，有時候風過雲開，在底下望見南天門，影影綽綽，聳立山頭，好像並不很遠；〔……〕（李健吾〈雨中登泰山〉）訇訇，ㄏㄨㄥ，大聲之意）

雲渺渺，路迢迢。地雖千里外，景物一般饒。瑞靄祥煙籠罩，清

【迢嶢】高峻。嶢，ㄧㄠˊ。

【陡立】直立。

【陡削】山勢陡峭，像是用刀削過一樣。

【陡峭】坡度很大，高直而峻立。

【峭立】山壁直立。

【峭秀】挺拔秀麗。

【峭拔】高而陡。

【峭壁】陡立的山壁。

【峻峭】山高而陡絕。

【嵰嶮】ㄑㄧㄢˇ ㄒㄧㄢˇ，山高峻貌。

【崔嵬】高大高峻。嵬，ㄨㄟˊ。李白〈蜀道難〉：「劍閣崢嶸而崔嵬，一夫當關，萬夫莫開。」

【崔巍】高峻的樣子。

【崎崟】高峭貌。或山不平處。

【崢嶸】山勢高峻、突出。

【崚嶒】ㄌㄥˊ ㄘㄥˊ，山勢高峻、突兀。或作「嶒崚」、「嶒稜」。

【筆岫】形容山巒高峻、聳立。

【嵂崒】ㄌㄩˋ ㄗㄨˊ，山勢高峻。也作「嵂嵂崒崒」。

【崴嵬】高峻不平貌。

【嵯峨】形容山勢高峻的樣子。嵯，ㄘㄨㄛˊ。

【嵽嵲】形容高峻的山。嵽，ㄉㄧㄝˊ。

【嶙峋】山石奇兀聳峭。

【嶙嶙】山勢高低起伏的樣子。

【嶕嶢】形容山勢的高峻。嶕，ㄐㄧㄠ。

【嶟嶟】ㄗㄨㄣ，山勢高峻、陡峭。

【嶢崢】高峻的樣子。

【嶢嶢】高峻的樣子。

【嶷岌】高聳峻峭。嶷，ㄋㄧˋ。

【巃嵸】ㄌㄨㄥˊ ㄗㄨㄥˇ，高峻的樣子。司馬相如〈上林賦〉：「崇山矗矗，巃嵸崔巍。」

風明月招搖。嵂嵂崒崒的遠山，大開圖畫；潺潺湲湲的流水，碎濺瓊瑤。（明．吳承恩《西遊記》）

或許那只是現實下想像的夢境，又或許，你正是那萬中選定的一個，有幸在日夜更迭之前，望見梅里褪去雪霧和雲翳的嵯峨表情。你有種喘不過氣的激動，想在山谷裡放肆大叫一番，感官的視野裡存在著一種高潮時興奮的顫慄。（謝旺霖〈梅里雪山的失足〉）

雞鳴作飯，昧爽西行。二里，過橋，折而南又六里，上乾塢嶺。其嶺甚坦夷，蓋於潛之山西來過脈，東西皆崇山峻嶺，獨此峽中坳。（明．徐弘祖《徐霞客遊記．浙遊日記》）

項少龍往趙倩瞧去，這趙國的三公子黯然垂首，顯是對孝成王仍有著父女之情，故因而傷感。項少龍長長吁出一口氣，看著谷坡上蓊鬱古木，其中不乏粗逾十圍的大樹，當風挺立，華蓋蔽天，縱在這冬寒時節，仍沒有半點衰頹之態。在綠樹林蔭後是聳出雲表的拜月峰，亦為此地的最高山峰，突兀崢嶸，令人歎為觀止。（黃易《尋秦記》）

由藝術專科學校到西泠印社，祇有步行十分鐘的距離。西泠印社是個詩社，由一群詩人組成，已有百年的歷史，在西湖上極占風景之勝。入門處是一段粗糙的石頭臺階，兩側假山嵯峨，直至山頂。那個亭子是在西湖中心的孤山頂上，登亭四望，周圍景色，盡收眼底。後面便是些富豪的別墅，由裏西湖隔開，和孤山對面相望。前面是「外西湖」，裏面有「袁莊」和「三潭印月」。對面是錢王祠，也叫「柳浪聞鶯」。遠處右方高山聳立，出沒雲靄間，靠近湖的對面，便是杭州城，湖濱有很多別墅，迤邐錯落。（林語堂《京華煙雲》）

這一帶不但史跡多，傳說也多。最淒艷的自然是膾炙人口的聲聞

【巋峗】ㄎㄨㄟ ㄨㄟˊ，高峻。

【巖巖】高峻的樣子。

【崇山峻嶺】高大、陡峭的山嶺。

【巋然獨存】高峻屹立，獨自存在。巋然，高大堅固貌。

山勢雄偉

【壯麗】多形容山川、建築等宏壯美麗。

【岌嶪】高峻、壯麗貌。也作「嶪岌」。

【雄奇】雄偉、奇特。

【雄峙】昂然屹立。

【雄赫】雄壯、盛大。

【雄渾】雄壯、浩瀚。

【雄峻】高大、險峻。

【對峙】可形容兩山相對聳立。

【磅礴】氣勢極為雄偉、盛大。

【巍然】高大雄偉貌。

【巍巍】高大壯觀貌。

【千山萬壑】形容高山深谷極多。也有「千巖萬壑」、「千巖萬谷」。

【峰巒起伏】大小山峰隆起與低伏。

【奇峰連嶂】山峰突兀高聳，連綿不斷。

【拔地參天】從地面上陡然聳立到空中。多形容高挺或氣勢雄偉。

【重巖疊嶂】形容山巖重重疊疊，山勢險峻的樣子。也作「重巒疊嶂」、「層巒疊嶂」。

【巍峨聳矗】雄偉、聳立貌。巍峨，亦作「嵬峨」。

岩頭的仙女子。聲聞岩在河東岸，高四百三十英尺，一大片暗淡的懸岩，嶙嶙峋峋的；河到岩南，向東拐個小灣，這裡有頂大的回聲，岩因此得名。（朱自清〈萊茵河〉）

名列臺灣山岳十峻之首的玉山東峰就在我的眼前，隔著峭立的深淵，巍峨聳矗，三面都是泥灰色帶褐的硬砂岩斷崖，看不見任何草木，肌理嶙峋，磅礴的氣勢中透露著猙獰，十分嚇人。（陳列〈玉山去來〉）

百越有金甌山者，濱海之南，巍然矗立。每值天朗無雲，山麓蔥翠間，紅瓦鱗鱗，隱約可辨，蓋海雲古剎在焉。（蘇曼殊《斷鴻零雁記》）

雁蕩山的地勢變化多姿，隔世絕塵，自成福地仙境，遠觀只見奇峰連嶂，難窺其深，近玩卻又曲折幽邃，景隨步轉，難盡全貌。（余光中〈雁山甌水〉）

仰頭，重巖疊嶂，上面是喬木叢草，下面江水沸鍋那麼滾滔著，翻著乳白色的浪花。人便這樣烤鴨般懸在峭壁上。（蕭乾〈血肉築成的滇緬路〉）

車子繞明西峰走了好些時候。明西峰比少婦峰低些，可是大。少婦峰秀美得好，明西峰雄奇得好。車子緊挨著山腳轉，陡陡的山勢似乎要向窗子裏直壓下來，像傳說中的巨人。這一路有幾條瀑布；瀑布下的溪流快極了，翻著白沫，老像沸著的鍋子。早九點多在交湖上車，回去是五點多。（朱自清〈瑞士〉）

山勢險峭

【峻崎】高峻、險要。

【崛崎】山勢險絕。

【崒兀】山高而險峻。

【高峻】山高而陡。

【崇阻】高峻、險阻。

【嵌巉】山勢險峻。巉，ㄔㄢˊ。

【嶇嶔】山勢險峻。或道路險阻不平。

【犖确】山石險峻不平貌。

【嶢屼】山高險貌。屼，ㄨˋ。

【嶔崎】ㄑㄧㄣ ㄑㄧˊ，形容山勢險峻的樣子。

【嶮介】高峻、險阻。

【嶮巇】險峻、崎嶇。巇，ㄒㄧ。

【險峻】山勢陡峭、險要。

【險絕】極險。

【險巇】險阻難行。

【斷崖】陡峭的山崖。

【懸崖】高聳、陡峭的山崖。也可用來比喻險境。

【巉岏】形容山勢高聳而尖銳。

【巉峭】山勢險峻、陡峭。

【巖巉】山巖險峻的樣子。

【巘巘】ㄧㄢˇ，險峻的樣子。

【山奇壑險】形容高山深谷奇特險怪。

【危崖陡壁】高峻的懸崖，陡峭的山壁。

【壁立千仞】形容岩壁矗立之勢極高。

【欹斜秀削】歪斜不正、高聳陡峭的樣子。欹，ㄧ。

【懸崖絕壁】高峻的山崖，陡峭的石壁。形容山勢高直、險峻。也作「懸崖峭壁」。

這時候陽光已毫無熱力，不過，視野寬闊，眺望台左邊是合歡東峰，再過去為令人聞而色變的奇萊山和它的北峰；左後方遠處是中央尖山，尖峭的山勢披著金黃的陽光，美而險峻；〔……〕（路寒袖〈憂鬱三千公尺〉）

還有更早時，漢人移民翻越三貂嶺，遷移到蘭陽平原的辛苦。本地漢人提到當時移民在此翻越三貂嶺時，曾流行一句生動的閩南俗諺：「若過三貂嶺，毋通想母子。」可見此地山勢之險絕。（劉克襄〈全世界最貴重的孤獨——三貂嶺車站〉）

向上游，烈日陽光下，大山如在額際，森林一片一片浮貼於升起的海拔，那麼近，樹幹的行列如香爐裡漆紅的小竹棍。龐然蒼翠的林木群中偶然出現一塊空白，那是陡峭的懸崖，永遠掛著山泉瀑布。（楊牧〈水蚊〉）

是一個初夏輕陰的下午，淺翠綠的欹斜秀削的山峰映在雪白的天上，近山腳沒入白霧中。像古畫的青綠山水，不過紙張沒有泛黃。（張愛玲〈重訪邊城〉）

白奇偉對那裡的裸裸人和苗人，提及了靈猴或仙猴這種猴子，當地土人都知道，白奇偉表示想看一看，見識一下，帶他去的嚮導一傳譯，所有聽到的人，都「哈哈」大笑，他們把白奇偉帶到了一座壁立千仞的峭壁之前，指著峭壁，告訴白奇偉：「像這樣的懸崖峭壁，有好幾十座，要能翻得過去，才是靈猴聚居的所在，沒有人可以接近他們，要不是這樣，靈猴和普通的猴子，有甚麼分別？」（倪匡《靈猴》）

【沖刷】水流沖擊，使土石流失或剝蝕。

【沖蝕】急速的流體或固體衝擊材料，物理性的將物料從表面加以沖刷。

【隆隆】形容巨大的聲響。

【轟轟】形容震耳的巨響。

【土崩】土石崩落。

【山頹】山崩塌。

【坍方】土石崩塌。

【坍塌】崩塌；倒塌。

【坻隤】山崩或山崩的聲響。亦作「坻頹」。

【崩坍】倒塌毀壞。

【崩塌】崩裂倒塌。

【崩落】崩塌；倒塌。

【塌方】塌陷或下落。

【塌陷】下陷。

【傾崩】傾倒毀壞。

【土石流】大量泥沙、岩塊與水，自然混合而成的快速流動體。

【堰塞湖】原有河流因土石崩塌、阻塞而形成的湖泊。

【山泥傾瀉】山上泥土大量從高處傾倒流瀉。

【山洪暴發】因大雨或積雪融化，由山中突然下流的大水。

以前只有瘦小的泥土路時，縱使連綿落雨，周遭都是森林，根本不用擔心山崩。現在坡地失去森林遮護，黃土隨時在沖刷，當然會有土石流的問題。（劉克襄〈重返火燒寮〉）

滾石轟轟／流土隆隆／如果手能伸到山的那一邊／我就可以及時救你／偏偏我的手已斷／偏偏你的腳折壓在門檻（岩上〈大地震，世紀末生死悲情〉）

學校上方已經有些石頭滾到學校，學校往下就是梯田式的台階大約一百五十公尺的距離就是河流，早上去看還好，沒有想到又有土崩下來，就形成較大的堰塞湖，所以附近的族人早上就撤離到部落左邊，〔……〕（瓦歷斯．諾幹〈重回 kanakanavu〉kanakanavu，是南鄒族群其中一族的族稱。）

嘉靖初年，洞庭兩山出蛟，太湖邊山崖崩塌，露出一古塚，朱漆棺寶物無數，盡被人盜去無遺。（明．凌濛初《二刻拍案驚奇．第三十九卷　神偷寄興一枝梅　俠盜慣行三昧戲》）

3 水流

水

【川】河流。

【澗】山間的流水。

年輕人划船千萬要學會觀察東西兩邊海平線雲層的變化，大潮、小潮的海流是和月亮有直接關係的。（夏曼．藍波安〈黑潮の親子舟〉）

夏日春天滿漲的溪河，如同一位充滿生殖力豐滿誘人的婦人，平

【泖】ㄇㄠˇ，停滯不湍急的水流。

【泉】地下水。

【伏流】潛伏地下的水流。

【幽流】潛藏於地面下的水流。

【暗流】潛流。也作「暗潮」。

【潛流】地面下的水流。

【澤】水流匯聚的地方。

【合流】河流匯流。

【匯流】水流的會合。

【倒流】水從下游流向上游。

【溪壑】山谷水流流聚之處。

【汊】ㄔㄚˋ，河道的支流。

【氿泉】從旁側湧出的泉水。氿，ㄍㄨㄟˇ，從旁流出的。

【岔流】從河流下游分岔出去的小河流。亦作「汊流」。

【港汊】分支的小河。

【沼】水池。

【塘】水池。

【潢】積水池。

【陂塘】池塘。

【洿】ㄨ，不流動的水池或濁水池。

【淵】深潭。

【潭】深水池。

【岸】水邊高地。

【河口】河流注入海洋、湖泊或其他河流的地方。

【大海】寬闊的海洋。

【大壑】大海。

【天池】大海。

【滄海】大海。

【滄溟】大海。

【溟渤】大海。

【瀛海】大海。

【裨海】小海。裨，ㄆㄧˊ，小的；副的。

【灣】海岸凹入陸地，可以停泊船隻的地方。水流彎曲之處。

【漲落】水位的上升與下降。

【漲潮】海洋水面受日月引力影響而定期上升。

【汛】江河定期的漲水。

緩的流動，生命大量在渾融溫暖中成長，不斷的繁殖。（王幼華《兩鎮演談》）

坐在上、下、左、右大幅搖動的船身中，面對黑潮巨大的能量排山倒海而來，那種震撼與折磨簡直就是生不如死，永生難忘。（王家祥〈都蘭海岸的冥想健行〉）

習慣在陸地行走和生活的人類，一旦遠眺茫茫大海，或者來到海上看到最後一抹陸地陰影在水平線上消失，沒有不在肉體和精神都感到憂懼的。（東年〈航海的勇氣〉）

鐵路以東的左營，此刻正房地蓬勃，鷹架遍生。建商驕傲地說，這些樓廈落成後，將擁有閱讀海洋的視窗。或許，有一天人們真能看見那灰亮海面旁，漂浮隱現的海岸線；也或許，它始終空白，藏得安靜，無人理解。（黃信恩〈空白海岸〉）

他一顆心怦怦亂跳，轉過幾個山坳，口中只是喃喃禱祝。突然間眼睛一亮，只見右前方一條小瀑布旁生著四、五朵紅色小花，這是「佛座小紅蓮」，頗有去毒之效。雖說此時正當仲春百花盛放，但這紅花恰能在此處覓到，也當真是天幸。他心中大喜，抱著趙敏越過兩道山澗，摘下紅花嚼爛了，一半餵入趙敏口中，一半敷在她肩頭，這才抱起趙敏，向西便奔。奔出三十餘里，趙敏嚶嚀一聲，醒了過來，低聲道：「我……我可還活著麼？」張無忌見「佛座小紅蓮」生效，心中大喜，笑道：「你覺得怎樣？」趙敏道：「肩上癢得很。唉，周姑娘這一手功夫當真厲害。」（金庸《倚天屠龍記》）

莊國棟臨到二月，又告訴我不想回香港了。我知道他在想些什麼，我說：「老莊，香港三百萬個女人，你不一定會在街上碰到她，這種機會是微之又微的，而且說不定她早已結了婚，生了六個孩子，變成

【大潮】海洋潮汐升降的幅度受到日、月引力而逐日不同，潮差最大的潮汐稱為大潮，通常發生在朔（農曆初一）、望（農曆十五日）後一至三日內。

【小潮】潮差最小的潮汐，通常發生在上弦（農曆的初八或初九）、下弦（農曆的二十二、三日）後一至三日內。

【凌汛】初春時期，因上游冰雪融化，造成河流水位猛漲的現象。

【伏汛】指夏天河水暴漲。伏，指一年中天氣最熱的時候。

【秋汛】指秋天河水暴漲。

【滿漲】水位升到再也容納不下的樣子。

【潮汐】海洋及沿海江河水流定期漲落的現象。白天發生的稱潮，黑夜發生的稱汐。

【洋流】海洋的水穩定地朝著一定的方向作大規模的流動。又稱「海流」。

【黑潮】一種暖性洋流，是太平洋洋流的一環，流速相當快，顏色較其他正常海水濃黑而得名。由於為日本人首先發現，又稱「日本海流」。

【親潮】一種寒性洋流，是太平洋洋流的一環，在日本東部海域與黑潮會合而形成北太平洋洋流。因其像是父母一樣養育著魚類而得名。又稱「千島群島洋流」。

【退潮】海洋水面受日月引力影響而定期下降。

【水落】水位降低。

【落潮】潮水低落。

【海岬】突向海中的尖形陸地。

【水平線】水平面上平行的直線，也指與水平面平行的直線。

【海岸線】陸地與海的邊界線。

【天塹】天然形成隔絕交通的大溝渠。

【河床】河流兩岸間下凹的容水

個大肥婆，鑲滿金牙，你怕什麼？看見她也認不出她。」莊說：「我不想回到那個地方。」「十多年前的事了，你別傻好不好？滄海桑田，香港早就換了樣兒，你若不陪我回去，我真提不起勇氣去見老爹，有個客人夾在當中，避他也容易點，你說是不是？」（亦舒《玫瑰的故事》）

阿桂身陷冗繁雜務之中，得這幾句「宰相緘言」，真像喝了薄荷油似的心中清涼。感念著傅恒，又拆看尹繼善的，卻是累累數千言，因內裏說到甘肅秋雨，又索來甘肅省的晴雨報帖看，叫章京「查看一下往年這時候甘肅陝西雨量和黃河漲落水情表格」，又要索看清江黃漕交匯處歷年秋汛形勢。（二月河《乾隆皇帝》）

那沉雷護閃，乒乒乓乓，一似那地裂山崩之勢。諕得那滿城人，戶戶焚香，家家化紙。孫行者高呼：「老鄧，仔細替我看那貪贓壞法之官、忤逆不孝之子，多打死幾個示眾。」那雷越發振響起來。行者卻又把鐵棒望上一指。只見那：龍施號令，雨漫乾坤。勢如銀漢傾天塹，疾似雲流過海門。樓頭聲滴滴，窗外響瀟瀟。天上銀河瀉，街前白浪滔。淙淙如瓮撿，滾滾似盆澆。孤莊將漫屋，野岸欲平橋。真個桑田變滄海，霎時陸岸滾波濤。神龍藉此來相助，擡起長江望下澆。這場雨自辰時下起，只下到午時前後；下得那車遲城裡外外，水漫了街衢。（明．吳承恩《西遊記》）

調景嶺霍亂病案五三起，《星島日報》登道，港九居民切勿飲食生冷，檢疫站，防疫針，德輔道的陰溝，唉，真要命！全是生石灰嗆鼻的辛辣氣。他們把公家醫院塞滿了難民，哼哼唧唧，盡是些吐得面皮發烏的霍亂病人。唉，這顆東方之珠的大限快到了，走吧，姐姐，蕓卿說，蕓卿的眼角噙著淚珠，臉蒼白得像張半透明的蠟紙。趁著

部分。也作「河槽」。

【河套】河流彎曲成形如口袋的河道。

【畔】邊側。

【漈】ㄐㄧˋ，水邊；水涯。

【隰】ㄒㄧˊ，水邊。也作低溼之地。

【濱】水邊。

【灘】水邊的沙石地。

【隩】ㄩˋ，岸邊水流彎曲的地方。

【沙洲】水邊泥沙淤積的陸地。

【渠】人工挖掘的水道。

【槽】水道。

【明渠】挖在地面上的渠道。

【陰溝】地下的排水溝。

【運河】人工開鑿借以通航的水道。

【溝瀆】水道。

【壕溝】水道。

【壟溝】田壟間的溝渠，用來排水、灌溉、施肥等。

現在還不太遲離開這裡吧，藝卿的嘴唇不停的抽搐。（白先勇〈香港——一九六〇〉）

過了桐廬，江心狹窄，淺灘果然多起來了。路上遇著的來往的行舟，數目也是很少，因為早晨吹的角，就是往建德去的快班船的信號，快班船一開，來往於兩岸之間的船就不十分多了。兩岸全是青青的山，中間是一條清淺的水，有時候過一個沙洲，洲上的桃花菜花，還有許多不曉得名字的白色的花，正在喧鬧著春暮，吸引著蜂蝶。我在船頭上一口一口的喝著嚴東關的藥酒，指東話西地問著船家，這是什麼山，那是什麼港，驚嘆了半天，稱頌了半天，人也覺得倦了，不曉得什麼時候，身子卻走上了一家水邊的酒樓，在和數年不見的幾位已經做了黨官的朋友高談闊論。（郁達夫〈釣臺的春晝〉）

水流輕緩

【流】移動。

【淌】流下；流出。

【溜】流動；輕快地流過。

【沆溉】水慢慢的流動。

【涓涓】ㄐㄩㄢ，細水慢流的樣子。

【涓澮】小水流。澮，ㄎㄨㄞˋ。

【流幻】流動變化。

【流淌】液體流動。

【滈汗】水長流貌。滈，ㄏㄠˋ。

【滲漉】水緩緩向下滴流。

【漫灌】散漫的流入。

睡了，都睡了！／矇矓地，山巒靜靜地睡了！／矇矓地，田野靜靜地睡了！／只有窗外瓜架上的南瓜還醒著，／伸長了藤蔓輕輕地往屋頂上爬。／只有綠色的小河還醒著，／低聲地歌唱著溜過彎彎的小橋。（楊喚〈夏夜〉）

有河從南邊雲巒間流轉而下，穿越市區地帶後，在社區外圍形成半圈流幻弧灣。（詹明儒〈流動在三角湧溪的歲月〉）

拉薩河靜靜地流淌，儘管河邊的水結了一層透明的冰霜，河心的水仍從容地流著，拒抗時間的變化。草原枯槁僵斃，但仍有三兩群牛羊信步低頭尋找咀嚼的生機。（謝旺霖〈雪域告別〉）

【潺湲】水慢慢流動的樣子。《楚辭．九歌．湘夫人》：「荒忽兮遠望，觀流水兮潺湲」。

【澶湉】ㄔㄢˊ ㄊㄧㄢˊ，水流緩慢的樣子。

水流迅急

【瀉】水向下急流。

【汩汩】ㄍㄨˇ，水急流的樣子。

【汩淴】水急流貌。

【奔流】急速流淌。

【奔揚】水勢湍急。

【奔瀉】水往下急速地流。

【飛泉】噴泉。

【飛湍】水流急速。湍，ㄊㄨㄢ。

【飛瀑】形容瀑布自高處流瀉而下。

【急流】水流疾速流動。

【宣洩】疏導、發洩。

【飛濺】向外四濺。

【迸流】形容水勢湧出或濺射。

【峻急】湍急。

【流瀉】流散、傾瀉。

【淢汩】急流貌。淢，ㄩˋ。

【淺淺】水流急速的樣子。

【湍急】水流急速。

【湍激】水流猛急。

【寒瀨】寒涼、湍急的水。

【湧流】奔瀉。

【湧湍】水流奔急。

【傾注】形容由高處往下流瀉。

【傾瀉】液體大量從高處傾倒、流瀉。

【漻淚】水疾流貌。漻，ㄌㄧㄠˊ。

【潏湟】水疾流貌。潏，ㄐㄩㄝˊ。

松樹苗在苗圃栽種長大到約莫一尺高後，便由農民們移植到磺嘴山上，這是這個山區從日據時代遺留下來的美好傳統：一種馬拉松式的造林，一旦入山，你便行走在蟲鳴鳥叫溪水潺湲喬木蒼翠樹蔭蔽日的山路上了，它使得磺嘴山水源豐沛，大坪與二坪的水田得到庇佑。（林詮居〈二坪：我的里山〉）

我去砍月桃的時候，足下春澗水汩汩流，挾石衝飛煙水笙歌生命如流水。（凌拂〈野花三帖〉）

同時，把夾塞在鵝卵石間的寶特瓶、鋁罐與塑膠袋撿拾出來。不久，終於清理出一條水流汩汩的小溝渠；溪水從魚梯洩出的嘩嘩聲，清楚而暢快地流過我的胸口。（劉克襄〈知本溪的魚梯〉）

因夏不久就要從湖上消褪／如湍急的湖水流過鵝卵石上／——你要急速將水聲把捉／當涼風起自九月的湖水／槳聲如驚雁飛散（蓉子〈湖上．湖上〉）

雨中走向醉翁亭，恍如進入古文中的空靈境界，有一種超越時空的幻異感。過了古橋，驟聞水聲大作。原來連日多雨，山溪水勢湍激，水花銀亮飛濺。（何為〈風雨醉翁亭〉）

每當颱風過境／溪水也會悲憤地哭泣／讓洪水一瀉千里／沖毀了長長的堤防／也沖失了層層的田地（趙天儀〈五張犁之歌〉）

這也是個瀑布；但是太薄了，又太細了。有時閃著些許的白光；等你定睛看去，卻又沒有——只剩下一片飛煙而已。從前有所謂的「霧縠」，大概就是這樣了。所以如此，全由於岩石中間突然空了一段；水到那裡，無可憑依，凌虛飛下，便扯得又薄又細了。（朱自清〈白

【滐汩】水疾流貌。滐，ㄐㄧㄝˊ。

【激越】可形容水流激揚。另作聲音高亢、清越。

【激揚】激盪、沖濺。另作聲音激越、昂揚。

【激盪】受沖激而動盪。

【濜溳】ㄐㄧㄣˋ ㄩㄣˊ，水流湍急貌。另作水波起伏相連貌。

【懸瀨】山水懸空往下流瀉。

【一瀉千里】江河水勢奔流直下。

【急湍甚箭】水流得很急，比射出的箭還要快。

【凌虛飛下】高高地從空中飛下。此形容瀑布從高處流瀉下來。

【湍急奔流】水勢急速奔騰。

【激流湍湍】湍急的水流。

水勢浩大

【洶湧】水流騰湧的樣子。

【泫沄】水翻騰貌。

【洶洶】水騰湧貌。

【沸沸】水湧流貌。

【浹渫】ㄐㄧㄚ ㄒㄧㄝˋ，水湧流貌。

【浩蕩】水勢洶湧壯闊。也有廣大曠遠之意。

【湁潗】ㄔˋ ㄐㄧˊ，水沸騰湍湧的樣子。

【湓溢】形容水洶湧氾濫。湓，ㄆㄣˊ。

【湧漫】形容水流騰湧、漫無邊際。

【湍怒】水勢洶湧疾急。

【渤潏】沸騰翻湧的樣子。

水漈〉霧縠，薄霧般的輕紗）

布千丸溪的河床很險，巨石交疊、激流湍湍。我們通過一處斷崖的時候，都已是筋疲力竭了。（盧非易〈山外山〉）

令狐沖微微一笑，站起身來。兩人緩緩轉過了個山坳，便聽得轟轟的水聲，又行了一段路，水聲愈響，穿過一片松林後，只見一條白龍也似的瀑布，從山壁上傾瀉下來。令狐沖喜道：「我華山的玉女峰側也有一道瀑布，比這還大，形狀倒差不多，靈珊師妹常和我到瀑布旁練劍。她有時頑皮起來，還鑽進瀑布中去呢。」（金庸《笑傲江湖》）

風雲在山區和草原飛／海水銜接處浮波洶湧似血／因心魔造次尋不到出路：／累積的憂鬱世紀曆法上重疊（楊牧〈台南古榕〉）

忽然，天地間開始有些異常，一種隱隱然的騷動，一種還不太響卻一定是非常響的聲音，充斥周際，如地震前兆，如海嘯將臨，如山崩即至，渾身起一種莫名的緊張，又緊張得急於趨附。不知是自己走去的還是被它吸去的，終於陡然一驚，我已站在伏龍館前，眼前，急流浩蕩，大地震顫。（余秋雨〈都江堰〉）

三峽溪與礦溪交匯並且流入大嵙崁溪，湧漫的河水輕拂著小鎮美麗的灘岸，李梅樹歐基桑一生以之為題，三角湧彷彿他永遠的夢。（林文義〈記得大嵙崁　淡水河記〉）

夏日裡滾滾濁流，捲去人們搭建的橋樑，種下的田圃。秋日裡它

【奔騰】可形容波濤洶湧澎湃的樣子。

【滂湃】澎湃。

【滂渤】波濤洶湧翻滾。

【滾滾】急速翻湧的樣子。也作「袞袞」。

【滔滔】大水滾滾不絕的樣子。

【滾滾滔滔】波浪翻湧不絕的樣子。

【澎湃】波濤相衝擊的聲音或氣勢。

【潮湧】如潮水般洶湧奔騰。

【澒湧】形容水勢廣闊洶湧。澒，ㄏㄨㄥˋ。

【澐澐】水流洶湧貌。

【濆薄】水流激湧的樣子。

【翻滾】滾動；轉動。

【翻騰】上下滾翻，翻動。

【浪洶洶】波浪翻湧貌。

【拍岸騰起】波浪拍擊岸邊，洶湧翻騰。

【萬馬奔騰】原指馬匹奔馳貌。後多借以形容波濤洶湧的樣子。

【驚濤拍岸】激盪洶湧的浪濤擊打岸邊。

【浩瀚】水勢廣大的樣子。

【汪洋】水勢浩大。

【沛沛】水流盛大。

【汸汸】ㄆㄤ，水盛貌。

【泱泱】一ㄤ，水勢浩瀚、深廣的樣子。

【泱漭】水勢浩瀚的樣子。

【泮汗】水流廣大。泮，ㄆㄢˋ。

【沺沺】ㄊ一ㄢˊ，廣大無際貌。

【洸洋】形容水深廣、不見涯際貌。洸，ㄍㄨㄤ。

【洹洹】ㄏㄨㄢˊ，水流盛大的樣子。

【茫茫】水勢浩大無邊的樣子。也可作廣大遼闊的樣子。

【浼浼】ㄇㄟˇ，水勢盛大。

【渙渙】水勢盛大。

【溶溶】水勢盛大的樣子。

乾旱下來，長滿芒草。秋風中一叢叢繁盛的芒草，像一堆堆白色的海濤。冬日的東北風使得河川底飛砂走石，塵灰滾滾，剩下的細流，顏色深暗，靜靜的停滯在角落裡。（王幼華《兩鎮演談》）

月亮圓的時候，正漲大潮。瞧那茫茫無邊的大海上，滾滾滔滔，一浪高似一浪，撞到礁石上，唰地捲起幾丈高的雪浪花，猛力沖激著海邊的礁石。（楊朔〈雪浪花〉）

午後晝靜時光，溶溶的河流催眠似的低吟淺唱，遠處間或有些雞聲蟲聲。（柯靈〈野渡〉）

他看出她原來在生著病。雨在黑夜的默禱等候中居然停止了它的狂瀉，屋頂下面是繼續在暴漲的泱泱水流，人們都憂慮地坐在高高的屋脊上面。（七等生〈我愛黑眼珠〉）

我住在大龍峒，是淡水河與基隆河的交會處。淡水河已近下游，浩浩湯湯，經社子、蘆洲，往關渡出海；基隆河則蜿蜒向東，溯松山、汐止、基隆方向而去。（蔣勳〈山盟〉）

船在斜風細雨裏走，漸漸從朦朧裏看見馬鐙島。這個島真正「不滿眼」，一道堤低低的環繞著。據說島只高出海面幾尺，就仗著這一點兒堤擋住了那茫茫的海水。島上不過二三十份人家，都是尖頂的板屋；下面一律搭著架子，因為隔水太近了。板屋是紅黃黑三色相間著，每所都如此。島上男人未多見，也許打漁去了；女人穿著紅黃白藍黑各色相間的衣裳，和他們的屋子相配。（朱自清〈荷蘭〉）

眾人走了一夜，天明時已近黃河決口之處，只見河水濁浪滔天，奔流滾滾，再走幾個時辰，大片平原已成澤國。低處人家田舍早已漂沒。災民都露宿在山野高處，有些被困在屋頂樹巔，遍地汪洋，野無炊煙，到處都是哀鳴求救之聲，時見成群浮屍，夾著箱籠木料，隨浪

【滔天】瀰漫無際，水勢極大。

【潰泓】水流廣大。泓，ㄏㄨㄥˊ。

【瀇瀁】水勢浩大，深廣無涯。瀇，ㄨㄤˇ。

【瀾汗】水勢浩大。

【灝溔】水勢盛大，無邊無際。溔，ㄧㄠˇ。

【灝灝】廣大無際貌。

【瀇滃】形容大水茫茫的樣子。滃，ㄩˋ。

【浩浩湯湯】水勢盛大壯闊。湯，ㄕㄤ。也作「浩浩蕩蕩」。

飄浮。群雄繞道從高地上東行，當晚在山地上露宿了一宵，次日兜了個大圈子才到杜良寨，真是哀鴻遍野，慘不忍睹。（金庸《書劍恩仇錄》）

予觀夫巴陵勝狀，在洞庭一湖。銜遠山，吞長江，浩浩湯湯，橫無際涯；朝暉夕陰，氣象萬千；此則岳陽樓之大觀也，前人之述備矣。然則北通巫峽，南極瀟湘，遷客騷人，多會於此，覽物之情，得無異乎？（范仲淹〈岳陽樓記〉）

流水沖蝕

【削】本指用刀斜刮除去物體的表層。此作水沖刷侵蝕岩石。

【鋸】本指截斷。此指水沖刷侵蝕岩石。

【劈】本指用刀斧將物體破開。此作水沖刷侵蝕岩石。另有雷擊之意。

【錘】本指敲打。此指水沖刷侵蝕岩石。

【鑿】本指挖掘。此指水沖刷侵蝕岩石。

【漱】沖蝕，侵蝕。

【水蝕】受水的侵蝕。或由於水的衝擊，使土壤流失、岩石剝落等現象。

【海蝕】海水的沖擊和侵蝕。

【浪蝕】受海浪的侵蝕。

【啃蝕】慢慢侵蝕。

【摩挲】本指琢磨。此指水沖刷侵蝕岩石。挲，ㄙㄨㄛ。

【蝕刻】利用酸性化學藥品來腐蝕玻璃或金屬，而產生圖案的

海蝕洞和蝕溝像一把吉他／沒事的風喜歡撥弄輕彈／和聲的潮汐從來不喜歡和寂寞為友／邀集一些岩石吵醒夕陽（鍾順文〈風櫃上的演奏會〉）

每一蓬海風，每一波碎浪，每一次潮汐的漲落，都是羅丹的巨斧，逐漸把整座緻密的岩岸，鑿成、削成、錘成、鋸成、劈成、摩挲成如今的風貌！人間的米開蘭基羅只有一個，而大自然的鬼斧神工卻無時不在，無處不在！（陳幸蕙〈岸〉）

海對一切生命的生與死毫不關心，它沒有失望、激情或同情，亙古不變地打在不同的海灘上，發出只有海才做得到的繁複音響。風小的時候浪拍上礫灘，迅速滲入石礫與石礫間的縫隙，被曬熟的石頭會因遇水而發出細緻的響聲，如果你仔細聆聽的話，會發現連泡沫破裂時都會發出聲音。風強的時候，浪鼓動礫石互擊，劈啪劈啪地將它們

方法。此指水侵蝕岩石表面成窟窿狀。

【鑿穿】本指挖開、打通。此指水沖刷侵蝕岩石。

【沖刷】水流沖擊，造成土石流失或剝蝕。

【沖滌】沖刷、洗滌。

水流迴旋

【渦】漩流。

【打旋】旋轉。

【洄洑】流水湍急迴旋。

【洄瀾】水流迴旋成大波浪狀。也是臺灣花蓮的古稱。相傳早期移民因見花蓮溪水注入太平洋時相互衝擊，水流形成巨大波浪，人們便以「洄瀾」稱之，後以諧音「花蓮」命名。

【泓汯】指水勢迴旋的樣子。汯，ㄏㄨㄥˊ。

【瀠洄】形容水流迴旋的樣子。瀠，ㄧㄥˊ。

【渦流】流體中，特指與主要氣流相反的小旋渦。

【湍流】急而迴旋的水流。

【泡漩】波浪翻滾並有漩渦的水流。

【漩渦】水流遇低窪處所激成的螺旋形水渦。

【盤渦】漩渦。

【漩澴】形容水波迴旋湧起的樣子。澴，ㄏㄨㄢˊ。

推上更遠的岸或拉進海裡，石頭因此被磨礪得更加渾圓一點。每時每刻「破浪」的姿態與聲響絕無重複，它鑿穿岩壁，蝕刻孔穴，旋轉、交擊、激盪，並且形成漩渦。在颱風來臨時則掀起巨浪，海水被風舉成數層樓高，在空中被擊散一部分形成飛沫，其餘以可驚的氣勢落下，彷彿一道憑空出現的瀑布。（吳明益〈海的聲音為什麼會那麼大？〉）

水在翻滾，水在打旋，混濁的水，把許多土塊溶化在一起，那飛濺的是土塊，那洶湧的，湍急奔流著是土塊的溶液，把整個土山溶化在那裡，用力攪過，然後，從那高處，往下瀉著，把所經過的，把所能觸到的一切，順手攫走，那力量無法抗拒。（鄭清文〈水上組曲〉）

這一定是適合跳舞的季節，我坐下來，在我的右側，是溪與海交會處，激盪，洄瀾成澎湃巨浪。我聽說交會處的海浪未曾有平靜的時刻，當年漢族文明帶著犁具和種籽，與部落文明也在附近初次相會吧，文明交會後波瀾即不再迴轉了。（呂政達〈沙灘上的陌生人〉）

黃蓉正要轉身再游往大船助戰，猛聽得山崩般一聲巨響，一大堵水牆從空飛到，罩向頭頂。她大吃一驚，忙屏息閉氣，待海水落下，回過頭來，伸手將濕淋淋的頭髮往後一掠，這一下登時呆了。只見海面上一個大漩渦團團急轉，那冒煙著火的半截大船卻已不見，船上扭打纏鬥的郭靖與歐陽鋒也已無影無蹤。（金庸《射鵰英雄傳》）

【深沉】深邃、隱密的樣子。

【清淺】水流清而不深。另有銀河之意。

【淺淺】水不深貌。

【淺瀨】淺而急的流水。

【急灘】河道中水淺石多而流急之處。

【湍瀨】水淺流急的地方。

【寬廣】水面寬闊、廣大的樣子。

【泓】水深廣的樣子。

【汗漫】水大漫無邊際。也作「漫汗」。

【沆漭】ㄏㄤˋ ㄇㄤˇ，寬闊無際的水面。

【汪汪】深廣的樣子；水充盈的樣子。

【浩渺】水面曠遠。

【浩淼】水面廣闊。

【一碧萬頃】形容碧綠的天空或水面遼闊無際。范仲淹〈岳陽樓記〉：「上下天光，一碧萬頃。」

【湠漫】水廣大的樣子。湠，ㄊㄢˋ。

【淼淼】ㄇㄧㄠˇ，形容水面遼闊而無邊際。

【淼漫】江海廣遠無際。

【滉瀁】水深廣貌。

【漭漭】水廣大貌。

【漭瀰】廣大貌。

【廣曠】廣大、寬闊貌。

【潢漾】浩蕩無際貌。

【潢潢】水深廣貌。

【澒溶】水深廣貌。

【潭潭】深廣貌。

【濩渃】ㄏㄨㄛˋ ㄖㄨㄛˋ，水大貌。

【瀰瀰】水盛滿的樣子。

【灢漭】水廣闊貌。灢，ㄉㄤˇ。

【反照】光線反映照射。

礁岩錯落成一泓清潭，海蛇與鰻魚在潭底棲息，陽光遊走於潭面，像一名執鏡頑童探測魚群發光的祕密。（簡媜〈天涯海角——給福爾摩沙〉）

整個鼋頭渚就是一個園林，可是比一般園林自然得多，又何況有浩淼無際的太湖做它的前景呢。在沿湖的石上坐下，聽湖波拍岸，單調可是有韻律，彷彿覺得這就是所謂靜趣。（葉聖陶〈三湖印象〉）

住在小島上的人們以小船往來斯德哥爾摩和住屋之間，海就是道路，在蔚藍的景象中因小船的航行而飛濺著白色的浪花，但瞬即又平靜了下來。（李敏勇〈我們屬於土地〉）

潮水墨藍如破曉前的天空，白浪鮮明的在深色布幕上暈開，一朵朵即開即謝的雪白浪花在高低湧動的黑色山丘上綻放。（廖鴻基〈丁挽〉）

一排排的潮水連捲帶撞，搗打在珊瑚礁暗褐色的百褶裙裾上，激起一叢叢飛碎的浪花，那花，旋開旋落，旋落又旋開，在強勁的海風裡維持一個最生動的花季。（余光中〈龍坑有雨〉）

那瀑布從上面沖下，彷彿被扯成大小的幾綹，不復是一幅整齊而平滑的布。岩上有許多稜角；瀑布經過時，做急劇的撞擊，便飛花碎玉般亂濺了。那濺著的水花，晶瑩而多芒；遠望去，像一朵朵小小的白梅，微雨似的紛紛落著。（朱自清〈綠〉）

職是，同樣的月光，同樣地照著急水溪，儘管溪床日漸淤積，小城居民至今仍然沒去注意到，農作鴨兒什麼時候又把溪畔變得這般的擁擠？（阿盛〈急水溪事件〉）

春末夏初氣溫第一次狠狠地飆高到三十度以上，剛入夜車行經過

【倒映】人或物體的影像倒著映現在水面上。

【倒影】映在水中倒立的影子。

【飛濺】向外濺出。

【飛沫】水拍打沖擊而噴濺起的泡沫。

【飛碎】形容水花飛濺破碎。

【飛薄】水花四處飛散。

【飛漱】水花潑濺。

【迸濺】向四周飛濺。

【破浪】波浪拍擊海岸時，形成浪花飛濺破碎的現象，也叫「拍岸浪」。

【即開即謝】此形容海浪激起的浪花很快地生成，也很快地消失。也作「旋開旋落」、「旋落又旋開」。

【晶瑩而多芒】此形容水花光亮透明且像是帶有許多芒刺般。

【飛花碎玉般亂濺】此形容水花像是雪花飄飛或細小的玉屑似的四處飛濺。

【淤】水道被泥沙阻塞。

【沉積】水流中所夾帶的岩石、泥土等物質在低窪地帶沉澱淤積。

【淤塞】沉積的泥沙使水流不暢。

【淤滯】淤積停滯不能暢通。

【淤積】淤泥沉積。

【泥淖】泥濘的窪地。

【汙濁】混濁不乾淨的。

【汙滯】形容汙濁又不流通的水。

【灰濁】灰暗汙濁。

【烏濁】黑而濁。

【混濁】不清澈。

【淟濁】形容骯髒、汙濁。淟，ㄊㄧㄢˇ。

【渟洿】ㄊㄧㄥˊ ㄨ，不流動的濁水。

【惡死】此形容汙穢、不通達的水。

【溷黃】形容水混濁如黃土般的

大直橋，儘管已經截彎取直依然不脫汙滯本色的基隆河味道撲鼻而來，（……）（楊照〈氣味〉）

持北海岸發現台灣看法的人認為，東海岸太過莊嚴、龐然，決非一個「美麗」了得。墾丁的南海岸正因為太像東南亞，根本無法感動從那兒上來的葡萄牙水手。而西海岸呢？十日有八九天，海水烏濁，遠山常蒙上一片靉靉的灰色雲氣更不夠資格。（劉克襄〈北方三小島發現福爾摩沙〉）

祇有瀕臨惡死的淡水河，還是無求地，寬宏的以她溫暖卻衰弱，臂膀般的河流，緊緊擁抱著北台灣的土地與子民。（林文義〈記得大料崁　淡水河記〉）

濁水溪的水流，其實並非長年混濁，除非下大雨做大水，才有洶湧的濁水，平時整個河床乾涸的部分居多，只河床中央有一條小小的溪流，河水清澈見底，不只可以望見溪底的小石，一群一群游魚和蝦蟹，也都清晰可見，（……）（吳晟〈堤岸〉）

如果你願意　我將／把每一粒種子都掘起／把每一條河流都切斷／讓荒蕪乾涸延伸到無窮遠／今生今世　永不再將你想起／除了　除了在有些個／因落淚而濕潤的夜裡　如果／如果你願意（席慕蓉〈如果〉）

歐陽鋒走到船頭，縱聲長嘯，聲音遠遠傳了出去。眾人也都跟到船頭。只見海面遠處扯起三道青帆，一艘快船破浪而來。眾人暗暗詫異：「難道簫聲是從這船中發出？相距如是之遠，怎能送到此處？」歐陽鋒命水手轉舵，向那快船迎去。兩船漸漸駛近。來船船首站著一人，身穿青布長袍，手中果然執著一枝洞簫，高聲叫道：「鋒兄，可見到小女麼？」歐陽鋒道：「令嬡好大的架子，我敢招惹麼？」（金庸《射鵰英雄傳》）

顏色。溷，ㄏㄨㄣˋ。

【溷濁】汙濁。

【溷穢】汙穢；骯髒汙濁。

【枯涸】水乾竭。涸，ㄏㄜˊ。

水色

【明淨】明朗、潔淨。

【汀瀅】水清澈貌。汀，ㄊㄧㄥ。

【泯泯】ㄇㄧㄣˇ，水清的樣子。

【泂泂】ㄐㄩㄥˇ，水清而深的樣子。

【盈盈】水清澈的樣子。

【純淨】無汙染的。

【透明】能透過光線的。

【清冽】清澄而寒涼。亦作「清洌」。

【清亮】清澈、明亮。

【清澄】清澈、明亮。

【清瑩】潔淨、透明。

【清澈】清淨、透明。

【枯竭】乾枯涸竭。

【乾枯】無水；枯涸。

【乾涸】水分乾竭。

【湛湛】清明、澄澈。

【湜湜】ㄕˊ，水清澈貌。

【漃漻】水清澈幽深貌。漃，古通「寂」字。

【粼粼】ㄌㄧㄣˊ，水流清澈的樣子。或水石閃映貌。

【漻漻】水清澈貌。

【澄湛】純淨、清晰。

【澄瑩】清澈、透明。

【澂澈】水清見底。澂，ㄔㄥˊ，通「澄」字。

【瀏瀏】水清明貌。也作風疾的樣子。

【澄江如練】清澈的江水，像一

她的手中捏著一根樹枝，澗水在她坐的所在，繞了一個彎子，形成了一個水平如鏡的水潭，可以把她的身影，清清楚楚地倒映在水面上。可是鐵頭娘子卻不願意看到自己憔悴失意的臉，一當水面上映出她來時，她就用樹枝去敲水，把水面敲亂，使在水中的映象，也碎不成形。（倪匡《繼續冒險》）

在木橋下緩緩地流著清瑩的溪水，水聲彷彿是小兒女的愉快的私語。這些都牽引著她的心。但是她卻深切地感到它們跟她中間有一個不小的距離。她好像不再是這個世界裡面的人了。（巴金《春》）

西川的創傷，而今似已癒合。流水依然澂澈，沙灘依然平整，草原依然青綠。但人們內心的傷痕，是否也能這樣抹滅無跡呢？（顏崑陽〈西川之夢〉）

寫毛筆字、讀古唐詩、瀏覽辭源，都是在娛樂自己；到田園去散步遊賞，採果子來吃，途中欣賞河水的浩渺煙波及河上的帆檣，更是娛樂自己。（羅蘭〈欣賞就是快樂〉）

海，銀銀反光，漁船點點，船搖船晃，像浮著，又像鑲著。（吳鈞堯〈泥塘〉）

愛河像一條鑲了晶鑽的銀蟒，從都市峽谷底部蜿蜒著滑入西子灣外的海港。港區帆檣雲集，一艘艘船艦泊在船塢裡，隨倒映的波光擺盪著，靜沉沉彷如安眠。（李志薔〈奔跑的少年〉）

我彷彿記得曾坐小船經過山陰道，兩岸邊的烏桕，新禾，野花，雞，狗，叢樹和枯樹，茅屋，塔，伽藍，農夫和村婦，村女，曬著的衣裳，和尚，蓑笠，天，雲，竹，……都倒影在澄碧的小河中，隨著每一打

條潔白的絲絹一樣。

【澄碧】澄澈而碧綠。

【縹碧】形容水色青綠澄淨。

【碧澄澄】純淨碧綠的顏色。也作「碧沉沉」。

【綠幽幽】形容水綠而深遠的樣子。

【碧波萬頃】形容水波清澄碧綠，水面廣闊無際的樣子。

【一碧萬頃】形容碧綠的天空或水面遼闊無際。范仲淹〈岳陽樓記〉：「上下天光，一碧萬頃。」

【碧藍】青藍色。

【藍澄澄】清澈明淨的藍色。

【寶藍】鮮亮的藍色。

【深釅】顏色深。釅，ㄧㄢˋ，味道濃厚。

【湛藍】深藍色。

【墨藍】深藍色。

【灰濛濛】暗淡無光、模糊不清的樣子。

【浩渺煙波】形容遼闊無邊的水面籠罩著煙霧。也有「煙波浩渺」、「煙波萬頃」。

【水光接天】水面反映的光色和天空相接連。

【江天一色】江面寬廣，水天相連成一種顏色，難以分辨。

【明如照鏡】形容明亮如鏡子般。也有「如明鏡般的」。

【銀銀反光】形容水面反射出銀白、閃亮的光芒。

【鑲了晶鑽的銀蟒】此形容水景閃亮銀白，蜿蜒綿長，望去有如一條鑲上鑽石的巨長蟒蛇。

水波

【安瀾】水波平靜。

【風平浪靜】沒有風浪。也可比喻平靜無事。

【浪恬波靜】形容水上波浪不

樂，各各夾帶了閃爍的日光，併水裡的萍藻游魚，一同蕩漾。諸影諸物：無不解散，而且搖動，擴大，互相融和；剛一融和，卻又退縮，復近於原形。邊緣都參差如夏雲頭，鑲著日光，發出水銀色焰。凡是我所經過的河，都是如此。（魯迅〈好的故事〉）

七月十四，兩人來到荊湖南路境內，次日午牌不到，已到岳州，問明了路徑，牽馬縱韁，逕往岳陽樓而去。上得樓來，二人叫了酒菜，觀看洞庭湖風景，放眼浩浩蕩蕩，一碧萬頃，四周群山環列拱屹，真是縹緲崢嶸，巍乎大觀，比之太湖煙波又是另一番光景。觀賞了一會，酒菜已到，湖南菜餚甚辣，二人都覺口味不合，只是碗極大，筷極長，卻是頗有一番豪氣。（金庸《射鵰英雄傳》）

汽車停到張八寨，約有二十分鐘耽擱，來去車輛才渡河完畢。溪水流到這裡後，被四圍群山約束成個小潭，一眼估去大小直徑約半里樣子。正當深冬水落時，邊沿許多部分都露出一堆堆石頭，被陽光雨露漂得白白的，中心滿潭綠水，清瑩澄澈，反映著一碧群峰倒影，還是異常美麗。特別是山上的松杉竹木，挺秀爭綠，在冬日淡淡陽光下，更加形成一種不易形容的清寂。汽車得從一個青石砌成的新渡口用一只方舟渡過，碼頭如一個畚箕形，顯然是後來人設計，因此和自然環境不十分諧和。（沈從文《大山裡的人生》）

削切的海底地形使海浪在遠處看去並無波濤，靜如平鏡，而一至近處卻因遇見堅硬的岩質陸塊而拍岸騰起，像個激情張臂的婦人，揚動著長髮奔來，向你呼喚。（楊渡〈靜埔海岸〉）

海風輕叩著／隔岸人家的簷鈴。／我伏在水閣的欄杆上，／計算

興，水面平靜。

【靜如平鏡】形容風平浪靜。

【清漣】清澈水面上泛起微波。

【漣漪】水面上的細微波紋。也作「漪漣」。

【縠紋】縐紗似的細紋。多用來比喻水波之細。縠，ㄏㄨˊ。

【水袖般的】形容水面的波紋就好像傳統戲服袖端所綴的一尺餘白綢在甩動著。

【蕩漾】振動起伏，多用於指水波、聲音。也作「盪漾」。

【沔沔】ㄇㄧㄢˇ，水滿蕩漾貌。

【洸朗】形容水波動蕩。

【涌裔】水波動蕩貌。

【滄波】青綠色的水波。

【滉漾】浮動、蕩漾。

【颭灩】水波蕩漾貌。

【漩澴】形容水波回旋湧起。澴，ㄏㄨㄢˊ。

【潭淪】水波搖動的樣子。淪，ㄩㄝˋ。

【澹澹】水波蕩漾的樣子。

【澹灩】水波蕩漾貌。

【頷淡】水波蕩漾。頷，ㄏㄢˋ。

【瀅瀅】水波動蕩的樣子。

【瀲瀲】ㄌㄧㄢˋ，水滿溢且波動蕩漾貌。

【瀲灩】波光映照、閃爍。蘇軾〈飲湖上初晴後雨〉：「水光瀲灩晴方好，山色空濛雨亦奇。」

【鱗鱗】形容水波或雲層像魚鱗一樣層層排列。

【灩灩】水波閃閃發光。

【波光粼粼】波光閃動的樣子。

【清凌凌】水清澈而有波紋。

【溶溶蕩蕩】水波蕩漾貌。

【萬頃琉璃】形容水波蕩漾，好像一大片的琉璃瓦般。

【粼粼波光】波光閃動的樣子。也有「粼粼發光」、「波光粼粼」。

【銀光閃爍】形容水波蕩漾，發出閃閃銀亮光芒。

漣漪上面一圈圈的燈火。／在迷茫的遠方，／這該是潮打空城的時光。／月亮上升了，／我為繁星傾杯，／也許今宵無夢。（馬博良〈家在白鷺州〉）

路過蘇隄，兩面湖光瀲灩，綠洲蔥翠，宛如由水中浮出，倒影明如照鏡。（林語堂〈杭州的寺僧〉）

黃昏時，我心慌意亂的徘徊在可以清楚看到歎息橋的渡船口，無法分心去同情一下舊日得行經此橋赴刑場的死刑犯們，我痴痴遙望著夕陽下波光粼粼的亞得利亞海，海天交接處的小離島麗都——每年的威尼斯影展舉行之地，〔……〕（朱天心《古都．威尼斯之死》）

直到夕陽快要西下了，才帶我們回到江邊的閣邊。我一時不解，到了高閣的陽台上，遙視寬廣的贛江在夕陽下粼粼發光，才覺悟到原來這是安排我去對照那個「水天一色」名句的景致吧！（漢寶德〈秋水共長天一色〉）

你由衷滿意此時此刻，由衷滿意這一無虛妄的孤獨，如此透徹，如秋水漣漣，映照的是明晃晃的光影，喚起你內心的涼意。不再去判斷，不再去確立甚麼。水波蕩漾，樹葉飄落就落下了，死對你也該是十分自然的事。你正走向它，但在它到來之前還來得及做一場遊戲，同死亡周旋一番。你還有足夠的餘裕，來充分享用你剩下的這點性命，還有個可感受的軀體，還有慾望。（高行健《靈山》）

我沒有搬家，老張倒搬了，開車子要足足一個半小時才能到他那兒，一所半新不舊的鄉下房子，屋前一大片空地，數棵影樹，兩張寬大的繩床，羨煞旁人，對牢的風景是一片大海，天晴的時候波光灩灩，躺在繩床上有如再世為人，再也不想起來，乾脆樂死算了。（亦舒《我的前半生》）

【泙泙】ㄆㄥˊ，水聲。

【泙湃】水聲。

【泠泠】ㄌㄧㄥˊ，形容流水聲。也作聲音清脆、激越。

【洴淜】形容水聲或鑼鼓聲。

【淙淙】ㄘㄨㄥˊ，形容流水聲。

【淜滂】多形容水聲或風擊物聲。淜，ㄆㄥ。

【琤琮】ㄔㄥ ㄘㄨㄥ，形容流水聲。

【溘溘】水聲。

【滑辣】水聲。

【漰沛】水聲。

【潺潺】ㄔㄢˊ，形容流水聲。曹丕〈丹霞蔽日行〉：「谷水潺潺，木落翩翩。」

【潺湲】形容流水聲。

【澎濞】水聲。濞，ㄆㄧˋ。

【濺濺】流水聲。

【瀝瀝】水聲。

【瀧瀧】水聲。

【幽咽】低微的水流聲。

【幽幽】形容輕微聲音或光線。也作深遠貌。另有寂靜之意。

【流咽】低沉的水流聲。

【嗚咽】形容水聲、風聲等低沉淒切。

【滴答】形容水滴落下的聲音。

【滴瀝】形容水滴落下的聲音。

【嘩啦】形容東西流下的聲音。亦作「嘩啦啦」。

【汩沒】形容水波的聲音。

【渹湱】ㄏㄨㄥ ㄏㄨㄛˋ，形容波浪相激盪的聲音。

【漰漭】波浪撞擊的聲音。

【嘩喲嘩喲】在此形容海浪聲。

【咕嘟】形容液體沸騰或湧出的聲音。

【湍鳴】急流的響聲。

【激激】急流的聲音。

由石家莊到太原，因必橫貫太行山脈，故鐵道率隨山旋轉；有時車行兩懸崖間，石樹掩蔽，不見日影；有時蛇行絕壁側，旁臨深壑。壑中溪流泠泠成韻，絕壁則拔地參天，使人望而生畏。（馮沅君〈清音〉）

易水淙淙向東流／水聲裡，／傳出一支幽微的變調／且送他遠行／雖非西出陽關／他那堪，白色世界／奪目的光／執轡時，馬且悲鳴／啊風更蕭蕭（李瑞騰〈刺客之歌〉）

細聽堤下，微聞流水淙淙，可知水很小。除非豪雨連日，或驟雨崇朝，山洪傾瀉，始有萬馬奔騰的水勢，否則此去萬頃沙原，只有幾條涓涓細流，蜿蜒其間。（陳冠學〈九月十日〉）

是你，是花，是夢，打這兒過，／此刻像風在搖動著我；／告訴日子重疊盤盤的山窩；／清泉潺潺流動轉狂放的河；／〔……〕（林徽音〈靈感〉）

所以，當你下工的時候，很星夜了，屋頂上竹叢夜風安慰著蟲唧，後院裡井水的流咽沖淡蛙鼓，雞塒已寂，鴨也閉目著，〔……〕（簡媜〈漁父〉）

何況血痕染過那些石獅的鬚鬣，白骨在橋上的輪跡裡腐化，漠漠風沙，嗚咽河流，自然會造成一篇悲壯的史詩。（王統照〈蘆溝曉月〉）

屋外的風聲仍然呼呼地響著，夾著海浪隱隱約約的嘶叫，嘩喲嘩喲，幽幽的，像一曲生命的悲歌，唱著捕魚人的辛酸。（王拓〈望君早歸〉）

出土的石像正在伏龍館裡展覽。人們在轟鳴如雷的水聲中向他們默默祭奠。（余秋雨〈都江堰〉）

葉子本是肩並肩密密地挨著，這便宛然有了一道凝碧的波痕。葉

【轟鳴如雷】可形容水聲轟轟如雷聲般響。

【脈脈】此形容水沒有聲音，像是深含情意的樣子。

水味

【甘甜】甜美。

【甘芳】芳香甜美。

【清芬】清香。

【硫磺味】一種含有硫化氫的味道。即天然溫泉所發出的味道。

【惡臭】難以忍受的臭味。

【腥臭】腥臊臭味。

【腥膩】帶有腥臭與油膩的氣味。

【腥鹹】帶有腥臊和鹽分的氣味。亦作「鹹腥」。

【渾腥】氣味混濁腥臭。

【濃臭】濃烈的臭味。

【海羶味】海中生物所發出刺鼻氣味。羶，ㄕㄢ。

【魚腥味】魚的腥臭氣味。

【腐屍味】動物屍體的腐臭味。

【令人掩鼻】讓人用手捂住鼻子。以表不想聞到骯髒、濁臭的味道。

【腥羶臭氣】腥臊難聞的氣味。

【土味】帶有泥土的氣味。

【甘味】甘甜的味道。

【原味】原有的味道。

【無味】沒有味道。

子底下是脈脈的流水，遮住了，不能見一些顏色；而葉子卻更見風致了。（朱自清〈荷塘月色〉）

細雨撲面，流螢汛來。季春、孟夏有那麼多那麼多那麼多的流螢，水息清芬，流螢喜歡的是溼溼的草，溼溼的雲和霧和風。那麼一大片的閃動，置身其中，它劇烈我安靜。（凌拂〈流螢汛起〉）

八斗子的冬天總是這樣，才剛放晴了，接著又是好長一段日子都是風風雨雨的天氣，到處溼漉漉陰沉沉的。強風挾著海浪的腥鹹，像刀斧般颳在臉上，鑽進骨子裡。天氣冷得人們直冒白氣。（王拓〈金水嬸〉）

確實，有很多年的青年族人在台灣流浪多年後，在回鄉省親的三、四天裡，長輩們在他身上聞到的盡是胭脂粉味、古龍水以及濃濃的酒氣味，而沒有一滴海水的魚腥味。（夏曼・藍波安〈黑潮の親子舟〉）

旁邊是臺中港工業區的「廢水集中區」，原是麗水村舊址，現在村人都遷光了，是一片發出令人掩鼻的惡臭底黑水沼地。（洪素麗〈過境鳥〉）

那幾次，徘徊秦淮河畔，陣陣襲來的不只是腥羶臭氣，還有一種寂寞荒涼之感。千百年來的繁華地落到如此景況，使人有一種說不出的滋味。（袁鷹〈秦淮河〉）

【溢】水漫出外流。

【氾濫】大水橫流，漫溢四處。也有「氾濫成災」。

【決潰】堤防被大水沖破。也作「潰決」。

【泛溢】大水泛濫，四處漫溢。

【浸淫】水流溢；氾濫。

【淹沒】被水覆蓋；洪水氾濫。

【崩決】崩塌潰決。

【漫溢】形容大水氾濫。

【漫漶】模糊不清。

【滾滾洪流】急速翻騰的浩大水流。

【懷山襄陵】指洪水洶湧，奔騰溢上山陵。

【潦】ㄌㄠˋ，水災。

【巨浸】洪水。

【洪災】洪水引起的災害。

【海嘯】海水的一種劇烈波動，起因於海底地震或風暴。當海嘯衝上陸地時，常造成極大的災害。

【倒灌】海水灌入沿海低窪地區。

【暴洪】來勢猛而急的洪水。

【暴漲】水位突然急劇上升。

【瀝潦】淹水。

【做大水】淹水。

【發大水】鬧水災。也作「發水」。

【鬧大水】淹水。

【一片汪洋】原形容水面遼闊浩瀚。此作平原地區淹大水。

【一汪水潦】形容大雨之後，積在田地裡或流於地面的水。

【隔並屢臻】指陰陽失調而生的水旱災害。隔並，隔開之意。臻，ㄓㄣ，至、到來。

【整治】疏通修整；整頓治理。

【分洪】將上游洪水分流引入其他河流，以免下游受災的方法。

因為大浪沖過來，不但種的草木，連堤防也坍掉，海水就湧進來了。過去就有幾次，颱風的晚上堤防決潰了，使我們吃了無數的苦頭。（呂赫若〈風頭水尾〉）

凌晨，沉寂未久的廣播聲再度響起，緊急警告居民溪洪高度已超越有史以來的安全水線，催促里民盡快開走停在河堤下的車輛，並及早做好溪水漫溢或河堤崩決的準備。（詹明儒〈流動在三角湧溪的歲月〉）

一旦做大水，河水暴漲、四處漫漶，作物往往來不及收成，即被急流淹沒或沖走，所有心血便都付之水流，又且覆上一層砂石或淤泥，需再重新整地，其中的辛勞艱苦實難以想見。（吳晟〈堤岸〉）

以前只有狹窄的溪水河道，洪水難免越堤，但溪岸和腹地沼澤、溼地多，不用煩惱溪水暴漲，無法吸納的問題。現在水道筆直、寬敞，溪水速度快，流量大，反而讓山谷充滿水災肆虐的危機。（劉克襄〈重返火燒寮〉）

「做大水」是冬山河流域孩子們的共同記憶——平等且沒有階級之分的經驗。整治後這條河已馴化，但你必須自私地承認，最懷念的仍是她的狂野時代。（簡媜〈水證據〉）

黃梅天漏，江南雨多。發大水淹沒田地，總在這個時候。但並非不可收拾，成災的年代極少，不過青草塘地勢低窪，十九會被浸淫。（高曉聲〈魚群鬧草塘〉）

於是，豪雨觸動山洪，河水挾泥沙滾滾而下，河身狹仄、曲折不利洩洪，再遇河口附近海水倒灌，兩派水系只需激戰一夜，即能使冬山河岸田疇、村舍沒入一片汪洋之中。（簡媜〈水證據〉）

現今開車進侯硐，首先映入眼簾的是寬闊的基隆河景，這是近來

【防洪】使用堤防、擋土牆、水庫、洩洪道以及其他手段防止洪水成災。

【洩洪】水庫蓄水量超過警戒線時，為維護水庫的正常功能而打開閘門，排放洪水。

【浚利】疏通水道，使水流通暢無阻。

【蓄洪】為防止洪水氾濫，而把超過河道所能排泄量的洪水蓄存在一定的地區。

【截彎取直】是一種河道治理的方法，把彎曲的河川改建成直線狀態，使河水流動速度加快進而減少沉積物，有助於防治洪水泛濫。也作「裁彎取直」。

4 平野沙漠

【四野】四周廣闊的原野。

【沃衍】肥沃的平野。

【坦迤】平坦綿延的樣子。

【原野】平原曠野。

【荒野】荒涼的原野。

【莽蒼】形容郊野景色迷茫。也指廣大無際的原野。

【溥原】廣大的平原。

【蒼莽】郊野景色看不清的樣子。

【蒼茫】曠遠迷茫的樣子。

【寥廓】空曠、深遠。

【遼闊】遼遠、寬闊。

【瀰迆】ㄇㄧˇ ㄧˇ，平坦遼闊的樣子。迆，通「迤」字。

【壙埌】ㄎㄨㄤˋ ㄌㄤˋ，形容原野空蕩廣闊貌。

【壙壙】原野廣大空曠貌。

才整治好的員山子分洪工程，由瑞芳往九份一〇二號公路半途，往侯硐分叉路走北三十七道路一分鐘就到了。（曾陽晴〈侯硐遊〉）

堤壩上茂生的灌木叢下，隱約看見大石疊成的高階護堤，是近年推行的生態工法，既兼顧防洪又滋養草木，將人家後門陋巷掩在碧蒼蒼密林裡。（戴玉珍〈北坑來的水〉）

乾隆卻沒有發作，咂吮了一下嘴唇，問道：「紀昀，去年甘肅報旱還是報澇？」他開口說話，紀昀頓時鬆了一口氣，不假思索就道：「報旱——皇上，甘寧青從來都是報旱，陝西涇河前年去年極澇，但河套張掖武威十二成足收沒有求賑——甘肅接連五年都是旱災，晴雨表送來御覽，皇上就明白了。」（二月河《乾隆皇帝》）

只記得當時微風輕吹，掀動我覆額的黑髮，四野景色依舊宜人，好像什麼事情也不曾發生；然而，我畢竟脆弱的稍稍有些感傷了——我自己知道，我所哀悼的，又豈僅是清溪阿伯而已！（洪醒夫〈清溪阿伯與布袋戲〉）

西川，這塊憋在海隅的鄉壤，沒有嵯峨怪麗的崗巒；沒有蓊鬱森碧的林木；沒有馨香斑斕的花草；沒有巍峨櫛比的高樓。有的只是綿亙寥廓的平野；有的只是波濤翻湧的海域；有的只是一灣清淺的小溪；有的只是低矮簡陋的瓦舍；更有的只是那片寧謐、荒僻、素樸，而充滿鹹味的氛圍。（顏崑陽〈失帆之港〉）

中、上游河段多山谷溪澗、河水湍急；下游則沖積而成遼闊的彰雲平原。（吳晟〈溪埔良田〉）

在遼闊的曠野上／一陣疾風／吹向了抖擻的芒草／用堅韌的身軀

【曠野】空闊的原野。
【曠寥】空曠、寥廓。
【陰莽莽】昏暗廣闊貌。
【坦坦蕩蕩】平坦寬闊。另有行事正直、磊落之意。
【肆意揮灑】任意放縱，灑落自如。此形容平原廣闊，無邊無際的樣子。
【綠野】綠色的原野。
【平蕪】雜草繁茂的平原。
【常青】長保青翠。
【沖積】高地的泥土、沙礫等受水流沖擊而沉積到下流較平坦的地區。
【沖積平原】由河流的沉積作用而形成的平原地貌。
【平疇】平原田地。
【田埂】田間的土埂，用來分界和蓄水。
【田野】田地和原野。
【田疇】田地。
【阡陌】田野；田間小路。
【原田】原野上的田地。
【旱田】土地表面不蓄水的田地。通常種植不需要大量水分的落花生、蕃薯等。
【肥田】肥沃的田地。
【蘆田】泥沙淤積而成的土地，僅適合種植蘆葦。
【敞田】田地向四邊敞開，沒有架設籬笆或種植防風林，因視野寬闊不受限制，故稱「敞田」。
【田塍】指田埂。塍，ㄔㄥˊ。劉禹錫〈插田歌〉：「田塍望如線，白水光參差。」
【平野】平坦空曠的原野。
【平莽】雜草叢生的平地。
【郊原】郊外的平原。
【沃野】肥沃的田野。
【廣牧】廣大的牧地。
【寥闊】深遠、廣大空曠。
【寬曠】形容寬廣空曠的樣子。
【坦夷】形容寬且平坦。

／在曠野的地平線守望（趙天儀〈芒草的天空〉）

除夕將近的空中，／飛來飛去的一對鳳凰，／唱著哀哀的歌聲飛去，／銜著枝枝的香木飛來，／飛來在丹穴山上。／山右有枯槁了的梧桐，／山左有消歇了的醴泉，／山前有浩茫茫的大海，／山後有陰莽莽的平原，／山上是寒風凜冽的冰天。／天色昏黃了，／香木集高了，／鳳已飛倦了，／凰已飛倦了，／他們的死期將近了。（郭沫若〈鳳凰涅槃〉）

我現在將以一個平原之子的心情來訴說你們的山水，在多山的地方行路不方便，崎嶇坎坷，總不如平原上坦坦蕩蕩；住在山圈裡的人不容易看到天邊，更看不見太陽從天邊出現，也看不見流星向地平線下消逝，因為亂山遮住了你們的望眼；萬里好景一望收，是只有生在平原上的人才有這等眼福；〔……〕（李廣田〈山水〉）

靜靜的看廣場，看收成後的甘蔗園，甘蔗園過去的兩道平行線，青色的是柏油路，褐色的是鐵路，然後，是肆意揮灑的大平原。（粟耘〈奇美的花〉）

這次我離開你，是風，是雨，是夜晚；／你笑了笑，我擺一擺手／一條寂寞的路便展向兩頭了。／念此際你已回到濱河的家居，／想你在梳理長髮或整理溼了的外衣，／而我風雨的歸程還正長；／山退得很遠，平蕪拓得更大，／哎，這世界，怕黑暗已真的成形了……（鄭愁予〈賦別〉）

這山村的墾殖開始於一七五年代，當時的車寮一片綠野平疇，中有圳溝沿路向山下行去，圳溝兩旁就是水田，綠色的稻穗，赤腳的農夫，壯碩的水牛，還有田間棲息的白鷺，構成一幅亮眼的山村農耕圖，〔……〕（向陽〈山村車寮〉）

天光初瀉，雞已三啼，我折枝笄髮，掬水果腹，隨著一伍莊稼漢子，

【坦迤】綿延平坦。劉義慶《世說新語．言語》：「林公見東陽長山曰：『何其坦迤！』」

沙漠

【平坦】地表無高低凹凸。

【平滑】平而光滑。

【起伏】此形容沙丘高低不平，有如波浪般。

【安詳】平靜自然。

【均勻】平均；均等。

【柔和】柔軟；軟和。

【柔軟】柔和。也可作軟而不堅硬。

【軟和】柔軟。

【軟軟】柔軟，輕軟。

【綿綿】微細。也作連續不斷之意。

【神祕】奧祕。神妙莫測，難以捉摸。

【奧祕】深奧神祕。

【謎樣】形容充滿神祕色彩或令人無法理解的人、地或事物。

【莫測高深】形容深沉到令人難以揣測或理解。

【幻景】虛幻的景象。

【蜃氣】一種大氣光學現象。光線經過不同密度的空氣層後發生折射，使遠處景物顯現在半空或是地面上。古人誤認這種現象是蜃吐氣而造成的，故稱之。蜃，ㄕㄣˋ，一種大的蛤蜊。

【海市蜃樓】由於光線折射，而將遠處景物如城市、樓閣等投映在空中或地面上。這種現象多出現在夏季沿海一帶或沙漠中。多用來比喻虛幻的景象或事物。也作「蜃樓海市」。

【大漠】無邊的沙漠。也可指中

來到平野。啊！阡陌如織，薄霧之中，又如千條飄帶，一起向我招搖。（簡媜〈天涯海角——給福爾摩沙〉）

許久，地貌果然開始改變了！沙漠的表面愈來愈平滑、均勻，顏色也成為比較柔和的土黃。漸漸地，地形也有了起伏，小形的沙丘，或遠或近的出現了！（羅智成〈沙中之沙——北非之旅〉）

軟軟的細沙，也不硌腳，也不讓你磕撞，只是款款地抹去你的全部氣力。你越發瘋，它越溫柔，溫柔得可恨之極。無奈，只能暫息雷霆之怒，把腳底放輕，與它廝磨。（余秋雨〈沙原隱泉〉硌，ㄍㄜˋ，碰到凸起、堅硬的東西而使身體感到痛苦或損傷）

沒有隆起的沙丘，也不見有半間泥房，四顧只是茫茫一片，那樣的平坦，連一個「坎兒井」也找不到，那樣的純然一色，就使偶爾有些駱駝的枯骨，它那微小的白光，也早已溶入了周圍的蒼茫，又是那樣的寂靜，似乎只有熱空氣在哄哄的火響。（茅盾〈風景談〉坎兒井，新疆一帶因應氣候乾旱的一種灌溉工程。從山坡到田地挖成一連串的暗溝，將山上的融化的雪水滲透到地下水，以作為農田澆灌之用）

我家的門口，開門出去是一條街，街的那一邊，便是那無邊無際的沙漠，平滑、柔軟、安詳而神祕的一直延到天邊，顏色是淡黃土色的，我想月球上的景色，跟此地大約是差不多的。（三毛〈平沙漠漠夜帶刀〉）

回首天山，整個南麓都浮升出來了，崢嶸嶙峋，難以言狀。俯瞰前方的吐魯番，蜃氣中已經隱約現出了綠洲的輪廓。在如此悲涼嚴峻的風景中上路，心中湧起著一股決絕的氣概。（張承志〈漢家寨〉）

國西北一帶的廣大沙漠。

【戈壁】沙漠的蒙古語。指蒙古大沙漠，土質大半為細沙和碎石，地表堅硬，不同於一般的沙漠。古也稱「翰海」、「瀚海」。

【蒼茫】空曠遼遠的樣子。也可形容廣遠迷茫的樣子。

【平沙萬里】平坦廣闊的沙漠。

【茫茫一片】廣大遼闊的樣子。

【純然一色】形容沙漠除遍地黃色的沙土外，看不見其他顏色的物體。純然，完全；純粹。

【黃沙漫漫】形容一望無際的黃色沙土。

【無邊無際】看不見邊際。形容寬廣、遼闊。

【漫無邊際】非常寬廣，一眼望不到盡頭。

【荒漠】荒涼的沙漠或原野。

【寸草難生】連一點小草都難以生長。形容土地貧瘠或災情嚴重。也可形容沙漠大部分的地面覆蓋沙土，植物難以生長。

【不毛之地】荒涼貧瘠，不生草木的土地。

【沙丘】在風力作用下由沙粒堆積成的沙堆，最常見於沙漠、河岸或海邊等沙地。

【沙磧】沙漠。也可指沙灘或沙洲。也有「砂磧」。磧，ㄑㄧˋ。

【沙礫】沙和碎石子。

【流沙】沙漠中常隨風流動轉移的沙。

【狂風沙】狂風揚起的沙土。

【風沙迷眼】風揚起的沙土讓眼睛看不清楚。

【黃沙滾滾】塵土飛揚，漫天黃沙翻騰。也作「黃塵滾滾」。

【漫天風沙】滿天都是被風吹起的沙土。

【無窮無盡波浪起伏的沙粒】形容大風吹起遍地沙土時，就像一波波起落不止的波浪般。

【綠洲】沙漠中水草豐盛的地區。

如夢如幻又如鬼魅似的海市蜃樓，連綿平滑溫柔得如同女人胴體的沙丘，迎面如雨似的狂風沙，焦烈的大地，向天空伸長著手臂呼喚嘶叫的仙人掌，千萬年前枯乾了的河床，黑色的山巒，深藍到凍住了的長空，滿布亂石的荒野……這一切的景象使我意亂情迷，目不暇給。（三毛〈收魂記〉）

亞斯文水壩附近有一個理工學院，建在亞斯文沙漠與撒哈拉大沙漠的交界處，許多埃及大學生埋首研究水壩的問題，他們在寸草難生的沙漠地上，研究著世界上最大的湖水的將來，說起來也是數千年來生育埃及文明的尼羅河，一個極大的諷刺。（林清玄〈星落尼羅河〉）

那是抗戰的最後年頭，兵荒馬亂，一位陳姓敦煌所職工病倒在沙漠上，他呼天搶地，聲嘶力竭，極端恐懼地喊了整整半天，可憐誰也聽不見。直到大漠落日，暮色蒼茫，才算遇上了過路人，他緊緊拉住我的衣角，苦苦哀求將他送回蘭州，唯恐死在不毛之地的沙丘之中。（常書鴻〈從鐵馬響丁當說起〉）

是誰在沙漠上／啞口的層層荒蕪中／羅列久久猶不肯瞑目的／望著天空的頭顱／黃沙滾滾／眼瞼上有天空的淚痕（李魁賢〈海灣戰事　沙漠〉）

在這兒，無窮無盡波浪起伏的沙粒，才是大地真正的主人，而人，生存在這兒，只不過是拌在沙裡面的小石子罷了。（三毛〈搭車客〉）

環境景色》四、人文環境

1 環境

繁榮

【稠】繁密。

【川流】形容像水流一樣連續不斷或次數頻繁。

【市廛】市中店鋪。也指商店雲集的市區。廛，ㄔㄢˊ，店鋪。

【軟紅】形容繁華、熱鬧。

【喧騰】吵鬧、沸騰。

【喧闐】喧嘩、熱鬧。闐，ㄊㄧㄢˊ，充塞。

【喧嚷】喧嘩、吵鬧。

【絡繹】往來不絕。

【稠密】多而密。

【稠集】此指人口稠密，住家聚集。

【熙攘】人來人往，忙碌紛紜。也有「熙來攘往」。

【蝟集】好像刺蝟的毛般聚集。比喻繁多而叢雜。

【熱鬧】人群聚集、喧嘩吵雜。也作「鬧熱」。

【繁華】繁榮；熱鬧。

【嬲騷】擾亂、騷擾的意思。嬲，ㄋㄧㄠˇ，擾亂、糾纏。

【雜沓】紛雜繁多貌。

【叢簇】叢集；緊密聚集。

【擾攘】吵鬧、紛亂。

【鬧滾滾】形容熱鬧、吵雜的樣子。

【人潮洶湧】比喻人群像潮水一樣洶湧。

【人潮流水】比喻人群像流水一樣不斷行進著。

揣想當初新市街落成，將原本僅容牛車一輛通行的街道拓寬後，小鎮突然飛迅、突然現代起來的鬧熱境況，以布匹與藥材為主的商業活動召來鄰近街庄的人潮車潮，川流，絡繹。（許正平〈中正老街〉）

且看小屋的主人，住不多久，就匆匆趕回十丈軟紅的臺北市，一到就打電話找朋友再次的「暢敘離情」。可見田園的幽靜，還是敵不過友情的溫馨。（琦君〈方寸田園〉）

我在倫敦紐約雖住得不久，卻已嗅得歐美名都的忙空氣；若以彼例此，則藐乎小矣。杭州清河坊的鬧熱，無事忙耳。他們越忙，我越覺得他們是真閑散。（俞平伯〈清河坊〉）

這裡的氣候黏在冬天與春天的接口處／（這裡的雪是溫柔如天鵝絨的）／這裡沒有嬲騷的市聲／只有時間嚼著時間的反芻的微響（周夢蝶〈孤獨國〉）

今天，整齊的高樓已經把從前的那些矮屋給踩在腳底下，叢簇的樓群已經和淡水河對岸的市區遙遙相對起來。埔的影子早已消失，市的味道已經相當的深濃，而那些讓這個地方失光的事件，也跟著越來越少起來，今日的三重，不可輕視了。（張騰蛟〈地方誌〉）

「五四」風暴中，作為一個北方省城的中學生，到上海參加第一次全國學生代表會議。這宛如一枚剛出土的土豆，猛然落入金光耀目的十里洋場。（曹靖華〈憶當年，穿著細事且莫等閑看〉）

【十里洋場】本指清末上海租界一條長約十里的大街，這條街道因洋人聚集，洋行與洋貨充斥，因此被稱之「十里洋場」。後多用來借指上海市區或比喻熱鬧繁榮的地方。

【車水馬龍】形容車馬絡繹不絕，繁華熱鬧的景象。

【車馬喧囂】形容車馬往來不止，熱鬧非凡的樣子。

【往來如織】人來人往，像是織布一樣。形容熱鬧繁華的樣子。

【肩摩踵接】肩摩著肩，腳碰到腳。形容往來的人很多，前後相繼不絕。也有「比肩繼踵」、「踵接肩摩」、「摩肩接踵」。

【肩摩轂擊】肩靠著肩，車子互相碰撞。形容往來人車擁擠或市況繁榮。也作「轂擊肩摩」、「擊轂摩肩」。轂，ㄍㄨˇ，車子中心的圓木。

【紅塵萬丈】比喻塵世喧擾不斷的繁華與熱鬧。紅塵，鬧市的飛塵，多比喻繁華之地。

【接踵而來】形容來者很多，絡繹不絕。

【蟻螻似的】形容人群眾多而擁擠，有如不計其數的螞蟻和螻蛄等這類小蟲般。

【如錢塘江潮】比喻人群眾多的景象，有如中國浙江錢塘江潮般的壯觀。

【擠人也被擠】形容人群擁擠的樣子。

【車如流水馬如龍】形容車馬絡繹不絕，繁華熱鬧的景象。

【推着前浪，也被後浪所推動】本指江水奔流，前後相繼。此指人潮眾多，造成人群前後推擠、碰撞。

【簇擁著別人也被別人簇擁著】形容人潮洶湧的樣子。

【相扣相連】相互連接、關聯。

從延平北路到大橋頭，陋巷的肩摩轂擊的鬧滾滾。（劉捷〈大稻埕點畫〉）

有時候，莫名其妙穿上簡單的球鞋，就在紅塵萬丈的臺北市慢跑起來。跑步的時候可能有很好的心情、很沉重的心情，或者只是很簡單的心情。沿著臥龍街向前邁開腳步，經過六張犁公墓，轉個彎通過和平完全中學……慢慢跑著，心情漸漸沉澱下來，只剩下風、汗水、腳步，以及心跳的聲音。（侯文詠〈與風同行〉）

陰曆十五，商船泊埠，／一簍簍的貨物自漳泉來，／自運河搖欸乃入城，／擾攘的市集，／接踵而來的人群，／那時古都依然新穎和快樂／並且流行最時尚的服飾與髮髻，／所有燒香時許下的願，／皆將於今生來世一一還清。（張錯〈古都〉）

近年來高大的建築物愈來愈稠密，大街上的安全島多半取消，人們在臺北市所能看到的青空也愈來愈狹窄。保險公司和股票市場，電影廣告和醫藥宣傳，塞滿了百萬人口的臺北。每天早晨，蟻螻似的群眾自火車站、公共汽車裡湧出來，瀉滿了臺北市的許多角落。（張健〈臺北二十年〉）

其實哪裡還有靜穆莊嚴？觀光客如錢塘江潮或許是必要之惡，但自高處往四界望去，卻發現屋檐都讓透明塑膠管給圈起了輪廓，塑膠管裡有小燈泡。當天色變黯，這裡也像豫園商圈朝觀光客招手的姿態嗎？（王盛弘〈寒山寺〉）

不同種族的淑女紳士淑女，顫顫巍巍，在燈光變換前簇擁著別人也被別人簇擁著越過大街，把街景烘托得異常國際。〔……〕立刻，人行道上的潮流將我們捲了進去。於是我們也參加擠人也被擠的行列，推着前浪，也被後浪所推動。（余光中〈登樓賦〉）

【星羅棋布】形容多而密，如星星、棋子般廣泛分布。

【密密接接】密集；緊密連接。也作「密接」。

【參差比鄰】紛雜不齊而相互鄰近。

【錯落有致】形容事物的布局雖交錯紛雜，卻富有條理或情趣。

【櫛次鱗比】比喻建築物排列密集。櫛次，像齒梳般緊密排比；鱗比，像魚鱗一樣相次排列。亦作「鱗比櫛次」、「櫛比鱗次」。也有「鱗鱗比比」。

【金光耀目】可形容都市夜晚燈火閃耀，一片繁華的景象。

【霓虹閃爍】指多用於廣告或裝飾的霓虹燈閃耀著各種色光。可形容都市夜晚的繁華景象。

【耀耀煌煌】燈光明亮輝煌。形容都市夜晚的繁華景象。

幽靜

【靜】平和、恬淡；安靜無聲。

【沉靜】寂靜、沒有動靜。

【杳然】幽深、寂靜貌。

【幽寂】清幽、寂靜。

【幽清】幽雅、清靜。

【幽深】深而幽靜。

【幽雅】幽靜、雅致。

【冥暗】幽暗。

鬱悶的小鎮，相扣相連的巷弄日夜騷動著，那時我半夜常常被驚醒，有時是夫妻吵架，兩人拿刀對峙，旁邊有一群小孩哭嚎的叫聲；有時是河堤屠宰場的豬隻夜半慘烈的嚎聲；有時是幾個小太保追逐幹架的叫囂聲。（楊索〈回頭張望〉）

那末鱗鱗比比的店房，那末密密接接的市招，那末耀耀煌煌的燈光，那末狹狹小小的街道，竟使你抬起頭來，看不見明月，看不見星光，看不見一絲一毫的黑暗的夜天。（鄭振鐸〈黃昏的觀前街〉）市招，商店門外的名號、招牌或用來招徠顧客的標誌）

在月明的夜裡，女子鬼魂騰空升起，自高空中俯視「不見天」。長達五里的參差比鄰斜屋頂，錯落有致，隨著「五福路」略彎曲成新月，月光下輝映成一條靜臥巨龍，恍若還有著呼吸脈動，在月移雲湧中，幽微起伏。（李昂〈不見天的鬼〉）

我沒有想到，一條曲折的小巷竟然變化無窮，表裡不同，櫛比鱗次的房屋分隔著陸與水，靜與動。一面是人間的苦樂與喧嚷，一面是波影與月光，還有那低沉迴盪的夜聲，似乎要把人間的一切都遺忘。（陸文夫〈夢中的天地〉）

比如杭州的「雷峰夕照」，至今仍列名於舊「西湖十景」之中。人們路過淨慈寺，看到南屏山下林樹翳翳，古塔杳然，可以引起對善良的白娘子無端被邪惡迫害的同情和遐想，〔……〕（袁鷹〈燕臺何處〉）

旅舍的後邊，有道三百多級的階梯，直往山上通行；那古舊堅固的石級，通往山林的樹莊和一片植物園，從石級的最上面朝下鳥瞰，

【清幽】清靜、幽雅。
【清雅】寧靜、幽雅。
【莊嚴】端莊、肅穆。
【陰幽】邊遠、幽僻。
【偏靜】偏僻、安靜。
【寧謐】安靜；平靜。
【僻靜】偏僻、幽靜。
【優雅】可形容環境優美、雅致。
【靜穆】安靜、肅穆。
【遠離塵囂】遠遠地離開世間的紛擾、喧囂。
【鬧中取靜】在喧鬧環境中自取安靜。
【亂中得幽】在紛亂環境中顯得幽靜。
【隱居】退居山野或偏僻的地方；深居不肯出來做官。
【泯跡】隱藏身跡。
【屏居】隱居。
【屏隱】屏退世事而隱居。
【幽居】隱居。
【幽棲】隱居。
【幽獨】獨處於僻靜之處。也作寂靜、孤獨。
【幽隱】隱居。也有隱蔽之意。
【豹隱】比喻隱居山林。
【避世】離世隱居。
【蟄居】隱居。本指動物冬眠，藏起來不飲不食，可引申隱藏潛伏。蟄，ㄓˊ。
【隱遁】隱居起來，遠避塵世。
【歸隱】回到故鄉或山野林間隱居。比喻遠離世俗，隱避行蹤。
【枕石漱流】以山石為枕，以流水漱口。形容隱居生活。
【遺世獨立】脫離現實社會而獨立生存。
【離群索居】離開群體，單獨居住。
【潛居】隱居。
【避世離俗】擺脫世俗牽絆，離開塵世隱居。
【高臥東山】隱居，不出仕。典

整個山的盆地裡的房子，像積木般，被圍繞的雲絮所浮貼，露出幽深低度感。（林佛兒《北回歸線》）

鎮江是箇古老的小城，比南京要顯得清幽，每從一些人家的門口，可以望見小小荷塘與半畝菜地。（鍾梅音〈春天的小花〉）

那是個寧謐的小小鎮市，僅兩條的古老磚房街路，一端是一所已有上百年歷史的古廟，另一端則是一泓古潭，一條清澈的小溪。（鍾肇政《插天山之歌》）

原來魯鎮是僻靜地方，還有些古風：不上一更，大家便都關門睡覺。深更半夜沒有睡的只有兩家：一家是咸亨酒店，幾個酒肉朋友圍著櫃檯，吃喝得正高興；一家便是間壁的單四嫂子，她自從前年守了寡，便須專靠著自己的一雙手紡出棉紗來，養活她自己和她三歲的兒子，所以睡得也遲。（魯迅〈明天〉）

我家右前側，是詩人蕭蕭的居所，兩家相旁，站在客廳庭院就可聲氣互通；蕭蕭愛詩，尤憐花草，於是他精心栽植的園圃雜細，也都成為我放眼可觀的美景。住在這樣的所在，有著山村的靜、人情的純、詩與多年老友的清淡可掬，住在這樣的遠離塵囂的所在，夫復何求？（向陽〈山村明月〉）

然而理想的下午，也常發生在未必理想的城區。不是每個城市皆如巴黎。便在喧騰雜沓的自家鄙陋城市，能鬧中取靜，亂中得幽，亦足彌珍了。（舒國治〈理想的下午〉）

最近的十幾年，他一直隱居海外，很少回台北，他就像一個失去戰場的將軍，給人以悲劇英雄的落寞感。他那踽踽獨行的身影，想來真讓人感到不忍。（瘂弦〈我、聯副、人間與高信疆〉）

一朝從「場面上」退下來，不要說活生生的客人，就是那一具黑

出於晉人謝安居於東山，不願出任官職的故事。

【飲露餐風】以露水為飲，以風為食。形容遠離塵世、隱居的生活。也作「飲風餐露」。

【振衣濯足】抖落衣服上的塵土，在水裡洗淨雙足上的污垢。形容人遠離塵世，離居歸隱。

【遯跡山林】逃入山中，比喻隱居。遯，ㄉㄨㄣˋ。

荒蕪

【落後】指生活環境處於較低的發展水平上。

【式微】衰微；衰落。

【沒落】落伍；衰敗。

【封閉】隔絕；局限於狹小領域。

【凋敝】指衰敗的景象。

【敗落】衰落。

【落伍】比喻事物、思想行動跟不上時代發展的形勢。

【貧廢】窮困、衰落。

【鄉下】泛指城市以外的地區。

【鄉野】鄉村野外。

【被遺棄】此指不受到重視或被棄而不顧的地區。

【發展遲緩】開發進展緩慢。

【冷清】荒涼、寂靜的樣子。也作「清冷」。

【冷寂】冷清、寂靜。

【冷落】冷清；蕭條。

【冷僻】冷落、偏僻。

【孤懸】孤立。

【荒涼】荒蕪而冷清。

【荒陬】指荒遠偏僻之地。陬，ㄗㄡ，偏遠的地方。

【荒疏】荒蕪。

烏烏冷冰冰的電話都難得響，那種悽涼，又數倍於常人。難怪幹過大事的人，都喜歡標榜歸隱山林，再不濟的也搬到市郊去住，車馬喧囂，他們不見得不願聽，只是不忍聽。（亮軒〈主與客〉）

對於我們的小鎮有這樣一條打鐵街，有人認為那是一種落後的景貌，因為有關打鐵街的存在價值，曾在我們的小鎮引起過一場討論與爭議，〔……〕（王灝〈打鐵街〉）

美濃自上世紀七十年代一直維持五萬的人口數，二十一世紀開始，更降低至四萬多人；算是破壞較小的。但「沒落」或「蕭條」的意象，卻在鎮上隨處可見，這亦是台灣各地皆有的通景。（舒國治〈最美的家園——美濃〉）

即使後來港口沒落，鹿港變成了一個隱藏在西部濱海區的封閉小鎮，但文化的底蘊卻沒有因時空的變遷而磨蝕，反而讓鹿港人充滿了特殊的氣質。（心岱〈來到曠野〉）

於是，才看到那一塊塊比座標紙還規則的公寓，每一戶都晾著些不十分白的衣服，在正午的懶風中待飄不飄的，猛一看，恍惚覺得是某種老屋的窗紙，又破又乾地裂成一種敗落的形象。（張曉風〈不是遊記〉）

二十世紀的旺角（芒角）商店林立，人口密度為境內最高，而「沙頭角」則在口頭語中成為了「荒僻無人之所」的同義詞，包含了「落

【荒寒】荒涼而有寒意。
【荒楚】草木叢生之地。
【荒僻】人跡罕至且偏遠。
【荒曠】荒涼、空曠。
【疏落】稀疏、零落。也作「疏疏落落」。
【淒清】淒涼、冷清。
【疏蕪】稀疏、荒蕪。
【蒼涼】荒蕪、淒涼。
【寥落】冷清。
【鄙陋】簡陋荒僻。另有地位低微之意。
【鄙野】郊外偏僻之地。
【僻野】荒僻的野外。
【僻壤】偏僻的地方。
【蕭索】冷落、衰敗貌。
【蕭疏】冷落、稀疏。
【蕭條】寂寥、冷清的樣子。
【蕭森】幽寂、冷清貌。也有陰森之意。
【蕭簡】蕭索、廣大貌。
【人煙稀少】形容偏僻、荒涼的地方。
【門可羅雀】形容做官的人從擁有權勢到離開政治中心後門庭冷落、賓客稀少的景況。
【荒煙蔓草】荒野的煙霧，蔓生的雜草。形容荒涼的地方。
【蠻煙瘴雨】本指中國南方有瘴氣的煙雨。也泛指極為荒涼之地。
【死寂】形容非常寂靜、死沉沉的。也作沒有一絲生氣。
【鬼域】鬼魂出沒的境域。也可形容環境陰氣森森。
【陰森】幽黯的樣子。也作「陰森森」。
【荒涼肅殺】形容景況充滿一種冷清、嚴酷的氣氛。
【廢墟】指被廢棄的房舍街道或城市。
【荒村】指村落人煙稀少、少有人居。
【不毛】形容草木不生的荒涼之

後」和「被遺棄」的意思。（董啟章〈對反地〉對反地，當兩個地方處於極端對立的狀態）

時光快快流轉，世事速速變遷，花東的大地上，曾經有過的冷寂和荒曠，已經悄悄地遠颺了；或許消失在大海裡，或許逃去了遠方。（張騰蛟〈風景花東〉）

前面有一叢樹林，樹林蔭裡，疏疏落落的看得見幾椽農舍。有兩三條煙煙囪筒子，突出在農舍的上面，隱隱約約的浮在清晨的空氣裡。一縷兩縷的青煙，同爐香似的在那裡浮動，他知道農家已在那裡炊早飯了。（郁達夫〈沉淪〉）

眷村外是寥落人家，是菜園，遠一點是稻田，再遠是竹林，孩子眼中的夜的邊緣，則是龐大的山。（張曼娟〈月與燈依舊〉）

直到現在，雖然交通是比較便利了，但像這樣的僻野地方，依然少有人知道所謂報紙新聞之類的東西。但這些地方也並非全無新聞，那就專靠這些挑擔推車的人們了。（李廣田〈野店〉）

時候既然是深冬，漸近故鄉時，天氣又陰晦了，冷風吹進船艙中，嗚嗚的響，從篷隙向外一望，蒼黃的天底下，遠近橫著幾個蕭索的荒村，沒有一些活氣。我的心禁不住悲涼起來了。（魯迅〈故鄉〉）

九份仔是一年比一年蕭條而冷清；礦村往年那種濃郁的年節味竟蕩然無存，除了昇平戲院和小菜場周遭還見著人群外，愈往上走便愈有步向廢墟的感覺；幾幢舊屋門，散佈著來自都市那種突兀而且荒謬的色彩，〔……〕（吳念真〈看戲去囉〉）

即使我是彰化人，卻也摸不著頭緒二水是個什麼樣的地方，只知道會號稱「好山好水」的地方絕對就是人煙稀少、發展遲緩的鄉下的那個意思。（九把刀〈二水，這裡〉）

地。諸葛亮・〈出師表〉：「五月渡瀘，深入不毛。」

【荒地】沒有經過開墾或棄廢荒蕪的土地。

【荒土】棄廢荒蕪或沒有開墾的土地。

【鄉僻】指偏僻的鄉野之地。

【蓁荒】雜草叢生的野地。

【荒塚】乏人管照，荒涼無人的墳地。

【破落】形容破爛頹敗的樣子。

【荒瘠】土地不肥沃，荒蕪難以耕作的樣子。

【寸草不生】小草都無法生長，用已形容土地非常貧瘠、荒蕪的樣子。

【古陌荒阡】指荒涼的原野之地。

【僻遠】偏僻、荒遠。

【窮山僻壤】形容偏僻荒遠之地。

【窮鄉僻壤】形容環境偏僻又荒遠。

【人跡罕至】很少有人能到的地方，指偏僻荒遠之地。

【撂荒】指放任耕地荒蕪。撂，ㄌㄧㄠˋ。

汙染

【噪音】嘈雜刺耳之聲。

【光害】因地面大量燈光照到天空，形成一面光幕，進而影響天文觀測與研究。也作「光汙染」。

【灰稠】此指因火災而造成的灰暗濃煙。

【灼燒】焚燒。

【沉疴】本指久治不癒的疾病。此指空氣中累積大量車輛排放

七〇年代的億載金城，位於荒煙蔓草中，四周皆是魚塭，想不到，現在卻是燈紅酒綠的地方，不禁讓人發出滄海桑田之嘆。（羊子喬〈七〇年代府城追思錄〉）

此外，從前的人由氣候宜人的中原或風光明媚的江南，到蠻煙瘴雨的南方或冰天雪地的塞外，醫藥不完備，生命時刻都有危險，那時得罪了皇帝充軍的人遷官以外，還有生離等於死別的痛苦。（思果〈別離〉）

我走過一個又一個厝宅牆堵，轉角、巷口，沒見個人影，平常那種——也不能說是害怕，但總是有點異樣的感覺又悄悄的在身體，隱隱約約的，我忽然明白到了，這不是沉靜，是死寂，是人的精神死寂使厝落變得像眼前這樣的死寂。（黃克全〈夜戲〉）

這些簇擁在山頭的森嚴、破敗建築，在後世反成為某些藝術家的噩夢場景、地獄圖像，我卻在這泰半無人居住的鬼域感受到家的餘溫……。（羅智成〈沙中之沙——北非之旅〉）

因為，我所在的是一個鋼筋水泥的灰色大都市，我看到的，是工廠廢氣排放後灰色的天，我的四周俱是車輛的噪音，匆促的步調與灰色面孔的人們。（李昂〈買花與「愛草」〉）

因為光害，螢火蟲無法交配，「光明」驅趕了「黑暗」，卻使生命絕滅。（蔣勳〈滅燭，憐光滿〉）

由蔗園往上竄的濃煙像掙扎在水面上極欲呼吸新鮮空氣的魚的空氣泡破了。村子裡的狗對著濃煙狂吠不止。天空全黑了下來，灰稠的

的廢氣。疴，ㄜ，通「痾」字。

【油煙味】油類燃燒不完全所產生的濃烈味道。

【汙濁油煙】烹調或燃燒油類所產生的混濁煙氣。

【烏煙瘴氣】比喻空氣汙濁、秩序混亂。

【刺鼻】氣味嗆鼻難聞。

【嗆鼻】因吸入刺激性的氣味而感到不舒服。

【衝鼻】鼻子吸入過於強烈的氣味而感到不適。

【濃濁】濃厚汙濁。

【飄塵】飄浮在空氣中的微小粉塵，能隨氣流飄往各處，造成環境汙染。

【油漆臭】形容空氣中瀰漫著難聞的油漆味道。

【核廢料】指核能發電廠使用過後的核燃料，因其具有高度放射性，宜謹慎處理，以防輻射外洩。也稱「核能廢料」。

【鐵銹黑煙】指燃燒鐵銹後產生黑色的煙。鐵銹，鐵在潮溼空氣中產生的氧化物。銹，通「鏽」字。

【毒氣氤鬱】指空氣中充塞著濃郁的毒氣味。氤鬱，氣味濃郁。

【空氣汙染】指大氣中存在的灰塵、浮游塵、有害氣體等汙染物質。包括工廠或交通工具所排放的廢氣，以及外洩的輻射線等，都足以對人類或生態造成損害。

【放射汙染】指核能廢料以及待處理的放射性物質釋放出的輻射線侵襲人類，引起肌肉組織病變。

【汙水】不清潔的水。也指汙水管道所輸送的廢棄的液體。

【廢水】作為廢物而排出的水。

【膠稠】此形容水受到汙染後黏稠、不清澈的樣子。

【黃茫茫】此形容受到工業廢水

煙被風送得更遠，附依在黑天夜幕上，濃得像凸起的灰顏料。（蘇偉貞《離開同方》）

走在夏日的城市，乾燥沉疴的廢氣聚攏地平面上。在擁擠的日子時，甚至只需嗅覺即能分辨出交通流量增加。（王家祥〈文明荒野〉）

我甚至記得沿途車輛的油煙味、暗黑禮堂新打過蠟的嗆鼻味、校門左側幾株茉莉的芳香味、操場邊緣欖仁樹落葉的乾枯味，對我而言，這些都是城市的第一氣味，這些氣味清晰得毫無道理，還經常浮動在我青春不待的嗅覺裡。（楊翠〈借暮色溫一壺老人茶〉）

二〇〇一年花都第一瞥，瞥見蒙馬特於下班時間陷入燜燒鍋，舉目烏煙瘴氣，草葉枯萎，苞蕾等不到盛開的早晨；〔……〕（王盛弘〈像小鳥唱歌不一樣〉）

但就在一九六〇年代初期的某一個時候，鍊銅場竟然開始排放出略帶褐黃而且夾帶刺鼻氣味的濃煙。一旦風向改變，那些濃煙會籠罩住整個金瓜石山谷甚至延伸到山頂。（吳念真〈102公路〉鍊，用火燒或高溫加熱等方法，使物質變得精純或堅硬。通「煉」字）

掩埋廣漠的沙漠的曠野／兄弟喲，又增加了一座油漆臭的工廠。／那是儼然的鋼筋水泥／要衝破天空似的煙囪，／兄弟喲，／不久我們會渾身漆黑在那裡工作吧。／一群失業者會在那裡賺取每天的米糧吧。（林芳年〈曠野裡看得見的煙囪〉）

鳥居可能想不到，有一天這群被他稱為「武陵桃源的人們」，將與供應台灣明亮夜晚的核廢料同居。一九八八年二月二十日，蘭嶼島上舉行第一次反對核能廢料場的遊行，那天夜晚的台北，想必也正燈火輝煌，光彩絢爛。（吳明益〈十塊鳳蝶〉）

後來，果園附近的農地興建了一座小規模的鐵工廠，鍋爐鎮日燃

汙染後，河川呈現出一片的汙濁泥濘。

【酸雨】由燃燒煤、石油的發電廠、煉油廠、汽車等所排放出的二氧化硫等進入大氣中，和水蒸氣起化學反應後形成硫酸和硝酸，以雨、雪、雹、霧等方式降下而形成酸雨。酸雨會對水源造成汙染、也會損害植物生長和腐蝕建築物等。

【水汙染】因某種物質、生物或能量的介入，使水質發生化學、細菌或生物性變化的現象。如工業廢水、家庭汙水、船舶漏油，對自然環境和生態都會造成危害。

【油汙染】因工業、海港廢油或油輪發生意外漏油，破壞環境造成水中生物的大量死亡。

【土壤汙染】土壤受到外來化學物質的侵入，例如重金屬、工業廢水等，使土壤變質，失去種植的能力。

燒，噴出濃濁的鐵銹黑煙，飄落在周圍的土地上。（王家祥〈你可以成為鳥類學家〉）

早晨九點，在大肚溪下游，幾乎看不見對岸的沙洲上。跋涉半個小時後，終於踏離泥濘的沼澤。眼前，一片至少有半公里，覆滿化合劑廢水、黃茫茫的沼澤。遠方的工廠仍在冒煙。（劉克襄〈旅次札記〉）

河水在無邊的夜裡緩緩地、艱辛地流動著，一些發臭並且腐爛的屍體、穢物在逐漸膠稠的黑水裡沉浮著。只有百年之前，唐山的先民們知道，這河最原始的一種無瑕，最青春的一種潔淨。（林文義〈台北盆地〉）

過去南部地區發生過數次工廠廢氣外洩，北桃園地區一再受到不正常的環境因素影響，這些地區近鄰的農作物所受的傷害，過去就有不少專家認為係「酸雨」促成，〔……〕（楊憲宏〈變色的牽牛花〉）

2 風俗

民情風氣

【純樸】淳樸；質樸。

【古風】如古代淳樸、厚道的風氣。

【拙樸】質樸、率真。

【素風】純樸的風氣。

【純篤】純樸、篤實。

【淳和】純樸、溫和。

【淳厚】敦厚、質樸。

【淳樸】敦厚、質樸。

【務實】講求實際；致力於實在而具體的事情。

【溫良】溫和、善良。

然而，若是在地農民轉型做觀光生意的民宿或農場主人，總是難脫憨直純樸的本色，他們只知道務實地將本求利，卻不懂得如何討好、怎麼行銷，生意就像農作一樣是「靠天吃飯」，時好時壞。（吳若權〈台灣最美的花果農園——新社〉）

薛十一的故鄉獅島一向被公認為是風俗淳厚、民性樸真之島，因而當他翻閱地方誌讀到這則史蹟的記載，不禁悲憤萬分，不敢相信島鄉也會出這種人，而且居然是自己的祖先。（黃克全〈斑枝花〉）

之後，我們在充滿人情味的小巷弄與車水馬龍的台南街道進行

【溫厚】平和、寬厚。

【質樸】樸質、淳厚。

【醇厚】純樸、忠厚。

【樸真】樸實、純真。

【樸野】質樸、無華。

【樸實】質樸、篤實。

【樸魯】樸實、魯鈍。

【憨直】樸實、爽直。

【人情味】人與人之間通常具有的情感或意味。

【抱素懷樸】比喻民風淳厚、素樸。

【樸實無華】形容質樸、實在而不浮華。

【日出而作，日入而息】太陽升起就起身工作，太陽落下便休息。原指上古人民自由自在的生活方式；後泛指單純而簡樸的生活。

【新潮】新的社會風氣或思潮。

【開風氣】開創不同以往的風俗習氣。

【人文氣息】重視文化、藝文、學術研究以及美好的人格情操等方面的風氣。

【思想開放】思想開闊；善於接受新的思想。

【風清弊絕】沒有營私舞弊等事發生。形容社會風氣良好。

【路不拾遺】東西掉在路上而人們不會據為己有。形容社會風氣良好。也作「路無拾遺」、「道不拾遺」。

【粗獷】形容粗率、豪放。獷，ㄍㄨㄤˇ，粗野、強悍。

【冒險拚搏】不避危險，拚命努力奮鬥。

【熱情奔放】感情熱烈且盡情流露。

【人文薈萃】比喻傑出人物聚集之所在。

【地靈人傑】指人物傑出，是其出生或所到地方靈秀的緣故。也作「人傑地靈」。

拍攝，我們在一所樸實的高中校園度過最艱難的場面調度，那段日子，如基督徒讚美上帝一般，我心中懷著「時間與我同在」的感激，〔……〕（鄭文堂〈鏡格推移，光影之夏〉）

文明對於鄉村的洗禮仍不能消除這裡的粗獷氣息，南國是屬於樹不屬於花的世界，花朵太嬌弱，撐不住亮麗的天空和炙熱的陽光，唯有高大的椰林和大片的草原才能與廣天闊地相稱。（周芬伶〈我的紅河〉）

我因此知道，性格上帶點老年期文化特徵的紫藤，究竟與臺灣熱情奔放冒險拚搏的民情風俗不很相合。（劉大任〈紫藤〉）

一七七〇年的魏瑪公國，全國人口不過十萬，軍隊不過數百，還被後來的歌德裁軍裁了一半；突然變成了人文薈萃的中心，過程並不複雜。〔……〕思想的開放，人文氣息的濃厚，對文人藝術家的厚愛，使魏瑪小國成為十八世紀德語世界的文化大國。（龍應台〈給我一個小城〉）

據我所知，清華的畢業生（除我而外）讀書的成績正被人家評為「不錯」呢？這又當作何解釋？呵，我懂了！這叫做「地靈人傑」，據說山水明秀的地方，靈氣所鍾，人物自然也會明秀，所以「水木清華」的清華園——也就是清華大學——人物也一樣的非常之「清華」了。（余冠英〈清華不是讀書的好地方〉）

這地方的人情風俗還是那樣地淳厚，質樸，溫良，同時因循而守舊。他們對於自己的命運和生活從來不去多費心思，不像致平所知道的某些人，總以為它應該這樣和那樣。他們似乎以為它本然就是那樣的，根本無需去用腦筋。他們不把它想得很複雜。（鍾理和《笠山農場》）

【鍾靈毓秀】形容美好的風土造育傑出人才。

【因循】沿襲舊習。

【守舊】因襲舊的做法而不願改變。

【保守】指人維持舊狀態而不想改變。

【流俗】社會上所流行的風俗習慣。

【傳統】世代相傳的；也指舊有的思想、作風等。

【積習成俗】長期養成的習慣，逐漸演化成一種固定風俗。

【移風易俗】轉移風氣，改良習俗。也有「風移俗易」、「風移俗變」、「易俗移風」。

【土味】鄉土氣息。

【鄉土氣息】富有濃厚的田園、鄉村或地方傳統風氣習尚。

【灰撲撲】土氣，不顯眼。另可作灰暗貌。

【土裡土氣】形容人的鄉土氣息濃厚。或指土氣、不時髦。

【土頭土腦】指行為、舉止、服裝等不合時宜。

【斷髮文身】截短頭髮，在皮膚上刺畫文飾。為古代吳、越一帶蠻族的習俗。用來形容野蠻的風俗。

【眇風】衰弊的世俗風氣。眇，ㄇㄧㄠˇ。

【脆薄】浮薄；不淳厚。

【浮華】講究表面的闊氣、華麗而不重實際。

【偷薄】澆薄；不敦厚。

【澆風】浮薄的社會風氣。也有「澆俗」。

【澆薄】人情、風俗淡薄。

【澆漓】社會風氣浮薄。

【薄俗】輕薄的習俗。

【懷磚之俗】古代青州風俗澆薄，太守初到，當地百姓皆懷磚叩首以示歡迎；等到太守卸職還鄉，百姓則持磚擊之以作

人到中年格外依戀帶著鄉土氣息的景物人事。前夜燈下讀《晚春情事》，窗外微風細雨，沒有人影，沒有車聲，彷彿回到了兒時的古宅舊院之中，只是聽不到老樹下池塘裡的那幾聲蛙鳴。（董橋〈桂花巷裡桂花香〉）

而今人情澆薄，讀書的人，都不孝父母。這溫州姓張的弟兄三個都是秀才，兩個疑惑老子把家私偏了小兒子，在家打吵，吵的父親急了，出首到官。（清．吳敬梓《儒林外史》）

一、二年來，他們用了死力，振臂狂呼，想挽回頹風於萬一，然而社會上的勢利，真如草上之風，他們的拚命的奮鬥的結果，不值得有錢有勢的人一拳打。（郁達夫〈離散之前〉）

那寶玉本就懶與士大夫諸男人接談，又最厭峨冠禮服賀弔往還等事，今日得了這句話，越發得了意，不但將親戚朋友一概杜絕了，而且連家庭中晨昏定省亦發都隨他的便了，日日只在園中遊臥，不過每日一清早到賈母王夫人處走走就回來了，卻每每甘心為諸丫鬟充役，竟也得十分閑消日月。或如寶釵輩有時見機導勸，反升起氣來，只說：「好好的一個清靜潔白女兒，也學的釣名沽譽，入了國賊祿鬼之流。這總是前人無故生事，立言豎辭，原為導後世的鬚眉濁物。不想我生不幸，亦且瓊閨繡閣中亦染此風，真真有負天地鍾靈毓秀之德！」因此禍延古人，除四書外，竟將別的書焚了。眾人見他如此瘋癲，也都不向他說這些正經話了。（清．曹雪芹《紅樓夢》）

舜英給我介紹那沙發上的一男一女。那叫「憐憐」或是「蓮蓮」的女子，不過二十左右，看去倒還順眼；她親熱地和我寒暄，我一面應酬她，一面卻瞧那姓劉的男子，覺得好生面善。他那大刺刺的派頭中帶點兒土頭土腦，叫人見過了就不大會忘記。但是那位周總經理卻

相送。後來便以此比喻風俗澆薄，人情勢利。也作「懷甎之俗」、「懷塼之俗」。

【腐敗】政治混亂黑暗，社會風氣敗壞。

【頹風】敗壞的風俗。

【囂風】指囂張、喧嚷，不守本分的民風。

【人心不古】感嘆社會風氣變壞，已失去古代淳樸厚道的社會風尚。

【人欲橫流】人的欲望嗜好氾濫。形容社會風氣敗壞。

【傷風敗俗】敗壞社會風氣。也作「毀風敗俗」、「敗化傷風」。

地方活動

【醮】ㄐㄧㄠˋ，設壇向鬼神祈禱。

【建醮】在特定的日子裡，設壇為祈福或謝神而舉行的宗教活動。也叫「做醮」。

【杯筊】一種占卜吉凶的器具。多用竹木削成彎月形。亦作「杯珓」。筊，ㄐㄧㄠˇ。

【燒】此指燃香。

【燻】煙火向上冒。

【炷香】焚香。

【進香】到寺廟或聖地燒香朝拜。

【膜拜】跪在地上舉兩手伏地敬拜。表示尊敬或畏服的禮式。

【燭火】蠟燭的火焰。

【燒紙】焚燒紙錢等供鬼神使用。也作「燒紙錢」。

【香火不絕】不斷地有人燒香參拜。也有「香煙不絕」、「香火不斷」、「香火鼎盛」。

慢慢踱了過來，隨便和姓劉的談了幾句，就轉向我和「憐憐」這邊。「憐憐」忽然「呀」了一聲，一摔手扔掉手裏的半枝香煙，卻又舉起手來瞧著，微微一笑，似乎是對我，又像是對周總經理說道，「哪來的蚊子，真怪！」（茅盾《腐蝕》）

其實，蓀亞自己也不熱中官場生涯。他從小就看見他父親部下年輕的低級員司的生活。在他的眼裏，那種生活全然沒有老百姓的人情味，不能祇憑官銜兒想象做官的氣派。倘若他父親仍然做官，他一定順著抵抗力最少的方向發展，也就去做官。但是他實在是對做官沒有什麼幻想。（林語堂《京華煙雲》）

我真想不到縣政府前面會被允許搭起醮壇來。壇在中央，左是戲台，右是「北管」的帳篷。戲台上正演關公過五關斬六將，這是台灣的「大戲」，〔……〕（李喬〈故鄉 故鄉〉）

也許，神的天地本來就應當廣闊無際的，否則如何容得下人們所傾吐的慾望與哀怨？但燭火的光影，炷香的氣息，杯筊觸地的聲響洩漏的何止是不安分，還洩漏了人世間的無知、無助和辛酸。（吳敏顯〈媽祖宮的籤詩〉）

阿成仰頭看端坐在正殿的王爺像，數百年燭香燻得王爺臉面黝黝黑黑、不清不楚，王爺原本是凡人升天，卻因更多凡人信他，握住龐大生命權柄。但王爺公不過是一尊木雕神像，權柄有回落到信奉者手中。阿成緊緊記住，那天阿爸對王爺公膜拜的莊嚴面容。（郭漢辰〈王爺〉）

元宵節晚上，鹽水射蜂炮，平溪放天燈，台東炸寒單，花壇迎燈排，簡稱為「南蜂炮，北天燈，東寒單，西燈排」，慶賀的方式截然不同，

【出巡】帝王或官員出外巡行。現多指廟宇神明的繞境活動。

【迎迓】迎接。迓，ㄧㄚˋ。

【祈年】向神靈祈求豐年。

【謝神】民間為表對神靈的庇佑而辦的祭祀活動，常以在神靈前表演戲劇來展現敬意。

【開廟門】新廟落成的儀式。

【迎神賽會】把神明抬出來遊行，沿途表演，並舉辦祭會。

【放天燈】盛行於每年農曆元月十五日元宵節的一項民間習俗。現常被當成向上天祈福許願的儀式。

【迎燈排】為彰化花壇的一項慶賀元宵節的民俗活動，以迎燈排的繞境活動來祈求平安幸福。燈排，每座燈排由二十三個小燈籠串聯而成，再加上一些彩布、旗幟加以裝飾，外觀如船隻的形狀。

【炸寒單】盛行於臺東的一項民俗活動。寒單爺為臺東人民信仰中相當重要的一位神祇，每年農曆元月十五日元宵節出巡繞境兩天，人們會以火炮炸拜真人扮演出巡的肉身寒單爺。相傳火炮炸得愈旺，當年的財勢運氣也會愈旺。

【鬧蜂炮】盛行於臺南鹽水的一項民俗活動，在每年農曆元月十五日的元宵節舉行，相傳放蜂炮響得愈久的人，其家運勢也會愈興旺。也作「射蜂炮」。

【飛魚祭】為臺東蘭嶼原住民達悟族的重要經濟與宗教活動。由於達悟族以捕魚為生，而每年三月到六月間為蘭嶼近海飛魚的汛期，也是達悟族人一年中最重要的漁獵期，他們會在三月舉行祈豐漁祭，祈禱魚獲豐收，接著有招魚祭、飛魚晝食祭、飛魚收藏祭、飛魚漁止祭等各種大小祭典儀式，一直

但都為台灣的天空綻放光彩，見證台灣人的智慧、設計的能力，多姿多彩。（蕭蕭〈茄苳燈排〉）

「中元節」是「盂蘭盆節」，是「普渡」，是把人間一切圓滿的記憶分享於死去的眾生。在水流中放水燈，召喚漂泊的魂魄，與人間共度圓滿。（蔣勳〈滅燭，憐光滿〉）

日月追逐成天象／化作美麗的潭水風光標緻台灣／日的光圈／月的形影／乾旋坤轉而繾綣的形體／深深的大地之愛印映潭心／青龍崙龍兩山頭伸入潭裡／拉魯島如珠　戲弄／族人的祖先逐鹿到潭中／樹立祖靈／祖籃與杵歌梵唱豐年祭典（岩上〈日月潭之美〉）

他們的生活風俗也與南方澳不盡相同，我常聽他們講東港、小琉球「迎王」的故事，於是小小年紀便知道南台灣的五府千歲與我們的媽祖不大一樣，「迎王」的祭典遠比「迎媽祖」大多了。尤其「迎王」時家家戶戶擺出來的食物琳瑯滿目，充滿每一條巷道，隨香客自由取用，想吃多少就吃多少，這種「好康」的善良風俗，最令我欣羨不已。（邱坤良〈再說一段南方澳情事〉）

傳說中，早些年每一次的跳鍾馗，必是驚天地、泣鬼神的大事。跳鍾馗之前，須把每一個閒雜人物趕回家，村莊內的房舍，都必須緊閉門窗，必須留在現場的樂師和雜役，胸前都得佩上護身符籙，扮鍾馗者口中還得含著銀針，以隨時應付頑劣的邪靈惡鬼。（劉還月〈瘖瘂鶴鳴〉）

我們村子小，搬不起「大戲」，只能搬布袋戲。「大戲」就是歌仔戲，費用大，負擔不起，布袋戲負擔較小。然而，即使只搬演一棚布袋戲，村人已經十分滿足了，（……）（洪醒夫〈清溪阿伯與布袋戲〉）

歡鑼喜鼓咚咚隆咚鏘　鈸鐃穿雲霄／盤柱青龍探頭望　石獅笑張

到十月的飛魚終食祭為止，皆統稱「飛魚祭」。

【迎媽祖】各地媽祖廟為慶祝媽祖農曆三月二十三日誕辰所舉辦的迎神繞境活動。

【中元普渡】為臺灣民間在每年農曆七月十五日中元節所舉行的祭典。家家戶戶多會在此日祭祀祖先，並以豐盛的祭品，拜祭孤魂野鬼。

【盂蘭盆】為一般佛教徒在每年農曆七月十五日中元節舉行齋僧、拜懺等活動，目的是為了超渡祖先以及餓鬼道眾生。也作「盂蘭盆會」、「盂蘭盆節」。盂蘭盆本意為倒懸，喻亡者蒙受倒懸之苦，但後人多把「盆」解作供眾僧食的器皿。現多認為盂蘭盆的意思是將珍饈美食置於盆中供佛施僧，所得無量功德，可解除先人倒懸之苦。

【放水燈】為一種民間習俗，源於佛教。每年農曆七月十五日中元節舉行普渡祭典，民間以放水燈的儀式通知孤鬼野魂來接受施捨。水燈一般是以色紙作成蓮花形，在臺灣則是用竹條和紙糊製，有圓形燈或小屋形的紙厝。通常是在農曆七月十四日晚上，由僧人或道士引導遊行，持圓形燈在前頭，拿紙厝在最後。到了十五日凌晨（子時開始的時間，也就是晚上十一點），行至河邊將燈置在水燈筏上，放入水中，用火將其點燃。放水燈的習俗不只在臺灣盛行，也包括了中國部分地區、香港、日本以及東南亞的中國寺院等。

【豐年祭】為臺灣原住民的重要祭典。多在每年的七、八、九月於各部落間分別舉行，目的是為了感謝神靈、緬懷祖先以及祈求五穀豐收等。

嘴／紅燭火檀香燒　菩薩滿身香／祈祝年冬收成好　遊子都平安（李潼〈廟會〉）

現在，大家正聚集在大廳的蠟燭光中行禮祭祀，那個老和尚走進來，靜靜的站著。和尚們忙著念經，也沒人注意他進來。念完經，為首的和尚走向前來，準備到院裏去燒紙，有幾個人跟隨著他到院裏去。在屋裏的人這才發現這位老和尚。他走到供桌前，背向他們，合掌為禮，口中念念有詞。家人都畢恭畢敬站著，等著他作法事，但是不知道他要如何。老和尚慢慢轉過身來，面對大家，藹然微笑說：「我回來了。」在他沒轉過身來時，木蘭已經覺得有點兒激動，因為她能認出父親的頭，心裡已經有一半兒相信也許是父親。一看他那臉，長長的白鬍子，濃白的眉毛，光亮炯炯的眼睛，大家都倒吸了一口氣。木蘭跑過去說：「噢，是爸爸！」寶芬說：「是祖父！」阿非和珊瑚跟著木蘭跑過去，蓀亞和經亞也過去擠在老和尚的周圍。博雅聽見裏面的歡叫聲，還有別人也在外面看著燒紙，一齊跑進去。姚老先生嘴在白鬍子後面微笑，問候大家好，但是他的目光溫和之中而有疏遠冷淡之意。（林語堂《京華煙雲》）

歲月銷磨了它的金碧，風雨剝蝕了它的輝煌，冷漠而孤零地悄立在清冽的池畔：東寺。些許莊嚴殘剩在一片破落相中，維繫著善男信女的崇仰。每逢菩薩壽誕或是其它慶典，依然有不少鄉民，斜背黃布袋，手捧香燭，來此磕頭膜拜。為了香火旺盛，佛門子弟不得不向世俗讓步，在山門外，搭起一座戲台，請梨園班子搬演變文故事：懲惡揚善，因果報應。本地老幼男女，摩肩接踵，就站立在場地上，隨著戲文情節的髮展，或咧嘴大笑，或朝泥地上揮眼淚擤鼻涕。（王蕙玲《人間四月天》）

【祭孔】祭祀孔子的典禮。在每年國曆九月二十八日孔子誕辰日，於孔廟舉行。

【迎王】盛行於屏東東港與小琉球的一項民俗活動，三年舉辦一次，為迎接代天巡狩的千歲爺到境內督察與賜福的祭典。

【跳鍾馗】民間習俗中用來驅鬼除煞的一項演出儀式。通常在被認定是不寧靜的或充滿煞氣的地方，便會請出鍾馗來驅離掃除。一般跳鍾馗的儀式多是由藝師操弄傀儡戲偶或是由演員直接扮演鍾馗來進行。鍾馗，民間傳說中能驅妖逐邪的神。

【搬】此作表演、扮演。

【搬弄】表演。也作「般弄」。

【搬演】把戲劇搬上舞臺上演出。亦作「扮演」。

【敷演】表演。

【大戲】泛指情節、腳色較為複雜、完整的大型戲劇。

【布袋戲】為流傳於中國福建、廣東以及臺灣的一種地方木偶戲劇。用木頭刻成中空的人頭，戲偶的軀幹與四肢綴上衣服；演出時，將手伸進戲偶的服裝中進行表演。由於戲偶的身軀形似布袋，故稱之。又稱「掌中戲」、「手袋傀儡戲」。

【歌仔戲】為流行於中國福建以及臺灣的一種民間戲曲。早期因常在空地演出，又稱「落地掃」。

【酬神戲】地方善男信女為酬謝神祇保佑和祈福所演出的戲曲，一般多在廟會或戲臺上演出。

【吹簫擊鼓】吹奏簫樂和打鼓。

【鑼鼓喧天】敲鑼打鼓的聲音直上雲霄。形容氣氛熱烈。

【歡鑼喜鼓】開心地敲鑼打鼓。

【鈸鐃穿雲霄】形容擊打鈸、鐃的聲音直穿天際。鈸鐃，銅製呈圓盤狀的合擊樂器，大的稱「鈸」，小的稱「鐃」。

到冬十臘月，這些唱戲的又帶上另外一份家業，趕到鳳凰縣城裡去唱酬儺神的願戲。這種酬神戲與普通情形完全不同，一切由苗巫作主體，各扮著鄉下人，跟隨苗籍巫師身後，在神前院落中演唱。或相互問答，或共同合唱一種古典的方式。戲多夜中在火燎下舉行，唱到天明方止。參加的多義務取樂性質，照例不必需金錢報酬，只大吃大喝幾頓了事，這家法事完了又轉到另外一家去。一切方式令人想起《仲夏夜之夢》的鄉戲場面，木匠、泥水匠、屠戶、成衣人，無不參加。（沈從文《大山裏的人生》）

「盧先生倒好，」我嘆了一口氣說，「找了一個洗衣婆來服侍他，日後他的衣裳被單倒是不愁沒有人洗了。」「天下的事就怪在這裡了，」顧太太拍了一個響巴掌，「她服侍盧先生？盧先生才把她捧在手上當活寶貝似的呢，人家現在衣服也不洗了，指甲擦得紅通通的，大模大樣坐在那裡聽收音機的歌仔戲，盧先生反而累得像頭老牛馬，買了個火爐來，天天在房中炒菜弄飯給她吃。最氣人的是，盧先生連床單也自己洗，他哪裡洗得幹淨？晾在天井裏，紅一塊，黃一塊，看著不知道多噁心。」（白先勇《台北人》）

黃藥師和楊過走得好快，待黃蓉追出，已在十餘丈外。黃蓉叫道：「爹爹，過兒，且相聚幾日再去！」遠遠聽得黃藥師笑道：「咱兩個都是野性兒，最怕拘束，你便讓咱們自由自在的去罷。」最後那幾個字音已是從數十丈外傳來。黃蓉暗暗叫苦，眼見追趕不及，只得回轉。大校場上鑼鼓喧天，兀自熱鬧。（金庸《神鵰俠侶》）

3 建築

修建

【修建破土】開始掘地。多指建築動工。

【動工】開工。

【開工】工程開始進行。

【興工】動工；開始修建。

【施工】進行工程。按計畫進行建造。

【開鑿】開掘、鑿通。

【興築】建築、修建。

【增建】在原有建築數量外另外興建。

【擴建】擴大工程、建築的規模。

【起厝】蓋房子。

【起造】建造。

【大興土木】大規模興建土木工程。通常指蓋房子。

【整治】整頓、治理。

【整建】整治、修建。

【整修】整治、修理。

【修復】整治、復原。

【修補】修理毀壞破損之物，使之完好。

【修葺】修築、整治。葺，ㄑㄧˋ，本指用茅草蓋屋，後多作修補、修繕之意。

【修繕】修理、修復。

【補葺】修補。

【拆建】拆除舊的建築，在原地建造新的建築。

【重建】重新整建。

【翻修】重新修造。

【翻新】把舊的東西拆了重做。

【完竣】完工。

【竣工】完工；工程結束。也作「工竣」。

【落成】始成；建造完成。

每分每秒的光陰都被伊與信徒們塑起來，一片瓦、一塊磚、一疊磚……慢慢地凝聚著，醫院破土了，工人們日以繼夜地建築著。十多年的年華換去了，伊的容顏雖老卻相貌莊嚴，仍然胼胝著身軀心性，繼續籌募那些未著下落的尾款。恆河沙等量的恆河奔馳著，為的是把瘠地墾成淨土。（簡媜〈恆河沙等恆河〉）

當年第一筆債務，就是蓋這間大厝揹來的。人說「起厝按半料」，這房子造得講究，超出預算更多。落成典禮又一請二十八桌；過半年，阿姊出嫁歸寧幾乎請半庄子人。（張子樟〈老榕〉起厝按半料，臺灣俗語，意指誤算蓋房子的成本，所買材料只夠蓋一半；或謂在蓋房子的過程中，一再追加當初沒料到或未算入的費用）

看見沿路正在大興土木的成排民宿，其實還是頗讓人擔心：它們的量體、規模、施工品質、審美觀、環保意識和經營理念既不可預測、也無從糾正、管理。（羅智成〈十一號公路〉）

因為斑駁的街道，古老的都市，若沒有計劃性的修葺，必然會牆倒瓦散。常見羅浮宮年年整修，聖母院不是前殿就是後門搭著鷹架，修補與維護兼而有之。（黃光男〈左岸巴黎〉）

不管是修繕還是重建，對廢墟來說，要義在於保存。圓明園廢墟是北京城最有歷史感的文化遺跡之一，如果把它完全鏟平，造一座嶄新的圓明園，多麼得不償失。（余秋雨〈廢墟〉）

違建鐵皮屋佈滿樓頂，千萬家篷架像森林之海延伸到日出日落處。（朱天文〈世紀末的華麗〉）

永和——台北的衛星市鎮。老舊公寓違章建築疊床架屋，窄街暗

【違建】未經申請、審查、許可並發給執照而擅自建造的建築物。也叫「違章建築」。

【疊床架屋】床上疊床，屋下架屋。比喻重複累贅。此用來形容老舊建築物的違建之多。

【裝修】裝飾、整修。

【布置】分布、安排。

【陳設】陳列、擺設。

【裝飾】裝點、修飾。

【擺列】擺置、陳列。

【粉刷】用石灰或油漆等物塗刷牆壁。

【塗飾】粉刷美化。

【髹漆】以漆塗物。髹，ㄒㄧㄡ，將漆塗在器具上。

【保養】保護、修理，使之維持正常狀態。

【修護】修理、維護。

【維修】維護、修理。

【維護】維持、保護。

【失修】缺乏維護、修理。

華美

【巧麗】美妙、華麗。

【朱門】紅漆大門。古代王侯貴族的大門漆成紅色，表示尊貴。後泛指貴族富豪之家。

【宏偉】宏大、雄偉。

【壯麗】形容建築物宏偉華麗。也可作山、川雄偉美麗貌。

【美炫】華麗、炫目。

【氣派】表現在外的氣勢。

【堂皇】氣勢宏偉。

【偉麗】宏偉、壯麗。

【華麗】華美、豔麗。

【魁偉】宏偉、偉大。

【富麗】盛大華麗。

【貴氣】富貴或高貴的習氣、風度。

巷狹弄拐過一個彎又是另一個彎，抬頭便見滿佈的電線、第四台纜線，天空又常常是灰濛濛的一片，像不見天光的陰暗世界。（許榮哲〈迷藏〉）

台北故事館原名「圓山別莊」，茶商陳朝駿延聘英國建築師設計的都鐸式二層樓宅邸，一樓磚造以承重，二樓木結構髹漆上鮮黃外牆，屋頂鋪銅瓦在時光中氧化成優雅綠色，這棟屋子宛如童話故事發生的場景。（王盛弘〈台北演化私人史〉）

蘇州已經建城兩千五百年，它已經老態龍鍾。無怪乎七年前初次造訪的時候它是那樣疲勞，那樣憂傷，那樣強顏歡笑。失修的名勝與失修的城市，以及市民的失修的心靈似乎都在懷疑蘇州自身的存在。（王蒙〈蘇州賦〉）

當我們在棋盤式井然有序的巷弄間穿梭參觀，見到建築的宏偉、建材的講究及格局的新穎時，嘖嘖稱奇聲此起彼落，而一想到那麼精緻的建築竟然無人居住、任其荒廢，又不免喟嘆不已！（廖玉蕙〈一座安靜的城市〉）

四城門，是北門最先被拆廢，而且也是北門城樓造得頂壯麗，聽講是當總理的人，要留下紀念事業，捐出私財建築的，〔……〕（賴和〈我們地方的故事〉）

城內有總督府、總督官邸、法院、臺灣銀行、臺灣電力會社、圖書館，一棟又一棟氣派的西洋建築，臺北市一番整容，開始綻露一張東西混血兒的都會臉龐。（陳柔縉〈逛遊臺北內三町〉）

【豪華】指建築、裝飾或設備十分華麗。

【豔麗】鮮豔華麗。

【金碧輝煌】形容裝飾華彩炫爛。多指宮殿等建築物。

【美輪美奐】形容房屋裝飾得極為華美。

【氣派非凡】表現在外的氣勢不同凡響。

【瓊樓玉宇】形容精美華麗的樓閣。

【紛繁】多而複雜。

【玲瓏】形容事物製作精巧、細緻。

【精巧】精細、巧妙。

【精細】精緻、細密。

【精緻】精巧、細緻。

【複雜】此指工法繁複。

【繁複】繁多、複雜。

【講究】精美；力求完美。

【雕刻】在金屬、木頭、石頭、骨頭等上面雕鑿刻畫。

【雕鏤】雕琢刻鏤。

【玉砌雕欄】玉石砌成的臺階，刻鏤華麗的欄杆。形容富麗的建築物。也作「雕欄玉砌」。

【鏤刻】雕刻。

【精雕細琢】精心細緻的雕刻與琢磨。也作「精雕細鏤」。

【雕梁畫棟】有彩繪雕刻的梁柱。用來形容建築物的富麗堂皇。

【別致】新奇、與眾不同。也作「別緻」。

【前衛】站在時代尖端且富革新性的。

【時興】流行；風行當時的指標。

【新穎】新奇、別致。

【嶄新】極新；簇新。

【摩登】時髦、新奇的。

【酷異】冷酷、特異的。顛覆傳統的。

【光怪陸離】形容奇形怪狀，色

姨丈是這條街上有數的富戶之一，全盛時，兩間連棟的店面排場貴氣，磚砌的拱形門樓上有富麗的吉祥浮雕，看起來和廟側那堵山牆一樣豔麗一般鵠立，門廊裡檜木大匾上燙著「杜中醫」的金字。（戴玉珍〈花園停車場〉）

不同的是，在此的材質更多元、層次更分明、結構更精巧複雜。尤其是精雕細琢、金碧輝煌的木工，如桌、椅、欄杆、樑柱等，和慢工細活織就的各種地毯、壁毯及其他織品，完全替代了清真寺內的超越、清靈與光滑，而肆意添加了物慾的歡愉、豐盛與圓融的人間性。（羅智成〈沙中之沙——北非之旅〉）

簷下及門扇兩側，雕鏤得很精緻的透空圖案，大多已呈木材本色，稍微偏灰。在部分凹檔內角處，尚殘留有紫金黛綠的漆痕。（吳敏顯〈媽祖宮的籤詩〉）

我們要去赤崁樓了，其中一座建築稱為「文昌閣」，那是光緒年間創建的，當時庭院上有座著名的「蓬壺書院」，教室建築密佈，雕梁畫棟的文昌閣，則是祭祀著當年考生的守護神——魁星爺，有人稱之大魁天子、大魁星君，〔……〕（王浩一〈神遊臺南〉）

因此，坡內愈更顯得空曠，道路兩旁的新房屋都赤裸的站了出來，全是灰白的木板房，屋頂屋面顏色相同，大小款式也略相彷彿，是最時興的現代建築，兩層分裂式。（白先勇〈安樂鄉的一日〉）

嶄新的樓房鶴立雞群地矗立在水底寮，君臨般地面對低矮破舊的房舍，五彩繽紛的馬賽克在晨陽輝照下，閃閃發亮，燦爛得令人不敢正視。（廖蕾夫〈隔壁親家〉）

如今，北京的幽雅卻也是拆散了重來，高貴的京劇零散成一把兩把胡琴，在花園的旮旯裡吱吱呀呀地拉，清脆的北京話裡夾雜進沒有

彩繽紛。也作「陸離光怪」。

【爭奇鬥豔】競相展現各種新奇豔麗的風貌。也作「爭奇鬥妍」。

【連雲】形容建築物高聳入雲。

【摩天】迫近於天。常用來形容建築物極高的樣子。

【明窗彩戶】形容窗子明亮，門戶彩飾燦爛。比喻屋宇華美。

【畫閣朱樓】有彩繪裝飾的紅樓閣。形容建築精巧華麗。

【瑤臺瓊室】樓臺屋宇裝飾華美奇巧的樣子。

【畫棟飛雲】有彩繪裝飾的屋梁，高聳的屋脊。形容建築物富麗堂皇。

【閎壯】閎偉壯麗。

【典麗矞皇】形容裝潢典雅堂皇、明亮耀眼。

【宏麗】富麗華美。

【甲第星羅】富麗堂皇的宅院如繁星般密布。

【金粉樓臺】形容建築華麗。

【巧奪天工】比喻人工的精巧勝過天然，技藝高超。

簡樸

【古樸】古老質樸。

【素樸】樸實無華。也作「樸素」。

【清素】清淡素淨。

【樸質】樸素實在。

【簡約】簡單樸素。

【簡潔】簡單潔淨。

【古拙厚重】古雅質樸而穩重。

來歷的流行語，好像要來同上海合流。高架橋，超高樓，大商場，是拿來主義的，雖是有些貼不上，卻是摩登，也還是個美。（王安憶〈兩個大都市〉旮旯，ㄍㄚ ㄌㄚˋ，不明顯的角落）

微雨的週末清晨，聽任朝子的安排，睡眼惺忪搭上往大阪的新幹線，在一棟奇形怪狀的酷異建築裡，和一群激進的關西同志運動分子，熱烈討論著自己的片子。（陳俊志〈一個人的路上，想回家〉）

據說上海大興土木的那幾年，層峰忽然叫停，傳令下來：每幢大廈得蓋出自己的「特色造型」！於是弄成現在這爭奇鬥豔光怪陸離的都會外形。（雷驤〈上海日夜〉）

最近這些年，隨著社會的轉變，高樓華廈連雲而起。雖然每個大廈落成，在大廈的底層都會出現一個新的餐廳，彷彿在說我們並沒有忘記自己的吃。但事實上，每出現一個新的大廈，都會擠掉一些傳統風味的吃，〔……〕（逯耀東〈只剩下蛋炒飯〉）

這園牆看上去很古樸，住慣都市裡洋房的人更覺得別有風味，所以我一看就中意。（錢鍾書〈紀念〉）

基隆河環繞之處便是圓山，有橋橫跨河上，還是日據時代留下的石橋：橋上有幾座石亭，樣式古拙厚重，橋下是巨大穩實的墩柱。（蔣勳〈山盟〉）

偶爾，友朋們如低掠的漂鳥，穿過茅茨不翦的簷下，輕輕扣動我的門扉。（梁寒衣〈花魄〉）

【茅茨不翦】用茅草覆蓋屋頂，也不加以修剪整理。比喻住所與生活相當簡樸。也作「茅茨不剪」。茨，ㄘˊ。

【井然】整齊、有條理。

【俐落】整齊、有條理。

【森嚴】整齊、嚴密的樣子。

【儼然】整齊的樣子。

【素雅】素淨、高雅。

【典雅】高雅不俗。

【莊重】莊嚴、穩重。

【雅馴】典雅不俗。

【雅潔】雅正、簡潔。

【端凝】莊重。

【古色古香】形容具有古雅情調的建築、書畫、器物等。

【古意盎然】充滿著古代舊時的風格、情調和意趣。

【復古式】指仿照舊時樣式。

【疏朗】通透、明亮。

【通透】通明、透亮。

【粗拙】粗疏拙劣、不精美。

【粗笨】笨重、不精細。

【粗疏】疏略、不精細。

【竹籬茅舍】竹子圍的籬笆，茅草蓋的房子。常指鄉村中因陋就簡的屋舍。

【樸拙】古樸不加修飾。

【別無長物】長物，多餘的東西。形容除了必備事物外，空無所有。比喻生活儉樸。

【素室】指平常人家。

兩百多年前，以福建長樂縣為主的居民跨海來到此地，就地取材當地的花崗岩，興建起這些防風雨且具防盜功能的石頭屋，結構上自成一體的聚落格局，不僅有著絕佳的整體美感，更彷彿是一個不隨時空流轉的典雅古城，佇立於塵世喧囂之外。（楊力州〈輕與重的對話——芹壁〉）

如果是一個南方人，坐車轟轟隆隆往北走，渡過黃河，進入西岸，八百里秦川大地，原來竟是：一抹黃褐的平原；遼闊的地平線上，一處一處用木椽夾打成一尺多寬牆的土屋，粗笨而莊重；〔……〕（賈平凹《秦腔》）

這兩間屋子，略加布置，尚屬雅潔。窗明几淨，常有不少的朋友來陪我閑談；大家總覺得既有這麼雅潔的屋子，更應當有個太太了，於是談鋒又轉到了擇偶的條件。（冰心〈我的擇偶條件〉）

而田野間，坡地上，一無例外的四周種滿了檳榔樹、椰子樹或果樹。綠樹紅瓦，古色古香，像極了國畫中的農村圖。比起來，李偉中他們三重市的公寓，簡直就像鴿子籠了。（鍾鐵民〈月光下的小鎮〉）

神社還有一種建物，稱「繪馬所」，如同是古意盎然的大型亭子，可供人休息，北野天滿宮的繪馬所，每月二十五日的舊貨市集，坐此不乏各色各樣的老人。（舒國治〈門外漢的京都〉）

烏蘭巴托市區建築疏朗，道路寬闊，有不少行道樹。沒有超過五層的樓房，也沒有連成一片的市街；一棟棟獨立建築，零星分布在棋盤式街道隔開的一個個小區裡，令人錯覺是過去因某種原因而停止建設。（杜蘊慈〈紅色英雄——烏蘭巴托〉）

【斗室】形容狹小的房屋。

【拘窄】形容空間狹小，受到拘束。

【陋居】簡陋的住所。

【陋室】簡陋狹小的房子。

【寒傖】寒酸的樣子。

【寒酸】窘態、不體面。

【湫窄】住處低窪、窄小。

【湫隘】居處低溼、狹小。

【蝸居】極為窄小的住所。或謙稱自己的居室狹小。

【窩憋】狹小而不寬闊。另有心情沉悶、不舒暢之意。

【簡陋】簡單、鄙陋。

【簡窳】簡陋、粗劣。窳，ㄩˇ，粗糙、不堅固的樣子。

【蓬戶】以蓬草為門。形容住所簡陋。

【鴿子籠】本指飼養鴿子的籠子。也可用來形容住的地方非常狹窄。

【低矮傾斜】形容房屋低平矮小，歪斜不正。

【家徒四壁】家中只剩四面牆壁。形容貧困，一無所有。

【蓬門華戶】草木做成的簡陋門戶。形容住所簡陋。

【環堵蕭然】除了四面圍繞的土牆，家中別無他物。形容居室簡陋，十分貧窮。

【甕牖桑樞】用破甕的口作窗戶，用桑枝作門軸。形容房屋簡陋，家境貧窮。另有「甕牖繩樞」。牖，ㄧㄡˇ，窗戶。

【古舊】古老、陳舊。

【老舊】陳舊。

【破舊】破爛、老舊。

【敝舊】破舊；老舊。

【剝蝕】剝落而逐漸損壞。

【斑駁】顏色錯雜不純；此形容建築物老舊。

【損蝕】損壞、侵蝕。

吳稚暉抗戰時借寓重慶上清寺七十三號，周遭環境鄙陋，乃自題「斗室」，並撰〈斗室銘〉，明眼人一看即知仿自劉禹錫〈陋室銘〉。原作題名「陋」，其實居處甚雅。吳作則名副其實的「陋」。（沈謙〈新陋室銘〉）

這兒曾經是日據時期日人的舊巢／這兒曾經是光復後臨時拍賣的交易場／這兒聳立著兩排的舊書攤　露天為家／這兒陋居著數家的舊書店　珍藏古董字畫／這兒有琳瑯滿目的老教科書　發霉書味的舊雜誌／這兒也有台灣史料　各種書刊　甚至絕版讀物（趙天儀〈牯嶺街〉）

〔……〕火柴盒子似的方正四層樓，一面嵌著藍色白色的美麗瓷磚，一面是灰頭土臉的水泥本色，齊齊整整的漫了好大一片，一眼望去倒有幾分壯觀，再看，卻不有些寒傖了。（蔣曉雲〈掉傘天〉）

他才到美國兩個月，美夢還不及幻滅，大蘋果的滋味也還是甜的，只沒想到一架小小相機，竟把這些蝸居在紐約貧民窟移民公寓的黑色臉孔，遙遙傳送到了台灣的我的公寓裡。（郝譽翔〈公寓中的美國夢〉）

下了船大家一同到卞家去。還是蕊秋從前替他們設計的客室，牆壁粉刷成「豆沙色」，不深不淺的紫褐色，不落套。雲志嫌這顏色不起眼，連九莉也覺得環堵蕭然，像舞台佈景的貧民窟。（張愛玲《小團圓》）

這裡曾是北方游牧民族的活動地帶，現在屬於俄羅斯聯邦布里雅特共和國，但是它似乎不應該屬於草原上的民族，而就應該是北國的俄羅斯。鐵路沿線幾個村落，俄式小木屋在陰沉的雨天裡顯得敝舊。（杜蘊慈〈白樺林後的北國〉）

四百多年裡，它一面剝蝕了古殿檐頭浮誇的琉璃，淡褪了門壁上

【蒼老】本形容外貌、聲音、樹木等顯出老態。也可形容建築物因年代久遠而顯得老舊。

【垮】坍塌；倒塌。

【坍圮】崩塌。

【坍毀】倒塌、毀壞。

【破敗】殘破、敗壞。

【破落】破敗；破爛。

【破爛】破敗；敗壞。也可作不堪使用的廢舊物品。

【荒廢】荒置、廢棄。

【倒塌】傾倒；倒塌。

【殘存】殘缺不全地存留下來。

【殘破】殘缺、破爛。

【殘骸】人或動物殘留的骨骸。也可泛指殘餘物。

【殘舊】殘缺、老舊。

【傾圮】形容倒塌、毀壞的樣子。圮，ㄆㄧˇ。

【傾頹】倒塌；傾覆。

【落架】房屋的木架倒塌、傾斜。

【廢墟】棄置的房舍、村莊或城鎮等。

【頹圮】坍塌；敗壞。

【頹敗】破敗。

【癩瘡】本指頑癬或惡瘡。此形容屋牆的破爛敗壞。

【隳壞】形容毀壞或破壞。隳，ㄏㄨㄟ。

【年久失修】建築物因年代久遠，缺乏管理維修而損壞。

【荒屋破籬】荒廢的房屋，破敗的圍籬。

【敗宇頹垣】破敗的屋宇和倒塌的圍牆。多用來形容無人居住的荒涼、殘破景象。

【斑剝龜裂】斑斑點點而有剝落與裂縫。龜，ㄐㄩㄣ。

【斷垣殘壁】毀壞、倒塌的牆。形容建築物倒塌、殘破的景象。

炫耀的朱紅，坍圮了一段段高牆又散落了玉砌雕欄，〔……〕（史鐵生〈我與地壇〉）

莫高窟大門外，有一條河，過河有一溜空地，高高低低建著几座僧人圓寂塔。塔呈圓形，狀近葫蘆，外敷白色。從幾座坍弛的來看，塔心豎一木樁，四周以黃泥塑成，基座壘以青磚。歷來住持莫高窟的僧侶都不富裕，從這裡也可找見證明。夕陽西下，朔風凜冽，這個破落的塔群更顯得悲涼。（余秋雨〈道士塔〉）

我和媽媽緩緩走過市區，踏入過往我們經常路過的荒廢建築，坐在閣平居的屋裡，只見幾位外地來的遊客，好奇地向經營者詢問閣平居的歷史。（楊錦郁〈我的閣平居〉）

部落的第一盞燈在車前玻璃閃爍，那是派出所的大門燈，晚上才顯出它的威嚴，車頭漸漸面向部落，高高低低的燈火一盞一盞呈現在我們眼前，有孤單的路燈，黃橙色由屋內發出來的光，一閃一滅，好像殘存的廢城。（拓跋斯・搭瑪匹瑪〈拓跋斯・搭瑪匹瑪〉）

她靜默地遠了，遠了，／到了頹圮的籬牆，／走進這雨巷。／在雨的哀曲裡，／消了她的顏色，／散了她的芬芳，／消散了，甚至她的／太息般的眼光，／她丁香般的惆悵。（戴望舒〈雨巷〉）

他，范曄，更是則一直落在激宕之中，注望著四周圍的舊桌椅舊蓆面和癩瘡殼牆，覺得這一切即將立可以換新的了。（王文興《家變》）

在這經過離亂底村裡，荒屋破籬之間，每日只有幾縷零零落落的炊煙冒上來；那人口底稀少可想而知。（許地山〈萬物之母〉）

我們學校的禮堂是一座古老的建築，日據時代的遺物。外壁的橫條木板早已斑剝龜裂，變成褐黑且帶有因風雨侵蝕過久遺留的苔痕；內部則漫著一種令人噁心的陳年霉味。（季季〈屬於十七歲的〉）

4 交通

【平衍】平坦寬廣。
【平展】平坦寬闊。也作平整光滑。
【平順】平穩、順暢。
【平整】將凸凹不平的地方整治得平坦整齊。
【平闊】平坦、寬闊。
【宏敞】高大寬敞。
【坦平】平坦。
【坦夷】寬而平坦。
【坦途】平坦的道路。
【拓寬】開拓使寬展。
【寬敞】寬大廣闊。
【寬廣】寬闊、範圍廣大。
【坦蕩蕩】平坦寬闊。
【陽關大道】原指古代經過陽關通往西域的大道。後泛指寬闊平坦的道路。
【流通】運行未受阻礙。
【康莊】平坦寬廣、四通八達的道路。
【通達】交通通暢無阻。
【通衢】四通八達的道路。
【貫穿】連通；穿過。
【貫通】連結；穿透。
【筆直】形容很直的樣子。
【順暢】順利流暢。
【暢通】毫無阻礙，順暢通達。
【橫貫】橫著貫穿兩邊。
【縱橫】縱向和橫向相互交錯。
【直坦坦】筆直而平坦。
【直躺躺】形容筆直而平坦。
【四通八達】有路通向各個方向。形容交通便利。
【通行無阻】意指往來順暢，沒有阻礙。

南京的街道是那麼寬而平衍，我們的破車子在蕭條的街道上行駛，找尋著棲身的處所，最後是在朱雀路的一家旅館門口歇下來。（黃裳〈白門秋柳〉）

學校離外婆的村莊三、四里地，村前那條大路，倒是平展寬敞，但要過兩次河，蹚兩次水。大人們不放心，不讓孩子們走大路，而走村後邊的小路。小路雖然不用蹚水，但要翻過一面陡峭的坡，坎坎坷坷地也不好走。（李天芳〈呼喚〉）

有多少待敘的別情？有多少彼此的關懷？但是我怔住了，為眼前這一片新起的高樓，拓寬的馬路。車子駛過敦化橋，車子滑過仁愛路四段，我想起了那一對常常手挽手出來消夜的小夫妻，我想起了那個小小的，但充滿溫暖的小家，彷彿還是昨日，轉眼竟已十年。（簡宛〈臺北！臺北！〉）

離開中山北路轉向承德路，道路益形寬廣，要不是超速照相機的虎視眈眈，他也想用力踩下油門，讓他那台一三〇〇ＣＣ小車的引擎展現它曾在北二高跑出的佳績。（莊世鴻〈記憶，在與台北交會的每一點上〉）

我想，我是椰林大道上有史以來最膽怯的小貴賓了。我真的只走到一半就走不下去了，這也難怪，一雙見慣了崎嶇曲折、羊腸小徑的眼睛，突然一下地看到坦蕩蕩、直躺躺、高矗著椰林樹的大道，怎不倏地心跳加快、膽顫心驚呢？（簡媜〈初次的椰林大道〉）

現在的柏油公路四通八達，似乎沒有聽到有人讚美過它們。現代人寂寞，現代的路也很寂寞。（簡媜〈鋪路〉）

【擁擠】群聚密集。
【沸騰】本作聲音喧鬧之意。此指車輛擁擠，車流聲吵雜喧囂。
【龜速】形容速度很慢。
【車行緩慢】車輛行進的速度遲緩。
【塞車】車輛擁擠而造成交通阻塞。
【堵塞】阻塞不通。
【停滯】停止不動。
【梗塞】阻塞不通。
【凝滯】停滯不動。
【壅塞】淤滯不通。
【癱瘓】無法正常運作。
【阻隔】兩地之間阻擋、隔絕，難以往來。
【閉塞】交通不便。也有堵塞不通之意。
【陋巷】狹小的巷子。也有「窄巷」、「隘巷」。
【胡同】中國北方人稱小巷道，多指寬度只能步行的小巷。也作「衚衕」。
【狹路】狹窄的道路。
【狹隘】寬度小。
【窄仄】狹隘。
【迫隘】狹窄。
【逼仄】狹窄。
【曲折】彎曲、迴轉。
【曲窄】曲折、窄小。
【回旋】盤旋。也作「迴旋」。
【迂曲】迂迴、曲折。
【迂迴】曲折、回旋。
【拐彎】行路轉變方向。
【逶迤】ㄨㄟ ㄧˊ，彎曲、回旋的樣子。
【蜿蜒】曲折延伸的樣子。
【蜿蟺】形容屈曲、盤旋貌。蟺，ㄕㄢˋ。

沸騰的車陣，車流一點點一點點推進，一輛卡車正放任它的警廣交通網大聲宣洩：高速公路北上車行緩慢，楊梅到中壢路段發生兩起車禍，交通大隊正在處理，駕駛人稍安勿躁。（張瀛太〈夜夜盜取你的美麗〉）

臺北的交通，平時已夠壅塞，如果再下點雨，整個臺北立刻癱瘓。（隱地〈臺北的交通〉）

在交通閉塞的大草原中，常年難得有一個客人進門，就是陌生的路人也常被讓進牧場當作貴賓招待，又何況那些都有深交的旅行商人。（梅濟民〈草原商隊〉）

這些新穎的現代化公廁，坐落在老舊的胡同裡，真是格格不入。（熊秉元〈光譜的兩端〉）

梅迭契家族的私人教堂在曲折狹隘的巷道內。路面凹凸不平，街道兩旁盡是古舊的民房，樓下的部分多數已改成商店或餐廳。（林文月〈翡冷翠在下雨〉）

入山的街道更窄仄，始有些山產乾貨和佛具香燭店，因山頂有一座觀音寺，啊這你想起來「我來過這裡！」是夢中？還是四十年前學生時一個意外旅程中滿滿行程中的一站，〔……〕（朱天心〈偷情〉）

由大湖庄到蕃仔林為止，是迂曲在岩壁凹缺，或叢草齊腰的羊腸小徑，連單輪雞公車都派不上用場。（李喬《寒夜》）

撇開靈異鬼魅，北宜沿線算得上是風光明媚的，諸如雙峰輝映、雲海濃霧、坪林溪流、山村野店、碧湖橋影、穿林坡徑……，蜿蜒起伏，各有情趣，即使看上數百遍也不覺其膩。（羅葉〈像個老朋友〉）

當我們把阿里山的月亮／踢到背後／沿著舊鐘刻面般的荒徑盤旋而上／大片白樹林矗立，彷彿天使魅影／見證著雷神曾經到此一遊

【盤陀】曲折、回旋。也作「盤蛇」。

【盤紆】迂迴、曲折的樣子。

【盤旋】旋轉，迂迴繞圈。

【縈紆】盤旋、環繞。

【轉折】曲折。

【羊腸小徑】形容狹小而曲折的路。也作「羊腸小道」。

【曲曲彎彎】形容很多彎曲不直之處。

【曲裡拐彎】彎曲的樣子。

【蟠蟠蜿蜿】回旋、曲折的樣子。蟠，ㄆㄢˊ。

【繚繞彎曲】環繞、盤曲。

【彎彎扭扭】彎曲；曲折。另有扭動之意。也有「彎彎曲曲」。

【難行】不容易行走。

【凹凸】凹陷和凸起；高低不平。也有「凹凸不平」。

【坎坷】地不平，不好走。也作「坎坎坷坷」。

【泥淖】爛泥。淖，ㄋㄠˋ。

【泥濘】雨後爛泥淤積，難於行走。濘，ㄋㄧㄥˋ。

【窪陷】地面凹陷。

【月球道路】形容道路像月球一樣布滿坑洞。

【坑坑洞洞】形容路高低不平的樣子。也作「坑坑窪窪」。

【打滑】地滑而站不穩。

【溼滑】形容道路潮溼滑溜，不易行走。

【溼濘】形容雨後道路潮溼，一片泥濘。

【滑】泥濘滑溜。

【崎嶇】形容山路艱險峻峭，高低不平。

【傾斜】歪斜；偏斜。

【間關】道途崎嶇輾轉，不易行走。也作「閒關」。

【嶢崎】山路曲折。另有形容奇怪而不合常理的事情。

【險阻】地勢艱險阻塞，崎嶇難行。

（陳家帶〈玉山日出〉）

和國坤大哥分手後，我們挑著一條曲曲彎彎的山路往桃鎮走。在山路上，您講了很多的話：講您和國坤大哥一起在做的工作；講您們的理想；講著我們中國的幸福和光明的遠景。（陳映真〈山路〉）

我溜達來溜達去，看野蔓拂溪，蹊徑繚繞彎曲，千回百回，遍尋不著。卻不知茯苓早已在暗裡淡淡覷我多時了。（凌拂〈茯苓菜〉）

遠走，遠走的是巴蕉葉的青綠／電光閃閃／我的形踐踏我的影／雨季遂滑落一地泥濘（李瑞騰〈哭為五絕句〉巴蕉，通「芭蕉」。）

通往我家那條坑坑洞洞的月球道路旁，就有幾處菜地。（鍾怡雯〈中壢之味〉）

過飛來寺幾公里，已經遠離了旅遊地帶，路面由柏油轉為沙石，讓人車危險顛簸不已，這實在歷歷可見當權者的現實。（謝旺霖〈邊境未竟〉）

五十年前的洛城還頗有一些山突路迴的天成幽景，如今無限平移延展，人每天睜開眼睛看的盡是這些朗朗乾坤下的乾焦空蕩，真不知怎麼收攝心神。（舒國治〈哪裡你最喜歡〉）

光看著這一條白滔滔的巨流，一片片的崩塌地，以及柔腸寸斷的古道，回家的路將會比我想像的困難。（黃美秀〈碧利斯與碧力思〉）

這所房子，無論從那一方面看，都是一座極合于理想的小家庭住宅：背倚著山，房子蓋在斜坡上，門對著極凹的山谷。這山峰、山坡、山谷上都長滿著青松。山上多霧多風多雨，這房子便幽幽的安置在鬆濤雲海之間。附近並無人家，一條羊腸小徑，從房子底下經過。大門是樹身釘成的一個古雅的架子，除天生的幾叢竹子外，沒有圍牆，幾十級石階，三四個曲折，便升到這房子的廊上，門窗很大，很低，欄

【顛簸】上下振動；不平穩。簸，ㄅㄛˇ。

【寸步難行】一小步也行走不得，形容行走困難。

【山突路迴】形容山路曲折不平的樣子。

【柔腸寸斷】柔和的心腸一寸寸地斷。形容極度傷心。現多用在道路因風雨災害等而毀壞。

木都是冰紋式的，精雅的很。（冰心〈斯人獨憔悴〉）

這時路變得很寬了，雖然是崎嶇不平，但走起來也不十分困難。路的兩旁都種著柳樹，下邊是水溝，路突出在中間正好像一段堤岸。柳葉隨著風微微舞動，有時候就像要拂到他們的頭上來似的。（巴金〈霧〉）

環境景色》五、時序

1 季節

春

【明媚】景色鮮明悅目。

【婉娩】形容春光明媚。

【煙花】形容春天繁花盛開，如一片煙霧的樣子。

【韶景】春景。也作美好時光。韶，美好的。

【駘蕩】使人舒暢的。多用來形容春天怡人的景物。

【鶯花】黃鶯啼叫和百花盛開。形容春日的景色。

【春山如笑】形容春天山區的風景如微笑般動人。

【春日遲遲】形容春天漫長的樣子。也可作春天陽光溫暖、光線充足的樣子。

【春回大地】形容嚴寒已過，春天再度降臨大地。

【春色惱人】春天美好的景色，反使人心生煩惱。

【春色滿園】園子內都是春天美麗的景色。

【春寒料峭】早春薄寒侵人肌骨，微冷。料峭，形容風冷。

【清新秀美】空氣清爽新鮮，景色秀麗美好。

【陽氣勃勃】形容充滿蓬勃生機的春暖氣息重回大地。

【萬物甦醒】一切物類從昏迷或沉睡中醒過來。此形容冬去春來，所有生物開始展開其嶄新、旺盛的生命力。

【萬象回春】冬去春來，大地回

自葬後，每年清明左右，春風駘蕩，諸名姬不約而同，各備祭禮，往柳七官人墳上，掛紙錢拜掃，喚做「弔柳七」，又喚做「上風流塚」。未曾「弔柳七」、「上風流塚」者，不敢到樂遊原上踏青。後來成了個風俗，直到高宗南渡之後，此風方止。（明・馮夢龍《喻世明言》）

山茶花又叫椿花，農曆年前後，春寒料峭時，它會抖抖擻擻開出寒香來。（洪素麗〈一花一葉耐溫存〉）

等你回過頭再望回來的時候，在暮色裡，它又重新變成了一個迷濛的記憶，深深淺淺、粉粉紫紫的站在那裡，提醒你曾經走過來的，那些清新秀美的春日，那條雨潤煙濃的長路。（席慕蓉〈花事〉）

對我來說，春天的來臨不是時間概念，而是萬物甦醒的狀態，是樹液流動的聲音，是山鳥啁囀的音量，是山風吹在身上柔和的感覺。（徐仁修〈驚蟄・春分〉）

我現在對於春非常厭惡。每當萬象回春的時候，看到群花的鬥豔，蜂蝶的擾攘，以及草木昆蟲等到處爭先恐後地滋生蕃殖的狀態，我覺得天地間的凡庸，貪婪，無恥，與愚癡，無過於此了！（豐子愷〈秋〉）

先在江浙附近的窮鄉里，游息了幾天，偶而看見了一家掃墓的行舟，鄉愁一動，就定下了歸計。繞了一個大彎，趕到故鄉，卻正好還在清明寒食的節前。和家人等去上了幾處墳，與許久不曾見過面的親戚朋友，來往熱鬧了幾天，〔……〕（郁達夫〈釣臺的春晝〉）

暖，草木重生，萬物顯得生氣盎然。

【鶯飛草長】形容暮春三月明媚的景色。也作「草長鶯飛」

【鶯啼燕語】鶯聲婉轉，燕子呢喃。形容春光明媚。

【像一篇巨製的駢儷文】可比喻春天的富麗繁縟，有如用典繁多、辭藻華麗的駢體文。

【頭迓】農曆二月初二的俗稱。與農曆十二月十六日的尾牙相對，是民間祭祀土地公，以求福祉的習俗。也作「頭牙」。

【寒食】節日名，約在清明節前一、二日。相傳春秋時晉文公時為求介之推出仕而焚林，導致介之推抱木而死；人民同情其遭遇，約定每年在其忌日禁火、吃冷食，之後相沿成俗。

【早春】初春。多指農曆新年過後一、二十天。

【發春】春天的開始。也指農曆一月。

【新春】早春；初春。

【開春】新春；春天開始。

【開歲】一年的開始；歲首。

【陽春】春天；溫暖的春天。

【遲日】春日。

【春老】晚春。

【餘春】晚春。

【暮春】春季將盡之時。也作「晚春」。

【孟春】春季的第一個月。即農曆一月。

【仲春】春季的第二個月。即農曆二月。

【季春】春季的第三個月。即農曆三月。

【立春】二十四節氣之一。在國曆二月四日或五日，為春季的開始。二十四節氣是古代根據氣候變化對一年進行的節令劃分，對農事步驟的提示與生產有重大的意義。

乍然驚見遲來春樹——流蘇，梢頭也開了瑩白花朵，走過樹下，幽香清雅，幾隻黑白小蝶，繞花流連不捨。開到流蘇、木棉，又是一年春老。（方瑜〈春鏡〉）

當我獨坐於杜鵑城之一隅，眼見朵朵白花飄零，暮春的感傷沒有刺痛我，因為今年，我沒有春天。我只希望一剎那所有的花朵都變成海鷗展翅向我飛來。（簡媜〈海路〉）

雨氣空濛而迷幻，細細嗅嗅，清清爽爽新新，有一點點薄荷的香味，濃的時候，竟發出草和樹沐髮後特有的淡淡土腥氣，也許那竟是蚯蚓和蝸牛的腥氣吧，畢竟是驚蟄了啊。也許地上的地下的生命也許古中國層層疊疊的記憶皆蠢蠢而蠕，也許是植物的潛意識和夢吧，那腥氣。（余光中〈聽聽那冷雨〉）

清明節／大家都已習慣這麼一種遊戲／不是哭／而是泣。（洛夫〈清明〉泣，只掉眼淚而不出聲的哭）

在四時中，我于秋是有偏愛的，所以不妨說說。秋是代表成熟，對于春天之明媚嬌豔，夏日之茂密濃深，都是過來人，不足為奇了，所以其色淡，葉多黃，有古色蒼蘢之慨，不單以蔥翠爭榮了。（林語堂〈秋天的況味〉）

以前住在倫敦時，我常開車去郊外的運河邊散步，河岸鶯飛草長，有大片鮮怒肥壯的艾叢，枝葉沿路擦拂，芬馥四溢，把行人的臂肘都染香了，〔……〕（蔡珠兒〈艾之味〉）

春天，像一篇巨製的駢儷文；而夏天，像一首絕句。（簡媜〈夏之絕句〉）

日本，櫻花就是多！山上、水邊、街旁、院裏，到處都是。積雪還沒有消融，冬服還沒有去身，幽暗的房間裏還是春寒料峭，衹要

【雨水】二十四節氣之一。在國曆二月十九日或二十日。

【驚蟄】二十四節氣之一。在國曆三月五日或六日，此時正值春天，氣溫上升，土地解凍，春雷始鳴，蟄伏過冬的動物驚醒，故稱之。

【春分】二十四節氣名稱之一。在國曆三月二十日或二十一日，太陽直射赤道，這一天白天夜晚一樣長，之後白天漸長，夜晚漸短。

【清明】二十四節氣之一。在國曆四月五日或六日。

【穀雨】二十四節氣之一。在國曆四月二十日或二十一日。

夏

【炎暑】炎熱酷暑。

【炎蒸】暑熱熏蒸。

【暑熱】盛夏的炎熱。

【蒸暑】盛夏的燠熱。

【焚燒般的】此形容熱氣逼人，像火在燃燒一樣。

【沉李浮瓜】指沉浮於水中的瓜果和李子，是夏天清涼可口的食物。後用來比喻夏日消暑的樂事。也作「浮瓜沉李」。

【端午】農曆五月五日，也是民間傳統節日之一。相傳戰國時楚國大夫屈原在農曆五月初五投汨羅江，後人為紀念其而有包粽子及賽龍舟等習俗；又因民間對鬼神的信仰，多會在家門前插蒲艾、喝雄黃酒、掛鍾馗像來除瘟辟邪。

【三伏】即初伏、中伏、末伏。由農曆夏至後第三庚日算起，

遠遠地一絲東風吹來，天上露出了陽光，這櫻花就漫山遍地的開起！（冰心〈櫻花讚〉）

因為背上負著的是這麼一個十字架，所以一年之內，祇學著行雲，祇學著流水，搬來搬去的盡在搬動。暮春三月底，偶爾在火車窗裏，看見了些淺水平橋，垂楊古樹，和幾群飛不盡的烏鴉，忽而想起的，是這一個也不是城市，也不是鄉村的界線地方。租定這間小屋，將幾本叢殘的舊籍遷移過來的，怕是在五月的初頭。而現在卻早又是初秋了。時間的飛逝，實在是快得很，真快得很。（郁達夫〈燈蛾埋葬之夜〉）

寶釵聽了忙道：「噯喲！這麼黃天暑熱的，叫他做什麼！別是想起什麼來生了氣，叫出去教訓一場。」（清．曹雪芹《紅樓夢》）

它那麼悄然寧靜，甚至就在這焚燒般的盛夏裡，當熱風吹過我的河，汗水在我身上流淌，不免就有些焦躁充滿我幼小的心。（楊牧〈水蚊〉）

此時正值三伏天道，婦人害熱，吩咐迎兒熱下水，伺候要洗澡。又做了一籠裡餡肉角兒，等西門慶來吃。身上只著薄紗短衫，坐在小凳上，盼不見西門慶到來，罵了幾句負心賊。（明．蘭陵笑笑生《金瓶梅》）

沿著海岸隨手盜取／一片最美的風景／騎到一個拐彎處／就跳下來，倚著山岩／像伊索寓言裡兩個旅人／共寫一首詩／冬天要防止寒流／讓我們的腳踏車抽筋／夏天避免中暑／整座海岸倒在我們身上（鯨向海〈永無止境的環島旅行〉）

每十日為一伏，共三十天，亦是一年中最熱的時候。也作「三伏天」。

【中暑】曝露於高溫環境過久而引發身體體溫調節障礙的病症，多會出現心悸、昏睡、肌肉鬆軟、體溫過高等症狀。

【受暑】中了暑氣。

【害熱】因天熱而感到身體不適。

【暑氣】盛夏的熱氣。

【暄氣】暑氣。

【去暑】消除暑氣。也作「祛暑」。

【拂暑】除去暑氣。

【避暑】到清爽、涼快的地方度過炎熱的暑期。

【消夏】避暑。用消遣的方式度過夏季。也作「消暑」。

【逭暑】避暑。逭，ㄏㄨㄢˋ。

【歇夏】避暑。

【初夏】剛到夏天。

【稺夏】初夏。稺，ㄓˋ，通「稚」字。

【炎節】夏季。

【黃天】夏天。

【纁夏】夏之別名。纁，ㄒㄩㄣ。

【盛夏】夏天最熱的時候。

【酷暑】極熱的夏天。

【殘暑】暮夏。夏季將盡之時。也作「殘夏」。

【孟夏】夏季的第一個月。即農曆四月。

【仲夏】夏季的第二個月。即農曆五月。

【季夏】夏季的第三個月。即農曆六月。

【立夏】二十四節氣之一。在國曆五月六日或七日，為夏季的開始。

【小滿】二十四節氣之一。在國曆五月二十日、二十一日或二十二日。

【芒種】二十四節氣之一。在

這些建築都有自己的光采，它新穎雄偉，使黃山的每一個角落都顯得生動起來。這裡原是避暑聖地，酷暑時外面熱得難受，這裡還是春天氣候。但也不妨春秋冬去，那裡四季都是最清新而豐美的公園。（菡子〈黃山小記〉）

翌年我到海邊去消夏。有一天戴了一頂寬邊的帆布帽，一人在海邊上划船，看銀色的海浪在槳下飛濺，海鷗在綠水上飛撲，遙遠的望見海邊的岩石旁，站著一個黑衣的女人，手中抱著一個嬰兒，向著海天沉思，眉目間鎖著海天般無際的憂愁。（張秀亞〈命運女神〉）

從稺夏到深秋／從無到有到非有非非有：／透骨的清涼感啊／這次第，怎一個知字了得！（周夢蝶〈詠蟬〉）

首善之區的西城的一條馬路上，這時候什麼擾攘也沒有。火焰焰的太陽雖然還未直照，但路上的沙土仿佛已是閃爍地生光；酷熱滿和在空氣裏面，到處發揮著盛夏的威力。許多狗都拖出舌頭來，連樹上的烏老鴉也張著嘴喘氣，——但是，自然也有例外的。遠處隱隱有兩個銅盞相擊的聲音，使人憶起酸梅湯，依稀感到涼意，可是那懶懶的單調的金屬音的間作，卻使那寂靜更其深遠了。（魯迅〈示眾〉）

大概我所愛的不是晚秋，是初秋，那時暄氣初消，月正圓，蟹正肥，桂花皎潔，也未陷入懍烈蕭瑟氣態，這是最值得賞樂的。那時的溫和，如我煙上的紅灰，祇是一股熏熟的溫香罷了。（林語堂〈秋天的況味〉）

那是仲夏的晚上，瑩澈的天，沒有星，也沒有月亮，小寒穿著孔雀藍襯衫與白褲子，孔雀藍的襯衫消失在孔雀藍的夜裡，〔……〕（張愛玲〈心經〉）

現在她覺得自己的人生到了秋天，兒子的人生則正在春天。秋葉

國曆六月五日、六日或七日，因此時節穀物開出芒花，故稱之。

【夏至】二十四節氣之一。在國曆六月二十一日或二十二日，太陽直射北回歸線，所以北半球白天最長，夜晚最短；南半球則是相反。夏至也稱「北至」、「夏節」。

【小暑】二十四節氣之一。在國曆七月六日、七日或八日。

【大暑】二十四節氣之一。國曆七月二十三日或二十四日。

秋

【高爽】清朗、舒爽。

【清秋】明淨、爽朗的秋天。

【清麗】清新、華美。

【絕美】極其美麗。

【新涼】新秋涼爽的天氣。

【橫秋】彌漫秋日的天空。或作「橫越秋空」。

【秋高氣爽】秋天天氣清朗、氣候令人感到舒爽。

【秋高馬肥】秋高氣爽，馬匹肥壯。常指中國西北外族活動的季節。

【桂子飄香】指中秋前後桂花綻放，香氣飄散。

【菊茂蟹肥】菊花在秋天盛開；蟹類在秋天長得最好。可為秋天景物的代表。

【霜葉紅於二月花】形容秋天的紅葉比農曆二月盛開的春花更加紅豔。語出唐代杜牧〈山行〉詩。

【秋扇】秋天的扇子。常以秋涼而扇子被棄置不用，用來比喻女子色衰而受冷落。也可比喻

的歌聲之內，就含有來春的催眠曲，也含有來夏的曲調。在升降的循環的交替中，道的盛衰盈虧兩個力量，也是如此。實際上，夏季的開始並不在春分，而是在冬至，在冬至，白晝漸長，陰的力量開始衰退；冬天的開始在夏至，那時白晝漸短，陽的力量開始衰退，陰氣漸盛。所以人生也是按照此理循環而有青春，成長，衰老。（林語堂《京華煙雲》）

像橄欖又像鴿蛋似的這棗子顆兒，在小橢圓形的細葉中間，顯出淡綠微黃的顏色的時候，正是秋的全盛時期；等棗樹葉落，棗子紅完，西北風就要起來了，北方便是塵沙灰土的世界，只有這棗子，柿子，葡萄，成熟到八九分的七八月之交，是北國的清秋的佳日，是一年之中最好也沒有的 Golden Days。（郁達夫〈故國的秋〉）

同時那北海的紅漪清波浮現眼前，那些手攜情侶的男男女女，恐怕也正搖著畫槳，指點著眼前清麗秋景，低語款款吧！況且又是菊茂蟹肥時候，料想長安市上，車水馬龍，正不少歡樂的宴聚，這飄泊異國，秋思淒涼的我們當然是無人想起的。（廬隱〈異國秋思〉）

秋天的天空、秋天的雲、秋天的風，最是迷人了，有種絕美的悽愴，想挽住什麼卻又不可能的悲慟，想全然捨去卻又不忍的掙扎。（李偉文〈有地中海風情的海上桃花源——馬祖〉）

一直以為最美麗的秋天在杜牧的詩裡，每當讀「山行」這首詩時，就會被那句「霜葉紅於二月花」帶進一片如春花般的秋野中。過了雲之啞口後，才知道最美麗的秋天不僅在杜牧的詩裡，也在美國西北

過時而失去效用的事物。

【淒涼】孤寂、冷落。也有「淒淒涼涼」。

【悽愴】悲傷。

【悲慟】悲傷、哀痛。

【慨嘆】心生感觸而嘆息。

【感慨】心靈受到某種感觸而慨嘆。

【傷感】因感觸而心生悲傷。

【一年容易又秋風】因蕭瑟的秋風而生起一年時光轉眼過去的感嘆。

【肅殺】形容秋、冬天氣寒冷，草木凋落的蕭條氣象。

【蕭殺】冷落、蕭條。

【蕭瑟】形容秋天萬物蕭條，呈現出的冷清、淒涼貌。另有用來形容風打草木的聲音。

【秋老虎】比喻立秋以後依然很熱的天氣。

【七夕】農曆七月七日夜晚。相傳天上的牛郎和織女每年於此晚相會，後世便以此日為情人節。

【中秋】農曆八月十五日。因居於秋季三月之中，故稱之。民間習於此日全家團聚，一同賞月和吃月餅。

【重陽】農曆九月九日。民間習於此日相約登高、飲菊花酒以及佩帶茱萸以避凶厄。

【金天】秋的別稱。

【旻天】秋天。

【商秋】秋天。

【晚秋】秋季將盡之時。也作「暮秋」。

【深秋】晚秋。入秋已久。

【寒秋】深秋。

【孟秋】秋季的第一個月。即農曆七月。

【仲秋】秋季的第二個月。即農曆八月。

【季秋】秋季的第三個月。即農曆九月。

部。（林滿秋〈霜葉紅於二月花〉）

這時才憶起，向來詩文上秋的含義，並不是這樣的，使人聯想的是蕭殺，是淒涼，是秋扇，是紅葉，是荒林，是萋草。（林語堂〈秋天的況味〉）

高樓上的鐘聲，一聲一聲的蕩漾著，如同一灘寒澀的泉水，幽幽的瀉了下來，穿過校園中重重疊疊的樹林，向四處慢慢流開。樊教授放慢了步子，深深的透了一口氣，他覺得有點悶，沉重的鐘聲好像壓到他胸口上來了似的。就是這種秋高氣爽的小陽春，他記得最清楚了，穿著一件杏黃色的絨背心，一聽到鐘聲就挾著書飛跑，腳不沾地似的，從草坡上滑下來，跳上石階，溜到教室裏去，那時他才二十歲呢！（白先勇〈小陽春〉）

秋天容易使人感到老，感到人事飄忽，生命的無常，在死寂空虛的情境中，是更容易令人起這些感慨的。深宮裡宮女們的許多關於秋的詩詞，也就是這樣的緣故，所以容易產生吧。（徐訏〈魯文之秋〉）

黃曆上一年二十四個節日，母親背得滾瓜爛熟。每次翻開黃曆，要查眼前這個節日在哪一天，她總是從頭唸起，一直唸到當月的那個節日為止。我也跟著背：「正月立春、雨水，二月驚蟄、春分，三月清明、穀雨……」但每回唸到八月的白露、秋分時，不知為甚麼，心裡總有一絲淒淒涼涼的感覺。小小年紀，就興起「一年容易又秋風」的慨嘆。（琦君〈母親的書〉）

或許正因北方秋日來得肅殺，才有落葉構成的濃郁的秋意。（薛爾康〈北國秋葉〉）

初秋眼前更是一片蕭瑟／草長及胸，滿城飛舞／我想若是當年旌旗／那軍容該是何等壯盛（林齡〈億載金城〉）

【立秋】二十四節氣之一。在國曆八月七日、八日或九日，為秋季的開始。

【處暑】二十四節氣之一。在國曆八月二十二日、二十三日或二十四日，這天過後，夏天暑氣漸漸結束，天氣轉為涼爽。

【白露】二十四節氣之一。在國曆九月八日或九日。此時早晚露水較重。

【秋分】二十四節氣之一。在國曆九月二十三日或二十四日，這一天太陽幾乎位在赤道的正上方，南北半球白天夜晚的時間一樣長。

【寒露】二十四節氣之一。在國曆十月八日或九日。此時露氣寒冷，為秋收、秋種之時。

【霜降】二十四節氣之一。在國曆十月二十三日或二十四日。

冬

【冷寒】寒冷。

【寒冬】寒冷的冬天。

【寒流】自北方寒冷地帶南移的冷空氣團。以臺灣而言，一般是指使氣溫降至攝氏十度以下，或在二十四小時內使氣溫下降攝氏八度以下的氣流。也作「寒潮」。

【休憩】休息。

【萬物具休】此指一切物類在冬季休息。

【萬物偃息】此指一切物類在冬季多處於歇息或止息的狀態。

【冷寂】冷清、寂寞。

【慘淡】悲慘淒涼貌。

【了無生趣】毫無生活的意趣。也有毫無生存的意義。

【萬物枯寂】此指一切物類在冬

不會忘記的，十一月，卻是秋老虎，南方，遲開的鳳凰木辣辣的紅一簇簇怒燒。鳳山那條街在正午太陽下整個花白而去，曝了光的黑白照片。（朱天文〈家，是用稿紙糊起來的〉）

旁邊一碟饅頭，遠看也像玷汙了清白的大閨女，全是黑斑點，走近了，這些黑點飛升而消散於周遭的陰暗之中，原來是蒼蠅。這東西跟蚊子臭蟲算得小飯店裡的歲寒三友，現在剛是深秋天氣，還顯不出它們的後凋勁節。（錢鍾書《圍城》）

夜來枕上隱隱聽見渤海灣的潮聲，清晨一開門，一陣風從西吹來，吹得人通體新鮮乾爽。樓下有人說：「啊，立秋了。」怪不得西風透著新涼，不聲不響闖到人間來了。（楊朔〈秋風蕭瑟〉）

北國冬日，原是休憩之際，田裡農活已停，萬物具休，直到來春，人的心念也在白雪皚皚的覆蓋下冷寂了下去。（楊明〈別後〉）

台灣城市的冬天除了冷寒之外，沒有什麼冬天的景象，萬物枯寂了無生趣的氣息，必須在這種無人抵臨的所在才能深入體會。也因此，我終於嗅到春天即將隨浪而來的味道。（劉克襄〈沙岸〉）

玫瑰被豢養在園中，園外草木有秋冬慘淡的厲色，然而在這個萬物偃息的季節裡，芹壁所到之處，卻是盛開的雛菊。（林詮居〈海隅隨想十則——馬祖芹壁村〉）

可是，到了嚴冬，不久便是春天，所以人們並不因為寒冷而減少過年與迎春的熱情。在臘八那天，人家裡，寺觀裡，都熬臘八粥。這種特製的粥是為祭祖祭神的。（老舍〈北京的春節〉）

季多處於枯寒、寂靜的狀態。

【臘八】農曆十二月初八。古代習於臘月祭祀祖先和眾神，起先並沒有固定日期，直到佛教在中國盛行，因十二月初八為釋迦牟尼成道日，人們便將臘月的祭祀與佛教的儀式混合。臘，農曆十二月。

【尾迓】農曆十二月十六日的俗稱，也是一年之中最後一次做迓，故稱之。此日家家戶戶多以三牲祭拜土地公，各行各業的老闆則藉此日宴請員工，感謝其一年來的辛勞。也作「尾牙」。

【隆冬】嚴冬。冬天最冷的一段時期。

【窮冬】深冬、嚴冬。

【嚴冬】酷寒的冬天。

【殘冬】冬季將盡之時。也作「冬殘」。

【暮冬】冬末。

【歲晏】年終；一年將盡之時。

【臘盡】歲末年終。

【避寒】天寒時移居溫暖之地。

【迎春】迎接春天的到來。

【孟冬】冬季的第一個月。即農曆十月。

【仲冬】冬季的第二個月。即農曆十一月。

【季冬】冬季的第三個月。即農曆十二月。

【立冬】二十四節氣之一。在國曆十一月七日或八日，為冬季的開始。

【小雪】二十四節氣之一。在國曆十一月二十二日或二十三日。因此時中國黃河流域開始降少量的雪，農家也開始忙碌冬耕事宜。

【大雪】二十四節氣之一。在國曆十二月六日、七日或八日。此時雪轉甚，故稱之。

【冬至】二十四節氣之一。在國

過年，當然是大事，年節的氣氛從農曆十二月臘月十六日就開始可以聞到了，這一天，我們俗稱「尾牙」，這是因為每個月的初二、十六都要「做牙」——祭拜土地公。二月初二是每年第一次做牙，稱為「頭牙」，十二月十六日是最後的一次，所以稱為「尾牙」。（蕭蕭〈過年那幾天〉）

正廳前大院子裡的兩株桂樹，祇剩得老幹；幾枝蠟梅，還開著寂寞的黃花，在殘冬的夕陽光下，迎風打戰；階前的書帶草，也是橫斜雜亂，雖有活意，卻毫無姿態了。（茅盾〈動搖〉）

正是光陰如箭，轉眼間臘盡春來。官場正月一無事情，除掉拜年應酬之外，便是賭錢吃酒。（清．李寶嘉《官場現形記》）

他記得清清楚楚，那一天不過是中秋剛過的八月二十幾裏，但不曉怎麼的，忽而吹來了幾陣涼風，使冬衣未曾制就的一班杭州的市民，都感覺得比大寒前後還更涼冷的樣子。（郁達夫〈清冷的午後〉）

故鄉的風箏時節，是春二月，倘聽到沙沙的風輪聲，仰頭便能看見一個淡墨色的蟹風箏或嫩藍色的蜈蚣風箏。還有寂寞的瓦片風箏，沒有風輪，又放得很低，伶仃地顯出憔悴可憐的模樣。但此時地上的楊柳已經發芽，早的山桃也多吐蕾，和孩子們的天上的點綴相照應，打成一片春日的溫和。我現在在哪裡呢？四面都還是嚴冬的肅殺，而久經訣別的故鄉的久經逝去的春天，卻就在這天空中蕩漾了。（魯迅〈風箏〉）

除夕這一天，寒流突然襲到了臺北市，才近黃昏，天色已經沉黯下來，各家的燈火，都提早亮了起來，好像在把這一刻殘剩的歲月加緊催走，預備去迎接另一個新年似的。（白先勇《臺北人》）

這兩年來兩個中秋節，恰好都無月亮可看，凡在這邊城地方，因

曆十二月二十一日、二十二日或二十三日，這天北半球夜晚最長，白天最短；南半球則是相反。冬至也稱「南至」、「冬節」。

【小寒】二十四節氣之一。在國曆一月五日、六日或七日。

【大寒】二十四節氣之一。在國曆一月二十日或二十一日。

2 時間

白天

【凌晨】清晨。從零時起到天亮的這段時間。

【向晨】天將亮時。

【迎晨】黎明。

【拔白】破曉。

【昧旦】天將亮而未亮的時候。

【昧爽】天將亮而尚暗的時候。

【朏朏】ㄈㄟˇ，天將亮的時候。

【侵曉】拂曉。

【拂曉】天將亮時。

【破曉】天剛亮。

【黎明】天快亮的時候。

【遲明】天將亮之時。

【薄曉】天快亮的時候。

【嚮明】天剛亮的時候。

【一黑早】黎明時。

【五更天】天將亮時；約指凌晨三點到五點之間。舊時把一夜分為五個時段，稱為「五更」，大致是從傍晚七時到次日清晨五時。

【魚肚白】由於魚腹的顏色白裡透青，故多用來形容黎明時東方的天色。

【月落星沉】月亮落下，星星低垂。指天將亮時。

看月而起整夜男女唱歌的故事，皆不能如期舉行，故兩個中秋留給翠翠的印象，極其平淡無奇。兩個新年卻照例可以看到軍營裏與各鄉來的獅子龍燈，在小教場迎春，鑼鼓喧闐很熱鬧。（沈從文《邊城》）

中夜聞隔戶夜起者，言明星烺烺；雞鳴起飯，仍濃陰也，然四山無霧。昧爽即行，始由西南涉塢，一里，漸轉西行入峽，平涉而上。（明．徐弘祖《徐霞客遊記》）

我們早已整裝並把攜帶的鎗械準備好，以隨時可以上陸的態勢等待命令。船一直在海上旋轉不停。像一停下來，就會被敵機炸毀似地。我們整整待期了一個晚上，到次晨拂曉前上陸命令才發出。（陳千武〈輸送船〉）

首先，是聽到鳥叫，於是耳朵被喚醒了；接著，看到窗外翻著的魚肚白，於是眼睛被翻醒了；再是，觸摸到清風的裙擺，於是皮膚被摸醒了；而後，聞到了屋外的草香，鼻子也被薰醒了；最後，是餓，嘴巴跟舌頭、唾液與口水，全都蠕動了起來。（向陽〈在黎明的鳥聲中醒來〉）

月光碎在浪裡像忍者的暗器，不斷襲擊我可憐的過敏神經。這時候，風雖僅僅三級，浪高只有半米，但我真的急著上岸，急著脫離你的回憶上岸，就等魚肚翻白了東方。（陳大為〈海圖〉）

【月歸星隱】月亮歸去，星星隱沒不見。指天將亮時。

【魚肚翻白了東方】指黎明。

【早晨】清晨。

【清早】清晨。也有「大清早」。

【透早】在閩南語為早晨、一大早的意思。

【朝旭】初升的太陽。

【曙光】清晨大地初現的亮光。

【晨光】早晨的陽光。

【晨曦】早晨太陽的光輝。

【朝暉】早晨的陽光。

【朝曦】早晨的陽光。

【朝暾】早晨的陽光。也有「晨暾」。暾，ㄊㄨㄣ。

【熹微】形容光線微弱的樣子。多指清晨的日光。也有「晞微」。陶淵明〈歸去來辭〉：「問征夫以前路，恨晨光之熹微。」

【曦微】形容陽光微弱的樣子。多指清晨的日光。

【矇矓】太陽初現時，光線暗淡的樣子。

【旭日東升】清晨太陽剛從東方升起。

【白晝】指日出後，日落前的時間。

【旦晝】白晝。

【永晝】白日漫長。

【晝日】白天。

【三竿】太陽已升到三根竹竿相接的高度。表示早上的時間已不早了。也有「三竿日上」、「日出三竿」、「紅日三竿」。

【傍晌】接近中午的時候。另有「傍午」。晌，ㄕㄤˇ。

【向午】接近中午。

【正午】中午十二點鐘。

【日中】正午。

【亭午】正午；中午。

【晌午】中午。

【當午】正午。

【晝分】中午。

在曙光初透的時刻，在魚市場看漁民拍賣一籮筐一籮筐的魚貨，並互相談詢著昨夜的海上，以及今夜和未來幾天海洋裡可能的變化。（林清玄〈海的兒女〉）

在曦微的晨光中，我望著母親的臉，她的額角方方正正，眉毛細細長長的，眼睛也瞇成一條線。教我認字的老師說菩薩慈眉善目，母親的長相大概也跟菩薩一個樣子吧。（琦君〈下雨天，真好〉）

本來麼，祖孫兩人，緩轡蹣跚於羊腸小道，或浴著朝暾，或披著晚霞，閑談著，也同鄉里交換問寒問暖的親熱的說話，右邊一隻鳥飛了，左邊一隻公雞喔喔在叫，在純樸自然的田野中，我們是陶醉著的。（吳伯簫〈馬〉）

熹微的日頭從燒水溝那邊照過來，我和阿公一大一小的身影淡淡地投映在大路上，好像一支分針和一支時針被聯結在一起慢慢地走動著。（袁哲生〈秀才的手錶〉）

小女兒起床時，日頭早已出過三竿高，風向也已由東北漸轉為西南，滿株的樹蘭花也開始放出濃厚的馥郁對著平屋散發過來。（陳冠學〈花香〉）

在眩目的日影和水光間揚長相擊，如此決絕，近乎悲壯地，捨我而去。我聽到鐘聲十二，正是亭午。（楊牧〈亭午之鷹〉）

有一日晌午，屋後亂草叢，一枝橫掃到窗上的割芒，上面臥著一隻日本樹蛙，陽光淡影斜斜錯落，我看了內裡會心，非常喜悅生活中出其不意的喜悅，蛙類蟲豸之屬，我高興生活在這樣一個充滿蹤跡遊絲的所在。（凌拂〈斯文豪氏蛙〉豸，ㄓˋ，昆蟲的通稱）

〔……〕這裡有晝和夜的遞變，有早晨和黃昏，涼爽的夜間跟在炎熱的白晝的後邊，沉靜而晴朗的清晨預示著一個事情忙碌的上午：

【烈日當中】指正中午的時候。也作「日正當中」。

【過午】中午以後。

【過晌】過了中午。

【後晌】午後。

【下半晌】下午。指中午到日落前。

黑夜

【下晚】近黃昏的時候。

【夕陽】傍晚的太陽。

【夕照】黃昏時的太陽。

【夕曛】日暮時夕陽的餘暉。曛，ㄒㄩㄣ。

【斜陽】傍晚西斜的太陽。

【斜暉】傍晚西斜的陽光。也作「斜輝」。

【晚照】夕陽。

【晚霞】日落時出現的雲霞。

【殘陽】夕陽餘暉。也作「殘照」。

【落照】夕陽。

【餘暉】夕陽的餘光。

【遲陽】夕陽。

【傍晚】黃昏時分。

【夕暮】傍晚。

【日夕】傍晚。

【日暮】傍晚。

【日薄】傍晚。

【向晚】傍晚。

【投晚】傍晚。

【尾暗】在閩南語為傍晚、天將暗時的意思。

【昏暝】黃昏、傍晚。

【昏暮】黃昏。

【垂暮】傍晚時候。

【崦嵫】ㄧㄢ ㄗ，山名，位在

宇宙間真沒有一樣東西比此更好。（林語堂〈大自然的享受〉）

他先去看他頭天在書場外面的布置。招牌的周圍，鑲了一道紅、白、藍三色相間的電燈泡。在黎明的曙光裏，燈光顯得有些昏暗，可是就像在夢境中一般，美極了。（老舍《鼓書藝人》）

在這片綠海上更燦開著無數的小黃花，稠密地編織成一面金黃的地毯，那樣堂皇地鋪蓋著平野。而夕曛如醉，與這片金黃交映成讓人迷惘的情境。（顏崑陽〈來到落雨的小鎮〉）

翁婿兩個，無言對坐在斜陽照射的玄關上，那財大勢大「嚇水可以堅凍」的老人，臉上重重疊疊的紋路，在夕陽斜暉中，再也不是威嚴，而是老邁的告白了。（廖輝英〈油麻菜籽〉）

樸公回到院子裡的時候，冬日的暮風已經起來了，滿院裡那些紫竹都騷然的抖響起來。西天的一抹落照，血紅一般，冷凝在那裡。（白先勇〈梁父吟〉）

不帶有一點兒的哀傷／在春日的遲陽下，帶著古遠的拂照／令人憶起落寞的喧動（溫瑞安〈再見〉）

所有的光輝逐漸收斂。夕暮／在那高擁的嵐雲後，垂落眼簾／你觀望，在無形的急逝中／投入這一片蒼茫的莫名的時刻（白萩〈夕暮〉）

入夏好風南來，紙扇輕搖，擇一無人山門，避炎陽於簷下，忽的睡去，如在自家，日薄崦嵫，猶忘了醒來，直是羲皇上人。（舒國治〈下雨天的京都〉）

甘肅省天水縣之西。古來常用來借指日落的地方。

【晡夕】黃昏。晡，ㄅㄨ，申時，即下午三到五時，泛指下午或黃昏。

【黃昏】指太陽將落，天快黑的時候。

【暮色】傍晚昏暗的天色。

【薄暮】黃昏；太陽將落時。

【嚮晦】傍晚。

【曛黃】黃昏。

【暗頭仔】在閩南語為黃昏時段的意思。

【夜幕初籠】形容剛剛天黑。夜幕，夜裡景物看不清楚，像是被大黑幕籠罩一樣。

【夜幕低垂】天色昏暗，指天黑。

【華燈初上】夜色低垂，家家戶戶點上明亮燈火的時候。

【掌燈時分】天黑點燈的時候。

【入夜】到了晚上。

【永夜】夜晚漫長。

【申旦】整夜；從夜晚到天亮。

【竟夕】整夜。

【通宵】整個晚上。

【終夕】整夜。也有「終夜」。

【窮夜】徹夜。

【連更徹夜】整夜；通宵達旦。

【幽冥】昏暗、黑暗。

【暗昏】黑暗而模糊。也作「暗昏昏」。

【星光】星的光輝。

【星夜】天空有星辰的夜晚。泛指夜晚。

【夜闌】夜深。

【更闌】指夜已深。

【深宵】深夜。

【夤夜】深夜。夤，ㄧㄣˊ。

【黑魆魆】黑暗。「魆」在「黑魆魆」時讀ㄒㄩ，在「魆黑」時讀ㄒㄩˋ。

【子夜】半夜十一點到凌晨一點的時段。

若你有銅雀　鎖不鎖得住春天／若你有春天　鎖不鎖得住二喬／若我有東風　便把東風一股腦兒借你／借與你漫天的花雨　千樹的桃花／逐水流。可是江南不是千山的江南／任十里的春江向晚　凝目處堆煙砌霞／漢朝的樓台不見樓台　荒蕪的庭院深深／誰還知道千年的往事　又散入了誰家？（吳望堯〈銅雀賦〉）

川川。你看到了嗎？那皇帝如癡如醉，在向晚的天光下，面對霞光和花色幻融成一片的景色，流下了狂喜的眼淚……（奚淞〈給川川的札記〉）

想像如果推回一九二〇年代末，夏日尾暗時，那噠噠聲發自高齒木屐，從圓環幅射的大路與串連的巷底傳來，穿著日式浴袍或寬大台灣衫褲的男女，自連排燠熱的居室裡踱出，三兩並肩前後陸續閒走，圓環零散的露店攤頭明滅的燈火，即向彼等招手了。（雷驤〈青春圓環〉）

法國近代的象徵派大詩人梵樂希，以此為題材，寫成他的不朽名著「水仙辭」。那首詩以氤氳的薄暮霧靄，銀光閃爍的溪流，和水中美極的顫動影像，形成一首感人的詩篇，深具象徵意味。（張秀亞〈水仙花的愛者〉）

三十七年以前一個冬天的薄暮，我和一個朋友從秦淮河畔來到了雞鳴寺，發現這個有名的南朝勝跡，竟是這樣一個荒涼破敗的所在。（黃裳〈重過雞鳴寺〉）

夜幕初籠，附近的大樓開始稀稀落落地亮起燈來，街道上汽車引擎和喇叭的交響陣陣傳來，飄蕩在空曠的棒球場內。（金光裕〈殘兵記〉）

西門慶大怒，罵道：「眾生好度人難度，這廝真是個殺人賊！我倒見你杭州來家，叫你領三百兩銀子做買賣，如何夤夜進內來要殺

【三更】半夜十一點到凌晨一點的時段。
【午夜】半夜。
【中夜】半夜。
【中宵】半夜。
【深更半夜】深夜。也作「三更半夜」。
【鐘鳴漏盡】夜半鐘響，計時的沙漏或水漏已殘。指深夜。

紀時

【天干】甲、乙、丙、丁、戊、己、庚、辛、壬、癸十干的總稱。是古人用來表示次序的符號，和十二地支配合以計算時日。
【地支】子、丑、寅、卯、辰、巳、午、未、申、酉、戌、亥十二支的總稱。是古人用來計算時日的代稱或表示次序的符號。
【干支】天干和地支的合稱。以十天干與十二地支循環相配，依序從甲子、乙丑、丙寅、丁卯……到癸亥止共六十組，以六十為周期的序數記錄年歲的方法。現今農曆的年，仍用干支表示。如二〇一二年，以干支紀年即為「壬辰」年。
【子】十二地支之一。指夜晚十一時到凌晨一時。
【丑】指凌晨一時到三時。
【寅】指凌晨三時到五時。
【卯】指凌晨五時到七時。
【辰】指早晨七時到九時。
【巳】指早晨九時到十一時。
【午】指早上十一時到下午一時。
【未】指下午一時到三時。

我？不然拿這刀子做甚麼？」（明・蘭陵笑笑生《金瓶梅》）

照例的，我又睡了一個失眠的午覺。有些朋友知道我擅長失眠，但那是意味子夜的輾轉反側。夜間萬籟俱寂，不能順利入睡，尚值得同情；但午覺而失眠，則是多此一舉，胡思亂想，更屬咎由自取。（林文月〈午後書房〉）

亭亭道：「史書以干支紀年，始於帝堯。自帝堯甲辰即位，至今武太后甲申即位，共三千四十一年；若以伏羲至今而論，共五千一百五十三年了。」（清・李汝珍《鏡花緣》）

這樣的街子聚也有時散也有時。聚自午未散於次日卯辰。河谷地區居民分散，從自家小屋爬到此處，少則三十里多則五六十里不等，當晚是回不去的。（黃曉萍〈天街〉）

來我們店裏吃飯的，多半是些寅吃卯糧的小公務員——市政府的職員嘍、學校裏的教書先生嘍、區公所的辦事員嘍——個個的荷包都是幹癟癟的，點來點去，不過是些家常菜，想多榨他們幾滴油水，竟比老牛推磨還要吃力。（白先勇《台北人》）

我在渡口，卻終於聽出了咿呀柔櫓的聲音。時間似乎已經入了酉時的下刻，小市裏的群動，這時候都已經靜息，自從渡口的那位少婦，在微茫的夜色裏，藏去了她那張白團團的面影之後，我獨立在江邊，不知不覺心裡頭卻兀自感到了一種他鄉日暮的悲哀。（郁達夫〈釣臺的春晝〉）

〔……〕她把木蘭的生辰年月按天干地支說明。算命的說木蘭的

【申】指下午三時到五時。

【酉】指下午五時到晚上七時。

【戌】ㄒㄩ，指晚上七時到九時。

【亥】指晚上九時到深夜十一時。

從前

【千古】時代久遠。

【太古】上古時代。

【古遠】很久以前；年代久遠。

【敻古】遠古。

【洪荒】混沌、蒙昧的狀態。指遠古時代。

【混沌】古代傳說中指天地未形成之前，萬物融合而模糊不清的狀態。

【鴻蒙】宇宙形成前的混沌狀態。也作「鴻濛」。

【開闢】開天闢地。指天地初開。

【前世】上輩子。也作「前生」。

【昔】過去的。

【往】過去的。

【徂】ㄘㄨˊ，過去的。

【故】從前的。

【歷】已過去的。

【舊】從前的；古老的。

【以前】從前；以往。

【夙昔】從前。

【往昔】以前，從前。

【既往】過去。

【異時】指從前。另有不同時候之意。

【過去】以前；從前。

【舊日】從前。

【疇昔】昔日；從前。

【疇曩】往日。曩，ㄋㄤˇ。

八字兒有福氣，有雙星照命，所以十歲時該有磨難，但因命好，自會逢凶化吉。並且，她運交得早，雖然不為高官顯宦的夫人，一輩子也不愁吃不愁喝的。（林語堂《京華煙雲》）

風很輕，茶園邊的一排排相思樹葉微微搖晃著，發出輕悄悄的沙沙聲。偶而，樹葉聲停止，這時週遭靜極了，靜得像回到太古的洪荒時代；祇有細微的，比那輕悄的樹葉聲更細微的蜜蜂振翼聲在飄浮著。（鍾肇政《魯冰花》）

我渴望與他對話，想像他也是發光的形體／可以舉杯，遙遙與之斟酌一些滿溢的心情／啜飲小口的微醺—呵，只能小口、小口地／因為今晚的寂寞／釀自古遠的年代／然而——他說，雖然我們都是孤獨的——／這並不足以使我們相戀／（我們都是孤獨的。星子們群起附和著說）／不足以使他不再離去（陳克華〈旅人的夜歌〉）

天地原初便是好嗎？混沌未開，天真未鑿。人似乎總有意無意在悼念某個失落的世界，所以故事這樣開頭：很久很久以前，在一個遙遠的地方……（張讓〈也許有一個地方〉）

鴻蒙以後多少年，只有善於攀援的金絲猴來遊。以後又多少年，才來到了人。（徐遲〈黃山記〉）

蓋自開闢以來，每受天真地秀，日精月華，感之既久，遂有靈通之意。（明．吳承恩《西遊記》）

臣自出茅廬，得遇大王，相隨至今，言聽計從；今幸大王有兩川之地，不負臣夙昔之言。（明．羅貫中《三國演義》）

【曩昔】從前。也作「曩日」、「曩時」。

【近來】離現在不遠的時日。

【新近】最近；近日。

【爾來】近來。

【邇來】近來。

現今

【甫】始；才。「驚魂甫定」。

【頃】剛才。

【方才】剛剛；不久之前。

【適來】剛才；方才。

【適間】剛才。

【纔剛】剛才。

【今茲】此時；現在。

【日下】現在；當下。

【而今】如今。

【時下】現在；眼前。

【迅即】立刻；馬上。

【現在】現今；目前。

【現時】現今；目前。

【眼下】目前。

【登時】當時；立刻。

【當下】即刻；立刻。

【今生】現在這一生。也有「今生今世」。

【現世】現在之世。

【當代】目前這個時代；現代。

及教以讀，慧悟倍於疇曩。逾年，文思大進，既入郡庠試，遂知名。世族爭婚，昌頗不願。（清．蒲松齡《聊齋志異》）

我出了飯館，從太陽曬著的冷靜的這條夾道，走上輪船公司的那條大街上去。大約是將近午飯的時候了，街上的行人，比曩時少了許多。（郁達夫〈還鄉後記〉）

有一天醒來突然問自己／這就是未來嗎／這就是從前／所耿耿於懷的未來嗎／那個時候的現在／所害怕到達的未來／裡／你以為就叫／現在的現在／而我以為的／早已過去的未來（夏宇〈同日而語〉）

他心裡暗暗悲酸著，想到他的母親，便覺心裡發軟。那熱狂不怕死的心登時也就冷了一半。他的堅強的意志漸漸軟化下去。（蹇先艾〈水葬〉）

「淺薄的很。先生不要見笑。」我照例恭恭敬敬的回答。但是這句話剛出口，我登時就覺不妙，我得了一種感覺，我們還得互相回敬十五分鐘，大繞大彎，才有言歸正傳的希望。到底不知他有什麼公幹。（林語堂〈冬至之晨殺人記〉）

往後

【今後】從今以後。

【翌】ㄧˋ，次的、第二的。如「翌日」即明日。如「翌年」即明年之意。

【越】過了。如「越日」即明日、次日。如「越明年」即過了第二年，也就是第三年的意思。

【旦日】明日；第二天。

【不日】不久；幾天內。

【嗣歲】來年；新的一年。

【未來】將來。

【他日】將來；未來某一日。

【向後】往後。

【來日】未來的日子。

【前去】將來。

【嗣後】從此以後。

【爾後】從今以後。

【有朝一日】將來有一天。

【來世】來生。人死亡後再轉生在人世的那一輩子。也作「來生」。

【下輩子】來生。

長久

【永久】長久。

【永劫】永恆。

【永恆】恆久。

【亙古】終古，永恆。亙，ㄍㄣˋ，形容時間或空間延續不斷。

【長長】長久。

【恆久】永久，長遠。

【悠久】長久。

【悠遠】時間長久。

【終古】永恆。

昔作少年遊，翠廊深處認回眸。／縱使相逢非故我，／今後、白首書成人人咒。（鍾曉陽〈南鄉子〉）

四五個都是少年子弟，出娘胞胎未經刑杖，一個個打的號哭動天，呻吟滿地。這西門慶也不等夏提刑開口，吩咐：「韓二出去聽候。把四個都與我收監，不日取供送問。」四人到監中都互相抱怨，個個都懷鬼胎。（明．蘭陵笑笑生《金瓶梅》）

他向慕容博合什一禮，說道：「慕容先生，昔年一別，嗣後便聞先生西去，小僧好生痛悼，原來先生隱居不出，另有深意，今日重會，真乃喜煞小僧也。」（金庸《天龍八部》）

婦人道：「既如此，為何一心只想討妾？假如我要討個男妾，日日把你冷淡，你可歡喜？〔……〕今日打過，嗣後我也不來管你。總而言之：你不討妾則已，若要討妾，必須替我先討男妾，我才依哩。我這男妾，古人叫做『面首』，面哩，取其貌美；首哩，取其髮美。這個故典並非是我杜撰，自古就有了。」（清．李汝珍《鏡花緣》）

多麼多麼地想在長長的生命中／打一個短暫的岔一個短暫打岔／當我遇見你的剎那／你擁有足夠的溫柔和危險／我擁有等量的成熟和混亂／多麼地多麼地想在短短的生命中／打一個永恆的岔一個永恆打岔（夏宇〈在你的生命中打一個岔〉）

在這個亙古深垂的死底帷幕前，天堂和地獄，美和醜，善和惡，凶殘和平和，生活，愛情，工作，都該退避。（王尚義〈現實的邊緣〉）

夕陽西下／樓蘭空自繁華／我的愛人孤獨地離去／離我以亙古的黑暗／和亙古的甜蜜與悲悽（席慕蓉〈樓蘭新娘〉）

【經年】形容時間長久。

【漫長】形容悠長，長得看不到盡頭。

【八輩子】時間長久。

【天長地久】天地永恆無窮的存在著。

【天荒地老】比喻時代的久遠。

【生生世世】在世的每一輩子；永恆。

【年深日久】形容時間長久。也作「日久年深」、「日久歲深」。

【年深歲改】形容時間久遠。

【年湮代遠】年代久遠。湮，一ㄣ。

【窮年累月】比喻長久的時間。也作「窮年累歲」、「窮年累世」。

【億萬斯年】形容時間極長久。語本《詩經．大雅．下武》：「於萬斯年，不遐有佐。」

【萬世】萬代，永久。

【萬劫】佛家稱世界從生成到毀滅的過程為一劫，萬劫為萬世。形容時間極長。也有「千萬劫」。

【千秋】千年。比喻長久悠遠的時間。

【百代】百世。比喻年代久遠。

【百葉】百世；百代。

【百歲】一百年。比喻人的一生。

【一生】一輩子；指人的整個生命期間。

【平生】一生；終生。

【幾度春風】經過了好幾年。

【通年】一整年。

【終歲】一整年。

【窮年】一整年。

【淹月】一整個月。

【期月】一整個月。也有作一整年。

他回身推攏石門，見那石門又那裡是門了？其實是一塊天然生成的大巖石，巖底裝了一個大鐵球作為門樞。年深日久，鐵球生銹，大巖石更難推動了。他想當年明教建造這地道之時，動用無數人力，窮年累月，不知花了多少功夫，多少心血。（金庸《倚天屠龍記》）

或竟是白蛇娘子的屍身，歷經千萬劫，被法海金剛杵搗成兆兆片，灑落海拔千尺高山，紅的肉白的膚幻化成紅蝴蝶白蝴蝶蘭，或是大逆子哪吒剔肉還母抽腸還父的親情倫理悲劇現場，遺留至今開成血跡斑斑的萬代蘭石斛蘭；〔……〕（周芬伶〈蘭花辭〉）

其實　我盼望的／也不過就只是那一瞬／我從沒要求過　你給我／你的一生（席慕蓉〈盼望〉）

〔……〕藍淺緣，袖口褲腳多采用幾道雜彩美麗的邊緣，有的是別出心裁的刺繡，有的祇是用普通印花布零料剪裁拼湊，加上個別的風格的繡花圍裙，一條手織花腰帶，穿上身就給人一種健康、樸素、昇常動人的印象。再配上些飄鄉銀匠打造的首飾，在色彩配合上和整體效果上，真是和諧優美。並且還讓人感覺到，它反映的不僅是個人愛美的情操，還是這個民族一種深厚悠久的文化。（沈從文〈大山裏的人生〉）

也並非每個人都談得來，我們簡直有說不完的話題，即便到了極地，一茶或一酒在手，都可以快樂地消磨經年時光。（亦舒《喜寶》）

三藏見他這般兇惡，只得走起來，合掌當胸道：「大王，貧僧是東土唐王差往西天取經者。自別了長安，年深日久，就有些盤纏也使盡了。出家人專以乞化為由，那得個財帛？萬望大王方便方便，讓貧僧過去罷。」（明．吳承恩《西遊記》）

【匝月】滿一個月。匝，ㄗㄚ。

【旬】十天，如「上旬」，指每月前十天。也作十年，如「九旬老翁」，指九十歲的老人。

短暫

【一息】一次呼吸之間。比喻時間短暫。

【一晌】短時間。

【一瞬】眼睛一開一合。比喻時間的短暫快速。

【寸晷】比喻極短的時間。也作「寸陰」。

【少頃】片刻。

【少間】不多時，片刻。

【半晌】片刻，一會兒。

【半霎】非常短暫的時間。

【旦夕】比喻時間短促。

【忽忽】快速；倏忽。

【俄頃】很短的時間。

【俄然】片刻。

【剎那】表示極短的時間。

【眨眼】眼睛迅速開合。比喻時間短暫。另有「斬眼」。

【頃刻】形容極短的時間。

【倏忽】疾速。

【移時】一會兒。

【須臾】片刻；暫時。

【翕忽】倏忽；快速。翕，ㄒㄧˋ，迅疾貌。

【斯須】短暫；須臾。

【短促】時間短暫而急迫。

【短短】極短的；短暫的。

【掣電】比喻時間短暫。

【彈指】比喻時間過的很快。

【撚指】搓揉手指。形容時間過得很快。撚，ㄋㄧㄢˇ。

【霎時】極短的時間。

激盪的悲懷，漸歸平靖，十幾年來涉世較深，閱人更眾，我深深的覺得我敬愛她，不只因為她是我的母親，實在因為她是我平生所遇到的，最卓越的人格。（冰心〈再寄小讀者通訊三〉）

照顧牛的是阿古頭的孩子阿忠，選了平時牛最喜歡吃的東西給牠吃，可是牠也不吃，第三天就是屠戶的牛販要拿錢來牽牛的日子，阿忠天一亮就到牛欄看看，忽然牛一看到阿忠，就雙膝跪下雙眼流淚，阿忠看了也不覺流淚，呆了半晌，愈看愈可憐，他萬感齊集，忍不住就放聲哭起來了，〔……〕（吳濁流〈牛都流淚了〉）

俄頃雨停，一洗天青，人從簷下走出，何其美好的感覺。若這是自三十年代北京中山公園的「來今雨軒」走出來，定然是最瀟灑的一刻下午。（舒國治〈理想的下午〉）

多跋涉的一次分別——／倏忽，都已被織入秋色之中／霜浮於葉，萬里之外／你在哪一棵樹上？／時間的震央／朝滅而暮又生（楊佳嫻〈愛默生〉）

日子一天天過去，誰也沒有再遇到誰。／走在人群中，格外思念那段甜蜜卻短促的相逢。／在這個熟悉又陌生的都市中，／無助的尋找一個陌生又熟悉的身影。（幾米〈向左走．向右走〉）

那兩個月，紐約市熱得有如蒸氣浴室，在縫紉機旁坐十分鐘，身上便結起一層溼膩的鹽霜。素月卻渾然不覺，在工廠裡的十小時彈指即逝，她心裡想的，無非是每天晚上李平打來的那通電話。（顧肇森〈素月〉）

話說武松自從搬離哥家，撚指不覺雪晴，過了十數日光景。（明．

【瞥眼】一眨眼的時間。

【瞬息】比喻極短的時間。

【轉漏】古代以滴漏計時，轉漏指一滴漏前後轉移的頃刻。比喻極短的時間。

【轉瞬】轉眼之間。比喻極短的時間。

【一忽兒】一會兒。

【一轉眼】形容極短的時間。

【不移時】一會兒的工夫。

【不旋踵】來不及回轉腳步。比喻時間之迅速。旋踵，一轉腳。

形容極短的時間。

【半合兒】片刻。

【無一時】一會兒。亦有「不多時」、「沒多時」。

【一時半刻】指極短的時間。

【終食之間】吃一頓飯的時間。比喻極短的時間。

【電光石火】形容時間短促。

【翹足而待】抬腳的工夫就會到來。形容極短的時間。

【一盞茶工夫】比喻極短暫的時間。

蘭陵笑笑生《金瓶梅》）

瞬息光陰，一如撚指，不覺時近仲冬。紂王同妲己宴樂於鹿臺之上。那日只見：彤雲密布，凜冽朔風。亂舞梨花，乾坤銀砌；紛紛瑞雪，遍滿朝歌。（明．許仲琳《封神演義》）

馬蒂因為這一段思考而迷惘了，覺得自己有點像是跳了電的機器，因為只是心中電光石火地一陣思潮，一轉眼卻發現已經是滿天星斗，月上中天，眼前的藍色大海早不見了，只剩下晦暗的天地共色。（朱少麟《傷心咖啡店之歌》）

然而人生的真諦，亦常在電光石火的夢幻中才能體會清楚。（亮軒〈定神一窺幽夢影〉）

消逝

【消逝】消失。

【代序】時序更替。

【代謝】更替；交替變換。

【更迭】交換；更替。

【奄冉】ㄧㄢ ㄖㄢˇ，形容光陰的流逝。

【浮漚】原指水面上的浮泡，因其易生易滅，故用來比喻生命短暫或世事變化無常。漚，ㄡ。

【荏苒】ㄖㄣˇ ㄖㄢˇ，形容時間漸漸過去，如「韶光荏苒」。也作「苒荏」。

據說，那段海軍白色恐怖年代，這樓房曾是偵訊嫌疑者之處，只是那詭異的氣氛，都隨著時光代謝了。（黃信恩〈空白海岸〉）

如果我們注視時間，應會意識到時間或者時代更迭的速度如此快，（然而她終究站在我們這邊了嗎？）奇特的是，等待當時你又遲鈍到以為人事滄桑翻轉非常緩慢。（蘇偉貞〈在我們的時代〉）

數去更無君傲世，看來惟有我知音。秋光荏苒休辜負，相對原宜惜寸陰。（清．曹雪芹《紅樓夢》）

當時我們都才二十歲左右，嘴裡雖然嘆息著說「時光荏苒」，那

【流光】如流水般逝去的時光。另也可以形容如水般流瀉而逝的月光。

【流年】如水般流逝的歲月。另有相命者稱人一年的運勢。

【流易】流逝、變遷。

【流逝】形容時間如流水消逝。

【流轉】轉換、消逝。

【移易】更改。

【推移】變遷、轉換。

【湮逝】埋沒消逝。形容時間去而不返。

【逾邁】時間消逝。

【跳丸】比喻日月運行，時間快速流逝。

【蛻變】比喻事物發生形或質的改變、轉化。

【過隙】光陰消逝快速。

【遞變】交替變化。

【遷流】時間遷移、流動。也作變化、演變。

【潛移】無形中變化。

【輪轉】交替；輪流。佛家作輪迴之意。

【嬗遞】更替、轉換。也作「遞嬗」。嬗ㄕㄢˋ。

【駸駸】ㄑㄧㄣ，本指馬奔馳快速。現今大多用來比喻時間過得很快。

【日月如梭】日月如梭般快速交替運行。形容時光消逝迅速。

【日居月諸】本指太陽和月亮；後多借指歲月流逝。

【日銷月鑠】一天天、一月月地銷熔、減損。比喻時間流逝。

【水逝雲卷】消失迅速。

【白雲蒼狗】浮雲像白衣裳，瞬間又變得像蒼狗。比喻世事變化快。

【白駒過隙】像白馬從縫隙前飛快地越過。比喻時間過得很快。也作「隙駒」。

【物換星移】比喻時序景物的變遷，世事的更替。

裡真懂得什麼！現在真的懂了，卻欲說還休罷了！（歐陽子〈回憶「現代文學」創辦當年〉）

死黨生日的時候，我們就去買些小玩意，燭台啦、油燈啦、布偶啦，細緻精巧而不實用，拆棄包裝紙後就束高閣，積疊厚塵，不過用來收集流光倒也合適，婚前年年拿下來擦拭，抹布成了倒帶器，流去的年月點滴流轉回來，一幀幀寫真都有笑。（楊翠〈借暮色溫一壺老人茶〉）

很多生命的場景會隨著時間的推移而消失，但埋在心裡底層的錯誤也好、正確也好、悲傷也好、歡樂也好，其實不曾真正消失。（楊錦郁〈我們〉）

但是打從我懂事起，也僅能自大人的回憶裡，去冥想族人們的舊日的創傷，就如同沉默不語的橫崗背，把那段湮逝的歲月，埋進斑駁的苔痕裡，一條迤邐向乳姑山的小路，一排防風林，高聳的廳堂和參差的古厝。（馮輝岳〈橫崗背之夢〉）

伴隨著人生閱歷的增加，人們心目中的宇宙會不斷地向外擴張開去，而就個體生命來說，人生的風景卻在這種擴張中相對地斂縮，曾經喧囂靈海的汐潮，在時序的遷流中，已如淺水浮花，波瀾不興了。（王充閭〈淡寫流年〉）

詩人應許的國度／以樹葉和花繪成旗幟／號角吹出的奏鳴曲代替征戰之歌／因季節的嬗遞憂傷／因歡喜而落淚／愛惜每一個字／為言語剪裁合適的衣裳（李敏勇〈備忘錄〉）

時間是駸駸地馳了過去了。醉的次數也漸漸地多起來。每一次的沉醉都在我的心上留下一點痕跡。（巴金〈醉〉）

白雲蒼狗，川久保玲也與她打下一片江山的中性化俐落都會風絕裂，倒戈投入女性化陣營。（朱天文〈世紀末的華麗〉）

【涓滴流逝】比喻時間像水滴般一滴一滴流失。

【時不我與】時間不等待我們。比喻錯失時機，後悔莫及。也作「歲不我與」。

【時移事往】時光移異，事情也隨之成為過往。

【時移事遷】時代更替，世事也跟著改變。

【時移勢遷】時代推移，情況也發生變化。

【時過境遷】時間過去，境況也隨之改變。

【淪胥而逝】形容時光一去便消逝不回。淪胥，完全淪喪。胥，ㄒㄩ。

【逝者如斯】形容光陰如流水般一去不返。

【歲月如流】時光如流水般迅速流逝。另有「歲月不居」。

【滄海桑田】大海變為陸地，陸地變為大海。比喻世事變化迅速。也作「滄桑」。

【過眼風燈】比喻萬事萬物皆由眼中經過，就像是風中燈火般，一轉眼便消逝。

【韶華如駛】形容美好的時光像馬奔馳般，很快地消逝不再。

【駒影電流】形容時間如日影、光電般過得很快。

【已蛇般滑溜而走】像是體型圓長的蛇般可以靈活敏捷地迂迴爬行。此用來比喻時光快速流逝。

【過了青春無少年】比喻光陰不回頭。

【樹猶如此，人何以堪】樹木尚有如此大的變化，更何況是人呢？暗喻人事的變化實比樹木更為劇烈。多用來感傷時光的流逝。

如果你因為自覺在某方面不如人，而且相信「勤能補拙」，願意比別人花更多的心血去練習，使它成為一種良好的習慣，那麼有一天物換星移，情況變得對自己有利時，這種良好的習慣就更能使你脫穎而出。（王溢嘉〈音樂家與職籃巨星〉）

鎖不緊的水龍頭一般的時間涓滴流逝，少年時代嚮往花火一般三島由紀夫一般死亡方式的我，終究發現那只是浪漫而青澀的臆想。（王盛弘〈走過三島由紀夫〉）

尤其政治的陰險狡詐，沒有反駁能力的石碑銅像，正好成為政客翻雲覆雨的好對象，韓愈作〈平淮西碑〉詠歌宰相裴度功勞，卻為大將軍李愬所不滿，奸諂於上，終於將石碑拽倒磨平，重新撰文論功。時移事往，今日除了李商隱、蘇東坡的詩篇裡保存這段史事的風流，誰又在乎將相間的恩恩怨怨呢？（徐國能〈哭・牆〉）

因為「當下都是真」，所以眼前的每個夢境，我們都要認真地去夢。因為「緣去即成幻」，所以當時過境遷，也就該清醒地知道那只是夢，就讓它去吧！（顏崑陽〈蝶夢〉）

我坐在這裡一如往昔，歲月淪胥而逝，溪水悠悠，芒花謝了又開，牛背鷺漸飛漸少，自然生態的破壞越發嚴重，溪裡的游魚已將滅絕。（吳鳴〈長堤向晚〉）

時光真如駒影電流，丹心未改，白髮易生，也許轉眼又再過十七年，〔……〕（黃永武《字句鍛鍊法》序）

因此，在進入林中，尋訪蛇目蝶的過程中，如走入黑甜鄉，往往等我回神過來，時間已蛇般滑溜而走。（吳明益〈忘川〉黑甜鄉，夢鄉。也比喻使人迷醉的境界）

打發

【泡】可作消磨。

【度日】過日子。

【打發】消磨時間。

【消耗】消散、損耗。

【消磨】排遣；耗度。

【排遣】排除、遣去。可指消除寂寞和煩悶。

【虛度】歲月空過；意指白白浪費時間。

【虛擲】浪費；虛度。

【過日】度日消磨時間。

【過活】度日。

【嗑牙】談笑鬥嘴，打發時間。也作「磕牙」。

【遣時】消磨時間。

【銷蝕】消耗、減損。

【銷磨】磨盡；消耗。也有閑度之意。

【磨跎】消磨、蹉跎時光。

【蹉跎】虛度光陰。

【消閑遣日】消磨、排遣空閑的時間。

不知道從甚麼時候開始，歲月突然顯得很經不起消耗，它流逝得如此迅速，使我有一種抓不住的、慌亂而惶恐的感覺，一轉眼間，竟已是前塵如夢。（趙雲〈永不會有第二次〉）

假如不是我們的邂逅，假若沒有這次的重聚，我會很知足地在山林消磨我的青春，將不能意會到如今在我面前展現的海的偉大。（向陽〈海洋的翅膀〉）

我讀了你那些山水文章，我乃想起了我的故鄉，我在那裡消磨過十數個春秋，我不能忘記那塊平原的憂愁。（李廣田〈山水〉）

這以後我就以觀察小蜘蛛來排遣我的歲月。開初天氣雖然開始回暖，但還是乍暖還寒的時節。小蜘蛛極少出來活動，有時偶然出來偵察一下外界環境，也限於在裂縫旁邊，只要有一點使它感到異樣時，它就立即縮回到裂縫中。（杜宣〈獄中生態〉）

環境景色》六、事物情狀與數量

1 發展變化

興盛

【崛起】興起。

【新興】剛興起、正流行。

【盎然】盈溢、充滿。

【昌隆】興盛。

【隆盛】興隆繁盛。

【鼎盛】正值壯盛。

【暢旺】繁榮興旺。

【蓬勃】旺盛、繁榮貌。

【熾盛】繁盛。

【豐繁】豐茂繁多。

【方興未艾】正在蓬勃發展。

【如日方升】比喻事物有美好的發展前景。

【欣欣向榮】比喻蓬勃發展、繁榮興盛。

【蒸蒸日上】形容事物不斷進步發展。

衰敗

【衰歇】由衰落漸趨停止。

【式微】衰落、衰微。通常用以稱國勢、事業或某種社會運動的衰落。

【衰微】衰落，不興旺。

【凋敝】衰敗困苦。

【凋零】凋謝零落。

【中落】運途衰敗。

萊因河曾經死過，現在它已復活。待到幾時，我們的基隆河能再恢復活潑暢旺的生機？我想起源頭石壁中那一座觀音，希望她回答我的不會只是一聲長長的歎息。（郭鶴鳴〈幽幽基隆河〉）

在內蒙古的開闊上，沒有新疆天山北麓那種豐繁的奇異植被。沒有披雪的筆直雲杉，沒有結著野葡萄的灌木叢，因此，也沒有用黑醋栗對姑娘眼睛的比喻。（張承志〈金蘆葦〉）

現在呢，時代變了，史無前例地變了，腦子裏塞滿了「秦時明月漢時關」，「將軍白髮征夫淚」的人，在這滿目青蔥，朝氣盎然的長城上，也是感慨不起來的！你看，今日的長城早就不是「拒胡」的工具，祇是我們民族大家庭中許多洞開的大門中的一個。（冰心〈再到青龍橋去〉）

你還就是那不可避免敗落的家族不可救藥的浪子，要從祖宗、妻室和記憶的繫絆、牽扯、困擾、焦慮中解脫，猶如音樂，〔……〕（高行健《一個人的聖經》）

時候既然是深冬，漸近故鄉時，天氣又陰晦了，冷風吹進船艙中，嗚嗚的響，從篷隙向外一望，蒼黃的天底下，遠近橫著幾個蕭索的荒村，沒有一些活氣。我的心禁不住悲涼起來了。阿！這

【沒落】衰亡,落伍。

【敗落】衰敗;由盛而衰。

【頹壞】傾倒敗壞。

【蕭索】冷落,衰敗。

【蕭條】不景氣。

【日薄西山】太陽接近西邊的山。比喻事物接近衰亡或人近老年,殘生將盡。

【江河日下】比喻情況日漸衰微,一天不如一天。

【每況愈下】情況愈來愈壞。

【強弩之末】強弩射出的箭,到射程盡頭已沒力道。比喻原本強大的力量衰竭,無法再發揮效用。語本《史記.韓長孺傳》。

不是我二十年來時時記得的故鄉?(魯迅〈故鄉〉)

她是細高身量,一直線下去,僅在有無間的一點波折是在那幼小的乳的尖端,和那突出的胯骨上。風迎面吹過來,衣裳朝後飛著,越顯得人的單薄。臉生得寬柔秀麗,可是,還是單衹覺得白。她父親過世,家道中落之前,也是個殷實的商家,和佟家正是門當戶對。(張愛玲〈紅玫瑰與白玫瑰〉)

開始

【起初】最初,剛開始。

【先河】事物的本源。

【苗頭】比喻事情的開端、起因或預兆。

【開場】一般活動的開始。

【萌生】開始發生。

【發軔】比喻事物的開端。

【肇始】開端。

【肇基】開始奠基。

【肇端】起始,開端。

【導源】發源。

【濫觴】水流的發源地。比喻事物的開端。

【嚆矢】響箭,發射有聲的箭時,先聞其聲,後見箭至。比喻事物的開始。嚆,厂幺,呼叫。

【權輿】比喻開始。

【破天荒】形容從來沒有過的事,或第一次出現。

當一個人在客觀的位置企圖辨識自己的存在,卻找不到熟悉或相屬的人事牽連,孤單寂寞就開始萌生。(黃寶蓮〈孤獨王國〉)

空茫是人所永遠不能知道的明天,因此是生機蓬勃的,是歷史最大的發軔,真要為之驚心動魄。(朱天文〈大風起兮〉)

翻開台灣史就知道於十七世紀時,荷蘭在現在的安平、台南地方,西班牙在現在的基隆、淡水地方,占據而開拓了殖民地。荷蘭對蕃族所施的文化,可以說是台灣文化的濫觴。(龍瑛宗〈台灣與南支那〉)

郭靖一生被罵過不少,但不是「傻小子」,便是「笨蛋」,也有人罵他是「臭賊」「賊廝鳥」的,「淫賊」二字的惡名,卻是破天荒第一次給人加在頭上,當下也不放下楊過,抱著他急步追趕,奔到二道身後,右足一點,身子已從二道頭頂飛過,足一落地,立刻轉身喝道:「你們罵我甚麼?」(金庸《神鵰俠侶》)

終結

【畢】結束，終止。
【了局】結束。
【下梢】終了；結果。
【甘休】情願放棄，罷休。
【收束】結束。
【收尾】收場，結尾。
【告終】宣告結束。
【告竣】事功完畢，多指較大的工程。
【掃尾】完成最後的工作。
【殺青】泛指書籍定稿或作品完成。
【終極】結束；最終。
【截止】指事情到某個時候即停止進行。
【罷手】停止所做的事。
【止境】終點。「學無止境」。

快急

【快捷】快速敏捷。
【長驅】迅速前進，毫無阻礙。
【飛快】像飛一樣的快。
【飛速】形容快速。
【急遽】快速。
【神速】非常快速。
【疾快】迅速，趕快。
【疾射】像箭射出一樣快。
【翕忽】形容快速的樣子。翕，ㄒㄧˋ。
【奮迅】奮力快速的樣子。
【兔起鶻落】兔子剛躍起，鶻鳥就猛衝下來。比喻動作快速敏捷。鶻，ㄏㄨˊ。
【風馳電掣】比喻快速。速度像風一樣迅疾。

他引了一句英國古語，說結婚彷彿金漆的鳥籠，籠子外面的鳥想住進去，籠內的鳥想飛出來；所以結而離，離而結，沒有了局。（錢鍾書《圍城》）

我小時也有幾個村錢，也好騎匹駿馬。只因累歲屯邅，遭喪失火，到此沒了下梢，故充為廟祝，侍奉香火。（明．吳承恩《西遊記》）

我明白這本書從整理、謄寫，到校對、殺青，費時甚久；老師是十分珍視此詩集的出版，有意以此傳世的。（林文月〈溫州街到溫州街〉）

他有過一個時期的戀愛生活，然而當他發覺他所愛的那個女子將要陷入可怖的環境時，他們的所謂戀愛生活也就告終了；他曾經盡心想要挽救那女的，倒不是因為她是他的愛人之故，而是因為他認定那女的是個有希望的人才，〔……〕（茅盾《腐蝕》）

人生的路途已經逐漸走向了下坡，生命的節奏將會越來越急遽，就像一條溪流，歷經轉折，艱難地繞過了許許多多的牽絆，然後一瀉而下，直奔向人生的終點。（趙雲〈永不會有第二次〉）

那平行的雙軌一路從天邊疾射而來，像遠方伸來的雙手，要把我接去未知；不可久視，久視便受它催眠。（余光中〈記憶像鐵軌一樣長〉）

尤有甚者，中世紀的貴族流行吃香料，愈貴吃得愈兇，他們的吃法也怪，不是拿來當調味料，而是大把大把狼吞虎嚥！在需求孔殷，大量消耗下，丁香愈發顯得珍稀神奇了。（蔡珠兒〈丁香的故事〉）

闖王聽得是神劍仙猿穆人清的弟子到來，雖在軍務倥傯之際，仍

【箭也似的】形容速度如飛箭般的快速。另有「飛也似的」。

【火急】極言十分緊急。另有「火速」。

【孔殷】迫切，緊急。另有「孔急」。

【迫促】短促。

【倥傯】ㄎㄨㄥˇ ㄗㄨㄥˇ，事情迫促、急切的樣子。

【燃眉】比喻情況危急。另有「眉急」。

【岌岌然】危險的樣子。

【間不容髮】距離十分相近，中間不能容納一絲毫髮。比喻情勢危急。

慢緩

【冉冉】緩慢行進的樣子。

【施施】舒緩前進貌。

【徐緩】緩慢。

【舒緩】緩慢。

【遲延】拖延。

【遲滯】緩慢不前、停滯不動。

【老牛破車】老牛拉著破舊車子，行走非常緩慢。比喻做事慢吞吞，沒效率。

【蝸步龜移】形容動作極為緩慢。

分解

【分裂】分開，割裂。

【瓦解】像瓦片碎裂分離；比喻

然親自接見。袁承志見他氣度威猛，神色和藹，甚是敬佩。（金庸《碧血劍》）

因此，在看到所有的權威都面臨挑戰，所有的英雄都岌岌然要失去他們的名字的時候，我的感覺不能不說是憂喜參半。（黃碧端〈沒有了英雄〉）

說也奇怪，那馬在人堆裡發足急奔，卻不碰到一人、亦不踢翻一物，只見它出蹄輕盈，縱躍自如，跳過盜器堆，跨過青菜擔，每每在間不容髮之際閃讓而過，鬧市疾奔，竟與曠野馳騁無異。（金庸《射鵰英雄傳》）

猶未下弦，一丸鵝蛋似的月，被纖柔的雲絲們簇擁上了一碧的遙天。冉冉地行來，冷冷地照著秦淮。我們已打槳而徐歸了。（俞平伯〈槳聲燈影裡的秦淮河〉）

在熱病來襲之前／我做著決定。一層層／蓋好了生之床褥。／生，無非是死的遲延。（鴻鴻〈秋天的床〉）

一個瘦削長頭、高顴鷹鼻、穿著很講究、氣派很大的中年人，背負著雙手，施施然走進來，顧盼之間，棱棱有威。（古龍《七種武器》）

我仍然相信著必然性，但我也經常被瓦解的必然性擊潰，擊潰得一次比一次更徹底，更片甲不存，〔……〕（邱妙津《蒙馬特遺書》）

當一個人像我這樣，坐在桌前，沉入往事，想在變幻不住的歷史

潰散、不可收拾。

【拆散】拆開分散。

【破碎】破裂散碎。

【脫節】事物前後沒銜接。

【崩潰】潰散瓦解。

【游離】離開依附的事物。

【割據】分割佔據一方土地，形成分裂的局面。相對於統一而言。

【分崩離析】形容國家或集團分裂瓦解。

【瓜分豆剖】瓜被剖開，豆從筴中分裂而出。比喻國土被併吞、分割。

【冰消瓦解】比喻崩潰、分裂或失敗、離散。

合聚

【聚合】聚集會合。

【合併】由分散而聚合。

【串綴】串接連綴事物。

【拼湊】聚合零星的事物。

【穿織】貫穿後交織。

【重組】重新組合。

【淵藪】藪，ㄙㄡˇ，獸所聚之處。比喻人或物聚集的地方。淵，魚所居之處。

【雲集】如雲般密集群聚。

【匯總】把資料意見、單據或款項等蒐集在一起。

【聚攏】集合在一處。

【薈萃】聚集，匯集。

【歸攏】聚集、合於一處。

中尋找真實，要在紛紛紜紜的生命中看出此真實，真實便成為一個嚴重的問題。真實便隨著你的追尋在你的前面破碎、分解、融化、重組……如煙如塵，如幻如夢。（史鐵生《務虛筆記》）

如今，看到信，看到從失去的地平線下冉冉上昇的你，剎那間，斷絕的又連接了，游離的又穩定了，模糊的又清晰了。你的信是我的還魂草。（王鼎鈞〈明滅〉）

主戰的，不管他的地位有多麼高，理由有多麼正當，總算是孤注一擲；一旦失敗，便必會連根爛，勢力瓦解。（老舍《蛻》）

然後我們絕口不談詩。／「這是全世界僅剩下違反進化定律／的事物了。」我懷疑／在每一個心靈的出口都曾經／有太多的憂與愁相接連，／串綴成巨大的／不可言說／的沉迷。自足，／卻不能遺忘。（許悔之〈心——致病中友人〉）

我後來決心走遍美國、日本、香港的圖書館，為的是要把謝雪紅的歷史形象碎片拼湊起來。（陳芳明〈晚濤裡這孤燈〉）

他應該長得像警察公佈的兇手畫像，蓄著絡腮鬍，或者沒有？究是他知不知道，從此以後，他永遠、永遠的改變了我們這家人，一個完全陌生的人，如何承受我們龐大的憤怒與怨恨，我們的命運卻如此穿織在一起了。（呂政達〈皆造〉）

翡冷翠稱為文藝復興搖籃之地，即因這個地方人文薈萃，人才輩出；（……）（林文月〈翡冷翠在下雨〉）

變

【變遷】事物變化、改移。

【幻化】變化。

【丕變】轉變極大，改變極多。丕，ㄆㄧ。

【代序】依次更替。

【交替】交接，接替。

【更迭】交換，更替。

【移易】更改。

【蛻變】事物發生形或質的改變。

【滄桑】世事變化很大。

【演進】演變進化。

【演變】事物在時間推移的過程中所產生的變化。

【遞嬗】交替轉換。嬗，ㄕㄢˋ，轉換。

【潛移】暗中遷移變動。

【轉變】改變。

【變易】改變。

【瞬息萬變】形容短時間內變化迅速。

不變

【不移】不變。

【不渝】不變。

【永恆】恆久不變。

【如常】像平常一樣。

【長存】長久存在。

【一成不變】比喻墨守成規，不知變通。原指刑罰一經執行，犯人或死或傷的事實無法改變。引申為事物一經形成，即不易改變。語本《禮記‧王制》。

是的在重力的影響下，時間會變慢，或變快。時間穿越捷運木柵線的隧道時，磁場不變。（朱天文〈巫時〉）

陰陽潛移，春秋代序，以及物類的衰榮生殺。無不暗合於這法則。由萌芽的春「漸漸」變成綠陰的夏；由凋零的秋「漸漸」變成枯寂的冬。（豐子愷〈漸〉）

杜鵑的花期長，是上天的優惠，但它又不像某些花開足十個月，顯得太長，反而失去了季節更迭的喜悅。杜鵑花的花時如情人的乍見與相守，聚是久違的狂歡，離是遲遲的駐步，發乎其不得不發，止乎其所當止。（張曉風〈杜鵑之箋注〉）

正如浮士德的名言：「一切理論皆灰色，唯生命樹長青青！」在無限滄桑的生死流變裡，我總沒有會老的感覺；在追求真善美的道路上，人，朝著永恆的方向，應該是越來越年輕的！（高大鵬〈飛來樹的見證〉）

知己，所以要決定什麼是自己安身立命、生死不渝的價值。知彼，所以有能力用別人聽得懂的語言、看得懂的文字、講得通的邏輯詞彙，去呈現自己的語言、自己的觀點、自己的典章禮樂。（龍應台〈在紫藤廬和 Starbucks 之間〉）

而活著的生命啊，在長存的天地裡是何許的短暫眇小，窮其一生地迸發光亮，以為自己達到了什麼，改變了什麼，事實上連痕跡也不曾留下。人是風中的微塵。（朱少麟《傷心咖啡店之歌》）

連續

【延續】繼續。

【不迭】不停。

【不絕】持續不斷。

【承接】承受，接續。

【相銜】前後連接。

【相繼】連接，相續。

【魚貫】依序排列，像游魚般一個跟一個先後接續。

【紛沓】接連不斷，紛雜而至。

【連連】連綿不斷。

【連屬】連續不斷。

【陸續】接連不斷。

【接踵】後者腳尖接著前者腳跟。形容相繼不絕。「接踵而來」。

【接續】連續，持續。

【絡繹】往來不斷，前後相接。「絡繹不絕」。

【源源】水流不斷，引申為連續的樣子。

【綿綿】形容連續不絕。

【銜接】互相連接。

【賡續】繼續。賡，ㄍㄥ。

【聯翩】接連不斷。

【蟬聯】連續相承。

【川流不息】連綿不絕，往返不斷。

【周而復始】循環不斷。

【承先啟後】承繼先人的遺教，並開啟後來的事業。另有「繼往開來」。

【接二連三】連續不斷。

中止

【中輟】中途停頓。

【打住】進行的中途停止。

【作罷】不進行、取消。

【消停】停止；停歇。

你不太理會流連於那些五光十色的招牌，路人的臉，便利商店，或是卡式電話亭。你只專注於道路的錯密相銜，所以你不太會迷路，〔……〕（駱以軍〈降生十二星座〉）

除了那座金碧輝煌的廟宇、高大的佛像，他什麼也沒看到。燒完香、拜完佛，就又跟著大人們魚貫下山，四顧山的氣勢及景致，他一概不知，只緣身在此山中。（張拓蕪〈坐對一山愁〉）

許多穿戴整齊的紳士淑女摩肩接踵絡繹在這裡，名貴的車、巨幅的哀輓使哀矜淒清的氣氛逐漸淡化而去。這種準備大規模來弔喪的場面甚至有點點類似歡樂場似的。（宋澤萊〈糜城之喪〉）

這些故事都是你詩裡的好材料。你為什麼不在《彩雲曲》後，賡續一篇《琴樓歌》呢？（曾樸《孽海花》）

醒來的時候，頭痛，眼睛澀，像剛自地獄回來，我的天，一切煩惱紛沓而來，我嘆口氣，早知如此，不如不醒。而且老媽已經上班去矣，連早午餐的下落都沒有。（亦舒《喜寶》）

路口四周的忠孝東路和敦化南路上的霓虹燈已經陸續燦爛起來，而這路口卻是全然黑暗的，捷運施工的木板圍牆隔斷了一切光源，圍出的狹窄人行步道上，川流不息的行人靠著快車道上擠滿的汽車車燈往前奔去，車子擠滿了每一寸可行之路，喇叭聲和咒罵聲摻著雨聲，令人不知置身何地之感。（齊邦媛〈失散〉）

儘管如此，記者們的報導不能一日中輟，而且越是「膠著」，越是要去「挖」獨家。（彭歌〈和談的採訪〉）

當你失望而回時，孩子，無論你長得多麼高，媽媽的胸懷還能將你環繞。我願做你的「媽媽鐘」，直到鐘老鍊斷沒有停擺的一天。（小

【停頓】中止或暫停。

【停滯】停止，不動。指受某種阻礙，而處於原來狀況，無法繼續發展前進。

【停擺】原為鐘擺停止。比喻活動中止、事情擱置。

【歇手】停止正在做的事。

【腰斬】比喻將事物從中間斬開割斷。

【煞住】止住，收住。

【截斷】切斷，打斷。

【擱淺】事情受阻停頓。

【擱置】停止不辦。

【攔擋】阻擋。

【戛然而止】形容突然停止。戛，ㄐㄧㄚˊ。

【偃旗息鼓】軍隊放倒旌旗，停敲戰鼓，肅靜無聲，不露行蹤。比喻事情中止，不再進行。

牽連

【干涉】牽連。

【瓜葛】泛指牽連，糾葛。

【攸關】相關連。

【糾纏】糾葛，纏繞。

【波及】澤及，影響。比喻如水波擴散，及於四周。

【涉及】牽涉、關聯到。

【株連】因一個人的罪，而牽連許多人。

【連帶】互相關連。

【牽扯】牽連。

【牽制】牽纏控制，約束而使不能自由。

【牽涉】牽扯關聯。

【掛累】連累。

【磨蹭】糾纏。

【攀扯】攀拉關係。

【關乎】關係、牽涉到。

民〈媽媽鐘〉）

小說越來越難賣，是不爭的事實，而年度小說選也差點遭到腰斬的命運，〔……〕（郝譽翔〈小說「沒落」了嗎？——八十八年度小說出版觀察〉）

阿蒼才轉完最後的一個念頭，開始要安逸地保守下去的當兒，列車卻戛然而止，阿蒼隨即驚然發現自己完全暴露在一片粲然亮麗的光線中，〔……〕（陳恆嘉〈一場骯髒的戰爭〉）

文盲們不大懂得他的議論，但看見聲勢洶洶，知道一定是反對的意思，也祇好作罷了。伯夷和叔齊的喪事，就這樣的算是告了一段落。（魯迅《故事新編》）

如果我結婚生子，家庭的每一成員必牽連著我，屬於家庭的瓜葛，將永無休止的纏繞著，直到我死。（隱地〈家啊，家〉）

沒想到，這聲咒罵隨我上岸，並糾纏成不停在我心底碾滾的棘刺。隱隱的疼，那沉不到底也浮不上來的惱恨。（廖鴻基〈你們四個〉）

在瀑布傾瀉似的雨聲中，我與這二十多位學生形成了休戚與共的孤島，我更不知此時應怎樣說才是最適當的告別。（齊邦媛〈一生中的一天〉）

馬路上一包包水泥袋層層疊疊，碼得半人多高，留出一個個槍眼。街壘前面，橫七豎八堆滿了修路的路障水泥攪拌器倒扣在地澆柏油的大鍋，架起的鋼筋都纏繞上帶刺的鐵絲，馬路當中留出個剛能過人的豁口。交通已經割斷，無軌電車卸了電纜杆，一長串八輛空車都停

【關聯】互相聯屬。

【纏繞】糾纏。

【羈絆】受牽制不能脫身。

【休戚與共】形容彼此的福禍、憂喜皆關聯在一起。

【環環相扣】每一個相互關連的事物緊密配合。

忽然

【乍然】突然。

【匹然】突然間。

【忽忽】匆促、忽然之間。

【陡然】突然。

【倏地】忽然的、迅速的。

【猝然】突然。

【猛然】突然。

【翕然】忽然。

【霍然】快速、突然。

【驀然】忽然。辛棄疾〈青玉案〉：「眾裡尋他千百度，驀然迴首，那人卻在燈火闌珊處。」

【遽然】忽然。

【驟然】突然，意外的。

【冷不防】毫無防備，突然。

【抽不冷子】突然。

【突如其來】猝然而來。語出《易經．離卦》：「突如其來，如無所容也。」

在十字路口這邊。（高行健《一個人的聖經》）

今天的陳白是一切極其體面的。薄佛蘭絨洋服作淺灰顏色，臉上畫著青春的符號，站起身時矯矯不群，坐下去時又有一種特殊動人風度。望到陳白的蘿，心裡為一些事所牽制，有一點糾紛不清。（沈從文〈一個女劇員的生活〉）

但你是終於沒有出現，／沒有突然也沒有偶然。／正如我也不乍然立在你的青階：／那動人絲巾的晚風中，／那濕人面頰的雨霧中。（覃虹〈只有晚風與空無之一〉）

風雲入世多，日月擲人急；如何一少年，忽忽已三十。（梁啟超〈三十初度〉）

我倏地覺悟到這世界上最難跨越的邊界原來不是文化和國籍。而是些更物質、更直接控制人的存在的東西。例如貧窮。（楊照〈跨越邊界〉）

沒想到他居然還喜歡詩，要去我的一本詩集。有時他抽不冷子背出我的詩句，嚇得我一機靈，以為我那隱祕的聲音是被他竊聽到的。眼看著前警察和現行反革命找到了精神共鳴。（北島〈芥末〉一機靈，形容突然受到驚嚇）

2 規模範圍

【博】廣大，眾多。

【鴻】大，盛。通「洪」、「宏」、「弘」。

【遠大】長程宏觀的目標。

【碩大】巨大。

【宏偉】宏壯雄偉。

【狼犺】形容物體龐大、笨重。犺，ㄎㄤˋ。

【磅礴】廣大無邊。

【龐然】巨大的樣子。

【碩大無朋】貌壯德美，無相比之行。後形容物品大到無可比擬。語出《詩經．唐風．椒聊》：「彼其之子，碩大無朋。」

【坐大】勢力擴張。

【伸展】延長擴展。

【遞增】順次增加。

【蔓延】向四周擴展延伸。

【膨脹】擴大、增長。

【擴張】擴大。

小

【藐】幼小。

【袖珍】小型或小巧的。

【渺小】微小。

【蕞爾】很小。蕞，ㄗㄨㄟˋ。

【纖毫】非常細微的事物。

【滄海一粟】大海中的一粒米粟。比喻渺小，微不足道。蘇軾〈赤壁賦〉：「寄蜉蝣於天地，渺滄海之一粟。」

【微乎其微】形容非常少或極細

只有穿著臃腫的藍布面大棉袍的九莉，她只有長度闊度厚度，沒有地位。在這密點構成的虛線畫面上，只有她這翠藍的一大塊，全是體積，狼犺的在一排排座位中間擠出去。（張愛玲《小團圓》）

那時，我獨自一人，八面十方數百里內只有我一人單騎，嚮導已經返回了。在那種過於雄大磅礴的荒涼自然之中，我覺得自己渺小得連悲哀都是徒勞。（張承志〈漢家寨〉）

鴻漸雖然嫌那兩位記者口口聲聲叫「方博士」，刺耳得很，但看人家這樣鄭重地當自己是一尊人物，身心龐然膨脹，人格偉大了好些。（錢鍾書《圍城》）

一個小小的隙縫／一點小小的溫情／今日已蔓延成／我人生全部的重量（白萩〈重量〉）

沿淵夾道坡岸全是盛放櫻花，而且多為百年老樹，虬枝墨色，橫披伸展，花色卻淺得近白，〔……〕（方瑜〈春城無處不飛花〉）

然而在我們這個極隱祕，極不合法的蕞爾小國中，這些年，卻也發生過不少可歌可泣，不足與外人道的滄桑痛史。（白先勇《孽子》）

黑暗使波赫士記憶中的文字章句獲得最佳的襯底色，從而纖毫畢現，散發幽微的光暈。有了如此豐美的內在世界，波赫士似乎並不在乎眼盲，還常拿自己開玩笑：〔……〕（張惠菁〈盲目的閱讀〉）

寫詩的最大悲哀／不在於直接逼視人生的缺憾／又無補於現實／不在於必須隱忍人世的傷痛／壓縮再壓縮（吳晟〈寫詩的最大悲哀〉）

微。語本《爾雅·釋訓》：「式微式微者，微乎微者也。」

【小巧玲瓏】形容極細緻精巧。

【縮減】緊縮減少。

【裁減】刪減、削減。

【緊縮】縮小。

【壓縮】使範圍或體積縮小。

【耗損】消耗減損。

【腐蝕】原指物質因化學作用而逐漸消損破壞。引申作消減、侵蝕之意。

升

【上漲】水位或物價升高。

【升騰】向上升起。

【凌空】高升到天空。

【浮升】在水上或空中升起。

【蒸騰】熱氣上升。

【裊裊上升】緩慢搖曳地向上升起。

【升高】往上攀升。

【暴漲】水位突然升高或價格突然上揚。

【上揚】上漲，向上攀升。

【竄升】急速上升

降

【墜】掉落。

【下跌】下降，下落。

【跌落】掉落。

【降落】落下。

從戰地寄來的君的手絹／判決書一般的君的手絹／將我的青春開始腐蝕的君的手絹／以山崩的轟勢埋葬我（李敏勇〈遺物〉）

如果爸爸還在世，一百歲的他一定會感到很寂寞吧，因為媽媽已經不在了。他的兩個妹妹，一個早在廿多年前病故，另一個也在前年過世。他那一輩的人只剩下三個比他年輕許多的堂弟。他的老友們還健在的可能性更是微乎其微了。（李黎〈我帶爸爸回家〉）

夏末是深水式捕魚的小燕鷗，飛翔於廣闊的海岸凌空入水的聲音。小燕鷗看準目標，俯衝入水之後並不馬上拉起，潛水的剎那聲響沉穩地漫散於水深的魚塭或河口地帶。（王家祥〈秋日的聲音〉）

我現在認識的人都變成過去／他們在地面上奔跑呼喊／聽不清楚他們在說些什麼／我只是不斷往上浮升／用臉頰貼緊月球（雷光夏〈臉頰貼緊月球〉）

下了毛毛雨，那蒿草上就彌漫得朦朦朧朧的，像是已經來了大霧，或者像是要變天了，好像是下了霜的早晨，混混沌沌的，在蒸騰著白煙。（蕭紅《呼蘭河傳》）

其實人們一走出情場，失掉綺夢，對於自己種種的幻覺都消滅了，當下看出自己是個多麼渺小無聊的漢子，正好像脫下戲衫的優伶，從縹渺世界墜到鐵硬的事實世界，砰的一聲把自己驚醒了。（梁遇春〈第二度的青春〉）

【俯衝】從空中迅速下降。

【起落】升降。

【暴跌】大幅並急遽下降。

【下滑】向下滑落。

遠

【遙遠】形容時間、空間的差距很大。

【迢迢】遙遠的樣子。

【迢遙】長遠。

【迢遞】遙遠的樣子。

【遙遙】長遠的距離。

【緬邈】長遠，遙遠。

【遼遠】遙遠。

【遼敻】遼遠寬廣。敻，ㄒㄩㄥˋ，廣闊遙遠。

【天邊】極遠的地方。

【天各一方】形容分離後各居一地，相隔遙遠。

【千山萬水】山川眾多而交錯。路途遙遠險阻多。

近

【邇】ㄦˇ，近處，接近。

【眼前】面前。

【在望】就在眼前。表示時間或空間的距離很近。

【咫尺】形容很近的距離。咫，ㄓˇ。

【一箭之地】一箭射及之處。不遠的路程、距離。

夢，請降落在心裡／心，要降落在詩裡／詩，就降落在愛裡／而恨／就振翼遠去（渡也〈夢〉）

死生原來有這樣的大別；死即是這一世為人，再不得相見了——而生是只要活著，只要一息尚存，則不論艱難、容易，無論怎樣的長夜漫漫路迢迢，總會再找著回來。（蕭麗紅《千江有水千江月》）

劈劈拍拍地纏綣於心靈的枝頭／噢，是什麼使它如此的／如此的深澈如此的冷，以及／如此的遼敻與迷離（張默〈我站立在大風裡〉）

天空還是一片淺藍，顏色很淺。轉眼間天邊出現了一道紅霞，慢慢地在擴大它的範圍，加強它的亮光。我知道太陽要從天邊升起來了，便不轉眼地望著那裡。（巴金〈海上的日出〉）

終於，我遙遙地看見南仁灣小村，一位帶著斗笠的中老年人騎著摩托車過來，看著車手把及輪圈斑剝的鐵鏽，可以知道它已受鹹海風侵蝕不少歲月，〔……〕（徐仁修〈簡單卻難忘的旅行〉）

下午大雨滂沱，霹靂環起，若非番薯田在家屋邊，近在咫尺，真要走避不及。（陳冠學《田園之秋》）

我倒是一向滿習慣於孤寂和淒清的；／我不喜歡被打擾，被貼近／被焚／哪怕是最溫馨的焚（周夢蝶〈焚〉）

在她臨考的前幾天，我們之間的疏遠達到了高潮，但我有一種預感，一種風雨來臨的預感，我感到重負來自內心，我的孤傲瀕臨潰散

【近在眉睫】距離很近。
【朝發夕至】意指早上出發，晚上抵達。形容路程不遠或交通便利。
【貼近】靠近，接近。
【靠攏】靠近，接近。
【瀕臨】鄰近，緊接。

僅只

【才】僅。
【止】僅，只。
【祇】只。
【就】只，僅。
【光】僅，只。「光說不練」。
【徒】僅。「徒增煩惱」。
【但】僅，只。「但聞樓梯響，不見人下來」。
【唯】只有。通「惟」。
【唯獨】單獨，只有。
【偏偏】單單，只有。
【單單】僅僅。
【無非】不過是，不外是。
【不外乎】意指不超出某種範圍之外。

不僅

【不單】不但，不只。
【不特】不但，不只是。
【不獨】不但，不只。
【何啻】用反問的語氣表示何止、豈只。啻，ㄔˋ。
【非但】不僅。
【豈止】不僅，何止。
【超出】多出、越過。

的邊緣，我夜夜常有怪夢。（王尚義〈野鴿子的黃昏〉）

我請求我太太讓我暫離醫院到麻將桌上待產。俗話說「娶某前，生子後」，意思是說結婚前，或生子後，賭博包贏。我愛賭博，也愛贏錢，雙喜在望，何樂而不為？（陳黎〈音樂家具〉）

該有一個人倚門等我，等我帶來的新書，和修理好了的琴，而我祇帶來一壺酒，因等我的人早已離去。（鄭愁予〈夢土上〉）

什麼火車、輪船，走的雖快，總不外乎奇技淫巧；臣若坐了，有傷國體，所以斷斷不敢。（清．李寶嘉《官場現形記》）

一個人，什麼事情都會遺忘，唯獨幼時的同學情誼，卻是無法從記憶裏抹去的。（王蕙玲《人間四月天》）

在他們前面五十碼，有一棵高大的白果鬆，單單一棵樹，在一個小丘墩上立得筆直，銀白的樹皮襯著後面青翠的山坡，看來非常可愛。（林語堂《京華煙雲》）

管提舉笑而不答，因有筆在手頭，就寫幾行大字在几案之上，道：「素性不諧，矛盾已久。方著絕交之論，難遵締好之言。欲求親上加親，何啻夢中說夢！」（清．李漁《十二樓》）

而無論何種遊戲，均有其自身之邏輯、運作方式。那就是它的規則、它的秩序。沒有規則，形成不了遊戲。一旦逾越了規則，遊戲世界就瓦解了。（龔鵬程〈遊戲的人〉）

【逾越】超過，越過。

【再說】表示推進一層的連接詞。

【況且】何況，而且。

【尚且】連詞，表示進一層，常與「何況」相應。

【甚而】表示更進一層的連接語詞。

反正

【左右】可作反正之意。

【好歹】無論如何。

【橫豎】反正，無論如何。

【左不過】表決定的副詞，意指不能出此範圍，有反正、必然、一定的意思。

【無論如何】不管怎樣。

仍然

【仍舊】依舊，照舊。

【如故】仍舊。

【依然】依舊。

【依舊】照舊。

【尚且】表示依舊、仍然。

【猶然】依舊如此。

【照例】按照慣例。

【照舊】與原來一樣。

【還是】仍然，照舊。

【一如既往】和過去完全一樣。

所謂合理近情的態度就是：我們既然得到了這種人類的天性，那麼，讓我們就這樣開始做人吧。況且，要逃避這個命運反正是辦不到的。不管熱情和本能原本是好是壞，空口討論這些事情是沒有什麼好處的，對麼？（林語堂〈人生的盛宴〉）

阿福心想：原來這船長是有家眷的，我左右空著，何妨去偷看看他們做什麼。想著，就溜到那屋旁。（清．曾樸《孽海花》）

凡事總須研究，才會明白。古來時常吃人，我也還記得，可是不甚清楚。我翻開歷史一查，這歷史沒有年代，歪歪斜斜的每頁上都寫著「仁義道德」幾個字。我橫豎睡不著，仔細看了半夜，才從字縫裡看出字來，滿本都寫著兩個字是「吃人」！（魯迅〈狂人日記〉）

如今，溫山軟水慢慢從噩夢中醒過來了；城廓如故，明月依舊，燕子來時，關心的是昔日的黃昏深院，不是日月換了的新天。（董橋〈回去，是為了過去！〉）

照例是個黯淡的黃昏，照例的拿著銅質小水壺，給花窗上的幾盆花草做三天一次的澆水。不經意的轉眸間，發現小花盆裡的黑土有些異樣。（趙淑俠〈故鄉的泥土〉）

包括

【總括】包括一切。
【概括】總括。
【賅括】總括一切。
【舉凡】凡是。表概括。
【包羅】包括網羅，涵蓋一切。
【括囊】包羅。
【容納】包容、接受。
【涵蓋】包含、包括。
【統觀】綜括觀察。
【綜合】總和起來。
【蘊含】蘊藏包含。
【兼容並蓄】把各種事物或觀念收羅、包含在內。
【無所不包】沒有包含不了的，一切都包括。

終於

【終究】到底，畢竟。
【究竟】到底。
【到底】究竟。
【畢竟】表示追根究柢所得的結論。
【終歸】到底、畢竟。
【總算】畢竟，到底。
【總歸】到底，畢竟。
【到頭來】結果，後來。
【歸根究柢】歸結追究事物的根本。柢，木根，引申為本源、根本。或作「歸根究底」、「追根究柢」、「刨根究底」。

舉凡社會上的一切風俗制度都為生人而有，它的目的無非要使我們生活容易過些。假使它變成我們生活上的累贅了，那麼它即已失去它的本質了，〔……〕（鍾理和《笠山農場》生人，此作人民之意）

統觀全部中國古代史，清朝的皇帝在總體上還算比較好的，而其中康熙皇帝甚至可說是中國歷史上最好的皇帝之一，他與唐太宗李世民一樣使我這個現代漢族中國人感到驕傲。（余秋雨〈一個王朝的背影〉）

這些兒時的記憶是如此的生動、鮮明，蘊含著如此豐富的宗教色彩和聲音，卻又像一場繽紛多姿的美夢。我耽溺其間，像個任性且愛撒嬌的小孩，任父母如何呼喚，也不願醒來。（古蒙仁〈梵唱〉）

我還在可以喝三十五杯小酒的年齡，仍然孤身上路；但如果問我十六年前寫的一句詩：「別離，真的是愛情的最美麗嗎？」十八年辛苦不尋常，字字寫來皆是血：人生，畢竟不是說再見就能再見的。（溫瑞安〈別離，真的是愛情的最美麗嗎？〉）

一班文人何以甘心情願守在「文字獄」裡面呢？我想歸根究底還是因為文字的韻味。（張愛玲〈論寫作〉）

年少時，看事看表面，總眩惑於那些才情之光彩奪人；而年事稍長，總算清楚，那光彩的後頭，著實也陰影重重。〔……〕（薛仁明〈才情之外〉）

【不意】出乎意料之外。
【不測】不能預料。
【不圖】不料。《論語．述而》：「子在齊聞韶，三月不知肉味。曰：『不圖為樂之至於斯也。』」
【居然】竟然。
【竟然】居然。
【不期然】意想不到。
【殊不知】竟不知道。
【大爆冷門】出乎意料之外。
【出乎意外】超出人們的意料之外。
【始料未及】最初所沒有料想到的發展。
【從天而降】比喻事物突如其來，令人意想不到。
【陰溝裡翻船】事情的演變出乎意料之外。

張溫無言可對，乃避席而謝曰：「不意蜀中多出俊傑！恰聞講論，使僕頓開茅塞。」（明．羅貫中《三國演義》）

在星光下聽水聲，聽近村晚鐘聲，聽河畔倦牛芻草聲，是我康橋經驗中最神祕的一種：大自然的優美，寧靜，調諧在這星光與波光的默契中不期然的淹入了你的性靈。（徐志摩〈我所知道的康橋〉）

便在此時，半空中忽見一條黑衣人影，如一頭大鷹般撲將下來，正好落在灰衣僧和蕭峰之間。這人驀地裡從天而降，突兀無比，眾人驚奇之下，一齊呼喊起來，〔……〕（金庸《天龍八部》）

陳胖也被偷過，他大罵警察衹會吃飯拉屎，殊不知陳胖左近那個派出所自身也難保，小偷去光顧了兩次之多！米價那麼飛漲，遲早會連警察也變成了偷兒。（茅盾《腐蝕》）

3 性狀程度

香

【芳菲】花草的芳香。
【芬馥】香氣濃盛。
【香澤】香氣。
【郁香】濃烈的香氣。
【馡馡】ㄈㄟ，香氣濃郁，四處散逸的樣子。
【馥郁】香氣濃厚。
【薰野】野生自然的香氣。
【馨香】芳香。
【馨逸】奇異的香氣。
【芬芳】形容香氣淡雅怡人。
【香氣四溢】香味四處飄散。

以前住在倫敦時，我常開車去郊外的運河邊散步，河岸鶯飛草長，有大片鮮怒肥壯的艾叢，枝葉沿路擦拂，芬馥四溢，把行人的臂肘都染香了，〔……〕（蔡珠兒〈艾之味〉）

而滄桑的二十年後／我們的魂魄卻夜夜歸來／微風拂過時／便化作滿園的郁香（席慕蓉〈七里香〉）

父親說，古時曾祖有匹白馬。經常繫在這個天井。幼時他來了總要瞧瞧，希望發現白馬。沒看到馬，卻見幾叢千里香托出一簇簇白花，吐著薰野的濃香。（林懷民〈辭鄉〉）

【香醇】香氣醇厚。

【苾苾】香氣濃郁。

【異香襲人】形容異常的香氣迎面撲來。

臭

【嗆】煙氣或味道刺激鼻腔，使人不舒服。「嗆鼻」。

【刺鼻】形容氣味強烈。

【臭烘烘】形容很臭。

【惡臭】難聞的氣味。

【腥臭】腥臊惡臭。

【濕霉】潮濕生霉發臭。

【騷臭】腥臭。

清

【純淨】純粹而潔淨。

【光潔】明亮澄澈。

【明淨】明朗而乾淨。

【清明】清澈明淨。

【清湛】清澄明湛。

【清澈】澄淨透明。

【透底】清澈見底。

【湛然】清明瑩澈的樣子。

【澄清】清澈，清亮。

【澄澈】清澈，明亮。

【澄瑩】清亮、透明。

【皚皚】潔白的樣子。

【纖塵不染】一點灰塵也沒有。形容非常的乾淨。

【純粹】純淨、不含雜質。

【清一色】比喻組成分子純一不雜。

北平正明齋餑餑鋪有一種奶油元宵，餡裡摻有奶油，實際就是蒙古運來的牛油，經他們加工提煉之後，就叫它奶油，煮出來的元宵自成馨逸，表裡瑩然。（唐魯孫〈閑話元宵〉）

我記得那天是初春時節，空氣裡瀰漫著一種城市特有的行道樹落葉濕霉腐爛的氣息。（駱以軍〈發光的房間〉）

一陣風掠過，華夫人嗅到菊花的冷香中夾著一股刺鼻的花草腐爛後的腥臭，她心中微微一震，她彷彿記得，那幾天，他房中也一徑透著這股奇怪的腥香，〔……〕（白先勇《台北人》）

晨星墜落與櫻花飄落似雨如夢的幻象，如此清明的映入我的記憶，伊豆與那羅的影像又如此明晰成為我心中美的象徵，〔……〕（陳銘磻〈聽見櫻花雨落聲〉）

特別是在晚上十一點後就全然沉默下來的山裡，雨聲是如此純粹，不帶任何雜質，純粹就是雨擊打著大地的靜寂；〔……〕（向陽〈微雨〉）

〔……〕紙右一圓月，淡淡的青光遍滿紙上；月的純淨，柔軟與平和，如一張睡美人的臉。從簾的上端向右斜伸而下，是一枝交纏的海棠花。（朱自清〈溫州的蹤跡〉）

神靜湛然常寂，昏冥便有魔侵。五行蹬蹭破禪林。風動必然寒凜。（明・吳承恩《西遊記》）

雜

【混濁】不清潔，不清澈。

【汙濁】混濁，不乾淨。

【腌臢】ㄤ ㄗㄤ，不乾淨。通「骯髒」。

【溷穢】骯髒汙穢的樣子。溷，ㄏㄨㄣˋ，混亂。

【邋遢】ㄌㄚˊ ˙ㄊㄚ，不整潔或做事不謹慎。

【羼】ㄔㄢˋ，攙雜、混合。

【斑駁】色彩混雜不純。

【糅雜】糅和，混雜。

明亮

【明朗】明亮。

【炫目】光彩耀眼奪目。

【雪亮】形容十分明亮。

【通明】十分明亮。

【絢麗】耀眼而華麗。

【斑斕】形容色彩明豔、燦爛。斕，ㄌㄢˊ。

【晶瑩】明亮透澈。

【璀璨】光明燦爛。

【熠熠】閃亮光耀。熠，ㄧˋ。

【輝煌】光輝燦爛。

【燁燁】光鮮明亮的樣子。燁，ㄧㄝˋ。

【燦爛】形容光彩美麗。

【明晃晃】光亮耀眼貌。

女兒善解人意，遞給J一杯容量加倍的白瓷咖啡杯。白色的牛奶泡沫間羼著幾點褐色的條紋，形成美麗的圖案。（林文月〈J〉）

「園日涉以成趣」，我們遛翠湖沒有個夠的時候。尤其是晚上，踏著斑駁的月光樹影，可以在湖裡一遛遛好幾圈。一面走，一面海闊天空，高談闊論。（汪曾祺〈翠湖心影〉）

已不在同一個時代，我們／也告別了共有的時代。那曾經糅雜／異地相思，寄宿孤獨，生活與課業的茫然／綁住天下父母的焦慮孩子的鬱苦／而今都成了斷訊的回憶（陳義芝〈焚燬的家書〉）

常常駐足在我的燈罩上的還有許多出奇漂亮的小飛蛾。牠們的羽翅有的金光閃爍，有的花紋斑斕，使人暗詫造物者必然是個精力無處發洩的藝術家，〔……〕（黃碧端〈蜉蝣過客〉）

女人們穿著男人們為她們挑選的夜禮服，金光熠熠地向我們逼近，〔……〕（王安憶〈記一次服裝表演〉）

我生長江南，兒時所受的江南冬日的印象，銘刻特深；雖則漸入中年，又愛上了晚秋，以為秋天正是讀讀書，寫寫字的人的最惠節季，但對於江南的冬景，總覺得是可以抵得過北方夏夜的一種特殊情調，說得摩登些，便是一種明朗的情調。（郁達夫〈江南的冬景〉）

暗沉

【昏暗】陰暗不明。
【幽暗】昏暗不明。
【冥冥】幽暗，晦暗。
【晦暗】天色昏暗、陰沉。
【暗澹】不鮮豔，不鮮明。
【熒然】光線微弱的樣子。
【慘澹】暗淡無光。
【昏天暗地】光線昏暗，分不清方向。
【漆黑】黑暗沒有亮光。
【黝闇】黑暗不明。
【黯然】陰暗、黑暗貌。
【黑魆魆】黑暗，漆黑。魆，ㄒㄩ。
【黑漆漆】非常黑暗。

深厚

【刻骨】比喻深切。
【烙印】引申作深刻的印象。
【淪浹】深入，通透。浹，ㄐㄧㄚˊ。
【銘刻】牢記。
【滲透】比喻思想或勢力逐漸侵入或影響其他領域。
【鏨入】刻鏤深入。鏨，ㄗㄢˋ，意為鐫刻、雕鑿。
【幽深】幽暗深遠。
【深邃】精深遠大。
【淵深】深厚，深遠。
【透骨】深刻入骨。比喻極為深切。
【深遠】深微遠大。

記憶沒有色彩。它卻既可以使人的心靈蒼白、幽暗，又可以讓人的內心世界絢麗、輝煌。（韓少華〈記憶〉）

每當行過一街風雨，面對一室熒然，回憶的長廊就欣然開啟。（封德屏〈生命之歌．回憶〉）

當銀的雪白氧化成硫的黝闇／當雪的銀白融解為水的透明／黝闇便疊入宇宙漆黑的景深／透明便瀏亮銀河高熱的軌道（林耀德《銀碗盛雪．序詩》）

這船從黑魆魆中蕩來，鄉下人睡得熟，都沒有知道；出去時將近黎明，卻很有幾個看見的了。據探頭探腦的調查來的結果，知道那竟是舉人老爺的船！（魯迅〈阿Q正傳〉）

十八年前，當我做為一個地地道道的農民在高密東北鄉貧瘠的土地上辛勤勞作時，我對那塊土地充滿了刻骨的仇恨。（莫言〈超越故鄉〉）

封閉的車體中，我們重疊的生命會復返，相互對照、尋找存在座標、印證記憶、更新資訊，有時為彼此記憶的落差爭辯、校準、驚訝，有時難免落入昔時的概歎中，重溫烙印在生命中諸多傷痕的千滋百味。（張清志〈與S一起回家〉）

雲氣已經遮沒了對面的峭壁，裹住了他們倆；鑽進他們的頭髮，侵入他們的襯衣裡。靜覺得涼意淪浹肌髓，異常的舒適。（茅盾〈幻滅〉）

牠斜身凌空顫擺著；牠尖嘴似一把武士的劍凌空砍殺；牠斜眼向我瞟視——那仇惡的眼神激爆出星藍火花狠狠鏨入我的心底。（廖鴻基〈丁挽〉）

【沖淡】刻意淡化。
【淺薄】微薄；不深厚。
【皮相】膚淺而不深入。「皮相之見」。
【泛泛】浮淺的，尋常的。「泛泛之交」。
【浮泛】虛浮而不切實際。
【浮淺】淺薄而不深切。
【膚淺】浮淺而不深切。
【走馬看花】比喻略觀事物外象，而不究其底蘊。
【浮光掠影】浮於表面不深入。比喻觀察不細緻，學習不深入，印象不深刻。
【淺嘗輒止】稍微嘗試一下就停止。比喻做事不徹底，不肯深入研究。
【蜻蜓點水】比喻膚淺而不深入的接觸。

冷

【清涼】涼爽。
【冰冷】冰涼。
【沁涼】滲入或透出涼意。沁，ㄑㄧㄣˋ。
【冷冽】冰涼。
【冷冰冰】非常冰冷。
【透心涼】形容涼極了。

我對於通俗小說一直有一種難言的愛好；那些不用多加解釋的人物，他們的悲歡離合。如果說是太淺薄，不夠深入，那麼，浮雕也一樣是藝術呀。（張愛玲〈多少恨〉）

我深刻的認為一個文明的國家，是建立在擁有美感的國民身上。許多人把美當作表面的素質，認為美感是膚淺的，其實美感是文明的基石。（漢寶德〈我為什麼要談美？〉）

鄉愁麻痹到全身，我掠著頭髮，髮上掠到了鄉愁；我捏著指尖，指上捏著了鄉愁。是實實在在的軀殼上感著的苦痛，不是靈魂上浮泛流動的悲哀！（冰心〈往事二〉）

所謂「推心置腹」，所謂「肺腑之談」，總得是二三知己才成；若是泛泛之交，祇能敷敷衍衍，客客氣氣，說一些不相幹的門面話。（朱自清〈論老實話〉）

驚悸於海風的沁涼，我茫然的又醒過來了，是的，秋色將一天天的深了，時光將帶著我們走入冬天，也走入春天。（張秀亞〈秋日小札〉）

妳想著，甚至懷疑有一種冷冽的光，在阿婆背後偷偷啃噬著，將蛀蝕壞了的部分，悄悄掏空。（羅任玲〈鱉的黃昏〉）

熱

【火熱】如火一般的熱。

【發燙】發熱，燒熱。

【熱呼呼】熱的感覺。

【熱騰騰】形容很熱或冒著熱氣的樣子。

【火燒】比喻溫度很高。

【灼熱】熾熱。

【沸騰】液體加熱到一定溫度時，表面與內部發生氣化的現象。

【滾燙】溫度極熱、極燙。

【熾烈】火勢旺盛猛烈貌。

吳少奶奶的臉熱得像是火燒！林佩珊愕然退一步，看見她姊姊的臉色不但紅中透青，而且亮晶晶的淚珠也掛在睫毛邊了。（茅盾《子夜》）

今夜，我要用文字敷住記憶，把自己包紮起來。濃稠的夜色、熾烈的火光、冰冷的山澗，……都一一藏進空乏的身體。（唐捐〈脫身〉）

玫寶轉到梯口時，打開門，走到瞭望平台上。外面罡風勁烈，一陣卷來，像刀割一般，玫寶覺得滾燙的面頰上，頓時裂開似的，非常痛楚，剛才的睡意，全被冷風吹掉了，頭腦漸漸清醒過來。（白先勇〈上摩天樓去〉）

輕

【輕微】輕小，微小。

【淺鮮】輕微。

【綿薄】薄弱。

【輕飄飄】輕柔的飄動。

【輕如鴻毛】像羽毛般輕。非常輕微，不受重視。

【輕似蟬翼】比喻極輕極薄之物。

【錙銖之力】比喻極小的力量。錙銖，極小的計算單位，用來比喻極細微。

【無足輕重】不足以影響事物的輕重分量。有不重要、無關緊要的意思。

如果慢彈的手指／能輕似蟬翼，／你拆開來看，紛紜，／那玄微的細網／怎樣深沉的攏住天地，／又怎樣交織成／這細緻飄渺的彷徨！（林徽音〈靜院〉）

那索似有千鈞之力，扯住兩岸石壁，誰也動彈不得，彷彿再有錙銖之力加在上面，不是山傾，就是索崩。（阿城〈溜索〉）

老殘說：「我打攪黃兄是不妨的，請放心罷。」縣官又殷勤問：「燒些甚麼東西？未免大破財了。但是敝縣購辦得出的，自當稍盡綿薄。」（……）（清‧劉鶚《老殘遊記》）

重

【沉重】形容物體厚重。

【厚重】厚，有分量。

【千鈞】器物重或力量大。

【沉甸甸】物體分量重。

真

【真實】真確實在不假。

【不虛】不假。

【真切】真確切實。

【真確】真實、切確。

【確切】確實切當。

【確實】真實。

【確鑿】確定，不容懷疑。

【鑿鑿】確實可信。

【如實】按照實際情況。

【屬實】合於實際狀況。

【可靠】真實可信。

【舉足輕重】所居地位極為重要，一舉一動皆足以影響全局。

【實在】的確，真正。

【千真萬確】非常確實。

【無庸置疑】不用懷疑。

【地道】此作真實。亦作「道地」。

【實際】具體的、實在的。

【核實】考核事物真實性。

【去偽存真】去除虛偽的，保留真實的。

寶釵被他纏不過，因說道：「也是個人給了兩句吉利話兒，所以鏨上了，叫天天帶著；不然，沉甸甸的有什麼趣兒？」一面說，一面解了排扣，從裏面大紅襖上將那珠寶晶瑩黃金燦爛的瓔珞掏將出來。寶玉忙托了鎖看時，果然一面有四個篆字，兩面八字，共成兩句吉讖。（清．曹雪芹《紅樓夢》）

安博托．艾可寫了一部《傅柯擺》，小說本身雖因吹牛吹到收不了場而告崩解，但在這樣的千年傳說上做各式各樣有學問言之鑿鑿的火上加油，說真的還很難想有誰比艾可厲害的。（唐諾〈找尋一間玻璃屋子〉）

當我見他吃萊菔白菜時那種愉悅的光景，我想：萊菔白菜的全滋味、真滋味，恐怕只有他才能如實嘗得了。對於一切事物，不為因襲的成見所縛，都還他一個本來面目，如實觀照領略，這才是真解脫、真享樂。（夏丏尊〈生活的藝術〉萊菔，指蘿蔔）

下箸便思念起過去的南昌街寶來軒的方老闆，兩相比較，才知道方老闆的福州菜地道得多，可惜他們全家已經移民了。（逯耀東〈出門訪古早〉）

假

【偽】假的，假裝。

【贗】一ㄢˋ假、偽造的。「贗品」。

【虛假】不真實。

【虛妄】不真實。

【無稽】無可考、沒根據。

【荒誕】荒唐虛妄。

【不經】違反常道，荒誕。

【誕妄】荒謬不實。

【失實】和事實不符。

【作假】造假。

【假托】假冒、偽托。

【偽裝】為隱藏真實情況所做的變裝、隱蔽等。

【子虛烏有】子虛和烏有都是漢代司馬相如〈子虛賦〉中虛構的人物，表示為假設而非實有的事物。

【虛幻】空幻不實。

【空中樓閣】脫離現實的幻想，不能實現，沒意義。

【海市蜃樓】比喻虛幻的景象或事物。也作「蜃樓海市」。

【虛無縹緲】形容虛幻渺茫，不可捉摸。

【夢幻泡影】空虛不實。

【鏡花水月】鏡中的花，水裡的月。空幻不實在。

對

【然】對，正確。

【正確】準確，無誤。

【不爽】不差，沒有差錯。「屢試不爽」。

【得當】恰當；正確。

【無誤】沒有錯誤。

塞普路斯人開的果菜鋪裡，經常有南非來的荔枝，橢圓形的緋紅散粒，剝開來呈混濁不透明狀，猶如一隻白內障的眼球，味道更嚇人，不是酸得像醋就是淡得像水，肉薄多渣核又大，有如拙劣贗品，吃來令人氣苦，〔……〕」（蔡珠兒〈南方絳雪〉）

在這個虛幻的舞台，荒誕不經從來不是反常，只是一種合理。（張瀛太〈夜夜盜取你的美麗〉）

所謂求真的「真」，一面是如實和直接的意思。禪家認為第一義是不可說的。語言文字都不能表達那無限的可能，所以是虛妄的。（朱自清〈論雅俗共賞〉）

我望著他踽踽遠去的背影，忽然又覺得不應該這樣對待他。憑什麼我可以斷定他居心不良？然而憑什麼我又敢相信他真真坦白？怎麼能夠保證他那誠懇無他的態度不是一種偽裝？在這圈子裏即使是血性而正直的人，也會銷磨成了自私而狡猾。（茅盾《腐蝕》）

驀地裡，項少龍高懸的心放了下來，輕鬆得像在太空中逍遙，點頭道：「儲君那一滴血可包在我身上，不過鹿公最好派出證人，親眼看著我由儲君身上取血，那就誰都不能弄虛作假了。」（黃易《尋秦記》）

段譽並不動怒，一本正經的道：「你說我是癩蝦蟆，王姑娘是天鵝，這比喻很是得當。不過我這頭癩蝦蟆與眾不同，只求向天鵝看上幾眼，心願已足，別無他想。」（金庸《天龍八部》）

兩個又是一陣大笑。本來是自己心裡憋著的話，突然這麼明白無誤又分毫不差地被別人說了出來，他覺得窩在心裡的東西頓時煙消雲

【分毫不差】比喻沒有絲毫差錯。

【顛撲不破】本意怎麼摔打都不會破。比喻理論正確牢固，無法駁倒、推翻。

錯

【訛】ㄜˊ，錯誤，不正確的。「訛誤」。

【錯誤】不對、不正確。

【出岔】發生事故、差錯。

【舛訛】差錯，不正確。

【舛誤】錯誤。

【舛錯】錯誤。

【乖舛】謬誤、差錯。

【差池】差錯、錯誤。

【差錯】錯誤。

【紕漏】因疏忽而產生的差錯、疏漏。

【紕謬】ㄆㄧ ㄇㄧㄡˋ，錯誤。也作「紕繆」。

【閃失】差錯、意外。

【過錯】錯誤。

【錯漏】文字錯誤或脫漏。

【謬誤】錯誤。

【似是而非】表面相似，實際不然。語本《孟子．盡心下》：「惡似而非者。」

【大謬不然】大錯、荒謬，與事實完全不符。

【百無一是】形容能力太差，錯誤連連。

散，心中清爽得有如頭頂上這條分叉的河漢。（李銳〈篝火〉）

她在旁等著、看著、招呼著。沒想到會過起這樣的生活，成了一種規律，顛撲不破。（章緣〈更衣室的女人〉）

人家幾回出高價要買，她就是不讓。又沒有兒子或女婿幫襯，徒然引起外人的眼紅覬覦——現在不是出了紕漏了？（陳若曦〈路口〉）

至於世間無知的父母，將子女當作所有品，牛馬一般養育，以為養大以後，可以隨便吃他騎他，那便是退化的謬誤思想。（周作人〈人的文學〉）

有些人一見面冷冰冰的，拉長了面孔，愛理人不理人的，可以算是「真」透了頂，可是那份兒過了火的「真」，有幾個人受得住！本來彼此既不相知，或不深知，相幹的話也無從說起，說了反容易出岔兒，樂得遠遠兒的，淡淡兒的，慢慢兒的，〔……〕（朱自清〈論老實話〉）

黃蓉見墓門洞開，隱約料知島上已生巨變。她不即進壙，在壙墓周圍察看，只見墓左青草被踏壞了一片，墓門進口處有兵器撞擊的痕跡。她在墓門口傾聽半晌，沒聽到裡面有甚響動，這才彎腰入門。郭靖恐她有閃失，亦步亦趨的跟隨。（金庸《射鵰英雄傳》）

一個人懸了理想的標準去追求，或者會祇得了似是而非的目的；因為他的眼睛被自己的理想所迷，永遠不能冷靜地觀察。（茅盾《蝕三部曲．追求》）

貴

【上等】最高等級或最優異的品質。

【上品】上等品級。

【優質】品質精良。

【特級】特別好的等級。

【名貴】貴重難得。

【不菲】貴重。菲，微薄。

【珍貴】貴重，寶貴。

【連城】比喻物品貴重。「價值連城」。

【尊貴】高尚、高貴。

【貴重】珍貴重要。

【珍奇】珍貴奇異。

【瑰寶】稀有珍貴的寶物。

【一狐之腋】狐狸腋下的皮毛。比喻物稀而珍貴。

【不貲】非常貴重。貲，ㄗ。「所費不貲」。

【百鎰之金】形容非常貴重。鎰，ㄧˋ。

賤

【劣等】下等、品質低下。

【低賤】低微卑賤。

【卑微】低下卑賤。

【芻狗】古時用草編結成的狗形，供祭祀用，用完即丟棄。比喻輕賤無用之物。

【粗賤】粗野卑賤。

【敝屣】破舊的鞋子。比喻毫無價值的事物。

【菲薄】薄少，鄙賤。

【塵芥】塵土和草芥。比喻微不足道的東西。

【螻蟻】螻蛄及螞蟻。力量微小或地位低微的人事物。

【一文不值】毫無價值。

這對玉馬必定價值不菲，倘若要不回來，還不是要爹爹設法張羅著去賠償東主。（金庸《笑傲江湖》）

價值連城、虛無縹緲、根本不實際的東西，用來裝扮她自己，使她看上去猶如一個神仙妃子，更加流星般燦爛，明亮耀目，使人一見難忘，烙在心頭。（亦舒《他比煙花寂寞》）

〔……〕塞翁失馬，安知非福，使三年前結婚，則此番吾家破費不貲矣。然吾家積德之門，苟婚事早完，淑媳或可脫災延壽。姻緣前定，勿必過悲。但汝岳父處應去一信唁之。（錢鍾書《圍城》）

少林派《易筋經》與天龍寺「六脈神劍」齊名，慕容博曾稱之為武學中至高無上的兩大瑰寶，說不定要練上十年八年，這才豁然貫通。（金庸《天龍八部》）

我獨坐在發出黃光的萊油燈下，想，這百無聊賴的祥林嫂，被人們棄在塵芥堆中的，看得厭倦了的陳舊的玩物，先前還將形骸露在塵芥裡，從活得有趣的人們看來，恐怕要怪訝她何以還要存在，現在總算被無常打掃得乾乾淨淨了。（魯迅〈祝福〉）

在抗戰勝利前後，打著抗日旗號的軍隊多如狼羣，人民便賤如螻蟻。（郭楓〈紅葉季〉）

〔……〕所謂覺悟，就是墜落的別名，我如今真把我自己看得一文不值了。我立志從今日起，不做從前所謂新文化運動了。東抄西襲的誰不會寫兩篇，說兩口。個人墜落不要緊，何苦替新文化運動添阻力。——（冰心〈懺悔〉）

差異

【出入】不一致。

【分歧】相別、相背。

【歧異】不相同。

【相左】互相違異。

【迥異】不同。或「迥別」。

【迥然】差異很大貌。迥，ㄐㄩㄥˇ。「迥然不同」。

【差距】差別距離。

【逕庭】相距極遠。「大相逕庭」。

【懸殊】相差很遠。「相去懸殊」。

【天差地別】比喻差別很大，相差甚遠。

【天淵之別】相差極大，如天地般遠。另有「天壤之別」、「霄壤之別」。

【判若雲泥】相差懸殊。

【截然不同】差異明顯。

【難與抗衡】實力懸殊，無法與之對抗。

【不可同日而語】差別很大，不能相提並論。

相當

【雷同】指人或事物有相同之處。

【匹敵】雙方實力相當。

【伯仲】比喻才能相當，不相上下。

【吻合】兩脣相合。比喻事物相符合。

【相侔】相等。侔，ㄇㄡˊ。

【媲美】美好的程度相當。

【頡頏】ㄒㄧㄝˊ ㄏㄤˊ，不相上下；相抗衡。

【不分軒輊】相比較的結果，分

今晚我們又做了一次宗教上的爭論，直辯得怒目相向。但諸神漠漠，基督無言，釋迦不語，祂們似乎比我們更能容忍彼此的歧異，對我們這場爭論，默然不作任何的宣判。（顏崑陽〈結婚日記〉）

安妮的管教，一向是秋枝的事。秋枝的個性強，關於安妮的教育，從來不容與她相左的意見。（荊棘〈吉兒之死〉）

他傾訴自己的苦境和賤性，似乎越拉大我們之間的尊卑懸殊，他就越有理由接受這筆饋贈。（朱天文《荒人手記》）

旅途勞頓，山中空氣新鮮，大家都非常饑餓，幾盤子菜都吃得精光。雖然食物並不精美，遠寺的鐘聲卻使他們覺得此次晚餐風味迥異。（林語堂《京華煙雲》）

眾人給連晉這麼一說，均覺少龍畏怯，議論紛紛，趙王和烏氏亦露出不悅之色，趙穆更發出不屑的冷笑。這並非說他們眼光不夠高明，而是墨子重守不重攻的精神，實與當時代的劍術和心態大相逕庭。（黃易《尋秦記》）

許家每屆大閘蟹產季，食罷陽澄湖的頂級鮮蟹後，必用菌油下碗麵吃。他們認為貝介類裡最鮮的湖蟹，只有宜興的菌油才能與之匹敵，其考究至此。（朱振藩〈梨園中的知味人〉）

我有一個同班好友植田玲子便是住在那裡面。她品學兼優，是人人佩服的模範生，常常都做班長。我的成績也跟植田玲子在伯仲之間，但是只能偶爾做副班長。我認為老師有點不公平，但是想不出原因何在？（林文月〈江灣路憶往〉）

穆念慈武功雖也不弱，但彭長老是丐幫四大長老之一，在丐幫中

不出高下。

【分庭抗禮】彼此關係對等，地位相當。

【平分秋色】形容二者一樣出色，分不出高下。

【功力悉敵】雙方功夫和力量，彼此相當。

【如出一轍】行徑相同，車轍一致。比喻事物十分相像或言行舉止很相似。

【並駕齊驅】實力相當。

【棋逢對手】實力相當。

【勢均力敵】雙方力量情勢相當，不分上下。

【旗鼓相當】雙方聲勢不相上下，勢均力敵。

【相提並論】相似的情況一起討論或同等看待。

【等量齊觀】將不同的事物同等看待。

【大同小異】大體相同，但略有差異。

【殊途同歸】採取的方法不同，結果卻相同。

【異曲同工】曲調異，工妙同。不同方法功效相同。

可與魯有腳等相頡頏，僅次於洪七公一人而已，穆念慈自不是他的對手，不久即被他打倒綁縛，驚怒交集之下，暈了過去。（金庸《射鵰英雄傳》）

中國詩之令人驚嘆之處，為其塑形的擬想並其與繪畫在技巧上的同系關係，這在遠近配景的繪畫筆法上尤為明顯。這裡中國詩與繪畫的雷同，幾已無可駁議。（林語堂〈人生的盛宴〉）

斧劍交峰之聲不絕於耳，荊善倏進倏退，花奇竟半分便宜都佔不到。夜郎人和春申君等立時變色，想不到項少龍隨便派個人出來，竟可與有夜郎第一勇士之稱的花奇平分秋色。（黃易《尋秦記》）

治理一個有二、三十個僕人的家，就像管理一個學校，或是治理一個國家一樣，要點就是一切不要失去常軌，要大公無私，要保持當權人的威信，在僕人之間，要讓他們勢均力敵，恰到好處。（林語堂《京華煙雲》）

優

【冠】超越、領先。「獨冠群芳」。

【上乘】指上等的事物或高妙的境界。

【出色】出眾、傑出。

【高明】高超明智。

【傑出】才能出眾，高出一般人之上。

【精粹】精細純粹。

【魁首】領袖，首腦。

至於笑話的最上乘境界，則不在諷人或弄己，而是日常生活中隨機拈出的藝術表現，帶一點缺憾與荒謬，但靈光閃爍，反映出橫生的機智。（黃永武〈笑話三境界〉）

安息香使她回到那場八九年春裝秀中，淹沒在一片雪紡、喬其紗、縐綢、金蔥、紗麗、綁紮纏繞圍裹垂墜的印度熱裡，天衣無縫，當然少不掉錫克教式裹頭巾，搭配前個世紀末展露於維也納建築繪畫中的裝飾風，其間翹楚克林姆，綴滿亮箔珠繡的裝飾風。（朱天文〈世紀

【翹楚】比喻傑出的人才或突出的事物。原指荊樹叢中最高拔的樹。語本《詩經．周南．漢廣》：「翹翹錯薪，言刈其楚。」

【卓越】非常優秀，超出常人。「卓越超群」。

【俊彥】才智優異的美士。

【頂尖】最好、最優秀的。

【優異】特好、遠勝尋常。

【優越】才能品質突出。

【首屈一指】彎下手指計算時，首先彎曲拇指。用以表示第一或最優秀。

【獨占鰲頭】意指占首位或獲得第一。

【瑕不掩瑜】事物雖有缺點，無損整體的完美。瑕，玉的斑點。瑜，玉的光澤。

劣

【粗劣】粗糙拙劣。

【見絀】顯得不足、較弱。「相形見絀」。

【拙劣】笨拙且低劣。

【差勁】不佳，低劣。

【缺陷】不圓滿的地方。

【破綻】露出毛病或漏洞。

【瑕疵】缺點、毛病。

【遜色】較差、比不上。

【窳劣】惡劣，粗劣。窳，ㄩˇ。「品質窳劣」。

【罅隙】形容缺點或劣跡。罅，ㄒㄧˋ，裂開。

【蹩腳】跛腳，常用於形容品質粗糙、低劣。

【望塵莫及】遠遠落後。

末的華麗〉）

我的一位曾叔祖到杭州去應鄉試，俗稱考舉人，他在考棚裡夢到一隻碩大無比的手伸進窗子。因為他從來沒有見過這樣大的手，這個夢就被解釋為他將獨占鰲頭的徵兆。放榜時我的曾叔祖居然中試第一名，俗稱解元。（蔣夢麟〈滿清末年〉）

我在舊中國半封建半殖民地的社會裏寫作了二十年，寫了幾百萬字的作品，其中有不少壞的和比較壞的。即使是我的最好的作品，也不過是像個並不高明的醫生開的診斷書那樣，看到了舊社會的一些毛病，卻開不出治病的藥方。三四十年前讀者就給我寫信，要求指明出路，可是我始終在作品裏呼號，呻吟，讓小說中的人物絕望地死去，讓寒冷的長夜籠罩在讀者的心上。（巴金《家．後記》）

那些討海人平時也曾組社練幾招拳棒，大家對這外鄉人的拳腳功夫實在是佩服，即使那個自稱為福建泉州人的阿福叔，比起他來還是相當遜色。（王拓〈吊人樹〉）

一個不快的牽掛始終沉沉的墜在心上，不知有多惱人，總是腳上這雙不稱心的「女官鞋」，叫人意識著長了一雙老太太的腳，又笨拙，又不如人。也沒見過還有這樣蹩腳過氣的式樣，又厚又笨，傳教的老太太才穿這樣的皮鞋。（劉慕沙〈元首的皮鞋〉）

牆上的字畫與書架上的圖書也有個特點：都不是名人的傑作，可也不是頂拙劣的作品。那些作畫寫字的人都是些小小的名家，宦級在知府知縣那溜兒，經唐家的人一給說明便也頗有些名聲事業，但都不見經傳。對聯與中堂等項之中，夾雜著一兩張相片，還有一小張油

【瞠乎其後】瞪大眼在後遙望。落後很多，趕不上。

【難望項背】比喻程度相差太遠，趕不及、比不上。

【小巫見大巫】比喻能力相差甚遠，無法相提並論。

難

【吃重】負擔重。

【畏途】比喻危險困難，令人不敢嘗試的事。

【棘手】事情難以處理。

【費神】耗費精神。

【撓頭】用手搔頭。形容事情煩雜，不易解決。

【盤錯】盤旋交錯，複雜。

【磨人】糾纏，折騰人。

【繁重】事情多而責任重。

【繁複】繁多複雜。

【艱虞】艱難憂患。

【艱鉅】困難繁重。

【傷腦筋】意指事情不易解決，費心思。

【荊天棘地】比喻障礙重重，充滿困難。

【艱難險阻】比喻所遭受到的艱險困難。

【萬難】各種困難。

【海底撈針】比喻東西很難找到或事情很難做到。

【挾山超海】比喻做不到的事情。

【移山填海】極度艱難。

【難若登天】極為困難，如同登天一般。

【鐵樹開花】比喻事物罕見或極難實現。

畫，相照得不佳，畫也不見強，表示出應有盡有的苦心，而順手兒帶出一點浮淺的好講究。（老舍〈文博士〉）

在回家的路中，麗卿一路打著噴嚏。隨即，她患了重感冒，變成急性肺炎。那時，肺炎還是相當棘手的病，不到半個月，麗卿因為肺炎死掉了。（鄭清文〈髮〉）

幾天過去，一個互助會也莫能成形。老梁夫婦看不過意，便替他到處張羅招了三個會，解決辛先生眼下的艱虞。（王禎和〈素蘭要出嫁〉）

〔……〕四美叫了起來，發現她自己那套禮服，上部的蕾絲紗和下面的喬琪紗裙是兩種不同的粉紅色。各人都覺得後天的婚禮中自己是最吃重的腳色，對于二喬四美，玉清是銀幕上最後映出的雪白耀眼的「完」字，而她們是精采的下期佳片預告。（張愛玲〈鴻鸞禧〉）

我們這些老前輩無求於他，等他來的時候，我們約齊了一概不見。我們不要認得他。就是在別處碰見了，他稱我們前輩、老前輩，我們只拱手說「不敢當」，也不要理他。如此等他碰過幾回釘子，怕見我們的面，以後叫他們把這翰林一道視為畏途，自然沒有人再來了。（清．李寶嘉《官場現形記》）

說話是一件費神的事，能少說或不說以及應少說或不說的時候，沉默實在是長壽之一道。至于自我宣傳，誠哉重要——誰能不承認這是重要呢？（朱自清〈沉默〉）

易

【淺易】淺顯容易。

【單純】人或事物不複雜。

【輕易】輕鬆容易。

【簡易】簡單容易。

【一蹴可幾】一舉腳就能到達。比喻一下子成功。另有「一蹴而就」。

【反掌折枝】反轉手掌，折取樹枝，至簡易之事。

【手到擒來】一出手就將敵人捉住，輕而易舉。

【吹灰之力】不費力，事情很容易辦成。

【易如反掌】容易做到。

【迎刃而解】容易處理。

【探囊取物】伸手到袋子裡取東西，事情極易辦到。

【唾手可得】容易獲得。

【輕而易舉】毫不費力。

【甕中捉鱉】比喻舉手可得，有確實的把握。

整齊

【工整】精細整齊。

【勻整】勻稱工整。

【井然】整齊、有條理貌。

【平整】平坦，整齊。

【依次】按照次序。

【秩序】次序，條理。

【規則】定式、規律的。

【逐步】一步步的進行。

【整理】整頓治理。

【整飭】整頓。

【整頓】把散亂或不健全的事物治理得有條不紊。

如果說我是經驗的信徒，我祇是現實經驗的信徒，而非浪漫經驗的信徒。革命，戰爭，饑餓，五角戀愛，重婚，諸般經驗並非人人可得，但是普通人的週遭事故，成長，職業，婚嫁，生老病死，普通人唾手可得，普通的作家都可採用——而作品未必普通。（王文興〈給歐陽子的信〉）

此人有一身好本事，弓馬熟嫺，發矢再無空落，人號他連珠箭。隨你異常狠盜，逢著他便如甕中捉鱉，手到拿來。（明．凌濛初《初刻拍案驚奇》）

雖然立夫不太瞭解自己，他覺得願意從事新聞事業，而且結婚之後，打算出國留學。他寫文章表達情意是輕而易舉的，並且對身外各種情勢能洞察弊端，所以表達時能一針見血，把難達之情，一語道出，恰到好處。每逢人心裡有一警句妙語，心想表達於外，或出諸口頭，或形諸筆下，可以說是人之本性。也許立夫天性偏於急躁，憤世嫉俗，對詭詐偽善全不能容忍。（林語堂《京華煙雲》）

噓吁！緩緩拔劍三尺／吐出了七顆星宿，／佈成北斗位置——／天樞天璇天璣天權，／玉衡開陽搖光，／雖是曲折迴腸，／卻是井然有理；／〔……〕（張錯〈觀劍〉）

在都市進步繁榮，整齊秩序的靚容裡，卻存在著難以解決的文明苦果——擁擠、罪惡、噪音和汙染。（林燿德〈在都市的靚容裡〉）

我也是去看的一個，先送了一份香燭；待到走到他家，已見連殳在給死者穿衣服了。原來他是一個短小瘦削的人，長方臉，蓬鬆的頭髮和濃黑的須眉占了一臉的小半，祇見兩眼在黑氣裏發光。那穿衣也

【嚴整】嚴肅整齊。
【井井有條】整齊有序。
【有條不紊】指條理分明而不紊亂。語本《書經．盤庚上》：「若網在綱，有條而不紊。」
【按部就班】做事依照一定的層次、條理。
【條理分明】有系統、層次，不紊亂。
【措置有方】指人對事物安排處置極有條理。
【循序漸進】按照一定的次序與步驟逐漸推進。

穿得真好，井井有條，仿佛是一個大殮的專家，使旁觀者不覺嘆服。（魯迅〈孤獨者〉）

青年人討厭世故，重實幹，雖然程度不同，原是一般的趨向。不過清華跟都市隔得遠些，舊制生出洋五年，更跟中國隔得遠些，加上清華學生入學時一般年歲也許小些，因此這種現象就特別顯著。有些人談清華精神，強調在學時期的愛清潔守秩序等。乍看這些似乎是小事，可是實在是跟畢業後服務時期的按部就班的實幹精神密切的聯繫著的。（朱自清〈我所見的清華精神〉）

雜亂

【紊亂】雜亂、無秩序。
【紛亂】雜亂。
【凌亂】雜亂而無秩序。
【狼藉】形容凌亂不堪。
【混淆】雜亂無別。
【參錯】參差相雜的樣子。
【散漫】分布紛亂。
【潦草】凌亂，不工整。
【錯落】參差相雜的樣子。
【錯亂】雜亂無序。
【蕪雜】雜亂，沒有條理。
【雜沓】雜亂，紛亂。亦作「雜遝」。
【擾亂】紛擾，紛亂。
【龐雜】多而雜亂。
【七零八落】散亂貌。
【混亂】無條理、無秩序。
【破亂】殘破雜亂。
【駁雜】交雜混亂。
【紛雜】雜亂。

住到歐洲來之後，看到滿街走著那種嘴唇四周長著寸許長鬍子的老太太，很是受到驚嚇，猜想這些白種老婦人之所以跟男人一樣「嘴上有毛」，大概是吃多了各種成藥，紊亂了身體裡的內分泌系統，導致男性荷爾蒙的過量分泌所致。（鄭寶娟〈一百個摩登噩夢〉）

我和鄉親們一起走出窯洞，眼見到處一片狼藉，唯有村頭的大樹雖然斷了勁枝，卻仍然像石崖一樣高高聳立著，而碧草和田苗就像撲倒於血泊中的少女，正兩手撐地掙扎著抬起身子，我的心頭驀然升起一股強烈的悲壯感。（劉成章〈老黃風記〉）

我走到秋雨零落的街上。前方空無人跡。高低錯落的街屋輪廓黑黑的，寂寂的；街越寬越遠，就越充滿著歷史感，神祕感。（劉燁園〈自己的夜晚〉）

一語未完，鳳姐便拉過劉姥姥來，笑道：「讓我打扮你。」說著，

【亂紛紛】形容雜亂無序。

【破零三亂】零零散散，亂七八糟。《金瓶梅・第十六回》：「如今他那邊樓上，堆的破零三亂。你這些東西過去，那裡堆放？」

【零七八碎】事物紛亂零碎。

顯明

【昭灼】顯著，彰明。

【昭然】明顯的樣子。

【昭著】明白，顯著。

【昭彰】顯著，彰顯。

【惹眼】引人注目。

【赫然】意指引人注目的事物突然出現。

【醒目】形象鮮明，顯眼。

【鮮明】清楚、明白。

【露骨】用意十分顯露，毫無掩飾或假裝的狀態。

【顯眼】容易被看出。

【顯著】顯明。

【顯豁】顯明昭著。

【有目共睹】人人都看得到。比喻極清楚明顯，

【犖犖大者】非常明顯、明確。犖，ㄌㄨㄛˋ，毛色不純的牛；分明，顯著。

【彰明較著】形容非常顯明。較，明顯。

【顯而易見】事情或道理明顯而容易明白。

將一盤子花橫三豎四的插了一頭。賈母和眾人笑的了不得。劉姥姥笑道：「我這頭也不知修了什麼福，今兒這樣體面起來。」（清・曹雪芹《紅樓夢》）

攤開東部開發時期的地圖，依丁山尖尖的峯頂，被圈畫了一個惹眼的紅色危險記號，把它列為開發過程當中，最為險阻的一站。（施叔青〈倒放的天梯〉）

女人挨了打，楞了一下，被太陽晒黑的臉上赫然是一個看得很清楚的血手印，〔……〕（洪醒夫〈吾土〉）

今天，人們經常看到在一些陳舊的住宅區裡，廁所顯得氣派和醒目。在那裡，人們居住的房屋，人們行走的街道顯得破舊和狹窄，從遠處看去就像是一堆灰塵那樣，倒是廁所以明亮的色彩和體面的姿態站在中間，彷彿是一覽眾山小。（余華〈奢侈的廁所〉）

人類原不能不喫。但喫字的意義如此複雜，喫的要求如此露骨，喫的方法如此麻煩，喫的範圍如此廣泛，好像除了喫以外就無別事也者，求之於全世界，這怕只有中國民族如此的了。（夏丏尊〈談喫〉）

模糊

【依稀】模糊、不清楚貌。

【迷離】模糊難以分辨。

【混沌】模糊，不分明。

【漫漶】模糊不可辨別。漶，ㄏㄨㄢˋ。

【曖昧】含混不清，不明。

【隱約】不分明的樣子。

【隱晦】幽暗，不明顯。

【隱微】幽暗不明顯。

【朦朧】不清楚，模糊。

【撲朔迷離】形容事物錯綜複雜，難以明瞭真相。語本《樂府詩集．木蘭詩》：「雄兔腳撲朔，雌兔眼迷離。」

【影影綽綽】隱約、模糊不真切的樣子。

【霧裡看花】看不清事情的真象。原形容視界模糊，看不清楚。語本杜甫〈小寒食舟中作〉：「春水船如天上坐，老年花似霧中看。」

很

【甚】很，非常。

【挺】很，甚。

【殊】非常，極，甚。

【頗】甚，很，非常。

【良】很，甚。「良久」。

【深】很，非常。「深得人心」。

【十分】很，非常。

【萬分】極甚，非常。

【十二萬分】形容達到極點的程度。

【不勝】不禁，無限。

【好生】很，非常。另有「好不」。

【何其】多麼。

落日黃昏時節，站到那個巍然獨在萬山環繞的孤城高處，眺望那些遠近殘毀碉堡，還可依稀想見當時角鼓火炬傳警告急的光景。（沈從文〈我所生長的地方〉）

如今想來，有神無神並不值得爭論，但在命運的混沌之點，人自然會忽略著科學，向虛冥之中寄託一份虔敬的祈盼。（史鐵生〈我二十一歲那年〉）

婦人回來的時候，或許是沒追上她丈夫，或許是追上了又聽了幾句狠話，她眼眶周圍黑色的眼影已漫漶開來，她抱起小女孩，不住地用哽咽的聲音向他道謝。（袁哲生〈送行〉）

隔著玻璃窗望出去，影影綽綽烏雲裡有個月亮，一搭黑、一搭白，像個戲劇化的猙獰的臉譜。一點，一點，月亮緩緩的從雲裡出來了，黑雲底下透出一線炯炯的光，是面具底下的眼睛。（張愛玲〈金鎖記〉）

當年操場上太陽白花花地，小跑著嬉鬧一陣，邦兒就站到茄苳樹蔭下去了。小時候，他憨憨的、胖胖的，聽由媽媽打扮，有時穿白襯衫打上紅領結，煞是好看。（陳義芝〈為了下一次的重逢〉）

奴才做了主人，是決不肯廢去「老爺」的稱呼的，他的擺架子，恐怕比他的主人還十足，還可笑。這正如上海的工人賺了幾文錢，開起小小的工廠來，對付工人反而凶到絕頂一樣。（魯迅〈上海文藝之一瞥〉）

我們在塔上眺望，鳴鐘時刻已過，四界一片安詳。越過綠意盎然的山城望向海口，灣上起了霧，深淺各幾分，朦朧的金門橋跟舊金

【何等】感嘆詞。多麼。
【格外】特別，普通範圍外。
【萬般】極甚，非常。
【煞是】極是，非常。
【至】極，甚。
【最】至極。
【極】程度最高的；很。

好像

【猶如】如同，好像。
【不啻】無異於；如同。
【彷彿】似乎，好像。
【宛如】彷彿。另有「宛然」。
【近乎】差不多，幾乎。
【相若】相似。
【相仿】大致相同。
【恍若】彷彿，好像。亦作「恍如」。
【恰似】正如，就好像。
【貌似】外表很像。

【絕頂】極甚。
【窮盡】竭盡，盡止。
【無以復加】不能再增加。指已到達了極點。
【莫此為甚】沒什麼能超過它。形容程度極深。

【隱然】彷彿，好似。
【類似】差不多，大致相似，或部分相等但非全等。
【相去無幾】相差不多。
【活脫】酷似，極像。
【亂真】逼真，真假難辨。
【酷似】極像。
【酷肖】非常像。
【儼如】極似。另有「儼然」。

山，倚著漸行漸遠而淡薄的山陵，一層隔一層。一切如常，看不出去年在大陸彼岸，雙子塔受擊崩毀，反恐之戰的喧囂甚上，掌權的新保守派已經撼動這個國家，侵入這個校園。（林郁庭〈柏克萊精神〉）

一張團體照，先是為讓座擾攘了半天，好不容易都各就神位，後排的立者不是高矮懸殊，就是左右失稱，不然就是誰的眼鏡反光，或是帽穗不整，總之是教攝影師看不順眼，要叫陣一般呼喝糾正。（余光中〈誰能叫世界停止三秒？〉）

個人無法抵抗時代巨獸運轉的腳步，資訊科技突飛猛進後造成語言的氾濫，學習速讀以擴充眼睛在一秒鐘內所能掃瞄到的容量，好吞嚥增張之後臃腫的報紙，這對細嚼慢嚥的詩不啻作了最無情嘲諷。（郝譽翔〈詩的完成〉）

感到睏倦要閉上眼睛的時候，隱然看見一個星星，在低垂的月亮旁眨眼。（李敏勇〈想像〉）

此時此地，基隆河儘管水波微微盪漾，水草迎風招展，但看來渾不似含情的細語，活脫是無言的嗚咽。（郭鶴鳴〈幽幽基隆河〉）

這是兩夫婦的問題，誰最愚蠢，別人似乎不能置喙，輕易加以判斷。《百喻經》故事所注重的是人的性格。千年前世界上既儼然曾經有個這種丈夫，這性格也似乎就有流傳到如今的可能。我們如今已不容易遇到這種丈夫了，但卻可從別種人物的治國政策生活態度得知一二。（沈從文《大山裡的人生》）

4 數量

多

【大宗】大批。

【大批】大量、很多。

【飽和】容許的最高限度。

【眾多】許多的。

【如蟻】眾多的樣子。

【洋洋】眾多的樣子。

【浩繁】浩大而繁多。

【繁多】種類多。

【無數】極多。

【不貲】數量極多。貲，計量，估量。

【萬千】形容很多、許多。

【萬端】極多。

【車載斗量】用車裝載，以斗來量。形容數量很多。

【滿坑滿谷】比喻數量極多，到處都是。

【不可勝數】形容非常多，多到數不完。

【不知凡幾】數目多得不可計算。

【不計其數】形容數目眾多，無法估算。

【成千累萬】數量很多。

【恆河沙數】數量極多。

寡

【鮮】少。「鮮見」。

【寡】少。「寡不敵眾」。

【少許】一點點。

【些微】少許。

【無幾】很少、不多。

【涓滴】比喻微少或極少的財

默默地，凝視著那一雙美麗的形影消失在如蟻的人流之中。對於人世間罩天蓋地鋪陳下來的情網，不知是欣還是悲了。（曹又方〈一雙手套〉）

這個時期，不當下雨的。下了這麼久的雨，橘子容易落，收成不好，採橘亦不便，橘子損失不貲，如何是好？（粟耘〈矛盾山居〉）

詩人艾略特著名的長詩巨構《荒原》，便也緣起於希臘神話裡那位向神求得如恆河沙數之壽，但忘了同時要求不老不病、青春常駐的巫祝的故事——最終她倒臥荒原之上，渾身病痛，形容醜惡，卻求死不得。（陳克華〈鼠室手記〉）

此山叫做靈臺方寸山，山中有座斜月三星洞，那洞中有一個神仙，稱名須菩提祖師。那祖師出去的徒弟，也不計其數，見今還有三四十人從他修行。你順那條小路兒，向南行七八里遠近，即是他家了。（明．吳承恩《西遊記》）

爺爺沒有回話，緩緩翻了個身。削薄脊骨撐起的衛生汗衣上掉落無數爽身粉粒，整張草蓆螢光點點，使我生出一種深海魚類骨殼透光可見，鬚角款擺的透明感覺。（陳柏青〈大屋〉）

曲曲折折的荷塘上面，彌望的是田田的葉子。葉子出水很高，像亭亭的舞女的裙。層層的葉子中間，零星地點綴著些白花，有嬝娜地開著的，有羞澀地打著朵兒著；〔……〕（朱自清〈荷塘月色〉）

因為在學校的課本中，祇教育學生樹林可以用來製造家具、蜘蛛

物、利益。

【區區】微小。

【幾希】相差不多、很少。

【零星】零散；分布稀疏。

【寥寥】數量稀少。「寥寥無幾」。

【毫髮】比喻極少的數量。

【絲毫】極微，非常少。

【屈指可數】扳著手指即可數清。形容數量很少。

【鳳毛麟角】比喻稀罕珍貴的人、物。

【九牛一毛】許多牛身上的一根毛。多數中的極少部分，對大體沒什麼影響。

【缺乏】短少，不足。

【短欠】欠缺。

【闕如】欠缺。闕，ㄑㄩㄝ，空缺。如，語助辭。

【付之闕如】指缺少某些應該有而沒有的。

會捕捉蚊繩、何種蕈菌有毒，真正的生態學始終闕如。（陳煌〈人鳥之間．冬春篇〉）

喬冽艴然而返，自恃有術，遊浪不羈。因他多幻術，人都稱他做「幻魔君」。」後來到安定州。本州亢陽五個月，雨無涓滴。州官出榜，如有祈至雨澤者，給信賞錢三千貫。（元末明初．施耐庵《水滸傳》）

文藝復興挾崇拜人體之靈感以俱來，並其內心之體認，肯定生命是美麗的。中國文化的大部分傳統觀念就不有希臘文化的影響本已很切近乎人文主義，可是所怪者「人體是美麗的」這種說法竟始終付之闕如。（林語堂〈人生的盛宴〉）

全部

【均】皆，全。「老少均安」。

【具】皆，都，全。

【咸】都，皆，全。

【備】盡，皆，完全。

【滿】全，遍，整個。

【舉】全部的，整個的。「舉國歡騰」。

【一概】全部。

【一應】一切。

【十足】非常充足的程度。

【全豹】全部，整體。

【全副】全部，整套。

【全數】全部的數量。

【全盤】全部，全體。

【通盤】全盤，全部。

【悉數】全數，完全。

縱然農人果真僥倖能逃過滅亡，下一代悉數流向都市，後繼無人，農村依然要亡。（陳冠學〈田園今昔〉）

平平坦坦的大海之上／果然渾然自自然的是什麼都沒有（羅青〈多次觀滄海之後再觀滄海〉）

振保想把他的完滿幸福的生活歸納在兩句簡單的話裡，正在斟酌字句，抬起頭，在公共汽車司機人座右突出的小鏡子裡看見他自己的臉，很平靜，〔……〕（張愛玲〈紅玫瑰與白玫瑰〉）

點蒼漁隱見師弟中毒深重，又是擔憂，又是憤怒，拉起袍角在衣帶中一塞，就要奔出去和霍都交手。黃蓉卻思慮到比武的通盤大計，心想：「對方已然勝了一場，漁人師兄出馬，對方達爾巴應戰，我們

【渾然】完全；全然。

【整體】全體。

【一股腦兒】全部，通。

【纖悉無遺】非常詳盡，最微小的部分都沒遺漏。

【賅備】完備；完全。

【完備】完整齊備。

【完滿】圓滿無缺。

【齊全】詳備，完備。

【齊備】俱備齊全。

部分

【大抵】大概，大多數。

【大致】大約，大概。

【約莫】大約，大概。

【約略】大概。

【粗略】粗簡，不精確。

【梗概】大略情形。

【率皆】大都是。

【八成】多半，大概。

【多半】大多數；大概。

【泰半】過半；大多。

【片面】單方面的。

【單方面】只有一方面。相對於全面而言。

【局部】全體中的一部分。

【有些】一點，一部分。

【若干】大約計算之詞。即多少、幾許的意思。

【一斑】事情的一小部分。

【可見一斑】指由事物的某一點，便可推論其全貌。

【略微】稍微。

【稍許】些微，一點點。

並無勝算。」（金庸《神鵰俠侶》）

她鬥爭的對象是歲月的侵蝕，是男子喜新厭舊的天性。而且她是孤軍奮鬥，并沒有人站在她身旁予以鼓勵，像她站在羅的身邊一樣。因為她的戰鬥根本是秘密的，結果若是成功，也要使人渾然不覺，決不能露出努力的痕跡。（張愛玲〈五四遺事〉）

二叔於星期假日，一定下鄉陪父親作上下古今談，他讀的新理論書比父親多，我更不敢望其項背。他每於書櫥中取出一部書，略略翻閱，便能述其梗概。（琦君〈三更有夢書當枕——我的讀書回憶〉）

郵局前即是有名的奧柏林廣場，而對著銘賢樓和家教中心，平常也是同學聚集的要塞，大概書信往來，約會、討論、借筆記等等，率皆在此進行。（吳鳴〈信箱〉）

第二天我再到「大陸書店」的時候，那年輕店員又為我搬出來兩箱，泰半都是詩集，〔……〕（何欣〈舊書店〉）

寺內現存一口「千人鍋」，直徑近二米，可容一千一百升，頗為引人注目。古剎當年的盛況，於此可見一斑。（謝大光〈鼎湖山聽泉〉）

生存是無目的的無所為的，正與若干小公務員小市民情形極其相同，同樣是混日子，迷迷糊糊混下去，聽機會分派哀樂得失，在小小生活範圍內轉。（沈從文〈大山裏的人生〉）

【不二】忠誠無二心。

【無雙】獨一、最卓越的。

【絕代】當世無雙。

【絕倫】超越群倫，無可相比。

【獨步】獨一；無與倫比。

【曠世】當代無可比擬。

【空前絕後】獨一無二。

【無出其右】指沒有能勝過的，因古時以右為尊。語出《漢書・高帝紀下》。

【無與倫比】沒有相類似或可比擬的。

【絕無僅有】只有一個，沒有別的。形容非常少有。

【碩果僅存】僅存的大果實。唯一仍存的人或物。

【獨一無二】只此一個，別無其他。最突出的。

生平喜愛交接名士，故和高陽、唐魯孫、夏元瑜、張佛千等往來密切，相知相惜，時受薰陶啟發。「老蓋仙」夏元瑜曾稱其廚藝為「獨步全台」，他謙而弗受，〔……〕（朱振藩〈御廚巧烹姑姑筵〉）

您老早年就寫詩，還不能不說是一大文體家，霸氣可是空前絕後，把國中的文人都滅了，這又是您偉大之處。他說他還能弄點文墨也是得等老人家過世之後。（高行健《一個人的聖經》）

同學們都說英雲長得極合美人的態度。以我看來，她的面貌身材，也沒有什麼特別美麗的地方。不過她天然的自有一種超群曠世的豐神，便顯得和眾人不同了。（冰心〈秋風秋雨愁煞人〉）

〔……〕因為是天然的材質，軟木塞讓每一瓶酒都可以變成獨一無二的一瓶，特別是經過一段時日的瓶中熟成之後，多變與不可預期，有些時候反而是葡萄酒最迷人的地方。（林裕森〈關於封瓶〉）

物態》一、植物

1 花

花朵

【秀美】秀麗、美好。

【明麗】明淨、美麗。

【幽峭】幽雅、峭秀。

【娉婷】姿態美好貌。

【清純】清新、純潔。

【清健】清新、剛勁。

【清華】清雅、美麗。

【清綺】清麗。

【清韻】清雅的韻味。

【瑰麗】奇特、絢麗。

【玉琢似的】像是用玉雕刻成的。形容秀美的樣子。

【冰肌玉骨】形容花朵秀雅、耐寒。也可形容女子儀容秀美或體膚潔白。

【孤芳自賞】獨秀的香花，彷彿有一股自我驕矜的情態。也可用來比喻自命清高或自我欣賞。

【妍婉】豔麗美好。

【妍豔】豔麗。

【秀豔】豔麗。

【溫馥】溫暖濃郁。

【嬌豔】豔麗。

【錦繡】形容色彩美麗鮮豔，也可用來比喻美好的事物。另亦指質地精美的絲織品。

【燦然】鮮麗貌。或作明亮貌。

【鮮俏】鮮嫩、俏麗。

【穠華】花開繁盛而豔麗。

【豐潤】豐美、潤澤。

【爛漫】色彩絢麗。

還有白的雛菊，黃的紅的大麗花，繁星似的金錢菊，丹砂似的雞冠，也在這荒園中雜亂的開著，秋花不似春花；桃李之穠華，牡丹芍藥的妍豔，不過給人以溫馥之感，你想於溫馨之外，更領略一種清健的韻致和幽峭的情緒麼？你應當認識秋花。（蘇雪林〈綠天〉）

萬花爭寵／嬌柔都似淑女名媛／唯有妳／從汙泥濁水中／挺拔而出，以清純／驚豔（向明〈蓮座〉）

生前我帶劍來此／樹葉嫩綠，花落嫣紅／正鋪滿一地清綺／身後我帶酒來此／蓑草連天，荒墳亂土／立盡黃昏雨或未語（溫瑞安〈華年〉蓑草，龍鬚草的別名。蓑，ㄙㄨㄛ）

紫色向晚　向夕陽的天窗／儘管荷蓋上承滿水珠　但你從不哭泣／仍舊有蓊郁的青翠　仍舊有妍婉的紅焰／從澹澹的寒波擎起。（蓉子〈一朵青蓮〉）

在宋代的詩人中，就連曾子固素來被認為不會寫詩的人，也都寫過幾首詩，盡情歌唱山茶花的秀豔和高尚的性格。曾子固的詩中有些句子也很動人。比如，他說：「為憐勁意似松柏，欲攀更惜長依依。」他把山茶花和松柏相比，可算得估價極高了。（鄧拓〈可貴的山茶花〉）

依然空翠迎人！／小隱潭懸瀑飛雪／問去年今日，還記否？／花光爛漫，石亭下／人面與千樹爭色（周夢蝶〈落櫻後．遊陽明山〉）

刺桐花一直都是較少得到詠歎的花。它的花期長，不易凋謝，

【俗豔】俗氣的豔麗色彩。
【柔美】柔和美好。
【妖嬈】嫵媚多姿。
【荏弱】柔弱貌。
【軟薄】柔軟而薄弱。
【單薄】薄弱；瘦弱。
【婉媚】柔美貌。
【嫣潤】美好、柔和。
【旖旎】ㄧˇ ㄋㄧˇ，柔美的樣子。
【魅異】迷人而又奇特的。
【嬌俏】美麗俊俏。
【嬌柔】嬌媚柔弱。
【嬌弱】柔嫩纖弱。
【嬌嬈】嫵媚柔美。
【嫵媚】柔媚。
【靈巧】精致小巧。
【絹繒也似的】形容像絲一樣的纖細。
【打旋】旋轉。
【旋捲】隨風旋繞、翻捲。
【旋舞】隨風旋轉、舞動。
【蹁躚】ㄆㄧㄢˊ ㄒㄧㄢ，形容旋轉舞動的樣子。
【翩躚】形容輕快地旋轉舞動的樣子。
【肥厚】肥壯厚實。
【臃腫】粗大笨重。

花開

【野生】未經人工培植、馴養而自然成長。
【賤生粗長】可形容植物不必經過人工悉心照顧，便能自行生長。
【含苞】花朵含著花苞，尚未綻放。
【含葩】含苞待放。葩，ㄆㄚ。

是一種健康的花，因為健康，於是沒有了桃花、櫻花的嬌柔婉媚，〔……〕（沈花末〈刺桐花與黃槿花〉）

試想在圓月朦朧之夜，海棠是這樣的嫵媚而嫣潤，枝頭的好鳥為什麼卻雙棲而各夢呢？（朱自清〈月朦朧，鳥朦朧，簾捲海棠紅〉）

我最偏愛的色調就是紫和綠，因此只要看到桔梗，就完全被制約似的馬上掏錢。我覺得桔梗百看不厭，它是長枝條，買一大把回來，往花器裡一放，就自然會有傾斜旖旎之姿。（袁瓊瓊〈生活裡看見的〉）

順著沙漠中的細徑走，芒花高過人頭，在朝陽中，絹繒也似的閃著白釉的彩光，襯著淺藍的天色，說不出的一種輕柔感。（陳冠學〈九月十日〉）

憑空而來的風一浪一浪地掀動斑斕的落葉，如同掀動著生命的印象。我感覺自己就像是這空空的來風，只在脫落下和旋捲起斑斕的落葉之時，才能捕捉到自己的存在。（史鐵生《務虛筆記》）

他默立在窗畔，茫然望向庭院盛開的春花，暖風輕輕拂過花瓣，猶似有縷縷花魂，蹁躚舞在那素白迂曲的迴廊、幽藍的潭池、小拱弧橋、青石花徑，和向晚的橙霞天空裡。（陳燁《烈愛真華》）

是凡跟著太陽一起來的，現在都回去了。人睡了，豬、馬、牛、羊也都睡了，燕子和蝴蝶也都不飛了。就連房根底下的牽牛花，也一朵沒有開的。含苞的含苞，卷縮的卷縮。含苞的準備著歡迎那早晨又要來的太陽，那卷縮的，因為它已經在昨天歡迎過了，它要落去了。（蕭紅《呼蘭河傳》）

就花而言，那等待在季節中的容顏，只要時間一到，不由分說，

【蓓蕾】含苞未放的花。

【含苞待放】含著花苞而將要綻放的花朵。也有「含苞欲放」。

【微啟】花苞微微開啟，準備綻放。

【放蕊】開花。

【卷舒】卷縮和舒展。也有「舒卷」。

【花事】有關花的種種情狀和事由。多指春日百花盛開之事。

【花信】花開的消息。

【怒放】花朵盛開的樣子。

【迸放】噴射發出。可形容花朵綻開。

【盛開】花朵茂盛的開放。

【開放】花蕾張開。

【舒展】伸展；不捲縮。

【綻放】花蕾展開、吐放。也有「綻開」。

【漫燒】整個都燃燒起來。可形容遍滿盛開的花。

【潑撒】此指各色花朵爭相綻放。另有將液體或細小東西向外倒灑，使其散開。

【鬧意】熱鬧的意趣。可形容花朵盛開。

【噴薄】形容事物出現時的氣勢狀盛。

【鬆染】像塗漆一樣沾染附著。此形容花朵盛開貌。

【燃燒】可形容花盛開貌。另有比喻事物處於熱烈狀態。

【燦發】光彩絢麗地綻放。

【趕趟兒】本指在市集或賽會時，大家爭先恐後趕去參加。也有湊熱鬧的意思。此形容各種花朵爭相綻放。

【雜樣兒】在此形容不同的花混合在一起。

【火燎原般】像烈火燃燒草原一樣。在此形容群花盛開。

一波波的顏彩潑撒開來，向來是顧不得愛花人得見，或非愛花人視而不見的。它的恣肆任縱，有時大片，有時小點。大片時，可以改變整個城市，可以鬆染整座山頭，落花如雨，踏花歸去，那顏彩、態勢只是說是天惠。（凌拂〈錦簇依風〉）

櫻花絕對不是孤芳自賞的花，一開便是成片成山地開，而且是一口氣地開、同時地開，所以也令人能感染到櫻花的鬧意與生命力，會發出同為生物的哀怨的共鳴。（劉黎兒〈櫻花絕景〉）

桃樹、杏樹、梨樹，你不讓我，我不讓你，都開滿了花趕趟兒。紅的像火，粉的像霞，白的像雪。花裡帶著甜味；閉了眼，樹上彷彿已經滿是桃兒、杏兒、梨兒！花下成千成百的蜜蜂嗡嗡地鬧著，大小的蝴蝶飛來飛去，野花遍地是：雜樣兒，有名字的、沒名字的；散在草叢裡，像眼睛、像星星，還眨呀眨的。（朱自清〈春〉）

我喜歡的，也無非是那一種火燎原般奉獻式的花朵盛放；以及在拚盡生命之力後，花朵兒飄然萎地的心甘情願，無聲無息。（愛亞〈春日且去看花〉）

生長在大江北岸一個城市裏，那兒的園林本是著名的，但近來卻很少；似乎自幼就不曾聽見過「我們今天看花去」一類話，可見花事是不盛的。（朱自清〈看花〉）

每天，只要一到落日時分，小朵小朵的蓓蕾就會慢慢綻放，圓圓柔柔的，伴隨著那種沁人心脾的芳香。（席慕蓉〈花事〉）

【皴】ㄘㄨㄣ，可指花的枝幹皺縮、枯瘦。

【卷縮】拳曲而收縮。可形容花開過後的凋萎貌。

【枯槁】枯萎。

【枯瘠】枯萎、瘠弱。

【衰萎】衰敗、萎縮。

【凋萎】凋謝、枯萎。

【凋落】衰敗、零落。

【凋謝】花葉或草木枯萎、脫落。另有比喻老人死亡。

【乾枯】枯萎。

【殘花】凋零的花。也作未落盡或將謝的花。

【殘凋】殘落、凋零。亦有「凋殘」。

【殘落】殘缺、零落。

【萎落】枯落；衰落。

【萎謝】枯萎、凋謝。

【搖落】凋殘。

【腐朽】腐爛、朽敗。

【褫落】脫落；掉下。褫，ㄔˇ。

【隳敗】隳，ㄏㄨㄟ。毀壞；敗壞。

【飛花】比喻落花飄飛。

【紅雨】比喻落花。或指落在紅花上的雨。

【殘紅】落花。

【殘英】落花。或指殘存未落的花。

【落花】掉落的花朵。

【落紅】落花。

【餞花】送別殘花。

【翻飛】忽上忽下地飄動。此指落花隨風飄散貌。

【飄零】指花、葉凋謝飄落。

【花吹雪】形容花瓣如雪花般飄揚飛舞。

【花雨遍落】形容落花如雨般遍布地面。

哎——／那有花兒不殘凋／那有馬兒不過橋／殘凋的花兒呀隨地葬／過橋的馬兒呀不回頭……（鄭愁予〈牧羊女〉）

「客散酒醒深夜後，更持紅燭賞殘花」；詩人那麼清醒地必須去面對熱鬧之後的冷寂。夜，已經是很夜了。他獨自拿著紅燭，似乎努力想尋回一些逝去的美。然而，花已是不可挽留地殘落了。（顏崑陽〈花下醉〉）

話說林黛玉只因昨夜晴雯不開門一事，錯疑在寶玉身上。次日又可巧遇見餞花之期，正在一腔無明，正未發泄，又勾起傷春愁思，因把些殘花落瓣去掩埋。由不得感花傷己，哭了幾聲，便隨口念了幾句。不想寶玉在山坡上聽見，先不過點頭感嘆；次後聽到「儂今葬花人笑痴，他年葬儂知是誰」，「一朝春盡紅顏老，花落人亡兩不知」等句，不覺慟倒山坡之上，懷裡兜的落花撒了一地。（清．曹雪芹《紅樓夢》）

風中翻飛的油桐花，宛如林間追逐嬉戲的白色精靈；一會兒跳到滑溜溜的巨石上，一會兒躺在姑婆芋的大葉片上；甚至爬到車前的擋風玻璃，稍作休息又乘著山風不知飛往何處？（霍斯陸曼．伐伐〈戀戀舊排灣〉）

正值三月末，上野櫻怒放，我蹓進公園，紅男綠女在花間享受春的沐禮，陣風吹來，我領受到「花吹雪」，我捨不得拂去一身花絮，珍惜得像粉紅的珍珠箔，初めて嘛！（汪恆祥〈沒了刀的武士〉）

其時芒花的開謝是非常短暫的，它像一陣風來，吹白山頭，隨即隱沒於無聲的冬季。（林清玄〈芒花季節〉）

湘雲便抓起骰子來，一擲個九點，數去該麝月。麝月便掣了一根出來。大家看時，上面是一枝荼蘼花，題著「韶華勝極」四字，那邊

【花墜落盡】形容花季已過，花朵全都墜落一地。

【殘花落瓣】凋零落下的花。

【落英繽紛】落花多而亂貌。

【落花如雨】掉落的花朵如同下雨般的密集。

【翩飛如雨】落花翩飛的情景如似天空下雨一般。

【飄然萎地】形容花朵飄落，凋謝於地面上。

【開謝】盛開與凋謝。

【荼蘼】落葉小灌木，春末夏初開花，其凋謝後表示花季結束，含有完結的意思。也作「酴醾」。蘼，ㄇㄧˊ。

【葬花】埋葬落花。

【消亡】消失、滅亡。

花況

【百卉千葩】意指各式各樣盛開的花朵。

【如火如荼】像火那樣火，像荼那樣白。多用來形容氣勢興盛、熾烈。荼，茅草的白花。也作「如荼如火」。

【抖抖擻擻】形容奮發、旺盛，充滿生氣的樣子。

【壯盛雲集】氣勢壯大，如雲般密集群聚。

【花團錦簇】花朵錦繡般聚集在一起。

【花繁似錦】形容花朵繁盛而美麗的樣子。

【英英雪雪】形容白芒花盛開似雪。

【星星點點】形容量多而分散。

【紛紅駭綠】形容花葉繁盛，隨風擺動。

【開得瘋狂】盛開到狂亂、毫無

寫著一句舊詩，道是：「開到荼蘼花事了。」（清・曹雪芹《紅樓夢》）

三人走到適來鎖著的大宅，婆婆踰墻而入，二人隨後，也入裏面去，祇見打鬼淨淨的一座敗落花園。三人行步間，滿地殘英芳草；尋訪婦人，全沒蹤跡。（明・馮夢龍《喻世明言》）

你磨蹭著，延捱著，就如同那一個冬日午後，你坐在距多摩川畔還有一些距離的神明神社前的一張公園木條椅上削一只蘋果吃。神社前的地上厚厚落了有紅有黃的櫻花葉，原來櫻花不光只落花的，不遠處，有幾名依舊穿著短褲短裙的小男生小女生邊吊單槓邊大聲爭執什麼，小男生立即可分配出有大雄、阿福、技安和其實從來不跟他們廝混冶遊的功課好的出木杉……（朱天心〈銀河鐵道〉）

昭和草的綿球花只要被風一吹，大量的綿絮種子便乘著風出發，如同空降部隊集結跳傘，在天空中開出壯盛雲集的傘花。（王家祥〈夏樹群茂〉）

粉紫的野牡丹，是在五月底陸陸續續開的，在這六月中，花容燦爛了十八尖山的山林小徑。山道上總有看不完的花，野牡丹之前，是火般燃燒的鳳凰木，而豔紅的鳳凰木之前，是滿山遍野開得瘋狂的相思樹。（馮菊枝〈十八尖山山道〉）

彼岸花之所以如此命名，是因它盛開於秋彼岸時期（春、秋彼岸各在春分、秋分前後三天，共一周），我是誤打誤撞闖進了它的花季。除了紅色彼岸花，我在哲學之道還看見白色彼岸花，漪歟盛哉！紅色彼岸花又稱「曼珠沙華」，白色彼岸花則為「曼陀羅華」。（王盛弘〈最好的季節〉）

節制的樣子。此用來形容花朵盛開貌。

【猗歟盛哉】指美麗繁盛到了極點。猗，一。歟，ㄩˊ。

【萬花如繡】形容繁花盛開，如同錦繡一般。

【滿山遍野】遍滿山嶺田野。形容數量多或範圍廣。也有「漫山遍野」、「漫山塞野」。

【層疊繁複】可形容花瓣層層重疊，繁多而複雜。

【繁星似的】形容花開繁密如星的樣子。

【花枝招展】形容花木枝葉隨風搖擺，景致美好。

【花容燦爛】形容花色美麗絢爛。

【嫣紅奼紫】花開得鮮豔嬌美。也作「奼紫嫣紅」、「萬紫千紅」。

【大如茶碗】形容花朵體積大如盛茶水的碗。

【冉冉】柔弱下垂的樣子。

【垂垂蕤蕤】花下垂貌。蕤，ㄖㄨㄟˊ，草木所垂結的花。

【倒懸垂掛】此指花朵垂下，像是倒置懸掛的樣子。

【垂攏收合】此指垂下的花瓣聚收一起。

實際，我向來對於花木無所愛好；即有之，亦無所執著。這是因為我生長窮鄉，只見桑麻、禾黍、煙片、棉花、小麥、大豆，不曾親近過萬花如繡的園林。（豐子愷〈楊柳〉）

我的確注意到這一路上的白芒花，都垂垂蕤蕤，是因為小雨淋過的關係嗎？（楊牧〈十一月的白芒花〉）

而曇花，不再昂然迎接朝陽，只倒懸垂掛葉下，不曾凋落，但所有的萼瓣都垂攏收合，鬆弛而疲軟，我拿在手裡聞了一聞，不再芳香。昨夜，曇花的一現燦然，真是像盡擲生命，力竭而亡。（程明琤〈曇花之夜〉）

這裏黛玉見寶玉去了，又聽見眾姊妹也不在房，自己悶悶的。正欲回房，剛走到梨香院牆角邊，只聽牆內笛韻悠揚，歌聲婉轉。黛玉便知是那十二個女孩子演習戲文呢。只黛玉素習不大喜看戲文，便不留心，只管往前走。偶然兩句吹到耳內，明明白白，一字不落，唱道是：「原來奼紫嫣紅開遍，似這般都付與斷井頹垣。」（清．曹雪芹《紅樓夢》）

〔……〕我們那個農場漫山遍野的雜草，人那麼高。有一種荊棘，頂可怕！開一團團白花的，結的果實爆開來，一球球的硬刺。〔……〕（白先勇〈夜曲〉）

花色

【大紅】正紅色。

【朱紅】正紅色。

【嫣紅】鮮豔的紅色。

【豔紅】鮮紅色。

【紅的像火】像火一樣的紅色。

【緋紅】深紅色。

花開起來的時候，像是一片錦繡的帷幕，鮮紫、大紅、淺粉、瑩白；在藍得透明的天空下燃燒著，把所有經過的人都看呆了。（席慕蓉〈花事〉）

桃花，／那一樹的嫣紅，像是春說的一句話：／朵朵露凝的嬌豔，是一些／玲瓏的字眼，／一瓣瓣的光致，／又是些／柔的匀的吐息；

【丹砂似的】像朱砂一樣的深紅色。

【胭紅】像胭脂一樣的紅色。

【桃紅】像桃花一樣的粉紅色。

【淡紅】淺紅色。

【淺粉】淡粉紅色。

【霞紅】如霞般的粉紅或紅色。

【粉的像霞】雲霞般的粉紅色。

【烈橙】形容鮮豔的橘黃色。

【鮮黃】鮮明的黃色。

【輕黃】淡黃色。

【鵝黃】淡黃色。像小鵝絨毛的顏色。

【金黃】像金子般的顏色。

【紫紅】紅中帶紫的顏色。

【紫褐】褐中帶紫的顏色。

【藍紫】紫中帶藍的顏色。

【鮮紫】鮮豔的紫色。

【粉紫】淺紫色。

【素淨】顏色不鮮豔。也作淡雅樸素。

【素白】純白；素淡潔白。

【純白】無雜色的白色。

【粉白】潔白。

【雪白】像雪一樣的白色。

【嫩白】色澤柔嫩雪白。嫩，顏色輕淡。

【瑩白】晶瑩潔白。

【白的像雪】像雪一樣的白色。

【皎白如鴿羽】潔白如白鴿羽毛。

【陰黑】暗黑色。

【透明】透亮；光線能透過的。

【透亮】透光、明亮。

【晶瑩】光亮而透明。

【油晃晃】油光閃亮貌。

【亮堂堂】光亮的樣子。

【油光水亮】光滑明亮的樣子。

【瑩光四射】此形容花瓣晶瑩光亮。

／含著笑，／在有意無意間／生姿的顧盼。（林徽音〈一首桃花〉）

水好，它的葉子就會很挺拔，葉邊不會泛黃，它的花就會依序開放，他的花有點像純白的蘭花，所以野薑花也叫薑蘭，但比一般蘭花更為嬌弱而透明，原來支持它生命的，就是純粹的水呀！（周志文〈野薑花〉）

曾經，青色的天目盌上，蓄養過一枝鵝黃的蓮花。她顯然因了時空的變造忘了時差。於是，晝夜無眠，傾力伸著纖長的瓣頁，不息不止地開著，開著。直至竟月，花莖、花托皆已腐朽隳敗，泛出陰黑。（梁寒衣〈花魄〉盌，ㄨㄢˇ，通「碗」字）

整個下午你們把陽光團團圍在頸項／傾聽海荒煙蔓草的笑聲／你們被季風五節芒的披針刺透／油晃晃的油菊花錯落山坡／你們以為是十五的月錯落一地（陳育虹〈超現實石室〉）

再麼，美人蕉，幼小的蕉葉般捲曲的綠葉心，撐出豬耳朵般肥厚臃腫的花瓣，十分賤生粗長，廢水泥汙中，它開得多自在！鮮黃、朱紅，原始色彩中最烈性的顏色，像剛健亮眼的村婦，淋它一頭西北雨，颱風怒搖它兩日夜，烈日毒辣辣燒它，它仍欣欣長著，油光水亮地美給它自己看。（洪素麗〈一花一葉耐溫存〉）

如何那枯瘠的皴枝中竟鎖有那樣多瑩光四射的花瓣？以及那麼多日後綠得透明的小葉子，它們此刻在那裡？為什麼獨有懷孕的花樹如此清癯蒼古？那萬千花胎怎會藏得如此祕密？（張曉風〈常常，我想起那座山〉）

花香

【清香】清淡的香味。
【清芬】清香。
【清冽】氣味清淡、清醇。
【清雅】清新、淡雅。
【幽香】淡雅的香氣。
【淡雅】清淡高雅。
【寒香】清冽的香氣。
【澹香】淡淡的香氣。
【清淡芳甜】淡雅美好的香味。
【沁香】透出香氣。
【浮香】浮動、飄溢的香氣。
【暗香浮動】飄著清幽的花香。
【芬芳】香氣。
【芬馨】芳香。
【芳香】花、草等的香氣。
【芳菲】芳香。
【芳蘭】香氣。
【放肆】本指放縱、不受約束。也可形容香氣任意飄散。
【香澤】香氣。
【褭褭】ˊㄧ，香氣襲人。

【噴鼻】香氣撲鼻。
【薌澤】香氣。
【馡馡】ㄈㄟ，香氣四處散逸。也作「菲菲」。
【馨香】芳香。也作散播很遠的香氣。
【馨逸】香氣噴溢。
【沁人心脾】指吸入芳香、新鮮空氣或喝了清涼飲料時，感到舒適、愉快。也常用來形容優美的作品、樂曲等予人的深刻感受。
【撲鼻之香】香氣衝鼻而來。
【芬馥】香氣濃厚。
【芬鬱】香氣盛烈。
【郁香】濃烈的香氣。
【郁郁】香氣濃盛。也作生長茂盛。
【郁烈】香氣濃烈。
【苾苾】ㄅ丶ㄧ，香氣濃郁。
【淑郁】香氣濃郁。

中秋節前後，就是故鄉的桂花季節。一提到桂花，我就彷彿聞到那股清香了。（琦君〈桂花雨〉）

於是走至山坡之下，順著山腳，剛轉過去，已聞得一股寒香撲鼻。回頭一看，卻是妙玉那邊櫳翠庵中有十數枝紅梅，如胭脂一般，映著雪色，分外顯得精神，好不有趣。（清．曹雪芹《紅樓夢》）

陽光正好暖和，絕不過暖；風息是溫馴的，而且往往因為它是從繁花的山林裡吹度過來，它帶來一股幽遠的澹香，連著一息滋潤的水氣，摩挲著你的顏面，輕繞著你的肩腰，就這單純的呼吸已是無窮的愉快；〔……〕（徐志摩〈翡冷翠山居閒話〉）

有天，龔太太在廚房放了一捧鮮白的花，還未推開紗門，我就聞到那股清淡芳甜而熟悉的香氣。（林彧〈蝶花〉）

這裡的蓮花是矮小而沒有光彩的，聞不到蓮花的沁香，也吃不到脆涼的嫩藕，更聽不到採蓮姑娘們的歌聲，我不禁想念起玄武湖，更想起了玄武湖那美麗的蓮花……（王尚義〈蓮花〉）

月光下，一整排的野薑花暗香浮動，某種騷動整個家族的味道，此刻隨清風款擺。搖落的芬芳，使少年堅信阿公如何愉悅地將深山野花插滿身，獻給火車及火車上的家人，代替自己沉默的語言，成就了一種深刻的家族記憶。（甘耀明〈神祕列車〉）

每天，只要一到落日時分，小朵小朵的蓓蕾就會慢慢綻放，圓圓柔柔的，伴隨著那種沁人心脾的芳香。（席慕蓉〈花事〉）

找到桂樹並不重要，能站在桂花濃馥古典的香味裡，聽那氣息在噫吐什麼，才是重要的。（張曉風〈常常，我想起那座山〉）

她那翩飛如雨的花瓣曾經馥郁過多少個金黃的清秋？當西風穿梭廊簷，是否也有書頁裡闔上了她的餘香？（衣若芬〈甲子桂花〉）

【異香】濃烈奇特的香味。

【漚鬱】濃郁的香氣。

【馝馞】ㄅㄧˋ ㄅㄛˊ，香氣濃盛。

【誾誾】ㄧㄣˊ，形容香氣濃盛。

【濃郁】香氣濃厚。

【濃馥】濃郁香味。

【膩香】濃郁的香氣。

【馥郁】香氣濃厚。

【馥馥】香氣濃厚。

【味濃猶清】濃郁的香味中還帶有一股清新的芳香。

【餘香】殘留的香氣。

【野氣】山野氣息。

百合，雖然我本就喜歡，但多是三、五朵零星看的，不曾覺得有何特殊的香味。沒想到，數十朵聚合來，竟滿室芬芳，味濃猶清，令我浸潤再三，不覺其膩，〔……〕（粟耘〈奇美的花〉）

進了牌樓，一條五色碎石砌成的長堤，夾堤垂楊漾綠，芙蓉綻紅；還夾雜無數蜀葵海棠，秋色繽紛。兩邊碧渠如鏡，掩映生姿；破芡殘荷，餘香猶在，正是波澄風定的時候。（曾樸《孽海花》）

2 草木

萌生

【發芽】植物種子開始萌發生長的現象。

【出苗】幼苗露出地表。也作「露苗」。

【抽芽】植物發出芽來。

【抽發】萌發、生長。

【扎根】指植物根部向土壤裡生長。

【生根】植物長了根。也可比喻事情建立穩固的基礎。

【茁長】茁壯、成長。茁，草木初生的樣子。

【茁茁】草木初生的樣子。

【莩甲】萌芽。

【萌動】草木發芽。

【萌芽】草木初生。

【萌發】發芽。也用來比喻事情的開端。

【萌櫱】新芽。櫱，ㄋㄧㄝˋ，樹木砍伐後長出的新芽；泛指枝

也發了芽，也長了葉，終究是幾片營養不良瘦伶伶比拳頭大不了多少的小葉，軟軟的浮在水面，連撐起來的力量都沒有，更不用提什麼亭亭如蓋。（杏林子〈甚好〉）

桑是凡品，然而一舉枝、一抽芽皆有中國民間的貴氣無限。桑枝高敞楙茂，葉的氣味總讓人想起肥飽的白蠶進食間所發出的沙沙聲響；〔……〕（林耀德〈樹〉）

世界上的花樹之中，若論陽剛之美，我的一票要投給木棉。因為此樹的主幹堅挺而正直，打樁一樣地向大地扎根。發枝的形態水平而對稱，每層三尺，一層層抽發上去，乃使全樹的輪廓像一座火塔。（余光中〈木棉之旅〉）

我常常想，生命是什麼呢？牆角的磚縫中，掉進了一粒香瓜子，隔了幾天，竟然冒出了一截小瓜苗，那小小的種子裡，包含了怎樣的一種力量，竟使它可以衝破堅硬的外殼，在沒有陽光，沒有泥土的水

幹新長的枝芽。

【奮軋】草木萌生。

【滋蔓】草木滋長蔓延。

【蔓生】蔓延生長。

【萌茁】發芽漸至茁壯。

【擢秀】植物滋長、壯大。也用來比喻人才出眾。

【生機蓬勃】形容生命力旺盛，充滿活力的樣子。也作「生機勃勃」、「生氣蓬勃」、「生氣盎然」。

茂盛

【田田】蓮葉盛密貌。

【扶疏】枝葉繁茂。

【芊芊】草木茂盛的樣子。

【芊綿】草木茂密幽深貌。也作「綿芊」、「眠芊」、「芊眠」。

【芊萰】青綠而茂盛的樣子。萰，ㄌㄧㄢˋ。

【芃芃】ㄆㄥˊ，繁茂的樣子。

【欣欣】草木茂盛的樣子。

【苹苹】叢草聚生。

【苒苒】草茂盛的樣子。

【茀茀】草盛貌。

【幽鬱】茂盛貌。

【旆旆】ㄆㄟˋ，形容植物生長茂盛的樣子。也作「肺肺」、「芾芾」。

【桀桀】茂盛貌。

【牂牂】ㄗㄤ，枝葉茂盛的樣子。

【草草】草木茂盛的樣子。

【紛披】盛多貌。也作雜亂而散落的樣子。

泥地上，不屈地向上茁長，昂然挺立。（杏林子〈生命 生命〉）

而且，總有一些樹葉不知倚仗什麼神奇的原因，乾枯發硬的還會掛在光禿的枝椏上，到開春葉柄下萌動新綠，才會被頂落下來。幾片枯葉活畫出秋冬肅殺的風景。（薛爾康〈北國秋葉〉）

我回頭去看那片生機蓬勃的鷺鷥林，心中湧起了一股憤怒與悲傷：被人類逼至高山海角的野生動物，最後還是不能苟安。（徐仁修〈鷺鷥與我〉）

我緩緩走到校前，白馬湖的水也跟我緩緩的流著。我碰著丏尊先生。他引我過了一座水門汀的橋，便到了校裡。校裡最多的是湖，三面潺潺的流著；其次是草地，看過去芊芊的一片。（朱自清〈春暉的一月〉）

淵水青碧，坡岸傾斜而上，春草芊綿，近欄干處，一片明黃草花，形似水仙，亭亭裊裊，隨風搖漾，對岸遠坡，碧草叢間，紫花點點如星，不知是不是石南？（方瑜〈春城無處不飛花〉）

在一泓清澈如鏡的泉水上面，環繞著一株枝葉婆娑的大樹，一群彩色繽紛的蝴蝶正在翩翩飛舞，映著水潭中映出的倒影，確實是使人感到一種超乎常態的美麗。（馮牧〈瀾滄江邊的蝴蝶會〉）

列車在雨中的山坳裡搖晃；山背長滿灌木叢，陰鬱的像畫在窗外連綿開卷。山腳下的河水流得十分沉穩，偶爾才在幾處淺薄的礁棚上弄起跳躍的水花和喧嘩。（東年〈初旅〉）

因為我們過富春江時，正在十一月中旬的深秋時節，兩岸山野中

【彧彧】ㄩˋ，茂盛的樣子。

【莽莽】草木茂盛幽深貌。屈原〈九章．懷沙〉：「滔滔孟夏兮，草木莽莽。」

【婆娑】茂盛貌。也作盤旋舞動的樣子。

【陰鬱】因樹木茂密而顯出陰森幽暗。

【淠淠】ㄆㄧˋ，繁盛貌。

【掩映】遮蔽；掩蔽。也作遮映襯托。

【密茂】茂密。

【森森】樹木茂盛的樣子。杜甫〈蜀相〉：「丞相祠堂何處尋，錦官城外柏森森。」

【菁菁】草木繁茂的樣子。

【萋萋】草茂盛的樣子。崔顥〈黃鶴樓〉：「晴川歷歷漢陽樹，春草萋萋鸚鵡洲。」

【葳蕤】ㄨㄟ ㄖㄨㄟˊ，枝葉繁密、草木茂盛貌。張九齡〈感遇〉：「蘭葉春葳蕤，桂華秋皎潔。」

【楙茂】林木茂盛的樣子。楙，ㄇㄠˋ。

【蓊茸】茂盛貌。

【蓊藹】形容草木鬱茂。

【蓊蘙】草木茂密貌。蘙，ㄧˋ。

【蓊鬱】草木茂盛貌。也有「蓊郁」、「鬱蓊」。

【綠蕪】叢生的綠草。

【榛莽】形容草木雜亂叢生。也作「蓁莽」。榛，ㄓㄣ。

【榛蕪】雜草叢生貌。

【蓁蓁】草木茂盛貌。

【蒼蒼】茂盛貌。也有深青色之意。

【蒼鬱】形容草木青翠茂盛。

【暢茂】旺盛繁茂。

【厭厭】茂盛貌。

【蔥芊】青翠茂盛貌。

【蔥翠】草木茂盛青翠。

【蔥蔚】草木青翠而茂盛。

【蔥蘢】草木青翠茂盛貌。

的烏樹，都已紅酣如醉，掩映著綠水青山，分外嬌豔。（周瘦鵑〈綠水青山兩相映帶的富春江〉）

附近還有個實際是湖而名稱為海的青海，相傳唐僧取經回來，不幸又掉下這個「海」裡受完了九九八十一難的最後一難，被孫行者救起來，經書已被打溼，只好攤在「海」邊的坡下曝乾，這塊坡就名之曰「晒經坡」，石頭倒很白淨光滑。坡後還有個晒經鄉，從坡上俯視，芳草萋萋，垂柳繞堤，竹籬茅舍，環「海」而築，野鴨陣陣，魚網斜矗，落日交輝與雲水掩映時，風物之美真是畫圖難足。（鍾梅音〈滇西憶舊〉）

極熱的時候，溪水潺潺，激撞起晶瑩的水花，山林裡仍是蓊蓊鬱鬱的濃蔭。（凌拂〈深入與遠離〉）

而據客家族群的解釋，他們是因為早早就為躲避政治的迫害，而逃奔至深山榛莽之中，更不斷以政治的黑暗難測訓誡他們的子弟，要他們遠離政權，也因此而間接地樹立了「晴耕雨讀」的典範家訓。（向鴻全〈焚燬的力量 記聖蹟亭〉）

房後邊有一棵老榕樹，綠樹濃蔭，有些枝葉延伸過來，在屋頂形成一小部分的天然棚架，棚架下的瓦片便時時積上一點鳥糞蟲屎樹籽落葉，夏天裡特別涼爽。（洪醒夫〈吾土〉）

仰頭望望，那是棵類似鳳凰，但不叫鳳凰的樹木，葉片兒老得沒有一絲新意，卻還綴著一樹橙黃的繁華，這季節，該是枝頭蕭索的時候，那繁榮的勁兒，反讓人有幾分畸形的感覺。（白辛〈落花〉畸形，此指不合常理。）

河的聲音喧嘩，河岸的野薑花大把大把地香開來，影響了野蕨的繁殖慾望，蕨的嫩英很茂盛，一莖一莖綠賊賊地，採不完的。（簡媜

【蔚然】茂盛的樣子。

【蓬蓬】茂盛、蓬勃的樣子。

【蔭翳】繁盛的樣子。翳，ㄧˋ。左思〈魏都賦〉：「蘴芋充茂，桃李蔭翳。」

【濃茂】濃密茂盛。

【濃蔭】枝葉濃密的樹蔭。

【蕃廡】茂盛。也作「蕃蕪」。廡，ㄨˇ。

【櫹爽】草木茂盛的樣子。櫹，ㄙㄨˋ。

【翳薈】草木繁盛的樣子。

【翳翳】草木茂密成蔭貌。也作昏暗不明的樣子。

【繁茂】繁密茂盛。

【繁華】花草眾多美麗。

【繁榮】草木茂盛。也可指事物蓬勃發展。

【薈蔚】草木繁盛的樣子。

【薆然】遮蔽的樣子。薆，ㄞˋ。

【薆薱】草木茂盛貌。薱，ㄉㄨㄟˋ。

【藹藹】茂盛的樣子。

【灌叢】草木叢聚茂盛貌。也指矮樹或叢林。

【蘴蘴】樹木茂密的樣子。

【鬱茀】茂盛貌。

【碧茸茸】碧綠而茂密。

【林蔭蔽天】林木繁密到遮蔽天空。也有「濃蔭蔽空」。

【亭亭如蓋】高聳挺立，像傘一樣。形容枝葉茂盛的樣子。

【密密匝匝】非常緊密的樣子。

【密密層層】多而密的樣子。滿布到沒有空隙。

【密密叢叢】形容草木茂密。

【莽榛蔓草】草木叢生蔓延，非常茂盛。

【綠草如茵】形容綠草濃密柔軟，好像鋪了席墊一樣舒服。也有「碧草如茵」。

【綠葉成陰】比喻綠葉繁茂覆蓋成蔭。也作「綠葉成蔭」。

【綠意盎然】草木繁茂生長，充

〈漁父〉）

蓊蔚蔥蘢的山景裡／簇擁著幾座並列的挺直紅磚橋墩／灰白山嵐不時飄浮，添加蒼涼／翠綠枝椏／究竟是侵占抑同情地進駐／延續生機／告知與自然契合的宿命（莫渝〈斷橋〉）

船將近島，郭靖已聞到海風中夾著撲鼻花香，遠遠望去，島上鬱鬱蔥蔥，一團綠、一團紅、一團黃、一團紫，端的是繁花似錦。（金庸《射鵰英雄傳》）

我說明所以搬去那所樓層的緣故，是因那房後面有一片荒園，有橫倒的樹幹，有碧綠的池塘，看出去是枝葉扶疏，林鳥縱橫，我的書窗之前，又是夏天綠葉成蔭冬天子滿枝。（林語堂〈說避暑之益〉）

盼望著，盼望著，東風來了，春天的腳步近了。一切都像剛睡醒的樣子，欣欣然張開了眼。山朗潤起來了，水長起來了，太陽的臉紅起來了。（朱自清〈春〉）

須臾之間，船已到岸，朱秀之請李元上岸。元見一帶鬆柏，亭亭如蓋，沙草灘頭，擺列著紫衫銀帶約二十餘人，兩乘紫藤兜轎。（明．馮夢龍《喻世明言》）

今年北平的春天來的特別的晚，而且在還不知春在哪裡的時候，抬頭忽見黃塵中綠葉成蔭，柳絮亂飛，才曉得在厚厚的塵沙黃幕之後，春還未曾露面，已悄悄的遠引了。天下事都是如此——（冰心〈一日的春光〉）

他向西面一看，那燈臺的光，一霎變了紅一霎變了綠的在那裡盡它的本職。那綠的光射到海面上的時候，海面就現出一條淡青的路來。再向西天一看，他祇見西方青蒼蒼的天底下，有一顆明星，在那裡搖動。（郁達夫〈沉淪〉）

溢一片綠色的景象。綠意，綠色的景象。

【綠賊賊地】此用來形容草本植物生長茂盛，摘取不完。

【蓊蔚蔥蘢】草木青翠茂盛貌。

【離離蔚蔚】草木茂盛的樣子。離離，濃密貌。

【鬱鬱蔥蔥】茂盛的樣子。

〔……〕黑夜裡，她看不出那紅色，然而她直覺地知道它是紅得不能再紅了，紅得不可收拾，一蓬蓬一蓬蓬的小花，窩在參天大樹上，壁栗剝落燃燒著，一路燒過去，把那紫藍的天也熏紅了。（張愛玲〈傾城之戀〉）

凋零

【枯朽】乾枯腐朽。

【枯萎】乾枯凋萎。

【衰草】枯萎的草。

【疲老】衰老；衰敗。

【敗落】植物凋落。

【殘枯】殘落枯萎。

【焦枯】乾燥枯萎。

【萎黃】枯黃。

【零落】草木凋落。

【殢綠】此形容綠葉老化。殢，ㄊㄧˋ，沉溺；滯留。

【乾巴巴】乾枯的樣子。

【奄奄一息】形容衰微不振，接近死亡。

【稀薄】稀少、淡薄；密度小。

【零星】分散、稀稀落落。零碎；少量。

【蕭索】稀疏、稀少。

【疏疏朗朗】稀疏貌。

【稀稀疏疏】稀少、疏落。

【禿兀】光禿。

【禿落】脫落。

【禿裸】形容光禿、無物覆蓋貌。也作「裸禿」。

【赤裸】裸露；毫無掩飾貌。也作「赤裸裸」。

【光禿禿】形容無草木、樹葉或毛髮等物覆蓋的樣子。

秋涼的季節，我下決心把家裡的「翠玲瓏」重插一次。經過長夏的炙烤，葉子早已疲老殢綠，讓人懷疑活著是一項巨大艱困而不快樂的義務，現在對付它唯一的方法就是拔掉重插了。（張曉風〈眼神四則〉）

那房子有一個L型的大陽台，公公說該種些花，我那時不諳花事，種過一盆據說最好養的黃金葛，居然被我種得奄奄一息，便以為自己的手指最好不要碰植物。（宇文正〈那房子，那時光〉）

金黃色的菜花氾濫大地，遠處稀薄的竹林像一道藩籬屏繞著河道，從搖曳的隙縫裡可以窺見波光的鱗影，地平線上隆起的山巒，在層疊的雲紗裡沉睡、伸延。（王尚義〈野鴿子的黃昏〉）

山頂有一片疏疏朗朗的相思林，本來應是遊客休息的好處所，但林地佈滿了石凳石桌，大夥兒攜家帶眷，從早便在這裡埋鍋造飯，烹茶煮酒，炒肉燉雞，一堆堆的人在高聲談笑，猜拳行令，〔……〕（洛夫〈山靈呼喚〉）

一株多麼沉鬱的，蒼灰色的樹。在它單調的軀幹上，只有稀稀疏疏的枝葉交錯著。（林泠〈無花果〉）

隱約間，我彷彿發現一個小生命——一棵禿兀的樹，突破雪的覆埋，昂然站了出來。冬將盡了，那是春的訊息。（張瀛太〈豎琴海域〉）

【傾倒】倒下。

【傾頹】傾覆；倒塌。

【頹然倒下】乏力而倒塌。

【攔腰截斷】從中央橫截而斷。

【敗草】指凋零的枯草。

草木形貌

【柔軟】軟和；不堅硬。

【吹彈得破似的】口吹指彈可使之破。多用來形容皮膚嬌嫩。此形容植物的嫩芽細嫩貌。

【柔韌】柔軟而堅韌。

【韌性】指物體柔軟、堅實，不易折斷或破裂的性質。

【嬝娜】形容草或枝條細長、柔軟。另有姿態柔美或搖曳之意。也作「裊娜」、「嫋娜」。

【纖秀】纖細秀美。

【珠簾絲垂】此形容柳樹的枝條像是串綴了珍珠的簾子，纖細如絲般柔軟下垂。

【敗葉】衰敗的花葉。

【凋謝】形容花朵枯萎，零落。

【凋落】衰敗、零落。

【孱弱】柔弱；瘦弱。孱，ㄔㄢˊ。

【羸弱】瘦弱。羸，ㄌㄟˊ。

【剛韌】堅硬又有韌性。

【堅韌】堅固又有韌性。

【瘦硬】細瘦而堅硬。

【嶙峋】形容枝幹外形瘦而直。

【鐵骨】本指鐵鑄的骨架。可用來比喻堅挺的枝幹。也可比喻堅毅不屈的骨氣。

【直挺細拔】形容植物的枝條挺直細長。

【均勻】平均；勻稱。

【勻勻】均勻貌。

這山岡燒得乾乾淨淨，幾乎不留一物，就像被狗舐過的碗底一樣。屋後的桂竹林和一片經過細心選擇與照顧的果樹園——龍眼、荔枝、枇杷、椪柑等，也剩無幾了。沒了枝葉，已失去本來面目的相思、柚木、大竹、鐵刀木，和別的樹木，光禿禿地向天作無言的申訴。（鍾理和〈山火〉）

尤其是春來時，一百多棵嫩綠相繼發芽，嫩芽吹彈得破似的，相繼歡呼向天。隨後整個夏季，林相是濃綠淺綠相互交映，層層疊疊。而枝條纖秀，隨風擺動的韻味更是耐看。（馮菊枝〈十八尖山山道〉）

走上大壩，便被綠色的濃蔭包裹了。這大壩兩旁的柳樹，有的像是白髮婆娑的老人，有的像是秀髮披肩的少女。這老老少少，為長長的淮河大壩攔成一個珠簾絲垂的走廊；這秀髮白鬚，在暖風的吹拂下，悄聲慢語地說著什麼私房話？（王安憶〈從疾駛的車窗前掠過的〉）

孱弱的小苗曾在寒冷霜凍中死去，但總有強者活下來了，長起來了，從沒有陽光的深坑裡長起來。（張抗抗〈地下森林斷想〉）

水仙花在凜寒中發生的淡香，預言著春日的來臨。它那皎白如鴿羽的花片，中間是一圈金冠似的黃蕊，那飄然的衣帶似的長長碧葉，使人想到顧愷之的名畫女箴圖。（張秀亞〈水仙花的愛者〉）

軟泥上的青荇，油油在水底招搖；在康橋的柔波裡，我甘心做一條水草！（徐志摩〈再別康橋〉）

每條街道，路旁都聳立著高大的鳳凰樹，總有合抱那麼粗，枝葉搖曳，濃蔭蔽天，整齊地夾道搭起綠色的長廊，全城都浸漫在綠的樹海中。（郭楓〈台南思想起〉）

【匀停】均匀；適中。

【匀實】均匀。或作匀稱、結實。

【停匀】均匀；匀稱。

【扁平】寬薄平坦。

【扇形】以圓的兩半徑及其所截的弧圍成的部分。

【肥闊】肥大、寬闊。

【寬闊如裙】形容葉子的面積寬大就像是裙子般。

【橢圓】長圓形。

【狹長】窄長。

【修長】細長。

【長劍般的】形容葉子細長的形狀就像一把長劍般。

【飄然的衣帶似的】形容葉子的外形細長，有如一條飄動的衣帶。

【招展】飄動、搖曳。

【招搖】搖動貌。

【珊珊】輕盈的樣子。

【搖曳】飄蕩、搖晃。

【搖漾】隨風搖動、蕩漾。

【搖撼】搖動；震動。

【裊裊】搖曳不定。也有輕盈、柔弱之意。亦作「嬝嬝」。

【撩撥】挑動；招惹。

【擺動】搖動。

【顫動】抖動；振動。

【正直】不偏斜、不彎曲。

【秀拔】秀麗、挺拔。

【亭亭】直立貌。也指高聳貌。

【挺秀】挺拔、秀麗。

【挺拔】直立高聳。

【挺直】挺拔、直立。

【修直】修長、直立。

【軒邈】往高處或向遠處伸展。

【參天】高聳入空中。

【野素】質樸。

【堅挺】堅固、挺直。

【蒼古】蒼勁、古樸。

【蒼勁】蒼老、挺拔。

【擎天】托住天。比喻高大有力。

【聳立】高聳、直立。

【樠樠】樹高貌。

五節芒隨風搖曳，新穗如麥浪沙沙作響。在秋陽溫煦地烘曬下，池邊又傳來一陣一陣地野薑花的香味，我突然覺得今天是這個城市最幸福的人。（劉克襄〈小綠山之歌〉）

風最喜歡撩撥睡去的蓮葉，把葉片從手上拉起來像要帶走，而後又放下像是放棄了。一次又一次，蓮葉並不理會，因為知道風的性情。（張曼娟〈嬉戲〉）

相較於常綠樹種，臺灣櫸木的生長季節減半，更因冬藏的內斂，賦予記載生命滄桑的軌跡分外鮮明，木材的累積十分緩慢，數百年時光，始得造就擎天的氣概。（陳玉峰〈臺灣櫸木的故事〉）

粗駁的百年枝幹上，片片柔美的綠葉迎風微颺，被陽光析濾出純淨的綠晶，綠羽似的花串輕輕擺動。這是茄冬們一年中最美好的時光。（蔡珠兒〈樹殤〉）

台北中山北路、愛國西路、仁愛路、和平東西路、重慶南北路，行道樹之所以高大壯觀，是用時間換來的，樹們暴露全身迎抵幾十次颱風，活到如今，確實不簡單。那些楓樹、白千層、欒樹、榕樹，概皆能腰挺直，想來再守土一百年也沒問題。（阿盛〈翠蓋留著看〉）

曲曲折折的荷塘上面，彌望的是田田的葉子。葉子出水很高，像亭亭的舞女的裙。層層的葉子中間，零星地點綴著些白花，有裊娜地開著的，有羞澀地打著朵兒的；正如一粒粒的明珠，又如碧天裏的星星，又如剛出浴的美人。（朱自清〈荷塘月色〉）

曼娘的少女時代就像寒冬臘月盛放的梅花，生在蒼勁曲折的枝頭上，在冬末春初的寒冷中開放，無綠葉為陪襯，無其他鮮花為伴侶，命中注定幽峭隱退，孤芳自賞；〔……〕（林語堂《京華煙雲》）

釣臺後面是一片斜坡，有幾株合抱的大槐樹把枝柯伸了過來。陽

【橚矗】竹、木長直貌。
【直挺挺】形容挺直的樣子。另有身體僵直之意。
【拔地參天】形容高大或氣勢的雄偉。
【矗然而直】高聳、直立貌。
【低矮】低平矮小。
【矮墩墩】形容矮胖的樣子。
【合抱】兩臂環抱。多形容樹身粗大。
【拱木】粗細約當兩手合抱的樹木。
【粗駁】形容樹幹外形粗壯，顏色駁雜不純。
【熊腰】本指腰粗壯似熊。此形容樹幹粗壯有如熊的粗腰。
【交映】相互映照。
【映襯】映照、烘托。
【烘托】通過陪襯，使要表現的事物更加明顯突出。
【襯托】烘托，使事物的特色更突出。
【植被】植物覆蓋地表的情形。
【疏密】稀疏與稠密。也作鬆散與堅實。

光當頂，濃蔭滿地。畫眉、翠鳥等鳥雀在樹間飛舞鳴叫。（巴金《春》）

從窗內往外看時，那一朵白蓮已經謝了，白瓣兒小船般散飄在水面。梗上祇留個小小的蓮蓬，和幾根淡黃色的花須，那一朵紅蓮，昨夜還是菡萏的，今晨卻開滿了，亭亭地在綠葉中間立著。（冰心〈荷葉與紅蓮〉）

順小路進到樹林裏，湖光不見了，林子深處樹木越見高大，最挺拔的是紅鬆。你突然聽見男女孩子的叫喊聲，不禁有些激動，仿佛回到童年，你自然也明白那時光不會再有了。（高行健《一個人的聖經》）

在內蒙古的開闊上，沒有新疆天山北麓那種豐繁的奇異植被。沒有披雪的筆直雲杉，沒有結著野葡萄的灌木叢，因此，也沒有用黑醋栗對姑娘眼睛的比喻。（張承志〈金蘆葦〉）

洋紫荊是異種羊蹄甲植物雜交後的「變種」，因為混血所以格外碩大美豔，但也因此缺乏自行繁殖的能力，必須以人工扦插嫁接。如果你看到「遍山洋紫荊」迎風招展，一定是出於人工而非自然。（蔡珠兒〈紫荊與香木〉）

枝椏藤蔓

【橫柯】橫出的樹枝。
【橫欹】形容旁出歪斜不正的樹幹。欹，ㄧ。
【橫披伸展】此指樹的枝根往橫向延伸、擴展。橫披，指條形的橫幅字畫。
【盤錯】盤繞、交錯。也可比喻事情錯綜複雜。

在雷泉旁畫了一整天，藉險坡邊一棵橫欹的樹幹作畫，沒有勇氣繼續登高，〔……〕（梁丹丰〈天下第一的雷泉瀑布〉）

亭子的周圍都是古木參天，有大可合抱的槐樹，有枝幹夭矯的五穀樹，有雙幹的梧桐，還有父親親手種的柏，石楠，柿，和杉等樹。（方令孺〈憶江南〉）

沿淵夾道坡岸全是盛放櫻花，而且多為百年老樹，虬枝墨色，橫

【夭矯】木枝屈曲貌。也可形容姿態的伸展、屈曲而有氣勢的樣子。

【交柯】交錯的樹枝。

【交錯】交叉、錯雜。

【扭曲】本指物體因外力而變形。此作藤類植物纏繞、彎曲貌。

【虬勁】盤曲而有力。虬，ㄑㄧㄡˊ，通「虯」字。

【虯枝】蜷曲盤繞的樹枝。虯，ㄑㄧㄡˊ。

【糾結】互相纏繞。

【糾葛】葛蔓糾結。也可比喻糾纏不清的事。

【糾繞】糾纏、環繞。

【垂掛】懸掛。

【捲曲】彎曲。

【牽纏】糾纏在一起。

【參錯】參差、交錯。

【絞結】互相交織、糾結在一起。

【戟張】可形容樹的分枝向四周張開生長，狀貌如戟。戟，ㄐㄧˇ，一種分枝狀兵器，由矛和戈組合而成。

【綿亙】連續不斷。

【盤纏】盤轉、纏繞。

【蔓延】像蔓草滋生，綿延不斷。

【蔓衍】形容向四周擴展、延伸。

【錯落】交錯排列；參差相雜。

【錯綜】縱橫交叉；交錯。

【錯雜】交錯、摻雜。

【蟠曲】盤曲。

【藤纏】藤蔓纏繞。也可比喻糾纏。

【攀爬】抓著東西向前或往上爬行延伸。

【攀緣】攀引他物而移動或上升。

【纏繞】環繞、束縛。

【佝僂其背】可形容樹背向前彎起。

披伸展，花色卻淺得近白，只略帶似有若無的粉，與陽明山慣見紅色的緋寒櫻不同，〔……〕（方瑜〈春城無處不飛花〉）

兩棵距離很遠的千年紅檜／沒有人知道／它們蒼勁的枝枒／是否／在很高很高的半空中／交錯（黃智溶〈巨木與長河——太平山文學行腳〉）

獅頭山的藤坪步道，果然名不虛傳，樹林裡長滿了不計其數的各種藤類，攀爬、垂掛、扭曲成各種不可思議的形狀，好像張旭或懷素的行草，在森林中揮灑著豪放不羈的筆觸，〔……〕（苦苓〈你是樹，我是藤〉）

無盡的荒原，除了偶有幾簇短草，或是一兩棵戟張的刺針樹，沒有任何可供辨識的地標。（朱少麟《傷心咖啡店之歌》）

也就是說，在玉山圓柏的基因池中，原本具有可以長成數丈高巨木的潛力，卻因位居山巔絕嶺的艱困惡地，復因風暴、霜急、雪重，夥同乾旱、低溫、土壤化育不良等環境壓力，無時無刻地折磨與鞭笞圓柏的身軀，終而雕鑿出盤虬曲張的枝幹，駢體相連且緊鄰地表而匍匐綿亙，形成生態術語裡所謂的「矮盤灌叢」。（陳玉峰〈玉山圓柏的故事〉）

為了四面八方蔓衍，擴大生機，身體組織也隨之產生變化，紫藤的新生枝條非常柔軟，有利於攀爬纏繞，但韌性極強，避免了斷裂的機會，這種性格，頗似老年人的智慧結晶，〔……〕（劉大任〈紫藤〉）

巷弄中，從平等院牆畔越獄而出的枝椏，花苞微啟，像一句含在口中的說話。（孫梓評〈花與人間事〉）

河裡大石縱橫錯亂，彷彿一群出了欄門的牛，摩肩擦背，秩序紊然。兩岸的喬木環拱如蓋，下面清風低迴。藤長而大，像虬龍般一直

曲。佝僂，ㄎㄡˋ ㄌㄡˊ，背脊向前彎曲。

【張牙舞爪】本形容猛獸張嘴露牙，揮舞爪子時的凶猛模樣。可用來形容樹的分枝向四周張開伸展，有如獸類發威。

【越獄而出】本指犯人自獄中逃走。此形容枝椏翻出牆面，伸展在外。

【像虯龍般】此形容藤本植物蔓延生長，像虯龍盤結環繞。虯龍，一種神話傳說中的龍。

【盤虬曲張】形容植物以盤繞彎曲狀擴張、伸展。

【盤根錯節】樹根盤繞，枝節交錯。也可比喻事情繁難複雜，不易解決。

【層層疊疊】層次繁多複雜。

【蔓伸纏繞】形容蔓延伸展，糾纏盤繞。

【駢體相連】物體並列連接。

【如蜘蛛網般糾纏】形容草葉糾結交錯，如蜘蛛結網般。

草木顏色

【柔綠】色澤嫩綠。也指嫩綠的新葉。

【嫩綠】淺綠色。亦指新生的綠葉。

【新綠】指初春剛萌發的草木呈現的嫩綠色。

【淺綠】淡綠色。

【蔥心兒綠】淺綠而微黃。

【沁綠】透出綠色。

【青青】形容草木翠綠。

【青翠】鮮綠色。

【青碧】青綠色。常用來借指

垂到河面。（鍾理和《笠山農場》）

棕櫚科的巨大山棕透露著更多的熱帶氣息，四處與蔓伸纏繞的爬藤植物合作，將森林底層包覆得密不透光。（王家祥〈夏樹群茂〉）

我躡足跟在他們身後，悄巧進入草叢，穿過如蜘蛛網般糾纏的雜草草葉，眼下豁然開朗，她和他走在一片綠草如茵的空曠草坪上，〔……〕（吳錦發〈秋菊〉）

光光的樹梢上，仰望才能看見一些細小的新葉。樹幹上有個大洞，可以做熊的巢穴。他讓我爬過去看看，說是有熊的話，也祇冬天才待在裏面。我鑽進去了，洞壁裏面也長滿了苔蘚。這大樹裏外都毛茸茸的，那盤根錯節，龍蛇一般，爬行在周圍一大片草木和灌叢中。（高行健《靈山》）

這些風，靜靜的柔風，爬過了一些花園，飄拂著新綠的樹叢，飄拂著五月的花朵，又爬過了涼臺，躥到一些淫猥的閨房裡。（丁玲〈五月〉）

這個墓地由左右兩片自然的小丘拱繞，四周都是蒼翠的柏樹，山腳下就是A市的環山溪流，地勢高聳，在明亮的陽光下，可以坐望整個A市景觀。（宋澤萊《血色蝙蝠降臨的城市》）

沿途，路隨山勢而轉，車隨三級柏油路而顛簸，堅韌的樹葉從來不抵抗灰塵，依然墨綠迎人。（蕭蕭〈清水岩〉）

濃綠的柳枝後面，襯景是變換的：有時是澄藍，那是晴空；有時

山、水、天、樹等。

【青蔥】青翠的綠色。

【翠綠】青綠色。

【晶碧】晶瑩碧綠。

【碧綠】翠綠色。

【滴翠】形容翠綠的程度，就像是要滴下水來的樣子。

【鮮綠】鮮明的綠色。

【碧沉沉】純淨碧綠的顏色。也作「碧澄澄」。

【碧油油】碧綠而油光發亮。

【絕綠】極綠的顏色。

【青蒼】深青色。

【重碧】深綠色。

【蒼翠】深綠色。

【墨綠】深綠色。

【濃綠】深綠色。

【凝碧】濃綠。

【黛青】墨綠色。

【墨黝黝】青黑色。

【墨色】指黑色或接近於黑。

是乳白，那是雲朵；有時是金黃的長針，那是陽光；有時是銀白的細絲，那是月色。（陳之藩〈垂柳〉）

你乃驚見：／雪還是雪，你還是你／雖然結趺者底跫音已遠逝／唯草色凝碧。（周夢蝶〈菩提樹下〉）

向窗外一望，我看見透明的淡藍色的江水，在那裡返射日光。更抬頭起來，望到了對岸，我看見一條黃色的沙灘，一排蒼翠的雜樹，靜靜的躺在午後的陽光裏吐氣。（郁達夫〈還鄉後記〉）

如此茂密的夏的翠枝／一天天迅快地伸長　我多麼渴望晴朗／但每一次雨打紗窗　我心發出預知的回響／就感知青青的繁茂又添加（蓉子〈夏，在雨中〉）

3 農作物

穀物

【田田】此作稻田、蔗田鮮碧貌。也可作荷葉盛密貌。

【油油】有光澤的樣子。

【油綠】有光澤的綠色。

【釉綠】油亮的綠色。

【綠瑩瑩】碧綠而有光澤。也有「碧瑩瑩」。

【碧綠如茵】顏色翠綠得像地毯一樣舒服。

【綠油油】濃綠而潤澤。

【抽穗】禾穀類作物由葉鞘中長出穗子。也作「吐穗」。穗，ㄙㄨㄟˋ，禾本植物聚生在莖端的花或果實。

一濁就百年／百年未見清水覆來／覆來清唱稻蔗田田（張雪映〈濁水溪〉）

當時的國小作文裡流行過「綠油油的地毯」這麼一句話，對照於山底下平疇綠野，那菁菁稻禾與墨綠樹林交織成的遠景，活脫就是一大張綠毯，見到了就像摸到了踏到了躺臥其上一般的舒暢！（羅葉〈像個老朋友〉）

鎮西那二十來戶莊稼漢更是成天價長吁短嘆，都說年頭怪得很，高粱稭長到一丈五才抽穗，卻結了一莖一莖灰不溜秋的砂粉，一起風，全吹得沒了影兒。（張大春〈姜婆鬥鬼〉）稭，ㄐㄧㄝ，禾桿

【成熟】穀物或果實成長到可以收穫的程度。
【菁菁】茂盛貌。
【飽飽】圓滿充暢。
【飽滿】豐滿充實。
【豐腴】豐盛飽滿。
【沉重】形容物體分量重。
【紮實】牢固；結實。
【結實】紮實。
【緊緊】密合緊束；牢固不易分開。
【壘壘】ㄌㄟˇ，重疊、堆積貌。
【纍纍】ㄌㄟˊ，繁多、重積貌。也作「累累」。
【滿登登】盈滿的樣子。
【駝垂】彎曲下墜貌。
【彎彎垂垂】形容結實累累，呈彎曲下垂貌。
【彎曲得快掉到地上】形容結實厚重到快要垂至地面的樣子。
【青黃】青色和黃色。也可形容農作物有的新綠，有的黃熟。
【半青半黃】農作物尚未完全熟成，青、黃兩色相接。青，指還沒成熟的綠色農作物；黃，指成熟的黃色穀物。也可比喻時機還沒有成熟。
【青黃不接】指農作物還沒有成熟，但存糧已經吃完。也可比喻人才或物力有所匱乏，前後接連不上。
【平整】平坦、整齊。
【齊整】整齊；井井有條。
【平漫漫】平坦、廣大貌。
【壙漠漠】廣大、空曠貌。
【一望無垠】一眼望去看不到邊際。也可形容遼遠、寬闊。
【密密麻麻】多而密的樣子。
【畦】ㄒㄧ，田塊。也可指菜園。
【一畦畦】形容一塊塊分區的田地或菜園。
【似棋盤般】形容一塊塊的田地，就好像畫在棋盤上整齊排列的方格子一樣。

雞鴨成群地也來湊熱鬧，組隊前來開品嘗大會，試試穀子的軟硬度。小孩子們可不許牠們在金子堆裡恣意撥弄，像個不識貨的傢伙。一聲吆喝，外帶長竹竿一支，把雞鴨趕得受驚而逃。這飽滿紮實的穀子還需要試嗎？腳底一踏，就曉得今年的新米該有多豐腴啊！（簡媜〈醉臥稻浪〉）

壘壘的包穀、高粱、花生溢香／緊緊堆積著曬穀場，這是收穫季節／趁著乾燥而冷颼的冬季來臨前／我們總能曬好地瓜籤，高粱兌換（張國治〈歸來〉）

山脈青青，我貪婪地讀著窗外的風景，野薑花和月桃花，駝垂的稻穗和田梗上的白鷺鷥，一條一條溪流在山谷間蜿蜒，童年的場景歷歷浮現眼前，離家多年，想念的，惦記的原也是這些呵！（吳鳴〈帶我回花蓮〉）

沉重結實的小米粒彎曲得快掉到地上，有時風一陣吹來，好像它們聽得懂我說的話，輕輕地搖擺了幾下，〔……〕（亞榮隆・撒可努〈小米園的故事〉）

這附近的阿眉族早已進入水稻種植的時代，他們在阡陌中戴著斗笠工作，水田平整就如亙古東亞大陸不變的景象，而彷彿這一切也是他們與生俱來的，無須選擇的精神面貌，豐盈的水渠裡快速流動著生命的秩序，一種已經完全肯定了的生活方式。（楊牧〈他們的世界〉）

壙漠漠的園圃，／一疊疊綠浪翻飛，／啊！這是飽漿的甘蔗。／平漫漫的田疇，／一層層的金波湧起，／啊，那是成熟的稻仔。／種田的兄弟們喲！／想你們鐮刀早已準備？（賴和〈低氣壓的山頂〉）

一望無垠的稻田中間，夾藏著一條運送甘蔗的台糖小鐵路。小小的火車踽踽獨行在碧綠如茵的稻田中，另有一種動人的風姿。（廖玉蕙〈當火車走過〉）

蔬果形貌

【滋潤】溼潤；潤澤。

【潤滑】潤澤、光滑。

【凝脂】凝固的油脂。形容光潔白潤的樣子。

【鮮潤】新鮮而潤澤。

【水靈】形容蔬菜水果鮮嫩、多汁。

【溢漿】此形容水果的汁液多到滿溢出來。

【水漉漉】溼潤；水分含量很多的樣子。

【汁水淋漓】汁液飽滿的樣子。

【肥亮】飽滿而油亮的樣子。

【肥碩】又大又飽滿。

【肥澤】肥碩、豐潤。

【沉甸甸】物體因分量重而呈現下墜的樣子。

【肥滋滋】肥大而潤澤的樣子。

【朱紅】比較鮮豔的紅色。

【紅豔豔】鮮豔明亮的紅色。

【殷紅】深紅色。

【金黃】有黃金般色澤的顏色。

【金燦燦】金光耀眼貌。

【黃澄澄】形容金黃色或橙黃色。

【青黃】黃中帶青。或指青色和黃色。

【青豔】帶有綠色鮮豔光澤的。

【碧沉】形容顏色碧綠深沉。

【淡紫】淺紫色。

【紫黑】深紫色。

【潔白】純淨的白色。

【玉色】像玉一樣的瑩白色。

【鵝白】形容像白鵝一樣雪白的顏色。

【一清二白】本意為清楚或清白。此指除了西瓜之外的瓜類顏色較西瓜為單調。

【蜷曲】彎曲貌。

【捲鬚】由植物的葉或莖變形而

走在路邊植有相思樹的路上，看到散落於田野間的富裕的白壁農家或低矮傾斜的貧農的土角厝，只有木瓜樹是一樣的，直立高聳，張著大八手狀的葉子，淡黃而滋潤的果實，累累地聚掛於幹上。（龍瑛宗〈植有木瓜樹的小鎮〉）

西園綠掛是荔枝中最名貴的珍品，有四百多年歷史，清乾隆間即為皇帝貢品，每年最多結實數十顆，一斤約二十三顆，果肉細嫩、爽脆、清甜、幽香，最特別的是凝脂而不溢漿，用薄紗紙包裹，隔夜紙仍乾爽如故。（沈謙〈荔枝嘆〉）

其實，西瓜給人的感覺，說穿了，只是「痛快」兩字——汁水淋漓的痛快；當然，除此而外，在所有瓜瓞綿綿的同類中，它也是最美麗的一族，那種剖開來時，碧沉與朱紅，或是碧沉與金黃的鮮活對比，都是其他一清二白的遠親所不能望其項背的。（陳幸蕙〈碧沉西瓜〉）

當年鎮上的大地主莊園，是啟發我島國自身搬演的紅樓夢一隅。園內的龍眼長得高，夏天裡肥滋滋的滲來高度的甜氣。（鍾文音〈漫漫洪荒〉）

柿樹原來是秋天最美的樹。因為柿子殷紅的時候，柿葉就開始被西風吹落了。柿葉落盡以後，掛滿樹枝的柿子就顯露出它們的美麗來了。而且，這裡的柿樹的生殖力又那麼強，在每一株樹上，我們至少可以數到三百個柿子，〔……〕（施蟄存〈栗和柿〉）

北坑路是一條產業道路，在陡坡上蜿蜒，繞過山腰，繞從人家果農的前院經過，前院裡三五隻狗蹲在一簍簍金燦燦新採收的柑橘之間。（戴玉珍〈北坑來的水〉）

黃澄澄的金針花田、四處打旋的詭異焚風、瘖啞斷裂的窸窣聲響、移位迅速的細碎光影，彷若正要甦醒過來的蠻荒沼澤。（許榮哲〈迷

成的細長絲，用來纏繞或附著其他物體。也作「卷鬚」。

【巍顫顫】抖動貌。

【瓜瓞綿綿】形容瓜類繁衍眾多。也作「綿綿瓜瓞」。瓞，ㄉㄧㄝˊ，小瓜。

【瓜熟蒂落】瓜成熟後，瓜蒂自然脫落。也可比喻時機成熟，事情自然容易成功。

【果熟蒂落】果實成熟，果蒂自然脫落。也可比喻時機成熟，結果即會自然出現。

【腐爛】朽壞、爛掉。指物質經過風雨或細菌的侵害而敗壞。

【霉爛】發霉而腐爛。

【霉臭】霉臭的臭味。

【泡水】浸泡在水中。

【病害】植物因氣候環境、土壤不適宜，或經由細菌、病毒感染，導致其發育不良、枯萎或死亡。

【黑枯】發黑、乾枯。

【褐變】指新鮮蔬果或食品在貯藏或加工過程中被切開或碰傷，使其原來的色澤變暗，呈現褐色化的現象。

藏〉）

就像鄉間的皇帝豆莢也是，外表不是咖啡色就是深綠，但是剝開後卻是青黃或是鵝白的豆莢，形狀也很美麗的弧度，就像菱角也是紫黑色，果肉卻是灰光澤，我簡直為植物果實的外皮跟果肉顏色深深著迷，（……）（黃小黛〈觸景傷情的時代〉）

他們各挑著一副擔子，盛著鮮嫩的玉色的長節的藕。在產藕的池塘裡，在城外曲曲彎彎的小河邊，他們把這些藕一再洗濯，所以這樣潔白。（葉聖陶〈藕與蓴菜〉）

走著拉著，他們就望見自己那片田，濛在一層清晨的煙靄裡，捲鬚的瓜藤都伸到空中來迎迓旭日，上工的人都佝僂在那裡。（宋澤萊〈打牛湳村〉佝僂，脊背向前彎曲。）

菜色四季不同，A菜、地瓜葉、空心菜易栽易長，是鍾家最愛。夏天的瓜棚最寫意，迎風搖曳的胖絲瓜巍顫顫，不吃光看也很養眼。（鍾怡雯〈中壢之味〉）

蔬果滋味

【甘鮮】新鮮美味。

【美味】味道鮮美。

【細嫩】柔嫩。

【細緻】細密精緻。此形容口感細密。

【鮮美】滋味美好。

【鮮甜】鮮美甘甜。

【鮮嫩】新鮮柔嫩。

【油嫩嫩】油亮、鮮嫩的樣子。

【甘美】滋味甜美。

聽說市場的蕨價頗看好，這幾日那些女人一盆衣服捧到江邊，不逮洗，就先去採蕨。油嫩嫩的野蕨最爽口，細緻得把人的魂都吃出竅。（簡媜〈採蕨日〉）

枝頭上青澀的果子，靜靜地等待成熟，那的確需要時間。有足夠的養分供給，讓它由酸苦慢慢轉化為甘美。哪能性急呢？揠苗助長有害於作物；強摘果子也是一種摧折、傷害。（琹涵〈酸橘子〉）

這種名叫「蜜罐」的西瓜，皮薄肉脆，全都是紅沙瓤，一刀子切

【甘甜】甜美。

【甘芳】味道香甜。

【清甜】清潤、甘美。

【蜜甜】甜美。

【濃甜】極甜。

【甜森森】很甜。

【甜漬漬】形容甜甜的。

【像蜂蜜一樣】此形容水果流出的汁液如蜂蜜一樣的甜稠。

【甘脆】香甜、鬆脆。

【沙沙】形容瓜果肉質鬆散，像沙子一樣。或形容食物咀嚼的感覺含有沙子。

【沙瓤】一般是指西瓜熟透時，裡面的瓜肉鬆散而呈細粒狀的部分。也作「沙瓤兒」。瓤，ㄖㄤˊ，瓜裡的肉。

【香脆】味道芬芳、鬆脆。

【清脆】口感清爽、鬆脆。

【清爽】清淡、爽口。

【爽口】清脆、可口。

【爽脆】脆而可口。

【硬脆】硬而清脆。

【皮薄肉脆】外果皮薄而內果皮肉爽脆。

【甘涼】甘甜、清涼。

【脆涼】爽脆、清涼。

【回甘】滋味由澀轉甜。

【酸溜溜】形容味酸。

【酸不溜丟】形容味道極酸。

【酸甜】味道酸中帶甜。

【酸苦】酸味和苦味雜陳。

【酸澀】又酸又澀。

【澀】味道微苦不滑潤。

【生澀】形容果實未成熟時，辛麻苦澀的味道。

【青澀】果實生澀，尚未成熟。

【苦澀】既苦又澀。

【澀刺刺】形容味道苦澀。

【辛】辣味。或含有刺激味道。

【辛烈】辣味強烈。或帶有濃烈辛辣刺激味道。

【辣實】辛辣。

【辣絲絲】形容味辣。

下去，只聽見格格嚓嚓亂響，濃甜的汁水就順着刀子流出來。這種汁水像蜂蜜一樣稠得能扯起絲來。（李準《瓜棚風月》）

每一朵荷，都是一個自足的世界，為東方人所鍾愛。中國人注意到嬌媚的花色，較少香氣；花瓣層疊繁複的，多不結果實，荷花卻能兼具色、形、香，還在蓮蓬中結成潔白的蓮子，清脆甘甜。（張曼娟〈荷花生日〉）

江進悄悄將身影藏入草綑邊的楊桃樹下，百無聊賴的摘下一顆青豔的楊桃，輕輕嚐吮，其實是竊聽兄嫂的談話，結果成熟的楊桃十分酸澀，他的臉因而扭成一團。（履彊《少年軍人紀事》）

如果風裡是一陣一陣濃鹹香郁的醬味，我大概知道到了西螺。如果風裡是一陣一陣剛採收的辛烈的蒜味，我大概知道是在雲林莿桐。（蔣勳〈揹起背包，準備出發〉）

這讓我想起芫荽、茴香、九層塔之屬，氣味濃異，不能偽裝便只好特異獨行，一旦撞入別的味裡，氣息橫溢相互衝撞，濃味、淡味，顯隱之間也真不知道那個才是技窮。（凌拂〈野花三帖〉）

想不到風水輪流轉，昔日粗糲的地瓜今天不但變成臺菜館子上的佳餚，堂而皇之地列在菜單裡，而且價格並不便宜。（蔡昭明〈地瓜的聯想〉）

竹林旁邊，生著一些雜木，猶記得其中一棵還能在秋時先是開出一種四片的白花，其後便結出一種果肉硬澀的淡紫色的果子。（陳映真〈鈴璫花〉）

冬天的夜裡，燒熱了磚炕，點起一盞煤油燈，盤著兩腿坐在炕桌邊上，讀書習算。到了夜深，母親往往叫人送冰糖葫蘆，或是賽梨的蘿卜，來給我消夜。直到現在，每逢看見孩子做算術，我就會看見

【味烈】味道強烈。

【芳洌】芳香清醇。

【濃烈】氣味厚重強烈。

【濃異】氣味厚重特異。

【氣息橫溢】味道充分散發出來。

【粗食】簡單粗糙的飲食。

【粗糲】粗劣的食物。糲，ㄌㄧˋ，粗糙的。

【乾澀】缺乏水分而不滑潤。

【乾硬】缺乏水分又堅硬難咬。

【硬澀】堅硬、乾澀。

【過熟】已經超過充分發育或分化的階段。

【爛熟】果實熟透。

【陳腐】食物等因時間過久而腐敗。

T女士的笑臉，腳下覺得熱烘烘的，嘴裏也充滿了蘿卜的清甜氣味！（冰心〈我的老師〉）

結果後則是套袋，一般有套二層袋與四層袋之分，套四層袋，果皮細緻、果色柔黃，外觀極美，肉質幼嫩細軟；套二層袋，則因少少仍能受到些許陽光照拂，遂而果皮雖較粗糙、果色微綠，但肉質清脆、酸甜均衡，各有愛好擁護者，所以目前兩種套袋法在三星地區都十分時興。（葉怡蘭〈八月宜蘭三星上將梨〉）

物態》二、動物

1 飛禽

姿態

【靈活】敏捷；善於應變。
【小巧】嬌小而靈巧。
【伶便】靈便；敏捷。
【玲瓏】靈巧可愛。另可形容器物細緻精巧。
【輕快】行動不費力。
【輕巧】輕快、靈活。
【飛靈】靈巧敏捷。
【輕盈】輕快；輕巧。
【輕靈】輕盈、靈活。
【精靈】機靈。
【翩翩】飛行輕快之貌。
【靈巧】靈活、輕巧。
【靈便】靈活、輕快。
【靈敏】反應迅速。
【小精靈】本形容年紀輕又機靈淘氣的人。此形容麻雀靈活、輕巧。
【積伶積俐】形容機巧靈活。
【飄忽不定】輕快、迅疾。也有行蹤往來不定、難以捉摸之意。
【靈巧精怪】形容靈活輕巧，精靈古怪。
【高雅】高貴、風雅。
【悠哉】悠閑自在的樣子。也「悠哉悠哉」。
【優閑】優雅、閑適的樣子。
【優雅】優美、高雅。
【聰明】視覺、聽覺敏捷。也有智力強、天資高之意。
【慧黠】機智、靈巧。

他一直在小鎮的天空中飛繞，出現在許多人眼中，毫無疑異處。那些腦中的語言思想慢慢在冷落中消失，有時候他會覺得有個重要的東西從身上掉下去，落在人群裡，這個損失使他變得一無所有，但卻也因此更感到輕盈。（黃國峻〈一隻貓頭鷹與他〉）

麻雀的軀體雖小／卻是五臟俱全的小精靈／我喜愛那小巧玲瓏的風采／和那一身灰白而有麻點的羽毛／我欣賞那悠哉悠哉的神色／和那小軀流露出的高雅格調（王昶雄〈小鳥〉）

烏黑的一身羽毛，光滑漂亮，積伶積俐，加上一雙剪刀似的尾巴，一對勁俊輕快的翅膀，湊成了那樣可愛的活潑的一隻小燕子。（鄭振鐸〈海燕〉）

企鵝是一種十分有趣的動物，大部分都長著黑背白肚、短手（翅膀）短腳，頭部則因種類不同而造型各異。這種全身似乎找不出可以彎腰、彎腿的關節的直愣愣的水鳥，通長像參加宴會的盛裝賓客一樣，有禮貌地直立站著；一旦在雪地上走路時，就優雅不起來了。（羅智成〈南方以南——南極之旅〉）

幾乎沒有例外的，鳥的身軀都是玲瓏飽滿的，細瘦而不乾癟，豐腴而不臃腫，真是減一分則太瘦、增一分則太肥那樣地穠纖合度，跳盪得那樣輕靈，腳上像是有彈簧。看牠高踞枝頭，臨風顧盼——好銳利的喜悅刺上我的心頭。不知是什麼東西驚動牠了，牠倏地振翅飛去，

【機警】機智敏銳。對情況的變化反應很快。

【警戒】警惕、戒備。

【警覺】對危險或情況變化的敏銳感覺。

【俊俏】俊秀、俏麗。

【勁俊】強健而俊美。

【飽滿】豐滿；充實。

【細瘦而不乾癟】纖細而不枯瘦。癟，ㄅㄧㄝˇ。

【豐腴而不臃腫】豐滿而不肥胖。

【穠纖合度】大小、胖瘦適中。

【不能增減一分】恰到好處，沒有超過與不及。

【減一分則太瘦，增一分則太肥】減少一點便過瘦，增加一點便過胖。形容恰到好處。

【燕剪】指燕尾。

【一雙剪刀似的】形容燕子的尾巴分叉如剪刀。

【銳利】此形容眼神尖銳、犀利。

【睥睨】ㄅㄧˋ ㄋㄧˋ，斜著眼睛看人，含有傲然輕視之意。也作「俾倪」。

【目光炯炯】兩眼明亮而有精神。另有「目光如炬」、「目光如電」、「炯炯有光」、「炯炯有神」。

【目如愁胡】本指胡人深目，狀似悲愁。後多用來形容鷹眼深邃。

【傲視八荒】以高傲自負的目光看天下。

【挺胸闊步】挺起胸膛大步走。可形容鳥的氣概不凡。

【瞵視昂藏】左顧右盼，氣宇軒昂的樣子。瞵，ㄌㄧㄣˊ，注視。

【臨風顧盼】迎著風，向左右或周圍看來看去。可形容神采飛揚的樣子。

【倉皇】匆促而慌張的樣子。也作恐懼忙亂的樣子。

牠不回顧，牠不徘徊，牠像虹似地一下就消逝了，牠留下的是無限的迷惘。（梁實秋〈鳥〉）

現在它的的確確站在那裡，就在離我咫尺的玻璃門外，讓我這樣驚訝地看見它，並且也以它睥睨的風采隨意看我一眼，彷彿完全不在乎地，這鷹隨意看我一眼，目如愁胡，即轉頭長望閃光的海水，久久，又轉過頭來，但肯定並不是為了看我。（楊牧〈亭午之鷹〉）

我在臨水的堤岸上，發現大量的白色排泄，是鴨科的糞便，綿延幾百公尺。沿途滿滿皆是。我知道牠們終究得冒險上岸棲息，帶著忐忑不安，疑懼警戒的心情。我也深信牠們睡不安穩，只敢靠著水邊的堤防蹲伏，好隨時在遇有狀況時，立刻跳入水面逃離。（王家祥〈候鳥旅館〉）

這地方，確有一種水鳥，當地人叫做青頭，讀書人說是青鳥，能從唐詩中得到引證。這青頭拖著長長的頭髮，自然也是鄉里人的說法。這鳥兒你當然見過，個兒不大，錠藍的身子，頭頂有兩根碧藍的翎毛，長相精神，靈巧至極，非常耐看。（高行健《靈山》）

山南有青松碧檜，山北有綠柳紅桃。鬧聒聒，山禽對語；舞翩翩，仙鶴齊飛。香馥馥，諸花千樣色；青冉冉，雜草萬般奇。澗下有滔滔綠水，崖前有朵朵祥雲。真個是景致非常幽雅處，寂然不見往來人。（明．吳承恩《西遊記》）

一段一段的舞蹈表演過〔……〕，我們發現她們不但是表現神和人，就是草木禽獸：如蓮花的花開瓣顫，小鹿的疾走驚躍，孔雀的高視闊步，都能形容盡致，盡態極妍！（冰心〈觀舞記〉）

雁不像燕子一樣玲瓏多姿，不像燕子一樣地在你堂前呢喃多語，雁永遠是離你遠遠的，孤獨高傲地飛過，不給你帶來什麼麻煩，也不

【疑懼】疑慮、恐懼。

【跼蹐】ㄐㄩˊㄐㄧˊ，局促不安；受拘束的樣子。或作畏縮、恐懼的樣子。也作「跼蹐」、「局蹐」。

【直愣愣】形容呆滯、失神的樣子。此形容企鵝挺直立著，目光呆滯的樣子。

【忐忑不安】心神起伏、不安定。也有「忐忑不定」。

起落與飛翔

【撲】翅膀在空氣中連續拍擊。也有向前猛衝之意。

【抖羽】振動羽毛。

【拍撲】翅膀在空氣中連續拍擊。

【扇動】拍動。

【鼓翮】鼓動翅膀。翮，ㄏㄜˊ。

【撲擊】拍打。也可作向目的物猛撲、攻擊。

【拊翼】拍打翅膀。也可比喻將要奮起。拊，ㄈㄨˇ。

【展翅】張開翅膀。

【振翅】振動翅膀。

【翔翼】展翼飛翔。也可指飛鳥。

【鼓羽】鼓動翅膀。

【鼓翼】鼓動翅膀。

【張揚起伏】張開翅膀，上下拍動。

【並翅】翅膀挨著翅膀。

【比翼】飛翔時翅膀挨著翅膀。

【起飛】鳥離開地面或水面。也指飛機飛離地面。

【翂翂】ㄈㄣ，形容鳥飛得緩慢的樣子。

【款款】徐緩貌。

【茇茇】ㄅㄟˋ，鳥類飛翔貌。

向你乞求任何施捨，當雁群來時，牠的鳴聲告訴你秋天來了，叫你好及早準備迎接將來的寒冬，當雁北歸時，你也不必因為牠而惆悵，因為歸雁已經告訴了你，春天到了。（王孝廉〈雁〉）

稍晚一點的季節，還有優雅的紅嘴鷗群到來，在河口和鷺鷥群溯河覓食。還有澤鵟展開大翅，緩緩地拍撲於草澤之上。（劉克襄〈關渡原鄉〉）

是林鵰吧！如此大鵬展翅的氣派。牠目光炯炯，傲視八荒，我放下望遠鏡，仰現牠背負穹蒼的姿態……這樣的一隻大鷹，我們竟將之驅赴瀕臨滅絕的疆界！牠在空中盤旋十多分鐘後，斂翅向林間俯衝，到達稜線之前，一隻與牠相似的鷹沿整齊的樹林頂線向牠飛來，牠瞬間轉向，與來伴雙雙滑行百餘公尺之後，一同落入林中。（杜虹〈守候林鵰〉）

於是我失去了它／想像是鼓翼亡走了／或許折返山林／如我此刻竟對真理等等感到厭倦／但願低飛在人少，近水的臨界／且頻頻俯見自己以鴥然之姿／起落於廓大的寂靜，我丘壑凜凜的心。（楊牧〈心之鷹〉）

每當漲潮時，濱鷸群習慣於先停落藺草林的河床上，聚集在一處水筆仔密集的沙洲角落。這時牠們不再覓食，只隨潮水逐漸升高，不停地重複起飛、盤旋與降落原地。一直到潮水淹沒沙洲才整群離去，朝隄內飛來。（劉克襄〈濱鷸〉）

【高飛】飛得很高。

【凌空】高升到天空。或聳立空中。

【凌厲】凌空高飛。

【斜飛】傾斜飛行。

【御風】乘風飛行。

【滑行】滑動前進。

【滑翔】不依靠動力，而是利用空氣的浮力和本身重力的相互作用在空中飄行。

【橫空】橫越天空。

【縱橫】多貌。交錯貌。可形容鳥群在空中飛翔。

【背負穹蒼】背靠著蒼天。形容飛得極高。

【掠】擦過；掃過；閃過。

【掃】掠過。

【飛掠】飛閃而過。

【飛撲】從空中向目的物猛衝。

【飛騰】往高處升騰。也有迅速飛起之意。

【疾飛】快速飛行。

【倏地】快速的樣子。倏，ㄕㄨˋ。

【翕飛】疾飛的樣子。

【鴪然】鳥疾飛的樣子。鴪，ㄩˋ，通「鴥」字。

【竄飛】急速飛行。

【驚飛】以驚人的速度上升。也作受驚嚇而飛。

【翬翬然】快速飛行的樣子。翬，ㄏㄨㄟ，一種毛色光鮮、五彩皆備的山雞；也可形容疾飛的樣子。

【一蹬沖天】腳底踩物，用力疾飛上天。

【像虹似地】形容鳥快速地飛走。

【搏扶搖而直上】憑藉風力自下急遽向上高飛。搏，ㄊㄨㄢˊ，憑藉。扶搖，自下向上的風。

【打旋】旋轉。

【迂迴】環繞。也有曲折回旋之意。也作「迂回」。

海東青順勢掠出，振翅高飛，鼓羽翬翬然。然後，從高空中用視野寬闊而銳利之鷹眼鳥瞰。（劉克襄〈海東青〉）

我說明所以搬去那所樓層的緣故，是因那房後面有一片荒園，有橫倒的樹幹，有碧綠的池塘，看出去是枝葉扶疏，林鳥縱橫，我的書窗之前，又是夏天綠葉成蔭冬天子滿枝。（林語堂〈說避暑之益〉）

藍鵲是秋後的漂鳥，特色是在起落迴旋飛掠之美，而不在鳴聲。（陳冠學〈九月十八日〉）

髒鬼無力地向外緩緩挪了一步，我看見雨滴從牠的尖喙滴落，後來牠勉強起飛，完全不是往日那種一蹬沖天的起飛，而是歪斜的，幾乎撞上樹頂，勉強擦樹越過，然後消失在樹的那一邊，這是我最後一次看見牠，就此一去不回，我猜牠多半是死在野外了。（徐仁修〈鷺鷥與我〉）

族人的祖先原來以捕鯨為業，最盛的時期，死去的鯨魚拖到岸邊的工廠屋前，後到的捕鯨船還得在海裡等候。那時，據說港口總會浮著一層油脂，大批的海鳥迴繞漁村不散，有如午後突然掩至的黑雲。（呂政達〈海長夢多〉）

蝴蝶越聚愈多，一群群、一堆堆從林中飛到路徑上，並且成群結隊地向我們要去的方向前進著。它們在上下翻飛，左右盤旋；它們在花叢樹影中飛快地搧動著彩色的翅膀，閃得人眼花繚亂。（馮牧〈瀾滄江邊的蝴蝶會〉）

那隻雲雀果然越飛越高，我仰頭看著，牠飛到很高的地方，忽然停頓下來，然後完全像自殺一樣直直墜落下來，一直到要碰到地面，才急速轉彎飛起。（蔣勳〈望安即事〉）

然而這座山完全是土的，於是他們遠去西方，採來西山之石，又

【飛繞】飛行迴繞。

【飛轉】飛行迴旋。也作飄蕩迴旋。

【迴旋】盤旋。也作「回旋」。

【迴繞】環繞；盤旋。也作「回繞」。

【盤空】繞空；凌空。

【盤飛】盤旋飛行。

【盤旋】旋轉飛行。

【盤繞】圍繞；回繞。

【翺翔】回旋飛翔。翺，ㄠˊ，通「翱」字。

【飛舞】飛翔舞動。

【頡頏】ㄒㄧㄝˊㄏㄤˊ，鳥上下飛動的樣子。

【翩翩】上下飛動貌。

【蹁躚】旋舞。

【翻飛】飛舞。字義通「飜飛」。

【乘風舞起】順著風勢飛翔舞動。

【降落】從天而降；落下。

【俯衝】從空中迅速下降。

【倒栽蔥】蔥頭圓大，本植於地面下，後借倒栽蔥來比喻人栽跟斗時，頭先落地而雙腳朝上的姿態。也可用來比喻鳥類俯衝之姿。

【像自殺一樣直直墜落下來】此形容雲雀從高處呈直線狀迅速降落。

【抿】收攏。

【收攏】合隴。也作把分散的聚集起來。另有收買、拉攏之意。

【翕翼】合攏翅膀。另有比喻屈身辱志。

【戢翼】收攏翅膀，停止飛翔。另比喻退隱。戢，ㄐㄧˊ。

【斂翅】收攏翅膀。

【折翼】折斷翅膀。另比喻遭受傷害或挫折。

【停落】停留。

【休憩】休息。

【栖止】停留。栖，通「棲」字。

【棲息】歇息；停留。

到南國，移來南山之木，把一座土山裝點得峰巒秀拔，嘉樹成林。年長日久，山中梁木柴薪，均不可勝用，珍禽異獸，亦時來栖止。（李廣田〈山水〉）

昔有韓憑妻美，郡王欲奪之，夫妻皆自殺。王恨，兩冢瘞之，後冢上生連理樹，上有鴛鴦，悲鳴飛去。此兩個要效鴛鴦比翼交頸，不料便成語讖。（明．馮夢龍《警世通言》）

我抬頭仰望，一個黑影龐然拔地而起，凌空俯視，威懾我。我看出來了，當中突起的是個巨大的兀鷹的頭，兩翅卻在收攏，似乎要飛騰起來，我衹能屏息在這凶頑的山神巨大的爪翼之下。（高行健《靈山》）

我們在昨天又渡海回到意大利本土，沿著地圖上的靴尖、靴跟，直上到東海岸的巴利城。今夜又要回到羅馬去了。趁著一天的訪問日程還沒有開始，面對著窗外晨光熹微的大海，和輕盈飛掠的海鷗，給小朋友們寫完這一封信。（冰心〈再寄小讀者通訊四〉）

現在總算脫出這牢籠了，我從此要在新的開闊的天空中翱翔，趁我還未忘卻了我的翅子的扇動。（魯迅〈傷逝〉）

山下草原無垠，林海莽莽，草浪中隱見河道，一群群的飛鳥，在這春光明媚的時刻，橫空而過，構成一幅生氣盎然，有聲有色的大自然圖畫。（黃易《尋秦記》）

〔……〕小紅馬早知危險，足底愈軟，起步愈快，到得後來竟是四蹄如飛，猶似凌空御風一般。（金庸《射鵰英雄傳》）

柳最容易種植，所以在中國，有些地方滿植著柳樹，蔓延數英里之遠；風吹過的時候，造成一片「柳浪」。不但如此，金鶯喜歡棲息在柳枝上，因此無論在現實生活上或繪畫上，柳樹和金鶯常常是在一

【棲候】棲息、等待。

【棲停】棲止；停留。

【落腳】停歇；停留。

【憩息】歇息。

捕食

【打食】鳥獸出巢穴找尋食物。

【覓食】尋找食物。

【肉搏】近身搏鬥。也作雙方徒手或持短兵器相搏。

【遊獵】此指出外獵取食物。也作馳逐打獵或出遊打獵。

【啄】鳥用嘴取食。

【叼】用嘴銜物。

【銜】用嘴含物或叼物。通「啣」字。

【彫啄】鳥啄食的樣子。

【喋呷】水鳥或魚類聚食的樣子。

【反哺】烏鴉雛鳥長大後，會銜食哺養其母。後多用來比喻報答父母養育之恩。

【充飢】進食解飢。

【果腹】填飽肚子。

行為

【交頸】頸與頸相互依磨。動物間一種表示親暱的行為。

【嬉遊】嬉戲、遊樂。

【嬉逐】嬉戲、追逐。

【戲弄】玩耍、捉弄。

【拳曲】捲曲；彎曲。

【拳足】捲曲腳爪。

【拳拳】彎曲的樣子。

【蹲伏】低低地蹲著。

【高踞】坐在高處。或作高高在

起的。在西湖的十景之中，有一景叫做「柳浪聞鶯」。（林語堂〈人生的盛宴〉）

房子還沒建好，樟樹圍牆那頭已先傳來鳥訊。白腹秧雞那一襲純淨的禮服本來就稱絕美，再加上眉眼細緻，深黑的眉線幾乎可以入畫。牠們不太怕人，通常是挺胸闊步走著。鵪鶉則是攜家帶眷，由後方茶園跨越小徑，到樟樹林這邊嬉遊。烏頭翁成群出沒，綠繡眼則在鄰居的龍眼樹蔭裡飛舞蹁躚。還有小蜂鳥會偶而出現覓食。（林韻梅〈記錄一幢房子的從無到有〉）

白腹尾羽是陽光，栗色橫斑是林冠葉隙；正足以說明鳳頭蒼鷹是適合梭巡於林冠上層的小型鷹類，在錯綜複雜的密林間近身肉搏，遊獵有餘。（王家祥〈夏樹群茂〉）

有一次，一隻大老鷹飛撲下來，母親放下鍋鏟，奔出來趕老鷹，還是被銜走了一隻小雞。（琦君〈母親的書〉）

在這夜深人靜的當兒，那高踞著一隻八哥兒，又為何儘撐著眼皮兒不肯睡去呢？（朱自清〈月朦朧，鳥朦朧，簾捲海棠紅〉）

我想起在太平山三疊瀑布步道上，雨中遇見的藍腹鷴，就那樣靜靜佇立著，灰暗的羽毛下一雙紅紅的長腳特別醒目。（苦苓〈長黑斑的媽媽〉）

庭外路邊一棵龍眼樹，每年都有花欄兒來築巢，我的三個孩子早幾年還會爬上樹去看看巢中的蛋，觀察孵化的雛鳥，直到牠們長大離

【產卵】卵生動物從體內排出卵。

【伏卵】鳥伏於卵上使卵孵化。

【孵化】鳥類、蟲類或爬蟲動物等的卵，在一定的溫度和條件下變成幼體。

【孵育】孵化、養育。

【安家落戶】到一個新地方安置家庭，長期居住。

【離巢】離開巢穴。

【過境】此指鳥類在季節性的遷徙過程中，會在某處暫時停留，其後再往他處遷移。也作通過地區邊境或國境。

【遷移】離開原來的所在地而另換地點。

【遷徙】遷移。

【避寒】天氣寒冷時，移居至溫暖的地方。

上。踞，ㄐㄩˋ。

【鳥瞰】從高處俯視低處。

【徘徊】往返迴旋；來回走動。也作猶豫不決。

【梭巡】往來如穿梭般巡邏、察看。

【逡巡】有所顧慮而徘徊不前。也有窺探警覺的意思。逡，ㄑㄩㄣ。

【窺伺】暗中觀察，等待時機。

【直立】挺直、站立。

【佇立】久立。

【佇足】停下腳步。

【挺立】直立。

【鵠立】在鵠一樣延頸而立；形容直立。也作依序並立。鵠，ㄏㄨˊ。

【築巢】修建窩巢。

【歸巢】回窩。也可用來比喻人的歸宿。

巢飛走，如今已視若無睹，只有在雛鳥翅膀尚未長硬，偶爾受驚跌落下來時，爬樹給送回巢去。（鍾鐵民〈清晨的起床號〉花欄兒，斑頸鳩的別稱）

一隻蜻蜓立在高射機槍的槍筒上。老鼠在坦克的炮塔裡跑動。麻雀在加農炮粗大的炮筒裡安家落戶，生兒育女；〔……〕（莫言《豐乳肥臀》）

一年到頭，牠在極南與極北的「故鄉」大約各只停留六個星期，其餘的九個月中，牠都行色匆匆在過境旅途中。也許是如此罷？牠對牠的終點站比中途站畏懼、陌生、不安。在一萬兩千哩長的半年遷移行程中，牠對牠命定要越過的海洋，島嶼與陸塊，有一種隨遇而安的坦然心理。（洪素麗〈過境鳥〉）

路燈已經明了，一排兒繁星般平列著；燈下卻沒有多少行人，祇聽得歸巢的寒鴉，一聲聲的叫噪。（冰心〈煩悶〉）

黃昏裏，街上各處飛著小小的蝙蝠。望到天上的雲，同歸巢還家的老鴰，背了小孩子們到門前站定了的女人們，一面搖動背上的孩子，一面總輕輕的唱著憂鬱淒涼的歌，娛悅到心上的寂寞。（沈從文《大山裏的人生》）

聲音

【唳】鳥類高聲鳴叫。
【嘎】形容鳥鳴聲。
【噪】蟲、鳥爭鳴。
【嘯】鳥類、獸類長聲鳴叫。
【囀】鳥鳴。
【吱吱】形容鳥叫聲。也可形容尖細的聲音。
【咕嚕】形容鴿子的叫聲。另有形容肚子餓時腸子所發出的聲音。
【咬咬】鳥鳴聲。
【呷喔】形容禽鳥鳴聲。
【格磔】形容鳥鳴聲。通常作形容鷓鴣鳥的叫聲。磔，ㄓㄜˊ。
【啁啾】ㄓㄡ ㄐㄧㄡ，鳥鳴聲。
【啞吒】形容鳥叫聲。
【啞啞】形容鳥鳴聲。
【啾啾】形容鳥鳴、蟲鳴聲。也作馬鳴聲。
【嘎嘎】形容鳥鳴聲。
【啾囀】形容鳥鳴、蟲鳴聲。
【啼鳴】鳥、獸的鳴叫聲。
【喳喳】形容鳥噪叫聲。
【喈喈】形容鳥鳴聲。
【間關】形容鳥叫聲。
【聒噪】聲音瑣碎、吵鬧。
【喧嘩】嘈雜。
【鼓譟】喧鬧的聲音。也作「鼓噪」。
【嘔啞】形容鳥鳴聲。
【嘰吱】形容鳥叫、蟲鳴聲。
【關關】鳥鳴聲。也作鳥類雌雄相和的鳴聲。
【嚶嚶】形容禽鳥和鳴的聲音。吳均〈與朱元思書〉：「好鳥相鳴，嚶嚶成韻。」
【火併聲勢】此形容群鴉叫聲聒噪，好像都想在聲勢上贏過對方。火併，同夥決裂後互相拚鬥或吞併對方。
【吱吱喳喳】形容鳥叫聲。
【細細碎碎】形容細小而零碎的

我沒有想到在山裡竟有那麼多烏鴉。烏鴉的聲音平直低啞，絲毫不婉轉流利，牠只會簡單直接地叫一聲：「嘎——」但細細品味，倒也有一番直抒胸臆的悲痛，好像要說的太多，愴惶到極點反而只剩一聲長噫了！（張曉風〈常常，我想起那座山〉）

靜謐太空中，風吹竹葉如鼓風箱自極際彼端噴出霧，凝為沙，捲成浪，乾而細而涼，遠遠遠來到跟前拂蓋之後嘩刷褪盡。裸寒真空，突然噪起一天的鳥叫，乳香瀰漫，鳥聲如雨落下，覆滿全身。（朱天文〈世紀末的華麗〉）

空中一陣鴉噪，抬頭只見寒鴉萬點，馱著夕陽，掠過紅樹林，轉眼便消失在已呈粉紅色的西天。（宗璞〈廢墟的召喚〉）

步道經常是沿著斷崖上升的，手腳並用地走在上面，腳下鬆動的石片刷刷滑落，無聲地跌入我們不敢探望的谷底。若是忽然飛起一隻鳥，並發出尖拔的嘯叫，我們更是渾身一時都是冷汗。（陳列〈我的太魯閣〉）

忽然，窗外有一隻小鳥啁啾了兩聲，迅速自我眼前飛逝而過，很快就鑽到樹叢裡，消逝不見。我想：匆匆的小鳥是在向我提示什麼？還是天地之間，許多事不過都是偶然！（張香華〈小鳥啁啾而過〉）

此後，日日都可聽到那隻白頭翁站在同樣的位置對著我的窗口啼鳴。我靜靜躺上床上聆聽，彷彿有種極其溫柔的東西輕輕撫慰我受傷的心靈。我深深知道：有一日即使我走進一個完全寂靜無聲的世界，在我生命深處，永遠有一隻白頭翁歌唱。（杏林子〈白頭翁〉）

滿天老鴉，一把撒開了的黑點子似的，風聲雨聲中，聒噪著飛撲向西邊天際那一片肅殺的落紅。（李永平〈日頭雨〉）

我看過那些禿鷹在天葬台狼吞虎嚥、喧嘩鼓譟的場面，那裡俯衝

聲音。

【低啞】形容聲音低沉、喑啞。

【呱呱】形容聲音粗而沙啞。可形容烏鴉、渡鳥或是青蛙的叫聲。

【咽咽】形容聲音低啞。也可形容嗚咽、哀切的聲音。

【尖拔】聲音尖細拉高。

【拔尖】把聲音拉得又細又高。

【哨鳴】從口中吹出的尖銳聲。此指鳥鳴聲尖銳。

【拔著嗓尖叫】拉高嗓門，用尖細的聲音喊叫。

【高亢】指聲音或情緒高昂、激動。

【激昂】聲音或情緒激越、昂揚。

【巧囀】美妙的鳥鳴聲。

【呢喃】形容聲音婉轉、柔美。也可作燕子的叫聲。

【婉轉】形容聲音悅耳、動人。也作「宛轉」。

【婉囀】此形容鳥婉轉的鳴叫。

【清脆】形容聲音清晰、悅耳。

【清越】聲音清脆悠揚。

【打鈴】形容聲音清脆如鈴鐺。

【圓潤】聲音圓滑、清潤。

【嚦嚦】鳥類清脆，悅耳的叫聲。

【嚶嚀】此形容鳥清脆、嬌細的聲音。

【淒切】形容聲音淒涼、悲切。

【淒寂】聲音淒涼、孤寂。

【淒咽】聲音淒涼、悲咽。

【淒唳】聲音淒切、悲哀。

【淒絕】聲音淒涼、哀絕。

【嘹唳】形容聲音響亮、淒清。

【拍拍】形容翅膀振動時所發出的聲音。

【拔剌】形容鳥飛振翼的聲音。剌，ㄌㄚˋ。

【啪啪】猛烈拍動發出的響聲。

【撲鹿】鳥拍翅的聲音。也作「撲漉」。

【翽翽】ㄏㄨㄟˋ，形容振翅高飛的聲音。

直下，等得不耐煩的激烈和飢餓，根本無暇辨別什麼骨頭什麼皮肉，一口吞下去便是。（張瀛太〈西藏愛人〉）

向晚的烏鴉群叫，有火併聲勢，愈演愈烈，帶著疑難的大聲質問：從枯林上空，把問號劃到廢田上空去。最後，和夕光一起消滅了。（洪素麗〈萬鴉飛過廢田〉）

棕面鶯打鈴似輕巧的叫聲，自檜林茂密枝條間，細細碎碎地撒下來。（洪素麗〈惟山永恆〉）

潯縣山上的鳥往年都是寒露一過就斷斷續續沿江水往南飛，開春再回來的。那年落了幾次霜都不見有鳥動的跡象。只見牠們一群群棲候在枯黃的竹林裡，天一黑就叫得奇怪。拔著嗓尖叫，叫得人心裡慌張。（李渝〈江行初雪〉）

隨著太陽升高，森林裡逐漸暖和，也隨之熱鬧起來。大冠鷲此起彼落的哨鳴，從高空遍傳林裡。我從樹隙上望，偶爾可以瞥見四隻在藍天上盤來旋去。幾隻竹雞在樹蔭深處激昂地分邊對叫。小捲尾在樹梢上振著雙翅，發出高亢的歌聲，五色鳥、樹鵲、紅嘴黑鵯、繡眼畫眉都加入了，譜成了這首暮春初夏的山林交響樂。（徐仁修〈森林最優美的一天〉）

也有一部分熟練的從大悲殿的窗戶裡飛進飛出的戲耍，於是在莊嚴的誦經聲中，有一兩句是輕嫩的燕子的呢喃，顯得格外的活潑起來。（林清玄〈佛鼓〉）

入秋的大屯自然公園，更是蟲鳴嘰吱，婉囀鳥鳴不絕，靜坐園內石上聆賞，更能體會出「多情絡緯迎秋啼」的心境。（楊平世〈多種昆蟲展現風華——大屯自然公園〉）

今早夢回時睜眼見滿帳的霞光。鳥雀們在讚美；我也加入一份。

【忽啦啦】形容翅膀拍動聲。

【噗刺刺】形容翅膀拍動聲。

【潑刺刺】形容翅膀拍動的聲音。也有形容馬匹奔馳的聲音。

【腷腷膊膊】形容禽類尾部擺動或鼓翅的聲音。腷，ㄅㄧˋ。

它們的是清越的歌唱，我的是潛深一度的沉默。（徐志摩〈天目山中筆記〉）

鷹的歌聲是嘹唳而清脆的，如同一個巨人的口在遠天吹出了口哨。而當這口哨一響著的時候，我就忘卻我的憂愁而感覺興奮了。（麗尼〈鷹之歌〉）

2 走獸

性情

【刁蠻】狡滑、蠻橫。

【刁饞】刁滑、貪食。

【撒刁】狡猾、耍賴。

【撒野】粗野、放肆。

【撒潑】粗蠻、無理取鬧。

【凶猛】凶惡、猛烈。

【凶饞】凶惡、貪食。

【饕戾】貪婪、凶戾。饕，ㄊㄠ。

【饕餮】傳說中一種貪殘的猛獸。今多比喻凶惡、貪食。餮，ㄊㄧㄝˋ。

【爭鬥】爭吵、鬥毆。

【爭權謀略】為爭取權勢而使用計謀。

【威武雄猛】雄壯勇猛。

【勇猛凶悍】勇武有力，凶暴強悍的樣子。

【張牙舞爪】張開牙齒，揮舞爪子。形容猛獸發威，凶惡猖狂的樣子。

【殺氣騰騰】形容氣勢凶猛。

【和解】平息爭執，歸於和好。

【息爭】平息紛執。

隔天，匆匆上山，想再一睹雷公鎗的風采，奇怪的是，雷公鎗不見了，而一整森林撒野的猴子不斷闖入你的視線中，多到惹人嫌。（張末〈因為詩的緣故──戀戀柴山〉雷公鎗，草本植物的一種，也叫密毛魔芋。）

近年，我才陸續讀到珍．古德自己的著作，大多耳熟能詳了；再讀到德瓦爾（Frans de Waal）對黑猩猩種種爭權謀略的紀錄，也已見怪不怪了。這是牠們的稟性，知道了，反而多了一分無可奈何的同情，牠們不能離群，可是生活在族群裡，那種壓力，卻不是常人可以承擔，每天都在爭鬥，然後和解，再爭鬥。而牠們不會為自己的行徑找藉口。（西西〈黑猩猩〉）

「這草莽中有蛇嗎？」我不禁問。「還不到季節，初夏的時候，天暖和了，它們才凶猛。」「野獸呢？」「可怕的不是野獸，可怕的是人！」他說他年輕的時候，曾經一天中碰到三祇虎，一頭母虎帶祇幼虎，從他身邊走開了。另一祇公虎迎面而來，他們祇相互望了望，他把眼光挪開，那虎也就走了。（高行健《靈山》）

掠食

【咬嚙】咬食。嚙，ㄋㄧㄝˋ，通「齧」字。

【齕】ㄏㄜˊ，用牙齒咬。

【嚙】ㄋㄧㄝˋ，啃、咬。

【捕食】追捕動物食用。

【戮捕】捕殺。

【磨牙】磨利牙齒，伺機攫食。

【攫取】抓取；掠取。

行動

【仰攀】向上攀援。

【攀援】抓住或依附他物而移動。也作「攀緣」。

【蹲】踞；曲腿如坐的姿勢。

【蹲踞】指獸類蹲坐或踞伏。

【人立】如人般直立。

【飛躍】飛騰、跳躍。

【迸跳】蹦跳；跳躍。

【跳踉】跳起。踉，ㄌㄧㄤˊ。

【跳擲】上下跳躍。另有比喻光陰流逝迅速。

【跳躍】跳動、騰躍。

【縱身】用力使身體騰起。

【躥奔】奔跑。躥，ㄘㄨㄢ，向上或向前跳。

【躥跳】蹦跳。

【跳跳躥躥】蹦蹦跳跳的樣子。

【兔脫】像兔子一樣迅速逃跑。

【奔竄】奔走、逃竄。形容跑得快。

【逃生】逃出險境，以保全生命。

當百年森林一夕之間被山鼠嚙盡，成群野鳥在網罟懸翅；溪川服食過量之七彩毒液，大批游魚在河床曝屍。（簡媜〈天涯海角——給福爾摩沙〉）

由於獵人在日間獵捕過度，所有的野生哺乳動物都轉變成了夜行動物，為了夜是一種保護色。並且一種動物轉為夜行，捕食牠的剋星也必須擇取在夜間出沒，食物場與競爭場從日間移到夜間，所有野生動物都獲益了，因為牠們有志一同擺脫掉了最大的共同敵人——獵人。（洪素麗〈苔之華〉）

突然，就在他的頭上，他聽見幾聲猿啼。他睜開眼睛。在上面高高的樹枝間，他發現一隻猴兒。猴兒在樹叢間攀援著，有時靜靜地朝下邊窺一會兒，似乎是想知下邊的人對牠有無危險。（鍾理和《笠山農場》）

牠孤獨地蹲在高石上，頭朝著月亮，彷彿也沉醉在月色中，然後牠站起跳下高石，慢慢走過草地，突然以極其優美的姿態飛躍上孤樹，身體正好遮住了月亮，然後我看著滿月從牠背後慢慢上升，月亮剪出牠的身影，並且加了金邊，美得使我屏息，〔……〕（徐仁修〈椰子河屠豹記〉）

小臭鼬、白鼻心不時也會出現，小臭鼬行徑時和肥大的老鼠沒兩樣，但牠會人立，躲在石縫中立起來和你對望，若和牠說說話，牠還會左搖右擺的回應；〔……〕（朱天衣〈原住「民」〉）

他急急走來，是為了貪看那隻跳脫的野兔？還是為了迷上畫眉的短歌？（張曉風〈你要做什麼〉）

【逃逸】逃跑。
【逃竄】奔逃、流竄。也作「竄逃」。
【流竄】到處亂跑。另有把罪犯流放到偏遠地區之意。
【跳脫】逃脫。
【縱逃】縱身而起以便逃脫。
【竄伏】逃匿；隱藏。
【落荒而逃】離開大路，向荒野奔逃。比喻逃命。
【隱】藏匿。
【埋伏】暗中躲藏起來，等待敵人到來後再作攻擊。

生態

【天敵】自然界中某種動物生性捕食或危害另一種動物，前者即為後者的天敵。如貓是老鼠的天敵。
【遞汰】順次淘汰。
【除汰】除去、淘汰。
【自然淘汰】達爾文對自然界的演化所提出的觀點。認為生物在同種或異種的個體之間作激烈的競爭，又因暴露在環境威脅之下，結果能適應環境者生存，反之便遭到淘汰。也作「天然淘汰」。
【物競天擇】物種互相競爭，適

【匿伏】隱藏；潛伏。
【潛伏】隱藏；埋伏。
【奇襲】趁對方沒有準備地襲擊。
【突襲】出其不意地快速攻擊。
【追逐】從後追趕。
【驅逐】驅趕；趕走。
【逆襲】侵擾；侵襲。
【襲擊】出其不意地侵襲。
【進犯】進攻、侵犯。
【肆虐】放肆侵擾或殘害。
【東衝西突】向四處突擊。

第一次跟著研究人員進來的時候，我不停緊張向來處望，不知怎麼著腎上腺分泌過多心跳加速，未知的想像令人恐懼，我總幻想一隻從動物園逃生的老虎埋伏突襲要我帶牠回家，或是絕種的雲豹會在我眼前驚鴻一瞥說自己還存在啊，或是難得一見的白鼻心像是畫好妝的白面小丑遠遠的隱在草叢中。（張英珉〈丹錐山下〉）

山上找不到食物的野獸開始下山進犯山莊，白鼻心、石虎向家畜下手，山鼠、兔子、野豬肆虐菜園，瘋狗在各處出沒，家犬被拴起來，小孩子被禁止外出。（徐仁修〈頑童與石虎〉）

松濤如吼，霜月當窗，饑鼠吱吱在承塵上奔竄。我於這個時候，深感到蕭瑟的詩趣，常獨自撥劃著爐火，不肯就睡，把自己擬諸山水畫中的人物，作種種幽邈的遐想。（夏丏尊〈白馬湖之冬〉承塵，指天花板）

看似平靜的荒野，卻隱藏無限殺機，野生生物永無休止的物競天擇，也不朽地造成大自然物種平衡的生機，在死生交替的不絕中，集體向演化的路程邁進。（陳煌〈石牆蝶的意念〉）

每隻雲豹都意味著，其下大片森林區塊的完整和成熟。牠們的滅絕更讓我們驚心，台灣林區的日漸脆弱。（劉克襄〈雲豹還在嗎？〉）

現在的平地人把山上的大樹都砍掉，種植高經濟作物；山豬追逐的森林變成了橘子園；山羌、水鹿跳躍的草地轉型成大人物的高爾夫球場；而一大片的茶園，過去可能是螞蟻、蜜蜂、蜈蚣、猴子玩耍的天堂，但由於土地的濫墾，動物沒有了森林，也就失去了生存的空

者生存，不適者淘汰。

【適者生存】天賦較優異者應比低劣者，擁有更多的生存機會。

【演化】演變、進化。也指生物種群為了因應時空的變化，而在形態與生存形式上與其遠祖迥異的現象。

【生態平衡】在自然環境中，因環境因素的變動，能抑制生物種群不會過度繁殖，也能防止被全然滅絕，使其保持恆定的數目，以達到生態圈的穩定狀態。也有「自然平衡」、「大自然物種平衡」。

【瀕臨絕種】指生物的種類快要斷絕滅亡。

【絕種】指某些物種消亡滅絕。

【滅絕】斷絕；消失。也有「絕滅」。

【滅種】絕種。

聲音

【狼嗥】狼的吼叫聲。嗥，ㄏㄠˊ。

【哮虎】怒吼的老虎。

【虓】ㄒㄧㄠ，老虎的吼叫聲。

【闞】ㄏㄢˇ，老虎的吼叫聲。

【虓闞】老虎怒吼。虓，ㄒㄧㄠ，凶悍、勇猛。

【龍吟虎嘯】龍、虎的吼叫聲。也可形容聲音嘹亮。

【狂嗥】瘋狂怒吼。

【哮吼】獸類的吼叫聲。

【嗥叫】獸類的吼叫。

【號叫】大叫；吼叫。

【嘶吼】吼叫。也作聲音淒厲或沙啞地喊叫。

間；水土的流失導致動物的滅種、池塘裡的泥鰍和蛙鳴聲都消失了；〔……〕（亞榮隆・撒可努〈山與父親〉）

進化的定律是後來居上。時間空間演化出無機體，無機體進而為動植物，從固定的植物裏變出了文靜，纏著人不放的女人，從活潑的動物裏變出粗野，敢冒險的男人；〔……〕（錢鍾書〈上帝的夢〉）

房門不能開，高高百思不得其解的結論是，打一些獵物獻給天文以換取門票，她打來壁虎，完完好好一條放在天文房門口，打來麻雀、蚱蜢、大蜘蛛、紋白蝶、飛蟻……，總是總是，我聽到天文在樓上聞聲開門的高聲感謝：「謝謝你、謝謝你。」我次次都被天文充滿驚喜感動的語調感染得忍不住大聲問：「今天是什麼禮物？」「唉呀蟑螂啦。」怕高高聽懂人言因此低聲回答，天知道天文的天敵就是蟑螂。（朱天心〈只要愛情，不要麵包的貓〉）

時聽大蟲哮吼，每聞山鳥時鳴。麂鹿成群穿荊棘，往來跳躍；獐結黨尋野食，前後奔跑。佇立草坡，一望並無客旅；行來深凹，四邊俱有豺狼。應非佛祖修行處，盡是飛禽走獸場。（明・吳承恩《西遊記》大蟲，老虎的別稱。巴，通「豝」字，指母豬。）

基本上司光屯島是沒有商業活動，也沒有任何夜生活的，每天完美的夕陽在天際線演出完畢之後，就是星光滿天，島上變成野生動物的天堂，魚群追逐的潑水聲、豺狼對著月亮的嗥叫、夏天晚上揮之不去的臭鼬氣味、浣熊翻動垃圾箱覓食的聲音、徹夜不眠的黑鸝鳥站在枝頭上練嗓子，除此之外，幾乎是全然安靜的，更別說上館子吃飯了。（褚士瑩〈波士頓，踏沙行、學休息、做自己〉）

3 家禽家畜和寵物

體態

【肥大】粗胖壯實。

【尨然】尨，ㄆㄤˊ，通「龐」字。巨大的樣子。

【肥盛】肥壯碩大。

【拙重】拙樸、笨重。

【健碩】健壯結實。

【魁梧】高大壯實。

【矯健】強健有力。

【驃壯】剛烈健壯。

【龐碩】形體巨大的樣子。

【胖油油】肥胖而富有光澤的樣子。

【飽欣欣】飽足而得意自在狀。

【肥額大耳】肥胖的額頭，寬大的耳朵。

【渾圓滾胖】體型非常圓胖。

【滾瓜溜圓】多形容牲畜肥大、碩壯。也有「滾瓜流油」。

【氣昂昂】形容精神抖擻、氣度不凡的樣子。

【雄糾糾】雄壯威武的樣子。

【昂首挺胸】仰著頭，挺起胸膛。也可形容精神飽滿、意氣風發的樣子。

【昂胸凸肚】挺著胸膛，突出肚子。也可形容強壯、威武的樣子。

【耷拉】下垂貌。耷，ㄉㄚ。

【彎腰垂肚】弓著身軀，下垂著肚子。

【怪醜】怪異、醜陋。

【憔悴】枯槁、瘦病貌。

【傷痕累累】意指受傷後留下痕跡很多。

【蹣跚】形容行步搖晃跌撞貌。也作跛行貌。

在沁涼如水的夏夜中，有牛郎織女的故事，才顯得星光晶亮；在群山萬壑中，有竹籬茅舍，才顯得詩意盎然。在晨曦的原野中，有拙重的老牛，才顯得純樸可愛。（陳之藩〈失根的蘭花〉）

不過最有情趣的還是豔陽天芳草地裡看牧場。時間最好在太陽剛剛西斜的當兒，成百成千的牛羊駝馬，都吃得飽欣欣地，胖油油地，各有各的美麗，各有各的精神。（梁容若〈塞外的春天〉）

這隻本地種母豬實在醜陋不堪，肥額大耳，彎腰垂肚，從側面看過去，就活像一個大凹子。全身烏皮黑毛髒兮兮的，而且滿臉皺紋。（鍾鐵民〈約克夏的黃昏〉）

「王八蛋」是校工老張養的一隻灰黃有黑斑的土狗，全身傷痕累累，毛都爛脫光了，全校都知道牠叫「王八蛋」，總是看見牠被老張踢來踢去，然後有些頑皮的學生也常學著去踢牠，弄得「王八蛋」成天神經兮兮，滿校東逃西竄，時時哀鳴。（丁亞民〈冬祭〉）

小鴨也誠然是可愛，遍身松花黃，放在地上，便蹣跚的走，互相招呼，總是在一處。（魯迅〈鴨的喜劇〉）

貓爸爸的兒子吼！天心描述牠們好似《百年孤寂》中老上校散落各地、額上有著火灰十字印記的兒子們，「兩皆黃虎斑白腹、綠眼睛、大頭臉、太愛用講的以致打鬥技術不佳的時時傷痕累累，太像了，只好以外觀特徵為名。一隻叫（三）腳貓，一隻叫（短）尾黃。」（朱天文〈短尾黃〉）

【瘸腿】跛腳。瘸，ㄑㄩㄝˊ，腿腳有傷或殘缺，行步不平衡的樣子。

【老態龍鍾】形容年老體衰，動作緩慢的樣子。

皮毛與味道

【光滑】光澤滑潤。

【油潤】光亮潤澤。

【閃亮】毛色閃閃發亮。

【發亮】毛色光亮。

【豐茂】毛髮濃密。

【豐滿】形容毛羽多而密。

【毛茸茸】形容毛羽柔軟濃密的樣子。

【柔細光澤】形容毛色柔軟纖細，光亮潤澤。

【光潔厚實】光滑潔淨，厚而結實的樣子。

【冒著油星】形容動物身上的毛非常光亮，好像透出小點滴的油般。

【蓬鬆】可形容毛羽鬆散、不密實。

【撲朔】形容雄兔腳毛蓬鬆。也有模糊不清的意思。

【戟張】可形容毛羽張開如戟。另可形容樹的分枝如戟般向四周生長。

【烏皮黑毛】形容動物的皮毛烏黑或不潔貌。

【稀稀拉拉】稀少疏落。

【褪毛】脫毛。動物因季節轉換而脫去原有的毛。褪，ㄊㄨㄣˋ，脫下。

【褪落】脫落。

【爛脫光了】因皮膚腐爛而使身上的毛都脫掉了。

【理毛】整理皮毛。

當你盡情策馬在這千里草原上馳騁的時候，處處都可以看見千百成群肥壯的羊群、馬群和牛群。它們吃了含有乳汁的酥油草，毛色格外發亮，好像每一根毛尖都冒著油星。（碧野〈天山景物記〉）

回家以後，我看見毛咪熟睡似地蜷縮在紙箱底，神情一如往常：靜謐、馴良，唯獨毛絮蒙上一層毛玻璃似的暗影，怎麼也難以想像牠原本蓬鬆的樣子。（張耀仁〈最美的，最美的〉）

可是，我們從籠子邊過來過去了好幾天，才慢慢注意到裡面似乎有個活物，甚至不知是不是什麼死掉的東西。它一動不動蜷在鐵籠子最裡面，定睛仔細一看，這不是我們的兔子是什麼！它原本渾身光潔厚實的皮毛已經給蹭得稀稀拉拉的，身上又潮又髒，眉目不清。（李娟〈離春天只有二十公分的雪兔〉）

他默默地跟著母親走。雞鴨的腥味兒好濃，接著是牛騷味。它們都是臭的，可是在志驤的嗅覺裡，卻也帶著一種親切味。（鍾肇政《插天山之歌》）

可是一道牆隔開了他們的疼愛，他們完全不知道我現在是那這麼慘、害怕、和舔不完的腥糟糟的液體……（朱西甯〈夕顏再見〉）

貝斯是家中唯一肯讓人抱的貓，而且他喜歡兩前腳環摟人脖子，好心幫人族理毛（髮），人毛比貓毛長太多，他耐心認真地往往愈理愈亂。（朱天心〈並不是每隻貓都可愛〉）

【梳理】梳爬、整理。

【整飭】整治使有條理。

【撫理】撫摸、整理。

【騷味】腥臊味。也作「臊味」。

【騷臭】腥臭。

【尿騷味】尿的腥臭味。

【臭烘烘】形容很臭。

【腐臭】腐爛並帶臭味。

【腥味兒】指帶有葷腥的氣味。

【腥糟糟】形容帶有血腥的腐臭味。

氣質

【嫩】可形容經驗少，不老練。

【幼稚】缺乏經驗或思想不成熟。也可形容年紀少。

【荒幼】年幼無知。

【老成】老練穩重。

【老練】經驗豐富。

【友善】友好、親密。

【忠實】忠誠、老實。

【乖順】性情乖巧、和順。

【溫和】溫順、平和。

【溫馴】溫和、馴順。

【馴良】溫順、善良。

【馴善】馴順、善良。

【搖尾】搖擺尾巴。含有示好之意。也作「擺尾」、「搖尾巴」。

【伶俐】聰明；機靈。

【敏感】感覺敏銳。對外界事物反應很快。

【解人】善解人意。

【踔】得意忘形的樣子。也可形容走路搖搖擺擺的樣子。

【頑皮】調皮；愛玩鬧。

【黏膩】依戀、親近。

【撒頑】放肆；恣意玩樂。

【撒嬌】恃寵而故意作出嬌態。

【撒了歡兒】因歡樂而表現出

這隻本地種母豬實在醜陋不堪，肥額大耳，彎腰垂肚，從側面看過去，就活像一個大凹子。全身烏皮黑毛髒兮兮的，而且滿臉皺紋。（鍾鐵民〈約克夏的黃昏〉）

不時有人從門裡挑出一副很大的扁圓的竹籠，籠口絡著繩網，裡面是松花黃色的，毛茸茸，挨挨擠擠，啾啾亂叫的小雞小鴨。（汪曾祺〈大淖記事〉）

你們像辦一樁家庭成員的喜事一樣期待著，每日目睹牠身形變化，見牠懶洋洋牆頭曬太陽，牠有點不幼稚了，瞇覷眼不回應你與牠過往的戲耍小把戲，牠腹中藏著小貓和祕密都不告訴你，那是你唯一有悵惘之感的時候。（朱天心〈我的街貓朋友〉）

小馬跟著母馬認真而緊張地跑，不再頑皮，一下子變得老練了許多；牧人在不可收拾的潮水中被攜裹，他大喊大叫，卻毫無聲響，他的喊聲像一塊小石片扔進奔騰喧囂的大河。（周濤〈鞏乃斯的馬〉）

倏地，一群漂亮的狗兒你追我逐地奔了來，撒了歡兒地在地上跑著、跳著、撲咬著，盡情地嬉戲，卻沒見有一隻掉下崖去。（韓小蕙〈小村即景〉）

在她熟睡時，一隻剛下過蛋的母雞咯咯咯地走到她身邊，在周遭繞了一遍又一遍，仔細地觀察奇怪的主人。另一邊，幾隻豐滿跋扈的大公雞則大搖大擺地擠進紗門，走進她的屋子，啄破了米袋，偷吃她的米。（陳淑瑤〈流離〉）

當晚，這可憐的老人死去了，翌晨入殮的時候，小狗萊西也覺出異樣了，牠那馴良、溫和的眼睛，冒出不可遏制的憤怒，當大家預備

興奮或跑跳的動作。也作「撒歡」、「撒歡兒」。

【戲耍】玩耍。

【歡快】歡樂、痛快。

【莽撞】輕率魯莽。

【囂張】放肆傲慢。

【目中無人】形容狂妄自大的樣子。

【神氣活現】形容得意傲慢的樣子。

【器宇軒昂】形容神采奕奕、氣概不凡的樣子。

【懶散】懶惰散慢的樣子。

【懶洋洋】慵懶、精神不振貌。

【無精打采】形容精神不振的樣子。也作「沒精打采」。

【駻】形容馬凶悍、不溫馴。

【挑釁】蓄意引起爭鬥。釁，ㄒㄧㄣˋ。

【啀喍】ㄧㄞˊ ㄔㄞˊ，犬鬥貌。

【跋扈】勇武強壯貌。也可形容態度傲慢、專橫。

【搐緊】筋肉抽動緊縮。形容盛怒貌。搐，ㄔㄨˋ。

【慓悍】輕捷勇猛。也作「剽悍」、「驃悍」。慓，ㄆㄧㄠˋ。

【憤怒】氣憤、發怒。

【其勢洶洶】氣勢強盛猛烈。

【齜牙咧嘴】露牙張嘴貌。形容凶惡難看或痛苦難受的樣子。齜，ㄗ。

【尾巴旗桿似筆直豎起】此形容貓生氣或作防禦時高豎尾巴的樣子。

【疏離】對周遭的人、事物不親近或不關心。

【漠然】冷淡、不關心。

【怯場】在某些場合，顯得緊張、害怕。

【畏縮】因畏怯而退縮。

【膽怯】膽小、怯懦。

【伸頭縮頸】形容膽小窺探狀。

【神經兮兮】容易緊張、不安或情緒激動。

把死者遺體抬進棺材裡去時，萊西其勢洶洶的發出一聲哀號。直向那著了黑服，遍洒鮮花的尸身撲去，彷彿懷疑人們要謀害牠的主人。（張秀亞〈畸零人〉）

我高興地伸手去抱牠，可以回家了，以後想吃什麼都可以，不再放你孤單的生病了……然而，牠張大雙眼，齜牙咧嘴，已經斷氣了。（陳雪〈貓死了以後〉）

貓最好看的情形，是春天下午它從地毯上午寐醒來，回頭還想伸出懶腰，出去遊玩，猛然看見五步之內，站著一隻傲梗不參的野狗，它不禁大怒，把它二十個利爪一起盡性放開，搐緊在地毯上，尾巴旗杆似筆直豎起，滿身的貓毛也滿溢著它的義憤。（徐志摩〈雨後虹〉）

讓一隻貓溺在愛裡然後牠會安靜在你腳跟腿上懷裡枕邊酣睡或在窗前在書桌角字畫下躺椅上安靜陪你。溺愛牠因為牠敏感膽怯因而疏離。溺愛牠讓牠在溺愛裡全心信任。（陳育虹〈魅〉）

——至於那隻黑的，雖也急急忙忙跑到水邊，卻忽然趦趄不前，歪著頭深思起來，隔著五百公尺，我恍惚能看到他莊嚴的表情。對花狗近乎莽撞的行為，他作出一副「我方尚在審慎觀察中」的嘴臉，等花狗把拖鞋撿了回來，他也不置一詞。（張曉風〈偶成〉）

近年來，收容所裡捕捉的貓狗中，純種比例愈來愈高，其中的主要原因，就是城市民眾飼養混種狗的比例下降，但購買純種狗比例增加，純種狗遭棄養的比例也因此愈來愈高，加上從繁殖場一批批因為「退流行」滯銷而被棄養的犬隻，成為台灣流浪狗的主要來源。（褚士瑩〈用錢買來的一努——寵物繁殖場的真相〉）

四叔把蛤蟆逮回家來之後和二嬸吵了一架，二嬸氣得罵四叔：「書念到狗肚子裡去了。」老黃狗當時正夾著尾巴在灶底下，拿舌頭舐鼻

【趦趄不前】形容猶豫畏縮，不敢前進。也有猶豫觀望，小心翼翼之意。趦，ㄗ，通「趑」字。趄，ㄐㄩ。

【駑駘】資質低劣的馬。也作「駑馬」。駘，ㄊㄞˊ。

【喪家狗】本指喪家所養的狗，因主人悲傷過度，無心照料而不得意。後多轉指無家可歸的狗。另可比喻不得志、失去依靠或驚慌失措的人。也作「喪家之犬」、「喪家之狗」。

【流浪狗】指無人飼養或遭到主人棄養因而到處流浪的狗。

【夾著尾巴】指狼、狗等動物受到驚嚇後，夾尾逃走的樣子。也可引申為做了壞事的人被發現或受到指責後，準備趕緊逃離的狼狽模樣。

覓食

【舐】ㄕˋ，用舌頭舔東西。

【舔】用舌頭接觸東西。

【磨】將物研細。也作摩擦而使物品光滑或銳利。

【咀嚼】用牙齒咬碎與磨細食物。

【撲咬】衝向前去，用牙齒夾住或切斷東西。

【吞嚥】吞食。

【野食】到外面尋找食物。也作「打野食」、「野食兒」。

【反芻】牛、羊、鹿、駱駝等動物，把食物粗嚼後吞下去入胃，又將食物返回嘴裡細嚼，然後再行嚥下。又稱「倒嚼」。

子，斜稜著眼看二嬸，活像不甘心讓人比四叔的樣子。（張大春〈蛤蟆王〉）

〔……〕我常常在街上撞見他，身後領著一大隊蹦蹦跳跳的小學生，對街的時候，他便站到十字路口，張東西跑過街去。不知怎的，看見他那副極有耐心的樣子，總使我想起我從前養的那祇性情溫馴的大公雞來，那祇公雞竟會帶小雞的，它常常張著雙翅，把一群雞仔孵到翅膀下面去。（白先勇《台北人》）

神秘清朗的夜晚，小奶貓們從某個角落傳來或撒嬌或哀求或哭啼的瞄聲，不需起床不需探看就知道是貓媽媽把他們呵到某高處（花壇短垣或樹幹分枝處）要他們練習跳下。（朱天心〈獵人們〉）

我站在駱駝的面前，看牠們吃草料咀嚼的樣子：那樣醜的臉，那樣長的牙，那樣安靜的態度，牠們咀嚼的時候，上牙和下牙交錯的磨來磨去，大鼻孔裡冒著熱氣，白沫子沾滿在鬍鬚上。我看得呆了，自己的牙齒也動起來。（林海音〈冬陽　童年　駱駝隊〉）

卞儉呆了半晌道：「剛才我想家中這兩隻雞鴨，每日雖在莊田吃些野食，無須喂養，但能生多少蛋？不如把他拿去，倒可賣幾文錢，換些米來，豈不是好？」（清．李汝珍《鏡花緣》喂，此通「餵」字）

拉薩河靜靜地流淌，儘管河邊的水結了一層透明的冰霜，河心的水仍從容地流著，拒抗時間的變化。草原枯槁僵斃，但仍有三兩群牛羊信步低頭尋找咀嚼的生機。（謝旺霖〈雪域告別〉）

【嗅】用鼻子聞氣味。

【聞】用鼻子嗅。

【扒】挖掘；挖開。

【蹭】ㄘㄥˋ，磨；擦。

【爬搔】用指甲輕抓。

【搔癢】用指甲抓癢處。

【趴】身體向下臥倒。

【蜷】縮伏；身體彎曲。

【伏臥】趴伏。

【趴躺】伏躺在地上。

【瑟縮】收縮；蜷縮。

【蜷臥】彎曲身體臥著。

【蜷縮】蜷曲、緊縮。

【窩聚】形容動物蜷伏著靠在一起。

【窩盤】緊密地陪伴。也有撫慰之意。

【跌趴】跌倒而身體伏在地上。

【挨挨擠擠】很擁擠的樣子。

【仰臥】身體朝上躺著。

【骨碌】不斷滾轉的樣子。也作「骨碌碌」、「骨裡骨碌」。

【一骨碌】翻身一滾。形容動作迅速靈活。

【竄動】擁擠在一起移動。

【鑽動】相聚而動。

【馱】背載。多指牲畜背上載負東西。

【背負】以背馱物。

【負重】背負重物。

【負載】背負。

【蹬】踩；踏。

【踅】ㄒㄩㄝˊ，折轉。

【撅】ㄐㄩㄝ，翹起。

【彳亍】ㄔˋ ㄔㄨˋ，慢步行走；走走停停貌。

【信步】漫步；隨意行走。

【搖擺】搖動。走動。

【昂然獨步】以高傲的姿態獨自走著。

【棲棲遑遑】匆忙奔走，無暇安居的樣子。也作「棲遑」。

我們喝著酒，咪咪那隻大黑貓又撅著牠的肥尾搖擺了過來。牠也嗅嗅朱娣，在朱娣的腿上蹭了兩蹭，又轉到我這邊來。（馬森《夜遊》）

我想我的貓必然是愛我的吧。否則牠不會總像一張毛毯般蹭在我懷裡，在我身上留下鬍鬚般斷斷續續的小線頭。當我不在家時，牠把指甲磨得又尖又細十分刺人，等我回到家來，又像登上龍椅般蹬在我膝上，盤旋個老半天只為了調整出一個讓牠滿意地好好蜷臥的姿勢，像鑽帳篷般踅進我衣服裡，追蹤著裡面的舊空氣。（林文珮〈去年在馬倫巴〉）

不時有人從門裡挑出一副很大的扁圓的竹籠，籠口絡著繩網，裡面是松花黃色的，毛茸茸，挨挨擠擠，啾啾亂叫的小雞小鴨。（汪曾祺〈大淖記事〉）

四隻小狗不時被飄進來的雨絲打醒。最後，棕色和黑色小狗受不了，骨碌起來，試著走出去找食物。（劉克襄〈四隻小狗〉）

除了看牛隻外表外，試牛的耐力更是重要。一輛四輪被拴死的牛車上坐著一群買主。牛則是低著頭，眼神悲涼，後腿微弓，使了力氣，彳亍舉步。（鍾文音〈漫漫洪荒〉）

在巷子裡，看到棲棲遑遑的喪家之犬，恨不能牽回家來養。讀到旁人文章寫愛犬的伶俐解人，就油然興羨。寫失犬的悲傷，就泫然淚下。（琦君〈失落的愛寵〉）

我看見牠們的時候，又正是駱駝褪毛的季節，一塊一塊將褪落的毛，掛在身上，遠看像落魄的窮漢，穿著破衣在路上顛躓著；牠們很憔悴，又怪又醜，給我極深刻的記憶。（司馬中原〈走進春天的懷裡〉）

整天走著，望不見一所煙火人家，但有時，卻可以聽見鈴聲遠遠地搖曳過來，等到峰折路轉的時候，馱著洋線子洋油之類的馬隊，便

【顛躓】跌跌撞撞地行進、奔跑。也可作困頓、挫折。

【汗流氣喘】汗水直流、呼吸急促。此形容走得很辛勞的樣子。

【壯竄】強壯善跑。

【奔馳】快速地奔跑。

【奔騰】馬匹飛奔、急馳。也可形容波濤洶湧的樣子。

【駸駸】馬跑得很快的樣子。也可比喻時間過得很快。

聲音

【咿咿】形容蟲鳴、雞叫聲。

【咯咯】ㄍㄜ，用以形容母雞的叫聲。

【喔喔】形容雞叫聲。

【呷呷】多用來形容鴨的叫聲。

【軋軋】ㄍㄚˊ，此形容鵝、鴨的叫聲。也可形容機器發動時所發出的聲音。

【吠】狗叫。

【听听】ㄧㄣˊ，狗吠聲。

【汪汪】狗吠聲。

【狂吠】狗亂叫。

【狺狺】ㄧㄣˊ，狗叫的聲音。

【喵喵】形容貓的叫聲。

【咪咪】形容貓的叫聲。

【喵嗚】形容貓的叫聲。

【咩】ㄇㄧㄝ，形容羊的叫聲。

【哞】形容牛叫聲。

【唔唔】此形容母豬的低吟聲。也可形容吟詠聲。

【噢噢】ㄩˇ，此狀豬的吼叫聲。

汗流氣喘地一匹匹現出，又帶著鈴聲響到遠山去。這時就會使獨個兒走著的旅人，感到空山的寂寞和旅途的蒼涼了。（艾蕪〈克欽山道中〉）

村子中老婦人坐在滿是土蜂窠的向陽土牆邊取暖，屋角隅可聽到有人用大石杵緩緩的搗米聲，景物人事相對照，恰成一希奇動人景象。過小村落後又是一片平田，菜花開時，眼中一片黃，鼻底一片香。土路不十分寬，馱麥粉的小馬和馱燒酒的小馬，與迎面來人擦身過時，趕馬押運貨物的，卻遠遠的在馬後喊「讓馬」，從不在馬前牽馬讓人。（沈從文〈大山裏的人生〉）

古人有言：「以鳥鳴春。」現在已過了春分，正是鳥聲的時節了，但我覺得不大能夠聽到，雖然京城的西北隅已經近於鄉村。這所謂鳥當然是指那飛鳴自在的東西，不必說雞鳴咿咿鴨鳴呷呷的家奴，便是熟番似的鴿子之類也算不得數，因為他們都是忘記了四時八節的了。（周作人〈鳥聲〉熟番，清代特指臺灣已接受漢人教化的原住民。此指被人類馴養的動物）

鵝的叫聲，與鴨的叫聲大體相似，都是「軋軋」然的。但音調上大不相同。鴨的「軋軋」，其音調瑣碎而愉快，有小心翼翼的意味。鵝的「軋軋」，其音調嚴肅鄭重，有似厲聲叱吒。（豐子愷〈沙坪小屋的鵝〉）

漁夫一出現，營區狼犬即嗚嗚咆哮，卻甚少揚聲高吠。漁民們悶聲而行，幾乎不攀談，默默架好木樁，扛船下海。（吳鈞堯〈池塘〉）

家，就在數十步之遙的前方。我急步直衝，惹得鄰家豢養的狗爭相狂吠。有的戒備在各自的屋子前對我怒目而視，齜露白得令人目眩的牙齒，狺狺有聲。（黎紫書〈蛆魘〉）

【呼嚕呼嚕】此形容豬吃東西時所發出的聲音。也可作鼾聲。

【呦呦】一ㄡ，鹿的叫聲。也指小動物的叫聲。

【馬嘶】馬的叫聲。

【噠噠】形容馬蹄聲，亦作「達達」。

【踢躂】用以形容人或動物的腳步聲。

【蕭蕭】形容馬的叫聲。也可形容風聲、落葉聲。杜甫〈兵車行〉：「車轔轔，馬蕭蕭，行人弓箭各在腰。」

【擂鼓似的】形容群馬奔騰而過所發出的聲音，有如作戰時用來壯大聲勢的擊鼓聲。

【哀鳴】悲哀或淒厲的鳴叫。

【哀號】悲啼。

【哀嚎】悲哀地嚎叫。

【咿嗚】形容悲淒的叫聲。也作「嗚咿」。

【嗚嗚】形容低沉的聲音。也可形容人的歌詠聲。

【淒厲】聲音淒慘而尖銳刺耳。

【悲鳴】哀叫。

【嗷嗷】形容哀號聲。

【厲聲】淒厲的聲音。也有語氣嚴厲的意思。

【哀哀低鳴】形容聲音悲哀、低沉。

【齆聲齆氣】齆，ㄨㄥˋ，鼻子阻塞而發音不清。形容鼻子堵塞時所發出的聲音。此形容動物被宰殺時所發出的哀號聲。

【嘹亮】聲音清澈、響亮。

【響鼻】騾、馬等動物鼻子裡發出很響的聲音。

【金聲玉振】形容聲音嘹亮。也可用來比喻才德兼備，學識淵博。

【高唱入雲】形容聲音嘹亮，直入雲霄。

【悠然邃遠】形容聲音傳遞得很遠。

在荒漠的大地上，成群的馬兒奔馳，成堆的羊兒咩咩，牧羊狗追逐，一道塵埃揚起，看著遠處飛鷹翔翼，昂首低頭注視著前方，人影在風中屹立，蒙古風情於焉而在。（黃光男〈草原蒙古〉）

田間小徑上疏落的走著荷鋤歸來的農夫，隱約聽到母牛哞哞的在喚著小犢同歸。（楊振聲〈書房的窗子〉）

頭家打量著，提起母豬耳朵，再拉上尾巴，母豬正是暈陶陶的時節，除了低吟的唔唔輕吟外，連一動也不動。（鍾鐵民〈約克夏的黃昏〉）

它是公的，原本該劁掉。不過你去試試看，哪怕你把劁豬刀藏在身後，它也能嗅出來，朝你瞪大眼睛，噢噢地吼起來。（王小波〈一隻特立獨行的豬〉劁，ㄑㄧㄠˊ，割去牲畜的生殖器。）

朝晨的陽光照著牆壁幾乎透明，可以看見外面的林子，側過頭一看，母親已經不在，凝神聽聽，好像在廚房裡準備早餐。豬們呼嚕呼嚕吃東西的聲音也傳來了。（張文環〈夜猿〉）

才四更時分，曙色尚朦朧，官士們已經開始上早朝，馬蹄噠噠響過京城。不久，敲著木魚，念著梵經的和尚，也上街「報曉」。（李碧華〈懶魚饞燈〉）

馬群自歷史冊頁中飛奔而出，給我們踐蹄急馳、長嘯生風的生動形象，那擂鼓似的群馬的蹄聲，更如一首雄渾勇壯的長詩，以一種急速的節奏，使人心頭熱血騰湧如潮。（司馬中原〈歷史的配樂者——馬群〉）

上次我帶他到鄉間度假，五十分鐘車程，一路上他哀哀低嗚，「喵嗚，喵嗚……」句句摧人心腸。（馮平〈給吉米的信〉）

那個齆聲齆氣卻又肉質豐富的動物嚎嗚仍斷續響起。我轉過頭試圖安慰孩子：「也許是那些侏儒河馬肚子餓了。」但我卻聽到一個尖刻、深諳世事、表情豐富的聲音回答：「得了吧，笨蛋都聽得出來他

【震天價響】形容聲音十分響亮洪大。

【響遏行雲】形容聲音響亮高昂。遏，ㄜˋ。

【像雷鳴似的】如震耳的雷聲。

【咆哮】牲畜、獸類的怒吼。

【嘶叫】叫喊；吼叫。

【嚎嗥】大聲吼叫。

【嚎嗚】大聲吼叫。

們正在那兒宰殺動物。」（駱以軍〈長頸鹿〉）

比方今天上午，臨窗讀書，公雞帶了母雞來到窗下喔喔地啼，只隔著一扇窗，啼聲金聲玉振，響遏行雲。或如下午，牠帶了母雞在空田中啼，啼聲悠然邃遠，不由闔書諦聽，心為之傾，神為之引。（陳冠學〈九月十八日〉）

風，突然沒有了聲音，我漸漸的什麼也看不見，只聽見屠宰房裡駱駝嘶叫的悲鳴越來越響，越來越高，整個的天空，漸漸充滿了駱駝們哭泣著的巨大的回聲，像雷鳴似的向我罩下來。（三毛〈哭泣的駱駝〉）

我的手快握不住車把。天光又灰下了一層。太陽要落山。太陽要歸去。狗在狂吠。嚎嗥得這般異樣地長。我身體不停地抖。我的牙齒不停地格格交戰。（王禎和〈月蝕〉）

4 昆蟲

外觀

【眨亮】閃動、光眼。

【清炯】清明、光亮。

【透明】透亮。

【斑斕】色彩錯雜鮮麗。

【耀目】光彩耀眼。

【彩色繽紛】顏色鮮豔絢麗。

【清豔閃動】清秀豔麗，閃爍不定的樣子。

【陽光都幾為之黯淡】此形容極為光亮。

【舒緩】緩慢。此形容螢飛行的姿態柔美。

【嫻靜】文雅沉靜。

【弱質蕙心】體質柔弱，氣質美

流螢的事，潮汛泛起，從四月一直清豔閃動到五月，極盛之期冷麗繁華，不勝金碧輝煌之至。晶碧的光閃呀閃呀，灼灼其華到處奔跑。打小徑上走過，流螢照了顏色，清炯螢光掀上頰面，在墨黝黝的草澤裡照見了自己閃動的臉，景況真是吃驚。（凌拂〈流螢汛起〉）

當珠光鳳蝶從蘭嶼藍得驚人的天空振翅而過時，我和M都以為那是一隻鳥，但恐怕沒有鳥的尾羽，有那麼耀目的、陽光都幾為之黯淡的金黃。（吳明益〈十塊鳳蝶〉）

每個人都喜歡螢火蟲，牠嫻靜、舒緩，點綴著夏夜的童心與浪漫。以前螢多，入夜輒見此起彼落，與螢共玩，曾是美好回憶的一部分。

好。

【肥糯】此形容蛆蟲身形肥胖而具有黏性的樣子。糯，ㄋㄨㄛˋ，黏性的。

【腦滿腸肥】本是形容空有壯盛的外表而無實學。此用來形容螞蟥吸飽血之後的腫脹樣子。

【粗壯結實】體形肥大。

【口器】節肢動物口的周圍，具有捕捉和咀嚼食物的器官。如蜜蜂、蝴蝶、蒼蠅、蝗蟲、蚜蟲等。

【複眼】昆蟲和甲蟲類的主要視覺器官，由許多的小眼結合而成。如蜜蜂、蝴蝶、蜻蜓、蒼蠅、螞蟻等。

老人們都說螢是腐草所化，以露水為食，因而牠弱質蕙心，想著這些說法，都覺得對螢應該格外的體貼善待。（南方朔〈今夜看螢去〉）

夏天時尿臊便臭盈鼻，蹲個廁所發一身大汗；糞坑裡有蛆蠕動，有時就爬上地面，直爬過長長甬道，爬進稻埕，肥糯身軀讓洋灰地燙得直翻滾，剛離窩的雞雛閑步經過，一啄，就進了牠的肚子裡。（王盛弘〈廁所的故事（二〇一〇）〉）

這下下天我脫鞋準備睡覺時，發現我的腳沾滿了鮮血，逮到了三條早已吸血吸得「腦滿腸肥」的螞蟥。（徐仁修〈未知的叢林〉螞蟥，水蛭的別名，也作「螞蝗」）

捕食

【叮】蚊、蟻或蜜蜂等昆蟲用針形口器吸食。

【嘬】ㄔㄨㄞˋ，叮；咬。

【螫】ㄓㄜ，有毒腺的蟲、蛇等刺人或動物。

【如針】此形容被蚊子螫的感覺像是被針刺一樣。

【吸血】吸吮血液。

【吸吮】形容用口吸取。吮，ㄕㄨㄣˇ。

【張合】張開和閉合。

【猖獗】凶惡、放肆。

【撲刺】此指遭蚊子撲過來叮咬。

【蠶食】蠶吃桑葉。也可比喻逐漸侵占。

【以守為攻】以防禦作為攻擊敵人的手段。

【以逸待勞】採取守勢，養精蓄銳，等待敵人疲勞時再出擊。

站在那兒紋風不動地像菩薩，蒼蠅叮，蚊子咬，要像沒事兒一樣；甚至蜈蚣、蝎子螫你一下也不能動。（張拓蕪〈門神〉蝎，通「蠍」字）

如針的蚊子撲刺上他的臉頰，牠們遊盪在黃昏的大地上，銜著他的車燈結集，好多次，他關上車燈，蚊蚋卻叢聚到他的頭頂，在他的頭頂飛舞成個大漩渦。（姜天陸〈夜祭〉）

平常，看到這麼多螞蝗，在自己的小腿吸吮，還有蚊子不斷飛繞臉頰邊，總會埋怨這條山徑的潮溼、多蟲，乃至感嘆山路的崎嶇不平。現在看到牠們活絡而旺盛地出現，且貪婪地攻擊我和隊友，反而有些心平氣和了。好像唯有這樣才能證明，雪山隧道暫時還未對上面的森林造成嚴重影響。（劉克襄〈雪山隧道上的小村〉）

在別處蚊子早已肅清的時候，在「雅舍」則格外猖獗，來客偶不留心，則兩腿傷處累累隆起如玉蜀黍，但是我仍安之。（梁實秋〈雅舍〉）

【蜂擁而上】比喻如蜂般擁擠向前。此形容蚊子的數量眾多。

【活絡而旺盛】動作靈活且繁殖力強盛。此形容山林中蚊蟲繁多。

【充滿血腥暴力】此形容蚊子嗜吸人的血液。

【釀蜜】蜜蜂採集花蕊汁液釀製成蜜。

【博採】廣泛地收集。

【提煉】用物理或化學的方式，從物質中提取所需要的成分。

行為

【汛】ㄒㄩㄣˋ，每年一定時期內，螢火蟲成群地出現。

【躦】ㄗㄨㄢ，通「鑽」字。穿行；穿進。

【蠕動】緩慢移動的樣子。

【蠕蠕】蟲類爬動的樣子。

【蠢動】蟲類蠕蠕而動的樣子。

【橫行而過】此指螞蟻橫向排列的爬過去。橫行，肆行無忌。

【蠢蠢欲動】蟲類要爬行的動作。也可比喻意圖擾動作亂。

【聚集】集合；湊在一起。

【麇集】麇，ㄑㄩㄣˊ，成群群集；群聚。

【羽化】昆蟲由蛹變為成蟲。另有得道成仙之意。

【脫殼】蟲類蛻皮。

【蛻化】蟲類脫皮。也有演變、

小型蜘蛛一定明白，在溼冷的灌木叢小世界中，要捕掠獵物比他種環境容易多了，而且只要以守為攻，即能以逸待勞獲得一日所需了，〔……〕（陳煌〈期盼番鵑〉）

天空暗了下來，所有的蚊子全都解放，充滿血腥暴力向我們這群外地人蜂擁而上，讓我們無處可躲，直到車窗緊密冷氣開放才漸漸緩和。（江秀真〈赤道上的雪山〉）

在思想史上、藝術史上，許許多多人都歌頌過蜜蜂。這不僅僅因為蜜蜂能夠釀蜜，而且也由於蜜蜂釀蜜的方法，給予人們重要的啟示。（秦牧〈蜜蜂的讚美〉）

我住的這裡每年四月流螢汛起，流光掛在樹梢，掛得真快。先是疏疏幾點彈落，彷彿似有若無，然而禁不住一日二日三回駐足，黑黑的山徑上停下腳來，季節的訊息，忽忽一轉頭，碎光煥發，一下子就輕快愉悅的燈花閃了滿地。（凌拂〈流螢汛起〉）

等他安頓下來，他才覺出這幽谷之靜。草裡小蟲躦著爬走的聲音及三、四里外，谷口小溪的流水都可以聽得見。（鹿橋〈幽谷〉）

金蒼蠅即青蠅，小兒謎中所謂「頭戴紅纓帽，身穿紫羅袍」者是也。我們把他捉來，摘一片月季花的葉，用月季的刺釘在背上，便見綠葉在桌上蠕蠕而動，〔……〕（周作人〈蒼蠅〉）

銀蟻們總不能在洞裡坐以待斃吧！為了逃避蜥蜴的「虎」口，銀蟻就發展出一套在逆境中求生的策略。只見牠們選擇在日正當中的時刻才冒熱出擊。那時候，但見一隻隻蜥蜴都已被烤得全身動彈不得，

變化之意。

【蛻變】蟲類在生理期間形態的轉變。也可比喻事物發生形質的改變、轉化。

【倒懸】上下倒置地懸掛著。

【懸吊】懸掛。

【張網】蜘蛛拉網。

【結網】織網。

【狀若燈籠】此形容蜘蛛在樹上所織的網形似燈籠。

【立體狀的大迷宮】此形容蜘蛛網交織複雜而立體，有如一座大型迷宮般。

【求偶】尋求配偶。

【調情】挑逗。

【發情】動物情慾亢奮，適於交配的表現。

【交配】雌雄動、植物交合或進行人工受精。

【交尾】意指鳥獸、昆蟲等動物交配。

【交群】交配。

【生息】生殖；繁殖。

【滋生】繁殖；生長。也作「孳生」。

【繁衍】繁殖；衍生。

【繁殖】指生物的滋生、增殖。

冬眠和死亡

【蟄伏】動物冬眠。

【閉蟄】蟲類藏伏冬眠。

【出蟄】指動物結束冬眠，出來活動的行為。

【啟蟄】蟲類冬日蟄伏，至春復出。

【落難】陷於困境；遭遇災禍。

【僵死】僵硬的屍體。或作倒斃而死。

【僵斃】倒下死亡。

【暴屍】暴露屍骸。

只能眼睜睜的看那銀螞蟻在面前橫行而過。（曾志朗〈螞蟻雄兵〉）

老貓終於再不伸出腳爪去搔癢，任蒼蠅圍繞著牠營營嗡嗡，天色轉黯，蒼蠅斂跡，芝麻大小的蚊蚋麇集。怕是要爛在我的眼前了這貓。（王盛弘〈盛夏的果實〉）

女主人在被樹蔭遮蔽的平坦石頭上，找到一隻剛羽化的蜻蛉，蜷著細皺的翅膀。她說再過幾個小時，翅膀會變得大而透明，蜻蛉就能開始飛翔。（楊婕〈時間情書〉）

在北部冬季已降到十度低溫的時候，森林裡的某些溪谷，仍然維持著二十度的春天。季節在這裡停止運轉，紫蝶在這裡安靜懸吊。（吳明益〈複眼人〉）

蜘蛛則在杉樹到處張網，結成立體狀的大迷宮，有的狀若燈籠，牢固地足以捕捉大牠們百倍的鷦鷯。（劉克襄〈荖濃溪畔的六龜〉）

雙雙對對的蜻蜓和豆娘，在枯枝上、在溼答答的葉片上調情、交尾，滿天飛濺的水花根本澆不熄旺盛的熱情。（霍斯陸曼・伐伐〈戀戀舊排灣〉豆娘，昆蟲的一種，形似蜻蜓，又稱「豆娘子」。）

一次颱風過後，我跟大哥推三輪車到「石頭粒仔」，姪兒漢忠尾隨，才走進小路，發現泥地上佈滿數不清的一截截白色樹枝，細看，才知那是毛毛蟲僵死，發霉，看似白色樹枝。（吳鈞堯〈尚饗〉）

瓜棚下僵斃許多昆蟲／硬殼的金龜子仰躺著／黑天牛也落難了（陳義芝〈溪底村〉）

【卜卜】低沉而連續發出的聲音。也作啄木的聲音。

【哼哼】形容微細的聲音或低語聲。

【唧唧】蟲鳴聲。

【唧嘖】形容蟲鳴聲。

【唧嗾】形容蟲低鳴或蟲齧物聲。嗾，ㄙㄡˇ。

【咿咿】蟲鳴、雞鳴聲。

【卿卿】蟲鳴聲。也作對妻人或朋友親昵的稱呼。

【喓喓】一ㄠ，形容蟲鳴聲。《詩經．召南．草蟲》：「喓喓草蟲，趯趯阜螽。」

【嗡嗡】昆蟲飛動的聲音。

【營營】往來飛動的聲音。

【嚓嚓】物體和物體相擦而過時所發出的聲響。此指蜻蜓飛時翅膀摩擦所發出的聲音。

【薨薨】形容蟲飛的聲音。《詩經．齊風．雞鳴》：「蟲飛薨薨，甘與子同夢。」

【蚊雷】形容蚊群飛時所發出的巨大聲音。

【知了】蟬的鳴聲。也可指蟬。

【蟬嘶】蟬鳴。

【紡紗似的緟引他們不盡的長吟】此形容蟬鳴聲就好像紡紗時所發出的聲音。緟引，牽引。緟，ㄉㄨㄛˇ。

其實蚯蚓並沒有鳴器，自然不會歌唱，但有一種土棲昆蟲，特別是螻蛄，常常竄進蚯蚓穴中，引頸高歌；蟋蟀在天熱的時候，鳴聲是「卜——卜——卜」的，悠揚而和諧，天涼就流露出斷斷續續的無限悲涼；〔……〕（阿圖〈含笑看我〉）

也等來了蚊子，哼哼哼地，像老和尚念經，或者老秀才讀古文。（茅盾〈雷雨前〉）

家鄉的蜻蜓有三種。一種極大，頭胸濃綠色，腹部有黑色的環紋，尾部兩側有革質的小圓片，叫做「綠豆鋼」。這傢伙厲害得很，飛時巨大的翅膀磨得嚓嚓地響。或捉之置室內，它會對著窗玻璃猛撞。（汪曾祺〈夏天的昆蟲〉）

剝了非常酸的，並非「南豐」的小橘子吃著，一面不停地驅趕一直向臉上撲來的蚊群。一點都不誇張，這裡正是蚊雷成陣。也真怪，已經是晚秋了，玄武湖還有這樣多的蚊子。（黃裳〈重過雞鳴寺〉）

煙水漫漫，柳影幽幽，如置幻鄉。風乍起，柳浪傳波，一聲聲此起彼伏的「知了——知了——」聲，經霓裳羽衣舞袖般的輕柔柳條抖落水面，又為多情的蜻蜓拾起，點在波間，頃刻之間盪漾了一湖幽夢般的水上音樂。（莊因〈夢、蟬、故鄉〉）

六〇年代的夏日在蟬嘶中升溫／貧窮的女人為飢餓的政府賺外匯去了／發育中的孩子穿著美援麵粉袋縫製的內褲／湧進教堂領麵包（焦桐〈路過七賢三路〉）

嫵媚的馬櫻，只是幽幽的微聽著，蠅蟲也斂翅不飛。祇有遠近樹裡的秋蟬在紡紗似的緟引他們不盡的長吟。（徐志摩〈北戴河海濱的幻想〉）聽，ㄔㄢˇ，笑貌）

5 水生動物

外觀

【壯麗】此形容魚群陣容壯盛而美麗。

【照眼】光彩耀眼。

【鮮麗】色彩鮮明亮麗。

【鱗光】鱗片所折射出的鮮豔色彩。

【燦爛金黃】形容顏色像黃金一樣光彩美麗。

【黑黝黝】形容烏黑發亮。也作「黑油油」。

【灰溜溜】形容顏色黑暗無光。

【滑溜】非常光滑。

【滑膩膩】滑溜黏膩。

【金屬光澤的流線形身軀】此形容鮪魚其帶有金屬光彩的圓弧形魚身。

【像金屬打造的蛇滑軀體】此形容白帶魚呈長條狀的光亮滑溜魚身。

【紡錘形】兩端尖而中間粗，形似紡錘形狀。紡錘，一種兩端細而中間粗的紡紗工具。

覓食

【唼】ㄕㄚˋ，魚或水鳥在水中覓食。

【喁】ㄩㄥˊ，魚口向上，露出水面。

色彩鮮麗的熱帶魚多如樹林裡的蚊蚋，見怪不怪，約一尺長的黑鯛魚群從海底斷崖深處游來，迎面逼近，陣容亦壯麗驚喜。（林詮居〈綠島散走〉）

當這個時候，飲馬溪邊，你坐在馬鞍上，就可以俯視那陽光透射到的清澈的水底，在五彩斑斕的水石間，魚群閃閃的鱗光映著雪水清流，給寂靜的天山添上了無限生機。（碧野〈天山景物記〉）

那是一群鮪魚；平伸著鐮刀似的胸鰭，黑黝黝發著金屬光澤的流線形身軀，真像是一艘艘陰狠的潛水艇；〔……〕（廖鴻基〈漂流監獄〉）

那隻魚握在手裡，還活蹦亂跳的，魚皮上有一層滑膩膩的黏膜。雖然我已經剖過好多條新鮮的魚，但抓在手裡，還是有些令人噁心的感覺，〔……〕（王宣一〈魚〉）

數十萬尾的白帶魚，以芭蕾舞者的姿勢在空中扭曲著像金屬打造的蛇滑軀體，時間似乎凝在那個扭動的定格裡，白帶魚像一群拜月的信徒，從海裡飛出。（吳明益〈複眼人〉）

河海交匯處，湧泛著各級水生生物的新生代。幼蝦、幼蟹、幼魚、幼螺；時而驅散，時而聚攏。透明的、脆弱的、擁塞的，聽天由命地任由高一級的消費者大口吞噬，同時也從容地、僥倖地長大，延續族群不悔的生命。（洪素麗〈溯河的季節〉）

【嚅動】嘴巴微動。

【吞噬】吞吃；整個地吞下去。

【吐納】吐出和吞進。也有呼吸之意。

【咬噬】咬。

【啃噬】用牙齒咬食。

【撕扯】撕開、扯裂。

【撕裂】撕開、扯裂。

游動

【巡游】到處游來游去。

【泅泳】浮游於水上。

【泅游】泅浮、游水。

【穿梭】往來頻繁。此指魚游來游去。

【浮游】在水面上飄浮移動。

【魚游】魚在水中游動。

【漂浮】漂流、浮動。也作「飄浮」。

【優游】悠閑自在。

【竄游】鑽動、游走。

【飄游】飄浮、游動。

【上溯】逆水而上。

【戧】ㄑㄧㄤ，逆；不順。

【逆流】逆水而上。

【洄游】海洋中一些生物為適應其生活上的需要，如覓食、產卵或季節變化的影響等，而沿一定方向有規律的往返移動。

【洄溯】逆流而上。

【蹦】跳躍。

【竄】躍起。

【抖跳】抖動、跳躍。

【豚躍】海豚在水中騰躍。

【掙扎】奮力抵抗。竭力支撐或擺脫。

當我走到盡頭，請投我於任何一處水澤，讓我永遠安睡於溫柔的懷裡，或沉或醉。讓珊瑚、葵花扮我，讓魚族龍群葬我。我在牠們日夜的吐納中也就化成水。（簡媜〈雲遊〉）

然而，我心有不甘地再次游向沙魚消失的深溝海面，不得了，兩條沙魚正在撕裂那尾浪人鰺，毫不留情地啃噬。（夏曼．藍波安〈浪人鰺與兩條沙魚〉）

弱小的浮游生物，有時攝取海溝邊的海藻，尤其在寒流來襲之際數量更多。這種魚喜歡棲息在海流暢通的海域，且皆是逆流泅泳，牠們在下午四時左右會大量地游至近海，游進礁岩洞休息、過夜。（夏曼．藍波安〈大紅魚〉）

倖存的小魚們在牠們同伴屍身間竄游，像在垂掛著鐘乳石的迷宮森林裡穿梭。（駱以軍〈長頸鹿〉）

我每回到西湖，必往玉泉觀魚，一半是喜歡看魚的動作，一半是可憐他們失去了優游深潭浚壑的快樂。（林語堂〈杭州的寺僧〉）

本來山鎮這段被汙染了的溪流是不會有魚的，魚兒都是被洪水從山溝、池塘、小溪刮捲到這裡的，水驟然的停息了，它們又沒有上溯能力只好停在這裡了。（王幼華《兩鎮演談》）

不知從哪裡來的那麼多的鯉魚。它們戧著急水往上竄，不斷地蹦到岸上。桶店家的男人、女人、大人、小孩，都奔到溝邊來捉魚。（汪曾祺〈故里雜記〉）

每年中秋過後，丁挽隨著黑潮洄游靠近花蓮海岸。這時節，東北季風吹起，冷鋒鋒面帶動一波波翻湧的浪潮降臨，這是個漁船繫緊纜

【掙跳】掙扎、跳躍。此指魚欲掙脫出魚網。

【竄躍】逃竄、跳躍。此指魚欲跳竄出魚網。

【翻跳】翻動、跳躍。

【拔水躍起】挺出水面跳躍起來。

【活蹦亂跳】蹦蹦跳跳，生氣勃勃的樣子。

【以芭蕾舞者的姿勢】可形容白帶魚躍出水面的身姿，就像是在跳芭蕾舞般。

【回身】轉過身去。也作「迴身」。

【扭身】轉動身軀。

【扭擺】扭動、搖擺。

【側閃】往旁邊閃避。

【偏翻】以傾斜之姿翻身。

【橫切】橫向切斷或穿過。

【立身迴轉】挺起身子，掉轉回頭。

【迎面逼近】從正面靠近而來。

【勁猛】強悍、勇猛。

【渾身是勁】全身都充滿力量。

【萬夫莫敵】一萬個人也難以與其匹敵。此比喻大鯨的勇猛無敵的氣勢。

【橫行無阻】任意肆行而不受任何阻礙。

【橫衝直撞】形容胡亂地四處衝擊碰撞。

聲音

【唼喋】形容魚或水鳥吃食的聲音。也有「唼唼」。喋，ㄓㄚˊ。

【唧喋】可形容魚吃食的聲音。

【撥刺】形容魚的撥水聲。也有

繩及上架歲修的季節。（廖鴻基〈丁挽〉）

七星潭灣裡發現海豚，船上掀起一陣歡呼。這裡出沒的飛旋海豚家族，多年相處，和賞鯨船已經熟識；牠們豚躍前進朝向船首，像一陣煙火讚許，朝向你們飛奔過來。（廖鴻基〈出航〉）

頭次網起的魚最肥，魚販仔一拉平魚網，魚們就在半空掙跳、竄躍，等跌回網上，論斤算萬的魚身相互堆疊時，就又彼此推擠，那在最底層的，因為較瘦小，竟可以再從網眼溜掉，回到熟絡的池水裡；〔……〕（蕭麗紅《千江有水千江月》）

距離還遠，這一跳太過唐突，無論眼睛、鏡頭或是心情都還來不及抓住牠拔水躍起的影像。牠已爆炸樣摔落大盆水花。（廖鴻基〈黑與白——虎鯨〉）

我往海底看，湛藍的海，一尾腹部全黃的 Arayo 在海中掙扎。當我用罄自小吃飛刀魚的力道後，大魚逐漸的靠近了我的船身；但當我要將牠撈上船邊時，牠又渾身是勁的把魚線拉下海中。（夏曼・藍波安〈飛魚季 Arayo〉Arayo，鬼頭刀魚）

鯨身磨擦水面與空氣發出的聲響，以及巨大背鰭，尤其是牠橫衝直撞，萬夫莫敵的態勢，讓船長驚呼一聲，面露愴惶神色，緊張的同時加快引擎速度，調整方向，〔……〕（梁琴霞〈航海日記：十月十四日〉）

在暗淡的燈光之下，一切的水禽皆已棲息了，只有魚兒唼喋的聲音，躍波的聲音，雜著曼長的水蚓的輕嘶，可以聽到。（朱湘〈北海紀遊〉）

一到夜間更加熱鬧，蛙聲真像打鼓似的，一陣喧鬧，一陣沉寂，

「潑剌」。

【潑潑】魚甩尾聲。

【唿喇喇】形容大魚自水面躍起，拍擊水面所發出的聲音。

【鞳鞳】ㄊㄚˋ，本形容鐘鼓聲。此形容魚被捕上船後，魚身猛烈拍打船板的聲音。

【聲納】此指水生哺乳動物如鯨、豚等，其能發出聲波來觀察、探尋海底環境，當聲波遇到物體反射到其聽覺系統後，可提供牠們有關物體的行蹤、大小甚至材質等訊息。另可指藉著水中物體所產生或反射的聲波，以探測物體的存在和位置的一種儀器。

6 兩棲與爬行動物

外觀

【長後腿掉尾巴】此指蛙或蟾蜍的幼體蝌蚪在蛻變時先長出後肢，其後尾巴逐漸縮小至消失。前肢則是到蝌蚪發育末期才會成型，最後長成蛙或蟾蜍。

【鼓腹】鼓起肚子。

【蛻皮】許多爬行動物或蟲類在生長期間，一次或多次蛻脫舊表皮，長出新表皮的過程或現象。

【皮甲堅厚】此形容鱷魚外皮堅硬厚實。

【蛇信】蛇的舌頭。

【綠鱗鱗】可形容蛇的外皮油綠、光亮。

沉寂時可以聽見魚兒唧喋。唿喇喇一聲巨響，一條大魚躍出水面，那響聲可以驚醒樹上的宿鳥，吱吱不安，直到蛙聲再起時才會平息。（陸文夫〈夢中的天地〉）

他們用尾鰭、身體和頭顱猛力敲打船板，發出一陣陣像是驟雨急鼓似的鞳鞳聲；猩紅血水飛灑噴濺；他們像是裹著血衣，翻跳在自己和兄弟們的大片血泊裡。（廖鴻基〈漂流監獄〉）

海豚能夠發出精確的聲波搜尋海底情境，可以找到一公里外的鯊魚行蹤，並且知道鯊魚的肚子是不是飽飽的。一條饑餓的，或者是剛吃飽的鯊魚，這可是影響海豚生死的大問題，想要這麼做，海豚發出的聲納必須能夠穿過鯊魚的身軀。（呂政達〈與海豚交談的男孩〉）

植物園的好去處很多，蓮花池捉蝌蚪是一大樂事，每逢季節就和小朋友們脫光屁股下池塘，抓了一堆放在臉盆裡，觀察蝌蚪長後腿掉尾巴，但是多數夭折。（王正方〈國語童年〉）

我站在荷花畔，全神看一隻青蛙，坐在荷葉上，忘形地鼓腹鳴唱。忽然颼地一聲飛來彈石，青蛙倏然跌進水中死去。一個頑童的彈弓，就將青蛙的生命和我的早讀心情，同時射殺。（程明琤〈曇花之夜〉）

楊過雖中情花劇毒，武功卻絲毫未失，適才這一踢實有數百斤的力道，踢中鱷魚後足尖隱隱生疼，那鱷魚跌入潭中後卻仍是游泳自如，想見其皮甲之堅厚，〔……〕（金庸《神鵰俠侶》）

我想起當時因為裙子仍溼，坐在那裡曬太陽，一條修練得身軀翡

【翡翠通碧】此形容蛇的全身像是青綠的翠玉般。

【如轉動的玉石】此形容蛇皮光亮動人，像是會移動的美玉。

【如乍驚乍收的電光】此形容蛇皮閃閃發亮，其光芒像剛出現又消失的閃電般。

【宛如一條翠玉上鑲嵌著兩粒紅色的寶石】此形容蛇的翠綠色外皮與其鮮紅色的眼睛。

活動

【匍匐】ㄆㄨˊ ㄈㄨˊ，爬行；以腹貼地前進。也作「匍伏」。

【游移】移動。另有遲疑不決之意。

【綽約】此形容盪在竹枝上的蛇姿態柔婉、優美。

【蜿蜒】蛇類曲折爬行的樣子。

【蜿蜿】龍蛇行走的樣子。

【蜷蜿】環繞盤旋貌。也作「蜿蜷」。

【盤蜷】盤旋、蜷曲。

【盤踞】盤結、佔據。

【吞吐】此可指蛇的舌頭的吞進、吐入。為蛇找尋食物與辨別氣味的方式。

【蚑行】蟲類爬行的樣子。

【蠕動】形容蟲類緩慢爬動。

翠通碧的青蛇游移而來。陽光下，牠美麗發亮如轉動的玉石，如乍驚乍收的電光，〔……〕（張曉風〈山的春、秋記事〉）

有一種蛇，生活在竹葉上，遍體翠綠，唯有兩隻眼睛是鮮紅的，宛如一條翠玉上鑲嵌著兩粒紅色的寶石，蛇藏在竹葉中，很難發現。（莫言〈脆蛇〉）

偶爾，有好事的人，頂著斗笠，提著柴刀，來山中尋幾枝春筍回去。那時候，蛇很多的，綠粼粼地盪在竹枝上，稍一眼花，真要當成嫩竹綽約的呢！（簡媜〈竹濤〉）

「汪汪——汪！」那隻平日溫馴有教養的老黃狗怎麼打破沉默？才想著那聲音出奇不尋常的凶狠，瞬間，腳背一陣冰涼，待回過神，咻地！半條蛇身已蜿蜒滑過足踝。（黃春美〈蕨貓情事〉）

有時就這麼盤蜷過冬／孵一枚小小的／太陽之卵／另些時候則沿著弄蛇者的笛音／爬升／及至舞成／一朵薔薇（洛夫〈蛇之騷動〉）

我在皖南山區還聽到過對這該蛇的許多近乎神話的傳說，說它能布陣，在它盤踞的周圍，吐出比蜘蛛網還細的絲，散布在草莖上，活物一旦碰上，它就閃電一般立刻出擊。（高行健《靈山》）

小蛇反過頭來朝我瞪著一雙豆黑的小眼睛，一條慘白的蛇信一吞一吐地顫抖著。我感到說不出的一種麻煞，急忙倒退了兩步，〔……〕（馬森《夜遊》）

【格格】此形容蛤蟆的叫聲。也可形容鳥鳴聲。

【閣閣】形容蛙鳴的聲音。

【嘓嘓】青蛙的鳴叫聲。

【撲通】形容物體落入水中或落地的聲音。

【打鼓似的】形容蛙鳴好像打鼓時所發出的聲音。

【兩部鼓吹】比喻蛙鳴。本指古代有坐、立兩部樂隊合奏的音樂，氣勢浩大，後被南朝齊人孔稚珪用來美稱其庭院中青蛙的鳴叫聲。

【嘓囉嘎啦】形容青蛙的叫聲。

【鳴叫】昆蟲鳥獸發出聲音。

我們院子裡的蛤蟆現在只見花條的一種，它的叫聲更不漂亮，只是格格格這個叫法，可以說是革音，平常自一聲至三聲，不會更多，唯在下雨的早晨，聽它一口氣叫上十二三聲，可見它是實在喜歡極了。（周作人〈苦雨〉）

長時間的靜默。草蟲似乎早已停止奏樂。近在池邊的一頭蛙，忽然使勁地閣閣地叫了幾聲，此後一切都是靜寂。（茅盾〈幻滅〉）

這樣好的日子啊，天與地為我所獨享，青蛙嘓嘓，蟋蟀唧唧，雲雀啾啾啾，薔薇呼喚蜜蜂，扶桑招引蝴蝶，爬牆虎在嘿咻嘿咻奮力往上攀。（王盛弘〈好日子〉）

那是一個佈滿青苔的古老池塘，陽光透過其上的葉隙，靜靜地篩了下來。時間好像不再前進，這一切宛如不屬於現在。然而，豈料一隻小青蛙突然跳入池塘，這撲通一聲與那水面上波動的漣漪，把古老的過往和當下的瞬間連結在一起，再也無法分割。（北小安〈蛙〉）

物態》三、景物與人

1 行旅

出遊

【𨑨迌】ㄓˋ ㄊㄨˋ，遊玩。

【兜風】乘車兜圈子遊逛。沿路賞玩。

【閑蕩】閑逛；遊蕩。

【溜達】閑逛、漫步。也作「蹓躂」。

【郊遊】遊覽郊外的名勝或風景區。

【冶遊】男女在春天或節日出外遊樂。另有狎妓之意。

【野遊】到野外遊玩。

【遠足】路途較遠的徒步郊遊。

【踏青】春日到野外郊遊。

【野宿】在野外過夜。

【宿營】在野外住宿。

【露宿】在室外或郊野住宿。

【露營】在野外搭建帳篷作為臨時居所的露宿活動。

【秉燭夜遊】拿著點燃的蠟燭在夜裡遊樂。意謂時光易逝，故應須及時行樂。也作「炳燭夜遊」。

【探奇】遊覽奇景。

【探勝】尋求。

【尋幽】探尋美景。

【攬勝】欣賞勝景。

【旅行】遠行；到外地辦事或遊覽。

【偕行】同行。

【遠行】出遠門。

【遠遊】到遠處旅行。

【周遊】四處遊歷。

只要九點前出門，一路帶著走，北部濱海的一天會有截然不同的味道，不為一餐或一景所耽擱，用十足的心情看海兜風，讓行進中的景物混合在腦中，刪除所有等一下的負擔，愉悅將如浪潮般地湧現，〔……〕（李岳奇〈濱海一日帶著走〉）

原本害怕路上都是陌生人，走出去才會知道其實都是同路人。我們心裡都缺了一口，也只有旅行時，容易承認那缺口。給自己也給缺口足夠的時間閑蕩，就有可能再度勇敢起來。（瞿筱葳〈吉星與貴人〈騰衝〉〉）

溫暖和煦的春天，玉蘭不能靜靜地呆在家裡。為了消遣，她到城內去蹓躂，看到文武街上穿旗袍的女人增加了好多。那旗袍柔軟的線是一種新感覺的象徵，特別觸目。（吳濁流〈菠茨坦科長〉）

走上工業化道路之後，浪漫主義者滿足浪漫情懷的辦法，大概只剩出國尋幽探勝和染上肺病了。肺病婦女花容蒼白，弱不禁風，才顯得高雅時髦。（董橋〈旅行叢話〉）

在我來說，旅行真正的快樂不在於目的地，而在於它的過程。遇見不同的人，遭遇到奇奇怪怪的事，克服種種的困難，聽聽不同的語言，在我都是很大的快樂。（三毛〈赴歐旅途見聞錄〉）

不同的種族，不同的背景，不同的年紀，不同的性別，不同的思想，卻同樣的坐在一架飛機上，飛往同一目的地，這就是所謂的觀光

【散遊】到處遊逛。
【雲遊】行跡無定，任意遨遊。
【遊息】遊玩和休息。
【遊歷】考察遊覽。
【遊覽】遊逛參觀。
【漫遊】隨意遨遊。
【暢遊】逍遙自在的嬉戲遊玩。
【遨遊】逍遙自在的嬉戲遊玩。
【薄遊】漫遊；隨意遊覽。也有為薄祿而宦遊於外之意。
【觀光】觀賞、遊覽各地的政教、習俗、文物與風光等。
【四處行腳】行走各地。
【遊山玩水】遊覽山水景緻。
【蜜月旅行】泛指新婚後的旅行。
【環島旅行】環繞整個島嶼的旅遊行程。
【步行】徒步行走。
【徒步】步行。
【踏月】月下散步；踏著月色。
【健行】以徒步方式出外旅遊。

【騎車】騎乘單車或摩托車。
【雙輪舞】指騎腳踏車出遊。
【單騎】獨自騎馬。一人獨騎一匹馬。
【垂釣】垂竿釣魚。
【海釣】在海邊或海上垂釣。
【浮泛】乘舟漫遊。
【孤舟】孤獨的船。
【衝浪】利用薄板在海面順著浪濤滑行的運動。
【潛水】潛入水面以下。
【潛泳】不露出水面的游泳。
【浮潛】不攜帶氧氣筒的潛水。通常只在淺海附近進行，其目的多是為了觀察水中生物與的岩石。
【登山】徒步爬山。攀登山嶺。
【攀岩】攀爬陡峭岩壁。
【攀爬】抓住物體向前或往上爬。
【攀登】用手抓住或握住某物往上爬。

旅行。（隱地〈旅行九章〉）

年輕時，你頗愛野遊，四處行腳倒也參拜過不少湍流美景。你最恨那些不知靠哪座山選出的基層民代、鄉鎮長、縣市長，此「熱愛鄉梓、為民服務」之輩酷愛糾集黑道、白道（或灰道）整治山川、粉飾太平，又喜於溪流、瀑布風景區建涼亭豎碑石表彰己功。（簡媜〈水證據〉）

生命過於短暫，不應浪費在速度上。對我而言步行最大的意義是你增加了遇到人、遇到各種生物的機會，而能從容地等待一隻西藏綠蛺蝶停下來。那些印象可以一再複習，就彷彿是時間的延展、拉長。（吳明益〈步行，以及巨大的時間回聲〉）

徒步是一個愉快，但騎自轉車是一個更大的愉快。在康橋騎車是普通的技術，婦人，稚子，老翁，一致享受這雙輪舞的快樂。（徐志摩〈我所知道的康橋〉）

男男女女都出來踏月，看燈，看燄火，街上的人擁擠不動。在舊社會裡，女人們輕易不出門，她們可以在燈節裡得到些自由。（老舍〈北京的春節〉）

舟筏浮泛為接觸海洋的主要方式，猶如在一面廣大且揚動不息的平面位移；但我心裡面的海，不只一個平面而已。海岸、甲板、海床，許多次在外海漂流木下浮潛，曾在深邃的大洋裡與鯨豚同游。（廖鴻基〈深淺浮沉〉）

一個老友對我說起他被情人遺棄的低落日子裡，獨自一人跑出東北角某處海濱岬角下潛泳，他沒如其他潛泳客攜著氧氣瓶，只穿一條泳褲戴著蛙鏡便鑽進兩三樓層高度落差的海底。（駱以軍〈啊，我記得……〉）

【攻頂】登上山的最高處。

【滑雪】穿滑雪板在雪上滑行前進的運動。

【洗塵】宴請遠來的人或是遠行歸來的人。

【接風】設宴接待遠來或遠行歸來的人。

【臥遊】不能親身去旅遊，單從遊記、圖片等資料中去想像。

【神往】心中嚮往；心神出遊。

【神遊】足跡未到，而心神如遊其地。

【環遊】周行遊歷。如：「環遊世界」。

【遊方】遊歷四方。

【遊樂】遊玩嬉戲。

【遊賞】觀賞遊覽。

【遊蹤】旅遊的蹤跡。

【旅程】旅行的路程。

探險

【觀察】調查；細察事物的現象或動向。

【探查】深入查看。

【探勘】勘察能源、礦產、路線或未被發掘的各種地理現象。也有「勘探」。

【追尋】追蹤查尋。

【追蹤】按蹤跡或線索追尋。

【勘查】實地調查。也作「勘察」。

【調查】為了解情況而進行考查。

【踏查】實地查看。

【枯守】乾等；空守。

【枯待】空等；長時間的等待。

【冒險】冒失敗的風險。

【獨自】單獨一個人。

【單槍匹馬】比喻孤身一人或單

大部分的人起先是沿著碎石坡的左側攀登，但是漸漸地就各自走個人認為較容易的路。一些地方由於過多人的踐踏而露出岩層變得難以攀爬，幾顆大石頭則暫止於斜坡上，似乎不小心觸動它就會滾到山腳下。（林乙華〈數著步伐上雲端〉）

花榮便請宋江去後堂裡坐，喚出渾家崔氏，來拜伯伯。拜罷，花榮又叫妹子出來拜了哥哥。便請宋江更換衣裳鞋襪，香湯沐浴，在後堂安排筵席洗塵。（元末明初・施耐庵《水滸傳》）

我們在水裡輕鬆地載浮載沉，望著近在眼前的雪山，怎能相信這是九月底在中亞一千六百公尺的山上？從小就看著地圖上這個東西廣、南北狹的湖泊神遊，現在居然能在這兒游泳！（杜蘊慈〈地圖上的藍眼睛〉）

我的田野踏查，從此走入一個我從未想到的結果。感覺我像是向偉大的黑猩猩研究者珍古德（Jane Goodall）伸出好奇之手的那隻小猩猩，不知道自己正在改寫自己的小歷史，以及人與猩猩的大關係。我在這一帶的勘查從此完全變了：由單純問路，到和一群年輕泰雅讀資料、看地圖、有機會一起上山探勘，到我們想把所有老部落在叢林中全定位出來（後來他們真的做到了），把僅存的耆老記憶留在地圖上；〔……〕（林克孝〈Gon-gulu〉）

以前，我常常閱讀到一些歐美的自然科學工作者，為了追尋或調查特殊物種，不斷冒險進入鮮為人知的熱帶雨林，或蠻荒瘴癘之地，最後橫死異地的感人故事或傳奇。（劉克襄〈飛回玉山〉）

我現在才了解到，要做為一位學識和經驗豐富的鳥類專業人員，

獨行動。

【探索】多方尋求答案；搜尋。

【獵奇】刻意地搜求奇異特殊的事物。

【對抗自然環境】和自然環境競爭、抗衡。

【征服】戰勝；使折服或屈服。

【超越】超過；勝過。

【潛能激發】引發自我潛在的能力或能量。

【磨練】在艱難環境中經過鍛鍊。也作「磨煉」、「磨鍊」。

【考驗】指通過具體事件、行動或困難環境的驗證。

【失路】迷路。

【迷途】意指分不清方向，走錯了路。

【失足】因不慎而墜落。

【泡在稀泥裡】此指失足陷入沙漠的泥淖中。

【凍僵】身體因受凍而僵硬。

【凍斃】因受寒而死。

【受凍而亡】受寒冷侵襲而死亡。

【劫難】佛家用語，指宿世惡業所導致的災難。現多泛指災難。

【出生入死】本指人出生到老的過程。後多用來形容冒著極大的危險，隨時有死的可能。也可用來稱揚不顧個人生命安危的英勇精神。

【行將窒息】因外界氧氣不足，而快要停止呼吸。

【缺氧而死】氧氣不足而死亡。

【滅頂】淹死。也可比喻災禍嚴重。

【溺斃】淹死。

【橫死】遭遇意外事故或自殺、被害而死亡。

【罹難】遭逢禍難而死。

【蠻荒】偏僻荒涼的地方。

【雨林】一種分布在終年高溫多雨地區的森林類型。雨林

除了要深切體認人鳥之間的關係外，還需具備對人文理念與自然生態的親密認識，另外尚得對黑枕藍鶲這種行動飄忽不定，比任何野鳥還精靈的小身影，懂得追蹤、枯待、觀察才行。（陳煌〈一對大彎嘴〉）

這不是一個好的行程規劃，尤其對獨木舟航行而言，一方面時間太趕，再加上又是一人獨自航行。即便是在熟悉到如後院般的澎湖灣裡，這樣的行程仍嫌過於冒險。（張祖德〈獨航大倉嶼〉）

二〇〇五年，我循小三通到廈門，大陸遊客驅船金廈海域，「一國兩制」與「三民主義統一中國」海上共陳，遊客獵奇拍照，不時議論嘻笑。（吳鈞堯〈我與金門的四個年代〉）

中國人對山水的看法和西方人有所不同。中國人遊山玩水，是持著純欣賞的態度，而不是持著運動的態度。而西方人則是抱著健行和征服的「壯志」。（羅蘭〈中國人與山水〉）

高山地區每次抵達都須花很多時間在攀爬。那是一種體能和意志的考驗。而不為攻頂，只為了看一隻鳥，竟付出這麼大的心血上山，的確是不可思議的事。這是一種超越。去進行過去認為不可能做，不可能達到的目標。（劉克襄〈山黃麻家書〉）

夕陽黃昏本是美景，但是我當時的心情卻無法欣賞它。寒風一陣陣吹過來，我看看自己單薄的衣服，再看看泡在稀泥裡的荷西，再回望太陽，它像獨眼怪人的大紅眼睛，正要閉上了。（三毛〈荒山之夜〉）

我想起有位雪巴人安利達說過，他曾困在聖母峰頂上整夜未眠，於是就像跳迪斯可般地舞動手腳，以暖和身體，終於安然度過那次劫難。（高銘和〈一個人的冰坡〉）

頭兩天，我在雨林中覺得相當的痛苦，悶、熱、黏、受困般的難受，無止無盡不見天日的沉沉壓迫感，令人有行將窒息的難過。（徐仁修

大多分布在靠近赤道的潮溼熱帶，一年中多有幾個月會暴發洪水，故有「綠色地獄」之稱。

【瘴癘】山林間因溼熱蒸發毒氣能使人致病。

【極地】地球南北兩極圈內的區域。極地的氣候寒冷，常年為冰雪覆蓋，少有植物生長。

旅居

【打尖】旅途中間的短暫休息或進食。也作「打打尖」。

【棲身】暫居，託身。

【旅人】客居在外的人。也作旅行在途的人。

【旅次】旅途中暫作停留。也可指旅途中暫居的地方。

【寄寓】暫時寓居。

【過客】短暫停留的旅人。

【歇腳】行路疲乏時暫時休息。

【落腳】停留、休息或暫住。

【客居】作客異鄉。

【寓居】寄居。

【羈旅】寄居他鄉。

【淹留】長期逗留；羈留。

【背井離鄉】離開故鄉，到外地生活。

【出走】出奔；或為情勢、環境所逼而離開原來居住之地。

【放浪】浪遊；浪跡。也有放縱、不受拘束之意。

【放逐】流放。古代把罪犯流放到邊遠地方。也有放縱、放任之意。

【流亡】被迫離開家鄉而逃亡流落在外。

【流放】放逐。古時把罪犯放逐到偏遠之地。也有放縱、放任之意。

【流泊】流離、飄泊。

〈未知的叢林〉）

然而寂寂空谷，一無人跡，前瞻十里的山途，無人留駐，左右四百餘里的奇岩絕壁，更是人類不能征服的曠野蠻荒，〔……〕（梁丹丰〈天下第一的雷泉瀑布〉）

隨著驛運的發達，公路的增修，在某些山崖水角，宜於給旅人休息一下，打打尖的地方，都造起了新的茶館。（黃裳〈茶館〉）

不久太陽就下山，而今晚還不知道要在哪裡落腳，害怕夜裡困在前不著村後不著店的路上，只能用盡力氣不斷往前騎。（張子午〈緩慢的騎行〉）

當落山風再起／你們已淹留他鄉／不過夢中，你們必定繾綣／一個永恆的春天，有城市／飄在雲端，有風／掠過耳旁（傅怡禎〈車過恆春〉）

由於餓殍遍野，於是老百姓們把僅少的家財賤賣，充作盤費，背井離鄉，為了覓食越洋渡海到天涯海角；各各踏上流離顛沛的遊程了，杜南遠的曾祖父也是其中之一。（龍瑛宗〈夜流〉殍，ㄆㄧㄠˇ，餓死的人）

一次次的出走，孤獨的背包旅行，讓我看到許多山川和臉孔，見識到不同的文化，以及不同文化背後共通的人性。旅行為我打開一扇善門。回了家，我閱讀，追尋曾經碰觸過的文化，關心去過的國家，遠地的戰爭彷彿也與我有關。（林懷民〈出走與回家〉）

是誰把我們放逐在這裡／這一個叫做寂寞的城市／是誰讓我們繼續地流浪／流浪於不能停止的欲望（夏宇〈寂寞城市〉）

父親並不想接受這樣的安排，但溫順的他只有藉求學念書之故，

【流浪】飄泊，沒有固定的居所。

【流徙】四處流離遷徙。

【流落】飄泊外地。

【浪跡】行蹤無定，到處流浪。

【浪遊】漫無目的的四方遊蕩。

【游離】離開原本依附的。比喻無所依附。

【漂泊】比喻居無定所，猶如在水上漂流。亦作「飄泊」。

【漂流】比喻居無定所。

【蒙塵】比喻帝王失位流亡在外。

【飄零】形容人飄泊流落。另有凋零之意。

【飄蕩】流浪；飄泊不定。另有隨風擺動之意。

【不繫之舟】比喻飄泊不定。

【四海為家】稱人飄泊無定所。

【居無定所】沒有固定的住處。

【流離失所】流轉離散，沒有安身之處。

【流離顛沛】形容生活困頓窘迫，四處流浪。也作「顛沛流離」。

【書劍飄零】本指因出仕或從軍而飄泊在外。後亦指為求取功名而客居他鄉。書劍，本指書籍和寶劍，借指讀書出仕與仗劍從軍。

【斷梗飄萍】比喻飄泊不定。

【漂鳥般的日子】形容過著像鳥類為求食而漂流各地的生活。

【前不著村，後不著店】前面沒有村子，後面沒有旅店。形容走到半路，找不到歇息住宿的地方。也作「前不巴村，後不巴店」。

一直在外地住宿來逃避劉金娥。抗日戰爭爆發，爸爸流亡大江南北，沒機會再回家了。（蔡怡〈兩百里地的雲和月〉）

他已經有了中人以上的年紀，戶外流泊的生活於他不再感到興趣，英勇和冒險的生活不再引起他的熱情，於是從一個時候起他便把自己關在門裡。（陸蠡〈門與叩者〉）

大宇如網，星橫黯天，南國初夏／念十載浪跡，廿年浮名，方圓縱橫，已成煙霞／琴棋殘落，書劍飄零，那隻身又是天涯／莫回頭，看野荷如詩，新月如畫（吳望堯〈大宇如網——贈所有在台的詩人們〉）

孟克、格利葛都經歷這樣的出走再回返的歷程。他們最尋常的是去歐洲，孟克年輕時即以巴黎和柏林為其主要的藝術學習、發表與浪遊之地，這一浪遊十多年忽過。（鍾文音〈在奧斯陸〉）

永和沒有變，許多人的生活也沒有改變，只是，我像浪子，漂泊得太遠，離開那座市場，我就像斷線的風箏，甚至已脫離自己能掌控的界域。（楊索〈回頭張望〉）

我的半生，漂流過很多國家。高度文明的社會，我住過，看透，也嘗夠了，我的感動不是沒有，我的生活方式，多多少少也受到它們的影響。但是我始終沒有在一個固定的地方，將我的心也留下來給我居住的城市。（三毛〈白手成家〉）

火車飛快地奔馳著，躍過長長的北迴鐵路，帶我回花蓮。故鄉近了，漂鳥般的日子遠了。（吳鳴〈帶我回花蓮〉）

旅者心情

【抒放】抒發解放。

【放空】放鬆。也可作暫時忘掉一切，好好讓自己休息一陣。或意指拋掉世俗一切，讓心靈沉澱。

【透氣】比喻抒解、鬆弛。

【解放】釋放；放鬆。

【慢遊】本指浪蕩遨遊。現多指放慢步調，抱持悠閑、輕鬆的心情旅遊。

【調劑】調適；調節。

【安步當車】慢慢地走，當作坐車。多用來形容不著急、不慌忙。

【沉澱】把溶液中不易溶解的物質析出而沉於溶液底層。也可比喻放下煩雜紛亂的思緒，使心靈清澈純淨。

【消遣】排遣愁悶。

【靜定】平靜、安定。

【洗滌心靈】掃除心中的雜念或煩憂。

【怡情】怡悅心情。

【怡然】喜悅自在的樣子。

【活潑】具有生氣和活力。

【清趣】雅興。

【喜悅】愉悅、快活。

【滋潤】浸潤。也作舒服、舒適。

【野趣】野外活動所興起的樂趣。

【童趣】童年的感情與樂趣。

【靜趣】從大自然的靜寂中所得到的興味。

【充實】充盈、豐足。

【精彩】形容事物出色美妙。也作「精采」。

【豐富】充裕的；多彩的。

【充電】本指給蓄電池補充電力的過程。也可用來形容充實實力或精神能量。

【沉思】深刻地思考。

【玩味】細心體會其中意義和趣

人能夠與更大的歷史譜系連結，意識到在時間空間中自己渺小的位置，再回到現實生活小世界裡，人還是會有些變化。最大的變化，就是接受了死亡也是自然。在旅途中的放空之後，終於心裡空出空間，能有餘裕地看待這些原本自然的事情。（瞿筱葳〈大世界的哈哈鏡〉）

長途健行是一種自我沉思，一種心靈的沉澱。相較於城市生活的忙亂、喧囂，山野給人的是一種清新、原始和寧靜的自我空間。（林滿秋〈又回到山道上〉）

對我而言，花蓮的好山好水，就是充電的好地方，太魯閣的美麗風光，更是醞釀能量的好所在，除了讓我洗滌心靈之外，還能激發我的靈感。（張正傑〈心靈充電站——太魯閣〉）

海岸線不僅是天然資源，也是今天面臨觀光時代的恆春的經濟資源。當人類的文明愈發展，使人不能經常和大自然接觸，便愈有怡情山水，寄身自然的傾向。（心岱〈美麗新世界〉）

神社前有方形水池，矮牆外是荷花池，跨越荷花池的是白色水泥橋，橋的另一頭才是參拜大道。參拜大道兩側，都是高大的老樹，落葉遍地，充滿野趣。（子敏〈文風拂面話城南〉）

整個黿頭渚就是個園林，可是比一般園林自然得多，又何況有浩淼無際的太湖做它的前景呢。在沿湖的石上坐下，聽湖波拍岸，單調可是有韻律，彷彿覺得這就是所謂靜趣。（葉聖陶〈三湖印象〉）

青年救國團活動也提供了青年玩味的機會，去中橫、去蘭嶼等等都要自己搭火車、公車去集合地，可以一路吃台中、彰化、嘉義、高雄的美食，當時大陸的紅衛兵串連沒吃沒喝，寶島青年卻可以一路狂吃。（韓良露〈旅行臺灣——人生七味之旅〉）

味。此偏指出遊體會各地食物的美味。

【冥想】深思。

【體味】親自仔細體會、尋味。

【朝聖】教徒朝拜聖地。也可指探訪對某人生命或信仰有重要意義的地方。

【知性之旅】指富於學習與探索各類知識的旅遊活動。如欣賞古蹟、建築以及各地風土人情等，通常這類活動多會安排專業人員隨行導覽解說。

【醞釀能量】達到所能發揮的能力或作用的準備過程。

【尋求自我】找尋探求精神上真正的自己。

【認識自己】了解精神上真正的自己。

【挑戰自己】激發自己和自己競爭，以期超越當下的自己。挑戰，引發作戰，激使競爭。

【對抗自己】與自己對立、抗衡。

【實現自我】追求自身潛能的充分發展，進而達成更高層次的狀態。

【沐浴】比喻沉浸在某種環境中。另有泛指洗澡。

【陶醉】比喻沉醉於某種事物或情境中。

【著人】令人陶醉。

【發酵】本指微生物分解有機物質的過程。後可比喻事物受外力影響而發生某種發展變化。

【暢寄】陶醉於某種景色或事物中。

【引人入勝】把人引進佳境。多用來指文藝作品或自然風景特別吸引人。

【神怡心醉】精神愉快，內心陶醉。

【流連忘返】沉迷於遊樂而忘了返家。後多用來形容徘徊、留戀，捨不得離去。也作「留連

畢卡索博物館我去了，蜿蜒古老巷弄間一顆神采璀璨的明珠；米羅美術館我去了，啊！那與伊比利半島陽光相映襯的奕奕精神；菲格雷斯的達利圓形劇場當然也乘火車前往朝聖了，達利的眼睛和我們的眼睛是一樣的嗎？（王盛弘〈建築嘉年華〉）

黑暗中，你無法獲得休息，體力早已不堪負荷。呼吸，滑行，煞車的聲音彼此交織，聽來彷彿就像夢裡的聲音，如此遙遠，如此渙散。你在對抗自然環境，還是在對抗自己。（謝旺霖〈梅里雪山前的失足〉）

手上緊握的筆，往往承載著無以排遣的鄉思。三千里遠洋，十餘年天涯，豈是一枝衰弱的筆能夠抵禦？（陳芳明〈書寫就是旅行〉）

我之所以把這個小博物館排入行程，原因自然與年少時期對「博多夜船」的深刻印象有關。雖然嵐山不是博多，但「博多夜船」原唱者美空雲雀文物萃集於此，「音容宛在」，來此做一個小小的懷舊之旅，自然有所感覺了。（邱坤良〈博多夜船〉）

這社稷壇現在已經沒有一點兒神祕莊嚴的色彩了。它只是一個奇特的歷史遺跡。節日裡，歡樂的人群在上面舞獅，少年們在上面嬉戲追逐。平時則有三三兩兩的遊人在那裡低徊。對，這真是一個引發人們思古幽情的好所在！作為一個中國人，可以讓這種使人微醉的感情發酵的去處可真多呢！（秦牧〈社稷壇抒情〉）

日常生活或旅行，原本是不同的情境，但因為心，因而都會呈現風景。有風景，日常性的沉悶、單調、枯燥，也會有非日常性的活潑、豐富、滋潤，並充滿喜悅。旅行，是把日常性轉變為非日常性的生活方式。（李敏勇〈風景〉）

與此同時，台灣的城市生活的步調也在改變，旅人們漸漸的厭倦

忘返」。
【迷醉】極度的沉醉。
【痴迷】入迷。迷戀到呆傻的程度。
【心醉魂迷】極其迷戀。
【如痴如醉】形容人沉迷於某種事物而失去自制的神態。也作「如醉如痴」、「似醉如痴」。
【孤獨】隻身獨處；孤單寂寞。
【寂寞】冷清、孤單。
【鄉思】思念家鄉的心情。
【鄉愁】思鄉而引起的愁緒。
【感愴】感傷。
【蒼涼】蒼傷、淒涼。
【懷舊】念舊；懷念往昔或故人。
【弔古傷今】憑弔古跡，追憶往昔，進而對現今人事有所感傷。
【思古幽情】因懷古而發出幽深的情意。也有「懷古幽情」。
【乏味】缺乏情趣、興味。
【沉悶】沉重、煩悶，心情不舒暢。
【枯燥】單調、無趣味。
【單調】單一、重複，缺少變化。
【膚淺】淺薄而不深刻。
【走馬看花】比喻匆忙和粗淺地了解事物。亦作「走馬觀花」。
【蜻蜓點水】蜻蜓飛行水面產卵，尾部觸及水面即起。現多用來比喻膚淺而不深入。
【敗興】高興時遇到意外不愉快的事而興致低落。
【掃興】原有的興致因某種干擾而打消。
【殺風景】使美景大為減色。指損害景物，敗壞興致。亦可比喻在歡樂的場合或氣氛中，有人說了掃興的話或出現讓人掃興的事物。也作「煞風景」。
【奔波】辛苦地往來奔走。
【倦乏】疲倦。
【跋涉】登山涉水。形容旅途艱辛。

了走馬看花、越休假越勞累的旅行方式，台灣人逐漸懂得把腳步放慢，開始學會細細享受咀嚼的慢遊滋味，於是禪修的體驗，茶藝的品茗，文化、自然的探索，自行車環島之旅……，慢慢的都成了旅遊的新主張。（嚴長壽〈慢遊，花蓮〉）

時隔百年，三板橋渾然天成的古樸裡還流露著原始的森林氣息，實為古橋裡的一奇。這裡最近也成為名勝風景區，例假日常有人到溪邊大啖烤肉，殺了風景也罷，壞了附近的自然才教人難過。（劉克襄〈古橋之戀〉）

「旅行」這兩個字總令人覺得好奇而又充滿想像。在台灣，旅行的人次很多，但真正懂得旅行的人是少之又少。許多年前的旅行諷刺語：「上車睡覺，下車尿尿，不然就買藥」，似乎今天多少還是用得上。（徐仁修〈簡單卻難忘的旅行〉）

不遠千裏而來的這位抽帖兒的，端莊嚴肅，風塵僕僕，穿的是藍袍大衫，罩著棉襖。頭上戴的是長耳四喜帽。使人一見了就要尊之為師。（蕭紅《呼蘭河傳》）

五時五分自土木堡又挂上列車出發。過沙城——此地出青梅酒，據說是曹操和劉備煮酒論英雄時所飲者，聞其名甚覺可喜，歸途中曾帶了一瓶。——新保安下花園各站，一路與洋河並行，水勢浩蕩。隔河有雞鳴玉帶兩山，山間隱約的露著寺觀。這一帶遠水遙岑，極引人入勝，如看山水橫幅。（冰心〈平綏沿線旅行紀·青龍橋站〉）

你背著旅行袋，在街上晃蕩，順便逛逛這座小縣城，也還想找到一點提示，一塊招牌，一張廣告招牌，那怕是一個名字，也就是說祇要能見到靈山這兩個字，便說明你沒有弄錯，這番長途跋涉，並沒有上當。你到處張望，竟然找不到一點跡象。你一同下車的，也沒有一

【勞累】因過度勞動而感到疲累。

【日炙風吹】日晒風吹。形容長途跋涉的艱苦。

【沐雨櫛風】以雨洗頭，以風梳髮。比喻在外奔波，飽經風雨，歷盡辛苦。亦作「櫛風沐雨」、「風櫛雨沐」。

【吸風飲露】本是道家認為仙人能不食五穀。後用來形容人一路奔波勞苦，沒時間飲食。

【風塵僕僕】到處奔波。形容旅途勞累。也作「僕僕風塵」。

【風餐露宿】形容野外生活或行旅的辛苦。也作「露宿風餐」、「餐風飲露」。

【飢餐渴飲】飢則進食，渴則飲水。常用來形容旅程的長途跋涉與勞累。

【倍道兼進】為加快速度，用一天的時間趕了兩天的行程。也作「倍道兼行」。

【上車睡覺，下車尿尿】戲稱只為了趕行程而對所到之處根本無法深刻觀察、體驗的旅行。

2 謀生

農業

【屯墾】聚居墾荒。也作屯兵墾荒。

【拓荒】開墾荒地。

【開發】開拓；開闢。

【開墾】把荒地開闢成可以種植的農地。

【劈山】開墾荒山。

【墾荒】開墾荒地。

【墾植】將荒蕪的土地開墾成可耕種的農地。

個像你這樣的旅遊者。（高行健《靈山》）

巴黎博物院之多，真可算甲于世界。就這一椿兒，便可教你流連忘返。但須徘徊玩索才有味，走馬看花是不成的。一個行色匆匆的游客，在這種地方往往無可奈何。（朱自清〈巴黎〉）

我站在山腳路與員集路交叉的這一點，目眩神馳，山腳路隱隱約約還可以通向我的過去，員集路卻義無反顧奔向我的未來，我找不到一點青少年憨厚的昔日影像。從員集路望向山腳路，山腳路瘦成了一條巷子，一根弦，只能在懷舊的心園輕顫。（蕭蕭〈路總是交叉在最顫人心弦的那一點〉）

離家後，奔走長途，每見著苔蘚，便憶念起家宅來，倒不全是鄉愁，而是對生命本身的回顧和依戀，想著苔痕，想著一院幽綠，那氣氛溫炙著胸臆，難以言宣，〔……〕（司馬中原〈苔痕〉）

初代創業開墾者，一輩子忙忙碌碌地披荊斬棘，竟攢下莫大的田地和山林。但到了後裔就坐食著享福祖公業，家裡的財產管理和家庭的煩雜事，就雇傭掌櫃來處理，〔……〕（龍瑛宗〈夜流〉）

現在，這人人看不起的將近三千坪的不毛之地已經墾熟，種滿了幾百種花木，一年四季都有花開。水電灌溉設備已充足。（楊逵〈墾園記〉）

海岸線的風車折疊了鹽田，時時吐納廢物和精華。濯足的水響引

【披荊斬棘】砍倒荊棘開路。比喻克服種種困難。

【墾熟】從開墾荒地到農作物已熟成。

【引灌】引水灌溉。

【浸溉】灌溉。

【澆水】以水澆灌。

【灌水】將水灌入。

【灌浸】灌溉。也作水貫通流注。另有淹沒之意。

【灌溉】供給農作物必需的水量。

【水耕】無土栽培的一種。將植物生長所需要的各種養分，直接調配在水中，以作為植物養分來吸收，而不需要土壤。

【耙】ㄆㄚˊ，用耙平整土地或聚攏農作物。

【耕耘】耕田和鋤草。泛指一切農耕之事。

【犁田】耕田。犁，耕土、翻土。

【整地】耕翻平整土地，為播種做準備。

【翻耕】使草皮翻入土裡，或把土翻上來。

【刈草】割草。刈，ㄧˋ，割取。

【除草】割除田裡的雜草。

【鋤草】用鋤頭為農作物除草。

【鋤耘】用鋤頭除草。

【耘耔】翻土除草。泛指耕種。

【握鋤荷犁】手上拿著鋤頭，肩上扛著犁具。

【種】把種子或秧苗的根埋在土裡。

【插秧】將稻子的秧苗插植於水田之中。

【播種】散布種子於土中。

【堆肥】通常是把糞便、雜草、莖葉泥土等堆起來，經過腐化而當作肥料或改良土質。

【施肥】灑放肥料。

【收成】收割農作物。也指農、漁業收穫的成果。

【收割】割取收穫成熟的農作

發鹽工手中的鐵耙，不停地耙著，耙著海水的淚，粒粒鹹鹹的結晶。（羊子喬〈鹽田風景線〉）

開春時父親第一件要做的事便是將堆肥用篩子濾過，讓細質的堆肥自竹篩中流出。此時我通常在家，幫著父親用圓鍬將堆肥鏟到竹篩上，父親兩手迴旋晃動，篩出一堆堆如山丘的細質堆肥來，粗質的則扔到一旁。（吳鳴〈泥土〉）

每年盛夏期間，正是吾鄉最緊迫的農忙期，猛烈的陽光下，大家忙著趕緊收割、曬穀、收稻草；緊接著又要準備下一期的耕作，培育秧苗、犁田、整地、除草，趕時趕陣，一天也不得拖延，唯恐誤了插秧期。（吳晟〈挑秧苗〉）

搬到台北，空間只宜於蒔花種樹，母親晨起澆水、施肥、剪枝、除蟲，一切在安靜中進行，有如她下廚、洗衣、掃地。突然，有一天，在例常的匆忙出門時，我發現搬入時龜裂的泥地，在母親晨昏灌溉下已經長了青苔，而側院早已草木扶疏，一片綠意。（林懷民〈母親的花圃〉）

蘇州園林栽種和修剪樹木也著眼在畫意。高樹與低樹俯仰生姿。落葉樹與常綠樹相間，花時不同的多種花樹相間，這就一年四季不感到寂寞。（葉聖陶〈《蘇州園林》序〉）

離屋基近一些的，則有兩棵小葉欖仁，這外來樹種長得快速，在台地的許多道路旁都可看見，只是它們往往不堪強風摧折，東北季風一吹，頓時面目慘澹，枝葉拚命向西南傾斜，幸好在修枝剪柯之後，春來又是好漢。（林韻梅〈記錄一幢屋子的從無到有〉）

洋紫荊是異種羊蹄甲植物雜交後的「變種」，因為混血所以格外碩大美豔，但也因此缺乏自行繁殖的能力，必須以人工扦插嫁接。如

物。

【拾穗】收割後撿取田中的遺餘的稻穗。

【曬穀】將稻穀散鋪曝晒於日光下，使水分蒸發。曬，通「晒」字。

【莊稼活兒】農耕方面的工作。莊稼，指農作物。

【休耕】可耕地為了恢復地力，或客觀環境不良而暫停耕作。

【除蟲】消除蟲害。

【防治病蟲害】預防和治療農作物的病害與蟲害。

【栽】種植。

【蒔】ㄕˊ，種植。

【栽種】種植。

【修剪】用剪子剪枝葉。

【剪枝】修剪花木的贅枝。

【整枝】修剪植物的枝葉，使生長得更好。

【修枝剪柯】修剪整理樹枝。柯，樹枝。

【扦插】截取植物的葉、枝、根等插入土壤中，使其長出新的植株。扦，ㄑㄧㄢ。

【嫁接】以人為方式，把枝或芽接到另一個植物體上，以使其繁殖。

【烘焙】用火烘乾。

【照料】照顧、料理。

【照養】照顧、養護。

【春耕】春季農人在播種前，先翻鬆土壤。

【夏耘】夏季鋤田除草。

【秋收】秋季收割農作物。也作「秋成」。

【冬藏】冬季貯藏糧食。

【農閑】一般指冬季農事較少的日子。

【閑月】農事清閑期間。

【大熟】穀物大收成的時候。

【飽實】飽滿充足。

【豐收】收穫豐盈。

【豐年】農作物收成豐足的年

果你看到「遍山洋紫荊」迎風招展，一定是出於人工而非自然。（蔡珠兒〈紫荊與香木〉）

一般灌溉用的水圳，在冬天農閑期，都要放乾水再檢修，順便把岸壁上的水草清除掉。（鄭清文〈髮〉）

那樣的年代草衣木食，為的是常有歲歉，而我學習生活的單致，是因了現下過度富裕的社會。過度需要節制，垂禱裡清貧意志的昇起，才會瞭解自然。（凌拂〈絡草經綸〉）

然而，唐山的米穀欠收成，四季歹年冬，唯一的前途就是離開家鄉。（阿盛〈唱起唐山謠〉）

那時候，我還小，有一年風雨失調，田裡歉收，割起來的穀子全部給頭家還不夠。雖然頭家不要我們補償不足額，但穀子畢竟叫他全部收去，一粒沒剩。（鍾理和〈菸樓〉）

不久前，我到一個產製茶葉的地方，茶農對我說，好天氣採摘的茶葉與陰天採摘的，烘焙出來的茶就是不同，同是一株茶，春茶與冬茶也全然兩樣，則似乎一天與一天的陽光味覺不同，一季與一季的陽光更天差地別了，〔……〕（林清玄〈光之四書〉）

鹽寮這自然的恩賜能任我們揮霍到幾時？這樣的殺雞取卵的採擷，豈不是在野百合還來不及孕育下一代時，就已被拔除了嗎？（孟東籬〈鹽寮的野百合〉）

於是，午飯的時刻，桶裡的穀被挖進籮筐；滿載的籮筐在扁擔的兩端，應著挑擔人的步子，一沉一躍。把新穀倒在院裡的曬穀坪上，讓七月的太陽曝曬，人則息入堂屋，那裡有巴掌大塊的粉蒸豬肉，慶賀一年的豐收。（顏元叔〈堯水之頭〉）

我小的時候，家園牆外，一望都是麥地。耕種收割的事，是最熟

歲。也有「豐歲」。

【豐稔】農作物豐收。稔，ㄖㄣˇ。

【豐穰】豐收。穰，ㄖㄤˊ。

【大有之年】豐收的年歲。

【風調雨順】指風雨適時而適量，有利農事。形容作物收成好。

【平年】農作物收成一般的年歲。

【敗歲】農作物收成不好的年歲。

【歲歉】收成不好的年歲。

【歉收】收成不好。

【饑荒】農作物收成不好。也作「飢荒」。

【欠收成】農作物收穫不好。

【歹年冬】收成不好的年歲。

【風雨失調】指風雨調配不當，影響農事。也形容作物收成不好。

【饑饉之歲】收成不好的年歲。

【大荒】大饑荒。

【蟲害】害蟲對農作物所造成的災害。也作「蟲災」。

【採摘】摘取。

【採掇】採摘、拾取。掇，ㄉㄨㄛˊ。

【採摭】採摘、拾取。摭，ㄓˊ。

【採擷】摘取。

【搯採】採取、採取。搯，ㄊㄠ，同「掏」字。

【摧折】折斷；毀壞。

【摧殘】摧折、破壞。

【拔除】拔掉、除去。完全除去。

【作踐】蹧蹋；浪費。

【蹧踐】作踐。也作「糟踐」。

【蹧蹋】浪費；損壞。也作「蹧踏」、「蹧塌」、「糟踏」、「糟蹋」。

【暴殄天物】任意蹧蹋東西。殄，ㄊㄧㄢˇ。

見不過的了。農夫農婦，汗流浹背的蹲在田裏，一鋤一鋤的掘，一鐮一鐮刀的割。我在旁邊看著，往往替他們吃力，又覺得遲緩的可憐！（冰心〈山中雜記〉）

因有雪光，天仿佛亮得早了些。快到年底，不少人家買來雞喂著，雞的鳴聲比往日多了幾倍。處處雞啼，大有些豐年瑞雪的景況。祥子可是一夜沒睡好。到後半夜，他忍了幾個盹兒，迷迷糊糊的，似睡不睡的，象浮在水上那樣忽起忽落，心中不安。越睡越冷，聽到了四外的雞叫，他實在撐不住了。不願驚動老程，他蜷著腿，用被子堵上嘴咳嗽，還不敢起來。（老舍《駱駝祥子》）

江南河港交流，且又地濱大海，湖沼特多，故空氣裏時含水分；到得冬天，不時也會下著微雨，而這微雨寒村里的冬霖景象，又是一種說不出的悠閒境界。你試想想，秋收過後，河流邊三五家人家會聚在一道的一個小村子裏，門對長橋，窗臨遠阜，這中間又多是樹枝椏的雜木樹林；在這一幅冬日農村的圖上，再灑上一層細得同粉也似的白雨，加上一層淡得幾不成墨的背景，你說還夠不夠悠閒？（郁達夫〈江南的冬景〉）

荷蘭雖是最早開始飲用咖啡的歐洲國家之一，咖啡豆的烘焙水準並不差，然而由於大多數咖啡館仍愛用傳統的濾泡法來沖煮咖啡，已習於義大利濃郁咖啡風味的我，喝起荷蘭咖啡館裡的標準熱咖啡，每每有不夠香醇之憾。（韓良憶〈啜飲陽光與和風〉）

【保林】保護森林資源。

【護林】維護林木資源。

【植樹】種植樹木。

【造林】藉由人力種植，培育森林。

【保育】自然生態景觀和天然資源的合理利用與保護，以避免造成物種滅絕以及環境破壞與汙染。

【水土保持】一種採用增加土地吸水能力，防止土壤受侵蝕、沖刷，以克服水旱等自然災害的措施。如人工造林、修建梯田、植草等。

【砍伐】用鋸、斧等劈砍樹木。

【斤伐】砍伐。

【斫伐】砍伐。斫，ㄓㄨㄛˊ，以刀斧砍削。

【挖掘】挖；掏。

【斲傷】傷害。斲，ㄓㄨㄛˊ，砍劈木材。

【鑿斲】挖掘砍削。

【濫伐】過度而毫無限制的砍伐。

【濫墾】過度且不當的開墾。

【火焚】焚燒。

【焚劫】焚燒搶掠。

【盜伐】偷砍；違法砍伐。

【盜採】非法開採。

【水土流失】土壤受到沖刷、侵蝕等外力而流失，造成土地貧瘠、河道淤塞等災害。

【破壞生態】指人類對自然環境的不當開發與毀壞。

三年來，一群群可敬的各行各業朋友，挺身投入保林、護林的行動，卻罕見有林業、學界人士參與。更不幸的是，林務單位即使改制，原始森林並未停伐，卻誤導大眾以為臺灣森林已見太平；另一方面，文過飾非的技巧更加高明。（陳玉峰〈玉山圓柏的故事〉）

未曾虧待你們呀／是你們狠狠砍伐／盤根錯節的涵水命脈／是你們放肆挖掘／牢牢護持的山坡土石／是你們縱容水泥柏油占據綠野／阻斷水源的循環不息（吳晟〈水啊！水啊！〉）

熱帶的溫帶地方，四季分明，珍貴的動植物資源分佈豐富，這裡生長了玉山地區最高大的喬木，同時也是森林被斲傷最嚴重的森林廢墟帶。（洪素麗〈惟山永恆〉）

另一邊，那些自遠古以來獨能免於無數次野火的焚劫和居民的濫伐，或雖燒而復生伐而復榮的樹：楠、櫸、樟、鐵刀木、樫、竹等，卻以巨人的緘默和沉著君臨在那些菅草上面，堅持最後的勝利。（鍾理和《笠山農場》）

我常以千手觀音比喻一棵大樹。不但可以遮擋烈陽、垂下蔭涼、化解暑熱；每逢滂沱雨水，上有千枝萬葉可以承接，緩緩、緩緩滴落，避免直接沖刷地表，土壤有時間緩緩吸收；下有樹頭盤根錯節，牢牢捉住土石，不至於被沖走、流失。這才是最根本的水土保持。（吳晟〈新年的祝願〉）

畜牧

【畜養】飼養牲畜。

【圈養】關在圈裡飼養。

【飼養】餵養動物與照料。

【豢養】餵養牲畜。豢，ㄏㄨㄢˋ。

【馴養】畜養。也有撫養以求其馴服之意。

【餵養】飼養牲畜。

【囚困】拘禁、限制。

【囹圄】ㄌㄧㄥˊ ㄩˇ，本指監牢、監獄。可引申關動物的牢籠。

【出籠】從籠子中出來。也作脫離籠子。

【回塒】雞回到窩中。塒，ㄕˊ，在牆上挖洞作成的雞窩。

【肥育】利用大量及易肥的飼料，使家畜或家禽在屠宰之前快速蓄積脂肪。

【湯鍋】宰殺牲畜時，盛放滾水以除毛的大鍋。也指屠宰牛、馬等大牲畜的場所。

【放】帶牲畜到野外。也可比喻任牲畜自由活動。

【放牧】把牲畜放到草地上吃草與活動。也作「牧放」。

【放封】本指監獄中的規矩，在固定時間內放犯人到牢外活動。此指讓自家飼養的動物放到戶外活動。也作「放風」。

【放養】把有經濟價值的動、植物放到某一特定的地方，使其生長繁殖。

【牧養】放牧飼養。

【野放】在野外放牧。也指將已捉獲或經過飼養的動物放回野外生活。

【游牧】過著逐水草而居或山牧季移等居無定處的畜牧生活型態。或作「遊牧」。

【粗放】指沒有一定居所，一邊移動、一邊飼養的畜牧方式。

目前農村所零星飼養的黑豬，便是杜洛克老兄與本地種母豬合作所生結晶，也都滿足了農村的需要。想想我族子孫在本地區繁衍的盛況，悲哀中不免又感到驕傲自豪。雖然最後難免挨受屠殺之苦，但生命能得延續不是仍然很值得嗎？（鍾鐵民〈約克夏的黃昏〉）

傳統的民間習慣，總是把失去勞力的老牛賣到「湯鍋」裡去。而所謂的「湯鍋」就是屠宰場，也就是把失去勞力的老牛殺掉賣肉。（林希〈淚的重量〉）

我們家的女王狗「華光」，當初就因為流浪在外，吃了鄰人三十多隻雞，且聽說每當牠得手時，會把雞甩在脖子後，以便縱逃，這行徑自是讓人恨得牙癢癢的，我們只得用誘捕籠把牠逮回來，不然早晚會被人毒死。把牠帶回家後，好生馴養，吃食不缺的但就是忘不了打野食的樂趣，只要一放封，便要到鄰人處獵食，為此，也不知賠了多少錢和菸酒，〔……〕（朱天衣〈紅冠家族〉）

東嶼坪街道兩旁的房屋，有種在台灣其他地方都看不到的斑駁。房屋後的山坡放養了很多的山羊，學山羊咩咩叫兩聲，就聽到山坡上的羊群回應，安靜的島上突然也熱鬧起來。（褚士瑩〈東嶼坪——台灣的復活島〉）

保育中心主要是保護受傷，被遺棄、被囚困，以及失去母親的孤兒，負責醫治和扶育，希望牠們康復後，學習、長大，可以野放，返回雨林。在保育中心的幼兒，要從幼稚班、小學、中學、一步一步學習如何成為一頭猩猩，而不是倚賴人類變成圈養的寵物。（西西〈紅毛猩猩〉）

我想起故鄉放雛鴨的人了。一大群黃色的雛鴨游牧在溪流間。清

也可指投入勞力和生產成本較少，土地面積較大的畜牧或耕作方式；多適用在氣候乾燥、土地廣大以及人口密度低的地方。

【靠山吃山，靠水吃水】比喻依賴所在地方的客觀環境條件而生存。

【棄養】丟棄而不照顧。另有父母逝世，子女不得奉養之意。

【遺棄】丟棄。

【拴】ㄕㄨㄢ，繫；綁。

【策】鞭打、驅使。

【羈】繫綁。

【駕馭】驅使車、馬前進。

【一鞭揚起】揮鞭。也有「揚鞭」。

【鞭笞】用鞭子抽打。笞ㄔ。

【鞭箠】用鞭子抽打。

【鞭撻】用鞭子抽打。撻，ㄊㄚˋ。

【馴服】使順從。

【跑馬】騎著馬跑。另有賽馬之意。

【馳射】騎馬射箭。

【馳騁】騎馬奔馳。

【精騎善射】精通騎馬，擅長射箭。

打獵

【出獵】出外打獵。

【田獵】打獵。

【行獵】打獵。

【伏擊】偷襲獵物；靜悄悄地追逐獵物。

【放獵】打獵。

【畋獵】打獵。

【狩取】捕捉。

淺的水，兩岸青青的草，一根長長的竹竿在牧人的手裡。他的小隊伍是多麼歡欣地發出啾啁聲，又多麼馴服地追隨著他的竿頭越過一個田野又一個山坡！（何其芳〈雨前〉）

我們且聽號角匯集，在這一偉大的時辰，共同學著策馬，日行三萬里的新八駿的騎者將是我們，不再是長眠於歷史中的周穆王，讓長風捲動復國的旗幟，讓馬蹄踏碎赤色暴力凝結在祖國大地上的冰霜。（司馬中原〈歷史的配樂者──馬群〉）

一鞭揚起，真像霹靂弦驚，颼颼的那耳邊風絲，恰應著一個滿心的矜持與歡快。馳騁往返，非到了馬放大汗不歇。畢剝的鞭炮聲中，馬打著響鼻，像是凱旋，人散了。那是一幅春郊試馬圖。（吳伯簫〈馬〉）

牡牛是歐多桑寵愛的家畜，看著歐多桑對牠的殷勤，刷洗著牠的背，替牠修理蹄下的口鐵，有時還要江進拉起井水，替牠沖澡。這時，江進便有被牠鄙視的感覺，不免要趁歐多桑不在的時候，偷襲牠一鞭，或故意扯牠的尾巴，還得提防牠揚起後腳。這時，江進便有了鞭笞牠的理由。（履彊《少年軍人紀事》）

微臣自幼兒好習弓馬，採獵為生。那十三年前，帶領家童數十，放鷹逐犬，忽見一隻斑斕猛虎，身馱著一個女子，往山坡下走。是微臣兒弓一箭，射倒猛虎，將女子帶上本莊，把溫水溫湯灌醒，救了他性命。（明．吳承恩《西遊記》）

雖然這回沒有派上用場，但火在他們的手上，還有煙燻火攻的作用，不只可以打獵，後來才知對捕蜂採蜜來說更是必需。火，這種化

【狩獵】捕獵野生動物。
【飛放】驅放鷹、隼到野外進行捕獵。
【射獵】打獵。
【兜捕】圍捕。
【野獵】到郊外打獵。
【採獵】狩獵。
【遊畋】遊戲田獵。
【遊獵】出遊打獵。或作馳逐打獵。
【追捕】追蹤捕殺。
【逮】捉。
【誘捕】引誘、捕捉。
【獵捕】捕捉。
【獵較】本指相互爭奪獵物；後泛指打獵。
【放鷹逐犬】放出蒼鷹和獵犬打獵。亦作「飛蒼走黃」、「飛鷹走犬」、「擎蒼牽黃」。
【自投羅網】自己主動進入對方布下的陷阱裡。羅網，捕鳥捉魚的器具。也可用來比喻自取禍害。
【火攻】用火攻擊。
【烤火】在火堆或火爐旁取暖。
【篝火】本指用竹籠罩著的火。現指在野外架木柴燃燒的火堆。篝，ㄍㄡ。
【煙燻】用煙和火燻烤。
【格鬥】打鬥。
【搏戰】格鬥。
【廝鬥】打鬥。
【廝殺】交戰。相互搏鬥。
【宰殺】屠宰。
【屠殺】屠宰。
【殺戮】屠殺。大量殺害。
【濫捕】過度獵捕。
【濫殺】過度殺戮。
【盜獵】非法捕獵動物。
【出草】早期臺灣原住民殺人獵首的別稱。也就是埋伏於草叢中，捕殺入侵者或獵取他族的頭顱。

學現象，在他們手上，卻是生命的一部分。（林克孝〈火邊的故事〉）

父親拔起番刀，用大拇指在刀尖畫了一下，這時候累倒的大公豬好像知道牠的生命隨時會被父親任何的舉動所終止，牠開始亂吼、亂撞、亂衝；父親要我爬到樹上，我在樹上看著父親和大公豬格鬥的過程。（亞榮隆・撒可努〈山豬學校〉）

飛鼠突然地消失，原因有很多，人為的破壞、十字弓的氾濫以及不肖獵人的濫捕都是原因，白天捉晚上打，就算飛鼠再多也會被捉完。（亞榮隆・撒可努〈飛鼠大學〉）

我在屏東加吶埔的鳳梨田上看見的大武山最為真實；昔日加吶沼澤地的馬卡道獵人打鹿的起伏草埔，如今變成植滿鳳梨的丘陵。大武山的山腳就在以往平埔人與傀儡族互相出草的丘陵界線；〔……〕（王家祥〈飄浮的大武山〉）

涇水東岸的平原廣及百里，一望無際，其中丘巒起伏，密林處處，河道縱橫，確是行獵的好地方。過萬人來到這大平原，只像幾群小動物，轉眼就分開得遠遠的，各自尋覓獵物。小盤這隊人數最多，由於其中包括了朱姬和王族的內眷，公卿大臣，故只是流連在離岸不遠處湊熱鬧，應個景兒。（黃易《尋秦記》）

〔……〕曹爽正飛鷹走犬之際，忽報城內有變，太傅有表。爽大驚，幾乎落馬。黃門官捧表跪于天子之前。爽接表拆封，令近臣讀之。表略曰：「征西大都督、太傅臣司馬懿，誠惶誠恐，頓首謹表：臣昔從遼東還，先帝詔陛下與秦王及臣等，升御床，把臣臂，深以後事為念。〔……〕」（明・羅貫中《三國演義》）

【釣】用餌捕取魚類或其他水生動物。

【捕】捕捉；捉拿。

【捕捉】追捕、捉拿。

【捕獲】捕捉。

【擒拿】捉拿。

【網】本指用繩線編成捕捉動物的器具。作動詞意指用網捕捉。

【拋撒】拋擲、放開。

【撈捕】打撈捕捉。也作「捕撈」。

【撒網】張網。

【觸網】此指水中生物碰觸魚網而被捕。

【收網】拉網。用力拖或牽拽魚網，拉出水面。

【射】放箭。

【戳】ㄔㄨㄛ，用銳器的尖端觸刺。

【鏨】ㄗㄢˋ，鑿入。

【出鏢】把鏢投擲出去。鏢，為一種金屬製成的投擲武器，形狀像長槍的頭，具殺傷力。

【射鏢】射出鏢槍。

【討海】靠海生活。

【漁汛】在一定時期內，某些魚類成群出現在一定海域而適合於捕撈。

【漁撈】規模較大的捕魚活動。

【漁獲】捕撈魚類得到的收穫。

【打撈】從水裡撈出東西。

【打網】撒網。

整個旗津海岸線連成一扇門／他和他的漁船輕輕一推／便在門外寬闊無邊的汪洋了／拋撒生活巨網／撈捕蹦跳鮮蝦／擒拿飛躍活魚（王希成〈旗津冬日海岸〉）

如果看他沒什麼停頓的一直撒網，就知道他的網沒捕到什麼魚；如果看到他收網後停了一陣子，且伸手翻著網翻好一陣子，就知道網子裡有魚了。停下來網子翻愈久，那他這次可是網到不少魚了。（林正盛〈馬武窟溪〉）

原來日裡隱藏在大岩下的一些小漁船，在半夜前早已靜悄悄地下了攔江網。到了半夜，把一個從船頭伸在水面的鐵兜，盛上燃著熊熊烈火的油柴，一面用木棒槌有節奏地敲著船舷各處漂去。身在水中見了火光而來與受了柝聲吃驚四竄的魚類，便在這種情形中觸了網，成為漁人的俘虜。當地人把這種捕魚方法叫「趕白」。（沈從文〈鴨窠圍的夜〉文中「當地人」指的是中國湘西地區）

引擎聲嘎然止住，腳下一陣翻騰浪花，鏨入丁挽身軀的魚叉溢流著鮮血，丁挽旋身躍出水面。（廖鴻基〈丁挽〉）

這條白旗魚比原先那兩條小，才一百多斤，但比先前的兩條要乖張多了，當接近可射鏢距離時，我慢慢把鏢竿往前伸，左手在前支撐，右手在後推身體稍往後蹲，準備在適當時機一鼓作氣往牠身上刺，〔……〕（林福蔭〈憶　刺丁挽〉）

漁人的作息和種植無關，不是日出而作，日落而息，他們的作息決定在漁汛。通常是夜半出航，日出返港。（李潼〈漁港早市〉）

跑船

【駛】操縱車、船或飛機等交通工具。也有「駕駛」。

【操控】操縱控制。

【操縱】駕馭；控制。

【掌舵】掌握船舵，控制航行的方向。

【出海】船隻離開停船地點，駛往海上。

【出航】船駛離港口或飛機離開機場航行。

【起錨】把沉在海底的鐵錨拔起，船隻準備開航。

【解纜】解去繫船的纜繩。指開船。

【引航】船舶進出港口時，經由熟悉航道的人員或有駕駛船舶經驗的人引導出入，以確保航行安全。也作「引水」。

【巡弋】巡邏。

【巡航】船艦、飛機等的巡邏航行。

【逡巡】徘徊；滯留。逡，ㄑㄩㄣ。

【橫渡】從江河湖海的此岸到達彼岸。

【過渡】橫越江河。

【擺渡】用船由此岸渡到彼岸。

【筏渡】用筏子渡水。筏，以竹、木或塑膠筒等材料作成的簡易水上交通工具。

【撐船】用長篙頂到河底來推動船隻前進。泛指駕船。

【搖櫓】划船使之前進。櫓，划水使船前進的器具。

【欸乃】開船時的搖櫓聲。或指划船時的歌唱聲。

【拉縴】在河的兩岸，縴夫用繩子拉船前進。尤其在水勢湍急處，由下游往上游行船時，經常需要使用這種方式。縴，ㄑㄧㄢˋ，拉船前進的粗繩。

出航把平靜的村子喧擾得沸騰滾滾，打辮子的小姑娘，梳短髮的大姑娘都登上岸來，日頭逐向中天，預備起錨了，船上已有人往岸上仍糖果，鞭炮此起彼落的交相鳴放，十二串長炮的吼聲，震耳欲聾，交談歡呼的聲音好像與炮聲競逐，一時岸上船上都陷入興奮過度的混亂。（蔡素芬《鹽田兒女》）

當渡船解纜／風笛催客／只等你前來相送／在茫茫的渡頭／看我漸漸地離岸／水闊，天長／對我揮手（余光中〈三生石　當渡船解纜〉）

一年一度的鯡魚季，自一月開始，至三月止，屬近海作業，你不必把船駛出金門橋，只在金山灣、金銀島一帶逡巡。（鍾曉陽〈哀歌〉）

我坐在路邊觀看你駕駛你的小船，帶著帆上的落日餘暉橫渡那黑水，我看見你沉默的身影，站在舵邊，突然間我覺得你的眼神凝視著我，我留下我的歌曲，呼喊你帶我過渡……（朱天心〈彼岸世界〉）

到了明天，作家想起擺渡人已跟那有權的走掉，沒有人擺渡了，那怎麼行呢？於是他自就自動去做擺渡人。從此改了行。〔……〕過了一陣之後，作家又覺得自己並未改行，原來創作同擺渡一樣，目的都是把人渡到前面的彼岸去。（高曉聲〈擺渡〉）

縴搭肩的尾首處扣著一個麻竹結，拉縴的時候，只要把那麻竹結往縴繩上一反，便鎖得緊緊的了。於是，我們拾草鞋時學會的本領，便派上了用場。拉呀！拉呀！只有這個時候，我們才真正地感到了生活的嚴峻。〔……〕興許，歲月也是縴繩罷，漸漸地，我爸爸以及和爸爸他們一道拉縴的縴夫們，眼角額頭，都勒進了深深淺淺的「縴痕」。（廖靜仁〈縴痕〉）

威尼斯是一個別致地方。出了火車站，你立刻便會覺得：這裡沒

【顛盪】搖動、震盪。

【張帆】張掛船帆。帆，掛在船桅上的大布幔。為利用風力，使船前進的設備。

【揚帆】張開船帆行船。

【張掛風帆】張開掛上船帆。

【滿帆】迎風張起全帆。

【落帆】降下船帆。

【順風】風向與行進的方向相同。

【走風】順風。

【逆風】迎面對著風。

【鬥風】逆風。

【頂風】逆風。

【搶風】逆風。

【打頭風】逆風。

【帆檣雲集】形容船隻密集如雲。帆檣，掛帆幔的桅竿。

【軸艫千里】船隻前後綿延千里。形容船數眾多。

【泊】停船靠岸。

【放纜】船隻放下繫船用的繩索，準備靠岸。

【拋纜】船隻拋下繫船用的纜繩。

【回航】船隻或飛機到達目的地後再返回出發地。

【返航】船隻駛回或飛機飛回原本出發的地方。

【返港】船隻駛回出發的港口。

【歸泊】船隻歸返靠岸。

【歸航】船隻或飛機返回原地。

【歇航】船隻歇泊停航。

【擱淺】船舶進入水淺處，無法行進。也可比喻事情遭到阻礙而中途停頓。

【渡頭】渡口。

【野渡】村野的渡口或荒僻之處。也作「野渡口」。

【要津】重要的渡口。泛指水陸交通要道。也可比喻顯要的地位。

【不凍港】較冷地區長年不結冰的港口。

有汽車，要到那兒，不是搭小火輪，便是雇「剛朵拉」（gondola）。大運河穿過威尼斯像反寫的S；這就是大街。另有小河道四百十八條，這些就是小胡同。輪船像公共汽車，在大街上走；「剛朵拉」是一種搖櫓的小船，威尼斯所特有，它那兒都去。（朱自清〈威尼斯〉）

一紙桃源小劃子上祇能裝載一二客人。照例要個舵手，管理後梢，調動船隻左右。張掛風帆，鬆緊帆索，捕捉河面山谷中的微風。放纜拉船，量渡河面寬窄與河流水勢，伸縮竹纜。另外還要攔頭工人，上灘下灘時看水認容口，出事前提醒舵手躲避石頭、惡浪與洄流，出事後點篙子需要準確穩重。這種人還要有膽量，有氣力，有經驗。張帆落帆都得很敏捷的即時拉桅下繩索。（沈從文〈大山裏的人生〉）

牆裏的春天，不過是虛應個景兒，誰知星星之火，可以燎原，牆裏的春延燒到牆外去，滿山轟轟烈烈開著野杜鵑，那灼灼的紅色，一路摧枯拉朽燒下山坡子去了。杜鵑花外面，就是那濃藍的海，海裏泊著白色的大船。（張愛玲〈第一爐香〉）

大妹學著認字似乎比宗生聰明一點，二妹是像一祇扯著滿帆的船，到處駛，到處觸礁，可是一天總是笑嘻嘻的，亂離時代，小孩子是個累贅，也有時是安慰，凡事都有兩方面，是不是？（冰心〈離亂中的音訊〉）

渡船頭豎了一枝小小竹竿，掛著一個可以活動的鐵環，溪岸兩端水槽牽了一段廢纜，有人過渡時，把鐵環掛在廢纜上，船上人就引手攀緣那條纜索，慢慢的牽船過對岸去。船將攏岸了，管理這渡船的，一面口中嚷著「慢點慢點」，自己霍的躍上了岸，拉著鐵環，於是人貨牛馬全上了岸，翻過小山不見了。渡頭為公家所有，故過渡人不必

【相撞】互相碰擊。

【觸礁】船隻在航行時撞上暗礁。

【翻覆】翻轉傾覆。

【擊沉】船隻受到攻擊而沒入水中。

【沉沒】沒入水中。

【落水】跌入水中。

【墜海】落入海中。

【溺水】落入水中。

飛行

【滑行】滑動前進。

【領航】引導船舶、飛機等按預定航線、速度航行。

【導航】引導航行。

【起飛】飛機離開地面。

【加速】加快速度。

【爬升】指飛機、火箭等向高處飛行。

【凌空直上】一路高升的空中。

【衝上天際】朝向天邊直行。

【航行】飛機在空中行駛。或船在水上行走。

【如鷹盤旋】形容裝有炸彈的轟炸機，就像等待獵取食物的老鷹一樣在空中旋繞，準備對地面展開攻擊。

【空襲】利用飛機、導彈等對敵方目標進行襲擊。

【轟炸】自飛機上投擲炸彈以擊中各種目標。

【降落】從天而降。落下。

【落地】從高處落到地面。

【觸地】飛機降落後接觸地面。

【迷航】飛機、船隻等迷失航行方向。

【氣流不穩定】運動著的空氣流起伏不定，容易造成飛行障礙。

出錢。有人心中不安，抓了一把錢擲到船板上時，管渡船的必為一一拾起，依然塞到那人手心裡去，儼然吵嘴時的認真神氣：「我有了口量，三斗米，七百錢，夠了。誰要這個！」（沈從文《邊城》）

波音七四七銀色肥胖的身軀，在黑夜裡緩慢地滑行著，漸漸離開舊金山機場的停機坪。到了跑道盡頭，一個原地大迴轉，機頭對準了跑道的中心。（張至璋〈飛〉）

有一次我從凌空直上的飛機的艙窗裡俯瞰珠江三角洲，當時蒼穹明淨，我望了下去，真禁不住喝彩，珠江三角洲壯觀秀麗得幾乎難以形容。（秦牧〈土地〉）

當美軍飛機空襲花蓮的次數不斷升高的時候，我的父母終於決定糾合親戚一起疏散到瑞穗或者玉里附近的山地區域。（楊牧〈接近了秀姑巒〉）

日本人派飛機來轟炸昆明，其實沒有什麼實際的軍事意義，用意不過是嚇唬嚇唬昆明人，施加威脅，使人產生恐懼。他們不知道中國人的心理是有很大的彈性的，不那麼容易被嚇得魂不附體。（汪曾祺〈跑警報〉）

往香港的飛機上，我坐在窗邊，全身顫抖，窗外氣流也不穩定，機艙裡不時傳來機長要大家安靜坐在位置上安心等候的聲音。我預感著飛機的失事，想自己身上攜帶的死亡氣息太強烈，連搭飛機也使這班乘客籠罩上死亡的氣息，〔……〕（邱妙津〈第十書〉）

【亂流】大氣當中局部性的不穩定運動，會在瞬間產生極為紊亂的起伏變化，容易引發航空事故。

【失速】飛機飛行時，因氣流與機翼間的角度太大等因素產生氣流分離，使飛機失去升力而向下墜落。

【失事】發生意外事故。

【撞機】兩架飛機相互衝撞。

【墜毀】指飛機等掉落而毀壞。

飛行時，最忌諱出神，忘記觀察周遭，飛行教練過去屢屢提醒。偏偏，我被瑰麗的風景吸引，並未察覺氣流的變化。在我著迷地享受時，不知為何，傘翼竟快速抖動，似乎有一道無從解釋得奇怪亂流，側面而來。（劉克襄《永遠的信天翁：劉克襄動物故事3》）

第二部

情感與才能

情感》一、感官

1 感覺

感覺

【感】受到外來刺激所引起的情緒反應；覺得。

【感覺】❶內心對外界的感受。❷感官接收外界的刺激，傳達至神經，於大腦產生識別的反應。

【知覺】將感官接收的刺激傳達到腦部後，在感覺的基礎上，進一步將此訊息分析、判別。

【感知】外在環境或事物，通過感覺器官，在人腦中所引起的直接反應。

【感應】受外界事物的影響或刺激，而引起相應的情感和動作。

【感到】感覺到。

【感受】感覺、領會。

【感觸】因外界事物的影響，觸動內心的感情。

【預感】事先感覺到。

【美感】對美的感受與體認。

【快感】愉快的感覺。

【痛感】深刻的感覺到。

靈、敏、遲、鈍

【靈】機敏、靈活。

【靈敏】反應迅速。

其實媽對外婆的過世是很有感應的。外婆去世那晚，哥跟爸徹夜往返彰化與桃園，去見外婆最後一面，留下我陪在當時仍在保護隔離病房的媽。那晚，我很注意媽會不會有所謂的心靈相通，輾轉反側，就是睡不著。（九把刀《媽，親一下》）

我們一談到惑就會想到徐志摩。他迷戀陸小曼已經是家喻戶曉的了，值得注意的是徐志摩也把這件事情看得完全妥當，他跟他的元配一定也商量了，離婚後兩人還跟好朋友一樣來往，我們也無從得知他第一位夫人張幼儀女士當時的感受，不過不得不佩服她的雅量和同情。（思果〈惑〉）

容耀華還想繼續說，大太太在老陶的陪同下已經進來了，看到他一身洋氣的新郎服，與當年把她娶進容家時一模一樣，心裏不禁感觸萬分，笑著呆呆看他，她仍然那麼愛他。（琦君《橘子紅了》）

有多少書寫，都是在最後一刻放棄之前，思考又有一次逆轉。可能不是思考，應該是感覺。一息尚存的感覺，因為星光的點化，突然變得特別敏銳。早已逝去的濕氣與風聲，亞熱帶島嶼的燥熱，在那神

【敏銳】對外界事物的反應快速而準確。

【敏感】泛指心理、生理上對外界事物有超乎尋常的迅速或強烈反應。

【善感】容易引發感觸。

【過敏】對外界事物的刺激感受性增高的現象。

【遲鈍】反應不靈敏。

【麻木】感覺頑鈍，不能振作。或形容對事物喪失感覺。

【麻木不仁】對外界事物的反應遲鈍或漠不關心。

【滯鈍】遲鈍之意。

【愚鈍】愚笨遲鈍。

祕的深夜，奇蹟般降臨在毫不設防的肌膚。感覺回來時，紙上的旅行也重新啟程。（陳芳明〈書寫就是旅行〉）

無羈無絆，這麼一個單身漢，又是任俠善感的性情中人，喜歡常來我家，而且不一定唯詩可談，所以很自然就成了玩伴，不但點子多，而且往往夜深才散。望堯的詩有其陽剛雄奇的一面，與我同一類型的風格可以呼應。（余光中〈銅山崩裂〉）

當我一杯在手，對著臥榻上的老友，分明死生之間，卻也沒有生命奄忽之感。或者人當無可奈何之時，感情會一時麻木的。（臺靜農〈傷逝〉）

聽我說。不管你酒醒何處，面對的還是原來的世界。依然有這麼多讓你吃驚的愚蠢與麻木不仁。聽我說。一個人才可以傲，才可以狂，才做得到，特立獨行。你願意揹上一個，唉跟J在一起的人真可憐的罪名？還是你想成全對方，成為，哇能跟J在一起真偉大的行善楷模？（郭強生〈有伴〉）

2 視覺、聽覺

看、看見

【看】視、瞧。

【瞧】看。

【瞧見】看見。

【盼】看。

【望】向遠處或高處看。

【望見】看見。

【目睹】親眼看見。

【目擊】❶親眼所見。❷瞥見。

【親睹】親眼見到。

【親眼見】用自己的眼睛看到。

娟娟一唱完，便讓一個矮胖禿頭的日本狎客攔腰揪走了，他把她撳在膝蓋上，先灌了她一盅酒，灌完又替她斟，直推著她跟鄰座一個客人鬥酒。娟娟並不推拒，舉起酒杯，又咕嘟咕嘟一口氣飲盡了。喝完她用手背揩去嘴角邊淌流下來的酒汁，然後望著那個客人笑了一下。我看見她那蒼白的小三角臉上浮起來的那一抹笑容，竟比哭泣還要淒涼。（白先勇〈孤戀花〉）

早幾年人潮往東，豪華戲院不再豪華，日新也已不新，後來更乾

【覷】❶看。❷偷看。❸瞇著眼睛看。
【覷眼】瞇著眼細看。
【面面相覷】互相對視而不知所措。
【瞅】ㄔㄡˇ，看。
【瞅見】看見。
【觸目】目光所及，眼睛所看到的。
【覯見】看見。
【瞥見】看到，一眼看見。
【忽見】忽然間看見。
【遙見】遠遠看見。
【見到】目擊或看到。

注視、端詳

【注視】集中視線，凝目而望。
【瞄】注視。
【正眼】目光直視，表示尊重或重視。
【凝視】目不轉睛的看著。
【凝眸】注視、目不轉睛的看。
【盯】集中精神或目光，注意的看。
【睇】ㄉㄧˋ，看、注視。
【凝睇】注目、注視。
【注目】將視線集中在一點上。
【矚目】注視。亦作「屬目」。
【目不轉睛】眼睛動也不動。形容凝神注視的樣子。
【目不斜視】眼睛不向旁邊看。比喻專注於某事，或態度正經不苟。
【定睛】集中視線。

脆賣給東邊來的威秀影城。來來百貨不堪商圈重心位移，驚傳易主，由誠品集團大張旗鼓改組為誠品武昌，許多店開了又關了，一場大火燒掉整幢樓，友朋間耳語都市傳說，有人目擊幽靈船曾駛到西門町上空……（羅毓嘉〈電影街物語〉）

人群從牌坊下湧出，簇擁著八、九個老人步下階來，笑語喧闐，神情興奮。明蓉立刻為我們「介紹」。老同學面面相覷，我的雙手都來不及握。大家的表情，驚喜裡有錯愕，親切中有陌生，忘我的天真中又有些尷尬。歲月欺人，大家都老了，可堪一嘆。不過都還健在，而且不怎麼龍鍾，也無須攙扶，又值得高興。（余光中〈片瓦渡海——跨世紀的重逢〉）

我們像被困在一艘航行於灰色大海船上的怨偶。我們的眼睛盯著各自身旁的舷窗，看著各自的海景。我總在偷瞄妳美麗的側臉，猜臆妳究竟看見了什麼，妳看見的可是我看見的？（駱以軍〈啊，我記得……〉）

嬌蕊抬起紅腫的臉來，定睛看著他，飛快地一下，她已經站直了身子，好像很詫異剛才怎麼會弄到這步田地。她找到她的皮包，取出小鏡子來，側著頭左右一照，草草把頭髮往後掠兩下，擁有手帕擦眼睛，擤鼻子，正眼都不朝他看，就此走了。（張愛玲〈紅玫瑰與白玫瑰〉）

未及打開剛剛攜回的行囊／你又一次啟程／記憶相疊在層層飛起的翼裏／遙遠城市中某一雙眸子／在火車開動時隔窗凝睇／或是那個邊界小鎮有一隻手愛戀揮動／直到逸出天空之外（尹玲〈你站在歐洲的水上〉）

【迎睇】以目迎接。
【目送】目光隨著離去的人或物轉動。
【逼視】逼近目標，緊緊盯著看。
【眈眈】眼睛向下注視的樣子。
【睽睽】張著眼睛注視。
【端詳】詳細察看。
【打量】審察、細看。
【諦視】仔細察看。
【審視】詳細察看。
【細看】詳細觀看。
【定睛細看】集中視線察看。
【眈視】威嚴注視的樣子。也形容貪婪地注視。
【直視】意指凝神注視。

我慢慢地、慢慢地瞭解到，所謂父女母子一場，只不過意味著，你和他的緣分就是今生今世不斷地在目送他的背影漸行漸遠。你站立在小路的這一端，看著他逐漸消失在小路轉彎的地方，而且，他用背影默默告訴你：不必追。（龍應台〈目送〉）

在我瀏覽過的庭園中，兼具造景四大元素的，清流園和余香苑是其中歷史較短淺的，至今不過四十餘年；清流園占地五千坪，作工十分講究，尤其上千座山石的擺設，流水與池塘的分布，禁得起細細端詳，可惜短少蔽日樹蔭，我前去參觀當天豔陽高掛，熱死人了；而且，視覺上一眼望去是落落大方，卻缺乏了點掩映的趣味，缺乏了點層次感。（王盛弘〈美在實用的基礎〉）

遠望、張望

【遠望】向遠處看。
【遠看】向遠處看。
【眺望】遠望。
【瞭望】站在高處向遠方眺望。
【矚望】眺望。
【遙望】遠遠的眺望。
【瞻眺】遠望。
【瞻望】遠望。
【展望】遠望。
【極目】窮盡目力，眺望遠方。
【縱目】極目遠望。
【放眼】放開眼界遠望。
【憑眺】在高處遠望。
【張望】四處遠望。
【環視】向四面觀察注視。
【四顧】環視四周。
【掃視】目光迅速向四周掠過。
【顧盼】向兩邊或四處觀看。

我們在塔上眺望，鳴鐘時刻已過，四界一片安詳。越過綠意盎然的山城望向海口，灣上起了霧，深淺各幾分，朦朧的金門橋跟舊金山，倚著漸行漸遠而淡薄的山陵，一層隔一層。一切如常，看不出去年在大陸彼岸，雙子塔受擊崩毀，反恐之戰的喧囂甚上，掌權的新保守派已經撼動這個國家，侵入這個校園。（林郁庭〈柏克萊精神〉）

我仍張望。張望著我的寂寞，跟可以言說的空間。那空間有別於家，妻、父母跟兒女，那是人生的另一個向量，人生沿途裡的沿途，如大河的支流分佈，主幹跟副幹。我沒找到，無意找尋的人反倒出現，然而，他們的出現也只是為了再度消失嗎？（吳鈞堯〈張望〉）

她一摔倒，男人們的事就多起來了。她支使這個給他拍灰，要求那個給她挑指頭上的刺，命令這個去給她尋找遺落的斧子，指示那個

【凝望】集中精神遠望。或作「凝眺」。

【瞵盼】抬頭張望。瞵，ㄌㄧㄣˊ。

【舉目】抬起眼睛看。

【東張西望】四周探望。

幫她提著剛剛不小心踩溼了的鞋子。她目光顧盼之下，男人們都樂呵呵地圍著她轉。（韓少功《馬橋詞典・不和氣（續）》）

俯視、仰視

【瞰】眺望；從高處往下看。

【俯視】從高處往下看。

【俯瞰】由高處向下看。

【鳥瞰】從高處俯視低處。

【仰視】抬頭看。

【仰望】抬頭向上看。

【瞻仰】仰望、觀看。

【瞰視】同「俯視」。

【下顧】向下看。杜甫〈陪王侍御同登東山最高頂宴姚通泉晚攜酒泛江詩〉：「東山高頂羅珍羞，下顧城郭消我憂。」

【臨】由高處向下看去。「居高臨下」。

【抬眼】向上看去。

【仰看】抬頭上看。

【俯觀】向下眺望。蘇武・詩四首之四：「俯觀江漢流，仰視浮雲翔。」

【瞻】仰望。《詩經・大雅・桑柔》：「維此惠君，民人所瞻。」

我這樣靠近你，俯視激情的／回聲從什麼方向傳來，輕呼／你的名字，你正仰望我倖存之軀／這樣傾斜下來，如亢龍／向千尺下反光的太虛幻象／疾急飛落，依約探索你的源頭／逼向沒有人來過的地心（楊牧〈俯視——立霧溪一九八三〉）

一直非常喜歡那矗立在高坡上，採光良好的教室。教室在六樓，有著可以鳥瞰中和市和台北市的遼闊視野。每次下課，那一長列明亮潔淨的大玻璃窗，淺綠整齊的百葉窗簾，以及那一整片城市的風景，都在向我招手，吸引著我，流連眺望，不忍離去，〔……〕（陳幸蕙〈交會時互放的光亮〉）

漫步在武陵，高高的松樹聳入藍天，特別有一種蒼勁的氣息，泰雅小妹妹瓦幸抬頭仰望，「松樹長得真帥！」「是嗎？松樹是帥哥，那有不帥的植物嗎？」「有啊，像那些歪七扭八的藤，就比較像……無賴；杉樹很整齊，像是乖寶寶；松樹不但長得帥，還會唱歌。」〔……〕走入煙聲瀑布的步道口，小女孩要我仔細聆聽，一陣陣的風吹過松林樹梢的聲音，像很遠處的、幽微的海浪聲，古人叫它「松濤」，瓦幸說是松樹唱的歌。（苦苓〈松的傳奇故事〉）

【瞟】ㄆㄧㄠˇ，斜著眼睛看。

【斜視】斜著眼睛看。

【睨】ㄋㄧˋ，斜著眼睛看。

【睥睨】斜著眼睛看人，表示傲然輕視或不服氣的意思。睥，ㄅㄧˋ。

【睨視】斜視。

【乜斜】指眼睛瞇成一條縫而朝下看或者斜看。乜，ㄇㄧㄝ。

【側目】形容斜眼看人，不以正眼看人。

【側目而視】斜眼看人。

【睇】微微斜視。

【瞥】指眼光掠過、很快的看一下。

【瞥見】一眼看見。

【一瞥】迅速的看一眼。比喻極短暫的時間。

【瞥睹】形容一下子便看見。

【一過眼兒】匆匆一瞥。

現在它的的確確站在那裡，就在離我咫尺的玻璃門外，讓我這樣驚訝地看見它，並且也以它睥睨的風采隨意看著我一眼，彷彿完全不在乎地，這鷹隨意看著我一眼，目如愁胡，即轉頭長望閃光的海水，久久，又轉過頭來，但肯定並不是為了看我。它那樣左右巡視，想來只是一種先天倨傲之姿，肩頸接觸神經自發的反應，剛毅，果決，凜然。（楊牧〈亭午之鷹〉）

她的一個眼角上早年受了傷，沒有落疤，只是使眼尾往裏陷了一陷，形成一個坑。於是，眼睛往某一個角度看的時候，就有些「乜斜」的意思，有一點潑辣的嫵媚。總之，雖然在上海生活了三十年，奶奶並沒有成為一個城裏女人，也不再像是一個鄉下女人，而是一半對一半。（王安憶《富萍》）

我沒有料到，王國祥的病體已經虛弱到舉步維艱了。回到家中，我們煮了兩碗陽春麵，度過王國祥最後的一個生日。星期天傍晚，我要回返聖芭芭拉，國祥送我到門口上車，我在車中反光鏡裏，瞥見他孤立在大門前的身影，他的頭髮本來就有少年白，兩年多來，百病相纏，竟變得滿頭蕭蕭，在暮色中，分外怵目。（白先勇〈樹猶如此〉）

窺視

【窺】從隱密處或孔隙中偷看。

【窺視】暗中偷看。

【竊視】暗中偷看。

【偷窺】偷看。

【偷覷】偷看。

【窺看】偷看。

【窺見】❶偷看到。❷看出、察見。

隔日，還不過癮，又往吉祥寺出發。不消說，人潮自小站洶湧而出，浮浪般推向花海。通往井之頭公園小路密不透風，充塞燒烤味與叫賣聲。而池子兩側枝垂櫻像芭蕾舞者的身子，彎曲成美麗的弧，水上有復古天鵝船。我和朋友跟上遊客隊伍，邊偷窺坐在水畔的人，手中便當菜色。（孫梓評〈花與人間世〉）

他們中的任何一個人要單獨搞倒蘇東坡都是很難的，但是在社會

【窺伺】窺探他人的動靜。

【窺探】暗中偷看、查探。

【探頭探腦】形容人四處張望、窺探。亦作「探頭舒腦」、「探頭縮腦」。

觀察

【觀察】仔細察看。

【察看】觀察。

【查看】檢驗、檢查。

【觀看】參觀、欣賞、察看。

【觀測】觀察推測。

【洞察】觀察清楚。

【明察】觀察仔細。

【綜觀】綜合觀察。

【察言觀色】觀察人的言語神情，以了解對方心意。

【定步觀瞻】停下腳步細細察看。

【審視】仔細察看。

【梭巡】來回看察。

眼尖、眼花

【眼尖】視力銳敏。

【眼明手快】形容眼光銳利，動作敏捷的樣子。

【炯炯】形容目光明亮。

上沒有一種強大的反誹謗、反誣陷機制的情況下，一個人探頭探腦的冒險會很容易地招來一堆湊熱鬧的人，於是七嘴八舌地組合成一種偽輿論，結果連神宗皇帝也對蘇東坡疑惑起來，下旨說查查清楚，而去查的正是李定這些人。（余秋雨〈蘇東坡突圍〉）

如今徒留空地，一座古老的噴水柱，自來水尚兀自流出，只有幾隻從容的鴿子正暢飲著免費的清泉。也許每個禮拜，在這廣場上會有一次流動的市集。在倫敦格林威治的傳統菜市場，則已列入古蹟，也是觀光勝地。觀察英國各地的傳統菜市場，可發現英國人很重視它的歷史與文化，而給予它很重要的地位。（莊仲平〈逛菜市場之樂〉）

幾代的詩人都曾在楊牧詩集中累積他們的能力，找尋他們的道路。無論喜歡或不喜歡，楊牧的詩都是可以讓年輕寫作者學到最多東西的地方，其多變，深沉，在傳統與現代之間摸索平衡。雖然，它並不那麼容易進入，也不那麼直面潮流，如學院之樹，有距離的觀看。看來似乎是冷的，而其實永遠在腐蝕的死水心找尋反射發亮的指環。（楊佳嫻〈這裡是一切的峰頂〉）

記得一次討論的進行，學生們已經掌握到反覆辯證探索的方向與方法。在圍坐成馬蹄型面面相向的研究室，一張張年輕的臉，為求知識真理的雄辯而漲紅，一雙雙眼睛亦隨亢奮而充滿炯炯的光彩。傅鐘響起，三個小時的課程已過。冬陽微煊，而辯論未已。（林文月〈在

【炯炯有神】形容目光明亮而有精神。

【眼花】視力模糊，看不清楚。亦用來比喻觀察能力不靈敏。

【眼花撩亂】形容眼睛昏花，感到迷亂。亦作「眼花瞭亂」、「眼花繚亂」。

【目眩】眼花。

【走眼】看錯，或觀察、判斷錯誤。

【昏花】視力模糊不清。

【昏聵】眼花耳聾，精神昏亂。亦用來比喻糊塗愚昧。聵，ㄎㄨㄟˋ。

聽力

【聽力】耳朵辨別聲音的能力。

【背】聽力不好。

【耳背】聽覺不靈敏。

【重聽】聽覺遲鈍。

【聾】聽覺遲鈍或無法聽見聲音。

【聵】耳聾。

【聽障】因耳病或功能缺損所引起聽力喪失的現象。

【耳聰】聽覺過敏。

【耳生】聽起來感到生疏。

【耳熟】常常聽到。

【背聽】形容聽力差。

【失聽】形容人失去聽力。

【耳重】指聽力不好。亦作「耳沉」。

【耳尖】聽覺敏銳。

【耳力】同「聽力」。

臺大的日子〉）

真的，雪中的山林的確美得難以比擬，由於雪光的反射，白濛濛的車窗，好像被一位只會使用白色作畫的藝術家，把整桶的白顏料以某種極抽象的意念，渲染成一朵朵無以名狀的花樣，景色優雅得令人為之目眩不已。（陳銘磻〈雪落無聲〉）

我們總要等我們的師傅鑒定認可後，才敢跟去，因為楊教頭看人，從來不會走眼。我走下臺階，步到那條通往公園路大門的石徑上。我經過那位陌生客的面前，裝作沒看見他，徑自往大門走去，我聽見他跟在我身後的腳步聲，踏在碎石徑上。（白先勇《孽子》）

寶玉一則急了，說話不明白；二則老婆子偏生又聾，竟不曾聽見是什麼話，把「要緊」二字只聽作「跳井」二字，便笑道：「跳井讓他跳去，二爺怕什麼？」（清．曹雪芹《紅樓夢》）

一天，樓道裡忽然傳來雜亂的腳步聲，一幫人擁進來了：「牛鬼蛇神們都站起來！」有人喝令：「誰是俞平伯？」蒼老蒼老的俞先生轉身回應。「《紅樓夢》是不是你寫的？」「你是怎樣用《紅樓夢》研究對抗毛主席？」「低不低頭認罪？」俞先生耳背，說話支支吾吾。（董橋〈聽那槳聲，看那燈影〉）

雨來了，最輕的敲打樂敲打這城市，蒼茫的屋頂，遠遠近近，一張張敲過去，古老的琴，那細細密密的節奏，單調裡自有一種柔婉與親切，滴滴點點滴滴，似幻似真，若孩時在搖籃裡，一曲耳熟的童謠搖搖欲睡，母親吟哦鼻音與喉音。（余光中〈聽聽那冷雨〉）

情感》二、情感與情緒

1 情感

情感

【情感】內心有所觸發，而產生喜、怒、哀、樂等的心理反應。

【感情】因受外界刺激所產生的情緒。

【情緒】由外在的刺激或內在的身體狀況，所引起的心理反應。

【感觸】因外界事物的影響而觸動內心的感情。

【情素】內心的感情。亦作「情愫」。

【情操】由感情和思想綜合起來的、不輕易改變的心理狀態。

【情意】情緒、心情。

【情思】情感和心思。

【心意】情意。

【厚意】深厚的情意。

【深情】深厚的情誼。

【熱情】熱烈的情緒。

【溫情】溫厚的情感。

【柔情】溫婉的情意。

【豪情】豪放的感情。

【好感】對人對事有滿意或喜歡的感覺。

【惡感】不好的感覺。

【反感】反對或不滿的情緒。

由此我也知道，自芬的心靈，是多麼的真摯純淨，一如她的名字，自然芬芳。也只有這樣的心靈，才能觀照出如此品類繁多的花事之美，也才能見出人所未能見的諸般迷人韻致。而她流露於筆墨的更是豐富的情感和深邃的哲思，所以寫花也在寫人，寫人何嘗不也在寫花？（曾永義〈花事之美——序高自芬《吃花的女人》〉）

九號的門最難敲開。你不能光敲，必須呼叫，主人聽出來人的聲音耳熟，才會來開門。不僅有防盜鐵門，木門上還有鐵栓、安全鏈、大小兩三把鎖，組成了立體的鋼鐵防線，即使主人自己，不費一番努力也是開不了門的。老倆口對有幸入門的客人都很熱情，泡糖茶，遞香菸，端上水果。房內打掃得窗明几淨，幾枝月季在客套話的滋潤下盛開著觸目嫣紅。（韓少功〈鄰居〉）

書包給出後我有一點淡淡的後悔，到底是自己背了三年的包包。但我不是太戀物的人，送了就送了吧。回想起來，一定是對那學長有些好感才會那麼大方就送他吧！畢業後從未聯絡，也不曾想起過，現在我居然還清楚記得他的名字和長相，自己也覺得意外。（宇文正〈書包〉）

心情

【心情】心神、情緒。

【心境】心中苦樂的情緒。

【心緒】內心的情緒。

【心潮】像浪潮般起伏的心情。

【心思】意念、思緒。

【心意】意思、意念。

【心懷】心中想法或意念。

【心腸】心意、想法。

【心地】心境、心態。

【心神】心情精神。

【心理】總稱人腦中認知、思考、記憶等活動。也用以泛指人的思想、情感等內心活動。

【百念】指各種感受相互交錯，形容人心情複雜。

【心氣】心情。

【衷素】心情、情愫。

【頭緒】心緒、意緒。宋·黃庭堅〈次韻王稚川客舍〉：「身如病鶴翅翎短，心似亂絲頭緒多。」

【悰】心緒、心情。

心事

【心事】心裡惦記、掛念的事。

【心曲】心事。

【衷情】內心的情感。

【衷曲】內心的情意。

【衷腸】內心的情意。

【苦衷】難以啟齒的實情。

【隱衷】不願告人的心事。

【難言之隱】藏在內心深處，難

冬日來到法國香檳區的Reims，景觀和夏天大不一樣，觀光客很少，我們在傍晚細雨中去聖母院大教堂，雨中打著燈的教堂光影迷離，美得不可思議，進入教堂內，竟然全教堂除了我們外只有另一人，再加上賣教堂紀念品的人員，和多年前夏天來遇到好幾團觀光客的情狀大不相同，旅行時心境最重要，能靜下心來才能窺得旅行的真趣。（韓良露〈冬日的香檳旅程〉）

這夜真靜。風敲打窗子的聲音如鼓之沉沉、如嗩吶之蕭蕭，空空洞洞，細細碎碎，催促著秒針一無止境的蹀躞，滴滴答答，淒悄淒悄。偶而還傳來風吹過屋外檐間的嘯聲，花葉跌落地上的吵吵雜雜；空氣裡迴盪著夜晚特有的雰圍，冷肅。冷，不必然是天氣的冷熱，而是一種心緒，冷然的孤獨；肅，也非肅殺，而是情境的蕭肅。（向陽〈靜夜之思〉）

流理台上，輪流擱著幾只身世殊異的杯子。也包括這只。使用時總微感驚訝，它杯口雖闊，卻不過分張揚，不至於拿它裝可可牛奶的程度；亦不算心腸窄仄，偶爾沖一杯普洱茶仍還合適。（孫梓評〈黑雪〉）

雖然窗外長空淋淋，室內的所有聲響在雨夜卻變得格外清晰，平常不入耳不經心的皆被裝了音質極佳的擴音器，不但具有立體聲，還有環繞效果，連水龍頭沒關緊都特別容易被發現，自己的存在也顯得格外分明。牆上的時鐘像是在數著雨聲，喀、喀、喀、喀、喀、喀、喀，每一步都踩在最不該踩的地方——把所有的心事踏得又緊又實，毫無逃逸的可能。（田威寧〈夜雨〉）

以說出口的事情。

【內心】心情思想。

【衷】心事、心意。

【寸腸】心思、心事。宋・柳永〈輪臺子・一枕清宵好夢〉：「但黯黯魂消，寸腸憑誰表。」

情分

【情分】情感和緣分。

【情面】情分與面子。

【情誼】友誼、交情。

【情義】人情與義理。

【人情】情誼、情面。

【厚誼】深厚的情誼。

【盛情】濃厚的情意。

【魚水情】形容彼此情誼非常親密，有如魚水相諧。

【恩情】恩惠，深厚的情義。

2 激揚

感動

【感】受到外來刺激所引起的情緒反應。

【感動】因外界影響而出生的觸動。

【感觸】因外界事物的影響而觸動內心的感情。

宋太太的心酸話較多，因為她先生宋協理有了外遇，對她頗為冷落，而且對方又是一個身段苗條的小酒女。十幾年前宋太太在上海的社交場合出過一陣風頭，因此她對以往的日子特別嚮往。尹雪艷自然是宋太太傾訴衷腸的適當人選，因為只有她才能體會宋太太那種今昔之感。有時講到傷心處，宋太太會禁不住掩面而泣。（白先勇〈永遠的尹雪艷〉）

眉，娘真是何苦來。她是聰明，就該聰明到底；她既然看出我們倆都是癡情人容易鐘情，她就該得想法大處著墨，比如說禁止你與我往來，不許你我見面，也是一個辦法；否則就該承認我們的情分，給我們一條活路才是道理。（徐志摩《愛眉小札》）

因為他們夫婦間的衝突，原是由於她叔父的土地問題而開始激化，所以她現在又想起來了，她覺得丈夫的不顧情面，搧動農民和叔父作對，分明是一種對於自己淡漠的表示，為爭回隸屬於己的夫底愛情，和保持做妻的尊嚴，是不能不與之抵死力爭的。因此，決裂的種子，也就愈加萌芽起來了。（楊守愚〈決裂〉）

話說杜甫有一回舉家逃難，在荒山野嶺狼狽數日，終在一個夜裡到了故人孫宰的寨子，孫先生招待大詩人是先煮了熱湯——「煖湯濯我足」詩人特別這麼記載，那自腳底穴道竄入全身的熱量，消除了疲勞，感動了詩心，詩人永生感懷。（徐國能〈湯〉）

藥妝店的店員也深知這樣的角色扮演。她會問你有什麼皮膚問題，

【感懷】內心有所感觸。

【戚戚】內心有所感動貌。

【動】因外界的事物或情景而引發內心的感觸。

【觸動】因外界的事物或情景而引發內心的感觸。

【動心】內心受到外界刺激而有所感動或動搖。

【動容】因感動而改變臉色。

【動人】感動人。

【打動】用言語、行動使別人感動。

【感染】影響。

【感人肺腑】形容使人深受感動。

【動人心弦】感人至為深切，能引起共鳴。

【觸景生情】看見眼前景象而引發內心種種情緒。

【即景生情】由眼前的景象而引發某種情緒或感想。

【百感交集】各種感受混雜在一起。比喻思緒混亂，感情複雜。

【感慨】心生感觸而慨嘆。

【浩歎】感慨深長而大聲歎息。歎，通「嘆」。

【欷歔】歎息。

【喟然】嘆息的樣子。

【共鳴】別人的思想感情，引起相同的思想感情。

激動

【激動】感情激昂。

【激情】強烈而激動的情感。

【衝動】因情緒過於激動而訴諸非理性的心理活動。

【悸動】因情緒激動，導致心跳加速。

【顫悸】內心震盪、悸動。

【興奮】精神振作，情緒激動。

而沒有女人敢說自己皮膚沒問題的，因此我囁嚅說我容易過敏。她便讓我試用某種新的精華液在手背上。如同眾所週知的定律，所有的試用品在店裡使用的效果永遠都比家裡的那些有效。我動心了，但還舉棋不定。她又讓我試了其他的產品，一會兒我的手背已經滋潤得光可鑒人了。（柯裕棻〈藥妝店〉）

一出關渡，那河面廣闊浩蕩，真是詩經裡的「死生契闊」啊！委婉、纏綿、叮嚀的愛，一旦割捨了，也可以這樣決絕，使我望之浩歎。（蔣勳〈淡水河隨想〉）

然而，我們只擁有百年光陰。其短促倏忽——照聖經形容——只如一聲喟然嘆息。（張曉風〈當下〉）

文秀沒法，知道一時勸導不過來。但孩子對臺灣對外婆的那份感情引起了她的共鳴。（陳若曦〈路口〉）

一面想到就要走出天真的和平的園地而踏進五花八門的新世界去，也不免有些依戀彷徨。這種甜裏帶著苦味，或說苦裏帶著甜味，大學畢業諸君也許多多少少感染著吧。（朱自清〈贈言〉）

玫玫聞了聞大鵬的襯衫，除了酒味外，還有一股濃濃的女人香水味道。她把衣服翻了翻，竟然發現領口附近，還有女人的口紅印漬。玫玫有點激動，立刻放下襯衫，拿著名片，走出浴室，拿起客廳的電話開始撥名片上的電話。（侯文詠《帶我去月球》）

一個黃昏，她憑倚在窗前，第一次聽見了使她顫悸的腳步聲，使她激動地發出了歌唱。但那驕傲的腳步聲踟躕了一會兒便向前響去，

【感奮】因受到刺激而奮發。

【亢奮】極度興奮。

【熱烈】高度情感的表現。

【緊張】情緒惶恐不安。

【激昂】形容情緒激越昂揚。

【昂揚】激昂、奮發。

【高昂】激昂高揚。

【高亢】情緒高昂、激動。

【激越】情緒激昂高亢。

【沖沖】情緒激昂、感情激動的樣子。

【慷慨】志氣昂揚。

【慷慨激昂】志氣高昂，情緒激揚。

【情不自禁】感情激動到無法自制。

【血氣方剛】形容年輕人精力旺盛，易於衝動。

【朝氣勃勃】生氣蓬勃，意志昂揚。

【激憤】情緒激動。

【歇斯底里】形容情緒激動，行為失常。

【慨然】情緒激動、高昂。

【激切】情緒激動振奮。

【心跳耳熱】情緒激動的樣子。

【心潮澎湃】心中如浪潮翻騰。形容心情十分激動，不能平靜。

【熱血沸騰】形容人情緒高昂，激動不已。

【不能自已】無法控制自己激動的情緒。

消失在黑暗裡了。（何其芳〈遲暮的花〉）

魏建綱不曾想到會這兒碰到她，毫無思想準備，一時情緒衝動，把原則、立場、前途、思想改造的計劃和向組織上遞的保証全部丟光，赤條條現出一個人的形狀來，撲上去一把抱住了趙娟娟，眼淚也簌簌地流。（高曉聲〈跌跤姻緣〉）

每一扇門都緘口不語，似乎銜含著許多祕密。獨自走過這樣的巷子，聽著自己腳步的回聲，心中常常會掠過一陣難言的悸動。某一扇門邊的門鈴誘惑著人伸出手去，但終究是不敢。偶爾會有一兩片落葉從圍牆之內無聲無息地飄出，這暗示了什麼呢？（南帆〈巷子〉）

我在他的號令下兩手輕揚，白鴿就拍著翅膀飛了出去，簡武次看著我，第一次興奮的笑了起來。他舉起插在鴿籠邊的竹子，上面繫著一面紅色的三角旗，他用力的在風中揮著，我與他一起，看著遠方的鴿子，好像自己也能飛翔，能夠把年輕生命中的困頓與哀傷，遠遠的拋擲到腦後一樣。（周志文〈白鴿〉）

阿爸每日每日的上下班／有如自你們手中使勁拋出的陀螺／繞著你們轉呀轉／將阿爸激越的豪情／逐一轉為綿長而細密的柔情（吳晟〈負荷〉）

她幾乎歇斯底里的亂想一氣，愈想愈恐懼，搗心搗肺的不甘。那樣費盡心情，摧盡肝腸，到頭來她是除了他叫林爽然外就他的一切都不知道的。（鍾曉陽《停車暫借問》）

振奮

【振奮】振作奮發。
【奮發】激勵振作。
【振作】奮發。
【抖擻】奮發、振作。
【激發】激揚奮發。
【煥發】振作。
【豎起脊梁】振作精神。
【風發】比喻快速而勢盛。
【勃發】形容精神煥發。
【激揚】激昂高亢。
【鼓動】鼓舞，激動。
【鼓舞】因歡悅而興奮。
【起勁】情緒興致高昂。
【來勁】有勁頭或幹勁。
【帶勁】有力量或活力。
【朝氣蓬勃】形容精神振作，充滿旺盛的活力。
【意氣風發】形容精神振奮，志氣昂揚的樣子。
【生龍活虎】比喻活潑勇猛，生氣勃勃。

囚服去身，陽光重沐。聶紺弩的情緒該振作，心情應舒暢。可我感覺他的心情並不怎麼好，脾氣也不夠好。母親的解釋是：有本事的人，都有脾氣；有本事的又有冤枉，脾氣就更大了。（章詒和〈斯人寂寞：聶紺弩晚年片段〉）

天上風箏漸漸多了，地上孩子也多了。城裡鄉下，家家戶戶，老老小小，他們也趕趟兒似的，一個個都出來了。舒活舒活筋骨，抖擻抖擻精神，各做各的一份兒事去。（朱自清〈春〉）

歷史上留下了陸機臨刑前想聽一聽故鄉「華亭鶴唳」的悲壯淒厲歌聲，陸機到臨刑前也還是英姿風發。但是，讀帖的時候，我卻想到了陸雲，那個一直跟在英雄哥哥身邊的少年，個性溫和優雅包容，不知道他在行刑前是不是也有什麼沒有說出來的心事？（蔣勳〈鬼子敢爾〉）

3 消沉

頹喪

【懊喪】失意而沮喪。
【頹喪】消極頹廢的樣子。
【頹然】乏力欲倒的樣子。
【頹廢】精神萎靡不振。
【頹靡】頹廢衰敗，委靡不振。
【委靡】形容精神頹喪，不振

假使在別的人，這應該是個不尋常的日子，應該要歡天喜地、快快樂樂。要坐咖啡館或者看場電影。然而我卻感到深深地懊喪和幻滅。我感到一陣火熱的東西。也許就是一團火，從心底燒起，然後一點一點的擴散到周身；（……）（鍾理和〈薪水三百元〉）

站在小橋頭看兩旁人家，和小船來去，雖充滿一種畫意，只是在

作。亦作「萎靡」。
【頹唐】委靡不振。
【消沉】心志衰頹不振。
【消極】逃避現實，消沉。
【低落】情緒低沉下落。
【低沉】情緒低落。
【沉重】情緒低沉。
【短氣】沮喪而不能振作。
【沉淪】陷入，淪落。
【疲軟】不振作。
【衰頹】頹喪不振。
【短氣】沮喪而不能振作。
【黯然】心神沮喪的樣子。
【黯淡】景象悲慘的樣子。
【掃興】打消原有的興致。
【敗興】破壞興致。
【嗒然】失意、沮喪的樣子。嗒，ㄊㄚˋ。
【沮喪】意志消沉。
【懨懨】形容精神萎靡的樣子。懨，ㄧㄢ。
【灰】志氣消沉、沮喪。
【灰溜溜】形容臉色灰暗無神，心情低落。
【蔫】ㄋㄧㄢ，精神委靡不振。
【蔫溜溜】精神委靡不振的樣子。
【蔫不唧】心情低落、頹靡不振的樣子。唧，ㄐㄧ。
【無精打采】情緒低落，精神委靡不振。
【黯然神傷】情緒低落，神情憂傷。
【意興闌珊】興致低落。
【暮氣沉沉】形容精神頹廢不能振作的樣子。
【一蹶不振】遭受挫折或失敗後，無法再振作恢復。
【欲振乏力】想要振作，卻缺乏勁道。
【垂頭喪氣】低垂著頭，意氣沮喪。形容失意懊喪的樣子。
【灰心喪氣】心灰意冷，氣餒不振。

鑑賞細部分時，會發現兩旁人家窗口多十分破舊，船隻最多的是糞船和從水中撈取肥料的船，不免有點掃興。（沈從文《沈從文家書．致張兆和》）

老實說找之所以如此不厭其詳地細述那通電話，確實因為掛上電話後我整個人嗒然若失地停頓思考，而恍如迷失霧中的沮喪、屈辱乃至憤怒，一點一點自黑暗底層叢聚浮起。（駱以軍《遣悲懷．後記》）

一條巷子靜悄悄，婦人家一身單薄白竹布小緊衣，坐到了門檻上，年少的，奶著孩子，年老的，揀著米穀，手裡一把大蒲扇只管搖過來，搖過去。時不時抬起了頭，懨懨地望著天頂上那一堆聚起的雲頭。（李永平〈日頭雨〉）

當我從報紙上某項令人沮喪的記述中抬起頭來看到陽光照在遠遠的山坡上，我知道宇宙更在展現它的深廣，而我們對它的生命卻常漠視與無知。（陳列〈山中書〉）

想到我母親的心情，我就不能不偽裝出一副堅強無礙的心胸，來安慰素來那麼堅強而忽然間變得如此衰頹憂傷的一個母親。（馬森《夜遊》）

太多不可預測的情況，使我染上淡淡的憂鬱。學生總是興高采烈的，也不太同意我的無精打采，黃昏時候，他們買來便當或者漢堡，我們就在校園裡安靜的野餐，挑選了錢穆先生的『素書樓』，綠蔭深處的石階上，把吃食攤展開來，覺得好豐盛。（張曼娟〈夏天赤著腳走來〉）

我上大學之後就離開了小鎮，其他家人也陸續遷出，但我每年還會回去幾次，雖然我出生外地，但長於斯學於斯，在情感上言，小鎮也算我的故鄉，它又是我母親的埋骨之所，我總要不時的回去祭掃，

【頹靡不振】意志消沉，精神委靡。亦作「萎靡不振」。

【心灰意冷】灰心失望，意志消沉。亦作「心灰意懶」。

【悶懨懨】形容心情煩悶，精神不振。

【有氣無力】形容人精神不振，萎頓虛弱的樣子。

落寞

【落寞】寂寞、冷落。

【寞然】寂寞。

【黶翳】形容心緒寂寞的樣子。黶，ㄧㄢˇ。

【寂寞】孤單冷清。

【冷清清】寂寞、孤單。

【孤伶伶】孤單。也作「孤丁丁」、「孤零零」。

【蕭瑟】寂寞淒涼。

【空虛】內心寂寞無充實感。

【冷落】蕭條、冷清。

【孤獨】孤單寂寞。

【孤單】單獨無依。

【孤寂】孤獨寂寞。

【孤絕】形容格調氣韻極高，無人可與之相比擬。

【伶仃】孤獨無依的樣子。或作「伶丁」、「零丁」。

【煢獨】孤獨。煢，ㄑㄩㄥˊ。

【孑身】隻身，獨身。

【伶俜】飄零孤單的樣子。俜，ㄆㄧㄥ。

【孑立】孤立。孑，ㄐㄧㄝˊ。

【惸惸然】形容孤單、無依的樣子。惸，ㄑㄩㄥˊ。

【煢煢孑立】形容人孤苦伶仃、沒有依靠的樣子。煢，ㄑㄩㄥˊ。

【形單影隻】孤單無依。

然而每次回去，都會或多或少的牽引出黯然神傷的情緒。（周志文〈路上所見〉）

但上帝也不見得都很仁慈，總有些人跌落在愛情的失落裡，一蹶不振。有些則更可怕，是一頭栽進自己編織的愛情迷惘裡，始終不肯或不能走出來。（蔡詩萍〈愛情在妄想世界不過是暴力的遁詞〉）

我現在離家已經十二三年，值此新秋，又是風雨飄搖的深夜，天涯羈客不勝落寞的情懷，思念著母親，我一陣陣鼻酸眼脹。（郭沫若〈芭蕉花〉）

有一天我們愛戀了，又失去了，而後又重回一座城市快速、善變的節奏時，終於發現看似沒什麼改變的自己，已經是一粒曾經溼潤飽滿的沙了，如今滿載乾涸的渴望，開始懂得寂寞。沒有期待的孤立，永遠不是寂寞。（蔡詩萍〈就算最後總是寂寞〉）

我的世界同樣混亂，我也一度陷入孤獨而危殆的情緒中，幸好我沒有像梵谷那麼樣的神經質與創造力，當然也沒有隨之而來的自毀。我在梵谷布滿驚飛烏鴉的麥田徘徊了一陣子，終於又涉險若夷的走了出來。（周志文〈梵谷之路〉）

第四度到香港了。若朱天文的〈不結伴旅行者〉，說的是人們以唯物觀對抗孤絕寂寞，任憑城市萬象濤湧而來，說是自我不存在，則也必然無所謂孤寂——那香港對旅行者而言，必然是一座完美的城市。唯物之城，觀覽購買，別類分門，理清物之排序與編列，香港的一切運行疾如雷電，人在其中，怎來得及感知歷史。（羅毓嘉〈香江拾遺〉）

【形影相弔】形容孤獨無依。亦作「形影相顧」。

【孤立】獨立無助。

【無助】孤單無援。

【塊獨】形容人孤獨無聊。或作「塊然獨處」。

【枕冷衾寒】形容獨眠時的寂寞孤獨。衾，ㄑㄧㄣ。

【空落落】形容冷清寂寥、空空洞洞。

【孑然】孤獨的樣子。

【向隅而泣】面對牆角哭泣。形容無人理睬，非常孤立，只能絕望地哭泣。

4 平靜

心靜

【心靜】心中平靜安寧。

【靜心】心思不亂動。

【平靜】安定祥和。

【恬和】恬淡平和。

【寧靜】安靜、平和。

【沉靜】沉穩閒靜。

【恬靜】恬然安靜。

【祥和】祥瑞和穆。

【清平】平靜。

【安詳】形容人態度平靜、從容不迫的樣子。

【安寧】安定平靜。

【恬澹】恬靜、安然貌。

【平寧】平和寧靜的狀態。

【寧帖】安寧、平靜。亦作「寧貼」。

若不是靠著一位身在北方的朋友的好心，預先寫信告訴他家裡收留這個無所依歸的還鄉人，我準得到旅館裡去咀嚼一夜的煢獨。（何其芳〈街〉）

看看這位孑身塵外的僧人，便會感悟到，生命的豐富與貧瘠，是很難用世俗的常理來界定的，像他就是：看起來幾乎是一無所有，事實上他已經擁有很多。（張騰蛟〈山中人物誌〉）

我外出歸來，樹上的白頭翁統統不見，只剩空巢一個，整個白頭翁家族上哪兒去了，嗒然若有所失，我心裡自是懸念不已。然而我確信這是一個驚險中平安孵育成功的家族，儘管惸惸然心有所不捨，但是應該是高興的，走得乾乾淨淨，健康的奔赴他途，〔……〕（凌拂〈白頭翁〉）

由於我都選擇住在巴黎左岸六區聖哲曼德佩一帶，我的早餐會在聖哲曼一帶換不同的咖啡館吃，選早餐的地方絕不只是為食物，通常都要找一大早可以讀報、靜心的地方，想想今天要做那些活動，如果當天又要看美術館又要逛街，估計自己會太累時，就不會安排自己去吃大餐，有時中餐只會吃法式三明治，晚餐則找簡樸的賣鄉土家常菜的小館放鬆吃喝。（韓良露〈美好時代的巴黎 Brasserie〉）

我平時寫作，喜在人靜的時候。船上卻處處是公共的地方，船面闌邊，人人可以來到。海景極好，心胸卻難得清平。（冰心《寄小讀者》）

說實話，文學圈子向來不是個好去處。這裡無風也起浪。你沒成

【坦然】坦白、心安，處之泰然的樣子。

【釋然】因疑慮、嫌隙等冰釋而放心。

【泰然】閒適自若的樣子。

【塌心】心情安定。

【平心靜氣】形容心情平和，態度冷靜。

【心平氣和】心氣平和，不急不怒。亦作「心平靜氣」、「心和氣平」。

【心如古井】比喻人心境平靜而無情欲。

【淡然處之】平靜地面對、處理事情。

【神安氣定】神情安適，內心平靜的樣子。

【安寧】平靜安定。

【晏然】悠閒安適的樣子。

鎮靜

【冷靜】沉著、理智而不感情用事。

【鎮靜】鎮定沉著，從容不迫。

【鎮定】沉著穩定，臨事不亂。

【沉著】鎮靜而不慌亂。

【沉住氣】克制感情，以求鎮靜。

【理智】用理性和知識去思考、辨別，而不憑感情衝動做事。

【理性】理智、冷靜。

就沒本事，別人瞧不起；你有能力有成績，有人又瞧著不順眼。你懶惰，別人鄙視；你勤奮，又遭非議；走路快，說你趾高氣揚；走路慢，說你老氣橫秋。你會不時聽有人鼓勵出成果。可一旦真有了成果，你就別再想安寧。（路遙〈早晨從中午開始〉）

流浪，本是堅壁清野；是以變動的空間換取眼界的開闊震盪，以長久的時間換取終至平靜空瀞的心境。故流浪久了、遠了，高山大河過了仍是平略的小鎮或山村，眼睛漸如垂簾，看壯麗與看淺平，皆是一樣。（舒國治〈流浪的藝術〉）

我的不加掩飾的好胃口，也引起了周圍人的驚羨，他們會對我父母說：這個小孩真能吃啊！其實那時節，誰不能吃？我想，他們驚羨的只是一個孩子能夠如此坦然地表達出旺盛的食欲。（王安憶〈生死契闊，與子相悅〉）

奇怪的是從前我窮，買了不少盒子。買時忍痛咬牙的掙扎，歷歷在目。現在，卻不那麼想買了。有時候想到它們在店裡的「命運」或許比在我手中的好，反而覺得釋然。（喻麗清〈盒子〉）

她裝得若無其事，端起了茶碗。在寒冷的親戚人家，捧了冷的茶。她看見杯沿的胭脂漬，把茶杯轉了一轉，又有一個新月形的紅迹子，她皺起了眉毛，她的高價的嘴唇膏是保證不落色的，一定是楊家的茶杯洗得不乾淨，也不知是誰喝過的。她再轉過去，轉到一塊乾淨的地方，可是她始終並沒有吃茶的意思。（張愛玲〈留情〉）

這時坐在電視機下的一位少女，看來像個上班族，從提袋中好整以暇拿出手帕舖在腿上，伸手在袋中抓出一把瓜子，開始卡卡卡的嗑

【從容】舒緩悠閒的樣子。

【自若】態度自然如常。

【安詳】形容人舉止從容不迫。

【不動聲色】一聲不響，不流露感情。

【若無其事】好像沒有那麼一回事。形容神態鎮靜、自然。

【行若無事】舉止行為鎮定從容，彷彿沒有發生過任何事。

【行所無事】行為舉止從容，不慌不忙，好像沒有發生事情。

【從容不迫】沉著鎮定不慌張。

【好整以暇】原指軍隊步伐嚴整，從容不迫。後多形容在紛亂、繁忙中顯得從容不迫。

【不慌不忙】形容人舉止從容不迫。

【不疾不徐】不快不慢，形容能掌握事情進展的適當節奏。

5 放心與不放心

安心

【安心】無須掛念。

【安然】安定、平靜。

【塌心】心情安定。

【塌實】安定、安穩。

【踏實】切實認真。

【心安理得】行事合情合理，心中坦然無憾。

【高枕無憂】安臥閒適而無憂慮。

【安慰】心中感到快慰，沒有遺憾。

【欣慰】既高興又安慰。

【快慰】心裡痛快而感到安慰。

起來，時而噘著小嘴，把爪殼吐在手帕上，身子隨著車子的顛簸擺動，竟像風中的楊柳，無論怎麼晃動，總是從容優雅，早就將公交車當成長途客運了。（賴瑞卿〈在半坡的路上〉）

菜刀已經架在肚子上了，幸好希大桿子趕到，大喝一聲，嚇得操刀的住了手。他不慌不忙，喝了茶，洗了手，把閒人全部喝出屋外。一個多時辰以後，屋裡有啼哭聲了，他又不慌不忙地出來喝茶。眾人進去一看，娃崽已經接生出來，產婦居然平安。（韓少功《馬橋詞典・鄉氣》）

隔著門，仍能聽見從廚房傳來切菜有節的聲響，鍋碗碰撞的清脆，父親遊走廚房的腳步時而輕盈時而悶瑣，母親不若我們安心，頻頻探頭出聲：「別把碗砸破啊！」、「刀口不長眼！」（陳維鸚〈年夜飯後的元寶〉）

如今，小女孩已變大女孩，不會再跟我去澳門了。我只和她的母親同往，仍然只買最便宜的長鞭炮，仍然點燃，仍然聽那工作人員念念有詞。然而大女孩不在身旁，那種踏實感覺，終究打了八折。新年，從此有了一個缺口，補不回來了。（馬家輝〈新年的缺口〉）

【不安】心裡感到不安定。

【忐忑】ㄊㄢˇ ㄊㄜˋ，心神不寧的樣子。

【耿耿】心中掛懷、煩躁不安的樣子。

【惶惶】心中惶恐不安的樣子。

【鬧的慌】心中不安。

【七上八落】形容心情起伏，忐忑不安。

【坐立不安】形容焦急煩躁、心神不寧的樣子。

【忐忑不安】心緒起伏不定的樣子。

【惶惶不安】心中驚慌害怕，十分不安。

【惴惴不安】因害怕或是發愁而心神不安定。惴，ㄓㄨㄟˋ。

【如坐針氈】比喻心神不寧，片刻難安。

【芒刺在背】因畏忌而極度不安。

【心慌意亂】心中慌亂無主。

【心如懸旌】比喻心神不定，如搖晃的旌旗一般。

【六神無主】形容心神慌亂，拿不定主意。

【作賊心虛】比喻做了壞事怕人察覺而內心不安。

放心

【放心】安心。

【寬心】放心、安心。

【想開】凡事多從好的方面想，而不鑽牛角尖。

【想得開】豁達開朗，能化解心中的不滿與憂愁。

老頭摘下花盆，囁嚅著嘴和自己討論一會，決定掛它到窗帘旁邊。那樣不妨事也好看。但他馬上不安起來，似乎對別人家務如此自作主張很不妥。很快他將花盆掛回原處，自己換了只凳子坐。（嚴歌苓〈家常篇〉）

我們這一班被分配到城隍廟，就在大雄寶殿臺階下排排坐。另外兩班或者三班也在城隍廟，有的在註生娘娘那邊，有的在別的不知道甚麼神的龕前。我記得那段時期我上課總是忐忑不安的，香煙和金紙爐的氣氛令我持續處在一種恐懼的，神經質的境界。我不敢正視神祇的法相，尤其最怕進門左右兩邊站立的七爺和八爺。（楊牧《疑神》）

這一對夫婦在走進領事館之際，心中還十分猶豫。因為他們的遭遇實在太荒謬了，不會有人相信的，所以他們心中，十分惴惴不安。誰知道，他們找到了領事館人員一說，領事館人員的回答，更令他們目瞪口呆。（倪匡《迷路》）

沒有人知道安胎符出了毛病。自然也沒有人知道：林家的小娃娃出世之後，阿吉匆匆忙忙奔向村尾、探看究竟、以致跌斷門牙的原因如何。布袋戲班子逐漸消失在發往三塊厝的山路上，阿吉稍稍覺得寬心些——至少廖家的女人可以安然睡個午覺了。（張大春〈如果林秀雄〉）

擔心

【想不開】不達觀。
【擔心】掛念、不放心。
【操心】勞費心力、精神。
【揪心】擔憂、不放心。
【懸心】掛念、不放心。
【掛心】心中繫念。
【掛慮】心中掛念。
【顧慮】顧忌憂慮。
【牽心】心中牽掛。
【牽腸掛肚】比喻極為操心。

著急

【煩亂】煩雜紛亂。
【千頭萬緒】心緒紛亂。
【心勞意冗】心緒煩亂。
【茶飯無心】心思煩亂而無意於飲食。
【揪心】著急，擔心。
【著急】焦慮、急躁。
【發急】著急。
【情急】希望立刻避免或獲得某種事物而內心著急。
【焦急】極度焦慮發急。
【焦慮】緊張不安的情緒狀態。
【焦心】心中憂急愁煩。
【焦躁】心焦氣躁。
【焦灼】非常焦慮、著急。
【焦痲】焦慮、煩躁如亂痲般，難以整理。
【焦炙】非常憂慮、焦急。
【煎熬】內心受折磨而焦灼痛苦。
【燒心】非常焦急憂慮。
【掙扎】用力支撐或盡力擺脫。

她的敏銳，常令我發現自己的潛意識。我以為沒有人可以讀出我內心的憂傷和孤獨，我也以為自己已經完全克服了在感情方面的擔心，包括近日來發生在我和趙依晴之間的事情。沒想到她聽得出來。（吳若權〈三個夏天〉）

她總是昏昏沉沉，吃喝都沒有興致。就這樣，每年來一回，至少十幾天。她不像我，老是讓老人家操心，她從來都是安安靜靜的，生起病來也是，到她要出聲叫人的時候，大概已經痛苦不堪了。我過一會兒就要開個門縫看看她，幫著餵一點湯水。（亮軒〈甜美烈陽〉）

逢到他咳嗽得講不下去，她就會揪心地想到為什麼沒人阻止他吸煙？擔心他又會犯了氣管炎。（張潔〈愛，是不能忘記的〉）

羅定開始著急起來，但是他立即感到好笑，電梯如果停止不動了，也沒有甚麼大問題，何況再繼續向上升，電梯會升到甚麼地方去？至多升到頂樓，一定會停止的，難道會冒出大廈的屋頂，飛上天去？當羅定一想到這一點的時候，他笑了起來，笑自己可能太緊張了，所以感到時間過得慢。（倪匡《大廈》）

妳張開眼時，他起身出去。妳聽到他在客廳開燈，翻抽屜，到廚房輕壓熱水壺，接著注入半杯礦泉水，妳看他走進房間，哆嗦著身軀，為妳拿了杯溫水，手掌中放了一粒普拿疼。妳一口氣喝下半杯開水，要他先睡，自己把杯子帶回廚房。他在妳的額頭輕輕親了一下，眼神帶著關切與焦慮，好像在說他能做的也就是這樣了。（蔡詩萍〈妳很清楚身為女人一輩子的烙印〉）

究竟有誰能自詩的字裡行間真正捕捉當時折磨著他的焦痲不安？

內心承受煎熬、苦痛。

【心急】心中焦躁不耐煩。

【心焦】心中焦慮急躁。

【性急】性情急躁。

【五內如焚】五臟如被火焚燒一般。形容非常焦慮。

【火燒火燎】心中焦急，如著了火一般。燎，ㄌㄧㄠˊ。

【油回磨轉】形容人心情焦急，手足無措的樣子。

【油煎似的】形容內心受到的焦慮、煎熬，如同在鍋中被煎煮的食物般。

【腹熱腸荒】焦急慌亂。

【熱鍋上螞蟻】陷入困境，手足無措、坐立不安貌。

【乾急】心中白白著急，卻無法可施。

【乾瞪眼】形容在一旁著急，卻又幫不上忙。

【急赤白臉】焦慮急躁，臉色難看。

【心急火燎】心中十分焦急，如著了火一般。

【搓手頓腳】形容極為焦急或不耐煩時的動作。

【抓耳撓腮】抓抓耳朵，搔搔腮幫子。形容人在喜悅、生氣、焦急或苦悶時的神情。

6 熱情與冷淡

熱情

【熱情】感情熱烈。

【熱心】比喻人富同情心，或做事積極。

【熱腸】形容樂於助人、積極

讀詩能理解什麼？字、意象、聲調昂抑之外，還有詩人背後掙扎的心麼？（楊照〈夜雨〉）

也就是說，沒有挫折，沒有坎坷，沒有望眼欲穿的企盼，沒有撕心裂肺的煎熬，沒有痛不欲生的癡癲與瘋狂，沒有萬死不悔的追求與等待，當成功到來之時你會有感慨萬端的喜悅嗎？（史鐵生〈好運設計〉）

四天前，在左營高鐵站等候墾丁快線時，我們三人邂逅了。這條快線五月才開始營運，結果六點的班次遇到下班車潮耽擱了。我和他們夫妻都是第一次搭乘，等得心急，因而意外地結緣。（劉克襄〈恆春河北人〉）

從早到晚，從朔到望，那一顆心哪，就像油煎似的；以油煎比喻，並無言過，那種凌遲和折磨，真個是油煎滋味！（蕭麗紅《千江有水千江月》）

我是明白的，熱血青年們覺得廣東話近年受到內地官方壓迫，焦慮了，緊張了，由之激化對立，有人在抗議時高舉標語，囂張地說，「廣東人講廣東話，唔識聽就返鄉下」，把其他語言社群排斥在外。對的，廣東人講廣東話，半點不錯，完全有權，可是，唔識聽的人為

做事的個性。

【古道熱腸】形容待人仁厚、熱心。

【熱忱】誠摯熱心。

【熱誠】熱心誠懇。

【熱血】願意為理想、抱負犧牲一切的熱情。

【狂熱】對某種事物懷有極度熱情。

【親熱】親近熱絡。

【多情】富於感情。

【感性】一種個人風格。易表露情感，重視人際關係的和諧。相對於理性而言。

【浪漫】富有詩意，充滿感性氣氛。

【羅曼蒂克】充滿感性氣氛。為英語 romantic 的音譯。

冷淡無情

【冷】淡漠、不熱烈。

【冷淡】冷落、不親熱。

【冷漠】冷淡、不親熱。

【淡漠】冷淡、冷漠。

【淡薄】平淡、清靜。

【漠然】不關心或不相關。

【淡然】不在意、不經心。

【淡淡】態度不熱烈、冷淡的樣子。

【冷冰冰】形容態度冷漠、嚴肅。

【冷若冰霜】形容態度極冷淡。

什麼要被迫返鄉下呢？（馬家輝〈沒有人是贏家〉）

臉書讓我狂熱至極。對我這個愛聽歌的人來說，臉書實在有太大的功用，聽到好聽的歌，馬上就可以貼出來給大家聽，對我這個性害羞內向的人來說，著實透過一首歌說出我內心的小祕密，搶先所有人貼了一首好聽的歌，小小的優越感頓時爆衝。（陳誌哲〈按下最後一個讚〉）

他的藝術是把一切最好的可能表現出來，沒有不及，更沒有任何誇張，好像那是所有樂器的本來面目，圓號（Horn）本來就該那麼亮麗，長笛（Flute）就是那麼婉轉，巴松管（Bassoon）就該那麼低沉，豎琴（Harp）就該那麼多情，雙簧管（Oboe）就該那麼多辯，單簧管（Clarinet）像個害羞的演說家，遇到機會也會滔滔不絕起來，讓人知道它也能長篇大論……，原來那是它們的當行本色，以前被作曲家埋沒了，現在有人讓它好好展現，終於讓人驚訝於它的天顏。（周志文〈聽莫札特〉）

不過，對他來說，龜島並不是隨時可以和朋友分享的，即使細管也是。有一次細管找不到他，自己游到島上看看，發現他躺在那裡發呆，小里對他的出現很冷淡，沉默不說話，細管看他悶不吭聲，又跳進海裡游走。（花柏容〈龜島少年〉）

母親髮上的顏色給了我／又還為原來的白／父親眼中的神采傳了我／復現歸隱的淡然／一個很美的名字／我過份依戀的地方（萬志為〈家〉）

身邊只有母親和我，母親為她更衣，我替她梳頭，其實她已無髮

【漠不關心】冷冷淡淡，毫不關心。

【漠然置之】冷淡不在意，將事物放置一旁。

【冷眼】冷淡、輕視。

【無情】沒有感情。

【薄情】寡情。

【寡情】缺少情感。

【無動於衷】對應該關心的事毫不關心，心裡一點也不受感動。

可梳，頭禿得厲害，一陣鬱悶，躲進房間發楞，母親因此怪我薄情。每當她需要我的時刻，我就是無情以對，多麼難理解的感情，不能得到她的愛，比得不到母親的愛還痛苦。（周芬伶〈老電影〉）

本來只弄鋤頭過日，連小可（細微）的雞母相踏都要引為話柄的田庄人，一經歷遊島都和博覽會場，好比遊月宮回來還要歡喜，大讚而特讚著，引得不得去的人，羨慕萬分。斗文先生雖然無動於衷，但每次聽著他們的稱讚，免不得總要傾耳細聽。然而可怪而又使他失望的，是從他們口裏所出的臺北市街大都不是昔日的地名了。（朱點人〈秋信〉）

7 發洩與克制

發洩

【洩】發散、發抒。

【發洩】放散出來。

【宣洩】疏通發洩。

【抒發】表達、發抒。

【抒情】抒發感情。

【動情】發生情感。

【盡情】儘量滿足自己的情感，不受拘束。

【忘情】放縱感情，失去節制。

【縱情】盡情放縱。

【傾洩】形容豐富的情感如水般大量流洩而出。

【不吐不快】心中的事不吐露發洩會感到不暢快。

我們早已不相信詩是全部感性的產物了，我們相信理智和知識是檢驗感性幻想的基礎，何況就像你的作品所宣洩的，感性縱使一定見於田園山水，也見於都市的白晝和暗夜——這裏的一切同樣動人，通過你理智和知識的檢驗，催化為藝術的結構，含蘊著大小適度的主題，以準確的修辭細節表現出來，完成一首詩。（楊牧《一首詩的完成・生存環境》）

在這晚之前，她已經連續看了七個下午的天光戲，第一天破台祭白虎，優天影粵劇團的武生姜俠魂，扮演伏虎的趙公明，倒騎被打敗的白虎揚長下場，台下黃得雲忘情的拍手叫好。散戲後，她在戲棚後台一棵矯健如龍的紅棉樹下找到了他，姜俠魂的武生柳綠綢褲波浪起伏，撩撥投向他的目光。（施叔青《她名叫蝴蝶》）

克制

【克制】克服抑制。

【遏止】阻止、防制。

【抑制】壓抑控制。

【抑止】壓制遏止。

【壓抑】抑止或限制自己的情感、思想和行為。

【自持】自我控制。

【自制】對自己的欲望、情感、行為加以約束，不使越出常軌。

【按捺】抑止、忍耐。捺，ㄋㄚˋ。

【捺定性子】壓住脾氣。有忍耐、勉強的意味。

【抑塞】此作壓抑堵塞。

【平】壓抑。

【憋】壓抑、強忍著。

【強忍】強迫忍住。

【克服】克制、制服。

【刻意】克制，不放縱。

【斂戢】自我約束、克制行動。

【沉住氣】克制情緒、壓抑脾氣，保持鎮靜。

【欲不可從】自我控制，壓抑、不順服個人的欲望。

【謙克】謙讓自制。

忍耐

【忍】抑制、強抑。

【忍耐】按捺住感情或感受，不使發作。

【忍受】忍耐承受。

到歐菲斯這把年紀，談不上有錢有勢，卻總比年輕人有些閒有些錢有些成熟有些體貼，沒有一點外遇機會的，還真是不多呢。差別只在，有些男人克制功夫好，輕輕沾一下，即時就脫身，絕不讓外遇破壞了現有的家庭生活。（蔡詩萍〈女人即使外遇也認真得讓男人驚懼〉）

當她送我到劇校時，眼淚不能遏止地如斷線的珍珠，或許她已經聽聞，要變成一個唱戲的角兒，不知道要挨多少的鞭子，〔……〕（吳興國〈自我學戲的那天起〉）

第一次他到黃家來做客，戴禮帽，衣飾得體，宴席上十分沉默，黃得雲以為英國人到華人家中做客，不肯輕易開腔，唯恐有失身分。後來有了來往，才發現他拘謹自制，控制自己的感情，也不善於辭令。（施叔青《寂寞雲園》）

在這樣愕然相對的情形下，雖然經過短短的瞬間，卻使雙方的內心焦灼起來，按捺不住心裡頭的緊迫，急著想打破眼前僵楞的氣氛。（黃春明〈甘庚伯的黃昏〉）

至於我的心裡麼，好像沒有憋著什麼東西。你看，窗外的雪花，又飄搖灑落得紛紛揚揚了，我覺得自己的心，現在是一片雪後的寧靜狀態。（謝魯渤〈一個法官的日常生活〉）

山腰小路的盡頭，得穿過別人家的廚房，回到重建街，然而你們走避不及離開這條最老的街道，忍受著重回現實穿過魚鮮攤豬肉鋪、終年炸魚酥的大油鍋、雍正年間建廟的福佑宮，小心別被客運撞到的走在窄小的中正路上，不會太遠，你們像回到家似的熟門熟路拾級而

【容忍】包容、忍耐。

【收撮】按捺，抑制。

【禁架】把持，忍耐。

【隱忍】忍耐著不動聲色。

【吞氣】忍耐委曲。

【受悶氣】受了冤屈、羞辱，強自忍耐而不敢發作。

【忍辱求全】忍受屈辱以顧全大局。

【唾面自乾】比喻逆來順受，寬容忍讓。唐代婁師德勸弟弟，別人吐口水到臉上時，不擦讓它自己乾。典出《新唐書．婁師德傳》。

【忍氣吞聲】受了氣也強自忍耐，不敢作聲抗爭。

【氣忍聲吞】受了氣也強自忍耐，不敢作聲。

【逆來順受】以順從的態度接受惡劣環境或不合理待遇。

【低聲下氣】因謙卑或者懼怕，口氣順從小心。

【唯唯諾諾】順從而無所違逆。

【讓三分】禮讓一些或忍耐一下。

受限

【束縛】拘束或限制。

【制約】限制約束。

【拘囿】拘泥局限。囿，一ㄡˋ。

【拘縶】牽絆。縶，ㄓˊ。

【囿限】局限。

【枷鎖】比喻束縛、壓迫。

【桎梏】束縛。梏，ㄍㄨˋ。

【牽掣】牽纏受制，行動不能自由。亦作「牽制」。

【牽縈】牽纏羈絆。

【圈禁】牽絆、限制。

【樊籠】鳥籠。比喻束縛不得自由。陶淵明〈歸園田居五首之一〉：「久在樊籠裡，復得

上渡船口正對的窄巷……（朱天心〈古都〉）

不任性的人，怎麼能維持健康的精神狀態？他隨時都在妥協、隨時在抑制自己，其不快或隱忍究竟能支撐多久？（舒國治〈一個懶人的生活及寫作〉）

三藏聽言，心中暗道：「可憐啊！我弟子可是那等樣沒脊骨的和尚？」欲待要哭，又恐那寺裡的老和尚笑他，但暗暗扯衣揩淚，忍氣吞聲，急走出去，見了三個徒弟。那行者見師父面上含怒，向前問：「師父，寺裡和尚打你來？」唐僧道：「不曾打。」八戒說：「一定打來；不是，怎麼還有些哭包聲？」那行者道：「罵你來？」唐僧道：「也不曾罵。」行者道：「既不曾打，又不曾罵，你這般苦惱怎麼？好道是思鄉哩？」（明．吳承恩《西遊記》）

依然明明白白的「承恩」兩字鐫刻在門楣之上，那種中國人昔時無可救藥的，甘受制約的奴性在這座大清國最後的封建體制的城門上顯露無遺：究竟承誰的恩？感誰的德？（林文義〈在護城河右岸〉）

我的心也同樣的感受了不知是年歲還是什麼的拘縶。動的現象再不能給我歡喜，給我啟示。（徐志摩〈自剖〉）

你的用功嗜書影響了我對讀書的觀念，不囿限在課堂的教科書、不在乎學校的成績，只尋找跟自己興趣相投的古人。（鄭明娳〈站在你的視域之內——寫給沈謙老友〉）

他是自由主義者，他反對宗教，反對權力，反對加上人類身上的

返自然。」或作「牢籠」。

【纏縛】束縛。

選擇

【選取】挑選取用。

【抉擇】選擇。

【拔取】選拔、任用。

【物色】挑選；尋找。

【挑揀】挑選。

【採用】挑選取用。

【採擇】選用。

【推選】推薦選拔。

【揀選】挑選，選擇。

【篩選】原指利用篩子選揀。後指在同類事物中淘汰不需要的，留下需要的。

【擇優】選擇優異、傑出的。

【拔尤】選取才能特出的人。

【抉摘】選取精要。摘，ㄊㄧˋ。

【羈絆】受牽制而不能脫身。

【達德】選拔錄用有才德的人，「尊賢達德」。

【選拔】挑選優秀的人才。

【去蕪存菁】去除雜亂，保留菁華。

【爬羅剔抉】蒐集極廣博，選擇極正確。爬羅，蒐集。剔抉，經過篩選後，選擇精良的。韓愈〈進學解〉：「爬羅剔抉，刮垢磨光。」亦作「爬梳剔抉」。

【舉要刪蕪】選取重要的，而去除冗雜無條理者。指應抓住重點。

經濟的和思想的一切桎梏，那麼他為什麼那樣苦苦地祈禱呢？（陸蠡〈獨居者〉）

三年前，她生父過世，母親託幾個媒人物色，總算嫁上一個走江湖的，他的確壯，至少看起來不會像她的短命老子死得太快；〔……〕（張瀛太〈飛來一朵蜻蜓花〉）

想起自「小豆子」搖身變了「程蝶衣」，半點由不得自己作主：命運和伴兒。如果日子重頭來過，他怎樣挑揀？（李碧華《霸王別姬》）

你和某個農村或城市的關係，你和大自然的關係，能最直接的交流，沒有任何的中介，這樣，一切都經過你頭腦的篩選和儲存，顯然，這種記憶會深刻、連續而富有立體感。（劉湛秋〈單人旅行〉）

當年五岳劍派與魔教十長老兩度會戰華山，五派好手死傷殆盡，五派劍法的許多精藝絕招，隨五派高手而逝。左冷禪彙集本派殘存的耆宿，將務人所記得的劍招，不論精粗，盡數錄了下來，匯成一部劍譜。這數十年來，他去蕪存菁，將本派劍法中種種不夠狠辣的招數，不夠堂皇的姿式，一一修改，使得本派一十七路劍招完美無缺。（金庸《笑傲江湖》）

每一次人生的關鍵時刻，每一次大大小小的抉擇，其實都是一個能不能自我戰勝、能不能超脫的過程。（冰心〈喜讀《超越自我》〉）

去除

【勾消】勾除取消。亦作「勾銷」。
【扼殺】抑制，使其無法生存、發展。
【抹煞】消除，勾消。
【芟除】除去，消滅。芟，ㄕㄢ。
【拋卻】拋棄，放棄。
【拔除】拔掉，去除。
【革除】消去。
【消弭】消滅，停止。
【祛除】除去，消除。祛，ㄑㄩ。
【除汰】除去、淘汰。
【淘汰】經由選擇或競爭，剔除無用低劣的人或物。
【棄捨】放棄丟開。
【摒棄】排除、捨棄。摒，ㄅㄧㄥˋ。
【肅清】完全清除。
【滅絕】消滅、斷絕。
【撇棄】丟開、拋棄。
【撤銷】撤回，取消。
【滌盡】去除淨盡。
【蕩滌】清洗，洗除。
【蠲免】免除。蠲，ㄐㄩㄢ。
【打退堂鼓】比喻放棄、半途而廢。

眼見得這人也結連梁山泊，通同造意，謀叛為黨，若不祛除，必為後患。（明．施耐庵、羅貫中《水滸傳》）

若我們兩人之間，只有一個夢能夠成真，我願意那是你的夢。如此，則我的夢縱然憔悴、滅絕，我也心甘情願。（鍾曉陽〈哀歌〉）

一到家，他母親大聲宣布蠲免媳婦當天的各項任務，因為她丈夫回來了。媳婦反而覺得不好意思。她大概因為不確定他回來不回來，所以在綢夾襖上罩上一件藍布短衫，隱隱露出裡面的大紅緞子滾邊。（張愛玲〈五四遺事——羅文濤三美團圓〉）

歷史和舊文化，我們應該批判的接受，作為創造新文化的素材的一部，一筆抹煞是不對的。（朱自清〈文物．舊書．毛筆〉）

今天淘汰了昨天的生活方式，下午提高了上午的文化程度。生活和文明瞬息萬變，變化多得歷史不勝載，快到預言不及說。（錢鍾書〈上帝的夢〉）

忍不住

【忍不住】不能忍受。
【禁不住】抑制不住。
【不由得】忍不住、不能自制。
【難忍】難以忍受。
【難耐】無法忍耐。
【忍無可忍】忍耐到了極點，無法再忍受。

當有學生忍不住在私下聊天時問起，老師，妳看來這麼溫和，當年怎麼會參加學運呢？我有時不想回答，有時也許就說，一切都要怪二十年前的那一天，黃昏的校門口，那首叫做「美麗島」的歌是如此迷離與動人。（范雲〈那個黃昏，第一次聽到美麗島的歌聲〉）

禁受、受不住

【耐】忍受、承受。

【禁受】忍受。

【承受】接受。

【禁得住】承受得了。

【禁得起】承受得住。

【禁不住】承受不起。

【禁不起】承受不住。

【不禁】控制不住，禁不起。

【不由得】忍不住、不能自制。

【由不得】不禁、不得不。

【不由自主】不能自制，由不得自己。

【不能自已】無法控制自己激動的情緒。

【禁當】擔當承受。

【忍受】勉強承受。

【把持不住】忍耐不下去，無法控制。

【耐不住】忍耐不了。

【吃不住】承受不起、忍受不了。

【吃得住】支撐得住、承受得起。

8 愛

愛

【愛】喜好、親慕。

【熱愛】十分喜愛。

【深愛】深深的喜愛。

【厚愛】深愛。

【摯愛】真誠的愛。

【敬愛】尊敬愛慕。

晃蕩久了，我們也都知道夜市旁有一條巷子，兩旁全是妓女戶，因此聽到這一則夜市奇譚時，大家不禁全身發冷，起一陣雞皮疙瘩，彷彿親眼目睹女孩無助哭泣的身影，而那個貌似和善的中年婦人出現在街尾，正一步步向她走來，背景則是夜市打烊之際、一片漸漸熄滅的朦朧燈火……。（郝譽翔〈暗影〉）

對雨雪的崇拜和眷戀，最早也許是因為我所生活的陝北屬嚴重的乾旱地區。在那裏，雨雪就意味著豐收，它和飯碗密切相關——也就是說，它和人的生命相關。小時候，無論下雨還是下雪，便會看見父母及所有的農人，臉上都不由自主地露出喜悅的笑容。要是長時間沒有雨雪，人們就陷入愁苦，到處是一片歎息聲，整個生活都變得十分灰暗。（路遙《早晨從中午開始》）

法國鋼琴家提鮑德（Jean-Yves Thibaudet）來自相當特殊的德法聯姻家庭。兄姐皆是父親前妻的子女，和他年齡差距也大，對這小弟卻甚為疼愛。只要提鮑德在家鄉里昂開演奏會，哥哥一定參加：「有好幾次我在台上演奏，只見哥哥坐在底下出神地欣賞，音樂結束後淚流滿面不能自已——這是最令我感動的鼓勵了！」（焦元溥〈你如何聽音樂？〉）

說班雅明喜歡筆記本不足以形容。他這個人的相當部份，便在那些筆記本裡。他在裡面捕捉飛動的印象和靈思，搜集現實和歷史的零碎與破爛，加以組織歸納，並做寫作規劃，一條條清清楚楚。完成的部份橫線劃掉，不足的再加以補充。他熱愛這些筆記本，也許可說沒它們他就不是班雅明了。（張讓〈班雅明的筆記本〉）

【博愛】平等遍及眾人的愛心。

【友愛】互相親愛。

【疼】愛憐。

【疼愛】關切憐愛。

【戀愛】兩人彼此互相愛悅。

【愛戀】喜愛、留戀。

【戀慕】愛戀、仰慕。

【愛慕】喜愛仰慕。

【專情】對某一對象的情感十分專一。

【濫情】未經選擇考慮，就輕易的付出關懷或情感。

【花心】風流。

【偏疼】對於某人特別疼愛。

【憐愛】憐惜、疼愛。

【愛撫】關愛撫慰。

【孺慕】本指小孩子愛慕父母，後多指對人或事深切依戀愛慕之情。

【老牛舐犢】老牛愛護小牛。比喻人愛自己的子女。

【愛屋及烏】因為愛一個人，連帶的也愛護停留在他屋上的烏鴉。

【歡心】歡悅喜愛的心情。

其實員工大部份尊敬她，她處事公平。亦有部份私淑她，盼望未來能經營像她那樣格調的生活。還有部份戀慕她，唯她像絕壁高花之不可攀折，故不發生危險和麻煩。這些都帶給她壓力，也帶給她動力，日日新妝妙顏，鼓舞士氣。（朱天文〈日神的後裔〉）

我因為愛屋及烏，見不到張愛玲，見見胡蘭成也好。真見到了，也一片茫然，想產生點嗟悵之感也沒有，至今竟無記憶似的。父親卻不，會面回來他非常澎湃，寫了篇致張愛玲信，〈遲覆已夠無理〉，覆的是三年前張愛玲那封談賴雅開刀住院的信。（朱天文《花憶前身．懺情之書》）

木蘭花揚了揚眉，表示了她想知道大滿斷手的經過，白素立即用最簡單的方法告訴了木蘭花，也聽得木蘭花驚詫不已，吁了一口氣：「我明白了。大滿雖然斷了手，可是對鐵頭娘子的戀慕之情不滅，他到苗疆去，是去找鐵頭娘子的。」（倪匡《繼續探險》）

寵愛

【寵】溺愛。

【寵愛】特別偏愛。多用於上對下。

【寵幸】寵愛。

【嬌寵】寵愛。

【鍾愛】特別疼愛。

【寶愛】珍惜喜愛。

【溺愛】過分寵愛。

【嬌慣】縱容、溺愛。

【嬌養】溺愛、縱容。

【嬌縱】縱容、溺愛。

【嬌生慣養】從小被寵愛、縱

不過我看過她養的一條金魚——正如同她寵愛每個小輩的方式，在母親和保姆鎮日慷慨餵養之下，那條金魚在沒有競爭對手的優勢中很快就長得又肥又大；懶洋洋地獨居在圓玻璃缸裡，看見有人走過才活潑地游近前來。母親得意地說金魚認得她，是對著她游過來的。（李黎〈夢中的貓咪〉）

她是天生應該受嬌寵的。因為我們一齊嬌慣她，依順她，而她卻一點也沒有因溺愛而得到什麼壞脾氣。（鹿橋《未央歌》）

我們容易偏愛溺愛濫愛，感情更需要嚴明的尺度，否則容易迷失

容，沒受過折磨、歷練。亦作「慣養嬌生」。

【疼愛】憐愛、心愛。

【寵嬖】寵愛。

【痛愛】非常憐愛、疼愛。

【憐愛】憐惜、疼愛。

【親愛】情感深厚。

【放縱】縱容，不加約束。

【暱愛】非常的疼愛，百依百順。

【摯愛】非常珍愛的人或事物。

有趣、無趣

【有趣】有趣味，能引起好奇或歡樂。

【風趣】非常幽默、詼諧。

【滑稽】詼諧有趣的言語、動作。滑，ㄍㄨˇ。

【幽默】詼諧風趣意味長。

【詼諧】談話風趣、幽默。

【俳諧】詼諧。

【幽默】含蓄而充滿機智的辭令，使聽者發出會心一笑。為英語 humour 的音譯。

【發噱】指發笑。噱，ㄐㄩㄝˊ。

【哏】ㄍㄣˊ，可笑有趣。

【好玩】有趣。

【有意思】有趣，耐人尋味。

【逗趣】以有趣的言語、舉止使人發笑。

【津津】形容興味濃厚的樣子。

【妙趣橫生】美妙的意趣層出不窮。

【耐人尋味】意味深遠雋永，值得人反覆咀嚼、體會。

【無趣】沒有趣味。

【乏味】無味、沒趣味。

自找。更何況我們只有一個母親，當然會把一百分的期望放在她身上；而母親卻有七個子女，她只能平分她的愛，縱使我得到的愛只有七分之一，也遠比我給母親的愛多得太多。（周芬伶〈淡淡春暉〉）

小家庭這樣組織起來了，你雖不是什麼闊小姐，可也是自小嬌生慣養的。做起主婦來，什麼都得幹一兩手；你居然做下去了，而且高高興興的做下去了。菜照例滿是你做，可是吃的都是我們，你至多挾上兩三筷子就算了。（朱自清〈給亡婦〉）

在衣著和表情上，她不那麼絕對日本風味，她是國際的。在生活品味上，她有著那麼一絲「雅痞」的從容和講究，又是個深具幽默感的人。不但如此，金錢上亦是慷慷慨慨的一個君子。我從來沒有在日本人之間看過這麼出眾的女子。（三毛〈春天不是讀書天〉）

他聽著放牧員們詼諧的對話和粗野的戲謔，驚奇他們對勞動、對生活並沒有他那麼多複雜的感情，他對自己的這種新體驗感到驚奇。（張賢亮〈靈與肉〉）

對於這種抗議，父親通常沒有反應，應該說不知如何反應，他自己的母親曾經為了抗議離家二十年之久，他習慣了。因此母親只有無趣地自動回來。記得有一次在街口玩，看到好幾天不見的母親突然出現，手裡拎個包袱，她牽著大姊跟我，各給我們一個牛博士泡泡糖，我那時還覺得挺高興的，離家出走後總會得到額外的禮物，一個牛博士泡泡糖要五毛錢哪！（周芬伶〈玫瑰花嫁〉）

但回到家，還是只有我一人。我在黑夜中摸索著，打開了燈，亮晃晃的光，卻叫人更寂寞得難受。我縮在椅子裡哭著，哭到連自己也

【無味】無滋味、趣味。

【索然】乏味、落寞。

【倒胃口】本指吃多了、吃膩了或看到噁心的東西而沒有食慾。後用來比喻對事情沒有興趣而排斥。

興趣

【興】趣味、情致。

【興趣】喜愛而樂於從事。

【胃口】興趣。

【興味】趣味。

【興頭】興味正濃。

【興致】趣味。

【興會】興味、情致。

【意興】意思、興味。

【雅興】風雅的興致。

【豪興】極高的興致。

【餘興】未完的興致。

【趣】興味。

【趣味】興趣意味。

【情趣】情意、趣味。

【樂趣】趣味、情趣。

【生趣】生動有趣。

【幽趣】幽雅的趣味。

【閒情逸趣】閒適安逸的情趣。亦作「閒情逸致」。

【勁】興趣。

【起勁】情緒熱烈，興致高昂。

【興起】興致高昂。

【好奇】對於自己所不了解的人事物，覺得新奇而感興趣。

【興致勃勃】興趣濃厚的樣子。

【興高采烈】興致勃勃，情緒熱烈的樣子。

【生趣盎然】生動活潑而充滿趣味。

【興致勃發】興趣濃厚。

乏味了，才抬起頭來，靠著冰冷的水泥牆壁發呆。然後我拿起電話，第一次撥了那個交友的號碼。（郝譽翔〈最壞的時光〉）

端午的龍舟粽子是不可少的，有幾個人想到那「露才揚己怨懟沉江」的屈大夫？還不是舊俗相因虛應故事？中秋賞月，重九登高，永遠一年一度的引起人們的不可磨滅的興味。甚至臘八的那一鍋粥，都有人難以忘懷。至於供個人賞玩的東西，當然是越舊越有意義。（梁實秋〈舊〉）

後來長大一點，有幾次跟著父親到海邊釣魚，父親很愛海，他到海邊便換了另外一個人似的，原本木訥的他，變得風趣起來。他自己常常置身在浪濤中，卻告誡我不能靠近海，只能在沙灘上堆沙或撿貝殼。所以說，海跟有魚可吃的大池塘並無兩樣。（周芬伶〈海國〉）

我在京的時候，記得有一天，為東方雜誌上一條新聞，和朋友們起勁的談了半天，那新聞是列寧死後，他的太太到法庭上去起訴，被告是骨頭早腐了的托爾斯泰，說他的書，是代表波淇窪的人生觀，與蘇維埃的精神不相容的，列寧臨死的時候，叮囑他太太一定得想法取締他，否則蘇維埃有危險。（徐志摩〈歐遊漫錄——西伯利亞遊記〉）

那農婦罵一句，林平之退一步。那農婦罵得興起，提起掃帚向林平之臉上拍來。林平之大怒，斜身一閃，舉掌便欲向她擊去，陡然動念：「我求食不遂，卻去毆打這鄉下蠢婦，豈不笑話？」硬生生將這一掌收轉，豈知用力大了，收掌不易，一個踉蹌，左腳踹上了堆牛糞，

【有意思】有趣，耐人尋味。
【意趣】意思趣味。
【志趣】指人的心志的趨向和興趣。

腳下一滑，仰天便倒。（金庸《笑傲江湖》）

喜好愛好

【喜歡】喜愛。
【喜愛】喜歡愛好。
【歡喜】喜愛。
【心動】動心。
【心愛】最喜愛。
【偏愛】在眾多的人或事物當中，特別喜愛某一個或某一件。
【鍾愛】特別疼愛。
【喜好】愛好、喜歡。
【愛好】喜好。
【嗜】喜好，愛好。
【熱中】沉迷、熱切的希望得到。
【酷愛】非常喜愛。
【愛不釋手】喜歡到捨不得放手。
【欣賞】喜愛、賞識。
【好尚】愛好和崇尚。
【嗜好】特別深的愛好。
【口味】對事物的愛好。
【脾胃】人的性格。
【癖好】對某事物有特別的興趣及喜好。
【癖性】個人特有的嗜好、習性。
【怪癖】特殊的習慣或喜好。
【癖】成為習慣而不易戒除的嗜好或癖好。
【癮頭】嗜好某種事物，迷戀成癖，因而常常有想接近、想做的念頭。
【上癮】特別喜愛或慣用某種事物，而成為癖好。

我之愛歌，大概是跟愛人有關。器樂是天籟，聲樂是人籟，器樂能夠發出人聲不能達到的境地，但那畢竟是機器的聲音，而歌聲卻美在它的有限——它從人的心肺，柔柔長長地牽引出來，那是有血有肉，活生生的聲音，我是不能不私心偏愛它的。（周芬伶〈隱約之歌〉）

記得母親在世時，這個季節最喜歡用小炭爐，熬一鍋蘿蔔排骨湯，放幾粒魚丸，再撒少許芫荽，這是她冬天的最愛。夏天，則喜歡用綠竹筍煲水，也不放其他配料，就這樣清清淡淡煲出甜味來。很難想像她這樣性烈如火而又愛憎分明的人，竟一輩子鍾愛這兩樣簡單清澈的食物。（賴瑞卿〈母親的哭聲〉）

嘗試各種口味後，我特別欣賞甜度及苦度各兩顆星以下、香度四顆星以上的種類：伯爵茶，入口即茶香四溢；櫻桃白蘭，淡淡的酒香配上濃郁的果味，人間少有的滋味……（彭小妍〈改變人生的體驗〉）

所以弔古——尤其是上墳——是中國文人的一個癖好。這癖好想是遺傳的；因為就我自己說，不僅每到一處地方愛去郊外冷落處尋墓園消遣，那墳墓的意像竟彷彿在我每一個思想的後背攔著，——單這饅形的一塊黃土在我就有無窮的意趣——更無須蔓草，涼風，白楊，青燐等等的附帶。（徐志摩〈歐遊漫錄——西伯利亞遊記〉）

在巴黎辦完公事後，還留下近一週的時間，也許是在巴黎的 Brasserie Lipp 吃阿爾薩斯菜吃出了癮頭，就決定搭二〇〇七年才通車的 TGV 高鐵去阿爾薩斯重溫舊夢一番。我上回去阿爾薩斯，當時從

【熱愛】十分喜愛。

【熱情】熱烈的情緒。

【愛不忍釋】喜愛得捨不得放手。

【滿腔熱情】心中充滿熱忱。

【酷嗜】非常喜愛。

【癖嗜】個人特有的喜好、習性。

迷戀

【迷戀】入迷愛戀。

【留戀】有所眷戀而捨不得。

【貪戀】貪求眷戀。

【依戀】眷戀、思念。

【眷戀】思戀愛慕。

【留連】徘徊不忍離去。亦作「流連」。

【低回】留戀徘徊。亦作「低迴」、「低徊」。

【依依】留戀不捨的樣子。

【依依不捨】非常留戀，捨不得分離。亦作「戀戀不捨」。

【難分難解】關係親密，情意極濃，難以分離。

【樂不思蜀】蜀漢亡後，後主劉禪被送往洛陽，司馬昭設宴待禪，作蜀漢故技於前，禪樂在其中，司馬昭因而問禪：「是否思蜀？」禪答：「此間樂，不思蜀。」後比喻樂而忘返或樂而忘本。

【戀棧】比喻貪戀祿位。

【狂熱】對某種事物懷有極度熱情。

【戀戀不捨】十分留戀、愛慕，捨不得離開。

巴黎東站還沒有 TGV 直通歐盟議會所在地的史特拉斯堡，原來是因為阿爾薩斯省民屢屢在公民投票時否決了高鐵的興建，理由是不想縮短和巴黎的車程距離，這種心態當然跟歷史上屢屢做兩面不放心的夾心人有關。（韓良露〈阿爾薩斯味覺之冬〉）

藉口是一種消除自怨自責的止痛劑，愈用愈上癮，用量愈大，最後不但沒能治病，它本身便成了絕症。（亮軒〈藉口〉）

那個醫學院的學生告訴我，在解剖學的課上，他看著老教授的禿頭，聽著他用冷靜的聲音講孔德哲學和實驗研究的結果，感到一種前所未有的迷戀。當時的我無法了解，一個年輕人何以會對禿頭、稀疏的頭髮產生情慾上的迷戀，因為那並不是我會迷戀的東西。這就是孤獨感的一個特質——旁人無法了解，只有自己知道，而因為我們不了解，就會刻意將它隔離，於是整個社會的孤獨感因此而破碎。（蔣勳《孤獨六講・情慾孤獨》）

我在太倉坊只住了一年，匆匆搬來又匆匆搬走，現在回想起來還是十分地留戀。那時夜裡，我常常站在小陽臺上朝弄口看，鱗次櫛比的屋頂下一扇扇窗洞裡還閃爍著昏暗的光，聽人聲，得人氣，我總會莫名地感動起來。（陳思和〈里弄〉）

那時候的夏天比現在熱得多，吃罷午飯，滿身大汗，什麼也顧不上，扔下飯碗便飛快地跑上河堤，一頭扎到河裡去，扎猛子打撲通，幾個小時不上來。這行為本是游泳，但我們把這說成是洗澡。在河裡泡上一晌午頭，等到大人們午睡起來，我們便戀戀不捨地爬上岸，或是去上學，或是去放牛羊。（莫言〈洗澡〉）

【迷】沉醉、陶醉。
【沉迷】沉醉迷戀。
【著迷】極端迷戀。
【入迷】專注於某種事物，心無旁騖。
【沉溺】沉迷。
【沉湎】沉溺、沉迷。
【耽溺】沉溺、入迷。
【入魔】專注迷戀於某事物，到了失去理智的地步。
【著魔】形容受某種事物吸引而不能自制。
【瘋魔】入迷得如瘋子。
【熱中】此作醉心、沉迷。
【沉醉】醉心於某種事物或意境。
【陶醉】沉迷、醉心。
【心醉】傾倒愛慕至極。
【醉心】內心的喜愛已到了沉醉迷戀的地步。
【痴迷】沉迷不悟。
【神魂顛倒】因為沉迷於某事物而精神恍惚，心意迷亂。
【如醉如痴】因沉迷陶醉於某事而神情恍惚的樣子。
【渾然忘我】融入事物、處境中而忘了自己的存在。
【鬼迷心竅】受外物迷惑而喪失判斷能力。
【銷魂】心迷神惑。亦作「消魂」。江淹〈別賦〉：「黯然銷魂者，唯別而已矣。」
【神魂蕩颺】心神恍惚，難以自持。

為了偉大的創作我常常得埋首研究稀奇古怪的題材，念研究所的那一陣子，我在寫一部黑色驚悚小說「樓下的房客」時，為了取材，意外迷上了在網路上看屍體。看著看著，我很好奇線上購物有沒有人在賣屍體的，輸入關鍵字進去，結果跑出一百多筆各式各樣的屍體資料。（九把刀〈我的乾屍室友〉）

日本之所以吸引人，一方面是其前衛科技的先進生活，另一方面則是其傳統精緻的文化內涵。年輕的時候，總是著迷於日本的科技設備、前衛建築，以及充滿未來想像的新幹線列車；不過隨著年紀的增長，對於日本的喜好，卻慢慢轉向那些傳統的老房子、緩緩飄落的櫻花花瓣，以及搖搖晃晃的老式電車。（李清志〈沉靜的冒險〉）

只是我不把虛偽與真實寫成強烈的對照，卻是用參差的對照的手法寫出現代人的虛偽之中有真實，浮華之中有素樸，因此容易被人看做我是有所耽溺，流連忘返了。（張愛玲〈自己的文章〉）

車掌是個辛苦而單調的工作，想不到卻是我女兒憧憬的目標，每次帶她乘公車，她都要求坐在車掌附近的座位，小眼盯著車掌看，車掌的一舉一動，都讓她醉心不已。一次她生日，她問我能不能幫她買把車掌專用的剪車票剪子當禮物，害得我與她母親都啼笑皆非。（周志文〈火車夢〉）

有菜園，不能用除草劑，推剪也僅能去頂，須靠人手逐棵拔除，於是我每天蹲在園裡，孜孜矻矻，拔到天昏地暗渾然忘我，直至門鈴或電話響，一起身才發現腰如鐵桶，腿似鉛條，滿眼金星遍體紅豆。（蔡珠兒〈草民〉）

9 愛惜、同情

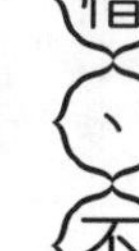

愛惜、不惜

【惜】愛憐、珍視。
【愛惜】愛護珍惜。
【珍惜】寶貴愛惜。
【顧惜】愛惜。
【體惜】體恤愛惜。
【愛護】愛惜保護。
【珍愛】珍視愛惜。
【珍視】珍惜重視。
【疼惜】疼愛、憐惜。
【珍重】珍愛重視。
【吝惜】過分愛惜不忍割捨。
【捨不得】愛惜而不忍割捨或使用。
【敝帚自珍】比喻東西雖不好，卻因為是自己的，所以仍然非常珍視。
【不惜】捨得、不足惜。
【不吝】慷慨不吝惜。
【捨得】願意割棄，不吝惜。
【割愛】將心愛東西讓予他人。
【割捨】忍心捨棄。
【不在意】不把事物放在心上，或不介意。
【無所謂】沒關係，不在意。
【撇打】捨棄、割捨。
【不著疼熱】失去了也無關痛癢，形容毫不愛惜。

惋惜

【惋惜】嘆惜、痛惜。
【可惜】令人惋惜。

大陸的北方幾乎無所謂春天，你剛剛放心地收好棉衣，太陽一下子火辣辣地燒起來，春天也就這樣一閃即過。但度過了漫長的冬季的人們，仍有體驗春的興致與耐心，即使這春像是打擺子（發瘧疾），而「綠意」一點一點地從漫天塵沙中透出來，顯得那樣艱苦——這艱苦也使得你對那點春意分外愛惜。（趙園〈吃〉）

冬天快過去的時候，小說仍沒有任何結束的跡象，我覺得他們這對老朋友一往一來這樣漫漫的聊天實在很好、很令我羨慕，我實在找不出什麼理由結束它。而且我很珍惜藉此彷彿與少年時的好友聯絡上，而且在小說中他竟肯告訴我實話。（朱天心〈威尼斯之死〉）

新的課本與作業簿發下來，光滑的封面潔白的空格鼓勵我忘掉上一學年的慘淡而重新開始，在嘆一口氣裡把「數學」收進書包；懷著一點捨不得之情讀著「國語」，還沒看完第三課，老師就上台喝令大家安靜，一番訓詞後是民主時間的幹部選舉。（徐國能〈開學〉）

他的詩送到劍橋的刊物上去，原稿卻寄回了，附著一封客氣的信。他又自己花錢印了一小本詩集，封面上註明，希望出版家採納印行，但是並沒有什麼回音。太太常勸先生刪詩行，譬如說，四行中可以刪去三行罷；但是他不肯割愛，於是乎只好敝帚自珍了。（朱自清〈房東太太〉）

傍晚下工回來，發現挎包正在不斷地晃動。奇怪了一瞬，忽然醒悟過來。我一把攥住挎包，一隻肥大的老鼠從我的虎口之間跳出來，順著胳膊迅疾地爬過，躍下我的肩頭不見了。打開挎包檢查一下，一

【痛惜】悲痛惋惜。
【嘆惋】悲嘆惋惜。
【心疼】憐惜、痛惜、吝惜。
【肉痛】不捨，心疼。
【憐惜】同情惋惜。
【驚惋】驚異感嘆。
【悵然】憂思失意的樣子。
【體恤】體諒而憐憫。
【悵惋】惆悵悲傷。
【惋愴】悵然悲傷。
【愀愴】憂愁、悲傷。
【惆惋】悲嘆惋惜。
【惆悵】悲愁、失意。
【歎惜】怨嘆惋惜
【慨歎】感慨嘆息。
【不勝感喟】無限的感嘆。
【惘然若失】惆悵失意，有如失去了什麼似的。
【慨慨】感嘆的樣子。
【悵惜】惆悵惋惜。
【廢然長嘆】形容很失望又無奈的嘆氣。

塊甜鹹混合的圓餅被啃掉了大半。驚嚇憤慨之餘，惋惜不已。（南帆〈上山〉）

母親在親友間的外號叫「博士」，是個什麼都會做的人：針黹女紅，修水電、馬桶都會，連我父親蓋房子時，她也可以去幫忙，因為她會看藍圖。她常說「人只要肯學，沒有什麼學不會的事」，我們都非常佩服她。母親的快手快腳是有名的，六個小孩中，只有我遺傳到她的快，可惜我的快是「快嘴」，想必她是很失望的。（洪蘭〈憶母親〉）

碰見娥真也來賣書，穿著牛仔褲白襯衫，愈發顯得身材嬌弱得可憐，她向是最怕生人，最不會說話的，溫大哥如何忍心叫她頂個大太陽出來，受些濁氣閒氣，假如寶玉再世，可不心疼，疼死了。（朱天文〈販書記〉）

這大自然毫不掩飾的華麗令我又有一種說不清的惋惜。而這惋惜純然是我自己的，並非自然本身的屬性。（高行健《靈山》）

同情、可憐

【憐】憐憫、同情。
【憫】哀憐。
【憐憫】哀憐同情。
【憐恤】哀憐體恤。
【憐惜】同情惋惜。
【同情】對於他人的行為、遭遇，在情感上產生共鳴，或是表示理解。
【悲憫】慈悲憐憫。
【哀憐】憐憫、同情。
【矜愍】形容哀憐、同情之情。愍，ㄇㄧㄣˇ。
【哀矜】哀憐、體恤。
【矜恤】矜憐撫恤。

父親果園裡正待發果的甜柿樹，被狂風急雨摧折墜落，母親著雨衣從傾斜不定的雨陣中突圍前進，當作背景的藏青山巒流成黃泥瀑布，溪水氾濫成一面遼闊的流刺網，收拾著山林那些曾經美好的景致。當人類的慾望張掛在災難的面前——大地到底憐憫過什麼？我記起已逝的西蒙．波娃的一句話，特別感到歷史施加於人類的嘲諷：「我發現榮耀其實瞬息即逝，頓生鄙視。」（瓦歷斯．諾幹〈七日讀〉）

那「愚昧無知」的漁村，確實沒有給我知識，但是給了我一種能力，悲憫同情的能力，使得我在日後面對權力的傲慢，欲望的囂張和種種時代的虛假時，仍舊得以穿透，看見文明的核心關懷所在。（龍應台

【體恤】體諒而憐憫。
【惻怛】此作惻隱之意。
【惻隱】見人遭遇不幸，而生不忍、同情之心。
【可憐】令人憐憫。
【可憐見】見，語尾助詞，無義。可憐見指哀憫。
【不忍】同情、可憐。
【同病相憐】有同樣不幸遭遇的人互相同情。
【惜老憐貧】同情、憐憫年老和貧窮的人。
【悲天憫人】憂傷時局多變，哀憐百姓疾苦。
【憫然】感傷的神情。
【憫恤】憐恤。
【矜憫】同情憐惜。
【垂憫】給予憐憫。
【其情可憫】他人的處境值得同情、憐憫。
【悲憐】悲傷同情。

10 討厭

厭惡

【反感】因反對或不滿所引起的厭憎情緒。
【厭】憎惡、嫌棄。
【生厭】心生厭煩。
【可厭】令人厭惡。
【惡】討厭。
【憎】厭惡。
【嫌】厭惡、討厭。
【厭惡】討厭憎惡。
【討厭】令人厭煩、不喜歡。
【嫌惡】厭惡。
【憎惡】憎恨厭惡。

〈十八歲那一年〉）

我想我們這個社會，需要的是「真誠惻怛」的政治家，但是它卻充滿了利益薰心和粗暴惡俗的政客。政治家跟政客之間有一個非常非常重大的差別，這個差別，我個人認為，就是人文素養的有與無。（龍應台《百年思索．序》）

頭一次見面安排在外面吃飯，畢媽媽白皙清瘦可憐見的，畢伯伯只覺慚愧。恐怕虧待了人家母子。畢媽媽唯一的條件是必須供小畢讀完大學。第二次見面就是行聘了，中規中矩照著禮俗來，畢媽媽口上不說，心底是感激的。（朱天文《小畢的故事》）

父親怕看死人，我也遺傳他的膽小。小祖母死時，母親幫她換衣時要我梳頭，我拿著梳子，望著她禿禿的頭皮只剩幾絲白髮，發呆一陣就躲到隔壁房間，事後聽說父親跑更遠，有同病相憐之感。原來大男人也怕啊！（周芬伶〈被強迫公開的私密〉）

但一回家鄉，馬上就像一條挨了痛打的狗，緊緊地夾起尾巴，生怕一翹尾巴引起鄉親們的反感，把我小時候那些醜事抖摟出來。（莫言〈忘不了吃〉）

倚紅聽不得「安穩」兩個字。她生平最嫌惡相夫教子的家常婦人的行徑。年輕時在脂粉叢中爭奇鬥艷，上環南北行的少東以十斛明珠替她贖身，倚紅捨不得送往迎來的生涯，遮遮掩掩常到威靈頓街半掩門賣淫尋求刺激，不計代價。（施叔青《遍山洋紫荊》）

我們說的話我老婆一字不漏全聽見了，她膩味透了這一套，加上

【痛惡】厭惡至極、極端的憎惡。
【深惡痛絕】厭惡至極。
【多嫌】心裡厭惡而排斥。
【討嫌】惹人厭。
【煩】躁悶。
【膩】厭煩。
【膩煩】厭煩。
【膩味】厭煩。
【嫌棄】厭惡、不喜歡，不願接近。亦作「嫌棄」。
【厭棄】因厭惡而放棄。
【厭煩】厭惡、不耐煩。
【絮煩】厭倦。
【厭倦】厭惡倦怠。
【頭痛】令人感到煩惱或討厭。
【噁心】厭惡得無法忍受。

【作嘔】對某種事物嫌惡至極。
【偏憎】在眾多的人事物中，特別厭惡某一個。
【看不慣】厭惡，不喜歡。亦作「看不上」。
【不順眼】看了生厭、不喜歡。
【深惡痛絕】痛恨到極點。
【可憎】使人惱恨、厭惡。
【可惡】令人厭惡。
【鄙棄】鄙視唾棄。
【該死】所做所為應受到死亡的懲罰。自責或責備他人的話，多表示厭惡、怨恨或惶恐。
【芥蒂】微小的梗塞物。積在心裡使人不快的嫌隙。
【嫌隙】因猜疑、不滿引發的仇怨。

那只沒擦出來的鍋也讓她絕望，她一句話不說邁著跳舞的步子，展閃騰挪、異常敏捷地到書架上拿了一本書翻開若干頁輕車熟路地小聲讀了起來。（徐星〈城市的故事〉）

她就只是反覆的向人說她悲慘的故事，常常引住三五個人來聽她。但不久，大家也都聽得純熟了，便是最慈悲的念佛的老太太們，眼裡也再不見有一點淚的痕迹。後來全鎮的人們幾乎都能背誦她的話，一聽到就厭煩得頭痛。（魯迅〈祝福〉）

奶奶那時就搞起了物質刺激，我捉得多，分給找吃的也就多。螞蚱雖是好東西，但用來當飯吃也是不行的。現在我想起螞蚱來還有點噁心。（莫言〈覓食〉）

菜裡有了炸豆腐，一定要一塊塊的揀出來。這種偏憎，不知道被大人們申斥過多少次。（梁容若〈豆腐的滋味〉）

一個因為家庭暴力被暫時安置在孤兒院的男生，同樣也是五歲，但不知道在外面吃了什麼足足高我兩個頭，他看所有小朋友都不順眼，大家都被他折騰得人仰馬翻，但他最常針對我，經常譏笑、欺負我。（九把刀《打噴嚏》）

這時候，陳西蓮的母親用了她作母親的權力——一種可以將上一代的嫌隙向子女訴怨的權力吧——向陳西蓮表明她多年的積恨，〔……〕（李昂〈西蓮——鹿城故事之二〉）

表情也會遺傳嗎？動作也會遺傳嗎？聲調、語氣和態度也會遺傳嗎？情緒會遺傳嗎？舉個例來說：喜悅；喜悅會不會出自某種遺傳？還有悲傷；悲傷會不會出自某種不同於喜悅的遺傳？倘若那些

恨

【恨】怨、仇視。
【仇恨】因敵對而產生的憎恨。

【怨】仇恨。
【忿恨】憤怒怨恨。
【怨恨】埋怨忿恨。
【怨懟】埋怨、忿恨。
【恚恨】只情緒上憤恨、怨恨。恚，ㄏㄨㄟˋ。
【惱恨】惱怒怨恨。
【悵恨】惆悵惱恨。
【怨尤】怨恨責怪。
【怨望】怨恨、不滿。
【怨艾】怨恨。
【憎恨】憎惡痛恨。
【嫉恨】妒忌而怨恨。
【憤恨】憤慨痛恨。
【痛恨】怨恨到了極點。
【記恨】將仇恨記在心裡。
【懷恨】心裡記恨、怨憤。
【銜恨】含恨。
【抱恨】心裡懷著怨恨。
【含恨】心中懷著怨恨。
【飲恨】懷恨而不得發洩。
【牙癢癢】形容憤恨切齒。
【咬牙切齒】非常憤恨的樣子。
【恨入骨髓】形容怨恨到極點。
【恨入心髓】怨恨深切。
【痛心疾首】痛恨、怨恨到極點。
【嫉惡如仇】憎恨邪惡的人或事如同仇敵一般。
【不共戴天】不願與仇人共生世間。
【悶氣】鬱結在胸中的怨怒之氣。
【怨氣】心中怨忿的情緒。
【怨毒】仇恨、恨惡。
【仇怨】仇恨、怨恨。
【嫌怨】猜忌怨恨。
【宿怨】長久累積下來的怨恨。也作「夙怨」。
【積恨】長久累存的怨恨。
【幽怨】隱藏於內心的愁恨。
【怨懣】埋怨且憤恨。
【怨詈】不僅深懷怨恨，且不停咒罵。詈，ㄌㄧˋ。

卜者、命相家、星座迷對人類不可知不可測的未來能夠如此言之鑿鑿，彷彿一切都已經在宇宙初始完全決定，那麼，我妹妹和我在畫展閉幕那天的忿恨與冷漠之感，恐怕也早在開天闢地大洪荒大爆炸之前就遺傳下來了罷？（張大春〈終結瘋狂〉）

直入生命深處，人類和飛禽走獸所共有的血淚，都有這種怨懟的鹹味。如果未曾舔嘗，最幸也是不幸。（林幸謙〈生活的風格〉）

易傷，脆弱，顫慄，是那時候初臨異國的心情。徬徨走在偶爾有醉漢錯身而過的暗巷，我不免懷著恚恨。滿城的燈光都傾瀉在漆黑而寬闊的海灣，我無端恨起家國，恨起身世，恨起放逐的、垂危的歲月，〔……〕（陳芳明〈時間長巷〉）

譬如從缺曠課紀錄、上課的神情，我可以斷言某些人學測、指考要各考兩次以上。而每當畢業生帶著女朋友回來看我，從他們的互動狀態，就可以知道感情能不能長久。長此以往，我真痛恨自己的烏鴉嘴，很希望我說的那些不幸都不會成真。（凌性傑〈預言〉）

另一個讓人恨得牙癢癢的就是咸豐草，如果它不請自來的沾黏在衣服上，那麼就算洗衣機也攪不落它，為此，我們在拓荒時都必須選擇尼龍質料的工作服，可如此一來便不吸汗，汗水像瀑布一般直灌腳上的長筒雨靴裡；更慘的是，若它找上狗狗或貓咪們去沾黏攀附，那麼狗狗或貓咪們身上的毛很快的便會結成條狀或球狀，真是災難。（朱天衣〈新天新地〉）

許多朋友和我一樣，在電腦面前出盡洋相，而我最為痛心疾首的回憶是某一次故障導致我的長篇飛掉了兩萬多字，只好重新再寫。當然，比起一些同行的五萬字，一部長篇連續劇來說，我的損失就是小巫見大巫了。（蘇童〈電腦〉）

【怨結】怨恨結於心中。

【怨聲載道】到處充滿了怨恨的聲音。形容群眾普遍怨恨、不滿。

【恨不得】巴不得、怨恨不能夠。

【恨絕】恨極了、恨透了。

【千仇萬恨】眾多的仇恨。形容仇恨深重。

【愁江恨海】比喻愁恨如同江海般無盡無邊。

【飲恨吞聲】把愁恨咽到肚裡，強忍哭聲。

忌妒

【忌】憎惡、妒恨。

【嫉】妒忌。

【忮】ㄓˋ，嫉妒。《詩經・邶風・雄雉》：「不忮不求，何用不臧。」

【妒】因別人勝過自己而內心忌恨。

【忌妒】對才能、境遇比自己好的人心懷不平與怨恨。

【妒忌】憎恨他人勝過自己。

【嫉妒】因他人勝過自己而心生妒恨。

【媢嫉】嫉妒。媢，ㄇㄠˋ。《禮記・大學》：「人之有技，媢嫉以惡之。」

【嫉恨】妒忌、怨恨。

【忌刻】忌妒刻薄。

【眼紅】看見別人有名有利而心生嫉妒。

【吃醋】人嫉妒時，心裡會覺得酸溜溜的，因此以吃醋比喻嫉妒。

【吃味】吃醋、嫉妒。

【作酸】吃醋、忌妒。

【醋妒】吃醋嫉妒。

卻說周瑜見孔明襲了南郡，又聞他襲了荊襄，如何不氣？氣傷箭瘡，半晌方蘇。眾將再三勸解。瑜曰：「若不殺諸葛村夫，怎息我心中怨氣！程德謀可助我攻打南郡，定要奪還東吳。」正議間，魯肅至。瑜謂之曰：「吾欲起兵與劉備、諸葛亮共決雌雄，復奪城池，子敬幸助我。」（明・羅貫中《三國演義》）

長門事。准擬佳期又誤。蛾眉曾有人妒。千金縱買相如賦。脈脈此情誰訴。（宋・辛棄疾〈摸魚兒（更能消）〉）

我順著她的目光看過去，溪水潺潺，綠樹掩映，並沒有任何鳥跡，只好嘆口氣，拿起望遠鏡。不知道為什麼，我所有的原住民朋友不管哪一族的，視力都好得令人嫉妒，年輕的不近視，年邁的不老花，眼鏡似乎不在他們常用的名詞裡，下次得問問泰雅語的「眼鏡」怎麼說。（苦苓〈你所不知道的鷺鷥〉）

嫉妒——是源於對自我生命的肯定的要求：不肯自己的生命不如他人。（孟東籬〈心〉）

陳列在櫥窗裡的花花綠綠的洋布聽說只消八分半一尺，女人早已眼紅了許久。（葉聖陶〈多收了三五斗〉）

這裏邢夫人王夫人也說鳳姐兒。賈母笑道：「什麼要緊的事！小孩子們年輕，饞嘴貓兒似的，那裏保得住不這麼著。從小兒世人都打這麼過的。都是我的不是，他多吃了兩口酒，又吃起醋來。」說的眾人都笑了。賈母又道：「你放心，等明兒我叫他來替你賠不是。你今

【妒意】嫉妒的感覺。
【妒火】嫉妒的感覺有如火一般猛烈，比喻非常嫉妒。
【潑醋】吃醋。
【醋勁】嫉妒心的反應或表現。
【醋意】懷有嫉妒的心意。
【醋罈子】俗稱善於嫉妒的人。
【拈酸吃醋】男女間因嫉妒所引起的不悅情緒。形容喜歡吃醋、嫉妒。
【嫉賢妒能】嫉妒比自己有才德的人。

11 埋怨委屈

埋怨

【埋怨】抱怨、責怪。
【抱怨】對他人訴說心中的不滿、怨恨。
【責怪】責備怪罪。
【嗔怪】責怪。
【錯怪】因誤會而對人怨怒。
【牢騷】抑鬱不平。
【怨言】表示忿恨或埋怨的話。
【怪罪】責備、埋怨。
【歸罪】將罪過歸於某人或某事。
【歸咎】歸罪、委過。
【鬧情緒】因心情不好而反映出情緒不穩的情況。
【怨天尤人】懷恨上天，責怪他人。
【帶怨】帶著怨恨。
【積怨】長期累積的怨恨。
【中懷怨恨】內心懷恨。
【自怨自歎】埋怨自己，悔恨不已。

兒也別要過去臊著他。」（清・曹雪芹《紅樓夢》）

小魚兒緩緩點頭道：「珍寶雖不足令人動心，但這劍譜卻的確令人眼紅，誰得了這劍譜，誰就可無敵於天下，那就難怪有這許多人要來搶了。」（古龍《絕代雙驕》）

從一開始他就比不上律香川，無論做什麼都比不上律香川，兩人一起去偷東西時，被人抓住的總是他，挨揍的也總是他，等他放出來時，律香川往往已快將偷來的銀子花光了，他也從不埋怨。因為他崇拜律香川，他認為律香川吃得比他好些，穿得比他好些，都是應當的，他從不想與律香川爭先。（古龍《流星蝴蝶劍》）

「觀光是城市之癌。」不時發言凸槌的英女王丈夫菲利普親王因為不滿倫敦交通糟糕，怪罪於每年湧入倫敦的三千萬觀光客。面對日益增加的大量中國觀光客，此時此刻，港澳居民對菲利普親王這句明顯政治不正確的評語，恐怕多少有點百感交集。（胡晴舫〈城市之癌〉）

生命的一座座大山，箇中的一重重限制，若真切體會，如實感得，那麼，人會謙卑，生命也會聚焦。業師林谷芳先生曾言，「明瞭自己的有限性，才可發揮一己的有效性。」自身的局限，外在的限制，若真明白了，人就不會窮酸寒傖，也不會怨天尤人，更不會妄作輕為。（薛仁明〈五十而知天命〉）

委屈

【屈】委曲的心情。

【委屈】有冤怨不得伸雪，或才情不得發展。

【冤屈】枉受汙衊或迫害。

【冤枉】冤屈。

【屈辱】受到侮辱。

【抱屈】因受委屈而心中感到不平。

【慭氣】心中受委屈或有煩惱，無法解決宣洩。

【窩囊】委屈、不得志的感覺。

【窩心】受侮辱或委屈，不能表白而苦悶在心。

【負屈】蒙受冤屈。

【窩囊氣】來自他人的侮辱或刁難。

【含冤負屈】蒙受冤屈而申訴無門。

【鳴冤叫屈】受冤屈而口發不平的呼聲。

【屈從】委屈順從。

【侮辱】欺侮羞辱。

【受冤】受到冤枉。

【窩憋】受人壓迫而心中憤懣。

「難為你了，老五。」錢鵬志常常撫著她的腮對她這樣說道。她聽了總是心裏一酸，許多的委屈卻是沒法訴的。難道她還能怨錢鵬志嗎？是她自己心甘情願的。錢鵬志娶她的時候就分明和她說清楚了：他是為著聽了她的「遊園驚夢」才想把她接回去伴他的晚年的。（白先勇〈遊園驚夢〉）

老師後來告訴我那段平劇是程硯秋唱的，他清越的嗓音，「蘇三離了洪桐縣」，好像是這個句子吧，人間的屈辱和悲哀處處，都被演唱者的藝術昇華了。我看了看老師；他被那個聲音感動著，眼睛露出超拔的光輝，我當時知道，在這種意志之下，一切生存的苦難終可克服的，我原先的擔憂，竟成了多餘。（周志文〈史塔克〉）

她惱怒已極，心想自己空有一身武功，枉稱機智乖巧，卻給這個又髒又臭的鄉下小傻蛋纏得束手無策，算得無能之至。也是楊過一副窩囊相裝得實在太像，否則她幾次三番殺不了這小傻蛋，心中早該起疑。（金庸《神鵰俠侶》）

12 快樂、開朗

快樂

【快】高興、歡喜。

【樂】歡喜、愉悅。

【快樂】愉悅歡樂。

【愉快】欣悅、快樂。

【愉悅】快樂、喜悅。

【怡悅】愉快，喜悅。

【怡愉】和樂；愉快。

【高興】歡喜、愉快。

【開心】歡喜、愉快。

【開懷】敞開胸懷。形容人歡

快樂是快的，幸福是慢的。快樂是動詞，幸福是形容詞。快樂是天氣，幸福是氣候。快樂是宵夜，幸福是早餐。快樂來自於做了某件事，幸福來自於什麼都不做。快樂起始於感官，幸福起始於內心。快樂時大家都看得出來，幸福時則未必。快樂可以分享，而幸福，通常只有自己知道。（王文華〈快樂&幸福小姐〉）

陽光正好暖和，決不過暖；風息是溫馴的，而且往往因為他是從繁花的山林裏吹度過來，他帶來一股幽遠的澹香，連著一息滋潤的水

暢沒有牽掛。

【快活】暢快、歡樂。

【歡喜】快樂、高興。

【悅樂】高興，快樂。

【歡快】歡樂痛快、歡樂輕快。

【歡樂】歡喜快樂。

【樂意】和樂、愉悅。

【樂和】快樂幸福。

【歡暢】高興。

【歡娛】歡喜快樂。

【歡愉】歡喜、愉快。

【歡然】喜悅的樣子。

【歡欣】歡樂喜悅。

【歡忻】形容歡欣，喜悅之情。忻，ㄒㄧㄣ。

【懽悰】快樂的心情。懽，通「歡」。悰，ㄘㄨㄥˊ，心情。

【欣然】喜悅的樣子。

【娛娛】喜悅的樣子。

【欣喜】快樂喜悅。

【欣忭】快樂喜悅。忭，ㄅㄧㄢˋ。

【喜悅】高興。

【喜歡】快樂、高興。

【狂喜】極度高興。

【至樂】最大的歡樂。

【驚喜】出乎意料之外的歡喜。

【欣然】喜悅的樣子。

【欣欣】喜悅的樣子。

【陶陶】和樂的樣子。

【融融】和樂的樣子。

【雀躍】心中喜悅至極。

【喜躍】形容極為歡悅。

【樂陶陶】十分快樂的樣子。

【樂滋滋】十分高興的樣子。

【樂呵呵】非常高興的樣子。

【興匆匆】欣喜且迫不及待的樣子。

【喜滋滋】十分喜悅的樣子。

【喜洋洋】形容非常高興的樣子。

【甜絲絲】感覺幸福甜美。

【喜不自勝】高興得不得了。

【心花怒放】心情像盛開的花朵般舒暢快活。

氣，摩挲著你的顏面，輕繞著你的肩腰，就這單純的呼吸已是無窮的愉快；空氣總是明淨的，近谷內不生煙，遠山上不起靄，那美秀風景的全部正像畫片似的展露在你的眼前，供你閑暇的鑒賞。（徐志摩〈翡冷翠山居閒話〉）

小孩捏著一架玩具在空中飛劃，便是夢想在飛，喃喃自語，自編劇情，何等怡悅。（舒國治〈賴床〉）

茉莉小姐的冷言嘲語像一把鋒銳的匕首直刺進我的心窩，我的笑凍結在臉上，我的快活立刻雲散霧消，我語為之塞，猶如被空氣槍擊中的鴿子，連羽搏的氣力也沒有了。（葉石濤〈葫蘆巷春夢〉）

偶然我打開這本簿子來看看，總不勝感喟，也有許多感想。這裡面有我的傳記，失意的哀愁，得意的歡忻，人事的變遷，全寫在那裡。（思果〈像片簿〉）

一個月多上貳百元底進項，生活自會寬鬆一些底，有什麼不當的呢？「就央煩簡先生提攜我們這阿五吧！」她說了，萬發復又躺下來，一種悄悄底懽悰閃在嘴角邊。（王禎和〈嫁妝一牛車〉）

恍如自流變中蟬蛻而進入永恆／那種孤危與悚慄的欣喜！／髣有隻伸自地下的天手／將你高高舉起以寶蓮千葉／盈耳是冷冷襲人的天籟。（周夢蝶〈孤峰頂上〉）

看罷多時，跳過橋中間，左右觀看。只見正當中有一石碣，碣上有一行楷書大字，鐫著「花果山福地，水簾洞洞天」。石猿喜不自勝，急抽身往外便走，復瞑目蹲身，跳出水外，打了兩個呵呵道：「大造化！大造化！」眾猴把他圍住，問道：「裡面怎麼樣？水有多深？」石猴道：「沒水！沒水！原來是一座鐵板橋，橋那邊是一座天造地設的家當。」（明．吳承恩《西遊記》）

【興高采烈】形容興致勃勃，情緒熱烈的樣子。

【歡天喜地】非常歡喜高興的樣子。

【喜地歡天】非常歡喜高興的樣子。

【喜出望外】因意想不到的喜事而高興。

【大喜過望】因結果超乎預期而特別高興。

【大快人心】使人心裡非常痛快。

【樂不可支】形容快樂到了極點。

【樂不可言】快樂到了極點，無法用語言來形容。

【無憂無慮】毫無憂慮，形容心情怡然自得。

【手舞足蹈】手、腳舞動跳躍的樣子，形容非常高興喜悅。

舒暢

【舒暢】寬舒暢快。

【寬暢】寬大舒暢。

【歡暢】高興。

【酣暢】舒暢。

【陶然】形容舒暢快樂。

【暢快】舒暢快樂，稱心如意。

【痛快】心情舒暢。

【爽快】舒適暢快。

【鬆快】輕鬆愉快。

【舒心】開懷適意。

【快意】稱心、適意。

【開懷】敞開胸懷。形容人歡暢沒有牽掛。

【輕鬆】輕快舒適。

【輕快】輕鬆愉快。

【是味兒】心裡感覺舒服好受。

【心曠神怡】心情開朗，精神愉悅。亦作「心曠神恬」、「心

黃藥師乍見愛女，驚喜交集，恍在夢中，伸手揉了揉眼睛，叫道：「蓉兒，蓉兒，當真是你？」黃蓉一掌仍與郭靖手掌相接，微笑點頭，卻不言語。黃藥師見到兩人神情，已知究竟，獨生愛女竟尚健在，這一下喜出望外，別的甚麼都置之腦後，當下將梅超風屍身放在凳上，走到碗櫥旁，盤膝坐下，隔著櫥門伸出左掌和郭靖另一隻手掌抵住。（金庸《射鵰英雄傳》）

施琅道：「那老……那董夫人惱了卑職的話，竟派了那小校做府中親兵，還叫人傳話來說，有本事就把那小校抓來殺了。也是卑職一時忍不下這口氣，親自去把那小校一把抓住，一刀砍了他的腦袋。」韋小寶鼓掌大讚：「殺得好，殺得妙！殺得乾淨利落，大快人心。」（金庸《鹿鼎記》）

一走進門，人聲鼎沸，立刻感染到痛快、節慶的氣氛，樂隊演唱著德國民謠，上千人跟著歌唱跳舞，每一張臉都綻放出喜悅的笑顏，每一張嘴都大口喝啤酒，大塊吃德國豬腳，用力抽雪茄菸，酣暢淋漓。（焦桐〈論豬腳〉）

《論語》裡頭，子貢與孔子的問答最見精采；因為，子貢長於發問，又最長於追問。我以前教書，也喜歡這般伶俐的學生；與之答問，電光石火，環環相扣，特別有種酣暢淋漓。然而，喜歡歸喜歡，對於這樣的學生，隱隱然間，仍會有些遺憾。（薛仁明〈聰明人之過〉）

日後偶爾輪到我顧店，午後無人，我也獨自玩起球來，抽杆拉杆之際總有一種說不出的暢快。我還喜歡走到牆邊拍石灰袋，去掉手上的汗漬，拍得一室都是霧濛濛的灰，嗆到眼裡鼻裡，就像走在雲霧裡

曠神愉」、「心怡神曠」、「心怡神悅」。

【如釋重負】好像放下了沉重的負擔。比喻責任已盡，身心輕快。

【舒服】舒適。

【舒坦】舒暢平和。

【舒適】舒服安適。

【稱心】如意、滿意。

【寫意】舒服愜意。

【安逸】安樂、舒適自在。

【適意】自在合意。

【愜心】心胸暢快、心意滿足。

【順心】稱心，合乎心意。

【恬逸】安逸。

【順心遂意】事情的發展完全符合自己的計畫、心意。

【酣暢淋漓】極為暢達痛快的樣子。

【暢懷】內心舒暢。

無端起了一陣悵然。（郝譽翔〈莫忘歡樂時〉）

今日福爾摩斯張仍然是一身黑——黑色西裝、黑色眼鏡、黑色皮鞋。喝，連插在西裝口袋的小手帕也選近於黑的咖啡色。瞧他這一身像要出席喪禮的打扮，斯文心下有些不痛快，正想講點什麼俏皮話來調侃一下，來「轉凶化吉」一下，福爾摩斯張早一個人黑皮鞋喀喀喀往教堂直直走進去，連點頭招呼都不跟斯文來一下。（王禎和《玫瑰玫瑰我愛你》）

寫書法可以緩慢心情、可以放鬆情緒、可以在單純的寫字的過程中，專注心神，達到「定靜生慧」的功效，而講究文房四寶，調弄筆墨紙硯，更是非常心曠神怡的事。在沒事的時候，安靜寫字，是世界上最簡單最容易，也是最深刻的幸福。（侯吉諒〈安靜寫字〉）

舒服

【舒服】舒適。

【舒適】舒服安適。

【舒坦】舒暢平和。

【舒展】使身心舒暢安適。

【舒暢】舒服暢快。

【舒心】開懷適意。

【舒爽】舒服愉快。

【爽】舒適、暢快。

【受用】身心感到舒服。

【愜意】舒服。

【寫意】舒服愜意。

【適意】舒適合意。

【得勁】順利、舒坦。

【自在】舒暢、快樂，不受拘束。

【舒泰】舒服、閒適。

【安適】安定舒適。

【好受】身心愉快、舒適。

現代人拜科技之賜，酷暑寒冬都可以過舒適日子，何患於溫帶寒涼的秋天？古代的富貴人家，秋冬當然也可以避凍避寒，仍然「樂活」（Lohas）。杜甫如果在開元、天寶年間，像李白那樣有唐玄宗御手調羹的禮遇，而且「百年歌雖苦，處處有知音」，他豈會悲秋？（黃維樑〈杜甫不悲秋〉）

晚春時節，這一晴好白日，看著從窗外投映進的暖陽花花地彷彿有笑聲，孩童在屋外大聲喧鬧，似近實遠，空氣微涼，觸膚舒爽，我感覺自己的身體，歷經一場激情革命，此身仍在。（張清志〈饕餮紋身〉）

二十年了，身為幽靈的小蓮一點都沒有變老。你看，她正綻著笑靨，趺坐精緻的櫥窗裡。這些年，她在童話世界，想必生活得相當愜

【好過】舒適、好受。

【舒懷】使心中寬暢。

【愜懷】稱心如意。

【心神俱爽】心情、精神舒暢爽朗。

【爽心】心情愉快。

【輕鬆自在】形容輕快適意的樣子。

【優游自在】悠閒自得，無拘無束。

【悠然】閒適自得的樣子。

【悠哉悠哉】比喻悠閒自得。

【悠然自適】神態從容，心情閒適的樣子。

交集

【回嗔作喜】由生氣轉為高興。

【排愁破涕】排解憂愁，不再流淚。由憂轉喜。

【樂極生悲】歡樂至極，往往轉生悲愁。

【興盡悲來】高興到極點，悲哀就隨之而來。指萬事只能適可而止。

【亦恨亦懼】又憎恨又害怕。

【苦中作樂】在困苦之中仍能找出歡樂。

【陰晴不定】比喻人性格不穩定，喜怒無常。

【喜怒無常】情緒變化不定，令人難以捉摸。

【悲欣交集】悲傷和喜悅的心情交織在一起。

【愁懼兼心】既憂愁又恐懼的心情。

【憂喜參半】憂愁和喜悅的心情各占一半。

【舊恨新愁】久積的愁悶加上

意吧。而在現實世界的你、我，卻已經歷成長與幻滅。我當然能夠判別童話跟現實的差異，只不過，小蓮走下翠綠山坡、走出鐘錶櫥窗，竟一路跟著我到德國。（吳鈞堯〈幽靈〉）

年少時，看事看表面，總眩惑於那些才情之光彩奪人；而年事稍長，總算清楚，那光彩的後頭，著實也陰影重重。深具才情者，多半不明白、不快樂；他們活得比駑鈍如我者，辛苦許多。換言之，才情越多，生命常常就越不自在。懂了這理，我才很安然於自己的駑鈍與不足。（薛仁明〈才情之外〉）

許宣被白娘子一騙，回嗔作喜，沉吟了半晌，被色迷了心膽，留連之意，不回下處，就在白娘子樓上歇了。（明．馮夢龍《警世通言．卷二十八．白娘子永鎮雷峰塔》）

對於蒼蠅、螞蟻一類可惡的小蟲，我從來既不同情也不害怕；對於毛蟲、蟑螂之屬，雖然也同樣的憎恨，卻不免有些害怕的心理；至於像蛤蟆、老鼠輩，卻是亦恨亦懼，不要說想打死牠們的念頭不敢有，連死的都怕看見。我大概是相信人為萬物之靈，一切有害於人者皆可殲滅，卻又有些欺小怕大之嫌。（林文月〈蒼蠅與我〉）

小番茄想都不想，嬌滴滴的說：「送給娘娘的呀！」娘娘充滿怒氣的臉上掠過一抹安慰，第一次，她了解弘一大師「悲欣交集」四個字的意思。（簡媜〈有點混亂的「分享」〉）

話說潘金蓮在家恃寵生驕，顛寒作熱，鎮日夜不得個寧靜。性極多疑，專一聽籬察壁，尋些頭腦厮鬧。（明．蘭陵笑笑生《金瓶梅》）

秀潔聽出他是有意幽默，有意製造輕鬆，有意大笑；胸中一時千

新有的悵恨，不得排遣。

【顛寒作熱】一會兒冷，一會兒熱。形容喜怒無常，吵吵鬧鬧。

【五味雜陳】各種感受齊湧心頭。

【百感交集】各種感受混雜。思緒混亂，感情複雜。

13 悲苦

【悲】哀傷。

【哀】悲傷。

【悲哀】悲傷痛苦。

【痛】悲傷、傷悼。

【心痛】心中極為悲傷、痛苦。

【傷心】心懷悲痛。

【傷情】傷懷，傷心。

【心傷】傷心。

【傷痛】傷心痛苦。

【鼻酸】形容傷心難過。

【痛心】哀傷、悲痛到了極點。

【心碎】形容哀傷到了極點。

【悲情】哀傷的情緒。

【悲痛】悲傷哀痛。

【哀痛】哀傷悲痛。

【悲苦】悲傷痛苦。

【悲傷】哀痛。

【傷感】有所感觸而悲傷。亦作「感傷」。

【感慨】心生感觸而發出慨嘆。

【悲慟】悲傷哀慟。

【悲戚】哀傷愁苦的樣子。

【忉怛】ㄉㄠ ㄉㄚˊ，悲傷。李陵〈答蘇武書〉：「異方之樂，祇令人悲，增忉怛耳。」

【悲鬱】悲傷、憂鬱。

頭萬緒，**五味雜陳**，聽著金發伯那樣的笑聲，竟比哭聲更令人難以承受，卻也只能附和著笑！（洪醒夫〈散戲〉）

半個月之後，我收到那家書店退回給我的稿件。當時，我真是感到「不遇」的**悲哀**與憤怒，拿出洞簫，躲在閣樓上，一遍又一遍地吹奏。母親喊我下來吃飯：「吃飽些，明日與我去賣菜，比寫什麼小說實在多啦！」（顏崑陽〈車輪輾過的歲月〉）

如今我幾乎不到廚房，免得一些不必要的**感傷**，成為一個真正遠庖廚的君子。我重新拾起書本，發現了其中腴沃的另一種滋味，偶爾可以嘗出哪些文章是經過熬燉，哪些詩是快炒而成，有時我甚至猜想，某作者應該嗜辣，如東坡；某個作者可能尚甜，如秦觀；至於父親晚年最敬仰的淵明，執著的一定是一種近於無味的苦；而刀工最好的必屬黃庭堅，因為他的字那麼率真而落拓，因為他的詩，父親晚年鈔了許多。（徐國能〈刀工〉）

鄉夢被雨聲拉得好遠好長——／**悲愴**的心情更如一枕濃髮／紊亂得無法梳理了。（張秀亞〈雨中吟〉）

一天中午酒酣耳熱，我要德孝脫了鞋露出腳趾，德孝伸出腳與德模並列，是的，一模一樣，我沒在別雙腳上看見那樣的趾形，德模猛地灌下一碗酒，幾至**悲愴**，他重重拍向德孝肩膀：「兄弟，我認了

【愀然】此作憂愁的樣子。

【悲愁】悲傷憂愁。

【慼然】憂愁，悲傷。

【悒悒】憂愁、沉默的樣子。悒，ㄧㄣ。

【痛切】悲傷哀切。

【悲切】悲痛。

【悲愴】悲傷悽愴。愴，ㄔㄨㄤˋ。

【軫憂】形容憂傷哀痛。軫，ㄓㄣˇ。

【哀傷】悲痛。

【哀戚】悲傷、哀痛。

【沉痛】沉重悲痛。

【鼻酸】形容傷心難過。

【腸斷】形容非常悲傷。也作「斷腸」。

【傷慟】悲傷，哀慟。

【慟絕】哀痛至極。

【銷魂】心迷神惑。

【哀哀】形容悲傷不已的樣子。

【哀哀欲絕】形容悲傷到了極點。

【哀怨】哀傷怨恨。

【悲酸】悲哀辛酸。

【酸惻】悲酸淒惻。

【悲辛】悲苦辛酸。

【辛酸】悲傷痛苦。

【憯惻】悲傷哀痛。憯，ㄘㄢˇ。王粲〈登樓賦〉：「心悽愴以感發兮，意忉怛而憯惻。」

【淒惻】淒涼哀痛。

【悽愴】悽涼悲愴。

【淒然】淒涼悲傷。

【淒切】淒涼悲切。

【慘然】憂戚哀傷的樣子。

【恓恓惶惶】淒涼悲傷的樣子。恓，ㄒㄧ。

【透骨酸心】形容極為傷心、酸楚。

【肝腸寸斷】比喻情緒悲傷到了極點。

【迴腸寸斷】形容極端痛苦哀傷。

【悲不自勝】形容極度悲傷而

你！」（蘇偉貞〈問路回家〉）

我不曉得多久才從父親過世的傷慟走出來，或者說我根本不曉得那是否是一個「走得出來」的時間。（或者說，是空間？）（吳明益〈死亡是一隻樺斑蝶〉）

調情寫到這地步，好個張愛玲，月色藤花算什麼，蚊蟲厭物也能旖旎性感，這才高招，表面是紅豔的硃砂痣，底下心癢難當，體膚相接，肉聲劈拍，未曾真箇已銷魂。要不，流蘇怎會「突然被得罪了」，站起來拂袖而去，分明心裡有鬼。（蔡珠兒〈小咬〉）

剛剛熬夜溫書時，心事潮湧，想到近年來止也止不住的困頓與勞碌，真正覺得慼然，覺得不堪，覺得世上實不該有如許多的小人，糟塌了如許多的冰雪心腸、悲憫情懷……（吉廣輿〈君子〉）

S走後，我倒床就哭，自己也不知道何處來的那許多眼淚，我想也許是這一個禮拜實在過得太慢了，太淒慘了，以後的日子不知怎樣才能度過呢？昨天接著摩給娘的信，看得我肝腸寸斷了，那片真誠的心意感動了我，不怕連日車上受的勞頓，在深夜裏還趕著寫信，不是十二分的愛我怎能如此？（陸小曼《小曼日記》）

突然間。奧黛特仿佛進來了；看到她的出現，他簡直肝腸寸斷，不由得把手捂住心口。原來小提琴奏出了高音，連綿繚繞，仿佛若有所待，這等待在繼續下去，懷著已經瞥見它等待的對象從遠處走將過來的激奮維系著那高亢的樂音，同時做出最大的努力持續到它的到達，在自身消失以前接待它的光臨，竭盡全部餘力為它敞開大路，讓它過來，就好象我們用雙手撐著一扇大門，阻止它自行關閉似的。（普魯斯特《追憶似水年華》）

那王涯丞相只道千年富貴，萬代奢華。誰知樂極生悲，一朝觸犯

無法承受。

【哀毀骨立】形容因親喪過於悲傷哀痛，以致身形瘦損。

【椎心泣血】形容哀痛到了極點，心痛至極彷彿要哭出血淚。

【拊膺】拍打胸脯。形容極度悲傷哀痛的樣子。亦作「撫膺」。

【摧心剖肝】心肝斷裂破碎。形容極度哀傷。

【如喪考妣】好像死了父母一般。比喻悲痛至極。

【樂極生悲】歡樂至極，往往轉生悲愁。

【兔死狐悲】比喻因同類的死亡而感到悲傷。

痛苦

【苦】艱辛、難受。

【痛苦】肉體或精神上所感受的苦楚。

【苦痛】憂勞痛苦。

【苦澀】形容內心很痛苦。

【酸楚】辛酸淒楚。

【慘痛】悲痛。

【難受】傷心難過、心裡不舒服。

【難過】傷心、難受。

【苦處】痛苦、為難的事。

【苦楚】痛苦。

【苦頭】痛苦、磨難。

【苦水】比喻受苦的事實或經過。

【隱痛】難以宣達的痛苦。

【痛處】感到痛苦的地方。

【心病】不可或不願告人的愁恨。

【不自在】心裡不舒服，感覺難受。

【不是味】心裡不好受。

了朝廷，閻門待勘，未知生死。其時賓客散盡，僮僕逃亡，倉廩盡為仇家所奪。王丞相至親二十三口，食盡糧絕，擔饑忍餓，啼哭之聲，聞於鄰寺。長老聽得，心懷不忍。祇是一墻之隔，除非穴墻可以相通。長者將缸內所積飯乾浸軟，蒸而饋之。王涯丞相吃罷，甚以為美。遺婢於間老憎，他出家之人，何以有此精食？（明．馮夢龍《警世通言．鈍秀才一朝交態》）

三十七歲的梵谷真的買了一張死亡的單程票，說走就走了，行囊裡只有煎熬的痛苦和無可釋放的熱情。「星夜」，在我看來，其實是一幅地圖——梵谷靈魂出走的地圖，畫出了他神馳的旅行路線：從教堂的尖塔到天空裡一顆很大、很亮、很低的星，這顆星，又活又熱烈，而且很低，低到你覺得教堂的尖塔一不小心就會勾到它。（龍應台〈星夜〉）

日本茶道算是現代最講究喝茶氣質的了。先是四周的竹園就能清心寡慾，加上一大套進退舉止，讓誰都不敢輕舉妄動。茶宴上禁論世俗之事，例如政治或某人醜聞，同時也不許主客互相讚美阿諛。喝茶喝到這樣素心，也差不多像喝惠山茶一樣教人挺難受。（盧非易〈來，唸一下詩篇第五十一——茶〉）

信是阿福唸給她聽的，然而，剔紅只聽到這兒，再無一絲氣兒了；她感覺自己像被亂刀剁碎，被萬箭穿心，又像件內裡夾軟緞的衫襖，

【萬箭穿心】好像被一萬枝箭穿透心中。形容極端的痛苦。

【切膚之痛】親身感受到的痛苦。形容極為深刻難忘。

【心如刀割】內心痛苦像被刀割一樣。

【痛澈心脾】痛到心坎裡。形容極為痛苦。亦作「痛入心脾」。

【痛徹心腑】痛到心坎裡。形容極端的痛苦。

【痛定思痛】指事後追思當時所遭的痛苦，而更加傷心。

憂愁

【杞憂】比喻無謂的憂愁、擔心。杞，ㄑㄧˇ。

【憂】發愁、擔心。

【愁】憂慮、悲傷。

【憂愁】擔憂、發愁。

【憂慮】憂愁擔心。

【憂傷】憂愁悲傷。

【憂戚】憂愁哀傷。

【憂鬱】憂傷悒鬱。

【憂思】憂愁的情緒。

【憂憤】心中愁悶不平。

【悲愁】悲傷憂愁。

【淒愁】哀愁。

【哀愁】哀傷悲愁。

【愁苦】憂愁苦悶。

【愁緒】憂愁的情緒。

【憂悒】愁悶不安。悒，ㄧˋ。

【擔憂】擔心、憂慮。

【焦慮】緊張不安的情緒。

【過慮】過於擔心、憂慮。

【發愁】憂愁。

【犯愁】發愁。

【懷愁】心懷憂愁。

【僝僽】ㄔㄢˊ ㄓㄡˋ，憂愁，煩

才披上身，一個不留神，便滑溜溜，整個滑下腳踝地面上，想提也提它不住了。（蕭麗紅《桂花巷》）

回到家，方琳從沒有跟媽媽提起過學校發生的一切。並不是不想媽媽幫她解決問題，也不是不想讓媽媽擔心。而是不想讓媽媽感同身受她所遭遇的痛苦……一想到媽媽替她難過的表情，她就心如刀割。這種痛苦，一個人默默承受就可以了。（九把刀《精準的失控》）

愛迪生曾說治療憂愁，工作是靈藥，其效用遠勝過威士忌。他畢竟是發明家，講究腳踏實地，工作至上，我覺得一點近乎淡淡的輕愁的杞憂，不完全為自己打算，也算不上是不治之症。（吳魯芹〈杞人憂天錄〉）

這樣過了好久，梅珊戛然而止，她似乎看見了頌蓮的眼睛裏充滿了淚影。梅珊把長長的水袖搭在肩上往回走，在早晨的天光裏，梅珊的臉上、衣服上跳躍著一些水晶色的光點，她的頭髮被霜露打濕，這樣走著她整個顯得濕潤而憂傷，彷彿風中之草。（蘇童〈妻妾成群〉）

山上多霧，初去時常覺得一種渺茫的寂寞。輕輕的霧就如輕輕的愁。面對虛空，淒愁卻自你四周升起，冉冉的，像那不由自主的睡眠。（楊牧〈自然的悸動〉）

我點起腳尖，從鏡子裡望著母親。她的臉容已不像在鄉下廚房裡忙來忙去時那麼豐潤亮麗了，她的眼睛停在鏡子裡，望著自己出神，不再是瞇縫眼兒的笑了。我手中捏著母親的頭髮，一綹綹地梳理，可是我已懂得，一把小小黃楊木梳，再也理不清母親心中的愁緒。因為

惱。

【埋憂】藏憂，不露出。

【鬱卒】心中愁悶不暢快。

【鬱積】積聚不舒暢。亦作「鬱結」。

【抑塞】沉淪鬱悶。

【隱憂】潛藏的憂慮。

【憂心】憂慮擔心。

【積鬱】長期積壓在心中的苦悶、鬱悶。

【百結】心中種種的憂愁鬱結。

【惙惙】非常憂愁的樣子。惙，ㄔㄨㄛˋ。《詩經·召南·草蟲》：「未見君子，憂心惙惙。」

【愁腸百結】憂愁纏結在腹中。比喻憂愁無從排解。

【千愁萬緒】形容憂愁思慮極多。

【憂心忡忡】憂愁不安的樣子。

【憂心如焚】內心憂慮有如火在焚燒。比喻非常焦慮不安。

【意擾心愁】心緒煩亂憂愁。

【鬱鬱寡歡】悶悶不樂。

【日坐愁城】每天都沉浸在愁苦中。

【愁腸九轉】愁悶憂傷，頻頻在腹中纏繞不去。

【愁緒如麻】憂愁的思緒如同亂麻一樣。形容心情非常愁悶，難以排遣。

【多愁善感】形容人感情脆弱，易憂愁傷感。

【杞人憂天】古時杞國有個人，擔心天會塌下，因而寢食難安。比喻無謂的憂慮。

【庸人自擾】庸碌的人無端自尋煩惱、自找麻煩。

在走廊的那一邊，不時飄來父親和姨娘琅琅的笑語聲。（琦君〈髻〉）

這時老法師心上有了隱憂。小王子的學問越進步，所發的議論越深奧，劍法越優美，老法師的憂心就越沉重。小王子把人生與哲學融會成一體，身肢與寶劍混成一體，言語、思想與天地萬物、自然變化，合成一體。越學習越愛學習，也就越是進步得快。老法師幾乎無時無刻不為這絕頂聰明的學生擔憂。（鹿橋〈人子〉）

楊過左手被她握住，但覺她的小手柔軟嬌嫩，不禁微微發窘，若要掙脫，似乎顯得無禮，側目向她望了一眼，見她跳跳蹦蹦，滿臉喜容，實無半分他念，於是微微一笑，手指北方，說道：「黑龍潭便在那邊，過去已不在遠。」藉著這麼一指，將手從郭襄手掌中抽出來了。楊過少年時風流倜儻，言笑無忌，但自小龍女離去之後，他鬱鬱寡歡，深自收斂，十餘年來行走江湖，遇到年輕女子，他竟比道學先生還更守禮自持，雖見郭襄純潔無邪，但十多年來拘謹慣了，連她的手掌也不敢多碰一下。（金庸《神鵰俠侶》）

他爬樓梯的時候，很覺著餓了。他希望家裏能有點什麼吃的東西，要是能和全家人一起美美地吃上一頓，慶祝慶祝開鑼，該多麼好。出乎他的意料，二奶奶居然醒著，還給他們備了飯。寶慶一下子高興起來了，高興得把一天的憂愁都忘到九霄雲外了。要他稱心並不難。稍微體貼他一點兒，哪怕他剛才還愁腸百結，也會馬上興高采烈起來。（老舍《鼓書藝人》）

【煩】躁悶。
【煩悶】心中鬱悶不快活。
【煩惱】煩悶而不快活。
【心煩】心中煩悶、焦躁。
【苦惱】憂愁煩惱。
【煩擾】煩瑣攪擾。
【憂煩】憂愁煩惱。
【憂悶】憂愁煩悶。
【沉悶】沉重煩悶。
【苦悶】痛苦煩惱，心情鬱悶。
【鬱悶】心中愁悶不舒暢。
【愁悶】憂愁煩悶。
【無聊】精神空虛、愁悶。
【百無聊賴】非常無聊。指無事可做或思想感情沒有寄託。
【懊惱】心中鬱恨、悔恨。
【不快】不高興。
【抑鬱】憂鬱煩悶。
【陰鬱】深沉憂鬱的樣子。
【鬱悒】愁悶、憂鬱。
【悒悒】憂愁鬱悶的樣子。
【悒鬱不忿】心中有氣，壓抑著不表現出來。
【沉鬱】沉重鬱悶。
【憤懣】忿恨不平。
【憋氣】心中受委屈或有煩惱無法宣洩。
【憋悶】心中有疑慮未能解決，或有煩惱而無法宣洩，因而感覺不順暢。
【氣悶】心情煩悶。
【氣結】形容心情鬱悶。
【塊磊】比喻人心中積存不平之氣，抑鬱不適。亦作「磊塊」、「壘塊」。
【熬心】心中煩悶不快。
【窩火】生氣、氣悶。
【窩憋】受人壓迫而心中憤懣。
【悶悶不樂】心情憂鬱不快樂。
【鬱鬱寡歡】悶悶不樂。
【心煩意亂】心中煩躁，思緒紊亂。

「我們來玩一個遊戲吧！」「遊戲？好啊好啊。」其實我是看泰雅小妹妹瓦幸的腳步逐來越沉重，一定是因為漫長的山林步道，讓她覺得有點煩悶、無聊了。畢竟我認識的樹木花草有限，而沿路也沒有太多鳥類和小動物出現，彷彿永無止境的行走，對一個小女生而言確實不免乏味，那就得動腦筋逗逗她。（苦苓〈珊瑚礁與山胡椒〉）

因為一直想你所以感冒了吧！全身沒有力氣，想念下降了抵抗力（我用自己做了實驗）。有沒有吃藥都一樣的飄忽，我躺在小舟上有風吹來，海的微波搔動著我的胸口，無法不去思考單一的句子：「星期六見」，事實上也沒在思考，只是重複同一句話，話的本身也無意義，重點在說話的人。整天莫名其妙地笑和苦惱，但都沒有確切理由。（楊莎〈私讀密寫・戀人絮語〉）

海洋啊，每感覺無依孤獨時／所有位置、年齡、風向／悒鬱、笑容、記憶，如女子纖細待逝的心痛時般出現／〔……〕（汪啟疆〈人魚〉）

不想如今忽然來了一個薛寶釵，歲數雖大不多，然品格端方，容貌豐美，人多謂說黛玉之所不及。而且寶釵行為豁達，隨分從時，不比黛玉孤高自許，目無下塵，故比黛玉大得下人之心；便是那些小丫頭們亦多喜與寶釵頑耍。因此，黛玉心中便有些悒鬱不忿之意，寶釵卻渾然不覺。（清・曹雪芹《紅樓夢》）

原來那天早餐時，夏金桂又借茬吵鬧，薛蟠因頭日去領採買銀子遭減扣，心頭煩惱，一夜沒睡好，更不堪那河東獅亂吼，往日不過對罵，今日那邊一句惡語出來，竟憤懣難忍，將正喝著的一碗熱粥，照那夏金桂甩去，偏偏就砸到了太陽穴上，粥湯橫飛，更有鮮血直噴出來，夏金桂尖嚎兩聲，便倒地翻白眼而亡。（劉心武《劉心武續紅樓夢》）

父親在壯年時，就鬱鬱寡歡，病疾而亡。他臥病時期無力再書寫，

【滿腹心事】心中充滿愁悶。

【積鬱】長期積壓在心中的苦悶、鬱悶。

【悶不吭聲】閉著嘴不出聲。

【懊喪】失意而沮喪。

【沮喪】失望灰心。

只得默默展讀著《七俠五義》這類演義小說，彼時，其實我已經長大，可以與他暢談藝文盛事，分享他內心最愛的世界，但是，我卻寧可浪跡異鄉，不忍回家看見他落寞的神情，這些愧疚成了我一輩子的遺憾。（心岱〈來到曠野〉）

不舒服

【不適】不舒服、不舒暢。

【不舒服】不適意、不愉快。

【不快】不舒服。

【不爽】身體、精神不爽快。

【不爽快】❶不舒服。❷不乾脆。

【難受】身心感到不舒服。

【難過】不舒服、不好受。

【不得勁】不舒服。

【難熬】難挨、難以忍受。

【憂傷】憂愁悲傷。

【煎熬】內心受折磨而焦灼痛苦。

【熬心】心中煩悶不快。

【熬磨】痛苦的度過時間。

【彆扭】執拗、不順心。

【磨人】糾纏、折騰人。

【折騰】反覆、翻轉，引申有折磨之意。

【不豫】身體不舒服，或指有病。

【不受用】不舒服、受不了。

【不快活】不舒服或不愉快的意思。

【不停當】不舒服。

高山烏龍茶，特別是有機烏龍茶品種，是我在上海每天不可或缺的小確幸。因為一天沒有喝到果香芬芳、茶色高雅的台灣茶，我就渾身不舒服。曾經在上海買過鐵觀音，但是從製茶的概念上就和台灣不同，台灣買的福建鐵觀音焙火略重，茶色金黃，但是大陸的鐵觀音喝起來像是烏龍茶品種的茶，不過最要命的是，它們喝起來像是在喝香水。（許舜英〈二九春夏必備單品〉）

尺寸大致相同的十多本書，被裝在一個白色的塑料袋裏。我將書逐一取出，一本接一本翻開，紙張發出被歲月碾過的響聲，虛弱又焦脆。生鏽的釘子，穿過層層菸色的紙，不時掉出屑片，見似快各散東西，卻堅守崗位。黑色的霉菌，順著頁面上的水跡，零落點點；陣陣老去的腐味，直逼鼻頭，嗆得難受。（方肯〈修書記〉）

想也知道ㄢ啜泣了起來，這是今晚最終話偶像劇的高潮了。男孩絲毫沒打算挽回，只是等她用那哭到難過嘶啞的聲音，提出她的要求。「可以、請你把……」ㄢ至此泣不成聲，但隨後的請求把本來的偶像劇賦格陡降，變成搞笑賀歲短片：「把我放你家的除毛霜還給我嗎？那一罐很貴……」（祁立峰〈愛情屬地主義〉）

14 發怒

憤怒生氣

【憤】因心中不滿而動怒、生氣。
【怒】氣憤、生氣。
【憤怒】生氣、發怒。
【憤慨】憤怒而慨嘆。
【震怒】大怒。
【盛怒】大怒。
【狂怒】大怒。
【惱】氣恨、發怒。
【惱怒】生氣、發怒。
【含怒】心懷憤怒。
【氣】發怒。
【生氣】發怒。
【動氣】生氣。
【掛氣】生氣。
【犯脾氣】發怒使氣。
【發脾氣】生氣發怒。
【發毛】發脾氣。
【發怒】生氣動怒。
【發飆】大發脾氣。
【使性子】耍脾氣。
【發作】動怒、發脾氣。
【嗔怒】發怒。嗔，ㄔㄣ。
【動怒】發怒、生氣。
【動火】發怒。
【動肝火】發怒、生氣。
【發火】動怒、發脾氣。
【惱火】惱怒發火。
【冒火】生氣、發火。
【起火】發怒、動氣。
【光火】生氣、發怒。
【上火】生氣、發怒。
【掛火】羞憤、惱怒。
【炸】突然發怒、生氣。
【嗔】生氣、發怒。
【發狠】惱怒動氣。
【悲憤】悲傷憤怒。
【氣忿】憤怒。

但有另一種火焰，妄自溫柔，暗中濃烈，是一位安那其小朋友燃起的，那是六月初起的夏夜，一年一度的尖沙咀聚會，他用一瓶二鍋頭在地上點燃自己的塗鴉，熾烈的圖像，映紅的人面，來自透明液體裡的酒精，不能吧啦吧啦燒盡我們內心深處的不安及憤怒，但可以這暫時的溫暖明熾來告慰。（曹疏影〈舊世紀〉）

即如朝廷裡做官的人，無論為了甚麼難，受了甚麼氣，只是回家來對著老婆孩子發發標，在外邊決不敢發半句硬話，也是不敢離了那個官。（清．劉鶚《老殘遊記》）

孩子對母親的愛永不懷疑。有時，妻子板起面孔，裝出一副嗔怒的模樣，孩子窺視著，俄頃，反而舒心地笑了，他知道這是個玩笑。（薛爾康〈母子〉）

「游到紅旗繞回來，你輸了，獎品歸我，我輸了，請你跟盧月美看一場電影；五百塊錢由你們兩個人隨意。」小賀邊說邊向海邊走。劉國宏跟著，他心裡有點光火，這不只是衝著他來的，竟也捲上盧月美了。（張毅〈鷹揚之前〉）

憑藉香港三部曲所企及歷史敘述功力，施叔青展開返鄉之旅。回到故鄉時，決定也為她所賴以生存的土地立傳；朝向空曠虛無的歷史荒原，毅然為被損害的、沒有發言權的台灣，發出深沉而悲憤的抗議。（陳芳明〈歷史．小說．女性——施叔青的大河巨構〉）

她說完了，還把她的高跟鞋頓了一頓，表示她那份憤懣的意思。全場的女人，這就鼓起掌來。北海看到，心裡就想著，像這位女太太那份激烈的樣子，那是可以壓倒賈多才的氣餒的。（張恨水《小西天》）

【氣憤】生氣憤怒。
【氣惱】氣忿、惱怒。
【勃然】發怒衝動的樣子。
【怫然】憤怒、生氣的樣子。怫，ㄈㄟˋ。
【憤然】氣憤發怒的樣子。
【憤憤】心中氣憤不平的樣子。
【憤懣】氣憤不平。懣，ㄇㄣˋ。
【悻悻】憤恨難平的樣子。
【怒沖沖】非常生氣、氣憤的樣子。
【氣呼呼】形容生氣時呼吸急促的樣子。
【髮指】頭髮上指。形容盛怒的樣子。
【氣沖沖】形容盛怒的樣子。
【氣鼓鼓】形容非常氣憤。
【發威動怒】生氣發怒。
【大發雷霆】比喻發怒、大聲責罵。
【火冒三丈】形容非常生氣。
【怒火中燒】心中升起熊烈的怒火。形容非常憤怒。
【怒不可遏】憤怒到不能抑制的地步。形容憤怒之極。亦作「怒不可抑」。
【怒髮衝冠】盛怒的樣子。
【扭頭暴筋】扭動頭部，暴露出青筋，形容非常忿怒。
【惱羞成怒】因羞愧到極點而惱恨發怒。
【暴跳如雷】形容人急怒的樣子。
【勃然大怒】憤怒的樣子。
【七竅生煙】眼耳鼻口都冒出火來。形容十分憤怒。
【義憤填膺】胸中充滿因正義而激起的憤怒。
【慍惱】心生不快而生氣。慍，ㄩㄣˋ。
【狷忿】性急容易發怒。狷，ㄐㄩㄢˋ。
【拍案】用手拍桌子，表示情緒激動。

鎖匠幫我們把門打開，電視都已經開始播放夜間新聞了。看姊姊一臉豬肝色，妹妹和我很知趣地去洗澡，還很乖地把衣服放到洗衣機去洗。偏偏禍不單行，當我把洗好的衣服丟到脫水槽去，重心不一致，碰，碰，碰，脫水槽劇烈地轉動幾下，便壞了——姊姊可火冒三丈，指著妹妹和我大罵：「我看你們誰再去跟媽媽打小報告，我就要誰好看——」（侯文詠〈媽媽不在的時候〉）

一天她告訴我，歷史老師宣佈：考試成績前五名的同學每人繳五塊錢，分數可再提高。其餘同學都傻了，繼而怒火中燒。田田考砸了，也加入抗議的行列。我跟著拍案而起：造反有理！我們全都上了當。原來這與歷史課本有互文關係。在馬丁．路德的宗教改革以前，富人只要捐錢給教會，殺人放火，照樣可赦免上天堂。老師略施小計，讓學生外帶個跟班的家長體會一下當時窮人的憤怒。（北島〈女兒〉）

此信你能否看懂並不重要／重要的是／你務必在雛菊尚未全部凋零之前／趕快發怒，或者發笑／趕快從箱子裡找出我那件薄衫子／趕快對鏡梳你那又黑又柔的嫵媚／然後以整生的愛／點燃一盞燈（洛夫〈因為風的緣故〉）

印象中，母親像一座隨時會爆發的火山，幾乎沒有一天不發脾氣，沒有一刻不打罵孩子。家裡夥計幹活不俐落，孩子們調皮搗蛋，與父親嘔氣，或者工作太累，樣樣不如意的事，都能讓她失控發飆。（賴瑞卿〈母親的哭聲〉）

將軍又聽他褒揚了自己的勛業一番，卻沒有像往常那樣受不了過譽之辭而大發雷霆。他捺住性子聽，不時地點點頭，彷彿正在聽一首溜耳即逝的陌生樂曲。最後，他向對方舉手致答禮告辭，喃喃地說：

【拂袖】振動衣袖，表示不悅或憤怒。

【切齒拊心】怨恨至牙齒切磨，拍擊胸膛。形容痛恨到了極點。拊，ㄈㄨˇ。

出氣、賭氣

【出氣】發洩怨憤。

【撒氣】洩憤。

【殺氣】發洩怒氣。

【遷怒】把怒氣發洩在不相干的人、事、物上。

【洩憤】發洩內心的憤恨。

【嘔氣】賭氣、鬧彆扭。

【賭氣】負氣、意氣用事。

【負氣】賭氣。

【鬥氣】賭氣、互不相讓。

【使氣】意氣用事，任性而為。

【矜功負氣】自恃有功而氣勢凌人。

【負氣鬥狠】憑持意氣，使狠勁。

【意氣用事】處理事務只憑感情，多不依據理性。

【耍脾氣】使性子、發怒。

【使性子】耍脾氣。

【鬧彆扭】彼此有意見而合不來，因而乃採不合作態度或故意為難對方。

激怒、息怒

【激怒】以言語或行動刺激他人，使其發怒。

【觸怒】惹人動怒。

【惹氣】引來怒氣。

「是啊是啊！人死得越久，也就越沒有什麼矛盾了是罷？」「您說啥？」（張大春〈將軍碑〉）

父親在山居的那些個歲月，遙吟俯唱，倒也著實作了幾年清夢，寫了幾篇好詩，連他一向暴躁的脾氣都改了不少。母親雖然每天往返要跑幾里的山路到市場採購食物，但她卻沒有一絲厭煩的神色；因為父親的不再隨意遷怒子女，的確使她輕心了許多。（慶餘〈秋的憶念〉）

晚飯是舅舅上閣樓叫富萍下來吃的，這也有一種隆重的意思。富萍當然不能和舅舅賭氣。她對舅舅始終抱著敬畏之心，所以本來不打算下來吃飯的，如今只得下來了。飯菜已經端上了桌，孩子們捏著筷子，等她坐定後，方才開吃。飯桌上沉悶得很，只有筷子碰碗的叮噹。（王安憶《富萍》）

有時，貞觀寧可他說了，自己好聽了放心；其實，也不是什麼不放心，她並非真要計較過去。與其說負氣，還不如說心疼他；惜君子之受折磨——她是在識得大信之後，從此連自己的一顆心也不會放了；是橫放也不好，直放也不好……（蕭麗紅《千江有水千江月》）

這種溫柔的表態，先是為了自己，它不會傷身傷肺，心情平靜心肝脾臟就不會因高低猛烈而失去平衡。你自己得先有這種能耐能量才有不被破壞傷害的力量。那不是過於厚重而剛硬的盔甲，而是如一薄膜般輕微的保護著你，不容易被激怒、不輕易沮喪，當然，也不過於

【激憤】激動氣憤。
【感憤】內心有所感觸而憤慨。
【息怒】平息怒氣。
【消氣】消除怒氣。
【壓氣】平抑怒氣。
【解氣】紓解心中鬱悶之氣。
【解恨】消除心中的怨恨。
【惹惱】引人生氣。
【招惹】招引觸犯。
【激惱】刺激惱怒他人。
【息爭】平息紛爭。
【解訟息爭】化解論辯，平息爭執。
【掩旗息鼓】比喻事情中止，不再進行。

15 驚訝、恐懼

害怕

【怕】恐懼、害怕。
【害怕】心中恐懼不安。
【懼怕】畏懼。
【憚】ㄉㄢˋ，怕，畏懼。
【恐】害怕、畏懼。
【恐懼】畏懼。
【誠恐】心裡害怕、恐懼。
【畏】恐懼、害怕。
【畏懼】害怕、恐懼。
【懾慴】害怕，恐懼。慴，ㄓㄜˊ。
【畏縮】畏怯不前。
【憂懼】憂愁恐懼。
【危懼】形容非常驚恐、害怕。
【惴慄】憂懼戰慄。惴，ㄓㄨㄟˋ。
【惟恐】只怕。
【生怕】只怕、惟恐。
【生恐】生怕、惟恐。
【驚嚇】受驚害怕。

軟弱。（馬家輝〈龍年的溫柔〉）

且說董承自劉玄德去後，日夜與王子服等商議，無計可施。建安五年，元旦朝賀，見曹操驕橫愈甚，感憤成疾。帝知國舅染病，令隨朝太醫前去醫治。此醫乃洛陽人，姓吉，名太，字稱平，人皆呼為吉平，當時名醫也。平到董承府用藥調治，旦夕不離；常見董承長吁短歎，不敢動問。（明．羅貫中《三國演義》）

吳用便說道：「頭領息怒。自是我等來的不是，倒壞了你山寨情分。今日王頭領以禮發付我們下山，送與盤纏，又不曾熱趕將去。請頭領息怒，我等自去罷休。」林沖道：「這是笑裡藏刀，言清行濁的人。我其實今日放他不過！」（明．施耐庵、羅貫中《水滸傳》）

夏天的溪流，其實是很清涼的，我也不覺得苦，就把它當作遠足；但鄉下的樹上、竹中有很多蛇，我常常恐懼被蛇咬，也擔心萬一妳或伯母被蛇咬了怎麼辦。那時我常常在腦中規畫求救方式，但鄉下人很少，我們又去那麼偏遠的地方，我充滿恐懼，彷彿知道了，這個世界有著離別和死亡。（許悔之〈很多輩子〉）

我們家固定跟一位農夫買菜。星期日，他在社區不遠的一處教會，擺售才收割的新鮮作物。多半以有機蔬果為主，若是慣行的，都會再三強調，生怕壞了信譽。我們跟他一來一往互動，倏忽間竟也有四、五年。（劉克襄〈學習跟農夫聊天〉）

令人震懾的不是絕美的臉孔，而是在街上偶遇的斷了鼻梁的蒼白少年；塗著厚厚胭脂的老流鶯；優雅的老人；臉上有顆美麗的痣的少婦；笑起來有四個梨渦的少女……這些臉孔像流雲常在我腦中飄

【嚇呆】形容驚嚇過度。

【嚇一跳】突然受到驚嚇的樣子。

【受驚】受到驚嚇。

【吃驚】受驚，嚇了一跳。

【震驚】吃驚懼怕。

【震懾】震驚恐懼。懾，ㄓㄜˊ。

【懾人心魄】心神恐懼。

【駭然】驚恐的樣子。

【憚】怕、畏懼。

【忌憚】有所畏懼而不敢妄為。

【心悸】心中驚恐害怕。

【喪膽】嚇破了膽，形容非常害怕。

【膽寒】極為驚懼、害怕。

【失色】失去原本的容色。形容神色因驚惶而改變。

【發毛】指害怕、驚慌。

【寒毛直豎】因驚恐使細毛直立。恐怖到了極點。

【怯場】臨場畏縮慌張。

【怯陣】臨陣畏懼退縮。

【冒冷汗】因緊張、害怕或身體不適，引起全身冷汗直流的現象。

【骨軟筋麻】比喻恐懼害怕。

【骨顫肉驚】驚恐害怕。

【魂飛魄散】比喻非常恐懼害怕。

【膽裂魂飛】驚恐至極。

【神不主體】神志無法主宰自己的身體。形容恐懼的樣子。另有「魂不附體」。

【擔驚受怕】處於驚恐害怕的狀態。

【望而生畏】比喻見了就令人害怕。

【心有餘悸】形容危險不安之事雖然過去，回想起來心裡仍感到緊張、害怕。

【捏一把冷汗】因擔心而極度緊張，手心出汗。情況驚險，令人緊張擔憂。

流。（周芬伶〈雲朵〉）

我走向這肥料工廠的傳達室，雖然我原已有心悸亢進的惡劣趨向和懼高心理。我有一點膽寒和一陣一陣的恐懼，但是我現在逃跑已經來不及了，這有失去一個穿軍服人的尊嚴，工廠的一個主任已經帶我走向那支又細又長的煙囪。（七等生〈讚賞〉）

花榮披掛，拴束了弓箭，綽槍上馬，帶了三、五十名軍漢，都拖槍拽棒，直奔到劉高寨裏來。把門軍人見了，那裏敢攔當。見花榮頭勢不好，盡皆吃驚，都四散走了。花榮搶到廳前，下了馬，手中拿著槍，那三、五十人，都擺在廳前。花榮口裏叫道：「請劉知寨說話。」劉高聽得，驚的魂飛魄散，懼怕花榮是個武官，那裏敢出來相見。（明．施耐庵、羅貫中《水滸傳》）

火葬場捧著他的骨灰罈一路捧到靈骨塔安放後，我跪在冰冷的磨石地上，凝視著他那張郵票般大小的黑白照片，久久不願起身離去：終於，到了陰陽兩隔的時刻了嗎？那個時刻，我曾經想像過好多年，三更半夜擔驚受怕過好多年，也思想準備過好多年；但從那天清晨接到那通電話後，我卻讓時間凍結，不肯承認，那個時刻果真來了。（王健壯〈最後的眼神〉）

趙姬見狀，俯下身，輕輕撫慰著他：「荊軻，荊軻，怎麼了？你怎麼了？」在趙姬的呼喚下，荊坷終于清醒過來，睜開眼睛，坐起身來，耳邊卻依然迴盪著打鐵的當當聲。這聲音令他渾身發毛，任憑怎樣撕扯頭髮，怎樣打滾，卻始終揮之不去。（荒俁宏《荊軻刺秦王．十八》）

懷疑

【多心】心生猜疑。

【疑神疑鬼】內心多疑。

【蹊蹺】奇怪、可疑。

【懷疑】心中疑惑。

【打罕】感到奇怪、納悶。

【罕異】感到奇怪、詫異。

【猜悶兒】猜疑納悶。

【納悶】不明緣由，而心生疑問。

【疑懼】因為不相信、猶疑而害怕。

【疑心】懷疑的感覺、念頭。

【猜疑】對人對事猜忌疑慮。

【猜嫌】猜疑不信任。

【疑惑】懷疑、不明白。

【狐疑】狐狸生性多疑，故以狐疑形容人因多疑而猶豫不決的樣子。

【困惑】因疑惑而不知如何是好。

【迷惘】困惑而不知所措。

【半信半疑】也相信也懷疑，是非真假無法判定。

【疑信參半】抱懷疑的態度，無法完全相信。

【打悶雷】不明內情心裡瞎猜。亦作「打悶葫蘆」。

膽怯

【膽怯】膽小怯懦。

【膽寒】比喻極為驚懼、害怕。

【膽虛】害怕而心不寧。

【膽小】膽子小，缺乏勇氣。

【卻步】因膽怯而畏縮不前。

【畏怯】畏懼怯懦。

【儋畏】畏懼。儋，ㄉㄢˋ。

【發怵】膽怯，畏縮。

現在，他正銜著旱菸管，趴在洞窟裡隨手撿翻。他當然看不懂這些東西，只覺得事情有點蹊蹺。（余秋雨〈道士塔〉）

他在席上隨口吩咐。殷天正、楊逍、韋一笑等逐一站起，躬身接令。張三豐初時還疑心他小小年紀，如何能統率群豪，此刻見他發號施令，殷天正等武林大豪居然一一凜遵，心下甚喜，暗想：「他能學到我的太極拳、太極劍，只不過是內功底子好、悟性強，雖屬難能，還不算是如何可貴。但他能管束明教、天鷹教這些大魔頭，引得他們走上正途，那才是了不起的大事呢。嘿，翠山有後，翠山有後。」想到這裡，忍不住捋鬚微笑。（金庸《倚天屠龍記》）

擁擠的居住空間限制了人們心理的空間，引發著數不清的磨擦。說話聲音大了，會吵了別人，聲音小了則要引起神經過敏者的無端猜疑，以致爆發出莫名的爭吵。（李紅真〈宿舍〉）

即使在最不足以談論的日常裡，我們偶爾也會在既定軌道迷惘片刻吧。似乎有一條不易馴服的思緒情縷，像靜悄悄的蛇，像不臨水的釣鉤，潛伏於內心深處，偽裝、冬眠、忍耐，忽而在不明所以的剎那，探出來對自己嘆息：「啊，漫長！」（簡媜〈小徑〉）

而我的仰望是如何的憂傷，用情於天又是如何寂寞的事業，我頹然地放下望遠鏡，誰能承受得了這巨大的愛戀呢？是啊，蒼天之下，我是膽小之人，不敢探視雲層背後那個無邊無際的世界。（周芬伶〈時空錯愕〉）

不就這樣子嗎，海邊到處立著警示牌：禁止這樣、禁止那樣，請勿靠近，不准越界，那年代沒有消波塊，但好像一道看不見的森森高

【畏葸】膽怯、畏懼。葸，ㄒㄧˇ。

【蝟縮】如刺蝟遇敵團縮。比喻畏懼退縮。

【心虛】自知理虧而內心害怕不安。

【怯生】見到不熟識的人，或處在陌生的環境中，而感到害怕或不自然。

【怯生生】膽小害怕的樣子。

【怯怯喬喬】膽小畏懼的樣子。

【怕生】懼怕陌生人。

【縮頭縮腦】形容怯弱無能，不肯出頭負責任。

【縮手縮腳】形容畏怯退縮，不敢放手去做。

【束手束腳】比喻人做事顧慮多，放不開。

【畏首畏尾】顧慮前顧慮後，十分戒慎恐懼的樣子。

【畏葸不前】畏懼怯懦，不敢前進。葸，ㄒㄧˇ。亦作「畏縮不前」。

【前怕狼，後怕虎】比喻顧慮過多，膽怯不前。

驚慌

【驚慌】驚恐慌張。

【驚恐】驚懼害怕。

【驚駭】慌張害怕。

【驚惶】害怕惶恐。

【驚愕】非常驚訝害怕。

【驚悸】驚恐心悸。

【驚乍】驚恐害怕。

【惶恐】恐懼不安的樣子。

【惶惑】心中疑懼。

【怔忪】ㄓㄥ ㄓㄨㄥ，驚懼害怕的樣子。

【怔忡】驚悸的樣子。

【恤然】驚恐的樣子。

【悚惕】驚惶恐懼。

牆悍擋在海陸之間。當然，這情形可能是因為渺小而畏怯宏瀚，因為有限而恐懼無垠，但十分矛盾的是，我們又那麼驕傲的自認為主宰天地萬物。（廖鴻基〈心底的濤浪〉）

及至看見那麼多的小孩，他更慌了。他沒想到過，一個地方能有這麼多的孩子，這使他發怵。他不曉得怎樣和他們親近。（老舍《牛天賜傳》）

黃得雲像心事被猜中似的，掉頭便走，避開迎面而來那個頗通文墨的班主。感覺到姜俠魂的眼光正在看自己，黃得雲心虛的加快腳步，跨出戲棚後台，到了門口才回過頭向那株紅棉樹回視，只見姜俠魂的背影，他柳綠綢褲在沒有風的薄暮兀自波浪起伏，撩撥投向它的目光。（施叔青《她名叫蝴蝶》）

「哦——」我伸出手去，替她拭去額上冒出來一顆一顆的冷汗珠子。我發覺娟娟的眼睛也非常奇特，又深又黑，發怔的時候，目光還是那麼驚慌，一雙眸子好像兩隻黑蝌蚪，一逕在亂竄著。（白先勇〈孤戀花〉）

印度的燥熱飛塵，天天在街頭上演的生老病死，為我曉示生命的本質。我也去過恆河畔，看到骨灰撒入河中，焚燒一半的殘屍逐波而下，下游的印度信徒面不改色地掬起「聖水」，仰頭吞下。生死有界，流水無痕。我驚悸而感動。（林懷民〈出走與回家〉）

詩的寫作，猶如暗室覓尋出口，上下求索、左右觸摸，顛躓困頓、踉蹌傾斜，在苦悶惶惑之餘，忽見一線細光，穿透而入，於是豁然開

【張皇】驚恐慌亂的樣子。

【惶悚】驚慌恐懼。

【恐怖】害怕、畏懼。

【恐慌】憂懼而慌張。

【虛驚】僅受到驚嚇，而無實際遭受災禍。

【心慌】心裡驚慌忙亂。

【毛】驚慌失措的樣子。

【發慌】心中不安或驚慌、焦急。

【嚇人】令人驚嚇、害怕的。

【怵目驚心】眼見可怕的情景而使內心驚恐、害怕，形容十分恐怖。也作「觸目驚心」。

【不可終日】一天也過不下去。比喻心中惶恐不安。

【惶惶不可終日】驚慌到連一天都過不下去，形容驚恐不安到了極點。

【擔驚受怕】處於驚恐害怕的狀態。

【戰戰兢兢】因畏懼而顫抖。形容戒懼謹慎的樣子。

【不知所措】驚慌失度，不知道怎麼辦才好。

【驚惶失措】驚恐慌張，不知如何是好。

【提心吊膽】擔憂恐懼，無法平靜下來。也作「提心弔膽」、「懸心吊膽」。

【聞風喪膽】聽到一點消息就嚇破膽。形容極度恐懼。

【心驚膽跳】形容驚怕畏懼的樣子。

【心驚膽顫】形容非常害怕恐懼。

【心驚肉跳】形容恐懼不安，心神不寧，以為災禍將臨。

【不寒而慄】形容內心恐懼至極。

【氣急敗壞】上氣不接下氣，狼狽不堪的樣子。常用以形容慌張或惱怒的樣子。

【屁滾尿流】形容非常驚懼害

朗，終能成篇。年輕時，我開始詩的創作，嘗試將外在事物所觸及心的感動通過文字及意象表現出來，就有這種煎熬推敲、易寫難工的感慨。詩無新舊之分，只有高下之別，而如何鑄字鎔篇，別出心裁，就決定了詩的成敗。（向陽〈詩的暗室〉）

但若大雨滂沱，我就又惶悚不安了，屋頂濕印到處都有，起初如碗大，俄而擴大如盆，繼則滴水乃不絕，終乃屋頂灰泥突然崩裂，如奇葩初綻，砉然一聲而泥水下注，此刻滿室狼藉，搶救無及。（梁實秋〈雅舍〉）

烏鴉叫聲特別。開車的聽不見，跑步的戴著耳機，拒絕接收自然頻道。於是烏鴉拉屎，用墨綠灰白的排泄物輪番轟炸，人們終於注意到牠們的存在。冬天的樹上，驟然飛起，呼啦啦一片，遮天蓋地，如地獄景象。我進城提心吊膽，儘量不把車停樹下，還是免不了遭殃。（北島〈烏鴉〉）

我用力掀開棉被跳下床，準備搜索什麼似地。這樣的陽光，這樣的氛圍，我千真萬確在生命中碰觸過。可是一時又理不出頭緒。我失魂落魄地下樓推開院落大門，想暫時揮開這些困惑。剛一踏出階梯，猛然被一片藍得要滴出水來的天幕重重敲醒。（王文進〈堅定之山，希望之河〉）

嘿！我就會扮演老練的悲劇角色，講著一句話，回頭看看，四下窺視，戰戰兢兢，草木皆兵，而滿腹狐疑；我也會裝出假笑，又能運用各種鬼臉怪相；這兩副臉譜都由我隨意調配，以豐富我的技藝。可是！凱茨比走了嗎？（莎士比亞《理查三世》）

死的樣子很猙獰，死前一定非常痛苦。他把那床白緞面的被單蓋覆到她那張老醜而恐怖的臉上時，他的第一個反應是覺得大大鬆了一

怕，狼狽不堪。

【失魂落魄】精神恍惚，失去主宰。

【魂不附體】靈魂脫離肉體。形容驚嚇過度而心不自主。

【亡魂喪膽】形容非常驚慌恐懼。

【風聲鶴唳】東晉時秦主苻堅率眾列陣肥水，謝玄等以八千精兵渡水還擊，秦兵大敗，潰兵聽到風聲和鶴鳴，皆以為王師已至。後形容極為驚慌疑懼。

【草木皆兵】見到風吹草動，都以為是敵兵。比喻緊張、恐懼，疑神疑鬼。

【談虎色變】一談到老虎就嚇得變了臉色。比喻一提及某事就非常害怕。

【杯弓蛇影】比喻為不存在的事情而驚惶。

【毛骨悚然】形容極端驚懼害怕。

【駭人聽聞】形容消息嚇人，令人聽了十分震驚。

慌張

【慌】因急促而忙亂。

【慌張】因慌忙而張惶失措。

【發慌】心裡不安、著急或驚慌。

【著慌】著急慌張。

【慌亂】慌張忙亂。

【慌神】慌亂、慌張。

【慌忙】急迫的樣子。

【張皇】驚恐慌亂的樣子。

【失措】因為驚慌而不知所措。

【倉惶】驚慌不知所措。

【周章】倉惶驚恐的樣子。

【手忙腳亂】形容做事慌亂，失了條理。

口氣。費雪太太不必再受罪，他也得到了解脫。這位闊綽的猶太老寡婦，給他醫治了七年多，夜間急診，總不下十五六次。她經常地害怕，怕死，一不舒服，就打電話來向他求救，有時半夜裡，她那斷斷續續帶著哭音的哀求，聽得他毛骨悚然。有時他自己也不禁吃驚，怎麼會變得如此冷淡，對病人的苦痛如此無動於衷起來。（白先勇《夜曲》）

不，不成，她恐怕不會相信我的表白。縱然相信，也未必願同我說什麼話。她可能這樣說：即便我對你是百分之百的女孩，你對我可不是百分之百的男人，抱歉！而這是大有可能的。假如陷入這般境地，我肯定全然不知所措。這一打擊說不定使我一蹶不振。我已三十二歲，所謂上年紀歸根結底便是這麼一回事。（村上春樹《百分之百的女孩》）

大約是九月上旬的一天拂曉，晨星尚未隱去。忽然，有人輕輕地按了兩下電鈴。父親從這有禮貌、且帶著膽怯的鈴聲中揣測，來者可能是朋友，而不是進駐家中、夜間外出鬼混拂曉回來的紅衛兵。母親開門，來者是李如蒼，且神色慌張。（章詒和〈兩片落葉，偶爾吹在一起：儲安平與父親的合影〉）

對著排天倒海而來的桃紅柳綠，對著蝕骨的花香，奪魂的陽光，生命的豪奢絕豔怎能不令我們張皇失措，當此之際，真是不做什麼既要懊悔——做了什麼也要懊悔。（張曉風〈只因為年輕啊〉）

這次徐壯圖的慘死，徐太太那一邊有些親戚遷怒於尹雪艷，他們

【手足無措】手足無處安放。形容沒了主意，不知如何是好。

【不知所措】驚慌失度，不知道怎麼辦才好。

【慌慌忙忙】緊張忙亂的樣子。

【著急】焦慮、急躁。

【慌張勢煞】驚慌失措的樣子。

【驚慌失措】驚恐慌張不知如何是好。

【戰戰兢兢】因畏懼而顫抖。

【心焦】心中焦慮急躁。

【心焦如焚】心中焦灼急躁，如著了火一般。

【周章狼狽】倉惶驚恐，困窘狼狽的樣子。

【忙忙急急】匆忙急迫的樣子。

【惶急】形容驚慌急迫。

驚奇

【驚奇】覺得奇怪而吃驚。也作「驚異」。

【驚訝】驚奇訝異。

【驚詫】驚奇訝異。

【詫異】驚奇、訝異。

【罕異】感到奇怪、詫異。

【呀然】吃驚的樣子。

【錯愕】倉卒驚訝的樣子。

【愕然】驚奇的樣子。

【納罕】驚異、奇怪。

【嘖嘖稱奇】咂嘴作聲，表驚奇、讚嘆。

【駭異】驚駭訝異。

【駭怪】震駭驚異。

【駭然】驚恐的樣子。

【訝異】令人覺得意外。

【奇異】驚奇訝異。

【奇怪】出乎意料、覺得奇異。

【怪異】奇怪、詭異。

【驚疑】驚恐疑惑。

都沒有料到尹雪艷居然有這個膽識闖進徐家的靈堂來。場合過分緊張突兀，一時大家都有點手足無措。尹雪艷行完禮後，卻走到徐家太太面前，伸出手撫摸了一下兩個孩子的頭，然後莊重地和徐太太握了一握手。正當眾人面面相覷的當兒，尹雪艷卻踏著她那風一般的步子走出了極樂殯儀館。（白先勇〈永遠的尹雪艷〉）

有一次母親讓我去買黏糕，我略微地去得晚了一點，黏糕已經出鍋了。我慌慌忙忙地買了就回來了。回到家裡一看，不對了。母親讓我買的是加白糖的，而我買回來的是加紅糖的。當時我沒有留心，回到家裡一看，才知道錯了。（蕭紅《呼蘭河傳》）

在懷孕以前，我自信對於相伴了四十年的身體非常瞭解，以為早就已經將她乖乖地馴服。然而，當發現一個新的生命居然在我體內萌芽時，驚詫之餘，我才知道，雖然讀過那麼多的身體論述，但是理論卻只能淺淺地刮過皮膚的表層，而藏在底下的，竟是言語所不能企及的活生生的真實血肉。（郝譽翔〈生產前後〉）

有一次我們在看荷蘭畫家維米爾（Vermeer）的一張女子的頭像，在紅色的帽簷下，一張彷彿偶然回轉過來的眼眸，有一點意外錯愕的表情，微微張開嘴唇，彷彿有許多心事要說。（蔣勳《給青年藝術家的信．第三封信　空》）

從青年節的連續春假假日開始，他們常在山林冶遊，邊玩邊偷窺人家掃墓，那些本省人奇怪的供品或祭拜的儀式、或悲傷肅穆的神情，很令他們暗自納罕。（朱天心〈想我眷村的兄弟們〉）

【詭譎】奇怪、怪誕。

【大驚小怪】形容為一些不足為奇的小事而過分聲張、驚怪。

【呆若木雞】驚嚇而發愣的樣子。

【瞠目】睜大眼睛。形容憤怒、驚訝、無奈的樣子。

【眼愕愕】張大著眼睛看，通常帶有驚愕之意。

【咋舌】因吃驚或害怕而說不出話來。咋，ㄗㄜˊ。

【瞠目結舌】睜大眼睛說不出話。形容吃驚、受窘的樣子。

16 慚愧、無愧

慚 愧

【慚】羞愧。

【抱罪】因過失而愧疚。

【愧】因理虧或做錯事，而感到難為情。

【張口結舌】形容恐懼慌張，或理屈說不出話的樣子。

【驚怪】驚奇訝異。

【愕眙】驚視的樣子。

【震愕】震駭驚愕。

【駭人】驚人，令人害怕。

【駭人耳目】使人驚恐害怕。

【奇駭】驚奇訝異。

【罕異】感到奇怪、詫異。

【詭譎怪誕】怪異多變，離奇異常。

【怪誕】古怪、荒謬。

【驚奇駭異】非常怪異，令人吃驚。

【慚愧】羞愧。

【愧恧】慚愧。恧，ㄋㄩˋ。

【愧怍】慚愧。怍，ㄗㄨㄛˋ。

【愧汗】因羞愧而發汗。形容

我發現，一般說來，馬橋人對此不大著急，甚至一點也不怪異。他們似乎很樂意把話說得不大像話，不大合乎邏輯。他們似乎不習慣非此即彼的規則，有時不得已要把話說明白一些，是沒有辦法的事，是很吃力的苦差，是對外部世界的一種勉為其難的遷就。（韓少功《馬橋詞典‧梔子花，茉莉花》）

當時的警官雖不能亂殺人，他的權勢與武士是差不多的。其中陳大人的作風，比別的警官更令人咋舌。（吳濁流〈陳大人〉）

從登山口到排雲山莊約有八小時的行程，皆是二三千公尺高山才見到的景象。天空一路出奇地晴朗，晴朗到雲被一層層削薄，薄到只餘一層紗，卻又綿長地橫貫整片天際，與峭壁的厚實山體對照時，後者很像是一個立在地上的巨大肉身，而前者是昇空的魂靈。你站在二者之間，幼小到只如一粒小沙塵，很容易就要消失在恍惚中。有時在山路的轉角處，突地冒出伸張白色手腳的巨大枯木，指天劃地，好像要指點我的迷惘，卻又凝神似的乩童模樣，令我張口結舌，很想與他一起停佇。（白靈〈慢活人生〉）

很多的歷史，我們會背，背堯的天舜的日，背孟軻民為貴社稷次之君為輕，背宋元明清以後百年恥辱，背六百年來臺灣的篳路與朋馳。很長的歷史，輕輕溜過，我們可以背得爛熟而慚愧，真的慚愧，那樣的歷史，我們幾曾著力過？遙遠的西天一抹雲霞，我們只是靜靜地記誦，紅橙黃綠藍靛紫，我們選擇那一色？不要藍，不要綠！我們選擇黃色的絲帶繫額頭，老師，這次歷史我們自己寫——（蕭蕭〈臺

極為羞愧。

【愧疚】慚愧內疚。

【悔愧】因做錯事而感到後悔慚愧。

【抱歉】心中不安，過意不去。

【抱愧】心中懷存愧意。

【抱憾】心中懷著遺憾。

【歉疚】慚愧難安。

【疚懷】內心自責不安。

【負疚】感到良心不安，對不起他人。

【內疚】內心自覺慚愧不安。

【不過意】心中感到不安或不忍。

【過意不去】心中不安，感到抱歉。

【羞愧】羞恥慚愧。

【羞慚】羞恥慚愧。

【赧顏】羞慚而臉紅。

【愧赧】羞慚而面紅耳赤。

【汗顏】因羞慚而出汗。

【虧心】違背良心。

【無地自容】無處可以藏身。形容羞愧至極。

【無地自處】無處可以躲藏。形容羞愧至極。

【無顏】沒顏面，愧疚。

無愧

【無愧】沒有什麼可以慚愧的。

【問心無愧】憑著良心自我反省，無絲毫慚愧不安。

【捫心無愧】行為光明，心中坦然，無所愧疚。

【俯仰無愧】無論對人、對天都問心無愧。

【無愧】沒有什麼可以慚愧的。

灣野百合〉）

女涕垂膺，默不一言。亟問之，欲言復忍，曰：「負氣去，又急而求人，難免愧恧。」（清．蒲松齡《聊齋志異．連瑣》）

我的很多朋友都是中學時代開始學抽菸的。記得那時候在農村勞動，班上的大部分男生都抽菸，不抽菸便明擺著反潮流。我因為實在不想咳嗽，堅決不抽菸，很有一種對不起大家的內疚和恐慌。抽菸在當時意味著一定的冒險，不抽菸，便難逃避向老師告密的嫌疑。（葉兆言〈抽菸〉）

其實當初我寄卡片，半緣自不能常去看她的內疚之故，那多少是一種自我補贖的心理，詎料竟溫暖了老師母的一片冰心，儼然成為她生命裡最美麗的幾個最後的雪季……（高大鵬〈風雪寄遙情〉）

小皇帝對於這種囑咐絲毫不敢忽視，因為第二天必須背誦今天為他所講授的經書和歷史。如果準備充分，背書如銀瓶瀉水，張先生就會頌揚天子的聖明；但如果背得結結巴巴或者讀出別字，張先生也立即會拿出嚴師的身分加以質問，使他無地自容。（黃仁宇《萬曆十五年》）

他由十幾歲起，便把自己的血汗當作肥料，來培育它們，一直到今天從沒有間斷過。他像一塊路基的石頭，將自己的一生貢獻於人間。然而自身卻從來不曾對人間要求過什麼。這是對的！對於人間，他邱阿金是可以問心無愧了！他不該以此自豪嗎？不該高興麼？就是以現在衰老之年，他也要以自己兩隻手餵飽自己的。（鍾理和〈老樵夫〉）

【心安理得】行事合情合理，心中坦然無憾。

【不愧】擔當得起、當之無愧。

【硬氣】心安理得，泰然無愧。

【對得起】對人無愧、不辜負他人。

【不愧不怍】光明正大，於心無愧。

【仰不愧天】行事所為，抬頭不愧對上天，形容人問心無愧。

【衾影無慚】人在獨處時，面對自己，也不覺得心中有羞慚之處，形容人光明正大，無愧於心。

小魚兒咬著嘴唇，道：「我真不懂，他本是個很看得開的人，為什麼會忽然想死呢？」蘇櫻幽幽道：「一個人到了將死的時候，就會回憶起他一生中的所作所為，這種時候還能心安理得，問心無愧的人，世上並不多。」小魚兒嘆道：「不錯，他一定是對自己這一生中所做的事很後悔，所以想以死解脫，以死懺悔。」蘇櫻黯然道：「到了這種時候，一個人若能將生死之事看得很淡，已經很難得了，所以我才說他不愧是條男子漢。」（古龍《絕代雙驕》）

懊愧

【悔】事後追恨。

【懊悔】悔恨。

【悔恨】反悔怨恨。

【愧恨】因羞愧而生恨。

【懊惱】心中悔恨。

【後悔】事後悔悟。

【懺悔】悔過。

【追悔】事後追想而後悔。

【自悔】反悔、後悔。

【愧悔】慚愧、懊悔。

【痛悔】非常後悔。

【嗟悔】感嘆悔恨。

【反悔】對從前約定的事情中途變卦。

【翻悔】反悔，對以前的事後悔或不承認。

【遺恨】事情過去但留下悔恨。

【自怨自艾】悔恨自己過去的錯誤而加以改正缺失。今多指自我悔恨、責備。艾，ㄧˋ。

【悔不當初】悔恨當初的計畫或作為不當。

陽光在雪地描出我的影子，彷彿這人半屬人世半歸冥府。冷鋒不可擋，臉頰似霜，腳趾冰凍的感覺也提醒我不可久留。我的心從懊悔轉為戀戀不捨，問樹：「告訴我你的名字，讓我記憶。」樹無言，雪無語，候鳥的叫聲彷彿提醒：「過客，你要記哪一年哪一輪的名字？」（簡媜〈小徑〉）

今天，我醒來，向蒼老的昨夜告別，／跪拜著迎接又一次的考驗，／今天，我醒來，我流下了懺悔的淚，／緊緊地擁抱住一個新的自己，放聲大哭。（楊喚〈醒來〉）

我頗知自己在政治運動方面所投入的二十年時光，這輩子無論如何都不可能追回。但這並不意味無法追回就會使我追悔。（陳芳明〈深山夜讀〉）

原來那牛王他知那扇子收放的根本，接過手，不知捻個甚麼訣兒，依然小似一片杏葉，現出本像。開言罵道：「潑猢猻！認得我麼？」行者見了，心中自悔道：「是我的不是了。」恨了一聲，跌足高呼道：

【悔之無及】後悔已來不及了。

【後悔莫及】事後懊悔，已來不及了。

【噬臍莫及】用嘴咬自己的臍，是不可能做到的事。比喻後悔已來不及了。

【痛悔前非】非常懊悔過去的錯誤。

【對得起】對人無愧、不辜負他人。

17 羨慕、佩服

羨慕

【羨】因內心喜愛而渴望得到。

【慕】愛羨、景仰。

【羨慕】心中愛慕渴望。

【思慕】思念、想念。

【欣羨】欣喜仰慕。

【豔羨】十分羨慕。

【稱羨】稱揚羨慕。

【嘆羨】讚嘆羨慕。

【傾慕】傾心、愛慕。

【歆羨】羨慕，愛慕。

【傾心】衷心嚮往。

【嚮往】思慕神往。

【憧憬】嚮往。

【神往】心神嚮往。

【眼熱】羨慕而極欲得到。

敬仰

【仰】敬慕。

【敬仰】敬重仰慕。

「咦！逐年家打雁，今卻被小雁兒嗛了眼睛。」狠得他爆躁如雷，掣鐵棒，劈頭便打；那魔王就使扇子搧他一下。（明・吳承恩《西遊記》）

翠翠注視那女孩，發現了女孩子手上還帶得有一副麻花絞的銀手鐲，閃著白白的亮光，心中有點兒歆羨。（沈從文《邊城》）

我這時被四面的歌聲誘惑了，降服了；但是遠遠的，遠遠的歌聲總彷彿隔著重衣搔癢似的，越搔越搔不著癢處。我於是憧憬著貼耳的妙音了。在歌舫划來時，我的憧憬，變為盼望；我固執的盼望著，有如飢渴。（朱自清〈槳聲歌裏的秦淮河〉）

蘇州的小巷使我神往，這樣的小巷不應該出現在我的腳下，而只能出現在陸文夫的小說裡，夢裡，彈詞開篇的歌聲裡。彈詞、蘇崑、蘇劇、吳語吳歌的珠圓玉潤使我迷失，我真怕聽這些聽久了便不能再聽懂別的方言與別的旋律。（王蒙〈訪蘇州〉）

我之所以戲稱丈母娘「野獸派」，因為她最服膺的畫家是馬蒂斯。（莊裕安〈野獸派丈母娘〉）

我讀你五行短詩，深信那白鳥是少年記憶之最初，是童年譎華富

【景仰】敬慕、仰慕。
【欽仰】欽佩景仰。
【注慕】仰慕。
【嚮慕】仰慕。
【仰慕】敬仰思慕。
【欽慕】欽佩仰慕。
【敬慕】尊敬仰慕。
【向風】景仰、仰慕。
【景慕】景仰、仰慕。
【服膺】銘記心中。此指衷心敬仰、信服。
【企慕】企盼渴望。
【心儀】內心非常佩服仰慕。
【仰望】仰慕。
【想望】思念仰慕。
【敬畏】既恭敬又畏懼。
【敬重】恭敬尊重。
【敬意】尊敬的心意。
【尊重】敬重。
【尊敬】尊崇、敬重。

【肅然起敬】因受感動而敬佩。
【崇拜】敬仰，佩服。
【敬佩】敬重佩服。
【欽佩】心中敬服。
【推崇】尊敬、佩服。
【恭敬】對尊長或賓客肅敬有禮。
【愛戴】敬愛、擁戴。
【敬服】恭敬佩服。
【欽佩莫名】心中的欽敬佩服無法言喻。形容非常的敬佩。
【崇敬】尊敬。
【肅然】嚴謹恭敬的樣子。
【推崇備至】非常尊敬與佩服。
【尊崇】尊敬推崇。
【敬謹】恭敬，慎重小心。
【虔敬】虔誠恭敬。

麗的幻覺，是你的憧憬和仰望，是理想，一種燦爛生動的美；通過記憶的賜予，不斷回歸到你的掌心，提示你生存的姿勢和目標。（楊牧《一首詩的完成．記憶》）

除了閒慌無事跑跑馬，朱四喜對牆板上的報紙仍然是敬意十足。不挑水肥的時節，他一多半兒都待在屋裡看牆認字兒。他和楊人龍之間的友誼也就是在認字兒上建立起來的。楊人龍從前在老家念過師範，能一口氣念下半篇社論來，連眼子也不眨一眨。（張大春《四喜憂國》）

祖父走了後，他住了六十年的老房子，政府要收回。搬家過程中，我看見了堆積如山的報紙，甚至看見中央日報的創刊號。我知道很多老人家都剪報、集報，我也曾經像許多自認合乎潮流的年輕人，不解這種雜亂的收藏有何用處。但那一刻，我看見了那輩人對報紙的依戀，那不是單純的蒐集，也是對知識傳播的尊重。（劉若英〈一廂情願〉）

那天吳柱國穿著一件黑呢大衣，戴著一副銀絲邊的眼鏡，一頭髮白得雪亮，他手上持著煙斗，從容不迫，應對那些記者的訪問。他那份恂恂儒雅，那份令人肅然起敬的學者風範，好像隨著歲月，變得愈更醇厚了一般。（白先勇〈冬夜〉）

佩服

【佩】敬仰信服。

【服】欽佩、順從。

【佩服】敬仰欽服。

【欽佩】心中敬服。

【敬佩】敬重佩服。

【讚佩】讚嘆且佩服。

【感佩】感動欽佩。

【畏】敬服。

【崇拜】敬仰佩服。

【推崇】尊敬、佩服。

【服氣】內心悅服、欽佩。

【信服】信任佩服。

【心折】由衷佩服。

【心服】由衷佩服。

【嘆服】讚嘆佩服。

【折服】佩服、信服。

【推服】推許、佩服。

【悅服】喜悅而敬服。

【口服】口頭上表示信服。

【拜服】佩服、敬服。

【傾倒】非常賞識感佩。

【心服口服】形容非常服氣。

【心悅誠服】誠心誠意的服從。

【五體投地】本為古印度最恭敬的致敬儀式，雙膝、雙肘及頭五處著地，佛教徒沿用此禮以敬三寶。後比喻非常欽佩。

【甘拜下風】自認不如，由衷表示佩服。

乘沒遮攔的煙波遠去／頂蒼天而蹴白日；／如此令人心折，光輝且妍暖／那自何處飛來的接引的手？（周夢蝶〈聞鐘〉）

我快快的寫好了好多首歌詞去，滾石一首也沒有接受——他們是專家，要求更貼切的字句，這一點，我完全同意而且心服。製作人王新蓮、齊豫在文字的敏銳度上夠深、夠強、夠狠、夠認真，她們要求作品的嚴格度，使我對這兩個才女心悅誠服。（三毛〈我要回家〉）

李斯退回席去，嘆道：「紀才女確是名不虛傳，其改朝換制的建議書。不但切實可行，還顧及整個政治經濟的革新，且訂下進行的日期，輕重緩急，無不恰到好處，絕不迫民，請告訴才女，李斯是服得五體投地。」小盤顯然極寵李斯，笑道：「李卿太謙讓了，整個建議李卿亦出了很多方法，與紀太傅同樣立了大功。」李斯忙跪叩謝恩。（黃易《尋秦記》）

袁承志跪了下去。木桑縱身而起，雙手亂搖，說道：「我不收徒弟。他要我教功夫，得憑本事來贏。」穆人清道：「這小娃兒甚麼事能贏得了你？」木桑道：「劍法拳術，你老穆天下無雙，我老道甘拜下風，這孩子只消能學到你功夫的兩三成，江湖上已難覓敵手。但說到輕功、暗器，只怕我老道也還有兩下子！」（金庸《碧血劍》）

18 重視、輕視

重視

【重視】特別注意、看重。

【看重】重視。

我依稀記得父親習慣閉著眼睛咀嚼的樣子，還有他那雙刷得光亮的皮鞋，深棕色，短短的鞋帶繫在上面，那是我沒見過的款式。姐姐說，父親自從中風而不良於行後，幾乎很少穿皮鞋出門，而如今他腳

【注重】特別看重。

【倚重】信賴器重。

【器重】特別重視其才能。

【推重】推崇尊重。

【珍重】珍愛重視。

【珍惜】珍視、愛惜。

【珍視】珍惜重視。

【寶重】珍惜、寶貴。

【講求】喜好、重視。

【講究】注意、顧慮。

【青眼】青，黑色。人正視時黑色的眼珠在中間，因此以青眼表示喜愛或看重。

【青睞】重視、喜愛。

【垂青】以青眼相待，表示得到重視或優待。

【看得起】看重。

【瞧得起】看得起。

【另眼相看】以特別的眼光或態度相待，以表示重視或歧視。

【刮目相看】用全新的眼光來看待。

【著重】注重，側重某一方面。

【契重】器重。

【強調】對於某種事物或意念，特別加以鄭重表示，使人注意或信服。

輕視

【輕視】瞧不起。

【鄙視】輕視、瞧不起。

【蔑視】輕視。

【藐視】輕視。

【賤視】看不起。

【小視】輕忽、小看。

上的皮鞋，表示他對這頓團圓飯萬分重視。這頓團圓飯，父親等了近乎十年吧，而那年十一月，父親便從此缺席了。（方肯〈花蕊般的餐桌〉）

所以十三歲前的我讀了那麼多三毛的流浪書，但終究我沒有成為她，即使長大後我上路，即使我旅行，即使我大膽盜用流浪字眼，但我知道旅行最後成為我的東西，而不是三毛的那種天真與激情，旅行於我其實更近乎佛家說的「對境」客體。我喜歡的是作為一個雲遊僧，一個轉身就是一輩子的不相見，一個揮別姿態就是珍重彼此的歡喜。（鍾文音〈不朽的流浪封印〉）

這個羅伯伯，就是羅隆基。他比父親小三歲，由於愛打扮，講究衣著，所以看上去這個羅伯伯比父親要小五、六歲的樣子。似乎父親對他並無好感。他也不常來找父親，要等到民盟在我家開會的時候，才看得見他的身影。會畢，他起身就走，不像史良，還要閒聊幾句。（章詒和〈一片青山了此身：羅隆基素描〉）

令狐沖素聞少林寺方丈方證大師的聲名，心下甚喜，道：「有勞大師引見。就算晚輩無緣，不蒙方丈大師垂青，但能拜見這位當世高僧，也是十分難得的機遇。」（金庸《笑傲江湖》）

平兒忙欠身接了，因指眾媳婦悄悄說道：「你們太鬧的不像了。他是個姑娘家，不肯發威動怒，這是他尊重，你們就藐視欺負他。果然招他動了大氣，不過說他個粗糙就完了，你們就現吃不了的虧。他撒個嬌兒，太太也得讓她一二分，二奶奶也不敢怎樣。你們就這麼大膽子小看他，可是雞蛋往石頭上碰！」眾人都忙道：「我們何嘗敢大

【小看】輕視、瞧不起。
【小瞧】看不起、瞧不起。
【小覷】小看；看不起。
【看輕】輕視、看不起。
【漠視】輕視、蔑視。
【歧視】輕視，以不公平的態度相待。
【無視】蔑視。
【鄙夷】輕視、瞧不起。
【鄙薄】鄙視、輕視。
【鄙棄】鄙視唾棄。
【唾棄】輕視鄙棄。
【輕蔑】看不起、藐視。
【侮蔑】輕視、怠慢。
【睥睨】斜著眼睛看人，表示傲然輕視或不服氣的意思。亦作「俾倪」。
【白眼】斜視時，眼睛露出較多的白色部分，表示輕視鄙惡。
【菲薄】鄙賤。
【不屑】輕視，不重視。
【褻瀆】輕視，不尊重。
【看不起】輕視。
【不足道】不值得稱述。
【不起眼】不引人注目，或不被人重視。
【嗤之以鼻】從鼻子裡發出冷笑，表示不屑、鄙視。
【一笑置之】笑一笑就把它擱在一旁，表示不值得理睬重視，或不當成一回事。
【不屑一顧】輕視、瞧不起。
【無足輕重】不足以影響事物的輕重分量，意指不重要、無關緊要。
【視如糞土】看成糞土一般汙穢，低劣。比喻鄙視，瞧不起。

瞻了？都是趙姨奶奶鬧的。」（清・曹雪芹《紅樓夢》）

到頭來，鄭芝龍的海上宏圖在史冊中被刻意漠視，其中昂揚的想像力與雄偉的創造力，在史觀上被刻意低估。他死後兩百年中，統治者仍把大海視作險阻，政策反反覆覆，幾度祭起「片板不能入海」的禁令，海天遼闊的近世，屬於無從想像的禁境。（平路〈電音三太子時代的鄉愁〉）

試想含意未伸的文人，他們在不得意時，有的采樵，有的放牛，不僅無異於庸人，並且備受家人或主子的輕蔑與凌辱，然而他們天生得性格倔強，世俗越對他白眼，他卻越有精神。（朱湘〈書〉）

我們終於能珍重蘇州的美，開始懂得不應該去做那些褻瀆美毀滅美的事情。（王蒙〈蘇州賦〉）

太迷人了，那神祕的眼神。我不禁嘆了口氣。那裡面好像包藏了太多東西，說不清的。好奇的，期盼的，渴求的，迷惑的，矛盾的，灼灼裡藏著冷酷，閃亮卻又不屑一顧，好像都嵌在那兩潭汪汪的水晶瞳裡，在酒吧昏黃的燈光下，發出迷濛的光芒。（賀景濱〈不要問我從哪裡來〉）

如果我真去找那個什麼鬼巫醫，他勢必要在我的遊記裡扮演一個什麼無足輕重的角色，這麼一來，非破壞掉我已經寫好的統一結構不可。（張大春〈自莽林躍出〉）

心理活動》一、思想

1 思想

思考

【考慮】思量，斟酌。

【忖度】即指思量，考慮。忖，ㄘㄨㄣˇ。曹雪芹《紅樓夢》：「仔細忖度，不覺心痛神馳，眼中落淚。」

【推敲】思慮斟酌。

【琢磨】思索、研究。

【揣摹】反覆推想、探求。

【斟酌】考慮決定取捨。

【構思】運用心思。

【打腹稿】事前在心裡所作的考慮。

【剖析】分解辨析。

【反芻】反覆細心的思考。

【掂掇】考慮、估量。

【辨證】分析論證。

【權衡】衡量、評估事物得失輕重。劉勰《文心雕龍·鎔裁》：「權衡損益，斟酌濃淡。」

【擘肌分理】比喻分析事理十分細密。擘，ㄅㄛˋ。

【沉思】深思。

【冥想】深沉的思考。

【覃思】深思。覃，ㄊㄢˊ。

【深思極慮】思索得很深，考慮得很遠。亦作「深計遠慮」、「深思遠慮」。

【深思熟慮】仔細而深入的考慮。

【顧前顧後】慮事周全而長遠。

伍寶笙揣摹著藺燕梅的心情，也不覺依了她那種口吻，自己在那裡癡癡地想，想著又疼愛，又好笑起來。（鹿橋《未央歌》）

有幾位朋友曾經勸我說：老寫鄉巴佬，也該寫一寫知識份子吧。言下之意，似乎很為我抱憾。我曾經也試圖這樣去做。但是，一旦望著天花板開始構思的時候，一個一個活生生浮現在腦海的，並不是穿西裝打領帶，戴眼鏡喝咖啡之類的學人、醫生，或是企業機構裡的幹部，〔……〕（黃春明〈屋頂上的番茄樹〉）

我拿定主意，非寫一封信不可，決定當面交給她，不能讓第三者看見。鐘聲悠悠，警報解除，她走了，我還在坑裡打腹稿兒。（王鼎鈞〈紅頭繩兒〉）

閒閒地對坐。開始又被生之疑團所困，活著，便註定要一而再反芻這命題。（簡媜〈水經〉）

父親在靜觀冥想的垂釣之趣中必定有些我所不能體悟的智慧與圓融，而那是文字奧義所不能言說的。（吳翎君〈靜靜的水塘〉）

寶玉想道：「必定是他也要作詩填詞。這會子見了這花，因有所感，或者偶成了兩句，一時興至恐忘，在地下畫著推敲，也未可知。且看他底下再寫什麼。」（清·曹雪芹《紅樓夢》）

【判斷】斷定事物的是非曲直、高下優劣。
【判定】依照客觀事實加以分辨斷定。
【明斷】明確地判斷。
【裁斷】裁決判斷。
【斷定】決斷性的認定。
【論斷】推論、辨析之後，加以判斷。
【論定】衡量人、物、事而給予評斷。
【大體而言】根據整體情況來判斷。
【另當別論】依不同的情況另做考量和評斷。
【證實】證明確切屬實。
【印證】證明符合事實。
【坐實】證實；落實。
【表證】證明。
【應驗】後來發生的事實與預先估計的相符。
【假設】假定；姑且認定。
【推斷】推測、斷定。
【臆斷】憑一己的臆測作主觀的判斷。
【懸斷】不根據事理，憑空推斷。
【曲解】不正確的解釋或歪曲原意。
【走眼】誤看；判斷錯誤。
【盲目】比喻不辨是非，沒有一定的見解和目標。
【武斷】沒有持平地隨意評決他人的曲直是非，非理性的判斷。
【誤判】判斷錯誤。
【誤會】判斷錯誤。
【錯勘】判斷錯誤。
【皂白不分】形容不分是非善惡。皂，黑色。
【推敲】思慮斟酌。
【辨裁】明辨裁決。

往後，景香從母親全然不曾留下任何一點可追溯的蛛絲馬跡，任何一點書信文字、照片證件、衣飾用品來判斷，是否是那鹿城人認為的「外省人」，不可知。「背叛拋棄」，基本上應是事實。才會使這負心背叛的「外省人？」是誰，至少有個名姓，（還是她的父親），一直無從追究、無法得知。（李昂〈兩個母親〉）

楓葉剛轉橙紅的初秋早晨，唐人街的老婦人出門散步，不慎迷路。這樣的故事原本不會成為新聞，可是她這一迷路就是三天三夜。警察最後找到婦人時，她的家人已經斷定她遭遇不幸。問她到過什麼地方，她完全不知道。……她被警察尋獲時，已走了三日三夜，這三天三夜裡究竟想些什麼，報上沒有寫，作者也無從知道。（張系國〈長征〉）

我的孩子們！憧憬於你們的生活的我，痴心要為你們永遠挽留這黃金時代在這冊子裡。然而這真不過像「蜘蛛網落花」略微保留一點春的痕跡而已。且到你們懂得我這片心情的時候，你們早已不是這樣的人，我的畫在世間已無可印證了！這是何等可悲哀的事啊！（豐子愷〈給我的孩子們〉）

據悉，在一百二十七個被拘留的肇事者中，確乎難以坐實哪一個是巴克先生頭一次電訊中所描繪的那種「排外暴徒」，〔……〕（劉心武〈五·一九長鏡頭〉）

這到底怎麼回事？生前他告訴我的事實為真，還是這本小冊子裡寫的事實為真？再說，假使小冊子裡寫的是真的發生的往事，他為什麼要用假設的語法？總之，這前後一定哪裡說了謊言。他是不是想在這陣前後表裡不一的疚責的鬥爭裡獲得解脫呢？（黃克全〈謊言〉）

唯一可以算是長處的就是脾氣好，人老實。難道說她只貪他一個

【揣度】猜測、料想，暗地裡估量。

【推論】推求討論。

【臆測】憑主觀的意思推測揣度。

【明辨是非】清楚分辨是非。

【曲直】比喻是非善惡。

【推驗】推算驗證。

【斟酌】考慮可否而決定取捨。

【酌定】斟酌情形而後決定。

老實，上天就要罰她看走眼嗎？（蔣曉雲〈姻緣路〉）

不同的人生命來到了不得不停止的一點，運動的繼續運動，以其盲目、無所以、不斷重複就以為堅持的方式繼續運動，無視那些離開的人：方向那麼吵鬧，他們無法再聽到靜默的聲音。（黃碧雲〈沉默詛咒〉）

地也，你不分好歹何為地？天也，你錯勘賢愚枉做天！（元．關漢卿《竇娥冤．第三折》）

記憶

【回溯】回顧，回想。

【記憶猶新】對接觸過的人或事，還記得很清楚，就像最近才發生的一樣。

【掠上心頭】記憶在腦海中浮現。

【惦記】思念，掛念。

【作念】掛念，想念。

【追思】追想懷念。

【追撫】因眼前事物而追憶過往。

【根絆】牽掛。

【牽掛】心中掛念。

【罣礙】形容心中有所牽掛。罣，ㄍㄨㄚˋ。

【緬懷】遙想。

【縈繫】掛念，心繫。

【憶念】回想，思念。

【離腸】別離思念的心情。

【懸懸】牽掛、思念。

【顧思】眷顧思念。

【苦憶】極為思念。

【幽思】深沉的思念。

【怨慕】不得相見而思慕。

億萬年之後／忍過無數的晝夜日月／那痛腫的一念　仍然／依隱在微塵上／在悠悠天地間／愴然追撫當年的／哀願（杜國清〈塵〉）

而我，竟惆悵又怨抑地，讓那亭子永遠祕藏著未曾發掘的快樂，不敢獨自去攀登我甜蜜的想像所縈繫的道路了。（何其芳〈黃昏〉）

離家後，奔走長途，每見著苔蘚，便憶念起家宅來，倒不全是鄉愁，而是對生命本身的回顧和依戀，想著苔痕，想著一院幽綠，那氣氛溫炙著胸臆，難以言宣，〔……〕（司馬中原〈苔痕〉）

我還是常常在窗前看著你離去。似乎永遠是我看見你而你看不見我。一天不見你，心中便懸懸的，覺得不圓滿。為了一個尚未深交的人，變成了另外一個人似的。完全不可解，我很生自己的氣。（鍾曉陽〈哀歌〉）

我們在廢墟中喧嘩、哀悼與聚集／這一切只是為了治癒我們自己（羅智成〈鎮魂〉）

我兒時的那些叔叔伯伯們一個一個的凋零了，那一個動亂苦難的年代，一步一步地遠去了，多少辛酸血淚，不再有人記憶，歷史不會

【悠思】長遠的思念。
【廑念】形容殷切的想念。廑，ㄐㄧㄣˇ，在此通「勤」。
【篤念】深切思念，不忘。
【心心念念】形容殷切的盼望或惦念著。
【目盼心思】形容企盼想念的殷切。
【念茲在茲】指對某人或某事牢記在心，念念不忘。
【長役夢魂】神魂顛倒，連在睡夢裡也思念著。
【掛肚牽心】思念深切。
【惄如調饑】憂思想念殷切，如早晨腹飢思食。惄，ㄋㄧˋ，憂思。調，早晨。

計畫

【計畫】事先策畫，擬定具體方案或辦法。也作「計劃」。
【安排】打算，準備。

【朝思暮想】白天晚上都在想念。形容思念極深。
【魂牽夢縈】形容十分掛念、思念的樣子。
【夢勞魂想】睡夢中也無法忘懷。形容思念深切。
【哀悼】哀傷悼念。
【追悼】追念死者的事跡。
【軫念】悲切思念。
【傷逝】感念死去的人。
【憑弔】對著遺跡或墳墓懷念過往。
【悼亡】悼念死去的妻子。源起於晉人潘岳喪妻作〈悼亡詩〉三首。

【策畫】計畫。
【盤算】心中謀畫、籌算。
【打算】預先籌畫，考慮思量。

記載他們，只有他們的墓碑，在荒煙蔓草間，憑弔著無窮的遺憾。（高大鵬〈清明上河圖〉）

段譽登時眼前一黑，耳中作響，嘴裡發苦，全身生熱。這人娉娉婷婷，緩步而來，正是他朝思暮想、無時或忘的王語嫣，她滿臉傾慕愛戀之情，癡癡的瞧著她身旁一個青年公子。段譽順著她目光看去，但見那人二十七、八歲年紀，身穿淡黃輕衫，腰懸長劍，飄然而來，面目俊美，瀟灑閒雅。（金庸《天龍八部》）

有一天晚上——一八八八年三月二十日的晚上——我在出診回來的途中（此時我已又開業行醫），正好經過貝克街。那所房子的大門我還記憶猶新。在我的心中，我總是把它同我所追求的東西併同在《血字的研究》一案中的神祕事件聯繫在一起。當我路過那大門時，我突然產生了與福爾摩斯敘談敘談的強烈願望，想了解他那非凡的智力目前正傾注於什麼問題。他的幾間屋子，燈光雪亮。我抬頭仰視，可以看見反映在窗簾上的他那瘦高條黑色側影兩次掠過。（柯南道爾《福爾摩斯偵探小說・波希米亞醜聞》）

我更喜歡在紫藤廬喝茶，會朋友。茶香繚繞裡，有人安靜地回憶在這裡聚集過的一代又一代風流人物以及風流人物所創造出來的歷史，有人慷慨激昂地策劃下一個社會改造運動；紫藤花閒閒地開著，它不急，它太清楚這個城市的身世。（龍應台〈在紫藤廬與 Starbucks 之間〉）

【計算】計畫打算。
【統籌】通盤計畫。
【計議】計畫商議。
【算計】計算、計畫
【規畫】籌謀策畫。也作「規劃」。
【謀畫】設計、策畫。
【擘畫】安排、策畫。
【籌謀】商量規畫。
【合謀】共同謀畫。
【同謀】共同計謀。
【共謀】共同計畫、商量事情。
【圖謀】計謀、打算。
【從長計議】慢慢的仔細商議。
【深謀遠慮】計畫周密而思慮深遠。
【運籌帷幄】謀畫策略。語本《史記·高祖本紀》：「夫運籌帷帳之中，決勝於千里之外，吾不如子房。」
【決計】決定計策。
【特意】特地、專程。
【專程】特地。
【企圖】有所計畫、圖謀。
【蓄意】蘊積已久的意念。
【別有居心】有其他的企圖或目的。
【處心積慮】千方百慮，蓄意已久。
【醉翁之意】喝酒時意不在酒，而在玩賞山水，比喻別有用心。
【心機】心思、計謀。
【弄心】弄心機，耍手段。
【城府】比喻人的心機。
【工心計】人的心思細密，擅長算計。
【耍心眼】施展小聰明，以圖謀個人的利益。
【使心作倖】用計謀、使心機。
【機關用盡】用盡所有精巧的計謀。比喻費盡心機。
【毛心】壞心眼。
【玩陰的】指私下裡用詭計或

沒有什麼可以斟酌／可以來得及盤算／是的　沒有什麼／可以由我們來安排的啊（席慕蓉〈緣起〉）

上海一百多年來是中國最大的產業城市，當張愛玲、《長恨歌》或《花樣年華》大紅特紫的時候，卻不記得除了精緻和心思縝密之外，幾代上海弄堂裡的女人，曾天天晨起拿著那種竹篾紮的大刷子，嘩啦嘩啦地清洗便桶。她們做人也會有怨氣，但要盤算了過的日子，也細心地一天天認真過下去。她們必是勤快的，家中天地不一定大，卻一定也想以舒適俐落為人稱道。在這樣的大環境裡，若是懶女人，總要被人指了脊梁。（趙川〈上海的女人〉）

眾人知她在回部運籌帷幄，曾殲滅兆惠四萬多名精兵，真是女中孫吳，說話必有見地。（金庸《書劍恩仇錄》）

許多年後，攜著妻回鄉，特意在鄰村下車，讓她陪我走這條鑲嵌著童年腳印的路，才愕然發覺這條路竟是這麼短，只是我走向天涯的起程罷了。（顏崑陽〈故鄉那條黃泥路〉）

寶釵在外面聽見這話，心中吃驚，想道：「怪道從古至今那些奸淫狗盜的人，心機都不錯。這一開了，見我在這裡，他們豈不臊了。〔……〕如今便趕著躲了，料也躲不及，少不得要使個『金蟬脫殼』的法子。」（清·曹雪芹《紅樓夢》）

吳銀兒道：「二爹，你老人家還不知道，李桂姐如今與大娘認義做乾女兒。我告訴二爹只放在心裡。卻說人家弄心，〔……〕他替大娘做了一雙鞋，買了一盒果餡餅兒，兩隻鴨子，一副膀蹄，兩瓶酒，老早坐了轎子來。」從頭至尾告訴一遍。（明·蘭陵笑笑生《金瓶梅》）

流蘇抬起了眉毛，冷笑道：「唱戲，我一個人也唱不成呀！我何嘗愛做作——這也是逼上梁山。人家跟我耍心眼兒，我不跟人家耍心

要心機。

【懷鬼胎】比喻心中暗藏著不可告人的事或計謀。

【包藏禍心】懷藏詭計，圖謀害人。

【扮豬吃老虎】比喻用心機耍詐。

分析

【分析】對事理加以分解辨析。

【辨析】明辨、分析。

【剖析】分析、辨解。

【評析】評論分析。

【賞析】欣賞與分析。

【解析】分解剖析，將事物逐項釐清。

【破解】分析、解釋。

【條分縷析】分析細密，條理清晰。

【毛舉縷析】瑣碎列舉、仔細分析。

【析毫剖釐】剖析非常細小的事物。形容分析透徹。

綜合

【概括】總括。

【概論】總括意旨並論其大要。

【概說】概括並扼要地論述。

【歸納】歸類、歸結。

【歸結】總括起來，求得結論。

【綜合】將各別分項分類的事物或概念，根據共通的性質加以綜合歸類與討論。相對於「分析」而言。

【總括】包括一切。

【總結】綜合所有意見所作的結論。

眼兒，人家還拿我當傻子呢，準得找著我欺侮！」（張愛玲〈傾城之戀〉）

密密麻麻的人群中，一支彷彿有三角形旗幟的竿子，樹立在中學生隊伍前。現場看起來像是有人正在演講，集中了所有人的目光，演講的內容並不是高亢的吶喊而更像是沉重的批判、分析，以至於空氣中，有一種濃厚的專注味道。然而，我們無法看到是誰在演講，因而增添一股懸疑的氣氛。（楊渡〈兩個朋友〉）

袖箭於馬上覷賊，釣鐮於車前俟馬。鞭、簡、撾、搥、劍、戟、矛盾：那邊破解無窮，這裡轉變莫測。須臾血流成河，頃刻屍如山積。（明．施耐庵、羅貫中《水滸傳》）

即使他的孩子在文學上粗有虛聲，父親從來不曾在我跟前揚喻他所喜愛的一些我的作品，更從不曾在外人對我的文學的褒聲中附和。他畢其一生從容而自在地隱藏著他過人的資質、識見和高潔的心靈。他為自己寫下了這墓誌銘：「這裡睡著一個無可隱而隱的老人」，謙沖地概括了他一生的風格，讓我們終於把它鐫刻在他的墓石上。（陳映真〈父親〉）

振保看著她，自己當時並不知道他心頭的感覺是難堪的妒忌。嬌蕊道：「你呢？你好嗎？」振保想把他的完滿幸福的生活歸納在兩句

【統計】總括計算。

【總而言之】總括來說。

【一言以蔽之】用一句話來概括。也作「一言蔽之」。

【一言抄百總】總括一句話。

【綜括】統合總括。

【梗概】大略情形。

【概說】概括且扼要的論述。

【綜觀】綜合觀察。

【綜述】綜合陳述。

【泛論】總論。

區別、比較

【區別】分別。

【畫分】分開、區別。

【比喻】將兩種相似的事物相比，使所說的話或者所寫的文章生動具體，更容易了解，富形象化。

【比方】透過淺顯、具體的方式，說明不容易了解的意念。

【譬喻】藉由兩件事物的相似點，以此說明彼，以具體解釋抽象。可分為明喻、隱喻、略喻、借喻、假喻等。

【比擬】以類似的事物相比附、比較。

【比附】以近似的事物作比擬。

【比較】較量高下、輕重、長短、距離、好壞、快慢等。

【計較】計算、比較。

【相比】互相比較。

【對照】用相反對比的方法，

簡單的話裡，正在斟酌字句，抬起頭，在公共汽車司機人座右突起的小鏡子裡看見他自己的臉，很平靜，但是因為車身的搖動，鏡子裡的臉也跟著顫抖不定，非常奇異的一種心平氣和的顫抖，像有人在他臉上輕輕推拿似的。（張愛玲《紅玫瑰與白玫瑰》）

好像中國人特別知道石頭是天地的開始；中國的一部美術史，不過從一塊頑石說起。從石器時代到玉的琢磨，從石雕造象到山水畫從石起筆。宋代以後，庭園中就端立著一尊歷經滄桑的奇石。到了《紅樓夢》，女媧補天，一場文明的繁華幻滅都不過歸結到青埂峰下一塊石頭再說從頭罷。（蔣勳〈石頭〉）

蕭伯納說，他和莎士比亞都是沒有靈魂的人，依我的理解，他是表示沒有立場，超越是非。說個比喻，有兩個人下圍棋，他為黑子設想，也為白子設想，也就是耶穌說的：上帝降雨在好人的田裡，也降雨在壞人的田裡。（王鼎鈞〈文學的技藝——從《關山奪路》談創作的瓶頸〉）

我曾見過北京十剎海拂地的綠楊，脫不了鵝黃的底子，似乎太淡了。我又曾見過杭州虎跑寺旁高大而深密的「綠壁」，叢疊著無窮的碧草與綠葉的，那又似乎太濃了。其餘呢，西湖的波太明了，秦淮河的也太暗了。可愛的，我將什麼來比擬你呢？我怎樣比擬得出呢？大約潭是很深的，故能蘊蓄這樣奇異的綠；彷彿蔚藍的天融了一塊在裡面似的，這纔這般的鮮潤呀。（朱自清〈綠〉）

這位青年推出了幾個獨幕喜劇，布景和服裝都是他設計的，這些短劇在當代藝術領域裡引起的一場革命至少可以與俄羅斯芭蕾完成

以加強或襯托兩者的特性。

【比照】比較對照。

【取譬】尋取其他事物作為譬喻。

【相提並論】把情況或性質相近的人事物，放在一起討論或同等看待。

【同日而語】相提並論。

【無與倫比】沒有可以比擬的。

【無可比擬】沒有可以相比的。

【不可同日而語】差異很大，無法相提並論。

意見

【主張】對事物所抱持的意見。

【主見】確定的主張或辦法。

【高見】高明遠大的見解。尊稱別人的意見。

【高論】高遠的見解，不平凡的言論。

【卓識】高超的見解。

【卓見】高超的見解。

【定見】一定的見解、主張。

【立論】對問題提出看法與議論。

【持論】立論，發表主張。

【淺見】淺薄的見解。

【成見】主觀的意見。

【歧見】不同的意見。

【異言】不同的意見或言論。

【輿論】代表公眾意見的言論。

【一言堂】比喻作風不民主，無法聽取群眾意見，某一個人說了就決定。

【略陳管見】大致說明自己的意見。

【各抒己見】每個人充分發表自己的見解。

【各伸己風】每個人充分發表自己的見解。

的革命相提並論。簡而言之，最有權威的評論家都認為他的作品了不起，堪稱天才之作，我現在也這麼認為，這就證實了拉謝爾從前對他的看法，著實令我吃驚。（普魯斯特《追憶似水年華》）

飯很不得味的匆匆喫了，馬上就想坐船。——但是不巧，來了一群女客，須得儘先讓她們耍子兒；我們惟有落後了。H君是好靜的，主張在西泠橋畔露坐憩息著，到月上了再去蕩槳。我們只得答應著；而且我們也沒有船，大家感著輕微的失意。（俞平伯〈西湖的六月十八夜〉）

他在英國住過幾年，對人生一發傲睨，議論愈高不可攀；甚至你感到他的卓見高論不應當平攤桌上、低頭閱讀，該設法粘它在屋頂天花板上，像在羅馬雪斯丁教堂裡賞鑒米蓋郎琪羅的名畫一樣，抬頭仰面不怕脖子酸痛地瞻望。（錢鍾書《貓》）

弔客之中，有百餘人是韋陀門的門人，大都是萬老拳師的再傳弟子，各人擁戴自己師父，先是低聲譏諷爭辯，到後來忍不住大聲吵嚷起來。各親朋賓客或分解勸阻，或各抒己見，或袒護交好，或指斥對方，大廳上登時亂成一片。（金庸《飛狐外傳》）

光明解釋給他聽，沒什麼用。人到了一種歲數，耳朵通常只用來聽自己對別人說了什麼，海祥這輩子又向來自說自話慣了的。光明見他橫豎要發火的，索性瞪著他讓他把話說完。大概口水泡也吐累了，

【各抒所見】每個人充分發表自己的見解。

【各執己見】各自堅持自己的看法，意見不能統一。

【各執一詞】各人有各人的想法，各自堅持自己的意見和主張。

【各說各話】各人有各人的說法，指說法不一致或意見不統一。

【自說自話】只顧發表自己的意見，不考量客觀事實或環境。

【人多口雜】人多而意見紛紜。

【言人人殊】各人所言不同。

【眾說紛紜】眾多說法，雜亂不一。

【莫衷一是】眾說紛紜，無法得到一致的結論。

【扞格不入】彼此的意見完全不合。

【獨排眾議】排斥眾人的議論，堅持自己的主張。

【力排眾議】為堅持自己的意見，竭力排除眾人不同的議論。

【一家之言】指有獨到的見解、自成系統的言論。

【獨到之見】獨特的看法、見解。

【真知灼見】精闢透徹的見解。

【陳義過高】所說的道理太過高深。

【卑無高論】指一般見解，沒有什麼獨特之處。

【人微言輕】因地位低微，言論主張不受到重視。

【片面之詞】單方面的說法或意見。

【邪說異端】異於正統思想的學說或主張。

【以人廢言】不考慮說話者的意見或言論是否合理，只因身分，品貌不合己意，不予以採

海祥總算住了口。（袁瓊瓊《蘋果會微笑》）

要有點膽量，獨抒己見，不隨波逐流，就是文人的身分。所言是真知灼見的話，所見是高人一等之理，所寫是優美動人的文，獨往獨來，存真保誠，有氣骨，有識見，有操守，這樣的文人是做得的。（林語堂《人生的盛宴》）

虛竹今年二十四歲，生平只和阿紫、童姥、李秋水三個女人說過話，這二十四年之中，只在少林寺中唸經參禪。但好色而慕少艾，乃是人之天性，虛竹雖然謹守戒律，每逢春暖花開之日，亦不免心頭蕩漾，幻想男女之事。只是他不知女人究竟如何，所有想像，當然怪誕離奇，莫衷一是，更是從來不敢與師兄弟提及。此刻雙手碰到了那少女柔膩嬌嫩的肌膚，一顆心簡直要從口腔中跳了出來，卻是再難釋手。（金庸《天龍八部》）

我的勃金漢大人，如果我能憑三寸不爛之舌從他母親身邊贏回約克公爵，你馬上就會在此見到他；但是她若固執己見，不聽我好言勸說，那就難辦了，天帝不容我們侵犯聖堂的尊嚴！無論怎樣，我為了全國的福澤，決不敢犯下如此深重的罪孽。（莎士比亞《理查三世》）

後來倒是一個唱小丑的看不過，說了一句：「我的少爺，我們在這裡唱戲，你老倒在這裡做清客串了。」少爺聽了不懂。跟少爺的二爺聽了這話，就朝著那個唱小丑的眉毛一豎，說他糟蹋少爺，一定要上去回。唱小丑的不服，兩個人就對打起來。掌班的看不過，過來把那個唱小丑的吆喝下來，又過來替二爺賠不是，勸他同少爺廳上去瞧戲，戲房裡人多口雜，得罪了少爺可不是玩的。那二爺方才同了少爺出來。少爺始終，偷了人家一挂鬍子，藏在袖子裡。掌班的查著了，也不敢問。（清．李寶嘉《官場現形記》）

納。

【不贊一詞】形容文章寫得好，他人無法再增刪一詞一句。也指不表示意見。

【事後諸葛】事前沒有意見，事後才開始高談闊論的人。

【拋磚引玉】拋出磚，引來玉。比喻先發表自己粗陋的詩文或不成熟的意見，來引出他人的佳作或高見。

【廣開言路】指政府鼓勵人民發表意見，以做為施政的參考。

【捐棄成見】拋棄原本主觀意見。

【有話好說】有什麼意見可以互相商量。

【公說公有理，婆說婆有理】雙方爭辯，各有各的道理，各人堅持各人的意見。

領悟

【理解】了解，明白事理。

【了悟】理解，明瞭。

【得解】悟得其中的道理。猶言領會。

【開竅】受到開導啟發，領悟或變得聰明有見識。

【會意】領悟，了解。

【頓悟】在一時間證得真理。

【領略】知道，了解。

【憬悟】覺悟。

【曉悟】了解，領會。

【覺醒】覺悟。

【體味】仔細體會。

【如夢初覺】好像從睡夢中剛醒過來。比喻從糊塗、錯誤的認識中恍然大悟。

【茅塞頓開】比喻馬上開悟，忽然明白。

周仲英給她罵得莫名其妙。安健剛見這女人罵他師父，早已按捺不住，揮單刀上前迎敵，被周仲英伸手攔住，叫道：「有話好說。」余魚同勸道：「咱們想法子救人要緊，先救四哥，再燒鐵膽莊。」駱冰一聽有理，掉轉馬頭，一口唾沫恨恨的吐在地下，拍馬而走。（金庸《書劍恩仇錄》）

唯獨我們農民為了增加一點收成，心甘情願地爬著幹活。連給人驅使的牛馬也可以保持站立的「高」姿勢。我突然憬悟了廣大農民可憐可敬之處，我把眼光放到自己和家庭之外，這是我個人修養歷程中很重要的轉捩點。（余玉照〈田裡爬行的滋味〉）

牡丹沒有花謝花敗之時，要麼爍於枝頭，要麼歸於泥土，它跨越萎頓和衰老，由青春而死亡，由美麗而消遁。它雖美卻不吝惜生命，即使告別也要留給人最後一次驚心動魄的體味。（張抗抗〈牡丹的拒絕〉）

禪原在破執著，使人勘破知識的迷障，回到生活本身；禪成為流行，也可以又是另一種迷障，我卻與禪遠了。（蔣勳〈怨親平等〉）

拂雲叟道：「三公之詩，高雅清淡，正是放開錦繡之囊也。我身無力，我腹無才，得三公之教，茅塞頓開。無已，也打油幾句，幸勿

【醍醐灌頂】佛教以醍醐灌人之頂，喻以智慧灌輸於人，使人徹悟。

【看透】透徹瞭解、認識。

【洞明】洞察明白。

【勘破】看透、識破。

【洞燭機先】預先察知事情的發展、徵兆。

2 認知

證明

【證明】引證確實。

【論證】舉實例證明所論事理的是非曲直。

【證實】證明確切屬實。

【印證】互相證明。

【相印】互相印證。

【驗證】檢驗查證。

【引證】援引事實、法條或別人的言論做為根據。

【作證】保證、證實。

【對證】為了證明事實而相互比對言詞。

【表證】證明。

【查證】勘查驗證。

【執證】證明。

【舉證】拿出、呈現證據。

【鐵證如山】證據確鑿，就像山一樣不能動搖。

【佐證】證明、證實。

【證左】當時親知親見其事，可以證明實際情形的人。

【要證】重要的證明。

【援古證今】引用古義以證明今事。

【證引】說明事實所援引的證據。

哂焉。」詩曰：「淇澳園中樂聖王，渭川千畝任分揚。翠筠不染湘娥淚，班籜堪傳漢史香。霜葉自來顏不改，煙梢從此色何藏？子猷去世知音少，亙古留名翰墨場。」（明．吳承恩《西遊記》）

迎接了三十幾次的春來春去的人，對於花事早已看得厭倦，感覺已經麻木，熱情已經冷卻，決不會再像初見世面的青年少女地為花的幻姿所誘惑而讚之，嘆之，憐之，惜之了。況且天地萬物，沒有一件逃得出榮枯，盛衰，生滅，有無之理。過去的歷史昭然地證明著這一點，無須我們再說。古來無數的詩人千遍一律地為傷春惜花費詞，這種效顰也覺得可厭。（豐子愷〈秋〉）

只要翻攪垃圾袋，可以發現一個獨身者習慣自己動手做飯或者喜歡罐頭速食。一個空藥瓶證實了失眠時的焦慮不安，一封揉皺的情書說明了愛情正成為難以治癒的傷痛，一疊詩稿指出了它們的主人所以憂鬱寡歡的原因，幾團拗折的紙菸盒提供了房客肺活量的資料。垃圾是一切隱私的鑰匙。（林燿德〈房間〉）

幾十年來，許多歷史論著，將起於農民的造反，稱為「農民起義」或「農民革命」，一概從根本上加以肯定，說是歷史發展的動力。為了印證這一先行結論，經常不能正確對待史料。總是按這把尺子，對史料進行取捨、剪裁、加工、曲解，有時到了令人哭笑不得的程度。（潘旭瀾〈走出夢話——太平雜說〉）

【蒐證】蒐集證據。

【證言】做證的言詞。

【折證】對質、辯白。

【疏證】考據、會通古書的義理，加以補充、校訂、考證、闡釋。

識別

【認識】認得。

【辨識】辨認、識別。

【辨析】明辨、分析。

【分辨】辨別、說明。

【辨別】判別、分別。

【判別】分別。

【識別】認識辨別。

【鑑別】審察辨別事物的真偽優劣。

【鑑定】判定事物的是非真偽。

【鑑識】明辨、識別。

【衡鑑】衡量、評估、鑑定。

【涵咀】含食並咀嚼。比喻辨別、研究。

相信

【相信】信任，以為確實如此而不懷疑。

【聽信】聽從相信。

【置信】相信。

我可以作證，那個死角不是犁翻的。我只能相信，他已經具備了一種神力，一種無形的氣勢通過他的手掌貫注整個鐵犁，從雪亮的犁尖向前迸發，在深深的泥土裡躍躍勃動和擴散。（韓少功《馬橋詞典‧三毛》）

「漫長」的中學階段，我「犧牲」優良成績交換而來的文學閱讀，雖然觸角還算多面，數量也不少，而且概略認識「文學發展」，畢竟止於粗淺浮泛；而我傾注大半年少心血的文學習作，發表的數量還算可觀，不免過於青澀。然而就像武術功夫的蹲馬步，這些閱讀和習作，大致培育了我的文字能力、文學品味的起碼基礎，邁開了文學馬拉松的起步。（吳晟〈文學起步〉）

入粵以來時時可以看見榕樹，它那帶著南國的豐足與慵倦的巨大軀幹，隨處落地生根的習性曾經引起過詩人蘇軾的驚歎，我自信已經非常熟習，可以不必躊躇就能辨識了。可是眼前出現的這些樹呢？似乎有點像，可是比起榕樹來它們卻更振拔而秀特，壯健而整飭，何況有的還開著細白微黃的花？同座的朋友看出了我的專注與遲疑，就帶著幾分驕傲為我解釋，「看，這就是荔枝。」（黃裳〈深圳〉）

納莉颱風來襲那夜睡得很不安穩。風號，鬼哭，我以為我被流放在一艘搖晃的船，在海上。好不容易掙扎醒來，走到窗前一探，心冷了。雖然窗外漆黑如世界末日，生物本能讓我知道，淹水了，在這個全島最不可能淹水的地方，臺北的黃金地段，到處是高樓大廈的市中

【確信】確實地相信。
【採信】採用相信。
【深信】深深地相信。
【堅信】深信不疑。
【輕信】輕易相信。
【誤信】錯把錯誤的事情當真。
【當真】信以為真。
【信以為真】相信，認為是真的。
【兩無猜疑】彼此心中坦蕩，沒有猜忌與嫌疑。
【不容置疑】不容許對某事或某人有所懷疑。
【無庸置疑】不必懷疑。
【疑信參半】抱持懷疑的態度，沒有完全相信。
【半信半疑】有些相信，也有些懷疑，無法判定是非真假。
【將信將疑】半信半疑。
【難以置信】令人難以相信。
【叵信】不可信。
【偏聽偏信】僅聽信某一方面的意見。
【憑信】信賴、相信。
【旦旦信誓】將誓言說得非常誠懇忠實。
【的信】確實的消息。

推論

【推論】推求討論。
【推演】推算演繹。
【推度】推論揣測。
【推究】推論研究。
【類推】在不同的事物中，取其相類似的地方來推測、衡量其他。
【類比】將類似經驗與新事物相比，從相同或相似之處，獲得理解的推論方法。
【推理】從已知或假設的前提來推論，或從已知的結果，反

心。我無法置信地坐在窗前，聽著水勢湍急怒吼的聲音，想像著五彩的熱帶魚穿梭在地下室剛買的新車之間，或靜息在昨晚因為疲倦懶得拿上樓的手提電腦上，像牠們平日棲息在海底的礁石一般。（卓玫君〈寫給自己的一則洪水神話〉）

我早已知道：我生活的這塊土地，經常為了事不關己的外來事務而緊張、而恐慌、而犧牲。我也知道：這塊土地的真理公義有時候會在特殊時空裡以變形蟲的醜陋態勢存在，失去了放諸四海皆準的普羅價值。但是我確信的是：這段奇特的歲月我曾經過過。（霍斯陸曼・伐伐〈那年，我們在金門前線〉）

火車過橋的聲音特別響亮——當列的列的、工農工農、累的累的聲音被火車拋在後面，又會從前面迴來時，就知道岩灣站前的隧道口到了，卑南溪和都蘭山的風景將要進入尾聲，在隧道口與隧道口的空隙間，被夾扁又放大的風景、空氣、陽光，消失又出現，這是隧道的魔術，在時間與空間的轉換中，讓人信以為真。（詹澈〈隧道口〉）

家裡的人敢和奶奶頂嘴的除了姑姑只有我這個長孫，我常常為母親打抱不平，奶奶說她當年也曾常受她婆婆的嘮叨；照這樣類推下去，母親也可以把嘮叨寄託在我身上，有天我長大了，娶了媳婦，母親就可以有找頭了。但是母親不是這種型的，她把什麼都傳給姊姊，唯獨沒有嘮叨和抱怨。她受多少委屈，吃多少辛酸，總是默默地忍著，儘管往肚子裝。（張拓蕪〈紡車〉）

心中腦中一團亂絲理不清，我寫信給故鄉的二叔和肫肝叔，他們的回信各不相同。二叔勸我讀唐詩宋詞，寄給我一本納蘭的飲水詞，

求理由或根據。

【引申】由事物、字詞的本義推演或轉變成其他的意義。

【觸類旁通】理解一事物的知識或原理，進而推知其他同類事物的道理。

【舉一反三】列舉一例，即能推求、曉喻同類的其他事物。

【融會貫通】將各種知識或事理加以融合、貫穿，進而獲得全面、透徹的領會。

【聞一知十】形容人領悟力、類推力強。

【問牛知馬】指先打聽牛的價錢，便能推知馬的價錢。比喻從旁推敲而得知事實真相。也作「問羊知馬」。

【以此類推】由這點出發推想其他類似情況。

認同

【同意】贊成。

【附和】自己毫無定見，隨他人意見或行動而應和。

【首肯】點頭表示同意。

【許諾】答應，允諾。

【採納】接受他人的意見。

【接受】收受，接納。

【領教】接受別人的教誨或意見。

【應承】應允，承諾。

【贊同】贊成，同意。

【響應】附和某種主張或行動。

【支持】友援；贊同鼓勵。

【捧場】到劇場欣賞演員表演，指替他人臨場助陣。

【撐腰】給予支持，當靠山。

吳蘋香的「香南雪北廬」詞與李清照的漱玉詞，叫我細讀。他說詩詞是圖畫的，音樂的，哲學的，多讀了對一切自能融會貫通。毗肝叔卻叫我讀莊子，讀佛經，他介紹我看景德傳燈錄，佛說四十二章經，心經淺說。那陣子，我變得痴痴呆呆的，無限虛無感、孤獨感，覺得自己是個哲人。沒有人了解我。（琦君〈三更有夢書當枕——我的讀書回憶〉）

他卻說道：「海闊天空！海闊天空！」我原曉得「海闊憑魚躍，天空任鳥飛」的聯語——是在一位同學家的廳堂裡常常看見的——但這樣的用法，卻又是第一次聽到！我真高興，得著兩個新鮮的意思，讓我對于生活的方法，能觸類旁通地思索一回。（朱自清〈「海闊天空」與「古今中外」〉）

許多古老的故事／在沒有許諾中食言／在沒有發誓時背叛／世界的苦痛是／雙手被捆綁／躺在女人的胴體旁（李敏勇〈在葡萄牙歌聲裡的即興筆記——薩拉馬戈，我記得你的詩〉）

人能一旦震懾於美的無端無涯，威服於生命的湧動生發，亦即他終於近道之剎那了。（張曉風〈山的春、秋記事〉）

而我的靈魂的偉大，不論外表如何破舊，總該得人的認識。我可以終身不戀愛、不結婚，這個原則不能變。變就是遷就——我所頂反對的也就是遷就。（夏濟安《夏濟安日記》）

涓生一向體弱，拿不定主意，買層公寓都被經紀欺侮，一向由我撐腰，日子久了，我活脫脫便是個凶婆子，他是老好人。（亦舒《我的前半生》）

【擁護】扶助。

【妥協】與某人或幾個方面之間商談條件或求得互讓。

【屈從】委屈順從。

【威服】信服於一股令人敬畏的力量。

【勉強】心中不願而強為之。

【遷就】委屈自己，曲意迎合他人。

【馬首是瞻】作戰時，士兵依主將的馬頭決定前進的方向。比喻毫無主見，服從指揮或跟隨他人進退。

反對

【否決】否定某事的議決。

【抗議】對他方的意見或措施表示反對。

【杯葛】集體抵制。

【抵拒】抵禦、抗拒。

【拒卻】拒絕、推卻。

【觝排】意指拒絕、排斥。觝，ㄉㄧˇ。

【駁回】不答應、不承認。

【謝絕】推辭、拒絕。

【唱反調】提出相反的意見或採取相反的行動。

【不以為然】不認為是這樣、表示不同意。

【背叛】違背、反叛。

【忤逆】違背。

【拂逆】違背，違反。

【叛逆】背叛。

【悖反】違背。悖，ㄅㄟˋ。

【逆亂】悖逆叛亂。

【造反】叛亂。

【違抗】違背抗拒。

【違拗】違背，不順從。

【誖逆】悖亂忤逆。誖，ㄅㄟˋ。

【離叛】脫離背叛。

【倒戈】背叛，反戈相向。

季澤一撩袍子，鑽到老太太屋子裡去了，臨走還抓了一大把核桃仁。七巧神志還不很清楚，直到有人推門，她方才醒了過來，只得將計就計，藏在門背後，見玳珍走了進來，她便夾腳跟出來，在玳珍背上打了一下。玳珍勉強一笑道：「你的興致越發好了！」又望了望桌上道：「咦？那麼些個核桃，吃得差不多了。再也沒有別人，準是三弟。」（張愛玲《金鎖記》）

你太中年／我的年輕會因不懂事而忤逆你／你太淡泊／我的要強會起來／與你爭一日之長短／我寧可周旋於其他人中／縱使貽害四方／也不過害他們失眠罷了／而紅顏帶罪／何功以贖？（鍾曉陽〈紅顏〉）

在愛情中耽溺的人，悖反現在社會要求的明快效率，寧可在混亂中徘徊，也不要乾淨俐索的一刀兩斷。（張惠菁〈張國榮的兩個背影〉）

他變得勤於偵查，暴躁易怒而多疑。一通電話，一封短信都讓他聯想到女人的變節。（鄒敦怜〈一種遊戲〉）

還是說五七年那個夏天吧。快快見我也考上了第一志願，原諒了我對科學的背叛。他來祝賀我，我們便和解了。我們又不約而同談到了正凡，便約好了一起去他家看他。正凡出來了，穿著個汗背心，顯得若無其事的樣子，我們都不敢看他的眼睛，因為我們是幸福的人，而他不幸。我們約正凡一塊出去玩玩。正凡說：「去哪兒？」我想起爬山，就說：「爬天臺山！」天臺山在城外，有三十多裡路，我們說好第二天天不亮就動……（高行健《有只鴿子叫紅唇兒》）

3 想像、猜測

想像

【玄想】不著邊際的幻想。

【妄想】不切實際或非分的想法。

【杜撰】沒有根據的編造、虛構。

【狂想】自由無拘，超越現實的幻想。

【春夢】比喻幻想、妄想。

【浮想】湧現的想像。

【假想】想像、設想。

【虛構】憑空想像、編造。

【遐想】超越現實的想像。也作「遐思」。

【夢想】渴想；理想。

【摹想】摹擬想像。

【臆造】憑想像編造。

【聯想】某概念引起其意識涉及到其他相關概念。

【懸擬】憑空揣度想像。

【白日夢】比喻不切實際的幻想。

【非非想】脫離實際而幻想不能做到的事情。

【捕風繫影】比喻追逐虛幻，憑空想像。

【鄉壁虛造】在牆壁上假造。比喻憑空想像捏造。

【憑虛構象】透過想像來構思創造物體豐富的形象，而不局限在物體上。

小說的別稱應當就是虛構，它從一出發時就走上了虛擬的道路。反正，你看小說就別指望這是真的。（王安憶《紀實與虛構》）

松濤如吼，霜月當窗，饑鼠吱吱在承塵上奔竄。我於這個時候，深感到蕭瑟的詩趣，常獨自撥劃著爐火，不肯就睡，把自己擬諸山水畫中的人物，作種種幽邈的遐想。（夏丏尊〈白馬湖之冬〉承塵，指天花板。）

想一想吧：果腹之後的美食，禦寒之外的時裝，繁殖之上的愛情，富足之下的迷茫，死亡面前的意義，以及眺望中的遠方，猜測中的未來，童年的驚奇與老年的回憶……人更多的時候是在夢想裡活的。但人卻常常忘恩負義，說夢想是最沒有用處的東西。（史鐵生〈人生三件私人大事〉）

死亡的閣樓裡，你只能被你臆造的一切牢牢鎖住，開始是黑色，然後，成為無色的。（楊煉〈其實往往是一個題目的聯想〉）

有些個早上，我就這麼躺在床上，盡著性子做我的白日夢，因為我吩咐過，我沒打鈴誰也別進我的房間，而裝在床上方的拉線開關又裝得很不方便，總是要找好半天才能找到，往往我找著找著就不耐煩了，寧可一個人在床上躺著，這一來就幾乎又要睡上一覺。（普魯斯特《追憶似水年華》）

推測

【推測】推究揣測。
【推度】推論、揣測。
【推斷】推測、斷定。
【推想】推論、揣測。
【推見】由已知的現象推想出結論。
【猜想】猜測、料想。
【猜測】猜想、推測。
【猜度】猜測、料想。
【懷疑】感到疑惑。
【猜疑】猜測、懷疑。
【料想】揣測、猜想。
【料到】預測到、猜到。
【評估】以預定的準則，對事物加以衡量、估計。
【估計】推測。
【估算】估計盤算。
【估量】估計、推算。
【打量】估計。
【忖度】揣測、思量。
【思忖】考慮、思索。
【忖量】揣測、猜度。
【臆測】主觀的猜測。
【臆想】猜想。
【臆度】主觀的推測。
【揣測】推測、估量。
【揣度】猜測，暗地估量。
【揣奪】揣想、揣測。
【推估】推算預估。
【忖測】猜想、推測。
【猜透】預料到、猜想出來。
【猜啞謎】猜測無從想像的事。
【疑猜】猜疑。
【存疑】對尚有疑點的問題，暫時保留不加論定。
【思忖】考慮、思索。
【忖前思後】對前因後果仔細的思考斟酌。
【推敲】思慮斟酌。
【推詳】推究詳察。
【窺測】窺探測度。
【窮源推本】推究事情的根本

我是瘋瘋癲癲的。不過，能變成從小渴望的瘋癲，即使談不上驕傲，也稍微感到滿足。我為什麼會變成這樣一種人，相信聰明的你不必等我作不厭其煩的說明，單憑剛才告訴你的我少年時代的環境就可以充分推想出來。（翁鬧著，魏廷朝譯〈天亮前的戀愛故事〉）

「選誰？」這問話出口之後，短暫的懸疑迅速充氣，膨脹住兩個人身之間的距離。一個敏感怯懦的被問話者會遲疑一下，誠實的答案是不是會造成任何傷害呢？問話的人自己支持的是誰呢？於是他也開始用口音、年齡、性別，這些外顯的身分殘片，猜測問話者想聽的答案。（張惠菁〈美好世界〉）

我在西門町逛著，有時離開了主要的街市，遠離人車喧囂的時候，常常以為自己走進時光的隧道，來到另外一個地方。其實只是隔著一兩條街而已，但在這裡的屋舍街巷，卻像是一群洗盡鉛華，脫下了絢爛衣裳的老人。流行已不再光臨，青春成了過去，使我甚至懷疑剛才走過的那些雜沓的人潮，日式美式韓式的異國風情，只是有如電影「神隱少女」裡，小女孩「千尋」走過的恍若海市蜃樓的鬼魅街景。一切，都變得不大真實了。（張維中〈青春租借地〉）

後漢有一位袁安，大雪塞門，無有行路，人謂已死，洛陽令令人除雪，發現他在屋裡僵臥，問他為什麼不出來，他說：「大雪人皆餓，不宜干人。」此公戇得可愛，自己餓，料想別人也餓。我相信袁安僵臥的時候一定吟不出「風吹雪片似花落」之類的句子。（梁實秋〈雪〉）

美其言為半遁世主義，卻必得勇於自承是在現實俗世之間行走，拙於應對與爭逐；究竟是好是壞？如何以一個普世價值予以準確評估？（林文義〈冷杉林〉）

今天我路過梁實秋家的門前。我是進城去上班。梁實秋當然不在，

始末。
【揣摸】揣測、捉摸。
【懸揣】憑空揣測、猜想。
【心懷叵測】心存險詐，難以預測。
【揣想】猜測、設想。
【懸想】猜測、設想。
【設想】想像、聯想。
【揣知】猜知、測知。
【摸量】估量，衡量。
【掂量】估測重量，斟酌。
【評度】商量、研究。
【推定】推測、假定。
【假定】如果。同「假設」。
【估摸】約略的估計或推測。
【試想】嘗試、推測的想。
【疑心】猜測。
【揆情度理】意指按照情理來估計、推測。
【推情準理】按情理來推測衡量。
【裁度】推測度量而定取捨。
【預料】事前的推測料想。
【預測】事前的推測。

預料

【預料】事前的推測料想。
【預想】事前預先料想。
【預測】事前的推測。
【預計】事先估計。
【預卜】事先占卜、斷定。
【預言】預先說出將發生的事情。
【預期】事前的期望。
【承望】料到、想到。
【意料】事先料想到的。
【出乎意料】超出人們的料想之外。

陽光照耀這幢瓦房，也照亮我的眼睛。誰是這裡的新主人，他晾了那麼多衣服，用竹竿和繩子橫斜著，架在房前的壩子裡，一條紅色的內褲也昭然地掛在屋簷下，看那些衣服粗糙的質量，估計也不是一個什麼「雅」致的人兒……。（燕曉東〈路過梁實秋家的門前〉）

有一女子上前，把石頭門推開兩扇，請唐僧裡面坐。那長老只得進去，忽抬頭看時，鋪設的都是石桌、石凳，冷氣陰陰。長老心驚，暗自思忖道：「這去處少吉多凶，斷然不善。」眾女子喜笑吟吟都道：「長老請坐。」長老沒奈何，只得坐了，少時間，打個冷禁。（明・吳承恩《西遊記》）

而所有的臆測無非在說明，偶然的歌者和偶然的聽者之間，只是萍和水的一點觸動，萍跡之後，便只有漣漪的記憶，要江州司馬那樣的知音，才能先歌者而淚濕青衫。也可能，我們時代裡眾多包裝出來的歌聲和裹著華服的風情，把我們的心鍛鍊成一種世故的冷酷了。（黃碧瑞〈歌者〉）

整整有半年時間，我被掩埋在龐雜的歷史文獻堆中，為不知如何下手把閱讀過筆錄的材料轉化融入小說創作而焦慮到寢食難安，成為我不算短的寫作生涯中最大的挑戰。明知到了這般年紀，還想駕馭這麼龐然的寫作計畫，力不從心應該是在預料之中，然而，天生「硬頸」的我，從來不肯輕言放棄，何況我是抱著使命感為清代的台灣作傳。（施叔青〈放下反而獲得〉）

他愚蠢的微笑著，神經質的搓著雙手，愣愣的站在門口。因為朋友沒有延請他進去，而他一時又不知怎樣才好。來此之前一再打過腹稿

【出人意表】出乎意料之外。也作「出人意料」、「出人意外」。

【一語成讖】無意間說出不吉利的話，竟成了應驗的預言。

【不出所料】沒有超出預料；在意料之中。

【預斷】事先斷定。

【預感】預料事情要發生的感覺。

【預先】事前。

【預知】事先知道。

【先見】事先預見。

【先見之明】事先預見結果的判斷力。

【預設】事先設定。

【預兆】事前的徵兆。

【先兆】事情發生前，預先顯示的跡象。

【可望】可以期盼，指有希望。

【喜出望外】因意想不到的喜事而特別高興。

的話，曾經預計是在朋友客廳坐定後，再用閒聊的方式提出的，現在情況完全變了，不是他所能預料的，因此一時不知如何說起，只好傻傻的微笑著，好像那笑容是刻在臉上的。（楊海宴〈暴發戶與風濕症〉）

義大利柏樹占地不多，往空中發展，前途無量。我們買了三株幼苗，延著籬笆，種了一排。剛種下去，才三、四呎高，國祥預測：「這三棵柏樹長大，一定會超過你園中其他的樹！」果真，三棵義大利柏樹日後抽發得傲視群倫，成為我花園中的地標。（白先勇〈樹猶如此〉）

我們發現觀察者和被觀察的對象都一樣驚慌不可名狀，甚至大聲宣告：「喧嘩啊——」是的，就是這近似末日使徒的吶喊使我們驀然回首，想起我們曾經沉湎於其中的寧謐、安詳，我們早年預期，看到、經之營之的靜，為了一首詩的完成。（楊牧〈翅膀的去向〉）

我在小學三年級那年，終因功課太差而留級了。我記得把成績單交給母親時，沒有勇氣看她的臉，低下頭看見母親拿著那張「歷史實錄」的手，顫抖得比我自己的更其厲害。可是，出乎意料地，那雙手，卻輕輕覆壓在我頭上，我聽見母親和平地說：「沒關係，明年多用點功就好了。」我記不得究竟站著多久，但我永遠記得那雙手給我留下的深刻印象。（莊因〈母親的手〉）

心理活動》二、欲望與意願

1 欲望

希望

【希望】心中的期待。
【想望】渴想盼望。
【夙願】平日所懷的願望。
【理想】對未來的希望與想像。
【厚望】殷切的期望。
【指望】期盼、盼望。
【冀望】希望、期望。
【希冀】希望得到。
【欲】期望、希求。
【但願】只希望。
【願意】符合心意。
【期望】冀望、希望。
【盼望】殷切的等候、期望。
【俟望】等待盼望。
【企盼】盼望。
【矚望】期望。
【屬望】期待、注目。
【深望】深深的盼望。
【懸望】掛念、繫念。
【祈望】希望、期待。
【祈願】祈求許願。
【巴巴】迫切盼望的樣子。
【巴望】眼巴巴的盼望。
【鵠望】比喻盼望等待。
【渴望】迫切的希望。
【夢想】渴望達到的希望。
【熱望】熱切想完成的希望。
【引領】伸長脖子，表示殷切期盼。
【翹企】翹首企足，形容非常盼望的樣子。翹，ㄑㄧㄠˊ。
【眼巴巴】迫切渴望的樣子。

因而我又不能不在此，將內心深切的感懷，像當初一樣，寫一首紀念性的詩「春日之歌」獻給您與我們相處的「二十五年」，藉以追憶我們已過去的，並想望我們所未來的。（羅門〈記憶的快鏡頭〉）

你也哪裡想坐在一團雲堆上彈豎琴彈它個一萬年，你但願，黑海不要那樣冷峻，印度洋別如此龐大難渡，周流幾近整個地表，你但願，死去的父親，坐在頂樓甲板的帆布椅上悠然抽菸，要不在林中木屋的壁爐前就著火光看書。（朱天心〈夢一途〉）

如此茂密的夏的翠枝／一天天迅快地伸長　我多麼渴望晴朗／但每一次雨打紗窗　我心發出預知的回響／就感知青青的繁茂又添加（蓉子〈夏，在雨中〉）

這是王國維〈浣谿沙〉的下半闋：「試上高峰窺浩月，偶開天眼覷紅塵，可憐身是眼中人。」辛辛苦苦的爬上高山，巴巴的等月亮出來了，光達達看見的卻是自己。這裡有卑微的蒼涼與嘲弄，然而，他對於自己還是感到親切的，唯有自嘆自憐。（鍾曉陽〈可憐身是眼中人〉）

土地道：「大聖休焦惱，天蓬莫懈怠。但說轉路，就是入了傍門，不成個修行之類。古語云：『行不由徑。』豈可轉走？你那師父在正路上坐著，眼巴巴只望你們成功哩。」行者發狠道：「正是，正是。獃子莫要胡談，土地說得有理。……」（明．吳承恩《西遊記》）

【企足而待】抬起腳跟來等待，比喻不久的將來就能實現。

【望眼欲穿】形容企盼的深切。亦作「望眼將穿」。

【望穿秋水】秋水，秋天的水明淨澄澈，比喻眼睛。望穿秋水，形容盼望的深切。

【如飢似渴】形容欲望極其迫切。

這年頭時興外出打工，好多好多的人告別親人湧入城裡做建築工、做保姆、做小飯店伙計與招待等等，彷彿外面有個藏金子的世界，那外面的世界壓進了多少外來打工人的冀望！牽引了多少故鄉人對之望眼欲穿。（張潔〈祕密領地〉）

追求

【追求】努力探求。

【追尋】追求，尋找。

【尋求】找尋探求。

【尋覓】探求。

【謀求】設法尋求。

【摸索】尋求，探索。

【鑽營】極力探討研究。

【渴求】急切的追求。

【力求】盡力追求。

【探求】探索尋求。

【訪求】尋找。

【夢寐以求】連睡夢中都在尋找、追求。形容願望強烈、迫切。

【求之不得】追求之卻無法得到。後用以表示想求都求不到，卻意外的得到，有極希望得到的含意。

【遜追】追求。

【追蹤】倣效前人。

【尋取】尋找探訪。

【東尋西覓】到處尋找。

【冀求】希望、要求。

【可遇而不可求】只能因機緣而得，無法強求。

【祈求】請求，深切的盼望得到。

【求取】追求爭取。

我記得以詩為抱負的少年是比較落寞些，比較孤獨些。這是我們親身的體驗，也是人世間自有詩人這行業便難免的現象。根據蘭姆（Charles Lamb）的回憶，英國浪漫時代最敏銳的心靈，神祕深沉的詩人柯律治（Samuel Taylor Coleridge），中學時代就以早熟焦慮，以落寞孤獨見稱於同學之間。他懂得太多了，別人不注意觀察的，不屑於思索的問題，正是他汲汲追求的課目；然而他也懂得太少了，在群體的生活裏，往往是一顆失落的靈魂。（楊牧《一首詩的完成．抱負》）

山頂上的馬蒂領悟了，生命的意義不在追尋答案，答案只是另一個答案的問題，生命在於去體會與經歷，不管生活在哪裡。（朱少麟《傷心咖啡店之歌》）

到了後來，友誼與愛情依然是每一代人尋求靈感力量的來源。活在新科技的年輕世代也許狀似孤僻繭居，卻有自己的管道去建立他們的社會聯繫，形塑他們的時代價值。臉書的「讚」字看似膚淺，平時只用來搜減價券，進行社會討論時便起了「吾道不孤」的群體力量。（胡晴舫〈草莓革命〉）

我想起平生第一次獲得一枝全新偉佛鋼筆時的興奮，那是初三時參加縣裏作文比賽所得的獎品。那枝鋼筆對我而言，原先有一點虛榮

【上求下告】到處求問。

【營求】謀求。

【唯利是求】一心一意只求利益，而不顧其他。

【緣木求魚】比喻用錯方法，徒勞無功。

欲求

【只消】只需要。消，「需要」的合音。

【欲求】想得到某種東西或想達到某種目的的要求。

【欲望】想要得到某種東西，或者達到某種目標的要求、願望。

【欲念】欲望、念頭。

【私欲】個人的欲望。

【物欲】對物質的欲望。

【嗜欲】感官上追求享受，所產生的強烈欲望。

【需要】當感受缺乏之時，所產生的內在心理狀態。包括生理上和心理上。

【需求】因需要而有所要求。

【需索】勒索，求取。

【要求】為了某種目標所提出的願望或條件。

【亟需】迫切需要。

【急需】迫切需要。

【期求】期望求得。

【企求】期望求得。

【務求】一定要求、絕對要求。

【強求】不能得到而勉強要求、爭取。

【妄求】非分的要求。

【苛求】嚴苛的要求。

【奢求】過度的要求。

【覬覦】希望得到不該擁有的東西。

【餓鬼】罵人口饞或貪得無厭。

的想像成分，是我夢寐以求但總是求之不可得的東西，現在終於能夠握在手裏了，剛拿到手的幾天，雖然高興莫名但總覺得不夠真實。（周志文〈鋼筆〉）

你去，我也走，我們在此分手；／你上那一條大路，你放心走，／你看那街燈一直亮到天邊，你只消跟從這光明直線！你先走，我站在此地望著你，放輕些腳步，別教灰土揚起，我要認清你的遠去的身影，直到距離使我認你不分明。（徐志摩〈你去〉）

我感到其他三人所給予我的溫熱，感到我們都是同類的動物，我們誰也不比誰高尚，誰也不比誰低賤，都是同類的、可憐的、心中充滿了各種慾求的動物。（馬森《夜遊》）

不管現代人或是非現代人，人人無不企求快樂、無不企求幸福的生活，臨死也祈求死而無憾。但是，真能活得快樂，死得無遺憾的人卻並不多。因為他們不知如何自尋快樂，反而終日杞憂，自找煩惱。（陳火泉〈快樂哪裡找〉）

幸而我對名利興趣都大得不夠，寫作是寄托也是生財之計，孩子國外的花銷，我的生活費全靠這名字與這筆，我無望做巴爾札克，也從不奢求自己功成名就，這樣就好，這樣就好，我和孩子都只求不病不災，這樣，就好！（愛亞〈日子B〉）

使人生圓滑進行的微妙的要素，莫如「漸」；造物主騙人的手段，也莫如「漸」。在不知不覺之中，天真爛漫的孩子「漸漸」變成野心勃勃的青年；慷慨豪俠的青年「漸漸」變成冷酷的成人；血氣旺盛的成人「漸漸」變成頑固的老頭子。（豐子愷〈漸〉）

【野心】對權勢、名利等的非分欲望。

【野心勃勃】形容狂妄非分之心或遠大的企圖。

【如饑似渴】如餓想吃飯，渴想喝水，需求迫切。

【貪心】貪得無厭，不知滿足。

【貪饞】此作貪心。

【貪念】貪求的念頭。

【貪婪】貪求無度，不知滿足。

【貪求】貪圖獲得好處。

【頑涎】貪心、貪念。

【無底洞】比喻人貪婪無度，無法滿足。

【貪心不足】貪多而不知滿足。

【貪得無厭】貪心而不滿足。

【貪猥無厭】貪多而不滿足。

【食髓知味】食得一次骨髓，便知其美味。比喻得到一次好處後便貪得無厭。

【得寸進尺】得到一些利益，即想進而獲得更多利益。比喻貪得無厭。

【得隴望蜀】比喻貪得無厭，不知滿足。

【狼貪鼠竊】狼天性貪婪，鼠天性好竊。形容人欲望無窮，貪得無厭。

【巴蛇吞象】比喻人心貪婪無度。

【沒足厭的】不知滿足。

【欲壑難填】形容人的欲望有如深谷，永難滿足。

【見錢眼開】形容人貪婪愛財，

我自認生性豁達，能把多年不見的女兒在這樣的情形找回來，已經心滿意足，不會去強求其他，令我感慨萬千的是，我和白素之間，卻因此生出了一層無形的隔膜。我們都知道，雙方都十分努力，想打破這層隔膜，可是任何的努力，看來卻又如此軟弱無力。（倪匡《圈套》）

生一日晚歸，啟齋門，見案上酒一壺，燖雞盈盤，錢四百，以赤繩貫之，即前日所失物也。知狐之報。嗅酒而香，酌之色碧綠，飲之甚醇。壺盡半酣，覺心中貪念頓生，驀然欲作賊。便啟戶出。思村中一富室，遂往越其牆。牆雖高，一躍上下，如有翅翎。入其齋，竊取貂裘、金鼎而出。（清．蒲松齡《聊齋誌異．姬生》）

啊啊，我不知道，我不知道。／直到今天，我醒來，才發覺：／是我錯受了庸俗與醜惡的招待，／用一切去換取慾望的追求和貪婪的滿足。（楊喚〈醒來〉）

如果林秀雄隨隨便便讓村人的迷信和貪婪來迎接縣政府的道路工程人員在五寮砍伐山林老屋，那麼他的書就白念了。反過來說，他已經念了這麼多書，就不能坐令村人無視於他的存在。（張大春〈如果林秀雄〉）

香菱笑道：「好姑娘，你趁著這個工夫，教給我作詩罷！」寶釵笑道：「我說你得隴望蜀呢！我勸你今兒頭一日進來，先出園東角門，從老太太起，各處各人你都瞧瞧，問候一聲兒，也不必特意告訴他們說搬進園來。……」（清．曹雪芹《紅樓夢》）

這蔣竹山從與婦人看病之時，懷覬覦之心，已非一日。於是一聞

唯利是圖。

【餓虎撲食】非常貪婪。

【螞蝗見血】貪婪無厭。

【覬覦】ㄐㄧˋ ㄩˊ，希望得到不該擁有的東西。

【染指】比喻插手以獲取不應得的利益。

【眼饞】羨慕而想得到。

【市儈】唯利是圖的人。

【貪鄙】貪婪鄙陋。

【貪名圖利】貪求名聲，圖取私利。

【貪戾】貪婪暴戾。

【貪求無已】貪圖獲得好處而無滿足之時。

2 意願

意志

【意志】思想志向，即人類自行決定行為的能力。

【志趣】志願、志向。

【志向】意志的趨向。

【意氣】意態、氣概。

【心志】心思毅力。

【壯志】雄壯豪邁的志向。

【壯心】雄壯豪邁的志向。

【遠志】遠大的志向。

【抱負】心中有所懷抱。指志向、理想、願望。

【心胸】志氣、抱負。

【雄心】遠大的志向、抱負。

【志願】心中的希望。

【決心】堅定不移的意志。

【決斷】決定事情的魄力。

其請，即具服而往。（明．蘭陵笑笑生《金瓶梅》）

北京號稱人海，魚龍混雜。混混兒的派別，不知有多少。看見小玉多金，大家都想染指。（曾樸《孽海花》）

我媳婦眼饞別人穿高跟鞋挺胸提臀好看，也自作主張並且有節制地弄了一雙，是半高跟兒。她忐忑不安地把這雙好寶貝展示給我的時候，大眼睛汪著祈求理解和請求寬大的意思。（韓靜霆〈我是矮子〉）

那個管會計的壞蛋根本沒有把我放在眼裡，他說：「這個月大作沒有賣過一本！」他說「大作」，故意把聲音提高兩個調門，顯然有些譏諷。我碰過兩個釘子，暗中罵他市儈，可是心已經怯了。（思果〈與讀者會見記〉）

幾乎在一剎那間，我便以極其嚴肅的態度面對這件事了。是的，任何一個人，尤其是一個有某種抱負的人，在自己的青少年時期會有過許多理想、幻想、夢想，甚至妄想。這些玫瑰色的光環大都會隨著時間的流逝和環境的變遷而消散得無蹤無影。（路遙《早晨從中午開始》）

任何一項事物，當它引得多數人趨之若鶩絡繹於途的時刻到來，我遁離的決心便寂然躍起。流螢汛起，迷惑人的明滅飄影。闃無人的山夜，我知道我這兒景致極美，然而，我不再拉開簾幔了，流螢的交談，情愛之夜，不需要再被打擾。（凌拂〈流螢汛起〉）

這歌訣順讀已拗口之極，倒讀時更是逆氣頂喉，攪舌絆齒，但虛竹憑著一股毅力，不到天黑，居然將第一路掌法的口訣不論順念倒

【恆心】恆久不變的意志。

【毅力】堅定持久的意志。

【立志】立定志向。

【矢志】下定決心。

【蓄志】蘊藏志願，待機即發。

【決意】拿定主意。

【發狠】痛下決心。

【狠心】不顧一切，下定決心。

【橫心】不顧一切，下定決心。

【鐵心】意志非常堅定。

有恆、無恆

【有恆】很有毅力，行事持久不變。

【持之以恆】有恆心的堅持到底。

【堅持不懈】堅守到底，絕不鬆懈。

【有始有終】有開頭、有結尾，比喻做事貫徹到底。

【善始善終】美好的開始，圓滿的結局。

【全始全終】有好的開始及圓滿的結束。

【始終如一】自始至終都不改變。

【始終不懈】自始至終都不鬆懈。

【鍥而不捨】鍥，鏤刻。捨，捨棄、停止。鍥而不捨，指不斷刻下去不停止。比喻堅持到底，奮勉不懈。

【愚公移山】比喻努力不懈，不畏艱難，終能成事。

念，都已背得朗朗上口，全無窒滯。（金庸《天龍八部》）

陳三一直沒找到他母親。他面色沉重，不但不肯把母親做的衣裳穿在身上，連同樣藍色的布也不肯穿，他一生一直如此不改。他買了一個很貴的皮枕頭套，大概有兩尺長，是抽大煙的人在出外時用來既做枕頭又裝煙槍的。陳三在裏面裝幾件衣裳，夜裡枕在上面睡。在晚上，他不值班時，發狠用功，熟讀立夫借給他的書，就在夜裡曾經照過他母親縫衣裳的燈下讀，彷佛他是故意折磨自己。（林語堂《京華煙雲》）

看五四運動以後的文學史，一個有成就的作家，背後都有一個編輯做他的知音，他的推手。蜉蝣不能成事，壽命太短，蝴蝶不能立業，興趣太多。媒體培養專業的編輯，編輯帶領有恆的作家，可能是今後文學復甦的一個條件。（王鼎鈞〈作家常有的生活習慣〉）

也許每一個男子全都有過這樣的兩個女人，至少兩個。娶了紅玫瑰，久而久之，紅的變了牆上的一抹蚊子血，白的還是「床前明月光」；娶了白玫瑰，白的便是衣服上的一粒飯粘子，紅的卻是心口上的一顆朱砂痣。在振保可不是這樣的。他是有始有終，有條有理的，他整個地是這樣一個最合理想的中國現代人物，縱然他遇到的事不是盡合理想的，給他心問口，口問心，幾下子一調理，也就變得彷彿理想化了，萬物各得其所。（張愛玲〈紅玫瑰與白玫瑰〉）

原來光明頂這祕道構築精巧，有些地方使用隱祕的機括，這座大石門卻全無機括，若非天生神力或身負上乘武功，萬萬推移不動，像那小鬟一般雖能進入祕道，但武功不到，仍只能半途而廢。張無忌這

【駑馬十駕】才智平庸的人，若能努力不懈，也能趕得上聰明的人。

【無恆】沒有恆心毅力。

【有始無終】有開頭而無結尾。比喻做事不能貫徹到底，半途而廢。

【虎頭蛇尾】虎頭大，蛇尾小。比喻做事有始無終。

【有頭無尾】形容做事不能貫徹到底。

【一曝十寒】比喻沒有恆心，做事不能持久。

【半途而廢】事情還沒成功就停止，比喻做事情有始無終。

【三天打魚，兩天曬網】比喻行事沒有恆心，時停時續，不能堅持。

失望、灰心

【失望】希望落空，不遂所望。

【絕望】斷絕希望。

【無望】沒有希望。

【心寒】失望而痛心。

【心死】比喻絕望。

【死心】斷絕意念。

【沮喪】失望灰心。

【向隅】面向屋室角落，比喻孤獨失望、落寞寡歡。

【廢然】消極失望的樣子。

【大失所望】非常失望。

【萬念俱灰】所有念頭全化成了灰。失意或受到沉重打擊後極端灰心失望。

時九陽神功已成，這一推之力何等巨大，自能推開了。（金庸《倚天屠龍記》）

在這四小時內，他和陸女士有了更深一步的了解，他給陸女士的父親一個很美滿的印象；這四小時，他的獲得真不少！他不但帶回了一身勁，並且帶回了陸女士的一個小照，現在就高供在他的書桌上。並且嘉興之行，又使得王仲昭的意志更加堅定，他更加深信理想不要太高，衹要半步半步地鍥而不捨；他的才氣也更加發皇，他又想得了許多改革新聞的新計畫。只要有機會，他便要拿這些新計畫再和總編輯商量，再把他的事業推進這麼半步。至於他的《印象記》呢，在第八篇上他就擱筆了；擱筆也好，這本是特地為嘉興之游壯壯行色的，並且應該說的話差不多已經說完，大可善刀而藏。（茅盾《蝕三部曲．追求》）

如果，對於生命正如日初已升的青青子衿，我們都不能存有樂觀的想望，那麼，對於整個世界，我們又將抱持何等悲傷絕望的態度呢？（陳幸蕙〈結善緣〉）

從今後，老師您大膽向前走，酒瓶不離口，鋼筆別離手，寫出的文章九千九百九十九！讓那群蠢東西們向隅而泣去吧，〔……〕（莫言《酒國》）

楊過的一聲「姑姑」無人在意，陸無雙在他身旁卻聽得清楚，低聲問道：「你叫甚麼？她是你姑姑？」楊過忙道：「不，不！不是。」原來他見完顏萍眼波中流露出一股悽惻傷痛、萬念俱灰的神色，就如小龍女與他決絕分手時一模一樣。他陡然間見到，不由得如痴如狂，

【心涼了半截】因遭受挫折或打擊而心灰意冷。

【事與願違】事實和願望相違背。

【無力感】因受到阻礙、進行不順利感到的挫敗感。

【灰心】遭逢失意，志氣消沉，氣餒不振。

【喪氣】失去強盛的志氣，精神頹喪。

【傷氣】喪氣、短氣。

【短氣】志氣沮喪而不能振作。亦作「氣短」。

【氣餒】喪失鬥志，失去勇氣和信心。

【洩氣】灰心喪志。

【洩勁】洩氣。

【憮然】形容悵惘若失的樣子。憮，ㄨˇ。

【心灰意懶】心情失望，意志消沈。亦作「心灰意冷」。

【槁木死灰】形體寂靜有如枯木，精神凝聚猶如冷灰。形容人清虛寂靜，對外物無動於衷。

竟不知身在何處。（金庸《神鵰俠侶》）

父老們聚在門口埕夜談農地上的損失，談論著大片香蕉園只剩下像穿著襤褸衣褲殘兵的香蕉株，短期作物的葉菜早已開始腐爛，個個焦慮煩惱得不知如何是好。在一旁聽著，我開始感受到生活些微的壓力與驚悸，颱風之後農村裡總是充滿嘆息聲與無力感。（鄭麗卿〈迷途的鴿子〉）

我懷念那風雨中行正走穩的黑衫青年，懷念許多擦肩而過的朋友。驚鴻一瞥，卻在我心裡住了下來。我記住那些不知姓名的臉孔，記住他們的自信和生命力，在洩氣喪志的時候，拭亮他們的影像來喚醒自己，而重新找到面對現實的力量。（林懷民〈擦肩而過〉）

記得某年臥病醫院中，同室為一青年詩人，彼此其實均未到奄奄一息的程度。但，不知怎麼，有一晚淒風苦雨，相對憮然，竟討論到蕭條的後事上去了。（吳魯芹〈懶散〉）

願意、不甘

【願意】情願。

【樂意】願意、甘願。

【樂於】樂意於。

【自願】自己願意。

【志願】出於自己的意願。

【情願】甘心願意。

【甘願】心甘情願。

【甘心】發自內心的同意、滿足。

【甘於】甘心於。

【肯】願意、樂意。

【心甘情願】自己願意，沒有半點勉強。

【何樂而不為】既然是好的，

好幾回在大飯店裡看到某個餐廳門口大排長龍，打聽之下原來是為了喝下午茶排隊。喝下午茶可以喝到排隊，飯店的促銷活動真的很厲害，據說讓那麼多人甘願排隊喝茶，是因為下午茶的內容豐富，中式西式東南亞日式料理鹹甜點心應有盡有，很多人午餐不吃，來大吃一頓下午茶，可能連晚餐也省了。（王宣一〈下午茶〉）

後來木柵逐漸開發，景美溪畔蓋起高樓，空地和野菜愈來愈少。然而，在空地消失之前，媽媽已沒空做草仔粿，端午也懶得插艾，連人影都少見。她迷上宗教，成了狂熱信徒，一心想著彼世，不理俗世，無暇也無心照料家庭，對孩子冷漠疏離。（蔡珠兒〈艾之味〉）

為什麼不做呢？意指甘心情願做這件事。

【有意】有某種意圖。

【有心】懷有某種意念或想法。

滿意

【滿意】符合心意。

【滿足】對某事物感到足夠，無所他求。

【中意】合意、滿意。

【合意】合乎心意。

【可心】合於心意。

【如意】符合心中的意願。

【遂心】稱心如意。或作「遂意」、「遂願」。

【稱願】如心所願。稱，ㄔㄥˋ。亦作「趁願」。

【如願】達成心願。

【可人】令人滿意、惹人憐愛。

【可意】中意、適意。

【過癮】欲望得到滿足。

【不甘】不情願、不服氣。

【無意】不願、非所樂。

【無心】沒有心情。

【懶得】不想、不願意做某事。

【饜足】滿足。

【心滿意足】心中非常滿足。

【正中下懷】恰好符合自己的心意。亦作「正中己懷」。

【理想】使人滿意的、符合希望的。

【順遂】稱心如意。

【順心】合乎心意。

【甘心】感到稱心。

【快意】滿足、適意。

【愜意】滿意、舒適。

【愜心】心胸暢快、心意滿足。

【愜懷】稱心如意。

【稱心】如意、滿意。

【對眼】合乎自己的眼光。指

我屢次說到聽話的。聽話的人的情感的反應，說話的當然是關心的。誰也不樂意看尷尬的臉是不是？廉價的敬意和同情卻可以遮住人家尷尬的臉，利他的原來也是利己的；一石頭打兩鳥兒，在平常的情形之下，又何樂而不為呢？（朱自清〈很好〉）

北來讀書就業，每還老鄉，皆未見燒餅攤，詢諸親友，皆云不知。我吃過無數地方的各式燒餅，沒有一種合意，悵悵焉，念念焉。另外，我根本吃不消台北的筒米糕，只好偶爾託人從新營老店購買冷凍後寄來，包括那幾十年不變的配湯。（阿盛〈兩代燒餅〉）

我們踏著千葉萬葉已腐的，將腐的，乾脆欲裂的秋季向更深處走去，聽非常過癮也非常傷心的枯枝在我們體重下折斷的聲音。我們似乎踐在暴露的秋筋秋脈上。秋日下午的安靜的肅殺中，似乎，有一些什麼在我們裡面死去。（余光中〈望鄉的牧神〉）

有些人知得不正確，於是趣味低劣，缺乏鑑別力，只以需要刺激或麻醉，取惡劣作品療飢過癮，以為這就是欣賞文學。（朱光潛〈文學的趣味〉）

原來母親也知曉「遠足」是啥事！於是我放心指名要了平常不能饜足的西點，特別是「汽水」，而且堅持要帶兩瓶！（雷驤〈上海日夜〉）

現在當我輕擊雙槳，揚起落下，一種快意的神氣，我的心在它君臨的位置跳躍，像一個好鬥的拳擊手在宣洩他過剩的精力，〔……〕（楊牧〈藏〉）

我在巴黎國立圖書館讀了敦煌寫本《楞伽師資記》，當時我就承

滿意。

【知足】知道滿足、安於現狀。

【稱心如意】非常合乎心意。

【盡如人意】完全合乎人的心意。

【差強人意】本指非常振奮人心。後來指大體上尚能令人勉強滿意。

不滿

【不滿】不滿意。

【不中意】不合意。

【不合意】不中意。

【不如意】不稱心。

【遺憾】對事情的本身或發展感到憾恨、不圓滿。

【抱憾】心中懷著遺憾。

【憾恨】遺憾怨恨。

【怏怏】不滿意、不快樂的樣子。

【彆扭】執拗、不順心。

【不順心】不合乎心意。

【不平】心中不滿意。含有氣憤的意味。

【不忿】不甘心、不服氣。

【不甘心】心裡不服氣。

【不服氣】不甘心、心中不平。

【嘖有煩言】本指人多嘴雜。今多用以指眾人發出怨言。

【怨聲載道】到處充滿了怨恨的聲音。形容群眾普遍怨恨、不滿。

認這是一篇重要的史料。不久我回到倫敦，又在大英博物院讀了一種別本。這兩種本子，我都托人影印帶回來了。五年以來，我時時想整理這書付印，始終不曾**如願**。（胡適〈說儒〉）

此時此刻，說不**憾恨**是假的，我與這一山曇華，還未見面，就已訣別。但對這種憾恨我卻早已經「習慣」了，人本來就不是有權利看到每一道彩虹的。王羲之的蘭亭雅集我沒趕上，李白宴於春夜桃李園我也沒趕上。就算我能逆時光隧道趕回一千多年去參加，他們也必然因為我的女性身份而將我峻拒門外。（張曉風〈一山曇華〉）

我**怏怏**地聽著母親這些話，心裡覺得有些難過，可是過後，我還是只顧忙自己的，並沒有設法幫他排遣什麼。（蘇葉〈紙葉兒〉）

一連下了十幾天的霉雨，好像再也不會晴了，可是時時刻刻都有晴朗的可能。有時天上現出一大片的澄藍，雨腳也慢慢收束了，忽然間又重新點滴淒清起來，那種捉摸不到，萬分**彆扭**的神情真可以做這個啞謎一般的人生的象徵。（梁遇春〈春雨〉）

我只懂得買微波爐食品，既便宜又方便烹調——如果加熱也算是烹飪技術的話。不過，我難免覺得**不甘心**——因為，我對超市的其他生鮮食品好奇極了，卻只能氣憤自己只懂得用微波烤箱。（紀大偉《戰爭終了》）

得意

【得意】如其心意而有所成就或引以自豪。

【自得】自覺得意。

【抖】俗稱得志、得意為「抖」。多含諷刺的意味。

【美】得意。

【飄飄然】輕飄飄，宛如浮在空中。形容人陶醉得意的樣子。

【得意忘形】因高興而物我兩忘。後用來形容人高興得忘其所以，舉止失去常態。

【怡然自得】欣悅自得的樣子。

【自鳴得意】自命不凡，洋洋得意。

【沾沾自喜】自以為得意而滿足。

【洋洋得意】十分得意的樣子。

【躊躇滿志】自得的樣子。

【搖頭晃腦】頭搖來搖去。形容自以為是或自得其樂。

【搖頭擺尾】本指動物擺動頭尾，借以形容人高興、得意或悠然自得的神情。

【顧盼自雄】形容左顧右盼，自視不凡，得意忘形。

【揚眉吐氣】揚起眉毛，吐出胸中悶氣。形容擺脫長期壓抑或欺辱後的興奮神情。

失意

【失意】不如意、不得志。

【惆悵】悲愁、失意。

【悵悵】失意的樣子。

【悵惘】惆悵失意。

我在火車上又叫又鬧，哭著說：上課要遲到了，而且數學作業也沒做完，我死定了。我爸很得意又不失風度的安慰我：這輛火車只會往花東開，不會去學校，要我放心，至於數學習作，他說，只要我知道一乘以一等於多少就行了。（李儀婷〈想念的記憶〉）

食譜是P給我的。有天去她家玩，她剛烤好一大盤紅蘿蔔蛋糕，肉質厚實濃郁，充滿乾果香，熱誠樸拙有田園風味，不像一般的粗淡甜膩。我向P學了做法，回家後興致勃勃做起來，初學上手躊躇滿志，一連烤了幾次，沉浸在穠麗的甜香裡。（蔡珠兒〈紅蘿蔔蛋糕〉）

等她走後，我不曾還價，趕緊買了一只蘿蔔，挑在手裡回家。第二天一早又挑著那只紅蘿蔔，按著狂跳的心，到她辦公室去叩門。她正預備上課，開門看見了我和我的禮物，不覺嫣然的笑了，立刻接了過去，掛在燈上，一面說：「謝謝你，你真是細心。」我紅著臉出來，三步兩跳跑到課室裡，嘴裡不自覺的唱著歌，那一整天我頗覺得有些飄飄然之感。因著補習算術，我和她對面坐的時候很多，我做著算題，她也低頭改卷子。在我抬頭凝思的時候，往往注意到她的如雲的頭髮，雪白的脖子，很長的低垂的睫毛，和穿在她身上穩稱大方的灰布衫，青裙子，心裡漸漸生了說不出的敬慕和愛戀。在我偷看她的時候，有時她的眼光正和我的相值……（冰心〈我的教〉）

誰道閑情拋棄久。每到春來，惆悵還依舊。日日花前常病酒，不辭鏡裏朱顏瘦。　河畔青蕪堤上柳。為問新愁，何事年年有？獨立小橋風滿袖，平林新月人歸後。（五代．馮延巳〈鵲踏枝〉）

教堂過去是文理大道，往上延伸到相思林。一切景物都如此熟悉

【惘然】若有所失的樣子。

【悵然】憂思失意的樣子。

【憮然】悵惘若失的樣子。

【惝怳】ㄔㄤˇ ㄏㄨㄤˇ，失意、心神不安的樣子。

【垂頭喪氣】低垂著頭，意氣消沉，形容失意沮喪的樣子。亦作「低頭喪氣」、「垂首喪氣」。

【無奈】無可奈何；沒有別的辦法。

【無可奈何】毫無辦法。

【技窮】技能用盡，指已難有作為。

【束手無策】面對問題時，毫無解決的辦法。

【不得已】非心中所願，無可奈何，不能不如此。

【不得志】不得意。

【灰心喪氣】心灰意冷，氣餒不振。

【懊喪】失意而沮喪。

【惆然】失望怨恨。

有意、無意

【故】有意、存心。

【故意】存心、有意。

【有意】故意。

【蓄意】蘊積已久的意念。

【有心】故意、有意。

【存心】心懷某種意念、居心。

【成心】故意。

【無意】並非故意。

【無心】不是故意的、並非存心如此。

而親切。犬度鐘在教堂下方的林樹裡沉靜，稀落的人影偶爾在林間小徑閒步。我的心情依然悵惘，遠去的笑語歡聲，就像逝去的歲月，再也尋不回來。（吳鳴〈悲涼之秋〉）

時光機器當然是在不停洗滌我們身上青春的痕跡，你年輕時喜歡的歌在勞碌發福的中年生活中不知不覺成了絕唱，而你並無一絲懷念。有一次我偶爾翻出約翰丹佛的磁帶，所謂的懷舊心情使我把它放進了收錄機的卡座，但我聽見的只是一種刺耳的失真的人聲，我曾迷戀過的那位歌手用卡通人物的配音為我重溫舊夢，不禁使我悵然若失。（蘇童〈青春〉）

步徙倚而遙思兮，怊惝怳而乖懷。意荒忽而流蕩兮，心愁悽而增悲。神儵忽而不反兮，形枯槁而獨留。（戰國．屈原《楚辭．遠遊》）

灰灰又懶又煩地看看姊姊。綠褂子在她身上像塊豔麗的抹布。媽成心這樣做。讓你明白不是人人都能讓色彩有某種內容。灰灰想媽把這太妙而讓人不得安生的綠褂子給了姊姊是討他歡心，也報復著他。（嚴歌苓〈家常篇〉）

過了一陣子，百無聊賴的我就在候機大廳逛。逛著逛著，無意間又看到那位朋友，他正往出境門行去，身旁是一位看起來與他同行的女子。我見過他太太，而這位顯然不是。我是不是看到不該看到的祕密了呢？（陳雨航〈旅行中與熟人不期而遇〉）

特意

【特】特別。

【特意】專程。

【特地】專為其事。

【特為】特地、專程。

【特別】特地。

【專】特地。

【專程】特地。

【特特意意】專誠、特意。

【特命】特別任命某人擔任某項職務。

【專差】專為某事而特派的人。

【特達】特出於眾。

【特特為為】特地、專為、故意。

寧願

【寧】情願、寧願。表示選擇後的結果。

【寧願】情願、寧可。

【寧可】寧願。在不很滿意的情況中，權衡後所做的抉擇。

【寧肯】寧可。

【情願】寧願、寧可。

【毋寧】寧可。

【無寧】寧可。

【心甘情願】自己願意，沒有半點勉強。

【甘願】心甘情願。

【趁願】如心所願。

【一廂情願】完全出自單方面的主觀意願，不管對方意願如何。

【甘服】甘心服從。

他穿黑色的長衫，撐黑色的布傘，傘下是他整齊的濃髮與深沉的黑眸。我總覺得他那天是特意來找妳的。我記得他在妳面前停下來問妳：「在做什麼？」我只聽妳淡淡的說：「很悶，在看雨。」妳總是那麼淡淡的，好像什麼也提不起妳的興致。（羅蘭〈雨中的紫丁香〉）

我特別喜歡聆聽那些精神病患，告訴我他們神奇的狂想與感受，那就像是一個我無意間錯過的夢想，或無能為力抵達的宇宙。他們是那麼努力地描述，熱忱簡直逼近一首情詩。雖然有時就如作者寫給讀者的情詩，真的太隱晦了，不但讀者看不懂，連作者自己都不懂，但還好那種情感本身是懂的。（鯨向海〈還好〉）

他說：他學那三道湯的過程，其間嚐盡了不足為外人道的艱辛和異鄉漂泊的孤獨。他說如果上帝能讓他選擇，他倒是寧願在廚房裏按客人點餐而烹飪。而不要得這個神祕的脊椎側彎。（駱以軍〈大痲〉）

上海的女人特別重視家庭。她們要自己的家庭有一個好的狀態，愛不夠地愛著孩子。她們重視他人的印象和批評。上海的女人極少有邋遢的，她們寧可委屈肚子也不願委屈了服裝。在沒打扮好之前，寧可遲到也不會出門。（陳村〈上海女人〉）

現在，以一個男人的資格來講，我是完全贊成這個意見的，我懶於再去統治世界，如果還有人盲目的樂於去做這件事情，我是甚願退讓，我要去休假。我是完全失敗了，我不要再去統治世界了。我想所有腦筋清楚的男人，一定都有同感。如果塔斯馬尼亞島（在澳洲之南）的土人喜歡來統治世界，我是甘願把這件事情讓給他們，不過我想他們是不喜歡的。（林語堂《人生的盛宴》）

性格品德》一、性格

1 個性

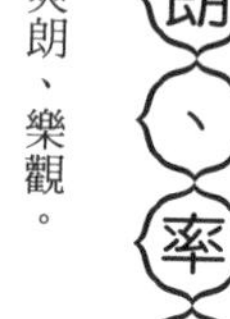

開朗、率直

【開朗】爽朗、樂觀。
【直爽】性情坦率豪爽。
【直率】性情直爽不虛偽。
【直致】質樸率真。
【率直】真率、爽直。
【真率】坦率直爽不造作。
【爽直】性情坦率豪爽。
【爽氣】豪邁率直的氣概。
【爽快】率直。
【爽朗】清朗通達的樣子。
【開豁】心胸開朗豪爽。
【明朗】爽快。
【明快】爽朗、有決斷。
【樸直】質樸憨直。
【心直口快】個性直爽，說話不隱諱。
【直性子】性情率直。
【直筒子】形容個性率直坦蕩。
【直腸子】性情直爽的人。
【直心眼兒】比喻人的心地直爽，毫無心機。
【直肚直腸】性格坦誠率真，不善於隱瞞。
【坦白】率直而無私念。
【坦直】坦白率直。
【坦率】性情坦白真率，不虛偽造作。
【坦蕩】坦直曠蕩。形容人胸襟光明坦直。
【光明】坦白、磊落。
【爛漫】坦白光明，性情率真。
【光風霽月】比喻人的胸懷坦

阿大的天性十分快活，開朗極了，處在這樣不安的困窘的境遇之下，依然不存什麼憂慮。這大約也得益於她母親的遺傳，處驚不變。這一種氣質是非常優良的，它可使人在壓榨底下，保存有完善的人性。（王安憶〈生死契闊，與子相悅〉）

真正的民歌，是農民從土地上傳唱起來的，老陝兒「鄉黨」，直率自稱「高了興」，無須咬文嚼字，說什麼「心血來潮」。一頭從來不騎的毛驢，彼此根本不熟，冒失地揮鞭抽趕，大聲吆喝「得兒喲個得兒嘿」！還來不及表述心裡的得意，驢就犯脾氣了，一掀！人跌進黃泥裡，驚奇、無奈，搭配著還沒有表達完畢的得意，只好自嘲，「喲」一聲唄！（馮翊綱〈小毛驢〉）

又像子路，坦率熱誠，但凡稍覺不對，動輒槓上孔子，時不時又高分貝要質疑他老師，其言語之直接，其問題之尖銳，最有後儒不易見到的灼灼陽氣，好一派興旺氣象！話雖如此，子路畢竟莽撞，又常不解孔子心意，最後遂多以挨罵收場。但修理歸修理，孔子一旦罵完，這子路，終究不改其志，才沒多久，下回，又是直腸子一條，大剌剌，他劈頭就問。（薛仁明〈論語隨喜．不違，如愚〉）

使人生圓滑進行的微妙要素，莫如「漸」；造物主騙人的手段，也莫如「漸」。在不知不覺之中，天真爛漫的孩子「漸漸」變成野心勃勃的青年；慷慨豪俠的青年「漸漸」變成冷酷的成人；血氣方剛的

蕩，品格高潔。

【胸無城府】城，城池。府，儲藏武器的倉庫。胸無城府，比喻為人坦率正直，沒有心機。

【天真未鑿】性情率真，未經人事歷練。

【天真爛漫】性情率真，毫不假飾。

活潑

【活潑】生動而不呆板。

【活躍】個性、行動十分積極。

【靈活】敏捷不呆滯。

【外向】性格活潑開朗。

【生龍活虎】比喻活潑勇猛，生氣勃勃。

【歡蹦亂跳】形容歡樂、活潑到了極點。

【活蹦亂跳】蹦蹦跳跳、生氣蓬勃的樣子。

【龍騰虎躍】如龍飛騰，如虎跳躍。形容精神奕奕，行動矯健。

【活躍】個性、行動十分積極。

【開朗】爽朗、樂觀。

【爽朗】清朗通達的樣子。

【外向】性格活潑開朗。

【天真爛漫】性情率真，毫不假飾。

【鬼靈精】形容聰明靈巧的人。

【古靈精怪】形容人慧黠而精明。

【慧黠】聰慧靈敏。

【機靈】機智靈巧。

【灑脫】態度自然大方，不受拘束的樣子。

【好動】喜愛活動、運動。

【朝氣勃勃】生氣蓬勃，意志昂揚。

【精力充沛】精神體力非常充足。

成人「漸漸」變成頑固的老頭子。（豐子愷〈漸〉）

你一個人漫遊的時候，你就會在青草裏坐地仰臥，甚至有時打滾，因為草的和暖的顏色自然的喚起你童稚的活潑；在靜僻的道上你就會不自主的狂舞，看著你自己的身影幻出種種詭異的變相，因為道旁樹木的陰影在他們于徐的婆娑裏暗示你舞蹈的快樂。（徐志摩〈翡冷翠山居閒話〉）

MBA 的第一天，我認識了來自世界各地的同學。大多是商業和科技背景，是我以前瞧不起的那群人。但在周六下午的啤酒派對上，我發現他們並不符合我對商人自私自利、貪得無饜的刻板印象。他們活潑、外向、喜歡社交、注重玩樂、笑聲比較亮、打嗝比較響，連吃起薯條來好像味道都比較香。他們也讀《浮士德》，但不會整天疑神疑鬼地擔心自己變成那樣。（王文華〈MBA〉）

有沒有人統計過「國民疲憊指數」？我上 Google 搜尋這個字，沒有結果。但假設有這個調查，疲憊指數與經濟成長是否成正比？我不知道答案。但可以隨手拿幾個國家來比一比。中國大陸經濟成長率 11%，北京上海街上的人生龍活虎。日本經濟成長率 1.8%，常聽到過老死的案例。這樣看來，經濟越糟人民越累？但也不然。法國的經濟成長率也只有 1.8%，但法國人一天到晚罷工和渡假。（王文華〈美好的疲憊〉）

【可愛】討人喜愛。
【可喜】令人憐愛。
【逗人】討人喜愛。
【討喜】討人喜歡。
【宜人】討人喜愛。
【可人】令人滿意、惹人憐愛。
【可憐】惹人喜愛。
【可憐見】討人喜愛。
【惹人憐愛】令人憐惜、疼愛。
【嬌滴滴】嬌媚可愛。
【甜美】形容女子秀美悅人。
【嬌甜】嬌柔甜美。
【甜心】對戀人或兒女的暱稱。

胡鬧

【皮】性情頑劣不聽話。
【調皮】頑皮淘氣。
【頑皮】調皮，不聽教誨。
【頑劣】愚頑且惡劣。
【皮臉】頑皮。
【淘氣】頑皮、搗蛋。
【搗蛋】以各種手段或無理的方式，擾亂或破壞他人做事情。
【作怪】胡鬧。
【胡鬧】無理取鬧。
【廝鬧】互相戲弄。
【歪纏】無理糾纏。
【攪和】無端生事。
【惡作劇】過度的戲弄他人。
【開玩笑】以言語、動作來逗樂或捉弄人。
【尋開心】開玩笑。
【瞎鬧】亂鬧，無理取鬧。
【無理取鬧】比喻不合情理的

今天早晨他去天津了。我上了三個鐘頭的課，先生給我許多功課，我預備好好的做起來。不過這幾天從摩走後，這世界好像又換了一個似的，我到東也不見他那可愛的笑容，到西也聽不見他那柔美的聲音，一天到晚再也沒有一個人來安慰我，真覺得做人無味極了，為甚麼一切事情都不能遂心適意呢？（陸小曼《小曼日記》）

正值賈母和園裡姐妹們說笑解悶兒，忽見鳳姐帶了一個標緻的小媳婦進來，忙覷著眼瞧說：「這是誰家的孩子？好可憐見兒的！」鳳姐上來笑道：「老祖宗細細的看看，好不好？」說著，忙拉二姐兒說：「這是太婆婆，快磕頭。」二姐兒忙行了大禮。（清・曹雪芹《紅樓夢》）

他們也真是年輕夫婦，全不計較賠進去的車錢和時間精力，陪著我們一群不知天高地厚的瞎胡鬧，朱陵阿姨也玩得興頭似的。如此就完全化解了事情本身的成敗得失，而忽然岔出人生的邊際去了，實在很難判定有什麼名目，只覺要詫笑一聲，對人對事彷彿一下子懂得了，有一種無可奈何的縱容。（朱天文〈販書記〉）

下車改步行的時候，呂旭大充滿了困惑。領在前頭的老鄧也是一身大費周章的配備與打扮，應該不是窮極無聊的惡作劇，那究竟是怎麼回事？呂旭大看著老鄧略微顫抖的背影，好奇心越來越強烈。（九把刀《精準的失控・背包客旅行的意義》）

有一次，連續在幾個月裡，提米西一共被奧利逮到了八次。法官氣極了：「提米西，你為什麼這樣無恥？」提米西嘻皮笑臉地答：「不是我無恥。是奧利這小子太厲害，換了別的警官，我就不會老來

吵鬧或故意的搗亂。

【嘻皮笑臉】笑裡透著頑皮和耍賴等不莊重的表情和態度。

內向、孤僻

【怪僻】性情怪異偏執。

【古憋】性情怪僻、偏執。

【怪誕】古怪、荒謬。

【怪譎】古怪而變化多端。

【獢子】古怪、倔強。

【畸零】因個性怪異、不合時俗而造成的孤零。

【孤僻】性情孤獨怪僻。

【孤傲】孤僻傲慢。

【不因人熱】比喻人的性格孤傲、獨立，不倚賴他人權勢。

【古怪】性情不同尋常人。

【古裡古怪】形容性情奇特，令人捉摸不定。

【陰陽怪氣】性情古怪，令人捉摸不定。

【乖僻】性情乖張偏執。

【乖張】性情執拗，不講情理。

【乖戾】悖謬、不合情理。

【左性】偏執怪僻的性情。

【內向】缺乏與人交往的興趣，對外物的感受較少顯露。性格上偏愛沉靜，容易羞怯。

【陰鬱】憂鬱不開朗。

【鬱暗】陰鬱深沉。

【陰沉】性格陰鬱深沉，難以開朗坦誠。

【沉靜少言】性情深沉文靜，很少說話。

【陰陽怪氣】性情古怪，令人捉摸不定。

【落落寡合】形容性格孤僻高傲，不易與人相處。

【自閉】原指一種行為發展障

給您找麻煩啦。」（喻麗清〈奧利和手套〉）

我真是一個畸零的人，既不曾作成一個書獃子，又不能作為一個懂世故的人。（朱湘〈我的童年〉）

但阿里薩就是這樣，熟人的命已被他全看遍，他只好出入一些咖啡館、Pub、酒廊之類的場合，並為此不得不打破他的孤僻，忍痛去認識很多人，往往跟陌生人剛搭訕上三分鐘，就忍不住向人家要命盤，而且都只顧自己看，全無耐心和禮貌解盤給對方聽。（朱天心〈我的朋友阿里薩〉）

有二伯的性情真古怪，他很喜歡和天空的雀子說話，他很喜歡和大黃狗談天。他一和人在一起，他就一句話沒有了，就是有話也是很古怪的，使人聽了常常不得要領。（蕭紅《呼蘭河傳》）

我是一個古怪的女孩，從小被目為天才，除了發展我的天才外別無生存的目標。然而，當童年的狂想逐漸褪色的時候，我發現我除了天才的夢之外一無所有——所有的只是天才的乖僻缺點。（張愛玲〈天才夢〉）

她是寫得非常委婉、懇摯，說自己如何辜負了姑母的好意，如何的不得不姑息著自己的乖戾性格的苦衷，她是必得開始她的遊蕩生涯，她走了。（丁玲〈夢珂〉）

但我的工作是冰冷而陰森、暮氣沉沉的，我想我個人早已也染上了那樣的一種霧靄，那麼，為什麼一個明亮如太陽似的男子要娶這樣一個鬱暗的女子呢，當他躺上她的身邊，難道不會想起這是一個經常

礙的病症，病徵為對於現實環境缺乏接觸的興趣與能力。後常用來戲稱人的性格沉靜、內向，鮮少與人往來。

【木訥無言】遲鈍而不善言辭。

【拘謹】性情拘束而謹慎。

【沉鬱】沉重鬱悶。

【悒鬱不忿】心中有氣，壓抑著不表現出來。

【鬱悒】鬱悶憂愁的樣子。

【悶葫蘆】比喻難以猜破的啞謎，或弄不清楚的事情。

【宅】為華語地區網路盛行後的流行用語，意指整天在家不出門，或整天上網、與社會脫節、不習慣與人接觸的人。如「宅男」、「宅女」。

和屍體相處的一個人，〔……〕（西西〈像我這樣的一個女子〉）

他的歷史，他的性格，現在雖從遺物中略知梗概，但在他生前，是絕少人知道的；他也絕口不向人說，你問他他只支吾而已。他賦性既這樣遺世絕俗，自然是落落寡合了。我們都能夠看出他是一個好朋友，他是一個有真心的人。（朱自清〈白采〉）

不久，關於這個落落寡合、離群索居的要飯女人的閑話也就在莊子裡傳開了。婦女們用她們縝密的邏輯推理得出了一個結論：這個女人在老家一定還有個男人。（張賢亮〈邢老漢和狗的故事〉）

如果活在我們的時代，我懷疑他算不算也是宅男的一種？他這一生除了寫作無他，他放棄了任何動搖他創作意志的樂趣，相信文字能帶他到任何他想去的地方。甚至人類還沒有到過的地方——無盡深沉的慾望之谷，情感之顛。（郭強生〈讀者〉）

豪放

【豪放】豪邁奔放，無所拘束。

【豪爽】豪放爽直。

【豪宕】豪放不羈。

【豪邁】氣度寬大，豪放而無拘束。

【曠蕩】開闊豪放。

【粗豪】舉止豪爽，不拘小節。

【粗獷】粗野狂放。

【不羈】不遵循禮法，不受拘束，比喻人才識高遠、俊秀脫俗。

【疏狂】狂放不羈的樣子。

【放浪】放縱不受拘束。

【放達】言行不受世俗禮法的約束。

【清狂】狂放不羈。

青年永遠趨向反叛，愛好冒險；永遠如初度航海者，幻想黃金機緣的浩森的煙波之外；想割斷繫岸的纜繩，扯起風帆，欣欣的投入無垠的懷抱。他厭惡的是平安，自喜的是放縱與豪邁。無顏色的生涯，是他目中的荊棘；絕海與凶巘，是他愛取自由的途徑。（徐志摩〈北戴河海濱的幻想〉）

說李清照是中國第一個文學女人，我想沒人會反對。的確，論才情、成就，或個性的豪邁灑脫、聰明穎悟，她都是頂尖兒的，〔……〕（趙淑俠〈紅塵道上的文學男女〉）

這時，有人悄悄拉了我一下，我回頭一看，是一個在學校中相當有名氣的學生，他以「浪子」著稱，一向放蕩不羈，叛逆性極強；他

【落度】狂放，不受拘束。
【豪縱】豪放，不受拘束。
【邁達】豪邁曠達。
【縱脫】放蕩不羈。
【曠放】曠達不羈。
【橫逸】縱橫奔放，不受拘束。
【通脫】通達脫俗，曠放不拘。
【灑脫】態度自然大方，不受拘束。
【落拓】行跡放任，不受拘檢。
【落魄】率性豪放、不受拘束。
【超脫】超然物外，不為世俗所拘束。
【超逸】超然逸俗。
【疏宕不拘】意氣灑脫，放蕩不羈。
【擺落】擺脫、不受拘束。
【傲嘯】傲然自得，放歌長嘯。性情曠達任性。
【豁達】開通、通達。
【瘋狂】狂亂、無節制的。
【狂誕】狂妄放肆。
【狂態】狂妄放任的態度。

任性、隨意

【隨意】任意，不受拘束。
【任性】放縱性情恣意而為。
【放蕩】行為不加約束。亦作「放浪」。
【狂放】狂妄放蕩，任性而為。
【隨便】不拘束、不認真。
【恣意】縱心、任意。
【率性】隨著本性，放任而行。
【隨心所欲】完全順隨自己的心意去做事。

最大的愛好就是在圖書館前面的草坪上彈琴，我萬萬想不到這樣的一個玩世不恭的學生也會堅持到現在。（王丹〈難忘的一夜〉）

三十歲以前，不管在感情或思想上，我雖然曾經自以為比同齡的朋友成熟多了。但如今回想起來，其實還是很幼稚，尤其在理想與現實的平衡上，更常表現出想得多、做得少的空闊，與只看自己、不看別人的疏狂。（顏崑陽〈車輪輾過的歲月〉）

不知道那些女孩兒們和樂師們，都早已把他當作叔伯之輩了。然而他還只是笑笑。不是不服老，卻是因著心身兩面，一直都是放浪如素的緣故。（陳映真〈將軍族〉）

可是驤東官職雖是武夫，性情卻完全文士，恃才傲物，落拓不羈。中國的詩詞固然揮灑自如，法文的作品更是出色。他做了許多小說戲劇，在巴黎風行一時。（曾樸《孽海花》）

想那周圍的笑聲，每雙眼睛專心的望你，「大哥，大哥」的喚你時的神情。你大笑得那麼盡情，一定又感到自己立在王朝的輝煌裡。傲嘯和珍惜。（方娥真〈絕句〉）

有一天老師講到最小的國家梵蒂岡不足半平方公里，放風箏都不敢隨意，唯恐一鬆手就放出了國境。我就問：「那他們敢不敢隔窗往屋外撒尿？」老師的臉馬上皺成地圖。結果是，我在屋裡被罰站。風箏依然在梵蒂岡的天空放。（馮傑〈在紙上飛行〉）

詩人往往多愁善感，遇到生命絕境，在精神上很可能崩潰。至於其他貌似狂放的文人，不管平日嘴上多麼萬水千山，一遇到真正的艱辛大多逃之夭夭，然後又轉過身來在行路者背後指指點點。文人通

【自由】依自己的意志行事，不受外力拘束或限制。
【任意】隨意而為，不受拘束。
【肆意】任意。
【擅自】獨斷獨行，自作主張。
【肆無忌憚】恣意妄為，毫無顧忌。
【為所欲為】想做什麼就做什麼，毫無拘束與顧忌。
【放浪形骸】縱情、任性，沒有約束。
【執拗】固執而不順從。
【固執】堅持己見，不肯變通。
【恣肆無忌】無所顧忌的隨意放縱。
【肆意妄為】任意而無顧忌的胡作非為。

放肆

【放肆】放縱任意、毫無顧忌。
【放縱】不循規矩，不加約束。
【縱誕】縱恣放肆。
【狂誕】狂妄放肆。
【放任】放縱。
【浪蕩】行為放蕩不檢。
【荒唐】言行乖謬、不合禮法。
【恣肆】放縱。
【恣睢】ㄘ ㄙㄨㄟ，形容暴橫、放縱。
【囂張】放肆傲慢。
【猖狂】狂妄胡為。
【猖獗】狂妄放肆。
【狂野】狂妄粗魯。
【非分】不合本分，非本分所應有的。
【無所顧忌】什麼都不怕，毫無顧忌。
【無法無天】沒有法紀天理。指行為明目張膽，橫行無忌。

病，古今皆然。（余秋雨〈遠行的人們〉）

不管如何，女人們總是很喜歡這片井邊之地。在這裏，她們可以肆意談笑，將憋了許久的心事說給同情者聽。清早，女人們便來到井邊，一個挨一個蹲下來，搓洗著衣服。一陣風掃蕩了榕樹上的黃葉，黃葉旋舞著各種姿勢，飄落井邊的平臺，飄落木盆，飄落女人的身上，飄落芙蓉的髮巔。（顏崑陽〈水井邊的女人〉）

東南山麓下時時揚起少年們那蓋過一切的肆無忌憚的歡笑和呼喊，它像爆豆一般喧鬧、火熱、快活。這聲音稍一停頓，便聽得見什麼地方有人在唱歌，又有人在鼓掌，有時又有絃樂之聲隨風送到。我可以想見有多少人在明月之下飲酒作樂，歡度佳節。（鍾理和〈賞月〉）

色連文，滂卑人在酒上也是極放縱的。只看到處是酒店，人家裏多有藏酒的地窖子便知道了。滂卑的酒店有些像杭州紹興一帶的，酒壚與櫃臺都在門口，裏面沒有多少地方；來者大約都是喝「櫃檯酒」的。（朱自清〈滂卑故城〉）

他們搜索著我的眼，那些浪蕩的夥伴們，時而默想／時而撤離，向我們窗外七月的星空／一如清晨搗衣的女子，戚然地離開夜雨後的井湄／這時那大嘴的掘墓人哭了，油然地憶起鮮牛奶的往日／我們的門牆也倚斜了，被阿拉伯歸來的販馬者（林泠〈夜譚——致漳州街諸子〉）

這種感覺你我都有過，也許現在正在經歷：早上八點去上班，一路忙到晚上八點。忙到沒有時間吃飯，一邊吃冷便當一邊敲鍵盤。忙什麼呢？聽老闆講重覆了好幾次的訓話、在MSN上抱怨某個同事很

【明目張膽】張大眼、壯大膽，肆無忌憚的公然做壞事。

【氣燄高張】形容人高傲自大，氣勢逼人。

【散漫】隨便、不受拘束。

【懶散】懶惰散漫的樣子。

【疏懶】疏怠懶散，不受拘束。

【吊兒郎當】放蕩不羈、作風散慢，態度不嚴肅，不在乎的樣子。

【大大咧咧】態度傲慢的樣子。

【不修邊幅】不講究衣飾儀容或不拘形式小節。

【無所用心】對任何事情都不花心思、漠不關心。

【不拘小節】不被生活上的細節所拘束。

【隨隨便便】不拘束、不認真的樣子。

【馬馬虎虎】勉強將就，敷衍了事。

【敷衍了事】形容辦事不認真或對人不熱情，表面應付了事。

【潦草塞責】粗率不用心而敷衍了事。

拘束

【拘束】拘謹、不活潑。

【拘板】言行拘束呆板、不活潑。

【拘謹】性情拘束而謹慎。

囂張、開事不關己的會議、會議中猜測彼此真正的立場。一天下來，除了賺到薪水，身心都沒有進帳。倒楣的人，賺到一個胃潰瘍。（王文華〈美好的疲憊〉）

我不在咖啡館就在去咖啡館的路上，主要是在北京做大事的人都喜歡相約這裡。一杯咖啡的時光，成就好多筆大生意，比起台灣的那種休閒散漫或日常，咖啡館的意義對於每個城市都是不一樣的。（馬念慈〈咖啡館的路上〉）

他們說，弟弟被關起來了。我已經將近一年沒見到弟弟。最後一次見到他，他穿著嶄新的名牌襯衫，手上戴著金錶，吊兒郎當地說：「小心，我到你那裡敲你一筆哦！」他總是愛開玩笑。（周芬伶〈小王子〉）

他若不情願時，任你王侯將相，大捧的銀子送他，他正眼兒也不看。他又不修邊幅，穿著一件稀爛的直裰，靸著一雙破不過的蒲鞋。每日寫了字，得了人家的筆資，自家喫了飯，剩下的錢就不要了，隨便不相識的窮人，就送了他。（清・吳敬梓《儒林外史》）

柏林市內市外常看見運動員風的男人女人。女人大概都光著腳亮著胳膊，雄糾糾地走著，可是並不和男人一樣。她們不像巴黎女人的苗條，也不像倫敦女人的拘謹，卻是自然得好。有人說她們太粗，可是有股勁兒。（朱自清〈柏林〉）

【拘泥】固執於既有的想法而不知變通。
【拘局】拘謹拘束。
【拘拘】拘泥的樣子。
【刻板】因循；呆板。
【彆扭】拘謹、難為情。
【自持】自我克制。
【節制】限制不使過度。
【矜持】謹慎言行，拘謹而不自然。
【拘禮】為禮法所拘束，不能變通以適應環境。
【局促】不安適、受拘束的樣子。亦作「侷促」。
【憋憋】嚴肅拘謹的樣子。
【擺不開】受到太多拘束，而不敢放手去做事。
【躡手躡腳】生疏拘束。
【小家子氣】形容舉止局促、不大方。
【小廉曲謹】拘泥小節，卻未能注重大局。
【呆板】刻板而不知變通。
【死板】呆滯、不靈活。
【東扭西捏】扭捏作態，不爽快。
【扭扭捏捏】故做嬌態或裝腔作勢、不大方自然。

自愛

【自愛】愛惜、尊重自己。
【守身】保守其身，不使陷於非義。
【守身如玉】潔身自愛，使自己如玉般潔白無瑕。
【愛惜羽毛】比喻自重、愛惜自己的聲譽。
【潔身自愛】保持自身清白純潔，不與人同流合汙。亦作「潔身自好」。

只聽老爺往下說道：「我的怕做外官，太太是知道的，此番偏偏的走了這條路。在官場上講，實在是天恩，我有個不感激報效的嗎？但是，我的素性是個拘泥人，不喜繁華，不善應酬，到了經手錢糧的事，我更怕。〔……〕」（清．文康《兒女英雄傳》）

松松自幼在外公家養大，向來以日文寫信的外祖父母，依照他們的理想打扮松松，竟似明仁太子幼年期。明仁固已登基成為天皇，畢竟做了半世紀以上的太子，難以抹煞。松松從來不顯露幼稚給她，拘禮而侃侃應對，她待兒子也客氣如待小官人。（朱天文〈日神的後裔〉）

如同許多中學一樣，我們中學裡的男生與女生是不說話的。一大批男生歪歪倒倒地擁在走廊的兩側，一個女生矜持地、目不斜視地從中間穿過之後，哄地出現了一陣莫名其妙的笑聲。這就是全部的交流。（南帆〈女生〉）

但大贏家硬是比小家子氣的贏家不一樣，因為他們想贏，是基於一個由衷的信念，他們深信自己有能力改變現狀，而改變現狀的目的，在於幫助他人活得更好。（蔡詩萍〈贏家視野，是一種氣質〉）

說起政客，胡適絕對不是，他在關鍵時刻總會潔身自愛，他也不太想碰政治，但提倡民主，要超越政治也不很實際，所以有時他也被迫參與政治，但他參與政治，通常不是得利的一方，而是受害的一方，因為性格上他是一個老實的書生型人物，完全不適合在政治場合混，然而窮他一生，總是與國內的政治糾葛不清。（周志文〈胡適〉）

雖然蔣委員長在那時被大家認為是民族救星，他使列強廢除了不平等條約，也使中國成了聯合國安理會的五強之一，我爸爸卻認為他

【明哲保身】明達事理、洞見時勢的人，不參與會帶給自己危險的事。

【急流勇退】在湍急的水勢中，當機立斷回舟退出。比喻人得意順遂之時，能見機身退，以求明哲保身。

【嚴以律己】以嚴格的態度約束自己。

不要臉

【羞恥】羞愧恥辱。

【可恥】令人感到羞恥。

【無恥】沒有羞恥心。

【難看】不光榮、不名譽。

【賴皮】無恥要賴。指不負責任的作風和行為。

【要賴】賴皮不認帳，或蠻橫不講理。

【不知羞】無羞恥之心。

【不要臉】不知羞恥。

【恬不知恥】犯了錯卻安然不以為恥。

【寡廉鮮恥】沒有操守，不知廉恥。

【遺臭萬年】惡名永遠流傳下去，遭人唾罵。

【卑劣】形容人格低下。

【下流】品格汙下。

【恬然不恥】有過錯卻不以為恥。

【厚顏無恥】形容人行為厚臉皮、不知羞恥。

【厚臉皮】無羞恥之心。

應該急流勇退。我是小孩子，無法了解爸爸的想法，但是我很快就懂了。（李家同〈再回首 1949—60 年前〉）

屈老師來台大上課，絕對搭公車，而不坐公家配給他的房車，他曾說那是中央圖書館的車，只能用在與圖書館業務有關的事務上，後來他擔任史語所所長時也配有座車的，他到台大也絕不使用，從他南港住家搭公車來學校，少說也得花一個多小時，但他甘之如飴，他真是個規行矩步、嚴以律己的人。（周志文〈台大師長〉）

但是我一直沒有換新，我依然在家每晚戴上耳機，捧著我磚頭般的隨身聽在客廳裡走動，讓父母看見我多麼喜歡我的新玩具。我不能讓他們知道，真的隨身聽長甚麼樣子——想到「戴陽」總會讓我掉淚，我為自己的虛榮感到可恥，我多希望還能收到父母買給我的玩具……（郭強生〈輕輕將我刮傷〉）

段譽只給他抓得雙肩疼痛入骨，仍然強裝笑容，說道：「誰說的？『岳老大』三字，當之無愧。」心中暗暗慚愧：「段譽啊段譽，你為了要救木姑娘，說話太也無恥，諂諛奉承，全無骨氣。聖賢之書，讀來何用？」（金庸《天龍八部》）

孩子病了，哪一個孩子？忘記。孩子病懨著要賴，只要媽媽，不要爸爸抱。扁桃腺發炎吧？三個孩子幼時都有這個「病癖」！兩周一月的便有某一人來這麼一記，於是火爐般貼擁著我的胸懷，熨得我自以為也發著燒。（愛亞〈芹菜牛肉絲〉）

【剛】堅硬、強勁。

【剛強】性情剛烈堅強。

【堅強】堅定剛強，不可動搖或摧毀。

【堅忍】堅強、有韌性。

【堅韌】堅固而有韌性。

【頑強】堅強固執。

【不屈】不屈服或順從。

【鋼鐵】比喻極為堅硬、強大。

【剛健】剛堅強健。

【剛勁】剛強堅勁，挺拔有力。

【剛烈】剛直貞烈。

【剛正】堅強嚴正，剛直方正。

【剛直】剛正直爽。

【剛毅】意志剛強堅毅。

【強毅】剛強，有毅力。

【硬】剛強、剛健。

【硬氣】剛強有主見、有氣魄。

【硬骨頭】剛毅不屈的人。

【烈】威猛、剛直。

【烈性】較為激烈、剛強的性情或本質。

【百折不撓】意志剛強，雖受盡挫折，仍能堅持不變，奮鬥到底。

【不屈不撓】不因為受阻礙而屈服。

【寧死不屈】寧願犧牲生命，也不屈服。用以表示意志堅定。

固執、頑固

【固執】堅持己見，不肯變通。

【拘泥】固執於個人的想法而不知變通。

【拗強】固執倔強。

窮，使我好罵世；剛強，使我容易以個人的感情與主張去判斷別人；義氣，使我對別人有點同情心。有了這點分析，就很容易明白為什麼我要笑罵，而又不趕盡殺絕。（老舍〈我怎樣寫《老張的哲學》〉）

當我拈香向父親的靈位辭行時，母規站在一旁扶著八仙桌，眼眶噙著淚水，忍住不敢落下，而我，一轉身淚又汩汩而落。不知道自己怎麼如此脆弱，有十年未曾落淚了，並不是堅強，而是未逢悲涼。（吳鳴〈走過生命的困境〉）

因此，雖然他去世已有四年多，總覺得他未曾離開過，有些人用生命寫詩，也將這首生命的詩注入別人的生命裡，這個有著深刻靈魂頑強生命的人，全心全力地走完他的一生。也許偉大的不一定是完美的，神祕的不一定是神聖的；也許歷史上將不會有他的名字，可是，他那誠摯的聲音卻深入人心。（周芬伶〈一扇永不關閉的門〉）

《世說新語》文體寫法很委婉，這段故事如果只在這裡結束，也只是傳達了陸機的剛烈，或者為南方人在北方做官的屈辱感發洩一下悶氣而已。但《世說》筆鋒一轉，寫到在旁邊嚇得面無人色的弟弟陸雲，大概也讓讀者知道觸怒新貴豪族，對一個在北方政權仰人鼻息存活的南方世族文人是多麼危險的舉動。（蔣勳〈鬼子敢爾〉）

會對淡水如此執著，我現在開始明白了，因為淡水是生命的初戀。大學讀的是淡江，青春時的一言一舉早就和淡水的一景一物凝結成圖騰般的記憶。所以只要一提起淡水，時間立刻靜止，生命永遠定格著二十歲的悸動。（王文進〈邁越後山的北迴歸線〉）

【拘囿】拘泥、局限。

【執泥】固執、拘泥。

【拘執】拘泥。

【拗】ㄋㄧㄡˋ，固執、倔強。

【死性】形容性情固執。

【執拗】固執、不順從。

【拗蠻】固執而不通情理。

【執著】堅持某一觀點而不改變。

【偏執】對事物的見解偏差且固執己見。

【古板】固執守舊，不靈活。

【剛愎】固執己見，不肯接受他人的意見。愎，ㄅㄧˋ。

【自用】固執自己的意見。

【剛愎自用】性情倔強，固執己見。

【師心自用】剛愎任性，自以為是。

【朦昧執迷】不明事理，固執於一己之見。

【扞格不通】固執成見，不能變通。扞，ㄏㄢˋ。

【執而不化】固執己見而不知變通。

【固執己見】堅持己見，不肯變通。

【獨斷專行】只按自己意思行事，不考慮別人意見。

【不識時變】脫離現實、固執己見而不知變通。

【死心眼】性情固執。

【一個心眼兒】比喻固執而不知變通。

【一意孤行】不接受勸告，固執己見，獨斷獨行。

【死心塌地】一心一意，不作他想。

【頑固】固執守舊，不知變通。

【老頑固】思想守舊、固執不通的人。

【頑梗】固執不通。

【死硬】呆板、頑固。

【愚頑】愚蠢、冥頑。

我知道除我之外的同學並不喜歡他。他的嚴苛、怪僻，他的法西斯式的激烈和偏執，讓這三小時的課成了精神刑訓。誰都喘不過氣，誰都像被鞭子打一樣向前走得飛快。跟其他以取悅學生來維持合同續簽的代課教師們相比，他不識時務到了令人痛心的地步。（嚴歌苓〈學校中的故事〉）

當米索剛開始愛他的時候，他的悲觀是他吸引她的重要原因。但究竟是她到現在才注意到，還是他真的改變了？他的悲觀混同了對未來的偏執，而加深了犬儒的傾向。（張惠菁〈蛾〉）

從氣質言行到四年政績，在在顯示布希是個好大喜功而才力不足的無知莽漢，以意氣用事為雄才大略，視深謀遠慮為欠缺英雄果敢，正是《紅樓夢》裡那種無才補天的頑石。最可怕的是，不求甚解又剛愎武斷，腦袋中空卻一心替「天」行道。（張讓〈真相消失的遊戲〉）

他不喜歡他居住的城市，從來不以為他會久住下來。自命過客，不加掩飾的外地口音、突兀的打扮，連帶他頑固的眼神，彷彿尖銳匕首直勾勾射向那些高傲市民的眼球。怎麼樣，我就是不受教。縱使你文化再絢麗，也無法勾引我。（胡晴舫〈等待〉）

甚至尊如法國國寶莫里哀，雖然一生備受禮敬，但因為他是演員，不但不能進法蘭西學院，死後也得不到基督教徒式的葬禮。莫里哀幽默的魂魄有知，對冥頑的世事人情不曉得是莞爾還是掉淚？（焦桐〈第四堵牆〉）

我向來對公義太執迷，太一廂情願；然而世事紛雜、人性脆弱、選情詭譎、步數權謀，豈是只靠「講道理」論是非嗎？此中未必有真意，只是欲辯已忘言、已無言。（吳晟〈愛講、愛講〉）

正當那隻法國定期船將到蘇彝士河口 Port Said（英文：賽德港）的

【冥頑】昏昧頑固。

【膠柱鼓瑟】將瑟的弦柱黏住，鼓瑟時就不能調節音調高低。頑固而不知變通。

【至死不悟】到死仍不覺悟。形容極為頑固。

【守舊】因襲舊法而不變通。

【執迷】堅持錯誤的觀念而不醒悟。

【保守】態度傾向舊有制度、習慣或傳統，而無意開拓新創。

【拿老】固執，不通人情。

呆板

【呆板】刻板而不知變通。

【刻板】呆板而缺乏變化。

【平板】平淡呆板，沒有變化。

【呆滯】死板而不靈活。

【板滯】呆板、不靈活。

【凝滯】停滯不動。

【死板】呆滯、不靈活。

【僵硬】生硬不靈活。

【生硬】生澀、不流暢。

【機械】呆板、沒有變化。

【公式化】不依據具體情形，僅以某種固定方式刻板地處理問題。

【板板六十四】古時鑄錢的模子，一版可製六十四文，此為鑄錢的定數，不能私增。後用以比喻人的個性呆板固執，不知變通或不能通融。

【依樣畫葫蘆】一味模仿，毫無創見。

【按圖索驥】做事拘泥成法，呆板不知變通。

【刻舟求劍】楚人過江，劍掉水中，便於船舷刻一記號，待

前夜，在回國的途上的陳逸群和許多其他的乘客，卻在船上逢迎了法國革命紀念的那一天九月四日。自從馬賽出發以來，就招呼認識的那位同船的美國少女，對逸群的態度表情，簡直是旁若無人，宛然像從小就習熟的樣子。有時候倒弄得飽受著英國的保守的紳士式的教育的陳逸群，反不得不故意尋出口實來避掉她的大膽的襲擊。（郁達夫《蜃樓》）

班上的學生就像一部電影中的角色，要各司其職，導演對於每個角色的指導不一樣。演員卯足了勁，各顯其能，就是一部好戲。台灣的基礎教育，劇本呆板，教法固定，悶頭K書，個個學做好孩子。不知扼殺埋沒了多少天才。廖國豪有冷靜、沉穩的特質，卻成為江湖上的仇殺工具。（王正方〈走投無路的青少年〉）

明明是同樣的文本，然而「重讀」卻必然帶來不一樣的經驗。重者輕之，更重要的往往還在輕者重之。「初讀」中隨時念茲在茲的劇情變化、人物遭遇，愛情是否得有結果、死亡與災難何時降臨，所有這些，在「重讀」中悉數失去了幻影光芒，退化成僵硬無聊，也就絕對不會改變的事實。（楊照〈重新活過的時光——讀楊牧的《奇萊前書》、《奇萊後書》〉）

那雪芹先生笑道：「說你『空空』，原來肚裡果然空空。既是『假語村言』，但無魯魚亥豕以及背謬矛盾之處，樂得與二三同志，酒餘飯飽，雨夕燈窗，同消寂寞，又不必大人先生品題傳世。似你這樣尋根問底，便是刻舟求劍、膠柱鼓瑟了。」那空空道人聽了，仰天大笑，

船停止，從刻記號處下水尋劍的故事。用以比喻拘泥固執，不知變通。

【食古不化】學了古代知識而不能充分理解、應用，像吃了東西不消化。比喻一味守舊而不知變通。

【膠柱鼓瑟】將瑟的弦柱黏住，鼓瑟時就不能調節音調的高低。比喻頑固而不知變通。

【鑽牛角尖】固執而不知變通，費力研究無用或無法解決的問題。

講理

【講理】明達道理。

【說理】講理。

【評理】依據道理，評判是非曲直。

【通情達理】說話、做事合情合理。

【通達】明白事理。

【懂事】明白事理。

【解事】懂事。

【頭頭是道】形容言行清楚明白、有條理。

【條理分明】有系統、層次，不紊亂。

【井井有條】形容言語有條有理。

靈活、變通

【靈活】敏捷不呆滯。

【活絡】靈活、通達。

擲下抄本，飄然而去。（清・曹雪芹《紅樓夢》）

甚至當斯萬就他心愛的那個樂句發表一兩點見解的時候，維爾迪蘭夫人卻答道：「嗨，您說逗不逗？我可從來沒有注意到；我呀，我不喜歡吹毛求疵，不喜歡過問那些雞毛蒜皮的事兒；這裡的人誰也不喜歡費工夫去鑽牛角尖，我們家可沒有這樣的毛病。」這時候戈達爾大夫張著大嘴以贊賞的眼光注視著她，滿腔熱情地聽她一口氣說出那麼多的成語。（普魯斯特《追憶似水年華》）

這一天，她又要出門了。她告訴小白，她要去南邊，小白說：好的。妹頭又說，我和阿川一起去的，小白又說：好的。妹頭從來沒有這樣給小白拿住的時候，她只得不講理了。她蠻橫地說：我給你打過招呼了，一切後果由你負責。這句話小白實在聽不懂了，可他心裏就是厭煩，厭煩，厭煩，厭煩！（王安憶《妹頭》）

窮人家的孩子懂事早。冬天，郭慶春知道媽一定很冷；夏天，媽一定很熱，很渴，很困。縫窮的的冬天和夏天都特別長。郭慶春的街坊、親戚都比較貧苦，但是郭慶春從小就知道縫窮的比許多人更卑屈，更低賤。（汪曾祺〈晚飯後的故事〉）

母親節中午，家人各有行程四散，只剩晏起的我，和兀自在廚房裡兜轉的阿嬤。阿嬤八十一歲了，聲嗓洪亮，輕微重聽，膝關節退化，但腦中世界縝密如昔，能靈活使刀，在掌中切好一顆奇異果。當然，

【機動】因應事情變化而隨時行動。

【權宜】暫時變通的處置。

【圓通】性情圓融，不固執己見。

【變通】順應時勢變遷而隨時調整行動。

【權變】隨機應變。

【機變】隨機應變。

【從權】採取權宜的措施，變通辦理。

【靈巧】靈活輕巧。

【鬼靈精】形容聰明靈巧的人。

【隨機應變】遇到事情能隨時妥善變通。

【見機行事】視情況變化採取因應之道。

【察言觀色】觀察人的言語神情而窺知對方心意。

【因地制宜】根據不同情況，制定相應的妥善辦法。

【順水推舟】順著水流方向推船。比喻順應情勢行事。

【將錯就錯】遷就已造成的錯誤而繼續行事。

【將計就計】利用對方的計策，順水推舟，反施其計。

勇敢

【勇】有膽量的。

【勇敢】有勇氣，敢於作為。

【勇氣】勇往直前、無所畏懼的氣魄。

【英勇】勇敢出眾。

【英毅】勇敢堅毅。

【無懼】無所畏懼。

【無畏】沒有畏懼。

【孤膽】單獨與眾多敵人英勇作戰。形容膽識過人，勇氣十

煮一缽微逸酒香的米糕，或蒸十數杯碗粿，也難不倒她。（孫梓評〈阿嬤，狐猴與我〉）

若對參賽的提案都不滿意，立刻上山下海去找，到「河口」，到「鎮南關」，不靠知識份子，而靠市井小民。小規模地搞，不行就變通。我們不能坐享其成，坐在辦公室等別人提案。因為革命，不會自然發生。（王文華〈革命家與經理人〉）

山獅並沒有選擇成為山獅，牠生下來就如此。牠吃你不是因為牠邪惡，那是牠的本能。我們只能慎選路線、隨機應變。看清對方的本質，不要幻想他會為了愛你而改變。（王文華〈假如你在東區遇到野獸……〉）

該死，董培芝畢竟看見了他，向頭等車廂走過來了，滿卑地，老遠地就躬著腰，紅噴噴的長長的面頰，含有僧尼氣息的灰布長衫——一個吃苦耐勞，守身如玉的青年，最合理想的乘龍快婿。宗楨迅疾地決定將計就計，順水推舟，伸出一隻手臂來擱在翠遠背後的窗台上，不聲不響宣布了他的調情的計劃。（張愛玲《封鎖》）

我幾次想離開眾人，過去說幾句真話，可是說也慚愧，平時的決心和勇氣，不知都往那裏跑了，只會淚汪汪的看著他，連話都說不出口來。自己急得罵我自己，再不過去說話，車可要開了；那時我卻盼望他能過來帶我走出眾人眼光之下，說幾句最後的話，誰知他也是一樣的沒勇氣。（陸小曼《小曼日記》）

穿過繁華的捷運站，熱鬧的中正路，雙溪的河堤依舊寧靜安詳，走在堤上確實有了故里的熟悉感。直直看過去，堤的前方依稀有你踩

足。

【大膽】不畏怯。

【斗膽】膽大如斗，形容膽量大。

【一身是膽】形容膽量極大，勇猛無比。

【奮不顧身】不顧一切，勇往直前。

【義無反顧】本著道義，勇往直前，絕不猶豫退縮。

【赴湯蹈火】奮不顧身，不避艱險。

【出生入死】形容不避艱險，將生死置之度外。

【捨生忘死】不顧性命。

【視死如歸】把死看作像回家一樣，毫無畏懼。形容人勇敢不怕死。

【臨危不懼】遇到危難時，挺身而出，無所畏懼。

【勇往直前】奮勇前進、無所畏懼。

著腳踏車漸騎漸遠的身影，頭上的馬尾左右甩著，充滿快樂無畏的氣息，像一匹急著向前奔去的小馬。（鄭麗卿〈秋陽照舊〉）

也許他們過去都愛過，知道費盡全力的愛是多麼辛苦。如果沒有遇到真正心動的對象，還是不要輕易付出。嘿，林志玲若愛上我，我當然奮不顧身、十項全能。但捷運上擦肩而過的可愛女生，嗯……還是回家看電視吧！（王文華〈愛無能〉）

詡又密奏帝曰：「李傕貪而無謀，今兵散心怯，可以重爵餌之。」帝乃降詔，封傕為大司馬。傕喜曰：「此女巫降神祈禱之力也！」遂重賞女巫，卻不賞軍將。騎都尉楊奉大怒，謂宋果曰：「吾等出生入死，身冒矢石，功反不及女巫耶？」宋果曰：「何不殺此賊，以救天子？」（明．羅貫中《三國演義》）

勇猛

【勇猛】果敢有力。

【勇武】勇猛威武。

【勇壯】勇武、雄壯。

【神勇】非常勇猛厲害。

【驍勇】勇猛。驍，ㄒㄧㄠ。

【勇悍】勇猛強悍。

【勇健】勇敢強健。

【強韌】柔韌、堅固，無法被摧折。

【強悍】蠻橫凶悍。

【剽悍】勇猛強悍。也作「慓悍」、「驃悍」。驃，ㄆㄧㄠˋ。

【潑辣】做事勇猛、有魄力。

【萬夫不當】眾人不能抵禦。形容非常勇健。

【猛勁】強勁。

再看日本人天災後的勇猛與毅力，我們就不由得不慚愧我們的窮，我們的乏，我們的寒傖。這精神的窮乏才是真可恥的，不是物質的窮乏。我們所受的苦難都還不是我們應有的試驗的本身，那還差得遠哪；但是我們的醜態已經恰好與人家的從容成一個對照。（徐志摩〈落葉〉）

笨軍的黑豆上了球場，就好像大力水手吃了菠菜，無比神勇，他那過長的手臂投起球來，變化莫測，令人難以招架。每次比賽，黑豆總是為學校贏得獎牌回來。（周芬伶〈南國〉）

山如此有耐心，海如此殘酷，陽光如此刺眼，原住民如此驍勇，大小清水斷崖對他們來說只是折磨，既不壯美，也不神聖。（吳明益〈步行，以及巨大的時間回聲〉）

【威猛】威武勇猛。

【勇猛直前】奮力向前，毫不退縮。

【蹻勇】勇健力大。

【奮勇當先】鼓起勇氣，站到前面。形容勇敢向前。

【矢勤矢勇】發誓勤奮向上，勇往直前。

【一勇之夫】有勇無謀，只憑血氣做事的人。

【勇烈】剛猛忠烈。

氣勢

【氣勢】氣力、聲勢。

【氣魄】氣概、魄力。

【氣概】氣勢。

【勁頭】力量、力氣。

【幹勁】做事的熱忱與精力。

【魄力】處理事情時所具有的膽識和判斷力。

【氣勢磅礴】形容氣勢極為雄偉盛大。

【氣吞山河】氣勢能吞沒高山大河，形容氣魄很大。

【氣勢如虹】形容氣勢雄壯，直達天際。

【氣勢熏灼】形容氣勢驕橫，威迫他人。

軟弱、怯懦

【軟】懦弱而缺乏決斷力的人。

【軟弱】性格柔弱畏怯。

【懦】軟弱、怯弱。

【懦弱】軟弱怕事。

她懷小玫期間看不大出來，腳步登登的和平常走路一樣，臉頰顯生許多雀斑，蒼黃而孤頑的臉色，讓人覺得與她難商量，那是她一輩子最低姿態，卻很奇怪也最強韌的時期。（朱天文〈炎夏之都〉）

周媽口中的那個「一次鎗斃十個把人，眼皮都不霎一下」的，驃悍的，青壯時代的父親，她從沒見過。她看見的，卻只是一個邋遢的、懦弱的，一任妻子嘲罵和背叛的老人。（陳映真〈夜行貨車〉）

司馬遷寫作的《史記》之所以感動千古以來的閱讀者，不只在於運用語彙的從容或遣詞造句的創造氣魄，最重要在於其中有司馬遷個人的淑世熱腸。現今，作家吳晟、吳明益等也起而效尤，寫詩、寫文章，進而走上街頭，提醒我們：「沒有旁觀者的時代」，只有全民站出來才能對抗這種另類霸凌。（廖玉蕙〈另類霸凌〉）

第二天，海雲一早出門，直奔那個購物中心，去買昨天捨棄下的那條夕照紅的太陽裙。海雲往往留下一兩件最貴的衣裳到生氣的時候買，不然嘔起氣來就沒得可買來消氣了。也只有生氣，她才買得下手，才有那股勁頭和氣魄。（嚴歌苓〈紅羅裙〉）

沒有戰亂的年代，醫學科學最發達的時代，你身畔的友人至親平安無恙，你唯二不在的親人都近九十壽終，你哪兒有資格說什麼生命太過脆弱太難呵護什麼的。（朱天文〈五月的藍色月亮〉）

別把你的激奮和他的虛妄、他的愚蠢混淆在一起，也別掩蓋他的

【薄弱】柔弱。

【脆弱】性格懦弱。

【脆怯】懦弱無用。

【柔弱】柔順、不剛強。

【荏弱】軟弱。

【愚懦】愚昧怯懦。

【怯】畏縮、害怕。

【怯懦】膽小怕事。

【怯弱】膽怯懦弱。

【孬】懦弱、無膽識。

【卑怯】卑微怯懦。

【膽小】缺乏勇氣。

【怯生生】膽小害怕的樣子。

【窩囊】無能、懦弱。

【草雞】無能、怯弱。

【縮頭縮腦】形容怯弱無能的樣子。

【沒剛性】懦弱而沒有剛硬的志氣。

【色厲內荏】外表剛強嚴厲而內心軟弱。

【自餒】失去信心畏縮。

【膿包】譏罵軟弱無能的人。

【軟腳蝦】軟弱無能者。

【爛忠厚】比喻一個人過分忠厚而沒有原則。

【縮頭烏龜】比喻懦弱不敢面對現實的人。

【色厲內荏】外表剛強嚴厲而內心軟弱。語本《論語．陽貨》：「子曰：『色厲而內荏，譬諸小人，其猶穿窬之盜也與？』」

恐懼與怯懦，這如此艱難，令你憋悶得不能所以。（高行健《一個人的聖經》）

老人話說了一陣，沈默了。翠翠悄悄把頭撂過一些，見祖父眼中業已釀了一汪眼淚。翠翠又驚又怕怯生生的說：「爺爺，你怎麼的？」祖父不作聲，用大手掌擦著眼睛，小孩子似的咕咕笑著，跳上岸跑回家中去了。（沈從文《邊城》）

誰也不會想到老實窩囊的父親在文學上會那麼狂妄，那麼執著和生氣勃勃。（葉兆言〈紀念〉）

因之這些大官，雖把他當了北京來的御史，可是心裡頭還是有些奇怪，怎麼他又是縮頭縮腦的。這個想法不過擱在心裡，誰也不敢說出來。（張恨水《中原豪俠傳》）

胡屠戶又吩咐女婿道：「你如今既中了相公，凡事要立起個體統來。（……）若是家門口這些做田的，扒糞的，不過是平頭百姓，你若同他拱手作揖，平起平坐，這就是壞了學校規矩，連我臉上都無光了。你是個爛忠厚沒用的人，所以這些話我不得不教導你，免得惹人笑話。」（清．吳敬梓《儒林外史》）

良善

【良善】忠厚，待人和善。

【和善】溫和善良。

【慈善】仁慈而好善。

【慈悲】慈愛、悲憫。

【古意】忠厚、老實。

【老實】忠厚、誠實。

如果遠方有戰爭，而我們在遠方／你是慈悲的天使，白羽無疵／你俯身在病床，看我在床上／缺手，缺腳，缺眼，缺乏性別／在一所血腥的戰地醫院／如果遠方有戰爭啊這樣的戰爭／情人，如果我們在遠方（余光中〈如果遠方有戰爭〉）

打牛湳便說蕭笙實在很「古意」，所謂「古意」是說這個人的確

【渾厚】純樸老實。
【忠厚】忠實厚道。
【溫良】溫和而善良。
【純良】純正善良。
【淳厚】質樸敦厚。
【淳良】樸實而善良。
【淑性】天賦的善良本性。
【素心】心地樸素、純潔。
【好心腸】心地善良。
【豆腐心】心軟似豆腐。心地善良，易受感動。
【憨厚】憨直、忠厚。
【樸直】質樸憨直。
【篤厚】忠實厚道。

凶惡

【凶惡】殘忍狠毒。
【凶狠】殘暴狠毒。
【凶橫】殘暴蠻橫。
【凶暴】凶悍殘忍。
【凶巴巴】凶狠的樣子。
【殺氣】凶惡的氣勢。
【暴】殘酷凶惡。
【強暴】強橫凶殘。
【狂暴】狂野粗暴。
【殘暴】殘忍暴戾。
【橫暴】強橫凶暴。
【殘忍】形容凶惡狠毒而無惻隱之心。
【凶殘】形仍凶惡殘暴的性情或行為。
【殘酷】殘忍狠毒。
【暴烈】形容性情凶猛。
【暴虐】行為凶惡殘酷。
【暴戾】粗暴凶惡。
【暴戾恣睢】形容凶惡橫暴。也作「暴厲恣睢」。
【酷虐】殘酷暴虐。

是好好先生，不過卻是「沒路用」的人。蕭笙便這樣贏得大家的好感，在打牛湳建立起伊良善和煦的名譽。（宋澤萊〈打牛湳村〉）

芭蕉上人其實並不種芭蕉，他只是一個蕭蕭澹澹、突破物質主義、處處天機流露的素心之人罷了。（陳幸蕙〈人間咫尺千山路〉天機，此指天性。）

但，畢竟他終於冷靜下來了，用農家子弟憨厚的本性和強韌的耐力迫使自己冷靜下來了，（……）（林雙不〈小喇叭手〉）

一看到了鈴木，我又吃了一驚，他的神色十分駭人，面色慘白，眼睛睜得老大，而且眼中，佈滿了紅絲，臉上籠罩著一股極其駭人的殺氣。他雖然已有五十出頭年紀，可是身體仍然很精壯，當門而立，似乎像一頭想朝我撲過來的餓狼。（倪匡《鬼子》）

你們隔鄰是一家畫相鋪，就是翻畫老相片的人物肖像，大多用來放到供桌和祖先牌位的遺像照，總總距離你們現存的年紀和狀態太遠，以致從沒細察，這日才發現它畫工拙劣得可以，有顧客正上門，恭謹的交待拜託老闆什麼，你和友人互望一眼，忍住殘忍的笑意，棚簷的雨滴每一分十七秒墜落一顆，那時你尚未找到適切的文字語言描述你們既寂寥又慵適的狀態，可能得好些年後。（朱天心〈遠方的雷聲〉）

革命者，不是野蠻粗暴的叫囂，革命者不是滿是血絲的紅眼與憤怒仇恨的拳頭；革命者，更是無限對人世的寬容，悲憫，愛與同情。靜靜伏下身去，那靜靜跪在天地面前的身體，那靜靜擱置在刀俎上的

【野蠻】蠻橫不講理。

【粗野】粗魯野蠻。

【凶悍】凶狠蠻橫。

【桀黠】凶惡奸詐。

【桀驁】性情暴戾。

【邪惡】奸邪凶惡。

【惡狠狠】非常凶惡的樣子。

【窮凶惡極】形容非常殘暴惡毒的樣子。

【惡惡實實】狠狠的。

【張牙舞爪】張揚作勢，猖狂凶惡的樣子。

【慘無人道】狠毒殘酷，滅絕人性。

【滅絕人性】形容極端殘忍，一點人性都沒有。

【人面獸心】形容人凶狠殘暴，如野獸一般。

【狼猛蜂毒】比喻人凶猛狠毒似狼、蜂一般。

【喪心病狂】喪失人性，舉止荒謬、反常。形容人殘忍可惡到了極點。

狠毒

【狠】凶惡、殘忍。

【毒】凶狠、猛烈。

【狠毒】凶狠殘暴。

【惡毒】陰險狠毒。

【刻毒】刻薄惡毒。

【歹毒】陰險狠毒。

【萬惡】極度惡毒。

【黑心】比喻人陰險狠毒，泯滅天良。

【窮凶惡極】形容非常殘暴惡毒。

【喪盡天良】形容泯滅人性，極為惡毒。

【攪肚蛆腸】比喻人的心腸惡毒。

【蛇口蜂針】蛇口的毒牙，蜂

頭顱，那靜靜流下的眼淚，革命者的大悲與大愛，可以在死亡面前從容微笑罷。（蔣勳〈心目中的偶像〉）

虞姬看著他——不，不，她不能叫醒他告訴他悲慘的一切。他現在至少是愉快的；他在夢到援兵的來臨，也許他還夢見內外夾攻把劉邦的大隊殺得四散崩潰，也許他還夢見自己重新做了諸侯的領袖，夢見跨了烏騅整隊進了咸陽，那不太殘酷了麼，假如他突然明白過來援軍是永遠不會來了？（張愛玲〈霸王別姬〉）

也許立夫天性偏於急躁，憤世疾俗，對詭詐偽善全不能容忍。因為不能容忍邪惡，就比普通人越發能看到罪惡。看見了臭蟲，人都是把臭蟲掐死而後快，清掃整潔也是小孩子的樂事，甚至於成人也是把污點消除，用竿子把堵塞的水溝疏通了才痛快。（林語堂《京華煙雲》）

簡捷惡狠狠的猙獰可怕，倒也罷了，這薛公遠笑嘻嘻的陰險狠毒模樣，張無忌瞧着尤其覺得寒心，大聲道：「我是武當子弟，這個妹子是峨嵋派的。你們害了我二人不打緊，武當五俠和滅絕師太能就此罷休嗎？」簡捷一愕，「哦」了一聲，覺得這話倒是不錯，武當派和峨嵋派的人可真惹不起。（金庸《倚天屠龍記》）

操曰：「寧教我負天下人，休教天下人負我。」陳宮默然。當夜，行數里，月明中敲開客店門投宿。喂飽了馬，曹操先睡。陳宮尋思：「我將謂曹操是好人，棄官跟他；原來是個狠心之徒！今日留之，必為後患。」便欲拔劍來殺曹操。（明．羅貫中《三國演義》）

陳登密諫操曰：「呂布，豺狼也，勇而無謀，輕於去就，宜早圖

尾的毒針。比喻極危險、惡毒。

【腹有鱗甲】比喻居心險惡，難以接近。

【狠心】心性殘忍。

【辣】狠毒。

【狠辣】凶狠毒辣。

【毒辣】殘酷、狠毒。

【心狠手辣】心腸狠毒，手段殘忍。

【殺人不見血】殺人不露痕跡。比喻手段陰險可怕。

【傷天害理】行為違背天理，泯滅人性。

【狼心狗肺】人心腸狠毒，沒有良心。

【狼子野心】比喻凶狠殘暴的人難以教化。

陰險

【陰】險詐、狡猾。

【陰險】為人虛偽奸險。

【險惡】比喻情勢或世情奸險凶惡。

【陰毒】陰險毒辣。

【陰賊】陰險且狠毒。

【險詐】奸險狡詐。

【陰鷙】陰險且凶狠。鷙，ㄓˋ。

【奸險】奸詐陰險。

【藏奸】心中不懷好意。

【老奸巨猾】深歷世情而極奸詐狡猾的人。或作「老奸巨滑」。

【奸詐不級】非常奸猾詭詐。或作「奸詐不及」。

【揣奸把猾】心懷奸詐，行為狡猾。

【奸同鬼蜮】比喻心如鬼怪毒蟲那般狡猾邪惡。蜮，ㄩˋ，為傳說中能含沙射影來害人的怪物。

【借刀殺人】假他人之手去害之。」操曰：「吾素知呂布狼子野心，誠難久養。非公父子莫能究其情，公當與吾謀之。」登曰：「丞相若有舉動，某當為內應。」操喜，表贈陳珪秩中二千石，登為廣陵太守。登辭回，操執登手曰：「東方之事，便以相付。」登點頭允諾。（明．羅貫中《三國演義》）

教主穿了一身嶄新發亮的淺藍沙市井西裝，全身收拾得分外整潔，襯得他那一頭花白的頭髮愈發醒目，可是他腳下的步子卻十分的吃力，竟帶著受了傷的蹣跚。大概他在獄裡吃了不少的苦頭，刑警的手段往往很毒辣的，尤其是對待犯了這種風化案的人。（白先勇《台北人》）

狄雲心中一片迷惘，說要不信罷，這位丁大哥從來不打誑語，何況跟他親如骨肉，何必捏造一番謊言來欺騙自己？要信了他的話罷，難道一向這麼忠厚老實的師父，竟是這麼一個陰險狠毒之人？（金庸《連城訣》）

少尉猛一怔，似乎下力氣辨認出這麼個猙獰、險惡的東西竟是自己。他不敢、不願、也不無委屈地認清，這一切確確不是別人，是無法抵賴的自己。像他的賴不掉的貧窮的家，貧窮的祖祖輩輩，貧窮的生養他的土地。（嚴歌苓〈少尉之死〉）

看來鳳天南決意將佛山鎮上的基業盡數毀卻，那是永遠不再回頭的了。胡斐心中惱恨，卻也不禁佩服這人陰鷙狠辣，勇斷明決，竟然不惜將十來年的經營付之一炬，「……」（金庸《飛狐外傳》）

他就是清淨姑姑兒了！單管兩頭和番，曲心矯肚，人面獸心，行說的話兒就不承認了。賭的那誓唬人子。我洗著眼兒看著他，到明日

人。

【面善心惡】表面和善，內心卻很惡毒。

【曲心矯肚】陰險虛偽。

【笑裡藏刀】與人言語帶著笑，其實內心奸邪陰險。

【口蜜腹劍】嘴巴說的好聽，而內心險惡，處處想陷害人。

【大奸似忠】人外表看似忠厚老實，內心卻是奸詐險惡。亦作「大姦似忠」。

【兩面三刀】陰險狡猾，耍兩面手法，挑撥是非。

【鴞心鸝舌】惡鴞般狠毒心腸，黃鸝般悅耳鳴聲，形容人表面說話動聽，但心腸狠毒。鴞，ㄒㄧㄠ；鸝，ㄌㄧˊ。

【蛇蠍心腸】比喻人心地陰險、惡毒。

【嘴甜心苦】形容人說話動聽卻居心狠毒。

【佛口蛇心】嘴巴說得十分仁善，卻心懷惡毒。

【蜜餞砒霜】比喻言語親切而居心狠毒。

【大奸似忠】人外表看似忠厚老實，內心卻是奸詐險惡。亦作「大姦似忠」。

【綿中刺，笑裡刀】綿裡裹刺，笑裡藏刀。比喻外表和善，而內心陰毒。

【鬼主意】奸狡陰險的計謀。

【鬼算盤】詭計多端的打算。

【貓哭老鼠】假慈悲。

蠻橫

【蠻】強橫、不通情理。

【蠻橫】粗暴而不講理。

【凶戾】凶惡粗暴。

【獷悍】粗野蠻橫。

還不知怎麼樣兒死哩。（明．蘭陵笑笑生《金瓶梅》兩頭和番，兩邊挑撥。）

真話雖然不一定關於事實，但是謊話一定不會是真話。假話都不一定就是謊話，有些甜言蜜語或客氣話，說得過火，我們就認為假話，其實說話的人也許倒並不缺少愛慕與尊敬。存心騙人，別有作用，所謂「口蜜腹劍」的，自然當作別論。（朱自清〈論老實話〉）

興兒連忙搖手說：「奶奶千萬不要去。我告訴奶奶，一輩子別見他才好呢。嘴甜心苦，兩面三刀；上頭一臉笑，腳下使絆子；明是一盆火，暗是一把刀；都占全了。只怕三姨的這張嘴還說他不過。好，奶奶這樣斯文良善人，那裡是他的對手！」（清．曹雪芹《紅樓夢》）

她退而求其次，找了我，以及一個在讀工學院的男孩子來拍照。那男孩子才比我大三歲，但鬼主意多得不得了，隨身所帶的是只破機器，馬佩霞看著皺眉頭，忍不住手買兩只好的照相機給他用。就這樣，半玩半工作，我們拍了足有一千張照片，衝出來後，連設計廣告都一手包辦，就是這三人黨。（亦舒《圓舞》）

妳還記得，青春期的妳常鬧情緒，母親每每調笑妳，說長大後看哪個男人敢娶蠻橫似妳的小姐，妳噘起嘴不講話，總是爸爸充當老好人，摟著妳，親親妳額頭，解圍的說，不要怕喔小寶貝，找不到疼妳的男人，爸爸就養妳一輩子，別怕呀。（蔡詩萍〈妳終於決定去旅行了〉）

【橫蠻】粗暴、蠻橫。

【野蠻】蠻橫而不講理。

【刁悍】狡詐強悍。

【刁蠻】狡詐蠻橫。

【刁鑽】奸詐、狡猾。

【奸刁】狡詐刁蠻。

【雕悍】刁蠻、凶悍。

【強悍】蠻橫凶悍。

【強橫】蠻不講理。

【豪橫】仗勢欺人。

【豪強】強橫而有權勢的人。

【潑辣】凶悍不講理。

【憊賴】頑劣、潑辣。也作「潑賴」。

【刁厥】凶狠強悍。

【潑悍】潑辣強悍。

【火辣】此指性格尖銳潑辣。

【霸道】做事蠻橫不講理。

【悍然】強橫無理。

【專橫】獨斷橫行，任意妄為。

【驕橫】傲慢、蠻橫。

【跋扈】態度傲慢無禮，舉動粗暴強橫。

【撒野】無禮，任性放肆。

【撒潑】放肆，無理取鬧。

【作威作福】指仗著權勢欺壓別人。

【不可理喻】無法用道理使他明白。形容態度強橫，毫不講理。

【蠻不講理】蠻橫不講道理。

【橫行霸道】凶橫不講理。

【千刁萬惡】形容十分刁蠻凶惡。

【刁天厥地】形容非常強悍。

【飛揚跋扈】態度蠻橫，放縱而霸道。

【辣子】能幹、潑辣的人。

【潑皮貨】潑辣刁鑽難以對付的人。

【潑皮賴虎】罵人凶悍蠻強、刁鑽潑辣。

【潑皮破落戶兒】潑辣刁鑽的人。

黃蓉從沒給父親這般嚴厲的責罵過，心中氣苦，刁蠻脾氣發作，竟乘了小船逃出桃花島，自憐無人愛惜，便刻意扮成個貧苦少年，四處浪蕩，心中其實是在跟父親鬥氣：「你既不愛我，我便做個天下最可憐的小叫化罷了！」（金庸《射鵰英雄傳》）

阿娘其實也是一種刁鑽的人，現在是因為年紀大了，做了長輩，只得仁厚一些，但到了關鍵時刻，便也要露出來的。現在，阿娘進來出去，有當無的，總念叨一句話，就是「男追女，隔座山，女追男，隔張紙」。底下的含義不言自明，說的是妹頭追小白。（王安憶《妹頭》）

孩子們和別家的兒女打架，她是可以破出命的加入戰爭；叫別人知道她的厲害，她是明太太，她的霸道是反射出丈夫的威嚴，像月亮那樣的使人想起太陽的光榮。（老舍〈鄰居們〉破出命，拚命。）

啊　大夫　你說甚麼／台北的街頭並無／筑色的光暈一如／莫內的巴黎？　你竟／悍然的斷定／我看到的　觸及的／夢見而寫入詩裡的祇是／生命的異象　歲月的／垂垂——那朦朧／雲一般的障翳／有一串長長的／拼不出的　鬱過地中海蒼藍的／拉丁的名字（林泠〈20/20 之逝——致一眼科醫生在手術之前〉）

這英國人與以前不同了，人變得怪裏怪氣，脾氣也難以捉摸。例如他為了芝麻綠豆的小事手叉腰，對手下惡言惡語喝斥，有次還動手打了個行動本來就遲緩的清潔工一大耳光，作威作福打完人後，又好像很後悔的樣子。（施叔青《遍山洋紫荊》）

賈母笑道：「你不認得他，他是我們這裡有名的一個潑皮破落戶兒，南省俗謂作『辣子』，你只叫他『鳳辣子』就是了。」黛玉正不知以何稱呼，眾姊妹都忙告訴他道：「這是璉嫂子。」（清．曹雪芹《紅樓夢》）

【大氣】大方、氣派。

【手鬆】任意花錢或散財。

【慨然】爽快不吝惜貌。

【慷慨】大方而不吝嗇。

【大手筆】大量揮霍錢財。

【有求必應】凡有所請求，必能如願。

【罄其所有】竭盡所擁有的一切。

小氣

【吝嗇】氣量狹小，用度過分減省。

【手緊】此指吝惜財物。

【吝惜】過分愛惜，不忍割捨。

【嗇刻】吝嗇刻薄。

【摳扒】小氣。摳，ㄎㄡ。

【鄙吝】見識淺短，吝嗇。

【慳吝】吝嗇。慳，ㄑㄧㄢ。

【慳剋】吝嗇苛刻。

【守財奴】財多吝嗇的人。

【摳門兒】吝嗇。

【鐵公雞】一毛不拔，戲稱人小氣吝嗇。

【一毛不拔】譏諷人極端吝嗇、自私。語本《孟子．盡心上》：「楊子取為我，拔一毛而利天下不為也。」

【掂斤播兩】掂量分量的輕重。形容過分計較。亦作「掂斤估兩」。掂，ㄉㄧㄢ。

【視錢如命】愛財如命。

【錙銖必較】斤斤計較。

這事情你們又不懂了，大凡男人追女人的時候，酸的便會變成甜的，嘴巴裡說出來的話，都是蜂房裡流出來的蜜，吝嗇也會變成大氣。你要個金的，他決不會給你銀的；〔……〕（陸文夫〈井〉）

夏先生的手很緊，一個小錢也不肯輕易撒手；出來進去，他目不旁視，彷彿街上沒有人，也沒有東西。太太可手鬆，三天兩頭的出去買東西；〔……〕（老舍《駱駝祥子》）

她私自估了一下，三四百萬的家當總還少不了。這且不說，試了他這個把月，除了年紀大些，頂上無毛，出手有點摳扒，卻也還是個實心人。（白先勇〈金大班的最後一夜〉）

她對子女用錢一點不慳剋，對親友她總不求助，只有別人得她的好處，窮困者得她金錢的好處，富貴者得她情意的好處。（胡蘭成〈世上人家〉）

我祈望你不會像我過去一樣，長期受到貧困的約制，我寧願你習於大方甚至偶爾揮霍，也不願你掂斤播兩致有傷大雅。（鄭明娳〈放你單飛〉）

唐小姐道：「表姐書裡講的詩人是十八根脫下的頭髮，將來曹先生就像一毛不拔的守財奴的那根毛。」（錢鍾書《圍城》）

節儉

【節約】節制約束。

【刻苦】生活儉省樸實。

【節流】減省開支。

【緊縮】節約。

【儉約】節省。

【儉省】節省。

【儉樸】生活儉省樸實。

【撙節】節省。撙，ㄗㄨㄣˇ。「撙節用度」。

【積攢】一點一點的聚集、儲蓄。攢，ㄗㄢˇ。

【量入為出】泛指根據收入來斟酌開支。

【精打細算】精細的謀劃打算。

【縮衣節食】節儉。

父親的一生，是用儉樸和誠實作為語言寫成的一本書，沒有絢麗的封面，也沒有巧美的插圖，是那種穩穩實實的筆調，一筆筆的誠懇寫成的書，〔……〕（王灝〈家譜〉）

以後有封阿登叔親筆底信來，大意說他生活頗過得去，要來春姨好生養病不要以他為念；以後他會設法每月撙節點錢給她寄上。然而關於他的感冒，在信中卻是一字不提！（王禎和〈來春姨悲秋〉）

反正都說早年有這樣個善心的老婆婆，多年守寡，靠著種地打草鞋，一輩子積攢幾個錢。她見來往行人從江邊過，山路險，艱難得很，便拿出錢，請人貼著江邊修一座橋。（楊朔〈畫山繡水〉）

2 脾氣

暴躁

【暴躁】遇事急躁、魯莽，不能控制感情。

【暴烈】形容性情凶猛。

【火性】急躁易怒的脾氣。

【火氣】脾氣不佳，遇事容易動怒。

【牛脾氣】脾氣不好，性情倔強。

【野性】性情不馴順。

【獸性】殘忍凶暴的性情。

【小性兒】形容人胸襟狹窄，愛鬧脾氣。

閃電從左頰穿入右頰／雲層直劈而下，當回聲四起／山色突然逼近，重重撞擊久閉的眼瞳／我便聞到時間的腐味從唇際飄出／而雪的聲音如此暴躁，猶之鱷魚的膚色（洛夫〈石室之死亡．12〉）

紫鵑度其意，乃勸道：「若論前日之事，竟是姑娘太浮躁了些。別人不知寶玉那脾氣，難道咱們也不知道的。為那玉也不是鬧了一遭兩遭了。」黛玉啐道：「你倒來替人派我的不是。我怎麼浮躁了？」紫鵑笑道：「好好的，為什麼又剪了那穗子？豈不是寶玉只有三分不是，姑娘倒有七分不是。我看他素日在姑娘身上就好，皆因姑娘小性兒，常要歪派他，才這麼樣。」（清．曹雪芹《紅樓夢》）

倔強

【倔】強硬、固執。

【倔強】強硬不屈。

【倔巴】性情直爽固執，言語粗魯率直。

【強硬】態度堅決，不肯退讓。

【強項】秉性剛直，不肯低頭屈服。

【牛性】比喻脾氣執拗，性情倔強。

【倔頭倔腦】言語粗魯、態度執拗。

【桀驁不馴】倔強凶悍，傲慢不順從。驁，ㄠˋ。

溫和、和氣

【溫和】性情或態度平和溫順。

【溫柔】溫和柔順。

【溫厚】平和寬厚。

【溫婉】溫柔和順。

【婉約】和順謙恭。

【和婉】溫和婉約。

【和氣】態度溫和可親。

【和善】溫和善良。

【和易】態度溫和，平易近人。

【和藹】溫和的樣子。

【親切】和善、親近。

【慈藹】慈祥和藹。

【和藹可親】態度溫和，容易親近。

【友善】友愛和善。

【和悅】溫和喜悅。

【好性兒】脾氣好。

【好性子】脾氣好。

【好說話】脾氣好，容易商量。

【好聲好氣】語調柔和，態度

稚齡時，倔強地坐在診療椅上為著自己的委屈緊閉雙唇的我，這才徹底了然當年母親背著一個又一個小孩前去就醫時，內心所承受的壓力是何等的巨大。（廖玉蕙〈取藥的小窗口〉）

知識的基礎本來就是建立在不斷懷疑的本質上。一個縱身在知識瀚海的青年，因為受到學術啟蒙的激勵，進而流露出些許桀驁不馴的氣質，認真說來，豈非正是教育工作者順勢利導，鑄造良材的最佳時機？無奈趨易避難也正是人類另一項難以根治的惰性。在一群靈巧聽話，不惹事生非的孩子的簇擁之下，那些帶有叛逆性格的少數民族就愈發顯得與「主流文化」的格格不入了。（王文進〈自由的飛鶴〉）

男人穿針織頂多給人一種無害的溫和形象，但是女人對溫度的敏感，就像你對幽靈有感應一般，女人對針織品的感應不是實用性的，而是情慾的，女人依戀針織品在皮膚上帶來的體溫，好像她們體內經歷了很深很深的創傷。（許舜英〈編織的女孩〉）

在哀慟中深切地惦記妳，隱約地覺得妳是我要照顧的女兒，或是要被妳照顧的母親，最後還是溫婉的妻啊！（溫瑞安〈更鼓〉）

和良雲姊姊逛東門、南門市場，她會驚訝於台灣怎麼有這麼多老上海人才吃的食材，而且都做得很精緻，她還說原來她父親在台北一直可以吃到家鄉味，她也表示台北的空氣比上海好、天空比上海藍、生活比上海悠閒、路人比上海友善，最後她說台北真是個好地方。（韓良露〈台北真是個好地方〉）

父親的性情雖然和順，但是他很好強，也很自尊，不肯輕易服輸。（鍾鐵民〈父親．我們〉）

委婉。

【乖】和順、聽話。

【乖順】乖巧、和順。

【嬌柔】嫵媚且溫柔。

【柔和】溫馴、和順。

【柔順】溫柔和順。

【溫順】溫和順從。

【和順】平和柔順。

【軟熟】性情柔和圓熟。

【婉順】柔和溫順。

【溫馴】溫順，不粗野。

【馴順】溫和柔順。

【馴良】性情柔順、善良。

【柔心弱骨】性格溫順、柔和。

【順和】平順和氣。

【隨和】性情溫和，容易相處。

【平和】平順、和氣。

【平和恬淡】溫順恬靜。

【一團和氣】形容態度和藹可親。

【隨方就圓】性情隨和。

她回來時變得更為穩定和堅強，外表看起來卻又比小時更溫順謙和，總是帶著微微的含蓄的笑容，好像對一切人一切事，對生活懷著甜甜的心意。（丁玲〈杜晚香〉）

黃二麻子此時同他們卻異常客氣，連稱：「我如今也是來靠人的，一切正望你們老爺提拔，諸位從旁吹噓。我們還不是一樣嗎？快別提到『舅老爺』三個字！……」大家見他隨和，倒也歡喜他。（清・李寶嘉《官場現形記》）

眾人先聽見李紈獨辦，各各心中暗喜，以為李紈素日原是個厚道多恩無罰的，自然比鳳姐兒好搪塞。便添了一個探春，也都想著不過是個未出閨閣的年輕小姐，且素日也最平和恬淡，因此都不在意，比鳳姐兒前更懈怠了許多。只三四日後，幾件事過手，漸覺探春精細處不讓鳳姐，只不過是言語安靜、性情和順而已。（清・曹雪芹《紅樓夢》）

性格品德》二、品格

1 善

高尚

【冰霜】操守堅貞潔白。

【孤介】品行清正不隨俗。

【孤高】性情超脫不俗。

【孤絕】形容格調氣韻極高，無可比擬。

【貞潔】操守純正高潔。

【珪璋】比喻人品高潔。

【塵表】品格超絕塵俗。

【擢秀】品格秀美拔俗。

【高尚】品格清高。

【高貴】高雅尊貴。

【高潔】人品高尚清廉。

【高雅】高貴雅致。

【崇高】品格高尚。

【神聖】極為莊嚴尊貴，不可侵犯。

【偉大】高尚、盛大。

【清高】清雅高潔。

【淡泊】恬靜無為，不求名利。

【恬淡】心境安然淡泊，不慕名利。

【脫俗】氣質、品格與塵俗不同。

【一片冰心】比喻人冰清玉潔、恬靜淡泊的性情。

【一塵不染】原指修道人六根清淨，不受塵俗干擾。後比喻品性高潔廉明。

【人中之龍】品格高逸，出類拔萃者。

【光風霽月】雨過天晴後的明淨景象。比喻人的胸懷坦蕩，

晁梁長了六歲，要延師訓蒙。晁夫人重那陳先生方正孤介，又高年老成，決意請他教習晁梁，〔……〕（清．蒲松齡《醒世姻緣傳》）

丈夫而擅詞章，固重珪璋之品；女子而嫻文藝，亦增蘋藻之光。（清．李汝珍《鏡花緣》蘋藻，指水草，古人採作祭祀之用。此借指婦女的美德。）

卑鄙是卑鄙者的通行證，／高尚是高尚者的墓誌銘。／看吧，在那鍍金的天空中，飄滿了死者彎曲的倒影。（北島〈回答〉）

我們在小餐桌上坐下來，吃我做的香腸蛋炒飯。他吃得很悄然，握勺的手勢逸然得體，把一盤簡單的蛋炒飯吃得高貴起來。我注意到他的指甲乾淨整齊，像白色剔透的貝殼。強取豪奪，似乎是他換了另一雙手幹的。（嚴歌苓〈搶劫犯查理和我〉）

重慶南路上書店林立，卻沒有一個是發熱又發光的，如我心中知識殿堂的模樣。那裡任何一家書店都比我們鄉下的書店大，但開書店的，都把書當成商品，書店陳設老舊庸俗，光線也暗，在裡面看書，永遠不會有「智者在此垂釣」的高雅情緒。（周志文〈台北〉）

飽蠹樓的書不准外借，錢先生於是天天在樓中蛀書、抄書；這隻不饜的蠹蟲，被餵飽了詩書。札記有一條記愛爾蘭詩人葉慈的話：耶穌最容易受誘惑。鍾書先生只受書的誘惑，不受別的誘惑。他一生淡泊名利，成大名後曾婉拒多所大學的榮譽博士學位。（黃維樑〈向錢看，

品格高潔。

【冰壺秋月】比喻人的品格高潔清亮。

【芒寒色正】星光清冷色純正。頌揚人品高潔正直。

【松風水月】人品高潔。

【孤峰絕岸】高峰絕壁岸然聳立。比喻人品傑出。

【空谷幽蘭】生長在深谷的蘭花。人品高潔、幽雅。

【風月無邊】人格高潔、胸懷灑落。風月，原指清風明月或風花雪月，後泛指美好的景色。

【風骨峭峻】形容人的品格剛正有骨氣。

【風清月朗】比喻品性高潔。

【貞風亮節】高尚的品德，堅貞的氣節。

【高山景行】光明磊落，德行高尚。高山，崇高的德行。景行，大道。

【高風亮節】高尚的品格，堅貞的氣節。

【高節清風】比喻人品格高潔清廉。

【淵渟嶽立】像深淵沉靜，像高山聳峙。品德高尚，氣度宏大。渟，ㄊㄧㄥˊ。

【晴雲秋月】晴空的白雲，清秋的明月。比喻人品格高潔，光明磊落。

【雲中白鶴】比喻人品高潔、不同凡俗的人。

【筋骨剛正】形容性情剛正，節操高潔的樣子。

【琨玉秋霜】比喻人品高潔，言行謹慎莊重。

【溫潤如玉】如美玉般溫和柔潤有光澤。比喻人品性、容色或言語溫和柔順。

【歲寒不凋】松、竹、梅等在寒冬不凋萎。比喻人的志節高尚，性格堅忍。

【嶔崎磊落】比喻人品高潔，

鍾愛書——紀念錢鍾書先生逝世十周年〉）

程昱曰：「丞相在萬軍之中，矢石交攻之際，未嘗動心；今聞劉備得了荊州，何故如此失驚？」操曰：「劉備，人中之龍也，生平未嘗得水。今得荊州，是困龍入大海矣。孤安得不動心哉！」（明．羅貫中《三國演義》）

單獨從個寬約七里的田坪通過。若跟隨引水道曲折走去，可見到長年活鮮鮮的潺潺流水中，有無數小魚小蟲，隨波逐流，怡然自得，各有其生命之理。平流處多生長了一簇簇野生慈菇，箭頭形葉片雖比田中生長的較小，開的小白花卻很有生氣。花朵如水仙，白瓣黃蕊，成一小串，從中心挺起。路旁尚有一叢叢刺薊科野草，開放翠藍色小花，比毋忘我草形體尚清雅脫俗，使人眼目明爽，如對無雲碧穹。花謝後卻結成無數小小刺球果子，便於借重野獸和家犬攜帶到另一處繁殖。若從其他幾條小路上走去，蠶豆和麥田中，照例到處生長線紫色櫻草，花朵細碎而嫵媚，還帶上許多白粉。采摘來時不過半小時即枯萎，正因為生命如此美麗脆弱，更令人感覺生物求生存與繁殖的神性。（沈從文《大山裡的人生》）

「我爸一個禮拜以前就剪了。我們剪辮子也是遵照皇上的旨意呀。」曾先生沒說什麼，自然不高興。幾個禮拜之後，經亞才把辮子剪掉。曾先生的辮子一直留到第二年，袁世凱的辮子也是第二年才剪掉的。袁世凱做了中華民國的總統，因為孫中山先生把總統的職位讓給了他。這雖然是高風亮節，但是也未免太書生氣。不過這並非孫中山先生的過錯。革命之後，一定是須有霸氣的人當政。（林語堂《京華煙雲》）

她這一清高，抱了戀愛至上主義，別的不要緊，吃虧了姚先生，

有骨氣。

【璞玉渾金】未經雕琢的玉和未曾冶鍊的金。天然美質，喻人品真純質樸。

【矯矯不群】儀表品格超群出眾。

【懷珠抱玉】比喻人具有高潔的品格及傑出的才能。

【懷質抱真】比喻人格和品德純潔高尚。亦作「懷真抱素」。

純潔

【純潔】純粹潔淨。通常指心地純淨，沒有邪念。

【乾淨】純粹、潔淨。

【聖潔】神聖純潔。

【天真】心地純真，性情直率。

【清白】純潔不受汙染。

【純真】純潔真誠。

【樸質】純真、樸實。

【蘭根白芷】人品美好。

【振衣千仞岡】比喻心志高潔脫俗。

【蕙心蘭質】比喻女子芳潔的心地、高雅的品德。

【自命清高】自認清雅高潔，不屑與世俗同流。

【冰清玉潔】品行高潔。

【樸實無華】形容性情純樸實在而不浮華。

【還淳反樸】回復到人原來樸實、淳厚的本性。

【簡樸】簡單質樸。

【清純】清新純潔。

少不得替她料理一切瑣屑的俗事。王俊業手裡一個錢也沒有攢下來。家裡除了母親還有哥嫂弟妹，分租了人家樓上幾間屋子住著，委實再安插不下一位新少奶奶。姚先生只得替曲曲另找一間房子，買了一堂家具，又草草置備了幾件衣飾，也就所費不貲了。（張愛玲《琉璃瓦》）

蘭花和牡丹不同，象征著隱逸的美，因為它常常生長于多蔭的幽谷。據說它有「孤芳自賞」的美德，不管人們看不看它，而且極不情願被移植到城市裏去。如果它被人們移植在城市裏，它須順自然的本性生長起來，否則便會枯萎而死。所以，我們常常稱美麗的，隱逸的少女，或隱居山中，鄙視名利權勢的大學者為「空谷幽蘭」。（林語堂〈人生的盛宴〉）

上一輩的人幹了些什麼，我們還是不曉得好。要是曉得了他們的底細，我聽人說過，只怕沒有幾個乾淨的人，叫他們爹爹、伯伯、叔叔，他們的臉都沒有地方放呢！（高曉聲〈觸雷〉）

你拉開窗簾，偏仰著寫著純真的臉，以手指輕掠著額髮，使我想起那在長春藤下偏仰著臉的日晷儀，它記錄著我生命的季節與早晚。任著綠色的春雨落在上面，帶著茴香、苜蓿、豌豆苗的香味。那像是春天第一次古老的鐘擺，執意輕聲的推敲著它的修辭，吐訴的微雨，分明是水鴣鴣在陪伴著窗內猶豫的古老鐘擺，似對春的一切有所讚美，讚美水鴣鴣溫情的呼喚、小蝶的飛翔和開花的慷慨、熱情的大地。（張秀亞〈春之頌〉）

善良

【善】美好的、有德行的。
【善良】心地端正純潔，沒有歹念。
【和善】溫和善良。
【溫良】溫和善良。
【純良】純正善良。
【淳良】樸實而善良。
【良心】人類天生的良善之心。
【有良心】本性善良。
【赤子之心】如赤子般善良、純潔、真誠的心地。
【仁厚】為人忠誠老實。
【仁義】仁愛正義，寬厚正直。
【賢慧】形容女子善良且深明大義。
【賢淑】形容女子善良溫厚。
【善心】善良慈悲的心。
【溫和】人的性情或態度平和溫順。
【和藹】溫和的樣子。
【樂善】好行善事。
【蕙質蘭心】比喻女子芳潔的心地、高雅的品德。
【馴良】性情柔順而善良。

仁慈

【仁慈】寬大慈善。
【仁愛】仁厚慈愛。
【慈善】仁慈善良。
【慈悲】慈愛、悲憫。
【慈愛】仁慈而愛人，多指長輩對晚輩的愛而言。
【慈祥】慈善且祥和。
【慈和】慈愛、祥和。

我孤獨自行。路不寬，但也不狹隘。一旁是呈下坡的小谷，長著許多樹，橡樹、楓樹、松樹，及其他不知名的樹；其實是不知名的樹多過所認識的樹。另一旁是住家，一些中產階級的住家。各式各樣小小含蓄適宜的房屋。大概住著普通一般善良含蓄的人吧。男女老少，衣食住行，悲歡哀樂。（林文月〈散步迷路〉）

小牛是你最常放學後去做功課的同伴，每次他爸爸媽媽一旁你捶我一下我擰你一把不久，就把連小牛在內的眾小孩支使到院子裡，關上屋門。你們常蹲在竹籬笆牆角潮腐的根部折磨小蟲玩，地上的陽光和陰影皆是綠色的，再沒有像葡萄藤那樣溫良如你以為的父母們該有的樣子，覆蔭整個院子，靜靜泌著綠色的香氣。（朱天心〈遠方的雷聲〉）

她簽了一張很荒謬的離婚證書，證書上只有兩個條件：第一，我們還是好朋友；第二，我可以隨時回到屬於我們的家。她的前夫，很有良心地附加一個條件：「所有的財產均分」。在她的想像中，她只是需要流浪和談一次心靈上的戀愛，沒想到簽完離婚證書不久，前夫又再婚了。（周芬伶〈閣樓上的女子〉）

在母親嚴明的紀律下，我們享有公平的待遇，可也常感到被疏忽被冷落，尤其在少年時代，種種的苦悶與寂寞，常歸咎於母親。後來年歲漸長，才了解要公平且仁慈地對待別人，是一件因難的事。（周芬伶〈淡淡春暉〉）

他陰了半天臉才說：實話告訴你吧，姆媽，我本來不是為了一個陽台，我是覺得不公平。趙志國他家沒房子，我們收留了他，在極困

【仁厚】仁愛寬厚。
【菩薩】尊稱樂善好施的好人。
【活菩薩】心地善良而能救人急難的人。
【宅心仁厚】仁厚善良。
【仁至義盡】盡最大努力去關懷照顧他人。
【慈眉善目】面容慈祥而和善。
【大慈大悲】佛家語，指愛眾生、拯救眾生的廣大慈悲。亦用以形容人心腸好，非常慈悲。
【樂善好施】樂於行善，喜好施捨、助濟他人。

2 惡

卑劣、缺德

【卑劣】形容人格低下。
【卑鄙】人格惡劣低下。
【卑俗】低劣俗氣。
【卑汙】卑鄙、齷齪。
【不端】品行不良、不正派。
【不肖】品性不良。
【無行】沒有善行，品性惡劣。
【下流】品格卑下。
【下作】卑鄙、下流。
【下賤】品格卑劣。
【下節】卑下的節操。
【骯髒】卑鄙、惡劣。
【齷齪】ㄨㄛˋ ㄔㄨㄛˋ，品行卑劣。
【下三濫】卑鄙無恥或不成器。
【村筋俗骨】鄙陋粗俗。
【衣冠沐猴】穿戴衣帽的猴。虛有儀表而品格低下。
【不三不四】不像樣、不正派。
【狗彘不如】罵人的話。比喻

難的情況下還劃出一只三層閣給他們住，可算是仁至義盡。爹爹要養女兒在家，我沒有意見，將來我也要養個女兒在家。要說爹爹還有兒子好靠，我去靠誰？（王安憶〈「文革」軼事〉）

天亮了，聽到瓦背上嘩嘩的雨聲，我就放了心。因為下雨天長工不下田，母親不用老早起來做飯，可以在熱被窩裡多躺會兒。我捨不得再睡，也不讓母親睡，吵著要她講故事。母親閉著眼睛，給我講雨天的故事。在熹微的晨光中，我望著母親的臉，她的額角方方正正，眉毛細細長長，眼睛瞇成一條線。我的啟蒙老師說菩薩慈眉善目，母親的長相一定就跟菩薩一樣。（琦君〈下雨天，真好〉）

卑鄙是卑鄙者的通行證，／高尚是高尚者的墓誌銘，／看吧，在那鍍金的天空中，／飄滿了死者彎曲的倒影。（北島〈回答〉）

環保意識覺醒，大家買便當已有自備環保筷的習慣，而好一點的餐廳則絕不再用免洗筷了。七〇年代一度B型肝炎流行，是那時開始餐飲界推動使用免洗筷，有人甚至餐後習慣把筷子折斷。我第一次看到這種行為非常驚異：「你幹嘛？」對方說：「才不會被不肖商人再回收使用啊！」（宇文正〈筷子〉）

馬氏道：「官人為何悲傷？」陳秀才道：「陳某不肖，將家私蕩盡，賴我賢妻熬清淡守，積攢下諾多財物，使小生恢復故業，實是在為男子，無地可自容矣！」（明．凌濛初《初刻拍案驚奇．卷十五．衛朝奉狠心盤貴產　陳秀才巧計賺原房》）

老爺，你試試！你如果少我一個錢，我同你到江夏縣打官司去！

人的品格卑劣，連豬狗都比不上。彘，ㄓˋ。

【衣冠禽獸】空有外表而行同禽獸。品德敗壞的人。

【跳梁小丑】興風作浪，成不了氣候的卑鄙小人。

【撕豎小人】卑劣無行的人。

【畜牲】罵人的話。指人品格低劣，如同禽獸。

【缺德】責備人修養或言行不符合道德規範。

【喪德】沒有做人應有的道德。

【沒天良】沒有良心。

【沒良心】沒有人天性具有的良善本心。

【不道德】不合道德標準。

【不義】不合行為道德。

【德薄】德性淺薄。

【厚顏】不知羞恥。

【狗苟】苟且無恥。

【恬不知恥】做了壞事絲毫不感到羞恥。

【無恥之尤】形容一點羞恥心也沒有。

【媚骨】奉承阿諛的品格。

賴了人家的工錢，還要吃人家的腳錢，這樣下作，還充什麼老爺！（清．李寶嘉《官場現形記》）

「那是什麼下賤東西。比狐狸精野得還要厲害，人病了，還是天天闖到家裏來胡纏，嚇！野娼也沒有這麼不要臉。」背地裏，妻不知像這樣咒罵了多少次，不過，那女同志來時，湘雲卻老是把她監視著，一步也不肯輕易放鬆，對於他們那樣率真、坦白的態度，雖然覺不甚入眼，倒也不曾找出什麼破綻。（楊守愚〈決裂〉）

不料新督憲到任三個月之後，照例甄別屬員，便把苟才插入當中，用了「行止齷齪，無恥之尤」八個字考語，把他參掉了。這一氣，把苟才氣的直跳起來！罵道：「從他到任之後，我統共不過見了他三次，他從那裡看見我的『行止齷齪』，從何知道我是『無恥之尤』！我這官司要和他到都察院裡打去！」（清．吳趼人《二十年目睹之怪現狀》）

其實，在日本投降的那一天，他就應該不復存在了。他的人民，他的親戚朋友，他的父母都已唾棄他了，只是他恬不知恥地留了下來而已。（鄭清文〈三腳馬〉三腳，指走狗。）

才能態度》一、才能

1 才智

才智

【才智】才能與智慧。
【才華】表現於外的才能。
【才調】才華格調。
【才能】才智與能力。
【才幹】能力。
【才力】才華、能力。
【才具】才能、能力。
【才氣】表現於外的才能。
【才思】才氣與情思。多指文學的創作能力。
【才情】天資、才華。
【文采】文辭、文才。
【材幹】才能。
【才略】才能謀略。
【本領】才學、技能。
【本事】才力、本領。
【伎倆】技能、本領。
【天才】具有天賦才能的人。
【才識】才華器識。
【素養】平日的修養。
【功力】功夫和力量。
【功夫】本領、造詣。
【水平】標準、程度。
【能耐】本領。
【能事】精明能幹。
【膽略】勇敢有謀略。
【雄才大略】傑出的才能和謀略。
【造詣】學業或技藝達到的程度。

所以禮真正的內涵深廣。人情相待是禮，藝術創造分享是禮，擴張出去，天然資源的取用也無非是禮。才智天賦需要敬惜回饋，陽光空氣雨水大地也是。古人的利用厚生思想，深情而又實際，原來就是禮。（張讓〈送你一個禮？〉）

有人或謂，當然啊，你有才氣，於是敢如此只是埋頭寫作，不顧賺錢云云。然我要說，非也。我那時哪可能有這種「膽識」？我靠的不是才氣，我靠的是任性，是糊塗。但我並不自覺，那時年輕，只是莽撞的要這樣，一弄弄了二、三十年。（舒國治〈一個懶人的生活及寫作〉）

他乾脆直言，有才情的作家早年單憑才情便有個軒豁，中年以後要求思想，宗教不能給人思想，遂作品漸凝於信心和道德，不得開展，缺少新風了，托爾斯泰晚年即是。高度的宗教且會返於滯魔。（朱天文《花憶前身．彌撒之書》）

可不是，創作開始得越早越好，文學的天才大都是早熟的，白居易十六歲寫出「野火燒不盡，春風吹又生」的句子；杜甫九歲就有詩作成一囊。如果他們在八九歲的有一天清晨，望著窗外的天空發呆，心湖裡有些微的波動，如果這時大人不來苛責，催促他們快寫作業，也許就有一首詩煥然成章了。（周芬伶〈只緣那陽光〉）

博學

【博學】學識豐富廣博。

【博識】見聞廣博，學識豐富。

【博洽】學識通博。

【鴻博】博學多識。

【富贍】形容文才學識高超。贍，ㄕㄢˋ。

【淵博】淵深博大。

【淹博】淵博。

【廣博】學識廣大豐富。

【賅博】淵博。

【奧博】深奧廣博。

【精深】精微深奧。

【精湛】精良深厚。

【飽學】學識廣博。

【通才】學識廣博，兼具多種才能的人。

【胸中萬卷】比喻學識豐富。

【博大精深】知識宏闊，見解精闢。

【博古通今】學問淵博，通曉古今。也作「通今博古」。

【洞鑒古今】深察、熟識古今世事。

【博聞強識】見聞廣博，記憶力很好。識，ㄓˋ。

【博聞閎覽】見聞廣博，閱覽豐富。

【飽讀詩書】讀過很多書，很有學問。

【博覽群書】形容人閱讀廣博，學識豐富。

【江海之學】比喻學問淵博，見識深廣。

【腹笥奇廣】形容學識豐富。笥，ㄙˋ。腹笥，指腹中所記書籍，多如書箱裡的藏書。

【滿腹經綸】人才識豐富，具有處理大事的才能。

【殫見洽聞】見聞廣博，學識豐富。殫，ㄉㄢ，盡。恰，遍。

終其一生，他是一個敏感博學的，卻又絕對孤獨的理想主義者，不能見容於凡夫俗子。他在文學史上佔了重要一席位，可是他遭遇了太多的打擊，太多的挫折。你怕不怕打擊？怕不怕挫折？你能堅持一生維護你的理想，施展你的抱負嗎？（楊牧《一首詩的完成・抱負》）

過了一日，三公子同九公子來河房裏辭行，門口下了轎子。陳木南迎進河廳坐下。三公子道：「老弟，許久不見，風采一發倜儻。姑母去世，愚表兄遠在都門，不曾親自弔唁。幾年來學問更加淵博了？」（清・吳敬梓《儒林外史》）

我杜寶出守此間，只有夫人一女。尋箇老儒教訓他。昨日府學開送一名廩生陳最良，年可六旬，從來飽學。一來可以教授小女，二來可以陪伴老夫。今日放了衙參，分付安排禮酒，叫門子伺候。（明・湯顯祖《牡丹亭》）

他這八股時文上倒不用心在上面鑽研，只是應付得過去就罷了，倒把那正經工夫多用在典墳子史別樣的書上去了，所以倒成了個通才；不像那些守著一部《四書》本經，幾篇濫套時文，其外一些不識的盲貨。（清・蒲松齡《醒世姻緣傳》）

何況書信深交，更勝於言筌。兩人信寫得愈勤，梅運愈賞愛他穩若磐山，以學術為終生志事的懷抱。趙聖宇則敬佩她筆頭千字胸中萬卷，如師亦友了。（簡媜〈弱水三千〉言筌，指在言詞上所留下的跡象。）

少林派武功固是博大宏富，澄觀老和尚又是腹笥奇廣，只要韋小寶覺得難學，搖了搖頭，他便另使一招，倘若不行，又再換招，直到韋小寶能毫不費力的學會為止。（金庸《鹿鼎記》）

穆爾有所謂：「一間沒有書的室子，正像一個沒有窗戶的房間。」

【高才絕學】才能高超，學識過人。

【才高八斗】原是對曹植的讚譽，後稱譽人才學很高。或作「才當曹斗」。

【書通二酉】形容人學識豐富精湛。二酉，指大、小酉山。相傳小酉山有書千卷。

【學富五車】形容人書讀很多，學問淵博。

【有腳書櫥】比喻博學強記的人。也作「有腳書櫥」。

【通人達才】博學多識貫通古今、才能出眾的人。

【握瑜懷玉】比喻飽富學識、才能。

【博雅】學問淵博，品行雅正。

【識禮知書】熟讀詩書，通曉禮節。有學識與教養。

【博而不精】學識廣博而不精深。

淺薄

【淺薄】微薄。

【膚淺】浮淺、不深切。

【浮淺】淺薄，不深入。

【淺學】所學不深。

【淺陋】見聞少而粗陋。

【鄙陋】見識淺薄。

【鄙薄】鄙陋淺薄。

【固陋】見聞淺陋。

【愚陋】愚昧鄙陋。

【譾陋】見識淺陋。多用作自謙之詞。譾，ㄐㄧㄢˇ。

【目光如豆】形容目光短淺，見識狹窄。

【坐井觀天】比喻眼界狹小，所見有限。另有「井底之蛙」。

【略知皮毛】見識淺薄，僅知大概。

【菲才寡學】才能小，學識淺。

我似乎是在我的房間裡開了許多窗戶，但它們並非華麗的裝潢以表示這房子的美侖美奐和房主的博雅；我只希望這些窗子為我引進一些清新的空氣與暖和的陽光。（彭歌〈買書〉）

但有人會怕，仿佛父母從此以後，一無所有，無聊之極了。這種空虛的恐怖和無聊的感想，也即從謬誤的舊思想發生；倘明白了生物學的真理，自然便會消滅。但要做解放子女的父母，也應預備一種能力。便是自己雖然已經帶著過去的色彩，卻不失獨立的本領和精神，有廣博的趣味，高尚的娛樂。要幸福麼？連你的將來的生命都幸福了。（魯迅《墳》）

身為一個極有影響力的媒體龍頭，她知道太多社會的問題；YP的電話，多半是沉重的，所以我語氣平常地說，「又怎麼了？」YP開始舉例說明最新的台灣「沉淪」的種種實證：媒體依附政府、政府收買媒體、政治人物囂張、知識份子無力、年輕人膚淺而狹隘、高等教育短視而功利、金融制度向富人傾斜、鎖國政策使台灣經濟邊緣化……（龍應台〈在「仰德大道」上〉）

生曰：「前偶過卿門，遇卿適在屏間。厥後心常勤念，雖寢與食，未嘗或舍。」娃答曰：「我心亦如之。」生曰：「今之來，非直求居而已，願償平生之志。但未知命也若何。」言未終，姥至，詢其故，具以告。姥笑曰：「男女之際，大欲存焉。情苟相得，雖父母之命，不能制也。女子固陋，曷足以薦君子之枕席！」（唐・白行簡〈李娃傳〉）

【才疏學淺】才能低下，學識淺薄。多用以自謙。

【鼠目寸光】形容人目光短淺，識見狹小。

【管窺蠡測】用管窺天，以蠡測海，所見狹小。

【獨學孤陋】無人可切磋，學識有限。語本《禮記·學記》：「獨學而無友，則孤陋而寡聞。」

【孤陋寡聞】學識淺薄，見聞不廣泛。

【少見多怪】識人識見不廣，遇事多以為可怪。

【吳下阿蒙】學識尚淺。阿蒙，指居處吳下一隅時的呂蒙，聽從孫權勸說，篤學不倦，幾年後，學識英博。

我的形式生活可能太呆板，物質生活可能太貧瘠，但是我都不曾因此而感到任何「委屈」。我的快樂建築在一篇譾陋的稿子趕完的那一剎那、一堂平凡的課卻使我自得的時候。（鄭明娳〈教授的底牌〉）

我所以別的買賣不幹，要販書往來之故，也有個深意在內。因為市上的書賈，都是胸無點墨的，只知道甚麼書銷場好，利錢深，卻不知什麼書是有用的，什麼書是無用的。所以我立意販書，是要選些有用之書去賣。（清．吳沃堯《二十年目睹之怪現狀》銷場，意為銷路）

無知

【無知】沒有知識、不明事理。

【愚昧】愚笨無知。

【愚蒙】愚蠢無知。

【蒙昧】昏昧不懂事。

【混沌】ㄏㄨㄣˋㄉㄨㄣˋ，糊塗無知的樣子。

【似懂非懂】好像理解又好像不明白。

【渾渾噩噩】迷迷糊糊，不知事理。

【不學無術】沒有學問才能。

【一丁不識】形容人不識字或毫無學問。

【一知半解】所知不全，了解不深。

【不學無術】沒有學問。

【草腹菜腸】草包；沒有學問。多用作自謙之詞。

【胸無點墨】胸中沒有一滴墨水。比喻無學識。

在我的生命中，曾經有兩個夏天同時來到，讓無知的我措手不及，以至於嚴重傷害了兩個深愛我的女子。第三個夏天，在還沒有正式來臨前，就已經止步了，同樣讓我錯失真愛的機緣。（吳若權〈三個夏天〉）

夾徑，接引佛依然以不倦不懈的手，日夜垂念那迷了津渡的眾生。我停佇、問訊，覷他那不曾闔的眼，覺念他是這山這水這世間唯一的清醒者。而此時，醒著，看我，只不過一個愚昧的路人，趕來迢迢領這份山水之情。（簡媜〈山水之欸乃〉）

曾先生說用辣宜猛，否則便是昏君庸主，綱紀凌遲，人人可欺，國焉有不亡之理？而甜則是后妃之味，最解辣，最宜人，如秋月春風，但用甜則尚淡，才是淑女之德，過膩之甜最令人反感，是露骨的諂媚。曾先生常對我講這些，我也似懂非懂，趙胖子他們則是在一旁

【不辨菽麥】菽，豆子。不辨菽麥，指無法分別豆子與麥子。形容人愚昧無知。

【草包】裝著雜草的袋子。譏笑沒有學識能力的人。

【鄉巴佬】戲稱人住在鄉下，因不常出門而見識不廣。也稱「土包子」。

【繡花枕頭】繡花的枕頭。比喻外表華美而無學識才能者。

聰明

【聰明】天資靈敏，理解力高。

【聰敏】聰明靈敏。

【聰慧】天資很高，領悟力強。

【靈慧】天資聰穎。

【聰穎】聰明穎悟。

【慧黠】聰慧靈敏。亦作「黠慧」。

【敏慧】敏捷聰明。

【穎慧】聰明敏慧。

【穎悟】聰明過人。

【穎異】聰明過人。

【鬼黠】聰明，鬼靈精。

【明白】聰明、不糊塗。

【明智】有智慧、有遠見。

【明悟】聰明穎悟。

【伶俐】聰明機靈，反應敏捷。

【機伶】機警伶俐。

【機敏】機靈聰敏。

【機警】敏銳，反應迅速。

【機變】隨機應變；靈活。

【伶變】機靈。

【精靈】聰明靈敏。

【精明】聰敏仔細。

【精乖】聰明靈敏。

【睿智】深明通達的智識。

【乖巧】聰明伶俐，討人喜歡。

暗笑，哥兒們幾歲懂些什麼呢？父親則抄抄寫寫地勤作筆記。（徐國能〈第九味〉）

記得在當時，來自香港的僑生很容易就可畫出一個使老師可以接受，甚至讚美的設計圖。而我這樣的鄉巴佬學生卻要努力設想，把廁所放在臥室旁邊，把廚房放在客廳旁邊。（漢寶德《給青年建築師的信．第一封信　建築與夢想》）

燕子去了，有再來的時候；楊柳枯了，有再青的時候；桃花謝了，有再開的時候。但是，聰明的，你告訴我，我們的日子為什麼一去不復返呢？——是有人偷了他們罷：那是誰？又藏在何處呢？是他們自己逃走了罷：現在又到了那裡呢？（朱自清〈匆匆〉）

母親大約是糊塗的，在生孩子之前，她或許聰慧，或許精明，做了母親，就難免變成昏君，事事袒護包庇，母親被父權社會驅逐懲罰，只有兒子能救她。（周芬伶〈還子〉）

男孩頑皮，小胖手握持著酥餅杯的冰淇淋，小心謹慎地行走，卻刻意大口地誇張吃食著，鼓著腮的小傢伙（你也曾經有年輕的圓腮）邊吃嘗美味邊逼近我，大眼慧黠地眨著，恐嚇我：冰淇淋要沾到妳裙子了！冰淇淋要沾到妳裙子了——我快樂地做出恐慌姿態，一旁，男孩的小姐姐皺著眉老氣地斥說：都四歲了還像小孩！（愛亞〈尋找你〉）

仔仔精乖，一把嘴甜如蜜，把那群老山羊個個哄得樂陶陶，於是大把大把的小費便落入了他的口袋。（白先勇〈Tea for Two〉）

為節儉而儲蓄，是一種美德，但過分了會使人變為貪婪或吝

【乖覺】機警、聰敏。

【靈透】聰慧伶俐。

【惺惺】聰明、伶俐。

【足智多謀】形容人聰慧多謀略。

【見精識精】看得明白、知道得清楚。比喻機靈。

【玲瓏剔透】聰明伶俐，靈巧慧黠。

【鬼靈精兒】伶俐的人。

【聞一知十】稟賦聰敏，領悟力、類推力強。

【冰雪聰明】非常聰明。

【百伶百俐】聰慧靈巧。

【百龍之智】具有一百個公孫龍的智慧。非常聰明。

【穎悟絕人】聰明才智超越常人。

愚笨

【蠢】愚笨。

【大智若愚】智慧極高的人深藏不露，表面像是很愚笨。或作「大巧若拙」。

【秀外慧中】形容女子容貌清秀，內心聰慧。

【冰雪聰明】比喻非常聰明。

【絕頂聰明】形容非常聰慧靈敏。

【早慧】年幼時即顯聰明。

【奇童】天資聰穎的兒童。

【岐嶷】小孩才智出眾、聰明特異。嶷，ㄋㄧˋ。《晉書．簡文帝紀》：「幼而岐嶷，為元帝所愛。」

【麒麟兒】聰穎異常的小孩。

【龍駒鳳雛】年幼而聰慧的人。駒，小馬。雛，幼鳥。

【辨敏】口齒伶俐，敏捷。

【愚笨】形容愚昧笨拙，反應

畜。只有知識的儲存，卻讓人愈來愈睿智、豁達、淵博、靈慧。美的儲存，更能陶冶性情，昇華氣質，高潔情操。（艾雯〈撲滿人生〉）

原來這賈芸最伶俐乖覺，聽寶玉這樣說，便笑道：「俗語說的，『搖車裏的爺爺，拄拐的孫孫』。雖然歲數大，山高高不過太陽。只從我父親沒了，這幾年也無人照管教導。如若寶叔不嫌侄兒蠢笨，認作兒子，就是我的造化了。」賈璉笑道：「你聽見了？認了兒子不是好開交的呢。」說著就進去了。（清．曹雪芹《紅樓夢》）

原來西門慶有心要梳籠桂姐，故此發言先索落他唱。卻被院中婆娘見精識精，看破了八九分。（明．蘭陵笑笑生《金瓶梅》）

譬如法國女作家沙岡十九歲以處女作《日安．憂鬱》一炮而紅，不但書暢銷數十萬冊，而且一夜之間成為文壇新寵，而印象派天才詩人藍波更是早慧，十五歲之前便以〈醉舟〉長詩鋒芒畢露，傳誦一時。（陳克華〈騎鯨壞少年〉）

李順呢是長瘦的身子，公寓的客人們都管他叫「大智若愚」。因為他一吃打滷面總是五六大紅花碗，可是永遠看不見臉上長肉。兩隻銹眼，無論晝夜永像睡著了似的，可是看洋錢與銅子票的真假是百無一失。所以由身體看，由精神上看，「大智若愚」的這個徽號是名實相符的。（魯迅《趙子曰》）

見天心教女兒規矩，盟盟有時木頭木腦的，教一學一，毫不會舉一反三，就聽天心氣嘆道：「你真是阿難哦！」阿難是釋迦弟子中最魯鈍的一個，釋迦說法之餘，老是在教阿難公民與道德，類似先洗臉

不靈巧的樣子。

【愚蠢】痴呆笨拙。

【惷愚】形容愚蠢，愚昧。惷，ㄔㄨㄥ。

【愚傻】愚昧、痴呆。

【愚拙】愚昧笨拙。

【愚魯】愚昧魯鈍。

【愚鈍】愚蠢、反應遲鈍。

【魯鈍】遲鈍、愚笨。

【頑鹵】愚昧且魯鈍。

【頑蒙】愚蠢，愚笨。

【暗昧】愚昧。愚昧的人。

【木頭】愚蠢或不靈活者。

【泥塑】比喻愚昧遲鈍。《西遊記‧第二十九回》：「真是木雕成的武將，泥塑就的文官。」

【遲鈍】反應不靈敏。

【愚蒙】愚蠢無知。

【愚駑】愚笨駑鈍。

【頑鈍】愚笨。

【笨拙】不聰明、不靈巧。

【不慧】愚笨，不聰明。

【蠢笨】愚笨，不靈活。

【痴呆】愚蠢笨拙。

【痴騃】愚蠢笨拙。騃，ㄞˊ。

【蠢夯】形容笨拙愚蠢。夯，ㄏㄤ。《儒林外史‧第四十六回》：「小兒蠢夯，自幼失學。」

【獃痴】愚笨痴傻貌。

【痴傻】愚痴憨傻貌。

【愚痴】愚笨痴呆。

【愚騃】愚，呆。

【肉頭】笨傻。

【傻氣】笨頭笨腦的樣子。

【傻乎乎】傻氣。

【楞楞傻傻】不聰明、反應遲鈍。

【大愚不靈】非常愚笨，冥頑不解。語本《莊子‧天地》：「大惑者終身不解，大愚者終身不靈。」

【糊塗】混亂，不清楚。

再洗身，洗過腳的盆子不要拿來洗臉這些。當年胡老師教我們，也可比教阿難呢。（朱天文《花憶前身‧阿難之書》）

失去半邊聽覺之後，屈亞炳成為同族兄弟取笑欺負的對象。家塾的老師也當他聾子百般處罰，揚起手中戒尺，對準反應稍遲鈍的屈亞炳就是狠狠一敲，敲得頭頂青腫起泡。（施叔青《遍山洋紫荊》）

我激動得難以言語，感覺車內車外同時下起了傾盆大雨，旁邊的少女一定覺得我很奇怪，怎麼看著衣服就開始哭了，到底都幾歲的人了？我想我那時的樣子說多笨拙就有多笨拙。我猜想媽媽應該已經離開她站的地方了，但我卻一直有種感覺，媽媽似乎還是在雨中，堅持要目送著那使她日夜操心的孩子，依依不捨地看我遠去。（李冠穎〈陪我走一段〉）

那個時代的我，懵懂愚騃，不知天高地厚，一天到晚埋頭在卷帙中，是個不折不扣的書呆子；〔……〕（畢璞〈詩心‧畫情‧樂韻〉）

相形之下，將軍反而覺得：維揚把母親的死歸咎於老父的顢頇跋扈，倒是無可厚非的小事了。（張大春〈將軍碑〉）

我們鄉下稱人「蕃薯」，就是為人愚不可及的意思。稱人「大條」，就是「大蕃薯」，特大號笨人的意思。蕃薯貢獻良多，卻遭人們戲弄，實在是馬好被人騎，「物」好被人欺啊！（鍾鐵民〈大蕃薯〉）

不寫歌不寫詩的日子裡則渾渾噩噩，屋角一個衣架掉下來已經十天了，每天經過，看一眼，沒有一點欲望想要撿起來重新掛好。（夏宇〈寫歌〉）

東二道街上有一家火磨，那火磨的院子很大，用紅色的好磚砌起來的大煙筒是非常高的，聽說那火磨裡邊進去不得，那裡邊的消信可多了，是碰不得的。一碰就會把人用火燒死，不然為什麼叫火磨呢？

【昏瞶】糊塗，不辨是非。
【懵懂】糊塗，不明白。
【蒙昧】昏昧不懂事。
【顢頇】ㄇㄢˊㄏㄢ，糊塗；不明事理。
【不辨菽麥】無法分別豆子與麥子。形容愚昧無知。
【愚不可及】愚笨至極。
【至愚極陋】極愚粗鄙。
【惛惛罔罔】昏亂無知。
【渾渾噩噩】無知無識，糊里糊塗。
【懵然無知】糊里糊塗，不明事理的樣子。
【傻頭傻腦】糊塗傻氣，不夠靈敏。
【呆頭呆腦】言行遲鈍，不靈活的樣子。
【童昏】年幼無知。比喻愚昧無知的人。
【沖昧】年幼愚昧。

機智

【機智】聰明靈敏，能隨機應變。
【機警】觀察敏銳，反應迅速。
【機敏】機靈聰敏。
【機靈】機智靈巧。
【機伶】機警伶俐。
【敏捷】反應迅速快捷。
【麻利】迅速、敏捷。
【活泛】敏捷靈活。
【隨機應變】臨事能妥善變通處置。
【相機行事】觀察適當時機再行動。
【伶俐聰敏】聰明靈敏。
【聰靈】聰穎機靈。
【機伶變兒】有隨機應變的本事。

就是因為有火，聽說那裡邊不用馬，或是毛驢拉磨，用的是火。一般人以為盡是用火，豈不把火磨燒著了嗎？想來想去，想不明白，越想也就越糊塗。偏偏那火磨又是不准參觀的。聽說門口站著守衛。（蕭紅《呼蘭河傳》）

目下單說江寧府首府該管的一個六合縣。這六合縣在府北一百一十五裡，離著省城較近，自然信息靈通。此時做這六合縣知縣的乃是湖南人氏，姓梅，名仁，號子賡，行二。這人小的時候，諸事顢顢頇頇，不求甚解。偶然人家同他說句話，人家說東，他一定纏西；人家說南他一定纏北。因此大家奉他一個表號，叫他做「梅二纏夾」。（清．李寶嘉《官場現形記》）

炳文是妻的族人，又是我從前要好的朋友之一；是一位機智、活潑，肯努力、有希望的青年，抗戰前服務於高雄郵局。那時我家在屏東經商，我常常因商業上的事務出高雄去，一去便總找他廝混，我們一見面，便是海闊天空，大聊其天。（鍾理和〈竹頭庄〉）

只有青陽小妮子機伶，她總預感，就會有什麼大難要來。偏偏這種話，又不能先說，只得無時無刻，多替她那小姐操份心。一些時日下來，青陽覺得自己背後，也長出兩隻眼睛來了。（蕭麗紅《桂花巷》）

一位老住北平的朋友的太太，原來是大家小姐，不會做家事粗事，只會做做詩，畫畫畫。這回見了面，瞧著她可真忙。她告訴我，佣人減少了，許多事只得自己幹；她笑著說現在操練出來了。她幫忙我綑書，既麻利，也還結實；想不到她真操練出來了。（朱自清〈回來雜記〉）

糊塗

【糊塗】混亂、不清楚。

【糊里糊塗】形容人行事極為迷糊或不明道理，亦作「糊裡糊塗」。

【渾】糊塗。

【昏】愚昧糊塗。

【昏瞶】愚昧糊塗，不明事理。亦作「昏瞶」。

【昏愚】糊塗愚昧。

【昏庸】愚昧無能。

【昏昧】昏庸愚昧。

【昏亂】糊塗迷亂。

【懵懂】糊塗、不明白。

【顢頇】ㄇㄢˊㄏㄢ，不明事理，糊裡糊塗。

【渾渾噩噩】迷糊不知事理。

【懵懵懂懂】糊里糊塗，不明事理的樣子。

2 能力

能幹

【能幹】才能傑出、辦事能力強。

【行】能幹、幹練。

【來得】有能力、有本事。

【幹練】很有才幹，辦事能力強。

【精練】敏銳幹練。

【精幹】精明能幹。

【精悍】精明強悍。

【精明強幹】機靈敏銳，做事能幹。

【賢明】有才德且明義理。

【英明】才幹卓越而有遠見。

【英俊】才能出眾的人。

王小林原以為大家都明白了，唯獨他不明白。後來問了許多人，才知道大家都不曾明白。大人和孩子竟一樣糊塗。不過大人是糊塗慣了，不把糊塗當一回事。孩子倒還沒有習慣，卻要問一問。（高曉聲〈觸雷〉）

所以，直到現在，我一直是頑固的和平主義者，最恨看到鉤心鬥角的場面。這使我產生一種心理習慣，對於人性的小奸小惡特別敏感，但也特別昏瞶，有時竟到視若無睹的地步，遇事總抱持著息事寧人的態度，缺乏批判的精神，從好的方面來看是寬容，其實是姑息。（周芬伶〈紅唇與領帶〉）

我躺在大理岩壁之下，砂卡礑溪石之上，溪河竄動，水聲淙淙，彷若躺在搖籃之中，重回稚子之身，以石為床，以懵懂之眼目注大自然難以狀描的幽深隱晦。竄動周身的水流，是歲月的漩渦，沖刷一切，也逐漸吞噬一切，終有一天，身下這塊漱水的玉石也將被流動的水沖成砂、刷成泥，隱沒於湍急水流。（向陽〈不動與動〉）

想起這些，端麗疲倦地坐了下來。光是想想，也吃力，也後怕。當時自己是多麼能幹，多麼有力量。那個能幹的女人這會兒到哪兒去了呢？而且，究竟那個能幹的女人是不是自己呢？她恍恍惚惚的，心裡充滿了一種迷失的感覺。（王安憶〈流逝〉）

寶釵一旁笑道：「我來了這麼幾年，留神看起來，鳳丫頭憑她怎麼巧，再巧不過老太太去。」賈母聽說，便答道：「我如今老了，哪裏還巧什麼。當日我像鳳哥兒這麼大年紀，比她還來得呢。她如今雖說不如我們，也就算好了，比你姨娘強遠了。你姨娘可憐見的，不大說話，和木頭似的，在公婆跟前就不大顯好。鳳兒嘴乖，怎麼怨得人

【得力】很受重用的、很能幹的。

【不才】不成材，沒有才能。多用作自謙之詞。

【庸碌】平凡庸俗。

【庸常】平庸尋常。

【碌碌】平庸的樣子。

【平庸】平凡。

【平凡】平常、不出色。

【泛泛】資質、才能普通。

【等閑】平常，無足輕重。

【凡夫俗骨】人世間普通、平庸的人。

【凡桃俗李】平常的事物。也可比喻庸俗的人。

【得用】獲得任用、可用。

【畎畝下才】才能平庸、泛泛之輩。《舊唐書．楊收傳》：「臣畎畝下才，謬當委任。」

【眼肉胎凡】平常人的眼睛和肉體，指塵世平凡的人。

【駑散】駑馬散材。比喻材質平凡庸拙。

【不成材】才能平庸而無用，沒有出息。

【碌碌無能】平庸沒有才能。

【不過爾爾】不過這樣罷了。有輕視人的意思。

【樗櫟庸材】平庸無用之材。

疼她。」（清．曹雪芹《紅樓夢》）

把某種受到市場歡迎的成功設計，簡單化約於出產國的文化內涵，就像過度放大了創始者的英明遠見、或資本家的精心算計等，對一個社會學家而言，其實都是不可承受之輕。或許，所有不斷將「無印良品」本質化成「日本風格」的說法，其實都只是一種後設的論述，一種我們對某個美好世界想像的投射。（李明璁〈無印良品〉）

即使他說的是謊話，那幢房子不是他的，不是他以二十七枚藏銀幣的標價賣掉的，光是這些銀幣也是個佐證——證明他即使不是貴族也肯定不是等閑人物。（馬原〈遊神〉）

景嵩卻自命知兵，不甘做庸碌官僚，只想建些英雄事業，所以最喜歡招羅些江湖無賴做他的扈從。（曾樸《孽海花》）

玄德曰：「天下高賢，無有出先生右者。」庶曰：「某樗櫟庸材，何敢當此重譽。」（明．羅貫中《三國演義》）

余先生接著看了，放在桌上，說道：「這個怎麼敢當？」蕭柏泉就把要請他做先生的話說了一遍，道：「今特來奉拜。如蒙台允，即送書金過來。」余有達笑道：「老先生大位，公子高才，我老拙無能，豈堪為一日之長。容斟酌再來奉覆罷。」兩人辭別去了。（清．吳敬梓《儒林外史》）

玉帝聞言，即傳旨：「著兩路神元，各歸本職。朕遣天兵，擒拿此怪。」班部中閃上托塔李天王與哪吒三太子，越班奏上道：「萬歲，微臣不才，請旨降此妖怪。」玉帝大喜，即封托塔天王李靖為降魔大元帥，哪吒三太子為三壇海會大神，即刻興師下界。（明．吳承恩《西

自謙之詞。樗櫟，ㄕㄨ ㄌㄧˋ，無法成材的樹木。

【蓼菜成行】蓼菜排列行成。比喻人才能平庸，無法擔大任。

【駑馬鉛刀】駑鈍的馬，不利的鉛質刀。比喻才能平庸，不中用。

【瓦釜雷鳴】陶製鍋具發出如雷巨響。比喻無才德的人居顯赫高位。

【無能】沒有才幹、能力。

【低能】能力很低。

【窩囊】無能、懦弱。

【差勁】低劣。

【一無所長】毫無專長可言。

【志大才疏】志向遠大，但才能疏闊淺微。

【無能為力】沒有力量促進事情的發展。

【不過爾爾】不過這樣罷了。有輕視人的意思。

【朽木不可雕】腐朽的木頭不能雕刻。比喻資質低劣，不堪造就。

【夏蟲不可語冰】夏天的蟲入秋就死，不能與之談論冰雪。比喻見識短淺，不能與之談大道理。

出眾

【出眾】水準、程度等超越眾人。

【出色】出眾、傑出。

【出格】超出常規。

【超格】超過常格，不凡。

遊記》）

天心是壞學生，我是好學生。胡老師說「從旁門入者是家珍」，反而旁門左道不按他胡氏教義來的，是珍寶。又說「見與師齊，減師半德」，見解跟老師一樣的話，倒成了老師的罪人。何況好學生，其實是無趣跟平庸的代稱。（朱天文《花憶前身．彌撒之書》）

一隻手同時從他背後彎過來，一撥他的下巴。但他並不動，因為從聲音和舉動上，便知道是暗暗進來的打牌的老朋友黃三。他雖然是他的老朋友，一禮拜以前還一同打牌，看戲，喝酒，跟女人，但自從他在《大中日報》上發表了《論中華國民皆有整理國史之義務》這一篇膾炙人口的名文，接著又得了賢良女學校的聘書之後，就覺得這黃三一無所長，總有些下等相了。所以他並不回頭，板著臉正正經經地回答道：「不要胡說！我正在豫備功課……」（魯迅《彷徨》）

寫到此，我嗚咽了。像我這塊不可雕的朽木，居然活到了九十歲，而能寫出真正的兒童文學的作家金近卻不幸早逝了！（冰心〈悼念金近〉）

那天晚上，他僅僅是容耀華的一個小翻譯而已，容耀華請了不少外國商人，與容氏的生意都有來往，他的工作也就很忙，可是他還是被容家二太太——余嫣紅的光彩照人的風姿所吸引，他那晚表現得也非常的好，流暢、純正的標準劍橋英語也得到不少賓客的讚賞。但大

【超絕】超群不凡。

【逸群】超群出眾。

【拔尖】出眾。

【特出】獨特、與眾不同

【傑出】才能出眾，高出一般人之上。

【不凡】不尋常、不平凡。

【非凡】與眾不同，不凡。

【佼佼】美好出眾的樣子。

【褎然】美好出眾的樣子。褎，ㄧㄡˋ。

【卓越】非常優秀，超出常人。

【卓躒】形容卓絕、特出。躒，ㄌㄨㄛˋ。也作「卓犖」。

【優越】才能超越他人。

【雋拔】人品、才能英俊挺秀。

【超卓】才能特出，與眾人不同。

【超群】超越眾人。

【與眾不同】獨樹一格，與眾人不同。

【不同凡響】比一般人事物特出、不平凡。

【出類拔萃】形容才能特出，超越眾人。語本《孟子．公孫丑上》：「出於其類，拔乎其萃。」

【本事高強】才力、技能優越出眾。

【挺拔不群】獨立特出，與眾不同。

【傲視群倫】指人才華出眾，成就非凡。

【獨領風騷】形容表現特出，超越群倫。

【邁越常流】遠超越過一般常人。

【鶴立雞群】鶴站在雞群之中，非常突出。

【靈蛇之珠】傳說的珍貴明珠，比喻超凡才智。曹植〈與楊德祖書〉：「當此之時，人人自謂握靈蛇之珠，家家自謂抱荊山之玉。」

【龍蛇】比喻非凡的人。

【傑出】形容才能出眾，高出一

偉自己心理明白，是因為余嫣紅，他才會表現的如此出色，他非常想吸引她的注意，哪怕她向他看一眼，微微一笑，他就會快樂地死去。（琦君《橘子紅了》）

黛玉如有壓倒眾人處，純粹是個人出格的詩詞才華，別無所恃；〔……〕（張惠菁〈她們的房間〉）

事業一有了著落，我很迅速的便在司書中成為一個特出的書記了。我比他們字寫得實在好些。抄寫文件時上面有了錯誤處，我能糾正那點筆誤。款式不合有可斟酌處，我也看得出，說得出。（沈從文〈保靖〉）

他的閱讀速度恐怕是我一輩子所耳聞或閱讀到的人物中的佼佼者，而他身為金融大亨卻很少念金融經濟有關的書，又顯示範圍愈廣闊愈好是閱讀的金科玉律。（黃崑巖《給青年學生的十封信．第三封信　閱讀是終身學習的唯一途徑》）

竊見處士平原禰衡，年二十四，字正平，淑質貞亮，英才卓躒。初涉藝文，升堂　奧；目所一見，輒誦之口；耳所暫聞，不忘於心。（明．羅貫中《三國演義》）

我的學生正在準備朗誦，她們設想自己來自大中國的各個山嶽、草原，當然最好是域外、關外、塞外、大漠、黃沙、長白，她們是臺灣島上最傑出的女孩，她們有的是雄心大志豪邁，如果不是挺拔的壁立千仞，不是綿亙無盡的風霜萬里，實在說，也配不上她們心中滾燙的激情壯懷。（蕭蕭〈嘉陵江畔泛舟人〉）

魯殘殺得性起，劍勢一變，狂風驟雨般攻去。嫪毒亦改變打法，嚴密封架，採取遊鬥方式，且戰且退，在場內繞著圈子，步法穩重，絲毫不露敗仗。高手過招，聲勢果是不同凡響。（黃易《尋秦記．卷十四》）

般人之上。

【卓爾不群】特立突出，超越眾人。

【秀出班行】才華優異，超出於同輩。

【卓然】高遠特立的樣子。

時代像篩子，篩得每一個人流離失所，篩得少數人出類拔萃。（王鼎鈞〈一方陽光〉）

熟練

【熟練】技術純熟。

【熟習】學習得非常純熟。

【純熟】熟練。

【諳】熟悉、知曉。

【熟能生巧】熟練了自然能領悟出竅門。

【爐火純青】指煉丹成功時，爐火火焰由紅色轉成純青色，比喻學問、技術、功夫等到達精純完美的境地。

【游刃有餘】比喻對於事情能勝任愉快，從容不迫。也作「遊刃有餘」。

高手比武，若是雙方武功都到了爐火純青的地步，往往對戰竟日，仍是難分上下，唯一取勝之機端在對方偶犯小錯，此刻歐陽鋒一口咬空，洪七公那能放過？立即一招「笑口啞啞」，中指已戳在他嘴角的「地倉穴」上。（金庸《射鵰英雄傳》）

母親做菜時，游刃有餘地進行每個步驟，洗洗切切翻炒調味裝盤，手法熟練輕鬆，口中的曲調也非刻意唱給誰聽，有時僅僅哼出調子、有時連歌詞一起唱，每個音符聽起來都是甜的。對家人來說，那是客廳電視的背景聲音，偶爾搭配排油煙機轟隆聲與鍋鏟鍋子敲擊的鏗鏘。（林婉瑜〈長藤掛銅鈴〉）

老練

【老練】閱歷豐富，經驗老到，做事能幹精練。

【老到】辦事熟練周密。

【老成】閱歷多而通達世事的人。

【老辣】指人辦事精明老練。

【練達】熟練通達。多指閱歷廣博，能通曉人情世故。

【老於世故】老練而又富處世經驗。

【老成持重】成熟老練，個性沉著穩重，處事不輕率浮躁。

當然，更難猜測的是他的年齡，多少年的梵行修持之後，年齡已不能膩他。有時候，他很老練深沉，好似幾百歲，有時候，又很年輕，跟我們這些沒大沒小的兒郎們一起調皮搗蛋。既有老年之識見又有少年之胸襟，他，乃是個忘年僧。（簡媜〈紅塵親切〉）

你的批評也不能過分嚴正不是？少年老成——什麼話！老成是老年人的特權，也是他們的本分；說來也不是他們甘願，他們是到了年紀不得不。少年人如何能老成？老成了才是怪哪！（徐志摩〈巴黎的鱗爪〉）

管仲見山谷險惡，絕無人行，急教尋路出去。奈東沖西撞，盤盤

【少年老成】年紀雖輕，舉止卻成熟穩重，辦事老練。

【老謀深算】思慮周詳、沉著，不草率行動。

【老馬識途】戰國時，管仲隨桓公出征，在回程時迷路，於是讓老馬走在前頭，其餘人馬跟隨在後，終於找到原路。後用來稱經歷豐富練達的人。

曲曲，全無出路，桓公心下早已著忙。管仲進曰：「臣聞老馬識途，無終與山戎連界，其馬多從漠北而來，可使虎兒斑擇老馬數頭，觀其所往而隨之，宜可得路也。」桓公依其言，取老馬數匹，縱之先行，委委曲曲，遂出谷口。（明．余邵魚《東周列國志》）

幼稚

【幼稚】知識淺薄，或思想不成熟。

【稚氣】指幼稚的態度或行為。

【孩子氣】行為表現不成熟。

【天真】❶形容人純潔沒有心機。❷無知不懂人情世故。

【少不更事】年紀輕，閱歷淺薄。

【初出茅廬】初入社會，缺乏歷練。

【乳臭未乾】比喻年幼無知。

【羽毛未豐】羽毛尚未長滿成熟。比喻勢力或能力學識淺薄，不足以獨當一面。

【稚嫩】稚嫩

【稚拙】幼稚樸拙。

【初露頭角】剛開始展露技藝或才能。

【涉世未深】尚未經歷世事。

段譽站起身來，他目光一直瞪視著那少女，這時看得更加清楚了些，終於發覺，眼前少女與那洞中玉像畢竟略有不同：玉像冶豔靈動，頗有勾魂攝魄之態，眼前少女卻端莊中帶有稚氣，相形之下，倒是玉像比之眼前這少女更加活些。（金庸《天龍八部》）

軌道順流而下，越過基隆河，磺溪，繞著大彎弧從平原開口出去，關渡，竹圍，紅樹林……當我們到達堤岸，熙攘來往的小船彷彿不知鄉岸何方，要飄泊到哪裡去？船開向河中央，夕陽映出的金波爛漫讓人睜不開眼，那時天真以為小船要開出河口去了，光是那樣，還不夠。也許再向東吧？到世界的盡頭。（羅毓嘉〈淡水線上落日〉）

梁長老成名已久，見這乳臭未乾的一個黃毛丫頭竟對自己如此輕視，怒火上沖，三刀一過，立時橫砍硬劈，連施絕招。簡長老此時對黃蓉已不若先前敵視，知道中間必有隱情，只怕梁長老鹵莽從事，傷害於她，叫道：「梁長老，可不能下殺手。」（金庸《射鵰英雄傳》）

才能態度》二、待人處世

1 寬宏與狹隘

寬宏

【寬宏】心胸開闊，度量大。

【寬大】度量寬宏。

【寬厚】待人寬大厚道。

【大度】形容人度量宏遠。

【大量】氣度寬宏。

【恢宏】廣大。

【恢廓】廣大、寬宏。

【坦蕩】形容人胸襟坦直開闊。

【豁達】度量寬宏。

【曠達】心胸豁達。

【豁爽】豁達爽直。

【豁朗】心情豁達開朗。

【寬宏大量】度量寬大，能夠容人。

【豁達大度】心胸開闊，氣度寬宏。

【海量】度量寬大。

【洪量】氣度寬宏。

【雅量】宏大的氣度。

【量如江海】度量很大，能寬容他人。

【海納百川】包容的東西非常廣泛且數量大。

【河海不擇細流】不論大小，一律收容。語本《史記．李斯傳》：「是以太山不讓土壤，故能成其大；河海不擇細流，故能就其深。」

【瘠己肥人】律己嚴苛，待人寬厚。

鏡子裡每一張困惑的臉／都停留在眼神的問號上／而沙灘上一波波坦蕩的姿態／是滄桑的海　給了個簡單的／回答（方艮〈海的回答〉）

所以只有須臾，針尖上的一點，「須臾便堪笑，萬事風雨散」，體驗過這美好的須臾就可以放懷笑了嗎？畢竟，那是蘇東坡的豁達，不屬於女性詩人的纖細心情。（平路〈花開堪折直須折〉）

而你——卻以你不卑不亢式的豁達大度，以你積極樂觀的生活意念和率直而強有力的個性，巧妙地征服了一顆不能算不頑固的心。（曹明華〈更為富有的一刻〉）

人們只知天寬娶了個癭袋婆，醜得可樂，卻不想生得這般俐口，是個惹不得的夜叉，都不敢來撩撥了。天寬也由此生出一些怕來，女人的癭袋越哭越亮，圓圓的像個雷，他便矮下三寸去，覺得自己做男人確是活得不帶勁，比不上這娘們兒豁爽。（劉恒〈狗日的糧食〉癭袋，指長在頸上的囊狀瘤。癭，ㄧㄥˇ。）

我請求我太太讓我暫離醫院到麻將桌上待產。俗話說「娶某前，生子後」，意思是說結婚前，或生子後，賭博包贏。我愛賭博，也愛贏錢，雙喜在望，何樂而不為？感謝我太太寬宏大量，當晚我在牌桌上兜了幾圈後，忽然自摸連連，若有神助。我一面收錢，一面脫口而出：我的女兒來到世界了！（陳黎〈音樂家具〉）

【寬容】寬大容忍。

【寬待】寬大對待。

【寬貸】寬容饒恕。

【寬讓】寬容謙讓，不與人爭執。

【優容】寬待、寬容。

【開恩】施予寬恕或恩典。

【留情】出於情面，給予寬恕或原諒。

【超生】指寬容或開脫。常用於祈求他人憐憫救助。

【容忍】包容、忍耐。

【包容】寬容、容忍。

【包涵】寬容，原諒。

【宥】一ㄡˋ，寬恕。

【原諒】寬恕諒解。

【諒解】了解實情而原諒別人。

【耽待】體諒、寬容。

【饒恕】原諒，寬恕。

【唾面自乾】形容逆來順受，寬容忍讓的態度。

【網開三面】商湯將捕鳥者所立的四面網放開三面，只留一面。後比喻寬大仁厚，對犯錯的人從寬處置。

【網開一面】比喻寬大仁厚，對犯錯的人從寬處置。

【既往不咎】過去的事不再追究。指對過去的錯誤不再責難。語出《論語．八佾》：「成事不說，遂事不諫，既往不咎。」

【姑息】過於寬容、放縱。

【放任】聽其自然，不加干涉。

【縱容】放任不加約束。

【姑息養奸】過分縱容，助長壞人壞事。

【養癰貽患】長了毒瘡不去醫治，終將形成大患。比喻姑息養奸，必遺後患。癰，ㄩㄥ。

於是我回想我們戀愛時候怎麼試圖瞞過一些多年的朋友，偷偷安排每一次的約會。我又想到婚後那種寧靜的日子，我在寫稿，她輕輕從背後遞過來一杯熱茶，寬容地給我一根她最討厭的香菸。我想起我們吵嘴的時候，我緊皺的眉，她臉上的淚。我又想起我們歡笑的日子，在書桌上開鳳梨罐頭，用稿紙抹桌子。她已經成了我生活中的一部分，我也成了她生活中的一部分，但是分娩室的門把我們隔開了。（林良〈小太陽〉）

對姨丈和大姨全家特別優容他，以及大姨的眼光中那股憐憫的神情並不太能感受到，依稀只感到一種類似客人般的氣氛。（鍾鐵民〈大姨〉）

一切對異端的迫害，一切對「異己」的摧殘，一切宗教自由的禁止，一切思想言論的被壓迫，都由於這一點深信自己是不會錯的心理。因為深信自己是不會錯的，所以不能容忍任何和自己不同的思想信仰了。（胡適〈容忍與自由〉）

我景仰托爾斯泰，相信人生之美在宥與愛；我景仰白郎寧，相信世間有醜纔能有美，不完全乃真完全；〔……〕（朱光潛〈談動〉）

堂哥等拎手電筒，循階而下，通抵廟前十多公尺遠碉堡，轉彎，百來步，接鄰居家的防空洞，前走百來米，銜另一個甬道，再走，就到村外的營區。母親知道，著急問我，可曾跟著走？我說沒有，母親不信，當天多燒幾道菜，擺菜肴上板凳，焚香膜拜，押我跪著，喃喃地說弟子不懂事，請神原諒。（吳鈞堯〈身後〉）

子女們偏愛母親，對父親淡然置之。母親對他，更是冷若冰霜。在這冰天雪地裡，父親卻是笑口常開，父親把一生哀怨，化成一臉寬恕姑息的笑。（徐鍾珮〈父親〉）

厚道樸實

【厚道】待人誠懇寬厚，不刻薄。
【敦厚】寬宏厚道。
【溫厚】平和寬厚。
【仁厚】仁愛寬厚。
【惇惇】ㄉㄨㄣ，仁厚貌。
【宅心仁厚】心地仁愛寬厚。
【憨厚】正直且厚道。
【淳厚】質樸敦厚。
【渾厚】純樸敦厚。
【憨直】憨厚正直。
【戇直】形容性情忠厚耿直。戇，ㄓㄨㄤˋ。
【樸實】質樸誠實。
【樸素】樸質不浮華。
【質樸】樸實無華。
【樸厚】樸實厚道。
【純樸】單純樸實。
【淳樸】敦厚樸實。
【誠樸】誠懇樸實。
【渾樸】渾厚樸實。
【篤實】純厚樸實。

小氣

【小氣】器量狹小，吝嗇不大方。亦作「小器」。
【心窄】胸襟狹窄，遇事不能自解。
【小器】肚量淺窄、褊狹。
【小心眼】胸襟狹小。
【鄙吝】見識淺短，吝惜錢財。
【吝嗇】氣量狹小，用度過分減省。
【狹窄】心胸狹小、眼光短淺。

我站在山腳路與員集路交叉的這一點，目眩神馳，山腳路隱隱約約還可以通向我的過去，員集路卻義無反顧奔向我的未來，我找不到一點青少年憨厚的昔日影像。從員集路望向山腳路，山腳路瘦成了一條巷子，一根弦，只能在懷舊的心園輕顫。（蕭蕭〈路總是交叉在最顫人心弦的那一點〉）

有時候我有一種錯覺，向日葵是我認識的唯一的花種，玫瑰、水仙、雛菊這類司空見慣的東西反倒像是某種飾品，與我們質樸的生活格格不入。我們通過時代觸摸生活最纖細的神經，從花香中嗅到我們沉醉於其中的細枝末節所蘊含的痛楚。當我們以鮮花裝點居室，逐漸淡忘它們的寓意時，鮮花的容貌才真正向我們顯現。（孫甘露〈葵花〉）

這些年，身邊的人多少變了，去的去，來的來；給印廿二歲時，她找了個殷實的人家，硬把她嫁了；對方在大街開糧行，自幼喪親，又忙生意，以致同樣慢了婚事。剔紅見他篤實、厚道，一下就撞進心裡。（蕭麗紅《桂花巷》）

我母親不肯順我的意買東西給我，我掉頭就往後走，本想藉此給她一個警惕——妳的小孩可能因為妳的某次小氣而消失，或者因此被壞人抓走。沒想到走了一小段路再回頭，發現她並沒追來，只好硬著頭皮繼續走，就這樣走到誰也找不到誰的地步。我假裝堅強地走了一陣子，覺得累了，但實在不知怎麼回家，只好看看有誰能帶我回去。（董成瑜〈一個人的生活文〉）

倘若有人當時就想喝一口祖父葫蘆中的酒，這老船夫也從不吝嗇，必很快的就把葫蘆遞過去。酒喝過後，那兵營中人捲舌子舐著嘴唇，

【狹隘】見識短淺，氣量狹小。

【狹小】心胸狹窄、見識短淺。

【褊狹】形容人的氣度狹窄。褊，ㄅㄧㄢˇ。

【狷隘】急躁狹隘。

【斗筲】斗和筲都是小的容器，用來比喻人的才識器量狹小。筲，ㄕㄠ。

【小肚雞腸】比喻度量狹小，不顧大局。亦作「鼠腹雞腸」、「鼠肚雞腸」。

【鼠肚雞腸】心胸狹窄，度量小。

【斤斤計較】瑣細的事物也要計算得清清楚楚。

【較短量長】比喻斤斤計較。

【爭長論短】爭論、計較利害得失。

【慳吝】吝嗇。

【心眼窄】小氣。

【小氣鬼】罵人度量狹窄或吝嗇的話。

稱讚酒好，於是又必被勒迫著喝第二口。酒在這種情形下少起來了，就又跑到原來鋪上去，加滿為止。（沈從文《邊城》）

可是，智慧和信念所點燃的一點光明，敵得過愚昧、褊狹所孕育的黑暗嗎？對人類的愛，敵得過人間的仇恨嗎？嚮往真理、正義的理想，敵得過爭奪名位權利的現實嗎？為善的心願，敵得過作惡的力量嗎？（楊絳〈記傅雷〉）

至於我，讀書純為了享受，在選擇上是不免斤斤計較的。買書也斤斤計較，為的是財力還不准隨心所欲。書少買，也就少累贅，至少在逃難時不致發生一手抱孩子，一手還要抱書，或者抱了孩子就不能抱書，抱了書就不能抱孩子，那種難捨難分的狼狽狀態。這時書無疑是一種災害。此類書災，我尚未嘗過。買書少，在選擇上斤斤計較是難免的，那情形可能近乎手邊不甚寬裕的主婦去買件把衣料。（吳魯芹〈我和書〉）

刻薄

【刻薄】苛刻嚴峻。

【刻切】苛刻嚴峻。

【刻毒】刻薄，惡毒。

【苛薄】苛刻、不寬厚。

【苛刻】刻薄嚴厲。

【尖刻】刻薄，不厚道。

【忌刻】忌妒刻薄。

【澆薄】人情、風俗淡薄。

【冷酷】對人苛刻、毫無感情。

【冷峻】冷漠、嚴峻。

【冷峭】為人刻薄，言語尖酸。

【貧嘴惡舌】言語尖酸刻薄，令人厭惡。

【不留餘地】逼人太甚，不留

崇禎乃是典型的誤國亡國之君。可是他即位之初不是這樣的。當時魏忠賢濫權，朋黨營私，崇禎立即殺魏忠賢並全面罷黜他的黨羽，看起來很有一點中興氣象，崇禎也自己照鏡子，愈看愈得意，真的以為自己是蓋世無雙的明君。於是由自戀轉自大，由自大變成剛愎自用，刻薄寡恩。（南方朔〈崇禎併發症：自戀型領袖的誤國〉）

因此觸動自己的生平所見所聞，各處鴉兒的刻毒，真如一個師父傳授，總是一樣的手段，又是憤怒，又是傷心，不覺眼角裡，也自有點潮絲絲的起來了。（清．劉鶚《老殘遊記》）

所以在夢裡、在潛意識裡，一列危險的雲霄飛車啟程了。你冷酷

情面，沒有轉圜。

【找碴】挑毛病，故意找人麻煩。

【挑剔】在細節上過分嚴格，吹毛求疵。

【吹毛求疵】吹開皮上的毛，尋找小毛病。比喻刻意挑剔過失或缺點。語本《韓非子·大體》：「不吹毛而求小疵，不洗垢而察難知。」

【尖嘴薄舌】形容說話尖銳刻薄。

【尖酸】尖刻。

【咄咄逼人】指盛氣凌人，使人驚懼。

【嘴尖】說話尖酸刻薄。

2 正直

【正直】公正剛直。

【耿直】正直。

【端然】正直、不傾倚貌。

【骨鯁】正直；剛毅不屈。也作「骨骾」。鯁，ㄍㄥˇ。

【鐵面】喻人剛強正直。

【正大】公正，不存私心。

【公正】公平正直，沒有偏私。

【嚴正】莊嚴端正。

【剛正】堅強嚴正，剛直方正。

【侃直】剛毅正直。

【剛直】剛正直爽。

地坐在第一個位置上，你跟他的親人歡笑地一一坐進來，等他們坐定，你開始駕駛這長長的列車，往那不知底線的深淵，快速墜下。當他們恐懼的尖喊聲掩蓋你冷漠的獰笑，你知道，你已變得殘忍。（顏艾琳〈這些困境，存在著〉）

至於他逼迫起窮房客，那冷酷的手段恰可證明了財主的本色。只是，這個人不愛生氣，懼內出名，當著街坊們的面，他太太罵他也不敢還口。（姜德明〈無酒齋閒話〉）

祥子是鄉下人，口齒沒有城裏人那麼靈便；設若口齒伶俐是出於天才，他天生來的不願多說話，所以也不願學著城裏人的貧嘴惡舌。他的事他自己知道，不喜歡和別人討論。（老舍《駱駝祥子》）

可是，朱四喜並沒有因此而放鬆他對古蘭花的警戒之心。反而養成了挑剔她和顧客閒聊天的習慣。（張大春《四喜憂國》）

無情？他可不覺得自己無情，無情的是她。他的父親無情嗎？也不見得。在他母親口裡，他的父親是個顧家又正直的男人。自小像千金小姐一樣自尊甚高的母親，在他父親身畔，總是謙卑的，像仰望一座雕像。（吳淡如〈鋼琴師和她的情人〉）

前幾天也不知無形中經過幾度掙扎，才嘔出那幾口苦水，這在我雖則難受還是照舊，但多少總算是發洩。事後我私下覺著愧悔，因為我不該拿我一己苦悶的骨鯁，強讀者們陪著我吞咽。（徐志摩〈再剖〉）

他得到忠臣、能臣的推薦，卻也引起貪官汙吏的厭惡排擠，而他無論何時何地，都保持狷介的性格，從不順應時潮，也不向人低頭。

【方正】剛正不偏頗。

【耿介】剛正不阿、不流俗。

【方正不阿】為人正直，不逢迎諂媚。阿，ㄜ。

【狷介】清高耿直。

【雅正】文雅端正。

【磊落】胸懷坦蕩，心地光明。

【正義】公理、義理。

【仗義】依循義理行事。

【頂天立地】頭頂著天，腳立於地。形容人處事光明磊落，氣勢豪邁。

【嶔崎磊落】人品高潔，有骨氣。

【光明正大】胸懷坦白，言行正派。

【堂堂正正】光明正大。

【剛正不阿】剛強正直，不徇私逢迎。

【秉公無私】做事態度憑據公理而無私心。

【正直無私】公正而沒有私心。

【守正不阿】做人處事堅守正道，公正無私。

正派

【正派】品行端正。

【正經】正派，謹守規矩。

【正經八百】極為嚴肅認真。

【端正】歪斜、不邪曲。

【方正】嚴正不偏。

【正當】端正清白。

【規矩】行為端正老實。

【外圓內方】外表溫和好相處，內心方正有主見。

【耿耿】形容誠信守節。

有次內閣大學士葉向高向皇帝薦舉他，想請他擔任要職，北京官場都知道此事，有人告訴呂坤，應向葉致謝，結果他說：「宰相為國薦人，公也；若致謝，是以謝為求矣。」竟不應。可見他的操守。（周志文〈呻吟語〉）

「灰灰，你在做什麼？」媽以那隻裹著白紗布的手指點著他。「抽菸啊。」他挑挑眉，磊落極了。「你！天曉得，我怎麼養出這麼個小流氓！」媽衝進衛生間，坐到馬桶上哭去了。灰灰再不像曾經那樣一聽這哭就躲出去。他索性躺平，瀟灑地一下一下往明淨的地板上彈菸灰。（嚴歌苓〈家常篇〉）

當時的姐夫，確有一點塞萬提斯人物唐吉軻德式的浪漫，看了幾本騎士書就想出去做行俠仗義的騎士了，與唐吉軻德不同的是唐吉軻德真的劍及履及的出門蠻幹，看到風車也殺上前去，最後把自己弄得頭破血流還不覺悟，而姐夫卻在家裡胡思亂想了一陣，也就冷了。（周志文〈厚黑學〉）

市場上賣七里香的小販，以醬油刷子刷著你選的雞屁股，隨口問你：「你的屁股要不要塗辣椒？」你一定簡要回答「好」或「不好」，不會一本正經地糾正他：「雞屁股要塗辣椒，我的屁股不要塗辣椒。」語言簡潔表達即可，能夠傳達意思最為重要。（蕭蕭〈火星文與簡體字〉）

一本書至少要有一個故事鑲在裡頭，如果想要暢銷，那個故事最好是關於愛情。告訴人們什麼叫愛情、如何去愛、怎麼被愛，或是正經八百地定義什麼才叫真正的幸福、靠山會倒靠人會老幸福還是靠自

【一絲不苟】做事認真，一點也不馬虎。
【規矩不能方圓】比喻意志堅定，不可改變。
【丁是丁，卯是卯】形容做事一絲不苟，毫不通融。
【正軌】正當的途徑。
【正路】正當的途徑。
【正途】正道。
【正道】正確的道理。
【磊落軼蕩】形容心胸坦蕩，行為不受拘束。
【襟懷坦白】形容心地純潔，光明正大。
【清耿耿】清廉耿介的樣子。

誠實

【誠】真實。
【誠實】誠懇實在，不虛假。
【老實】誠實。
【信實】誠實、有信用。
【心口如一】心中所想的和口中所說的一樣。
【表裡如一】思想和言行一致。
【言行一致】說的和做的相符合。
【說一不二】說出口的話就算數，絕不改變。

己最好等。但我不確定這個故事什麼時候開始，如果你期待手中緊緊握著的，是一本愛情小說的話。（九把刀《等一個人咖啡》）

我關上PDA，自然要問她：「那你心目中的好男人是什麼樣子？」「外表不重要……」我鬆了一口氣，我認識的都是好學生，而會唸書的通常長得不像Mel Gibson，「但要175以上，有正當工作，不能太土，最好要有留學經驗。成熟，所以要三十二、三歲左右。自己住，不能到現在還是讓媽媽幫他洗衣服。喜歡旅行，不能每次約會都看電影。錢賺得比我多，這是為他著想，免得他跟我在一起時有自卑感。當然，忠誠是最基本的，我最討厭花心的男人……」（王文華〈好男人都死到哪去了？〉）

我不太記得是他先問了這個問題，或者是我先問了他。去淡水。一個人？嗯。女朋友？嗯。轉過臉去說，高中同學，以前時常一起去淡水。女孩微笑點了點頭，我不知道他是誠懇地想要說明什麼，或者意圖用過度的誠實掩蓋那彷彿曾有過什麼，但事實上什麼也沒有的一趟趟旅程。（羅毓嘉〈淡水線上落日〉）

誰知朱重是個老實人，又且蘭花齷齪醜陋，朱重也看不上眼，以此落花有意，流水無情。那蘭花見勾搭朱小官人不上，別尋主顧，就去勾搭那伙計邢權。邢權是望四之人，沒有老婆，一拍就上。兩個暗地偷情，不止一次，反怪朱小官人礙眼，思量尋事趕他出門。（明．馮夢龍《醒世恆言．賣油郎獨占花魁》）

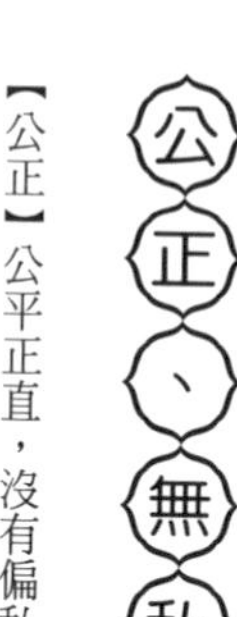

【公正】公平正直，沒有偏私。

【公道】公平。

【公平】不偏私。

【中立】處於對立的各方之間，不傾向任何一方。

【持平】公平不偏頗。

【平允】公平、恰當。

【公允】公平允當。

【中允】公正誠實。

【嚴明】嚴格公正而分明。

【中立】處於對立的各方之間，不傾向任何一方。

【天公地道】公平合理。

【一視同仁】平等對待大家，毫無歧視。

【不偏不倚】一點偏差也沒有。

【大公無私】秉公處理，絕無偏私。

【鐵面無私】公正嚴明不偏私。

【明鏡高懸】指官吏執法嚴明，判案公正，或辦事明察秋毫，公正無私。

【無私】公正、不徇私。

【忘我】原指超乎自我。後亦指因公而忘私。

【公而忘私】為了公事而忘記私人利益。

【大義滅親】為了維護公理正義，對犯罪的親屬不徇私情，使其接受應得的法律制裁。

【捨己為公】為公眾利益而犧牲自己。

【捨己為人】為他人而犧牲自己。

【中庸】待人處事不偏不倚，無過無不及。《論語．雍也》：「中庸之為德也，其至矣乎！」

【允執厥中】不偏不倚，無過與不及。

【恰如其分】剛好符合分寸。

看來差別永遠是要有的。看來就只好接受苦難——人類的全部劇碼需要它，存在的本身需要它。看來上帝又一次對了。於是就有一個最令人絕望的結論等在這裏：由誰去充任那些苦難的角色？又有誰去體現這世間的幸福，驕傲和快樂？只好聽憑偶然，是沒有道理好講的。就命運而言，休論公道。（史鐵生〈我與地壇〉）

那門後的五斗櫥櫃，一向收藏著家中重要東西，包括櫃頂的餅乾盒，小孩子不能動，吃時得由大人去開，而且絕對公平的每人分配幾塊。連糖果、花生米，都一顆顆配給清楚的，自己那份吃完就沒有了。幼時姐妹們的遊戲之一，比賽誰把零食吃得最慢最久，誰贏。進而發展出原始的交易行為，幾顆糖幾塊餅乾換取對方替自己洗一次碗之類。父親剖切西瓜，以及用棉線將滷蛋（避免蛋黃沾刀）勒割成均勻的片瓣，其技術完全可比陳平分肉，公平無爭。（朱天文《花憶前身．獄中之書》）

持平而論，袁枚寫的魚翅，乃今日粵人煮翅之法，以翅針碩長為貴；而梁章鉅所著墨的，乃當下江浙菜燒翅之法，此二者均有妙品，本不可一概而論。（朱振藩〈為食家們繼絕學〉）

千百代的人們，對蜜蜂的讚美常常集中在它能釀造蜜糖這件事上面；我想，這是不大公允的。我們讚美它的蜜，也得讚美它的刺。（秦牧〈花蜜和蜂刺〉）

無奈這些鬼判都不肯徇私，反叱吒秦鐘道：「虧你還是讀過書的人！豈不知俗語說的：『閻王叫你三更死，誰敢留人到五更？』我們陰間上下都是鐵面無私的，不比陽間瞻情顧意，有許多的關礙處。」（清．曹雪芹《紅樓夢》）

做事、說話十分恰當。

【天公地道】非常公平合理。

【客觀】觀察事物的本來面目而不加上個人意見。

忠誠

【忠】盡心誠意。

【忠誠】忠心、誠摯。

【忠心】忠誠的心。

【忠實】忠厚篤實。

【忠厚】忠實敦厚。

【忠直】忠實正直。

【忠勇】忠誠、勇敢。

【忠貞】忠誠並謹守正道。

【忠義】做人做事盡心盡力，符合義理。

【篤】忠厚、誠實。

【篤厚】忠實厚道。

【赤膽忠心】形容極為忠誠。

【披肝瀝膽】坦誠相待，忠貞不二。

【忠心耿耿】極為忠誠。

【效忠】忠心不二，全心效力。

【盡忠】竭盡忠誠。

【竭誠】竭盡忠誠，十分誠懇。

【忠烈】為國盡忠而犧牲生命的人。

我落戶到馬橋時，趕上了當地「表忠心」的熱潮。向領袖表忠心，每天不可少的活動就是晚上到傅查的堂屋裡去。只有他家的堂屋大一些，容得下全生產隊的勞動力。一盞昏昏的滿天紅掛得太高，燈下的人還是模模糊糊的黑影子，看不清楚。撞了一個人，不知是男是女。（韓少功《馬橋詞典・滿天紅》）

生活中有許多親切珍惜的事物，會逐漸隨著時間消失淘汰；戀舊的人想要挽留，往往無異於螳臂擋火車——幸好火車這樣事物不僅沒有被淘汰，而且因為速度的不斷提昇和節省能源低汙染的優點，竟然仍是大有可為的交通工具，令我這名火車的忠實粉絲非常欣慰。（李黎〈魔毯、月台票與便當〉）

話說曹操舉劍欲殺張遼，玄德攀住臂膊，雲長跪於面前。玄德曰：「此等赤心之人，正當留用。」雲長曰：「關某素知文遠忠義之士，願以性命保之。」操擲劍笑曰：「我亦知文遠忠義，故戲之耳。」乃親釋其縛，解衣衣之，延之上坐，遼感其意，遂降。（明・羅貫中《三國演義》）

3 偏私

不公

【不公】不公平、不公道。

【不平】不公平。

【偏私】偏袒徇私。

【偏頗】偏向於一方，有失公正。

【偏心】對某一方存有私心。

【偏激】主張或行為過於極端。

【偏見】不公平、偏頗而固執的見解。

【厚此薄彼】優厚某一方而冷落另一方。指對人或事沒有一視同仁，有所偏頗。

【一頭兒沉】一邊較高，一邊較低。比喻偏袒某一方，有失公正。

自私

【自私】只重視個人的利益，而不顧及他人。

【徇私】因私情而不能秉公處理事物。

【開後門】不按規定辦事，方便或圖利他人。

【自私自利】只圖自己的私利，而不顧及其他。

我跟她說我沒看，她說她不信，但這事我確實有些理虧，我其實看到寄信者的名字，我不敢告訴她，不過我也覺得不平，我並沒看信的內容。她罵了我一頓之後，又跟自己發脾氣，對著我立誓說心中不再會有我這個人，而且說只要是這人寄來的信，她再也不會看。（周志文〈紛擾〉）

那時候我家有十幾口人，每逢開飯，我就要哭一場。我叔叔的大女兒比我大幾個月，當時都有四五歲光景，每頓飯奶奶就分給我和這姐姐每人一片霉爛的薯乾，而我總認為奶奶偏心，把大一點的薯乾搶過來，把自己那片扔過去，搶過來又覺得原先分給我的那片大，於是再搶回來。（莫言〈覓食〉）

打破我執的偏見來認識精神的統一；打破國界的偏見來認識人道的統一。這是羅蘭與他同理想者的教訓。解脫怨毒的束縛來實現思想的自由；反抗時代的壓迫來恢復性靈的尊嚴。這是羅蘭與他同理想者的教訓。（徐志摩〈羅曼羅蘭〉）

「GY，我講個故事給你聽。很久以前，世界上就有了人，他們自稱是萬物之靈。後來人造了像你這樣的機器人來服侍人類，但人太狂妄自私，終於毀滅了自己的族類。他們遺留下來的機器人反而繁殖眾多，繼承了整個世界，這就是你們。我們人類卻變成了你們的玩物，你明白嗎？你不是人，我才是人。」（張系國〈玩偶之家〉）

瀟湘子、尹克西等瞧瞧楊過，又瞧瞧公孫谷主，心想這二人均非

【損人利己】使別人蒙受損失，讓自己獲利。

【假公濟私】假借公家的名義，謀取個人私利。

【以權謀私】利用權勢謀取私利。

【患得患失】在尚未得到以前怕得不到，得到之後又怕失去，比喻得失心很重。

【挑肥揀瘦】比喻為了個人利益，反覆挑選對自己有利的。

【以鄰為壑】戰國時白圭築堤治水，將本國氾濫的洪水排入鄰國，把鄰國當作洩洪的水泊。意指損人利己。

【隔岸觀火】在河水對岸觀看火災。比喻事不干己，袖手旁觀。

袒護

【袒護】偏袒庇護。

【曲庇】袒護。

【偏護】私心袒護某一方。

【偏向】偏袒某一方。

【偏倚】偏袒、靠向。

【回護】包庇、袒護。亦作「迴護」。

【偏袒】私心庇護某一方。

【左袒】古代喪禮中脫下左袖，露出左臂。後指幫助、偏護某一方。

【庇護】保護、袒護。

【庇蔭】保護。

【拉偏架】雙方發生衝突時，偏袒一方。

【厚此薄彼】優厚一方冷落另一方，有所偏頗。

【揀佛燒香】因佛大小燒不同香。待人有厚薄之分。

【包庇】包容袒護不正當的行為。

【偏阿】偏袒徇私。

易與之輩，且看這場龍爭虎鬥誰勝誰敗，心下均存了幸災樂禍的隔岸觀火之意。只有馬光佐一意助著楊過，大聲呼喝：「楊兄弟，好功夫！矮鬍子輸了！」（金庸《神鵰俠侶》）

二狗愛錢。他不但不願講價還價，連錢字都不願意提。「你好好的幫著我！只要我作了會長，還能沒有你的事嗎？」他不能掏自己的腰包，而只能假公濟私的給田麻子一個位置。田麻子到了該吸煙的時候。他恨不能當時把二狗殺了，可是精神已經來不及。他伸了手，「我先弄口煙吃！」二狗只給了他五塊錢。他癮得難過，連再央告一句都懶得張口。接過錢，他急忙往煙館跑。（老舍《火葬》）

當下拿凶手問過兩堂，定了一個監禁五年罪名。據領事說：照他本國律例，打死一個人，從來沒有監禁到五個年頭的，這是格外加重。撫台及單道台都沒有話說。單道台還極力恭維領事，說他能顧大局，並不袒護自己百姓，好叫領事聽了喜歡。（清．李寶嘉《官場現形記》）

洪老頭對那些輕巧話很反感，他偏袒小馬，因為他見到馬而立在修圍牆時馬不停蹄，衣衫濕透，那不是每個人都能做到的。（陸文夫〈圍牆〉）

我覺得有一種自己確實犯了罪，卻被一屋子善良正直之人庇護，體內骨骼咔咔作響的陰暗幸福感。（駱以軍《遺悲懷．後記》）

行者笑道：「師父也忒護短，忒偏心！罷了，像老孫拿去時，你略不掛念，左右是捨命之材；這獸子才自遭擒，你就怪我。也教他受些苦惱，方見取經之難。」（明．吳承恩《西遊記》）

【護短】不顧是非，一味袒護自己人。

【文飾】掩飾。

【掩護】包庇。

奸猾

【奸】陰險狡猾。

【奸詐】虛偽狡詐。

【狡詐】狡猾奸詐。

【狡猾】詭變多詐。

【狡獪】詭變多詐。

【狡黠】狡猾多詐。

【奸頑】奸詐、不老實。

【滑頭】狡猾、不老實。

【詭譎】狡詐；狡黠。

【憸邪】形仍人奸詐邪惡。憸，丅一ㄢ。

【姦邪】奸詐邪惡。

【刁滑】奸詐狡猾。

【刁悍】狡猾強悍。

【刁頑】狡詐頑劣。

【刁鑽】奸詐狡猾。

【詭詐】狡猾奸詐。

【權詐】權變狡詐。

【別有用心】言論或行動另有企圖或目的。

【心懷叵測】心存狡詐，難以預料、捉摸。

【包藏禍心】懷藏著詭計，意圖謀害別人。

【老奸巨猾】經歷且熟知世情，極奸詐狡猾的人。

【詭計多端】有各式各樣狡詐的壞主意。

【狡兔三窟】狡猾的兔子有三處藏身的洞穴。比喻有多處藏身的地方，或有多種避禍的準備。

那王砉夫妻兩口兒單單養得王慶一個，十分愛恤，自來護短，憑他慣了，到得長大，如何拘管得下。（元末明初．施耐庵《水滸傳》）

石視廚下一老狐，孔前股而繫之。笑曰：「弟子之來，為此老魅。」赤城詰之，曰：「是吾岳也。」因以實告。道士謂其狡詐，不肯輕釋。固請，乃許之。石因備述其詐，狐聞之，塞身入灶，似有慚狀。道士笑曰：「彼羞惡之心，未盡亡也。」（清．蒲松齡《聊齋誌異．長亭》）

每當我從他半開的房門口走過就常常看到他虎視眈眈地俯視施老頭子的豬舍，好似那兒躲藏著陰險狡黠的敵人，非時時予以嚴密監視不可的樣子。（葉石濤〈葫蘆巷春夢〉）

好多年來，我已經習於和五個女人為伍，浴室裡彌漫著香皂和香水氣味，沙發上散置皮包和髮捲，餐桌上沒有人和我爭酒，都是天經地義的事。戲稱吾廬為「女生宿舍」，也已經很久了。做了「女生宿舍」的舍監，自然不歡迎陌生的男客，尤其是別有用心的一類。（余光中〈我的四個假想敵〉）

有朋友最近寫了本書，說《三國演義》和《水滸傳》壞人心術，流傳又廣，是中國民族性墮落的源泉，造成了中國人的醜陋。看了《三國演義》，學的是曹操的奸詐、劉備的陰險、孫權的機謀、周瑜的心懷鬼胎、諸葛亮的詭計多端、司馬懿的譎險多疑，最後是釀出一肚子壞水，包藏禍心，機詐權謀，陰謀詭計，使得中國的政局詭譎多變，左手翻雲右手雨，翻天覆地視等閒。（鄭培凱〈三國人物歇後語〉）

4 真誠

【真誠】真實誠懇。
【真情】真實的感情。
【真摯】真實而誠懇。
【真心】真誠的心意。
【拳拳】真摯誠懇。司馬遷〈報任少卿書〉：「拳拳之忠，終不能自列。」
【惓惓】形容態度真摯誠懇。惓，ㄑㄩㄢˊ。
【赤誠】忠貞誠摯的心。
【赤忱】非常真心誠懇。
【純真】純潔而真誠。
【誠心】真誠，懇切。
【忱悃】真心誠意。
【衷心】出自內心的、真誠的。
【由衷】出於本心，真心誠意。亦作「由中」。
【實心】真心、誠實。
【實心眼】心地誠實，不虛偽作假。
【實心實意】真誠懇摯的心意。
【真誠相見】以真實誠懇之心與人相處。
【開心見誠】以真誠相待。
【開誠布公】誠意待人，坦白無私。語本《三國志．蜀書．諸葛亮傳》：「諸葛亮之為相國也，撫百姓，示儀軌，約官職，從權制，開誠心，布公道。」
【推襟送抱】坦誠相待，傾吐真心。
【推心置腹】真心誠意待人。語本《後漢書．光武帝紀上》：「蕭王推赤心置人腹中，安得不投死乎！」
【吐膽傾心】講出真心話，即真誠相待。
【性情中人】情感真實的人。

你們問我如何保持純真，我說只要像照顧身體一樣照顧你們的心靈就夠了，你們搖搖頭不相信。我再說，那就邀請一個心靈的守護神吧！宗教的、文學的、藝術的神祇，在我們的頭上飛翔，邀請一個吧！天上的人並不比地下的人少呢！（周芬伶〈小大一〉）

你像一個去國多年的人一樣，由衷的喟歎著，奇怪想不起那一家接一家的婚紗攝影禮服公司原來是些什麼地方，卻見聖多福教堂老樣子的在那裡，鐵欄杆圍牆上掛著同樣匠氣的外銷油畫，老樣子的透過路樹的冬天光影仍把油畫染得變成風景不可少的一角，那曾是你們幻想走天涯的一部分，在路邊賣畫或演奏擅長的樂器。（朱天心〈古都〉）

我覺得，自己還是個很實心的人，文法填充每一條都好好寫，小說裡的單字也是查得完全瞭解才去教室。這樣認真的念書，雖然什麼目的也沒有，還是當它一回事似的在做，做得像真的一樣，比較好玩。（三毛〈如果教室像遊樂場〉）

啊啊，我自回中國以來，遇見的都是些卑污貪暴的野心狼子，我萬萬想不到在澆薄的杭州城外，有這樣的一個真誠的婦人的。婦人呀婦人，你的坍敗的屋椽，你的凋零的店舖，大約就是你的真誠的結果，社會對你的報酬！啊啊，我真恨我沒有黃金十萬，為你建造一家華麗的酒樓。（郁達夫〈還鄉後記〉）

白素點頭：「是，家父在苗疆，變成了苗人尊重的陽光土司。」她在這樣說了之後，又把白老大對那一段生活，絕口不提，以致自己連生身之母是甚麼人，也未能確定，種種情由，向木蘭花說了。作為一個初次見面的朋友，白素這樣做，很推心置腹，所以她和木蘭花之間的距離，也自然而然，因此拉近了很多。（倪匡《繼續探險》）

【誠摯】真摯誠懇。
【誠篤】誠懇忠厚。
【誠懇】真實、懇切。
【熱誠】熱心誠懇。
【深摯】深厚而真誠。
【至誠】極為忠誠。
【誠心】真誠懇切的心。
【誠意】心意真摯懇切。
【虔誠】恭敬、誠懇。
【虔敬】虔誠恭敬。
【精誠】極為真摯、懇切。
【赤心】忠心、誠心。
【丹心】赤誠的心。亦作「丹忱」。
【悃】ㄎㄨㄣˇ，真誠。
【悃誠】誠懇。
【剖腹】滿懷誠意。
【竭誠】十分誠懇。
【推誠】非常真誠。
【託心】以真誠相待。
【傾心】盡心、誠心。

【肝膽相照】非常忠貞誠摯的相處。
【披肝瀝膽】比喻坦誠相待，忠貞不二。
【抱誠守真】信守真誠。
【心貫白日】真心誠意可與光明的太陽相比擬。
【輸實】十分誠懇實在。
【懇切】誠懇、真摯。
【懇摯】誠懇真摯。
【一片至誠】滿心的真摯與誠懇。
【熱切】迫切、懇切。
【殷切】熱切、急切。
【殷殷】懇切的樣子。
【殷勤】懇切、周到。亦作「慇懃」。
【諄諄】❶叮嚀告諭，教誨不倦的樣子。❷反覆多言的樣子。
【語重心長】言辭真誠懇切，情意深長。

和你認識以後，時常想到你特殊文雅的氣質，美好的教養，和誠摯的風度，我覺得你無疑是今天最令人欣羨的青年詩人之一，而我半年來讀你的作品，完全了解你正缺少徜徉田野穿逡山林的記憶，沒有多少和大自然交接溝通的經驗。（楊牧《一首詩的完成・生存環境》）

初中一年級暑假，無意中看到大哥帶回來的一本小刊物，叫做《新生之藝》，雖然只有薄薄的三、四十頁，卻感覺多采多姿，彷如發現了至為豐富的廣闊天地而被深深吸引。以此為開端，展開文學世界的探尋，狂熱地閱讀文學雜誌、文學書籍，沉迷於文學的魅力，培養了對文字的敏感。文學竟而成為我一生虔誠不渝的信仰。（吳晟〈給書住的房子〉）

但是那種契合之感是如此的真實，真實過我們從大學到現在的無數次玩樂、冶遊、和幾次差點可以發展成同性戀關係的同床共眠剖腹交談。（朱天心〈我的朋友阿里薩〉）

在那個貧瘠、樸實而善感的年代，人與人之間的交往經常浮蕩著濃濃的關愛和深深的懇摯。（董橋〈榆下景〉）

公司的人大多跟弟弟熟，曾經也都喜歡他，因為這一兩年來差不多每隔一陣子他都會出現。每次一進公司總習慣帶一些點心、小吃過來，然後熱切地招呼大家吃喝，把辦公室的氣氛搞得像夜市一般。尤其是他總有辦法把他經歷過的人生大小事當成笑話講，即便是最窩囊不堪的事。（吳念真〈遺書〉）

怯憐憐的小雪球是探春信的小使。鈴蘭與香草是歡喜的初聲。窈窕的蓮馨，玲瓏的石水仙，愛熱鬧的克羅克斯，耐辛苦的蒲公英與雛菊——這時候春光已是漫爛在人間，更不須殷勤問訊。（徐志摩〈我所知道的康橋〉）

好意

【好意】好心。
【好心】善心、善意。
【好心腸】良善的心。
【善意】好意。
【善心】善良的心。
【美意】好意。
【盛意】濃厚的情意。
【好心好意】心意良善。

當我告訴鄰居們房子已經賣掉了的時候，幾乎每一家左鄰右舍甚至鎮上的朋友都楞了一下。幾家鎮上的商店曾經好意提供他們的櫥窗叫我去放置售屋的牌子，這件事還沒來得及辦，牌子倒有三家人自己替我用油漆整整齊齊的以美術字做了出來——都用不上，就已賣了。（三毛〈隨風而去〉）

雖然有一段時間未見了，他還認得我，臉上展露笑容。因為他有語言障礙，所以未能交談甚麼，只是用他過去看到我的習慣，頻頻伸出大拇指。「為什麼比大拇指？」一旁的太太問。「老主顧嘛。」我回答。應該還有一點人與人之間的善意，我想。（陳雨航〈旅行中與熟人不期而遇〉）

5 作假

虛假

【虛偽】虛假不真實。
【假惺惺】虛情假意。
【偽裝】為隱藏真實情況，而有所隱蔽、假裝。
【偽善】假裝善良。
【作假】❶造假。❷不真，故作客套。
【矯飾】偽裝造作，以掩飾真相。
【假裝】故意作出違反實情的態度或模樣，以隱瞞真相。
【佯】ㄧㄤˊ，假裝、偽裝。
【佯裝】假裝。
【鄉愿】外表誠懇忠厚，討人喜歡，實際上卻是不明事理的偽善者。
【偽君子】表面像是好人，其實是欺世盜名。

選擇一張蕃茄的郵票／偽裝渾圓／熟透的心情／曾經有一年夏天／我澀澀的青（夏宇〈寫信〉）

還是你會笑我，會生氣，還是沉默不語，背過頭去？如果我不再對你隱藏或矯飾，我會褻瀆你嗎？（邱妙津《蒙馬特遺書》）

像這一類的光榮，如果發生在別人身上，她並不覺得有什麼大不了，但是因為是金根，她就覺得非常興奮，認為是最值得驕傲的事。她向金根看了看。金根很謙虛，假裝沒聽見，彷彿這談話現在變得枯燥乏味起來，他已經失去了興趣。（張愛玲《秧歌》）

不只我一個人望著海，有時候是一大群人。那簇擁的樣子、那焦慮卻佯裝無事的樣子、那虔誠如舉香頂禮的樣子，讓我們簇擁的模樣越來越小，而海，以及未知的命運卻越來越大。有船艦從洞穴釋放出來了，越來越大，如果是貨輪，村人難掩失望；若是軍艦，村人說，

【假面具】偽裝的外表。

【貓哭耗子】假慈悲。為歇後語。

【言不由衷】言詞與心意相違背。

【口是心非】嘴上說的和心裡想的不一致。

【心口不一】心裡想和嘴裡說的不同。為人虛偽。

【貌是情非】表裡不一，心裡想的與做的完全不同。

【賣狗懸羊】比喻表裡不一，欺騙矇混。

【陽奉陰違】表面上假裝遵守奉行，實際上卻違反不照辦。

【虛與委蛇】假裝情意懇切，實際上只是敷衍應付。蛇，ㄧˊ。

【釣名沽譽】故作虛偽奇行以獵取名譽。

【鱷魚眼淚】由英文的 crocodile tears 直接翻譯過來。傳說鱷魚會發出呻吟和嘆息聲，使路過的人的產生好奇心而靠近，鱷魚就利用這種方法來捕殺獵物。指假慈悲的意思。

【披著羊皮的狼】伊索寓言的故事。一匹狼披著羊皮，混入羊群中偷羊。比喻偽善者。

做作

【做作】作態、造作。

【造作】故意做出的虛偽舉動。

【作態】故作某種姿態。

【作勢】裝模作樣。

【裝腔作態】故意裝出某種腔調或姿態。

【拿喬】擺架子，故意刁難。亦作「拿款」、「拿架子」、「拿翹」。

【扭捏】走路時身體左右搖晃，

是啦，就是那艘船，他們要回來了。村人各自回家，時刻留意門外動靜。（吳鈞堯〈斷線〉）

他的老婆，佯裝不在意地，其實正放下鍋鏟很注意地在聽。自從跟我在一起，多少有些歉疚的緣故，他對自己老婆更細聲細氣了？（平路〈微雨魂魄〉）

自然，一個勁兒顧別人也不一定好。仗義忘身，急人之急，確是英雄好漢，但是難得見。常見的不是敷衍妥協的鄉愿，就是卑屈甚至諂媚的可憐蟲，這些人只是將自己丟進了垃圾堆裡！（朱自清〈論別人〉）

這倒並不是說勒格朗丹怒斥別人附庸風雅是言不由衷。他無法知道自己也是那種人，至少靠他自己無法辦到，因為我們向來只知道別人熱衷於什麼，至於自己醉心之所在，我們略知的一二也都是從別人那裡聽說的。七情六慾只通過間接方式、只通過想象影響我們，而想象早已用體面得多的中間動機替換掉了原始動機。（普魯斯特《追憶似水年華》）

Mimosa 究竟好不好喝並不重要，重要的是我要強調自己在改變。但是我們之間的牽引一直不容我的掙逃，母親默默地跟著我模仿這些沒太大道理的新習慣。直到有一天，自己都覺得 brunch 文化這整件事之造作，我才體會到父母在面對子女叛逆時，願意忍下任何事。（郭強生〈周日的雞尾酒〉）

揚州人有「揚虛子」的名字；這個「虛子」有兩種意思，一是大驚小怪，一是以少報多，總而言之，不離乎虛張聲勢的毛病。（朱自

故作姿態的樣子。

【裝蒜】故弄虛假，假裝糊塗。

【佯狂】假裝瘋狂。

【擺樣子】故意作出好看的外表給別人看。

【虛張聲勢】故意誇大聲威氣勢，以威嚇他人。

【裝瘋賣傻】故意假裝成痴呆瘋癲的樣子。

【裝聾作啞】故意不聞不問，假裝不知道。

【裝模作樣】故意作出某種虛假、不自然的樣子。

【矯揉造作】裝腔作勢，故意做作。

【裝腔作勢】故意裝出某種腔調或姿勢。亦作「拿腔作勢」。

【煞有介事】裝得好像真有這麼一回事似的。

清〈說揚州〉）

緊接著，一個聲樂的、卡式錄音帶的八〇年代到來了。日本的器材，鄧麗君和帕華洛帝，亞洲流行樂壇和歐洲歌劇的雙峰，這兩位天才的歌唱家，把人聲的意義從聲嘶力竭和裝腔作勢中解放出來，他們使許多嗓音黯然失色，也使更多次要的聲音學會了如實地表達自己。（孫甘露〈音樂〉）

祖父還有一個姨太太。這個女人雖然常常濃妝艷抹，一身香氣，可是並沒有一點愛嬌。她講起話來，總是尖聲尖氣，扭扭捏捏。她是在祖母去世以後買來服侍祖父的。祖父好像很喜歡她，同她在一起過了將近十年。她還生過一個六叔，但是六叔祇活到五歲就生病死了。他想起祖父具著賞玩書畫的心情同這個姨太太在一起生活的事，不覺啞然失笑了。（巴金《家》）

耍手段

【耍手段】施展狡詐的手段。

【耍手腕】玩弄手段。

【耍花招】比喻施展詭譎的手段。

【詭計】狡詐的計謀。

【花招】比喻狡猾的手段、計策。

【花樣】手段、詭計。

【弄鬼】耍滑頭、使詭計。

【搞鬼】暗中使用計謀。

【鬼花樣】陰險狡詐的詭計。

【耍花樣】施展詭詐的手段。

【技倆】不正當的手段、花招。

【瞞神弄鬼】背著人在暗地裡耍花招。

黃忠力戰二將，各鬥十餘合。黃忠敗走。二將趕二十餘里，奪了黃忠營寨。忠又草創一營。次日，夏侯尚、韓浩趕來，忠又出陣，戰數合，又敗走。二將又趕二十餘里，奪了黃忠營寨，喚張郃守後寨。郃來前寨諫曰：「黃忠連退二日，於中必有詭計。」夏侯尚叱張郃曰：「你如此膽怯，可知屢次戰敗！今再休多言，看吾二人建功！」張郃羞赧而退。（明・羅貫中《三國演義》）

這樣人物對比書中其他各式各樣官場人物、讀書士子、皂囉衙吏，但凡有機會可以上下其手、瞞天過海、暗渡陳倉者，無不想盡辦法扮神弄鬼、塗抹裝飾，藉以中飽私囊、大賺一筆。一個賤民階級能做到有所不為，就很能對比那些無所不為、斯文掃地的狼狽了。（張輝誠

【邪門歪道】不正當的行徑或事情。

【鬼把戲】陰險或暗中捉弄人的詭計。

〈冷眼與熱中——儒林與《儒林外史》〉）

胡扯

【胡說】毫無根據地亂說。

【胡扯】沒有根據或沒有道理地亂說。

【胡謅】隨意亂說或瞎編。

【鬼扯】亂說話。

【鬼扯蛋】胡說、瞎扯。亦作「鬼扯淡」。

【騙鬼】比喻說瞎話、胡說八道。

【打屁】聊天、扯淡。

【扯淡】胡扯、瞎說。

【妄說】隨便亂說。

【妄語】說虛妄不實的話。

【瞎扯】毫無根據或沒主題的隨便亂說。

【瞎掰】亂扯，隨便說。

【咬舌根】信口胡說，搬弄是非。

【鼓脣搖舌】鼓動嘴脣與舌頭。以言語搬弄是非。

【胡言亂語】沒有根據、沒有條理地隨便亂說話。

【胡說八道】沒有根據地亂說。

【信口雌黃】不顧事情真相，隨意亂說。

【信口開河】不加思索，隨意亂說。

【一派胡言】完全胡說八道。

【鬼話連篇】形容滿嘴胡言亂語。

【睜眼說瞎話】比喻胡說八道，信口開河。

如果林天福那一篇揭發材料完全是胡謅出來的鬼話，為什麼他提出來的正反兩面的說法，都恰好提到生吃羅某人心肝這麼一件難以捏造的事實呢？（劉大任〈杜鵑啼血〉）

每個人都有把妹的經驗，尤其這些混黑社會的男人們更是個個自比情聖，而每個人都與小芬有過好幾次剪髮的聊天經驗，絕對不是完全不熟悉狀況的鬼扯，於是討論非常熱烈，搞得泰哥更加的尷尬。（九把刀《精準的失控》）

他淡淡笑著告訴我，他之所以後來沒去義大利餐廳當大廚，而跑來這家廣告公司做什麼創意企劃什麼製片，全因他有先天性的脊椎側彎——畢竟烹飪是一件需要持續站好幾小時的工作。我打屁說那也好啊，讓那傳說中的三道湯保留它們的貴族神祕，不要被放在菜單上好像開個價就能喫到。他若有所思地看我一眼，像是確定我這話是由衷還是亂哈拉。（駱以軍〈大麻〉）

說他所言是醉話，還算客氣，說難聽一點，叫著睜眼說瞎話，如果指人說瞎話，除了指他是胡扯之外，還有一些居心不良的意味。說醉話還算天真，說瞎話就有點昧著天良，有點害人的味道啦。（周志文〈醉與醒〉）

6 圓滑

【渾圓】圓融周到，不露稜角、痕跡。

【圓融】圓滿融通。

【圓滑】做事或言談面面俱到，不得罪人。

【油滑】圓滑、世故。

【乖滑】機靈圓滑。

【世故】熟習世俗人情，待人處事圓融周到，不得罪人。

【油條】歷練豐富、做事圓滑而老於世故的人。

【滑頭】處世圓滑、不老實的人。

【油嘴】狡猾善辯的口才。

【兩面光】做人處事老練成熟，兩方面討好。

【刀切豆腐】兩面光。處世圓滑，兩面討好。

【騎牆】對兩方面都討好，立場不明，態度模稜兩可。

【八面鋒】形容人說話措詞圓滑，各方面都有道理。

【面面俱到】各方面都照顧到。

【八面玲瓏】形容人處世圓滑，面面俱到。

【油腔滑調】寫文章或言語態度浮滑、不務實。

【順風轉舵】隨著情勢的發展，隨時轉變態度。

【看風使舵】做人做事隨機應變，以適應時勢。可比喻看別人的臉色行事。

【左右逢源】左右兩邊都能取到水源。原指學問有成，則可得心應手，取之不竭。後指辦事得心應手，處世圓滑。

油滑精悍的福星伯的面龐近來很沒精彩；大腹便便，肥胖的體軀也像表徵他的事業之衰頹、消瘦得很。十幾年前的軒昂的意氣，已不知道跑到那裏去，很為悄然。就是有底力的音聲，說話的時侯，炯炯的眼光注視對手的臉，左手挾在右腋下，右指撚著口髭：「就是這樣罵？哦！哈哈哈……」的那響亮豪快的笑聲也不能聽見了。（王詩琅〈沒落〉）

吃一頓好吃的是一種療癒。出國旅行是一種療癒。看韓劇是一種療癒。看日劇也是一種療癒。洗溫泉浴是一種療癒。做spa是一種療癒。Shopping是一種療癒。芳香療法是一種療癒。一壺花草茶、一杯咖啡又何嘗不是一種療癒——有時為了一件推不掉的小事，或一場明知十分冗長無味的會議，還得先世故地到星巴克裡買一杯外帶咖啡隨身帶著去。（林文珮〈你就是醫我的藥〉）

二十三歲那一年，我踏出校門，跌跌撞撞幾回，就全然明白都市人的內外一切，我慶幸自己承續了祖父那種老於世故而不輕易扯破顏面的性格，祖父說過，看穿都市人很容易。（阿盛〈契父上帝爺〉）

CEO像霸王，政治人像小弟：CEO在萬人之上，一聲令下事情搞定，不聽話的立刻fire。民選首長沒這麼好命。他們要與議會、反對黨、媒體、選民周旋，動輒得咎。所以成功的政治人物，得像小弟一樣八面玲瓏。習慣了被人伺候的CEO，很難放下身段去協調溝通。（王文華〈「CEO治國」神話破滅？〉）

那天下午，黃理查風度翩翩，禮服下是精雅的銀白絲質背心，打著斜紋領帶，下身穿了花條紋的長褲，他周旋在華洋賓客之間，一下

【練達】幹練通達，熟悉人情世故。

【長袖善舞】衣袖長，有助於跳舞時的搖曳生姿。後比喻人行事的手腕高明，善於經營人際關係。

【知趣】識相、不惹人厭。

【識相】會看風色行事。

【看風向】看風的來向。比喻做人做事圓滑且會相機行事。

隨群

【隨群】跟隨群眾的觀點。

【隨風倒】沒有主見，容易受外在影響而左右意見。

【從俗】按照原來的習俗行事。

【隨俗】順應世俗行事。

【隨波逐流】順著水流而行。比喻人沒有主見，只依從環境、潮流而行動。

【隨俗浮沉】自己沒有主見，順從世俗的觀點。

【與世浮沉】形容沒有主見，隨世俗的眼光或潮流而行動。

【隨鄉入鄉】適應環境，隨遇而安。

【隨聲附和】自己沒有主見，只迎合他人的意見。

【人云亦云】別人說什麼，自己就跟著說什麼。形容沒有自己的見解，只會盲從。

彎下身殷殷垂問盲眼的孤兒，似乎頗具矜恤孤寡的同情心，他也向修女脫帽致意，禮儀周全，對其他客人更是招呼周到，充分表現他長袖善舞的社交才能。（施叔青〈寂寞雲園〉）

杜預為人，老成練達，好學不倦，最喜讀左丘明《春秋傳》，坐臥常自攜，每出入必使人持《左傳》於馬前，時人謂之「左傳癖」。（明．羅貫中《三國演義》）

一路走來，你維持著別人眼裡的，品學兼優，只有我知，你根本，隨波逐流。繼續是那個彆扭鬼，旁人難以親近。懂你的才看得見，一個孩子，天真固執，不似我懂得了壓抑，本性。年輕時，你總質疑，為何要妥協？終於，十年的旅程結束，你回來了，無奈地學習起隱藏，不再與我爭執。（郭強生〈有伴〉）

他乘著金大悲等人不注意時溜開了，走向另一堆人。這群詩人以趙樣超為首，果然也在討論如何抵制金大悲等人。趙樣超大罵金大悲不學無術，居然敢編甚麼詩選，其餘眾人也隨聲附和。（張系國〈翦夢奇緣〉）

美，不是遵奉與模仿。美，毋寧更是一種叛逆，叛逆俗世的規則，叛逆一成不變的規律，叛逆知識的僵化呆滯，叛逆人云亦云的盲目附和，叛逆知識與理性，叛逆自己習以為常的重複與原地踏步。（蔣勳〈大癡——黃公望〉）

【奉承】諂媚討好他人。

【逢迎】在言語行動上奉承討好別人。

【諂媚】以言語或行為奉承取悅他人。

【阿諛】阿附諂諛。

【迎阿】逢迎阿諛。

【諂諛】諂媚阿諛。

【巴結】奉承、討好。

【獻媚】為了討好別人而露出諛媚姿態。

【攀附】巴結、投靠有權勢的人往上爬。

【趨奉】迎合、奉承。

【趨附】趨承有權勢的人。

【迎合】逢迎，揣測人意而投其所好。

【阿附】巴結奉承。

【恭維】奉承、阿諛。

【拍馬屁】諂媚阿諛，討好他人。

【戴高帽】用好聽的話奉承人。

【灌迷湯】恭維、奉承他人，使人心神迷醉。

【抱粗腿】喜歡拍馬屁，攀附權貴。

【搖尾乞憐】本指狗搖尾巴以討主人歡心，後用來形容人有所請求，卑躬屈膝討好對方。

【打勤獻趣】阿諛奉承。

【夤緣攀附】攀附權貴，拉攏關係。

【攀龍附鳳】趨附權貴，以謀取個人名利。

【諂諛取容】阿諛獻媚以討好別人。

【屈意奉承】低聲下氣，委屈自己以討好別人。

【卑躬屈膝】低身下跪奉承他人。形容對人諂媚阿諛。

自此以後，果然有許多人來奉承他：有送田產的；有人送店房的；還有那些破落戶，兩口子來投身為僕，圖蔭庇的。到兩三個月，范進家奴僕、丫鬟都有了，錢、米是不消說了。張鄉紳家又來催著搬家。搬到新房子裏，唱戲、擺酒、請客，一連三日。（清・吳敬梓《儒林外史》）

新入星宿派的門人，未學本領，先學諂諛師父之術，千餘人頌聲盈耳，少室山上一片歌功頌德。少林寺建剎千載，歷代群僧所念的「南無阿彌陀佛」之聲，千年總和，說不定遠不及此刻星宿派眾門人對師父的頌聲洋洋如沸。丁春秋捋著白鬚，瞇起了雙眼，薰薰然，飄飄然，有如飽醉醇酒。（金庸《天龍八部》）

卻不想這位錢太爺只巴巴的一心想到任，叫他空閑在省城，他卻受不的了。一天到晚，不是鑽門子，就是找朋友，東也打聽，西也打聽，高的仰攀不上，只要府、廳班子裡，有能在上司面前說得動話的，他便極力巴結，天天穿著衣帽到公館裡去請安。（清・李寶嘉《官場現形記》）

她又吹吹那朵花，笑了一笑，把它放在手心裡，兩隻手拍了一下，把花壓扁了。有一個學生咳了一聲道：「安白登平時對巴克拍馬屁，顯然是拍到家了！」又有一個說道：「巴克怕鬧出去于學校的名譽不好聽。」愫細擲去了那朵扁的牽牛花。學校的名譽！那麼個破學堂！毀了它又怎樣？羅杰——他把她所有的理想都給毀了。她問道：「你們的教務主任是毛立士？」學生們答道：「是的。」愫細道：「我記得他是個和善的老頭子，頂愛跟女孩子們說笑話……走，我們去見他去。」（張愛玲《沉香屑・第二爐香》）

7 自信、驕傲

自信

【自信】信任自己，對自我具有信心。

【自信心】自我肯定的信念。

【自負】自以為是、自命不凡。

【自是】自以為是。

【自視甚高】自認為自己不平凡，高於他人。

【自命不凡】自以為聰明、不平凡。

【信心滿滿】充滿了信心。

【胸有成竹】比喻處事有定見、有把握。

【心中有數】對事情清楚明白而有把握。

【自尊】自重，自己尊重。

【匠意於心】心領神會。

【胸有成算】做事之前，心中早已有把握。

【胸有定見】做事之前，心中早已有打算。

【自我肯定】自己對自己的作為，感到滿意。

【信心十足】充滿自信。

【滿懷信心】充滿自信心。

【自信滿滿】對自己充滿了信心。

【有把握】對事情具有成功的信心。

【老神在在】閩南方言。形容很有把握，一切情況盡在掌握中。

她向來自信，聽到「妳想太多了」這句話時，竟是百感交集，當下誤以為愛情的力量真偉大，足以把她累積多年的自信心打垮。她一度也曾懷疑，自己是否真的如他所說的「想太多了」，但遺留在他車裡椅背上的長髮、他明明沒出席同學會卻硬拗自己有去的三個鐘頭，又讓她信心更加堅定地確認自己的觀察。（吳若權〈女人多疑心，殺死男人自尊心〉）

知命之年，有一子，始弱冠矣，雋朗有詞藻，迥然不群，深為時輩推伏。其父愛而器之，曰：「此吾家千里駒也。」應鄉賦秀才舉，將行，乃盛其服玩車馬之飾，計其京師薪儲之費。謂之曰：「吾觀爾之才，當一戰而霸。今備二載之用，且豐爾之給，將為其志也。」生亦自負，視上第如指掌。（唐・白行簡〈李娃傳〉）

律師金先生聳聳肩繼續說道：「布拉克先生，如果獲得你同意，就現在的狀況我會跟對方的律師，既然你們承認賽門布拉克先生已經死去，你們就只能繼承他還活著時候所賺取的財產。其餘的想都別想。」「就交給你去辦。」我果斷地說。他的助理拿出一份早就打好了的委託書，顯然金先生對說服我早胸有成竹。這樣也好，我在上頭迅速簽了名。（九把刀《拚命去死》）

驕傲

【驕】高傲自滿。

【傲】驕矜無禮。

【驕傲】傲慢自大，輕視他人。

【驕矜】傲慢、自大。

【驕慢】驕傲、輕慢。

【矜誇】驕矜誇大。

【虛驕】膚淺而驕傲。

【傲慢】驕傲無禮。

【倨傲】傲慢無禮。倨，ㄐㄩˋ。

【神氣】得意傲慢的樣子。

【牛氣】形容驕傲的神氣。

【高慢】高傲、傲慢。

【高傲】驕傲自大。

【孤高】性情孤僻，超脫不俗。

【孤傲】孤僻傲慢。

【傲岸】高傲而不屑隨俗。

【自傲】自己感到驕傲，不謙遜。

【自滿】驕傲、自負。

【自大】妄自尊大。

【自豪】極其自負、自得。

【自恃】過分自信而驕傲。

【狂妄】妄自驕傲，極端自大。

【不遜】不謙恭、不恭敬。

【不自量】過度高估自己，沒有衡量自己的實力。

【翹尾巴】驕傲自豪。

【自高自大】自命不凡，看不起別人。

【妄自尊大】驕矜自大，自命不凡。

【夜郎自大】夜郎為漢代西南邊境的一個小國，其國王不知漢境的廣大，竟問漢使：「漢孰與我大？」後以夜郎自大比喻人不自量力，妄自尊大。

【不可一世】狂傲自滿，以為無人能及。形容狂妄自大到了極點。

【風流自賞】自我欣賞。

我終於來了。帶著滿心的愉悅與驕傲，帶著沉重的書箱和行囊，還有一口大同電鍋。我喜愛這裡。一切正如當初所想像的，這個大學城是一方美麗的夢土。夾道的楓樹開始變紅，兩旁庭院中碧草如茵，白漆木屋呈現著寧靜、優雅的況味。（張大春〈晨間新聞〉）

如同那些經歷婚姻風暴的豔麗女人，她們的容顏依舊，舉手投足仍然倨傲且性感。但人們就是知道：像一塊濃郁乳酪在她們靈魂裡發酸發臭了。人們不再趨之若鶩，如從前那樣甜蜜阿諛，為之神魂顛倒。（駱以軍〈啊，我記得……〉）

在一個濃霧大起的早晨，一名穿著黑色風衣的傲岸的男子迎面向妳走來，然後，妳知道，什麼事情發生了，〔……〕（侯吉諒〈三種春天的感覺〉）

在上海的人都相信上海，在她是又還加上土著的自傲。風聲一緊，像要跟日本打起來了，那家新鄉紳嚇得又搬回來了，花了好些錢頂房子，叫她見笑。上海雖然也打，沒打到租界。她哥哥家裏從城裏逃難出來，投奔她，她後來幫他們搬到杭州去，有個姪子在杭州做事。也去了個話柄。（張愛玲《怨女》）

詩不是吟詠助興的小調，詩是心血精力的凝聚；詩不是風流自賞的花箋，詩是干預氣象的洪鐘；詩不是個人起居的流水帳，詩是我們用以詮釋宇宙的一份主觀的，真實的記錄。（楊牧《一首詩的完成・古典》）

最近他總愛在臨睡前朗誦吉布林謳歌大英帝國的詩篇，他與這位帝國主義作家心有戚戚，特別欣賞他簡潔強而有力的文體，心儀他高視闊步、睥睨一世的姿態。吉布林筆下顛峰鼎盛的大英帝國最能令他產生共鳴。（施叔青《寂寞雲園》）

【孤芳自賞】比喻自命清高，自我欣賞。

【唯我獨尊】形容人高傲自大，目空一切。

【旁若無人】說話舉動毫無顧忌，似四周無人。形容態度自然從容或非常高傲。

【目中無人】比喻自高自大，瞧不起他人。

【目無餘子】眼中沒有旁人。形容驕傲自大。

【目空一切】自視甚高，一切都瞧不起。

【盛氣凌人】用傲慢的氣勢壓迫別人。

【神氣活現】得意、傲慢，目中無人的樣子。

【自命不凡】自以為聰明、不平凡。顯露高傲自負的神態。

【老氣橫秋】形容人老練而自命不凡，絲毫不謙虛。

【好為人師】喜歡做別人的老師。指人不謙虛，喜好教導別人。

【倚老賣老】自以為年紀大，閱歷豐富，而看不起人。

【恃才傲物】因自己本身有才幹而驕傲，目空一切。

【頤指氣使】以高傲的態度指使屬下。

【趾高氣昂】走路時腳抬得很高，樣子十分神氣。形容人驕傲自滿、得意忘形。

【大搖大擺】形容自信或傲慢、得意揚揚的樣子。

【高視闊步】眼睛向上看，步子邁得很大。形容驕矜自得、旁若無人的樣子。

【顧盼自雄】左顧右盼，自視不凡，得意忘形。

【大模大樣】傲慢、滿不在乎或神氣活現的樣子。

【忘乎所以】因過度興奮或驕傲自滿，而忘記了一切。

風亦飛一看，原來是那流浪客田仲謀，心想這人倒怪，白天不知竄到哪裡去了，晚上卻大模大樣入住柴房，就像在客店留下了房間一樣，令人氣結。（黃易《烏金血劍》）

可是不多久，他又開始嫌工作枯燥無意義，回家來總抱怨他們經理對下跋扈、對上奉承諂媚；科長陰險搶人功勞；同事一個個牛鬼蛇神急功好利，只要有一點點好處，個個削尖了腦袋窮鑽營。（蕭颯〈我兒漢生〉）

像一般庶民一樣為自己選擇，因為他的決定足以影響到整個國本的安危，他是全身的首腦，他的選擇必須得到各部分肢體的同意；所以要是他說，他愛你，你不可貿然相信，應該明白：照他的身分地位說來，他要想把自己的話付諸實現，決不能越出丹麥國內普遍輿論所同意的範圍。你再想一想，要是你用過于輕信的耳朵傾聽他的歌曲，讓他攫走了你的心，在他的狂妄的瀆求之下，打開了你的寶貴的童貞，那時候你的名譽將要蒙受多大的損失。留心，奧菲利婭，留心，我的親愛的妹妹，不要放縱你的愛情，不要讓欲望的利箭把你射中。（莎士比亞《哈姆雷特》）

書生吟誦，聲酸辭苦，正和悲歌一脈相傳。但是聲酸必須辭苦，辭苦又必須情苦；若是並無苦情，只有苦辭，甚至連苦辭也沒有，只有那供人酸鼻的聲調，那就過了分，不但不能動人，反要遭人嘲弄了。書生往往自命不凡，得意的自然有，卻只是少數，失意的可太多了。所以總是嘆老嗟卑，長歌當哭，哭喪著臉一副可憐相。（朱自清〈論書生的酸氣〉）

【跋扈】形容態度傲慢無理，舉動粗暴。

【囂張】放肆傲慢。

虛榮

【虛榮】不切實際的榮譽。今多用以比喻貪戀浮名及富貴。

【好勝】要強，喜歡超越眾人。

【要強】爭強好勝，不肯認輸。

【好名】喜愛虛名。

【浮誇】虛浮誇大，不切實際。

【愛面子】愛惜自己的體面、自尊，深怕被損害而遭人瞧不起。

【好高騖遠】嚮往高遠而不切實際的目標。

【好大喜功】喜歡做大事、立大功。多用以形容作風鋪張浮誇、不切實際。

【沽名釣譽】運用手段以謀取名聲和讚譽。

【欺世盜名】欺騙世人，盜取名譽。

誇耀

【誇耀】過分炫耀、吹噓。

【誇口】自誇、說大話。

【誇示】向人炫耀自己。

【炫示】在他人面前誇耀自己。

【炫耀】誇耀。

【顯耀】誇示炫耀。

當他坐下來，正狐疑妳望著他的眼神時，妳給了他更大的一個驚嘆號，妳當著滿室紳士與淑女，屈前往他臉頰上親了一下，跟他說我愛你。他驚訝，但他很開心，妳知道他很開心。妳的美麗，妳的愛，讓他感到十足的虛榮。（蔡詩萍〈妳等他，等他下一次再犯錯〉）

一年級時住側門一家雜貨店樓上，也不和別人交往，文社幾個朋友常來找我，我總嫌他們哪裡有些浮誇，並不看在眼裏，閑時就獨自校園中亂逛，也喜歡陽臺上站站，半個淡水鎮即在眼下。（朱天文〈花問〉）

我在個人網站上跟網友討論此事，大家開始發表什麼是步入中年的徵兆。例如去KTV點歌時盡點「懷念金曲」、「中年男人越來越愛面子、中年女人越來越不怕丟臉」、聽見「抗氧化」或「有機」等字眼會感到興奮、一邊嘆氣一邊不經意說出「現在的年輕人啊……」。惡毒一點的，莫過於「在枕頭上聞見了大叔的味道」吧。（九把刀〈什麼是中年人？〉）

古時文人很少在文章裡炫示佳肴美饌，卻愛說粥食之美，而且說到此事，筆端每見情趣。如鄭板橋尺牘〈范縣署中寄舍弟墨〉敘說晨起食粥之態：「暇日咽碎米餅，煮糊塗粥，雙手捧碗，縮頸而啜之。霜晨雪早，得此周身俱暖。」讀來真覺憨樸自在，宛如目前。（李慶西〈食粥〉）

【賣弄】誇耀、顯露自己的本事。

【賣嘴】誇大言語，賣弄口舌。

【搬弄】賣弄、誇耀本事。

【招搖】誇耀、張揚，引起別人注意。

【標榜】表揚、稱讚。

【逞能】炫耀自己的才能。

【逞強】力量不足，卻刻意顯示自己能力強。

【自誇】自己誇示、炫耀。

【出鋒頭】炫耀或顯示自己的特長，以博得眾人的讚譽。亦作「出風頭」。

【班門弄斧】比喻在行家面前賣弄本事，不自量力。

「嬉皮風」也傳到台灣，我當兵回來隔了一兩年後，台北街頭就能看到一些男女不分的青年了，他們穿著髒兮兮又鬆垮垮的像美軍草綠色的布夾克，頭髮留得老長，男的鬍子不刮，在街上招搖而過，後來越發流行，漸漸成了時尚。（周志文〈戰爭進行中〉）

如果我們的股票成交量不大，無法引起股票市場的大投資家的興趣，那麼也就賺不到錢。我想要大東電報局知道的是，我們能夠做到這一點，但方法可能過於賣弄了。（李澤楷接受《亞洲時代周刊》採訪實錄〉）

擺闊、擺架子

【擺闊】故意表示自己闊綽富有。

【擺門面】講究排場，粉飾外表。

【擺譜兒】故意裝出一副體面或安逸的氣派來炫耀。

【裝門面】裝飾門面。比喻人粉飾外表，擺空架子。

【撐門面】勉強維持表面的外觀或排場。

【擺架子】驕傲誇張，故意顯出自己的身分比別人高貴。

【充排場】以鋪張、講究的方式來維持場面。

【端架子】刻意抬高自己的身分，待人傲慢。

【搭架子】驕傲矜誇，擺出尊貴模樣。

【拿大】擺架子。

【高姿態】態度傲慢、惡劣，表示出自己比他人尊貴的樣子。

黃理查弄不清楚他是有意效法大班的巴黎禮帽店的排場，還是受了南來遺老的子女們揮霍擺闊的習性所影響。這些隨著父老逃避戰亂南來的二世祖，憑著萬貫家產，過著窮極奢侈的生活，都是先施、永安、麗華等公司的長期顧客，每家公司都保留有他們的尺寸，年終結算的製衣費都是一筆令人咋舌的數目。（施叔青《寂寞雲園》）

這些年她在姚家是個黑人，親戚們也都不便理睬她，這時候也不好意思忽然親熱起來，顯得勢利。她也不去找他們。再不端著點架子，更叫這些人看不起。所以就剩下她哥哥一家。（張愛玲《怨女》）

鄧小平避免顯示任何私人情感，以免被「四人幫」抓到把柄，說他和毛所不信任的人關係密切。他告訴毛，周在生命的最後幾天專注聆聽著毛的一首關於革命的古詩詞。他贊揚周謙虛謹慎、不擺架子、平易進入的優秀品德和艱苦樸素的生活作風。這些措詞都很謹慎。（伊文思《鄧小平傳》）

8 恭敬退讓

恭敬

【恭敬】肅靜有禮。

【恭謹】恭敬謹慎。

【恭順】恭敬順從。

【遜順】恭順。

【畢恭畢敬】形容極為恭敬。

【下氣怡色】態度恭順，容色和悅。《禮記．內則》：「父母有過，下氣怡色，柔聲以諫。」

【伏首貼耳】恭順馴服的樣子。

【恭己待人】以恭順寬柔的態度對待他人。

【垂頭拱手】形容態度非常恭敬。

【點頭哈腰】點著頭、彎著腰。非常恭順或客氣。

【敬上愛下】敬事長上，愛護晚輩。待人謙恭有禮。

【陪小心】以謙卑恭順的態度對人，惟恐有所冒犯。也作「賠小心」。

謙虛

【謙】敬讓而不自大。

【謙虛】虛心謙讓不自滿。

【謙遜】謙虛退讓。

【謙恭】謙虛而有禮貌。

【謙卑】謙和禮讓。

【謙和】謙恭和藹。

上帝，我在，我在這裡，請你看著我，我在這裡。不比一個凡人好，也不比一個凡人壞，我有我的遜順祥和，也有我的叛逆凶戾，我在我無限的求真求美的夢裡，也在我脆弱不堪一擊的人性裡，〔……〕（張曉風〈我在〉）

錢夫人一踏上露臺，一陣桂花的濃香便侵襲過來了。樓前正門大開，裏面有幾個僕人穿梭一般來往著，劉副官停在門口，哈著身子，做了個手勢，畢恭畢敬的說了聲：「夫人請。」錢夫人一走入門內前廳，劉副官便對一個女僕說道：「快去報告夫人，錢將軍夫人到了。」（白先勇〈遊園驚夢〉）

馮京才還要說，福康安已經笑了，說道：「我想起來了，菜園老馮頭的小兒子嘛！我在後園子裏演練大炮，你悄悄爬到船上，放炮翻船幾乎淹死。不是你麼？」「是！」馮京才不好意思地一笑，「小時候的事爺也記得這麼清爽……小的給爺帶路了。」說著，賠小心走前頭手讓著帶路。踅過西院，便見黃鶯兒攙著白髮蒼蒼的棠兒站在父親生前書房的滴水檐下。（二月河《乾隆皇帝》）

他說人生本來可選擇的不多，不由你嫌寒憎暑，怎樣浪費和折磨的處境，但凡明白了就為有益。他提出明知故犯，不做選擇，是謙遜，也是豁達。他說你不要此身要何身？不生今世生何世？你倒是要跟大家一樣，一起的。（朱天文《花憶前身．優曇波羅之書》）

冬日，其實是一段可愛而不應加以詛咒的年光，因為，那是人比

【謙洽】謙虛，謙恭。

【謙沖】謙虛和順。

【謙抑】謙虛退讓；謙遜。

【虛心】形容人的內心謙退容物，不自滿。

【客氣】謙虛禮讓的態度。

【客套】謙讓、問候的應酬話。

【過謙】過於謙虛。

【足恭】過於謙恭。《論語．公冶長》：「巧言、令色、足恭，左丘明恥之，丘亦恥之。」

【沖虛】淡泊謙虛。

【平易】性情謙虛平和。

【平易近人】態度和藹親切，容易接近。

【虛懷若谷】心胸寬廣如山谷，能容納萬物。形容為人非常謙虛，能廣納他人意見。

【深藏若虛】真才實學的人深藏不露，不顯耀於世。

【大智若愚】表面上看起來似乎很平庸，其實卻是有極高智慧的人。

【不恥下問】不以向身分較自己低微、學問較自己淺陋的人求教為羞恥。

【謙恭下士】謙虛有禮，尊敬有才學的人。

【折節禮士】謙虛抑己，禮遇有才能的人。

讓步

【讓】謙退。

【讓步】雙方發生爭執時，為避免起衝突，而放棄自己的主張。

【退讓】謙退遜讓。

【卑讓】謙讓、退讓。

【妥協】雙方敵對或發生衝突時，彼此讓步，以求融洽和解。

【忍讓】容忍謙讓。

較理智、比較清醒、比較虔誠，也比較充滿愛心的季節，肅殺的天地，徹骨的凜冽，勝過一切語言文字的雄辯，再怎麼浮誇的人，到了冬日，也不免變得沉默、謙卑起來。（陳幸蕙〈冬日隨筆．簡單〉）

一九八七年夏天，我在他北京的家中見到了沈從文先生，在他人生長河的最後年月裡。也見到他的妻子——合肥張家四姊妹的三姐兆和。還在從一次中風復原的老人，雖然仍是那樣謙和，但已無法再發出照片上那樣溫婉的微笑了。（李黎〈沈從文的長河〉）

沈先生的講課是非常謙抑，非常自制的。他不用手勢，沒有任何舞台道白式的腔調，沒有一點譁眾取寵的江湖氣。他講得很誠懇，甚至很天真。（汪曾祺〈沈從文先生在西南聯大〉）

我第一次在柏林電視塔上用餐，那時的東德女服務生客氣學著西邊的人詢問：菜好吃嗎？我們才說有點鹹，她便變了臉色：那為什麼不自己在家煮？（陳玉慧〈我的德意志生活〉）

道士滿臉堆下笑來，連忙足恭道：「小道不知老爺到省，就該先來拜謁，如何反勞老爺降臨？」忙叫道人快煨新鮮茶來，捧出果碟來。（清．吳敬梓《儒林外史》）

烏世民仍然搖頭。這人固執得很，要說服他做他不願意的事，不知道有多困難呢。如果和他交朋友，他肯遷就她嗎？怎麼又想到這方面去？吳芬芬的臉又紅了。偷眼看烏世民，他似乎毫無所覺，哼著小調，扳動機一隊儀器臺旁的控制桿。（張系國〈歸〉）

默默覺得，童年的一切都不愉快，似乎都跟媽咪有關。也因此，當年她固執地離家住校，不想理媽咪——但最讓默默氣憤的是，她

【容忍】包容、忍耐。

【遷就】改變自己的意思，勉強配合對方。

【將就】勉強牽就自己不滿意的環境或事物。

【俯就】遷就、將就。

【低姿態】表現出有限度的屈服或退讓，以迎合對方心意。

【退避三舍】舍，古人以三十里為一舍。「退避三舍」指作戰時，將部隊往後撤退九十里。後用以比喻主動退讓，不與人相爭。

【委曲求全】勉強遷就以求保全。

謙讓

【謙讓】謙卑退讓。

【禮讓】守禮退讓。

【推讓】謙遜辭讓。

【辭讓】禮讓、婉拒。

【互讓】互相禮讓。

【儘讓】謙讓。

【謙退】謙恭退讓。

【孔融讓梨】東漢末孔融與哥哥們吃梨，自挑小梨，把大梨讓給哥哥，傳為美談。

【退讓】謙退遜讓。

【寬讓】寬容謙讓，不與人爭執。

【克讓】能夠謙讓。

自卑

【自卑】心理上自覺比不上別人，而看輕自己。

以為媽咪會特別採低姿態來討好自己、向自己求和、哀求自己回家——可是，沒有！媽咪根本不聞不問默默繁重的習藝生活！（紀大偉《膜》）

年過二十的血氣方剛，開始劃分夢想是夢想，理想是理想，認定追隨前者的是勇者，擁抱後者則是一種委曲求全。每天都信仰三個新人生理論，每晚棄置一個。（九把刀〈什麼是中年人？〉）

大家都站起來讓費同志坐。謙讓再三，結果是老婦人挪到旁邊去，讓他和她丈夫並坐在上首。今天這喜筵並沒有酒，但是在這樣冷的天，房間熱烘烘的擠滿了人，再加上空心肚子，吃了兩碗飽飯，沒有酒也帶了兩分酒意，大家都吃得臉紅紅的，一副酒酣耳熱的樣子。（張愛玲《秧歌》）

正值多事之秋，事態詭譎多變。王位繼承一旦付諸公開競逐，各藩蜂起，合縱連橫，步步為營。人前打躬作揖，做盡謙遜禮讓之態。背後則中傷設陷、落井下石、傷口塗鹽之事，無所不盡其極。城中讀書人，多屬南人，性格率真，情感澎湃，外人對其評論：溫情有餘，理智不足，易激越，易躁動。（龍應台〈江湖〉）

自己的頭髮竟由不得自己作主，這難道是「三從四德」的遺跡嗎？我有些可憐她；但是另一方面卻又慶幸她沒有把這樣美麗的頭髮剪掉，否則我就看不到她早晨梳髮的模樣兒了。跟母親那一頭豐饒的黑

【自輕自賤】形容人看輕自己，自貶身分。

【妄自菲薄】過於自卑而不知自重。

【自慚形穢】比喻自愧不如。

【自愧弗如】自己感到羞慚不如他人。

【自嘆不如】自認為比不上別人。

【汗顏】因心中羞慚而出汗。

【自貶】自我貶抑。

【自暴自棄】自甘墮落，不求上進。

【自餒】因失去信心而畏怯。

【小覷自己】看扁自己。

【自慚】自愧不如。

【自我貶抑】看輕自己。

髮相比，我的短髮又薄又黃，大概是得自父親的遺傳吧，這真令人嫉妒，也有些兒教人自卑。（林文月〈給母親梳頭髮〉）

我和錦華之間，有學術上的相互切磋與激勵，更有生活與情感上不時的噓寒問暖。每當我心情低抑，挫折到覺得自己一事無成，錦華就會開導我，叫我不要妄自菲薄，不要只看到人家的長處，忘了自己的優點。（張小虹〈誰怕戴錦華〉）

J與好友X貧寒出身（X說陝西J沒，不像法國人哭的窮，是指沒錢去渡假），冀望都在學位上，想到他們或暗自餐廳打工賺外快，還能維持如此好成績，我們這票人飽食終日無所用心，不覺汗顏。台灣與大陸留學生在法國的勢力消長，並不是沒有原因。（林郁庭〈霧都剪影〉）

從前我在美國喬大執教時曾經有兩位韓國研究生，聽他們講起英文，簡直是一竅不通，有如在用非洲的土語與我對話，當時常使我尷尬與啼笑皆非，我們現在的排名一看，居然落後在他們之後，多汗顏！（黃崑巖《給青年學生的十封信．第二封信　學習外語的訣竅》）

9 負責與不負責

負責

【牢靠】穩當可靠。

【承當】承受擔當。

【認真】切實負責而不馬虎隨便。

【擔負】擔當負責。

【扛大梁】承擔重任。

【任重道遠】負擔繁重，路途遙遠。長期肩負重大的任務。語出《論語．泰伯》：「士不可以不弘毅，任重而道遠。」

一件事接一件事作下來，從不休手。老闆覺得她牢靠，都交給她照料，自己上樓去。（李渝〈夜琴〉）

人唯有在有知覺地活著，在擔負和委屈之後所感到的迷惘和毅力中，才能顯出人所以為人的魅力。（陳列〈同胞〉）

鄰村有個有錢人到我們村子來，他說他願意負責蓋廁所的經費，條件是，水肥歸他收一年，村裡的人開會通過，半個月後，廁所蓋好了，還裝了水箱，那個有錢人每天派車子來載水肥，聽說他包辦了好

【事必躬親】凡事一定自己親自去做。
【責無旁貸】自己應盡的責任，沒有理由推卸。
【獨當一面】獨力擔當一方的重任。
【支配】調度指揮。
【包辦】負責辦理。
【把持】獨攬行事，不許外人參與。
【控制】操縱，節制使不超出範圍或隨意活動。
【掌管】管理。
【駕馭】指揮、控制。
【獨攬】一人獨自把持一切。
【壟斷】把持、獨占。

躲避

【躲藏】躲避隱藏。
【潛伏】隱匿埋伏。
【隱祕】隱蔽不顯露。
【藏匿】隱藏不使發現。
【揜揜縮縮】指躲躲藏藏。揜，ㄧㄢˇ。
【出奔】出走，逃亡。
【兔脫】像兔子一樣迅速逃跑。形容逃脫得快。
【流竄】四處流亡逃竄。
【逃遁】逃離、躲避。
【開溜】偷偷離開。
【逃之夭夭】逃跑。
【溜之大吉】迅速的偷偷逃跑，才是上策。
【腳底抹油】比喻溜得很快或溜之為妙。
【臨陣脫逃】臨上陣作戰時卻逃跑。意謂臨場退怯。
【卸責】推卸，諉過他人。
【推委】把責任推給別人。
【打太極】比喻推卸責任、不負責任。
【踢皮球】互相卸責。

幾個村子的水肥，轉手賣給魚塭和農家，一桶二十五塊錢。（阿盛〈廁所的故事〉）

誰料這幾十年來，生意清淡得只好喝陰風。一向人類靈魂有好壞之分。好的歸上帝收存，壞的由我買賣。到了十九世紀中葉，忽然來了個大變動，除了極少數外，人類幾乎全無靈魂。有點靈魂的又都是好人，該歸上帝掌管。譬如戰士們是有靈魂的，但是他們的靈魂，直接升入天堂，全沒有我的份。近代心理學者提倡「沒有靈魂的心理學」，這種學說在人人有靈魂的古代，決不會發生。（錢鍾書《寫在人生邊上》）

華麗遊艇的甲板上，可能仰臥著穿泳衣的大毒梟；樸素的漁船艙底也許藏匿了偷渡的人蛇。（西西〈手卷〉）

不過，抽象的觀念人人皆知，但付諸實踐卻往往困難重重，其原因仍在於我們待自己太寬厚，我們總是習於原諒自己，一次又一次地讓自己從自我申誡的自律中兔脫。（陳幸蕙〈微笑如花及其他〉）

總覺有誰在高處／冷冷察照我。照徹我底日夜／我底正反，我底去來。／而且，逃遁是不容許的／珂蘭經在你手裡／劍，在你手裡……（周夢蝶〈你是我底一面鏡子〉）

九難見他與「神行百變」這項輕功頗有緣份，倒也大出意料之外，說道：「看來你天生是個逃之夭夭的胚子。」韋小寶笑道：「弟子練不成『神行百變』，練成『神行抹油』，總算不是一事無成。」他沖了一碗新茶，捧到九難面前，問道：「師父，師祖木桑道長既已逝世，當今天下，自以你老人家武功第一了？」九難搖頭道：「不是。『天

【推乾淨兒】極力推諉以脫卸責任。
【鬼祟】行為不光明。
【暗地】偷偷的、私下。

10 謹慎與輕率

謹慎

【謹】慎重、小心。
【慎】小心。
【謹慎】小心仔細。
【謹嚴】謹慎細密。
【嚴謹】嚴肅謹慎。
【謹飭】嚴謹修飭。指言行檢點而有節制。
【慎重】謹慎認真。
【審慎】考慮周詳而謹慎。
【縝密】謹慎細心。
【仔細】周密、不輕率。
【小心】留心、謹慎。

【幕後】舞臺帳幕的後面。比喻背後、暗中。
【偷雞摸狗】形容做事偷偷摸摸，不光明正大。

【小心翼翼】非常謹慎，不敢疏忽。
【一絲不苟】做事認真，一點也不馬虎。
【謹小慎微】小心慎重的處理細微事情。後多用以形容過分仔細，不夠膽大。
【戰戰兢兢】因畏懼而顫抖，形容戒懼謹慎的樣子。
【兢兢業業】形容謹肅恐懼，認真小心。
【步步為營】軍隊每前進一程，

下武功第一』六字，何敢妄稱？」（金庸《鹿鼎記》）

陸小鳳：「若是認打怎麼樣？」賀尚書：「若是認打，我就叫人重重的打，打死為止。」陸小鳳：「若是認罰呢？」賀尚書：「那麼我就判你三十年苦役，我叫你幹什麼，你就得幹什麼。」陸小鳳道：「若是既不想認打，也不想認罰呢？」賀尚書怔了怔，好像想不到他居然會有這麼樣的一問。陸小鳳卻替他下了判決。「若是這麼樣，我當然只有趕快腳底抹油，溜之大吉。」（古龍《陸小鳳傳奇》）

形式的秩序，於我有何益處呢？只不過像太過嚴謹的理性，束縛著你底手腳、封閉著你底心靈和感情，沒有一點點人性中親密的成分和自然的情趣。（季季〈抽屜〉）

佛於是把我化作一棵樹／長在你必經的路旁／在陽光下慎重地開滿了花／朵朵都是我前世的盼望（席慕蓉〈一棵開花的樹〉）

家裡，裡裡外外，大小器具，都收拾得淨潔而明亮，一切井然有序，一種發自女人的審慎聰慧的心思的安詳、和平、溫柔的氣息支配著整個的家，使我一腳踏進來便發生一種親切、溫暖和舒適之感。（鍾理和〈貧賤夫妻〉）

美麗，存在於針尖上的一點，就算危顫顫小心捧著，那只是一個季節的美麗。過了，就過了，留下的只是記憶。此後，望著舊時的漂亮衣服只會心生悵然？——？怎麼都走樣了，我，或者衣裳，或者我與衣裳一起走樣了？（平路〈花開堪折直須折〉）

看著這位老人我一直在想，他心裡什麼都明白，卻又如此謹小慎微，為什麼？他當時的地位，已經比那些翻雲覆雨的人物高，為什麼

就建立營壘，嚴防敵人。小心謹慎，防備周全。

【未雨綢繆】鴟鴞在未下雨前，便著手修補窩巢。比喻事先預備，防患未然。語本《詩經·豳風·鴟鴞》：「迨天之未陰雨，徹彼桑土，綢繆牖戶。」

【防患未然】在禍患未發生前就加以防備。

【杜漸防微】杜絕亂源的開端，防備細微的禍患。

【居安思危】處於安樂之境，要想到可能的危險、困難。《左傳·襄公十一年》：「居安思危，思則有備，有備無患。」

【謀而後動】預先計劃穩當然後才行動。亦作「謀定後動」。

【省戒】警覺戒慎。

【惕厲】因心存恐懼危難而警惕，指君子的修身自省。

【履冰】處於危險的環境中戒慎恐懼。

【憖憖然】戒慎貌。憖，ㄧㄣˋ。柳宗元〈三戒·黔之驢〉：「稍出近之，憖憖然莫相知。」

【朝乾夕惕】終日勤奮戒懼，兢兢業業，不敢懈怠。

【戰戰惶惶】戒慎畏懼的樣子。

不與他們針鋒相對？（余秋雨〈蒼老的河灣〉）

他戰戰兢兢的度著他的一日。一日之計在於晨，他最擔心一早起來惡兆臨頭，果然，整日的不順心，從自己的頭髮引起。快樂總是如白駒過隙，而鬱悶卻經常如漫漫長夜無邊無際，啃蝕得他連胃都翻騰著痛，一旦胃不適，食慾全無，一天也就自然報銷了。（隱地〈一日神〉）

且今上啟天地生物之大德，垂古今未有之曠恩，雖肝腦塗地，臣子豈能得報效萬一！惟朝乾夕惕，忠於厥職外，願我君萬壽千秋，乃天下蒼生之同幸也。（清·曹雪芹《紅樓夢》）

烏應元容色稍緩，微笑道：「我並沒有說現在就走，今趟到北疆去，曾和少龍的四弟王翦見面，坦誠告知了他我們的情況。王翦乃情深義重的人，表示只要他一天鎮守北疆，定會全力支援我們。居安思危，我們便用幾年時間，到塞外找尋靈秀之地，先扎下根基，到將來形勢有變時，亦可留有退路，不致逃走無門。束手待斃了。」烏應節道：「不若就請少龍去主持此事，那就更為妥當了。」（黃易《尋秦記》）

認真

【認真】切實負責而不馬虎。

【頂真】認真。

【較真兒】認真。

【負責】擔負責任。

【嚴肅】態度嚴正莊重。

【一絲不苟】做事認真，一點也不馬虎。

【一板一眼】比喻人言行謹守

你滔滔如水流說著你的小時候，現在，和未來，誇大又渲染著你的煩惱與快樂，聲音還帶著稚氣且認真。你眼裡有微燃的火光與世界相望，躍躍欲試飛，我知道，你的人生正要起飛。我靜靜看我的天空。時光一分一秒經過我們，這城市卻是愈來愈新了。（鄭麗卿〈秋陽照舊〉）

大一升大二的那個暑假，一封將愛慕隱藏得很好的信問我，「難

法規，有條有理。

【丁是丁，卯是卯】形容做事一絲不苟，毫不通融。

【獅子搏兔】比喻小事也拿出全部精力認真對待。

【事必躬親】凡事必定親自去做。

【無微不至】每一個細微處皆照顧到。形容非常精細周到。

【仔細】周密、不輕率。

【賣力】作事盡力。

【用心】盡心。

【盡心】竭盡心思。

嚴格

【嚴格】嚴謹遵守一定的標準。

【嚴厲】嚴格猛烈、不寬容。

【嚴峻】嚴厲。

【峻厲】嚴峻苛刻。

【嚴酷】嚴厲苛酷。

【嚴刻】嚴厲苛刻。

【苛刻】刻薄嚴厲。

【嚴苛】嚴厲苛刻。

【嚴明】嚴格公正而分明。

【言出法隨】話一說出，法律效力隨即有效執行。

馬虎

【馬虎】草率不認真。

【含糊】做事不澈底，馬馬虎虎。

【草率】做事隨便。

道，妳就要成為一個馬克思女孩嗎？」也是在同一個夏天，一個社團學長質問我，正當我們漫步在河岸美好的風光中時，「統獨左右的象限上，妳站在哪一邊？」他嚴肅地問。（范雲〈那個黃昏，第一次聽到美麗島的歌聲〉）

你每天準時收看強尼的晨間新聞，一面為四個孩子準備午餐盒，表情和強尼一樣嚴肅、專注、一絲不苟；可是你心裡潛伏著一點非常隱祕的樂趣。（張大春〈晨間新聞〉）

他信上這樣直言快語，等於責備人家的師承、所學，那人家還要不要寫論文呢。他每以人才期待對方，既熱情，又嚴格，不鬆口的地方到底不鬆口。原來張愛玲說他，「你是人家有好處容易你感激，但難得你滿足」，是這個意思。（朱天文《花憶前身・優曇波羅之書》）

呂老師責任心重，也可以說好勝心強，教學十分認真，近乎嚴厲，演講又是她引以為傲的專長，當然更在乎成果，要求更嚴苛，平時不中斷練習，每次比賽前，更是不厭其煩一遍又一遍改正、重來，時常訓練到聲音沙啞才暫停。母親總要買楊桃、柑橘之類的水果給我潤喉。（吳晟〈愛講、愛講〉）

他身上總是穿著那幾件舊的衣裳，很少添鞋襪。他還變得有些邋遢。有時候，他的妻子會當了人面數落他，說他馬虎，凡事都不在意，不換衣服，其實新衣服就在櫃子裏，卻不愛換，只愛看書。在那些日子裏，看書成了叔叔唯一的嗜好。（王安憶〈叔叔的故事〉）

【潦草】粗率，不仔細。

【草草】粗率、不認真。

【苟且】不守禮法、不務實或馬虎草率，得過且過。

【拆爛汙】比喻不認真、不負責任，將事情辦壞以致於難以收拾。

【敷衍】辦事不切實，僅顧表面應付、應酬。

【胡搞】做事草率、不正經。

【掉以輕心】處理事情時，抱持著輕忽、漫不經心的態度。

【丟三落四】形容人馬虎、健忘，不是忘了這個，就是忘了那個。

【粗製濫造】製作粗劣，量多而不講究品質。

【偷工減料】不依照生產或工程所規定的質量要求，而削減工序和用料。

【頭痛醫頭，腳痛醫腳】比喻只顧眼前，對問題不作通盤考慮，不從根本上解決。

【玩世不恭】不莊重、不嚴謹的生活態度。

【遊戲人間】以放逸嬉戲的態度面對世俗的生活。

【逢場作戲】隨事應景，偶爾遊戲玩耍。

【打混】做事態度不認真，得過且過。

【摸魚】做事不認真，投機取巧。

輕率

【輕率】草率、不謹慎。

【魯莽】粗心、冒失。

【莽撞】言語行動粗率冒昧。

【冒失】鹵莽、莽撞。

【冒昧】鹵莽。

【唐突】失禮，冒昧。

【孟浪】言行輕率、冒失。

【造次】鹵莽。

惟有在冷靜時刻下定的決心，才可能持久。你應當不是率性潦草的人，我看你的信便明白你大半的人格，是真摯的，熱衷的，而且確實是勇於維護理想並努力施展抱負的人。我很高興能夠在我兩鬢開始花白的時候認識你。（楊牧《一首詩的完成・抱負》）

經筵的著眼點在發揮經傳的精義，指出歷史的鑒戒，但仍然經常歸結到現實，以期古為今用。稱職的講官務必完成這一任務，如果只據章句敷衍塞責或以佞辭逢迎恭維，無疑均屬失職，過去好幾個講官就曾因此而被罷免。（黃仁宇《萬曆十五年》）

他對藝術敏感，對人生有極高的洞察力，而他的藝術不僅是指美術或雕塑，還包括了一般生活上的細節與語言上的力度，照他的標準，他的生活應該更為優雅，他的語言應該更為精緻，但事實不然，他總像是和光同塵般的在紛亂不堪的世上混日子。從他表面看，他有點玩世不恭，而其實是膽小得厲害，他一生的大半時光，是在遲疑與猶豫中度過的。（周志文〈桃園風景〉）

他們走到文林街上，遠遠看見宋捷軍和何儀貞走了過來。伍寶笙低了頭，小童想想不高興，想過去把書還他。伍寶笙已經察覺了，拖了他一把低聲說：「別這麼莽撞。你沒見那大包小包的還在宋捷軍手裏拿著嗎？」果然何儀貞走過來時臉上坦然地。宋捷軍倒也得意洋洋，並不以送禮人家不收為意。（鹿橋《未央歌》）

把孔子所不屑的「三思而行」的躊躇讓給老年人吧！年輕不就是

【冒然】鹵莽、輕率的樣子。

【率爾】輕率、急遽。

【率然】輕率匆促的樣子。

【無禮】不懂禮法、沒有禮貌。

【冒失鬼】行為粗魯、無理的人。

【愣頭愣腦】粗魯冒失的樣子。

【魯莽滅裂】做事粗魯莽撞、草率隨便。

【不管不顧】莽撞。

【不管三七二十一】不顧一切，不論是非情由。

【不知進退】言語舉動沒有分寸。

【不知死活】不知利害，冒昧行事。

【輕舉妄動】行為不慎，舉止輕浮。

【風風火火】急急忙忙、冒冒失失的樣子。

【粗心大意】做事草率，不細心。

【隨便】不拘束、不認真。

【粗枝大葉】比喻疏略，做事不細密。

【輕易】隨便、任意。

敷衍

【搪塞】應付；敷衍。

【不了了之】因事情很難處理，結果任由它去。通常指不負責任的態度。

【虛應故事】依照成例，敷衍了事。

【渴而穿井】事前未做好準備，臨時才想法子應付。

【臨陣磨槍】到了陣前才磨槍。急迫匆忙應變。

【急時抱佛腳】平時沒充分準備，遇事倉皇應付。

有莽撞往前去的勇氣嗎？年輕就是手裡握著大把歲月的籌碼，那麼，在命運的賭局裡作乾坤一擲的時候，雖不一定贏，氣勢上總該能壯闊吧？（張曉風〈林中雜想〉）

適當的環境，適當的情調；他也想到過，她也顧慮到那可能性。然而兩方面都是精刮的人，算盤打得太仔細了，始終不肯冒失。現在這忽然成了真的，兩人都糊塗了。流蘇覺得她的溜溜轉了個圈子，倒在鏡子上，背心緊緊抵著冰冷的鏡子。他的嘴始終沒有離開過她的嘴。他還把她往鏡子上推，他們似乎是跌到鏡子裏面，另一個昏昏的世界裏去，涼的涼，燙的燙，野火花直燒上身來。（張愛玲《傾城之戀》）

那蛇看了洪太尉一回，望山下一溜，卻早不見了。太尉方才爬得起來，說道：「慚愧！驚殺下官！」看身上時，寒粟子比兒大小。口裡罵那道士：「叵耐無禮，戲弄下官，教俺受這般驚恐！若山上尋不見天師，下去和他別有話說。」再拿了銀提爐，整頓身上詔敕並衣服巾幘，卻待再要上山去。（明・施耐庵、羅貫中《水滸傳》）

少年的許多夢，似乎都在成年之後，逐一的幻滅，未能實現的，就用很多冠冕堂皇的理由加以搪塞；實現的卻又感覺到異常空虛。（林文義〈少年之夢〉）

草坪的一角，栽了一棵小小的杜鵑花，正在開著，花朵兒粉紅裏略帶些黃，是鮮亮的蝦子紅。墻裏的春天，不過是虛應個景兒，誰知星星之火，可以燎原，墻裏的春延燒到墻外去，滿山轟轟烈烈開著野杜鵑，那灼灼的紅色，一路摧枯拉朽燒下山坡子去了。（張愛玲《沉香屑・第一爐香》）

【做一天和尚撞一天鐘】身處此行業，不得不做事。比喻遇事敷衍，得過且過；亦有無可奈何，勉強從事的意思。

注意

【注意】留意。
【留意】注意、留心。
【留神】細心注意、謹慎小心。
【留心】注意、小心。
【當心】謹慎、留心。
【小心】留心、謹慎。
【經心】用心、留意。
【關心】注意、留心。
【關切】關心、注意。
【關注】關心注意。
【在意】介意、注意。
【在心】留心、注意。
【介意】在意，將不愉快或憂慮之事存於心中，而不能釋懷。
【在乎】在意、關心。
【顧及】注意到。
【顧全】顧念、保全。
【照顧】注意。
【措意】留意、注意。

不注意

【大意】不注意，忽略。
【毛糙】漫不經心；疏忽。
【忽視】不在意。
【忽略】疏忽、不注意。
【疏忽】做事不周密。
【疏虞】疏忽耽擱。
【漠視】輕視、蔑視。
【失神】忽略、不注意。

假如這個生人，你願意和他做朋友，你也還是得沉默。但須留心聽他的話，選出幾處，加以簡短的，相當的讚詞；至少也須表示相當的同意。這便是知己的開端，或說起碼的知己也可。（朱自清〈沉默〉）

母親每逢低溫特報便會打電話關切，她知道氣象局預測的只是參考值，我的實際感受往往還要低上幾度。照例她會問我三餐吃什麼，當然，所得到的都是千篇一律的答案，麵。（薛好薰〈想念的滋味〉）

許多單位招攬著試乘的邀約，可惜我一直都整理不出恰當的心情去共襄盛舉。我的確是有點在意與那初戀情人般的北淡線的劫後重逢。雖然已是不易動情的風霜中年，但是我怎能忍心讓自己夾在觀光團似的人潮中去會晤那些珍藏二十多年的祕密和矜持呢？所以我決定第一次重新踏上北淡列車時，一定要選一個寂寥人稀的午後。（王文進〈北淡線拾憶〉）

我們有時確實太忽略了自然的存在，甚至遺忘了它。我重讀你的來信，發現你曾提到自然，原來你是高度自覺地理會著的。季節的遞嬗本來也是自然的動力，於變化中維持一種永恆，而即使這些，有時竟被我們漠然看待，或者因為那正足以證明我們是少了一份好奇。（楊牧《一首詩的完成・大自然》）

春天裡的花，杜鵑像爆竹一樣，一叢叢在身邊炸開，那艷艷的紅

【失慎】不慎、疏忽。
【走神兒】注意力不集中，精神渙散。
【分心】用一部分精神兼顧其他的事。
【不留神】不小心、不注意。
【不經意】不注意、不留神。
【不在意】對某事物不關心或不放在心上。
【不在乎】形容不看重某事或某人、物，不放在心上。
【無所謂】沒有什麼關係，不在意。
【視若無睹】當作沒看見一樣，形容對事物毫不注意。
【漫不經心】毫不留意。
【滿不在乎】完全不以為意。
【漠然置之】漠然，不在意。
【心不在焉】心思不集中。
【耳邊風】耳邊的風，比喻對所聽到的事毫不關心。也作「耳旁風」。
【馬耳東風】東風吹過馬耳邊，瞬間消逝。比喻對聽見的事情漠不關心。
【置若罔聞】雖有耳聞，卻好像沒有聽到一樣不加理會。

與白十分世俗的熱鬧，春天踩著滿地的爆竹屑來。櫻花開在春天的外邊，與春天只是拂面相笑。桃花則是在春天的邊際上開著，一不留神就要岔到外面去了，這真使人懷念起晴雯來。（朱天文〈寫在春天〉）

回家之後我不經意地說了上學時發生的事，我的家人顯然不覺得這事情不嚴重。我父親打了電話，告訴老師那篇看起來悲觀飄渺的文章真是我寫的，因為前一天晚上是他親自看完我的作業與文章，才讓我上床睡覺，並且，飄零的零我不會寫，還是問他的。（李維菁〈第一次〉）

一九四九年，像一隻突然出現在窗口的黑貓，帶著深不可測又無所謂的眼神，淡淡地望著你，就在那沒有花盆的、暗暗的窗台上，軟綿無聲地坐了下來，輪廓溶入黑夜，看不清楚後面是什麼。（龍應台《大江大海一九四九》）

十五分鐘後，我要的食品來了，我這才知道何以剛才那侍者的神情如此古怪的原因，原來剛才我心不在焉，隨便一指，竟要了一盒七色冰淇淋，還加上許多好看的裝飾，那是小孩子的食品！（倪匡《玩具》）

細心

【細心】用心，心思周密。
【仔細】周詳、不輕率。
【過細】太過仔細。
【細密】仔細、周詳。
【周到】仔細，面面俱到。
【周全】完備、齊全。
【周詳】周到、詳盡。
【心細】心思細密。

我隔著櫥窗的玻璃看著她，差點兒忘記了自己因何而來。這是我第一次細心的看清楚她的面容，那纖削的輪廓、帶點蒼白的膚色、垂在臉旁的不很柔順的頭髮。這容貌似乎並不很切合會摺哭泣摺紙的女子的誘人想像，但她摺紙時的那種好像整個世界也不存在的專注的神情，卻又令她顯得與別不同。（董啟章〈哭泣的摺紙〉）

他忍不住要仔細看看。他極慢、極慢地把身子向一邊偏，同時屏

【精心】仔細、周密。

【精細】精緻、細心。

【貼心】最親密、最知己。

【體貼】細心體會。

【善解人意】體貼、了解別人的心意。

【面面俱到】各方面都能照顧到。

【留神】細心注意、謹慎小心。

【悉心】竭盡心力。

【細膩】精細周密。

【注意】關注留意。

【慢工出細活】工作速度緩慢，才能產生精細的成品。

【凝神】全神貫注、聚精會神。

【精雕細琢】形容做事仔細用心。

【精緻細作】精緻細心的耕作。

【細考】仔細考究。

【細究】仔細推究。

息地聽；要察覺他的動作會不會被發現。他怕這些像是極小的小孩子們說話的聲音被驚動了就會都靜悄下來。等到他已經把身子翻過來，側看、而且面對著眼前的一片草了，他才放心，知道這些小聲音正忙碌又興奮得不得了，才沒有一點怕這個陌生人的意思。（鹿橋〈幽谷〉）

勾起我興趣的部分其實不在於這個故事，而是在於，當我的家人們陸續來到病房探望他時，他跟每個人重新講述夢境時，都會是一個新的版本。比如，多出一段之前沒講過的細節，或多出一個重要人物。也就是說，每個大老遠來看他的人，都可以獲得一段專屬的故事。能說他不是個非常貼心的病人嗎？（張維中〈夢中見〉）

王先生的辦公室夾在雇員的男女洗手間中間，很小，沒窗，所有光源都來自頭頂上一支日光燈管。所有進入這裏的人立刻成了淡紫色。王先生不知覺自己的臉色，只認為李邁克那淡紫的臉十分令他生厭。還有他那靈巧，那善解人意的微笑，都在這片淡紫中顯得偽氣。（嚴歌苓〈海那邊〉）

粗心

【粗心】做事不仔細、不小心。

【大意】疏忽、不周密。

【粗率】粗心。

【粗疏】個性粗疏、草率，不注意瑣事。

【疏忽】做事不周密。

【怠忽】懈怠輕忽。

【馬虎】草率、不認真。

【粗枝大葉】個性粗疏，做事草率，不注意瑣事。

【毛手毛腳】做事粗率慌張，不仔細。

吳芬芬輕咬住嘴唇。這樣笨手笨腳，不知道烏世民心裏怎麼想。人家都說臺灣姑娘聰明伶俐，唯有她是例外。從小母親就愛數說她粗心大意，甚麼東西到她手裏都會弄壞，又天生不服輸的性格，偏偏賭氣學了電機工程。（張系國〈歸〉）

若我早知就此無法把你忘記／我將不再大意　我要盡力鏤刻／那個初識的古老夏日／深沉而緩慢　刻出一張繁複精緻的銅版／每一劃刻痕我都將珍惜／若我早知就此終生都無法忘記（席慕蓉〈銅版畫〉）

【大而化之】本指一個人已達到超凡入聖的境界。後形容人做事不謹慎、不拘小節。

安分、耐心

【安分】安守本分。

【本分】安分守己。

【安分守己】安守自己的本分。

【循規蹈矩】遵守規矩，不踰越法度。

【規行矩步】舉止守法、不苟且。

【隨遇而安】安於所處的環境。

【按部就班】寫作、做事依照一定的層次、條理。

【耐心】心情平和不厭煩、不急躁。

【耐煩】能忍耐煩瑣。

【循分】安分、守本分。

11 信任

信任

【信任】相信而敢有所託付。

【信賴】信任仰賴。

【信從】信任聽從。

【信託】信任委託。

有時你的母親太忙，我就抱著你寫稿，左手抱著柔的你，右手握著鋼筆疾書，你總是乖乖的，不像在母親懷裡那樣不安分。後來變成只要你不乖，你的母親就抱你到書房來。說也奇怪，每次一到書房你就乖了。（吳鳴〈孩子，我在前面的路上等你〉）

其次，鹿港人的氣質，最大的特徵是「安分守己」，既不善吹牛拍馬，又拙於爭權奪利，這至少可以給人一種安全感而樂於利用。他們保守成性，所以最怕出風頭，大多數採取的是「棄名取實」的作風，高帽子大可以讓給人家去戴，自己寧願坐在後臺服務。（葉榮鐘〈鹿港查晡〉）

當他談到熟悉的事情時，他會很詳細的解釋箇中的來龍去脈，好像很迫切的需要去肯定自己的理解和記憶。有時候當我沒有耐性，我會以為這是一種沒有必要的重複和強調，但今天當他談及年輕的時候在好運茶樓的往事，我卻感到異常的願意聆聽了。（董啟章〈看（不）見的城市〉）

其實我們已經受愚多次了，而這麼多次，竟沒有能改變我們的心，我們仍然對人抱著孩子式的信任，仍然固執地期望著良善，仍然寧可被人負，而不負人，所以，我們仍然容易受傷。（張曉風〈我有〉）

真正在志向上啟迪我的老師，到了大學終於出現。我仍清楚記得

【信用】聽信而採用。

【親信】親近信任。

【寵信】寵愛信任。

【相托】相互信任

【相信】認定事實如此，不置疑。

【信服】信任、佩服

【准信】相信、信任。

【深信】非常相信。

【不疑】沒有懷疑。

【取信】取得他人的信賴。

【言聽計從】所說的話、所提的計策，都深被信任、採納。

可信

【可信】值得信賴。

【可靠】可以信賴。

【信實】誠實、有信用。

【妥靠】穩妥可靠。

【牢靠】穩當可靠。

【牢穩】穩固、穩妥。

【靠得住】可靠、可信。

【信得過】可信。

【言必有據】所說的話一定有根據。

守信

【守信】遵守信用。

【守約】遵守約定。

【重言】重視、信守諾言。

【踐諾】履行諾言。

二十一歲時，上陳芳明教授的台灣文學史，他對他所教給我們的東西，如此相信，熱愛。教室中瀰漫著一股專注而熱烈的空氣。我想，如果以後也站在大學講台上，也願意以這樣的態度，清楚透露我所心愛，我所信賴。（楊佳嫻〈初旅〉）

順治皇帝對你言聽計從，你因此說服了他不要輕舉妄動，當時鄭成功率精銳部隊北上，圍攻南京城，舉朝恐慌。皇帝先是要遷都返回關外，又決定要親自出征，只有你成功地安撫了他，要他稍安勿躁。他才取消親征計劃。（陳玉慧〈敬愛的湯若望〉）

童話和神話也喜歡寫鏡子。白雪公主的後母每天照鏡子問誰最美，魔鏡的審美觀竟如此可信嗎？安徒生童話〈雪后〉裡一面邪惡的鏡子摔碎了，碎片飛進孩子的眼睛，於是眼中的世間萬物就變得歪曲醜陋——這是象徵純真年代的喪失。（李黎〈鏡子的故事〉）

拿到人口計劃局的生育許可證後，李志舜立刻帶了湘文，到他們住處附近最負盛名的醫院去辦理手續。一切都很順利，他們隨即拿到生產證，到婦產科去見吳大夫。吳大夫是位高大魁梧沉穩可靠的中年人，抽著煙斗，慢吞吞對他倆解釋生產過程的細節。（張系國〈望子成龍〉）

父親的缺席，對我人格究竟產生了什麼影響？到現在也說不清。但我知道一個女人單打獨鬥，要應付生活，確實不是一件容易的事，而這倒訓練了我們不輕易掉眼淚。我們四姊妹，再加上母親，家裏簡直是一座女人國了，所以對我而言，女性主義竟不是舶來的西方理

【踐約】履行約定的事。

【實踐】實行、履行。

【應典】實踐所說過的話。

【信實】誠實、有信用。

【重然諾】不輕易允諾他人託付，既允諾，必實踐。

【抱柱信】傳說古時尾生與一女子相約於橋下，女逾時未到，大水至。為了堅守信約，尾生抱著橋柱，而遭水淹死。比喻堅守信約。

【說話算話】信守承諾，絕不食言。

【言而有信】誠實有信用，說出來的話一定信守。

【言出如山】話說出口，有如山一般屹立不搖。形容出言慎重，有威信。

【言出必行】說出的話一定做到。形容很有信用，遵守承諾。

【駟不及舌】話一說出去，用四匹馬拉的車也追不回來。比喻說話要慎重，不可失言。《論語・顏淵》：「惜乎！夫子之說君子也，駟不及舌。」

【一言為定】一句話就說定了。用於強調遵守約定。

【一言九鼎】一句話的份量有如九個銅鑄的鼎那般重，指說話算話，絕不更改。也指說話很有份量。

【說一不二】說話算數，信守承諾。

【季布一諾】楚人季布非常重視對他人的承諾，當時人稱「得黃金百斤，不如得季布一諾」。

【信及豚魚】信用及於豬、魚等動物。比喻非常有信用。

【一諾千金】說出來的承諾，有如千金那樣貴重，指一旦許諾，就一定做到。

【一言既出，駟馬難追】一句話說出口，就算是四匹馬拉

論，而是從小到大的具體實踐，並且實踐得有些令人怵目驚心。（郝譽翔〈哭泣的父親〉）

我向毛主席保證，我是一個一諾千金的人。冬瓜的祕密，我沒有告訴任何人。我一點都不知道關山和老王他們，是怎麼發現冬瓜的祕密的。（池莉《懷念聲名狼藉的日子》）

實際上，銀屏後來知道，華太太頗有才藝，人生得俏麗動人，長於辭令。在華太太幫助之下，銀屏給體仁寄了一封長信，詳敘事情發生的經過，告訴了她現在的下落，以及姚太太怎麼食言背信，姚太太怎麼罵她，又說自己現在言而有信，守身如玉，靜等他平安歸來。（林語堂《京華煙雲》）

謝遜道：「張五俠是俠義名家，一諾千金，言出如山，江湖間早有傳聞。但是姓謝的在二十八歲上立過一個重誓，你瞧瞧我的手指。」說著伸出左手，張翠山和殷素素一看，只見他小指齊根斬斷，只剩下四根手指。（金庸《倚天屠龍記》）

「我的兄弟有被俘的，有受傷的，他們降你，盼你不要殺降。自古殺降將軍不祥，這是第一。」福康安想了想，說道：「還有第二？說！」「家屬早已被你們捕拿了，一人作事一人當，不要難為他們。」龔義天直盯盯看著福康安說道，「我也久聞你的大名，是說話算話的漢子，我要你給我一句話！」（二月河《乾隆皇帝》）

母親一諾千金，有言即有行。她四處奔走，尋找機會和辦法。一九七一年的秋季，農工黨老成員、因一九五七年劃為右派而身處困境的朱靜芳，從淮安鄉下來到北京謀生。她下了火車，便直奔我家，希望獲得母親的幫助。住房緊窄的母親二話不說，讓朱靜芳與自己食住在一起，有如家人。（章詒和〈斯人寂寞：聶紺弩晚年片段〉）

的車也追不回。比喻話已說出口，難再收回。

【言必信，行必果】講話有信用，做事堅決果斷。

失信、不可信

【失信】不守信用。

【背信】違背信約。

【食言】不遵守諾言。

【失約】背約，不依照約定。

【爽約】失約。

【昧信】背信、失信。

【背約】違反從前所定的約定或契約。

【負約】違背約定的事情。

【違約】違背彼此的約定，或契約的規定。

【言而無信】說話不講信用。

【食言而肥】春秋時，魯大夫孟武伯常失信於魯哀公，魯哀公十分不滿。在一次宴會中，孟武伯問哀公的寵臣郭重為何如此肥胖，魯哀公藉機諷刺說：「吃掉自己的話吃多了，能不肥胖嗎？」後以「食言而肥」形容人說話不守信用。

【自食其言】自己把自己說的話吃下去了，形容人說話不守信用。

【輕諾】隨便答應他人要求，往往難以實踐承諾。

【輕諾寡信】隨便答應他人的請求，卻往往未能實踐諾言。

【背信棄義】不守信用和道義。

【違信背約】違背信約，沒有遵守承諾。

飯罷，洪七公安睡休息。郭靖邀周伯通出外遊玩，他仍是賭氣不理。黃蓉笑道：「那麼你乖乖的陪著師父，回頭我買件好玩的物事給你。」周伯通喜道：「你不騙人？」黃蓉笑道：「一言既出，駟馬難追。」（金庸《射鵰英雄傳》）

大聖在他肚裡，聞得外面鴉鳴鵲噪，鶴唳風聲，知道是寬闊之處，卻想著：「我不出去，是失信與他；若出去，這妖精人面獸心：先時說送我師父，哄我出來咬我，今又調兵在此。也罷也罷，與他個兩全其美：出去便出去，還與他肚裡生下一個根兒。」（明．吳承恩《西遊記》）

一盞水喝完了，手心溫熱的感覺便轉為冷冷的，他不得不站起來把盞放下。兩腳實在太冷了，冷到有點痛。他更想，早晚總要度這難關，不如早睡便宜了一雙腳。一腔勇氣鼓勵著他，就移那個燭盤擺在床前的椅子上。然後坐上床，冒著險做那最困難的功課。當然咳喘是不肯爽約的，他才靠到床頭，已咳得幾乎氣息不屬了。（葉紹鈞〈孤獨〉）

承知騰忠義，乃曰：「公且息怒。某請公看一物。」遂邀騰入書院，取詔示之。騰讀畢，毛髮倒豎，咬齒嚼唇，滿口流血，謂承曰：「公若有舉動，吾即統西涼兵為外應。」承請騰與諸公相見，取出義狀，教騰書名。騰乃取酒歃血為盟曰：「吾等誓死不負所約！」（明．羅貫中《三國演義》）

伯牙開囊，調弦轉軫，纔汎音律，商絃中有哀怨之聲。伯牙停琴不操。「呀！商絃哀聲淒切，吾弟必遭憂在家。去歲曾言父母年高。

【背信忘義】不守信用，未能重視道義。
【不可信】不值得信賴。
【信不過】不可信。
【靠不住】不可靠、不可信。
【小忠小信】表面上講信用忠誠，實際上只是取信於人的一種手段。
【有口無行】只說不做，言行不一。

12 急與慢

急躁

【躁】性急。
【急躁】性情焦躁，缺乏耐性。
【浮躁】輕浮沒有耐性，急躁不沉穩。
【毛躁】性急，易衝動。
【暴】急躁。
【暴躁】做事急躁、魯莽，沒有耐性。
【煩躁】煩悶焦躁。
【焦躁】焦慮暴躁。
【躁進】做事急於求進。
【性急】性情急躁。
【猴急】焦急。
【褊急】度量狹小，性情急躁。
【狷急】性情躁急。
【操切】做事過於急躁。
【操之過急】處理事情時過於急躁。
【急性子】性情急躁。
【急忙】急迫匆忙。
【連忙】趕緊、急忙。
【匆忙】急忙的樣子。
【不耐煩】急躁沒有耐心的樣子。
【暴虐浮躁】形容人容易生氣、

若非父喪，必是母亡。他為人至孝，事有輕重，寧失信於我，不肯失禮於親，所以不來也。來日天明，我親上崖探望。」叫童子收拾琴桌，下艙就寢。（明．馮夢龍《警世通言．卷一．俞伯牙摔琴謝知音》）

經歷了這些之後，叔叔和妻子的關係會獲得什麼變化呢？人們認為叔叔和妻子的感情增進了，他們成了一對真正相濡以沫的患難夫妻。所以，當叔叔日後要求離婚的時候，遭來了白眼。叔叔成了背信棄義的典範，所有的人都在罵他忘本。（王安憶〈叔叔的故事〉）

人就像牛一般，一步一步的走，犁頭在後面一行一行的犁，不要急躁，不要跳來跳去，一個上午，說不定半畝地的蔓草，已經被新泥覆蓋在下面了。（顏元叔〈行走在狹巷裡〉）

去年抽了個空，遊歷了一番大阪城，也就是豐臣秀吉當年叱吒風雲的城堡。雖然壯觀，畢竟是個戰後重建的觀光遊覽區，看著看著就煩躁起來，覺得浪費了大半天時間，還不如買本書，在家裡仔細臥遊呢。居然也就真的買了一批書，扛回家裡，讀得津津有味。（鄭培凱〈大阪車站〉）

喝早茶有先安定心情的作用，盤算好了一天要做的事再開工，喝下午茶也有點生理上的原因，一整天忙碌下來，到了四五點血糖降低，難免感覺疲累，尤其黃昏往往是辦公室裡最忙碌的時段，許多趕在下班之前必需完成的工作或決定的議案，讓人焦躁不安。如果這時間喝點茶，吃兩塊小餅乾，補充點血糖，是可以提振點精神的。（王宣一〈下午茶〉）

那時的水桶是洋鐵皮做的，母規很瘦弱，水桶很重，她在提回來

輕浮好動，又沒有耐性。

【暴躁如雷】遇事就顯得急躁、粗暴，怒不可抑的樣子。

【褊躁】形容人氣量狹小，個性急躁。

【躁佻】形容人的個性輕浮、不穩重。

【躁狂】浮躁而輕狂。

【躁競】個性急躁，喜歡與與人爭權奪勢。

【眉急】有如火燒到眉毛一般，用以表示事態急迫。

【急吼吼】形容人做事急急忙忙的樣子。

【焦灼】焦急、著急的樣子。

慢

【款慢】慢慢的。

【緩慢】不快、遲延。

【遲緩】遲鈍緩慢。

【溫吞】個性或動作緩慢猶疑。

【蘑菇】故意糾纏不清或拖延時間。

【磨蹭】做事慢吞吞，動作遲緩，浪費時間。

【慢半拍】做事比別人遲緩。

【慢性子】個性遲緩。

【慢吞吞】說話或動作很慢的樣子。

【慢調子】做事緩慢。

【慢騰騰】遲緩的樣子。

【慢條斯理】慢慢的、從容不迫的樣子。亦作「慢條斯禮」。

【慢郎中】用來比喻做事慢條斯理的人。郎中原指醫師，在「急驚風撞著慢郎中」一語中，「急驚風」指的是中醫上小兒急性癲癇症，急症卻遇上慢吞吞的醫生，比喻有急事相求，

的路上需要休息兩次，我聽到她放下水桶時提手鐵環碰擊鐵桶的聲音，連忙衝出去想幫她，但每次都被罵回，說我背書不專心，小心又要挨她打。（周志文〈遙遠的音符〉）

各房只派了一個男子作代表，大房是大爺，二房二爺沒了，是二奶奶，三房是三爺。季澤很知道這總清算的日子於他沒有什麼好處，因此他到得最遲。然而來既來了，他決不願意露出焦灼懊喪的神氣，腮幫子上依舊是他那點豐肥的，紅色的笑。眼睛裏依舊是他那點瀟灑的不耐煩。（張愛玲《金鎖記》）

蝸牛一般，我只有向上笨笨地爬，風雨，哀愁，跌倒，這是每一隻蝸牛一生中應有的宿命。我身後是若隱若現的印痕，那該是自己經營過的文字，廢墟瓦礫一樣，閃爍在乾枯的稿紙上。蝸牛知道自己一生是緩慢遲鈍的一生，比不過兔子。我卻知道自己是失敗的一生，比不過別人。（馮傑〈扃址〉）

你磨蹭著，延捱著，就如同那一個冬日午後，你坐在距多摩川畔還有一些距離的神明神社前的一張公園木條椅上削一只蘋果吃。神社前的地上厚厚落了有紅有黃的櫻花葉，原來櫻花不光只落花的，不遠處，有幾名依舊穿著短褲短裙的小男生小女生邊吊單槓邊大聲爭執什麼，小男生立即可分配出有大雄、阿福、技安和其實從來不跟他們廝混冶遊的功課好的出木杉……（朱天心〈銀河鐵道〉）

韓三十八揉看流淌酸水的眼睛，不再去望那燙人的沙漠，繼續揮起鍬平著紅土疙瘩，慢慢地在地裏打一個筆直的畦。他從小落下了腿病，幹活只能這麼慢騰騰的。小村裏的人，特別是開手扶拖拉機的馬

卻偏偏遇上慢性子的人。

【婆婆慢慢】形容人動作遲緩、缺乏決斷、做事沒有魄力。

【徐緩】緩慢。

【緩不濟急】應變太慢，未能把急事處理好。

【慢慢兒】形容緩慢、速度不快。

【泡蘑菇】形容動作慢慢吞吞、花很多時間。

【牛步化】形容做事速度慢。

13 積極與消極

積極

【積極】主動力圖進取

【主動】照自己的意思，積極行動。

【能動】指主動、積極。

【來勁】積極，充滿幹勁。

【力行】努力實踐。

【自告奮勇】自動請求擔負艱難、冒險之事。

【力爭上游】努力求取上進。

【力圖上進】極力圖謀進進步。

【再接再厲】勇往奮進，不因挫敗而停止。

【自強不息】不斷努力，絕不懈怠。

【急起直追】立即振作起來，努力向前追趕。

【當仁不讓】指遇到應該做的事，主動承擔起來，毫不推讓。

【不落人後】做事非常積極，不會輸給他人。

【蹈厲奮發】行事積極，精神振奮。

壯兒總是笑話他，說他下了地像個唱秦腔的女旦兒。（張承志〈九座宮殿〉）

望著天上的月亮及燦爛的星斗，王貴生說，如果用他家的金條兒能夠搭成一道天梯，他願意爬上天空去把那彎月牙兒掐下來，插在尹雪艷的雲鬢上。尹雪艷吟吟地笑著，總也不出聲，伸出她那蘭花般細巧的手，慢條斯理地將一枚枚塗著俄國烏魚子的小月牙兒餅拈到嘴裡去。（白先勇〈永遠的尹雪艷〉）

我們承受西洋人生觀洗禮的，容易把做人看太積極，入世的要求太猛烈，太不肯退讓，把住這熱虎虎的一個身子一個心放進生活的軋床去，不叫他留存半點汁水回去；非到山窮水盡的時候，決不肯認輸〔……〕（徐志摩〈天目山中筆記〉）

不管在學校對學生演講或在文學營裡為學習寫作的朋友上課，常常被問到這樣的問題：「作文與創作到底有何差別，何以給人的感受如此不同？」我常笑稱：「作文是應付老師的，往往沒有心意；創作是為自己而寫的，不吐不快。」所以，看起來主動與暢所欲言往往是關鍵所在。（廖玉蕙〈作文與創作〉）

為了我自不量力，立志要做大建築師的夢想，我不得不把師父丟在台北，遠走他鄉，到這個對我才真是公平的上海，跟幾十個國際級的大建築師一起競爭，我才來勁。（登琨艷〈瓜賁老王〉）

大蜘蛛在白色磁磚上疾行奔逃，奶奶眼明手快地再接再厲痛下殺手，英氣勃發，一下又一下，那蜘蛛被奶奶打到角落裡頭抽搐死了，

【樂觀進取】對人生抱有積極的態度。

樂觀

【樂觀】對人生的一切事物充滿信心。

【達觀】看透人間是非，不為喜怒哀樂所影響，不拘泥、不執著。

【開朗】爽朗、樂觀。

【開闊】開朗寬闊。

【開豁】開朗豪爽。

【明朗】明亮、開朗。

【闊達】通達不拘。

【看得開】樂觀，坦然，對事情通達不拘。

【樂天】安於處境，樂觀面對。

【樂天知命】順應天意，固守本分，安於處境且悠然自得。

【知足常樂】知道滿足，不做分外的要求，心情就能常保愉快。

消極

【消極】遇事逃避、不主動，意志消沉。

【被動】要有外力的推動和影響才會有所行動。

【消沉】意志衰頹不振。

【無所作為】沒有做出成績、沒有成就。

【無所用心】對任何事情都不

屍體蜷縮起來，我傻傻望著，臉上都是眼淚，嘴巴開開。（李維菁〈廁所〉）

玉熹頂了他父親的缺，在家裏韜光養晦不出去。她情願他這樣。她知道他出去到社會上，結果總是蝕本生意。並不是她認為他不夠聰明，這不過是做母親的天生的悲觀，與做母親的樂觀一樣普遍，也一樣不可救藥。（張愛玲《怨女》）

已經五次轉世了，他們四個人還是一事無成。連最達觀的逸夫都不禁氣餒。如果沒有敏雯，事情還不至於弄得那麼糟。她變成他們失敗的見證，即使他們逃得過自我譴責，到了轉世時，也逃不過敏雯的冷眼。（張系國〈青春泉〉）

「樂觀幽默……」是班導師在他畢業成績單上的總評，但沒有講到跟天資穎慧、品學兼優有關之類的讚詞。我們一直有點困擾的是他大剌剌的個性，凡事看得太開，很多事覺得差不多就好，寫字差不多、功課差不多。（李進文〈樂觀多多〉）

人都失落過，有些時候發揮安撫與鼓勵作用的不見得是那些積極的思想，反而是那種消極的思想，那種消極的思想告訴我們所面對的逆境不是變數而是常態，沉淪與墮落是多數人的經驗，因此當我們面對沉淪或逆境時無須感到悲傷，消極的思想有時也會有積極的作用。（周志文〈記憶之塔〉）

他們得過且過，今日有酒今日醉。他們的華麗是末世的華麗，只

花心思、漠不關心。

【聽天由命】任憑天意及命運自然發展。

【得過且過】苟且偷安，不求上進。

【悲觀】沮喪或負面的人生態度。

【想不開】無法豁達面對事情。

【厭世】厭惡俗世的一切。

【心如死灰】心志不為外物所動，如不再燃燒的灰燼。

【心灰意敗】心情沮喪，意志消沉。

【自甘墮落】甘於沉淪，不求上進。

【自暴自棄】自甘墮落，自我放棄。

鬆懈

【懈】怠惰不振。

【鬆懈】放鬆懈怠。

【麻痺】對事情失去應有的知覺。

【鬆弛】放輕鬆。

【鬆散】人的精神不集中。

【渙散】散漫不集中。

【怠散】懈怠、散漫。

【怠緩】鬆懈、怠慢。

【懈弛】懈怠、廢弛。《三國演義》：「將軍既降，玄德又走，曹操必懈弛無備。」

是過眼的煙雲。「文化革命」初潮時期，在這個城市首先受到衝擊的，是摩登男女的尖頭皮鞋和窄褲腿。這顯得粗暴而且低級，卻並不出人意外，而是，很自然。（王安憶〈生死契闊，與子相悅〉）

存在主義對現實世界的看法是悲觀的，這就與莊子很不相同了，莊子並不悲觀。沙特認為人是沒有能力超越羈絆的，而他們又不相信上帝，當然得不到神的加持，人須獨立的面對自己的苦難，存在主義文學家對人性中的蒼涼無助的部分是深有體會的。（周志文〈存在主義〉）

我是曾經遭受失望的打擊，我的頭是流著血，但我的脖子還是硬的；我不能讓絕望的重量壓住我的呼吸，不能讓悲觀的慢性病侵蝕我的精神，更不能讓厭世的惡質染黑我的血液。厭世觀與生命是不可並存的；我是一個生命的信徒，初起是的，今天還是的，將來我敢說，也是的。（徐志摩〈迎上前去〉）

歐菲斯即便疲憊，他也懂得這表象的一戰，不能鬆懈對待。再怎麼疲倦，他也僅僅讓領帶鬆弛出一塊缺口，藉以顯現他們永不鬆散的優雅意志。必要的時候，他會脫下外套，罩在因會議室冷氣太強而顯得哆嗦的女主管身上；他會捲起衣袖、把領帶塞進襯衫釦裡，彎腰幫同事檢查中毒的電腦，甚至拆開主機板。（蔡詩萍〈職場就是秀場〉）

定靜師太微微一笑，道：「阿彌陀佛，這副重擔，我……我本來……本來是不配挑的。少俠……你到底是誰？」令狐沖見她眼神渙散，呼吸極微，已是命在頃刻，不忍再瞞，湊嘴到她耳邊，悄聲道：

【廢弛】懈怠、敗壞。

【怠倦】疲倦鬆懈，提不起力氣來。

勤勞

【勤勞】勞心盡力，辛勤勞苦。

【勤奮】勤勞奮發而不懈怠。

【勤勉】勤勞不懈。

【勤懇】勤勉不懈。

【孳孳】勤勉不怠。

【勤苦】辛勤勞苦。

【勤快】做事很勤奮。

【勤學】努力求學。

【耽習】專心而樂於學習。

【研精覃奧】研究精微深奧的義理。

【發憤】自覺不滿足，而奮力為之。

【盡力】竭盡力氣。

【竭力】盡所有的力量。

【努力】使力、用力。

【辛勤】辛苦勤勞。

【費心】耗費心神。

【悉心戮力】竭盡才智和力量。戮，ㄌㄨˋ。

【殫精竭慮】竭盡精力與思慮。

【夙興夜寐】早起晚睡。比喻勤勞。

【水滴石穿】滴水久可使石穿。持之以恆，必有成。

【孜孜不倦】勤勉而不知疲倦。

【孜孜矻矻】勤勞、努力不懈的樣子。矻，ㄎㄨˋ。

【胼手胝足】極為辛勞。胼胝，ㄆㄧㄢˊㄓ，手腳因勞動摩擦生的厚繭。

【宵衣旰食】天未明就披衣起床，日暮才進食。形容勤於政

「定靜師伯，晚輩便是華山派門下棄徒令狐沖。」定靜師太「啊」的一聲，道：「你……你……」一口氣轉不過來，就此氣絕。（金庸《笑傲江湖》）

我很清楚知道從前那一段用汗水堆疊出來的新天新地開拓史，其實並不與任何人相干，也不必與任何人相干，這只是自己心底一段甜美的記憶，因為就算是在烈陽下、在寒風裡、在大雨中孜孜勤懇的辛苦勞動，我也從沒覺得苦過，反而覺得扎實得不得了，因為每付出一份心力，便清清楚楚的留下一份成績，真箇是一步一腳印，公平得很，也許這就是人與土地親近顛撲不變的道理吧！（朱天衣〈新天新地〉）

早年無冰箱，所有的糕類皆擱在室溫裡，縱使眾人日日努力，仍然吃到白甜粿表面生黴。無妨，母親說，阿嬤會先將年糕沖洗一番，再洗不去，就削去發黴糕體，餘者裹粉，做炸年糕。（吳妮民〈舊（廓）年夜〉）

母親是一位典型的老式賢妻良母。雖然她自己曾受過良好的教育，可是自從我有記憶以來，她似乎是把全副精神都放在家事上。她伺候父親的生活起居，無微不至，使得在事業方面頗有成就的父親回到家裏就變成一個完全無助的男人；她對於子女們也十分費心照顧，雖然家裏一直都雇有女佣打雜做粗活兒，但她向來都是親自上市場選購食物；全家人所用的毛巾手絹等，也都得出她親手漂洗。（林文月〈給母親梳頭髮〉）

然後日子像一尾失憶的魚，孜孜矻矻學著泅泳，如果迷路，我們就理所當然坐在心中一張木製的椅子上，出其不意地唱著兒歌；木製

事。旰，ㄍㄢˋ。

【勤省耐勞】做事勤快，用度儉省，耐得住勞苦。

【韋編三絕】本指孔子勤讀易經，使編聯竹簡的皮繩多次脫斷。後比喻讀書勤奮，刻苦治學。典出《史記．孔子世家》。

【焚膏繼晷】指燃燒燈燭一直到白天日光出現。形容夜以繼日地勤讀不怠。語本韓愈〈進學解〉：「焚膏油以繼晷，恆兀兀以窮年。」

懶惰

【懶惰】懈怠、好逸惡勞。

【懶散】懶惰散漫。

【嬉遊】嬉戲遊樂。

【解怠】懶散、不勤勉。

【疏慵】倦怠懶散。

【懶適】懶散、閒適貌。

【懶怠】不想動，對事物沒興趣。

【怠惰】懈怠懶惰。

【解弛】懈怠廢弛。

【懶洋洋】慵懶的樣子。

【好逸惡勞】貪圖安逸，憎惡勞動。

【遊手好閒】遊蕩貪玩，無所事事的樣子。

【四體不勤】四肢不勞動。形容脫離生產勞動。

【坐享其成】不出勞力，享受現成的福利。

【拈輕怕重】挑選輕易的事，避開繁重工作。

【玩歲愒日】貪圖安逸，虛度光陰。愒，ㄎㄞˋ。

【無所事事】閒蕩無事的樣子。

【飽食終日】整天吃得飽飽的，無所事事。

【好吃懶做】愛吃又懶得勞動。

的椅子有一種不可終日的憨厚。（蔡深江〈漫步經心〉）

地方實在太窮了，一點點收成照例要被上面的人拿去一大半，手足貼地的鄉下人，任你如何勤省耐勞的乾做，一年中四分之一時間，即或用紅薯葉拌和糠灰充饑，總還是不容易對付下去。（沈從文〈丈夫〉）

我喜歡在我初期任教淡江時的景象，學校只負責提供我們自由的空間，就好像畫布的功能一樣，你在上面畫什麼，它從不管你。但在這種氣氛下，老師並沒有因此而懈怠，而學生也沒因此而學壞。（周志文〈山海之間——校園巡禮淡江大學〉）

棚簷的雨滴每一分十七秒墜落一顆，那時你尚未找到適切的文字語言描述你們既寂寥又懶適的狀態，可能得好些年後。（朱天文〈遠方的雷聲〉）

這些雞毛小事，成了我的「第一件差事」；那個臃肥的中年婦女是我的第一位僱主，以隻計薪，每日結算；由於日趨怠惰，一個禮拜只賺了二十塊錢，幸好，政府扣不到稅，全都拿去買百香果冰。（鄭順聰〈那些雞毛小事〉）

每天我近午才懶洋洋睜眼，躺在床上看著窗外無聲的雲，試著喊一聲，確認己身所存，慢慢起床。（柯裕棻〈午安憂鬱〉）

現在，那塊當年叫村裏人羡慕的菜地，已經一片荒蕪。好吃懶做的王彩娥連院子也不打掃，到處扔著亂七八糟的雜物。此刻，她正封門閉戶，和那位死狗隊幹部一塊廝混……（路遙《平凡的世界》）

14 果決與猶豫

【堅】剛強、強硬。

【堅定】意志堅決不動搖。

【堅持】執意堅決。

【堅決】心志堅定不移。

【堅毅】堅定有毅力。

【堅貞】節操堅定不變。

【堅忍】意志堅強、有韌性。

【堅韌】意志堅強、有韌性。

【堅苦】心志堅定，刻苦從事。

【銳意】意志堅決。

【執意】堅持自己的意見。

【堅貞不屈】堅守節操，絕不屈服。

【始終不渝】自始至終，都不改變。指意志堅定。

【堅苦卓絕】堅毅刻苦，精神、意志超越常人。

【矢志不渝】下定決心，絕不改變。

【有志者事竟成】只要立定志向去做，事情終究會成功。

【鍥而不捨】鍥，鏤刻。捨，捨棄、停止。鍥而不捨，指不斷刻下去而不停止，比喻堅持到底。也作「鍥而不舍」。

【海枯石爛】海水乾枯，石頭風化粉碎，形容經歷時間非常久。後用以表示意志堅定，永遠不變的盟誓。

【破釜沉舟】秦末項羽與秦軍戰於鉅鹿，項羽為使士卒拚死戰鬥，渡河之後，即將渡船弄沉，釜甑打破，以斷絕士兵後退的念頭。引申為做事果決、義無反顧。

關於叔叔的婚姻，是人們最感興趣的題目，於是便也是流言最多的一個題目了。有人說那女學生癡情到了萬般無奈，深夜敲門，而叔叔由於右派的陰影，只得壓抑人性，將其拒絕，內心卻痛苦得不行。那女學生堅定不移，不顧家人的阻撓，心誠石開，終於做成了這樁好事。（王安憶〈叔叔的故事〉）

當有人依恃宗教：政治，財富，學術，仙鄉為目標，在騁騖追求他們的大喜至樂時，當有人甚至選擇停止於渾噩沉醉之中，我們認識純粹的記憶是隨時提示著詩，因為它來自完美的過去，遂堅決地為現在撐起一把希望的巨傘，擋開一些風雨，嗤笑，橫逆，讓我們貫通未知的命運以展望未來。（楊牧《一首詩的完成・記憶》）

傳統知識份子受儒家影響，言必孔孟，記得從小教科書裡選讀的文章都是〈正氣歌〉、〈陳情表〉。人被逼到絕望之處，發揚出「忠」與「孝」的慘烈堅貞，十分感人。但在日常生活中，並沒有太多機會完成那樣壯烈的「忠」與「孝」。（蔣勳〈鴨頭丸帖〉）

我們堅忍的容貌／我微微恐懼的心情／想像死亡／就是期待／靠著近了／但是仍然談論／談論詩的各種流派／不曾放下，放下／沉重的依戀（沈花末〈最初的晚霞〉）

寶絡輾轉聽到四奶奶的陰謀，心裡著實惱著她，執意不肯和四奶奶的兩個女兒同時出場，又不好意思說不要她們，便下死勁拖流蘇一同去。（張愛玲〈傾城之戀〉）

【果斷】果敢決斷，毫不遲疑。

【果決】當機立斷，毫不遲疑。

【果敢】處事勇敢決斷。

【明決】英明果決。

【斷然】絕對、無論如何。表決斷之詞。

【毅然】堅決的樣子。

【決然】果斷堅決的樣子。

【行權立斷】行事果決，當機立斷。

【決斷如流】決策或判斷事情果斷迅速。

【沉舟破釜】比喻做事果決、勇往直前。

【雷厲風行】猛烈如打雷，快速如颱風。比喻執行政令嚴格迅速。

【毅然決然】態度堅決，毫不猶豫退縮。

【當機立斷】抓住時機，立刻做出判斷。

【大刀闊斧】比喻處事果斷有魄力。

【快刀斬亂麻】以果斷迅捷的手段，解決複雜困難的問題。

【斬釘截鐵】說話或辦事堅決果斷，毫不猶豫。

【一不做，二不休】既然已經做了，就索性做到底。

乾脆

【乾脆】爽快、簡捷。

【索性】乾脆；直截了當。

【直接】沒有轉折，不必透過人或事物的傳達。

很多年輕媽媽果決且焦慮的教孩子很多東西，深怕稍晚一步，孩子的腦力開發就有問題。怕他跟別人比起來不夠聰明。有的父母十分有「責任感」，每日都要強迫一歲多的幼兒學上好幾句話英文，搞懂所有親戚稱謂，及早識得各種草木鳥獸之名。孩子在某方面的發展稍微不如她意，就憂心忡忡的去看問診，認為自己生了遲緩兒。（吳淡如〈不敢急著教育妳〉）

我以前反對拔牙，一則怕痛，二則我認為此事違背天命，不近人情。現在回想，我那時真有文王之至德，寧可讓商紂方命虐民，而不肯加以誅戮。直到最近，我受了易昭雪牙醫師的一次勸告，文王忽然變了武王，毅然決然地興兵伐紂，代天行道了。（豐子愷〈口中剿匪記〉）

無論如何，做錯了事，只要心中雪亮是自己不對，當機立斷就道歉，毋寧是最好的做法。多餘的考慮，會讓一個人有時間思考搪塞的理由，如果時間再拖延一點，那人便有進一步思考「說謊」的可能。（九把刀〈被打要站好〉）

碧落暗示子夜重新再托人在她父母跟前疏通，因為她父母並沒有過斬釘截鐵的拒絕的表示。但是子夜年少氣盛，不願意再三地被斥為「高攀」，使他的家庭受更嚴重的侮辱。（張愛玲〈茉莉香片〉）

我痛苦地想，難道給關了幾年的「牛棚」，真的就變成「牛」了？頭上彷彿壓了一塊大石頭，思想好像凍結了一樣。我索性放下筆，什麼也不寫了。（巴金〈懷念蕭珊〉）

每當要奉獻的時候，我不見得不會奉獻，但我的奉獻比起別人總

【爽快】爽快、簡捷。

【俐落】言語或動作爽快敏捷。或作「利落」。

【俐索】俐落、爽快之意。或作「利索」。

【痛快】形容做事爽快，不拖泥帶水。

【爽利】爽快利落。

【爽脆】爽快敏捷。

【明快】直爽、決斷。

【乾淨俐落】做事簡捷明快，處理完善。

【直截了當】形容說話或做事俐落，毫不拐彎抹角。

【麻利】動作爽快、敏捷。

拖拉

【拖拉】做事遲緩，延宕。

【拖沓】形容做事拖泥帶水，不乾脆的樣子。

【拖延】推托延誤時間。

【遷延】拖延。

【不爽快】不乾脆。

【拖拖拉拉】做事慢吞吞，不乾脆俐落。

【歹戲拖棚】比喻做得不好，時間卻拉得特別長。

【滯滯泥泥】拘泥、固執不通的樣子。

【拖泥帶水】指做事不乾脆俐落，或說話、寫文章不夠簡潔。

【轉彎抹角】比喻說話或辦事不直爽。

嫌遲緩而猶豫不決，我常不珍惜財物，但過於珍惜感情，而我對感情只是珍惜卻不勇敢，常常是該續的不續，應斷的又不斷。我從任何一面來看，都不是個「痛快」的人。（周志文〈紛擾〉）

那家是這院子頂豐富的一家，老少三輩。家風是乾淨俐落，為人謹慎，兄友弟恭，父慈子愛。家裡絕對的沒有閑散雜人。絕對不像那粉房和那磨房，說唱就唱，說哭就哭。他家永久是安安靜靜的。跳大神不算。（蕭紅《呼蘭河傳》）

早年老太太動作可麻利了，扔了筆隨時去做家事，手上得了空立即又踅回桌前續上。（蘇偉貞〈日曆日曆掛在牆壁〉）

「那休個長假不就好了？」「那只是在下坡路坐下來睡午覺，拖延。我去找新路的時間。」他說我很傻，更增加了我的害怕。為了逃避害怕，我選擇旅行，在美國和大陸跑了兩個月。我的想法是：這種害怕是上班族的反應模式，我得暫時脫離上班族的環境，才不會糾纏在過去的價值觀中。有些領悟，必須藉由革命性的改變才能得到。休個長假，像是游泳池加氯，細菌還是往下累積。離開職場，像是游泳池換水，也許才能得到透明。（王文華〈Anything〉）

孫劍平素是最恨做事不乾脆的人，他做事從不拖泥帶水，他無論做什麼事，他用的往往都是最直接的法子。老伯要他去找毛威，他就去找毛威，從自己家裡一出來就直到毛威門口。他永遠只是一條路，既不用轉彎抹角，更不回頭。（古龍《流星蝴蝶劍》）

【猶豫】遲疑不決。

【猶疑】遲疑不決。

【游移】遲疑不決。

【遲疑】游移不定。

【躊躇】猶豫不決。

【踟躕】ㄔˊ ㄔㄨˊ，猶豫、徘徊不前的樣子。

【徬徨】徘徊不前。

【徘徊】猶豫不決。

【盤桓】徘徊、留連不前。

【流連】徘徊不忍離去。

【瞻顧】向前看又向後看。比喻多顧慮而猶豫不決。

【趑趄】ㄗ ㄐㄩ，想前進卻又不敢。

【逡巡】徘徊不前的樣子。逡，ㄑㄩㄣ。

【優柔】猶疑不決。

【溫吞】個性或動作緩慢猶疑。

【心猿意馬】佛教以猿馬性喜外馳來形容眾生的心。後用來形容心意不定。

【優柔寡斷】行事猶豫不決，不能當機立斷。

【當斷不斷】遇事猶豫不決，不能當機立斷。

【三心二意】形容猶豫不決、意志不堅。

【舉棋不定】拿著棋子，不能決定下一步怎樣下。比喻做事猶豫不決，拿不定主意。語出《左傳．襄公二十五年》：「弈者舉棋不定，不勝其耦。」

【首鼠兩端】形容猶豫不決、瞻前顧後的樣子。

【瞻前顧後】形容做事猶豫不決，顧慮太多。

【裹足不前】停止腳步，不往前進。比喻有所顧忌，不願去做。

【婆婆媽媽】拿不起，放不下，做事不乾脆。

王昶雄通過一個受過日本完整教育的鄉下醫師「我」（洪醫師）與伊東春生、林柏年兩個台籍青年的來往，描繪了皇民化時期台灣知識分子在「日本人」認同或「台灣人」認同之間猶疑、徬徨，到底是要以統治者的日本人為傲、還是要以生為台灣人為榮的雙重苦惱——這當中凸顯了缺乏自主權的殖民地人民的國族認同課題，複雜、弔詭，而且形成一種深沉的悲哀〔……〕（向陽〈台灣心窗〉）

錢夫人方才聽竇夫人說天辣椒蔣碧月也在這裏，她心中就躊躇了一番，不知天辣椒嫁了人這些年，可收斂了一些沒有。那時大夥兒在南京夫子廟得月臺清唱的時候，有鋒頭總是她佔先，扭著她們師傅專揀討好的戲唱。一出臺，也不管清唱的規矩，就臉朝了那些捧角的，一雙眼睛鉤子一般，直伸到臺下去。（白先勇〈遊園驚夢〉）

你在夜色裡踟躕過嗎？你恐懼過嗎？你憂慮過嗎？生命不是憂慮，生命是讓我們在笑容和淚水裡體認的。笑聲終止的時候，淚水拭乾的時候，我們就在小小的懼怕中成長了。（楊牧〈水井和馬燈〉）

仁慈的青年獄卒，不識歲月的容顏，不知歲月的籍貫，不明歲月的行蹤；乃夜夜往動物園中，到長頸鹿欄下，去逡巡，去守候。（商禽〈長頸鹿〉）

如果要說我和高信疆的作風有什麼不同，那應該是做事的方法上，在個性上我溫吞，他急進。新聞系出身的他，一切講究速度，在他的字典裡，根本沒「慢」這個字，攻擊和衝刺是最重要的作為，與這樣的對手周旋，是夠累的。（瘂弦〈我、聯副、人間與高信疆〉）

就像吳淡如說的，許多事她都做過了，而我，許多她做過的事，我都沒做過，好比有一回她推薦我學潛水，我興趣缺缺裹足不前，她熱心的說，潛水真的很好，在海裡妳心裡只剩下呼氣吸氣，什麼都不

【拖泥帶水】比喻做事拖拖拉拉，不乾脆利落。

【反覆】變化無常。

【反覆無常】形容變動不定，一會兒這樣，一會兒又那樣。

【朝三暮四】心意不定、反覆無常。

【朝令夕改】早上下達的命令，到晚上就改變。比喻政令、主張或意見反覆無常。

【朝秦暮楚】戰國時代，秦和楚為兩大國，夾處其間的韓、趙、魏等國，時而事秦，時而事楚，反覆變化。後以「朝秦暮楚」比喻心意不定，反覆無常。

【出爾反爾】原意是你怎麼對待別人，別人也會怎麼待你。後用來比喻人的言行前後反覆，自相矛盾。

【翻雲覆雨】言行反覆無常。

【見異思遷】見到新奇的事物就改變心意。比喻意志不堅定。

用想。（楊明〈孩子〉）

時間會使你真正成熟，使你變得冷酷而堅強，使你不再拖泥帶水。（黃凡〈大時代〉）

本來嘛，能在名將如雲的亂世裡獨稱第一，進出千軍萬馬如入無人之境的呂布，在聰明才智上必有過人之處，若否，焉能扛下「人之呂布，馬中赤兔」這塊金字招牌？只因呂布殺義父丁原、殺義父董卓、性格反覆無常致使世人評價過低，而這份評價從道德上延伸到呂布的智商上，顯然有失公允。（九把刀〈毀掉作家的三大句〉）

老殘說：「前次有負宮保雅意，實因有點私事，不得不去。想宮保必能原諒。」宮保說：「前日捧讀大札，不料玉守殘酷如此，實是兄弟之罪，將來總當設法。但目下不敢出爾反爾，似非對君父之道。」老殘說：「救民即所以報君，似乎也無所謂不可。」宮保默然。又談了半點鐘功夫，端茶告退。（清・劉鶚《老殘遊記》）

那村女恨恨道：「見了人家閨女生得好看，你靈魂兒也飛上天啦。我說她沒受傷，要你樂得這個樣子的幹什麼？」張無忌道：「我就是為她歡喜，跟你又有什麼相干？」那村女又揮掌劈來，這一次張無忌卻頭一低，讓了開去。那村女大怒，說道：「你說過要娶我為妻的。這句話說了還不上半天，便見異思遷，瞧上人家美貌姑娘了。」（金庸《倚天屠龍記》）

【明朗】明顯、清晰。
【分明】清楚明白。
【鮮明】清楚、明白。
【擺明】表現得清楚明白。
【頭頭是道】形容言語行動清楚明白，行動有條有理。
【擘兩分星】在計算金錢的時候，一錢一兩都分得清清楚楚。形容清楚、明白的意思。
【紛紛曉曉】形容明白、清晰。
【含糊】言語不明白。
【含混】模糊、不明確。
【曖昧】含混不清、不明朗。
【暗昧】隱蔽、曖昧。
【模稜】態度、意見或語言含糊不清。
【模稜兩可】言語、意見或主張含混不明確。
【依違】順從或違背，不能做決斷。
【依違兩可】既不贊成也不反對。指對事情的態度不明確，模稜兩可。
【兀禿】不冷不熱。
【不置可否】不表示贊成也不表示反對。不表示任何意見。
【兩可】不否定任何一方。
【東支西吾】形容人說話含混不清，敷衍搪塞的樣子。
【騎牆之見】態度立場模稜兩可，形容心存觀望。
【虛虛實實】虛實並存，令人難以捉摸，無法探聽實情。

年輕的孩子臉立即湧起一陣曖昧的情緒，有幾分失落，白花了掙扎起床的力氣，可是又同時有幾分亢奮，不必坐在沉悶的課室聆聽沉悶的課堂，心情頓然輕鬆下來，像在法庭上被判「無罪釋放」。（馬家輝〈宿舍歲月長〉）

中國的幽默大家不是蘇東坡，不是袁中郎，不是東方朔，而是把一切國事當兒戲，把官廳當家祠，依違兩可，昏昏冥冥生子生孫，度此一生的人。我主張應當反過來，做人應該規矩一點，而行文不妨放逸些。（林語堂《人生的盛宴》）

一直懶懶散散不置可否站立一旁看她紮花的我突然來了興致，我打起精神告訴她：「是送給我先生的。」女老闆笑開了眼，忙著讚美：你們這樣恩愛啊！他一定很開心哪！你們結婚多久了？……（愛亞〈小小朵的黃菊〉）

方鴻漸說：「女人原是天生的政治動物。虛虛實實，以退為進，這些政治手腕，女人生下來全有。女人學政治，那真是以後天發展先天，錦上添花了〔……〕所以男人在社會上做的事該讓給女人去做，男人好躲在家裏從容思想，發明新科學，產生新藝術。我看此話甚有道理。女人不必學政治，而現在的政治家要成功，都得學女人。政治舞台上的戲劇全是反串。」（錢鍾書《圍城》）

15 隱瞞與公開

隱瞞

【背地】暗中、私下。

【暗地】私下、偷偷的。

【私下】暗中、不公開。

【暗中】私下、偷偷的。

【暗暗】暗中的，個人私下的行動。

【悄悄】暗地，不聲不響。

【偷偷】暗中行動，不使人察覺。

【偷偷摸摸】暗中行動，不讓他人知道。

【不露聲色】不將內心感情流露出來。

【鬼頭鬼腦】狡猾、隱約躲閃的樣子。

【鬼鬼祟祟】行事不光明的樣子。

【藏頭露尾】言多隱諱，舉止畏縮的樣子。

【隱姓埋名】改換姓名，不讓別人知道。

【保密】保守祕密。

【守口如瓶】嘴像瓶口一樣封得嚴緊。比喻嚴守祕密。

【祕而不宣】隱瞞所知，不公開宣布。

公開

【公開】開放、不加隱蔽。

【公然】無所顧忌，無所隱避。

【清楚】清晰明白。

【明】公開的、顯露的。

而克拉拉的壓力可能更大，她熱愛旅行演出，而舒曼卻喜歡在家獨處，她在家練琴時，他需要安靜作曲，她索性放棄了練琴，顯而易見，丈夫舒曼嫉妒她的成功，潛意識裡和她競爭，也暗地希望她放棄演出，而她因比丈夫成功而有罪惡感，但無論如何又必須養活八個孩子。（陳玉慧〈克拉拉和舒曼〉）

操恐人暗中謀害己身，常吩咐左右：「吾夢中好殺人；凡吾睡著，汝等切勿近前。」一日，晝寢帳中，落被於地。一近侍慌取覆蓋。操躍起拔劍斬之，復上床睡；半晌而起，佯驚問：「何人殺吾近侍？」眾以實對。操痛哭，命厚葬之。人皆以為操果夢中殺人。（明．羅貫中《三國演義》）

每一年，他必將箱籠中深藏的大塑膠袋挖掘出來，將袋中一片片一截截的塑膠製耶誕樹拼圖般逗湊做一棵象徵性的幸福，以及幸福的一顆顆一粒粒小小耶誕燈，以及笑看孩子們認真地虔敬地將自己的花襪子高懸在雙人或單人的床頭，以及和我一起偷偷地置放禮物於三隻襪中，以及……（愛亞〈那個〉）

氣氛已經緊張了。這時雖然是民國四年，已有謠傳袁世凱有推翻民國，自立為帝之意。即便是袁世凱最忠實堅強的部下，也沒有人敢公然討論此一問題。立夫是強硬的民主派，從懷瑜提到「擁護偉大的元首」，立夫就確信一俟時機到來，袁世凱就要自立為帝的。（林

【明白】清楚、明確。

【當面】當著別人的面。

【當眾】公開面對大家。

【透明化】公開、不掩飾。

16 遵守與違抗

服從

【服】順從。

【從】依順、跟隨。

【服從】遵從、順從。

【從命】遵從意旨、命令。

【聽】順從、服從。

【聽從】聽命、服從。

【聽命】從命。

【聽話】順從。

【隨】順從、服從。

【隨順】聽從、依從。

【順服】順從、服從。

【畏服】敬畏、佩服。

【馴服】順從、依從。

【服貼】順服、順從。

【帖服】順從、屈服。

【買帳】領受他人的好意。

【依從】順從。

【百依百順】凡事都能順從。

【心悅誠服】誠心誠意的服從。

【唯命是聽】絕對服從命令，不敢違抗。

【低聲下氣】放低聲音，壓住氣息，表示謙卑或懼怕的樣子。

語堂《京華煙雲》）

大家憤激地談論著，各人提出不同的意見。他們談了許久還沒有談出結果。另一個警察來了，他送了一封公函來。張惠如拆開信當眾朗讀。信裡的話十分明顯：「貴報言論過於偏激，對於國家社會安寧秩序大有妨礙，請即停止發行。……」措辭於嚴厲中帶了客氣。這樣的封禁報紙倒是別開生面。（巴金《家》）

作為愛美的少女，我討厭校服不僅因為它難看，而且覺得制服是壓抑了個體個性，所以對它有反感；畢業之後立即義無反顧的追隨時尚潮流。然而日後才覺悟到：流行、時尚，其實也是類似制服的社會壓力，年輕時的我卻迎合服從，並無怨言。（李黎〈時尚猛於虎〉）

歆曰：「今魏王薨逝，天下震動，何不早請世子嗣位？」眾官曰：「正因不及候詔命，方議欲以王后卞氏慈旨立世子為王。」歆曰：「吾已於漢帝處索得詔命在此。」眾皆踴躍稱賀。歆於懷中取出詔命開讀。原來華歆諂事魏，故草此詔，威逼獻帝降之；帝只得聽從，故下詔即封曹丕為魏王、丞相、冀州牧。（明．羅貫中《三國演義》）

回憶起開車的學習過程實在很簡單。在當時，如果一年中碰到一個朋友恰好手上有輛車，那我必定抓住機會，低聲下氣的請求車主讓我摸摸駕駛盤，那怕是假的坐在車裡不發動車子，也是好的。（三毛〈愛馬落水之夜〉）

恐怕大半也還是因為好奇心，我歸途中經過他家的門口，便又順便去弔慰。他穿了毛邊的白衣出見，神色也還是那樣，冷冷的。我很

【低首下心】低聲下氣，形容順服的樣子。

【唯唯諾諾】恭敬的連聲答應，不敢有所違逆。

【馬首是瞻】瞻，看。馬首是瞻，原指作戰時士兵依主將的馬頭決定前進方向。後比喻毫無主見，服從或跟隨他人進退，不敢有所違背。

【俯首貼耳】低頭垂耳。形容恭順馴服的樣子。也作「俯首帖耳」。

勸慰了一番；他卻除了唯唯諾諾之外，只回答了一句話，是：「多謝你的好意。」（魯迅《徬徨》）

高度的文明，高度的訓練與壓抑，的確足以斫傷元氣。女人常常被斥為野蠻，原始性。人類馴服了飛禽走獸，獨獨不能徹底馴服女人。幾千年來女人始終處於教化之外，焉知她們不是在那裡培養元氣，徐圖大舉？（張愛玲〈談女人〉）

遵守

【遵】依照。

【遵守】謹守、服從。

【遵照】遵奉依照。

【遵從】遵守依從。

【遵行】遵守奉行。

【遵辦】遵照辦理。

【遵奉】遵照奉行。

【遵循】服從依循。

【奉行】照著去做。

【奉命】遵奉命令。

【奉令】承受命令。

【信守】忠實的遵守。

【嚴守】嚴格的遵守。

【死守】固執遵守，不知變通。

【謹守】謹慎、小心的遵守。

【恪守】只行動上謹慎的遵守。恪，ㄎㄜˋ。

【確守】確實遵守。

【遵命】服從命令。

【恪遵】謹慎遵守。

我一向不是個按牌理出牌的人。不太遵守固定配方的學生。我會自己研製一些意想不到的食物。比如說，有一道菜叫做炸蛋。把蛋穿一個小口，把加了麵糊的奶油千辛萬苦的倒進去，然後，放進沸油裡去炸——結果可想而知。蛋當然炸掉了，成為我們童年最難忘的小小恐怖回憶。（吳淡如〈很少煮菜的媽媽〉）

奉行「簡單的生活，深刻的思想」的趙老師，結果經濟一塌糊塗。朋友有難，他二話不說，當場抽出腰帶，那條皮帶是當年逃難用的，裡面有個密縫，可以藏不少鈔票，他常從裡面拿錢濟助朋友。（周芬伶〈一扇永不關閉的門〉）

小妖又去報知，那妖王復率群妖，鼓譟而出道：「猢猻！你今又請得何人來也？」說不了，小張太子指揮四將上前喝道：「潑妖精！你面上無肉，不認得我等在此！」妖王道：「是哪方小將，敢來與他助力？」太子道：「吾乃泗州大聖國師王菩薩弟子，率領四大神將，奉令擒你！」（明．吳承恩《西遊記》）

屈服

【屈】降服、折服。

【屈服】為情勢所迫，不得不低頭服輸。

【屈從】情勢所迫，勉強服從。

【懾服】因畏懼威勢而屈服。

【就範】使人屈服，聽從支配和控制。

【屈撓】屈服折從。

【低頭】屈服、妥協。

【屈膝】下跪。比喻屈服。

【投降】停止抵抗，屈服於對方。

違背、抗拒

【違】反背。

【違背】違反、不遵守。

【違反】違背、不合。

【違誤】因違抗而使事件延誤辦理。

【違拗】違背反抗，不順從。

【違抗】違背反抗。

【忤】違逆、不順從。

【違忤】違背不依從。

【忤逆】違背。

【違逆】違背忤逆。

【拂逆】違背心願的事。

【悖逆】違反正道、犯上作亂。

【叛逆】背叛作亂。

【背】違反。

【背棄】違背離棄。

【背離】背棄離叛。

【抗拒】抵抗拒絕。

【抗命】違抗命令。

【相左】互相違背。

【背道而馳】比喻進行的方向和欲達到的目的方向完全相反。

憂鬱症病人是生了病，精神身體都虛弱，可超甯在意志上卻沒有表現出屈服軟弱，在承受巨大壓力的時候，她想到的絕不是退縮，而是無助又激動。（九把刀〈天使一路好走〉）

主見來自於基因嗎？我並不認為，但妳也是個很有主見的孩子。兩歲，妳出門要穿哪雙鞋子，要帶拿個玩具，妳都很堅持。有一次，我故意把妳的小樂器藏起來，讓妳找得很心急，我跟妳說：「親我一下，我才給妳。」妳竟然擺出一副「我絕對不會向惡勢力低頭」的表情。（吳淡如〈主見〉）

三毛自己不知道，她已經違背了她藝術家「自由自在」的原則。她必須配合社會去做很多事情，連寫作、演講題目都經常由別人決定。她每天得閱讀大批讀者有關生活疑難雜症的信，再選擇代表性的在媒體回答。這本來是心理醫師、張老師與生命線的工作，轉嫁到三毛身上。（鄭明娳〈三毛閱讀記〉）

不管後來我怎樣叛逆，熱衷前衛藝術，我總會在看老電影時，像巫師那樣召喚出屬於自己的隱形龐大密室，密室裡頭儲存的都是磨損陳舊的夢境，一種永遠通不到未來的美好。我喜歡那個男生氣派、女生美麗的世界，某種我最柔軟、不合時宜的感情，只能在此時毫不掩飾。（李維菁〈蓬門碧玉紅顏淚〉）

「爸比！那一顆星是什麼星？好亮唷！」小王子忽然挺直身軀，抬腿蹬腳，想站在你的肩膀上。你吐氣，半蹲，兩手探入他的胳肢窩，將頭上光環放回地面，嘴裡莫名吐出東坡詩句：壞壁無由見舊題。同時被雪鴻、泥爪、崎嶇、蹇驢等斑駁意象震懾：新生喜悅、生命發現、

【悖】有違背、違反的意思。

【反將】反把、反而，或可解釋為違背。

【犯順】意指違背常理、反叛作亂。

【抵抗】抵禦、抗拒。

【深閉固距】嚴實地封閉隔絕，堅定抗拒，比喻頑固地拒絕接受任何新觀念或新事物。

越軌

【越軌】踰越應有的規範。

【越矩】超越應守的規矩。

【踰矩】超越常規，不守規矩。

【離譜】不合常理。

【攙越】超越本分。

【逾越】超過、越過。

【踰越】超過、越過。

【越禮】超越禮法。

【差越】踰越而失序。

【越次躐等】不循正規順序，超越了原有的等級次序。亦作「越次超倫」。躐，ㄌㄧㄝˋ。

【越俎代庖】俎為古代祭祀時，用來裝盛祭品的禮器。掌管祭祀的人放下祭器代替廚師下廚，後用以比喻踰越自己的職分而代人做事。

【違越】違背逾越的意思。

【走樣】形容人行為舉止越軌。

【踰垣】形容不合禮法。

【撈過界】形容超越了本分，或指求取本不應該取得的。

【沒分寸】指人的言行舉止或態度，超過了適當的限度。

延續或中斷、依存和背離，皆是傾圮黑牆上的亂碼、祕數？無法解破。無從窺知。（張啟疆〈無由〉）

學生的生活，原本應當以讀書為主，如今學生除了上課幾乎都掛在網上，或握著手機不放，應當獨立思考的年紀，整天嘴巴說個不停，一個聒噪的人會有什麼深層思想？看來年輕朋友果真已經和永恆的文學背道而馳？（隱地〈安靜巷〉）

每次神交節目，他和方復都要拆散好幾對野鴛鴦。並不是他喜歡這麼做。夢幻電台嚴格規定，神交節目的顧客必須發乎情，止乎禮，絕不能有任何猥褻行為。李平和方復的主要責任，就是制止顧客間的越軌舉動。（張系國〈翦夢奇緣〉）

無論是那一類文章的書寫，都有它的尺度。作家心中都有一把尺，哪些內容可以寫？哪些內容逾越尺度不該寫？而所謂的「尺度」，可能是腥羶禁忌的斟酌，可能是個人隱私的裸裎，也可能是道德批判的嚴峻。（廖玉蕙〈欲吐還吞的情愛與文學〉）

木蘭以後，直到現代，有些優秀的女子終身未嫁，因為時代變了。最優秀的小姐太高尚純潔，不願出去自己追求丈夫，而父母又已然沒有權利替她們和條件可取的青年男子的父母去越俎代庖，為她們安排婚事。她們終身未嫁，就是這種緣故。（林語堂《京華煙雲》）

17 作惡傷害

【作歹】做壞事。

【造孽】做壞事種下惡因。

【肆虐】任意作惡。

【盜竊】竊取偷拿。

【打劫】劫奪財物。

【劫掠】強奪。

【洗劫】搶奪他人財物。

【攫取】奪取。

【威脅】以威力脅迫。

【恫嚇】ㄉㄨㄥˋㄏㄜˋ，虛張聲勢，恐嚇他人。

【挾持】用威力迫使對方屈服。亦作「脅制」。

【勒索】用威脅或暴力等非法手段索取財物。

【搜刮】用各種方法掠奪、聚斂財物。

【榨取】比喻搜刮、剝削他人的利益。

【箝制】用威勢壓制他人。

【誘剝】誘拐、剝削。

【擄掠】搶奪財物或人口。

【壓榨】以壓力榨取。比喻搜刮剝削。

【打秋風】向富人抽取小利，或藉故向人取財。

【敲竹槓】藉端勒索財物，或抬高價錢。

【榨油水】壓榨出油和水。以欺壓、敲詐非法手段搜刮錢財。

【抽筋剝皮】剝離抽取筋肉。殘酷的壓榨剝削。

【敲骨吸髓】敲碎骨頭，吸取骨髓。殘酷的壓榨。

【擅作威福】擅自作威作福。濫用權勢欺壓別人。

【破壞】擾亂毀棄。

沒人意會到我這去國二十年的人對這城市的放心，即若迷路也從容。這是一個不需設防、不必擔心乞丐騷擾、瘋漢發狂、暴徒打劫、賊人肆虐、種族歧視、恐怖分子威脅的城市。（黃寶蓮〈親愛的台灣〉）

從前漢人侵占原住民土地還要鄙棄他們，現在都市人吃農人米還要誘剝他們的兒女，文人住工人建的房屋，卻自造煙囪吐汙氣燻黑社會。（許達然〈探索〉）

我不曉得當時是什麼人在裡面作梗，使得媽跟大姨媽起了衝突，破壞了大哥同梅表姐的幸福！（巴金《家》）

還有妹妹的表情，更令人難以忍受。她的眼角，她的鼻翅，輕輕的牽動，總是意味著一種尋釁和敵對。對母親，我可以忍受，但對妹妹，我卻必須忍受。（鄭清文〈校園裡的椰子樹〉）

我若有常常恨著的人，那一定是寧波的茶房了。他們的地盤，一是輪船，二是旅館。他們的團結，是宗法社會而兼梁山泊式的；所以未可輕侮，正和別的「寧波幫」一樣。他們的職務本是照料旅客；但事實正好相反，旅客從他們得著的祇是侮辱，恫嚇，與欺騙罷了。（朱自清〈海行雜記〉）

馬群剛靜下來，忽見西邊一匹全身毛赤如血的小紅馬猛衝入馬群之中，一陣亂踢亂咬。馬群又是大亂，那紅馬卻飛也似的向北跑得無影無蹤。片刻之間，只見遠處紅光閃動，那紅馬一晃眼又衝入馬群，搗亂一番。（金庸《射鵰英雄傳》）

但把自己安置到無人的境界裏去，敵人既然沒有，使她氣壯神王的一切皆消失在黑暗裏，她就恐懼起來了。她於是愈思索愈見得惶

【作梗】從中阻撓、搗亂。
【拆臺】比喻從中破壞，使事情不能成功。
【胡攪】瞎搗亂；擾亂。
【尋釁】故意找藉口製造事端，引發衝突。釁，ㄒㄧㄣˋ。
【搗亂】以不好的手段或行動擾亂秩序，或破壞正在進行的事情。
【騷擾】擾亂使人不安。
【扯後腿】阻撓、破壞、牽制他人行動，使其不能達到目的。
【挖牆腳】挖毀牆腳的地基。在暗地裡阻撓或破壞別人的計畫、行動。

傷害

【汙染】沾染；玷汙。
【作踐】糟蹋、摧殘。
【折翼】折斷翅膀。遭受挫折、傷害。
【攻擊】以武力、語言或文字傷害他人。
【玷汙】汙辱，侮辱。
【凌遲】古代一種酷刑。今多意指欺凌虐待。
【強暴】強橫凶殘的行為。
【荼毒】苦菜與螫蟲。比喻苦痛、毒害。
【貽害】留下禍害或使其損害之意。貽，ㄧˊ。
【摧殘】摧折破壞。
【斲傷】傷害。
【蹂躪】摧殘、傷害。
【糟踐】糟蹋、作踐。亦作「蹧踐」。
【打冷槍】暗中傷人。
【使絆子】背地裡耍弄手段害人。

恐，但願意自己十分安分的做一個平常女人，但願同過去的眼前的離開。……這些心情同時騷擾到這人靈魂，表面上是看不出來的。（沈從文〈一個女劇員的生活〉）

「既然有這樣的情形，幹麼你不早來報告？」「這也得怪我自己糊塗。一共只有七八天工夫，直到最後那天，我還蒙在鼓裡。小昭那種捉摸不定的態度，冷言冷語的譏諷，我老覺得詫異，可是怎麼會料到是小蓉在背後拆臺的緣故？〔……〕現在我知道，八天之內，小蓉就背著我去過四次，——差不多隔天一次；人家工作得有點頭緒了，她去一頓亂說，就前功盡棄！她即使和我個人有仇，也不該這樣不顧大局！」（茅盾《腐蝕》）

我其實並不會去揣測不在我身旁的人正在做著什麼事？那種揣測既無助於實質的發展卻斲傷愛情的堅信。（鍾文音《從今而後．自序》）

人就會說漂亮話，說什麼親近自然，愛自然，愛過之後便一刀刀地將它凌遲處死。在象山，在任何被人汙染被人蹂躪被人強暴的山林，你永遠也聽不到山靈的呼喚。（洛夫〈山靈呼喚〉）

假飾天真是最殘酷的自我糟踐。沒有皺紋的祖母是可怕的，沒有白髮的老者是讓人遺憾的。沒有廢墟的人生太累了，沒有廢墟的世界太擠了，掩蓋廢墟的舉動太偽詐了。（余秋雨〈廢墟〉）

但有時也想：報復，誰來裁判，怎能公平呢？便又立刻自答：自己裁判，自己執行；既沒有上帝來主持，人便不妨以目償頭，也不妨以頭償目。有時也覺得寬恕是美德，但立刻也疑心這話是怯漢所發明，因為他沒有報復的勇氣；或者倒是卑怯的壞人所創造，因為他貽害於人而怕人來報復，便騙以寬恕的美名。（魯迅〈墳〉）

【放冷箭】暗中設計陷害他人。

【暗箭傷人】趁人不備，用狡詐陰險的手段傷害人。

【行凶】傷害別人的行為；殺人。

【夷戮】誅殺。

【戕害】殺害。

【誅滅】滅除。

【草菅人命】輕視人命，濫殺無辜。菅，ㄐㄧㄢ，指一種野草。語本《大戴禮記．保傅》：「其視殺人若艾草菅然，豈胡亥之性惡哉？」

【殺人越貨】殺人搶劫。語本《書經．康誥》：「殺越人于貨，暋不畏死。」

【謀財害命】為謀取錢財，而傷害人命。

【血洗】血流很多，像被血洗刷過一樣。慘酷的屠殺。

【屠戮】殺戮；大批屠殺。

【血流成河】形容被殺害的人極多。

【侵害】侵犯傷害。

【傷損】傷害、損害的意思。

【催剁】摧殘、傷害。

【汙漫】玷汙、汙辱。

【毆傷】毆打成傷。

【迫害】逼迫傷害。

【坑害】有計畫的陷害、謀害。

【加害】傷害、殺害。

【鴆害】下毒殺害。鴆，ㄓㄣˋ。

【殺害】用不正當的理由，將人殺死。

宗維俠一呆之下，登時醒悟，向俞蓮舟怒目而視，喝道：「大丈夫光明磊落，怎地暗箭傷人？」他料定是俞蓮舟在暗中相助，多半還是武當諸俠一齊出手，否則單憑一人之力，不能有這麼強猛的勁道。（金庸《倚天屠龍記》）

不多時，只見二百餘人，各執刀杖鎗棒，圍住柴皇城家。柴進見來捉人，便出來說道：『我同你們府裏分訴去。』眾人先縛了柴進，便入家裏搜捉行凶黑大漢，不見，只把柴進綁到州衙內，當廳跪下。（明．施耐庵、羅貫中《水滸傳》）

項少龍頭皮發麻，心內生寒。知道了烏府其實布滿趙王的探子和臥底，因為他並不信任有一半秦人血統的烏家人。此事真的非同小可，定要找個機會告訴烏應元，否則隨時有誅滅整個家族的厄運。（黃易《尋秦記》）

他的臉色又變得蒼白：「你……要將我交給警局？你……不會吧。」我攤開雙手：「還有甚麼辦法？」他突然拉住了我的手臂，用力搖著：「她是一個殺人兇手，她是謀財害命的兇手，你知道，那是你告訴我的。」我點了點頭：「是——」可是我根本沒有再說下去的機會，他又急急地道：「而我只不過假扮了被她害死的人，去索回被她謀去的財物，她一見了我，就自願將所有的財物都給我，她自己打開保險箱，然後，我離去，她死了，那樣，難道我也有罪？」（倪匡《湖水》）

18 專注與分神

專心

【專心】專一心思，集中心力。

【專注】專心注意。

【專一】心思專注。

【用心】盡心。

【悉心】竭盡心力。

【潛心】心靜而專注。

【著意】集中注意力。

【刻意】專一心志、竭盡心思。

【傾注】將精神、力量集中於某一事物。

【凝神】全神貫注、聚精會神。

【入神】精神專注在有興趣的事物上，心無旁騖。

【執一】專一。顏之推《顏氏家訓．省事》：「多為少善，不如執一；鼯鼠五能，不成伎術。」

【誠壹】心志專一。

【不二心】忠誠專一。

【聚精會神】集中精神，專心一意。

【定心定意】專心一意。

【惟精惟一】精純專一。

【全神貫注】心思精神全集中於某事物上。貫注，精神專注。

【專心致志】專注心思，集中意志。

【用志不分】專心致志，聚精會神。

【一心一意】心意專一。

【全心全意】將全部的精神投入，沒有其他想法。

【心無二用】專注心思，不把精神放在其他地方。

【目不窺園】專心致志的苦學精神。董仲舒長於春秋，景帝時為博士，專心治學，三年未曾窺視菜園一眼。典出《漢書．

他的意思是問我：「你老婆肚子裡的孩子怎麼樣了？」我說好得很，胎兒心臟強而有力，舊曆年底就要生了。老人隨即連說三句「太好了」之後就哭起來。他哭得非常專心，彷彿這世界上再也沒有其它的事、其它的人、其它的情感。（張大春《聆聽父親》）

面對著汪洋一片，水外有山，山外有水，應該引起故國之思，至少也該有些甚麼感慨才對。然而，此刻當我專注於眼前的山山水水時，卻無著意培養正氣或玄思的念頭，只覺得無比鬆懈；於鬆懈之中，又似乎有些茫茫然之感。（林文月〈遙遠〉）

他們的舞姿令我入神，彷彿各有一對新生的翅翼在他們堅韌的背脊上悄悄地延展。（林耀德〈房間〉）

公園裡那棵榆樹下，有幾張石凳子，給人歇涼的。我一眼瞥見，盧先生一個人坐在那裏。他穿著件汗衫，拖著雙木板鞋，低著頭，聚精會神地在拉弦子。我一聽，他竟在拉我們桂林戲呢，我不由得便心癢了起來。（白先勇〈花橋榮記〉）

看母親蓬鬆著斑白的頭，鼻端架了老花眼鏡，聚精會神湊近豔麗的花朵細心描繪，有時竟連爐上煮著飯菜都渾然忘卻。我才了解到：在母親心底，也藏著一個從未被人注意過的藝術家呢！（奚淞〈姆媽，看這片繁花〉）

一切所經歷的有關這部書的往事歷歷在目，但似乎又相當遙遠。時至今日，我也不知道我是怎樣走過來的。在緊張無比的進取中，當我們專心致志往前趕路的時候，往往不會過多留心身後及兩旁的一切；我們只是盯著前面那個唯一的目標。而當我們要接近或到達這個

董仲舒傳》。

【廢寢忘食】沒有睡覺也忘了吃飯，形容專心努力工作或學習。

【一個心眼兒】把所有心思專注在一件事情上。

【屏氣凝神】屏住呼吸，專心集中精神，形容專心一意的樣子。

分神

【二心】注意力分散、不專心。

【失神】忽略、不注意。

【旁騖】分心；不專注。

【瞿瞿】倉皇不專心貌。

【不經心】不留神。

【心不在焉】心思心神不集中。

【心猿意馬】形容心意不定，不能自持。

【神不守舍】神魂不在軀體。心神恍惚，無法專一。

19 節約與浪費

節儉

【節儉】節省儉約，用財有度。

【節省】節約儉省。

【節約】節制約束。

【儉樸】生活起居儉省樸實。

【儉省】節省。

【儉約】節省。

目標時，我們才不由回頭看一眼自己所走過的旅程。（路遙〈早晨從中午開始〉）

二哥已在院中立了一會兒。他知道，多甫一玩起來便**心無二用**，聽不見也看不見旁的，而且討厭有人闖進來。見鴿子都安全地落在房上，他才敢開口：「多甫，不錯呀！」「喲！二哥！」多甫這才看見客人。（老舍《正紅旗下》）

我心有**旁騖**的又思及，在多舛的人生路上，要有多大的智慧和勇氣才能坦然面對「錯誤」、「病苦」或「悲離」。（楊錦郁〈我們〉）

燈下刻印，一刀一刀刻著你的小名，**不經心**裡印刀滑出，割傷了左手食指，血汩汩地流出來了。我把血留在印面上，因為塗了朱砂也是紅的，看不出來，可是，ㄌ，當你的名字印著我脈管裡奔流的血液，那時你將知道甚麼叫做一往情深。（吳鳴〈刻印〉）

「這個囝仔帶文筆來出世，沒有讀書也識字呀！不做大官也做小官。」母親的臉上泛起稱心的笑意，格外慷慨地遞給賣卦人幾個銅板。這已不是第一次找人替我相命了，平常很**節儉**的母親，卻肯一再地花這種錢。如今回想起來，我能深深體會到母親的心情：拿些錢換取無限的希望；在那樣困苦的年代裏，還有比這更讓她快樂的事嗎？

【撙節】節省、節約。撙，音ㄗㄨㄣˇ。

【勤儉】勤勞儉樸。

【精打細算】精細的謀劃打算。

【克勤克儉】既勤勞又節儉。

【開源節流】語出《荀子・富國》：「故明主必謹養其和，節其流，開其源，而時斟酌焉。」用來比喻開發財源、節省支出，以積蓄財力。

【布衣糲食】生活儉樸。也作「布衣蔬食」。

【樸素無華】樸實而不浮華。

【菲食薄衣】生活儉樸。也作「菲衣惡食」。

【菲薄】有儉約的意思。《後漢書・卷五・孝安帝紀》：「朝廷躬自菲薄，去絕奢飾，食不兼味，衣無二綵。」

浪費

【鋪張】張大其事，講究排場。

【浪費】沒有節制、無益的耗費。

【豪奢】豪華奢侈。

【華奢】華麗奢靡。

【闊氣】豪華奢侈。

【揮霍】浪費金錢。

【糜費】形容浪費。也作「靡費」或「糜擲」。

【奢侈】揮霍浪費，不知節儉。

【撒漫】花錢慷慨不吝嗇，有揮霍之意。

【侈靡】奢侈淫靡。

【踰侈】極盡奢華。

【擺場面】講究排場，粉飾表面。

（顏崑陽〈蒼鷹獨飛〉）

我寫作、演講、做節目、當顧問。比以前更認真、更節省。我交新朋友，不再是以總經理的身分，而是以王文華的身分。我追女朋友，不再是以奪金牌的心情，而是以找伴侶的心情。慢慢的，我周日晚上不再焦慮，周一早上期待起床，客戶說我的東西有價值，我不再覺得自己只是小螺絲。（王文華〈突然間，我又是爸爸的兒子〉）

人間的真話本來不多，一個女子的臉紅勝過一大片話；連祥子也明白了她的意思。在他的眼裏，她是個最美的女子，美在骨頭裏，就是她滿身都長了瘡，把皮肉都爛掉，在他心中她依然很美。她美，她年輕，她要強，她勤儉。假若祥子想要娶，她是個理想的人。（老舍《駱駝祥子》）

我回家跟爸爸說要買鞋子，爸說沒那麼「好命」；我提起衛生紙的好處，媽說那太浪費，小孩子不懂賺錢的辛苦；我又引用老師的話，說用竹片子揩屁股會生痔瘡，爸生氣了，他說老師一定瘋了，因為他從一歲到二十歲都是這樣，也沒生過痔瘡；我小聲地說，應該有廁所，祖父說，奇怪，水溝不是很多嗎？最後爸解釋說，衛生紙太薄，容易破，揩不乾淨。（阿盛〈廁所的故事〉）

在上海聞人裡，少不了大亨人物，上海今日所承續的流風遺韻，有一大半是大亨精神那種極盡華奢逸樂所釀造的一帖生活聲色。（鍾文音〈大亨遺風可曾遠去〉）

我們當前的困境在於青年世代陷入均貧淵藪，媒體整天高嚷淫靡奢侈：貴婦淑媛名牌時尚，砌疊成了不可攀越之高。於是乎「低調的

【一擲千金】形容不惜金錢的豪舉。

【揮霍無度】恣意浪費金錢，毫無節制。

【暴殄天物】糟蹋物力，不知珍惜。殄，ㄊㄧㄢˇ，滅絕。天物，自然界生物。

【揮金如土】花錢像撒土一樣。比喻極端浪費錢財。

【豪奢放逸】十分奢侈而無節度。

【窮奢極欲】極端奢侈。

【紙醉金迷】比喻奢侈浮華的享樂生活。

【靡衣玉食】穿華麗的衣服，吃精美的食物。形容豪華奢侈的生活。

【大手大腳】用錢浪費。

大方

【大方】不吝嗇。

【慷慨】大方而不吝嗇。

【豪爽】意氣豪邁而爽直。

【海派】用錢闊綽豪爽。

【闊綽】出手大方，豪華奢侈。

【闊氣】生活豪華，捨得花錢的作風。

【凱子】戲稱有錢而出手大方的男子。

【闊佬】有錢且出手大方的男子。

【一擲千金】形容用錢非常闊綽。亦作「千金一擲」。

【大落】大方，毫不在乎錢財。

高調」、「低調的奢華」這種非同一性語言被大量竄造。但何謂也？不就是欲蓋彌彰、掩耳盜鈴的把戲。（祁立峰〈長安公主〉）

眾人見花子虛乃是內臣家勤兒，手裡使錢撒漫，都亂撮合他在院中請婊子，整三五夜不歸家。（明．蘭陵笑笑生《金瓶梅》）

我是愛面子的，陳恭喜也愛面子，我們都愛面子。他每次叫便當，總要多叫一個，卻連一個也吃不下；他越在人多越喜歡出點子，卻沒一個好點子；他喜歡擺場面，卻老是收不了場。（李潼〈恭喜發財〉）

石老鼠冷笑道：「你這小孩子就沒良心了！想著我當初揮金如土的時節，你用了我不知多少；而今看見你在人家招了親，留你個臉面，不好就說，你倒回出這樣話來！」牛浦發了急道：「這是哪裡來的話！你就揮金如土，我幾時看見你金子，幾時看見你的土！你一個尊年人，不想做些好事，只要在光水頭上鑽眼騙人！」（清．吳敬梓《儒林外史》）

當你躊躇度假的去向，準備慷慨地花銷多餘的時間和金錢時，一部部觀光電影會不失時機地出現在你的面前。它們所展示的往往是迥異於你身邊一切的處所，是你夢想已久的天國，它們就像菜譜上的一道好菜那樣令人神往不已。（王寅〈觀光電影〉）

女人在選絲巾，旁邊站著準備掏卡的男人。我偷眼盯著那個凱子，甚至在心裡計時，看男人歷時多久掏出信用卡。從接過簽單到握住筆桿到簽下名字到把小碟推出去，我在替女人悄悄算。滴滴噠滴滴噠，超過半分鐘，代表男人與金錢之間有一種緊張關係。（平路〈凱莉與我〉）

那種臺山鄉下出來的，在南洋苦了一輩子，怎能怪他把錢看得天

【大出手】形容花錢大方。

【大樣】慷慨、大方。

小氣、小氣鬼

【小氣】吝嗇，不大方。

【小家氣】小氣，不大方。

【吝嗇】用度過分減省。

【吝惜】過分愛惜不忍割捨。

【愛財如命】愛惜錢財，就好像疼惜自已的生命一樣。形容十分吝嗇、貪婪。

【一毛不拔】譏諷人極端吝嗇、自私。

【鐵公雞】歇後語，戲稱人小氣吝嗇，一毛不拔。

【小氣鬼】罵人度量狹窄或吝嗇的話。

【吝嗇鬼】小氣、捨不得花費的人。

【守財奴】財多而吝嗇的人。

【貧骨頭】吝嗇的人。

20 踏實與不切實際

踏實

【安分】規矩老實，保守本分。

【務實】講求實際；致力於具體的或實際的事情。

【規矩】行為端正老實。

【立定腳跟】腳踏實地，認真務實。

那麼大？可是陽明山莊那幢八十萬的別墅，一買下來，就過到了她金兆麗的名下。這麼個土佬兒，竟也肯為她一擲千金，也就十分難為了他了。（白先勇〈金大班的最後一夜〉）

父親從小就小氣。姊姊們分了東西，父親可以攢好幾天，一天摸出來吃一點，小的吃到大的，酸的吃到甜的，越吃越有希望，覺得人生實在值得歌頌。但是有幾次也應了算命先生說的：今個攢，明個攢，攢兩個錢，買把傘，一陣大風吹來了，抱根空傘桿。這段話每次聽了都要笑，因為它的節奏，全然不是一回事。（朱天文〈我夢海棠〉）

芝麻開門，洞天透晶，魔地如茵／滿庫珍藏的是美而非富／是扎根，發葉，分瓣，吐蕊的生命／非珠寶非精品非守財奴之財／是神的慷慨，人人都有份／左顧右盼，琪花瑤草／將我們寵成了仙人（余光中〈花國之旅〉）

虯然大漢道：「這兩個人一個愛財如命，一個揮金如土，完全是水火不同爐，又怎會湊在一起的呢。」（古龍《多情劍客無情劍》）

沒錯，家庭的價值是無法取代的，但自由也是。妳不就是為了我的成長被關在家裡一輩子嗎，也許妳覺得這樣很安分；〔……〕（黃國峻〈報平安〉）

阿土伯吐露了多數老農的心聲，那種不尚虛榮、務實的心態，眷戀故土的情感，正是我國農者的典範。（曾春〈插秧與曬穀〉）

【量力而行】衡量自己的能力做事。

【實事求是】做事切實，力求真確。

【穩紮穩打】穩健切實，逐步進行。

【一步一腳印】做事穩妥實在，每一步都腳踏實地的做。

不切實際

【打高空】高蹈虛妄，不切實際的態度或言談。

【不自量力】過於高估自己的能力。

【井蛙語海】井蛙談論海。不自量力。語本《莊子．秋水》：「井蛙不可以語於海者，拘於虛也。」

【以卵投石】自不量力或以弱攻強，結果必然失敗。《荀子．議兵》：「以桀詐堯，譬之若以卵投石，以指撓沸。」

【以指撓沸】手指攪動沸騰的水，想使其變冷。力量薄弱，無效還造成傷害。

【好高騖遠】一味嚮往高遠的目標而不切實際。

【羽蹈烈火】自不量力而自取滅亡。

【舍近謀遠】捨棄近而謀求遠。愚拙而不切實際。

【蚍蜉撼樹】以大螞蟻的力量想去搖動大樹。不自量力。蚍，ㄆㄧˊ。蚍蜉，大螞蟻。

【眼高手低】要求標準很高，但自己也做不到。

【螳臂擋車】螳螂舉雙臂，想阻擋車子。不自量力。也作「螳臂當車」。

【打腫臉充胖子】死要面子，

他一向很敬重她，而且沒有聽說過她有什麼不規矩的地方；雖然她對大家很隨便爽快，可是大家沒在背地裡講論過她；即使車夫中有說她壞話的，也是說她厲害，沒有別的。（老舍《駱駝祥子》）

我今年春間，不自量力，去任某校教務主任。同事們多是我的熟人，但我於他們，卻幾乎是個完全的生人；我遍嘗漠視和膜視底滋味，感到莫名的孤寂！（朱自清〈憎〉）

在學校時，大多數同學熱心於國家大事，他卻始終抱定了「不要把事情看得太容易」，「不要理想太高」的宗旨，他以為與其不度德不量力地好高騖遠而弄到失望以後終於一動不動，還不如把理想放得極低，卻孜孜不倦地追求著，非到實現不止。他就是這麼一個極實際的人。所以他而有一個目標在追求，那就是他的全世界全人生，他用了全心力奔赴著，不問其他。（茅盾〈追求〉）

乾隆一笑，又道：「大行皇帝即位繼統，見人心玩忽，諸事廢弛，官吏不知奉公辦事，小人不畏法度，因而痛加砭斥，整飭綱紀。不料下頭蠅營狗偷之輩誤以為聖心在於嚴厲，於是就順這思路去鋪他的宦途，凡事寧嚴不寬，寧緊不鬆，搜刮剔厘，謊報政績邀寵。就說河南的田文鏡，清理虧空弄得官場雞飛狗跳。墾出的荒，連種子都收不回，硬打腫臉充胖子。河南饑民都湧到李衛那裡討飯了，這邊還在呈報豐收祥瑞！我不是說田文鏡一無是處，這人還算得上是個清官，但他確實是個酷吏，他的苛政，壞透了！」（二月河《乾隆皇帝》）

寫文章最要緊的是清楚、有力、美，沒有這三個東西人家不愛看。

搞排場，不自量力。

【這山望見那山高】好高騖遠，不安於本職，老覺得別的比目前的好。

【畫虎不成反類犬】好高騖遠，但能力不足，仿效失真，變得什麼都不像。

【班門弄斧】在行家面前賣弄本事，不自量力。

【布鼓雷門】以布做成敲不響的鼓和雷門的大鼓相比。在高手面前賣弄本領，貽笑大方。

【孔夫子門前賣文章】在中國文聖孔子面前賣弄文章，不自量力。

我是眼高手低，在這裡批評人，自己並不一定能做到，也正因為自己做不到，所以才感到焦慮。（冰心〈我們這裡沒有冬天〉）

大家幸會談文，原是一件雅事，即使學問淵博，亦應處處虛心，庶不失謙謙君子之道。誰知腹中雖離淵博尚遠，那目空一切，旁若無人光景，卻處處擺在臉上。可謂「螳臂當車，自不量力」！（清．李汝珍《鏡花緣》）

21 親切與冷漠

親切

【和易】溫和，平易近人。

【殷勤】殷切、周到。

【溫馨】親切溫暖。

【關切】關心、注意。

【藹然】態度親切、和悅。

【沒架子】不裝腔作勢，態度謙和且平易近人。

【古道熱腸】形容待人仁厚、熱心。

【平易近人】態度和藹親切，容易接近。

【善氣迎人】以和善之氣待人。形容人和藹可親。

【賓至如歸】招待親切，使客人如同回到家裡一樣舒適。語出《左傳．襄公三十一年》：

那些過往的客人剛剛承受了自己和別家女店主一番殷勤招待，跺跺腳腿上的塵土，擤擤鼻子，臉上含著辛苦安詳的笑，重新上道時，就又聽到漫田漫野的歌聲傳入耳裡來。（吳組緗〈樊家鋪〉）

他用手勢止住了幾位正跟夏小麗舌戰的乘客，藹然地對夏小麗說：「姑娘，你消消氣吧！」（劉心武〈公共汽車咏嘆調〉）

說起里長伯這個人，我私下以為他還相當古道熱腸，只是有點「沙鼻」愛人家奉承，本人也有點愛「膨風」，〔……〕（鍾鐵民〈約克夏的黃昏〉沙鼻，為客家語驕傲、愛現之意）

紐約已經下雪了，因為聖誕來臨，街上到處都亮起了燦爛的聖誕樹，白絨絨的雪花隨著叮叮咚咚的聖誕音樂飄落下來，反而給人一種溫馨的感覺。（白先勇〈骨灰〉）

「賓至如歸，無寧菑患，不畏寇盜，而亦不患燥濕。」

【熱情】感情熱烈。

【熱忱】誠摯熱心。

【熱絡】融洽，往來頻繁。

【親暱】親密，親熱。

【一團火】待人熱情。

冷漠

【生分】疏遠。

【見外】對人因過分客氣而顯得疏遠，像對陌生人。

【作外】見外。

【冷眼】冷靜理性的眼光；冷淡、漠然的態度。

【疏離】對周遭的人事物冷淡、不親近。

【無情】沒有感情。

【漠然】不關心或不相關。

【壁上觀】在營壘上觀看人家交戰。坐觀成敗，不幫助任何一方。語出《史記．項羽本紀》：「諸侯軍救鉅鹿，下者十餘壁，莫敢縱兵。及楚擊秦，諸將皆從壁上觀。」或「作壁上觀」。

【木心石腹】形容人冷酷無情，鐵石心腸。

【冷口冷心】形容待人冷漠，毫無感情。

【事不關己】事情與自己無關。漠不關心的態度。

【若即若離】像接近，又像不接近。態度不明確。

【袖手旁觀】把手放在袖子裡，在一旁觀看。置身事外，不予過問。

【視若無睹】當作沒看見一般。對事物毫不注意。

【隔岸觀火】袖手旁觀，漠不關心的態度。

【置身事外】對事情不理會，不聞不問。

【自掃門前雪】只顧自己，不管別人的事情。

才叔摩著曼倩的頭髮，撫慰她說：「你看見天健，不會討厭他。他有說有笑，很熱絡隨和。性情也很敦厚。」（錢鍾書〈紀念〉）

不想剛走來，正聽見史湘雲說經濟一事，寶玉又說：「林妹妹不說這樣混帳話，若說這話，我也和他生分了。」林黛玉聽了這話，不覺又喜又驚，又悲又嘆。（清．曹雪芹《紅樓夢》）

關著的夜——／這是人世的冷眼／永遠投射不到的所在！／再為我歌一曲吧／再笑一個淒絕美絕的笑吧／當雞未鳴犬未吠時。（周夢蝶〈關著的夜〉）

在那班地鐵上，我一直以冷漠與疏離保護著的心，再也忍不住，一下子崩潰了，我掩著臉，許多情緒仍然從裂縫中決堤而出，一種巨大的疼痛終於將我掩沒。（柯裕棻〈裂縫〉）

看熱鬧的人很多，每個隔岸觀火地看著這麼一個小男孩，借著店面的燈光，赤足走進汙濁的泥溝中，彎著腰，伸手往溝內摸索著一個長方形的小盒子，還捏著一把臭氣衝鼻的汙泥，尋找小盒子散失在溝底的全部內容。（梁放〈一盞風燈〉）

想起孫思克揚說征討吳三桂大小諸場戰事，有時驚險百出，有時痛快淋漓，自己卻置身事外，不能去大顯身手，實是遺憾之極；自己若在戰陣之中，決計不能讓吳三桂如此一死了之，定會想個法子，將他活捉了來，關入囚籠，從湖南衡州一直遊到北京，看一看收銀子五錢，向他吐一口唾沫收銀子一兩，小孩減半，美女免費。（金庸《鹿鼎記》）

語言文字》一、說話表意

1 說話

說話

【說話】發言、講話。

【說道】說。

【所謂】所說的。

【開口】發言。

【啟口】開口，通常指說話。

【言語】說話；開口。

【敘】說；談。

【啟齒】開口。多指有所請求。

【出口】開口、出言。

【出言】說話；發言。

【則聲】開口發言、出聲。也作「作聲」、「做聲」。

【吭聲】發出聲音；說話。

【吭氣】發出聲音。

【吱聲】北方方言。指吭聲、說話。

【失聲】不自主地發出聲音。

【開言】開口表示意見。

【言說】談論、說起。

【言傳】說話。

【一番口舌】一番話。

【口稱】口頭上說。

【打話】說話、答話。吳承恩《西遊記》：「見了行者，更不打話，撚叉當胸就刺。」

【把話】說話的意思。

【發言】說明自己的意見。

【發話】開口講話。

【發言遣辭】說話、用詞。

【道】用言語表示，說、談。

【道話】談話。

【低語】形容人輕聲說話。

當承平之時，北平人所謂「好年頭兒」。在這個日子裡，也正是故鄉人士最悠閒舒適的日子。在綠蔭滿街的當兒，賣芍藥花的平頭車子整車的花蓇蕾推了過去。賣冷食的擔子，在幽靜的胡同裡叮噹作響，敲著冰盞兒，這很表示這裡一切的安定與閒靜。渤海來的海味，如黃花魚、對蝦，放在冰塊上賣，已是別有風趣。（張恨水〈五月的北平〉）

又早是夕陽西下，河上妝成一抹胭脂的薄媚。是被青溪的姊妹們所熏染的嗎？還是勻得她們臉上的殘脂呢？寂寂的河水，隨雙槳打它，終是沒言語。密匝匝的綺恨逐老去的年華，已都如蜜餳似的融在流波的心窩裡，連嗚咽也將嫌它多事，更哪裡論到哀嘶。心頭，宛轉的淒懷；口內，徘徊的低唱；留在夜夜的秦淮河上。（俞平伯〈槳聲燈影裡的秦淮河〉）

她驚疑地看著慧，看著她的兩道彎彎的眉毛，一雙清澈的眼睛，和兩點可愛的笑渦；一切都是溫柔的，淨麗的，她真想不到如此可愛的外形下卻伏著可醜和可怕。她衝動地想探索慧的話裡的祕密，但又羞怯，不便啟齒，她衹呆呆地咀嚼那幾句話。（茅盾《蝕》）

啊，還真是個熟悉泰戈爾的！我多想和她談談泰戈爾，談談我所喜歡的那些作家，談談幾乎已被人們遺忘了的世界啊！然而，這樣的年頭，這樣的場合，這樣的談話肯定是不合時宜的，即便年輕，我還

【低聲】輕聲講話。

【嘀嘀咕咕】低聲說話。或指說話時帶有抱怨的語氣。

【喋喋不已】形容人講話嘮叨個沒完。也作「喋喋不休」。

【動口】開口說話。

【表白】向人說明自己的看法與意見。

【表述】表達、陳述。

【陳述】講述事情。

【稟】陳述，為下對上、卑對尊、或民眾對官署的說明。

【咕噥】形容人小聲說話、含糊不清。

【描述】用語言或文字來說明事物。

【開腔】開口講話。

【話】談論、敘說。

【講話】說話、談話。

提起

【提起】談到。

【提及】談論到。

【提出】提到、論及、舉出。

【提掇】提起、說起。提拔。

是懂得這一點。小姑娘見我呆呆地不吭聲，刷地一下把《飛鳥集》從書架上抽下來，塞到我手中：「給你吧，我家裡還藏著一本呢！」（趙麗宏〈小鳥，你飛向何方〉）

她的少校丈夫簡直想不出健將這副模樣從那兒來的，海雲卻知道，心裡嚇得半死：那不過是她不吱聲的單戀，怎麼竟印在兒子身上了？健將父親的死是海雲黑洞洞的心底的一個期盼。那期盼從未浮上來，浮到她能認清它的層面。（嚴歌苓〈紅羅裙〉）

原來那牛王，他知那扇子收放的根本，接過手，不知捻個甚麼訣兒，依然小似一片杏葉，現出本相，開言罵道：「潑猢猻！認得我麼？」行者見了，心中自悔道：「是我的不是了！」恨了一聲，跌足高呼道：「咦！逐年家打雁，今卻被小雁兒啄了眼睛。」（明・吳承恩《西遊記》）

我仍張望。張望著我的寂寞，跟可以言說的空間。那空間有別於家，妻，父母跟兒女，那是人生的另一個向量，人生沿途裡的沿途，如大河的支流分佈，主幹跟副幹。我沒找到，無意找尋的人反倒出現，然而，他們的出現也只是為了再度消失嗎？記憶是一種選擇，所以，我沒搭電扶梯找葉姓同學，他也沒上來找我，我拍拍學妹肩膀，告別現在，也揮別過去的關連？（吳鈞堯〈張望〉）

說起了寒郊的散步，實在是江南的冬日，所給與江南居住者的一種特異的恩惠；在北方的冰天雪地裡生長的人，是終他的一生，也決不會有享受這一種清福的機會的。我不知道德國的冬天，比起我們江浙來如何，但從許多作家的喜歡以 Spaziergang 一字來做他們的創作

提舉。
【提到】說到某個談話主題。
【論及】談到。
【說起】談起、提及。
【說及】談及、提及。
【談及】提起。
【拈掇】指說話時提起、提及。掇，ㄉㄨㄛˊ。
【又及】附帶提起。通常用於書信末尾署名後再添上的內容。
【說起來】提起的意思，帶有轉折作用。
【言及】談到、提起的意思。
【言說】談論起、說起、提起。

發誓

【誓】發誓，表示決心。
【發誓】立下誓言，表示決心或保證。也作「發咒」。
【立誓】發誓。
【起誓】發誓。
【矢誓】發誓。
【矢言】立誓。
【宣誓】參加某一組織或擔任某一職務時，在儀式中公開說出誓言，並嚴加遵守，表示忠誠和決心。
【盟誓】詛誓約盟。
【賭誓】發誓。
【誓言】發誓。
【誓死】立下誓願，表示至死都不改變。
【賭咒】發誓。
【信誓旦旦】誓言說得極為誠

題目的一點看來，大約是德國南部地方，四季的變遷，總也和我們的江南差仿不多。（郁達夫〈江南的冬景〉）

還有一回，聽到母親向友人說及未來的旅行，關於行裝的預備，她淡淡地說：「孩子們只帶幾套『換洗』衣服便成了。」「換洗衣服」對我是新詞，因而聽作「歡喜衣服」。於是心裡好生詫異：到底我「歡喜」哪幾套衣服呢？平時從無這種區別的意識，要是母親向我徵詢意見的話，該如何選擇呢？（雷驤〈上海日夜〉）

也許因著獨自遠離在外，假期結束的前一個晚上，想到回去得面對的每天每日，幾許悵然中，我沒什麼困難的同你談及這幾天我對過往生活的重新體認。你看我一眼，眼中閃現過一霎輝耀，卻苦苦的、低低的笑了起來。（李昂〈假面〉）

德國人也吃雞，但不吃老母雞。不知德國老母雞真的是比別地方的老，還是怎樣。總之，德諺有云：「連海裡石頭都煮爛了，還煮不動老母雞」。這樣看來，中國情人立誓，總說的「海枯石爛」，要是碰到德國老母雞，那也沒辦法了。（盧非易〈從供桌到餐桌的漫漫生途——雞〉）

她的一個同學有了男朋友，這一對小情侶不斷偷偷的約會（那年代還需要避人耳目）。有一次，雷聲打斷了他們的情話，男孩指著空中說：「我若有二心，天雷劈死！」可是他仍然負了她。以後她為人妻、為人母，聽見打雷，悄悄的流淚，惟恐誓言靈驗，雷真的劈死了他，她還是愛他。為了轉變氣氛，我們互相挑釁，我問老妻是否也有男孩為她發誓，她問我年輕的時候是否也曾為女孩發誓，沒有答案，

懇可信。

【指天誓日】指著天，對日發誓。表示誓言忠誠堅決。也作「指天為誓」。

【矢志不渝】發誓絕不改變自己的志向。也作「矢志不移」。

【誓死不渝】立下誓言，至死不變。

【山盟海誓】對著山與海盟誓，表示堅定永久。

【金石之盟】比喻誓言如同金石般堅固，不可改變。

【排手】擊掌發誓。

【罰誓】發誓。

【誓約】發誓、立約。

【指地為盟】指著地面發誓，用以表示誠心、有信用。

【指水盟松】對著不間斷的水流以及長青的松樹發誓，表示情誼深厚，不會有任何改變。

【折箭為誓】發誓時，一邊把箭折斷，用以表明堅決的意志，如果違背誓言，下場就有如此箭。

【賭身立誓】用自己的性命做為賭誓。

【歃血為盟】古代起誓結盟時，將牲口的血在嘴邊，用以表示誠信不渝。

2 交談

交談

【談話】兩個或以上的人在一起說話。

【談論】言談議論。

【交談】相互接觸談話。

誰也不需要答案。我暗想，如果能再年輕一次，我倒希望在雷聲之下有男孩為她起誓，我也曾經為女孩起誓，十九歲以下的誓言才美麗。（王鼎鈞〈四月的聽覺〉）

在祈求安渡的禱告中，將它命名為基督教會城，新城建立在萬里沃野上，在那裡，全然沒有古堡，沒有政治或宗教糾葛傳說中的鬼魅在荒地上飄蕩。他們誓言將在城的中心蓋一座宏偉莊嚴的教堂，它高聳的鐘樓，裝上由故鄉運來的大大小小成套的鐘，由廣場到山丘，此起彼落地呼應，召喚拓荒的人早晚記得祈福謝恩，保佑他們的子孫和牛羊，麥黍果樹在此繁衍生根……多年前我在大英博物館讀到的那本最早紐西蘭移民史的封面，即是這座厚重樸實，創痕累累的十字架。（齊邦媛〈追憶橋〉）

當感情美好時，擁擠也是幸福，孩子、丈夫與我擠在狹窄的空間，自有挨緊的甜蜜與熱鬧，更何況丈夫信誓旦旦將給我們一個寧靜無爭的家園。我緊抱著這個誓言，任孩子的玩具衣物淹到床上來，衣櫃一打開總有什物掉下來，我們猶能翻滾嬉笑，寫作時依偎著衣櫃，挪出一尺見方的空間，在稿紙上創造另一個想像的次元。（周芬伶〈衣魂〉）

人生就是這樣：日子一天天過去，人與人之間的關係就一天比一天親近，樓與樓之間的關係也就一天比一天密切。我的視野也就擴大。由此我有了更多的朋友。在冬天的陽光下，老人三五為伴，坐在街心花園的花壇邊談話，有時所得比在書櫥裡所藏更加豐富。（徐開

【會談】雙方或多方聚會商談。

【敘談】交談。

【對談】交談。

【對話】相互之間的交談。

【會話】對話、談話。

【樂道】很高興談論到某事物。

【晤談】見面談話。

【面談】當面談論。

【訪談】拜訪、交談。

【交口】對談。

【交語】交談。

【噥噥】低聲交談。

【咕唧】小聲交談。

【懇談】真心誠意、懇切地交談。

【長談】長時間的談話。

【敘談】交談。

【接談】和人交談、接洽。

【淺談】簡單交談。

【傾談】傾心交談的意思。

【把臂而談】指兩人相互握著手談話的樣子。

【把手言歡】形容彼此握手、相談甚歡的樣子。

【相談甚歡】交談甚歡的樣子。形容有深厚交情的好友間見面時的狀況。

【夜雨對床】親友或兄弟相聚時，親密交談的樣子。

【傾蓋相逢】「蓋」為古代車子上的傘蓋。傾蓋相逢指的是在路上不期而遇，並列車駕交談，兩車的傘蓋歪歪斜斜地擠在了一起。用來形容在路途中巧遇好友，雙方熱烈交談的樣子。

【搭腔】談話、回答。

【交口接耳】低聲交談說話。

【深談】深刻的談話。

【深談】閒談、交談。

【懇談】真心誠懇的交談。

壘〈住在文緣村裡〉）

隧道裡，乘客們都自動停止交談，小聲呼吸，微微覺得耳鳴，黯夜般的隧道內，車廂窗玻璃變成了鏡子，你們的身影幢幢落在四壁鏡裡，沒有窗外的景物做定點標識，很容易失去速度感，於是你們像漂浮在大氣中，更像擺盪往冥府的渡船。（朱天心〈出航〉）

你看見過坐長途火車的沒有？世界小，旅途長，素不相識的人也殷勤的互相自己介紹，親熱的敘談，一同唱歌，一同玩牌，一同吃喝，似乎他們已經有過終身的友誼。等到目的地將到，大家紛紛站起，收拾箱籠，倚窗等望來接他們的親友，車一開入站，他們就向月台上的人招手歡呼，還不等到車停，就趕忙跳了下去。能想起回頭向你招呼的，就算是客氣的人，差不多的都是頭也不回的就走散了。（冰心〈我的朋友的母親〉）

只有在蘭房發呆的時刻，時間一刻刻老去，單獨生活已十幾年，提早過著老人的空巢生活，這令我分裂，有時分飾兩角，老去的自己看著年輕的自己在草地上奔跑，就像母親看著孩子嬉戲；有時我變成你，你變成我，坐在走廊上作黃昏的長長對談；或者分飾好幾角，過去、現在、未來，你我他共演一齣悲欣交集的大戲。如此我墜落於語言的暮色中。（周芬伶〈蘭花辭〉）

「這小子大概不會回來了！」易風對自己念叨著，並沒希望別人答話。待了一會兒：「他也許迷了路！」還聽不到應聲，他決定把話都說給自己聽：「朋友不在家，可能！在家而不願幫忙？或者他獨自留在那裡，把——」「少咕唧點行不行？」金山沒有好氣的說。「我心裡直鬧得慌！」易風不再念叨，把頭低下去，閉上了眼，想忍一個盹兒。（茅盾〈蛻〉）

閒談

【譚】同「談」。如：「風俗奇譚」、「天方夜譚」。

【閒談】隨意漫無主題地聊天。

【閒聊】漫無主題，隨意聊天。

【漫談】隨意地談話。

【雜談】各種命題、不拘一格地談論。

【談天】談話、聊天。

【聊天】閒談。

【笑語】言談說笑。

【談笑】談天說笑。

【說笑】有說有笑。

【拉呱兒】閒談。

【攀談】互相談話、交談。

【搭訕】藉機交談。

【閒扯】漫無目的地隨意閒談。

【閒扯淡】隨意說些無關緊要的話。

【嗑牙】多話；閒談。或作「磕牙」。

【敘舊】談論舊誼。

【話舊】談論舊誼。

【談天說地】廣泛或漫無邊際地談論各種事情。

【閒話家常】隨意聊些日常生活的瑣事。

【清茶淡話】一杯清茶，閒適地聊天。

【擺龍門陣】一群人在一起閒聊。

【海說神聊】漫無邊際地說個沒完。

【有一搭沒一搭】斷斷續續、為延續話題而找話說。

【拉扯】有閒聊的意思。

【扳話】閒談、交談。

【閒敘】閒聊、閒談。

【串門子】到別人家裡閒聊。

【說閒話】閒聊、閒談。

【攀話】閒談、交談。

【七拉八扯】沒有特定主題，漫無目的的閒聊。

天氣雖熱，然而你只要躲在屋內便也不覺怎樣。在屋內隔了竹帘看院中烈日下的幾盆夾竹桃和幾隻瓦雀往返在地上爭食的情形，實在是我那幾日中最欣賞的一件樂事。入晚後在群星密佈的天幕下，大家踞在籐椅上信口閒談，聽夜風掠過院中槐樹枝的聲音，我真詛咒這上海幾年所度的市井的生活。（葉靈鳳〈北遊漫筆〉）

一般城鎮的海灘意象大多屬於情侶之間的浪漫，南方澳的男女老少卻如飲水般，視港邊、海岸如同道路的延伸，整天與海波浪共舞。從我懂事開始，海邊就是朋友聚會談天的好地方，有人服役、出國，或外地朋友來訪，大家必然選擇海灘、港口聚集，望著海上波浪，漁火點點，喝酒抽菸、聊天散步。（邱坤良〈再說一段南方澳情事〉）

兩景特別值得記下：何站在小碼頭浮板道盡頭，在劇烈的風雪裡上下起伏，一臉狂喜如天真小兒；和出了樹林回到三牆落地窗的遊客中心，脫下沾雪的披掛，佔了一張圓桌擺出三明治、熱茶、餅乾、水果，我們聊天喝茶念現代詩：周夢蝶的《約會》和洛夫《雪落無聲》，中央燒著爐火，四下天雪灰濛。（張讓〈白雪告別式〉）

於是有時我用同樣的口音和他們攀談，他們卻沒有人聽出這是一個同鄉，他們聽不出同鄉，因而也不會聽出異鄉，更因而不會被異鄉所改變。有人是可以全然無知、全然單純地活著，因了這單純的福分，異鄉不復是異鄉。（黃碧瑞〈散章・鄉音〉）

一九九年代起，「挪威森林」等等義式咖啡館出現，成為療癒的場所：單戀的人等來電，寫稿的人等靈感，被人遺忘的文壇老人等著粉絲識相搭訕，年輕的人等著變老。（紀大偉〈老咖啡館〉）

「琴孃孃，你真要回去嗎？你就住在我們家裡，大家在一起耍，多有趣。你天天給我擺龍門陣，好不好？把姑婆婆也接來。」海臣天

【談空說有】原指談論佛法。後來用以比喻眾人聚在 一起閒談。

【說長說短】指天南地北的閒聊。另也有隨口亂說，挑撥是非的意思。

【閒打牙兒】閒聊一些無關緊要的事情。也作「閒磕牙」。

【談古論今】隨意閒聊，話題涉及古今中外。也作「論今說古」。

【你一言我一語】每個人針對某一問題，爭相提出自己的意見。

暢談

【傾談】傾心交談。

【傾吐】把心裡話全說出。

【傾訴】把想說的話全都說出來。

【談心】訴說心中的話。

【交心】互相傾吐內心話。

【暢談】盡情地談話。

【暢敘】談得很痛快。

【長談】長時間地談話。

【深談】深入地交談。

【漫談】就某問題不拘形式地隨意討論、談說。

【津津樂道】很有興味地談論。

【高談闊論】暢快而無拘束地談論。

【暢所欲言】盡情地將心中想說的話都說出來。

【促膝談心】對坐著談心裡的話。

【盡情吐露】暢所欲言地陳述實情或心聲。

【共話衷腸】相互訴說心事或

真地拉著琴的袖子絮絮地說。（巴金《春》）

跟母親通電話，母親有一搭沒一搭說她的背痛。突然嘎地一聲，我清楚地聽見，電話筒落在一個固定位置上。接下去，母親大概轉身在跟父親說話，上一句跟我說，下一句跟父親說，渾然一體，接得毫無縫隙。至於電話掉在哪裡？沙發的凹處？茶几的角落？還是滾下了地？母親不會記得把話筒撿起來。她根本忘記了聽筒，以及聽筒這邊還有我。我只好握住聽筒，耐心地等，怕她什麼時候想起來，又會回到我們先前的對話裡。（平路〈此生緣會〉）

批閱聯考的卷子，在「走過」的命題下，學生的字跡不斷向我傾訴他們有限的生命裡，走過一條河，走過一棵老樹，走過童年的三合院，走過巷口夕陽中的小吃店，走過校園廢樓的青春，甚至走過歷史中黃州的清風明月、岳陽樓上的憂國懷君，年輕的生命彷彿也有了王謝堂前的況味，說的都是已然不在的曾經，剎那遠逝的人生。（徐國能〈哭・牆〉）

迎面吹來的，依舊是風，可是這回，風中有花香。花，那是插戴在青石耳邊的花，這是握在你手中的花。香花淡淡，淡淡花香；花香在風裡陪你談心，談曲折的山景，談小小的草堂，談半里外，隱隱約約的水聲。就這樣，你放情的談好了，不會有人跟著偷聽的；要有，那準又是那個閃閃躲躲的小太陽，那個甚麼也聽不懂的，調皮小太陽。（羅青〈野渡冊：畫〉）

玲瓏的三間小屋隱藏在碧樹果林之中，滿眼的綠水青山，滿耳的松風鳥語，整天裡不必看時鐘，散步累了就坐在瓜棚下看書，手倦拋

知心話。

【無所不談】什麼事都談。

【知無不言，言無不盡】將知道的全說出來，沒有保留。

【一吐為快】盡情說出心中想說的話，而感到暢快。

【縱談】沒有拘束地談論。

【淘瀉】傾吐的意思。

【侃侃諤諤】直接表達想法而沒有顧忌。諤，ㄜˋ。

【放言高論】不受拘束地盡情議論、暢談。

【談論風生】描述談話時，說話者興致高昂，言談生動有趣的樣子。

【高談劇論】盡情談論、暢所欲言。

【推襟送抱】形容人真誠相見，傾訴真實想法。

【說東道西】指無所不談。也作「說東談西」。

詳說

【詳說】仔細而深入地說明。

【詳述】詳細敘述。

【詳談】詳盡地談話。

【細述】詳細敘述。

【細說】詳細說明。

【細數】仔細計數。

【緬述】從頭細述。

【備陳】詳細訴說。

【臚陳】逐一陳述。常用於公文或書信中。

【一五一十】詳細說明事情的始末。

【細話】仔細述說。

【申述】詳細的敘述。

【細表】詳細地說明。

【細談】指詳細說明。

書，就可以睡一大半天。太陽、月亮、星星，輪流地與你默默相對，這分隔絕塵寰的幽靜，確實令人神往。但若沒有朋友共處，會不會感到寂寞呢？且看小屋的主人，住不多久，就匆匆趕回十丈軟紅的臺北市，一到就打電話找朋友再次的「暢敘離情」。可見田園的幽靜，還是敵不過友情的溫馨。（琦君〈方寸田園〉）

坦白說我不曉得他將離開這世界時，是否「把結束視為自然」。但我以為憂傷是生命的寄生物，它沒辦法在失去寄主的狀態生存。父親的憂傷已然隨著他的虹膜死去，而我則放棄了走出那個空間。（或者說，時間？）甚至在祕密的時刻，還常藉著憂傷為引，跟逝去的父親數度長談。上帝曉得在他生前，是對十六歲以後的我多麼陌生，而我也從不認得心臟衰弱、腦血管壁逐漸變薄變脆的父親。（吳明益〈死亡是一隻樺斑蝶〉）

關於爸，我記住的事那麼少；不忍想起的，卻又那麼多。高中時便離家，我無暇與誰細說匆忙日子裡的生命起伏，也不曾理會過爸學生口中輾轉傳來的殷盼、呼喚。甚至不知道在這些岔出軌道的時光裡，究竟錯過什麼？（賴鈺婷〈臨摹我父〉）

僕輩研問家世，祿悉告之。內一人驚曰：「是吾兒也！」蓋仇仲初為寇家牧馬，後寇投誠，賣仲旗下，時從主屯關外。向祿緬述，始知真為父子，抱首悲哀，一室為之酸辛。（清．蒲松齡《聊齋志異．仇大娘》）

跑堂的把兩個涼碟端上來，歐陽天風抄起筷子夾起兩片白雞一齊放在嘴裡，一面嚼著一面說：「你先告訴我，我回來準一五一十的告

【縷述】詳細陳述、說明。

【具陳】詳細陳述、說明。

【盡述】詳細的敘述說明。

【縷析】詳細分析。

【銓說】詳細的解說。

【申說】詳細的辯解和說明。

訴你！要不然，先吃飯，吃完了再說好不好？」（魯迅〈趙子曰〉）

插話

【插話】插入別人的談話。

【插口】中途插入別人的談話。

【插嘴】別人講話時，從中插進去說話。

【打岔】打斷他人正在進行的談話或工作。

【打攙】打岔。

【置喙】插嘴以加入談論。

【搭訕】為了與人接近、攀談、寒暄或敷衍而找話說。

【搶嘴】搶著說話，爭相發言。

【搶話】搶在他人之前講話。

【儳言】插嘴。《禮記．曲禮上》：「長者不及，毋儳言。」儳，ㄔㄢˋ，雜亂不整齊。

【攙口】插嘴，搶著講話。攙，ㄔㄢ。

【攙言接語】插嘴、搶話。

【搭話】說話、交談。

【搭嘴】指插話或接口說話。

【答岔兒】插嘴說話。

【接舌子】搶著說話，趕著接話。

這是兩夫婦的問題，誰最愚蠢，別人似乎不能置喙，輕易加以判斷。《百喻經》故事所注重的是人的性格。千年前世界上既儼然曾經有個這種丈夫，這性格也似乎就有流傳到如今的可能。我們如今已不容易遇到這種丈夫了，但卻可從別種人物的治國政策生活態度得知一二。（沈從文《大山裡的人生》）

攻訐對拆論辯胡言　傾心細訴立誓甜言／爭吵哄騙大鬧謠言　也更可是非點／烽煙抗議怒罵儳言　悲哭控訴道別留言／招呼耳語問候微言　說教勸交吹牛敷衍（林夕〈觀世音〉）

眾人見知縣相公拿人，都則散了。只有顏俊兀自扭住錢青，高贊兀自扭住尤辰，紛紛告訴，一時不得其詳。大尹都教帶到公庭，逐一細審，不許攙口。（明．馮夢龍《醒世恆言．卷七．錢秀才錯占鳳凰儔》）

再冬道：「姊姊告上狀，差人來叫兩鄰鄉約，我才尋到縣裡。干我甚事？說我挑唆姊姊告狀！」薛如卞道：「差人來叫兩鄰鄉約，也叫你不來曾？你跟進衙門，還攙言接語的稟話，你還要強嘴哩！」（清．西周生，一說為蒲松齡《醒世姻緣傳》）

【失言】說了不該說的話。

【失口】意同失言。《禮記・表記》：「君子不失足於人，不失色於人，不失口於人。」

【逸口】失言，說出不恰當的話。

【脫口】不假思索，隨口說出。

【口快】不多思索，脫口而出。

【口滑】無所顧忌脫口而出。

【走嘴】說話不小心而洩露祕密。

【說溜了嘴】不小心說出不該說的話。

【出口傷人】說出來的話不得體，傷害了他人。

【出言無狀】說話沒有分寸，沒有禮貌、不知檢點。

【口不擇言】說話隨便，不經思考即脫口而出。

3 問答

問

【詢】問。

【詢問】諮詢查問。

【徵詢】徵求詢問。

【諮詢】諮商、詢問。

【洽詢】接洽詢問。

【諏詢】詢問。諏，ㄗㄡ，諮詢、

「黑暗中有光！」這句話於他於我而言，都像是一句信心的呼喊，當逆境的波流直撲我們而來——我不禁這麼脫口而出。而我和我的明眼舞伴，是彼此的對照組。他眼中黑暗的景象可能是我眼中有光的狀態。而我眼中有光的狀態也可能是他以為的黑暗。只是，「光在哪裡呢？」（邱靖絨〈光之書〉）

前些年，她開始加入某一種宗教，在屋子裡布置了一個小神龕，成天呼朋引伴敲鐘念經之不足，還卯足了勁兒跟我傳教。我打個呵欠，她立刻說：「你白天打呵欠，就是身體虛，只要跟我一起念經，包準你精神奕奕。」我不小心說溜了嘴，說剛剛去看胃疾，她馬上接口：「西醫開的藥，多半治標不治本，沒什麼用！你只要跟我去我們學會，保證你百病全消！」（廖玉蕙〈洗頭與豬舌頭〉）

「癩皮狗，你罵誰？」王胡輕蔑的抬起眼來說。阿Q近來雖然比較的受人尊敬，自己也更高傲些，但和那些打慣的閒人們見面還膽怯，獨有這回卻非常武勇了。這樣滿臉鬍子的東西，也敢出言無狀麼？「誰認便罵誰！」他站起來，兩手叉在腰間說。「你的骨頭癢了麼？」王胡也站起來，披上衣服說。（魯迅《阿Q正傳》）

許多人失蹤了，沒有人詢問他們究竟去到哪裡？黑暗的夜裡隱約傳來重物墜海的聲音，是唯一的回答。我面對碧藍的海洋，向海中央走去，想像被拋進海裡是什麼滋味？（郝譽翔〈冬之旅〉）

幾次晚飯過後，不經意間踱到廚房，發現父親捧著土芒果，弓著身軀，幾乎是整個身子趴在廚房的水槽上吃著。黃澄澄的汁液沿著手

商量。

【發問】提出問題。

【提問】提出問題來問。

【訊問】審問、追究。

【審訊】詳細查問。

【問訊】詢問。

【請問】詢問的敬詞。

【試問】請問，為懷疑用語。

【垂問】上對下詢問。

【垂詢】上級對下級的詢問。

【扣問】請問、求教。

【設問】假設問題；修辭學上指講話行文時，語氣突然由平敘轉為詢問。

【激問】修辭學中的設問。講話行文時，語氣從平敘轉為詢問，通常為激使對方反省，而答案多有定見。

【問俗】初到異地，打聽當地的風俗習慣。

【問長問短】不厭煩地詳細詢問。

【問東問西】不斷地發問。

【摘三問四】問東問西。

【明知故問】明明已經知道，還故意問別人。

【不恥下問】不因向地位較低微或學問較自己淺陋的人請教，而感到羞恥。

【詢於芻蕘】向割草砍柴的人請教，表示不恥下問。芻蕘，ㄔㄨˊ ㄖㄠˊ，割草砍柴的人。

【問道於盲】向盲人問路，比喻向外行、無知的人請教。

【質疑】心中懷疑而提出疑問。

【質詢】質疑、詢問。

【質問】詰問、責問。

【問難】辯論詰問。

【盤詰】仔細追問。

【詰問】質問。

【盤問】仔細、再三查問。

【三敲六問】以嚴刑拷打的方式逼問事實。

【刨根問底】形容詳細追問原

掌外側直奔至手腕關節處，那樣的姿勢，總讓目擊者的我感到他似乎懷抱著些許心虛、狼狽。長大後，我們姊妹幾次在父親背後議論，都覺父親貪吃，背著我們「偷吃芒果」。這樣的罪名，直到父親過世，從未徵詢嫌疑犯的口供，就由眾姊妹認定，父親至死不得平反。（廖玉蕙〈芒果狂想曲〉）

這些事，當時都該問老師的，卻都沒問。人在年輕時常誤以為一切好東西都是永恆的，老師理該都健在，供我們嘰哩哇啦亂發問。何曾想到「日月逝於上，體貌衰於下」，老師也有大去的日子。（張曉風〈誰傾銀漢成孤注〉）

關心石上的苔痕，關心敗草裡的花鮮，關心這水流的緩急，關心水草的滋長，關心天上的雲霞，關心新來的鳥語。怯憐憐的小雪球是探春信的小使。鈴蘭與香草是歡喜的初聲。窈窕的蓮馨，玲瓏的石水仙，愛熱鬧的克羅克斯，耐辛苦的蒲公英與雛菊——這時候春光已是漫爛在人間，更不須殷勤問訊。（徐志摩〈我所知道的康橋〉）

一走進房，他就笑著問逸群說：「陳先生，身體可好？今天覺得怎麼樣？」逸群感謝了一番他垂問的盛意，就立起身來走入了起坐室裡請他去坐。（郁達夫〈蜃樓〉）

有一天我仍如平時在宿舍窗前發怔，一位異國修女正下課走過，她注意到我那灰鬱臉色，好意的拉住我問長問短，我一時整理不清楚滿腔凌亂的思緒，只簡單的回答她說：「我原希望自書本中找到人生的答案，但結果我卻陷於更大的迷茫。」那位智慧的修女立刻明白這問題的癥結了，她先不回答我的話，只以清婉之音問著我：「你只想到『生』的問題，你也曾想到『死』嗎？你死後靈魂將到何處去呢？這問題你想過沒有？」（張秀亞〈心曲〉）

由。亦作「追根究柢」。

【飛蓬之問】飛蓬為被風吹得搖擺不定的蓬草。用以比喻違背禮儀、不合規定的質問。

【打破砂鍋問到底】非要問出答案。

反問

【反問】對提出問題的人發問。

【質問】責問；質疑詢問。

【責問】責備質問。

【詰問】盤問、質問。

【詰難】責問、責難。

【反詰】反問。

【責詰】責問。

【責讓】責問。

【質責】質詢、責問。

【鐫譙】責問。鐫，ㄐㄩㄢ。

【徵】責問、詢問。

【詰】詢問、責問。

【問難】辯論詰問。

【駁詰】反駁質疑。

【反脣相譏】指人受到指責，情緒不服，反過來責問、駁斥對方。也作「反脣相稽」。

一個文明的不毛之地或不毛之人，對於一個優勢理念往往缺乏質疑的知識基礎，但是卻充滿去實踐的能量。相形之下，古老、世故的文明社會已無法全心全意地相信與奉行任何價值了。（羅智成〈穿越德雷克海峽〉）

我無力地平躺著身軀，像是一張單薄的紙，任憑城市巨大的質問聲淹沒過我的呼吸：這是什麼季節？為什麼不是熟悉的春天？氣溫本來應該逐漸地爬升成熾熱的夏季，但為什麼如今卻在不斷冰冷地下降中？我懷疑時光正在倒轉，而去年的冬日又要再度回來。（郝譽翔〈在春與夏之際〉）

我為什麼在夢裡不同他打招呼呢？也許我怕他問我：「你不是說給我幾個錢，叫我修修家裡的破房子嗎？」不錯，我曾經這樣答應過，我沒有照辦，這怨我不好，可是也不能完全怨我。不過我知道你老人家也絕不會這麼責問我的，你是太善良的。（李廣田〈兩種念頭〉）

「你怎麼屢次都想來反對我呢？」在收拾著雜亂無章的東西的朱榮，也一肚子憤氣，向妻反詰。「什麼？反對你麼？是的，我反對你，請問，這樣年頭兒，你日也運動，夜也運動，到底得些什麼呢？錢一個也不掙進門，要不是我在撐持門面，唉！人道嫁夫倚夫勢，那曉得我竟……」（楊守愚〈決裂〉）

查問

【查問】調查盤問。

【查詢】詢問。

【探查】探訪查尋。

【盤問】反覆、仔細地查問。

【盤詰】反覆、仔細地查問。

【盤查】盤問查驗。也作「盤察」。

【究詰】仔細盤問。

【查詰】查驗詰問。

【追問】追究事情的緣由。

【逼問】咄咄逼人地責問。

【唯你是問】向對方追究責任。

【盤根問底】指盤問追究事情的根由與底細。

【尋根問底】詳究事物的底細。

【刨根問底】查問根由，探究底細。

【追根究柢】詳究事物的原委。也作「追根究底」。

【打破砂鍋問到底】對事情尋根究底。

【根問】只盤問徹底、查問清楚。

【過問】干涉查問。

【考問】查問。

【細問】仔細的查問。

【審問】指法官或警察機關在審理案件時，對涉案人或與案情相關者進行的查問。

【研詰】指追問。

【沿流討源】沿著河流去探究水源的位置。形容探求事物本末。也作「沿波討源」、「沿流溯源」。

【窮源溯流】尋求事物的根源和其中沿革的流變。

【溯流徂源】順著流水向上，最終到達源頭，比喻追根究柢去探查事物本源。徂，ㄘㄨˋ。

【刨樹要尋根】追根究柢，要找出問題的源由。

她剛跨進那衙的門限，被一巡警的「要做什麼」的一聲呼喝，已嚇得到退到門外去，幸有一十四來歲的小使，出來查問，她就哀求他，替伊探查，難得那孩子，童心還在，不會倚勢欺人，誠懇地，替伊設法，教她拿出三塊錢，代繳進去。（賴和〈一桿稱仔〉）

某日油公司大約是管欠帳的部門來電話查詢了，我們的對話，回想起來，是頗足令人莞爾的。對方問我何以這一欄是空的，我說就是沒有資料，但並不是沒有信用。「那麼閣下買車也是全部付清的？」我說豈單是汽車而已，所有的購買都是銀貨兩訖。我想她一定以為我是從火星上降下來的怪物。（吳魯芹〈數字人生〉）

阿娘沒有再來城裡，仍舊是玉姨和我伴著雲弟的棺木，乘小船回鄉下。阿娘在埠頭接我們，她哭得雙眼紅腫，臉也浮腫。她對我們沒有一句盤問，只告訴我們已看好青雲庵後面一塊地，暫時停放雲弟的棺木。我們隨著她送棺木安頓在兩塊石凳上，燒了點紙錢。此處荒草漫煙，闃無人跡。只有寺後颯颯的山風，陣陣吹來。（琦君〈七月的哀傷〉）

我要說一個卡夫卡式的故事：一個外科整型醫生，他把一個醜人變得很漂亮，結果從麻醉中醒來時，她突然認不出這是自己，而且她的朋友與家人都拒絕相信她是從前那個人，於是大家報警把她抓起來。在受不了重重逼問下，她竟然承認自己殺死了那個人。這就是我要說的，人生是荒謬的，而且觀眾本身又是劇中的另一個演員，一切都是錯亂而卻又恰如其分。（黃國峻〈報平安〉）

【探問】打聽詢問。

【探詢】打聽詢問。

【試探】探聽對方的意思或反應。

【套問】設計言語向人探問消息。

【套話】用話設計問出真情。

【打聽】探問。

【探聽】訪察打聽。

【刺探】暗中探聽。

【問津】探詢、洽問。

【探悉】打聽清楚。

【問鼎】春秋時，楚莊王征伐戎人，於周室疆域上檢閱軍隊。周定王派人慰勞，楚莊王便探問九鼎的大小輕重。因為九鼎是夏商周的傳國寶器，楚莊王問鼎有意圖謀君位。後指覬覦王位，謀取政權，或謀取最高榮譽、地位。

【無人問津】沒有人詢問渡口，比喻事物遭到冷落，無人探問。

答

【回答】回應他人問話。

【回話】回答。

【答話】回答他人的話。

【答覆】回答。

【答應】應聲回答。

【回應】回答他人問話。

這些有點熟又不太熟的朋友，去國外旅行時，也會寄明信片到店裡，鄭大哥把這些信件或照片用磁鐵吸在咖啡機側面，有興趣的人就會主動探問，然後大夥又可以開始熱烈地討論，在咖啡涼了之前。（曾郁雯〈京都之心〉）

凡塵太多，把我的心房佔得客滿。我很少再去關切天空。那時候，我幾乎不再讀雲，曾經，我認為她是詩的放牧者。也不再殷殷探詢季節的消息，曾經，我羨慕她是天庭的流浪漢。她的行囊裡該有許許多多想像與美合著的故事，而我不再是愛聽故事的少年。（簡媜〈問候天空〉）

我在他們面前時常顯得很傻，老是問東問西，我向他們打聽山花的名字，向他們訪問四葉參或何首烏是什麼樣子，生在什麼地方，問石頭，問泉水，問風候雲雨，問故事傳說。他們都能給我一些有趣的回答。於是他們非常驕傲，他們又笑話我少見多怪。（李廣田〈山之子〉）

當下不由他再刺探，我一口氣把那幾個預備好的問題念給他聽。他一面聽，一面從書窩子裡拎出一個鐵杯子和塑膠壺，給我倒了杯水。我清楚地看見杯底浮上來一隻手腳亂舞的蟑螂。（張大春〈透明人〉）

爺爺沒有回話，緩緩翻了個身。削薄脊骨撐起的衛生汗衣上掉落無數爽身粉粒，整張草蓆螢光點點，使我生出一種深海魚類骨骸透光可見，鬚角款擺的透明感覺。在爺爺也死去後，整間大屋就正式成為沉船，屬於它的故事被埋入地底。（陳柏青〈大屋〉）

為探知我是否了解著裝技巧，她於是放手，只讓眼光停留在身體

【對答】回答。
【作答】回答。
【解答】解釋回答。
【答詢】回答詢問的事情。
【搶答】爭先回答。
【答腔】接著別人的話說；回答、交談。也作「搭腔」。
【應對】酬答、應付。
【應聲】出聲回答。
【應答】言語的酬答。
【應和】酬答、應答。
【酬對】應答、對答。
【酬答】以詩文互相應答。
【酬和】以詩文互相唱和。
【回稟】回答、稟報。
【核覆】調查後回答。
【對質】數人共同犯案，預審時令各犯及證人互相質問應答，以證明是否同謀。也泛指與問題互相關連的各方當面對證。
【一搭一唱】相互應答唱和。
【對答如流】形容才思敏捷，答話如流水般順暢流利。也作「應答如流」。
【應對不窮】言語應答沒有詞窮，形容人的學識廣博，才思敏捷。
【答非所問】回答的內容並非問題所要求的答案。
【無言以對】沒有話可以對答。
【答對】指回答、應對。
【答問】回答問題。
【口答】口頭回答。
【呈答】對上級的應答。
【稟覆】下屬對上級的回答、回覆。
【批覆】上級針對下級提出的報告或裁決事項，加以批示答覆。
【酬唱】用詩歌相互唱和、酬答。唐・鄭谷〈右省補闕張茂樞詩〉：「積雪巷深酬唱夜，落花牆隔笑言時。」

上，映襯出她臉頰喜悅神氣的表情，一種命令，或是權威感，以輕巧且喧嘩的姿態浮掠而來；我卻暗自咋舌，心虛、羞怯，沒敢多答應一聲，肌膚變得屍白僵硬，不知道應該做什麼。（許婉姿〈女神的密謀〉）

在上海文藝界人士的飯局上最有趣的現象就是：人手一隻黑莓（或愛鳳），每隔幾分鐘拿起來看看，輸入幾個字，甚至拍幾張照片，然後跟座中朋友分享：「我剛告訴粉絲們我跟誰誰在哪裡吃飯，這會就有回應了，說這兒的菜聽說不錯，還說某某看起來氣色很好……」一頓飯吃下來倒像是他跟粉絲們在聚餐。（李黎〈虛擬社交與非死不可〉）

外邊紛擾的人間是同他們隔離了萬里遠呢，可是把他們緊緊地包圍，像是四圍黑暗的山石包住了一塊美玉？他自己是無從解答的。至於她，她更不知道她置身在什麼地方。她只是供他端詳，供他尋思，供他輕輕撫摸她的微笑，讓他沉在這微笑的當中，她覺得這是她在修道院時所不曾得到過的一種幸福。（馮至〈賽納河畔的無名少女〉）

啊！這一日，我在這一日遇見了兩個不相干的人，他們未經邀請的就敲打起我生命中緊閉的門扇。我能不應答嗎？我能裝作不聽見嗎？（阮慶岳〈二人一天〉）

禽囀於春，蛩啼於秋，蚊作雷於夏，夜則蟲醒而鳥睡，風雨並不天天有，無來人犬不吠，不下蛋雞不報。唯有人用語言，用動作，用機械，隨時隨地做出聲音。就是獨處一室，無與酬答的時候，他可以開留聲機，聽無線電，甚至睡眠時還發出似雷的鼻息。（錢鍾書《寫在人生邊上》）

大神拿了這鼓，站起來就亂跳，先訴說那附在她身上的神靈的下山的經歷，是乘著雲，是隨著風，或者是駕霧而來，說得非常之雄

【賡酬】以詩作互相贈答。宋．張耒〈偶作詩〉：「賴有西鄰詩句好，賡酬終日自忘饑。」
【酬應】此處作為應對、應答之意。
【回稟】回答稟報。
【回話】回答、稟報。
【搭岔兒】說話、回答。

【報答】常用於表示酬謝恩惠之意，但也有回答的意思。
【奉復】回答、回覆。
【抵對】回答、應對。
【應訊】回答審訊。
【答應不迭】連連應聲回答。
【奏對】指舊時臣子回答君主所詢問的事情。

4 討論

討論

【討論】相互研究或交換意見。
【談論】言談議論。
【論說】議論、辨析。
【共論】共同商談、討論。
【協商】共同商量。亦作「協議」。
【講論】談論、討論。
【審議】審查討論。
【商討】商量、討論。

【商量】交換意見。
【商榷】商討、斟酌。
【商略】討論、籌劃。
【參度】討論、商量。
【評度】商量；研究。
【研討】研究討論。
【座談】不拘形式的自由討論。
【不語】不說話、不談論。
【就事論事】就事情的本身加

壯。二神站在一邊，大神問他什麼，他回答什麼。好的二神是對答如流的，壞的二神，一不加小心說衝著了大神的一字，大神就要鬧起來的。（蕭紅《呼蘭河傳》）

唱完了，大家拍手，小寒也跟著拍。峰儀道：「咦？你怎麼也拍起手來？」小寒道：「我沒唱，我不過虛虛地張張嘴，壯壯綾卿的膽罷了……爸爸，綾卿的嗓子怎樣？」峰儀答非所問，道：「你們兩個人長得有點像。」綾卿笑道：「真的麼？」（張愛玲〈心經〉）

你無言以對，是你不能和鄉親在一起，是你不能留下來共度難關，又能說什麼？於是你詢問了其餘親人的訊息，陪父親用了一餐大鍋飯，眼前的景象彷彿又回到日出而作、日入而息的農業社會，不習慣的只是你這個都市人，所以你似乎也不能多說什麼。（林黛嫚〈震不垮的蓮花〉）

有一團約二十人的旅遊團也在等車，是中老年人，嘰嘰喳喳，小孩子遠足的興奮；熱烈討論著中午吃了什麼，一個說他只吃一碗切仔麵，「不是錢的問題啦。我的錢多得要拿出來曝，銀仔角都撒給雞去蹭。」「人講生吃都莫，擱想欲曝乾。你還拿錢出來曝，有錢人喔！」（劉靜娟〈這樣的背巾，哪裡買？〉）

即使在最不足以談論的日常裡，我們偶爾也會在既定軌道迷惘片刻吧。似乎有一條不易馴服的思緒情縷，像靜悄悄的蛇，像不臨水的釣鉤，潛伏於內心深處，偽裝、冬眠、忍耐，忽而在不明所以的剎那，探出來對自己嘆息：「啊，漫長！」（簡媜〈小徑〉）

探春聽了，便和李紈命人將園中所有婆子的名單要來，大家參度，大概定了幾個。又將她們一齊傳來，李紈大概告訴與他們。眾人聽

以評論，不涉及題外。

【朗朗高談】大聲談論事情。

【高談闊論】暢快而沒有拘束地談論。也作「高談快論」。

【不足為道】不重要，不值得談論。

【你一言我一語】每個人針對某一問題，爭相提出自己的意見。

【顧左右而言他】閃避主題而去談論其他事情。

【洽談】接洽商談。

【面談】當面討論、談話。

【洽商】接洽商議。

【研議】研究討論。

【磋商】相互商議，彼此交換意見。

【磋議】商量協議。

【商議】互相討論、交換意見。

【商酌】互相討論斟酌。

【會商】共同商量討論。

【訂議】討論、決定。

【談議】批評、議論。

【平議】公平的討論。

【推論】推求討論。

【議論】批評討論。

【磋磨】原指切磋琢磨的意思，後也指討論研議。

【議】討論、商量。

【密談】秘密談話討論。

【通議】共同討論。

【共談】一起談話商議。

【流議】自由的討論、談論。

【爭議】爭辯討論。

【瞽議】胡亂、隨便的議論。

【議論紛紛】指揣測、討論不停的狀況。

【言來語去】指你一言、我一語的說話。

了，無不願意，也有說：「那一片竹子單交給我，一年工夫，明年又是一片。除了家裡吃的筍，一年還可交些錢糧。」這一個說：「那一片稻地交給我，一年這些玩的大小雀鳥的糧食，不必動官中錢糧，我還可以交錢糧。」（清．曹雪芹《紅樓夢》）

他一直坐到深夜。與這同時，在那高級指揮部裡，有多少幹部抱著小小的油燈，在研討每一戰鬥的經過，總結出經驗。（老舍《無名高地有了名》）

隔鄰有人因為彭定康的施政報告而爭拗起來，一個鼻梁上托著厚厚的近視鏡片的男子指著報紙上肥彭的照片破口大罵，說股市跌了一千點都是彭督一手造成。另一個滿臉鬍子渣的男子則反唇相譏，大肆抨擊共產黨的滅絕人性，連香港人要爭取些少自由也不放過。接著隔著另一桌有人高聲質問說話的是中國人還是漢奸，一時你一言我一語，氣氛變得緊張起來。（董啟章〈看（不）見的城市〉）

誰能擔保對面的人不把你的腦袋換取八圈麻將的賭本？F居然敢在我面前吞吞吐吐說了這麼半句：「就怕的是漁翁得利，徒為仇者所快……」可是我想起那天F的「往多處報」的「理論」，就沒有理由相信他不會將我出賣。我怎敢有所表示呢？我只笑了一笑，便顧左右而言他。口是心非的人，這裡有的是。（茅盾《腐蝕》）

議事

【議事】研商、討論公事。

【建議】對事情的處理方式提出意見。

【提議】提出建議。

【進言】向師長或長官建議。

【擬議】擬訂或提議。

【倡議】首先提議。

【創議】開始提出建議。

【動議】會議中提出的建議或提案。

【附議】討論時同意別人的提議，作為共同的提議人。

【臨時動議】在開會過程中，不屬預定的議事程序

【建白】針對事情或看法，提出陳述、建議。

【會談】聚會商談事物。

【座談】針對某一個議題，交換意見看法、進行討論。

【會議】有組織、有流程，針對事情進行商議的集會。

【議程】會議上提案討論的程序。

【開議】會議開始討論、議事。

【複議】針對已經決定或有了初步結果的事情，再次加以討論。

【覆議】再一次審議。

【專論】針對某一個特定主題來做討論。

【籌商】記畫、討論。

【計議】記畫商議。

【決議】對討論的事項做出最後的決定。或指在議事過程中，議案經討論後，由主席交付表決。

【議決】經開會討論所達成的最後決定。

【談攏】對討論的問題獲得共識。

【談不攏】對討論的問題沒有共識、無法達成協議。

萬沒料到，敵人是那麼囉嗦，那麼好事，那麼認真，他們一天到晚來找他議事，使他絕對沒有溫讀《東萊博議》的工夫。一切的規章、命令、公文，他都須簽蓋，若只是簽名蓋章也就還簡單；不，他們還教他發表意見。他根本沒意見。（老舍《火葬》）

而當時聽聞父親驟然過世消息的部落親人，在趕來協助之後，提出了母親回歸部落的建議，適時地為母親開啟了一條未來的路途。（利格拉樂・阿女烏〈彩虹衣與高跟鞋〉）

我連忙伸出手，問好。知道了我現在的情形，她爽快地提議我不妨在櫃台留個條子，加入她的聚會，等朋友來了再說。我正感一人等待無聊，就高興地同意了。（李渝〈無岸之河〉）

她活了九十歲。晚年倡議在巴黎給聖彼得與聖保羅修一座教堂。動工的第二年，她就死了。等教堂落成，卻發見她已葬在裡頭。此外還有許多奇異的傳說，因此這座教堂只好作為奉祀她的了。（朱自清〈巴黎〉）

吳醒川老實不客氣地截斷了錢麻子的話語，提出臨時動議來：「老錢不用再演說了，聽密司周報告她接洽的結果罷！」錢麻子卻不依，漲紅了臉，更大聲地喊：「還有一件……造謠，搗亂，都是，的的確確，他們的！」「說來說去都是些大家早已知道的事兒。謝謝你坐下來罷！時間寶貴哪！」（茅盾《虹》）

到下午四時許，雨勢漸弱，五時，只間有細雨，我忽然提議到川端橋看水去，喆弟附議，豫倫兄亦欣然同行。我們是步行去的，到得橋上，但見河水滔滔，湧瀉翻滾，好不動人。（莊因〈雨天〉）

【議處】審議事實，給予處理。

【吁咈都俞】舊時形容君臣之間議事氣氛融洽。

【諫議】直言的規諫論議。

評論

【評論】批評與討論。

【評議】商量、討論之後加以評斷。

【評判】批評、判定。

【評定】經評判或審核來決定。

【評價】評定人事物價值的高低。

【評說】批評、論說。

【評介】評論介紹。

【評理】依據道理，評論是非。

【評度】評說；評論。

【評析】評論分析。

【評選】以公平的態度評論比較，並推選優劣。

【評騭】評定。

【評跋】評論。也作「評跋」。

【點評】指點評論。

【品評】鑑賞評論。

【品題】評論人物或作品的高下優劣。

【褒貶】評論是非、優劣。

【臧否】ㄗㄤ ㄆㄧˇ，評論、褒貶。

【論贊】史傳末所附的評論。

【公議】眾人的評論、公斷。

【講評】解說評論。

【篤論】確當的評論。

【泛論】總論。

【別論】另做議論。

【月旦】品論高下。

【月旦評】漢代許劭喜歡品評人物，每月變更評論品題，而稱之。後用來泛指品評人物。

【平心而論】平心靜氣地來評

我們總和遠方競跑，比較幸運的是，並沒有誰真能夠跑到比遠方更遠的地方來評定我們是否輸了。我們可以很放心的繼續下去，尋找下一站的花和水源，那也許遙遠如太空的無極，我將沿路辨識我認得的星座的名字，並且抵抗他們的光芒。（童大龍〈交談〉）

千秋萬歲名，寂寞身後事。杜甫如此評價和嘆息李白，不知他對自己是否也有這種預感？（李元洛〈汨羅江之祭〉）

明晨，又要上玉山區了，凝視著小茶嘴的殘樣，我突然想起小學時代的歐桑。想起他悄悄來到這裡的入山小城，躲在旅社內，品評日文旅行書籍的背影。（劉克襄〈八通關古道〉）

一個人只要不太逾越法律的範圍，就可以在紐約為所欲為。只要他不太違背習俗，誰也不會干涉他的私人行動。只要能夠找到聽眾，誰都可以評論古今，臧否時政。（蔣夢麟〈留美時期〉）

我記得最清楚的是玩「封侯遊戲」，用軍中的階級來給當時的詩人作個「價值判斷」，例如封鄭愁予為五星上將，或封某某是中將、上校等等，雖然是玩笑，卻也有些月旦評論的意味。（瘂弦〈文人與異行——懷念沙牧〉）

我是個懶人，平心而論，又不曾遭過怎樣了不得的逆境；既不深思力索，又未親自體驗，範疇終於只是範疇，此處也只是廉價的，新瓶裡裝舊酒的感傷。當時芝麻黃豆大的事，都不惜鄭重地寫出來，現在看看，苦笑而已。（朱自清〈論無話可說〉）

論。也作「平心而談」。

【不予置評】不發表任何評論或看法。

【又當別論】應當另作評價。

【另當別論】依不同的情況另做考量和評斷。

【品理】評論道理。

【平章】品評、評論。

【評泊】評論。

【評頭評足】原本指評論女性的容貌儀態，後引申為評論好壞對錯。也作「品頭題足」。

【短評】簡短的評論。

【題品】評論好壞高下，以定優劣。

【史評】針對歷史事件而做的評論文章。

【社評】在報章雜誌等刊物上，針對時事所發表的評論。

【書評】針對書籍內容進行評論或介紹的文章。

【影評】通常指針對電影作品，進行介紹或品評比較的評論。

【總評】最後進行總結的綜合式評論。

參與

【干預】干涉、過問。

【介入】參與並加干預。

【共謀】共同計劃、商量。

【合謀】共同謀劃。

【投入】置身其中。

【沾手】插手，參與其事。

【涉足】進入某一境界、環境或範圍。

【側足】插足，干預其事。

【插手】參與、加入。

【插足】參與、加入。亦作「插腳」。

還有月亮哩，也是只在那麼循行，自有地球有人類以來的一套老調，初一出，月半圓，月底全沒有，而無論那一處的無論那一個人，看了月亮，總沒有不喜歡的，當然瞎子又當別論了。自然的偉大，自然的與人類有不可須臾離的關係，就此一點也可以看出來了，這就是欣賞自然景物的人類的天性。（郁達夫〈山水及自然景物的欣賞〉）

船主上岸時必裝扮成為一個小鄉紳，如駕洪江油船的大老板一樣穿袍穿褂，著生牛皮盤雲長統釘靴，戴有皮封耳的氈帽或博士帽，手指套上分量沉重金戒指，皮抱肚裏裝上許多大洋錢，短煙管上懸個老虎爪子，一端還鑲包一片鏤花銀皮。見人就請教仙鄉何處，貴府貴姓。本人大多數姓滕，名字「代富」、「宜貴」。對三十年來的本省政治，比起任何地方船主都熟習，都關心。歡喜講禮教，臧否人物，且善於稱引經典格言和當地俗諺，作為談天時章本。（沈從文《大山裡的人生》）

然而，作為一個涉足藝術的人來說，無論成「家」或成「匠」，都意味著一些悲劇精神，或者說是一種「犧牲」，這本身已如此莊嚴，使人不忍心輕易的忽略那艱苦的過程！（張菱舲〈琴音〉）

此種行為的本身就可以躋身於科學家、理論家、文學家的行列，且不說他到底寫了點什麼東西。包坤年說得好：「只要他講講一生都吃了哪些名菜，就可以使我們大開眼界！」（陸文夫〈美食家〉）

長江腰際，青螺中一個最大的采石山前，太白樓開了八面高窗，倒影在江心牛渚中間；山水、樓閣，和樓閣中的人物，都是似醉似痴

【插花】比喻參與、加入另一個團體的活動。

【與會】參加聚會或會議。

【摻和】參預、插手。

【躋身】置身、跨入某種領域或行列。躋，ㄐㄧ。

【蹚渾水】比喻參與他人不正當的事情。蹚，ㄊㄤ。

5 責罵

責罵

【吆喝】高聲呼喝。

【斥喝】大聲喝阻、威嚇責罵。

【叱責】大聲責罵。或作「斥責」。

【攻訐】舉發他人過失而加以抨擊。訐，ㄐㄧㄝˊ。

【抨擊】用言論或文章來指責、攻擊。

【苛責】嚴厲的責備。

【責難】責備、非難。

【詛咒】祈求鬼神降禍於所恨的人；咒罵。

【開炮】提出嚴厲的批評。

【貶抑】指出缺失，並予以負面的批評。

【說落】數落。

【數落】責備。

【詰責】譴責。

【誚讓】譴責。誚，ㄑㄧㄠˋ。

【漫罵】亂罵。或「謾罵」。

【罵詈】辱罵。詈，ㄌㄧˋ。

【譙讓】責罵、譴責的意思。譙，ㄑㄧㄠˊ。

【譴責】責備。

【口伐】語言譴責、聲討。

【問罪】指出對方罪狀責備或討伐。「興師問罪」。

【撻伐】討伐，泛指聲討。

的在那裡點綴陽春的煙景，這是三月上巳的午後，正是安徽提督學政朱笥河公在太白樓大會賓客的一天。翠螺山的峰前峰後，都來往著與會的高賓，或站在三臺閣上，在數水平線上的來帆，或散在牛渚磯頭，在尋前朝歷史上的遺跡。（郁達夫〈采石磯〉）

我看過七叔咬牙切齒吆喝著牛，趕著牛，好像恨不得牠飛跑起來似的，但是，牛好像有牠自己的哲學，不論你怎麼趕，牠有牠一定的速度。（蕭蕭〈臺灣牛〉）

但妳一聽到別人毫無負擔、淋漓痛快的抨擊它時，妳總克制不了的認真挑出對方言詞間的一些破綻為它辯護，而同時打心底好羨慕他們可以如此沒有包袱的罵個過癮。（朱天心〈想我眷村的兄弟們〉）

這命，要的是什麼？／而我要的更多／莫非諸神詛咒了我的天賦／但我會用它們來愛人（鯨向海〈與算命師和談〉）

人說「婊子無情／戲子無義」的話來貶抑歡場，張愛玲想必剝除了貶意而同意這句話，因為單是情義兩字太單薄，經不起小說家打撈保存。（張大春〈胡說與張歎〉）

這一類的罵詈不停地響進我的耳裡。間或也夾雜著微弱的哀求聲。那無疑是從吉村的嘴裡說出來的。我有些好笑，曾多少時候呢？他已從目中無人唯我獨尊的地位，一變而成為這種頻頻哀告的可憐蟲了。（鍾肇政〈初戀〉）

當時我同樣冷眼看著，同樣覺得與我無關，這種想法很可恥，該被撻伐，但我卻覺得很平靜，彷彿站在山岡上遙望著喧擾的人間，她

【聲討】譴責罪行，討伐。

【捱罵】遭受責罵。

爭辯

【嗑牙】談笑鬥嘴，以消磨時間。

【犯牙兒】鬥嘴、鬧扯。

【磨嘴皮】鬥嘴，逞口舌。

【口角】言語上的爭執。

【反駁】反對的理由辯駁。

【犯言】鬥嘴、爭吵。

【舌戰】激烈的辯論。

【抬槓】各執一詞，互相爭辯、鬥口。

【拌嘴】爭吵、鬥嘴。

【勃谿】吵架、爭鬥。多指家人之間的爭吵。谿，ㄒㄧ。

【頂撞】回嘴；用強硬的話反駁別人。

【強嘴】頂嘴；強辯。

【費嘴】吵嘴、爭論。

【齟齬】ㄐㄩˇㄩˇ，意見不合。

【辯駁】據理爭辯駁斥。

【爭長論短】爭論是非。

【脣槍舌劍】比喻辯論的激烈和言辭的鋒利。

調解

【挽救】設法從險難中挽回或補救。

【排解】調停解決。

【疏通】調解雙方的爭執。

們流淚控訴、懇求，全與我無關。（周丹穎〈前夏之象〉）

死在生活的末尾是件美事。大大小小的齟齬和糾纏不清的怨尤和口角再不會發生了。留下了寬容和諒解，一種令人懷念的告別。（徐遲〈網思想的小魚〉）

擁進來的果然是幾條大漢，為首的一個，臉上有幾顆凶蠻的酒刺，衝著她晃了晃一個紅袖標，又塞到衣裳裡去了。大概惱火於她剛才的傲慢頂撞，他們一進門來就沒有好臉色。（韓少功〈謀殺〉酒刺，粉刺、痤瘡的俗稱）

你還敢跟我強嘴，你翅膀硬了是不是？自打這個小狐狸精進了門，你就不像我的兒子了！（莫言〈祖母的門牙〉）

忽然一股無名的妒意，襲上我心頭了！我自謂風韻不俗，但是和她一比，我卻比下來了。從前在學校的時候，我和她的齟齬，大半也由於我固好勝，而她也不肯示弱。（茅盾《腐蝕》）

居然有人不知道他是誰了。這一家銀行，到底是怎麼開的。「這三家銀行的股東會，都是我在……，我在斡旋。」他說出「斡旋」兩字，自己也很得意。（鄭清文〈報馬仔〉）

雙方心裡都已經懊悔了，面子上還負氣誰也不理誰。我講得對不

【解拆】調解，排解。

【說和】調解雙方的爭執。

【說開】調解。

【斡旋】從中周旋、調解。斡，ㄨㄛˋ。

【調停】調解、排除糾紛。

【調處】調停處理。

【緩衝】發生衝突時有人居中調停，緩和緊張。

【彌補】補救，挽回。

【轉圜】意指挽回、調停。圜，ㄏㄨㄢˊ。

【勸和】調解使歸和好。

【打圓場】替人調解紛爭或撮合事情。

【排難解紛】為人解圍。

對？這時候要有個第三者，出來轉圜。你不肯受委屈認錯，只有我老頭子出面做和事佬，〔……〕（錢鍾書《圍城》）

郭縱哈哈一笑，打圓場道：「董先生真是句句話都不離把馬掛在口邊，不愧馬癡，來！我們喝一杯。」眾人紛紛舉杯，只有李園鐵青著臉，沒有附和，使人感到此人心胸狹窄，有欠風度。（黃易《尋秦記》）

錢瓊光無奈，只得去找王二瞎子，因他地面上人頭還熟，托他找個人出來勸和勸和。王二瞎子昨夜擾過他的酒，少不得出來幫忙。當時就找到了兩個人：一個是善堂董事，一個是從前做過圖正的，後來因為上了歲數，就把圖正一應事務，統通交代兒子承受，自己不管。他倆都是年高望重的人，又是捕廳老父台見委之事，一想彼此都有仰仗的地方，樂得借此交結交結。（清・李寶嘉《官場現形記》）

語言文字》二、資訊傳達

1 傳達

傳播

【傳播】廣泛地流傳。
【傳布】傳播散布。
【傳輸】傳導、輸送。
【傳聞】輾轉聽說，或指流言傳播的消息。
【相傳】長期以來經眾人之口輾轉傳述，並非親眼所見。
【流傳】流行、傳布。
【流布】到處流傳。
【散布】到處傳布。
【散播】傳播、散布。
【擴散】擴大、散開。
【傳說】輾轉述說。
【傳述】輾轉述說。
【口傳】以口頭傳話。
【哄傳】眾口相傳。
【廣傳】廣泛傳播。
【盛傳】廣泛流傳。
【傳揚】廣泛流傳。
【報導】透過各種傳播媒體將新聞告知大眾。
【播報】以無線電波或聲波放送的方式報導。
【訛傳】誤傳、謠傳。
【以訛傳訛】將不正確的訊息繼續傳遞。
【不脛而走】不用腿也能到達，比喻事物不用推廣，也能迅速傳播。脛，小腿。
【口耳相傳】口說耳聽，互相傳說。
【流播】流傳。

刨奈精通多種語言，厚厚的一本日文《聖經》，能翻譯成族語或漢語，在其他族群部落也能暢行無阻的傳播福音。憑著上帝代言人的身分，深受許多人的尊重和禮遇〔……〕（根阿盛〈屋漏痕〉）

傳聞黃蝶娘的親生母親，就是被她用法術魔死的，而指使霞女下手的竟然會是黎美秀。我不止一次旁敲側擊地向黃蝶娘打探她家族黑暗的祕密，讓她證實這項最聳人聽聞的傳說，可惜始終無法得到肯定的答覆。（施叔青《寂寞雲園》）

相傳李鴻章遊倫敦，有一回，英國紳士請他看賽足球。李氏問：「那些漢子，把球踢來踢去，什麼意思？」英國人說：「這是比賽。而且他們不是漢子，他們是紳士。」李氏搖搖頭說：「這麼大熱天，為什麼不僱些傭人去踢？為什麼要自己來？」這可說明中國文人不釣魚的原因。（林語堂〈記紐約釣魚〉）

「去考場放個屁，也替祖宗爭口氣。」流傳在陳獨秀家鄉安慶一帶的這句俗諺，勾勒了一代又一代讀書人悲哀的然而又是無可逾越的價值取向。（卞毓芳〈煌煌上庠〉）

有時我不小心聽到人們竊竊講話，細聲傳說某種不快的故事，關於刀槍和監禁，關於血，失蹤，死亡等等。我沒有完全聽懂，但也能意會到那緊張的氣息。（楊牧〈一些假的和真的禁忌〉）

我在廣西遇見一位從廣州去的朋友，他說，廣州盛傳胡適之對陳

【布散】散播流傳。也作「佈散」。

【流芳】原意是指香氣瀰漫的意思，後用以指流傳美好名聲。

【傳流】傳播、流傳。

【風傳】傳說、風聞。

【傳抄】流傳抄寫，通常指書籍傳播。也作「傳鈔」。

【傳寫】傳抄寫錄。

【傳諷】傳抄誦讀。

【傳頌】廣為讚頌流傳。

【傳誦】輾轉流傳誦讀或稱道。

【傳言】輾轉流傳的言語。

【傳聞】輾轉聽得，或指流言傳播的消息。

【詒厥】遺留、流傳。

【相傳】非親眼所見，而是長期經眾人之口輾轉傳述的事情。

【一傳十，時傳百】形容消息轉傳散播，速度很快。

【謠傳】不確實、沒有根據的消息。

【謠言紛飛】形容虛假的消息，到處傳揚。

【謠諑紛傳】虛假不實、毀謗的言語，到處散布。

【蜚短流長】流傳於眾人口中的閒言閒語。

【放空氣】為了個人或特定利益、需要，製造某種氣氛或刻意散令人迷惑、誤判的假消息。

【放邪火】散播謠言，以傷害他人。

【話不虛傳】意指流傳的言語是真實的。

伯南說：「岳武穆曾說：『文官不要錢，武官不怕死，天下太平矣。』我們此時應該倒過來說：「武官不要錢，文人不怕死，天下太平矣。』」——這句話確是我在香港對胡漢民先生說的。（胡適〈說儒〉）

最近一個有身分的知名人士竟公然表示棒球就是戴伯代發明的，並封他為「棒球之父」，這個還在以訛傳訛的人就是美國職棒大聯盟會長塞利格（Bud Selig）。（林博文〈棒球究竟是誰發明的〉）

施琅這句話一出口，岸上眾官員聽到了，忍不住大聲歡呼，一齊叫了起來：「萬歲，萬歲，萬萬歲。」消息不脛而走，到處是歡呼之聲，跟著劈劈啪啪的大放爆竹，比之過年還熱鬧得多。（金庸《鹿鼎記》）

「雖然說著令人有點兒難為情，你是她的丫鬟，你可以好像若不經意的叫你們小姐知道，說老爺已經答應，一等她病好一點兒，就正式訂婚。還告訴小姐，說我弟弟已經長大成人，她躺在床上，去看她也不怎麼方便。告訴她，我弟弟若不常去看她，她要安心，不要錯想。」莫愁常常跟紅玉說阿非問候她，紅玉的胃口漸漸開了。這是夏天，有人謠傳在秋天紅玉就要訂婚了。紅玉相信是真的。（林語堂《京華煙雲》）

人們一直說：女人在戀愛中到底不一樣。不不，完全不是這回事，完全與戀愛無關，不知如何會有這種訛傳。就像人們對愛情的看法錯了好幾個世紀，愛情是甜蜜的。他們說：每個人一生之中至少應當愛一次。我的看法略有出入，愛情是一場不幸的瘟疫，終身不遇方值得慶幸。結婚與戀愛毫無關係，人們老以為戀愛成熟後便自然而然的結婚，卻不知結婚只是一種生活方式，人人可以結婚，簡單得很。愛情……完全是另外一回事。（亦舒《我的前半生》）

傳達

【傳達】將訊息或意見散播、發布。

【傳話】把一方的話轉述給另一方知道。

【傳述】輾轉述說。

【傳說】輾轉述說。

【傳報】傳達通報。

【傳宣】傳達宣布。

【轉述】把別人的話說給另外的人聽。

【轉告】把一方的事情或意見傳達給另一方。

【轉達】代為通知傳達。

【複述】重複敘述別人或自己說過的話。

【報告】告知。就某些問題向聽眾做系統的講述。對上級或長輩所做的書面或口頭的陳述。

【溝通】指意見、情感、訊息的傳遞交流。

【留話】留下要傳達的訊息，請他人轉達。

【傳令】傳達命令。

【傳情】傳達情意。

【傳信】傳達消息或信件。

【帶信】傳達話語。

【傳語】告知、傳話。

【道達】告知、傳達。

【通告】傳達告訴。

【傳旨】君主時代，內閣傳達皇帝發布的旨意。

【傳諭】傳達上級發布的指示。

【覆命】將傳達的命令，轉回給發令者。

【眉來語去】形容男女之間靠著眉目之間的動作以傳達情意。

【轉載】輾轉刊載。

如果台北是被誤讀，香港則是被抽讀。這樣，我們的故事才動聽，容易記住和轉述；香港很好用隱喻來概括，也可以供大家拿去做隱喻。知道太多、記得太多，不利隱喻運作。（陳冠中〈三城記〉）

來人說了些閒話，言歸正傳轉述到順順的意見時，老船夫不知如何回答，只是很驚惶的搓著兩隻繭結的大手，好像這不會真有其事，而且神氣中只像在說：「那好的，那妙的，」其實這老頭卻不曾說過一句話。（沈從文《邊城》）

傳說中有這麼一個湖是古代一個不幸的哈薩克少女滴下的眼淚，湖色的多變正是象徵那個古代少女的萬種哀愁。（碧野〈天山景物記〉）

兒子出門前，許多朋友聽說了，都警告我中南美是個落後、缺乏秩序的地方，要我轉告他得步步為營。（廖玉蕙〈遠方〉）

夜闌人靜，是相對溫習的時候了。我常是被質問，被考驗，並且被命複述當時的言語，然而常須由她補足，由她糾正，像一個丁等的學生。（魯迅〈傷逝〉）

五月初如約地回到歐洲的家。飛飛和哥哥正在院子裡挖蚯蚓。丟下鏟子，奔跑過來，滿手黑泥，爭相擁抱，嘴裡卻繼續報告季節的消息：「快點來看，媽媽，竹子開花了，好漂亮！」（龍應台〈一株湖北的竹子〉）

一個「進入狀況」的研究者，會將那個時代那個社會的許多條件，視為當然，不再驚訝，也不再需要解說。研究者與研究者間彼此溝通用的專題論文，站在這種「進入狀況」的基礎上。彼此假定有很多事是不值得，不需要說明的，很多事是既成既予的背景、前提，於是論文只討論背景之上需要深究的細節問題。（楊照〈中國心靈的轉譯家〉）

【告訴】向人訴說；通知。
【告知】告訴；通知。
【告示】把意思明白地告訴他人。
【訴說】敘述；說明。
【哭訴】哭著訴說。
【細訴】詳細地訴說。
【啟告】告訴。
【示知】告知或寫信通知。
【傳示】告知。
【傳語】傳話、告知。
【面告】當面告知。
【面諭】當面告知。
【遍告】四處告知。
【曉示】明白告知，使人領會。
【曉諭】明白告知，使人理解。
【奉告】告知的敬詞。
【稟告】下屬對上級或晚輩對長輩報告。
【賜告】請人告知的敬詞。
【囑】叮嚀、託付。
【囑咐】吩咐；囑託。
【囑託】吩咐、託付。
【叮嚀】反覆地囑咐。
【叮囑】再三叮嚀囑咐。
【吩咐】用言語使人照自己的意思去做。
【交代】囑咐、叮嚀。
【雅囑】稱他人吩咐的敬詞。
【奔相走告】奔走著互相告知，傳告重大的消息。
【無可奉告】沒有什麼可以告知的。
【告誦】告訴。
【告語】告訴。
【啟告】告訴、告知。
【告託】告知、告訴。
【昭告】明白的告訴、告知。
【訴說】敘述、說明。
【轉告】傳達告訴。
【申明】鄭重的告知或是針對事物進行說明，也有表白、辯

在魚滑鍋前，爸爸向來都不在魚身抹鹽巴。媽媽總會告知他，那可以去腥，也可以穩定油溫、不激飛油花。但爸爸總是獨斷獨行，像是在為對抗而對抗、否認聽從地，不抹上這一層叮嚀。（高翊峰〈料理一桌家常〉）

不知覺間黃昏到來光質改變，從進取的明色變成退縮的暗色，從肯定的直照便成懷疑的斜照，突然告示一天就要結束。（李渝〈無岸之河〉）

當他的頭升上閣樓時，那狹扁的窗戶裡忽然透進了極其皓潔的月光，灑滿在三角形的屋頂上面。那日光裡的塵埃像是在月光裡沉澱了，空氣是那樣清澄透明，連那一懸蜘蛛網都閃著銀色的光亮，像網著一兜水銀。萬籟俱寂，那一圈高高低低的爐子，活了起來，無言地向他訴說著什麼。（王安憶〈閣樓〉）

看著台北的「四郎探母」，楊四郎十五年回不了家，想念母親，看看台下的老兵，從一九四九年算起，也已經近三十年回不了家，「唉，千拜萬拜，贖不過兒的罪來」，台上哽咽哭訴，台下一片默然，這城市的傳奇看在年輕一代眼中，知道是一頁史記了。（蔣勳〈顧正秋傳奇〉）

看書會使你做起夢來，聽你的密友細訴衷曲也會使你做夢，晨曦，雨聲，月光，舞影，鳥鳴，波紋，槳聲，山色，暮靄……都能勾起你的輕夢〔……〕（梁遇春〈觀火〉）

羅回到杭州，從此不再回家。他母親托他舅舅到杭州來找他，百般勸說曉諭。他也設法請一個堂兄下鄉去代他向家裡疏通。（張愛玲《五四遺事》）

話題像一桌令胃瘋狂的廣東點心，食慾在盤子與盤子之間手舞足

解之意。

【告白】明白的告述，或指對公眾的告示、廣告。現也用作於對愛慕之人

【細訴】細述，從頭告訴。

【對訴】互相述說、告訴彼此。

【泣訴】哭著訴說，或指哭著控訴。

【哀訴】哀傷哭訴。

【傾訴】將心中的話全部訴說出來。

【傾吐】將內心話全說出來。

【告理】報告、告狀的意思。

【告狀】說明報告或訴說事情的狀況。

【訴冤】向人訴說冤屈。

【告舌】告狀，妄言多嘴。

【曉人】此處指明白告訴他人，使人瞭解事理。

【曉以大義】用正義的道理去告訴、開悟他人。

【以實相告】實話告訴對方。

【祭告】古代傳統信仰中，國中發生大事時，祭神而告。

【敦囑】鄭重的叮嚀囑咐。

【切囑】殷切的叮嚀囑咐。

【千叮萬囑】再三叮嚀囑託。

【千叮嚀萬囑咐】一再的叮嚀告誡、囑託。

【報告】由下對上進行陳述或告知。

通知

【通知】告知。

【通告】傳達、通知。

【通報】通知、報告。

【知會】通知照會。

【知照】知會、照會。

【照會】示意、通知。

蹈，一件事才談上幾句，又急著談另一件事，我好不容易才把近五年的家族大事奉告完畢，又得端上一盤蒸騰騰的話題。（陳大為〈茶樓消瘦〉）

我哀傷的瞥見——一個瀕臨死亡，重創的婦人，流淚，無語的將懷裡的幼兒交付給陌生的旅伴，殷殷囑咐，含恨而逝……用母親偉大而豐饒的肉體去承受苦難，為了護衛懷中的初生兒；因為他們將是煉獄般之浩劫後，僅有的寄望。（林文義〈煉獄〉）

行者道：「你這個呆子！我臨別之時，曾叮嚀又叮嚀，說道：『若有妖魔捉住師父，你就說老孫是他大徒弟。』怎麼卻不說我？」（明・吳承恩《西遊記》）

她默默不說話，也不問我任何問題，只和她兒子交代一聲就朝黑暗深處踱進去，鬱悒的身影。（楊牧〈程健雄和詩與我〉）

在平常的情形之下，發言人可以只說「不知道」，既得體，又比較婉轉。這個不知道其實是「無可奉告」，比「不能奉告」或「不便奉告」語氣略覺輕些。至於發言人究竟是知道，是不知道，那是另一回事兒，可以不論。（朱自清〈不知道〉）

一張瘦而冷的女孩的臉貼在窗玻璃，淡淡問：「掛號嗎？」「是啊是啊！」老吳推開老梁：「別嚷嚷，我來我來！」「哎哎小姐，我們是李大夫的老朋友，麻煩你通報一聲，我叫吳得功，他叫梁傳勝。」「掛號！」瘦而冷的女孩丟出這麼一句不耐煩的話：「大夫很忙。」老吳也有點不高興，將空白的診斷書推進小窗子：「我們等他。」（履

【關照】通知。

【布達】通知。多用於上級對下級。

【宣敕】通知傳達命令。

【預告】對某事做事先的通知。

【匿報】不具名或不具真實姓名的通報。

【遍告】四處告知。

【見告】通知、告知。

【招呼】通常是指以言語手勢表示寒暄、問候之意，此處也有吩咐、通知的意思。

【關報】以文書通知。

【函告】用寄發信件的方式，通知對方，表示當事人的主張、聲明。

【戶告人曉】挨家挨戶通知說明，使人人都知道。

【密報】私底下或秘密通報。

【傳報】傳達通報。

彊〈都是那個祁家威〉）

他得拜會所有幫過他忙的人，特別是官面上的和地痞流氓頭子，得給他們幾張招待券，求他們幫忙，照應。他還抽出時間，把在書場裡幹活的人都一一知會到〔……〕（老舍《鼓書藝人》）

我只覺得，那場斜斜的雨霧，像一支輓歌圍繞我們的村子，像預告甚麼即將凋零，我不知道是我的年齡或是對你的崇拜？（陳芳明〈為了忘卻的紀念——楚寄吳錦翔〉）

敘述

【敘述】說出或寫出事情的前後經過。

【講述】敘述、解說。

【敘說】口頭敘述。

【述說】口頭敘述。

【口述】口頭敘述。

【論述】敘述和分析。

【表述】表達陳述。

【自述】述說自己的事情。

【陳述】敘述事情。

【陳說】陳述。

【鋪陳】詳細陳述。

【追述】述說過去的事情。

【綜述】綜合陳述。

【重述】再一次敘述。

【簡述】簡單地敘述。

【複述】重複敘述。

【列述】列舉敘述。

那段禍福難測的日子裡，我常常想起男孩對我敘述的事故，在一片恐懼的黑暗中，彷彿是他走到我的身邊來，對我訴說著安慰的話，那是多年前我想說終究沒有說出來的。我因此獲得了平安。（張曼娟〈青春並不消逝，只是遷徙〉）

到現在，我還清晰地記得：冬景天，我們爺兒倆，偎坐在草垛根下，曬著暖烘烘的三九陽光，他對我講述山海關的一些傳說、故事的情景。那雄偉的城樓，那顯要的形勢，那悲壯的歷史，那屈辱的陳跡，那塞上的風雪，那關外的離愁……（峻青〈雄關賦〉）

那時，我慣愛膩在大人身邊，聽他們敘說自己的世界。大人總是很放心我，他們知道我是一個沉默的孩子，不會帶走或轉述這些祕密。（孫梓評〈福耳朵〉）

「很多名品店，我幾乎天天約了王太太去，去喝咖啡什麼的，喝

【倒敘】先敘述事情的結局或某段情節，再回頭鋪敘過程。

【概述】大略敘述。

【盡述】詳細敘述。

【申述】詳細敘述。

【描述】用語言文字來表達事物的情況。

【記敘】記載敘述。

【指陳】指明和敘述。

【轉伸】輾轉敘述。

【傾吐】將心中的話全部說出。

【娓娓道來】生動而不間斷地描述。

【口口聲聲】不停地陳述、表白，或把某一說法常常掛在嘴邊。

【輕描淡寫】本指繪畫時用淺淡的顏色輕輕描繪，後比喻描寫或敘述著力不多，簡單帶過、不加渲染。

【平鋪直敘】無曲折，不假雕飾，按次序平淡地敘述。

【一言難盡】不是一句話就說得完，形容事情曲折複雜，很難簡單敘述概括。

【訴苦】向他人訴說自己的困難、苦衷。

【發牢騷】向人傾吐心中的不滿和怨恨。

【鋪敘】詳細的鋪陳敘述。

【縷述】詳細的陳述。

【敷陳】鋪敘陳述事情。

【慢表】且慢敘述。

【話論】敘述、討論。

【記述】用文字記錄敘述。

【細述】詳細的敘述。

【詳述】詳細敘述。

【敘事】記敘事情發生的經過。

【贅述】多加敘述。

【轉述】輾轉敘述。

【訴說】說明、敘述。

【引述】引用敘述。

【面陳】當面陳述。

【直講】直接的陳述、說明。

那個 Espresso，但又怕喝多了老睡不著覺。昨天買了 BALLY 的鞋子，還買 POLO 休閒服給你，正在打八折……」她的聲音有氣無力地叨叨陳述著，而聲音背後卻是非常安靜〔……〕」（郝譽翔〈飛行紀事〉）

而你要敘述的又是被政治污染的個人，並非那骯髒的政治，還得回到他當時的心態，要陳述得準確就更難。層層疊疊交錯在記憶裡的許多事件，很容易弄成聳人聽聞。你避免渲染，無意去寫些苦難的故事，只追述當時的印象和心境，還得仔細剔除你此時此刻的感受，把現今的思考擱置一邊。（高行健《一個人的聖經》）

我小時候，每年除夕，你祖父總要跟我重述一次「我們駱家」的家族故事：那不外乎是一些發生在農村裡的賒贈豬肉給窮人，結果自己窮當了褲子之類的粗糙情節。（駱以軍〈活著，像一支駱隊〉）

我便想就這兩處，指出我說的那些人在走著那些路。我並不是板起臉來裁判，只申述自己的感想而已；所知的雖然簡陋，或者也還不妨的。（朱自清〈哪裡走〉）

我向你傾吐思念／你如石像／沉默不應／如果沉默是你的悲抑／你知道這悲抑／最傷我心（覃子豪〈獨語〉）

他一生的興趣好像是放在不厭其煩的與人說明一件事情上面，細說從頭，娓娓道來，有這種性格的人最適合做教師。（周志文〈台大師長〉）

生命的歷史一頁一頁的翻下去，漸漸翻近中葉；頁頁佳妙，圖畫的色彩也加倍的鮮明，動搖了我的心靈與眼目。這幾幅是造物者的手跡。他輕描淡寫了，又展開在我眼前；我瞻仰之下，加上一兩筆點綴。（冰心〈往事〉）

在課與課交接的空口，去文學院天井邊的茶水房倒杯麥茶，倚在

【直陳】直接陳述。

【直指】不加以掩飾隱諱，直接陳述。

形容

【形容】描述、描寫事物的狀況。

【描寫】用文字、色彩或圖畫來表現事物的情狀。

【描述】以語言文字來表達事物情況。

【描繪】用文字描寫。

【描摹】依樣描寫或繪畫。

【摹狀】形容描寫事物。

【勾勒】簡單描寫事物的大致狀況。

【勾畫】以簡短文字描寫事物。

【刻畫】仔細描摹。

【刻鏤】描繪修飾。

【抒寫】抒發描寫。

【淘寫】傾出心緒並加以描寫。

【盡情吐露】暢所欲言，陳述實際的情況或內心的想法。

【言狀】用言語來形容或描繪。

【歷歷如繪】描寫、陳述得清楚，畫面彷彿在眼前。

【難以言喻】無法以言語形容。

【無以名狀】難以描述、無法形容。

【不可名狀】不能用語言形容。

【無以名之】不知道用什麼來表達它；無法形容。

【不堪言狀】事情太醜陋，無法形容。

【摹寫】一種修辭學上的技法，將對事物的各種感受，加以形容描寫。

【摹肖】形容描繪摹寫得很相似。

磚砌的拱門覷風景。一行瘦櫻，綠撲撲的，倒使我懷念冬櫻凍唇的美，雖然那美帶著淒清，而我寧願選擇絕世的淒豔，更甚於平鋪直敘的雍容。（簡媜〈四月裂帛——給憂情〉）

因此不能只用精緻美麗來形容他的音樂。一般說來，巴哈寫作不是深思熟慮的那種，他許多作品往往一揮而就。巴哈不像布拉姆斯，每件作品都反覆思考，形式與內容，一絲不苟的；布拉姆斯常把輕快的化為遲重，而巴哈總是把繁複的化為簡單。（周志文〈聽巴哈〉）

我寫了一個開頭，描寫啞巴被村人羞辱的情形，接下去應該寫出那場災禍以及他的勇敢的行動了。這時，我被這個設想的英雄所感動，但是卻想不出那場要以他一個人的力量來搭救的災禍是什麼性質，也想不出搭救的方式。（張菱舲〈逝去的瞬間〉）

炊煙在雪原上飄蕩，婆婆仍舊喜愛在一清早，開著她最喜愛的收音機聽著我聽不懂的音樂。婆婆總是微笑著皺紋沉醉在描述青年與少女的高亢歌詞之中。婆婆熱情的向我解釋音樂中每個音的意義，即使一個發自喉嚨無法釋意的聲音，婆婆都能享受著。（洪川〈雪原之音〉）

世態人情，比明月清風更饒有滋味；可作書讀，可當戲看。書上的描摹，戲裡的扮演，即使栩栩如生，究竟只是文藝作品；人情世態，都是天真自然的流露，往往超出情理之外，新奇得令人震驚，令人駭怪，給人以更深刻的效益，更奇妙的娛樂。（楊絳〈隱身衣〉）

謫仙作詩，慣用誇張手法，但他刻畫三峽之險峨：「上有六龍回日之高標，下有衝波逆折之迴川。黃鶴之飛尚不得過，猿猱欲度愁攀援。」則全是寫實。（王充閭〈讀山峽〉）

【描模】描繪、摹寫。

【寫照】對一切事物形象的描寫。

【比】譬喻，以此物比彼物，有象徵的效果。

【打比】譬喻，舉一件事物，來說明另外一件事物。

【寫景】以文字描寫或繪畫自然界的景物。

【寫真】此處形容根據事實，如實描寫。

【小寫】稍微加以描寫或描述。

【隨物賦形】按照事物的本來面貌，描繪刻畫形象。

【鏤彩摛文】指描寫敘述生動逼真、刻畫入微。

【形容盡致】描寫、描摹得非常透徹到位。

【刻畫入微】形容寫文章或繪畫時，描摹的深入生動。

【入木三分】形容評論中肯，或寫作時描寫文字生動而精到。

【繪聲繪影】形容人講述事物或描摹書寫時，深刻入微，形象逼真生動。也作「繪聲繪色」、「繪影繪聲」。

【窮形極狀】形容描寫得十分生動。也作「窮形盡相」。

【躍然紙上】形容描寫得非常生動逼真，形象好似呈現於紙上。

【栩栩如生】形容刻畫描寫得極其生動真實，彷彿具有生命力一般。

【活靈活現】指人在書寫或言語、繪畫雕塑等藝術表現上，將無生命之物，塑造形容得生動逼真，如同真物一般。也作「活龍活現」。

【如聞其聲，如見其容】形容刻畫描寫得非常逼真生動，彷彿可以聽見真聲、看見真人。

時序進入秋涼，我已不再在觸目的懷念中，追求伊豆和修的幻影，對於這份原本美到難以言喻的傾慕追逐，我開始讓它從腦海中逐漸退下，我知道要在一時間裡將所有對於美的感受或感傷放下，的確不容易；如果我企圖集中念力，要求自己放棄那份長久以來即存在的，對於追求靈魂美的持續，那麼我意識中的愛便無法存活。（陳銘磻〈聽見櫻花雨落聲〉）

真的，雪中的山林的確美得難以比擬，由於雪光的反射，白濛濛的車窗，好像被一位只會使用白色作畫的藝術家，把整桶的白顏料以某種極抽象的意念，渲染成一朵朵無以名狀的花樣，景色優雅得令人為之目眩不已。（陳銘磻〈雪落無聲〉）

我眼看白色（或任何其他顏色）的才完成不久的建築很快便呈現灰黑了，外觀上纏滿了電線，脫落的馬賽克，大幅但顏色敗壞的市招廣告，晾曬的內衣褲群，頹喪的盆景花草，和一切早應該被丟棄的無以名之的東西。我都看見了。這就是我所居住的城。我的城。（陳克華〈一座永不被完成的城〉）

時當深秋，陸菲青騎在馬上，遠遠落在大隊之後，縱目四望，只見夜色漸合，長長的塞外古道上，除了他們這一大隊騾馬人伙外，惟有黃沙衰草，陣陣歸鴉。驀地裡一陣西吹來，陸菲青長吟道：「將軍百戰身名裂，向河梁，回首萬里，故人長絕。易水蕭蕭西風冷，滿座衣冠似雪。正壯士悲歌未徹……」心道：「辛稼軒這首詞，正可為我心情寫照。當年他也如我這般，眼見莽莽神州淪於夷狄，而虜勢方張，規復難期，百戰餘生，兀自慷慨悲歌。」（金庸《書劍恩仇錄》）

說明、解釋

【說明】用言語或文字來解釋明白。
【申述】詳細敘述。
【重申】再一次申述。
【告白】明白地告述。
【表白】說明自己的態度、情感或事物的真相。
【自白】表明個人意向。
【解釋】分析、說明某事的意義和原因。
【解說】解釋說明。
【分解】解說；說明。
【破解】分析解釋。
【詮說】詳細解說。
【剖釋】剖析解釋。
【分說】解釋；細說。
【闡釋】詳細敘述並解釋。
【闡明】把道理解釋清楚。
【闡發】闡明並發揮。
【闡述】說明敘述。
【釋疑】解除疑惑、疑難。
【析疑】剖析解答疑難。
【交代】解釋、說明。
【補述】補充說明。
【備註】指附加必要的注解說明，或注解本身。
【不言而喻】事理淺顯，不待說明，即可理解曉悟。
【難言難說】難以言說，不容易說明清楚。
【百般解說】不斷地說明解釋。
【死說活說】百般解說。
【表態】表明態度，說明自己的意見想法。
【辯白】說明或解釋誤會，用以解除所承受的冤枉。
【辯說】解釋說明。
【申辯】根據事實或理由，加以辯解說明。
【稟明】下級對上級進行說明。
【細表】詳細的說明。
【細談】詳細說明。

換句話說，從前門進來的，只是形式上的女婿，雖然經丈人看中，還待博取小姐自己的歡心；要是從後窗進來的，才是女郎們把靈魂肉體完全交托的真正情人，你進前門，先要經過門房通知，再要等主人出現，還得寒暄幾句，方能說明來意，既費心思，又費時間，哪像從後窗進來的直捷痛快？（錢鍾書〈窗〉）

生命既脆弱又頑強，一開始便是如此告白了，也第恐未能如此，是以有許多時間處於絞扭，通常可以看到這兩者的連鎖，從這觀點很容易在人們身上發現幾乎屬於對立的特點，一時強悍，一時馴順，卻又能捏塑成某種程度的和洽，甚至對愛恨也是一般情調，擠壓到非生即死的短距離，這也正像那條出谷的溪流。（蕭白〈響在心中的水聲〉）

二點四公里，全是近七十度的陡坡，所謂碎石卻是比拳頭大些的石頭，或是如手掌般大的岩片。你偶爾抬頭看一看明亮的月，月光冷冷，冷冷的瞅著你，瞅得你心底冰寒。你真想表白你不是征服者，你只是在行進一段不得不走的路程。（方梓〈這個世界上只有山嶺〉）

瞿秋白的價值正在於他寫出了自己感受到的一切。當歷史塵埃落定，當走過風風雨雨，今天的人們似乎更容易理解瞿秋白，更容易理解〈多餘的話〉。他的自白，是一個政治家的靈魂解剖，是一個文人的千古絕唱，也是人格與精神的最終塑造。而且，它不僅僅屬於他個人。（李輝〈秋白茫茫——關於這個人的絮語〉）

在我所知道的世界語言中，只有漢文把「恩」和「師」緊密地嵌在一起，成為一個不可分割的名詞。這只能解釋為中國人最懂得報師恩，為其他民族所望塵莫及的。（季羨林〈站在胡適之先生墓前〉）

文學教你怎麼說「我愛你」；政治教你怎麼解釋「我愛你」；歷史則教你從別人對另一個別人說的「我愛你」之中學會甚麼時候不說

【細說】詳細的說明。也作「細言」。

【淺說】淺顯易懂的說明。

【詮注】注解、說明、解釋。

【詮釋】對文字解釋，或指解釋的文字。

【附注】補充說明或為了解釋本文而寫的文字。

【小引】在文章或書籍前置放的簡短說明文字。通常用以記錄著作的緣起，並引出正文內容。

【別解】其他的解釋。

【開釋】解釋。

【解故】解說事情的原由。

【析解】分析解釋。

2 公開

發表

【發表】公開表達或宣布。

【發言】說話，表示意見。

【發布】宣布通知。

【宣言】公開聲明。

【宣布】公開說明或表示。

【宣告】宣布、公告。

【宣示】公開表示。

【宣稱】公開表示。

【號稱】宣稱、誇口。

【聲明】公開說明事實或表明態度。

【聲稱】聲明、宣稱。

【聲言】聲明，以文字或言語公開昭告大眾。

【揚言】故意宣揚、散布某種言論。

【放話】傳出訊息。多用於不正當的行為上。

「我愛你」。（董橋〈父親加女兒等於回憶〉）

而那個在陽光下淋浴的男子的裸膚，那一對老少漁人的對談，在給我很深潛的撞擊。那種力的展示，也許可說是生命的勃發吧！那老人說的膽大心細，倒是對生命態度做了最簡單而明確的闡述了，當然不僅止於漁撈，一個人要走他自己的路程，必須先具備熱烈而堅強的膽識，在莫測的前程上奔跑、衝刺；具備冷靜而莊嚴的心智，去分辨複雜的歧路和岔口。（向陽〈歸航賦〉）

值得懷念的小城啊，他想，百年前的戰場，百年後的公園，蓋提氏之堡，林肯的自由的殿堂。一列火車正迤迤邐邐駛過市中心。當日林肯便乘這種火車，來這裡向陣亡將士致敬，且發表那篇演說。（余光中〈塔〉）

妳起飛的那一剎那，我坐在教室裡上國文課。我把錶脫了架擱在桌上，猜測在哪兩格間，我的愛情正式宣告死亡。然後假裝抄筆記，我趴在桌上給妳寫了一封信，告訴妳昨晚迷路的事。不能告訴妳這件事情會是我一生最難排遣的遺憾，所以我非把它寫下來不可，雖然寫了還是不寄的。（楊照〈記憶與遺忘〉）

就說戰爭期間吧，號稱天照大神後裔的殖民者，餓得受不住時，大白天大太陽底下都敢跑至鄉下偷挖番薯蘿蔔。老祖父親眼看見，站著靜靜地看，老祖母轉身亦見到，正要張口呼喊，老祖父比出一個嚴

【自稱】自我宣稱。

【昭告】明白地告知。

【昭示】明白地宣示。

【公布】向大眾公開某事情。

【公告】向大眾宣布事情。

【頒布】政府或高級行政主管機關將政令布告大眾。

【披露】發表、宣布。

【揭示】公布、宣布。

【揭曉】發表、公布。

【揭櫫】ㄐㄧㄝ ㄓㄨ，揭示、公布。也作「楬櫫」，楬，音ㄐㄧㄝˊ。

【公諸】公開表露。「公諸於世」。

【標榜】揭示、品評。

【抖摟】揭開、宣布隱密的事情。

【洩露】顯露、暴露。亦作「洩漏」、「泄漏」。

【點破】拆穿、揭露。

【戳穿】說破、揭開。

【曝光】隱瞞的事被揭露。

【露馬腳】洩漏真相、隱情。

【東窗事發】比喻陰謀敗露，將被懲治。

【表示】表明、發表。

【刊出】刊登發表。

表示

【表示】用言語或行動顯示出某種思想、意思、感情或態度等。

【表現】表示出來；顯示出來。

厲的手勢，立時制止了老祖母與低吠的狗。（阿盛〈乾坤袋思想起〉）

然而，我們畢竟不是杜鵑花，也不是土撥鼠，不會脆弱得抵不住一時的凜冽和冰雪風暴，除非這些阻礙確是根生我們心中，使我們得了被迫害妄想症。那麼就算陽光下百花齊放，我們也會以為那不過是聖嬰惡作劇、噩耗的先遣部隊。結果只敢待在自己的小角落，在暗夜中徘徊徘徊復徘徊，還聲稱是大環境的壓迫。（王盛弘〈土撥鼠私語〉）

我，這個我便是以無知自稱，一天飲了幾杯薄酒，微微地有點醉意，便倚在竹床上打盹，忽然間神魂飄盪，我的身子便似駕著飛機一般，在半空中飛行，我怕的手足無措，兩眼卻緊緊地閉著，但聽得耳畔忽忽的風響，腳底滾滾的濤聲，不知那頃刻間便行了幾千萬里的路程，忽地風停浪靜，我的身子卻落在一個島上。（無知〈神祕的自制島〉）

又，李漁個人較不喜肉食（注：除蟹之外），其所揭櫫的說法，我就不敢苟同。（朱振藩〈超級品味李笠翁〉）

一個學習小說的人，首先是去描摹一個人的行為與談吐；不只是注意那些顯著的特徵，而且更要注意那些細小的地方，一般人所忽視的地方；一個輕微的動作，一句無關緊要的語言，往往會洩露出人的內在的隱祕。（姚一葦〈淺談寫小說〉）

因為連辦公室樓下的管理員伯伯都不時攔路問話：「選誰？」要我表態。更不用說計程車司機了，有一次我厭煩了司機追問政治立場問個不停，隨口回一句「不會去投票」，換來後半段車程「要關心自己的國家」的訓誨。（張惠菁〈美好世界〉）

【表達】將心中的想法以言語或行動表示出來給別人知道。

【表明】清楚地表示自己的感情或意見。

【表態】表明態度。

【指出】指明，提出。

【指稱】指出、敘說。

【吐露】顯露、說出。

【發抒】表達。

【抒發】表達、發抒。

【發揮】把意思、能力或精神表現出來。

【示意】以表情或動作、言語來表達意思。

【意味】體會、表示。

【言傳】說話，表達意見。

【不可言宣】不能用言語表達，只能意會。

【不可勝言】無法用言語表達。

【書不盡言，言不盡意】內心的意思，很難用文字完全表達。

【只可意會，不可言傳】所表達的意思，只能靠心領神會，無法用言語說明清楚。

【反映】把客觀事物的實質表現顯示出來。

【表露】顯示流露。

【表述】陳述表達。

【標顯】表明、顯示。

【達意】表達意思。

【重申】再一次、重複的申述表明。

【申謝】表示謝意。

【默認】心中承認，但外表或言語中不公開表示意態。

【泛指】普遍、概略性的指稱。

【眉目傳情】用眉毛和眼睛的細微動作，傳達情意。

【直抒己見】直接表達個人的意見。

【致意】表達情意，如思慕之情、問候或感謝之意。

【致敬】表示敬意。

芭蕉為何取名「奧之細道」？日本東北仙台一帶，江戶時代與江戶相比較，的確是奧（深處、偏僻）的「小路」。不過，也有學者指出，書名《奧之細道》著重於寓意，「道」指「俳諧」，即俳諧精進之「細道」之意。（林水福〈松尾芭蕉與《奧之細道》〉）

孤獨，因而又是一種開放的心智，一種自覺而清醒的存在狀態。在那孤獨裡，一個人無所不在，卻又什麼都不是，這城市是每個人的，而又誰的都不是，一個誰都無法指稱的城市，它屬於來到那裡落腳生根的人，不論你的種族國籍宗教信仰膚色與性別，那城市縱容你去成全自己的孤僻與一切。（黃寶蓮〈孤獨王國〉）

我印象中，父親說過很多關於土地的話。那些話，吐露了他對土地的深摯的愛，獨到的理解，甚至還有不少形而上的思考。父親如果識字，很有資格撰寫一篇關於土地的論文。（周同賓〈土地夢〉）

我們旅行澳洲時，曾經在旅館的河床散步，遇到馬戲團，有人惺忪走出馬戲團的大卡車，她一頭散亂的金髮，初陽溫暖地圈住她的髮絲，她搖晃地拿著漱口鋼杯，邊刷著牙走到河邊。卡車旁有獅子老虎和大象，我覺得這種生活真是奇幻。我搖晃著我爸的手示意我們走過去和金髮女郎說說話。（鍾文音〈國中女生的旅行與情人〉）

唐山初體驗對當時的我意味著，終於告別過去瘋狂請公假校刊社內風花雪月的「文學少女」，而自以為摸著了真正「文藝青年」的輪廓。（楊佳嫻〈我的溫州街〉）

在這不盡的長吟中，我獨坐在冥想。難得是寂寞的環境，難得是靜定的意境；寂寞中有不可言傳的和諧，靜默中有無限的創造。我的心靈，比如海濱，生平初度的怒潮，已經漸次的消翳，只賸有疏鬆的海砂中偶爾的迴響，更有殘缺的貝殼，反映星月的輝芒。（徐志摩〈北

【致歉】表示歉意。

【致謝】表示謝意。

【致哀】表達哀悼的意思。

【致賀】表達道賀恭喜的意思。

【詞不悉心】所用的言語，沒有辦法適切表達內心的想法感受。

召喚

【召喚】發出喊聲，使對方注意、覺醒，隨聲行動。

【呼喚】召喚。

【招呼】相邀、喚請。

【招喚】呼喚。

【千呼萬喚】頻頻呼喚，不斷催促。

【相喚】互相呼喚。

【喚起】喚醒、叫起。

【喚醒】呼喚使其覺醒。

【呼籲】向社會大眾大聲疾呼，請求支持和援助。

【言不逮意】言語無法把心中所想確實咬表達。

【文不盡意】文章不能完整表達出心中想法。

【感召】感化、號召。

【號召】召喚群眾共同行動。

【大聲疾呼】高聲而急促地呼喊，引起他人注意。形容對某事大力呼籲、提倡。

【登高一呼】形容領導者倡導或號召，便有眾多響應者。

【振臂高呼】揮臂吶喊，以振奮人心，號召群眾。

【應召】接受召喚。

戴河海濱的幻想〉）

第一年，木蘭寫給妹妹的信裏，最後附有向立夫致意，後來在她信裏這種問候逐漸減少。立夫常讓莫愁在給木蘭的信上代他致意。木蘭看那些信的問候，似乎沒覺得是出自立夫的意思。木蘭的話常在他耳邊出現：「即便是積年累月，也要寫出甲骨文方面最好最卓越的著作。」他想把木蘭的話和聲音從他頭腦裏用手掠開，正如木蘭在杉木洞中用手掠開前額上的一綹頭髮一樣，剛一掠開，又被樹林的微風吹過來，並且帶有陣陣杉木的香味。（林語堂《京華煙雲》）

「滬尾」有一種季節的感覺，似乎雨季到此已經快結束。「淡水」則有種透明的色感，望去清澈可見其中的鵝卵石。而「聖多明哥」則兼有季節與顏色。顏色是磚紅的，季節是明豔的夏日。你因此常用聖多明哥召喚淡水的記憶。（廖咸浩〈假如你要到聖多明哥〉）

這些兒時的記憶是如此的生動、鮮明，蘊含著如此豐富的宗教色彩和聲音，卻又像一場繽紛多姿的美夢。我耽溺其間，像個任性且愛撒嬌的小孩，任父母如何呼喚，也不願醒來。（古蒙仁〈梵唱〉）

正面望去，門鎖已脫的門板歪斜一旁，菱形門洞如一隻空洞之眼，門內賁起的木座，當年應當是有女侍應在此屈迎招呼，如今也就是大量拆腐的木板楹條之類疊塌堆積，盈曜其上的，不知道是厚塵，還是光。（楊佳嫻〈浮光、冬日、林墟〉）

我一個人默默地目送著一直不曾回頭的父親的背影，消失在鐵道轉彎處一叢漂亮的相思樹影。我深深地向著我的養家父母，是由於他們對我百般疼愛。生家對我的招喚，卻是骨肉的血潮。（陳映真〈父

【叫】呼喚、召喚。
【闞召】召喚。
【高喚】大聲呼喚。
【勾喚】傳喚。
【請喚】呼喊叫喚。
【籲求】呼籲懇求。
【籲請】呼籲請求。
【一呼百應】表示響應附和之人很多，一人召喚，百人響應。
【攘臂一呼】揮動雙手高聲呼喊，以號召人響應。

親〉）

「王」很有勢力，大凡男生都聽「王」的指揮。一下課，只要「王」號召一聲幹什麼，便會有許多人前呼後擁地跟著去幹；只要「王」說一聲不跟誰玩了，就會「嘩啦」一大片人不跟這個同學說話了。（梅潔〈童年舊事〉）

宣傳

【宣傳】宣布傳達，傳播宣揚。
【宣揚】宣布傳揚。
【宣講】對大眾宣傳講演。
【宣流】宣揚流布。
【宣威】宣傳威力。
【闡揚】闡明宣揚。
【張揚】聲張、宣揚。
【發揚】宣揚、提倡。
【揚聲】故意放話宣傳。
【聲揚】聲張、宣揚。
【聲張】張揚、宣布。
【打廣告】為某人或某事宣傳、推銷。
【敲鑼打鼓】形容大肆宣揚。
【搖旗打鼓】比喻四處張揚，讓眾人皆知。也作「搖鈴打鼓」。
【出醜揚疾】宣揚醜惡。
【家醜不可外揚】家裡的醜事不可對外宣揚。
【鼓吹】提倡宣傳的意思。
【大力鼓吹】費心力的去提倡、宣傳。
【宣贊】宣揚贊助。
【家至戶曉】挨家挨戶的去傳達宣揚，使每一戶人家都知

最近幾年回台北，在宣傳新書的通告與通告之間，我即使盛裝踩著高跟鞋，很自然地會跑到一些傳統市場去，像是有一股在叫喚著自己的聲音和力量（……）（劉黎兒〈聲音的風景〉）

我生平怕看見乾笑，聽見敷衍的話；更怕冰擱著的臉和冷淡的言詞，看了，聽了，心裡便會發抖。至於慘酷的佯笑，強烈的揶揄，那簡直要我全身都痙攣般掣動了。在一般看慣、聽慣、老於世故的前輩們，這些原都是「家常便飯」，很用不著大驚小怪地去張揚；但如我這樣一個閱歷未深的人，神經自然容易激動些，又痴心渴望著愛與和平，所以便不免有些變態。（朱自清〈憎〉）

這或許是文明交會時必然會有的碰撞和損傷，但我們也不必就因而推出勝優敗劣的定論，把他們看成遠古時代的活標本，抱著觀光心態，在他們之間高視闊步，指點施捨，或以主觀的準據去強力進行一些措施，徒然打擊他們的尊嚴和自信，升高他們的物慾，讓他們還沒有分得過時的微量財富時，就已嚐到了精神的痛苦。重要的應是，設法保存並發揚一些令他們驕傲的東西，讓他們在疲憊軟弱時能夠回頭去靜靜審視。（陳列〈同胞〉）

道。

【家至人說】將消息宣傳到每一戶人家，人人都知道。

【宣明】宣揚闡揚。

【暴揚】表露、宣揚。

【導揚】鼓吹宣揚。

【廣傳】廣泛的傳揚、宣傳。

【載道】宣傳聖賢的道理。

【不宣】不宣傳、不宣揚。

【揚幡擂鼓】搖旗打鼓，大肆張揚。也作「揚鑼搗鼓」。

【播】宣揚傳布。

【彰】宣揚表露。

提倡

【提倡】對某種風氣的鼓勵與倡導。

【倡導】帶頭發起、提倡。

【倡言】首先提出意見。

【倡始】首先倡導。

【倡議】首先提議。

【首倡】首先提倡。

【發起】倡議做某件事情。

【鼓動】用語言、文字來鼓舞、激發人們的情緒，使人們行動。

【鼓吹】提倡、宣傳。

【策動】發動、推動。

【導揚】鼓吹宣揚。

【發揚】宣揚、提倡。

【作興】發起。

【發起】發動、引起。

【一倡百和】一人倡導，眾人附和。用來表示響應的人非常多。

【彼倡此和】這邊提倡，那邊呼應。亦作「彼唱此和」。

【大聲疾呼】大聲、急促的呼喊，用以吸引眾人的注意。引申為大力提倡。

作者寫一個人物，用意並不一定是肯定這樣的典型。哈姆萊特優柔寡斷，羅亭能說不能行，《紅字》中的牧師與人通姦，安娜卡列尼娜背叛丈夫，作者只是描寫有那樣的人物，並不是鼓勵讀者模仿他們的行為。《水滸》的讀者最好不要像李逵那樣，賭輸了就搶錢，也不要像宋江那樣，將不斷勒索的情婦一刀殺了。林黛玉顯然不是現代婦女讀者模仿的對象。韋小寶與之發生性關係的女性，並沒有賈寶玉那麼多，至少，韋小寶不像賈寶玉那樣搞同性戀，既有秦鐘，又有蔣玉函。魯迅寫阿Q，並不是鼓吹精神勝利。（金庸《鹿鼎記・後記》）

魏徵誠然是史書公認的一代名臣，提倡「兼聽則明，偏信則暗」，不無道理，敢於「犯顏正諫」，骨頭很硬。為了表示敬老尊賢、安國利民的意向，不妨予以口頭表揚，但切不可不知高低輕重，妄想「步武前賢」，向魏徵學樣。須知龍喉下有逆鱗，觸犯了，龍要起殺機的。最好學點莊子說的「屠龍術」雲裡霧裡，光說不練。（柯靈〈龍年談龍〉）

半玩世者是最優越的玩世者。生活的最高類型終究是《中庸》的作者，孔子的孫兒，子思所倡導的中庸生活。（林語堂《人生的盛宴》）

在某一個意義上，這映照流光、包容四合的帷幕風景恐怕特別合於後現代的多元和大眾美感的要求，也難怪鼓吹後現代主義的建築名家裴理（Crsar Pelli）在談到看到自己所設計的建築完成的快樂時，特別又說還有「期望之外的快樂」，因為「光影所造成的新的景色、新的構圖和新的形象不請自來，它們不是我的設計而是幸運的眷顧」。（黃碧瑞〈城市風景〉）

【演說】在公開場合對大眾講述自己對某事物的意見。

【演講】向大眾講述自己對於某個問題的見解。

【講演】將學術或意見有系統地對大眾講述。

【發言】發表意見。

【講古】講述歷史故事、稗官野史或民間傳說，具有休閒娛樂及教育功能。

【致詞】集會時發表歡迎、祝賀、答謝等言詞。

【宣講】對大眾公開演講。

3 扭曲

曲解

【曲解】不正確地解釋或歪曲原意。

【竄改】用作偽的手段，對文字、理論、政策不實地修改。也作「篡改」。

【歪曲】故意改變事情的真相或內容。

【誤解】理解錯誤、判斷錯誤。

【是非顛倒】把對說成錯，把錯說成對，歪曲事實。也作「顛倒是非」、「顛倒黑白」。

【眾口鑠金】眾口同聲，往往積非成是。

【矯枉過正】把彎的東西扳正，又歪到了另一邊。糾正錯誤超過應有的限度。

椰林大道的傳鐘前，三不五時，就有人要辦說明會或演著行動劇，拿起擴音器在校門口演講，即使駐足傾聽的總是少數，也足以讓人熱血沸騰。（范雲〈那個黃昏，第一次聽到美麗島的歌聲〉）

「八十年前我還是小孩子……」，這句話比什麼「很久很久以前」都來得有力而震撼。八十年前，多麼沉重、有分量。他像個老爺爺在給兒孫們講古。八十年前，老師還是小孩子，家裡只准讀四書五經，小說是禁書。他把《紅樓夢》撕成小疊揣到衣服裡，到私塾上課的路途中讀，所以總是提早一小時出門，也總晚一小時回家。到最後，書解體了，《紅樓夢》也讀得爛熟。（鍾怡雯〈八十年前我還是小孩〉）

為崇高的信仰獻身，為執著的追求流盡鮮血，無怨無悔，甚至也並不希望世人銘記。然而，他們有的曾經長久地被誤解，被潑上汙穢；有的更被誤殺，不死於同白軍浴血苦鬥的戰場，不死於受傷被俘的敵人刑場，卻死於自己人之手，倒下了還背著一個莫須有的罪名。（袁鷹〈井岡雕塑園〉）

令狐沖躬身道：「莫師伯明鑒，弟子奉定閒師伯之命，隨同恆山派諸位師姊師妹前赴少林。弟子雖然無知，卻決不敢對恆山師姊妹們有絲毫失禮。」莫大先生歎了口氣，道：「請坐！唉，你怎不知江湖上人言紛紛，眾口鑠金？」令狐沖苦笑道：「晚輩行事狂妄，不知檢點，連本門也不能容，江湖上的閒言閒語，卻也顧不得這許多了。」（金庸《笑傲江湖》）

【誣衊】捏造事實，以破壞他人的名譽。
【誣指】不實地指控。
【誣賴】妄指他人有過失。
【誣罔】毀謗冤枉。
【誣陷】捏造，以陷害人。
【汙衊】用捏造的事實來毀謗、損傷他人名譽。
【誹謗】以不實的言語敗壞他人名譽。
【詆毀】說人短處，誹謗他人。
【訾短】詆毀、批評。訾，ㄗˇ，詆毀。
【訾毀】非議詆毀。
【相訾】互相詆毀。
【讒害】以讒言陷害他人。
【譖害】詆毀、陷害。
【毀譽】非議與稱讚。
【毀謗】以誇大不實的言論對人詆毀、中傷。
【毀短】毀謗、數落他人的缺點。
【訕謗】誹謗。
【醜詆】毀謗。
【醜化】將人事物加以扭曲，描述成醜陋、惡劣的形象。
【中傷】惡意攻擊或陷害他人。
【抹黑】塗黑。引申為消掉、醜化及歪曲事實。
【厚誣】大力毀謗。
【非議】反對、毀謗他人的議論。
【無的放矢】毫無事實根據而胡亂地指責、攻擊別人。
【血口噴人】用惡毒的話來陷害、誣衊他人。

楊過那晚與小龍女在花叢中練玉女心經，為趙尹二人撞見，楊過曾迫趙志敬立誓，不得向第五人說起，那知他今日竟在大庭廣眾之間大肆誣衊，自是惱怒已極，喝道：「你立過重誓，不能向第五人說的，怎麼如此……如此……」趙志敬哈哈一笑，大聲道：「不錯，我立誓不向第五人說，可是眼前有第六人、第七人。百人千人，就不是第五人了。你們行得苟且之事，我自然說得。」（金庸《神鵰俠侶》）

父親，一個忠厚本分的教了數十年小學和中學語文的老師，被一個無賴輕易的誣陷，一夜之間，便成了歷史反革命份子。（賈平凹〈初中畢業後〉）

鴻漸暗笑女人真是天生的政治家，她們倆背後彼此誹謗，面子上這樣多情，兩個政敵在香檳酒會上碰杯的一套工夫，怕也不過如此。假使不是親耳朵聽見她們的互相刻薄，自己也以為她們真是好朋友了。（錢鍾書《圍城》）

兩人騎上車，到東單菜場爭著買了些熟食和酒，回到他那屋裡。下午的陽光照在窗簾上，室內暖洋洋的，幾杯酒後更是面紅耳熱。大頭說運動一開始就給揪出來了，人揭發他詆毀毛的哲學只兩本小冊子，在宿舍裡聊天不當心說走了嘴。就這麼一句話，如今人們有的是更大的目標，他這點反動言論也擱置一邊顧不上了。（高行健《一個人的聖經》）

晚明狂人，那位不僧不道的李贄，在「文革」中受到歡迎，其中很重要的原因，他說出了當時當局想說的話：一個貪官可以為害至小，一個清官卻可以為害至大。所以，六〇年代，什麼古籍都送到造

【暗箭傷人】趁人不備，用陰險狡詐的方式陷害他人。

【含血噴人】用惡毒的手段捏造事實，冤枉他人。

【含沙射影】傳說水中有一種叫「蜮」的動物，能含沙噴射人影，使人得病。後來以此比喻暗中以陰謀中傷他人。

【面譽背毀】當面稱讚，背後毀謗。

【痛毀極詆】極力地毀謗辱罵。

【造謗生事】捏造毀謗，並製造事端。

【一語中人】一句話便能中傷他人。

【詬誶謠諑】毀謗他人的話。誶，ㄙㄨㄟˋ；諑，ㄓㄨㄛˊ。

【讒言佞語】毀謗他人和奉承他人的話。

【反咬】被控告的人反而誣賴檢舉人或控告人。

【栽贓】將贓物放在他人處，以誣陷其犯法。

【嫁禍】把自己應負的罪責，轉移給他人。

【止謗】平息毀謗。

【不訾】不毀謗。

捏造

【捏造】編造、假造。

【造舌】造謠。

【造謠】散布不實的消息。

【謠傳】沒有事實根據的傳聞。

【誣罔】捏造事實，欺騙他人。

【編造】憑空杜撰、捏造。

【編派】誇大或捏造事實。

【瞎掰】亂扯。

紙廠化漿的時候，他的《藏書》、《焚書》不知印了多少，後來賣不出去，只好打折。李卓老一輩子被明清主流社會所訾毀，所擯斥，這一回，倒是正正經經的「文革」高層，加以提攜，著實紅了一回。（李國文〈從嚴嵩到海瑞〉）

懷瑜的信以為妹妹辯護開始，說下流不負責任的報上的無聊小說不足為信。他妹妹的行為並無不當，蓄意中傷的謠言，外人不知，誤信猶可，曾家則最不當輕信。此等無謂的謠傳，曾家不予以有力的澄清，反於此時刊登啟事，聲明離異，不啻予謠傳以正面之支持。他說在此道德淪喪的社會，黑白顛倒，實無正義真理之可言。涉及他個人處，則無須辯解。人性險惡，但不料竟落井下石，至於此極。他願恬然忍辱，不事爭辯，因為問心無愧，可對天地。（林語堂《京華煙雲》）

步騭曰：「曹操久欲篡漢，所懼者劉備也；今遣使來令吳興兵吞蜀，此嫁禍於吳也。」（明．羅貫中《三國演義》）

那是家譜。部隊裡要求每一名官士兵生都要照實填寫，而且要盡其所能追本溯源。陸經先生在這頁譜表的最下方填上他自己以及三個兄弟的名字，再往上一欄填入父母親的名字。祖父母和外祖父母以上他一無所知，開始捏造。再往上幾代，他寫下了「拓拔某」，並且認真說服部隊裡的長官：他是鮮卑族的後裔。（張大春《聆聽父親》）

米姬爬得很快，二年下學期她已成為一位紅製作的情婦。同學之

【瞎編】任意捏造。

【瞎謅】胡亂編一些不真確的話。

【杜撰】無事實根據，憑空捏造。

【臆造】憑空捏造。

【羅織】網羅罪狀，以陷害無辜的人。

【無稽之談】沒有根據，無從考查的話。

【子虛烏有】虛假不實的事。

【蜚短流長】流傳於眾人之間的閒話或謠言。也作「飛短流長」、「飛流短長」。

【空穴來風】有空穴，就有風吹來。比喻流言乘隙而入。

【無中生有】把沒有的說成有，指憑空編造。

【街談巷語】大街小巷中的議論、傳言。

【道聽塗說】在路上聽到的話，不加求證就講給其他人聽。指沒有根據的傳言。

【三人成虎】只要有三個人說市集上有老虎，大家就會信以為真。比喻謠言經過一再傳播，足以迷惑聽聞。

【謠言紛飛】假消息四處散布。

【謠言惑眾】用詭詐的話迷惑群眾。也作「訛言惑眾」。

【造謠生事】製造謠言，挑起事端。

【鄉壁虛造】在牆壁上假造。比喻憑空捏造。也作「向壁虛構」、「向壁虛造」。

【含血噴人】捏造事實，誣賴他人。

【編筐捏簍】編湊、捏造不實之事，以陷害他人。

間傳言很多、很惡、很難聽。素蘭是唯一沒有參與謠傳的人，相反的，米姬把她當成心腹跟閨中密友，素蘭發現自己竟是這樣懦夫極了的小人。（朱天文〈伊甸不再〉）

克雷杭波症患者的想像力究竟從何而來，令人費解，因為其所杜撰的情境內容異常真實，尤其是瑣碎的生活細節，出神入化，難以讓人相信那是編造的。K開玩笑說克雷杭波症患者是天生的小說家，寫小說的能力讓真正的小說家自嘆弗如，我連連點頭，因為當初我收到這種人寄來的信的時候也是瞠目結舌，裡頭記載的日期、地點、人名、事件種種，都煞有介事，這種東西拿出去，恐怕外人都會相信他，不會相信我。（成英姝〈佛的裸像〉）

二姑娘也跟著揀四季豆，她姊姊正在向她們述說她們村子上一個人變狼的荒唐的故事。這全是聽來的無稽之談，可是說的人說得好像真有其事，聽的人也津津有味。（丁玲〈太陽照在桑乾河上〉）

這場官司我候著。您們想吃烘柿揀軟的捏，在老師們身上編筐捏簍辦不到！我還有一張嘴。（李准〈王結實〉）

設若城裡的人對於一切都沒有辦法，他們可會造謠言——有時完全無中生有，有時把一分真事說成十分——以便顯出他們並不愚傻與不作事。他們像些小魚，閒著的時候把嘴放在水皮上，吐出幾個完全沒用的水泡兒也怪得意。（老舍《駱駝祥子》）

閒言閒語

【議論】對人事物的好壞、是非加以批評討論。

【浮議】沒有根據的評論、街談巷語。

【漫議】隨意、廣泛地議論。

【大放厥辭】原意為寫作竭力鋪陳。後來引伸為大發議論之意，帶有貶義。

【里談巷議】鄰里巷弄中的傳言、議論，因為容易道聽塗說、以訛傳訛，可信度低，也作「街談巷議」。

【使嘴使舌】多嘴、搬弄是非。

【碎嘴碎舌】嘮叨。

【顛脣簸嘴】議論、批評。

【閒言閒語】在背後議論他人是非。

【指指點點】在人背後批評、說閒話。

【七嘴八舌】人多口雜，議論紛亂的樣子。

【說三道四】胡亂地加以評論、議論。

【說長道短】隨意批評他人的是非長短。

【品頭論足】本為評論婦女姿態儀容，後引申為對人事說長道短，多方挑剔。也作「品頭題足」、「評頭論足」。

【議論紛紛】不停地揣測、談論。

【人言籍籍】人們議論紛紛。

【滿城風雨】事情鬧得很大，眾人議論紛紛。

【甚囂塵上】原指軍中人聲嘈雜，塵沙飛揚，十分喧譁紛亂的狀況。後用來形容傳聞四起，議論紛紛的意思。

【東家長西家短】議論他人是非長短。

【張家長李家短】評論鄰里之間的瑣碎雜事。

今天全沒月光，我知道不妙。早上小心出門，趙貴翁的眼色便怪；似乎怕我，似乎想害我。還有七八個人，交頭接耳的議論我，又怕我看見。一路上的人，都是如此。其中最凶的一個人，張著嘴，對我笑了一笑，我便從頭直冷到腳跟，曉得他們佈置，都已妥當了。（魯迅《狂人日記》）

薇龍自己知道被她捉住了把柄，自然由得她理直氣壯，振振有詞。自己該懊悔的事，也懊悔不了這許多，把心一橫，索性直截了當地說道：「我做錯了事，不能連累了姑媽。我這就回上海去，往後若有什麼閒言閒語，在爹媽的跟前，天大的罪名，我自己擔下，決不致於發生誤會，牽連到姑媽身上。」（張愛玲《沉香屑．第一爐香》）

到了這個地步，不免就質疑起寫作，如此關著門面壁思考的孤獨行徑，如果沒有讀者、沒有報紙雜誌的出版、沒有網路的七嘴八舌、支撐一個人持續寫作的，除了熱情、信念（或者死線壓力）之外，還有什麼其他動機與意義？（黃寶連〈生性歡喜〉）

當我和我女兒田田穿過離別六年的愁雲慘霧，從巴黎街頭走來，討論著養狗的未來。這未來有其現實的一面：我終於結束了喪家犬的動盪生涯。田田對巴黎的狗品頭論足，都不甚滿意。最後在一家美容店門口碰見條比巴掌稍大些的哈巴狗，繫著粉色蝴蝶結，讓田田看中了。（北島〈貓的故事〉）

香汗淋漓後，這番輕鬆還會徹底在更衣室裡再一次爆發。就像體育課後女生們的嘰嘰喳喳，各種八卦，減肥方法，美容祕方在小小的更衣間裡東家長西家短，聲音大又無遮攔，是的，這些對話是在光溜溜的情況下進行的，光溜溜，女更衣間此刻享有裸體的治外法權，各種身材環肥燕瘦，若你還圍著浴巾扭扭捏捏，反而會被當成異類。（馬念慈〈對照集〉）

語言文字》三、表達能力

1 話多

嘮叨

【嘮叨】話說個不停。

【叨咕】嘮叨。

【叨敘】嘮叨敘述。

【叨念】口中不停地喃喃自語。因掛念而常常提及某人某事。

【囉嗦】多言不止。

【絮】說話煩瑣、囉嗦，沒有重點。

【絮絮】說話煩瑣不止。

【絮叨】說話煩瑣不止。

【絮聒】說話喋喋不休，使人厭煩。

【喋喋】多話的樣子。也作「諜諜」。

【叨叨】囉嗦、多話。

【呶呶】ㄋㄠˊ，說話沒完沒了，嘮叨不止。

【嘵嘵】ㄒㄧㄠ，話多的樣子。形容爭辯不停。

【饒舌】多話。

【碎聒】囉唆、嘮叨。

【嘴碎】說話囉嗦。也作「嘴頻」。

【貧嘴】耍嘴皮，賣弄口舌。

【耍貧嘴】喋喋不休，說個沒完。

【不住口】不停嘴。也作「不住嘴」。

【不絕口】不住口。不斷用言語表達某種意念。

【連珠砲】說話連續不斷的樣子。

當天，我們兄弟倆很晚才回家，母親正要發作罵人時，拿著雞毛當令箭，我神氣地炫耀，從今天起，不必倚靠爸爸，也不願再忍受媽媽的嘮叨，我們已經開始賺大錢、可以獨立作主了。（鄭順聰〈那些雞毛小事〉）

幾次，溜滑梯上不辨來往人流方向，逆溯、順流幾個生生碰得頭破血流鼻青臉腫，給路過的老師拎著鼻子耳朵往保健室去，叨念一頓肯定不少。可念歸念，刺激的嘗試從制不住這些體力過剩小魔頭，跌倒受傷案件更多，學校乾脆在溜滑梯前拉起命案現場般黃色膠條，為維護各位同學安全即日起上下樓請走樓梯，禁止使用溜滑梯。（羅毓嘉〈溜滑梯〉）

這時母親卻笑了，抬頭看著我，說是不是覺得媽媽很囉嗦，說話說個不停，不敢回來。我看著微笑的母親的嘴角，那裡面有一顆蛀牙，勸了老半天要她去看醫生，她說鹽巴刷刷就不痛了。我看著母親，說不會呀，回來聽媽媽說話，會比較好睡。（蔡逸君〈聽母親說話〉）

他也不知道睡了多少時候。好像一天行路的疲倦都已經離開他了。他似乎聽見了些很細微的聲音，而且絮絮地就像在耳邊。他就靜靜地仔細聽，連眼睛都不敢睜開。（鹿橋〈幽谷〉）

他拿出一串鑰匙打開大門，突然之間，像輕輕一旋收音機ＡＭ電台的開關，之前那些瑣碎絮聒的聲音被他自己關掉了。他變得沉默不

【囉囉嗦嗦】多話的樣子，也作「囉囉唆唆」。

【囉哩囉嗦】多言不休的樣子。

【嘮嘮叨叨】囉囉嗦嗦話說個不停。

【絮絮叨叨】形容言語瑣碎囉嗦。也作「叨叨絮絮」。

【絮絮不休】言語煩瑣不止。

【刺刺不休】嘮叨，話說個不停。

【喋喋不休】言語囉嗦，沒完沒了。

【煩言碎語】煩雜囉嗦的言語。

【囉蘇】饒舌多話。

【哆張】形容人多話且囉唆。哆，ㄔㄜˇ。

【兜答】囉唆嘮叨。

【喋喋不已】形容說話嘮叨，沒完沒了。

【囊囊突突】說話嘮叨不休。

【倒前倒後】形容人說話嘮叨又繁瑣，沒完沒了。

【念經】原指誦讀宗教上的經文，此處用於戲稱人嘮叨不止的樣子。

【誦經】此處指戲稱人嘴裡嘮叨不停。

【念子曰】不直接對人說明本意，而是嘮叨不停的念。

【激聒】嘮叨不停。

【多道散說】嘮叨不停。

【強聒不舍】形容人嘮嘮叨叨的說個沒完。

【碎嘴碎舌】說話嘮叨。

【閒聒七】嘮叨。

【棉花嘴】比喻人嘮叨多話。

已。使我客套地稱讚欸這房子好大的聲音突兀地響亮迴盪。（駱以軍《遣悲懷・產房裡的父親 a》）

正在家兩口兒絮聒，只見武松引了個士兵，拿著條扁擔，徑來房內，收拾行李便出門。（明．蘭陵笑笑生《金瓶梅》）

她們的工作可能非常輕鬆，工作時間與勞基法符合，因此每個人不在乎站姿是否穩定，嘴巴呶呶不休，比起車窗外景物的替換更快。（拓拔斯〈衝突〉）

反應慢的聽眾會把尊論翻來掀去，苦苦追尋你究竟讀到了哪裡。反應快的，早已一目十行超過了你，不久已經讀完，不必再聽你嘵嘵了。剩下的一些只覺心煩意亂，索性把論文推開，在時差或失眠的恍惚之中，尋夢去了。（余光中〈另有離愁〉）

驚濤無言／而泡沫喋喋／從長江頭至長江尾／游行千里／只為換得全部鱗甲剝盡時的悲壯／我不曾說什麼／我乃相忘於江湖的／一尾魚／（洛夫〈魚語〉）

而讀書、練琴，卻治了一般女人到四十歲都難免的毛病——饒舌，我的丈夫如果有比別的丈夫幸福之處，那便是他有免於恭聆太座訓話的自由。（鍾梅音〈四十歲〉）

金大班連珠炮似的把這番話抖了出來，也不等童經理答腔，逕自把舞廳那扇玻璃門一摔開，一雙三寸高的高跟鞋跺得通天價響，搖搖擺擺便走了進去。（白先勇〈金大班的最後一夜〉）

合歡林那邊蟲鳴寂寂，水窪子蛙鼓嘓嘓，組成夜的籟音。一家人共坐聚歡，母親的絮絮叨叨，父親的無語沉默，一切是這樣熟悉而親切。許多年以後，每當我想起這些，就禁不住回到童年往事的場景裡。（吳鳴〈星垂平野〉）

費話

【費唇舌】耗費言詞，指多說無益。

【費話】耗費言詞，說無用、多餘的話。

【廢話】說無用、無意義的話。

【磨牙】指人話多，喜歡無意義的爭辯或囉嗦。

【磨嘴】閒聊或爭論。

【贅言】多餘無用的言詞。

【贅述】多餘的敘述。

【多言】多嘴、愛說閒話。

【多嘴】指話太多，或說了不該說的話。

【誻誻】言多的樣子。

【唧噥】長舌多話。

【費盡唇舌】說盡所有的話。

【大費唇舌】說了很多話。指大力說服他人。

【舌敝唇焦】形容用盡言語詞句論說。也作「唇焦舌敝」。

【躁人辭多】急躁的人話很多。

【對牛彈琴】比喻對不懂道理的人講道理或講話不看對象。

【犯舌】多嘴。

【閒言】廢話。

【虛話】廢話。

【囉嗦】話多，講個沒完。

【閒磕牙】閒聊，盡說些無關緊要的事情。亦作「閒打牙兒」。

【打牙訕口】多嘴的意思。

他不肯去找劉四爺。跟虎妞，是肉在肉裡的關係；跟劉四，沒有什麼關係。已經吃了她的虧，不能再去央告她的爸爸？「我不願意閒著！」他只說了這麼一句，為的是省得費話與吵嘴。（老舍《駱駝祥子》）

寶玉在麝月身後，麝月對鏡，二人在鏡內相視。寶玉便向鏡內笑道：「滿屋裡就只是他磨牙。」麝月聽說，忙向鏡中擺手。寶玉會意。忽聽唿的一聲簾子響，晴雯又跑進來問道：「我怎麼磨牙了？咱們倒得說說。」麝月笑道：「你去你的罷，又來問人了。」晴雯笑道：「你又護著。你們那瞞神弄鬼的，我都知道。等我撈回本兒來再說話。」說著，一徑出去了。（清．曹雪芹《紅樓夢》）

從前要是避雨走進了亭仔腳，坐在門邊藤椅上的老爺爺，白髮平頭，抽著黃色長壽煙，穿著白麻紗上衣和淺藍短褲，棕色塑膠拖鞋，拍拍紙扇子，有意無意說：「這雨真大。」反覆說幾遍，像是語言不夠了，也像世事簡單，無須多言。像農民對著天自言自語，也像主人測試來人之意。你要是跟他聊得來，也許可以下一盤棋喝一壺烏龍。這聊不來也無妨，儘管沉默著，他繼續安度晚年，你繼續等著趕路。這種行走經驗感受的未必是閱讀或書寫華麗的篇章，倒像是句子或段落之間，不小心留下的一欄空白，空的，卻有意思。（柯裕棻〈騎樓的句法結構〉）

年初拜讀您在斯特拉福投郵的大札，知悉您有意來中國講學，真是驚喜交加，感奮莫名！可是我的欣悅並沒有維持多久。年來為您講學的事情，奔走於學府與官署之間，舌敝唇焦，一點也不得要領。（余光中〈給莎士比亞的一封回信〉）

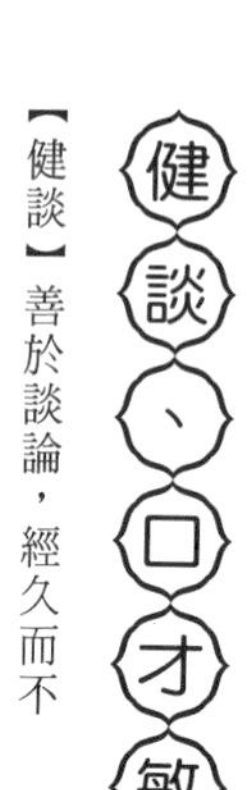

健談、口才敏捷

【健談】善於談論，經久而不倦。

【嘴巧】善於言詞。

【巧嘴】口才伶俐。

【嘴乖】說話乖巧動聽。

【捷給】口才敏捷。

【利口】能言善辯。

【口齒伶俐】說話流暢，能言善道。

【伶俐嘴乖】聰明，口才好。

【伶牙俐齒】形容人口才好，能言善道。也作「俐齒伶牙」、「伶牙俐嘴」。

【娓娓而談】動人且不間斷地談論著。

【娓娓動聽】講話生動好聽。

【能言善道】形容人口才很好，擅長以言語說服別人。或「能說慣道」。

【侃侃而談】從容不迫地談論。

【千言萬語】形容要說的話非常多。

【滔滔不絕】說話順暢而不中斷，辯才無礙。

【口沫橫飛】形容說話滔滔不絕，興致盎然的樣子。

【口若懸河】說話滔滔不絕，能言善道。

【妙語橫生】談笑風生。

【談笑風生】言談之間興致高昂，言詞風趣。

【應對如流】才思敏捷，答話如流水般順暢。

【問一答十】反應靈敏、有口才。

【舌粲蓮花】口中能吐出燦爛的蓮花。比喻能言善道。

【出口成章】形容人才思敏捷，談吐風雅。

【辯才無礙】能言善道。

【利口捷給】能言善道，辯才敏捷。

這世界如果盡是健談的人，就太可怕了。每一個健談的人都需要一個善聽的朋友，沒有靈耳，巧舌拿來做什麼呢？英國散文家海斯立德說：「交談之道不但在會說，也在會聽。」（余光中〈娓娓與喋喋〉）

祥子是鄉下人，口齒沒有城裡人那麼靈便；設若口齒伶俐是出於天才，他天生來的不願多說話，所以也不願學著城裡人的貧嘴惡舌。他的事他自己知道，不喜歡和別人討論。（老舍《駱駝祥子》）

心理學家侃侃而談，至少說了三十分鐘；我不得不替所有的人叫一杯咖啡。不過他的話對我有不少啟發，尤其他堅持的一個論點使我幾乎認為當代心理學比靈異學裡的企術理論更能有效地計算人性。（張大春〈寫作百無聊賴的方法〉）

他的藝術是把一切最好的可能表現出來，沒有不及，更沒有任何誇張，好像那是所有樂器的本來面目，圓號（Horn）本來就該那麼亮麗，長笛（Flute）就是那麼婉轉，巴松管（Bassoon）就該那麼低沉，豎琴（Harp）就該那麼多情，雙簧管（Oboe）就該那麼多辯，單簧管（Clarinet）像個害羞的演說家，遇到機會也會滔滔不絕起來，讓人知道它也能長篇大論……。（周志文〈聽莫札特〉）

天下事講來講去講到徹底時正同沒有講一樣，只有知道講出來是沒有意義的人才會講那麼多話，又講得那麼好。Montaigne, Voltaire, Hume 說了許多的話，卻是全沒有結論，也全因為他們心裏是雪亮的，曉得萬千種話一燈青，說不出甚麼大道理來，所以他們會那樣滔滔不絕，頭頭是道。（梁遇春〈毋忘草〉）

後來我回想起來，即使我舌粲蓮花，怕也未必能使她們洞悉其中的真意吧？我終於想通了：那根本不是語言的問題。語言在生活上雖然佔著重要的地位，然而，暗影生異彩的境界，卻是縱以千言萬語，

【口齒便給】伶牙俐齒，能言善道。

【口能舌便】口舌伶俐，很會說話。

【巧舌如簧】舌頭靈巧，像簧片般發出動人樂音。能言善道，說話動聽。

【利喙贍辭】能言善辯、工於辭令的利嘴。喙，ㄏㄨㄟˋ。

【口才辨給】反應快，表達能力強，話鋒隨機而變。

【巧言舌辯】口才鋒利善辯。

【利喙贍辭】形容能言善辯、工於辭令的利嘴。

【滔滔雄辯】論辯時言詞有力、連續不斷的樣子。

【三寸不爛之舌】形容口才很好，能言善辯。

【言若懸河】說話流暢、善用詞令。

【談吐如流】說話流利，滔滔不絕的樣子。

【談辭如雲】意指善於言詞，形容說話時言詞如雲般湧出。

【能言舌辯】形容人善用詞令辯論。

【懸河瀉水】辯才無礙，講話滔滔不絕。

2 話少

笨拙

【結巴】口吃，或說話不流利。

【結舌】結巴或不敢說話。

也難能道破其中一二的。一個人若沒有經過泡沫的揮發，沒有經過先作垃圾再化沉為泥土的蛻變，終其一生也未必能窺破那個一頓成圓、再現無窮的境界的。（季季〈暗影生異彩〉）

文博士非常的佩服麗琳這幾句話。並不是這幾句話怎樣出奇的高明，而是他覺得大家閨秀畢竟不凡：見過大的陣式，聽過闊人們的言談，久而久之，自然出口成章，就有好主意。（老舍〈文博士〉）

只見阮星竹和秦紅棉仍在絮絮談論。阮星竹雖在傷心之際，仍是巧舌如簧，哄得秦紅棉十分歡喜，兩個女人早就去了敵意。（金庸《天龍八部》）

勢如破竹的滔滔雄辯，侃侃闊談，未必能贏得高明的聽眾。短暫的間歇，偶然的沉吟，出其不意地說到在場的某人某事，場外的天氣時局，或者自問自答，或者學人口吻，都能解開「講課」的悶局。（余光中〈繡口一開〉）

說話並不是一件容易事。天天說話，不見得就會說話；許多人說了一輩子話，沒有說好過幾句話。所謂「辯士的舌鋒」、「三寸不爛之舌」等贊詞，正是物稀為貴的證據；文人們講究「吐屬」，也是同樣的道理。我們並不想做辯士、說客、文人，但是人生不外言動，除了動就只有言，所謂人情世故，一半兒是在說話裡。（朱自清〈說話〉）

這太冤枉了，我確實沒有發財，問得我結舌。這套衫是基督教會配給的，不是偷來，還有什麼可講呢。（吳濁流〈幕後的支配者〉）

外子不防有這一招，一時措手不及，訥訥辯說：「明明是我先攔

【嘴笨】不擅長言辭。

【訥訥】言詞笨拙。

【木訥】質樸遲鈍，不擅長言辭。

【口訥】口舌遲鈍，不善於言談。

【口鈍】口舌遲鈍，不善於言談。

【口拙】說話技巧不高明。

【語塞】說不出話來。

【結結巴巴】說話不流利。

【期期艾艾】形容人口吃，說話不流利的樣子。

【拙於言詞】不擅長辭令，不會說話。

【口舌呆鈍】不善於用辭令表達意思。

【笨口拙舌】口才不好，說話不流利。

【拙口笨腮】不會說話，拙於言詞。也作「拙口鈍詞」、「拙口鈍腮」。

【心拙口笨】心思愚昧，口才笨拙，為自謙之詞。

【笨嘴笨腮】口才不好，說話不流利。亦作「拙口笨腮」、「拙口鈍辭」、「拙口鈍腮」。

【舌結脣顫】說不出話來。

【言不盡意】言語無法把心意完全表達出來。

【言不逮意】言語沒把心意確切表達出來。

【詞不達意】所用的言詞無法適度地表達心意。

【文不對題】文章內容不符合題意，或答非所問。

到的。」然而，師傅也毫無主持正義的意思，任憑奸人取巧得逞，開車揚長而去，我們這才想起友輩傳說中在大陸搶搭計程車的恐怖經驗。（廖玉蕙〈上海的黃昏〉）

讓眼目再隨時光巨冊往下走到呼吸逐年衰弱的五號路，放慢步伐，聽它向你吐露心事，曾生意盎然，街容樸素，當今卻老弱凋萎，少小離鄉，先人親自建造的老厝在烏飛兔走下獨自欷歔，反倒是生性木訥的鄰人做起了生意，部分西飲等環境興起，使新一代小孩對山泉、白開水、茶的興趣缺缺，也不再嚮往火傘下打彈珠、鬥蟋蟀、捉迷藏的戶外遊戲，轉而投奔精緻餐飲、冷氣的懷抱。（賴舒亞〈挖記憶的礦〉）

錦心未必就有繡口，有些外國的漢學家簡直口鈍，中文說得比打字還慢。就算是錦心繡口吧，演說大家的雄辭麗句也無非咳唾隨風，與身俱沒，哪像文字這麼耐久。林肯的蓋提斯堡演講詞，百年之後，也只是聲銷而文留。（余光中〈繡口一開〉）

小皇帝對於這種囑咐絲毫不敢忽視，因為第二天必須背誦今天為他所講授的經書和歷史。如果準備充分，背書如銀瓶瀉水，張先生就會頌揚天子的聖明；但如果背得結結巴巴或者讀出別字，張先生也立即會拿出嚴師的身分加以質問，使他無地自容。（黃仁宇《萬曆十五年》）

鳳姐兒笑道：「幸而我們都笨嘴笨腮的，不然也就吃了猴兒尿了。」尤氏婁氏都笑向李紈道：「咱們這裡誰是吃過猴兒尿的，別裝沒事兒人。」（清．曹雪芹《紅樓夢》）

【沉默】不說話、不出聲。
【緘默】閉口不說話。
【暗默】沉默不語。
【靜默】沉默不出聲。
【默然】沉默不語的樣子。
【默默】沉靜不說話的樣子。
【瘖默】形容默默不語。瘖，ㄧㄣ。
【悄然】寂靜無聲的樣子。
【悄悄】不聲不響。
【啞然】一時說不出話來的樣子。
【嘿然】不作聲。嘿，ㄇㄛˋ。
【不作聲】沉默不語。
【不則聲】沉默不語。
【不吭聲】不作聲。
【不言語】不說話。
【掩口】比喻沉默。
【啞口】沉默不語。
【杜口】閉口不言。
【結口】閉口不言、保持沉默。
【緘口】閉口不說話。
【鍼口】守口不說。鍼，ㄓㄣ。
【絕口】閉口，從此不說。
【吞聲】不出聲，不說話。
【無語】不說話。
【噤聲】閉口不作聲。多作制止人發聲之詞。
【閉口無言】受人批駁責難，無話可答，只好閉口不言。
【啞口無言】遭人駁斥或質問時，沉默不語或無言以對。
【杜口絕言】閉口不說話。也作「杜口無言」。
【箝口結舌】不敢說話，保持沉默。亦作「緘口結舌」、「鉗口結舌」。
【沉默寡言】性情沉默，很少說話。
【罕言寡語】少言、不多話。

然而，我得先學會對你緘默，懂得如何一點都不傷害你，唯有如此愛才會像巨浪的岩石般慢慢顯露出來……（邱妙津《蒙馬特遺書》）

我憶起初次到巴黎那夜，我單身走在茫然陌生的街道，見到有街上人群繞著店家朝外的電視，他們靜默的看著電視裡許多年輕人正敲穿一座大牆，有人跨騎牆上舞著什麼旗子，有人互擁跳舞喝酒，後來我才知道那夜就是柏林圍牆被宣告無權再分隔人間任何事物的歷史時刻。（阮慶岳〈我左邊的男人〉）

小孩子走著，黃昏黯淡的時分，灰色的道旁，那些樹影——沉沉的垂枝，一動不動覆著默然不語的大地——只隱隱的聽著蹬蹬的足音。（瞿秋白〈那個城〉）

……天上也是皎潔無比的蔚藍色，只有幾片薄紗似的輕雲，平貼於空中，就如一個女郎，穿了絕美的藍色夏衣，而頸間卻圍繞了一段絕細絕輕的白紗巾。我沒有見過那麼美的天空！我們倚在青色的船欄上，默默的望著這絕美的海天；我們一點雜念也沒有，我們是被沉醉了，我們是被帶入晶天中了。（鄭振鐸〈海燕〉）

這幾天心裡頗不寧靜。今晚在院子裡坐著乘涼，忽然想起日日走過的荷塘，在這滿月的光裡，總該另有一番樣子吧。月亮漸漸地升高了，牆外馬路上孩子們的歡笑，已經聽不見了；妻在屋裡拍著閏兒，迷迷糊糊地哼著眠歌。我悄悄地披了大衫，帶上門出去。（朱自清〈荷塘月色〉）

我知道他們也像我一樣在等待機會，能與你更接近。只見他們一時啞然，眼中出現妬忌，我幾乎覺得像是一個勝利者，大聲地接受了邀請。（郭強生〈深情與絕情〉）

記得也是這樣夜裡。我們在河堤的柳絲中走過來，走過去。我們

形容人沉默，不隨意發言。

【不聲不響】不發出任何聲音。

【悶不吭聲】閉上嘴巴，不出聲。

【默不作聲】悶不吭聲，不說一句話。

【默默無語】沉默，不說話。

【不動聲色】一聲不響，不流露感情。

【一言不發】一句話也不說。

【不發一語】一句話也不說。

【不置一詞】不說話。

【閉口藏舌】不說話。

【不聲不吭】不說話；不出聲。也作「不聲不響」。

【緘舌閉口】閉口不說話。

【有口難言】將話藏在心中，不敢說出口或難以啟齒。

【杜口吞聲】心中有所怨恨卻不敢作聲。

【忍氣吞聲】受了氣也強自忍耐，不敢作聲抗爭。

【謹言】謹慎小心的說話。

【藏拙】掩藏自己的意見或技能，不願讓他人知道。

【不苟言談】不隨便說話，形容人謹言慎行。

【三緘其口】言語謹慎，不敢多說話。

【絕口不提】對某事保持沉默，不再提及。

【鴉雀無聲】形容非常寂靜。

【噤若寒蟬】有所顧慮，不敢出聲。蟬斷於夏秋，不久即死。古人以為蟬到寒天，不能發聲，故稱。

【盡在不言中】內心有很多感受，不用表達或表達不出來。

【啞巴吃黃連，有苦說不出】啞巴吃下黃連，苦在心裡卻無法說出來。比喻只有自己知道自己的苦，有口難言。

【沒嘴葫蘆】啞口無言。

【萬馬齊瘖】比喻眾人皆沉默、

無語，心海的波浪也只有月兒能領會。（石評梅〈墓畔哀歌〉）

聊了一陣，等上飛機我跟J小姐說：「他這人也真了不起呢！病了，還事事自己打點，都不告訴他小孩！」「啊呀！你亂說些什麼呀？」J小姐瞪我一眼，「他哪有什麼小孩？他住我家隔壁，一個老兵，一個孤老頭子，連老婆都沒有，哪來小孩？」我嚇了一跳，立刻噤聲，因為再多說一句，就立刻會把這老兵在鄰里中變成一個可鄙的笑話。（張曉風〈你欠我一個故事〉）

可是，六年，西山溫泉我都去過，記得就沒去什剎海。為此，離開了故都曾被人嫌棄說「太陋」。說：「什剎海都沒逛過，還配稱什麼老北京！」當時真也閉口無言。有一年發狠，湊巧有緣重返舊京，記得還沒有進旅館的門就雇好了去什剎海的車子。夏天，正趕上那裡熱鬧；地攤子戲，搭台的茶座，直挨著訪問了個足夠。印象彷彿並不好，心頭重負卻卸去了。（吳伯簫〈我還沒有見過長城〉）

老闆發現我沒有娛樂嗜好，沒有交際應酬，沉默寡言，沒有口舌是非，認為我可以進一步吸收使用，這是嚴重的誤會。他想把我調到會計室，學習記帳、打算盤、處理單據報銷，把我訓練成一個親信，我斷然拒絕。老闆大出意料之外，他的會計主任也不願意增加新手，趁機向老闆進言：「流亡學生多半有精神病。」（王鼎鈞〈我的名字王鶴霄〉）

我不動聲色地寫，默默享受著這小傢伙親近的情意。這樣，牠完全放心了。索性用那塗了蠟似的、角質的小紅嘴，「嗒嗒」啄著我顫動的筆尖。我用手撫一撫它細膩的絨毛，牠也不怕，反而友好地啄兩下我的手指。（馮驥才〈珍珠鳥〉）

於是，在老山腳下，在村邊，在樹林中，甚至在阿岩家的牛圈裡，

無異議。

【喑默】沉默不語。喑，一ㄣ。

【箝口】閉嘴不言。也作「鉗口」、「拑口」。

【鉗噤】閉口不說。

【噤住】閉上嘴巴不出聲音。

【嘿嘿無言】不說話，默不作聲。

【嘿嘿無語】不說話，保持沉默。

【杜口無言】閉著嘴巴不言語。

【緘口不言】緊閉嘴巴不說話。

【悶不作聲】閉嘴保持沉默不說話。

【絕口不道】保持沉默，閉口不說。

【自同寒蟬】自比自己如同冬天的蟬一樣不出聲。表示沉默不語。

【低頭不語】因為羞怯羞愧或內心有所思，低頭保持沉默，不說話的樣子。

【杜口裹足】閉著嘴不說話，兩腳不敢前進，形容因為畏懼而不敢有所進言。

【箭穿鴈嘴】箭射穿了鴈的嘴巴，使之無法出聲。形容閉口不說。鴈，一ㄢˋ。

【啞】人或動物因為疾病或缺陷，喪失語言能力。或形容沒有聲音、不說話。

【閉聲】閉嘴、閉口。

【封口】閉嘴不談。

【口靜】閉嘴不說。

【吞聲屏氣】抑制呼吸，不發出聲音。

【嘴盧都】形容人噘嘴不說話，態度不高興的樣子。

一個古老的愛情故事被賦予了新的內容。每次二人完事之後，王先仁總是一言不發，悶著頭一根接一根地抽菸。而阿岩呢，則老是笑，咯咯地笑個不停。她是歡喜呢。她得到了她渴望得到的東西，一如劉備得到了天下一樣。（劉亞洲〈王先仁〉）

他不發一語，揭開衣領，露出空盪盪的右肩，斷肢的疤痕極為平整，顯然已癒合多年。那隻隱形的臂膀重重擊我一拳，近距離的。我認輸了。油門一踩，小男孩的身影倏地遠去。淚水很快便濡濕我的雙眼。（林志豪〈異地眾生〉）

我心裡不免發毛，她會背誦的詩可以比我多，該藏拙了。男人的天賦毛病之一是知道贏不過女人就裝作滿瓶不響，或是轉換目標。（阿盛〈腳印蘭嶼〉）

疲憊綁住十月，十月恍若一張皺皺的黑白照片。家具陷入冬眠，手機沉默，門鈴同樣三緘其口，連一點細微的鼾聲也沒有；MSN的聯絡人總是灰頭土臉，每一顆鍵都敲進深井裡，每一聲叮咚都杳無回音……（劉祐禎〈六色的原罪〉）

「『救國會七君子』沒有一個有好下場——王造時、章乃器給鬥得欲生不得，欲死不能，連梁漱老還挨毛澤東罵得臭死，我們一個個也就噤若寒蟬了——」鼎立表伯有點哽咽住了，大伯舉起酒壺勸慰道：「來，來，來，老弟，『一壺濁酒喜相逢』，你能出來還見得著我這個老表哥，已經很不錯啦。」（白先勇〈骨灰〉）

3 大聲

叫喊

【喊】大聲呼叫。
【喊叫】大聲呼叫。
【大叫】大聲呼叫。
【叫囂】大聲喊叫、吵嚷。
【叫嚷】大聲喊叫。
【叫喚】放聲大叫。
【揚聲】發高聲。
【喚】喊、叫。
【吶喊】高聲喊叫。
【嚷】高聲喊叫。
【吵嚷】喊叫、吵鬧。
【嚷嚷】高聲呼喊、吵鬧。
【呼喊】呼叫、吶喊。
【呼號】大叫、呼喊。
【呼吼】呼喊、吼叫。
【歡呼】快樂地呼喊。
【高呼】大聲呼叫。
【嘶喊】使盡氣力喊叫。
【嘶吼】使勁吼叫。

【喝】高聲呼叫。
【呼喝】呼叫喝斥。
【吆喝】高聲呼喝。
【斥喝】大聲喝阻、威嚇或責罵。
【叱責】大聲責罵。也作「斥責」。
【呵叱】大聲斥責。
【叱喝】斥罵、怒喝。
【叱吒】大聲怒斥。
【嚷罵】大聲喝罵。
【怒吼】因憤怒而發出吼叫。
【咆哮】人在暴怒時的吼叫。
【狂嘯】大聲狂叫。
【狂嗥】瘋狂吼叫。
【聲嘶力竭】聲音破啞，氣力用盡，形容人拚命叫喊。
【大呼小叫】大聲叫嚷。
【大聲嚷嚷】高聲喊叫。

饒你多少豪情俠氣，怕也經不起三番五次的風吹雨打。一打少年聽雨，紅燭昏沉。兩打中年聽雨，客舟中，江闊雲低。三打白頭聽雨在僧廬下，這便是亡宋之痛，一顆敏感心靈的一生：樓上、江上、廟裡，用冷冷的雨珠子串成。十年前，他曾在一場摧心折骨的鬼雨中迷失了自己。雨，該是一滴濕漓漓的靈魂，窗外在喊誰。（余光中〈聽聽那冷雨〉）

在這條名叫沉思的街道上，閘門永夜暢開，慾望之魚，翩然泳過一切可能靠泊的水草。幾個醉漢、幾輛轎車、幾部不甘被滅音器綑綁的機車，叫囂而過，像是必要的浪水，寧謐地潑灑在人潮的鼎沸聲中。（向陽〈在沉思的街道〉）

我們這裡整隻羊剛下到鍋裡，茶水剛剛飄出香味，油鍋裡剛剛起出各種耳朵形狀的麵食，就看見山梁上一炷，兩炷，三炷青烟沖天而起，那是貴客到達的信號。帳篷裡外立即鋪起了地毯。地毯前的矮几前擺上了各種食物，包括剛從油鍋裡起出的各種麵炸的動物耳朵。聽，那些耳朵還吱吱叫喚著呢。（阿來《塵埃落定．貴客》）

布拉姆斯的作品是需要反覆的、仔細的聆聽的，他的作品抽絲剝繭耐人尋味，但有時嚴密得令人透不過氣來，布拉姆斯的藝術不是從口中吶喊而出，不是從人心裡自然流出，而是經過嚴密的組織結構，而成為一個精美但可能脆弱的藝術品，這是尼采譏諷他的最大原因。（周志文〈像蝴蝶般飄散的故事〉）

那時他好像聽見沙漠在腳下喳喳地碎語：你英雄，你英雄！他聽見它挑釁地說。他取下水壺喝水的時候，沙漠又像在背後忍不住地竊

【扯開嗓子】張開喉嚨，高聲喊叫的樣子。
【高喚】大聲呼喚。
【籲】呼喊、請求。
【嘯】號召、呼喚。
【吆】大聲呼喊叫嚷。
【吶】大聲的喊叫。
【大呼】大聲呼喊。
【呼嘯】尖聲叫喊。
【高喊】大聲喊叫。
【狂哮】大聲叫喊。
【嚷叫】大聲喊叫。
【洋叫】大聲的喊叫。
【廣欸】大聲呼喊。欸，ㄎㄞˋ。
【大聲吆喝】大聲呼喊。
【疾聲大呼】大較大嚷，高聲呼喊的樣子。
【喊嗓子】大聲叫嚷。
【扯著脖子】形容拉起嗓門高聲喊叫的樣子。
【喝五吆三】大聲叫喊吆喝。
【發喊連天】形容叫喊聲音響亮，響徹雲霄。
【振臂高呼】揮舞著手臂，大聲叫喊，用以召喚群眾、振奮人心。
【悲吒】悲傷憤怒的喊叫。
【喧嚷】大聲呼喊、吵鬧。
【怒罵】憤怒的大聲斥罵。
【痛喝】大聲斥罵。
【大叱】大聲叫罵。
【大喝】大聲喊叫、叱叫。
【嚷罵】大聲的叫喊斥罵。
【破口大罵】口出惡言大聲咒罵的樣子。
【拍案怒罵】形容人非常憤怒，用手拍桌子大聲叫罵。
【大吆小喝】大聲惡氣指使人的樣子。
【呼喚】呼喊叫換。
【驚呼】因為受到驚嚇而大聲呼喊。
【哮吼】大聲吼叫。
【喝命】大聲命令。
【喝采】❶大聲叫好。❷賭博時，希望能夠贏得采頭而大聲叫喊呼喝。也作「喝采」。
【呼么喝六】么與六皆為骰子

笑，等他蓋著壺蓋的時候，沙丘上一股風耍戲著流沙：多喝點，喝乾它！他又聽見那沙子尖笑著朝他嚷嚷。（張承志〈九座宮殿〉）

奶奶聽到了宇宙的聲音，那聲音來自一株株紅高粱。奶奶注視著紅高粱，在她朦朧的眼睛裡，高粱們奇譎瑰麗，奇形怪狀，它們呻吟著，扭曲著，呼號著，纏繞著，時而像魔鬼，時而像親人，它們在奶奶眼裡盤結成蛇樣的一團，又忽喇喇地伸展開來，奶奶無法說出它們的光采了。（莫言〈紅高粱〉）

古時沒有擴音器，只能靠血肉之軀來呼吼。高僧說道，大儒講學，聽眾很多的時候，不知是怎麼辦的。傳說中有名的聲響，例如項羽的怒吒，阮籍的嘯吟，張飛的斷喝，竇娥的籲天，不知究竟是怎樣的撼人又震耳。（余光中〈麥克雄風〉）

這所學校大體上還算正常，不過每天早晨做早會的時候，全體師生要面向東方，迎著太陽行三鞠躬禮，表示對日本天皇的崇敬，在天皇生日那一天，全體師生還要歡呼萬歲。這是父親絕對不能忍受的，他回到家裡對媽媽說：「咱們的孩子不能進那種學校。」（王鼎鈞〈哭屋〉）

地平線上的曉色，一層綠、一層黃、又一層紅，如同切開的西瓜——是太陽要上來了。漸漸馬路上有了小車與塌車轆轆推動，馬車蹄聲得得。賣豆腐花的挑著擔子悠悠吆喝著，只聽見那漫長的尾聲：「花……嘔！花……嘔！」再去遠些，就只聽見「哦……嘔！哦……嘔！」（張愛玲〈金鎖記〉）

但達達會管教弟弟。弟弟來家裡後，花園經歷文化大革命，當然他也喪失了進駐屋內的資格。他把一個漂亮的木製狗屋當骨頭啃，啃得幾乎解體。有一天他又在啃狗屋，一面啃一面流口水。我和妻子斥

的點數。形容賭博時，叫喊呼喝的聲音。

【叫陣】戰爭或打鬥時，在陣前叫喊挑戰。

【呼三喝四】划拳時高聲叫嚷喧鬧的聲音。

【喊七叫八】划拳時起鬨叫喊的聲音。

【呼聲】呼喊叫嚷的聲音。

喝制止，他相應不理。達達在客廳隔著紗窗，對著弟弟吠兩聲，好像在說「住口」，弟弟果然馬上「住口」。（簡政珍〈達達的眼神〉）

喧譁

【吵嚷】喧譁吵鬧。

【吵雜】喧譁雜亂。

【吵嘈】喧鬧雜亂。

【煩吵】紛亂嘈雜。

【喧鬧】大聲吵鬧。

【喧嚷】大聲呼喊、吵鬧。

【喧譁】大聲說話、叫喊。亦作「諠譁」。

【喧擾】聲音吵雜混亂。

【喧囂】喧譁吵鬧。

【喧騰】聲音喧鬧沸騰。

【喧呶】喧譁吵鬧。

【紛喧】紛亂吵鬧。

【呱噪】形容吵鬧、喧譁，或是喋喋不休。

【聒噪】吵鬧不休。也作「聒躁」。

【嚷鬧】喧嚷吵鬧。

【嚷刮】大聲喧鬧。

【囂鬧】喧譁、吵鬧。

【鬧攘】喧鬧、紛擾。

【起鬨】許多人群聚一起，故意搗亂，引發吵鬧。

【鼓譟】眾人齊發出呼喊喧鬧聲。也作「鼓噪」。

【嘈嘈】聲音雜亂。

晚春時節，這一晴好白日，看著從窗外投映進的暖陽花花地彷彿有笑聲，孩童在屋外大聲喧鬧，似近實遠，空氣微涼，觸膚舒爽，我感覺自己的身體，歷經一場激情革命，此身仍在。（張清志〈饕餮紋身〉）

事情似乎早已給安排妥當。在茶餐廳分手，在咖啡店重遇。咖啡店秩序井然，不喧鬧，有一定的隱私，時間慢慢流過。茶餐廳嘈吵，食物不精緻，陌生人同坐一桌，時間太快。（李寧〈咖啡店　再相見〉）

那年十一月八日中午參加李錫奇歡送會時，我即說了散會後要去朱西甯家玩。後來不知天高地厚喝醉了，坐在沙發上昏睡，猶聽到一夥人笑語喧譁。大約過了一個多小時，似乎人聲漸稀，周遭沉寂下來，有人喊著我的名字說：「散會囉，我也想去朱西甯家坐坐，送妳一起去吧。」睜開眼一看，是洛夫。（季季〈朱家餐廳俱樂部〉）

當然，慾望也不會全然沒有，比方說，在他獨處旅邸一室，聆聽稍遠處筵席的笑語喧囂時，想像如長了翅膀亂飛；尤其當舞女的鼓音停止時，更令他有欲狂的嫉憤……然而，一切都成為過去，似乎發生過什麼，又似乎什麼也沒有發生過。（林文月〈步過天城隧道〉）

【嘈嚷】吵鬧。

【嘈雜】聲音喧鬧、雜亂的樣子。

【嘈亂】喧鬧且雜亂。

【嘈吵】嘈雜吵鬧。

【哄然】許多人同時喧嚷或發出大笑。

【譁然】人多聲音嘈雜貌。

【鬨然】喧嘩吵鬧的樣子。鬨，ㄏㄨㄥˋ。

【譁噪】喧鬧吵雜。

【譟動】吵鬧妄動。

【鬧哄哄】喧擾吵鬧。

【大吵大鬧】大聲吵鬧。

【沸沸揚揚】人聲雜亂，議論紛紛，像是沸騰的水一樣。

【甚囂塵上】喧譁嘈雜，塵沙飛揚。

【沸反盈天】形容人聲喧鬧吵雜。

【嘰哩呱啦】狀聲詞。形容說話聲很吵雜。

【嘰嘰喳喳】狀聲詞。形容說話聲吵雜細碎。

【七嘴八舌】人多口雜，言語紛亂的樣子。

【人言藉藉】人們議論紛紛。說有關人家名譽之事。

【街談巷議】大街小巷中的議論、傳言。

【蜚短流長】流傳的閒言閒語。或「飛短流長」。

【滿城風雨】事情一經傳出，流言四起，議論紛紛。

【語三道四】議論紛紛、信口批評。

【議論紛紛】不停揣測、討論。意見不一，議論多。

【打隔山炮】比喻背地裡議論紛紛。

我們如約到了海灘的當中，有幾個漁人在左面兩百公尺遠的地方大聲喧呶，抬著漁網，提著竹簍；有的在吸菸，一點點很微弱很細柔的火光閃著閃著。（楊牧〈紅葉〉）

但是再好聽的聲音，就連音樂吧，若是無限地放大，也會變成可怕的噪音。在許多囂鬧的場合，擴音器都用來助紂為虐，成了音響的暴力。（余光中〈麥克雄風〉）

我尾隨人群之後，還未及出站閘口，迎上你燦然的笑容，在嘈雜的人聲中，那璀璨的笑靨定格擴散了。然後便不由自主和記憶中的另一張笑顏重疊。那是三十年前我們初次相約時，我所見到的一個男孩的青春笑容。（楊錦郁〈我們〉）

他哼地冷笑一聲。「誰都知道你們罵的是楊健。」「楊健？」全班鬨然。大家不約而同轉頭，一百多隻眼睛，集中在楊健臉上。（歐陽子〈最後一節課〉）

九莉與之雍的事實在人言藉藉，連比比不看中文書報的都終於聽見了。（張愛玲《小團圓》）

在社會上身份降低下來，再沒有別人像素雲感覺得那麼深切，那麼可憐的了。她在曾家是那麼愁眉苦臉，那麼抑鬱寡歡，一半由于她總覺得背後有人議論紛紛，一半由於她對經亞感覺到失望。雖然經亞在北京的國民政府裏得到了一個差事，她卻大部分時間跟娘家人住在天津。因為她在婆家不辦理什麼重要家事，她每一次請求回天津去，曾太太都答應。在天津，她家的人正開始新的生活，她也在開始她自己的新生活。（林語堂《京華煙雲》）

4 小聲

低語

【低語】低聲說話。

【細語】小聲說話。

【悄悄】不出聲，或說話聲音很低。

【悄聲】小聲說話。

【喃喃】低聲說話的聲音。

【呢喃】此以燕鳴形容人的輕柔細語聲。

【喁喁】ㄩˊ，低語聲。

【嘰咕】小聲說話。

【咕噥】說話小聲且含糊不清。

【咕囔】低聲說話的樣子。或作「嘓噥」。

【沉吟】低聲吟詠。

【低吟】低聲吟唱。

【低嚷】低聲叫嚷。語氣多為不悅。

【咕咕唧唧】小聲說個不停的樣子。

【輕聲細語】說話聲音細小。

【低聲密語】輕聲地祕密談話。

【呢喃細語】不斷地小聲說話。

【喁喁細語】形容人低聲說話。

【嘁嘁喳喳】形容細碎的說話聲。

【萋萋綷綷】低聲交談的聲音。

【竊竊私語】私下密語。

【附耳】靠近耳邊小聲說。

【打耳暗】耳邊小聲說話。

【咬耳朵】靠近別人耳朵說悄悄話。

【噥】小聲說話。

【小語】低聲言語。

【打喳喳】小聲說話。喳，ㄔㄚ。

【喁喁噥噥】低聲說話。

【絮語】指連綿不絕的的輕聲細語。

【喃喃吶吶】不停小聲說話。

【喃喃細語】不停小聲說話。

【附耳低言】指靠著對方的耳朵，輕聲說話的樣子。

【交頭接耳】形容人低聲說話。

當天晚上，清洗鍋碗時，一面洗滌，一面忍不住，許多許多年前，在舊居，母親和姊姊，與我，我們在廚房裡，低語細細地準備著食材，不算明亮的空間裡，在洗和切之餘，也有我們的笑聲。煮好之後，母親看著我們吃完一碗，再添一碗……。我竟一遍，又一遍的憶想。（沈花末〈米粉芋〉）

嘗試想寫信給妳，有位朋友說，天堂不可能有戶籍地址，然則，只要在風中喃喃念出想說的話，或者，只要寫下妳的名字、生辰，燒起一把火，就會有不可知的精靈前來充當信差。（呂政達〈皆造〉）

我也同樣記得坐在柳蔭下，兩隻腳放在水中，靜靜地讀著心愛的書。或者，划著一隻小船，深藏在綠蔭深處，和心愛的人喁喁情話，讓時光緩緩地流過。（郭嗣汾〈水．緣〉）

「思思當然是好女孩。」斯文孩子呢喃地說，而不知怎的，我心中出現的名字是「思念」的「思」。是因為這個名字更適合這時候的情境嗎？（董啟章〈快餐店拼湊詩詩思思CC與維真尼亞的故事〉）

你是一樹一樹的花開，是燕／在樑間呢喃，——你是愛，是暖，／是希望，你是人間的四月天！（林徽音〈你是人間的四月天——一句愛的讚頌〉）

當她送我到劇校時，眼淚不能遏止地如斷線的珍珠，或許她已經聽聞，要變成一個唱戲的角兒，不知道要挨多少的鞭子，她總是對我輕聲細語，不曾更不捨得動孩子一根寒毛，如今卻把心肝兒送進嚴酷的監牢中……（吳興國〈自我學戲的那天起〉）

「雅舍」共是六間，我居其二。篦牆不固，門窗不嚴，故我與鄰

【竊竊細語】私底下細聲密語。

【竊竊私議】私底下小聲議論。

【喃喃自語】形容人輕聲的自言自語。

耳語、自語

【耳語】靠近耳朵邊輕聲說話。

【私語】祕密、低聲地說話。

【密語】機密的話語。

【喋囁】耳語、私語。

【附耳】靠近耳邊小聲說。

【咬耳朵】靠近別人的耳朵說悄悄話。

【交頭接耳】在彼此耳邊低聲私語。

【竊竊私語】小聲地私下交談。

【衷腸密語】發自內心的貼心話。

【嘰嘰咕咕】狀聲詞。形容低聲議論的聲音。也作「唧唧噥噥」。

【自語】自己和自己說話。

【獨語】自言自語。

【咕唧】自言自語，或兩人低聲說話。

【嘟囔】自言自語，而語氣皆帶有不滿之意。亦作「嘟噥」。

【嘀咕】低聲私語。

【含囈】指在夢中自言自語。

【自言自語】自己和自己說話。

【喃喃自語】自己不斷輕聲地說話。

【嘟嘟囔囔】自言自語。

【篤篤喃喃】形容自言自語說

人彼此均可互通聲息。鄰人轟飲作樂，咿唔詩章，喁喁細語，以及鼾聲、噴嚏聲、吮湯聲、撕紙聲、脫皮鞋聲，均隨時由門窗戶壁的隙處蕩漾而來，破我岑寂。（梁實秋〈雅舍〉）

大家都嘁嘁喳喳的在那裡說閒話。因為人太多了，所以說的甚麼話都聽不清楚，也不去管他。（清．劉鶚《老殘遊記》）

多少年，那些瓦們與黃河水進行交談，在雞啼裡，在掌燈時分，它們用北中原方言，用今天仍然流動的方言，敘說或耳語。河流停止了，那些瓦有一日忽然沉默。啞巴般的瓦，把那麼多日日夜夜該講的語言都在沙裡折疊起來，語言的水分被蒸發曬乾，瓦只能在心裡自言自語。它說，它還說。瓦今天露出嘴巴，可是這些瓦都不會說話了，語言生銹，瓦只會像瓦一樣，咧著幽深的嘴。（馮傑〈九片之瓦〉）

她不禁要想起呂鳳仙她們，在背後說奶奶的那些話。再看女中的學生，就覺得異樣了。她們躲在籬笆底下那些嘁嘁噥噥的私語，原來都是有含意的。富萍有些看不起她們。但是，聽到她們的動靜，她們嘰嘰嘎嘎的笑聲，她又心軟了。（王安憶《富萍》）

面對四壁架上高低不齊的書脊，我好像是面對遠方起伏不定的山脊。我容許群書包圍著我的魂魄，彷彿是讓群山鐐銬著我的肉體。天地之間，只剩我與不知名的神祇與精靈相互對視，並且竊竊私語。（陳芳明〈深山夜讀〉）

鶯兒滿心委曲，見寶釵說，不敢則聲，只得放下錢來，口內嘟囔說：「一個作爺的，還賴我們這幾個錢，連我也不放在眼裡。前兒我和寶二爺頑，他輸了那些，也沒著急。下剩的錢，還是幾個小丫頭子

個不停。

【念念有詞】描述口中細聲說著話語。

【喋語】耳語、私語。

【躡足附耳】腳踩他人的足部以示意，在耳邊低聲說話。

【聶】附在耳朵旁，小聲的說話。

【呫囁】ㄔㄜˋ ㄓㄜˊ，附在耳邊細語。

【呫嚅】附耳低語。

【都嚕】自言自語。

【嘟嚕】自言自語。

【嘟嚕嘴】形容人自言自語的樣子。

【暗道】喃喃自語、對自己說道。

【突突囔囔】自言自語低聲抱怨的樣子。也作「突突噥噥」。

【囔囔咄咄】低聲自言自語。

們一搶，他一笑就罷了。」寶釵不等說完，連忙喝斷。（清．曹雪芹《紅樓夢》）

迷惑不安的時候對著虛空自言自語別有魅惑的特質，自言自語可以暫時將無邊的寂靜驅離，堅強的自己對著軟弱的自己命令，軟弱的自己對著堅強的自己尖叫。半夜裡發惡夢大叫著醒來時，我其實非常，非常慶幸，自己是一個人。（柯裕棻〈午安憂鬱〉）

他們雜誌社曾經從中午十二點一直加班，加到「隔天的隔天」中午十二點，整整四十八個小時。回家的時候，他們一行人昏死在計程車裡，嘴裡還意識不清地喃喃自語。好事的司機誤以為他們嗑了藥，於是把他們統統載進警局裡。（許榮哲〈在奔跑中休息〉）

5 直接

中肯

【切中】準確說中。

【扼要】行文或發言中肯，抓住要點。

【中肯】言論切中要點，切合事理。

【剴切】切中事理。

【恰如其分】指說話、做事十分恰當，有分寸。

【一針見血】說話透徹而中肯，切中要害。

【一語破的】一句話就說出了事情的重點。

木仁很扼要將管閘的要項向我說了一遍，然後對我說：「你先旁觀一下，然後照著辦就是，容易得很。」木仁像是生下來就懂得招呼人似的，不但有張人見人愛的面孔，衣服彷彿隨便但其實十分講究，特別在應對方面，尤為得體。（袁則難〈馬戲團〉）

一回有人來接我去對一些人講話，到了會場，向聽眾介紹時他說剛看到我的辦公室「滿滿是文件」，想見其忙碌等等。我當時不假思索就答說這無非是辦事無效率的證明罷了。過後想想，真是一語中的，把自己拆穿無遺。（黃碧瑞〈桌面文章〉）

【一語中的】一句話就說中了要點。

【言必有中】說話得體中肯，切中要點。

【談言微中】說話委婉有技巧，且能暗合事理。

【深中肯綮】掌握事理的要點。肯綮，指骨頭和筋肉結合部位。比喻事理的扼要處。綮，ㄑㄧㄥˋ。

【動中窾要】比喻人的言談舉止都能切中要害。窾，ㄎㄨㄢˇ，指縫隙。

【巧發奇中】善於伺機發言，並能切中事實。

【言之有物】言詞或文章有根據、有內容。

【言之鑿鑿】言論有依據，且有事實可證明。

直言

【直言】直陳其事不加隱瞞。

【直指】直言陳述，沒有隱諱。

【直書】根據事實書寫，沒有褒貶。

【嘴快】說話不假思索，藏不住祕密。

【斷言】十分肯定地說。

【諤諤】ㄜˋ，直言不諱的樣子。

【謇諤】不留情面地直說。謇，ㄐㄧㄢˇ，正直。

【批逆鱗】直言諍諫。逆鱗，指龍喉下倒生的鱗片。

【一針見血】比喻言辭直截簡明，切中要害。

【直話直說】有話直接說出，毫無隱瞞，不繞圈子。

【心直口快】指個性直爽，說話不拐彎抹角。也作「心直嘴快」、「口快心直」。

【有口無心】心直口快，不假

他向來沉默寡言，每一句話都是思慮周詳之後再說出口來，是以不言則已，言必有中，六怪向來極尊重他的意見，聽他這麼說，登時猶如見到一線光明，已不如先時那麼垂頭喪氣。（金庸《射鵰英雄傳》）

表情也會遺傳嗎？動作也會遺傳嗎？聲調、語氣和態度也會遺傳嗎？情緒會遺傳嗎？舉個例來說：喜悅；喜悅會不會出自某種遺傳？還有悲傷；悲傷會不會出自某種不同於喜悅的遺傳？倘若那些卜者、命相家、星座迷對人類不可知不可測的未來能夠如此言之鑿鑿，彷彿一切都已經在宇宙初始完全決定，那麼，我妹妹和我在畫展閉幕那天的忿恨與冷漠之感，恐怕也早在開天闢地大洪荒大爆炸之前就遺傳下來了罷？（張大春《我妹妹・終結瘋狂》）

朱懷亮道：「平常你是嘴快不過的人，這倒奇了，總不見答應一個字。」振華見父親逼得厲害，索性不說了，就起身回她自己房裡去。（張恨水《劍膽琴心》）

他斷言沒有武裝革命的自決運動只是布爾喬亞的浪漫想像，知識的傳播曠日費時，群眾只需要滾燙的熱情，知識分子就是這龐大的熱情槍炮的瞄準器。我雖然不能完全同意他的論調，但的確被他澎湃的架式嚇住了，與其說他的辯論讓我印象深刻，還不如說他魔鬼般的口吻與誘惑讓人既恐懼又喜悅，它讓我閃過剛被處決的希特勒的模樣。（亞歷斯・諾幹〈櫻花鉤吻鮭〉）

水牛伯心裡不免有些尷尬，又不能直話直說。今天才是正月初六，村裡的人生活還算過得去，田裡又無緊要事情要做，所以大部份的人都還在過年哪！他們個個穿得光光鮮鮮，去親戚五十朋友六十家裡遊

思索隨口說出。

【口快如刀】形容人說話直爽，未多加修飾。

【和盤托出】毫無保留全部拿出來或說出來。

【口無遮攔】說話沒有顧忌，有什麼說什麼。亦作「口沒遮攔」。

【直言不諱】直述其言，沒有避諱。

【直截了當】說話或做事乾脆爽快，不拐彎抹角。

【開門見山】說話或做文章，一開頭就直截了當，進入主題。

【開宗明義】指說話或寫文章一開始便揭明主旨綱要。

【單刀直入】直截了當，論及問題的核心。

【侃侃諤諤】直言無忌的樣子。

【正色危言】態度嚴正，直言不諱。

【肆言無忌】無所顧忌地直言。

【仗義直言】依義理行事，正直敢言。

【仗義執言】為伸張正義，說話公道正直。

【言歸正傳】停止閒話，回歸本題。

【麻口袋倒米】麻布袋淺短，一下就倒光米，比喻將事情一股腦兒說盡。

【明人不說暗話】說話直截了當。

【打開天窗說亮話】不迴避隱瞞，直率而明白地說出來。

【不諱】不避諱，直言。

【切諫】直言極諫。

【脫口】不加思索便說出。

【嘴快】藏不住話，不假思索說出。

【說溜嘴】不假思索，脫口而出，以致造成錯誤。

【炮筒子】性情急躁，口無遮攔，說話直爽的人。

玩，什麼人肯去扛大厝？（洪醒夫〈扛〉）

……母親戴著老花眼鏡，一字一句念著，忽然指著一個「外」字說：「六二啊，這一捺不好！」母親心直口快，垂垂老矣，依然是直言不諱。六二哥臉上訕訕的，看了又看：「是寫得不好，改天重寫。」過了不久，他真的又捧著重寫的〈蘭亭集序〉來。（姚宜瑛〈磺溪之歌〉）

當堯的隨臣將壤父所言報告了堯，堯非但未因壤父沒有頌讚他的盛德而不悅，反以老叟能直言不諱而欣慰。為使自己能聽到真話，堯當場拜壤父為師。這個簡單的故事，說明古人是何等淳真，還不懂得溜鬚拍馬。（李存葆〈祖槐〉）

於是連同試播期間以及開播以來的短暫時日之間，我們已聽到熾烈的「空中交談」，不知姓甚名誰的交談者，憑一通電話便那樣侃侃諤諤地開陳意見。（鍾肇政〈熱情的呼喚——客家電台開播有感〉）

辛楣在美國大學政治系當學生的時候，旁聽過一門「外交心理學」的功課。那位先生做過好幾任公使館參贊，課堂上說：美國人辦交涉請吃飯，一坐下去，菜還沒上，就開門見山談正經；歐洲人吃飯時只談不相干的廢話，到吃完飯喝咖啡，才言歸正傳。他問辛楣，中國人怎樣，辛楣傻笑回答不來。（錢鍾書《圍城》）

黃因明噘起了小嘴，埋怨她嘴快浮躁，怎麼剛說好搬家，就巴巴地告訴人家了。她慌忙地跑過去想辯白，卻絆著一口攔在腳邊的小皮箱，撲在地下。（茅盾《虹》）

【尖銳】形容說話深刻、明確，且不留情。

【鋒利】言語或文筆銳利。

【犀利】形容語氣、言論或文筆尖銳有力。

【尖酸】言語尖銳刻薄。

【辛辣】指言語、文筆尖銳且刺激性強。

【刻薄】言辭苛刻嚴峻。

【嘴尖】說話尖酸刻薄。

【言重】言語說得過重。

【詞鋒】形容言詞犀利，鋒芒如刀刃。

【機鋒】機警鋒利的言詞。

【尖嘴薄舌】說話尖銳刻薄。

【貧嘴薄舌】言語多而尖酸刻薄，令人討厭。

【輕嘴薄舌】形容說話輕率、刻薄。

【繁言吝嗇】尖酸、刻薄。

【脣槍舌劍】脣如槍，舌如劍，比喻辯論激烈，言詞犀利。

【盛氣凌人】用傲慢的氣勢壓迫別人。

【咄咄逼人】言語凌厲，盛氣凌人的樣子。

【得理不饒人】所持的理由得到支持，便盛氣凌人。

然後是阿江嬸，態度似乎和當時說的完全不一樣了。「奶粉又漲價了，阿弟仔又生病了，一千五現在買不了什麼東西，如果有錢，多寄一點好嗎？」先是客客氣氣的，到了後來，語氣卻越變越尖酸。（季季〈澀果〉）

高度的幽默往往源自高度的嚴肅，不能和殺氣、怨氣混為一談。不少人誤認尖酸刻薄為幽默，事實上，刀光血影中只有恨，並無幽默。幽默是一個心熱手冷的開刀醫生，他要殺的是病，不是病人。（余光中〈幽默的境界〉）

酒促小姐是海產快炒店的曼妙景觀，她們其實是這滿堂鼎沸的聲浪裡最清醒的人。她們都很年輕，穿極短短得幾乎不存在的裙子，及膝的靴子，胸口挖得很低，全套的粉妝，戴蛾鬚一般的假睫毛。整晚就見她們老練地在桌間巡回，開瓶、倒酒、搭訕、回應各種問題、幫忙點菜遞菜，笑容一刻也沒停過。喝醉的客人輕嘴薄舌甚至動手動腳，也只淡淡地應付過去，那笑還是一絲不減。（柯裕棻〈海產快炒店〉）

約莫有兩年時間，那部牛津詩選，成為我生活中一個小小的諷刺。青年人原多幻想，可望而不可及的東西，往往是很多的；但就我而言，在那時，諸多可望而不可及的事物中，沒有比那部詩選更具體、更咄咄逼人的了。（吳魯芹〈我和書〉）

6 不直接

間接

【迂迴】曲折迴旋。

【轉彎】說話曲折隱諱。

【輾轉】曲折、間接。

【隱晦】幽暗、不明顯。

【曲隱】曲折隱晦。

【繞圈子】不直接明說。也作「繞彎兒」、「繞彎子」。

【拐彎抹角】說話或做事不直爽，也作「轉彎抹角」、「抹角轉彎」。

【婉轉周折】不直接、多曲折。

【迂迴曲折】彎曲，迴旋環繞的樣子。

【旁敲側擊】說話或做文章不從正面直接說明本意，而從旁比喻或暗示來表達。

【指桑罵槐】指著桑樹罵槐樹，意指拐彎抹角地罵人。

【指雞罵狗】拐彎抹角地罵人。

【指東話西】形容東拉西扯地說，沒有就題論事。

【遠引曲喻】說話不直接，而從遠處引證，曲折比喻。

【言外之意】話中未明說而間接透露的意思。

【弦外之音】比喻言外之意。

【改口】改變原來說話的內容和語氣。

【換言之】用另一種方法來表示。

【換句話說】以另一種說法表示。用於改變敘述的邏輯或說話的立場。

美蘭出門，閃身進入貨車車廂，馬上問丈夫，那些檜木怎麼辦呢？吳建國說能退就退，退不了，就先留著。車發動，過建國北路上臺北橋，到三重溪尾街住處。途中，吳建國突然說真奇怪，花不起直說就好，何必拐彎抹角？難道，我們長得像惡霸？他朝妻，嚴正一看，領悟地說是啦，一定是被你嚇到。林美蘭反駁，沒那回事。望見妻子正色辯駁，不禁笑出，美蘭才知道丈夫逗她玩。（吳鈞堯〈暴民〉）

至於婚喪大典，那就更須表演的特別精采，連笑聲的高低，與請安的深淺，都要恰到好處，有板眼，有分寸。姑母和大姊的婆婆若在這種場合相遇，她們就必須出奇制勝，各顯其能，用各種筆法，旁敲側擊，打敗對手，傳為美談。（老舍《正紅旗下》）

我們從神態和語氣間知道，剛才我們猜想錯了。那個演員又趕緊改口，喊黛娜大姐，喊曼麗二姐，並且打圓場說，女人真不能從臉面上辨認年齡。曼麗卻笑得更厲害，那個演員尷尬起來。黛娜不由瞪了曼麗一眼，曼麗的辮子便垂到劇本上，好像那裡面有一個不認識的字，導演才插進來說，剛才他所以不介紹她們的關係，就是要讓我們了解真實的生活和戲劇沒有什麼不同。（段彩華〈女人〉）

木蘭的眼睛向立夫可以說是正目而視，她說「立夫哥」的時候兒，聲音有點兒顫抖。木蘭這很大膽的注視，立夫覺得是一支飛來的無形的箭，分明有言外之意，是溫柔誠摯的情意。從來沒有一個美女向他微笑得那麼真情流露。（林語堂《京華煙雲》）

【婉轉】說話溫和而含蓄。也作「宛轉」。

【委婉】言詞委曲婉轉。

【含蓄】說話或用語詞意未盡，耐人尋味。

【蘊藉】言語、詩文意義含蓄不外露。

【微詞】婉轉說出而真意隱晦的話。

【軟釘子】比喻言語委婉的反駁或拒絕。

【話裡有話】言語中隱含其他意思。

【意在言外】語意宛轉，真意在言詞之外，沒有明白說出，讓人自己去體會。

【情在言外】表現含蓄，不直接發抒情感。

【蘊藉含蓄】文字、言語文雅含蓄。

【意味深長】意境趣味深刻、含蓄，耐人尋味。

暗示

【暗示】不明白表示，以含蓄的方式表達意思。

【默示】暗示。

【影射】借此說彼，暗指某人某事而不直接說出。

【暗射】不明白指出某人某事，而隱約有所影射。

【寄託】寄情託興，借題發揮。

【寄寓】寄情托興。

【借古諷今】借評論古代某人

陶淵明的作品沒有直寫東晉滅亡之痛，筆下反而處處追摹人與大自然的和諧關係，婉轉表現出虛無而溫馨的恕道，其感染力竟然世世代代縷縷不盡。（董橋〈只有敬亭，依然此柳〉）

因為「文革」爆發了。從此，我也就失去了父親的音訊，哥哥信上說，父親是因為受了「海外關係」的連累，被打為「反革命分子」的，而我寫給他的那幾封家書，被抄了出來，竟變成了「裡通外國」的罪證。父親下放崇明島到底受了些什麼罪，哥哥一字未提，他只含蓄地告訴我，父親一向患有高血壓的痼疾，最後因為腦充血，倒斃勞改場上，死時六十五歲。（白先勇〈骨灰〉）

阿格麗希彈舒曼的作品，也十分精彩。我有一張她彈「兒時情景」（Kinderszenen）的唱片，味道與柴氏的協奏曲大大不同。這張唱片如兒語、如情話，溫柔蘊藉，英氣內斂，表現了她另外的一面，以這種詮釋方式，她是極適合彈奏孟德爾頌的「無言之歌」的，可惜我翻遍了唱片目錄，卻沒有這張唱片。（周志文〈阿根廷〉）

你一個人漫遊的時候，你就會在青草裡坐地仰臥，甚至有時打滾，因為草的和暖的顏色自然的喚起你童稚的活潑；在靜僻的道上你就會不自主的狂舞，看著你自己的身影幻出種種詭異的變相，因為道旁樹木的陰影在他們紆徐的婆娑裡暗示你舞蹈的快樂；你也會信口的歌唱，偶爾記起斷片的音調，與你自己隨口的小曲，因為樹林中的鶯燕告訴你春光是應得讚美的。（徐志摩〈翡冷翠山居閒話〉）

「……宋已亡矣，而猶日夜望陳丞相、張少保統海外之兵，以復大宋三百年之土宇。大人，文章中說的是宋朝，其實是影射大清，顧

某事的是非，以諷喻現實。

【借題發揮】借某事為題，表達自己真正的意思。

【話中帶刺】話裡包含了譏諷之意。

支吾

【支吾】用牽強、含混的語言應付或搪塞。

【結舌】結巴或不敢說話。

【囁嚅】ㄋㄧㄝˋ ㄖㄨˊ，有話想說又不敢說，欲言又止。

【閃爍】說話吞吐遮掩，不直截了當說出實情。

【閃爍其詞】說話有所保留，不肯直接說出真相。

【吞吐】說話含混不清。

【溫吞水】水不冷不熱。不想惹是非，言行吞吐者。

【吞吞吐吐】說話有所顧忌，想說又不敢說的樣子。

【半吞半吐】說話吞吞吐吐，不直截了當。

【吞吐其詞】言語支吾，含混不清。

【支支吾吾】說話含混不清，搪塞敷衍。

【左支右吾】說話含混不清，敷衍應付。

【支吾其詞】以含混模糊的語言，應付搪塞他人。

【張口結舌】理屈詞窮，說不出話來。

【瞠目結舌】張大眼睛說不出話。形容受窘、吃驚的樣子。

【欲言又止】吞吞吐吐，想說又不敢說。

炎武盼望台灣鄭逆統率海外叛兵，來恢復明朝的土宇……」（金庸《鹿鼎記》）

我本來不知道這影射何人，後來聽了旁邊的人七嘴八舌地議論，才明白指的是尹縣長。（陳若曦〈尹縣長〉）

夢梅聽到可航提起以前那件事，臉上出現不悅之色；那時，剛結婚不久，可航對她說有個調升的機會，要她請她姨父去和他們總經理談談。她支吾著不肯答應，心裡極為難過；她覺得她的丈夫應該是那種靠自己力量奮鬥、人格無疵的男人。（康芸薇〈兩記耳光〉）

他們婚禮的細節都辦得差不多了，就只要提親那天拜託她以媒人的身分跟去女方家說幾句吉祥話就好了。他母親囁嚅了幾句她肖虎不宜啦，她現在孤寡不全不好為人作媒啦……還是捱不住應允了人家。（駱以軍〈運屍人a〉）

老舍先生不是那種慣說模稜兩可、含糊其詞、溫吞水一樣官話的人。我在市文聯幾年，始終感到領導我們的是一位作家。他和我們的關係是前輩與後輩的關係，不是上下級關係。（汪曾祺〈老舍先生〉）

一天，樓道裡忽然傳來雜亂的腳步聲，一幫人擁進來了：「牛鬼蛇神們都站起來！」有人喝令：「誰是俞平伯？」蒼老蒼老的俞先生轉身回應。「《紅樓夢》是不是你寫的？」「你是怎樣用《紅樓夢》研究對抗毛主席？」「低不低頭認罪？」俞先生耳背，說話支支吾吾。（董橋〈聽那槳聲，看那燈影〉）

經過小公園旁數株「胭脂花」，上百朵的小紅喇叭花，張口結舌地注視我，「怎麼一個人過節啊！」這種花全世界都長得一樣，其不

【欲說還休】想說又不知從何說起。情意複雜，難以表達。辛棄疾〈醜奴兒．少年不識愁滋味〉：「而今識盡愁滋味，欲說還休，欲說還休，卻道天涼好個秋。」也作「欲語還休」。

【期期艾艾】口吃。期期，不流利。艾艾，結舌。

含糊

【含糊】說話不清楚。

【含混】語言模糊、不明確。

【籠統】模糊不清、不具體、不明確。

【曖昧】幽暗不明、含混不清。

【模稜】態度或言語含糊、閃爍不定。

【繞彎兒】不直接明說。或「繞圈子」。

【含糊其辭】話說得不清楚、不明白。

【隱約其詞】語意含糊、躲躲閃閃。

【模稜兩可】言語、態度或主張含混不明確。

【語焉不詳】說話說得不詳盡。

【語無倫次】說話顛三倒四，雜亂沒有條理。

【不置可否】不表示肯定或否定；不表明態度。也作「未置可否」。

【東支西吾】形容人說話含糊不清，搪塞敷衍的樣子。

【含含糊糊】說話不清楚的樣子。

【含糊不清】形容說話時發音不清楚，令人難以分辨。也用以指人做事混亂、缺乏條理的

識相也一樣，總在你淒涼無侶時，出現眼前。（潘人木〈一關難渡〉）

突然，蜘蛛纏絲似的，古裝女子斷斷續續地哭了起來，你忙轉身關切，怎麼啦，怎麼哭啦？女子欲言又止，反覆再三，終於再度輕啟朱唇，噴出一句，我就是，我就是蜘蛛精啦。（許正平〈中正老街〉）

前面房間那邊，手推車的聲音砰碰響，接著是媽媽的聲音。「文華，起來扛菜。」文華有點不願意，停了半晌才含糊地應了一聲，掀開被子，唔，冷吱吱！（陳雨航〈去白雞彼日〉）

他的話很籠統，對於別的糊塗青年，也許很適用，可是我是特別人，他就一向不當我特別人看待。天下不知子者，莫若父。（夏濟安《夏濟安日記》）

他們似乎不習慣非此即彼的規則，有時不得已要把話說明白一些，是沒有辦法的事，是很吃力的苦差，是對外部世界的一種勉為其難的遷就。我不得不懷疑，從根本上說，他們常常更覺得含糊其辭就是他們的準確。（韓少功《馬橋詞典．梔子花，茉莉花》）

可是這一日總過得荒荒草草，天晚了回家等吃的，父母也變得好奇怪，有的在後院燒紙錢，但因為不確知家鄉親人的生死下落，只得語焉不詳的寫著是燒給×氏祖宗的，因此那表情也極度複雜，不敢悲傷，只滿布著因益趨遠去而更加清楚的回憶。（朱天心〈想我眷村的兄弟們〉）

面談的時候，寶琴女士問我，學業完成了沒，對文學有什麼看法之類的問題。可能真是太緊張了，我竟答得有點語無倫次，去以前準

樣子。

【不知所云】指人說話時言語模糊、內容空洞，難以確定主題意旨。也作「不知所言」。

7 文字運用

措詞

【措詞】選用語詞，表達自己的思想、感情、意見。

【用語】措詞。

【遣詞】說話或行文時的措詞。

【修辭】將情感、思想或意見，選用詞語，適切地加以表達。

【潤色】修飾文句，以增加文采。

【潤飾】潤色修飾。

【推敲】唐代賈島的詩句「僧敲月下門」，第二字本用「推」，又欲改「敲」，思慮良久。韓愈告訴他：「作敲字較佳。」遂定稿。後意為用語再三斟酌。

【鍊句】修鍊詞句，使其更為精鍊、優美

【摛藻】鋪陳詞藻。摛，ㄔ，鋪敘。

【談吐】談話時的態度和措詞。

【吐屬】談吐。

【咬文嚼字】在詞句上斟酌推敲。

【字斟句酌】逐字逐句仔細斟酌、推敲，形容寫作或說話時態度嚴謹。

【摛翰振藻】舒展文才，鋪陳詞藻。

【摛章繪句】鋪陳辭藻，雕琢文句。

備的講詞都不管用了，寶琴女士頻頻叫我不要緊張，虧我長個大個子，連這樣小的場面都應付不來，現在回想起來還真有點汗赧。（吳鳴〈容忍與諒解〉）

她也和其他的孩子一起去撿煤渣，挽隻空籃子，興致勃勃的經過他的水果攤，別的窮孩子眼盯著香蕉，頭都扭不回去，她卻不聲不響，快步走過，小木屐兩隻不一樣，登登登的跑在人前。反而是在老王拿著水果送到她們母女那兒去的時候，總靦腆得不曉得該如何措詞？老婦人起不了身，就叫淑嫻送到門口。老王這才結巴的開口：「很近嘛，就在隔壁。大家都逃難在外，相互照應，你別客氣。」（張小鳳〈煤球〉）

這是一個曾經害過不少人的密醫。他只有小學畢業，卻靠著在醫院當技工和書本上偷學到的一些知識，為人看病。為了逃避受害人，他由這個城市躲到那個城市，由東岸移到了西岸。居然靠著他高明的偽裝技術，一直沒有被抓。他的牆上掛滿燙金邊的假證書和執照，他的衣服雪白，他的談吐儒雅，他的眼光慈祥，更重要的是——他的收費低廉。遇到貧苦的病患，他甚至免費診療。所以每當他出了事，匆匆逃離一個地方的時候，儘管受害人咬牙切齒，多數的民眾卻是一片悵惘，甚至充滿傷悲。（劉墉〈密醫殺人事件〉）

那像是春天第一次古老的鐘擺，執意輕聲的推敲著它的修辭，吐訴的微雨，分明是水鴣鴣在陪伴著窗內猶豫的古老鐘擺，似對春的一切有所讚美，讚美水鴣鴣溫情的呼喚、小蝶的飛翔和開花的慷慨、熱

【千錘百鍊】比喻文章多次潤飾，人生歷經磨鍊，如同鐵經鍛鍊而成鋼的過程。

【百鍛千鍊】比喻為文用字謹慎精確。

【鍛句鍊字】鍛鍊字句，使其優美、精鍊。

【點鐵成金】比喻善於運用文字，使語言或文章產生新意，或化腐朽為神奇。

【點石成金】善於運用文字，能化腐朽為神奇。

【畫龍點睛】繪畫、作文章時，在最重要之處加上一筆，使整體生動傳神。

通順

【通順】文理通達順暢。

【通暢】流通順暢。

【流暢】流利暢達。

【明暢】明白流暢。

【曉暢】文筆明白順暢。

【條暢】通暢、舒暢。

【流利】靈活流暢。

【流麗】順暢而華美。

【流美】流暢華美。

【流轉】圓轉流暢。

【暢達】通順流暢。

【明快】語言、文字明白通暢。

【順口】字句念起來很流暢。

【順嘴】說話流利、通暢。

【工整】精細整齊。

【工緻】精巧細緻。

【熨貼】妥貼舒適。

【文從字順】文句通順，用字妥貼。

【層次分明】次序清楚而不混亂。

【行雲流水】流暢自然，沒有

情的大地。（張秀亞〈春之頌〉）

因為人類的語言極度要求準確，主詞、動詞、形容詞，每一個字詞的發音都要精準，所以我們會說「咬文嚼字」，在咬和嚼的過程中，舌頭扮演了很重要的角色。（蔣勳《孤獨六講．語言孤獨》）

說話即使不比作文難，也決不比作文容易。有些人會說話不會作文，但也有些人會作文不會說話。說話像行雲流水，不能夠一個字一個字推敲，因而不免有疏漏散漫的地方，不如作文的謹嚴。但那些行雲流水般的自然，卻決非一般文章所及。（朱自清〈說話〉）

我從中學放學剛踏進我家舖有花崗岩的廣大天井時，翠玉就用清亮的聲音跟我打了個招呼。她是用日本話講的。這也許並不是什麼奇怪的一回事；因為在太平洋戰爭末期的殖民地台灣，台灣的年輕人是習慣用日本話交談的，不過如果說到翠玉的身分，也許會有人覺得意外；因為她不是我的家人，而是我內媽的貼身丫鬟。一個身分低賤的奴婢在那殖民地時代會講流暢的日本話，的確是罕見的事情。（葉石濤〈玉皇大帝的生日〉）

語言一開始的確為了表達思想，你看小孩子牙牙學語時，他要表達自己的意思是那麼的困難，這是先有內容才有語言的形式。可是我們不要忘了，今天我們的語言已經流利到忘了背後有思想。我在公共場合看到有人嘰哩呱啦地說話，嘴巴一直動，我相信他的語言背後可以沒有思想。（蔣勳《孤獨六講．語言孤獨》）

KiwiQ 這名順口好唸。其實夏威夷名詞經常音節複沓如歌謠，像卡美亞美亞國王、哈里雅卡拉火山，都具音韻感。又如島上特有內

阻礙的樣子。

【淋漓盡致】文章或言語的表達暢達詳盡。

【頭頭是道】形容言行清楚明白、有條理。

【辭達理舉】文章文字暢達，內容充實。

【辯才無礙】能言善道。

不通順

【拗口】說起話來彆扭，不順口。

【繞口】不順口。又作「繞嘴」。

【彆扭】不通順、不流暢。

【生硬】語言生澀、不流暢。

【生澀】不流暢、圓滑。

【枯澀】枯燥生澀。

【晦澀】詩文或言語的含意隱晦，不流暢、不易懂。

【艱澀】艱深。文思遲鈍。

【費解】難懂、不易理解。

【狗屁不通】說話或文章非常不通順。

【鉤章棘句】文詞艱澀。

【詰屈聱牙】文字深奧，音調艱澀，不易誦讀。

生動、細膩

【生動】靈活，栩栩如生。

【活潑】自然生動而不呆板。

內（nene）鵝、以伊威（iiwi）鳥，和俗稱銀劍的植物阿西那西那（ahinahina），也都柔美動聽。（張讓〈KiwiQ命名禮〉）

天下事講來講去講到徹底時正同沒有講一樣，只有知道講出來是沒有意義的人纔會講那麼多話，又講得那麼好。Montaigne, Voltaire, Hume說了許多的話，卻是全沒有結論，也全因為他們心裡是雪亮的，曉得萬千種話一燈青，說不出甚麼大道理來，所以他們會那樣滔滔不絕，頭頭是道。（梁遇春〈毋忘草〉）

童姥練功已畢，命虛竹負起，要他再誦歌訣，順背已畢，再要他倒背。這歌訣順讀已拗口之極，倒讀時更是逆氣頂喉，攪舌絆齒，但虛竹憑著一股毅力，不到天黑，居然將第一路掌法的口訣不論順念倒念，都已背得朗朗上口，全無窒滯。（金庸《天龍八部》）

在徐文長用來總結一生的這讀起來詰屈聱牙的數語中，我們看到的不只是他對生與死的勘破和解釋，這裡面更多地包含了對棄世的言說。正是這種言說所具有的自我解嘲作用，使他在個人的渺小和虛弱之外，獲得了一種生存的輕鬆。（費振鐘〈末世之痛．末世幽默〉）

於是有時車子開在路上，你會錯以為是希區考克的懸疑諜報片，一會又以為是五〇年代的黑色電影，轉個身卻又像是老好萊塢的浪漫通俗劇。李安不愧是李安，這種運「鏡」帷幄的大將之風，穩健中見

【傳神】用圖畫或語言文字描繪，形象生動逼真，充分表現出其神情意態。

【細膩】精細周密。

【細緻】精細雅緻。

【飄灑】自然生動，不呆板。

【入微】達到非常精細深刻的程度。

【壓卷】形容詩文優秀，在眾人作品之上。

【絲絲入扣】本指織布的技巧純熟，後多用以比喻文章或表演緊湊合度。

【刻畫入微】形容文章或繪畫等藝術的描摹深入而生動。

【入木三分】描寫生動或評論深刻中肯。

【有聲有色】形容言論或文章生動逼真，精彩動人。

【繪聲繪影】講述或描摹事物，深刻入微、生動逼真。

【歷歷如繪】描寫、陳述得清楚，彷彿畫面呈現在眼前。

【呼之欲出】形容畫作或文學作品的描寫生動逼真。

【栩栩如生】生動逼真，彷彿具有生命力。

【活靈活現】生動逼真。

【維妙維肖】巧妙得如同真的一樣。形容非常逼真酷似。

【躍然紙上】活躍地呈現於紙上。形容描寫得非常生動逼真。

【談吐風生】談論時興致高昂，十分生動有趣。

【娓娓動聽】形容說話生動好聽。

【鏤彩摛文】敘述、描寫生動逼真，細緻入微。

【曲盡其妙】將妙處生動細緻地表現出來。形容表現手法非常高妙。

【蕩氣迴腸】形容音樂或文詞生動、感人。

【神來之筆】創作時，無意間捕捉到特殊靈感，表現絕佳巧

細膩，平凡中見功力。只有李安才有這等電影語言的嫻熟，這般電影類型的出入自如。（張小虹〈從李安到張愛玲（上）〉）

……他很會講，起承轉合，抑揚頓挫，有聲有色。他也像說書先生一樣，說到筋結處就停住了，慢慢地抽菸，急得大家一勁地催他：「後來呢？後來呢？」（汪曾祺〈異稟〉）

老女人繪聲繪影說著，彷若她親自一旁看見，卻不見林市有何懼怕反應，有些索然。換轉話題接著說要林市時常同她到陳府王爺拜拜，好替陳江水消除部份罪愆。否則以後下地獄夫婦同罪，婦人也得擔待。這回林市張大眼睛，驚恐的很快點頭答應。……（李昂《殺夫》）

他是臺灣人，又去過許多東南亞國家和地區，對於那些地方的風俗習慣，世態人情，都描寫得栩栩如生，使沒有到過那些地方，沒有接觸過那些人物的讀者，都能從他的小說、戲劇、童話、詩歌、散文、遊記和回憶裡，品味欣賞到那些新奇的情調，這使得地山在中國作家群裡，在風格上獨樹一幟！（冰心〈憶許地山先生〉）

他裝得活靈活現的，說得我好心癢，學校上了課我媽絕對不准我去看夜戲的，她講小娃子家不作興半夜三更泡在戲院子裏，第二天爬不起來上課還了得。唉，「五鼠鬧東京」，雲中翼耍起雙刀不曉得多好看呢！我真恨不得我媽發點慈悲心讓我去戲院瞅一瞅就好了。（白先勇〈玉卿嫂〉）

寶慶覺著自己沒看錯，秀蓮連唱書也跟過去不同了。她如今唱起才子佳人談情說愛的書來，繪聲繪色，娓娓動聽，彷彿那些事她全懂。可有的時候，又一反常態，唱起來乾巴巴，像鸚鵡學舌，毫無感情，記得她早先就是這麼唱來著。她為什麼這麼反覆無常？像鸚鵡學舌的時候，準保是跟情人吵了架了。（老舍《鼓書藝人》）

妙境界，宛如出自天授。多用來形容書畫文章的出色生動。

【詞喻橫生】文詞的比喻橫逸生動。

【妙喻取譬】講解中以巧妙的比喻來說明。

【逐字逐句】依次序一字一句的。

她越說越低，蕭峰只覺她的說話膩中帶澀，軟洋洋地，說不盡的纏綿宛轉，聽在耳中當真是蕩氣迴腸，令人神為之奪，魂為之消。（金庸《天龍八部》）

自然與雕琢

【自然】指文章未經雕琢。

【渾然天成】自然形成，沒有雕琢的痕跡。可用來形容文章自然完美。

【芙蓉出水】形容文章清新可愛。

【穠麗】豔麗、華美。

【繁麗】豐富華麗。

【麗藻】華麗的文藻。

【浮豔】文詞華麗，但內容貧乏。

【工巧】精美、精巧。

【雕琢】修飾文詞。

【雕鏤】雕琢刻鏤。

【錯彩鏤金】形容雕繪精巧華麗。

【絕妙好辭】形容極為佳妙的文辭。

【妙筆生花】文思俊逸，寫作能力很強。或稱讚人文章佳妙。

【夢筆生花】比喻文人才思泉湧、文筆富麗。

【字字珠璣】形容句子或文章中遣詞用字非常優美。

【詞華典贍】遣詞華麗，用典豐贍。

【鋪錦列繡】比喻詞藻華麗。

余始讀謝靈運詩，初甚不能入，既入而漸之以至於不能釋手。其體雖或近俳，而其有似合掌者，然至穠麗之極，而反若平淡；琢磨之極，而更似天然，則非餘子所可及也。鮑照對顏延之之請鷩，而謂謝如初發芙蓉，自然可愛，君若鋪錦列繡，亦雕繢滿眼也，自有定論。（明．王世貞〈書謝靈運集後〉）

湯惠休曰：「謝詩如芙蓉出水，顏詩如錯彩鏤金。」顏終身病之。（梁．鍾嶸《詩品．卷中．宋光祿大夫顏延之詩》）

荊公命童子取出一卷文字，遞與老泉道：「此乃小兒王雱窗課，相煩點定。」老泉納於袖中，唯唯而出。回家睡至半夜，酒醒，想起前事：「不合自誇女孩兒之才。今介甫將兒子窗課屬吾點定，必為求親之事。這頭親事，非吾所願，卻又無計推辭。」沉吟到曉，梳洗已畢，取出王雱所作，次第看之，真乃篇篇錦繡，字字珠璣，又不覺動了個愛才之意。（明．馮夢龍《醒世恆言．卷十一．蘇小妹三難新郎》）

中世紀抄本用黑色花體字，文首第一字母和葉邊空處，常用藍色金色畫上各種花飾，典麗矞皇，窮極工巧，而又經久不變；仿本自然說不上這些，只取其也有一點古色古香罷了。（朱自清〈三家書店〉）

那老者臉露微笑，說道：「先前聽得閣下自報尊姓大名，姓胡名

【奇文瑰句】奇美的文章，華麗的文藻。

【清詞麗句】清新華麗的文詞。

【斐然成章】讚美他人的言語或文章有文采與章法。

【擲地有聲】形容文字巧妙華美、音韻鏗鏘有力。

簡要

【簡短】文詞、言語簡單而不繁長。

【簡潔】簡要清晰，不繁複雜亂。

【簡要】簡單扼要。

【簡略】簡單而約略。

【簡約】簡單、約略。

【洗鍊】讚美人講話或作文章簡潔而俐落。也作「洗練」。

【精練】語言文字簡潔精要。亦作「精鍊」。

【凝練】形容文章簡潔有力、乾淨俐落。

【扼要】行文或發言能抓住要點。

【三言兩語】言語簡短，不多說話。

【隻字片語】指極少的言語或零散的文字。

【乾脆俐落】言語或動作敏捷、爽快。

【二話不說】不說第二句話。表示乾脆、爽快。

【長話短說】省略冗長的談話，只講重點。

【要言不煩】說話、作文章簡

斐。不知這個斐字，是斐然成章之『斐』呢，是一飛沖天之『飛』呢，還是是非分明之『非』？」（金庸《飛狐外傳》）

他雖體氣衰弱，精神也顯得委頓，但這話說得毫不容讓，字字鏗鏘擲地有聲，乾隆也不禁點頭，說道：「延清說得有理。易瑛現在能否落網尚在兩可之間。但以朕思量，她有可恕可赦之情。」（二月河《乾隆皇帝》）

我喜歡的散文，都是因為文字的美，我喜歡鍾阿城，他的《閒話閒說》、《常識與通識》、《威尼斯日記》愈來愈簡潔，愈點到為止的書寫方式，那就是詩了。（李進文〈如果 MSN 是詩，E-mail 是散文〉）

劍川男人詩禮傳家，出語不俗。他們舌頭有點大的土腔透出些許木訥，唯其如此，言詞很是簡約，很是書卷氣，使女人聽君一席話會急出滿面桃花。時下人說，男人先征服社會再征服女人，劍川男人不媚這個俗。他們深深懂得家齊國治的辯證關係，征服了女人再去征服社會，寧靜的家園是劍川男人的心靈依靠，他們把家看得很重。（黃曉萍〈劍川男人〉）

「呵呵，」喵子笑了起來。「我知道你的意思。」喵子轉過頭來認真的說。認真得讓我感到訝異非常。「你的意思是，這世界為什麼會這麼的不公平？是吧？」喵子果然聰明，三言兩語便道破了我三十年解不開的疑惑，真不愧每天長時間的沉思和自省。（流氓阿德〈雨天裡的喵子〉）

她眼觀四面、耳聽八方，往往就在兩號病患前後交接、姨丈起身上洗手間的空檔，便眼明手快地推著彆彆扭扭的我閃電就座。等姨丈

明扼要、不煩瑣。

【不蔓不枝】形容文章簡潔而流暢。

【簡明扼要】語言文字精簡明白，且能抓住重點。

【文簡意深】文字簡練，含義深刻。

【言簡意賅】言詞簡要而意義完備。

【無庸贅言】不用多說。

【一語道破】一句話就說穿。形容說話精確簡要，一句話就說出關鍵或揭露真相。

【提綱挈領】提起漁網的總繩、衣服的領口，就能把漁網、衣服理順。比喻抓住要領，掌握關鍵，簡潔扼要。

【不著一字】不撰一字。

冗長、堆砌

【瑣碎】語言、文詞零碎而繁瑣。

【重複】文句反覆相同。

【冗長】文詞枝蔓而長。

【冗贅】冗長而多餘。

【繁冗】繁雜紛多。

【繁雜】繁多而雜亂。

【繁瑣】繁雜而瑣碎。

【繁蕪】文字多而雜亂。

【蕪雜】雜亂不整，沒有條理。

【堆砌】在文章中堆積大量華麗而沒內容的詞藻。

【雕砌】雕琢堆砌。

【拖沓】言詞繁瑣，脫離主題。做事拖拖拉拉。

【長篇大論】滔滔不絕的言論，或篇幅極長的文章。

【累牘連篇】文字冗長且篇幅

回來，看到落座的我，依然是標準句：「安怎？」然後，母親言簡意賅陳述病情，外加簡單的寒暄，我則模仿姨丈不開金口以掩飾內心的忐忑。（廖玉蕙〈取藥的小窗口〉）

還有人愛重複別人的話。別人演說，他給提綱挈領；別人談話，他也給提綱挈領。若是那演說談話夠複雜的或者夠雜亂的，我們倒也樂意有人這麼來一下。可是別人說得清清楚楚的，他還要來一下，甚至你自己和他談話，他也要對你來一下──妙在絲毫不覺，老那麼津津有味的，真教人啼笑皆非。（朱自清〈論廢話〉）

吃一頓好吃的是一種療癒。出國旅行是一種療癒。看韓劇是一種療癒。看日劇也是一種療癒。洗溫泉浴是一種療癒。做 spa 是一種療癒。Shopping 是一種療癒。芳香療法是一種療癒。一壺花草茶、一杯咖啡又何嘗不是一種療癒──有時為了一件推不掉的小事，或一場明知十分冗長無味的會議，還得先世故地到星巴克裡買一杯外帶咖啡隨身帶著去。（林文珮〈你就是醫我的藥〉）

在身心全不舒服的時節，像去年夏天，就沒法不過度的勉強，而過度的勉強每每使寫作變成苦刑。我吸菸，喝茶，楞著，擦眼鏡，在屋裡亂轉，著急，出汗，而找不到所需要的字句！勉強得到的幾句，絕對不是由筆中流出來的，而是硬把文字堆砌在一處。這些堆砌起來的破磚亂瓦是沒法修改的……（老舍《火葬》）

老董伏在炕桌上在寫些什麼，這個老長工在三年的黨的工作中學

太多。

【拖泥帶水】指做事不乾脆，或說話、寫文章不夠簡潔。

【疊床架屋】床上疊床，屋下架屋，意指重複累贅。

【東拉西扯】言語、文字雜亂或偏離主題。

【洋洋灑灑】言論或文章長篇大論。

【狗尾續貂】拿壞的東西接在好的東西後面，指事物或文章以壞續好，前後不相稱。

雄渾

【雄渾】雄健渾厚。

【雄健】蒼勁有力。

【渾厚】樸實而雄厚。

【蒼勁】蒼老而強勁有力。

【遒勁】蒼勁有力。

【剛勁】強勁有力。

【勁拔】遒勁卓拔。

【挺拔】剛健有力。

【峭拔】指文章或書法下筆雄健有力。

【沉鬱】深沉蘊積。

【質直渾厚】形容詩詞、文章、書畫等筆力、風格樸素厚實。

奔放

【奔放】形容文思泉湧，或者感情盡情地表達，不受拘束。

【奔逸】疾馳。

【豪放】豪邁奔放。

到了能寫簡單的信。他的學習精神常被人稱許，他也很自得，在他的掛包裡是不會忘記帶著那蓋了區工會公章的信紙信封和他自己的私章的。只要有機會他就寫信，如同只要有機會他就要長篇大論的講演一樣。（丁玲《太陽照在桑乾河上》）

那次的講題是：「人生價值的鐘擺」，內容實在沒什麼新奇，但是張爾廉的本事，就是任何題目到他手中，都會像魔術般變得懾人心魄。他最大的本事是隨時即席演說，從不攜帶紙條，而且用字鏗鏘遒勁，中間絕無「這個、那個」之類的停頓語詞。一口京片子像銳利的刀鋒一樣，逼人莫敢仰視。（王文進〈淡水情懷——七〇年代淡江行〉）

詩題就叫〈江南河〉，有時候會令人想起日本浮世繪畫家北齋的畫境，不過櫻花世界的虛幻感固然有之，若論到蒼茫沉鬱，便只有張擇端的汴梁虹橋差可比擬了。我不知這位詩人心目中是否想到過南宋的那座橋，但是我，我卻固執的把這首詩和那幅畫牢牢地聯在一起，終至不可開交的地步了。（高大鵬〈清明上河圖〉）

所示書教及詩賦雜文，觀之熟矣。大略如行雲流水，初無定質，但常行於所當行，常止於所不可不止，文理自然，姿態橫生。孔子曰：「言之不文，行而不遠。」又曰：「辭達而已矣。」夫言止於達意，即疑若不文，是大不然。求物之妙，如繫風捕影，能使是物了然於心

【恣肆】形容文筆或言論豪放不拘。

【縱橫】放肆、恣肆，指文章、言論雄健奔放。

【揮灑】形容作文章、寫書法或作畫運筆自如。

【行雲流水】飄動的浮雲，流動的水。形容文章或言論飄灑自然，無拘無束的樣子。

【天馬行空】比喻才思敏捷，氣勢奔放，文筆超逸脫俗。

【一瀉千里】水的奔流通暢快速，用來比喻口才雄辯，或者行文暢達，氣勢奔放。

【揮灑自如】寫作詩文或書畫，自在不受拘束。

【落紙如飛】文思敏捷，創作時如行雲流水。

【汪洋閎肆】形容人的氣度或是文詞寬宏奔放。

【跌宕遒麗】形容文詞或書法豪放不羈，剛勁逸麗。

者，蓋千萬人而不一遇也。（宋・蘇軾〈與謝民師推官書〉）

但是姚思安不喜歡儒家那一套。他是天馬行空思想自由的道家，他對正派的老傳統是不在乎的。雖然他已經戒酒戒賭，他仍然迷京戲。因為姚家，上自老爺，下至僕婢，沒有不愛京戲的。（林語堂《京華煙雲》）

我們中國自古是個散文成績最輝煌，散文作者最眾多的國家。按照古代的文學形式而言，除了駢文以外，什麼「賦」、「銘」、「傳」、「記」、「表」、「文」、「言」都是屬於散文一類。我們的前輩作家，拿散文來抒情敘事、寄哀誌喜、感事懷人，在短小的篇幅之中，揮灑自如，淋漓盡致，這個豐富多彩而又獨樹一幟的傳統，幾千年來，我們不是沒有繼承下來的。（冰心〈我們的新春獻禮——一束散文的鮮花〉）

深刻

【深湛】深厚、精闢。

【精到】精細周到。

【精湛】精良深厚。

【精微】精深微妙。

【精闢】深入而透澈。

【透闢】透澈精妙。

【雋永】甘美而意義深長，耐人尋味。

【玄奧】神奇奧妙。

【清新雋永】清麗新穎，意義深長。

【入木三分】筆力遒勁。評論深刻中肯或描寫生動。

【力透紙背】寫字時運筆的力量穿透紙張到背面。形容人書法遒勁有力。後用來形容詩文

但是從這些短文裡，我們可以看到他的性格、他的愛好、他一生的際遇、他接觸過的人物、他居住過或遊歷過的地方。看了這些短文，就如同聽到他的茶餘酒後的談話那樣地親切而雋永。（冰心〈老舍的散文〉）

在真摯的愛和真摯的恨之間，他能寫出「輕不著紙」的繞指柔的詩篇，也能寫出「力透紙背」的百煉鋼的豪句！當然，一首好詩不但要有高尚強烈的感情，也要有美麗鏗鏘的音韻。（冰心〈西郊短簡〉）

他的《唐詩雜論》雖然只有五篇，但都是精彩逼人之作。這些不但將欣賞和考據融化得恰到好處，並且創造了一種詩樣精粹的風格，讀起來句句耐人尋味。（朱自清〈中國學術界的大損失〉）

深刻有力。

【鞭辟入裡】評論他人的文章見解深刻。

【耐人尋味】意味深遠雋永，值得反覆體會。

【意味深長】意境趣味含蓄而深刻。

【文簡意深】文字簡練，意義深刻。

【深入淺出】以簡淺易懂的文字，表達深刻道理。

【立論精宏】議論精闢宏深。

【鴻篇巨制】篇幅、規模很大的著作，或恭維、讚美他人作品。

【體大思精】著作規模宏大、構思精密。

淺白

【淺白】淺顯明白。

【淺顯】淺白明顯。

【清淺】清楚淺白。

【平易】文字淺顯易懂。

【通俗】淺顯易懂，適合大眾水準。

【淺顯易懂】簡單，容易使人明白。

【思深語近】意義深刻長遠，而言詞淺顯易懂。

從下嘴唇起，到喉頭的幾條曲線，看起來更耐人尋味，下嘴唇下是一個很柔很曲的新月形，喉頭是一柄圓曲的鐮刀背，兩條同樣的曲線，配置得很適當的重疊在那裡。而說話的時候，這鐮刀新月線上，又會起水樣的微波。（郁達夫〈迷羊〉）

有一天，從一種世界語報紙上阿麗思小姐看到歡迎八哥博士的啟事，啟事作得很動人。啟事上說八哥在目下中國鳥類中是怎樣的難得的一個人物，於社會政治經濟——尤其是語言學文學如何精湛淵博偉大，所以歡迎他是一種不可少的事。（沈從文〈阿麗思中國遊記〉）

乾隆左右譬喻，深入淺出說了崇文門關稅和議罪銀制度的好處，怎麼開源節流，如何緩減戶部開支，于朝廷于官員于百姓有利，說得頭頭是道，太后聽得慈眉舒展，連一屋子宮嬪妃子都聽住了。（二月河《乾隆皇帝》）

二十五年來，我抱定一個宗旨，做文字必須要叫人懂得，所以我從來不怕人笑我的文字淺顯。（胡適《四十自述》）

除非你確定聽眾的程度跟你接近，與你「同行」或跟你「同一屆」，最好避免不通俗的詞彙，有時候你甚至得把自己最習慣的「專有名詞」改成一般人聽得懂的東西；如果非用「外文」不可，也得記得加個翻譯。否則別人「有聽沒有懂」，怎麼可能心動？（劉墉《偷偷說到心深處：你不可不知的溝通技巧》）

比如牛財神牛大人，決不肯讓他的孫子起個名字叫「過」或是「非」。若不叫「國福」，「國輝」，或是「光祖」之類他是不滿意的。甚至受過教育的庸俗之輩，都抱著一本《康熙字典》尋找晦澀難解難

創新

【創新】創造，推陳出新。

【新穎】新奇別致。

【不落俗套】創新風格，不流於陳腐老舊。

【不落窠臼】不落俗套，有獨創的風格。窠臼，陳舊、一成不變的模式。

【陳言務去】去除陳舊的言詞，力求創新。

【盡去陳言】完全去除陳舊的言詞。

【自出機杼】比喻詩文的組織、構思，別出心裁，具有獨創新意。《魏書．祖瑩傳》：「文章須自出機杼，成一家風骨，何能共人同生活也。」

【獨創一格】有獨到的見解和風格。

【獨樹一幟】比喻獨具風格，自成一家。

【別具一格】風格獨特。

【別開生面】比喻開創新的風格、形式。

【別出心裁】獨出巧思，不流俗。

【自成一家】文章書畫等有創新，自成一種風格。

【標新立異】創立新奇的名目或主張，與眾不同。

【語驚四座】發言新奇獨特，使人震驚。

讀的字，用來代替平易自然的字，因為怕平易自然的字太俗！（林語堂《京華煙雲》）

他繼續說：「劍橋的三一學院，今年蓋了個廁所，一位校監料到一定有廁所文學家出現，他乾脆把廁所的牆弄成黑板，並且把現成粉筆放在那裡備用。廁所文學於是大批出籠。不過，很容易擦，每天擦一下也就是了。劍橋解決問題的辦法，你看是否獨創一格？」（陳之藩〈一夕與十年〉）

他本是個天不怕地不怕、偏激剛烈之人，此時受了冤枉，更是甩出來什麼也不理會了，大聲說道：「我做了甚麼事礙著你們了？我又害了誰啦？姑姑教過我武功，可是我偏要她做我妻子，你們斬我一千刀、一萬刀，我還是要她做妻子。」這番話當真是語驚四座，駭人聽聞。當時宋人拘泥禮法，這般肆無忌憚的逆倫言語，人人聽了都說不出的難過，就如聽到有人公然說要娶母親為妻一般。（金庸《神鵰俠侶》）

「愛美」表現於婦女的裝束方面特別顯著。使用的材料，盡管不過是一般木機深色的土布，或格子花，或墨藍淺綠，袖口褲腳多採用幾道雜彩美麗的邊緣，有的是別出心裁的刺繡，有的只是用普通印花布零料剪裁拼湊，加上個別的風格的繡花圍裙，一條手織花腰帶，穿上身就給人一種健康、樸素、異常動人的印象。（沈從文《大山裡的人生》）

守舊

【守舊】因襲舊法，不知變通。

【俗套】一般人流行、慣用的作法或說法。

【刻板】固定而缺乏變化。

【炒冷飯】重複做過的事或說過的話，沒有創新。

【老八股】比喻陳腔濫調的文章、言論或迂腐的言行舉止。

【如法炮製】本指依照古法製藥，後指按照往例或現有的方法辦事。

【一成不變】比喻墨守成規，不知變通。也作「一成不易」。

【千篇一律】形式或內容毫無變化。

【了無新意】完全沒有一點創意。

【老生常談】老書生的尋常言論。比喻時常聽到，了無新意的老話。

【陳腔濫調】陳腐而缺乏新意的論調。

【依樣畫葫蘆】比喻一味模仿，毫無創見。也作「照葫蘆畫瓢」、「依本畫葫蘆」、「依樣葫蘆」。

詞窮

【詞窮】論辯時，因為理由不充分，導致無言以對。

【無話可說】言窮詞塞。

【無言以對】沒有話可以對答。

【無以名之】不知道用什麼來表達它，無法形容。

十七年前那個初夏的午後，當菲比林踱進他店裡來的時候，他就有種異樣的感覺，說「一見鍾情」實在太俗套，但他知道他不會讓這個女孩子，像進來時那樣輕易地從他店裡出去。（席慕蓉〈斯人〉）

這就是逸群每日在病院裡過著的周而復始的生活。因為外面的生活方式這樣的單調刻板化了，所以他的對外界的應付觀察的注意全部，就轉向了內。在日暖風和的午後，在澄明清寂的午前，沉埋在回廊上的安樂椅裡他看山景看得倦了，總要尋根究底的解剖起自家過去的生活意思來。（郁達夫〈蜃樓〉）

在北平，真正古老文化的繼承人，不介意於現代文明的侵擾。他們祖先怎麼樣生活，他們現在也是一成不變。他們家庭生活有滿足的氣氛，這顯示他們對人生的看法上有無窮智慧的源泉，在生活方式上，對歲月保持達觀，在談話上，則出之以明智溫和，輕鬆而悠閒。因為在老北京，剎那與萬古沒有什麼分別。（林語堂《京華煙雲》）

我真不知道該不該把這一類的庭訓傳衍下去。畢竟我這一代的人在無數爭取自我、表達自我、肯定自我的陳腔濫調之中長大，總相信那壓抑個人價值感的教訓注定是過時的了，也似乎不敢在任何程度上挫折年輕人的信心和勇氣。（張大春《聆聽父親》）

可是我實在無話可說。我只覺得所住的並非人間。四十多個青年的血，洋溢在我的周圍，使我艱於呼吸視聽，那裡還能有什麼言語？長歌當哭，是必須是在痛定之後的。而此後幾個所謂學者文人的陰謀的論調，尤使我覺得悲哀。（魯迅〈紀念劉和珍君〉）

建侯聽他太太振振有詞，又講自己「小孩子氣」，不好再吵，便

【詞窮理盡】無言以對，無理可論。也作「詞窮理絕」。

【理屈詞窮】由於理虧而被反駁得無話可答。也作「詞窮理屈」。

【不可言喻】無法用語言文字表達。

【不可言宣】無法用言語來表達。

【不可名狀】不能用言語來形容。

【盡在不言中】內心有很多感受，不用表達或表達不出來。

【沒詞兒】詞窮難以應對。

【問住】使對話方詞窮，無法答話。

【啞口無言】形容在遭遇質問或駁斥的時候，態度沈默，或因無法言對，所以說不出話來的樣子。

【頓口無言】無話可說，說不出話來。

【不可狀】不能用言語來形容。

【不知所喻】無法用語言去形容。

【莫可名狀】無法用文字或語言來形容。

【其樂無比】喜悅快樂得難以用言語去說明。

空洞枯燥

【空洞】內容貧乏無物。

【空疏】空虛、空洞。

【空泛】空洞且不切實際。

【貧乏】不足、缺乏。

搖手道：「這話別提，都是你對。咱們講和。」愛默道：「你只說聲『講和』好容易！我假如把你的話作準，早拆開了！」說著出去了，不睬建侯伸出待拉的講和的手。建侯一個人躺著，想明明自己理長，何以吵了幾句，反而詞窮理屈，向她賠不是，還受她冷落。他愈想愈不平。（錢鍾書《貓》）

梵谷畫這幅畫，用的全是粗筆，大塊黃色藍色顏料被他用枯筆「刮」在畫上，天空的線條是扭曲又虯結的，有些藍得過深，有點像深海裡的海水，又波濤洶湧的，太陽雖然很大，但被太過強烈的藍色與金黃色逼迫，竟然變成像死麵般慘淡灰白的一團。麥田黃色的線條也是同樣的混亂，風十分強烈，麥子傾倒得厲害，也許看到人來，一群烏鴉從田間驚飛而起，整幅畫有令人不敢逼視的氣勢，充滿著不可言喻的命運的危機。這是梵谷之路的終點，梵谷走進去之後就再也沒有走出來。（周志文〈梵谷之路〉）

愛和平是我的天性。在怨毒，猜忌，殘殺的空氣中，我的神經每每感受一種不可名狀的壓迫。記得前年奉直戰爭時我過的那日子簡直是一團黑漆，每晚更深時，獨自抱著腦殼伏在書桌上受罪，彷彿整個時代的沉悶蓋在我的頭頂——直到寫下了「毒藥」那幾首不成形的咒詛詩以後，我心頭的緊張才漸漸的緩和下去。（徐志摩〈自剖〉）

天地會的口號是「天父地母，反清復明」，但當遇上身份不明之人，先將這八個字顛倒來說，倘若是會中兄弟，便會出言相認，如是外人，對方不知所云，也不致洩漏了身份。（金庸《鹿鼎記》）

正說著，只見女佣捧著銀盤進來了，各人接過一些冰淇淋，一面

【膚泛】浮淺不切實際。
【膚廓】言詞空泛，不切實際。
【言之無物】文章或言論的內容空洞貧乏。
【不知所云】本指情緒激動，不知自己表達的內容。後多指言論或文章內容空洞模糊，無法確知意旨。
【不著邊際】言論空泛，不切實際。
【言不及義】只說些無聊的話，不涉及正當的道理。
【平淡】平常無奇。
【呆板】刻板而不知變通。
【刻板】呆板而缺乏變化。
【呆滯】死板、不流通。
【板滯】呆板、不靈活。
【枯燥】單調、無趣。
【枯澀】枯燥生澀。
【索然】乏味。
【言語無味】說話空洞，沒有內容。
【枯燥無味】單調、呆板而沒有趣味。
【味同嚼蠟】比喻文章、言語索然乏味。

8 態度

聲調

【抑揚頓挫】形容詩文或音樂之聲響高低轉折，富變化又有節奏。
【字正腔圓】形容說話時咬字清晰，發音正確。
【清脆】聲音清晰響亮。
【洪亮】聲音洪大響亮。
【響亮】聲音洪亮。
【嘹亮】聲音清澈響亮。
【朗朗】聲音清晰響亮。

吃，一面說笑。女學生們聚到了一堆，「言不及義」，所談的無非是吃的喝的，電影，戲劇與男朋友。（張愛玲《心經》）

不說別的，比如週末請她們上夜總會跳跳舞，本是稀鬆平常的事，但是她們就會認為你羅某人要追求她了，架子大來兮，從頭到尾一副聖女狀，言語無味，跳起舞來隔了三尺遠，生怕你會侵犯她什麼似的。結果嘛勞心勞力大破鈔一番，除了一肚子氣外，一無所獲。（曹又方〈爪痕〉）

潔庵和尚談「火候」那普普通通的一番話，卻讓自己大有茅塞頓開之感。他把先前作了一半的文章拿出來，又讀了一遍，原來覺得文詞鏗鏘、鋪設得體的半篇應試文章，此番讀來竟是味同嚼蠟，他不禁一怔，想到自己和潔庵禪師的一番對話，暗思：「文章若無文氣貫穿其間，猶如無魂之軀體耳。」（上官鼎《王道劍（壹）：乾坤一擲》）

前些年，我飛越太平洋參加中美作家對話時，曾在幾個大都市裡聆聽過洋小姐清唱的蘇三唱段。金髮碧眼的女郎們啟動的雖不是櫻桃小口，唱起來也不會字正腔圓，對戴枷蘇三的心境更不可能有真正的體味，但通過她們那濕潤豐腴的紅唇，卻使「洪洞」這個縣名，在異邦傳揚流播。（李存葆〈祖槐〉）

只要是夏天，「豆腐花」的吆喝聲便一路路熾熾烈烈要斷不斷的，

【鏗鏘】ㄎㄥ ㄑㄧㄤ，聲音響亮、清脆。

【高亢】聲調高昂、激動。

【激越】聲音激揚高亢。

【清厲】聲音清切高亢。

【高唱入雲】歌聲響亮，高入雲霄。

【響遏行雲】聲音響亮高妙，能讓行雲停止。

【響徹雲霄】聲音響亮。

【聲如洪鐘】形容人的聲音像大鐘一樣響亮。

【穿雲裂石】穿透雲霄，震裂石頭。形容聲音響亮高亢。

【厲聲】語氣嚴厲。

【潑聲】粗著嗓子。

【轟然】聲音大而嘈雜。

【潑聲浪氣】聲音粗大。

【震耳欲聾】形容聲音很大，幾乎要將耳朵震聾。

【粗聲粗氣】大聲而粗魯地講話。

【刺耳】聲音尖銳吵雜。

【尖聲尖氣】說話聲音尖銳刺耳。

【嘶啞】聲音沙啞。

【岔劈兒】聲音沙啞。

【倒嗓】演員或歌手聲音變沙啞，不圓潤。

【低沉】聲音低微沉重。

【低啞】聲音低沉沙啞。

【磁性】吸引力。

【悅耳】言語或聲音美好動聽，使人感到愉悅。

【婉轉】聲音動人悅耳。

【圓潤】聲音婉轉、和諧。

【圓渾】音調圓潤婉轉。

【圓韻】聲音婉轉、和諧。

【軟儂】聲音輕盈柔美。

【尖脆】聲音尖細輕脆。

【泠然】形容聲音清脆悅耳。泠，ㄌㄧㄥˊ。

【玲玎】形容觸動玉、石時的清脆聲。

【清越】聲音清脆悠揚。

【銀鈴般】形容聲音清脆、嘹亮。

【戛玉敲冰】聲音響亮清脆或

坡下喊到坡頂，然後又一跌一宕的滾回去。那是個瘦瘦小小的中年人，黝黑的臉，老戴頂窄邊草帽，大概喊慣了也就聲如洪鐘，一條線直衝七重天的高亢。（鍾曉陽〈販夫風景〉）

綠萼心中不忍，呆了一呆，叫道，「爹爹，爹爹！」想要追出去察看。裘千尺厲聲道：「你要爹爹，便跟他去，永遠別再見我。」綠萼愕然停步，左右為難，但想此事畢竟是父親不對，母親受苦之慘，遠勝於他，再者父親已然遠去，要追也追趕不上，當下從門口緩緩回來，垂首不語。（金庸《神鵰俠侶》）

老婦老早倒了嗓，她現在只能跑龍套，有時客串鑼鼓陣，但她很少提起當年的英雄史，只是逢人喜歡誇讚她調教的後輩。（心岱〈遊戲者〉）

觀眾像觸了電似地對這位女英雄報以雷轟般的掌聲。她開始唱了。她圓韻的歌喉在夜空中顫動，聽起來似乎遼遠而又逼近，似乎柔和而又鏗鏘。（葉君健〈看戲〉）

茶館店夜間成了書場，琵琶叮咚，吳語軟儂，蘇州評彈尖脆悠揚，賣茶葉蛋的叫喊愴然悲涼。（陸文夫〈夢中的天地〉）

在這含暈的火光和燈光之下，屋裡的一切陳設，地毯，窗帘，書櫃，瓶花，壁畫，爐香……無一件不妥貼，無一件不濫甜。主婦呢，穿著又整齊，又莊美的衣服，黑大的眼睛裡，放出美滿驕傲的光；掩不住的微笑浮現在薄施脂粉的臉上；她用著銀鈴般清朗的聲音，在客人中間，周旋，談笑。（冰心〈第一次宴會〉）

這對夫婦彷彿還是新婚的，兩人感情很好，每天傍晚男的從辦公處回來以後，這院子就有了銀鈴般的笑聲和歌聲。（巴金〈豬與雞〉）

她急切地說，眉頭突然地皺起來。「你以為我不肯等……我沒有

文章音節鏗鏘有聲。

【餘音繞梁】餘音環繞屋梁旋轉不去。形容音樂美妙感人，餘味不絕。

【哀厲】聲音淒厲悲切。

【淒婉】聲音悲哀而婉轉。

【悲切】聲音淒厲、悲痛。

嚴肅

【語重心長】說話誠懇，用意深長。

【不苟言笑】不隨便談笑，形容態度嚴肅。

【疾言厲色】言語急迫，神色嚴厲。

【聲色俱厲】說話時，口氣和臉色都很嚴肅。

【不假辭色】言語、神色皆不修飾、不隱瞞。形容態度直接而嚴厲。

【正言厲色】言詞鄭重，神情嚴厲。

【危言正色】言論正直，態度嚴肅。

【一本正經】態度莊重認真的樣子。

【道貌岸然】修道的人容貌莊嚴肅穆，因此用來指稱外表莊重、嚴肅。後延伸為外表故作正經，心中卻非如此之意。

辦法呀！」她最後的聲調不僅悲切，簡直是抗議的語氣。（陳若曦〈耿爾在北京〉）

「當年讀書，見古人形容歌聲的好處，有那『餘音繞樑，三日不絕』的話，我總不懂。空中設想，餘音怎樣會得繞樑呢？又怎會三日不絕呢？及至聽了小玉先生說書，才知古人措辭之妙。」（清・劉鶚《老殘遊記》）

殷先生那時是台大哲學系教授，四十五歲，滿頭灰髮，穿著白襯衫米黃長褲，教室講桌上頭懸著一支細長的日光燈，照得他的身影愈顯瘦小。他說話急促略帶金屬聲，講課時不苟言笑，神情有點疲憊，下了課收起書本就走，大概覺得我們只是慕名而來，並非真的想鑽研學術精髓。（季季〈鷺鷥潭已經沒有了〉）

受傷生命表現出來的第一種假是情緒過當，第二種假就是虛張聲勢，孔子稱之為「色厲內荏」（表情凶厲其實內心荏弱）。人為什麼須要用疾言厲色來待人？說穿了常是為了掩飾自己的心虛，卻不知明眼人早把你看穿；所以疾言厲色頂多能嚇一嚇比你還荏弱的人罷了！（曾昭旭《讓孔子教我們愛．凡虛張聲勢，都只是自欺欺人》）

一個真正幽默的心靈，必定是富足，寬厚，開放，而且圓通的。反過來說，一個真正幽默的心靈，絕對不會固執成見，一味鑽牛角尖，或是強詞奪理，疾言厲色。幽默，恆在俯仰指顧之間，從從容容，瀟瀟灑灑，渾不自覺地完成……。（余光中〈幽默的境界〉）

撒嬌

【撒嬌】仗著對方的寵愛而恣意做出嬌態。

【嬌嗔】女子撒嬌，假裝生氣貌。

【軟語】溫婉輕柔的話語。

【嗲】形容聲音或姿態嬌媚造作。

【嗲聲嗲氣】形容聲音或姿態嬌媚造作。

【嬌聲細氣】聲音輕柔，口氣溫和。

【嬌聲細語】形容聲音輕柔、微細。

【軟語溫存】用溫婉輕柔的話來安撫慰藉。

堅持

【堅稱】非常堅定地表示。

【咬定】話說得很肯定，堅持自己的意見。

【鐵口】形容口氣堅定、論斷精確。

【一口咬定】堅持自己的意見，不改口。

【堅持己見】堅持自己的意見，不聽從他人建議。

【固執己見】堅持己見，不願意變通。

【死不認錯】堅持不肯承認錯誤。

【矢口否認】堅決否認。

【僵持不下】雙方因為堅持己見，僵滯而無進展。

【周旋到底】堅持與人對抗到底。

媽媽說：「我看你還是另想辦法吧！我是捨不得你拿去亂穿的，這是存了四十多年的老古董啊！」珊珊還是不依，她扭著腰肢，撒嬌地說：「我要拿去給同學們看。我要告訴她們，這是我祖母結婚穿的百襉裙！」「誰告訴你這是你祖母結婚穿的啦？你祖母根本沒穿過！」媽媽不在意地，隨口就講了這麼一句話。（林海音〈金鯉魚的百襉裙〉）

晚上，我竟久久不能安眠，她的影子，她的聲音，飄忽而又執著地深印在我的心版上。有幾次，我都想告訴韓潮，可是終於還是忍住了。我們彼此之間不該有祕密，但我們的生活裡，從來沒有過嬌聲細氣的女人，我怕他說出什麼粗魯的話來，那會褻瀆了我內心裡神聖的意念。（彭歌〈蛙人記〉）

一仗打下來，馬橋這邊傷了兩個後生，還丟了一面好銅鑼，全班人馬黑汗水流整整餓了一天。他們無法相信那邊農民兄弟的革命覺悟竟然這樣低，想來想去，一口咬定是洪老闆在那邊搞陰謀。對洪老闆的深仇大恨就是這樣結下來的。（韓少功《馬橋詞典．洪老闆》）

他的結論是一個人必須在三十歲之前就做好打算。他最初立志要成為思想家，後來修正為出版家，畢業前夕他轉而希望當一個企業家，他闡述事業版圖時的自我陶醉，至今令我印象深刻。大學畢業之後，他進入國中教書，一教就是一輩子。最近我與他聊到這段往事，他矢口否認，似乎早已把當年的真知灼見忘得一乾二淨了。（邱坤良〈三十功名錄〉）

只見任我行左手拿起酒杯，重重在桌上一放，右手提起酒壺，斟

【鐵齒】閩南方言。形容人嘴硬。

【孤行己見】堅持己見，一意孤行。

【矢口不移】完全不承認。

滿了一杯酒，說道：「數百年來，我日月神教和正教諸派為仇，向來勢不兩立。你如固執己見，不入我教，自己內傷難癒，性命不保，固不必說，只怕你師父、師娘的華山派……嘿嘿，我要使華山派師徒盡數覆滅，華山一派從此在武林中除名，卻也不是甚麼難事……」（金庸《笑傲江湖》）

誠懇敦厚

【諄諄】叮嚀告諭，教誨不倦的樣子。

【衷腸話】出自肺腑的真心話。

【吐真言】說出真心話。

【老實話】坦白、沒有欺瞞的話。

【實話實說】說真話，沒有欺瞞。

【心口如一】心中所想的和口中所說的一致。

【言行一致】說的和做的一樣。

【憑良心說】說實話。

【以實相告】說實話。

【諄諄告誡】懇切耐心的反覆勸告。

【肺腑之言】發自內心的真話。

【不卑不亢】不自大，也不低聲下氣。比喻對人的態度恰合身分。

【情詞懇切】所說的話全出自肺腑，沒有虛假。

【隱惡揚善】隱藏他人的過失，宣揚他人的善行。

【傾心吐膽】說出真心話，指真誠相待。

【吐露心腹】說出真心話或實情。

【言為心聲】指言語反映了人內心的想法。

說老實話，我也漂泊了很久。倦飛而知返的時候，我卻飛遠了，遠到非常陌生的地方來了。還沒搬遷的時候，這一趟南遷，甚以為一種放逐，放逐到人生地疏的地方，這不是一種自討苦吃，甚至不是自走絕路呢？（許世旭〈租駕馬車〉）

自從紅玉和莫愁在花園裡長談之後，紅玉對莫愁的愛，完全成為成年人有思想的深厚的愛，她倆說的要韜光養晦，不要聰明外露，真是肺腑之言。（林語堂《京華煙雲》）

以孝成的為人，說出這番話來，已算對他推心置腹了。假若孝成真能覺今是而昨非，趙國假時日，確是振興有望。可是聽到這番肺腑之言的項少龍，心中反湧起一種沒來由的不祥感覺，心中很不舒服。或者是不符合孝成一向刻薄寡恩的行為，使他生出突兀之感。（黃易《尋秦記》）

川嫦道：「我到沙發上靠靠，舒服些。」便走到穹門那邊的客廳裡坐下。這邊鄭夫人悲悲切切傾心吐膽訴說個不完，雲藩道：「伯母別盡自傷心了，身體經不住。也要勉強吃點什麼才好。」（張愛玲〈花凋〉）

【貧嘴】耍嘴皮，喜歡賣弄口舌。

【耍貧嘴】油腔滑調，說話浮華不實。

【耍嘴皮】賣弄口才。

【嘻皮笑臉】笑裡透著頑皮和耍賴等不莊重的表情和態度。

【貧嘴薄舌】耍弄嘴皮，言語尖酸刻薄。

【油嘴滑舌】說話油滑、輕浮不實。

【油腔滑調】寫文章或言語態度輕浮，不切實。

【口是心非】嘴上說的和心裡想的不一致。

【言不由衷】說話不是出於內心，沒有誠意。

【虛與委蛇】假意慇懃，敷衍應付。

【見風轉舵】隨機應變，視情況而說話、行動。

【心口不一】心裡想的和嘴裡說的不一樣，形容為人虛偽。

【矯言偽行】矯飾虛偽的言語行為。

【裝腔作勢】故意裝出某種腔調或姿態。

【兩面三刀】陰險狡猾，耍兩面手法，挑撥是非的作風。

【陽奉陰違】表面上裝著遵守奉行，實際上卻違反不照辦。

【口蜜腹劍】嘴上說的好聽，但內心險惡，處處想陷害人。

鳳姐笑道：「……你既吃了我們家的茶，怎麼還不給我們家作媳婦？」眾人聽了一齊都笑起來，黛玉紅了臉，一聲兒不言語，便回過頭去了。寶釵笑道：「真真我們二嫂子的詼諧是好的。」黛玉道：「什麼詼諧，不過是貧嘴賤舌的討人厭惡罷了！」說著便啐了一口。（清・曹雪芹《紅樓夢》）

人們在情感上要求真誠，要求真心真意，要求開誠相見或誠懇的態度。他們要聽「真話」、「真心話」，心坎兒上的，不是嘴邊兒上的話，這也可以說是「老實話」。但是「心口如一」向來是難得的，「口是心非」恐怕大家有時都不免，讀了奧尼爾的《奇異的插曲》就可恍然。「口蜜腹劍」卻真成了小人。真話不一定關於事實，主要的是態度。可是，如前面引過的，「知人知面不知心」，不看什麼人就掏出自己的心肝來，人家也許還嫌血腥氣呢！（朱自清〈論老實話〉）

秀才長歎了一聲，索性把電報擲在桌上。他恨自己滿腹詩書，無力解決這個當下急切的問題。他不能無咒咀朝代的變遷，詩書的不值錢了。他並看不起了受新教育的青年。以為這班人只會裝腔作勢，講幾句時髦的話，其實胸中全無半點文墨。（陳虛谷〈榮歸〉）

尤二姐笑道：「你這小猾猴兒的，還不起來。說句玩話兒，就唬的這個樣兒。你們做什麼往這裡來，我還要找了你奶奶去呢。」興兒連忙搖手說：「奶奶千萬不要去。我告訴奶奶，一輩子別見她才好呢。嘴甜心苦，兩面三刀，上頭笑著，腳底下就使絆子，明是一盆火，暗是一把刀，她都佔全了。只怕三姨兒這張嘴還說不過她呢，奶奶這麼斯文良善人，哪裡是她的對手！」（清・曹雪芹《紅樓夢》）

【蠻話】蠻橫無理的話。

【刁話】蠻橫、不講理的話。

【蠻不講理】形容人態度惡劣不講道理。

【不可理喻】無法以道理使他明白。形容人態度強硬，不講道理。

【蠻橫無理】態度強硬不講道理。

【強辭奪理】理虧卻強行狡辯。

【出言不遜】指人講話傲慢無禮，或言語粗暴傷人。

【出言無狀】說話傲慢無禮。

【不容置喙】不容許插嘴或批評。

金花婆婆咳嗽兩聲，向滅絕師太瞪視兩眼，點了點頭，說道：「嗯，你是峨嵋派的掌門，我打了你的弟子，你待怎樣？」滅絕師太冷冷的道：「打得很好啊。你愛打，便再打，打死了也不關我事。」紀曉芙心如刀割，叫道：「師父！」兩行熱淚流了下來。她知師父向來最是護短，弟子們得罪了人，明明理虧，她也要強辭奪理的維護到底，這時卻說出這幾句話來，那顯是不當她弟子看待了。（金庸《倚天屠龍記》）

他們向來對於他就沒有好感，只是在積威之下，不敢作任何表示。現在他自己行為不端，失去了他的尊嚴，他們也就不顧體面，當著他的面出言不遜，他一轉身，便公開地嘲笑他，羅杰在人叢中來去總覺得背上汗濕了一大塊，白外套稀皺地黏在身上。（張愛玲《沉香屑・第二爐香》）

謙卑

【客套】會客時表示問候、謙讓的應酬話。

【謙讓】謙卑退讓。

【禮讓】守禮而謙讓。

【辭讓】禮讓、婉拒。

【推讓】謙遜辭讓。

【你謙我讓】互相謙虛辭讓，而不接受。

【柔聲下氣】說話時聲低氣柔，形容人謙卑恭順的樣子。

【低聲下氣】因為謙卑或懼怕而順從小心的樣子。

【微不足道】卑微渺小得不值得一提。

【不足掛齒】不值得一談。

如果用語言來表達我這種直感，大抵是，啊！可憐的人，他們可憐，他們衰老，他們那點微不足道的願望也難以實現的時候，他們就禱告，好求得這意願在心裡實現，如此而已。（高行健《靈山》）

年幼時候我所經受的種種抑鬱和壓力，就今看來十分平常，不過蒙昧之中的小小挫折——比較起有些人的遍歷艱辛，或生命涉危的情狀，似乎不足掛齒，但那印痕即使至今卻也不易自成長的精神上拭去，反而每當回看時，為自己的少年時代的寂寞，感到悲傷。（雷驤〈車棚裡的先生〉）

語言文字》四、閱讀與應用

1 閱讀

閱讀

【閱讀】看文字、書報，領會其表達的意義。

【默讀】不發出聲音地讀書。

【讀書】閱讀文字、書報（不發出聲音），或誦讀文字、書報（發出聲音）。

【傳閱】傳遞著看。

【過目】看一遍，閱讀。

【瀏覽】大略地看。也作「流覽」。

【披覽】翻閱、觀賞。

【涉獵】粗略地閱讀、瀏覽，不求深入鑽研。

【泛覽】廣泛地閱覽。

【博覽】廣博閱覽。

【重讀】重新再讀。

【精讀】仔細深入地閱讀。

【熟讀】仔細閱讀並深入理解。

【精研】仔細研究。

【鑽研】深入而徹底地研究。

【窮究】深究事物的根源。

【拜讀】恭敬謹慎地閱讀。

【捧讀】拜讀。

【展讀】打開來閱讀。

【賞閱】欣賞、閱讀。

【涉覽】隨性地瀏覽，看過卻不仔細研究。

【一目十行】形容閱讀的速度很快。

【倒背如流】比喻將書或詩文讀得滾瓜爛熟。

我明明是在閱讀著，卻沒感到閱讀的知性與嚴肅性，只感到身心鬆弛的快樂。當我看著楚留香破空而去，從書頁之間飄到港劇裡，鄭少秋瀟灑的身影飄到每個人的家庭，他的彈指神功如此輕盈而又威力無限，每到星期天晚間八點鐘，街上看不見行人，商店直接拉下門打烊，喜宴也總是匆匆結束。當「湖海洗我胸襟」的歌聲響起，整座島上的人都整齊劃一地集合在電視螢光幕前。就像童年時集中在廣場的小板凳俱樂部。（張曼娟〈小板凳俱樂部〉）

於是，從客廳壁櫥到廁所小木架，眼目所及，到處顛危危疊著高低不齊的書。這種真正「開架」式的收藏，很便於興之所至的涉獵，無意間「掘」到「寶」，更足以廢寢忘食。（方瑜〈「佚書」追憶錄〉）

然而當我二十五年後重讀〈與妻訣別書〉，我發現林覺民可能就是這樣一個任性的年輕人。當然，他「吾充吾愛汝之心，助天下人愛其所愛」……的情操，是一般人比不上的。今日的我們不會助天下人愛其所愛，甚至不會祝前情人愛其所愛。我們會詛咒分手的情人去死，希望他下一個情侶不及我們的萬分之一。（王文華〈他也是一個爸爸〉）

翻閱著蒼白的教科書，小時候熟讀的中國山水地理，而今終於將場景拉回現實，來到我們生活的土地，島嶼的頂點，三千九百五十二公尺的玉山之頂。終於有了回家的感覺，從遙遠的記憶中回來，回到

【讀不捨手】書讀得很有興味而不願放下。

【閱覽群書】廣泛閱讀書籍。

誦讀

【誦讀】發出聲音地讀。

【朗讀】高聲地誦讀詩文。

【朗誦】高聲地誦讀詩文。

【念書】誦念書籍。也作「唸書」。

【宣讀】當眾高聲朗讀（布告、文件等）。

【諷誦】朗誦、誦讀。

【傳誦】流傳並被人們誦讀與稱道。

【背誦】熟記文句而默誦之。

【背書】背誦念過的書。

【記誦】記憶背誦。

【默念】不出聲的暗念，或背誦。也作「默唸」。

【覆誦】背誦。

【闇誦】默記而背誦。

【朗朗上口】誦讀熟練，能順口念出來。

【倒背如流】比喻將書或詩文讀到滾瓜爛熟。

【書聲朗朗】形容讀書聲清脆響亮。也作「書聲琅琅」。

【默誦】嘴上不發出聲音，僅在心底背誦。

【複誦】重複背誦。

【闇誦】默記而背誦。

【諷】此處作為誦讀之意。

【諷讀】誦讀。

【諷經】讀誦佛經。

【讀經】讀誦儒家的經典，如四書五經或十三經。

【讀法】此處作為誦讀法令之意。

自己的土地，在最高的玉山，俯看台灣，俯看世界，俯看流逝的歲月，漂泊的靈魂與失真的過往。（廖永來〈玉山小記〉）

司儀唱道：「叩首！叩首！三叩首！主祭人起立，復位！」此時一鄉耆開始誦讀祭文，一吟三嘆的湘音十分哀痛，波下的大夫聽到了，想必也會鮫淚成串吧。（余光中〈水鄉招魂〉）

始終記得在多麼遙遠的少年時代，朗讀著《戰國策》裡荊軻的故事，吟詠著「風蕭蕭兮易水寒」這悲愴的曲調，心中竟然燒起一團熊熊的火焰，還立即向渾身蔓延開來，灼熱的血液似乎要沸騰起來〔……〕（林非〈浩氣長存〉）

每一首詩渴望被高聲朗誦，如同每一樁故事企求被完整保留。多年之後，我漸漸明白自己之所以落敗，並不是抽中的那首詩過於平庸，而是事先聆聽了妳的朗誦，宛如天使清音點醒雪封枝椏裡的每一粒花苞，讓折翅粉蛾也有想飛的慾望。（簡媜〈女兒狀〉）

索倫城之所以偉大，索倫城的一切光榮事蹟之所以為人傳誦，都因有這銅像存在。呼回詩人沒有一位不曾寫詩詛咒過銅像，也沒有一位不曾寫詩讚滿過銅像。（張系國〈銅像城〉）

她就只是反覆的向人說她悲慘的故事，常常引住三五個人來聽她……後來全鎮的人們幾乎都能背誦她的話，一聽到就厭煩得頭痛。（魯迅〈祝福〉）

「屈平詞賦懸日月」，船過秭歸，人們面對著萬樹丹橘，總要聯想起那以物擬人的不朽名篇〈橘頌〉；而當朝辭白帝，放舟三峽，又必然記誦起李白的流傳千古的佳作。（王充閭〈讀三峽〉）

【歌誦】此處指拉長聲音誦讀文字。

【傳諷】傳抄誦讀。

【琅琅上口】對詩文很熟悉，能夠流暢順口的念出來。琅琅，玉石碰撞所發出的聲響，比喻響亮的讀書聲。

【目即成誦】指人記憶力驚人，只看一遍就能完整背誦出來。也作「觸目成誦」、「過目成誦」。

【誦習】讀誦學習。

【講讀】講說誦讀。

【上口】讀誦文章時流暢熟練。

【熟讀精思】反覆誦讀，仔細思考。

吟詠

【吟】詠、誦。

【吟誦】有節奏地誦讀詩文。

【吟詠】吟誦詩文。

【吟哦】吟詠。

【口占】不用筆墨起草，而直接從口中念出詩文。

【詠】以抑揚頓挫的語調吟唱。

【嘯詠】嘯歌吟詠。

【詠嘆】吟詠、歌誦。也作「詠歎」。

【歌詠】以詩文、歌唱抒發情感。

【沉吟】低聲吟詠。

【吟誦】吟詠歌誦。

【賦】此處作為吟詠、寫作的意思。

【歎】此處指將心中的喜悅發而為吟詠。

【悲歌】淒涼而悲傷的歌吟。

【哀吟】哀傷的吟詠。

【低吟】低聲吟詠、吟唱。

【歌吟】歌唱吟詠。

　　而我徘徊天使墜毀的岸邊／在沙地寫字，寫你的名字／以為掩來又退去的海浪將會記憶／所有的詩句，並且跋涉迢遠／向你覆誦（楊佳嫻〈夢得〉）

　　那朗朗上口的「美談」，中美斷交之後，也就全數收藏在五權路的歷史傳說裡了。從前在一片燈火燦爛的小酒吧中仍顯得輝煌奪目的元帥大飯店，如今卻蒙上厚厚的一層頹灰，變矮變老了。（鐘麗琴〈生命地圖〉）

　　下午總愛吟那闋「聲聲慢」／修著指甲，坐著飲茶／整整的一生是多麼長啊／在過去歲月的額上／在疲倦的語字間／整整一生是多麼長啊／在一支歌的擊打下／在悔恨裡（瘂弦〈給橋〉）

　　詩不是吟詠助興的小調，詩是心血精力的凝聚；詩不是風流自賞的花箋，詩是干預氣象的洪鐘；詩不是個人起居的流水帳，詩是我們用以詮釋宇宙的一份主觀的、真實的紀錄。（楊牧《一首詩的完成．古典》）

　　一張清瘦的臉，略帶蒼黃色；兩鬢斑白了，鬍髭也是。常自脣間滑出些蒼老、低啞、又微含醺醉的吟哦。詞意毫不重要，祇是那含混不清的咿唔，或高或低的吟著。（司馬中原〈如歌的行板〉）

　　簷前細雨燈花落，夜深只恐花睡去，宮燈教室裡，黃暗的燈火，詩人曼聲吟哦，墨箋娟美，夜霧低迷。那一句句的詩語，都不是古人古書上的意象，而就是我們讀詩時親身體驗的情境。（龔鵬程《龔鵬

【嘯歌】嘯歌吟詠。也作「嘯詠」。

【行吟】步行吟詠。

【長吟】拉長聲音吟詠。嵇康‧〈幽憤詩〉：「永嘯長吟，頤性養壽。」

【嘲弄】此處作為吟詠唱和的意思。

【呻吟】此處為吟詠之意。

【誦詠】讀誦吟詠。

【謳吟】歌唱吟詠。謳，ㄡ。

【吟唱】吟詠歌唱。

【吟詩】吟詠詩文。

【吟味】吟詠玩味。

【獨吟】獨自吟詠。

2 書寫與記錄

書寫

【作】創作。

【撰】著述。「撰文」

【修】撰寫、著述。「修史」。

【書寫】用筆來寫。

【抄】謄寫。「抄寫」。

【抄寫】依照原文謄寫。

【繕寫】謄錄、抄寫。

【謄寫】謄清抄寫。

【謄錄】謄寫抄錄。

【塗寫】用筆在紙上隨意寫。

【提筆】執筆。寫作。

【執筆】拿筆。寫字或作文。

【握管】拿筆，執筆。

【援筆】執筆寫字。

【搦筆】執筆；即書寫。

【搦翰】指執筆、書寫。搦，ㄋㄨㄛˋ，握，持。

【動筆】拿筆去書寫或作畫。

程四十自述‧問道》）

記得有一晚，我泊舟湖邊，上岸尋詩，一切靜寂，只聽得水鳥撲飛。我曾口占過一首小詩，也許你會喜歡。（張秀亞〈秋日小札〉）

她的詠嘆打動了我，那麼平和自然的聲音卻蘊涵深沉的人生滋味，彷彿大火燎燒之後只剩一截木炭閃著微火，巨浪澎湃後化成沉默的流水，沒有火焦味與濁濤，只有樸素的詠嘆。（簡媜〈老歌〉）

陶潛歌詠荊軻、龔自珍歌詠陶潛，都是因為當代已無俠士，只能把心事寄託前朝。（徐錦成〈江湖詩文恐無多——漫談武俠詩與武俠散文〉）

我們共同經歷的感情雖沒這樣壯烈，也有這樣的驚魂動魄與痛入心肺，然而是什麼讓愛情冷卻，我的話語糾纏，仍說不出個真，能被說出的已遭塗寫，未被說出的永遠是個謎，所謂的原初真的存在嗎？（周芬伶〈蘭花辭〉）

我回到房間，回到書桌前面，打開玻璃窗，在繼續執筆前還看看窗外。樹上，地上，滿個園子都是陽光。牆角一叢觀音竹微微地在飄動它們的尖葉。（巴金〈寂靜的園子〉）

也想起遠在臺北的愛妻與稚子，想起燈下搦筆疾書的漫長歲月，生命的理想與奮鬥，此刻竟覺得有些虛幻起來。（李瑞騰〈和山靈對話〉）

當年沒有去混太妹，做落翅仔，進少年監獄，只因為膽子小，只會一個人深夜裡拚命爬格子——那道永遠沒有盡頭的天梯，想像中，

【搖筆】提筆、動筆。
【揮毫】運筆寫字或繪畫。
【揮翰】運筆書寫。
【寫作】撰述，創作。
【筆談】以文字來書寫、溝通。
【筆耕】靠抄寫或寫文章維持生活。
【直書】根據事實書寫，沒有褒貶。
【曲筆】因阿諛或畏懼而未能根據事實直書。
【編纂】編輯。纂，ㄗㄨㄢˇ。
【編撰】編寫撰述。
【校閱】對書籍進行審訂。
【輯錄】收集記錄，編纂成書。
【更正】改正錯誤。
【修訂】修改訂正。
【勘誤】校正文字錯誤。也作「刊誤」。
【筆耕】依靠抄寫或寫文章過活。
【拿筆桿】寫作。
【爬格子】寫作。
【筆耕墨耘】寫作。
【信筆塗鴉】隨便書寫或作畫。
【搦管操觚】拿筆寫文章。
【一揮而就】才思敏捷，落筆就能成為文章。
【援筆立就】拿起筆來很快便完成。也作「援筆而就」。
【大書特書】將值得書寫的事，鄭重地記錄下來。
【疾書】快速地書寫。
【奮筆疾書】提起筆來快速書寫。
【振筆直書】揮筆不停地寫。
【飛書馳檄】形容書寫文件的速度很快。
【手不輟筆】不停地動筆寫。
【手不停揮】不停地揮筆書寫。
【下筆如有神】形容寫文章時文思泉湧，行文流暢，如有神助。
【鬻文】賣文。指替他人撰寫

睡夢裡，上面站著全家人，冷眼看著我爬，而你們彼此在說說笑笑。（三毛〈一生的戰役〉）

尹雪豔仍舊一身素白打扮，臉上未施脂粉，輕盈盈的走到管事臺前，不慌不忙的提起毛筆，在簽名簿上一揮而就的簽上了名，然後款款的步到靈堂中央，客人們都倏地分開兩邊，讓尹雪豔走到靈台跟前，尹雪豔凝著神，斂著容，朝著徐壯圖的遺像深深的鞠了三鞠躬。（白先勇〈永遠的尹雪豔〉）

白天上課改作文，和學生不休不止的「戰鬥」；到了晚上又得伏案疾書，煮字療飢；精疲力竭才上床，貪圖的是天亮前後那一會兒甘美酣睡。（李喬〈修羅祭〉）

我們平時見什麼作家擱筆略久時，必以為「這人筆下枯窘，因為心頭業已一無所有」。我這支筆一擱下就是兩年。我並不枯窘。泉水潛伏在地底流動，爐火悶在灰裡燃燒，我不過不曾繼續使用它到那個固有工作上罷了。（沈從文《大山裡的人生》）

前幾年福建有地方政府勒收煙苗捐，報上文章大家揮毫痛罵煙毒，說鴉片可以亡國滅種，後來一家報館每月領了七十五元，大家就鴉雀無聲。這樣鼓吹禮義廉恥是鼓吹不來的。輿論的地位是高於政界，開口罵人亦甚痛快，但是政客一月七十五元就可以把你封嘴，也不見得清高到怎樣地步。（林語堂《人生的盛宴》）

妙玉笑了一笑，叫道婆焚香，在箱子裡找出沙盤乩架，書了符，命岫煙行禮，祝告畢，起來同妙玉扶著乩。不多時，只見那仙乩疾書道：「噫！來無跡，去無蹤，青埂峰下倚古松。欲追尋，山萬重，入我門來一笑逢。」（清．曹雪芹《紅樓夢》）

她的中文雖然不行，抱定宗旨，不怕難為情，只管信著嘴說去。

文章並得到酬金。鬻，ㄩˋ。

【煮字療飢】賣文以維持生活。

【心織筆耕】形容文章寫的好，並以賣文為生。

【代筆】代替他人寫作。

【捉刀】代替他人寫文章，或頂替他人做事。

【停筆】暫停書寫或寫作。

【擱筆】放下筆來，中止寫作。

【封筆】指作家或畫家不再提筆從事創作。

【題】簽署、寫在上面。

【簽】在文書上題字、題名，以示負責或作為紀念。

【摛藻】鋪陳辭藻。摛，ㄔ。

【潤色】修飾文句，以增加文采。

記錄

【記錄】把說過的話、發生過的事記載、保存下來。

【記載】把事情用文字記錄下來。

【記述】用文字記錄、敘述。

【記敘】記載陳述。

【記事】把事情記載下來。

【著錄】記載登錄。

【撰錄】撰集著錄。

【輯錄】收集記錄。

【實錄】據實記載。

【登記】記錄。

【註明】記載清楚。

【筆記】隨筆記錄的文字，或指記錄。

【筆錄】依據口述內容，記錄下來的文字。

【紀錄】登記在書冊中的資料。

【記要】記錄要點的文字。

【採錄】蒐集記錄。

缺乏談話的資料，她便告訴他關於她家裡的情形。她母親是再醮的寡婦，勞甫沙維支是她繼父的姓。她還有個妹妹，叫麗蒂亞。她繼父也在洋行裡做事，薪水不夠養活一家人，所以境況很窘。她的辭彙有限，造句直拙，因此她的話往往是最生硬的，不加潤色的現實。（張愛玲〈年輕的時候〉）

東京銀座的和服店經常掛出「即笄禮」的服飾。即笄的少女在店裡由專人梳髮上笄，試披和服，動靜之間，看得窗外的人目眩神迷。難怪文學裡會出現谷崎潤一郎這樣的作家，迷戀到孜孜不倦地記錄女性的一舉一動。（盧非易〈在清明的郊野路上——寒食〉）

彷彿符合某種中世紀預言書的記載：原本烏鴉群集，不停叫喚，整群整群棲滿街市間小公園的樹端，突然間，城市烏鴉的蹤跡開始零星……（洪素麗〈烏鴉的城市〉）

這裡的英雄事蹟很多，不能一一記述。每一片葦塘，都有英雄的傳說。敵人的炮火，曾經摧殘它們，它們無數次被火燒光。人們的血液保持了它們的清白。（孫犁〈採蒲台的葦〉）

換朝改代之際，當政者於這年號正朔，最是著意。最犯忌這，莫過於文字言語之中，引人思念前朝。《明書輯略》記敘的是明代之事，以明代年號紀年，原無不合，擔當文字禁網極密之際，卻是極大的禍端。（金庸《鹿鼎記》）

【弔詭】奇異。

【新穎】新奇別緻。

【不落窠臼】不落俗套，有獨創的風格。窠臼，陳舊的模式規格。

【自出機杼】比喻詩文的組織、構思，別出心裁，獨創新意。

【老練】純熟精練。

【純熟】熟練。

【神乎其技】形容手法、技巧極為高明巧妙。

【體大思精】著作規模宏大、構思精密。

【炒冷飯】重複做過的事或說過的話，沒有創新的內容。

【了無新意】沒有一點創意。

【千篇一律】形式或內容毫無變化。

【文不對題】文章內容不符合題意，或答非所問。

【辭不達意】詞句不能確切表達出意思和感情。

【抄襲】抄錄他人的作品以為己作。

【剽竊】偷取他人財物或作品以為己有。

【竄改】任意做不實更改。

【代筆】代人寫作。

【捉刀】替人寫文章或頂替他人做事。

語彙

【明暢】明白、流暢。

【流美】流暢華美。

【通順】通達順暢。

【中肯】扼要肯切。

【扼要】行文或者發言切中要領。

幻覺比記憶真實，記憶比現在真實，現在比語言真實，語言比書寫真實……一場沒完沒了的比賽。最終將回到弔詭的修辭表層。（零雨〈亂世的你盛世的他〉）

他住在台大宿舍，不修邊幅，抽著菸斗看著文章，我好像等著宣判一樣，等了半天，他抬頭說，你這篇小說文字蠻老練，我要留下來，登在《文學雜誌》上面，頓時讓我覺得像是登上龍門，那可是我夢寐以求的願望。（白先勇〈我的第一篇小說〉）

思想和情感的深度固然重要，但詩的核心在語言，唯有神乎其技、無所不能的語言技藝，才能將一首詩昇華到不朽的境界。（陳大為〈細節〉）

你不應抄襲別人，要叫你有你的，有不同於別人的；且不能抄襲自己，你不能叫這一篇是那一篇的副本，得每一篇是每一篇的樣子，每一篇小說有它應當有的形式、風格。（汪曾祺〈短篇小說的本質〉）

畢竟是親身經歷，與旁觀的道聽塗說的感覺不同，他一封封地往上海發信，給親友講述自己的事蹟，博士看到他邊寫邊參考四眼捉刀的小結。（李曉〈屋頂上的青草〉）

這也是令我佩服他不止的一個地方，因為我平時看見他盡是一味的在那裡用功的，然而談到了當時的政治及社會的陋習，他卻慷慨激昂，講出來的話句句中肯，句句有力，不像是一個讀死書的人。尤其是對於時事，他發的議論，激烈得很，對於那些軍閥官僚，罵得淋漓盡致。（郁達夫〈微雪的早晨〉）

【洗鍊】讚美人講話或文章簡潔精粹。

【剴切】切中事理。剴，ㄎㄞˇ。

【言簡意賅】言辭簡單而要義賅括。

【玄奧】神奇奧妙。

【深湛】深厚、精闢。

【透闢】透澈精妙。

【精到】精細周到。

【精湛】精良深厚。

【精微】精深微妙。《禮記‧中庸》：「致廣大而盡精微，極高明而道中庸。」

【精闢】深入而透澈。

【入木三分】筆力遒勁。評論深刻中肯或描寫生動。

【鞭辟入裡】評論他人的文章見解深刻。

【清雋】文句清新，意義深長。雋，ㄐㄩㄢˋ。

【雋永】甘美而意義深長，耐人尋味。

【耐人尋味】意味深遠雋永，值得反覆尋思體會。

【咳唾】比喻人的言談不凡或文筆優美。

【壓卷】足以壓倒其他的最佳之作；比喻作品極優秀。

【字字珠璣】句子或文章遣詞用字非常優美。

【斐然成章】言語或文章富有文采，且成章法。常用來稱讚別人的文章。

【絕妙好辭】形容極為佳妙的文辭。

【落紙如飛】文思敏捷，創作文稿如行雲流水般。

【夢筆生花】比喻文人才思泉湧、文筆富麗。

【擲地有聲】文辭巧妙華美、音韻鏗鏘有致。

【淺白】淺顯明白。

【淺顯】淺白明顯。

【通俗】淺顯易懂且適合大眾

馮友蘭先生在《新事論‧贊中華》篇裡第一次指出現在一般人對於青年的估價超過老年之上。這扼要的說明了我們的時代。這是青年時代，而這時代該從五四運動開始。從那時起，青年人才抬起了頭，發現了自己，不再僅僅的做祖父母的孫子，父母的兒子，社會的小孩子。（朱自清〈論青年〉）

福康安一輩子出征都是輕騎快戰，後勤輜重毫無滯礙，惟獨這次步履艱難如行荊棘，連連催命之下又無由剴切告訴，只好咬牙挺著，命海蘭察先帶一千艘戰艦到福建海面集結，自己自晨挑燈視察督造，至昏夜三更提燈回中軍稍作憩息，忙累得瘦了一圈。（二月河《乾隆皇帝》）

立夫剛剛愛上六朝的駢體文，但是姚大爺對那種文體則表示輕視，說那是徒供裝飾而毫無實用的死文章，不過堆砌辭藻排列音韻而已。他向立夫說：「要讀桐派的文章，讀方苞、劉大櫆的文章，讀諸子的文章。」姚大爺所喜愛的哲學家，是道家莊子。莊子的文章是才華絕世的。立夫的思想在讀了莊子之後，才開拓發展，這應當歸功於姚大爺的影響。（林語堂《京華煙雲》）

這幾天讀汪曾祺先生的《蒲橋集》，大好。他對文章的觀點尤其精到。他說，散文過度抒情，不知節制，容易流於傷感主義……（董橋〈老翁帶幼孫閒步庭院〉）

你的彩筆那麼清雋、婉約，輕輕地淡淡地，卻散發著人人心靈所渴求的真、善、愛、光與力！（王怡之〈逝水〉）

大概因為他娓娓而談的時候，面部表情不但複雜，而且總略帶誇張，話裡的意義乃大為加強，又常在上下兩句之間安上許多感歎詞……總而言之，這是散文家的隨風咳唾，筆下既已如此，舌底也不

水準。

【深奧】高深不易理解。

【晦澀】詩文、樂曲等含意隱晦不易懂。

【艱深】不易明瞭。

【生硬】生澀、不流暢。

【佶屈聱牙】文句艱澀，讀起來不順口。佶，ㄐㄧˊ。韓愈〈進學解〉：「周誥殷盤，佶屈聱牙。」

【冗贅】繁雜而多餘。

【重複】文句反覆相同。

【堆砌】文章中堆積大量華麗而無內容的詞藻。

【繁蕪】文字多而雜亂。

【長篇大論】滔滔不絕的言論或篇幅極長的文章。

【空洞】文章內容貧乏。

【板滯】死板呆滯。

【索然】無味；沒趣味。

【貧乏】不足、缺乏之意。

【無趣】沒有趣味。

【味同嚼蠟】沒有味道。多比喻文章、語言索然乏味，毫無生氣和感染力。

會太走樣的。（余光中〈沙田七友記〉）

然而高適獨能直抒胸臆，氣骨兼高。「莫愁前路無知己，天下誰人不識君？」噴薄而出，落日黃雲，風雪紛飛之中似聞豪士長嘯以壯行色，足堪恢宏志士之氣，評其為千古贈別之壓卷，不其宜哉！（沈謙〈天下誰人不識君〉）

起初，大家都說方思是個太晦澀的詩人，說他「歐化」，也許是因為他寫了許多德國背景的小詩吧，那是他最好的詩的一部分。（楊牧〈爐邊〉）

為了我們的國家，為了我們國家的文藝前途，我虔誠地祈禱：愛國家有良知的文藝作家，自覺自發地運用你們的思想和文藝技巧，以棄絕味同嚼蠟的「口號文學」吧！（吳濁流〈要經得起歷史的批判！要對得起子子孫孫！〉）

3 定名、釋義與引用

定名

【定名】命名。

【命名】取名。

【取名】命名。

【叫做】被稱為。

【喚做】叫做。

【稱】叫，叫做。

【稱為】叫做。

【指稱】稱說。

你如何命名那些姿態？／豐隆的愛容易蒂落／我們都太飽滿了，但是我們要反抗／在大灰塵中逆旅／在引力下迴身（楊佳嫻〈逆雨〉）

悅來場在休市的日子人口是否過千，很成問題。取名「悅來」，該是《論語》「近者悅，遠者來」的意思，蠻有學問的。鎮上只有一條大街，兩邊少不了茶館和藥鋪，加上一些日用必需的雜貨店、五金行之類，大概五分鐘就走完了。（余光中〈思蜀〉）

【稱呼】對人口頭上的稱謂。

【名】稱號、指稱。

【曰】稱為、叫做。

【謂】稱呼、叫做。

【統稱】總稱。

【泛稱】一般性稱呼。

【通稱】通常稱為。

【簡稱】以簡略、簡縮的詞語來代替較複雜的名稱。

【暱稱】親暱的稱呼。

【謔稱】開玩笑的稱呼。

【俗稱】通俗的稱呼。

【題名】此處作為指作品的命名。

【主名】此為命名之意。

【成名】通成用於指獲得榮譽或享有名聲，另有命名的意思。

【自號】自我命名。

這隻小貓，本來就長得漂亮，如今更顯得難得；我們讓牠在屋裡玩，比巴掌略大些的身子，襯著一對大眼睛，不時爬上籐椅，蜷偎在身邊膝上，沒事也會追追小蟑螂，伸出小手爪，攀扯掉一兩根衣服上的毛線。妻喊牠「漂亮貓」，又叫做「臭臭咪」。這臭當然是暱稱，就像情人又喚做冤家一樣。（龔鵬程〈後院〉）

我的故鄉莆田（福建）出生一位舉世聞名的女神：媽祖。故鄉的人們亦往往稱她為姑媽。我再說一下，儘管歷代帝王敕封她為天妃、天后、天上聖母，民間仍然親暱地稱呼她：媽祖或是姑媽。（郭風〈媽祖〉）

掃墓時候所常吃的還有一種野菜，俗名草紫，通稱紫雲英。農人在收穫後，播種田內，用作肥料，是一種很被賤視的植物，但採取嫩莖瀹食，味頗鮮美，似豌豆苗。花紫紅色，數十畝接連不斷，一片錦繡，如鋪著華美的地毯，非常好看，而且花朵狀若蝴蝶，又如雞雛，尤為小孩所喜。（周作人〈故鄉的野菜〉）

釋義

【釋義】解釋文義。

【解釋】分析、闡明。

【注釋】解釋文句的意義。

【注解】解釋字句的意義。

【詮釋】解釋、說明。

【詮解】解釋。

【言詮】以言語解說。

【解讀】解釋讀取。

【附註】對正文加以解釋或補充說明。

【顧名思義】本指寄望為人子女者，勿忘自己名字的由來；後比喻看到名稱，就聯想到它的意義。

而歲月何其曠茫，獨立天地之間，才發現蜉蝣人生處處都有生死悲歡的劇本。因此我總愛回到古典詩裡，去尋找一種古典的情懷，以注釋歲月流走的聲音。是的，江河日月，流水不回，但總有一首詩可以挽住生命中的某片雲影，挽住某段閒逸的心情吧？（辛金順〈悼忘書〉）

她撐著傘，帶我去看一些更古老的，一家圮頹的宗祠，雕花的樑柱落在蔓草裡，石碑上排列著一代代有顯赫官銜的列祖列宗的名字，也半躺在湮荒的庭院中濯著雨，而崖下的大漢溪仍然流著，和從前一樣的流著。她沒有說話去詮釋和肯定甚麼，她的笑容展在無邊春雨

【斷章取義】截取文章的某一段或談話中的某一句，引來表達自己的意思，而不顧全篇或原本的意思。

【望文生義】只從字面上解釋，而未能理解詞句真正的涵義。也作「緣文生義」。

【詮證】根據事實證據，加以解釋說明。

【詮說】詳細說明。

【破說】說明解釋。

【剖釋】針對事物剖析解釋。

【評釋】批評解釋。

【別解】不同的解釋，或指異於尋常的見解。

【注腳】置放於文章字句的下方，解釋本文內容的注釋。

【批注】針對書籍文章內容進行批評和解說的文字。

【標注】注釋。

【旁注】正文旁的細字說明、解釋。也作「旁訓」。

【夾注】通常指書籍或文章的內文中，夾入的注解。

【注本】附有注釋的版本。

引用

【引用】言論或文章中援用古書典故、名人格言以及俗語。

【引證】援引事實、法條或他人的言論做為立論根據。

【引據】引用、根據。

【引述】引用、敘述。

【援引】引證、舉例。

【摘引】摘錄引用。

【徵引】引證文獻。

【引經據典】引用經籍典故等作為發言或寫文章的依據。

【旁徵博引】多方引用，以資徵信。

中，染上一些春暮的悲涼……（司馬中原〈古老的故事〉）

唯勇者始敢單獨面對自己；唯智者才能與自己為伴。一般人的心靈承受不了多少靜默，總需要有一點聲音來解救。所以卡萊爾說：「語言屬於時間，靜默屬於永恆。」可惜這妙念也要言詮。（余光中〈娓娓與喋喋〉）

在濕冷潤澤的山風裡，我試著解讀，很明顯整座山散發的強大氣味是以植物為基調，就像踩過淌著露水的草地，隨之而來青草涼辣氣息。（馮子純〈山頭〉）

老實說我並不真正知道作家的煩惱，也恐怕沒有呈現作家所關注的事情的全部。也許他會說我這樣做對他不公平，我只是節錄了他的形象其中一面。但我的用意只是想去體會別人的感受，而在理解的過程中，若文字是必然地被斷章取義，這也是我們得忍受和諒解的事情。（董啟章〈看（不）見的城市〉）

我回到平日起居的都市裡，和另一朋友說及我抬櫃子的這樁經歷，也順勢說了某人童年在閣樓的生活略況，我所引據的，是我心中的印象，而這印象也是虛幻的，是我從沒見過的，但口說起來，我這另個朋友也能了解，也就是說，他能隨他意想像，然後成為一種他可能的「了解」。（舒國治〈自私瑣記〉）

有的雖不太講外文，但也不是等閒之輩。旁徵博引，學通古今，幾乎句句都能注出出處。哪怕引一句「語言是很重要的」這句話，也注明是引自某某出版社某某年版本某卷某頁，其治學嚴謹的風範和皓首窮經的功力，令M局長不敢吱聲。（韓少功〈火宅〉）

語言文字》五、情感與思想的溝通

1 情感

聽話

【聽話】聽從別人的話。

【聽說】聽人所說。

【耳聞】聽說。

【據說】根據他人所說，未必有真憑實據。

【順耳】和順悅耳。

【入耳】聽到。悅耳、中聽。

【中聽】聽起來悅耳好聽。

【言聽計從】完全採納他人所說的建議。形容對人非常信任。

【忠言逆耳】誠懇正直的規勸往往刺耳，而不易被人接受。

【耳熟能詳】聽得非常熟悉，以致能詳盡地說出來。

【前所未聞】從來未曾聽說過。

【聞訊】聽到消息。

【夙聞】從前曾經聽過。

【逖聽】遠道聽聞。逖，ㄊㄧˋ。

【駭聽】聽了令人震驚、驚訝。

【咫聞】距離近，有所聽聞。

【仄聞】從旁聽見。

【聽聞】耳朵聽見的。

【略有耳聞】稍稍聽得一點傳聞。

【罕聞】很少聽到。

【千古未聞】由古至今，從未聽過的事物。

【聞所未聞】聽到從未曾聽過的事情。

曾經去過遠方的人回來驚訝道：「我見過山，我見過山，完全是石頭，完全是石頭。」於是聽話的人在夢裡畫出自己的山巒。他們看見遠天的奇雲，便指點給孩子們說道：「看啊，看啊，那像山，那像山。」（李廣田〈山水〉）

後來母親低聲向我提起，為了順利獲得戰時配給，父親有一段時期改姓「田中」母親說，在戰爭期間只要能夠活下去，什麼方式都願意嘗試。耳聞這段不為人知的插曲，我不免感到吃驚。那時已經接受了中華民族主義教育的我，竟然對父親改姓名的舉動有一種仇視。（陳芳明〈母親的昭和史〉）

青塚在呼和浩特市南二十里左右，據說清初墓前尚有石虎列、石獅一個，還有綠琉璃瓦殘片，好像在墓前原來有一個享殿。現在這些東西都沒有了，只有一個石虎伏在階台下面陪伴這位遠嫁的姑娘。（翦伯贊〈內蒙訪古〉）

語言當然不就是聲音，但是在不中聽，不願聽，或者隔著牆壁和距離聽不真的語言裡，文字都喪失了圭角和輪廓，變成一團忽漲忽縮的喧鬧，跟雞鳴犬吠同樣缺乏意義。（錢鍾書《寫在人生邊上》）

對於舊金山人們耳熟能詳，尤其是反越戰的六〇年代，連我在台灣聽到這首歌都心嚮往之。（李黎〈兩個城市兩首歌〉）

冷淡

【耳邊風】耳邊的風。比喻對所聽到的事毫不關心。

【秋風過耳】比喻對事情毫不關心在意。

【馬耳東風】比喻對事情漠不關心。

【充耳不聞】形容故意不理會或不願聽取別人的意見。

【聽而不聞】耳朵聽著，但沒記在心上。形容沒注意，不關心。

【置若罔聞】雖然有聽到，卻好像沒有聽到一樣不加理會。

【不聞不問】置身事外，漠不關心。

【不相聞問】彼此之間沒有往來，互不關心。

忍耐

【忍氣吞聲】受了氣也強自忍耐，不敢作聲抗爭。

【低聲下氣】因謙卑或者懼怕，口氣順從小心。

【低三下四】卑恭屈膝討好他人的樣子。

【唯唯諾諾】順從而無所違逆。

惋惜

【惋惜】嘆惜、痛惜。

【感嘆】心中因有感慨而發出喟嘆。

【慨嘆】有所感觸而嘆息。

當封疆大吏盡皆鼓勵拱手請降的時刻，當遼東名將迭遭敗績敵焰正熾的時刻，你站出來幹什麼？難道你不知道自己只是一個官微職卑的六品縣令？你毫不理睬一切睥睨，也似乎對世俗的喊喳充耳不聞，攜請纓印信，大步登上寧遠城樓，一炮將不可一世的努爾哈赤打下馬來，威懾皇太極竟至倉皇失措！（石英〈袁崇煥無運歌〉）

原來段譽醒轉之後，便得王語嫣柔聲相向，兩人全副心神都貫注在對方身上，當時就算天崩地裂，業是置若罔聞，鳩摩智和慕容復在上面呼喝惡鬥，自然更是充耳不聞。（金庸《天龍八部》）

常常想像金盞喝醉了酒來親暱他的妻子百葉，把酒氣染在百葉身上，使她的花朵裡有了黃色的短花瓣。百葉生氣的時候，金盞端著酒杯，想喝而不敢，低聲下氣過來討好百葉。這樣的時候，水仙花散發出極其甜蜜的香味，是人間夫妻和諧的芬芳，瀰漫在迎接新年的家庭裡。（唐敏〈女孩子的花〉）

杜鵑的膽子，與其智能、體形均不相稱。牠們一般隱匿於稠密的枝隙，且飛行迅疾，使人聞其聲卻難見其形。華茲華斯即曾為此感嘆：「你不是鳥，而是無形的影子，是一種歌聲或者謎。」迄今我只觀察到過一次杜鵑，當時牠在百米以外的一棵樹上啼鳴。我用一架

【喟嘆】感慨、嘆氣。

【興嘆】因情緒引發的感嘆。

【嘆惋】嘆息、惋惜。

【嗟嘆】感嘆、嘆息。

【太息】大聲嘆氣。

【欷歔】悲泣抽噎的樣子。

【咨嗟】嘆息。

厭惡輕視

【厭棄】由厭惡而放棄。

【嫌棄】厭惡不喜歡，不願接近。

【唾棄】輕視鄙棄。

【鄙棄】鄙視唾棄。

【鄙薄】鄙視、輕視。自謙之詞。

【菲薄】鄙夷、輕視。

【不足道】不值得稱述。

【嗤之以鼻】從鼻子裡發出冷笑，表示不屑、鄙視。

小氣

【斤斤計較】極細微、瑣細的事物也要計算得很清楚。

【論斤估兩】形容斤斤計較。

【較短量長】比喻斤斤計較。

【爭長論短】爭論、計較利害得失。

二十倍的望遠鏡反覆搜尋，終於發現了牠。（葦岸〈大地上的事情〉）

在面對人生的命遇時，我們既不能挑選，也無從迴避，與其嗟嘆「古來才命兩相妨」，或努力做「君子居易以俟命」的工夫，終不如順情、因境、承命而起興。（龔鵬程《龔鵬程四十自述．感興》）

它靜靜地臥在那裡，院邊的槐蔭沒有庇覆它，花兒也不再在它身邊生長。荒草便繁衍出來，枝蔓上下，慢慢地，竟鏽上了綠苔、黑斑。我們這些做孩子的，也討厭起它來，曾合夥要搬走它，但力氣又不足；雖時時咒罵它、嫌棄它，也無可奈何，只好任它留在那裡去了。（賈平凹〈醜石〉）

妻也是一個十分念舊的女人。她從不任意唾棄自己所曾寶愛過的人或物。祖母去世了，她從將被丟棄的遺物中，撿回一只錫鑄的針線盒、一把拂塵、一柄葵扇。雕鏤著牡丹花的盒蓋，一層暗灰的塵垢，累積著祖母多少縫縫補補的歲月。（顏崑陽〈思舊賦〉）

至於我，讀書純為了享受，在選擇上是不免斤斤計較的。買書也斤斤計較，為的是財力還不准隨心所欲。書少買，也就少累贅，至少在逃難時不致發生一手抱孩子，一手還要抱書，或者抱了孩子就不能抱書，抱了書就不能抱孩子，那種難捨難分的狼狽狀態。這時書無疑是一種災害。此類書災，我尚未嘗過。買書少，在選擇上斤斤計較是難免的，那情形可能近乎手邊不甚寬裕的主婦去買件把衣料。（吳魯芹〈我和書〉）

稱讚

【叫絕】叫好。表示讚賞。

【表彰】表揚、獎勵。

【唱好】喝采叫好。

【喝采】大聲叫好。亦作「喝彩」。

【誇獎】稱讚。

【嘉許】嘉獎讚許。

【歌頌】以詩文來頌揚、讚美。

【稱道】稱讚、讚揚。

【褒揚】讚美表揚。

【歎賞】讚賞。

【讚譽】讚美稱譽。

【過獎】過分誇獎。常作自謙之辭。亦作「過譽」。

【溢美】過分的讚美。

【激勵】激發、鼓勵。

埋怨

【埋怨】抱怨、責怪。

【怨懟】怨憤、怨恨。

【抱怨】對他人訴說心中的不滿和怨恨。

【微詞】不直接說明，以隱微的言詞批評。

【牢騷】抑鬱不平而抱怨。

【發牢騷】向人傾吐心中的不滿和怨恨。

【怪罪】責備、埋怨。

【怨尤】怨恨責怪。

【抱屈】受到委屈，心中感到不平。

【怨天尤人】懷恨上天，責怪他人。

【怨聲載道】到處充滿了怨恨的聲音。形容群眾普遍怨恨、不滿。

【自怨自艾】原指悔恨自己過去的錯誤而加以改正缺失，今

我雖然自信奉教甚虔，但虛榮心還沒有脫盡。我一直就渴想看見一個捧著我那本「私念」的讀者，聚精會神地讀，不特發出驚嘆，甚至拍案叫絕，感動得眼淚都流出來。（思果〈與讀者會見記〉）

莉莉此時該已在後臺化妝，以層層脂粉掩飾她的恐懼。她說了多少次，不想再唱下去，他卻也替她想不出別的路好走，他們都需要別人喝采。（張系國〈征服者——「遊子魂」之十一〉）

所以，依黃山谷氏的說話，那種以修養個人外表的優雅和談吐的風味為目的的讀書，才是唯一值得嘉許的讀書法。（林語堂《人生的盛宴》）

平常，看到這麼多螞蝗，在自己的小腿上吸吮，還有蚊子不斷飛繞臉頰邊，總會埋怨這條山徑的潮濕、多蟲，乃至感嘆山路的崎嶇不平。現在看到牠們活絡而旺盛地出現，且貪婪地攻擊我和隊友，反而有些心平氣和了。好像唯有這樣才能證明，雪山隧道暫時還未對上面的森林造成嚴重影響。（劉克襄〈雪山隧道上的小村〉）

時間果然能屈能伸——不然為什麼快樂總是像放煙火，而老人家總抱怨「一瞑落落長」？如果想更確切地體驗時間的彈性，那麼夏天的夜裡抬頭看看北極星吧。八百六十年前發出的光芒，歷經幾世紀時空穿梭終於送達我們眼睛；剛好，你接收到了，或許今晚也因而變得有些古典。（高自芬〈表情〉）

老朋友來到時，談談老話，大家都有一腔懷古的幽情，想一會兒當年，在尹雪豔面前發發牢騷，好像尹雪豔便是上海百樂門時代永恆

多指自我悔恨、責備。

【無病呻吟】沒有疾病卻故意發出痛苦的聲音，比喻無端憂愁，妄發牢騷。也指文章矯揉造作，缺乏真實情感。

【嗔】此處作為責怪、埋怨的意思。

【怪責】抱怨、責怪。

【見怪】抱怨責怪。

【怨懣】埋怨憤恨。懣，ㄇㄣˋ。

【怨暢】抱怨。

【大發牢騷】不停抱怨。

【牢騷滿腹】指人的心中充滿不平和埋怨。

【芒角稱腸】形容人牢騷滿腹。

【怨天怨地】對天地充滿怨恨，抱怨不休。

【怨世罵時】抱怨、咒罵世間。

【吐苦水】傾吐心中的痛苦和鬱悶，發牢騷。

嘲諷

【自嘲】自我嘲笑；解嘲。

【打趣】開人玩笑；嘲弄。

【打諢】取鬧；趣話哄笑。

【挖苦】輕薄的話譏諷人。

【奚落】嘲弄人，使難堪。

【俳笑】戲弄嘲笑。俳，ㄆㄞˊ。《史記．黥布傳》：「人有聞者，共俳笑之。」

【訕笑】譏笑。

【排調】嘲笑戲弄。

【揶揄】嘲弄。

【嗤笑】譏笑，嘲笑。

【嘲弄】調笑戲弄。

【嘲撥】嘲笑，戲謔。

【調侃】揶揄，嘲諷。

【調笑】戲謔嘲笑。

【齒冷】譏笑，恥笑。開口久了，牙齒變冷，故稱。

的象徵，京滬繁華的佐證一般。（白先勇〈永遠的尹雪豔〉）

我也認得一些真正毫無怨尤，為子女投注了一生的女性。她們也許沒有高深的學識，卻沒有放棄求知；也許看來柔弱，卻在遇事時明理而堅毅。如果專業的母親不能得到應有的肯定，我不免要為這樣的女性抱屈，因為，亙古以來，她們才是安定整個人類社會的最大力量；在所有的擾攘紛亂中，她們的關愛才是我們心靈最終的支持。（黃碧瑞〈母親結〉）

剛開始，同學所寫的詩，幾乎全是傷春悲秋、無病呻吟之作。大二學生，會有什麼大不了的憂愁呢？但是，寫出來的詩，竟然全像是被拋棄了數十次的怨婦一般，哀怨滿紙，忿懣無邊。（廖玉蕙〈護岸小桃紅滿樹〉）

自嘲變成自吹自擂，尤其是認識我的人都知道我說話往往不得當，說我木訥還不服，大言不慚令人齒冷。（張愛玲〈編輯之癢〉）

人在相親的時候，彷彿自己是市場上的斤兩，被人評頭論足，被人奚落，自尊喪盡，自卑滋生。原來我在別人眼中，分量比一個橘子還輕。（隱地〈二十六個我〉）

她又說了程仁許多好話，說程仁是個可靠的人，有出息，並且說當程仁在家裡當長工的時候，就覺得他不錯，好像她從來也沒有揶揄過黑妮對程仁的親近一樣。（丁玲《太陽照在桑乾河上》）

陪歡場女子買東西，他是老手了，只一旁隨侍，總使人不注意他。此刻的微笑也絲毫不帶諷刺性，不過有點悲哀。他的側影迎著檯燈，目光下視，睫毛像米色的蛾翅，歇落在瘦瘦的面頰上，在她看來是一

【諷刺】以隱微的方式嘲諷譏刺。

【戲謔】以詼諧的話取笑；開玩笑。

【譏誚】冷言冷語地譏諷。

【刮冷風】用冷言冷語表示不贊同的意見。

【冒涼腔】冷言嘲笑。

【冷言冷語】諷刺、譏笑的話。

【冷譏熱嘲】尖酸、刻薄的嘲笑和諷刺。

【謔浪話頭】帶有挑逗意味、戲謔放蕩的話。

奉承

【巴結】奉承、攀附。

【吹噓】此作吹捧。

【佞媚】形容諂媚、討好。佞，ㄋㄧㄥˋ。

【阿諛】阿附諂諛。

【迎阿】逢迎阿諛。

【便佞】花言巧語逢迎人。

【恭維】奉承、諛頌。

【逢迎】在言語行動上奉承討好別人。

【媚諂】巴結奉承。

【夤緣】攀附權貴求進身。

【趨奉】奔走奉承。

【藎獻】奉承；獻殷勤。藎，ㄐㄧㄣˋ。

【攀附】投靠有權勢者，求升官發財或得到好處。

【鑽營】指設法找門路，巴結有權勢的人。

【拍馬屁】諂媚、奉承。

【抱粗腿】喜歡拍馬屁，攀附權貴。

【戴高帽】比喻用好聽的話奉承人。

種溫柔憐惜的神氣。（張愛玲〈色戒〉）

近來F一見我，總有幾句牢騷，記不清是從什麼時候起，我用了這樣一句關心之中帶點調侃的話，後來就變成了親暱的開場白。（茅盾《腐蝕》）

有的講那囝仔演得不錯，這就是在譏誚我演了有些不應該，有的卻直接在講我的橫逆，這也難怪，人的心本來是對於弱者劣敗者表示同情，對於強者懷抱嫉妬和憎惡，〔……〕（賴和〈惹事〉）

我們從小培養出來的信任荒謬可笑，她如果說我能瘋魔全球，我也絕不謙虛。此刻我得拚命想像蠻子吹噓我時的神態，那我的自信心就會猛增。（劉索拉〈藍天綠海〉）

不過我想，如果純粹是為了佞媚獻寵，阿二不可能練就一手功夫，烹飪就像其他的技藝一樣，必須高度投入長期磨練，沒有興趣怎熬得住？（蔡珠兒《今晚飲靚湯》）

這是在一年前曾騷擾過我的一個安徽粗壯男人所寄來，我沒看完就扯了，我真肉麻那滿紙的「愛呀愛的」，我厭恨我不喜歡的人們的藎獻……（丁玲〈莎菲女士的日記〉）

政治性的恐怖事件，幾乎天天發生。有志之士被壓迫得慢慢像西洋大都市的交通路線，向地下發展，地底下原有的那些陰毒曖昧的人形爬蟲，攀附了他們自增聲價。鼓吹「中日和平」的報紙每天發表新參加的同志名單，而這些「和奸」往往同時在另外的報紙上聲明「不問政治」。（錢鍾書《圍城》）

吃過了酒，送過了客，獨有魏翩仞不走。他原是最壞不過的，看

【灌迷湯】恭維、奉承，使人心神迷醉。

【打動獻趣】阿諛奉承。

【戴炭簍子】裝木炭的簍子細高，像一頂高帽子。比喻吹捧，恭維別人。

見陶子堯官派熏天，官腔十足，曉得是歡喜拍馬屁、戴炭簍子的一流人。（清·李寶嘉《官場現形記》）

鴻漸道：「我發現拍馬屁跟戀愛一樣，不容許有第三都冷眼旁觀。咱們以後恭維人起來，得小心旁邊沒有其他的人。」（錢鍾書《圍城》）

2 作假

說謊

【說謊】說不真實的話。

【撒謊】說謊話。

【扯謊】說謊，說假話。

【謊報】捏造事實報告。

【訛稱】謊稱。

【詐稱】謊稱。

【誑語】說謊。

【誑稱】謊報。

【捏詞】編造謊言。

【砌詞】編造不切實際的言語。

【謾語】謊言。

【圓謊】彌補謊話中的漏洞。

【口是心非】嘴巴說的和心裡想的不一樣。

【言不由衷】言詞與心意相違背。

【東誆西騙】四處說謊詐騙。

【混淆視聽】以假象或謊言讓人無法分辨是非真偽。

【訛言謊語】造謠說謊，偽詐不誠實的話。

【謊話連篇】形容謊話非常多。

我是真的迷路了，我不想說謊。在東張西望的同時，我看到無數個和自己一模一樣的頭，漂浮在空氣中追趕著我，這使我腳步錯亂，心跳加速，於是在慌亂中躲進了兩棟建築物之間。在陰影裡，我看不見我自己，猶如在黑暗中，看不到前方的路，我不知道我是迷了路？還是迷失了自己？（陳璐茜〈迷路〉）

娘家來了人，雖然大嚷大鬧，老王並不怕。他早有了預備，早問明白了二妞，小媳婦是受張二嫂的挑唆纔想上吊；王家沒逼她死，王家沒給她氣受。你看，老王學「文明」人真學得真到家，能瞪著眼扯謊。（老舍〈柳家大院〉）

「小姐貴姓？」「梅。」她胡亂回答，心裡直在罵三字經。全是廢話！幹這行誰會說自己的真姓？「梅小姐。梅，倒是很少有的姓。」那人倒會自圓其說。不過接著又是陳腔老調，問她讀哪個學校，學什麼的，幾年級。她細聲細氣憑情緒對答，反正準備了好幾套，不會有什麼破綻，這些臭老男生出來玩就玩吧！還要玩大學生，不要臉！比

【彌天大謊】天大的謊言。

【自圓其說】解釋自己牽強的說法、行為，好讓人看不出破綻或矛盾的地方。

欺騙

【欺騙】說假話哄騙人。

【欺瞞】刻意隱藏真相，不讓人知道。

【欺矇】說假話哄騙人。

【欺謾】說假話哄騙人。

【欺罔】欺騙蒙蔽。

【欺誣】欺瞞詐騙。

【欺隱】欺騙隱瞞。

【謊騙】用謊言欺騙人。

【誘騙】引誘拐騙。

【誆騙】欺騙。

【誑騙】欺騙。

【訛騙】欺騙。

【唬】蒙混、欺騙。

【哄】欺騙。

【欺哄】欺騙。

【哄騙】說假話騙人。

【哄弄】欺騙、戲弄。

【瞞】欺騙、隱藏真相。

【瞞哄】隱瞞哄騙。

【瞞騙】隱瞞欺騙。

【蒙蔽】隱瞞欺騙。

【矇騙】欺騙。

【胡弄】欺騙、耍花招。也作「糊弄」。

【迷惑】迷亂他人心智。

【詐騙】欺詐騙取。

【詐欺】欺騙。

【撞騙】找機會行騙。

【拐騙】用欺詐的手段，誘拐人口或錢財。

【行騙】做騙人的事。

【造謠】捏造不實的說詞。

【搗鬼】暗中使用陰謀詭計。

女人還虛榮。（郭良蕙〈冶遊〉）

他每早上聽見他老人家叫他，心裡實在有點難過，覺得對他不住，對他慚愧。他這麼大的年紀，破曉的清早，就要爬起來督店員們洒掃、整理、買賣。自己日夜流連酒賭之間，睡到日出三竿還不起來，而且毫不幫忙，有的是奉行故事，欺瞞人眼，甚至要勞到他老人家來叫。（王詩琅〈沒落〉）

牧羊橋下的白色睡蓮開了兩朵，托在一片嫩綠浮萍上，橋底下的水沿著觀海亭流出去。流到什麼地方呢？蓮呢，你這就載著我走了罷，我原本不是這世上的，不過謊騙人間二十年，如今要嫁做東風隨水而去啦。（朱天文〈牧羊橋，再見〉）

畢竟回國後去診所看病，藥袋裡的處方單，寫著我的年齡是三十九歲三個月。健保局是慈善的，算年齡的方法很科學。但我想唬誰？論中國人的虛歲，我已經四十一。（王文華〈我四十歲，我迷惑〉）

這一場，來來往往，鬥經三十回合，不見強弱。八戒又使個佯輸計，拖了鈀走。那怪隨後又趕來，擁波捉浪，趕至崖邊。八戒罵道：「我把你這個潑怪！你上來！這高處，腳踏實地好打！」那妖罵道：「你這廝哄我上去，又叫那幫手來哩。你下來，還在水裡相鬥。」（明．吳承恩《西遊記》）

不論什麼樣的痛苦都被隱匿，以至於未婚的女孩對這種痛楚一無所知，她到生產時，才知道「女人是被矇騙長大的」，那不知來自何方的被支解被撐脹的痛楚，亦無止盡地延續，就像千軍萬馬在她身上

【耍花腔】用花言巧語來矇騙他人。

【自欺欺人】欺騙自己，也欺騙別人。指用自己都難以相信的話或事情來欺騙他人。

【連哄帶騙】不斷地說好話，誘使他人相信。

【招搖撞騙】假藉名義或聲勢，伺機詐騙。

【爾虞我詐】彼此互相詐騙，形容人與人之間的鉤心鬥角。

【欺上罔下】對上欺瞞，對下蒙蔽。也作「欺上瞞下」。

【搞鬼】暗中使用計謀。

【唬鬼瞞神】比喻欺上瞞下。

【欺世盜名】欺騙世人，竊取名聲。

【故弄玄虛】故意玩弄花招，使人迷惑，無法捉摸。

【妖言惑眾】以怪誕的邪說去迷惑眾人。

【瞞天過海】比喻欺騙的手法高明。

【瞞天昧地】欺騙天地。比喻昧著良心，以謊言騙人或隱瞞事實真相。也作「昧地謾天」。

胡說

【胡說】毫無根據地亂說話。

【胡扯】沒有根據或沒有道理地亂說。

【胡謅】隨意亂說；信口瞎編。

踐踏而過……。（周芬伶〈汝身〉）

她沒有去警局報案，因為覺得自己「羞愧至極」，因為她手上沒半點證據，她甚至不敢告訴朋友跟家人，只能兼兩份工作省吃儉用慢慢把債都還清，但心理的創傷卻無論如何無法平復，我問她最覺得受傷的是哪一部分，她說：「我覺得我是被自己的夢想給詐騙了。」她說如果不是她一心嚮往那種豪門生活，又怎會糊里糊塗把畢生積蓄交給一個才認識一個月的男人。（陳雪〈愛情騙子〉）

回家的時候太陽把路上汽車的影子映在人行道旁的灰牆上，照得扁扁的、長長的，於是她建議我們來「跳汽車影子」。在每個汽車影子滑過牆上的時候，我們縱身一躍，說時遲那時快，整個車身已悄然掠過。於是在自欺欺人之際，我們也就以為自己跳過了整個車身。每天放學的時候，這幾乎成了我們必做的遊戲。（叢甦〈霧天憶青島〉）

大自然母親張開溫柔的懷抱接納我，森林裡的萬物成為充滿善意的朋友，雪霸國家公園的伙伴們只以「義務解說員王裕仁」來對待我，誰也不管我的是非爭議、流言蜚語，大家在意的只是一棵樹的成長、一朵花的綻放、一隻鳥的鳴唱，甚至一朵雲的漂流……在這裡，沒有爾虞我詐，沒有浮誇矯飾；在這裡，我重新學習做一個真誠面對自己、面對世界的人。（苦苓〈直到你們回來〉）

甘夫人曰：「二叔因不知你等下落，故暫時棲身曹氏。今知你哥哥在汝南，特不避險阻，送我們到此。三叔休錯見了。」糜夫人曰：「二叔向在許都，原出於無奈。」飛曰：「嫂嫂休要被他瞞過了！忠臣寧死而不辱。大丈夫豈有事二主之理！」關公曰：「賢弟休屈了

謅，ㄗㄡ。

【扯白】胡亂說話。

【扯淡】胡扯、瞎說。

【亂講】胡說八道。

【亂道】胡說。也作「亂說」。

【瞎扯】沒有根據地或主題地亂說。

【調喉】胡言亂語。

【瞎說】亂說。

【妄說】隨便亂說。

【妄語】說虛妄不實的話。

【咬舌根】形容信口胡說，搬弄是非。

【放空炮】比喻說話不切實際。

【胡言亂語】沒有根據、條理地隨便亂說話。

【胡說八道】沒有根據地亂說。

【妄言輕動】隨便亂說、亂動。

【數黑論黃】隨意亂說。

【數黃道白】隨意評論。

【信口雌黃】不顧事情真相，隨意亂說。

【信口開河】不加思索就隨意亂說。

【一派胡言】完全胡說八道。

【道聽塗說】泛指沒有經過證實、缺乏根據的話。語本《論語．陽貨》：「道聽而塗說，德之棄也。」

【睜眼說瞎話】比喻胡說八道，信口開河。

空談

【空談】空泛而不切合實際的談論。

【空言】空泛而不切合實際的言論。

【虛談】空談。

【唱高調】比喻提出好聽而不

我。」孫乾曰：「雲長特來尋將軍。」飛喝曰：「如何你也胡說！他哪裡有好心！必是來捉我！」（明．羅貫中《三國演義》）

我常和理工科的男同學胡扯，他們常坦白承認他們是大老粗，不會念詩作賦，也不會舞文弄墨，可是他們卻喜歡一些中國古典詩詞裡的名句，像「小樓昨夜又東風，故國不堪回首月明中」，「枯藤老樹昏鴉……斷腸人在天涯」等等。他們的電腦檔案中常有這些句子，隨時叫出來欣賞。（李家同〈我所嚮往的副刊〉）

仲琪一直是很擁護政府的，平時一個蛋大的領袖像章總是端端正正掛在他胸口，早已不時興了的語錄袋，一逢會議也總是掛在他肩上。一般來說，他講話有政治水準，嘴巴也緊，也沒有胡言亂語的惡習。（韓少功《馬橋詞典．馬同意》）

張無忌淡淡一笑，說道：「晚輩略明醫理，前輩若是信得過時，待此間事情一了，晚輩可設法給你驅除這些病症。只是七傷拳有害無益，不能再練。」宗維俠強道：「七傷拳是我崆峒絕技，怎能說有害無益？當年我掌門師祖木靈子以七傷拳威震天下。名揚四海，壽至九十歲，怎麼說會傷害自身？你這不是胡說八道麼？」（金庸《倚天屠龍記》）

原本我的功課還不壞，總在班上前幾名，這樣一來，成績就一落千丈了。上學彷彿只是等卯架似的。反正也不在乎。雖然很多心理學的書都說那是反叛期，我自己是不信那一套的，空口說白話誰不會，別人吃麵你叫熱，隔岸觀火還要指揮消防隊從哪裡著手，個案、分析，說的比唱的還好聽，其實那些寫心理學書籍的學者專家們，我就

切實際的言論。

【紙上談兵】不切實際的空談、議論。也作「紙上空談」。

【痴人說夢】原指不能對呆傻的人說夢，以免他信以為真。今指不切實際地空談。

【光說不練】空談而沒有實際行動。或作「光說不做」。

【言而不行】說而不做。

【空口說白話】光說不做，沒有實際行動。

誇口

【誇大】言語超過原有的事實。

【誇張】誇大。

【誇口】說大話。

【誇耀】誇示炫耀。

【誇示】向人炫耀自己得意的地方。

【誇誕】言語虛假，不切實際。

【渲染】文字過度吹噓誇大。

【炫耀】誇耀。

【浮誇】虛浮誇大、不實。

【喇嘴】胡亂誇口。

【奢言】誇張的話。說大話。

【侈言】誇口。

【誑嘴】誇口。

【揚言】言語誇張不實。

【自誇】自己誇耀自己。

【自詡】自誇、自耀。詡，ㄒㄩˇ。

【吹牛】說大話。

【矜誇】驕矜誇大。

【吹捧】誇張地讚揚某人。

【吹噓】說大話，過度地宣揚或編造優點。

【說嘴】自誇，說大話。

【膨風】吹牛、說大話。

【賣弄】誇耀，顯露本事。

【賣功】誇耀自己的功勞。

不信他們中學的時候幹過架？（吳晗〈打斷手骨顛倒勇〉）

這些文章，據他們看，都是紙上談兵，迂生的腐談。真正的文章，假若他們肯動筆的話，是只論到自己怎樣利用機會，是由我及他，是自內而外；什麼世界大勢，政治理論，狗屁！（老舍《蛻》）

海嬰在玩著一大堆黃色的小藥瓶，用一個紙盒盛著，端起來樓上樓下的跑。向著陽光照是金色的，平放著是咖啡色的，他招聚了小朋友來，他向他們展覽，向他們誇耀，這種玩意只有他有而別人不能有。（蕭紅〈回憶魯迅先生〉）

大門口是一排落葉喬木。我認真觀察研究的結果，知道一半是毛山櫸，一半山楂。喬木植成一行，作為圍牆的延續。盛夏季節，兩種樹都結了紅色的小菓子，午後雀鳥成群飛來，駐滿樹顛，啁啾之聲不絕於耳，搶啄樹上的菓子。樹葉茂密，低垂到西向的窗口，葉影中是粗壯渾厚的梗幹，和窗內的吳昊版畫相映，好像是倒影，互相誇示年輪。（楊牧〈西雅圖誌〉）

《冷山》的情節跌跌撞撞來到你眼前；你彷彿查爾斯．佛瑞哲看到英曼困頓的身姿，那段耗費了他數月或者年餘的逃難山路。走向冷山是英曼的歸宿是他的桃花源，是愛情的所在，是反戰的終點。你的玉山行呢？只是炫耀嗎？炫耀你征服了這座台灣人的聖山，這座永遠的山。向誰炫耀呢？（方梓〈這個世界上只有山嶺〉）

用現代科學知識責難左拉小說，勢必有失公允，但誰叫左拉當年

【言過其實】言詞虛妄誇大，與實際情形不相符。

【過甚其詞】話說得太誇大，超過實際的情形。

【加油添醋】比喻傳述事情時，任意增添情節，誇大、渲染內容。也作「添油加醋」。

【自賣自誇】自己賣什麼，就誇什麼好。指自我哄抬，吹捧。

【自吹自擂】自我吹噓。

【大吹大擂】本指吹吹打打，非常熱鬧。後來比喻任意吹噓，誇張不實。

【誇誇其談】言語或文章浮誇，不切實際。

【天花亂墜】言詞巧妙、動聽。多指誇大不切實際。

【紙上談兵】不合實際的空談、議論。

【大放厥詞】發表誇張的言詞。

【大言不慚】不顧事實誇大言談，卻不感到羞恥。

【彈空說嘴】空說大話。

【危言聳聽】故意說些誇大、嚇人的話，讓人感到驚駭。

【聳人聽聞】故意說些新奇誇大的言詞，讓人感到震驚。

【刮刮而談】得意而盡情地大發議論。

【蓋仙】善於辭令，能將話說的天花亂墜的人。

【賣口】誇口。

【誑嘴】說大話、誇口。

【海口】此處形容人說大話，日後「誇下海口」。

【侈口】說大話、吹牛。

【開嗙】吹牛誇耀。嗙，ㄆㄤˇ。

【號稱】誇口宣稱。

【吹法螺】誇口說大話。

【吹大氣】說大話、誇口。

【騙嘴】誇口吹牛，逞能賣乖。

【吹大炮】張口說大話、吹牛。

【顯弄】誇耀耍弄。

【說嘴打嘴】說大話的人，偏

侉侉奢言，他的小說注重科學，經得起解剖學一般的檢驗。（莊裕安〈虛擬家族也會有基因圖譜〉）

「詩是像我這樣的傻瓜做的，只有上帝才能造出一棵樹」，這兩行詩頗有一點意思。人沒有什麼了不起，侈言創造，你能造出一棵樹來麼？樹和人，都是上帝的創造。（梁實秋〈樹〉）

年紀大了，她另一句擾人的口頭禪是，「恁老爸如果不是我致蔭（蔽蔭）伊，伊甘會有今日？」這在老爸耳裡當然是不怎麼受用。但不知道為什麼，這句話總讓我有很強烈的戀愛的感覺，可能在這個看似自誇的句子裡，隱隱讓人感到所講述的對象是複數的意涵吧？至少那似乎暗示了，他們曾經以某種相互致蔭的姿勢，飛行過一段人生。（吳明益〈飛〉）

以文明、成熟自詡的西方列強，很篤定的幫助以色列萬里尋仇，連「始作俑者」的德國也悶聲不響，表示默默的贊同。（龍應台〈可以原諒，不可以遺忘〉）

沿著住處附近的小巷子快走，直達附近的小學操場，真不敢想像這個小學一直都在這裡，據說有五十年歷史了，我爸老是得意地吹噓我爺爺當年還是這學校的家長會長，說他當年國小六年都是模範生跟班長，每次他這麼講我就會氣得抓狂，除了吹牛他還會什麼！（陳雪〈晚餐〉）

行者上前跪下道：「菩薩，弟子拿不動。」菩薩道：「你這猴頭，只會說嘴。瓶兒你也拿不動，怎麼去降妖縛怪？」（明．吳承恩《西遊記》）

多好笑！余孟勤這個人，他在壁報上大吹大擂地也談光榮和責任。他似乎就沒有生物學的常識，甚至他彷彿是從石頭中劈出來的孫猴

偏自己出糗。

【搬弄】此處指賣弄、誇耀自身本事。

花言巧語

【花言巧語】說虛假而動聽的話騙人。

【巧言令色】話說得很動聽，臉色裝得很和善，卻一點也不誠懇。

【巧言如流】形容言詞巧偽，流利動聽。

【鼓舌】多話詭辯，多指花言巧語。

【搖脣鼓舌】鼓動嘴脣與舌頭，指利用口才說些花言巧語，搬弄是非。

【丑表功】此處指人不知羞恥，誇耀自己的功勞。

【鼓舌如簧】形容人花言巧語，能說善道，動舌如鼓弄簧片一般。

【天花亂墜】傳說佛祖講經說法，感動上天，紛紛落下各色香花。後用來形容說話言詞巧妙、動聽，卻不切實際。

【口甜如蜜】形容人說話動聽，討人歡心。

【甜言蜜語】為了討人喜歡，或者哄騙人而說得甜美動聽。

子，不是一個有父母的生物一樣。（鹿橋《未央歌》）

我還記得有一陣子自豪「國語」講得流利，到被誤認作外省人的地步，因而當被問到籍貫時，會大言不慚地說：「我祖籍是甘肅。」把人唬得一愣一愣的。（楊照〈繡有蓮花的一方手帕〉）

鍾萬仇叫道：「我去尋老婆要緊，沒功夫跟你纏鬥。」刀白鳳道：「你到哪裡去尋老婆？」鍾萬仇道：「到段正淳那狗賊家中。我老婆一見段正淳，大事不妙。」刀白鳳問道：「為甚麼大事不妙？」鍾萬仇道：「段正淳花言巧語，是個最會誘騙女子的小白臉，老子非殺了他不可。」（金庸《天龍八部》）

至誠的君子，人格的力量照徹一切的陰暗，用不著多說話，說話也無須乎修飾。只知講究修飾，嘴邊天花亂墜，腹中矛戟森然，那是所謂小人；他太會修飾了，倒教人不信了。（朱自清〈說話〉）

媽媽說他沒良心，紀媽責備他不懂事。他有口難辯。在家裡，在學校裡，一向是生悶氣的時候多；同情往往引起是非，而且孤高使他不願逢迎。他會說故事，可是這並不能使他對人甜言蜜語的。遇到了真事，他怕。在想像裏他能鄭重；在真事裏他不能想象，因而也不能鄭重。（老舍《牛天賜傳》）

【附會】把兩件沒有關聯的事物勉強湊合在一起。

【比附】把兩件事物拿來相互比較。

【牽強】勉強。

【穿鑿】勉強、牽強地解釋。

【鑿空】憑空附會。

【穿鑿附會】道理說不通，卻牽強湊合，以求合理。

【郢書燕說】郢人在給燕相的信中誤寫了「舉燭」二字，燕相便解釋為尚明、任賢的意思。後世比喻穿鑿附會，扭曲原意。

【牽強附會】將不相關或關係不大的事物湊合在一起，勉強比附。

【牽合附會】把不相干的事物硬湊合在一起。

【望文生義】只從字面上穿鑿附會地加以解釋，而不能理解詞句真正的涵義。也作「緣文生義」。

但假如我存心要和楊柳結緣，就不說上面的話，而可以附會種種的理由上去。或者說我愛它的鵝黃嫩綠，或者說我愛它的如醉如舞，或者說我愛它像小蠻的腰，或者說我愛它是陶淵明的宅邊所種，或者還可引援「客舍青青」的詩，「樹猶如此」的話，以及「王恭之貌」、「張緒之神」等種種古典來，作為自己愛柳的理由。（豐子愷〈楊柳〉）

我每次做完一篇文字，總是先捧到母親面前。她是我的最忠實最熱誠的批評者，常常指出了我文字中許多的牽強與錯誤。假若這次她也在這裡，花香鳥語之中，廊前倚坐，聽泉看山。同時守著她唯一愛女的我，低首疾書，整理著十年來的亂稿，不知她要如何的適意，喜歡！（冰心〈我的文學生活〉）

斜川生氣不好發作，板著臉說：「跟你們這種不通的人，根本不必談詩。我這一聯是用的兩個典，上句梅聖俞，下句楊大眼，你們不知道出處，就不要穿鑿附會。」（錢鍾書《圍城》）

3 詼諧

有趣

【滑稽】意指詼諧有趣的言語、動作。

【詼諧】說話幽默風趣。

【諧趣】詼諧有趣。

【幽默】含蓄而充滿機智的言談、辭令，可使聽者發出會心一笑。英語 humor 的音譯。

【發噱】指發笑。

Gogol 的著作人們都說是笑裡有淚，實在正是因為後面有看不見的淚，所以他小說會那麼詼諧百出，對於生活處處有回甘的快樂。中國的詩詞說高興賞心的事總不大感人，談愁語恨卻是易工，也由於那些怨詞悲調是淚的結晶，有時會逗我們灑些同情的淚，所以亡國的李後主，感傷的李義山始終是我們愛讀的作家。（梁遇春〈淚與笑〉）

我獨自倚著鐵闌，沉思契訶夫今天要是在著他不知怎樣；他是最

【風趣】幽默風雅，耐人尋思。

【風趣橫生】非常幽默、詼諧。

【妙語如珠】說話很風趣。

【妙珠解頤】說話風趣，引人發笑。

【俏皮】此處指指言詞或舉止幽默風趣。

【俳謔】詼諧幽默、開玩笑。

【俳諧】詼諧、嘲戲。

【諧謔】詼諧戲謔。

【逸趣橫生】形容語言文字高雅有趣味。

【議論風生】形容評論事物極其生動幽默。

【妙趣】巧妙而有趣。

【詼嘲】詼諧戲謔。嘲，ㄔㄠˊ。

【詼詭】詼諧奇詭。

開玩笑

【開玩笑】以言語、動作來戲謔或捉弄人。

【戲謔】開玩笑。

【戲稱】開玩笑地說。

【調笑】戲謔嘲笑。

【耍笑】嘻笑玩耍。

【笑謔】開玩笑。

【諧謔】詼諧戲謔。

【打趣】取笑、開玩笑。

【湊趣兒】逗趣取笑，意圖使人高興。

【尋開心】逗樂、開玩笑。

【打哈哈】開玩笑。

【打諢】戲劇表演中以笑話、諧語相戲謔，使劇情生動有趣。後來也指開玩笑。諢，ㄏㄨㄣˋ。

【插科打諢】戲曲表演中，穿

愛「幽默」，自己也是最有諧趣的一位先生：他的太太告訴我們他臨死的時候還要她講笑話給他聽；有幽默的人是不易做感情的奴隸的，但今天俄國的情形，今天世界的情形，他要是看了還能笑否，還能拿著他的靈活的筆繼續寫他靈活的小說否？（徐志摩〈契訶夫的墓園〉）

師娘這幾年顯然老多了，記得去年她剛搬到鄉下，我去時還從她頭上拔下好幾根白頭髮來。可是她永遠這麼富有風趣，說說笑笑和十年前沒有兩樣，但是她目前的情景和十年前卻是不同了。（林海音〈陽光〉）

要把幾百個頗有見識的觀眾逗得失聲發笑，哄堂大笑，而又笑聲不斷，絕非易事。臺上妙語如珠，臺下笑聲成潮，這時你會覺得：這齣戲是臺下和臺上合作演成的。（余光中〈一笑人間萬事〉）

大學畢業後，紀祥因為扁平足不需服預官役，兩人幸運地又同時考上了系裡的研究所，熟知他們過去、並且愛開玩笑的同學，一見了面，總不期然地問：「什麼時候有好消息啊？」對於這類問題，他們只是淡然一笑，不做回答，有時紀祥也不免回敬一句：「哎！快了！快了！你等著吧！」雖然只是打著哈哈，可是紀祥和伊芙心裡明白，這也確是實話，只要第二年一畢業，一切就會按部就班、順理成章來到眼前。（陳幸蕙〈昨夜星辰〉）

城裡人並不以為菱蕩是陶家村的，是陳聾子的。大家都熟識這個聾子，喜歡他，打趣他，尤其是那般洗衣的女人，——洗衣的多半住在西城根，河水渾了到菱蕩來洗。菱蕩的深，這才被她們攪動了。太陽落山以及天剛剛破曉的時候，壩上也聽得見她們喉嚨叫，甚至，衣

插滑稽動作或言語引人發笑。

指引人發笑的動作或言語。

【謔而不虐】開玩笑，但不過火，不會讓對方難堪。

【不苟言笑】不隨便說笑。常用來形容人一板一眼，不容易親近。

戲弄

【戲弄】愚弄他人，藉以取笑。

【捉弄】戲弄，對人開玩笑。

【調戲】用輕佻的言語或行為調引戲弄。

【愚弄】欺騙玩弄。

【糊弄】欺騙、愚弄。

【作弄】戲弄。

【狎褻】輕慢、戲弄。

【惡作劇】令人難堪的戲弄。

【掇弄】捉弄。

【撩撥】挑逗、捉弄。

【播弄】戲弄、耍弄。

【招惹】戲弄；對人開玩笑。

【促狹】愛捉弄人。

【挑逗】撩撥逗引。

【擺布】捉弄。

【擺了一道】捉弄。

【打趣】取笑。

【玩弄】戲弄。

【整人】愚弄他人。

【撮弄】玩弄戲弄。

【尋開心】開玩笑、找樂子。

【造化弄人】被命運捉弄。表示人生充滿了變化，讓人難以預料。

籃太重了坐在壩腳下草地上「打一棧」的也與正在槌搗杵的相呼應。（廢名〈菱蕩〉）

辯士唱作俱佳，畫面上不過是男女相擁，他就頻頻咋舌嘬嘴發出親吻聲，將劇情逗得香豔刺激無比，插科打諢的笑話穿插其間，惹得臺下哄笑連連，「……」（楊麗玲〈戲金戲土〉）

智深聽了他這篇話，又見他如此小心，便道：「叵耐幾個老僧戲弄洒家！」提了禪杖，再回香積廚來。（明・施耐庵《水滸傳》）

在濃濃的枝梢，仍是一片閃閃的明亮天空，但必須抬起頭來，人類已習慣於低頭走路了，甚至閉上眼睛。眼睛呵！在愚弄夠了自己之後，何時能看到自以為明的自己的瞳子呢？樹木們便沒有眼睛，總是挺胸而立，沐著天光而笑。（蕭白〈六月〉）

穿著白背心卡其短褲的老劉會像唱戲那樣扯著嗓子作弄你：「楊延輝吔——咱們底小延輝兒白白淨淨地像個小姑娘吔。」你紅著臉跑開。燒得薰黑的汽油桶頂著油鍋，老劉淌著汗拿雙很長很長的筷子翻弄著油條，老劉積著一小粒一小粒汗珠的胳膊上照例刺著青：一條心殺共匪。（駱以軍〈降生十二星座〉）

她的聲音清脆得像琵琶，穿著繃緊的牛仔褲，穿堂入室在僧舍之中，到處丈量。眾僧的心弦，像被潔白光潤的手指撩撥著，發出急促的音符。（鍾玲〈蓮花水色〉）

總是在街口就轉向另一條路，看到她們眼中有一絲促狹，我卻提不起勁來計較，於是在不知不覺中，送我回家的任務轉到他身上。（林黛嫚〈情事〉）

4 驅使

慫恿

【慫恿】從旁勸誘或鼓動。

【唆使】指使他人去做壞事。

【鼓搗】撥弄、擺布。

【乘間投隙】趁機挑撥。

【唆弄】叫唆指使。

【攝弄】教唆，唆使。

【調唆】挑撥、教唆。

【挑唆】挑撥、教唆。也可作「唆調」。

【說調】挑撥。

【調白】挑撥。

【下火】挑撥是非。

【搬嘴】挑撥是非。

【挑三窩四】挑撥是非。

【攛掇】勸唆、慫恿他人去做某事。攛，ㄘㄨㄢ。

【教唆】指使他人去做不正當的事。

【煽動】從旁鼓動，慫恿生事。

【煽亂】鼓動作亂。

【煽惑】鼓動迷惑。或作「扇惑」。

【熒惑】煽動，使迷惑。

【離間】從中挑撥使不合。

【敲邊鼓】從旁幫腔、鼓動，以助長其勢。

【推波助瀾】從旁鼓動，使事態擴大。比喻不能消弭事情，反而助長它。

【掀風播浪】比喻鼓動風潮，惹起事端。

【煽風點火】鼓動慫恿，以挑起事端。

倩如左思右想，終於斷定必是趙剛趁著媽媽新寡寂寞，用各種花言巧語，唆使媽媽答應嫁他的。媽媽啊，你聰明一世，卻也會糊塗一時啊！（歐陽子〈魔女〉）

襲人聽了，復又驚慌，說道：「這還了得！倘或碰見了人，或是遇見了老爺，街上人擠車碰，馬轎紛紛的，若有個閃失，也是頑得的！你們的膽子比斗還大。都是茗煙調唆的，回去我定告訴嬤嬤們打你。」（清．曹雪芹《紅樓夢》）

她挑唆著我與養父母之間的仇恨，不停地安慰我，鼓勵我，要我挺起腰桿做人，要像一個革命烈士的後代，要對得起那位為革命捐軀的親生父親。（葉兆言〈記憶中的「文革」開始〉）

如今咱們家裡更好，新出來的這些底下奴字號的奶奶們，一個個心滿意足，都不知要怎麼樣才好，少有不得意，不是背地裡咬舌根，就是挑三窩四的。我怕老太太生氣，一點兒也不肯說，不然我告訴出來，大家別過太平日子。（清．曹雪芹《紅樓夢》）

我們這一代是注定了像斷了線的風箏，拉不回去了。他們要早料到這一天，就不該一個勁兒地攛掇我們出國。（馬森《夜遊》）

後來我長大了，赴他鄉入學，不復有釣魚的工夫。但在書中常常讀到贊詠釣魚的文句，例如什麼「獨釣寒江雪」，什麼「漁樵度此身」，才知道釣魚原來是很風雅的事。後來又曉得有所謂「遊釣之地」的美名稱，是形容人的故鄉的。我大受其煽惑，為之大發牢騷；我想

逗引

【逗引】用言語或行動逗弄、吸引人。

【逗弄】打趣、捉弄。

【挑逗】用言語、動作去引誘人。

【引逗】挑逗、引誘。

【撩撥】挑引；招惹。

【撩逗】挑逗、引動。

【拖逗】勾引。

【撩人】引動、逗引人。

【勾牽】引起、勾引。

誘惑

【誘惑】引誘、迷惑他人的心智。

【引誘】本指引導幫助他人，使其走向正途，今多指誘惑他人做壞事。

【利誘】以財利引誘他人。

【誘使】以誘惑的方式使人做某事。

【誘脅】以利誘或脅迫的手段逼人就範。

【迤逗】引逗、引誘。迤，ㄧˇ。

【調引】挑逗引誘、勾引。

【勾拽】引誘勾引。

【嘲惹】勾引、引誘逗弄。

「釣魚確是雅的，我的故鄉，確是我的遊釣之地，確是可懷的故鄉。」但是現在想想，不幸而這種題材也是生靈的殺虐！（豐子愷〈憶兒時〉）

我們不妨這樣說：有了門，我們可以出去；有了窗，我們可以不必出去。窗子打通了大自然和人的隔膜，把風和太陽逗引進來，使屋子裡也關著一部分春天，讓我們安坐了享受，無需再到外面去找。（錢鍾書〈窗〉）

賈政便問：「該死的奴才！你在家不讀書也罷了，怎麼又做出這些無法無天的事來！那琪官現是忠順王爺駕前承奉的人，你是何等草芥，無故引逗他出來，如今禍及於我。」寶玉聽了唬了一跳，忙回道：「實在不知此事。究竟連『琪官』兩個字不知為何物，豈更又加『引逗』二字！」（清・曹雪芹《紅樓夢》）

那往往是歲暮的時節，家家都得預備糕和餅，想藉此討好誘惑不徇情的時光老人，給他們一個幸福的新年。於是便不惜寶貴的膏火，夜以繼日的借自然的水力揮動笨重的石杵，替他們舂就糕餅的作料和粉，於是這平時僅供牧羊人和拾枯枝的野孩兒打盹玩著「大蟲哺子」的遊戲的水碓，便日夜的怒吼起來了。（陸蠡〈水碓（故鄉雜記之一）〉）

我也不願意獨自在月下眺望了，想起中古時候的修道士，遇見山川美景，就不敢抬頭，因為凡是美，都是誘惑人的。美景更增加人的寂寞，更引誘人的悲哀，所以古人獨自對月的時候，總是愛飲酒，恐怕連他們都不知道是什麼緣故。（方令孺〈憶江南〉）

【嘲撥】挑逗引誘。
【撩撥】引誘挑逗。
【煽惑】煽動鼓惑。
【拐誘】騙拐引誘。
【煽誘】煽動引誘。

指使

【指使】指派、使喚。
【支使】差遣使喚。
【役使】差遣、使喚。
【派遣】差遣、派任。
【驅使】差遣、役使。
【遣撥】差遣撥派。
【差撥】分派、指使。
【差遣】派遣。
【發遣】派遣。
【打發】派遣。使人離開。驅使。
【使喚】差遣、任用。
【吩咐】叮囑，有派遣的語氣。
【指派】派遣、委任。
【推派】推舉派遣。
【委派】委任、派遣。
【教唆】指使別人去做不正當的事情。
【唆使】指使別人去做不正當的事情。
【頤指氣使】以高傲的態度指使別人。

你不喜歡寒酸，為此，你半迫半求的誘使老母親割捨了相連五十年的心肝，田不值錢，你在意的是老母親不富泰的樣貌，種田一世人就會這樣面相。你換掉老母親的木板床，你換掉老母親的舊時裝，你換掉老母親的老磚房，你能給的都給了，你卻弄不清楚何故老母親日日面色不清爽。（阿盛〈六月田水〉）

原來懶人也不是蠢子可以勝任的，恰如我家這位懶貨，偏有指使人的本事。話她當然懶得多講，可是，注意：懶人往往是精簡語言的天才，簡單一兩句話，她就能哄得你透早起床燒茶煮飯打水洗衣，中午憋住一腔怒火柔順和藹地蒸梨削瓜，晚上再忍著轆轆飢腸陪她躺在床上看漫畫……（龔鵬程〈懶妻〉）

她一摔倒，男人們的事就多起來了。她支使這個給她拍灰，要求那個給她挑指頭上的刺，命令這個去給她尋找遺落的斧子，指示那個幫她提著剛剛不小心踩濕了的鞋子。她目光顧盼之下，男人們都樂呵呵地圍著她轉。（韓少功《馬橋詞典．不和氣（續）》）

對付步步逼進的時間，不能俯首聽憑其征服，必須以攻為守的採取一些制服行動；讓時間為我所驅使，供我所利用。當然人與時間的頑強較勁，心總是會輸的，但是輸也輸得仍有些值得留下來的戰利品。（向明〈時間，頭大腳短的侏儒〉）

命令

【命令】發出號令，使人遵行。
【下令】下達命令。
【指令】指示、命令。
【飭令】命令。
【敕令】命令。天子的詔令。
【勒令】以命令的方式強迫他人遵從。
【號令】傳呼命令。
【中令】命令、號令。
【授命】發布命令。
【發落】命令。
【一聲令下】一發出命令。
【遵命】遵循指示的命令。
【從命】遵從命令、旨意。
【迫令】強迫叫人做事。
【勒令】命令使他人遵從。

與李顒相比，黃宗羲是大人物了，康熙更是禮儀有加，多次請黃宗羲出山未能如願，便命令當地巡撫到黃宗羲家裡，把黃宗羲寫的書認真抄起來，送入宮內以供自己拜讀。這一來，黃宗羲也不能不有所感動，與李顒一樣，自己出面終究不便，由兒子代理，黃宗羲讓自己的兒子黃百家進入皇家修史局，幫助完成康熙交下的修《明史》的任務。（余秋雨〈一個王朝的背影〉）

曾經有一位總長，聽說，他的出來就職，是因為某公司要來立案，表決時可以多一個贊成者，所以再作馮婦的。但也有人來和他談教育。我有時真想將這老實人一把抓出來，即刻勒令他回家陪太太喝茶去。（魯迅《而已集》）

早知相遇底另一必然是相離／在月已暈而風未起時／便應勒令江流迴首向西／便應將嘔在紫帕上的／那些愚癡付火。自灰燼走出／看身外身內，煙飛煙滅（周夢蝶〈囚〉）

恐嚇

【恐嚇】以脅迫的言語或行動威嚇人。
【恫嚇】虛張聲勢，恐嚇他人。
【威嚇】用威權或武力恐嚇他人。
【嚇唬】恐嚇。
【先聲奪人】搶先以聲勢壓倒別人。

年輕時候讀《聖經．啟示錄》，非常非常痛恨那些宣揚教義的這樣不擇手段恫嚇人，但到得現在這個年歲，你已經完全不怕它了，因為它不會先來，或者退一步說那種天地異變、轟然一響的劫滅方式就算不幸先來，倒也不失之為乾脆磊落不是嗎？（唐諾〈咖啡館和死亡〉）

【強迫】以強力逼迫。

【逼迫】催逼、迫使。

【強逼】勉強逼迫。

【強制】施加力量，強行逼迫。

【逼使】強逼促使。

【威脅】以威力脅迫。

【威迫】威脅逼迫。

【脅迫】強行逼迫。

【要脅】用威勢利害強迫別人服從。

【威逼】以威勢逼迫。

【強人所難】勉強別人做不願或做不到的事。

【威逼利誘】以威勢逼迫，以利益引誘。

5 做事

委託

【託】請求幫助。

【委託】委任、付託。

【託付】委託。

【交託】交給、託付。

【寄託】委託、託付。

【囑託】吩咐、託付。

【拜託】請託。

【請託】以某事相託付。

【轉託】輾轉相託。

【央託】委託。

【仗托】委託別人處理。

【委辦】委託他人代為辦理。

現實的風暴與海嘯，是只能退在遠處逞凶咆哮了；也許，仍偶有浪花水星濺起髮梢頰邊吧？但都已不再能威脅什麼、傷害什麼；柱折桅傾的一顆心，有此涯岸可以依附，便終能修補或重綴開朗自信的帆，期待另一次完美的出航。（陳幸蕙〈岸〉）

這許許多多的東西，究竟怎麼住進我家？已記得不很清楚了。但他們明明都在那兒，佔領了大部分的空間。有的像大北極熊盤據著牆角，他說：「我是冰箱，你不能沒有我！」有的像獅子張大嘴巴蹲踞在櫃面上，他說：「我是電視，你不能沒有我！」有的像大豬公躺在客廳中間，他說：「我是皮沙發，你不能沒有我！」其他酒櫥、衣櫃、音響、放影機、電話、除濕機、冷氣機、餐桌椅、瓦斯爐……一呼百應，眾聲喧譁向我高喊：你不能沒有我！你！不能沒有我！這些痞子，他們在要脅我。我真的非要他們不可嗎？他們究竟怎麼住進我家？已記得不很清楚了。（顏崑陽〈被拋棄的東西也有他的意見〉）

關山到底不是一般人，比大家都沉得住氣。在暗地裡，他還是首先做了豆芽菜的思想工作。由於豆芽菜拒不接見關山，關山只好委託老王和馬想福。馬想福沒有多的話，只是說傻豆豆真是太傻，傻豆豆要想這輩子過好日子，還是應該選擇關山作為夫婿。（池莉《懷念聲名狼藉的日子》）

我那時真是聰明過分，總覺他說話不大漂亮，非自己插嘴不可。但他終於講定了價錢；就送我上車。他給我揀定了靠車門的一張椅子；我將他給我做的紫毛大衣鋪好坐位。他囑我路上小心，夜裡要警醒些，不要受涼。又囑託茶房好好照應我。我心裡暗笑他的迂；他們

【催】促使行動開始，或加速進行。

【催促】催趕，促使趕快行動。

【催迫】催促逼迫。

【催命】形容催促得很急迫。

【頻催】接連地催促。

【督促】監督催促。

【敦促】誠懇地催促。

【鞭策】督促，誠懇地催促、鼓勵。

【三催四請】多次催促、相請。

【千呼萬喚】頻頻呼喚、催促。

【逼促】催促、逼催。

【迫促】催促的意思。

【立逼】立即催促。

【趕碌】接連催促。

【促迫】逼迫催促。

【催併】催促之意。

【催督】催促、督促。

【催命】催促急切，彷彿討命一般。

【催魂】催促得很急。

【催討】催促索要。

【連二趕三】一再的、不只一次的。有急切的意思。

只認得錢，託他們直是白託！而且我這樣大年紀的，難道還不能照料自己麼？唉，我現在想想，那時真是太聰明了！（朱自清〈背影〉）

荊軻應該說是一個十分幸運的人，因為他曾經接觸和交往過的幾位朋友，也都是那樣的決絕、壯烈和高曠。鄭重地將他推薦給燕太子丹的隱士田光，只是因為聽到太子丹告誡自己切勿訴諸旁人的一句囑咐，竟在催促荊軻趕快晉見太子丹的時刻，決絕地拔出寶劍自刎了。太子丹提醒他不要洩露這個消息，當然是表示對他莫大的信任，他卻懼怕這種疑慮的念頭即或像絲線那麼細微，也可能會影響這轟轟烈烈的義舉，於是用死亡之後的永遠沉默，表示出自己忠貞的承諾。（林非〈浩氣長存〉）

「喂，你怎麼還不切牛肉？」不該說做媽的督促得真嚴，女大不中留，看那一派神不守舍的樣子！其實，做媽的再狠得下心來，也不能耽誤女兒的青春，誰攔著你呢？守在灶前還忙著講戀愛，與那個姓王的學生不是好過一陣？人家當了學生不再來了，也怨媽？生兒育女，談什麼孝順？不清算你，就是大好事。忙？這個世界不忙一點，哪裡賺得夠吃喝？（孟瑤〈白日〉）

彷彿是為增加這點自然勁兒，教育局局長笑著請警局局長訓話。警局局長當然不肯。教育局局長當然再敦促；當然又得到更多的謙拒。實在沒了辦法，教育局局長只好恭敬不如從命的立了起來，笑得微微發僵，而面上的筋肉力求開展。（老舍《蛻》）

強調、保證

【強調】對某事物或觀念，特別鄭重表示，以提醒人注意。
【申重】再三強調。
【保證】表示負責做到；對於他人的資產或信用負責。
【擔保】承擔保證的責任。若出問題，擔保者須負責任。
【準保】準宅、保證。
【包管】擔保。
【管教】保證必然如此。
【確保】確實的保證。
【包准】保證事情一定可以得到答覆。
【拍胸脯】手拍胸膛，表示承諾、負責。

決定

【決定】對事情做判斷與主張。
【決斷】做決定、拿定主意。
【決意】拿定主意。
【決計】決定。
【審定】審查並加以核定。
【核定】調查審核後決定。
【裁奪】斟酌考慮，決定可否。
【裁決】經考慮而判定。
【裁度】衡量取捨。
【定奪】決定事情的去取可否。
【道斷】決定、決斷。
【舉意】決定。

老子說空才能容，就像一個杯子如果沒有中空的部分就不能容水。真正有用的部分是杯子空的部分，而不是實體的部分。一棟房子可以住人，也是因為有空的部分。老子一直在強調空，沒有空什麼都不通，沒辦法通，就沒辦法容。（蔣勳《孤獨六講・思維孤獨》）

母親是民國七年生的，辛亥革命的事她也是從年長的人聽來的，正不正確我不能保證。稍稍長大了，學校教歷史，辛亥革命當然沒有母親講的那一段，歷史課本裡說的是「腐敗的滿清」，我回到家，覺得自己大義凜然，指著母親說：「腐敗的滿清！」母親在我頭上一巴掌，罵道：「小雜種！」（蔣勳〈故事〉）

行程集中在東京，原想就此一次看盡「洛城花」，誰知看花真要緣遇，春天氣候陰晴不定，寒暖難測，去年花期未必和今年相若，只能提供參考，誰也不能擔保。何況櫻花與桃李、流蘇一樣，一旦盛開，即是零落之始，幾乎轉瞬擦肩就會錯過。（方瑜〈春城無處不飛花〉）

竟然對自己的決定反悔，沒有嫁給交往多年的好男孩，長達一年多的時間，我處在眾叛親離的氛圍裡，所有人都在生我的氣。天熱了，秋收冬藏，我把衣櫃上層的夏衣拿出來，因為嚴重過敏，戴著口罩仍然淚涕不止。母親不在人間了，沒有人幫我整理衣服了。在那處境下，我多渴望聽她輕哼一聲：什麼大不了呢！（宇文正〈水兵領洋裝〉）

飛曰：「汝到任百餘日，終日在醉鄉，安得不廢政事？」統曰：「量百里小縣，些小公事，何難決斷？將軍少坐，待我發落。」隨即喚公吏，將百餘日所積公務，都取來剖斷。吏皆紛然齎抱案卷上廳，訴詞

【斷事】決定事情。
【取決】裁判決定。
【做主】做出決定、判斷、裁決。
【與決】決定、裁決。
【審斷】審判後加以裁決。
【立定】立意決定。
【定斷】決斷、定案。
【定案】對事情做最後的確定。
【立斷】毫不猶豫的做出決定。
【評斷】評論決斷。
【剖斷】判斷事情的是非對錯。
【判正】決定是非黑白、對錯曲直。
【宸斷】君主的裁決。

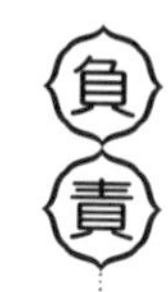

【義不容辭】在道義上不容許推辭。
【自告奮勇】自願要求擔任某種職務。
【在所不辭】無論如何絕不推辭。
【責無旁貸】自己應盡的責任，不能推卸給別人。
【無怨無悔】沒有怨尤，不會後悔。形容用心付出，不求回報。

被告人等，環跪階下。統手中批判，口中發落，耳內聽詞，曲直分明，並無分毫差錯。（明．羅貫中《三國演義》）

一個小木偶亮一顆東瓜頭，頂尖束一撮髮，他狼狽地奔到教主的座前來。「報告呀，報告。」東瓜頭的木偶喘著氣，他說：「啟稟教主，黑曠山的妖道前來叫陣，殺傷咱派弟子不計其數，他指名要教主親自出馬。教主裁奪。」（宋澤萊《打牛湳村系列．大頭崁仔的布袋戲》）

我的罪惡感如許深重，有兩次在宿舍裡，也不管同房們都在，我不由自主地跪在地上，一句話也說不出來。瑜，我心裡沒有一個神，但我不得不跪下，因為我覺得我的錯處已經到了不能由自己來裁決的地步。（鍾玲〈輪迴〉）

我隨著他走出演講廳，自告奮勇替他拿幻燈片盒子，他連說謝謝。他講英文，我也只好講英文，邊走邊聊到了他的辦公室。他一邊掏鑰匙開門，一邊說他暫借一位教授的房間，那位教授休假一年去羅馬尼亞做研究。（保真〈斷蓬〉）

那一陣子，不知為什麼，好像所有阿貓阿狗之輩都藉考察之名出國觀光來了，觀光之餘偏偏下定決心要擠上報屁股風光風光，所以當時，如何在跟著他們疲於奔命的空檔中，製造出一些可大可小的握手言歡事件，也是我責無旁貸的職務。（平路〈玉米田之死〉）

藉口

【藉口】假託的理由。也作「借口」。

【藉故】假託事由作為藉口。

【借故】假借某事為理由。

【藉詞】假藉言詞，以為推託的理由。

【假託】藉口、托詞。

【推託】藉口推辭規避。也作「推托」。

【矯託】假託。

【託病】假託生病而推辭。

【託詞】推託的言詞。

【託言】假託言詞。

【託故】藉故。

【托詞】假借理由推託事情。

【搪塞】敷衍了事。

【推諉】尋找藉口推託不負責任。

【推搪】推諉搪塞。

【遁辭】理屈詞窮或是不願意說出真相時，為了逃避他人的責問，而說些推託應付的話。

【藉端】假託事由。也作「借端」。

【擋箭牌】比喻推託或掩飾的藉口、理由。

明莉正睡眼惺忪的走出臥房，在鄭芸製造的抽水馬桶聲中發覺異狀，問道誰來了。蕭駿只說是一個朋友，心裡只想趕快把她送走。鄭芸補了妝出來，以鬥雞的眼光打量明莉一眼，剎那間又回復木然的表情，攏了攏頭髮，端坐在沙發上聽莫札特《長笛協奏曲》，無視於明莉的地位。明莉也大方的招待茶水，然後藉口給家人寫信，回房去了。（孫瑋芒〈女雞〉）

由臭溝去六塊壩，是他跑熟的一條老路，就因為跑得熟，他才和那個夷家女子混得非常有感情，他對臭女人說是純為做生意，那種話，自然是搪塞之詞……（余之良〈家．鳥窩和浮萍〉）

周作人先生名其書齋曰「苦雨」，恰正與東坡的喜雨亭名相反。其實，北方的雨，卻都可喜，因其難得之故。像今年那麼大的水災，也並不是雨多的必然結果；我們應該責備治河的人，不事先預防，只曉得糊塗搪塞，虛糜國帑，一旦有事，就互相推諉，但救目前。人生萬事，總得有個變換，方覺有趣；生之於死，喜之於悲，都是如此，推及天時，又何嘗不然？無雨哪能見晴之可愛，沒有夜也將看不出晝之光明。（郁達夫〈雨〉）

6 限制

制止

【制止】強迫停止。

【壓抑】對人的思想、情感、行為等加以抑制或限制。

【阻止】阻攔制止。

【阻攔】阻止、攔住。

【阻撓】妨礙、阻攔。

小雨送上兩瓶台啤，那男人竟摔了杯子，「看不起我啊？我只喝得起台啤嗎？」小雨於是收下台啤，送上海尼根。男人一邊喝酒，一邊繼續咒罵小雨，酒吧裡一屋子男客，沒有人出言制止。（胡淑雯〈婊子們——前線的女孩〉）

愛情的滋味使人釋放出連鋼鐵都會融化的溫柔，如果這種溫柔受

【嚇阻】使人害怕而停止某種行為或言語。

【遏止】阻止、防制。

【禁止】制止、不許。

【遏阻】制止。

【遏制】阻止。

【喝止】大聲制止。

【綏】制止。

【抑】遏止、制止。

【防制】防備制止。

【禁制】制止、約束。

【裁制】遏止、制止。

【摁】阻止。

【防阻】防備阻止。

【止遏】阻止。

【喝住】大喝制止。

【止住】停住、制止。

勸告

【勸告】用道理說服別人，使人改正錯誤或接納意見。

【勸導】規勸開導。

【勸勉】勸導勉勵。

【勸戒】勸勉告戒。

【勸說】勸人做某事或同意某意見，勸告。

【勸諫】以正直的言詞勸說居於上位的人。

【勸阻】勸告別人不要做某事。

【勸解】勸導排解。

【勸慰】勸說、安慰。

【勸誘】勸勉開導。

【苦勸】極力勸導。

【奉勸】勸告。

【規勸】鄭重地勸告。

到阻礙，也有可能轉化成一種連他自己都討厭的邪惡手段，不惜摧毀敵人的生命，或摧毀他最親愛的人的生命，沒有人可以阻止。（柏楊〈權力癡呆症候群〉）

那聲音像是一種督促，又像是一種嚇阻。你愈想聽個清楚，那聲音反而愈隱約、模糊、遙遠、而又在你的身體裡面綿延無盡，好像一個人在聽自己的耳鳴。（王鼎鈞〈人頭山〉）

我一聽到牠，寫文的時候真會擲斷筆，讀書的時候真會扯碎書，所有的工作興趣都將因此沒有，甚至當我在注意一個美貌姑娘時，一陣鐘聲的震響，我驟然會感到這女子是老了一陣似的；在注意圓月時，一陣鐘聲的陣響，我驟然會感到月兒也瘦了一暈似的。但是誰有法子禁止牠，避開牠呢，牠是幽靈，也是鬼，跟著你，釘著你，一步不放鬆你，這實在可怕！（徐訏〈魯文之秋〉）

當博覽會未開幕以前，當局者都竭力宣傳，而島內的新聞亦附和著鼓吹，就是農村各地，也都派遣鐵道部員前去勸誘，本來不怎麼有益的博覽會，一經宣傳的魔力，竟然奏了效果，引起熱狂似的人氣（好名聲）。（朱點人〈秋信〉）

將到寺的幾百步，路旁有一小澗，湍流而下，過崖石時，自然成小瀑布，水擊石潺潺之聲可愛。我看見一個父親苦勸他六歲少爺去水旁觀瀑布。這位少爺不肯，他說水會噴到他的長衫馬褂，而且泥土很髒。他極力否認瀑布有什麼趣味。我於是知道中國非亡不可。（林語堂〈杭州的寺僧〉）

父親在盼了幾十年終於可以回鄉之後，一次的返鄉之旅，他對返

【忠告】誠懇地勸告。

【宣導】勸導。

【諫】直言規勸，使改正錯誤或接納意見。

【諫言】勸諫的話。

【遊說】以言語說動他人，使人接受自己的意見或主張。

【開導】勸導、啟發。

【開解】開導勸解。

【告誡】警告、勸戒。也作「告戒」。

【申誡】告誡責備。

【警告】告誡他人，使人警覺。

【警惕】告誡以使人注意。

【針砭】規勸過失。

【箴諫】規戒勸諫。

【切諫】直言極諫。

【諍諫】用正直的言詞規勸他人。

【批逆鱗】直言極諫。逆鱗，龍喉下倒生的鱗片。

【說好說歹】費盡心思，用各種理由或方式反覆勸說。也作「好說歹說」。

【苦口婆心】懇切、竭力地再三勸告他人。

【直言極諫】以正直的言詞極力勸諫。

【犯顏苦諫】冒犯尊長而極力規勸。

【苦口】反覆不停的加以勸告。

【苦勸】極力勸告、勸導。

【諫勸】規諫勸告。

【相勸】勸解、勸告、規勸。

【諄諄告誡】懇切的反覆勸告。

【金玉良言】指寶貴的勸告或教誨。也作「金石之言」、「金石良言」。

【規諫】以言語相勸誡。

【規勸】勸導、勸告。

【幾諫】婉轉的勸阻、勸誡。

【諫過】針對過失加以規勸。

【譎諫】不直言指出錯誤，而是以委婉言詞或託詞，醒悟對方。

鄉即已充滿疑懼，他的姊姊弟弟們也規勸他，以後不要再回鄉了，因為過去的戰況太慘烈，尤其父親他們的滇緬游擊隊一直打到民國五十幾年，打下了共產黨在雲南莫大的損失。（師瓊瑜〈蒼山雪，洱海月〉）

還有另類混世的，娼鴇。打聽清楚所有非升學班高年級女生的身家與長相，不嫌煩地婉轉遊說那些父母，尤其是無正業且子女多的父母。遊說時備妥大筆現金及現成約契，約契中絕不提到買賣人口，而是書明彼此債務如何。（阿盛〈蟋蟀戰國策〉）

每一個學童都在父母面前受到嚴厲的告誡：科舉並沒有真正廢除，社會上有各種名稱的新科舉，也就是說，種種的挑戰和考驗，等著我們去拚命，也值得我們去拚命。否則，人生將沒有意義，我們想在梁下吊死，卻沒有這樣高大幽靜的房子。（王鼎鈞〈哭屋〉）

進入韓國以前，張爺爺的部隊給了每位志願兵三天的乾糧，也警告他們要省著吃，不到餓得吃不消，絕對不要吃，暗示他們，志願部隊是沒有什麼補給的。（李家同〈蘋果〉）

英國十九世紀的小說，作者也喜歡直接向"Dear Reader"說長道短，但王禎和這個作者化身的敘事者，卻轉化成喜劇的角色，有點像京劇開場，插科打諢的丑角，嬉笑怒罵，卻暗含針砭。（白先勇〈花蓮風土人物誌〉）

勸人讀書，有點勸人信教的味道，苦口婆心，未必有效。讀書有用？不學而成功的人太多了，讀書的用處比天堂還要渺茫，有人連上天堂都不情願，要請他們讀書，談何容易？（亮軒〈反書族〉）

所以不折不扣的「直言極諫」之臣，到底是寥寥可數的。直言刺耳，進而刺心，簡直等於相罵，自然會叫人生氣，甚至於翻臉。反過來，

【糾正】矯正錯誤。

【駁正】糾正錯誤。

【改正】把錯誤的改成正確的。

【更正】改正錯誤。

【匡正】糾正、改正。

【指正】糾舉錯誤使其改正。也用為請人批評自己意見或作品的客套話。

【斧正】請他人改削文字的謙詞。

【糾舉】糾正舉發。

【析疑匡謬】解析疑義，改正謬誤。

7 破壞

擾亂、干預

【擾亂】破壞、騷擾。

【打攪】擾亂。也可作為受人幫助或招待的客套話。

【叨擾】打擾，感謝對方款待的客套用語。

【攪擾】叨擾、搗亂。

【干擾】擾亂、打擾。

【搗亂】故意破壞或擾亂。

生了氣或翻了臉，罵起人來，衝口而出，自然也多直言，真話，老實話。（朱自清〈論老實話〉）

在忙碌的現代社會，誰能叫世界停止三秒鐘呢？誰也不能，除了攝影師。一張團體照，先是為讓座擾攘了半天，好不容易都各就神位，後排的立者不是高矮懸殊，就是左右失稱，不然就是誰的眼鏡反光，或是帽穗不整，總之是教攝影師看不順眼，要叫陣一般呼喝糾正。大太陽下，或是寒風之中，一連十幾分鐘，管你是君王還是總統，誰能夠違背掌控相機的人呢？（余光中〈誰能叫世界停止三秒？〉）

我們和當地華僑討論保留中華文化、崇尚儒家學說時，偶然提起繁體字，他們竟駁正說應是正體字才對，其愛鄉愛國的行誼，已成信仰。看他們胼手胝足，真是幾條楊柳，沾來多少啼痕；三疊陽關，唱徹古今離恨的無奈……。（黃光男〈檳城椰影〉）

休看這些「失心人」弄出來的亂象只是擾亂社會，搖動人心，但如此流風積習，染蝕朝堂，使得「弄」家們藉權張勢，行險僥倖，愚弄、作弄、唆弄、盤弄、撈弄、誣弄、挑弄、和弄、搬弄、拖弄、糊弄、挖弄、咬弄、抹弄，花招齊出，弄得人目不暇給，頭昏腦脹，許多鋒頭人物，全成了專業「大弄家」，爭利時秤斤論兩，爭權時頭破血流，做秀時拚命塗抹，賴賬時死不認錯，搶票如狗爭骨頭。（司馬中原〈弄

【攪和】無端生事。

【攪局】擾亂別人已安排好的事。

【喧擾】聲音吵雜、混亂。

【瞎鬧】亂鬧，無理取鬧。

【糾纏】可比喻煩擾不休。

【歪纏】無理糾纏。

【胡鬧】無理取鬧。

【干預】干涉、過問。

【干涉】干涉；強行過問他人的事。

【過問】干預、查問。

【滋擾】擾亂、惹事。

【插手】參與、加入。

【插足】參與、加入。亦作「插腳」。

【沾手】插手、涉入某事。

【摻和】插手參預。

【撈過界】踰越本分、意圖求取不該得的。

【概不過問】不去干預、干涉。

【無理取鬧】不合情理地吵鬧或故意搗亂。

挑剔

【找事】找藉口挑剔別人，製造事端。

【找碴】挑毛病，故意找人麻煩。

【挑剔】苛求責備，吹毛求疵。

【搜剔】搜索挑剔。

【抉摘】挑剔揭發。

【挑飭】挑剔，飭責過於嚴苛。

【找麻煩】找藉口挑剔別人，製造事端。

【吹毛求疵】故意挑剔別人的小毛病。

【挑三揀四】對事物反覆揀選，挑剔甚苛。

的藝術〉）

我背起我徒手潛水的用具，自製魚槍，不打擾家人的睡眠，挾著中年男子膽識，在暗夜裡獨自走「我要走的路」，如我的朋友夏曼・馬洛努斯一樣，心中早已沒有「惡靈」的困擾，有的只是唯一的，也是單純的，成熟的達悟男人在海裡實踐生計的本能，孕育膽識，貯存與海共生的能量，也是我們島上眾多無產階段者獲得原初食物，唯一的技能。（夏曼・藍波安〈讓風帶走惡靈〉）

我那時希望他們知道山谷旅棧有一部車子，每隔一小時開到小鎮一次，希望他們搭那車子去，不要這樣一路走到小鎮去，太累了。可是這種事到底並非我所能干涉的。我看他們走過，計算他們應該在我後方二十公尺的地方，忍不住好奇地回頭看他們，原來他們也正好奇地回頭看著我，我們彼此都嚇了一跳，趕快別過臉去。（楊牧〈山谷記載〉）

所有在教堂講不得的閒話是非，此時此地全出籠了，逐一從當天禮拜堂高官夫人的穿著從頭到腳評論一番，挑剔港都夫人帽子的絹花顏色花式不夠新款，抱怨殖民地的天氣和枯燥的生活，讚揚自己或別人的丈夫。最後低下聲音，交頭接耳，掩嘴議論男人的風流韻事，甚至情婦。社交圈流傳的閒言閒語，不少是從這源頭流傳開來的。（施叔青《她名叫蝴蝶》）

有一次，連續在幾個月裡，提米西一共被奧利逮到了八次。法官氣極了：「提米西，你為什麼這樣無恥？」提米西嘻皮笑臉地答：「不是我無恥。是奧利這小子太厲害，換了別的警官，我就不會老來

【抉瑕掩瑜】挑剔玉石的小缺點以掩沒其光彩。比喻透過嚴刻的議論抹煞他人優點。

混淆

【混淆】擾亂觀念、事物，使人無法分辨。

【混同】混淆、等同。

【混淆是非】顛倒是非對錯，讓人觀念混亂。

【混淆黑白】將黑的說成白的，白的說成黑的，指顛倒是非、製造混亂。

【指鹿為馬】秦國趙高有奪權叛變之心，但不知道自己權勢如何，於是獻了一頭鹿給秦二世，故意說是馬，群臣畏懼他的威勢，都說是馬。比喻故意顛倒是非。

【指皂為白】指黑為白，意為混淆黑白，顛倒是非。皂，黑色。

【雞蛋裡挑骨頭】雞蛋內並沒有骨頭，因此指無中生有地故意挑剔、找麻煩。

【混為一談】把不同的觀念、事物當成同樣的來說。

【本末倒置】事物的主次顛倒。比喻不知事情的輕重緩急。

【喧賓奪主】賓客聲勢強大，超越了主人，反客為主。比喻外來、次要的勝過或占據原有、主要的地位。

【張冠李戴】把姓張人的帽子戴到姓李的頭上。比喻名實不副或搞錯對象、事情。

【一概而論】不管問題的性質如何，都以同樣的標準來看待。

給您找麻煩啦。」（喻麗清〈奧利和手套〉）

虛與實，在那個世界中是混沌的。莊周夢蝶，混淆了現實與夢境。然而，是我夢蝶抑或是蝶夢我，早已非核心所在。虛幻夢境中遵循著夢境中的邏輯，作為彩蝶的我在那裡真正的飛翔過，那飛翔的快感與自由著實存納在我的心裡，即使回到現實，那樣的感覺依舊真實地印在心裡，現實中的我遵循著現實中的規範，但誰能否認我曾在那個世界裡所得到的自由與快樂是真實的？誰能否認我帶著那個世界裡的感動在這個世界裡存在？（李衣雲〈漫畫懺雲〉）

岳不群道：「我在少年之時，本門氣劍兩宗之爭勝敗未決。你這句話如果在當時公然說了出來，氣宗固然要殺你，劍宗也要殺你。你說氣功與劍術兩者並重，不分軒輊，氣宗自然認為你抬高了劍宗的身份，劍宗則說你混淆綱目，一般的大逆不道。」（金庸《笑傲江湖》）

非命的好處便是在於他的突然，前一刻鐘明明是還活著的，後一刻鐘就直挺地死掉了，即使有苦痛（我是不大相信）也只有這一刻，這是他的獨門的好處。不過這也不能一概而論。十字架據說是羅馬處置奴隸的刑具，把他釘在架子上，讓他活活地餓死或倦死，約莫可以支撐過幾天；茶毗是中世紀衛道的人對付異端的，不但當時烤得難過，隨後還賸下些零星末屑，都覺得很不好。（周作人〈死法〉）

8 合理性

【合理】合乎道理、事理。

【有理】合理。

【得理】所持的理由受到支持，而得以伸張。

【像話】言行舉止合情合理。

【言之成理】言論合乎道理。也作「言之有理」。

【理所當然】以理而言應當如此。

【順理成章】順著條理自成章法，比喻言行合情合理，有條不紊。

【名正言順】名義正當，言詞順暢。

【天經地義】理所當然而不能改變的道理。

【合情合理】合於情理。

【持平之論】客觀公正的意見或評論。

【理直氣壯】道理正確、理由充分，因此說話氣勢壯盛。

【義正詞嚴】義理正當，措詞嚴厲。

【通情達理】說話、做事合情合理。

【振振有詞】自認為有理，說個不停的樣子。

【不在話下】事情理所當然，或者告一段落，不用多說。

【自不待言】不用言語表達就已清楚明白。

老人的眼淚和孩子們的眼淚拌和在一起，使這種歷史情緒有了一種最世俗的力量。我小學的同學全是漢族，沒有滿族，因此很容易在課堂裡獲得一種共同語言。好像漢族理所當然是中國的主宰，你滿族為什麼要來搶奪呢？搶奪去了能夠弄好倒也罷了，偏偏越弄越糟，最後幾乎讓外國人給瓜分了。於是，在閃閃淚光中，我們懂得了什麼是漢奸，什麼是賣國賊，什麼是民族大義，什麼是氣節。（余秋雨〈一個王朝的背影〉）

九〇年代喧騰不歇的「台灣結」和「中國結」，雙澤在將近二十年前就用他的歌詞嘗試去紓解。他要我們擁抱台灣，他期望對岸古老中國少年化。相較於他對這項問題的早熟，向為眾人津津樂道的推展民歌運動一事，實在只是順理成章的發展而已。（王文進〈淡水情懷——七年代淡江行〉）

黃得雲來到姻緣石前雙膝落地款款拜了下去，一時之間不知是祈求石神讓男人重振陽剛，使她享受魚水之歡，抑或求石神撮合她的姻緣。風塵裡久經打滾的柳如仙，猶可埋街飲井水，她自己為何不能名正言順做個歸家娘？（施叔青《遍山洋紫荊》）

母親把自己的謎語帶進墳墓裡去。「媽不願說，那是因為她還在恐懼中，像許多二二八的劫後餘生者。」在大學任教文學的妻子惠瓊振振有詞地說。李澤旭最初也相信了，但隨著參加越多的紀念會，揭露更多的真相，真相反而更撲朔迷離，他感覺母親活著不談這事恐怕不只是因為恐懼。（蔡秀女〈消失的罪行〉）

【不合理】不合乎事物的道理。

【理虧】言行違背常規而於道理上有所虧欠。

【理屈】道理上有所虧欠。

【歪話】不合理的話。

【違言】不合理的言論。

【非語】不正經、不合理的話。

【不像話】言行不合乎道理、常軌。也作「不像樣」、「不成話」、「不是話」。

【說不過去】情理上有所虧欠，無法交代。

【豈有此理】那有這種道理，意謂斷無此理。表示憤怒之詞。

【不平之鳴】針對不公平事物發出抗議的呼聲。

【姑妄言之】姑且隨便說說，不合情理或沒有根據的言詞。

【扯三拉四】東拉西扯地隨便說說。

【耳食之言】沒有根據的傳言。

【不經之談】荒誕、毫無根據的話。

【無稽之言】沒有依據，無從考查的話。

【理屈詞窮】因為理虧而被反駁得無話可說。

段譽見這位王夫人行事不近情理之極，不由得目瞪口呆，全然傻了，心中所想到的只是「豈有此理」四個字，不知不覺之間，便順口說了出來：「豈有此理，豈有此理！」王夫人哼了一聲，道：「天下更加豈有此理的事兒，還多著呢。」段譽又是失望，又是難過，那日在無量山石洞中見了神仙姊姊的玉像，心中何等仰慕，眼前這人形貌與玉像著實相似，言行舉止，卻竟如妖魔鬼怪一般。（金庸《天龍八部》）

那一年我三歲時，聽得說來了一個癩頭和尚，說要化我去出家，我父母固是不從。他又說：「既捨不得他，祇怕他的病一生也不能好的了。若要好時，除非從此以後總不許見哭聲，除父母之外，凡有外姓親友之人，一概不見，方可平安了此一世。」瘋瘋癲癲，說了這些不經之談，也沒人理他。（清．曹雪芹《紅樓夢》）

這番話，他自己亦明曉得已定之案，決計加重不為，不過姑妄言之，好叫百姓說他一個「好」字。（清．李寶嘉《官場現形記》）

妖王走出宮門，只見那幾個傳報的小妖慌張張的磕頭道：「外面有人叫罵，要金聖宮娘娘哩；若說半個『不』字，他就說出無數的歪話，甚不中聽。見天曉大王不出，逼得打門也。」（明．吳承恩《西遊記》）

第三部

詩文的陶冶

抒情篇》一、感時

1 感懷時光

前不見古人，後不見來者

站在幽州臺上，展目望去，四野遼闊，無垠的穹蒼，如同漫漫無盡的時光，此時此地的我，獨立蒼茫，不見前人與來者！

作者與詩詞介紹

詩句出自陳子昂〈登幽州臺歌〉：

前不見古人，後不見來者。念天地之悠悠，獨愴然而涕下。

唐初詩風尚承襲六朝雕琢柔媚的習氣，陳子昂提倡恢復古風，是建立唐詩時代風格的先驅，後來的李白也相當推崇他。

名家例句

時間並不單獨存在。時間無形，無聲，無色，無臭。要說明時間的存在，還得回過頭來從事事物物去取證。從日月來去，從草木榮枯，從生命存亡找證據。正因為事事物物都可為時間做注解，時間本身反而被人疏忽了。所以多數人提問到生命意義同價值時，沒有一個人敢說「生命意義同價值，只是一堆時間」。前不見古人，後不見來者，這是一個真正明白生命意義同價值的人所說的話。老先生說這話時心中的寂寞可知！（沈從文《大山裡的人生》）

與筆硯疏遠以後，好像是經過了不少時日的樣子。我近來對於時間的觀念，一點兒也沒有了。總之案頭堆著的從南邊來的兩三封問我何以老不寫信的家信，可以作我久疏筆硯的明證。所以從頭計算起來，大約從我發表的最後的一篇整個幾的文字到現在，總已有一年以上，而自我的右手五指，拋離紙筆以來，至少也得有兩三個月的光景。以天地之悠悠，而來較量這一年或三個月的時間，大約總不過似駱駝身上的半截毫毛。（郁達夫〈小春天氣〉）

周芷若道：「婆婆憑良心說一句，倘若先師和婆婆空手過招，勝負如何？」金花婆婆沉吟半晌，道：「不知道。我原想知道尊師和我到底誰強誰弱，是以今日才到大都來。唉！滅絕師太這一圓寂，武林中少了一位高人。前不見古人，後不見來者，峨嵋派從此衰了。」那七名峨嵋弟子呼號不絕，正似作為金花婆婆這話的註腳。（金庸《倚天屠龍記》）

遲遲鐘鼓初長夜，耿耿星河欲曙天

安史之亂起，唐明皇與楊貴妃避難蜀地，因禍起於楊氏，中途六軍鼓譟抗爭，不願前行，明皇不得已賜死楊妃，埋骨於馬嵬坡下。亂平後，明皇自西蜀回京，讓位於太子，退居於宮內。歸來後，景色依舊，人事已非，經常想起從前與楊妃朝朝暮暮共處的情景，夜裡更鼓報時之聲清晰傳入耳來，抬頭一望，無盡的銀河還橫亙於欲亮未亮的曙光中，獨自想起往日種種，不禁覺得此夜倍加漫長了。

作者與詩詞介紹

出自白居易〈長恨歌〉：

……梨園弟子白髮新，椒房阿監青娥老。夕殿螢飛思悄然，孤燈挑盡未成眠。遲遲鐘鼓初長夜，耿耿星河欲曙天。鴛鴦瓦冷霜華重，翡翠衾寒誰與共。……

白居易是中唐有名的詩人，與元稹、劉禹錫等著名文人有深厚的情誼，留下許多唱酧往來的詩篇。白居易的詩歌雖然文詞平易，卻蘊含溫厚的情感，毫不淺俗。

名家例句

回想起來這一年的歲月，實在是悠長的很呀！綿綿鐘鼓初長的秋夜，我當眾人睡盡的中宵，一個人在六尺方的臥房裏踏來踏去，想想我的女人，想想我的朋友，想想我的暗淡的前途，曾經燻燒了多少支的短長菸捲？（郁達夫〈小春天氣〉）

人有悲歡離合，月有陰晴圓缺

這是蘇軾於宋神宗熙寧九年丙辰中秋，寫給弟弟蘇轍的一首詞。蘇軾和蘇轍兄弟一向感情深篤，二人自從跟著父親（蘇洵，也是著名的散文家）一路從當時算是「內地」的蜀地，進京趕考之後，歷經仕宦的分離，多年不曾返鄉。其中最為膾炙人口的，便是這首寫於丙辰中秋的〈水調歌頭〉。

詞中一貫地表現了蘇軾向來善於將佛道哲思化入詩文情境的本事，又飽含蘇軾對人事特有的明敏通達的風格，因此將深厚的情誼，分隔兩地的感傷遺憾，運用「詞」歌唱宛轉的形式特質，經由幾番曲折的翻轉，化成餘韻不斷的懷人之思。

詞句出自蘇軾〈水調歌頭〉：

明月幾時有，把酒問青天。不知天上宮闕，今夕是何年。我欲乘風歸去，又恐瓊樓玉宇，高處不勝寒。起舞弄清影，何似在人間。轉朱閣，低綺戶，照無眠。不應有恨，何事長向別時圓。人有悲歡離合，月有陰晴圓缺，此事古難全。但願人長久，千里共嬋娟。

蘇軾可以說是文學史上人氣相當高的人物，也是一位全才型的文人，詩、詞、書、畫、經史，均能自成一家。他的詩歌不僅影響兩宋，也影響了遼、金、元各朝，而與江西詩派盟主黃庭堅並為宋詩之代表。

名家例句

在漢字當中，「圓」這個字變成一個非常特殊的符號。已經不只是形狀了，它成為一種祝福！為什麼我們有一個節日叫做中秋節？為什麼所有的親人在中秋節時要團聚，一起期待一年之中最圓最美的那個月亮？蘇東坡曾在「丙辰中秋」，寫下他最為人傳誦的詩句給弟弟，有幾句是：「人有悲歡離合，月有陰晴圓缺，此事古難全。但願人長久，千里共嬋娟。」……所以這個時候我們會發現，圓這個造型對某一個民族來說，變成了記憶，變成了永恆。（蔣勳〈視覺之美〉）

2 年華之感

良辰美景奈何天，賞心樂事誰家院

〈驚夢〉是戲曲《牡丹亭》著名的一折，寫杜麗娘與侍女春香遊園賞玩，因情入夢的情節。「良辰美景奈何天，賞心樂事誰家院」，是其中〈皂羅袍〉一曲的曲文，說的是杜麗娘年方十六，出身名門，長居深閨，一日與侍女春香遊園消遣，見韶光正好，百花開遍，睹景傷情，自傷深閨裡幽夢難遣，年華虛度，一時感慨等等情事。

《牡丹亭》為戲曲中的寫「情」名作。歷來皆謂杜麗娘感「情」而死，因情還生等情節之「奇」，為情之極致。

作者與詩詞介紹

出自湯顯祖《牡丹亭》第十齣〈驚夢〉：

原來姹紫嫣紅開遍，似這般都付與斷井頹垣。良辰美景奈何天，賞心樂事誰家院！朝飛暮捲，雲霞翠軒，雨絲風片，煙波畫船——錦屏人忒看的這韶光賤！

湯顯祖為晚明傳奇大師，著有五部傳奇，其中最膾炙人口為《還魂記》，也就是大家熟知的《牡丹亭》。其內容寫杜麗娘與侍女春香遊園傷春，感物動情，因情入夢，夢與書生柳夢梅歡會，醒後感夢中情境，傷情而亡，生前寫真留記，後由柳夢梅拾得，杜麗娘還魂人世，成就姻緣。從年方韶華，含情幽閨的少女情懷，襯托以侍女春香之爛漫天真，錦繡如畫的園景，一路宛轉鋪陳，曲曲是牽動人心的頌讚青春之歌，因此而寫「情」、寄「情」，細緻雋永，悱惻低迴，是傳奇般的情節之外，極耐人咀嚼吟唱的「情」詞。

名家例句

眼睛卻瞇成了一條縫，射出了逼人的銳光，兩張臉都向著她，一齊咧著整齊的白牙，朝她微笑著，兩張紅得髮油光的面靨漸漸的靠攏起來，湊在一塊兒，咧著白牙，朝她笑著。笛子和洞簫都鳴了起來，笛音如同流水，把靡靡下沉的簫聲又托了起來，送進《遊園》的《皂羅袍》中去——

原來姹紫嫣紅開遍，似這般都付與斷井頹垣，良辰美景奈何天，賞心樂事誰家院——杜麗娘唱的這段「昆腔」便算是昆曲裏的警句了。（白先勇《台北人》）

我讀了「良辰美景奈何天」等句，曾經真心地感動。以為古人都嘆息一春的虛度。前車可鑑！到我手裡絕不放它空過了。最是逢到了古人惋惜最深的寒食清明，我心中的焦灼便更甚。那一天我總想有一種足以充分酬償這佳節的舉行。（豐子愷〈秋〉）

白髮三千丈，緣愁似個長

此為感傷光陰易逝，年華老大的詩句。謂年紀漸長，唯有愁煩與白髮日日增長，直如無止境的歲月一般。為〈秋浦歌〉之一，〈秋浦歌〉共十七首，是李白往來江東池州一帶時所作，多詠當地風物，充滿感物之思。

作者與詩詞介紹

出自李白〈秋浦歌〉第十五首：

白髮三千丈，緣愁似個長。不知明鏡裡，何處得秋霜。

李白雖是歷史上數一數二的名詩人，唐詩風華的代表人物，然而他自己卻從來不定格為一位「詩人」。其人任俠尚氣喜歡學擊劍、學道術，跟道士們交往，甚至自己也當過道士，無論其人其詩，俱足以為詩史上之長庚太白。

名家例句

這一年的中間，我的衰老的氣象，實在是太急速的侵襲到了，急速的，真真是很急速的。白髮三千丈一流的誇張的比喻，我們暫且不去用它，就減之又減的打一個折扣來說罷，我在這一年中間，至少也的的確確的長了十歲年紀。牙齒也掉了，記憶力也消退了，對鏡子剃削鬍髭的早晨，每天都要很驚異地往後看一看，以為鏡子裏反映出來的，是別一個站在我後面的沒有到四十歲的半老人。（郁達夫〈小春天氣〉）

白髮不能容宰相，也同閑客滿頭生

此詩已散佚，剩此名句，大意略同於杜牧詩句「公道世間唯白髮，貴人頭上不肯饒」，既是感嘆，亦是自我調侃，這白髮還真是公道，不只宰相頭上，連我等閒散之人也不放過呢。

作者與詩詞介紹

這是唐代詩人滕倪的詩句，全詩已遺佚，只在後人筆記中記載了此一佳句。據唐人筆記《雲溪友議》記載，滕倪在當時亦有文名。《全唐詩話》評論其人，稱「倪苦心為詩，嘉聲早播」，可見失名。然而他似乎是一位早逝的詩人，在前面江西謁見太守，歸蜀應試的路上，因病而亡。只在時人的筆記中留下一首完整的送別詩，和其他零散的詩句。

第三次我到這陋巷，是最近一星期前的事。這回是我自動去訪問的。馬先生照舊孑然一身地隱居在那陋巷的老屋裏，兩眼照舊描著堅致有力的線而炯炯發光，談笑聲照舊愉快。只是使我驚奇的，他的深黑的鬚髯已變成銀灰色，漸近白色了。我心中浮出白髮不能容宰相，也同閑客滿頭生之句，同時又悔不早些常來親近他，而自恨三年來的生活的墮落。（豐子愷〈陋巷〉）

傷彼蕙蘭花，含英揚光輝

這是一首悲傷夫妻分隔兩地，迢迢難以相會的詩歌。詩中人自喻好比是芬芳的蕙蘭花，光輝美好，卻在離亂中，蹉跎了青春，季節一過，亦將隨著秋風老去。這是《古詩十九首》中感嘆年華短促，悲傷親人離散的典型，而含蓄溫婉，善用譬喻，情味深厚而雋永。

作者與詩詞介紹

出自漢代《古詩十九首》之十四：

冉冉孤生竹，結根泰山阿；與君為新婚，菟絲附女蘿。菟絲生有時，夫婦會有宜；千里遠結婚，悠悠隔山陂。思君令人老，軒車來何遲！傷彼蕙蘭花，含英揚光輝，過時而不采，將隨秋草萎。君亮執高節，賤妾亦為何！

《古詩十九首》是我國五言詩歌進入成熟階段最高的藝術成就，作者不詳，一般認為應是東漢時期的作品。深刻反映了當時戰亂頻仍，人民流離失所的痛苦。然而詩句清和平遠，感情樸實而深厚，自有驚心動魄，令人低迴不已的感人力量。後世詩人推崇為五言詩之冠冕，評價極高。後來的李白也相當推崇。

名家例句

以看花為樂事的，恐怕只有少年或樂天家。多感的中年人，大抵看了花易興人生無常之嘆，反而陷入悲哀。故我國古代詩人常以花的易謝來比方或隱射人生的易老。古詩十九首中就有這類的詩句：

傷彼蕙蘭花，含英揚光輝，過時而不采，將隨秋草萎。君亮執高節，賤妾亦為何！……我暗誦了這些詩，覺得看菊的感傷愈加濃重了。某詞人云：「春風欲勸座中人，一片落紅當眼墮。」今日展覽會裡的殘菊，正像這「一片落紅」，對我這霜鬢的人下了一個懇切的勸告。（豐子愷〈看殘菊有感〉）

杜麗娘的春愁，並非玉茗新創，那是從《詩經》下來就有的傳統，一如三千年前那位憂心的女子，她不是說「摽有梅，其實七兮。求我庶士兮，迨其吉兮。摽有梅，其實三兮。求我庶士，迨其今兮。摽有梅，頃筐塈之。求我庶士，迨其謂之。」「嗚呼！傷彼蕙蘭花，含英揚光輝，過時而不採，將隨秋草萎！」而玉茗更翻新一籌：似這般姹紫嫣紅開遍，也盡生生賦與斷井頹垣。舞台上的〈遊園〉到此就是一折戲結束。接著就是舞台上所謂的〈驚夢〉了。（白先勇《白先勇說崑曲》）

春風欲勸座中人，一片落紅當眼墮

這是典型的「傷春」題材，感傷年華老去，時光不再，是詩詞裡常見的主題。這類的主題，往往又多伴隨著一些「及時行樂」的勸慰之詞。在這首詞裡，作者就又順勢借這人之常情，以春風為比擬，好似春風正勸人及時行樂，不料當著眼前便吹落了一片落花。這一轉折，讓這相當一般的題材增添了幾分俏皮和無奈。

作者與詩詞介紹

出自元代劉因〈木蘭花〉詞：

未開常探花開未。又恐開時風雨至。花開風雨不相妨，說甚不來花下醉。百年枉作千年計。今日不知明日事。春風欲勸座中人，一片落紅當眼墮。

劉因自幼天資過人，三歲識字，六歲寫詩，七歲能文，才華出眾，但不願苟合流俗，曾應召入朝，不久後即以母病為由辭官，拒不出仕。因生活貧困，以教授生徒讀書為生，弟子們多有所成。因喜歡諸葛亮「靜以修身」，所以將居處題名為「靜修」。

名家例句

以看花為樂事的，恐怕只有少年或樂天家。多感的中年人，大抵看了花易興人生無常之嘆，反而陷入悲哀。故我國古代詩人常以花的易謝來比方或隱射人生的易老。古詩十九首中就有這類的詩句：

傷彼蕙蘭花，含英揚光輝，過時而不采，將隨秋草萎。君亮執高節，賤妾亦為何！……我暗誦了這些詩，覺得看菊的感傷愈加濃重了。某詞人云：「春風欲勸座中人，一片落紅當眼墮。」今日展覽會裡的殘菊，正像這「一片落紅」，對我這霜鬢的人下了一個懇切的勸告。（豐子愷〈看殘菊有感〉）

感時花濺淚，恨別鳥驚心

全詩乃寫唐至德二年季春三月，安史之亂中，杜甫身陷賊營，與家人道路隔絕，音書難通，感時傷景之哀。詩句內容描寫了歷經離亂之後，滿目山河依舊而人事已非，暮春三月，正當草木繁盛，道途上卻仍然是烽火滿天，百花奼紫嫣紅如因感時而墮淚斑斑，蟲鳴鳥喧更使愁亂之心倍加憂驚。

作者與詩詞介紹

出自杜甫〈春望〉：

國破山河在，城春草木深。感時花濺淚，恨別鳥驚心。烽火連三月，家書抵萬金。白頭搔更短，渾欲不勝簪。

近體詩至唐代發展成熟，到了杜甫，華麗、雅正、深奧、質樸，各種形式風格均發揮無遺，渾涵汪茫，千彙萬狀，古今各體在他手上，均有突出的表現。杜甫名聲在中唐之後愈益輝煌，對後人的影響力也隨著時間益加深廣。

杜甫詩常以「詩史」之名受到尊崇，在他筆下社會離亂的實相、知識分子的悲憫、個人際遇的挫折，千古讀來，仍動人心魄！

什麼「感時花濺淚，恨別鳥驚心」這種句子，古今中外，不知有千千萬萬。總之，只因有了有思想、有情感的人，便有了悲

歡離合，便有了「戰爭與和平」，便有了「愛和死是永恆的主題」。我羨慕那些沒有人類的星球！（冰心〈病榻囈語〉）

今年花似去年好，去年人到今年老

這是常見的藉詠落花而惋惜感嘆年年老去的詩句。

出自岑參〈韋員外家花樹歌〉：

今年花似去年好，去年人到今年老。始知人老不如花，可惜落花君莫掃。君家兄弟不可當，列卿御史尚書郎。朝回花底恒會客，花撲玉缸春酒香。

岑參是盛唐詩歌名家，曾經從軍輔佐戎幕，善寫邊塞詩歌，其為盛唐邊塞詩的代表詩人。在盛唐出現了這類氣象雄渾，格調奇峭的詩歌之後，唐詩更大幅超越六朝詩風，走出了自己的道路，加上田園詩等其他各類詩歌也產生了大量的名作，而使得這一時期成為中國詩歌史上風華鼎盛的時代。

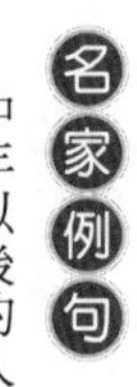

中年以後的人，因為自己的青春已逝，看了花大抵要妒忌它，以為人不如花。這妒忌常美化而為感傷。我細細剖析自己的感傷，覺得也含著不少這樣的心情。記得前人的詩詞中，告白著這心情的亦復不少：

今年花似去年好，去年人到今年老。始知人老不如花，可惜落花君莫掃。……（豐子愷〈看殘菊有感〉）

為賦新詞強說愁

這首詞上半闋最能道中少年好強卻又昧於世事的天真，「為賦新詞強說愁」，遂成為年輕時寫作心情的最佳寫照。

作者與詩詞介紹

出自辛棄疾詞〈醜奴兒〉（書博山道中壁）：

少年不識愁滋味，愛上層樓。愛上層樓。為賦新詞強說愁。
而今識盡愁滋味，欲說還休。欲說還休。卻道天涼好個秋。

辛棄疾生於宋高宗紹興十年，卒於寧宗開禧三年（一一四〇～一二〇七）。辛棄疾詞風與蘇軾並稱豪放，不過說兩人作品所謂「豪放」，更應該用於指稱其格局、眼界、辭采、音律種種不受羈束的開放性，而兩人均能在這種具有挑戰的開放中淋漓盡致地表現。辛棄疾出了名的喜歡「掉書袋」，典故使用極為頻繁，把所有學問都放進了詞裡，卻用得天然曉暢，靈活豐富。他的長調氣魄恢宏，情韻綿密，但也有許多俏麗可喜的小令，此詞就是其中甚受歡迎的一首。

名家例句

但是當落日餘暉接觸的時候，它仍能欣然而笑。一陣新秋的金風掠過，木葉愉快地飛舞而搖落，你真不知落葉的歌聲是歡笑的歌聲還是黯然銷魂的歌聲。這是新秋精神的歌聲，平靜，智慧，圓熟的精神，它微微笑著憂鬱而贊美興奮、銳敏、冷靜的態度——這種秋的精神曾經辛棄疾美妙地歌詠過：「少年不識愁滋味，愛上層樓，愛上層樓，為賦新詞強說愁。而今識盡愁滋味，欲說還休，欲說還休，卻道天涼好個秋。」（林語堂《人生的盛宴》）

年輕的時候，身邊的每一個朋友在媒體的渲染下，多多少少都會憧憬一個人旅行的孤單和淒美，我也不例外。當時，我總希望有一天可以一個人踏上旅程，一個人享受旅途中孤獨的感覺。然而，年少時的想法總有一點為賦新詞強說愁，長大之後的我，卻絲毫不願意一個人走向旅途。不是沒有勇氣一個人旅行，也不是害怕一個人孤單走在異鄉的街頭，而是，我無法一個人躺在比薩斜塔旁的草地上，看著斜塔與教堂在我面前和托斯卡尼蔚藍的天空形成一幅美麗景象時，我卻無法跟某個人說：「你看！」（王麗芳《我不是天生會當媽——從生活體驗中學習，教出自信又快樂的孩子》）

3 離別之傷

帶甲滿天地，胡為君遠行

在這離亂之世，到處都是甲兵，是什麼樣的身世，什麼樣的際遇，你必須如此飄泊遠行！詩人感懷別離時親朋送行的場面，亂世之中，生離亦可能成為死別，「帶甲滿天地，胡為君遠行」，寫盡兵連禍結的時代哩，遊子朝不保夕，惶惶然的心情。

作者與詩詞介紹

出自杜甫〈送遠〉：

帶甲滿天地，胡為君遠行。親朋盡一哭，鞍馬去孤城。草木歲月晚，關河霜雪清。別離已昨日，因見古人情。

杜甫的〈送遠〉一詩，寫歲暮天寒，關河慘澹，時當史思明之亂，甲兵滿世，回憶昨日親朋為我送行之情景，雖是生離卻充滿死別之憂哀。

天色依舊是蒼蒼無底，曠野裏的雜糧也已割盡，四面望去，只是洪水似的午後的陽光，和遠遠躺在陽光裏的矮小的壇殿城池。我張了一張睡眼，向周圍望了一圈，忽笑向G君說：「秋氣滿天地，胡為君遠行」，這兩句唐詩真有意思，要是今天是你去法國的日子，我在這裡餞你的行，那麼再比這兩句詩適當的句子怕是沒有了……（郁達夫〈小春天氣〉）

剪不斷，理還亂

形容愁思綿綿不絕，雖是不欲懷想，卻仍時時浮上心頭。李煜作此詩時，南唐以破，富貴如雲，此身以為階下囚，往昔不堪憶。情之所至，淺嘗者說破，深悟者說不破，說破者淺，而李煜此詞通篇寫景敘情，藏在文字底下的愁思與悔恨卻無一字提點，可說是不破之情的最佳示範。

作者與詩詞介紹

出自李煜詞〈相見歡〉：

無言獨上西樓。月如鉤。寂寞梧桐深院鎖清秋。剪不斷。理還亂。是離愁。別是一番滋味在心頭。

李煜和他的父親中宗李璟，俱是文學史上著稱的帝王詩人，而李煜和後來的宋徽宗，更是歷史上的藝術家皇帝中情采最為突出者。詞之發源，原稱「詩餘」，主要為音樂歌舞場合寄情遣興之作，至五代大盛，然而五代詞，從花間到南唐，名篇佳作雖多，真正擴大其境界，化輕綺為深秀，令人一新耳目者，殆為後主。

名家例句

家茵伏在桌上哭。桌上一堆卷曲的絨線，「剪不斷，理還亂」。

第二天宗豫還是來了，想送她上船。她已經走了。那房間裏面彷彿關閉著很響的音樂似的，一開門便爆發開來了，他一隻手按在門鈕上，看到那沒有被褥的小鐵床。露出鋼絲繃子，鏡子洋油爐子，五門櫥的抽屜拉出來參差不齊。墊抽屜的報紙團皺了掉在地下。一只碟子裏還粘著小半截蠟燭。絨線仍舊亂堆在桌上。（張愛玲《多少恨》）

貧賤夫妻百事哀

這是元稹懷念已逝妻子的三首〈遣悲懷〉之二，回憶生前舊情及至於死別之哀，回想當初兩人貧賤夫妻一起度過的艱難歲月，而今縱使富貴顯達，卻只餘當年貧賤度日的思憶。

亡妻已去，遺物猶在，未免睹物思人，將舊衣故物或施捨他人，或收存不忍觀。白天觸景傷情，而夜晚的夢中彷彿穿越冥界相尋，死別雖然是人生所難免之事，但對曾經相濡以沫、患難與共的夫妻來說，一旦永訣，悲痛更加深刻。

作者與詩詞介紹

出自元稹〈遣悲懷〉三首之二：

昔日戲言身後意，今朝皆到眼前來。衣裳已施行看盡，針線猶存未忍開。尚想舊情憐婢僕，也曾因夢送錢財。誠知此恨人人有，貧賤夫妻百事哀。

元稹詩與白居易齊名，兩人亦為知交，並曾共同提倡以諷喻或社會寫實為目的的「新樂府」運動。

名家例句

「啊啊，貧賤夫妻百事哀！我的女人嚇，我累你不少了。」我走上了駁船，在船篷下坐定之後，就把三個月前，在上海北站，送我女人回家的事情想了出來。忘記了我的周圍坐著的同行者，忘記了在那裡搖動的駁船，並且忘記了我自家的失意的情懷，我只見清瘦的我的女人抱了我們的營養不良的小孩在火車窗裏，在對我流淚。火車隨著蒸氣機關在那裡前進，她的眼淚灑滿的蒼白的臉兒，也和車輪合著了拍子，一隱一現的在那裡窺探我。（郁達夫〈還鄉後記〉）

我沒那麼關心跟不跟得上流行，我只關心，這個月底錢夠不夠用，我爸年紀大了，我上來台北沒多久，就跌斷了腿，工廠順勢請他回家休養，不必來了。我爸好面子，不跟廠方爭，就領了一筆小小的醫藥費回家了，我媽見他一回唸一回。我爸寫信給我，盡說些無關緊要的生活小事，唯有夾在最後一段的「貧賤夫妻百事哀」這樣一個短句，刺痛了我的眼睛。（楊雅喆，萬金油《女朋友。男朋友》）

十年生死兩茫茫，不思量，自難忘

這是蘇軾的悼亡詩，悼念他過世十年的妻子王氏。詞中，蘇軾彷彿於夢中與王妻相見，景物依舊，而妻已逝，只能夜夢中相對垂淚，其深濃的悽惻感傷，常為敘述生死兩隔的代表詞句。

作者與詩詞介紹

出自蘇軾〈江城子〉詞：

十年生死兩茫茫。不思量。自難忘。千里孤墳，無處話淒涼。縱使相逢應不識，塵滿面，鬢如霜。夜來幽夢忽還鄉。小軒窗。正梳妝。相顧無言，惟有淚千行。料得年年斷腸處，明月夜，短松岡。

名家例句

若「生離」是對於人世的無奈，「死別」大概就是對於命運的無力吧！當生活的處境逐漸失控的同時，到底我們還能抓住什麼？留住什麼？

蘇東坡的〈江城子〉堪稱是中國文學史上悼亡至愛之人的千古絕唱：

十年生死兩茫茫，不思量，自難忘。千里孤墳，無處話淒涼。

（黃致凱〈靠不住的回憶〉）

可憐無定河邊骨，猶是深閨夢裡人

這兩句詩為歷來哀悼、控訴戰場之犧牲，最常被引用的詩句。描寫閨中妻子不知遠方戰場上，丈夫已死，仍在夢中盼望早日團聚，其沉痛無奈，躍然紙上。

他猶如行屍走肉搬踉蹌下山，一日一夜不飲不食，但覺唇燥舌焦，走到小溪之旁，掬水而飲，一低頭，猛見水中倒影，兩鬢竟白了一片。他此時三十六歲，年方壯盛，不該頭髮便白，更因內功精純，雖一生艱辛顛沛，但向來頭上一根銀絲也無，突見兩鬢如霜，滿臉塵土，幾乎不識得自己面貌，伸手在額角髮際拔下三根頭髮來，只見三根中倒有兩根是白的。剎時之間，心中想起幾句詞來：

「十年生死兩茫茫。不思量。自難忘。千里孤墳，無處話淒涼。縱使相逢應不識，塵滿面，鬢如霜。」

這是蘇東坡悼亡之詞。楊過一生潛心武學，讀書不多，數年前在江南一家小酒店壁上偶爾見到題著這首詞，但覺情深意真，隨口唸了幾遍，這時憶及，已不記得是誰所作：心想：「他是十年生死兩茫茫，我和龍兒卻已相隔一十六年了。他尚有個孤墳，知道愛妻埋骨之所，而我卻連妻子葬身何處也自不知。」（金庸《神鵰俠侶》）

作者與詩詞介紹

出自陳陶〈隴西行〉，四首之二：

誓掃匈奴不顧身，五千貂錦喪胡塵。可憐無定河邊骨，猶是深閨夢裡人。

名家例句

做輓聯我是不會做的，尤其是文言的對句。而陳先生也想了許多成句，如「高處不勝寒」、「猶是深閨夢裏人」之類，但似乎都尋不出適當的上下對，所以只成了上舉的一聯。這輓聯的好壞如何，我也不曉得，不過我覺得文句做得太好，對仗對得太工，是不大適合於哀挽的本意的。悲哀的最大表示，是自然的目瞪口呆，僵若木雞的那一種樣子，這我在小曼夫人當初次接到志摩的凶耗的時候曾經親眼見到過。（郁達夫〈志摩在回憶裡〉）

讀到唐詩「可憐無定河邊骨，猶是深閨夢裡人」，有一種好特殊的傷感。彷彿見到一堆枯骨，臥在漠北的「無定河」畔，又看到個深閨的婦人，夢著她的丈夫。

自那以後，便常想到古戰場，便常到古戰場去憑弔。站在諾曼第的海灘，想六月六日斷腸時，戰火沸騰了大西洋的海水；也站在蘆溝橋前，讀紀念碑上訴說的悲壯往事。

那就是古戰場，但為什麼這樣平靜，好像從未發生過大事。白雲千載空悠悠地飄過，草是格外綠了，海是分外藍了。（劉墉《生生世世未了緣》）

向來相送人，各自還其家

這是一首以輓歌情感為題材的詩歌。魏晉人喜歡仿擬各類情感作為群體和個人寫作的主題，輓歌即是其中一種。在這首陶淵明所仿擬的輓歌詩中，設想了一旦自己故去後，送葬的情景：眾人悲歌相送，而送葬已畢，親戚亦各自告別還家，死者還歸自然。

作者與詩詞介紹

出自陶淵明〈擬輓歌辭〉：

荒草何茫茫，白楊亦蕭蕭。嚴霜九月中，送我出遠郊。四面無人居，高墳正蕉嶢。馬為仰天鳴，風為自蕭條。幽室一已閉，千年不復朝。千年不復朝，賢達無奈何。向來相送人，各自還其家。親戚或餘悲，他人亦已歌。死去何所道，托體同山阿。

對於陶淵明，一般所熟知的是他田園詩文裡所呈現的返歸自然的生活境界，然而除了感情自然真摯外，他的作品還不時從中透顯出一股超然的神韻，這與他純真豁達的生命體認有關。這首自擬輓歌所呈現的，就是陶淵明素來保有的「縱浪大化中，不喜亦不懼」率真自在的情態。

名家例句

隅卿去世於今倏忽三個月了。當時我就想寫一篇小文章紀念他，一直沒有能寫，現在雖然也還是寫不出，但是覺得似乎不能再遲下去了。日前遇見叔平，知道隅卿已於上月在寧波安厝，那麼他的體魄便已永久與北平隔絕，真有去者日已疏之懼。陶淵明〈擬輓歌辭〉云：「向來相送人，各自還其家。親戚或餘悲，他人亦已歌。」何其言之曠達而悲哀耶。恐隅卿亦有此感，我故急急地想寫出了此文也。（周作人〈隅卿紀念〉）

人間萬事消磨盡，唯有清香似舊時

年輕時的舊物舊作，而今再次翻撿出來，不禁感慨萬千：在這綿長的歲月當中，多少年少心事、舊時感懷，都已被歲月磨洗殆盡，然而一朝感觸，卻好似這菊花的清芬，竟喚起了從前的心緒，而那動人的情懷，依然不改。

作者與詩詞介紹

出自陸游〈余年二十時嘗作菊枕詩頗傳於人今秋偶復采菊縫枕囊淒然有感〉二首之二：

少日曾題菊枕詩，蠹編殘稿鎖蛛絲。人間萬事消磨盡，只有清香似舊時。

陸游名列南宋「尤、楊、范、陸」四大詩人，而實際上，無論才氣或數量，後代詩評家幾乎都視他為南宋第一人。陸游詩詞兼善，他的詞，亦可與豪放詞南北宋兩大魁首——蘇軾、辛棄疾比肩。此詩據說與陸游、唐婉兩人的愛情故事有關。陸唐兩人少年夫妻，舉案齊眉，曾採集菊花做為枕囊，陸游因此寫下〈菊枕詩〉，時年二十。多年後兩人因故仳離，而舊情難忘。本詩「唯有清香似舊時」，寫盡陸游對往昔惆悵之情。

名家例句

先是聽說李媛媛患癌，不久聽說她走了。人生如戲，鏡頭晃一下就過去。內地報刊說她美麗善良，人品好演技好；我從她矜持的顰笑中找到的卻是宋家姐妹氣韻裡那種久違的民國味。這樣嫵媚的柳梢月色，也許只有我這輩帶點遺老襟懷的人才傾倒。我有一方「董橋癡戀舊時月光」的閒章，那天想起放翁那句「人間萬事消磨盡，唯有清香似舊時」，再請徐雲叔刻了另一枚「清香似舊時」。（董橋〈為一輪老月亮寫序〉）

4 季節有感

忽見陌頭楊柳色

唐代的仕宦功名，除了學問藝業之外，還大開於邊疆立功一途，除了軍人外，文人也可佐幕邊戎，這也是唐人邊塞詩盛行的緣故。因為獎勵邊功之故，相對的，也興起了產生了另一種閨怨題材，與傳統因戰亂被迫從軍或流離失所導致親人分隔兩地的悲痛憂苦不同，這類閨怨詩，除了部分因為安史之亂時期及其後的戰事頻仍，有悲悼戰禍的色彩外，其他多如此詩，感物起興，近於六朝以來宮詞的怨情類型。

如沈佺期的〈古意〉中的「九月寒砧催木葉，十年征戍憶遼陽。白狼河北音書斷，丹鳳城南秋葉長」，和這首詩的「忽見陌頭楊柳色，悔教夫婿覓封侯」，都是這類閨怨詩中大家最熟悉的佳句。

作者與詩詞介紹

出自王昌齡〈閨怨〉：

閨中少婦不曾愁，春日凝妝上翠樓。忽見陌頭楊柳色，悔教夫婿覓封侯。

王昌齡是盛唐著名的詩人，常被歸類於高適、岑參等邊塞詩人，高適、岑參善於七言長篇歌行，而王昌齡則以七言絕句見長。相對於他邊塞詩的成就，王昌齡也善寫閨怨離別等題材。

名家例句

自古以來，詩文常以楊柳為春的一種主要題材。寫春景曰「萬樹垂楊」，寫春色曰「陌頭楊柳」，或竟稱春天為「柳條春」。我以為這並非僅為楊柳當春抽條的原故，實因其樹有一種特殊的姿態，與和平美麗的春光十分調和的原故。這種姿態的特點，便是「下垂」。不然，當春發芽的樹木不知凡幾，何以專讓柳條作春的主人呢？（豐子愷〈楊柳〉）

一春能幾番晴

詩詞傳統裡對於因感於物色變化，而興發特定的情感，有所謂「春女思，秋士悲」的說法，許多閨怨詩、或描寫春日閒愁的詩歌，都屬於這一類型。尤其在文人「香草美人」的比興傳統裡，又常以這類題材寄託或隱喻個人身世遭遇之感，而使得這類看似無非幽閨閒情的寫作有許多不同的境界和風貌。

此詞句運用了「情／晴」雙關的隱喻，是這傳統裡相當通俗而普遍的手法。

出自李彭老〈清平樂〉：

合歡扇子。撲蝶花陰裡。半醉海棠扶半起。淡日秋千閑倚。寶箏彈向誰聽。一春能幾番晴。帳底柳綿吹滿，不教好夢分明。

李彭老，字商隱，號篔房，南宋德清（今屬浙江）人。與南宋著名詞人吳文英、周密等常往來酬唱。延襲早期《花間詞》的傳統，本就起於綺筵繡幌，酬唱風月情懷，故這一類題材的數量極多。其中不少傳承了六朝旖旎多情的民歌和豔情宮詞傳統，例如這首詞便是一例。

「**一春能有幾番晴**」是真的；「小樓一夜聽春雨」其實沒有什麼好聽，單調得很，遠不及你們都會裡的無線電的花樣繁多呢。（豐子愷〈春〉）

小樓一夜聽春雨

這是大詩人陸游一首清新可喜，淺白流暢的詩作。詩歌起於「世味年來薄似紗」，可知已遍嚐人情況味，本有憔悴京華的風塵之感，然而次聯「小樓一夜聽春雨，深巷明朝賣杏花」，一洗因承接上聯而順理成章地傷懷悲歎的可能，令人耳目一新。

作者與詩詞介紹

出自陸游〈臨安春雨初霽〉：

世味年來薄似紗，誰令騎馬客京華。小樓一夜聽春雨，深巷明朝賣杏花。矮紙斜行閑作草，晴窗細乳戲分茶。素衣莫起風塵嘆，猶及清明可到家。

從前詩詞常見的窠臼之一，是歎老嗟悲自憐自傷，這是連詩聖杜甫都難以避免的窠臼，但杜甫往往會用上一聯或下一聯去「救」，而產生另一種曲折變化的趣味。

陸游是唐宋以來詩歌創作數量名列前茅的作者，約有九千多首，然而他自少至老的作品，無論清新圓潤，平淡沉雄，皆未曾落此窠臼。

我生長江南，按理是應該不喜歡雨的；但春日暝蒙，花枝枯

竭的時候，得幾點微雨，又是一位多麼可愛的事情！「小樓一夜聽春雨」，「杏花春雨江南」，「天街細雨潤如酥」，從前的詩人，早就先我說過了。夏天的雨，可以殺暑，可以潤禾，它的價值的大，更可以不必再說。而秋雨的霏微淒冷，又是別一種境地，昔人所謂「雨到深秋易作霖，蕭蕭難會此時心」的詩句，就在說秋雨的耐人尋味。（郁達夫〈雨〉）

三分春色二分愁，更一分風雨

這是北宋詩人葉清臣的名句，而且通常會聯想到蘇軾著名的楊花詞，「春色三分，二分塵土，一分流水」。看來蘇軾很喜歡葉清臣這名句，除了詠楊花之外，後來又在一首〈臨江仙〉裡，以「三分春色一分愁」詠暮春情景，打開後來詞人種種以「三分」寫似水流年的風氣。

其實在葉清臣之前，詩歌裡「三分」一詞流傳已久，然而用在詞裡，用來形容節候光景，更為柔媚的光景增色，也寫出了賞花人流連難捨的情懷，更適合於詞這種文體，這是舊詞彙在創新的用法之下，表現效果更加成功的典型。

作者與詩詞介紹

出自葉清臣〈賀盛朝〉（留別）：

滿斟綠醑留君住。莫匆匆歸去。三分春色二分愁，更一分風雨。花開花謝、都來幾許。且高歌休訴。不知來歲牡丹時，再相逢何處。

葉清臣是北宋名臣，也是書法名家，但是詞作只完整流傳下來一首。不過就這一首，也就令人難忘了。其中這段「三分春色二分愁，更一分風雨」，是連蘇軾也為之傾倒的佳句，一連化用兩次，使得葉清臣唯一著錄完整的這首詞，因此流傳廣遠。

春將半了，但它並沒有給我們一點舒服，只教我們天天愁寒，愁暖，愁風，愁雨。正是「三分春色二分愁，更一分風雨！」（豐子愷〈春〉）

紅杏枝頭春意鬧

當詩歌講究凝練生動的用字遣詞的工夫，也引進到詞的時候，詞人們開始在低吟淺唱、以整體音聲流暢圓潤為重的詞體中，留意到一些個別的、獨特的文字產生的表現效果，宋人後來把這些詞句中令人驚豔的文字，稱作「警策」。

「紅杏枝頭春意鬧」，便是在宋初正當興盛的詞壇，曾引起詞人注目和稱賞的一首作品，本來是一篇常見的吟詠春景之作，「鬧」字一出，整個詞境都活潑、生動了起來。

作者與詩詞介紹

出自宋祁〈玉樓春〉（春景）：

東城漸覺風光好。縠皺波紋迎客棹。綠楊煙外曉寒輕，紅杏枝頭春意鬧。浮生長恨歡娛少。肯愛千金輕一笑。為君持酒勸斜陽，且向花間留晚照。

宋祁，字子京，北宋安陸（今屬湖北）人。少年時家道中落，艱辛苦讀，與其兄宋庠同時入第。曾上書朝廷認為國家用度的不足，在於「三冗三費」。三冗即冗兵、冗官和冗僧，三費是道場齋醮、寺院和濫用公帑，主張裁減官員以節省國家用度。曾與歐陽修同修《新唐書》。由於這首詞的關係，據說宋祁在當時有個稱號叫「紅杏枝頭春意鬧」尚書，可見其影響。

名家例句

我覺得許多青年作家中國書念得少，翻譯書念得多，說得更確切一點，不是翻譯書念得太多，而是中國書念得太少。我的孩子從學校回來說：今天老師教了我一句「紅杏枝頭春意鬧」，過了幾天又學了一句「春風又綠江南岸」，可是就只知道這兩句詩，別的不知道。文章要寫得鮮明生動，在於詞彙多。我們中國的詞匯很多，可惜青年們沒有掌握，就寫起三四十萬字的長篇來，於是「偉大的」「光榮的」等等都出來了。聽說從前南開中學一個學生寫的作文得了一二〇分，怎麼會有一二〇分的呢？他的文章中寫道：「今天天氣十分好，花兒十分香，風景十分美，心裡十分高興。」一連用了十二個「十分」，老師給了他個一二〇分。所以這樣寫，是因為他能運用的形容詞太少。（冰心〈在文風座談會上的發言〉）

乍暖還寒時候，最難將息

在連用十四個疊字形容而營造出淒清寂寞的氛圍之後，「乍暖還寒時候，最難將息」，點出了這個乍暖乍寒的季節，無所依傍的心緒。

作者與詩詞介紹

出自李清照詞〈聲聲慢〉：

尋尋覓覓，冷冷清清，悽悽慘慘戚戚。乍暖還寒時候，最難將息。三盃兩盞淡酒，怎敵他、晚來風急。雁過也，正傷心，卻是舊時相識。滿地黃花堆積。憔悴損，如今有誰堪摘。守著窗兒，獨自怎生得黑。梧桐更兼細雨，到黃昏、點點滴滴。這次第，怎一個、愁字了得。

名家例句

可知春徒美其名，在實際生活上是很不愉快的。實際，一年中最愉快的時節，是從暮春開始的。就氣候上說，暮春以前雖然大體逐漸由寒向暖，但變化多端，始終是乍寒乍暖，最難將息的時候。（豐子愷〈春〉）

杜宇一聲春去，樹頭無數青山

「杜宇」，也就是杜鵑，花鳥同名，是傳統詩詞中最富有悲悽色彩的自然景物之一。杜鵑鳥，又叫作子規，也是傳統農家所稱的布穀鳥。杜鵑鳥從三月春分開始啼叫，剛好是百花皆已開遍而進入暮春時節。暮春時節，在古典詩人特別偏愛春秋兩季的傳統下（曾有日本學者統計，中國古典詩詞中，詠春秋兩季的，約佔四分之三，而冬夏兩季合起來才占四分之一），更是惋惜嘆息春日將盡之時，而這時迷離的杜鵑啼聲，增添許多惆悵之情。

作者與詩詞介紹

出自元好問〈清平樂〉：

離腸婉轉。瘦覺妝痕淺。飛去飛來雙語燕。消息知郎近遠。

樓前小語珊珊。海棠簾幕輕寒。杜宇一聲春去，樹頭無數青山。

元好問是金代詩詞文成就最高的作家，才學淵博，然而他所作的詞，卻是詞家本色，不帶學問家的習氣，清新自然，含蘊動人的情感。

名家例句

就景色上說，春色不須尋找，有廣大的綠野青山，慰人心目。古人詞云：「杜宇一聲春去，樹頭無數青出。」原來山要到春去的時候方才全青，而惹人注目。我覺得自然景色中，青草與白雪是最偉大的現象。（豐子愷〈春〉）

抒情篇》二、感情

1 故園情

此夜曲中聞折柳，何人不起故園情

「折柳」，即西域傳來之胡樂「折楊柳」，後衍為樂府曲名，南朝以來，其詞多為傷春惜別，唐人尤多懷念征人之作。

作者與詩詞介紹

出自李白〈春夜洛城聞笛〉：

誰家玉笛暗飛聲，散入春風滿洛城。此夜曲中聞折柳，何人不起故園情。

李白是盛唐時詩人，當時客居洛陽，因聽聞笛聲而寫下此詩，詩文中帶有倦遊思歸的感傷。本文的妙處在於詩人並未將情感只停留在個人的遭遇上，而是由己及人，推想洛陽城中，不知道有多少人是遠離故鄉的異鄉之客，一曲笛聲勾起了無數人的思鄉之情，將情感放大，化為所有異鄉客的離愁。

名家例句

周哲文在國外時，總是十分關懷居留外國的僑胞，敦勸他們回國看看。他在美國時，有一個從臺灣來的人，請他刻「張爰之印」和「大千居士」兩顆印章，要帶回臺灣送給大千老人。他沉吟片晌，在兩顆印邊，刻上了李白的《春夜洛城聞笛》：「誰家玉笛暗飛聲，散入春風滿洛城。此夜曲中聞《折柳》，何人不起故園情？」和李商隱的《夜雨寄北》：「君問歸期未有期，巴山夜雨漲秋池。何當共剪西窗燭，卻話巴山夜雨時。」

（冰心〈記八閩篆刻名家周哲文〉）

何當共剪西窗燭，卻話巴山夜雨時

這又是李商隱一首情致深遠的絕句，這首詩也給後世詩人創造出「剪燭夜雨」、「剪燭西窗」等情感意象，其後，輾轉相隨，有韋應物「寧知風雨夜，復此對床眠」，有蘇軾與蘇轍兄弟諸多「對床夜雨」的詩句，和李清照「明窗小酌，暗燈清話」的佳句。詩人詩話常出現這類的知心夜談的意象，其源可追溯到李商隱此詩。

出自李商隱〈夜雨寄北〉：

君問歸期未有期，巴山夜雨漲秋池。何當共剪西窗燭，卻話巴山夜雨時。

李商隱生於唐代牛李兩黨傾軋最烈的時期，李商隱早年受牛黨令狐楚知遇，後又與李黨為姻親屬吏，一生陷入黨爭糾紛，飽受排擠謗誹。他是晚唐著名詩人，詩風細密工麗，寄託深微，又好用典故。儘管詩中充滿朦朧縹渺的情感蘊含，並無定解，但從不乏愛好者與摹習者。

名家例句

現在的月曆，都印刷得很精美，而人們對於過了期的月曆，有兩種完全不同的處理方法，有的人只要新的月份一到，就把舊的一頁撕下來丟進字紙簍，或是讓孩子們去包書；另一種人則小心翼翼地將上一張翻到背面，以後還總是拿來欣賞。這也就象徵我們兩種不同的生活態度：有的人急於追求生活。唯恐今日之不過，明日不再來，有些人則喜歡回味生活，「何當共剪西窗燭，卻話巴山夜雨時。」年輕人常屬於前者，年長的人多屬於後者，至於何人為妙，只有各人自己去體會了。（劉墉《螢窗小語選集．何當共剪西窗燭》）

可憐汾上柳，相見也依依

曾經暫時居住過的地方，連景物也格外有情；今朝再相見，汾橋邊的柳條依依，竟似有眷戀不捨的情誼。

作者與詩詞介紹

出自岑參〈題平陽郡汾橋邊柳樹〉：

此地曾居住，今來宛似歸。可憐汾上柳，相見也依依。

岑參是唐朝著名的邊塞詩人，以七言古詩見長。曾三次出塞，長期任職塞外，特別擅長描寫邊疆的風光，如大漠中飛沙走石、飄雪、火山等景象，詩文中也常書寫邊關將士的生活情景和戰爭場面。詩作情感熱烈，氣勢磅礴，形式富於變化，讀來感人悲壯。

名家例句

前天又為了不得已之故，重到舊地。詩人在這當兒一定可以吟幾句。我也想學學看，但覺心緒繚亂，氣結不能言，遑論做詩？只是那迎人的柳樹使我憶起了從前在不知什麼書上讀過的一首古人詩：「此地曾居住。今年宛如歸。可憐汶上柳。相見也依依。」這二十個字在我心中通過，心緒似被整理，氣也通暢得多了。（豐子愷〈舊地重遊〉）

每依北斗望京華

杜甫這首詩作於晚年客居四川的時候，是憶念故國，感時傷世的〈秋興八首〉之二。此句句義平白如話，意謂：向著〈永恆之〉北斗方向，遙望〈繁華已逝的故國都城〉長安。然而將其疊合著首句「夔府孤城落日斜」，更有層層渲染而深化的哀思。謂夔府日落孤城，已是落寞，而人在此地，遙望不變的北斗方向，故國之心恆在，而其風華卻早已湮逝，只在這落寞的心中永遠盤繞著……

作者與詩詞介紹

出自杜甫〈秋興八首〉之二：

夔府孤城落日斜，每依北斗望京華。聽猿實下三聲淚，奉使虛隨八月查。畫省香爐違伏枕，山樓粉堞隱悲笳。請看石上藤蘿月，已映洲前蘆荻花。

杜甫晚年客居四川，這時期的詩歌，無論格律、詞藻，被認為技巧已達到爐火純青的境界，而賦名〈秋興〉的八首詩歌，甚至被視為其七律詩歌（杜甫不僅為「詩聖」，又是詩歌中「律詩」一體之「律聖」）之首，是一生心神結聚之作。這八首詩歌，章法條貫，迭相呼應，宛如一篇完整的大文章，以首章發端，而後承轉、互發、遙應、收合，而皆以「故園心」（故國之思）為其情感核心。

名家例句

我當年在患難中，最懷念的當然是我的故鄉和故鄉的家人師友。不過當時的大陸既已經是竹幕深垂，臺灣也已經是戒嚴封鎖，當我在臺灣大學擔任《詩選》與《杜甫詩》等課程時，每當我講到杜甫〈秋興八首〉中「每依北斗望京華」的詩句時，總會眼中湧滿淚水，以為我在有生之年是再也無法回到我的故鄉了。（葉嘉瑩〈物緣有盡，心誼長存〉）

劉郎已恨蓬山遠，更隔蓬山一萬重

劉郎的典故，兼用漢武帝求仙故事及劉義慶《幽明錄》所載劉晨阮肇故事。故事說：東漢永平時，劉晨阮肇二人入天台山採藥迷路，遇二仙女，被邀至仙洞，半載後返故里，子孫已七世。後重入天台訪女，蹤跡杳然。

此二句以兩劉郎故事自況，謂劉郎已恨仙凡路隔，蓬山縹渺；更哪堪自己的相思更是遠隔萬重蓬山，此生難期。

作者與詩詞介紹

出自李商隱〈無題〉四首之一：

來是空言去絕蹤，月斜樓上五更鐘。夢為遠別啼難喚，書被催成墨未濃。蠟照半籠金翡翠，麝熏微度繡芙蓉。劉郎已恨蓬山遠，更隔蓬山一萬重。

李商隱是晚唐著名詩人，詩風細密工麗，寄託深微，又好用典故。宋初楊大年、錢惟演等詩人好學義山詩，其創作稱為「西崑體」。「西崑體」的詩風，正是效法李商隱這類的詩歌風格。儘管義山詩充滿朦朧縹渺的情感含蘊而無有定解，然而歷來從不乏愛好者與摹習者，甚至許多詩家推崇義山（李商隱字）詩之極致正在此等迷離惝恍而富含深情遠意之境界。

名家例句

江北江南，正是小春的時候。況且世界又是大同，東洋車，牛車，馬車上，一閃一閃的在微風裏飄盪的，都是些除五色旗外的世界各國的旗子，天色蒼蒼，又高又遠，不但我們大家酣歌笑舞的聲音，達不到天聽，就是我們的哀號狂泣，也和耶和華的耳朵，隔著蓬山幾千萬疊。生逢這樣的太平盛世，依理我也應該向長安的落日，遙進一杯祝頌南山的壽酒，但不曉怎麼的，我自昨天以來，明鏡似的心裡，又忽而起了一層翳障。（郁達夫〈小春天氣〉）

紅了櫻桃，綠了芭蕉

歲月流轉，又到了季節轉換的時候，櫻桃紅，芭蕉綠，應是暮春已盡，初夏將至了。

作者與詩詞介紹

出自蔣捷〈一翦梅〉（舟過吳江）：

一片春愁待酒澆。江上舟搖。樓上帘招。秋娘渡與泰娘橋。風又飄飄。雨又蕭蕭。何日歸家洗客袍。銀字笙調。心字香燒。流光容易把人拋。紅了櫻桃。綠了芭蕉。

蔣捷，字勝欲，自號竹山。宋代義興（江蘇宜興）人，生卒年不詳。蔣捷為詞壇所謂「宋末四大家」（張炎、王沂孫、周密、蔣捷）之一，詞采洗練，語感清新，被詞家認為值得效法。

此詩是蔣捷在旅途中思念家鄉欲歸之作，描寫因春光短暫而引起的愁緒，欲歸家與妻子相聚而不得的相思之情。他另有一首〈行香子．舟宿蘭灣〉，亦重複使用〈一翦梅〉中的經典名句，應與本詞為同時之作：

紅了櫻桃，綠了芭蕉。送春歸，客尚蓬飄。昨宵谷水，今夜蘭皋。奈雲溶溶，風淡淡，雨瀟瀟。銀字笙調，心字香燒。料芳悰，乍整還凋。待將春恨，都付春潮。過窈娘堤，秋娘渡，泰娘橋。

夏天，紅了櫻桃，綠了芭蕉，在堂前作成強烈的對比，向人暗示「無常」的幻相。葡萄棚上的新葉，把室中人物映成綠色的統調，添上一種畫意。垂簾外時見參差人影，鞦韆架上時聞笑語。門外剛挑過一擔「新市水蜜桃」，又來了一擔「桐鄉醉李」。喊一聲「開西瓜了」，忽然從樓上樓下引出許多兒弟姊妹。傍晚來一位客人，芭蕉蔭下立刻擺起小酌的座位。這暢適的生活也使我難忘。（豐子愷〈辭緣緣堂〉）

2 故人情

明日隔山岳，世事兩茫茫

唉，過了今天，明日我們又要相隔天涯，誰能預期茫茫世事又將如何呢？

作者與詩詞介紹

出自杜甫〈贈衛八處士〉：

人生不相見，動如參與商。今夕復何夕，共此燈燭光。少壯能幾時，鬢髮各已蒼。訪舊半為鬼，驚呼熱中腸。焉知二十載，重上君子堂。昔別君未婚，兒女忽成行。怡然敬父執，問我來何方。問答乃未已，兒女羅酒漿。夜雨翦春韭，新炊間黃粱。主稱會面難，一舉累十觴。十觴亦不醉，感子故意長。明日隔山岳，世事兩茫茫。

名家例句

老梁卻一把把酒瓶奪了過去，滿滿地斟了一杯，一仰脖就乾了，又滿滿地給自己斟了一杯，還替我和妻斟了半杯。他一邊用手背抹了抹嘴唇，一面大聲念：感子故意長，明日隔山岳，世事兩茫茫。念完，他哈哈大笑了起來，一仰脖又把第二杯酒喝乾了，這時他滿臉通紅，額上的汗都流到了耳邊。（冰心《空巢》）

昨夜宜於到湖邊步月，今夜宜於在燈前和老友共飲。「夜雨剪春韭」，多麼動人的詩句！可惜我沒有家園，不曾種韭。即使我有園種韭，這晚上也不想去剪來和CT下酒。因為實際的韭菜，遠不及詩中的韭菜的好吃。照詩句實行，是多麼愚笨的事呀！（豐子愷〈湖畔夜飲〉）

死別已吞聲，生別常惻惻

此詩是杜甫在李白因永王李璘事件被流放於夜郎之後，抒寫對於故人的想念，詩篇開頭就是對於李白流放之後生死未卜的掛念：故人入我夢中，不知是生是死，若是死別，則只有飲泣吞聲，若你還在世上，為何毫無消息而教人心中悽惻不安。

出自杜甫〈夢李白〉：

死別已吞聲，生別常惻惻。江南瘴癘地，逐客無消息。故人入我夢，明我長相憶。恐非平生魂，路遠不可測。魂來楓葉青，魂返關塞黑。君今在羅網，何以有羽翼。落月滿屋梁，猶疑照顏色。水深波浪闊，無使蛟龍得。

國家戰亂，兄弟離散，天涯孤獨，常常流淚。這首詩我也在抗戰中常常想起。因為我有過這樣的經驗。我那位印度朋友也說中國男女的情詩少，可是寫到朋友之愛的詩很多。實在中國的詩裏，「憶友」，「送友」的詩太多了。李白，杜甫，都是有名的詩人，同時兩人也是很好的朋友。杜甫有《夢李白》的詩：「死別已吞聲，生別常惻惻，千秋萬歲名，寂寞身後事。」他說對於「死別」流淚，對於「生別」更常傷心。雖然李白名傳千古，可是死後很寂寞的。又如白樂天有二千八百首詩，其中一千五百首是關於朋友的。此外就是夫婦之愛的情詩，這一類的詩也相當的多。（冰心〈怎麼欣賞中國文學〉）

抽刀斷水水更流，舉杯銷愁愁更愁

人生種種情懷的連綿與紛亂，就像流水一般，縱有無厚之刀，也無法截斷眾流；想要借酒解憂，酒入愁腸，卻添得愁緒更加深濃。不過在以下的範例中，冰心轉換了詩句本來形容人生憂煩不斷的意思，而用以形容情誼無法也不能割捨的狀況。

出自李白〈宣州謝朓樓餞別校書叔雲〉：

棄我去者昨日之日不可留，亂我心者今日之日多煩憂。長風萬里送秋雁，對此可以酣高樓。蓬萊文章建安骨，中間小謝又清發。俱懷逸興壯思飛，欲上青天覽日月。抽刀斷水水更流，舉杯銷愁愁更愁。人生在世不稱意，明朝散髮弄扁舟。

日本著名評論家白石凡先生，在去冬離開中國前夕的餞別會上，就引用了李白的《宣州謝朓樓餞別校書叔雲》一詩中的「抽刀斷水水更流」之句，來比擬中日人民的、任何外力所不能割斷的友誼。（冰心〈共同的文字和語言〉）

冠蓋滿京華，斯人獨憔悴

京城中到處都是飛黃騰達的顯貴，為何你這樣超逸不俗的才子卻反而困頓至此。

作者與詩詞介紹

出自杜甫〈夢李白〉二首之二：

浮雲終日行，遊子久不至。三夜頻夢君，情親見君意。告歸常局促，苦道來不易。江湖多風波，舟楫恐失墜。出門騷白首，若負平生志。冠蓋滿京華，斯人獨憔悴。孰云網恢恢，將老身反累。千秋萬歲名，寂寞身後事。

在屋裏走了幾轉，仍舊坐下。穎貞也想不出什麼安慰的話來，坐了半天，便默默的出來，心中非常的難過，只得自己在屋裏彈琴散悶。等到黃昏，還不見他們出來，便悄悄的走到他們院裏，從窗外往裏看時，穎石蒙著頭，在床上躺著，想是睡著了。穎銘斜倚在一張藤椅上，手裏拿著一本唐詩，心不在焉的只管往下吟哦。到了「出門搔白首，若負平生志，冠蓋滿京華，斯人獨憔悴。」似乎有了感觸，便來回的念了幾遍。（冰心〈斯人獨憔悴〉）

十年離亂後，長大一相逢。問姓驚初見，稱名憶舊容

這首詩句很生動地寫出了歷經離亂，久未謀面的親友，一朝相見，彼此由萍水相逢的陌生、到互問名姓的驚奇、繼而滿懷情感地逐漸回憶起往日容顏。一步步親切平實的情貌，讀之宛在眼前。

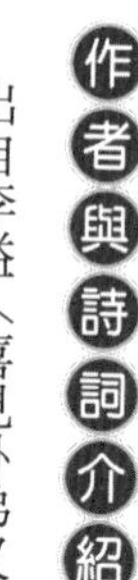

出自李益〈喜見外弟又言別〉：

十年離亂後，長大一相逢。問姓驚初見，稱名憶舊容。別來滄海事，語罷暮天鐘。明日巴陵道，秋山又幾重。

李益，唐代隴西人，是中唐著名的詩人。

名家例句

何伯伯寫得一手漂亮的毛筆字，在得知我和幾十年不見的父親重聚後又匆匆離別的情景後，他送了我他親手抄寫的唐代詩人李益的詩〈喜見外弟又言別〉：十年離亂後，長大一相逢。問姓驚初見，稱名憶舊容。別來滄海事，語罷暮天鐘。明日巴陵道，秋山又幾重。（趙永安《遺民：文革烙印了我的階級》）

所謂伊人，在水一方

晨光熹微，水邊繁茂的蒹葭上，露珠結成了白霜，那所想念的人，遠在河水的那一邊。

作者與詩詞介紹

出自《詩經．秦風．蒹葭》：

蒹葭蒼蒼，白露為霜，所謂伊人，在水一方，溯洄從之，道阻且長，溯游從之，宛在水中央。蒹葭淒淒，白露未晞。所謂伊人，在水之湄。溯洄從之，道阻且躋；溯游從之，宛在水中坻。蒹葭采采，白露未已，所謂伊人，在水之涘。溯洄從之，道阻且右，溯游從之，宛在水中沚。

這首《秦風．蒹葭》，是《詩經》當中常被文人提及以及評價最高的詩篇之一。一方面是格調高遠而情味雋永，已超出國風當中民歌的色彩，而更富含委婉含蓄、甚至隱士幽懷的氣質；然而又尚未染上後代文人詩歌之刻意詞采，而保有一唱三歎，餘韻無窮的天然情致。

名家例句

不能多寫了。朝日已出，廚娘已忙著預備早餐。在今晚日落之前，我便可在一個小海島之上，你可猜想我是如何的喜歡！我看《詩經》，最愛的是：「蒹葭蒼蒼，白露為霜，所謂伊人，在水一方。溯回從之，宛在水中央。」我最喜在「水中央」三字，覺得有說不出的飄遙與縈迴！——自我開始旅行，除了日記及紙筆之外，半本書也沒有帶，引用各詩，也許錯誤，請你找找看。預算在海上住到月圓時節。「海上生明月」的光景，我已預備下全副心情，供它動盪，那時如寫得出，再寫些信寄你。（冰心《寄小讀者》）

3 親情

誰言寸草心，報得三春暉

領受著慈母春光一般的深恩，子女小草一般的孝思，又豈有報答之時呢？

作者與詩詞介紹

出自孟郊〈遊子吟〉：

慈母手中線，遊子身上衣。臨行密密縫，意恐遲遲歸。誰言寸草心，報得三春暉。

孟郊是個苦吟詩人，詩風僻苦奇澀，與韓愈為忘年之交，韓愈相當推崇孟郊詩歌，認為他能洞觀古今，逐幽象外（搜求富含深刻幽思的意象語言）。蘇軾講「郊寒島瘦」，指的便是兩位苦吟詩人的風格：孟郊寒愴而賈島瘦弱。這些刻意在文字上經營鍛鍊的詩人，和韓愈一同打開了中唐詩歌重視「表現」效果的風氣，而其中也產生不少文字平易而情感幽深樸實的佳作。如這首〈遊子吟〉便是後世經常傳誦的一首情感真摯而平易近人的詩歌。

出得堂來，經赤欄曲橋，天香塢，北轉至十二樓邊，過群芳閣，竹深荷淨軒，過橋竹蔭深處，便是母親的舊居筠香館。只見館前也換上了新匾，寫著「春暉堂」三字，也是乾隆御筆，心中一酸，坐在山石之上，心想：「孟郊詩：『慈母手中線，遊子身上衣。臨行密密縫，意恐遲遲歸。誰言寸草心，報得三春暉。』這一首詩，真是為我寫照了。」望著這三個字，想起母親的慈愛，又不禁掉下淚來。突然之間，全身一震，跳了起來，心道：「『春暉』二字，是兒子感念母恩的典故，除此之外，更無他義。皇帝寫這匾掛在我姆媽樓上，是何用意？他再不通，也不會如此胡來。難道他料我必定歸來省墓，特意寫了這些匾額來籠絡我麼？」（金庸《書劍恩仇錄》）

海內風塵諸弟隔，天涯涕淚一身遙

國家多難，征調頻繁，遙望天涯不見親人，只見處處是烽火煙塵，想起分隔各方的骨肉弟兄，不禁涕淚滿襟。

出自杜甫〈野望〉：

西山白雪三城戍，南浦清江萬里橋。海內風塵諸弟隔，天涯涕淚一身遙。唯將遲暮供多病，未有涓埃答聖朝。跨馬出郊時極目，不堪人事日蕭條。

那是廿六年六月，正值三弟新婚後到北平省親，人口齊全，他提議照一張合家歡的相片，卻被我嚴詞拒絕了。我不能看他們得意忘形的樣子，更不甘看相片上我自己旁邊沒有一個女人，這提議就此作罷。時至今日，我頗悔恨，因為不到一個月，蘆溝橋事變起，我們都星散了。父親死去，弟弟們天南地北，「海內風塵諸弟隔，天涯涕淚一身遙」是我常誦的句子，而他們的集合相片，我竟沒有一張！（冰心〈叫我老頭子的弟婦〉）

明月幾時有，把酒問青天

初唐張若虛〈春江花月夜〉有名句：「江上何人初見月，江月何年初照人」，李白也有〈把酒問月〉詩云：「青天有月來幾時，我今停杯一問之」，蘇軾此詞句應是脫胎於此，由時節思及天上明月之永恆，對照佳節思親，人事之不能常如人意，而藉「明月幾時有」引出。

作者與詩詞介紹

出自蘇軾詞〈水調歌頭〉：

明月幾時有，把酒問青天。不知天上宮闕，今夕是何年。我欲乘風歸去，又恐瓊樓玉宇，高處不勝寒。起舞弄清影，何似在人間。轉朱閣，低綺戶，照無眠。不應有恨，何事長向別時圓。人有悲歡離合，月有陰晴圓缺，此事古難全。但願人長久，千里共嬋娟。

名家例句

她喝了一口茶，又仰起頭去望天。鴿子飛得高高的。藍天裏只出現了十幾個白點。兩三堆灰白雲橫著像遠山。她小聲地念道：明月幾時有，把酒問青天。

她祇念了兩句，又舉杯把茶喝盡，然後將茶杯遞還給綺霞。她走過蕙的身邊，溫柔地看了看蕙，她的臉上露出微笑，說道：「我贊成三表妹的話。我們固然比不上他們男子家。然而我們也是一個人。為什麼就單單該我們女子受苦？」（巴金《春》）

幼為長所育，兩別泣不休。對此結中腸，義往難復留

自幼讓長輩撫養長大的女孩子，而今要出嫁了，女大當嫁，固然不能相留，然而，面對離別，還是令人止不住愁腸百結，泣下不休。

韋應物〈送楊氏女〉：

……幼為長所育，兩別泣不休。對此結中腸，義往難復留。自小闕內訓，事姑貽我憂。賴茲託令門，仁恤庶無尤。貧儉誠所尚，資從豈待周。……

韋應物和柳宗元並為中唐重要的自然詩人，詩風高雅閒澹，世稱「韋蘇州」。韋應物詩常效習陶淵明，有濃厚的自然田園氣息、高潔安適的風格，因此在宋代陶詩蔚為顯學之後，韋應物又常與柳宗元被宋人拿來與陶淵明並比，而有「韋柳」之稱。

名家例句

現在，你已做中學生，不久就要完全脫離黃金時代而走向成人的世間去了。我覺得你此行比出嫁更重大。古人送女兒出嫁詩云：「幼為長所育，兩別泣不休。對此結中腸，義往難復留。」你出黃金時代的「義往」，實比出嫁更「難復留」，我對此安得不「結中腸」？所以現在追述我的所感，寫這篇文章來送你。

（豐子愷〈送阿寶出黃金時代〉）

樂莫樂兮新相知

〈九歌〉，據傳是屈原放逐於沅、湘之間，見當地祀神歌舞儀式，有感而作，其中充滿異於中原文化的山川自然的信仰，以及神靈巫覡之禮樂儀式的浪漫色彩。這首〈少司命〉便是其中一首充滿浪漫色彩的篇章。

「少司命」與「大司命」均為掌管命運之神祇，「大司命」主人命壽夭，氣氛莊嚴而隆重；「少司命」主子嗣，充滿「生」之芳馨美好。「悲莫悲兮生別離，樂莫樂兮新相知」，更透過神巫戀曲，寫下了千古情詩名句。

作者與詩詞介紹

出自屈原《九歌．少司命》：

秋蘭兮麋蕪，羅生兮堂下。綠葉兮素華，芳菲菲兮襲予。夫人自有兮美子，蓀何以兮愁苦？秋蘭兮青青，綠葉兮紫莖。滿堂兮美人，忽獨與餘兮目成。入不言兮出不辭，乘回風兮載雲

旗。悲莫悲兮生別離，樂莫樂兮新相知。荷衣兮蕙帶，儵而來兮忽而逝。夕宿兮帝郊，君誰須兮雲之際？與女沐兮咸池，晞女發兮陽之阿。望美人兮未來，臨風怳兮浩歌。孔蓋兮翠旍，登九天兮撫彗星。竦長劍兮擁幼艾，蓀獨宜兮為民正。

古人謂「父母之年不可不知也，一則以喜，一則以懼。」我現在反行了古人的話，在送你出黃金時代的時候，也覺得悲喜交集。所喜者，近年來你的態度行為的變化，都是你將由孩子變成成人的表示。我的辛苦和你母親的劬勞似乎有了成績，私心慶慰。所悲者，你的黃金時代快要度盡，現實漸漸暴露，你將停止你的美麗的夢，而開始生活的奮鬥了，我們彷彿喪失了一個從小依傍在身邊的孩子，而另得了一個新交的知友。「樂莫樂兮新相知」；然而舊日天真爛漫的阿寶，從此永遠不得再見了！（豐子愷〈送阿寶出黃金時代〉）

我見青山多嫵媚，料青山見我應如是

李白曾說：「相看兩不厭，唯有敬亭山。」喜歡用典和掉書袋的辛棄疾把這話翻用得更親切有味。李詩瀟灑，而辛詞深情，前者是好為天下遊的李白在獨對山林時清曠的心境，後者則對映著此詞的下闋，有以物擬人的意趣，更有餘韻。

作者與詩詞介紹

出自辛棄疾詞〈賀新郎〉：

甚矣吾衰矣。悵平生、交游零落，只今餘幾。白髮空垂三千丈，一笑人間萬事。問何物、能令公喜。我見青山多嫵媚，料青山見我應如是。情與貌，略相似。一尊搔首東窗裡。想淵明、停雲詩就，此時風味。江左沈酣求名者，豈識濁醪妙理。回首叫、雲飛風起。不恨古人吾不見，恨古人、不見吾狂耳。知我者，二三子。

我遺傳給她的基因大致良好，部分還該算甚佳，例如毅力堅韌、宅心仁厚、開朗樂觀等等等等。五官如模印我，這雖不便太過自誇，但應有一定公論；煩請留意，我只是老來才不太好看。我今見她多順眼，料母親當年見我亦如是。我近幾年較少出門嚇人，就是要儘量在家陪伴她成長。自她入幼稚園起，我就不斷敘述她阿媽阿公的生前諸事、故鄉新營諸事、舊年代諸事，當床邊故事說，就中順帶一些小小人間義理；她是新新世

代，我認為教導使學習老好教養有助人格健全均衡發展。這極重要，是「獨門方法」，兼是我對她的最大期待。（阿盛〈阿盛老師：靈感來時要抓住〉）

那不斷盤旋飛升的女高音，一直引領著我，爬上玉山。於是我發現了一種節奏，從我的體內誕生，以自己的四肢、血液、肌肉做為樂器。而玉山不也是如此嗎？以它所有的樹林、動物、雲、風、石頭種種，合唱交響，結構成龐大的音樂回應並且呼喚了我？我見青山多嫵媚，料青山見我亦如是。（郝譽翔〈我聽見了玉山的節奏〉）

去日兒童皆長大，昔年親友半凋零

與親友闊別多年後，再次相見，談起了故舊情狀，令人不勝唏噓感慨。

作者與詩詞介紹

竇叔向〈夏夜宿表兄話舊〉：

夜合花開香滿庭，夜深微雨醉初醒。遠書珍重何曾達，舊事淒涼不可聽。去日兒童皆長大，昔年親友半凋零。明朝又是孤舟別，愁見河橋酒幔青。

竇叔向，字遺直，唐代京兆（今陝西扶風）人，約唐代宗大歷四年（七六九）前後在世。

名家例句

古人詩云：「去日兒童皆長大，昔年親友半凋零。」這兩句確切地寫出了中年人的心境的虛空與寂寥。前天我翻閱自己的畫冊時，陳寶（就是阿寶，就是做媒人的寶姐姐）、寧馨（就是做新娘子的軟軟）、華瞻（就是做新官人的瞻瞻）都從學校放寒假回家，站在我身邊同看。看到「瞻瞻新官人，軟軟新娘子，寶姐姐做媒人」的一幅，大家不自然起來。寧馨和華瞻臉上現出忸怩的笑，寶姐姐也表示決不肯再做媒人了。他們好比已經換了另一班人，不復是昔日的阿寶、軟軟和瞻瞻了。昔日我在上海的小家庭中所觀察欣賞而描寫的那群天真爛漫的孩子，現在早已不在人間了！（豐子愷〈談自己的畫〉）

4 相思

情人怨遙夜，竟夕起相思

當明月升起，天涯萬里都能共賞這一輪明月，唯有分隔兩地的有情人，漫漫長夜，哪堪無盡的相思之苦。有報答之時呢？

作者與詩詞介紹

出自張九齡〈望月懷遠〉：

海上生明月，天涯共此時。情人怨遙夜，竟夕起相思。滅燭憐光滿，披衣覺露滋。不堪盈手贈，還寢夢佳期。

張九齡，字子壽，唐韶州人，生於高宗儀鳳三年，卒於玄宗開元二十八年。張九齡較著名的詩作有〈感遇詩〉等，而這首〈望月懷遠〉也是他膾炙人口的作品之一。

名家例句

張九齡有首五言律詩，前四句是：「海上生明月，天涯共此時。情人怨遙夜，竟夕起相思。」相戀的情人遠隔天涯，當他們同時看到海上升上來的月亮時，引起了相思之情。（劉炯朗《國文課沒教的事》）

願君多採擷，此物最相思

此詩借物言情，以紅豆寄託相思之意。

作者與詩詞介紹

出自王維〈相思〉：

紅豆生南國，秋來發幾枝。願君多採擷，此物最相思。

王維早年才氣洋溢，七言歌行相當傑出，其中有不少邊塞詩歌。然而一生之代表作為自然詩，兼有田園山水之美，淡遠閒靜，如入畫境，這類詩歌，以五言絕句和律詩為主。此外，王維早年亦有不少借物言情的輕倩之作，如此首〈相思〉。

名家例句

「相思」兩字在中國，尤其在詩詞裏是常見的字眼。唐詩中的「情人怨遙夜，竟夕起相思」，「願君多采擷，此物最相思」，唐代的李商隱無可奈何地說「直道相思了無益」，清代的梁任公先生卻執拗地說「不因無益廢相思」。此外還有寫不完、道不盡的相思詩句，不但常用於情人朋友之間，還有用於諷刺時

事的，這裡就不提它了。（冰心〈話說相思〉）

比賽完了，夕陽已逐漸西沉，看看自己也該走了，我向他們告別，還是忍不住問：「為什麼沒看到相思豆呢？」

「哈哈！」沒想到他們同聲大笑，「甚麼豆呀？誰跟你說相思樹有豆了？」

「就那首古詩啊，『紅豆生南國，秋來發幾枝。願君多採擷，此物最相思』……咦？他說的是紅豆，並沒有說是相思樹的豆子，只是它有相思之情而已，這……這根本是張冠李戴嘛！」我拍拍自己的腦袋，自覺這個「評審」當得滿漏氣的，他們倆卻還笑個不停。（苦苓《苦苓的森林祕語》）

直道相思了無益，未妨惆悵是清狂

相思無益，與其思念牽掛癡想不已，不如就懷抱著這悵惘情懷自我消解，就算未能超脫，也自有疏狂的意態吧！

作者與詩詞介紹

出自李商隱〈無題〉二首之二：

重帷深下莫愁堂，臥後清宵細細長。神女生涯原是夢，小姑居處本無郎。風波不信菱枝弱，月露誰教桂葉香。直道相思了無益，未妨惆悵是清狂。

名家例句

就在這樣地一個社交環境裡，陷入愛河的便不僅止於普通婦女，已經出家入道的女冠女尼，也有耽於情愛的例子。譬如魚玄機和綠翹的悲劇；李治和劉長卿的放浪嬉謔。傳說中李商隱眷戀道姑、宮女，留下篇篇耐人尋味的〈無題〉，其中一首如：「重帷深下莫愁堂，臥後清宵細細長。神女生涯原是夢，小姑居處本無郎。風波不信菱枝弱，月露誰教桂葉香。直道相思了無益，未妨惆悵是清狂。」均可得窺唐代婦女的社交是不拘禮法而任性自適的；婦女的娛樂是自由參加而沒有限制的。（嚴紀華《碧玉紅牋寫自隨：綜論唐代婦女詩歌》）

不因無益廢相思

縱使執著相思是無用的，然而我心中卻仍有許多牽掛終不因此而棄置不言。

作者與詩詞介紹

出自梁啟超〈浣溪紗〉詞：

乍有官蛙鬧曲池，更堪鳴砌露蛩悲！隔林辜負月如眉。坐久漏籤催倦夜，歸來長簟夢佳期。不因無益廢相思。

梁啟超在民國十四年七月十日家書中填了一首〈浣溪紗〉詞，詞後自注：「李義山詩：『直道相思了無益』。」這是擺明了和李商隱抬槓，李商隱說「直道相思了無益，未妨惆悵是清狂」，不要教無解的相思愁損，而寧可以清狂意態自我解消。梁任公倒是多情而率性，寧可執著相思。

鴛鴦瓦冷霜華重，翡翠衾寒誰與共

宮殿上鋪著的鴛鴦瓦凝結了白霜，珍貴的翡翠被衾在孤單的夜裡卻怎麼也溫暖不起來。

出自白居易〈長恨歌〉：

……歸來池苑皆依舊，太液芙蓉未央柳。芙蓉如面柳如眉，

覺得在孤寂的宿舍屋裏，念不下書了，我就披上大衣，走下樓去，想到圖書館人多的地方，不料在樓外的雪地上卻看見滿地上都寫著「相思」兩字！結果，我在圖書館裏也沒念成書，卻寫出了這一首詩。但除了對我的導師外，別的人都沒有看過，包括文藻在內！「相思」兩字在中國，尤其在詩詞裏是常見的字眼。唐詩中的「情人怨遙夜，竟夕起相思」，「願君多採擷，此物最相思」，唐代的李商隱無可奈何地說「直道相思了無益」，清代的梁任公先生卻執拗地說「不因無益廢相思」。此外還有寫不完、道不盡的相思詩句……。（冰心〈話說相思〉）

對此如何不淚垂。春風桃李花開日，秋雨梧桐葉落時。西宮南內多秋草，落葉滿階紅不掃。梨園弟子白髮新，椒房阿監青娥老。夕殿螢飛思悄然，孤燈挑盡未成眠。遲遲鐘鼓初長夜，耿耿星河欲曙天。鴛鴦瓦冷霜華重，翡翠衾寒誰與共。……

名家例句

當時的軍官家屬，會親筆寫信的不多，母親的信總會引起父親同伴的特別注意。有一次母親信中提到「天氣」的時候，引用了民間諺語：「白露秋分夜，一夜冷一夜」，大家看了就哄笑著逗著父親說：「你的夫人想你了，這分明是『鴛鴦瓦冷霜華重，翡翠衾寒誰與共』的意思！」父親也只好紅著臉把信搶了回去。（冰心〈我的父親〉）

春蠶到死絲方盡，蠟炬成灰淚始乾

這是李商隱描寫相思之情的名句，以春蠶吐絲、蠟炬成灰比喻感情的自我作繭和執迷不休。這類比喻也是李商隱詩歌特有的魅力，開啟後來詩歌有一類專以「無題」為名，而多半是與深曲難言的情感有關的特殊題材與風格。

作者與詩詞介紹

出自李商隱〈無題〉：

相見時難別亦難，東風無力百花殘。春蠶到死絲方盡，蠟炬成灰淚始乾。曉鏡但愁雲鬢改，夜吟應覺月光寒。蓬山此去無多路，青鳥殷勤為探看。

李商隱詩歌有綺麗，有高古，有哀感纏綿之作，也有如杜詩一般思深緒遠，足以包容一代史識之鉅作，其用典，無論深淺，皆能自成獨特的美感，為晚唐一大寫手。後人愛好其詩歌之餘，往往慨嘆其詩用典太過，致晦澀難解。義山集中「無題」一體，也是李商隱特殊而引人注目的創作。

名家例句

他一面含糊地回答楊嫂，一面看書簽。那是蕙親手做的，在白綾底子上面畫著一支插在燭台裏的紅燭，燭台上已經落了一灘燭油，旁邊題著一句詩：「蠟炬成灰淚始乾。」覺新意外地發見這樣的詩句，心裡很激動。他偷偷地看了楊嫂一眼，楊嫂的面容並沒有什麼變化。他又埋下頭去看手裏的書簽。他若有所悟地念道：春蠶到死絲方盡，蠟炬成灰淚始乾。（巴金〈春〉）

在先她的主張是：只要對方能就範圍，便依他如何如何也都不要緊。因此她很準備了些「條件」。但後來讀了《新青年》上一篇與謝野晶子的《貞操論》，她的主張又變了。處女的自尊心，很頑強地占領了她，使她覺得不能隨隨便便將那一件事給予可憎的人。韋玉的可憐的境況又促成了她的新決定。在「佳期」前兩天，她秘密地給韋玉一封信，什麼話都沒有，只抄著兩句詩：「春蠶到死絲方盡，蠟炬成灰淚始乾。」那時她自己也不很明白她這轉變，究竟是為了韋玉的緣故呢，還是為了自己的「潔癖」，但不肯讓那個市儈太占了便宜這一念，也是個強有力的動機。（茅盾《虹》）

5 世情

朱門酒肉臭，路有凍死骨

「朱門」，指豪強之家，此處以豪強之家的嗜慾橫流，與輾轉於道途凍餒而死的饑民並陳，形成強烈而突兀的對比。

作者與詩詞介紹

出自杜甫〈自京赴奉先縣詠懷五百字〉：

朱門酒肉臭，路有凍死骨。榮枯咫尺異，惆悵難再述。

這首詩歌也同〈春望〉一樣，是杜甫作為一代「詩史」的代表作，民生之疾苦，知識分子的痛心，個人的遭遇，備述於其中。這一句「朱門酒肉臭，路有凍死骨」，幾乎是歷來痛斥社會不公不義最為激切，引用也最為頻繁的詩句。

名家例句

中國也還有詩人像杜甫、白居易之輩，他們用藝術的美描畫出吾們的憂鬱，在我們的血胤中傳殖一種人類同情的意識。杜甫生當大混亂的時代，充滿著政治的荒敗景象，土匪橫行，兵燹饑饉相續，真像我們今日，是以他感慨地寫：朱門酒肉臭，路有凍死骨。（林語堂〈人生的盛宴〉）

同是天涯淪落人

我們都同樣曾經在繁華的長安城看盡人間風月，而今歷經滄桑，淪落天涯，心中感慨至深，能在異地遭逢懷抱著同樣傷心的知音，縱使未曾相識，這種偶遇下的相契相惜之感，讓人嘆息再三。

作者與詩詞介紹

出自白居易〈琵琶行〉：

……夜深忽夢少年事，夢啼妝淚紅闌干。我聞琵琶已歎息，又聞此語重唧唧。同是天涯淪落人，相逢何必曾相識。我從去年辭帝京，謫居臥病潯陽城……

名家例句

他只記得她的身體，此外都是陌生的，一個他並不瞭解的女人，除了幾封來信，向他發出的不是求救便是哀怨，同是天涯淪落人，同病相憐。他愛她嗎？他以為是的。（高行健《一個人的聖經》）

行路難，多岐路

滿懷著不凡的理想想要一展長才，然而人間的道途處處分歧又充滿阻礙！

作者與詩詞介紹

出自李白〈行路難〉：

金尊清酒斗十千，玉盤珍饈直萬錢。停杯投箸不能食，拔劍四顧心茫然。欲渡黃河冰塞川，將登太行雪暗天。閒來垂釣坐溪上，忽復乘舟夢日邊。行路難，行路難，多岐路，今安在。長風破浪會有時，直掛雲帆濟滄海。

名家例句

中國原有「行路難」之嘆，那是因交通不便的緣故；但在現在便利的交通之下，即老於行旅的人，也還時時發出這種嘆聲，這又為什麼呢？茶房與碼頭工人之艱於應付，我想比僅僅的交通不便，有時更顯其「難」吧！所以從前的「行路難」是唯物的；現在的卻是唯心的。這固然與社會的一般秩序及道德觀念有多少關係，不能全由當事人負責任；但當事人的「性格惡」實也占著一個重要的地位的。（朱自清〈海外行記〉）

抒情篇》三、感景

1 物色動人

草色遙看近卻無

由於韓愈詩風向來以閎富求奇著稱，因此這首〈早春呈水部張十八員外〉就成為他少數形象清新的「小詩」之一。（白居易曾戲謔韓愈，說他「才高笑小詩」，好比喝慣烈酒醇酒的人，嚐不慣甜酒的味道。）不過這也顯示出，韓愈不愧是大家，這兩句詩句，無論景象、色調，所表現早春小雨的清新和初萌的生意，在他文字掌握的功力下，幾乎可以達到繪畫「即目」喚起生動感知的境地。

作者與詩詞介紹

韓愈〈早春呈水部張十八員外〉二首之一：

天街小雨潤如酥，草色遙看近卻無。最是一年春好處，絕勝煙柳滿皇都。

韓愈是中唐詩文兼擅的重要文人，也是從中唐開始，一直到宋代，整個文化復興、詩文革新運動的領導者。韓愈在政治上雖以「排佛」著稱，然而他的為人與文章，卻能通貫六經百家，無所不到。由於他的詩文力求變化，縱橫旁通，不偏於一體，雖習染當時風氣，不免有刻意求奇之弊，然而不掩其博大豐富，如此作為一代風氣的領導者，遂令中唐之後的詩歌文章，無論內容及形式表現，均推拓出新的視野及前所未有的深刻認知。

那時候我每逢早春時節，正月二月之交，看見楊柳枝的線條上掛了細珠，帶了隱隱的青色而「遙看近卻無」的時候，我心中便充滿了一種狂喜，這狂喜又立刻變成焦慮，似乎常常在說：「春來了！不要放過！趕快設法招待它，享樂它，永遠留住它。」（豐子愷〈秋〉）

晚來天欲雪，能飲一杯無

詩人在風雪飄寒的冬夜，邀友共聚，把酒言歡，那份率真簡單的生活情趣，真誠相待之情，令人心嚮往之。

白居易詩一向文詞平易近人，然而平易之中卻情感綿密，除了〈長恨歌〉、〈琵琶行〉等長篇大作最能看出他鋪陳篇章醞釀情感的功力外，他的一般詩作也都擅於以平實的文字娓娓鋪敘細膩的情意。這首〈問劉十九〉是其中一首即景而清新的小品。

作者與詩詞介紹

出自白居易〈問劉十九〉：

綠螘新醅酒，紅泥小火爐。晚來天欲雪，能飲一杯無。

名家例句

有些人永遠看不到寒風中的蠟梅，感覺不到落在臉上的雪花，聽不到靴子踏在新雪上的澀澀聲響。對他們來說，紅杏枝頭春意鬧、仲夏夜之夢、金風玉露一相逢、晚來天欲雪，每一天都已經是生命的全部。有人的一生充滿了鳥語花香，有人的一生汗流浹背，有人的一生天高氣爽，有人的一生風雨交加；四季的變化，只能從書本裡讀到，從來沒有機會親身體驗。（劉炯朗《一次看懂自然科學》）

他起身取了杯子，起開封泥，手一側，一條碧綠酒線傾入杯內。那酒果然不同尋常，輕淺一個杯子，酒水入內卻是深不見底一般。

窗外，不知何時天陰了下來，月色如昏，朱雀舉起酒杯，向謝蘇笑道：

——「晚來天欲雪，能飲一杯無？」

那天夜裡，二人喝了整整一罈的竹葉青。（趙晨光《浩然劍》）

柴門聞犬吠，風雪夜歸人

寒冬雪夜，更深人靜，旅人深夜投宿，驚起了陣陣犬吠之聲。有聲有景，情景交融，真實動人。

作者與詩詞介紹

出自劉長卿〈逢雪宿芙蓉山主人〉：

日暮蒼山遠，天寒白屋貧。柴門聞犬吠，風雪夜歸人。

劉長卿詩常描寫山水景物，鍛鍊精深，意境高遠，其五絕五律，往往有不下於王維之處。劉長卿詩歌高秀也善於造語，為盛唐中唐間一大名家，惟諸多詩作，風格、語意，往往略同，而未能成就大家，後世詩家以為稍有憾焉。

劉長卿的山水景物詩，常懷蕭颯渺遠之意趣，令人回味不已，此詩則在這等意趣之中，又微微帶有一重平實而親切的雅韻，較不似他其他詩歌那麼「清冷」。

名家例句

一提到雨，也就必然的要想到雪：「晚來天欲雪，能飲一杯無？」自然是江南日暮的雪景。「寒沙梅影路，微雪酒香村」，則雪月梅的冬宵三友，會合在一道，在調戲酒姑娘了。「柴門村犬吠，風雪夜歸人」，是江南雪夜，更深人靜後的景況。「前樹深雪裏，昨夜一枝開」又到了第二天的早晨，和狗一樣喜歡弄雪的村童來報告村景了。（郁達夫〈江南的冬景〉）

野渡無人舟自橫

下了一天的春雨，從上游而來的澗水，水勢更加湍急，而這無人的渡口上，一葉扁舟獨自橫靠在岸邊。

作者與詩詞介紹

出自韋應物〈滁州西澗〉：

獨憐幽草澗邊生，上有黃鸝深樹鳴。春潮帶雨晚來急，野渡無人舟自橫。

名家例句

潭上游一點，還有個老渡口，有只老式小渡船，由一個掌渡船的拉動橫貫潭中的水面竹纜索，從容來回渡人。這種擺渡畫面，保留在我記憶中不下百十種。如照風景畫習慣，必然作成「野渡無人舟自橫」的姿勢，擱在靠西一邊白石灘頭，才像符合自然本色。因為不知多少年來，經常都是那麼擱下，無事可為，鎮日長閑，和萬重群山一道在冬日陽光下沉睡！（沈從文《大山裡的人生》）

湖水有這樣滿，仿佛要漫到我的腳下。湖在山的趾邊，山在湖的唇邊；他倆這樣親密，湖將山全吞下去了。吞的是青的，吐的是綠的，那軟軟的綠呀，綠的是一片，綠的卻不安于一片；它無端的皺起來了。如絮的微痕，界出無數片的綠；閃閃閃閃的，像好看的眼睛。湖邊系著一祇小船，四面卻沒有一個人，我聽見自己的呼吸。想起「野渡無人舟自橫」的詩，真覺物我雙忘了。（朱自清〈春暉的一月〉）

今宵酒醒何處，楊柳岸曉風殘月

這首〈雨霖鈴〉以「楊柳岸曉風殘月」，極具形象性地點畫出特別能代表旅人的情境，而成為膾炙人口的名句。這一段以景寫情，恰跟前一段不忍分別時的景象「念去去千里煙波，暮靄沉沉楚天闊」，形成纏綿與冷落的對照，具體而清新地描寫了天涯旅人落寞的心境。

出自柳永詞〈雨霖鈴〉：

寒蟬淒切。對長亭晚，驟雨初歇。都門帳飲無緒，方留戀處，蘭舟催發。執手相看淚眼，竟無語凝噎。念去去千里煙波，暮靄沈沈楚天闊。多情自古傷離別。更那堪，冷落清秋節。今宵酒醒何處，楊柳岸、曉風殘月。此去經年，應是良辰好景虛設。便縱有，千種風情，更與何人說。

柳永功名失意，個性風流不羈，而擅於填詞。柳永詞從宋代就備受庶民喜愛，當多數文人大半把「詞」放在「文」之下的一個類目來思考時，柳永則獨自走出「詞」專業專屬的風格，更擅於抒情寫情，更適於歌唱，文詞明白淺易而聲律柔美婉轉。加上他善選聲律諧美的詞調而用，情辭曉暢而韻致纏綿，深受伶工與世人愛賞，所謂「有井水飲處，即能歌柳詞」。

第二日清晨，覺得昨天在桐君觀前做過的殘夢正還沒有續完的時候，窗外面忽而傳來了一陣吹角的聲音。好夢雖被打破，但因這同吹篳篥似的商音哀咽，卻很含著些荒涼的古意，並且曉風殘月，楊柳岸邊，也正好候船待發，上嚴陵去；所以心裡雖懷著了些兒怨恨，但臉上卻只觀出了一痕微笑，起來梳洗更衣，叫茶房去雇船去。（郁達夫〈釣台的春晝〉）

採蓮南塘秋，蓮花過人頭。低頭弄蓮子，蓮子青如水

秋天在南塘採蓮子，蓮花高過了人頭，低頭玩賞著手中的蓮子，蓮子像水色一般晶瑩。「採蓮」是這類南朝情歌當中常見的主題，「蓮」字常影射「憐」，讀者可以由這些看似寫景敘事的平常句子，藉此聯想到男女心中情事的趣味。

出自南朝樂府民歌〈西洲曲〉：

…採蓮南塘秋，蓮花過人頭，低頭弄蓮子，蓮子青如水。置蓮懷袖中，蓮心徹底紅，憶郎郎不至，仰首望飛鴻。…

〈西洲曲〉是一首南朝時代的民歌，形式上像是由許多絕句般的小詩綴集而成，內容和許多南朝民歌一樣，詠男女戀情，特別是江南農村兒女水邊船上的生活。

名家例句

忽然想起採蓮的事情來了。採蓮是江南的舊俗，似乎很早就有，而六朝時為盛。從詩歌裡可以約略知道。……那是一個熱鬧的季節，也是一個風流的季節。……於是又記起《西洲曲》裡的句子：

採蓮南塘秋，蓮花過人頭。低頭弄蓮子，蓮子清如水。

今晚若有採蓮人，這兒的蓮花也算得「過人頭」了，只不見一些流水的影子，是不行的。這令我到底惦著江南了。（朱自清〈荷塘月色〉）

裊晴絲吹來閒庭院，搖漾春如線

〈驚夢〉是《牡丹亭》著名的一折，寫杜麗娘與侍女春香遊園賞玩，因情入夢的情節。「裊晴絲吹來閒庭院，搖漾春如線」，是其中「步步嬌」一曲的曲文，說的是：杜麗娘年方十六，出身名門，長居深閨，一日與侍女春香遊園消遣，見韶光正好，百花開遍，正自打扮停當，不免對鏡自憐。此句中所以「搖漾春如線」，正如同「風乍起，吹縐一池春水」一般，既是寫景，也是描述易感的春情。

作者與詩詞介紹

出自湯顯祖《牡丹亭》第十齣〈驚夢〉「步步嬌」一曲：

裊晴絲吹來閒庭院，搖漾春如線。停半晌，整花鈿。沒揣菱花，偷人半面，迤逗得彩雲偏。步香閨怎便把全身現！

〈驚夢〉中杜麗娘唱：「裊晴絲吹來閒庭院，搖漾春如線。」世間有一種得已而不得已的事：風與水無干，卻偏要去吹著。人與風與水無干，卻偏要去惦著。其實吹了又怎樣，惦著又怎樣，當局者是不會想著的，只覺得點綴點綴也好而已。晴絲的裊娜，原是任運東西；她自己固然不想去管，怕也管不了的。（朱自清《萍因遺稿》跋）

磊磊澗中石

《古詩十九首》多表現人生亂世之中無奈的感懷，「磊磊澗中石」出自以「青青陵上柏，磊磊澗中石」開頭的第三首，接下來就接著「人生天地間，忽如遠行客」，以眼前天地間無窮無盡，也似乎以其永恆不變的姿態已看盡了千萬年滄桑的松柏與澗石，對照於亂世中無常短促而充滿不定不安的人生，悲感油然而生。

出自《古詩十九首》第三首：

青青陵上柏，磊磊澗中石。人生天地間，忽如遠行客。斗酒相娛樂，聊厚不為薄。驅車策駑馬，游戲宛與洛。洛中何鬱鬱，冠帶自相索。長衢羅夾巷，王侯多第宅。兩宮遙相望，雙闕百餘尺。極宴娛心意，戚戚何所迫。

冰河公園便以這類遺跡得名。大大小小的石潭，大大小小的石球，現在是安靜了；但那粗糙的樣子還能教你想見多少萬年前大自然的氣力。可是奇怪，這些不言不語的頑石，居然背著多少萬年的歷史，比我們人類還老得多多；要沒人卓古證今地說，誰相信。這樣講，古詩人慨嘆「**磊磊澗中石**」，似乎也很有些道理在裏頭了。（朱自清〈瑞士〉）

滅燭憐光滿，披衣覺露滋

此聯是描寫月色之光亮潤澤，極為生動的佳句。寫質性至虛而幾近夢幻般的月光，卻滿溢著視覺與觸感，內蘊的情感自不待言，這是唐詩典型的長處：以優越的形象描繪能力，表現極高的抒情性。初唐詩人的語感，往往還帶有南朝絕句小詩的風情，常充盈著直接而俏麗柔媚的感知性，這對於後來唐詩以「興象」生動為歷代詩歌之最，有很大的影響。

出自張九齡〈望月懷遠〉：

海上生明月，天涯共此時。情人怨遙夜，竟夕起相思。滅燭憐光滿，披衣覺露滋。不堪盈手贈，還寢夢佳期。

張九齡是初唐名臣，詩作多典、重復古，惟此詩呈現自然而流麗的風貌，也是初唐詩歌中，最為人熟知的佳作之一。

因為光，想起了幾句唐詩，也因為幾句唐詩，想起了光。張九齡「滅燭憐光滿」，玩味了很久。一句詩，五個字，有兩個景象。第一個景象是「滅燭」——熄滅了蠟燭的光。原來屋子裡佈滿燭光。吹熄燭火，燭光熄滅，霎時，第二個景象出現，屋子裡佈滿另一種光——月光。月光浩浩蕩蕩，充滿宇宙空間。

冥昭瞢闇，誰能極之

這是〈天問〉一開始就連串不止的問句之一，大意是：「滿布於天地間，關於陰陽、晝夜、清濁、明暗等等的區分和它們的道理，誰能夠窮究？」

這是神話幻想不是很發達的傳統典籍中，少見的宇宙論式的提問。

出自屈原〈天問〉：

遂古之初，誰傳道之？上下未形，何由考之？冥昭瞢闇，誰能極之？馮翼惟像，何以識之？明明闇闇，惟時何為？陰陽三合，何本何化？……

屈原是「楚辭」這一文體的開創者，是南方文學的開山祖師，與時間更早而發源於北方的《詩經》為中國文學的兩大源流。由於《詩經》非一時一地一人之作，且各篇作者身分多無可考，

詩人心裡起了震盪，被月光的浩大飽滿震盪了。心事盪漾，粼粼顫動，像微微的水的波紋，「粼粼」本來是水紋上的光。詩人用了一個美麗的字「憐」，「憐」不是可憐，「憐」是細細的心事粼粼，如水波盪漾。若不是熄滅燭光，是感覺不到月光的浩大之美吧。（蔣勳〈光的文學書寫〉）

因此，開創了〈離騷〉、〈九歌〉、〈九章〉等等楚辭體詩歌的屈原，甚至是中國詩歌以「言志」抒情為主的「詩人」傳統的建立者。〈天問〉更是一部直究宇宙根源、天地四方的大哉問。

滿滿的月光，無所不在，上下四方，使人想起屈原「天問」裡的句子。——「冥昭瞢闇，誰能極之？」「天問」裡詩人對天發出了一百多個問題，近代學科學的大驚小怪，以為屈原早在兩千年前就熟知天文物理。在宇宙的渾沌中，詩人感覺到了光，幽冥的光，照亮的光，朦朧的光，闇淡的光，詩人的視網膜上經歷著不可思議的各種光的明度變化，從最暗到最亮，「冥」、「昭」、「瞢」、「闇」都是在說光，不同層次的光，不同強度的光，不同速度流動游移的光。（蔣勳〈光的文學書寫〉）

我歌月徘徊，我舞影零亂

這首〈月下獨酌〉，寫出詩人月下獨飲閑適瀟灑的情懷，以月為伴，我歌我舞，自在揮灑，彷彿月光與自己的形影也歡欣相隨，為自在安適的心境增添了活潑生動的趣味。

作者與詩詞介紹

出自李白〈月下獨酌〉四首之一：

花間一壺酒，獨酌無相親。舉杯邀明月，對影成三人。月既不解飲，影徒隨我身。暫伴月將影，行樂須及春。我歌月徘徊，我舞影零亂。醒時同交歡，醉後各分散。永結無情遊，相期邈雲漢。

名家例句

李白的「我歌月徘徊，我舞影零亂」是在書寫光，春天，夜晚，花的盛放，月光，自己的歌，與自己的舞，華麗而孤獨的光，自負而又寂寞的光，與自己的影子對話的光。（蔣勳〈光的文學書寫〉）

玉碗盛來琥珀光

「玉碗盛來琥珀光」，講的是美酒，更是主人令人陶然忘機的盛情。

作者與詩詞介紹

出自李白〈客中行〉：

蘭陵美酒鬱金香，玉碗盛來琥珀光。但使主人能醉客，不知何處是他鄉。

好酒又好俠的李白，只要有酒有友，便無處不自在。因此，當其他文人詩中對於旅途、對於作客他鄉，強調的總是離情依依，嗟嘆著種種旅人孤淒無奈，而李白的作客或遠行，卻鮮少有感傷淒寂的情調，而能無所掛慮地及時行樂。

名家例句

「玉碗盛來琥珀光」，是琥珀沉鬱的光，是糾結著黃金色澤與濃烈酒香的光，使人陶醉沉迷。像青春到了韶華盛極，無奈裡一聲輕輕的喟嘆，在光裡像一縷煙，飄忽逝去了。（蔣勳〈光的文學書寫〉）

今夕復何夕，共此燈燭光

人生際遇難言，一朝分別，往往如天上參、商二星，再無相會之期，而今朝是什麼樣的機緣，竟能再度相會，秉燭夜談！

出自杜甫〈贈衛八處士〉：

人生不相見，動如參與商。今夕復何夕，共此燈燭光。少壯能幾時，鬢髮各已蒼。訪舊半為鬼，驚呼熱中腸。……

「今夕復何夕，共此燈燭光」，能共聚在一支小小的燭光下，那光多麼穩定溫暖。「夕」是日月之間的光，日沒，月尚未升，幽暝的過渡時間，有一支淡淡的燭光，使人安心。（蔣勳〈光的文學書寫〉）

曜如羿射九日落，矯如群帝驂龍翔

杜甫形容當年宮中劍器舞名家公孫大娘非凡的舞藝：當她舞動劍器時，那種充滿天地間的光亮，宛如當時后羿驚天一射，九日並落，身姿的矯健，彷彿天帝乘雲龍騰躍於蒼穹之上，突然而起，陣陣雷霆，氣象萬千，聲勢動人，一旦舞罷，當她凝神斂氣，那種神采，好似江海之上一片平波映照著無邊的光輝。

作者與詩詞介紹

出自杜甫〈觀公孫大娘弟子舞劍器行〉：

昔有佳人公孫氏，一舞劍器動四方。觀者如山色沮喪，天地為之久低昂。曜如羿射九日落，矯如群帝驂龍翔。來如雷霆收震怒，罷如江海凝清光。絳脣朱袖兩寂寞，晚有弟子傳芬芳。臨潁美人在白帝，妙舞此曲神揚揚。……

名家例句

我也喜歡杜甫描寫舞劍的光，他童年看過公孫大娘弟子舞劍，數十年過去，舞劍只剩下一片光的記憶——「曜如羿射九日落，矯如群帝驂龍翔。來如雷霆收震怒，罷如江海凝清光」。

「曜」是連續不斷的巨大光的爆炸，像神話裡后羿一連九箭射落九個太陽，使人睜不開眼睛、不能逼視。「雷霆震怒」是電的閃光，閃爍，瞬間即逝的光，夾雜著暴怒的雷聲而來。也許最迷人的是舞劍一切動作結束之後，舞者收功，調勻呼吸，極動之後的極靜，出現沉穩內斂的光，像浩瀚江海上一片無聲無波的光，最安靜自信的光，並不閃爍，並不炫耀，自足圓滿，是「曖曖內含光」，徐徐緩緩，優雅而從容。（蔣勳〈光的文學書寫〉）

珠箔飄燈獨自歸

獨自在雨中緩步而歸，細雨飄於燈前，宛如珠簾飄飛，望著那人當年舊居，紅樓高閣依舊在，隔著飄飛的雨絲，備覺清冷。

李商隱〈春雨〉：

悵臥新春白袷衣，白門寥落意多違。紅樓隔雨相望冷，珠箔飄燈獨自歸。遠路應悲春晼晚，殘宵猶得夢依稀。玉璫緘札何由達，萬里雲羅一雁飛。

我印象深刻的還有李商隱的「珠箔飄燈獨自歸」，是提著珠貝螺填的燈獨自回家。貝殼壓成很薄的片，製作成燈，可以防風，透過珠貝的燭光，在風裡飄搖。唐詩裡不難看到「箔」這個字。黃金的箔，白銀的箔，珠貝的箔，很薄，都能透光，金色、銀色、珍珠雲母色的光。李商隱「雲母屏風燭影深」是雲母石片鑲填的屏風上深沉的燭光。李商隱的光，是暗夜寂寞的光，華麗而憂傷，迷離蒼涼，以為是光，卻都是心事。（蔣勳〈光的文學書寫〉）

滄海月明珠有淚

這首〈錦瑟〉詩，惝恍迷離，如真似幻，歷來議論紛紜，有說是李商隱有感於過往種種感情際遇，一番心情的結語；也有認為是有感於歲月年華，對生命中種種情感，種種牽掛，如今追憶起來，只如錦瑟之弦音。音聲本無哀樂，只令人無端悵然。

作者與詩詞介紹

出自李商隱〈錦瑟〉：

錦瑟無端五十絃，一絃一柱思華年。莊生曉夢迷蝴蝶，望帝春心託杜鵑。滄海月明珠有淚，藍田日暖玉生煙。此情可待成追憶，只是當時已惘然。

李商隱詩一向情感深曲，難有確解，「滄海月明珠有淚，藍田日暖玉生煙」，號稱全詩最難解讀的詩句，傳說中的美麗想像，幻化成明珠的鮫人之淚，溫潤晶瑩的藍田玉，都微妙扣合著「無端」而「感」、「思」的意境，諸多解釋，縱然各個典故出處皆有所本，也未能拼解出作者確實所指，以及相關的情事。不過義山詩的趣味也在此，由種種朦朧的意象和隱喻，形成一連串綿密悠遠的情感象徵，耐人想像追索。

名家例句

「滄海月明珠有淚」，是從小讀過的句子，卻始終似懂非懂，模模糊糊，像一片奇幻空靈的光，撲朔迷離。二十五歲，一個人去希臘。夏天，從雅典海港上船，去克里特島。舺板上都是青年背包族，半夜啟航，出愛琴海，一輪明月從海上升起。躺在舺板上，一波一波，是海水，也是月光，天花繚亂。有人唱起歌，神話裡要讓水手聽了迷航的女妖的歌聲。船舷忽然傾斜，月亮星辰搖落流轉。像眼裡的淚，一滴一滴，從左舷流轉到右舷。滿滿的天空海上，都是明晃晃的淚珠的光。我好像忽然懂了李商隱這一句「滄海月明珠有淚」，是愛琴海夏天一夜星月的光為我註記了這一句唐詩。或許，也正是這一句唐詩，為我呼喚那一夜的「滄海月明」都到了眼前。（蔣勳〈光的文學書寫〉）

銀燭秋光冷畫屏，輕羅小扇撲流螢

這首詩書寫七夕時節，小兒女在夜涼如水的月色之下，猜臆著天上的牽牛織女星，撲捉流螢，一幅輕倩可愛的景象。

作者與詩詞介紹

出自杜牧〈秋夕〉詩：

銀燭秋光冷畫屏，輕羅小扇撲流螢，天階月色涼如水，臥看牽牛織女星。

杜牧個性倜儻豪放，又由於詩歌綺麗高華，也因此流傳之軼事猶多。杜牧詩文兼擅，他的七律七絕作品，除了具有晚唐華麗風格外，又別有風骨，是晚唐重要詩人，又因他滿懷抱負似杜甫，故人稱「小杜」。

名家例句

杜牧的「秋夕」絕句也是從小朗朗上口的。七夕的晚上，在家門口，擺一碟蠶豆，點兩支蠟燭，插幾柱香，母親和鄰居婦人纏絲線乞巧。她說起牛郎星和織女星的故事。織女手巧，可以織出整匹銀河。但是戀愛使她荒廢了織布，被天帝處罰，牛郎織女就分隔兩岸，一年七夕見一次面。家門口草多，螢火亂飛，撲螢火蟲累了，躺在長凳上，數銀河裡的星，數著數著睏了，覺得有人在我身上蓋了一張毯子。睡夢中聽到輕輕吟唱的聲音：

「銀燭秋光冷畫屏，輕羅小扇撲流螢，天階月色涼如水，臥看牽牛織女星。」不覺得那是一千年前的唐詩，只覺得夢裡滿滿都是秋光。（蔣勳〈光的文學書寫〉）

2 人與景色

織女明星來枕上，了知身不在人間

《墨莊漫錄》上根據秦觀手書的故事，指稱此詩是贈人之作。詩從天上寫到人間，是詩人常見的「移情」想像，在絕句的起承轉合中，開頭的「起」，常藉由景色或物候起興，再逐步綰入作者的感思，這是《詩經》「關關雎鳩」以來，以眼前的景物與發情感思意的寫作方式。

作者與詩詞介紹

出自秦觀〈四絕〉，四首之三：

天風吹月入欄干，烏鵲無聲子夜閑。織女明星來枕上，了知身不在人間。

秦觀以詞著稱，他的作品稱為「淮海詞」，和晏幾道風格相近，都是多情詞人，一往情深而善寫傷心之句。秦觀擅長營造情境，藉景喻情，常有感情深摯，意境悠遠的名作。傳統詩詞講求「詩莊詞媚」，然而秦觀卻把一些詩歌寫得帶有優柔宛曲的風味，詩家所謂的「小詩」，雖不免略有貶意，卻是這位「愁如海」的多情詩人特有的情調。

我躺在床上，從枕上窺見窗外的星，如練的銀河，「秋宵的女王」的織女，南王的熱鬧。阿，秋夜的盛妝！我腦中浮出朝華的詩句來：「織女明星來枕上，了知身不在人間」立刻似乎身輕如羽，翱翔於星座之間了。

我俯視銀河之波瀾，訪問織女的孤居，撫慰卡麗斯德神女的化身的大熊……「地球，再會！」我今晚要徜徉於銀河之濱，牛女北斗之間了。（豐子愷〈天的文學〉）

金陵津渡小山樓，一宿行人自可愁

前人說，唐詩寫得好的地方，往往是風雪、灞橋、驢背上，這幾個場景，也就是唐人流離於旅途中，最常見的情景。而唐詩中許多情韻動人之處，也就是從這些旅途中即目所見的景象，興發情思，或藉由這些引人深思的情境，寄託行旅天涯的離情愁緒。

作者與詩詞介紹

出自張祜〈題金陵渡〉：

金陵津渡小山樓，一宿行人自可愁。潮落夜江斜月裡，兩三星火是瓜州。

張祜，字承吉，唐代清河人。生卒年約當晚唐時候。

這首〈題金陵渡〉，在外人看來，似乎並無多大差異的篇章，卻是詩人在不同地方度過晨昏，記錄下他「當時」當下的心緒心境之作，詩人彷彿是在為自身的行旅留下注腳，那些片段的意象，插曲式的感思，尤其是在絕句的小幅篇製裡，都飽含在詩人的生命旅途中，那「一時」絕對的主觀情思的價值。

相對於詩史上大詩人的名詩名作，這類數量繁多主題又多重複的作品，更像是許許多多滿懷詩情的片段心曲，它們不常被正式的選本收入，卻大量出現在文化中深具溝通及效習作用的詩話筆記中。

名家例句

近因某種機緣，到一偏僻的小鄉鎮中的一個古風的高樓中宿了一夜。「金陵津渡小山樓，一宿行人自可愁。」燈昏人靜而眠不得的時候，我便想起這兩句。其實我並沒有愁，讀到「自可愁」三字，似覺自己著實有些愁了。此愁之來，我認為是詩句的音調所帶給的。「一宿行人自可愁」，這七個字的音調，彷彿短音的樂句，是能使人生起一種憂鬱的情緒。（豐子愷〈午夜高樓〉）

山色空濛雨亦奇

這是蘇軾描寫西湖的名句，描寫西湖千種風情，無一不好，詞句卻以最簡易的方式概括了歷來詞人對湖光山色的覃思精撰。

作者與詩詞介紹

出自蘇軾〈飲湖上初晴後雨〉二首之二：

水光瀲灩晴方好，山色空濛雨亦奇。若把西湖比西子，淡妝濃抹總相宜。

蘇軾寫過許多富含哲理性的詩文，在這些詩文中他善於運用一類針鋒相對的「正——反」交詰的思維，表現文章思理的平衡與豐富，他也把這套方法移用來寫景，於是，以一短篇絕句，他便聰明地把前人的寫景成就全概括進來。寫這兩處勝地名景（西湖和廬山），一方面避開前人幾乎已經寫盡而難以另闢蹊徑、找尋更突出的景物描寫的困境，一方面藉此便以簡馭繁，自出巧思，站到眾多前人的肩膀上去了。

名家例句

茶越沖越淡，雨越落越大。最初因遊山遇雨，覺得掃興；這時候山中阻雨的一種寂寥而深沉的趣味牽引了我的感興，反覺得比晴天遊山趣味更好。所謂「山色空濛雨亦奇」，我於此體會了這種境界的好處。（豐子愷〈山中避雨〉）

不知又是何因緣，我住到裕廊山上來了。房子前面有十二扇窗，打開了，即面對著一座青青的山。星洲四時如夏，那青色幾時都不會改變，除了在雨中罩上一層薄紗，大有「山色空濛雨亦奇」的姿態；或是淩晨，日未出時，朝霧掩映，山腰橫著一條白練，頗似浮世繪的古畫，令人意遠；又或月夜，銀色光輝，遠近彌漫，山海、田野若隱若現。屋前陣陣的草香蟲鳴，亦頗增加月夜清趣。惟近年每遇佳境，我就格外變得靜默，這可算得美學家所說「無言之美」嗎？（凌叔華〈愛廬山夢影〉）

春水船如天上坐

這句詩句單看恍如仙境，不過和上下文一起看，就看出了詩人苦中作樂，點石成金地把家常景況點畫成畫境一般的詩歌。和一般描寫景色如畫，人在畫中不太一樣，那是心境已融入景物，情景交融的情態；現在這則是寫真如畫，用「畫意」美化了實景，詩人既幽默又明白地讓讀者看出，他能用文字本領化窮酸腐朽為神奇，表現他日益精深、探索不止的詩學技巧，一面自豪，一面自嘲。要知道，他老人家可是還在「愁看西北是長安」呢！

作者與詩詞介紹

杜甫〈小寒食舟中作〉：

佳辰強飯食猶寒，隱几蕭條帶鶡冠。春水船如天上坐，老年花似霧中看。娟娟戲蝶過閒幔，片片輕鷗下急湍。雲白山青萬餘里，愁看西北是長安。

名家例句

我們一路談笑，唱歌，吃花生米，弄槳，不覺船已搖到湖的中心。但見一條狹狹的黑帶遠遠地圍繞著我們，此外上下四方都是碧藍的天，和映著碧天的水。古人詩云：「春水船如天上坐」，我覺得我們在形式上「如天上坐」，在感覺上又像進了另一世界。（豐子愷〈放生〉）

居重慶六年，飽嘗霧之氣氛，霧可厭，亦可喜，霧不美，亦極美，蓋視乎季節環境而異其趣也。大抵霧季將來與將去時，含水分極多，重而下沈，其色白。霧季正盛時，含水分少，輕而上浮，其色青。青霧終朝瀰漫半空，不見天日，山川城郭，皆在愁慘景象中，似陰非陰，欲雨不雨，實至悶人。若為白霧，則如秋雲，如煙雨，下籠大地，萬象盡失。杜甫詩謂「春水船如天上坐」，若濃霧中，己身以外，皆為雲氣，則真天上居也。（張恨水〈霧之美〉）

驀然回首，那人卻在，燈火闌珊處

這是一段讓許多讀者感到心有戚戚焉的詞句，描寫的是一種心境轉折而驀然有得的情致。大概在人生各方面，無論情感、修養、學識、志業的追求或探索，往往都經歷過類似這般往復尋求而領悟的心境，使得這段詞句常被有志於逐夢者，在某一些階段引用。

作者與詩詞介紹

出自辛棄疾〈青玉案〉（元夕）：

東風夜放花千樹。更吹落、星如雨。寶馬雕車香滿路。鳳簫聲動，玉壺光轉，一夜魚龍舞。蛾兒雪柳黃金縷。笑語盈盈暗香去。眾裡尋他千百度。驀然回首，那人卻在，燈火闌珊處。

名家例句

一個雨後的黃昏，我忽然在院子裡的榕樹下聽到他的一支Nocturne，尋尋覓覓纏纏綿綿的驚夢：「那人卻在燈火闌珊處」！（董橋〈布爾喬亞的蕭邦，好！〉）

繁華熱鬧的局內人，不會知道詩境是個什麼意思或況味。只在局外，冷眼旁觀的，又太「客觀」，他沒有「進入」過，很難說他真正地體味了如何才叫熱鬧繁華。入去了過，又出來了，回首一顧一思，這才領會了詩境在於何時何地。宋詞高手辛棄疾，享名的《青玉案》，寫的是什麼？是歷盡了上元燈夜的繁華、熱鬧，而在尋找一個什麼無以名之的況味——「眾裡尋他千百度，驀然回首，那人卻在，燈火闌珊處。」這名篇感染了古今萬千讀者，而心中說不清那個「發現」、「捕捉」的悲喜難名的複雜情味到底是個什麼「東西」？只參死句的人，也會「死」於那被「尋」之人的腳下（是男？是女？誰在尋誰？）。靈智高一層的，又說這只是一種「寄託」、「寓懷」——即仍然是《楚辭》的那種美人香草的比喻「修辭格」。理解不一。（周汝昌《紅樓藝術》）

林花謝了春紅，太匆匆

李後主在亡國入宋之後，詞風從前期的天真多情、歡樂流麗，轉為感慨深沉而詞采絕美。而這首詞的「人生長恨水長東」，歷來都被作為這位帝王詞人充滿詩情的無盡悲愴之寫照。

出自李後主〈相見歡〉：

林花謝了春紅，太匆匆。無奈朝來寒雨晚來風。胭脂淚，相留醉，幾時重，自是人生長恨水長東。

李後主在〈相見歡〉這闋詞裡寫著：「林花謝了春紅，太匆匆……」，好像人們面對花朵凋謝產生很大的感動；「謝」這個字，其實也就是「感謝」的「謝」，意思是說，我完成了我自己，我的生命完成了，當我告別人間的時候，其實沒有任何遺憾。（蔣勳〈嗅覺之美〉）

百丈托遠松，纏綿成一家

古典詩歌中從《詩經》賦詩明志的社交傳統以來，經常運用的明喻或暗喻的慣性，以及由這些約定俗成的慣性再延伸出進一步的比擬，這首詩「菟絲附女蘿」，本是古詩中常用以形容女子依附夫家的比喻，又引申到科舉尚未全面壟斷取才之前，士之「求仕」的特殊氛圍，使得「言志」色彩濃厚的詩歌，往往就援引了夫妻、兄弟、朋友的離合等關係的比喻，這類比喻在唐詩裡往往語意雙關，微妙而含蓄地表達請求引薦的心跡。

作者與詩詞介紹

出自李白〈古意〉：

君為女蘿草，妾作菟絲花。輕條不自引，為逐春風斜。百丈託遠松，纏綿成一家。誰言會合易，各在青山崖。女蘿發馨香，菟絲斷人腸。枝枝相糾結，葉葉競飄揚。生子不知根，因誰共芬芳。中巢雙翡翠，上宿紫鴛鴦。若識二草心，海潮亦可量。

唐人本有干謁求薦之風，李白是唐宋科舉成熟之前，最為嚮往「伊（尹）呂（尚）功業」而帶有濃厚戰國策士行跡的「詩人」，扣合著作者的性格，解讀他這類「古風」、「古意」之作，就中除了古典的情感之外，也帶有濃厚的戰國「游士」遊俠賓主相得的暗喻。這是歷來解讀李白作品，往往注意到的他與其他詩人「復古」的不同。

看到一棵高高的松樹那種挺拔的美，我們會心生羨慕，覺得松樹讓自己感覺到生命飛揚的美和快樂，我們會希望自己像一棵大松樹一樣。可是連攀垂在松樹上的藤蔓，也會被詩人歌誦，李白在〈古意〉一詩中寫到：「百丈托遠松，纏綿成一家」，就是歌誦那種攀附成長的美態。（蔣勳〈美，無所不在〉）

野曠天低樹

田野空曠，令遠方的天際線顯得比樹木還低，江水清澈，映現出月光分外明亮，似乎就在身邊一般。

作者與詩詞介紹

出自孟浩然〈宿建德江〉：

移舟泊煙渚，日暮客愁新。野曠天低樹，江清月近人。

孟浩然是唐代襄陽人，又被人稱為「孟襄陽」。受正統儒家教育成長，在求仕之路上始終不順，因此長期漫遊吳越一帶，將失意的愁緒寄情於山水之間。詩文主要關心的方向是個人的際遇窮通，多寫描寫田園隱居生活和山水訪勝的閒情，是唐代第一個大量寫作山水田園的詩人，以獨具的語言和意境，對之後的詩人如王維等，產生了相當的影響。

你我都被「野曠天低樹」的文字意象所震撼，然後終生繪著那一片曠野，你從畫紙的右端進入，筆畫蜿蜒，我從左端進入，水墨淋漓，卻從未相遇，從未停止親近的想望。（蘇紹連〈超友誼筆記〉）

高高山頭樹，風吹葉落去。一去數千里，何當還故處

樹葉本來長在高高的山頭上，葉落風吹，離開枝頭數千里，從軍的人，就像這落葉隨風一般，何時能再回到故鄉呢？

作者與詩詞介紹

出自漢代樂府古詩：

燒火燒野田，野鴨飛上天。童男娶寡婦，壯女笑殺人。高高山頭樹，風吹葉落去。一去數千里，何當還故處。十五從軍征，八十始得歸。道逢鄉里人，家中有阿誰？遙看是君家，松柏塚累累。兔從狗竇入，雉從梁上飛。中庭生旅穀，井上生旅葵。春穀持作飯，采葵持作羹。羹飯一時熟，不知飴阿誰？出門東向看，淚落沾我衣。

名家例句

我想起了古人的詩：「高高山頭樹，風吹葉落去。一去數千里，何當還故處？」現在倘要搜集它們的一切落葉來，使它們一齊變綠，重還故枝，回復夏日的光景，即使仗了世間一切支配者的勢力，盡了世間一切機械的效能，也是不可能的事了？選回黃轉綠世間多，但象徵悲哀的莫如落葉，尤其是梧桐的落葉。落花也曾令人悲哀。但花的壽命短促，猶如嬰兒初生即死，我們雖也憐惜他，但因對他關係未久，回憶不多，因之悲哀也不深。葉的壽命比花長得多，尤其是梧桐葉，自初生至落盡，佔有大半年之久，況且這般繁茂，這般盛大！眼前高厚濃重的幾堆大綠，一朝化為烏有！「無常」的象徵，莫大於此了！（豐子愷〈梧桐樹〉）

為賦新詞強說愁

這首詞上半闋最能道中少年好強卻又昧於世事的天真，「為賦新詞強說愁」，遂成為年輕時寫作心情的最佳寫照。

作者與詩詞介紹

出自辛棄疾詞〈醜奴兒〉（書博山道中壁）：

少年不識愁滋味，愛上層樓。愛上層樓。為賦新詞強說愁。
而今識盡愁滋味，欲說還休。欲說還休。卻道天涼好個秋。

秋季的晚上星光與月色特別清澈明亮，年輕時我常在略涼的寒意裡「為賦新詩強說愁」，陶醉在自己製造的孤寂與輕愁裡，幻想著自己的詩意與瀟洒。

年紀大了以後，我才注意到秋季的夜空常有低垂的白雲緩緩地移動著，帶著一種肅穆、莊嚴的節奏，好像在提醒我從書裡見証過的人類各種偉大的情感。（彭清輝〈有一種東西叫「幸福」〉）

抒情篇》四、抒發自我

1 感懷身世

一片芳心千萬緒，人間沒個安排處

千萬愁緒在心頭，無人能解，無處可平。此種情懷，也可用來形容對意中人的相思之苦。

作者與詩詞介紹

出自李煜詞〈蝶戀花〉：

遙夜亭皋閑信步。乍過清明，早覺傷春暮。數點雨聲風約住。朦朧淡月雲來去。桃李依依春暗度。誰在秋千，笑裏低低語。一片芳心千萬緒。人間沒個安排處。

後主詞不僅是後期作品情韻絕美，他的前期作品雖有靡麗的宮體色彩，然而寫情輕綺而不浮豔，又善於配合文字音律，捕捉某些不易描繪的幽微情懷，在在已是大家風範。這首〈蝶戀花〉詞便是詞人能夠更敏銳細膩地描繪這類幽情閒緒的代表作。

名家例句

至於如韓信一流的人物，李煜一流的角色，只是志在功名，或志在富貴的迷夢中，始終不知輕重根源的關鍵，更不知「雖有榮觀，燕處超然」的妙用。尤其是李煜，更為可憐，在他當時那樣的時代環境中，不知戒慎恐懼、奮發圖強的自處之道，反而真的玩起「燕處」危巢的超然詞章文學，只知填些〈蝶戀花〉的「一片芳心千萬緒，人間沒個安排處」，寫些纏綿悱惻的妙文。難怪後來趙匡胤對他的評語說：李煜如果把作詩詞的工夫拿來專心搞政治，也未必會為我所擒。這也確是趙匡胤說的一句老實話。（南懷瑾《老子他說》）

胡適南下參加中央研究院第一次院士會議時，與羅爾綱見過一面。兩人長談一個多小時，這是師生二人最後一次見面。從此白雲蒼狗，人生多歧路，這一段不期然的「師生情」至此也該是「人間沒個安排處」了。（范泓《在歷史的投影中》）

尋尋覓覓，冷冷清清，淒淒慘慘戚戚

在連用十四個疊字形容而營造出淒清寂寞的氛圍之後，「乍暖還寒時候，最難將息」，點出了這個乍暖乍寒的季節，無所依傍的心緒。這首詞後頭還有許多雙聲疊韻，其音韻功力被譽為詞中絕唱。

作者與詩詞介紹

出自李清照詞〈聲聲慢〉：

尋尋覓覓，冷冷清清，淒淒慘慘戚戚。乍暖還寒時候，最難將息。三盃兩盞淡酒，怎敵他、晚來風急。雁過也，正傷心，卻是舊時相識。滿地黃花堆積。憔悴損，如今有誰堪摘。守著窗兒，獨自怎生得黑。梧桐更兼細雨，到黃昏、點點滴滴。這次第，怎一個愁字了得。

李清照是文學史上最具有文士氣質的女性文人，詞風雖被歸於婉約一派，善於運用文字音律，表現幽婉芬馨之情懷，然而其中亦透出清俊飛揚之神采，其詩歌跌宕秀朗，更具有博通書史的涵養。她所作的〈詞論〉，是詞學批評的一篇健筆，也可見出她對創作有認真而犀利的自覺。李清照和李後主一樣，一生有著前後期的重大轉折，前半生與其夫趙明誠是一對優遊書史的神仙眷侶，此時期的作品秀逸清馨，已具詞家風采。然而北宋靖康之亂後，明誠過世，又復流離依親於南方，後期作品遂多悲愴沉痛之感。

名家例句

不過木蘭開始喜愛宋詞。因為年歲輕，還不能欣賞蘇東坡的詞，像對辛稼軒、姜白石的詞那樣迷戀。她常常精讀李清照那小小的詞集《漱玉詞》。李清照那有名的「聲聲慢」，開頭兒用七對相同的字，用入聲，最後以「了得」結尾，就如梧桐滴雨，點點滴滴在她的芳心上：

尋尋覓覓，冷冷清清，淒淒慘慘戚戚。乍暖還寒時候，最難將息。三杯兩盞淡酒，怎敵他晚來風急？……（林語堂《京華煙雲》）

二十餘年如一夢，此身雖在堪驚

回憶往昔，到如今，時光悠悠，二十餘年匆匆而過，恍如夢境一般。尋思舊遊多凋零，又看看眼前的自己，這些歲月以來，經歷過多少令人驚心的際遇！

作者與詩詞介紹

出自陳與義詞〈臨江仙〉（夜登小閣，憶洛中舊遊）：

憶昔午橋橋上飲，坐中多是豪英。長溝流月去無聲。杏花疏影裡，吹笛到天明。二十餘年如一夢，此身雖在堪驚。閒登小閣看新晴。古今多少事，漁唱起三更。

陳與義是南宋著名詩人，詞作不多，但評價很高，《四庫全書提要》說他「首首可傳」。這首〈臨江仙〉就是他的傳世名作之一。

名家例句

「老弟，今夕何夕，想不到咱們老兄弟還有見面的一天。」鼎立表伯坐在椅上，上身卻傾俯到桌面上，他的頸子伸得長長的，搖著他那一頭亂麻似的白髮，嘆息道：「是啊，表哥，真是『此身雖在堪驚』哪！」

我們三個人都酌了一口茅臺，濃烈的酒像火一般滾落到腸胃裏去。大伯用手抓起一只滷鴨掌啃嚼起來，他執著那隻鴨掌，指點了我與鼎立表伯一下。

「你從紐約去上海，他從上海又要去紐約——這個世界真是顛來倒去嚇。」

「我是做夢也想不到還會到美國來。」鼎立表伯欷歔道。（白先勇〈骨灰〉）

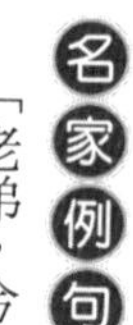

在山泉水清，出山泉水濁

泉水深藏在山中，清洌而澄靜，一旦流出山外，卻被人間是非染濁了。

作者與詩詞介紹

出自杜甫〈佳人〉：

絕代有佳人，幽居在空谷；自云良家子，零落依草木。關中昔喪亂，兄弟遭殺戮。官高何足論，不得收骨肉。世情惡衰歇，萬事隨轉燭。夫婿輕薄兒，新人美如玉。合昏尚知時，鴛鴦不獨宿。但見新人笑，那聞舊人哭。在山泉水清，出山泉水濁。侍婢賣珠回，牽蘿補茅屋。摘花不插髮，采柏動盈掬。天寒翠袖薄，日暮倚修竹。

名家例句

甜妹說：「是這麼回事。我因為不分晝夜伺候我們小姐，我比別人更瞭解她。她覺睡不好，又吃東西沒口胃。二少爺近來過來看她的時候兒越來越少，因為兩個人都長大了。那一天二少爺來的時候兒，小姐微微的責怪他。您知道，我們小姐若說有毛病，就是她的嘴。她說什麼『在山泉水清，出山泉水濁』。我不知道是什麼意思，但是必然和新來的旗人丫鬟有關係……」

（林語堂《京華煙雲》）

2 自娛自適

又得浮生半日閑

在處處種著竹林的幽靜僧舍，和僧人閒談一晌，就在這擺脫凡塵的一小段時光裡，我難得地擁有了真正的閒暇。

作者與詩詞介紹

出自李涉〈題鶴林寺僧舍〉：

終日昏昏醉夢間，忽聞春盡強登山。因過竹院逢僧話，又得浮生半日閑。

名家例句

「下河」總是下午。傍晚回來，在暮靄朦朧中上了岸，將大褂折好搭在腕上，一手微微搖著扇子；這樣進了北門或天寧門走回家中。這時候可以念「又得浮生半日閑」那一句詩了。（朱自清〈揚州的夏日〉）

我沒有專業的攝影能力，但是傻瓜相機還是可以用的。偷得浮生半日閒的時候，我就帶著我的相機四處捕捉浮光掠影。（黃友玲《我的夢想在遠方》）

店主人「怪怪的」的，店名也很奇特：「何妨一上樓」。典故來自抗戰時期著名學者聞一多在西南聯大，終日躲在閣樓用功，同事遂稱其為「何妨一下樓主人」，文自秀反用其意，希望朋友們偷得浮生半日閒，何妨一上樓聊天，高興了順便買本書。（傅月庵《蠹魚頭的舊書店地圖》）

只可自怡悅，不堪持贈君

這是陶弘景答齊高帝詔的詩文，不只答詩頗堪玩味，提問本身就開放了餘韻無窮的想像，展現了君臣之間文學相從的文化氣息。

作者與詩詞介紹

出自南朝陶弘景〈詔問山中何所有賦詩以答〉：

山中何所有，嶺上多白雲。只可自怡悅，不堪持贈君。

從漢末到南朝，不只文學發展鼎盛，在思想界，也正是佛道兩教在理論、經典、和傳播上，大幅成長的時代，甚至也出現了大量的對話和往復來回的精采論辯。也因此，在當時的文化界，除了延續魏晉清談的餘緒外，還經常出現充滿文學與義理趣味的文章或言論。陶弘景是當時聲動朝野的一位隱士，也是南朝思想界的領導人物。此詩出自中國第一部文學總集《昭明文選》，也顯示了當時的風尚。

名家例句

陶弘景曾教學梁武帝，後辭隱，武帝登位，下詔敦請陶弘景出山：「山中何所有，卿何戀而不返？」「嶺上多白雲，只可自怡悅」是陶弘景的回答與狀態。

於是我們忙不迭的問老師：「這是誰的詩？為什麼是這首？抄的還是背熟的？」「不記得了。內在描繪，只可自怡悅。」（蘇偉貞〈內在描繪——關於鄧雪峰老師〉）

試酌百情遠，重觴忽忘天

陶淵明的田園詩，以表現他任真自然的至性而成就了無與倫比的典型，而陶淵明詩文中的天然情味，和魏晉時期許多文學家一樣，也受到深厚的思想薰陶。在陶淵明的詩文中，其純真率性，往往也和他豁達樂天的人生修養相互輝映，融合為一適性而惜物的情懷，格外醇厚有味。讀其詩，就像他這飲酒的況味：「稍稍酌取，便感到心靈悠遠，遠離世情牽絆，再多喝兩杯，更令人陶然忘機，徜徉於曠遠的自在之天。」

作者與詩詞介紹

陶淵明〈連雨獨飲〉：

運生會歸盡，終古謂之然。世間有松喬，於今定何間？故老贈余酒，乃言飲得仙；試酌百情遠，重觴忽忘天。天豈去此哉！任真無所先。雲鶴有奇翼，八表須臾還。自我抱茲獨，僶俛四十年。形骸久已化，心在復何言。

名家例句

自然的美，造物的用意，神的恩寵，我在晚酌中歷歷地感到了。陶淵明詩云：「試酌百情遠，重觴忽忘天。」我在晚酌三杯以後，便能體會這兩句詩的真味。我曾改古人詩云：「滿眼兒孫身外事，閒將美酒對銀燈。」因為沙坪小屋的電燈特別明亮。（豐子愷〈沙坪的美酒〉）

不覓仙方覓睡方

詩人之夢和詩人之醉一樣，往往都是醞釀文思的天地，於是，古典詩詞中常有「午夢」的主題，而午夢與夜夢不同的是，後者常常是關乎「相思」或「愁眠」的主題，而前者則常帶有文人式的閑適寂寥，有時是延續醉後的詩情，有遠離世事羈絆，讓心思閒靜悠遠以造「境」的趣味。

作者與詩詞介紹

出自陸游〈午夢〉累日作雪竟不成，戲賦此篇）：

苦愛幽窗午夢長，此中與世暫相忘。華山處士如容見，不覓仙方覓睡方。

名家例句

從前我讀陸放翁的詩：

苦愛幽窗午夢長，此中與世暫相忘，華山處士如容見，不覓仙方覓睡方。

曾笑他與世「暫」相忘，何足「苦愛」？但現在我苦愛他這首詩，覺得午夢不夠，要做長夜之夢才好。假如覓得到睡方，我極願重量地吞服一劑，從此悠遊於夢境中，永遠不到真實的世間來了。（豐子愷〈夢耶真耶〉）

天涯共此時

海上升起明月，無論天邊海角，人同此情同此心，望著明月，正是思念遠方之人的時候。

作者與詩詞介紹

出自張九齡〈望月懷遠〉：

海上生明月，天涯共此時。情人怨遙夜，竟夕起相思。滅燭憐光滿，披衣覺露滋。不堪盈手贈，還寢夢佳期。

這是一首在月夜裡懷念遠方之人的詩。文詞含蓄而淡遠，感情深邃真摯。詩人藉著望月，把自己的感情融入自然環境中去描寫，不拘於「情人」，卻寄託了殷切的懷念情思，更使此詩具有渾厚的氣勢和高華的氣格。

名家例句

寫這本書，在老照相簿裡鑽研太久，出來透口氣，跟大家一起看同一頭條新聞，有「天涯共此時」的即刻感。手持報紙倒像綁匪寄給肉票家人的照片，證明他當天還活著。其實這倒也不是擬於不倫，有詩為證。詩曰：人老了大都是時間的俘虜，被圈禁禁足。它待我還好——當然隨時可以撕票。一笑。（張愛玲《對照記》跋）

四圍是大海，與四圍是亂山，兩者相較，是如何滋味，看古詩便可知道。比如說海上山上看月出，古詩說：「南山塞天地，日月石上生。」細細咀嚼，這兩句形容亂山，形容得極好，而光景何等臃腫，崎嶇，僵冷，讀了不使人生快感。而「海上生明月，天涯共此時」，也是月出，光景卻何等嫵媚，遙遠，璀璨！（冰心〈山中雜記〉）

議論篇》一、論生命

1 生也有涯

夕陽山外山

這是南宋江湖詩人戴復古苦心造出的奇句，近代由於民初文人李叔同著名的〈送別〉一曲中的引用，遂為近人所熟知。南宋江湖詩人由於他們特殊的生活型態，常遊走於四方，加上時代風氣，作詩講求精密工整，寫景寫物務求新奇工巧，在這之中，也創造了不少意象新奇，且能夠達到情景交會的詩歌。尤其戴復古這一聯「春水渡傍渡，夕陽山外山」，更常被拿來作為詩人追求奇句，苦心搜索的典型。據說戴復古原先見夕陽映山，一時興會，得出「夕陽山外山」之句，然而要為這一奇句對出上聯，則苦思不得，怎麼都對不上，直到一天，漫步於村中，時當雨後初晴，水聲潺潺，忽想到「春水渡傍渡」，這才為苦思良久的奇句補上上聯。可見江湖詩人的特色，詩歌不只成就於覃思深慮，往往還須因景物適時的湊會，方能完成。

後來弘一大師李叔同在他膾炙人口的歌曲〈送別〉襲用了「夕陽山外山」，更讓這一意象再次延伸，增添了無限懷人遠思的想像。

作者與詩詞介紹

出自戴復古〈世事〉：

世事真如夢，人生不肯閑。利名雙轉，今古一憑欄。春水渡傍渡，夕陽山外山。吟邊思小范，共把此詩看。

戴復古，字式之，號石屏。南宋人。戴復古是南宋中期興起的「江湖詩人」之一。這群在江湖間挾作品遊走於仕宦之家的詩人，由於經常行旅四方，因此其詩歌頗似晚唐詩人善於描寫景物，又加上宋末詩人更加講求精巧工整，形成了一代「苦吟」的風氣。其中的姜夔、戴復古等人，是能夠達到詩思精密、風格高秀的佼佼者。

名家例句

提起古道，就讓人想起羈旅行人的勞苦與悵惘；提起古道，就讓人念起遙不可及的遠方與別離。「長亭外，古道邊，芳草碧連天，晚風拂柳笛聲殘，夕陽山外山。」（《夜雨敲窗：袁久勝散文集》）

吟到夕陽山外山

歷史上的奇句、名句，往往值得一再引申，且往往經過了多方衍生之後，詩句更加豐富雋永，宛如一次次新生。上述的「夕陽山外山」，除了近代大家熟知的弘一大師李叔同引用於〈送別〉這首動人的歌曲中，在他之前，至少還有一位詩人也引用過，而讓這奇句「餘音繞梁」，百年不絕。這便是龔自珍的〈漁溝道中題壁一首〉。

作者與詩詞介紹

出自龔自珍〈漁溝道中題壁一首〉：

未濟終焉心縹緲，人生翻從闕陷好，吟到夕陽山外山，古今難免餘情繞。

龔自珍是清代一位全才型的才子，博通經史，學術及眼界皆不拘一格，有感於時代之變，常有首開風氣之議論，見於詩文，因此其詩歌亦充溢奇氣，瑰麗跌宕，能自成一家。

不同於弘一大師以其悠遠的意象，造成情景交融的別離之思，龔自珍把這句本來作景物描寫的句子，做「理語」用，運用在人生義理的反思，且是翻案文章，翻出了新的意味，耐人尋思。

「未濟」，是《易》經最後一卦，歷來解經者皆常以往復不止，連綿不窮解之。而龔自珍卻更從一新奇的角度，指出「未濟」的玄機就在「缺陷」，如同「夕陽山外山」所蘊含的「夕陽無限好，只是近黃昏」的遺憾，正因「缺陷」，才有繼續源源不絕的餘情餘韻。

名家例句

我大概是嚮往「遙遠與久遠的東西」（the faraway and long ago），連「幽州」這樣的字眼看了都森森然有神秘感，因為是古代地名，彷彿更遠，近北極圈，太陽升不起來，整天昏黑。小時候老師困讀《綱鑑易知錄》，「綱鑑」只從周朝寫起，我就很不滿。學生時代在港大看到考古學的圖片，才發現了史前。住在國外，圖書館這一類的書多，大看之下，人種學又比考古學還更古，作為逃避，是不能跑得更遠了。逃避本來也是看書的功用之一，「吟到夕陽山外山，」至少推廣地平線，胸襟開闊點。（張愛玲〈談看書〉）

四十無聞，斯不足畏

「四十無聞，斯不足畏」，出自《論語．子罕》。「子曰：後生可畏，焉知來者之不如今也？四十、五十而無聞焉，斯亦不足畏也已。」孔子以謂年輕人銳意進取的志氣，不可小覷。陶淵明這篇詩作則是有感於年華老大，而年輕時曾有的經世濟民的功業之想，卻未曾實現。

作者與詩詞介紹

出自陶淵明〈榮木〉詩其四：

先師遺訓，余豈云墜。四十無聞，斯不足畏。脂我名車，策我名驥。千里雖遙，孰敢不至。（詩前序云：榮木，念將老也。日月推遷，已複九夏，總角聞，白首無成。）

〈榮木〉這四首詩，一則以慨當年用世的志意，而今白首無成；一則以自勉，雖無功業之用，但亦不捨其志，安於道，樂於善，如曾子所謂無日不自省，任重而道遠之意。這是這四首詩從悵惘感慨到以道自勉的曲折，也可以從中體會，淵明詩的平淡恬淡，如朱子所言，當中實有不平淡不輕易之處。

名家例句

陰曆元旦的清晨，四周肅靜，死氣沉沉，……盥洗畢，展開一張宣紙，抽出一支狼毫，一氣呵成地寫了這樣的幾句陶詩：「先師遺訓，余豈云墜。四十無聞，斯不足畏。脂我名車，策我名驥。千里雖遙，孰敢不至。」下面題上「廿六年古曆元旦卯時緣緣堂主人書」，蓋上一個「學不厭齋」的印章，裝進一個玻璃框中，掛在母親的遺像的左旁。古人二十幾行弱冠禮，我這一套彷彿是四十歲行的不惑之禮。（豐子愷〈不惑之禮〉）

不識廬山真面目，祇緣身在此山中

原詩是描寫廬山景物，後人經常用這一句話來描述這類儘管有許多片段印象或感受，卻始終無法取得全體觀照的當局者迷之情狀。

作者與詩詞介紹

出自蘇軾〈題西林壁〉：

橫看成嶺側成峰，遠近高低總不同。不識廬山真面目，只緣身在此山中。

據蘇軾自記，這首詩是已遊歷廬山全山過半時所作。「不識廬山真面目，祇緣身在此山中」，通常就被視為是他在沉澱了廬山種種印象之後，所作的一種總結性的領悟。

名家例句

但是坐過飛機的人覺得也不過如此，雲海飄飄拂拂的瀰漫了上下四方，的確奇。可是高山上就可以看見；那可以是雲海外看雲海，似乎比飛機上雲海中看雲海還清切些。蘇東坡說得好：「不識廬山真面目，祇緣身在此山中。」飛機上看雲，有時卻祇像一堆堆破碎的石頭，雖也算得天上人間，可是我們還是願看流雲和停雲，不願看那死雲，那荒原上的亂石堆。至於錦繡平鋪，大概是有的。（朱自清〈重慶遊記〉）

2 浮生若夢

六朝如夢鳥空啼

歷經唐末衰亂，五代詩詞常承繼晚唐詠古詩風，特別是六朝興亡的感慨，往往反映了晚唐詩人對於時勢的蒼涼預感，以及由這預感一直延續到五代親臨衰亂的繁華夢幻之嘆息。韋莊雖以詞作著稱於後世，然而他最初便是以一首描寫唐末離亂之苦的〈秦婦吟〉名動公卿，是這類寫作中的佼佼者，而這首〈臺城〉也是這一類，藉六朝興亡寄寓山河之感的詩作。

作者與詩詞介紹

出自韋莊〈臺城〉：

江雨霏霏江草齊，六朝如夢鳥空啼。無情最是臺城柳，依舊煙籠十里堤。

韋莊詩歌以〈秦婦吟〉聞名於當世，然而他更重要的是在詞壇的代表地位，韋莊詞作，與溫飛卿並為晚唐五代詞的代表人物，一清俊，一深美，開出後世詞之豪放派與婉約派兩大風格。

名家例句

因為我確信夢中也有夢中的「世間法」，應該和在現世一樣地恪守，不然我在夢中就要夢魂不安。可知人在夢中都是把夢當作現世一樣看待的。反過來也說得通：人在現世常把現世當作夢一樣看後，所以有「浮生若夢」的老話。讀到「六朝如夢鳥空啼」，「十年一覺揚州夢」等句，回想自己所遇逢的衰榮興廢，離合悲歡，真覺得同做夢一樣，凡人的生涯都原是夢，豈讀神女而已哉。（豐子愷〈夢耶真耶〉）

十年一覺揚州夢

這是晚唐詩人杜牧對於自己年少輕狂的自況，後來也常被引用來形容過去曾經耽迷於某些事況，而今回首，前塵若夢的感受。

出自杜牧〈遣懷〉：

落魄江湖載酒行，楚腰纖細掌中輕。十年一覺揚州夢，贏得青樓薄倖名。

名家例句

妓女是以叫許多中國男子嘗嘗羅曼斯的戀愛的滋味；而中國妻子則使丈夫享受比較入世的近乎實際生活的愛情。有時這種戀愛環境真是撲朔迷離。至如杜牧，經過十年的放浪生活，一旦清醒，始歸與妻室重敘。所謂「十年一覺揚州夢，贏得青樓薄倖名」也。有的時候，也有妓女而守節操者，像杜十娘。另一方面，妓女實又繼承著音樂的傳統，沒有妓女，音樂在中國恐怕至今已銷聲匿跡了。妓女比之家庭婦女則反覺得所受教育為高，她們較能獨立生活，更較為熟悉於男子社會。其實在古代中國社會中，她們才可算是唯一的自由女性。（林語堂〈妓女與妾〉）

夢裡不知身是客，一晌貪歡

這首詞也是李後主亡國後感人肺腑的詞作之一。這「客」字寄託很深的身不由主的抑鬱之思，在詩詞傳統中，特別在戰亂的年代裡，漢末、三國、一直到唐末五代，詩詞裡用「客」字，不只是離鄉思鄉之苦，多半都還具有相當濃厚的悲涼無奈之感。而後主此詞便是在這傳統中，極傳神地表達「客」處境之困蹙，如此愁懷，只在無知的夢中稍可暫免，而這還是「一晌貪歡」，不可多得，可見得這種「醉鄉路穩」的時刻也不多。

作者與詩詞介紹

出自李煜詞〈浪淘沙〉：

簾外雨潺潺。春意闌珊。羅衾不暖五更寒。夢裏不知身是客，一晌貪歡。獨自莫憑欄，無限江山。別時容易見時難。流水落花春去也，天上人間。

名家例句

這座島上的美景習慣「偷襲」，一個轉角，一個回眸，就會赫然發現一個驚豔，一句「哇——」的長長驚嘆，然後呆坐良久，如夢似幻。常常就失去了時空感，現在是何年何月呢？我又在世界的哪個角落呢？就好像偶爾睡得深熟，醒來一時竟不知身在何處似的，「夢裡不知身是客，一晌貪歡」。（苦苓《我在離離離島的日子》）

我打個呵欠。周博士微笑，「休息吧。」呵欠。從沒打過阿欠，緊繃的人是不會有這種動作的，今日居然掩著嘴打起阿欠來，可見有信心開始新生活。周博士遞上一疊毛巾，我漱洗後上床。床褥冰冷，蜷縮著入睡，雙腳一直沒有暖和。沒有一張床是熟悉的，夢裏不知身是客，一晌貪歡。搬到新家，關在屋裏，先睡上十日十夜，孵熟再說。（亦舒《沒有月亮的晚上》）

故園此去千餘里，春夢猶能夜夜歸

這也是一首客居他鄉的惆悵之作，不過主要是因懷鄉之思，是文人常見的思鄉曲。

顧況〈憶故園〉：

惆悵多山人復稀，杜鵑啼處淚霑衣。故園此去千餘里，春夢猶能夜夜歸。

顧況，字逋翁，唐代蘇州人。顧況在中唐也是聞名一時的著名詩人，不過現在大家對他最主要的印象，恐怕還是他調侃白居易「長安居，大不易」的趣聞。

名家例句

自來去國懷鄉，以及男女相戀的人，都在夢中圓滿其欲望而實行其合理的生活，有無數的詩詞可為證據。亡國的李後主「夢裡不知身是客，一晌貪歡。」離鄉的顧況說：「故園此去千餘里，春夢猶能夜夜歸。」這種夢何等痛快！元稹死了夫人之後，能「因夢送錢財」給她。「打起黃鶯兒，莫教枝上啼；啼時驚妾夢，不得到遼西。」這思婦分明是有意耽樂於夢的生活，而在那裡「尋夢」了。（豐子愷〈夢耶真耶〉）

也曾因夢送錢財

此詩原句為「尚想舊情憐婢僕，也曾因夢送錢財」，講述夫妻之間眷戀舊情，雖妻子已逝，而情未改，故愛屋及烏，連舊日婢僕都倍加惜重，又因思念甚深，以致也在夢中相會，生恐幽冥之中缺衣少食難以生活，而燒送金銀以祝禱。

出自元稹〈遣悲懷〉三首之二：

昔日戲言身後意，今朝皆到眼前來。衣裳已施行看盡，針線猶存未忍開。尚想舊情憐婢僕，也曾因夢送錢財。誠知此恨人人有，貧賤夫妻百事哀。

元稹〈遣悲懷〉三首悼亡詩，和潘岳三首悼亡詩一樣，情辭懇切，都是悼念妻子的名詩。尤其元稹此詩，描寫夫妻同甘共苦，現實生活中的困頓和親愛，細膩而寫實，因此有諸多洞達人情的佳句。

名家例句

自來去國懷鄉，以及男女相戀的人，都在夢中圓滿其欲望而實行其合理的生活，有無數的詩詞可為證據。亡國的李後主「夢裡不知身是客，一晌貪歡。」離鄉的顧況說：「故園此去千餘里，春夢猶能夜夜歸。」這種夢何等痛快！元稹死了夫人之後，能「因夢送錢財」給她。「打起黃鶯兒，莫教枝上啼；啼時驚妾夢，不得到遼西。」這思婦分明是有意耽樂於夢的生活，而在那裡「尋夢」了。（豐子愷〈夢耶真耶〉）

打起黃鶯兒，莫教枝上啼；啼時驚妾夢，不得到遼西。

這是從《詩經》以來傳統閨怨詩的典型之一，這類題材，多與夫婿從軍遠征有關，如此詩中的「遼西」，可泛指戍守遠方內心遙念的其人其地。此詩猶是承平時候之作，故瞋怨多於感慨，若是征戰頻繁的時代，閨怨詩往往又更有濃厚的哀思。

作者與詩詞介紹

金昌緒〈春怨〉：

打起黃鶯兒，莫教枝上啼；啼時驚妾夢，不得到遼西。

名家例句

除了宮怨，閨怨更是普遍，「悔教夫婿覓封侯」，少婦怨也；「商人重利輕別離」，主婦怨也；「上山採花蘼無，下山遇故夫」，棄婦怨也；「夫婿輕薄兒，新人美如玉」，大婦怨也；「波瀾誓不起，妾心古井水」，寡婦怨也；「坐愁紅顏老」，老處女怨也；「打起黃鶯兒」，征婦怨也；「誰憐越女顏如玉」，賤女怨也；「苦恨年年壓金線」，貧女怨也。（柏楊《堡壘集》）

妯娌倆不曾料到二姨娘的房裡如此簡素，幾和庵堂相近。一整座院落裡，唯有的一點奢心大約就是一隻黑枕黃鸝鳥了。金黃發亮的羽色，頭上一道黑穿過眼周，翼和尾中間也各有一條黑，就如鑲了黑緞。停著不動，忽一轉眸，啼一聲，清麗入耳，卻又讓人想起「打起黃鶯兒，莫教枝上啼；啼時驚妾夢，不得到遼西」。兩位客人心中不由悽然。（王安憶《天香》）

重門不鎖相思夢，隨意繞天涯

詞從晚唐五代興起後，即帶有濃厚的言情傳統，故於「相思」一題，也是詞所擅勝場。醉夢、閒愁、落花、飛絮，都是這個傳統下說相思道相思的常見語境。在此詞句謂相思之夢已翩翻重門，飄飛追隨於天涯夢中人。

作者與詩詞介紹

宋．趙令畤〈烏夜啼〉：

樓上縈簾弱絮，牆頭礙月低花。年年春事關心事，腸斷欲棲鴉。舞鏡鸞衾翠減，啼珠鳳蠟紅斜。重門不鎖相思夢，隨意繞天涯。

名家例句

宋人詞句云：「重門不鎖相思夢，隨意繞天涯。」而張泌寄所戀的女子：「別夢依依到謝家，小廊迴合曲闌斜。」……杜甫夢見李白時，「魂來楓林青，魂返關山黑。」連背景都看得十分清楚。可見夢的生活的快適真足令人耽樂，一方面能奇蹟地浪漫，一方面又能逼真地寫實。（豐子愷〈夢耶真耶〉）

別夢依依到謝家

唐詩裡常見「謝娘」一詞，多代稱詩人情有所繫之才女（在傳統詩詞的風月傳統中，「謝娘」多指歌妓）。在此之「別夢依依到謝家」，猶如溫庭筠之「惆悵謝家池閣」（〈更漏子〉），有不盡的繾綣留戀之意。

作者與詩詞介紹

出自張泌〈寄人〉：

別夢依依到謝家，小廊迴合曲闌斜。多情只有春庭月，猶為離人照落花。酷憐風月為多情，還到春時別恨生。倚柱尋思倍惆悵，一場春夢不分明。

名家例句

宋人詞句云：「重門不鎖相思夢，隨意繞天涯。」而張泌寄所戀的女子：「別夢依依到謝家，小廊迴合曲闌斜。」……杜甫夢見李白時，「魂來楓林青，魂返關山黑。」連背景都看得十分清楚。可見夢的生活的快適真足令人耽樂，一方面能奇蹟地浪漫，一方面又能逼真地寫實。（豐子愷〈夢耶真耶〉）

魂來楓葉青，魂返關塞黑

李白因參與叛變事件遭到放逐，流放到夜郎這等南方蠻荒之地，消息懸絕，生死難測。深情的老朋友杜甫過於思念以致見故人入夢，夢中情景宛然如真，喻示想念之殷切，「楓葉青」與「關塞黑」，很生動地寫出了夢境的神祕蕭索，正反映了他掛念不下老友的心思。

出自杜甫〈夢李白〉：

死別已吞聲，生別常惻惻。江南瘴癘地，逐客無消息。故人入我夢，明我長相憶。恐非平生魂，路遠不可測。魂來楓葉青，魂返關塞黑。君今在羅網，何以有羽翼。落月滿屋梁，猶疑照顏色。水深波浪闊，無使蛟龍得。

名家例句

宋人詞句云：「重門不鎖相思夢，隨意繞天涯。」而張泌寄所戀的女子：「別夢依依到謝家，」能仔細地看到「小廊迴合曲闌斜。」……杜甫夢見李白時，「魂來楓林青，魂返關山黑。」連背景都看得十分清楚。可見夢的生活的快適真足令人耽樂，一方面能奇蹟地浪漫，一方面又能逼真地寫實。（豐子愷〈夢耶真耶〉）

維熊維羆，男子之祥；維虺維蛇，女子之祥

古人相信占夢可知未來，夢見熊羆或蛇虺，皆是吉兆，熊羆乃生男之兆，蛇虺乃生女之兆。

作者與詩詞介紹

出自《詩經．小雅．鴻雁之什．斯干》：

秩秩斯干，幽幽南山。如竹苞矣，如松茂矣。兄及弟矣，式相好矣，無相猶矣。似續妣祖，築室百堵，西南其戶，爰居爰處，爰笑爰語。約之閣閣，椓之橐橐。風雨攸除，鳥鼠攸去，君子攸芋。如跂斯翼，如矢斯棘，如鳥斯革，如翬斯飛，君子攸躋。殖殖其庭，有覺其楹。噲噲其正，噦噦其冥，君子攸寧。下莞上簟，乃安斯寢。乃寢乃興，乃占我夢。吉夢維何？維熊維羆，維虺維蛇。大人占之，維熊維羆，男子之祥；維虺維蛇，女子之祥。乃生男子，載寢之床，載衣之裳，載弄之璋。其泣喤喤，朱芾斯皇，室家君王。乃生女子，載寢之地，載衣之裼，載弄

之瓦。無非無儀，唯酒食是議，無父母詒罹。

在《詩經》這篇祝賀人新屋落成的篇章裡，充滿各種祝禱之詞，從家族和睦安樂到家人與居處的光明安寧，到子孫綿延，各成其德，無不平實地反映了當時人情的淳厚。

3 無常之感

春蠶到死絲方盡，蠟炬成灰淚始乾

李商隱以「無題」為題的許多詩歌，內容多指涉各類情事情思，卻有富含高度的藝術形象，遂開創了特別的言情抒情之一類寫作手法和題材，為後世許多詩人所效習。這一聯詩句為其中最膾炙人口的詩句之一，表達了情感世界裡的深情執著。

出自李商隱〈無題〉：

相見時難別亦難，東風無力百花殘。春蠶到死絲方盡，蠟炬成灰淚始乾。曉鏡但愁雲鬢改，夜吟應覺月光寒。蓬山此去無多路，青鳥殷勤為探看。

名家例句

至於占夢之術，像小雅所謂「維熊維羆，男子之祥；維虺維蛇，女子之祥，」則過於切實而近於神祕，不是我所能理解的了。（豐子愷〈夢耶真耶〉）

燈下，我推開算術演草簿，提起筆來在一張廢紙上信手塗寫日間所諳誦的詩句：「春蠶到死絲方盡，蠟炬成灰……」沒有寫完，就拿向燈火上，燒著了紙的一角。我眼看見火勢孜孜地蔓延過來，心中又忙著和個個字道別。完全變成了灰燼之後，我眼前忽然分明現出那張字紙的完全的原形；俯視地上的灰燼，又感到了暗淡的悲哀……（豐子愷〈大賬簿〉）

小院無人夜，煙斜月轉明。消宵易惆悵，不必有離情

此詩寫深夜小院清寂的幽趣，這種淡淡的愁緒，不盡然如別情離緒有所謂而感發，卻另有一番可堪玩味的思致。

出自唐彥謙〈小院〉：

小院無人夜，煙斜月轉明。消宵易惆悵，不必有離情。

唐彥謙是晚唐詩人，善於描寫細微精巧的景物或情態，這也是晚唐一代風尚，晚唐詩人由此發展出許多更工巧的文字和對偶的講求，甚至影響到宋初詩壇。唐彥謙的作品，就是北宋初年詩話常常討論的對象之一。這首〈小院〉一詩，從題材到詩境，都反映了當時這類詩歌對於幽情微緒細膩的體會。

名家例句

夜的黑暗能把外物的誘惑遮住，使人專心於內省。耽於內省的人，往往慨念無常，心生悲感。更怎禁一個神秘幽玄的月亮的挑撥呢？故月明人靜之夜，只要是敏感者，即使其生活毫無憂患而十分幸福，也會興起惆悵。正如唐人詩所云：「小院無人夜，煙斜月轉明。消宵易惆悵，不必有離情。」與萬古常新的不朽的日月相比較，下界一切生滅，在敏感者的眼中都是可悲哀的狀態。何況日月也不見得是不朽的東西呢？（豐子愷〈無常之慟〉）

故國不堪回首月明中

講的是「故國不堪回首」，卻用了「月明」，用了歲歲年年都相似的良辰美景來對比，更顯得國破家亡之後那愁懷永如江水不止息。

作者與詩詞介紹

出自南唐李煜〈虞美人〉詞：

春花秋月何時了。往事知多少。小樓昨夜又東風。故國不堪回首月明中。雕欄玉砌應猶在。只是朱顏改。問君都有幾多愁。恰似一江春水向東流。

名家例句

人類的理想中，不幸而有了「永遠」這個幻象，因此在人生中平添了無窮的感慨。所謂「往事不堪回首」的一種情懷，在詩人——尤其是中國古代詩人——的筆上隨時隨處地流露著。

（豐子愷〈無常之慟〉）

當他深深懷戀那草長鶯飛的江南美景時，就寫出了「故國不堪回首月明中」的句子，全不考慮會不會引起別人的懷疑與反感。他長期保持自己的天真與單純，全不考慮人間的險惡與複雜。正因為如此，他的作品才會越寫越好，成為神品。（史式《皇帝是個什麼東西》）

笙歌歸院落，燈火下樓臺

宴席結束後，絲竹的餘音似乎仍然迴盪在院落之中，僕人們舉著燈火，送賓客步下樓台。描寫熱鬧歡笑之後，氣氛逐漸歸於清寂。

作者與詩詞介紹

出自白居易〈宴散〉：

小宴追涼散，平橋步月回。笙歌歸院落，燈火下樓臺。殘暑蟬催盡，新秋雁帶來。將何迎睡興，臨臥舉殘杯。

白居易的詩作一向平易近人，遣句用詞明白曉暢，甚至在題材和文字上往往不避俚俗，廣泛地描寫日常生活情狀和細節。這首詩歌便是描述一次在喧鬧的宴席之後，徒步而歸的情景。在歡笑熱鬧之後，歸於清寂，個人細細感受著「殘暑」、「新秋」種種「涼散」的情味。這一聯名句，是這首詩情境和心境戲劇性轉換的關鍵，以「動／靜」、「明／暗」、「前／後」流暢而漂亮的對照和轉折，產生了兩種畫面間距離感、時間感（前後一瞬間）令人悵然的落差，而增添了這種「涼散」特殊的況味。在這風味獨特的情態和氣氛下，使得這首律詩以下的四句，雖然不出一般詩歌常見的景物和用語，卻倍含一種含蓄卻點滴在心頭的秋意。這也是白居易能夠以流暢的敘事能力，娓娓述寫日常平凡經驗的獨特魅力。

名家例句

會朽的人，對於眼前的衰榮興廢豈能漠然無所感動？「笙歌歸院落，燈火下樓台」。這一點小暫的衰歇之象，已足使履霜堅冰的敏感者興起無窮之慨，已足使頓悟的智慧者痛悟無常呢！（豐子愷〈無常之慟〉）

唐朝人早就知道，窮措大想做富貴詩，多用些「金」、「玉」、「錦」、「綺」字面，自以為豪華，而不知適見其寒蠢。真會寫富貴景象的，有道：「笙歌歸院落，燈火下樓台」，全不用那些字。「打，打」，「殺，殺」，聽去誠然是英勇的，但不過是一面鼓。即使是鼙鼓，倘若前面無敵軍，後面無我軍，終於不過是一面鼓而已。我以為根本問題是在作者可是一個「革命人」，倘是的，則無論寫的是什麼事件，用的是什麼材料，即都是「革命文學」。從噴泉裡出來的都是水，從血管裡出來的都是血。「賦得革命，五言八韻」，是只能騙騙盲試官的。（魯迅〈革命文學〉）

團扇棄捐

這首東漢才女班婕妤所作的〈怨歌行〉，據傳是漢成帝時候班婕妤，因趙飛燕所讒，幽居長信宮而感嘆身世所作。詩中以團扇到了秋日便遭棄置不顧為喻，感嘆後宮失寵的幽怨。到後來經常為人用來比喻，文人在傳統仕宦經歷中「不才明主棄」的遭遇。

作者與詩詞介紹

據說是出自東漢班倢伃〈怨歌行〉：

新裂齊紈素，皎潔如霜雪。裁作合歡扇，團圓似明月。出入君懷袖，動搖微風發。常恐秋節至，涼意奪炎熱。棄捐篋笥中，恩情中道絕。

班婕妤，東漢成帝時候人，據稱是因趙飛燕所讒陷而失寵，遂做此詩。詩歌緣由已不可確證，但由歷來文人的引用，可知在傳統社會體制中，懷才不遇難遇明主的自傷與悲情。

名家例句

怨又自笑：「夏日可畏，冬日又愛。」以及「團扇棄捐」，乃古之名言，夫人皆知，又何足喫驚？於是我的理智屈服了。但是我的感覺仍不屈服，覺得當此炎涼遞變的交代期上，自有一種異樣的感覺，足以使我喫驚。（豐子愷〈初冬浴日漫感〉）

4 人生領悟

碌碌群漢子，萬事由天公

這是詩僧寒山曉諭世人凡事安於所遇無所爭的道理，已開後世醒世詩的風氣。

作者與詩詞介紹

出自《全唐詩》：

二儀既開闢，人乃居其中。迷汝即吐霧，醒汝即吹風。惜汝即富貴，奪汝即貧窮。碌碌群漢子，萬事由天公。

寒山，拾得，都是唐代有名的詩僧，他們的詩歌都以「醒世」意味甚於詩意著稱，是以僧人情味入詩的代表，雖常為文人談禪論詩時提及，但跟詩人所作蘊含禪思禪味的詩歌依然相異其趣。

寒山子詩云：「碌碌群漢子，萬事由天公。」人生的最高境界，只有宗教。所以我的逃難，與其說是「藝術的」，不如說

苦恨年年壓金線，為他人作嫁衣裳

在《全唐詩》裡留存的秦韜玉詩作，有許多「借物言情」或「借事言情」之作，這首〈貧女〉是其中之一，也是大家能夠琅琅上口的一首。那耗盡心血在針線女紅上年年逝去的青春，卻原是為他人而賣力，秦韜玉所擬出的「為人作嫁」的比喻，精確地道中此種無奈的心情。

出自秦韜玉〈貧女〉：

蓬門未識綺羅香，擬託良媒益自傷。誰愛風流高格調，共憐

風乍起。吹縐一池春水

這本是描述春日閒情的名句，由於南唐中主李璟的揄揚，「吹縐一池春水」遂成為一句戲謔而活潑的用語。

是「宗教的」。人的一切生活，都可說是「宗教的」。（豐子愷〈藝術的逃難〉）

時世儉梳妝。敢將十指誇纖巧，不把雙眉鬥畫長。苦恨年年壓金線，為他人作嫁衣裳。

我們的演劇的本能是根深蒂固的，所以我們常常忘記我們在離開舞台的時候，還有真正的生活可以度過。於是我們一生勞勞苦苦的工作著，不是依我們的真本能為自己而生活著，而是為社會人士的稱許而生活著，如中國俗語所說的那樣，像老處女「為他人作嫁衣裳」。（林語堂〈人生的盛宴〉）

出自馮延巳詞〈謁金門〉：

風乍起。吹縐一池春水。閑引鴛鴦香徑裏。手挼紅杏蕊。鬥鴨闌干獨倚。碧玉搔頭斜墜。終日望君君不至。舉頭聞鵲喜。

生於唐昭宗天復三年，卒於宋太祖建隆元年，官至宰相，事後主李煜的老師。馮延巳詞清新深俊，擅長寫別離的情緒，以景寫情的手法影響李煜，延伸改變了北宋以來的詞風，在詞壇上的評價可與南唐二主比肩。

名家例句

我單覺得清談也正是一種「生活之藝術」，祇要有節制。有的如針尖的微觸，有的如剪刀的一斷；恰像吹皺一池春水，你的心便會這般這般了。（朱自清〈海闊天空與古今中外〉）

想得故園今夜月，幾人相憶在江樓

古典詩詞中，有一些時節和物類特別容易產生聯想，比如秋風蕭瑟天氣涼的時節，除了草木凋零之外，又常與春來秋往的鴻雁產生連結。加上傳統典故裡「魚雁」與書信、與故人的聯繫，因此由南飛的雁行興起鄉國之思，也成了詩文中常見的主題。這首詩，詩題為「雁」，而結束於故園之思，是常見的典型。

作者與詩詞介紹

出自羅鄴〈雁〉二首之一（一說杜荀鶴〈新雁〉詩）：

暮天新雁起汀洲，紅蓼花開水國秋。想得故園今夜月，幾人相憶在江樓。

羅鄴，晚唐餘杭人。約唐僖宗乾符中在世。

名家例句

我從小不歡喜科學而歡喜文藝。為的是我所見的科學書，所談的大都是科學的枝末問題，離人生根本很遠，而我所見的文藝書，即使最普通的《唐詩三百首》、《白香詞譜》等，也處處含有接觸人生根本而耐人回味的字句。例如我讀了「想得故園今夜月，幾人相憶在江樓」，便會設身處地地做了思念故園的人，或江樓相憶者之一人，而無端地興起離愁。又如讀了「流光容易把人拋，紅了櫻桃，綠了芭蕉」，便會想起過去的許多的春花秋月，而無端地興起惆悵。（豐子愷〈談自己的畫〉）

流光容易把人拋。紅了櫻桃。綠了芭蕉

歲月流轉，又到了季節轉換的時候，櫻桃紅，芭蕉綠，應是暮春已盡，初夏將至了。

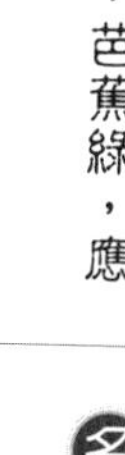

作者與詩詞介紹

蔣捷〈一翦梅〉（舟過吳江）：

一片春愁待酒澆。江上舟搖。樓上帘招。秋娘度與泰娘嬌。風又飄飄。雨又蕭蕭。何日歸家洗客袍。銀字笙調。心字香燒。流光容易把人拋。紅了櫻桃。綠了芭蕉。

名家例句

秦少游的「鶯嘴啄花紅溜，燕尾點波綠縐」也把顏色驅趕成一群聽話的上駟，前句由於鶯的多事，造成了由高枝垂直到地面的用花瓣點成的虛線，後句則緣於燕的無心，把一面池塘點化成回紋千度的綠色大唱片。另外有位無名詞人的「萬樹綠你迷，一庭紅撲簌」也令人目迷不暇。「知否知否，應是綠肥紅瘦」這李清照句中的顏色自己也幾乎成了美人，可以在纖穠之間各如其度。蔣捷有句謂「紅了櫻桃，綠了芭蕉」，其中的紅綠兩字不單成了動詞，而且簡直還是進行式的，櫻桃一點點加深，芭蕉一層層轉碧，真是說不完的風情。（張曉風〈色識〉）

議論篇》二、論生活

1 生活態度

忍過事堪喜

年紀大了以後，感覺到世事在經歷過一番忍耐的境界之後便別有不同，好似在度過憂愁之後得來的順遂並非平白，更勝於無所事事的平順。

作者與詩詞介紹

出自杜牧〈遣興〉：

鏡弄白髭鬚，如何作老夫。浮生長勿勿，兒小且嗚嗚。忍過事堪喜，泰來憂勝無。治平心徑熟，不遺有窮途。

杜牧是晚唐時期的詩人，因入仕為官，目睹兩黨政爭、宦官專權、藩鎮割據等問題，國家內憂外患不斷，然而因因為他身處牛李惡鬥之中，雖然想要一展抱負，卻經常遭到雙方排擠，難以施展。杜牧的詩文風格豪邁，淺詞用字不求豔麗，吸取古人詩文的優點，加以融化為己用，因此行程豪邁俊爽的風貌。杜牧的詩文與李商隱齊名，後人經常把兩人的作品與杜甫和李白相提並論，故有「小李杜」的稱號。

杜牧的詩以七言和七律成就最高，特色是言簡意豐，也是第一位以七絕形式書寫詠史詩的創作詩人，直接以議論手法評斷史事，寓人物褒貶於其中，影響了宋代以議論入詩的風氣。

名家例句

去年在日本片瀨地方花了二十錢燒了一只花瓶，用藍筆題字曰：「忍過事堪喜。甲戌八月十日十江之島，書杜牧之句制此。」瓶底畫一長方印，文曰，「苦茶庵自用品」。這個花瓶現在就擱在書房的南窗下。我為什麼愛這一句詩呢？人家的事情不能知道，自己的總該明白吧。自知不是容易事，但也還想努力。我不是尊奉它作格言，我是賞識它的境界。這有如吃苦茶。苦茶並不是好吃的，平常的茶小孩也要到十幾歲才肯喝，咽一口釅茶覺得爽快，這是大人的可憐處，人生的「苦甜」，如古希臘女詩人之稱戀愛，《詩》云，誰謂茶苦，其甘如薺。（周作人《苦茶隨筆》）

種蘭不種艾，蘭生艾亦生

這首〈問友〉詩，是白居易處世閱世看到的事物的兩面性。當然，如果我們從詩歌傳統以及白居易本人也提倡過的諷諭作用來看的話，這也是他對自己身處其間同時也曾遭小人構陷之害的中唐政局的一番諷諭。然而，在白居易的筆下，這種諷諭，也還是溫厚而平和的。例句中，豐子愷所謂「移蘭」之策，便是借用白居易詩中對於現實的兩面性的觀照，比喻他在戰時離開浙江家鄉到四川避難的決定，就如同白居易詩中「蘭生艾亦生」的現實難題。

作者與詩詞介紹

出自白居易〈問友〉詩：

種蘭不種艾，蘭生艾亦生。根荄相交長，莖葉相附榮。香莖與臭葉，日夜俱長大。鋤艾恐傷蘭，溉蘭恐滋艾。蘭亦未能溉，艾亦未能除。沉吟意不決，問君合如何？

白居易字「樂天」，他的確也不負這稱號，蘇軾就一直很欣賞白居易性情的達觀知命。前文提到，白居易在敘寫日常生活經驗時，能以明白曉暢的詩句，達到平實而動人的成就。這除了他娓娓道來，流暢而情感綿密的敘事能力外，也出自他觀看世事時，因為個性通達而能夠從容看待事理的眼光。

名家例句

我想起了白居易的《問友》詩：「種蘭不種艾，蘭生艾亦生。根荄相交長，莖葉相附榮。香莖與臭葉，日夜俱長大。鋤艾恐傷蘭，溉蘭恐滋艾。蘭亦未能溉，艾亦未能除。沉吟意不決，問君合如何？」剷除暴徒，以雪百年來浸潤之恥，誰曰不願，糜爛土地，荼毒生靈，去父母之邦，豈人之所樂哉？因此沉吟意不決者累日。終於在方寸中決定了「移蘭」之策。（豐子愷〈辭緣緣堂〉）

瓶花帖妥爐香定，覓我童心廿六年

午夢醒來，瓶花和爐香靜定的意象，與因夢無端的潸然清淚，交織成不知是禪境還是思念舊事的朦朧情懷，教人回憶起自幼以來自己總是敏感又奇特的性情。而從那樣的「童心」以來，如今已經有二十六年了。而例句中豐子愷引用此詩，比喻音樂如何長年內化於兒童的心中，也極為貼切而獨特。

作者與詩詞介紹

出自龔定庵〈午夢初覺悵然詩成〉：

不似懷人不似禪，夢回清淚一潸然。瓶花帖妥爐香定，覓我童心廿六年。

龔定庵的詩文向來有雄奇超絕之稱，稟賦奇、見地奇、性情與遭遇亦相當奇特，在時代風氣和個人性格交激下，思想和表現風貌，都有獨出心裁，截然超脫於傳統詩歌之處。這首「午夢初覺悵然詩成」，就迥異於其他詩人往往充滿閑適、感傷、和淡淡閒愁的「午夢」。龔定庵對自己性情和感知的「奇」頗有自覺，自幼以來，無論是聽到賣糖人的簫聲而無端悵惘，惚若病，或是孺慕慈母燈前口授詩句的誦讀聲，都令他念念不忘。此處的「童心」，正源自他自幼性情性靈與眾不同的敏慧。

名家例句

每一曲歌，都能喚起我兒時的某一種心情。記述起來，不勝其煩。詩人云：「瓶花妥貼爐煙定，覓我童心二十年。」我不需瓶花爐煙，只消把兒時所唱的許多歌溫習一遍，二十五年前的童心可以全部覓得回來了。

這恐怕不是我一人的特殊情形。因為講起此事，每每有人真心地表示同感。兒時的同學們同感尤深，有的聽我唱某曲歌，能歷歷地說出當時唱歌教室裡的情況來，使滿座的人神往於美麗的憧憬中。（豐子愷〈兒童與音樂〉）

誰謂荼苦？其甘如薺

大家都說「荼」這種野菜是很苦的，然而，比之此刻心中的愁苦，那味覺上的「荼」苦，可比得上「薺」菜的甘甜了。

作者與詩詞介紹

出自《詩經．邶風．谷風》：

習習谷風，以陰以雨，黽勉同心，不宜有怒。采葑采菲，無以下體？德音莫違，及爾同死。行道遲遲，中心有違，不遠伊邇，薄送我畿。誰謂荼苦？其甘如薺；宴爾新昏，如兄如弟。涇以渭濁，湜湜其沚。宴爾新昏，不我屑以。毋逝我梁，毋發我笱。我躬不閱，遑恤我後！就其深矣，方之舟之；就其淺矣，泳之游之。何有何亡？黽勉求之。凡民有喪，匍匐求之。不我能慉，反以我為讎。既阻我德，賈用不售。昔育恐育鞫，及爾顛覆。既生既育，比予于毒。我有旨蓄，亦以禦冬，宴爾新昏，以我御窮。有洸有潰，既詒我肄。不念昔者，伊余來塈。

推想到世間大小、高低、長短、厚薄、廣狹、肥瘦，以致貧富、貴賤、苦樂、勞逸、美醜、賢愚，都不是絕對的，都是由「比較」而來的。而且「比較」之力偉大得極，一切人生的不滿足也都是由於比較而生。……「誰謂茶苦」，在「比較」之下，「其甘如薺」，反轉來說，「誰謂薺甘」，在「比較」之下，「其苦如荼」。人的生活，有了「等差」，便有「比較」，有了「比較」，便有「苦樂」，有了「苦樂」，便有「問題」。（豐子愷〈比較〉）

杭天醉在門口張羅著掛副對聯。開張誌喜，本來是要放爆竹的。因為今日喝講茶，是嚴峻的大事件，免了。但對聯是一定要掛的，昨日挑來挑去，費了一天的心思，到晚上也沒定好，挑了幾副，正在琢磨。有一副叫「為名忙，為利忙，忙裡偷閒，且喝幾杯茶去；勞心苦，勞力苦，苦中作樂，再倒一碗酒來。」俗了一點，但還實在。那另一副「詩寫梅花月，茶煎穀雨春」，雖好，卻是從龍井借得來的，不妥，不妥。左思右想著，沈綠愛過來了，說：「費那心思幹什麼，能比過《詩經》去嗎？不如就用誰謂茶苦，其甘如薺得了。」（王旭峰《南方有嘉木》）

雖未量歲功，即事多所欣

春天裡農事方興，處處是新生的綠苗，滿滿的生機，雖然尚未能估量這一年的收成將如何，然而眼前所見皆是令人欣悅的新氣象。

作者與詩詞介紹

陶淵明〈癸卯歲始春懷古田舍〉：

先師有遺訓，憂道不憂貧。瞻望邈難逮，轉欲志長勤。秉耒歡時務，解顏勸農人。平疇交遠風，良苗亦懷新。雖未量歲功，即事多所欣。耕種有時息，行者無門津。日入相與歸，壺漿勞近鄰。長吟掩柴門，聊為隴畝民。

名家例句

在不妨礙實際生活的範圍內，能酌取藝術的非功利的心情來對付人世之事，可使人的生活溫暖而豐富起來，人的生命高貴而光明起來。所以說，遠功利，是藝術修養的一大效果。……陶淵明《躬耕》詩有句云：「雖未量歲功，即事多所欣」，便是在功利的工作中酌用非功利的態度的一例。（豐子愷〈藝術的效果〉）

2 生活餘暇

獨釣寒江雪

柳宗元因為政治因素，被貶謫於南方瘴癘之地，也留下許多「長歌之哀過乎慟哭」的詩文，這些充滿山水情味的詩歌和遊記，在澹遠閑雅的風格下，寄寓了他沉鬱幽深的心境。這首〈江雪〉，正是以荒寒之境，託寓其身心「千萬孤獨」的一首經典詩篇。

作者與詩詞介紹

出自柳宗元〈江雪〉：

千山鳥飛絕，萬徑人蹤滅。孤舟蓑笠翁，獨釣寒江雪。

柳宗元是中唐著名詩人和文學家，與韓愈共同提倡「古文運

無花無酒過清明

清明是前人重要的節日，清明時節，春暖花開，也是紅男綠女踏青出遊的時候。古人詩歌或小說中常有這類親友相聚宴遊的描述。因此在這裡，詩人講「無花無酒過清明」，便格外襯托出蕭然寂寥的情調。

動」，影響中唐之後直到宋代整個人文氛圍，文壇地位與韓愈齊名，世稱「韓柳」，同列「古文八大家」之一。

名家例句

後來我長大了，赴他鄉入學，不復有釣魚的工夫。但在書中常常讀到讚詠釣魚的文句，例如什麼「獨釣寒江雪」，什麼「漁樵度此身」，才知道釣魚原來是很風雅的事。後來又曉得有所謂「游釣之地」的美名稱，是形容人的故鄉的。我大受其煽惑，為之大發牢騷我想釣魚確是雅的，我的故鄉，確是我的游釣之地，確是可懷的故鄉。（豐子愷〈憶兒時〉）

作者與詩詞介紹

王禹偁〈清明感事〉，三首之一：

無花無酒過清明，興味蕭然似野僧。昨夜鄰家乞新火，曉窗分與讀書燈。

王禹偁，字元之，北宋濟州鉅野（今山東巨野）人。詩文有

白居易清新暢達的風貌，是北宋初年詩文革新的名家之一。

名家例句

戒酒後另添了種生活興味，就是持戒的興味。喝在未戒酒時，白天若得兩頓酒，晚上便會歡喜滿足地就寢；在戒酒之後白天若得持兩會戒，晚上也會歡喜滿足地就寢。性質不同，其為興味則一。但不久我的戒酒就同除葷一樣地若無其事。我對於「綠蟻新醅酒，紅泥小火爐。晚來天欲雪，能飲一杯無？」一類的詩忽然失卻了切身的興味。但在另一類的詩中也獲得了另一種切身的興味。這種興味若何？一言難盡，大約是「無花無酒過清明」的野僧的蕭然的興味罷。（豐子愷〈素食之後〉）

野航恰受兩三人

這是在抒寫田園自然風光時，在「平澹」的表象後，不同的意趣。

作者與詩詞介紹

出自杜甫〈南鄰〉詩：

錦里先生烏角巾，園收芋栗不全貧。慣看門戶兒童喜，得食階除鳥雀馴。秋水纔深四五尺，野航恰受兩三人。白沙翠竹江村暮，相對柴門月色新。

一如我們對詩聖杜甫「冠蓋滿京華，斯人獨憔悴」的印象，杜甫在詩歌中從不吝於描寫貧病，而當我們仔細欣賞他的詩歌時，會發現他的田園之「樂」，往往是從一種否泰相對的心態轉折之後得來，這是杜詩比較深曲而非悠閒曠達的特殊趣味。如這聯「秋水纔深四五尺，野航恰受兩三人」，便是在悠閒的風貌下，別有一種「點滴在心頭」的意蘊。

名家例句

此情此景，現在回想了不但可以神往，還可以憑著追憶而寫幾幅畫，吟幾首詩呢。因為那種船的座位好，坐船人的姿勢也好；搖船人寫意，坐船人更加寫意；隨時隨地可以吟詩入畫。「野航恰受兩三人」。「恰受」兩字的狀態，在這種船上最充分地表現著。（豐子愷〈西湖船〉）

時人不識余心樂，將謂偷閒學少年

理學家多不喜描寫風花雪月的詩詞，比較嚴肅的程頤（程顥之弟）甚至還說過：「這等閒言語，道他做甚？」不過當他們偶爾作起小詩，把理性之學化成詩趣時，也有一些出色的作品，程顥這首〈春日偶成〉是其中之一，抒寫理學家發自內心，欣賞生活點點滴滴的趣味。

作者與詩詞介紹

出自程顥〈春日偶成〉：

雲淡風輕近午天，傍花隨柳過前川。時人不識余心樂，將謂偷閒學少年。

程顥，字伯淳，北宋洛城伊川人，生於宋仁宗明道元年，卒於宋神宗元豐八年。程顥是北宋著名的理學家，與其弟程頤並稱「二程」。本詩如朱熹的〈觀書有感〉：「半畝方塘一鑑開，天光雲影共徘徊，問渠哪得清如許，為有源頭活水來。」皆是理學家筆下膾炙人口的詩歌。

名家例句

我的書架上陳列了許多靜物莫特爾。有憑，有甕，有碗，有盆，有盤，有缽，有玩具，有花草，在別人看來大都不值一文，在我看來個個有靈魂似的。我時時拿它們出來經營布置。左眺右望，遠觀近察。別人笑我，真是「時人不識余心樂」啊！（豐子愷〈寫生世界〉）

鴛鴦想了想道：「如今姨太太有了年紀，不肯費心，倒不如拿出令盆骰子來，大家擲個曲牌名兒賭輸贏酒罷。」賈母道：「這也使得。」便命人取骰盆放在桌上。鴛鴦說：「如今用四個骰子擲去，擲不出名兒來的罰一杯，擲出名兒來，每人喝酒的杯數兒擲出來再定。」眾人聽了道：「這是容易的，我們都隨著。」鴛鴦便打點兒。眾人叫鴛鴦喝了一杯，就在他身上數起，恰是薛姨媽先擲。薛姨媽便擲了一下，卻是四個么。鴛鴦道：「這是有名的，叫做『商山四皓』。有年紀的喝一杯。」於是賈母、李嬸娘、邢王二夫人都該喝。賈母舉酒要喝，鴛鴦道：「這是姨太太擲的，還該姨太太說個曲牌名兒，下家兒接一句《千家詩》。說不出的罰一杯。」薛姨媽道：「你又來算計我了，我那裏說得上來。」

賈母道：「不說到底寂寞，還是說一句的好。下家兒就是我了，若說不出來，我陪姨太太喝一鍾就是了。」薛姨媽便道：「我說個『臨老入花叢』。」賈母點點頭兒道：「將謂偷閒學少年。」說完，骰盆過到李紈，便擲了兩個四兩個二。（清．曹雪芹《紅樓夢》）

江流石不轉，遺恨失吞吳

傳聞中，孔明在三峽灘頭佈設了「八陣圖」，阻擋了孫吳驍勇精銳的水師，鞏固了蜀漢能夠與二強鼎立的局勢。然而這神奇的八陣圖，三國之後，已難知究竟，望著亙古長流的湍湍江水，詩人只能為心目中的歷史英雄感嘆著形勢不由人而功業未竟的遺憾。

出自杜甫〈八陣圖〉：

功蓋三分國，名成八陣圖。江流石不轉，遺恨失吞吳。

三國人物的形象，在杜甫所處的唐代，尚未像明代之後的單一和固著，因此，諸多英雄各有多種視角的褒貶，各有多歧多樣的形象。而孔明在當時，也還未成為三國最著稱的人物。然而，鑄就了孔明獨出於其他英雄之上，成為三國最卓犖動人的形象，杜甫許多詠諸葛的詩句，可說是發揮了最大的感染力。後來小說詞曲所詠唱的「諸葛丞相」，幾乎可說是以杜甫詠孔明的詩歌形象為原型。

名家例句

棋局中無盡的紛亂，大師心中的棧道總是引導眾生體驗死生得失的答案，通幽之境遇之匪深，即之愈稀，每每重複，會心無限。但在我的沉吟中，不覺西風換世，人潮散後，中年獨對一盤殘棋，尚未憬悟的，是棋理還是人生？時下的年輕高手，一一推翻了當年的思考，譏議那些在我心中坐照入神的著法——原來「江流石不轉」只是一個浪漫的情懷。瑩圓涵幽的舊價值已然撲破，新的圍棋強調速度與力量，追求效率而非美感。故我仍癡心於那些古譜，孜孜學習早已被人揚棄的手法，對錯誤仍堅持明知故犯——因那時代淘汰的真諦，是曾落在我少年春衫上的舊香。（徐國能〈夏日清歌——何處清歌可斷腸，經年止酒膽悲涼〉）

議論篇》三、論文學藝術

1 文學評論

餘霞散成綺，澄江靜如練

薄暮時分，從京城附近的山上遠望長安，天邊的晚霞飛散如絲，俯視銀色的江面好比一疋蜿蜒廣闊的絲帛，潔白澄靜。

作者與詩詞介紹

出自謝朓〈晚登三山還望京邑〉：

灞涘望長安，河陽視京縣。白日麗飛甍，參差皆可見。餘霞散成綺，澄江靜如練。喧鳥覆春洲，雜英滿芳甸。去矣方滯淫，懷哉罷歡宴。佳期悵何許，淚下如流霰。有情知望鄉，誰能鬒不變？

謝朓，字玄暉，南朝宋陳郡陽夏（今河南太康）人。生於南朝宋孝明帝大明八年，卒於齊明帝建武元年。南朝最著名的詩人有「大謝」「小謝」，前者為眾人熟知的謝靈運，後者則為謝朓，兩人詩風對於唐朝山水自然詩歌都有很大的影響。

謝朓詩清麗俊逸，李白尤其欣賞他，「蓬萊文章建安骨，中間小謝又清發」，「解道澄江靜如練，令人常憶謝玄暉」，指的都是他。當中的「澄江靜如練」，就是出自這首〈晚登三山還望京邑〉，「餘霞散成綺，澄江靜如練」，遂成了南朝山水詩的代表名句。

名家例句

陳之藩早期的散文，比如《旅美小簡》，語言華麗多姿，而情感澎湃，沛然莫之能禦。問題思考的層次分明，表達的手法漂亮，展露出陳氏在文學創作上的才華，機鋒處處。但後期的作品，尤其是《思與花開》中的文章，一如滿天的華采隱隱收攏在浩渺的煙波之中，清光凝定的氣派，令人想起「餘霞散成綺，澄江靜如練」。（童元方〈好奇與賞美——陳之藩散文的科學心及詩情〉）

尋常一樣窗前月，才有梅花便不同

杜耒最有名的作品應是本文所引的這首〈寒夜〉詩，除了「尋常一樣窗前月，才有梅花便不同」，常為文人引用，認為頗得藝術之意。

作者與詩詞介紹

杜耒〈寒夜〉：

寒夜客來茶當酒，竹爐湯沸火初紅。尋常一樣窗前月，才有梅花便不同。

杜耒，字子野，號小山，宋代南城（今數江西）人。他另有一詩人軼事，亦為人樂道。出自《梅磵詩話》記載，杜耒向當時有名的詩人趙師秀問「句法」（宋代詩人有好談「句法」的風氣）。趙師秀給了一個可以呼應他這名句的答覆：「但能飽吃梅花數斗，胸次玲瓏，自能作詩。」

名家例句

「尋常一樣窗前月，才有梅花便不同。」不同在於何處？我們只能感到而不能說出。但僅乎像吃糖一般地感到一下子甜，而無以記錄站在窗前所切實地經驗的這微妙的心情，我們總不甘心。於是就有聰明的人出來，煞費苦心地設法表現這般心情。這等人就是藝術家，他們所作的就是藝術。（豐子愷〈從梅花說到藝術〉）

當車子路過當年我送麵的大官門前時，往事像電影一樣，一幕幕跳到我的眼前，我的情緒變得十分激動，一度想下車，再按一次門鈴。

最後回到我的舊居。站在伴我成長的故居面前，內心真是悲喜交集。

「尋常一樣窗前月，纔有梅花便不同。」我在這本書裡多次提到，要是我沒有下功夫，苦讀英文，我什麼都沒有了。（賴世雄《我把English獻給你：賴世雄的英語世界》）

古人有詩云：「有好友來如對月。」

又有古詩云：「寒夜客來茶當酒，竹爐湯沸火初紅，尋常一樣窗前月，一有梅花便不同。」古人把客人當作光明透徹的月亮，又把客人當作暗香疏影的梅花。我呢，每天幾乎都有客來，我總覺得每一位客人都是一篇文章。這文章，有抒情的也有敘事的。抒情的往往是老朋友或好朋友，在兩人獨對的時候，有時追憶往事，有時瞻望未來，總之，是「抵掌談天下事」，有時歡喜，有時憂鬱。（冰心〈話說「客來」〉）

籬角黃昏，無言自倚修竹

南宋詞人姜夔，本身妙解音律，他的詞，一向韻律諧和，格調高雅清空。這首〈疏影〉，和前一首介紹過的〈暗香〉，是學生之作。題面雖是詠物，然而「無言」隨後的一段段典故都涵蘊著淡淡思慕的幽人深致，使得無論「無言自倚修竹」的是梅花，還是暗喻與之「客裡相逢」的詩人，都使這兩闋詞超脫了一般詠物的格局，而在淡雅空靈中，情韻悠悠。而這恰正是「梅花」殊勝之處。

作者與詩詞介紹

出自姜夔〈疏影〉：

苔枝綴玉。有翠禽小小，枝上同宿。客裡相逢，籬角黃昏，無言自倚修竹。昭君不慣胡沙遠，但暗憶、江南江北。想佩環、月夜歸來，化作此花幽獨。猶記深宮舊事，那人正睡裡，飛近蛾綠。莫似春風，不管盈盈，早與安排金屋。還教一片隨波去，又卻怨、玉龍哀曲。等恁時、重覓幽香，已入小窗橫幅。

名家例句

「籬角黃昏，無言自倚修竹。」可使人想起歲寒三友圖的一部分，讀到「已入小窗橫幅」，方才活現地在眼前呈出一幅疏影夭嬌的梅花圖。然而我們在「暗香」、「疏影」中所見的梅花，都只是一種幻影，不是像看圖地實際感覺到梅花的形與色的。……繪畫與雕刻確是訴於感覺的藝術，但是文學並不訴於感覺。文學只是用一種符號（文字）來使我們想起梅花的印象。

（豐子愷〈從梅花說到藝術〉）

江畔何人初見月，江月何年初照人

這是一首「開天闢地」一般的名句。在它之前，有屈原的〈天問〉，對蒼天發出撼人心魄的千古叩問；然而，從漢末文人詩歌的傳統建立以來，雖不乏富含思古及歷史情感的抒寫，卻少有思忖人存在於自然宇宙間反思情懷的「問天」之作。而在初唐，我們見到了張若虛這首〈春江花月夜〉和陳子昂的〈登幽州臺歌〉，兩首一新氣象與眼界之作。它的發問是「開天闢地」的，它的思緒和情懷也是。

作者與詩詞介紹

張若虛〈春江花月夜〉：

春江潮水連海平，海上明月共潮生。灩灩隨波千萬里，何處春江無月明。江流宛轉繞芳甸，月照花林皆似霰。空裡流霜不覺飛，汀上白沙看不見。江天一色無纖塵，皎皎空中孤月輪。江畔何人初見月，江月何年初照人。人生代代無窮已，江月年年祗相似。不知江月待何人，但見長江送流水。白雲一片去悠悠，青楓浦上不勝愁。誰家今夜扁舟子，何處相思明月樓。可憐樓上月裴回，應照離人妝鏡臺。玉戶簾中卷不去，擣衣砧上拂還來。此時相望不相聞，願逐月華流照君。鴻雁長飛光不度，魚龍潛躍水成文。昨夜閒潭夢落花，可憐春半不還家。江水流春去欲盡，江潭落月復西斜。斜月沈沈藏海霧，碣石瀟湘無限路。不知乘月幾人歸，落月搖情滿江樹。

張若虛，初唐時揚州人，生卒年不詳。他流傳於世的作品只有《全唐詩》中的兩首詩，其中一首就是這首〈春江花月夜〉。然而這首詩被後來詩家視為唐詩中華美流麗的代表作品。

名家例句

某夜乘渡輪過海，風靜無波，只見半空懸著一個灑下銀光的月亮，不禁想起古人的佳句來：「江畔何人初見月？江月何年初照人？」對著茫茫的天宇，遂遐思不已了。（舒巷城《小點集》）

六朝舊時明月，清夜滿秦淮

這是一首帶有晚唐懷古風味的小詞。晚唐詠古或懷古的對象，主要便是「六朝」，六朝金粉所在，詠秦淮、詠鍾山，晚唐五代詩詞已不乏名作。這些晚唐以來的懷古詩，最動人的成就，便是如何描寫可感的眼前光景，而映照出思古和當下情境交融的悵惘心緒，仲殊此作，便有這樣的晚唐氣韻，不落陳窠，寫景自然而別有風情。

作者與詩詞介紹

出自仲殊〈訴衷情〉（建康）：

鍾山影裡看樓臺。江煙晚翠開。六朝舊時明月，清夜滿秦淮。寂寞處，兩湖迴。黯愁懷。汀花雨細，水樹風閒，又是秋來。

仲殊，字師利，北宋安州（今湖北安陸）人。時有文名，與蘇軾常有往來。

又如月，若用非藝術的眼光看，也只是地球的衛星，陰曆月份的標準。這便離開月的本身，轉到他的作用關係上去。藝術的想像就不然，專就月亮本身著想。故詩人說：「江畔何人初見月，江月何年初照人」「六朝舊時明月，清夜滿秦淮」這纔是為月本身寫照。這種寫法對於讀者有多麼偉大深刻的啟示。（豐子愷〈藝術的眼光〉）

惟有舊巢燕，主人貧亦歸

詩句以花開引蝶，花落蝶飛開頭，是能夠包含許多想像的首聯，它可以是時節或歲月的感慨，可以是即目即景的描寫，還可以有各種引申，讀者可以想像，如果是風格強烈的不同的詩人（如杜甫、李商隱），下兩聯會怎麼接？

在這個開放的首聯之下，于濆以年年回到舊巢的燕子作對比，「主人貧亦歸」，於是整個隱喻人事涼薄的寓意在這裡朗現出來。古典詩歌中，絕句是最簡短的四句形式，然而在這麼小的篇幅空間中，詩人透過了簡單的對照，讓意義內容有了一開一收的變化，使詩歌也能具有敘事之類的曲折，這也是字面意義之外，可以進一步賞析的趣味。

作者與詩詞介紹

于濆〈對花〉（一作武瓘詩，題云〈感事〉）：

花開蝶滿枝，花落蝶還稀。惟有舊巢燕，主人貧亦歸。

于濆，字子漪，約唐僖宗乾符初年前後在世。

名家例句

在中國畫論中，即所謂「遷想妙得」。就是把我的心移入於對象中，視對象為與我同樣的人。於是禽獸、草木、山川、自然現象，皆有情感，皆有生命。所以這看法稱為「有情化」，又稱為「活物主義」。畫家用這看法觀看世間，則其所描寫的山水花卉有生氣，有神韻。中國畫的最高境界「氣韻生動」，便是由這看法而達得的。不過畫家用形象、色彩來把形象有情化，是暗示的；即但化其神，不化其形的。故一般人不易看出。詩人用言語來把物象有情化，明顯地直說，就容易看出。例如禽獸，用日常的眼光看，只是愚蠢的動物。但用詩的眼光看，都是有理性的人。如古人詩曰：「年豐牛亦樂，隨意過前村。」又曰：「惟有舊巢燕，主人貧亦歸。」推廣一步，植物亦皆有情。故曰：「岸花飛送客，檣燕語留人。」（豐子愷〈藝術的效果〉）

岸花飛送客，檣燕語留人

在可以用白話譯解的「翻譯」外，詩歌形式上有許多值得玩味的地方。

其中之一是語法。杜甫所以為詩中聖手，在於他在許多面向上，都開創或拓展出精采的成就，語法，就是他常令詩評家讚嘆不置的一項標竿。杜詩中有許多令人意想不到，或看似平常、細思才發現其超乎尋常的奇特語句。

這種奇特新穎，有時是「詭論」式的看似不合邏輯卻很有道理的「奇趣」，這是蘇軾最擅長的；有時則是語法上「居然能這樣用」的一新耳目之感，杜甫開拓極多。讀者可以細細品味這聯「岸花飛送客，檣燕語留人」，意思雖平常，但經過這樣的語法一表現，語言的精緻運用，更巧妙地點醒了相銜接的下一聯「賈傅才未有，褚公書絕倫」，這是杜詩所示範的語言的「活」。

作者與詩詞介紹

出自杜甫〈發潭州〉：

夜醉長沙酒，曉行湘水春。岸花飛送客，檣燕語留人。賈傅才未有，褚公書絕倫。高名前後事，回首一傷神。

名家例句

在中國畫論中，即所謂「遷想妙得」。就是把我的心移入於對象中，視對象為與我同樣的人。於是禽獸、草木、山川、自然現象，皆有情感，皆有生命。所以這看法稱為「有情化」，又稱為「活物主義」。畫家用這看法觀看世間，則其所描寫的山水花卉有生氣，有神韻。中國畫的最高境界「氣韻生動」，便是由這看法而達得的。不過畫家用形象、色彩來把形象有情化，是暗示的；即但化其神，不化其形的。故一般人不易看出。詩人用言語來把物象有情化，明顯地直說，就容易看出。例如禽獸，用日常的眼光看，只是愚蠢的動物。但用詩的眼光看，都是有理性的人。如古人詩曰：「年豐牛亦樂，隨意過前村。」又曰：「惟有舊巢燕，主人貧亦歸。」推廣一步，植物亦皆有情。故曰：「岸花飛送客，檣燕語留人。」（豐子愷〈藝術的效果〉）

相看兩不厭，只有敬亭山

詩人講求新意，除了上述的思理和語法的出奇之外，還有一種，是不用奇句奇思，而在意思的轉折間，自然地就造就了不凡的趣味。此詩前兩句營造了高遠的意境，然而這仍可以用在許多名山勝景與心境的描寫，後一聯尤為出奇，不費一筆一毫描寫敬亭山獨特的景物，就光用「相看兩不厭」，一語就收盡了敬亭山（與「我」）出塵又會心的獨特韻味。

作者與詩詞介紹

出自李白〈獨坐敬亭山〉：

眾鳥高飛盡，孤雲獨去閒。相看兩不厭，只有敬亭山。

李白被稱為「謫仙」，主要倒不在詩中有「仙氣」等求仙嚮往，更重要的是，在行雲流水一般自然簡易的筆法中，不斷煥發雋永耐讀的情味，便如此詩。

名家例句

小的方形，半地下神殿。四周牆壁上滿是各種表情的頭像石雕，有的栩栩如生，也有的如畢卡索抽象畫般難懂，還有的或許已過度風化簡直不成人形反像某種動物。每個都突出於牆面，從側面望去，像一顆顆探出窗口而各懷鬼胎的頭。與它們相看兩不厭、大眼瞪小眼的，則是端詳入神的遊客們，興奮好奇的表情相映成趣。有一說這些頭像代表了提瓦納庫曾經征服的各族，也有一說其實這是治癒店堂，代表了生老病死的各種健康狀態，我卻怎麼看都更覺得是喜怒哀樂的你來我往，人生百態。（蔡伯鑫《沒有摩托車的南美日記》）

我喜歡眾鳥、白雲皆不論，相看兩不厭，與我心物交融、萬機溝通的敬亭山。更愛能令我結廬人境，心遠地偏，而能不聞車馬喧譁，悠然的南山。（劉墉《螢窗小語》）

人心勝潮水，相送過潯陽

這兩句算是一則小小的「翻案」文章。一般在詩文中，以物來比況人心或者境遇時，多半有人不如物的感嘆，例如「早知潮有信，嫁與弄潮兒」（唐詩）、「世味年來薄似紗」（宋詩）這類的比擬，往往有「（人）不如（物）」的用意。而皇甫冉這首詩，一反常見的感慨，以潮水比擬人心的情深義重，就好比李白「桃花潭水深千尺，不及汪倫送我情」，別有詩人豁達卻深摯的情味。

作者與詩詞介紹

皇甫冉〈送王司直〉（一說是劉長卿或戴叔倫詩）：

西塞雲山遠，東風道路長。人心勝潮水，相送過潯陽。

皇甫冉，字茂政，唐代潤州（今鎮江）丹陽人。約生於唐玄宗開元五年，卒於唐代宗大歷五年。

名家例句

礦物亦皆有情，故曰：「相看兩不厭，只有敬亭山。」又曰：「人心勝潮水，相送過潯陽。」更推廣一步，自然現象亦皆有情。故曰：「舉杯邀明月，對影成三人。」又曰：「春風知別苦，不遣柳條青。」此種詩句中所詠的各物，如牛、燕、岸花、汶上柳、敬亭山、潮水、明月、春風等，用物我對峙的眼光看，皆為異類。但用物我一體的眼光看，則均是同群，均能體恤人情，可以相見、相看、相送，甚至於對飲。這是藝術上最可貴的一種心境（豐子愷〈藝術的效果〉）

春風知別苦，不遣柳條青

詩題〈勞勞亭〉有趣，而李白也為這「勞勞亭」下了貼切的註解——「天下傷心處」。「勞勞」兩字，道盡「悲莫悲兮生別離」之苦。因此下聯接著把這「勞勞」具象化——彷彿不教人們再有送別的離情之苦，連春風都不再拂送讓人可以折柳送別的青青柳條。（古人有「折柳」送別的習俗）

出自李白〈勞勞亭〉：

天下傷心處，勞勞送客亭。春風知別苦，不遣柳條青。

綠蠟春猶捲

小說中賈寶玉詩本作「綠玉春猶捲」，寶釵幫他改了一字，「綠蠟春猶捲」，句意更加秀異不俗。《紅樓夢》是古典小說中將詩歌與小說結合得最為精采而自然的作品，書中有許多詩詞，都有詩人之作的水準，也常被戲曲採用，是完整的紅樓美學之一環。

臨別的時候，為了表達思念，送行的人總要折下柳枝來送別。大路旁邊多種柳，由其是那男女相別之時，委委款曲，綿綿情絲，都會纏繞在那婀婀垂垂、依依不捨的柳枝上。

而且那柳音諧著留字，正能暗蘊挽留之意，所以這折柳贈別就成了一個固定的離別意象。所以李白會說：春風知別苦，不遣柳條青！

春風都知道那離別的痛苦，所以不讓柳條發青。這樣也就沒了柳條可折，自然也許就能夠阻止遊子的離別了。（吳從先《文學的心靈散步——小窗自紀》）

作者與詩詞介紹

出出自曹雪芹《紅樓夢》，詩題是〈怡紅快綠〉：

深庭長日靜，兩兩出嬋娟。綠蠟春猶捲，紅妝夜未眠。憑欄垂絳袖，倚石護青煙。對立東風裏，主人應解憐。

曹雪芹，名霑，字夢阮，號雪芹，清代滿州正白旗人。生年約當清聖祖康熙五十四年，卒於清高宗乾隆二十七年。《紅樓夢》成書與流傳過程曲折，書如作者所言「於悼紅軒中披閱十載，增刪五次」，其間各版本已在坊間巷議傳鈔，而書名亦幾經變異，有《石頭記》、《情僧錄》、《風月寶鑑》、《金陵十二釵》等等。其後又有雪芹逝世時僅完成前八十回，後四十回疑為高鶚續成之爭議。而「紅學」更蔚為近代學術研究一大課題。

《紅樓夢》成為中國小說一部集大成之作。而曹雪芹在書中所運用的各種寫作手法，除了包羅了歷代小說技巧之外，小說所揭示及表現的美學思考，往往已超出舊小說藩籬，新穎而豐富，與今天某些小說藝術的觀點甚至可以相映成趣。

紅樓夢的研究日新月異，是否高鶚續書，已經有兩派不同的見解。也有主張後四十回是曹雪芹自己的作品，寫到後來撇開脂批中的線索，放手寫去。也有人認為後四十回包括曹雪芹的殘稿在內。自五四時代研究起，四十年來整整轉了個圈子。單憑作風與優劣，判斷後四十回不可能是原著或含有原著成份，難免主觀之譏。文藝批評在這裡本來用不上。事實是除了考據都是空口說白話。我把寶玉的應制詩「綠臘春猶捲」斗膽對上一句「紅樓夢未完」，其實「未完」二字也已經成了疑問。（張愛玲〈紅樓夢未完〉）

篇終接混茫

這是杜甫寫給當時兩位大詩人高適、岑參的作品，在這裡推崇了兩位詩人的成就可以比得上六朝時候沈約、鮑照兩位文豪（杜甫喜歡以六朝重要的詩人來推許他同時代的詩人），形容他們偉大的作品用意愜當，靈機躍動，神采飛揚，寫作功力深厚，即使到了終篇，仍然元氣鼓盪，幾乎達到《莊子》所說的那亙古不朽的神人境界。

作者與詩詞介紹

出自杜甫〈寄彭州高三十五使君適、虢州岑二十七長史參三十韻〉：

故人何寂寞，今我獨淒涼。老去才難盡，秋來興甚長。物情尤可見，辭客未能忘。海內知名士，雲端各異方。高岑殊緩步，沈鮑得同行。意愜關飛動，篇終接混茫。舉天悲富駱，近代惜盧王。似爾官仍貴，前賢命可傷。……

名家例句

但冥想與思考有別，思考是理性的，邏輯的，是既有經驗知識之延長，冥想則身外無物，體內無塵，是既有經驗知識之超脫，箇中滋味，寫詩寫小說的人大都親自體嘗。冥思也不等於我們常說的想像，而近於《文心雕龍》所說的「神思」，思上著一「神」字，就有了靈氣。……冥思正是一種「神遊」。杜甫說，他的詩「篇終接混茫」，冥思可能就是進入這個混茫的境界。作家冥想時還沒有作品，怎可說「篇終接混茫」呢？我的解釋是，我們讀書寫作，已知文學中有哪些東西，我們猜想文學之中一定「還」有我們不知道的東西，對創作者來說，那些東西不能用尋覓和思慮得來。冥想脫離一切「有」，忽然得到「前所未有」，唯有來自混茫，最後才可以歸於混茫，創新和自成一家，皆由此而出。（王鼎鈞〈作家常有的生活習慣〉）

語帶煙霞從古少，氣含蔬筍到公無

從前說詩歌作得高妙不俗，要「語帶煙霞」，然而從來就很少人能達到這個境界，僧人擺脫塵俗，應該是比較能夠追求這種境界的，然而僧人之詩卻又往往過於酸苦，帶著濃濃的蔬筍發酸的味道。你的詩歌既能夠高妙不俗卻又不帶酸氣，實在是極為難得！

出自於蘇東坡《贈詩僧道通》詩：

雄豪而妙苦而腴，祇有琴聰與蜜殊。語帶煙霞從古少，氣含蔬筍到公無。香林乍喜聞薝蔔，古井惟愁斷轆轤。為報韓公莫輕許，從今島可是詩奴。

宋代整個社會是一種以文人為主體的文化社會，透過詩話中蘇軾的言論與交遊，可以看到當時文人文藝許多特殊的面向，比如此詩中很會作詩又常與文人往來的僧人，也是當時文壇有趣的一種景觀。

東坡說道通的詩沒有「蔬筍」氣，也就沒有「酸餡氣」，和尚修苦行，吃素，沒有油水，可能比書生更「寒」更「瘦」；一味反映這種生活的詩，好像酸了的菜饅頭的餡兒，乾酸，吃不得，聞也聞不得，東坡好像是說，苦不妨苦，祇要「苦而腴」，有點兒油水，就不至于那麼撲鼻酸了。這酸氣的「酸」還是從「聲酸」來的。而所謂「書生氣味酸」該就是指的這種「酸餡氣」。和尚雖苦，出家人原可「超然自得」，卻要學吟詩，就染上書生的酸氣了。書生失意的固然多，可是嘆老嗟卑的未必真的窮苦就無聊，無聊就作成他們的「無病呻吟」了。（朱自清〈論書生的酸氣〉）

讀書近二十年，也寫了很多年，越發覺得手重腳輕。散文於我而言，是一次次對文字氣息的感知。我希望我的文章有錦繡氣、有金石氣、有玉磬氣，我更希望有蔬筍氣。（胡竹峰《空杯集》）

絳幘雞人報曉籌

從前宮中報時由戴著紅色頭巾的衛士投送更籌，並在清晨雞鳴時高呼報曉，稱為「雞人」，這一句形容雞人報曉之後，宮中開始忙碌起來，準備隆重恢宏的早朝事宜。

作者與詩詞介紹

出自王維〈和賈舍人早朝大明宮之作〉：

絳幘雞人報曉籌，尚衣方進翠雲裘。九天閶闔開宮殿，萬國衣冠拜冕旒。日色纔臨仙掌動，香煙欲傍袞龍浮。朝罷須裁五色詔，佩聲歸向鳳池頭。

名家例句

寫舊詩提供了我一個反省的起點：我究竟生活在什麼樣的語言之中呢？我既不是生活在「絳幘雞人報曉籌」的環境裡，也沒有「積雨空林煙火遲」的興會，所以就算模仿不同面目的王維，也就是陳其腔、濫其調而已。我既不是生活在「時難年荒世業空」的時代之中，儘管親切地明白「辭根散作九秋蓬」的寄託，真要感嘆起家國人事來，卻不敢像白居易這樣大口喘氣兒。杜甫、李白早已盡道之詞，我要是隨著學舌，招行家一眼看穿，還得落人以續貂之譏；連黃庭堅、蘇東坡都不能創格之語，我要是敢信口開闔，強吟生造，豈不貽人以雕蟲之笑？所以說：君子有三畏，語詞其一也。（張大春〈我高興〉）

積雨空林煙火遲

宿雨連日，清寂的林子裡水氣深濃，有人點燃了早炊的煙火，炊煙緩緩地升了起來。

作者與詩詞介紹

出自王維〈積雨輞川莊上作〉：

積雨空林煙火遲，蒸藜炊黍餉東菑。漠漠水田飛白鷺，陰陰夏木囀黃鸝。山中習靜觀朝槿，松下清齋折露葵。野老與人爭席罷，海鷗何事更相疑。

名家例句

寫舊詩提供了我一個反省的起點：我究竟生活在什麼樣的語言之中呢？我既不是生活在「絳幘雞人報曉籌」的環境裡，也沒有「積雨空林煙火遲」的興會，所以就算模仿不同面目的王維，也就是陳其腔、濫其調而已。我既不是生活在「時難年荒世業空」的時代之中，儘管親切地明白「辭根散作九秋蓬」的寄託，真要感嘆起家國人事來，卻不敢像白居易這樣大口喘氣兒。杜甫、李白早已盡道之詞，我要是隨著學舌，招行家一眼看穿，還得落人以續貂之譏；連黃庭堅、蘇東坡都不能創格之語，我要是敢信口開闔，強吟生造，豈不貽人以雕蟲之笑？所以說：君子有三畏，語詞其一也。（張大春〈我高興〉）

辭根散作九秋蓬

意謂家鄉連年遭遇災亂，我們兄弟離散，各在一方，連世傳的家業也顧不得了。正好似那秋天的蓬草，離了本根，隨風飄散四方。

出自白居易〈自河南經亂，關內阻飢，兄弟離散，各在一處，因望月有感，聊書所懷，寄上浮梁大兄、於潛七兄，烏江十五兄，兼示符離及下邽弟妹〉：

時難年荒世業空，弟兄羈旅各西東。田園寥落干戈後，骨肉流離道路中。弔影分為千里雁，辭根散作九秋蓬。共看明月應垂淚，一夜鄉心五處同。

我仰頭望著這座政治意味極其濃厚的雕塑品時，心中充滿了言訴不盡的感慨，我默默地為著這與中國有著太多相同歷史境遇的朝鮮民族祝禱，希望那由充滿著混亂、悽涼、痛苦的天災、人禍所譜成的悲愴離鄉曲，能就此戛然而止，不願也不忍，再由現代朝鮮人悲吟下去。

當然這一份祝禱中，也包含著對自己家鄉未來命運的期許——願「辭根散作九秋蓬，骨肉分離各西東」的多難歷史，永遠不再重現。（鄒瑩《美麗心世界：蒙古及東北十年行走》）

江山代有才人出，各領風騷五百年

清代大詩人趙翼論詩主張「爭新」、「獨創」，這首論詩詩淺顯易懂，秉持「一代有一代的文學」這樣的看法，認為每一個時代都應該創造生機，展開新的風氣。

作者與詩詞介紹

出自趙翼〈論詩〉絕句：

李杜詩篇萬口傳，至今已覺不新鮮江山代有才人出，各領風騷數百年。

趙翼，字雲崧，號甌北，清江蘇常州人。生於世宗雍正五年，卒於仁宗嘉慶十九年，是和袁枚、蔣士詮齊名的「乾隆三大家」。

名家例句

終於有人問他（胡適）對文藝運動的看法，他很認真的說，「文藝運動要由大作家領導」。這是他第一次談到文藝，只有三言兩語，那時我是個文藝青年，心裡很納悶，政府正在搞反共文藝，大作家正是被領導的對象，我不懂他是甚麼意思。終於有一天我明白了，他的看法是文學史的看法，「江山代有才人出，各領風騷五百年」。從他的角度看，台灣文藝運動的領導人恐怕要數張愛玲了。（王鼎鈞〈我從胡適面前走過〉）

對啊！我剛過半百，心意已灰，是該走的時候了，有什麼好留戀的？江山代有人才出，做完了該做的事，盡了應盡的義務，承了那麼多神鬼朋友的情，也是該揮手自茲去的時候了。（方力行《人魚：我的水裡人生》）

不廢江河萬古流

這是詩聖杜甫評論詩歌的名句，這首詩在反思當時（杜甫時當盛唐中唐）人們對於初唐詩歌成就的評議，杜甫認為時人對於王楊盧駱等初唐四位傑出詩人的評價太過粗率，近乎輕詆，而寫下了他這番評論。這六首評論詩歌之詩歌闡明了他寫作與議論的立場：「不薄今人愛古人」，以及「轉益多師是我師」。在這立場下，他認為像王楊盧駱這般引領風騷的前賢，他們的成就，將不會及身而止，而如江河流貫萬古不滅。

作者與詩詞介紹

出自杜甫〈戲為六絕句〉六首之二：

王楊盧駱當時體，輕薄為文哂未休。爾曹身與名俱滅，不廢江河萬古流。

名家例句

濟茲墓相去不遠，有墓碑，上面刻著道：

這座墳裏是英國一位少年詩人的遺體；

他臨死時候，想著他仇人們的惡勢力，痛心極了，叫將下面這一句話刻在他的墓碑上：

「這兒躺著一個人，他的名字是用水寫的。」

末一行是速朽的意思；但他的名字正所謂「不廢江河萬古流」，又豈是當時人所料得到的。（朱自清〈羅馬〉）

然而，自一個博大的觀點來考察，魯斯的「偏頗」，只不過是江海中的浪花；他和白修德的齟齬，亦已成為新聞史上的「明日黃花」。我們不能不說，他對近代中國的貢獻是「不廢江河萬古流」的；我們不得不說，他在世界新聞史的地位與成就，是「前無古人，後無來者」的。（林博文《1949石破天驚的一年》）

照人膽似秦時月

這是龔自珍贈予黃蓉石的一首詩，讚譽黃蓉石為人既狂既狷，亦豪俠亦溫文。而這裡用以比喻的「秦時月」兼有兩義：一是由「秦時明月漢時關」發想，氣象渾樸而高古；另一則是扣住「照人膽」來說的，相傳秦始皇有一面明鏡，能照見人五臟六腑，疾病所在，無不明察，人有邪心，照鏡則膽張心動。從這一面比喻而來的「照人膽似秦時月」，講的是豪俠的峻直不欺罔。

作者與詩詞介紹

出自龔定庵《己亥雜詩》：

不是逢人苦譽君，亦狂亦俠亦溫文。照人膽似秦時月，送我情如嶺上雲。

名家例句

台北文風一度如劍者當令，現在似乎如盾如鏡為主流，劍和盾都能折光投影，亦猶「鏡」也，終不及明鏡清楚親切。楊氏專欄有時鋒利能切割，有時敦厚能整合，大部分還是以人為鑑，鑑古思今，大大增加我們對人生世事的能見度，他的風格不在痛快淋漓，時見古道熱腸。「照人膽似秦時月」，我讀他的專欄，常常想到龔定庵的這句詩。（王鼎鈞〈照人膽似秦時月〉）

嶺外音書絕，經冬復立春，近鄉情更怯，不敢問來人

長年旅居在南嶺以南的兩粵之地，和家鄉久已失去聯絡。

過了這個冬天，春天又將來到，而今我渡過漢水，終於快接

近家鄉了，心裡面卻有些怯情，見到了從家鄉方向過來的人，竟不敢開口問問家鄉的消息了。

作者與詩詞介紹

李頻〈渡漢江〉：

嶺外音書絕，經冬復立春，近鄉情更怯，不敢問來人。

李頻，字德新，唐代壽昌人。生於唐憲宗元和十三年，卒於唐僖宗乾符三年。

名家例句

心神不定，他無法學人家入眠幾分鐘，忽又忖著：從木山步行出來，搭船、坐車、搭飛機、又轉機，前後已八天了，到現在，我還在途中，老家在柔南一新村，今晚我只好在丁城過夜——只要花多一些包車費用，我原本可以趕回老家的，不過，好友古雅靜住在丁城，今晚約他會面，可以徹夜暢談，何嘗不是人生一大樂事！再說，「近鄉情更怯」，我將與雅靜先談故鄉事。（馬崙《再見村長：馬崙短篇小說集》）

去年六月，我於一天晴朗的午後，從杭州坐了小汽船，在風景如畫的錢塘江中跑回家來。過了靈橋裏山等綠樹連天的山峽，將近故鄉縣城的時候，我心裡同時感著了一種可喜可怕的感覺。立在船舷上，呆呆的凝望著春江第一樓前後的山景，我口裏雖在微吟「近鄉情更怯，不敢問來人」的二句唐詩，我的心裡卻在這樣的默禱：……天帝有靈，當使埠頭一個我的認識的人也不在！要不使他們知道才好，要不使他們知道我今天淪落了回來才好……

船一靠岸，我左右手裏提了兩只皮篋，在晴日的底下從亂雜的人叢中伏倒了頭，同逃也似的走向家來。（郁達夫〈蔦蘿行〉）

漫卷詩書喜欲狂

多年的戰亂令杜甫寄居於四川，而今聽到官軍的捷報，已經收復了河南河北，想到能夠回到洛陽老家的田園，杜甫急著返鄉的狂喜之情，躍然紙上。這首詩歌選擇了一般詩歌少見的視角，寫倉促、寫造次的情態，試圖抓住「忽」聞喜訊時的當下感受，表現回鄉的渴望。

作者與詩詞介紹

出自杜甫〈聞官軍收河南河北〉：

劍外忽傳收薊北，初聞涕淚滿衣裳。卻看妻子愁何在，漫卷詩書喜欲狂。白日放歌須縱酒，青春作伴好還鄉。即從巴峽穿巫峽，便下襄陽向洛陽。

從作品方面說，體會眾生心的作家的作品，大都「富有客觀性」而「能代表眾人言」。……所謂「能代眾人言」者，例如某種情狀，眾人皆感到，但是說不出，文藝作者能說破它，使人聽了恍然大悟，欣然共鳴。這叫做能代眾人言。再舉絕詩為例：「嶺外音書絕，經冬復立春，近鄉情更怯，不敢問來人。」只是描寫久客還鄉時的一種心情而已。然而大家讀了很感動，我們為暴寇所迫而流亡在大後方的人，感動更深。勝利到來，大家都買棹東歸。「漫卷詩書喜欲狂，即從巴峽穿巫峽，便下襄陽向洛陽」的情景，就在眼前，當將近鄉關，喜懼交感，正有「不敢問來人」之情。此情我等都已感覺到，但是說不出，一經詩人代為道破，安得不起共鳴？（豐子愷〈文藝的不朽性〉）

關關雎鳩，在河之洲，窈窕淑女，君子好逑

這是詩經首章〈關雎〉篇，古人著書或傳疏，常以書中首章為全書之開宗明義，也因此，後來詩文中指稱《詩經》時，也常以「關雎」代之。《詩經》在傳統典籍中，具有兩種極為不同的身分。一是位居五「經」之一，具有崇高的學術地位，是所有經學家、道學家必講的經典；另一則是詩歌民謠的始祖，詩歌風謠中的抒情言情一脈，也就出自《詩經》主體的「國風」。

作者與詩詞介紹

出自《詩經》〈關雎〉篇：

關關雎鳩，在河之洲；窈窕淑女，君子好逑。參差荇菜，左右流之；窈窕淑女，寤寐求之。求之不得，寤寐思服，悠哉悠哉，輾轉反側。參差荇菜，左右采之；窈窕淑女，琴瑟友之。參差荇菜，左右芼之，窈窕淑女，鍾鼓樂之。

名家例句

所以秩序本身是節奏、是韻律，是一種聲音跟聲音之間連結的關係。我們發現所有唱出來的歌聲、朗誦的詩句，都有音律、都有節奏。「關關雎鳩，在河之洲，窈窕淑女，君子好逑。」聽到我念出《詩經》的詩句，大家不管懂不懂得其中的意思，都會感覺到這首詩是由四個字四個字組成而且互相押韻——這就是節奏，這就是秩序。（蔣勳〈聽覺之美〉）

中國詩裏男女的情詩很少。至少是比外國的詩少的多，但是在倫理思想，還沒有浸到民間的那時代，男女的情詩，相當的多，最好的例子是《詩經》的頭一首：「關關雎鳩，在河之洲，窈窕淑女，君子好逑。」

如同雎鳩在河之洲，美麗的淑女是君子最好的伴侶。求她不得的時候，煩惱得夜裡也睡不著，是這樣整個兒一個很好的情詩。（冰心〈怎樣欣賞中國文學〉）

燕子飛時，綠水人家繞

蘇軾這首〈蝶戀花〉題目是「春景」，上闋詞句皆是形容氣候漸暖，開始進入柳絮楊花濛濛飛散的春末時節，「枝上柳綿吹又少」，關乎兩種微妙的暮春心緒，一是盛景將盡的微微惆悵，一則是濛濛飛絮般的莫名情懷，「天涯何處無芳草」一句在此接得巧妙，既承接了上闋春末的情緒，將其轉成天涯處處的青春芳馨，形成下闋的主題，完成了從詩人所見春景到善感多情的宛轉心曲。

出自蘇軾詞〈蝶戀花〉：

花褪殘紅青杏小。燕子飛時，綠水人家繞。枝上柳綿吹又少。天涯何處無芳草。牆裡鞦韆牆外道。牆外行人，牆裡佳人笑。笑漸不聞聲漸悄。多情卻被無情惱。

名家例句

「燕子飛時，綠水人家繞」，放在白話裡也是好句子，放在今天的流行歌裡，也一樣是好歌詞，卻平凡無奇，沒有一點困難費力。不用典故，沒有奇僻的字和韻。詩人看到風景，述說風景，風景自然到不需要妝點修飾。宋人美學每每說「平淡天真」，但書畫詩文上能做到的，其實沒有幾人。一賣弄就無法天真，一矯情刻意就無法平淡。

詩人在歲月裡走著，有一點感傷柳絮在風裡飄散，「吹」字用得極好，好像有一個無形的力量催促著時光。但是詩人本性是樂觀的，他一涉感傷，很快就轉圜出新的豁達——柳絮也是種子，不留戀枝頭，就飄撒向天涯。「天涯何處無芳草」，像自嘲，其實是領悟生命的擴大。柳絮飄散，失去的既不可得，自然天地之大，生命無處不在，柳絮也會天涯海角落土生根。風景的平鋪直敘，有了最後一句收尾，才有了提高，有了生命的意境，可以反覆沉緬了。（蔣勳〈天涯何處〉）

老驥伏櫪，志在千里

千里馬即使到了暮年，不再跋涉於戰場與道途，仍然不失馳騁遠途的意志；而英雄即使盛年不再，也常懷從前至今深謀遠圖的雄心壯志。

作者與詩詞介紹

詩句出曹操〈步出夏門行〉第五章「龜雖壽」：

神龜雖壽，猶有竟時。騰蛇乘霧，終為土灰。老驥伏櫪，志在千里；烈士暮年，壯心不已。盈縮之期，不但在天；養怡之福，可得永年。幸甚至哉！歌以詠志。

曹操，字孟德，漢代沛國譙人。在《三國演義》之前，歷代對曹操的議論，猶有部分因時際會、「雄」勝於「奸」的評斷。相應於曹操霸主的地位，曹氏父子在文學上更是魏晉文學的翹楚，無論於功業、於文學，曹氏這首詩歌，作為詠志，確有一代英雄的氣格。

名家例句

〈步出夏門行〉首段〈豔〉：「雲行雨步，超越九江之皋。臨觀異同，心意懷游豫，不知當復何從？經過至我碣石，心惆悵我東海。」這是建安十二年曹操北征烏桓，消滅袁紹殘餘勢力，勝利班師途中登臨碣石山所作。超越九江之皋而心懷惆悵，豪邁裡有悵惘，是曹操詩最迷人處，更甚於他在這首詩末段裡的名句「老驥伏櫪，志在千里；烈士暮年，壯心不已」，回頭咀嚼「豔」，便不只是華麗優美而已了。（宇文正〈閱讀偶記／豔〉）

我也常常想起曹操的兩句詩：「老驥伏櫪，志在千里」。驥馬也罷，駑馬也罷，「伏櫪」是一樣的。近年來醒得很早，往往到下半夜就目光炯炯了。雖不「志在千里」而長夜漫漫，幾十年中的往事，紛至遝來。如果都寫下來，我想倒是有趣的，於是再寫《伏櫪雜記》。（冰心〈《伏櫪雜記》序〉）

假作真時真亦假

曹雪芹經常藉著書中人當時當境的具象感想，抒發創作者對於人生、對於世界、甚至對於寫作這件事，種種後設的反思，這首對聯可作為作者以「太虛幻境」影射「大觀園」、賈府盛衰看，可作為影射整椿頑石天上人間的世界觀、人生觀來看，也可以作為作者自嘲自己刪削十年的一場創作痴夢看。

作者與詩詞介紹

這聯詩句出自《紅樓夢》第一回及第五回「太虛幻境」門邊的對聯：

假作真時真亦假，無為有處有還無。

名家例句

張愛玲曾說年少時愛《聊齋》，年長後反而喜歡《閱微草堂筆記》，〈談看書〉中她說：「覺得《聊齋》比較纖巧單薄，不想再看，純粹記錄見聞的《閱微草堂》卻看出許多好處來，裡面典型十八世紀的道德觀，也歸之於社會學……有時候有意無意輕描淡寫兩句，反而收到含蓄的功效，更使異代的讀者感到震動。」V城四書我以為兼有《聊齋》與《閱微》的好處，寄託遙旨，掩映在地圖的、學術的、故事的、歷史的輕紗背後，假作真時真亦假，虛構的樂趣中埋藏著詩的真實，而使異地的讀者感到震動。（聯合報／楊佳嫻〈文學書評——同城異夢〉）

大珠小珠落玉盤

白居易〈琵琶行〉，見上文。

這一段本是描寫琵琶樂音的名句，歷代詩人相當推崇，認為是以文字形容聲音極其傳神而動人的佳作。在以下範例中，冰心移作形容一點一滴採集下來，字字珠璣的小品文章。

作者與詩詞介紹

出自白居易〈琵琶行〉：

……轉軸撥弦三兩聲，未成曲調先有情。弦弦掩抑聲聲思，似訴平生不得志。低眉信手續續彈，說盡心中無限事。輕攏慢撚抹復挑，初為霓裳後六么。大弦嘈嘈如急雨，小弦切切如私語。嘈嘈切切錯雜彈，大珠小珠落玉盤。間關鶯語花底滑，幽咽泉流水下灘。水泉冷澀弦疑絕，疑絕不通聲暫歇。別有幽愁暗恨生，此時無聲勝有聲。銀瓶乍破水漿迸，鐵騎突出刀槍鳴。曲終收撥當心畫，四弦一聲如裂帛。東舟西舫悄無言，唯見江心秋月白。

名家例句

這本《人生小品》是宮璽同志對大千世界的一木一石、一枝一葉、一點一滴、一鱗一爪、所見、所聞、所思、所想之後，寫集下來的。這見、聞、思、想，都祇是一閃念之間的事。一閃念也許只是一秒鐘，寫下來也許祇是幾分鐘的事，這些事采集了下來，都成了『大珠小珠落玉盤』般的有聲有色的小品。（冰心〈宮璽的《人生小品》序〉）

種豆南山下，草盛豆苗稀

田園詩人陶淵明描寫其耕讀於南山下的生活和志趣，雖然讀書人對於農耕，「不如老圃」，披星戴月勤於耕作，雜草總比收穫多，卻有著「不改其志」的愜意。

作者與詩詞介紹

陶淵明〈歸園田居〉：

種豆南山下，草盛豆苗稀。晨興理荒穢，戴月荷鋤歸，道狹草木長，夕露沾我衣。衣沾不足惜，但使願無違。

名家例句

中外文學裡從來不乏田園書寫，文學風景線上陶淵明耕讀的巨大身影我們實在很難視而不見，「種豆南山下，草盛豆苗稀。晨興理荒穢，戴月荷鋤歸，道狹草木長，夕露沾我衣。衣沾不足惜，但使願無違」，五柳先生那首言志之詩〈歸園田居〉著實道盡了田園文學的基本精神……往日田園文學不外乎是「感時花濺淚，恨別鳥驚心」，藉由野草閒花自嘆身世，如今則是眼淚濺上的是什麼花、驚動的是什麼鳥，學名來歷都要摸得清清楚楚。觀其顏色形狀，來張寫生素描？很好，然而現在這樣可能都還不夠，若是能自己植栽更是再好不過了。（李桐豪〈書市觀察／都耕與都更〉）

感時花濺淚，恨別鳥驚心

百花姹紫嫣紅如感於時亂而墮淚斑斑，蟲鳴鳥喧更使愁亂之心倍加憂驚。

作者與詩詞介紹

出自杜甫〈春望〉：

國破山河在，城春草木深。感時花濺淚，恨別鳥驚心。烽火連三月，家書抵萬金。白頭搔更短，渾欲不勝簪。

名家例句

只在世界上有了人——萬物之靈的人，才會拿自己的感情，賦予在無情的萬物身上！什麼「感時花濺淚，恨別鳥驚心」這種句子，古今中外，不知有千千萬萬。總之，祇因有了有思想、有情感的人，便有了悲歡離合，便有了「戰爭與和平」，便有了「愛和死是永恒的主題」。

我羨慕那些沒有人類的星球！（冰心〈病榻囈語〉）

2 書寫與修辭分析

舉杯邀明月，對影成三人

一個人賞花獨飲，我舉杯邀請天上明月，明月無語，月光在地上投下我的影子，一同成了我飲酒的同伴。

作者與詩詞介紹

出自李白〈月下獨酌〉四首之一：

花間一壺酒，獨酌無相親。舉杯邀明月，對影成三人。月既不解飲，影徒隨我身。暫伴月將影，行樂須及春。我歌月徘徊，我舞影零亂。醒時同交歡，醉後各分散。永結無情遊，相期邈雲漢。

李白〈月下獨酌〉寫了四首，後三首寫的是「酌」，表現了他「酒仙」的一面；唯有這一首，寫盡了「月下獨酌」的意趣，「詩仙」的性情也在這裡，整首詩歌情態的表現，就是從「獨酌無相親」到「舉杯邀明月」展開來，開展出詩人獨特的生命情態。

名家例句

她的妙處是在替桃花設想的一種詩意的感想，假想它是有感覺的，甚至有「慘愁欲絕」之概，這感想已鄰近于泛神論。同樣的技巧，不如說態度在一切中國佳構詩句中所在都有。即似李白在他的大作裏頭有過這樣兩句：「暮從碧山下，山月隨人歸。」

又似他的那膾炙人口的名作《月下獨酌》便是這樣書法。

花間一壺酒，獨酌無相親。舉杯邀明月，對影成三人。月既不解飲，影徒隨我身。暫伴月將影，行樂須及春。我歌月徊徘，我舞影零亂。醒時同交歡，醉後各分散。永結無情游，相期邈雲漢！

這樣的寫法，已比較暗譬更進一步，她是一種詩意的與自然合調的信仰，這使生命隨著人類情感的波動而波動。（林語堂〈人生的盛宴〉）

曠野看人小，長空共鳥齊

岑參以邊塞詩馳名後世，邊塞詩在寫景方面的一大特色是雄渾壯闊，有許多從關塞或山嶺遠眺的景物描寫，相形之下，個別地景地物，便呈現出與平日不同的觀照之趣。

古人有登高賦詩的傳統，而從東漢以來，這類登高之作，多半充溢著思鄉或前程之思。

岑參此詩，詩題雖有故園之思，然而詩中並不特別發揮思鄉之情，而在三聯連續寫景之後，另有一種蒼穹之下，萬物俯首的情味。

岑參〈酬崔十三侍御，登玉壘山思故園見寄〉：

玉壘天晴望，諸峰盡覺低。故園江樹北，斜日嶺雲西。曠野看人小，長空共鳥齊。高山徒仰止，不得日攀躋。

名家例句

照遠近法之理，「凡物距離愈遠，其形愈小。」這種看法詩人也在應用。例如岑參的詩中，有這樣的句子：

曠野看人小，長空共鳥齊。

檻外低秦嶺，窗中小渭川。

曠野中的人，及窗中望見的渭川，皆因對詩人的距離甚遠，故形狀甚小。「曠野看人小」一句，彷彿是遠近法理論中的說明文句。但寫景的妙處，就在乎這遠近法境地。（豐子愷〈文學的寫生〉）

窗中小渭川

這首詩歌和前一首一樣，都是登高望遠之作，所取景物，也是在遠近相形之下，形成與常情不同的觀照趣味。

作者與詩詞介紹

岑參〈登總持閣〉：

高閣逼諸天，登臨近日邊。晴開萬井樹，愁看五陵煙。檻外低秦嶺，窗中小渭川。早知清淨理，常願奉金仙。

名家例句

照遠近法之理，「凡物距離愈遠，其形愈小。」這種看法詩人也在應用。例如岑參的詩中，有這樣的句子：

曠野看人小，長空共鳥齊。

檻外低秦嶺，窗中小渭川。

曠野中的人，及窗中望見的渭川，皆因對詩人的距離甚遠，故形狀甚小。「曠野看人小」一句，彷彿是遠近法理論中的說明文句。但寫景的妙處，就在乎這遠近法境地。（豐子愷〈文學的寫生〉）

野曠天低樹，江清月近人

跟前面其他詩句運用遠眺的高低地勢造成對比的觀照效果，孟浩然這首詩則是運用自然景物間互相襯托：田野空曠，令遠方的天際線顯得比樹木還低，江水清澈，映現出月光分外明亮，似乎就在身邊一般。

而在這種觀照效果之下，於是就更進一層地反襯出觀照者（詩人）客愁之「新」，不僅是日暮客居而添新愁，更有幾分人在陌生寂寥的情境下，感知感觸倍加新警敏銳的意涵。

作者與詩詞介紹

孟浩然〈宿建德江〉：

移舟泊煙渚，日暮客愁新。野曠天低樹，江清月近人。

孟浩然，字浩然，唐代襄州襄陽人，生於武后永昌元年，卒於唐玄宗開元二十八年。孟浩然也是盛唐時期重要詩人，擅長田園山水詩篇，與王維並稱王、孟。

此時在古文讀本中看到的水世界，更令人臥遊天地，心生嚮往，記得念到《水經注》時，想像江水滔滔，奔流峽谷之間……，「非亭午夜分，不見曦月」的險峻和壯闊，「大漠孤煙直，長河落日圓」的悠遠寬宏，「野曠天低樹，江清月近人」的清靜空靈，「孤舟簑笠翁，獨釣寒江雪」的冷冽孤寂，「明月松間照，清泉石上流」的幽靜恬適，……在在讓身在建中紅樓的自習教室中，為聯考將近而拚得昏天暗地的我，卻在轉念之間，心已跨越時空，隨「波」逐流，找到無垠的遨遊天地了。（方力行《人魚：我的水裡人生》）

山月臨窗近，天河入戶低

主題「高臥七盤」，由於景物和人的相對位置，有了與平常不同的變化，本來就產生了主觀上特殊的感覺，在高山上的「山月」、「天河」，給人的印象原就相當清晰而突出；然而作者更刻意運用了「臨窗近」、「入戶低」等動態的描述，倍加放大了原來主觀上的感覺而凸顯了語言修辭對想像的刺激作用。

沈佺期〈夜宿七盤嶺〉：

獨遊千里外，高臥七盤西。山月臨窗近，天河入戶低。芳春平仲綠，清夜子規啼。浮客空留聽，褒城聞曙雞。

沈佺期是初唐重要詩人，他最重要的貢獻是促成了律詩格律的成熟，也就是唐代以後所謂的「近體詩」的格式。從六朝以來，詩人愈加留意到詩歌平仄對偶的形式講求，已漸漸朝著後來所謂的律詩絕句等格式要求發展，然而一直到初唐的沈佺期、宋之問的刻意鍛鍊，律詩格式才算固定下來。是確立詩歌形式的一大功臣。

名家例句

「窗中小渭川」一句更奇。以實物而論，渭川比較窗，其大豈止數千百倍？但照遠近法的規律，窗雖小而距離近，渭川雖大而距離遠，渭川便可以納入窗中而猶見其小。合於這種遠近法規律的詩句很多：

野曠天低樹，江清月近人。（孟浩然）

山月臨窗近，天河入戶低。（沈佺期）……（豐子愷〈文學的寫生〉）

樓上花枝笑獨眠

從詩經以來，古典詩詞裡有所謂「春女思，秋士悲」的傳統，到了唐代，由於士人也可以追求邊疆功名，邊塞詩興起，與之相關的閨怨詩也隨之盛行。「春思」的主題，於是也常與邊塞征戰有關。這一聯上一句「機中錦字」原有典故，指竇滔遭流放，其妻才女蘇氏織錦作回文詩之事，因此，上下兩句在一般的閨怨主題之外，還帶有一點劉克莊在宋詞裡所說的「易挑錦婦機中字，難得玉人心下事」的意味。

作者與詩詞介紹

出自皇甫冉〈春思〉：

鶯啼燕語報新年，馬邑龍堆路幾千。家住秦城鄰漢苑，心隨明月到胡天。機中錦字論長恨，樓上花枝笑獨眠。為問元戎竇車騎，何時反旆勒燕然。

名家例句

繪畫的自然生靈化，限於抽象的。文學則不然，可以具體地用言語說出，切實地只是讀者，教他聯想活物而鑑賞自然。例如「樓上花枝笑獨眠」（皇甫冉），教人把花當做會笑的人看；「似曾相識燕歸來」（晏殊），教人把燕子當做相識的人看；「明月窺人人未寢」，教人把月當做會窺的人看。花，鳥與月，文學者最常把牠們比擬作人。因為他們對人最親近的緣故。（豐子愷〈文學的寫生〉）

似曾相識燕歸來

詞本擅寫兒女情懷，這是唐末五代小詞的「本色」。南唐後主，境界已開，而到了北宋之後，更因為眾多詩人的開拓，使得格局更加寬廣，即使是以「婉約」著稱的詞風，也有許多思深緒遠之作。晏殊即是宋初詞壇的典範人物之一。晏殊詞婉麗閒雅，每每令人悵惘無端，低迴不已。

晏殊〈浣溪紗〉：

一曲新詞酒一盃。去年天氣舊亭臺。夕陽西下幾時迴。無可奈何花落去，似曾相識燕歸來。小園香徑獨徘徊。

晏殊是宋代著名的婉約派詞人，作品風格雖然繼承了晚唐五代遺風，但沈靜優雅，作品中經常表現詩酒生活和悠閒的情致，文字婉麗音韻和諧。

這首〈浣溪紗〉充滿感慨抒、傷春惜時之情。上半描寫詞人飲酒當歌的快樂，生出對過往的追憶，對悠悠時光變化和人事物變化興起了人事全非的傷今之情。下半描寫花落燕來，象徵春逝與時光流轉，都是不可抗拒的事實，雖然惋惜，卻也無法阻止，充滿無可奈何的惆悵。通篇小令將情融於景，景景交融，情調低沉婉約。

名家例句

春天是美好的季節，花繁錦簇，柳密鶯啼。自然界呈現出它最美麗和動人的一面，使人流連忘返，樂以忘憂。其實，它只是自然造化中一時所幻化出來的美景，轉眼間便蝶殘鶯老，花謝絮舞，真是好景不常在，好花不常開。多少人會發出惜春的嘆息，什麼「更能消幾番風雨，匆匆春又歸去」、「無可奈何花落去，似曾相識燕歸來」、「惜春長怕花開早」等等，都要留戀那繁華密柳，執著於美景。（陳眉公《文學的心靈散步：小窗幽記》）

家中的正房的樑上常保留著燕子的泥巢，每逢乳燕子失足墜地，祖父總是讓長工搬梯子把牠送還，孩子們想把玩牠一下全沒機會。我對燕子從此牢牢地保持有一種敬畏的信念，以後涉讀騷人墨客吟詠燕子的篇章，也總是特別體會到他的趣味。

燕子最堪入詩，像「無可奈何花落去，似曾相識燕歸來」，詠的是兒女柔情；像「舊時王謝堂前燕，飛入尋常百姓家」，則又在太息興亡，緬懷往日，最壞的比喻是「燕雀處堂」，把燕子與麻雀相提並論，我真為靈鳥叫屈。（許君遠《許君遠文存》）

《文匯月刊》的編輯嵇偉給我來了一封信，大意說我們文匯月刊，奉命在第六期以後停刊了，要我寫一篇散文，算是月刊對讀者的告別紀念……

這樣的信不是第一封了！今年北京也停辦了好幾種散文刊物，編輯們向我慨歎地說：這是「無可奈何花落去」。我回信說：你忘了這首詞的下一句：「似曾相識燕歸來」。這是多麼樂觀的、充滿了希望的詩句！（冰心〈如果冬天來了〉）

3 音樂欣賞

此夜曲中聞折柳，何人不起故園情

笛聲有多美？抽象的樂音如何描述？「誰家玉笛暗飛聲」，先令人想像無限，「散入春風」，暗喻笛聲似飛花，芳馨動人，滿城飛花，更把一開始的想像，與可感的美麗意象繫聯起來。當飛花、笛聲，在想像空間中流動著，已經蘊蓄了飽滿的感知準備，於是，當這樂音中出現了熟悉的「折柳」（古來送別常以「折柳」寓意）這類的曲調時，如何不深深引動思情。

作者與詩詞介紹

出自李白〈春夜洛城聞笛〉：

誰家玉笛暗飛聲，散入春風滿洛城。此夜曲中聞折柳，何人不起故園情。

名家例句

自從人類給世界帶來了文明的火種，便給所有的事物都打上了人類文化的烙印。楊柳本來是無情物，但因為種在了別離的道路旁，而且聲音上柳與留諧音，所以這柳便與離別的人兒有了千絲萬縷的聯繫。「天亦惜離別，不遣柳條青。」「此夜曲中聞折柳，何人不起故園情！」（陳眉公《文學的心靈散步：小窗幽記》）

不知何處吹蘆管，一夜征人盡望鄉

「不知何處飄來的蘆笛聲，這一夜，竟讓遠征邊關的士卒，久久沉浸在思鄉的悲懷裡。」古典詩詞中，有一些特定的情境，常常會引起思鄉情懷，如登高臨遠，如客居野宿，或唐代常見的邊塞風情。

在這些情境下，詩人如何鮮明而生動地表現旅人或士卒渴念家鄉的情感？「沙似雪」、「月如霜」，李益先鋪陳出荒寂冷冽的塞下風貌，這靜態的景物描寫，先替作品佈好充滿感思準備的情境，只待一絲恰當的動靜，整個心理想像就活了起來。後兩句似靜實動，表面上當下沒有動作，但整個心理在時間與空間上都是相當擾動的。

作者與詩詞介紹

出自李益〈夜上受降城聞笛〉：

回樂峰前沙似雪，受降城下月如霜。不知何處吹蘆管，一夜征人盡望鄉。

名家例句

古詩云：「此夜曲中聞折柳，何人不起故園情？」又云：「不知何處吹蘆管，一夜征人盡望鄉。」又云：「遼東小婦年十五，慣彈琵琶解歌舞，今為羌笛出塞聲，使我三軍淚如雨。」我憧憬於這種音樂——能使人人皆起故園情的折柳曲，能使征人盡望鄉的蘆管中的樂曲，與能使三軍淚如雨出塞聲。……若得一聽，教我身當羈人或征人，也極情願。我想，這一定不是其曲彌高的〈陽春白雪〉之類的音樂，也不是曲趣卑鄙的〈孟姜女〉一流的音樂。（豐子愷〈大眾藝術的音樂〉）

今為羌笛出塞聲，使我三軍淚如雨

總共六聯的詩歌，李頎用了前四聯描寫一位壯志凌雲、不計死生的豪俠，末兩聯筆鋒一轉，一曲出塞曲，竟令豪俠勇士熱淚如雨。如果把焦點放在「出塞曲」，我們就會發現，前四聯的豪氣干雲，正襯托出「出塞曲」的動人心魄；而相對的，前四聯等「客觀」事蹟所不能描寫的，三軍士卒的志氣熱血，也經由一曲出塞曲的熱淚，透紙而出。

作者與詩詞介紹

出自李頎〈古意〉：

男兒事長征，少小幽燕客。賭勝馬蹄下，由來輕七尺。殺人莫敢前，鬚如蝟毛磔。黃雲隴底白雪飛，未得報恩不能歸。遼東小婦年十五，慣彈琵琶解歌舞。今為羌笛出塞聲，使我三軍淚如雨。

李頎，唐代東川人，生於武后天授元年，卒於玄宗天寶十年。李頎擅長五七言歌行與邊塞詩歌，與王維、裴迪等人常有來往。

名家例句

古詩云：「此夜曲中聞折柳，何人不起故園情？」又云：「不知何處吹蘆管，一夜征人盡望鄉。」又云：「遼東小婦年十五，慣彈琵琶解歌舞，今為羌笛出塞聲，使我三軍淚如雨。」我憧憬於這種音樂——能使人人皆起故園情的折柳曲，能使征人盡望鄉的蘆管中的樂曲，與能使三軍淚如雨出塞聲。……若得一聽，教我身當羈人或征人，也極情願。我想，這一定不是其曲彌高的〈陽春白雪〉之類的音樂，也不是曲趣卑鄙的〈孟姜女〉一流的音樂。（豐子愷〈大眾藝術的音樂〉）

青泥何盤盤，百步九折縈巖巒

蜀道上的青泥嶺，曲曲折折，山巒盤繞，高聳入雲，百步之中，就有不下九道險峻的彎路。蜀道之難，從古著稱，從中原進入蜀地，無論是走陸路或水路，都有如天險，然而詩歌中能夠把這驚心動魄的情狀描寫得淋漓盡致、撼動人心，首推李白這首〈蜀道難〉，李白另有一首〈夢遊天姥吟留別〉，題名雖曰「夢遊」，而名山氣魄，躍然紙上。

作者與詩詞介紹

出自李白〈蜀道難〉：

噫吁！危乎高哉！蜀道之難難於上青天。蠶叢及魚鳧，開國何茫然。爾來四萬八千歲，不與秦塞通人煙。西當太白有鳥道，可以橫絕峨眉巔。地崩山摧壯士死，然後天梯石棧相鉤連。上有六龍回日之高標，下有衝波逆折之回川。黃鶴之飛尚不得過，猿猱欲度愁攀援。青泥何盤盤，百步九折縈巖巒。捫參歷井仰脅息，以手撫膺坐長歎。問君西遊何時還？畏途巉巖不可攀。……

名家例句

大提琴學生大概最能感同身受：蕭邦、法朗克、葛利格、普朗克、普羅高菲夫……這一長串名字數算下來，他們的大提琴奏鳴曲，鋼琴部分都難得讓人瞠目結舌。……大提琴若此，小提琴也沒好到哪裡去。那無恥的法朗克，明明就是先寫成大提琴奏鳴曲，卻聽友人讒言，改大為小，送給小提琴名家易沙意當結婚禮物。中間的算計機心自不用說，反正得苦練的也是別人，曲子紅了再說。

理查．史特勞斯的《小提琴奏鳴曲》，也是討厭鬼一個。這作曲家鍵盤能力普普，卻把鋼琴寫得這般困難，墨水就算不要錢，也不是這種揮霍法。青泥何盤盤，頑石讓人嘆，弦樂如歌，在汪洋巨峰中翱翔——可憐那鋼琴家，就得是移山造海，勤勉專一的愚公，才能成就金碧輝煌的錦繡山河。（焦元溥〈危險關係〉）

大珠小珠落玉盤

這是〈琵琶行〉這首長詩中形容琵琶樂音的著名段落。白居易這首〈琵琶行〉，更細膩而具體地描寫琵琶樂音，同時由此延伸出深刻的感受性和情感效果。在詩歌描繪聲音藝術的發展上，是一大進展。和他的〈長恨歌〉一樣，藉物寫情，生動而不空泛，白居易詩歌的平易近人實出自深厚綿密的敘事寫物的能力。

作者與詩詞介紹

出自白居易〈琵琶行〉：

……千呼萬喚始出來，猶抱琵琶半遮面。轉軸撥弦三兩聲，未成曲調先有情。弦弦掩抑聲聲思，似訴平生不得意。低眉信手續續彈，說盡心中無限事。輕攏慢撚抹復挑，初為霓裳後六么。大弦嘈嘈如急雨，小弦切切如私語。嘈嘈切切錯雜彈，大珠小珠落玉盤。間關鶯語花底滑，幽咽泉流水下灘。水泉冷澀弦疑絕，疑絕不通聲暫歇。別有幽愁暗恨生，此時無聲勝有聲。……

名家例句

其音節全是快板，越說越快。白香山詩云：「大珠小珠落玉盤」，可以盡其妙處。在說到極快的時候，聽的人彷彿都趕不上，他卻是字字清楚，無一字不送到人耳輪深處。這是他的獨到，然比著前一段，卻未免遜一籌了。

這時不過五點鐘光景，眾人以為天時尚早，王小玉必還要唱一段，不知只是他妹子出來，敷衍幾句，就收場了。當時一哄而散。（清．劉鶚《老殘遊記》）

更行更遠還生

李後主在他亡國歸宋之後，詞風沉鬱而充滿家國之思，故國的回憶，好似天上人間相隔，此恨更甚於羈旅他鄉。對羈旅者而言，年年還有音信可期，歸夢可作，當春思應如碧草蔓生的時候，而後主只有無盡的離恨，此生遙望無期。

作者與詩詞介紹

出自李煜詞〈清平樂〉：

別來春半。觸目愁腸斷。砌下落梅如雪亂。拂了一身還滿。

雁來音信無憑。路遙歸夢難成。離恨恰如春草，更行更遠還生。

名家例句

在普羅科菲夫最好的作品裡，我們永遠可以聽見迷人的抒情。無論現實何其殘酷，終其一生，他都沒有失去創作靈感與高超筆法，更依然保持那彷彿來自童話的甜美。就算是野獸派，《第二號鋼琴協奏曲》還是存在直入心懷的詠嘆。同時期的《第一號小提琴協奏曲》，更是這樣奇特繽紛的創作。明明第二樂章才大玩特技，要演奏家在鋼索上翻騰跳躍迴旋鞭轉；到了下一樂章，竟又讓小提琴在拔尖聲線上，唱出更行更遠還生，不可思議的絕美歌調。明朗透亮混搭潑辣恣意，奇思妙想鎔鑄一

爐治之，果然是不折不扣的天才手筆。（焦元溥〈天才交鋒，對看青春〉）

老夫聊發少年狂

文人隨同出獵，必當揮灑文字以壯行色，不過，在司馬相如、揚雄被譏為文學侍從的誇張之言後，聰明的文人更懂得巧妙定位自己的角色，詞中藉馮唐這位立言立功的老臣自況也自嘲，平衡了文人書寫事功的窘境。比之陸游、辛棄疾等同為豪放詞人，蘇軾在豪氣中又多帶了一分慧黠機智的風采。

出自蘇軾詞〈江城子〉（密州出獵）：

老夫聊發少年狂。左牽黃。右擎蒼。錦帽貂裘，千騎卷平岡。為報傾城隨太守，親射虎，看孫郎。酒酣胸膽尚開張。鬢微霜。又何妨。持節雲中，何日遣馮唐。會挽雕弓如滿月，西北望，射天狼。

以德國詩人柏格的敘事詩為本，《被詛咒的獵人》從貴族號角登場，視角馬上拉開至莊園領地。田園豐美、平疇遼闊，風裡聽得鐘聲悠揚與唱禱歌頌。法朗克向來是甜美旋律聖手，這一切鄉野美好，還有教堂彌撒呼喚，全被他寫成美到醉心的酣暢旋律。接下來郡主策馬入林大開殺興，雲破天開神降詛咒，配器更有傳神摹寫。綜觀法朗克一生交響作品，再無一曲運用如此豐富的管弦花招。那不只是作曲家本人的奇思妙想，更有熱心學生群策群力，合眾家創意煉成的聲音魔法。至於最後一段的群鬼追獵，末日狂奔馬蹄踢踏，配上恐怖喪鐘奪魂擊敲，豈是戰慄驚悚所能形容。在耳順之年寫下這曲《被詛咒的獵人》，法朗克也算得上是**老夫聊發少年狂**了。（焦元溥〈樂聞樂思／被詛咒的獵人〉）

我歌月徘徊，我舞影凌亂

明月相伴，我歌我舞，月光灑落，照著我步履凌亂而快意。

出自李白〈月下獨酌〉四首之一：

花間一壺酒，獨酌無相親。舉杯邀明月，對影成三人。月既不解飲，影徒隨我身。暫伴月將影，行樂須及春。我歌月徘徊，我舞影零亂。醒時同交歡，醉後各分散。永結無情遊，相期邈雲漢。

名家例句

無論是梅菲斯特圓舞曲或是波卡舞曲，這五曲的創作內涵仍皆來自萊瑙詩作。李斯特曾在管絃樂版總譜上節錄原詩情節如下：

「浮士德和梅菲斯特進入一家正因婚禮而熱鬧非常的鄉間酒店。浮士德看上一位女子，但因羞澀而不敢上前。梅菲斯特嘲笑他的怯懦，隨即搶過樂師手上的小提琴開始演奏……我歌月徘徊，我舞影凌亂，在梅菲斯特的咒語下，村民的舞蹈越跳越瘋狂，浮士德則大膽地向少女示愛；魔鬼的琴音再度響起，浮士德牽著少女的手，和眾人舞至黑暗的森林深處。酒店裡，只剩下夜鶯的歌聲穿過敞開的大門……」（焦元溥〈樂聞樂思／鬼月聽鬼（三）：梅菲斯特的遊戲〉）

夜裡，倚窗而坐，沏上一杯袋裝茶，看著闃黑山間隱隱的燈光，聽著岑寂疏林裡簌簌的風響，記下這一日行旅的點滴見聞。這樣的情景，只覺比住在城市高檔的五星級酒店要多了一點逸趣，多了一種情懷。

我忽然想起曹操對酒當歌中「月明星稀，烏鵲南飛，繞樹三匝，無枝可依。」也想起李白舞月時「我歌月徘徊，我舞影凌亂。」想起王摩詰「松風吹解帶，山月照彈琴。」感懷傷詠雖不同，卻同是眼前這明月。（陳亞南《戀戀天堂：杭浙遊》）

4 繪畫賞析

遙憐故園菊，應傍戰場開

九月九日正是重陽親友相聚登高時節，然而身在軍旅之中，既無菊花亦無酒，遙想長安故園，此時滿園菊花大概也像戰場邊荒煙蔓草一般，在滿天烽火中徒留吁歎了。

這是岑參〈行軍九日思長安故園〉詩：

強欲登高去，無人送酒來。遙憐故園菊，應傍戰場開。

又記得一幅畫，描著一個兵士，俯臥在戰地的蔓草中。他的背上裝著露宿所必需的簡單的被包，腰里纏著預備鑽進同類的肉體中去的槍彈，兩腿向上翹起，腿上裹著便於追殺或逃命的綁腿布，正在草地中休息。草地裡開著一叢野花，最大的一朵被他採在手中，端在眼前，正在受他的欣賞。他臉上現著微笑，對花出神地凝視，似已暫時忘卻行役的辛苦與戰爭的殘酷；他的感覺已被這自然之美所陶醉，他的心已被這「愛的表象」所佔據了。這畫的題目叫做《戰爭與花》。岑參的《九日》詩云：「強欲登高去，無人送酒來。遙憐故園菊，應傍戰場開。」戰場與菊，已堪觸目傷心。但這幅畫中的二物，戰場上的兵士與花，對比的效果更加強烈。（豐子愷〈繪畫與文學〉）

小院無人夜，煙斜月轉明

此詩寫深夜小院清寂的幽趣，這種淡淡的愁緒，不盡然如別情離緒有所謂而感發，卻另有一番可堪玩味的思致。

出自唐彥謙〈小院〉：

小院無人夜，煙斜月轉明。清宵易惆悵，不必有離情。

名家例句

畫題沒有文字，只是寫著兩個並列的記號「?!」，用筆非常使勁，有如晉人的章草的筆致，力強地牽惹觀者的心目。看了這兩個記號之後，再看雪地上長短大小形狀各異的種種腳跡，我心中便起一種無名的悲哀。這些是誰人的腳跡？他們又各為了甚事而走這片雪地？在茫茫的人世間，這是久遠不可知的事！講到這裡我又想起一首古人詩：「小院無人夜，煙斜月轉明。清宵易惆悵，不必有離情。」這畫中的雪地上的足跡所引起的概感，是與這詩中的清宵的「惆悵」同一性質的，都是人生的無名的悲哀。（豐子愷〈繪畫與文學〉）

歲惡詩人無好語

這是蘇軾自嘲之語，蘇軾一生多次因文字惹禍，「烏台詩案」更差點送命，新舊黨爭之間，又每成鬥爭雙方的箭靶，在這政治氣氛下，即使見到老朋友，彼此言論也多所拘忌，特別是提到時事。

「歲惡詩人無好語」，類似孟子說「凶歲子弟多暴」，把老友相見不能暢所欲言，推給「歲惡」，看似比喻不倫，卻凸顯其中語帶雙關，正可見政治之惡。

作者與詩詞介紹

出自蘇軾〈次韻劉貢父李公擇見寄〉二首之一：

白髮相望兩故人，眼看時事幾番新。曲無和者應思郢，論少卑之且借秦。歲惡詩人無好語，夜長鰥守向誰親。少思多睡無如我，鼻息雷鳴撼四鄰。

名家例句

藝術畢竟是美的，人生畢竟是崇高的，自然畢竟是偉大的。我這些辛酸淒楚的作品，其實不是正常藝術，而是臨時的權變。古人說：「歲惡詩人無好語。」我現在正是惡歲畫家；但我的眼也應該從惡歲轉入永劫，我的筆也不妨從人生轉向自然，尋求更深刻的畫材。（豐子愷〈我的漫畫〉）

議論篇》四、論國家社會

1 國際情勢

十年結子知誰在

前人種樹，後人乘涼，愛荔枝種荔枝，種了荔枝等它十年結果，又不知是哪一任太守來享用？但只為了喜愛真珠一般的荔枝，我這白髮蒼蒼的痴太守逕自在官署前種下了荔枝樹。

作者與詩詞介紹

白居易〈種荔枝〉

紅顆真珠誠可愛，白鬚太守亦何痴。十年結子知誰在，自向庭前種荔枝。

白居易是唐太宗大曆年間人，詩文精切，作品平易近人，言淺詞美，寓意深刻，老嫗都能解讀，是新樂府運動的倡導者。他認為詩歌必須為了時代而寫、為了事情而做，因此詩文中主要是批評政治、提出社會問題，少言風花雪月。

他出仕為官，深得百姓愛戴，然而仕途不順，晚年親近佛法。這一篇〈種荔枝〉，強烈隱含了不問收穫，只談耕耘的深切心情。

哥國的育林計畫，是在聯合國地球氧氣配額補助下進行。私人可購地植林，政府也放領土地給低收入者。政府通常補助五至七年，墾殖者受官方監督和協助，譬如修枝、除草、施肥、疏林等等，都有專家指導。土地不得變更使用，樹林成材後可自由買賣。朋友兩百二十公頃的林園，先期種的二十公頃都是柚木，柚木壽命七十年，三十年算長成，「十年結子知誰在」，朋友說這是對生養他們的地球所作的一項答報。（張作錦〈感時篇／台灣種樹還來得及嗎？〉）

我最喜歡白居易的詩句〈種荔枝〉「紅顆真珠誠可愛，白鬚太守亦何癡。十年結子知誰在，自向庭前種荔枝。」荔枝像透白的珍珠，這比喻使荔枝更添美感。我們迷戀一種事物的時候也如此，喜歡就栽啊。荔枝不是一朝一夕就能結果，要有耐心，要等很多年。誰知到最後是否能親口吃自己所種的荔枝，但他不管那麼多，默默在庭中栽種。就像我們擁抱一個夢，那是我們所追求的、鍾愛的，就會堅持不懈地做，付出了就不管結果。（蘇伶《看不見月亮的晚上》）

眾裡尋他千百度

這首詞句描寫人生中常見的，驀然回頭，心境轉折而有所領悟的過程，從大詞家王國維到後世無數讀者，常為之心有戚戚，為最常引用的詞句之一。

作者與詩詞介紹

出自辛棄疾〈青玉案〉：

東風夜放花千樹。更吹落、星如雨。寶馬雕車香滿路。鳳簫聲動，玉壺光轉，一夜魚龍舞。蛾兒雪柳黃金縷。笑語盈盈暗香去。眾裡尋他千百度。驀然回首，那人卻在，燈火闌珊處。

名家例句

吳胡會的進展顯示，從「一個中國的發展論」來看，「中華民國與中華人民共和國在特殊情況下的政治關係」，即是「一個中國」的一種架構與形式，在此架構下，兩岸的憲法皆是「一個中國」的重要支柱。胡錦濤應是有此認知，才會引據中華民國憲法（他稱「現行規定」），來支撐「一個中國」。**眾裡尋他千百度**，驀然回首，那人卻在燈火闌珊處。吳胡會告訴我們，現狀就可以是「一個中國」的一種架構與形式，且是以雙方的憲法做為支撐；既是「一中各表」，亦是「各表一中」。目前兩岸面對的問題是，如何使此一架構進一步法制化？（〈聯合報／社論——現在進行式的一個中國〉）

從一條歪斜而狹窄難行的下坡小巷走了出來，我們往右拐個彎，才走幾步，突然從右手邊的店鋪傳出一陣帶有濃郁香味的熱氣。只見一個婦人正拿了碗盤在舀湯，忙進忙出的。這是個完全不起眼的門口，但不正是**眾裡尋他千百度**的餐廳嗎？略微探頭一看，裡面塞了好幾張桌子，甚至有幾人明顯是在空間不足的情況下，促膝屈坐。但眼前座無虛席的景象，更堅定了我們一定要進去吃的意念

「有位置嗎？」我向大嬸開口問道，「兩個人。」（蔡伯鑫《沒有摩托車的南美日記》）

欲窮千里目，更上一層樓

登高遠望，看著黃河入海的壯闊氣象，不禁讓人豪情萬丈。

作者與詩詞介紹

王之渙〈登鸛鵲樓〉：

白日依山盡，黃河入海流。欲窮千里目，更上一層樓。

王之渙，唐代并州人。生卒年不詳。盛唐時期曾以邊塞詩馳名一時。

名家例句

整個八〇年代，不僅是中國改革開放的黃金年代，而且也是劉曉波人生中風聲水起、順暢快樂的時期。一九八四年，碩士生畢業後，他得以留校擔任教師。留在北師大任教，是當時的碩士畢業生們夢寐以求在專業上發展的好機會。劉曉波能夠奪得這個機會，說明他是那一屆碩士畢業生中的佼佼者。欲窮千里目，更上一層樓。任職於高校，僅有碩士學位是不夠的。八〇年代中期，文科的博士教育逐漸開始恢復，劉曉波又有了繼續深造的想法。陶力非常支持丈夫的想法，對他說：「只要你讀博士，家中的雜事都由我來做。」一九八六年，劉曉波開始在職攻讀文藝學博士課程。（余杰《我無罪：劉曉波傳》）

輕舟已過萬重山

從白帝城到江陵這千里水路，江水湍急，三峽兩邊的猿聲哀啼未已，小舟已穿過千山萬壑的三峽，進入廣闊江流。

作者與詩詞介紹

出自李白〈早發白帝城〉：

朝辭白帝彩雲間，千里江陵一日還。兩岸猿聲啼不盡，輕舟已過萬重山。

名家例句

我在別人的結婚場地上，長長地嘆了口氣。魏依然開口問：「黃小姐，沒事吧？」我點點頭。

所有曾經加倍珍惜的回憶，現在想起來都已難辨真假。告誡自己，驅趕自己往前走的每一分鐘裡，我都在對那些將要被我藏進記憶深淵中的往昔說，對不起，不是我不留戀。而是代價昂貴，我負擔不起。

坐在這一片清朗的空曠裡，我第一次有勇氣，開始期待那種「輕舟已過萬重山」的心情。（鮑鯨鯨《失戀33天》）

「過盡千帆」，一看這四個字，鮮明的意象，讓我想起一九九二年遊長江三峽，讓我想起杜甫「星垂平野闊，月湧大江流」，想起李白「兩岸猿聲啼不住，輕舟已過萬重山」，讓我想起溫庭筠「過盡千帆皆不是，斜暉脈脈水悠悠」。我恬地自然和了，隨口云來「千帆過盡猶未盡，只此江河日夜流」。（林安梧〈過盡千帆，江河日夜的召喚與悠遊〉）

我生之初，尚無為；我生之後，逢此百罹

《詩經》這首〈兔爰〉被認為是一首亂世之音，詩人概歎著，從前的時世何其太平，而我輩又何其不幸，生在這亂世之中，像陷入羅網中的雉鳥，看著其他幸運的狡兔閑適地走過，唉，算了吧，就別再輾轉反側，徒增憂思了！

出自《詩經．王風．兔爰》：

有兔爰爰，雉離于羅。我生之初，尚無為；我生之後，逢此百罹！尚寐無吪！有兔爰爰，雉離于罦。我生之初，尚無造；我生之後，逢此百憂，尚寐無覺。有兔爰爰，雉離于罿。我生之初，尚無庸；我生之後，逢此百凶，尚寐無聰！

《詩經》是中國最古老的詩歌總集。所輯詩歌三百零五篇，分成「風」、「雅」、「頌」三類。《詩經》兼具五經之首及文學之祖兩種身分，詮釋上歷來有解經家之言與詩人之言相互辯諍，後人引用時，也常依違於這兩種解釋之間，充滿豐富的旨趣。

名家例句

中郎的文章說是有悲哀愁思的地方原無不可，或者這就可以說亡國之音。《詩經．國風》云：「有兔爰爰，雉離于羅。我生之初，尚無為；我生之後，逢此百罹！尚寐無吪！」這種感情在明季的人心裡大抵是很普通的。有些閑適的表示實際上也是一種憤懣，即尚寐無吪的意思。……中國現在尚未亡國，但總是亂世吧。在這個時候，一個人如不歸依天國，心不旁騖，或應會試作「賦得文治日光華」詩，手不停揮，便不免要思前想後，一言一動無不露出消極不祥之氣味來，……（周作人〈重刊袁中郎集序〉）

萬山不許一溪奔

楊萬里此詩以生動擬人的手法，形容山中溪水奔流喧騰的情景。當然讀者讀到了後一聯，也很容易聯想到許多人情世事的道理。

作者與詩詞介紹

出自楊萬里〈桂源鋪〉：

萬山不許一溪奔，攔得溪聲日夜喧。到得前頭山腳盡，堂堂溪水出前村。

不僅是文學侍從，台灣那些傾中政商本質上也是「莫言」。中國專制統治者不想聽的，他們就「莫言」；台灣人民的心聲，他們到了中國也都「莫言」。從馬英九總統以降，這種人當然不會聲援劉曉波。兩年前劉曉波獲獎時，各國領袖呼籲中國立即釋放劉曉波，……監禁劉曉波的中國，萬山不許一溪奔，是他們嚮往的「和諧社會」。對於中國民主人士，他們則避之唯恐不及，因為怕觸犯中國專制統治者的禁忌。於是乎，他們仰中國專制統治者鼻息，直接間接淪為打壓中國民主、自由與人權的幫兇。可以說，那些人既對不起台灣人民，也對不起中國人民，稱之為「醜陋的中國人」當不為過。（〈自由時報／自由評論——莫言中國專制政權之非？〉）

朱門酒肉臭，路有凍死骨

「朱門」，指豪強之家，此處以豪強之家的嗜慾橫流，與輾轉於道途凍餒而死的飢民並陳，形成強烈而突兀的對比。

作者與詩詞介紹

出自杜甫〈自京赴奉先縣詠懷五百字〉

朱門酒肉臭，路有凍死骨。榮枯咫尺異，惆悵難再述。

這首詩歌也同〈春望〉一樣，是杜甫作為一代「詩史」的代表作，民生之疾苦，知識分子的痛心，個人的遭遇，備述於其中。這一句「朱門酒肉臭，路有凍死骨」，幾乎是歷來痛斥社會不公不義最為激切，引用也最為頻繁的詩句。

歐巴馬如果不是打著「變革」的旗號上台，人們可能不會對他有太大期望。然而他在任四年，股市迭創新高，失業率卻居高不下；「大到不能倒」銀行愈來愈大，稅制不公連超級富豪巴菲特都不好意思。四年來，上層依舊功利投機，金融和原物料炒作肥了少數，卻讓中產者備感壓力。金融海嘯前「朱門酒肉臭，路有凍死骨」、奢華享樂與飢寒交迫並存的荒謬，又改變了多少？歐巴馬所任命的伯南克，將惡化分配的非常態貨幣寬鬆政策常態化，以為華爾街領軍，實體經濟就會跟隨。殊不知，卻是為下一次危機煽風點火。一般人用了無效辦法，早就改弦易轍，另謀他途；但在伯南克眼裡，如果量化寬鬆無效，表示劑量不足。（葉家興〈沒有正義，就有危機〉）

天涯共此時

海上升起明月，無論天邊海角，人同此情同此心，望著明月，正是思念遠方之人的時候。

出自張九齡〈望月懷遠〉：

海上生明月，天涯共此時。情人怨遙夜，竟夕起相思。滅燭憐光滿，披衣覺露滋。不堪盈手贈，還寢夢佳期。

名家例句

二〇一二年倫敦奧運盛大開幕，精采的片段讓人津津樂道，回味無窮；許多人拿它與四年前的北京奧運開幕式相比較，感受到兩個開幕式有各擅勝場的魅力，而倫敦奧運的開幕式似乎更能引發普世的共鳴；如果說北京奧開幕式是中國做為世界最古老的文明之一的提醒，倫敦奧運則是英國做為現代流行文化旗手的一次確認。北京奧運「數大便是美」，倫敦奧運「天涯共此時」，而其力量都來自於探索記憶的力道。可以說，誰能使用愈多世人共同的文化符碼，誰就能夠創造愈多的感動。（〈中國時報／社論—倫奧何以更能打動世人的心〉）

月亮從海峽間升起，海灣之外就是海峽，海波千萬頃，浩浩茫茫，沿海的漁民卻說極仄，木船搖櫓，欸乃數聲也就過去了。濤分兩岸，舉頭一輪，今夜泉州的月好，對岸的月自然也好，看月的人不知在想些什麼？想月下的那各地方？想那個地方的那個人？海上生明月，天涯共此時。據文獻記載：台灣漢族同胞一千九百萬，其中八百萬人的祖籍是泉州。今夜泉州月，並非一人獨看。（胡榴明《愛的纏裹：胡榴明美文集》）

2 經濟趨勢

春江水暖鴨先知

這是蘇軾欣賞了惠崇「春江晚景」的畫作之後，為畫中清新生動的景象所感之作，於是他開頭就運用了一般詩中少見的輕俏語彙，讓讀者彷彿也感受到畫中花開水暖的鮮活景象。

作者與詩詞介紹

出自蘇軾〈惠崇春江晚景〉二首之一：

竹外桃花三兩枝，春江水暖鴨先知。蔞蒿滿地蘆芽短，正是河豚欲上時。

名家例句

春江水暖鴨先知，早在本月一日韓國公布七月出口年減百分之八．八，我們就預期同樣是出口導向的台灣，絕對好不到哪裡。出口衰退，問題出在全球，出口不佳，經濟保二破功，這些基本常識，我們都知道，但要問的是，為何台灣今年來每月的出口增長，都遜於韓國？為何台灣今年上半年經濟成長，是四小龍之末？面對歐債、美中兩大經濟體成長下滑，這是每一個國家都要面對的限制條件，何獨台灣表現最差？顯然，台灣有台灣的內部問題，這些內部問題，別的國家沒有。而台灣最大的內部問題在哪裡？容我們不客氣的說，最大的問題就在政府，而且是馬政府。（〈工商時報／社論——台灣所面臨的「萬曆十五年」〉）

看著湖裡高興得要死的綠頭鴨，我突然有些得意，因為春江水暖固然牠們先知道，但是大地是不是真解凍，那解凍又夠不夠徹底，我的腳丫卻能感覺。所以我要說「春江水暖鴨先知，春原地暖丫先知。」（劉墉《花痴日記》）

天涯若比鄰

「海內存知己，天涯若比鄰」，這大概是王勃最常被引用的一聯詩句，此詩本是王勃送別友人之作，然而在淒淒離情之外，王勃既能夠以同是「宦遊人」的際遇寄予情感理解，又復以「海內知己」相許，而令這送別之詩，在不捨之餘，更有一重可貴的愜心感激的情誼。

作者與詩詞介紹

出自王勃〈杜少府之任蜀州〉：

城闕輔三秦，風煙望五津。與君離別意，同是宦遊人。海內存知己，天涯若比鄰。無為在岐路，兒女共霑巾。

王勃，字子安，唐代絳州龍門人。約生於唐太宗貞觀二十三年，卒於唐高宗儀鳳元年。

王勃是初唐著名的早慧卻也早逝的詩人，曾以著名的〈滕王閣序〉名動海內，與當時幾位名家楊炯、盧照鄰、駱賓王並稱「初唐四傑」。

由於「天涯若比鄰」，在全球化的分工生產模式下，這場天災可能使全球許多高科技產品的生產發生斷鏈危機。主要原因在於日本所提供的關鍵原料及關鍵零組件，在整個生產鏈中，

有其難以取代的地位。這些原料及零組件，若因地震而停產或復工緩不濟急，將使許多國家或地區的高科技產品的生產斷鏈。這個衝擊對台灣的高科技產業及汽車產業尤為嚴重，何時能夠恢復正常，仍在未定之數。（〈工商時報／社論——摸著石頭過河：央行〉）

在某一意義上言，武藝社會的範圍大於尋常社會。尋常社會在行政上之國度，有其一定限制；所為中國人只在中國之內。而武藝社會則可以無限制的遠及海外；任何人那怕是身處南極北極，只要會武，也便是武藝社會的遠方成員。武人原不在乎路遠。武藝社會只問武功，不問距離。

便因武功，於是「天涯若比鄰」，而「四海之內皆兄弟」也。（舒國治《讀金庸偶得》）

兩兔傍地走，安能辨我是雄雌

這首敘事詩，敘事方式頗有古典小說求「奇」的趣味。木蘭代父從軍的故事，題材本就新穎，敘述者又善用北朝民歌勁截流暢的語法，詳略取捨非常簡練，整個故事讀來曉暢明快，有如閱讀唐代文言傳奇。更為出奇的，便是敘事者最末一段，以略帶調侃的比喻為此奇事作結，整個敘事於是跳脫出征題材原可能有的沉重悲壯（可對照唐代邊塞詩），而有一種小說家言的趣味性。

作者與詩詞介紹

出自古樂府〈木蘭詩〉：

……脫我戰時袍，著我舊時裳，當窗理雲鬢，對鏡貼花黃。出門見伙伴，伙伴皆驚惶，同行十二年，不知木蘭是女郎。雄兔腳撲朔，雌兔眼迷離，兩兔傍地走，安能辨我是雄雌。

〈木蘭詩〉，產生自北朝的民間文學，作者不詳。而今流傳完整的這一版本，出自宋代《樂府詩集》，疑似經唐人改寫過。這首詩，充滿北地活潑慷慨的生命力，前人說它「事奇詩奇」，形容它像鳳凰高鳴於慶雲之上。

古樂府木蘭詩：「雄兔腳撲朔，雌兔眼迷離，雙兔傍地走，安能辨我是雄雌。」目前全球金融經濟的亂象，用撲朔迷離來形容，一點也不為過。其中最應該負責的是始作俑者的美國，從次級房貸、金融海嘯、二輪量化寬鬆等，都是以鄰為壑的作為；而歐豬五國積弱不振、日本震災引發恐慌性下單導致電子業存貨過剩，加上民主政治的政策買票，中產階級逐漸萎縮，一連串的金融、經濟、財政、產業、政治等缺失，混在一起，

還真是「剪不斷、理還亂」。（〈工商時報／社論——雄兔腳撲朔，雌兔眼迷離〉）

在古代，木蘭完成了一件只有男生可以做的事，證明許多事情並不適用性別來區分。

「可汗大點兵」，卷書上有木蘭父親之名，由於木蘭的父親年長力衰，又加上「阿爺無大兒，木蘭無長兄」，所以木蘭「從此替爺征」。表現出她代父從軍的孝心。「萬里赴戎機，關山度若飛」木蘭出征節節勝利，由此可知，木蘭巾幗不讓鬚眉。「壯士十年歸」木蘭終於凱旋歸來。沒想到換了女裝，她的同伴都感到驚訝，不知道木蘭是女生，最後以「雄兔腳撲朔，雌兔眼迷離，雙兔傍地走，安能辨我是雄雌？」讓木蘭女扮男裝的成功作為故事完美的結局。（吳淑芳等著《中小學生必讀的國語文》）

借問因何太瘦生

唐詩是中國詩歌鼎盛的代表，而當中李杜兩人分據詩史上「詩仙」「詩聖」不可撼動的地位，因此，這兩位宗師彼此之間的互動如何，也成為後來詩話詩說議論紛紛的題目。兩人的詩歌往返亦是寫作性格的反映之一。杜甫較李白年代為晚，曾有多首欽敬和懷念李白的詩篇，李白創作則有如杜甫所謂「飛揚跋扈」之姿采。相對於「語不驚人死不休」的杜甫，不愛受限於格律的李白，便曾經以此詩調侃杜甫，寫作竟如荷鋤老農，「（字字）粒粒皆辛苦」！

出自李白〈戲贈杜甫〉詩：

飯顆山頭逢杜甫，頭戴笠子日卓午。借問因何太瘦生？總為從前作詩苦。

李白〈戲贈杜甫〉詩：「飯顆山頭逢杜甫，頭戴笠子日卓午。借問因何（或作「別來」）太瘦生？總為從前作詩苦」。看到股市在去年十二月一日還有超過一千億元的成交值，此後則幾乎每況愈下，到昨日甚至出現低於五百億元的「窒息量」。在此期間主管機關金管會一再喊話、頻放利多，甚至在北韓領導人金正日十二月十七日猝逝後，行政院還請出副院長陳冲領軍，率領國安基金進場護盤。惟利多加護盤的結果，只是讓台股從十二月十九日的兩年半最低收盤價6,633.33點，拉升至維持在7,000點上下，但是股市成交值卻一直沒有起色；尤其是近日的窒息量，更讓人想起李太白詩：「借問因何太瘦生？」答案則應是「總為『未來諸事』苦」。（〈工商時報／社論借問因何太瘦生？總為「未來諸事苦」〉）

日暮鄉關何處是，煙波江上使人愁

黃鶴樓上登臨遠望，望見漢陽一帶萋萋暮色，在這江上的煙波間，想起飄泊的歸鄉何在，不禁棖觸萬端！

作者與詩詞介紹

崔顥〈黃鶴樓〉：

昔人已乘黃鶴去，此地空餘黃鶴樓。黃鶴一去不復返，白雲千載空悠悠。晴川歷歷漢陽樹，芳草萋萋鸚鵡洲。日暮鄉關何處是，煙波江上使人愁。

崔顥，唐代汴州人。生年不詳，卒於天寶十三年。崔顥這首〈黃鶴樓〉，曾被喻為唐人七律第一之作。連飛揚跋扈的李白，在黃鶴樓「崔顥題詩」之後，也為之斂手致意。

名家例句

一位去國多年的朋友回來，我問他在國外有什麼收穫。

「最大的收穫，是我深切地體會了唐代詩人思鄉的情懷。」他說：「身在異國，特別想家。傍晚，我會有『日暮鄉關何處是』的慨歎。深夜，我會有『萬里歸心對明月』的感傷。朋友從國內來，我會問：『來日綺窗前，寒梅著花未』。有人回國，我會『馬上相逢無紙筆，憑君傳語報平安。』遇到來自祖國卻不相識的，我會講：『同是長干人，生小不相識。』聽到中國歌曲，我便『歸思欲霑巾，一夜盡望鄉。』過節，我是『獨在異鄉為異客，每逢佳節倍思親。』逢年，更是『鄉心新歲切，天畔獨潸然』。而今『近鄉情切』的返抵國門，許多晚輩已是『兒童相見不相識，笑問客從何處來』了。」（劉墉《人就這麼一輩子》）

產業發展，就消極而言，要排除政治干擾；就積極而言，要重視製造業的基本面，避免動輒倚賴政治、經濟手法救一時之急。新加坡或韓國，一個人口數與土地面積比台灣小，另一個則比台灣大，兩者都是學習的對象。我們偏偏喜以東方的瑞士自詡。殊不知，瑞士是一個中立、均富的社會，台灣須在民生福祉上建立共識，排除政爭對產業發展的干擾。日暮鄉關何處是，煙波江上使人愁；引個諺語，不要畫虎類犬，陶醉於一個自我感覺良好、均而不富的社會。（〈中國時報／郭位——排除政治對產業發展的干擾〉）

丁媽媽的戀愛史可以寫幾十萬言，用章回小說來寫會更適合。她常表示找個機會她口述，我筆錄記下她的羅曼史。譬如寫一首好詞的X伯伯，每次比喻丁媽媽的長髮是一線線光芒，是永恆的光亮。無可否認她當時感動異常，每回把X薄薄的詩詞編號藏好。丁媽媽的野心也很大，她想有一天把那光榮的鮮事向孫輩炫耀、炫耀，就現在我看到X伯伯最後錄一首傷感離鄉之詞：「日暮鄉關何處是？煙波江上使人愁。」我都替丁媽媽熱淚盈眶。（楊筑君《五月的故事》）

斯人獨憔悴

京城中到處都是飛黃騰達的顯貴，為何你這樣超逸不俗的才子卻反而困頓至此。

作者與詩詞介紹

出自杜甫〈夢李白〉二首之二：

浮雲終日行，遊子久不至。三夜頻夢君，情親見君意。告歸常局促，苦道來不易。江湖多風波，舟楫恐失墜。出門騷白首，若負平生志。冠蓋滿京華，斯人獨憔悴。孰云網恢恢，將老身反累。千秋萬歲名，寂寞身後事。

李白有「詩仙」之稱，與「詩聖」杜甫當世齊名。兩人相識於唐玄宗天寶三年，初會即成至交。詩人之間，相互往返酬作，極其親密。至德二年，李白因受政治牽累，被捕入獄，流放夜郎，於中途遇赦東還。當時杜甫只知道李白遭遇流放，在聽聞消息後，夜有所夢而作〈夢李白〉兩詩，表達了對摯友不幸遭遇的同情和掛念，字字句句真情實感，極其動人。

本詩開頭描寫見浮雲而思念遊子。天上浮雲飄來飄去，然而遊子故人卻久久不至。連著三個夜晚頻頻夢見，可見兩人之間情深意厚，而夢中李白的告別顯得心緒不佳，訴說處境惡劣、前來不易。詩人至此回想起昔年與李白相見的形象，彷彿壯志不遂，心懷恨悵。都城中的官僚們冠蓋相接，然而獨胸懷大才的李白失意困頓，遭遇堪傷，令人惋惜。結尾時詩人感嘆，誰說天網恢恢，善惡有報？或許千秋萬代之後，李白大名將傳揚天下，可那畢竟只是身亡後寂寥的安慰。活著的時候，又有誰去憐惜李白的處境呢？

本詩雖然是〈夢李白〉，卻也隱含了杜甫同病相憐的淒涼心事。藉彼之遭遇，為我之憂懷，同聲一哭。

名家例句

拉鐵摩爾雖然能夠全身而退，但經過一連串的政治迫害之後，美國出版商有十八年的時間不敢出版他的著作，約翰．霍普金斯大學有兩年半的時間不給他薪水。比他幸運的人是哈佛大學的中國通費正清，費氏也飽受麥卡錫時代的政治迫害，美軍在一九五一年不讓他去日本，國務院撤銷他的顧問名義，連《紐約時報書評雜誌》也不敢刊登他的文章，但是費正清仍可安穩地在哈佛教書。

約翰霍普金斯大學靠近華府，但「冠蓋滿京華，斯人獨憔悴」，拉鐵摩爾變成一個大家不敢接近的人，於是，他只好乘桴浮於海。在六十三歲那年到英國里茲大學教書，做中國研究部門的主任，一直到七十五歲退休返美，在羅德島州鄉間含飴弄孫。（林博文《1949浪淘盡英雄人物》）

一年、兩年、三年……男孩再也沒有回到校園。

一直到兩前某個秋日黃昏，我坐在公車上經過士林夜市，卻看到大男孩——獨自一人，背著大大的旅行背包，走在商店騎樓旁東張西望，微張著嘴，笑嘻嘻的。男孩變胖了，對著路人笑呵呵的模樣，卻是憨憨的一臉茫然。

我急急拉鈴想下車，公車司機卻只准許我到下一站才以下車。到了下一站，我一下車就回頭急奔，人來人往熙熙攘攘，我張大眼睛四處找，卻已不見大男孩的身影。在熱鬧的夜市街頭，唯有我「斯人獨憔悴」的，黯然垂淚在茫茫人海。（陳美儒《接住孩子的青春變化球：建中名師的親子甜蜜溝通24招》）

雲深不知處

此詩所謂的「隱者」，與六朝以來「求仙」風氣中的避世之風有關，而「採藥」也是求服食成仙之藥；因此，「只在此山中，雲深不知處」，除了隱者徜徉於山林，不計行蹤之外，也有宛如仙風道骨，縹渺於蓬萊的意味。

作者與詩詞介紹

出自賈島〈尋隱者不遇〉：

松下問童子，言師採藥去。只在此山中，雲深不知處。

賈島，字浪仙，唐代范陽人。約生於唐德宗建中元年，卒於唐武宗會昌三年。

孟郊、賈島，都是屬於中唐苦吟派的詩人，所以蘇軾有「郊寒島瘦」的評語。兩人也都跟當時文壇泰斗韓愈頗有交情，後世作詩「推敲」一詞便是出自詩話裡韓愈賈島的故事。

名家例句

順利搭上飛機，安頓媽媽坐好。我深深體悟：親子相依的關係，就像腰間這條可以放得很鬆、也可以綁得很緊的安全帶，飛行途中不會覺得它有多重要，直到航向雲深不知處遇上亂流，才知道它的存在，是為了給脆弱的心靈，最後的依賴。（吳若權《相依》）

憎惡考試，其實未分贏家、輸家的，很少有人喜歡坐在火熱的烤爐上，享受自己烤焦的味道。

滿清十大酷刑，是我對考試的想像，把人五花大綁押上行刑台。

八十歲該稱高壽，但是讀書考是的歲月極長，有些人長達三十年，一考再考，大約只剩記憶力，缺乏獨立思考的能力，就屬勞力經濟，並非腦力經濟了。

這件事不止我憂心，洪蘭教授心疼，林火旺教授火大，很多遠見者大聲疾呼，可是快樂學習一事，依舊遙遙無期，在雲深不知處。考試的好處除了優勝劣敗之外，我想不出來還有什麼，但，壞處卻罄竹難書。（游乾桂《深情：教出懂愛、用心、有情的陽光孩子》）

「羅馬的條條大路通哪裡？」

很深奧的問題，一時考倒了我。羅馬的條條大陸應該通往特米尼火車站吧，或者通往城中心的萬神殿？

「通道這裡！」她說，「羅馬的條條道路都通到西班牙廣場，每個台灣人都知道，只有妳這個書呆子捧著一堆書，不知道書都讀到哪裡去。」

這是十年前我「帶」趙薇首度到羅馬時的情景，不過到了西班牙廣場之後，她就不需要我「帶」，因為她竟然熟門熟路地鑽進西班牙台階對面的小巷裡去，從此芳蹤杳杳、雲深不知處呀。後來又去幾次，那條全是名店的小巷子恐怕長度不到兩百公尺，可是我從沒有機會走到巷底……（張國立《天使與魔鬼大現場》）

十年磨一劍

「十年磨一劍」，說的是劍，卻也是劍客。這首詩中，劍客路見不平，為君拔劍試霜刃的情態，幾乎就是唐傳奇中引人入勝的俠客故事的詩歌濃縮版。

作者與詩詞介紹

出自賈島〈劍客〉：

十年磨一劍，霜刃未曾試。今日把示君，誰為不平事。

名家例句

去年十月勞委會職訓局的季刊《Talent》報導，南韓政府為提升設計產業的實力，在二〇〇〇年提出「設計韓國」戰略口號，傾全國之力，營造設計創新人才的孕育環境。例如，讓孩童從小學開始接觸設計相關課程，強化旅遊景點的設計和成立生活設計館，讓民眾從生活感受設計帶來的樂趣與魅力，每年十二月定為「設計月」辦理展覽活動等。如今，每年有三萬多名設計專業畢業生，進入各種創意機構服務，首都首爾更在二〇一〇年被國際工業設計聯合會選為世界設計之都。南韓以「十年磨一劍」的精神，對照今年台北打算爭取四年後的相同頭銜，冀求短期內立下奇功，難度顯然頗高。廣達林百里董事長日前談到十二年國教時指出，我們現在處於「破壞」的時代，各種行為、科技、商業模式都在改變，亞馬遜、蘋果、臉書、谷歌等企業在各領域不斷創新，造成觀念的突破與價值觀的轉移。林董事長認為，影響創新的關鍵在於學習風氣和教育制度，因為「創新是不能教的」、「創新需要被啟發」。（朱宗慶〈藝術外一章——藝術教育有助創意人才之養成〉）

3 社會政治評論

白頭宮女話天寶

從中唐之後唐人諸多關於明皇貴妃的詩歌和小說，可知當年天寶盛事與遺恨，猶為後人樂道。然而，不說後人、時人道及天寶，為代之以為今尚在的「白頭宮女」，除了為整個「故」事增添落寞寂寥之外，也為「天寶」年間的前塵過往，製造了一種時光錯謬卻徘徊不去的氣氛。於是後人引申了出自元稹詩的這一聯「白頭宮女在，閒坐說玄宗」詩義，指稱沉溺於緬懷舊事，而不能正視眼前現實。

出自元稹〈行宮〉：

寥落古行宮，宮花寂寞紅。白頭宮女在，閒坐說玄宗。

名家例句

上海亦有雲南菜。坐落在江西中路一辦公樓的樓上，一間屋，需預定，知者不多而來者甚眾。汽鍋雞、炒餌塊、過橋米線，皆快朵頤。人往往以為雲、貴無佳菜，此大謬。我的祖母和一位嬸母是貴州人，多燒貴州菜，嬸母之弟五十多年前且在成都開一貴州飯館，名曰金筑移馨，名重一時。**白頭宮女話天寶**遺事，絮絮叨叨，還可舉一長串。無非畫餅，大可不必，乃急止。金也如何，吳不堪言，不忍言。稍一點到，識者察之。總述一句，今之上海飲食，概括說，是菜系雜亂而多佚，飯館建築富麗堂皇大勝往昔，真要吃其味，難矣哉！（唐振常《中國飲食文化散論》）

徐鑄成曾說，老記者如老而不記（寫），就只是老者了。他並不服老，有把時間搶回來的雄心和氣概，但畢竟年逾古稀，心有餘而力不足。一生中最寶貴的二十年，是無法搶回的了。怎麼辦呢？他說：「只能拿起塵封多年的禿筆，把記憶裡殘存的東西，過去的親身經歷、印象較深的見聞都寫出來。像擺舊貨攤一樣，把破鏡子、斷木梳都傾箱倒篋翻出來，讓有心的顧客來挑選，看有什麼還可利用、還可回爐的。」他又說：「我自己水平有限，但自以為一直是『清清白白做人、勤勤懇懇辦報』的職業報人。現在雖然被迫退伍多年，似乎也有些經歷可資借鑑。」

他自稱為「**白頭宮女話天寶**」。（李偉《報人風骨：徐鑄成傳》）

祇緣身在此山中

據蘇軾自記，這首詩是已遊歷廬山全山過半時所作。於是這「不識廬山真面目，祇緣身在此山中」，通常就被視為是他在沉澱了廬山種種印象之後，所作的一種總結性的領悟。而後人便經常用這一句話來描述這類儘管有許多片段印象或感受，卻始終無法取得全體觀照的當局者迷之情狀。

出自蘇軾〈題西林壁〉：

橫看成嶺側成峰，遠近高低總不同。不識廬山真面目，祇緣身在此山中。

名家例句

簽署這個協議之後，大陸方面領導人可以宣稱兩岸已經「實質統一」，而且「一國兩制」已經落實；國民黨方面可以宣稱馬總統「不統、不獨、不武」的主張得到落實，「一中各表」也具體實現；新黨可以說「和平協議」是朝向「終極統一」邁進的一大步；親民黨可以說這是「一個中國，兩岸兩席」的落實；甚至連民進黨都可以宣稱「和平協議」證明台灣已經「實質獨立」，不受中國統治。這不就是「橫看成嶺側成峰，遠近高低各不同；不『辯』廬山真面目，只緣身在此山中」嗎？。

（〈工商時報／社論——橫看成嶺側成峰，遠近高低各不同〉）

登山的「過程」又是什麼呢？是自己氣喘咻咻與腰酸背痛？還是山中的一草一木，與平地不得一見的景致？登山是為了體驗自己的存在，還是山的存在？

我們的兒子那時只有五歲，走在山路上，不停地以五歲孩子的急切追問：「什麼時候才到山裡？什麼時候才到山裡？」告訴他我們已在山裡了，他卻如何也不能信。因為他一直在等那個圖片中常見的椎狀物體，那個叫做山的物件。我自然想到「不識廬山真面目，只緣身在此山中」這句話。但是什麼才是山的真面目呢？是圖畫中那個椎狀物體，還是我們腳下所踏的蜿蜒山路，與鼻中所吸進的山野空氣？（蘇友貞《當王子愛上女巫》）

汪銘道目光幽幽地閃爍著，說道：「是我不願出山嘛。中堂在朝裏並不缺人，怕的是聖眷不隆，就難辦了。皇上若不聽明珠他們蠱惑，不另立太子，中堂就能立於不敗之地。」

索額圖笑道：「換太子那還不至於吧。日前吏部擬我襲一等公位，皇上已經照允。你們等著瞧，我還是要比明珠強點兒。」說話間酒菜已經上來，索額圖命小廝們迴避了，便請四人入座邊吃邊談。

佟寶夾菜吃著，笑道：「不識廬山真面目，只緣身在此山中。中堂這話倒叫我想起康熙八年的事，鰲拜中堂當日也是頭一天晉封一等公，第二天便讓魏東亭在毓慶宮拿了……」聽了這話，索額圖心裡一個寒顫，臉色變得蒼白。（二月河《康熙大帝》）

江山代有才人出，各領風騷數百年

這首趙翼著名的〈論詩〉詩，秉持「一代有一代的文學」這樣的看法，認為每一個時代都應該創造生機，展開新的風氣，也因此，無限江山，每一輩都會產生不同的傑出人物，引領時代風氣。

作者與詩詞介紹

出自清．趙翼〈論詩〉：

李杜詩篇萬口傳，至今已覺不新鮮，江山代有才人出，各領風騷數百年。

名家例句

江山代有才人出，各領風騷數百年，這講的是詩；若擺在民主政治，能領風騷十數年，即屬萬幸。任何曾經權傾一時、叱吒風雲的政壇前輩，應該也樂見後輩有成，接棒有人。從這個角度觀察，藍營內部對大老與馬英九總統有心結，不利團結勝選的憂慮，反倒可視為強化危機感的動力。（〈中國時報／社論——政治上沒有解不開的心結〉）

是的，凡人都喜愛誇讚、獎勵、肯定、居功……，但是唯有胸如高嶺、愛如大海的人，才會知道，個人是多麼渺小。

一個人一生一世縱然有傲人的功績，在歷史的長河裡，總會因著江山代有才人出，而被浪淘盡，忿忿不平或瀟灑一笑，世人皆有。

真正偉大的是，希望有人超越你。試想，這月球若永遠只留著阿姆斯壯的腳印，那也只是「首次登越成功」的記錄而已。但若有人前仆後繼，能夠再度登月，能夠不停研究、不斷追求，那麼無限可能的紀錄均將出現，即使我們看不到，總有後代子孫會看到。（宋晶宜《就這樣，幸福快樂到老》）

張廷玉深邃的目光盯著傅恒，說道：「劉統勛這是真正愛我，為我洗了疑慮。這人勁氣內斂、厚重有力，這一奏正顯其君子愛人以德，有古大臣標格。我心裡實在是很佩服，很感動的。」傅恒笑道：「何必要上這一奏？載到邸報上於中堂臉上總歸不好看。要是我有這些話，就來，就像現在，當面告訴你。」張廷玉一笑，說道：「江山代有才人出，各領風騷數百年。我捫心自問，從順治朝至今，熊賜履、鰲拜、索額圖、明珠、高士奇這些輔臣，或忠或奸，或擅權或超脫，誰也沒有我這樣長久的。際會風雲固然不易，退步抽身其實更難。劉統勛說的話沒有一句假，都是我想說不便說、不敢說的，怎麼能不感激他？沒有我和鄂爾泰、李衛這些人，有這個肚量的就能全始全終。沒有這肚量，臨退吃一口狗肉也未可知——現在該輪到你們這一代出來做事了。」（二月河《乾隆皇帝》）

相逢何必曾相識

我們都同樣曾經在繁華的長安城看盡人間風月，而今歷經滄桑，淪落天涯，心中感慨至深，能在異地遭逢懷抱著同樣傷心的知音，縱使未曾相識，這種偶遇下的相契相惜之感，讓人嘆息再三。

作者與詩詞介紹

出自白居易〈琵琶行〉：

……我聞琵琶已歎息，又聞此語重唧唧。同是天涯淪落人，相逢何必曾相識。我從去年辭帝京，謫居臥病潯陽城。潯陽地僻無音樂，終歲不聞絲竹聲。住近湓江地低溼，黃蘆苦竹繞宅生。其間旦暮聞何物，杜鵑啼血猿哀鳴。春江花朝秋月夜，往往取酒還獨傾。豈無山歌與村笛，嘔啞嘲哳難為聽。……

名家例句

在美牛進口議題上，行政院可說是雙重「苦主」：同時被美國政府與立法院勒索。其實部分立委也是被選民（選票）及利益團體（政治獻金）勒索的「苦主」，政院與立院「相逢何必曾相識，同是『勒索被害人』」。（〈工商時報／社論——到處都是勒索集團？〉）

兩年後的聖誕節前夕，她到另一個城市渡假，在燈火輝煌的街上意外與他重逢，恍如隔世——他的身邊早有新歡，之前謊稱得到絕症，只是為了甩掉癡情的她。

同是天涯淪落人，相逢何必曾相識。在互相分享經驗的成長團體中，她聽見另一個女孩珍珍很類似的例子。

珍珍的男友天麟是科學園區的電子新貴，工作忙得不可開交，熱戀六個多月，即使同住一座城市，他們仍然聚少離多。後來男友終於以「工作壓力大，憂鬱症纏身，醫生囑咐必須靜養」為由，徹底和她分手。

相隔兩個月之後，她偶然經過婚紗禮服店，赫然看見前男友在裡頭挑選照片，而且手挽著一位孕婦……（吳若權《男人心，迴紋針：激發壞男人的好特質》）

小燕子同情的看著紫薇。「原來，你也沒有娘，又找不著爹……唉！比我也差不了多少！我是連爹娘長什麼樣都不知道，到處流浪著長大的！」

紫薇和小燕子，彼此深深互視，都有「同是天涯淪落人，相逢何必曾相識」之感。

「北京城可大著呢，要找個人不是那麼容易的事，你爹到底住哪兒？你有譜沒有？」小燕子問。

紫薇猶豫了一下，想說什麼，金瑣深怕紫薇在一個衝動之下，說出大大的祕密，就急忙接口說：「當然有一些線索，只是失散的時間太久，找起來要費一點功夫！恐怕還不是短時間辦得到的。」（瓊瑤《還珠格格》）

出師未捷身先死，長使英雄淚滿襟

三國功業關鍵的人物孔明，在杜甫筆下塑造出一位悲劇英雄的形象，這位建立了蜀漢格局的姜太公式的人物，雖然鞠躬盡瘁終未完成光復大業，卻已建立典範，讓後來多少英雄為之感懷落淚。

出自杜甫〈蜀相〉：

丞相祠堂何處尋，錦官城外柏森森。映階碧草自春色，隔葉黃鸝空好音。三顧頻煩天下計，兩朝開濟老臣心。出師未捷身先死，長使英雄淚滿襟。

二代健保「只聞樓梯響」。當初鬧到前衛生署長楊志良賭上烏紗帽，而今還未上路已傳千瘡百孔，不知能否如期實施。就在這種延宕的氣氛中，各種揣測、試探的說法不斷流出：有人說，若以百分之四．九一費率開辦，兩年後就將收支失衡；有人建議，應考慮把股票股利納入補充保費；還有人直言，「逃漏稅是台灣人專長」，因而健保收入不樂觀。耳語越多，政府的顧慮越多，越不敢放手去做該做的事。這樣拖下去，二代健保真令人擔心可能「出師未捷身先死」。（〈聯合晚報／社論——逃漏稅陰影下的二代健保〉）

安得廣廈千萬間，大庇天下寒士盡歡顏

這是詩聖杜甫又一首儒者胸懷，意圖兼濟天下的詩歌。杜甫的社會寫實，與後來元稹、白居易所提倡的社會寫實，除了時代問題的差異外，比較不同的是，杜甫中年輾轉於戰亂，許多作品乃是出自自身親歷，而以儒者推己及人的嚮往所寫出的。這首詩歌便是所居茅屋為狂風破毀後，祈願天下寒士皆有安居之所而作。

作者與詩詞介紹

出自杜甫〈茅屋為秋風所破歌〉：

八月秋高風怒號，卷我屋上三重茅。茅飛度江灑江郊，高者挂罥長林梢。下者飄轉沈塘坳，南村群童欺我老無力。忍能對面為盜賊，公然抱茅入竹去。脣焦口燥呼不得，歸來倚杖自歎息。俄頃風定雲墨色，秋天漠漠向昏黑。布衾多年冷似鐵，驕兒惡臥踏裡裂。床床屋漏無乾處，雨腳如麻未斷絕。自經喪亂少睡眠，長夜霑溼何由徹。安得廣廈千萬間，大庇天下寒士俱歡顏。風雨不動安如山，嗚呼！何時眼前突兀見此屋？吾廬獨破受凍死亦足。

內政委員會初審通過的此一修正決議，比起推動讓既存空屋轉租弱勢者，看起來應該是較為實在可行。畢竟社會住宅的興建，本來就是要回應社會上對人人有房住的期求，且其主導權操之在政府或願意配合興建的民間業者手上，一旦設定了比率自然較空屋轉租較能到位。問題只在於其比率高低的問題，而其高低自然又牽涉到政府能夠投注的資源有多少的問題。如果政府財源充裕，社會住宅百分之百只限弱勢者租住自然最好，但非弱勢者也有住房需求，要滿足弱勢者租屋需求的成本又較高，百分之十似乎是營建署評估後力所能及的上限，立委決議提高三倍，行政部門如果無力支應，到頭來恐怕還是一場空。「安得廣廈千萬間，大庇天下寒士盡歡顏。」詩聖杜甫當年的感慨，居住正義在今天能否落實，看來還有待務實努力以赴了。

（〈工商時報／社論——實現居住正義仍待努力〉）

岳鐘麒「哦」了一聲，仰天大笑道：「丟人現眼？這是招安！招安你懂嗎？比如暗夜裡向著有光明的地方走，帶著你的一族人離開饑餓寒冷瘟疫和戰爭，能說是一種恥辱？寧折不彎？你太自大了。別說你，多少英雄豪杰，哪個見皇上不要摧眉折腰？你本就是皇上治下的一方豪強，又沒有公然造反。現在，還你的本來面目，有甚麼下不了台階的？杜甫有詩，『安得廣廈千萬間，大庇天下寒士俱歡顏……吾廬獨破受凍死亦足』，就算你一人受難，換來金川千裏之地，父老康樂，難道不值？看來你莎羅奔沒有這個志量心胸！」

「岳老爺子，」莎羅奔也一笑即斂，陰沉沉說道，「聽起來似乎滿好的。怎樣教我相信呢？洞裏現放著兩張罷兵契約，一份是慶復，一份是訥親張廣泗在上面簽字畫押！都不算數了！漢人講話總歸不能信守的。」（二月河《乾隆皇帝》）

一生真偽有誰知

周武王過世的時候，即位的成王年紀尚小，由王叔周公攝政，當時時勢未完全鞏固，流言四起，一直要到周公平定管蔡之亂，奠定宗室根基，將王政奉還成王，方才平息謠言。

白居易不僅有善入人心的詩歌風格，他的平易近人不只是語言的功力，更來自他一向對世事常有細膩而開明的領會（蘇軾最欣賞他這一點，不負以「樂天」為號），在詩歌中最能通達人情事理。這首詩中他以周公與王莽對比，指出「時間」可是個弔詭的裁判呢！

作者與詩詞介紹

出自白居易〈放言〉五首之三：

贈君一法決狐疑，不用鑽龜與祝蓍。試玉要燒三日滿，辨材須待七年期。周公恐懼流言日，王莽謙恭未篡時。向使當初身便死，一生真偽復誰知。

名家例句

動機論是譏郝想「更上一層樓」，或說他想「討好中間選民」。這推論未嘗不是出於合理的懷疑，但論人動機有幾個陷阱：第一，動機沒法證實，硬給人按上一個動機，有點欲加之罪何患無詞，也叫當事人百口莫辯；第二，評論政治人物，儘可以客觀褒貶其外顯言行，但內在動機高尚與否，功利與否，如何估量？何必估量？正所謂「周公恐懼流言日……一生真偽有誰知」；第三，在郝龍斌的例子裡，如果以「想選總統」諷其動機，難道是承認讓扁保外就醫的主張於民意潮流中為有利方向？（〈聯合晚報／社論——「動機論」和「出身論」〉）

眾鳥集榮柯，窮魚守枯池

李白五十九首古詩，詩名「古風」，頗有「古詩十九首」的風貌，古樸悠遠，宛轉切情。五十九首，題材豐富，或歷史、或人情，或詠古事，或藉古喻今，或感嘆遇合，充滿悠悠不盡之思。最後一首講世途與人心常隨勢而變，「眾鳥集榮柯，窮魚守枯池」，比喻窮通之差異，宛如門庭若市與門可羅雀之對比。

作者與詩詞介紹

出自李白詩《古風》，五十九首之五十九：

惻惻泣路岐，哀哀悲素絲。路岐有南北，素絲易變移。萬事固如此，人生無定期。田竇相傾奪，賓客互盈虧。世途多翻覆，交道方嶮巇。斗酒強然諾，寸心終自疑。張陳竟火滅，蕭朱亦星離。眾鳥集榮柯，窮魚守枯池。嗟嗟失權客，勤問何所規。

名家例句

蘇貞昌決定了「中國事務委員會」的名稱，並吞回原允謝長廷出任主委的承諾；此舉對黨內形同否決了謝長廷的轉型方案，對外則不啻公開與北京攤牌。網友piedmond，改寫李白詩《古風》，評議此事為：「群鳥集殘柯，窮魚守枯池。」堪謂語重心長。經由大陸「調酒行」，謝長廷所呈現的以「憲法共識」為主軸的轉型方案，雖被視為「個人行為」，但以謝的身分資望，及所提方案的體系化及重要性，無論對其贊同或反對，皆可被視為並用為徹底檢視民進黨「中國政策」的標尺。而蘇貞昌的回應，也會被人用此一標尺來評量。（〈聯合報／社論——蘇貞昌代表民進黨與北京攤牌？〉）

紅了櫻桃，綠了芭蕉

此句本是以櫻桃已紅，芭蕉始綠，表示季節移轉，後來則常被引用來形容兩種資源分配或兩類情狀的移轉變化。

出自蔣捷詞〈一翦梅〉（舟過吳江）：

一片春愁待酒澆。江上舟搖。樓上帘招。秋娘度與泰娘嬌。風又飄飄。雨又蕭蕭。何日歸家洗客袍。銀字笙調。心字香燒。流光容易把人拋。紅了櫻桃。綠了芭蕉。

名家例句

相較於社會期待的高標，過去二十年的台大在延攬人才上的表現無法令人滿意。教育部五年五百億的頂尖大學計畫，每年一百億中台大獨得三十億。但台大究竟有沒有努力為台灣向外延攬國際人才，或只是向內挖角掃光其餘大學的優秀教授，維持「勝之不武」的島內第一，恐怕是不少大學的疑慮。台灣島內挖角是零和競逐，就算台大在SCI指標上造就了一個升高的排名，也只是「肥了櫻桃，瘦了芭蕉」而已，就國家整體學術研究的提升而言，實在並無所獲。（〈聯合報／社論——期待台大校長遴選的新氣象〉）

不經一番寒澈骨，怎得梅花撲鼻香

來自禪師的禪詩，卻因為比喻簡潔易曉，而成為家喻戶曉、適用於勉勵人事的一句名言。

出自唐代詩人黃檗禪師的《上堂開示頌》：

塵勞迥脫事非常，緊把繩頭做一場。不經一番寒徹骨，怎得梅花撲鼻香。

名家例句

在東京音樂學校的修業，對一個從外地來的年輕人，肯定是十分的艱辛。但毫無疑問的，它提供張福興一套完整的音樂教育和一個完全不同的視野；啟發了他的潛力，更激發了他對音樂的執著和熱忱，成為他日後作為一個全方為音樂家的雄厚資本。真可謂「若非一番寒澈骨，焉得梅花撲鼻香」！（盧佳君《張福興：情繫福爾摩莎》）

改革是一把雙面刃，傷人傷己，是要先經歷寒澈骨的痛苦過程，才能換得撲鼻香的後福。倘若國家領導人無充分的決心與定見，則寧可謀定而後動。最怕既想追求歷史定位，又想討好所有人，遇謗退縮，說詞反覆，賠上官民互信，結果比不改革還糟。（〈工商時報／社論——費力把事拖，就凡事辦不了〉）

悵望千秋一灑淚，蕭條異代不同時

屈原、宋玉，戰國時代的大詩人，是《詩經》之後具名可考的詩歌創作祖師。杜甫遊歷宋玉故居，感慨萬千：那能作出〈高唐〉、〈神女〉、〈九辯〉「蕭瑟兮草木搖落而變衰」這等文藻的詩人，豈不是我等踵隨追念的典範！儘管相隔千年，千年來詩人的命運一樣坎壈！

作者與詩詞介紹

出自杜甫〈詠懷古跡〉五首之二：

搖落深知宋玉悲，風流儒雅亦吾師。悵望千秋一灑淚，蕭條異代不同時。江山故宅空文藻，雲雨荒臺豈夢思。最是楚宮俱泯滅，舟人指點到今疑。

名家例句

戰爭結束後，趙家璧重返工作崗位，從鄭振鐸處得知此書已譯畢，欣然將予以出版，還千里迢迢把清樣郵寄給此時為了家計，遠赴瀋陽謀生的耿濟之，誰知（又是誰知，唉～）清樣還沒看完，耿先生卻因腦溢血溘然與世長辭。最後一批清樣未能送達，已聞噩耗的趙家璧收到退郵時，「雙手哆嗦，不禁淒然淚下。」這是一九四七年三月的事，「蕭條異代不同時，悵望千秋一灑淚」，僅僅也就是在六十六年前冬天的聖彼得堡，杜斯妥也夫斯基花了兩年時間，好不容易此書告一段落後，竟也咯血死亡了。這是巧合，還是詛咒？（傅月庵《天上大風：生涯蠹魚筆記》）

新鬼煩冤舊鬼哭

杜甫在安史之亂前，就以社會寫實詩篇自任，以詩人敏銳的眼光，事先看到了隱藏在大帝國盛世背後社會的問題、戰禍的危機。〈兵車行〉是其中一典型，敘述了因朝廷好大喜功無盡的兵役需索下，民不聊生的苦情，「新鬼煩冤舊鬼哭」，更以戰場的苦痛沉重地譴責了朝廷輕啟戰禍的罪孽。

作者與詩詞介紹

出自杜甫〈兵車行〉：

車轔轔，馬蕭蕭，行人弓箭各在腰。爺娘妻子走相送，塵埃不見咸陽橋。牽衣頓足攔道哭，哭聲直上幹雲霄。道旁過者問行人，行人但雲點行頻。或從十五北防河，便至四十西營田。去時裡正與裹頭，歸來頭白還戍邊。邊庭流血成海水，武皇開邊意未已。君不聞漢家山東二百州，千村萬落生荊杞。縱有健婦把鋤犁，禾生隴畝無東西。況複秦兵耐苦戰，被驅不異犬與雞。長者雖有問，役夫敢申恨。且如今年冬，未休關西卒。縣官急索租，租稅從何出。信知生男惡，反是生女好。生女猶得嫁比鄰，生男埋沒隨百草。君不見，青海頭，古來白骨無人收。新鬼煩冤舊鬼哭，天陰雨濕聲啾啾。

名家例句

平民百姓真飢苦，新鬼煩冤舊鬼哭。賴活著，在桌上滴水，很快有黑蟻群聚，啜吸著無糖分無營養的水漬，活著。鬼張揚了黑色的旗幟，在立院高堂裡表決核電廠的追加預算，人心與錢坑，還真不曉得哪個比較像黑洞。從辦公大樓的窗外望出去，鋪天蓋地的盆地裡無處不是違建的天棚。建商在電視裡哭爸哭母兼哭夭，說台北房價還不夠高，要向香港新加坡看齊，可沒人看新加坡引進專業勞動力與投資移民的政策，也沒人看香港的自由經濟不光是解除投資限制，而是提供金流與貸款，讓老有所終，壯有所用，幼有所長。他們偏不，他們就看房價，你算了算，努力整年大概可以買一坪，住遠一點則可能有兩坪，無殼蝸牛你為什麼不生氣。（羅毓嘉〈青年為什麼憤怒？〉）

敘事寫物篇》一、敘事

1 社會觀察

王師北定中原日，家祭無忘告乃翁

陸游被稱為愛國詩人，主要是因為一生始終懷抱北定中原的理想，這首詩歌表達了縱使此生不及親見中原光復，但仍始終期許著宋師能有北伐成功，底定中原的一天。

出自陸游〈示兒〉一詩：

死去元知萬事空，但悲不見九州同。王師北定中原日，家祭無忘告乃翁。

名家例句

早年台灣，光復節是迎神、祭祖、辦桌、宴客的大日子。「王師光復台灣日，家祭勿忘告乃翁」就是當時的氛圍與寫照。統獨對峙以來，光復節已被淡化。今年若非本報推出光復節座談特刊，以及馬總統寫了一篇臉書文章，台灣社會幾乎遺忘了十月廿五日的特殊意義。（〈中國時報／社論——內戰沒有英雄，內耗無法發展〉）

有吏夜捉人

形容朝廷好戰，強征民兵的社會實況。

作者與詩詞介紹

出自杜甫〈石壕吏〉：

暮投石壕村，有吏夜捉人。老翁踰牆走，老婦出門看。吏呼一何怒，婦啼一何苦。聽婦前致詞，三男鄴城戍。一男附書致，二男新戰死。存者且偷生，死者長已矣。室中更無人，惟有乳下孫。有孫母未去，出入無完裙。老嫗力雖衰，請從吏夜歸。急應河陽役，猶得備晨炊。夜久語聲絕，如聞泣幽咽。天明登前途，獨與老翁別。

這一首三十八句的長詩，從字裡行間，我們可以體知，柏楊在執筆之際，充滿了莊嚴的心緒。比之包括二十四句的老杜之〈石壕吏〉，就意境而言，絕不遜色。在〈石〉詩之中，老杜經由聽覺，得知一個強捉人民參軍的故事，發生於隔鄰；於是撰就千古不朽的詩篇。詩云：「暮投石壕村，有吏夜捉人」「聽婦前致詞，三男鄴城戍。」故我們可知，杜甫相當容易取得寫作材料。況且古來皂隸捉人，如狼似，無不驚動四鄰；自易耳聞或推想。（黃守誠《國家不幸詩家幸》）

棄絕蓬室居，塌然傷肺肝

朝廷為戍邊輕啟戰端，強征民兵，無分老少，百姓到老都不得安居，就算想在破陋的斗室棲息後半輩子也不能，傷心頓足也難以表達這種苦痛。

出自杜甫〈垂老別〉：

四郊未寧靜，垂老不得安。子孫陣亡盡，焉用身獨完。投杖出門去，同行為辛酸。幸有牙齒存，所悲骨髓乾。男兒既介冑，長揖別上官。老妻臥路啼，歲暮衣裳單。孰知是死別，且復傷其寒。此去必不歸，還聞勸加餐。土門壁甚堅，杏園度亦難。勢異鄴城下，縱死時猶寬。人生有離合，豈擇衰老端。憶昔少壯日，遲回竟長歎。萬國盡征戍，烽火被岡巒。積屍草木腥，流血川原丹。何鄉為樂土，安敢尚盤桓。棄絕蓬室居，塌然摧肺肝。

父親的部隊從湖南搭貨車兩日夜到廣東；從廣東徒步一月餘至廣西；再從廣西徒步四十天到雲南。其間補給不足，水土不服，兵士精疲力竭，拉痢又患夜盲，散失近半。而抗戰八年的時間也才過一半，距反攻騰衝、血戰滇西還待三年。今夜我在燈前記下這一鱗半爪，想到父親晚年的無語，很像杜甫〈垂老別〉「棄絕蓬室居，塌然傷肺肝」描寫的心理：人生離合，哪管你老年還是壯年，從此與家庭決絕，肝肺為之痛苦得崩裂！（陳義芝〈戰地斷鴻〉）

幽棲地僻經過少

這是杜甫形容自己居處偏僻，門可羅雀的情景。

作者與詩詞介紹

出自杜甫〈有客（賓至）〉：

幽棲地僻經過少，老病人扶再拜難。豈有文章驚海內，漫勞車馬駐江干。竟日淹留佳客坐，百年粗糲腐儒餐。莫嫌野外無供給，乘興還來看藥欄。

名家例句

這地點離街約有里許，小徑迂迴，不易尋找，來客極稀。杜詩「幽棲地僻經過少」一句，這室可以受之無愧。風雨之日，泥濘載途，狗也懶得走過，環境荒涼更甚。這些日子的岑寂的滋味，至今回想還覺得可怕。（豐子愷〈沙坪小屋的鵝〉）

2 家園故鄉

夜來風雨聲，花落知多少

春天的早晨被歡快的蟲鳴鳥喧喚起，回憶昨晚依稀聽得一夜春雨潺潺，可想見園子裡將鋪滿多少嫣紅姹紫！

作者與詩詞介紹

出自孟浩然〈春曉〉：

春眠不覺曉，處處聞啼鳥。夜來風雨聲，花落知多少。

名家例句

我家是荒涼的。天還未明，雞先叫了；後邊磨房裏那梆子聲還沒有停止，天就發白了。天一發白，烏鴉群就來了。我睡在祖父旁邊，祖父一醒，我就讓祖父念詩，祖父就念：「春眠不覺曉，處處聞啼鳥。夜來風雨聲，花落知多少？」

「春天睡覺不知不覺地就睡醒了，醒了一聽，處處有鳥叫著，回想昨夜的風雨，可不知道今早花落了多少。」是每念必講的，這是我的約請。祖父正在講著詩，我家的老廚子就起來了。他咳嗽著，聽得出來，他擔著水桶到井邊去挑水去了。（蕭紅〈呼蘭河傳〉）

近鄉情更怯，不敢問來人

離開家鄉已好一段日子，長久不通音訊，而今好容易度過漢江，離家鄉更近了，然而此刻卻愈加情怯徬徨，甚至面對家鄉人也不敢詢問鄉里消息了。

出自李頻〈渡漢江〉

嶺外音書絕，經冬復歷春。近鄉情更怯，不敢問來人。

李頻，字德新，唐壽昌人。

名家例句

去年六月，我於一天晴朗的午後，從杭州坐了小汽船，在風景如畫的錢塘江中跑回家來。過了靈橋裏山等綠樹連天的山峽，將近故鄉縣城的時候，我心裡同時感著了一種可喜可怕的感覺。立在船舷上，呆呆的凝望著春江第一樓前後的山景，我口裏雖在微吟「近鄉情更怯，不敢問來人」的二句唐詩，我的心裡卻在這樣的默禱……天帝有靈，當使埠頭一個我的認識的人也不在！要不使他們知道才好，要不使他們知道我今天淪落了回來才好……（郁達夫〈蔦蘿行〉）

少小離鄉老大回，鄉音無改鬢毛衰

少年時就離開家鄉，雖然而今已經年華老大，然而自小的口音從未改變。

作者與詩詞介紹

出自賀知章〈回鄉偶書〉二首之一：

少小離鄉老大回，鄉音難改鬢毛衰。兒童相見不相識，笑問客從何處來。

賀知章，字季真，唐會稽人。生於高宗顯慶四年，卒於玄宗天寶三年。賀知章個性豪逸放達，工文善書，而李白的「謫仙」之名便是由他所稱譽的。

名家例句

「少小離家老大回，鄉音無改鬢毛衰。」祖父說：「這是說小的時候離開了家到外邊去，老了回來了。鄉音無改鬢毛衰，這是說家鄉的口音還沒有改變，鬍子可白了。」

我問祖父：「為什麼小的時候離家？離家到哪裡去？」

祖父說：「好比爺像你那麼大離家，現在老了回來了，誰還認識呢？兒童相見不相識，笑問客從何處來。小孩子見了就招呼著說：你這個白鬍老頭，是從哪裡來的？」

我一聽覺得不大好，趕快就問祖父：「我也要離家的嗎？等我鬍子白了回來，爺爺你也不認識我了嗎？」心裡很恐懼。

祖父一聽就笑了：「你老了還有爺爺嗎？」（蕭紅〈呼蘭河傳〉）

長安一片月，萬戶擣衣聲

一片銀白秋月照在長安城上，正是千家萬戶搗洗棉衣，準備幫出征的家人添加衣物的時候了。

出自李白〈子夜吳歌〉：

長安一片月，萬戶搗衣聲。秋風吹不盡，總是玉關情。何日平胡虜，良人罷遠征。

名家例句

木杵，似乎天生就是用於回憶和懷念的東西，即便是在它大量使用的時候。有古詩詞為證，李白〈子夜吳歌〉：「長安一片月，萬戶擣衣聲。」李煜〈搗練子令〉：「又是重陽近也，幾處處砧杵聲催。」

砧，擣衣用的石頭。大約回憶總帶著淒清吧，寒砧，在古代算是個流行詞。「玉戶簾中捲不去，擣衣砧上拂還來」（張若虛〈春江花月夜〉）我懷念木杵、親人，懷念曾經存在而現實生活缺失的美好事物。我懷念清清河水，和在水面上回盪的擣衣聲。（胡弦〈木杵〉）

悵望千秋一灑淚，蕭條異代不同時

站在詩歌宗師的宋玉故宅前，遙想千年，雖然時代不同，詩人們的命運還是一樣清冷寂寥，令人惆悵低迴。

作者與詩詞介紹

出自杜甫〈詠懷古跡〉五首之二：

搖落深知宋玉悲，風流儒雅亦吾師。悵望千秋一灑淚，蕭條異代不同時。江山故宅空文藻，雲雨荒臺豈夢思。最是楚宮俱泯滅，舟人指點到今疑。

名家例句

一九四五年我住在香港英皇道，宋淇的太太文美陪我到街角的一家照相館拍照。一九八四年我在洛杉磯搬家理行李，看到這張照片上蘭心照相館的署名與日期，剛巧整三十年前，不禁自題「悵望卅秋一灑淚，蕭條異代不同時。」（張愛玲《對照記》）

「人事有代謝，往來成古今」，孟浩然的這兩句詩，應是對歷史最恰當的解說了，因為他沒有李白的「古來聖賢皆寂寞，惟有飲者留其名」的消極，也沒有杜甫「悵望千秋一灑淚，蕭條異代不同時」的感傷，更不像李商隱「管樂有才終不忝，關張無命欲何如」的惋嘆。（劉墉《平凡一點多好》）

3 愛情婚姻

床前明月光

李白這首詩，本是思念故鄉的名句，由床前月光引起了鄉愁，但在以下範例中，張愛玲另有用法，暗示小說人物佟振保對妻子的冷淡。

作者與詩詞介紹

出自李白〈夜思〉：

床前明月光，疑是地上霜。舉頭望明月，低頭思故鄉。

名家例句

振保的生命裏有兩個女人，他說一個是他的白玫瑰，一個是他的紅玫瑰。一個是聖潔的妻，一個是熱烈的情婦——普通人向來是這樣把節烈兩個字分開來講的。也許每一個男子全都有過這樣的兩個女人，至少兩個，娶了紅玫瑰，久而久之，紅的變了牆上的一抹蚊子血，白的還是「床前明月光」；娶了白玫瑰，白的便是衣服上的一粒飯粘子，紅的卻是心口上的一顆硃砂痣。在振保可不是這樣的。他是有始有終，有條有理的，他整個地是這樣一個最合理想的中國現代人物，縱然他遇到的事不是盡合理想的，給他心問口，口問心，幾下子一調理，也就變得彷彿理想化了，萬物各得其所。（張愛玲〈紅玫瑰與白玫瑰〉）

花開堪折直須折，莫待無花空折枝

少年時光，就像好花盛開，在花朵盛開的時候，就應該惜而愛之，不要等到年華老大，花葉凋謝，徒留遺憾。

出自杜牧〈杜秋娘詩〉：

勸君莫惜金縷衣，勸君須惜少年時。花開堪折直須折，莫待無花空折枝。

她帶著笑容，似懂非懂地用了同樣暗示的話答覆他道：「只怪周先生自己耽誤了。周先生既然看中了一枝，為什麼不早折？為什麼不在別人未折以前去折呢？遲了就有人搶先折去了。花開的時節不長，遲了就要謝的，所以花不能夠等人。周先生不記得『花開堪折直須折，莫待無花空折枝』的舊詩嗎？」她說完便用一陣微笑來掩飾她的心的跳動。

周如水起初幾乎不相信他的耳朵，他想她不會對他說這樣的話。他疑惑地偷偷看了她好一會，看見她溫和地微笑著，裝出不在意的樣子看別處，但臉上卻淡淡地染上一層玫瑰色，他的心裡充滿了喜悅。（巴金〈霧雨雷之霧〉）

十年一覺揚州夢，贏得青樓薄倖名

在紙醉金迷的繁華揚州，十年浪蕩的生涯徒然博取了風月場中薄倖浪子的名聲。

作者與詩詞介紹

出自杜牧〈遣懷〉：

落魄江南載酒行，楚腰纖細掌中輕。十年一覺揚州夢，贏得青樓薄倖名。

名家例句

揚州城自古為繁華勝地，唐時杜牧有詩云：「十年一覺揚州夢，贏得青樓薄倖名。」古人云人生樂事，莫過於「腰纏十萬貫，跨鶴上揚州。」自隋煬帝開鑿運河，後人鑿至杭州，揚州地居運河之中，為蘇浙漕運必經之地，也即是朝廷命脈的所在。明清之季，又為鹽商大賈所聚居，殷富甲於天下。（金庸《鹿鼎記》）

殷勤謝紅葉，好去到人間

這首署名唐宣宗宮人所作的〈紅葉詩〉因故事而流傳：盧偓應試舉人時，在宮外流水中拾得一片紅葉，上有題詩。不久，宮內釋出一批宮人，任其婚嫁，後盧偓娶得宮人韓氏，竟是紅葉題詩人。而這首詩歌的內容也符合了後宮的心緒：慨嘆深宮寂寥，不如這流水，日日到人間，因此寄望這紅葉上的心事，隨著流水，找到好歸宿。

作者與詩詞介紹

出自〈紅葉詩〉：

流水何太急，深宮盡日閑。殷勤謝紅葉，好去到人間。

據傳是唐宣宗時韓姓宮人所作。

名家例句

正青春時聽說了唐宣宗時的〈紅葉詩〉。唐官員韓泳家中舍人（家庭教師）于祐，秋季某日在御溝（通往皇宮牆外護城河的水溝）看到有紅色楓葉漂浮，于祐撿拾，發現葉面有詩：「流水何太急，深宮盡日閑。殷勤謝紅葉，好去到人間。」原來是宮中宮女所寫……少女的心哪……。（愛亞〈紅葉好去到人間——楓、楓香與槭〉）

酒入愁腸化作相思淚

斜陽芳草，明月秋風，隨著舉杯飲入愁腸，一時鄉魂旅思，卻隨之湧上心頭。

作者與詩詞介紹

出自范仲淹詞〈蘇幕遮〉：

碧雲天，黃葉地。秋色連波，波上寒煙翠。山映斜陽天接水。芳草無情，更在斜陽外。黯鄉魂，追旅思。夜夜除非，好夢留人睡。明月樓高休獨倚。酒入愁腸，化作相思淚。

范仲淹，字希文，北宋蘇州吳縣人。生於宋太宗端拱二年，卒於宋仁宗皇祐四年。在文人當家的宋代，范仲淹既是北宋重要的政治家，也是軍事家。然而和唐初名臣相似，這些文武兼擅的大臣，寫起小詩小詞（唐初尚延續六朝綺靡之風，宋初小詞則是由五代花間柔媚之風而來），仍不失這時詩詞道地的言情抒情本色。

名家例句

年輕時在金門服兵役，發現女朋友移情別戀，我幾乎每一分鐘都在想念她，每天深夜都希望喝高粱酒醉給他死，每天清晨都不知道用什麼勇氣醒過來。雖然「酒入愁腸化作相思淚」，然則年輕時偶爾喝醉有什麼要緊？喝醉總比發瘋好。（焦桐〈論醉酒〉）

酒和淚的作用是一樣的！根本沒有作用。酒入愁腸，化作相思淚，淚流滿頰，心中的痛苦也絲毫不能減弱。當酒入愁腸，醉意朦朧之間，突然，所愛的，所思念的人，突然出現在眼前，可以碰到，可以看到，可以擁抱，可以熱吻，這一刻，應該世人之中最快樂的一刻。這種情形，足以永銘心坎。（倪匡《不寄的信》）

4 工作營生

欲窮千里目，更上一層樓

面對眼前遼闊的景象，不禁興發更加窮盡無邊視野的襟懷，而又想要再攀登上更高一層境界了。

出自王之渙〈登鸛雀樓〉：

白日依山盡，黃河入海流。欲窮千里目，更上一層樓。

王之渙，唐并州人。王之渙是盛唐時著名的邊塞詩人之一，但現今《全唐詩》只保存了他六首著作。他的詩歌最有名的除了這一首〈登鸛雀樓〉外，另有一首〈涼州詞〉（黃河遠上白雲間），更被盛稱為唐人絕句之首選。

名家例句

鴻漸回家第五天，就上華美新聞社拜見總編輯，辛楣在香港早通信替他約定了。他不願找丈人做引導，一個人到報館所在的大樓。報館在三層樓，電梯外面挂的牌子寫明到四樓才停。他雖然知道唐人「欲窮千里目，更上一層樓」的好詩，並沒有乘電梯。他雖然不知道但丁沉痛的話：「求事到人家去，上下的樓梯特別硬」，而走完兩層樓早已氣餒心怯，希望樓梯多添幾級，可以拖延時間。推進彈簧門，一排長櫃台把館內人跟館外人隔開；假使這櫃台上裝置銅欄，光景就跟銀行，當鋪，郵局無別。（錢鍾書《圍城》）

床前明月光

李白這首詩，本是思念故鄉的名句，由床前月光引起了鄉愁

出自李白〈夜思〉：

床前明月光，疑是地上霜。舉頭望明月，低頭思故鄉。

蘇芮高亢的歌聲，撼動人心，歌詞字意，句句映照著現實人生與人之間的疏離，莫名的鄉愁與孤獨感，藉由溫暖的月光，讓人心生對兒時的懷念與記憶。一樣的月光，也使人想起唐詩中的名句「床前明月光，疑是地上霜，舉頭望明月，低頭思故鄉」，雖是一首極為平淡的五言詩，但卻很少人不記得它，思鄉、望月，這神祕月光，是否只在暗夜獨處時，才會引人遐思？讓人從心底釋放出孤寂？曾幾何時，一樣的月光更讓年輕人有另一種解讀，意含面對生活的壓力，新新人類對生活情意的追求，讓月光遠離思鄉的情懷，成為現實暗夜下求取溫飽的「月光」族，這心境似乎又回到七十年代，那高亢的歌聲依舊迴盪——誰能告訴我／是我們改變了世界／還是世界改變了我和你／一樣的月光／一樣的照著新店溪。（林淑女〈筆墨生活——一樣的月光〉）

楊柳岸曉風殘月

柳永是有宋一代的抒情聖手，原本柔媚的小詞，到了他手上，篇幅變長，格局開闊，然而抒情韻味卻更宛轉動人。宦途失意，令柳永全心投入詞的創作，與一般文人寫手不同，卸去「文學」的框架，柳永詞更契合音律，明白曉暢卻不失詞原有的抒情特質。他又將原本篇幅小巧的詞，拓展成長調；而因為仕途失意的飄零生涯，讓他在詞中更善於鋪敘四方景致，改變了言情小詞原本常受限於歌臺舞榭的空間感，以景寓情的手法更加豐富圓熟，示範了成功的長調「慢詞」，始有後來蘇、辛長調的開展。

出自柳永〈雨霖鈴〉：

寒蟬淒切。對長亭晚，驟雨初歇。都門帳飲無緒，留戀處、蘭舟催發。執手相看淚眼，竟無語凝噎。念去去、千里煙波，

暮靄沈沈楚天闊。多情自古傷離別。更那堪、冷落清秋節。今宵酒醒何處，楊柳岸、曉風殘月。此去經年，應是良辰、好景虛設。便縱有、千種風情，更與何人說。

柳永，字耆卿，原名三變，北宋崇安（今屬福建）人。生卒年不詳，大約是宋仁宗時代在世。柳永名不見於史傳，卻是文學史上改革詞的專業詞人，經他擴展詞的形式和語言，更為自然諧美，以致「有井水飲處，即能歌柳詞」。

名家例句

今天，我到世界貿易中心去看人。這棟著名的大樓一百一十層，四百一十七公尺高，八十四萬平方公尺的辦公空間，可以容納五萬人辦公。樓高，薪水高，社會地位也高，生活品味也高？這裡給商家和觀光採購者留下五萬人的容積，顧客川流不息，可有誰專誠來看看那些高人？早晨八時，我站在由地鐵站進大樓入口的地方，他們的必經之路，靜心守候。起初冷冷清清，電燈明亮，曉風殘月的滋味。時候到了，一排一排頭顱從電動升降梯裡冒上來，露出上身，露出全身，前排走上來，緊接著後排，彷彿工廠生產線上的作業，一絲不苟。（王鼎鈞〈世界貿易中心看人〉）

5 休閒娛樂

褒公鄂公毛髮動，英姿颯爽來酣戰

這是杜甫形容曹霸生花妙筆，為凌煙閣功臣所圖摹的肖像，精神爽朗，氣概生動，令人不禁遙想他們當年戰場上英勇的姿態。

作者與詩詞介紹

出自杜甫〈丹青引贈曹將軍霸〉：

將軍魏武之子孫，於今為庶為清門。英雄割據雖已矣，文彩風流今尚存。學書初學衛夫人，但恨無過王右軍。丹青不知老將至，富貴於我如浮雲。開元之中常引見，承恩數上南熏殿。凌煙功臣少顏色，將軍下筆開生面。良相頭上進賢冠，猛將腰間大羽箭。褒公鄂公毛髮動，英姿颯爽來酣戰。帝天馬玉花驄，畫工如山貌不同。是日牽來赤墀下，迥立閶闔生長風。詔謂將軍拂絹素，意匠慘澹經營中。斯須九重真龍出，一洗萬古凡馬空。……

孫先生收藏的本領真好！他收藏著這樣多的雖微末卻珍異的材料，就如慈母收藏果餌一樣；偶然拈出一兩件來，令人驚異他的富有！其實東西本不稀奇，經他一收拾，便覺不凡了。他於人們忽略的地方，加倍地描寫，使你於平常身歷之境，也會有驚異之感。他的選擇的工夫又高明；那分析的描寫與精彩的對話，足以顯出他敏銳的觀察力。所以他的書既富於自己的個性，一面也富於他人的個性，無怪乎他自己也會覺得他的富有了。他的分析的描寫含有論理的美，就是精嚴與圓密；像一個扎縛停當的少年武士，英姿颯爽而又嫵媚可人！又像醫生用的小解剖刀，銀光一閃，骨肉判然！你或者覺得太瑣屑了，太膩煩了；但這不是膩煩和瑣屑，這乃是悠閒。（朱自清〈山野掇拾〉）

李白斗酒詩百篇

關於「飲酒」這件事，從六朝以來的解憂、神遊、及時行樂等行為意義，到了唐代，又跟當時富貴社會中縱情青春、快意繁華的風氣結合。無論是李白的「斗酒十千資歡謔」，或杜甫這首詠當時長安名士的〈飲中八仙歌〉，都與此一背景有關。

到了這一時代，飲酒於是成為求仙、尚俠、及時行樂等等主題的代表，而將這三者結合得最為出色，性格與詩作皆表現出一代風采的李白，是杜甫筆下經常和這樣一個盛世景象結合的代表。

作者與詩詞介紹

出自杜甫〈飲中八仙歌〉：

知章騎馬似乘船，眼花落井水底眠。汝陽三斗始朝天，道逢麴車口流涎。恨不移封向酒泉。左相日興費萬錢，飲如長鯨吸百川。銜杯樂聖稱世賢。宗之瀟灑美少年，舉觴白眼望青天。皎如玉樹臨風前。蘇晉長齋繡佛前，醉中往往愛逃禪。李白一斗詩百篇，長安市上酒家眠，天子呼來不上船，自稱臣是酒中仙。張旭三杯草聖傳，脫帽露頂王公前，揮毫落紙如雲煙。焦遂五斗方卓然，高談雄辯驚四筵。

名家例句

日本作家池波正太郎自幼嗜酒，四、五歲時偷喝酒，一口氣喝光一升的清酒，立刻如火焚身，那時外面正下著大雪，他父親抱他到厚厚的積雪上翻來翻去。池波正太郎自剖不可一日無酒，連他養的暹邏貓也很愛喝清酒，「寫小說的時候，酒是我最大的安慰與樂趣，我總有種自己的健康是由酒精在支撐的感覺」；「一年中大概有幾次，在我文思泉湧時，喜歡聽著Benny Goodman的爵士樂，一邊暢快地喝著威士忌，一邊如行雲流水般地寫作，此時寫出來的作品通常連自己都覺得很滿意。」這有點像特技，力追李白「斗酒詩百篇」。陶淵明每夜獨飲，「既醉之後，輒題數句自娛」，其實那些飲酒詩都是薄有酒意時所作，微醺之際，情移心動，靈感如泉汩湧；喝得酩酊恐怕作不出詩來。我就沒本事邊喝酒邊寫作。（焦桐〈論醉酒〉）

以現在的文藝品來說罷，有些是供閨秀們消閑的，是供老人娛晚景的。有錢的人消閑可以，這是一格；但是我們全民族是在沒有飯吃的時候，沒有生存餘地的時候呀！老中人消閑可以，因為他的日子是屈指可算的，但是給青年人讀可危害不淺了。而現在喜歡讀這些刊物的反而是青年人！文人喜歡詩酒怡情，而已李太白為護符。是的，李太白是喜歡喝酒。「李白斗酒詩百篇」。你酒是喝了，但是像李太白那樣的一百篇詩呢？我們學理太白更不要忘記他是「十五學劍術，遍于諸侯，三十成文章，歷抵卿相，雖長不滿七尺，而心雄萬夫」的人呀！你呢？頹廢的思想不除，民族的生力不能恢復。（羅家倫《新人生觀》）

共泥春風醉一場

承接著六朝審美意識的興起，唐人的詩情，有許多是從善於「感」物而來。「感」於青春，故及時行樂；「感」於富貴難得，故快意尋歡；「感」於時地，因此羈旅、遠征、塞下、渡頭，成為唐詩抒情的重要意象，而四時之間，桃李之會、園林之飲，更是文人間常有的賞心樂事。

白居易此詩，表明了良辰美景，共享醉筵的盛情。

作者與詩詞介紹

出自白居易〈感櫻桃花因招飲客〉：

櫻桃昨夜開如雪，鬢髮今年白似霜。漸覺花前成老醜，何曾酒後更顛狂。誰能聞此來相勸，共泥春風醉一場。

名家例句

我雖乏酒量，對於勸酒，都一向來者不拒；喝酒是快樂的事，應當高歌。懂酒等人都不會糟蹋身體，醉要醉在心裡，像白居易看到櫻花盛開如雪，想要「共泥春風醉一場」是有意識的醉酒，高級的醉酒形態。（焦桐〈論醉酒〉）

事如春夢了無痕

「去年一同出郊春遊的朋友，今年像冬去春來的大雁一般準時來訪，然而去年事卻恍然如夢不知所蹤了。」蘇軾詩詞，很善於取用眼前事物事件，引喻或令人聯想許多人生哲理，一方面切景，一方面也打開了豐富的想像空間。

作者與詩詞介紹

出自蘇軾〈正月二十日與潘郭二生出郊尋春忽記去年是日同至女王城作詩乃和前韻〉：

東風未肯入東門，走馬還尋去歲村。人似秋鴻來有信，事如春夢了無痕。江城白酒三杯釅，野老蒼顏一笑溫。已約年年為此會，故人不用賦《招魂》。

名家例句

像山東益都（廣固）、河北定縣（中山）、河南許昌、四川成都，都作過中央政府所在地，發號施令，威風凜凜。可是時過境遷，今天再去那些地方瞧瞧，「事如春夢了無痕」，再找不出一點遺跡矣。人事上的全非，啥帝啥王，都成了一聲狗屁，不足為奇，蓋天下沒有不垮的政權，如果朱元璋先生一直到今天都殺氣騰騰的坐在金鑾殿上，初看尚覺新鮮，久啦豈不殺風景乎？人事全非，固在意料之中也。（柏楊〈燒一次又一次〉）

寫詩的心情萬種千般，只有用毛筆才能配合那種幽微細緻的心情。用毛筆寫字要有很多配備，硯台、墨、毛筆、調整墨色的小碟子、適合寫毛筆字的手工紙，還要有很多程序，泡筆、磨墨、沾墨、調整筆中含墨量，紙張要大小適中，各種講究讓寫字這件事變得複雜而細緻，也因此多了許多醞釀詩情的時間和過程。我有許多裁好各種規格的美麗紙張，寫詩的時候，隨手可以拿出來記錄心中流洩的靈感，一字一句的書寫，看墨色在潔白的紙張上留下所思所想，是一種極為難得的享受。草稿寫好以後再不斷修改，那些塗改、修正，留下了反覆思索的痕跡，雖然零亂不美觀，卻是「修正了無痕」的電腦稿件無可取代的。（侯吉諒〈寫字書情〉）

大江東去

繼柳永之後，宋代寫作長調而又開拓出新格局的詞人即為蘇軾。這首詞氣度宏偉，以「懷古」詠古的題材而論，晚唐詩人已樹立了難以企及的成就；現在，蘇軾更採用了原本被認為是較柔媚的文學形式——「詞」來寫作懷古，卻寫出了風格不同而氣象更為雄渾的作品。「大江東去」的氣魄，也被拿來與柳永「楊柳岸曉風殘月」作為兩種不同風格的對照，代表了「慢詞」發展的兩種典範。

作者與詩詞介紹

出自蘇軾詞〈念奴嬌〉（赤壁懷古）：

大江東去，浪淘盡、千古風流人物。故壘西邊。人道是，三國周郎赤壁。亂石穿空，驚濤拍岸，捲起千堆雪。江山如畫，一時多少豪傑。遙想公瑾當年，小喬初嫁了，雄姿英發。羽扇綸巾。談笑間，檣艣灰飛煙滅。故國神遊，多情應笑，我早生華髮。人間如夢，一樽還酹江月。

名家例句

書法非得要是「大江東去」，或「花間一壺酒」等的文學名著，才能稱得上作品嗎？事實上，古代書法藝術由實用書寫中發展出來，始終未離開過文人的日常生活。宋代歐陽修提到，古代尺牘內容不出「吊哀、候病、敘暌離」等生活諸事，觀者可以藉之感受到書寫者的意態神情。曾幾何時，書法已經悄悄離開人們的生活，成為一門獨立的藝術，書法作品也不再呈現書寫者真實的一面，取而代之的是層層堆疊的華麗面具。古代書蹟中，有關日常瑣事的書簡札記占有很大比例，最著名莫過王羲之的「奉橘三百枚」，類似作品不計其數。這些書帖能夠流傳千古並非因為內容精彩，而是書法本身與書家生命力的緊密結合，反映出書家實際的生活面。（何炎泉〈筆墨生活——書法與日常〉）

花間一壺酒

為李白名詩〈月下獨酌〉的第一句開場，也被借為本詩的代名詞。

作者與詩詞介紹

出自李白〈月下獨酌〉四首之一：

花間一壺酒，獨酌無相親。舉杯邀明月，對影成三人。月既不解飲，影徒隨我身。暫伴月將影，行樂須及春。我歌月徘徊，我舞影零亂。醒時同交歡，醉後各分散。永結無情遊，相期邈雲漢。

名家例句

我在夜市上喝啤酒，牙一咬，瓶蓋就從齒縫裡漏了下來，很男人味的動作，可惜沒人欣賞，我是獨酌。

不是李白那種花間一壺酒，獨酌無相親的獨酌，是一個人在鬧哄哄的人群中喝悶酒的那種獨酌。

我悶嗎？不覺得，倒有點眾人皆醉我獨醒的味道。剛接了個電話，一家雜誌看中我一個短篇，養的閨女有了婆家，該慶賀，可惜沒聲腳女婿拎酒，咱就自請自喝一頓。（劉正權《傷已逝，愛才開始》）

暫醉佳人錦瑟旁

曲江是唐代（特別是玄宗盛世時）著名的皇家宴遊之地，有離宮別殿，當時皇上賜宴王功臣僚時，常有教坊奏樂。絲竹之聲，對照當今靜寂淒清，杜甫懷想起當時情景，別有人事已非而曾經美好的感懷。

作者與詩詞介紹

出自杜甫〈曲江對雨〉：

城上春雲覆苑牆，江亭晚色靜年芳。林花著雨燕脂濕，水荇牽風翠帶長。龍武新軍深駐輦，芙蓉別殿漫焚香。何時詔此金錢會，暫醉佳人錦瑟旁。

名家例句

我最嚮往杜甫「暫醉佳人錦瑟旁」的境界；飲酒最悲傷的莫若《廣陽雜記》所載：「村優如鬼，兼之惡釀如藥」，沮喪得想醉死，惡釀又難入口，真是生不如死。懂酒等人都不會糟蹋身體，醉要醉在心裡，像白居易看到櫻花盛開如雪，想要「共泥春風醉一場」是有意識的醉酒，高級的醉酒型態。（焦桐〈論醉酒〉）

一洗萬古凡馬空

出自杜甫〈丹青引〉，稱揚宮廷畫師曹霸神奇的畫工，上文「英姿颯爽」是講述其畫人之神采，接下來則敘述其畫馬，任憑宮廷裡多少畫師描繪過這匹名馬，各個曲盡其妙，風貌不同，然而當曹霸定心衡慮縝密構思之後，一旦下筆，宛如九重天外的真龍下凡，光彩奪目，矗立在凡馬之上，讓所有畫上之馬、廄中之馬，盡皆失色。

作者與詩詞介紹

出自杜甫〈丹青引贈曹將軍霸〉：

……先帝天馬玉花驄，畫工如山貌不同。是日牽來赤墀下，迥立閶闔生長風。詔謂將軍拂絹素，意匠慘澹經營中。斯須九重真龍出，一洗萬古凡馬空。

曹霸是唐代著名的畫師，尤擅長畫馬，在宮廷中任職，享有很高的聲譽，然而因安史之亂，四處漂泊，處境潦倒。杜甫與他在成都相遇，聽聞他的境況，十分同情，是以寫下長詩，除了以此寬慰，也感慨身懷絕技的藝術家或文人，在現實中往往時運不濟，難以開展抱負，表達了對世間炎涼的無奈和慨嘆。

名家例句

他逛的這個「地壇文化迎春會」，畢竟不同於七十多年前我逛過的隆福寺廟會，因為在一處工藝售貨棚的玻璃櫃台上放著一尊唐三彩陶馬。他說：「這是一件真正完美的藝術品……它大有一洗萬古凡馬空的氣概。」他決定把它買下來！但櫃台前已經站著兩位顧客，一個是脖子上掛著照相機的攝影記者，一個是挎著個帆布大畫夾的小姑娘，十三四歲模樣。他們雖然有先來後到，但都想買這只陶馬。（冰心〈介紹我最喜愛的兩篇散文〉）

輕舟已過萬重山

從白帝城到江陵這千里水路，江水湍急，三峽兩邊的猿聲哀啼未已，小舟已穿過千山萬壑的三峽，進入廣闊江流。

作者與詩詞介紹

出自李白〈早發白帝城〉：

朝辭白帝彩雲間，千里江陵一日還。兩岸猿聲啼不盡，輕舟已過萬重山。

名家例句

洗井後水質仍無好轉，父親接了自來水，決定封井。每日從橡膠林載回來一麻包袋泥，往井裡倒。曠時日久，無數次往返，終於把井的身世掩埋——斑魚已經網了上來，一家人浩浩蕩蕩走到死雞河，放生了。我記得她嘴上兩根鬚，在悠久晨昏中，不知何時已長得這般的長。想起她逃生的伙伴，摸黑游過後水溝，際遇未知。若然還在死雞河，和她碰了面，恐怕吞吐魚語將是：恍若隔世。那條後水溝，我們好幾回守候著，準備攔截紙船。只不過一轉眼，輕舟已過萬重山。（曾翎龍〈井〉）

鳧茈小甑炊，丹柿青篋絡

鳧茈在瓦甑上炊蒸著，青色竹籃裡還擺著豔豔的紅柿子。

作者與詩詞介紹

出自陸游〈野飲〉：

春雨行路難，春寒客衣薄；客衣薄尚可，泥深畏驢弱。溪橋有孤店，村酒亦可酌，鳧茈小甑炊，丹柿青篋絡。人生憂患窟，駭機日夜作；野飲君勿輕，名宦無此樂。

名家例句

我也喜歡荸薺在古代的說法，叫鳧茈，這名字真美，鳧是野鴨，茈是一種紫草，根皮紫色，可作染料。我不知道荸薺古稱鳧茈的原因，是否因為它身上那鳥嘴般的芽，加上棗紅的皮色？總之鳧茈這名字美，比荸薺、馬蹄都美，給人豐富的聯想。陸游的〈野飲〉詩有「鳧茈小甑炊，丹柿青篋絡」之句，說春雨行路難，但是野外孤店裡，尚有村酒可小酌，鳧茈在瓦甑上炊蒸著，青色竹籃裡還擺著豔豔的紅柿子呢！人生本多憂患，「野飲君勿輕，名宦無此樂」，這簡單的野飲您不要輕視，高官名宦卻難得此樂啊。（文正〈庖廚偶記／荸薺〉）

敘事寫物篇》二、人物

1 外貌形象

淡妝濃抹總相宜

在宋代之前，寫作上以藉物喻人為多，北宋之後，詩人更善於運用以人擬物，於是描摹景物就倍加生動活潑。蘇軾這首「若把西湖比西子，淡粧濃抹總相宜」，就寫活了西湖的嫵媚多姿。

作者與詩詞介紹

出自蘇軾〈飲湖上初晴後雨〉二首之二：

水光瀲灩晴方好，山色空濛雨亦奇。若把西湖比西子，淡粧濃抹總相宜。

名家例句

他穿布衣，全無窮相，而另具一種樸素的美。你可想見，他是扮過茶花女的，身材生得非常窈窕。穿了布衣，仍是一個美男子。「淡妝濃抹總相宜」，這詩句原是描寫西子的，但拿來形容我們的李先生的儀表，也很適用。今人侈談「生活藝術化」，大都好奇立異，非藝術的。李先生的服裝，才真可稱為生活的藝術化。他一時代的服裝，表出著一時代的思想與生活。各時代的思想與生活判然不同，各時代的服裝也判然不同。布衣布鞋的李先生，與洋裝時代的李先生、曲襟背心時代的李先生，判若三人。這是第三次表示他的特性：認真。（豐子愷〈懷李叔同先生〉）

明眸皓齒

詩句是安史之亂後，杜甫透過皇室遭遇的轉折，感慨今昔之變所作。由於這個轉折的中心，便是當年三千寵愛在一身的楊妃，杜甫詩中大段鋪陳她的顯赫與美麗。

此句說的是：明皇最寵愛的妃子，當時那明媚清麗的佳人，而今又魂歸何方呢？而後來「明眸皓齒」被普遍用以形容佳人面貌。

作者與詩詞介紹

出自杜甫〈哀江頭〉：

……昭陽殿裡第一人，同輦隨君侍君側。輦前才人帶弓箭，白馬嚼齧黃金勒。翻身向天仰射雲，一箭正墜雙飛翼。明眸皓齒今何在，血污遊魂歸不得。清渭東流劍閣深，去住彼此無消息。……

天生麗質難自棄

從六朝到唐代，是一個很重視天生資質和稟賦的時代，這在六朝文獻中常有討論，這些討論也包括人的形象風采之美。而白居易在此，就把楊貴妃美貌的境界比擬成六朝美學中對天資之美的讚嘆。

作者與詩詞介紹

出自白居易〈長恨歌〉：

漢皇重色思傾國，御宇多年求不得。楊家有女初長成，養在深閨人未識。天生麗質難自棄，一朝選在君王側。回眸一笑百媚生，六宮粉黛無顏色。春寒賜浴華清池，溫泉水滑洗凝脂。侍兒扶起嬌無力，始是新承恩澤時。……

名家例句

於是他帶著好奇的、景慕的、喜悅的感情和她談了一些話。她的思想又是那麼高尚，使他十分佩服。他們分別的時候，她和他祇見過兩三面，而她的姓名就深深地刻印在他的腦子裏了，這是三個美麗的字：張若蘭。以後在東京的一年中間他並沒有忘記這個美麗的名字。常常想起她那明眸皓齒的面龐，就彷彿在黑暗裏看見一線光亮。（巴金〈霧雨電之霧〉）

名家例句

在黃沙北風中，我的手搋在厚厚的大衣裡，暗暗地摩揉著它，本是因我體溫而暖的玉石，竟彷彿能自己發熱般，在我的指間散出力量。

那黃沙北風的來處，不正是妳的故鄉——巴林嗎？冷冷的大漠北地，如何誕生像妳這樣溫情之玉？抑或因為妳離開窮鄉，來到京城，被那玉匠琢磨、打光，且襯以華貴的錦緞之盒，端坐在那榮寶齋大廳之上，便顯露了天生難自棄的麗質！

由香港，轉回台灣，再飛渡重洋來到紐約，立在我麗人行的骨董櫃中，她依然是那麼出眾。（劉墉《愛，就注定了一生的漂泊！》）

2 言行舉止

來如雷霆收震怒，罷如江海凝清光

那高超的舞藝，如陣陣雷霆，突然而起，氣象萬千，聲勢動人，一旦舞罷，當她凝神斂氣，那種神采，好似江海之上一片平波映照著無邊的光輝。

作者與詩詞介紹

出自杜甫〈觀公孫大娘弟子舞劍器行〉：

昔有佳人公孫氏，一舞劍器動四方。觀者如山色沮喪，天地為之久低昂。㸌如羿射九日落，矯如群帝驂龍翔。來如雷霆收震怒，罷如江海凝清光。絳脣朱袖兩寂寞，晚有弟子傳芬芳。臨潁美人在白帝，妙舞此曲神揚揚。……

名家例句

印度的神像，佛像，「飛天」，以及其他的人像，都是半裸露的，充分地表現出理想的健康的男女體格，所謂之「目如荷瓣，腰如獅子」，真是骨肉均勻，婀娜剛健，尤其是舞蹈的神像和人像，把迅疾和翩婉的舞態，有力地在刀斧下刻劃出來，使人瞻仰之下，有「來如雷霆收震怒，罷如江海凝清光」的感覺。（冰心〈印度之行〉）

欲說還休

這首詞在「少年不識愁滋味」的上半闕之後，後半闕是「而今識盡愁滋味」，反應了人在歷經滄桑，深切體悟「愁滋味」的深沉博大之後，反倒有「欲說還休」的難言。兩句相疊，將兩個完全不同的層次接連起來。

作者與詩詞介紹

出自辛棄疾〈醜奴兒〉（書博山道中壁）：

少年不識愁滋味，愛上層樓。愛上層樓。為賦新詞強說愁。而今識盡愁滋味，欲說還休。欲說還休。卻道天涼好個秋。

名家例句

「這完全是你的夢想，你一定是在那裡做夢，真是荒唐無稽的夢。」這也是由我那位朋友的嘴裏前後敘述出來的情節，但是從陳君的對這敘述的那種欲說還休只在默認的態度看來，或者也許的確是他實際上經歷過的艷遇，並不是空空的一回夢想。（郁達夫〈十三夜〉）

酒已都醒，如何消夜永

這首詞句講深秋寂寥清景，人去樓空，酒醒夢回是詞人常用以描寫、寄寓這類情感的情境，所以此詞最後以「酒醒之後，怎奈何這漫漫長夜的清冷寂寥」作結，呼應前面所鋪敘的秋深冷落之感。

出自周邦彥詞〈關河令〉：

秋陰時晴向暝。變一庭淒冷。佇聽寒聲，雲深無雁影。更深人去寂靜。但照壁、孤燈相映。酒已都醒，如何消夜永。

周邦彥，字美成，北宋錢塘人。生於仁宗嘉祐元年，卒於徽宗宣和三年。周邦彥是北宋調和各個詞家風格而集大成的作家，本身極善音律，能自創曲調，而他的詞也流傳甚廣，可媲美柳永。他的詞作，多詠景物與豔情，然而詞句工麗，音律嚴整，不流於輕薄，而典雅工致，亦足以成一大家。

到了一處，朋友們和他開了個小玩笑；他臉上略露窘意，但仍微笑地默著。聖陶不是個浪漫的人；在一種意義上，他正是延陵所說的「老先生」。但他能瞭解別人，能諒解別人，他自己也能「作達」，所以仍然——也許格外——是可親的。那晚快夜半了，走過愛多亞路，他向我誦周美成的詞，「酒已都醒，如何消夜永！」我沒有說什麼；那時的心情，大約也不能說什麼的。（朱自清〈我所見的葉聖陶〉）

小紅低唱我吹簫

這是南宋江湖詩人典型的名士風流。唐人追求飛揚歡快的自我表現，而宋人自始的藝術個性，較為內斂，且常有「和」的精神。姜夔是南宋江湖詩人中最具藝術氣質的詞家，和宋代許多文人寫作上常帶有勵學或苦吟的色彩不同，這首詩寫出了創作中情意融洽，清空悠遠的意境。

作者與詩詞介紹

姜夔〈過垂虹〉：

自作新詞韻最嬌，小紅低唱我吹簫。曲終過盡松陵路，回首煙波十四橋。

名家例句

又一天我放假回來，我弟弟給我看新出的歷史小說《孽海花》，不以為奇似的撂下一句：「說是爺爺在裡頭。」厚厚的一大本，我急忙翻看，漸漸看出點苗頭來，專揀姓名音同字不同的，找來找去，有兩個姓莊的。是嫖妓丟官後，小紅低唱我吹簫，在湖上逍遙的一個？看來是另一個，莊崙樵，也是文學侍從之臣，不過兼有言官的職權，奏參大員，參一個倒一個，一時滿朝側目。（張愛玲《對照記》）

當時年少春衫薄，騎馬倚斜橋，滿樓紅袖招

這是唐人「少年遊」的典型風情。晚唐的韋莊回憶少年遊有著「洛陽才子他鄉老」的情感背景。韋莊出身長安才子，因唐末戰亂避亂於蜀地，為五代十國中「蜀」國開國之主王建重用，晚年富貴，然而如同南北朝時候滯留北方的庾信一樣，長懷故國之思。

作者與詩詞介紹

出自韋莊詞〈菩薩蠻〉：

如今卻憶江南樂。當時年少春衫薄。騎馬倚斜橋。滿樓紅袖招。翠屏金屈曲。醉入花叢宿。此度見花枝。白頭誓不歸。

名家例句

當祖父失去了右手五根手指，他努力學成後半生以左手寫字、記帳，我保留著他給我的一封信，那乍看稚拙似蝌蚪游移的字，偶爾翻出看看，我不草率憐惜，但願看出他活著時的堅韌。大姑說了他年輕時的一件逸事，一度沉迷黑管還是薩克斯風，有段時日不務正業跟著樂隊環島巡迴演出去（「當時年少春衫薄，騎馬倚斜橋，滿樓紅袖招。」）難怪一次電視劇演員拿薩克斯風擺樣子，他興奮指著螢幕笑說手勢錯了。我狐疑著他怎會瞭解。更早的記憶，我亂敲著一架玩具鋼琴，他過來左手彈幾個音符居然成了一段旋律。所謂「曲有誤，周郎顧。」（林俊穎〈笨蛋老實人〉）

羽扇綸巾談笑用兵

就如同〈赤壁賦〉中「橫槊賦詩」為曹氏父子文采風流樹立形象，「羽扇綸巾談笑用兵」，這是蘇軾賦與周瑜的英姿煥發的形象。唐宋時期，三國人物的形象尚未完全一統，杜甫為孔明形塑典型，後繼者如蘇軾則繼續以語言藝術為歷史人物打造鮮明的形象，這些都成了後人對於三國英雄好奇與認識的基礎。

出自蘇軾詞〈念奴嬌〉（赤壁懷古）：

大江東去，浪淘盡、千古風流人物。故壘西邊。人道是，三國周郎赤壁。亂石穿空，驚濤拍岸，捲起千堆雪。江山如畫，一時多少豪傑。遙想公瑾當年，小喬初嫁了，雄姿英發。羽扇綸巾。談笑間，檣艣灰飛煙滅。故國神遊，多情應笑我，早生華髮。人間如夢，一樽還酹江月。

辜振甫如果還在世，面對馬英九力挺林中森出任海基會董事長的理由乃因他是「一張白紙」，會是什麼感想？辜老縱有孔明借東風之才，羽扇綸巾談笑用兵的器度，怕也瀟灑不起來了。林中森接掌海基會，夾雜在包括金溥聰使美等人事案當中，又兼傳來海基會修改組織章程使董事長為有給職的爭議，馬英九遂親自上陣釋疑。但彷彿這些新聞都還不夠亂，總統補上的竟是「林中森一張白紙，更有發揮空間」的這麼一槍。（〈聯合晚報／社論——如果辜振甫聽聞「白紙」說〉）

我勸天公重抖擻，不拘一格降人才

祝願天地造化打起精神來，多為世間誕育卓犖不群的人才。

作者與詩詞介紹

龔自珍〈己亥雜詩〉第一二五首：

九州生氣恃風雷，萬馬齊瘖究可哀。我勸天公重抖擻，不拘一格降人才。

導遊歷史熟稔，談吐不凡，看得出胸懷大志，有先憂後樂的氣概，令我油然想到定庵的警句：「我勸天公重抖擻，不拘一格降人才。」問其姓名，答曰「繼偉」。我對他說：「將來我

還會聽見你的名字。」（余光中〈故國神遊〉）

我認為「不拘一格降人才」，應當是選聘人才的總指導思想。可是，古今的事都是說易而行難，選聘人才尤其是如此。難在何處呢？難就難在這個「格」，在選拔人才問題上的障礙也在於「格」。

在現實工作中，影響人才的「格」實在是太多了，如學歷、學位、年齡、性別、家庭出身、黨派、政治歷史、政治觀點、個性、群眾關係、生活作風……總之，在對待「格」的問題上，成了開明派與保守派的分水嶺，改革者能夠打破「格」的限制，讓優秀的人才脫穎而出；而保守派則利用「格」來限制甚至餓殺人才。（劉道玉《中國教育反思錄》）

3 思想風範

萬事盡如秋在水，幾人能識靜中香

可從兩個方向來讀：一是「秋」在「水」，秋氣高明寒潭澄淨，映照下聯「靜中香」，應對所以觀照萬事的能鑑之心；另一是從《莊子》「秋水時至，百川灌河，涇流之大，兩涘渚崖之間，不辨牛馬」的典故來看，當萬事如百川灌河，霧氣滂渤湧動中，能辨識世事真味者有幾人？

作者與詩詞介紹

出自翁同龢的對聯：

萬事盡如秋在水，幾人能識靜中香。

翁同龢，字叔平，號松禪，清末江蘇常熟人。生於清宣宗道光十年，卒於清德宗光緒三十年。為清末大臣，兩朝帝師，參與清末變革諸事務，也是一個知識分子在混亂時代裡的代表人物。

名家例句

日本電影大師小津安二郎，生前堅持庶民戲路線，票房和藝術雙贏，百歲冥誕，日本人請出侯孝賢拍攝《珈琲時光》追思他；今年過世五十週年，另一位大師山田洋次則是重拍了小津的經典《東京物語》，「萬事盡如秋在水，幾人能識靜中香」，人走了半世紀，靜香猶在，聒噪早已無蹤影，這才是人間公道。（藍祖蔚〈江山代有狂人出〉）

人生過處唯存悔，知識增時只益疑

傳統讀書人對於學問與人生進程的關係，有兩個最熟悉的說法，一是孔子的「十五而有志於學，三十而立；四十而不惑；五十而知天命；六十而耳順；七十而從心所欲不逾矩」；另一則是反向立論的，「蘧伯玉行年五十而知四十九年非」。

王國維此詩中對於學問和人生的反思，採取了後一種心得。懂得知「非」，懂得問「疑」，亦即進入了深廣的辯證之境，這或也是大學問家「驀然回首」的人生一境。

作者與詩詞介紹

出自王國維〈六月二十七日宿硤石〉：

新秋一夜蚊如市，喚起勞人使自思。試問何鄉堪著我，欲求大道況多歧。人生過處唯存悔，知識增時只益疑。欲語此懷誰與共，鼾聲四起鬥離離。

王國維是清末大學者，跟當時中西文化衝擊下的中國學人一樣，他的學問成就有諸多面向，文學、哲學、史學、美學、金石、考古、甲骨文等等，且無一不精，在每一領域均開創出出色的學術方法與成果。他的《人間詞話》，更是詞學登堂入室的重要典籍。

名家例句

我在想王國維那首詩〈六月二十七日宿硤石〉：「新秋一夜蚊如市，喚起勞人使自思。試問何鄉堪著我，欲求大道況多歧。人生過處唯存悔，知識增時只益疑。欲語此懷誰與共，鼾聲四起鬥離離。」王國維的夫子自道之詞更能表達這一份「人生過處」的無奈和感傷：「余之性質，欲為哲學家則感情苦多而知（智）力苦寡；欲為詩人則又苦感情寡而理性多。」王國維的一個「悔」字所呈現的是種種交互作用而使人躊躇不前的兩難，他的整個兒人生都籠罩在左支右絀、趑趄不前的矛盾之中，這種「悔」，是在受想行識的糾纏之中自尋煩惱，境界自有其高度，似乎和「每天都在後悔」的一個小孩子距離甚遠。（張大春《送給孩子的字．悔》）

曾城填華屋，季冬樹木蒼

形容當時成都雖位居西南邊陲，卻是崑崙天國下一方名都，重重疊疊的豪門高宅與重重疊疊的高山參差並列，在這喬木蒼蒼的西南都會中，簫鼓笙簧等禮樂教化也從不間斷。

作者與詩詞介紹

出自杜甫〈成都府〉：

翳翳桑榆日，照我征衣裳。我行山川異，忽在天一方。但逢新人民，未卜見故鄉。大江東流去，遊子去日長。曾城填華屋，季冬樹木蒼。喧然名都會，吹簫間笙簧。信美無與適，側身望川梁。鳥鵲夜各歸，中原杳茫茫。初月出不高，眾星尚爭光。自古有羈旅，我何苦哀傷。

名家例句

杜甫草堂是個古樸質真的簡居，即如老杜悲天憫人，充滿社稷關懷的人道主義者，也是歌詠人性的浪漫主義者，他的「草堂」豈止是基層社會的希望，也是文化在生活真實的實踐者。看他書寫詩志：「曾城填華屋，季冬樹木蒼，喧然名都會，吹簫間笙簧。」或是朋友的酬答：「客裡何遷次，江邊正寂寥，肯來尋一老，愁破是今朝。」或草堂修葺感想：「茅屋一間遺像在，有誰於世是知音。」用典象徵實景雅室的描寫，處處充滿人情的真實。（黃光男〈川流不息〉）

庾郎未老，何事傷心早

「庾郎」，指南朝詩人庾信，庾信前半生與其父庾肩吾皆曾任職梁朝東宮，隨侍於雅好文學的帝王詩人蕭氏父子，文采綺豔，哀宛動人，後半生滯留於北朝，時有鄉國之思，暮年所作〈哀江南〉賦感慨沉深，血淚交織。

這裡以「庾郎未老」譬喻年少不知愁，卻已有善感輕靈的哀思，恰似新月如眉時這般清巧鮮妍的片時心緒。

作者與詩詞介紹

出自納蘭性德〈點絳脣〉：

一種蛾眉，下弦不似初弦好。庾郎未老，何事傷心早。素壁斜暉，竹影橫窗埽。空房悄，烏欲曉，又下西樓了。

納蘭性德，又名納蘭成德，字容若，滿州正黃旗人。生於清世祖順治十二年，卒於清聖祖康熙二十四年。性德為清初著名詞人，詞風纏綿婉約，以性靈為長，承繼了花間、南唐一派詞風，其作品又以小令最佳。

名家例句

曉陽在青春年少的時候為我們留下了《春在綠蕪中》，一如納蘭性德留下了〈點絳脣〉式的自問：「庾郎未老，何事傷心早？」老成人不會這樣問；老成人只會逞仗其橫秋老氣，嗤笑青春無事，耽溺哀愁，卻忘記那樣的「強說」，恰是尚未被江湖人事磨老、磨鈍、磨圓、磨滑的一顆心，隨時接受也發散著

感動。用這種感動之心看人，便會發現平凡人出塵的神采。（張大春〈一種蛾眉，何事傷心早〉）

花近高樓傷客心，萬方多難此登臨

在這四方多難的時候，我登上高樓遠望家山；此時正是繁花錦簇的盛春時節，在愁雲遍佈的天色下，鮮麗的繁花卻彷彿穿透雲靄，逼近高樓，撼動了旅人的愁懷。這又是杜甫一獨特又生動的語法。首句就以「花近高樓」撲面而來，彷彿在山河殘破、萬方多難的雲靄下，連本應鮮妍明媚悅人心目的奼紫嫣紅，也令避難的旅人驚心而傷情了。以具象而生動的「花近高樓」，勾起「萬方多難」的無邊傷心，語句的安排非常深刻。

作者與詩詞介紹

出自杜甫〈登樓〉：

花近高樓傷客心，萬方多難此登臨。錦江春色來天地，玉壘浮雲變古今。北極朝廷終不改，西山寇盜莫相侵。可憐後主還祠廟，日暮聊為〈梁甫吟〉。

名家例句

有一次在床前跟他說話，忽然想起了「花近高樓傷客心」的詩句，卻怎麼也想不起下一句。老弱病殘的陳先生在昏黃的燈下輕輕地說：「萬方多難此登臨」。啊！這就是我一生傾心相愛而至委身相隨的陳先生了！永遠的錦心與繡口。這兩句本是雙重倒裝，在河山易色、家國動盪之秋，有此登樓，乃見花開。而登高可以望遠，遠望可以當歸，或思鄉，或懷人，自身恆是客，故心為之傷。這也反映了初到台灣又旋即赴美的少年陳之藩的心境。老杜憂中原文化的陷落，陳氏感時代世局之荒涼。（童元方〈有斜陽處——與陳之藩攜手走過〉）

曲終收撥

在樂曲終了時，以撥子拂過琵琶四絃，四絃發出齊一而宛如撕裂絲綢一般的聲音。

出自白居易〈琵琶行〉：

……水泉冷澀絃疑絕，疑絕不通聲暫歇。別有幽愁暗恨生，此時無聲勝有聲。銀瓶乍破水漿迸，鐵騎突出刀槍鳴。曲終收撥當心畫，四絃一聲如裂帛。東舟西舫悄無言，唯見江心秋月白。

名家例句

但在時間的流淌中，從望盡天涯到欄杆拍遍，我們看到長在征途、踽踽獨行的中年陳之藩。但再看下去，幾度時空轉換，已是空山新霽，大笑朗朗的老年陳之藩。如果四類作品是四首歌，那曲名必然是：花近高樓、月色中天、晴開萬樹、溫風如酒；而羅斯科的那幅畫「天與海的窗」，就是可以安身立命的曲終收撥了。（童元方〈有斜陽處——與陳之藩攜手走過〉）

你聽過撕裂綢緞的聲音嗎？據說夏桀寵愛的施妹喜就特別愛聽這種音響，那是一種極為爽利的聲音，正如白居易在琵琶行中描述的「曲終收撥當心畫，四絃一聲如裂帛」，那快速而亮麗的感覺，確實能使人有一種緊張後獲得放鬆的快感。（劉墉《人就這麼一輩子》）

文章自得方為貴

在宋代文人社會中興起了強烈的「學古」、「崇古」的風潮，這股風氣，自北宋中期延燒到金代，也滲透到一切學術。當天平過度偏頗於「厚古」的一邊時，也演變成固守門閥、不問是非、挾門派自重的弊端。金代詩人王若虛，眼見從宋代以來，不只政治上有黨爭，文壇上也常將派閥鬥爭視為當然，便深深體會到當時詩歌創作上這一積弊，於是他的論詩主張強烈要求文章要有獨立判斷，出自自我深刻省思過的創造才是可貴。

作者與詩詞介紹

出自金．王若虛〈論詩絕句〉：

文章自得方為貴，衣鉢相傳豈是真。已覺祖師低一著，紛紛法嗣復何人？

王若虛，字從之，號滹南遺老。金代城（今屬河北）人。生於金世宗大定十四年，卒於宋理宗淳祐三年，是金代的大學問家。

名家例句

黃庭堅是「江西詩派」的開山祖師。苕溪漁隱叢話及雲麓漫鈔，皆載呂本中所作「江西詩社宗派圖」；當時有名者即三十家，成為宋詩的代表。江西詩派的影響深遠，黃庭堅及二陳——陳師道、陳與義的高處，原在「文章自得方為貴」；只以淺夫妄人，凡無病呻吟，故作窮餓酸辛之態者，皆遁入江西詩派，致自金、元開始，即為世所詬病。（高陽《清末四公子》）

窗竹影搖書案上，野泉聲入硯池中

窗前竹影隨著清風搖曳，落在正埋首觀閱的書案上；屋外流泉聲聲悅耳，伴我磨硯寫作。

出自杜荀鶴〈題弟姪書堂〉：

何事居窮道不窮，亂時還與靜時同。家山雖在干戈地，弟姪常修禮樂風。窗竹影搖書案上，野泉聲入硯池中。少年辛苦終身事，莫向光陰惰寸功。

杜荀鶴，字彥之，晚唐萬年人。生於唐武宗會昌六年，卒於唐昭宣帝天祐元年。杜荀鶴在晚唐詩壇頗有詩名，到了宋初還常被討論。

名家例句

這傢伙嘴裡含著銀調羹出世，絕緣塵慮，一生淡泊，不計得失，早年謀個差事打發光陰，晚來到不了逍遙林下的境界，日子畢竟過得挺祥寧的。他有一次對我說，費城一位老華僑還他一個人情債，送了他一幅寒玉堂的楹聯：「窗竹影搖書案上，野泉聲入硯池中」，掛在廳堂上朝夕相對，滿心風雅，問我那到底是誰的聯語，我猜是唐詩裡的杜荀鶴，他聽了更得意。（董橋〈流言〉）

多情應笑我

神遊於這歷史勝境，遙想著當年英雄人物，可笑這多情懷想千古事的我，在這相較之下更像是夢境一般的人間，卻早已是滿頭白髮！

出自蘇軾詞〈念奴嬌〉（赤壁懷古）：

大江東去，浪淘盡、千古風流人物。故壘西邊。人道是，三國周郎赤壁。亂石穿空，驚濤拍岸，捲起千堆雪。江山如畫，一時多少豪傑。遙想公瑾當年，小喬初嫁了，雄姿英發。羽扇綸巾。談笑間，檣艣灰飛煙滅。故國神遊，多情應笑我，早生華髮。人間如夢，一樽還酹江月。

名家例句

一千年過去，漢語詞彙隨不同時代的更新，歷代有歷代文風用字特點。但是時間越久，越能看出東坡文字語言的平實。立足在語言最大的廣度基礎上，幾經時代變遷，文句詞彙還是歷久彌新，沒有過時落伍之感。「多情應笑我」五個字，又是古典，又極現代。情至深處，回到平常心，是所有創作者最難過的一關。東坡過了這關，真實，簡易，平凡，也因此能寬容，能豁達。東坡是聰明的，當然自負，也看不起一些人。但他也最能自嘲，看到自己的缺陷不足，在他人精明處糊塗。即使總有悲憤，總有貪嗔，也都在自嘲裡可以化解，呵呵一笑——「多情應笑我」，是東坡自嘲，也是東坡坦蕩，是東坡獨自得意的喜悅，也是東坡孤獨的蒼然苦笑吧。（蔣勳〈美學系列／天涯何處〉）

舊學邃密、新知深沉

原有的學問在幾經商議辯證之後，思慮更加縝密通貫；而在相互問學的陶冶中，新增的學識逐漸涵養內化，更加深厚沉穩。

作者與詩詞介紹

出自宋·朱熹〈鵝湖寺和陸子壽〉：

德義風流夙所欽，別離三載更關心。偶扶藜杖出寒谷，又枉籃輿度遠岑。舊學商量加邃密，新知培養轉深沉。卻愁說到無言處，不信人間有古今。

名家例句

巴松運氣很好，他在哥大念書時，學界正在開發文化史的研究，他躬逢其盛，非常投入，即立志要做一個文化學者兼文化史家。文化史就是把文化、藝術、思想和歷史事件的發展貫穿融合起來，而凸顯其豐盛。西方知識界常把學問淵博的人稱為「文藝復興人」或「百科全書派」，巴松就是一個「舊學邃密、新知深沉」的大學者，他涉獵廣而深，從法國和德國文學、音樂、語言、詞源學、哲學、教育、文學批評、莎劇、詩歌到偵探小說，無一不通，樣樣都精。（林博文〈文化史家巴松不朽貢獻〉）

夜闌風靜縠紋平。小舟從此逝，江海寄餘生

遭逢幾次文字之災後，蘇軾對於世途有了更加冷眼靜觀的態度，江海猶有平靜，而人世波瀾無定，不如如孔子所說的，「乘桴浮於海」，一葉扁舟，忘情於海闊天空的江海之間。

作者與詩詞介紹

出自蘇軾詞〈臨江仙〉（夜歸臨皋）：

夜飲東坡醒復醉，歸來彷彿三更。家童鼻息已雷鳴。敲門都不應，倚杖聽江聲。長恨此身非我有，何時忘卻營營。夜闌風靜縠紋平。小舟從此逝，江海寄餘生。

名家例句

為別人做功課，做給別人看的功課，都不是最難的功課。最難的功課，通常是自己給自己的功課。一次大災難，過了生死一關，愧疚十口家人受累，弟弟貶謫，好友都遭牽連下放。東坡在黃州時給朋友寫信，多無人敢回信，政治的恐懼牽連，可以理解，一般人也許會慨嘆世態冷暖，東坡說「多難畏人」，害怕人，遠離人，正是找到機會，好好給自己做一次孤獨的功課。這生命本來不是自己的，忙忙碌碌，總是為他人活著，什麼時候能回來好好做一次自己？夜闌風靜縠紋平。小舟從此逝，江海寄餘生。（蔣勳〈朗讀東坡〉）

山窮水盡疑無路

陸游形容山村景致，千回百轉而時有意外之趣。

作者與詩詞介紹

陸游〈遊山西村〉：

莫笑農家臘酒渾，豐年留客足雞豚。山重水複疑無路，柳暗花明又一村。簫鼓追隨春社近，衣冠簡朴古風存。從今若許閒乘月，拄杖無時夜叩門。

名家例句

他讓材料、形式、內容，由相互對抗、顛覆，而達於對談、和解。他總在「山窮水盡疑無路」之刻，適時展開「柳暗花明又一村」的新境，生發「風起水湧」的汩汩靈泉。（古月〈窗外有藍天〉）

破曉後，我吩咐水手準備快艇，我想再度試試穿越林澤去尋找流著清水的支流。在眾人全副武裝的陪護下，我和段世同再

度駛快艇進入林澤，但迷宮似的水道依然困住我們。後來馬寇士用大砍刀砍除一叢灌木之後，終於駛入新的水道，不過曲折依舊，飽嚐「山窮水盡疑無路，柳暗花明又一村」的滋味，最後進入一片枯木稀疏出水的神祕林澤，奇形怪狀的枯枝從水中伸出水面上方，在晨光中，好像無數揮臂求救的手臂。（徐仁修《亞馬遜河．探險途上的情書》）

敘事寫物篇》三、景物

1 自然景觀

一雙愁黛遠山眉

這是形容佳人眉目含愁的神。描寫兒女思情是五代詞的大宗，溫庭筠、韋莊俱是此中翹楚。而這一句描寫美人愁思，讀者可與溫詞〈更漏子〉中的「眉翠薄，鬢雲殘」作一番對照，可以隱約領略兩者相異其趣的不同風格。

作者與詩詞介紹

韋莊〈荷葉杯〉：

絕代佳人難得，傾國，花下見無期。一雙愁黛遠山眉，不忍更思惟。閒掩翠屏金鳳，殘夢，羅幕畫堂空。碧天無路信難通，惆悵舊房櫳。

韋莊，字端己，唐末京兆杜陵（今陝西省長安縣）人。韋莊最初是在唐末戰亂中，寫了一首著名的〈秦婦吟〉長詩而負有盛名，後來則更以詞作，成為五代詞的開創與成就者，和同樣是五代詞壇祭酒的溫庭筠並稱「溫韋」。他們同樣都擅長描寫閨閣情懷，惟風格不同，溫詞穠麗而韋詞清遠。

春夏草木繁茂的山，在實際上，其色彩當然是綠的（我國人對青與綠，常常混亂不分，故詩文中稱為青山。）即春山的固定色是綠。但是，用直線的眼光看去，春山不一定綠。如果這山離開你有數里路，你望去看見它是帶藍的。因為中間隔著許多空氣，模模糊糊，就蒙上藍色。如果是重慶的山，隔離半里路，也就變成藍色。因為霧很重，綠山蒙了霧，都變成藍山。如果是傍晚，夕陽下山的時候，你眺望遠遠的山，看見他們都變成紫色。因為地上的藍色的暮煙，拼合了夕陽的紅光，變成紫色的霧，這紫霧蒙住了群山。又如很遠的山，不管它是黃是綠，一概變成淡淡的青灰色。詩人描寫女人的眉毛，就用遠山來做比方。「水是眼波橫，山是眉峰聚」，「一雙愁黛遠山橫」，此類的詩句，都要用直線的眼光眺望色彩，方纔描寫得出。（豐子愷〈藝術的眼光〉）

水是眼波橫，山是眉峰聚

從詩經以來，以物喻人的手法屢見不鮮，然而以人來比況景、物，通常是少數物類如松竹梅等之「特權」。到了宋代，這種（以物）擬人之法，才隨著詠物題材的開拓，大為盛行，讀者首先會聯想到的，大概是蘇軾的「若把西湖比西子，淡抹濃妝總相宜」的名句，而由王觀的這首詞句，讀者也可以想像蘇軾這妙喻，亦是其來有自了。

王觀〈卜算子〉：

水是眼波橫，山是眉峰聚。欲問行人去那邊，眉眼盈盈處。才始送春歸，又送君歸去。若到江東趕上春，千萬和春住。

王觀，字通叟，北宋如皐人。生於宋仁宗景祐二年，卒於宋哲宗元符三年。

春夏草木繁茂的山，在實際上，其色彩當然是綠的（我國人對青與綠，常常混亂不分，故詩文中稱為青山。）即春山的固定色是綠。但是，用直線的眼光看去，春山不一定綠。如果這山離開你有數里路，你望去看見它是帶藍的。因為中間隔著許多空氣，模模糊糊，就蒙上藍色。如果是重慶的山，隔離半里路，也就變成藍色。因為霧很重，綠山蒙了霧，都變成藍山。如果是傍晚，夕陽下山的時候，你眺望遠遠的山，看見他們都變成紫色。因為地上的藍色的暮煙，拼合了夕陽的紅光，變成紫色的霧，這紫霧蒙住了群山。又如很遠的山，不管它是黃是綠，一概變成淡淡的青灰色。詩人描寫女人的眉毛，就用遠山來做比方。「水是眼波橫，山是眉峰聚」，「一雙愁黛遠山橫」，此類的詩句，都要用直線的眼光眺望色彩，方纔描寫得出。（豐子愷〈藝術的眼光〉）

山中一夜雨，樹杪百重泉

山中下了一夜雨後，千山萬壑的泉水源源流下，在「萬壑樹參天」的林子裡，並看不到這等活潑的畫面，但是第二句的「千山『響』杜鵑」，就把視覺轉換到聽覺，這一「響」，把身處的林蔭深處的環境和分外清新敏銳的聽覺接在了一起，於是，順勢帶上了一夜雨後的重重流水聲，然而，這流水聲並不平平鋪敘，「『樹杪』百重泉」，又翻出一層視覺層次，從這裡，擴大了泉聲從四面八方而來的想像。這一聯詩句妙在藉由空間層次和視覺想像傳達了聲音的效果。

出自王維〈送梓州李使君〉：

萬壑樹參天，千山響杜鵑。山中一夜雨，樹杪百重泉。漢女輸橦布，巴人訟芋田。文翁翻教授，不敢倚先賢。

王維，中國最偉大的一位寫景詩人，用這方法寫著：山中一夜雨，樹杪百重泉。當然，設想樹梢的重泉，需要相當費一下力。但適因這樣的寫景法是那麼稀少，而且只能當高山狹谷經過隔宵一夜的下雨，在遠處形成一連串小瀑布，顯現於前景的幾枝樹的外廓時，讀者才能獲得此配景的印象，否則不可能。（林語堂〈人生的盛宴〉）

月光如水水如天

月光如水，水光接天，心思也隨之迷離縹渺，不似在人間。

趙嘏〈江樓舊感〉：

獨上江樓思渺然，月光如水水如天。同來玩月人何處，風景依稀似去年。

趙嘏，字承祐，唐代山陽（今屬江蘇淮安）人。約生於唐憲宗元和元年，約卒於唐宣宗大中七年。

五時後，船到普陀，未登陸，即在船上視察地形。晚餐畢，設計明日行程，並念舊地重遊，必更覺有趣。父親獨坐舷頭，澄懷伴月，大有「月光如水水如天」之情景。十時就寢。（蔣經國《風雨中的寧靜》）

吃畢酒飯，天色已晚，大堤也安靜下來，仰望天空，早見一輪明月湧出，清光皎潔，襯著這滿湖蕩漾碧浪，水氣茫茫，清波浩浩，真是月光如水水如天。大家閉氣息聲，錦毛鼠白五爺踱來踱去，細細對水內留神。約有二鼓之半，只聽水面忽啦啦一聲響，白玉堂把身軀一伏，回手將石子掏出。見一物跳上岸來，是披頭散髮，面目不分，此怪物直奔窩棚而去。

白玉堂真是好大膽，也不管它妖怪不妖怪，會什麼法術，有天大的本領，他便悄悄尾隨在後面。忽聽窩棚內嚷了一聲：「水怪來了！」

白玉堂在那怪物的後面吼了一聲，說道：「妖怪，看你往哪裡走？」（清．石玉崑《七俠五義》）

花久影吹笙，滿地淡黃月

在花下久坐，對著昏黃的月色，撩亂的花影中，清風吹過，彷彿笙簫低吟之聲。

出自范成大〈醉落魄〉：

棲烏飛絕。絳河綠霧星明滅。燒香曳簟眠清樾。花久影吹笙，滿地淡黃月。好風碎竹聲如雪。昭華三弄臨風咽。鬢絲撩亂綸巾折。涼滿北窗，休共軟紅說。

范成大，字致能，南宋吳郡人。生於宋欽宗靖康元年，卒於宋光宗紹熙四年。他是南宋四大詩人之一，尤以田園山水為其大宗。

名家例句

記得從前，熱中於寫生畫的時候，有一回向學校請了假，寄居在住在西湖邊上的友人那裡，等到黃昏月上，背了寫生箱到湖上來寫月夜的風景。月光底下的景色觀察不真：天用什麼顏料？水用什麼顏料？山用什麼顏料？都配不適當，連作了好幾張 sketch，都失敗，廢然而返。友人並不弄畫，卻喜吟詩，看了我帶回來的月夜湖景，不管失敗不失敗，對著畫信口便吟：「月光如水水如天！」接著又感傷地吟下去：「同來玩月人何在？風景依稀似去年！」吟罷倒身在床裡，悠然地沉思起來。我卻被他最初那句詩提醒，恍然剛才配色的失敗。是天，水，山的分別太清楚之故。原來月光與水與天，顏色是很相類似的。後來在詞中讀到「花久吹影笙，滿地淡黃月」之句，又知道月夜風景中可添用暖色的「黃」。試一下看，果然有效。那畫面減少了陰澀之氣，而頓覺溫暖可親了。（豐子愷〈文學的寫生〉）

山色有無中

在衡軛三湘襟帶九江的荊門這個地方眺望，無邊無際的漢江，像是從天外而來，又滾滾流向天地之外，在瀰天的江水遠方，隱約浮現著山巒的輪廓。

作者與詩詞介紹

出自王維〈漢江臨眺〉

楚塞三湘接，荊門九派通。江流天地外，山色有無中。郡邑浮前浦，波瀾動遠空。襄陽好風日，留醉與山翁。

五亭橋如名字所示，是五個亭子的橋。橋是拱形，中一亭最高，兩邊四亭，參差相稱；最宜遠看，或看影子，也好。橋洞頗多，乘小船穿來穿去，另有風味。平山堂在蜀岡上。登堂可見江南諸山淡淡的輪廓；「山色有無中」一句話，我看是恰到好處，並不算錯。這裡游人較少，閑坐在堂上，可以永日。沿路光景，也以閑寂勝。從天寧門或北門下船。蜿蜒的城牆，在水里倒映著蒼黝的影子，小船悠然地撐過去，岸上的喧擾像沒有似的。（朱自清〈揚州的夏日〉）

養花天氣半晴陰

「養花天氣」，本是指南方牡丹花開的時節，常有微雲疏雨，後來在詩詞中，就用以指稱氣候時陰時晴，偶有微雨的暮春季節。

作者與詩詞介紹

出自歐陽修詞〈鶴沖天〉：

梅謝粉，柳拖金。香滿舊園林。養花天氣半晴陰。花好卻愁深。花無數。愁無數。花好卻愁春去。戴花持酒祝東風。千萬莫匆匆。

歐陽修，字永叔，宋廬陵人。生於真宗景德四年，卒於神宗熙寧五年。歐陽修是宋代詩文運動的領袖，從他開始，宋詩、宋文逐漸走出既有的傳統，開創出宋人特有的格局，作為文壇領袖，歐陽修博通的修養，也帶動了全面的學術風氣和藝術表現，甚至打開了金石、經史、文藝批評等學術眼界和方法。

名家例句

釣臺去桐廬縣城二十餘裏，桐廬去富陽縣治九十里不足，自富陽溯江而上，坐小火輪三小時可達桐廬，再上則須坐帆船了。我去的那一天，記得是陰晴欲雨的養花天，並且係坐晚班輪去的，船到桐廬，已經是燈火微明的黃昏時候了，不得已就只得在碼頭近邊的一家旅館的樓上借了一宵宿。（郁達夫〈釣台的春晝〉）

萬壑樹參天

山中到處是高達天際的喬木，樹林深處，杜鵑啼鳴，宛如從四面八方的山林裡一齊響起。

出自王維〈送梓州李使君〉：

萬壑樹參天，千山響杜鵑。山中一夜雨，樹杪百重泉。漢女輸橦布，巴人訟芋田。文翁翻教授，不敢倚先賢。

名家例句

巴登既依黑森林，又傍奧斯河谷，景色多彩多姿。那綿延無盡，一望無涯的黑森林，遍山青翠，山底流水潺湲。公路500號是黑森林最美的地方，萬壑樹參天，樹梢百重泉。一株一株墨綠色直挺的樹木，全是松、杉，「松柏夾廣路」，路的兩邊，那矯矯蒼松，看盡六朝興廢，人間悲歡，卻總是不言不語蕭蕭立著。（連方瑀〈行雲流水〉）

煙銷日出不見人，欸乃一聲山水綠

清晨日出之後，江上霧氣漸消，不知漁翁與小舟划到哪兒了，只聽得「欸乃」槳聲中，青山綠水在晨光中逐漸明亮起來。

作者與詩詞介紹

出自柳宗元〈漁翁〉：

漁翁夜傍西巖宿，曉汲清湘燃楚竹。煙銷日出不見人，欸乃一聲山水綠。迴看天際下中流，巖上無心雲相逐。

名家例句

船入三峽，不經意中一回頭，只見脈脈的朝陽升起在青峰間，我被眼前的美景驚呆了。「煙銷日出不見人，欸乃一聲山水綠」，這兩岸濃綠的青山與我那麼近，似乎觸手可及。氤氳中，連鳥兒的鳴叫聲，都是一點一滴的，塗滿春天的綠意。呼吸著晨嵐的水氣與草木青蔥的香氣，覺得此生真沒有遺憾了。正如《拾畫叫畫》中所唱的那樣，「驚春誰似我，客途中都不問其他」，除了看和聽，實在不用多說一句話，任無限的感動與訝異，在心中柔腸百轉。（胡建君〈何人彈到春波綠〉）

平沙莽莽黃入天

在那西域雪海邊上的走馬川，放眼望去，一片飛沙走石，無邊無際的黃土塵埃相連到天邊。

名家例句

平地泉本袛有二三人家，鐵路通後，始漸有糧店；但出門一望，平沙莽莽，猶是十足邊塞風味也。席間談及此次戰事，知我方以攻為守；十六、七兩日，夜間以汽車運步兵三團，又騎兵三團，約共二萬餘人一同開往前方。（朱自清〈綏行紀略〉）

很早就聽說過敦煌壁畫的稀奇，敦煌莫高窟是世界著名的文化寶庫，聯合國重點保護的文物古蹟，不亞於長城與金字塔。此次親臨其境終於得遂心願。

莫高窟坐落在沙漠中的一個綠洲裏面，去路上「平沙莽莽黃入天」，到了那裏才發現「別有天地飛人間」。在懸崖峭壁上開鑿出來的四百九十多個洞窟之中，羅列著從魏、隋到元代十個朝代的壁畫和彩塑，風格各易，斑斕萬翠。（潘天良《回聲：潘天良詩文集》）

作者與詩詞介紹

岑參〈走馬川行奉送封大夫出師西征〉

君不見走馬川行雪海邊，平沙莽莽黃入天。輪臺九月風夜吼，一川碎石大如斗，隨風滿地石亂走。匈奴草黃馬正肥，金山西見煙塵飛。漢家大將西出師，將軍金甲夜不脫。半夜軍行戈相撥，風頭如刀面如割。馬毛帶雪汗氣蒸，五花連錢旋作冰。幕中草檄硯水凝，虜騎聞之應膽懾。料知短兵不敢接，車師西門佇獻捷。

岑參，唐南陽人。岑參是盛唐著名邊塞詩人，尤其其七言歌行，詠邊塞雄偉景物，遒勁奇峭。由於他曾任嘉州刺史，人稱「岑嘉州」。

蜀江水碧蜀山青

這也是白居易講述明皇楊妃悲劇的〈長恨歌〉中的詩句：敘述在楊貴妃賜死於馬嵬坡之後，玄宗終於歷經重重道途，來到蜀地避難，而日日夜夜面對著蜀地的明山秀水，卻無時無刻不引起玄宗對楊妃的思念之情。

作者與詩詞介紹

出自白居易〈長恨歌〉：

……翠華搖搖行復止，西出都門百餘里。六軍不發無奈何，宛轉蛾眉馬前死。花鈿委地無人收，翠翹金雀玉搔頭。君王掩面救不得，回看血淚相和流。黃埃散漫風蕭索，雲棧縈紆登劍閣。峨嵋山下少人行，旌旗無光日色薄。蜀江水碧蜀山青，聖主朝朝暮暮情。行宮見月傷心色，夜雨聞鈴腸斷聲。天旋日轉迴龍馭，到此躊躇不能去。馬嵬坡下泥土中，不見玉顏空死處。……

名家例句

房子左右，有雲頂兔子二山當窗對峙，無論從哪一處外望，都有峰巒起伏之勝。房子東面鬆樹下便是山坡，有小小的一塊空地，站在那裡看下去，便如同在飛機裏下視一般，嘉陵江碗蜒如帶，沙磁區各學校建築，都排列在眼前。隔江是重慶，重慶山外是南岸的山，真是蜀江水碧蜀山青，重慶又常常陰雨，淡霧之中，碧的更碧，青的更青，比起北方山水，又另是一番景色。（冰心〈潛廬〉）

當然，你從歷史的角度來看，會批評唐玄宗晚年怎麼聲色誤國，與楊玉環之間的愛情並不純粹，這是對的。但是文學跟歷史是兩回事，我覺得文學家比歷史學家對人要寄予比較寬容的同情。歷史是枝春秋之筆，是非、對錯，都是客觀的，但人生是更複雜的，人生真正的處境非常複雜，那是文學家的事。《長生殿》洪昇的關切還是在李楊之間的情，我覺得最精彩的下半部，是在楊貴妃死了以後，唐明皇對她的悼念，對整個江山已經衰落以後的一種感念。這後面是愈寫愈好，愈寫愈滄桑。到〈迎像哭像〉又是在蔡正仁先生身上演出來了。他在那兒，抖抖袖子，抖抖鬍子，就把唐明皇一生的滄桑辛酸通通演出來了，他一出來唸兩句詞：「蜀江山水蜀山青，贏得朝朝暮暮情」，氣氛就來了，那是唱作俱佳。（白先勇《白先勇說崑曲》）

錦江春色來天地，玉壘浮雲變古今

錦江春色，自有天地以來，亙古常新；玉壘關上的浮雲，看盡了古往今來人事的變遷。

作者與詩詞介紹

出自杜甫〈登樓〉：

花近高樓傷客心，萬方多難此登臨。錦江春色來天地，玉壘浮雲變古今。北極朝廷終不改，西山寇盜莫相侵。可憐後主還祠廟，日暮聊為梁甫吟。

名家例句

他舉目看見雷委員仍舊立著時，便連忙用手示了一下意，請雷委員在另一張太師椅上坐下。書房內的陳設十分古雅，一壁上掛著一幅中堂，是明人山水，文征明畫的寒林漁隱圖。兩旁的對子卻是鄭板橋的真跡，寫得十分蒼勁雄渾：錦江春色來天地，玉壘浮雲變古今。（白先勇《台北人》）

老師的書畫、藝文造詣及學術成就，自有專家學者論定。我所體會、傷懷的，是那「最後一缸荷」的落寞心境，還有那深藏不露的世事滄桑。從他贈予我的墨寶上得見一斑：「風塵荏苒音書絕，關塞蕭條行路難，已忍伶俜十年事，強移棲息一枝安」、「錦江春色來天地，玉壘浮雲變古今，可憐後主還祠廟，日暮聊為梁甫吟」。多年來，讀之再三，免黯然神傷。（周艾《歲月靜好》）

西風殘照，漢家陵闕

在這蕭瑟的秋日下遙想當年長安漢家宮殿的情景，咸陽古道上渺無人跡，惟有西風與殘陽，永恆地照映著寂靜的大地。

作者與詩詞介紹

出自李白〈憶秦娥〉詞：

簫聲咽。秦娥夢斷秦樓月。秦樓月。年年柳色。灞橋傷別。
樂游原上清秋節。咸陽古道音塵絕。音塵絕。西風殘照，漢家陵闕。

作者相傳為李白。雖然唐代開元間已開始有詞調流傳，然而關於李白是否寫詞，以及這兩首氣象悠遠的詞作——〈菩薩蠻〉、〈憶秦娥〉是否為李白所作，都是宋人之後的傳說，已難斷定。這兩首詞由於格調甚高，迥然不同於晚唐五代以來旖旎柔媚的詞風，這也是前人推定為李白所作的原因之一。

名家例句

明故宮只是一片瓦礫場，在斜陽裏看，只感到李太白《憶秦娥》的西風殘照，漢家陵闕二語的妙。午門還殘存著，遙遙直對洪武門的城樓，有萬千氣象。古物保存所便在這裡，可惜規模太小，陳列得也無甚次序。明孝陵道上的石人石馬，雖然殘缺零亂，還可見泱泱大風；享殿並不巍峨，只陵下的隧道，陰森襲人，夏天在裏面待著，涼風沁人肌骨。這陵大概是開國時草創的規模，所以簡樸得很；比起長陵，差得真太遠了。然而簡樸得好。雨花臺的石子，人人皆知；但現在怕也撿不著什麼了。那地方毫無可看。記得劉後村的詩雲：「昔年講師何處在，高臺猶以『雨花』名。有時寶向泥尋得，一片山無草敢生。」我所感的至多也只如此。（朱自清〈南京〉）

車如流水

這首詞是李煜回憶當年還是南唐帝王時，宮中上元之夜，繁華富麗與花月爭輝的景象，而更顯得「昨夜夢魂中」深重的愴恨。

後來人們引用這句「車如流水馬如龍」時，多半只取其形容市街熱鬧情狀，不過以下範例中小說家張愛玲的筆法，卻保有了原詞類似的反襯效果。

作者與詩詞介紹

出自李煜詞〈望江南〉：

多少恨，昨夜夢魂中。還似舊時游上苑，車如流水馬如龍。花月正春風。

名家例句

她有點詫異天還沒黑，彷彿在裏面不知待了多少時候。人行道上熙來攘往，馬路上一輛輛三輪馳過，就是沒有空車。車如流水，與路上行人都跟她隔著層玻璃，就像櫥窗裏展覽皮大衣與蝙蝠袖爛銀衣裙的木美人一樣可望而不可及，也跟他們一樣閑適自如，只有她一個人心慌意亂關在外面。小心不要背後來輛木炭汽車，一剎車開了車門，伸出手來把她拖上車去。（張愛玲《色．戒》）

新聞照片可補助文字描述的不足：每逢初春，上陽明山賞櫻花的遊客，千千萬萬。記者形容人多的盛況，雖努力描寫，仍難令人滿意；此時，若能配合一張從高處拍的後山公園景色，讀者從照片中看到人頭處處，停車坪擺滿了大小各式車輛，就自然對如潮湧，車如流水的情況，獲得明確的印象；照片足以加強文字的力量，輔助文字描述的不足，是十分明顯的。（鄭貞銘《新聞採訪的理論與實際》）

五月二日，我們從大阪出發到山口縣，一路經過廣島和其他車站，都沒有下車，但各站上都有許多日本朋友在車窗外搖旗歡呼，或從窗口和我們握手，塞進一束束美麗的花朵。在車如流水的一瞥中，我們感到了無限的喜悅和不盡的悵惘！

有一位作家朋友在山口縣的前一站上車，給我送來一盒香氣四溢的點心，盒上附了一張小紙，說：「這是日本傳統製法的櫻花樹葉子裹成的糯米團子，叫做櫻餅，很香，請你嘗嘗。」我十分歡喜地謝過他。當下就打開盒子和同伴們分享了，真是芬芳滿頰，名不虛傳。（冰心〈中日友誼源流長〉）

雨打梨花深閉門

這首詞是暮春時節惆悵懷人之作，最後一句「雨打梨花深閉門」隱喻著思念落空寂寞無著的情緒。

出自無名氏詞〈鷓鴣天〉：

枝上流鶯和淚聞。新啼痕間舊啼痕。一春魚雁無消息，千里關山勞夢魂。無一語，對芳尊。安排腸斷到黃昏。甫能炙得燈兒了，雨打梨花深閉門。

家茵的房裏現在點上了燈。她剛到客房公用的浴室裏洗了些東西，拿到自己房間裏來晾著。兩雙襪子分別掛在椅背上，手絹子貼到玻璃窗上，一條綢花白蕾絲手帕，一條粉紅的上面有藍水的痕子，一條雪青，窗格子上都貼滿了，就等於放下了簾子，留住了她屋子的氣氛。手帕濕淋淋的，玻璃上流下水來，又有點像「雨打梨花深閉門」。無論如何她沒想到這時還有人來看她。（張愛玲〈多少恨〉）

寶玉便道：「女兒悲，青春已大守空閨。女兒愁，悔教夫婿覓封侯。女兒喜，對鏡晨妝顏色美。女兒樂，鞦韆架上春衫薄。」

眾人聽了都道：「說得有理。」薛蟠獨揚著臉搖頭說：「不好，該罰！」眾人問道：「如何該罰？」薛蟠道：「他說的我通不懂，怎麼不該罰？」雲兒便擰他一把，笑道：「你悄悄的想你的罷。回來說不出，才是該罰呢。」於是拿琵琶，聽寶玉唱道：滴不盡相思血淚拋紅豆，開不完春柳春花滿畫樓，睡不穩紗窗風雨黃昏後，忘不了新愁與舊愁，咽不下玉粒金　噎滿喉，照不見菱花鏡裏花容瘦。展不開的眉頭，捱不明的更漏。呀！恰便似遮不住的青山隱隱，流不斷的綠水悠悠。

唱完，大家齊聲喝彩，獨薛蟠說無板。寶玉飲了門杯，便拈起一片梨來，說道：「雨打梨花深閉門。」完了令。（清．曹雪芹《紅樓夢》）

南朝四百八十寺，多少樓臺煙雨中

杜牧這首絕句描寫江南春天的景色，除了我們一般所想像的明媚風光外，他指出了一個讓人眼睛一亮的新的焦點——「藏身在江南山光水色當中，長年沐浴於濛濛煙雨，從六朝以來浸潤著無數歷史的佛寺」，一首短短絕句，啟人多少清幽宏遠的想像。

作者與詩詞介紹

出自杜牧〈江南春絕句〉：

千里鶯啼綠映紅，水村山郭酒旗風。南朝四百八十寺，多少樓臺煙雨中。

名家例句

羅馬從中古以來便以教堂著名。康南海《羅馬遊記》中引杜牧的詩「南朝四百八十寺，多少樓台煙雨中」，光景大約有些相像的。只可惜初夏去的人無從領略那煙雨罷了。（朱自清〈羅馬〉）

當趙寄客騎著白馬來找他時，恰恰是他自以為找到了人生的真諦的時候，所以他和老朋友的見面是很愉快的，這種愉快看上去一方面是玄之又玄的，另一方面又是極端自私自利的，極不負責的。他完全不問趙寄客從哪裡來，要幹什麼，也不問問自己茶莊的情況如何，綠愛身體可好，他也不問一問他那個剩下的大兒子有沒有新的動向，他也不讓趙寄客問問他的近況如何，他就滔滔不絕地說著，讓趙寄客當了一回聽眾。

「我現在越來越明白，茶禪何以一味了。一是佛門寺院普遍種茶，當然道院也有種茶的，不過不能和佛院比。『南朝四百八十寺，多少樓台煙雨中』，佛院比道院要多得多。另外，『農禪並重』，是佛門一條祖訓，道教就沒有『農道並重』這一說。喂，寄客，你有沒聽？」

「你講吧，講吧，我聽著呢。」（王旭烽《南方有嘉木》）

高高山頭樹，風吹葉落去

樹葉本來長在高高的山頭上，葉落風吹，離開枝頭數千里，從軍的人，就像這落葉隨風一般，何時能再回到故鄉呢？

作者與詩詞介紹

出自漢代樂府古詩：

燒火燒野田，野鴨飛上天。童男娶寡婦，壯女笑殺人。高高山頭樹，風吹葉落去。一去數千里，何當還故處。十五從軍征，八十始得歸。道逢鄉里人，家中有阿誰？遙看是君家，松柏塚累累。兔從狗竇入，雉從梁上飛。中庭生旅穀，井上生旅葵。舂穀持作飯，采葵持作羹。羹飯一時熟，不知飴阿誰？出門東向看，淚落沾我衣。

名家例句

一個月以來，我又眼看見梧桐葉落的光景。樣子真淒慘呢！最初綠色黑暗起來，變成墨綠；後來又由墨綠轉成焦黃；北風一吹，它們大驚小怪地鬧將起來，大大的黃葉便開始辭枝——起初突然地落脫一兩張來；後來成群地飛下一大批來，好像誰從高樓上丟下來的東西。枝頭漸漸地虛空了，露出樹後面的房屋來，終於只幾根枝條，回復了春初的面目。這幾天它們空手站在我的窗前，好像曾經娶妻生子而家破人亡了的光棍，樣子怪可憐的！我想起了古人的詩：「高高山頭樹，風吹葉落去。一去數千里，何當還故處？」現在倘要搜集它們的一切落葉來，使它們一齊變綠，重還故枝，回復夏日的光景，即使仗了世間一切支配者的勢力，盡了世間一切機械的效能，也是不可能的事了！回黃轉綠世間多，但象征悲哀的莫如落葉，尤其是梧桐的落葉。（豐子愷〈梧桐樹〉）

庭院深深深幾許

此句大受詞人歡迎，有多位詞人用過，比較確定的有歐陽修和李清照，都在詞文開頭營造出常日院戶幽深的氣息，而詞句最末表現的心緒即往往與此呼應。

歐陽修〈蝶戀花〉：

庭院深深深幾許。楊柳堆煙，簾幕無重數。玉勒雕鞍遊冶處。樓高不見章臺路。雨橫風狂三月暮。門掩黃昏，無計留春住。淚眼問花花不語。亂紅飛過鞦韆去。

王小鷹筆下的鶴窠另有一番意境：那「實在是一座太普通了的家常小院，光景不過半畝稍餘，除了西南角落上有幾株青楓，滿院子叢叢簇簇參差錯落的都是竹，竹影森森，幾乎將院子全都覆蓋了」。這倒不是陳老鶴先生的原意，他一個跟頭跌下去之後，只求讀書養氣，枕石流，以終餘生；偏偏女兒陳良渚執意要植叢竹，說是素節凜凜，安可一日無此君。從此，那座廢院「成了重重疊疊的修竹林，一條青磚小道曲折通幽，庭院深深深幾許」？（董橋〈解讀鶴窠〉）

北京——改成北平是什麼時候的事情？這兒，除了園林深密，幾乎小門深巷家家宅邊有古樹，家家各自形成一個小園。常時是過門一瞥，大啟哀思。就是深戶掩花間看起來像是沉悶的，不知道庭院深深幾許，實則並不缺失生存空間。古老的理想：「不取高深，但取曠敞」，與當我的繞屋的籬園，更無根本的不同了。（朱英誕《仙藻集．小園集：朱英誕詩集》）

宮花寂寞紅

在這處人事荒廢已久的古行宮內，宮花自開自落，無人整理。

作者與詩詞介紹

出自元稹〈行宮〉：

寥落古行宮，宮花寂寞紅。白頭宮女在，閒坐說玄宗。

名家例句

在南京尤其令白先勇感到時光倒流的，是他不期然重遊「美齡宮」——也就是一九四六年耶誕節母親帶「四哥」和白先勇參加宋美齡舉辦聖誕「派對」的地方：

……我一邊敬南大老先生們的酒，不禁感到時空徹底的錯亂，這幾十年的顛倒把歷史的秩序全部打亂了。宴罷我們到樓上參觀，蔣夫人宋美齡的臥室據說完全維持原狀，那一堂厚重的綠絨沙發仍舊是從前的擺設，可是主人不在，整座「美齡宮」都讓人感到一份人去樓的靜悄，散著一股「宮花寂寞紅」的寥落。

（劉俊〈文學現場／文武父子．南京身影〉）

3 草木鳥獸

山遠始為容

這句詩文寫出了「遠山如畫」的韻味，出自《隨園詩話》裡提到的一則唐詩。傳統詩話論詩，在閒散的議論中，也有不少作者個人獨到的美學見解或詩歌觀點，而《隨園詩話》也是歷代著名的詩話之一。在此，袁枚提到此詩可與李商隱詠柳相比，均能極盡寫物之工。

作者與詩詞介紹

出自袁枚《隨園詩話》：

李義山詠《柳》云：「堤遠意相隨。」真寫柳之魂魄。與唐人「山遠始為容，江奔地欲隨」之句，皆是嘔心鏤骨而成。

袁枚在此所引「山遠始為容」，不見於今《全唐詩》。也算是歷代流傳的無數佚詩之一。

名家例句

寓樓的窗前有好幾株梧桐樹。這些都是鄰家院子裏的東西，但在形式上是我所有的。因為它們和我隔著適當的距離，好像是專門種給我看的。它們的主人，對於它們的局部狀態也許比我看得清楚；但是對於它們的全體容貌呢。因為這必須隔著相當的距離方才看見。唐人詩云「山遠始為容」。我以為樹亦如此。自初夏至今，這幾株梧桐在我面前濃妝淡抹，顯出了種種的容貌。（豐子愷〈梧桐樹〉）

千呼萬喚始出來，猶抱琵琶半遮面

那位矜持的佳人遲遲不肯出現，待我們邀請了多次，方才應允，而她出現的時候，依然含羞帶怯，懷中的琵琶還遮住了她大半的面容。

作者與詩詞介紹

出自白居易〈琵琶行〉：

潯陽江頭夜送客，楓葉荻花秋瑟瑟。主人下馬客在船，舉酒欲飲無管弦。醉不成歡慘將別，別時茫茫江浸月。忽聞水上琵琶聲，主人忘歸客不發。尋聲暗問彈者誰，琵琶聲停欲語遲。移船相近邀相見，添酒迴燈重開宴。千呼萬喚始出來，猶抱琵琶半遮面。……

名家例句

黑暗也有黑暗的好處，松樹的長影子陰森森的有點像鬼物拿土。但是這麼看的話，松堂的院子還差得遠，白皮松也太秀氣，我想起郭沫若君《夜步十里松原》那首詩，那才夠陰森森的味兒——而且得獨自一個人。好了，月亮上來了，卻又讓雲遮去了一半，老遠的躲在樹縫裏，像個鄉下姑娘，羞答答的。從前人說：千呼萬喚始出來，猶抱琵琶半遮面真有點兒！雲越來越厚，由他罷，懶得去管了。可是想，若是一個秋夜，刮點西風也好。雖不是真松樹，但那奔騰澎湃的「濤」聲也該得聽吧。（朱自清〈松堂遊記〉）

可憐雨歇東風定，萬樹千條各自垂

形容一旦雨停風止，萬樹千條的楊柳依依動人的情景。

出自白居易〈楊柳枝詞〉，八首之四：

紅板江橋青酒旗，館娃宮暖日斜時。可憐雨歇東風定，萬樹千條各自垂。

名家例句

我冒雨跑到蘇堤，寫了一幅垂柳圖歸來。偶然翻開詩集，看到白居易的「楊柳枝」詞：「可憐雨歇東風定，萬樹千條各自垂。」剛才所見的景色的特點，被這十四個字強明地寫出了。我辛辛苦苦地跑到蘇堤去寫這幅畫，遠不如讀這首詩的快意！（豐子愷〈文學的寫生〉）

夜闌風靜縠紋平，小舟從此逝，江海寄餘生

遭逢幾次文字之災後，蘇軾對於世途有了更加冷眼靜觀的態度，江海猶有平靜，而人世波瀾無定，不如如孔子所說的，「乘桴浮於海」，一葉扁舟，忘情於海闊天空的江海之間。

作者與詩詞介紹

出自蘇軾詞〈臨江仙〉（夜歸臨皋）：

夜飲東坡醒復醉，歸來彷彿三更。家童鼻息已雷鳴。敲門都不應，倚杖聽江聲。長恨此身非我有，何時忘卻營營。夜闌風靜縠紋平。小舟從此逝，江海寄餘生。

名家例句

麻雀的巢不如燕子的那般完整而牢固，僅是由一枝枝纖細柔軟的枯枝架起的碟狀結構，令人驚喜的是，還別出心裁地鋪了一層細緻溫暖的羽毛。我深深為這樣樸實、簡單卻巧思而不乏細節的設計所感動。如果燕子的巢是童話故事中公主富麗堂皇的宮殿城堡，那麼麻雀的巢便該是蘇軾的〈臨江仙〉中「夜闌風靜縠紋平，小舟從此逝，江海寄餘生」，那只樸實無華、無奢無求、無憂無慮的一葉扁舟吧！擺渡，擺渡，擺著自己的雙翅，渡自己生命的長河。（張敦智〈巢來巢往〉）

第四部

成語的應用

外在世界》一、容貌與身軀

1 臉孔

臉

【慈眉善目】形容慈祥、和善的容貌。

【杏眼桃腮】形容女子眼如杏子，臉頰粉紅，姿色美麗。

【濃妝淡抹】女子或豔麗或淡雅的妝扮。

【六朝脂粉】比喻婦女盛妝的儀容。

【素面朝天】形容未施脂粉的臉龐。

【平頭正臉】形容容貌端正，也作「平頭整臉」。

【臉欺膩玉】形容容貌細緻柔美，臉彷彿比玉的質地還更柔滑細膩。

【灰頭土臉】形容人蓬頭垢面，滿面風塵的狼狽模樣。

【蓬頭垢面】形容人頭髮散亂、面容骯髒的樣子。

【頭蓬眼瞳】瞳，ㄓㄨㄥˇ。人精神渙散，頭髮散亂，眼睛紅腫的樣子。

【碧眼童顏】形容人雖年紀老大，但容貌未衰。

【綠鬢朱顏】比喻青年人的容貌，鬢髮烏黑，臉色紅潤，充滿青春之氣。

【朱唇榴齒】女子容貌美麗，雙唇紅潤，貝齒如同石榴子一般整齊。

【日角珠庭】形容男子容不凡，額角寬闊、天庭飽滿。

因為就在這一刻，李政男在蒜臭之中聽見對方說：「沒事了，應該只是一場誤會而已。這些日子委屈你了。」李政男也在這一刻明白：當年的彭明進在那一次神祕失蹤之後成為一個因悔愧、歉疚而突發溫情、偶現慈眉善目的人，因為他自己也是這樣。（張大春〈撒謊的信徒〉）

她的杏眼桃腮和飽滿稍闊的嘴唇都是獨一無二，但是這些也只能形容她百分之一千分之一的美，她有一種精神的美，模糊不定的神祕感，只有她能感覺。（周芬伶〈汝身〉）

那是沙塵暴和楊柳飛絮成災的季節，風極大，吹得人人灰頭土臉，很有幾分悲壯神色。（馬世芳〈一萬匹脫韁的馬〉）

她老子看見她一句話都沒有說，她娘卻狠狠的啐了一口：「該呀！該呀！我要她莫嫁空軍，不聽話，落得這種下場！」說著便把朱青蓬頭垢面的從床上扛下來，用板車連鋪蓋一齊拖走了。（白先勇〈一把青〉）

走在閱覽室裡，小鹿會感受到從四面八方聚集而來的目光，多半是男生的。她有些不自在，讀中學的時候，她每天素面朝天穿著灰暗的校服在校園裡穿梭，就像穿了隱形衣一樣，無法引來關注，可是到了大學，她會穿上符合自己的氣質的衣服，她會弄一個乾淨舒服的裝扮，居然就有了不小的回頭率。（龐婕蕾〈那年的

【燕頷虎頸】形容男子容貌威嚴、有威儀，是尊榮富貴之相。也作「燕頷虎頭」、「燕頷虎鬚」。

【青面獠牙】形容面貌凶惡可怕，臉色青綠，長牙外露。

【面圓耳大】形容臉肥胖、耳朵肥大的樣子。

【面有菜色】形容因為飢餓而面黃、營養不良的樣子。

【鳩形鵠面】人因過度飢餓而消瘦，面容憔悴不堪。

【黑白分明】黑色、白色區分明顯。比喻是非清楚或形容眼睛清澈明亮。

【雙瞳翦水】形容眼睛清澈明亮，如含水光。

【眼如秋水】形容女子眼睛清亮如水。

【明眸善睞】女子目光明亮靈動，流轉動人。

【杏眼桃腮】形容女子眼如杏子，臉頰粉紅，姿色美麗。

【明眸皓齒】明亮的眼睛，潔白的牙齒。形容女子容貌明麗。

【火眼金睛】比喻具洞察力，能分辨真偽的眼睛。

【目無流視】人的眼珠不四顧流轉，形容態度端莊。

【目光如炬】眼光如火炬般光亮有神，或比喻見識高明遠大。

【目光如電】形容眼光如閃電般銳利有神。

【炯炯有神】眼睛明亮有精神的樣子。

【眉清目秀】眉目雋朗清秀，形容面貌清明俊秀。

【眉開眼笑】眉頭舒展，眼含笑

情書〉）

一水一路，善惡顯然。單看看它們這樣窮奢極欲隆享受，和那些缺衣無食、面有菜色的可難人們做一對比，你說此來殺賊報酬，他們未必全數波即，就令同歸於盡，也是死不足惜，無可憐憫。可見日裡所所想恐傷無辜的話根本上連是非都未分清。（還珠樓主《獨守丐》）

盧會長是個高胖子，眼睛亮得可愛，像小娃娃的那樣黑白分明。臉上都很發展，耳朵厚實長順，耳脣像兩個小毛錢似的。見了文博士，他的雙手都過來握著，手極白淨綿軟。把文博士拉到屋中，趕緊遞過來炮台煙，然後用水桶大小的茶壺給倒上茶。（老舍《文博士》）

牠們也不呼嘯，也不焦躁，一隻隻選定位置坐定，一雙雙火眼金睛在微闇的院子裡灼亮。（柯裕棻〈街巷之貓〉）

他提劍凝立，目光如炬，突然舉起玄鐵重劍，「噹」的一聲巨響，火花一閃，竟爾將他適才躲藏在內的石棺砍為兩段。（金庸《神鵰俠侶》）

見那女子又換了一件淡綠印花布棉襖，青布大腳褲子，愈顯得眉似春山，眼如秋水。（清．劉鶚《老殘遊記．第九回》）

小蠻本是慕容珊珊的貼身丫頭，小仙女到了之後，就服侍小仙女了，她明眸善睞，看來必定能說會道。可是小仙女問得實在太快，也太多了。（古龍《絕代雙驕》）

穿著節日盛裝的苗家姑娘端來一盆盆熱水，送上灑了香水的新

意。形容愉悅欣喜的神情。

【朗目疏眉】眼睛明亮，眉毛秀麗的樣子。

【濃眉大眼】形容人眉目分明，帶有英氣。

【金剛怒目】原指寺院護法菩薩睜目凸眼的樣子。後引申為凶怒時的表情或威猛的形象。

【橫眉豎目】形容面貌凶惡，或用來比喻生氣的模樣。

眉毛

【螓首蛾眉】語出《詩經．碩人》。女子的額頭如螓首般廣而方正，眉毛如蛾鬚長而纖細，形容女子貌美。

【眉似春山】形容女子眉毛長得好。

【眉如墨畫】形容眉毛如墨畫一般，濃黑分明，模樣美好。

【朗目疏眉】眼睛明亮，眉毛秀麗的樣子。

【眉清目秀】眉目雋朗清秀，形容面貌清明俊秀。

【濃眉大眼】形容人的眉目分明，帶有英氣。

【眉分八彩】眉毛好似有八種顏色一樣，顯得光彩奪目。

【春山八字】形容女子的眉毛嬌美。

【眉橫丹鳳】形容女子眉毛美麗。

【龐眉皓首】形容老人眉髮盡白。

【眉宇舒坦】眉額之間平坦無皺紋，形容適意。

【眉開眼笑】眉頭舒展，眼含笑意。形容愉悅欣喜的神情。

手巾帕子，請客人一一洗手淨面。姑娘們個個明眸皓齒，再雙手捧上清香撲鼻的新茶，同新聞記錄影片裡看到過的首長訪問一模一樣。（高行健《靈山》）

圓潤的臉頰、鮮紅的嘴唇、彈性的肌膚，就代表青春嗎？真正的青春是指豐富的情感，活潑的想像，以及靈明的心所組成的綜合體，表現於外的，是一對清澈而且炯炯有神的眼睛。（吳燈山〈青春〉）

我們細看他，那左半臉眉清目秀，不瘋不傻，也無殺氣鬼氣，也不故弄玄虛。（柯裕棻〈月牙少年（清明）〉）

後來他認識了呂芳，發覺她並沒有他想像得那麼美，她是一個濃眉大眼，身材修長的北方姑娘，帶著幾分燕趙兒女的豪俊。（白先勇〈夜曲〉）

「螓首蛾眉，齒如編貝」這八個字，就恰恰的可以形容她。她是北方人，皮膚很白嫩，身材很窈窕，又很容易紅臉，難為情或是生氣，就立刻連耳帶頸都紅了起來，我最怕的是她紅臉的時候。（冰心〈我的老師〉）

就在這時，藍絲在一旁叫了起來：「祖師神爺，紅綾真是你們的女兒！」我一聽，也顧不得抹淚，就向藍絲看去。因為她在叫出那一句話之前，先叫了「祖師神爺」，那是他們降頭師尊奉的神，一如魯班之於木匠，若不是十分驚詫或感到事態嚴重，不會這樣叫的。藍絲正用手指著我們，神情訝異之極。我和白素都知道她有過人之能，異口同聲地問：「你知道？」藍絲用力點頭：

【一顰一笑】顰，眉毛蹙起的樣子。指臉上或悲或喜的表情變化。

【單眉細眼】形容人眉目清秀，眉毛淡且稀疏，眼睛細小。

【畫黛彎蛾】形容女子的眉毛畫得彎彎細細，彷彿蠶蛾一般。

【愁眉不展】雙眉緊鎖，神色憂愁的樣子。

【蹙額愁眉】咒著眉頭，模樣憂愁。

【紫芝眉宇】唐人元德秀字紫芝，樣貌靈秀，見之忘俗。後以此稱讚他人相貌脫俗。

【櫻桃小口】形容女子的嘴唇如櫻桃一般小巧紅潤。亦作「櫻桃小嘴」。

【血盆大口】形容血紅又大如盆口的嘴。

【朱唇皓齒】唇色嫣紅，牙齒潔白。形容美人面貌姣好的模樣。

【唇紅齒白】唇色朱紅，牙齒雪白，形容貌美。

【唇如塗朱】形容嘴唇豔紅。

【朱唇粉面】嘴唇紅潤，臉龐白皙透粉。形容女子貌美或代指美女。

【齒若編貝】形容人的牙齒如海貝般整齊排列，顏色潔白。

【努牙突嘴】形容人的模樣凶狠，張牙鼓嘴的樣子。

【撇唇撇嘴】撇弄唇舌，撅起嘴巴，形容人生氣不悅的樣子。

「我知道，只有父母子女，才會有那樣的情形！」藍絲卻無法解釋那是什麼情形，相信那只是她做為降頭師的一種直覺或異能。接著，她眼睛發紅，走過來握住了紅綾的手：「你才好哩，你有父母！」紅綾顯然不明白藍絲為什麼要傷心，她道：「父母，你要，給你！」藍絲忙道：「父母怎能亂給人？」紅綾不明白：「為什麼不可以？」接下來的時間中，紅綾和藍絲就不停地說著話，快得人根本聽不清她們在說什麼，我和白素手握著手，心滿意足地看著紅綾，她濃眉大眼，壯健如松，大手大腳，絕不美麗，但是卻可愛之極。（倪匡《繼續探險》）

銀娣走到紅木臉盆架子跟前，彎下腰草草擦了把臉，都來不及嚷水冷。在手心調了點水粉，往臉上一抹，撕下一塊棉花胭脂，蘸濕了在下唇塗了個滾圓的紅點，當時流行的抽象化櫻桃小口。（張愛玲《怨女》）

按照常規，雪豹的血盆大口一旦咬住獵物的嘴巴，這場狩獵就算大功告成了。獵物無法正常呼吸，最多兩分鐘時間，便會因窒息而癱倒在地，四肢抽搐，嗚呼哀哉。現在已經一分半鐘過去了，梅花鹿四條腿劇烈顫抖，已快支撐不住了。（沈石溪《雪豹的眼淚》）

覺新驚喜地側頭看淑英：她的臉上沒有一點悲哀和憂愁的痕跡。瓜子臉帶著酒微微發紅，一張紅紅的小嘴含著笑略略張開，一股喜悅的光輝陪襯著她的明眸皓齒，顯得十分耀眼奪目。覺新覺得眼前忽然一亮，他不覺開顏笑了，他點了點頭。（巴金《春》）

鬚髮

【牛山濯濯】原指山上沒有樹木，後用以戲稱人禿頭無髮。

【鬢染如漆】人的鬢髮鬍鬚就像黑漆一樣烏黑。

【尨眉皓髮】尨，ㄆㄤˊ。形容老人眉毛與頭髮盡白。

【雞皮鶴髮】皮膚皺如雞皮，頭髮白如鶴毛。形容老人的形貌。

【鶴髮童顏】有孩童般紅潤的臉色，白鶴般的白髮。形容老人氣色好，有精神。

【首如飛蓬】頭髮散亂如飛散的蓬草，比喻女子儀容不整或無心打扮。

【風鬟霧鬢】形容婦女的頭髮非常好看。或形容頭髮蓬鬆散亂。

【披頭散髮】頭髮散亂，儀容不整的樣子。

【沈腰潘鬢】沈腰，沈約，南朝梁人，因病日瘦，腰帶逐漸寬鬆。潘鬢，潘岳，西晉時人，美姿儀。潘岳鬢髮中年已斑白。比喻男子的身體瘦弱，早生白髮。

【鬚髯如戟】形容人髭鬚多而直。比喻雄健威武的樣子。

【燕頷虎鬚】頷，ㄏㄢˋ。形容人容貌生得威儀，有富貴之相。

肌膚

【冰肌玉骨】形容美人體膚白皙晶瑩。

【吹彈可破】形容皮膚之嬌嫩。

【香肌玉體】形容女子肌膚、

此人兩撇八字眉活似戲台上專扮贓官的三花臉，卻長了隻又挺又長的懸膽鼻，鼻根發自眉心，眉毛以上寸髮未生，現成是個牛山濯濯的禿子，正扯直嗓子同他對面一人在爭議著：「我不過是依天象說人事，天象所布列的是什麼，我便說什麼。你信便信了，不信也就不信；怎麼誣我造謠？如今咱們『身在曹營』，這不是陷我入罪麼？」（張大春《城邦暴力團》）

收徒儀式很正式，投資方老總在四星級酒店包了個小禮堂，有嘉賓有記者，杜易非主持儀式。秋小蘭穿了條顏色很深的真絲裙子在仿明式圈椅上坐著，頭髮略長了些，潔淨蓬鬆，卻有了些風鬟霧鬢的味道。韓月在紅墊子上磕頭，這個頭磕下去，韓月就成了小依蘭。（計文君〈天河〉）

令人難解的是一身漬泥兒的各行各業的工人也蓄起長髮了。尤其是所謂不良少年和作奸犯科的道上人物也幾乎沒有一個不是長毛兒。我看見一位青年從女子美容院出來，頭髮燙成了強力爆炸型，若說是首如飛蓬，還不足以形容其偉大，幸虧是在光天化日之下出現，否則會嚇煞人。（梁實秋〈頭髮〉）

惠嘉也逃出來，披頭散髮，睡夢中驚醒。她站在學校的操場上，試著撥手機給認識的每一個人，但手機斷訊，無法通往世界的任何一端。人像宇宙荒漠中一顆孤單的星球。（許正平〈光年〉）

項少龍見她冰肌玉骨，皮膚晶瑩通透，豔色雖比不上趙雅，嬌俏遜於烏廷芳，清麗及不上三公主趙倩，但卻另有一種楚楚動人的優嫻嫵媚，教人傾倒，這時反希望那不是誤會了。（黃易《尋秦記》）

身體溫香柔嫩。

【珠輝玉麗】如珠玉般晶瑩亮麗。形容女子肌膚潔白，富有光澤。

【軟玉溫香】形容女子芳香柔軟的肌體。

【玉肌花貌】形容女子膚色潔白，容貌豔麗。

【體無完膚】受傷慘重，身體沒有一塊皮膚是完好的。也比喻被人批評，一無是處的樣子。

【雞皮鶴髮】皮膚皺如雞皮，頭髮白如鶴毛。形容老人的形貌。

美麗

【人面桃花】形容女子容貌美麗，可與桃花爭豔。或形容景色依舊，而人事已非的感傷。

【如花似玉】女子姿容如花如玉般美好。

【朱脣粉面】嘴脣紅潤，臉龐白皙。形容女子貌美或指美女。

【朱脣皓齒】脣紅齒白。形容美人面貌姣好。

【螓首蛾眉】女子的額頭如螓首般廣而方正，眉毛如蛾鬚長而纖細，形容女子貌美。

【千嬌百媚】形容女子容貌、體態姣好。

【天生麗質】比喻人天生容貌美好。

【秀外慧中】形容女子外貌秀

不過平心而論，她臉龐的線條還是那麼優美，抽離出來的話，從頸背線條委婉細膩的節奏，到可人的嘴脣像花瓣一樣吹彈可破，再到鼻子隆起的一座小山鼻結清晰可見，像那座山裡一處無人知曉的小山谷，裡頭到處是鳥語花香，清晰的湖泊水草悠悠。（許竹敬〈菲力那菲戀人〉）

空谷幽蘭、暗香浮動、軟玉溫香，都是女性的意象。女性，似乎總必然，或必須，是香的。（張讓〈裝一瓶鼠尾草香〉）

黃蓉道：「可以拆開那黃色布囊啦。」郭靖道：「啊，你若不提，我倒忘了。」忙取出黃囊拆開，只見囊裡白紙上並無一字，卻繪了一幅圖，圖上一個天竺國人做王者裝束，正用刀割切自己胸口肌肉，全身已割得體無完膚，鮮血淋漓。（金庸《射鵰英雄傳》）

試想林黛玉的花顏月貌，將來亦到無可尋覓之時，寧不心碎腸斷。（清．曹雪芹《紅樓夢．第二十八回》）

天生麗質的母親唯一不美的是名字，她滿腦子羅曼蒂克的細胞在這時發揮作用，一再堅持使用她喜愛的電影明星的名字來稱呼自己的女兒。（周芬伶〈問名〉）

她不知那就是《枕中記》裡的魔枕，一覺醒來，竟在陌生的老舊公寓，六七十年驚滔駭浪全然不知，流年偷換，花容月貌變成風中蘆葦。（簡媜〈在街頭，邂逅一位盛裝的女員外〉）

陳家的前三房太太中，梅珊離頌蓮最近，但卻是頌蓮最後一個見到的。頌蓮早就聽說梅珊的傾國傾城之貌，一心想見她，陳佐千不肯帶她去。他說，這麼近，你自己去吧。頌蓮說，我去過了，

美，內心聰慧。

【秀色可餐】女子的姿色秀美。

【明眸皓齒】明亮的眼睛，潔白的牙齒。形容女子容貌明麗。

【花枝招展】女子打扮美麗、婀娜多姿的樣子。

【花顏月貌】形容女子容貌美麗嬌媚，如花似月，也作「花容月貌」。

【桃羞杏讓】形容女子容貌美麗。

【月貌花龐】形容女子美好的臉龐。

【玉貌花容】形容女子美好的容顏。

【綺年玉貌】年輕漂亮。

【國色天香】原指花中之王牡丹，後指女子容貌姿態如牡丹般嬌豔美妙。

【傾國傾城】古人以為女子美豔招致滅國之禍，後以此形容女子極為美麗動人。

【沉魚落雁】形容女子美貌出眾，令魚雁也見之沉淪。

【閉月羞花】形容女子美貌出眾，花月都自慚形穢。

【亭亭玉立】女子身材修長美麗。

【一表人才】形容人相貌俊秀，儀態翩翩。

【面如冠玉】形容男子面貌如帽上裝飾的美玉一般俊美。

【側帽風流】形容人長得好看，連不合宜的動作都讓人覺得瀟灑。

【傅粉何郎】三國何晏的面色白淨，魏明帝以為他抹粉。後用以稱美男子。

【潘安再世】潘安，西晉著名美男子。比喻男子非常英俊。

【擲果盈車】典出《世說新語》，形容男子貌美，受女子愛慕的情形。

丫鬟說她病了，攔住門不讓我進。陳佐千鼻孔哼了一聲，她一不高興就稱病。（蘇童《妻妾成群》）

廟公和他老伴眼看圓仔花一天天長大，十七一過就十八，夫妻倆正愁著要找什麼樣機緣才能把破相的女兒嫁出門，沒想到如今真有人願意娶她，卻偏偏是個比女兒足足大了二十幾歲的男人。廟婆則擔心，指揮官長得一表人才，年輕時肯定娶過太太，說不定唐山還留有兒子女兒，足以當圓仔花的兄姊。（吳敏顯〈圓仔花〉）

婚禮進行之時，平亞的母親和桂姐必須離開平亞的屋子，雪花也充當新娘的丫鬟。新娘轎子一到，雪花穿得漂漂亮亮，打扮得花枝招展。她得忙著到前院兒去，留下一個女僕照顧平亞。新娘一進入平亞的院子，雪花又往前院去看為新娘準備的一切要齊全完備。照平常，一群女客是隨著新娘擠進洞房的，但是曾太太和桂姐安排好，只許有幾個人進去，向親友解釋說人太多會打擾新郎，那天她是特別小心，口頭上是避免說一個「病」字兒。必須先進去的是伴娘，小喜兒，雪花。大家又商量好，隨後進去的是桂姐，再後是木蘭，莫愁。可是木蘭的母親一定要藉這個機會看看平亞，自然曾家同意。曾太太則陪同別的客人到第三客廳，大家在那兒喫茶點。（林語堂《京華煙雲》）

一片靜寂之中，忽然聽外腳步聲響，廳門打開，眾人眼前一亮，只見一人手執火把走了進來。那人書生打扮，另一手拿著一支金笛。他一進門便向旁一站，火把高舉，火光照耀中又進來三人。一是獨臂道人，背負長劍。另一人輕袍緩帶，面如冠玉，服飾儼然是個貴介公子，身後跟著個十多歲的少年，手捧包裹。這四人正是「金笛秀才」余魚同、「追魂奪命劍」無塵道人、以及新任

醜陋

【其貌不揚】形容人面貌不顯眼或醜陋。

【面目可憎】容貌難看，令人覺得厭惡。

【尖嘴猴腮】尖嘴瘦面。形容人長相極為醜陋。

【臼頭深目】頭頂凹入，兩眼深陷。形容人的面貌極為醜陋。

【青面獠牙】臉色青綠，長牙外露。形容面貌非常凶惡可怕。

【賊眉鼠眼】形容人神情鬼祟奸詐。

【獐頭鼠目】獐頭小而尖，鼠目小而凸出。形容人相貌鄙陋，令人生厭。

【鷹鼻鷂眼】形容人的相貌如鷹鷂般凶狠醜惡。

【疢頭怪腦】疢，音ㄔㄣ。形容人的面目醜陋、怪異。

【鼻偃齒露】形容人的面貌醜陋，鼻子扁塌、鼻孔上仰，牙齒暴露在外。

【妝嫫費黛】嫫，音ㄇㄛˊ，嫫母，傳說是黃帝的次妃，西陵氏之女，雖然醜陋但德行兼備，以賢德著稱。黛，是古代女子畫眉的青黑色顏料。形容女子容貌醜陋，即使化妝也是浪費脂粉，難以使其成為美人。

紅花會總舵主的陳家洛，那少年是陳家洛的書僮心硯。紅花會群豪見總舵主和二當家到來，俱都大喜，紛紛上前相見。（金庸《書劍恩仇錄》）

嬌嬌眼睛盯在軒轅三光旁邊一個人的身上，白開心終於也隨著她目光望了過去。只見這人果然是又黑又瘦，其貌不揚，可是一雙滿布血絲的眼睛，看來卻仍然是炯炯有光。（古龍《絕代雙驕》）

他還是在外面吃了晚飯，約了幾個朋友上館子，可是座上眾人越來越變得言語無味，面目可憎。振保不耐煩了，好容易熬到席終，身不由主地跳上公共汽車回寓所來，嬌蕊在那裡彈鋼琴，彈的是那時候最流行的《影子華爾茲》。振保兩隻手抄在口袋裡，在陽臺上來回走著。（張愛玲〈紅玫瑰與白玫瑰〉）

伊接著一擺手，紫藤便在泥和水裡一翻身，同時也濺出拌著水的泥土來，待到落在地上，就成了許多伊先前做過了一般的小東西，只是大半呆頭呆腦，獐頭鼠目的有些討厭。（魯迅〈補天〉）

傻姑舉手擋架，身子晃了幾晃，知道不敵，轉身就逃。梁子翁哪容她逃走，左腿跨出，已攔住她去路，回肘後撞，回拳反拍，傻姑鼻子上吃了一記，只痛得她眼前金星亂冒，大叫：「吃西瓜的妹子，快出來救人哪，有人打我哪。」黃蓉大驚，心道：「不殺了這傻姑娘，留下來果是禍胎。」突然間聽得有人輕哼一聲，這一聲雖輕，黃蓉心頭卻是通的一跳，驚喜交集：「爹爹到啦！」忙湊眼到小孔觀看，果見黃藥師臉上罩著人皮面具，站在門口。他何時進來，眾人都沒見到，似是剛來，又似比眾人先進屋子，

【巧笑倩兮】形容女子美好的笑容。

【嫣然一笑】女子甜美嫵媚的笑容。

【忍俊不禁】忍不住笑出來。

【啞然失笑】情不自禁的發出笑聲。

【撫掌大笑】非常歡欣或得意的拍掌大笑。

【捧腹大笑】用手捧著肚子大笑。

【哄堂大笑】眾人同時大笑。

【眉開眼笑】眉頭舒展，眼含笑意。形容愉悅欣喜的神情。

【笑容可掬】笑容滿溢，似乎可用雙手捧取。形容笑容滿面的樣子。

【笑逐顏開】笑容隨著顏面舒展開來。

【相視而笑】互相對視而笑。

【笑裡藏刀】笑容的後面藏著刀。形容人外貌和善可親，內心卻陰險狠毒。

【強顏歡笑】勉強假裝高興的樣子。

【滿面春風】形容滿臉笑容，喜悅或得意的情狀。

【嘻皮笑臉】笑裡透著頑皮耍賴等不莊重的態度。

【音容笑貌】人的聲音與微笑。常用於表示懷念。

【一顰一笑】顰，皺眉。指臉

這時一見到他那張木然不動、沒半點表情的臉，都感全身不寒而慄。他這臉既非青面獠牙，又無惡形怪狀，但實在不像一張活人的臉。（金庸《射鵰英雄傳》）

鄉土的可愛，見仁見智，時空距離，增益其混亂。後來我每次看北平人寫文章說北平叫賣市聲如何如何美妙，而臺灣的叫賣市聲又如何如何不美妙。總不免啞然失笑，稱之為「花蓮菜市場後面那條排水溝之情意結」。（楊牧〈六朝之後酒中仙〉）

看到阿公笑容可掬，我也心滿意足的坐下來。今天阿公鋸木頭的聲音，愈發低沉有力，響徹整座森林。（劉克襄〈一顆紅柿〉）

學生的笑明顯帶著強烈的悲憫。大概每個人都覺得有義務對強顏歡笑前來授課的老師做某種程度的回報吧！（廖玉蕙〈人情味兒〉）

「什麼像？」坐在一旁的男主人陸永棠忽然對算自己姪女的老太怒喝一聲。又瞬間換了張嘻皮笑臉，大聲而誇張地說：「她就是明星嘛！」一桌人都為高齡九十六的老牌花花公子的做作和幽默而哄笑了。只有蘭熹不為丈夫的老把戲所動，依舊只懶懶地微笑著。（蔣曉雲〈百年好合〉）

這個作家自會有魔力吸引他，而他也樂自為所吸；過了相當的時候，他自己的聲音相貌，一顰一笑，便漸與那個作家相似。這麼一來，他真的浸潤在他的文學情人的懷抱中，而由這些書籍中獲得他的靈魂的食糧。（林語堂〈讀書的藝術〉）

站在這座半隱半現的拱門前，我感到啼笑皆非。同伴不理解我為何興高采烈執意前往，到此竟然痴立無語。（齊邦媛〈追憶橋〉）

上或悲或喜的表情變化。

【哭笑不得】令人又好氣又好笑的感覺。也可形容處境尷尬。

【破涕為笑】停止哭泣，轉為喜笑。比喻轉悲為喜。

【啼笑皆非】哭笑不得，不知如何是好。

【談笑自若】在緊急情況下，仍如往常一樣鎮定談話說笑。

哭

【喜極而泣】因過度歡喜而忍不住哭泣。

【熱淚盈眶】形容心情激動得眼眶充滿了淚水。

【感激流涕】感激落淚，形容非常感謝。

【感激涕零】因感激而激動落淚。

【聲淚俱下】一邊哭泣一邊訴說。

【涕泗滂沱】鼻涕眼淚流得像下大雨一樣，形容哭得很傷心。

【淚如雨下】哭得非常傷心，淚水如同下雨一般。形容十分傷心。

【痛哭流涕】盡情哭泣，流淚出涕。形容非常悲痛傷心。

【哭哭啼啼】形容悲傷，不停哭泣。

【嚎啕大哭】大聲哭。

【鬼哭神號】形容悲慘恐怖的哭吼聲。

【泣下如雨】低聲哭泣，眼淚如雨般不停滴落。

【泣不成聲】十分悲傷，哭得發不出聲音。

【椎心泣血】自捶胸脯，哭的

我很詫異，一問才知道，原來縣令之前吩咐她，不許午夜之前離開，否則就當服侍不周，定有重責。我雖然哭笑不得，但也沒怎麼放在心上，最多我給塗文綬說一聲，不予責罰就是了。但素娘後面的話卻讓我憤怒，因為她說，縣令密囑她，午夜後要確定我睡熟，然後再去欽差大臣的房間裡侍寢。（彭寬〈禁武令〉）

也許，父親是一邊強打精神處理債務，一邊強顏歡笑張羅她的婚事吧。那臨出門時父親的淚，與其說是因嫁女喜極而泣，毋寧是悲從中來更為真切吧。（高自芬〈地圖〉）

我們所看所聽所聞所熱淚盈眶大小便失禁親身經歷在眼前歷歷發生的一切，皆只能就在那感性發生的同時頃刻消滅。無法被記錄下來讓後人破譯理解了。（駱以軍〈神棄〉）

沒五歲的兒子成天哭哭啼啼要媽媽，吵得他心煩意躁，索性騙兒子說媽媽死了上天堂，變成神在天上保護他們，兒子聽了還真信得一愣一愣。他隨手丟一只父親以前刻壞的觀世音菩薩像給兒子，兒子每天要抱著才肯睡。（謝文賢〈鏡子〉）

有人把收音機放在郡役所前庭，到了中午時分，郡守以下每一個人都跪在地上聆聽天皇陛下的玉音。收音機的效果並不好，雜音太多，而且天皇陛下的聲音在顫抖，顯得已泣不成聲了。（鄭清文〈三腳馬〉）

長城當然也非常偉大，不管孟姜女們如何痛哭流涕，站遠了看，這個苦難的民族竟用人力在野山荒漠間修了一條萬里屏障，為我們生存的星球留下了一種人類意志力的驕傲。（余秋雨〈都江堰〉）

眼中流出血來。形容哀痛到了極點。

【飲泣吞聲】噙著眼淚，強忍悲傷，不哭出聲音。

【啼笑皆非】哭笑不得，不知如何是好。

【哭笑不得】令人又好氣又好笑的感覺。也可用以形容處境尷尬。

害羞

【面紅耳赤】形容人因緊張、焦急、害羞等情緒，滿臉發紅的樣子。

【面紅耳熱】形容人因緊張、焦急、害羞等情緒，面色發紅的模樣。

【面紅過耳】形容人因為害羞而滿面紅透。

【滿面紅脹】因為害羞或著急，滿面紅暈的樣子。

【手足無措】形容人惶恐不安，不知如何是好。

【不知所措】形容人惶恐不安，不知道怎麼辦才好。

【薄面含嗔】形容女子嬌羞面色中帶憤怒。

做作

【無病呻吟】比喻人故作憂戚狀或無端發牢騷。

惟有那馬師爺忙著拾掇帳簿子，落後了一步，看看屋裡人全走光了，單剩下二奶奶一個人坐在那裡搥著胸脯嚎啕大哭，自己若無其事地走了，似乎不好意思。（張愛玲〈金鎖記〉）

而產房只能以地獄來形容，到處是鬼哭神號，等待床位的孕婦被棄置在走廊上，高高擎起的雙腿和巨腹，令人想到刀俎上的雞鴨，床位與床位之間，只有一條布簾相隔。（周芬伶〈汝身〉）

此時腳邊的肥皂水漫了出來，弄溼了腳底。我面紅耳赤。洗衣機轟隆隆地大聲嘶吼，一邊用力絞著我的衣服和思緒，一邊不賞臉地繼續漏水。雖然地上的肥皂水只有一公分高，我卻覺得整個人都即將滅頂，嘴裡無聲地囁嚅，在尷尬的水裡吐著困窘的泡泡。（謝子凡〈住院〉）

翠翠看看屋前懸崖並不崩圮，故當時還不注意渡船的失去。但再過一陣，她上下搜索不到這東西，無意中回頭一看，屋後白塔已不見了。一驚非同小可，趕忙向屋後跑去，才知道白塔業已圮倒，大堆磚石極凌亂的攤在那兒。翠翠嚇慌得不知所措，只銳聲叫她的祖父。祖父不起身，也不答應，就趕回家裏去，到得祖父床邊搖了祖父許久，祖父還不作聲。原來這個老年人在雷雨將息時已死去了。翠翠於是大哭起來。（沈從文《邊城》）

你看著他們，心想：一人一款，人各有體。腦裡還在想，就聽見阿貓喊：「該笑的笑，該叫的叫，來，一、二、三，

【裝腔作勢】故意裝出某種腔調或姿態。

【裝模作樣】刻意做作，不是出於自然的表現。

【虛情假意】虛偽做作，而無真實的情意。

【矯揉造作】形容裝腔作勢、刻意做作的模樣。

【做張做致】裝模作樣，亦作「做張做勢」。

【喬張做致】裝模作樣。

【惺惺作態】故意裝模作樣，虛情假意的樣子。

【附庸風雅】缺乏文化修養的人，裝腔作勢的從事有關文化的活動。

【搔首弄姿】形容故意賣弄風情。

【矯言偽行】矯飾虛偽的言論行為。

【矯情立異】故意違反常情，以此表示自己的超凡脫俗。

camera！」果然，立刻各自裝模作樣，人人妖嬌美麗，世界大不同。（林宜澐〈狹縫〉）

看不慣裝模作樣，又明白所謂的老，終不免在朽壞的說帖下，廢棄淘汰或置換更新。好在這座市場的爐灶還熱著，動心起念時，到這兒尋一兩味代代相傳的故事。（賴鈺婷〈臺中老式繁華〉）

有些人略讀，做為精讀的妥協，許多大學者也不免如此。有些人只會略讀，因為他們沒有精讀的訓練或毅力。更有些人略讀，甚至掠讀，只為了附庸風雅。這種態度當然會產生弊端，常被識者所笑。（余光中〈開卷如開芝麻門〉）

運河灘的老樹濃蔭下，歇息著默默吸煙的窮苦農民，使戲著天真無邪的窮家孩子；這裡的花前樹下，是滿口陰陽怪氣的外國話的少爺小姐，嘰哩咕嚕地念書。運河灘的大片草地上，是一群群黑的、白的、花的牛羊和光著膀子，頭戴破草帽的打柴、割草、挖野菜的村人；這裡的綠茵草坪上，是油頭粉面、搔首弄姿的男女洋學生，三三兩兩散步，扭扭捏捏，笑聲刺耳。（劉紹棠《蒲劍》）

呆愣

【目瞪口呆】受驚或受窘以致神情呆愣的樣子。

【呆若木雞】愚笨或因受驚嚇而發愣的樣子。

【木頭木腦】形容人呆板遲鈍，呆呆愣愣的樣子。

【愣頭愣腦】痴痴愣愣的樣子。

【張口結舌】形容慌張或理屈，

阿童生母呆若木雞面對小女兒冷漠複雜、五味六色交織的臉龐。立刻就後悔時隔太久讓阿童有了想法，阿童還擲地有聲說道：「拿我當人質？奉勸你想都別想。現在看到我，可以走人了。要不走，等著我告你遺棄！」沒什麼既定母女相認號啕大哭然後敘舊的場面。（蘇偉貞〈日曆日曆掛在牆壁〉）

大家千萬不要以為我的高足都是好吃懶做之徒，其實一談到學術，他們毫不含糊，對新的論文發表情形，更是瞭如指掌，一些

說不出話來。

【瞠目結舌】睜大眼睛說不出話來的樣子，形容吃驚、受窘的反應。

【目瞪舌僵】因為驚愕或恐慌，眼睛睜大，口舌僵滯，說不出話來。

【啞口無言】遭到別人質問或駁斥時，無言以對的樣子。

【面面相覷】用以形容形容驚懼、詫異而不知所措的樣子。或形容你看我，我看你，相視無言的模樣。

2 身材

高

【虎背熊腰】形容人的體型魁偉。

【魁梧奇偉】形容身材雄偉高大，風格非凡。

【高頭大馬】形容人身材高大。

【彪形大漢】形容身材高大，健壯如虎的男子。

【人物軒昂】形容人的儀表高大而雄偉。

【彪軀虎體】形容人體格魁梧、強健有力。

矮

【嬌小玲瓏】小巧靈活而可愛的樣子。

才考入我們研究所的同學，接觸到我們的博士班同學，無不對他們佩服得五體投地，因為他們引經據典的談學問，使這些菜鳥目瞪口呆。（李家同〈吾愛吾徒〉）

尹雪豔凝著神，斂著容，朝著徐壯圖的遺像深深地鞠了三鞠躬。這時在場的親友大家都呆如木雞。有些顯得驚訝，有些卻是忿憤，也有些滿臉惶惑，可是大家都好似被一股潛力鎮住了，未敢輕舉妄動。（白先勇〈永遠的尹雪豔〉）

大伯南人北相，身材魁梧，長得虎背熊腰，一點也不像江浙人，尤其是他那兩刷關刀眉，雙眉一聳，一雙眼睛炯炯有神，頗有懾人的威嚴。（白先勇〈骨灰〉）

他們父子倆這麼大山坡小土坡的追上跑下，阿稻雖然手腳靈活，終於還是跑不過高頭大馬的父親，眼看竹片就要揮下了，阿稻使盡全力地大聲說：「你不要再打我了啦！你再打我，我就要去橋上寫字。」（張友漁〈誰在橋上寫字〉）

這一天，學園的朋友說白采要搬來了；我從早上等了好久，還沒有音信。正預備上車站，白采從門口進來了。他說著江西話，

【五短身材】形容四肢、身軀都很短小的身材。

【眇小丈夫】眇，ㄇㄧㄠˇ。指矮小的男子。

【短小精悍】形容身體矮小而精明強悍。

胖

【腦滿腸肥】頭部豐滿，肚腹肥胖。

【肥頭大耳】形容體態肥胖的樣子。

【面圓耳大】形容面貌長得肥臉胖耳，肥大的模樣。

【大腹便便】大肚顯得肥胖而凸出的樣子。

【肌理豐盈】形容人的體態圓潤豐滿。

【心寬體胖】心境坦蕩開朗，體貌自然舒泰，也作「心廣體胖」、「心寬體肥」。

【環肥燕瘦】唐代楊玉環與漢代趙飛燕，一肥一瘦，各因此稱美一時。後比喻不同體態的美人各具其美。

瘦

【骨瘦如柴】人身瘦得連如木材的骨架都顯露出來。形容非常消瘦的樣子。

【形銷骨立】形容人極其瘦弱。

似乎很老成了，是飽經世變的樣子。我因上海還有約會，只匆匆一談，便握手作別。他後來有信給平伯說我「短小精悍」，卻是一句有趣的話。這是我們最初的一面，但誰知也就是最後的一面呢！（朱自清〈白采〉）

所以當我看到一個焦慮神經質，手上點著香菸，不愛運動的大胖子老男生，挾起一塊紅燒蹄膀，又鄙夷地放下筷子時，我就有點同情我的朋友膽固醇。我同情我的朋友是隻代罪肥羔羊，並且非常懷念我的另一位胖子朋友法斯塔夫。我寧可和兩位腦滿腸肥的朋友，一起被罵個肉食者鄙，也不願畫清界線分道揚鑣。（莊裕安〈膽固醇與法斯塔夫〉）

剛來港去探視父親時，他才做完十二次的化療，戴頂帽子，看起來仍然像一個英俊的蒙古戰士，他有張男性倔強的臉，那張臉害死了多少女人？我母親，以及無數的外遇，他一生只對女人感興趣，各種女人，奇怪的、矮小的、精悍的，環肥燕瘦，無一不可，而母親是那個受苦的人，她一輩子受這種苦，但她仍舊不死心，她永遠不死心。（陳玉慧《書迷》）

她知道她兒子女兒恨毒了她，她婆家的人恨她，她娘家的人恨她。她摸索著腕上的翠玉鐲子，徐徐將那鐲子順著骨瘦如柴的手臂往上推，一直推到腋下。（張愛玲〈金鎖記〉）

二人形容枯槁，三餐不繼，相對泣血，終於貧賤夫妻百事哀，

【形容枯槁】外貌乾瘦，神情憔悴。

【瘦骨嶙峋】形容人身體枯瘦、骨骼突出可見。

【藥店飛龍】飛龍是指中藥藥材龍骨。藥店裡的龍骨，比喻人消瘦嶙峋的樣子。

【面黃肌瘦】形容人營養不良以致面色蠟黃、身體消瘦的樣子。

【香消玉減】形容女子日漸消瘦。

【弱不禁風】柔弱、瘦弱得禁不起風吹。

【裊裊婷婷】女子體態纖秀柔美的樣子。

【蜂腰削背】形容女子身材瘦弱，腰肢纖細。

【弱不勝衣】體弱無力，連衣服的重量都承受不住。

【環肥燕瘦】唐代楊玉環與漢代趙飛燕，一肥一瘦，各因此稱美一時。後比喻不同體態的美人各具其美。

【鶴骨松姿】形容人身體清瘦，外表與氣質仙風道骨。

適中

【穠纖合度】身材適宜，胖瘦恰到好處。

【纖穠中度】形容身材美好，肥瘦相宜。

脾氣日壞，身體日差，變成怨偶。一點點意見便鬧得雞犬不寧，各以毒辣言語去傷害對方的自尊。於是大家在後悔：我為什麼為你而放棄錦衣玉食嬌妻愛子？我又為什麼為你而虛耗芳華謝絕一切恩客？（李碧華《胭脂扣》）

老總姓范，除了少數幾個跟她關係比較好的主管，其他員工都叫她范總，是這家「貳弎」日本外商公司臺灣分部的最高主管。雖然瘦骨嶙峋、兩頰凹陷，但在那件剪裁合宜的高檔黑色套裝下，卻擁有一副比現場所有男性都要精壯的身材。（黃唯哲〈河童之肉〉）

寶玉忙把舌頭一伸，將口掩住，自己想道：「幸而不曾造次。上兩次皆因造次了，顰兒也生氣，寶釵也多心，如今再得罪了她們，越發沒意思了。」一面想，一面又恨認不得這個是誰。再留神細看，只見這女孩子眉蹙春山，眼顰秋水，面薄腰纖，裊裊婷婷，大有林黛玉之態。寶玉早又不忍棄她而去，只管痴看。只見她雖然用金簪畫地，並不是掘土埋花，竟是向土上畫字。寶玉用眼隨著簪子的起落，一直一畫一點一勾的看了去，數一數，十八筆。自己又在手心裡用指頭按著她方才下筆的規矩寫了，猜是個什麼字。寫成一想，原來就是個薔薇花的「薔」字。（清．曹雪芹《紅樓夢．第三十回》）

多少樣不知名的小鳥，在枝頭跳躍，有的曳著長長的尾巴，有的翹著尖尖的長喙，有的是胸襟上帶著一塊照眼的顏色，有的是飛起來的時候才閃露一下斑斕的花彩。幾乎沒有例外的，鳥的身軀都是玲瓏飽滿的，細瘦而不乾癟，豐腴而不臃腫，真是減一分

【肥勻明秀】人的體型肥瘦均勻，模樣明亮秀麗。

【肥瘦相和】形容身體胖瘦均勻。

3 儀表風度

【亭亭玉立】女子身材修長美麗。

【風姿綽約】形容人的風采姿容非常優美。

【婀娜多姿】形容女子儀態柔美。

【嫋嫋婷婷】女子姿態優雅輕盈的樣子。

【雍容華貴】溫和大方，氣質端莊矜貴。

【相貌堂堂】儀表壯偉的樣子。

【彬彬有禮】形容人的禮貌恰到好處，不至於矯情多禮，也不至於粗魯無禮。

【落落大方】舉止自然坦率，毫不扭捏造作。

【老成持重】形容人成熟老練，處事沉著穩重。

【一表人才】形容人相貌俊秀，儀態翩翩。

【文質彬彬】舉止文雅，態度端莊。

【玉樹臨風】形容人年少才貌出眾。

【風流倜儻】英俊瀟灑，不拘禮法。

【英姿煥發】英俊威武，神采煥發。

則太瘦，增一分則太肥那樣的穠纖合度，跳盪得那樣輕靈，腳上像是有彈簧。（梁實秋〈鳥〉）

我常躲在眾堂兄弟之後仔細觀看亭亭玉立的親戚家許多姊妹，有些端莊秀麗，有些雍容華貴，有些弱不禁風，但都帶有靈秀之氣，那嫵媚柔和的體態打動了我的心弦。（葉石濤〈府城鎖憶〉）

酒實在是妙。幾杯落肚之後就會覺得飄飄然、醺醺然。平素道貌岸然的人，也會綻出笑臉；一向沉默寡言的人，也會議論風生。（梁實秋〈飲酒〉）

哈代有一首小詩，寫孩子初生，大家譽為珍珠寶貝，稍長都誇做玉樹臨風，長成則為非做歹，終至於陳屍絞架。（梁實秋〈孩子〉）

我們兄弟姊妹一致認為，父親年輕時候的相片，真是英姿煥發，非常好看；中年時期的相片，則一如平日實際生活中那般耿直而有威儀，又自然流露出無比的可親。（吳晟〈遺物〉）

父親幾次要問多甫，怎麼闖過了年關，可是話到嘴邊上又咽回去。一來二去，倒由多甫自己說出來：把房契押了出去，所以過了個肥年。父親聽了，不住地皺眉。在父親和一般的老成持重的旗人們看來，自己必須住著自己的房子，才能根深蒂固，永遠住在北京。因作官而發了點財的人呢，「吃瓦片」是最穩當可靠的。以正翁與多甫的收入來說，若是能夠勤儉持家，早就應該有了幾處小房，月

【燕頷虎鬚】形容人容貌威儀，有富貴之相。

【衣冠楚楚】服裝整齊而鮮明出眾。

【醉玉頹山】男子醉後風姿俊秀的風采。

【龍行虎步】比喻帝王般莊重威嚴的儀態。

【道貌岸然】形容外表莊重嚴肅的樣子，亦用以諷刺表裡不一的偽君子。

【邋裡邋遢】形容人不整潔。

【蓬頭垢面】形容人披頭散髮、面容骯髒，不修邊幅。

氣質

【蕙質蘭心】比喻女子品德、心地如蕙蘭般高雅芳潔。或作「蘭質蕙心」。

【秀外慧中】形容女子外貌秀美，內心聰慧。

【林下風致】形容婦人舉止嫻雅，風韻脫俗。或作「林下風範」、「林下風氣」、「林下風度」。

【楚楚可憐】形容姿態嬌柔纖弱，惹人憐愛。

【纖纖弱質】柔弱的氣質，多指女性。

【雍容爾雅】神態自若，舉止儒雅。

【風度翩翩】形容人文采風流，舉止瀟灑。

【溫文爾雅】形容人態度溫和典雅。

【風流蘊藉】形容人風流瀟灑，

月取租錢。可是，他們把房契押了出去！（老舍《正紅旗下》）

年假考的前一個星期，大家都緊張起來了，朱君也因這一學期看課外的書看了太多，把學校裡的課本丟開的原因，接連有三夜不睡，溫習了三夜功課。正將考試的前一天早晨，朱君忽而一早就起了床，襪子也不穿，蓬頭垢面的跑了出去。跑到了門房裡，他拉住了門房，要他把那一個人交出來。門房莫名其妙，問他所說的那一個人是誰，他只是拉住了門房吵鬧，卻不肯說出那一個人的姓名來。吵得聲音大了，我們都出去看，一看是朱君在和門房吵鬧，我就夾了進去。這時候我一看朱君的神色，自家也駭了一跳。（郁達夫〈微雪的早晨〉）

夏天薄暮，這個有教養又能自食其力的、富於林下風度的中年婦人，穿件白色細麻布舊式衣服，拿把蒲扇，樸素不華的在菜園外小溪邊站立納涼。（沈從文〈菜園〉）

果然，才念國中，就有許多女孩子寫信給他，在這些女孩子中，他只喜歡鳳子。鳳子是個極標致的女孩，高挑的身材，皮膚又白又細，一雙鳳眼笑起來彎彎的，只是嘴角有些歪撇，看來楚楚可憐的樣子。有人說鳳子一臉薄命相，不是端正的女孩。我才不相信，美麗的女孩總是遭嫉的。（周芬伶〈小王子〉）

她默默地跟我數條街巷，幹什麼？我誤會自己真有點吸引力，但不。莫非她要打劫？也不，以她纖纖弱質，而且還學人趕時髦，穿一件寬身旗袍。別說跑，連走幾步路也要將將就就。（李碧華《胭脂扣》）

含蓄有致。

【一代風流】風雅超俗而為時人景仰的人物。

【俗不可耐】形容言語舉止庸俗得使人難以忍受。

【愚眉肉眼】形容人愚昧鄙陋，眼光庸俗。

氣勢

【血氣方剛】形容精力旺盛，容易衝動。

【氣宇軒昂】形容神采飛揚，氣度不凡。

【英姿颯爽】英挺矯健，神采煥發，也作「英姿煥發」。

【意氣風發】形容精神振奮，志氣昂揚的樣子。

【意氣軒昂】神采煥發，氣度豪邁昂揚的樣子。

【威風凜凜】氣勢威武逼人，令人敬畏的樣子。

【叱吒風雲】形容氣勢威風，足以左右世局。

【色厲內荏】形容人外表嚴厲而內心怯懦。

【氣焰熏天】比喻人的氣勢如火焰般逼人。

【氣沖斗牛】氣勢極勝，上衝星空。

【氣貫長虹】形容氣勢旺盛，能貫穿長虹。

【盛氣凌人】氣勢傲慢迫人。

【外強中乾】看似充實強盛，實則空虛衰弱。

她的臉塗抹描畫得很仔細，身上緊緊箍著一件大紅旗袍。她的耳朵、手指和手腕上，都戴著從她媽那兒借來的假寶石首飾，俗不可耐的閃閃發光。（老舍《鼓書藝人》）

在眾人的期待下，一群近三十名的歌舞姬，在樂音下穿花蝴蝶般踏著輕盈和充滿節奏感的步子，走到廳心，載歌載舞。這批燕女人人中上之姿，在色彩繽紛的輕紗裹體裡，玲瓏浮凸的曲線若隱若現，加上柔媚表情和甜美的歌聲，極盡誘人之能事。昌平君和昌文君終是血氣方剛之輩，都看呆了眼。想起呂不韋任他們挑選的承諾，不由落足眼力，以免挑錯了次貨。項少龍最不喜這種以女性為財貨的作風，皺眉不語。（黃易《尋秦記》）

我望著床上的老人。我的英雄挽花。他張大歪斜、合不攏的嘴，話都講不清。但在我的眼中，他還是當年意氣風發、顧盼豪雄但又謙遜低調的樣子。（沈默〈晚年〉）

尹雪豔站在一旁，叼著金嘴子的三個九，徐徐地噴著煙圈，以悲天憫人的眼光看著她這一群得意的、失意的、老年的、壯年的、曾經叱吒風雲的、曾經風華絕代的客人們，狂熱的互相廝殺，互相宰割。（白先勇〈永遠的尹雪豔〉）

在金字塔面前，聯想到我們平日經常見到一些無所不知的評論家，多少有點可笑。當年拿破崙如何氣焰熏天，但當自己的軍隊抵達金字塔的時候。也突然感受到自己的渺小。（余秋雨〈巨大的問號〉）

神情

【眉飛色舞】形容非常喜悅得意的神情。

【容光煥發】形容人精神飽滿，生氣蓬勃。

【神采奕奕】形容人精神飽滿，容光煥發。

【紅光滿面】形容人的精神、氣色極佳。

【神采飛揚】活力充沛，神色自得的樣子。

【神清氣爽】神氣清朗，心情舒暢。

【生龍活虎】比喻如龍虎一般活潑勇猛，生氣勃勃。

【得意洋洋】形容十分得意的樣子。

【意氣洋洋】形容自滿自得的樣子。

【意氣風發】形容精神振奮，志氣昂揚的樣子。

【得意忘形】因心意志趣獲得滿足而物我兩忘。或指創作上取其精神而捨其形式。

【趾高氣揚】形容人驕傲自滿、得意忘形。

【從容不迫】沉著鎮定不慌張。

【悠然自得】神態從容，心情閒適的樣子。

【神色自若】神情態度自然、鎮定的樣子。

【好整以暇】形容在紛亂、繁忙中顯得從容不迫。

【心曠神怡】心胸開朗，精神怡悅。

【失魂落魄】形容人極度驚慌或精神恍惚、失其主宰。

【喪魂落魄】形容極為驚懼害怕。

【魂不守舍】比喻心神恍惚不定。

他們離開的時候，郭軫把朱青扶上了後車座，幫著她繫上她那塊黑絲頭巾，然後跳上車，輕快的發動了火，向我得意洋洋的揮了揮手，倏地一下，便把朱青帶走了。朱青偎在郭軫身後，頭上那塊絲巾吹得高高揚起。（白先勇〈一把青〉）

這對祖孫著實笑得合不攏嘴，張小嚕還會忘了阿嬤千萬交代不可說溜嘴，他忍受不住內心龐大的喜悅，得意忘形地：「爸比，我和阿嬤偷吃糖果喔！」不用說也知道，糖果的滋味已經加倍，因為祖孫倆並肩躲過「糖果惡魔」的禁止與阻攔，他們倆是最佳夥伴，最佳戰友，也是最甜蜜的祖孫。（張輝誠〈糖果的滋味〉）

我不遺憾，甚至還該為此高興，當叔叔容光煥發地來拜訪父親時我就知道了，那片雲裡霧裡的茶園一定變得相當熱鬧。那是二八年，我十四歲，從門縫中看見從來都是汗衫配牛仔褲的叔叔一身筆挺西裝，熱情地要父親收下禮盒。（盧昇樺〈潛水練習〉）

一幅幅照片掠過投影幕，像是重新演練一遍歷來的家族聚會，照片中人正是女友跟我說過無數次，回憶中長輩風華正盛的樣貌。阿嬤姨婆穿著溫雅日式套裝掩嘴巧笑，舅公們神采奕奕，女友母親和表姨們彼時仍是時髦少婦，年幼的女友和表弟妹依偎大人腿邊。（廖梅璇〈當我參加她外公的追思禮拜〉）

他在永州待了十年，日子過得孤寂而荒涼。親族朋友不來理睬，地方官員時時監視。炎難使他十分狼狽，一度蓬頭垢面，喪魂落魄。但是，炎難也給了他一分寧靜，使他有足夠的時間與自然相晤，與自我對話。（余秋雨〈柳侯祠〉）

走開又回來。再是私人國度私人時間，終歸在人間掙扎。於

【垂頭喪氣】形容失意沮喪的樣子。

【無精打采】沒精神，提不起勁的樣子。

【行色匆匆】出發或走路的神色匆忙。

【不動聲色】一聲不響，面上不流露感情。形容人遇事不張揚的冷靜態度。

【槁木死灰】形容人如枯槁的樹木或灰燼般消沉，對外物無動於衷。後比喻灰心絕望的樣子。

【面有難色】臉上表現出為難的神情。

4 動作

手部

【左右開弓】形容雙手同時或輪流做某一動作。

【摩拳擦掌】比喻準備行動或動武。

【揎拳捋袖】伸出拳頭、捲起衣袖，形容人粗野、準備動武的樣子。

【額手稱慶】舉手齊額，表示慶賀、高興。

【手舞足蹈】揮手舉足，舞動跳躍。形容高興到了極點。

【拳打腳踢】用拳頭和腳踢打。

【偏袒搤腕】露出手臂，用另一隻手抓住，以示憤慨不平的

是你總是行色匆匆，急於趕到一個封鎖的時間特區。（蘇偉貞〈時間特區〉）

然後我就好整以暇坐在客廳看報紙，喝咖啡，歪坐沙發上，發呆。早起的腦子那麼舒坦，朝生暮死，做任何事都太可惜了。（柯裕棻〈清晨〉）

他每來都行色匆匆，好像這兒是他養的小公館，生怕東窗事發，所以未敢久留。當然爽然得空兒時總多耽耽，可是寧靜不明原委的老覺得萬般委屈：他，那個野人，在她生命中這樣名分不確，心意難測；然而如今她魂魂魄魄皆附到他身上似的。（鍾曉陽《停車暫借問》）

他與柯鎮惡在混戰中失散，此時見師父無恙，欣喜不已，不等馬停，便急躍下馬，奔上來抱住，連叫：「大師父！」柯鎮惡左右開弓，打了他兩記耳光。郭靖不敢閃避，愕然放開了手。柯鎮惡左手繼續撲打郭靖，右手卻連打自己耳光。這一來郭靖更是驚訝，叫道：「大師父，你怎麼了？」柯鎮惡罵道：「你是小糊塗，我是老糊塗！」他連打了十幾下，這才住手，兩人面頰都已紅腫。柯鎮惡破口將郭靖與自己痛罵半天，才將古廟中的經歷一一說了出來。（金庸《射鵰英雄傳》）

有一次，我給五、六年級的學生出了一道作文題目，「背崩通

樣子。

【查手舞腳】揮舞雙手、腳步凌亂，表示慌張的模樣。

【擎拳合掌】拱手為禮，以示恭敬。

【比手畫腳】以手腳比畫，幫助意思的表達，以求對方了解。

【口講指畫】一邊說話，一邊用手指比畫，幫助講解。形容人講演或說話時的舉動。

腳部

【金雞獨立】一種武術姿勢，以單腿站立。也指人用單足站立的樣子。

【手舞足蹈】揮手舉足，舞動跳躍。形容高興到了極點。

【拳打腳踢】用拳頭和腳踢打。

【比手畫腳】以手腳比畫，幫助意思的表達，以求對方了解。

【踉踉蹌蹌】步伐不穩，跌跌撞撞的樣子。

【趔趔趄趄】形容人走路時腳步不穩，身體歪歪斜斜的樣子。

【鴨行鵝步】形容人走路緩慢的樣子。

【健步如飛】形容人步行的速度像飛行一般快速。

【大步流星】形容步伐大而快速的走路。

【躡手躡腳】放輕手腳走路，行動小心翼翼，不敢聲張的樣子。

【躡足潛蹤】放輕腳步，隱藏

路與我的小小夢想」，這是一次有獎徵文比賽。孩子們個個摩拳擦掌，準備來一場紙上較量。三天之後，我收到一疊作文。幾乎所有孩子都盼望墨脫早日通路。（顧野生〈野火在青春的路上〉）

洋人很努力地一邊說，一邊彎下腰在左腿上比一比，在右腿上比一比，然後點點頭，這時很出乎大家的意外，啞巴女孩似乎聽懂了什麼，走到洋人面前，拍拍洋人的腿，咿啞地比手畫腳起來。洋人微笑著向她點頭。（黃春明〈蘋果的滋味〉）

過不多時，門外抬來一乘轎子。小太監走了進來，說道：「公公轎子到啦！」老太監咳嗽連聲，在小太監扶持之下，坐進轎子，兩名轎夫抬著去了。小太監跟隨在後。七名大漢中四人受傷甚輕，當下將茅十八和韋小寶用繩索牢牢綁起。綁縛之時，不住向茅十八拳打腳踢。韋小寶忍不住口中不乾不淨，但兩個重重的耳括子一打，也只好乖乖的不敢做聲。（金庸《鹿鼎記》）

在別的地方，你可以蹲下身來細細玩索一塊碎石、一條土埂，在這兒完全不行，你也被裹挾著，身不由主，踉踉蹌蹌，直到被歷史的洪流消融。（余秋雨〈莫高窟〉）

我們都知道，貓的行走是有其方法與氣度的，牠是慢且優雅，舉止有其思維和步驟的；而狗則可能聽到主人出聲召喚，就健步如飛，一股腦兒往主人身上撲去，其熱情感性與貓的冷漠理性，有著天壤之別。（張尚為〈向毛小孩學習〉）

屋子裏面，黑沉沉的穿堂，只看見那朱漆樓梯的扶手上，一線流光，回環曲折，遠遠的上去了。傳慶躡手躡腳上了樓，覷人不

行蹤，形容行動小心隱密。

【凌波微步】女性步履輕盈的樣子。

【查手舞腳】揮舞雙手、腳步凌亂，形容人神情慌張的模樣。

【拊膺頓足】形容人拍搥胸膛、雙足跺地，形容悲憤難以自制的樣子。

【披頭跣足】跣，ㄒㄧㄢˇ。披頭散髮，光著雙腳，形容人衣衫不整、不修邊幅的樣子。

耳朵

【交頭接耳】湊近頭耳，形容低聲私語。

【洗耳恭聽】專心、恭敬地聆聽。

【充耳不聞】塞住耳朵，裝作沒聽見。

【口耳相傳】口頭傳授，以耳接收。

【躡足附耳】踩人足以示意，附耳說悄悄話。

【兩豆塞耳】耳朵被塞住而聽不到聲音。比喻受到蒙蔽而看不見真相。

【爬耳搔腮】形容人在喜悅、生氣、焦急或苦悶時的神情。

【耳鬢廝磨】耳旁的鬢髮相互摩擦。形容親暱的樣子。

【撧耳頓足】撧，ㄐㄩㄝ。用手抓耳，以足頓地。形容束手無策的困態。

【傾耳拭目】側著耳朵靜聽，擦亮眼睛細看。形容心神專注、敬畏服從的樣子。

【濯纓洗耳】比喻遠離塵世，不聞世事，守志守節。

見，一溜煙向他的臥室裏奔去。不料那陳舊的地板吱吱格格一陣響，讓劉媽聽見了，迎面攔住道：「少爺回來了！見過了老太太沒有？」傳慶道：「待會兒吃飯的時候總要見到的，忙什麼？」劉媽一把揪住他的袖子道：「又來了！你別是又做了什麼虧心事？鬼鬼祟祟地躲著人！趁早去罷，打個照面就完事了。不去，又是一場氣！」（張愛玲〈茉莉香片〉）

這晚金二奶奶是總招待，所以忙得在人堆子裡穿梭一般跑來跑去，小虎子也穿上了新棉袍跟著她瞎忙一陣。金二奶奶請順嫂幫她的忙，專管煙茶，所以順嫂也一刻都抽身不得，順嫂對我說她又是一百個不願意的，還是礙著情面罷咧！時間已經過了八點了，新郎新娘還沒有出來入席，據裡面傳出話說新娘正在打扮，還早得很哩！於是大家一陣交頭接耳，發出嗡嗡的聲音，好像等得不耐煩的樣子。這時順嫂把我悄悄叫到一個角落，從碗櫃裡拿出一碟鬆糕遞在我手上，輕輕地說：「容哥兒，你替我做件好事好不好？我實在忙得不能分身，你幫我把這碟鬆糕送給金大奶奶去，今晚金家個個忙，恐怕沒有人理她的。」（白先勇〈金大奶奶〉）

傳說中的鴿子不是帶有什麼可怕的病菌嗎？是致命的吧？醫生說得沒錯，在母親的心底，一般來說都是口耳相傳的偏方最有效，又屬傳說中的病最可怕。和平的象徵，也不可掉以輕心。（包子逸〈鴿子〉）

【擠眉弄眼】擠弄眉毛眼睛以向人暗示或表情意。

【暗送秋波】女子暗中以眼神傳達情意。

【眉開眼笑】眉頭舒展，眼含笑意。形容愉悅欣喜的神情。

【瞠目結舌】睜大眼睛，說不出話的樣子，用以形容形容吃驚受窘的情況。

【面面相覷】相視無言，不知所措的樣子。

【左顧右盼】左右四處觀察、張望，或指有所顧慮而猶豫不決的樣子。

【探頭探腦】四處張望、窺探。

【東張西望】四周探望。

【另眼相看】以特別的眼光或態度相待，以示重視或歧視。

【刮目相看】形容用新的眼光來看待人。

【高瞻遠矚】形容往遠處眺望，看得更全面。或形容見識遠大。

【冷眼旁觀】用冷靜的眼光在旁觀察。

【怒目而視】因發怒而圓睜兩眼瞪視對方。

【虎視眈眈】如老虎般貪狠地注視，伺機掠奪。

【目不轉睛】眼睛動也不動。形容凝神注視的樣子。

【視若無睹】看見當作沒看見一般。或形容對事物毫不注意。亦作「視而不見」。

【眾目睽睽】眾人都睜大眼睛注視著。

【目不妄視】眼睛不隨便亂看。形容遵守禮制，不逾矩的模樣。

水在這裡，吃夠了苦頭也出足了風頭，就像一大撥翻越各種障礙的馬拉松健兒，把最強悍的生命付之於規整，付之於企盼，付之於眾目睽睽。（余秋雨〈都江堰〉）

無色抬起頭來，喜容滿面，笑道：「我怎麼會輸？我知道令尊是大俠郭靖，令堂是女俠黃蓉，桃花島黃島主是你外公。郭二小姐的芳名，是一個襄陽的『襄』字。令尊學兼江南七怪、桃花島、九指神丐、全真派各家之長。郭二小姐家學淵源，身手果然不凡。」這一番話只把郭襄聽得瞠目結舌，半晌說不出話來，心想：「這老和尚當真邪門，我這十招亂七八糟，他居然仍然認了出來。」（金庸《倚天屠龍記》）

我真沮喪。結果也不知如何，在小熊攤前流連，我可沒有像小孩那樣纏著大哭大鬧，總之依依不捨就是。兩位姑娘面面相覷，其中一個對我說：你這麼喜歡，我就送你一隻銀色的。（西西〈我的玩具〉）

這是不同的，在文明的社會裡，因為太複雜了，我不會覺得其他的人和事跟我有什麼關係，但是在這片狂風終年吹拂著的貧瘠的土地上，不要說是人，能看見一根草，一滴晨曦下的露水，它們都會觸動我的心靈，怎麼可能在這樣寂寞的天空下見到蹣跚獨行的老人而視若無睹呢！（三毛〈搭車客〉）

這樣不堪入目不堪入口的末流菜色，不用說吃，看了傷眼，聞了傷氣，想了傷心。這種館子，就是倒貼我也不來了。（張讓〈我的菜裡有根頭髮〉）

陡徑攀登，不敢分心看山，就算站穩了看，也不能只是左顧右盼，還得瞻前顧後，甚至上下求索，到了盪胸決眥的地步。（余光中〈黃山詫異〉）

眉毛

【擠眉弄眼】擠弄眉毛眼睛以向人暗示或表情意。

【眉開眼笑】眉頭舒展，眼含笑意。形容愉悅欣喜的神情。

【一顰一笑】顰，皺眉。一顰一笑指臉上或悲或喜的表情變化。

【愁眉苦臉】眉頭緊皺，苦喪著臉。形容憂傷、愁苦的神色。

【斂首低眉】垂頭皺眉，形容失意的樣子。

【愁眉不展】形容情緒幽悶，眉頭緊鎖。

【丟眉弄色】用眉目挑逗傳情。

【怒目橫眉】瞪大眼睛，眉毛橫豎，形容人滿面怒容。

【立眉嗔目】眉毛豎起、瞪大眼睛，形容憤怒與生氣。

【柳眉倒豎】形容女子發怒的樣子。

【眉垂目合】形容閉目養神或睡覺時的樣子。

【慈眉善目】形容慈祥、和善的容貌。

【賊眉鼠眼】形容人神情鬼祟奸詐。

鼻子

【嗤之以鼻】用鼻子哼氣以表示不屑、鄙視。

【屏氣凝神】屏住呼吸，集中精神。謂專心一意。

【氣喘吁吁】大聲喘氣、呼吸急促的樣子。

【氣喘如牛】形容呼吸急促，像牛一般大聲喘氣。

好寂靜而漫長的一分鐘，正行偷偷睜開眼睛，看著他旁邊的余守恆，余守恆一點也不像平常那樣對他**擠眉弄眼**扮豬頭扮鬼臉，臉上是正行陌生的表情，幾行亂七八糟的眼淚，瑟縮的身體顫動著，卻怎樣也不敢哭出聲來。正行知道，守恆就是那個活下來的中年級小孩。守恆是得救的孩子，也是罪魁禍首。（許正平〈光年〉）

這個作家自會有魔力吸引他，而他也樂自為所吸；過了相當的時候，他自己的聲音相貌，**一顰一笑**，便漸與那個作家相似。這麼一來，他真的浸潤在他的文學情人的懷抱中，而由這些書籍中獲得他的靈魂的食糧。（林語堂〈讀書的藝術〉）

翠仙還替他雇了兩個伙計。一個黑人，一個紅人，均年輕力壯。四海有意見：「為什麼不照顧自己人？」翠仙搖搖頭，「四海，你不懂那麼多，請華工，你著說他兩句，他便怪你擺老板架子，你對他有禮，他便坐大，很難管教。」「可是龐大哥管十個人，此地華工都聽他的。」一提到這個人，何翠仙便惡向膽邊生，**柳眉倒豎**，厲聲問：「四海，你倒底聽誰講？」四海一疊聲應：「我聽你的，我聽你的。」（亦舒〈綜橫四海〉）

來到佛蒙特州的山林以前，每當觀看國外恐怖懸疑影片安排主角步行於森林時，不免**嗤之以鼻**。尤其導演偶爾安排手持鏡頭，在主角奔跑時，觀眾亦跟隨鏡頭左晃右晃。（陳育萱〈秋是拿來相見或相愛〉）

這是四月初的時候，清晨近五點，我第一次登上玉山主峰頂。當我正是**氣喘吁吁**，驚疑的心神仍來不及落定時，山頂上那種宇

【攢眉蹙鼻】眉頭、鼻頭緊皺，形容神情痛苦。

【鼾聲如雷】形容人在熟睡時發出的響亮鼻息，彷彿雷鳴般響亮。

【掩鼻偷香】摀著鼻子偷正在燃燒的香。比喻自欺。

嘴巴

【瞠目結舌】睜大眼睛，說不出話的樣子，用以形容形容吃驚受窘的情況。

【嘖嘖稱奇】咂嘴作聲，表示驚奇、讚嘆。

【齜牙咧嘴】張嘴露牙。形容面目凶狠，或因痛苦、驚恐而面部扭曲變形。

【狼吞虎嚥】形容吃東西又猛又急。

【咬牙切齒】咬緊牙齒，表示非常悲痛憤恨。

【怒目咬牙】瞪著眼睛、咬緊牙關，形容人憤怒的樣子。

【裂眥嚼齒】形容人極為憤怒時，眼眶張裂，咬牙切齒的樣子。

【張口結舌】張開嘴巴，但舌頭彷彿打結說不出話來。形容人恐懼慌張，或理屈說不出話的樣子。

【緘口不言】閉上嘴巴，不說話。也作「緘舌閉口」。

【哈哈大笑】張開嘴巴大聲發笑。

【口耳相傳】口頭傳授，以耳接收。

宙洪荒般詭譎的氣象，剎那間就將我完全震懾住了。（陳列〈玉山去來〉）

念初中的時候，放了學還要補習，等補完習坐車回家已是華燈初上，匆匆狼吞虎嚥了一番就回房啃書，飯的香，菜的香，都不大有心緻品味了。（方杞〈母親的切菜聲〉）

我亦吃芒果之佼佼者。甫入小學就敢一次吃三斤，大人為之嘖嘖稱奇，但未嘗患痧，唯手腳頭面時或浮現瘡腫，試敷以破布子果漿，稍有效，但用狗皮膏藥較快痊癒。（阿盛〈土廝與洋食〉）

已近黃昏，有點風，一陣又一陣地把繩子吹的繃繃響，把那人頭髮颳得一起一落，褲管灌滿了風，不住往上掀。下邊的人，一個個張口結舌，屏息靜觀，只有讓心跳得像幫浦，頸子仰著發痠得份兒。（林懷民〈穿紅襯衫的男孩〉）

那時與父親親近，記得有一回感冒，發燒了也沒告訴媽媽，一直等到父親回來了才跟父親講。媽媽為此氣得咬牙切齒。這事，早該已經忘了，卻在自己有了小孩之後，偶爾逗弄孩子：「比較愛爸爸還是愛媽媽？」才悠悠記起，也才明白一個孩子不跟媽媽親近，對母親是多大的刺傷。（宇文正〈來自大食帝國的人〉）

【正襟危坐】端正身子坐著的樣子。

【席地而坐】古人鋪席於地坐臥，後來指人就地坐下。

【卑躬屈膝】低身下跪，奉承別人的樣子。

【跛立箕坐】站立時重心偏於一腳，站姿歪斜，坐著的時候兩腳張開有如畚箕，形容人站立或坐姿不正，態度無禮。

【趔趔趄趄】趔，ㄌㄧㄝˋ；趄，ㄐㄩ。形容人走路時腳步不穩，身體歪斜的樣子。

【小鳥依人】形容女子或小孩依傍他人而嬌弱可愛的樣子。

【筋不束骨】形容人軀體柔軟的樣子。

【紋絲不動】絲毫不移動。

【紋風不動】一點也不動。形容鎮靜、沉著的態度。

【前合後偃】身體前後俯仰晃動，站立不穩的樣子。

【前仰後合】身體前後晃動，多用來形容大笑、酒醉或困倦時站立不穩的模樣。

【身輕體健】身體健康，動作靈活的樣子。

錢夫人笑了。「我們的志摩不大懂事，老是長不大似的。以後你要多多照應他……」「應該的，」小曼點點頭，「我也不大懂事，小時候讓爸爸媽媽寵壞了，以後要請娘費心多指教我……」志摩沒了話，只是站在一邊傻笑。徐申如沒有改變正襟危坐的姿勢，卻一直從老花眼鏡的邊框外斜眼打量著小曼。小曼穿著一身藍布旗袍，沒有戴金插銀，顯得清秀、樸素。她從從容容，大大方方，輕言細語地跟婆婆說著話。這身裝束，這副神態，使徐申如老先生大感意外。（王蕙玲《人間四月天》）

令狐沖心想：「當時我初上黑木崖，見到教眾奉承東方不敗那般無恥情狀，忍不住肉麻作嘔。不料任教主當了教主，竟然變本加厲，教主之上，還要加上一個『聖』字，變成了聖教主。只怕文武百官見了當今皇上，高呼『我皇萬歲萬萬歲』，也不會如此卑躬屈膝。我輩學武之人，向以英雄豪傑自居，如此見辱於人，還算是甚麼頂天立地的好男兒、大丈夫？」想到此處，不由氣往上衝，突然之間，丹田中一陣劇痛，眼前發黑，幾乎暈去。（金庸《笑傲江湖》）

我寫過一些不錯的文字，也寫了不少爛文章，無論狀態起伏，無論風格轉變，都是一個人的成長歷程，誰人能在十四年的青春裡保持紋絲不動。（韓寒〈寫給每一個自己〉）

5 生命現象

睡與醒

【鼾聲如雷】熟睡時發出的鼻息聲，像雷聲般響亮。

【呼呼大睡】形容熟睡時發出鼻息。

【眉垂目合】形容閉目養神或睡覺時的樣子。

【高枕而臥】墊高枕頭，安心睡覺的樣子。比喻太平無事，沒有什麼好顧慮的。也作「高枕而眠」。

【抵足而眠】同榻而眠。形容雙方情誼深厚。

【枕戈待旦】睡時枕著武器，以待天明，比喻時時警醒警惕，隨時都準備要作戰。

【輾轉反側】因心事重重而翻來覆去睡不著覺。

【臥不安枕】躺臥在床上，不得安眠的樣子。形容心神不寧、睡不安穩。

【翻來覆去】輾轉不安，睡不著覺。或指不斷變化。

【目不交睫】比喻人忙碌或心情不安而不能入眠。

【寢不能寐】躺著但睡不著叫的樣子，比喻人心事重重。

【大夢初醒】比喻從錯誤、迷亂或沉睡當中覺醒。

【夙興夜寐】早起晚睡。形容終日勤勞。

【宵衣旰食】旰，ㄍㄢˋ，日落之後。天未明就披衣起床，日暮才進食。形容勤於政事。

【夢夢銃銃】銃，ㄔㄨㄥˋ。形容人剛睡醒時迷糊恍惚之態。

【睡眼惺忪】剛睡醒，神智模糊，眼神迷茫的樣子。

【昏昏欲睡】精神恍惚很想睡

在一陣濃香息集中，令月妹難捨的是，夢裡舉筷的那個，是自己，還是燈娘？她恨不得要端給那老人，吃了好安心，於願足矣，可惜啊不能。月色倒是很清明，落輕紗似的平躺在洋灰地上，月妹翻來覆去，好不容易才聽見遠遠有雞鳴。（李天葆〈燈月團圓〉）

那年，她初學日文，抄得一段語錄寫再給父親的生日卡，文意為：「人生行路，有山有谷；道途艱險，絕不認輸！」父親捧著卡片，吟哦了一遍又一遍。後來具母親轉述，那晚臨睡前父親猶將卡片塞入枕底，當晚輾轉反側，竟夜未眠。（高自芬〈地圖〉）

一大早，八斗子的天氣仍然是又風又雨，海浪像一片灰色的鋼板掀起來又蓋下去，混濁冰冷，發出一陣轟轟的巨響。冷風像兩面鋒利的刀刃刮在臉上，直鑽進骨頭裡。但是，一到了基隆的街市，太陽卻又懨懨地露出臉來，照在港口一排排灰暗的屋頂與市街。空氣裡飛揚著灰濛濛的塵埃，使人感到一種大病後昏昏欲睡的倦怠。（王拓〈金水嬸〉）

這不知是一天裡的第幾次了，我從昏昏沉沉的睡夢中醒來，張開眼睛，屋內已經一片漆黑，街道上沒有人聲也沒有車聲，只聽見桌上的鬧鐘，像每一次醒來時一樣，清晰而漠然的走動著。（三毛〈哭泣的駱駝〉）

果然不出康熙所料，吳三桂平後，群臣便上尊號，歌功頌德，大拍馬屁。康熙下諭道：「賊雖已平，瘡痍未復，君臣宜加修省，恤兵養民，布宣德化，務以廉潔為本，共致太平。若遂以為功德，崇上尊稱，濫邀恩賞，實可恥也。」這已說得十分嚴峻，但群臣

覺。形容非常疲累。

【立盹行眠】無論站著或是走動，都顯得昏昏欲睡的樣子。比喻人極度疲倦。

【不省人事】昏迷而失去知覺。

【昏昏沉沉】形容昏迷不清醒的樣子。

【鬢亂釵橫】形容女子睡醒時妝容未整、髮髻凌亂簪釵橫斜的樣子。

【寢苫枕塊】苫，ㄕㄢ，草墊。睡在草墊上，以土塊為枕頭。這是一種居父母喪的禮節。也作「寢苫枕草」。

生養

【呱呱墜地】比喻誕生。

【嬌生慣養】在備受寵愛縱容中成長。

【殺彘教子】指父母言行一致地教導子女。

【含辛茹苦】形容受盡各種辛苦，多用於父母拉拔子女。

【舐犢情深】比喻父母疼愛子女之深情。

【顧復之恩】形容父母養育子女的恩德。

【罔極之恩】指父母養育子女的恩惠，無窮無盡。

【慈烏反哺】比喻子女報答父母的養育之恩。

【毓子孕孫】生養子孫，繁衍後代。

【生息蕃庶】生養繁衍後代。

【綿綿瓜瓞】瓞，ㄉㄧㄝˊ，小瓜。子孫繁衍昌盛之意，為祝頌之詞。

【潑丟潑養】形容養育兒女時，如果不過分呵護，孩子反而容易長大。

兀自不悟，以為康熙不過假意推辭，又再請上尊號。康熙頒諭：「朕自幼讀書，覽古人君行事，始終一轍者甚少，嘗以為戒。惟恐幾務或曠，鮮有克終，**宵衣旰食**，祁寒盛暑，不敢少間。偶有違和，亦勉出聽斷。中夜有幾宜奏報，披衣而起，總為天下生靈之計。今更鮮潔清之效，民無康阜之庥，君臣之間，全無功績可紀。倘復上朕尊號，加爾等官秩，則徒有負愧，何尊榮之有？」群臣拍馬屁拍在馬腳上，鬧得灰頭土臉，這才不敢再請。（金庸《鹿鼎記》）

當我們**呱呱墜地**，來到這個世界，睜開眼，那些五光十色的、光怪陸離的東西就這麼開始在腦海中留下烙印。隨著日子一天天過去，所有曾讓我們興奮的或恐懼的新奇玩意兒，都變得平凡普通，變得理所當然。（那多《紙嬰》）

我的世界楚河漢界黑白分明，裁定爸爸和阿珍是偷情者，敗德者，在邪惡的誘惑下毀滅了我們家庭的完整。媽媽**含辛茹苦**，完美無瑕，值得整個世界的敬重。（陳俊志《台北爸爸，紐約媽媽》）

鳩摩智道：「小僧在天龍寶剎，得見枯榮大師、本因方丈以及令兄，個個神定氣閒，莊嚴安詳，真乃有道之士。鎮南王威名震於天下，卻何以**舐犢情深**，大有兒女之態？」段正淳定了定心神，尋思：「譽兒若已身遭不測，驚慌也已無益，徒然教這番僧小覷了。」便道：「愛惜兒女，人之常情。世人若不生兒育女，呵之護之，舉世便即無人。吾輩凡夫俗子，如何能與國師這等四大皆空、慈悲有德的高僧相比？」（金庸《天龍八部》）

【牙牙學語】形容嬰兒初學說話的聲音。
【黃口小兒】幼兒。
【黃口孺子】指兒童。
【駒齒未落】幼馬的乳牙尚未脫落，比喻孩子年幼。
【總角之年】古時未成年孩童紮髻如兩角，稱總角，指年幼孩童。
【乳臭未乾】嘴裡還有奶腥味。譏諷人年紀輕，沒有經驗與能力。
【慘綠少年】比喻青春年少，亦可指風度翩翩、意氣風發的青年才俊，或指彷徨苦惱的少年。
【及笄之年】女子十五及笄已示成年，指女子約十五歲的年華。
【豆蔻年華】形容年輕未婚的少女。多指女子十三、四歲之時。或作「荳蔻年華」。
【瓜字初分】「瓜」字可拆成兩個八，指女子十六歲。亦作「破瓜之年」
【二八年華】年齡正當十六歲的少女。
【黛綠年華】比喻少女時代。
【花信年華】一年有二十四花信，以此指女子二十四歲。
【雙十年華】女子二十歲。
【待字閨中】指成年未婚的女子。
【摽梅之年】典出《詩經．摽有梅》，比喻女子已到適婚年齡。
【志學之年】十五歲少年。
【少不更事】年紀輕，經歷世事少，尚欠缺經驗。
【弱冠之年】古代男子二十加

老王傻笑了起來，讓我想起他的兩個，放假的時候我曾看過幾次，還在牙牙學語的階段，童言童語非常可愛，如果能帶他們去玩，那些孩子一定會笑得非常開心，成為一輩子的重要回憶吧，一想到就讓我羨慕起來，因為我，此時連對象都還沒有。（張英珉〈有塵室〉）

那時當然沒有電腦打字，稿子得手寫在六百字的稿紙上，但是我怕編輯從字上認出我是個乳臭未乾的國中生，精采文章連看都不看就退稿，還特別請高雄女中畢業的姑姑幫我重謄一遍，信封一併寫好。（王聰威〈文青〉）

在巴黎，荳蔻年華的女主角蘿絲瑪麗徹夜狂歡的宴會後，坐著堆滿胡蘿蔔的貨車回飯店，在胡蘿蔔的清香中難過地想著自己的戀情。（柯裕棻〈秋風（秋分）〉）

少不更事的我們，哪能了解母親的心比我們更苦，哪能了解唯有番薯在我們最苦難的日子支撐著我們。（蕭蕭〈番薯的孩子〉）

已經是不惑之年，何以反而惑然？合應深思，甚至不免憂心關於最現實裡的健康抑或是生計的問題，屬於純粹私我的利己和規畫……但是捫心自問：還可利己什麼？如何規畫只是安頓一種存活下去的微渺祈盼，似乎僅僅數著日子。（林文義〈酒的遠方〉）

江楓夫婦不用抬頭，已知道是誰來了，兩人俱都慘然變色，黑面君等人亦不禁吃了一驚，扭首望去，只見風吹長草波浪起伏，在淒迷的暮色中，不知何時，已多了條人影纖弱而苗條的女子人影！以他們的耳目，竟絲毫覺不出她是自哪裡來的。一陣風吹

冠，指男子二十歲。

【而立之年】三十歲的代稱。

【不惑之年】四十歲。

【強仕之年】男子四十歲，成熟可以出仕的年紀。

【春秋鼎盛】正當壯盛之年。

【知命之年】五十歲。

衰老

【花甲之年】六十歲。

【古稀之年】七十歲。

【懸車之年】指官員告老引退的年齡，通常為七十歲。

【致事之年】《禮記．曲禮》：「大夫七十而致事。」指退休的年紀或七十歲。

【耄耋之年】耄，ㄇㄠˋ，八、九十歲。耋，ㄉㄧㄝˊ，七、八十歲。比喻年紀極大的老人。

【日薄西山】比喻人已近老，生命將盡。

【年高德劭】指年紀大而品德好。

【老大無成】年紀已大卻毫無成就。

【老當益壯】年紀雖大但身體仍然強健，且志氣豪壯。

【老而彌堅】雖年老但仍身體強健。

【老態龍鍾】形容年老體衰，行動遲緩不靈活。

過，遠在數丈的人影，忽然到了面前。聽得那天真稚氣的語聲，誰都會以為她必定是個豆蔻年華、稚氣未脫、既美麗、又嬌甜的少女。但此刻，來到他們面前的，卻是至少已有二十多歲的婦人，她身上穿的是雲霞般的錦繡宮裝，長裙及地，長髮披肩，宛如流雲，她嬌靨甜美，更勝春花，她那雙靈活的眼波中，非但充滿了不可描述的智慧之光，也充滿了稚氣……不是她這種年齡該有的稚氣。無論是誰，只要瞧她一眼，便會知道這是個性格極為復雜的人，誰也休想猜著她的絲毫心事。（古龍《絕代雙驕》）

最感性的愛書人會如痴似醉地向你解釋：一本好書的書脊、花紋、題字如何觸動眼睛；一本好書的書頁可以撫慰你的手指；書頁翻動的唰啦聲如何必不可少；書本身的香味仿若蘅芷清芬。一本翻熟的書又如何與新書不同，熟書的書頁會不那麼挺括但襯貼手指，就像徐娘半老、風韻猶存的女人。（張佳瑋〈電子閱讀與紙閱讀之愛〉）

此刻皤婆依舊梳著嚴整的髻，不過髮絲早已全白，鶴髮童顏，瘦小的個子微微佝僂，走在京都的街上跟這城市的女人很相似。（周芬伶〈絕美〉）

原本在街上看到他那有點僵硬的步伐——四十不到竟有幾分老態龍鍾——好像被一雙操偶的手牽著的牽絲傀儡，我心底其實也有幾分憐憫。（黃錦樹〈在馬六甲海峽〉）

寧靜梳好頭，即到母親處。母親房裡終年是桑榆晚景的悽惻，

【老驥伏櫪】比喻雖年老仍胸懷壯志。

【行將就木】指年紀已大，壽命將盡。

【尨眉皓髮】尨，ㄆㄤˊ。形容老人眉髮盡白。

【風中殘燭】比喻人已衰老，行將不久於世。

【風燭殘年】比喻人的生命如風中的燭火一般垂危欲滅。

【倚老賣老】自以為年紀大，閱歷豐富，而看不起別人。

【桑榆晚景】日暮斜陽映照在桑榆間，比喻人晚年、年老。亦作「桑榆暮景」。

【耆年碩德】年高而有才德。

【馬齒徒長】自謙年歲徒增而毫無建樹。

【期頤之壽】長壽、高壽。

【黃髮鮐背】老年人頭髮由白轉黃。背上的斑點如鮐魚背般。泛指老年人。

【雞皮鶴髮】白髮皺皮。形容老人的形貌。

【寶刀未老】比喻人的精神或技能不因年老而衰退。

【鶴髮童顏】如鶴毛般的白髮，孩童般紅潤的臉色。形容老人氣色好、有精神。

【人老珠黃】比喻年老色衰，如同珍珠年久變黃而價值漸失，多用於女性。

【徐娘半老】風韻猶存的中年女子。

【春歸人老】形容女子青春消逝，容顏蒼老。

【美人遲暮】美人晚年。比喻年華老去，盛年不再。

傍晚殘陽落在簷前，是迴光返照。老傭永慶嫂朝夕在此照料，一切乾淨，倒像在與死者沐浴更衣。（鍾曉陽《停車暫借問》）

老黃狗知道自己能活得和祖母一樣年高德劭，完全是拜祖母之賜。我們喜歡在十二月和一月的雨季裡進補狗肉，少壯時代的老黃狗就是在祖母寵惜下，躲過父親和兩位叔叔聞名鄉閭的狗肉烹煮術。（張貴興〈沙龍祖母〉）

或許老闆就是要挑學姊不在的時候做做實驗，證明一下自己仍寶刀未老，免得大家認為他已經是個手藝廢人了。後來，那兩個實驗還衍生出一篇IF高於八的文章，讓老闆在學校的首頁風光了好幾天。（蔡孟利《死了一個研究生以後》）

人總是要死的，不論是勤練氣功也好，是換血打羊胎素也罷，就算日進老山人參三斤，到了一定時候，也必然兩腳一伸，雙眼一瞪，嗚呼哀哉，走上人生最後必然難逃的一步。而年齡和死亡，也很有關係。通常，年紀愈老的，離死亡也愈近，所以有「風燭殘年」的說法。到了八九十歲的年紀，也就是行將就木的年紀了。行將就木的人，實在是相當幸福的，因為應該已無所求——求到了，也沒有用了；也應該無所懼——死亡將至，還有什麼可怕的？（倪匡《倪匡說三道四》）

荀太太先沒接口，頓了頓方笑道：「紹甫我就恨他那時候日本人來——」他在南京故宮博物院做事，打起仗來跟著撤退，她正帶著孩子們回娘家，在上海。「他把他們的古董都裝箱子帶走了，把我的東西全丟了。我的相片全丟了，還有衣裳，皮子，都沒了。」「噯，從前的相片就是這樣，丟了就沒了。」伍太太雖

生病

【犬馬之疾】謙稱自己的疾病。

【負薪之病】背負薪材疲累，體力沒有恢復，引伸為生病的謙詞。

【病入膏肓】指病情危重，無藥可救。

【藥石罔效】形容病情非常嚴重。

【厥疾勿瘳】病得嚴重，不得痊癒。

【不可救藥】病重無藥可醫治。比喻到了無法挽救的地步。

【回天乏術】比喻無法挽救嚴重的情勢或病情。

【諱疾忌醫】不承認有病，害怕去治療。

【對症下藥】針對病症開方用藥。

【久病成醫】人病久則熟知藥性及醫理。

【八病九痛】大小病痛不斷，形容身體虛弱、不健康。

【積勞成疾】因長期過度勞累而生病。

然自己年輕的時候沒有漂亮過，也能了解美人遲暮的心情。「可不是，丟了就沒了。」（張愛玲〈相見歡〉）

那年我才四歲，母親因腹膜炎導致併發，治療了一段時間，依然回天乏術，彌留時從醫院送回家裡；母親即將離訣之際已是深夜，睡夢中我被長輩喚醒，見母親最後一面，聽她最後一句叮嚀。（路寒袖〈夢中，發光的溪〉）

張無忌不答他的問話，卻道：「宗前輩請試按肩頭雲門穴，是否有輕微隱痛？雲門穴屬肺，那是肺脈傷了。你上臂青靈穴是否時時麻癢難當？青靈穴屬心，那是心脈傷了。你腿上五里穴是否每逢陰雨，便即酸痛？五里穴屬肝，那是肝脈傷了。你越練下去，這些症狀便越厲害，再練得八九年，不免全身癱瘓。」宗維俠凝神聽著他的說話，額頭上汗珠一滴滴地滲了出來。原來張無忌經謝遜傳授，精通七傷拳的拳理，再加他深研醫術，明白損傷經脈後的癥狀，說來竟絲毫不錯。宗維俠這幾年身上確有這些毛病，只是病況非重，心底又暗自害怕，一味的諱疾忌醫，這時聽他一一指出，不由得臉上變色，過了良久，才道：「你……你怎麼知道？」（金庸《倚天屠龍記》）

【回光返照】人臨死前短暫的精神興奮。亦作「返照回光」、「迴光返照」。

【命在旦夕】生命非常急迫危險，隨時都可能死去。

【氣若游絲】氣息微弱，接近死亡。

【奄奄一息】僅存微弱的一口氣。形容生命已到了最後時刻。

【一命嗚呼】指生命結束。

【與世長辭】與人世永遠告別，指死亡。

【撒手人寰】比喻人去世。

【溘然長逝】謂人死亡。

【死生契闊】指生死離合。

【含笑入地】比喻欣慰無憾的死去。

【天人永隔】比喻人死亡，與現世之人相隔。

【駕鶴西歸】比喻人過世。

【粉身碎骨】身子、骨頭都粉碎，比喻犧牲生命。

【死於非命】遭受意外危害而喪生，不是自然的死亡。

【死不瞑目】指人抱恨而死，心有未甘。

【馬革裹屍】指英勇作戰，戰死沙場。

【命染黃沙】命染黃沙指死亡。黃沙，即指黃泉。

【壽終正寢】指男子享盡天年，在家中自然死亡。

【天年不遂】人沒有終壽而早死。

【天奪之魄】上天奪走魂魄。比喻人將死亡或遭大災難。

【壽滿天年】人以自然壽數而死。

【魂飛魄散】魂魄離開身體，

得某年臥病醫院中，同室為一青年詩人，彼此其實均未到奄奄一息的程度。但，不知怎麼，有一晚淒風苦雨，相對憮然，竟討論到蕭條的後事上去了。（吳魯芹〈懶散〉）

我執著國祥的手，送他走完人生最後一程。霎時間，天人兩分，死生契闊，在人間，我向王國祥告了永別。（白先勇〈樹猶如此〉）

西施是中國四大美女之一，生於春秋末期的越國，被越王勾踐獻給吳王夫差，使夫差無心政事，終致亡國。河豚魚白以「西施乳」為名，固然是因為它的美味無與倫比，但另一方面，也是意指只要稍有不慎，它的劇毒就會讓人魂歸九泉、一命嗚呼。（既晴〈禍從口入〉）

朱青聽了我的話，突然顫巍巍地掙扎著坐了起來，朝我點了兩下頭，冷笑道：「他知道什麼？他跌得粉身碎骨哪裡還有知覺？他倒好，轟地一下便沒了——我也死了，可是我卻還有知覺呢。」（白先勇〈一把青〉）

惠嘉轉開水龍頭洗臉，一隻蟑螂活生生從排水孔鑽飛出來，嚇得她奪命連環叫，野夏的蟑螂從浴室逃進房間。一陣手忙腳亂東拍西打，啪，終於，蟑螂在惠嘉的拖鞋下駕鶴西歸。麗仕小姐惠嘉甩甩髮，no problem。（許正平〈光年〉）

偶爾我也入房探妳，妳又恢復往昔的親暱，親我，抱我，握我的手，氣若游絲地對我說妳想死，說那樣對妳才是好，才是解脫。妳要我別害怕，妳說自己死後要做了神，也會保佑我的一生平安順遂。（姚秀山〈紙足記〉）

可指死亡。

【蘭催玉折】比喻賢才亡逝。

【梁木其壞】梁木，用來支撐建築物或棚架的木條。比喻賢哲死亡。

【哲人其萎】哲人其萎指智慧卓越的賢人即將死亡。

【香消玉殞】比喻女子死亡。

【繡幃香冷】哀悼女子死亡的輓詞。

【駕返瑤池】哀輓老年女喪通用的輓辭。

【英才早逝】哀輓男性喪者通用的輓辭。

【福壽全歸】對年高而有福者死亡的輓辭。

無奈這白日的隧道沉沉烙在背上，幾乎要把身體的邊界蝕光。這見光死的夢境每被曝曬一次就驚嚇得魂飛魄散，彷彿它們其實只是一群無能瞑目的鬼魂。（言叔夏〈賣夢的人〉）

我瞠目結舌看著她。她狡猾地笑起，靠躺在椅背上，咬著手中的湯匙，眼睛呈半月型。像愛麗絲夢遊仙境裡那隻亦正亦邪，總在愛麗絲碰到難以解決困境時，出現給予建議的貓。沒有那隻貓，愛麗絲早在夢裡死於非命了吧？（鍾旻瑞〈醒來〉）

外在世界》二、食衣住行

1 飲食

【細嚼慢嚥】仔細咀嚼、吞嚥食物的樣子。

【口腹之欲】指對飲食的欲望。

【淺斟低酌】斟著茶酒，低聲吟唱。形容悠然自得，遣興消閒的情景。

【狼吞虎嚥】形容吃東西又猛又急。

【囫圇吞棗】形容吃東西又快又急，不佳咀嚼，直接吞下。

【風捲殘雲】比喻進食速度飛快，一下子就吃得乾乾淨淨。

【食指大動】指面對美食而食欲大開。

【垂涎三尺】口水流下三尺長。形容非常貪饞。

【大快朵頤】愉快、痛快進食的樣子。

【津津有味】形容食物味道好，吃得很起勁。

【酒酣耳熱】形容酒喝得意興正濃的暢快神態。

【淺嘗輒止】原指做事態度不夠徹底，不肯深入研究。在飲食方面形容稍微吃一點，嘗點味道就不再吃了。

【食不下嚥】因為憂愁煩惱或是悲傷、壓力等等因素，導致人不思飲食，或吃不下。

【酒到杯乾】酒水剛剛注入杯中，就立刻被喝乾。

但是想吃，怎麼辦？去皮後切成小段小片，細嚼慢嚥，一樣好，不夠爽快俐落就是了。再不，何以解饞，唯有榨汁。（阿盛〈土廝與洋食〉）

饞字從食，本義是狡兔，善於奔走，人為了口腹之欲，不惜多方奔走以膏饞吻，所謂「為了一張嘴，跑斷兩條腿」。真正的饞人，為了吃，絕不懶。（梁實秋〈饞〉）

可是，你在哪裡？立兒，你在哪裡？你為什麼不像平常日子那樣狼吞虎嚥地吃給我們看呢！還有那束鮮花，你看見了嗎？那裡面有你喜歡的石竹呀！（鍾理和〈野茫茫〉）

在湖艇上吃螃蟹饒富情趣，氣氛之好，味道之鮮，岸上館子望塵莫及。可惜李氏弟兄自幼茹素，葷腥不沾，我雖然食指大動，也不便一個人獨啖，只好雖入寶山，空手賦歸。（唐魯孫〈蟹話〉）

因我小時家貧，一年只有大拜拜和過年才有雞吃，因此對雞一項垂涎三尺。這毛病到美國念書，由於那裡雞價最賤，一年吃下來便望雞生畏，總算徹底治療好了。（陳若曦〈酒和酒的往事〉）

我甚愛玉荷包，吃時不知節制，動輒嘗上百顆，不怕火氣上升，就怕吃不過癮，也只有生在寶島，才能這麼放肆，如此大快朵頤，真是何其有幸。（朱振藩〈勾人垂涎玉荷包〉）

美食與粗食

【瓊漿玉液】比喻香醇的美酒。

【山珍海味】泛指豐盛的食物。

【龍肝鳳髓】比喻難得珍美的餚饌。

【炊金饌玉】形容飲食的豐盛美味。

【炮鳳烹龍】豪奢的珍饈。亦作「烹龍炮鳳」。

【殊滋異味】特別的滋味，指佳餚美食。

【水陸雜陳】水陸所產的各種美味無不具備。形容佳餚豐盛。

【食前方丈】飯的食物擺滿一丈見方那麼廣。形容菜餚甚多或生活奢侈。

【食不厭精，膾不厭細】比喻食品精緻，飲食講究。

【飫甘饜肥】飽吃甘甜肥美的食物。

【三茶六飯】眾多且齊備的茶水和飯菜。

【粗茶淡飯】簡單清淡的飲食。

【簞食豆羹】一竹器飯食，一木碗羹湯，指少量飲食，也指簡陋的食物。

【飯蔬飲水】吃蔬菜，喝冷水，形容清心寡欲、安貧樂道的生活。

【齋居蔬食】粗茶淡飯度日，形容人生活儉樸。

【家常便飯】家中的日常飯食。亦比喻常見或熟悉的事情。

【濁酒粗食】指粗糙的酒食。

【糲食粗餐】以粗糙的食物為餐飯，形容人生活清苦。

田七笑道：「在下倒不是好吃，但晚上既然還要趕路，就非得吃飽了才有精神，否則半路若又有變，體力不夠，怎闖得過去？」心眉大師道：「正是如此。」田七將一碗餑餑送了過去，道：「大師請。」心眉道：「多謝。」這碗餑餑雖然煮得少油無鹽，又黃又黑，但在他們說來，卻已無異是山珍海味，龍肝鳳髓。因為誰都可以肯定這餑餑裏必定是沒有毒的。（古龍《多情劍客無情劍》）

飲食這種東西，本來就應該要有點變化才好。同樣的東西，天天吃，頓頓吃，再怎麼樣山珍海味也免不了要吃膩呀，更何況每一隻都給煮成了麻油酒雞，足足吃了兩個月！（柯翠芬〈酒與補品的故事〉）

有天到申府上替申老伯請安，申老伯攔著我的手，說道：「你們小孩子家，第一總要做好人；做了好人，終究有返本的。你想，我公公手裡是什麼光景？連頓粗茶淡飯也吃不飽。自從做了善事，到我手裡，如今房子也有了，田地也有了，官也有了，家裡老婆了孩子也有了，伺候的人也有了，哪一樁不是做善事來的？」（清．李寶嘉《官場現形記．第三十四回》）

和珅從容大方站在當地，聽眾人說著一車一車的頌聖言語，謙遜地微笑著一一點頭，待人聲稍歇，雙手一拱說道：「兄弟不敢。僥幸得蒙天恩，所以能有今日。一是聖恩不可負，只有勤勉努力，兢兢業業仰報高厚；二是貧賤之交不敢忘，糟糠之妻不下堂。諸位不嫌棄我，仍舊和平日一樣常來走動，該照應當照應的和珅不敢推辭。在家靠床睡出門靠牆，也還盼朋友們多多幫襯。今兒個來的都不要走，家常便飯留客——不過兄弟不能相陪了。我回來帶上行李就得到欽差行轅報到，有什麼事等我出差回來見面說話！」（二月河《乾隆皇帝》）

【弄盞傳杯】傳弄酒杯。比喻擺設筵席飲酒歡娛。

【杯觥交錯】酒席間舉杯互敬暢飲的情形。借以形容酒席進行的熱烈氣氛。

【觥籌交錯】酒器和酒籌錯雜相交。比喻暢飲。

【酒過三巡】宴會中向同桌的人敬酒三遍。

【金谷酒數】晉代石崇於金谷園宴請賓客，賦詩不成者則罰酒三杯，後泛指宴會上罰酒之數。

【杯盤狼藉】形容酒席完畢，杯盤散亂的情形。

【殘餚將盡】指宴席將要結束。

【賓主盡歡】主、客間相聚融洽，都能盡興、歡愉。

【探春之宴】春天時在郊外遊玩開的宴會。

【椎牛饗士】殺牛犒賞軍士。後指慰勞軍士。

味道

【味如嚼蠟】比喻沒有味道。亦可用於指文章無味。

【味如雞肋】比喻沒有味道或少有實惠。

【食之無味】吃起來無聊、沒有滋味。

【淡而無味】清淡而沒有味道。

【清湯寡水】沒有菜的湯，可比喻食物沒有味道，或事物單調。

唐魯孫的父親過世得早，他十六七歲就要頂門立戶，跟外交際應酬周旋，觥籌交錯，展開了他走出家門的個人飲食經驗。（逯耀東〈饞人說饞閱讀唐魯孫〉）

所謂「全齊嘍」者，就是腌疙疸纓兒炒大蠶豆與肉皮炸辣醬都已炒好，酒也對好了水，千杯不醉。「酒席」雖然如此簡單，入席的禮讓卻絲毫未打折扣。「您請上坐！」「那可不敢當！不敢當！」「您要不那麼坐，別人就沒法兒坐了！」直到二哥發出呼籲：「快坐吧，菜都涼啦！」大家才恭敬不如從命地坐下。酒過三巡（誰也沒有絲毫醉意），菜過兩味（蠶豆與肉皮醬），「宴會」進入緊張階段——熱湯麵上來了。大家似乎都忘了禮讓，甚至連說話也忘了，屋中好一片吞麵條的響聲，排山倒海，虎嘯龍吟。二哥的頭上冒了汗：「小六兒，照這個吃法，這點麵兜不住啊！」小六兒急中生智：「多對點水！」二哥輕輕呸了一聲：「呸！麵又不是酒，對水不成了漿糊嗎？」（老舍《正紅旗下》）

二人走進養心殿，叩頭參見之後，就站在一邊瞧著皇上用膳。李衛是跟皇上多年的老僕人了，他一看就喊上了：「喲，皇上就吃這個呀！咳，奴才是跟了皇上多年的人，當年就常常見到皇上每天只知拚命地做事，不但從來都不肯吃酒，而且膳也進得很清淡，這幾年，奴才離開了皇上身邊，沒見到皇上用膳。可奴才卻知道，那些個外官們，哪一個不是天天山珍海味的呀。他們中的哪一個，也比皇上吃得好啊！皇上別怪奴才多嘴，您位居九五至

【五味雜陳】酸、甜、苦、辣、鹹五種味道混雜，形容味道或感受複雜，無法說清。

【易牙之味】易牙是春秋時期齊桓公的廚子，以善於烹調著稱。形容食物鮮美，彷彿經過易牙調味。

【味勝易牙】形容食物美味至極，更勝易牙所烹調的美食。

【齒頰生香】吃了美味食品後，牙齒和兩頰逐漸感到香甜的味道。後比喻美好的詩文意味深長，令人讀後津津有味。

【津津有味】形容興味濃厚的樣子。亦形容食欲盎然或食物的美味。

【殊滋異味】特別的美味，指美食佳餚。

飽與餓

【酒醉飯飽】形容吃喝非常痛快而滿足。

【酒足飯飽】形容吃飽喝足的樣子。

【含哺鼓腹】嘴裡含著食物，因為吃飽而鼓著肚子，形容吃飽喝足、毫無憂慮的生活。

【飢火燒腸】比喻飢餓如火燒肚腸般難以忍耐。

【饔飧不繼】三餐不繼。形容生活十分困頓。

【飢腸轆轆】轆轆，形容空腹的鳴叫聲。形容非常飢餓的樣子。

尊，每天又要處理那麼多的事情，得愛惜自個兒的身子骨兒呀，這，這這這，這御膳也大寒傖了些嘛。這也叫四菜一湯？三個都是素的，瞧，這清湯寡水的，哪像皇上用的膳啊。皇上，奴才要說您了，您不能這樣勒啃自己。奴才看著……心裡頭難受……」說著，說著，他竟然流下了眼淚。（二月河《雍正皇帝》）

最盛大的外食，是出外去吃的婚喪桌筵，那些冷盤、甜湯、海綿蛋糕和黑松汽水，足夠鄉下的小人兒回味幾天。自辦桌宴席分得的菜尾，混煮一鍋，五味雜陳，也是平日少有的外食菜餚。（何川〈城市外食二三事〉）

所謂的美食家自標身價，專挑貴的珍饈美味吃，饞人卻不忌嘴，什麼都吃，而且樣樣都吃得津津有味。（逯耀東〈饞人說饞閱讀唐魯孫〉）

如果Knowledge頻道的旅遊節目有此智慧，幫每個地方風俗特色都做成一首歌謠，相信會增進地球村民的互相了解。又如果你不開車，也不必保持頭腦清醒，來「勺勺客」用餐時，可以點一盅他們自家釀的「西桂稠酒」來喝，如店家所建議，在酒足飯飽之際，豪邁地擊壤而歌！（江映瑤〈說食在的之勺勺客〉）

楚留香瞧了瞧已被曙色染白了的窗紙，道：「好，我一個多時辰後，再來找你。」他抹了抹嘴，竟揚長而去，順手將無花面前的一杯酒帶了出去，只聽他笑聲自窗外傳來，道：「無花好菜，南宮好酒，來了就吃，吃了就走，人生如此，夫復何求，酒足飯飽，快樂無儔。」說到最後一字，人已去得遠了，那酒杯卻從窗

【枵腸轆轆】枵，ㄒㄧㄠ。極為飢餓，肚子餓得咕咕作響。

【蟬腹龜腸】古人以為蟬食露、龜飲水，借此比喻腹中飢餓。

【飢不擇食】形容飢餓之人不挑食物。

【渴不擇飲】口渴得不挑剔飲食。

【啼飢號寒】因為飢餓寒冷而啼哭。

【飢寒交迫】飢餓和寒冷交相逼迫。也作「飢凍交切」。

【并日而食】兩天只吃一天的食物，形容人因貧窮而難以食飽。也形容因為公務繁忙，導致無暇飲食。

2 穿衣

剪裁製作

【量體裁衣】本指依照身材縫製衣服，後來比喻按照實際情況處理事物。

【飛針走線】比喻縫紉、刺繡速度迅速而精妙。

【布線行針】原本指裁縫衣服的技術，後來比喻行事縝密，規畫周詳。也作「行鍼布線」。

【縫針補線】指縫補衣服。

【針黹紡績】刺繡、裁縫與紡紗績麻等工作。

外悠悠飛了回來，不偏不倚，恰好落在無花面前。杯中酒已喝光了，卻多了樣東西，竟正是無花繫在腰間絲條上的一根小小的玉如意。（古龍《楚留香傳奇》）

停在某個已然不知何處的街口時，感到飢腸轆轆，胃壁有塊熱石在處罰他，燒灼他的胃。但他要找到她。他想起該去她家巷口，她這時也許又跳上另一部公車，或走路回家，無論如何總會回家吧。他催加油門，又騎上大馬路，往她家巷口去。（蔡素芬〈往事〉）

一早起身什麼也沒吃，鍾玲正待訴苦飢寒交迫，雨卻轉小而停。高島支起三腳架，準備照陰天清晨的潮水，和太平洋上的兩隻船影。君鶴則選定一個較高且平的立腳點，開始潤筆調色，要速寫一幅水墨海景。（余光中〈龍坑有雨〉）

只見薛永去了兩日，帶將一個人回到莊上來拜見宋江。宋江便問道：「兄弟，這位壯士是誰？」薛永答道：「這人姓侯，名健，祖居洪都人氏；做得第一手裁縫，端的是飛針走線；更兼慣習槍棒，曾拜薛永為師。人見他黑瘦輕捷，因此喚他做通臂猿。見在這無為軍城裡黃文炳家做生活。小弟因見了，就請在此。」宋江大喜，便教同坐商議。那人也是一座地煞星之數，自然義氣相投。（明．施耐庵《水滸傳．第四十回》）

【衣冠楚楚】形容人穿著齊整鮮麗。

【衣冠濟楚】形容人穿著服飾整齊漂亮。也作「衣冠齊楚」。

【繡衣朱履】繡花的衣服，紅色的鞋子。形容穿著華麗。或借指穿著華麗的人。

【布裙荊釵】婦女樸素的服飾。

【周周正正】形容衣著整齊端正。

【衣衫不整】衣著隨便、不整齊。

【不修邊幅】不修整布帛邊緣，任其雜亂不齊。用以形容不講究衣飾儀容，或引伸形容不拘形式小節。

【麻屣鶉衣】麻屣，麻編的鞋子。鶉衣，破舊補綴的衣服。麻屣鶉衣形容穿著襤褸。

【輕裘緩帶】本指穿著輕暖的皮衣，繫著寬大的衣帶。後常用以形容態度閒適從容。

【高冠博帶】高大的帽子，寬大的衣帶，為舊時儒生的裝束。後亦指穿著禮服。

【高冠敞袖】戴著高帽子，穿著袖口寬大的衣服，指道士的服飾。

【拖麻拽布】穿著喪服。指服喪。

【寬衣解帶】褪下衣物。

【一絲不掛】赤身裸露。

【袒裼裸裎】赤身露體。

潮流

【不合時宜】不符合時勢趨尚。

【明日黃花】比喻過時的事物。

園會這一舉，還是英國十九世紀的遺風。英國難得天晴，到了夏季風和日暖的時候，爵爺爵夫人們往往喜歡在自己的田莊上舉行這種半正式的集會，女人們戴了顫巍巍的寬帽檐的草帽，佩了過時的絹花，絲質手套長過肘際，斯斯文文，如同參與廟堂大典。鄉下八十里圓周內略具身分的人們都到齊了，牧師和牧師太太也叨陪末座。大家衣冠楚楚，在堡壘遺跡，瓦礫場中踱來踱去，僵僵地交換談話。用過茶點之後，免不了要情商幾位小姐們，彈唱一曲《夏天最後的玫瑰》。（張愛玲《沉香屑・第一爐香》）

那一天多美妙。那幾個衣衫不整，愛流鼻涕的小毛頭竟然為我冠冕。（簡媜〈一瓢清淺〉）

兩人到了一葦亭，少林寺已然在望，只見兩名少年僧人談笑著走來。張三丰打個問訊，說道：「相煩通報，便說武當山張三丰求見方丈大師。」那兩名僧人聽到張三丰的名字，吃了一驚，凝目向他打量，但見他身形高大異常，鬚髮如銀，臉上紅潤光滑，笑咪咪的甚是可親，一件青布道袍卻是汙穢不堪。要知張三丰任性自在，不修邊幅，壯年之時，江湖上背地裡稱他為「邋遢道人」，也有人稱之為「張邋遢」的，直到後來武當派武功日高，威名日盛，才無人敢如此稱呼。那兩個僧人心想：「張三丰是武當派的大宗師，武當派跟我們少林派向來不和，難道是生事打架來了嗎？」（金庸《倚天屠龍記》）

這位欽差大臣姓溫，名國，因是由京官翰林放出來的，平時文墨功夫雖好，無奈都是紙上談兵，於外間的時務依然隔膜得很。而且外洋文明進步，異常迅速，他看的洋版書還是十年前編纂

【日新月異】形容發展或進步快速，不斷出現新事物或新現象。

樣式

【衣不完采】衣著簡單樸素，不加彩飾。

【不修邊幅】形容不講究衣飾儀容，或形容不拘形式小節。

【衣不蔽體】衣服破爛短少，遮蔽不住身體。

【衣衫襤褸】衣服破爛。

【荊釵布裙】指貧窮或節儉婦女粗劣的服飾。也作「布裙荊釵」。

【鶉衣百結】鶉，ㄔㄨㄣˊ。衣服像鶉鳥的尾巴一樣，短禿不全。形容衣服破爛不堪。

【韋布匹夫】指穿著粗陋衣裳的平民或老百姓。泛指普通民眾。

【風起雲蒸】大風吹起，雲霧蒸騰。比喻事物迅速興起，聲勢浩大。

【奇裝異服】不同於社會風尚，造形奇特的服裝。

【衣冠楚楚】指服裝整齊而鮮明出眾。

【花枝招展】比喻女子打扮美麗、婀娜多姿的樣子。

【珠翠羅綺】形容華麗的服飾或盛裝的婦女。

【如花似錦】比喻衣著好像花朵、錦緞那般耀眼華麗。亦比喻風景或前程美好光明。

【繡衣朱履】穿著繡花衣裳、腳上是紅色的鞋子，形容人穿著華麗。

【輕裘緩帶】穿輕暖的皮衣、繫著寬大的衣帶，形容態度從

的，照著如今的時勢是早已不合時宜的了，他卻不曉得，拾了人家的唾餘，還當是「入時眉樣」。（清．李寶嘉《官場現形記．第五十六回》）

窮時受人白眼是件常事，狗不也是專愛對著鶉衣百結的人汪汪嗎？人窮則頸易縮，肩易聳，頭易垂，鬚髮許是特別長得快，擦著牆邊逡巡而過，不是賊也像是賊。（梁實秋〈窮〉）

我懷疑水上人家的孩童是否從來不梳洗？每天早晨我們經過運河的橋上時，橋上、船中的孩童，往往互相好奇的睇望。有的時候，他們正每個人捧著一只碗，啜飲著碗中的粥汁或是什麼。衣衫襤褸、頭髮枯黃紊亂，面孔腌臢，但對著上學途中的我們舉手招呼，如果我們也搖手，他們會露齒高興地笑，牙齒卻是白的。（林文月〈江灣路憶往〉）

這時我才恍然大悟，沒錯，每個女同學都穿著禮服，打扮得花枝招展、花團錦簇、花樣百出，恨不能讓白雪公主見到她們馬上回去吞五百顆安眠藥，而我親愛的男同學呢？哎，有穿球鞋的、穿涼鞋的、穿拖鞋的，還有人剛從宿舍的床上醒來，連頭也沒梳的幌著頭皮屑就來啦。（張國立〈選貨、挑貨，更要驗貨〉）

有兩種行走的人。一種是旅人，帶著眼睛，行走是為了觀看四方。一種是遊行的人，行走是為了展示自己的身體、自己的理念。旅人通常是低調的，以期能融入在地的日常。遊行的人則奇裝異服，或以標語、面具壯大聲勢，唯恐不被注目。（鴻鴻《晒恤》）

王處一與沙通天都是當世武林中的成名人物，素知對方了得，

容悠閒的樣子。

【高冠博帶】高大的帽子，寬大的衣帶，是古代儒生的穿著，後指穿著禮服。

【高冠敝袖】高帽子、寬袖子，形容道士的穿著。

3 居住

居住環境

【安身立命】指居處得以容身，生活便有著落，精神上亦有所寄託。

【安家落戶】到一個新地方建立家庭，長期居住。

【同居各爨】爨：ㄘㄨㄢˋ，煮食。指一家人分開煮食但不分居。

【寄人籬下】寄居他人屋下生活，不能自立。

【比鄰而居】形容住得很近。

【里仁為美】選擇住處應挑有仁風的地方。後指敦親睦鄰。

【居大不易】比喻居住在大城市生活不容易。

【櫛比鱗次】比喻建築物排列密集。

【鍾靈毓秀】形容能造育傑出人才的環境。

【人文薈萃】人類文化所集中表現的地方，比喻傑出人物會聚的所在。

【蘭芷之室】蘭、芷，皆香草。蘭芷之室比喻良好的環境。

【門庭若市】門庭間來往的人很多，像市集一般熱鬧。比喻上門來的人很多。

這時一個出掌，一個還掌，都已運上了內勁，豈知竟有人能突然出手震開兩人手掌。只見那人一身白衣，輕裘緩帶，神態甚是瀟灑，看來三十五六歲年紀，雙目斜飛，面目俊雅，卻又英氣逼人，身上服飾打扮，儼然是一位富貴王孫。（金庸《射鵰英雄傳》）

升中學，我搬離舅舅的家，不再寄人籬下，終於回到母親的身邊。返家讓我舒坦，覺得有了自己的空間。一年裡的一些日子，我們還是相聚的，像是中秋，像是過年。（姚秀山〈紙足記〉）

男孩的姊姊嚇得要死，她膽子很大但是怕鬼，她說她爸爸是個大笨蛋，竟然和壽衣店比鄰而居。其實，壽衣店為蘇華照相館帶來了不少生意，有些死去的人需要翻拍遺像，就在照相館裡辦了。（路內《花街往事》）

好久好久以前，祖先們以劫後餘身，漂流曠野，尋找一塊合適的地方安身立命，也不知走了多少年、多少里，也不知流了多少汗、多少淚，終於來到這塊高地。（王鼎鈞〈瞳孔裡的古城〉）

江南一帶，人文薈萃，其園林藝術在民間庭園上佔有特別重要的地位，是無可置疑的。（漢寶德〈中國人的庭園〉）

景運門是大街東大門，自雍正年間在天街西側設軍機處，小朝會議都在養心殿，也在紫禁城西側，朝臣覲見因此都從西華門遞牌子。除了皇阿哥近枝宗室每日凌晨進毓慶宮讀書、太后齋戒、

【門可羅雀】門前冷清，空曠得可張網捕雀。泛指一般來客稀少、門庭冷清的景況。

修蓋裝潢

【家徒四壁】形容家境極為貧困。

【斷垣殘壁】形容建築物倒塌殘破的景象。

【蓬門蓽戶】形容貧苦人家簡陋的居室。亦作「蓽門蓬戶」

【環堵蕭然】家中除了四面圍繞的土牆，別無他物。形容居室簡陋，十分貧窮。

【大興土木】大規模興建土木工程。通常指蓋房子。

【富麗堂皇】形容富偉美麗、氣勢宏偉。

【八面玲瓏】原用以形容屋子四面八方敞亮通明。後形容人言行處世十分圓融巧妙。

【古色古香】形容具有古舊典雅色彩和情調的書畫、或造型仿古的器物、建築、藝術品等。

【瓊樓玉宇】形容精美華麗的樓閣。亦用以指月宮或神仙住的地方。

【美侖美奐】形容房屋規模高大、裝飾華美。

【雕梁畫棟】形容建築物的富麗堂皇。

【窗明几淨】窗子明亮，茶几乾淨。形容居室明亮潔淨。

【一塵不染】形容非常乾淨，一點灰塵都沒有。

皇帝祭祖，景運門那頭永遠是門可羅雀的冷清寂靜。（二月河《乾隆皇帝》）

廢墟的斷垣殘壁下，堆積著些敗枝腐葉。路側的溝渠石罅中，填塞了汙泥沙粒，但那些比較高眺的枝莖，早已超越了種種障礙、四季不凋的咸豐草依然疏疏朗朗開著小白花。（艾雯〈人在礦溪〉）

中國官員也不是都沒有學問，他們也已在窗明几淨的書房裡翻動出土經卷，推測著書寫朝代了。但他們沒有那副赤腸，下個決心，把祖國的遺產好好保護一下。（余秋雨〈道士塔〉）

窮人則不然，他的襤褸的衣裳等於是開著許多窗戶，可以令人窺見他的內容，他的蓽門蓬戶，儘管是窮氣冒三尺，卻容易令人發見裡面有一個人。（梁實秋〈窮〉）

我們看不出她是坐落在國防最前線。「弦歌之聲」不絕，教職員們和學生們完全按時工作，按時上課，和內地的任何大學沒有什麼不同。更奇怪的是，這所大學，那時正在大興土木，建築一座可以容納五千多人的大禮堂；還在建築一個大運動場，它的露天的四周的圓座，足足可以坐上觀眾近五萬人。那氣魄是夠宏大的。（鄭振鐸〈移山填海話廈門〉）

前者現在已沒有新起藝術家住得起的廠房（loft），只好往後者進發。外地人不必急著知道，因為他不住這類廠房。當DUMBO變成美侖美奐時，他自然會，也樂意，知道。（舒國治〈外地人的天堂紐約〉）

居無定所

【顛沛流離】形容生活困迫不安，四處流浪。

【居無定所】沒有固定的居所。

【雲遊四海】像行雲一般四處遊走，行蹤不定。

【湖海飄零】四處流浪，沒有地方安身立命。

【臥月眠霜】形容人四處流浪，沒有能夠安身之處。

【吳市吹簫】春秋時代伍子胥自楚逃至吳，曾於吳市吹簫乞食，用以比喻人生活困頓，四處行乞、飄泊流浪的狀況。

【四海為家】形容志向遠大或比喻人漂泊不定，居無定所。

【流離失所】形容轉徙離散，無處安身。

【斷梗飄蓬】比喻飄泊不定如隨風而非得蓬草。

【斷梗飄萍】比喻如水上浮萍般飄泊不定。

4 行動交通

往返

【滿載而歸】裝載得滿滿的回來。比喻收穫豐富。

【歸去來兮】回去吧的意思。陶淵明〈歸去來辭〉：「歸去來兮，田園將蕪，胡不歸？」

【揚長而去】掉頭不理，大模

老周和小河一人一把木吉他，中間的矮几擺著兩只紙杯、一瓶女兒紅老周本籍遼寧，這些年雲遊四海，決定在江南的紹興落戶安家。他總說：他是為了黃酒而決定在紹興住下的。（馬世芳〈好一朵美麗的敏感詞〉）

展伯私底下請人查探怪人行蹤，只聽說那人是流浪至宮廟的青年羅漢腳，在廟裡待了十幾天便離開了，從此行蹤不明居無定所。儘管綠眼睛的特徵十分明顯，但在庄頭附近打探了好一陣子，也尋覓不到怪人蹤跡，最後，展伯只好死心作罷。（何敬堯〈魔神仔〉）

窮到衣食不能自用的人，卻可生出許多子女；寧可讓他們忍凍挨餓，甚至將他們送給人，賣給人，卻從不懷疑自己的權利！也沒有別人懷疑他們的權利！因之，流離失所的，和無教無養的兒童多了！這便決定了我們後一代的悲慘的命運！（朱自清〈父母的責任〉）

自從民國十七年，我由上海到北平去，第一次看見海以後，我便對海發生了愛情。我愛海，因為海的度量大，涵養深，能包羅萬象，能藏垢納汙。它的生命力很強，滾滾的浪濤，曾啟示我不少向前奮鬥的勇氣。我每次一到海邊，就流連忘返。（謝冰瑩〈雨港基隆〉）

大樣地離去。

【拂袖而去】形容言語不合，心裡不滿的調頭離去。

【一去不返】形容人離去後音訊全無或事物消逝無蹤。

【流連忘返】貪戀沉迷而不願離去。

【倦鳥知返】比喻人長久在外奔波流浪，心生倦意，想要回家。

【徒勞往返】比喻事情沒有成功，只是耗費勞力在兩地之間往返。

出行

【東奔西走】到處奔走，或為某種目的而四處活動。

【不知去向】不知道去那裡了。

【跋山涉水】形容走長遠路途的艱苦。

【翻山越嶺】翻越過許多山嶺。形容長途跋涉、旅途辛苦。

【風塵僕僕】形容奔波忙碌，旅途勞累。

【疲於奔命】形容事情繁多，勞累於奔波。

【姍姍來遲】形容遲步緩來的樣子。

【馬不停蹄】到處奔行而不止息。

【長驅直入】長距離一路挺進，毫無阻擋。

唯一記得的是裡頭特別嘈雜，女人天生的長舌果然厲害，那戶人家發生了什麼事，當天一定傳遍澡堂，所以洗了澡之後，左鄰右舍的各種動態都可了然於心，大家心照不宣地拎了臉盆回去，都會有滿載而歸之感。（古蒙仁〈澡堂春秋〉）

那不是中國人有名無實的玫瑰雞，那些小巧玲瓏的鳥兒，是真的經過馥郁玫瑰醬烤得金黃，盛在鋪滿玫瑰花瓣浪漫得簡直匪夷所思的盤子上，一入口馬上讓人全心盈滿初戀的喜悅，以致女主角的妹妹在原野裸奔，被情人劫持上馬揚長而去。（林郁庭〈萊姆〉）

近幾年來，父親和我都是東奔西走，家中光景是一日不如一日。他少年出外謀生，獨力支持，做了許多大事。那知老境卻如此頹唐！（朱自清〈背影〉）

據鳥友們的觀察，在澎湖離島育雛的一群紅嘴鷗，夏末秋初便領著剛學會飛行的雛鳥，越過臺灣海峽，來到西南海岸廣闊的鹽田濕地上練習飛翔；秋日的味道漸濃之後，反而不知去向。（王家祥〈秋日的聲音〉）

時間流動，再精密的計畫，也難免出現漏網之魚。在逃亡時跳下溪谷的菊川督學沿著溪流，馬不停蹄地逃到尚未遭受到攻擊的眉溪駐在所。全身傷痕累累的菊川，為整個日本治臺政府，帶來一個駭人聽聞的噩耗。（嚴云農《賽德克．巴萊》）

路況

【門可羅雀】門前冷清，空曠得可張網捕雀。泛指一般來客稀少、門庭冷清的景況。

【羊腸小徑】形容狹窄曲折的小路。

【四通八達】四方相通的道路。形容交通便利。

【川流不息】形容連綿不絕或往返不斷。

【絡繹於途】路上行人眾多，綿延不絕的樣子。

【熙來攘往】形容行人來往眾多，非常熱鬧。

【車水馬龍】門前車馬往來不絕。形容繁華熱鬧的景象。

【萬人空巷】形容擁擠、熱鬧的盛況。

【寸步難行】一小步也行走不得。形容行走困難，或比喻處境艱難窘困。

【寸步難移】一寸步都難移動。形容行走或處境艱難窘困。

【窒礙難行】有所阻礙，難以進行。

【比肩隨踵】形容人多而互相擁擠。

【駢肩累踵】形容人多而擁擠。

【熙熙攘攘】形容人來人往，熱鬧擁擠的樣子。

【萬頭攢動】形容群眾聚集的景象。

【水洩不通】一點水也無法泄漏，形容包圍得極為嚴密。或指擁擠不堪。

【通衢廣陌】四通八達的大道和空曠的小路。

【陽關大道】經過陽關通往西域的大道。後泛指廣大平坦的道路。

時代到了這一天，這群活活潑潑的生靈要把它析解成許多閃光的亮點。有多少生靈就有多少亮點，這個字才能幻化成熙熙攘攘的世界。（余秋雨〈白蓮洞〉）

一行人下船便覺風寒刺骨，與濟南迥然不同。暮色中但見東直門灰暗的箭樓直矗霄漢。天還沒黑定，碼頭上已到處點起「氣死風」燈，閃閃爍爍隱隱約約間只見水中到處停泊的是船，岸上熙熙攘攘的人群川流不息。（二月河《乾隆皇帝》）

我們到了新生社的時候，晚會已經開始好一會兒了。有些人擠做一堆在搶著摸彩，可是新生廳裡卻是音樂悠揚跳舞開始了。整個新生社塞得寸步難移，男男女女，泰半是年輕人，大家嘻嘻哈哈的，熱鬧得了不得。（白先勇〈一把青〉）

當妳說妳討厭雨，妳想表達的其實是妳討厭鞋子。放一雙鞋，前方的路即變得窒礙難行，有時妳的鞋就是妳的雨。妳恨無休止的雨聲，也恨把雨聲吞沒的鞋子。（楊婕〈臭鞋〉）

終點站下車之後，三人又步行了十來分鐘才到達遊行的大街，遠遠就聽到歡聲喧騰，一條長街早已萬頭攢動，路邊的旁觀者和路中間的遊行隊伍幾乎打成一片，一種嘉年華會的狂歡氣氛把涼沁的空氣都烘熱了。（李黎〈樂園不下雨〉）

兩人看完之後，都不作聲，逕向大路走去。只見路邊都擠滿了民眾，站得水洩不通。兩人在後面說一聲「借光」，民眾回頭一看，見是兩位白鬚老者，便照文王敬老的上諭，趕忙閃開，讓他們走到前面。（魯迅〈採薇〉）

5 娛樂

玩樂

【及時行樂】把握時機，尋歡作樂。

【逢場作戲】隨事應景，偶爾遊戲玩耍。也形容藝人遇到合適的場所，隨時表演。

【遣興陶情】排遣情懷，陶冶心性。

【盡歡而散】形容盡興歡樂之後，大家散去。

【朝歌暮絃】形容整天沉迷於歌舞的歡樂中。

【同歡同賞】共同歡樂玩耍、一起欣賞事物。

【傳杯換盞】形容酒宴上傳遞酒杯邀飲的歡樂景象。

【閒茶浪酒】風月場所中的吃喝玩樂。

【追歡買笑】追求聲色的歡樂。

【鵲笑鳩舞】比喻歌舞歡樂的樣子。多用為喜慶祝頌之詞。

藝文

【下里巴人】泛指通俗的文學藝術。

【陽春白雪】相對於通俗音樂而言較深奧難懂的音樂。比喻精深高雅的文學藝術作品。

【新鶯出谷】比喻人的歌聲如谷中黃鶯般清脆動聽。

【引吭高歌】放開喉嚨高聲歌唱。

【靡靡之音】指頹廢、使人喪

陸小鳳道：「想開了？你想開了什麼？」老實和尚道：「人生。」陸小鳳道：「人生？你了解人生？」老實和尚道：「了解。」陸小鳳道：「你以為人生是什麼？」老實和尚道：「人生就是享樂。我老實和尚苦修了一輩子，得到的是什麼？人生匆匆幾十寒暑，我為什麼要虐待自己？小老頭說得對，及時行樂，莫等閒，白了少年頭，那就後悔也來不及了。」（古龍《陸小鳳・鳳舞九天》）

韋小寶驚喜交集，自己幫了康親王這個大忙，不費分文本錢，不擔絲毫風險，雖然明知他定有酬謝，卻萬想不到竟會送這樣一件重禮，一時說不出話來，只道：「這……這個……那怎麼可以？」康親王捏了捏他手，說道：「咱哥兒倆是過命的交情，哪還分什麼彼此？來來來，大夥兒喝酒。哪一位不喝醉的，今日不能放他回去。」這一席酒喝得盡歡而散。（金庸《鹿鼎記》）

外公很可能奮力拍擊擱有高粱酒的桌子，堅拒且怒斥單位派員，一個父親豈能允許女兒拋頭露面、載歌載舞勞軍？外公的女兒後來只是我的媽媽，而非鄧麗君、崔苔菁，然外公的一拍，讓他關進牢裡了，拘留多天才放人。（吳鈞堯〈大盤帽春秋〉）

她一面咀嚼花朵與香草的氣味，一面調配新的口味，在香氣蒸騰的廚房不自覺地輕歌曼舞，只有戀愛中的女人才如此。（周芬伶〈十三月〉）

志的音樂。

【餘音繞梁】餘留的歌聲環繞屋梁，迴旋不去。形容歌聲或音樂美妙感人，餘味不絕，或用來形容話語之意味深長。

【載歌載舞】邊唱歌，邊跳舞。形容盡情歡樂。

【輕歌曼舞】歌聲輕柔，舞蹈曼妙。

【粉墨登場】化妝登臺演戲。或指在某一場合擔任某一角色。

【梨園子弟】泛稱表演戲曲的藝人。

【插科打諢】本指戲劇表演時，以滑稽的動作或言語引人發笑。亦泛指引人發笑的舉動或言談。

【妙手丹青】繪畫技藝高超的人。

出遊

【遊山玩水】遊覽山水景緻。

【尋山問水】四處遊山玩水。

【臨山登水】遊覽山水名勝，或是形容人長途跋涉。

【探尋勝跡】形容人四處尋訪名勝古蹟。

【弔古尋幽】探訪幽境、憑弔古蹟。

【尋幽訪勝】訪求景色清雅幽靜的地方。

【覓柳尋花】賞玩春色。另有一重意思，指嫖妓。

【踏雪尋梅】在冬天的雪地裡，追尋著淡淡花香，尋找梅花的蹤跡。

【探春之宴】春天時，在郊外遊玩所開的宴會。

畫眉見到陽光又呼吸到早上的新鮮空氣，一陣高興，就會引吭高歌，叫聲不但美妙，還有特殊的節奏，拿來跟文鳥與十姊妹比，就確實高明許多，像歌劇女高音與一般流行歌手，當然是高下立判了。（周志文〈巴比倫塔〉）

他的書叫《踰越》，一個人占了封面的一半，文案打在他近腳處：他終於來了，來到這臨界點。他曾有剎那猶豫，但他很快跨進去了，跨進另一個世界。他很滿意這封面，現在這封面被放大，在一塊三夾板上，上面那人依著輪廓做成了一道門。他躲在門後，很有些得意，像在後台等待粉墨登場的戲子。（曾翎龍〈在逃詩人〉）

古時的文人雅士喜歡尋幽訪勝，說是山水有清音，甚至寄情於山水，成為山水的知己，也藉此洗盡紅塵滄桑。其實，看山看水，賞心悅目就好，如果帶著商心別恨，也未免過於沉重了。有人則在自家庭院細心經營，有小橋流水，有假山燈臺，可供心靈遊憩，也種桃種李，桃李深處會是故鄉？還是因為再也不願苦憶尋山訪水，只為了更加歡喜自在，也就可以了。（《寫給自己的情書》）

一般旅遊者的遊山玩水，其實都是瞻仰名勝古蹟，遊玩的對象並不是山水。我在昆明的遊蹤，也非例外。在福建，除了武夷之外，我的遊蹤所至，都不是什麼名勝，因而我在福建的遊山玩水，別是一種境界。（施蟄存〈在福建遊山玩水〉）

外在世界》三、社會行為與關係

1 學習

學

【切磋琢磨】比喻互相研究討論，取長補短，以求精進。

【溫故知新】複習學過的課業，而能領悟出新的道理。

【教學相長】指通過教授、學習，不但能使學生得到進步，而且教師本身的水準也可藉此提高。

【舉一反三】形容人於學習中善於觸類旁通。

【口耳相傳】口頭傳授，以耳接收。

【口傳心授】授教者口頭傳授，而受教者心中悟解。

【力學不倦】勤勉學習而不倦怠。

【開卷有益】指打開書本閱讀，即能得到好處。

【融會貫通】形容將各種相關的知識或事物加以融合、貫穿，進而獲得全面通徹的領會。

【觸類旁通】對已知事物的認識與理解，進而通達對其他類似事物的認知。

【耳濡目染】因經常聽到或看到而深受影響，自然習得。

【力學篤行】勤勉學習且確切實踐所學。

【不求甚解】讀書著重理解義理，而不過度鑽研字句上的解釋。後多指學習或工作的態度不認真，只求略懂皮毛而不深入理解。

這其中的訣竅，萬不離那「細切粗斬」四個字，倒是放入的配料，可事先剁得細些放入，吃的時候，只聞其香而不見其物，所謂「有意無意之間」，乃是最好。獅子頭亦可紅燒、蒸食、入湯、油炸或是乾煎，本來舉一反三、由此及彼，就是燒菜的學問和藝術，這裡便不多說了。（邵宛澍〈清燉蟹粉獅子頭〉）

刀兒匠就是主持閹割的師傅，雖然歸內務府管轄，可是宮裡大小太監對他們都特別恭維客氣，管他們尊稱古拉。刀兒匠是口傳心授的師徒制，要經過三年的隨習。等到心領神會，師傅才肯授刀，正式操作。（唐魯孫〈閒話太監〉）

老實說，十一、二歲的我有點明星夢，但也不知怎麼開始，更不懂培養閒談力、貯戰力，純粹是對娛樂產業有興趣而觸類旁通，不願只當單純的觀眾或粉絲。藉由大量閱讀報章文字與進行田野調查（看很多電視、聽很多廣播），雙管齊下相互影響，才夠！（黃子佼〈好奇寶寶．孜孜不倦〉）

到蘇州遊覽主要當然是參觀園林，但是一天不能去所有的景點，你必須選擇不同的組合。幸虧昨天蘇州大學的一位教授點了一句，拙政園沒啥意思，不如去獅子林，今天我就選了獅子林，真給我選對了。沒想到獅子林的最後一代主人就是貝聿銘的祖父，耳濡目染，難怪貝聿銘後來會成為國際赫赫有名的建築師。（張系國〈我所沒想過的蘇州〉）

熟練

【駕輕就熟】比喻對事情很熟悉，做起來很輕鬆。

【輕車熟路】駕駛輕車，行駛在熟悉的路徑上。比喻對事物熟悉。

【熟能生巧】做事熟練了自然能領悟出其中巧妙的竅門。

【如數家珍】比喻敘述事物明晰熟練。

【遊刃有餘】比喻做事能勝任愉快，從容不迫。

【目無全牛】比喻技藝純熟高超。

【庖丁解牛】比喻對事物瞭解很透徹，做事能得心應手，運用自如。

【得心應手】比喻技藝熟練，運用自如。

【鬼斧神工】形容技藝精巧，達到鬼神靈妙的境界。

【老馬識途】比喻有經驗的人對情況比較熟悉，容易把工作做好。

【爐火純青】比喻學問、技術、功夫到達精純完美的境地。

【耳熟能詳】聽得非常熟悉，而能詳盡地知道或說出來。

【斲輪老手】斲，ㄓㄨㄛˊ。比喻技藝精練純熟或經驗豐富的人。

【滾瓜爛熟】熟透的瓜滾落於地。比喻極為純熟流利。

創新

【自成一家】學問、文章或書畫等別出心裁、有所創新，而自成一種風格。

【匠心獨運】創作構想與心思

白糖蔥的剖面，因抻拉的作用，有許多小氣孔，吃起來鬆鬆地，口感極佳。如果功夫不夠，嚼之硬邦邦的，就很難下嚥了。其中訣竅所在，端在熟能生巧，不斷細心體會。（朱振藩〈白糖蔥的今與昔〉）

前日見報載，某青少年持西瓜刀飆車砍人，其實並無所謂「西瓜刀」之流，此類刀具應稱燒刀，柄薄背厚，只砍不刺，鋒不甚利，但因其沉重，故入物極深，切西瓜自是得心應手，砍人則不免過於凶殘矣。（徐國能〈刀工〉）

這或許是許多人從小就耳熟能詳的神話。我的外婆在廚房裡告訴母親，母親也在廚房中告訴我這個傳說。每年端午節接近的時候，外婆就開始忙著做煎餅，她一邊攪著麵泥一邊說：「這是為了補天。」（卓玫君〈食事〉）

王老師要同學們鬥快背〈木蘭辭〉，脫下手錶計時。程緯把〈木蘭辭〉背得滾瓜爛熟，為了求快，黐脷似的「唧唧復唧唧……安能變我是雄雌？」二十九秒背完，最快。王老師對著全班同學說：「程緯還可以再快些。」（陳慧〈日光之下〉）

而閩南一帶的庭園，在空間的處理手法與建築物的運用上亦獨樹一格，不容忽視。（漢寶德〈中國人的庭園〉）

他和幾個助手工作了一整天後，雙手還能像捏麵人般維持最初的模樣。泥土和水適應到完美的境界時，泥土會變得很有自尊

精巧高妙。

【別出心裁】形容獨出巧思，不同流俗。

【自出機杼】比喻獨創新意、風格。

【不落俗套】創新風格，不流於陳腐老舊。

【不落窠臼】比喻不落於陳舊的模式，有獨創的風格。

【獨樹一格】自成一家，擁有獨立的品味和風格。

【推陳出新】比喻排除陳舊，創造出新的事物或方法。

【革故鼎新】革除舊弊，建立新制度。

【標新立異】與諸家立論不同的獨到見解。後形容創立新奇的名目或主張以表示與眾不同。

【別開生面】原指重新描繪舊畫像，而使原已褪色的面貌變得鮮明、生動。

模仿

【東施效顰】比喻盲目胡亂地模仿他人，結果卻適得其反。

【亦步亦趨】指學生追隨老師的腳步。後形容事事追隨或仿效別人。

【如法炮製】依照古法製藥，後多指依照往例或現有的方法辦事。

【步人後塵】踩著別人的腳印前進。比喻追隨或仿效。

【照貓畫虎】比喻照樣子模仿，沒有創意。

【刻鵠類鶩】雖然雕不成天鵝，尚類似野鴨。比喻仿效雖欠逼

心，接觸到手掌後總是很有禮貌地與人「握手言歡」，甚至它無意間被人冷落在一旁時，偶然，他們會匠心獨運或非常幽默地重新回到作者的手中。（楊柏林〈生靈之鄉〉）

播出一年後，我深感市面上的中國菜在急驟的轉變，中餐廚師不斷轉型，菜色也推陳出新，為了提供一個廣為人知、展顯好手藝得機會，我在節目中開闢了「名廚名菜」的單元，讓各大飯店的主廚以及美食競賽中獲獎的師傅，都有機會亮亮相，向觀眾介紹他的拿手菜。（傅培梅〈創紀錄的電視人生〉）

最近連風行了好幾年的路邊快捷飲食店又已感到了新威脅。有女管事、女主人，內部別出心裁裝修的餐館，又受歡迎了。這樣當然是挑費要高些，價錢要漲些，但是羊毛出在羊身上，要在食物之外買氣氛、優閒、招待，就不在乎多出錢了。（鹿橋〈一個土豆，兩個土豆〉）

幸而我們的古漢語確是有大同，即所謂「文言」，古代大致以秦漢為準，有個相當明朗的規格，後代，不管是強調仿古的唐宋八大家和明前後七子，還是強調創新的明公安派，都亦步亦趨地照著規格作，這樣，文言高踞其位，堂上一呼，堂下百諾，就形成相當協調的一統。（張中行〈文義之間〉）

有了小孩之後，我更加珍惜，當初寫出這樣一本書，能夠清楚記住父親生前種種。因為不久之後，我也要如法炮製，父親曾教過我的東西，我也要教給我的小孩，他曾祖父傳給他爺爺，他爺爺再傳給我，我又傳給他，興許就在傳授過程當中，總有一天他

真，但仍近似。亦用以比喻弄巧成拙、適得其反。

【畫虎成犬】比喻仿效他人卻學得不好，徒然暴露自己能力不足。

【邯鄲學步】比喻仿效他人，未能成就，反而失卻自己本來的面目。典出《莊子．秋水》。

【壽陵匍匐】比喻仿效他人不成，反失去原有的技藝。

【婢學夫人】原指婢女學作夫人，雖處其位，但舉止行為卻不夠莊重優雅。

【群起效尤】眾人紛紛仿效錯誤的行為。含有貶義。

【鄒纓齊紫】傳說鄒君喜好長纓，後因眾皆仿效而斷纓絕患；齊桓公好衣紫衣，後因舉國爭仿而刻意厭惡紫衣，杜絕盲從。典出《韓非子．外儲說左上》。後以鄒纓齊紫比喻上行下效。

2 工作營生

謀生

【居大不易】比喻居住在大城市生活不容易。

【白手起家】沒有任何依恃而獨立興起家業。

【一技之長】具有某一種技能或專長。

會明白什麼叫做家教、什麼叫做家學、什麼又叫薪火相傳。（張輝誠〈淚書〉）

他去沖涼洗臉。沖涼回來，妹妹還睡呢。他找來石板石筆，想畫些圖兒，等妹妹醒了給她看。畫什麼呢？畫小兔吧？不！回畫小兔，未免太貧了。畫妹妹的腳？對！他拿著石板，一眼乜了妹妹的腳，一眼看著石板，照貓畫虎的畫。畫完了，細細的和真腳比了一比；不行，趕快擦去吧！叫妹妹看見，她非生氣不可。鬧了歸齊，只畫上四個腳指！再補上一個吧，就非添在腳外邊不可，因為四個已經佔滿了地方。（老舍〈小坡的生日〉）

聽說棠兒也進來，乾隆怔了一下，腳下步子不停，卻問道：「還是陳氏下廚麼？」「不是，」秦媚媚道：「陳主兒只陪坐說話兒。娘娘說，鄭二製的膳對她的脾胃，陳主兒不要跟鄭二下廚，因為萬歲爺愛進她作的膳，怕她什麼——邯鄲學步，變了口味萬歲爺進不香。還說，這膳和人一樣，講究個脾胃緣分……」（二月河《乾隆皇帝》）

失落在我出生是純正的上海郊區農村屌絲，無權無勢，白手起家，本以為自己是一個很勵志的「屌絲的逆襲」的故事，卻硬要被說成一個經過多方神祕勢力包裝的驚天大陰謀。（韓寒〈寫給每一個自己〉）

歌仔戲費用大，觀眾又少，生意悽慘。劇團裡的演員只得四處

【櫛風沐雨】以風梳髮，以雨洗身，比喻不顧風雨辛苦奔波。

【夙興夜寐】早起晚睡。形容終日勤勞。

【夙夜匪懈】語出《詩經．大雅．烝民》，形容日夜勤奮，不懈怠工作。

【披星戴月】形容早出晚歸，辛苦奔波。

【鞠躬盡瘁】恭謹戒慎，不辭勞病地貢獻心力。

【尸位素餐】空居職位而無所作為。

【苟且偷生】得過且過，勉強的生存下去。

【枵腹從公】餓著肚子辦理公務，形容不顧己身，勤於公事。

【宵衣旰食】天未明即起身穿衣，深夜才吃飯，比喻工作辛勤忙碌。

【平步青雲】像平常一樣地舉步，就輕易走上青雲，比喻順利晉升到顯要的地位。

【加官晉爵】晉升官職爵位。

【成家立業】組成家庭，建立事業。

【初出茅廬】比喻初入社會，缺乏歷練。

【陳力就列】指各人在自己的工作崗位上施展才能。

【毛遂自薦】比喻自告奮勇，自我推薦。

【篳路藍縷】駕柴車，穿破衣，以開闢山林。比喻創造事業的艱苦。

失業

【告老還鄉】年老辭職，回到家鄉。

覓，然而，可憐，大多數的人除了會演歌仔戲外，都無一技之長，日子很不容易過。（洪醒夫〈散戲〉）

所以，當我們這一支西夏最後的騎兵，在披星戴月，著魔噤默，恍如魔咒的逃亡途中，看見眼前的世界開始如沙漠熱浪扭曲了空氣而開始變形。（駱以軍〈神棄〉）

公司掰了之後，才想到，留後路那套怕死老逼供的伎倆，當時根本不屑也無暇理會，話說得太絕，現在自嘗苦果。為現實所迫，有人拉下臉龜回去老巢，但很慘，有了造反不成鎩羽而歸的笑柄，從此只能毫無尊嚴地苟且偷生。（傅天余〈業餘生命〉）

前陣子在臉書上偷偷鍵入大家的名字，中文名搜不到就換英文名，才發現不少同學成家立業，並當上爸爸，阿香阿汝臉書放的是婚紗照，當然是嫁了。（楊富閔〈後山蝴蝶洞〉）

從前達斯汀．霍夫曼在《畢業生》飾演一個初出茅廬的社會新鮮人，人家告訴他賺錢的金玉良言，只有「塑膠」這兩個字。現在要改成「雷射」了。這個時潮終於引發我不可阻擋的二度背叛，那一大堆塑膠唱片若不是送人，就是寄在唱片行二手賤賣。（莊裕安〈我的唱片進化史〉）

刀鋒落下，空氣中瀰漫著一股腥野的味道，彷彿是一個篳路藍縷的時代，她有說不出的快活，大口大口地深呼吸。（陳淑瑤〈女兒井〉）

俺公爹頭戴著紅纓子瓜皮小帽、穿著長袍馬褂、手拈著佛珠在院子裡晃來晃去時，八成似一個告老還鄉的員外郎，九成似一個子孫滿堂的老太爺。但他不是老太爺，更不是員外郎，他是京城刑部大

【掛冠而去】自動辭去職務。

【掛冠歸里】形容辭官歸隱。

【倒官落佩】脫去了官服，棄官歸隱。

【殺馬毀車】漢代馮良為尉從佐時，在奉檄迎督郵的路上，忽然心生感慨，砸毀車輛、殺了拉車的馬，將官服毀棄，歸隱山林。後來以此形容棄官歸隱。

【懸車致仕】比喻指告老引退，辭官歸里。也作「懸車告老」。

【拋家失業】離開家庭，荒廢了家業。

【廢時失業】荒廢時日又失去了工作。

【掛印而逃】辭官、棄官。

交易

【蠅頭小利】形容微少的利益。

【賤買貴賣】低價購進，高價賣出。

【利市三倍】形容獲利極多。

【討價還價】買賣時，賣方索價，買方還價，以達到各自的理想價錢。

【言無二價】價格說一不二，不可討價還價。

【漫天討價】不合理的胡亂索取高價。

【奇貨可居】收藏奇珍異品，等待高價出售。比喻利用某種專長或有價值的東西以謀利。

【物美價廉】物品精美，價格便宜。

【待價而沽】比喻商品等待買主出高價買下。

堂裡的首席劊子手，是大清朝的第一快刀、砍人頭的高手，是精通歷代酷刑，並且有所發明、有所創造的專家。（莫言《檀香刑》）

張廷玉偷瞟了乾隆一眼，見他滿面春風，微笑著看壁上字畫，乍著膽子又道：「宋代、明代配享太廟的臣子也有乞休得允的。」「不然。」乾隆看了張廷玉一眼，笑道：「《易》稱見機而作，如果七十歲一定懸車致仕，為什麼還有八十杖朝之典？武侯『鞠躬盡瘁，死而後已』又為了什麼呢？」本來，君臣晤對到這地步，無論如何不宜再行回駁的了，但乾隆比出孔明，張廷玉又覺得不敢承受，遂躬身笑道：「主子教訓的是！不過諸葛亮受任於軍旅，奴才有幸優游於太平盛世，二者似乎不可同日而語。」（二月河《乾隆皇帝》）

從前有些店鋪講究貨真價實，「言不二價」、「童叟無欺」的金字招牌偶然還可以很驕傲地懸掛起來，不必大減價雇吹鼓手，主顧自然上門。（梁實秋〈講價〉）

我承認，有些人是特別的善於講價，他有政治家的臉皮，外交家的嘴巴，殺人的膽量，釣魚的耐心，堅如鐵石，韌似牛皮，所以他能壓倒那待價而沽的商人。（梁實秋〈講價〉）

走進敞開的店門，啊，又是另一種眼花撩亂的景象，牆架上櫃檯上，紅的綠的藍的黃的，小花的碎花的大花的，布的棉的絲的綢的緞的，顧客們進出觀賞流連，店員們來去忙碌照應，笑著講著，討價還價，熱鬧極了。（李渝《金絲猿的故事》）

果偶然發現一項心愛的東西，也不可失聲大叫，如獲異寶，必

【市不二價】買賣價錢合理公道，不因人而有不同的價錢。可用以形容社會風氣良好，不相欺瞞訛詐。

【賣狗懸羊】表裡不一，欺騙矇混。

【童叟無欺】對待小孩和老人的態度一樣，不會欺瞞。

【抱布貿絲】抱著布幣去買絲。比喻男子為求婚而與女子接近。以物易物。

要行若無事，淡然處之，於打聽許多種物價之後，隨意問詢及之，否則你打草驚蛇，他便奇貨可居了。（梁實秋〈講價〉）

「你賣給別人也是這個價嗎？」「不敢相瞞二位，貨真價實，童叟無欺。我們這家酒樓叫『伯倫樓』，雖是開張不久，可已是名滿京城。凡是到這家酒樓的舉子們，凡是想走這條捷徑的，老漢都是這個價碼。瞧，這是酒樓開具的保帖，憑它就可以萬無一失。」說著從懷裡掏出一張大紅帖子來放在桌上。（二月河《雍正皇帝》）

借還

【東挪西借】四處向人借貸，籌集款項。

【借貸無門】無處可借貸，走投無路。

【告貸無門】形容無處可以借款的窘境。

【負債累累】形容欠債很多。

【債臺高築】典故出自《漢書》，指戰國時代周赧王因為無法償還負債，逃避債主而躲到誃臺。

【借債揭債】以債養債，用借錢的方式償還負債。也作「揭債養債」。

【物歸原主】將東西還給原主人。

【完璧歸趙】典出《史記》，比喻物歸原主。

有的時候，看著牠們總會想著：「會不會這些被吃進的塑膠，可以被分解成微小的塑膠分子，吸收到牛的體內，再隨著牛奶分泌出來。我們喝奶，就是讓這些我們所製造的塑膠物歸原主，形成一個完美的循環。大概就像是餵牛吃患有疾病的羊做的肉骨粉（牛本該是吃草的而不是吃肉和玉米），毒蛋白在牛身上形成了狂牛病再回來感染人類一樣吧？」（鄧紫云〈【動物國】人是牛的寄生蟲〉）

因為曾文璞原籍山東，德州又在山東境內，他想到一個很簡便的方法去尋找木蘭。再者，他是做京官的，必要時，可以對地方官動點兒勢力。他知道青幫在運糧河上有一個嚴密的組織，凡是綁架、拐賣、偷竊，都在他們管轄之下。倘若有人丟了一只表，能及時找到路子，幾分鐘之內就可以物歸原主。山東的土匪其組織之嚴密，就像山西的錢莊一樣。（林語堂《京華煙雲》）

【假公濟私】假借公家的名義以謀取個人的私利。

【貪贓枉法】指貪汙受賄，破壞法紀。

【賣官鬻爵】出賣官爵以斂取財物。

【苞苴賄賂】苴，ㄐㄩ。公開賄賂。

【受賕枉法】賕，ㄑㄧㄡˊ，賄賂。指收受賄賂，敗亂法紀。

【招權納賄】把持權柄，收受賄賂。

【賄賂公行】公然以財物行賄賂之事。

【貪財好賄】貪愛錢財，好受賄賂。

【中飽私囊】經手公款，以不正當的手段，從中牟利自肥。

【貪官汙吏】貪財納賄的官吏。

【徇私舞弊】為謀取私利而違法造假。

【營私舞弊】以違法的手段謀求私利。

【濫吏贓官】指索賄枉法的官吏。

3 愛情婚姻家庭

愛戀

【含情脈脈】默默的用眼神表達內心的感情。

【一往情深】形容人情感深厚、真摯，歷久不衰。

【一見傾心】初次見面就產生好感。

怎見得像官匪，即貪官汙吏呢？官是政府任命的，人民推戴的。但他們竟不盡責任，而貪贓枉法，作惡為非，以危害國家，蹂躪人民。（豐子愷〈口中剿匪記〉）

曹操從十五歲進太學、二十歲舉孝廉開始，就把命運的把柄交到了別人的手中。當時盛行人物評論，曹操就要去討好各種各樣的人物評論家，去為自己掙名氣；當時盛行賣官鬻爵，曹操就要去跑官買官，去走一些他自己所不屑的歪門邪道。（秦濤《黑白曹操》）

儘管如此，一些中飽私囊的糧長們還是感到不滿足。他們認為依託納糧來撈取灰色收入，效率太慢。他們想的是如何快速高效，最好能夠一夜之間成為權貴之主，而且是巨富。在這樣一種情況下，他們能夠想出的辦法也極具中國歷史特色。（宗承灝《生存的邏輯》）

我恭敬地接過。不出所料，是塗文綬八百里加急呈遞給朝廷的密摺。密摺中揭發我徇私舞弊，收納賄賂，並強迫地方建造祕庫，以私藏重寶。（彭寬〈禁武令〉）

「當時朱小姐說小顧是她乾弟弟，可是兩個人那麼眉來眼去，看著又不像。我們巷子裡的人都說朱小姐愛吃『童子雞』，專喜歡空軍裡的小夥子。誰能怪她呀？像小顧那種性格的男人，對朱小姐真是百依百順，到那兒去找？我替朱小姐難過！」（白先勇〈一把青〉）

【一見鍾情】初次見面便生出情意。

【兩情相悅】雙方皆對彼此有情意。

【抱布貿絲】抱著布幣去買絲。比喻男子為求婚而與女子接近。以物易物。

【偷寒送暖】暗中撮合男女私情。或指巴結奉承。

【兩小無猜】稚齡男女，彼此天真無邪，毫無避嫌與猜疑。

【情竇初開】初通情愛的感覺。多用於少男少女。

【山盟海誓】誓言盟約如山如海般堅固持久，永恆不變。亦作「海誓山盟」

【如膠似漆】像漆和膠那樣地緊密相黏，比喻感情的堅固或親密。

【耳鬢廝磨】耳旁的鬢髮相互摩擦，比喻親暱。

【鶼鰈情深】比喻夫婦愛情深厚，相處融洽。

【卿卿我我】相親相愛，親密的樣子。

【柔情密意】親密、溫柔的情意。

【眉目傳情】用眉毛和眼睛來傳達情意。

【眉來眼去】形容男女之間相互傳情。

【色授魂與】形容男女彼此神交心會，情投意合而不著痕跡。

【連枝比翼】白居易〈長恨歌〉：「在天願作比翼鳥，在地願為連理枝。」比喻男女感情深厚，形影不離。

【張敞畫眉】典出漢人張敞為妻子畫眉。比喻夫妻恩愛情深。

【畫眉之樂】比喻夫妻間感情恩愛。

【琴瑟和鳴】比喻夫妻情感和

她不是沒有一見鍾情的經驗，但這次不同，好像被一陣焚風吹過，四周的景物，全身肌骨都融化了。（周芬伶〈絕美〉）

小小年紀，對浪漫的嚮往就是從那樣的琴瑟和鳴開始肇端。青春歲月，再度與同樣美好的婚姻邂逅，不免心醉神迷。（廖玉蕙〈護岸小桃紅滿樹〉）

人跟書的關係，一如愛情。有些作者，你一見鍾情，終身不渝，而能白頭偕老；有些作者，你乍見驚為天人，溫存日久，色衰愛弛，終也一棄了之；較少見的是，本來有「隔」，峰迴路轉，盡釋前嫌，最後竟得善緣。（傅月庵〈禁忌之書〉）

哦，在石塘咀，倚紅樓，蒙一位花運正紅、顛倒眾生的名妓痴心永許，生死相纏，所以他得以「振邦」？嘿嘿。我不屑地撇撇嘴。不過是一個嫖客！如花未免是痴情種，一往情深。（李碧華《胭脂扣》）

頌蓮冷眼觀察著梅珊和醫生間的眉目傳情，她什麼事情都是逃不過她的直覺的。當洗牌時掉下一張牌以後，頌蓮彎腰去撿，一下就發現了他們的四條腿的形狀。藏在桌下的那四條腿原來緊纏在一起，分開時很快很自然，但頌蓮是確確實實看見了。（蘇童《妻妾成群》）

她只是靜靜把杯底的酒都喝完，溫潤了那稀薄的記憶，即使那是來自一個陌生的女子，但的確有一份印記轉寫在她的心底，他的傷痛流入她的心中，隱約也藏著兩情相悅的快樂，那是最初最初、清甜的滋味。（盧慧心〈蛙〉）

次日，蘧公孫上廳謝親，設席飲酒。席終，歸到新房裡，重新擺酒，夫妻舉案齊眉，此時魯小姐卸了濃妝，換幾件雅淡衣服，蘧公孫舉眼細看，真有沉魚落雁之容，閉月羞花之貌。（清．吳敬梓《儒林外史．第四回》）

諧融洽。

【白頭偕老】形容夫妻恩愛到老。

【舉案齊眉】典出東漢孟光對其夫梁鴻敬愛的表示，將放置飯菜的木盤高舉，與眉平齊。比喻夫妻相互敬愛。

【相敬如賓】形容夫妻間相處融洽，互相敬愛。

【剪燭西窗】思念妻子而盼望相聚。亦泛指在夜晚與親友聚談。

關係建立

【執柯作伐】為人作媒。

【門當戶對】形容結親的雙方家庭經濟和社會地位相當。

【齊大非偶】比喻兩方門第懸殊，不敢高攀成婚。

【珠聯璧合】比喻人才或美好的事物相匹配或同時匯集。常用作祝賀新婚的頌辭。

【明媒正娶】經過公開儀式的正式婚姻。

【朱陳之好】兩姓聯姻，締結婚約。

【秦晉之好】兩姓聯姻，締結婚約。也作「以諧秦晉」。

【月書赤繩】指傳說中月下老人的姻緣簿，與牽繫良緣的紅繩。比喻既定的婚姻。

【天作之合】天意撮合的婚姻，比喻美滿良緣。

【佳偶天成】婚姻中男女雙方是美好的匹配，乃天意而成。常用於祝賀婚姻美滿。

楊過見了二人神色，知道計已得售，正色說道：「總而言之，芙妹是我未過門的妻子，日後我和她百年好合，白頭偕老，相敬如賓，子孫綿綿……」說到這裡，忽聽得身後發出幽幽一聲長歎，竟是小龍女的聲音。楊過脫口叫道：「姑姑！」卻不聞應聲，隨即省悟是山洞中的李莫愁所發，此人絕不可與武氏父子照面，便大聲道：「你哥兒倆自作多情，枉自惹人恥笑。瞧在我岳父岳母的臉上，此事我也不來計較。你們好好回到襄陽，去助我岳父岳母守城，方是正事。」口口聲聲的竟是將郭靖夫婦稱作了「岳父、岳母」。（金庸《神鵰俠侶》）

令人側目的是，新郎既非醫生出身，也談不上門當戶對，僅只是鄰鎮一個教書先生工專畢業的兒子而已。（廖輝英《油麻菜籽》）

誰知三日之後，丫頭善姐便有些不服使喚起來。尤二姐因說：「沒了頭油了，你去回聲大奶奶，拿些來。」善姐便道：「二奶奶，你怎麼不知好歹，沒眼色？我們奶奶天天承應了老太太，又要承應這邊太太、那邊太太。這些妯娌姊妹，上下幾百男女，天天起來，都等她的話。一日少說，大事也有一二十件，小事還有三五十件。外頭的從娘娘算起，以及王公侯伯家，多少人情客禮，家裏又有這些親友的調度。銀子上千錢上萬，一日都從她一個手、一個心、一個口裡調度，哪裡為這點子小事去煩瑣她！我勸你能著些兒罷。咱們又不是明媒正娶來的，這是她亙古少有一個賢良人，才這樣待你，若差些兒的人，聽見了這話，吵嚷起來，把你丟在外，死不死，活不活，你又敢怎樣呢！」（清．曹雪芹《紅

【牽絲娶婦】指婚姻。典出五代周．王仁裕《開元天寶遺事．卷上．牽紅絲娶婦》中記載，唐代宰相張嘉貞欲納郭元振為婿，命五個女兒各執一根絲線，躲藏在幔幕之後，由郭元振擇而牽之。郭元振牽一紅色絲線，得有姿色的三女兒為妻。

【乘龍快婿】比喻得到好女婿。

【雀屏中目】被人選為女婿，也作「雀屏中選」、「屏開金孔雀」。

【倒陪家門】指女子降低身分下嫁。

【露水姻緣】關係短暫、不正常的婚姻關係。

【姑舅作親】姑姑與舅舅的子女締結婚姻關係，即表兄妹結婚。

【御溝題葉】傳說唐德宗時，進士賈全虛因從御溝中撿到宮女題詩的紅葉，得皇帝賜婚，後以此形容姻緣巧合。

不合

【色衰愛弛】人因容貌衰退而漸失寵愛。

【秋扇見捐】指人如扇子般到了秋日不再需要時便被棄置。

【遇人不淑】女子誤嫁品行不良的丈夫。

【琵琶別抱】指女子移情別戀。

【水性楊花】古人以為楊花遇水便會化為浮萍隨水而去，以此比喻女子用情不專。

【棄舊憐新】拋棄舊愛，憐愛新歡。

樓夢．第六十八回》）

一天，周太太跟鴻漸說，有人替他做媒，就是有一次鴻漸跟周經理出去應酬，同席一位姓張的女兒。據周太太說，張家把他八字要去了，請算命人排過，跟他們小姐的命「天作之合，大吉大利」。（錢鍾書《圍城》）

公孫谷主卻也正想獲知他未婚夫人的來歷，心道：「這小子真的認識柳妹也未可知。」說道：「楊兄弟所料不差。半月之前，我到山邊採藥，遇到她臥在山腳之下，身受重傷，氣息奄奄。我一加探視，知她因練內功走火，於是救到谷中，用家傳靈藥助她調養。說到相識的因緣，實是出於偶然。」法王插口道：「這正所謂千里姻緣一線牽。想必柳姑娘由是感恩圖報，委身以事了。那真是郎才女貌，佳偶天成啊。」他這番話似是奉承谷主，用意卻在刺傷楊過。楊過一聽此言，果是臉色大變，全身發顫，突然間喉頭微甜，一口鮮血噴在地下。（金庸《神鵰俠侶》）

是否，年老也是必須？色衰而愛弛，人間，自來不許美人見白髮。你驀然回首，乍見一朵初綻的桃花正舞在你昔日的枝頭。日日，你步步向長門；夜夜，寂寂是年老的聲音。（簡媜〈花之三疊〉）

九一八事變，張學良撤離東北，溥儀在日本扶持下成為滿洲國執政。這時溥二奶奶又琵琶別抱，成了四公子中另一人盧筱嘉的情婦。她反對溥儀投靠日本，對婆家又有不滿，怨恨交織之下，竟趁公公在天津、丈夫留日之際，夥同盧筱嘉把醇王府的財物用

【始亂終棄】玩弄他人後將其拋棄。

【恩斷義絕】絕恩情道義。多指夫妻感情決裂而離異。

【勞燕分飛】伯勞和燕子離散飛走。比喻別離，多用於夫妻、情人之間。

【同床異夢】睡在同一張床上但各做各的夢，比喻共同生活或一起做事的人意見不同，各有各的打算。

【琴瑟失調】比喻夫妻不和。

【貌合神離】表面看似融洽，其實內心已經相互疏離，比喻情侶失和。

【蘭因絮果】蘭因，鄭文公妾燕姞夢見其祖伯儵贈予蘭草，後生穆公取名為蘭，比喻美好的前因。絮果，形容如飄絮離散的後果。比喻夫妻始合終離，婚姻不美滿，以離散收場。

【停妻再娶】拋棄尚未離異的妻子，另娶他人。

【橫刀奪愛】用手段奪取他人心中所愛。

【喜新厭舊】喜歡新的，厭棄舊的。多指對愛情不專一。

【買臣覆水】據說西漢朱買臣貧賤之時，妻子因不堪家境貧困而離異，等到朱買臣富貴時又回頭想要復合。朱買臣以潑水為喻，表示夫妻離異，難以復合。

親情

【對床風雨】比喻兄弟或親友相聚，親密交談之樂。

【兄友弟恭】兄弟間感情和睦，能相互友愛尊敬。

大卡車一掃而光，直接導致與溥傑分居。（陳煒舜《被誤認的老照片》）

從一個家庭主婦，變成無家無夫、寄人籬下的貧婦，母親總覺得自己遇人不淑，但也不氣餒，沒有丈夫的日子，更方便她自得其樂；而且，被虧欠的人總是活得比較理直氣壯，往後，她可以像個債主，把丈夫欠自己的，一點一點要回來，或者施捨般的既往不咎。（張瀛太《花笠道中》）

「不是，不是啦。」守恆想解釋，可是他該說什麼呢？他不是故意的？他沒有故意瞞著正行？他沒有橫刀奪愛？是因為正行躲著他，不來看他打籃球？還是因為他的身邊需要一個人，他都沒有朋友，他好孤單，好寂寞？（許正平〈光年〉）

自古道「欲令智昏」，賈璉只顧貪圖二姐美色，聽了賈蓉一篇話，遂為計出萬全，將現今身上有服，並停妻再娶，嚴父妒妻種種不妥之處，皆置之度外了。卻不知賈蓉亦非好意，素日因同他兩個姨娘有情，只因賈珍在內，不能暢意。如今若是賈璉娶了，少不得在外居住，趁賈璉不在時，好去鬼混之意。賈璉哪裡意想及此，遂向賈蓉致謝道：「好侄兒，你果然能夠說成了，我買兩個絕色的丫頭謝你。」（清．曹雪芹《紅樓夢．第六十四回》）

古今中外，不論皇室還是財閥，家臣在接班的關頭，最不希望的就是兄友弟恭的局面出現，新的接班少主，意味著新的領導階層，亦代表利益的重新洗牌；況且，這個古家也稱不上兄友弟恭。（黃國華《金控迷霧》）

【手足之情】兄弟間的情分。

【同室操戈】指自家人彼此持戈相殺，用以比喻兄弟不睦或內部的爭鬥。

【兄弟鬩牆】指兄弟失和。或指團體內部不和睦。

【父慈子孝】父親慈愛，兒女孝順。

【舐犢情深】比喻父母疼愛子女之深情。

【舐犢之愛】老牛用舌頭舔舐小牛。比喻父母疼愛子女之情。

【老牛舐犢】老牛愛護小牛。比喻人私愛子女。

【慈烏反哺】烏鴉雛鳥長大後，知銜食哺養母鳥。比喻子女報答父母的養育之恩。

【寸草春暉】比喻父母恩情深重，子女難以報答。

【承歡膝下】討好迎合父母，使其歡悅。

【綵衣娛親】典出老萊子常著五色彩衣逗父母高興。後用以比喻孝養父母。

【冬溫夏凊】凊，ㄐㄧㄥˋ。在寒冬裡為父母溫暖被褥，在盛夏中為父母搧涼床蓆。用以稱讚子女孝事雙親。

【晨昏定省】子女侍奉父母的日常儀節。

【扇枕溫被】典出《晉書》王延侍奉雙親之事，比喻事親至孝。

【菽水之歡】比喻子女孝順父母，即使只是豆和水這樣平常的飲食，也能使父母歡悅。

【骨肉至親】像骨和肉連接在一起的親屬。指有血緣關係的親屬。

【十指連心】比喻人事物的關係非常密切，或父母對每個子女都一樣疼愛。

【風樹之悲】比喻父母親亡故，

方苞在成了康熙皇帝身邊非官非民、亦師亦友的重要人物之後，還確實給老皇上康熙辦了不少大事。其中最要緊的就是幫助康熙選定了接班入，並參與起草了「大行皇帝遺詔」那份著名的「萬言書」。對康熙朝從大阿哥到十四阿哥之間的矛盾、鬥爭；他們為爭奪皇位而採用的手段；他們怎麼各顯才智，各辟蹊徑；怎樣同室操戈、刀劍齊鳴；怎麼箕豆相燃、互不留情的那一重重密不透風的黑幕，一層層藤纏絲蘿、錯綜復雜的關係，甚至誰說了什麼，幹過什麼，方苞比任何人都清楚。他真可謂是一位身在是非之中又無法擺脫的人，也是一位熙朝的活字典！（二月河《雍正皇帝》）

那時的家中，老弱婦孺貓七、八隻，唯有針針適格做貓王，同胞胎的木耳幼年一場高燒燒壞了頭殼，只空長一副俊美模樣，以為自己是狗，天天與狗族為伍，且認一隻體型超小的母狗妞妞做媽，出門進門晨昏定省，耐心地舔舐狗媽媽的頭臉。（朱天心〈獵人們〉）

我可以想像得到：當天下的媽媽，在經過人間最大的痛苦之後，就為家人帶來了笑聲，帶來了生命的喜悅，成就了天倫之樂，同時也偉大了自己。（林明進〈媽媽的聲音〉）

在多年盼望的機場改善計畫一再落空之後，冀望財團進駐投資，整建一座出入便捷不受天候影響機場的聲音在島嶼出現。這是多麼艱難的抉擇，許多家庭裡，因為這一爭議性極高的議題而親子交惡，姊妹反目，與兄弟鬩牆。（謝昭華《島居》）

一個中國君子的最大遺憾是：老父老母病入膏肓時不能親侍湯藥，臨終時不能隨侍在側。一個五六十歲的大官如果不能請他的父母由故鄉來京都和家人同住，而且晨昏定省，便無異犯了道德上的罪惡，應該認為是可恥的事情，而且須不斷地向朋友和同事解釋，

兒女不得奉養盡孝的悲傷。

【羔羊跪乳】羔羊跪地吸乳，比喻孝奉長輩。

【天倫之樂】家人團聚時的歡樂。

【蘭桂齊芳】比喻子孫昌榮顯達，家族興旺。

【椿萱並茂】香椿和萱草均長得很茂盛。比喻父母都健在。

4 地位財富

尊貴

【金枝玉葉】比喻皇親國戚或出身高貴之人。

【養尊處優】自處尊貴，生活優裕。

【一呼百諾】形容權勢顯赫，隨從盛多。

【大紅大紫】形容聲名顯赫。

【大名鼎鼎】形容人的名氣聲望很大。

【高高在上】本指所處地位極高。後形容人自高自大，脫離群眾。

【有頭有臉】形容體面、榮耀。

【聞名遐邇】不論遠近都知其名聲。

【有聲有色】原指人擁有美好

說一些推託的話。有一個人回家時雙親已死，便說出下列的兩句話：樹欲靜而風不息，子欲養而親不在（林語堂〈人生的盛宴〉）

又有賈妃原帶進宮去的丫鬟抱琴等上來叩見，賈母等連忙扶起，命人別室款待。執事太監及彩嬪、昭容各侍從人等，寧國府及賈赦那宅兩處自有人款待，只留三四個小太監答應。母女姊妹深敘些離別情景，及家務私情。又有賈政至簾外問安，賈妃垂簾行參等事。又隔簾含淚謂其父曰：「田舍之家，雖齏鹽布帛，終能聚天倫之樂，今雖富貴已極，骨肉各方，然終無意趣！」（清．曹雪芹《紅樓夢．第十八回》）

羅斯福路上，常看見一對賣蔬果、盆栽的老夫婦。兩人皆一頭銀髮，但手腳不是養尊處優地，而是粗手粗腳，手看起來是莊稼人的粗掌，而一雙大腳，像是在泥土地上長出來的，鞋子總穿不住，農用沾了泥土的黑膠鞋脫在一旁，兩夫妻皆赤著一雙腳，趴達趴達地走在都市的紅磚道上，像走在山上農地一樣的自然。（房慧真〈冷攤〉）

首先聞說，當了太監之後，儘管可以衣食無憂，邀天子之幸，能夠大紅大紫安富尊榮。可是淨身的剎那，生死間不容髮，等於孤注一擲不說，此後永遠斷絕男女之私，這種犧牲未免太大。（唐魯孫〈閒話太監〉）

八年前，他怕母親碰見兩人拍拖，說影響學業。今天，人家有的是事業，學歷財富都高不可攀。不是她太高，而是，他看不慣

的名聲和榮顯的地位。後形容言語、文章表達意見或描述生動感人。

【赫赫有名】形容聲名顯揚的樣子。

【德高望重】形容人品德高尚，極有聲望。

【高不可攀】形容人高高在上，難以親近。

低微

【沒沒無聞】沒有名氣。

【默默無聞】平凡、沒有名氣。

【無名小卒】品位低而無足輕重的人。

【低三下四】地位卑微低賤。

【薄祚寒門】指人福分淺薄、家世貧困卑賤。

【雞鳴狗盜】比喻有某種卑下技能的人，或指卑微的技能。亦用於形容卑劣低下的人或事。

【屠狗之輩】原指以殺狗為業的人。後泛指從事卑賤工作之人。

【牛童馬走】指地位卑賤之人。

【人微言輕】因為地位低下，言論主張不受重視。多用於自謙之詞。

【雲泥之別】像天上的雲和地下的土相差極遠。比喻高下極為懸殊。

【困處泥塗】處在泥濘難行的道路中。比喻陷入困苦環境，或處在卑下的地位。

【村生泊長】生長在鄉村湖邊。形容出身卑微低下。

自己太低。（林起榮〈薔薇謝後的八十年代〉）

「那邊」哪怕規模小點，一樣有主人、僕人等著領每月規費、三餐吃飯、四季裁衣、隔幾年養小孩。蘭熹記帳、管家、三節、過年、請客、社交、打麻將、看戲、恩威下人、應酬富親戚應付窮親戚，金八爺家裡她一呼百諾，過得忙碌充實。（蔣曉雲〈百年好合〉）

一個月前他找到她時，她顯得有點驚訝，她在網路上默默無聞的只是團體活動中標註的一個名，但他從那團體搜尋她，知道她是一家從事國際貿易的業務經理，公司經營的貨品從高雄港進出。（蔡素芬〈往事〉）

賣唱的琴珠，再合適不過。他在書場裡見過她幾面。那真是個妙人兒！他花了一千塊，跟她有了交情，真叫他難捨難分哪。她會花錢，這不正對他的心眼麼？他為了變著法兒用錢，把腦袋瓜都想疼了。琴珠一切的一切，都叫他稱心。真是情投意合。她善於察言觀色，對他體貼入微。她也好吃，這點更是知己。尤其妙的是，她的名字總是高高地寫在書場海報上，叫他看著舒服。他是個無名小卒，娶了琴珠，一定能給他揚名。（老舍《鼓書藝人》）

這樣陡峭、高低有別的空間景致也像這個城的結構，巨富與赤貧看似比鄰共居，實則有雲泥之別。（柯裕棻〈香港的斜坡〉）

【鐘鳴鼎食】古代富貴人家吃飯時，擊鐘為號，列鼎而食。形容富貴之家的奢侈豪華。

【肥車輕裘】肥壯的駿馬與輕暖的皮袍，比喻生活豪奢。

【鮮車怒馬】嶄新的車與氣勢昂揚的馬，形容生活豪奢。

【炮鳳烹龍】豪奢的珍饈。亦作「烹龍炮鳳」。

【香車寶馬】比喻裝飾華貴的車馬。

【豐衣足食】衣食充足。形容生活富裕。

【錦衣玉食】生活優裕富貴。

【腰纏萬貫】隨身攜帶大量錢財，比喻家財極風。

【金玉滿堂】形容財富極多。

【囊橐豐盈】橐，ㄊㄨㄛˊ。形容錢多，財物充裕。

【富可敵國】財富多至可與一國之財相比，比喻富貴逼國。

【安富尊榮】身安富貴並保有尊榮。

【重裀疊褥】裀，ㄧㄣ。形容居處華美，生活富裕。

【衣錦食肉】穿的是錦繡華服，吃的是美味肉食。形容生活安樂富裕。

貧窮

【身無長物】長，ㄓㄤˋ。身邊沒有任何多餘的物品。比喻節儉或貧困。

【一貧如洗】形容非常貧窮，一無所有。

【一無所有】什麼都沒有。

我家從滿清時代到日據時期一直是鐘鳴鼎食之家，算得上是府城著名老家之一。（葉石濤〈府城鎖憶〉）

任何一個飢荒或戰亂的時歲，野菜是保命菜，到了豐衣足食的年代，野菜被淘汰，是上不得餐桌的野草。然後就在吃什麼都不稀奇，吃到不知要吃什麼時，野菜彷若童年的歌謠，從悠悠的記憶飄來，成了味覺的鄉愁，成了醫食同源的養生菜，我們自討苦吃的去咀嚼那份被遺忘的味道。（方梓〈我在找灰灰菜〉）

「貧瘠災荒地方官，督責百姓生業救荒這一條。臣越想越有道理。」劉統勛道，「這裡的叫化子，有許多是年年都來，家鄉有災無災都來。他們有句口號『地是刮金板，不如討飯碗。要飯三年，給個縣官不幹！』有的地方相沿成習，秋種夏收一畢，傾家出動出來富庶地方討飯，一布袋一布袋的制錢背回去。本鄉還發給他們『賑荒糧』！這裡，蘇、杭、揚、湖，還有無錫南通，無賴游民結成『花子幫』，白天裝可憐乞討，夜裡聚賭淫盜，什麼無法無天的事都做。待破案擒了易瑛，臣頭一件就要搗毀這個『花子幫』——有的幫首腰纏萬貫妻妾成群。臣還要查實劣跡，奏明請旨明正典刑！」（二月河《乾隆皇帝》）

他結了婚，祖父有了孫媳，父親有了媳婦，我們有了嫂嫂，別的許多人也有了短時間的笑樂。但是他自己也並非一無所得。他得了一個體貼他的溫柔的姑娘。她年輕，她讀過書，她會做詩，她會畫畫。他滿意了，在短時期中他享受了以前所不曾夢想到的

【傾家蕩產】用盡全部的家產。

【左支右絀】形容顧此失彼，窮於應付的窘況。

【捉襟見肘】衣衫破敗，無法同時遮掩胸膛與手肘，比喻貧窮的窘態。

【入不敷出】收入無法與支出相平衡，經濟陷入困境。

【床頭金盡】因錢財用盡，陷入貧窮的困境。

【一文不名】一文錢也無法拿出，形容窮困至極。

【寅吃卯糧】寅年就吃了卯年的糧食，比喻經濟困難。

【短褐穿結】語出陶潛的〈五柳先生傳〉，形容衣物短小又充滿縫補痕跡，比喻窮困。

【甑塵釜魚】甑，ㄗㄥˋ。甑釜等炊具都生塵且長蠹魚，形容窮困以致斷炊已久。

【蓬戶甕牖】牖，ㄧㄡˇ。蓬草編門，破甕當窗，指貧家模樣。

【甕牖繩樞】以破甕為窗，繩子做門軸，形容貧寒之家的窮困景象。

【阮囊羞澀】形容錢財窘乏，經濟困難。

【季子囊空】季子，指戰國蘇秦。蘇秦曾遊歷秦國，上書秦王十次，帶去的盤纏都花用一空，不得不離開秦國而歸。用以比喻未得功名、窮愁潦倒的處境。

【囊中羞澀】形容無錢的窘困情況。

【囊空如洗】口袋裡空虛，彷彿被水洗過一樣，形容沒有錢的狀況。

【牛衣對泣】形容夫妻極度貧困的生活。

【飯蔬飲水】吃蔬菜，喝冷水。形容清心寡欲，安貧樂道的生活。

種種樂趣。在短時期中他忘記了他的前程，忘記了升學的志願。他陶醉在這個少女的溫柔的撫愛裡。他的臉上常帶笑容，他整天躲在房裡陪伴他的新娘。他這樣幸福地過了兩三個月。一個晚上父親把他喚到面前吩咐道：「你現在接了親，房裡添出許多用錢的地方；可是我這兩年來入不敷出，又沒有多餘的錢給你們用，我只好替你找個事情混混時間，你們的零用錢也可以多一點。」（巴金〈做大哥的人〉）

每到入夜，我已是微醺狀態。這裡一無所有，連分散你精力的事情都無。在這種巨大的空無，你會發現更為廣闊的充盈。如梵音無處不在，山河杳遠。除了彈琴教書，讀書寫字，守著世間最美的江河度日，沒有任何事情能讓我怠倦。（顧野生〈野火在青春的路上〉）

房東姓華，華太太還年輕，是個大美人，現在則是一嘴的黑牙，銀屏看見他們床上擺著大煙槍。她後來才知道那個男人花了六百塊錢從老鴇子手裏買了她，帶著一千塊錢從南方和這個青樓豔妓私奔，逃到北方來的。那個男人和父母斷絕了關係，在北京的西四牌樓開了一個水果店。過去那幾年，這個做妻子的有時到講究點兒的茶館去賣唱，賺點兒錢貼補家用。但因為有抽大煙的嗜好，就覺得寅吃卯糧，度日維艱了。現在那個女人已經不再賣唱。房子並不整齊，不過他們還勉強雇著一個老媽子，給他們做飯洗衣裳。（林語堂《京華煙雲》）

他的生身爸媽望著小叮噹美麗的小胖腳，欣慰地微笑了。他們傾家蕩產，從他誕生伊始就訂作一雙雙各具特色的鞋，將他全身最不醜的地方掩住了，免得破壞了遴選時的高貴與神聖。難得生出了這麼醜的兒子，誰放得過這種機會。（林佑軒〈彩色的千分之一〉）

浪費

【一擲千金】形容不惜金錢的豪舉。

【大手大腳】比喻用錢浪費。或形容動作粗魯，不細心。

【鋪張浪費】形容講究排場，浪費人力或物力。

【揮金如土】花錢就像撒土一樣。比喻極端浪費錢財。

【揮金霍玉】任意浪費金錢珠玉，奢靡浪費，不愛惜財物。

【紙醉金迷】比喻奢侈浮華的享樂生活。

【金迷粉醉】生活奢侈靡爛。

【驕奢淫佚】傲慢奢侈、荒淫放縱。

【豪奢放逸】十分奢侈無節度。

【窮奢極欲】形容極端奢侈貪欲。亦作「窮奢極侈」。

【暴殄天物】比喻蹧蹋物力，不知珍惜。

【象箸玉杯】象牙筷子、玉雕酒杯，形容生活豪華奢侈的。

【炮鳳烹龍】形容豪奢的珍饈美味。

【漿酒霍肉】把酒肉看成是白水和豆葉，形容在飲食上極度浪費。

【靡衣玉食】穿華麗的衣服，吃精美的食物。形容豪華奢侈的生活。

【美衣玉食】錦衣玉食，形容生活奢華浪費。

【肉山脯林】把肉堆積得如山一樣高，肉乾掛得有如森林一般，形容生活糜爛奢侈。

【鳴鐘列鼎】吃飯時鳴鐘為號，列鼎而食，形容生活奢靡。

【大烹五鼎】古代祭祀時，士大夫用五鼎裝盛豬、魚、羊等五種祭祀品，後來用以形容生活奢靡，飲食精緻昂貴。

【膏粱錦繡】形容富貴家庭的

李尋歡道：「施耀先視錢如命，殺了人後連衣服都要剝走，他會捨得將如此值錢的短矛留下嗎？」虯然大漢皺眉道：「江湖中用如此華貴兵刃的人本就不多，這莫非是那敗家子『花花大少』潘小安留下來的。」李尋歡道：「一點也不錯，這正是他們兩人一齊動的手。」虯然大漢道：「這兩個人一個愛財如命，一個揮金如土，完全是水火不同爐，又怎會湊在一起的呢。」李尋歡笑道：「潘大少是有名的派頭奇大，衣、食、住、行，樣樣都要講究，施耀先跟著他走，不但白吃白喝，還可以跟著充充大爺，這種便宜事，施耀先怎會不做。」（古龍《多情劍客無情劍》）

「先到倫敦，再去巴黎，你不必帶衣物，我們買全新的。」對周星祥來說，講同做一般容易，他立刻替杏友辦妥旅遊證件，帶著她上飛機。那一個星期，無異是莊杏友一生中最快意的幾天。他們住在皇家倫敦攝政公園的公寓內，天天到最好的館子吃各式各樣名菜，杏友一切聽他的，他從不叫她失望。有時一擲千金，有時不花分文，逛遍所有名勝，他們同樣享受露天免費音樂會，可是也到夜總會請全場喝香檳。自早到晚，兩個年輕人的雙手緊緊相纏，從不鬆開。「杏友，快樂嗎？」杏友用力點點頭。（亦舒《直至海枯石爛》）

明朝到了末幾代皇帝，多半驕奢淫佚，沉迷酒色；又篤信一般道家術士煉汞求丹伎倆，講求藥補食療，饔飧饈膳，頓頓離不開藥物入饌，什麼老山人參燉雛鴿，五味地黃煨豬腰，陳皮子薑煲羊肉，枸杞杜仲汆鯉魚等等。（唐魯孫〈清宮膳食〉）

安公公是一個多疑的人，擔心有人在收集武譜的過程中私閱或

生活奢侈。

【膏粱紈綺】富貴人家飲食精緻、穿著綾羅綢緞，比喻生活奢侈。

【食前方丈】吃飯時，菜餚擺滿了一丈見方，形容生活異常奢靡。

【日食萬錢】一天的飲食耗費萬錢，比喻豪奢的生活。

【以飴沃釜】用糖漿清洗鍋具，形容奢侈至極。

【以蠟代薪】用蠟燭代替木材用燃燒，形容生活奢侈。

節儉

【田豫儉素】三國時，魏并州刺史田豫生活清苦，節儉樸素，凡朝中賞賜全部都散與將士，外族饋贈也都登記交由公家。用以指清廉節約的人。

【鹿裘不完】穿著鹿皮裁製的簡陋裘依，比喻人生活節儉樸實。

【布被十年】漢代的公孫宏雖然貴為宰相，但生活節約。用以形容節儉。

【齋居蔬食】粗茶淡飯的過日子，形容生活簡樸。

【食不異肉】一餐不吃兩種肉類，形容生活節儉。

【食無求飽】進食有所節制，不求飽腹，比喻人生活節約簡樸。

【縮衣節食】形容生活節儉。

【菲食薄衣】節約飲食、穿著簡樸，形容生活節儉。

【弊衣簞食】穿破舊的衣裳，

偷練，因此每隔兩三年都會進行一次「清洗」。這種「清洗」大都是有殺錯沒放過的，因此一旦被任命為「籍武吏」，基本上就意味著沒有幾年好活了。這也是許多人一旦被任此職，便肆無忌憚、窮奢極欲的原因，所以即使朝廷裡的大員，也都任其予取予求，不敢忤逆。（彭寬〈禁武令〉）

小盤坐了下來，嘆了一口氣道：「你也看到了，母后和那奸賊聯成一氣時，根本沒有我這小小儲君發話的餘地。」項少龍搖頭道：「不！儲君今天表現得很好，使人刮目相看。現在儲君只是欠點耐性吧了！」小盤道：「呂不韋現在將一切功勞都攬在自己身上，既要爭勢，又要爭威，最後不過是想自己登台吧！」頓了一頓，不忿道：「《呂氏春秋》裡的所謂君主，要『誅暴而不私，以封天下之賢者』。那個賢者，指的正是他自己。就是他以權謀私，由藍田的十二縣食邑，到今天的十萬戶，而君主反應節衣縮食，以做天下之模範。」（黃易《尋秦記》）

晚上，與詠欣說起上一代婦女的智慧。「她們自有一套從生活學得的規律，非常有自尊，古老一點可是仍然適用。」毛詠欣感喟，「那樣克勤克儉，犧牲小我，現在還有誰做得到。」承歡不語。念小學之際，母親挽著熱飯，一直步行一小時帶往學校給他們姊弟吃，回程累了，才搭一程電車，省一角錢也是好的。她從

吃簡單的食物，生活節約。

【克勤克儉】形容人勤勞而節儉。

【自奉甚儉】比喻人生活節約，對於生活所需的供給非常儉樸。

【慳吝苦剋】形容省吃儉用，刻苦辛勤。

【量入為出】指根據收入來斟酌開支。

【開源節流】開發財源，節省支出，以儲蓄財力。

【精打細算】精細的謀畫打算。

【巴家做活】形容辛勤簡樸的過日子。

【物盡其用】把有限的物力發揮最大功效。

【監門之養】守門人的生活，比喻生活艱困、節儉。

【葛屨履霜】冬天時穿著夏天的鞋子，比喻過度吝嗇節約。

【稱薪而爨】秤剛好夠分量的薪柴用以煮食，比喻人斤斤計較、過分吝嗇節儉。

【安步當車】比喻安貧節儉。也用以形容慢慢行走，當作乘車，形容不著急、部慌忙的樣子。

大方與小氣

【有求必應】凡有所請求，必能如願。

【罄其所有】竭盡所有的一切。

【仗義疏財】形容人看重義氣，輕賤財物。

【疏財尚氣】慷慨捐財，崇尚義氣。

【慷慨解囊】形容人毫不吝惜地出錢幫助別人。

來沒有漂亮過，有史以來，承歡從未看過母親搽過粉妝塗過口紅或是戴過耳環。（亦舒《承歡記》）

他不但只是滿意這幾件東西買的好，他根本在精神上覺出東西文化的高低只在此一點。西洋文化是「闊氣」、「奢華」、「勢力」，中國文化是「食無求飽」、「在陋巷人不堪其憂」。假設若吃不飽，穿不暖，而且在小破胡同一住，那不被住洋樓，坐摩托車的洋人打著落花流水，還等什麼！為保持民族的尊嚴起見，為東方文化不致消滅淨盡起見，這樣把門面支撐起來是必要的，是本於愛國的真誠！而且這樣做是最經濟的一條光明之路：洋人們發明了汽車，好，我們拿來坐；洋人們發明了煤氣燈，好，我們拿來點。這樣，洋人有汽車，煤氣燈，我們也有，洋人還吹什麼牛！這樣，洋人發明什麼，我們享受什麼，洋人日夜的苦幹，我們坐在麻雀桌上等著，洋人在精神上豈不是我們的奴隸！（魯迅〈趙子曰〉）

這樣的老百姓同兵們畢竟算是幸福啊！為的捨不得將收成的棉花，大帥便叫你同伊所愛的伴在一起；為了生活去當兵，大帥便叫你的嘴中老是放著饅頭；大帥真是土地老爺廟前的橫榜「有求必應」哪！（臺靜農〈去年今日之回憶〉）

她那天回去仔細一盤算，父親面前，謊是要扯的，不能不和母親聯絡好了，上海方面埋個伏線，聲氣相通，謊話戳穿的機會少些。主意打定，便一五一十告訴了母親，她怎樣去見了姑母，姑

【一毛不拔】連微薄的力量也不願意付出，比喻非常小氣。

【一錢如命】把一文錢視同如性命一般重要，比喻為人吝嗇，極其小氣，一毛不拔。也作「一文如命」。

【分文不破】一毛錢也不願意花，形容小氣。

【葛屨履霜】冬天了還穿著夏天的鞋子，形容人極為節儉、吝嗇。

【錙銖必較】連很少的錢或很小的事情都非常計較。

【數米而炊】一粒一粒的數米下鍋，形容人過於吝嗇或是生活極其困苦。

【稱薪而爨】爨，ㄘㄨㄢˋ。秤剛剛好分量的材薪用以生火煮飯，形容人極為節儉。

【烏舅金奴】典出《清異錄》，譏諷人吝嗇小氣。

【小裡小氣】形容人吝嗇或舉止沒有大家氣度。

【豐取刻與】形容人取用得多，但付出給予得少，貪婪但吝嗇。

5 生活境遇

【飛黃騰達】比喻得意於仕途。

【一帆風順】比喻非常順利，毫無阻礙。

【平步青雲】像平常一樣地舉步，就輕易走上青雲，比喻順利晉升到顯要的地位。

【扶搖直上】隨急遽的旋風，盤旋而上。比喻快速上升，亦

母怎樣答應供給學費，並留她在家住，卻把自己所見所聞梁太太的家庭狀況略過了。她母親雖然不放心讓她孤身留在香港，同時也不願她耽誤學業。姑太太從前鬧的那些話柄子，早已事過境遷，成為歷史上的陳跡，久之也就為人淡忘了。如今姑太太上了年紀，自然與前不同，這次居然前嫌冰釋，慷慨解囊，資助侄女兒讀書，那是再好也沒有的事。薇龍的母親原說要親身上門去道謝，薇龍竭力攔住了，推說梁太太這兩天就要進醫院割治盲腸，醫生吩咐靜養，姑嫂多年沒見面，一旦會晤，少不得有一番痛哭流涕，激動了情感，恐怕於病體不宜。（張愛玲《沉香屑．第一爐香》）

年輕人，心地潔白如鴿子毛，需要工作，需要遊戲，所以菜園不是使他厭倦的地方。他不能同人錙銖必較的算賬，不過單是這缺點，也就使這人變成更可愛的人了。（沈從文〈菜園〉）

跟尹雪豔結交的那班太太們，打從上海起，就背地數落她，當尹雪豔平步青雲時，這起太太們氣不忿，說道：憑你怎麼爬，左不過是個貨腰娘。當尹雪豔的靠山相好遭到厄運的時候，她們就嘆氣道：命是逃不過的，煞氣重的娘兒們到底沾惹不得。（白先勇〈永遠的尹雪豔〉）

用來比喻仕途得意。

【左右逢源】比喻辦事得心應手或處事圓融。

【時來運轉】本來處境不好，遇到機會，由逆境轉到順境。

【青雲直上】比喻順利的迅速升到高位。

【天從人願】事態發展順心如意。

【心想事成】所思所想都順利達成。

【時運不濟】氣運不佳，無法如願以償。

【山窮水盡】指水陸交通阻斷，無法通行。或比喻走投無路，陷入絕境。

【窮途末路】形容無路可走，處於十分困窘的境況。

【走投無路】無路可走。形容處境窘困。

【釜中之魚】比喻處於危亡困境中的人。

【朝不保夕】早上難保晚上仍平安無事。比喻生活情況困頓。

【苦盡甘來】艱難困苦的境遇已經結束，轉而逐步進入佳境。

【剝極必復】剝與復都是《易經》的六十四卦之一。剝代表剝落之象；復代表復來之象。意思是惡劣的情況到達極點後，情況會逐漸轉好。

【否極泰來】情況由壞逐漸好轉。

【時來運轉】處境原本不好，但因為機會與時機的緣故，從逆境轉成順境。

蔣玉兒不只貌美，聰穎機智的個性也隨即折服了遇昌高高在上的自尊，她見機不可失，費盡手段總算讓知府大人開了金口，願意納她為妾，正式迎娶她進門；對於身處低層妓戶的辛苦女子，走到這步也可謂苦盡甘來、功德圓滿，後半輩子得享榮華富貴了。（何敬堯〈彼岸蟹〉）

或許我們應當反過來看，就是因為資產轉瞬即空，人民朝不保夕，既然災禍無可避免，那更是我吃故我在，絕不能放過任何大餐。如果你剛好有幾個錢，飯桌更是炫示財力的舞台，能被華麗裝飾的食材尤其可愛。（焦元溥〈貪吃之樂〉）

傳說良久的升級名單終於正式發放。承歡一早聽說自己榜上有名，可是待親眼目睹，又有種否極泰來、多年的媳婦熬成婆之感覺。一大班同時升職的同事剎那間交換一個沾沾自喜的眼神，如常工作。升不上去的那幾個黯然神傷，不在話下。心底把名利看得多輕是完全另外一回事，在這種競爭的氣氛下，不由人不在乎，不由人不爭氣，不由人不看重名利得失。錯過這次機緣就落在後頭，看著別人順水推舟，越去越遠，還有什麼鬥志，還有什麼味道。（亦舒《承歡記》）

琴珠真是時來運轉。戰亂把國家、社會，攪得越發糟了。知識份子和公務員，一天比一天窮；通貨膨脹把他們榨乾了。發國難財的人，倒抖了起來。社會的最上層，是黑市商人、投機倒扒份子、走私販和奸商。他們成了社會的棟梁。雖然粗俗無知，但有的是錢。（老舍《鼓書藝人》）

【塞翁失馬】比喻暫時受到損失，卻因禍得福，終於得到好處。

【百福具臻】形容各種福分一齊來到。

【吉人天相】形容吉善的人自有上天的幫助。

【吉星高照】吉祥之星高照。比喻交好運，而萬事順遂。

【洪福齊天】福氣與天等高。稱頌人福氣極大。

【飛來橫禍】突然降臨的意外災禍。

【無妄之災】比喻意外的災禍。

【福禍相倚】指福氣與遭或經常並行而至。

【福無雙至】指幸福不會接連的來到。

【幸災樂禍】以別人的災禍為樂。

【禍從天降】災禍的到來非常突然。

【禍不單行】比喻不幸的事接二連三地發生。

【逢凶化吉】遇到凶險而能安全度過。

【自求多福】靠自己的能力求取福祿。

【趨吉避凶】趨向吉利，避開凶險。

【自食惡果】指從前種下的惡因如今自己嘗到滋味。

【天災人禍】自然災害和人為的禍害。

【咎由自取】所有的罪過、災禍都是自己造成的。

【罪有應得】為所犯的錯承受應得的懲罰。

陳玄風臨走時自知眼前這點武功在江湖上防身有餘，成名不足，一不做二不休，竟摸進師父密室，將黃藥師視為至寶的半部《九陰真經》偷了去。黃藥師當然怒極，但因自己其時立誓不離桃花島一步，心願未償，不能自違毒誓、出島追捕，暴跳如雷之際，竟然遷怒旁人，將餘下弟子一一挑斷大腿筋脈，盡數逐出了桃花島，自己閉門生氣。黑風雙煞這一來累得眾同門個個受了無妄之災，但依著《九陰真經》中的秘傳，也終於練成了一身武林中罕見罕聞的功夫。（金庸《射鵰英雄傳》）

第二日醒來，一睜眼便和大哥一雙又黑又亮好像龍眼子的眼睛對望，那是一副幸災樂禍的表情。我想起了什麼，趕緊伸手撩起上衣下襬，赫然在肚臍眼上摸到一枝西瓜苗。大哥說風涼話，就說西瓜子不能吃嘛，看你現在怎麼辦？我急了，哽咽了，快哭出來了。還好大哥很有義氣地，說著我來吧，一把便將西瓜苗連根拔起，根部還帶著一小團黏土。（王盛弘〈料理一顆蛋〉）

拍外景時，抑制生理需要的折磨是不能不忍的，唯有自求多福。畢竟生命裡有很多事都自求多福，誰來全力守護你？（麥樹堅〈千年獸與千年詞〉）

那年冬天，祖母死了，父親的差使也交卸了，正是禍不單行的日子，我從北京到徐州，打算跟著父親奔喪回家。（朱自清〈背影〉）

每次他走起路來，林子蒼都以為整艘帆船都因他的沉重步伐而左右晃動，他還曾經聽過，船上資深的老水手酒後拿龐爺開玩笑，要是遇到颶風將要沉船，只要請龐爺挪動尊軀，移駕到未沉的船尾那端，包管逢凶化吉。（何敬堯〈彼岸蟹〉）

成敗

【一決雌雄】比喻互相較量以決定勝敗。

【略勝一籌】比喻兩相比較，其中一方稍微高明一些。

【反敗為勝】從敗勢中得到勝利。

【一舉成名】因一事成功而聲名遠播。

【百戰不殆】多次戰爭都不失敗。形容百戰百勝。

【攻無不克】只要進攻，沒有不打勝的。指百戰百勝。

【克敵制勝】戰敗敵人，贏得勝利。

【所向披靡】風吹到的地方，草木立即伏倒。比喻力量所到之處，敵人紛紛潰敗逃散。

【出奇制勝】發奇兵或用奇計制敵而獲勝。

【戰無不勝】形容百戰百勝，無往不利。

【出奇制勝】發奇兵或用奇計制敵而獲勝。

【旗開得勝】戰旗一張開就得勝，形容一開戰就取得勝利。

【決勝千里】形容將帥謀畫得當，在千里之外，指揮若定而取得勝利。

【勝券在握】比喻很有把握，相信自己已經可以成功。

【穩操勝算】容做事時，很有成功獲勝的把握。

【馬到成功】征戰時戰馬一到便獲得勝利。比喻成功迅速而順利。

【鎩羽而歸】比喻失意或受挫折而回。

【出師不利】出兵征戰，遭遇困阻或行事受挫不能順遂。

【大勢已去】整個局勢已經無法挽回。

【付諸東流】比喻希望落空或

電車裡的人相當鎮靜。他們有座位可坐，雖然設備簡陋一點，和多數乘客的家裡的情形比較起來，還是略勝一籌。（張愛玲〈封鎖〉）

此刻，他才真正知道了人生的可貴，活著的美好。他十八歲從軍，二十二歲便官居四品游擊。在聖祖康熙南巡時，因參與擒獲偽朱三太子護駕有功，被抬入旗籍，撥歸四爺雍親王門下。兩次隨康熙西征準葛爾，在烏蘭布通之戰和科布多戰役中，憑著一杆銀槍，出入於萬馬軍中，如入無人之境。他武藝超群，勇敢善戰，常在刀叢劍樹中橫衝直闖，出奇制勝。一次奉差征糧，他竟敢不顧性命，以一名偏將身分，斬掉了甘肅總督葛禮，保障了前線供應，也因此受到康熙的特別重用和喜愛。從此，他便一帆風順，年年晉升。從四川布政使、巡撫，直到將軍……可以說，在他三十年宦海沉浮中，總是一個得意的弄潮兒。眼下，他卻突然從頂端栽下來，落到一個小兵的下場，他怎麼能想得通，又怎麼能甘心呢。（二月河《雍正皇帝》）

當時，一切美滿得令旁人看得目眶發赤，曾經以豔色和家世，讓鄰近鄉鎮的媒婆踏穿戶限，許多年輕醫生鎩羽而歸的醫生伯的么女兒——「黑貓仔」，終於下嫁了。（廖輝英《油麻菜籽》）

楊過低頭避過，飛步搶上，左手早已拾了一塊拳頭大小的石塊，呼的一聲擲出，正中蒙哥後心。楊過這一擲勁力何等剛猛，蒙哥筋折骨斷，倒撞下馬，登時斃命。蒙古兵將見大汗落馬，無不驚惶，四面八方搶了過來。郭靖大呼號令，乘勢衝殺，城內宋軍開城殺出。郭靖、黃藥師、黃蓉等發動二十八宿大陣，來回衝

前功盡棄。

【功敗垂成】指事情在即將成功時卻失敗了。

【功虧一簣】堆土成山，已至九仞，卻因差最後一簣而不能成功。比喻事情只差最後一步，卻因未能堅持到底而前功盡棄。

【潰不成軍】軍隊潰敗得不成個軍隊。形容遭到慘敗。

【一敗塗地】一旦戰敗身死，將會是肝腦塗滿大地。形容做事失敗，到了無法收拾的地步。

【片甲不留】軍隊打敗仗，全軍覆沒。

【全軍覆沒】軍隊全部被消滅，無人倖免。比喻完全喪失或徹底失敗。

6 人際關係

相聚

【不期而遇】未經約定而相遇。

【萍水相逢】浮萍漂浮水面，聚散不定。比喻兩個人本來不相識，因機緣巧合偶然相逢，同時亦指交情尚屬微淺。

【悲歡離合】比喻人世間的聚散無常。

【班荊道舊】班，布置；荊，楚地出產的木材。據說伍舉與聲子在野外相遇，把木條鋪在地上，坐下來共食。後來形容朋友在途中相遇，互相敘舊。

擊。蒙古軍軍心已亂，自相踐踏，死者不計其數，一路上拋旗投槍，潰不成軍，紛紛向北奔逃。（金庸《神鵰俠侶》）

金發伯是早就被擊敗了，自從他命令她唱流行歌曲以後，他就一敗塗地，從此一蹶不振，變成一個整天哼哼哈哈、喝酒、打盹、逢人便訴說「玉山」輝煌時代的故事的老頭。（洪醒夫〈散戲〉）

永城無比震驚，以致他都忘了此刻應感到極度憤怒。他反覆讀著紙條，從那寥寥數字感受到前妻的恨意與厭惡，以及勝券在握的得意感。她強行帶走了孟熙，間接宣示了她對女兒的控制權，沒想到她在協調會前夕使出這種手段……（黃唯哲〈河童之肉〉）

從那之後，他們之間存在著一種奇異的關係，不時在某個地方不期而遇。（周芬伶〈花的天堂〉）

有一天晚上聽見電話鈴響了，許久沒人來接。他剛跑出來，彷彿聽見嬌蕊房門一開，他怕萬一在黑暗的甬道裡撞在一起，便打算退了回去。可是嬌蕊彷彿匆促間摸不到電話機，他便接近將電燈一捻。燈光之下一見王嬌蕊，卻把他看呆了。她不知可是才洗了澡，換上一套睡衣，是南洋華僑家常穿的沙籠布制的襖褲，那沙籠布上印的花，黑壓壓的也不知是龍蛇還是草木，牽絲攀藤，烏金裡面綻出橘綠。襯得屋裏的夜色也深了。這穿堂在暗黃的燈

也作「班荊道故」、「班荊椒舉」、「椒舉班荊」。

【平原十日】形容朋友之間短時間的相距暢飲。

【風雨對床】朋友相聚時，對床共語。

【同窗夜語】形容老友相聚，窗下夜談。

【破鏡重圓】比喻夫妻離散或感情決裂後重新團圓合好。

【烏鵲成橋】傳說牛郎織女分居天河兩岸，唯有七夕之夜得以踏過鵲橋相會。用以比喻夫妻團圓之意，或用於形容男女結合。

【斷釵重合】將折斷的髮釵重新接起，比喻夫妻離散後重歸於好。

【缺月再圓】比喻夫妻離散後又團聚，也用於比喻喪偶之後再婚。

【剪燭西窗】語出唐．李商隱〈夜語寄北〉詩，原指思念妻子期盼相聚，後來泛指與親友相聚夜談。

【別後寒溫】重逢相聚時，互相問候的應酬之語。

【久別重逢】歷經長久分別後，再次相遇。

【骨肉重逢】分離的親屬再相聚。

【狹路相逢】在狹窄的道路上相遇，後來比喻仇人相遇。

照裡很像一節火車，從異鄉開到異鄉。火車上的女人是萍水相逢的，但是個可親的女人。（張愛玲《紅玫瑰與白玫瑰》）

直到搖搖晃晃的布幕上的故事，進行到悲歡離合的高潮，廣場像給人施了法術一樣，安靜下來。（張曼娟〈小板凳俱樂部〉）

便在此時，忽聽得店外青石板上篤篤聲響，有個盲人以杖探地，慢慢走了進來。那人一進飯鋪，胡斐心中怦怦亂跳，這幾日來他一路打探石萬嗔的蹤跡，追尋而來，查知他相距已經不遠，此人盲了雙眼，行走不快，遲早終須追上，不料竟在這個鎮上的飯店中狹路相逢。只見他衣衫襤褸，面目憔悴，左手兀自搖著那只走方郎中所用的虎撐。他摸索到一張方桌，再摸到桌邊的板凳，慢慢坐了下來，說道：「店家，先打一角酒來。」（金庸《飛狐外傳》）

這是柄很奇特的劍，世上只有一個人能用這種劍，敢用這種劍。劍，就放在床邊的矮桌上，和一套很乾淨的青布衣服放在一起。阿飛醒來時，第一眼就看到了這柄劍。他的眼睛立刻發了光。看到了這柄劍，就好像看到了他久別重逢的愛侶，多年未見的好友一樣，他心裡彷彿驟然覺得有一陣熱血上湧。慢慢的伸出手，取劍。他的手甚至已有些顫抖。但等到他手指接觸到那薄而鋒利的劍鋒時，就立刻穩定下來。他輕撫著劍鋒，目光似乎變得很遙遠……很遙遠……他的心似已到了遠方。（古龍《多情劍客無情劍》）

【依依不捨】非常留戀，捨不得分離。

【難捨難分】情深意濃，捨不得分開。

【霸陵折柳】形容送客遠行，兩相作別。

【天各一方】形容分離後各居一地，相隔遙遠。

【風流雲散】風吹雲散，蹤跡全無。比喻人生的離別。

【雁影分飛】比喻兩相離別。

【悲歡離合】比喻人世間的聚散無常。

【拂袖而去】因不快而拂袖離去。

【不歡而散】因彼此在意見、言語上有衝突，引起雙方的不愉快而各自分散。

【不告而別】未事先告知便離開。

【生離死別】生時的分離與死亡時的永別。

【死生契闊】指生死離別。

【瓶墜簪折】比喻男女訣別。

【勞燕分飛】伯勞鳥與燕子離散，通常用於夫妻、情人分手。

【鏡破釵分】比喻夫妻關係破裂。

【別鶴孤鸞】形容夫妻離散。

【鳳泊鸞飄】夫妻離散。

【蘭因絮果】指雖有美好的前因，但終究離散。經常用於婚姻不美滿，始合終離。

【骨肉離散】形容親人家人四散分離。

十八歲女孩送別男子，兩人紅了眼眶。淚水落下來依依不捨的眼淚，一顆有一斤重，落到地上，把土地砸了個洞。（歐銀釧〈南風廚房〉）

原來三毛前不久也做東柏林一日遊，邂逅了一位在地英俊青年，短短幾小時就陷入熱戀，要分離了還難捨難分；在車廂兩側兩人互握著手不放，等著車門徐徐關上，直到閉合的剎那間，兩人的手才分開。（陳若曦〈東柏林的美食〉）

田文鏡好心好意地勸說喬引娣，叫她不要去沾惹十四爺，不想她卻拂袖而去。這一下，田文鏡心裡不安了。他倒不是怕這小姐到十四爺那裡告他的狀，十四爺是早晚一定要倒臺的人，他還怕什麼。他這不安，是因為喬引娣在臨走時說的那句話。那意思再清楚不過了，十四爺要是一切都好，安享富貴，她沒準還不去了呢；十四爺要倒楣了，她非去不可，她要和十四爺同患難，共命運，至死不渝！人家還是個孩子呀，家裏貧窮，又沒見過世面，可卻能掂出輕重，掂出分量。自己這個當了朝廷命官的人，卻是斤斤計較得失利害。相比之下，覺得連人格都低了三分。（二月河《雍正皇帝》）

姊姊十三歲那年交了男朋友，隨即就被父母下達禁足令，寒假某一個雨夜，她不告而別，我們翻遍整個社區後，隔天清晨才在公園池塘裡發現她，當時姊姊懷裡還揣著情侶對練。從那之後，就只有我能見到姊姊了。（盧羿樺〈潛水練習〉）

巴奇車會說人話，在一場準備慷慨赴義生離死別的戲裡，女孩問他，巴奇，你怎麼哭了？巴奇趕忙說，不是啦，那是我又漏油了啦。（朱天心〈銀河鐵道〉）

友好

【一面之緣】見過一次面的緣分。

【一面之交】只有見過一次面的交情。比喻相交不深。

【一日之雅】一天的交情。比喻交情不深。

【一面之交】只有見過一次面的交情。比喻相交不深。

【泛泛之交】普通淺淡的情誼。

【一見如故】初次見面就相處融洽，如同老朋友一般。

【八拜之交】指結拜為異姓兄弟姊妹的朋友。

【生死之交】可以共生死，共患難的交誼。

【金蘭之契】情投意合甚至相互結拜的兄弟姊妹。

【刎頸之交】比喻可以同生共死的至交好友。

【君子之交】君子之間的交往。

【布衣之交】貧賤時交往的朋友或平民間的交往。

【總角之交】童年時期結交的朋友。

【竹馬之好】比喻幼年時的友誼。

【兩小無猜】稚齡男女，彼此天真無邪，毫無避嫌與猜疑。

【青梅竹馬】比喻從小就相識的同伴。

【形影不離】形容關係親密，無時無刻不在一起。

【點頭之交】見面點頭的交情，比喻淺淡的交情。

【志同道合】彼此的志趣和理想一致。

【忘年之交】不拘年歲差距的友誼。

【沆瀣一氣】彼此志同道合，意氣相投。多用於負面意義。

童百熊叫道：「且慢！」向楊蓮亭道：「好，我認錯便是。是我錯了，懇求教主網開一面。」雖然認錯，眼中如欲噴出火來。楊蓮亭冷笑道：「剛才你說什麼來？你說什麼和教主共歷患難之時，我生都沒生下來，是不是？」童百熊忍氣吞聲，道：「是我錯了。」楊蓮亭道：「是你錯了？這麼說一句話，那可容易得緊啊。你在教主之前，為何不跪？」童百熊道：「我和教主當年是八拜之交，數十年來，向來平起平坐。」他突然提高嗓子說道：「東方兄弟，你眼見老哥哥受盡折磨，怎地不開口，不說一句話？你要老哥哥下跪於你，那容易得很。只要你說一句話，老哥哥便為你死了，也不皺一皺眉。」東方不敗坐著一動不動。一時大殿之中寂靜無聲，人人都望著東方不敗，等他開口。可是隔了良久，他始終沒出聲。（金庸《笑傲江湖》）

阿非對紅玉一向特別體諒，因為她是自己漂亮的表妹，是青梅竹馬的伴侶，縱然有過錯，愛發脾氣，還是愛她，佩服她的才華，憐惜她的體弱多病。他說：「鴨子死了嘴還硬。妹妹，不管什麼事，你若不占上風，你是不肯甘休的。」紅玉說：「都是我心胸狹窄嘴又尖刻的毛病。我告訴你，在我們幾個姊妹之中，我最佩服三姊，人又聰明，又誠懇，又穩健。」阿非回答說：「但是她對人沒有二姊寬大，我還是更喜愛二姊。三姊那麼沉穩安靜，可是她一開始責罵我，我真怕她。我從來不怕二姊。我說，妹妹，你的脾氣要改一改。」阿非覺得木蘭最完美，他希望紅玉能夠像木蘭。（林語堂《京華煙雲》）

輪到下午班的時候，我們總會呼朋引伴地一起走那條路，沒有

【車笠之盟】典出晉．周處《風土記》。指不因富貴貧賤而改變的友誼。
【孟不離焦，焦不離孟】形容形影不離的好友。
【酒肉朋友】只知聚在一起吃喝玩樂，而不能相互砥礪、患難與共的朋友。
【物以類聚】同類的人或事物常聚集在一起。
【同流合汙】隨世俗浮沉。後指與壞人一起做壞事。
【助紂為虐】幫助商紂王施行暴政，比喻協助惡人做事。
【朋比為奸】互相勾結做壞事。
【狼狽為奸】惡人相互勾結作惡。
【結黨營私】互相勾結以謀求私利。
【一丘之貉】比喻同黨小人。
【勢利之交】因權勢和財利而結交的情誼。
【狐群狗黨】比喻相互勾結、為非作歹的人。
【金石至交】交情深厚，如金石般堅固的朋友。
【門無雜賓】家無雜亂的客人，指交友謹慎。
【呼朋引伴】招引朋友作伴。
【為虎作倀】典出《太平廣記》。被虎所食者化鬼之後幫助惡虎害人，比喻幫助惡人為害。
【相見恨晚】遺憾認識得太晚。形容一見如故，意氣相投。
【相知恨晚】憾恨相知不早。
【紅顏知己】知心的女性友人。
【氣味相投】雙方志趣、性情相投合。
【臭味相投】臭，ㄒㄧㄡˋ。形容人的興趣、性情相合。後多用於負面譏諷興趣、性情相合。
【患難之交】共同經歷困苦艱難而互相扶持的好朋友。
【莫逆之交】心意相契合而無

別的目的，只為了捉蟬。（簡媜〈夏之絕句〉）

看來瑞典人也不大有呼朋引伴、攀肩搭背的習慣（如法國人的沙龍性，或愛爾蘭、希臘的酒館、碼頭湊伴性）。他們與朋友稍聚一陣，又各自回到自己獨處的境地。（舒國治〈冷冷幽景，寂寂魂靈〉）

過一會兒，就有人上門探望，都是弄堂裡的，平時僅是點頭之交，並不往來，其時都是因好奇而來。看了嬰兒，口口聲聲直說像王琦瑤，心裡都在猜那另一半像誰。（王安憶《長恨歌》）

十二少雖與如花痴迷戀慕，但他本人，卻非「自由身」，因為陳翁在南北行經營中藥海味，與同業程翁是患難之交，生活安泰之後，二者指腹為婚。十二少振邦早已有了未婚妻，芳名淑賢。（李碧華《胭脂扣》）

我以為我跟他有股相見恨晚的熟悉感，不由得有點愛上了他，其實是因為我見過他。我碰見他和林莉蓮一起走在臺北街上。（胡晴舫〈斷崖時光的岩層〉）

因為這種地緣關係，從小我就和澡堂結下了不解之緣，對於澡堂風光乃至於大眾的洗澡文化知之甚詳。其中的趣味與人情得溫馨，都是現代化的浴室裡無法看到的，原因無他，因為只有在澡堂裡，大家才能真正的水乳交融，裸裎相見。原形既已畢露，再深的城府、再善變的心機，也都無從藏匿，要想不肝膽相照也難。（古蒙仁〈澡堂春秋〉）

「在何處請吃喜酒？我們可要置好新衣服等待闔府統請。」一言驚醒了夢中人，麥太太怔在那裡，真的，怎麼一直沒聽女兒說過喜筵之事？她打個哈哈，回到屋中。看到承歡，連忙拉住她，

所逆的朋友。

【管鮑之交】典出春秋齊國管仲與鮑叔牙的友誼。比喻相知的好友。

【聲氣相求】比喻彼此志同道合，志趣相同。

【水乳交融】水與乳融合在一起。比喻彼此關係密切，契合無間。

【如膠似漆】像漆和膠那樣的緊密相黏，比喻感情的堅固或親密。

【雲天高誼】形容情誼深重，直達雲天。

對立

【割席分坐】典出《世說新語》管寧與華歆。比喻朋友因志不同道不合而絕交。

【割袍斷義】指原本友好的人絕交不再來往。

【管寧割席】典出《世說新語》，比喻朋友絕交。

【反目成仇】雙方從和睦的關係轉變成仇視敵對的狀態。

【一刀兩斷】比喻堅決地斷絕關係。

【不共戴天】比喻仇恨極深。

【勢不兩立】比喻敵對的雙方不能同時並存。

【針鋒相對】比喻相互對立，不相上下。

【勾心鬥角】比喻彼此明爭暗鬥，各用心機。

【水火不容】比喻互相對立，不能相容。

「你們將在何處請客？」承歡答：「我們不請客。」「你說什麼？」「蜜月旅行，盡免俗例，」承歡坐下來，「雙方家長來吃頓飯算數。」麥太太好像沒聽到似的，「親友們加起來起碼有五桌人。」承歡不禁失笑，「媽媽，我家何來六十名親友？有一年父親肺炎進醫院，一時手頭緊，一個親友也找不到，若不是張老闆大方，我們母子三人保不定要挨餓。」麥太太辯曰：「但此刻是請客吃飯。」「媽媽，酒肉朋友不是朋友。」可是，麥太太完全接受不來，「那諸親友怎麼知道你結了婚？」承歡忽然覺得很累，「媽媽，我並不希罕他們知道或否。」（亦舒《承歡記》）

張無忌陡然間想起一事，心叫：「啊喲，不好，金花婆婆乃是將計就計。」其時他胸中於武學包羅萬有，這兩大高手的攻守趨避，無一不在他算中，但見謝遜的一招「千山萬水」亂披風勢斬出，金花婆婆更向左退。謝遜大喝一聲，寶刀上黏著的十餘朵金花疾射而前。金花婆婆「啊喲」一聲叫，足下一個踉蹌，向後縱了幾步。謝遜是個心意決絕的漢子，既已割袍斷義，下手便毫不容情，縱身而起，揮刀向金花婆婆砍去，忽聽得殷離高聲叫道：「小心！腳下有尖針！」（金庸《倚天屠龍記》）

上個禮拜才在巷口打過架的夫妻，現在和樂融融坐在一起，合打著一把蕉扇；不久前因為一點雞屎弄得反目成仇的兩位太太，各坐在廣場一邊，相當的楚河漢界。（張曼娟〈小板凳俱樂部〉）

我羨慕起那些活在電影裡的人，他們的辦公室裡有勾心鬥角、小圈圈，茶水間流竄的八卦耳語，還有在午休時間一起吃飯。像

【爾虞我詐】形容人與人之間的互相猜疑，玩弄欺騙手段。

【黨同伐異】結合同黨，攻擊異己。泛指一切團體之間的鬥爭。

【扞格不入】扞，ㄏㄢˋ。比喻抵觸阻隔而不相合。

【格格不入】比喻抵觸阻隔而不相合。

【方枘圓鑿】枘，ㄖㄨㄟˋ；鑿，ㄗㄨㄛˋ。方圓器物形狀不合，用以比喻不能相容。

幫助

【拔刀相助】出面替人打抱不平，或遇到事情時出力相助。

【濟人利物】幫助他人，利益公眾。

【舉手之勞】比喻極容易做到。

【樂善好施】指人樂於施捨、行善，以助他人。

【疏財仗義】重視義氣而肯施捨錢財。

【解囊相助】輕財仗義，毫不吝嗇地捐助錢財給人。

【魯肅指囷】囷，ㄐㄩㄣ，圓形的穀倉。典出《三國志》，周瑜商請魯肅，資助軍糧。後衍伸為讚譽人慷慨解囊，幫助友人。

【相濡以沫】典出《莊子．大宗師》，泉水乾涸，魚兒以口沫互相潤溼，比喻同處於困境，互相以微力救助彼此。

【雪中送炭】在人艱困危急之時，給予適時的援助。

是《獨立時代》，電影插入的字卡「我們一起吃飯，好好聊聊」，跟琪琪在餐廳吃飯，普通而日常。還有插入字卡「主任下了班還扯著我聊」、「今天你怎麼突然約我吃飯？」，每每讓我猜想那個年代，人們靠得多麼近，卻又懷著多少心思猜疑彼此。（黃崇凱〈七又四分之一〉）

我被送去受教育之後，接受的價值觀念，可以說與父親的世界扞格不入；甚至可以說，我是被教育來敵視父親的那個時代。我走入了一個讓父親完全感到陌生的天地，一個與他的時代完全疏離、隔閡的天地。（陳芳明〈相逢有樂町〉）

張廷玉道：「地土兼併自始皇以來，無論哪一朝哪一代都有，太平久了這種事就難免，我們只能因勢而行。據奴才的見識，可以發一道明詔，說明國家愛養百姓，蠲免錢賦為得普降恩澤，明令田主給佃戶分些實惠。就分一半，田主得的很不少了，佃戶們也就得了實益。」乾隆沉默許久方道：「恐怕不能一概而論，富人裡有樂善好施的，有為富不仁的；佃民裡有勤勞拙樸的，有刁頑無賴的。比起來，佃民裡還是不遵法度的人多。有田的戶，經營業產納糧供賦，也要贍養自己家口，明旨按著頭叫分潤給佃戶，說不出那個道理。這邊下詔，下頭那些愚頑蠻橫的刁佃，沒事還要挑業主的不是呢！不更給他們抗租欠糧的憑借？再鬧出紛爭鬥毆到處都是這種官司打起來，怎麼辦？」（二月河《乾隆皇帝》）

賴雅是三十年代美國知名作家，曾在好萊塢寫過劇本，拿過每週起碼五百美元的高薪。依鄭教授解讀現存檔存文件所得，他該

【扶傾濟弱】幫助有困難的人，扶助弱者。

【濟困扶危】救濟困苦，幫助危難。

【暗室逢燈】比喻身處困難時，得到旁人的幫助與指引。

【患難相扶】同處艱困的環境，互相幫助、彼此扶持。

【愛莫能助】原本指因為隱藏不顯，所以無法給予幫助，後指內心雖然想要幫助，但卻無能為力。

【孤立無援】指人沒有得到外力幫忙，只能獨自行動。

【幫虎吃食】幫助壞人行惡，助紂為虐。

【同惡相濟】惡人互相幫助，一起作惡。

恩義

【飲水思源】形容不忘本。

【黃雀銜環】典出南朝梁．吳均《續齊諧記》，比喻報恩。

【結草啣環】典出《左傳》。比喻受人恩惠，至死不忘報恩。也作「結草銜環」。

【恩重如山】形容恩德極重。

【一飯千金】典出漢．司馬遷《史記．淮陰侯傳》，指韓信未得製前，受漂母贈飯，後來以千金報答。比喻隆厚報恩。

【捨身報恩】犧牲性命以求報恩。

【恩將仇報】不只忘恩，還以仇惡對待有恩的人。

【忘恩負義】忘記有恩的人。

【辜恩背義】辜負他人對自己的恩惠與情義。

是個「疏財仗義」的人物。「疏財仗義」總不善理財。張愛玲回港趕寫劇本，「可能和當時賴雅體弱多病，手頭拮据有關。及至六十年代中葉，賴雅已經癱瘓……」（劉紹銘〈落難才女張愛玲〉）

與粉絲相對的，是知音。粉絲，是為成名錦上添花；知音，是為寂寞雪中送炭。杜甫儘管說過：「文章千古事，得失寸心知。」但真有知音出現，來肯定自己的價值，這寂寞的寸心還是欣慰的。其實如果知音寥寥，甚至遲遲不見，寸心的自信仍不免會動搖。（余光中〈粉絲與知音〉）

康熙沉默了好大一會兒，他對高士奇雖有懷疑卻並未查實，但此人心機多端，又似乎不宜重用。便隨口說道：「你暫時回避一下也好。熊賜履走了之後，國史館裡無人主持，你退出上書房，專心致志地去修史吧。」高士奇懸了幾年的心放下來了，連忙叩頭謝恩：「主子恩澤高厚，奴才結草銜環，無以為報……」（二月河《康熙大帝》）

她寧可卑賤地留在這裡，她要做一切勞苦而卑下的工作，以報答補償對她恩重如山的太太。（林海音〈燭〉）

為了這個目標，他從不曾因旁人的眼光而浪費力氣思前想後。與親友恩斷義絕，與同業爾虞我詐，向權勢行賄巴結，這些都沒有讓他感覺過懊悔或不值。直到死期將至的這一刻，他仍為當年這些必要手段所為他換得的成果感到自豪。（郭強生〈罪人〉）

【兔死狗烹】完成事情之後，以惡行對待有功者。

【得魚忘筌】成功後就忘記幫助成功的事物，形容忘恩負義。

【鳥盡弓藏】捨棄幫助過自己的人。

【過河拆橋】過河後便將所仰賴的橋拆除，形容忘恩負義。

【數典忘祖】比喻人忘本。

【恩斷義絕】絕恩情道義。多指夫妻感情決裂而離異。

韋小寶道：「是啊，這三道奏章，大逆不道之至，其實就是造反的戰書。皇上，咱們這就發兵，把三個反賊都捉到京師裡來，滿門……哼，全家男的殺了，女的賞給功臣為奴。」他本想說「滿門抄斬」，忽然想起阿珂和陳圓圓，於是中途改口。康熙道：「咱們如先發兵，倒給天下百姓說我殺戮功臣，說什麼鳥盡弓藏，兔死狗烹。不如先行撤藩，瞧著三人的動靜。若是遵旨撤藩，恭順天命，那就罷了；否則的話，再發兵討伐，這就師出有名。」（金庸《鹿鼎記》）

外在世界》四、大自然

1 景物

景色

【春色滿園】園子裡充滿春天嬌美茂盛的景色。

【山明水秀】形容山水秀麗，風景優美。亦稱「山清水秀」。

【杏雨梨雲】杏花如雨，梨花似雲。形容春天景色美麗。

【春深似海】形容大地呈現出春光明媚，鳥語花香的情景。

【鳥語花香】鳥兒歌唱，花開芬芳。形容自然環境景色的美好。

【風花雪月】四時美好的景色。亦用於比喻浮華空泛的言情詩文。

【依山傍水】靠山臨水。形容風景清幽如畫。

【柳暗花明】形容綠柳成蔭，繁花似錦的美景。或比喻在曲折艱辛之後，忽然絕處逢生，另有一番情景。

【如花似錦】比喻環境風景美好。或形容人的未來前程光明。也可用於比喻穿著的服飾好似花朵或錦緞一般耀眼華美。

【曉風殘月】形容黎明時，晨風吹來，月猶未落的景象。

【湖光山色】湖水的波光，山中的景色。形容美好的自然風景。

【嶔崎磊落】山勢險峻多石的樣子。或比喻人品高潔，有骨氣。

我相信阿名是要到一個可以讓他再次返回純真小孩模樣的處所。在那裡，善事一定遠遠多過惡事，也一定鳥語花香風光明媚，完全不需要讓我再有任何憂心。（阮慶岳〈思念的人〉）

幾個女生圍著老師要照相，老師站起來：「不要坐搖椅照，像個糟老頭。」隨後走到陽臺邊，說：「這裡好，看起來依山傍水。」女生們一擁而上，像女兒又像情人那樣一個個偎在老師身旁。（林宜澐〈狹縫〉）

西北風未起，蟹也不曾肥，我原曉得蘆花總還沒有白，前兩星期，源寧來看了西湖，說他倒覺得有點失望，因為湖光山色，太整齊，太小巧，不夠味兒。他開來的一張節目上，原有西溪的一項；恰巧第二天又下了微雨，秋原和我就主張微雨裡下西溪，好教源寧去嘗一嘗這西湖近旁的野趣。（郁達夫〈西湖的晴雨〉）

第二日侵晨，覺得昨天在桐君觀前作過的殘夢正還沒有續完的時候，窗外面忽而傳來了一陣吹角的聲音。好夢雖被打破，但因這同吹觱篥似的商音哀咽，卻很含著些荒涼的古意，並且曉風殘月，楊柳岸邊，也正好候船待發，上嚴陵去；所以心裡雖懷著了些兒怨恨，但臉上卻只露出了一痕微笑，起來梳洗更衣，叫茶房去僱船去。（郁達夫〈釣台的春晝〉）

【水落石出】冬季水位下降，使石頭顯露出來。形容水枯季節的自然景色。或比喻事情經過澄清而後真相大白。

【繁花似錦】色彩繁複的鮮花如同精緻華美的錦緞一般。形容美好的景色或美好的事物。

【傍花隨柳】形容春天的美麗景色。

【柳亸鶯嬌】亸，ㄉㄨㄛˇ，下垂的樣子。柳枝低垂，鶯聲婉囀。形容春天美好的景色。

【桃李爭輝】形容春天景色明媚。

【桃紅綠柳】桃花綻紅，柳枝垂綠，形容春天的景色多彩絢麗。

【春山如笑】形容春天的山景，彷彿笑容一般明媚。

【金風玉露】形容秋季的景物。

【秋高氣肅】深秋時分，天氣清朗，氣候寒冷。

天地

【天昏地暗】形容天色昏暗無光。

【一望無際】一眼望去看不著邊際。形容景色寬廣、遼闊。

【一隅之地】泛指狹小偏遠之地。

【赤地千里】形容災荒之後，廣大土地寸草不生的荒涼景象。

【漫無邊際】比喻非常寬廣、一眼望不到盡頭。或形容說話

我曾經很喜歡在這一帶的巷弄中散步，偶爾抬頭，望見雲河街上一家四樓的陽臺上的紫藤花開得十分茂盛，紫花垂滿了整個陽臺，霎時覺得繁花似錦、人世安好。（韓良露〈大學之道在明其味〉）

其時正當暮春三月，江南海隅，一個三十來歲的藍衫壯士，腳穿草鞋，邁開大步，正自沿著大道趕路，眼見天色向晚，一路上雖然桃紅柳綠，春色正濃，他卻也無心賞玩，心中默默計算：「今日三月廿四，到四月初九還有一十四天，須得道上絲毫沒有耽擱，方能及時趕到武當山，祝賀恩師他老人家九十歲大壽。」這壯士姓俞名岱巖，乃武當派祖師張三丰的第三名弟子。這年年初奉師命前赴福建誅殺一個戕害良民、無惡不作的巨盜。那巨盜聽到風聲，立時潛藏隱匿，俞岱巖費了兩個多月時光，才找到他的秘密巢穴，上門挑戰，使出師傳「玄虛刀法」，在第十一招上將他殺了。本來預計十日可完的事，卻耗了兩個多月，屈指算來，距師父九十大壽的日子已經頗為逼促，因此急急自福建趕回，這日已到浙東錢塘江之南。（金庸《倚天屠龍記》）

這樣一個打了一輩子勝仗的大將軍，來到川西藏羌之地卻連連大敗虧輸。乾隆登極以來，為打通入藏道路，先派大學士慶復進擊盤踞上下瞻對的斑滾部落，上下瞻對只是個彈丸之地，比不上內地大一點的村子，慶復竟打了兩年，耗資百萬，只落了兩座空「城」，還要大軍鎮守。斑滾潛入金川，撩撥藏民反叛，倒使戰火蔓延川西，幾乎殃及青海，乾隆赫然震怒，封了慶復祖父遏必隆的刀，賜慶復自盡，由張廣泗主掌軍事，進駐金川地域，以

或寫文章離題太遠，抓不住重點。

【龍蟠虎踞】形容地勢雄偉險要。

【幕天席地】以天為幕，以地為席。指露天，或比喻胸襟高曠開朗，不拘行跡。

【彈丸之地】像彈丸一樣大小的地方。比喻狹小的地方。

【不毛之地】指堅硬瘠薄、不適種植五穀的土地。

【不食之地】不能耕種或開墾的土地。

【窮鄉僻壤】指偏僻荒遠的地方。

【沃野千里】形容土地肥美，而且面積廣大。

【膏腴之地】肥沃豐腴的地方。

【錦繡河山】形容國土山河彷彿精美的絲織品一樣美好。

日月星辰

【日輪滿滿】形容圓而滿的太陽。

【烈日當空】指太陽高掛天際，天氣酷熱。

【赫赫之光】太陽的光芒耀眼。

【東曦既駕】太陽從東邊出來。

【月明星稀】月色明亮，星光稀疏，形容月夜的景象。

【月色如練】形容月光像柔軟潔白的絲絹。

【夜月如鏡】夜晚的月亮有如鏡子那般明亮。

十五萬精兵三路夾擊，不損叛藏莎羅奔一根毫毛，只探明了慶復假冒軍功的劣跡，中了誘中了誘敵之計，被圍困在小金川，幾乎全軍覆沒。慶復被賜自盡，張廣泗也落了個「戴罪立功」的處分，在營「幫辦軍務」。（二月河《乾隆皇帝》）

沒有人敢拍胸保證誰的人生可以無憂／沙漠能出現綠洲啊／不毛之地也能收割稻穀（落蒂〈悲傷十四行〉）

終於，他在福建的最南疆找到了平和縣，這是交通不便的窮鄉僻壤，只有一條紅色的小路像微血管一樣，輾轉彎到廈門市，火車不及，更無飛機可達，所以傅老師縱使走過八千里路雲和月，也不會來到這個閩南瘴癘地。（林央敏〈在地圖上〉）

就在那時候，她為了排遣心情開始跟老師們學畫，臺灣一處處氣象萬千的景色，都像是曾經臨摹過的長軸。她在清冷的雨夜裡展卷閱讀，寄情於暫時陷落的錦繡河山，時光變得舒緩起來。（平路〈百齡箋〉）

遼帝營寨結好不久，叛軍前鋒已到，卻不上前挑戰，遙遙站在強弓硬弩射不到處。但聽得鼓角之聲不絕，一隊隊叛軍圍上來，四面八方的結成的陣勢。蕭峰一眼望將出去，但遍野敵軍，望不到盡頭，尋思：「義兄兵勢遠所不及，寡不敵眾，只怕非輸不可。白天不易突圍逃走，只願支持到黑夜，我便能設法救他。」但見營寨大木的影子短短的映在地下，烈日當空，正是過午不久。只聽得「呀呀呀」數聲，一群大雁列隊飛過天空。耶律洪基仰首凝視半晌，苦澀道：「這當兒非化身為雁，否則是插翅難飛了。」

【月光如水】形容月色皎潔。

【月色如洗】形容月色彷彿洗過一樣，皎潔明亮。

【芙蓉月印】月色照在芙蓉花上，形容詩意的景色。

【金烏玉兔】指太陽和月亮。

【日居月諸】指太陽和月亮。後來多用於形容感嘆光陰逝去。

【清風朗月】清涼的微風，皎潔的明月。

【風輕月皎】微風清涼，月色皎潔明亮。用以形容夜色優美。

【月白風清】月色明亮，微風清涼，形容月夜。

【星月交輝】星辰與月亮的光芒相互輝映。

雲霧煙嵐

【煙嵐雲岫】岫，ㄒㄧㄡˋ。比喻山間雲霧瀰漫、繚繞。

【雲興霞蔚】形容雲霧彩霞升騰聚集。

【嵐翠鮮明】翠綠潔淨的山中嵐霧之氣。

【風輕雲淨】形容天色晴朗。

【烏雲密布】濃黑的雲遮蔽了天上的太陽，形容天氣陰霾的樣子。

【霧鎖雲埋】形容被雲霧遮蔽籠罩的樣子。

北院大王和中軍將軍相顧變色，知道皇帝見了叛軍軍容，已有怯意。（金庸《天龍八部》）

從學校晚讀回來時，往往是星月交輝了。騎車在碎石子路上，經過你偶去閒坐的那戶竹園，不免停車，將車子依在竹林下，彎進去，燈火守護著廳廳房房，正是人家晚膳的時刻。（簡媜〈漁父〉）

且說魯智深自與武松在六和寺中一處歇馬聽候。看見城外江山秀麗，景物非常，心中歡喜。是夜，月白風清，水天共碧。二人正在僧房裡睡。至半夜，忽聽得江上潮聲雷響。魯智深是關西漢子，不曾省得浙江潮信，只道是戰鼓響，賊人生怯，跳將起來，摸了禪杖，大喝著便搶出來。眾僧吃了一驚，都來問道：「師父何為如此？趕出何處去？」魯智深道：「洒家聽得戰鼓響，待要出去廝殺。」眾僧都笑將起來道：「師父錯聽了。不是戰鼓響，乃是錢塘江潮信響。」（明．施耐庵《水滸傳．第一一九回》）

鄰居老爹道：「當年遲先生買了多少的傢伙，都是古老樣範的，收在這樓底下幾張大櫃裡，而今連櫃也不見了！」蓋寬道：「這些古事，提起來令人傷感，我們不如回去罷！」兩人慢慢走了出來。鄰居老爹道：「我們順便上雨花臺絕頂。」望著隔江的山色，嵐翠鮮明，那江中來往的船隻，帆檣歷歷可數。那一輪紅日，沉沉的傍著山頭下去了。兩個人緩緩的下了山，進城回去。（清．吳敬梓《儒林外史．第五十四回》）

青青沉著臉在前，袁承志跟在後面。行了三十多里，忽然天邊烏雲密布，兩人忙加緊腳步，行不到五里，大雨已傾盆而下。袁

【風起雲蒸】形容大風吹起，雲霧蒸騰的景象，也比喻事物迅速興起。

【雲消霧散】形容雲霧消散，天轉晴。也用以比喻猜忌或怨恨之心消散。

山水

【山重水複】山巒重疊，流水迴繞。形容地形複雜。

【層巒疊嶂】山峰重疊，連綿不斷。

【龍飛鳳舞】形容山勢蜿蜒起伏，氣勢磅礴。也形容書寫時筆勢生動。

【巔崖峻谷】形容山勢險峻，懸崖陡峭，山谷深峻。

【洞天福地】形容環境極為優美舒適的名山勝境。

【驚濤駭浪】猛烈的風浪。

【怪石嶙峋】石頭多且奇形怪狀。

【並概青雲】形容山勢高俊，彷彿與天雲齊平。

【春山如笑】形容春天山景彷彿笑容一般明媚。

【水闊山高】水域寬廣，山勢高聳。

【氣勢磅礴】形容山水氣勢雄偉盛大。

【倒海翻江】形容水勢盛大，波浪翻湧的樣子。

【浩浩湯湯】形容水勢盛大壯闊。

【水光瀲灩】形容水面波光閃爍。

【水天一色】形容水天相連同色，遼闊無邊。

【靈山秀水】指清幽的山水聖地。

承志帶著雨傘，青青卻嫌雨傘累贅沒帶。她展開輕功向前急奔，附近卻沒人家，也無廟宇涼亭。袁承志腳下加快，搶到她前面，遞傘給她。青青伸手把傘一推。（金庸《碧血劍》）

在中原內地就不同了，山重水複、花草掩蔭，歲月的迷宮會讓最清醒的頭腦脹得發昏，晨鐘暮鼓的音響總是那樣的詭祕和乖戾。（余秋雨〈陽關雪〉）

陳家洛心頭一震，忙問：「你姊妹怎麼了？」香香公主淒然道：「那天夜裡，清兵突然從四面八方殺到，姊姊正在生病。亂軍中都衝散了，後來我始終沒再聽到她的消息。」陳家洛黯然半晌，兩人上馬又行。一路上山，不多時到了居庸關，只見兩崖峻絕，層巒疊嶂，城牆綿亙無盡，如長蛇般蜿蜒於叢山之間。香香公主道：「花這許多功夫造這條大東西幹什麼？」陳家洛道：「那是為了防北邊的敵人打進來。在這長城南北，不知有多少人擲了頭顱，流了鮮血。」香香公主道：「男人真是奇怪，大家不高高興興的一起跳舞唱歌，偏要打仗，害得多少人送命受苦，真不知道有什麼好處。」（金庸《書劍恩仇錄》）

初到的日子，我為山城的美妙風光眩迷了。嘉陵江、揚子江的匯合處，江流浩蕩，水天一色，雲間一隻盤旋的蒼鷹，以那麼有力的弧線，為我年輕的心靈劃出了軌跡。（張秀亞〈花與車〉）

我們繼續沿著長廊走，所謂奢華，如此即是。長廊兩邊是一潭荷花，有錢人就是有錢人，不知道怎麼弄的，我感覺這荷花是天天開放，讓人迷醉。還有悠揚歌聲。往前走，便是後花園。此時

【山明水秀】山水秀麗的樣子。

【剩水殘山】形容山水景物的凋枯。或比喻戰敗後的破碎山河、淪陷的國土。

花草樹木

【奇花異草】指珍奇的花草。

【瑤草琪花】仙境中的花草。亦比喻珍奇的花草。

【爭奇鬥豔】指百花爭相開放爭豔。

【姹紫嫣紅】形容各種顏色的花開得鮮豔嬌美。

【花團錦簇】花朵錦繡聚集在一起。形容繁花茂盛。或形容文章或事物繁複華麗的景象。

【欣欣向榮】草木生長繁盛的樣子。或比喻事物蓬勃發展、繁榮興盛。

【蔥蔥郁郁】形容草木生長得青翠而茂盛。

【落英繽紛】語出陶淵明〈桃花源記〉。形容落花飄落的美景。

【綠肥紅瘦】形容草木茂盛，但花朵凋謝。

【盤根錯節】樹木的根株盤曲、節目交錯。比喻事情複雜，不易分解。

【林蔭蔽天】形容林木茂盛，遮蔽天空。

【蒙籠暗碧】形容樹木茂盛、顏色青綠。

【瓊枝玉樹】形容被冰雪覆蓋的樹木。

【花木扶疏】形容花草樹木枝葉繁茂的樣子。

【秋風落葉】秋風吹起，樹葉凋零。也比喻勢力強大，掃除一切。

陰森。月光下怪石嶙峋，而且植物完全不知名。（韓寒《長安亂》）

玻璃杯中的桑椹汁，純淨、豔麗的紫紅，是春天的姹紫嫣紅在水杯中留連徘徊，迴盪著關於燦爛與平淡，勞動與收穫的記憶，也滋養著，未曾說出口的鄉思。（鄭麗卿〈桑椹〉）

以前她使用的花材都從店街上買來，滿手的紅紅白白，回到家還要趕著添水剪裁，很像為了歡度新來的節慶，插完了瓶瓶罐罐，剩下的甚至還弄得出一盆一缸，滿屋子爭奇鬥豔地喧鬧著，缺點是一起開花也一起凋謝，彷彿過完盛夏馬上來到了冬天。（王定國〈一日花〉）

奇花異草處處，花園中心有盛開著荷花的遼闊池塘，沿著池間的小徑望去，可以看見遠遠一座尖頂的溫室，大叔領路，帶著他們前行，「我帶了一群學生在溫室做實驗，培養牛蛙與樹蛙。」（陳雪〈歧路花園〉）

晚飯後出去散步，走著走著又到了這裡來了。從牆的缺口望見園內的景物，還是一大片欣欣向榮的綠葉。在一個角落裏，一簇深紅色的花盛開，旁邊是一座毀了的樓房的空架子。屋瓦全震落了，但是樓前一排綠欄杆還搖搖晃晃地懸在架子上。我看看花，花開得正好，大的花瓣，長的綠葉。這些花原先一定是種在窗前的。（巴金〈廢園外〉）

所以我就越流連於大甲溪的堤頂了，頓覺走在文學的路上很像探尋桃花源，沿溪行而忘路之遠近，芳草鮮美，落英繽紛，一路

2 氣象

風

【風雨如晦】風雨交加，天色昏暗，猶如黑夜。

【飛砂走石】形容風力迅猛。也作「飛砂走礫」、「飛砂揚礫」。

【風雨飄搖】受風雨的吹打而搖晃。或比喻時局動盪不安，極不穩定。

【急風暴雨】來勢急劇猛烈的風雨。或形容聲勢浩大。

【和風細雨】和煦微風、細柔小雨。或比喻人態度和緩、不粗暴。

【斜風細雨】細密的小雨隨風斜落。形容春天煙雨迷濛的情景。

【風輕雲淡】微風輕柔，浮雲淡薄。形容天色晴朗。

【和風細雨】和煦的微風與小雨。或比喻人態度和緩的樣子。

【春風化雨】指適合草木生長的和風及雨水，亦可比喻師長和藹親切的教導。

【風平浪靜】無風無浪。或比喻平靜無事或情勢穩定。

行來的溪隨時匯入不同的支流，無論遭遇什麼樣的地形，自會以最優雅的身姿擁抱。（路寒袖〈夢中，發光的溪〉）

八月從新疆一路南下到了敦煌，天氣乾熱，覺得隨時可以飛砂走石起來。敦煌稍有綠意，一些在乾旱土地裡頑強生長的紅柳，也成排成林了。（蔣勳〈鞋〉）

梅雨潮濕時嫘縈容易發霉。米亞憂愁她屋裡成缽成束的各種乾燥花瓣和草莖，老段幫她買了一架除濕機。風雨如晦，米亞望見城市天際線彷彿生出厚厚墨苔。（朱天文〈世紀末的華麗〉）

大汗蒙哥身經百戰，當年隨拔都西征，曾殺得歐洲諸國聯軍望風披靡，直攻至多瑙河畔，維也納城下，此刻見了這一番廝殺，也不由得暗暗心驚：「往常都說南蠻懦弱無用，其實絲毫不弱於我們蒙古精兵呢！」其時夜已三更，皓月當空，明星閃爍，照臨下土，天上雲淡風輕，一片平和，地面上卻是十餘萬人在捨生忘死的惡戰。這一場大戰自清晨直殺到深夜，雙方死傷均極慘重，兀自勝敗不決。（金庸《神鵰俠侶》）

旁觀者往往只注意結果而忽略了過程，只有我們曉得，離開澎湃海水後，丁挽和漁人都已失去了風采和美麗。粗勇仔站在丁挽身邊一臉徬徨，我們無法多說什麼，因為我們經歷了一場在岸上或風平浪靜的港內無法敘述和解釋的過程。那是一場濤天巨浪般的演出，那是一場沒有劇本、沒有觀眾，那是一場遠離人群的演出。（廖鴻基〈丁挽〉）

【風雨如晦】風雨交加，天色昏暗，猶如黑夜。

【大雨滂沱】形容雨勢盛大。或作「滂沱大雨」。

【大雨如注】雨勢大且急，雨水如灌注一般從天而降。

【大雨傾盆】形容雨勢大且急。

【蟻封穴雨】螞蟻聚集於蟻穴口，是下大雨的前兆。

【和風細雨】和煦微風、細柔小雨。或比喻態度和緩、不粗暴。

【斜風細雨】細密的小雨隨風斜落。形容春天煙雨迷濛的情景。

【春風化雨】指適合草木生長的和風及雨水，亦可比喻師長和藹親切的教導。

【風雨飄搖】受風雨的吹打而搖晃。或比喻時局動盪不安，極不穩定。

【急風暴雨】來勢急劇猛烈的風雨。或形容聲勢浩大。

天氣、氣候

【天高氣爽】天空晴朗，氣候清爽。

【風和日暖】微風和暢，日光溫暖。形容天氣很好。

【風和日麗】微風和煦，陽光明麗。形容天氣晴好。

【風輕雲淡】微風輕柔，浮雲淡薄。形容天色晴朗美好。

【風恬日朗】沒有風，晴朗的天氣。

她想找個地方坐下來聊天，我莫名想起了溫州街裡的咖啡館。許是因那陰錯陽差的地名，那股想帶她踏上溫州街的衝動，竟暫時壓過了對迷路的恐懼。我偽裝出熟門熟路的模樣，像提著盾牌與劍的年輕勇士，在大雨滂沱之中，領她闖進了溫州街的結界裡。（張容兒〈從溫州到溫州街〉）

第二天，喬琪接二連三的向薇龍打電話，川流不息地送花，花裡藏著短信。薇龍忙著下山到城裡去打聽船期，當天就買了票。梁太太表示對她的去留抱不干涉態度，因此一切都不聞不問。薇龍沒有坐家裡的汽車，走下山去搭了一截公共汽車，回來的時候，在半山裡忽然下起傾盆大雨來。陡峭的煤屑路上，水滔滔的直往下衝，薇龍一面走一面擰她的旗袍，絞乾了，又和水裡撈起的一般，她前兩天就是風寒內鬱，再加上這一凍，到家就病倒了，由感冒轉了肺炎；她發著燒，更是風急火急的想回家。（張愛玲《沉香屑．第一爐香》）

在風和日麗的微風吹拂下，他們看到大海，也以為大海是他的朋友，於是準備一躍而下，去掌握屬於他的美好夏日。但他不知道跳水跟摩托車的油門不一樣，跳水沒有回油減速的機會，也沒有煞車的可能。（林文騰〈跳吧！夏天〉）

今天晚上的月亮比哪一天都好，高高的一輪滿月，萬里無雲，像是漆黑的天上一個白太陽。遍地的藍影子，帳頂上也是藍影子，她的一雙腳也在那死寂的藍影子裡。（張愛玲〈金鎖記〉）

【風日晴和】天氣晴朗的樣子。

【晴空萬里】形容天氣晴朗，萬里無雲的樣子。

【響天大日】形容天氣晴朗。

【萬里無雲】天氣晴朗，藍天上沒有雲遮擋。

【火燒火燎】形容夏季天氣酷熱。

【流金鑠石】形容氣候炎熱，彷彿能把金屬和石頭給鎔化。

【焦金流石】將金屬或石頭都曬到燒焦、鎔化。形容天氣極度乾旱、炎熱。

【風定天晴】風已平靜，天氣轉晴。引申可形容否極泰來。

【一雨成秋】在下雨後，炎天變得如秋天一般涼爽。

【秋高氣爽】深秋天空清朗，氣候涼爽。

【冰天雪地】形容氣候嚴寒。

【雪虐風饕】形容風雪交加，天氣嚴寒的樣子。

【天寒地凍】天氣寒冷極了。

【滴水成冰】滴下的水很快就結成冰。形容天氣非常寒冷。

【乍暖還寒】氣候冷熱不定，忽冷忽熱。

【陰晴不定】形容天氣忽陰忽晴不穩定。意可以用於比喻人的脾氣或情緒喜怒無常。

【變化無常】形容變化多端，難以預測的樣子。在此用於天氣變化多變難測。

【雨過天青】雨後初放晴時的天色。或比喻情況由壞轉好。

【風調雨順】風雨及時而適量。形容豐年安樂，天下太平。

【烏雲密布】形容黑雲滿布天空，天氣陰霾。

【淒風苦雨】形容天氣惡劣。

【盛暑祁寒】最炎熱與最寒冷的季節，形容天氣狀況極為惡劣。

【月黑風緊】沒有月光，風勢很強的夜晚。形容夜晚的天候惡劣。

沿著小路來到村子盡頭，門窗緊閉的農家後院寬敞，秋高氣爽的傍晚若沒有警車此起彼落刺耳的聲響，眼前農家、草原、樹林以及河岸那層次分明的意象想必如詩如畫，正前方禁止進入的封鎖線卻正將農家與前方那塊嬰兒哭聲愈加響亮的邊境田野，大刺刺地區隔成兩個截然不同的世界。（張雍〈韌性被拉扯至極致的生命〉）

北平近郊豐台一帶，有技術高超的菜農，向陽挖掘地窖，有時兼用火烘。在嚴冬地凍、滴水成冰的季節裡，能培養出黃瓜、扁豆、香椿一類細巧果蔬，專供御用，老百姓是難得一嘗的。（唐魯孫〈清宮膳食〉）

嚴冬剛剛過去，雪線才褪到半山腰，草芽還沒有破土，樹枝還沒有泛綠，赤裸的紅土地還沒有恢復生機。那些食草類動物，都遷移到遙遠的四季如春的古戛納河的下游過冬去了，還沒有回來。對食肉類動物來說，乍暖還寒的早春季節確實是個春荒難關，很難找到食物。（沈石溪《一隻獵雕的遭遇》）

這年頭稻農們最擔心的，反而是稻米過剩。每年若風調雨順，供過於求的問題隨即浮現。稻米一多，米價順勢反映市場機制，米賤傷農的悲劇就會上演。（劉克襄〈我的稻米主張〉）

還有一次環島騎腳踏車，淒風苦雨，夥伴幾乎失溫，我詢問路邊一家麵包店能否借處更衣，店主人不僅燒一頓好飯宴客，還熱心挽留住宿。那時，我們都說米好吃，菜好吃，好山好水好一塊土地人情。（連明偉〈食米〉）

3 時間

長

【天長地久】天地永恆無窮的存在。

【天荒地老】形容時間的久遠，亦作「地老天荒」。

【窮年累月】形容終年無盡期。

【億萬斯年】形容時間長久。

【不日不月】不能以日月來計算，形容漫長，沒有期限。或比喻不選擇時日。

【經年累月】經過很長的時間。

【一日三秋】雖只一日不見，卻好像隔了好久的時間。比喻思念心切。

【度日如年】過一天如過一年般的長。比喻日子不好過。

【一年半載】一年或半年，多指一段不確定長短的時間。

【三年五載】數年。

【河清難俟】黃河之水難有清澈的時候，用以形容時光漫長，難以等待。

【春日遲遲】形容春日時光漫長。

【長天老日】形容白天漫長。也作「長天大日」。

短

【瞬息之間】一轉眼一呼吸之間。比喻極短的時間。

【一時半刻】一下子、突然。指極短的時間。

他們與小島抗爭、與海逆航、與冰雪搏鬥、與漫長黑夜熬度、與無人之境來自我遣懷，與隨時推移之如洗碧落來頻於接目而致太過絕美終至只能反求諸己而索性了斷自生與那地老天荒同歸於盡。（舒國治〈冷冷幽景，寂寂魂靈〉）

總在身後的陽光，不是意象上的借喻，只是剛好居住在一座北方的城，經年累月的通勤，投身到文字工作的天羅地網裡。（廖志峰〈字裡行間的生活〉）

大人活得辛苦，嬰幼兒更是朝不保夕。孩子生下來會先養個一年半載，直到養出一些元氣，估計應該能夠養活，才去報戶口。（吳敏顯〈天送仔〉）

寶玉道：「我也正為這個要打發茗煙找你，你又不大在家，知道你天天萍蹤浪跡，沒個一定的去處。」湘蓮道：「這也不用找我。這個事不過各盡其道。眼前我還要出門去走走，外頭逛個三年五載再回來。」寶玉聽了，忙問道：「這是為何？」柳湘蓮冷笑道：「你不知道我的心事，等到跟前你自然知道。我如今要別過了。」（清．曹雪芹《紅樓夢．第四十七回》）

李莫愁撞了個空，一個筋斗，骨碌碌的便從山坡上滾下，直跌入烈火之中。眾人齊聲驚叫，從山坡上望下去，只見她霎時間衣衫著火，紅焰火舌，飛舞身周，但她站直了身子，竟是動也不動。眾人無不駭然。小龍女想起師門之情，叫道：「師姊，快出來！」

【彈指之間】形容時間極短暫，或形容時間過的很快。

【漏刻之間】形容時間極短暫，不過計時器上一刻度的時間。

【立談之間】比喻極短暫的時間。

【坑灰未冷】形容時間匆促短暫。

【俯仰之間】短暫的時間。

【半日片刻】形容時間短暫。

【日不移晷】日影都沒有移動，形容時間短暫迅速。

【一朝一夕】朝，是早晨；夕，是傍晚。朝夕之間，形容時光短暫。

【一時一刻】形容極短暫的時間。

【驚鴻一瞥】比喻美人或美好的事物如受驚而飛的鴻雁般短暫出現。

【朝生暮死】早上才出生，晚上就死亡。比喻生命極短暫。

【更長漏永】形容漫長的夜晚。更，古代夜間的計時單位，一夜分五更。漏，指漏壺，古代盛水滴漏的計時器。

流逝

【電光石火】閃電呈現的亮光，火石擊發的火光。比喻轉瞬間即逝。

【歲月如梭】形容時光迅速消逝。也作「歲月如流」。

【日月如梭】太陽和月亮的交替運行，就像織布的梭子，來回不停地穿梭。形容時光迅速消逝。

【流光瞬息】形容時間短促如光，很快就過了。

李莫愁挺立在熊熊烈火之中，竟是絕不理會。瞬息之間，火焰已將她全身裹住。突然火中傳出一陣淒厲的歌聲：「問世間，情是何物，直教以身相許？天南地北……」唱到這裡，聲若游絲，悄然而絕。（金庸《神鵰俠侶》）

麻子怒道：「三哥，你還跟他囉唆什麼？快開了他的胸膛，掏出他的心來祭大哥在天之靈，不就完了麼？」邊浩沉著臉道：「老七，你這話就不對了，我們兄弟要殺人，總要殺得光明正大，不但要叫天下人無話可說，也要叫對方口服心服。」瞎子悠然道：「不錯，我們既已等了十七年，又豈在乎多等一時半刻。」他將這句話又說了一遍，別人也就不能再說什麼了。獨眼婦人道：「那麼老三，你的意思還想怎麼樣呢？」邊浩道：「我們不但要先將話問清楚，還要找個外人來主持公，若是人人都說鐵某人該殺，那時再殺他也不遲。」（古龍《多情劍客無情劍》）

棠倩梨倩考慮著應當不應當早一點走，趁著人還沒散，留下一個驚鴻一瞥的印象，好讓人打聽那穿藍的姑娘是誰。（張愛玲〈鴻鸞禧〉）

胡斐叫了聲：「好！」先自守緊門戶，要瞧明白她鞭法的要旨，再謀進擊，忽聽得「必卜」一聲，殿中的一段柴火爆裂開來，火花四濺，霎時之間，火花隱滅，殿中黑漆一團。這時雨下得更加大了，打在屋瓦之上，刷刷作聲，袁紫衣的鞭聲夾在其間，更是隆隆震耳。胡斐雖然大膽，當此情景，心中也不禁慄慄自危，猛地裡一個念頭如電光石火般在心中一轉：「那日在佛山北帝廟中，鳳天南要舉刀自殺，有一女子用指環打落他的單刀。瞧那女

【兔走烏飛】傳說月中有玉兔，太陽裡有金烏。比喻日月運行，光陰快速流逝。

【急景流年】形容光陰易逝。

【過眼雲煙】比喻事物消逝極快，不留痕跡。

【稍縱即逝】稍一放鬆，便會失去。形容時間或機會很容易錯失。

【彈指之間】形容時間過的很快，或形容極短暫的時間。

【斗轉星移】表示時序移轉，光陰流逝。

【白駒過隙】快馬從縫隙一下子就奔馳過去。比喻時間過得很快。

【駒影電流】形容時間如日影、光電一般，過得很快。

【光陰似箭】形容時光如飛箭般迅速消逝。

【寒來暑往】時光流逝。

【日復一日】一天又一天。形容時間的消逝、流轉。

【暮去朝來】黃昏過去，清晨到來，形容時光流逝。

【物換星移】形容時序景物變遷、世事更替。

【樹猶如此】樹木尚且有這麼大的變化。多用以感嘆時光的流逝。

【淪胥而逝】形容時光一去不回頭。

【寸陰若歲】形容時光消逝的速度緩慢。

晨昏晝夜

【旭日東升】清晨太陽從東方升起，也作「旭日初升」。

【紅日當午】時間接近中午。

【三更半夜】凌晨十二點左右，

子的身形手法，定是這位袁姑娘了。」想到此處，胸口更是一涼：「她與我結伴同行，原來是意欲不利於我。」不知怎地，心中感到的不是驚懼，而是一陣失望和淒涼……（金庸《飛狐外傳》）

如果鏡子是無心的相機，所以健忘，那麼相機就是多情的鏡子，所以留影。這世界，對鏡子只是過眼雲煙，但是對相機卻是過目不忘。（余光中〈誰能叫世界停止三秒？〉）

一段又一段中國當代的黑白紀錄片，如過眼雲煙，程緯的父親呷了一口熱湯，放下碗，嘆說：「就這樣過了十年。」（林超榮〈薔薇謝後的八十年代〉）

惠嘉當然看見了余守恆臉上那抹稍縱即逝的笑，看見正行驚愕得說不出話來的表情。她也感到吃驚，或者是惆悵，或者什麼都混雜在一起了難以言說的情緒，於是她停下車來，目送兩個男生遠去的身影。（許正平〈光年〉）

連載是項奇特的制度，連載打破小說獨立自主的時間意識。小說時間與現實生活時間平行流淌著，而且不斷地互相指涉。現實生活無窮無盡日復一日地走下去，於是小說似乎也就會同樣地無窮無盡日復一日連載下去。（楊照〈懷念連載時代〉）

事實上李育臺此刻最後悔的是婚後用太多的時間來賺錢，時時三更半夜才自辦公室回來，很多時候只能推開女兒房門看一看她睡著了的面孔。為了使妻女生活安定舒適，他付出很大代價。現在他願意提早退休來陪著紀元。（亦舒《如何說再見》）

指深夜。也作「深更半夜」。

【漏盡更闌】漏，漏壺，古代盛水滴漏的計時器。更，古代夜間的計時單位，一夜分五更。形容深夜。

【鐘鳴漏盡】形容夜深時分。

【三更四鼓】深夜時分。

【亭午夜分】中午與半夜。

【夜以繼日】夜晚接續白天，晝夜都不歇息。亦用來形容工作勤奮，日夜不停。

【通宵達旦】一整夜到天亮。亦可形容徹夜工作。

【申旦達夕】從夜晚到凌晨，又從凌晨到夜晚，形容日夜不止。

【自昕至夕】昕，ㄒㄧㄣ，早晨，太陽快出來的時候。從早到晚的意思。

過往與將來

【事過境遷】事情過了，環境也已改變。

【時過境遷】時間流走，境況也隨之改變。

【錦繡前程】充滿希望的美好前途。

【一生一世】一輩子。

【前途未卜】未來的情景難以預測。

【來日方長】將來的日子還很長。

【立時三刻】立刻、馬上。也作「立時立刻」。

我們跨下的馬匹，在日以繼夜無止境的奔跑之中，早已變成毛髮覆面形銷骨損的野獸。它們在一種生存本能的茫然恐懼中挨靠著馬身。（駱以軍〈神棄〉）

帶兩三個年輕朋友，艾艾一路學習，明快處事，溝通「促參法」事宜，落實建築設計，推動工程進度，日以繼夜，竟然把房子蓋好了，竟然沒有病倒……或者，還沒有時間病倒。（林懷民〈阿桃去旅行〉）

某日附近的小廟忽然通宵達旦地演戲，幸而沒用麥克風，音量不大，但是鑼鼓嗩吶還是夠熱鬧的了。（柯裕棻〈戲班子〉）

王琦瑤幽然答道：你一直要請我吃飯，今天請好不好？這話就好像將他的軍，其實彼此都明白這請吃飯的含義，卻總是一個要一個不要。時過境遷，換了位置，還是一個要一個不要。他將臉對著窗簾站了一會兒，轉身出了房間。（王安憶《長恨歌》）

不知誰說的，大學是人生的黃金時代，但到了大三，已是夕陽無限好了。因為過了這個暑假，到了明年驪歌唱罷，出得校門，就前途未卜了。（逯耀東〈餓與福州乾拌麵〉）

誰知道呢那時候，我不期待錦繡前程，未來緊緊揣在手裡，手心眉心都半信半疑，誰願意接手我都能給出去的。（柯裕棻〈流雲〉）

外在世界》五、事物情狀與數量

1 發展變化

盛衰

【否極泰來】情況由壞逐漸好轉。

【風吹草動】風吹起，草木搖動。比喻輕微的動靜變化。

【蒸蒸日上】一天一天興盛發展，形容事物不斷地進步發展。

【方興未艾】比喻事態正在蓬勃發展，沒有停止。

【如火如荼】形容事物進行或氣氛的熱烈。

【雨後春筍】比喻事物在某一時期新生之後大量湧現，迅速發展。

【欣欣向榮】草木生長繁盛的樣子。或比喻事物蓬勃發展、繁榮興盛。

【急轉直下】情況迅速轉變，並且順勢發展下去。

【江河日下】江河之水日益奔流而下。比喻情況日漸敗壞。

【每下愈況】比喻情況愈來愈壞。

【殘燈末廟】燈會、廟會的會期將盡。比喻繁華景況或事態已衰頹難挽。

【強弩之末】比喻原本強大的力量已經衰竭，不能再發揮效用。

我接過點燃的煙，慢慢吸了一口，居然很順利，等到我吞進去，事情便急轉直下了。首先被煙嗆得鼻涕眼淚都滾出來，接著臉頰發燙，還咳得心口作疼，真是出盡了洋相。（陳若曦〈酒和酒的往事〉）

二〇〇五年，臺灣加入國際反恐同日的聯合遊行，同志活動未艾方興，媒體卻像篩子般過濾消息，一切就像一顆即溶顆粒無色無味消失在每個家庭電視裡。（謝凱特〈我的蟻人父親〉）

那時日軍已是強弩之末，但猶做著困獸之鬥，常常空襲重慶及附近的縣分。我是個夜間工作者，每個上午，需要酣眠。但重慶的晴天，每每在早晨便是赤日當空，正是敵機欲來之時。（張秀亞〈山城之子〉）

況且南方盛產甘蔗，蔗糖在質與量上都優於甜菜糖，南人當然毋須多此一舉，另假外求。因而根莖種的甜菜止於北地，沒有繼續向南發展；倒是葉菜種甜菜自北而南欣欣向榮，深入各地園圃，成為中國民間的日常食蔬。（蔡珠兒〈甜菜正傳〉）

等到時序一交立秋，什剎海的荷花市場已經是秋蟬噎露，殘燈末廟時期，可是依然有人架上支子生起火來，大賣烤肉。（唐魯孫〈添秋膘．吃螃蟹．爆涮〉）

【一了百了】主要的事了結，相關的事也隨之了結。

【一觸即發】事情即將開始，只差一個觸動契機。

【虎頭蛇尾】做事起初聲勢浩大，後來卻無聲息。比喻做事有始無終。

【有始無終】有開頭而無收尾。比喻做事半途而廢，不能貫徹到底。

【徹頭徹尾】從頭到尾、完完全全。

【無疾而終】沒有任何原因就結束。

【從頭到尾】從開始到結束。

【來龍去脈】比喻事情的首尾始末。

【前因後果】事情的起因和結果。

【水到渠成】水流過處自然成渠。比喻事情自然發展，最終順利完成。

【落葉歸根】樹葉凋謝後，落回根處。比喻事物最後終須返回本源。亦作「落葉歸根」。

【自生自滅】自然開始，自然結束滅。比喻任其自然發展，不加干預。

【全始全終】有好的開始與圓滿的結果。

【曲終奏雅】樂曲到結束時奏出雅正的樂音。比喻結局很精彩。

回到家燈也懶得開，一屁股坐到沙發上閉目澄心沉思，不是修為什麼，也不是打坐，只是徹頭徹尾從盤古渾沌初開一直想到剛才計程車司機的那段話：走那條？（張拓蕪〈脫胎換骨照直走〉）

在洛杉磯念書期間，確有跟老外交往的經驗，但都只約會一兩次便無疾而終。一次是日本學生。我一邊念研究所一邊當助教，他是大學部學生，但看起來比同學們大一點，我也搞不清楚跟我差幾歲，想必比我年輕。（宇文正〈筷子〉）

德齡從頭到尾都不知道我和小葉的事，我們每天晚上仍是手拉手去學校附近的麵攤吃飯。德齡的身分確鑿，大大方方地將我們的關係展示給系上學生看。（周丹穎〈前夏之象〉）

從原本詩文全集的序言，轉向直探全集背後的文化源頭，捨掉原來單一作品集的概述框架，上探宋代士大夫政治文化的背景研究，這樣的出版因緣，可遇不可求。從開始醞釀，到最終的水到渠成，花了三年多的時間，一點也急不得。（廖志峰〈機械複製的時代〉）

金水一想起這件事情的前因後果，心裡比金水嬸還難過。他是一個安於現實的人，一生沒有賺過什麼錢，所以對錢一向也很謹慎小心。對於家裡吃的用的，有一點錢時他就掌家，沒錢時他就一丟不管了。而他這一生，沒錢的時候遠遠多於有錢的時候。（王拓〈金水嬸〉）

【風馳電掣】像風那樣奔跑，像電光那樣急閃而過。形容速度極快。

【電卷星飛】比喻快速。

【雷厲風行】像打雷般猛烈，如颱風般快速。比喻政令或人行事嚴格迅速。

【突飛猛進】急速飛騰，猛烈的向前躍進。比喻發展進步得很快。

【措手不及】事情發生太快，讓人來不及準備應付。

【迫不及待】情況急迫，不能再等。或指心情急切，不願等待。

【迫在眉睫】形容事情急迫。

【間不容髮】距離十分相近，中間不能容納一絲毫髮。比喻情勢危急。

【一日千里】良馬一日能行千里之遠。形容速度極快，或比喻進步或進展迅速。

【密鑼緊鼓】快而密的鑼鼓聲。指好戲即將開演或引申為指事前緊張的準備工作。

【慢條斯理】從容不迫的樣子。

【不疾不徐】不快不慢，形容能掌握事情進展的適當節奏。

【不慌不忙】形容人舉止從容不迫。

【停雲慢步】形容走路極緩慢。

【鵝行鴨步】形容人走路緩慢。

店裡無時無刻不播放著絲竹音樂。最常是洞蕭與古琴，幽幽咽咽的，像自遠古深山的某處神祕洞穴傳來；或者山裡一道澗水，不疾不徐的自石壁上自在的流下。（黃錦樹〈在馬六甲海峽〉）

她父親擔心田裡翻藤的香瓜會被雨泡爛，簷溜的雨滴還如秒滑落，他就迫不及待挑起紅瓦片到田裡去。（陳淑瑤〈女兒井〉）

理想的下午，要有理想的陣雨。霎時雷電交加，雨點傾落，人竟然措手不及，不知所是。然理想的陣雨，要有理想的遮棚，可在其下避上一陣。（舒國治〈理想的下午〉）

然後颳起一陣風，整座山抖了抖，天色乍黯，一種迷惘惱怒的灰顏色，驟雨就措手不及地來了。（柯裕棻〈晚風〉）

我想我是有點想出去的，大家都出去。大家都說，成績這麼好，不出去實在可惜。嘉克和彬美是說什麼也要走的，正密鑼緊鼓地申請學校。可是，芸康已經跟我攤牌了：「要走你自己走！」（林懷民〈穿紅襯衫的男孩〉）

這麼多年來，安公公派出來的「籍武吏」，無論走到哪裡，都是任何人不敢得罪的。實際上，朝廷上下都心知肚明，《禁武令》的發布，說是朝廷的意思，其實就是安公公的意思，沒有安公公一手推動，哪裡會如此雷厲風行？（彭寬〈禁武令〉）

她從此成績突飛猛進，學習力旺盛，尤其在繪畫上展現超人的才華，她知道自己可以畫，顏色與線條是她的語言。（周芬伶〈母親十六歲〉）

【一盤散沙】一盤不能凝聚成塊的細沙。比喻組織人心渙散，缺乏凝合的力量，不能團結起來。

【土崩瓦解】比喻澈底潰敗，不可收拾。

【分崩離析】形容國家或集團組織的分裂瓦解。

【冰消瓦解】比喻事物潰敗分裂。或指問題完全解決。

【瓦解冰泮】泮，ㄆㄢˋ。比喻崩解、分裂或失敗。

【不歡而散】因彼此在意見、言語上有衝突，引起雙方的不愉快而各自分散。

【星離雨散】比喻分散得很快。

【地若瓜分】形容疆土分裂。

【煙飛星散】比喻四處分散。

【鳥集鱗萃】魚鳥聚集。比喻聚集眾多的樣子。

【四分五裂】形容分散而不完整、不團結。

【同心并力】團結一心，共同努力。

【戮力同心】齊心合力，團結一致。

【眾志成城】眾人團結，力量堅實，有如城牆一般穩固。

【眾擎易舉】眾人齊心用力，可以將重物舉起。意思是將眾人的力量聚集起來，足以完成艱難的任務。

【聚沙成塔】本指兒童堆積泥沙成佛塔的遊戲，雖是遊戲也能成就功德。現多用於形容積少成多。

【集腋成裘】狐狸腋下的皮毛雖不多，但聚集起來，足可縫製出一件皮衣。比喻積少成多。

【羽翮飛肉】翮，ㄏㄜˊ。集微

這數日中，闖軍捷報猶如流水價報來：明軍總兵姜瑋投降，闖軍克大同；總兵王承胤、監軍太監杜勛投降，闖軍克宣府；總兵唐通、監軍太監杜之秩投降，闖軍克居庸。那大同、宣府、居庸，都是京師外圍要塞，向來駐有重兵防守。每一名總兵均統帶精兵數萬。崇禎不信武將，每軍都派有親信太監監軍，權力在總兵之上。但闖軍一到，監軍太監和總兵官一齊投降。重鎮要地，闖軍都是不費一兵一卒而下。數日之間，明軍土崩瓦解，北京城中，亂成一片。這一日訊息傳來，闖軍已克昌平，北京城外京營三大營一齊潰散，眼見闖軍已可唾手而取北京。（金庸《碧血劍》）

此刻清楚，辨認其實不需要，最表層即是最內裡的，沒有排除的問題。我們異鄉人，是裡頭的外頭。所謂的機制，不是通過一個個的關卡而成為「同」，一直一直是在差異化，一切的團結，都是分崩離析前的暫時景象了。（朱嘉漢《禮物》）

「眉豆，樓宇已押給冉鎮賓先生，下個月五號他就有權來收房子，他特地叫我通知你們，寬限到月底，你們一定要走，否則他被逼要採取法律行動。」宦楣每個字都聽見了，內心卻一片空白，統共不曉得做出適當的反應。「眉豆，原諒我這張烏鴉嘴，我也是聽差辦事。」聽差辦事。這句話好不熟悉。兵敗如山倒，每個人都是逼不得已，眾志成城，造成宦家滅亡。（亦舒《風滿樓》）

藍鳳凰道：「他身上有傷，我是知道的，又割出了這許多血。不用叫他出來了，我自己過來罷。」岳不群忙道：「不敢勞動教主大駕。」藍鳳凰格格一笑，說道：「什麼大駕小駕？」輕輕一躍，縱身上了華山派坐船的船頭。岳不群見她身法輕盈，卻也不

小的羽毛成翼，足以使身體飛翔，意思是集中細微之力，就能成就艱難之事。

【物以類聚】本指性質相近的事物經常聚集在一起，後多用於形容惡人相互勾結、朋比為奸。

【眾少成多】點滴聚集，足以成為可觀數量。

【積羽沉舟】羽毛雖然輕飄飄的，但聚集多了，也會重得令船下沉。比喻積少成多而有力。

【成群結黨】眾多人物聚集在一起。後多用於一部分人聚集成為小團體。

變動

【化繁為簡】將繁複轉變為簡便。

【物換星移】事物改變，星辰移動。比喻景物的變遷，世事的更替。

【與時推移】隨世態、時間的變動而變化以因應時宜。

【改頭換面】比喻徹底改變，以新的面貌出現。

【翻來覆去】輾轉不安，睡不著覺。或指不斷變化。

【變風易俗】改變社會風氣和習俗。亦作「移風易俗」。

【今非昔比】現在不是過去所能比得上的。形容變化很大。

【變化無常】語出《莊子》，指變化很多，沒有尋常規則可循。

【潛移默化】人的思想、性格或習慣受到影響，不知不覺中起了變化。

【瞬息萬變】形容在極短的時

見得有如何了不起的武功，當即退後兩步，擋住了船艙入口，心下好生為難。他素知五仙教十分難纏，跟這等邪教拚鬥，又不能全仗真實武功，一上來他對藍鳳凰十分客氣，便是為此；又想起昨晚那兩名百藥門門人的說話，說他們跟蹤華山派是受人之託。物以類聚，多半便是受了五毒教之託。五毒教卻為什麼要跟華山派過不去？五毒教是江湖上一大幫會，教主親臨，在理不該阻擋，可是如讓這樣一個周身都是千奇百怪毒物之人進入船艙，可也真的放心不下。他並不讓開，叫道：「沖兒，藍教主要見你，快出來見過。」（金庸《笑傲江湖》）

挽花在五十歲以後，與人過招，便有行動愈發簡約的傾向。他必須化繁為簡，必須將劍招從細緻精巧轉向樸實無華。（沈默〈晚年〉）

旅途中的女人自是幻象一種，一如旅途中有山有水，有賣唱聲有汽笛聲，有瞪大眼之時有瞌睡之時，在在各依當下光景及心情而呈與時推移的意趣，那是可能，而非定然。（舒國治〈旅途中的女人〉）

從可可樹到巧克力，過程極為漫長，遠比從葡萄到葡萄酒艱辛許多。通常葡萄酒廠就在葡萄園邊上，而可可豆卻得飄洋過海去改頭換面。當然，原因在巧克力長遠的殖民歷史。（張讓〈從前當巧克力還年輕〉）

或許我會用北海道的唐辛子鹽麴醬來炒我的新竹米粉，彰顯它的混血身世。純米卻不純粹的米粉，生來就是要以難能可貴的韌性，去包容千變萬化的食材與烹調法，如那兼容並蓄的庶民精

間內快速變化。

【變幻莫測】事物變化多端，難以預測。

【千變萬化】形容變化無窮。

【白雲蒼狗】白雲轉眼變成灰狗的模樣。比喻世事變幻無常。

【滄海桑田】比喻世事無常，變化很快。

【日新月異】日日更新，月月不同，隨時都有新的變化。形容發展或進步快速，不斷出現新事物或新現象。

連續

【接二連三】連續不斷。

【絡繹不絕】形容連續不斷的樣子。

【無窮無盡】連綿不止，沒有盡頭。

【川流不息】形容連綿不絕或往返不斷。

【絡繹不絕】形容連續不斷的樣子。

【斷斷續續】時而中斷，時而繼續。

【亹亹不倦】亹，ㄨㄟˇ。指連續而不倦怠。

【層出不窮】形容接連出現，沒有止盡。

【不舍晝夜】日夜不停，持續不斷。

【周而復始】循環不斷。

【首尾相繼】前後接續，不間斷。

【源源不絕】形容連續不斷。

【繼踵而至】踵，是足跟的意思。形容連續不斷、絡繹不絕的到來。也作「隨踵而至」。

神。（林郁庭〈從一包新竹米粉說起〉）

人世的滄海桑田，死生聚散，難有恆久定數。像眨眼之間的事。任誰都知道所謂市中心，已經沒落了。市鎮轉移的意象包圍著坐擁精華地段，卻遷廢破置的屋宇。（賴鈺婷〈臺中老式繁華〉）

當有了文字，所有一切白雲蒼狗般轉瞬即逝的思想才得以固定於簡牘之上，而文明才能如洪水已氾濫之之姿，將蠻貊的沙漠澆灌為輝煌的城市。（曾昭榕〈文字咒〉）

這是無可避免的。有時，她一邊拍打麵粉糰一邊尖聲大叫、咒罵、哭泣，有時把麵粉糰用力牽扯、撕碎，扔到廚房不同的角落去，當然，大部分的時候，她只是源源不絕地對著手裡的黏稠的東西，握捏著它的形狀，訴說各種隱蔽的話。（韓麗珠〈酵母〉）

一時親朋好友的花圈喪幛白簇簇地一直排到殯儀館的門口來。水泥公司同仁輓的卻是「痛失英才」四個大字。來祭弔的人從早上九點鐘起開始絡繹不絕。徐太太早已哭成了痴人，一身麻衣喪服帶著兩個孩子，跪在靈前答謝。（白先勇〈永遠的尹雪豔〉）

整個世界顫巍巍懸浮在依到嘩嘩作響的河流之上，時間的河流，不回頭，不舍晝夜。（唐諾〈咖啡館和死亡〉）

這種歷史小說，表面看似乎有一定的框架，實則中間可以無窮無盡旁枝歧出，也就近乎可以無窮無盡連載下去。（楊照〈懷念連載時代〉）

她走出老遠四下一看，卻已走到不相干的地方。不過，她可以替薇薇買嫁妝，可是有時候也會想：薇薇的嫁妝與她有何相干

【迤邐不絕】迤，音ㄧˇ；邐，音ㄌㄧˇ。形容曲曲折折，連綿不斷。

【滔滔不絕】形容說話連續、不間斷的樣子。

中止

【戛然而止】戛，ㄐㄧㄚˊ。突然停止。

【半途而廢】事情沒做成功就停止，比喻做事情有始無終。

【中道而廢】事情尚未完成，就停止不做了。

【功敗垂成】指事情在即將成功時卻失敗了。

【如丘而止】遇到山丘就停止，意思是遭遇挫折、困難就放棄。

【斷斷續續】時而中斷，時而繼續。

【偃旗息鼓】軍隊放倒旌旗，停止戰鼓。形容不露行蹤。或比喻事情中斷或聲勢減弱。

牽連

【休戚相關】彼此歡樂憂愁、幸福禍患，互相關聯。

呢？於是，她熱一陣，冷一陣的。這麼斷斷續續買下的東西，卻已存夠有兩三個箱子。（王安憶《長恨歌》）

而蟬聲的急促，在最高漲的音符處突地戛然而止，更像一篇錦繡文章被猛然撕裂，散落一地的鏗鏘字句，擲地如金石聲，而後寂寂寥寥成了斷簡殘篇，徒留給人一些悵惘、一些感傷。（簡媜〈夏之絕句〉）

我想起我的少女時代，有一陣子流行用彩線編織原住民風格的手環，我往往耐不住性子，不是編得亂七八糟，就是半途而廢，但一隻蜘蛛若將網胡亂編織，最終或許纏繞自身無可解脫，死於飢餓吧？（游書珣〈廚房裡的雙人舞〉）

「你們什麼事情吵得這樣厲害？」矮小的沈氏忽然揭了門簾進來，她手裡抱著一只水煙袋，一進屋便問道，其實她已經曉得這件事情的原委了。「五弟妹，你來得正好，你來評個理，」王氏知道在這裡鬧下去不會有什麼結果，覺得沒有趣味，正預備偃旗息鼓地回屋去，現在看見沈氏進來，好像得到了一個有力的幫手，便起勁地說。（巴金《春》）

在瀑布傾瀉似的雨聲中，我與這二十多位學生形成了休戚與共的孤島，我更不知此時怎樣說才是最適當的告別。（齊邦媛〈一生中的一天〉）

【休戚與共】彼此關係密切，憂愁喜樂、禍害幸福都關聯在一起。

【藕斷絲連】蓮藕斷了，藕絲仍相連。比喻表面關係斷絕，實際仍有牽連。或指男女間情意未絕。

【殃及池魚】禍連池中魚。比喻無故受到牽累。

【福業相牽】福運與罪業彼此牽連。

【首尾相連】前後連貫相通。

【一脈相連】指血統或派別一路承傳下來，可以上下連貫。

【皁絲麻線】比喻細微的糾葛或牽連。

忽然

【曇花一現】比喻人或事物一出現便迅速消失。

【浮光掠影】比喻世事稍縱即逝，不可捉摸。

【心血來潮】思緒如浪潮般突起，形容未經深思，突然興起的念頭。

【靈機一動】形容心思忽然有所領悟。

【突如其來】猝然而來。形容出乎意料的突然到來或發生事情。

世舫猜著姜家是要警告他一聲，不准他和他們小姐藕斷絲連，可是他同長白在那陰森高敞的餐室裡吃了兩盅酒，說了一回話，天氣、時局、風土人情，並沒有一個字沾到長安身上，冷盤撤了下去，長白突然手按著桌子站了起來。（張愛玲〈金鎖記〉）

小盤終是小孩子，自然是心怯地躲到項少龍背後，變成了兩位太傅正面交鋒之局。領路的內侍嚇得退到一旁，怕殃及池魚。四周的禁衛都目不斜視，扮作什麼都看不見。琴清雖是生氣，容色卻是清冷自若，氣定神閒，雙手負在身後，仰臉看著比她高了小半個頭的項少龍，柔聲道：「這位就是政太子整天提著的項太傅吧？」項少龍看著她玉潔冰清，眼正鼻直的端莊樣兒，拋開遐思，正容答道：「正是項某人，琴太傅請多多指教！」（黃易《尋秦記》）

那麼，多半是，孩子從另一條路回家去了，此時正坐在門前石階上等他回去開鎖。於是藉機會來一段慢跑。自己的家在望，繞著房子跑一圈，前門只見蝴蝶，後門石階上只有松鼠。靈機一動，朝大道跑去，那裡四通八達，視野開闊，不管孩子從那個方向來，老遠可以看見。（王鼎鈞〈崔門三記〉）

打破什麼似的，爸爸終於開口了，他問正行：「阿你咁要去讀？」正行沒有說話，低頭扒飯。那天的晚餐，結束於爸爸突如其來將碗筷用力擲在桌上，發出嚇人的聲音，起身離開餐桌。（許正平〈光年〉）

2 規模範圍

【排山倒海】形容力量巨大，氣勢壯闊。

【浩浩蕩蕩】形容氣勢雄壯、規模宏大。

【轟轟烈烈】形容聲勢浩大，足以震撼人心。

【波瀾壯闊】比喻氣勢的雄壯浩大。

【驚天動地】形容聲勢驚人。

【碩大無朋】貌壯德美，無相比之行。

【震天動地】形容聲音或陣仗很大。

【無邊無際】沒有邊際，形容非常廣闊。

【尺幅千里】在尺長的畫面上，描繪著萬里般寬廣的景物。指篇幅雖短而內容豐富，氣勢遠大。

【微不足道】卑微渺小得不值得一提。

【細不容髮】比喻極微小。

【寸絲半粟】絲線一寸、米半顆，形容極其微小。

【滄海一粟】大海中的一粒米粟。比喻渺小，微不足道。

【太倉稊米】稊，ㄊㄧˊ。在太倉中的一粒小米。

【爝火微光】爝，ㄐㄩㄝˊ。形容卑微渺小。

【微乎其微】形容事物極其細小或精微。

【立錐之地】錐子插地所佔之地，形容微小的地方。

【尺寸之功】形容極小的功勞。

【絲髮之功】形容微小的功勞。

【蠅頭微利】形容極少、微薄

我不擅長的事著實太多了，排山倒海的生活要欺進我了，這是現實，我不討厭，可是全然理解另一種選擇之必要。（陳育萱〈持遠深刻的夢〉）

就在馬克的媽大清早拉開鐵門，準備開始去城裡的街道搜索的時候，看到馬克就站在門口，滿臉疲憊，頭發雜亂，指甲長得不得了，裡頭充滿汙垢，而眼神就像電線杆上的麻雀一樣不安。馬克他媽馬上哭得震天動地，像還沒有電氣化的火車，整個商場都醒來了。（吳明益〈九十九樓〉）

她被我激怒了，我看見她握著方向桿的雙手指節發白。然而聽美早已習慣峰頂的風景，她不會在這種微不足道的口角交鋒敗退。（柯裕棻〈小吃店〉）

黃昏時分，鴿群盤桓在上海的空中，尋找著各自的巢。屋脊連綿起伏，橫看成嶺豎成峰的樣子。站在制高點上，它們全都連成一片，無邊無際的，東南西北有些分不清。（王安憶《長恨歌》）

如果爸爸還在世，一百歲的他一定會感到很寂寞吧，因為媽媽已經不在了。他的兩個妹妹，一個早在廿多年前病故，另一個也在前年過世。他那一輩的人只剩下三個比他年輕許多的堂弟。他的老友們還健在的可能性更是微乎其微了。（李黎〈我帶爸爸回家〉）

而終於有一天，我們必須像勇士轟轟烈烈地，去奪回即將失去的我的大哥及一切，那是一個要變成我的大嫂的女人的介入。我

的利潤。

【吹灰之力】形容很微小的力量。後多用於形容事情很容易就能辦成。

升降

【水漲船高】比喻人或事物，隨著憑藉者的地位提升而升高。

【扶搖直上】隨急遽的旋風，盤旋而上。比喻快速上升，亦用來比喻仕途得意。

【風舉雲搖】比喻藉著風雲飛騰上升。也比喻人飛黃騰達。

【青雲直上】比喻順利的迅速升到高位。

【平步青雲】像平常一樣地舉步，就輕易走上青雲，比喻順利晉升到顯要的地位。

【一步登天】比喻突然達到極高的地位或境界。

【步步高陞】祝福人高陞的吉祥之語。

【一落千丈】比喻成績、地位、景況、情緒、或聲望等急遽下降。

【名落孫山】比喻應試落第、考試不中。

遠近

【九霄雲外】比喻天上極其高遠之處。

【山高水長】形容距離遙遠。或指人品如山高潔，流傳久遠。

敵意地盯視這粉碎我純白的愛的人，第一眼我開始懷疑她的美含有多少不純潔。（施叔青〈壁虎〉）

剛到宜蘭為了找個窩身的住處，才知道一般人對「森林小學」的刻板印象，讓這所公辦民營的實驗學校，成了別人眼中的「貴族學校」，學區的房租水漲船高，讓我深切體會自己阮囊羞澀、捉襟見肘，直到找到山邊一幢廢棄的倉庫，荒煙蔓草間我看見了希望。（冬山阿明〈稻子，你要堅強長大！〉）

香港彈丸之地，寸土寸金，這兩年來，房價扶搖直上，愈發狂野。譬如說，半山和九龍的高層豪宅，（每平方）呎價七萬多，相當於每坪一千萬台幣，一間三四十坪的公寓要上億港幣，搶銀行恐怕不夠，要連中兩次大樂透。（蔡珠兒〈每樣來一隻〉）

「哎！中國工業真是一落千丈！這半年來，天津的麵粉業總算勢力雄厚，坐中國第一把交椅的了，然而目前天津八個大廠倒有七個停工，剩下的一家也是三天兩頭歇！」雷參謀踱到周仲偉身邊，加進來說。周仲偉滿身透著大汗，話卻說不出；他勉強掙扎出幾句來，自己聽去也覺得不是他自己說的。他再三申述所望不奢，而且他廠裡的銷路倒是固定的，沒有受到戰事的影響。（茅盾《子夜》）

網上來的鐵甲將軍，個個活躍堅實，令人饞涎欲滴。在湖艇上吃螃蟹饒富情趣，氣氛之好，味道之鮮，岸上館子望塵莫及。（唐魯孫〈蟹話〉）

它的水，是無遠弗屆的水；不同於威尼斯之儘在城裡打圈圈

【望塵莫及】只能遠望前面車馬揚起的塵土，比喻程度遠遠落在他人之後。

【天涯海角】形容偏僻或相距遙遠的地方。

【千里迢迢】形容路途遙遠。

【千山萬水】山川眾多而交錯。比喻路途遙遠險阻甚多。

【天各一方】形容分離後各居一地，相隔遙遠。

【遙不可及】遙遙而無法企及，形容非常遙遠。

【無遠弗屆】沒有不能到達的地方，再遠的距離也能抵達。

【天南地北】比喻距離很遠。或指談話無主題，無所不談。

【天涯海際】形容遙遠偏僻的地方。

【南轅北轍】比喻行動和想要達到的目的相反。或比喻二者彼此背道而馳，遙隔兩地。

【咫尺天涯】周代八寸為咫。比喻相距雖近，卻有如相隔天涯一般，無緣相見。

【不遠萬里】不以路途遙遠為苦。形容來人的熱忱。

【間不容髮】形容距離極近，中間不能容納一根頭髮。比喻情勢危急。

【近在眉睫】形容距離極近。

【近在咫尺】形容距離很近。

【相距咫尺】指彼此的距離很接近。

【一矢之地】一箭的距離，比喻很接近。

的水。斯城的船是「去」的，威城的船是「繞」的。（舒國治〈冷冷幽景，寂寂魂靈〉）

常常，有走賣的客家婦人來村子裡兜售龍眼乾、高麗參、阿膠等等的貴重補品。我還記得她乾淨的藍布大襟衫和散發桂花香的髮髻，阿嬤、母親與她天南地北說些奇聞趣事，東家長西家短，然後買包龍眼乾或切幾片高麗參收藏起來備用，同時也為家裡幾位叔叔說了媒。（鄭麗卿〈補冬與消暑〉）

安的父母這時候出現了，他們從北京千里迢迢趕來，希望校方對安的處理上手下留情。安的父母當著眾人的面分別要把一大疊錢塞到副校長和系主任手裡。（葛亮〈安的故事〉）

會是花梨木的氣味嗎？花梨木氣味的分子結構與鞋草氣味的一模一樣，你踩折了過多的鞋草，為了追獵原先一窩後來一隻比你年幼的螳螂。你捏著螳螂的細腰，直起身來才發現自己站在沒頂的草深處，沒有樓房的年代，僅僅如此就辨別不出野地外村子的方向了，家，住著忙碌的、喜笑的、總不認真聽你說話的那對年輕男女，你父母，天涯海角的遠。（朱天心〈遠方的雷聲〉）

年少的我灌飲著立頓紅茶遙想祁門，中年的我置身祁門山水卻懷想著消失無蹤的少年時光。空間的距離可以跨越，時間的距離卻是遙不可及。爸媽仍住在同一幢老房子裡，同樣的一間書房，卻再也觸不到三十年前的午後時光。（楊明〈沏一壺甜香嫣紅〉）

【依然故我】依舊和從前的我一樣，指情況依舊，沒有任何變化。

【依然如故】仍和過去一樣。

【一如既往】和過去完全一樣。

【一依舊式】一切按照舊規或格式，沒有改變。

【一仍舊貫】完全按照舊例行事。典出《論語》。

包括

【兼容並蓄】各種不同的事物或觀念都收羅、包含在內。

【俱收並蓄】不同的東西、事物都收羅在一起。

【無所不包】沒有包含不了的，一切都包括。

【細大不捐】大小兼容並收，都不拋棄。

【細大無遺】無論大小，兼容並收，沒有遺落的。

【海納百川】形容如海接納河川一般度量宏大。

【包羅萬象】內容豐富，應有盡有。

【一應俱全】一切都很齊全。

黑夜還沒有撕開眼睛，父親已經「碰碰碰」駕駛搬運機開上果園的道路。種作果樹已經是門賠本的行業了，父親不願承認事實，依然故我歡欣上山，像是清晨承接露水的一片葉子。（瓦歷斯．諾幹〈瓦歷斯．諾幹〉）

三天以後，年羹堯回到了西寧大營。岳鐘麒親自率領著一百多名軍官，在接官廳恭候年大將軍歸來。他一如既往，還是那副笑面虎的模樣，一說話就先自笑個不停。年羹堯見他親自來接，當然也十分高興。哪知，走到近前一看，這麼多陌生的面孔卻讓他大吃一驚！汝福、玉允吉和魏之躍到哪裡去了？他們為什麼不來迎接呢？（二月河《雍正皇帝》）

他叫賣的是臭豆腐與豆花，臭豆腐三字喊得短促，豆花的花字則拉得極長，中氣十足。不知道這老闆是怎麼決定在一車之中兼容並蓄，香臭並陳，於矛盾中有統一，想來也算是某種臺灣奇觀。（吳岱穎〈薰蕕同車驚午夢〉）

作為表意文字的漢字仍以海納百川的姿態，吸納各種不同的語言，從河洛語、客語、粵語甚至到吳儂軟語，甚至還有近年喧騰一時的注音文與火星文。（曾昭榕〈文字咒〉）

高松年發奮辦公，夙夜匪懈，精明得真是睡覺還睜著眼睛，戴著眼鏡，作夢都不含糊的。搖籃也挑選得很好，在平成縣鄉下一個本地財主家的花園裏，面溪背山。這鄉鎮絕非戰略上必爭之地，日本人唯一毫不吝惜的東西——炸彈——也不會浪費在這地方。

終於

【歸根究柢】歸結到根本，追究到最後。

【盤根問底】追問追究事情的緣由。

【溯流徂源】徂，ㄘㄨˊ。循著流水而上，直達源頭，比喻追根究柢。

【窮源溯流】探詢事情的根源，追究它的改變。

【木本水源】事情的根源。

【無根之木，無源之水】指沒有基礎根源的事物。

【拔本塞原】原指拔掉樹木的根，堵住水的源頭。後引申為正本清源、從根本做起。

不料

【出乎意料】超出人們的料想之外。

【始料未及】最初未能料想到。

【不期而然】沒有料想到會是

所以，離開學校不到半裏的鎮上，一天繁榮似一天，照相鋪，飯店，浴室，戲院，警察局，中小學校，一應俱全。（錢鍾書《圍城》）

她對於任何事物都感到廣泛的興趣，對於任何人也感到廣泛的興趣。她對於同學們的一視同仁，傳慶突然想出了兩個字的評語：濫交。她跟誰都搭訕，然而別人有了比友誼更進一步的要求的時候，她又躲開了，理由是他們都在求學時代，沒有資格談戀愛。那算什麼？畢了業，她又能做什麼事？歸根究柢還不是嫁人！傳慶越想越覺得她的淺薄無聊。如果他有了她這麼良好的家庭背景，他一定能夠利用這機會，做一個完美的人。總之，他不喜歡言丹朱。（張愛玲《茉莉香片》）

他們才不敢公然跟群眾對著幹，卻天生懂得嗅出一些不會反抗的人和物，挪用各種冷知識與理論術語，肆意攻擊，然而攻擊誰又好，欣賞誰又好，歸根究柢，他們都不過是想藉此彰顯自己的品味與智慧，表示自己既與別不同，但又與眾同在。（王貽興〈SmartAss〉）

人世的悲歡，自然的美景，以及日常的瑣事，他都覺得是很古怪的，從來沒有看見過的，完全出乎意料之外的。所以他天天都是那麼有興致，就是說出悲哀的話的時候，也不是垂頭喪氣，厭倦於一切了，卻是發現了一朵「惡之華」，在那兒驚奇著。（梁遇春〈Kissingthefire〉）

如此。

【禍出不測】災禍的發生出乎意料之外，意近「禍生不測」。

【藏舟難固】把船藏在山中，以為很安全，但卻遭力壯者趁夜偷走。用以比喻生死不由人，難以預料。

【不虞之隙】比喻意料不到的嫌隙或裂痕。

3 性狀程度

香 臭

【吹氣勝蘭】形容美人的氣息芳香，勝過蘭花。

【蘭麝之香】形容氣味高雅而芬芳。

【桂子飄香】形容中秋時桂花綻放，香氣飄散。

【異香異氣】特殊的香氣。

【異香撲鼻】異常的香味衝進鼻中。

【臭不可聞】臭得令人無法忍受。形容非常的臭。

【鮑魚之肆】賣醃魚的店鋪。比喻臭穢的地方、惡劣的環境或小人聚集的場所。

【無聲無臭】沒有聲音、氣味。

【如蠅逐臭】像蒼蠅追逐腐臭味物一般。比喻求取名利、趨炎附勢的卑鄙行徑。

始料未及的也包括海洋音樂祭的壅塞程度，由於是台北縣政府主辦的活動，民眾可以免費入場，火車運來一批一批打扮清涼的年輕人，他們走出小鎮的車站，背包裡準備了野餐墊與防曬油；愛玩的老外從台北開著吉普車過來，冰桶內裝滿酷涼的啤酒。（陳德政〈樂團的時代〉）

然而沒有一個地方甘心永遠裹足不前，永遠成為別人風光背後的靜默花園，沒有活水活泉，關起門過日子，漸漸失去作為國際都會應有的視野、自信和氣度。個人可以選擇活得「微小而確實」，但如果一國一地只顧終日沉醉在「小確幸」的日子，再美好的後花園，也只會漸成讓本地人紛紛出走的**鮑魚之肆**了。（袁紹珊〈後花園與小確幸〉）

在常識裡桂花是秋天的花，所以秋天的信札開頭都常說金風送爽、**桂子飄香**。但臺灣的桂花很特別，四季都在開花。國父紀念館翠湖旁有于右任的塑像，圍繞塑像兩側的都是桂花。無論什麼季節，早上在塑像前做晨操，總會聞到淡淡的清香，讓人心曠神怡。（白培英〈只有香如故〉）

【一塵不染】形容非常乾淨，一點灰塵都沒有。

【纖塵不染】形容非常乾淨，毫無灰塵。

【窗明几淨】窗子明亮，茶几乾淨。形容居室明亮潔淨。

【烏煙瘴氣】形容環境或氣氛汙穢不潔。

【剌剌塌塌】剌，ㄌㄚˊ。骯髒不乾淨。

明暗

【光芒萬丈】光輝燦爛，照耀遠方。

【火樹銀花】形容燈火通明，明亮燦爛。

【照如白晝】光線把四周環境照得有如白天一樣明亮。

【月明如晝】形容月光明亮如白天一般。

【炫晝縞夜】炫，耀眼。縞，白。炫晝縞夜本指桃花在白天顯得十分耀眼，而李花則於夜晚才顯現出明亮的白色。形容不分晝夜皆光亮耀眼。

【珠斗爛班】形容滿天星空燦爛的樣子。

【昏天暗地】光線昏暗，分不清楚方向。

【暮色蒼茫】形容傍晚時分天色朦朧昏暗

【風雨晦冥】風雨交加，天色

這三家人有老夫妻，也有小夫妻，但是給我留下最深印象的是，每家房屋當中的那間廚房裡左右對稱的兩個灶臺，擦拭得閃光鋥亮，一塵不染；灶臺有如我日夕工作的家中寫字檯大小，但它清潔整齊的程度可就遠遠超過了我的寫字檯。（吳祖光〈長島觀日出記〉）

中國的大都會，我前半生住過的地方，原也不在少數；可是當一個人靜下來回想起從前，上海的鬧熱，南京的遼闊，廣州的烏煙瘴氣，漢口武昌的雜亂無章，甚至於青島的清幽，福州的秀麗，以及杭州的沉著，總歸都還比不上北京——我住在那裡的時候，當然還是北京——的典麗堂皇，幽閑清妙。（郁達夫〈北平的四季〉）

我一直沒看到貝先生，因為貝太太身體壯，衣飾又誇張，把她丈夫整個遮住，直到貝先生在她身邊探出頭來，伸出一隻手問：「是張先生與林小姐吧？我是貝太太的丈夫。」我忍不住笑起來。貝先生是個頂斯文的男人，衣著打扮都恰到好處，不似他太太，一抬手一舉足都要光芒萬丈，先聲奪人。她不是難看的女人，很時髦，很漂亮，過時的不是她的衣著，而是她的作風與體重。張佑森到今天這樣。這個女人上司要負一半責任，被她意氣風發的指使慣了，自然變得低聲下氣。我側頭看貝先生。他彷彿知道我在想什麼，含蓄地微笑，我的臉一紅。（亦舒《獨身女人》）

當下布置已畢，陳家洛披上黑色大氅，領子翻起，一頂風帽低低垂下，與衛春華兩人徑投提督府來。此時已近黃昏，天邊明星初現。到得提督府外，一人迎過來低聲道：「是陳總舵主？」衛

昏暗。

【風雨如晦】風雨交加，天色昏暗，猶如黑夜。比喻處於險惡環境中也不改變其操守。

深淺

【深不可測】深得無法測量出來。形容非常深遠，難以測知。

【根深柢固】根柢長得深且穩固。比喻基礎堅實，牢不可拔。

【積厚流光】積德深厚，影響深遠。

【淵遠流長】比喻源頭深遠而流傳久廣。

【蜻蜓點水】比喻膚淺而不深入的接觸。

【走馬看花】比喻粗略、匆促地觀看，不能仔細深入了解事物。

【浮光掠影】浮於表面不深入，比喻觀察不細緻，學習不深入或印象不深刻。

【淺嘗則止】稍微嘗試一下就停止，形容做事不肯深入研究，不夠徹底。

【挈瓶小智】挈，ㄑㄧㄝˋ。形容見識淺薄。

春華點點頭。那人道：「請跟我來，這位請留步。」衛春華站定了，望著陳家洛跟那人進了提督府。暮色蒼茫中，群鴉歸巢，喧噪不已，衛春華心中怦怦亂跳，不知總舵主此去吉凶如何。不一會，紅花會眾兄弟都已喬裝改扮，疏疏落落的到來，散在提督府四周，待機而動。（金庸《書劍恩仇錄》）

她接著走訪母親流連的復健科和復健室，已別無寄望，只是蜻蜓點水地逛逛。開放式的長方形場地整個都是漆白的，臨街高掛的窗簾已褪到底，不見半點色澤，光線充足白霧飄飄，恍似下著太陽雨。（陳淑瑤〈周圍〉）

那幾年，你吃林布蘭特睡林布蘭特，到了美術館，幾乎把鼻子貼到他的畫作上。有時候我邀你一起去美術館，你一口拒絕：「你看得太快了！」我不是走馬看花的人，可是絕對無法像你一整個下午專攻康定斯基！（林懷民〈阿桃去旅行〉）

那年秋天，木蘭和丈夫在西山住了幾天，她曾提說在返回北京的途中，到圓明園去看看。在往頤和園去的大道上，看見沿著大道有舊圓明園一里長的圍牆，她由牆頭上，往裡看得見丘墩的頂端和廢基的浮光掠影，又從一小段牆破處看見空地和池沼，已經蔓草叢生，蘆葦遮蔽，只呈現出一片鄉野的荒涼光景。木蘭還把那個地方想像得富有帝王家的富麗堂皇。現在若去遊歷，非立夫陪同前去不適宜，因為那種殘磚廢瓦前代的遺物，只有立夫才喜愛。（林語堂《京華煙雲》）

【輕如鴻毛】形容非常輕微，不受重視。

【薄物細故】指細瑣輕微的事情。

【輕如蟬翼】比喻極輕薄之物。

【錙銖之力】比喻極微小的力量。

【棉薄之力】形容微小、薄弱的力量。

【如海一漚】好像是海水中的一個泡沫。比喻微小空幻。

【無足輕重】不重要、無關緊要，不足以影響事物。

【舉足輕重】形容所居地位極為重要，一舉一動皆足以影響全局。

【片石千鈞】一片石頭卻有千鈞的重量。指力量雖小卻關乎全局情勢。

真假

【貨真價實】貨品真確而價格實在。比喻真實不假。

【千真萬確】非常確實。

【三人成虎】連續三人說街上出現老虎，就使人相信街上真有老虎。比喻謠言再三重複，亦能使人信以為真。

【空穴來風】或比喻憑空捏造不實的傳言。

【栩栩如生】形容貌態逼真，彷彿具有生命力。

【唯妙唯肖】模仿得精細巧妙，逼真傳神。

【維妙維肖】模仿得精細巧妙，

汪處厚對他的事十分關心，這是他唯一的安慰。他知道老汪要做文學院長，所以禮賢下士。這種抱行政野心的人最靠不住，捧他上了臺，自己未必有多大好處；彷彿洋車夫辛辛苦苦把坐車人拉到了飯店，依然拖著空車子吃西風，別想跟他進去吃。可是自己是一個無足輕重的人，居然有被他收羅的資格，足見未可妄自菲薄。（錢鍾書《圍城》）

地靈人傑可能是真的，我們讀過余光中先生的《青銅一夢》，其中〈山東甘旅〉一篇寫他去參觀濟南大明湖畔銅像落成後的感受，十二尊銅像青一色都是山東人，而每一個人在歷史上都產生了重大的影響，雖然時隔數千年，這些人在文化上仍然具有舉足輕重的地位。（張世聰〈莫言來說故事給你聽〉）

淡水是適合遠看的，尤其在大屯山上看，覺得那真是銀河的倒影，有點海市蜃樓。若是下了火車去看，探頭之處，全是人間煙火。（簡媜〈一瓢清淺〉）

學，是挺講究的東西，尤其需要公認。數學、哲學、美學，還有文學，都不是打打鬧鬧的事。寫作不然，沒那麼多規矩，痴人說夢也可，捕風捉影也行，滿腹狐疑終無所歸都能算數。當然，文責自負。（史鐵生《病隙碎筆》）

三小姐在山上過得很好，遠比在家裡健康快樂，確確實實使大家尤其是鄭隊長鬆了口氣，減輕了歉疚是他出的主意。當時由鄭隊長決定送三小姐入院時，一位晚報記者還曾寫過一篇文章，暗

逼真傳神。

【魚目混珠】以魚的眼珠混充珍珠。比喻以假亂真。

【子虛烏有】子虛和烏有都是漢代司馬相如〈子虛賦〉中虛構的人物。後比喻假設而非實有的事物。

【無中生有】指本無其事，憑空揑造。

【無庸置疑】用不著懷疑，比喻真實。

【捕風捉影】捕捉無形的風和影子，比喻所做的事或所說的話毫無根據，憑空揣測。

【道聽塗說】泛指沒有經過證實、缺乏根據的話。

【海市蜃樓】比喻虛幻的事物。

【虛無縹緲】形容虛幻渺茫，不可捉摸。

【鏡花水月】鏡中的影像，水裡的月亮。比喻虛幻不實在。

對錯

【分毫不差】形容沒有絲毫差錯。

【顛撲不破】本意是指怎麼摔打都不會破。比喻理論正確，無法推倒。

【大謬不然】大錯特錯，與事實完全不符。

【百無一是】形容錯誤連連。

【似是而非】表面相似，實際上卻不然。

【積非成是】長期累積的謬誤，反被誤認為是正確的。

【指鹿為馬】典出趙高將鹿指稱為馬，藉以展現自己的威權。

喻長安里的樓房發生了奇情豔文，寫得栩栩如生像小說一樣呢。（李渝《金絲猿的故事》）

那是一條蚱蜢，一枝草龜，還有一隻狗。但先生說那隻狗其實是狼，最喜歡抓可憐的羊來吃，不過他技術還不純熟，還沒辦法將狼唯妙唯肖地紮編出來。阿菊沒有看過狼，聽先生說，那是一種生活在對岸唐山的一種動物，比野狗還要凶猛數倍。（何敬堯〈虎姑婆〉）

老太太對紀媽很失望，凡是上司徵求民意的時候，人民得懂得是上司的臉，得琢磨透上司愛聽什麼，哪怕是無中生有造點謠言呢，也比說沙子口袋強。紀媽不明白此理，於是被太太瞪了兩眼。（老舍《牛天賜傳》）

中國傳統科學古籍的特色就是很難成為一個完整的邏輯系統，不過，這並不是說中國古代哲人思考不合邏輯，事實上有許多仍然是暗合邏輯的，這就如同一個人不知道有胃和胃的功能作用，但把食物吃進，仍然可以消化一樣。然而不重視邏輯方法這點卻是顛撲不破的，在古代哲人把他的思想整理寫成典籍時尤其如此。（劉君燦〈中國傳統科學思考特色〉）

以上所舉是一些常見的情況，一管自然難窺全豹。為了避免誤解，還不很熟悉文言的人最好先讀有注解的書；讀沒有注解的書，寧可多抱一些懷疑態度。能疑，並養成多請教辭典的習慣，望文

比喻人刻意顛倒是非。

【張冠李戴】比喻名實不符或弄錯事情、對象。

【魯魚亥豕】典出《呂氏春秋》。指因文字形似以致傳寫或刊刻錯誤。

【黑白不分】是非、善惡分不清楚。

【顛倒黑白】比喻歪曲事實，混淆是非。

貴賤

【一狐之腋】狐狸腋下的皮毛，比喻稀有珍貴。

【騏驥一毛】良馬的一根毛，比喻珍貴之物。

【和隋之珍】和氏璞玉、隋侯明珠，都是世間罕見的珍寶。比喻珍貴。

【百鎰之金】鎰，一。形容非常的貴重。

【價值連城】典出《史記》，秦王願意以十五座城池換取趙國的寶玉和氏璧。後來形容物品珍貴。

【米珠薪桂】米如珍珠，柴如桂木。比喻物價昂貴。

【五陵年少】比喻豪俠少年、貴家公子。

【薄祚寒門】形容福分淺薄，貧困卑賤的家世。

【一文不值】一文錢也不值，比喻毫無價值。

【屠狗之輩】以殺狗為業的人，泛指操持卑賤工作之人。

【牛童馬走】形容地位卑賤之人。

【雞鳴狗盜】比喻有某種卑下技能的人，或指卑微的技能。亦用於形容卑劣低下的人或事。

生義、似是而非的情況就可以逐漸減少了。（張中行〈文義之間〉）

一次顧氏把「金佛郎案」當中一段故事張冠李戴了。我更正了他的錯誤，顧公不服，並說「事如昨日」也。我取出「顧總長」當年自己簽署的文件，來再次反證，顧公才服輸。（唐德剛〈廣陵散從此絕矣〉）

這天的中午，一個年輕書生，胳肢窩裏夾著一卷詩稿，來到了這裡。這個人身材瘦削，面色青黃，神情沮喪，步履艱難。一看，就是個倒了楣的落第舉人。他，就是荊門書生周培公。燈節那天，他在街上遇到奶哥龔榮遇，吃了一頓飽飯，又接了奶哥送給的一大錠銀子。後來，奶哥突然跟著王輔臣回陝西去了，臨走兩人連面都沒能見上。周培公雖然生性豁達，並不在意，可是，那一錠銀子，在米珠薪桂的北京城裡，又能花上幾天呢？他一心指望著，會試下來能弄個一官半職，報答奶母的養育之恩。好不容易等到開考了。周培公施展平生所學，把文章做得花團錦簇一般。自己翻來復去地看了又看，十分滿意，料想斷無不中之理。卻不料，無意之中，他卻犯了一個不可饒恕的錯誤。（二月河《康熙大帝》）

尹雪豔總也不老。十幾年前那一班在上海百樂門舞廳替她捧場的五陵年少，有些天平開了頂，有些兩鬢添了霜，有些來臺灣降成了鐵廠、水泥廠、人造纖維廠的閒顧問，但也有少數卻升成了銀行的董事長、機關裡的大主管。不管人事怎麼變遷，尹雪豔永遠是尹雪豔，在台北仍舊穿著她那一身蟬翼紗的素白旗袍，一徑那麼淺淺的笑著，連眼角兒也不肯皺一下。（白先勇〈永遠的尹雪豔〉）

異同

【大相逕庭】兩者截然不同，相去甚遠。

【判若兩人】形容一個人的行為態度，前後截然不同。

【迥然不同】指彼此不同，相差很大。

【截然不同】彼此差異非常明顯。

【涇渭分明】涇水流入渭水時，清濁不混，界限分明。比喻彼此的區別非常清楚。

【天差地遠】形容差別很大、相差甚遠。

【南轅北轍】比喻行動和想要達到的目的相反。或比喻二者彼此背道而馳，遙隔兩地。

【背道而馳】比喻彼此的目標或理想完全相反。

【自相矛盾】比喻言語或行事前後無法呼應，互相牴觸。

【殊途同歸】比喻採取的方法雖不同，所得的結果卻相同。

【不謀而合】事前未經商量，後來意見作為卻一致。

【不謀而信】未經商量，但見解、行為卻一致。

【不約而同】彼此並未事先約定，而意見或行為卻相同。

【同病相憐】有同樣不幸遭遇的人互相同情。

【物傷其類】因同類的不幸遭遇而感到悲傷。

【大同小異】形容事物略有差異，但大體相同。

【同床異夢】睡在同一張床上但各作各的夢，比喻共同生活或一起做事的人意見不同，各有各的打算。

他那副模樣真是嚇人，躲在樹底下兩雙眼睛發著青光，我一瞪眼，才看清楚原來是一對羊眼在發光，然而他抬起頭來，那雙眼就和羊眼一模一樣，教我一瞬間不禁連打了好幾個哆嗦。（郝譽翔〈餓〉）

她攜著一把藍白格子小遮陽傘。頭髮梳成千篇一律的式樣，唯恐喚起公眾的注意。然而她實在沒有過分觸目的危險。（張愛玲〈封鎖〉）

我怔然於這種想法，嘆息：人類文明靠這概念的再創造，重新將涇渭分明的事物打散，給出嶄新的詮釋，所以一直朝前走了下去吧！（陳育萱〈想未曾抵達的，光會記住〉）

我並沒有附和她，雖然我們的看法如出一轍，但我知道，當我從睡夢中再次醒來，還是會撿起一塊母親做的麵包，作為一夜斷食後再次接觸的食品。（韓麗珠〈酵母〉）

「他死了。」「什麼？才五十多歲？過世了？」我很難相信。說，他後來工作和感情都不是很順利，自己一個人住，有一次在公車上偶遇，人顯得很蒼老，與過去判若兩人。真是出乎意料的結果。（廖志峰〈行話〉）

不，我想，父親即使成了那樣一個身分，還是不會那樣說話吧。不，我又如何能夠知道呢？人生，父親與那個角色的年紀是相當的，可我卻描繪了截然不同的人生。（賴香吟〈雨豆樹〉）

宗楨嘆了口氣道：「是的。你這話對。我沒有這權利。我根本不該起這種念頭……我年紀也太大了。我已經三十五了。」翠遠緩緩地道：「其實，照現在的眼光看來，那倒也不算大。」

【如出一轍】車輛駛過，車輪所留下的行跡。行徑相同，車轍一致。比喻前後所發生的事情非常相似。

【一模一樣】外表完全一樣。

【因材施教】依據受教者不同的資材，而給予不同的教導。

【因時制宜】根據不同時期的情況，採取合宜的措施應對。

【千篇一律】原指多篇詩文都是相同的格式體裁，後比喻事物的形式呆板而毫無變化。

【異曲同工】曲調雖異，但演奏的技巧造詣卻相同。比喻不同的作法收到同樣的功效。

【物以類聚】同類的人或事物常聚集在一起。

【類聚群分】志趣相同的人或性質相近的事物聚集在一起。

優劣

【一時瑜亮】雙方才華相當，難分優劣。

【不分軒輊】實力相當，難分高下。

【不相上下】程度相當，無法分出高低。

【伯仲之間】形容才能相差無幾。

【平分秋色】雙方各得一半，不分上下。

【並駕齊驅】彼此程度相當。

【旗鼓相當】形容雙方勢均力敵。

【天壤之別】天與地相隔很遠。比喻差別極大。

【判若雲泥】差異如天雲與地泥一樣懸殊。

【半斤八兩】舊制一斤為十六

宗楨默然。半晌方說道：「你……幾歲？」翠遠低下頭去道：「二十五。」宗楨頓了一頓，又道：「你是自由的麼？」翠遠不答。宗楨道：「你不是自由的。即使你答應了，你的家裡人也不會答應的，是不是？……是不是？」翠遠抿緊了嘴唇。她家裡的人——那些一塵不染的好人——她恨他們！他們哄夠了她。他們要她找個有錢的女婿，宗楨沒有錢而有太太——氣氣他們也好！氣，活該氣！（張愛玲〈封鎖〉）

民初報壇有「一鵑一鶴」之說，「一鵑」指吳門周瘦鵑，「一鶴」指桐鄉嚴獨鶴。周瘦鵑主持《申報》的《自由談》凡二十年，嚴獨鶴主持《新聞報》的《快活林》（後改名為《新園林》），時間更長。當時「自由之鵑」與「快活之鶴」各領風騷，並稱為一時瑜亮。（蔡登山〈從《禮拜六》到「園藝專家」的周瘦鵑〉）

我赴機場接他，兩人先就地喝了幾杯解除旅途疲勞，進城又直驅大學附近的啤酒店，分別灌下數缸啤酒。金銓喝啤酒如長鯨吸百川，和戴天在伯仲之間，但後者總是一面推辭一面乾杯，不若前者痛快，雖然一席下來消耗量也大致相當。（楊牧〈六朝之後酒中仙〉）

我軍戰士衣衫襤褸，倒斃在泥石間，渾然一體。敵方軍裝整齊，橫臥沙場，相當顯眼。一眼望去，顯得我方打了個大勝仗似

兩，半斤和八兩輕重相等。比喻彼此相當，不相上下。

【信手拈來】比喻做事時，隨手而為，毫不費力。

【窒礙難行】有所阻礙，難以進行。

【千載一時】千年才有一次的好時機，形容機會十分難得。

【千載難逢】千年也難遇上一次，形容機會極為難得。

【輕而易舉】重量輕而容易舉起。形容非常輕鬆，毫不費力。

【探囊取物】伸手到袋子裡拿取東西。比喻事情極容易辦到。

【獨木難支】比喻事情重大，一人之力難以支持。

【摧枯拉朽】已經枯朽的事物容易摧毀，比喻極容易做到，毫不費力。

【太山鴻毛】比喻分量差異懸殊，也做「泰山鴻毛」。

【易如反掌】像翻轉手掌一般的容易。比喻事情非常容易做到。

【易若轉圜】圜，ㄏㄨㄢˊ。像轉動圓形的器物一般容易。比喻事情非常容易做到。

【迎刃而解】形容相連的事物很容易分解，亦用來比喻事情很容易處理。

【談何容易】指嘴裡說說容易，實際做起來卻很困難。

【海底撈針】比喻東西很難找到或事情很難做到。

【東海撈針】比喻東西很難找到或事情難以做到。

【難若登天】形容極為困難，如同登天一般。

【移山填海】比喻極度艱辛困難。

的。其實，彼此彼此，半斤八兩。雙方都倉皇撤退，聽由那些屍體在荒野裡腐爛。（曹冠龍〈托體同山阿〉）

作為「對話」的某種形式，寫作也好，音樂也罷，村上都信手拈來，絕不造作，卻能充滿意蘊，讓讀者在閱讀時充分感受那來自遙遠時光的美好記憶不過，這已經超越了爵士樂的涵蓋範圍。這也是村上一貫的拿手絕活。（王光波〈村上春樹與爵士樂〉）

在這一刻，她突兀地記憶起丈夫生命中其他的女人，原先掐得出水的肌膚，讓男人恣意地進出幾次，不多時就老了，真是時間的詭計。她親眼看過時間在別的女人身上怎麼樣呈現摧枯拉朽的力量，即使同父異母的姊姊，後來也因為體態臃腫而笨重不堪。（平路〈百齡箋〉）

所有的婚配都只為傳宗接代著想，所以，可以說都只為男性著想，既然有如此荒謬的結合，為什麼不可以有違乎常情的事情發生？只是一個弱女子要和整個傳統陋習對抗，談何容易？於是燕燕被從樹上打下來，最後還被狗血澆了滿身，禮教吃人原來是真。（張世聰〈現代版的〈倩女幽魂〉〉）

在談話不知不覺說到立夫的前途。雖然立夫不太瞭解自己，他覺得願意從事新聞事業，而且結婚之後，打算出國留學。他寫文章表達情意是輕而易舉的，並且對身外各種情勢能洞察弊端，所以表達時能一針見血，把難達之情，一語道出，恰到好處。（林語堂《京華煙雲》）

【井然有序】形容整齊有次序。

【按部就班】比喻做事依照一定的層次、步驟進行。

【循序漸進】按照一定的次序與步驟逐漸推進。

【循次而進】按照次序與步驟，逐步推進。

【層次井然】條理整齊，不混亂。

【井井有條】形容整齊有序，條理分明。

【有條不紊】條理分明，有次序而不雜亂。

【一板一眼】比喻人言行謹守法規，有條有理。

【條理分明】有系統、層次，不紊亂。

【有條有理】形容有條理。

【櫛次鱗比】形容排列密集而整齊。

【顜若畫一】顜，ㄐㄧㄤˇ。調和整齊如一。

雜亂

【亂中有序】凌亂中卻有一番規律可循。

【七零八落】形容零散的樣子。或形容數量稀少。

【顛三倒四】形容混亂沒有條理或神志不清、翻來覆去。

【亂七八糟】毫無條理。

【錯落有致】交錯紛雜但有條

藝術，原是要在按部就班的實際中開出虛幻，開闢異在，開通自由，技法雖屬重要但根本的期待是心魂的可能性。便是寫實，也非照相。便是攝影，也並不看重外在的真。一旦藝術，都是要開放遐想與神遊，且不宜搭乘已有的專線。（史鐵生《病隙碎筆》）

回過頭，她熄了火，把有點焦了的蛋餅乘在盤裡，站在已打理得井井有條的廚房裡吃起來。久不做蛋餅，沒想到焦掉的蛋餅也這麼香。（章緣〈貓宅〉）

羅的家可以說是道道地地的棚戶，一間斷磚砌的簡易房，竹片編起來扶的石灰，隔成裡外兩間，裡間他媽睡，外間既是堂屋又當廚房。一側的屋檐延伸出去，頂上搭了幾張模壓的石棉水泥板，弄出一小間，想必是他自己蓋的。緊裡邊直不得腰的角落，放一張摺疊的帆布床，邊上還有張只一隻抽屜的小桌，對面靠牆有個藤條的書架子，都收拾得有條不紊，乾淨俐落。羅的母親到工廠上工去了，羅卻依然把他帶進裡間雞籠小屋裡，讓他坐在桌前，羅自己坐到帆布床上。（高行健《一個人的聖經》）

在那個角落裡，不止東西是亂七八糟地橫豎著，連記憶也錯綜複雜，不能去牽扯的，一牽扯就沒完沒了。（簡媜〈一瓢清淺〉）

它們還是如水漫流，見縫就鑽，看上去有些亂，實際上卻是錯落有致的。它們又遼闊又密實，有些像農人撒播然後豐收的麥田，還有些像原始森林，自生自滅的。它們實在是極其美麗的景象。（王安憶《長恨歌》）

理。

【紛紜雜沓】眾多而雜亂。

【雜亂無章】雜亂而沒有條理。

【斑駁陸離】形容色彩雜亂不一。

【紛紛翼翼】雜亂交錯的樣子。

【蜂屯蟻聚】比喻如同蜂蟻聚集般紛紜雜亂。

【淩雜米鹽】比喻雜亂瑣碎。

【橫七豎八】形容雜亂沒有條理。

【千條萬緒】形容事物紛繁，頭緒雜亂。

【參差不齊】雜亂不整齊。

【諸務叢脞】脞，ㄘㄨㄛˇ。形容諸事雜亂廢弛。也用以自謙能力不足、有所荒怠。

【一天星斗】形容事情雜亂難以整理。也可以形容滿天星光的景象或文章華美燦爛、滿腹經綸。

顯明

【昭然若揭】形容含義或真相非常清楚，顯而易見。

【一目了然】比喻事物井然有序，一眼就能看得清楚明白。

【有目共睹】凡是有眼睛的人都看得見。指事實極為明顯，眾所周知。

【不言而喻】事態明顯，不待說明即可曉悟。

【欲蓋彌彰】形容想要掩飾過失，反而使過失更加明顯。

【顯而易見】事情或道理明顯

只要走進這一片綿延不絕的森林，夏天聽聞到的一定是整片嘎嘎作響的蟬鳴聲。冬天則是有滿山遍野的山櫻花盛開。喜歡啃食樹皮的松鼠，多在高高的枝頭上跳躍。藤蔓叢生的情景因為地勢已高的關係，並不至於像低海拔區域那樣的雜亂無章。（嚴云農《賽德克．巴萊》）

麻將桌上白天也開著強光燈，洗牌的時候一只只鑽戒光芒四射。白桌布四角縛在桌腿上，繃緊了越發一片雪白，白得耀眼。酷烈的光與影更托出佳芝的胸前丘壑，一張臉也經得起無情的當頭照射。稍嫌尖窄的額，髮腳也參差不齊，不知道怎麼倒給那秀麗的六角臉更添了幾分秀氣。臉上淡妝，只有兩片精工雕琢的薄嘴唇塗得亮汪汪的，嬌紅欲滴，雲鬢蓬鬆往上掃，後髮齊肩，光著手臂，電藍水漬紋緞齊膝旗袍，小圓角衣領只半寸高，像洋服一樣。領口一只別針，與碎鑽鑲藍寶石的「紐扣」耳環成套。（張愛玲《色．戒》）

事情昭然若揭地向她呈現著，但她仍然一無所知。她只能詳盡地解讀著統計模型，卻不能聽得懂她丈夫的腳步聲，就在她的正頭頂上，急切地洩露偷情者的行蹤。（丁允恭〈擺〉）

有人立刻會說，文字清楚的書，也有一些淺薄得不值一讀。當然不錯，可是文字既然清楚，淺薄的內容也就一目了然，無可久遁。倒是偶爾有一些書，文字雖然不夠清楚，內容卻有其分量，未可一概抹煞。（余光中〈開卷如開芝麻門〉）

艾許太太見他手裏捲著一份報，便問今天晚上可有什麼新聞。

而容易明白。

【水落石出】冬季水位下降，使石頭顯露出來。形容水枯季節的自然景色。或比喻事情經過澄清而後真相大白。

【水清石見】當水清澈時可見水底石頭。比喻事情真相大白。

【黑白分明】黑色、白色區分明顯。比喻是非清楚或形容眼睛清澈明亮。

模糊

【撲朔迷離】形容事物未能釐清，難以明瞭真相。亦可形容景色迷濛。

【含糊其辭】把話說得不清楚、不明白。

【模稜兩可】比喻處理事情的態度含混，不表示明確的意見或主張。

【霧裡看花】形容視界模糊，看不清楚。或比喻看不清楚事情的真相。

【醉中逐月】醉酒後追逐月亮。比喻所見朦朧模糊、不清晰。

【濛昧不清】模糊不清。

【若隱若現】形容隱約不明，模糊不清。

【若即若離】像是接近，又像是不接近。形容態度不明確。

【影影綽綽】隱隱約約、模糊不真切的樣子。

振保遞給她看，她是老花眼，拿得遠遠地看，盡著手臂的長度，還看不清楚，叫艾許小姐拿著給她看。振保道：「我本來預備請王太太去看電影的。沒有好電影。」他當著人對嬌蕊的態度原有點僵僵的，表示他不過是她家庭的朋友，但是艾許小姐靜靜窺伺著的眼睛，使他覺得他這樣反而欲蓋彌彰了，因又狎熟地緊湊到嬌蕊跟前問道：「下次補請——嗯？」兩眼光光地瞅著她，然後一笑，隨後又懊悔，彷彿說話太起勁把唾沫濺到人臉上去了。（張愛玲《紅玫瑰與白玫瑰》）

海老公又道：「待會吃過早飯，便跟他們賭錢去。」韋小寶大事奇怪，料想這是反話，便道：「賭錢？我才不去呢！你眼睛不好，我怎能自己去玩？」海老公怒道：「誰說是玩了？我教你幾個月，幾百兩銀子已輸掉了，為來為去，便是為了這件大事，你不聽我吩咐麼？」韋小寶不明白他的用意，只得含糊其辭的答道：「不……不是不聽你吩咐，不過你身子不好，咳得又凶，我去幹……幹這件事，沒人照顧你。」（金庸《鹿鼎記》）

此外就談到宮女了，豹尾離宮、雲房水殿，歷代文人筆下，總是宮闈縹緲，御苑春深，把宮闈秀女在掖庭的生活，不但寫得多彩多姿，而且撲朔迷離令人莫測，其實說穿了，也沒有什麼離奇的。（唐魯孫〈清代的宮廷女子生活〉）

起坐間的簾子撤下送去洗濯了。隔著玻璃窗望出去，影影綽綽烏雲裡有個月亮，一搭黑，一搭白，像個戲劇化的猙獰的臉譜。（張愛玲〈金鎖記〉）

複雜

【一言難盡】事情非常複雜，無法用簡單的話把它說得清楚。

【錯綜複雜】交錯綜合在一起，形容情況複雜。

【五光十色】形容景色鮮麗複雜，光彩奪目。或指內容豐富，變化萬端。

【眼花繚亂】所見繁複，使眼睛因看不過來而昏花。

【千絲萬縷】形容關係密切複雜，難以理清。

【盤根錯節】樹木的根株盤曲、節目交錯。比喻事情複雜，不易分解。

【繁文縟節】繁瑣的儀式或禮節。

【花團錦簇】花朵錦繡聚集在一起。形容繁花茂盛。或形容文章或事物繁複華麗。

【五味雜陳】酸、甜、苦、辣、鹹五種味道混雜，形容味道或感受複雜，無法說清。

【百端交集】各種感受混雜在一起。比喻思緒混亂，感情複雜。

圓滿與殘缺

【善始善終】美好的開始，圓滿的結束。

【善始令終】美好的開頭，圓滿的結局。

【全始全終】有好的開始與圓滿的結束。

湯內的東西雖多，卻沒有繁文縟節，它們非正式地聚在一起，很隨和，有些看起來甚至顯得粗糙笨拙，又粗糙笨拙得相當實在。（焦桐〈宜蘭三味〉）

這些年了，她跟他捉迷藏似的，只是近不得身，原來還有今天！可不是，這半輩子已經完了——花一般的年紀已經過去了。人生就是這樣的錯綜複雜，不講理。（張愛玲〈金鎖記〉）

每一個選擇背後，都牽涉到許多重可能相互牴觸的價值判斷。有時站在超市裡，想到食物背後錯綜複雜的關係，我簡直要頭暈。（張讓〈石油大餐〉）

在這三年中，玉家菜園還是玉家菜園。但漸漸的，城中便知道玉家少主人在北京大學讀書，極其出名的事了。其中經過自然一言難盡，瑣碎到不能記述。（沈從文〈菜園〉）

像一切無用過時的東西，它變為有歷史價值的陳設品。宛如一個七零八落的舊貨攤改稱為五光十色的古玩鋪，雖然實際上毫無差異，在主顧的心理上卻起了極大的變化。（錢鍾書〈貓〉）

這與寫文章的布局，或繪畫構圖，衣飾穿著，乃至人生許多事務同理，總要有些疏落低調，才能襯托精華中心，否則徒然堆砌鋪張，令人眼花繚亂，反嫌庸俗。（林文月〈鑲冬菇〉）

「……那天春季晚會散會的時候，我們在池塘邊，趁了月色看玫瑰花開，我想正是花好月圓的時候，便替你想了點心事：上學是玩兒罷，也對。好品貌也要培養在好環境裡。是做學術工作罷，以你的資質，耐心，也一定能成功。兩樣都做罷，那便也許兩樣

【花好月圓】花正盛開，月正圓。比喻人事美好圓滿。

【行滿功成】原指修行圓滿得道。後以此比喻事情的圓滿、成功。

【千瘡百孔】形容損壞極大，殘缺不全。

4 數量

多寡

【人山人海】人群如山海般眾多，無法估計，形容人聚集得非常多。

【不勝枚舉】指事物太多，不能一一舉出。

【比比皆是】形容數量很多，到處都是。

【不可勝數】數量多到數不完的程度。

【多多益善】指數量愈多愈好。

【形形色色】形容各色各樣，種類很多。

【包羅萬象】形容內容豐富，應有盡有。

【多如牛毛】形容非常多。

【林林總總】形容事物眾多。

【五顏六色】形容色彩繁多。或泛指各式各樣。

【成群結隊】眾多人物聚在一起。

【琳瑯滿目】滿眼所見都是珍貴的美玉，比喻數量極多，盈滿眼簾。

【車載斗量】用車裝載，拿斗測

都不成。想不出個結果來。方才史宣文的話，我先是怕你聽了之後生活態度一變，走了一條有風險的路子。這點你明白。你在遊藝會之前說過，風頭對於一個女孩子是個危險的信號，我所以為你擔心。依我們的路罷，又怕你將來回頭後悔時，說出與我們今日相同的話。……」（鹿橋《未央歌》）

在我童年時代，每隔一個禮拜，就會有一部活動圖書車開進村子裡來，通常是在炎熱夏天，放暑假的安靜午後，車子是小型遊覽車的規模，擺滿了書架，琳瑯滿目的書籍，有一股紙張的霉味，跳上車去便先從兩個噴嚏開始。（張曼娟〈小板凳俱樂部〉）

我想起《真臘風土記》中所述，有一種酒叫「美人酒」，是在美人口中含了一個晚上而成的酒。原來櫻桃小嘴也是一座奇妙的酒窖！但我不能突兀地寫這樣的句子，古來因酒而產生的辯證，多到不可勝數。（陳義芝〈水井坊〉）

整連的士兵又殺又嗨地叫喊，面對著營房側面牆上的一幅極為巨大的中國地圖，圖中各省分別漆著醒目的五顏六色，地圖下則是一字排開、或站或倚、疲乏的他們們全部下來休息。（陳列〈老兵紀念〉）

每次操練一陣之後，連長總會叫他緯寧願她是個滔滔不絕的人，他便可以忘掉她的聲音，可是她寥寥可數的話，始終如許多尖細的刺，刺在他的腦袋，任憑他如何努力，也無法悉數拔出。

量。形容數量很多，不可勝數。

【盈千累百】形容數極多，也作「盈千累萬」。

【投鞭斷流】把兵士的馬鞭都投到江裡，就能截斷水流。比喻軍旅眾多，兵力強大。

【五花八門】原指古代兵法中的陣法，後用以比喻花樣繁多，變化多端。

【高朋滿座】高貴的賓客坐滿了席位。形容賓客眾多。

【恆河沙數】典出《金剛經》，指印度恆河的沙，數量多到難以計數，因此用來形容數量很多。

【汗牛充棟】書籍多到負載的牛隻都累得出汗，房屋都被書籍堆滿。形容藏書極多，很豐富。

【殺人如麻】所殺的人如亂麻一般多。形容殺人極多。

【擢髮難數】即使把頭髮拔盡，也無法用以計數所犯的罪行。形容罪狀多到難以計數。

【罄竹難書】即使把所有竹子做成竹簡拿來書寫，也難以寫盡。形容災亂異象或罪狀很多，無法一一記載。

【應接不暇】形容事物繁多，來不及應付。

【絕無僅有】極少。

【獨一無二】只此一個，別無其他。指最突出或極少見的，沒有可與之相比或相同者。

【寥寥無幾】數量極少。

【寥寥可數】數量少，輕易可以數盡。

【寡不敵眾】人少的抵擋不過人多勢眾的。

【杯水車薪】以一杯水去撲滅一車木柴所燃起的火。比喻力量太小，無濟於事。

【鳳毛麟角】比喻稀罕或稀少的事物。

（韓麗珠〈死線〉）

洞內的猛獸早已成群結隊，與人類爭奪這個天地。一場惡鬥，一片死寂。一個部落被吞沒了，什麼也沒有留下。又不知過了多少年月，又一個部落發現了這個洞穴，仍然是一場惡鬥，一片死寂。終於，有一次，在血肉堆中第一個晃晃悠悠站起來的，是人而不是獸。人類，就此完成了一次佔有。（余秋雨〈白蓮洞〉）

因為巡警們，專在搜索小民的細故，來做他們的成績，犯罪的事件，發見得多，他們的高升就快。所以無中生有的事故，含冤莫訴的人們，向來是不勝枚舉。（賴和〈一桿秤仔〉）

每到第二市場，總習慣繞到這麵攤，探問消息。黃麻葉的季節，入夏至秋，不是四季都有。能巧遇麻薏上市，熱熱喝一碗，大汗淋漓，也是好運。尤其，想起林林總總，關於這菜湯昔日的家常。（賴鈺婷〈臺中老式繁華〉）

蒼鷹經此一役，寡不敵眾，自然打消築巢念頭。報復似的，趁藍鵲出去覓食，賊頭賊腦地跑來抓幼雛，護巢的藍鵲自然不是省油的燈，馬上嘎嘎大叫，隨著眾多藍羽箭再度射回，這次牠們連結周遭的樹鵲一起，惡狠狠地啄下幾根鷹羽，蒼鷹狼狽告退。（廖宣惠〈樹鵲波波〉）

正在船裡人替岸上的人感覺萬分著急的時候，雨又像用刀切斷似的突然停住了。幾分鐘之後，也許又會下著大雨，也許是絲絲的細雨，也許是陰霾密布，整個海面都被霧封鎖，使你的眼睛應接不暇。這種千變萬化的自然美景，如果不細細地體會，是很難領略到的。（謝冰瑩〈雨港基隆〉）

七仙賣出去之時，已是十歲了，賣去當作「先婢仔」，意即童

【零零星星】數量少而不集中。

【寥若晨星】清晨廣大遼闊的天空，星星十分稀疏。形容數量稀少。

【屈指可數】彎曲手指可計數，形容數量很少。

【七零八落】形容零散的樣子。或形容數量稀少。

【尺布斗粟】一尺布、一斗的粟米，比喻數量稀少。後衍伸形容兄弟不睦。

【一鳌一毫】形容數量極少。

【聚沙成塔】本指兒童堆積泥沙成佛塔的遊戲，後比喻積少成多。

【集腋成裘】積眾多狐狸腋下的小塊皮毛，以製成珍貴的白狐裘。比喻積少成多。

【積少成多】累積少量而成多數。

全部

【一應俱全】應有的一切都很齊全。

【包羅萬象】形容內容豐富，應有盡有的樣子。

【面面俱到】形容各方面都照顧到。

【應有盡有】該有的都有。形容萬物齊備。

【一覽無遺】一眼望去就看得很清楚，毫無遺漏。

【一網打盡】如同用網子全部抓住，無所遺漏。

【百不失一】形容人思慮周密，無所遺漏。

【無一不備】十分齊備、完整。

【芸芸眾生】泛指世間一切生

養媳，音訊不至於全無——可是零零星星的消息就夠揪心，但願沒有聽過，到底不是好的遭遇，受苦受罪，刻薄虐待，可想而知。後來逃了出來，再沒有消息，桂成託人打聽，說是死了，但死要見屍，竟終未見——想必是對方惡意散播出來的。（李天葆〈九燕春茶陽娘子從前事〉）

我坐在船尾，看著水裡一隻隻幾乎透明的水母被槳葉攪出的白沫溢向兩側，形形色色的水母像極了星際大戰中的飛行器正在海洋的天空裡飛翔；一群烏賊扭著大象樣的鼻子匆匆經過船邊；一隻海龜把一顆圓鈍的頭露出水面，警覺的看著經過的船隻。海上豐富多樣的生命，讓我忘了這趟出海「損龜」的不愉快。（廖鴻基〈丁挽〉）

他是在叩一扇生理本能的門，那道門的鑰匙因為芸芸眾生各持一把，丟掉了借來別人的也無濟於事，便那麼自責的又敲又戳起來。（鍾怡雯〈垂釣睡眠〉）

這是怎麼開始的？具體的情節井然有意地欺瞞我入夢，不厭其煩地重複過往的生活細節，鉅細靡遺乃至偷天換日，一行人搭上遊覽車，「勘查傳說中的美景」這樣的爛哏竟也說服了我繼續參與夢境的拓路。（陳育萱〈恐怖中秋〉）

瓊森鎮的夜晚，隱藏著諸多祕密，只有好奇的眼睛，才能觀察到各種細膩之處。我想，這短短一個月時光，肯定無法將北美洲夜晚的秀麗一覽無遺。（何敬堯〈夜光草〉）

一群和莫那一樣在臉龐上擁有歲月痕跡的男人們聽命，像從蜂

靈或特指塵世凡人。

【傾巢而出】比喻動用全部的人力。

【連皮帶骨】指全部，也可以解釋為皮與骨頭。

【全軍覆沒】全部軍隊傷亡殆盡，沒有人生倖免，用以比喻完全失敗。

【傾腸倒腹】把心底的話全部說出來。

【和盤托出】毫無保留的全部說出來，或者全部拿出來。

部分

【冰山一角】呈現在表面的一小部分現象。

【可見一斑】由事情的某一點可推論其全貌。

【九牛一毛】九頭牛身上的一根毫毛。比喻極大數量中的一小部分。

【滄海一粟】大海中的一粒粟米。比喻渺小而微不足道的一小部分。

【盲人摸象】盲者以各自所摸大象身體的不同部位來形容象。比喻以偏概全，不能了解真相。

【見驥一毛】只看到好馬身上的一根毫毛，比喻見識短淺，只了解事物的一小部分。

【以管窺天】透過竹管看天空，只能見到一小部分。比喻見識短淺、狹窄。

【掛一漏萬】形容能夠顧及的很少，遺漏的很多。

【鳳毛麟角】形容極其稀罕珍貴的人、事、物。

窩裡傾巢而出的虎頭蜂，發出了震懾人心的喊殺聲。他們衝進霧社的街道，也長驅直入地殺進霧社分室附近的日人宿舍裡！（嚴云農《賽德克．巴萊》）

其實，所有成人可能有的東西，小孩的小小的心裡必也一應俱全。因此小孩也是可怖的，他們是所有不可知的未來的決定者，純美的表相之下隱藏著無窮或善或惡的可能。（黃碧端〈愛憎童蒙〉）

我們現在可以翻來覆去講述的話語，其實都是近一個多世紀考古學家們在廢墟間爬剔的結果，與早已毀滅和尚未爬剔出來的部分比，只是冰山一角。（余秋雨〈巨大的問號〉）

容老師是真人不露相，他不僅會吃，他還很懂如何做菜，是位執有烹飪證書的美食者，耳聞他做的雲吞曾被個傢伙一口氣幹掉了幾十個，手藝之好由此可見一斑。（吳錡〈樓上三老〉）

她出身在富家，富家出身的人原來有嗇刻的，也有慷慨的，她的慷慨還不算頂稀奇。真正難得的是她那不會厭倦的同情和不辭勞苦的服務。富家出身的人往往只知道貪圖安逸，像她這樣給自己找麻煩的人實在少有。再說一般的醫師，也是冷靜而認真就算是好，像她這樣對於不論什麼病人都親切，恐怕也是鳳毛麟角罷！（朱自清〈劉雲波女醫師〉）

「開什麼廠！真是淘氣！當初為什麼不辦銀行？憑我這資本，這精神，辦銀行該不至於落在人家後面罷？現在聲勢浩大的上海銀行開辦的時候不過十萬塊錢……」他頓了一頓，用手去摸下

【百裡挑一】在一百個之中，選出一個。比喻極其優秀、難得的人事物。

【屈指可數】扳著手指，即可數清，形容數量極少，通常用於形容及旗優秀的人物。語本唐・韓愈〈憶昨行和張十一〉詩：「自期殞命在春序，屈指數日憐嬰孩。」

唯一

【獨一無二】只此一個，別無其他。比喻最突出或極少見。

【絕無僅有】只此一個，絕無其他。形容極為稀少。

【空前絕後】比喻超越古今，無與倫比。

【千古獨步】形容古往今來，絕無僅有。

【曠古一人】從古至今，唯有此一人，絕無僅有。

【天下無雙】天底下沒有第二個，獨一無二。

【無出其右】沒有能夠勝過的。因古時以右為尊。

【碩大無朋】貌壯德美，無相比之行。

【碩果僅存】比喻唯一仍然存在的人或物。

【無與倫比】沒有能比得上的，比喻僅只一個。

【不二法門】佛教用語，指到達絕對真理的方法。後比喻唯一的方法或途徑。

領，但隨即轉成堅決的態度，右手握拳打著左手的掌心，「不！我還是要幹下去的！中國民族工業就只剩下屈指可數的幾項了！絲業關係中國民族的前途尤大！——只要國家像個國家，政府像個政府，中國工業一定有希望的！——竹齋，我有一個大計畫，但是現在沒有工夫細談了，我們出去看看萬國殯儀館送來的棺材罷。」（茅盾《子夜》）

人的名字是所有文字最粗率、霸道的，既要求有名有利大富大貴，又要求獨一無二別無分號。（周芬伶〈問名〉）

善良從小在織品中打轉，習慣從布料和花色去認識一個人，冰涼帶水光的粉紅細絹牽連著一個肢體柔靜的女人，她的矜持可是碩大無朋。（周芬伶〈綠背心〉）

一次又一次的託付，傳遞包裹文件任何人都會做，叉叉叉付出的卻是獨一無二的熱忱。眾人一陣笑，影射他們都熟悉的某個女人。（朱天文〈帶我去吧！月光〉）

李尋歡忽然想起了阿飛。阿飛的聰明才智是不是比王憐花更高，因為他只學了一樣事，只練一劍。他這一劍本可練到空前絕後，無人能抵擋的地步。「只可惜聰明人偏偏時常要做傻事。」李尋歡嘆了口氣，不願再想下去。（古龍《多情劍客無情劍》）

我這個題目，是把《禮記》裡頭「敬業樂群」和《老子》裡頭「安其居，樂其業」那兩句話，斷章取義造出來。我所說是否與《禮記》、《老子》原意相合，不必深求；但我確信「敬業樂業」四個字，是人類生活的不二法門。（梁啟超〈敬業與樂群〉）

內在世界》一、情感

1 情緒

喜愛

【愛不釋手】喜歡得捨不得放手。

【愛不忍釋】喜愛到捨不得放手。

【情有獨鍾】特別鍾愛於某種事物。

【拍案叫絕】拍桌子叫好，形容非常讚賞。

【樂此不疲】特別喜好做某些事，而不以為倦苦。

【愛屋及烏】比喻愛一個人也連帶地關愛與他有關的一切。

【心嚮往之】形容內心想望、景仰的感覺。

【如醉如痴】形容人神情恍惚，陶醉其中，難以自拔。也作「如痴如醉」。

【高山仰止】景仰崇高的德行，語出《詩經．小雅．車舝》。舝，ㄒㄧㄚˊ。

【五體投地】比喻非常的敬佩。五體投地本是古代印度最恭敬的致敬禮儀，以身體雙膝、雙肘及頭等五處著地，佛教徒沿用此禮以敬三寶。

然後史密夫在不遠處的屈臣士藥房（A.S. Watson & Co.），買了暈船藥和一瓶蘇格蘭威士忌，以及在雪廠街的阿方照相館（Afong Studio）搜購了一些他太太必定**愛不釋手**的本地風景和人物照片，其中一幀拍攝一個本地窮家男孩揹著小嬰兒的著色照，更加令他內心產生「對人類的純真本性的深深觸動」。（董啟章〈史密夫先生的一日遊〉）

可能是因為在微涼的秋天裡抱著滿懷的期望入學吧，所以喜歡學校在秋天裡的所有模樣。經過了四個冬天，仍然對那所學校**情有獨鍾**，喜歡她的景色，喜歡她的人文，喜歡她的自由，喜歡她的孤獨。（樊孝娣〈關於在烏山頭水庫旁那所學校的時光〉）

乾隆皇帝弘曆登基的時候（一七三六）才二十四歲，在位時，文治武功均稱隆盛，他喜歡外出遊覽「巡幸」，詩文書法雖不見佳，卻又**樂此不疲**。民間流傳乾隆皇帝的故事不少。單就乾隆皇帝游江南就能說上幾天，不過真實性如何就難說了。（周簡段〈乾隆賜匾「都一處」〉）

【深惡痛絕】厭惡、痛恨到極點。

【不共戴天】比喻仇恨極深。

【疾惡如仇】憎恨壞人壞事如同仇敵一般。

【痛心疾首】痛恨、怨恨到極點。

【怒目切齒】張眼瞪視，咬牙切齒。形容憤怒、痛恨到了極點。

【恨之入骨】恨到了極點。

【疾之如仇】痛恨到彷彿仇敵一般的厭惡。

【仄目而視】仄，ㄗㄜˋ。斜眼注視，表示痛恨或者是畏懼。

【人神共憤】形容充滿憤恨、憎惡到極點。

【掩鼻蹙頞】頞，ㄜˋ，鼻莖。形容極其厭惡，而不願談及。

【掩鼻而過】形容厭惡不潔之物。

【餘食贅行】吃剩的食物，身上的贅瘤，指遭人厭惡的事物。

平和

【心平氣和】心氣平和，不急不怒。

【心如止水】心志如靜止不流動的水，不為外物所動。

【高枕無憂】形容身心安適，無憂無慮。亦作「高枕而臥」。

【氣定神閒】形容人的神態安詳閒適。

當然，小孩還別有可憎處。「烏有市」的劉紹銘教授有過名言，說不曾為人父母的，沒資格寫小說，因為「還沒有真正經歷過人生的苦難」。他自己，在我所熟知的人當中，是對小孩的喧鬧最深惡痛絕的一位。（黃碧端〈愛憎童蒙〉）

他想起臨來時皇上要他「觀察晉省吏風」的囑咐，所以他儘管對席間的談話很是反感，卻只是「觀察」，並不說話。田文鏡當然知道，這故事全是編出來給他聽的。因為他就是三進考場，屢試不第，才花錢捐的官。他也知道，自己在山西折騰了這麼多天卻一無所獲，這裡的大小官員早就把他恨之入骨了，這是要趕他走哪！可是，他心裡有數，不但不怕，還笑了笑說：「好，講得真好，田某受益匪淺。我也想給大家說個真事：剛才田某到這裡來之前，已經用我的欽差關防把山西的藩庫封了。你們聽到這個消息，不知道還能不能笑得起來。」他說得很輕鬆，但就是這麼一句話，卻如春雷炸響，驚得在座的人面面相覷，不知如何是好了。（二月河《雍正皇帝》）

貴婦超市就有一種不慌不忙、既似優雅又似裝模作樣的高尚氣氛。在一堆標榜有機、無毒的嚴選食材中，像我這種非貴婦級的顧客，最大的樂趣來自於欣賞與想像。（黃雅昕〈超市的表情〉）

機會來了，是駐臺美軍撤離前的盛大通宵化裝舞會，臺北社交名媛花招盡出，莫不鑽破頭冀望出奇致勝。老太太這廂神閒氣定取出壓箱底前朝衣飾給拿主意打扮。當晚朱愛倫祭出文化陣仗舉

【安步當車】形容態度悠閒從容。

【從容不迫】沉著鎮定不慌張。

【揚揚自若】態度從容鎮定。

【悠然自得】神態從容，心情閒適的樣子。

【不慌不忙】形容人舉止從容不迫。

【不忙不暴】形容態度從容平和，不焦躁、不忙亂。

【好整以暇】形容在紛亂、繁忙中顯得從容不迫。

【大大方方】態度自然而從容的樣子。

【輕裘緩帶】原本是指身穿輕暖的皮衣，繫寬大的衣帶，後來用於比喻行動、態度從容閒適的樣子。

【面不改容】不改面部神色。形容遇到危險時，仍然保持態度平和沉著。也作「面不改色」。

【泰然居之】遭遇事情時，保持鎮定的態度，神色鎮定。也作「處之泰然」。

【泰然自若】遇到緊急或危難時，情緒上保持鎮定、不驚慌。

【和氣致祥】氣氛平和融洽可招來吉祥喜慶。

【見怪不怪】遇到奇怪的事物而不覺得奇怪。比喻處事鎮定。

座驚豔。（蘇偉貞〈日曆日曆掛在牆壁〉）

我從沒想過會與書燁此華麗的照面，古人或許見怪不怪，早用以糊壁、糊窗，偶爾口占「三更有夢書當枕」……。總之，我在一種微醺的氛圍中，啜飲金黃醇美的酒液，暫時把滿牆如蝴蝶飛舞的書頁當成李白斗酒之後的題詩。（廖志峰〈機械複製的時代〉）

字雖是走雲連風，氣勢磅礴，觸目卻教人看出大寂寞來：即使心如止水的山僧，也有他的青春歲月，也有他的盛年，然而朝顏瞬息，只有寒松獨見；人，只是悠悠地老去。（黃碧端〈寂寞〉）

第二天早晨，木蘭來和莫愁商量當前的情形。她也聽到黑名冊和懷瑜回來的事。她答應把立夫那一包文字拿去放在華太太的古玩店裡。她還出主意讓立夫離開北京些日子，等時局好轉再回來。那是早晨十一點鐘，木蘭姊妹正和立夫說話，陳三跑進來說：「警察進來了。」姊妹二人臉變得煞白。莫愁說：「由後門跑。」立夫泰然自若說：「那有什麼用？一定都包圍了。」四個警察立刻進來。莫愁出去見他們，問：「你們要幹什麼？」警官說：「少奶奶，我們有拘捕狀，要逮捕孔立夫。」陳三邁步向前，手放在槍上。立夫出來喊說：「別胡來！」（林語堂《京華煙雲》）

【七竅生煙】眼耳鼻口都氣得冒煙，形容非常憤怒。

【大發雷霆】盛怒時斥責聲如雷霆，令人驚恐。形容大發脾氣，大聲責罵。

【火冒三丈】形容人十分生氣。

【正言厲色】言辭鄭重，神情嚴厲。

【勃然大怒】忿怒的樣子。

【咬牙切齒】咬緊牙齒，表示非常悲痛憤恨。

【怒不可遏】憤怒得無法抑制，形容十分憤怒。

【怒氣沖天】怒氣直沖天際。形容十分憤怒。

【怒氣沖沖】十分激動、憤怒的樣子。

【怒氣填胸】胸中充滿怒氣。形容非常氣憤、忿怒。

【怒髮衝冠】憤怒得頭髮豎起，連帽冠都頂立。形容極端憤怒。

【柳眉倒豎】形容女子發怒的樣子。

【氣急敗壞】上氣不接下氣，狼狽不堪的樣子。形容十分慌張的樣子。

【疾言厲色】指言語急迫，神色嚴厲。形容人發怒的樣子。

【惱羞成怒】因羞愧到極點而惱恨發怒。

【義憤填膺】胸中充滿因正義而激起的憤怒。

【憤憤不平】心中十分氣惱、不服氣。

【暴跳如雷】暴躁得像打雷一樣猛烈。形容脾氣暴躁或憤怒的樣子。

【聲色俱厲】說話時的聲音和臉色都很嚴厲。

這一天放假回家，檢點了一下，又發現有一條褥單是丟了。七巧暴跳如雷，準備明天親自上學校去大興問罪之師。（張愛玲〈金鎖記〉）

等我以考古的功夫掘開那襲香草屍衣，底下純潔無染的魚身其實還算鮮嫩，只可惜讓廚子給糟蹋了——這雖不至於讓人萬念俱灰，也夠火冒三丈了。（張讓〈我的菜裡有根頭髮〉）

他母親每回提到這次往事必然淚眼汪汪。那些男形老婦必然是義憤填膺一頓咒罵。只有他知道母親人格裡那像鬆脫的扣榫或散開的畫框的部分，乃至於有某些根柢性的東西，她永遠是會像糊了的字跡或泡水的肖像畫，不清不楚兜兜反反像霧裡看花……（駱以軍〈運屍人〉）

我覺得，母親對於姊姊限制她每天進食麵包的數量，並不感到厭惡，她確切被刺傷的是姊姊把問題歸咎於那些她視作孩子般的麵包。她咬牙切齒地說這是一種報復，原因是多年以前，姊姊在麵包裡啃到一顆她壓麵糰時不慎掉落的早已壞死多時的牙齒。（韓麗珠〈酵母〉）

彼時我比現在年輕幾歲，仗著一股學生式的天真與憤憤不平，我質問母親，媽，你怎麼可以蒙蔽阿嬤，病人有知情的權利，換成是你，你難道不想知道自己得了什麼病？（吳妮民〈謊〉）

畫面中接著出現的是一個氣急敗壞的女人，從屋裡奔出趕到門邊，對那個男子大聲喝斥了幾句。男子張開原先緊握的拳頭，露出掌心中的糖果朝他面前送來。他害怕地看著男人，又望了望女人，直到聽到一個溫柔的聲音，拿去。（郭強生〈罪人〉）

快樂

【喜不自勝】高興得不得了。

【樂以忘憂】非常快樂而忘了憂愁。

【心曠神怡】心情開朗，精神愉悅。

【心花怒放】形容心情極其快活。

【眉開眼笑】眉頭舒展，眼含笑意。形容愉悅欣喜的神情。

【笑逐顏開】形容心中喜悅而眉開眼笑的樣子。

【眉飛色舞】形容非常喜悅得意的神情。

【怡然自得】欣悅自得的樣子。

【喜出望外】因意想不到的事感到欣喜。

【大喜過望】因結果超過原本預期而感到特別高興。

【樂不可支】快樂到無法承受，形容快樂到了極點。

【歡欣鼓舞】歡樂興奮的樣子。

【歡天喜地】非常歡喜高興的樣子。

【興高采烈】形容興致勃勃，情緒熱烈的樣子。

【滿面春風】形容滿臉笑容，心情喜悅或得意的情狀。

【欣喜若狂】形容快樂、高興到了極點。

我聽到這消息，簡直欣喜若狂。後來經過志魚兄的引介到宜外永光寺中街鄒老的寓廬求見。慕老極為念舊，知我是秋宸公侄孫，又是虔誠求教而來，欣然答應。（唐魯孫〈印泥〉）

整個夏季，我們都興高采烈地強迫蟬從枝頭搬家到鉛筆盒來，但是鉛筆盒卻從來不會變成音樂盒，蟬依舊在河邊高高的樹上叫。（簡媜〈夏之絕句〉）

憶及年幼之時，家父好飲香片，每見他握杯把玩，先聞其香氣，再徐徐飲之，最後則閉目養神，一副怡然自得狀。（朱振藩〈茉莉花茶撲鼻香〉）

一生不知作過多少次迷路夢。從前在警察廣播電臺工作時，夢中迷路，會逢人便問「請問怎麼樣才能到臺北？」有時在迷路中，只見滿街泥濘，兩旁店鋪都非常陌生，忽然迎面開來電臺的車子，於是喜出望外，趕緊招手，平安抵達。（羅蘭〈這一次的迷路夢〉）

我們登上了五峰山頂，心曠神怡地恣意吸取著四周的風景。海水是那末無窮的廣大、深遠，它擁抱著大大小小的無數的島嶼，白色的浪沫在澎澎湃湃地有節奏而徐緩地撲向海邊的赭蒼色的古老的岩石上來，彷彿是摔碎在岩下，卻又像是有節奏而徐緩地引退了。（鄭振鐸〈移山填海話廈門〉）

【千愁萬恨】形容憂愁怨恨極多。

【千愁萬緒】形容憂愁思慮極多。

【心如刀割】謂內心痛苦，像被刀割一樣。

【以淚洗面】淚流滿面。形容極度憂愁悲傷。

【坐困愁城】形容極度憂愁、煩惱的樣子。

【抑鬱寡歡】憂愁不樂的樣子。

【忽忽不樂】心中失意而不快樂。

【咳聲歎氣】因憂愁、煩悶或痛苦而發出嘆息聲。

【紅愁綠慘】形容哀愁傷懷。

【食不下咽】飲食不下。形容內心非常悲傷、憂愁或煩惱。

【借酒澆愁】借喝酒來排遣愁悶。

【悒悒不樂】鬱悶憂愁、不快樂。

【悶悶不樂】心情憂鬱不快樂。

【忽忽不樂】心中失意而不快樂。

【鬱鬱不樂】憂悶的樣子。

【神愁鬼哭】形容極其淒慘悲苦。

【柔腸寸斷】形容極度悲傷。

【視丹如綠】把紅色看成綠色。形容憂愁太甚致視覺模糊。

【愁眉不展】雙眉緊鎖，很憂愁的樣子。

【愁眉苦臉】眉頭緊皺，苦喪著臉。形容憂傷、愁苦的神色。

【愁眉淚眼】眉頭緊鎖，雙眼含淚。形容愁苦悲傷的樣子。

【樂極生悲】歡樂到了極點，往往會轉生出悲哀。

父女之間，因此，起了許許多多的小衝突。衝突雖小，可是與夢蓮的終身大事相連，所以即使是為一杯茶的冷暖，或一頓飯的遲早，而引起的不快，也會把眼淚誘出來，每一件小小的衝突都慢慢發展到婚事上來。王舉人說丁家窮，夢蓮就說丁家曾經闊綽過。王舉人說過去的富不能補救現在的窮，夢蓮說今日的窮或者正好教明天再富。王舉人以為嬌生慣養的夢蓮一定受不了委屈，而嬌生慣養的夢蓮以為只有受點委屈才足以表現出真的愛情來。王舉人，雖然很愛女兒，但在這件事上決定拿出父親的威嚴，不許女兒胡鬧；即使女兒因此終日以淚洗面也在所不惜。夢蓮，雖然很愛父親，但在這件事上決定以不吃飯，不起床，頭疼（真的和假的兩種），落淚等等為反抗的工具，幾乎是故意的使老父親傷心。（老舍〈火葬〉）

他倆於是又接著跳，寶芬叫他跳近那個圓胖老紳士身邊去。她算把素雲的臉瞥了一眼，走近的時候兒，她看見素雲戴了好多鑽石，穿的是非常貴的衣裳。縱然如此，她的表情卻顯得有一種餓不滿足的神情，因為面露怏怏不樂之色，臉上乾枯失潤，是永遠不能再幸福快樂的憔悴。眼睛周圍有深的皺紋，兩頰不紅潤。縱然眼睛上不失尖銳的光芒，表情的抑鬱寡歡，使塗上脣膏的一點朱紅，顯得多麼不相配！（林語堂《京華煙雲》）

家裡第一次堆滿隔壁的鄰人，是爸爸去世的夜晚，看著救護人員抬走重病的父親，每一個人都是憂心忡忡，這一次，同樣的畫面，同樣那一堆鄰人，同樣為在門口，所不同的是，母親卻是喜氣洋洋，連門外一棵白蘭樹都特別清香。（林超榮〈薔薇謝後的

【愁腸寸斷】因憂愁而使腸子斷裂。形容極其憂愁苦悶。

【肝腸寸斷】比喻悲傷到了極點。

【愁腸百結】憂愁纏結在腹中。比喻憂愁無從排解。

【愁緒如麻】憂愁的思緒如同亂麻一樣。形容心情非常愁悶，難以排遣。

【意擾心愁】指心思煩亂愁悶。

【落落寡歡】形容人心情鬱結，面帶憂愁。

【抑鬱寡歡】憂愁不樂的樣子。

【鬱鬱寡歡】悶悶不樂。

【槁木死灰】形容人清虛寂靜，對外物無動於衷。後比喻灰心絕望的樣子。

【滿面愁容】滿臉憂愁的樣子。

【憂心如焚】內心憂慮有如火在焚燒。形容非常焦急憂慮。

【憂心忡忡】憂愁不安的樣子。

【憂能傷人】憂愁煩悶會損害人的健康。

【顧影自憐】看著自己的形影，自憐身世。形容孤獨失意的樣子。

衝動激動

【血氣方剛】泛指年輕人精力正當旺盛，易於衝動。

【意氣用事】處理事務但憑情緒，缺乏理智。

【不假思索】不經過思考探求，立即做出反應。

【慷慨激昂】志氣高昂，情緒激揚。

【鼻頭出火】形容意氣風發，或情緒激動、生氣的樣子。

【鼻中出火】情緒激動。

【不能自已】不能控制自己激

八十年代〉）

我們的白雪公主，自從喪失了牠的第三位駙馬以後，更顯得鬱鬱寡歡了。牠每天在籠子裡跳來跳去，有時把鐵絲網弄得咚咚作響；有時展開雙翅拍拍地打著木籠；有時從鐵絲網的小洞裡伸出頭來，好像一下就要衝出來的樣子。（謝冰瑩〈鴿子的愛〉）

美國之行取消，他們之間又恢復了那種隨時就會破滅的危機感，當她發現月經終於來了，她哭得肝腸寸斷，彷彿孩子曾經存在體內卻因他的冷漠而夭亡。（陳雪〈歧路花園〉）

照中國審美標準，蘭熹的嘴是大了點，不過唇形端正，算是歐風美唇，塗上豔紅的唇膏嫣然一笑，並不輸給那時幾個走紅的好萊塢明星。何況人都知道她頗有私房充妝奩，怎麼會滿二十四歲了連上門提親的都沒有呢？蘭熹側過臉，伸長脖子耷拉著眼皮繼續顧影自憐，她想張家老二一定知道自己看不上他才連提都不敢來提。（蔣曉雲〈百年好合〉）

胡斐向他望了一眼，但見他雙目中神光閃爍，威風凜凜，顯是一位武功極強的高手，心中油然而生欽服之心，說道：「閣下如此人才，何苦為滿洲貴官作鷹犬？」那大漢微微一笑，道：「北京城邊，天子腳下，你膽敢說這樣的話，不怕殺頭麼？」胡斐昂然道：「今日事已至此，殺頭便殺，又怕怎地？」要知胡斐本來生性謹細，絕非莽撞之徒，只是他究屬少年，血氣方剛，眼看馬春花被福康安害得這等慘法，激動了俠義之心，一切全豁了出去，什麼也不理會了。也說不定由於他念念不忘的美麗姑娘忽

動的情緒。

【憤恨不平】憤慨痛恨，情緒激動難以平和。

【怒氣沖沖】情緒激動、憤怒。

【情不自禁】情緒激動得無法自制。

【情不自勝】情緒激動到難以承受的地步。

【攘袂切齒】捲起衣袖，咬牙切齒。形容情緒激動、憤怒。

【揚眉奮髯】形容說話時神情激動興奮。

消沉

【萎靡不振】形容頹喪消沉，沒有精神。

【垂頭喪氣】低垂著頭，意氣消沉。

【一蹶不振】比喻一遭受挫敗，就再也不能振作起來。

【朽木死灰】比喻心志有如枯朽的木頭、冷卻的灰燼一般消沉，毫無生氣。

【槁木死灰】形容外表軀體寂靜，如同枯木，精神則有如燃燒後冷卻的灰燼。形容人清虛寂靜，對外物無動於衷。現多用於形容因為遭受困挫，而顯得灰心絕望的樣子。

【心如寒灰】形容意志消沉，有如冷卻的灰燼，沒有生機。

【心慵意懶】形容人意志消沉，精神萎靡不堪，心灰意冷。

【死氣沉沉】形容人沒有生氣，意志消沉委靡，也用於形容氣氛沉默、不活潑的樣子。

然之間變成了一個尼姑，令他覺得世情慘酷，人生悲苦，要大鬧便大鬧一場，最多也不過殺頭喪命，又有什麼大不了？他手按刀柄，怒目橫視著這馬上九人。（金庸《飛狐外傳》）

你的態度叫做矯情。這是危險的不安定的情緒的來源。會叫一個活潑好動的心靈走到牛角尖去轉不過身來！矯情是不對的。那多少帶點意氣用事。人時時應當查考他自己的思想是否轉動自如，而不受任何壓力？如果有不能考慮，或不堪考慮時，便是離開正道了，需要清醒，趕緊尋路回來！（鹿橋《未央歌》）

搭救孟良的新使命，在他心裡燃起了新的火焰。他不再一蹶不振，愁容滿面，而是一心一意，又有了生活的目的。他到處打聽，找當官的，找特字號的，四處花錢，打聽孟良到底給關到哪兒去了。（老舍《鼓書藝人》）

紫衣少婦淡淡道：「我們姊妹若輸了，自然會有人跟著你走，反正我們家姊妹多得很……」軒轅三光的眼睛忽然瞇成一條線，上下瞧了這少婦幾眼，道：「你們的姊妹真的多得很？有沒有九個？」紫衣少婦沉默了半晌，緩緩道：「不多不少，正是九個。」這句話說出來，軒轅三光瞇著的眼睛忽又睜開，而且瞪得比銅鈴還大，那死氣沉沉的黑瘦漢子身子一震，一張臉陡然變得通紅，全身的血像是全都衝上了頭頂，也瞪著那少婦道：「你……你是慕容……」紫衣少婦微微一笑，道：「我是七娘，這是我六姊……這是八妹。」她身旁的兩位少婦也嫣然一笑，年紀較大的那人道：「你雖未見過我們，我們卻久已知道你了。」那黑瘦漢子的

【意懶心灰】灰心絕望，缺乏意志，沒有生氣。

【醉生夢死】像在酒醉和睡夢中那樣醉醺醺、昏沉沉地過日子。形容生活目的不明確，過得糊裡糊塗。

【沒精打彩】形容情緒低落、精神頹喪，提不起興致。

煩躁

【心煩意亂】指心情煩躁，思緒凌亂。

【方寸已亂】形容心緒煩亂。

【憂心如搗】形容心情焦慮難安。

【憂心如焚】內心焦慮，有如火焚。

【坐立難安】形容情緒焦慮、煩躁、心神難寧的樣子。

【如坐針氈】心神不寧，片刻難安。

【意攘心勞】心情焦躁繁亂。

【五內如焚】形容人的焦躁焦慮之情，有如五臟被火燒般。

【打枕捶床】形容情緒煩躁、無奈、憤懣或極悲痛的樣子。也作「搗枕槌床」、「推床倒枕」。

【食不知味】形容人因為煩躁或過度勞累，進食時也無法感受味道。

【茶飯不思】因為煩躁焦慮，不想吃飯喝水。

【更長夢短】形容人焦躁、焦慮，徹夜難眠，睡不好覺。

【寢食難安】因為焦躁、焦慮，無論吃飯或睡覺都無法安心。

【搔首抓耳】形容人因為煩躁焦慮或想不出辦法的模樣。

臉色忽又變成蒼白，腳下一步步向後退。（古龍《絕代雙驕》）

公元十七世紀中葉，大明王朝已近末年，實底子早已爛透，朝不保夕。朝廷昏庸，官府腐敗，社會不公，民不聊生。但表面上仍要打腫臉充胖子，從上到下，整日裡高呼盛世，聲色犬馬，醉生夢死，就像臨終之人的迴光返照。（沈寧《麒麟墜》）

錦兒去送禮。回來說，曾太太一定要木蘭去吃飯。木蘭說：「那像什麼呀？我可不好意思去。」下午快到五點了，雪花來催木蘭，說祖母想她呢。木蘭更覺得心煩意亂，因為她半年來沒看見過蓀亞，跟他坐在一張桌子上吃飯太難為情，並且，另一件事，是她也有幾個月沒有見立夫。（林語堂《京華煙雲》）

那時店中有一位當手，姓張，表字鼎臣。他待我哭過一場，然後拉我到一間房內，問我道：「你父親已是沒了，你胸中有什麼主意呢？」我說：「世伯，我是小孩子，沒有主意的。況且遭了這場大事，方寸已亂了，如何還有主意呢？」（吳趼人《二十年目睹之怪現狀·第二回》）

項少龍壓下心中翻起的滔天巨浪，知道呂不韋洩出小盤的身分問題後，就像在平靜的水面投下巨石，引發了其他聯想，例如郭開便在懷疑小盤就是嬴政。此事非同小可，若讓呂不韋知道，配合從邯鄲抓回來那對夫婦，他們更難有辯白機會。口上卻應道：「那孩子痛母之逝，途中茶飯不思，兼之旅途勞碌，早病死了。」郭開「哦」的一聲，表情像是早猜到你會這麼說的模樣。項少龍再沒興趣和他纏下去，一聲告罪，驅馬加速，連越數十輛馬車，進入王宮。（黃易《尋秦記》）

【不忮不求】不嫉妒，不貪得。

【爭風吃醋】因爭奪感情而生嫉妒之心，爭執之事。

【拈酸吃醋】男女間因嫉妒所引起的不悅情緒。

【禿妃之髮】比喻女子嫉妒。相傳唐太宗賜尚書任環兩名美麗的宮女，任妻柳氏妒嫉，使二女髮爛頭禿。皇帝聽聞，賜假毒酒令其自盡，柳氏卻一飲而盡。帝知無法改變其意志，令改置二女於別室。

【尹邢避面】漢武帝寵幸尹夫人與邢夫人，並下詔二人不得相見。尹夫人自願請見邢夫人，見面後自嘆不如而低頭哭泣。比喻相互嫉妒，彼此不見。

【妒賢嫉能】嫉妒比自己有德望、有才能的人。

【懷璧其罪】身負才能，因而招人嫉妒。

【怨天尤人】抱怨上天，責怪他人。比喻面對不如意時，一味地歸咎客觀環境，而不能自我檢討。

【幸災樂禍】因為嫉妒，見到別人的不幸遭遇而快樂。

在伊斯坦堡，你總會留下一件遺憾的事。照片中的男子立在那裡做什麼呢？獨立大道如滾滾流水，行人摩肩接踵，何曾一刻歇停過，他卻獨自立在那裡，單手持舉一份刊物，面目莊嚴，神思專注，如念天地之悠悠，傲然不忮不求。（馮平〈伊斯坦堡素描〉）

不巧的是，他現在有二個女人。我們烤栗子吃時，二個女人為他爭風吃醋。那二個女人和他一起住在那棟市長的房子。他們有一個滿好的地址：2ViaRoma。羅馬街二號。（陳玉慧《日記藍》）

臺灣的童年並不悲慘，但也稱不上是普魯斯特的貢布雷。我只記得整個社會瀰漫著一種等待的情緒。就像黑夜即將結束前的一刻。似乎，每個人都相信，只要我們不怨天尤人，埋頭工作，會有那麼一天，該有的，我們都會有。（胡晴舫〈我這一代人〉）

閉了眼，那時的景象就赫然展開：父親滿面怒容在客堂裡踱方步，橐橐地，每一步像要踹爛什麼似的。我在廂房裡整理行李，我很鎮定，但覺得心裡空蕩蕩的；我知道那時父親又是恨我，又是有幾分不願意我就此走開，要是有什麼人從旁解勸幾句，父親一定會趁勢下臺的。然而姨太太卻在旁邊冷言冷語挑撥：「老爺，你是過時的人了。你不曉得二小姐多能幹，朋友又多，怕沒有人照應麼？再不用你老頭子操心了。回頭做了官，咱們還要叨二小姐的光呢！」這陰毒的女人！那時她那幸災樂禍的眼光，冷酷而毒辣的口吻，我是一輩子忘不了的。然而，現在她到底死了！恩恩怨怨，都像荒唐一夢罷哩！（茅盾《腐蝕》）

【膽顫心驚】形容十分驚慌害怕。

【提心吊膽】形容心理上、精神上擔憂恐懼，無法平靜下來。

【人心惶惶】形容人心動搖，驚恐不安的樣子。

【心驚肉跳】形容恐懼不安，心神不寧。

【聞風喪膽】聽到一點消息就嚇破膽。形容極度恐懼。

【不寒而慄】非因寒冷而顫慄，形容恐懼的顫抖。

【風聲鶴唳】到風聲和鶴鳴，都以為是敵兵。形容驚慌疑懼，自相侵擾。

【草木皆兵】見到風吹草動，都以為是敵兵。形容疑神疑鬼、驚恐不安。

【杯弓蛇影】誤以為酒杯裡的弓影是蛇，以致喝下後心生疑懼。比喻為不存在的事情枉自驚擾。

【驚弓之鳥】比喻曾受打擊或驚嚇，心有餘悸，稍有動靜就害怕的人。

【吳牛喘月】比喻人見到曾受其害的類似事物，而過分驚懼害怕。也用來形容天氣酷熱。

【花容失色】形容女子受到驚嚇，如花朵般美麗的容貌失去顏色。

【六神無主】形容心慌意亂，拿不定主意。

【張皇失措】驚惶恐懼，舉止失常，不知道該怎麼辦才好。

【驚慌失措】驚恐慌張不知如何是好。

【心有餘悸】形容危險不安的事情雖然過去，但回想起來心

最初的日子，當我夢見這樣急速墜落的過程，我難免驚慌失措，拚命想轉動身體，想看清楚周身環境，大吼大叫，不明白自己為何陷入這樣困窘的境遇。（何敬堯〈一千個不接受我們的星球〉）

哥哥去世後，父親的愛集於我一身，我也體弱多病，每一發燒就到三十九度。父親是驚弓之鳥，格外擔心，堅持帶我去城裡割扁桃腺。（琦君〈父親〉）

「媽媽，媽媽。」我推她，「怎麼了？」「豔紅說過這句話！豔紅這樣說過，哈拿，沒想到二十五年後，你又會這麼說，我好害怕，有時候看到馬大的眼色，跟當年的豔紅一模一樣，那種狂熱、痴迷，一模一樣，哈拿，你要勸她。」我把媽媽摟在懷內，我們一家子現在草木皆兵，好比驚弓之鳥。杯弓蛇影、風聲鶴唳，都足以使媽媽心驚肉跳。我安慰媽媽，「現在不比以前，媽媽，現代人看感情，不會那麼嚴重，我同妳說她幾句，保管沒事，不怕，不怕。」（亦舒〈野孩子〉）

星級賓館裡一切都很乾淨，只要多給點小費，男性侍者的微笑也應有盡有。但不管有多少笑臉，嗡嗡蚊聲仍然不時可聞，令人心驚肉跳，令人心裡「登格」。（韓少功〈歲末恆河〉）

如果給你寄一本書，我不會寄給你詩歌／我要給你一本關於植物，關於莊稼的／告訴你稻子和稗子的區別／告訴你一棵稗子提心吊膽的／春天。（余秀華〈我愛你〉）

「朕不指你這個。」乾隆聽得很仔細，不時點著頭，聽完卻笑了，「如今宗室子弟，國戚勛舊裏頭，都在所謂『和光同塵』。朕尚寬大和平中正，又是無為而治，他們便以為國事可以漠然置

裡仍感到緊張、害怕。

【芒刺在背】像是有許多細小的芒刺沾在背上。比喻因畏忌而極度不安。

【噤若寒蟬】像寒冷季節時的蟬，一聲不響。比喻不敢說話。

【戰戰兢兢】形容戒慎恐懼的樣子。

【臨深履薄】指走近深淵，踩在薄冰上。比喻戒慎恐懼，十分小心。

【毛骨悚然】從外在的毛髮到骨頭裡都感到害怕。形容極端驚懼害怕。

【畏首畏尾】前也畏懼，後也畏懼。形容疑慮顧忌，膽小怕事。

【惴惴不安】形容因恐懼擔憂而心神不安寧。

不安

【寢食難安】睡覺和吃飯都不安心。形容憂慮煩亂的樣子。

【忐忑不安】心緒起伏不定的樣子。

【芒刺在背】像是有許多細小的芒刺沾在背上。比喻因畏忌而極度不安。

【如坐針氈】像是坐在插滿針的氈子上。比喻身心痛苦，惶恐難安。

【坐立難安】坐也不是，站也不是，形容非常不安。

之，每日只是吟風弄月彈曲弈棋寫詩填詞裝風流倜儻混名士場兒，或者聽曲子看戲串館子，養成一種萎靡不振的頹唐氣負，漢化得比漢人更其荒唐無聊。朕巴不得多出你這樣的侍衛，不事空談勇於任事！別說你做的都對，就是偶有不是處，從內裡講是忠君愛民，朕也斷沒有罪你的理！」福康安一陣興奮，眼中放光，覺得欠老成，斂去鋒芒，小心顫聲問道：「那皇上指的是……？」「指的你這次出京，其實是硬從家裡掙脫出來的。」乾隆盯著福康安，「你父親出兵放馬遠在成都，母親在家約束不了你，急得六神無主。你又是微服出行，白龍魚服魚蝦可以欺之，難道沒聽見過這話？」（二月河《乾隆皇帝》）

她望著熟睡中父親的灰白濃眉，想像當年那個戰戰兢兢，在小吃攤前引頸企盼的年輕小夥子的熱切眼神。一路行來，父親轉戰生命道途的身量也罷，低頭蒸騰熱食的背影也罷，忽地全透著一絲蒼涼。（高自芬〈地圖〉）

他記得初出茅廬，獨立醫治的第一個病人，是一個年輕的女孩子，學藝術的，人長得很甜，不幸卻患了先天性心臟瓣膜缺損，他盡了全力，也沒能挽回她的生命，那個女孩子猝然病逝後，有很長一段日子，他寢食難安，內心的沮喪及歉疚，幾乎達到不堪負荷的程度，那是他第一次驚悟到，人心原來是一顆多麼復雜而又脆弱的東西。（白先勇〈夜曲〉）

他覺得身體一天一天的衰弱起來，記憶力也一天一天的減退了，他又漸漸兒的生了一種怕見人面的心思，見了婦人女子的時

【誠惶誠恐】形容內心非常惶恐不安。

【七上八下】形容心情起伏不定、忐忑不安。

【心神不寧】心思精神恍惚、不安寧。

【提心吊膽】形容心理、精神上憂鬱不安，難以平靜。

【六神無主】心神慌亂，拿不定主意，慌張失措的樣子。

【六神不安】形容人因為驚慌而心神不定

【惶悚不安】心中慌亂，難以安定。

【蹀躞不下】蹀，ㄉㄧㄝˊ；躞，ㄒㄧㄝˋ。形容心中焦慮，難以放心。

【蒿目時艱】憂慮世局，心中難安。

【民不安枕】形容身處亂世，人民不能安穩度日，終日不安。

【跼蹐不安】跼，彎腰。蹐，後腳接前腳地小步走。跼蹐不安形容緊張恐懼，不知所措的樣子。

交錯

【悲喜交集】悲傷與歡喜的感覺交織在一起。

【五味雜陳】各種滋味交雜在一起。比喻心情非常複雜。

【忐忑不安】心緒起伏不定的樣子。

【百感交集】各種感受混雜在一起。比喻思緒混亂，感情複雜。

【心亂如麻】心緒紛雜如亂麻

候的腦裏，不使他安靜，想起那一天的事情，他還是一個人要紅起臉來。他近來無論上什麼地方去，總覺得有**坐立難安**的樣子。他上學校去的時候，覺得他的日本同學都似在那裡排斥他。他的幾個中國同學，也許久不去尋訪了，因為去尋訪了回來，他心裡反覺得空虛。因為他的幾個中國同學，怎麼也不能理解他的心理。他去尋訪的時候，總想得些同情回來的，然而到了那裡，談了幾句以後，他又不得不自悔尋訪錯了。（郁達夫《沉淪》）

露露在這種時候就特別困惑，平日退縮慣了，忽然被抬舉到太顯眼的位置，愧不敢受、**誠惶誠恐**。（柯裕棻〈父親與狗〉）

他不知道教官的線索怎麼來的，還盤查他的家庭，若不是他是軍人子弟，父親掛著梅花軍階，可能還糾纏下去。但這件事讓他**心神不寧**。誰知道他的父親有沒有因此在單位裡被暗中盤查。（蔡素芬〈往事〉）

年輕時蒙難的作家住在附近，不知道心裡是否**五味雜陳**？初訪他的家居前通了電話，福林路幾號？說了地址後，特別聲明門口掛著畫上小提琴標記的牌子——妻子在家教音樂。（林文義〈最初的陳列〉）

妳以女性的直覺並不懷疑他的操守、用心、專業有何問題。只是他那股言談間瀰漫不去「以國家興亡為己任」的濃濃眷村味兒，讓妳覺得因為太熟悉了而反倒心煩意亂，但畢竟也每足以讓

般毫無頭緒。

【回嗔作喜】從生氣轉為高興。

【排愁破涕】由憂轉喜，排解憂愁，不再落淚。

【樂極生悲】快樂到了極點，往往轉生悲愁。

【興盡悲來】高興到極點，悲哀往往隨之而來。指事事只能點到為止。

【苦中作樂】在困苦之中，仍能找到歡樂。

【惱羞成怒】因為羞愧到了極點，情緒轉而成為憤怒。也作「老羞成怒」。

【喜怒無常】情緒變化不定，難以捉摸。

2 感覺

孤單

【孑然一身】形容孤獨一個人。

【孤窮一身】孤單窮苦一個人。

【形單影隻】身形與影子都是孤獨的，形容孤單無伴。

【孤形吊影】孤獨一人，形單影隻，無依無靠。

【孤家寡人】原為王侯自稱的謙辭。後比喻孤立無助、隻身一人。

【孤苦伶仃】形容孤單貧苦，無依無助。

【顧影自憐】看著自己的形影，

妳百感交集的喟嘆「噢，原來你在這裡，眷村的兄弟」。（朱天心〈想我眷村的兄弟們〉）

他們在會客室坐下，默默地相對無語。鄧宗平覺得它真是一間不吉祥的房間，每一次坐在這裡，都有不愉快的事情發生，上趟他來，是為著要與宦楣分手。他只能說：「快過年了。」「年？呵，是。」宦楣低下頭。「白皮書將在三月分公布，屆時直選問題可獲分曉。」宦楣輕輕說：「原諒我，我不關心這些。」她心亂如麻，身如湯煮，整個城市在此刻沉下海底，也不能使她比現在更加愁苦。「我明白。」鄧宗平說。「你真的了解我的意願？」鄧宗平忽然說：「眉豆，等這件事告一個段落之後，讓我倆結婚吧。」（亦舒《風滿樓》）

他記掛妻子，卻又怕官兵公差在牛家村守候，又隔數日，半夜裡回家查看。來到門前，但見板門反扣，心下先自涼了，開門進屋，只見事出之夕妻子包氏替他縫了一半的新衣兀自拋在床上，牆上本來掛著兩桿鐵槍，一桿已在混戰中失落，餘下一桿仍是倚壁而懸，卻是孤零零地，宛似自己一般形單影隻，失了舊侶。屋中除了到處滿積灰塵，一切便與當晚無異，顯是妻子沒回來過。再去看隔壁義兄郭家，也是如此。（金庸《射鵰英雄傳》）

李浩然時常沉思，想追究自己何以這般疼愛這個孩子。是不是

自憐身世。形容孤獨失意的樣子。或指自我欣賞。

【舉目無親】放眼看去，沒有親眷。形容人在異地，人生地疏，或是孤單無靠的樣子。也作「舉眼無親」。

【少親失眷】形容孤單，沒有親屬家眷。

【踽踽獨行】孤單沒有伴，獨自行走。

【斷雁孤鴻】失群的孤雁，比喻孤身獨居。通常指未婚男子。

【鏡裡孤鸞】罽賓王捕獲一隻鸞鳥，將牠養於籠中，以珍饈餵食，卻三年不鳴。王夫人謂鳥見其類必鳴，以鏡臨之。此鸞視鏡，誤以為見到同類，慨然悲鳴，展翅奮飛，撞籠而死。比喻夫妻生離死別後，孤獨淒涼的悲哀。罽，ㄐㄧˋ。

【衾寒枕冷】被單寒冷，枕邊孤獨。用以形容夫妻、愛侶分別後的孤單寂寞。

【向隅而泣】面對牆角，孤獨哭泣。後來多用於形容孤獨絕望的哭泣。

愧疚

【無地自容】沒地方可以藏身。形容羞愧至極。

【無以自容】因為羞愧到極點，覺得沒有地方可以容身。

【自慚形穢】因容貌儀態等不如別人而感覺羞愧。

【容身無地】沒有地方可以容身，形容慚愧。

【寄顏無所】比喻羞愧到極點，感覺無地自容。

因為自己小時候，念中學的時候，和這個孩子個性相同，寂默，內向，沒有朋友？還是因為楊健和自己一樣，從小失去父親，孤苦伶仃？（歐陽子〈最後一節課〉）

鄔思道架著雙拐，在房間裡來回踱著步子，過了好久，他才長嘆一聲說：「唉，何嘗你是如此，就連當今皇上也和你想的一模一樣。」「什麼，什麼？你……」「你沒有看到嗎？皇上要『振數百年頹風』，他就要得罪幾乎所有的人哪！當年，皇上在藩邸時，就曾以『孤臣』自許，如今，他真正地成了孤家寡人了。別看他高坐在龍位之上，其實他也是在荊棘中一步步地走著啊！正因為皇上自己是孤臣出身，是在飽受擠兌、壓制之中衝殺出來的。所以，他才最能賞識孤臣，保護孤臣。甚至，誰受的壓力越大，他就越要保護誰。」田文鏡似乎是明白了一些，但他卻手足無措，不知該怎麼辦才好。（二月河《雍正皇帝》）

七巧帶著兩個老媽子去了一趟回來了，據她自己鋪敘，錢雖然沒收回來，卻也著實羞辱了那校長一場。長安以後在街上遇著了同學，臉上紅一陣白一陣，無地自容，只得裝做不看見，急急走了過去。（張愛玲〈金鎖記〉）

而聰美的良好家教和自覺正是在這種事上令我們自慚形穢，她連一碗米苔目都能夠吃得清清爽爽，慢條斯理的。（柯裕棻〈小吃店〉）

【措顏無地】形容羞愧至極，感覺臉沒有地方可以擺。

【羞面見人】因為羞愧而無臉見人。

【悔不當初】對當初的作為感到懊悔、愧疚。

【包羞忍恥】容忍羞愧、恥辱。

【面紅耳赤】形容羞愧、焦急或發怒時的樣子。

【老羞成怒】羞愧到了極點，轉而為憤怒。

他打開抽屜，檢出一疊紙給鴻漸看。是英文丁組學生的公呈，寫「呈為另換良師以重學業事」，從頭到底說鴻漸沒資格教英文，把他改卷子的筆誤和忽略羅列在上面，證明他英文不通。鴻漸看得面紅耳赤。劉東方道：「不用理它。丁組學生的程度還幹不來這東西。這準是那三個旁聽生的主意，保不定有韓學愈的手筆。校長批下來叫我查覆，我一定替你辨白。」鴻漸感謝不已，臨走，劉東方問他把韓學愈的祕密告訴旁人沒有，叮囑他別講出去。（錢鍾書《圍城》）

驚訝

【驚為天人】形容才能或容貌卓越出眾，令人驚嘆。

【目眩神迷】形容所見情景令人驚異。

【驚世駭俗】言論或行為與一般人不同，使人覺得特別驚奇。

【不足為奇】形容尋常事物，不值得驚訝。

【嘖嘖稱奇】咂嘴作聲，表示驚奇、讚嘆。

【大驚小怪】形容為一些不足為奇的小事而過分聲張、驚怪。

【少見多怪】因為少見而感到驚異奇怪。譏諷人見識不廣，遇平常之事亦以為驚怪。

【不可思議】語出《維摩詰所說經》，比喻出乎常情，令人無法想像，難以理解。

【一鳴驚人】一出聲就令人吃驚。比喻平時默默無聞，而後卻突然有驚人的表現。

我說起我的花蓮與紐澳經驗後，陳有城聽我緩緩地述說，他說我母親應該停筆，把筆轉給我時，就像畢卡索的父親看到畢卡索小時候的畫時驚為天人，自嘆弗如地決定擱筆全心培養小畢卡索一般。（鍾文音〈國中女生的旅行與情人〉）

來到了佛蒙特州的瓊森鎮，原先綠葉油亮的風景，過了三天後，卻猛然鮮紅竄綻，滿鎮楓火翻飛，颯然美景使人目眩神迷。（何敬堯〈火紅秋豔的瓊森鎮〉）

冬寒若此聽來不可思議，有奇異的古遠素樸，彷彿寒冷也是歷史的一部分，在民俗筆記裡聊記一筆，而眼下無止盡的濕寒是現代人的罪過與宿命。（柯裕棻〈寒流（冬至）〉）

受歡迎的百年老榕樹，因為去年夏季一場颱風，受創嚴重，從樹心裂開的傷口，在夜裡看起來，更加怵目驚心。雖然校方已在周遭為上護欄，也為垂倒的樹身加了支撐，可是，這顆裂開的榕樹，接下來會生長成什麼模樣呢？（賴香吟〈雨豆樹〉）

【嘆為觀止】讚美所看到的事物好到極點，無與倫比。

【瞠目結舌】睜大眼睛，說不出話的樣子，用以形容形容吃驚受窘的情況。

【石破天驚】形容樂器彈奏出來的聲音激越高亢，驚天動地。

【觸目驚心】形容事情景況令人震驚。亦作「怵目驚心」。

【大吃一驚】形容非常驚訝意外。

感觸

【長吁短嘆】長一聲，短一聲的嘆息不已。表示感觸很深，非常憂戚。

【感慨萬千】因內心感觸良多而發出深遠的慨嘆。

【感同身受】感受像自身承受過一樣。

【百感交集】各種感受混雜在一起。比喻思緒混亂，感情複雜。

【扣人心弦】形容十分感動人。

【感慨萬千】因內心感觸良多而發出深遠的慨嘆。

【今愁古恨】形容感慨很深。

【驚心動魄】形容人內心感受極深，震撼很大。

【今昔之感】從眼前現狀，對比過去的情景，表示對世事感慨。

【新亭對泣】東晉名士王導等人南渡後於新亭飲宴，感慨國土淪亡，相與對泣。比喻懷念故國或感時憂國的悲憤心情。

美國遼闊的大地，平遠的山河，本讓夜空下安靜的子民遙想車撞槍響、幽浮降臨等驚世駭俗之奇夢。（舒國治〈早春塗鴉〉）

其時，康明遜和薩沙都銷聲匿跡了似的，一個閉門不出，一個遠走高飛，倒是半路裡殺出個程先生，一日三回地來。嚴師母雖然不清楚究竟發生了怎樣的事，但自視對王琦瑤一路的女人很瞭解，並不大驚小怪，倒是那個程先生給了她奇異的印象。（王安憶《長恨歌》）

原來瞿耐庵老夫婦兩個，年紀均在四十七、八，一直沒有養過兒子。瞧耐庵望子心切，每逢提起沒有兒子的話，總是長吁短嘆。心上想弄小，只是怕太太，不敢出口。太太也明曉得他的意思，自己不會生養，無奈醋心太重，凡事都可商量，只有娶姨太太這句話，一直不肯放鬆。每見老爺望子心切，他總在一旁寬慰，說什麼得子遲早有命。命中注定有兒子，早晚總會養的。某家太太五十幾歲，一樣生產。咱們倆口子究竟還沒有趕上人家的年紀，要心急做什麼呢。（清．李寶嘉《官場現形記．第三十九回》）

身穿風衣，手提「〇〇七」，這是廣告上朝氣蓬勃的事業家的畫像。但是我，在透過溪邊落地窗照射進來的夕陽微光裡，低著頭，心中感慨萬千，那形象，實在更像一個孤單的「憑弔者」的畫像。（林良〈寫字檯，過年見！〉）

「指南」激不激發「欲遊者」之夢？若然，那指南豈不如同扣人心弦的散文或遊記？是得，好的指南常是好的散文寫作，但不多。（舒國治〈再談旅行指南〉）

內在世界》二、心理活動

欲望

希望

【夢寐以求】睡夢中都在尋找、追求。形容願望強烈而迫切。

【望穿秋水】秋水，指眼睛。望穿了眼睛，形容殷切盼望。

【指日可待】指願望或期盼不久即將實現。

【望眼欲穿】眼睛都快望穿了，形容盼望極其深切。

【翹首企足】抬頭踮腳遠眺，形容殷切盼望。

【翹首引領】抬頭，伸長脖子遠眺，形容盼望之心殷切至極。

【延頸舉踵】伸長脖子、踮腳根，形容盼望殷切。

【眼穿腸斷】形容盼望的殷切，或是形容極度傷心。

【大旱雲霓】乾旱時，人們渴望見到下雨的徵兆。形容殷切盼望。

【雲霓之望】形容盼望殷切至極。

【挖耳當招】把他人掏挖耳朵的動作，當成是招呼自己的表示。表示盼望之心非常渴切。

【心心念念】殷切的盼望、惦記。

【懸懸而望】非常盼望與掛念。

【拭目以待】擦亮眼睛等待著。比喻期待事情的發展及結果。

【犀牛望月】比喻長久的盼望。

【吐哺待賢】渴望得到賢才。

公共汽車也是來得慢，也要等得久。好在大家有的是閒工夫，慢點兒無妨，多等點時候也無妨。可是剛從重慶來的卻有些不耐煩。別瞧現在重慶的公共汽車不漂亮，可是快，上車，賣票，下車都快。也許是無事忙，可是快是真的。就是在排班等著罷，眼看著一輛輛來車片刻間上滿了客開了走，也覺痛快，比望眼欲穿的看不到來車的影子總好受些。重慶的公共汽車有時也擠，可是從來沒有像我那回坐宣武門到前門的公共汽車那樣，一面擠得不堪，一面賣票人還在中途站從容的給爭著上車的客人排難解紛。這真閒得可以。（朱自清〈回來雜記〉）

說起看戲，米先生就談到外國的歌劇話劇，巴島上的跳舞。楊老太太道：「米先生到過的地方真多！」米先生又談到坎博地亞王國著名的神殿，地下鋪著二尺厚的銀磚，一座大佛，周身鍍金，飄帶上遍鑲紅藍寶石。然而敦鳳只是冷冷地朝他看，恨著他，因為他心心念念記掛著他太太，因為他與她同坐一輛三輪車是不夠漂亮的。米先生道：「那是從前，現在要旅行是不可能的了。」楊老太太道：「只要等仗打完了，你們去起來還不容易？」米先生笑道：「敦鳳老早說定了，再去要帶她一塊去呢。」楊老太太道：「那她真高興了！」（張愛玲《留情》）

【事與願違】事實和願望相違背。

【失魂落魄】形容人極度驚慌或精神恍惚、失其主宰。

【大失所望】非常失望。

【萬念俱灰】所有念頭全化成了灰，比喻心灰意冷。

【心灰意冷】心情失望，意志消沉。

【垂頭喪氣】低垂著頭，意氣消沉。

【灰心喪氣】心灰意冷，氣餒不振。

【心灰意懶】心情失望，意志消沈。

【悵然若失】神志迷惘，若有所失的樣子。

【求之不得】努力追求卻無法得到。或指難得卻意外獲得。

【若有所失】神情悵惘，有所失落的樣子。

滿意

【心滿意足】心理滿足如意。

【天從人願】事態發展順心如意。

【正中下懷】恰好符合自己的心意。

【稱心如意】非常合乎心意。

【如願以償】心願得以實現。

【春風得意】形容人因事情如

寶慶像個八歲的孩子似的盼過年。他一聞到廚房裏飄來的香味兒，就忍不住咂咂嘴，盼著除夕到來，好大吃一頓。他想方設法，要大家也跟他一樣起勁。於是全家都一心一意準備著這個喜慶日子。連大鳳也高高興興地在廚房裏幫媽的忙。事與願違。除夕晚上，寶慶的班子有堂會，寶慶很傷心。他準備了家宴，打算一家人吃頓團圓飯。可是，堂會怎麼能不去呢？他不能不替班子裡其他的人打算，不能不讓大家去掙這一份節錢。不論他怎麼惋惜三十晚上這頓團圓飯，他還是得去。（老舍〈鼓書藝人〉）

直至對電視內千篇一律的風光生厭的人漸漸增加，而新的電視臺牌照又被拒絕發放，他們終於不得不承認，在城市裡，改變成了一種奢侈的希望，心灰意冷的觀眾便在關上了窗子的同時也關上了電視機。（韓麗珠〈死線〉）

而無論何時何地，月光下的山林與城鎮那種黑色的剪影，總讓我覺得似曾相似，總會帶給我一種遙遠的鄉愁，心中若有所得又若有所失。（席慕蓉〈泉源〉）

消夜讓老太太多吃半個這兩年極迷的手工揉麵大饅頭，老太太心滿意足提早上床。這場子豈不正像深夜召開的巫師大會，孩子們重返往日樓下活動盛況，全員到齊。（蘇偉貞〈日曆日曆掛在牆壁〉）

我國小四年級那年，母親在連續生了我們五個女兒後，終於如願以償的生下了弟弟。全家都高興極了。尤其是父親，簡直不知道要如何和人分享他的喜悅才好。於是，除了親朋好友外，家裡

願，心情愉悅滿足的樣子。

【知足不辱】知道滿足，便不會受到羞辱。

【知足知止】知道滿足，不會過度要求。

【志得意滿】形容人因為願望滿足，得意的樣子。也作「志足意滿」。

【差強人意】大致上能夠令人勉強滿意。

【躊躇滿志】自得的樣子。

【沾沾自喜】自以為得意而感覺滿足。也作「沾沾自足」、「沾沾自滿」。

貪心

【巴蛇吞象】相傳古時有巴蛇能吞食大象，經過三年，象的骨頭才被吐出。以小吞大，比喻人心的貪婪無度。

【螞蝗見血】比喻貪婪無厭，不知道滿足。

【得寸進尺】得到一些利益，即想進而獲得更多利益。比喻貪得無厭。

【貪得無厭】貪心而不滿足。也作「貪婪無厭」。

【窮坑難滿】比喻人貪心不足，無窮無盡。

【狼貪鼠竊】郎的天性貪婪，鼠的天性竊奪，用以比喻人的欲望無窮。

【殺雞取卵】把雞殺了，取出腹中的蛋。比喻貪圖眼前的好處而斷絕了長遠的利益。

【竭澤而漁】排盡澤水捕魚。比喻取盡所有，不留餘地。

【唯利是圖】只要有利益，什

的每一個學生都分到了兩個紅蛋。（柯翠芬〈酒與補品的故事〉）

李滿智凝視乃意，「你成熟了。」「謝謝你，你現在好嗎？」「託賴，還混得不錯，大生意不敢碰，此刻做意大利二三線時裝。」她取出一張卡片給乃意。「那多好，聽說利錢比名牌豐厚。」李滿智笑，「差強人意罷了。」看得出很滿意現狀。她說下去：「自食其力，勝過天天與情不投意不合的某君糾纏，晚晚查他襯衫有無印著胭脂回來。」乃意不敢告訴李女士，有一次此君領子上的唇印，是她的惡作劇。（亦舒《痴情司》）

這些措施當然引起既得利益者的反彈，也立即提高了國民失業率，後者執政官早有安排，前者則多屬工商界及各級民代，但執政官亦早有對付之策，執政官則讓此等人一一失蹤。執政官說，此等人不是沒有飯吃，而是貪得無厭，此等人乃是國家的癌，國家病入膏肓，動大手術，大割除，乃是不得不然之勢。（陳冠學〈大洋國〉）

那些樹看起來很老了，祖先的樣態。身軀巨大瘿腫，疤瘤累累，大片泛黑如遭火炙。刀創直入木心。你看得出持刀的人技藝低劣，唯利是圖。老樹已受傷沉重，多半榨不出什麼汁來了。（黃錦樹〈彷彿穿過林子便是海〉）

二人遂在兩個湘妃竹墩上坐下。只見天上一輪皓月，池中一輪水月，上下爭輝，如置身於晶宮鮫室之內。微風一過，粼粼然池面皺碧鋪紋，真令人神清氣淨。湘雲笑道：「怎得這會子坐上船吃酒倒好。這要是我家裡這樣，我就立刻坐船了。」黛玉笑道：

麼事都可以做。

【得隴望蜀】平定隴西之後，又想進軍蜀地。比喻貪心不知滿足。

【東食西宿】在東家吃飯，到西家過夜。比喻企圖兼有兩利，貪得無厭。

【剖腹藏珠】形容人因愛財而傷身的輕重顛倒行為。

【貪小失大】貪圖小利而造成重大損失。

壓抑

【忍氣吞聲】形容受了氣也強自壓抑忍耐，不敢出聲反抗。

【忍辱負重】忍受屈辱怨謗而承擔重任。

【委曲求全】委曲自己，遷就別人，以求保全。

【含垢忍辱】忍受恥辱。

【含羞忍辱】心懷羞憤之情，忍受恥辱。

【忍尤含詬】忍受罪過，含容恥辱。

【忍無可忍】忍耐到了極點，無法再忍受。

【傲雪欺霜】不畏霜雪侵害。比喻雖處逆境，亦能堅定不移。

【以屈求伸】形容以表面上的退讓，求取前進的機會。

【臥薪嘗膽】越王句踐戰敗後以柴草臥鋪，並經常舐嘗苦膽，以時時警惕自己。比喻刻苦自勵。

「正是古人常說得好，『事若求全何所樂』。據我說，這也罷了，偏要坐船起來。」湘雲笑道：「得隴望蜀，人之常情。可知那些老人家說得不錯。說貧窮之家自為富貴之家事事趁心，告訴他說竟不能遂心，他們不肯信的；必得親歷其境，他方知覺了。就如咱們兩個，雖父母不在，然卻也忝在富貴之鄉，只你我就有許多不遂心的事。」（清．曹雪芹《紅樓夢．第七十六回》）

比起家底，玉芝自是及不上茵蓉是大戶人家出身，可是她跟一般姨奶奶一樣，多上兩分姿色伶俐。當初委曲求全，也是盼這一天，踏入趙家門，就什麼都好辦了。天下姨奶奶，哪個不是看錢財份上的？（鍾曉陽《停車暫借問》）

太子道：「還求你別殺百姓。」李自成呵呵大笑，道：「孩子不懂事。我就是老百姓！是我們百姓攻破你的京城，你懂了麼？」太子道：「那麼你是不殺百姓的了？」李自成倏地解開自己上身衣服，只見他胸前肩頭斑斑駁駁，都是鞭笞的傷痕，眾人不禁駭然。李自成道：「我本是好好的百姓，給貪官汙吏這一頓打，才忍無可忍，起來造反。哼，你父子倆假仁假義，說什麼愛惜百姓。我軍中上上下下，哪一個不吃過你們的苦頭？」太子默然低頭。（金庸《碧血劍》）

思想

思考

【深思熟慮】仔細而深入地考慮。

【搜索枯腸】比喻竭力思索。

【發人深省】啟發人深刻思考而有所醒悟。

【三思而行】再三考慮才行動。比喻謹慎行事。

【不假思索】不經過思考探求，立即做出反應。

【殫精竭慮】竭盡精力與思慮。

【絞盡腦汁】形容費盡腦力，盡心思考。

【不求甚解】書著重理解義理，而不過度鑽研字句上的解釋。或形容學習或工作的態度不認真，只求略懂皮毛而不深入理解。

【心血來潮】思緒像浪潮般地突起，形容突然興起的念頭。

【靈機一動】心思忽然有所領悟。

【朝三暮四】比喻人心意不定、反覆無常。

執政官執政之後，**絞盡腦汁**，企圖建設一個國民真正安居樂業的國家，但他一直覺得很難，除非使用非常的手段。早在他當執政官之前，他便徹底研究過普遍存在於現代國家的共同問題，即罪惡橫行的問題。（陳冠學〈大洋國〉）

上了碼頭，杜雲裳說要去書店，方玉菡沒好氣，提著大鐵鑊一個人走向彌敦道。走了兩步，**心血來潮**，回頭遠遠跟在杜雲裳身後，一直跟到海運大廈內，確見女兒走進了辰衝書店，這才轉身離去。（陳慧〈日光之下〉）

當酒精水日夜不斷地流過時，水管上的泥土都會被燙成白色的粉末，宛如土撥鼠翻過的痕跡一般。父親**靈機一動**，接上了一條小水管到家裡的浴室，酒精水便滔滔不絕地流了進來。（古蒙仁〈淥堂春秋〉）

為順從姨婆的要求，十三歲時母親從日本人設立的「番人公小學」中途輟學，立刻投入田裡的工作，這種遺憾，變成她後來堅持要我們六個兄弟姊妹完成學業的動力。十七歲，在姨婆、姨公公的安排下和父親結婚。她對自己的順從，從來沒有後悔過，相反地她堅持到底，絕不**朝三暮四**。（孫大川〈母親的歷史，歷史的母親〉）

判斷

【當機立斷】當下立刻做出決斷，毫不遲疑。

【明辨是非】清楚的分辨是與非。

【明鏡高懸】比喻官吏辦事明察無私，執法公正嚴明。

【斷決如流】決定事情多且快。

【隔皮斷貨】隔著封皮，斷定貨物的好壞。比喻由外表判斷內部底細。

【是非不分】不辨好壞、對錯。

【六神無主】形容心慌意亂，拿不定主意。

【猶豫不決】遲疑不定，無法拿定主意。

【委決不下】遲疑著難以決定。

【舉棋不定】拿著棋子，不能決定下一步該怎樣走。比喻做事猶豫不決，拿不定主意。

【遲疑未決】形容人困惑遲疑，猶疑不定。

【徘徊歧路】在叉路口來回反覆，不能決定自己的去向。比喻猶豫不決，不能當機立斷。

【當斷不斷】比喻做事猶豫不決，難以當機立斷。

【三心二意】猶豫不決，意志不堅的樣子。

【不分皁白】皁，ㄗㄠˋ，黑色。不分黑白。比喻人不能辨別是非情由，只憑一時衝動魯莽做事。

老崔問：「老師！我的孩子是不是由你來教？」老師頷首。「老師！我也不知道孩子讀幾年級好，請你決定好不好？」老師把眼睛睜圓了：「我不能替你決定。」當機立斷，十分鋒利，到底是飽經世故了。（王鼎鈞〈崔門三記〉）

燕南天不禁怔了一怔，喝道：「某家這一生行事，雖得天下之名，卻也有不少人罵我，善惡本不兩立，那也算不得什麼，但你這句活，某家倒要聽聽你是憑什麼說出來的。」金猿星冷笑道：「是非不明，恩仇不辨，算得了大丈夫麼？」燕南天怒道：「某家——」金猿星大聲截道：「你老是明辨是非之輩，便不該殺我。」燕南天道，「為何不該殺你？我二弟江楓——」金猿星再次大聲截止道：「這就對了，你若為別的事殺我，那我無活可說，但你若為江楓殺我，你便是不明是非，不辨恩仇。」（古龍《絕代雙驕》）

頭天晚上，趙大架子還面約今日下午在貴寶房中擺酒送行，誰知等到天黑還不見來催請。自己卻又為了早晨之事，好生委決不下，派了師爺、管家出去打聽，獨自無精打彩的在家靜等。誰知等到起更，一個管家從院上回來稟報說：「趙大架子趙大人不知為了什麼事情，行李鋪蓋統通從院上搬了出來。後來小的又打聽到孫大鬍子孫大人門口，才曉得京城裡有幾位都老爺說了閒話，連制台都落了不是，總算仍舊派了制台查辦，還算給還他的面子。」（清．李寶嘉《官場現形記．第三十三回》）

【盲人摸象】盲者以各自所摸大象身體的不同部位來形容象。比喻以偏概全，不能了解真相。

【以偏概全】以少數的例證或特殊的情形，強行概括整體。

【高瞻遠矚】形容見識遠大。或形容往遠處眺望，看得更全面。

【囫圇吞棗】吃棗子時不加咀嚼，把整個都吞下去。比喻理解事物籠統含糊，或為學不求甚解。

【心知肚明】雖未明言說出，但心裡已經知道。

【恍然大悟】猛然醒悟過來。

【一廂情願】出自單方面主觀意識的認知。

【心領神會】不必經由言行的表達，心裡便已明白。

【半信半疑】有些相信，也有些懷疑，難以判斷是非真假。

【疑神疑鬼】內心多疑。

【如夢方醒】形容人彷彿從睡夢中清醒過來，後比喻人從糊塗、錯誤的認識中恍然大悟。

【醍醐灌頂】佛家以此比喻灌輸智慧，使人得到啟發，徹底醒悟。

【洞若觀火】觀察事物非常清楚透澈。

儘管我推託別詞，問題就盤在她的心裡多年在陪她上市場入廚房的好兒子，與遭異樣眼光的同志兒子兩者之間推拉。時間一久，大家心知肚明，只是她總還有那麼一點期望：拜託，告訴我你還會交女朋友；或者乾脆掀開底牌，讓她一次死心也好。（謝凱特〈我的蟻人父親〉）

阿公點點頭，立刻灑漏了記憶，繼續問同樣的問題。為了讓阿公能留住丁點訊息，我們一遍遍回答，直到阿公恍然大悟，反覆說，你沒嫁，你嘛沒嫁，你們住作夥？阿公的淺色眼珠一如晴空，沒有絲毫雲翳。好，好，按呢好。他點點頭。（廖梅璇〈當我參加她外公的追思禮拜〉）

是夜，鎮上的名妓如意竟在終身大喜之夜忽然生熱病罔效。後來的傳言說是如意得了梅毒，但當時沒有人懂得什麼是梅毒，只一廂情願地認為如意是「不潔」的。（鍾文音《短歌行》）

卻說賈璉素日既聞尤氏姐妹之名，恨無緣得見。近因賈敬停靈在家，每日與二姐、三姐相識已熟，不禁動了垂涎之意。況知與賈珍、賈蓉等素有聚鹿之誚，因而乘機百般撩撥，眉目傳情。那三姐卻只是淡淡相對，只有二姐也十分有意，但只是眼目眾多，無從下手。賈璉又怕賈珍吃醋，不敢輕動，只好二人心領神會而已。（清‧曹雪芹〈紅樓夢‧第六十四回〉）

想像

【胡思亂想】謂不切實際地妄想。

【想入非非】形容脫離現實的想像或念頭。

【望梅止渴】典出《世說新語》曹操以前方梅林結實累累，誘使士兵流出口水以解渴的故事。比喻以空想來安慰自己。

【異想天開】不符實際、不合事理的奇特想法。

【天馬行空】比喻文才氣勢豪放不拘，亦用於形容浮誇不著邊際。

【望梅止渴】比喻以空想來安慰自己。

【捕風捉影】風和影子均無可捉摸，「捕風捉影」比喻所做的事或所說的話毫無根據，憑空揣測。

【畫餅充飢】比喻徒事空想無益於事。

【空中樓閣】比喻思想明澈通達。或比喻虛構的事物或不切實際的幻想。

【海市蜃樓】比喻虛幻的事物。

【鄉壁虛造】原指在牆壁上假造。比喻憑空想像捏造。

我站起來，把毛巾掛起來，決定不再中小黑的毒，胡思亂想。因為我居然有了個不倫不類的聯想：趙小黑的說法，彷彿我這種情形不僅沒有個性，甚至與人盡可夫的女人沒兩樣！（林懷民〈穿紅襯衫的男孩〉）

作曲家順著食材準備與烹調步驟天馬行空，馳騁出奇幻誇張的音樂想像。但要說能讓聽眾跟著聞香嘗味，恐怕還是力有未逮。畢竟，聽覺和味覺，傳統上就被歸於美感經驗的兩端。（焦元溥〈貪吃之樂〉）

男孩費盡心思、用盡方法複製了大門以及女孩居住房間的鑰匙，趁她不在時潛進去；接著他發現女孩的床底下堆滿雜物，但中間地方卻是中空的，於是他異想天開，將自己藏身於床底，如此便可日日夜夜陪伴著女孩；而他也幾乎每天晚上都宿居於女孩的床底，享受著只有自己才能領略的甜蜜。（林斯諺〈床鬼〉）

鴻漸進了報館兩個多月，一天早晨在報紙上看到沈太太把她常用的筆名登的一條啟事，大概說她一向致力新聞事業，不問政治，外界關於她的傳說，全是捕風捉影云云。他驚疑不已，到報館一打聽，才知道她丈夫已受偽職，她也到南京去了。他想起辛楣在香港警告自己的話，便寫信把這事報告，問他結婚沒有，何以好久無信。他回家跟太太討論這件事，她也很惋惜。（錢鍾書《圍城》）

【刻骨銘心】刻在骨頭，刻在心上。形容感受深刻，難以忘懷。

【沒齒不忘】「沒齒」指終身。比喻永遠不會忘記。

【似曾相識】對所見的人、事、物感覺熟悉，卻又記不真切。

【銘肌鏤骨】形容如同鏤刻於肌骨般感受深刻，永誌難忘。

【切膚之痛】比喻極為深刻難忘的感受與經驗。

【念念不忘】心裡時時刻刻惦記著。

【記憶猶新】對接觸過的人或事，還記得很清楚，就像最近才發生的一樣。

【朝思暮想】白天晚上都在想念。形容思念極深。

【念茲在茲】對某人或某事牢記在心，念念不忘。

【永矢弗諼】諼，ㄒㄩㄢ。永誓不忘。

【魂牽夢縈】形容十分掛念、思念的樣子。

【前事不忘，後事之師】記取過去的經驗教訓，可作為今後行事的鑑鏡。

【丟三落四】形容人因為馬虎或健忘，不是忘了這個，就是忘了那個。

【徙宅忘妻】搬家忘了妻子。語本《孔子家語》後比喻人粗心健忘，做事荒唐不夠謹慎。

我害怕牙醫，每次補牙剝牙洗牙，像翻動海床暗黑深處的一個活塞，輾過血肉，銘心刻骨。我相信人的意識安頓於牙床某處。（區家麟〈歸途〉）

我想了又想，朝思暮想，再思再想，黃河讚美詩總有道理。道不遠人，人同此心。人愛其所有，既然有了，就愛，既然愛，就冠冕堂皇理直氣壯，自尊由此維護，自信由此產生。黃河已經存在，萬古千秋，天造地設，命中注定。無法填塞，無法更換，無法遺忘，無法否認。（王鼎鈞〈對聯〉）

多想一點更不妙，我試著煮的第一道菜確實是紅燒肉，心裡念茲在茲的就是要重現我媽的紅燒肉味道，紅燒肉的做法當然有許多種，但是我永遠記得我媽在我小時候做得最好吃的狀態，最後將肉湯收到油光黏稠少流動，完整地包裹住梅花肉塊，帶有鮮明晶瑩的焦甜味，筷子輕輕一撕開肉，嘶的一聲熱氣釋放出來，隨之肉湯慢慢地從四周滲進鬆軟又肌理分明的肉絲裡。（王聰威〈媽寶的便當〉）

味覺與記憶有著驚人的聯繫，從大文豪普魯斯特對瑪德蓮蛋糕的魂牽夢縈就不難理解。但味覺所牽引的，不只是短暫的人生所遭遇的吉光片羽，它更像一朵難以定型的雲，載著人們對於世界初始的集體記憶，隨著時間日漸老去，這朵雲最終降落為雨，遁入夢土之中（卓玫君〈食事〉）

計畫

【深謀遠慮】計畫周密而慮事深遠。

【老謀深算】心思精密，計慮深遠。

【群策群力】聚合眾人的智慧和能力策畫。

【有備無患】事先有準備，即可免除後患。

【機關用盡】用盡所有精巧的計謀。比喻費盡心機。

【運籌帷幄】籌，計數的器具。帷幄，軍旅中的帳幕。比喻謀畫策略。

【天衣無縫】比喻事物或計畫周密完美，沒有一絲破綻或缺點。

【兵機莫測】善用謀略，調兵遣將，令敵人有高深莫測之感。

【六出奇計】指出奇制勝的謀略。典出《史記》，指西漢陳平曾為漢高祖劉邦六次出奇計，以定天下。

【夙夜為謀】指人日夜謀畫。

【虎略龍韜】作戰用兵的謀略。

【玄謀廟算】玄妙難測的謀略。

【才疏計拙】才能淺薄，不善謀略。

【圖謀不軌】謀畫不法叛逆的事。

對別的太太的種種事情，牛太太有千里眼順風耳的本領。也許是由於她的頭腦清楚，不必追求細節詳情，她就能知道自己想到的事情，直截了當，而且斷然無疑。她現正在計算曾家、姚家，和她們自己家，這三家青年男女的前途。她自己有兩個兒子。懷瑜年十九，東瑜年十七。懷瑜已經和陳家小姐訂婚。東瑜還太小，她那老謀深算的頭腦，正在打算兒子與高官厚祿的人家聯姻。姚家不是官宦之家。她打算與曾家結親。（林語堂《京華煙雲》）

雍正眼光一跳，「他說得不是時候，不是地方。朕還沒有糊塗，不能剛剛即位，就讓心懷叵測的人鑽了空子。至於孫嘉淦嘛，他倒是個御史的材料，等過些時朕是要用他的。」允祥知道雍正說的「心懷叵測的人」，是指八哥、九哥，十哥和十四阿哥這些人。他不禁在心裡暗暗佩服皇上的心計：「萬歲聖明，深謀遠慮，令臣弟頓開茅塞。」（二月河《雍正皇帝》）

此仙乃是黃石公，此子乃是漢世張良，石公坐在圯橋上，忽然失履於橋下，遂喚張良取來。此子即忙取來，跪獻於前。如此三度，張良略無一毫倨傲怠慢之心，石公遂愛他勤謹，夜授天書，著他扶漢。後果然運籌帷幄之中，決勝千里之外。（明．吳承恩《西遊記．第十四回》）

內在世界》三、性格品德

1 個性

開朗

【樂天知命】順應天意的變化，固守本分、安於處境且悠然自得。

【天真爛漫】性情率真，毫不假飾。

【朝氣蓬勃】形容精神振作，充滿旺盛的活力。

【心寬體胖】心境樂觀開朗，生活無憂無慮，身體自然舒坦。

【心曠神怡】心情開朗，精神愉悅。

【心怡神悅】心情怡悅，爽朗豁達。

【胸無城府】為人坦率正直，沒有心機。

【海闊天空】比喻心胸開闊或心情開朗。

【忻忻得意】忻，ㄒㄧㄣ。心情愉快，自在得意的樣子。

【爽心豁目】心情舒暢，眼界開闊。

陳家的少爺小姐都住在中院裡。頌蓮曾經看見憶容和憶雲姊妹倆在泥溝邊挖蚯蚓，喜眉喜眼**天真爛漫**的樣子，頌蓮一眼就能判斷她們是卓雲的骨血。她站在一邊悄悄地看她們，姊妹倆發覺了頌蓮，仍然旁若無人，把蚯蚓灌到小竹筒裡。（蘇童《妻妾成群》）

蓀亞背誦出來。那首詩是：人本過客來無處，休說故里在何方，隨遇而安無不可，人間到處有花香。木蘭問：「你真是愛這首詩嗎？那麼你是寧願騎鶴遨遊而不去紅塵萬丈的揚州了。咱們去萍蹤浪跡般暢遊名山大川吧。如今父母在，這當然辦不到。將來總有一天會吧，是不是？」木蘭這樣輕鬆快樂，蓀亞真覺得**心曠神怡**，他說：「聽來真是詩情畫意。但是將來能不能如願以償，誰又敢說？」木蘭大笑：「暫時說一說，夢想一下兒，又有何妨？比方這種夢想不能實現，做不成漁翁船夫？將來你飛黃騰達做了國家大臣，或是做了外交大使，我成為大官夫人，也滿不錯呀！那時候兒再一齊想起來笑一笑今天的痴想，不也很有趣嗎？」（林語堂《京華煙雲》）

孤僻

【陰陽怪氣】形容個性怪僻。

【落落寡合】性情孤僻高傲，不易與人為伍。

【牛心古怪】脾氣固執，性情古怪。

【刁鑽古怪】刁蠻機靈，性情怪僻。

【傲骨嶙峋】形容人高傲不屈，剛毅正直。

【孤高自許】性情高傲，自命不凡。

【蘇門長嘯】阮籍曾於蘇門遇孫登，談論道家導氣之術，登皆不應答，籍因此長嘯而退。行至半嶺，聞山谷中傳出有若鸞鳳的聲音，乃是孫登之嘯。見《晉書．卷四九．阮籍傳》。後以蘇門長嘯形容態度高傲或嘯傲不羈。

【歸奇顧怪】清朝的歸莊和顧炎武。因二人相友善又行事奇特，性情怪僻，時人稱為「歸奇顧怪」。

豪放

【氣壯山河】形容氣勢如高山大河般雄壯豪邁。

【不拘小節】不被生活上的細節所拘束。

【不拘一格】不局限於某一種形式或標準。

以O先生素為朋友所識的陰陽怪氣，要踏上他死黨新居鬼氣幢幢的石階和門檻，仍需要相當勇氣。這房子絕對有資格作為任何萬聖節鬼片的最佳場景，就因它地點好，不須整修都不愁租不出去。（林郁庭〈Onion 洋蔥〉）

賈政朝罷，見賈母高興，況在節間，晚上也來承歡取樂。設了酒果，備了玩物，上房懸了彩燈，請賈母賞燈取樂。上面賈母、賈政、寶玉一席，下面王夫人、寶釵、黛玉、湘雲又一席，迎、探、惜三個又一席。地下婆娘、丫鬟站滿。李宮裁、王熙鳳二人在裡間又一席。賈政因不見賈蘭，便問：「怎麼不見蘭哥？」地下婆娘忙進裡間問李氏，李氏起身笑著回道：「他說方才老爺並沒去叫他，他不肯來。」婆娘回覆了賈政。眾人都笑說：「天生的牛心古怪。」賈政忙遣賈環與兩個婆娘將賈蘭喚來。賈母命他在身旁坐了，抓果品與他吃。大家說笑取樂。（清．曹雪芹《紅樓夢》）

巴爾札克的手稿，呈現的不但是他的才華橫逸，還有他那種不拘小節的任性。他不知道世界上有兩種東西叫做「糨糊」和「剪刀」嗎？像他那樣大幅度修改文章我也不是沒做過，不過都會非常恭謹的去剪剪貼貼，倒也不是如何體貼排字工人，實在是擔心自己在稿件上到處牽拖，讓排字工目眩神迷，以至於指鹿為馬張

【放蕩不羈】原指豪放而不受拘束。後用以形容行為放縱隨便，不加檢點。

【不拘形跡】不受禮法所拘束。

【拓落不羈】性情疏狂，不受拘束。

【放誕不羈】行為放縱，不受約束。

【跌宕不羈】放縱心志，不受拘束。

【磊落軼蕩】形容心胸坦蕩，行為不受拘束。

【五陵豪氣】比喻英雄、豪俠的氣概。

【豪氣干雲】豪放的氣概直上雲霄。形容英雄氣概極盛。

拘謹

【躡手躡腳】放輕手腳走路，行動小心翼翼，不敢聲張的樣子。

【三緘其口】嘴巴加了三道封條。形容說話謹慎或不說話。

【小心翼翼】形容舉止十分謹慎，不敢懈怠疏忽。

【謹言慎行】言談小心，行事謹慎。

【慎小謹微】小心慎重的面對、處理微小的事情，多用以形容過分審慎小心。

【慎始敬終】自始至終都抱持謹慎小心的態度，不苟且懈怠。

【蝨處褌中】褌，ㄎㄨㄣ。比喻俗人處世拘謹，見識不廣。

冠李戴……。（袁瓊瓊〈手稿〉）

他們並不比其他地方小子為蠢，大人也如此。小孩子的放蕩不羈，也就是家長的一種聰明處。盡小孩子在一種輸贏得失的趣味中學到一切常識，做父兄的在消極方面是很盡了些力的。（沈從文《阿麗思中國遊記》）

在晨風中的練兵場，他遠遠仰望身穿紅色大斗蓬，官帽上威武流麗的翎毛隨風搖曳的劉永福，身形不高，卻雙目精亮的統領風采，劉永福朗聲訓示，緊握的右拳高高舉起，句句鏗然：「……日寇謀臺急切，我大清軍士，上承朝廷令諭，下受臺民所託，誓必以命衛我疆土！」何等的氣壯山河，好個英雄劉永福。（林文義〈十二天〉）

我大聲問：「你的雪鐵龍呢？」「拿去修。」她說，一邊坐進我的車。「這個故事是教訓人，」我笑道，「起碼要買兩部車才夠用，你是回家去？」「你送我到計程車站好了。」「我知道你住石澳。」我說，「別擔心，我會送你到家，而且如果途中你不想說話，千萬別挖空心思找話題。」「謝謝。」於是她三緘其口，像是說話會出賣她。（亦舒《兩個女人》）

當然是學姊，當然要從高中生活開始。在年輕的還沒有受過傷害的心裡深深地挖一個洞，不管會不會痛。接著，妳就需要小心翼翼地放進一個名字，那是妳的時光寶盒，是妳的救命錦囊。（李屏瑤《向光植物》）

堅毅

【疾風勁草】經過猛烈大風的吹襲，才知道堅韌的草挺立不倒。比喻在艱難困苦的環境下，才能考驗出人的堅強意志和節操。

【不屈不撓】意志堅毅，不肯屈服。

【百折不撓】意志剛強，即使受到很多挫折，仍不屈服。

【寧死不屈】寧願犧牲生命，也不屈服，表示意志堅定。

【威武不屈】面對權勢壓迫，亦堅貞不屈。

【堅貞不屈】節操堅定，毫不屈服。

【剛毅木訥】個性剛強堅毅、質樸且不善於言辭。

【動心忍性】以外在的困厄，震撼其心志，使其性格愈發堅強。後多用於不顧外在困難阻礙，堅持到底。

蠻橫

【橫行霸道】形容凶橫不講理。

【作威作福】仗著權勢欺壓別人。

【飛揚跋扈】形容態度蠻橫放縱，不受約束。

【強詞奪理】沒有道理卻強為狡辯，硬說成有理。

【狗仗人勢】比喻倚仗權勢欺人。

【作威作福】仗著權勢欺壓別

他滿臉皺紋，但眼神依舊如我初見他般的堅忍、清亮。我相信挽花的意志。他一定辦得到。唯我所熟悉四十餘年不屈不撓的目光，來到第二次中風，終於變得渾濁。（沈默〈晚年〉）

胡適首先起立致詞。他用帶點安徽口音的國語，緩慢而有力地說道：「今天，我們聚在這裡，慶賀志摩和小曼的燕爾大禮，心中非常快樂。」他停頓了一下，輕輕咳嗽一聲，又說：「朋友們知道，他們兩人都走過一段痛苦的路。但是他們百折不撓，相信只要朝著確定了目標一直走下去，理想遲早會變成現實。現在他們成功了，我，所有的朋友，都著實為他們高興——」（王蕙玲《人間四月天》）

我乘機學到了一點有關東正教的知識，東正教的十字架，除大十字外，上端有一小橫，說明耶穌的頭部也曾被釘住，下端一個斜橫，高的一端是一位聖徒寧死不屈，至死承認耶穌是主的兒子，從此端升入天堂。（王蒙〈2004·俄羅斯八日〉）

我十一歲的時候，愛上了我們的大隊長，就是說相聲的那位。選舉，評三好學生，五好隊員，我總是肆無忌憚地投他的票。假如有人不同意，我就大聲地和人吵。（王安憶《蜀道難》）

陳世美的戲裡，這一段最容易演，那是絕處逢生，又兼狗仗人勢的小人得意之貌；阿發伯說，只了解這一層，就容易入戲，演出來的表情，就叫人看得咬牙切齒，就是成功。（洪醒夫〈散戲〉）

邢夫人自為要鴛鴦之後討了沒意思，後來賈母越發冷淡了她，

人。

【頤指氣使】形容以高傲的態度指使屬下。

【無法無天】沒有法紀、天理。形容人肆意妄為毫無顧忌。

【胡天胡地】形容任意胡為，不知檢點。

【橫行無忌】任意行為，無所顧忌。

【離經叛道】思想和言行背離經典和正統的規範。

【肆無忌憚】形容人恣意妄為，毫無顧忌。

【有恃無恐】形容有依靠而無所顧忌。

【胡作非為】不顧法紀或不講道理的任意妄為。

溫柔

【柔情密意】親密、溫柔的情意。

【溫柔敦厚】性格溫和而篤實寬厚。

【柔心弱骨】性格溫順、柔和。

【柔情綽態】情態溫婉動人。

【內柔外剛】內在柔弱而外表剛強。

【一團和氣】形容一個人態度和藹可親。

鳳姐的體面反勝自己，且前日南安太妃來了，要見她姊妹，賈母又只令探春出來，迎春竟似有如無，自己心內早已怨忿不樂，只是使不出來。又值這一干小人在側，他們心內嫉妒挾怨之事不敢施展，便背地裡造言生事，調撥主人。先不過是告那邊的奴才，後來漸次告到鳳姐，「只哄著老太太喜歡了她好就中作威作福，轄治著璉二爺，調唆二太太，把這邊的正經太太倒不放在心上。」後來又告到王夫人，說：「老太太不喜歡太太，都是二太太和璉二奶奶調唆的。」（清．曹雪芹《紅樓夢．第七十一回》）

阿菊可以忍受店裡頭的人對她頤指氣使、呼東喊西，但身為一個外人卻大搖大擺鳩佔鵲巢，讓她從早忙到晚上痠疼疲累的身軀，還要睡在柴房裡凹凸不平的稻草上。（何敬堯〈虎姑婆〉）

其實小龍女一派天真，心中充滿了對楊過的柔情密意，只要眼中看著他，就已心滿意足，萬事全不掛懷，他勝了固好，敗也無妨，均是無甚相干，至於他是否用本門武功，是否聽由黃蓉指點，她更是半點也不放在心上。（金庸《神鵰俠侶》）

柏克萊朋輩頭角崢嶸，唯能飲者並不多，大概只有鄭清茂解此酒趣，其他諸子都不行。清茂為人溫柔敦厚，但出身早期的臺大中文系，親自體驗了幾位國學大師的杜康豪情，酒量雖非第一流，情趣也確實老到。（楊牧〈六朝之後酒中仙〉）

善良

【赤子之心】嬰兒的心。比喻純潔、善良的心地。

【菩薩心腸】比喻慈悲之心。

【心慈面軟】慈祥而富同情心。

【菩薩低眉】形容人慈善或柔弱的樣子。

【大慈大悲】形容人心腸好，非常慈悲善良。

【宅心仁厚】心地仁慈厚道。

【古道熱腸】形容待人仁厚、熱心。

【博施濟眾】廣施德惠，救助眾人。

【慈眉善目】形容慈祥、和善的容貌。

【大仁大義】極盡仁義之道。

【惻隱之心】同情憐憫之心。

【仁人君子】德行寬厚而熱心助人的人。

陰狠

【狼心狗肺】比喻人心腸狠毒，毫無良心。

【居心叵測】比喻心存險詐，難以預測。

【心懷叵測】居心狡詐，難以預料。

【喪心病狂】形容人殘忍可惡到了極點。

【喪盡天良】形容泯滅人性，極為狠毒。

【包藏禍心】懷藏詭計，圖謀害人。

他們後來才告訴我，印度是一個宗教的國度，大多數人都持守戒殺的教規，而且將這種大慈大悲惠及蚊子。蚊子也是生命，故可以驅趕，但斷斷不可打殺。對於我兩手拍出巨響的血腥暴行，他們當然很不習慣。（韓少功〈歲末恆河〉）

物之能感人者：在天莫如月，在樂莫如琴，在動物莫如鵑，在植物莫如柳。為月憂雲，為書憂蠹，為花憂風雨，為才子佳人憂命薄，真是菩薩心腸。（林語堂〈論山水〉）

汪鐵鶚低聲道：「悄聲！胡大哥，城中到處都在找你，你敢如此大膽，居然還到這裡來喝酒？」胡斐笑道：「怕什麼？連你汪大哥也不認得我，旁人怎認得出來？」汪鐵鶚道：「北京城裡是不能再耽了，你快快出城去吧？盤纏夠不夠？」胡斐道：「多謝汪大哥古道熱腸，小弟銀子足用了。」心想：「此人性子粗魯，倒是個厚道之人。」（金庸《飛狐外傳》）

七巧只顧將身子擋住了她，向春熹厲聲道：「我把你這狼心狗肺的東西！我三茶六飯款待你這狼心狗肺的東西，什麼地方虧待了你，你欺負我女兒？……」（張愛玲〈金鎖記〉）

小葛穿起五〇年代的合身，小腰，半長袖。一念之間了豁，為什麼不，她就是要占身為女人的便宜，越多女人味的女人能從男人那裡獲利越多。小葛學會降低姿態來包藏禍心，結果事半功倍。（朱天文〈世紀末的華麗〉）

尤二姐笑道：「猴兒肏的，還不起來呢！說句玩話就唬得那樣

【大奸似忠】形容人外表看似忠厚老實，內心卻是奸詐險惡。

【老奸巨猾】形容人世故老練、極為奸詐狡猾。

【笑裡藏刀】笑容的後面藏著刀。形容人外貌和善可親，內心卻陰險狠毒。

【口蜜腹劍】嘴甜心毒，內藏陰謀詭計。

【棉裡藏針】外表和善，內心險惡的人。

【佛口蛇心】比喻人嘴巴說得十分仁善，卻心懷惡毒。

【嘴甜心苦】形容人說話動聽卻居心狠毒。

【人面獸心】形容人凶狠殘暴，如野獸一般。

【狼子野心】比喻人凶狠殘暴，難以教化。

【心狠手辣】心腸狠毒，手段殘忍。

【兩面三刀】比喻陰險狡猾，要兩面手法，挑撥是非。

2 品格

清高

【兩袖清風】形容作官廉潔，毫無貪贓枉法之事。

【一片冰心】讚美他人心境高潔清明。

【山高水長】比喻人品高潔，垂範久遠。

起來。你們做什麼來？我還要找了你奶奶去呢。」興兒連忙搖手說：「奶奶千萬不要去！我告訴奶奶，一輩子別見她才好。嘴甜心苦，兩面三刀，上頭一臉笑，腳下使絆子；明是一盆火，暗是一把刀：都占全了。只怕三姨的這張嘴還說她不過。奶奶這樣斯文良善的人，哪裡是她的對手！」（清．曹雪芹《紅樓夢．第六十五回》）

康熙道：「你滿嘴花言巧語，說什麼對我忠心耿耿，也不知是真是假。」韋小寶忙道：「十足真金，十足真金，再真也沒有了。」康熙道：「我細細查你，總算你對我還沒什麼大逆不道的惡行。倘若你聽我吩咐，這一次將天地會挑了，斬草除根，將一眾叛逆殺得乾乾淨淨，那麼將功贖罪，就赦了你的欺君大罪，說不定還賞賜些什麼給你。如你仍然狡猾欺詐，兩面三刀，哼哼，難道我殺不了天地會的韋香主嗎？」韋小寶只嚇得全身冷汗直流，連說：「是，是。皇上要殺奴才，只不過是好比捏死一隻螞蟻。不過……不過皇上是鳥生魚湯，不殺忠臣的。」（金庸《鹿鼎記》）

南書房課讀的師傅們，當然都是翰林院出身、千挑萬選飽學之士。至於公主們的師傅，也都是年高德劭、知名之士。（唐魯孫〈清代的宮廷女子生活〉）

我覺得每所學校都有自己獨特的風格，而南藝大最吸引我的便是她如蓮花般不為誰開不為誰落、沾汙泥而不染的精神，任何事情

【德高望重】形容人品德高尚，極有聲望。

【空谷幽蘭】比喻人品高潔、幽香，如生長在深谷中的蘭花。

【高風亮節】形容人的品格高尚，氣節堅貞。

【光風霽月】形容人品光明磊落。

【潔身自好】保持自身純潔清白，而不與人同流合汙。或指怕招惹是非，只管自己的人。

【堂堂正正】形容光明正大。

【一塵不染】泛指人品純潔，絲毫不沾染壞習氣。

【冰清玉潔】人的品行如冰般清澈潔明，如玉般潔白無瑕。

【年高德劭】指年紀大而品德好。

【品學兼優】品行和學問都很優良。

【高山景行】值得效仿的崇高德行。

【懷瑾握瑜】比喻高潔的品德和卓越的才能。

【梅妻鶴子】以梅為妻，以鶴為子，比喻清高或隱居生活。

【嶔崎磊落】山勢險峻多石的樣子。或比喻人品高潔，有骨氣。

【山高水長】形容距離遙遠。或指人品如山高潔，流傳久遠。

【松柏後凋】比喻君子處亂世或逆境時，仍能守正不苟，不變其節操。

【一介不取】形容人的操守非常清廉。

【涓滴歸公】即使是極微小的錢財或物品，也要上繳給公家，形容為人廉潔。

都影響不了她的高風亮節，還有隱居偏鄉寧願孤芳自賞也不願與世俗同流合汙的底氣。（樊孝娣〈關於在烏山頭水庫旁那所學校的時光〉）

　　而只有王春申清楚，傅百川並不是傅家甸女人想像的那麼潔身自好，因為他夜晚在埠頭區昏暗的街區，不止一次撞見傅百川進了俄國人或是日本人開的妓館。（遲子建《白雪烏鴉》）

　　李萍道：「為今之計，該當如何？」郭靖道：「媽，你老人家只好辛苦些，咱倆連夜逃回南邊去。」李萍道：「正是，你快去收拾，可別洩露了形跡。」郭靖點頭，回到自己帳中，取了隨身衣物，除小紅馬外，又挑選八匹駿馬。若是大汗點兵追趕，便可和母親輪換乘坐，以節馬力，易於脫逃。他於大汗所賜金珠一介不取，連同那柄虎頭金刀都留在帳中，除下元帥服色，換上了尋常皮裘。他自幼生長大漠，今日一去，永不再回，心中不禁難過，對著居住日久的舊帳篷怔怔的出了會神，眼見天色已黑，又回母親帳來。（金庸《射鵰英雄傳》）

　　宗楨嘆了口氣道：「是的。你這話對。我沒有這權利。我根本不該起這種念頭……我年紀也太大了。我已經三十五了。」翠遠緩緩地道：「其實，照現在的眼光看來，那倒也不算大。」宗楨默然。半晌方說道：「你……幾歲？」翠遠低下頭去道：「二十五。」宗楨頓了一頓，又道：「你是自由的麼？」翠遠不答。宗楨道：「你不是自由的。即使你答應了，你的家裡人也不會答應的，是不是？……是不是？」翠遠抿緊了嘴唇。她家裡的人——那些一塵不染的好人——她恨他們！他們哄夠了她。他們要她找個有錢的女婿，宗楨沒有錢而有太太——氣氣他們也好！氣，活該氣！（張愛玲〈封鎖〉）

【沐猴而冠】獸類穿上人的服飾，諷刺無真才實學，依附權勢，竊取名位的人。

【衣冠禽獸】空有外表而行同禽獸。比喻品德敗壞的人。

【寡廉鮮恥】形容人缺乏廉恥之心。

【恬不知恥】形容有過錯卻安然不以為恥。

【狼心狗行】比喻心腸貪婪凶殘，手段卑劣無恥。

【狗彘不食】比喻人的品行卑劣無恥，連豬狗都嫌棄。

【舐癰吮痔】癰，ㄩㄥ。比喻阿諛諂媚之徒的無恥行為。

我又沒殺人沒放火，怎麼能派我是壞人呢？這年頭，做壞人做壞事，一概都不必負責，除非真拉到警察局去了，還得延了律師來告，經過法官判決，才能定罪，漏了網的人不知道多少。大概做人只好憑良心，可是各人良心構造又不同。有些人可絕了，剛剛遺棄了妻子與亂七八糟的女人去姘居，還對朋友拍胸拍肺的說：「我對得起良心。」聽的人倒沒有生氣，只是有一種寒毛凜凜的詫異與恐怖，怎麼這種東西也算是人？總算明白衣冠禽獸是什麼玩意兒了。（亦舒《阿玉與阿瓦》）

在他們的商談中，他可也聽見不少他所想像不到的壞事，像已有人趕辦太陽旗與五色旗那種事。聽到這些寡廉鮮恥的事，再聽到堵西汀們設法破壞這些事的計議，他就格外佩服堵西汀與堵西汀的朋友們。（老舍《蛻》）

內在世界》四、才能態度

1 才智見識

聰明

【冰雪聰明】比喻非常聰明。

【冰雪聰明】比喻非常聰明。

【玲瓏剔透】比喻人聰明伶俐。

【秀外慧中】形容女子外貌秀美，內心聰慧。

【聞一知十】得知一件事，便可推知十件相關的事。形容人稟賦聰敏，善於類推。

【才高八斗】比喻才學極高。

【品學兼優】品行和學問都很優良。

【神機妙算】形容計策高明、預料準確。

【大智若愚】指具有極高智慧的人，往往表面上看起來似乎愚笨。

【滿腹經綸】形容富有才能與智謀，有承擔大事的能力。

【出將入相】比喻人文武雙才。

【足智多謀】形容人聰慧多謀略。

於是父親詩興發了，即時口占一絕：「細細香風淡淡煙，競收桂子慶豐年。兒童解得搖花樂，花雨繽紛入夢甜。」詩雖不見得高明，但在我心目中，父親確實是才高八斗，出口成詩呢。（琦君〈桂花雨〉）

公園坊的學區也隸屬第八國民學校。我有一個同班好友植田玲子便是住在那裡面。她品學兼優，是人人佩服的模範生，常常都做班長。我的成績也跟植田玲子在伯仲之間，但是只能偶爾做副班長。我認為老師有點不公平，但是想不出原因何在？（林文月〈江灣路憶往〉）

「娘！」曹頫走到一半，便已高聲說道：「說真箇的，兒子實在沒有想到娘的議論，如此高妙！從小侍奉膝下，竟會不知道娘滿腹經綸。真正該打，兒子自己罰一杯酒。」「你也恭維得我過分了！」曹老太太笑道：「什麼滿腹經綸；說滿腹牢騷還差不多。」聽得這句話，曹頫大感侷促地說：「娘有牢騷，自然是兒子奉養不周。」一語未畢，曹老太太搖著手說：「全不與你相干！」她還怕曹頫不能釋然，看曹震與芹官已跟了過來，便又說道：「通聲，你敬你四叔一杯酒。」（高陽《五陵遊》）

愚昧

【酒囊飯袋】只會吃喝卻不會坐視，指無能的人。

【一無所知】什麼都不知道。

【渾渾噩噩】形容渾樸無知，也用來形容糊裡糊塗，茫無目的。

【不辨菽麥】形容人愚昧無知、缺乏常識。

【朽木之才】比喻不堪造就的人。

【一無是處】沒有一點正確或值得肯定的地方。

【一竅不通】一個心竅都沒有通。比喻人昏昧不明事理，或對某事完全不懂。

博學

【見多識廣】見聞廣泛，學識淵博。

【博覽群書】形容人閱讀廣博，學識豐富。

【博聞多識】見聞廣博，知識豐富。

【博聞閎覽】見聞廣博，閱覽豐富。

【閎覽博物】形容見聞極為廣博。

【學富五車】形容學問淵博。

【腹笥甚廣】笥，ㄙ。腹中所讀的書籍，多如書箱中的藏書。形容人學識豐富，知識廣博。

不表現花瓣的燦黃，行將枯槁的植物反倒成為杉浦康益的關注焦點。我以為不必很玄地說出禪這個字，因為生命榮枯，自會勾起傷懷起落。人類並非一無所知，只是選擇不見不聞。（陳育萱〈想像的回音〉）

我很會念書，置身戶外卻一無是處，而你是孩子王，更像天生動植物學家，語速超快地向我們分享你的蝴蝶洞故事，每週三下午我都被妒忌的幽魂纏身，沒有女生會注意我，男生中我又最羸弱，放大缺陷童時感覺自卑，忘了自己也能是一隻蝶。（楊富閔〈後山蝴蝶洞〉）

頌蓮掏出手絹擦了擦眼角，她說也不知是怎麼了，你唱的戲叫什麼？叫《女弔》。梅珊說你喜歡聽嗎？我對京戲一竅不通，主要是你唱得實在動情，聽得我也傷心起來。（蘇童《妻妾成群》）

若在平時，批了也就批了，可是今天她有太多的考慮的時間，她不由地要質問自己，為什麼她給了他這麼好的分數？不問倒也罷了，一問，她竟漲紅了臉。她突然明白了：因為這學生是膽敢這麼毫無顧忌地對她說這些話的惟一的一個男子。他拿她當做一個見多識廣的人看待；他拿她當做一個男人、一個心腹。他看得起她。（張愛玲〈封鎖〉）

謝遜斜目凝視，說道：「素聞尊師張三丰先生武功冠絕當世，可惜緣慳一面。你是他及門高弟，見識卻如此凡庸，想來張三丰也不過如此，這一面不見也罷。」張翠山聽他言語之中對恩師大

【滿腹經綸】比喻人學識廣博，讀了許多書。

【博聞強記】見聞廣博，記憶力強。

【江海之學】比喻學問淵博，見識深廣。

【博通古今】學問淵博，通曉古今之事。亦作「博古通今」。

【格古通今】窮究古代，通曉現今。比喻知識淵博。

【洞鑒古今】熟知古今世事。

【學究天人】比喻學問淵博，通曉天道、人事等。

【立地書廚】宋人吳時，為文敏捷，被稱為「立地書廚」。比喻學問淵博的人。

【握瑜懷玉】比喻飽富才學。

【才高八斗】原是對曹植的讚譽，後比喻人具有很高的才學。

【書通二酉】二酉指大、小酉山。相傳小酉山有書千卷。比喻人學識豐富。

寡聞

【目光如豆】眼光像豆子那樣小。形容目光短淺，見識狹窄。

【一孔之見】狹隘片面的見解，無法窺知全局。

【一隅之見】偏向一面的見解。

【井底之蛙】典出《莊子・秋水》，井蛙不知井外之事，比喻見識狹窄的人。

【坐井觀天】比喻眼界狹窄，所知有限。

【目不識丁】連簡單的丁字都

有輕視之意，忍不住勃然發作，說道：「我恩師學究天人，豈是凡夫俗子所能窺測？謝前輩武功高強，非後學小子所及，但在我恩師看來，也不過是一勇夫罷了。」（金庸《倚天屠龍記》）

別看王姓武將是個粗人，他這種主張，和中國古代的大思想家老子和莊子，頗有相合之處：「絕聖棄智」！人若是沒有智慧，對只追求平靜的生活，絕對是一件好事。可是王姓武將這個提議，立時被飽讀詩書、滿腹經綸的兩個朋友反對，他們兩人意見一致：「王兄既然不藏私，把家傳武學公開，我們又豈甘後人，也把畢生所學，傳授三姓子弟：只要有天資，管保他們能有大學問。」王姓武將當時沒有再爭，只是問了一句：「縱使學得才高八斗，學富五車，在三姓桃源之中，又有何用處！」一句話，把祝老夫子和宣老夫子堵得半天說不出話來。（倪匡《少年》）

那寶官有小主撐腰，膽子又大了起來，向胡斐惡狠狠地望了一眼，道：「這人出老千。」那少年叱道：「胡說！人家是英雄好漢，怎會出老千？館裡銀子夠麼？若是不夠，快叫人往當舖取去。」胡斐不懂「出老千」三字是何意思，但想來多半是「欺騙作弊」之意，心想：「這少年武功不弱，行事也有擔當，我可不能絲毫大意了。」只聽那少年道：「拔爺的銀子，決不敢短了半文。這些市井小人目光如豆，從來沒見過真好漢大英雄的氣概，拔爺不必理會。現下便請拔爺移玉舍下如何？」他明知「拔鳳毛」三字絕非真名，乃是存心來向鳳家尋事生非，但還是拔爺前，拔

不認識，指不識字。

【以蠡測海】典出《漢書．東方朔傳》。以水瓢測量海，比喻所知有限。

【一知半解】形容一個人所知不全，了解不深。

【孤陋寡聞】形容學識淺薄，見識不廣。

【胸無點墨】比喻人沒有學問在身。

【吳下阿蒙】比喻學識淺陋的人。

【才疏學淺】形容學問才能淺薄。

【鶴立雞群】鶴於雞群中顯得突出，形容人的才能出眾不凡。

【頭角崢嶸】年輕有為而才華出眾。

【一鳴驚人】典出《史記》，比喻平時沒沒無聞的人，突然有了驚人的表現。

【出類拔萃】才能傑出，超越眾人。

【脫穎而出】典出《史記》。錐尖刺破囊袋，比喻人的才能外露，超於旁人。

【卓然不群】特立突出，超越眾人。

【與眾不同】獨樹一幟，不與常人相同。

【一枝獨秀】比喻傑出於他人。

爺後，絲毫不以為意。（金庸《飛狐外傳》）

我常散步鄉村，屢見翁嫗幼童捧搪瓷杯坐蹲門口喝咖啡。我早非昔日呂蒙，雖土氣仍舊，畢竟活在電腦高鐵時代，不比井底之蛙，但睹此情狀，猶覺食事變化驚人。再思，噫，驚人變化豈止吃喝。（阿盛〈土廝與洋食〉）

那時候，好像趕進度般，書一上手就飢不擇食，管它是否一知半解，先吞了再說，那些書不論內容寫的是臺北、羅東、鶯歌、花蓮、通霄或海外的故事，心中總激盪著為何豐厚的臺中那麼少見？（路寒袖〈夢中，發光的溪〉）

因為經濟上的因素，我們直到婚後第三年才敢生小孩。我們唯一的獨生子，名叫魯銘城，自幼聰穎絕倫，從小學到臺大醫學院，都十分資優，特別是數理科目，更是出類拔萃，高中和大學聯考都是全國榜首。（陳金漢〈空號〉）

玉不同，玉是溫柔的，早期的字書解釋玉，也只說：「玉，石之美者。」原來玉也只是石，是許多混沌的生命中忽然脫穎而出的那一點靈光。正如許多孩子在夏夜的庭院裡聽老人講古，忽有一個因洪秀全的故事而興天下之想，遂有了孫中山。（張曉風〈玉想〉）

其實在班上，我是個並不出色的學生，課業表現一向平平，唯獨十四歲那年，地理一門功課一枝獨秀，有兩次月考還得了全年級獨一無二的滿分。導師對我地理成績的突飛猛進，感到幾分訝異，但也沒說什麼。（陳幸蕙〈青果〉）

平庸

【庸人自擾】庸碌的人無端自尋煩惱。

【碌碌無能】平庸沒有才能。

【畎畝下才】畎，ㄑㄩㄢˇ。比喻才能平庸、泛泛之輩。

【樗櫟庸材】樗，ㄕㄨ。櫟，ㄌㄧˋ。比喻平庸無用之材，或自謙才能低下。

【樗朽之材】平庸無用之材。

【碌碌庸才】才能平庸的人。

【駑馬鉛刀】駑鈍的馬，不鋒利的鉛質刀。才能平庸，不中用。

【蓼菜成行】才能平庸，只能成小事而無法擔大任。

【肉眼凡胎】比喻人的見識平凡，僅有平常人的眼睛和軀體。

【飯囊衣架】指庸碌無能的人。

直到他換了個較為舒適的姿勢，告訴自己別庸人自擾了，才緩緩墜入自己的夢世界。他誠心希望自己也能夠進入月亮的世界，找到讓自己身心痊癒的解憂藥，最後他終於睡著了，卻沒有夢。（黃唯哲〈河童之肉〉）

眾人聽了，不由得面面相覷，均想：「群龍無首數十年，好容易得了位智勇雙全、仁義豪俠的教主。日後倘是本教一個碌碌無能之徒無意之中拾得聖火令，難道竟由他來當教主？」（金庸《倚天屠龍記》）

「仙長，學生有一事請教。這一群僕人，外貌相似，裝扮一致，年齡嘛，也不相上下。仙長說，八爺頭上有紫光白氣籠罩，何以我等看不出來呢？」張德明微微一笑說：「王大人，恕貧道直言。您雖是京官，也深受八爺器重，可你畢竟是肉眼凡胎呀！在座的人，都有命氣。這十幾位僕人雖然與八爺穿戴一樣，頭上卻是汙濁黑沉之氣。九爺、十爺呢，天皇貴胄，頭上紫氣流光。全屋的人，只有你王大人和八爺頭上是白氣。」王鴻緒嚇了一跳：「什麼，什麼，我和八爺一樣頭上有白氣？」（二月河《康熙大帝》）

2 求學做事

謹慎

【未雨綢繆】還沒有下雨之前，就先把門窗修好。比喻事先預

整個的花團錦簇的大房間是一個玻璃球，球心有五彩的碎花圖案。客人們都是小心翼翼順著球面爬行的蒼蠅，無法爬進去。（張愛玲〈鴻鸞禧〉）

備以防患未然。

【防患未然】趁禍患還未發生之前就加以防備。

【防微杜漸】在錯誤或壞事萌芽的時候及時制止，杜絕它發展。

【一板一眼】比喻人言行謹守法規，有條有理。

【三思而行】再三考慮才行動。比喻謹慎行事。

【鉅細靡遺】重要的或不重要的，都不會遺漏。或比喻做事仔細。

【小心翼翼】形容舉止十分謹慎，不敢懈怠疏忽。

【步步為營】比喻行動謹慎，防備周全。

【兢兢業業】兢兢，小心謹慎的樣子。業業，危懼的樣子。形容戒慎恐懼，認真負責。

【瞻前顧後】形容做事謹慎周密。或形容做事猶豫不決，顧慮太多。

【朝乾夕惕】形容勤奮戒懼、兢兢業業，不敢懈怠。

【如履如臨】比喻處事極為謹慎小心。

【如臨深淵】好像走到深水潭的邊上。比喻行事十分小心謹慎。

【如履薄冰】好像走在薄冰上。比喻處事極為謹慎小心。

【慎始敬終】自始至終都抱持謹慎小心的態度，不苟且懈怠。

【謹言慎行】言談小心，行事謹慎。

【慎終如始】即使到了最後，仍能像開始一樣謹慎，始終如一。

【鞠躬盡瘁】恭謹戒慎，不辭勞病地貢獻心力。

【臨事而懼】處事謹慎小心。

【小廉曲謹】在小事上守分謹

但其實我們是在一個想像中對照著天體星象的式盤上如履薄冰地走著。像你們的電影裡演的誤闖地雷區的士兵，滿頭大汗匍匐地上用刺刀一寸寸插地前進。（駱以軍〈神棄〉）

夏侯尚兵至，遂與交鋒。不數合，尚詐敗而走。式趕去，行到半路，被兩山上擂木炮石，打將下來，不能前進。正欲回時，背後夏侯淵引兵突出，陳式不能抵當，被夏侯淵生擒回寨。部卒多降。有敗軍逃得性命，回報黃忠，說陳式被擒。忠慌與法正商議，正曰：「淵為人輕躁，恃勇少謀。可激勸士卒，拔寨前進，步步為營，誘淵來戰而擒之：此乃反客為主之法。」忠用其謀，將應有之物，盡賞三軍，歡聲滿谷，願效死戰。（元・羅貫中《三國演義・第七十一回》）

她哼著哼著，沒有聲音了，屋裡靜得只有均勻安寧的鼻息聲。就在這時候我輕輕溜下眠床，躡手躡腳摸黑打開門溜進奶奶屋裡。（鍾理和〈假黎婆〉）

父親愛我，無微不至，我想看他手上的夜光錶，他就脫下來給我，我打碎了他心愛的花瓶、玉杯，他也不責罵。（琦君〈父親〉）

他默然良久，然後鄭重其事地說，希望我能叫人在他的墓碑上刻一行濟慈的詩：他的名字是寫在水上的。（吳魯芹〈懶散〉）

冥冥之中，有四個「少男」正偷偷襲來，雖然躡手躡足，屏聲止息，我卻感到背後有四雙眼睛，像所有的壞男孩那樣，目光灼灼，心存不軌，只等時機一到，便會站到亮處，裝出偽善的笑容，叫我岳父。（余光中〈我的四個假想敵〉）

夏先生的手很緊，一個小錢也不肯輕易撒手；出來進去，他目不旁視，彷彿街上沒有人，也沒有東西。姨太太可手鬆，三天

慎，拘泥小節，卻未能注重大局。

【慎小謹微】小心慎重的面對、處理微小的事情，多用以形容過分審慎小心。

【無微不至】沒有細節不照顧到的，形容做事非常細心周到。

【三緘其口】嘴巴加了三道封條。形容說話謹慎或不說話。

【躡手躡腳】放輕手腳走路，行動小心翼翼，不敢聲張的樣子。

【鄭重其事】處理事物的態度嚴肅認真。

【奉命唯謹】遵守命令，行事謹慎。

草率

【暴虎馮河】指不用武器，空手與虎搏鬥；不靠舟船，徒步渡河。比喻人做事有勇而無謀。

【大而化之】本指一個人已達到超凡入聖的境界。後形容人做事不謹慎、不細心、不拘小節。

【虛應故事】依照慣例，敷衍了事。

【草草了事】隨意草率的解決事情。

【馬馬虎虎】勉強將就，敷衍了事。

兩頭的出去買東西；若是吃的，不好吃便給了僕人；若是用品，等到要再去買新的時候，便先把舊的給了僕人，好跟夏先生交涉要錢。夏先生一生的使命似乎就是鞠躬盡瘁的把所有的精力與金錢全敬獻給姨太太；此外，他沒有任何生活與享受。他的錢必須藉著姨太太的手才會出去，他自已不會花，更說不到給人——據說，他的原配夫人與十二個兒女住在保定，有時候連著四五個月得不到他的一個小錢。（老舍《駱駝祥子》）

易太太不免要添些東西。抗戰後方與淪陷區都缺貨，到了這購物的天堂，總不能入寶山空手回。經人介紹了這位麥太太陪她買東西，本地人內行，香港連大公司都要討價還價的，不會講廣東話也吃虧。他們麥先生是進出口商，生意人喜歡結交官場，把易太太招待得無微不至。易太太十分感激。（張愛玲《色．戒》）

這是日本海側北國之地小麻雀一樣的航空站，此刻只有這一班次入境，早點進關的話，能看見工作人員漫不經心打開日光燈，一切閃閃爍爍，移民官一面整理衣領，從辦公室出來，一面魚貫進入驗關的卡座。（黃麗群〈如果有一天你去金澤〉）

方老太太指鐵床道：「這明明是你們自已買的，不是她姑母送的。」鴻漸不耐煩道：「床總不能教人家送。」方老太太忽然想起布置新房一半也是婆家的責任，便不說了。遯翁夫婦又問柔嘉每天什麼時候回來，平常吃些什麼菜，女佣人做菜好不好，要多少開銷一天，一月要用幾擔煤球等等。鴻漸泰半不能回答，遯翁搖頭，老太太說：「全家託給一個佣人，太粗心大意了。這個李

【漫不經心】隨隨便便，不加留意。

【輕舉妄動】未經慎重考慮，即輕率地採取行動。

【敷衍塞責】形容做事不認真負責，只是表面應付。

【敷衍了事】形容做事不認真，表面應付了事。

【粗枝大葉】比喻疏略，做事不細密。

【粗心大意】做事草率，不細心。

勤奮

【韋編三絕】讀書讀到編書的牛皮繩多次斷裂，比喻勤奮用功。

【懸梁刺骨】比喻人發憤努力學習。

【手不釋卷】手裡總是拿著書卷。形容人勤奮好學。

【夙興夜寐】早起晚睡。形容終日勤勞。

【夙夜匪懈】語出《詩經．大雅．烝民》，形容日夜勤奮，不懈怠工作。

【枵腹從公】枵，ㄒㄧㄠ。餓著肚子辦理公務，形容不顧己身，勤於公事。

【宵衣旰食】天未明即起身穿衣，深夜才吃飯，比喻工作辛勤忙碌。

【克勤克儉】既勤勞又節儉。

【孜孜不倦】勤勉而不知疲倦。

【亹亹不倦】亹，ㄨㄟˇ。指連續而不倦怠。

【聞雞起舞】一聽到雞啼聲，立即起床操練武藝。比喻把握

媽靠得住靠不住？」鴻漸道：「她是柔嘉的奶媽，很忠實，不會揩油。」遯翁「哼」一聲道：「你這糊塗人，知道什麼？」老太太說：「家裡沒有女主人總不行的。我要勸柔嘉別去做事了。她一個月會賺多少錢！管管家事，這幾個錢從柴米油鹽上全省下來了。」鴻漸忍不住說老實話：「她廠裡報酬好，賺的錢比我多一倍呢！」二老故意的靜默，老太太覺得兒子偏袒媳婦，老先生覺得兒子坍盡了天下丈夫的臺。（錢鍾書《圍城》）

說漢朝一個名臣，當初未遇時節，其妻有眼不識泰山，棄之而去，到後來悔之無及。你說那名臣何方人氏？姓什名誰？那名臣姓朱，名買臣，表字翁子，會稽郡人氏。家貧未遇，夫妻二口住於陋巷蓬門，每日買臣向山中砍柴，挑至市中賣錢度日。性好讀書，手不釋卷。肩上雖挑卻柴擔，手裏兀自擒著書本，朗誦咀嚼，且歌且行。市人聽慣了，但聞讀書之聲，便知買臣挑柴擔來了，可憐他是個儒生，都與他買。（明．馮夢龍《喻世明言．金玉奴棒打薄情郎》）

福康安不言聲聽了，點頭道：「這是出兵放馬，我們也是不得已兒，這種事沒有仁慈可言……我們在這裡提著腦袋幹，朝裡還有人說我花錢多，還有人盼著我狠栽一筋斗，他們看笑話！真奇怪，文官貪汙千萬兩億兩沒事，當兵的收復失地，叫人家枵腹從公？皇上這份詔書，是我託阿桂親自送了密折陳情，才親自寫給我的。阿瑪說他是仗打得越多越怕。他老人家在世最怕的是我『快牛破車』當了趙括馬謖。我先是小心，如今才真正體味了他

時機，及時奮起努力。

【牛角掛書】典出《新唐書》李密乘牛時掛書於牛角上，邊走邊讀書之事。比喻勤勉讀書。

【焚膏繼晷】晷，ㄍㄨㄟˇ。形容夜以繼日地勤讀不怠。或不眠不休地工作或活動。

【鑿壁偷光】典出漢代匡衡鑿穿牆壁，藉由鄰家燭光照讀之事。比喻刻苦勤學。

【映雪囊螢】囊螢指晉時車胤借螢火亮光讀書。映雪指晉孫康夜晚利用雪光照明讀書。比喻刻苦勤學。

【發憤忘食】專心學習或工作以致忘記吃飯。形容十分勤奮。

懶惰

【一暴十寒】典出《孟子》，比喻人學習或工作不能有所堅持，缺乏恆心。

【好逸惡勞】貪圖安逸而不願勞動。

【拈輕怕重】挑選輕易的事，避開繁重的工作。

【酒囊飯袋】譏稱只會吃喝，而不會辦事的無能之人。

【無所事事】什麼事也不做，形容閒蕩無事的樣子。

【好吃懶做】愛吃又懶得勞動。

【飽食終日】整天吃得飽飽的，不做任何事。比喻無所事事。

【不勞而獲】不勞動就獲取成果，多用以比喻懶惰或投機。

【坐吃山空】比喻只消費而不事生產，以致把家產吃盡用

老人家心思……」（二月河《乾隆皇帝》）

另外，自家產米，可是我們三餐並非全部米食，若不是「蕃藷箍靡」（地瓜粥），就是「蕃藷籤飯」，只有年節和宴客才有白米飯，這些情形是大部分村民共有的現象，大家克勤克儉，聽天由命，很少有埋怨聲，因為「艱苦也是一世人」，祖母說的。（林央敏〈故鄉長大了〉）

沒有自身的勤奮，就算是天資奇佳的雄鷹也只能空振雙翅；有了勤奮的精神，就算是行動遲緩的蝸牛也能雄踞塔頂，觀千山暮雪，渺萬里層雲。成功不能單純依靠能力和智慧，更要靠每一個人自身孜孜不倦地勤奮工作。（林想〈我們為什麼要努力工作〉）

科學翻案迭起，最近就有一群醫生指出，膽固醇事實上沒有那麼可怕，降膽固醇藥也沒有多少實質效益，膽固醇值的高低與個人壽命未必有直接關聯。此話一出，馬上引起美國心臟協會的反撲，因為有一群病人真的跟著吃肉不吃藥，好逸惡勞起來。（莊裕安〈膽固醇與法斯塔夫〉）

金水嬸的家道原本極為艱苦，她的丈夫又是一個沒有責任的好吃懶做的人，而她竟能使每一個兒子都讀書。所以，一提起金水嬸來，八斗子的人無不豎起大拇指打從心底稱讚她。（王拓〈金水嬸〉）

「畜生，你欠了這麼多的債，哪裡有錢來還啊？你以為我很有錢嗎？現在水災，兵災，棒客（土匪），糧稅樣樣多。像你這樣花錢如水，坐吃山空，我問你，還有幾年好花？下一輩人將來靠

光。

【坐享其成】不出勞力，而享受現成的福利。

【遊手好閒】遊蕩貪玩，無所事事的樣子。

【玩歲愒日】貪圖安逸，虛度光陰。

【一絲不苟】形容做事認真，一點也不馬虎。

【聚精會神】形容專心致志，精神集中。

【一心一意】同心同意。亦用於指心意專一，毫無他念。

【全心全意】將全副精神投入，無其他想法。

【全神貫注】將心思精神完全集中於某事物上。

【專心致志】專一心思，集中精神。

【專心一意】全神貫注，心無雜念。

【心無旁騖】專心致志，不售外物擾動。

【專精一思】專心一意，精神集中。

【目不轉睛】眼睛動也不動。形容凝神注視的樣子。

【廢寢忘食】形容專心努力工作或學習。

【屏氣凝神】屏住呼吸，集中精神。謂專心一意。

什麼？你嫁貞兒要不要陪奩？你還配做父親！」老太爺罵著，罵著，又發出一陣大聲的咳嗽。接著他又命令淑貞去把克安叫來。他要好好地痛罵克安一頓。然而不久淑貞就回來說克安不在家。這一來他的怒氣更大了。他拍著桌子亂罵人，又把克定罵了一陣，但是也不能夠使自己的怒氣平靜下去。（巴金《家》）

而那坐在對邊的女子低著頭，像是在看著自己的手，或手上的戒指，那麼無關宏旨的動作（甚至根本沒做動作），你卻一絲不苟地用眼睛輕巧而自然地記錄下來。（舒國治〈旅途中的女人〉）

嬰兒啼哭了，阿月把她抱在懷裡，解開大襟給她餵奶。一手輕輕拍著，眼睛全心全意地注視著嬰兒，一臉滿足的神情。（琦君〈一對金手鐲〉）

現在，三個室友似乎都很平靜地閉目躺著，或許也在追憶或想望一個流動的世界，或許在嚼噬著自己的不幸或悔疚，或許什麼都不是，而是真正在全心全意的睡眠。（陳列〈無怨〉）

當然，守恆也發現那個校刊社的馬子了，她就站在正行的老位子上看他們打球，當他幾次眼光瞥向那馬子時，那馬子的眼神似乎也回應著他，笑著的。於是，漸漸地，守恆心無旁騖起來了，他專心打，帶球上籃、三分球、蓋別人火鍋，神準。（許正平〈光年〉）

分神

【心不在焉】心不在其位。比喻心思不集中。

【心猿意馬】心思如猿猴不定地跳躍、快馬四處地奔馳而難以控制。比喻心思不專注集中。或比喻心意反覆不定。

【漫不經心】隨隨便便，事不過心的樣子。

【視而不見】雖然看到，但因心不在焉，好像沒有看到一樣。或形容漠視。

【失張倒怪】舉止失常，心不在焉。也作「失張失智」、「失張失志」。

【朝三暮四】本指一養猴人以果子飼養猴子，施以詐術騙猴的故事。見《莊子．齊物論》。比喻心意不定，反覆無常。也作「暮四朝三」。

果決

【一刀兩斷】一刀將物品砍斷為二，形容處理事情堅決果斷，乾脆俐落。

【大刀闊斧】形容軍隊聲勢浩大，殺氣騰騰。後形容做事果斷、有魄力。

【雷厲風行】像打雷般猛烈，如颳風般快速。比喻政令或人

兒子出門後，中間曾數度回家。每次回來，對於他親手捧回，親手把牠託付給我的小貓龍子，卻似乎心不在焉，「視而不見」。（琦君〈難忘龍子〉）

我們到餐廳裡吃晚餐。有一桌年輕的臉龐在笑，一邊看手機，一邊跟旁人心不在焉的。櫃檯的老闆娘同時做三件事，一手按計算機，一手飛快揮舞，嘴裡急速說話。（賀淑芳〈初始與沙〉）

陳近南從懷中取出一本薄薄的冊子來，說道：「這是本門修習的內功的基本法門，你每日自行用功。」打開冊子，每一頁上都繪有人像，當下將修習內功的法門和口訣傳授了。韋小寶一時之間也未能全盤領悟，只是用心記憶。陳近南花了兩個多時辰，將這套內功授完，說道：「本門功夫以正心誠意為先。你這人心猿意馬，和本門功夫格格不入，練起來加倍艱難，須得特別用功才是。你牢牢記住，倘若練得心意煩躁，頭暈眼花，便不可再練，須待靜了下來，收拾雜念，再從頭練起，否則會有重大危險。」韋小寶答應了，雙手接過冊子，放入懷中。（金庸《鹿鼎記》）

那師爺果然麻利，片刻功夫便帶著百十個親兵飛馬走了。楊名時看著這情景，不由得又是一陣感慨：真是書生無用啊！這李衛斗大的字還認不了一口袋，可是幹起事來卻這麼雷厲風行，令出禁止。他真是個幹大事的材料，這「鬼不纏」的雅號還真叫對了！不過他細心一想，卻又有點想不通：「哎，小子，你當上江南布政使的消息我早就知道了，可你不在江南好好辦差卻到京城裡幹

行事嚴格迅速。

【斬釘截鐵】形容說話辦事堅決果斷，毫不猶豫。

【當機立斷】當下立刻作出決斷，毫不遲疑。

【劍及履及】形容人行動果決、快速，迫不及待的樣子。

【行權立斷】行事果決，當機立斷。

【毅然決然】形容態度堅決，毫不猶豫退縮。

【直截了當】形容說話或做事乾淨俐落，毫不拐彎抹角。

【義無反顧】秉持正義勇往直前，絕不退縮。

【破釜沉舟】秦末項羽與秦軍戰於鉅鹿，項羽為使士卒拚死戰鬥，渡河之後，即將渡船弄沉，釜甑打破，以斷絕士兵後退的念頭。典出《史記．卷七．項羽本紀》。引申為做事果決、義無反顧。也作「破釜沉船」、「沉舟破釜」、「船沉鉅鹿」。

遲疑

【瞻前顧後】形容做事謹慎周密。或形容做事猶豫不決，顧慮太多。

【三心二意】形容猶豫不決、意志不堅。

【猶豫不決】遲疑不定，無法拿定主意。

【左顧右盼】左右四處觀察、

什麼來了？就是要向皇上述職，也不能帶這麼多的兵啊！剛才我怎麼沒有看見他們是藏在哪裡的？」（二月河《雍正皇帝》）

她賤賣物品，要錢不要貨，所以從不剔選「自動延長競投」的設定實現一到就結束吧，如同將戀愛一刀兩斷、畫清界線。（麥樹堅〈千年獸與千年詞〉）

他停下來，扶了扶細框眼鏡，問我，你猜，我們這裡有多少影像的主人實際上還活著？我搖搖頭。他油亮的額頭皺了起來，雙下巴跟著抖動，正以為要說出什麼斬釘截鐵的答案，結果是不知道。（黃崇凱〈七又四分之一〉）

約翰孫博士主張不廢體罰，他以為體罰的妙處在於直截了當，然而約翰孫博士是十八世紀的人，不合時代潮流！（梁實秋〈孩子〉）

台北市的紅綠燈就是這樣，只能讓一群人剛剛好過馬路，然後一切就會再次被阻斷，你得毫無猶豫地過馬路，就好像你的人生裡真的好像還有些事得那麼義無反顧地去完成一樣。（吳明益〈一頭大象在日光朦朧的街道〉）

他猛地站了起來，把孟良給他的信往口袋裏一擱，走出了門。不能再瞻前顧後了。他要到學校去看看。要是稱心，就馬上讓秀蓮去念書。不能再拖延了。孟良說得對，辦事要徹底。要好好拉扯秀蓮，盡量幫她一把，讓她有成長起來的機會。要是她不成材，那是她自己的錯兒。他加緊腳步，容光煥發，興奮得心怦怦直跳，彷彿他自個兒也要開始一場新生活了。（老舍〈鼓書藝人〉）

張望，或指有所顧慮而猶豫不決的樣子。

【優柔寡斷】形容行事猶豫，不能當機立斷。

【舉棋不定】拿著棋子，不能決定下一步怎樣下。比喻做事猶豫不決，拿不定主意。

【投鼠忌器】想投擊老鼠，卻怕擊中老鼠身旁的器物而不敢下手。比喻想要除害，但因有所顧忌而不敢下手。

【躊躇不決】猶豫不決，不能做下決定。

【畏縮不前】因畏懼怯懦，遲遲不敢前進。

【裹足不前】包纏腳部，不往前行。形容有所顧忌，而停止腳步。

【徬徨歧路】徘徊猶豫，不知所措。

【拖泥帶水】身上被泥、水沾汙，不利行動。比喻言辭或行為不乾脆。

【拖拖拉拉】做事猶豫、慢吞吞，不乾脆俐落。

【婆婆媽媽】形容人拿不起，放不下，做事不乾脆。

【腳踏實地】比喻做事切實穩健。

【安分守己】安於本分，謹守其身，不逾規矩。

死亡的河豚，毒素會擴散全身，無法食用，因此，處理食材的廚師，必須持有特別執照。然而，至今每年仍約有十數人死於河豚之毒。因此，有句日本俗諺是這麼說的：「欲河豚之肉，思致命之危，遲疑再三。」生動地描寫了吃與不吃的舉棋不定。（既晴〈禍從口入〉）

凡所謂個性，包括一人之體格、神經、理智、情感、學問、見解、經驗、閱歷、好惡、癖嗜，極其錯綜複雜。先天定其派別，或忌刻寡恩，或爽直仗義，或優柔寡斷，或多病多愁，雖父母師傅之教訓，不能易其骨子絲毫。（林語堂〈寫作的藝術〉）

搔完後，沿著山腳舔露水，想要尋找食物，但一看到馬路，就裹足不前了。整個早上，繼續待在垃圾場。在這個領域裡胡亂找東西，找累了便懶洋洋地趴著。鎮日處於飢餓的狀態下，牠們沒有一般小狗的頑皮個性，總是無精打采的形容。（劉克襄〈四隻小狗〉）

不知道其他路人是否跟我有類似的感覺，有事該發生卻沒真的發生。我當然也不真的希望突如其來一顆砲彈炸得我要死不活，心理懦弱想著解放軍要來就快啊，趕快讓這一切有個了結，不要拖拖拉拉拜託。（黃崇凱〈水豚〉）

有時她也覺得犧牲得有點不值得，暗自懊悔著，然而也來不及挽回了。她漸漸放棄了一切上進的思想，安分守己起來。她學會了挑是非，使小壞，干涉家裡的行政。她不時地跟母親嘔氣，可是她的言談舉止越來越像她母親了。（張愛玲〈金鎖記〉）

【循規蹈矩】遵守禮法，不踰越法度。

【穩紮穩打】穩健切實，逐步進行。

【天花亂墜】形容說話動聽，但多浮誇不切實際。

【好高騖遠】一味地嚮往高遠的目標而不切實際。

【異想天開】不符實際、不合事理的奇特想法。

【華而不實】只開花而不結果，比喻虛浮而不切實際。

【空中樓閣】比喻思想明澈通達。或比喻虛構的事物或不切實際的幻想。

【不著邊際】四邊都靠不了岸。比喻言論空泛或想法不切實際。

明明是循規蹈矩的標準過程，烤箱裡面出來的卻沒有一次不是令人大驚失色的成品。如果這樣的東西是從燒陶的窯裡取出來的話，還或許有可能成為珍貴的「窯變」的機會，可是，從烤箱之內取出來之後，卻是萬劫不復了。（席慕蓉〈劉家炸醬麵〉）

有的指南，太情感用事，作者自己沉醉其所旅遊之地，說得天花亂墜，而展書者越讀越生疑懼，這樣的指南亦不成功。乃這樣的書，像是描寫天堂。（舒國治〈再談旅行指南〉）

一堂課裡數十位小孩扭來扭去雙手沾滿顏料，畫樹畫房子畫太陽，畫幸福的爸爸媽媽，每天處在這麼做作的快樂裡他會瘋掉。更別說那些家長的臉，來接小孩的時候那種嚴厲凝視的雙眼，一副讓我看看你教什麼的態度。以為上個課小孩就會變畫畫天才嗎？真是異想天開。（川貝母〈兒子的肖像〉）

3 待人處事

寬厚

【以德報怨】不記仇恨，反以恩德回報他人。

【心慈面軟】慈祥而富同情心。

【手滑心慈】出手慷慨，心地仁慈。

【海納百川】形容如海接納河川一般肚量宏大。

【寬宏大量】度量寬大。

【豁達大度】形容心胸寬闊、度量宏大。

程靈素道：「啊，先師左手少了兩根手指，那是給苗大俠用劍削去的？」苗人鳳道：「不錯。雖然這番過節尊師後來立即便報復了，算是扯了個直，兩不吃虧，但前晚這位兄弟要去向尊師求救之時，在下卻知是自討沒趣，枉費心機。今日姑娘來此，在下還道是奉了尊師之命，以德報怨，實所感激。可是尊師既已逝世，姑娘是不知這段舊事的了？」程靈素搖頭道：「不知。」苗人鳳轉身走進內室，捧出一隻鐵盒，交給程靈素，道：「這是尊師遺

【網開一面】比喻寬大仁厚，對犯錯的人從寬處置。

【既往不咎】對過去的錯誤不再追究責難。

【唾面自乾】當別人吐口水在臉上時，不擦拭而讓它自己乾掉的故事。比喻逆來順受，寬容忍讓。

【川澤納汙】以湖泊江河能容納各種水流的特性，比喻人有涵養，能包容所有的善惡與毀譽。

【洗垢匿瑕】洗除汙垢，遮掩瑕疵。比喻待人寬厚，有所包容。

【恢宏大度】心胸寬大，度量宏遠。

刻薄

【尖嘴薄舌】形容說話尖銳刻薄。

【尖酸刻薄】待人苛刻或言辭銳利。

【冷嘲熱諷】尖酸、刻薄的嘲笑和諷刺。也作「冷譏熱諷」。

【刻薄寡恩】形容人苛刻、殘酷無情。

【咄咄逼人】形容人言語凌厲，氣勢凌人。

【吹毛求疵】比喻刻意挑剔過失或缺點。

【彈觔估兩】仔細斟酌估量事物。比喻挑剔。觔，ㄐㄧㄣ。

【揀精揀肥】精，指瘦肉；肥，指肥肉；揀，挑選的意思。比喻非常挑剔。

【搜根剔齒】百般挑剔別人的

物，姑娘一看便知。」（金庸《飛狐外傳》）

祖母臉上維持著老人家寬宏大量的笑容，仔細考慮著兒女的建議，她的白頭髮把水泥袋一樣大的枕頭都遮住了，布滿皺紋的臉孔像小樹枝做的鳥巢，繃帶上的血漬有如一隻遍體通紅的小蜘蛛。（張貴興〈沙龍祖母〉）

按學校規定，開頭還跟著一般的年輕同學上一些共同科目、記筆記、做作業，歷經數次溝通，校方終於為這執意要學玻璃的臺灣老學生網開一面，允許選讀初級、中級、進階的所有玻璃課程。（王俠軍〈寂靜疾走的溫度〉）

婆婆與小姑每一句尖酸刻薄的話，使她的臉部歪斜，呼吸狂亂，嘴唇不停哆嗦，數次有爆發的跡象。終於下定了決心，面對著婆婆，以激烈的淚聲大叫大嚷。（呂赫若〈月夜〉）

這一年起，我的研究室發生了好多事，大學主管常更改計畫內容，我的心情也跟著起伏了一陣子，就在這時，我和南維的相處也出現了問題。好幾個月以來，她常常先是咄咄逼人地將問題和責任指向我，然後便保持習慣性地沉默，而她沉默時，我便走開，我們二人都在逃避。（陳玉慧〈告別威尼斯〉）

他這兩位離了婚的夫人都比他有錢，因為離婚時候拿了他一大筆的贍養費。但是她們從來不肯幫他一個大子，儘管他非常拮据，憑空添出許多負擔，需要養活三個女人與她們的傭僕，後來還有她們各人的孩子，孩子的奶媽。他回想自己當初對待她們的

毛病、錯處。

【抉瑕擿釁】瑕，玉上的缺點。擿，ㄊㄧˋ。擿釁，挑出瑕疵。抉瑕擿釁指刻意挑剔缺點，舉發破綻。

【洗垢求瘢】指洗掉汙垢後，仍尋求瑕疵。比喻故意挑剔他人的過失或缺點。語本《後漢書．趙壹傳》。

真誠

【一言九鼎】形容說話有信用。

【一諾千金】形容信守承諾，說話算數。

【內省不疚】沒有需要反省內疚的地方，比喻為人處事端正無過。

【行不由徑】處事光明正大，不投機取巧。

【俯仰無愧】行事光明，因此不感到慚愧。

【肝膽相照】以肝膽互相照見。比喻竭誠的相處。

【披肝瀝膽】比喻赤誠相待，忠貞不二。

【肝膽照人】比喻赤誠相待。

【開誠布公】以誠意待人，坦白無私。

【心口如一】形容人外在表現和內心所想相同。

【不欺暗室】獨處隱僻處亦居心端正，形容坦誠磊落。

【推心置腹】把赤忱之心推到人家肚子裡。比喻待人至誠。

【問心無愧】憑著良心自我反省，沒有絲毫慚愧不安，比喻心胸坦蕩。

情形，覺得也不能十分怪她們。只是「范家的」不斷在旁邊冷嘲熱諷，說她們一點也不顧他的死活，使他不免感到難堪。（張愛玲〈五四遺事〉）

老團長是坐過科班的舊藝人，他的話一言九鼎。十九歲的筱燕秋立馬變成了A檔嫦娥。A檔不是別人，正是當紅青衣李雪芬。李雪芬在幾年前的《杜鵑山》中成功地扮演過女英雄柯湘，稱得上紅極一時。（畢飛宇《青衣》）

你已經養成什麼事都抱著必死的決心，還好班上同學很麻吉，對這個宇宙無敵超級大衰神還算友愛，當你又被抽到掃廁所還要清水溝時，子恩和光頭那些人很兄弟義氣地拍拍你肩：你真的太苦命了。然後眉頭深鎖重嘆一口氣，用肝膽相照的豪情喊著，好啦！一句話！幫你啦！（張曉惠〈月光迴旋曲〉）

我說可以問他事情嗎？他說他見到我的不凡，一個國三女生的不凡，所以他願意開誠布公對我無所不談，有問必答。（鍾文音〈國中女生的旅行與情人〉）

但徐錚聽來，心中酸溜溜的滿不是味兒。他生性魯莽，此時師妹又成了他未過門的妻子，不禁疾言厲色地追問起來。馬春花問心無愧，這師哥對自己又素來依順容讓，想不到昨天父親剛把自己終身相許，他就這麼強橫霸道起來，日後成了夫妻，豈非整日受他欺辱？（金庸《飛狐外傳》）

【表裡不一】指思想和言行相反不一致。

【虛與委蛇】形容假意慇懃，敷衍應付。

【爾虞我詐】形容人與人之間的互相猜疑，玩弄欺騙手段。

【陽奉陰違】表面上裝作遵守奉行，暗地卻違背。

【虛情假意】虛偽做作，而無真實的情意。

【口是心非】指心裡想的和嘴上說的不一致。

【言不由衷】形容言詞與心意相違背。

【口蜜腹劍】嘴甜心毒，內藏陰謀詭計。

【巧言令色】話說得很動聽，臉色裝得很和善，可是一點也不誠懇。形容人矯情虛偽。

【鉤心鬥角】原形容詩文的布局結構精心巧製，爭奇鬥勝。後多用於比喻競鬥心機，刻意經營。

【棉裡藏針】外表和善，內心險惡的人。

【佛口蛇心】比喻人嘴巴說得十分仁善，卻心懷惡毒。

【笑裡藏刀】笑容的後面藏著刀。形容人外貌和善可親，內心卻陰險狠毒。

【嘴甜心苦】形容人說話動聽卻居心狠毒。

搶得頭香的人滿面紅光志得意滿，豪氣干雲捐出大筆的香油錢，以銘己志。眾人恨且羨，可是大年初一也不好動氣，虛情假意道賀一番，文明與和氣都維持了。（柯裕棻〈上香（正月）〉）

康明遜自己也是滿腹的心事，因要顧忌王琦瑤，還須忍著，說一些言不由衷的寬慰話，其實是更不自由的。待到忍無可忍，便發作起來。（王安憶《長恨歌》）

項少龍心知肚明如再堅持，可能連宮門都走不出去。裝出個心力交瘁的表情，苦笑道：「我若守信諾，儲君也肯守信諾嗎？」小盤不悅道：「寡人曾在什麼事上不守信諾呢？」項少龍暗忖兩年的時間變化真大，使自己和小盤間再沒有往昔的互相信任，還要爾虞我詐，口是心非。他當然不會蠢得去揭破小盤對付朱姬的陰謀，微笑道：「儲君若沒有別的事，微臣想返家休息了。」離開書房，李斯正肅立門外，見到項少龍，低聲道：「讓我送上將軍一程好嗎？」（黃易《尋秦記》）

小曼穿著一身藍布旗袍，沒有戴金插銀，顯得清秀、樸素。她從從容容，大大方方，輕言細語地跟婆婆說著話。這身裝束，這副神態，使徐申如老先生大感意外。他原以為志摩帶回來的新娘必是一個濃妝豔抹、巧言令色，骨子裡朝秦暮楚的風月場中老手；他原以為由於他過去竭力反對他倆的婚事，這個新娘一定會抱著倨傲的敵意、帶著勝利者的姿態用冷眼來進行報復；所以儘管不失禮節地布置了隆重的接待——那只是為了維護徐家在地方上的面子——但他決定用一種最冷漠的態度來對待這個不受他歡迎的第二任媳婦。（王蕙玲《人間四月天》）

公正與偏私

【大公無私】秉公處理，毫無偏私。

【周而不比】形容人處事公正，不偏私自己的同黨。

【明鏡高懸】比喻官吏辦事時明察無私，執法公正而嚴明。

【鐵面無私】公正嚴明而不偏私。

【一視同仁】以同樣博愛的仁心平等待人，不分親疏厚薄。

【等量齊觀】不分輕重，一律同等看待。

【剛正不阿】剛強正直，不循私逢迎。

【不偏不倚】一點也沒有偏差。

【守正不阿】做人處事堅守正道，公正無私。

【無偏無黨】公正不偏袒。

【開誠布公】以誠意待人，坦白無私。

【明哲保身】明達事理、洞見時勢的人，不參與會帶給自己危險的事。

【獨善其身】保持個人的節操修養。後比喻只顧自己好而不管他人。

【厚此薄彼】優厚某一方而冷落另一方。指對人或事不一視同仁。

【一偏之見】偏向某個方面的看法。

而草色青青，連天遍野，尤為和平可親，大公無私的春色。花木有時被關閉在私人的庭園裡，吃了園丁的私刑而獻媚於紳士淑女之前。草則到處自生自長，不擇貴賤高下。（豐子愷〈春〉）

一聽這話，施世綸連連叩頭說：「萬歲，奴才只是治理一郡一地之才，戶部至關重要，非臣能力所及。臣不敢接此重任，恐怕萬一辦砸了，有失主上知人之明。」康熙一揮手說：「哎，這是什麼話？朕知道你是剛正廉明之臣，才破格委你以重任。朕心裡很清楚，這件事難辦。但惟其難辦，才得用你這樣鐵面無私的諍臣。你只管放開手跟著十三阿哥去辦，一切由朕為你們做主。你別害怕，小人們害不了你。」（二月河《康熙大帝》）

組長表示——他是教育學碩士，對於教育心理還有孩童成長學什麼的十分內行——我們要考慮學生的記憶能力，以及將他們的注意力引導到正確的方向，笑話只是知識的延伸，得做到不偏不倚。（羅士庭〈維也納的死亡與慈悲〉）

所以在薰衣草森林的廚房裡，從沒有所謂的偷藏兩招這種明哲保身的事情，不管是阿白或者其他主廚，他們會的技術就毫不保留的教別人。廚師跟廚師之間的關係，不是只在工作上，私底下大家也像哥兒們一樣相互照應，即使有朝一日離開了薰衣草森林另謀發展，那份情誼還是始終維繫著。（詹慧君、林庭妃〈真心關懷〉）

親切與冷漠

【平易近人】形容態度和藹親切，容易接近。

【平易近民】態度和藹親切，容易親近。

【善氣迎人】以和善之氣待人。形容人和藹可親。

【和藹可親】態度溫和，容易親近。

【木人石心】木作的人，石造的心。比喻意志堅定，任何外在事物皆不足以動其心。或形容人冷酷無情。

【鐵石心腸】像鐵石鑄成的心腸。形容人剛強而不為感情所動的秉性。

【秋風過耳】秋風從耳邊吹過。比喻漠不關心、毫不在意。

【無動於衷】心裡一點也不受感動。

【馬耳東風】東風吹過馬耳邊，瞬間消逝。比喻充耳不聞、無動於衷。

【視而不見】雖然看到，但因心不在焉，好像沒有看到一樣。或形容漠視。

【若無其事】好像沒有那麼一回事。形容神態鎮靜、自然。

【作壁上觀】站在壁壘上旁觀雙方交戰。比喻坐觀成敗，不幫助任何一方。或比喻事不關己，冷淡看待。

【冷眼旁觀】用冷靜的眼光在旁觀察。形容漠不關心。

【袖手旁觀】把手縮在袖子裡，在一旁觀看。形容置身事外，不予過問。

【置身事外】對事情不理會，不聞不問。

【不聞不問】形容置身事外，漠不關心。

現在好了，生下了小八子，施桂芳自然有了底氣，身上就有了氣焰。雖說還是客客氣氣的，但是客氣和客氣不一樣，施桂芳現在的客氣是支部書記式的平易近人。她的男人是村支書，她又不是，她憑什麼懶懶散散地平易近人？（畢飛宇《玉米》）

隨著杉行前的空地起建樓房，阿婆的柑仔店也搬到長安街上，所在位置大抵不太變，只是轉個方向，背對著小西巷，阿婆仍是和藹可親的，樣子沒多大改變，只是我們都慢慢長大上學了，生活圈擴大，逐漸不再頻頻出入她的店。（楊錦郁〈阿婆的柑仔店〉）

除了河床上幾根鏽蝕的鋼筋，及幾塊像是牆基的大石板之外，我們已經找不出其他部落的遺跡。我們凝望著枯水期中消瘦的溪水，吁嘆著百步蛇在水患中受難的年代。然而，巴古斯站在他的出生地上，仍是一副無動於衷的模樣。（莊華堂〈巴古斯的歸鄉路〉）

她這樣天天夜歸，熊應生沒有不知道的，但她的事他從來不聞不問，就是知道了，吵兩架也就完了事兒，爽然卻隱隱有些擔心，怕一旦情難捨，而又不能有什麼結果，會變得進退兩難，他更怕萬一寧靜死心塌地要跟他，她半生榮華富貴，會轉眼成空。（鍾曉陽《停車暫借問》）

她和他說話，聲音放得特別柔和，談話間，她又不時問他幾句關於他的學業，興趣，等等，表示她對他並非漠不關心。每當美蓉不由自主拿他和雷平比較，她總這樣責備自己：「我怎能這樣重虛榮呢？矮一點有什麼關係，人家可得了獎學金呢。」（歐陽子〈美蓉〉）

風吹來了一股勝似一股的焦臭味，人們在睡夢中都感到窒息，

【隔岸觀火】在河水對岸看火災。比喻事不關己，袖手旁觀，漠不關心。

【漠不關心】冷冷淡淡，不加關心。

謙恭

【和光同塵】鋒芒內斂，與塵俗相融合。

【虛懷若谷】心胸寬廣如山谷接納萬物，形容為人謙虛，能接納意見。

【謙沖自牧】以謙和退讓的態度修養德行。

【謙謙君子】比喻謙虛又律己的人。

【五體投地】古印度最誠敬的禮儀，比喻非常欽佩對方。

【肅然起敬】因受感動而莊嚴地興起欽佩恭敬之心。

【洗耳恭聽】洗乾淨耳朵恭敬地聆聽，比喻專心恭敬地聆聽。

【不恥下問】不以向身分較低微或是學問較自己淺陋的人求教為羞恥。

【移樽就教】帶著酒壺移坐到他人席上共飲，以便請教。比喻以恭謹的態度主動向人求教。

【前倨後恭】先前傲慢無禮，後又謙卑恭敬。比喻待人勢利，態度轉變迅速。

紛紛起來，也都看見了林火，卻只呆呆望著。到了白天，煙霧迷漫過來，別說去救，躲都躲不及。野獸也驚恐萬狀，被熊熊火勢追趕，老虎、豹子、野豬、豺狗統統竄進河裡，只有河水洶湧的深澗才能阻擋火勢蔓延。隔岸觀火的眾人只見對面火光之中，一隻赤紅的大鳥飛騰起來，長的九個腦袋，都吐出火舌，拖起長長的金色的尾巴，帶著呼嘯，又像女嬰的啼哭，凌空而上。（高行健《靈山》）

袁大總統和蔣老總統不同。蔣公選擇「幕僚」，尤其是管「機要」一類的人，務求其謹小慎微、鞠躬盡瘁，像陳布雷先生那樣的謙謙君子。袁世凱則反是，他取其精明強幹，遇有要事，拿出主張，任其艱——這一來，這位精明強幹、才大心細的顧少川，登高而招，順風而呼，不久便錐處囊中、脫穎而出了。（唐德剛〈廣陵散從此絕矣〉）

第二是父親編著的一部幾十萬字《西洋通史》，對我很有啟發。小時候看不大懂，但漸漸入門，對著作很肅然起敬。這大概是我學歷史、又好讀西方文化史之書的一個背景因素。（余英時《余英時回憶錄》）

那竹葉特別的形狀和竹竿的纖弱細長，總是使她聯想到一個少女，婀娜多姿，面帶微笑，而且前額上還飄動著一綹秀髮。她常想那竹竿棕黃帶綠的表面，正象徵一位瀟灑的君子；挺直的線條，象徵中立不倚；身子的中空，象徵虛懷若谷；堅硬的竹節，象徵堅貞正直。（林語堂《京華煙雲》）

高傲

【睥睨物表】傲視一切，超脫於世俗之外。

【目中無人】眼中除自己外，沒有他人。形容人高傲自大，瞧不起別人。

【目空一切】形容人高傲自大，什麼都不放在眼裡。

【自命不凡】形容自以為聰明、不平凡。

【孤芳自賞】比喻自命清高，自我欣賞。

【自以為是】自認為觀點與做法正確，不肯虛心接受別人的意見。

【不可一世】指人驕橫自大，以為他人都無法語自己比擬。

【高高在上】本指所處地位極高。後形容人自高自大，脫離群眾。

【妄自尊大】狂妄地自尊自大。

【自鳴得意】自命不凡，洋洋得意。

【沾沾自喜】形容自得自滿的樣子。

【夜郎自大】比喻人見識短淺，狂妄自大。

【妄自尊大】狂妄而自尊自大。

【恃才傲物】依仗本身有才幹而驕傲自大，目空一切。

【恃才倨傲】依仗本身才氣而傲慢無禮。

【恃寵而驕】倚仗得寵而驕傲自大。

【趾高氣揚】走路時腳抬得很高，樣子顯得十分神氣。形容人驕傲自滿、得意忘形。

【前倨後恭】先前傲慢無禮，後又謙卑恭敬。比喻待人勢利，態度轉變迅速。

【驕奢淫佚】傲慢奢侈、荒淫放縱。

我可能跟我的父親一樣不負責任，遺傳了他的所有缺點。我討厭聽他說話，他總是自以為是，他說謊，而且自己還相信他說的謊言，他不斷地背叛母親，頑固堅持，死不悔改。（陳玉慧〈父親〉）

凹地和坡上全都一樣，我奔跑，叫喊，忽而向左，忽而向右，神智錯亂了。我得馬上鎮定下來，得先回到原來的地方，不，得先認定個方向，可四面八方都是森然矗立的灰黑的樹影，已無從辨認，全都見過，又似乎未曾見過，腦門上的血管突突跳著。我明白是自然在捉弄我，捉弄我這個沒有信仰不知畏懼目空一切的渺小的人。（高行健《靈山》）

有說女人只輸在兩件事上——愛情與衣服。真侮辱也！那是沒腦子的男人交往了沒腦子的女人而發表的自以為是的認知！男人輸了愛情時是沒有人知道的，人們只好奇他突然老了，酸了，醜了。（愛亞〈生素情事〉）

牠看見白雪公主飛來，立刻走過去向牠打招呼，咕嚕咕咕，咕嚕咕咕地叫個不住，聳動牠那又光又滑的黑毛，老是圍著白雪公主打圓圈；然而白雪公主只管孤芳自賞，不但對黑鴿子沒有好感，反而覺得討厭，牠一點也不理睬地走開了。（謝冰瑩〈鴿子的愛〉）

我很少有機會能遇到彷彿高高在上的他們（又是在隔壁棟），但若是遇到了，他們兄弟都對我非常親切，像真的大哥哥一般鼓勵我認真念書，其實不管說什麼，我一看到他們那漂亮聰明的樣子，心裡立刻就同意：「對，我也要變成他們那樣。」（王聰威〈微妙的邊緣的時間感〉）

戰後的南京，簡直成了我們那些小飛行員的天下。無論走到那裡，街頭巷尾，總碰到個把趾高氣揚的小空軍，手上挽了個衣著入時的小姐，瀟瀟灑灑，搖曳而過。（白先勇〈一把青〉）

圓滑

【八面玲瓏】原用以形容屋子四面八方敞亮通明。後形容人言行處世十分圓融巧妙。

【八面見光】形容非常圓滑，善於應付。

【八面圓通】處世圓滑，善於應付。

【左右逢源】比喻辦事得心應手或處事圓融。

【面面俱到】形容各方面都照顧到。

【長袖善舞】衣袖長，有益於作舞，後用以比喻有手腕，善於社交或鑽營取巧。

固執

【膠柱鼓瑟】將瑟的弦以膠固定後彈奏，無法彈出高低的音調。比喻做事拘泥而不知變通。

【故步自封】指安於現狀，自我限制，不求進取。

【一意孤行】形容人固執己見，獨斷獨行。

【師心自用】指人固執己見，自以為是。

【鑽牛角尖】比喻人固執而不知變通，費力的研究無用或無法解決的問題。

【一成不變】事情既定之後，從不改變。或形容人守舊，固執不知變通。

眾人於是忙著吃飯，曹錫寶端碗喝了一口湯，說「好」，誇老板道：「這也不亞於西安老東門的羊肉膾湯了——老板能說會辦事，怪不得生意興旺！」「借曹爺的吉言！」老板忙笑回：「爺這回必定高魁得中，日後穩坐堂皇太平宰相二十年，日進斗金！」「這老小子真是八面玲瓏，順手就灌一大碗米湯！」惠同濟小口嚼著一片肉笑道：「錫寶有福攜帶一屋，你能輔政二十年而且是日進斗金，咱們是小禿跟著月亮走，人人都要沾光了！」（二月河《乾隆皇帝》）

他個子很高，雖然穿的是西裝，卻使人聯想到「長袖善舞」，他的應酬實際上就是一種舞蹈，使觀眾眩暈嘔吐的一種團團轉的，顛著腳尖的舞蹈。（張愛玲〈鴻鸞禧〉）

錢灃和劉墉都聽得一怔，和坤的辦法無論如何都叫出邪，帶著陰損，但這辦法確是左右逢源進退裕如，沒有一點後患，就大體而言，其實也「封鎖」了這個書房，無辱於大局。和坤見他們沉吟，笑道：「我知道你們心性兒清高，這法子不夠君子，崇如大人心裡明白，如今刑獄上的事比這黑十倍的都多的是！舉大事不拘小節，我覺得不宜膠柱鼓瑟！這麼變通一下好處是明擺著的。崇如大人要覺得不妥，我說過以你的馬首是瞻。」（二月河《乾隆皇帝》）

陶格的答案一出口，我和鐵天音自然而然，揚掌互擊了一下。陶格說的是：「它們使人有智慧——」他說的，正是我和鐵天音的推論。不過，陶格繼續所說的，也還有我們沒有想到的情形。

【墨守成規】固守舊規不肯改變，形容行事保守。

【冥頑不靈】愚昧頑固而不通靈性。

【執迷不悟】堅持錯誤的觀念而不醒悟。

【食古不化】固守既有知識而不能充分消化、應用，比喻一味守舊而不知變通。

【按圖索驥】照前人所畫的圖象，去尋求當代的良馬。比喻做事拘泥成規，呆板不知變通。

【抱殘守缺】固守舊有事物或思想，而不知改進變通。

【剛愎自用】性情倔強，自以為是而固執己見。

【桀驁不馴】性情倔強不聽話。

4 行為舉止

莊重

【寶相莊嚴】佛、菩薩的法相尊貴美好，令人肅然起敬。

【正襟危坐】整理服裝儀容，端正坐好。形容莊重誠敬的樣子。

【一本正經】形容人態度莊重認真。

【不苟言笑】不隨便談笑，態度嚴肅莊重。

【端人正士】端莊正直的人。

他道：「它們在人類的遺傳密碼上做了手腳，使人類完全按照它們的安排發展，進化，並且總是有各種各樣的罪惡出現，不定期地有可以役使成千上萬人聽命的暴君產生，發動大大小小的戰爭，就像是編劇和導演，在盡心盡力炮製一部電影，務求這電影緊張刺激殘暴血腥色情曲折離奇古怪，好讓未來世界的主宰，在回顧人類的歷史中，得到高度的娛樂，看人類是如何地被擺布，如何愚蠢，如何冥頑不靈，身在圈套之中，全然不知。」（倪匡《圈套》）

張先生並非食古不化的人，他用臉書，也會對朋友轉貼堵爛時局的文章按讚。他甚至知道綜藝節目上那些長得像路人，歌聲卻無比嘹亮的人是出自哪個歌唱節目、哪一屆的。然而他比較像是海外僑民，隔海接收故鄉的一切。（李桐豪〈非殺人小說〉）

穆子煦冷眼瞧著這位江南總督。只見他五十上下的年紀，三綹長鬚，修飾得整齊光潔。一副道貌岸然，居高臨下的神態，口中侃侃而談，卻又絕口不問二人來意。穆子煦不由得暗暗佩服，嗯，有兩下子，像個國舅爺的派頭。（二月河《康熙大帝》）

日前回老家一趟，鄉下長天老日，夜閒無事，舊書堆中翻出星光出版社的《雪鄉、古都、千羽鶴》合訂本。現在看來，十六歲的女孩子哪裡懂這些故事，竟一本正經地在《雪鄉》的「徒勞」二字第一次出現時，做了記號。（柯裕棻〈流雲〉）

【文質彬彬】舉止文雅，態度端莊。

【雍容華貴】溫和大方，氣質端莊矜貴。

【紋風不動】一點也不動。形容鎮靜、沉著的態度。

【道貌岸然】形容外表莊重嚴肅的樣子，亦用以諷刺表裡不一的偽君子。

輕浮

【拈花惹草】原指侍弄花草，後指四處留情、勾搭挑逗。

【油頭粉面】形容男子流裡流氣、油嘴滑舌。

【油腔滑調】寫文章或言語態度浮滑，不切實。

【輕薄無行】舉止輕佻，品德不良。

【吊兒郎當】形容人放蕩不羈的樣子。

【花裡胡哨】形容舉止或言語等輕佻花俏。或形容顏色華美紛雜。

【撒風撒痴】行為恣意輕佻放肆。

【妖妖調調】妖嬈嬌媚，舉止輕佻。

【煙視媚行】原本指新婚婦女舉止安詳，眼睛微張，步履緩慢。後比喻女子端莊賢淑的姿態，但今日多用於形容女子放蕩輕佻的行為。

【人盡可夫】典出《左傳》，原為表達夫妻之情不比父女親情可貴，後引申為形容女子輕浮浪蕩。

光米並沒因此恃寵而驕，時時不苟言笑蹲踞一角觀察人族，不懼人也不黏人。（朱天心〈並不是每隻貓都可愛〉）

金鯉魚坐在人堆裡，眼睛可望著沒有人的地方，身子板得紋風不動，她真沉得住氣。她也知道這時有多少隻眼睛向她射過來，彷彿改穿旗袍是衝著她一個人發的。（林海音〈金鯉魚的百襉裙〉）

鍾珊問怎麼想到打電話來。她說今天突然發現射手座的生日到了！好陳腔濫調的說詞。她們聊了一會星座和朋友，她繼續油腔滑調，撫摩樹皮，好像沒有這個輔助動作就說不下去，說一個人不該只屬於一個星座，日子或許該跟著星座過，雙魚座時浪漫，射手座時積極。（陳淑瑤〈盛宴〉）

最近拜訪親友時，年近三十的我總會被問到結婚生子之事。正當我啞然不知做何回應時，父親就會用一種吊兒郎當的口氣，擋掉我不知道該怎麼替父親轉圜的社會眼光：「他啊，只喜歡自由自在地過，誰跟他在一起誰倒楣。」（謝凱特〈我的蟻人父親〉）

我回頭問：「你大概以為我是一個沒存良心的人吧？」「倒也不是。」阿玉說：「你對很多人都很好，可是你對男孩子很壞，一點誠懇也沒有，給人知道了，以為你水性得很。」我悠悠的笑了，「男人，是不必對他們太好的，淡淡的便行，來者自來，去者自去，這一罵還算我看得起的，看不起的，眼角落頭沾都不要沾。你不是說我人盡可夫嗎？在某一個範圍內，我是無所謂，未必像你說得那麼糟，我可不像你——從一而終。」阿玉的臉蒼白起來。（亦舒〈阿玉和阿瓦〉）

負責

【一言九鼎】形容說話有信用。

【一諾千金】形容信守承諾，說話算數。

【負重致遠】比喻能夠長期擔負重責大任。

【任重道遠】負擔繁重，路途遙遠。比喻長期肩負重大的任務。

【任勞任怨】形容人做事熱心負責，不辭勞苦，不懼嫌怨。

【責無旁貸】自己應盡的責任，沒有理由推卸。

【義不容辭】道義上不容許推卻。

【當仁不讓】遇到應該做的事，主動承擔起來，而不推讓。

【義無反顧】秉持正義，勇往直前，絕不退縮。

【言而有信】說話誠實有信用。

躲避

【避重就輕】避開艱難繁重的工作，而選擇輕鬆容易的。或比喻避開主要的問題，而只談些無關緊要的事。

張翠山心下一驚，隱隱覺得，若和殷素素再相處下去，只怕要難以自制，謝遜是一個強敵，而自己內心中心猿意馬，更是一個強敵，如此危機四伏的是非之地，越早離開越好，當下強抑怒火，說道：「謝前輩，在下言而有信，絕不洩漏前輩行蹤。我此刻可立下重誓，對任誰也不吐露今日所見所聞。」謝遜道：「張五俠是俠義名家，一諾千金，言出如山，江湖間早有傳聞。但是姓謝的在二十八歲上立過一個重誓，你瞧瞧我的手指。」說著伸出左手，張翠山和殷素素一看，只見他小指齊根斬斷，只剩下四根手指。謝遜緩緩說道：「在那一年上，我生平最崇仰、最敬愛的一個人欺辱了我，害得我家破人亡，父母妻兒，一夕之間盡數死去。因此我斷指立誓，姓謝的有生之日，絕不再相信任何一個人。今年我四十一歲，十三年來，我只和禽獸為伍，我相信禽獸，不相信人。十三年來我少殺禽獸多殺人。」（金庸《倚天屠龍記》）

我花了一些時間才適應這種離家獨居的生活。我學會用手洗衣服，而且像灰姑娘那樣任勞任怨，邊洗邊唱歌。偏食的習慣也改掉了，因為如果每次到餐廳都只吃喜歡吃的菜，不久就會膩，膩久了也許會瘋。（蔡智恆〈回眸〉）

即使我很清楚，由於憤怒、嫉妒，我的身體一再地發出警訊：我故意營養不均，因此消化不良；將你犯下的小錯誤加以擴充，讓自己腎上腺急速分泌；藉由自虐，達成自以為是的報復，我一刀刀將匕首扎進心口，看著血如墨汁濃濃湧出，手上滿是血腥，

【金蟬脫殼】金蟬蛻變於脫去外殼。比喻利用假象藉以脫身。

【逍遙法外】犯罪者逃避了應受的法律制裁，仍自由自在。

【逃之夭夭】比喻逃跑得無影無蹤。

【溜之大吉】迅速地偷偷逃跑。

【望風而遁】遙見對方的蹤影或氣勢就嚇得逃跑了。

認同與反對

【心悅誠服】誠心誠意地歸服。

【一呼百應】一人召喚，百人響應。形容響應附和的人眾多。

【馬首是瞻】比喻服從指揮或跟隨他人進退。

【近悅遠來】因為德澤廣被，境內之人認同，境外之人也前來歸附。

【眾叛親離】眾人反叛，親信背離。形容不得人心，處境孤立。

【敬謝不敏】恭敬的表示不能接受，或能力不行的客氣話。

【推三阻四】用各種藉口推托攔阻。

【不以為然】不以為如此，表示不同意。

【力辭不受】極力推辭不接受。

然後我瞪著你，都是你，都是你。我逃之夭夭，你身陷囹圄，我不斷自虐，讓你的罪名像公路一樣長。（李欣倫〈你在我胃裡〉）

所有的難處都可以歸結到這麼一點：我們厭倦了自我重複，我們無法產生對自己的不可企及。這句話怎麼才能說得家常一點呢？還是回到婚姻上來，當我們否定了自我的時候，我們，我，用離婚做了一次替代。我想我的妻子也是這樣的。我們金蟬脫殼，拿生命的環節誤做自我革新與自我出逃。婚姻永遠是現代人的替罪羊。（畢飛宇〈火車裡的天堂〉）

出院那天，我到處去送紅包。劉醫師、梁醫師都婉拒紅包，只有王半仙收下了。老實說，到現在我還是不怎麼相信算命、改運之類的事，不過那天送給王半仙的紅包，我倒還真是心悅誠服，由衷感佩。（侯文詠〈改運〉）

你想寫個新的罕用的詞彙，唱片公司的老闆便冷言冷語，說你最好還是改改這句。小弟新入行，不敢造次，只好馬首是瞻，人怎樣我怎樣，生氣都沒辦法。你不寫「蝴蝶繡枕」，唱片公司的老闆說這樣詞藻不美、意境不佳。所以我只好也寫蝴蝶了。（盧國沾〈田園春夢〉）

周媽鬧著要告老還鄉，過幾天兒子就來接娘了。雖然只是個老傭人，畢竟周媽是從小帶她大的，又還是家中唯一的心腹，蘭熹一時只覺得眾叛親離，心中感傷。她想：周媽總說繼母偏心是隔層肚皮，自己還不是什麼都只想到在鄉下的兒子。（蔣曉雲〈百年好合〉）

選擇

【精挑細選】仔細的選擇。

【猶豫不決】遲疑不定，無法拿定主意。

【斟酌損益】酌量事理，擇善而定。

【權衡輕重】估量事物的輕重緩急、利害得失。

【吹毛求疵】吹開細毛，仔細尋找皮上的小毛病。比喻刻意挑剔過失或缺點。

【采光剖璞】採集金子，剖取璞石中的美玉。比喻挑選人才。

去除

【斬草除根】將雜草連根拔除。比喻除去禍根，不留後患。

【除暴安良】除去殘暴之徒，安撫善良百姓。

【趕盡殺絕】全部消滅。

【寸草不留】連一點小草都不

莊大老爺明曉得這裡頭周某人有好處，而且當面又托過，犯不著做什麼惡人，所以求了統領，仍交周某人經手。統領面子上雖然答應，等周老爺上來請示要划這筆銀子，他老人家總是推三阻四，一連耽擱了好幾天亦沒有吩咐下來。（清．李寶嘉《官場現形記．第十七回》）

經亞的智力平平，不像他哥哥、弟弟那樣坦白，那樣自在輕鬆，那樣隨和。他天性事事顧慮，猶豫不決，說話時自然也不痛快果斷。他沉默的時候兒多，說話也不乾脆爽快，有時話說了再說一遍，好像要看看自己的話說對了沒有。由於父親的嚴厲，他更覺得受到壓抑，越發缺乏自信。這個世界對他已然夠難的了，事務如何決斷，都大費躊躇。（林語堂《京華煙雲》）

馬德稱恃顧祥平昔至交，只說顧家產業，央他暫時承認。又有古董書籍等項，約數百金，寄與黃勝家去訖。卻說有司官將馬給事家房產田業盡數變賣，未足其數，兀自吹毛求疵不已。（馮夢龍《警示通言．鈍秀才一朝交泰》）

我們是卑微的小草／愛護巨大的樹木／請從愛護小草做起／整理公園綠地／千萬不要斬草除根／請留我們成長的餘地（林梵〈小草之歌〉）

父親這才同意我放棄了，一根絃足足繃了五年，這一放棄，五線譜上的豆芽菜一下就忘得一乾二淨，父親當然很生氣，可是我

存留，比喻消滅殆盡。

【一乾二淨】完盡、什麼都不剩。

【去蕪存菁】去除雜亂，保留菁華。

【去偽存真】去除虛偽，保留真實。

【冰釋前嫌】將從前的疑慮、舊怨等如冰消融般完全消除。

【煥然冰釋】比喻疑慮、誤會、嫌隙等，一下子完全消除。

調停

【息事寧人】指平息紛爭，以使彼此相安。

【從長計議】慢慢的仔細商議。

【言歸於好】歸於和好。

【重修舊好】恢復以往的情誼。

【眾口難調】比喻人人口味不同，難以調和，也比喻眾人意見難以一致。

慫恿

【推波助瀾】推動波浪，使情況更進一步。

【煽風點火】比喻鼓動慫恿，以挑起事端。

【調三窩四】搬弄口舌，挑撥是非。

卻好輕鬆、好痛快。（琦君〈父親〉）

我們以前上課問過老師，為什麼種豆，不種大白菜呢？不然蘿蔔、花生或絲瓜也不錯呀！老師並沒有回答這些無理取鬧的發問。我近來慢慢明白，原來「豆苗」和雜草有點像，就像濟世之心和權力欲望並不容易簡單分辨，要在晨曦或夕暉中去蕪存菁，是需要一點經驗和耐心的。（徐國能〈但使願無違〉）

她小小年紀，就算武功有獨得之祕，總不能強過孫婆婆去，讓她帶楊過而去，一來念著雙方師門上代情誼，息事寧人，二來誤殺孫婆婆後心下實感不安，只得盡量容讓。（金庸《神鵰俠侶》）

王夫人雖然醋心甚重，但想段正淳的話倒也不錯，過去十多年來於他的負心薄倖，恨之入骨，以致見到了大理人或是姓段之人都要殺之而後快，但此刻一見到了他面，重修舊好之心便與時俱增，說道：「好甥兒，且慢動手，待我想一想再說。」（金庸《天龍八部》）

但因為梵谷，因為他那種種因挫折而顯得怪異的絕望和反抗。用今天的話說很「酷」很「帥」，他把耳朵割掉的行為更是在他成為大神的路上起到了推波助瀾的作用。在瘋狂的畫了那麼多畫之後，他的謝幕禮是朝自己的胸口開了一槍。（尹朝陽〈當梵谷成為背景〉）

【說風說水】說慫恿、推波助瀾的言語。

【鼓脣搖舌】鼓動嘴脣與舌頭。比喻以言語搬弄是非。

【掉三寸舌】鼓動舌頭，進行遊說。

【狐鳴魚書】秦朝末年，陳勝吳廣欲壯大反秦聲勢，鼓動眾人起事，乃丹書「陳勝王」於布帛上，置魚腹中，再令人買而剖食，得丹書；又令人夜燃篝火，狐鳴呼曰：「大楚興，陳勝王。」後比喻起事者欲鼓動群眾時所使用的手段。

揭示

【水落石出】水位下降，使石頭顯露。比喻事情經過澄清而後真相大白。

【水清石見】水清澈時可見水底石頭。比喻事情真相大白。

【東窗事發】傳說秦檜與妻王氏在東窗下密謀陷害岳飛。秦檜死後受譴責，於冥司託人告訴王氏說，東窗下的密謀已經暴露了。比喻陰謀敗露，將被懲治。

【圖窮匕見】戰國時，燕太子丹派荊軻獻燕國的地圖，而藏匕首於圖中，以謀刺秦王。後比喻事情發展到最後，形跡敗露，現出真相。

【露出馬腳】暴露出真相或漏洞。

【昭然若揭】本指如同高舉著日月般的明白清楚。後多指真相完全顯露無遺。

鳳姐兒一面又罵賈蓉：「天雷劈腦子、五鬼分屍的沒良心的種子！不知天有多高，地有多厚，成日家調三窩四，幹出這些沒臉面、沒王法、敗家破業的營生。你死了的娘陰靈也不容你！祖宗也不容你，還敢來勸我！」哭罵著，揚手就打。賈蓉忙磕頭有聲說：「嬸子別生氣，仔細手，讓我自己打。嬸子別動氣。」說著，自己舉手，左右開弓，自己打了一頓嘴巴子，又自己問著自己說：「以後可再顧三不顧四的混管閒事了？以後還單聽叔叔的話，不聽嬸子的話？」眾人又是勸，又要笑，又不敢笑。（清．曹雪芹《紅樓夢．第六十八回》）

但是爸爸的回答驚得我渾身發抖。「不，孩子，咱們家沒有姓，一個姓也沒有。我不姓莫，你也不姓奇，我也不知道咱們老祖宗姓啥。也許咱們老祖宗本來就沒有姓，要不，就是半道兒上把姓傳丟啦！」多倒楣呀！雖然沒有姓並不影響考大學什麼的，但想起來總有些窩囊，好比得了色盲症，沒什麼要緊，但總是一種缺陷呀！我決心把這個問題搞個水落石出。（周銳《無姓家族》）

梁太太聽了，沉默了一會，彎下腰來，鄭重的在薇龍額角上吻了一下，便走出去了。她這充滿了天主教的戲劇化氣氛的舉動，似乎沒有給予薇龍任何的影響。薇龍依舊把兩隻手插在鬢髮裡，出著神，臉上帶著一些笑，可是眼睛卻是死的。梁太太一出去，就去打電話找喬琪，叫他來商議要緊的話，喬琪知道東窗事發了，一味的推託，哪裡肯來。梁太太便把話嚇他道：「薇龍哭哭啼啼，要回上海去了，她父母如何肯罷休，上海方面自然要找

【抽絲剝繭】比喻由淺入深，逐步分析，探求某件事的真相。

【破繭而出】蠶作繭變蛹後，化蛾破繭的過程。今多用以指事情真相大白。也用來比喻掙脫束縛或突破困境。

【騎虎難下】騎著老虎，害怕被咬而不敢下來。比喻事情迫於情勢，無法中止，只好繼續做下去。

【進退失據】比喻行事陷入困境，或臨事張皇失措。

【進退維谷】形容前進後退都無路可走的困窘處境。

【左右為難】處境難堪，無所適從。

【進退兩難】前進不了，又後退不得。形容處境困窘。

【名韁利索】名利像是韁繩，把人束縛。

【裹足不進】雙足被束縛而不良於行，比喻有所顧忌而停止不前進。

【犬牙相制】形容錯綜參差，相互牽制。

【縛手縛腳】綁住手腳。比喻處處受約束。

【形格勢禁】為環境情勢牽制阻礙。

【半途自畫】事情做到一半，就自己限制自己，中途停止。

【檻猿籠鳥】檻中猿，籠中鳥。比喻受限制而沒有自由。

【禮俗所拘】為禮儀習俗所束

律師來和你說話，這事可就鬧大了！你老子一生氣，管叫你吃不了兜著走。我是因為薇龍是在我這裡認識你的，說出去，連我面子上也不好看，所以忙著找你想補救的方法。誰知道你倒這麼舒坦。皇帝不急，急煞了太監！」（張愛玲《沉香屑．第一爐香》）

空智提聲叫道：「三位師叔，張教主於本派有恩，務請手下留情。」但四人的比拚已到了難解難分的地步，張無忌原無傷害三僧之心，三僧念著日前他相助解圍，也早欲俟機罷手，只是雙方均是騎虎難下。三僧神遊物外，對空智的叫聲聽而不聞，其實便算得知，卻也無能為力。韋一笑身形一晃，如一縷輕煙般閃入斷松之間，便待向周芷若撲去，卻見周芷若右手作勢，懸在半空，自己若是撲上，她手爪勢必立時便向謝遜頭頂插下。謝遜若死，張無忌心中大悲，登時便會死在三僧掌力之下。韋一笑與周芷若相距不到一丈，便即呆呆定住，不敢上前動手。一時之間，山峰上每人都似成了一座石像，誰都一動不動，不出一聲。驀地裡周顛哈哈一笑，踏步上前。（金庸《倚天屠龍記》）

到了大廈大堂，擠滿了人，果然是剛宣布了戒嚴，在路上趕不及到自己地的都擠進來了，碰上住客正在搬家，家具與人都進退維谷著。梁媽對杜雲裳說，先到我家歇一歇。（陳慧〈日光之下〉）

只是這個午後昏慵困倦，那一長串的叫賣聲猶如催魂之音，教我進退兩難。進者難滿足口腹貪欲（這種開發財車出來亂轉招客的攤子豈有美食？），退者難耐長日漫漫，又受彼干擾，想要睡去已屬不能。（吳岱穎〈薰蕕同車驚午夢〉）

縛，不得自由伸展。

【裹足不進】雙足被束縛而不良於行，比喻有所顧忌而停止不前進。

【拘俗守常】受世俗平庸的見解所束縛。

【拘文牽俗】拘束於繁文陋俗。

【畫地自限】形容自己設立界限，不求突破。

【畫地而趨】在地上作畫軌跡，使人循跡而行。後比喻被禮法約束而自苦。

【畫地為牢】古時就地畫一範圍作為監牢，使犯人站立其中以示懲罰。後用以比喻只准在限定的範圍內活動。

【形格勢禁】為環境情勢牽制阻礙。

【去住無門】去留無路，形容進退兩難。

【舉動荊棘】走動就像步在荊棘間一般困難，比喻行為受到束縛。

作惡

【為虎作倀】比喻幫惡人做壞事。

【助紂為虐】幫助商紂王施行暴政，比喻協助惡人做事。

【朋比為奸】彼此勾結做壞事。

【狼狽為奸】惡人相互勾結作惡。

【同惡相濟】惡人彼此互相幫助，共同作惡。

【無惡不作】沒有什麼壞事不

夫婦倆對望了一眼，初醒時那又驚又怒的神色立時轉為喜色，知道她既肯出手相救，獨生愛子便是死裡逃生。兩人站起身來，默然不語，心中各是一股說不出的滋味：愛子明明是中了她的毒手，此刻她卻又來相救，向她道謝是犯不著，但是她如不救，兒子又活不成；再說，她不過是小師妹，自己兒子的年紀還大過她，哪知師父偏心，傳給她的本領遠勝過自己夫婦，接連受她克制，竟是縛手縛腳，沒半點還手的餘地。（金庸《飛狐外傳》）

幼小時候有父母愛憐你，特別是有母親愛憐你。到了長大成人，「娶了媳婦兒忘了娘」，娘這樣看時就不必再愛憐你，至少不必再像當年那樣愛憐你。女的呢，「嫁出門的女兒，潑出門的水」；做母親的雖然未必這樣看，可是形格勢禁而且鞭長莫及，就是愛憐得著，也只算找補點罷了。愛人該愛憐你？然而愛人們的嘴一例是甜蜜的，誰能說「你泥中有我，我泥中有你」！（朱自清〈論自己〉）

她老公跳腳，更名正言順地指控，她確實要毀掉公司和他。他不斷辱罵我們，每次開庭都緊緊尾隨，企圖數落我的當事人的罪章，見我沒有反應便反過頭責難我明知她是壞女人還為虎作倀，讓我頭痛到不行。（賴芳玉〈送行〉）

警衛和陳三把素雲帶到囚車上，阿非下令不再蒙起素雲的眼睛。阿非現在要安排釋放素雲這件事，程序上是很困難的。他仔細研究素雲的案子，把這個案子叫局裡同事們辦，請求他們從寬辦理，因為這是老父死前的囑託。因為這可能是北平第一個中國

幹。形容壞事做盡。

【怙惡不悛】怙，ㄏㄨˋ；悛，ㄑㄩㄢ。指人作惡多端，不肯悔改。

【作奸犯科】為非作歹，違法亂紀。

【為非作歹】做壞事。

【姦淫擄掠】姦汙婦女，搶劫掠奪。

【殺人如蓺】蓺，ㄧˋ，割草。殺人如蓺形容濫殺無辜，無所動心。

【殺人越貨】殺人搶劫。

【殺人盈野】殺人極多，屍體遍地。

【草菅人命】輕視人命，濫殺無辜。

【謀財害命】為奪取錢財而謀害人命。

【打家劫舍】搶奪劫掠家舍。

【禍稔惡盈】稔，醞釀、累積。禍稔惡盈指長期為害作惡，罪孽深重。

【群魔亂舞】成群的魔鬼亂跳亂舞。比喻眾多的惡人猖狂作壞事。

討好

【奴顏婢睞】形容卑賤無恥、阿諛諂媚的態度。

【奴顏婢膝】譏諷人卑屈取媚如奴才的樣子。

【奴顏媚骨】卑躬屈膝，奉承諂媚的樣子。

【伏低做小】卑躬屈膝，低聲下氣。

【先意希旨】善於揣度他人心理而迎合其喜好。

人製造毒品要處死刑的案件，局中委員願意慎重處理。阿非要準備一篇詳細的報告，在報告中要盡量低估貨品的總量，並且說逮捕時人犯毫無抵抗，並且說突檢的房子完全是中國的住房，與日本人毫無關係，與日本人勾結一款，於本案並不適用。最後他陳明犯人表示悔罪，並願向禁煙局捐出五十萬元推動禁煙運動，最後姑念罪犯由於情勢所迫，並非怙惡不悛，請從寬處理。（林語堂《京華煙雲》）

莎士比亞偉大的地方，就是他的台詞包容驚人，試著更改少數幾個關鍵的字彙，這一番話可以安慰減肥失敗自暴自棄的人。雖然法斯塔夫是個打家劫舍的惡崽，一代文豪卻有辦法寓莊於諧，顢頇加上天真，叫人顛黑倒白無法分出善惡。（莊裕安〈膽固醇與法斯塔夫〉）

然而曲曲不爭氣，偏看中了王俊業，一個三等書記。兩人過從甚密。在這生活程度奇高的時候，隨意在咖啡館舞場裡坐坐，數目也就可觀了。王俊業是靠薪水吃飯的人，勢不能天天帶她出去，因此也時常的登門拜訪她。姚先生起初不知底細，待他相當的客氣。一旦打聽明白了，不免冷言冷語，不給他好臉子看。王俊業卻一味的做小伏低，曲意逢迎，這一天晚上，他順著姚先生口氣，談到晚近的文風澆薄。曲曲笑道：「我大姊出嫁，我爸爸做的駢文啟事，你讀過沒有？我去找來給你看。」（張愛玲〈琉璃瓦〉）

【曲意逢迎】違反己意，去奉迎別人。

【吮癰舐痔】癰，ㄩㄥ。典出《莊子》和《漢書．佞倖傳》，比喻諂媚之徒逢迎阿順權貴的卑鄙行為。

【投其所好】迎合他人的愛好。

【卑躬屈膝】低身下跪去奉承別人。形容對人諂媚阿諛。

【承顏順旨】迎承臉色，順從其意旨。

【承歡獻媚】以嫵媚的情態，討好迎合使人歡娛。

【苟合取容】苟且迎合、取悅別人，以求容身。

【偷寒送暖】暗中撮合男女私情。或指巴結奉承。

【摧眉折腰】低頭彎腰。形容卑躬屈膝、阿諛諂媚的樣子。

【趨炎附勢】指奉承依附有權勢的人。

【脅肩諂笑】聳立肩膀，露出諂媚的笑容。形容逢迎巴結人的醜態。

【搖尾乞憐】狗搖著尾巴，以討主人歡心。形容人有所請求，卑躬屈膝向人討好。

【攀龍附鳳】攀附著龍或鳳。比喻依仗有聲望的人。

【望塵而拜】望見權貴賈謐來車揚起的灰塵，即行叩拜。形容趨炎附勢，阿諛諂媚的神態。

【狗苟蠅營】比喻小人鑽營攀附，阿諛諂媚的行為。

無論是君是臣是民是男是女是老是小，都得在這個所謂人類命運的偉大使命之前卑躬屈膝。而人類集體命運總是無常、殘忍而神祕，為了追求一時的史詩高潮，什麼都能順手拈來，順路碾過。（胡晴舫〈誰的北京城〉）

李沅芷心想關東三魔是有勇無謀之輩，一個清軍軍官，更加不放在心上，不如找上前去，想法子結束了他們，教這瞧不起人的余師母佩服我的手段，於是問道：「他們在哪裡？你帶我們去，給你一錠銀子。」那人道：「銀子倒不用，不過得問問毛驢肯不肯去。」把嘴湊在驢子耳邊，嘰哩咕嚕的說一陣子話，然後把耳朵湊在驢子口上，似乎用心傾聽，連連點頭。二人見他裝模作樣，瘋瘋癲癲，不由得好笑。那人聽了一會，皺起眉頭說道：「這驢子戴了官帽之後，自以為了不起啦。它瞧不起你們的坐騎，不願意一起走，生怕沒面子，失了自己身分。」余魚同一驚：「這人行為奇特，說話皮裡陽秋，罵盡了世上趨炎附勢的暴發小人，難道竟是一位風塵異人？」（金庸《書劍恩仇錄》）

抵長春車站，迎接如儀，溥儀是晚下榻大和旅館，並在旅館餐廳，由建國大典籌備處督辦熙洽、張仁樂，長春市長金璧東肅親王之子設備盛宴，奉迎「聖駕」。這一班攀龍附鳳的新貴，和扈從到長的遺老親貴，都照舊日儀式，行跪拜禮，極光怪陸離之至。（李念慈《滿洲國紀實》）

【心悅誠服】誠心誠意地歸服。

【和光同塵】比喻與世浮沉，隨波逐流。

【從善如流】聽從好的意見，就像流水般的自然順暢。比喻樂於接受別人好的意見。

【亦步亦趨】形容事事追隨或仿傚別人。

【蕭規曹隨】比喻後人依循前人所訂的規章辦事。

【和而不同】能與人和順相處，但不盲目苟同。

【三從四德】「三從」，指在家從父、出嫁從夫、夫死從子，「四德」，指婦德、婦言、婦容、婦功。指舊時婦女必須具備的德性。

【隨波逐流】順著水流而行。比喻人沒有確定的方向和目標，只依從環境潮流行事。

【上行下效】在上位的人怎麼做，下面的人就起而效法。

【逆來順受】以順從的態度接受惡劣環境或不合理的待遇。

【委曲求全】委曲自己，遷就別人，以求保全。

【唯命是聽】絕對服從命令，不敢違抗。

【唯唯諾諾】連聲稱是。比喻順從而無所違逆。

【下氣怡聲】低抑其氣息，柔和其聲音。表示態度恭順。

【曲意逢迎】違反己意，去奉迎別人。

【千依百順】形容凡事順從。

【承顏順旨】迎承臉色，順從其意旨。

【趨之若鶩】像成群的鴨子般

其實對里長伯提出的意見，我們頭家倒也從善如流。原來我們這邊招牌上寫的是「中國第一強」五個字的，掛了半年左右，使得每一個經過門前的人都忍不住大笑，收到廣告效果有多大就不必說了。那時節我剛出道，每次出入看到這面招牌，便深驕傲。（鍾鐵民〈約克夏的黃昏〉）

米亞真高興她費心選回的家當都被辨識出來，心想要買一個好的菸灰缸放在家裡。次日她也很高興，她的屋子是如此吃喝坐臥界限模糊，所以就那麼順水推舟的把他們推入纏綿。（朱天文〈世紀末的華麗〉）

《禁武令》雖然頒了，但並不是說就沒有人可以練武了，不過這些人都是朝廷的鷹犬。面對有權有勢者的欺壓，老百姓只能逆來順受，稍作反抗，就會被誣為私練武功，觸犯禁律，遭到壓制。於是經過這麼些年的折騰，朝野上下，任俠之氣，終於蕩然無存。（彭寬〈禁武令〉）

隔了兩日，是我要動身回城的前一天，便聽到村人都遭了魔似的發議論，說連殳要將所有的器具大半燒給他祖母，餘下的便分贈生時侍奉，死時送終的女工，並且連房屋也要無期地借給她居住了。親戚本家都說到舌敝脣焦，也終於阻當不住。恐怕大半也還是因為好奇心，我歸途中經過他家的門口，便又順便去弔慰。他穿了毛邊的白衣出見，神色也還是那樣，冷冷的。我很勸慰了一番；他卻除了唯唯諾諾之外，只回答了一句話，是：「多謝你的好意。」（魯迅《徬徨》）

曾經，遇上談得來可以發展的女朋友，不過，總是有一種過分

跑過去。形容前往趨附者極多。

【順水推舟】順著水流推船。比喻順應情勢行事。

違背

【陽奉陰違】表面上裝作遵守奉行，暗地卻違背。

【口是心非】指心裡想的和嘴上說的不一致。

【言不由衷】形容言詞與心意相違背。

【大逆不道】指謀反背叛，罪大惡極。或指違反倫常，罪惡深重。

【自相矛盾】比喻言語或行事前後無法呼應，互相牴觸。

【騁強背理】倚勢逞強，違逆正理。

【違天悖理】違背天理倫常，指行為乖張暴戾。

【悖理違情】違背理法，不合常情。

【昧心取利】違背良心，圖取利益。

【反戾天常】違反天道。

【倒行逆施】不遵常理行事。後比喻違背社會俗尚，胡作非為的罪惡行徑。

剛強的感覺，沒有希文的溫婉柔弱，尤其，希文站在他身邊，她就能給他像回到讀書時千依百順的安全感。（林超榮〈薔薇謝後的八十年代〉）

據說一個寧波小姐若想追求一個上海的男孩子，這個男的就在劫難逃了。而體仁，雖然口才雄辯，體格健壯，內心則像個有女人氣的上海男孩子。正如他剛才所說，他既未曾勞動筋骨，又未曾遭受饑寒，他只是一個軟殼的蛤蜊，銀屏的話使他有點煩惱，因為他對銀屏很真誠。所以他對銀屏說：「你不相信我嗎？我若有一天會忘了你，或是我若口是心非，願一個毒膿包生在我嘴脣上，並且抽搐而死，而且死後下輩子變個驢讓你騎！」（林語堂《京華煙雲》）

我自承在偶爾說過言不由衷的話之中，屢犯的一項，就是在求職或者類似表格的「特長」項下，不敢從實招來，填一個「懶」字。（吳魯芹〈懶散〉）

爹媽全是在為孩子服務。母親早晨喝稀飯，買雞蛋給孩子吃；父親早晨吃雞蛋，買魚肝油精給孩子吃。最好的東西都要獻呈給孩子，否則，做父母的心裡便起惶恐，像是做了什麼大逆不道的事一般。（梁實秋〈孩子〉）

內在世界》五、語言

1 說話

言談

【言笑晏晏】形容言談舉止和悅閒適。

【侃侃而談】形容說話從容不迫的樣子。

【促膝長談】膝蓋靠得很近，指親密投機的對話。

【不著邊際】比喻言論空泛或想法不切實際。

【無稽之談】沒有根據，無從考查的話。

【談天說地】漫無邊際的高談闊論。

【肺腑之言】發自內心的真話。

【老生常談】老書生的尋常言論。比喻時常聽到，了無新意的老話。

【言之有物】指言論或文章有根據、有內容。

【拾人牙慧】比喻蹈襲他人的言論或主張。

【紙上談兵】在文字上談論用兵的策略。比喻不切實際的議論。

【紙上空談】不切實際的言談、議論。

【高談闊論】本指見地高超、範圍廣闊地談論。後比喻暢快而無拘束地談論。或沒有實質內容，空泛而漫無邊際地談論。

【津津樂道】形容很有興味的談論。

好多的、出自他們肺腑之言的祝福，令我感動萬分，畢竟他們的一言一語夾雜著數不清的，對新生代的失望。（夏曼．藍波安〈飛魚季〉）

窈窕的身影與丈夫騎著腳踏車，相偕到鎮上的小學教書，一路上兩人言笑晏晏，一如文藝影片般抒情浪漫。（周芬伶〈絕美〉）

有鄰家婦女趕忙上前，扶住阿罔官，一邊使勁的拿手替她順背和揉胸口。眾人開始議論紛紛。（李昂〈殺夫〉）

做我的徒弟，有時倒楣之至，因為我喜歡打網球，可是從不認真打，也不喜歡和同事打，以免蜚短流長，和學生打網球，可以聽他們胡扯，一樂也。（李家同〈吾愛吾徒〉）

碰到他、她與他，太多人，高談闊論，分析形勢大好，回歸機遇千載難逢，卻暗地跑去申請英國護照，他們要逃生。如果在那報館裡學懂了什麼，就是虛偽。（區家麟〈歸途〉）

記得一九九七年的翡冷翠街頭，到處都是咖啡吧和家庭經營的小餐館。上班以前或者上午十點的休息時間，在附近公司、商店工作的人們紛紛出來到設計精緻的咖啡吧，在吧臺邊站著一邊喝小杯的濃縮咖啡，一邊跟咖啡師以及其他常客談天說地。（新井一二三〈快餐化的義大利〉）

這些民間習俗聽在相信科學和理性的一部分現代人耳裡，或是

【人云亦云】別人說什麼，自己也隨聲附和。

【眾說紛紜】各式各樣的說法紛亂不一致。

【莫衷一是】形容眾說紛紜，無法得到一致的結論。

【街談巷議】大街小巷中的談說議論。

【蜚短流長】流傳於眾人之口的閒言閒語。

【議論紛紛】不停的揣測、討論。

【三令五申】再三命令告誡。

【絮絮叨叨】形容言語瑣碎囉嗦。

【口口聲聲】不停的陳述、表白或把某一說法經常掛在嘴邊。

【苦口婆心】以懇切真摯的態度，竭力勸告他人。

【耳提面命】時時提醒，比喻懇切教誨。

【做好做歹】好說歹說，用盡各種方法勸說。

【語重心長】言辭真誠具影響力而情意深長。

【義正詞嚴】義理正當，措詞嚴厲的說話。

【唯唯諾諾】連聲稱是，無所違逆。

【含糊其辭】把話說得不清楚、不明白。

【一語成讖】本為一句無心的話，竟然變成預言而應驗了。

【擲地有聲】形容說話的文辭巧妙華美、音韻鏗鏘有致。

【南腔北調】指南北各種腔調，或形容很多人說話。

【自圓其說】自行解釋自己牽強矛盾的說法，使無破綻。

【輕描淡寫】形容言論或寫作時，避開關鍵，將重點輕輕帶過。

無稽之談，然而不能否認的是，它們體現了傳統的平民文化和民間智慧。古時農業社會，冬至時天寒地凍，無農事須做，大夥比較有閒情過過小日子，就且把冬至當成小過年，設上酒宴，吃點應景食品，培養好心情，也給身體積聚能量，待冬去春來，又得努力幹活。（韓良憶〈圓滿過冬至〉）

與他相對，過的是家常光陰，許多人生的婆婆媽媽嚕嚕囌囌，合時的感慨喟嘆，合理的人云亦云，極端平凡又甘於平凡，他的腳後跟一出門檻，她就把他忘得乾乾淨淨的。（鍾曉陽《停車暫借問》）

記得國中上地理課時，講到東歐波蘭、烏克蘭一帶盛產甜菜，大家都不知道甜菜是什麼，有人說是一種菜有人說是果實，猜了半天莫衷一是，只好去問地理老師。只見那位剛從師大畢業的老師脹紅了臉，期期艾艾地說：「這個啊……我不太清楚耶……好像是可以榨糖吧？……不曉得耶！」（蔡珠兒〈甜菜正傳〉）

是因為失戀？還是因為創作之途上的挫敗？是染上了毒癮？還是……天之驕子受創的原因，眾說紛紜。嘴巴刻薄一點的，更直接下了嘲諷的結論：不管是失戀還是眼高手低，他到底紙是日本人眼中的二等公民，這場夢終於可以醒了吧？（郭強生〈罪人〉）

記得過年時，家裡有許多禁忌，許多字眼不能講，例如「死」或是死的同音字。每到臘月，母親就會對我耳提面命。奇怪的是，平常也不太說這些字的，可是一到這個時節就會脫口而出，受到處罰。（蔣勳〈情慾孤獨〉）

但夫人無論如何還是率性的人，活了一個世紀的女人，不必有太多顧忌，她告訴自己，何況以前一篇篇擲地有聲的演講稿，她從未掩飾本身對美國的感情。（平路〈百齡箋〉）

細語

【竊竊私語】私下密語。

【交頭接耳】湊近頭耳，形容低聲私語。

【呢喃細語】不斷的小聲說話。

【喃喃細語】不斷的小聲說話。

【喃喃自語】自己不斷輕聲說話。

【細聲細氣】形容說話的語調輕細。

【輕聲細語】輕柔、小聲的說話。

【嬌聲細語】形容聲音輕柔、微細。

【喁喁細語】形容人低聲說話。

【喁喁噥噥】低語的樣子。

【自言自語】獨語，自己對自己說話。

爭執

【指桑罵槐】指著桑樹罵槐樹，比喻拐彎抹角地罵人。

【疾言厲色】指言語急迫，神色嚴厲。形容人發怒的樣子。

【興師問罪】前去宣布他人罪狀，並嚴加譴責。

【大發雷霆】盛怒時斥責聲如雷霆，令人驚恐。形容大發脾氣，大聲責罵。

【脣槍舌戰】形容辯論時言語鋒利，爭辯激烈。

【爭長論短】爭論是非。

【破口大罵】以惡言大聲咒罵。

【千咒萬罵】百般咒罵。

竊竊私語未已，沒想到那個從遠方來的女人動手脫下本來就穿得很少的衣服，而且毫不遲疑的脫光，面對觀眾如面對空氣。（王鼎鈞〈網中〉）

父親的身體捆在保守強硬的西服線條框架下，以挺立的姿態、和善的表情拉回客人的注意力，大部分的客人會跟著父親以不回應將奶奶的建議變成喃喃自語，把她變成地震過後牆上留下的裂縫，一個視而不見比較令人安心的缺陷。（張耀升〈縫〉）

對這個鄉下遠房侄子送來孝敬她的十五歲丫頭，外婆連她手上挎的一個藍布包袱都沒叫她擱下，就開始了一項一項地盤審。上過幾年學？一個字不識？你媽是大躍進過後把你給尚家做養媳婦的？餓飯餓死了你兄弟？外婆細聲細氣地提問，若答得她不滿意，會細聲細氣請她就掉頭回去似的。（嚴歌苓〈柳臘姐〉）

「……她不在瑞蚨祥買，是因為在王府井大街看見了一塊外國的天鵝絨。她去買了那塊料子，裁縫做一件衣裳。衣裳做好送來了，她發現裁縫不細心，看見貼滾邊時用的漿糊在衣裳下擺的一個角兒上弄髒了一點兒，也就有大拇指那麼大，沒有什麼要緊。她大發雷霆。讓裁縫把衣裳拿回去，把衣料兒錢退回。那塊料子是二十八塊錢買的。最後，裁縫千央求萬央求，答應退給她十五塊錢。那個裁縫說：『少奶奶，下次您做衣裳，您拿給別家去做吧。』好多這些小事情說不完呢。」（林語堂《京華煙雲》）

於是，各家各派的脣槍舌戰混淆了一切。最初的源頭，其實只

【怨世罵時】抱怨咒罵當世的習俗。

【鄭人爭年】鄭國有二個人互相爭論誰的年齡較長，彼此僵持不下，後來以最後住嘴的人為勝。見《韓非子．外儲說左上》。後比喻沒有意義的爭論或糾紛。

喧鬧

【七嘴八舌】形容人多口雜，議論紛亂。

【喋喋不休】形容話多，沒完沒了。

【沸沸揚揚】形容人聲雜亂，議論紛紛，如水沸騰一般。

【甚囂塵上】形容傳聞四起，議論紛紛；或指極為猖狂、囂張。

【人聲鼎沸】形容人眾會聚，喧嘩熱烈，像水在鼎裡煮沸一般。

【沸反盈天】形容人聲喧鬧，亂成一團。

【人言籍籍】籍籍，紛擾雜亂的樣子。人言籍籍指人們議論紛紛。

【蜩螗沸羹】蜩，ㄊㄧㄠˊ；螗，ㄊㄤˊ。飲酒號呼之聲如蟬鳴，笑語之聲如湯沸羹熟。後比喻議論喧騰，紛亂不寧。

不過是不忍看到牛蛙的生命即將終結。而這隻想要逃出袋外的牛蛙，也只不過是單純地想要存活下來。就如同四百年前「砰地」跳下水的青蛙，只是單純地想要跳進池塘。那兩百年前悠然見山的青蛙，也只是單純地想要悠然望山。（北小安〈蛙〉）

羅莉泰常常向他嘮叨往事，一談到她兒子，就哭個不停。起初他還禮貌地聽著，後來她一開口，他便借故溜掉，日間病人的煩怨苦楚，他聽得太多，實在不願再聽羅莉泰的傷心史。這些年來，他磨練出一種本事，病人喋喋不休的訴苦，他可以達到充耳不聞的境界。前天早上，費雪太太的特別護士打電話來告急，他趕到派克大道那間十二層樓的豪華公寓時，費雪太太剛斷氣，心臟衰竭急性休克而死，死的樣子很猙獰，死前一定非常痛苦。他把那床白緞面的被單蓋覆到她那張老醜而恐怖的臉上時，他的第一個反應是覺得大大鬆了一口氣。費雪太太不必再受罪，他也得到了解脫。（白先勇〈夜曲〉）

小孩子臉上還沾著米粒，丟下碗筷，飛步跟著大人腳步，隨著大人穿出黑暗，再踱入一家人聲鼎沸的屋子；屋子內一桌一桌的，桌上有著五彩的牌和黑白紅三色的骰子與鈔票，幾雙手幾隻眼就專注在那上頭，彼此對喝著。（鍾文音〈漫漫洪荒〉）

【妙語如珠】形容說話風趣。

【妙語解頤】形容說話風趣，使人發笑。

【舌粲蓮花】形容人口才好。

【俐齒伶牙】形容人的口才好，能言善道。

【口齒伶俐】比喻說話流暢，能言善道。

【能言善道】口舌伶俐、善於說話。

【口若懸河】說起話來像瀑布一樣滔滔不絕，比喻能言善辯。

【談笑風生】談笑興致高昂，言語風趣。

【有聲有色】原指人擁有美好的名聲和榮顯的地位。後形容言語、文章表達意見或描述生動感人。

【滔滔不絕】形容說話連續而不間斷。

【談吐如流】說話流利，滔滔不絕。

【談辭如雲】說話時言辭如雲般湧出。形容善於言辭。

【鼓舌如簧】形容能說善道或連續說話不停止。

話少

【惜字如金】言語或文章精煉節省，不多費筆墨或脣舌。

「凌小姐，您好！你的名字好極了，就像你的人一樣，玉潔冰清。」葉一舟似乎是個相當風趣的人，才一見面，便開始妙語如珠。「葉老先生，謝謝您的誇獎。您是不是住在賓館裡？」雖然她在這裡只有一天一夜的停留，她已決心要跟他交朋友。（畢璞〈出岫雲〉）

諸將見大汗如此懦弱，畏懼王罕，仍是要將華箏嫁給都史，都感氣惱。一名千夫長的兒子是鐵木真的貼身衛士，昨晚於守禦土山時為桑昆部屬射殺，那千夫長這時怒火沖天，拔刀要去斫殺都史。鐵木真立命拿下，拖到帳前，當著都史之前打了四十下軍棍，直打得他全身鮮血淋漓，暈了過去。鐵木真喝道：「監禁起來，三日之後，全家斬首。」次日一早，鐵木真備了兩車黃金貂皮厚禮，一千頭肥羊，一百匹良馬，派了五十名軍士護送都史回去，又派一名能言善道的使者，命他向王罕及桑昆鄭重謝罪。送別之時，鐵木真竟然不能乘馬，躺在擔架之上，上氣不接下氣的與都史道別。（金庸《射鵰英雄傳》）

場合當然是雞尾酒會中，衣香鬢影依舊，談笑風生依舊，我的心情當然也依舊。有誰忽然在我肩上拍了兩下，幸得賤軀頑健，但是那分量還是夠受的，我心中暗自忖度，莫非這就是「天之將降大任於斯人」的初步？（吳魯芹〈雞尾酒會〉）

「你別叫他們騙了，我可是你親媽！」「沒誰騙我。你自個兒心底有數。」阿童言簡意賅，言語交鋒間沒使力戳人際敏感點，真叫她名義上的爸媽叔伯嬸娘看了既慚愧又開眼界。當初就少這

【言簡意賅】言辭簡單而意思完備。

【片言隻字】零碎、簡短的言語或文字。

【要言不煩】說話精要，不囉嗦。

【三言兩語】三兩句話就說完了，形容言語簡短。

直言

【一針見血】比喻言論簡潔透澈，深入中肯。

【一語道破】一句話就把事理的真相說穿。

【一語中的】一句話就說中事情的重點。

【口無遮攔】說話沒有顧忌，有什麼說什麼。

【言無不盡】毫無保留的說出自己的看法。

【暢所欲言】痛痛快快、毫無顧忌地把想說的話全部講出來。

【直言讜議】讜，ㄉㄤˇ。正直的議論。

【簡明扼要】精簡明白，能抓住重點。

麼個人辦交涉，朱愛倫算得上有個性，但總是媳婦。（蘇偉貞〈日曆日曆掛在牆壁〉）

鏡光倒是不願意，他跑外埠慣了，困在麵攤，確實為難他了。桂成後來就讓玉展接手，拾鳳在攤檔忙不過來，連人客的先來後到皆弄不清，卻也不敢在父親跟前埋怨片言隻字。（李天葆〈九燕春——茶陽娘子從前事〉）

次日韋小寶拜別了主人，和陳近南等分道赴京。陳近南道：「小寶，歸二俠夫婦要去行刺皇帝，他們已答應大家商量之後，再作定論。你到北京之後，可不能通知皇帝，讓他有了防備。」韋小寶本有此意，卻給師父一語道破，忙道：「這個自然。他韃子佔了我們漢人江山，我在朝中做官，是奉了師父你老人家之命，怎能真的向著他？」（金庸《鹿鼎記》）

今天我知道了口無遮攔的代價，知道了年少輕狂的代價，知道了直來直去的代價，知道了不設城府的代價，但明天我還會這樣說話，外交辭令永遠不會出現在我的嘴裡。（韓寒〈寫給每一個自己〉）

那次，就是夫人對白宮的最後一瞥。夫人的時日有限，因此她必須言無不盡，坦承說出很快就會讓世人後悔莫及的警語。（平路〈百齡箋〉）

吞吐

【期期艾艾】口吃結巴的樣子。

【支支吾吾】說話含混不清，搪塞了事。

【半吐半吞】說話吞吞吐吐，不直截了當。

【吞吐其辭】言語支吾，含混不清。

【支吾其詞】形容以含混牽強的言語，搪塞應付他人。

【唯唯諾諾】連聲稱是。比喻順從而無所違逆。

【欲言又止】想要說話，卻因遲疑或其他思量而未能說出口。

【模稜兩可】比喻含混、不明確的言語、意見或主張。

【左支右吾】說話含混，敷衍應付。

誇口

【夸夸其談】文章或言語浮誇，不切實際。

【譁眾取寵】以浮誇的言論博取眾人注意。

【大放厥詞】發表誇張的言詞。

【天花亂墜】原指佛祖講經感動天神，引得各色香花從空中落下。後形容說話動聽，但多浮誇不切實際。

【彈空說嘴】憑空誇口，說大話。

【大言不慚】不顧事實，妄言

第二進除過廳外前後四間正房，有三間空著，原是在日本學獸醫秉三先生的四弟住房。四老爺口中雖期期艾艾，心胸俊邁不群。生平歡喜騎怒馬，喝烈酒，尚氣任俠，不幸壯年早逝。（沈從文〈芷江縣的熊公館〉）

慌張地打了電話問了一些之前工作上的朋友，他們也都支支吾吾地談起，原來我離職之後，許多新人都受不了不定期熬夜的日子而紛紛離職，而這次要出貨的歐洲單子很急，老王一個人扛了兩人份的工作，因為連續熬夜，感冒併發心肌炎。（張英珉〈有塵室〉）

李奧，你還記得我們這樣的疑問嗎？山鬼默默，欲言又止。她想說什麼？她又不想說什麼？假如，追尋、失落、阻隔、等待，是一切珍愛宿命的歷程，那就只能自己沉默地承擔，言語終究無法訴說什麼。（顏崑陽〈山鬼戀〉）

一般而言，談喫之人喜言材料、火候與調味，很少研究刀工，這不是沒道理的。講材料，須見多而識廣，山珍海味，葷素醬料，博通者當世已是幾希，略知一二足可夸夸其談，是為「權威」。（徐國能〈刀工〉）

我無意編一些神祕兮兮的故事來譁眾取寵，但我相信自己真是有故事的，雖然自己也不全信，卻又不能不信。（張瀛太〈夜夜盜取你的美麗〉）

巴萬沒有理會小島妻子的哀求，反而瞪著她懷中的大兒子，那

誇大卻不知羞慚。

【大吹牛皮】說話誇大不實在。

【胡吹亂謅】胡亂吹牛或瞎掰。

【鬼話連篇】滿嘴胡言亂語。

說謊

【信口雌黃】雌黃，古代用於塗改文字。本指有如口中含著雌黃，能隨時改正不合意的語句。後比喻不顧事實真相，隨口亂說或妄加批評。

【指鹿為馬】將鹿指稱是馬，藉以展現自己的威權。比喻人刻意顛倒是非。

【指皂為白】混淆黑白，顛倒是非。

【無的放矢】毫無事實根據而胡亂地指責、攻擊別人。

【造謠生事】興造謠言，挑起事端。

【搗謊駕舌】造謠生事。

【提口拔舌】造謠生事，胡說八道。

【枉口拔舌】枉口，指胡言亂語；拔舌，源自佛教，謂人生前若說假話，搬弄是非，死後將入拔舌地獄受拔舌之苦。故用拔舌來譬喻說假話和搬弄是非。

【訛言謊語】訛，ㄜˊ。偽詐不誠實的話。即造謠說謊。

男孩曾在打獵時當著莫那的面**大放厥詞**，巴萬記得很清楚，只是他現在臉上帶著淚痕，完全沒有當時的傲氣。（嚴云農《賽德克．巴萊》）

別相信清水芙蓉的謊言／那是男人的**信口雌黃**／樹長得越高，離太陽愈近／根就扎得越深越暗／花兒可以有一萬種顏色／每一種，都來自汙泥／那個夏天，還有那個冬天的故事／你忘了也挺好／就是記得，也無妨／就像任何一個夏天和冬天一樣／其實，都不過是／你棲身的土壤（張翎〈何處藏詩〉）

「兩個沒良心的東西」是指瑾妃、珍妃姊妹倆。妹妹打入冷宮，衣不暖、食不飽，姊姊亦是幽居永巷，每日隨班定省，慈禧太后連正眼都不看她。這些情況不足為外人道，自然亦以不宜讓她們與外賓見面，免得露了馬腳，所以得想個法子搪塞。這難不倒李蓮英，略想一想答說：「老佛爺萬安！奴才有主意。」卻不說是何主意。到了各國公使夫人覲見之日，李蓮英覓了兩名宮女，假扮瑾妃、珍妃姊妹。好在語言隔閡，只要說通了任傳譯之責的德菱、龍菱兩姊妹——八旗才子，新近卸任返國的駐日公使裕庚的一雙掌珠，就盡不妨**指鹿為馬**。（高陽《慈禧全傳》）

埋頭讀書時，不妨考慮用點迷迭香。這個習俗有幾千年的傳統。古希臘學子將迷迭香編結在髮辮中，因為他們相信迷迭香可以幫助記憶，增強注意力，讓他們在考場一舉成功。這或許並非**無的放矢**。當今歐美醫學界正在研究如何用它來預防及治療老年痴呆症。（奚密〈迷迭香〉）

稱讚

【讚不絕口】口中不停的稱讚。

【口碑載道】眾人稱頌的話語，就像鐫刻在記功碑上一樣，到處流傳。比喻廣受好評。

【有口皆碑】眾人稱讚如同刻功於石碑上，比喻評價很好。

【拍案叫絕】拍桌子叫好，形容非常讚賞。

【嘖嘖稱奇】咂嘴作聲，表示驚奇、讚嘆。

【擊節稱賞】欣賞音樂時，因讚賞而隨著樂曲的節奏打拍子。後多用於指對詩文創作或藝術表演的讚嘆稱賞。

詆毀

【讒言佞語】毀謗他人和奉承取悅他人的話。

【含血噴人】嘴裡含著血噴人，比喻捏造事實，誣賴他人。

【無的放矢】毫無事實根據而胡亂地指責、攻擊別人。

【含沙射影】比喻間接地詆毀、陷害別人。

【邑犬群吠】鄉里的狗聚在一起吠叫。比喻小人群聚以詆毀賢人。

【痛毀極詆】極力的毀謗辱罵。

【論黃數黑】惡意攻訐，誹謗批評。

【造謗生事】捏造毀謗，製造事端。

【面譽背毀】當面稱讚，背後毀謗。

魯迅先生愛吃荔枝。他吃過乾荔枝、罐頭荔枝、陳年荔枝等等，可是沒有吃過鮮荔枝。後來到了廣州，吃了鮮荔枝，其味迥然不同，曾讚不絕口。當年冷藏設備差，不宜遠運。（曹靖華〈從化溫泉散記〉）

尤其臺伯對於宋代書畫大家米芾所書的《離騷經》，知悉被現代出版商任意將「龍驤虎步的真跡」原本，改印成了淪為「案頭傀儡式縮本」的做法，顯然大有意見，而且立刻就用最直白的通俗口語痛加撻伐；讀來除了令人拍案叫絕，更讓人見識到臺老的真性情！（莊靈〈賊不空過〉）

莫聲谷道：「在下先前聽說各位來到武當，是來給家師拜壽，但見各位身上暗藏兵刃，心下好生奇怪，難道大家帶了寶刀寶劍，來送給家師作壽禮嗎？這時候方才明白，送的竟是這樣一份壽禮。」西華子一拍身子，跟著解開道袍，大聲道：「莫七俠瞧清楚些，小小年紀，莫要含血噴人。我們身上誰暗藏兵刃來著。」（金庸《倚天屠龍記》）

聽到呂不韋玩的把戲時，王齕勃然大怒道：「這麼說以前鹿公和徐先指責呂賊毒害先王之事，非是無的放矢了。現在竟敢故技重施，不若我們先發制人，把呂賊和奸黨殺個半個不剩，請儲君賜准。」（黃易《尋秦記》）

奉承

【低聲下氣】形容說話恭順小心的樣子。

【下氣怡聲】低隱氣息，柔和其聲音，表示態度恭順。

【阿諛奉承】曲意奉承，討好他人。

【花言巧語】形容虛假而動聽的言語。

【讒言佞語】毀謗他人和奉承取悅他人的話。

【歌功頌德】歌頌、讚揚功績和恩德。

【卑躬屈膝】低身下跪去奉承別人。形容對人諂媚阿諛。

嘲諷

【冷嘲熱諷】形容尖酸、刻薄的嘲笑和諷刺。

【指桑罵槐】指著桑樹罵槐樹，比喻拐彎抹角地罵人。

【冷言冷語】含有譏諷意味的冷冰冰的話。

【浪聲顙氣】顙，ㄙㄤˇ。刁鑽譏諷的語氣。

【劖言訕語】劖，ㄔㄢˊ。嘲諷譏笑。

秋姑娘做著這些事的時候，緊抿著嘴，一聲不響，是很低聲下氣甘心情願的樣子。（林海音〈燭〉）

一箱一箱的衣物被搬出屋外。搶奪的人貪婪地滿懷抱著、雙手提著。他們吆喝著、尖叫著，互相拉扯個不清，終於彼此叫罵，扭打起來。從前看不起支那人的日本人，一個個低聲下氣，連討饒都不敢，全家人蜷縮在一隅，眼睜睜看著自家的財物被人搬走。（林文月〈江灣路憶往〉）

祝壽婚慶場合上的致詞，最難討好，不是淪為阿諛奉承、歌功頌德，就是陷於如此這般、陳腔無趣；講話不宜過長，長則聽眾食客耐心消磨殆盡，場面失控；不宜太短，短則顯得致詞誠意才情不夠，賓主掃興；不宜太深，深則各色來賓難以及時消化，不宜太淺，淺則高朋俊彥難免哂然訕笑。（羅青〈半個文壇在夏府〉）

阿罔官泰然坐著，一一招呼，直到看見不遠處走來她的媳婦和彩，才著意將頭偏向一邊，絮絮的同林市冷言冷語的數說現在做媳婦的如何如何大模大樣，還著意將聲音提高，彷若生怕別人聽不到似的。（李昂〈殺夫〉）

我看看，又沒說要買。程太太被女兒的冷嘲熱諷攪得心虛又懊喪，賭氣不逛了，拖著大包小包走出去。佳瑋跟後面拉著轆轤滾走的一袋子毛衣，為母親如此搞不清楚而感到十分灰心。（朱天文〈帶我去吧！月光〉）

【鑼鼓喧天】敲鑼打鼓的聲音響徹雲霄。形容氣氛熱鬧非凡。

【書聲琅琅】形容讀書的聲音清脆響亮。

【響徹雲霄】形容聲音響亮。

【震耳欲聾】形容聲音很大，幾乎要將耳朵震聾。

【響遏行雲】形容聲音響亮高妙，彷彿能止住行雲。

【發喊連天】形容叫喊的聲音響亮，響徹雲霄。

【穿雲裂石】聲音清亮高亢，彷彿直透雲霄，震裂石頭。

【敲冰戛玉】形容聲音如敲擊冰塊、石玉般的清脆響亮。

【氣咽聲絲】呼吸阻塞，聲音微弱。形容人很虛弱，連說話都困難。

【鼾聲雷動】形容鼾聲很大，如雷一般震動大地。

沉默

【沉默寡言】性情沉靜，很少說話。

【鴉雀無聲】形容非常寂靜。

【守口如瓶】嘴像瓶口一樣封得嚴緊，比喻嚴守祕密。

【默不作聲】悶不吭聲，不說一句話。

【諱莫如深】比喻將事情隱瞞得非常嚴密，不為外人所知。

【三緘其口】嘴巴加了三道封條。形容說話謹慎或不說話。

【噤若寒蟬】指像寒冷季節時

她們原本就在戲劇味道濃厚的空氣活著，將人生跌宕的情節誇張，根本就是生活所需，彷彿不是這樣，就不屬於他們的節奏……故玉笙所言，丁香影最好的談話對象李應是這個妹妹，只因來自同一個鑼鼓喧天舞臺光豔照人、後臺是卑微瑣碎的世界，對比落差極大。（李天葆〈杏花天影〉）

那個模樣實在太滑稽了，與方才那種緊張火爆的氣氛也完全不調和；大家先是一愣，繼而大笑起來。在場的體育老師趕快跑過來替他把眼鏡調整好，繼續開始比賽，球場又再度恢復震耳欲聾的喧嘩，地理老師又生龍活虎地活躍全場了。（陳幸蕙〈青果〉）

李師師道：「久聞的哥哥諸般樂藝，酒邊閑聽，願聞也好。」燕青答道：「小人頗學的些本事，怎敢在娘子跟前賣弄過？」李師師道：「我便先吹一曲，教哥哥聽。」便喚婭嬛取簫來。錦袋內掣出那管鳳簫，李師師接來，口中輕輕吹動。端的是穿雲裂石之聲。（明．施耐庵《水滸傳．第八十一回》）

鈴聲響，我一走進教室，就感覺到一股不尋常的氣氛，教室裡鴉雀無聲，整齊畫一的行禮問好聲取代了平日的人馬雜沓。（廖玉蕙〈人情味兒〉）

站在小店外的人一看這綠面白髮的黃衫客，就好像看到了鬼似的，都不覺倒抽了口涼氣，有的人甚至已在發抖。還不到半個時辰，巷堂裡地上畫的幾十個圓圈都已站滿了人，每個人都屏息靜氣，噤若寒蟬，既不敢動，也不敢說話。（古龍《多情劍客無情劍》）

的蟬，一聲不響。比喻不敢說話。

【無言以對】沒有話語可以回應。

【啞口無言】與人對話時沉默不語或無言以對。

【一語不發】一句話都沒說。

【一言不發】一句話也不說。

【無聲無息】沉寂沒有聲音。

【萬籟俱寂】萬物無聲，一片寂靜。

【鴉雀無聲】形容非常寂靜。

【嘿嘿無言】默不作聲，不說一句話。

【萬馬齊瘖】瘖，一ㄣ。形容眾人沉默，沒有異議。

2 文字

寫字

【入木三分】墨跡深透木板三分，形容筆力遒勁。

【惜墨如金】比喻寫字、作畫態度謹慎，不輕易下筆。

【龍飛鳳舞】形容書法筆勢飄逸多姿。

【行雲流水】形容待人處事或文章字畫飄逸自然，無拘無束。

【筆走龍蛇】形容書法十分優

記得我總是默不作聲地吃著甜滋滋的圓仔湯，一邊想著，外婆明明是基督徒，怎麼還有這種迷信觀念，不過吃個湯圓而已，跟一年的運氣有什麼關連？儘管心裡這麼嘀咕著，還是吃得津津有味。（韓良憶〈圓滿過冬至〉）

我在一旁啞口無言，連笑也不敢，心中一時間充滿了罪惡感。可不是嗎？「家」對孩子的象徵，原該就是有一在胖胖白白又香香的包子後面微笑的母親的啊！而我不就是那個讓她缺少了幸福感的罪魁禍首嗎？（席慕蓉〈劉家炸醬麵〉）

這些話，以前寧靜逢上相親，要是對方是玉芝舉薦的，玉芝就得重複一遍，因此寧靜根本置若罔聞。她只是氣，氣得發麻，畢竟憋不住，讓眼淚流了下來。她一言不發的出去了。（鍾曉陽《停車暫借問》）

愁予酒後喜談詩壇掌故，五斗卓然驚四筵；有時也發為詩學理論，禪意悠然，可是他惜墨如金，從來不把這些掌故和理論寫下來，大概也屬於「勿為醒者傳」一道。有時酒後任意出口，能得妙句一二，輒曰「明天將這個句子寫進詩裡」，但明天大家都忘了。（楊牧〈六朝之後酒中仙〉）

長日無俚，展開畫案最普通的是寫一筆龍虎、福壽字，或者四字的春條，有的用筆矯健清勁，有的筆勢凝厚雄奇，其實那字

美熟練。

【力透紙背】形容人的書法遒勁有力。或形容文章立意深刻有力。

【魯魚亥豕】典出《呂氏春秋》。指因文字形似以致傳寫或刊刻錯誤。

【顏筋柳骨】唐代顏真卿、柳公權的書法，筆力遒勁。

作文

【奮筆疾書】提起筆快速書寫。

【大書特書】將值得書寫的事蹟，鄭重地記錄下來。

【妙筆生花】文思俊逸，寫作能力特強。或稱譽文章佳妙。

【下筆成章】一揮筆即寫成文章。比喻才思敏捷，且具文采。

【一氣呵成】一口氣完成。比喻文章的氣勢流暢，首尾貫通。或比喻事情進行得順暢緊湊而不間斷。

【一揮而就】一動筆，文章就寫成了。形容才思敏捷，落筆成章。

【援筆立成】拿起筆來立刻寫成文章。形容才思敏捷。

【文思泉湧】比喻行文時，思路迅速豐暢。

【下筆成章】一揮筆即寫成文章。比喻才思敏捷，且具文采。

【文不加點】形容文思敏捷、下筆成章，通篇無所塗改。

【江郎才盡】比喻文人的才思枯竭，無法再創佳作。

不管行草都是如意館供奉們把字寫好，做成漏斗，用細粉漏在紙上，寫字的人，只要筆濃墨酣像描紅摹字描下來，自然龍飛鳳舞，躍然的紙宮上廷。（唐魯孫〈清代女子生活〉）

韓文沖心中一寒，哪裡還敢多言？說道：「一切全憑公子吩咐。」陳家洛道：「這才是拿得起放得下的好漢。」叫心硯取出文房四寶，筆走龍蛇，寫了一封書信。（金庸《書劍恩仇錄》）

高一上換過幾次座位，那些連號都被分開了，在亂數抽籤中，我跟小旻各自飄散到教室的不同角落，但是不管在哪裡，即使我已經把自己收納進空間的邊緣，在課堂板書的空隙，在旁若無人的自習課，或是在十分鐘的雜沓休息裡，我依然不斷感覺到小旻的目光，那是一條持續的視線，安安靜靜地，卻跨越身後那些奮筆疾書的肩膀，筆直的指向我。（李屏瑤《向光植物》）

印象深刻，因為一般詩人會把「告別」形容為「藝術」，並因此沾沾自喜，覺得自己妙筆生花。曼德斯坦可不。他大膽地選擇了一種以精密準確為名、與情感憂傷勢不兩立、執拗於冰冷理性和堅實證據的智力活動。（李煒〈告別的藝術〉）

你猶豫著，彷彿在進行一次艱難的心算，最後才說我只有一個老母親。考官問你識字嗎？你說差一個學期就中學畢業。考官說那你寫幾個字我看看。你將毛筆蘸滿了墨水，俯在桌子上，在一張品質不怎麼好的米紙上，一氣呵成地默寫了〈國父遺訓〉。（畢璞《勞燕》）

【味如嚼蠟】比喻沒有味道。亦可用於指文章無味。亦作「味同嚼蠟」。

【連篇累牘】寫字用的竹簡、木片編串堆積在一起。形容文章篇幅冗長。

【長篇大論】滔滔不絕的言論或篇幅極長的文章。

【夸夸其談】文章或言語浮誇，不切實際。

【洛陽紙貴】形容著作風行一時，流傳甚廣。

【風花雪月】四時美好的景色。亦用於比喻浮華空泛的言情詩文。

【一瀉千里】比喻文筆流暢，氣勢奔放。

【行雲流水】形容待人處事或文章字畫飄逸自然，無拘無束。

【老嫗能解】形容文字通俗明白，淺顯易懂。

【惜字如金】言語或文章精煉節省，不多費筆墨或脣舌。

【有聲有色】原指人擁有美好的名聲和榮顯的地位。後形容言語、文章表達意見或描述生動感人。

【一字千金】形容文辭精妙，作品價值極高。

【不易一字】落筆後不需更改一字。形容人才性橫溢、才思精敏。

【力透紙背】形容人的書法遒勁有力。或形容文章立意深刻有力。

【官樣文章】比喻徒具形式的例行公事，或空洞不求實際的文章、空話。

這人應該就是早年一個渡大西洋到美洲尋覓新天地的清教僧正，時間當即五月花前後。他作詩，一概與上帝有關。我記得我曾經花了幾天時間讀畢他一巨冊詩全集，書名《聖儀十四行詩》，味同嚼蠟。（楊牧〈疑神〉）

這本稿子的到了我的桌上，已是今年的春天，我早重回閘北，周圍又復熙熙攘攘的時候了，但卻看見了五年以前，以及更早的哈爾濱。這自然還不過是略圖，敘事和寫景，勝於人物的描寫，然而北方人民的對於生的堅強，對於死的掙扎，卻往往已經力透紙背；女性作者的細緻的觀察和越軌的筆致，又增加了不少明麗和新鮮。（魯迅〈生死場．序〉）

那個時候，魯迅剛去日本留學，受流亡海外的民族主義文化影響，對官樣文章不太喜歡。他受到梁啟超的影響，閱讀興趣在悄悄變化。留學生崇尚漢唐氣魄的文體，陽剛之氣的文字頗受歡迎。（孫郁〈清末民初的文學生態〉）

文章之好壞乃以有無魔力及味道為標準。此魔力之產生並無一定規則。魔力生自文章中，如煙發自煙斗，或白雲起於山巔，不知將何所之。最佳之筆調為「行雲流水」之筆調，如蘇東坡之散文。筆調為文字、思想及個性之混合物。有些筆調完全以文字造成。（林語堂《人生的盛宴》）

張廷玉心中有數，他沒有急於報告皇上，而是把兩份奏折全壓到了自己手裡。他想等一等，看看田文鏡自己怎麼說這件事。可是，不知是什麼原因，田文鏡的奏摺，卻直到六月下旬才來到京城。而且，田文鏡在這封奏摺中，連篇累牘的只說案子，不談其它。對火燒僧尼之舉，他說：「非如此，不足以震懾奸人，挽回頹風；非如此，不能上慰聖躬愛養良善、懲暴除奸之至意。」至於官紳一體納糧，官場對晁劉氏一案的看法等等，竟連一字也沒有提到。（二月河《雍正皇帝》）

在那種情形之下，女人能同時聽見兩個人說話，同時看見別的女人的衣服，鞋，耳環，從頭看到腳，完全和富有才智的學者能一目十行一樣。這就是婚喪典禮對女人的天性特別富有刺激性的緣故。（林語堂《京華煙雲》）

拉普蘭人捨棄飼養馴鹿的傳統生活，南下波的尼亞灣大都會追尋摩登新世界之際，洛芳伊密意外吸引一批文化精英。這些人看上洛芳伊密封閉的地理，可以提供安靜不被打擾的環境，也許綿長黑暗的無盡冬夜，正是皓首窮經的最佳氣氛。（莊裕安〈夏夜微笑〉）

文字裡對視覺的描寫隨手都是，景象則在意山水草木，人物更偏重長相穿著動作，甚至到歷歷如繪，讓人親眼看見的程度。（張讓〈文字乾燥花〉）

一九九一行寫法斯塔夫，與其說是亨利四世的悲劇，不如說是法斯塔夫的喜劇。所以亨利五世登基後，就必須放棄這個喧賓奪主的角色，也有認為法斯塔夫的趣味已在哈利王子時代發揮得淋漓盡致，再寫下去就無以為繼。（莊裕安〈膽固醇與法斯塔夫〉）

方鴻漸回家路上，早有了給蘇小姐那封信的腹稿，他覺得用文

【一目十行】一次可同時閱讀十行文字。形容閱讀速度快。

【倒背如流】把文章倒著背誦，仍然能像流水一樣的順暢。比喻將書或詩文讀得滾瓜爛熟。

【開卷有益】打開書冊閱讀，必有所領悟獲得。

【皓首窮經】年老而仍持續地鑽研經書。

寫作技巧

【開門見山】比喻說話或寫文章直接了當，一開始就進入正題。

【神乎其技】形容手法、技巧極為高明巧妙。

【輕描淡寫】形容言論或寫作時，避開關鍵，將重點輕輕帶過。

【鉤心鬥角】比喻詩文的布局結構精心巧製，爭奇鬥勝。亦用於比喻競鬥心機，刻意經營。

【得意忘形】因心意志趣獲得滿足而物我兩忘。或指創作上取其精神而捨其形式。

【歷歷如繪】描寫、陳述得清楚，就像畫面呈現眼前一般。

【淋漓盡致】形容語言或文章表達得非常透澈。

【尋章摘句】寫作時，只知套用前人的章法、語句，而不講究創造性。

寫作語彙

【字字珠璣】形容句子或文章中遣詞用字非常優美。

【摛藻雕章】鋪陳辭藻，雕琢文章。

【花團錦簇】花朵錦繡聚集在一起。形容繁花茂盛。或形容文章或事物繁複華麗。

【尋章摘句】讀書時著重搜求、摘取漂亮詞句，而少深入研究。後亦用以指寫作時，多套用前人的章法、語句，而不講究創意。

【絕妙好辭】形容極為佳妙的文辭。

【望文生義】從字面上的理解它的意思。

言比較妥當，詞意簡約含混，是文過飾非輕描淡寫的好工具。吃過晚飯，他起了草，同時驚駭自己撒謊的本領會變得這樣偉大，怕這玩笑開得太大了，寫了半封信又擱下筆。但想到唐小姐會欣賞，會了解，這謊話要博她一笑，他又欣然續寫下去。裡面說什麼：「昨天承示扇頭一詩，適意有所激，見名章雋句，竟出諸傖夫俗吏之手，驚極而恨，遂厚誣以必有藍本，一時取快，心實未安。叨大知愛，或勿深責。」（錢鍾書《圍城》）

卻是姚先生精心撰製的一段花團錦簇的四六文章。為篇幅所限，他未能暢所欲言，因此又單獨登了一條「姚源甫為長女于歸山陰熊氏敬告親友」。（張愛玲〈琉璃瓦〉）

中文地名的好處是讓人望文生義，原本平淡無奇的景點入了詩句就令讀者悠然嚮往。但地名不對，想要望文生義也不可得。如果把寒山換成熱海，詩人恐怕不會寫出「姑蘇城外熱海寺，夜半鐘聲到客船」的句子，因為熱海和詩人冰涼的心境不稱。（張系國〈我所沒想過的蘇州〉）

附錄一

成語同義詞分類表

第一篇 人

◆人品

1 高尚

1 成仁取義

- 慷慨赴義
- 殺身成仁
- 壯烈成仁
- 捨生取義
- 成仁取義
- 捨生報國
- 以身許國
- 慷慨就義

2 與人為樂

- 捨己救人
- 捨己為人
- 樂善好施
- 扶危濟困
- 鼎力相助
- 助人為樂
- 與人為善

2 罪惡

1 罪行

- 彌天大罪
- 滔天大罪
- 罪無可恕
- 罪大惡極
- 滅絕人性
- 罪不容誅
- 罪當萬死
- 罪孽深重
- 罪惡如山
- 罪惡貫盈
- 罪無可逭
- 惡貫滿盈
- 荼毒生靈
- 草菅人命
- 禍國殃民
- 貪贓枉法
- 大逆不道
- 打家劫舍
- 十惡不赦
- 罄竹難書
- 死有餘辜

2 惡行

- 狼心狗肺
- 心狠手辣
- 明目張膽
- 傷天害理
- 無法無天
- 肆無忌憚
- 為所欲為
- 為非作歹
- 胡作非為
- 亡命之徒
- 無惡不作
- 倒行逆施
- 橫行霸道
- 作威作福
- 敲詐勒索
- 為虎作倀
- 窮凶極惡
- 喪心病狂

3 忠貞

1 忠誠

- 忠心耿耿
- 忠貫白日
- 忠心貫日
- 忠君報國
- 忠貞不渝
- 赤膽忠心
- 忠義雙全
- 丹誠不泯
- 赤心忠膽
- 忠肝義膽
- 竭智盡忠
- 攄忠報國

2 堅定

- 心堅石穿
- 始終不渝
- 堅定不移
- 堅毅不撓
- 堅如鐵石
- 堅如磐石
- 堅貞不屈
- 堅忍不拔
- 一念堅貞
- 不屈不撓
- 百折不撓
- 疾風知勁草
- 錚錚鐵骨

3 節操

- 高風亮節
- 高風勁節
- 松筠之操
- 箕山之節
- 箕山之志
- 匪躬之節
- 松柏之堅
- 冰清玉潔
- 出塵不染
- 君子固窮
- 威武不屈
- 堅貞不屈
- 貧賤不移
- 寧死不屈

4 奸詐

1 奸猾狡詐

- 奸猾刁鑽
- 狡猾多詐
- 笑裡藏刀
- 口蜜腹劍
- 爾虞我詐
- 老奸巨猾
- 誑言詐語
- 居心叵測
- 心懷叵測
- 狡兔三窟

2 陰謀詭計

- 暗箭傷人
- 潛包禍謀
- 陰謀詭計
- 詭計多端
- 陰謀不軌
- 偷天換日
- 偷梁換柱
- 老謀深算

3 造謠中傷

- 血口噴人
- 借刀殺人
- 蜚短流長
- 挑撥離間
- 一語中人
- 造謠中傷
- 惡語中傷
- 含沙射影
- 落井下石
- 謠言惑眾

4 損人利己

- 損人利己
- 損人肥己
- 損人安己
- 損人益己

- 排斥異己
- 假公濟私
- 利己妨人
- 瘠人肥己

5 真誠

- 開誠布公
- 開心見誠
- 肝膽相照
- 披肝瀝膽
- 真心實意
- 至誠無昧
- 抱誠守真
- 赤子之心
- 表裡如一
- 言行一致
- 推誠相見
- 推心置腹

6 虛偽

1 裝樣

- 裝模作樣
- 拿班作勢
- 拿糖作醋
- 裝腔作勢
- 裝腔作態

- 惺惺作態
- 做張做致
- 矯揉造作
- 狐假虎威
- 鋪眉蒙眼
- 道貌岸然
- 冠冕堂皇

2 欺騙

- 弄虛作假
- 陽奉陰違
- 詭辭欺世
- 喬裝改扮
- 塗脂抹粉
- 自欺欺人
- 沽名釣譽
- 欺世盜名
- 欺天誑地
- 掩人耳目
- 食言而肥
- 招搖撞騙
- 招搖過市
- 譁眾取寵
- 欺世盜名
- 假仁假義

- 哄嚇騙詐
- 文過飾非
- 自吹自擂

7 公正

1 大公無私

- 天道無親
- 推誠布公
- 鐵面無私
- 公正無私
- 大公無私
- 公正廉明
- 不偏不倚
- 不徇私情
- 秉公無私
- 至公無私
- 大義滅親
- 堂堂正正
- 光明磊落
- 光明正大
- 剛直不阿
- 襟懷坦白
- 一視同仁

2 明辨是非

- 愛憎分明

- 涇渭分明
- 是非分明
- 嫉惡如仇
- 黑白分明
- 曲直分明
- 心明眼亮

3 打抱不平

- 見義勇為
- 鋤強扶弱
- 打抱不平
- 扶弱抑強
- 振弱除暴
- 仗義執言
- 拔刀相助
- 排難解紛

8 卑劣

1 無恥

- 恬不知恥
- 卑鄙無恥
- 全無心肝
- 厚顏無恥
- 不識羞恥
- 寡廉鮮恥
- 卑鄙無恥

2 獻媚

- 阿諛奉承
- 阿諛獻媚
- 歌功頌德
- 趨炎附勢
- 狗顛屁股
- 搖尾乞憐
- 卑躬屈膝
- 攀龍附鳳
- 甘言美語

3 忘義

- 忘恩負義
- 過河拆橋
- 過橋抽板
- 負義忘恩
- 見利忘義
- 背信棄義
- 忘恩失義
- 恩將仇報

9 團結

1 齊心

- 同心同德
- 眾擎易舉
- 同舟共濟
- 精誠團結
- 同仇敵愾
- 銅牆鐵壁
- 同心斷金
- 萬眾一心
- 同心協力
- 戮力同心
- 團結一心
- 志同道合
- 眾志成城
- 上下同心
- 群策群力

2 同甘共苦

- 同甘共苦
- 含蓼問疾
- 患難與共
- 同生共死
- 休戚相關
- 血肉相連
- 息息相關
- 相依為命
- 相濡以沫
- 鹿車共挽
- 鴻案鹿車

10 勾結

- 同流合汙
- 狼狽為奸
- 朋比為奸
- 沆瀣一氣
- 一丘之貉
- 貓鼠同眠
- 同惡相濟
- 狐群狗黨
- 臭味相投

11 謙虛

- 虛懷若谷
- 韜光養晦
- 聞過則喜
- 平易謙沖
- 聞過則喜
- 反躬自問
- 嚴以律己
- 進履之謙
- 自知之明

12 傲慢

1 自高自大

- 自以為是
- 目無餘子
- 自命不凡
- 眼空四海
- 自高自大
- 唯我獨尊
- 夜郎自大
- 妄自尊大
- 唯我獨尊
- 趾高氣揚
- 輕世傲物
- 居功自傲
- 恃才傲物
- 孤芳自賞
- 剛愎自用
- 目空一切
- 旁若無人
- 目無下塵
- 耀武揚威
- 出言不遜
- 居功自恃

2 盛氣凌人

- 盛氣凌人
- 氣焰囂張
- 不可一世
- 氣焰熏天
- 張牙舞爪
- 咄咄逼人
- 稱王稱霸
- 飛揚跋扈

13 廉潔

- 克己奉公
- 擺袖卻金
- 廉潔奉公
- 奉公守法
- 兩袖清風
- 素絲羔羊
- 一塵不染
- 潔身自好

14 自私貪婪

1 自私自利

- 自私自利
- 為富不仁
- 善字為謀
- 損公肥私
- 挑肥揀瘦
- 一毛不拔

2 貪得無厭

- 貪得無厭
- 欲深谿壑

- 得隴望蜀
- 谿壑無厭
- 唯利是圖
- 巴蛇吞象
- 得寸進尺
- 慾壑難填
- 貪猥無厭
- 利慾薰心
- 誅求無厭

15 志氣

1 豪情壯志

- 雄心壯志
- 風雲之志
- 豪情壯志
- 擊楫中流
- 壯志凌雲
- 力挽狂瀾
- 救亡圖存
- 任重道遠
- 高歌猛進

2 奮發圖強

- 勵精圖治
- 蹈厲之志
- 力爭上游
- 艱苦奮鬥
- 臥薪嘗膽
- 發憤圖強
- 自食其力
- 奮起直追
- 直起直追
- 知難而退
- 奮發圖強
- 老當益壯
- 老驥伏櫪
- 自強不息
- 能屈能伸

16 頹喪

- 行屍走肉
- 玩世不恭
- 妄自菲薄
- 醉生夢死
- 頹靡不振
- 蹉跎歲月
- 垂頭搨翼
- 垂頭喪氣

17 才能

1 聰明

- 聰明伶俐
- 大巧若拙
- 舉一反三
- 百龍之智
- 博聞強記
- 一目十行
- 百伶百俐
- 觸類旁通
- 融會貫通
- 洽聞強記
- 冰雪聰明
- 大智如愚
- 精明強幹
- 博聞強記
- 一目十行
- 見微知著

2 才學

- 見多識廣
- 博學多才
- 無所不通
- 斗酒百篇
- 多才多藝
- 真才實學
- 學富五車
- 國無雙士
- 滿腹經綸
- 博古通今
- 七步奇才
- 出口成章
- 才高八斗
- 雄才大略

3 傑出

- 人中之龍
- 鶴立雞群
- 出類拔萃
- 佼佼不群
- 錚錚佼佼
- 後起之秀
- 經天緯地
- 雄才大略
- 德才兼備
- 不同凡響
- 超群絕倫
- 智勇雙全

4 創見

- 獨出心裁
- 別出心裁
- 獨樹一幟
- 自成一格
- 別開生面
- 標新立異
- 獨闢蹊徑
- 匠心獨運
- 獨具匠心
- 獨具一格
- 別出機杼
- 自成一家
- 別具匠心
- 別具一格
- 獨到之見

5 智謀

- 足智多謀
- 多謀善斷
- 神通廣大
- 神機妙算
- 運籌帷幄
- 算無遺策
- 高瞻遠矚
- 未卜先知
- 運智鋪謀
- 真知灼見
- 遠見卓識
- 智勇雙全

•用智鋪謀

6 技藝

•巧奪天工
•妙手回春
•出神入化
•運斤成風
•爐火純青
•庖丁解牛
•登峰造極
•揮翰成風
•起死回生
•百發百中
•一技之長
•得心應手

18 愚蠢

•一無所知
•不辨菽麥
•孤陋寡聞
•坐井觀天
•愚昧無知
•鼠目寸光
•蒙昧無知
•閉目塞聽
•五穀不分
•不學無術
•愚昧無知
•笨頭笨腦

19 勇敢

1 奮勇

•銳不可當
•勇冠三軍
•奮勇爭先
•一馬當先
•一往無前
•勇往直前
•出生入死
•身先士卒
•長風破浪
•奮不顧身
•衝鋒陷陣
•赴湯蹈火
•自告奮勇
•一鼓作氣
•見義勇為
•義無反顧
•履險如夷
•前仆後繼
•前赴後繼
•揭竿而起
•披荊斬棘

2 無畏

•勇者不懼
•視死如歸
•臨死不怯
•臨危不懼
•臨難不恐
•無所畏懼
•勇往直前
•不畏強禦
•臨難不苟
•激流勇進
•馬革裹屍

20 懦弱

1 怯懦

•膽小如鼠
•驚弓之鳥
•望而生畏
•望風而逃
•聞風喪膽
•知難而退
•狐憑鼠伏
•臨敵賣陣
•畏首畏尾
•望風披靡
•望而卻步

2 怕死

•苟且偷安
•貪生惡死
•苟且偷生
•貪生怕死
•戀生惡死

21 勤奮

1 刻苦努力

•埋頭苦幹
•焚膏繼晷
•聞雞起舞
•朝乾夕惕
•朝兢夕惕
•夜以繼日
•夙興夜寐
•孜孜不倦
•夙夜匪懈
•鍥而不捨
•嘔心瀝血
•慘澹經營
•廢寢忘食
•兢兢業業
•勤勤懇懇
•全力以赴
•不遺餘力
•精益求精

2 好學求教

•集螢映雪
•牛角掛書
•照螢映雪
•映月讀書
•韋編三絕
•學而不厭
•手不釋卷
•不恥下問
•取長補短
•質疑問難
•懸梁刺股

3 堅持不懈

•堅韌不拔
•滴水穿石
•繩鋸木斷
•堅持不渝
•駑馬十駕
•駑馬十舍

- 始終不懈
- 持之以恆

22 懶惰

- 遊手好閒
- 貪吃懶做
- 好吃懶做
- 好逸惡勞
- 飯來開口
- 飯來張口
- 無所事事
- 飽食終日
- 偎慵墮懶
- 拈輕怕重
- 渾水摸魚
- 悠悠忽忽

23 節儉

- 克勤克儉
- 艱苦樸素
- 居不重席
- 食不二味
- 食不異肉
- 食不求飽
- 縮衣節食
- 粗茶淡飯
- 布被十年
- 因陋就簡
- 精打細算
- 衣不兼采
- 衣不重帛
- 衣不曳地

24 奢侈

- 鋪張浪費
- 一擲千金
- 揮金如土
- 錦衣玉食
- 鐘鳴鼎食
- 食前方丈
- 酒池肉林
- 驕奢淫逸
- 窮極奢侈
- 膏粱錦繡
- 暴殄天物
- 花天酒地
- 紙醉金迷
- 燈紅酒綠
- 聲色犬馬

◆形體

1 外貌

1 身軀

- 虎背熊腰
- 三大五粗
- 彪形大漢
- 五短身材
- 瘦骨嶙峋
- 骨瘦如柴
- 腸肥腦滿
- 大腹便便
- 亭亭玉立

2 美貌

- 眉清目秀
- 國色天香
- 濃眉大眼
- 風姿綽約
- 麗質天生
- 明眸皓齒
- 傾國傾城
- 如花似玉

3 醜相

- 其貌不揚
- 蓬頭垢面
- 獐頭鼠目
- 尖嘴猴腮
- 面目可憎

2 姿態風采

1 美姿

- 文質彬彬
- 彬彬有禮
- 玉樹臨風
- 溫文爾雅
- 風度翩翩
- 亭亭玉立
- 綽約多姿
- 雍容典雅
- 落落大方
- 血氣方剛
- 年富力強
- 英姿煥發
- 氣宇軒昂
- 龍騰虎躍
- 生龍活虎
- 金戈鐵馬
- 婀娜多姿
- 昂首挺胸

2 醜態

- 搖頭擺尾
- 俗不可耐
- 鬼鬼祟祟
- 神氣活現
- 擠眉弄眼

3 形態

- 老態龍鍾
- 面黃肌瘦
- 落落大方
- 眉來眼去
- 心平氣和
- 沉默寡言
- 不苟言笑
- 正襟危坐
- 一本正經
- 念念有詞
- 悶不吭聲
- 嘻皮笑臉
- 油頭粉面

4 神采

- 神采飛揚
- 神采奕奕
- 精神奕奕
- 炯炯有神
- 颯爽英姿
- 朝氣蓬勃

- 意氣風發
- 生氣勃勃
- 精神抖擻
- 精神煥發
- 滿面春風
- 眉飛色舞
- 容光煥發
- 音容笑貌
- 無精打采

5 氣概

- 氣宇軒昂
- 氣壯山河
- 氣吞山河
- 氣貫長虹
- 大義凜然
- 威風凜凜

6 心思專一

- 聚精會神
- 目不轉睛
- 全神貫注
- 專心致志
- 一心一意
- 全心全意

7 精神不振

- 沒精打采
- 萎靡不振
- 有氣無力
- 形容憔悴
- 垂頭喪氣
- 弱不禁風

8 裝束打扮

- 衣冠楚楚
- 奇裝異服
- 濃妝豔抹
- 花枝招展
- 花團錦簇
- 衣衫不整
- 不修邊幅
- 珠光寶氣

◆感受

1 感覺

1 眼耳鼻舌身

- 眼花撩亂
- 目不暇給
- 應接不暇
- 洞若觀火
- 一目了然
- 歷歷在目
- 耳聽八方
- 耳濡目染
- 耳聞目睹
- 味如嚼蠟
- 不由自主
- 不知不覺
- 暈頭轉向

2 聲響音律

- 靡靡之音
- 聲嘶力竭
- 南腔北調
- 震耳欲聾
- 響徹雲霄
- 變徵之音
- 繞梁之音
- 餘音繞樑
- 抑揚頓挫

3 色彩光輝

- 光輝燦爛
- 光彩奪目
- 萬紫千紅
- 五顏六色
- 琳瑯滿目
- 光焰萬丈
- 五光十色
- 五彩繽紛

2 感觸

1 迷惑恍惚

- 恍如隔世
- 顛三倒四
- 若明若暗
- 莫名其妙
- 不可言喻
- 神魂顛倒

2 領悟

- 心領神會
- 撥雲見日
- 醍醐灌頂
- 豁然開朗
- 如夢初醒
- 茅塞頓開
- 恍然大悟

3 意外

- 鬼使神差
- 措手不及
- 始料未及
- 不期而遇
- 晴天霹靂

4 觸發

- 觸目驚心
- 耳目一新
- 如釋重負

◆情感

1 親愛友好

- 青梅竹馬
- 兩小無猜
- 總角之交
- 骨肉至親
- 骨肉相親
- 含情脈脈
- 情投意合
- 推心置腹
- 一見如故
- 寸步不離
- 心照不宣
- 戀戀不捨
- 依依不捨
- 親密無間
- 情同手足
- 握手言歡
- 心有靈犀

2 憎恨

- 咬牙切齒
- 痛心疾首
- 血海深仇
- 深仇大恨
- 新仇舊恨
- 仇江恨海
- 飲恨而終
- 不共載天
- 恨之入骨
- 恨入骨髓
- 憤世嫉俗
- 深惡痛絕
- 疾首蹙額
- 怨天尤人

3 驚懼

1 驚慌
- 驚恐萬分
- 驚慌失措
- 心慌意亂
- 手忙腳亂
- 手足無措
- 不知所措
- 失魂落魄
- 惶恐不安
- 惴惴不安

2 驚態
- 面如土色
- 面色如土
- 面面相覷
- 張口結舌
- 目瞪口呆
- 瞠目結舌
- 怛然失色
- 大驚失色
- 花容失色
- 相顧失色

3 懼怕
- 膽戰心驚
- 魂飛魄散
- 魂不附體
- 心驚肉跳
- 心有餘悸
- 提心吊膽
- 誠惶誠恐
- 毛骨悚然
- 風聲鶴唳
- 草木皆兵
- 噤若寒蟬
- 驚弓之鳥
- 談虎色變
- 畏縮不前
- 戰戰兢兢
- 不寒而慄

4 欣喜

1 歡欣
- 歡天喜地
- 歡欣鼓舞
- 喜從天降
- 興高采烈
- 興致勃勃
- 心花怒放
- 喜出望外
- 皆大歡喜
- 欣喜若狂
- 手舞足蹈
- 拍手稱快
- 拍案叫絕
- 振奮人心
- 奔走相告
- 大喜過望
- 喜不自勝
- 喜極而泣
- 喜形於色
- 喜上眉梢

2 歡娛
- 賞心悅目
- 心曠神怡
- 歡忻鼓舞
- 其樂無窮
- 回味無窮
- 津津有味
- 津津樂道

3 閒適
- 怡然自得
- 悠然自得
- 自得其樂
- 自由自在
- 逍遙自在
- 如魚得水
- 海闊天空
- 閒情逸致
- 無憂無慮

4 滿足
- 心滿意足
- 如願以償
- 稱心如意
- 正中下懷
- 各得其所
- 隨遇而安
- 知足常樂

5 得意
- 得意洋洋
- 春風得意
- 洋洋自得
- 忘其所以
- 躊躇滿志
- 揚眉吐氣
- 沾沾自喜
- 自鳴得意
- 躊躇滿志

6 喜愛
- 如獲至寶
- 愛不釋手
- 如數家珍
- 流連忘返

5 憤怒

- 怒髮衝冠
- 怒目而視
- 怒形於色

- 衝冠髮怒
- 大發雷霆
- 暴跳如雷
- 氣急敗壞
- 勃然大怒
- 拍案怒罵
- 怒不可遏
- 天怒人怨
- 義憤填膺
- 怒火中燒
- 忍無可忍
- 老羞成怒

6 悔悟

1 羞愧

- 面紅耳赤
- 悔愧無地
- 愧惶無地
- 自慚形穢
- 無地自容
- 滿面羞愧

2 悔悟

- 痛改前非
- 洗心革面
- 脫胎換骨
- 改邪歸正
- 迷途知返
- 改過自新
- 痛悔前非
- 臨危自悔
- 悔不當初
- 後悔無及
- 幡然悔悟
- 懸崖勒馬
- 負荊請罪
- 執迷不悟

7 激情

1 激動

- 悲喜交集
- 百感交集
- 心花怒放
- 喜不自勝
- 心潮澎湃
- 扣人心弦
- 情不自禁
- 熱淚盈眶
- 慷慨激昂

2 感激

- 謝天謝地
- 千恩萬謝
- 感激涕零
- 銘感五內
- 感恩戴德
- 銘肌鏤骨
- 刻骨銘心

8 難過

- 心如刀割
- 哀痛欲絕
- 痛心疾首
- 痛不欲生
- 切膚之痛
- 痛哭流涕
- 痛哭失聲
- 悲悲切切

9 思念思考

1 想念

- 望眼欲穿
- 望穿秋水
- 歸心似箭
- 牽腸掛肚
- 輾轉反側
- 朝思暮想
- 停雲落月
- 心馳神往
- 心心念念
- 令人神往
- 夢寐以求
- 魂牽夢縈
- 飲水思源
- 睹物思人

2 雜念

- 胡思亂想
- 痴心妄想
- 一廂情願
- 見異思遷
- 想入非非
- 異想天開
- 心猿意馬

3 思索

- 冥思苦想
- 百思不解
- 千方百計
- 深謀遠慮
- 深思熟慮
- 痛定思痛
- 捫心自問
- 想方設法
- 絞盡腦汁
- 挖空心思
- 煞費苦心

10 猶豫懷疑

1 猶豫

- 猶豫不決
- 舉棋不定
- 優柔寡斷
- 沉吟不決
- 無所適從
- 瞻前顧後
- 三心二意
- 躊躇不決

2 懷疑

- 半信半疑
- 疑神疑鬼
- 難以置信
- 狐疑不決
- 將信將疑

11 憂愁煩亂

1 憂愁

- 後顧之憂
- 唉聲嘆氣
- 長呼短嘆

- 愁眉不展
- 愁眉苦臉
- 憂心忡忡
- 心急如焚

2 煩亂

- 忐忑不安
- 心煩意亂
- 六神無主
- 七上八下
- 心亂如麻
- 若有所失
- 惘然若失
- 如坐針氈

12 情緒表現

- 躍躍欲試
- 翻雲覆雨
- 心安理得
- 習以為常
- 嬉笑怒罵
- 爭先恐後
- 鬥志昂揚
- 死不瞑目
- 難以忘懷
- 念念不忘

- 啼笑皆非
- 百無聊賴
- 索然無味
- 大驚小怪
- 少見多怪

◆舉動

1 表情

1 哭

- 聲淚俱下
- 鬼哭神號
- 抱頭痛哭
- 呼天搶地
- 痛哭失聲
- 欲哭無淚

2 笑

- 笑容可掬
- 笑逐顏開
- 喜笑顏開
- 喜形於色
- 啞然失笑
- 哄堂大笑
- 破涕為笑
- 眉開眼笑
- 撫掌大笑

- 滿面堆笑
- 會心一笑
- 回眸一笑

2 動作

- 破口大罵
- 大聲疾呼
- 振臂一呼
- 呼朋引類
- 眼疾手快
- 左顧右盼
- 東張西望
- 察言觀色
- 虎視眈眈
- 載歌載舞
- 引吭高歌
- 扶老攜幼
- 七手八腳
- 翻箱倒櫃
- 聞風而起
- 狼吞虎嚥

3 行走

1 姿態

- 馬不停蹄
- 風馳電掣

- 昂首闊步
- 姍姍來遲
- 遠走高飛
- 躡手躡腳
- 東倒西歪

2 艱辛

- 翻山越嶺
- 跋山涉水
- 餐風露宿
- 櫛風沐雨
- 風塵僕僕
- 疲於奔命
- 披星戴月

4 寫作

- 一揮而就
- 一氣呵成
- 揮灑自如
- 走筆成文
- 下筆千言
- 下筆成章
- 下筆如神
- 惜墨如金
- 字斟句酌
- 精雕細刻

- 妙筆生花
- 栩栩如生
- 字字珠璣

◆言談

1 爭論

1 有理

- 據理力爭
- 理直氣壯
- 自圓其說
- 振振有詞
- 言之成理
- 持之有故

2 無理

- 啞口無言
- 理屈詞窮
- 含糊其辭
- 閃爍其詞
- 隱約其辭
- 語焉不詳

3 直說

- 各抒己見
- 直言不諱
- 單刀直入
- 開門見山

•直截了當
•暢所欲言
•心直口快

4爭辯

•固執己見
•脣槍舌劍
•口誅筆伐
•是非曲直
•巧舌如簧
•舌戰群儒
•七嘴八舌
•針鋒相對

5情態

•聲色俱厲
•不容置喙
•不以為然
•油腔滑調
•油嘴滑舌
•話不投機
•冷言冷語
•人云亦云
•不屑置辯
•不假思索
•脫口而出

•不亢不卑

6方式

•引經據典
•相提並論
•旁敲側擊
•咬文嚼字
•避重就輕
•模稜兩可
•冷嘲熱諷
•指桑罵槐

2交談討論

•促膝談心
•促膝長談
•苦口婆心
•肺腑之言
•語重心長
•千言萬語
•一言難盡
•弦外之音
•切磋琢磨
•交頭接耳

3議論

•交口稱譽
•街談巷議

•異口同聲
•竊竊私語
•三言兩語
•自言自語
•眾口鑠金
•眾說紛紜
•人言籍籍
•七嘴八舌
•風言風語
•滿城風雨
•品頭論足
•流言蜚語

4談話

1精確

•至理名言
•金玉良言
•豪言壯語
•微言大義
•頭頭是道
•言簡意賅
•一語道破
•一字千金
•深入淺出

2流利

•口若懸河
•滔滔不絕
•高談闊論
•辯才無礙
•對答如流
•舌粲蓮花

3動人

•娓娓動聽
•侃侃而談
•談笑風生
•活龍活現
•有聲有色
•繪聲繪色

4惑人

•蠱惑人心
•天花亂墜
•甜言蜜語
•花言巧語

5謬論

1怪話

•無稽之談
•不經之談
•海外奇談
•奇談怪論

•彌天大謊

2大話

•言過其實
•誇大其詞
•危言聳聽
•聳人聽聞
•大放厥詞
•大言不慚
•不著邊際

3舊話

•陳腔濫調
•老生常談
•老調重談
•拾人牙慧

4胡話

•胡說八道
•胡言亂語
•一派胡言
•信口雌黃
•信口開河
•混淆是非
•混淆黑白
•顛倒黑白
•顛倒是非

- 指鹿為馬
- 混淆視聽
- 道聽途說
- 穿鑿附會
- 牽強附會
- 斷章取義
- 捕風捉影
- 莫須有

5 廢話

- 言之無物
- 文不對題
- 廢話連篇
- 詞不達意
- 不知所云

6 結語

- 一言以蔽之
- 總而言之
- 歸根結底
- 諸如此類
- 顯而易見
- 有目共睹
- 眾所周知
- 不言而喻
- 無庸諱言
- 無可非議

◆交際

1 交情

- 一面之交
- 半面之交
- 布衣之交
- 貧賤之交
- 金石之交
- 泛泛之交
- 總角之交
- 刎頸之交
- 忘年之交
- 管鮑之交
- 良師益友
- 義結金蘭
- 高朋故戚
- 詩朋酒侶
- 酒肉朋友
- 豬朋狗友
- 狐群狗黨

2 自謙

- 才疏學淺
- 拋磚引玉
- 不足掛齒
- 一知半解
- 望塵莫及
- 德薄能鮮
- 備位充數
- 略陳管見

3 勉勵

- 人定勝天
- 奮發圖強
- 事在人為
- 當仁不讓
- 責無旁貸
- 義不容辭
- 再接再厲
- 積少成多
- 聚沙成塔
- 開卷有益
- 熟能生巧
- 溫故知新
- 有志不在年高
- 精誠所至
- 力爭上游

4 規勸

- 忠言逆耳
- 良藥苦口
- 居安思危
- 戶樞不蠹
- 物極必反
- 防患未然
- 防微杜漸
- 玩物喪志
- 適可而止
- 不可偏廢
- 前車之鑒
- 亡羊補牢
- 除惡務盡
- 禍從口出
- 安危須仗出群才
- 識時務者為俊傑
- 人心不足蛇吞象
- 莫將成敗論三分
- 多行不義必自斃
- 一山放出一山攔
- 欲速則不達

◆處事

1 作風

1 認真負責

- 尋根究底
- 打破沙鍋問到底
- 推本溯源
- 追本窮源
- 善始善終
- 一絲不苟
- 鄭重其事
- 身體力行
- 現身說法
- 以身作則
- 事必躬親
- 盡心竭力
- 任勞任怨
- 鞠躬盡瘁
- 不厭其煩
- 腳踏實地
- 完璧歸趙
- 實事求是

2 馬虎

- 粗心大意
- 粗枝大葉
- 粗製濫造
- 生吞活剝
- 囫圇吞棗
- 不求甚解
- 蜻蜓點水

- 得過且過
- 拖泥帶水
- 漫不經心
- 敷衍了事
- 敷衍塞責
- 虛應故事

3 深入

- 明察秋毫
- 瞭如指掌
- 如數家珍
- 去偽存真
- 知彼知己

4 輕浮

- 放蕩不羈
- 飛揚浮躁
- 水性楊花
- 放浪形骸
- 隨心所欲
- 掉以輕心
- 視同兒戲
- 好高騖遠
- 得意忘形

5 果斷

- 當機立斷
- 一刀兩斷
- 說一不二
- 斬釘截鐵
- 直截了當
- 乾脆俐落
- 雷厲風行
- 快刀斬亂麻

6 魯莽

- 輕舉妄動
- 有勇無謀
- 貿然行事
- 匹夫之勇
- 急躁冒進
- 自不量力
- 螳臂當車
- 悍然不顧
- 意氣用事
- 一意孤行
- 操之過急

7 革新

- 除舊布新
- 移風易俗
- 古為今用
- 標新立異
- 不拘一格

8 保守

- 因循守舊
- 故步自封
- 裹足不前
- 抱殘守缺
- 閉關自守
- 墨守成規
- 清規戒律
- 食古不化
- 陳陳相因
- 因循沿襲
- 膠柱調瑟

9 謹慎

- 謹小慎微
- 兢兢業業
- 小心翼翼
- 循規蹈矩
- 謹言慎行
- 謹謹慎慎
- 安分守己
- 守口如瓶
- 滴水不漏
- 老成持重

2 態度

1 熱情

- 滿腔熱情
- 熱情如火
- 倒履相迎
- 和顏悅色
- 體貼入微
- 掃徑以待
- 賓至如歸
- 古道熱腸

2 冷淡

- 袖手旁觀
- 縮手旁觀
- 冷若冰霜
- 冷眼旁觀
- 放任自流
- 若即若離
- 漠然置之
- 漠不關心
- 置若罔聞
- 置之度外
- 置之不理
- 相應不理
- 愛理不理
- 作壁上觀
- 視若無睹
- 無動於衷
- 充耳不聞
- 事不關己
- 相敬如冰

3 寬容

- 寬宏大量
- 以德報怨
- 寬懷大度
- 寬以待人
- 豁達大度
- 仁至義盡
- 毫不介意
- 筆下超生
- 不計前嫌
- 海納百川
- 有容乃大

4 勢利

- 厚此薄彼
- 前倨後卑
- 前倨後恭
- 趨炎附勢
- 嫌貧愛富

- 見風使舵
- 唯利是圖

5 鎮定

- 從容不迫
- 泰然自若
- 談笑自若
- 見怪不怪
- 若無其事
- 不動聲色
- 行若無事
- 面不改色
- 神色自若
- 處之泰然
- 胸有成竹

6 避世

- 與世無爭
- 隱姓埋名
- 深居簡出
- 明哲保身
- 漱石枕流
- 東山之志
- 把臂入林
- 遁世逃名
- 遠遁山林

7 欽佩

- 肅然起敬
- 欽敬莫名
- 心悅誠服
- 心折首肯
- 仰之彌高
- 五體投地
- 甘拜下風
- 頂禮膜拜

8 順從

- 百依百順
- 唯命是聽
- 唯唯諾諾
- 隨波逐流
- 隨遇而安
- 亦步亦趨
- 言聽計從
- 心甘情願
- 隨聲附和
- 聽天由命
- 忍氣吞聲
- 逆來順受

3 方法

- 量體裁衣
- 因地制宜
- 因材施教
- 因勢利導
- 引而不發
- 寧缺勿濫
- 因小見大
- 順理成章
- 顧名思義
- 就地取材
- 統籌兼顧
- 雙管齊下
- 如法炮製
- 學以致用
- 大刀闊斧
- 刪繁就簡
- 順水推舟
- 兼而有之
- 兼容並蓄
- 面面俱到
- 興師動眾
- 借題發揮
- 見縫插針
- 推波助瀾

◆經歷

1 閱歷

1 資歷

- 初出茅廬
- 半路出家
- 飽經風霜
- 乳臭未乾
- 嬌生慣養
- 當之無愧
- 年高德劭
- 歷經風霜
- 老馬識途
- 身經百戰
- 德高望重
- 老於世故
- 飽經世故

2 歷程

- 成家立業
- 落葉歸根
- 安居樂業
- 悲歡離合
- 久別重逢

3 奔波

- 南征北戰
- 四海為家
- 戎馬倥傯
- 跋山涉水
- 翻山越嶺
- 長途跋涉
- 日夜兼程
- 風塵僕僕
- 餐風露宿

4 離別

- 離鄉背井
- 風流雲散
- 不告而別
- 生離死別
- 天各一方
- 雁影分飛
- 勞燕分飛
- 離鸞別鳳

5 成就

- 豐功偉績
- 汗馬功勞
- 嶄露頭角
- 獨當一面
- 有志竟成
- 建功立業

・功成名遂
・功成利達

2 境遇

1 順境

・登龍門
・執牛耳
・平步青雲
・青雲直上
・飛黃騰達
・苦盡甘來
・一帆風順

2 逆境

・懷才不遇
・顛沛流離
・流離失所
・走投無路
・狼狽不堪
・名落孫山
・水深火熱
・艱苦卓絕
・艱難險阻
・千難萬險
・度日如年

3 孤單

・孤苦伶仃
・舉目無親
・鰥寡孤獨
・斷雁孤鴻
・寡鵠孤鸞
・孤家寡人
・孑然一身
・孤掌難鳴

3 貧富

1 貧窮

・一貧如洗
・家貧如洗
・囊空如洗
・貧病交迫
・飢寒交迫
・一無所有
・不名一錢
・債臺高築

2 富足

・豐衣足食
・富可敵國
・富甲一方
・富甲天下
・陶猗之富
・富比王侯
・鄧通之財
・綽綽有餘

4 婚戀

・終身大事
・穿針引線
・心心相印
・門當戶對
・海誓山盟
・舉案齊眉
・相敬如賓
・破鏡重圓

5 生死

1 生老病死

・虎口餘生
・死裡逃生
・絕處逢生
・風燭殘年
・積勞成疾
・與世長辭
・死得其所
・粉身碎骨
・同歸於盡
・壽終正寢
・一命嗚呼

2 生死關頭

・生死存亡
・性命交關
・出生入死
・死去活來
・生死攸關
・氣息奄奄

第二篇　事

◆對立

1 好壞

1 好

・盡善盡美
・十全十美
・完美無缺
・兩全其美
・天從人願
・錦繡前程
・錦上添花
・得天獨厚
・珠聯璧合
・嘆為觀止

2 壞

・歪風邪氣
・陳規陋習
・藏垢納汙
・汙泥濁水
・奇恥大辱
・一塌糊塗

3 有好有壞

・美中不足
・瑕不掩瑜

2 正誤

1 有理有據

・名正言順
・天經地義
・義正辭嚴
・千真萬確
・真憑實據
・鐵證如山

2 準確合適

・毫髮不爽
・恰如其分
・恰到好處
・不容置疑

3 愚昧荒唐

- 杞人憂天
- 庸人自擾
- 荒謬絕倫
- 荒誕不經
- 逆天背理

4 差錯虛妄

- 漏洞百出
- 破綻百出
- 自相矛盾
- 面目全非
- 陰差陽錯
- 一無是處
- 不足為訓
- 矯枉過正
- 過猶不及
- 不得要領
- 一孔之見
- 一概而論
- 無源之水
- 無本之木
- 似是而非
- 色厲內荏
- 外強中乾

5 事與願違

- 揠苗助長
- 抱薪救火
- 守株待兔
- 刻舟求劍
- 掩耳盜鈴

3 難易

1 易辦

- 輕而易舉
- 探囊取物
- 唾手可得
- 信手拈來
- 甕中捉鱉
- 十拿九穩
- 萬無一失
- 一蹴可幾
- 一蹴而就
- 游刃有餘
- 風捲殘雲
- 駕輕就熟
- 不費吹灰之力

2 難辦

- 進退維谷
- 無可奈何
- 騎虎難下
- 力不從心
- 無能為力
- 一籌莫展
- 迫不得已
- 鞭長莫及
- 愛莫能助
- 束手無策
- 寸步難移
- 撲朔迷離
- 盤根錯節
- 好事多磨
- 動輒得咎
- 談何容易
- 高不可攀
- 大海撈針
- 海底撈月
- 難於上青天
- 不可捉摸

4 異同

1 相同相近

- 平分秋色
- 並駕齊驅
- 渾然一體
- 不謀而合
- 不約而同
- 殊途同歸
- 不相上下
- 大同小異
- 異曲同工

2 不同

- 迥然不同
- 格格不入
- 大相逕庭
- 天壤之別
- 與眾不同
- 截然不同

3 非異非同

- 不倫不類
- 各行其是
- 各自為政
- 同床異夢
- 貌合神離
- 千奇百怪
- 毫不相干
- 風馬牛不相及

5 安危

1 安如泰山

- 安然無恙
- 風平浪靜

2 危困

- 危在旦夕
- 危如累卵
- 岌岌可危
- 搖搖欲墜
- 千鈞一髮
- 凶多吉少
- 苟延殘喘
- 涸轍之鮒
- 風雨飄搖
- 大風大浪
- 驚濤駭浪
- 兵臨城下

6 禍福

- 延年益壽
- 天災人禍
- 禍不單行
- 家破人亡
- 傾家蕩產
- 赤地千里
- 天崩地裂
- 軒然大波
- 內憂外患

- 平地風波
- 不白之冤
- 血肉橫飛
- 血流成河
- 三長兩短

7 條理

1 整齊

- 井井有條
- 井然有序
- 有條不紊
- 層次分明
- 層次井然
- 頭頭是道
- 調理分明

2 雜亂

- 亂七八糟
- 雜亂無章
- 顛三倒四
- 七拼八湊
- 七零八散
- 橫七豎八
- 參差不齊
- 支離破碎
- 杯盤狼藉
- 龍蛇混雜
- 錯綜複雜
- 縱橫交錯

8 多少

1 多

- 不計其數
- 不可勝數
- 不勝枚舉
- 千絲萬縷
- 千頭萬緒
- 無窮無盡
- 層出不窮
- 源源不絕
- 不一而足
- 應有盡有
- 多多益善
- 形形色色
- 五花八門
- 取之不盡
- 俯拾即是
- 比比皆是
- 漫山遍野
- 屢見不鮮
- 包羅萬象
- 琳瑯滿目
- 汗牛充棟
- 浩如煙海
- 車載斗量
- 洋洋大觀
- 翻來覆去
- 三令五申
- 不乏其人
- 接二連三
- 成群結隊
- 無所不有

2 少

- 寥寥無幾
- 寥若晨星
- 屈指可數
- 滄海一粟
- 鳳毛麟角
- 一鱗半爪
- 片言隻字
- 掛一漏萬
- 百年不遇
- 絕無僅有
- 碩果僅存
- 微乎其微
- 微不足道

9 成敗

1 成功

- 旗開得勝
- 一舉成名
- 滿載而歸
- 攻無不克
- 無往不勝
- 無堅不摧
- 所向無敵
- 所向披靡
- 百戰百勝
- 克敵制勝
- 出奇制勝
- 指日可待
- 指揮若定
- 用兵如神

2 失敗

- 全軍覆沒
- 一敗塗地
- 潰不成軍
- 丟盔棄甲
- 人仰馬翻
- 落花流水
- 逃之夭夭
- 抱頭鼠竄
- 甕中之鱉
- 束手就擒
- 喪家之犬
- 喪權辱國
- 威信掃地
- 身敗名裂
- 窮途末路
- 前功盡棄
- 一事無成
- 分崩離析
- 土崩瓦解
- 眾叛親離
- 寡不敵眾
- 賠了夫人又折兵

◆情況

1 變化

1 變好

- 化險為夷
- 逢凶化吉
- 急中生智
- 情急智生
- 塞翁失馬

- 多難興邦
- 後來居上
- 返老還童
- 撥亂反正
- 撥雲見日
- 新陳代謝
- 推陳出新
- 興利除弊
- 煥然一新
- 面目一新
- 萬象更新
- 漸入佳境
- 雨過天晴
- 柳暗花明

2 變壞

- 一落千丈
- 一蹶不振
- 山窮水盡
- 每況愈下
- 好景不常
- 虎頭蛇尾
- 有始無終
- 後繼無人
- 火上澆油

3 發展

- 突飛猛進
- 扶搖直上
- 一日千里
- 雨後春筍
- 欣欣向榮
- 日新月異
- 與日俱僧
- 乘風破浪
- 發揚光大
- 青出於藍
- 今非昔比
- 方興未艾
- 如火如荼
- 燎原烈火
- 水漲船高
- 大勢所趨
- 周而復始
- 循序漸進
- 一脈相承
- 後繼有人
- 添枝加葉
- 不脛而走

4 變動

- 改弦更張
- 另起爐灶
- 移花接木
- 朝三暮四
- 朝秦暮楚
- 反覆無常
- 變化無常
- 變幻莫測
- 風雲變幻
- 瞬息萬變
- 千變萬化
- 搖身一變
- 突如其來
- 風吹草動
- 橫生枝節
- 天翻地覆
- 滄海桑田
- 事過境遷
- 潛移默化
- 此起彼落

5 未變

- 一成不變
- 停滯不前
- 原封不動
- 萬古不變
- 一如既往
- 依然故我
- 萬變不離其宗

6 消失

- 銷聲匿跡
- 冰消瓦解
- 無影無蹤
- 一去不復返
- 一筆勾消
- 一筆抹殺
- 不翼而飛
- 蕩然無存
- 灰飛煙滅
- 九霄雲外

7 虛無

- 虛無縹渺
- 海市蜃樓
- 空中樓閣
- 子虛烏有
- 南柯一夢

2 結果

1 顯著

- 卓有成效
- 事半功倍
- 一舉兩得
- 一箭雙鵰
- 一網打盡
- 捷足先登
- 水滴石穿
- 春風化雨
- 立竿見影
- 迎刃而解
- 一針見血
- 有求必應
- 深入人心
- 引人注目
- 發人深省
- 真相大白
- 水落石出
- 一覽無遺
- 一勞永逸
- 相輔相成
- 相反相成
- 相得益彰
- 百煉成鋼
- 來之不易

- 畫龍點睛
- 各得其所
- 震天動地
- 昭然若揭
- 徹頭徹尾

2 落空

- 徒勞無功
- 枉費心機
- 無濟於事
- 隔靴搔癢
- 杳無音信
- 壯志未酬
- 石沉大海
- 付之東流
- 付之一炬
- 半途而廢
- 不了了之
- 自生自滅
- 為人作嫁
- 紙上談兵
- 一無所獲

3 相反

- 背道而馳
- 欲蓋彌彰
- 此地無銀三百兩
- 事與願違
- 適得其反
- 南轅北轍
- 多此一舉
- 自投羅網
- 自食其果
- 喧賓奪主
- 反客為主
- 作繭自縛

4 糟糕

- 事倍功半
- 顧此失彼
- 相形見絀
- 捉襟見肘
- 得不償失
- 不打自招
- 不攻自破
- 不歡而散
- 怨聲載道
- 自作自受
- 黯然失色
- 焦頭爛額

3 程度

1 突出

- 聞所未聞
- 前無古人
- 史無前例
- 亙古未有
- 空前絕後
- 無與倫比
- 獨一無二
- 天下無敵
- 開天闢地
- 至高無上
- 登峰造極
- 涇渭分明
- 登堂入室
- 不可磨滅
- 舉足輕重
- 龐然大物
- 鶴立雞群
- 驚心動魄
- 不可思議
- 神乎其神
- 大有作為
- 出人頭地

2 完滿

- 爐火純青
- 天衣無縫
- 無懈可擊
- 滾瓜爛熟
- 顛撲不破
- 極樂世界

3 充分

- 無微不至
- 和盤托出
- 淋漓盡致
- 力所能及
- 經久不息

4 深刻

- 入木三分
- 根深蒂固
- 鞭辟入裡
- 深不可測
- 高深莫測
- 死心塌地
- 刻骨銘心

5 嚴重

- 無以復加
- 變本加厲
- 甚囂塵上
- 無孔不入
- 不可開交
- 一乾二淨
- 原形畢露
- 暴露無遺
- 病入膏肓
- 積重難返
- 慘不忍睹
- 駭人聽聞
- 大雨傾盆

6 輕微

- 無足輕重
- 無關緊要
- 無關大局
- 星星之火
- 蛛絲馬跡
- 一絲一毫

7 平淡

- 不足為奇
- 司空見慣
- 默默無聞

4 時機

1 成熟

- 枯木逢春

- 雪中送炭
- 水到渠成
- 瓜熟蒂落
- 應運而生

2 窘迫、失當

- 青黃不接
- 措手不及
- 臨渴掘井
- 貧病交加
- 飢寒交迫

3 急迫

- 當務之急
- 刻不容緩
- 迫在眉睫
- 燃眉之急
- 急如星火
- 火燒眉毛
- 一觸即發
- 事不宜遲
- 迫不及待
- 破門而入
- 圖窮匕見
- 飢不擇食

4 等待

- 有朝一日
- 待價而沽
- 拭目以待

5 事態

- 遙遙相對
- 約定俗成
- 金科玉律
- 金口玉言
- 無緣無故
- 前因後果
- 拋頭露面
- 眾目睽睽
- 藕斷絲連
- 先天不足
- 半身不遂
- 供不應求
- 戛然而止

6 聲勢

- 勢不可當
- 勢如破竹
- 千軍萬馬
- 舉國上下
- 大張旗鼓
- 波浪潮湃
- 翻江倒海
- 排山倒海
- 地動山海
- 驚天動地
- 雷霆萬鈞
- 風起雲湧
- 暴風驟雨
- 鋪天蓋地
- 居高臨下
- 居高臨下
- 波瀾壯闊
- 萬馬奔騰
- 叱吒風雲
- 呼風喚雨
- 橫掃千軍
- 氣象萬千
- 氣勢磅礡
- 蔚然成風
- 蔚為大觀
- 一呼百應
- 迅雷不及掩耳
- 山雨欲來風滿樓
- 氣勢洶洶
- 虛張聲勢
- 氣焰囂張

7 氣氛

1 熱鬧

- 門庭若市
- 車水馬龍
- 熙熙攘攘
- 摩肩接踵
- 項背相望
- 川流不息
- 接踵而來
- 絡繹不絕
- 紛至沓來
- 水泄不通
- 座無虛席
- 人山人海
- 人聲鼎沸

2 寂靜

- 鴉雀無聲
- 萬籟俱寂
- 萬馬齊瘖
- 靜寂無聲
- 悄然無聲
- 無聲無息
- 闃寂無聲

8 名聲

1 好

- 舉世聞名
- 家喻戶曉
- 震古鑠今
- 德高望重
- 有口皆碑
- 獨占鼇頭
- 一鳴驚人
- 樹碑立傳
- 大名鼎鼎
- 赫赫有名
- 舉世無雙
- 首屈一指
- 名列前茅
- 名副其實
- 名不虛傳
- 流芳百世
- 永垂不朽
- 萬古長青
- 萬古流芳
- 風流人物
- 數一數二

- 舉世矚目

2壞

- 臭名遠揚
- 惡名昭著
- 惡名昭彰
- 聲名狼藉
- 名譽掃地
- 威信掃地
- 遺臭萬年
- 身敗名裂

◆政治

1 政務

- 廣開言路
- 百家爭鳴
- 百花齊放
- 精兵簡政
- 興國安邦
- 國計民生
- 百年大計
- 大興土木
- 世態炎涼
- 三教九流

2 法治

- 繩之以法
- 天羅地網
- 天網恢恢
- 逍遙法外

3 昌盛

- 自給自足
- 繁榮昌盛
- 休養生息
- 百廢俱興
- 百端待舉
- 人才輩出
- 崢嶸歲月
- 人心所向
- 風調雨順
- 生機勃勃

4 衰敗

- 雞犬不寧
- 民不聊生
- 民怨沸騰
- 暗無天日
- 天昏地暗
- 百孔千瘡
- 烏煙瘴氣
- 瘡痍滿目
- 民脂民膏
- 官官棉護
- 橫賦暴斂
- 苛捐雜稅

◆爭鬥

1 角逐

- 犄角之勢
- 旗鼓相當
- 勢均力敵
- 勢不兩立
- 明爭暗鬥
- 鉤心鬥角
- 狹路相逢
- 冤家路窄
- 蠻觸之爭

2 興兵

- 逼上梁山
- 揭竿而起
- 磨刀霍霍
- 厲兵秣馬
- 起兵動眾
- 興師動眾
- 遣兵調將
- 選兵秣馬
- 選士厲兵

3 嚴陣

- 嚴陣以待
- 摩拳擦掌
- 壁壘森嚴
- 固若金湯
- 劍拔弩張

4 孤弱

- 孤軍奮戰
- 敵眾我寡
- 弱肉強食
- 黔驢技窮
- 手無寸鐵
- 赤手空拳
- 單槍匹馬

5 交戰

- 兵荒馬亂
- 烽火連天
- 槍林彈雨
- 刀光劍影
- 短兵相接
- 首當其衝
- 長驅直入
- 鳴金收兵
- 偃旗息鼓
- 退避三舍
- 神出鬼沒
- 腹背受敵
- 眾寡懸殊
- 眾矢之的
- 橫衝直撞
- 按兵不動
- 負隅頑抗
- 垂死掙扎
- 狗急跳牆
- 反戈一擊
- 捲土重來
- 重整旗鼓
- 東山再起
- 異軍突起
- 背水一戰

6 措施

- 調兵遣將
- 養精蓄銳
- 堅壁清野
- 養精蓄銳
- 軟硬兼施
- 通風報信
- 搖旗吶喊

- 先聲奪人
- 先發制人
- 威迫利誘
- 孤注一擲

7 **計謀**

- 裡應外合
- 以攻為守
- 出其不意
- 兵不厭詐
- 調虎離山
- 金蟬脫殼
- 聲東擊西
- 避實就虛
- 避難就易
- 縱橫捭闔
- 將計就計
- 步步為營
- 緩兵之計
- 權宜之計
- 蠶食鯨吞
- 指點迷津

◆**詩文書畫**

1 **文章術語**

- 字裡行間
- 承上啟下
- 隱晦曲折
- 斷簡殘篇
- 稗官野史
- 開宗明義
- 遣詞立意
- 舞文弄墨

2 **佳作讚語**

- 維妙維肖
- 呼之欲出
- 栩栩如生
- 一瀉千里
- 有血有肉
- 引人入勝
- 喜聞樂見
- 簡明扼要
- 烘雲托月
- 旁徵博引
- 雅俗共賞
- 洋洋灑灑
- 力透紙背
- 出神入化
- 鴻篇巨制
- 不落窠臼
- 絲絲入扣
- 相映成趣
- 情景交融
- 千錘百鍊
- 陽春白雪
- 膾炙人口
- 洛陽紙貴
- 行雲流水
- 躍然紙上
- 意味深長
- 妙手偶得
- 不絕如縷
- 琅琅上口
- 濃墨重彩
- 濃淡相宜

3 **劣作貶詞**

- 空洞無物
- 疊床架屋
- 平鋪直敘
- 千篇一律
- 無病呻吟
- 佶屈聱牙
- 咬文嚼字
- 粉飾太平
- 雕蟲小技
- 連篇累牘

第三篇　狀物

◆**山川道路**

1 **江山地域**

- 錦繡河山
- 地大物博
- 廣土眾民
- 五湖四海
- 四面八方
- 一望無際
- 一望無垠

2 **山川原野**

- 千山萬水
- 崇山峻嶺
- 懸崖峭壁
- 層巒疊嶂
- 杳無人煙
- 人跡罕至
- 不毛之地
- 寸草不生
- 窮山惡水
- 窮鄉僻壤

3 **道路遠近**

- 四通八達
- 陽關大道
- 康莊大道
- 羊腸大道
- 千里迢迢
- 天涯海角
- 天南地北
- 近在咫尺

4 **場合處所**

- 龍潭虎穴
- 龍蟠虎踞
- 大庭廣眾
- 光天化日

◆**景色建築**

1 **景色**

- 春暖花開
- 春意盎然
- 春色滿園
- 萬紫千紅
- 姹紫嫣紅
- 鳥語花香
- 湖光山色
- 山清水秀

- 倚山傍水
- 雲蒸霞蔚
- 郁郁蔥蔥
- 飛沙走石
- 寒冬臘月
- 滴水成冰
- 粉妝玉琢
- 詩情畫意
- 別有天地
- 世外桃源
- 美不勝收
- 萬家燈火
- 張燈結彩
- 燈火輝煌
- 火樹銀花
- 若隱若現

2 樓宇

- 拔地而起
- 巍然屹立
- 高聳入雲
- 富麗堂皇
- 金碧輝煌
- 雕梁畫棟
- 瓊樓玉宇
- 鱗次櫛比
- 星羅棋布
- 斷垣殘壁

◆時間長短

1 長

- 天長日久
- 成年累月
- 日積月累
- 千秋萬代
- 源遠流長
- 古往今來

2 短

- 白駒過隙
- 曇花一現
- 光陰似箭
- 光陰彈指
- 光陰如電
- 俯仰之間
- 窗間過馬

附錄二

中文經典名句選粹

《論語》100句

◆未知生，焉知死——生活態度

- 求仁而得仁，又何怨
- 發憤忘食，樂以忘憂，不知老之將至
- 敬鬼神而遠之
- 子罕言利，與命，與仁
- 譬如為山，未成一簣
- 未知生，焉知死
- 浴乎沂，風乎舞雩，詠而歸
- 不患人之不己知
- 四體不勤，五穀不分
- 鳥獸不可與同群
- 無可無不可
- 食不厭精，膾不厭細

◆吾日三省吾身——品德修養

- 君子務本，本立而道生
- 吾日三省吾身
- 見賢思齊焉，見不賢而內自省也
- 不遷怒，不貳過
- 君子坦蕩蕩，小人長戚戚
- 毋意，毋必，毋固，毋我
- 吾未見好德如好色者也
- 知者不惑，仁者不憂，勇者不懼
- 君子求諸己，小人求諸人
- 小不忍則亂大謀
- 君子之過也，如日月之食焉

◆鄉原，德之賊也——言語行為

- 巧言令色，鮮矣仁
- 人而無信，不知其可也
- 朽木不可雕也
- 暴虎馮河，死而無悔者，吾不與也
- 子不語：怪、力、亂、神
- 人之將死，其言也善
- 仁者，其言也訒
- 狂者進取，狷者有所不為也
- 邦無道，危行言孫
- 知其不可而為之
- 言不及義，好行小慧，難矣哉
- 君子不以言舉人，不以人廢言
- 君子有三戒
- 鄉原，德之賊也
- 道聽而塗說，德之棄也
- 望之儼然，即之也溫
- 不學詩，無以言

◆君子成人之美——待人接物

- 犬馬，皆能有養；不敬，何以別乎
- 有事弟子服其勞
- 視其所以，觀其所由，察其所安
- 是可忍也，孰不可忍也
- 禮，與其奢也，寧儉
- 父母在，不遠遊，遊必有方
- 犁牛之子，騂且角
- 斯人也而有斯疾也
- 四海之內，皆兄弟也
- 愛之欲其生，惡之欲其死
- 君子成人之美，不成人之惡
- 忠告而善道之，不可則止
- 善者好之，其不善者惡之
- 以直報怨，以德報德

◆溫故而知新——學習求知

- 學而時習之，不亦說乎
- 行有餘力，則以學文
- 溫故而知新，可以為師矣
- 學而不思則罔，思而不學則殆
- 敏而好學，不恥下問
- 知之者不如好之者，好之者不如樂之者
- 自行束脩以上，吾未嘗無誨焉
- 述而不作，信而好古
- 吾少也賤，故多能鄙事
- 空空如也，我叩其兩端而竭焉
- 終日不食，終夜不寢，以思，無益，不如學也
- 詩，可以興，可以觀，可以群，可以怨

◆君子固窮——人生志向

- 吾十有五而志於學
- 君子固窮，小人窮斯濫矣
- 士志於道，而恥惡衣惡食者，未足與議也
- 志於道，據於德，依於仁，游於藝
- 三軍可奪帥也，匹夫不可奪志也
- 歲寒，然後知松柏之後彫也
- 君子疾沒世而名不稱焉
- 當仁，不讓於師

◆欲速則不達——事物道理

- 成事不說，遂事不諫，既往不咎
- 久矣，吾不復夢見周公
- 三月不知肉味
- 仰之彌高，鑽之彌堅
- 逝者如斯夫！不舍晝夜
- 微管仲，吾其被髮左衽矣

・苗而不秀者，有矣夫
・過猶不及
・文猶質也，質猶文也
・欲速則不達，見小利則大事不成
・工欲善其事，必先利其器
・道不同，不相為謀
・唯上知與下愚不移
・往者不可諫，來者猶可追
・雖蠻貊之邦行矣
・百工居肆以成其事
・宗廟之美，百官之富

◆君子之德，風——領導風格

・譬如北辰，居其所而眾星共之
・舉直錯諸枉，則民服
・君子之德，風；小人之德，草
・君君，臣臣，父父，子子
・近者說，遠者來
・以不教民戰，是謂棄之
・名不正，則言不順
・不在顓臾，而在蕭牆之內也
・惡紫之奪朱也，惡鄭聲之亂雅樂也

《史記》100句

◆大風起兮雲飛揚——本紀

・防民之口，甚於防川
・先發制人，後發制於人
・楚雖三戶，亡秦必楚
・其志不在小
・項莊舞劍，意在沛公
・大行不顧細謹，大禮不辭小讓
・分我一杯羹
・養虎自遺患
・力拔山兮氣蓋世
・明修棧道，暗渡陳倉
・只知其一，不知其二
・天無二日，民無二王
・大風起兮雲飛揚
・天命不可違
・人死不能復生

◆燕雀安知鴻鵠之志——世家

・有田一成，有眾一旅
・知臣莫如君
・一沐三捉髮，一飯三吐哺
・析骨而炊，易子而食

- 內舉不避親
- 脣亡則齒寒
- 不鳴則已，一鳴驚人
- 在德不在鼎
- 同聲相應，同惡相求
- 天與弗取，反受其咎
- 可與共患難，不可共安樂
- 狡兔死，走狗烹
- 千金之子不死於市
- 見毫毛而不見其睫
- 不到黃泉不相見
- 成大功者不謀於眾
- 國亂思良相
- 燕雀安知鴻鵠之志
- 子以母貴，母以子貴
- 生男無喜，生女無怒
- 當斷不斷，反受其亂
- 孺子可教也
- 忠言逆耳利於行，良藥苦口利於病
- 人生一世間，如白駒過隙
- 事兄如父，事嫂如母

◆風蕭蕭兮易水寒——列傳

- 生我者父母，知我者鮑叔
- 衣食足而知榮辱
- 將在外，君命有所不受
- 以下駟對上駟
- 遂成豎子之名
- 在德不在險
- 以貌取人，失之子羽
- 千人諾諾，不如一士諤諤
- 毛羽未成，不可以高飛
- 寧為雞口，無為牛後
- 舉袂成幕，揮汗成雨
- 臥不安席，食不甘味
- 兩虎相鬥，必有一傷
- 雞鳴狗盜之輩
- 物有必至，事有固然
- 怯於私鬥，勇於公戰
- 睚眥之怨必報
- 生而辱不如死而榮
- 君子交絕，不出惡聲
- 廉頗老矣，尚能飯否？
- 忠臣不事二君
- 魯仲連排難解紛
- 眾人皆醉我獨醒

- 以色事人者，色衰而愛弛
- 士為知己者死，女為悅己者容
- 風蕭蕭兮易水寒
- 天雨粟，馬生角
- 泰山不讓土壤，河海不擇細流
- 制人而不制於人
- 有非常之人，

◆然後有非常之事——列傳

- 蕭何追韓信
- 置之死地而後生
- 敗軍之將不可言勇
- 智者千慮，必有一失；愚者千慮，必有一得
- 韓信將兵，多多益善
- 秦失其鹿，天下共逐之
- 期期以為不可
- 馬上得天下，不可馬上治之
- 卑之無甚高論
- 鄙人不知忌諱
- 將門之下必有將類
- 信巫不信醫
- 殺一人以謝天下
- 鬱鬱不得志
- 桃李不言，下自成蹊
- 匈奴未滅，何以家為？
- 有非常之人，然後有非常之事
- 一尺布，尚可縫
- 夜不閉戶，路不拾遺
- 一貴一賤，交情乃見
- 為治者不在多言
- 非此母不能生此子
- 俠以武犯禁
- 一斗亦醉，一石亦醉
- 彼一時也，此一時也
- 老死不相往來
- 貴出如糞土，賤取如珠玉
- 人棄我取，人取我與
- 順之者昌，逆之者亡
- 失之毫釐，差以千里

《古文觀止》100句

◆天地一方

- 崇山峻嶺，茂林修竹
- 夫人之相與，俯仰一世
- 固知一死生為虛誕，齊彭殤為妄作
- 取之盡錙銖，用之如泥沙
- 滅六國者，六國也，非秦也

- 後人哀之，而不鑑之
- 文起八代之衰，道濟天下之溺
- 不以物喜，不以己悲
- 先天下之憂而憂，後天下之樂而樂
- 山不在高，有仙則名
- 談笑有鴻儒，往來無白丁
- 吾於是益有以信人性之善
- 雲山蒼蒼，江水泱泱
- 微先生不能成光武之大
- 落霞與孤鶩齊飛，秋水共長天一色
- 萍水相逢，盡是他鄉之客
- 老當益壯，寧移白首之心
- 醉翁之意不在酒，在乎山水之間也
- 士之於道，固不役志於貴賤
- 當思帝德如天
- 經正則庶民興

◆人生志氣

- 士為知己者用，女為說己者容
- 人固有一死，或重於泰山，或輕於鴻毛
- 究天人之際，通古今之變，成一家之言
- 班聲動而北風起，劍氣沖而南斗平
- 喑嗚則山岳崩頹，叱吒則風雲變色
- 請看今日之域中，竟是誰家之天下
- 生不用封萬戶侯，但願一識韓荊州
- 坐井而觀天，曰天小者，非天小也
- 擇焉而不精，語焉而不詳
- 古之君子，其責己也重以周，其待人也輕以約
- 師者，所以傳道、受業，解惑也
- 聞道有先後，術業有專攻
- 業勤於精，荒於嬉
- 焚膏油以繼晷，恆兀兀以窮年
- 跋前躓後，動輒得咎
- 古之所謂豪傑之士者，必有過人之節
- 忿必爭，爭必敗
- 方一食，三吐其哺
- 以聖人觀之，猶泰山之於岡陵
- 聖人之所以能大過人者
- 古之君子，未嘗不以身化

◆忠臣名諫

- 親賢臣，遠小人
- 鞠躬盡力，死而後已
- 寢不安息，食不甘味
- 泰山不讓土壤，故能成其大
- 求木之長者，必固其根本
- 念高危，則思謙沖而自牧
- 昔取之而有餘，今守之而不足

- 物有同類而殊能者
- 禍固多藏於隱微
- 家累千金，坐不垂堂
- 民貧，則奸邪生
- 饑寒至身，不顧廉恥
- 珠玉金銀，饑不可食，寒不可衣
- 蓋有非常之功，必待非常之人
- 強毋攘弱，毋暴寡
- 同心而共濟，始終如一

◆真情流露

- 人之相知，貴相知心
- 外無碁功強近之親，內無應門五尺之僮
- 生當隕首，死當結草
- 皇天后土，實所共鑑
- 視茫茫，髮蒼蒼，齒牙動搖
- 一在天之涯，一在地之角
- 死而有知，其幾何離
- 言有窮而情不可終
- 大凡物不得其平則鳴
- 與其有譽於前，孰若無毀於其後
- 士窮乃見節義
- 妖韶女，老自有餘態
- 故其為詩，如嗔如笑
- 放其言之文，君子以興焉
- 非詩之能窮人，殆窮者而後工也
- 不忮不求，與物浮沉
- 草木無情，有時飄零
- 為善無不報，而遲速有時
- 悟以往之不諫，知來者之可追
- 雲無心以出岫，鳥倦飛而知還

◆山光水色

- 夫天地者，萬物之逆旅
- 浮生若夢，為歡幾何
- 況陽春召我以煙景，大塊假我以文章
- 誦明月之詩，歌窈窕之章
- 飄飄乎如遺世獨立，羽化而登仙
- 世之奇偉瑰怪非常之觀
- 超鴻蒙，混希夷
- 清泠之狀與目謀，瀯瀯之聲與耳謀

◆金玉豐鮮

- 蟬翼為重，千鈞為輕
- 屠牛坦一朝解十二牛，而芒刃不頓者
- 麟之所以為麟者，以德不以形
- 世有伯樂，然後有千里馬
- 上下交相賊以成此名也

- 泰山崩於前而色不變
- 其曲彌高，其和彌寡
- 不肯拔我一毛而利天下
- 又何往而不金玉其外，敗絮其中也哉
- 藺相如之獲全於璧也，天也
- 為善必慎其習，故所居必擇其地
- 賢者於其所至，不獨使其人之不忍忘而已
- 教化之行，道德之歸，非遠人也
- 晏子好仁，齊侯知賢，而桓子服義也

《孟子》100句

◆義利之辨

- 王亦曰仁義而已矣，何必曰利
- 無恆產而有恆心者，惟士為能
- 如知其非義，斯速已矣，何待來年
- 聞誅一夫紂矣，未聞弒君也
- 悅賢不能舉，又不能養也，可謂悅賢乎
- 事半古之人，功必倍之
- 二者不可得兼，舍魚而取熊掌者也
- 位卑而言高，罪也
- 不挾長，不挾貴
- 人之所以異於禽獸者，幾希
- 焉有君子而可以貨取乎
- 人有不為也，而後可以有為
- 仁也者，人也

◆王者之道

- 率獸而食人也
- 養生喪死無憾，王道之始了
- 以五十步笑百步
- 勞心者治人，勞力者治於人
- 以大事小者，樂天者也
- 雖有智慧，不如乘勢
- 欲為君，盡君道；欲為臣，盡臣道
- 仁者無敵
- 為政不難，不得罪於巨室
- 仰而思之，夜以繼日
- 以若所為，求若所欲，猶緣木而求魚也
- 故為政者，每人而悅之，日亦不足矣
- 君仁，莫不仁
- 仁則榮，不仁則辱
- 以德服人者，中心悅而誠服也
- 徒善不足以為政，徒法不能以自行

◆修身養性

- 養心莫善於寡欲
- 枉己者，未能直人者也

- 為富不仁矣，為仁不富矣
- 父子有親，君臣有義
- 天下之本在國，國之本在家，家之本在身
- 言非禮義，謂之自暴也
- 道在邇而求諸遠，事在易而求諸難
- 事，孰為大？事親為大
- 可以仕則仕，可以止則止
- 不以文害辭，不以辭害志
- 養其小者為小人，養其大者為大人
- 博學而詳說，將以反說約也
- 一齊人傅之，眾楚人咻之
- 觀近臣，以其所為主
- 資之深，則取之左右逢其原
- 學問之道無他，求其放心而已矣
- 雖有惡人，齋戒沐浴，則可祀上帝
- 大孝終身慕父母
- 仰不愧於天，俯不怍於人
- 人之患，在好為人師
- 今茅塞子之心矣
- 夫人必自侮，然後人侮之
- 愛人者，人恆愛之

◆天地無限

- 君子不怨天，不尤人
- 明足以察秋毫之末，而不見輿薪
- 民歸之，由水之就下，沛然誰能禦之
- 樂以天下，憂以天下
- 獨樂樂，與人樂樂，孰樂
- 如水益深，如火益熱
- 天時不如地利，地利不如人和
- 一日暴之，十日寒之
- 順天者存，逆天者亡
- 今之為仁者，猶以一杯水救一車薪之火也
- 禹以四海為壑
- 齊人有一妻一妾
- 君子不以天下儉其親
- 有不虞之譽，有求全之毀
- 民之歸仁也，猶水之就下、獸之走壙也
- 為高必因丘陵，為下必因川澤
- 馮婦攘臂下車
- 然後知生於憂患而死於安樂也
- 往者不追，來者不拒

◆人性本善

- 是以君子遠庖廚也
- 老吾老，以及人之老
- 是故誠者，天之道也
- 無惻隱之心，非人也

‧聽其言也，觀其眸子，人焉廋哉
‧苟得其養，無物不長
‧非天之降才爾殊也
‧是豈水之性哉？其勢則然也
‧四海之內皆將輕千里而告知以善
‧取諸人以為善，是與人為善也
‧大人者，不失其赤子之心者也
‧求則得知，舍則失之
‧出入相友，守望相助

◆浩然正氣

‧彼一時，此一時也
‧當今之世，舍我其誰
‧有為者亦若是
‧富貴不能淫，貧賤不能移，威武不能屈
‧不直，則道不見
‧天下之不助苗長者寡矣
‧古之人未嘗不欲仕也，又惡不由其道
‧孔子，聖之時者也
‧我知言，我善養吾浩然之氣
‧我意欲正人心，息邪說
‧故聲聞過情，君子恥之
‧出於其類，拔乎其萃
‧古之君子，過則改之

‧吾未聞枉己而正人者也
‧大而化之之謂聖，聖而不可知之之謂神
‧窮則獨善其身，達則兼善天下

《詩經》100句

◆詩，可以興，可以觀

‧昔我往矣，楊柳依依；今我來思，雨雪霏霏
‧摽有梅，其實七兮。求我庶士，迨其吉兮
‧南有喬木，不可休思。漢有游女，不可求思
‧未見君子，惄如調飢
‧瞻望弗及，泣涕如雨
‧期我乎桑中，要我乎上宮，送我乎淇之上矣
‧自伯之東，首如飛蓬。豈無膏沐，誰適為容
‧知我者謂我心憂，不知我者謂我何求
‧冬之夜，夏之日，百歲之後，歸于其室
‧未見君子，憂心如醉。如何如何？忘我實多
‧有美一人，傷如之何？寤寐無為，涕泗滂沱
‧月出皎兮，佼人僚兮。舒窈糾兮，勞心悄兮
‧匏有苦葉，濟有深涉。深則厲，淺則揭
‧七月流火，九月授衣。春日日載陽，有鳴倉庚

◆詩，可以群，可以怨

‧桃之夭夭，灼灼其華。之子于歸，宜其室家

- 死生契闊，與子成說；執子之手，與子偕老
- 投我以木瓜，報之以瓊瑤
- 呦呦鹿鳴，食野之苹。我有嘉賓，鼓瑟吹笙
- 式微式微！胡不歸？
- 相鼠有皮，人而無儀。人而無儀，不死何為？
- 叔兮伯兮，褎如充耳
- 牆有茨，不可埽也。中冓之言，不可道也
- 女也不爽，士貳其行。士也罔極，二三其德
- 彼蒼者天，殲我良人，如可贖兮，人百其身
- 我生之初，尚無為；我生之後，逢此百罹
- 我生不辰，逢天僤怒
- 誰生厲階？至今為梗

◆邇之事父，遠之事君

- 乃生男子，載寢之床，載衣之裳，載弄之璋
- 乃生女子，載寢之地，載衣之裼，載弄之瓦
- 欲報之德，昊天罔極
- 文王初載，天作之合
- 我送舅氏，曰至渭陽。何以贈之，路車乘黃
- 委蛇委蛇，退食自公
- 不忮不求，何用不臧？
- 常棣之華，鄂不韡韡。凡今之人，莫如兄弟
- 兄弟鬩于牆，外禦其務
- 夜如何其？夜未央

- 維桑與梓，必恭敬止
- 天生烝民，有物有則。民之秉彝，好是懿德
- 令儀令色，小心翼翼
- 既明且哲，以保其身
- 柔亦不茹，剛亦不吐
- 德輶如毛，民鮮克舉之
- 允文允武，昭假烈祖
- 黃髮鮐背，壽胥與試
- 好樂無荒，良士瞿瞿

◆多識於鳥獸草木之名

- 關關雎鳩，在河之洲。窈窕淑女，君子好逑
- 螽斯羽，詵詵兮。宜爾子孫，振振兮
- 蒹葭蒼蒼，白露為霜。所謂伊人，在水一方
- 野有死麕，白茅包之。有女懷春，吉士誘之
- 焉得諼草，言樹之背
- 視爾如荍，貽我握椒
- 蜉蝣之羽，衣裳楚楚。心之憂矣，於我歸處
- 豈其食魚，必河之魴？豈其取妻，必齊之姜？
- 吉夢維何？維熊維羆，維虺維蛇
- 鳶飛戾天，魚躍于淵
- 彼有不穫穉，此有不斂穧；彼有遺秉，此有滯穗
- 既方既阜，既堅既好，不稂不莠
- 蔦與女蘿，施于松柏

- 鳳皇于飛，翽翽其羽，亦集爰止
- 誰謂鼠無牙，何以穿我墉？

◆不學詩，無以言

- 如切如磋，如琢如磨
- 出其東門，有女如雲
- 穀則異室，死則同穴。謂予不信，有如皦日
- 人之多言，亦可畏也
- 風雨如晦，雞鳴不已
- 彼狡童兮，不與我食兮。維子之故，使我不能息兮
- 迨天之未陰雨，徹彼桑土，綢繆牖戶
- 揚之水，白石鑿鑿
- 錦衣狐裘，顏如渥丹
- 是究是圖，亶其然乎？
- 伐木丁丁，鳥鳴嚶嚶。出自幽谷，遷於喬木
- 蕭蕭馬鳴，悠悠旆旌
- 我視謀猶，伊于胡厎
- 發言盈庭，誰敢執其咎
- 不敢暴虎，不敢馮河
- 如臨深淵，如履薄冰
- 如跂斯翼，如矢斯棘，如鳥斯革，如翬斯飛
- 他人有心，予忖度之。躍躍毚兔，遇犬獲之
- 蛇蛇碩言，出自口矣。巧言如簧，顏之厚矣
- 維南有箕，不可以簸揚，維北有斗，不可以挹酒漿

- 人亦有言，進退維谷
- 日就月將，學有緝熙于光明
- 白圭之玷，尚可磨也；斯言之玷，不可為也

◆思無邪

- 思無邪，思馬斯徂
- 我心匪石，不可轉也。我心匪席，不可卷也
- 我思古人，實獲我心
- 南有嘉魚，烝然罩罩。君子有酒，嘉賓式燕以樂
- 靜女其姝，俟我於城隅。愛而不見，搔首踟躕
- 之死矢靡它
- 巧笑倩兮，美目盼兮
- 青青子衿，悠悠我心
- 宜言飲酒，與子偕老。琴瑟在御，莫不靜好
- 言念君子，溫其如玉。在其板屋，亂我心曲
- 豈曰無衣？與子同袍
- 有美一人，清揚婉兮。邂逅相遇，適我願兮
- 心乎愛矣，遐不謂矣？中心藏之，何日忘之！
- 殷鑒不遠，在夏后之世
- 維天之命，於穆不已
- 高山仰止，景行行止

《宋詞》100句

◆昨夜西風凋碧樹

・山映斜陽天接水，芳草無情，更在斜陽外
・昨夜西風凋碧樹，獨上高樓，望盡天涯路
・春風不解禁楊花，濛濛亂撲行人面
・當年不肯嫁春風，無端卻被秋風誤
・煙柳畫橋，風簾翠幕，參差十萬人家
・荏苒一枝春，恨東風、天似人遠
・東風且伴薔薇住，到薔薇，春已堪憐
・分明一覺華胥夢，回首東風淚滿衣
・簾捲西風，人比黃花瘦
・回首向來蕭瑟處，歸去，也無風雨也無晴
・多少六朝興廢事，盡入漁樵閒話
・東風又作無情計，豔粉嬌紅吹滿地
・嘆西園，已是花深無地，東風何事又惡

◆似花還似非花

・綠楊煙外曉寒輕，紅杏枝頭春意鬧
・蜂愁蝶恨，小窗閑對芭蕉展
・無可奈何花落去，似曾相識燕歸來
・算好春長在，好花長見，原只是、人憔悴
・記取明年，薔薇謝後，佳期應未誤行雲
・綠楊芳草幾時休？淚眼愁腸先已斷
・庭院深深深幾許？楊柳堆煙，簾幕無重數
・斷腸片片飛紅，都無人管
・消幾番、花開花落，老了玉關豪傑
・花無人戴、酒無人勸、醉也無人管
・知否？知否？應是綠肥紅瘦
・似花還似非花，也無人惜從教墜
・渡頭楊柳青青，枝枝葉葉離情
・落花人獨立，微雨燕雙飛
・綠蕪牆繞青苔院，中庭日淡芭蕉捲
・梧桐葉上三更雨，葉葉聲聲是別離
・戀樹濕花飛不起，愁無際，和春付與東流水

◆落花風雨更傷春

・豈知聚散難期，翻成雨恨雲愁
・酒杯深淺去年同，試澆橋下水，今夕到湘中
・落花風雨更傷春，不如憐取眼前人
・雨恨雲愁，江南依舊稱佳麗
・水是眼波橫，山是眉峰聚
・舊恨春江流不盡，新恨雲山千疊
・千古興亡多少事，悠悠。不盡長江滾滾流
・爭渡！爭渡！驚起一灘鷗鷺
・爭鴻過盡，萬千心事難寄
・漸行漸遠漸無書，水闊魚沉何處問
・明朝事與孤煙冷，做滿湖，風雨愁人

- 霜紅罷舞、漫山色青青，霧朝煙暮
- 後不如今今非昔，兩無言，相對滄浪水
- 大江東去，浪淘盡，千古風流人物
- 小舟從此逝，江海寄餘生
- 一寸狂心未說，已向橫波覺
- 欲盡此情書尺素，浮雁沉魚，終了無憑據
- 今歲清明逢上巳，相思先到濺裙水

◆月滿西樓憑闌久

- 今宵酒醒何處？楊柳岸，曉風殘月
- 月滿西樓憑闌久，依舊歸期未定
- 錦瑟年華誰與度？月橋花院，瑣窗朱戶
- 月上柳梢頭，人約黃昏後
- 小樓西角斷虹明，闌干倚處，待得月華生
- 月又漸低霜又下，更闌，折得梅花獨自看
- 但願人長久，千里共嬋娟
- 與余同是識翁人，惟有西湖波底月
- 初將明月比佳期，長向月圓時候、望人歸
- 霧失樓台，月迷津渡，桃源望斷無尋處
- 夜月一簾幽夢，春風十里柔情
- 自是休文，多情多感，不干風月
- 落絮無聲春墮淚，行雲有影月含羞

◆斯人獨憔悴

- 嘆年華一瞬，人今千里，夢沉書遠
- 欲說又休，慮乖芳信；未歌先噎，愁近清觴
- 君知否？亂鴉啼後，歸興濃如酒
- 天涯夢短，想忘了、綺疏雕檻
- 臨晚鏡，傷流景，往事後期空記省
- 扣舷獨嘯，不知今夕何夕
- 了卻君王天下事，贏得生前身後名
- 愛上層樓，為賦新詞強說愁
- 啼鳥還知如許恨，料不啼清淚長啼血
- 年華空自感飄零，擁春酲，對誰醒
- 常恨世人新意少，愛說南朝狂客
- 物是人非事事休，欲語淚先流
- 凝眸處，從今又添，一段新愁
- 這次第，怎一個愁字了得
- 寂寞深閨，柔腸一寸愁千縷
- 愁腸已斷無由醉，酒未到，先成淚
- 誰見幽人獨往來，飄緲孤鴻影
- 簾外誰來推繡戶？枉教人，夢斷瑤台曲
- 欲將沉醉換悲涼，清歌莫斷腸
- 荳蔻梢頭舊恨，十年夢、屈指堪驚
- 多少梨園聲在，總不堪華髮
- 人愁春老，愁只是、人間有
- 覽景想前歡，指神京，非煙非霧深處

◆兩情若是久長時

- 衣帶漸寬終不悔，為伊消得人憔悴
- 兩情若是久長時，又豈在朝朝暮暮
- 天涯地角有窮時，只有相思無盡處
- 心似雙絲網，中有千千結
- 美人不用斂蛾眉，我亦多情，無奈酒闌時
- 拚則而已拚了，忘則怎生便忘得
- 十年一夢淒涼。似西湖燕去，吳館巢荒
- 驀然回首，那人卻在，燈火闌珊處
- 欲往也、留無計；欲去也、來無計
- 十年生死兩茫茫，不思量，自難忘
- 笑漸不聞聲漸悄，多情卻被無情惱
- 此情無計可消除，才下眉頭，卻上心頭
- 只願君心似我心，並不負相思意
- 無處說相思，背面秋千下
- 一懷愁緒，幾年離索。錯！錯！錯
- 相見爭如不見，有情何似無情

《唐詩》100句

◆二月春風似剪刀

- 年年歲歲花相似，歲歲年年人不同
- 不知細葉誰裁出，二月春風似剪刀
- 花徑不曾緣客掃，蓬門今始為君開
- 丹青不知老將至，富貴於我如浮雲
- 正是江南好風景，落花時節又逢君
- 飄飄何所似？天地一沙鷗
- 葡萄美酒夜光杯，欲飲琵琶馬上催
- 十年一覺揚州夢，贏得青樓薄倖名
- 春城無處不飛花，寒食東風御柳斜
- 花開堪折直須折，莫待無花空折枝
- 晚來天欲雪，能飲一杯無
- 我醉君復樂，陶然共忘機
- 舉杯邀明月，對影成三人
- 天生我材必有用，千金散盡還復來
- 欲取鳴琴彈，恨無知音賞

◆坐看雲起時

- 江畔何人初見月？江月何年初照人
- 亂山殘雪夜，孤獨異鄉人
- 無邊落木蕭蕭下，不盡長江滾滾來
- 吳楚東南坼，乾坤日夜浮
- 空山新雨後，天氣晚來秋
- 深林人不知，明月來相照
- 行到水窮處，坐看雲起時
- 空山不見人，但聞人語響
- 初因避地去人間，及至成仙遂不還
- 念天地之悠悠，獨愴然而涕下

- 夕陽無限好，只是近黃昏
- 永憶江湖歸白髮，欲迴天地入扁舟
- 同是天涯淪落人，相逢何必曾相識
- 欲窮千里目，更上一層樓
- 鳳凰臺上鳳凰遊，鳳去臺空江自流
- 一夫當關，萬夫莫開
- 迴看天際下中流，巖上無心雲相逐

◆朱門酒肉臭

- 大庇天下寒士俱歡顏，風雨不動安如山
- 朱門酒肉臭，路有凍死骨
- 庾信平生最蕭瑟，暮年詩賦動江關
- 人生有情淚沾臆，江水江花豈終極
- 感時花濺淚，恨別鳥驚心
- 出師未捷身先死，長使英雄淚滿襟
- 可憐夜半虛前席，不問蒼生問鬼神
- 長安一片月，萬戶擣衣聲
- 安能摧眉折腰事權貴，使我不得開心顏
- 商女不知亡國恨，隔江猶唱後庭花
- 人生由命非由他，有酒不飲奈明何
- 人事有代謝，往來成古今
- 舊時王謝堂前燕，飛入尋常百姓家
- 天地英雄氣，千秋尚凜然
- 少年十五二十時，步行奪得胡馬騎

◆此物最相思

- 少小離家老大回，鄉音無改鬢毛衰
- 香霧雲鬟濕，清輝玉臂寒
- 死別已吞聲，生別長惻惻
- 冠蓋滿京華，斯人獨憔悴
- 人生不相見，動如參與商
- 露從今夜白，月是故鄉明
- 近鄉情更怯，不敢問來人
- 海上生明月，天涯共此時
- 長相思，摧心肝
- 春風不相識，何事入羅幃
- 君自故鄉來，應知故鄉事
- 遙知兄弟登高處，遍插茱萸少一人
- 願君多採擷，此物最相思
- 慈母手中線，遊子身上衣
- 身無綵鳳雙飛翼，心有靈犀一點通
- 直道相思了無益，未妨惆悵是輕狂
- 此情可待成追憶，只是當時已惘然
- 春心莫共花爭發，一寸相思一寸灰
- 春蠶到死絲方盡，蠟炬成灰淚始乾
- 芳心向春盡，所得是沾衣
- 誠知此恨人人有，貧賤夫妻百事哀
- 曾經滄海難為水，除卻巫山不是雲
- 天長地久有時盡，此恨綿綿無絕期

- 共看明月應垂淚，一夜鄉心五處同

◆雲想衣裳花想容

- 三月三日天氣新，長安水邊多麗人
- 但見新人笑，那聞舊人哭
- 春風十里揚州路，卷上珠簾總不如
- 東風不與周郎便，銅雀春深鎖二喬
- 銀燭秋光冷畫屏，輕羅小扇撲流螢
- 洛陽女兒對門居，纔可容顏十五餘
- 賤日豈殊眾，貴來方悟稀
- 波瀾誓不起，妾心井中水
- 嫦娥應悔偷靈藥，碧海青天夜夜心
- 無端嫁得金龜婿，辜負香衾事早朝
- 妝罷低聲問夫婿，畫眉深淺入時無
- 嫁得瞿塘賈，朝朝誤妾期
- 忽見陌頭楊柳色，悔教夫婿覓封侯
- 雲想衣裳花想容，春風拂檻露華濃

◆西出陽關無故人

- 海內存知己，天涯若比鄰
- 別來滄海事，語罷暮天鐘
- 不知何處吹蘆管，一夜征人盡望鄉
- 浮雲一別後，流水十年間
- 聞道欲來相問訊，西樓望月幾回圓
- 相送情無限，沾襟比散絲
- 人生在世不稱意，明朝散髮弄扁舟
- 孤帆遠影碧空盡，惟見長江天際流
- 浮雲遊子意，落日故人情
- 野火燒不盡，春風吹又生
- 勸君更進一杯酒，西出陽關無故人
- 還將兩行淚，遙寄海西頭
- 洛陽親友如相問，一片冰心在玉壺
- 秦時明月漢時關，萬里長征人未還
- 羌笛何須怨楊柳，春風不度玉門關

《戰國策》100句

◆安身立命之策

- 貴其所以貴者貴
- 事有不可知者，有不可不知者；有不可忘者，有不可不忘者
- 無功不當封
- 鷸蚌相爭，漁翁得利
- 鬼且不知也
- 螻蟻得意焉
- 毛羽未豐不可以高飛
- 誹在己，譽在上
- 其變不可勝數也

- 前事不忘，後事之師
- 狡兔三窟，高枕無憂
- 三戰三勝而國危
- 俟河之清，人壽幾何？
- 立德立功立言

◆處世應對之策

- 言者異，則人心變
- 普天之下，莫非王土；率土之濱，莫非王臣
- 勝而不驕，約而不忿
- 前倨而後卑
- 鳥集烏飛，兔興馬逝
- 同欲者相憎，同憂者相親
- 一國三公，吾誰適從
- 美女破舌，美男破老
- 轉禍而為福，因敗而為功
- 布衣之怒，流血五步
- 以酒亡國，以色亡國
- 以是為非，以非為是
- 出君之口，入臣之耳
- 計不決者名不成
- 鳳凰于飛，五世其昌
- 我能往，寇亦能往
- 名不可兩立，行不可兩全
- 忠臣不事二君，貞女不更二夫
- 我無爾詐，爾無我虞
- 父教子貳，何以事君
- 人誰無過，過而能改，善莫大焉
- 有黨必有讎
- 皮之不存，毛將安傅
- 欲加之罪，其無辭乎
- 朝不及夕，何以待君
- 匹夫無罪，懷璧其罪
- 人各有偶，齊大非偶
- 多行不義必自斃

◆領導統籌之策

- 一梟之不如，不勝五散
- 不為爵勸，不為祿勉
- 見可而進，知難而退
- 戰勝於朝廷
- 君臣無禮，而上下無別
- 一鼓作氣，再而衰，三而竭
- 挾天子以令天下
- 去邪無疑，任賢勿貳
- 舌以柔存，齒以剛亡
- 末大必折，尾大不掉
- 人心之不同，如其面焉
- 眾怒難犯，專欲難成

- 愛之如父母，仰之如日月，敬之如神明，畏之如雷霆
- 食指大動，染指於鼎
- 師克在和不在眾
- 善不可失，惡不可長

◆**經營管理之策**

- 數戰則民勞，久師則兵弊
- 積羽沉舟，眾口鑠金
- 貴不與富期，而富至
- 堯無三夫之分，舜無咫尺之地
- 一而當十，十而當百
- 戰勝無加，不勝則死
- 為名者攻其心，為實者攻其形
- 上不可則行其中，中不可則行其下
- 將欲取之，必姑與之
- 良商不與人爭價
- 法古不足以制今
- 治大者不治小
- 十年生聚，十年教訓
- 禍福無門，唯人所召
- 唯器與名，不可以假人
- 耳不聽五聲之和為聾
- 天生民而樹之君
- 春蒐、夏苗、秋獮、冬狩
- 施恩於窮士

◆**待人接物之策**

- 鳳凰不翔，麒麟不至
- 人事已盡，鬼事未聞
- 有實無名，有名無實
- 君子殺身以成名
- 曾參殺人，慈母不能信
- 三人成虎，十夫楺椎
- 賞必加於有功，刑必斷於有罪
- 耳不聰，目不明
- 弗知而言為不智，知而不言為不忠
- 一發不中，前功盡棄
- 伯樂相馬，身價十倍
- 烏非烏，鵲非鵲
- 交淺者不可以言深
- 無妄之福，無妄之禍
- 食貴於玉，薪貴於桂
- 驅群羊而攻猛虎
- 請而不得，有悅色
- 以財交者，財盡而交絕
- 惡小恥者不能立榮名
- 苟無民，何以有君？
- 篳路藍縷，以啟山林

- 風馬牛不相及
- 伯樂之知己

《世說新語》100句

◆人生貴得適意爾——瀟灑人生

- 一飲一斛，五斗解酲
- 使我有身後名，不如即時一杯酒
- 胸中壘塊，故須酒澆之
- 三日僕射
- 名士不必須奇才，但使常得無事
- 箕山之志
- 丈人不悉恭，恭作人無長物
- 一手持蟹螯，一手持酒杯，拍浮酒池中，便足了一生
- 日莫倒載歸，酩酊無所知
- 青州從事，平原督郵
- 何可一日無此君
- 人生貴得適意爾，何能羈宦數千里以要名爵
- 東床上坦腹臥，如不聞
- 既有凌霄之姿，何肯為人作耳目近玩
- 舉卻阿堵物
- 未聞巢、由買山而隱
- 天地為棟宇，屋室為褌衣
- 楓柳雖合抱，亦何所施
- 禮豈為我輩設也
- 會心處不必在遠

◆聞所見而來，見所見而去——妙語如珠

- 不問馬，何由知其數
- 侯王得一以為天下貞
- 戰戰惶惶，汗出如漿
- 我曬書
- 山不高則不靈，淵不深則不清
- 官本是臭腐，財本是糞土
- 郗生可謂入幕賓也
- 聞所聞而來，見所見而去
- 顛倒衣裳
- 惠子其書五車，何以無一言入玄
- 若人死有鬼，衣服復有鬼邪
- 時無豎刁，故不貽陶公話言
- 小時了了，大未必佳
- 我常自教兒
- 臣猶吳牛，見月而喘
- 簸之揚之，糠秕在前；洮之汰之，砂礫在後
- 管中窺豹，時見一斑
- 譬如人眼中有瞳子，無此必不明
- 卿試擲地，要作金石聲
- 婦有四德，士有百行

- 盲人騎瞎馬，夜半臨深池

◆親卿愛卿，是以卿卿——情之所鍾

- 已無延陵之高，豈可有喪明之責
- 純孝之報
- 試守孝子
- 生縱不得與郗郎同室，死寧不同穴
- 親卿愛卿，是以卿卿；我不卿卿，誰當卿卿
- 情之所鍾，正在我輩
- 肝腸寸斷
- 慎勿為好
- 鼻如廣莫長風，眼如懸河決溜
- 床下蟻動，謂是牛鬥
- 本是同根生，相煎何太急
- 未知文生於情，情生於文

◆潘岳有姿容——容貌形體

- 珠玉在側，覺我形穢
- 看殺衛玠
- 潘岳妙有姿容
- 蜂目已露，豺聲未振
- 蒲柳之姿，望秋而落；松柏之質，經霜彌茂
- 未若柳絮因風起
- 傳神寫照，正在阿堵中

- 手揮五弦易，目送歸鴻難

◆甯為蘭摧玉折，不作蕭敷艾榮——處事原則

- 富與貴是人之所欲，不以其道得之不處
- 焉得登枝而捐其本
- 甯為蘭摧玉折，不作蕭敷艾榮
- 雖不言，而四時之氣亦備
- 明鏡疲於屢照，清流憚於惠風
- 知邪徑之速，不慮失道之迷
- 割席分坐
- 吾懼董狐將執簡而進矣
- 犯上難，攝下易
- 皮裡陽秋
- 上人著百尺樓上，儋梯將去
- 損有餘，補不足，天之道也
- 我以第一理期卿，卿莫負我
- 內舉不失其子，外舉不失其讎
- 以小人之慮，度君子之心
- 可以理奪，難以情求
- 覆巢之下，復有完卵乎

◆明府當為黑頭公——亂世領袖

- 牀頭捉刀人，此乃英雄也
- 明府當為黑頭公

- 後來領袖有裴秀
- 山濤不學孫、吳，而闇與之理會
- 時月不見黃叔度，則鄙吝之心已復生矣
- 卓卓如野鶴之在雞群
- 元方難為兄，季方難為弟
- 言談之林藪
- 荀君清識難尚，鍾君至德可師
- 爛若披錦；排沙簡金
- 生兒不當如王夷甫邪
- 桂樹焉知泰山之高，淵泉之深

◆東山之志——仕途實踐

- 老驥伏櫪，志在千里
- 既不能流芳後世，亦不足復遺臭萬載邪
- 東山之志
- 夜光之珠，不必出於孟津之河
- 以爾為柱石之臣，莫傾人棟梁
- 駑馬有逸足之用，駑牛可以負重致遠
- 窮猿奔林，豈暇擇木
- 罪同胥靡，不能發明王之夢
- 風景不殊，舉目有山河之異

《莊子》100句

◆方生方死，方死方生

- 以生為附贅縣疣，以死為疣潰癰
- 安時而處順，哀樂不能入也
- 方生方死，方死方生
- 瞻彼闋者，虛室生白，吉祥止止
- 以汝為鼠肝乎？以汝為蟲臂乎？
- 有駭形而無損心，有旦宅而無情死
- 身在江海之上，心居乎魏闕之下
- 天地，一指也；萬物，一馬也
- 以天地為大鑪，以造化為大冶
- 莊周夢為胡蝶，栩栩然胡蝶也
- 望之似木雞矣，其德全矣
- 自其異者視之，肝膽楚越也；自其同者視之，萬物皆一也
- 不知其不勝任也，是其才之美者也
- 夫迹，履之所出，而豈履哉

◆以天地為棺槨，以日月為連璧

- 天下之水，莫大於海
- 自細視大者不盡，自大視細者不明
- 以天地為棺槨，以日月為連璧
- 夜半有力者負之而走
- 知不可奈何而安之若命，唯有德者能之

• 肌膚若冰雪，淖約若處子
• 螳蜋執翳而搏之，見得而忘其形；異鵲從而利之，見利而忘其真
• 人生天地之間，若白駒之過郤，忽然而已
• 天無私覆，地無私載
• 天地與我並生，萬物與我為一

◆至道之精，窈窈冥冥；至道之極，昏昏默默

• 博之不必知，辯之不必慧
• 人莫鑑於流水，而鑑於止水，唯止能止眾止
• 以神遇而不以目視
• 用志不分，乃凝於神
• 大塊載我以形
• 吾生也有涯，而知也無涯
• 其耆欲深者，其天機淺
• 指窮於為薪，火傳也，不知其盡也
• 道隱於小成，言隱於榮華
• 至道之精，窈窈冥冥；至道之極，昏昏默默
• 伯樂善治馬，陶匠善治埴木
• 聖人不死，大盜不止
• 盜亦有道

◆君子之交淡若水，小人之交甘若醴

• 相呴以溼，相濡以沫
• 相視而笑，莫逆於心
• 自埋於民，自藏於畔
• 棄千金之璧，負赤子而趨
• 君子之交淡若水，小人之交甘若醴
• 彼游方之外者也，而丘游方之內者也
• 同類相從，同聲相應
• 士有道德不能行，憊也；衣弊履穿，貧也，非憊也
• 脣竭則齒寒

◆得魚忘荃，得兔忘蹄；得意忘言

• 惠施多方，其書五車，其道舛駁，其言也不中
• 非梧桐不止，非練實不食，非醴泉不飲
• 終身役役而不見其成功，苶然疲役而不知其所歸
• 莫壽於殤子，而彭祖為夭
• 得魚忘荃；得兔忘蹄；得意忘言
• 予惡乎知說生之非惑邪
• 去小知而大知明，去善而自善矣
• 吾守形而忘身，觀於濁水而迷於清淵
• 鉤繩規矩，繩約膠漆
• 知遇而不知所不遇，知能能而不能所不能
• 兩喜必多溢美之言，兩怒必多溢惡之言
• 大而無當，往而不反
• 視而可見者，形與色也；聽而可聞者，名與聲也
• 大浸稽天而不溺，大旱金石流土山焦而不熱

- 形固可使如槁木，而心固可使如死灰乎
- 榮辱立，然後睹所病；貨財聚，然後睹所爭
- 事若不成，則必有人道之患；事若成，則必有陰陽之患
- 巧者勞而知者憂，無能者無所求
- 養志者忘形，養形者忘利，致道者忘心矣
- 不賞而民勸，不罰而民畏
- 無思無慮始知道，無處無服始安道，無從無道始得道

◆其於游刃必有餘地矣

- 周將處乎材與不材之間
- 依乎天理，批大郤，導大窾，因其固然
- 天地有大美而不言
- 山木自寇，膏火自煎
- 以火救火，以水救水
- 庖人雖不治庖，尸祝不越樽俎而代之矣
- 其於游刃必有餘地矣
- 為善無近名，為惡無近刑
- 舉世而譽之而不加勸，舉世而非之而不加沮
- 不徐不疾，得之於手而應於心
- 大道不稱，大辯不言，大仁不仁，大廉不嗛，大勇不忮

◆騏驥驊騮，一日而馳千里

- 摶扶搖而上
- 朝菌不知晦朔，蟪蛄不知春秋
- 褚小者不可以懷大，綆短者不可以汲深
- 井蛙不可以語於海者，夏蟲不可以語於冰者
- 鷦鷯巢於深林，不過一枝；偃鼠飲河，不過滿腹
- 豹養其內而虎食其外，毅養其外而病攻其內
- 騏驥驊騮，一日而馳千里
- 鳥獸不厭高，魚鱉不厭深
- 不辯牛馬
- 入獸不亂群，入鳥不亂行
- 瞽者無以與乎文章之觀，聾者無以與乎鐘鼓之聲
- 背負青天而莫之夭閼者，而後乃今將圖南

《資治通鑑》100句

◆惟賢惟德可以服人

- 非但君擇臣，臣亦擇君
- 戮一人而千萬人懼
- 舉大事者不忌小怨
- 推赤心置人腹中
- 千人所指，無病而死
- 臣門如市，臣心如水
- 太倉之粟，陳陳相因
- 法削則國弱
- 廷尉，天下之平也
- 勿以惡小而為之，勿以善小而不為

- 天子無戲言
- 天與不取，悔不可追
- 得主者昌，失主者亡
- 亂世之奸雄
- 天知地知你知我知
- 水清無大魚
- 車如流水，馬如游龍
- 不能流芳百世，亦當遺臭萬年
- 朝聞道，夕死可矣
- 年在天，位在人
- 百戰百勝而無尺寸之功
- 良藥苦口，唯病者能甘之；忠言逆耳，唯達者能受之
- 止謗莫如自修
- 人君不親小事

◆苟能識人，何患無才

- 攀龍鱗，附鳳翼
- 苟能識人，何患無才？
- 刀筆吏不可以為公卿
- 招之不來，揮之不去
- 有必勝之將，無必勝之民
- 君仁則臣直
- 苟全性命於亂世，不求聞達於諸侯
- 車載斗量，不可勝數

- 死生不易之誓
- 趙子龍一身是膽
- 但有斷頭將軍，無降將軍
- 士別三日，刮目相待
- 終非池中之物
- 識時務者為俊傑
- 志大而智小，色厲而膽薄
- 有何面目立於天下
- 鷹鸇不若鸞鳳
- 畫虎不成反類狗
- 師臣者帝，賓臣者霸
- 知子莫若父
- 父子兄弟罪不相及
- 良臣如猛虎
- 我不殺伯仁，伯仁由我而死
- 貂不足，狗尾續
- 上品無寒門，下品無勢族
- 立子以長不以賢
- 人心不同，各如其面
- 名如畫地作餅，不可啖也
- 巧詐不如拙誠
- 羊質虎皮，見草而悅，見豺則戰
- 腐木不可以為柱，人婢不可以為主

◆天下乃天下人之天下

- 人思明君，猶赤子之慕慈母
- 貧無立錐之地
- 君者舟也，民者水也
- 天生民而樹之君
- 何不食肉糜
- 非我族類，其心必異
- 治世以大德，不以小惠
- 天下乃天下人之天下
- 雖讎必賞，雖親必罰

◆智者避危於無形

- 窮達有命，吉凶由人
- 智者避危於無形
- 君子見幾而作，不俟終日
- 以三寸舌為帝者師
- 暴得大名者不祥
- 抱薪救火，薪不盡，火不滅
- 白龍魚服，白蛇自放
- 百戰百勝不如不戰而屈人之兵
- 冰炭不可同器
- 其愚不可及
- 神龍失勢，與蚯蚓同
- 卿本佳人，奈何從賊
- 司馬昭之心，路人皆知
- 百足之蟲，至死不僵
- 豺狼當路，安問狐狸

◆不入虎穴，不得虎子

- 有志者事竟成
- 失之東隅，收之桑榆
- 百聞不如一見
- 見可而進，知難而退
- 鞠躬盡瘁，死而後已
- 疾雷不及掩耳
- 強弩之末勢不能穿魯縞
- 不入虎穴，不得虎子
- 吉凶有命，禍福由人
- 風聲鶴唳，草木皆兵

◆富貴不淫，貧賤不移

- 糟糠之妻不下堂
- 窮當益堅，老當益壯
- 賢而多財，則損其志；愚而多財，則益其過
- 人生如朝露
- 貧不學儉，卑不學恭
- 既得隴，復望蜀
- 登龍門

- 生而富者驕，生而貴者傲
- 受降如受敵
- 未知鹿死誰手
- 危可使安，死可使活，貴可使賤，生可使殺

《資治通鑑》100句（續編）

◆用兵遣將

- 先發制人，後發制於人
- 死中求生，敗中取勝
- 三十六策，走為上策
- 遠水不救近火
- 前事不忘，後事之師
- 上馬能擊賊，下馬作露版
- 乘長風破萬里浪
- 天苟棄之，不患不亡
- 攻則不足，守則有餘
- 將欲取之，必固與之
- 毒蛇螫手，壯士解腕
- 上不上，下不下
- 克敵之要，在乎將得其人；馭將之方，在乎操得其柄
- 存亡之機，間不容髮
- 機不可失，時不再來
- 事成於果決而敗於猶豫
- 霸國無貧主，強將無弱兵

◆治國愛民

- 省官不如省事
- 吉凶由人，不在於地
- 天無不覆，地無不載
- 天時地利不及人和
- 同舟而濟，胡越一心
- 作者不居，居者不作
- 兄弟輯睦，則祚流萬世；若內自相圖，則禍不旋踵
- 數戰則民疲，數勝則主驕，以驕主御疲民，未有不亡者也
- 水能載舟，亦能覆舟
- 飢者易為食，渴者易為飲
- 王者視四海如一家
- 刻民以奉君，猶割肉以充腹，腹飽而身斃，君富而國亡
- 國以民為本，民以食為天
- 錢用盡更來，機事一失不可復追
- 取之有度，用之有節，則常足；取之無度，用之無節，則常不足
- 物極則反，器滿則傾
- 百姓安則樂其生，不安則輕其死
- 知用兵之術，不知為天下之道
- 足寒傷心，民怨傷國
- 舉大事者不顧家

- 治國譬如治家，耕當問奴，織當訪婢
- 去河北賊易，去朝廷朋黨難
- 物不極則不反，惡不極則不亡

◆賞罰分明

- 有功必賞，有罪必罰
- 無賞無罰，雖堯舜不能為治
- 軍無賞，士不往
- 赦者小人之幸，君子之不幸
- 法一動搖，人無所措手足
- 取法於上，僅得其中；取法於中，不免為下
- 父子兄弟罪不相及
- 愛之適足以傷之
- 賞姦，非義也；殺降，非信也

◆用人識人

- 疑則勿任，任則勿疑
- 姸皮不裹癡骨
- 先因小忠而成其大不忠，先藉小信而成其大不信
- 雖君子不能無小過
- 疾風知勁草，板蕩識誠臣
- 用一君子，則君子皆至；用一小人，則小人競進
- 將門必有將，相門必有相
- 罄南山之竹，書罪無窮；決東海之波，流惡難盡
- 明主勞於求人而逸於任人
- 口有蜜，腹有劍
- 唯名與器不可以假人
- 士可殺不可辱
- 天下本無事，但庸人擾之耳
- 人之慕名，如水趨下，上有所好，下必甚焉
- 可與同憂，不可與共樂
- 君子與小人之不相容，猶冰炭之不可同器而處

◆廣納建言

- 可與為善，可與為惡
- 受爵天朝，拜恩私第
- 棄萬乘如脫屣
- 城門失火，殃及池魚
- 所憂在心腹，何暇治疥癬
- 成大功者不謀於眾
- 王者可私人以財，不私人以官
- 鑒形莫如止水，鑒敗莫如亡國
- 親君子，遠小人，納忠諫，屏讒慝，省作役，止遊畋
- 兼聽則明，偏信則暗
- 金剛不壞之身
- 大功之後，逸欲易生

◆自我修為

- 兩姑之間難為婦

- 護其所短，衿其所長
- 寧可玉碎，何能瓦全
- 知己之短，不掩人之長
- 聞名不如見面
- 一心可以事百君
- 貧賤常思富貴，富貴必履危機
- 一之謂甚，其可再乎
- 寧使人負我，我不忍負人
- 王者無戲言
- 富貴不歸故鄉，如衣繡夜行
- 鬱鬱不得志
- 用筆在心，心正則筆正
- 弱之肉，強之食
- 知過非難，改過為難；言善非難，行善為難
- 不癡不聾，不做家翁
- 以天下為己任
- 陰陽書本不言帝王家
- 聲色狗馬之友
- 一飯之恩，睚之怨必報
- 蛟龍失水，螻蟻足以制之
- 揚揚自得無愧色
- 美女如雲，金帛如山

《昭明文選》100句

◆有龍泉之利，乃可以議其斷割——論說篇

- 蓋踵其事而增華，變其本而加厲
- 事出於沉思，義歸乎翰藻
- 得士者強，失士者亡
- 水至清則無魚，人至察則無徒
- 肝腦塗中原，膏液潤野草，而不辭也
- 一勞而久逸，暫費而永寧也
- 文人相輕，自古而然
- 咸以自騁驥騄於千里，仰齊足而並馳
- 絲竹並奏，酒酣耳熱，仰而賦詩
- 懷文抱質，恬淡寡欲，有箕山之志，可謂彬彬君子者矣
- 痛知音之難遇，傷門人之莫逮
- 人人自謂握靈蛇之珠，家家自謂抱荊山之玉
- 有南威之容，乃可以論其淑媛；有龍泉之利，乃可以議其斷割
- 蘭茝蓀蕙之芳，眾人所好，而海畔有逐臭之夫
- 夫街談巷說，必有可采；擊轅之歌，有應風雅
- 斬木為兵，揭竿為旗
- 已嗜臭腐，養鴛雛以死鼠也
- 忘歡而後樂足，遺生而後身存
- 明者見危於無形，智者規福於未萌
- 大兵一放，玉石俱碎
- 棄燕雀之小志，慕鴻鵠以高翔

- 非必絲與竹，山水有清音
- 小隱隱陵藪，大隱隱朝市
- 遊子殉高位於生前，志士思垂名於身後
- 度白雪以方絜，干青雲而直上

◆翩若驚鴻，婉若遊龍——詠人、思人篇

- 東家之子，增之一分則太長，減之一分則太短
- 嫣然一笑，惑陽城，迷下蔡
- 巫山之陽，高丘之阻。旦為朝雲，暮為行雨
- 顧形影，自整裝，順微風，揮若芳
- 美人贈我金錯刀，何以報之英瓊瑤
- 客從遠方來，遺我雙鯉魚
- 見善若驚，疾惡若讎
- 鷙鳥累百，不如一鶚
- 翩若驚鴻，婉若遊龍
- 陵波微步，羅襪生塵
- 丈夫志四海，萬里猶比鄰
- 天地無終極，人命若朝霜
- 凌厲中原，顧盼生姿
- 目送歸鴻，手揮五絃
- 風流雲散，一別如雨
- 望盧思其人，入室想所歷
- 一唱萬夫歎，再唱梁塵飛
- 物無微而不存，體無惠而不亡
- 知音苟不存，已矣何所悲
- 黯然銷魂者，唯別而已矣
- 送君南浦，傷如之何
- 夢中不識路，何以慰相思

◆採菊東籬下，悠然見南山——詠史、詠物、詠山水篇

- 生時等榮樂，既沒同憂患
- 生為百夫雄，死為壯士規
- 世冑躡高位，英俊沉下僚
- 振衣千仞崗，濯足萬里流
- 何世無奇才？遺之在草澤
- 抽簪解朝衣，散髮歸海隅
- 此獨大王之風耳，庶人安得而共之
- 夫風者，天地之氣，溥暢而至，不擇貴賤高下而加焉
- 天地為鑪兮，造化為工；陰陽為炭兮，萬物為銅
- 德人無累，知命不憂
- 裁為合歡扇，團團似明月
- 秋蜩不食，抱樸而長吟兮；玄猿悲嘯，搜索乎其間
- 行無轍迹，居無室廬，幕天席地，縱意所如
- 靜聽不聞雷霆之聲，熟視不覩泰山之形
- 美人邁兮音塵闕，隔千里兮共明月
- 採菊東籬下，悠然見南山
- 眾鳥欣有託，吾亦愛吾廬
- 故山日已遠，風波豈還時

- 池塘生春草，園柳變鳴禽
- 大江流日夜，客心悲未央
- 天際識歸舟，雲中辨江樹
- 餘霞散成綺，澄江靜如練
- 魚戲新荷動，鳥散餘花落

◆生年不滿百，常懷千歲憂——詠懷篇

- 汩余若將不及兮，恐年歲之不吾與
- 惟草木之零落兮，恐美人之遲暮
- 舉賢而授能兮，循繩墨而不陂
- 瞻前而顧後兮，相觀民之計極
- 悲莫悲兮生別離，樂莫樂兮新相知
- 悲哉！秋之為氣也，蕭瑟兮，草木搖落而變衰
- 懸明月以自照兮，徂清夜於洞房
- 少壯不努力，老大乃傷悲
- 徒臨川以羨魚，俟河清乎未期
- 苟縱心於物外，安知榮辱之所如
- 不惜歌者苦，但傷知音稀
- 白楊何蕭蕭，松柏夾廣路
- 人生非金石，豈能長壽考
- 生年不滿百，常懷千歲憂
- 燕趙多佳人，美者顏如玉
- 悲彼東山詩，悠悠使我哀
- 慨當以慷，憂思難忘。何以解憂，唯有杜康
- 被褐懷珠玉，顏閔相與期
- 明月皎照我床，星漢西流夜未央
- 出門無所見，白骨蔽平原
- 登茲樓以四望，聊暇日以銷憂
- 人情同於懷土兮，豈窮達而異心？
- 川閱水以成川，水滔滔而日度；世閱人而為世，人冉冉而行暮
- 親落落而日稀，友靡靡而愈索
- 何巧智之不足，而拙艱之有餘也
- 鬼神莫能要，聖智弗能豫
- 懷夫蕭曹魏邴之相，辛李衛霍之將
- 窺七貴於漢庭，譸一姓之或在
- 人生到此，天道寧論
- 自古皆有死，莫不飲恨而吞聲
- 借問蜉蝣輩，寧知龜鶴年

《六祖壇經》100句

◆人有南北，佛性無南北——禪即平等

- 菩提自性，本來清淨。但用此心，直了成佛
- 下下人有上上智，上上人有沒意智
- 無情亦無種，無性亦無生
- 佛法是不二之法
- 法無四乘，人心自有等差
- 法無頓漸，人有利鈍，故名頓漸

- 明與無明，凡夫見二
- 處凡愚而不減，在聖賢而不增
- 不生不滅，性相如如，常住不遷，名之曰道
- 動用三十六對，出沒即離兩邊
- 來去相因，成中道義
- 其法無二，其心亦然
- 自性若悟，眾生是佛

◆佛法在世間，不離世間覺——禪在人間

- 佛性本無差別，只緣迷悟不同，所以有愚有智
- 凡夫即佛，煩惱即菩提
- 無住無往亦無來，三世諸佛從中出
- 不悟，即佛是眾生，一念悟時，眾生是佛
- 離世覓菩提，恰如求兔角
- 世人性本清淨，萬法從自性生
- 皮肉是色身，色身是宅舍
- 雖去吾千里，如常在吾邊
- 誰知火宅內，元是法中王
- 吾說無常，正是佛說真常之道也
- 不知方便者，猶春池拾礫
- 直道不立文字
- 心地含諸種，普雨悉皆萌
- 諸佛出現，猶示涅槃。有來必去，理亦常然
- 葉落歸根，來時無口
- 有道者得，無心者通

◆佛向性中作，莫向身外求——禪須自悟

- 自性若迷，福何可救
- 一真一切真，萬境自如如。如如之心，即是真實
- 應無所住而生其心
- 若識自本心，見自本性，即名丈夫、天人師、佛
- 自古佛佛惟傳本體，師師密付本心
- 迷時師度，悟了自度
- 不是風動，不是旛動，仁者心動
- 某甲講經，猶如瓦礫，仁者論義，猶如真金
- 即時豁然，還得本心
- 常自見己過，與道即相當
- 自若無道心，闇行不見道
- 功德須自性內見，不是布施供養之所求也
- 佛向性中作，莫向身外求
- 若欲修行，在家亦得，不由在寺
- 學道常於自性觀，即與諸佛同一類
- 諸佛妙理，非關文字
- 我知定慧因，雙修離諸物
- 五八六七果因轉，但用名言無實性
- 不見一法存無見，大似浮雲遮日面
- 聖諦尚不為，何階級之有
- 住心觀淨，是病非禪

- 一具臭骨頭，何為立功課
- 自在神通，游戲三昧
- 和尚坐禪，還見不見
- 道由心悟，豈在坐也
- 有情即解動，無情即不動
- 不見自性外覓佛，起心總是大癡人

◆迷人口說，智者心行——禪重實踐

- 於菩提樹下，開東山法門
- 口念心不行，如幻如化，如露如電
- 迷人口說，智者心行
- 常行十善，天堂便至
- 心平何勞持戒？行直何用修禪？
- 定慧一體，不是二
- 直心是道場，直心是淨土
- 不見人之是非、善惡、過患，即是自性不動
- 前罪既不滅，後過復又生，何名懺悔
- 但信佛無言，蓮花從口發
- 一念心開，是為開佛知見
- 若但勞勞執念，以為功課者，何異犛牛愛尾
- 心迷《法華》轉，心悟轉《法華》
- 三車是假，為昔時故；一乘是實，為今時故
- 經誦三千部，曹溪一句亡
- 諸惡莫作名為戒，諸善奉行名為慧，自淨其意名為定

- 一華開五葉，結果自然成
- 心生種種法生，心滅種種法滅

◆本來無一物，何處惹塵埃——禪無欲求

- 求法即善，覓祖即惡
- 時時勤拂拭，勿使惹塵埃
- 本來無一物，何處惹塵埃
- 行者、行者，我為法來，不為衣來
- 一切即一，一即一切
- 一念愚即般若絕，一念智即般若生
- 離境無生滅，如水常通流
- 於一切法，不取不捨，即是見性成佛道
- 先除十惡，即行十萬；後除八邪，乃過八千
- 若悟無生頓法，見西方只在剎那
- 貪瞋是地獄，愚癡是畜生
- 無念為宗，無相為體，無住為本
- 自心歸依自性，是歸依真佛
- 一燈能除千年暗，一智能滅萬年愚
- 迷人修福不修道，只言修福便是道
- 成一切相即心，離一切相即佛
- 生滅滅已，寂滅為樂
- 惟有過量人，通達無取捨
- 慧能沒伎倆，不斷百思想
- 心地無非自性戒，心地無癡自性慧，心地無亂自性定

- 正劍不邪，邪劍不正
- 湛然常寂，妙用恆沙
- 惡用即眾生用，善用即佛用
- 毀譽不動，哀樂不生
- 真如自性是真佛，邪見三毒是魔王
- 寂寂斷見聞，蕩蕩心無著

《曾國藩家書》100句

◆君子之大過人處——修身篇

- 疑心生則計較多，而出納吝矣；私心生則好惡偏，而輕重乖矣
- 天下之理，滿則招損，亢則有悔
- 凡人無不可為聖賢，絕不繫乎讀書之多寡
- 無故而怨天，則天必不許；無故而尤人，則人必不服
- 學作聖賢，全由自己作主，不與天命相干涉
- 精神愈用則愈出，陽氣愈提則愈盛
- 凶德致敗者約有二端：曰長傲，曰多言
- 做人之道，大抵不外敬恕二字
- 少勞而老逸猶可，少甘而老苦則難矣
- 每日飯後走數千步，是養生家第一祕訣
- 欲去驕字，不輕非笑人；欲去惰字，不晏起
- 立身以不妄語為本
- 人生唯有常是第一美德
- 治心以廣大二字為藥，治身以不藥二字為藥
- 好漢打脫牙和血吞
- 自古聖賢豪傑、文人才士，其豁達光明之胸大略相同
- 強字須從明字做出
- 君子大過人處，只在虛心而已
- 成大事半是天緣半是遷就
- 莫怕寒村，莫怕慳吝，莫貪大方，莫貪豪爽
- 富貴功名，皆人世浮榮，唯胸次浩大，真正受用
- 虛心實力勤苦謹慎八字，盡其在我而已
- 男兒自立，必須有倔強之氣
- 養生以少惱怒為本
- 在自修處求強則可，在勝人處求強則不可
- 俯畏人言，仰畏天命，皆從磨鍊後得來
- 清則易柔，唯志趣高堅，則可變柔為剛
- 君子之道，以知命為第一要務
- 慎獨則心安，主敬則身強
- 天下古今之庸人，皆以一惰字致敗；天下古今之才人，皆以一傲字致敗
- 有德者畏疑謗之無因，而抑然自修，則謗亦日熄

◆學問之道無窮——勸學篇

- 求業之精，別無他法，曰專而已矣
- 凡從師必久而後可以獲益
- 凡人必有師
- 人苟能自立志，則聖賢豪傑，何事不可為

•學問之道無窮，而總以有恆為主
•凡人望子孫為大官，余不願為大官
•凡人作一事，便須全副精神注在此一事，首尾不懈
•讀書之法，看、讀、寫、作
•買書不可不多，而看書不可不知所擇
•爾作時文，宜先講詞藻
•心常用則活，不用則窒
•下筆造句、落筆結體，以珠圓玉潤四字為主
•習大字總以間架緊為主
•吾不望代代得富貴，但願代代有秀才
•有氣則有勢，有識則有度，有情則有韻，有趣則有味
•凡事皆有極困極難之時，打得通的，便是好漢
•作文以思路宏開為必發之品

◆求友匡己之不逮——交友篇

•師友夾持，雖懦夫亦有立志
•求友匡己，大益也；盜虛名，是大損也
•求師不專，則受益也不入；求友不專，則博愛而不親
•君子處順境，當以所餘補人之不足
•縱人以巧詐來，我仍以渾含應之，以誠愚應之
•幫人則委屈從人，尚未必果能相合
•不輕進人，即異日不輕退人之本；不妄親人，即異日不妄疏人之本
•天下無完全無間之人才，亦無完全無隙之交情

•凡與人交際，當求其誠信之素孚；求其協助，當量其力量所能為
•於有才無德者，當不沒其長，而稍遠其人
•以方寸為嚴師，左右近習之人，畏清議
•獨享大名為折福之道，與人分名即受福之道
•君子貴於自知，不必隨眾口附和

◆家道之所以可久——治家篇

•兄弟和，雖窮氓小戶必興；兄弟不和，雖世家宦族必敗
•凡大員之家，無半字涉公誕，乃為得體
•兄弟之間，一言欺詐，終不可久
•孝友之家，可綿延十代八代
•半耕半讀，以守先人之舊，慎無存半點官氣
•凡一家之中，勤敬二字能守得幾分，未有不興
•仕宦之家，不蓄積銀錢
•禍福由天主之，善惡由人主之
•勤者生動之氣，儉者收斂之氣
•治家八字：書、蔬、魚、豬、早、掃、考、寶
•保養之法，在慎飲食節嗜欲，不在多服藥
•凡畏人，不敢妄議論者，謙謹者也；凡好譏評人短者，驕傲者也
•三致祥：孝、勤、恕
•盛時常作衰時想，上場當念下場時
•凡事非氣不舉，非剛不濟

- 商人斷不肯甘言於前，刻薄於後
- 家門太盛，有福不可享盡
- 凡家道所以可久者，恃長遠之家規，大眾之維持
- 唯柔以制剛狠之氣，唯誠以化頑梗之民
- 國之強，必須多得賢臣工；家之強，必須多出賢子弟
- 貧家兒女愈看得賤愈易長大，富戶兒女愈看得嬌愈難成器

◆處位則可高可卑——為政篇

- 名者，造物所珍重愛惜，不輕以予人者
- 古之成大事者，規模遠大與綜理密微，闕一不可
- 根好株好而後枝葉有所託；柱好梁好而後椽瓦有所麗
- 治軍總須腳踏實地，克勤小物，乃可日起而有功
- 人生適意之時，不可多得
- 行事不激不隨，處位可高可卑
- 有操守而無官氣，多條理而少大言
- 好名當好有實之名，無實則被人譏議，求榮反辱
- 說話不中事理、不擔斤兩者，其下必不服
- 用兵之道，全軍為上，保城池次之
- 權位所在，一言之是非，即他人之榮辱予奪繫焉
- 凡辦大事，以識為主，以才為輔
- 積勞之人，非成名之人，成名之人，非享福之人
- 用人不率冗，存心不自滿
- 天下事無所為而成者極少
- 患不能達，不患不能立；患不穩適，不患不崢嶸

- 居官若名清而實不清，尤為造物所怒
- 吏治不分皂白，使賢者寒心，不肖者無忌憚

《老子》100句

◆無為而治——領導管理的智慧

- 道可道，非常道；名可名，非常名
- 聖人處無為之事，行不言之教
- 聖人之治，虛其心，實其腹，弱其志，強其骨
- 道沖，而用之或不盈
- 天地不仁，以萬物為芻狗
- 玄牝之門，是謂天地根
- 無狀之狀，無物之象，是謂惚恍
- 太上，不知有之
- 六親不和有孝慈，國家昏亂有忠臣
- 澹兮其若海，飂兮若無止
- 惚兮恍兮，其中有象；恍兮惚乎，其中有物
- 天下神器，不可為也，不可執也
- 天地相合，以降甘露，民莫之令而自均
- 執大象，天下往
- 為學日益，為道日損
- 聖人在天下，歙歙焉；為天下，渾其心
- 行於大道，惟施是畏
- 我無為而民自化，我好靜而民自正，我無事而民自富，我無欲

而民自樸

- 治大國，若烹小鮮
- 欲不欲，不貴難得之貨；學不學，復眾人之所過
- 以智治國，國之賊；不以智治國，國之福
- 天網恢恢，疏而不失
- 民不畏死，奈何以死懼之
- 無以生為，賢於貴生

◆守柔曰強——圓融處事的智慧

- 多言數窮，不如守中
- 上善若水。水善利萬物而不爭，處眾人之所惡，故幾於道
- 持而盈之，不如其已
- 曲則全，枉則直，窪則盈，敝則新，少則得，多則惑
- 飄風不終朝，驟雨不終日
- 企者不立，跨者不行
- 知其雄，守其雌，為天下谿
- 不自為大，故能成其大
- 魚不可脫於淵，國之利器不可以示人
- 不欲琭琭如玉，珞珞如石
- 明道若昧，進道若退
- 大方無隅，大器晚成，大音希聲，大象無形
- 天下之至柔，馳騁天下之至堅
- 大直若屈，大巧若拙，大辯若訥
- 生而不有，為而不恃，長而不宰
- 見小曰明，守柔曰強
- 大國以下小國，則取小國；小國以下大國，則取大國
- 弱之勝強，柔之勝剛
- 強大處下，柔弱處上

◆無欲無私——知足快樂的智慧

- 天地所以能長且久者，以其不自生，故能長生
- 聖人後其身而身先，外其身而身存
- 金玉滿堂，莫之能守；富貴而驕，自遺其咎
- 載營魄抱一，能無離乎
- 有之以為利，無之以為用
- 夫唯不盈，故能蔽而新成
- 知常容，容乃公，公乃全，全乃天，天乃道，道乃久
- 見素抱樸，少私寡欲
- 絕學無憂。唯之與阿，相去幾何
- 聖人去甚、去奢、去泰
- 道常無為而無不為
- 禍莫大於不知足；咎莫大於欲得
- 天之道，損有餘而補不足
- 有什伯之器而不用，民重死而不遠徙

◆順應自然——避險養生的智慧

- 五色令人目盲；五音令人耳聾；五味令人口爽
- 聖人為腹不為目

- 人法地，地法天，天法道，道法自然
- 物壯則老，是謂不道
- 物或損之而益，或益之而損
- 強梁者不得其死
- 甚愛必大費，多藏必厚亡
- 出生入死，生之徒十有三，死之徒十有三
- 善攝生者，陸行不遇兕虎，入軍不被甲兵
- 含德之厚，比於赤子
- 禍莫大於輕敵，輕敵幾喪吾寶
- 無狎其所居，無厭其所生
- 勇於敢則殺，勇於不敢則活
- 代大匠斲者，希有不傷其手矣

◆自知者明——立身待人的智慧

- 貴以身為天下，若可寄天下；愛以身為天下，若可託天下
- 敦兮其若樸，曠兮其若谷，渾兮其若濁
- 夫物芸芸，各復歸其根
- 道者，同於道；德者，同於德；失者，同於失
- 重為輕根，靜為躁君
- 善人者，不善人之師；不善人者，善人之資
- 兵者不祥之器，非君子之器
- 知人者智，自知者明
- 上德不德，是以有德；下德不失德，是以無德
- 大丈夫處其厚，不居其薄；處其實，不居其華
- 貴以賤為本，高以下為基
- 反者道之動；弱者道之用
- 不行而知，不見而明，不為而成
- 善建者不拔，善抱者不脫
- 禍兮福之所倚，福兮禍之所伏
- 天下難事，必作於易；天下大事，必作於細
- 千里之行，始於足下
- 慈故能勇，儉故能廣，不敢為天下先，故能成其器長
- 善為士者不武，善戰者不怒，善勝敵者不與，善用人者為之下
- 知，不知，上；不知，知，病
- 天道無親，常與善人

◆美言市尊——誠懇說話的智慧

- 知者不言，言者不知
- 治人事天，莫若嗇
- 美言可以市尊，美行可以加人
- 輕諾必寡信，多易必多難
- 是以欲上民，必以言下之；欲先民，必以身後之
- 夫唯無知，是以不我知。知我者希，則我者貴
- 信言不美，美言不信

《荀子》100句

◆青出於藍，化性起偽

- 青，取之於藍，而青於藍；冰，水為之，而寒於水

- 蓬生麻中，不扶而直；白沙在涅，與之俱黑
- 無冥冥之志者，無昭昭之明；無惛惛之事者，無赫赫之功
- 目不能兩視而明，耳不能兩聽而聰
- 水深而回，樹落則糞本，弟子通利則思師
- 坎井之鼃，不可與語東海之樂
- 聲樂之入人也深，其化人也速
- 樂行而志清，禮脩而行成
- 類不可兩也，故知者擇一而壹焉
- 精於物者以物物，精於道者兼物物
- 人之性惡，其善者偽也
- 歲不寒，無以知松柏；事不難，無以知君子無日不在是
- 學者非必為仕，而仕者必如學
- 均薪施火，火就燥；平地注水，水流濕
- 芷蘭生於深林，非以無人而不芳
- 父有爭子，不行無禮；士有爭友，不為不義
- 君子入則篤行，出則友賢，何為而無孝之名也
- 良醫之門多病人，檃栝之側多枉木，是以雜也

◆**復禮克己，制名指實**

- 人無禮則不生，事無禮則不成，國家無禮則不寧
- 五寸之矩，盡天下之方
- 先義而後利者榮，先利而後義者辱
- 度己以繩，接人用抴
- 公平者，職之衡也；中和者，聽之繩也

- 以類行雜，以一行萬
- 國者，天下之制利用也；人主者，天下之利埶也
- 無國而不有美俗，無國而不有惡俗
- 取人之道，參之以禮；用人之法，禁之以等
- 通忠之順，權險之平，禍亂之從聲
- 知莫大乎棄疑，行莫大乎無過，事莫大乎無悔
- 人之命在天，國之命在禮
- 天有常道矣，地有常數矣，君子有常體矣
- 在物者莫明於珠玉，在人者莫明於禮義
- 有後而無先，則群眾無門；有詘而無信，則貴賤不分
- 禮者，人道之極也
- 君子敬始而慎終，終始如一，是君子之道，禮義之文也
- 天能生物，不能辨物也；地能載人，不能治人也
- 事死如事生，事亡如事存
- 上以明貴賤，下以辨同異
- 螭龍為蝘蜓，鴟梟為鳳凰
- 欲近四旁，莫如中央
- 有法者以法行，無法者以類舉
- 非目益明也，眸而見之也
- 國將興，必貴師而重傅；貴師而重傅則法度存
- 上士吾薄為之貌，下士吾厚為之貌

◆**謹言慎行，坐言起行**

- 是是非非謂之知，非是是非謂之愚

- 與人善言，煖於布帛；傷人之言，深於矛戟
- 贈人以言，重於金石珠玉
- 言而當，知也；默而當，亦知也；故知默猶知言也
- 不聞不若聞之，聞之不若見之，見之不若知之，知之不若行之，學至於行之而止矣
- 聖人也者，人之所積也
- 善擇者制人，不善擇者人制之；善擇之者王，不善擇之者亡
- 以疑決疑，決必不當
- 君子之言，涉然而精，俛然而類，差差然而齊
- 無稽之言，不見之行，不聞之謀，君子慎之
- 言語之美，穆穆皇皇；朝廷之美，濟濟蹌蹌
- 無留善，無宿問
- 君子贈人以言，庶人贈人以財
- 君子疑則不言，未問則不立
- 流丸止於甌臾，流言止於知者
- 君子知之曰知之，不知曰不知，言之要也
- 知者自知，仁者自愛

◆積少成多，見微知著

- 蹞步而不休，跛鼈千里；累土而不輟，丘山崇成
- 積微：月不勝日，時不勝月，歲不勝時
- 盡小者大，積微者箸
- 禍之所由生也，生自纖纖也
- 如垤而進，吾與之；如丘而止，吾已矣

- 士信慤而後求知能

◆澹泊寡欲，謙卑自牧

- 強自取柱，柔自取束
- 聲無小而不聞，行無隱而不形
- 不下比以闇上，不上同以疾下
- 公生明，偏生闇
- 自知者不怨人，知命者不怨天；怨人者窮，怨天者無志
- 短綆不可以汲深井之泉，知不幾者不可與及聖人之言
- 滿則慮嗛，平則慮險，安則慮危
- 君子時詘則詘，時伸則伸
- 官人守數，君子養原；原清則流清，原濁則流濁
- 凡百事之成也必在敬之，其敗也必在慢之
- 凡人之患，蔽於一曲，而闇於大理
- 進則近盡，退則節求
- 無萬物之美而可以養樂，無埶列之位而可以養名
- 刑不過罪，爵不踰德
- 罪禍有律，莫得輕重，威不分
- 聰明聖知，守之以愚；功被天下，守之以讓

◆愛民如子，民富國強

- 君子為治而不為亂，為修而不為汙
- 相形不如論心，論心不如擇術
- 賢能不待次而舉，罷不能不待須而廢

- 足國之道，節用裕民，而善臧其餘
- 下貧則上貧，下富則上富
- 仁人之用國，非特將持其有而已也，又將兼人
- 主道治近不治遠，治明不治幽，治一不治二
- 明主急得其人，而闇主急得其埶
- 人主不可以獨也
- 從命而利君謂之順，從命而不利君謂之諂
- 川淵深而魚鼈歸之，山林茂而禽獸歸之
- 人主之患，不在乎不言用賢，而在乎誠必用賢
- 善附民者，是乃善用兵者也
- 以德兼人者王，以力兼人者弱，以富兼人者貧
- 人主無賢，如瞽無相
- 務本節用財無極
- 鳥窮則啄，獸窮則攫，人窮則詐

《韓非子》100句

◆司法威信

- 聖人為法於國者，必逆於世，而順於道德
- 奉法者強，則國強；奉法者弱，則國弱
- 明主使法擇人，不自舉也；使法量功，不自度也
- 安國之法，若飢而食、寒而衣，不令而自然也
- 繩直而枉木斲，準夷而高科削
- 君無術則弊於上，臣無法則亂於下
- 道私者亂，道法者治
- 以賞者賞，以刑者刑
- 髀大於股，難以趣走
- 虧之若月，靡之若熱
- 治國之有法術賞罰，猶若陸行之有犀車良馬也
- 惜草茅者耗禾穗，惠盜賊者傷良民
- 搖鏡則不得為明，搖衡則不得為正
- 事因於世，而備適於事
- 家有常業，雖饑不餓；國有常法，雖危不亡
- 聖人不求無害之言，而務無易之事
- 行所易，不關所惡
- 善張網者，引其綱
- 索人不勞，使人不佚
- 有度難，而無度易也
- 不躓於山，而躓於垤
- 嚴家無悍虜，而慈母有敗子
- 以力攻者，出一取十；以言攻者，出十喪百

◆賞罰分明

- 明君無偷賞，無赦罰
- 去好去惡，臣乃見素；去智去舊，臣乃自備
- 欲治其內，置而勿親
- 不吹毛而求小疵，不洗垢而察難知
- 主道者，使人臣必有言之責，又有不言之責

- 明主不懷愛而聽，不留說而計
- 人主之道，靜退以為寶
- 上不明，則辯生焉
- 良藥苦於口，忠言拂於耳
- 矢來有鄉，則積鐵以備一鄉
- 內舉不避親，外舉不避仇

◆慎思明辨

- 聽有門戶，則臣壅塞
- 三人言而成虎
- 明主觀人，不使人已難
- 以人言善我，必以人言罪我
- 甚病之人，利在忍痛；猛毅之君，福以拂耳
- 挾知而問，則不知者至；深知一物，則眾隱皆變
- 巧詐不如拙誠
- 郢書燕說
- 虛辭其無用而勝，實事其無易而窮
- 安危在是非，不在於強弱；存亡在虛實，不在於眾寡

◆知人善任

- 明主之道，一人不兼官，一官不兼事
- 因物以治物；因人以知人
- 釋儀的而妄發，雖中小不巧
- 力不敵眾，智不盡物

- 為人臣者，譬之若手，上以脩頭，下以脩足
- 人皆寐，則盲者不知；皆嘿，則暗者不知
- 非知之難也，處知則難也
- 顧小利，則大利之殘也
- 行小忠，則大忠之賊也
- 漁者持鱣，婦人拾蠶
- 事以密成，語以泄敗

◆見微知著

- 有形之類，大必起於小；行久之物，族必起於少
- 千丈之堤，以螻蟻之穴潰
- 聖人見微以知萌，見端以知末
- 事以微巧成，以疏拙敗
- 上失其一，下以為百
- 重則能使輕，靜則能使躁
- 明主之國，有貴臣，無重臣
- 虎之所以能服狗者，爪牙也
- 人主之患，在於信人，信人則制於人
- 千鈞得船則浮，錙銖失船則沉
- 與死人同病者，不可生也；與亡國同事者，不可存也
- 一家二貴，事乃無功
- 魚失於淵，而不可復得也；人主失其勢重於臣，而不可復收也
- 木雖蠹，無疾風不折；牆雖隙，無大雨不壞

◆安身立命

- 知之難，不在見人，在自見
- 小信成則大信立
- 知者不以言談教，慧者不以藏書篋
- 知治人者，其思慮靜；知事天者，其孔竅虛
- 邦以存為常，霸王其可也；身以生為常，富貴其可也
- 恬淡有趨舍之義，平安知禍福之計
- 恃人不足以廣壤
- 虜自賣裘而不售，士自譽辯而不信
- 人之為己者，不如己之自為也
- 美者自美，吾不知其美也；惡者自惡，吾不知其惡也
- 遠水不救近火
- 太山不立好惡，故能成其高；江海不擇小助，故能成其富
- 長袖善舞，多財善賈
- 無嬰人主之逆鱗
- 冰炭不同器而久，寒暑不兼時而至
- 以肉去蟻，蟻愈多；以魚驅蠅，蠅愈至

◆順其自然

- 天有大命，人有大命
- 不極聰明之力，不盡智識之任
- 視強則目不明，聽甚則耳不聰，思慮過度則智識亂
- 善之生如春，惡之死如秋
- 智周乎遠，則所遺在近也
- 以一人力，則后稷不足，隨自然，則臧獲有餘
- 以利之為心，則越人易和；以害之為心，則父子離且怨
- 愛子者慈於子，重生者慈於身，貴功者慈於事
- 物之待飾而後行者，其質不美也
- 聰明睿智，天也，動靜思慮，人也
- 柢固則生長，根深則視久
- 禍本生於有福
- 備其所憎，禍在所愛
- 人無智愚，莫不有趨舍
- 無害人之心，則必無人害

《兵法》100句

◆存亡之道（廟算）

- 死生之地，存亡之道
- 好戰必亡，忘戰必危
- 以戰止戰，雖戰可也
- 亡國不可以復存，死者不可以復生
- 同天下之利者則得天下
- 無取於天下者，取天下者也
- 民無私則天下為一家
- 大農、大工、大商謂之三寶
- 不盡知用兵之害者，則不能盡知用兵之利
- 主不可以怒而興師，將不可以慍而致戰

- 多算勝，少算不勝
- 天時不如地利，地利不如人和
- 兵貴勝，不貴久
- 戰勝易，守勝難
- 羅其英雄，則敵國窮
- 馭將之道最貴推誠，不貴權術
- 將聽吾計，用之必勝，留之；將不聽吾計，用之必敗，去之
- 第一戒個驕字，第二守個廉字
- 高鳥死，良弓藏；敵國滅，謀臣亡
- 道天地將法

◆百戰不殆（勝負）

- 百戰百勝，非善之善者也；不戰而屈人之兵，善之善者也
- 知彼知己，百戰不殆
- 古今勝敗，率由一誤
- 國之大務，莫先於戒備
- 無恃其不來，恃吾有以待也
- 立於不敗之地
- 先為不可勝，以待敵之可勝
- 舉秋毫不為多力，見日月不為明目，聞雷霆不為聰耳
- 先知者不可取於鬼神
- 師克在和不在眾
- 慎在於畏小，智在於治大
- 小敵之堅，大敵之擒也

- 必死可殺，必生可虜
- 必死則生，幸生則死
- 氣實則鬪，氣奪則走
- 禍發之機，莫烈於猜忌
- 軍無百疾，是謂必勝
- 上兵伐謀，其次伐交，其次伐兵，其下攻城

◆生聚教訓（將道）

- 軍中但聞將軍之令，不聞君命
- 無天於上，無地於下，無敵於前，無君於後
- 一劍之任，非將事也
- 紂以甲子日亡，武王以甲子日興
- 德而無才，近於愚人；才而無德，近於小人
- 軍井未達，將不言渴；軍竈未炊，將不言饑
- 用賞者貴信，用罰者貴必
- 祿賢不愛財，賞功不踰時
- 可怒而不怒，姦臣乃作；可殺而不殺，大賊乃發
- 一令逆則百令失
- 身到心到口到眼到
- 卒畏將甚於敵者勝
- 以不教民戰，是謂棄之
- 治眾如治寡，鬪眾如鬪寡
- 用眾在乎心一
- 非知之難，行之難

- 小過無更，小疑無申
- 殺貴大，賞貴小
- 視卒如嬰兒，視卒如愛子
- 愛之若狡童，用之若土芥
- 卒未親附而罰之，則不服
- 香餌之下，必有死魚；重賞之下，必有勇夫
- 善戰者，愛與威而已

◆奇正相生（無窮）

- 以正合，以奇勝
- 正兵貴先，奇兵貴後
- 同舟而濟，相救如左右手
- 亂生於治，怯生於勇，弱生於強
- 柔能制剛，弱能制強
- 戰欲奇，謀欲密，眾欲靜，心欲一
- 見敵之所長，則知其所短
- 始如處女，後如脫兔
- 勢如彍弩，節如發機
- 置之死地而後生
- 以下駟對上駟
- 無窮如天地，不竭如江河
- 兵形象水，兵無常勢，水無常形
- 攻其無備，出其不意
- 鷙鳥將擊，卑飛斂翼；猛獸將搏，弭耳俯伏

- 能以上智為間者，必成大功
- 非微妙不能得間之實
- 目貴明，耳貴聰，心貴智
- 其有欲也，不能隱其情；其有惡也，不能隱其情
- 去大惡不顧小義
- 計謀之用，公不如私，私不如結
- 能而示之不能，用而示之不用
- 一顰一笑，猶勝百萬甲兵
- 運用之妙，存乎一心

◆攻守有度（掌握）

- 致人而不致於人
- 形兵之極，至於無形
- 善攻者，敵不知其所守；善守者，敵不知其所攻
- 攻是守之機，守是攻之策
- 用兵之害，猶豫為大；三軍之災，莫過狐疑
- 疾如風，徐如林，侵略如火，不動如山
- 朝氣銳，晝氣惰，暮氣歸
- 蓄不竭之氣，留有餘之力
- 無邀正正之旗，勿擊堂堂之師
- 佯北勿從，餌兵勿食
- 圍師必闕，窮寇勿迫
- 君命有所不受
- 出門如見敵，雖克如始戰

- 見可而進，知難而退
- 後人發，先人至

《易經》100句

◆**天行健，君子以自強不息**

- 元亨利貞
- 潛龍勿用
- 君子終日乾乾，夕惕若厲，无咎
- 或躍在淵，无咎
- 飛龍在天，利見大人
- 亢龍有悔
- 大哉乾元，萬物資始
- 天行健，君子以自強不息
- 學以聚之，問以辯之，寬以居之，仁以行之
- 君子以厚德載物
- 履霜，堅冰至
- 直、方、大、不習，无不利
- 括囊，无咎无譽
- 黃裳，元吉
- 龍戰于野，其血玄黃
- 積善之家，必有餘慶；積不善之家，必有餘殃

◆**匪我求童蒙，童蒙求我**

- 盤桓，利居貞，利建侯
- 屯如，邅如，乘馬班如
- 泣血漣如，何可長也
- 匪我求童蒙，童蒙求我
- 再三瀆，瀆則不告
- 君子以果行育德
- 童蒙之吉，順以巽也
- 擊蒙，不利為寇，利禦寇
- 有孚，光亨，貞吉，利涉大川
- 君子以飲食宴樂
- 不速之客來，敬之終吉
- 利見大人，不利涉大川
- 君子以作事謀始
- 剛中而應，行險而順
- 君子以容民畜眾
- 師出以律，否臧凶
- 在師中吉，承天寵也
- 大君有命，開國承家，小人勿用
- 比之自內，不自失也
- 君子以懿文德
- 有孚攣如，富以其鄰
- 履虎尾，不咥人
- 小往大來
- 君子道長，小人道消
- 拔茅茹，以其彙

- 包荒，用馮河
- 无平不陂，无往不復
- 帝乙歸妹，以祉元吉
- 君子以儉德辟難，不可榮以祿
- 其亡其亡，繫于苞桑

◆大過，大者過也；棟橈，本末弱也

- 君子以類族辨物
- 同人，先號咷而後笑
- 公用亨于天子，小人弗克
- 君子以裒多益寡，稱物平施
- 豫，剛應而志行，順以動，豫
- 介于石，不終日
- 君子以嚮晦入宴息
- 先甲三日，後甲三日
- 觀國之光，利用賓于王
- 剝，不利有攸往
- 出入无疾，朋來无咎，反復其道，七日來復
- 迷復，凶，有災眚，用行師，終有大敗
- 天下雷行，物與无妄
- 无妄之災，或繫之牛，行人之得，邑人之災
- 君子以多識前言往行，以畜其德
- 君子以慎言語，節飲食
- 大過，大者過也；棟橈，本末弱也

- 君子以獨立不懼，遯世无悶
- 日月麗乎天，百穀草木麗乎土
- 日昃之離，不鼓缶而歌，則大耋之嗟

◆天地感而萬物化生

- 天地感而萬物化生，聖人感人心而天下和平
- 君子以虛受人
- 日月得天而能久照，四時變化而能久成
- 君子以立不易方
- 不恆其德，或承之羞
- 婦人貞吉，從一而終也
- 羝羊觸藩，不能退，不能遂
- 錫馬蕃庶，晝日三接
- 明夷于飛，垂其翼；君子于行，三日不食
- 父父、子子、兄兄、弟弟、夫夫、婦婦
- 君子以言有物，而行有恆
- 君子以反身修德
- 天地解而雷雨作；雷雨作而百果草木皆甲坼
- 君子以懲忿窒欲
- 三人行，則損一人；一人行，則得其友
- 有言不信，尚口乃窮也
- 君子以致命遂志
- 困于石，據于蒺藜，入于其宮，不見其妻
- 君子以勞民勸相

- 井渫不食，為我心惻
- 天地革而四時成，順乎天而應乎人
- 君子以治厤明時
- 大人虎變，君子豹變，小人革面
- 時止則止，時行則行，動靜不失其時
- 君子以居賢德善俗
- 鴻漸于陸，其羽可用為儀
- 君子以永終知敝
- 女承筐，无實；士刲羊，无血
- 豐其屋，蔀其家，闚其戶，闃其无人
- 豚魚吉，信及豚魚也
- 鳴鶴在陰，其子和之；我有好爵，吾與爾靡之
- 君子以行過乎恭，喪過乎哀，用過乎儉
- 東鄰殺牛，不如西鄰之禴祭
- 君子以慎辨物居方

《淮南子》100句

◆言出於知者，知者不藏書

- 材不及林，林不及雨，雨不及陰陽，陰陽不及和，和不及道
- 飄風暴雨不終朝，日中不須臾
- 憜則恣，恣則極物；罷則怨，怨則極慮
- 君子不乘人於利，不迫人於險
- 得其精而忘其粗，在其內而忘其外
- 聖人之所言者，亦以懷其實，窮而死，獨在糟粕耳
- 爵益高，志益下；官益大，心益小；祿益厚，施益博
- 言出於知者，知者不藏書
- 神之所用者遠，則所遺者近
- 失其宗本，技能雖多，不若其寡也
- 物故有近之而遠，遠之而近
- 聖人法與時變，禮與俗化
- 古之所以為治者，今之所以為亂也
- 易為而難成者，事也；難成而易敗者，名也
- 百川異源而皆歸於海；百家殊業而皆務於治
- 是非有處，得其處則無非，失其處則無是
- 一饋而十起，一沐而三捉髮
- 體大者節疏，蹠距者舉遠
- 能效其求，而不知其所以取人也
- 至賞不費，至刑不濫

◆天道無親，唯德是與

- 矩不正，不可以為方；規不正，不可以為員
- 函牛之鼎沸而蠅蚋弗敢入，昆山之玉瑱而塵垢弗能污也
- 天道無親，唯德是與
- 善守者無與禦，而善戰者無與鬥
- 全兵先勝而後戰，敗兵先戰而後求勝
- 運籌於廟堂之上，而決勝乎千里之外
- 水激則悍，矢激則遠

- 左青龍，右白虎，前朱雀，後玄武
- 人不小學，不大迷；不小慧，不大愚
- 良醫者，常治無病之病，故無病
- 百人抗浮，不若一人挈而趨
- 眾議成林，無翼而飛；三人成虎，一里能撓椎
- 得萬人之兵，不如聞一言之當
- 烹牛而不鹽，敗所為也
- 物之用者，必待不用者
- 嘗一臠肉，知一鑊之味；懸羽與炭，而知燥濕之氣
- 力貴齊，知貴捷
- 短綆不可以汲深，器小不可以盛大
- 削足而適履，殺頭而便冠
- 璧瑗成器，礛諸之功；鏌邪斷割，砥礪之力
- 川竭而谷虛，丘夷而淵塞，唇竭而齒寒
- 善用人者，若蚈之足，眾而不相害
- 刺我行者，欲與我交；訾我貨者，欲與我市
- 臨河而羨魚，不如歸家織網
- 舟覆乃見善游，馬奔乃見良御

◆**仁者不以欲傷生，知者不以利害義**

- 人莫蹪於山，而蹪於垤
- 少德而多寵，一危也；才下而位高，二危也；身無大功而受厚祿，三危也
- 事或欲與利之，適足以害之；或欲害之，乃反以利之
- 事或奪之而反與之，或與之而反取之
- 有陰德者必有陽報，有陰行者必有昭名
- 夫禍福之轉而相生，其變難見也
- 焚林而獵，愉多得獸，後必無獸
- 仁者不以欲傷生，知者不以利害義
- 非其事者勿仞也，非其名者勿就也
- 愚者有備，與知者同功
- 人皆務於救患之備，而莫能知使患無生
- 智者離路而得道，愚者守道而失路
- 以一噎之故，絕穀不食；以一蹪之難，輟足不行
- 學亦人之砥、錫也
- 知人無務，不若愚而好學也
- 有符於中，則貴是而同古今；無以聽其說，則所從來者遠而貴之耳
- 君子脩美，雖未有利，福將在後至
- 賞善罰暴者，政令也；其所以能行者，精誠也
- 小辯破言，小利破義，小藝破道
- 大政不險，故民易道；至治寬裕，故下不賊；至忠復素，故民無匿
- 事有利於小而害於大，得於此而亡於彼
- 智過萬人者謂之英，千人者謂之俊，百人者謂之豪，十人者謂之傑
- 橘樹之江北則化而為枳
- 夏蟲不可與語寒雪

- 得在時，不在爭；治在道，不在聖
- 聖人不貴尺之璧，而重寸之陰

◆**知己者不怨人，知命者不怨天**

- 魚相忘於江湖，人相忘於道術
- 身處江海之上，而神遊魏闕之下
- 以涅染緇，則黑於涅；以藍染青，則青於藍
- 神者智之淵也，神清則智明矣；智者心之府也，智公則心平矣
- 用者必假之於弗用者也，是故虛室生白，吉祥止也
- 世治則愚者不能獨亂，世亂則智者不能獨治
- 至精亡於中，而言行觀於外，此不免以身役物
- 全性保真，不虧其身，遭急迫難，精通於天
- 抱薪而救火，鑿竇而止水
- 其出彌遠者，其知彌少
- 至貴不待爵，至富不待財
- 清目而不以視，靜耳而不以聽，鉗口而不以言，委心而不以慮
- 無外之外，至大也；無內之內，至貴也
- 樂者所以致和，非所以為淫也；喪者所以盡哀，非所以為偽也
- 非澹薄無以明德，非寧靜無以致遠
- 不涸澤而漁，不焚林而獵
- 有諸己不非諸人，無諸己不求諸人
- 有野心者不可借便勢；有愚質者不可與利器
- 國無義，雖大必亡；人無善志，雖勇必傷
- 其施厚者其報美，其怨大者其禍深
- 福之萌也綿綿，禍之生也介介
- 知己者不怨人，知命者不怨天
- 壹快不足以成善，積快而為德；壹恨不足以成非，積恨而成惡
- 以一世之變，欲以耦化應時，譬猶冬被葛而夏被裘
- 得十利劍，不若得歐冶之巧；得百走馬，不若得伯樂之術
- 至是之是無非，至非之非無是，此真是非也
- 人不兼官，官不兼事
- 人才不足專恃，而道術可公行
- 鳥窮則噣，獸窮則觸，人窮則詐

《元曲》100句

◆**斷腸人在天涯**

- 你道方徑直如線，我道侯門深似海
- 怎將我牆頭馬上，偏輸卻沽酒當壚
- 欲寄君衣君不還，不寄君衣君又寒
- 夕陽西下，斷腸人在天涯
- 體態是二十年挑剔就的溫柔
- 不思量，除是鐵心腸，鐵心腸也愁淚滴千行
- 新啼痕壓著舊啼痕，斷腸人憶斷腸人
- 碧雲天，黃花地，西風緊，北雁南飛。曉來誰染霜林醉？總是離人淚
- 這憂愁訴與誰？相思只自知，老天不管人憔悴

- 愁心驚一聲鳥啼，薄命趁一春事已，香魂逐一片花飛
- 氣呵做了江風淅淅，愁呵做了江聲瀝瀝，淚呵彈做了江雨霏霏
- 一聲梧葉一聲秋，一點芭蕉一點愁，三更歸夢三更後
- 平生不會相思，才會相思，便害相思
- 青衫淚，錦字詩，總是相思
- 糠和米，本是相依倚，被簸揚作兩處飛
- 舊絃已斷，新絃不慣。舊絃再上不能，待撇了新絃難拚
- 羈旅縈掛，人情澆詐，相逢休說傷時話
- 乍相逢如夢裡，誰承望得重會
- 思鄉淚，遠戍人，夜更長砌成幽恨
- 淚流襟上血，愁穿心上結
- 青山隱隱遮，行人去急，羊腸鳥道馬蹄怯
- 百計思量，沒箇為歡處。白日消磨腸斷句，世間只有情難訴
- 世間何物似情濃？整一片斷魂心痛
- 梅子青青小似珠，與我心腸兩不殊

◆退一步乾坤大

- 賢的是他，愚的是我，爭什麼
- 雖無刎頸交、卻有忘機友
- 千古是非心，一夕漁樵話
- 今朝有酒今朝醉，且盡樽前有限杯，回首滄海又塵飛
- 不達時皆笑屈原非，但知音盡說陶潛是
- 成也蕭何，敗也蕭何，醉了由他
- 退一步乾坤大，饒一著萬慮休
- 閒來幾句漁樵話，困來一枕葫蘆架
- 無官何患，無錢何憚，休教無德人輕慢
- 算從前錯怨天公，甚也有安排我處
- 大江東去，長安西去，為功名走遍天涯路
- 他得志笑閒人，他失腳閒人笑
- 醉眸俯仰，世事浮沉
- 朝吟暮醉兩相宜，花落花開總不知，虛名嚼破無滋味
- 管甚誰家興廢誰成敗，陋巷簞瓢亦樂哉
- 生前難入畫，死後不留題
- 功名兩字原無命，學神仙又不成，歎吳儂何處歸耕
- 急流中勇退是豪傑，不因循苟且
- 事要知機，交須知己，詩遇知音
- 仔細評駁，富貴由人，貧賤也咱歡樂，不飲從他酒價高
- 免終朝報曉，直睡到日頭
- 人生聚散皆如此，莫論興和廢。富貴似浮雲，世事如兒戲

◆良辰美景奈何天

- 人生有幾？念良辰美景，一夢初過
- 天若有情天亦老，且休教、少年知道
- 百歲光陰如夢蝶，重回首往事堪嗟
- 落花水香茅舍晚，斷橋頭賣魚人散
- 也曾麥場上拾穀穗，也曾樹稍上摘青梨
- 萬朵彩雲生海上，一輪皓月映波中
- 雲來山更佳，雲去山如畫

- 詩句欲成時，滿地雲撩亂
- 撲頭飛柳花，與人添鬢華
- 鶯鶯燕燕春春，花花柳柳真真
- 春若有情春更苦，暗裡韶光度
- 九日明朝酒香，一年好景橙黃
- 山光如澱，湖光如練，一步一個生綃面
- 十年一覺揚州夢，春水如空
- 一江秋水澹寒煙，水影明如練，眼底離愁數行雁
- 光陰估值，估值錢多少？
- 攘攘皚皚，顛倒把乾坤礙，分明將造化埋
- 明月中天，照見長江萬里船
- 原來姹紫嫣紅開遍，似這般都付與斷井頹垣。良辰美景奈何天，賞心樂事誰家院！
- 最是春光易得消，才過元宵，又過花朝
- 香篆笑捲青荷柄，我醉欲眠君又醒
- 一行白雁清秋，數聲漁笛蘋洲，幾點昏鴉斷柳
- 眼看他起朱樓，眼看他宴賓客，眼看他樓塌了
- 溪深溪淺隨春笑，窗明窗暗疑人到，鐘初鐘絕帶詩敲

◆讀書人一聲長歎

- 地也，你不分好歹何為地，天也，你錯勘賢愚枉做天！
- 不是閒人閒不得，及至得了閒時又閒不成
- 藏之則鬼神遁迹，出之則魑魅潛踪
- 到頭來善惡終須報，只爭個早到和遲到
- 你看他是白屋客，我道他是黃閣臣
- 忠孝的在市曹中斬首，姦佞的在帥府內安身
- 贏，都變做了土！輸，都變做了土！
- 興，百姓苦！亡，百姓苦！
- 霜降始知節婦苦，雪飛方表竇娥冤
- 恨天涯流落客孤寒，嘆英雄半世虛幻
- 正是執迷人難勸，今日臨危可自省
- 豈不聞遠親不似近鄰，怎敢做個有口偏無信
- 殘碑休打，寶劍羞看
- 傷心秦漢，生民塗炭，讀書人一聲長歎
- 人皆嫌命窘，誰不見錢親
- 短命的偏逢薄倖，老成的偏遇真成，無情的休想遇多情
- 也不唱韓元帥偷營劫寨，也不唱漢司馬陳言獻策，也不唱巫娥雲雨楚陽台
- 昌時盛世奸諛蔽，忠臣孝子難存立
- 形骸太蠢，手敲破鼓，口降邪神
- 饒君使盡英雄漢，免不得輪迴一轉。雖然跳不出死生關，也省了些離合悲歡
- 今年不濟有來年，看氣色實難辨
- 沒天兒惹了一場，平地裡閃了一跤
- 民愁歎，號天，怨天，這其間方信道做天難
- 人多因指驢說馬，方信道曼倩詼諧不是要
- 笑藏著劍與槍，假慈悲論短說長
- 自己跌倒自己爬，指望人扶都是假

- 世間人睜眼觀見，論英雄錢是好漢。有了他諸般趁意，沒了他寸步也難
- 生平勁節清操，怎肯向貂璫屈膝低腰
- 平日價張著口將忠孝談，到臨危翻著臉把富貴貪
- 冤戴覆盆霜，恨氣空填霄壤，啼鵑血盡，今宵魂在何方？

《孔子家語》100句

◆禍至不懼，福至不喜

- 路無拾遺，器不雕偽
- 貶君以彰己罪，非禮也
- 有文事者必有武備，有武事者必有文備
- 魯以君子道輔其君，而子獨以夷狄道教寡人
- 家不藏甲，邑無百雉之城
- 禍至不懼，福至不喜
- 入山澤以其時，而無征
- 人君先立仁於己，然後大夫忠而士信
- 上之親下也，如手足之於腹心
- 兵革不動而威，用利不施而親
- 夫婦別，男女親、君臣信，三者正，則庶物從之
- 為政先乎禮，禮其政之本
- 不敬其身，是傷其親
- 仁人不過乎物，孝子不過乎親
- 己有才而以資鄰國，難以言智也
- 同己不與，異己不非
- 非禮則無以辯君臣、上下、長幼之位焉
- 江海雖左，長於百川，以其卑也
- 慮不先定，臨事而謀，不亦晚乎
- 見小闇大，而不知所務
- 行不務多，必審其所由
- 富貴不足以益，貧賤不足以損
- 言必忠信而心不怨，仁義在身而色無伐
- 言足以法於天下，而不傷於身；道足以化於百姓，而不傷於本
- 下民不知其德，睹者不識其鄰

◆聰明睿智，守之以愚

- 存亡禍福，皆己而已
- 薰蕕不同器而藏，堯桀不共國而治
- 不傷財，不害民，不繁詞，則顏氏之子有矣
- 好諫者思其君，食美者念其親
- 思仁恕則樹德，加嚴暴則樹怨
- 澤施於百姓，則富可也
- 道雖貴，必有時而後重，有勢而後行
- 伐無道，刑有罪，一動而天下正
- 可以與人終日不倦者，其唯學焉
- 少思其長則務學，老思其死則務教，有思其窮則務施
- 聽者無察，則道不入
- 制無度量，則事不成

- 聰明睿智，守之以愚
- 其流也則卑下倨邑，必修其理，此似義
- 與小人處而不能親賢，吾殆之
- 輕千乘之國，而重一言之信
- 思其人必愛其樹，尊其人必敬其位
- 楚王失弓，楚人得之
- 言人之美也隱而顯，言人之過也微而著
- 君子以心導耳目，立義以為勇；小人以耳目導心，不愻以為勇
- 富貴者送人以財，仁者送人以言
- 誠能慎之，福之根也；口是何傷，禍之門也
- 省力役，薄賦斂，則民富矣；敦禮教，遠罪疾，則民壽矣
- 良藥苦於口而利於病，忠言逆於耳而利於行
- 善驚以遠害，利食而忘患

◆**君子以行言，小人以舌言**

- 小棰則待過，大杖則逃走
- 見人之一善，而忘其百非
- 與善人居，如入芝蘭之室，久而不聞其香
- 舟非水不行，水入舟則沒
- 達于情性之理，通於物類之變
- 為己不重，為人不輕
- 君子以行言，小人以舌言
- 言人之惡，非所以美己；言人之枉，非所以正己
- 人君而無諫臣則失正，士而無教友則失聽

- 木受繩則直，人受諫則聖
- 以容取人，則失之子羽；以辭取人，則失之宰予
- 君子長人之才，小人抑人而取勝
- 攻其所不能，補其所不備
- 芝蘭生於深林，不以無人而不芳
- 居下而無憂者，則思不遠；處身而常逸者，則志不廣
- 水至清則無魚，人至察則無徒
- 竭澤而漁，則蛟龍不處其淵
- 內行不修，身之罪也
- 不臨深泉，何以知沒溺之患
- 令不再而民順從，刑不用而天下治
- 治國而無德法，則民無修
- 過而改之，是為不過
- 終夜有求於幽室之中，非燭何以見
- 無禮則手足無所措
- 民知所止，則不犯

◆**親者不失其為親也，故者不失其為故也**

- 刑不上於大夫，禮不下於庶人
- 至刑無所用政，至政無所用刑
- 太上以德教民，而以禮齊之
- 君子之音溫柔居中，以養生育之氣
- 過而能改，其進矣
- 春夏秋冬，風雨霜露，無非教也

- 有物將至，其兆必先
- 言而可履，禮也；行而可樂，樂也
- 王者不滅國，霸者無強敵
- 勇者不避難，仁者不窮約，智者不失時，義者不絕世
- 美言傷信，慎言哉
- 親者不失其為親也，故者不失其為故也
- 守道不如守官，君子韙之
- 良史者，記君之過，揚君之善
- 治國制刑，不隱於親
- 防怨猶防水也，大決所犯，傷人必多
- 寬猛相濟，政是以和
- 國有道則盡忠以輔之，國無道則退身以避之
- 聖王之教，孝悌發諸朝廷，行於道路，至於州巷
- 損人自益，身之不祥
- 富而不好禮，殃也
- 謀人之軍師，師敗則死之
- 與其敬不足而禮有餘，不若禮不足而敬有餘
- 知事人者，然後可以使人
- 孝子不順情以危親，忠臣不兆奸以陷君

《閱微草堂筆記》100句

◆天地無心，視聽在民

- 人心一動，鬼神知之
- 天地鬼神，恆於一事偶露其巧，使人知警
- 巧者，造物之所忌。機械萬端，反而自及，天道也
- 人心愈巧，則鬼神之機亦愈巧
- 凡陰邪之氣，遇陽剛之氣則消
- 海客無心，則白鷗可狎
- 心無餘閒，則一切愛根欲根無處容著，一切魔障不祛自退矣
- 非禮之祀，鬼神且不受，況非義之祀乎？
- 知為妖魅所惑者，皆邪念先萌耳
- 悍戾者必遇其敵，人所不能制者，鬼亦忌而共制之
- 勝妖當以德，以力相角，終無勝理
- 心定則氣聚，心一動則氣散矣
- 人知兆發於鬼神，而人事應之；不知實兆發於人事，而鬼神應之
- 大抵名愈高，則責愈嚴；術愈巧，則罰愈重
- 唯愚故誠，唯誠故鬼神為之格鬼神之故，有可知有不可知，存而不論可矣
- 庶女呼天，雷電下擊
- 自恃可為，遂為人所不敢為，卒至潰敗決裂
- 世故太深，則趨避太巧耳
- 緇衣黃冠，或坐蛻不仆；忠臣烈女，或骸存不腐，皆神足以持其形耳
- 一切世事心計，皆出古人上
- 天地無心，視聽在民
- 肴酒必豐，敬鬼神也；無所祈請，遠之也

- 禍患常生於忽微，智勇多困於所溺
- 天下之大，孰肯以真形示人者？

◆**聞之者足以戒**

- 即求而得之，亦必其命所應有，雖不求亦得也
- 偏伐陽者，韓非刑名之學；偏補陽者，商鞅富強之術
- 夫死生數也，數已盡矣，猶以小術與人爭，何其不知命乎？
- 顧天地生財，只有此數。此得則彼失，此盈則彼虧。
- 人能事事如我意，可畏甚矣
- 神仙必有，然非今之賣藥道士；佛菩薩必有，然非今之說法禪僧
- 食人之食，不可不事人之事
- 取非所有者，終不能有，且適以自戕也
- 知命者，不立乎岩牆之下
- 一犬吠影，每至於百犬吠聲
- 事太便宜，必有不便宜者存
- 必當為者而亦不為，往往坐失事機，留為禍本
- 情有所牽，物必抵隙
- 凡反間內應，亦必以同類，非其同類，不能投其好而入，伺其隙而抵也
- 凡事不可載入行狀，即斷斷不可為
- 骨非藥物所能換，緣亦非情好所能結
- 山川而能語，葬師食無所；肺腑而能語，醫師面如土
- 君棄其結髮而昵我，此豈可託終身者乎？

- 現身說法，言之者無罪，聞之者足以戒
- 矯枉過直，顧此失彼，本造福而反造孽，本弭事而反釀事
- 人莫躓於山，而躓於垤
- 以智勇之略，敗於意外者，其數在天，不得而尤人；以駑下之才，敗於勝己者，其過在己，亦不得而尤人
- 古人嫌隙，多起於俳諧。不如並此無之，更全交之道耳
- 利旁有倚刀，貪人還自戕

◆**種桃李者得其實**

- 惜一猛虎之命，放置深山，不知澤麋林鹿，劘其牙者幾許命也
- 義所當報，不必談因果
- 儒釋之宗旨雖殊，至其教人為善，則意歸一轍
- 大抵無往不復者，天之道；有施必報者，人之情。既已種因，終當結果
- 無心布施，功德最大
- 種桃李者得其實，種蒺藜者得其刺
- 業有滿時，則債有還日
- 人不入山，虎豹焉能食；舟不航海，鯨鯢焉能吞？
- 以三生論因果，惕以未來；以一念論因果，戒以現在
- 知刻酷之積怨，不知忠厚亦能積怨也
- 利人脩脯，誤人子弟，譴責亦最重
- 刑賞有所不及，褒貶有所弗恤者，則佛以因果勸人善，其事殊，其意同也

- 捐身鋒鏑，輕若鴻毛
- 劫數人所為，非天所為也
- 天定勝人，人定亦勝天
- 其福正以其蠢也
- 愚者恆為智者敗，而物極必反，亦往往於所備之外，有智出其上者，突起而勝之
- 黃泉易逝，青史難誣
- 能與貧人共年穀，必有明月生蚌胎
- 恃其錢神，至能驅鬼，心計可謂巧矣，而卒不能逃幽冥之業鏡
- 小慈是大慈之賊

◆舉世盡從忙裡老

- 公愛民乃好名，不取錢乃畏後患耳
- 非唯私情為障，即公心亦為障
- 君子義不負人，不以生死有異也；小人無往不負人，亦不以生死有異也
- 仕宦熱中，其強悍者必怙權，怙權者必狠而愎；其孱弱者必固位，固位者必險而深
- 故君子之於世也，可隨俗者隨，不必苟異；不可隨俗者不隨，亦不苟同
- 蓋棺以後，論定猶難。況乎文酒流連，唱予和汝之日哉！
- 家庭骨肉，當處處留將來相見地也
- 舉世盡從忙裡老，誰人肯向死前休
- 不見可欲故不亂，見則亂矣

- 不求幸勝，不求過勝，此其所以終勝歟
- 以勢交者，勢敗則離；以財交者，財盡則散
- 心心在一藝，其藝必工；心心在一職，其職必舉
- 曾經極樂之境，稍不適則覺苦；曾經極苦之境，稍得寬則覺樂矣
- 祖父之積累如是其難，子孫之敗壞如是其易也
- 用兵者務得敵之情
- 無欲常教心似水，有言自覺氣如霜

◆世情萬變

- 凡人白晝營營，性靈汩沒，唯睡時一念不生，元神朗澈
- 《春秋》責備賢者，未可以士大夫之義律兒女子
- 誤而即覺，是謂聰明；覺而不回護，是謂正直
- 滿腹皆書能害事，腹中竟無一卷書，亦能害事
- 以講經求科第，支離敷衍，其詞愈美而經愈荒；以講經立門戶，紛紜辯駁，其說愈詳而經亦愈荒
- 儒者著書，當存風化，雖齊諧志怪，亦不當收悖理之言
- 好花朗月，勝水名山，偶與我逢，便為我有
- 世情萬變，治家者平心處之可矣
- 蓄怨毒之念，根於性識，一朝相遇，如相反之藥，雖枯根朽草，本自無知，其氣味自能激鬥耳
- 昨為樓上女，簾下調鸚鵡；今為牆外人，紅淚沾羅巾
- 相見不相親，不如不相見
- 跡似「贈以芍藥」，事均「采彼蘼蕪」

- 酒有別腸，信然
- 見異詞，所聞異詞，所傳聞異詞，《魯史》且然，況稗官小說？

《禮記》100句

◆君子淡以成，小人甘以壞

- 人之學也，或失則多，或失則寡，或失則易，或失則止
- 凡學之道，嚴師為難
- 化民成俗，其必由學
- 安其學而親其師，樂其友而信其道
- 君子有三患：未之聞，患弗得聞也；既聞之，患弗得學也；既學之，患弗能行也
- 能博喻，然後能為師
- 記問之學，不足以為人師
- 教之不刑，其此之由
- 學然後知不足，教然後知困。知不足，然後能自反也；知困，然後能自強也
- 獨學而無友，則孤陋而寡聞
- 玉不琢，不成器；人不學，不知道
- 善學者，師逸而功倍
- 人而無恆，不可以為卜筮
- 上不可以褻刑而輕爵
- 口惠而實不至，怨菑及其身
- 小人溺於水，君子溺於口
- 心莊則體舒，心肅則容敬
- 生則不可奪志，死則不可奪名
- 君子不以色親人
- 君子淡以成，小人甘以壞
- 君子隱而顯，不矜而莊，不厲而威，不言而信
- 身不正，言不信，則義不一，行無類也
- 君子寡言而行，以成其信
- 慎以辟禍，篤以不掩，恭以遠恥
- 謹於言而慎於行

◆古之為政，愛人為大

- 樂以迎來，哀以送往
- 大孝尊親，其次弗辱，其下能養
- 不辱其身，不羞其親，可謂孝矣
- 君子審禮，不可誣以奸詐
- 安上治民，莫善於禮
- 政者正也，君為正，則百姓從政矣
- 君子言不過辭，動不過則
- 古之為政，愛人為大
- 敬而不中禮，謂之野
- 君子無理不動，無節不作
- 敖不可長，欲不可從，志不可滿，樂不可極
- 愛而知其惡，憎而知其善
- 禮者，自卑而尊人

- 臨財毋苟得，臨難毋苟免
- 人子之禮：冬溫而夏清，昏定而晨省
- 長者不及，毋儳言
- 博聞強識而讓，敦善行而不怠，謂之君子
- 君子不盡人之歡，不竭人之忠

◆選賢與能，講信修睦

- 梁木其壞、哲人其萎，則吾將安放
- 君子之愛人也以德；細人之愛人也以姑息
- 生有益於人，死不害於人
- 喪欲速貧，死欲速朽
- 喪人無寶，仁親以為寶
- 事親有隱而無犯，事君有犯而無隱
- 謀人之軍師，敗則死之；謀人之邦邑，危則亡之
- 進人若將加諸膝，退人若將隊諸淵
- 國無道，君子恥盈禮焉
- 斯子也，必多曠於禮矣
- 啜菽飲水盡其歡，斯之謂孝
- 苛政猛於虎
- 予唯不食嗟來之食
- 事君不敢忘其君，亦不敢遺其祖
- 利其君不忘其身，謀其身不遺其友
- 大道之行也，天下為公
- 選賢與能，講信修睦
- 老有所終，壯有所用，幼有所長
- 力惡其不出於身也，不必為己
- 謀閉而不興，盜竊亂賊而不作，故外戶而不閉，是謂大同
- 用人之知去其詐，用人之勇去其怒，用人之仁去其貪
- 飲食男女，人之大欲存焉
- 夙夜強學以待問，懷忠信以待舉，力行以待取

◆好學不倦，好禮不變

- 坐起恭敬，言必先信，行必中正
- 不寶金玉，而忠信以為寶
- 見利而不虧其義
- 可親而不可劫也，可近而不可迫也，可殺而不可辱也
- 戴仁而行，抱義而處
- 身可危也，而志不可奪也
- 禮之以和為貴
- 內稱不辟親，外舉不辟怨
- 苟利國家，不求富貴
- 世治不輕，世亂不沮
- 儒有不隕穫於貧賤，不充詘於富貴
- 君臣正，父子親，長幼和，而後禮義立
- 孝弟忠順之行立，而後可以為人
- 好學不倦，好禮不變
- 君子戒慎乎其所不睹，恐懼乎其所不聞
- 發而皆中節，謂之和

- 上不怨天，下不尤人
- 道不遠人，人之為道而遠人，不可以為道
- 君子之道，辟如行遠必自邇，辟如登高必自卑
- 仁者，人也，親親為大
- 國家將興，必有禎祥；國家將亡，必有妖孽
- 道也者，不可須臾離也，可離非道也
- 凡事豫則立，不豫則廢
- 好學近乎知，力行近乎仁，知恥近乎勇
- 君子和而不流
- 博學之，審問之，慎思之，明辨之，篤行之
- 動而世為天下道，行而世為天下法
- 人一能之，己百之。人十能之，己千之
- 天無二日，土無二王，家無二主，尊無二上
- 貧而好樂，富而好禮
- 君子貴人而賤己，先人而後己
- 君子辭貴不辭賤，辭富不辭貧
- 善則稱人，過則稱己

《左傳》100句

◆哀樂失時，殃咎必至（隱公元年～莊公三十二年）

- 多行不義，必自斃，子姑待之
- 孝子不匱，永錫爾類
- 信不由中，質無益也
- 大義滅親，其是之謂乎
- 禮，經國家，定社稷，序民人，利後嗣者也
- 政成而民聽，易則生亂
- 聖王先成民而後致力於神
- 名有五，有信，有義，有象，有假，有類
- 匹夫無罪，懷璧其罪
- 師克在和，不在眾
- 苟信不繼，盟無益也
- 慎守其一，而備其不虞
- 女有家，男有室，無相瀆也
- 並后，匹嫡，兩政，耦國，亂之本也
- 不知其本，不謀；知本之不枝，弗強
- 一鼓作氣，再而衰，三而竭
- 妖由人興也
- 王命諸侯，名位不同，禮亦異數，不以禮假人
- 哀樂失時，殃咎必至
- 酒以成禮，不繼以淫，義也
- 儉，德之共也；侈，惡之大也
- 國將興，聽於民；將亡，聽於神

◆心苟無瑕，何恤乎無家（閔公元年～僖公三十三年）

- 戎狄豺狼，不可厭也；諸夏親暱，不可棄也；宴安酖毒，不可懷也
- 國將亡，本必先顛，而後枝葉從之

- 心苟無瑕，何恤乎無家
- 一國三公，吾誰適從
- 諺所謂輔車相依，脣亡齒寒者，其虞虢之謂也
- 招攜以禮，懷遠以德
- 欲加之罪，其無辭乎？
- 皮之不存，毛將安傅？
- 下民之孽，匪降自天，僔遝背憎，職競由人
- 以欲從人，則可；以人從欲，鮮濟
- 師直為壯，曲為老
- 因人之力而敝之，不仁；失其所與，不知；以亂易整，不武
- 輕則寡謀，無禮則脫
- 文不犯順，武不違敵

◆畏首畏尾，身其餘幾？（文公六年～成公十八年）

- 閏以正時，時以作事，事以厚生，生民之道，於是乎在矣
- 天生民而樹之君，以利之也
- 畏首畏尾，身其餘幾？
- 仁而不武，無能達也
- 夫武，禁暴、戢兵、保大、定功、安民、和眾、豐財者也
- 民之多幸，國之不幸也
- 知難而有備，乃可以逞
- 唯器與名，不可以假人
- 欲勇者賈余餘勇
- 明德，務崇之之謂也；慎罰，務去之之謂也

- 信以行義，義以成命
- 不背本，仁也；不忘舊，信也；無私，忠也；尊君，敏也
- 在肓之上，膏之下，攻之不可，達之不及，藥不至焉，不可為也
- 聖達節，次守節，下失節
- 德、刑、詳、義、禮、信，戰之器也
- 唯聖人能外內無患

◆我以不貪為寶，爾以玉為寶（襄公元年～襄公三十一年）

- 稱其讎不為諂，立其子不為比，舉其偏不為黨
- 師眾以順為武，軍事有死無犯為敬
- 過而不悛，亡之本也
- 思則有備，有備無患
- 讓，禮之主也
- 我以不貪為寶，爾以玉為寶
- 夫上之所為，民之歸也
- 美疢不如惡石，夫石猶生我，疢之美其毒滋多
- 大上有立德，其次有立功，其次有立言
- 不言，誰知其志？言之無文，行而不遠
- 弈者舉棋不定，不勝其耦，而況置君而弗定乎？
- 天生五材，民並用之，廢一不可，誰能去兵？
- 夫富，如布帛之有幅焉，為之制度，使無遷也
- 五聲和，八風平，節有度，守有序，盛德之所同也
- 其所善者，吾則行之；其所惡者，吾則改之，是吾師也

- 君子務知大者、遠者，小人務知小者、近者

◆**無乃包藏禍心以圖之**（昭公元年～昭公三十二年）

- 無乃包藏禍心以圖之
- 雖有饑饉，必有豐年
- 不義而彊，其斃必速
- 先王之樂，所以節百事也
- 凡有血氣，皆有爭心，故利不可強，思義為愈
- 不道，不共；不昭，不從
- 末大必折，尾大不掉
- 從善如流，下善齊肅
- 數典而忘其祖
- 夫大國之人令於小國，而皆獲其求，將何以給之？一共一否，為罪滋大
- 唯有德者能以寬服民，其次莫如猛
- 使民不安其土，民必憂，憂將及王，弗能久矣
- 禮之可以為國也久矣，與天地並
- 夫舉無他，唯善所在，親疏一也
- 願以小人之腹，為君子之心
- 夫物，物有其官，官修其方，朝夕思之
- 禮也者，小事大、大字小之謂
- 名之不可不慎也如是：夫有所有名而不如其已
- 社稷無常奉，君臣無常位，自古以然

◆**樹德莫如滋，去疾莫如盡**（定公元年～哀公二十七年）

- 大事奸義，必有大咎
- 啟寵納侮，其此之謂矣
- 困獸猶鬥，況人乎
- 子能復之，我必能興之
- 人各有能有不能
- 尤人而效之，非禮也
- 三折肱知為良醫
- 富而不驕者鮮，驕而不亡者，未之有也
- 樹德莫如滋，去疾莫如盡
- 越十年生聚，而十年教訓
- 國之興也，視民如傷，是其福也；其亡也，以民為土芥，是其禍也
- 勤恤其民，而與之勞逸，是以民不罷勞，死知不曠
- 是食言多矣，能無肥乎？

《明清小品》100句

◆**人欲活潑其心，先宜活潑其眼**

- 無一字無來歷，無一語不生動，無一篇不警策
- 然萬竹中雪子敲戛，錚錚有聲，暗窗紅火，任意看數卷書，亦復有少趣
- 鳳凰不與凡鳥同群，麒麟不代凡馹伏櫪
- 蕭然冷然，浣濯肺腑，疏瀹塵垢，灑灑乎忘身世而一死生

- 一生心血，半為舉子業耗盡
- 心機震撼之後，靈機逼極而通
- 鄙意又以為不患不相見，患相見之無益耳
- 水木清華，神膚洞達
- 一切山水可以高深，而山水之勝反不能自為名
- 後人未嘗有悲而悲之，不信胸中而信紙上，予悲夫悲秋者也
- 電尤奇幻，光煜煜入水中，深入丈尺，而吸其波光以上於雨，作金銀珠貝影，良久乃已
- 是時殘陽接月，晚霞四起，朱光下射，水地霞天
- 夏日於朱紅盤中，自拔快刀，切綠沉西瓜，不亦快哉
- 蕉能韻人而免於俗，與竹同功
- 樹小而人與之小，樹大而人隨之大，觀樹即所以觀身
- 無一時一刻，不適耳目之觀
- 坐而觀之，則窗非窗也，畫也
- 人欲活潑其心，先宜活潑其眼
- 書非借不能讀也
- 二者不可得兼，捨官而取園者也
- 前無來龍，後無去蹤；突然而起，戛然而止
- 對景懷人，夢魂顛倒
- 省儉之法，曰「就事論事」
- 多瞻仰前輩一日，則胸中長一分邱壑；長一分邱壑，則去一分鄙陋
- 古之美人名士，富貴壽考者，幾人哉
- 悅性弄情，工而入逸，斯為妙品
- 人之學為鳥言者，其音則鳥也，而性則人也
- 山雞自愛其羽，每臨水照影，甚至眩溺死，弗顧
- 予謂文章之妙，不在步趨形似之間
- 如今世事總難認真，而況戲乎
- 繁華靡麗，過眼皆空，五十年來，總成一夢
- 弱則唾面而肯自乾，強則單騎而能赴敵
- 兼以茶淫橘虐，書蠹詩魔，勞碌半生，皆成夢幻
- 看月而人不見其看月之態，亦不作意看月者，看之
- 人無癖不可與交，以其無深情也
- 天與雲、與山、與水，上下一白
- 莫說相公癡，更有癡似相公者

◆害人之心不可有，防人之心不可無

- 夫童心者，絕假純真，最初一念之本心也
- 天下之至文，未有不出於童心焉者也
- 其言如此，其人可知也
- 萬口一詞，不可破也；千年一律，不自知也
- 地之穢者多生物，水之清者常無魚
- 真廉無廉名，立名者正所以為貪
- 害人之心不可有，防人之心不可無
- 攻人之惡，毋太嚴，要思其堪受
- 意在筆先者，定則也；趣在法外者，化機也
- 非唯我愛竹石，即竹石亦愛我也
- 使天下無農夫，舉世皆餓死矣

- 以人為可愛，而我亦可愛矣；以人為可惡，而我亦可惡矣
- 學問二字，須要拆開看
- 自我用人，從不書券，合則留，不合則去
- 讀書以過目成誦為能，最是不濟事
- 天下事有難易乎？為之，則難者亦易矣；不為，則易者亦難矣
- 飛鳥為之徘徊，壯士聽而下淚矣
- 人有苦必有樂，有極苦必有極樂
- 山色如娥，花光如頰，溫風如酒，波紋如綾
- 歌吹為風，粉汗如雨，羅紈之盛，多於堤畔之草，豔冶極矣
- 其實湖光染翠之工，山嵐設色之妙，皆在朝日始出，夕舂未下，始極其濃媚
- 溪流激石作聲，徹夜到枕上
- 人情必有所寄，然後能樂
- 錢穀多如牛毛，人情茫如風影，過客積如蚊蟲，官長尊如閻老
- 天下之狡於趨避者，兔也，而獵者得之
- 世人所難得者唯趣
- 山巒為晴雪所洗，娟然如拭，鮮妍明媚，如倩女之靧面，而髻鬟之始掠也
- 撤屏視之，一人、一桌、一椅、一扇、一撫尺而已
- 我輩看名山，如看美人
- 蕭然四壁，傲睨千古
- 晚風正清，湖煙乍起，嵐潤如滴，柳嬌欲狂
- 風日清美，人意頗適
- 雪已霽，白雲出山，與雪一色，上下光曜，應接不暇

- 時月初上，新隄柳枝皆倒影湖中，空明摩盪，如鏡中復如畫中
- 情之所在，一往輒深
- 余故謂惟兒女情深，乃不為英雄氣短
- 不觀天地之富，豈知人間之貧哉
- 江色狎人，漁火村燈，與白月相下上
- 天下之事，常發於至微，而終為大患
- 余見世人之好誕者死於誕，好誇者死於誇
- 又何往而不金玉其外，敗絮其中也哉
- 夫古今之變，朝市改易
- 夫人才難知，知人固未易也
- 身穿朝衣，心在煙壑
- 明靜可爽心神，宏敞則傷目力
- 此得之性生，不可得而強也
- 田園有真樂，不瀟灑終為忙人
- 人不得道，生老病死四字關，誰能透過
- 神龍使人見首而不見尾
- 古文貴達，學達即所謂學古也。學其意，不必泥其字句也
- 涉世如局戲
- 學未至圓通，合己見則是，違己見則非
- 跬步之間，有若天涯，倍令人相思如渴耳
- 白練千匹，微風行水上，若羅紋紙

◆**傲骨不可無，傲心不可有**

- 文章是案頭之山水，山水是地上之文章

- 善讀書者，無之而非書
- 律己宜帶秋氣，處事宜帶春氣
- 傲骨不可無，傲心不可有
- 藏書不難，能看為難
- 一室之不治，何以天下國家為
- 何必名山吾廬邪
- 悠然暢寄，書味滿胸。此樂非但忘貧，兼可入道
- 是誰多事種芭蕉？早也瀟瀟，晚也瀟瀟

《東萊博議》100句

◆一念之是，咫尺禹湯；一念之非，咫尺桀紂

- 釣者負魚，魚何負於釣？獵者負獸，獸何負於獵
- 君子之情未嘗不與人同也，而愛惡與人異
- 未見之情，人所未知；未動之情，己所不知
- 戒之以禍者，所以使人君畏也；諭之以理者，所以使人君之信也；悟之以心者，所以使人君之樂也
- 儒家之小人，兵家之君子也；兵家之君子，儒家之小人也
- 得不償失，利不償害
- 盛怒不發於微罪，峻責不加於小疵
- 天下之事，成於懼而敗於忽
- 君子之立論，信己而不信人，信心而不信目，故能用事而不用於事
- 敘事者，載其實；論事者，推其理
- 觀人之術，在隱不在顯，在晦不在明
- 凡人之情，為惡於人之所不見，為善於人之所見
- 致強之道始於弱，致弱之道始於強
- 共患易，共利難
- 勞者賤之常，困者貧之常，辱者難之常
- 大恩與大怨為鄰，大名與大辱為朋
- 君子言分必及理，言理必及分。分不獨立，理不虛行
- 蓋先遇其易，則以易為常，是禍之原也；先遇其難，則以難為常，是福之基也
- 和氣致祥，乖氣致異
- 天下同知畏有形之寇，而不知畏無形之寇
- 氣聽命於心者，聖賢也；心聽命於氣者，眾人也
- 君子作事謀始
- 怪生於罕，而止於習
- 咎既往者易為說，扶將傾者難為功
- 銜轡敗，然後見馬之真性；法制馳，然後見民之真情
- 一念之是，咫尺禹湯；一念之非，咫尺桀紂
- 國不亡於外寇，而亡於內寇；惡不成於有助，而成於無助
- 以古為今，以今為古，特在吾心之通與蔽耳
- 君有君之憂，臣有臣之憂，未聞舍己之憂，而憂人之憂者也
- 爵愈高而心愈躁，祿愈豐而心愈貪

◆生天下之善者，出於敬；生天下之惡者，出於慢

- 蓍龜者，心之影也，小大修短，咸其自取

- 百人醉而一人醒，猶可以止眾狂；百禮廢而一禮存，猶可以推舊典
- 驕者亂之母也，疑者奸之媒也，懦者事之賊也，弱者盜之招也
- 觀政在朝，觀俗在野
- 物之相資者，不可相無；物之相害者，不可相有
- 王者之所憂，伯者之所喜也
- 諫之用，在於君未喻之前，而不在君已喻之後
- 王道之外無坦途，舉皆荊棘；仁義之外無功利，舉皆禍殃
- 影者形之報也，響者聲之報也，刑者罰之報也，高下輕重，咸其自取
- 怠善而長姦者，莫如徇時之說
- 知而遠之，善之善也；知而近之，不善之不善也
- 心外有道，非心也；道外有心，非道也
- 無故而為駭世之行，求名之尤者也
- 所期既滿，其心亦滿，滿則驕，驕則怠，怠則衰
- 失其始而求其終，理之所必無也
- 辭受既不可中悔，予奪其可中悔乎
- 觀治不若觀亂，觀美不若觀惡
- 無間則仁，有間則暴
- 蓋其所知者在理不在事，在實不在名也
- 天下之情，不見其速，未有見其遲也
- 君子憂我之弱，而不憂敵之強；憂我之愚，而不憂敵之智
- 善觀天者，觀其精；不善觀天者，觀其形
- 謀於塗者，不若謀於鄰；謀於鄰者，不若謀於家
- 生天下之善者，出於敬；生天下之惡者，出於慢
- 多而不可滿者，欲也；銳而不可極者，忿也
- 人皆知以己觀己之難，而不知以人觀己之易
- 以君子之言，借小人之口發之，則天下見其邪而不見其正；以小人之言，借君子之口發之，則天下見其正而不見其邪
- 理本無窮，而人自窮之；心本無外，而人自外之
- 身者，寄也；軒冕者，身之寄也
- 居其位而無其德，為身之羞；居其位而黜其禮，為位之羞
- 人之於利，憂其銳而不憂其怠，憂其急而不憂其緩，憂其溺而不憂其忘
- 為善未盡，猶愈不為；改過未盡，猶愈不改
- 至難發者，悔心也；至難持者，亦悔心也
- 國毀當辨，身毀當容；國辱當爭，身辱當受
- 吾獨以為利害之未驗，察言者若難而實易；利害之既驗，察言者若易而實難

◆內闇則外求，外求則內虛

- 天下之患，不發於人之所備，而發於人之所不備
- 抑不知怒可使疏者解，不可使親者解；疑可使疏者辨，而不可使親者辨
- 待患難而始合，則其合者非吾本心也，驅於患難，苟合以濟事也
- 吾是以知世人之所謂急者，未始不為緩；世人之所謂緩者，未始不為急也

- 待人欲寬，論人欲盡
- 觀人之道，自近者始
- 名不可以幸取也
- 天下之情，待之厚者責之厚，待之薄者責之薄
- 聖人不知有名，而名未嘗離聖人
- 理本無間，一事通則萬事皆通；意本無窮，一意解則千語皆解
- 物固有不可並者。一事而是非並，擇一焉可也；一人而褒貶並，擇一焉可也
- 大抵能害人者必能利人，能殺人者必能生人
- 天下之事，有非出於人情之常者，其終必不能安
- 同言者，權之以事；同事者，權之以人
- 譽人之所毀者，未必皆近厚也；毀人之所譽者，未必皆近薄也
- 天下之可懼者，惟出乎利害之外能知之
- 易喜者必易厭
- 理之未明，君子責也
- 理有常然，而事有適然，因適然之事，而疑常然之至理，智者不由也
- 君子立言，待天下甚尊，期天下甚重，雖至奧至邈之理，未嘗敢輕視天下，逆料其不能知
- 物之移人者，莫如權位
- 言在此而觀在此者，眾人之觀也；言在此而觀在彼者，君子之觀也
- 豐歉在人而不在天，強弱在人而不在地
- 事有出於常情之外者，非人之所不能及，則必不能及人者也
- 謗，可止而不可分，分謗所以增謗也
- 天下之情，固有厚之而薄，薄之而厚者，不可不察也
- 物以順至者，必以逆觀，天下禍不生於逆，而生於順
- 天下之亂，常基於微而成著，知微者謂之君子，知著者謂之眾人
- 天下之禍不可狃，而幸不可恃
- 正其義而不謀其利，明其道而不計其功，此吾儒之本指也
- 事非心是，理無所有
- 人苟心不在於善，凡所遇之事曲固曲也，直亦曲也；邪固邪也，正亦邪也
- 內闇則外求，外求則內虛
- 凡言必有端。發端自我，則我輕彼重；發端自彼，則我重彼輕
- 以物為惠，惠之麤；以城為守，守之下

《古詩源》100句

◆心思不能言，腸中車輪轉

- 青青河邊草，綿綿思遠道
- 高臺不可望，望遠使人愁
- 冉冉孤生竹，結根泰山阿。與君為新婚，兔絲附女羅
- 殷憂不能寐，苦此夜難頹。明月照積雪，朔風勁且哀
- 邊城多健少，內舍多寡婦
- 行行重行行，與君生別離。相去萬餘里，各在天一涯
- 心思不能言，腸中車輪轉

- 結巾帶，長相思，君忘妾，未知之
- 春風一夜入閨闥，楊花飄蕩落南家
- 涉江采芙蓉，蘭澤多芳草
- 青青河畔草，鬱鬱園中柳
- 以膠投漆中，誰能別離此
- 輾轉不能寐，披衣起彷徨。彷徨忽已久，白露沾我裳
- 山無陵，江水為竭，冬雷震震，夏雨雪，天地合，乃敢與君絕
- 冉冉老將至，何時返故鄉
- 衣不如新，人不如故
- 居常土思兮心內傷，願為黃鵠兮還故鄉
- 明月何皎皎，照我羅床幃。憂愁不能寐，攬衣起徘徊
- 河漢清且淺，相去復幾許。盈盈一水間，脈脈不得語
- 新人雖言好，未如故人姝；顏色類相似，手爪不相如
- 願得一心人，白頭不相離
- 夕殿下珠簾，流螢飛復息
- 公無渡河，公竟渡河，墮河而死，當奈公何
- 從今已往，勿復相思。相思與君絕
- 柳條折盡花飛盡，借問行人歸不歸
- 夢中不識路，何以慰相思
- 綠草蔓如絲，雜樹紅英發

◆俯仰終宇宙，不樂復何如

- 日出而作，日入而息
- 南風之薰兮，可以解吾民之慍

- 群籟雖參差，適我無非新
- 猿鳴誠知曙，谷幽光未顯
- 桃李成蹊徑，桑榆蔭道周
- 巴東三峽猿鳴悲，夜鳴三聲淚沾衣
- 季秋邊朔苦，旅雁違霜雪
- 天蒼蒼，野茫茫，風吹草低見牛羊
- 江南可採蓮，蓮葉何田田，魚戲蓮葉間
- 秋風起兮白雲飛，草木黃落兮雁南歸。蘭有秀兮菊有芳，懷佳人兮不能忘
- 目倦川途異，心念山澤居
- 少無適俗韻，性本愛丘山。誤落塵網中，一去三十年
- 道狹草木長，夕露沾我衣。衣沾不足惜，但使願無違
- 俯仰終宇宙，不樂復何如
- 清歌散新聲，綠酒開芳顏
- 奇文共欣賞，疑義相與析
- 春秋多佳日，登高賦新詩。過門更相呼，有酒斟酌之
- 是以植杖翁，悠然不復返
- 結廬在人境，而無車馬喧
- 京華遊俠窟，山林隱遁棲。朱門何足榮，未若托蓬萊

◆自古聖賢盡貧賤，何況我輩孤且直

- 託好老莊，賤物貴身。志在守樸，養素全真
- 十五好詩書，二十彈冠仕
- 疇昔國士遇，生平知己恩

- 自古聖賢盡貧賤，何況我輩孤且直
- 寧知霜雪後，獨見松竹心
- 少壯輕年月，遲暮惜光輝
- 美人贈我金錯刀，何以報之英瓊瑤，路遠莫致倚逍遙，何為懷憂心煩勞
- 崇台非一幹，珍裘非一腋。多士成大業，群賢濟弘績
- 明月皎夜光，促織鳴東壁；玉衡指孟冬，眾星何歷歷
- 心非木石豈無感，吞聲躑躅不敢言
- 君子防未然，不處嫌疑間。瓜田不納履，李下不正冠
- 願為雙鴻鵠，奮翅起高飛
- 人生不滿百，常懷千歲憂。晝短而夜長，何不秉燭遊
- 田彼南山，蕪穢不治。種一頃豆，落而為萁。人生行樂耳，須富貴何時
- 歡日尚少，戚日苦多。以何忘憂，彈箏酒歌
- 老驥伏櫪，志在千里。烈士暮年，壯心不已
- 新裂齊紈素，皎潔如霜雪。裁成合歡扇，團團似明月
- 對酒當歌，人生幾何。譬如朝露，去日苦多
- 閒居三十載，遂與塵事冥。詩書敦宿好，林園無俗情
- 我心固匪石，君情定何如
- 朝霞開宿霧，眾鳥相與飛
- 君子死知己，提劍出燕京
- 落地為兄弟，何必骨肉親
- 出門萬里客，中道逢嘉友
- 負杖肆遊從，淹留忘宵晨
- 人生非金石，豈能長壽考
- 樹木何蕭瑟，北風聲正悲
- 本是同根生，相煎何太急

◆民生在勤，勤則不匱

- 千金不市死，明經有高位
- 出門無所見，白骨蔽平原
- 戰城南，死郭北，野死不葬烏可食
- 時危見臣節，世亂識忠良。投軀報明主，身死為國殤
- 荊軻飲燕市，酒酣氣益震。哀歌和漸離，謂若傍無人
- 道逢鄉里人，家中有阿誰？遙望是君家，松柏冢纍纍
- 一朝被讒言，二桃殺三士
- 鴻鵠高飛，一舉千里。羽翼已就，橫絕四海
- 薤上露，何易晞
- 君乘車，我戴笠，他日相逢下車揖
- 雄兔腳撲朔，雌兔眼迷離，雙兔傍地走，安能辨我是雄雌
- 桃生露井上，李樹生桃傍。蟲來齧桃根，李樹代桃僵
- 失我焉支山，令我婦女無顏色
- 相逢狹路間，道隘不容車
- 一顧傾人城，再顧傾人國
- 天下攘攘，皆為利往。天下熙熙，皆為利來
- 使君自有婦，羅敷自有夫
- 承靈威兮得外國，涉流沙兮四夷服
- 唐虞世兮麟鳳遊；今非其時來何求

• 深耕溉種，立苗欲疏
• 鳳凰于飛，和鳴鏘鏘
• 民生在勤，勤則不匱
• 相知何必舊，傾蓋定前言
• 談諧終日夕，觴至輒傾杯
• 彼狡童兮，不與我好兮

《四朝高僧傳》100句

◆譬喻如臭泥中生蓮花，但採蓮花勿取臭泥也

• 支郎眼中黃，形軀雖細是智囊
• 行惡則有地獄長苦，修善則有天宮永樂
• 人之無德，遂使清泉輟流。水若永竭，真無以自給
• 兒心有分別，故鉢有輕重耳
• 汝是小魔，宜時速去，我心如地，不可轉也
• 大乘深淨，明有法皆空；小乘偏局，多諸漏失
• 譬喻如臭泥中生蓮花，但採蓮花勿取臭泥也
• 羅什如好綿，何可使入棘林中
• 以一微故眾微空，以眾微故一微空
• 法不自生，緣會故生
• 染學有淺深，得法有濃淡
• 王以法故殺之，我以親而葬之，並不違大義，何為見怒
• 讖乃密咒石出水
• 有命之類莫不貪生，夭彼之命非仁人矣
• 暴寇相攻，宜須禦捍，但當起慈悲心，勿興害念耳
• 大道在心不在事，法由己非由人
• 抱一以逍遙，唯寂以致誠
• 廉者不取，貪者不與，故得常在也
• 德音未遠而拱木已繁，冀神理綿綿，不與氣運俱盡耳
• 宗匠雖邈，玄旨可尋。應窮究幽遠，探微奧
• 四海習鑿齒，彌天釋道安
• 捐米彌覺有待之為煩
• 不疾而速，杼柚何為
• 心無之異，於此而息
• 既為三寶須用，特相隨喜，但莫令餘人妄有所伐
• 每法輪一轉，則黑白奔波
• 乘佛理以御心
• 我佛法中情無取捨，豈不為識者所察
• 本端竟何從，起滅有無際
• 至極以不變為性，得性以體極為宗
• 戒如平地，眾善由生
• 屋中常有一虎，人或畏者，輒驅出令上山，人去後，還復馴伏
• 四大了無疾苦
• 法輪摧軸
• 忘筌取魚，始可與言道
• 佛性當有
• 闡提得佛
• 頓悟不受報

- 應以聲聞得度者，故現聲聞
- 人神道殊，無容相屈
- 佛法不殺
- 事佛在於清靖無欲，慈矜為心
- 死生命也，其可請乎
- 八歲雖誦，百歲不行，誦之何益？人皆知敬得道者，不知行之自得道
- 此得道之人，入火光三昧

◆命由業也，豈是防護之所加乎

- 勿妄褒賞，斯乃術法
- 人道荒險，鬼道利通，行客心迷，多尋鬼道
- 佛法難逢，宜勤修學；人身難獲，慎勿空過
- 執本自傳，不勞度語
- 慈恕立身柔和成性，心非道外行在言前。戒地夷而靜，智水幽而潔
- 俗有可反之致，忽然已反。梵有可學之理，何因不學
- 於是舌根恒淨，心鏡彌朗，藉此聞思永為種性
- 物我皆空
- 借燈為名者，無分別智有寂照之功也
- 執空為病，還以空破，是則執有為病，還以有除
- 若得無諍三昧，自然永離十纏
- 出家者為無為法
- 佛非妄也。雖經劫壞，本空之處願力莊嚴如因事也

- 出處不失其機
- 欲解師子吼
- 榮華賄貨此何見關，日月如電時不待人耳
- 調達親是其事，如來置之不治
- 眾生為貪心之所暗也，貪我則惜落一毛，貪他則永無厭足
- 三界無常，諸有非樂，況復三途八苦，由來所經何足怪乎
- 戒德律儀，始終如一
- 達生知命，斯亦至哉
- 善修三業，無令一生空過
- 邪命之食，不可御也
- 安時處順，遂復其性
- 眾生無我，苦樂隨緣
- 緣盡還無，何喜之有？得失隨緣，心無增減
- 幻化非真誰是誰非，虛妄無實何空何有
- 飯能除飢不除渴，孫能飢渴兩相除
- 殺羊食心豈不苦痛？一切眾生皆是佛子
- 壞瓶何愛，淨土為期；有生有滅，何喜何悲
- 命由業也，豈是防護之所加乎
- 若言無時亦應無出，若無定處亦應無說
- 無盡世界。又便寂然
- 吾本無生，安能避死
- 吾寧持戒一日而死，不願一生破戒而生

◆**人有南北，佛性無南北**

- 夫服一心者，萬法之總也
- 悟者一剎那，不悟河沙劫
- 吾止願為師子吼，不作野犴鳴也
- 即得見性成佛
- 諸佛理論，若取文字，非佛意也
- 人有南北，佛性無南北
- 拂拭以明心
- 無所從來，一無所歸
- 即心是佛，不見有身
- 心與境寂，道隨悟深
- 聖人如影，百姓如夢，孰為死生哉
- 一念不起，即見佛心
- 不立佛殿，唯豎法堂，表法超言象也
- 禪門即心是佛
- 生死之身如循環乎
- 無染無垢是真常
- 有死即生有生即死，萬物相糾，六道輪迴何得定耶

◆**汝等識字者，用耳聞經；不識字者，用心念佛**

- 天下何事耶？吾人自擾之耳
- 汝等識字者，用耳聞經；不識字者用，心念佛
- 法無二故，見無二見
- 著衣、喫飯、屙屎、放尿、馱箇死屍路上行
- 地爐無火客囊空，雪似楊花落歲窮。拾得斷麻穿壞衲，不知身在寂寥中
- 如風吹水，自然成文
- 來無所來，去無所去

《紅樓夢》100句

- 滿紙荒唐言，一把辛酸淚！都云作者痴，誰解其中味？
- 假作真時真亦假，無為有處有還無
- 世人都曉神仙好，惟有功名忘不了！古今將相在何方？荒塚一堆草沒了
- 女兒是水作的骨肉，男人是泥作的骨肉
- 天下無能第一，古今不肖無雙賈不假，白玉為堂金作馬
- 世事洞明皆學問，人情練達即文章
- 春夢隨雲散，飛花逐水流；寄言眾兒女，何必覓閑愁
- 可嘆停機德，堪憐絮才。玉帶林中掛，金簪雪裡埋
- 開闢鴻蒙，誰為情種？都只為風月情濃
- 機關算盡太聰明，反算了卿卿性命
- 都道是金玉良姻，俺只念木石前盟
- 箕裘頹墮皆從敬，家事消亡首罪寧。宿孽總因情
- 謀事在人，成事在天
- 朝廷還有三門子窮親戚
- 瘦死的駱駝比馬大
- 胳膊折了往袖子裡藏

- 一龍生九種，種種各別
- 殺人不過頭點地
- 任憑神仙也罷，治得病治不得命
- 月滿則虧，水滿則溢
- 閻王叫你三更死，誰敢留人到五更
- 編新不如述舊，刻古終勝雕今
- 田舍之家，雖虀鹽布帛，終能聚天倫之樂
- 沒緣法，轉眼分離乍；赤條條，來去無牽掛
- 天運人功理不窮，有功無運也難逢
- 花氣襲人知晝暖
- 原來奼紫嫣紅開遍，似這般都付與斷井頹垣
- 千里搭長棚，沒有個不散的筵席
- 儂今葬花人笑痴，他年葬儂知是誰？
- 滴不盡相思血淚拋紅豆，開不完春柳春花滿畫樓
- 養了這不肖的孽障
- 從此後只是各人各得眼淚罷了
- 孤標傲世偕誰隱？一樣花開為底遲？
- 老劉，老劉，食量大似牛，吃一個老母豬不抬頭
- 花兒落了結個大倭瓜
- 一杯為品，二杯即是解渴的蠢物，三杯便是飲牛飲騾了
- 宋徽宗的鷹，趙子昂的馬，都是好畫兒
- 孟光接了梁鴻案
- 是真名士自風流
- 燒糊了的捲子

- 蝎蝎螫螫老婆漢像
- 病來如山倒，病去如抽絲
- 幸於始者怠於終，繕其辭者嗜其利
- 老健春寒秋後熱
- 兔死狐悲，物傷其類
- 綠葉成蔭子滿枝
- 女孩兒未出嫁是顆無價寶珠
- 榛子非關隔院砧，何來萬戶搗衣聲
- 任是無情也動人
- 開到荼蘼花事了
- 縱有千年鐵門檻，終須一個土饅頭
- 拚著一身剮，敢把皇帝拉下馬
- 好風頻借力，送我上青雲
- 浮萍尚有相逢日，人豈全無見面時
- 一時比不得一時
- 虎狼屯於階陛，尚談因果
- 不作狠心人，難得自了漢
- 巧媳婦做不出沒米的粥
- 寒塘渡鶴影，冷月葬花魂
- 賣油的娘子水梳頭
- 孔子廟前之檜、墳前之蓍，諸葛祠前之柏，岳武穆墳前之松
- 自為紅綃帳裡，公子情深；始信黃土壟中，女兒命薄
- 臥榻之側，豈容他人酣睡
- 醋汁子老婆擰出來的

- 成人不自在，自在不成人
- 羊群裡跑出駱駝來了，就只你大
- 心病終須心藥治，解鈴還是繫鈴人
- 任憑弱水三千，我只取一瓢飲
- 牡丹雖好，全仗綠葉扶持
- 渺渺茫茫兮，歸彼大荒

《西遊記》100句

- 爭名奪利幾時休？早起遲眠不自由
- 我無性。人若罵我，我也不惱；若打我，我也不嗔
- 口開神氣散，舌動是非生
- 挽著些兒就死，磕著些兒就亡；挨挨兒皮破，擦擦兒觔傷
- 美不美，鄉中水；親不親，故鄉人
- 今朝有酒今朝醉，莫管門前是與非。詩酒且圖今日樂，功名休問幾時成
- 皇帝輪流做，明年到我家
- 依著官法打殺，依著佛法餓殺
- 爭名的，因名喪體；奪利的，為利亡身；受爵的，抱虎而眠；承恩的，袖蛇而走
- 善惡到頭終有報，只爭來早與來遲
- 寧戀本鄉一捻土，莫愛他鄉萬兩金
- 心生，種種魔生；心滅，種種魔滅
- 眼看喜，耳聽怒，鼻嗅愛，舌嘗思，意見慾，身本憂
- 掃地恐傷螻蟻命，愛惜飛蛾紗罩燈
- 離家三里遠，別是一鄉風
- 菩薩、妖精，總是一念；若論本來，皆屬無有
- 世間只有個火居道士，哪裡有個火居的和尚？
- 常言道：和尚是色中餓鬼
- 黎山老母不思凡，南海菩薩請下山。普賢文殊皆是客，化成美女在林間
- 見性志誠，念念回首處，即是靈山
- 不是沒規矩，此叫做翻翻是福
- 知恩不報非君子，萬古千秋作罵名
- 千日行善，善猶不足；一日行惡，惡自有餘
- 當家才知柴米價，養子方曉父娘恩
- 蛇頭上蒼蠅，自來的衣食
- 來說是非者，就是是非人
- 尿泡雖大無斤兩，秤鉈雖小壓千斤
- 掃除心上垢，洗淨耳邊塵。不受苦中苦，難為人上人
- 樹大招風風撼樹，人為高名名喪人
- 人逢喜事精神爽，悶上心來瞌睡多
- 青天為屋瓦，日月作窗櫺，四山五嶽為梁柱，天地猶如一敞廳
- 不信直中直，須防仁不仁
- 清酒紅人面，黃金動道心
- 乾著口喊，謂之嚎；扭搜出些眼淚兒來，謂之啕
- 三年不上門，當親也不親
- 五穀輪迴之所

- 巧者多勞拙者閑
- 磨磚砌的喉嚨，著實又光又溜
- 黃梅不落青梅落，老天偏害沒兒人
- 雞兒不吃無功之食
- 只因你不信我的圈子，卻教你受別人的圈子多少苦楚
- 姻緣配合憑紅葉，月老夫妻繫赤繩
- 粗柳簸箕細柳斗，世上誰見男兒醜和你這粉骷髏做甚夫妻？
- 脫得煙花網，又遇風月魔
- 乾魚可好與貓兒作枕頭？
- 得勝的貓兒歡似虎也
- 逐年家打雁，今卻被小雁兒鵮了眼睛
- 哪世裡造下這迍邅難，今世裡步步遇妖精
- 人未傷心不得死，花殘葉落是根枯
- 形容古怪，石中有美玉之藏
- 吃了磨刀水的，秀氣在內
- 過水撒尿，水中游魚食了成龍；過山撒尿，山中草頭得味，變作靈芝
- 皇帝身上也有三個御虱
- 流淚眼逢流淚眼，斷腸人遇斷腸人
- 山高自有客行路，水深自有渡船人
- 今日還是個和尚，明日就是個大恭也
- 只說你是個寬洪海量之仙，誰知是個鼠腹蝸腸之輩
- 佛在靈山莫遠求，靈山只在汝心頭。人人有個靈山塔，好向靈山塔下修

- 蒼蠅包網兒，好大面皮
- 解得是無言語文字，乃是真解
- 斯文斯文！肚裡空空
- 打不斷的親，罵不斷的鄰
- 身居錦繡心無愛，足步瓊瑤意不迷
- 色色原無色，空空亦非空。有用用中無用，無功功裡施功
- 脫卻胎胞骨肉身，相親相愛是元神
- 蓋天地不全
- 有受用的品級

《三國演義》100句

- 滾滾長江東逝水，浪花淘盡英雄
- 治世之能臣，亂世之奸雄
- 揚湯止沸，不如去薪；潰癰雖痛，勝於養毒
- 良禽擇木而棲，賢臣擇主而事
- 燕雀安知鴻鵠志
- 寧教我負天下人，休教天下人負我
- 好花風裊一枝新，畫堂相暖不勝春
- 忠臣也，青史傳名，流芳百世；反臣也，載之史筆，遺臭萬年
- 心懷家國恨，眉鎖廟堂憂
- 小時聰明，大時未必聰明
- 自古皆有死，人無信不立
- 兵家勝敗真常事，捲甲重來未可知

- 鐵人無淚也悽惶
- 棄暗投明，共成大業
- 兄弟如手足，妻子如衣服。衣服破，尚可縫；手足斷，安可續
- 資質風流，儀容秀麗
- 攻其無備，出其不意
- 強中自有強中手，用詐還逢識詐人
- 以孝治天下者，不害人之親；施仁政於天下者，不絕人之祀
- 夫英雄者，胸懷大志，腹有良謀；有包藏宇宙之機，吞吐天地之志
- 忠臣肝腦塗地之秋，烈士立功之會
- 犬豕何堪共虎鬥，魚蝦空自與龍爭
- 汝不識賢愚，是眼濁也；不讀詩書，是口濁也
- 初見方為座上客，此日幾同階下囚
- 馬騎赤兔行千里，刀偃青龍出五關
- 輕而無備，性急少謀，乃匹夫之勇
- 忠言逆耳，豎子不足與謀
- 三分鼎足渾如夢，蹤跡空留在世間
- 到頭天命有所歸，泥中蟠龍向天飛
- 樂躬耕於隴畝兮，吾愛吾廬
- 大夢誰先覺？平生我自知。草堂春睡足，窗外日遲遲
- 運籌帷幄之中，決勝千里之外
- 黃口孺子，怎聞霹靂之聲　病體樵夫，難聽虎豹之吼
- 拂高天之雲翳，仰日月之光輝，拯斯民於水火之中，措天下於衽席之上

- 筆下雖有千言，胸中實無一策
- 沉魚落雁之容，閉月羞花之貌
- 雖不及師曠之聰，聞弦歌而知雅意
- 大丈夫處世，遇知己之主，外託君臣之義，內結骨肉之恩，禍福共之
- 不通天文，不識地理，不知奇門，不曉陰陽，不看陣圖，不明兵勢，是庸才
- 折戟沉砂鐵未消，自將磨洗認前朝。東風不與周郎便，銅雀春深鎖二喬
- 對酒當歌，人生幾何？譬如朝露，去日苦多
- 人有旦夕禍福，豈能自保？天有不測風雲，人又豈能料乎
- 山高月小水茫茫，追嘆前朝割據忙。南士無心迎魏武，東風有意便周郎
- 食其祿而殺其主，是不忠也；居其土而獻其地，是不義也
- 周郎妙計安天下，賠了夫人又折兵
- 指望長江香餌穩，不知暗裡釣魚鉤
- 既生瑜，何生亮
- 雞鳴犬吠相聞，市井閭閻不斷
- 有斷頭將軍，無降將軍
- 越之西子，善毀者不能閉其美；齊之無鹽，善美者不能掩其醜
- 用武則先威，用文則先德；威德相濟，而後王業成
- 自古驕兵多致敗，從來輕敵少成功
- 豎子欺我年老！吾手中寶刀卻不老
- 筆下龍蛇走，胸中錦繡成

- 勇將不怯死以苟免，壯士不毀節以求生
- 龍游溝壑遭蝦戲，鳳入牢籠被鳥欺
- 文章有神霸有氣，豈能苟爾化為群
- 本是同根生，相煎何太急
- 麒麟降生，鳳凰來儀，黃龍出現，嘉禾蔚生，甘露下降
- 兼聽則明，偏聽則蔽
- 功蓋三分國，名成八陣圖
- 鳥之將死，其鳴也哀；人之將死，其言也善
- 攻心為上，攻城為下；心戰為上，兵戰為下
- 七擒七縱，自古未嘗有也
- 運籌更遇強中手，鬥志還逢意外人
- 高視下，勢如破竹
- 鞠躬盡瘁，死而後已
- 謀事在人，成事在天，不可強也
- 魚到南陽方得水，龍飛天外便為霖
- 出師未捷身先死，長使英雄滿淚襟
- 戰戰惶惶，汗出如漿。戰戰慄慄，汗不敢出
- 燕雀處堂，不知大廈之將焚
- 他年錦里經祠廟，梁父吟成恨有餘
- 此間樂，不思蜀也
- 寧飲建業水，不食武昌魚；寧還建業死，不止武昌居
- 紛紛世事無窮盡，天數茫茫不可逃。鼎足三分已成夢，後人憑弔空牢騷

《水滸傳》100句

- 一朝皇帝，夜眠不穩，晝食忘餐
- 用人之人，人始為用。恃己自用，人為人送
- 只為衣冠無義俠，遂令草澤見奇雄
- 飢不擇食，寒不擇衣，慌不擇路，貧不擇妻
- 酒能成事，酒能敗事
- 帽兒光光，今夜做個新郎；衣衫窄窄，今夜做
- 梁園雖好，不是久戀之家
- 不怕官，只怕管
- 殺人須見血，救人須救徹
- 吃飯防噎，走路防跌
- 千里投名，萬里投主
- 一物不成，兩物現在
- 辨曲直而後施行，分輕重方才決斷
- 人生一世，草生一秋
- 赤日炎炎似火燒，野田禾稻半枯焦。農夫心內如湯煮，公子王孫把扇搖
- 火燒到身，各自去掃；蜂蠆入懷，隨即解衣
- 無道之時多有盜
- 量大福也大，機深禍亦深
- 強賓不壓主
- 風流茶說合，酒是色媒人
- 魯班手裡調大斧

- 棺材出了，討挽歌郎錢
- 人無千日好，花無百日紅
- 分明指與平川路，卻把忠言當惡言
- 人無剛骨，安身不牢
- 表壯不如裡壯；籬牢犬不入
- 駿馬卻馱癡漢走，美妻常伴拙夫眠
- 馬蹄刀木杓裡切菜
- 欲求生快活，須下死工夫
- 哭有三樣：有淚有聲謂之哭，有淚無聲謂之泣，無淚有聲謂之號
- 自古嗔拳輸笑面，從來禮數服奸邪
- 文來文對，武來武對
- 快活林中重快活，惡人自有惡人磨
- 分開八片頂陽骨，傾下半桶冰雪水
- 花開不擇貧家第，月照山河到處明
- 冤讎還報難迴避，機會遭逢莫遠圖
- 才離黑煞凶神難，又遇喪門白虎災
- 世情看冷暖，人面逐高低
- 人情，人情，在人情願
- 一佛出世，二佛涅槃
- 長休飯，嗓內難吞；永別酒，口中怎咽！
- 試看螳螂黃雀，勸君得意休誇
- 旁觀能辨非和是，相助安知疏與親
- 莫信直中直，須防仁不仁

- 不禿不毒，不毒不禿；轉禿轉毒，轉毒轉禿
- 醉是醒時言
- 枕邊言易聽，背後眼難開
- 凡是先難後易，免得後患
- 軟弱安身之本，剛強惹禍之胎
- 填平水泊擒晁蓋，踏破梁山捉宋江
- 盜可盜，非常盜；強可強，真能強
- 頭醋不釅徹底薄
- 恃勢還歸失勢
- 飛蛾投火身傾喪，怒鱉吞鉤命必傷
- 蛇無頭而不行，鳥無翅而不飛
- 既出大言，必有廣學
- 人怕落蕩，鐵怕落爐
- 磚兒何厚，瓦兒何薄
- 下民易虐，上蒼難欺
- 情知語是鉤和線，從頭釣出是非來
- 早知暗裡施奸計，錯用黃金買笑歌
- 大廈將傾，非一木可支
- 至人無過任評論，其次納諫以為恩
- 事從順逆，人有賢愚
- 井蛙小見豈知天
- 護國謀成欺呂望，順天功就賽張良
- 如鬼如蜮的，都是峨冠博帶；忠良正直的，盡被牢籠陷害
- 這雪有數般名色：一片的是蜂兒，二片的是鵝毛，三片的是攢

三，四片的是聚四，五片喚作梅花，六片喚作六出

- 金風未動蟬先覺，無常暗送怎提防
- 瓦罐不離井上破，強人必在鏑前亡
- 富與貴，人之所欲；貧與賤，人之所惡
- 得之易，失之易；得之難，失之難
- 恨小非君子，無毒不丈夫

附錄三

名人金句分類選輯

一、人生理想

◆1 生命與生活

•人只有獻身於社會，才能找出那實際上是短暫而有風險的生命的意義。——愛因斯坦（科學家）

•人生雖只有幾十春秋，但它絕不是夢一般的。——泰戈爾（印度詩人）

•人類的生命，不能以時間長短來衡量，心中充滿愛時，剎那即為永恆！——尼采（德國哲學家）

•不管命運如何限制選擇，在人的生命裡頭，存在著選擇。——羅洛梅（美國心理學家）

•只有利他的生活才是值得過的生活。——愛因斯坦（科學家）

•生命只是一瞬間，死亡亦然。——席勒（德國文學家、啟蒙文學代表人物）

•生命可以是喜悅的，也應當是這樣，只要我們盡了義務，過該有的生活，便會感到無比的喜悅。——托爾斯泰（俄國文學家）

•生命是永恆不斷的創造。——泰戈爾（印度詩人）

•生命這點很有趣，如果你除了最好的之外，一律拒絕，通常就會得到最好的。——毛姆（英國小說家）

•生活就像海洋，只有意志堅強的人，才能到達彼岸。——卡爾．馬克思（德國政治哲學家、社會理論學家）

•生活是一面鏡子，我們努力追求的第一件事，就是從中辨認出自己。——尼采（德國哲學家）

•生活與鬥牛差不多。不是你戰勝牛，就是牛挑死你。——海明威（美國小說家，諾貝爾文學獎得主）

•有時我想，要是人們把活著的每一天都看做是生命的最後一天該有多好啊！這就可能顯出生命的價值。——海倫．凱勒（美國作家、演說家）

•你只活一次。請令它有意義。——史蒂芬．賈伯斯（美國企業家、蘋果企業創辦人）

•你的時間有限，所以不要為別人而活。不要被教條所限，不要活在別人的觀念裡。不要讓別人的意見左右自己內心的聲音。最重要的是，勇敢的去追隨自己的心靈和直覺，只有自己的心靈和直覺才知道你自己的真實想法，其他一切都是次要。——史蒂芬．賈伯斯（美國企業家、蘋果企業創辦人）

•別問生命給你什麼，問自己付出什麼！——阿德勒（奧地利心理學家、精神科醫師）

•我每天提醒自己一百遍，我的生活，不管內在或是外在，都是以他人（包括活著的和逝去的）努力的成果為基礎。所以我必須盡力奉獻自己，希望能以同等的貢獻，來回報長久以來從他人身上所獲得的一切。——愛因斯坦（科學家）

•我的存在是個永遠的奇蹟，這就是生命。——泰戈爾（印度詩人）

•每個人都是月亮，總有一個陰暗面，從來不讓人看見。——馬克．吐溫（美國小說作家）

•開花結果是自然現象，開花不結果也是正常，這就是因緣。——釋聖嚴（宗教家）

•當一個人懷疑生命的意義與價值之時，他是病了。——佛洛伊

德（德國心理學家）

- 願生如夏花之絢爛，死如秋葉之靜美。——泰戈爾（印度詩人）

◆2 人生

- 一個人的價值，應該看他貢獻什麼，而不應當看他取得什麼。——愛因斯坦（科學家）
- 一個人應該：活潑而守紀律，天真而不幼稚，勇敢而不魯莽，倔強而有原則，熱情而不衝動，樂觀而不盲目。——卡爾·馬克思（德國政治哲學家、社會理論學家）
- 人生不是一種享樂，而是一樁十分沉重的工作。——托爾斯泰（俄國文學家）
- 人生不是完全按照舞台上的原則來辦事的。——羅勃·路易斯·史蒂文生（英國文學家）
- 人生的目的不是開悟，而是生存，因為人是動物。——岡本太郎（日本藝術家）
- 人生的價值，並不是用時間，而是用深度去衡量的。——托爾斯泰（俄國文學家）
- 人生是個什錦雜燴鍋，眼淚是提味。——森雪之丞（日本詩人）
- 人生從來就不是公平的，但或許對我們大部份人來說，這是一件好事。——奧斯卡·王爾德（愛爾蘭詩人）
- 人生從哪裡來無所謂，重點是要往哪去。——艾拉·費茲傑羅（美國爵士歌手）
- 人生就是這三樣東西：態度、才能、機會。——阿爾塞納·溫格（法國著名足球教練）
- 人生就像騎單車。想保持平衡就得往前走。——愛因斯坦（科學家）
- 人生與法式煎蛋捲一樣，時機的掌握很重要。——三谷幸喜（日本著名編劇）
- 人的價值是由自己決定。——盧梭（法國文學家、思想家）
- 人是無常多變的，好運也是。——拿破崙（法蘭西第一共和執政、政治家、軍事家）
- 人都會死，但理念永存。——切·格瓦拉（阿根廷革命家）
- 人需要真理，就像瞎子需要明快的引路人一樣。——馬克西姆·高爾基（俄國作家）
- 不是人生有夢，而是夢想造就人生。——宇津木妙子（日本女子壘球運動員）
- 不要試圖去做一個成功的人，要努力成為一個有價值的人。——愛因斯坦（科學家）
- 只有不怕死的人才配活著。——道格拉斯·麥克阿瑟（美國五星上將、軍事家）
- 有人曾問我長大想做什麼，我寫下「快樂」，他們說我沒聽懂問題，我說他們不懂人生。——約翰·藍儂（英國音樂人）
- 你若要喜愛你自己的價值，你就得給世界創造價值。——歌德（德國文學家）
- 即使到處遊歷，總無法逃避自己。——海明威（美國小說家，諾貝爾文學獎得主）
- 我的人生正是：使事業成為喜悅，使喜悅成為事業。——伯特蘭·羅素（英國哲學家、數學家、諾貝爾文學獎得主）

- 我們不僅是自己夢想的導演，更是自己命運的導演。——叔本華（德國哲學家）
- 每個人都該開創自己的道路。——沙特（法國哲學家、作家）
- 沒有反省的人生不值得活。——柏拉圖（希臘哲學家）
- 幸與不幸都好，無論哪一邊，都同樣有價值，人生都是有意義的。——業田良家（日本漫畫家）
- 活著，如同生命中最後一天般活著。學習，如同你會永遠活著般學習。——甘地（印度政治家）
- 為了生活中努力發揮自己的作用，熱愛人生吧。——羅丹（法國藝術家）
- 若無人可分享，這惱人的人生不值分文。——卡洛斯（西班牙作家）
- 這個世界是不公平的，你要學著去習慣它。——比爾．蓋茲（美國企業家、微軟企業創始人）
- 雖然這個世界充滿了苦難，但是也充滿了很多解決和克服的方法。——海倫．凱勒（美國作家、演說家）

◆3 希望

- 未來有希望，人生就幸福。向未來挑戰，生命就會躍動。——池田大作（日本文學家、宗教學家）
- 生由死而來。麥子為了萌芽，它的種子必須要死了才行。——甘地（印度政治家）
- 即使再痛苦也別絕望，因為從烏雲裡會降下豐沛清澈的甘霖。——烏納穆諾（西班牙著名作家）
- 即便這世界明天就要毀滅，我今天仍然要種下一株小蘋果樹！——馬丁．路德．金恩（美國黑人民權領袖、諾貝爾和平獎得主）
- 坐困傷痛的人，無疑冒著讓自己從內而外被噬的危險。——佛烈達．卡蘿（墨西哥著名女畫家）
- 希望是一幅美好的早餐，但卻是一頓糟糕的晚餐。——法蘭西斯．培根（英國科學家、作家、政治家）
- 希望能夠戰勝恐懼。——馬泰歐．阿雷曼（西班牙作家）
- 我們必須接受失望，因為它是有限的，但千萬不可失去希望，因為它是無限的。——馬丁．路德．金恩（美國黑人民權領袖、諾貝爾和平獎得主）
- 沒有沒希望的情況，只有對情況漸漸放棄希望的人。——克萊爾．布思魯斯（美國作家、政治人物）
- 所謂生存意義，就是希望。只要有希望，人就能迎向人和命運。——池田大作（日本文學家、宗教學家）
- 痛苦製造品格，品格製造希望，而希望不會讓我們失望。——林書豪（美籍華裔籃球運動員）
- 擁有希望的人，時刻青春。前進不息的人，時刻美麗。——池田大作（日本文學家、宗教學家）
- 應使生活如夢，並讓夢想成真。——居禮夫人（波蘭裔物理學家、諾貝爾物理學獎得主）

4 行動

- 人不是因為沒有信念而失敗，而是因為不能把信念化成行動，並且堅持到底。——卡內基（美國人際關係學大師）

- 三個字道盡我對生命的體悟：向前行。——羅伯．佛洛斯特（美國詩人）
- 不以小事為輕，而後可以成大事。——拿破崙（法蘭西第一共和執政、政治家、軍事家）
- 不要在已成的事業中逗留。——路易．巴斯德（法國微生物學家、化學家）
- 不要為過去的時間嘆息！我們在人生的道路上，最好的辦法是向前看，不要回頭。——羅曼．羅蘭（法國文學家、諾貝爾文學獎得主）
- 只有行動才能判斷人們的思望。——沙特（法國作家、思想家、諾貝爾文學獎得主）
- 在寸步維艱時還能堅持前進的人就是贏家。——羅傑．班尼斯特（英國運動員）
- 如果你不知道自己想去哪的話，你就不會到達。——比爾．蓋茲（美國企業家、微軟企業創始人）
- 如果你走在正確的道路上，而且你願意繼續走下去，你終會進步。——巴拉克．歐巴馬（美國第四十四任總統）
- 如果你很忙，除了你真的很重要以外，更可能的原因是：你很弱，你沒有什麼更好的事情去做，你生活太差不得不努力來彌補，或者你裝作你很忙，讓自己顯得很重要。——史蒂芬．賈伯斯（美國企業家、蘋果企業創辦人）
- 命運交給神去思考，人只要去做身為人該做的事情就好。——夏目漱石（日本文學家）
- 明日不可期，要把握的是今天。——席勒（德國文學家、啟蒙文學代表人物）
- 注意你所想的，因為它們會變成嘴裡的話；注意你所說的，因為它們會變成實際的行動；注意你的行為，因為它們會形成習慣；注意你的習慣，因為它們會形成你的人格；注意你的人格，因為它們會影響你的命運；我們想的是什麼，就會成為什麼樣的人。——柴契爾夫人（英國政治家）
- 知識是珍寶，但實踐是得到它的鑰匙。——托馬斯．富勒（英國學者、牧師）
- 要做什麼不是問題，問題是要怎麼做。——甲本浩人（日本歌手）
- 原則要用在大事，小事有慈悲心即可。——卡繆（法國作家、諾貝爾文學獎得主）
- 記住要仰望星空，不要低頭看腳下。無論生活如何艱難，請保持一顆好奇心。你總會找到自己的路和屬於你的成功。——霍金（英國物理學家）
- 追求喜愛的事物，自己就會不斷地改變。自己改變，世界也會跟著改變。世界因此而改變，是件快樂無比的事情。——養老孟司（日本解剖學家）
- 追隨多數必然迷失自己。唯一能做的就是繼續自己想做的事，不要害怕孤獨——安藤忠雄（日本建築大師）
- 做對的事永遠都是時候。——馬丁．路德．金恩（美國黑人民權領袖、諾貝爾和平獎得主）
- 停在港口的船很安全，但那不是我們造船的目的。——葛麗絲．霍普（美國電腦科學家）

- 勞動創造了人本身。——弗里德里希・恩格斯（德國哲學家、馬克思主義創始人之一）
- 嘗試一些事，遭遇失敗後從中學習，比你什麼事都不做更好。——馬克・佐克伯（美國企業家，Facebook 創辦人）
- 嘗試做一些你不精通的事，否則你永遠不會成長。——愛默生（美國作家、詩人）
- 誰終將聲震人間，必長久深自緘默；誰終將點燃閃電，必長久如雲漂泊。——尼采（德國哲學家）
- 踏出一步的行動比成打的計畫更重要。——卡爾・馬克思（德國哲學家、社會學家）
- 儘管你在對的道路上，如果只是原地不動也會被人追過。——威爾・羅傑（美國演員、作家）

◆5 勤奮努力

- 一如陽光必須聚焦方能生熱，要全神貫注方能完成當下的工作。——亞歷山大・格拉漢姆・貝爾（加拿大發明家）
- 人生最大的發現是發現自己是一塊有用之材，最大的工程是把這塊材料打造成有用的東西，最大的奉獻就是把這塊東西奉獻給社會。——伏爾泰（法國思想家、哲學家）
- 人類的一切努力的目的在於獲得幸福。——羅伯特・歐文（英國企業家、慈善家）
- 上帝沒有要求我們成功，他只要求你嘗試。——德蕾莎修女（宗教慈善家）
- 上帝給我們堅果，但不會為我們敲開外殼。——法蘭茲・卡夫卡（猶太籍德語小說家）
- 不工作，和死亡是一樣的。——伏爾泰（法國思想家、哲學家）
- 不間斷的工作、分析、反省，努力書寫、無止盡的自我修正，那是我的祕密。——巴哈（德國音樂家）
- 少了準時、規律及勤勞的習慣，少了一次只專心致志於一件事的決心，我不可能得到今天的成就。——查爾斯・狄更斯（英國作家）
- 立志是一件很重要的事情。工作隨著志向走，成功隨著工作來，這是一定的規律。立志、工作、成功，是人類活動的三大要素。立志是事業的大門，工作是登堂入室的旅程。這旅程的盡頭就有個成功在等待著，來慶祝你的努力結果。——路易・巴斯德（法國微生物學家、化學家）
- 如果你想走到高處，用自己的雙腿！別讓別人把你抬高；別坐在別人的背上或頭上！——尼采（德國哲學家）
- 你有信仰就年輕，疑惑就衰老。有自信就年輕，畏懼就衰老。有希望就年輕，絕望就衰老。歲月刻蝕的不過是你的皮膚，但如果失去了熱忱，你的靈魂就不再年輕。——道格拉斯・麥克阿瑟（美國五星上將、軍事家）
- 你將遇到障礙、遇到懷疑你的人，你也會犯錯，但透過努力，你不會有極限。——麥可・費爾普斯（美國游泳運動員、奧運金牌得主）
- 別人教我要奮鬥，不是因為有任何成功的保證，而是奮鬥本身是唯一對人生維持信心的方法。——馬德琳・歐布萊特（美國政治人物）

- 努力沒有替代品，過程中或許有點運氣，但是真正的「超級努力」沒有替代品。最先開始，最後離開。——瑪麗．埃爾多斯（美國摩根大通 CEO）
- 我不能說我不珍視這些榮譽，並且我承認它很有價值，不過我卻從來不曾為追求這些榮譽而工作。——法拉第（英國科學家）
- 我年輕時發現，我所做的十件裡有九件失敗，所以我增加十倍的努力。——蕭伯納（愛爾蘭劇作家）
- 我知道我是好的專業球員，沒有人比我對自己更嚴苛，這永遠都不會改變，不管在什麼情況下。——羅納度（葡萄牙足球運動員）
- 我很相信運氣，而我發現越是努力工作，我的運氣越好。——湯瑪士傑佛遜（美國第三任總統、政治家、教育家）
- 我們可以斷言，沒有激情，任何偉大的事業都不能完成。——黑格爾（德國哲學家）
- 我渡過缺乏自信的低潮時刻的方法是——努力。——大衛．貝克漢（英國足球運動員）
- 沒有努力，天分不代表什麼。——羅納度（葡萄牙足球運動員）
- 玫瑰絕不會從天上掉下，如果想要更多的玫瑰，我們必須自己種植。——喬治．艾略特（英國小說家）
- 若你真的很想要一件事，你得準備好非常努力、善用機會，而最重要的是絕不放棄。——珍．古德（英國動物行為學家）
- 要有耐心！不要依靠靈感。靈感是不存在的。藝術家的優良品質，無非是智慧、專心、真摯、意志。像誠實的工人一樣完成你們的工作吧。——羅丹（法國藝術家）
- 做就是一切。——羅丹（法國藝術家）
- 將注意力集中於能力所及之事，不要不捨無法改變的事實。——湯姆．克蘭西（美國小說家）
- 勤勞對所有人都是重要的，因為勤勞能帶給人真正的幸福。不教孩子們用雙手來勞動，便是為他們未來可能的搶奪行為做準備。——托爾斯泰（俄國文學家）
- 勤奮是構成天才的要素之一。——拿破崙（法蘭西第一共和執政、政治家、軍事家）
- 當我在人生盡頭面對上帝時，我希望我沒有留下一點才華且能夠說，我用完你給我的一切。——瑪爾邦．貝克（美國作家）
- 夢想不是靠魔術來實現，而是靠汗水、決心與努力。——克林．鮑威爾（美國軍事家、政治家）

◆ 6 有恆

- 不管人生或事業，都是跑馬拉松，成功往往是長久的努力，不是一兩年就能做到，今天成功，也不代表永遠成功。——張忠謀（台灣企業家）
- 只要有堅強的持久心，一個庸俗平凡的人也會有成功的一天，否則即使是一個才識卓越的人，也只能遭遇失敗的命運。——比爾．蓋茲（美國企業家、微軟企業創始人）
- 只要我最終能達到自己的目的，我就會有超常的耐心。——柴契爾夫人（英國政治家）
- 成功是每個微小努力的加總，每天重覆不斷的做。——羅伯特．柯里爾（美國作家）

- 我堅信，區分成功與不成功，一半的因素就是純粹的毅力差別。——史蒂芬·賈伯斯（美國企業家、蘋果企業創辦人）
- 走得多慢都無所謂，只要你不停下腳步。——安迪·沃荷（美國藝術家）
- 保持耐心是苦澀的，但它的果實是甜美的。——盧梭（法國哲學家）
- 習慣是條繩索，每天織上一線，終於牢不可斷。——保羅·湯瑪斯曼（德國作家、諾貝爾文學獎得主）

◆7 成功

- 一個成功的實驗需要的是眼光，勇氣和毅力。——丁肇中（華裔科學家）
- 在我做尋找新粒子的實驗尚未成功之時，人們說我是傻子，因為成功的可能性極小。但當我找到新粒子的時候，人們又說我是天才——其實，傻子與天才之間只有一步之遙。要永遠對自己充滿信心，做自己認為是正確的事；同時，要對意料之外的現象有充分的准備。總之，要實現你的目標，最重要的是要有好奇心，不斷地追求，再加勤奮地工作。——丁肇中（華裔科學家）
- 如果A代表一個人的成功，那麼A等於X加Y加Z。勤奮工作是X；Y是玩耍，而Z是把嘴閉上。——愛因斯坦（科學家）
- 字典裡最重要的三個詞，就是意志、工作、等待。我將要在這三塊基石上建立我成功的金字塔。——路易·巴斯德（法國微生物學家、化學家）
- 成功不是快樂的關鍵，快樂才是成功的關鍵，如果你熱愛你做的事，你將會是一個成功者。——艾伯特·史懷哲（人道主義者、諾貝爾和平獎得主）
- 成功不需要解釋，失敗容不得辯解。——路易斯·費爾南德斯（法國足球運動員、教練）
- 成功的人都對某事有著難以解釋的熱情。——拉·維肯（投資創業家）
- 成功是一位差勁的老師，它會誘使聰明的人，覺得自己不能失敗。——比爾·蓋茲（微軟公司創辦人、慈善家）
- 成功是已解決問題的積累。——貝聿銘（華裔建築家）
- 成功就在失敗的不遠處。——拿破崙（法蘭西第一共和執政、政治家、軍事家）
- 別人的成功，一定也是辛苦努力來的，即使不是這一生的辛苦，也是過去生累積而來的。——釋聖嚴（宗教家）

◆8 失敗

- 「壓力」一詞向來被誤用。你開始感到壓力，是因為你已意識到失敗的可能。——湯米·拉索達（美國棒球選手）
- 人生的光榮，不在永不失敗，而在能屢仆屢起。——拿破崙（法蘭西第一共和執政、政治家、軍事家）
- 上帝創造人，不是為了失敗。——海明威（美國小說家，諾貝爾文學獎得主）
- 不能讓失敗來定義你，你必須把失敗當作導師，你必須讓失敗

經驗指引你如何在下一次有不一樣的作為。——巴拉克・歐巴馬（美國第四十四任總統）

- 世上沒有所謂的失敗。持續挑戰就不算失敗，放棄的當下才是失敗。——稻盛和夫（日本企業家）
- 如果你把所有的失誤都關在門外，真理也將被關在門外了。——泰戈爾（印度詩人）
- 如果你開始覺得自己在某方面很強，那天就是你停止進步的時候，並同時開啟讓人追上你的後門。——德魯・休斯頓（Dropbox執行長）
- 你必須把失敗當做是過程，而絕不是結局。——潔西卡・海靈（美國企業家）
- 別再為已然錯失的機會憂心了，開始尋找全新的機會吧！——貝聿銘（華裔建築家）
- 我最大的成功都是隨著失敗接踵而至，如果你願意待著，每個失敗都有其相對應的好處。——芭芭拉・柯克蘭（美國企業家）
- 沒有失敗，只有戰死。——海明威（美國小說家，諾貝爾文學獎得主）
- 使人疲憊的不是遠方的高山，而是鞋裡的一粒沙子。——伏爾泰（法國思想家、哲學家）
- 挫折是偽裝的祝福。——法拉第（英國科學家）
- 與其求取成功，毋寧不因失敗而鬆懈才是重要的——羅勃・路易斯・史蒂文生（英國文學家）
- 戰勝的技巧從挫敗中學習。——西蒙・玻利瓦（委內瑞拉政治家）

二、求知學習篇

◆1 讀書

- 人的影響短暫而微弱，書的影響則廣泛而深遠。——普希金（俄國文學家）
- 任何時候，我也不會滿足，越是多讀書，就越是深刻地感到不滿足，越感到自己知識貧乏。——卡爾・馬克思（德國政治哲學家、社會理論學家）
- 如果你只讀每個人都在讀的書，你也只能想到每個人都能想到的事。——村上春樹（日本作家）
- 即使地上鋪著美麗地毯，牆上裝飾著貴重的壁紙與圖畫，沒有書本的房子仍是貧窮的。——赫曼・赫塞（德國作家、諾貝爾文學獎得主）
- 書籍是人類進步的階梯。——馬克西姆・高爾基（俄國作家）
- 書籍是在時代的波濤中航行的思想之船，它小心翼翼地把珍貴的貨物運送給一代又一代。——法蘭西斯・培根（英國科學家、作家、政治家）
- 焚書伊始，焚人以終。——海因里希・海涅（德國詩人）
- 閱讀，是最好的學問。——普希金（俄國文學家）
- 閱讀使人充實，談論使人機敏，寫作使人精確。——法蘭西斯・培根（英國科學家、作家、政治家）
- 讀史使人明智，讀詩使人巧慧，數學使人精細，物理學使人深刻，倫理學使人高尚，邏輯修辭使人善辯。——法蘭西斯・培根（英國科學家、作家、政治家）

- 讀好書，有如探訪著書的先賢，同他們促膝談心，而且是一種精湛的交談。——笛卡兒（法國數學家、哲學家）
- 讀書不是為了雄辯和駁斥，也不是為了輕信和盲從，而是為了思考和權衡。——法蘭西斯．培根（英國科學家、作家、政治家）
- 讀書的目的是為了認識事物原理。為挑剔辯駁去讀書是無聊。但也不可過於迷信書本。求知的目的不是為了吹噓炫耀，而是為了尋找真理，啟迪智慧。——法蘭西斯．培根（英國科學家、作家、政治家）
- 讀書的意義是使人較虛心，較通達，不固陋，不偏執。讀書不僅能夠讓我們掌握一定的專業技能，更重要的是，能從其中看到解決各種各樣的人生問題的方向。人終其一生，無非就是在不斷探知自己的人生到底應當有什麼樣的意義而已。——林語堂（當代作家、文學家）
- 讀書給人以樂趣，給人以光彩，給人以才幹。——法蘭西斯．培根（英國科學家、作家、政治家）
- 讀書補天然之不足，經驗又補讀書之不足。——法蘭西斯．培根（英國科學家、作家、政治家）

◆2 學習

- 在許多問題上我的說法跟前人大不相同，但是我的知識得歸功於他們，也得歸功於那些最先為這門學說開闢道路的人。——尼古拉．哥白尼（波蘭天文學家、現代天文創始者）
- 好學者必成大器。——亞伯拉罕．林肯（美國第十六任總統、政治家）
- 有經驗而無學問勝於有學問而無經驗。——羅素（英國哲學家）
- 我活著是為學習，而學習並不是為活著。——法蘭西斯．培根（英國科學家、作家、政治家）
- 記住：你們在學校中所學得的那些了不得的東西是世世代代所積起來的工作，是世界上每一個國家經過熱心的努力和無窮的勞苦而產生出來的。現在這些東西都放在你們的手中，成為你們的遺產了。你們要好好接受這份遺產，要懂得去珍惜它，並增加它，有一天你們可以忠實地把它交給你們的孩子。我們共同創造出永恆的東西，這便是我們這些會死亡的個人所以成就不朽的唯一方式。如果你們能記住這番話，你們便在生命和工作中找到了意義，並且你們也獲得了怎樣看待其他國家和其他時代的正確的態度。——愛因斯坦（科學家）
- 常識就是人到十八歲為止所累積的各種偏見。——愛因斯坦（科學家）
- 教育不是去填滿瓶子，而是去點燃火焰。——蒙田（法國思想家）
- 終身學習必須具備三要素：有目標、有紀律、有計畫。——張忠謀（台灣企業家）
- 想要建築高塔的人，必須在地基上多下功夫。——安東．布魯克納（奧地利作曲家）
- 經常不斷地學習，你就什麼都知道。你知道得越多，你就越有力量。——馬克西姆．高爾基（俄國作家）
- 寧可讓兒童一個字也不識，也不要使他為了學到這一些學問而把其他有用的東西都犧牲了。——盧梭（法國文學家、思想家）

• 儘可能廣泛地涉獵各門學問，並且儘可能深入地擇一鑽研。——赫胥黎（英國生物學家）

• 學習只有兩種途徑：一個是閱讀，另一個是與更聰明的人為伍。——威爾．羅傑（美國演員、作家）

◆3 思考與真理

• 一個能思想的人，才真是一個力量無邊的人。——巴爾扎克（法國文學家）

• 一個從未犯錯的人是因為他不曾嘗試新鮮事物。——愛因斯坦（科學家）

• 人不過是大自然裡最脆弱的蘆葦，但這是枝會思考的蘆葦。——巴斯卡（法國數學家、物理學家）

• 人將會死，國家會建立亦會傾頹；但思想將永遠長存。思想可承受的遠大過死亡。——約翰．甘迺迪（美國第三十五任總統、政治家）

• 我思故我在。——笛卡兒（法國數學家、哲學家）

• 使人們寧願相信謬誤，而不願熱愛真理的原因，不僅由於探索真理是艱苦的，而且是由於謬誤更能迎合人類某些惡劣的天性。——法蘭西斯．培根（英國科學家、作家、政治家）

• 思考時，要像一位智者；但講話時，要像一位普通人。——卡內基（美國人際關係學大師）

• 真正的知識要靠思考而非記憶來習得。——托爾斯泰（俄國文學家）

• 真理是你內心的那個聲音告訴你的東西。——甘地（印度政治家）

• 偉大的真理是供人批判，而不是供人膜拜的。——尼采（德國哲學家）

• 欲成就大事需深思細節。——梵樂希（法國作家）

• 許多人寧願死，也不願思考，事實上他們也確實至死都沒有思考。——伯特蘭．羅素（英國哲學家、數學家、諾貝爾文學獎得主）

• 愚昧無知是一切痛苦之源。——尼采（德國哲學家）

• 萬事不足畏，但求窮其理。——居禮夫人（波蘭裔物理學家、諾貝爾物理學獎得主）

• 對真理而言，信服比流言更危險。——尼采（德國哲學家）

• 語言的死亡，也就是思考的死亡。——北野武（日本演員、導演）

◆4 求知

• 人皆生而欲知。——亞里斯多德（古希臘哲學家）

• 凡事感到驚奇，訝異，便是了解的開始。——奧特嘉（西班牙哲學家）

• 在考驗中學習，學問才能結出果實，才能發揮力量。——池田大作（日本文學家、宗教學家）

• 如果希望得到明智的回答，你就必須理性的提問。——歌德（德國文學家）

• 我熱愛快樂與生命，更勝熱愛真理。——伏爾泰（法國思想家、哲學家）

• 求知的目的不是為了吹噓炫耀，而應該是為了尋找真理，啟迪智慧。——法蘭西斯．培根（英國科學家、作家、政治家）

- 信任追尋真理的人，懷疑找到真理的人。——紀德（法國作家、諾貝爾文學獎得主）
- 牢記自己即將死去，這是我所知道的避免陷入患得患失困境的最好方法。你已經一無所有，就沒有理由不聽從自己的心聲……求知若饑，虛心若愚。——史蒂芬．賈伯斯（美國企業家、蘋果企業創辦人）
- 知識的敵人不是無知，而是已經掌握知識的幻覺。——霍金（英國物理學家）
- 知識就是力量。——法蘭西斯．培根（英國科學家、作家、政治家）
- 眼觀八方比隅於一角要有趣得多。——赫伯特．亞歷山大．西蒙（美國經濟學家、學者、諾貝爾經濟學獎得主）
- 這世界充滿了神奇的事物，耐心等著我們變聰明來發現。——伯特蘭．羅素（英國哲學家、數學家、諾貝爾文學獎得主）
- 熱愛真理，原諒錯誤。——伏爾泰（法國思想家、哲學家）
- 學問是一生的力量，通往世界的大道。——池田大作（日本文學家、宗教學家）
- 讀書和學習是在別人思想和知識的幫助下，建立起自己的思想和知識。——普希金（俄國文學家）

◆5 創新創造

- 邏輯能引導你從A到B；想像力卻能讓你遨遊四方。——愛因斯坦（科學家）
- 人的能力有限，不可能在心有旁騖的狀況下，能在學術上有成就。——丁肇中（華裔科學家）
- 不要擔心你在數學上遇到的困難；我敢保證我遇到的困難比你還大得多。——愛因斯坦（科學家）
- 真正的探索之旅不在尋找新景色，而是擁有新眼界。——普魯斯特（法國作家）
- 唯有那些異想天開的人，才能完成不可能的事。——愛因斯坦（科學家）
- 現在的一切美好事物，無一不是創新的結果。——約翰．穆勒（英國心理學家、經濟學家）
- 創造，或者醞釀未來的創造。這是一種必要性：幸福只能存在於這種必要性得到滿足的時候。——羅曼．羅蘭（法國文學家、諾貝爾文學獎得主）
- 創造力最重要的不是發現前人未見的，而是在人人所見到的現象中想到前人所沒有想到的。——薛丁格（奧地利物理學家）
- 創新不是由邏輯思維帶來的，儘管最後的產物有賴於一個符合邏輯的結構。——愛因斯坦（科學家）
- 創新的祕密在於知道如何把你的智謀藏而不露。——愛因斯坦（科學家）
- 最大的風險是不冒任何險。——尼古拉．薩科奇（法國政治家）
- 想像力遠比知識更重要。因知識有限，想像則無限，它包含一切，推動著進步，為人類進化的源泉。——愛因斯坦（科學家）
- 精神錯亂：一遍又一遍地重複作同一件事，而期待會有不同的結果。——愛因斯坦（科學家）
- 領袖和跟風者的區別就在於創新。——史蒂芬．賈伯斯（美國企業家、蘋果企業創辦人）

◆6 科學

- 在科學上沒有平坦的大道，只有不畏勞苦沿著陡峭山路攀登的人，才有希望達到光輝的頂點。——伯特蘭．羅素（英國哲學家、數學家、諾貝爾文學獎得主）
- 有兩種可能的情況：如果實驗結果符合假設，這就是測量；如果不符合假設，這就是發現。——費米（美國物理學家）
- 考試是考以前的經驗和知識，而科學恰恰是質疑前人的知識，透過實驗創造新的知識。——丁肇中（華裔科學家）
- 科學之所以值得追求，是因為它揭示了自然界的美。簡單而有序，統一而和諧的自然之美，歷來是不少大科學家一生追求的目標。在一定程度上而言，科學家對自然深層次美的領悟和熱愛，以及所具備的形而上的審美判斷力決定了其研究所能企及的高度。——愛因斯坦（科學家）
- 科學絕不是一種自私自利的享樂。有幸能夠致力於科學研究的人，首先應該拿自己的學識為人類服務。——卡爾．馬克思（德國政治哲學家、社會理論學家）
- 科學使我們為善或為惡的力量都有所提升。——伯特蘭．羅素（英國哲學家、數學家、諾貝爾文學獎得主）
- 科學的全部不過就是日常思考的提煉。——愛因斯坦（科學家）
- 科學的真正的與合理的目的在於造福於人類生活，用新的發明和財富豐富人類生活。——法蘭西斯．培根（英國科學家、作家、政治家）
- 科學很大一個作用是滿足人的好奇心，這是人和動物的最大區別。——丁肇中（華裔科學家）
- 科學是建立在事實之上，就好像房子是用石頭所建造，但是就如同房子不僅是一堆石頭而已，僅有一堆事實也不是科學。——亨利．龐加萊（法國數學家）
- 科學是奧妙無窮的。在科學的入口處，正像在地獄的入口處一樣，必須提出這樣的要求：這裡必須根絕一切猶豫；這裡任何怯懦都無濟於事。——卡爾．馬克思（德國政治哲學家、社會理論學家）
- 科學從不強加於人們任何事物，它只是陳述。科學的目的只不過是對客觀事物做出正確恰當的陳述。——薛丁格（奧地利物理學家）
- 科學應當有趣，如果一門科學沒有樂趣，就很難成為好科學，因為人們只有做最樂於做的事時，才能把事情做得特別好。——赫伯特．亞歷山大．西蒙（美國經濟學家、學者、諾貝爾經濟學獎得主）

◆7 智慧

- 人一生有兩個最重要的日子，一是出生的那天，二是發現你為何而生的那天。——馬克吐溫（美國小說作家）
- 在上帝面前，我們都一樣聰明——也都一樣愚蠢。——愛因斯坦（科學家）
- 年輕時學習智慧，年老時運用智慧。——盧梭（法國哲學家）
- 自知之明乃智慧之巔峰。——蘇格拉底（古希臘哲學家）
- 沒有智慧的頭腦，就像沒有蠟燭的燈籠。——托爾斯泰（俄國文學家）

•征服恐懼就是智慧的開始。——伯特蘭．羅素（英國哲學家、數學家、諾貝爾文學獎得主）

•耐心是一切聰明才智的基礎。——柏拉圖（希臘哲學家）

•要破壞一件事，最刁鑽的辦法是：故意用歪理為這事辯護。——尼采（德國哲學家）

•智慧，不是知識，不是經驗，不是思辨，而是超越自我中心的態度。——釋聖嚴（宗教家）

•智慧加上品格才是教育真正的目標。——馬丁．路德．金恩（美國黑人民權領袖、諾貝爾和平獎得主）

•慈悲沒有敵人，智慧不起煩惱。——釋聖嚴（宗教家）

•懷疑是智慧的源頭。——笛卡兒（法國數學家、哲學家）

三、為人處事篇

◆1 誠信

•一個人之偉大不在於他取得多少財富，而是他的誠信及正面影響周遭人的能力。——巴布馬利（牙買加流行歌手）

•失去了誠信，就等同於敵人毀滅了自己。——莎士比亞（英國文學家、劇作家）

•打球像做人，就是真誠。——陳金鋒（知名棒球運動員）

•即使真相並不令人愉快，也一定要做到誠實，因為掩蓋真相往往要費更大力氣。——伯特蘭．羅素（英國哲學家、數學家、諾貝爾文學獎得主）

•沒有一種罪惡比虛偽和背義更可恥了。——法蘭西斯．培根（英國科學家、作家、政治家）

•信用就是無形的力量，也是無形的財產。——松下幸之助（日本企業家）

•信任像株脆弱的植物，一旦破壞了，無法迅速再生。——俾斯麥（德意志帝國首任宰相）

•缺乏信任時，談什麼都沒有意義。——卡夫卡（捷克作家）

•做生意時，我會打起全副精神，拿出最好、最漂亮的菜來給客人。這時我連身上的痠痛、疲勞，全都會忘記。這就是我做生意的誠意。——陳樹菊（台灣慈善家）

•誠實的人必須對自己守信，他的最後靠山就是真誠。——愛默生（美國作家、詩人）

•誠實者既不怕光也不怕黑暗。——托馬斯．富勒（英國學者、牧師）

•誠實是萬能鑰匙。不管在什麼情況下也不要說謊，不要遮遮掩掩，要相信你的老師和長輩，對他們要胸懷坦蕩。不要對任何人抱有惡意，不要在別人背後說壞話，最重要的是「不要自欺」，那樣你就不會欺人了。誠實地對待生活中最小的事情是純潔生活的唯一祕密。——甘地（印度政治家）

•寧可讓人討厭真實的你，也好過讓別人愛上虛偽的自己。——安德烈．紀德（法國作家、諾貝爾文學獎得主）

◆2 團結

•人們在一起可以做出單獨一個人所不能做出的事業；智慧、雙手、力量結合在一起，幾乎是萬能的。——諾亞．韋伯斯特（美

國學者、《韋氏大辭典》編纂者）

• 每個人都不是一座孤島。一個人必須是這世界上最堅固的島嶼，然後才能成為大陸的一部分。——海明威（美國小說家，諾貝爾文學獎得主）

• 沒有一個球員比得上所有球員團結一心。——斯蒂法諾（阿根廷著名足球運動員、教練）

• 單個的人是軟弱無力的，就像漂流的魯濱孫一樣，只有同別人在一起，他才能完成許多事業。——叔本華（德國哲學家）

• 團結則存，分裂則亡。——約翰・狄金森（美國政治人物）

• 團結就有力量和智慧，沒有誠意實行平等或平等不充分，就不可能有持久而真誠的團結。——羅伯特・歐文（英國企業家、慈善家）

◆ 3 尊重

• 我認為我們無需尊重與我們所服膺相悖的理念，但是我們要尊重那些堅持理念的人，如此而已。——法雅（西班牙音樂家）

• 武力不能維持和平。只有互相理解才可以。——愛因斯坦（科學家）

• 法律本身並不能保證言論自由；要做到這一點，必需要所有的人都有著包容的心。——愛因斯坦（科學家）

• 要打破人的偏見比崩解一個原子還難。——愛因斯坦（科學家）

• 強者，強在將人舉起，而非把人壓下。——邁克爾・沃森（英國拳擊運動員）

• 讓每一個人都受到敬重，而沒有人被過度仰慕。——愛因斯坦（科學家）

• 取得凌辱的方法是向它屈服，一個人得到的尊重，不會超出他的索求。——威廉・哈茲列特（英國作家）

• 所有的真愛都是建立在尊重之上。——喬治・維利爾斯（英國政治家、詩人）

• 沒有人因得到了什麼而受到尊敬，尊敬是一個人因付出而得到的回饋。——卡爾文・柯立芝（美國第三十任總統、政治家）

◆ 4 良善

• 一個和諧的社會，不是爭議的消失，而是公義的彰顯。——馬丁・路德・金恩（美國黑人民權領袖、諾貝爾和平獎得主）

• 人類唯一的引導人，就是他的良心。——邱吉爾（英國首相、諾貝爾文學獎得主）

• 把你的燈提高一點，好照亮更多人的路。——海倫・凱勒（美國作家、演說家）

• 每人每天多說一句好語，多做一件好事，所有小小的好，就會成為一個大大的好。——釋聖嚴（宗教家）

• 良心是由人的知識和全部生活方式來決定的。——卡爾・馬克思（德國政治哲學家、社會理論學家）

• 弱者永遠都不會寬容，寬容是強者的特質。——甘地（印度政治家）

• 通往地獄的路，都是由善意鋪成的。——弗里德里希・哈耶克（英國經濟學家、諾貝爾經濟學獎得主）

• 善良和謙虛是永遠不應令人厭惡的兩種品德。——羅勃・路易

斯·史蒂文生（英國文學家）

- 最好的人也有很多壞處，最壞的人也有很多好處；我們最好不說人長短。——羅勃·路易斯·史蒂文生（英國文學家）

◆5 慈善

- 一個人要幫助弱者，應當自己成為強者，而不是和他們一樣變成弱者。——羅曼·羅蘭（法國文學家、諾貝爾文學獎得主）
- 一個人給予的越少，要求的越多，他就越壞。——托爾斯泰（俄國文學家）
- 大家都可以做，捨得與不捨得而已；只要有心，一定能做到。——陳樹菊（台灣慈善家）
- 同情是一切道德中最高的美德。——法蘭西斯·培根（英國科學家、作家、政治家）
- 在所有關係裡，最重要的不是你得到什麼而是給了什麼。在任何情況下，愛的付出本身就是一門學問。——埃莉諾·羅斯福（美國前第一夫人）
- 助人不只是義務，也是幸福快樂的泉源。——何塞·馬蒂（古巴政治領袖、詩人）
- 我行了一點善，那是我最好的作品。——伏爾泰（法國思想家、哲學家）
- 我知道且感受到：行善是人心能品嘗到最真實的幸福——盧梭（法國哲學家）
- 拿錢去幫助人，其實自己收穫很大。那種快樂的感覺，很平靜，是從內心裡發出的快樂。——陳樹菊（台灣慈善家）
- 做好事自然會快樂，我認為只要你快樂，你便一定是好人。——斯蒂文生（英國文學家）
- 捨得就是獲得，捐錢不算偉大。——陳樹菊（台灣慈善家）
- 累積德善，不累積金錢。——陳樹菊（台灣慈善家）
- 富人幫助窮人，優勢幫助弱勢，這是一種義務。——阿諾·史瓦辛格（美國演員、政治人物）
- 慈悲沒有敵人，智慧不起煩惱。——釋聖嚴（宗教家）
- 當你往前走的時候，要一路撒下花朵，因為同樣的道路你決不會再走第二回。——羅伯特·歐文（英國企業家、慈善家）
- 對人存善心是我們的義務，若我們對人不善，我們的惡念便也會挑起別人的惡。——托爾斯泰（俄國文學家）
- 寬宏的精神是一切事物中最偉大的。——羅伯特·歐文（英國企業家、慈善家）
- 錢，要給需要的人才有用。——陳樹菊（台灣慈善家）
- 錢財生不帶來，死不帶去，回饋反而帶來喜悅。——陳樹菊（台灣慈善家）

◆6 友誼

- 一個人要逐步積累可能感興趣的領域的朋友。朋友會讓你注意他們自己的工作領域或鄰近領域中，真正重要和驚人的進展。——赫伯特·亞歷山大·西蒙（美國經濟學家、學者、諾貝爾經濟學獎得主）
- 人世間所有的榮華富貴不如一個好朋友。——伏爾泰（法國思想家、哲學家）

•不論是多情詩句，漂亮的文章，還是閒暇的歡樂，什麼都不能代替無比親密的友誼。——普希金（俄國文學家）

•友情跟愛情一樣，需要很多努力、關注、忠誠，它尤其要求你懂得付出人生最珍貴的東西：時間。——凱薩琳·丹妮芙（法國女演員）

•友誼之舟在生活的海洋中行駛是不可能一帆風順的，有時會碰到烏雲和風暴，在這種情況下，友誼應該受到這種或那種考驗，在這些烏雲和風暴後，那麼友誼就會更加鞏固，真正的友誼在任何情況下都會放射出新的光芒。人的生活離不開友誼，但要得到真正的友誼才是不容易；友誼總需要忠誠去播種，用熱情去灌溉，用原則去培養，用諒解去護理。——卡爾·馬克思（德國政治哲學家、社會理論學家）

•友誼像清晨的霧一樣純潔，奉承並不能得到它，友誼只能用忠實去鞏固。——卡爾·馬克思（德國政治哲學家、社會理論學家）

•天底下沒有恆久不變的事物；夢想會變調，潮流會更迭，惟獨友情永不褪色。——莎拉·潔西卡·派克（美國女演員）

•只有對於朋友，你才可以盡情傾訴你的憂愁與歡樂，恐懼與希望，猜疑與歡慰。——法蘭西斯·培根（英國科學家、作家、政治家）

•交到真正朋友的方法是自己先成為真正的朋友。友誼意謂忠誠、尊重、禮貌、同情、關愛；準備好協助、幫忙、支持、在有必要時為其奮鬥。真正的朋友可以分擔我們難過，並加倍我們喜樂。表現你的友誼，你將得到七倍友誼的回饋。——富比士（美國《富士比》雜誌創辦人）

•你能否對你的朋友守信不渝，永遠做一個無愧於他的人，這就是你的靈魂、性格、心理以至於道德的最好的考驗。——卡爾·馬克思（德國政治哲學家、社會理論學家）

•兩種不同性格相遇，就好比兩種化學物質相接觸：如果起任何反應，雙方都會轉變。——榮格（瑞士心理學家）

•朋友不是幫你擦乾眼淚的人，而是避免讓你掉淚的人。——安立奎（西班牙流行音樂製作人、歌手）

•朋友是自己送給自己的禮物。——羅勃·路易斯·史蒂文生（英國文學家）

•朋友是瞭解你的全部且仍然愛你的人。——阿爾伯特·哈伯德（美國作家、雜誌發行人）

•消滅了敵人，也不能補償失去的朋友。消滅了敵人，也不能補償失去的朋友。——亞伯拉罕·林肯（美國第十六任總統、政治家）

•財富並非永久的朋友，朋友卻是永久的財富。——托爾斯泰（俄國文學家）

•除了一個知心摯友以外，沒有任何一種藥物可以治療心病。——法蘭西斯·培根（英國科學家、作家、政治家）

◆7 愛

•一個人評判的愈多，愛的就愈少。——巴爾扎克（法國文學家）

•人類唯有生長在愛中，才得以創造出新的事物。——尼采（德國哲學家）

•不幸福的婚姻並非因為缺乏愛情，而是缺乏友情。——尼采（德國哲學家）

- 出於愛所做的事情，總是發生在善惡的彼岸。——尼采（德國哲學家）
- 如果你評斷別人，你將沒時間愛他們。——德蕾莎修女（宗教慈善家）
- 有愛的地方就有生命。——甘地（印度政治家）
- 你可以在我的音樂中感受到憤恨、懷念、喜悅和興奮，但創作靈感都來自愛，唯有愛讓我有活著、呼吸著的感覺。——賓琳娜（墨西哥創作歌手）
- 你若愛一個人就讓他走。他若回來，代表他是你的；若他沒回來，他從來就不是。——理查．巴哈（美國作家，《天地一沙鷗》作者）
- 你愛一個人不是因為他完美，你愛一個人即使他不完美。——茱蒂．皮考特（美國小說家）
- 別為不愛你的人哭泣，要愛為你哭泣的人。——夏奇拉（哥倫比亞流行女歌手）
- 我們不能做偉大的事，只能以偉大的愛來做小事。——德蕾莎修女（宗教慈善家）
- 把愛放在心裡，沒有愛的人生，如同花園沒有陽光時花朵都死去。——奥斯卡．王爾德（愛爾蘭詩人）
- 黑暗無法驅走黑暗，只有光線可以；仇恨無法驅走仇恨，只有愛可以。——馬丁．路德．金恩（美國黑人民運領袖）
- 愛即是進步，恨的代價高昂。——以素．詹金斯（美國黑人民權領袖）
- 愛和你預期得到什麼沒有關聯，它只和你預期給予什麼有關聯，而這是最重要的部分。——凱瑟琳．霍頓．赫本（美國女演員）
- 愛的力量勝過威脅著我們的惡的力量。——教宗本篤十六世（宗教領袖）
- 愛的相反不是恨，而是冷漠。——埃利．維瑟爾（猶太作家、諾貝爾和平獎得主）
- 愛的偉大表現，是透過習慣性微小但仁慈的行為。——雨果（法國文學家）
- 愛很多事情是件好事，因為那裡存在真正的力量，任何愛很多事物的人都做很多事、可以完成很多事，且任何為愛而做的事，都做得很好。——文森．梵谷（荷蘭藝術家）
- 愛產生愛，愛沒有規則，這適用於所有人。——維吉爾（古羅馬詩人）

8 感恩

- 永遠對所擁有感到欣喜的人，是生活最富足的人。——理察．卡爾森（美國作家）
- 我們時常把注意力放在不可能的事，而不是可能的事。我們時常因還沒做好的事感到沮喪，而忘記對已完成的事心存感恩。——馬莉安．萊特．艾德曼（美國民權律師、史懷哲人道獎得主）
- 我邀請人們在最無望的時刻，寫下讓他們感恩的事，即便是可笑的事物，像是綠草或在電梯中與人親切的交談。你將發現你是多麼的富有。——金．凱瑞（美國演員）
- 或許你要先看過黑暗，你才懂得珍惜光明。——麥德琳．蘭歌（美國作家）

- 真正的快樂不在金錢、成功或名聲裡，真正的快樂在感恩裡，所以要感恩、有活力、認真活在每一刻。——尼巴馬扎里（巴基斯坦勵志演說家）
- 給予而不會記得、收受而不會忘記的人，是被祝福的。——伊麗莎白．比貝斯科（英國作家）
- 想想你目前擁有的幸福，這每人都有很多－別回想以前的不幸，這每人或多或少都有一點。——查爾斯．狄更斯（英國作家）
- 感恩可把普通的日子轉化為感恩節，把例行工作轉化為喜樂，把一般的機會化為祝福。——西蒙．斯涅克（美國作家）
- 感恩與欣賞生活中的某人或某事，其實會吸引更多你欣賞或看重的事物到你生命裡。——克莉斯汀．諾斯普（美國婦產科醫師、作家）
- 當我們表達感謝時，我們絕不能忘記感恩的最高形式不是說出的話，而是實際的做為。——約翰．甘迺迪（美國第三十五任總統）
- 對你擁有的事物心存感激，你將擁有更多。——歐普拉（美國著名脫口秀主持人）
- 對於使我們高興的人，讓我們心懷感恩，他們是有魅力的植栽者，讓我們的靈魂綻放。——馬塞爾．普魯斯特（法國小說家）
- 對於來到你身邊的每件好事培養感恩的習慣，並持續的感謝。因為所有的事皆促成你的進展，你的感恩應包含所有的事。——愛默生（美國詩人）

◆9 堅強

- 沒有獨立精神的人，一定依賴別人；依賴別人的人一定怕人；怕人的人一定阿諛諂媚人。——福澤諭吉（日本教育家、啟蒙思想家）
- 就算再悲傷再悲傷，就算一連三天夜夜流淚到天明，到了第四天淚水也會乾掉的。——北野武（日本演員、導演）
- 堅強但不要無禮，善良但不要軟弱，謙虛但不要膽小，自豪但不要傲慢。——吉格．金克拉（美國勵志作家、演說家）
- 「不可能」僅適用於缺乏意志的人。——約翰．濟慈（英國詩人）
- 一個人必須堅強，否則他永遠不會變堅強。——尼采（德國哲學家）
- 相信使人堅強，懷疑使人軟弱，先有堅強的信念才有偉大的行為。——露易莎．梅奧爾．科特（美國小說家）
- 很多人害怕說真話，害怕說不，那正是表現強硬的時刻，強硬不是恃強欺弱，而是有骨氣。——羅伯特．清崎（美國理財作家）

◆10 奉獻

- 人的價值，不在壽命的長短，而在貢獻的大小。——釋聖嚴（宗教家）
- 人品等於財富，奉獻等於積蓄。——釋聖嚴（宗教家）
- 上天賦予的生命，就是要為人類的繁榮和平和幸福而奉獻。——松下幸之助（日本企業家）
- 凡可以獻上我的全身的事，絕不只獻上一隻手。——查爾斯．狄更斯（英國作家）

- 以吾人數十年必死之生命，立國家億萬年不死之根基，其價值之重可知。——孫中山（中華民國國父、政治家）
- 你自己和你所有的一切，倘不拿出來貢獻於人世，僅僅一個人獨善其身，那實在是一種浪費。——沙士比亞（英國文學家、劇作家）
- 希望你們年青的一代，也能像蠟燭為人照明那樣，有一分熱，發一分光，忠誠而腳踏實地為人類偉大的事業貢獻自己的力量。——法拉第（英國科學家）
- 我能奉獻的沒有其他，只有熱血、辛勞、眼淚和汗水。——邱吉爾（英國首相、諾貝爾文學獎得主）
- 奉獻乃是生活的真實意義。假如我們在今日檢視我們從祖先手裏接下來的遺物，我們將會看到什麼？他們留下來的東西，都有是他們對人類生活的貢獻。——阿德勒（奧地利心理學家、精神科醫師）
- 埋在地下的樹根使樹枝產生果實，卻並不要求什麼報酬。——泰戈爾（印度詩人）
- 盡力做好一件事，實乃人生之首務。——班傑明．富蘭克林（美國政治家、發明家）
- 點燃蠟燭照亮他人者，也不會給自己帶來黑暗。——傑佛遜（美國第三任總統）

◆11 謙虛

- 一個成大事的人，不能處處計較別人，消耗自己的時間去和人家爭論。無謂的爭論，對自己性情上不但有所損害，且會失去自己的自制力。在盡可能的情形下，不妨對人謙讓一點。——亞伯拉罕．林肯（美國第十六任總統、政治家）
- 不管怎麼說，這個世界要比你的光榮歷史來得博大精深得多。——北野武（日本演員、導演）
- 放謙虛點，把自己捧得太高，摔下來可會粉身碎骨的。——沙特（法國作家、思想家，諾貝爾文學獎得主）
- 對驕傲的人不要謙遜，對謙遜的人不要驕傲。——湯瑪士．傑佛遜（美國第三任總統、政治家、教育家）
- 與其夸夸其談自己的光榮歷史，還不如洗耳恭聽別人的高談闊論。——北野武（日本導演、演員）

四、勵志成長篇

◆1 青春

- 年輕不是生命的一段時期，而是一種心理狀態；它不是玫瑰色的臉頰、紅潤的嘴唇或柔軟的雙膝；它是有關意志、想像力的品質、情緒的能量，它是來自生命泉源的朝氣。——塞繆爾．烏爾曼（美國詩人）
- 青年人比較適合發明，而不適合判斷；適合執行，而不適合磋商；適合新的計畫，而不適合固定的職業。——法蘭西斯．培根（英國科學家、作家、政治家）
- 青年時期是豁達的時期，應該利用這個時期養成自己豁達的性格。——伯特蘭．羅素（英國哲學家、數學家、諾貝爾文學獎得主）
- 青春的精神是點鐵成金的奇異的寶石。——泰戈爾（印度詩人）

• 我鼓勵年輕人高調點——如果你能詼諧看待自己——因為這代表你有所嚮往，你得為自己設目標，不妨設遠大崇高的目標。——伊森·霍克（美國演員、導演、作家）

◆ 2 勇氣

• 正確的路幾乎都是最難走的路。——克里斯提安·摩根施特恩（德國詩人）

• 成功並不是終點，失敗並不是終結，只有勇氣才是永恆。——邱吉爾（英國首相、諾貝爾文學獎得主）

• 你若想嘗試一下勇者的滋味，一定要像個真正的勇者一樣，豁出全部的力量去行動，這時你的恐懼心理將會為勇猛果敢所取代。——邱吉爾（英國首相、諾貝爾文學獎得主）

• 每個人的生活經驗都是由自己去體會的。如果你有勇氣，一切都會順利。——羅曼·羅蘭（法國文學家、諾貝爾文學獎得主）

• 勇氣是人類最重要的一種特質，倘若有了勇氣，人類其他的特質自然也就具備了。——邱吉爾（英國首相、諾貝爾文學獎得主）

• 勇氣就是戰勝恐懼。——隆美爾（德國軍事家）

• 勝利不是最後的結局，失敗不是最後的宿命。重要的是勇氣！——邱吉爾（英國首相、諾貝爾文學獎得主）

• 無畏的人才能獲得真正的自由。——亞里斯多德（古希臘哲學家）

• 當我回顧所有的煩惱時，想起一位老人的故事，他臨終時說，一生中煩惱太多，但大部分擔憂的事卻從未發生過。——邱吉爾（英國首相、諾貝爾文學獎得主）

◆ 3 挑戰

• 二十年後，你會懊悔更多的是那些現在沒做，而不是真的做了的事。所以，抛開繩結，駛離安全的港灣。掌握好你的風向，勇敢的探險，夢想，發現吧。——馬克吐溫（美國小說作家）

• 上場之後，沒有怕。因為：怕，也是要面對；不怕，也是要面對。——陳金鋒（知名棒球運動員）

• 凡是決心取得勝利的人，從來不說「不可能」。——拿破崙（法國軍事家、政治家）

• 不經巨大的困難，不會有偉大的事業。——伏爾泰（法國思想家、哲學家）

• 世上沒有「極限」這個詞；當說出「極限」時，才會有「極限」。——安東尼·奧豬木（日本運動員、前職業摔角選手）

• 生命最好的方式，就是完成我想要完成的事，然後在工作中倒下來。——陳樹菊（台灣慈善家）

• 任何事越簡單越好，但是太過簡單就無趣。——中田英壽（日本足球運動員）

• 再好、再不好，那都已經過去了。你還有下一個明天，還是要不斷的往前走。——陳金鋒（知名棒球運動員）

• 因為碰到那些不好的人，反而激發了我的鬥志和骨氣、強化了我的耐力、增進了我的智慧、磨練了我的心志。他們改變了我的命運。他們就是我最大的恩人，我應該要謝謝他們對我不好。——陳樹菊（台灣慈善家）

• 如果糾纏於過去與現在，我們將失去未來。——邱吉爾（英國首相、諾貝爾文學獎得主）

- 如果戰勝敵人是成功，那麼戰勝自己是更大的勝利。——聖馬丁（西班牙軍事家）
- 我沒有特別想和誰交手，時間到了就會碰上，我要對決的是我自己。——陳金鋒（知名棒球運動員）
- 我從不找借口，也絕不接受借口。——柴契爾夫人（英國政治家）
- 每個你克服的困難都將讓你在未來更往前邁進一步，也會給予你新的力量。——葛拉芙（德國女子網球運動員）
- 那不能殺死我的，使我更堅強。——尼采（德國哲學家）
- 並不是我聰明，只是我和問題相處較久。——愛因斯坦（科學家）
- 所有從事運動的人都知道，出場比賽不是贏就是輸。這兩種結果都應該要接受。——納達爾（西班牙職業網球運動員）
- 勇氣是面對失敗，挑戰是面對成功。——陳金鋒（知名棒球運動員）
- 挑戰愈艱鉅，勝利愈輝煌。——力克．胡哲（澳洲作家）
- 假如所有的目標皆達成，就可能是目標設定過低。——卡拉揚（德國音樂家、指揮家）
- 敢於嘗試不可能的事，才能達到可能。——赫曼赫塞（德國作家、諾貝爾文學獎得主）

◆ 4 心態

- 一個人知道自己為什麼而活，就可以忍受任何一種生活。——尼采（德國哲學家）
- 人多不足以依賴，要生存只有靠自己。——拿破崙（法蘭西第一共和執政、政治家、軍事家）
- 人的天性雖然是隱而不露的，但卻很難被壓抑，更很少能完全根絕。即使勉強施壓抑，只會使它在壓力消除後更加猛烈。只有長期養成的習慣才能多少改變人的天生氣質和性格。——法蘭西斯．培根（英國科學家、作家、政治家）
- 人們大半是依據他的意向而思想，依據他的學問與見識而談話，而其行為卻是依據他們的習慣。——法蘭西斯．培根（英國科學家、作家、政治家）
- 只要朝著陽光，便不會看見陰影。——海倫．凱勒（美國作家、演說家）
- 失去金錢事小，失去信用事大，失去勇氣就等於失去自己。——大山倍達（日本運動員、空手道運動家）
- 石頭是堅硬的，但比它更堅硬的是人的意志，它受到理想的指引，它能征服和鑄造最堅硬的頑石。——道格拉斯．麥克阿瑟（美國五星上將、軍事家）
- 在我的字典裡沒有難字。——拿破崙（法蘭西第一共和執政、政治家、軍事家）
- 我不是業餘的運動選手，所以勝利不是唯一的目標。身為專業的職業選手，重要的是自己每次上場時要打什麼球。——鈴木一郎（日本棒球運動員）
- 我不能改變風向，但我可以調整風帆，讓我永遠都可以達到目的地。——吉米．迪恩（美國鄉村音樂歌手）
- 我只看我擁有，不看我沒有的。——海倫．凱勒（美國作家、演說家）

- 良好的習慣乃是人在神經系統中存在的道德資本，這個資本不斷增值，而人在整個一生中都享受著它的利息。——康斯坦丁．德米特里耶維奇．烏申斯基（俄國教育家）
- 走運的時候，人人都會興高采烈。但快樂卻不是幸運的結果，它是一種德性，一種英勇的德行。——羅勃．路易斯．史蒂文生（英國文學家）
- 受苦的人，沒有悲觀的權利。一個受苦的人，如果悲觀了，就沒有了面對現實的勇氣，沒有了與苦難抗爭的力量，結果是他將受到更大的苦。——尼采（德國哲學家）
- 抱怨是貧窮的心態，別抱怨不好的事，對好的事心存感恩。——扎卡里．費雪（慈善家）
- 要相信別人，更要百倍地相信自己。——手塚治蟲（日本漫畫大師）
- 寂靜使人更加喜愛聲音，黑暗使人更加珍惜光明。——海倫凱勒（美國作家、演說家）
- 得意時要與人為善，因為失意時還會狹路相逢。——威爾森麥茲納（美國劇作家）
- 習慣是智者的禍患、蠢貨的偶像。——托馬斯．富勒（英國學者、牧師）
- 就算難過也別放棄微笑，因為你永遠不知道誰會愛上你的笑容。——馬奎斯（哥倫比亞作家，諾貝爾文學獎得主）
- 最浪費的日子是沒有笑容的日子。——愛德華．艾斯特林．卡明斯（美國詩人）
- 最糟糕的並非犯錯，而是極力自圓其說，不懂得利用這即時的警訊，從中省惕自己的愚昧和輕率。——拉蒙（西班牙病理學家、諾貝爾醫學獎得主）
- 態度上的弱點會變成性格上的弱點。——愛因斯坦（科學家）
- 戰爭時：堅決剛毅。失敗時：頑強不屈。勝利時：寬容敦厚。和平時：友好親善。——邱吉爾（英國首相、諾貝爾文學獎得主）
- 積極的態度會帶來積極的結果，因為態度是具有感染力的。——吉格．金克拉（美國著名勵志作家）

◆ 5 奮鬥

- 人生來就不是為了被打敗的。人能夠被毀滅，但是不能夠被打敗。——海明威（美國小說家，諾貝爾文學獎得主）
- 世界是個美好的地方，值得我們去奮鬥。——海明威（美國小說家，諾貝爾文學獎得主）
- 在戰爭中，非到最後一刻，絕不應對勝利絕望。——海卡爾．馮．克勞塞維茨（普魯士將軍）
- 如果我失敗，我會再試一次，再試一次，再試一次。如果你失敗，你會再試一次嗎？人的心靈可以應付比我們所知更壞許多的事，重要的是你將如何走完。——力克．胡哲（澳洲作家）
- 成功是在從一個失敗到另一個失敗的過程中，不喪失一丁點的熱情。——邱吉爾（英國首相、諾貝爾文學獎得主）
- 你相信自己，然後盡全力去做的時候，力量會很大。——陳金鋒（知名棒球運動員）
- 告訴你使我達到目標的奧秘吧，我唯一的力量就是我的堅持精神。——路易．巴斯德（法國微生物學家、化學家）

- 忍耐與毅力，最後必勝。——海倫．凱勒（美國作家、演說家）
- 那不能殺死我的，使我更堅強。——尼采（德國哲學家）
- 受苦比死亡更需要勇氣。——拿破崙（法蘭西第一共和執政、政治家、軍事家）
- 幸福是個人價值的最大發揮。——拿破崙（法蘭西第一共和執政、政治家、軍事家）
- 要想成功，必須具備的條件就是，用你的欲望提升自己的熱忱，用你的毅力磨平高山，同時還要相信自己一定會成功。——卡內基（美國人際關係學大師）
- 無論處於什麼環境，都要不斷努力。——海倫．凱勒（美國作家、演說家）
- 絕不屈服，絕不屈服，絕不，絕不，絕不，絕不——除了對於榮譽和智慧的信念，不向任何事物低頭，不管是宏大還是渺小，不管是重要還是瑣碎。——邱吉爾（英國首相、諾貝爾文學獎得主）
- 絕不要把頭低下，永遠抬著頭，直視這世界的眼睛。——海倫．凱勒（美國作家、演說家）
- 當你已盡全力，便無須自責。——諾維斯基（德國籃球運動員）
- 當你做成功一件事，千萬不要等待著享受榮譽，應該再做那些需要的事。——路易．巴斯德（法國微生物學家、化學家）
- 道路是人走出來的。——卡夫卡（捷克作家）
- 機遇只偏愛那些有準備的頭腦的人。——路易．巴斯德（法國微生物學家、化學家）

◆6 自尊自信

- 充滿自信的缺陷，遠比缺乏自信的美更富魅力。——喬治．庫克（美國電影導演）
- 可以沒有他人的尊敬，但不能沒有自尊。——俾斯麥（德意志帝國首任宰相）
- 先相信自己，然後別人才會相信你。——羅曼．羅蘭（法國文學家、諾貝爾文學獎得主）
- 有自信心的人，可以化渺小為偉大，化平庸為神奇。——蕭伯納（愛爾蘭劇作家）
- 自信是英雄的本質。——愛默生（美國作家、詩人）
- 我只有一個忠告給你——做你自己的主人。——拿破崙（法蘭西第一共和執政、政治家、軍事家）
- 高貴的靈魂，是自己尊敬自己。——尼采（德國哲學家）
- 尊重自己的人別人無法攻擊；他穿著沒有人可以刺穿的鏈子甲。——亨利．朗費羅（美國詩人）

◆7 幸福

- 一切幸福都絕非沒有憂慮和煩惱，而一切逆境也絕非沒有慰籍與希望。——法蘭西斯．培根（英國科學家、作家、政治家）
- 如果你繼續去尋找幸福是由什麼組成的，那你永遠不會找到幸福。如果你一直在找人生的意義，你永遠不會生活。——卡繆（法國小說家、諾貝爾文學獎得主）
- 幸福的祕訣是擁有單純的喜好和繁複的頭腦，問題在於人們往往是頭腦簡單而喜好複雜。——費南多．薩巴特（西班牙哲學家）

• 幸福無法醫治的病，那就無藥可醫。——馬奎斯（哥倫比亞作家、諾貝爾文學獎得主）

• 放棄自己想要的某些東西是幸福生活不可或缺的一部分。——伯特蘭・羅素（英國哲學家、數學家、諾貝爾文學獎得主）

• 當你把幸福掌握在手中的時候，它看起來總是微不足道，但當它不見的時候，你才會了解它是多麼重要和珍貴。——馬克西姆・高爾基（俄國作家）

國家圖書館出版品預行編目資料

完全捷進寫作詞彙（2020全新增訂版）/ 黃淑貞、謝旻琪、林湘華、馮昭翔編. -- 初版. -- 臺北市：商周, 城邦文化出版：家庭傳媒城邦分公司發行, 民109.03
面；　公分. --（中文可以更好；53）
ISBN 978-986-477-796-9（精裝）
1.漢語 2.寫作法 3.詞彙
802.7　109001479

中文可以更好 53

完全捷進寫作詞彙（2020全新增訂版）

編者／黃淑貞、謝旻琪、林湘華、馮昭翔
企畫選書人／林宏濤
責任編輯／陳名珉

版權／黃淑敏、翁靜如
行銷業務／莊英傑、周丹蘋、黃崇華
總編輯／楊如玉
總經理／彭之琬
事業群總經理／黃淑貞
發行人／何飛鵬
法律顧問／元禾法律事務所 王子文律師
出版／商周出版 城邦文化事業股份有限公司
臺北市中山區民生東路二段141號9樓
電話：(02)2500-7008 傳真：(02)2500-7759
E-mail：bwp.service@cite.com.tw
發行／英屬蓋曼群島商家庭傳媒股份有限公司城邦分公司
臺北市中山區民生東路二段141號2樓
書虫客服專線：(02)2500-7718；(02)2500-7719
24小時傳真專線：(02)2500-1990；(02)2500-1991
服務時間：週一至週五上午09:30-12:00；下午13:30-17:00
劃撥帳號：19863813 戶名：書虫股份有限公司
E-mail：service@readingclub.com.tw
歡迎光臨城邦讀書花園 網址：www.cite.com.tw
香港發行所／城邦（香港）出版集團有限公司
香港灣仔駱克道193號東超商業中心1樓
電話：(852) 2508-6231 傳真：(852) 2578-9337
Email：hkcite@biznetvigator.com
馬新發行所／城邦（馬新）出版集團【Cite (M) Sdn. Bhd.】
41, Jalan Radin Anum, Bandar Baru Sri Petaling,
57000 Kuala Lumpur, Malaysia.
電話：(603)9057-8822 傳真：(603) 9057-6622
Email：cite@cite.com.my

封面設計／周家瑤
排版／唯翔工作室
印刷／韋懋實業有限公司
經銷商／聯合發行股份有限公司
電話：(02) 2917-8022 傳真：(02) 2911-0053
地址：新北市新店區寶橋路235巷6弄6號2樓

■2020年3月10日初版
■2023年10月27日初版3.5刷
ISBN 978-986-477-796-9

城邦讀書花園
www.cite.com.tw

定價／1299元

廣　告　回　函
北區郵政管理登記證
北臺字第10158號
郵資已付，免貼郵票

104　台北市民生東路二段141號2樓

英屬蓋曼群島商家庭傳媒股份有限公司城邦分公司　收

請沿虛線對摺，謝謝！

書號：BK6053C　　書名：完全捷進寫作詞彙（2020全新增訂版）

請於此處用膠水黏貼

讀者回函卡

感謝您購買我們出版的書籍！請費心填寫此回函卡，我們將不定期寄上城邦集團最新的出版訊息。

不定期好禮相贈！
立即加入：商周出版
Facebook 粉絲團

姓名：＿＿＿＿＿＿＿＿ 性別：□男 □女

生日：西元＿＿＿＿年＿＿＿＿月＿＿＿＿日

地址：＿＿＿＿＿＿＿＿

聯絡電話：＿＿＿＿＿＿＿＿ 傳真：＿＿＿＿＿＿＿＿

E-mail ：

學歷：□ 1. 小學 □ 2. 國中 □ 3. 高中 □ 4. 大學 □ 5. 研究所以上

職業：□ 1. 學生 □ 2. 軍公教 □ 3. 服務 □ 4. 金融 □ 5. 製造 □ 6. 資訊
□ 7. 傳播 □ 8. 自由業 □ 9. 農漁牧 □ 10. 家管 □ 11. 退休
□ 12. 其他＿＿＿＿＿＿＿＿

您從何種方式得知本書消息？

□ 1. 書店 □ 2. 網路 □ 3. 報紙 □ 4. 雜誌 □ 5. 廣播 □ 6. 電視
□ 7. 親友推薦 □ 8. 其他＿＿＿＿＿＿＿＿

您通常以何種方式購書？

□ 1. 書店 □ 2. 網路 □ 3. 傳真訂購 □ 4. 郵局劃撥 □ 5. 其他＿＿＿＿

您喜歡閱讀那些類別的書籍？

□ 1. 財經商業 □ 2. 自然科學 □ 3. 歷史 □ 4. 法律 □ 5. 文學
□ 6. 休閒旅遊 □ 7. 小說 □ 8. 人物傳記 □ 9. 生活、勵志 □ 10. 其他

對我們的建議：＿＿＿＿＿＿＿＿

【為提供訂購、行銷、客戶管理或其他合於營業登記項目或章程所定業務之目的，城邦出版人集團（即英屬蓋曼群島商家庭傳媒（股）公司城邦分公司、城邦文化事業（股）公司），於本集團之營運期間及地區內，將以電郵、傳真、電話、簡訊、郵寄或其他公告方式利用您提供之資料（資料類別：C001、C002、C003、C011 等）。利用對象除本集團外，亦可能包括相關服務的協力機構。如您有依個資法第三條或其他需服務之處，得致電本公司客服中心電話 02-25007718 請求協助。相關資料如為非必要項目，不提供亦不影響您的權益。】

1.C001 辨識個人者：如消費者之姓名、地址、電話、電子郵件等資訊。
2.C002 辨識財務者：如信用卡或轉帳帳戶資訊。
3.C003 政府資料中之辨識者：如身分證字號或護照號碼（外國人）。
4.C011 個人描述：如性別、國籍、出生年月日。

請於此處用膠水黏貼